SOMMAIRE

Préface

En juin 1949, alors que, revenant de Tunis, j'enseignais la langue de Pasolini au lycée Dominique Villard de Gap, un collègue m'invita au pèlerinage à N.D. du Laus. Ce hameau, situé à une vingtaine de kilomètres dans la montagne au sud du chef-lieu, eut l'honneur en 1664 de recevoir la Vierge Marie, apparue plusieurs fois à la jeune bergère Benoîte Rencurel. Il y avait beaucoup de monde autour du sanctuaire et beaucoup de ferveur au cœur des pèlerins. Je me demande de temps en temps pourquoi Marie se montre toujours en territoire catholique, aux regards de petits bergers et bergères, jamais en Chine, ni au Japon, ni en Australie. Mais je ne m'interroge pas vraiment sur la réalité de ces apparitions. Il me suffit qu'elles soient un prétexte de rassemblement et de prière. Il y a de vrais et de faux miracles. Mais chaque croyant porte la Mère de Dieu en soi. Je n'ai pas besoin de sainte épine pour croire.

Après vêpres, nous fûmes conviés à une conférence dont je ne savais pas à l'avance le sujet. Prononcée par un homme jeune, en pantalons de golf, selon la mode du temps, de beau visage, d'allure sportive. Il nous révéla qu'il était dominicain malgré son costume laïc, et vivait dans une usine du travail de ses mains. Pour la première fois, j'entendais parler de prêtres-ouvriers. Je découvrais l'existence de ces créatures hybrides, dépendantes de la Mission de France qui se proposait d'apporter le Christ en milieu prolétaire. De préférence cégétiste et communiste. Il nous conta ses difficultés, ses échecs, ses succès, me laissant abasourdi et captivé.

« Comment peut-on, me demandais-je, contre la recommandation de l'Évangile, servir deux maîtres à la fois, un patron terrestre et un patron divin ? Comment un prêtre, dépouillé de sa robe, c'est-à-dire de sa cuirasse, peut-il résister aux tentations du monde ? Et s'il se fait totalement ouvrier, comme Dieu s'est fait totalement homme, comment peut-il ne point partager les espérances de ses compagnons, et par voie de conséquence leurs opinions politiques ? Lequel des deux court le plus de risques de se laisser convertir : le prolétaire au christianisme, ou le dominicain au communisme ? »

De cette rencontre, de ces interrogations naquit l'idée de ce qui devait être mon premier roman publié, *Le Chien du Seigneur* [1], paru chez Plon trois ans plus tard.

Il me fallut ce temps de réflexion, de recherches, d'écriture et de démarches. Lorsque le directeur littéraire reçut mon manuscrit, il m'invita à venir le rencontrer. Il me suggéra certains remaniements que j'acceptai de faire en toute humilité, sachant d'où je venais, conscient que j'avais encore de grandes leçons à recevoir. La nèfle est le fruit de l'Auvergne auquel je ressemble le plus, tardif, ressource de l'hiver, il a besoin d'un long mûrissement. Ma seconde version fut enfin reçue, la publication programmée pour octobre 1952.

— L'existence de ces prêtres-ouvriers sera pour le grand public une révélation extraordinaire, se promit ledit directeur en se frottant les mains.

Par malheur pour nous, à la suite de ces lanterneries, dès le printemps 1952 parut sur ce même sujet le roman de Gilbert Cesbron, *Les saints vont en enfer*, qui obtint un succès considérable et me brouta la laine sur l'échine. *Le Canard enchaîné* affirma que j'avais voulu « traire la vache à lait de Gilbert Cesbron ». Ce qui était très injuste. Un autre critique parisien dont j'ai perdu le nom me consola en prétendant qu'il y avait « la même différence d'écriture entre Jean Anglade et Gilbert Cesbron qu'entre Pierre l'Hermite (du journal *La Croix*) et Georges Bernanos ». Ce qui était très excessif.

Quoi qu'il en fût, cette parution fit grand bruit dans Clermont-Ferrand (où j'avais été muté) bien que j'eusse installé mon prêtre-ouvrier dans une ville caoutchoutière, mais innommée, au centre de la France. Afin de bien décrire la fabrication des pneumatiques, j'avais demandé l'autorisation de visiter une usine Michelin. Mais Michelin est une forteresse où nul corps étranger ne pénètre. Je me rabattis donc sur sa concurrente, l'entreprise Bergougnan, dont le patron me reçut très aimablement, me fit accompagner et me permit d'examiner tout ce que je voulus.

Quoique sulfureux, l'ouvrage m'ouvrit les salons de la ville. Notamment celui d'Hélène Angeletti qui signait Jacques Lerta ses articles dans *L'Auvergne littéraire*. Je rencontrai chez elle Georges Conchon qui venait de publier *Les Grandes Lessives*, et l'humoriste Roger Rabiniaux qui, sous le pseudonyme de Roger Bellion, était aussi sous-préfet de Thiers. Déjà, par ses chroniques, Alexandre Vialatte perçait dans *La Montagne*. Raymond Cortat me consacra deux feuilletons dans *L'Auvergnat de Paris*. Henri Pourrat m'écrivit

1. *Dominicanus* a engendré ce jeu de mots approximatif : *Domini canis*. Les armes de l'Ordre représentent un chien portant dans sa gueule une torche enflammée, symbole de la lumière que cherchent à répandre les Frères Prêcheurs.

pour me complimenter. Gabriel Marcel également, disant : *C'est un livre remarquable, composé pour la vérité, sans savoir quels applaudissements il peut recueillir. Il se peut évidemment que les communistes s'en réjouissent ; eh bien, tant pis !*

Un inconnu vint sonner à ma porte :

— Je suis un ouvrier de Michelin. Je travaille « au noir », moi aussi, comme votre héros. Vous y avez été pareillement, n'est-ce pas ? En quelle année ?

En 1953, alors que le succès de mon roman commençait de s'essouffler, je fus invité à rencontrer Mgr de la Chanonie, évêque de Clermont :

— J'ai lu, monsieur, votre *Chien du Seigneur* et j'ai l'intention de proposer au Vatican qu'il soit mis à l'Index. Vous faites en effet mener à votre drôle d'ecclésiastique une vie scandaleuse. Cependant, je m'abstiendrai de faire cette démarche si vous pensez que la diffusion du roman touche à sa fin.

— Je le pense en effet, Monseigneur.

Sans rien ajouter, il me serra la main.

Curieuse institution que cet Index qui prétendait interdire à des adultes catholiques la lecture de certains livres, comme nos grand-mères interdisaient à notre gourmandise les pots de confiture. Il ne faut pas traiter les adultes en enfants, ni les enfants en adultes. L'Index est mort depuis 1965 ; mon *Chien du Seigneur* fut réédité par Julliard en 1973 ; et le voici qui renaît encore de ses cendres.

Telles furent les circonstances qui entourèrent la naissance de mon premier roman. Plus de trente l'ont suivi. Sans parler d'une quarantaine d'essais en tout genre. Et d'innombrables bricoles. En ce bref discours de la méthode, j'expose ici ce qu'a été la mienne dès le commencement, sans prétendre la proposer à qui que ce soit. En sachant que d'autres suivent des chemins différents. Jean Giono, ce « régionaliste » de mon espèce, affirmait : « J'ai inventé les sujets et les personnages de tous mes romans. » J'ose soutenir le contraire : je n'invente rien, la réalité m'a fourni tous mes sujets, je n'ai dans ce domaine aucune imagination, tandis que la sienne dépasse celle de tous les romanciers réunis. Je me contente d'ajouter les détails indispensables : le temps qu'il faisait, les dentelles, la couleur des cheveux, l'odeur des choses.

Mais Giono ne se trompait-il pas quelque peu ? Peut-on inventer en ne partant de rien ? Ne confondait-il pas les fruits de son imagination avec les cueillettes de sa mémoire ?

Jean Anglade

LE CHIEN DU SEIGNEUR

« Qui se sent morveux, qu'il se mouche... »

MOLIÈRE
(*L'Avare*)

1

La rue est étroite, sombre, luisante. Un pavé fameusement traître, sans doute, les jours de verglas. C'est au 18 qu'il se rend ; les numéros pairs bordent le côté supérieur de la rue. Au 10, il y a une maison incendiée dont les fenêtres béent sur le ciel. A côté, une boutique de blanchisseuse qu'on sent de loin à l'odeur du linge cuit. Le 14 est une porte cochère badigeonnée de cinq cent cinquante-cinq couleurs, et à ceux qui n'auraient pas compris, elle présente un écriteau : Oreste GUGLIELMINETTI, *plâtrier-peintre*. Plus loin, devant le 16, un marchand de vin rince le ventre de ses tonneaux. Ensuite, ce n'est pas encore le 18, mais le 16 *bis*, occupé par une étroite devanture d'horloger ; le 18 ne vient qu'après.

Avant d'entrer, il relit l'annonce du journal :

S'adresser à Mme veuve Dupic,
18, rue du 9-Septembre.

Rue du 9-Septembre ? Que diable s'est-il passé, le 9 septembre ?

Un long couloir, avec une file de boîtes aux lettres. De la droite, par une petite porte donnant sur une cour intérieure, entre une odeur de waters. D'instinct, son nez se fronce, mais il sourit aussitôt et pense :

« Faudra s'habituer à ça aussi. »

Il avance en tâtonnant dans l'obscurité. A la fin, ses pieds butent contre une marche. L'escalier tourne en tire-bouchon, comme si tu grimpais dans un clocher ; l'illusion est accentuée par une corde verticale qui sert de rampe, onctueuse à souhait, terminée par un gros nœud qui cogne, à chaque gradin que tu gravis, contre celui du fond.

Il doit y avoir quelqu'un, là-haut, qui fait frire du poisson ; l'odeur en devient plus insistante à mesure qu'on monte. En bas, tu ne la distinguais pas, à cause des waters ; mais maintenant, il n'y a pas à s'y tromper : ça sent le poisson. Tout le reste de la maison bénéficie de l'effluve généreux. Qui sait s'il ne vient pas de chez la veuve Dupic ? Ce détail ne figure pas sur l'annonce ; mais on ne met pas tout sur les annonces.

A la première porte rencontrée, il frappe. Bien que la clé soit sur la serrure, personne ne répond. Il frappe plus fort. Cette fois, il obtient une espèce de grognement, et s'en autorise pour pousser la porte. L'odeur de friture devient soudain éclatante, tonitruante. Aucun doute possible : ce n'est peut-être pas là qu'habite la veuve Dupic ; c'est du moins là qu'on va manger du poisson. La pièce est toute en longueur, comme un couloir ; une table carrée, recouverte d'une toile cirée à carreaux rouges et bleus, en occupe le centre ; en face sur le réchaud à gaz, mijotent dans une poêle de longs poissons enfarinés qui doivent être des harengs. Au fond, près de la fenêtre, dans un fauteuil de rotin, quelque chose grelotte, grelotte éperdument : un affreux petit vieux qui a les bras et les jambes cachés sous une couverture et deux yeux exorbités, énormes et verdâtres, pareils à ceux des chiens en peluche. De son bonnet, s'échappent des mèches de cheveux, jaunes à force d'être blanches ; sa mâchoire pend, animée d'un grelottement autonome qui ne suit pas le grelottement général.

— C'est ici qu'habite Mme veuve Dupic ?

Le vieux pousse deux ou trois autres *hou... hou...* ; un filet de bave descend de sa bouche sur son gilet.

Alors, le visiteur appelle à voix haute :

— Y a-t-il quelqu'un ?

Mais rien ne répond, que les mêmes grognements. Une porte est à gauche du fourneau ; elle doit conduire dans les autres pièces. Il se dirige vers elle et frappe en appelant encore :

— Il n'y a personne ?

Non, il n'y a personne, que le vieux qui grelotte, et le poisson qui mijote. On ne peut rien tirer ni de l'un ni de l'autre. Tant pis ; il montera un étage, il demandera plus haut la porte de la veuve Dupic. Il va sortir, lorsqu'un pas léger le fait retourner : une femme est entrée, portant un pain sous le bras, et un filet à provisions. Elle le considère d'un air soupçonneux ; avant même de parler, elle fait du regard une rapide inspection des lieux pour vérifier s'il ne manque rien ; ses yeux s'arrêtent un instant sur le plat de poissons comme pour les compter, puis reviennent vers lui.

— Vous désirez ? demande-t-elle sèchement.

Il aurait dû parler le premier, il le sent, justifier sa présence ici ; mais elle l'a prévenu par sa question, et dès le début il se sent en état d'infériorité ; il est devenu l'accusé qu'on interroge.

— Je cherche Mme veuve Dupic.

— C'est moi.

Sa voix est acide comme l'oseille. La veuve Dupic porte sur le sommet du crâne un petit chignon rond. Malgré lui, en parlant, il le contemple et songe à la pomme de Guillaume Tell.

— Je viens pour l'annonce.

— Ah !

Elle l'examine avec une attention maquignonne. Les souliers sont neufs ; le costume n'a rien à redouter : c'est un vêtement de confection d'avant-guerre. Rien, sauf un trou de mite sur le revers gauche, qui découvre un petit rond de toile blanche. Il aurait dû le faire stopper, mais il n'a pas eu le temps. Va-t-elle découvrir ce trou de mite ? Pour plus de sûreté, il s'offre à contre-jour. En vain : elle l'a découvert, son regard s'est posé dessus. Elle ne va tout de même pas le repousser à cause d'un trou de mite ? Il sent sur lui ses yeux qui le parcourent de la tête aux pieds, qui le tâtent, le toisent, l'évaluent. Il éprouve un peu la même gêne que le jour du conseil de révision, quand il est apparu tout nu devant trois bonshommes habillés.

— Vous êtes célibataire ?

— Oui.

— Je veux dire : pas de... d'amie ? Vous êtes vraiment seul ?

— Absolument.

— Bon. Parce que je sais ce que c'est que les hommes ; je veux pas que ma maison devienne un... vous m'avez compris.

— Je vous comprends, fait-il en s'inclinant.

Un moment encore, elle poursuit son examen. Il se sent gêné. De temps en temps au fond de son fauteuil, le vieux mugit.

— Alors, vous venez pour l'annonce ? répète-t-elle.

— Oui, pour l'annonce.

— Oh ! C'est une chambre qui m'a rapporté que des ennuis jusqu'à présent. Mon ancien locataire était un voyou qu'amenait des femmes. Et ça se soûlait, et ça faisait tout et le reste. Vous m'avez compris. En plus, sale comme pas un. C'est moi qui lavais son linge. Faut vous dire que je fais des lessives. Je suis veuve depuis dix ans, et j'ai à charge mon vieux père — elle désigne le grelottant. Paralysé. Faut le soigner pire qu'un gosse. C'est pas pour dire, mais y en a qu'ont pas de veine. Entre nous, je vous demande un peu, à quatre-vingts ans, dans cet état-là, ce qu'on peut bien foutre sur terre. Vous croyez pas qu'il ferait mieux de s'en aller ? Est-ce qu'il serait pas plus tranquille, au ciel ?

Et comme son visiteur la regarde avec effarement, elle ajoute :

— Oh ! Pas besoin de se gêner : il est sourd comme un pot. Chez lui, y a plus que deux choses qui fonctionnent bien : l'estomac, et le... vous m'avez compris.

Elle lance un regard plein de haine au vieux tousseux qui fait exprès de ne pas mourir, d'embrener ses draps et ses caleçons. Puis, soudain, sa voix s'éraille et elle gémit :

— Ah ! monsieur, la vie est bien triste. C'est tout de même mon vieux père !

L'inconnu se contente d'avaler sa salive et de demander :

— Est-ce que je pourrais voir la chambre ?

Ça a l'air d'un homme qui ne s'émeut guère. Sans un mot, elle prend une clé suspendue à un clou, et s'engage dans l'escalier.

Decrescendo de l'odeur du poisson ; crescendo de l'odeur des waters. A hauteur de ses yeux, il a les mollets nus de la veuve Dupic tout bossués de varices ; elle porte des savates au quartier aplati et une robe de grosse laine noire, reprisée de violet. Toutes les trois ou quatre marches, elle gémit :

— Ouf !... Ouf !...

Lui, attentif à ne pas manquer les degrés étroits, il se cramponne à la corde grasse. Soudain, il entend au-dessus de sa tête, là-haut, la clé de la veuve Dupic qui farfouille dans une serrure : on est arrivé. Dès l'entrée de la chambre, l'odeur change. C'est maintenant un relent âcre, comme lorsque tu épluches des oignons ou allumes une allumette. Cependant, la pièce est assez propre, suffisamment meublée : un lit de bois sombre, haut sur pieds, qui ressemble à un catafalque ; une armoire assortie ; un poêle, deux chaises, une table ronde à roulettes. Le papier peint est presque intact, sauf sur un mur où il porte une large balafre raccommodée avec des étiquettes blanches ; mais c'est un coin peu éclairé, ça se remarque à peine. Il représente une série de motifs champêtres : un Arlequin à la Watteau pousse une Colombine assise sur une escarpolette ; un Pierrot et une Isabelle se penchent sur une flaque d'eau pour s'y voir ensemble. Un Arlequin, une Colombine, un Pierrot, une Isabelle. Un Arlequin, une Colombine, un Pierrot, une Isabelle. Verticalement, ça donne deux colonnes : d'un côté, un Pierrot, un Arlequin, un Pierrot, un Arlequin ; de l'autre, une Isabelle, une Colombine, une Isabelle, une Colombine. Et comme ça, vingt-cinq ou trente mètres carrés de *Fêtes galantes*. Avec une toute petite variante à gauche de la fenêtre : un Pierrot, un Arlequin, une étiquette blanche, un Arlequin, une étiquette blanche, un Arlequin, une étiquette blanche. A la tête du lit, un crucifix en faux ivoire.

— S'il vous gêne, je l'enlèverai, propose d'un ton agressif la veuve Dupic qui doit avoir de la religion.

— Non, non, vous pouvez le laisser.

Pendant qu'il examine les lieux, elle reprend ses vitupérations contre le dernier locataire :

— Un bon à rien, un dégoûtant. Ça se prétendait étudiant en je sais plus quoi. Drôle d'étudiant ! Il se lavait jamais les pieds ! Y avait plus moyen d'entrer ici : aurait fallu un masque à gaz. En plus de ça, il avait quelque sale maladie, pour sûr : si vous aviez vu cet assortiment de fioles, de pommades, de seringues ! A fallu désinfecter tout ça. Une livre de soufre que j'ai fait brûler ; ça se sent peut-être encore un petit peu : vous sentez pas ?

— Si, si, je sens. Je me demandais ce que c'était.

— Oh ! mais, soyez tranquille ! Ça tient pas, cette odeur-là ; c'est pas une odeur qui tient. Dans quelques jours, elle sera partie.

Il fait quelques pas, constate que la fenêtre donne dans la courette intérieure qu'il avait aperçue à l'entrée du couloir.

— Évidemment, si qu'on voyait la rue, ça serait plus gai, je dis pas ; mais comme ça, du moins, y a pas de bruit. D'ailleurs, l'odeur de la rue, avec toute cette circulation, c'est pas bien sain non plus. Et puis, de ce côté, on voit quand même le ciel.

C'est vrai, on le voit. Il faut se pencher et sortir la tête, bien sûr, mais on le voit un peu.

— Quel est votre prix ? demande-t-il.

Elle fait semblant de ne pas entendre, lui énumère toutes les commodités qu'il n'avait peut-être pas remarquées : l'évier extérieur en zinc pour jeter les eaux sales ; la cuvette et le broc de faïence ; la glace à trois faces, très pratique pour les messieurs, pour se faire la barbe (on arrive à se voir même le derrière des oreilles ; elle l'a constaté elle-même un jour qu'il lui était poussé un bouton à cet endroit-là) ; le portemanteau cloué à la porte ; la carpette en balatum ; la table de nuit, avec, dedans, le... vous m'avez compris.

Mais il répète sa question et il faut bien à la fin qu'elle réponde.

— Voyez-vous, une chambre comme ça, vous en trouverez pas des tas dans la ville. Alors, le prix, c'est le prix ; y a pas à marchander. J'en veux douze cents.

— Par... ?

— Par mois, naturellement, payables d'avance. A prendre ou à laisser.

— C'est bon ; je prends.

Elle s'attendait sans doute à plus de résistance ; la facilité du marché l'étonne un peu, fait naître ses soupçons :

— J'ai dit : payables d'avance.

— Tout à fait d'accord.

— Vous... vous n'avez pas de bagages ?

— Si : une grosse valise ; je l'apporterai en m'installant. Quand puis-je venir ?

— Quand vous voudrez ; ce soir, si ça vous plaît.

— Ce soir, entendu.

— Je ne vous connais pas ; mais vous me semblez honnête. La chambre, j'aurais préféré la garder : c'est une chambre de famille. Une chambre mortuaire. C'est là... dans ce lit... qu'est décédé mon pauvre Dupic...

Le lit de bois sombre a de plus en plus l'air d'un catafalque.

— Alors, comme je vous disais, j'aurais préféré pas la louer. Surtout, après tous les déboires qu'elle m'a causés. Seulement, que voulez-vous, je suis pauvre... mon vieux père à soigner... J'espère qu'avec vous j'aurai plus de satisfactions.

Il bredouille quelque chose de rassurant.

— Vous avez un bon métier ?

— Je compte travailler chez Vlaming.
— Au caoutchouc ? Vous êtes peut-être ingénieur ?
— Non, oh ! non. Manœuvre, simplement.

Elle garde un silence inquiet et déçu, l'examine de nouveau de la tête aux pieds, puis déclare :

— J'aurais préféré un ingénieur.

Il écarte les bras en manière d'excuse. Elle soupire :

— Enfin... si vous payez et si vous vous tenez bien.
— Vous pouvez être tranquille.
— Donnez-moi votre nom.
— Mœl. Albert Mœl.
— Meule ?
— Non, Mœl. O et E entrelacés et L à la fin.
— C'est un drôle de nom. Vous êtes étranger ?
— Pas du tout, je suis français. Originaire de l'Est.

Il y a des noms comme ça, là-bas.

— Vous pouvez me l'écrire sur un papier ?
— Tenez, voici ma carte de visite.
— Votre carte de visite ?

Elle n'en revient pas, qu'un manœuvre ait des cartes de visite ; elle le considère avec plus d'estime maintenant. Quand elle a le carton entre les doigts, elle le porte vers la fenêtre, en pleine lumière, et le lit à bras tendus en remuant les lèvres. Vue ainsi à contre-jour, elle a un profil zigzagant ; ses cheveux rares laissent transparaître la courbure du crâne.

— Je peux la garder ?
— Je vous en prie.

Il l'imagine très bien montrant le billet à ses voisines, comme une pièce à conviction. Bientôt, tout le quartier saura que la veuve Dupic a un nouveau locataire, qui est de l'Est, qui s'appelle Albert Mœl, et qui a des cartes de visite.

— Alors, à ce soir, conclut-il.
— C'est donc décidé ? Vous la prenez ?
— Bien sûr que je la prends ! Je vous l'ai déjà dit.
— Bon. A ce soir.

Il a soupé dans un de ces petits restaurants où il n'y a qu'un seul menu : de cette façon, on n'a pas l'ennui de choisir. En face de lui, se trouvait une grande glace dans laquelle il se voyait tout entier chaque fois qu'il levait les yeux. Ça le gênait de se sentir surveillé comme ça par ce monsieur qu'il avait de la peine à reconnaître et qui était lui, cependant. Il avait beau ne vouloir s'intéresser qu'à son assiette, il lui arrivait malgré lui de lever le front et crac ! il rencontrait le regard de l'autre, curieusement fixé sur lui. Il l'a même surpris à sourire avec quelque ironie. La prochaine fois, il changera de place.

A l'autre bout de la salle, deux jeunes filles mangeaient en face l'une de l'autre. Il n'aurait pas fait attention à elles s'il n'avait eu l'impression, à un certain moment, qu'elles parlaient de lui. Non point qu'elles l'aient trouvé beau ou intéressant ; mais l'une d'elles s'est penchée vers l'autre et a chuchoté quelque chose. Peut-être ressemble-t-il à un de leurs amis ? Il a distingué ce bout de dialogue :

— ... Qui donc ?

— Ce jeune homme, là-bas.

Et elle le désignait du regard. Il a souri intérieurement. Jeune homme, lui ? Allons donc, flatteuse ! Trente-cinq ans ! Il est vrai qu'à cette distance elle ne pouvait distinguer les cheveux gris de ses tempes. Le monsieur d'en face, celui de la glace, a confirmé, sarcastique :

— C'est vrai ! Tu as encore de beaux restes !

La serveuse l'avait fait asseoir à une table pour deux personnes :

— Mettez-vous là. M. Gaston arrive toujours en retard.

Comme s'il connaissait M. Gaston. Pour se distraire de la glace et des jeunes filles, il s'est efforcé de penser à M. Gaston. Il se l'est représenté comme un monsieur distingué, à la fois bonhomme et courtois ; comptable, ou fonctionnaire dans l'administration des Finances. Mœl croit à la physionomie des prénoms.

Au bout d'une demi-heure, M. Gaston est arrivé. C'est un petit homme au teint jaunâtre. Il porte une paire de lunettes dont chaque verre forme des cercles concentriques pareils à ceux que fait l'eau calme lorsqu'on jette un caillou dedans. Bien que ce fût au nouvel arrivant de saluer le premier, Mœl lui a adressé une petite inclination de tête à laquelle l'autre n'a pas répondu. M. Gaston a coupé en deux chacune des trois rondelles de cervelas qui constituaient les hors-d'œuvre, sans enlever la peau ; puis il a tiré un journal de sa poche et s'est mis à faire les mots croisés, tout en mastiquant d'un air indifférent. Mœl s'est senti un peu froissé ; mais, après tout, l'autre ne l'a peut-être pas vu : il doit être affreusement myope.

Après souper, Mœl est allé à l'hôtel retirer sa valise. Il n'y avait personne dans le bureau ; il a pris sa clé suspendue au crochet, et est monté. En entrant dans sa chambre, il a été surpris par une insolite odeur de tabac ; elle n'y était pas le matin, avant son départ, puisqu'il ne fume pas. Sur la table de nuit, il a même trouvé un mégot. Qu'est-ce que ça signifie ? Est-ce la femme de chambre qui fume comme ça ? Ou bien, est-ce qu'un homme est entré ici dans la journée ?

Sur le lavabo, la savonnette qu'il avait laissée bien sèche est à moitié dissoute dans son jus. Drôle de maison ! Mais ce qui l'inquiète le plus, c'est que sa valise s'est envolée. Voilà qui est tout de même un peu fort ! Il redescend précipitamment au bureau de l'hôtel, demande des explications.

— Rassurez-vous, monsieur, réplique la patronne d'un air paisible. Voici votre valise que la femme d'entretien a descendue. Il ne faut rien laisser là-haut dans la journée, il faut descendre vos bagages chaque matin.

— Curieuse habitude ! J'ai trouvé aussi un mégot sur la table de nuit.

— Ah ! on aurait dû l'enlever. Cela ne se produira plus, soyez tranquille.

— Mais enfin ! Comment se fait-il qu'on pénètre dans ma chambre sans ma permission ?

— Hé ! monsieur ! Ne comprenez-vous pas ?

— Je ne comprends rien.

— Votre chambre a reçu cinq ou six visites dans la journée.

— Cinq ou six visites ?

— C'est un hôtel de rendez-vous, ici, monsieur, a achevé la femme en haussant les épaules devant son ahurissement.

Il se sent une soudaine chaleur aux joues ; il paye et s'enfuit.

Maintenant, la nuit est tombée. Il se hâte vers la rue du 9-Septembre, car il craint de se perdre dans cette ville qu'il ne connaît pas. Mais non : voici la maison incendiée, avec ses fenêtres à présent pleines d'étoiles. Les boutiques sont closes, sauf celle de la blanchisserie qui continue à sentir le linge chauffé.

Quand il frappe à la porte de la veuve Dupic, il voit tout de suite qu'il y a quelque chose qui ne va pas.

— Me voilà, fait-il quand même, en posant sa valise sur le palier.

— C'est que... commence-t-elle, faut que je vous cause.

— De quoi ?

— De la chambre.

— Je croyais que tout était réglé ?

— Non. J'ai réfléchi.

Elle a réfléchi ! Devra-t-il repartir avec sa lourde valise au bras ? Se mettre à la recherche d'un autre hôtel en pleine nuit ? Ou bien regagner sa chambre des nuits précédentes, pleine de sales odeurs, des souvenirs de sales étreintes ? Peut-être qu'un homme ordinaire ne s'offusquerait pas de ces détails ; mais il n'est pas un homme ordinaire.

— Et alors ? interroge-t-il, le cœur battant.

— Je peux pas la louer pour douze cents francs.

Dieu merci ! Ce n'est qu'une question d'argent. Il aurait dû marchander un peu tout à l'heure ; c'est trop bête d'avoir accepté, comme ça, sans discussion ; alors, cette femme, elle a des remords d'avoir demandé si peu, ça se comprend. C'est sa faute, à lui. Il essaie de se rattraper :

— Comment, vous ne pouvez pas ? Mais c'est vous-même qui aviez fixé ce prix. On doit avoir une parole !

— Ah ! mon pauvre monsieur ! C'est facile à dire, une parole ! Mais quand on est sans ressources, comme moi, avec mon vieux père à nourrir, douze cents francs, ça représente pas grand-chose... Si mon défunt était là, allez ! j'aurais pas besoin de louer sa chambre mortuaire !

« S'il était là, songe Mœl, sa chambre ne serait pas *mortuaire* ! »

— En somme, combien voulez-vous, à présent ? demande-t-il, impatienté.

— Quinze cents.

— Quinze cents ce soir ; et combien demain ?

— Oh ! monsieur ! proteste-t-elle, outragée. Je m'étais trompée dans mes comptes, voilà tout ; mais maintenant, c'est fini. On en cause plus. Croyez-moi, vous serez content.

— Va donc pour quinze cents, fait-il, résigné. Vous me donnez la clé ?

— La voici. Mais vous savez ce qu'on a convenu : payables d'avance.

Il savoure tout le suc de ce *on*. Il tend l'argent.

— Vous me ferez un bout de reçu, n'est-ce pas ?

— Oui, oui, je vous le donnerai demain. J'ai confiance !

Sur cette parole réconfortante, elle le conduit à la chambre aux Arlequins.

2

On dit ici Vlaming comme ailleurs on dit Krupp, Schneider ou Ansaldo. Il y a eu la dynastie Vlaming qui a bâti les premières usines. Elle tenait à garder son personnel — à gagner sa *fidélité*, son *attachement*, disait-on lors de la pose des premières pierres — et lui a construit des maisons ouvrières toutes pareilles, cubiques, équidistantes, blanches avec les points noirs des fenêtres, alignées proprement sur les collines ainsi que des rangs de dominos. Elle a fondé une école où l'on enseigne aux enfants de ses salariés à respecter Dieu et la propriété. Elle a organisé une coopérative de consommation, une cantine ; subventionné des associations de football, de rugby, de boxe, de basket-ball ; construit une piscine, etc. De la sorte, les Vlaming se sont acquis une réputation de bons patrons qui a résisté même à la transformation de l'entreprise en Société Anonyme.

Mais les Vlaming avaient une manie : celle de mourir de mort violente ; plusieurs se sont massacrés dans des accidents de la route ou du ciel. C'est une manie qui use son monde et, peu à peu, la dynastie s'est effritée. Aux pneus, le nom de Vlaming est resté, tandis que les gros paquets d'actions passaient entre les mains des héritiers, gendres, beaux-frères, neveux, lesquels se sont révélés plus attachés à la prospérité de la maison qu'à ses traditions philanthropiques.

La ville comprend le quartier haut, étroitement aggloméré autour de la cathédrale, et les quartiers bas, plus récents, qui ont débordé tout de suite dans la plaine, et grimpent maintenant les collines à l'entour, autrefois couvertes de vignes. Le quartier haut a longtemps été celui des riches, des banquiers, des commerçants, des avocats, des fonctionnaires, lesquels jouissaient là-haut de beaucoup moins d'espace et de lumière que les ouvriers de chez Vlaming, dans leurs cités neuves, ce qui était assez scandaleux. Mais depuis quelques années, ils ont fait bâtir, eux aussi, dans la plaine. Ils ont d'ailleurs eu, quand les Américains sont venus en 44 bombarder les usines Vlaming, la consolation de voir les bombes écraser un grand nombre de maisons populaires et épargner les leurs.

Entre le quartier haut et les quartiers bas s'étendait naguère une zone de venelles obscures, de masures sordides, qui constituait le quartier pauvre d'autrefois ; les urbanistes ont taillé largement là-dedans pour y découper les belles avenues centrales qui sont maintenant l'orgueil de la cité ; mais il en reste, et ces ruelles visqueuses appartiennent aux plus misérables habitants de la ville, aux Arabes, aux malfaiteurs, aux prostituées. On l'appelle le quartier du Soleil, par dérision, sans doute, ou à cause de la *rue du Soleil* qui le traverse dans toute sa longueur et qui est la plus obscure de la ville. Dans ce milieu louche, la rue du 9-Septembre fait figure de grande dame, parce qu'elle a un pavé égal et que le côté des numéros impairs est en grande partie occupé par une longue palissade de planches, enjolivée d'affiches publicitaires ; derrière, s'amoncellent les matériaux de plusieurs maisons en voie de démolition, depuis dix ans ; les habitants de la rue ont l'espoir qu'un jour ou l'autre une belle bâtisse se dressera peut-être là.

Les établissements Vlaming se sont étendus peu à peu, en sorte que l'usine Vieille qui occupait naguère la périphérie est à peu près maintenant au centre géométrique de la ville. Ils ont rattrapé et dépassé les rampes d'essai, dressées comme d'énormes tremplins pour quelque fantastique bond dans le ciel, et poursuivent leur prolifération vers le Nord, vers Paris, vers Le Havre. Çà et là, quelques jardins verdoient encore tranquillement entre les bâtiments neufs, et continuent, comme si de rien n'était, à produire des poireaux et des échalotes, jusqu'au jour où ils seront absorbés à leur tour. Car une industrie prospère est pareille à un cancer : une seule cellule entreprend soudain de se multiplier anormalement, de grouiller, de foisonner et, petit à petit, elle finit par sucer toute la sève, toute la vie de l'organisme. Si Vlaming fermait ses portes, il y aurait dans la seule ville 15 000 chômeurs, 1 000 faillites et 50 000 personnes dans la misère.

Dès 3 heures du matin, les rues sont bruissantes de dynamos de bicyclettes, car les trams ne fonctionnent pas encore et c'est à vélo que les ouvriers vont faire la relève de 4 heures. Il en vient non seulement de tous les coins de la ville, mais encore de la banlieue plus ou moins proche, où vont les ramasser des cars spéciaux. A 4 h 30, c'est le passage de l'équipe descendante. A midi et à 8 heures, même va-et-vient. Ainsi, les formidables pulsations de l'usine rejettent toutes les huit heures son contenu d'humanité recrue et aspirent autant d'humanité fraîche.

L'usine Vieille vers laquelle se dirige Albert Mœl est entourée complètement, telle une forteresse, d'une haute muraille grise, portant sur tout son périmètre une frise noire de majuscules :

DÉFENSE D'AFFICHER
LOI DU 29 JUILLET 1881

Les fenêtres sont munies de barreaux au travers desquels les passants peuvent quelquefois apercevoir d'énormes tuyauteries. C'est là-dedans que se fait la cuisine mystérieuse du caoutchouc, dont les secrets sont protégés par un système d'enceintes, de portes, de grillages, de gardiens, d'interdictions.

Voici pourtant un portail béant ; mais il montre une pancarte : *Défense d'entrer à toute personne étrangère au service*. Dès le seuil, on est prévenu : il y a dans la maison des tas de choses défendues. Il s'en apercevra.

Défense de rouler à bicyclette dans les allées.
Défense de fumer.
Défense de cracher par terre.
Passage interdit.
Porte réservée à Pierre.
Porte réservée à Paul.

Et quand il n'y a pas d'écriteau précis, ce sont les murs nus eux-mêmes qui parlent, les machines dont les lueurs d'acier ont toujours quelque chose de menaçant, la gueule renfrognée des chefs, la puante matière première. Défense de respirer trop fort. Défense de parler. Défense de protester. Défense d'être content. Défense d'être mécontent. Défense de penser. Défense de s'ennuyer. Défense de rire. Défense d'aimer ce qu'aiment les hommes libres. Défense de désirer autre chose que ce que vous avez.

Malgré la pancarte du portail, Mœl entre et s'adresse au concierge. Celui-ci le toise en silence sans lui rendre son salut. C'est une sorte de dogue à bajoues auquel il ne manque qu'un collier à pointes.

— Pour l'embauche, où faut-il s'adresser, s'il vous plaît ?

L'autre ne répond pas tout de suite : dans ses yeux, nage une ironie satisfaite ; il est en train de savourer comme il se doit la politesse exquise du chômeur. A la fin, il tend le doigt vers une affiche, et laisse tomber seulement :

— T'as été à l'école ?

Voilà le ton qui convient entre gens de leur espèce, c'est-à-dire entre prolétaires ; Mœl n'oubliera pas la leçon. L'écriteau porte une flèche et ces mots : *Pour l'embauche, s'adresser à la première porte à droite*.

Il y a déjà une demi-douzaine de candidats qui attendent dans la petite salle qu'on veuille s'occuper d'eux. Pour le moment, ils sont assis sur une banquette de bois et regardent avec une sorte de respect un bureau vide. Sans doute est-ce là que viendra s'asseoir le personnage important chargé de les admettre ou de les renvoyer. Lorsque Mœl est entré, tous les visages se sont tournés vers lui d'un air hostile : plus ils seront nombreux, moins chacun aura de chances. La banquette est pleine ; l'un de ses occupants esquisse un mouvement de recul pour lui faire une place ; mais, comme il n'est pas imité par les autres, le vide est insuffisant ; Mœl reste debout.

— Y a longtemps que vous attendez ? demande-t-il pour dire quelque chose.

D'abord, personne ne répond ; puis l'un d'eux, le même qui s'était poussé, se dévoue, à regret :

— Une heure, par là.

Rien ne se passe, le bureau reste vide. A la longue, ils s'aperçoivent qu'ils s'ennuient de ne rien dire ; ils se mettent à faire des réflexions.

— On se croirait chez le toubib. En plus long, question d'attente.

— Si encore on était sûr d'être pris !

— Oh ! faut pas s'en faire. Paraît qu'ils prennent tout le monde. En ce moment, vous comprenez, ils ont besoin de production, à cause de l'exportation. Alors, ça turbine à plein tube.

Il y a un pessimiste qui fait :

— Ça durera pas.

— Pourquoi, que ça durera pas ?

— Vous savez bien qu'ils font uniquement du synthétique. Et leur synthétique, c'est une jolie saloperie, tout le monde sait ça. Alors, les étrangers qui achètent nos pneus et qui sont pas plus couillons que nous, ils se diront : « Leur synthétique, ils peuvent se le foutre quelque part. » Ils achèteront ailleurs, et ça sera le chômage.

— Tu dis : ils achèteront ailleurs, mais où ça, ailleurs ?

— Ben, en Amérique, en Angleterre, en Urse.

— D'accord ; mais tu crois qu'ailleurs, ils font pas aussi du synthétique ?

— Non. Ailleurs, ils ont de la vraie gomme, comme avant-guerre. Ils en reçoivent du Brésil, d'Australie, de par là-bas... de... des Iles.

— Et nous, pourquoi qu'on en recevrait pas aussi, nous ?

— Mais nous, mon pauvre vieux, avec quoi qu'on la payera, cette vraie gomme ?...

Ils en étaient là de leurs considérations quand une porte s'est ouverte et quelqu'un est entré en disant :

— Bouclez-la voir un peu !

C'est Trouillet, le chef de l'embauche. Il a une paupière qui ne s'ouvre qu'à moitié et fait croire qu'il cligne perpétuellement de l'œil. Il s'est assis derrière le bureau, a remué des paperasses d'un air soucieux, puis sans lever la tête a ordonné :

— Au premier !

Celui-ci est un jeune gars au teint coloré ; il se tient debout, silencieux, appuyé sur une seule jambe, attendant qu'on l'interroge. Trouillet lève enfin son œil disponible, et le contemple un instant. Le jeune gars semble hypnotisé par la grosse paupière à demi close. Trouillet doit être particulièrement chatouilleux de cet endroit-là, il se met à gueuler :

— Qu'est-ce que t'as à me reluquer comme ça, petit salaud ? Veux-tu ma photo ?

L'autre rougit ; puis il avale sa salive, se dit sans doute que cet homme qui l'insulte doit être puissant dans la maison, et que c'est son droit de l'appeler salaud s'il lui plaît. Trouillet lance un regard de défi sur le reste du troupeau, tous jugent prudent de regarder ailleurs. Puis, un peu calmé par cette soumission, il demande avec brusquerie :

— Qu'est-ce que tu sais faire ?

— Je... je... bredouille l'autre.

— Je-je !... Qu'est-ce que tu faisais avant de venir ici ?

— J'étais paysan.

— La terre est basse !

— C'est pas ça. On est quatre garçons chez nous et deux filles, sans compter les vieux ; alors, y a pas du travail pour tous.

— Bon, bon. Au fond, je m'en fous. Seulement, ici on plante pas des choux. Alors, sais-tu faire quelque chose en dehors de ça ?

Il hésite un moment, réfléchit, puis déclare :

— Je sais marcher en bicyclette.

Tout le monde rigole, même Trouillet.

— J'ai compris, fait-il enfin. Manœuvre. Ton nom ?

— Cassis... Jean.

— Cassis ?

— Oui, Cassis, Jean.

Le chef hausse les épaules, devant un nom aussi idiot. L'autre n'a même pas l'air, d'ailleurs, de se rendre compte.

— Ton âge ?

— Vingt-quatre ans.

— Voici des feuilles que tu rempliras, pour la Sécurité. Rapporte-les demain matin, et présente-toi à 4 heures au service de découpage des gommes. On t'expliquera ton boulot.

L'autre tourne les papiers entre ses doigts d'un air embarrassé, et reste là, comme une salade.

— Eh bien ! Déménage ! s'écrie Trouillet avec ce grand geste des deux bras dont on fait envoler les corbeaux.

— Combien c'est-y que je vas gagner ?

— T'occupe ! Tu sauras ça dans quinze jours, quand on te payera. Au suivant.

L'examen continue. Tous sont acceptés. Le tour de Mœl arrive. A la question :

— Qu'est-ce que tu sais faire ?

— Rien, qu'il répond.

— A la bonne heure. Toi, au moins, t'es régulier, fait Trouillet. Pourtant, tu m'étonnes.

— Pourquoi ?

— Quel âge as-tu ?

— Trente-cinq ans.

— On arrive pas à trente-cinq ans sans savoir faire quelque chose. Allons, t'as bien une spécialité ?

— Ma spécialité peut pas vous servir.

— Dis toujours. On sait jamais.

— Non, je vous dis. Je demande une place de manœuvre.

L'autre se pétrit la joue gauche entre le pouce et l'index avec perplexité. Cela lui donne l'air d'avoir, de ce côté aussi, quelque fluxion.

— Montre tes mains, ordonne-t-il tout à coup... C'est bien ce que je pensais : un intellectuel. Monsieur est peut-être un artiste ?

— Vous vous trompez.

— Le métier nourrit donc plus son homme ? C'est bon. Tu veux une place de manœuvre ? On va t'en donner une, mon gars. Tiens : voici tes papiers. Présente-toi demain au magasin du noir. Une bonne petite planque, tu verras : tu m'en diras des nouvelles. Donne-moi maintenant ton nom et ton prénom...

Le travail du noir est d'une simplicité enfantine. Il consiste à coltiner d'un endroit à l'autre des sacs de noir animal, à les ouvrir, à les vider dans des chariots. Ou encore, quand le noir arrive de la gare, à aller le prendre dans les camions, à l'empiler dans le magasin jusqu'au plafond en grimpant à des échelles. Certains jours, pour changer un peu, on tamise la poudre. Mais de toute façon, on vit dans le noir animal huit heures par jour : on le tripote, on le mange, on le respire.

A en croire les étiquettes des sacs, il y a douze ou quinze sortes de noir ; mais ceux qui le manipulent ne distinguent guère l'un de l'autre. Ils ont même de la peine à se distinguer entre eux, tant ils sont pareils : des fantômes noirs dans l'atmosphère noire d'un lieu où tout est noir, sauf le blanc des yeux. De temps en temps, Mazurier, le contremaître des poudres, les réconforte :

— Vous en faites pas, les gars. Le noir, ça désinfecte, c'est bien connu : on en fout dans les chiottes. Alors, si ça vous salit un peu le dehors, comment que ça vous nettoie le dedans !

Et il s'en va en rigolant, tandis que six ou sept paires d'yeux blancs se tournent vers lui.

Après le travail, tu passes à la douche. Mais le noir ne s'en va jamais tout. Il en reste sous les ongles, dans les cheveux, dans les plis de la peau. Quand tu craches, tu craches noir. Quand tu te mouches, tu te mouches noir. Et Mazurier de vous consoler :

— Faut pas vous plaindre. Tout ce noir-là que vous emportez, le patron pourrait vous le faire payer. C'est du détournement, ça ! Et voyez s'il est brave : il vous en fait cadeau !

Ceux du noir envient ceux des poudres moins salissantes : le soufre, le kaolin, les résines, et tous ces produits qu'ils ne désignent que par leur couleur : le rouge, le vert, le bleu. Ceux des poudres envient ceux des mélangeurs, parce que leur travail est tranquille et presque propre. Ceux des mélangeurs envient ceux des boudineuses : ils ne risquent pas comme eux de se faire manger les mains par les cyclindres qui pétrissent la gomme. Ceux des boudineuses envient les façonneurs qui gagnent beaucoup plus. Les façonneurs envient les gratte-papier qui sont au chaud l'hiver, au frais l'été et ne risquent pas d'attraper d'ampoules, sauf au cul, à force d'être assis. En somme, il n'y a que ceux du noir que personne n'envie. C'est là que travaille Albert Mœl.

Le soir, quand sa journée est finie, quand il a soupé à la cantine, il regagne la rue du 9-Septembre. Il va à pied, car prendre le tram, ça ne l'avance guère. Il y a quand même une bonne demi-heure de route. Avec application, il avance chaque jambe, l'une après l'autre ; cela lui rappelle le régiment, les jours de marche, les derniers kilomètres... Au coin de la rue Traversière, il rencontre une putain, adossée à l'angle du bar-tabac, toujours la même, son sac en nylon noir sous le bras gauche. Le premier soir, quand il est passé près d'elle, elle l'a appelé doucement ; il l'a regardée et a souri, sans s'arrêter ; alors, elle s'est crue encouragée, l'a suivi pendant quelques pas ; mais comme il ne répondait point à ses propositions et continuait de sourire, elle l'a pris pour un cinglé et l'a laissé filer. Maintenant, quand il passe, il ne fait rien pour la voir ni pour l'éviter ; elle hausse les épaules et lui tourne le dos.

Cependant, ses jambes continuent à le porter ; il se fie à elles — elles connaissent la route — et, un peu plus tôt ou un peu plus tard, il arrive devant le n° 18. C'est alors qu'il apprécie le secours de la corde crasseuse qui l'aide à grimper les deux étages. Tant que ses membres sont en mouvement, ça va encore ; mais dès qu'il se laisse tomber sur son lit, toute sa fatigue lui dégringole dessus, lui écrase la poitrine, les reins, les épaules, les membres ; il a l'impression qu'il ne réussira jamais à la cuver tout entière.

Le sommier de la veuve Dupic est affaissé dans le milieu, il produit un horrible grincement quand on s'y enfonce ; et lorsqu'on est au fond, il est difficile d'en sortir. Chaque matin, pour se lever, Mœl doit jeter les jambes de côté, se cramponner des deux mains aux montants, opérer un rétablissement sur le ventre et se laisser glisser par terre. Au début, il n'y arrivait pas ; mais tout est affaire d'habitude.

C'est comme pour dormir. Les premières nuits lui ont été presque aussi pénibles que les journées. Il continuait en rêve son travail de l'usine. Il empilait des sacs, et des sacs, et d'autres sacs, et toujours des sacs, à des hauteurs qui n'en finissaient plus. Le toit du magasin s'élevait vertigineusement à mesure qu'il grimpait à son échelle. Que de noir ! De quoi noircir toute la ville, tout le département, le monde entier !

— Vous en faites pas, les gars ! ricanait Mazurier en découvrant ses dents pointues. On s'habitue très bien au noir : voyez les Sénégalais ! Est-ce qu'ils se plaignent, eux ?

Quand Mœl se retournait pour chasser le cauchemar, il mettait en branle la machinerie du sommier dont la musique le réveillait. Maintenant, il s'est accoutumé, il dort mieux.

Il lui faut mener un an au moins cette vie-là, sans s'occuper d'autre chose. Être pendant un an manœuvre chez Vlaming. Voilà. C'est tout. Et autant que possible, manœuvre dans les travaux les plus sales, les plus esquintants. Pour ça, d'ailleurs, il n'y a pas à dire, il a été bien servi. Trouillet, qui l'a pris pour un artiste en chômage et qui a cru lui jouer un bon tour en le colloquant au magasin du noir, lui a donné exactement ce qu'il souhaitait. Tout de même, certains soirs, il a envie de barrer un jour sur son calendrier, comme au régiment.

De temps en temps, la veuve Dupic vient lui proposer ses services. Elle s'assoit, essoufflée, examine en silence les murs, les meubles, le plafond. Il avait cru d'abord que c'était pour constater s'il n'avait rien détérioré ; mais elle lui a donné par la suite une raison plus noble.

— Vous pouvez pas croire ce que ça me fait, dit-elle, chaque fois que j'entre dans cette pièce.

Et aussitôt elle explique ce que ça lui fait.

— Y me semble que mon pauvre Dupic est encore là... dans ce lit... qu'y va se lever et me dire : « Bonjour, mon petit. » Y m'appelait comme ça : mon petit.

Sa voix tremble un peu. C'est ridicule et c'est touchant, que quelqu'un ait jamais eu l'idée de dire « mon petit » à cette grande seringue-là, avec son profil en zigzag et son chignon rond sur sa tête grise. Ce que c'est que la tendresse !

— Je dois vous dire qu'il avait quinze ans de plus que moi... Moi, je croyais pas à la mort, je voulais pas y croire. Mais lui, toujours si raisonnable, il me disait comme ça : « Mon petit, faut pourtant bien te faire à cette idée. L'un de nous partira un jour le premier, et ça sera moi, probablement, puisque je suis le plus vieux. — Y a pas de raison, que je répondais. — Mais si, mais si, faut pas être aveugle. Moi le premier, c'est normal ; ça serait pas juste que ça soye autrement. » Ah ! quel brave homme ! Quelle crème d'homme !

Elle se mouche, s'essuie longtemps les yeux ; puis elle reprend ses confidences :

— Quand il s'est senti partir, il m'a dit comme ça : « Tu vois que j'avais raison. Ça m'ennuie pourtant bien de te quitter, mon pauvre petit. Surtout que je te laisse pas beaucoup d'argent. » Vous comprenez, il avait travaillé toute sa vie chez Vlaming, comme vous en ce moment. A l'entretien, qu'il était. Vous savez ce qu'on y gagne. Alors, il me disait : « Surtout que je te laisse pas beaucoup d'argent. C'est triste de pas pouvoir mourir tranquille. » Moi, je le rassurais, bien sûr. J'y répondais : « Faut pas te frapper à mon sujet, Dupic. Moi, je me débrouillerai toujours. » Il a quand même voulu me signer une procuration pour pouvoir toucher son carnet de Caisse d'Épargne et qu'y ait pas de droits à payer. Il pensait à tout.

Elle se mouche encore.

— Le dernier jour, il pouvait plus causer. Mais ses yeux me quittaient pas : ils me causaient, ses yeux, ils me causaient. On avait été vingt ans ensemble ; c'est pas énorme, mais c'est déjà beau. Sans une dispute. Jamais une parole plus haute que l'autre. J'avais ses mains dans les miennes, et tout par un coup, je les ai senties, ses mains, qui me serraient... qui me serraient. Ç'a été fini, c'est comme ça qu'il m'a dit adieu. Quelle crème d'homme ! Quelle crème d'homme !

— Vous n'avez pas d'enfants ? demande Mœl pour l'aider à chasser les souvenirs funèbres.

— Non, malheureusement. C'était son grand chagrin, à Dupic. Les premiers temps, on espérait, on espérait ; mais jamais rien ne venait. Lui, il le montrait pas, mais je voyais bien que c'était son grand chagrin. J'aurais bien voulu lui donner cette satisfaction ; je vous jure que Dupic et moi, on a jamais rien fait contre, comme y en a. Au contraire. Seulement, que voulez-vous : j'étais stérile. Y avait rien à faire, pas ? On a tout essayé : les médecins, les drogues, les prières, les cierges. Zéro.

— Vous n'avez pas eu l'idée d'en adopter un ?

— Si, on y a pensé. On a même fait une demande. Seulement, les enfants des autres, c'est pas pareil. On connaît pas les parents, on a peur de mal tomber. Ce qui fait qu'on a jamais pu se décider à aller en choisir un. Alors, savez-vous ce qu'on a fait ? On a adopté un chat.

— Un chat ?

— Oui. Une chatte, plutôt. On l'avait baptisée Pomponnette. Bien élevée, affectueuse et tout. C'est pas comme un enfant, je sais bien ; pourtant, vous pouvez pas croire comme Dupic l'aimait, cette bête. Et elle aussi, elle nous aimait. Quand Dupic est mort, croyez-moi si vous voulez, elle a pas pu résister : huit jours après, pfutt !...

Et d'un geste expressif de la main, elle indique que Pomponnette s'était aussi envolée vers le ciel.

— Vraiment ? fait Mœl impressionné ; elle est morte de chagrin ?

— Elle était devenue toute patraque, tout endormie. Plus aucun appétit. Un matin, elle traversait la rue sans faire attention à rien ; une voiture l'a écrasée. Je vous demande un peu : elle qu'était si agile avant, si dégourdie !...

Au bout d'un moment, elle s'en va en emportant le linge sale.

— Si vous avez besoin de quelque chose, recommande-t-elle, faut pas vous gêner. Je vous rapporterai votre linge lundi. Allons, au revoir, monsieur Mœl.

Elle prononce Moèle, depuis qu'elle a vu le nom écrit sur la carte de visite.

Il fait peu à peu connaissance avec les autres habitants du 18. Plusieurs fois, il a rencontré dans l'escalier un homme élégant, le feutre sur l'oreille, qui, au début, l'a examiné avec une curiosité un peu blessante, et le salue à présent avec une politesse exagérée.

Sans chercher à le savoir, il a appris que tout le monde désigne l'homme au feutre sous le nom de M. Stéphane, qu'il vit d'une profession mal définie, qu'il dépense beaucoup d'argent en cravates et en chaussettes.

— Sitôt qu'elles ont un trou, lui a confié la veuve Dupic qui blanchit tous les locataires, il les jette. Si c'est pas malheureux : des chaussettes presque neuves ! Il dit comme ça qu'il peut pas supporter les reprises, que ça lui blesse les talons. Y a vraiment du monde délicat !

C'est extraordinaire ce qu'on peut apprendre de choses sur les gens en lavant leur linge sale ! Que de secrets racontent aux initiés les draps, les serviettes, les mouchoirs, les taies d'oreiller ! Montre-moi tes vieilles chemises, je te dirai qui tu es. Ainsi, pour ne parler que de ses clients de la maison, elle a découvert que la demoiselle du second, qui travaille à la Poste Centrale, crache le sang : ses mouchoirs en sont pleins. Jamais on ne se douterait, à voir sa bonne mine, que cette fille-là s'en va de la caisse ! M. Richard, qui est vendeur aux Galeries Lafayette, fume dans son lit : ses draps sont pleins de trous. La veuve Dupic a découvert encore la première, peut-être même avant son mari, que la petite Mme Baudron était enceinte, par l'absence soudaine de certaines pièces de linge qu'elle avait coutume de laver chaque mois.

Ces Baudron sont les voisins immédiats de Mœl ; leur chambre est contiguë à la sienne, de sorte qu'il est malgré lui le témoin auditif de leurs scènes de ménage. Le mari travaille aux abattoirs ; il en rapporte des tripes le samedi soir ; le lendemain, une odeur d'entrailles cuites éclipse celle des waters, remplit la maison, annonce aux locataires avec une exactitude de calendrier : c'est dimanche. Baudron est un gaillard large d'épaules, rouge et frisé, qui serait assez bel homme s'il ne louchait ; mais ça n'est pas gênant, pour un tripier. Auprès de lui, sa femme est toute petite ; sauf le ventre, naturellement, d'une énormité grotesque, qui attire l'œil comme le paratonnerre attire la foudre. Ses jupes en sont remontées par-devant si haut qu'on lui voit les genoux. C'est une de ces personnes qui ont la maladie de la propreté ; malgré son état, on peut la voir chaque jour, agenouillée sur une serpillière à cause de son fardeau qui l'empêche de s'accroupir, en train de lessiver son plancher. Malheureusement, son mari n'a pas les mêmes goûts, ce qui provoque la plupart de leurs disputes.

La petite Mme Baudron — on l'appelait ainsi avant sa situation et l'on continue —, la petite Mme Baudron n'a d'ailleurs pas froid aux yeux : son mari la tabasse, mais elle ne se laisse pas tabasser sans protester. Alors, elle si propre dans son intérieur, elle emploie des mots fort sales qui, invariablement, attirent les mêmes ripostes :

— Je t'emmerde ! lance-t-elle.

— Et moi, donc !

— Merde, merde et merde !

— Mange ! Plein ta gueule, c'est la mesure !

La parade est réglée une fois pour toutes. Après, viennent généralement les coups qui font pleuvoir d'autres mots sales. Tout le monde plaint la petite Mme Baudron d'avoir affaire à une pareille brute.

Un soir, on frappe à la porte d'Albert : c'est l'homme au feutre sur l'oreille, M. Stéphane.

— Monsieur Moèle, n'est-ce pas ?

— Oui, monsieur.

— Me permettez-vous d'entrer un instant ? J'ai à vous parler.

M. Stéphane s'exprime avec une distinction qu'on n'a pas l'habitude d'entendre au 18. Une fois assis, il ôte son chapeau, et l'on s'aperçoit qu'il est chauve ; voilà pourquoi il ne se découvre guère, et seulement à la dernière extrémité.

— Vous vous attendiez peu, évidemment, à me voir chez vous ce soir, monsieur Moèle, avouez-le.

La manière dont il prononce son nom révèle qu'il s'est informé auprès de la veuve Dupic.

— Je l'avoue.

— Voilà : je suis dans les affaires.

Il a prononcé cela d'un air important ; il se tait un moment pour donner à l'expression le temps de faire son effet.

— Je ne pense pas avoir besoin de quoi que ce soit, s'excuse Mœl.

— Oh ! on a toujours besoin de quelque chose. Et moi, je suis en mesure de vous fournir tout ce que vous désirez.

— Mais je vous répète...

— Allons, permettez que je vous aide. Je sais ce que c'est : avec leur rationnement du diable, leurs inspecteurs, leurs amendes, le client se méfie : c'est bien naturel. Mais avec moi, vous n'avez rien à craindre. Rien à craindre ! répète-t-il en scandant chaque syllabe de sa main levée, le pouce et l'index joints. Tous les locataires de la maison sont mes clients, en commençant par Mme Dupic. Voyons, que vous faut-il ? Du café ? de l'huile ? du beurre ? J'ai tout ça à votre disposition — sans tickets, naturellement — et à des prix à peine plus élevés qu'au marché officiel.

Albert se borne à secouer la tête doucement :

— Je prends tous mes repas à la cantine, ce qui fait que je n'ai besoin de rien.

— Bon, bon, je n'insiste pas. J'ai aussi le côté industriel : bons d'essence, lampes de T.S.F., tissus...

— Je ne manquerai pas, à l'occasion...

— ... cigarettes américaines. Ça ne vous dit rien ?

— Merci. Je ne fume pas.

— Vous êtes décourageant ! s'exclame-t-il tout en conservant son aimable sourire. Vous prenez pourtant bien quelques petits plaisirs ? Quelques distractions ?

— Oh ! fait Mœl sans se compromettre.

— Hé ! hé ! Est-ce que... ? hein... ? Je vois ce que c'est.

Il cligne de l'œil.

— Vous êtes seul, vous travaillez tout le jour, sans famille, probablement. Moi, je vous comprends très bien, et je ne vous blâme pas. Loin de là ! Je sais ce que c'est que les hommes seuls, puisque j'en suis un. On revient dans une chambre vide, on s'ennuie, c'est pas une vie, quoi !

Il prend le temps de sortir un étui à cigarettes, le tend à son interlocuteur qui refuse.

— Pardon ! C'est vrai, j'oubliais.

Ce sont des cigarettes américaines, naturellement. Il en pétrit une longuement entre ses doigts, d'un geste sensuel ; puis il l'allume, les yeux clignés, en penchant la tête de côté pour éviter la flamme du briquet.

Enfin :

— Je disais donc que ça ne peut pas durer comme ça éternellement, et je suis l'homme qu'il vous faut. Avant d'être dans les affaires, j'étais garçon de café ; dans ce métier, on voit du monde ; on se fait un tas de relations... des hommes, des femmes, des banquiers, des artistes. De tout, quoi. Vous, ce qui vous convient, je le vois très bien. Vous êtes l'homme sérieux, rangé, discret, qu'a des principes. Alors, le genre facile, évaporé, ne vous va pas du tout. Ce qu'il vous faut, c'est quelqu'un de convenable, de présentable et surtout de discret. J'ai compris.

— Pour quoi faire ?

— Allons donc ! Faites pas le cachottier plus longtemps avec moi. J'ai compris, que je vous dis !

Et il éclate d'un rire canaille.

— Ça aussi, ça entre dans mon rayon. Remarquez bien que moi, j'ai pour principe de ne pas écorcher le client. Faut pas tuer la poule aux œufs d'or, comme dit le proverbe. Alors, soyez tranquille de ce côté-là. Et pour ce qui est de la santé — vous me comprenez ! — rien à craindre : garantie cent pour cent ; vous pouvez y aller. Donc, il vous faut une petite fille sérieuse, affectueuse et tout. Si quelqu'un la remarque, vous dites : « C'est une parente qui vient me rendre visite. » C'est permis, ça ? J'en connais une d'épatante, et qui n'a presque pas servi. Occasion unique. Situation de famille intéressante. Faut bien s'entraider, entre ouvriers, pas ? C'est une bonne action que vous ferez là, monsieur Moèle. Avec ça, pas exigeante, vous verrez. Naturellement, faites vos conventions à l'avance, mais je suis sûr que votre prix sera le sien. Elle s'appelle Lili. C'est gentil, Lili, hein ?

Mœl est devenu pourpre et sent en lui deux sentiments contraires en train de se colleter : l'envie de jeter dehors ce sale petit homme au crâne obscène, et l'envie d'éclater de rire. Sans un mot, il prend le chapeau que M. Stéphane avait déposé sur la table, et le lui tend en lui montrant la porte. L'autre d'abord n'a pas l'air de saisir ; puis il rougit et enfin ricane :

— Oh ! pardon ! Monsieur n'aime pas ça non plus ? Monsieur est un chaste ? A moins que Monsieur ne préfère l'autre sexe ? Fallait le dire plus tôt ! J'ai cet article-là aussi dans mes rayons.

Il coiffe sa calvitie du feutre qu'on lui tend et s'en va en tortillant du postérieur.

Comme il rentrait en fin de journée, la veuve Dupic a entrouvert sa porte :

— Monsieur Moèle !

Il a cru qu'il s'agissait de son linge ; mais elle avait un air mystérieux qui annonçait autre chose. Elle parlait à voix basse :

— Vous allez sûrement être dérangé ce soir, monsieur Moèle, peut-être toute la nuit.

— Dérangé ? Par qui ?

— Vous savez bien : la petite Mme Baudron. Son moment est venu.

— Son moment est venu ? Ah ! vous voulez dire qu'elle est sur le point de...

Et elle, refusant toujours d'accorder son participe :

— Oui, vous m'avez compris. J'y ai bien conseillé d'aller à la Maternité, vu qu'on y est bien soigné, à ce qu'on dit. Et aussi rapport à la tranquillité des autres locataires. « Aller à l'hôpital, moi ? qu'elle m'a répondu. Jamais ! — S'agit pas de l'hôpital, ma petite dame, que j'y ai expliqué. La Maternité c'est fait exprès pour fabriquer les enfants comme la charcuterie pour fabriquer les saucisses. » Rien à faire ! C'est une personne têtue !

Il a croisé sur le palier Baudron lui-même, qui s'est excusé à l'avance du dérangement probable.

— Laissez ! laissez ! a protesté Mœl. Ne vous occupez pas de moi. Que faut-il vous souhaiter : une fille ou un garçon ?

— Oh ! moi, vous savez, je prendrai ce qui viendra.

— Vous avez raison. Alors, je souhaite que tout se passe vite et bien.

Il avait envie de prononcer d'autres paroles, mais il s'est mordu les lèvres en pensant : « Trop tôt encore ! »

De la chambre voisine lui parviennent les gémissements de la petite Mme Baudron. Il entend tout ce qui se dit, tout ce qui se fait, comme s'il participait lui-même à la fête.

— Ah ! madame Plaget, demande la patiente à la sage-femme qui l'assiste, croyez-vous que ça sera long ?

— Je ne sais pas, mon enfant. On ne peut jamais prévoir ces choses-là.

— Ne me quittez pas, madame Plaget, ne me quittez pas !

— Non, non, soyez tranquille : je resterai jusqu'au bout, jusqu'à ce que tout soit terminé.

Mme Plaget est cette petite femme potelée, vêtue de sombre, qui cache en marchant, avec une sorte de pudeur, ses mains dans ses manches, comme les moines ; ses mains dont elle sait faire tant de choses mystérieuses. Elle se glisse discrètement dans les maisons où il y a des enfants, les emmène elle-même quand il faut chez une voisine ; puis, lorsque tout est achevé, elle va les reprendre et leur dit :

— Viens voir le joli frère que je t'ai apporté.

Aussi, ceux du quartier la connaissent-ils et la regardent-ils avec respect lorsqu'elle passe dans la rue, les mains dans ses manches ; alors les petits disent aux tout petits :

— Tu vois : c'est la dame qui t'a apporté chez nous.

Les grands, eux, rigolent doucement. Ils essaient de déniaiser les autres en leur expliquant que tout ça, c'est du flan, du boniment que les parents racontent aux gosses, qu'en réalité tout se passe autrement et que ce sont leurs mères qui les ont faits comme les chiennes font leurs chiots. Mais cette histoire paraît si invraisemblable qu'on ne les croit pas toujours et qu'on préfère croire Mme Plaget. La meilleure preuve qu'elle dit vrai, c'est qu'elle est toujours présente lorsque arrive un petit frère ou une petite sœur.

La petite Mme Baudron a l'air de supporter son mal avec courage ; elle se contente de gémir :

— Ha !... ha !... que je souffre !

On entend des fioles qui tintent, une cuvette qu'on remplit et qu'on vide, une porte d'armoire qui grince. Mœl imagine Mme Plaget préparant ses outils, son linge, ses antiseptiques. Il s'est mis deux boules de coton dans les oreilles pour essayer de dormir quand même. Un moment après, vient une accalmie.

« Allons, songe-t-il, tout se passera bien. Quand je me réveillerai, ce sera fini. »

Cet espoir aidant, il réussit à s'assoupir.

Au milieu de la nuit, un cri horrible l'arrache de son sommeil :

— Il me tue !... Il me tue !...

Mais ce n'est qu'une façon de parler, car à partir de cet instant la petite Mme Baudron ne cesse de manifester par ses hurlements qu'elle est encore bien vivante. Jamais Mœl n'a entendu rien de pareil. Il pense à ce que devaient être ces affreux supplices du Moyen Age, quand on arrachait aux gens les ongles, la langue, les yeux ; quand on leur broyait les poignets, les tempes, les testicules ; quand on leur rôtissait les chairs, avec assez de mesure cependant pour ne leur ôter qu'au dernier moment la vie, quand ils auraient épuisé leur faculté de souffrir ; et il imagine que les suppliciés devaient pousser des cris pareils. Avec cette différence que ces malheureux pouvaient implorer leurs bourreaux, garder dans leurs atroces douleurs l'espérance de les attendrir ; ou que du moins ils pouvaient se soulager en les insultant. La petite Mme Baudron, elle, porte en elle-même sa torture et son tortionnaire. Et Mœl songe encore à la malédiction que Dieu lança contre la première femme pour la punir de son premier péché :

Je vous affligerai de plusieurs maux pendant votre grossesse ; vous enfanterez dans la douleur...

Soudain éclatent dans la chambre voisine des sanglots insolites, des protestations. C'est le tripier qui menace de prendre une crise de nerfs et que la sage-femme s'efforce de mettre à la porte :

— Allez vous promener, ça vous passera. Mais pour l'amour du ciel, sortez de cette pièce !

Un moment après, une porte s'ouvre, et Baudron s'enfuit en dégringolant l'escalier comme un fou. Les cris d'assassinée continuent :

— Au secours !... Au secours !... Aidez-moi !

— Je suis là, mon enfant. Soyez tranquille, tout ira bien, la rassure doucement Mme Plaget. Mais criez tant que vous voudrez, si ça vous soulage.

Comme si elle n'attendait que cette permission, elle redouble de hurlements. Inutile de poursuivre le sommeil. Albert tourne le bouton électrique et regarde l'heure : minuit et demi. Il lui avait semblé dormir plus longtemps. Mais en somme, il ne lui reste plus que cinq heures à passer dans sa chambre ; après quoi, il se lèvera, partira au travail, et, en admettant qu'à ce moment sa voisine ne soit pas encore délivrée, elle le sera à son retour. Pour tromper le temps, il allonge la main vers une petite étagère d'angle, entre le lit et le mur. Il y a là trois bouquins que son prédécesseur a oubliés en partant. Il prend le premier ; c'est un traité de *Pathologie végétale*. Il l'ouvre au hasard et lit :

MALADIES DES GROSEILLIERS

I. — *Dégénérescence du cassissier.*

Angl. Reversion, nettle leaf (=feuille d'ortie).

Cette maladie appartient à ce type d'affection dont les caractères équivoques font osciller l'esprit entre l'hypothèse d'une maladie physiologique et celle d'une maladie infectieuse ; elle a été étudiée seulement en Angleterre (Lees, 1919, etc.) et les derniers auteurs (Amos, Hatton, Knight et Massee, 1927) la considèrent comme étant probablement une maladie à virus inoculée au cassissier par l'acarien de l'Erinose (Eriophyes ribis).

Au point de vue morphologique, elle présente des analogies avec le court-noué de la vigne, et au point de vue de l'évolution générale, avec cette dernière affection et avec les maladies de la dégénérescence du pêcher et de la pomme de terre...

Il ne va pas plus avant, et referme le livre en se disant qu'il est sans doute nécessaire que des gens pensent, écrivent et lisent des choses pareilles pour que les groseilliers produisent des groseilles.

Il ouvre le second ouvrage et lit :

ÉTUDE PHYSIQUE DES SYMÉTRIES

sons la vibration rectiligne incidente verticale et horizontale.

Conformément au § 320, on constate pour des valeurs croissantes de Δ des changements de sens de la rotation. Un pouvoir rotatoire invariable, ρ produit des rotations Θ de sens différents, suivant l'intensité de la double réfraction.

Nous avons démontré au § 320 la formule suivante :

$$tg\ 2\,\Theta = -\frac{2\,h\,(I + h^2)\,\sin\delta}{(I - h^2)^2 + 4\,h^2\cos\delta},$$

où Θ est l'angle qui fait avec la vibration initiale (supposée dirigée suivant l'une des sections principales) le grand axe de l'ellipse émergente : Θ mesure donc la rotation. On remarquera qu'il conserve la même valeur quand on remplace h *par* I : h.

Cela continue ainsi pendant quatre cents pages. En vérité, son prédécesseur, l'étudiant sale, était un garçon savant. Mais ce qui l'étonne le plus, c'est de voir que les hommes qui savent tant de choses n'ont pu expliquer pourquoi la femme, seule entre toutes les femelles, alors que les autres mettent au monde avec la plus grande facilité parfois une douzaine de petits, éprouve de si grandes douleurs à en enfanter un seul.

Il a remis les livres en place, et va essayer de se rendormir malgré les hurlements, quand on frappe à sa porte.

— Qui est-ce ?

— Moi, Baudron, votre voisin.

— Je viens.

Il se lève en pyjama. Le tripier apparaît, hagard, le visage ruisselant de larmes.

— Faut m'excuser, hoquette-t-il, mais je peux plus rester seul. Je deviens dingue. J'ai vu de la lumière sous votre porte ; alors, j'ai frappé. Faut m'excuser.

— Allons, allons, je vous comprends. Asseyez-vous, je vais vous offrir quelque chose.

Il a une bouteille de rhum dont il se sert en hiver pour les grogs, et lui en verse deux doigts. Baudron avale de travers, s'étouffe, mêle ses larmes à son rhum. Curieuse chose que de voir pleurer un gaillard de cette taille !

« C'est le premier boucher que je vois pleurer », songe Mœl.

Il y a dans les cris de la femme des hauts et des bas ; pour l'instant ses douleurs semblent lui laisser quelque répit, ce qui permet à Baudron de vider son verre.

— Encore une goutte ? offre Mœl.

L'autre accepte sans rien dire, et boit. Soudain les hurlements reprennent de l'autre côté de la cloison. Baudron lâche le verre qui s'écrase sur le parquet, et il s'enfuit en se bouchant les oreilles, tandis que Mœl ramasse les débris. « Eh bien ! pense-t-il. Voilà un homme qui me semble aimer sa femme. Qui donc prétendait que c'était une brute ? »

Mais après tout, son bouleversement n'est peut-être qu'un effet de ce spectacle inhumain, de ces cris déchirants ; il y a des gens qui ne peuvent supporter ça.

Au matin, lorsque Albert quitte la maison pour se rendre au travail, la petite Mme Baudron hurle encore. Les rues sont presque désertes. De temps en temps passent des cyclistes : des pêcheurs, les cannes ficelées au cadre de leur machine ; des garçons et des filles qui rient et s'interpellent. Un groupe de scouts conduits par un abbé se dirige vers la gare. C'est vrai qu'on est dimanche aujourd'hui. Mais il n'y a pas de dimanche chez Vlaming. On doit nourrir de caoutchouc l'immense machine dont la faim ne s'apaise ni le jour ni la nuit, ni à aucun moment de la semaine. Pourtant, au 18 de la rue du 9-Septembre, ce dimanche ne sera pas comme les autres dimanches : il ne sentira pas les entrailles cuites.

Albert rentre plus tôt que d'habitude ; à la fatigue de la journée s'ajoute celle d'une nuit blanche, et il se réjouit à l'idée de se mettre au lit de bonne heure. Une fois n'est pas coutume. En passant, il demandera par politesse à la veuve Dupic comment cela s'est terminé chez les Baudron, si c'est un garçon ou si c'est une fille. Mais dès qu'il a mis le pied dans le couloir du 18, il s'aperçoit que rien n'est changé depuis le matin : les mêmes cris déchirants remplissent la maison. Seulement, comme il y a environ vingt-quatre heures que la petite Mme Baudron s'époumone de la sorte, sa voix s'est étranglée, est devenue rauque, ses hurlements ressemblent à des râles.

Un moment, Mœl songe à aller chercher un autre refuge pour la nuit ; mais il ne connaît personne, l'hôtel est cher et il n'aime pas changer ses habitudes. Il décide de rester. Après tout, ça ne peut plus durer longtemps : à présent, le dénouement est proche.

Vers 11 heures du soir en effet, c'est Mme Plaget qui à son tour jette un cri, un cri de triomphe :

— Ah ! le voilà ! Il se décide. Oh ! le petit brigand ! Courage, ma fille !

Mais l'opération est encore laborieuse.

— Poussez ! Poussez ! conseille la sage-femme. Comme si vous étiez aux waters. N'ayez pas peur : poussez de toutes vos forces !

Et l'on entend l'accouchée qui accompagne ses efforts avec des exclamations de bûcheron :

— Han !... Han !... Han !...

Bientôt, le nouveau-né émet un miaulement grêle, tandis que la mère, épuisée, se tait enfin. Un autre destin d'homme commence.

Les jours suivants, Albert croise plusieurs fois son voisin dans l'escalier. Mais le boucher détourne la tête ou se contente d'un salut des paupières, on ne peut plus froid. Mœl se demande les raisons de cette attitude étrange, et il finit par trouver une explication plausible : Baudron lui en veut de l'avoir reçu chez lui la nuit de l'accouchement, de l'avoir consolé, de lui avoir offert du rhum, de l'avoir surpris dans cette attitude indigne d'un homme et d'un boucher ; il lui en veut d'avoir été le témoin de ses larmes, de son affolement, de sa faiblesse. Comme si Mœl avait acquis un droit sur lui. Comme s'il pouvait se permettre à présent de sourire sur son passage et de le regarder avec ironie — ce qu'il ne fait pourtant point. Voilà pourquoi Baudron évite de le saluer.

L'enfant n'a que cinq jours et déjà la mère a quitté son lit, recommencé à laver, frotter, astiquer. Le nettoyer lui est indispensable comme le manger et le dormir. Les querelles sont revenues aussi, d'abord contenues, puis plus violentes, avec les mêmes mots sales. Cependant, ce soir, les Baudron se sont couchés assez calmes ; le boucher sifflotait en quittant ses chaussures. Après, il y a eu un assez long chuchotement qui a fini par hausser le ton. Mœl a bien été obligé de comprendre.

— Fous-moi la paix, disait la femme.

— Ben, il me semble qu'il y a un bout de temps que je te la fous, la paix. Neuf mois, exactement.

— Y a pas une semaine que le petit est né, j'ai encore le ventre ficelé, j'ai mal partout, j'ai aucune force, et tu veux...

— Oh ! des forces ! des forces ! T'en as bien pour laver le plancher !

— Alors, tu me reproches à présent de tenir ta maison propre ?

— Bon, bon. Puisque c'est comme ça, c'est toi qui l'auras voulu : demain, je vais au boxon.

— Fais ce que tu voudras, je m'en fous.

— Allons, sois gentille. Tu vas quand même pas me forcer... Un homme marié !

— Merde et merde !

— Plein ta gueule ! C'est la mesure !

La réplique a jailli, toute prête. Mais à la fin, c'est quand même elle qui a cédé.

Le lendemain, Mœl a déplacé son lit pour que la tête en soit tournée vers le mur le plus éloigné de la chambre voisine. Et comme c'était un dimanche, la maison a senti de nouveau les entrailles cuites.

3

La cantine occupe quatre baraques en bois, dans l'enceinte de l'usine Vieille : deux pour les ouvrières, deux pour les hommes. Une cinquième sert de cuisine, et les femmes qui portent les plats font la navette entre celle-ci et les autres. Au milieu, se trouve un petit parterre rond dans lequel fleurit un V de violettes et de giroflées, sigle de la maison.

Les baraques sont de la construction légère : les planchers fléchissent quand on marche dessus ; mais on y a chaud quand même en hiver, grâce à une dérivation des tuyauteries de vapeur qui suit les plafonds sur toute leur longueur. On y a chaud l'été, aussi.

Les serveuses ont des tabliers blancs qui portent sur le ventre, en grosses lettres rouges : *Cantine Vlaming*. Comme ça, pas moyen de les détourner de leur vrai usage, les tabliers c'est comme les couverts : le dos de chaque fourchette, de chaque cuiller porte cette édifiante inscription : *Volé à la cantine Vlaming*. Toutefois, à part cette enseigne, les filles ressemblent à de vraies serveuses de restaurant. Sauf aussi qu'elles sont, en général, moins jolies. Mais pour ce prix-là, on ne peut tout avoir. En outre, elles offrent cette supériorité qu'on n'a pas à leur laisser de pourboire.

La direction subventionne la cantine, tu n'y payes que 35 francs par repas, alors que le plus modeste restaurant de la ville en demande 50 ou 60. Ici, pour la pension complète : 65 francs. Hors-d'œuvre, légume, viande, dessert, pain à volonté, quart de vin. On ne peut pas se plaindre. Il y a même une serviette : en papier transparent, grande comme une pochette.

Les tables sont de huit couverts et l'on vous sert aussitôt que la vôtre est complète. Le premier jour, Mœl, qui ne connaissait personne, est allé s'asseoir à une table quelconque ; mais on lui a dit :

— Non, ici, c'est un copain. Tu comprends, on a l'habitude d'être ensemble. Va plutôt vers les tables du fond.

Il est donc allé vers une table du fond. Longtemps, il est resté seul, car ceux qui entraient avaient tous une place habituelle et se dirigeaient vers elle sans hésitation. A la fin, quand tout a été garni, sont arrivés quelques retardataires et, presque d'un coup, ils ont été huit. On s'est mis à manger en silence parce qu'on avait faim et que la présence de cet inconnu gênait un peu. Puis, quand le trou a été un peu comblé, on s'y est mis. On a parlé du repas, parce que c'était la chose la plus immédiate, et puis du temps et du travail, qui n'étaient pas bien éloignés non plus. L'un est venu à se plaindre des contremaîtres, particulièrement de Laborde, qui sévit au rechapage.

— Quelle tête de vache ! Figurez-vous que ce coco-là, parce que j'ai raboté un peu trop deux ou trois vieilles carcasses, me fait sauter une semaine de primes. Ah ! on peut dire qu'il défend l'intérêt des patrons, celui-là.

— C'est comme Boudon, chez nous, aux régénérés. Tout le monde l'appelle Bidon. Ça c'est un fait, c'est connu. Et puis c'est pas bien méchant : Boudon, Bidon, c'est du kif. Sans compter que, fort du bide comme il est, le nom lui va bien, c'est un fait. Alors, on voit pas pourquoi ça le met dans des rognes pareilles, ce nom-là ! Hier, v'là un nouveau qui s'amène, et on lui passe la consigne : « Méfie-toi de Bidon ; il aime l'ordre, la propreté et tout ; c'est un fait. » Nous, on croyait que le gars était au courant qu'en réalité l'autre s'appelle Boudon, et pas Bidon. Dans la matinée, le contremaître se ramène et il fait comme ça au bleu : « C'est vous, Un Tel ? — Oui, m'sieur Bidon », que lui répond l'autre. Si t'avais vu c'te tronche, du gars Bidon ! « Y a pas de Bidon ! qu'il se met à gueuler. Je m'appelle Boudon. Je vous l'apprendrai si vous le savez pas, moi. Et je vous conseille de vous tenir à carreau ! » Nous, tu parles si on se marrait ! N'empêche que le lendemain, c'est un fait, il y a fait sauter deux jours de primes, au gars, rapport qu'il avait, soi-disant, oublié de graisser son moulin.

Mœl ne dit rien parce qu'il n'a rien à dire et parce que personne ne s'adresse à lui. On le regarde avec méfiance : il est nouveau, il se tait ; et puis, il y a en lui quelque chose qui le distingue d'eux, sans qu'on sache bien quoi. Peut-être ses mains ; peut-être sa façon de manger. S'il ne veut pas éveiller de soupçons, il faudra qu'il apprenne à se remplir la bouche comme eux d'énormes fourchetées qui te gonflent les joues ; à écraser ses pommes de terre pour pomper le jus ; à appeler la viande de la « barbaque », le fromage du « frometon », le poivre de « l'avoine de curé » ; à se curer les dents avec la pointe du couteau ou les ongles ; à roter de satisfaction quand le repas est fini ; à mettre son couteau dans sa poche et à se taper le ventre en déclarant :

— Encore un que Boucharel aura pas !

Boucharel est le directeur général des usines Vlaming. Comme si ce n'était pas Boucharel qui le leur avait donné, ce repas !

Mais il ne peut tout apprendre en un jour ; il s'y fera petit à petit : il a du temps devant lui.

Le lendemain, quand il est revenu à la même table, elle était déjà complète ; non, sans doute, qu'on ne voulût plus de lui, mais parce que ça s'était fait comme ça. Il s'est donc mis à une autre. Le repas a été animé par une discussion fort étrangère à la maison. On ne sait pas comment cela a commencé ; toujours est-il que deux qui se faisaient vis-à-vis n'étaient pas d'accord sur les différences entre un croiseur et un torpilleur. Particulièrement sur les questions de blindage et de tonnage. Les autres, qui étaient absolument incompétents, admiraient bouche bée ces gens qui pouvaient soutenir de pareilles disputes. Peu à peu, les choses se sont envenimées ; les gars se sont échauffés, ont commencé à s'injurier. Pour finir, l'un a jeté son verre de vin à la figure de l'autre ; il a fallu les séparer sans qu'on sût au juste ce qui était le plus gros d'un croiseur et d'un torpilleur.

Mais c'est là un genre de discussion qu'on entend rarement à la cantine Vlaming. D'ordinaire, les sujets de conversation ne sortent pas des soucis quotidiens : le travail, les patrons, les chefs, les salaires, la politique, le ravitaillement, la famille, la maladie. Les jeunes parlent aussi du sport et des femmes. Les vieux parlent de l'avant-guerre et du jardinage. Mœl, lui, s'est promis de parler le moins possible, jusqu'à ce que le moment soit venu. Et le moment n'est pas encore venu. Aussi change-t-il de table souvent pour ne pas être amené à faire de confidences, comme font les autres. Eux, on sait tout de suite qui ils sont, d'où ils sont, ce qu'ils pensent et comment ils caressent leur femme. Lui, il se tait. Seulement, ce silence systématique a fini par éveiller les soupçons qu'il croyait éviter. On le regarde à présent de travers. On a remarqué son habitude de se promener de table en table, de tout écouter et de ne rien dire. Un jour, quelqu'un a fait allusion à certains mouchards payés par les patrons pour les renseigner sur ce qui se dit et se fait dans l'usine. Ajoutant que ces mouchards-là pourraient bien se faire moucher une fois ou l'autre.

— C'est pour moi que tu parles ? demande Mœl en regardant l'autre dans les yeux.

Celui-ci est un gros calibre, tout en poitrine et en épaules, avec une mâchoire énorme ; il a réalisé devant eux, une fois, la prouesse de manger les noix de son dessert avec leur coquille.

— P't-être bien, fait-il avec insolence. Qu'est-ce que t'en penses ?

— Je pense que tu te fiches dedans sur mon compte.

— Pas prouvé.

— Pas prouvé ? Si j'étais un mouchard comme tu crois, est-ce qu'on me donnerait le plus sale boulot de la boîte ? Et ce boulot, est-ce que je le fais pas ? Est-ce que je fais semblant de manger tous les jours mon noir, ou si je le mange pour de bon ?

— Les patrons sont malins. Ils t'ont donné ça pour tromper le monde, justement ; pour qu'on te soupçonne pas.

— Admettons. Pourtant, si j'étais ce que tu dis, faudrait qu'on me balade d'atelier en atelier, du noir aux mélangeurs, de la confection aux presses, des jantes aux tuyaux, du rechapage aux chaudières. Or mon noir, y a trois mois que j'en bouffe, sans bouger.

— Si t'es pas un mouchard, qui c'est que t'es, alors ? Moi, tout le monde sait qui je suis. J'ai rien à cacher. Je suis Souchard, quarante-six ans, façonneur ; j'ai une femme et trois gosses ; veux-tu mon adresse ? Et je te dirai aussi que j'attends le jour où ce que la classe ouvrière prendra le pouvoir, bottera le cul aux capitalistes en général, à Boucharel et à ses larbes en particulier, et leur fera boulotter à leur tour de la vache enragée. Voilà. Tout le monde sait ça. Mais peut-être que Boucharel le sait pas encore, lui, et je te conseille d'aller le lui apprendre tout de suite.

Les voisins de Souchard essaient de le calmer :

— Gueule donc pas tant ; c'est pas la peine qu'on t'entende.

— M'en fous, qu'on m'entende !

Tous les yeux sont fixés sur Mœl ; on attend ce qu'il va répondre. Il est pâle, mais n'a pas un frémissement. Il se contente de répéter avec calme :

— Tu te trompes, je suis pas un espion.

— Mais qui donc que t'es, vingt dieux ? braille l'autre. Dis-le donc ! Dis-le donc, qui c'est que t'es !

— Je suis manœuvre au magasin de noir, et je m'appelle Albert Mœl.

— Et puis ?

— Et puis quoi ?

— En dehors de ça, qui c'est que t'es ? Car faut pas nous bourrer le mou : t'es autre chose. Ça se voit ! Tu pues le bourgeois à dix mètres.

— Je suis ce qu'il me plaît d'être ; ça te regarde pas.

— On le saura ce qu'il te plaît d'être, sois tranquille.

— Alors, tu m'espionneras, toi qui m'accuses de vous espionner ?

— On le saura d'une façon ou d'une autre.

— Je te le dirai moi-même quand je le pourrai.

— T'es peut-être quelque prince qui s'est fait manœuvre incognito ? ricane Souchard. Pardon excuse, Altesse ! En tout cas, je peux te dire qu'on fera gaffe à tes manigances. On fera gaffe !

Et, satisfait d'avoir eu le dernier mot, il lui tourne le dos en clignant de l'œil vers les autres.

Quelques jours après, Toveron a abordé Mœl. La sirène avait annoncé le changement d'équipes, et il se dirigeait vers les douches quand il s'est senti taper sur l'épaule : c'était Toveron. Il savait que celui-ci était quelque chose, en dehors de ses fonctions de tourneur à l'atelier des matrices.

— C'est toi, Mœl ? a-t-il demandé.

— Oui, c'est moi.

— T'as pas payé ta cotisation.

— Quelle cotisation ?

— Ta cotisation syndicale, tiens !

— Ah ! c'est toi qui es chargé...

— Oui. Je suis trésorier adjoint.

— Il s'agit du syndicat C.G.T., n'est-ce pas ?

— Naturellement. Du seul syndicat qui défende la classe ouvrière, du seul syndicat propre et honnête. Ses dirigeants ne se laissent pas graisser la patte par les patrons, comme ceux des autres syndicats, pour trahir les intérêts de l'ouvrier. Je pense que t'es d'accord ? a-t-il ajouté d'un ton de défi.

— J'ai pas d'avis là-dessus, réplique Mœl froidement ; je connais pas assez vos dirigeants.

— Tu peux leur faire confiance.

— Je préfère m'abstenir.

— T'abstenir ? Qu'est-ce que ça veut dire ?

— Ça veut dire que je m'inscris pas et par conséquent que je paye pas.

Toveron le fixe un moment de ses yeux jaunes.

— T'es donc pas avec nous ? fait-il gravement. Alors, t'es contre nous !

— Qui, nous ?

— Nous, la C.G.T., répète Toveron impatienté. Est-ce que tu crois que je fais partie des enfants de Marie ?

— Et qu'est-ce que c'est, la C.G.T. ?

Le trésorier adjoint le regarde comme on regarderait un fou.

— Toi, t'es dingue, ou tu veux me mettre en boîte.

— Pas du tout. Je parle sérieusement ; qu'est-ce que c'est, la C.G.T. ?

— C'est un syndicat, ou plutôt, c'est l'ensemble des syndicats.

— Et à quoi ça sert, un syndicat ?

— A défendre les intérêts de l'ouvrier, tiens !

— Bon. Est-ce que les ouvriers n'ont pas tous les mêmes intérêts ?

— Si. Voilà justement pourquoi ils doivent se syndiquer.

— Si les ouvriers ont tous les mêmes intérêts, explique-moi pourquoi il y a trois syndicats, ici, chez Vlaming ? Est-ce qu'ils ne veulent pas tous obtenir les mêmes choses ?

— Peut-être ; mais par des moyens différents.

— Explique.

— Par exemple, si tu vas chez les C.F.T.C., eux, ils prétendent défendre les prolétaires avec des messes et de l'eau bénite.

— Ils font jamais grève ?

— Oh ! quand ils la font, c'est bien malgré eux. C'est des mous, quoi !

— Et l'autre syndicat, F.O. ?

— Ceux-là, c'est tous des pourris, des traîtres et des vendus qui nous ont lâchés.

— Voilà ce que tu penses d'eux. Et que penseront-ils de moi si j'entre à la C.G.T. ?

— Ils te détesteront, te mépriseront, te traiteront de moscoutaire. Mais tout ça, c'est de la merde.

— Et toi, que penses-tu d'eux ?

— Je les déteste et je les méprise aussi.

— Alors, faudra que je me mette à détester tout ce monde-là ? Ceux de Force Ouvrière, ceux de la C.F.T.C. ?

— Tu feras comme les frères. Ce qui compte en premier lieu, c'est que tu adhères et que tu payes ta cotisation.

— Faudra aussi que je déteste les cadres, les patrons et les non-syndiqués ?

— Logique.

— Pardonne-moi, Toveron. Je peux pas adhérer à ton syndicat.

— Pourquoi que tu peux pas ?

— Parce que je me sens pas dans le cœur assez de haine pour haïr tout le monde en bloc.

Mœl se rendait compte qu'on n'éprouvait pas beaucoup de sympathie pour lui, dans ce milieu dont il se distinguait malgré lui par mille riens : son langage involontairement distingué, ses salopettes qui ne laissaient voir ni ses genoux ni ses fesses, son peu de résistance à la fatigue qui lui valait souvent d'être traité de tire-au-cul par Mazurier, un geste insignifiant mais dont l'idée ne serait jamais venue aux autres. Comme cette habitude qu'il avait de se moucher et de cracher dans son mouchoir.

Cependant, depuis six mois qu'il mangeait le noir animal de Vlaming, il avait réussi à se faire quelques copains. Soit parce qu'ils étaient moins sensibles que Souchard à son odeur de bourgeois, soit parce qu'il leur avait rendu de menus services, ou simplement parce qu'ils se voyaient chaque jour, partageaient les mêmes inquiétudes et suaient les mêmes sueurs.

Par exemple, il y avait Brahim, un jeune Arabe, maigre comme une araignée, manœuvre comme lui, et qui savait à peine quatre mots de français. Il portait des croix bleues entre les sourcils et sur le dos des mains ; mais dès qu'il avait travaillé une heure, ces signes disparaissaient de même que le cuivre de sa peau : il n'était plus lui aussi qu'un spectre de suie aux yeux blancs. On lui confiait les tâches les plus dures, parce qu'il avait les épaules larges et qu'il ne savait pas protester.

A la cantine, sa grande terreur était qu'on lui fît absorber de la viande de porc à son insu. Chaque fois que venait le plat de « barbaque », il demandait en le désignant du doigt :

— Ahlouf ?

— Non, non, faisaient les autres. Pas ahlouf. Macache ahlouf.

Rassuré, il se jetait sur sa part qu'il tenait avec les doigts. Les autres se divertissaient à lui faire ronger les os. Un jour qu'on avait véritablement apporté du cochon :

— Macache ahlouf ! assurèrent ses voisins, comme d'habitude.

Puis, quand il eut fini, on lui montra en rigolant ce qui restait dans le plat :

— Ahlouf ! Oui, cochon, ahlouf !

L'Arabe cessa de mâcher :

— Ahlouf ? répéta-t-il, hagard.

— Oui, oui ! Ahlouf ! Cochon ! Ahlouf !

Alors, furieux, il se jeta sur les autres à coups de poing et de pied ; il fallut se mettre à quatre pour le maîtriser tandis qu'il insultait en arabe tous les roumis de la table et que les horions pleuvaient sur son crâne rasé.

C'est ainsi qu'on le civilisa. On lui apprit de même à boire le vin, en mêlant du vin blanc, puis du rouge. Peu à peu, Brahim se résigna, prit même goût à la chose. Enfin, Toveron le convainquit de verser sa cotisation au syndicat. Désormais, il n'y eut plus de différence entre lui et les prolétaires européens, à part son habitude d'être plus sale, plus déguenillé que les autres, et la façon curieuse dont il acceptait de gagner de l'argent. On lui disait :

— Brahim, attrape !

Et l'on jetait par terre, devant lui, une pièce de cent sous. Lui, qui connaissait la combine, se baissait pour ramasser la pièce en braquant son postérieur vers le ciel. Alors, celui qui avait jeté la pièce shootait dans ce derrière tendu un formidable coup de pied qui envoyait le Bicot fouir la terre du groin, tandis que tous les spectateurs se tapaient sur les cuisses. Pour cent sous, ces prolétaires, auxquels symboliquement et gratuitement on faisait si souvent la même chose, pouvaient se permettre de botter réellement le cul à un de leurs semblables. Tout le monde était content : eux de s'être offert cette satisfaction, lui d'avoir gagné ses cinq francs.

Albert, qui avait assisté deux ou trois fois à ce jeu, dit un jour de même à Brahim :

— Brahim, attrape !

L'autre le regarda un instant de ses yeux tristes, puis il se baissa, résigné, offrant son derrière pour que Mœl y cueillît comme les autres cette joie, qui n'appartient qu'aux puissants de la terre, de pouvoir humilier impunément. Il attendit un moment dans cette posture ; puis voyant que rien ne se produisait, il se redressa, surpris, prêt à rendre la pièce.

— Non, garde-la, fit Mœl. Et quand tu auras besoin de cent sous, viens me trouver : je te les donnerai.

Les autres n'eurent pas l'air d'apprécier la leçon.

Journet aussi est son copain. Cela s'est fait tout seul. D'abord parce qu'il travaille aux poudres, ce qui est un peu la même chose que le noir, et qu'il prend comme lui ses repas à la cantine ; enfin parce qu'ils habitent le quartier du Soleil. Ils ont pris l'habitude de rentrer ensemble le soir. Car Journet est un garçon sérieux ; il ne fréquente guère les bistrots ni les cinémas : il veut s'établir. A la vérité, il y a déjà un bout de temps qu'il pense à ça, puisqu'il aura bientôt quarante ans. Seulement c'est un malchanceux. Il a fréquenté pendant dix ans une fille de son pays ; ils étaient d'accord sur tous les points, sauf sur un seul : elle qui habitait la campagne ne voulait pas quitter la ferme qu'elle exploitait avec son frère et sa mère ; lui ne voulait pas, étant maître chez soi, s'en aller dans une maison où on le traiterait en domestique. Sans compter que la vie de péquenot ne lui disait rien du tout. Voilà. Pendant dix ans, chacun était resté sur ses positions. Si bien que la fille, voyant approcher l'âge canonique, avait fini par en épouser un autre.

— Si c'est pas malheureux, soupire Journet en contant son histoire, d'être têtu comme ça !

C'est de la fille qu'il parle, naturellement.

— Pourtant, ajoute-t-il, si elle s'était décidée, elle aurait pas été malheureuse chez moi. J'ai tout ce qu'il faut : le fourneau, le buffet, le lit, l'armoire, six draps métis et six draps coton, la table, les chaises, la vaisselle. Tout, quoi. Et dire que cette tête de mule-là...

Il soupire encore. Mœl s'efforce de lui rendre l'espoir.

— Bah ! il y a d'autres femmes sur la terre, mon gars. Seulement, faut te dépêcher un peu : tu commences à te déplumer !

C'est vrai. Ça ne se remarque pas, bien sûr, quand il a sa casquette ; mais s'il lui arrive de la quitter, on s'aperçoit que son front lui grimpe jusqu'au sommet du crâne, et cela lui cause beaucoup de souci. Il a essayé vingt sortes de lotions, d'enduits, de pommades ; dans les publicités des journaux, il est à l'affût de toutes les drogues nouvelles ; certaines fois, il pue à dix mètres. Rien n'y fait. Chaque jour, le désert s'étend un peu plus sur sa tête. Avec ça, ni beau ni jeune ; il a trente-neuf ans, mais en paraît quarante-cinq. Alors, se dépêcher, c'est facile à dire !

— Quand je regarde dans la rue une femme qui me conviendrait rapport à l'âge, dans les trente, trente-cinq ans, explique-t-il, elle lève même pas les yeux sur moi. Ça lui vient pas à l'idée. Ou si elle me regarde, c'est par hasard, parce que je suis en face d'elle, je lui fais autant d'effet qu'un bec de gaz. Faut dire aussi qu'à cet âge-là elles sont quasiment toutes mariées, mères de famille et tout. Si j'en reluque une plus jeune, si j'essaie de lui sourire, ou bien ça la fait marrer, ou bien elle devient rouge de colère ; je sens que si j'insiste elle va crier au secours et appeler un agent.

Il regarde avec envie les couples qui passent bras dessus bras dessous, se donnant la main, ou entourés d'enfants.

— Oh ! moi, je serais pas exigeant, confie-t-il avec mélancolie. Je voudrais une femme qui ait quelques années de moins que moi, gentille, et ensuite, un gosse ou deux. C'est tout. Le reste, argent, beauté, situation, je m'en fous. Ça paraît simple, comme ça, facile à trouver. Et c'est introuvable.

Ils marchent un moment en silence ; Journet regarde Mœl de biais ; il semble hésiter à poser une question embarrassante.

— Je voudrais te demander quelque chose, se décide-t-il enfin.

— Vas-y.

— Toi, est-ce que tu cherches pas à te marier ? Tu dois pas être bien loin derrière moi, question d'âge ?

— Trente-cinq ans.

— C'est bien ce que je pensais. Alors, la vie de garçon, ça te va ?

— Mais oui, fait l'autre en riant. On peut très bien vivre sans femme, tu sais.

— Je dis pas. Remarque bien que pour moi, si je cherche quelqu'un, c'est pas tant à cause du truc. Non. C'est de vivre toujours seul comme ça, qui me pèse. Et puis ça m'ennuie de voir mon ménage, mes casseroles, ma vaisselle qui servent à rien. Mais toi, les occasions ont pas dû te manquer ; t'es plutôt beau garçon, sans te vanter.

— Je me suis jamais occupé des femmes. J'y pense pas.

— Ça, c'est drôle, alors ! C'est pas normal, ça !

— Disons, si tu veux : j'y pense plus, ça m'a passé.

— Là je te comprends mieux. Quand même, à ton âge, c'est drôle. Enfin, tout le monde est pas fait pareil. Pourtant, s'il se trouvait par hasard une occasion...

— Une occasion ?

— Oui. Si quelque femme s'intéressait à toi, et que toi ça t'intéresse pas, tu pourrais lui dire : « Je connais un gars sérieux, affectionné et tout, et qui de plus a son ménage tout monté dans un joli petit appartement de deux pièces. » C'est des choses qui comptent, ça ! En somme, tu pourrais me la refiler.

Mœl sourit et lui promet tout ce qu'il veut. Ils sont arrivés à l'endroit où leurs routes divergent ; l'un va prendre à droite par la rue du Soleil qui rejoint la rue du 9-Septembre ; l'autre à gauche pour monter vers la vieille ville. Cependant, Journet ne semble pas avoir encore vidé tout son sac. Il a attrapé son camarade par un bouton de sa veste et ne le lâche plus, comme pour dire : « Si tu veux ton bouton, faut que tu m'écoutes jusqu'au bout. »

— En dehors de ça, continue-t-il, j'ai bien ma petite idée.

— Ah ! Ah !

— Oui. Y a déjà quelqu'un que j'ai remarqué et qui ferait assez mon affaire, si elle voulait. Quelqu'un que tu connais. Devine un peu.

Albert écarte les bras d'un geste d'ignorance. Alors, Journet :

— La Louise.

— Quelle Louise ?

— Louise Orliac, celle qui nous sert à table, à la cantine. Qu'est-ce que tu en penses ?

— Ma foi, je t'avoue que je l'ai à peine regardée.

— Tu la regarderas, et tu me diras si c'est pas une personne qui me conviendrait. Seulement, pas un mot, hein ? Tout ça doit rester entre nous. Elle se doute de rien, et je voudrais pas... tu me comprends ?

— Oui, oui, sois tranquille.

Les jours suivants, Mœl examine Louise Orliac. C'est la plus jeune des serveuses, la seule jeune, même, peut-on dire. Trente ans, peut-être. Brune, vive, enjouée, élégante dans sa robe noire et son tablier blanc à enseigne : *Cantine Vlaming*. Il y a bien longtemps que les yeux de Mœl ne s'étaient attardés ainsi sur une femme ; mais il le fait dans une intention pure. Cependant, elle s'aperçoit qu'il la regarde, elle lui sourit. Prodigue-t-elle comme ça ses sourires à tout le monde ?

On ne peut dire le contraire : Journet a bon goût ; mais il semble peu probable qu'elle s'intéresse jamais à lui.

L'instant d'après, elle apporte les légumes à la table de Mœl. Il a l'impression qu'elle se penche un peu trop vers lui, plus qu'il n'est nécessaire pour déposer le plat. Devant ses yeux passe un bras nu, blanc dessous et rouge dessus. « Elle a attrapé un coup de soleil », songe-t-il.

C'est tout ce que ça lui fait. Elle lui sourit encore et s'en va. Au bout d'un instant, il constate qu'il reste d'elle une odeur de violette. Ce parfum l'agace. D'abord, tout ce qu'il mange, le riz, la salade, le ragoût, a l'air assaisonné à l'eau de violette. Ensuite, il n'aime pas les femmes qui sentent. Malgré lui, il ne peut s'empêcher de penser — objectivement, scientifiquement — aux mille ruses de guerre qu'emploient ces créatures pour allécher le mâle. Elles livrent un assaut à tous ses sens, offrant à ses yeux tout ce qu'elles peuvent découvrir de leur personne, non point selon la décence, mais selon la mode du moment ; à ses oreilles, le timbre étrange de leur voix et de leur rire ; à ses lèvres, la tentation des leurs ; à ses mains, celle de leur peau ; à ses narines, leur parfum. Puis, d'un sursaut, il repousse violemment toutes ces images, s'applique à ne penser qu'à ce qu'il a dans la bouche.

Le soir, Journet lui demande :

— Alors, t'as observé la Louise ? Quelle est ton opinion ?

— Heu... c'est une fille comme les autres.

— Crois-tu qu'elle voudrait de moi ?

— Faut le lui demander.

— Moi ?

— Naturellement, toi !

— Jamais j'oserai faire ça.

— Tu as peur ?

— J'ai honte. Elle va se foutre de moi, c'est sûr.

— Si elle se moque de toi, c'est qu'elle est pas digne d'être ta femme.

— Oh ! c'est plutôt moi qui suis pas digne d'être son homme. Je me fais pas d'idées, va.

— De toute façon, faut que tu lui parles.

— Non, non. Si je lui parle, c'est raté.

— Si tu lui parles pas, c'est raté aussi.

— Moi, je sais bien ce qu'il faudrait. Je le sais bien.

— Quoi donc ?

Mais Journet se contente de secouer la tête, n'osant aller plus loin. Enfin, il se décide :

— Tu devrais parler à ma place.

— Moi ? Tu rêves ?

— Je rêve pas. Tu t'expliquerais mieux que moi, tu lui ferais comprendre. Et puis, si ça la fait rigoler, du moins, je le verrais pas, et comme ça... je... ça me... tu comprends ?

— Oui, oui, bien sûr. Mais ces trucs-là, c'est pas des commissions faciles ! C'est trop personnel. Je sais pas du tout si je saurai la convaincre, j'ai pas l'habitude des femmes, moi.

— Et moi, est-ce que j'ai l'habitude ?

— De toute manière, il faut attendre une occasion.

— Une occasion ? Pas besoin d'occasion. Tu lui dis comme ça : « Voilà. J'ai à vous causer. » Et puis, tu y vas carrément, tu déballes le paquet.

L'idée semble absurde à Mœl ; mais Journet le regarde avec une humilité si suppliante qu'il n'ose refuser de façon nette.

— On verra, promet-il vaguement. J'essaierai.

Jamais il n'a été chargé d'une mission aussi délicate. Ça paraît tout simple d'aborder une femme et de lui dire : « J'ai à vous causer. » Mais en fait, c'est extrêmement compliqué. Il commence à comprendre pourquoi Journet n'a jamais eu ce courage.

Un jour, il reste dans les derniers à la cantine. Il s'amuse exprès à rouler interminablement une cigarette, car il a appris aussi à fumer, à ramasser les miettes de tabac tombées sur la table, à tortiller l'un des bouts pour que rien ne se perde, à la fumer aussi lentement que possible. La Maison est pleine de sollicitude pour eux : elle a déposé sur chaque table de petits cendriers en forme de pneus. Lorsqu'il y a fait tomber toute la cendre de sa cigarette, qu'il a eu soin de récupérer dans sa blague le mégot, il reste encore beaucoup de monde dans la salle ; la Louise est partie vers les cuisines et voici qu'elle ne revient plus. Au bout d'un moment, la sirène sonne et il doit partir. C'est raté pour aujourd'hui.

Une autre fois qu'elle est là, occupée à essuyer les tables, il se lève, décidé à parler. Il reste debout un moment près d'elle qui lui tourne le dos et ne le voit pas. Il toussote et dit d'une voix un peu étranglée :

— Mademoiselle !

C'est idiot de l'appeler comme ça : tout le monde ici lui dit « Louise ». Beaucoup, même, la tutoient. Elle se retourne et sourit encore. Toujours ses sourires agaçants. Comme s'il allait lui débiter des galanteries ! Elle a d'ailleurs un curieux sourire en coin, irrégulier : elle s'efforce de cacher qu'il lui manque une dent, et c'est ce qui lui donne cet air dissymétrique.

— Vous désirez ?

N'a-t-elle pas mis un grain d'ironie dans sa question ? Que va-t-elle penser s'il lui dit maintenant : « Voilà : j'ai à vous causer » ? Il se contente de répondre d'un ton un peu bourru :

— J'ai perdu mon couteau ; vous ne l'auriez pas vu par hasard ?

Providentielle, cette histoire de couteau. Providentielle et vraie :

seulement, il y a trois ou quatre semaines qu'il l'a perdu, ce couteau, c'est ce qu'il ne dit pas. Elle lui pose des questions, et il doit le décrire longuement : la lame, le manche, les signes particuliers.

— C'est un couteau que j'avais pendant la guerre, explique-t-il. Nous ne nous étions jamais quittés, lui et moi. Alors, vous comprenez, j'y tenais.

Tout ça c'est assez plausible, mais n'arrange pas l'affaire de Journet. Celui-ci demande, le soir :

— Alors, c'est fait ? T'y as causé ?

— Pas encore. Prends patience.

Journet soupire d'un air malheureux. De la patience, il en a : il l'a prouvé. Mais c'est l'espoir qui lui manque. Quand il rentre chez lui, il ouvre son armoire, contemple tristement ses draps de métis, ses draps de coton, ses serviettes-éponges, ses serviettes nids-d'abeilles, tout ce beau linge neuf qu'il conserve depuis quinze ans dans la poussière et qui ne sert à rien, qui n'est là que pour le coup d'œil, comme les pièces d'un musée.

Mœl lui propose un jour :

— Et si tu lui écrivais ?

— Moi, lui écrire ? Je fais trois fautes par mot.

— Je les corrigerai, tes fautes. Je te ferai même un brouillon, si tu veux.

— Alors, tu refuses de lui parler ?

— Non, mais il vaudrait peut-être mieux que tu écrives.

— Tu te dégonfles, quoi ! répond Journet amèrement. Tu me laisses choir !

— Pas du tout ! Je te propose...

— C'est bon. Je sais ce qu'il me reste à faire.

A la vérité, il l'ignore encore ce qui lui reste à faire ; il n'en a pas la moindre idée. Mais il lui plaît de peser sur la décision de son ami par cette menace imprécise.

— Tu vas pas te suicider, non ? demande Mœl en riant.

— Oh ! non. Seulement, je... Tu verras, tu verras !

— Allons, je lui parlerai, puisque tu y tiens tant.

Journet s'en va en haussant les épaules, l'air découragé.

Quelques jours après, comme il allait quitter le réfectoire de la cantine, Louise Orliac retient Albert par le bras :

— J'ai peut-être trouvé votre couteau.

— Vraiment ?

— Venez voir. Suivez-moi.

Elle l'emmène vers les cuisines : une odeur de choux et de graillon les enveloppe. La fille disparaît dans la baraque en disant :

— Je reviens, attendez-moi ici.

Pour s'occuper et se donner une contenance, il lit le menu du soir, écrit à la craie sur une ardoise :

Potage vermicelle
Choucroute garnie
Salade
Fromage

D'autres ouvriers le consultent aussi et maugréent :

— Encore de la choucroute ? Ben vrai ! Ils se cassent pas la nénette pour trouver du changement.

Et ils crachent par terre avec dépit. Un camion décharge des cageots de laitues. Des fûts remplis d'eaux grasses partent vers la porcherie, dans un bâtiment voisin dont les pensionnaires affamés poussent des grognements stridents. Ainsi, rien ne se perd dans l'entreprise. La Maison Vlaming trouve même le moyen de faire consommer à ses ouvriers les épluchures et les eaux de vaisselle, transformées en viande de cochon.

Louise revient avec le couteau et son éternel sourire dissymétrique. Elle lui met le premier dans la main et demande :

— C'est le vôtre ?

Il voudrait bien pouvoir lui faire plaisir et dire : « C'est le mien en effet. » Seulement, ce n'est pas le sien. Elle n'a cependant pas l'air désappointée quand il le lui rend ; on dirait qu'elle s'y attendait.

— Mille regrets, fait-il.

Allons, que va-t-il ajouter maintenant ? Va-t-il laisser perdre cette occasion de lui parler de son copain ? Elle lève les yeux sur lui et ne sourit plus. Pourtant, elle continue à sentir la violette outrageusement.

— Je voudrais... commence-t-il.

Odeur de violette et odeur de choucroute : ça ne va guère ensemble. L'affaire ne peut se traiter ici. Et puis toutes sortes de gens les regardent, d'un air d'avoir deux airs : les cuisinières, les serveuses, ceux qui déchargent les laitues. On toussote ironiquement dans son dos : « Hum ! Hum ! » Louise, elle, ne dit rien. Elle joue négligemment avec le couteau. Elle porte à l'annulaire droit une petite bague avec une perle en verre bleu.

— Je voudrais vous parler, Louise.

— Parlez.

— Non, pas ici. Il y a trop de monde.

— C'est important, ce que vous voulez me dire ?

— Oui, très important.

— Vous me faites peur !

C'est faux ; elle n'a pas peur du tout : ses yeux rient.

— Est-ce que ce sera long ? demande-t-elle encore.

— Non... je ne sais pas. Ça dépend de vous.

— De moi ? Vous m'intriguez. Dites-moi au moins de quoi il s'agit.

— Non, non, pas ici, je vous répète.

— Mais c'est un rendez-vous, que vous me demandez ?

— Heu... oui. A peu près.

Cette fois, elle éclate de rire, en oubliant de cacher la place de la dent qui manque. Puis elle redevient sérieuse.

— Bon. Alors, vous voulez venir m'attendre ce soir à la sortie ? Disons, vers 6 heures et demie.

— D'accord. A ce soir.

La sirène hulule : 2 heures moins 10. Les ouvriers de chez Vlaming ont encore dix minutes pour gagner les vestiaires, se mettre en tenue de travail, rejoindre leur atelier, glisser leur carte dans les horloges pointeuses. Les allées grouillent de cyclistes et de piétons. Les premiers vont suspendre leur machine sous l'abri à bécanes et se précipitent pour rattraper les autres. Au second coup de sirène, il faut que tout le monde soit en place. Mœl prend cependant le temps de courir après Journet, de lui annoncer :

— C'est ce soir que je lui parle. A 6 heures. Alors, pas la peine de m'attendre.

Journet rayonne comme si déjà il était agréé. Mœl retrouve ses sacs de noir animal. Tandis que ses membres travaillent, sa tête est libre ; il aiguise des arguments, prévoit les objections et leur prépare des réponses.

Dès le coup de 6 heures, il se précipite aux douches. L'eau savonneuse tombe en écume noire autour de ses pieds, sur le carrelage qui dessine en lettres de faïence le nom de la maison : VLAMING. La touaille porte en broderie rouge le même nom, sur toute la longueur du lé. Afin qu'on sache bien que tout ici appartient aux Vlaming, que ce sont des gens soupçonneux et qu'on ne les vole pas facilement.

Le concierge assiste à la sortie du personnel, debout sur les marches de sa loge, avec son air hargneux de bouledogue.

Défense d'entrer. Entrée interdite à toute personne étrangère au service. Défense d'afficher. Loi du 29 juillet 1881...

Il est dehors. Ouf ! On respire mieux. Il a plu dans l'après-midi, sans qu'on s'en soit aperçu aux ateliers où l'on n'entend d'autres orages que les fureurs de Mazurier, le contremaître. Ici, l'air est souverainement frais, souverainement pur, comme il ne peut l'être qu'après une averse. Des feuilles sont tombées sous les tilleuls des trottoirs, le goudron luit. Les bancs sont mouillés. Les jardins et les vignes qu'on aperçoit au loin sur les coteaux resplendissent de verdeur. Les toits finissent de s'égoutter. Dans les petites flaques de la chaussée, des vers de terre, attirés par l'eau fraîche, se sont noyés et forment des tortillons rosâtres ; chaque auto qui passe en écrabouille un ou deux.

Jusqu'à demain, il cesse d'être manœuvre au magasin du noir chez Vlaming ; il redevient lui-même, Albert Mœl. Pas tout à fait, cependant. Il porte dans ses membres le poids de huit heures de travail ; sa tête habituée au ronflement de l'usine est encore bourdonnante. En lui, sa fatigue est là qui lui parle, qui lui rappelle :

« N'oublie pas que tu appartiens, toi aussi, aux Vlaming. »

Les ouvriers s'en vont silencieux, un peu courbés, un peu tordus, comme le travail les a faits. Certains prennent le temps de rouler une cigarette ; d'autres préfèrent attendre pour ça le moment où ils seront chez eux, entre leurs murs et leurs gosses ; car le tabac est meilleur quand on le grille lentement avec précaution, sans perdre une bouffée ; dehors, pour peu qu'il souffle un peu de vent, c'est lui qui vous fume votre cigarette, en un clin d'œil elle est cendre. Quelques-uns s'arrêtent pour lire les affiches rouges que les syndicats font placarder, non pas sur les murs de l'usine — *loi du 29 juillet 1881 !* — mais sur les arbres environnants, sur les poteaux en ciment, sur les murailles d'en face. Ça leur fait tout de même plaisir de constater qu'une certaine liberté existe, même si elle a les pâles couleurs, que M. Boucharel peut savoir, dès qu'il met le pied dehors, ce que ses ouvriers pensent de lui. Certains mots, en énormes majuscules, jaillissent du texte de façon provocante :

« AFFAMEUR... 190 MILLIONS DE BÉNÉFICES... TOUS UNIS... C.G.T... »

Le repas à la cantine est à 6 heures et demie ; mais aujourd'hui, Mœl dînera en ville, puisqu'il doit à cette même heure rencontrer Louise Orliac. Il retournera à ce petit restaurant du premier soir, à la table du monsieur qui fait les mots croisés en mangeant.

Les portails dégorgent à pleins bords leur reflux de prolétaires. On dirait la sortie d'une gare quand deux ou trois trains bondés arrivent en même temps, un lendemain de fête. Mais ici les voyageurs sont sans bagages, sauf quelques-uns qui traînent une musette vide ; ils n'ont pas l'air satisfait des gens qui sont restés deux jours au vert. Eux, c'est du noir qu'ils reviennent.

Mœl attend le passage de Louise Orliac, il craint de ne pouvoir la distinguer dans la cohue. Mais il la voit soudain devant lui, souriante, plus mince dans sa robe sombre que sous son tablier blanc de serveuse. Elle a relevé ses cheveux au-dessus de sa tête, c'est la mode de se coiffer ainsi.

— Bonsoir... Pourquoi me regardez-vous comme ça ?

— Je... vous... vous n'êtes plus la même.

— Vous me trouvez mieux ?

— Ni mieux ni plus mal : différente.

— Ah !

Elle semble regretter qu'il n'ait pas saisi l'occasion de lui adresser un compliment. Le flot de la sortie s'est écoulé, ils restent seuls sur le trottoir.

— Nous marchons ? propose-t-il.

— Si vous voulez.

— Nous allons par là ?

— Où vous voudrez.

— Je ne voudrais pas vous éloigner de chez vous.

— Oh ! chez moi !...

Elle a dit cela d'un ton désabusé. Il remarque alors sa robe noire.

— Vous êtes en deuil ?

— De ma mère. Je vis seule. Alors, je peux aller où je veux, vous savez, et rentrer quand je veux. Ce soir, je ne suis pas de service à la cantine, je souperai dans ma chambre.

— Vous n'avez pas d'autre famille ?

— Si, un frère. Par là-bas... au Maroc. Il s'est engagé.

— C'est tout ?

— Oui, c'est tout.

Voilà un renseignement favorable à la demande de Journet : elle aussi doit être lasse de sa solitude. Mais comment aborder avec précision le problème ? Ils marchent lentement côte à côte en évitant les flaques. Elle balance au bout du bras un de ces petits trucs ridicules, tout en manche, qu'on n'ose appeler « parapluies ». Lui songe qu'il a une maudite commission à faire et envie ceux qui, en ce moment, sont occupés, en tête à tête avec eux-mêmes, à pêcher le goujon, à se ronger les ongles, à se faire la barbe. C'est elle qui enfin aborde le sujet :

— Vous désirez me parler, je crois ?

— Oui. Voilà...

Il a dit « voilà » pour gagner du temps, une seconde encore. Mais il n'a rien dit du tout de ce qui le préoccupe ; quand on a dit « voilà », on n'a rien dit. C'est maintenant que l'histoire commence.

— Je vous ai beaucoup regardée ces derniers temps, mademoiselle, et je... je me suis demandé comment il se faisait que vous... si... en somme, oui, on peut le dire... si jolie, si élégante, si gentille aussi...

— Je suis tout ça, moi ?

— Je disais donc que je m'étais demandé pourquoi vous n'étiez pas encore mariée.

— Pas encore, ça veut dire que vous me trouvez vieille ?

— Vieille ? Vous plaisantez ? Pourtant, évidemment, je vois bien que vous n'avez plus... heu... plus dix-huit ans.

— Non, hélas, j'en ai douze de plus. C'est affreux, n'est-ce pas ?

— Vous avez donc trente ans et vous êtes célibataire.

— Vous pouvez dire : vieille fille.

— Si vous voulez. Est-ce par goût, ou par nécessité ?

— Je suis pauvre, les hommes ne s'intéressent pas à moi. Voilà l'explication.

— Personne ne s'est jamais intéressé à vous ?

— Oh ! autrefois... c'est si vieux. J'avais un fiancé. Je l'ai attendu pendant des années : il était prisonnier en Allemagne. Il y est mort.

Elle continue à balancer son ridicule petit pépin, tandis qu'Albert juge convenable d'observer une minute de silence en l'honneur du fiancé défunt.

— S'il se trouvait, reprend-il, quelqu'un qui s'intéresse à vous ?

— Quelqu'un ? fait-elle en levant les yeux.

— Un homme ; je n'ose dire un jeune homme, car il a environ quarante ans.

— Quarante ans ? Il ne les paraît pas !

— Vous le connaissez donc ?

— Non, répond-elle toute rouge. Je... je veux dire qu'un homme de quarante ans paraît moins vieux qu'une fille de trente.

— Cette question d'âge ne vous arrêterait donc pas ?

— M'arrêter ? Pour quoi faire ?

— Pour l'épouser, s'il le demandait ?

— Non, s'il m'aimait.

— Oh ! il vous aime.

— Eh bien ! Qu'il se fasse connaître.

— C'est que... c'est un garçon timide.

— Tant que ça ?

— Plus que ça !

— A-t-il un métier ?

— Il travaille chez Vlaming.

— Tiens ! tiens ! Je le connais peut-être ?

— Oui, vous le connaissez.

— Alors, dites-moi qui c'est.

— Il m'a recommandé de ne révéler son nom que s'il était à peu près sûr d'être accepté.

— Vous êtes drôle ! Comment voulez-vous que je l'accepte sans le connaître ?

— C'est un garçon sérieux. Non pas sans défauts, peut-être, mais sans graves défauts. De plus, il occupe un petit appartement de deux pièces en ville.

— Deux pièces, évidemment, ça n'est pas le Pérou ; mais c'est déjà quelque chose.

— De plus, il a son ménage presque tout monté : meubles, serviettes, vaisselle. Tout ça, prêt à fonctionner.

— Oh ! mais c'est un riche parti, ce monsieur !

Elle est toute rose, tout animée, et Mœl ne doute plus du succès de sa mission. Cependant, il tient à découvrir loyalement tous les aspects de son ami et poursuit :

— Pourtant, je dois vous avertir d'une chose.

— Laquelle ?

— C'est que le monsieur en question n'est pas très, très beau. Ce n'est pas un jeune premier de cinéma. Je sais que les femmes sont sensibles à ça.

— Vos goûts ne sont peut-être pas les miens. Il n'y a que moi qui puisse en juger.

En somme, tout s'est déroulé favorablement ; il ne lui est pas possible de faire un pas de plus sans révéler maintenant l'identité de Journet. Il serait donc prudent d'arrêter là les négociations pour aujourd'hui et d'en référer à l'intéressé. Tout en marchant, Louise Orliac lui lance de petits regards en coin. Il se contente de demander, en manière de conclusion :

— Puis-je dire à mon ami que vous lui laissez quelque espoir ?

— Non, fait-elle, résolue.

— Quoi ? Vous le repoussez sans le connaître ?

— C'est justement parce que je ne le connais pas ; et tant que je ne le connaîtrai pas, je le repousserai !

— Tant que vous ne le connaîtrez pas ? Mais c'est de l'espoir, ça !

— Vous m'agacez, avec vos complications ! éclate-t-elle soudain.

— Il n'y a pas de complications... C'est lui qui m'a recommandé...

Mais elle ne l'écoute plus et hausse nerveusement les épaules.

— Dites-moi qui c'est, ce monsieur qui prétend m'aimer, voilà tout !

— Qui prétend ?

— Qui prétend, oui ! Quand on aime vraiment, on ne prend pas tant de précautions, on ne tourne pas si longtemps autour du pot.

— Puisque je vous ai dit que c'est un timide !

— Oh ! assez ! assez ! assez !

Qu'est-ce qui lui prend ? La voilà soudain toute rouge, son menton tremble comme celui des enfants quand ils vont fondre en larmes. Il voudrait lui prendre la main, la calmer, la consoler.

« Pauvre petite ! songe-t-il. Elle n'a pas dû être bien heureuse en sa vie ! Et voici que je la torture encore avec mes chinoiseries. Mieux vaut tout lui dire. Si ça ne va pas, je n'aurai du moins pas besoin d'entretenir en Journet de faux espoirs. »

A son tour, il la regarde à la dérobée. Elle a couvert ses cheveux d'un béret, et l'on voit briller près de l'oreille un cheveu blanc. Un seul fil blanc au milieu de ses cheveux noirs. Comme un avertissement. Comme la première écaille sur un mur. Comme la première feuille jaune sur un arbre. A quoi bon atermoyer, perdre du temps encore, alors que les cheveux blanchissent si vite ?

— C'est bien, fait-il. Je vais vous apprendre son nom.

Elle relève le front, comme ranimée, prête à sourire déjà. « C'est une enfant, pense-t-il, tout à fait une enfant. » Et il dit tout haut :

— Il s'appelle Journet. Vous le connaissez, n'est-ce pas ?

Elle s'est arrêtée de marcher. Il voit tout à coup son front et ses joues pâlir, puis son cou, comme si elle se vidait soudain de son sang. Ses lèvres répètent machinalement ces deux syllabes qu'elle semble ne pas comprendre :

— Journet... Journet...

Puis elle murmure encore :

— C'était donc lui ?

Elle s'appuie à la pierre d'une maison qui est là, elle pleure silencieusement. Mœl, sidéré, demande :

— Qu'avez-vous, Louise ?... Vous croyiez donc que c'était quelqu'un d'autre ? Qui ? Parlez !...

Elle secoue la tête et continue à pleurer.

— Ne pleurez pas, je vous prie. Les passants vont nous remarquer. Que vont-ils croire ?

— Laissez-moi, gémit-elle. Vous ne pouvez pas comprendre. Partez ! Laissez-moi !

Et de la main, elle lui fait signe de s'en aller. Mais il s'obstine à vouloir rester quand même, à murmurer des consolations sans effet. Elle lui tourne le dos ; ses petites épaules sont tout agitées de sanglots sous la robe noire. Des gens passent, ralentissent l'allure, la regardent un moment, jettent à l'homme des coups d'œil indignés. Lui ne sait plus où se mettre. Il la prend par le bras et dit :

— Venez, allons-nous-en.

Alors, elle se dégage avec fureur, lui lance un regard incompréhensible et s'enfuit en courant.

Il a bien fallu avouer à Journet le fiasco. Le plus grave, c'est que, depuis ce jour-là, Louise Orliac a disparu de la cantine Vlaming ; Journet a dû renoncer même à l'espoir de tenter personnellement sa chance.

Cependant, à la suite de cette malheureuse affaire, Mœl a décidé d'abréger le délai qu'il s'était fixé.

4

Comment cela lui était-il venu ? Il ne savait plus. Comme une maladie qu'on ignore, qu'on porte en soi, qui incube longtemps, qui tout d'un coup éclate. Il avait fallu des années pour que cela mûrît, des années pour qu'il s'en aperçût et comprît ce qui lui arrivait.

Dieu était venu le chercher dans la boutique d'un franc-maçon, marchand de fromages et de produits laitiers à A... Était-ce bien d'ailleurs la foi chrétienne qui l'avait jeté dans les bras du Seigneur ou simplement la haine des fromages ? Dans sa mémoire, toute son enfance était demeurée empestée par l'odeur des camemberts, des livarots, des roqueforts, des gorgonzolas qui mûrissaient dans le magasin paternel. Sa famille était condamnée à se nourrir des produits trop faisandés que le public refusait. Aussitôt qu'il arrivait à Mœl, par la suite, de trouver dans son assiette une portion de fromage, il revoyait le visage jaune et bouffi de son père — il était le seul à ne pas manger de fromage, son foie le lui interdisait — pencher son nez courbe qui lui donnait le profil de Louis XVI sur les meules de cantal et de gruyère, les fourmes d'Ambert, les boules rouges de Hollande ; il en humait d'un seul reniflement les vertus et les défauts. De ses mains boudinées, il découpait sans bavures les mottes de beurre, mettant son orgueil à mesurer du premier coup, à dix grammes près, la quantité voulue. Le fil dont il se servait gaufrait la tranche de fines ondulations parallèles.

Les œufs étaient empilés dans trois corbeilles que Mœl père remplissait de la façon suivante. Au fur et à mesure des arrivages, il les plaçait dans un bassin plein d'eau. Ceux qui restaient au fond allaient dans la première corbeille où ils demeuraient une semaine en été, deux en hiver sous l'étiquette : *Œufs du jour.* Ils valaient quatorze sous. Ceux qui flottaient entre deux eaux étaient qualifiés *œufs frais* ; ils s'installaient dans la seconde corbeille et valaient dix sous. Ceux enfin dont la tête affleurait prenaient le titre d'*œufs mirés*, et ne se vendaient que huit. Quant à ceux qui flottaient comme des bouchons, ils étaient soit rendus aux fournisseurs, soit destinés à la consommation familiale du marchand. Celui-ci n'en mangeait d'ailleurs pas non plus, toujours à cause de son foie.

Le négoce de Mœl père avait si bien prospéré que sa maison était devenue une des plus importantes d'A... Il avait pris des employés et libéré sa femme de ses fonctions de caissière et de comptable. Puis il avait renoncé à la vente au détail pour se consacrer au commerce de gros. Cette situation nouvelle avait eu une répercussion appréciable sur les menus de la famille : Mœl père n'obligeait plus celle-ci à consommer les marchandises défraîchies de son entrepôt ; elle n'y serait jamais parvenue ; il préférait laisser ce soin à ses détaillants.

Il était d'un naturel violent et coléreux ; la moindre contrariété le plongeait dans une fureur inouïe, l'on s'attendait alors à voir sa figure jaune péter soudain, laisser couler une bave grasse comme celle de ses bries trop mûrs. Néanmoins, Mme Mœl avait toujours été remplie pour son mari d'une admiration bien antérieure à sa réussite commerciale. Il était le seul grand homme qu'elle eût jamais connu ; il ne se passait pas de jour où elle ne se plût à citer ses paroles, de même que d'autres citent les écrivains, les philosophes ou l'Évangile :

« Comme dit mon mari... »

« Comme dit votre père... »

« Mon mari estime que... »

« Votre père a bien raison de dire... »

De leur mariage étaient nés une fille d'abord, Thérèse, puis un garçon, Albert.

— Au premier mâle, on s'arrête ! avait décidé le fromager.

Ils avaient tenu parole. Si Albert était venu le premier, il n'y aurait pas eu de Thérèse.

Albert fut longtemps un gosse comme les autres. Il gardait encore le souvenir de courses effrénées, de ses genoux toujours saignants ; leurs plaies n'avaient pas le temps de guérir, car chaque jour c'étaient des chutes nouvelles qui venaient les rafraîchir. « Comment les grands font-ils pour ne jamais tomber ? » se demandait-il.

Il portait alors de longs bas de laine noire pour cacher ses croûtes et éviter les taloches du fromager, il les remontait aussi haut que possible. Si bien qu'invariablement les bas se collaient aux plaies purulentes : il devait chaque soir les arracher de ses genoux.

Albert fut longtemps un gosse comme les autres ; puis un jour il cessa de l'être.

Il n'était pas question dans la famille d'un franc-maçon de jamais mettre les pieds à l'église. Les enfants n'avaient pas été baptisés, et quand Mme Mœl, moins ferme que son mari dans ses certitudes maçonniques, exprimait quelque remords ou quelque crainte à ce sujet :

— C'est leur affaire à eux, tranchait le maître. Lorsqu'ils seront majeurs, s'il leur plaît de se faire verser de l'eau bénite sur le crâne, libre à eux. Mais jusque-là, je ne me reconnais pas le droit de violenter leur conscience en leur imposant une religion qu'ils n'auront pas choisie eux-mêmes.

Qu'avait fait Albert ce jour-là ? Qu'avait-il au juste cassé, renversé ou mélangé ? Il ne se rappelait plus. Il se souvenait seulement de la solennelle correction que son père lui avait administrée, offensé dans ses principes ou lésé dans ses intérêts. Après plus de vingt ans, les joues lui en cuisaient encore. Écœuré et gonflé de larmes, il s'était enfui en ruminant des projets de suicide. Il voulait un suicide bien spectaculaire, bien déshonorant pour sa famille. Il se jetterait sous le tram, on le ramasserait en trois tronçons. Ou bien il sauterait du haut des remparts et s'aplatirait au milieu des étals de légumes, vingt mètres plus bas. Au fond, il savait bien qu'il ne réaliserait rien de tout ça ; mais il se plaisait à imaginer cette vengeance, à se délecter à l'avance du chagrin de ses parents.

Les passants le regardaient avec une curiosité gênante ; pour leur échapper, il chercha un coin tranquille où il pût rester seul avec sa rancune. C'était un mois chaud de l'été, il y avait beaucoup de monde dans la rue, sous les tilleuls des places publiques, aux terrasses des cafés. Sur l'esplanade de la gare, une fête foraine débitait ses guimauves, ses pétards, ses vertiges, dans le braillement des pick-up, le bruit de crécelle des loteries, l'aboiement des bonimenteurs.

Les fêtes foraines sont des pays de cocagne pour les enfants ; mais, ce jour-là, Albert ne voulait pas se laisser distraire de sa peine, et il poursuivit sa route. Les larmes séchées sur ses joues y avaient formé de fines croûtes qui lui tiraient la peau.

Soudain surgit devant lui le bâtiment sombre de l'église Saint-Laurent ; sans plus réfléchir, il s'engouffra sous le porche et entra. Tout de suite il fut dans un bain d'ombre, de fraîcheur, de silence. La porte capitonnée qu'il avait poussée se referma doucement derrière lui, et il fut séparé du reste du monde. Le vacarme de la fête s'éteignit brusquement. Le fût d'une colonne formait dans la demi-obscurité une masse plus noire : c'est là qu'il se dirigea. A présent, personne ne le voyait, il ne voyait personne, il était bien. Il appuya sa joue en feu contre la pierre fraîche et grenue comme une écorce d'orange, il pleura tout son saoul. Il flottait dans l'église une légère odeur d'encens ; il interrompit ses larmes pour humer ce parfum inconnu.

Tout à coup, la porte capitonnée s'ouvrit ; de nouveau une bouffée de fête foraine entra, puis tout se tut encore. Quelqu'un s'avançait lentement, se dirigeant juste vers la colonne à laquelle l'enfant s'appuyait. La personne tendit le bras vers lui comme pour le saisir, il étouffa un cri de frayeur. Mais elle avait simplement trempé le bout de ses doigts dans le bénitier, elle repartit sans le voir. Il changea de pilier.

Maintenant, ses yeux habitués à l'ombre distinguaient mieux les formes austères de l'église. C'était pour lui un monde nouveau. Des statues d'hommes et de femmes peuplaient les murs. Aux fenêtres, la lumière extérieure dessinait des figures rouges, bleues, vertes ; il tendit le cou et découvrit des rois et des reines, reconnaissables à leur couronne d'or, au milieu de gens sans couronne.

D'autres personnes entrèrent, et il avança encore d'un pilier ; il avait l'impression de jouer aux quatre coins avec les nouveaux arrivants.

« Si on me découvre, pensait-il, on va me foutre à la porte, c'est sûr ! »

Près de lui, un chuchotement lui fit dresser l'oreille. Cela provenait d'une sorte de guérite comme celle où les soldats montent la garde devant la caserne. La porte en était close ; quelqu'un qui lui sembla une femme était agenouillé à côté. C'est elle qui chuchotait, tournée vers la guérite, et une autre voix lui répondait de l'intérieur. Au bout d'un moment, la porte s'ouvrit, un prêtre sortit et s'éloigna silencieusement, tandis que la femme se mettait en prière sur une chaise. Albert changea encore de pilier.

Cependant, personne n'avait l'air de le remarquer, et il se rassura. Il avait marché longtemps ; il se serait volontiers assis, mais il n'osait point. Malgré quelques allées et venues, un silence prodigieux régnait sous la voûte. Ces murs et ce pavement de pierre semblaient boire le moindre bruit. Quelle paix ! Quelle sérénité, après le charivari de la fête foraine, le tapage des trains et des voitures ! Et les imprécations de son père, il y avait un instant, dans la boutique aux fromages :

— Bon à rien ! J'aurais voulu que tu sois le fils de mon père, t'aurais vu ! T'aurait dressé, lui !...

Comme ces éclats lui semblaient lointains et ridicules, à présent ! Son chagrin calmé ne lui laissait plus qu'une grande lassitude.

Soudain, quelque chose se produisit. Un chant infiniment doux, une sorte de voix céleste s'éleva. Jamais il n'avait rien entendu de si suave. Cela remplissait tout l'espace, jusqu'aux voûtes sombres ; les statues des murailles semblèrent s'animer, sourire et approuver ; tout devint merveilleusement léger, l'enfant ne sut plus s'il flottait dans l'air ou s'il touchait encore la terre. Cela dura un temps qui parut à la fois très long et très court ; puis la voix se tut, et il s'aperçut, étonné, qu'il n'avait pas bougé d'un pouce et se trouvait toujours dans l'ombre d'une colonne, porté par ses jambes, les pieds sur les dalles. Quelques notes paraissaient restées dans l'air, comme les dernières abeilles, quand les autres ont déjà rejoint la ruche.

Bientôt, la musique recommença. Cela provenait du côté droit de l'église, il s'approcha sans bruit pour connaître ce que c'était. Alors, il vit devant une sorte de petit piano un prêtre, aussi immobile que les statues environnantes, à l'exception de ses mains qui se promenaient sur le clavier. Contre le pilier, Albert retenait son souffle ; il était si près de l'harmonium qu'il distinguait le gémissement régulier des pédales. Les cheveux blancs du musicien formaient un cercle autour de sa tête. Le granit de la colonne semblait vibrer lui-même et tressaillir à la voix de l'instrument.

Une chaise était là et l'enfant s'assit. Longtemps, il se laissa pénétrer par le chant qui le traversait comme le vent traverse les arbres. Ses bras, ses jambes, tout son corps avait fondu ; il ne sentait plus rien de lui-même ; seule lui restait la faculté d'entendre. Puis, cette faculté disparut à son tour. Il ne savait plus ce qui s'était passé, mais il éprouvait un bien-être inexprimable. Qu'était-il devenu au juste ? Était-il encore Albert Mœl, le fils du fromager ? Certainement plus. Toutes les notes enfermées dans l'harmonium s'étaient échappées ; le prêtre à la tête blanche avait trop pressé le clavier de son instrument ; celui-ci maintenant, vidé de son contenu, ressemblait à un citron sans jus. Toutes les notes s'étaient donc envolées, l'harmonium se taisait ; et elles, perchées là-haut, sur le lustre, sur les rebords des corniches, sur les chapiteaux, sur les épaules des statues, comme une troupe de pigeons, contemplaient le gouffre de l'église. Le prêtre leur faisait des signes de la main et des bras pour les rappeler, leur faire réintégrer la niche de l'instrument ; mais aucune n'obéissait. Or lui, Albert, il était devenu précisément une de ces notes ; et il regardait lui aussi le pauvre vieux qui se désespérait ; alors, pris de pitié, il se tournait vers ses compagnes et leur disait :

— Vous n'avez pas honte ? Allons, suivez-moi !

Il plongeait le premier vers l'harmonium, et toutes les autres, convaincues par son exemple, plongeaient à leur tour et se glissaient dans le ventre de la machine. Au passage, le vieil organiste retenait Albert, lui tapait sur l'épaule pour le remercier.

— C'est bien, disait-il ; tu es un bon petit. Sans toi, ces coquines-là ne seraient pas revenues !

Or, à ce moment précis, l'enfant fut justement réveillé par quelqu'un qui lui tapait sur l'épaule. Effaré, il sursauta. L'église était plus sombre encore. Il distingua quelqu'un debout devant lui : le prêtre aux cheveux blancs. Celui-ci le regardait sans rien dire ; son visage n'était dans l'ombre qu'une pâleur indistincte ; les boutons de sa soutane luisaient comme des yeux.

La semaine précédente, on avait cambriolé les troncs de l'église Sainte-Claire, et le chanoine Rance se demandait s'il ne tenait pas devant lui le coupable, prêt à répéter à Saint-Laurent son horrible méfait.

« Un enfant ! soupirait-il. Hélas ! le voleur n'attend pas le nombre des années. On se dissimule dans un coin ombreux, on fait semblant de dormir pour pouvoir justifier sa présence à une heure aussi tardive, et quand l'église est déserte, crac ! en un tournemain on fracture un tronc et l'on emporte l'argent des pauvres ! »

Albert baissait la tête craintivement, plus effrayé par ce long silence que par des reproches ; cette attitude coupable confirma le prêtre dans ses soupçons.

— Il est l'heure de partir, fit-il d'une voix douce. Ne voyez-vous pas qu'il fait nuit ? Je vais fermer les portes.

Nuit ? Combien de temps avait-il donc dormi ? Qu'allaient dire sa mère et son père de cette longue absence ? Il se leva précipitamment, mais le chanoine le retint.

— Pourquoi étiez-vous venu ici ?

— Je... je ne sais pas.

— Voyons : quelqu'un vous a dit, n'est-ce pas, d'entrer dans cette église ?

— Quelqu'un ? Non ! oh ! non. Je suis venu tout seul.

— Tout seul, vraiment ? Et il y a longtemps que vous êtes entré ?

— Je ne sais pas.

— Qu'avez-vous fait depuis que vous êtes ici ?

— Je... j'ai écouté la musique.

— La musique ? L'harmonium ?

— Oui. Après, je me suis endormi.

— Et qu'alliez-vous faire en vous réveillant ?

— Rentrer chez moi.

L'abbé Rance ne croyait pas un mot de ce que lui racontait Albert ; mais il se disait : « Il y a là une âme à sauver. Et je dois faire pour elle tout ce qui est en mon pouvoir. » Il s'indignait à la pensée des malfaiteurs qui osaient employer des enfants pour cette monstrueuse besogne.

— Quel âge avez-vous ?

— Dix ans.

— Vous habitez donc par ici ?

— Oui. Rue du Piquet.

— Je ne vous ai jamais vu au catéchisme ; pourquoi ne venez-vous pas ?

— Mon père ne veut pas.

— Vraiment ? Pourquoi donc ?

— Je ne sais pas.

— Et vous, ne seriez-vous pas content de venir comme les autres enfants ?

Albert baissait le front ; pour le tenter, le prêtre continua :

— On ne s'ennuie pas, vous savez, au catéchisme. On y raconte de jolies histoires. Vous aimez les histoires ?

Il fit « oui » de la tête.

— On y apprend à aimer le bon Dieu ; est-ce que vous aimez déjà le bon Dieu ?

— Je ne sais pas.

— On y apprend aussi des prières et des chants. Vous aimez les chants ?

— Oui, monsieur.

— Alors, écoutez, je vous propose quelque chose : vous devriez revenir.

L'enfant hésitait, à la fois tenté et méfiant.

— Si vous reveniez, je vous jouerais encore de l'harmonium. Pour vous seul. Vous vous mettriez dans ce coin, ou dans un autre... où il vous plairait. Et vous n'auriez rien d'autre à faire qu'à écouter. Vous avez bien des heures de liberté ?

— Oui, c'est les vacances.

— C'est vrai, c'est les vacances. Vous allez donc en classe, le reste du temps ?

— Oui.

— Bon. Et même après la rentrée, vous pourriez peut-être venir ? Le jeudi, par exemple ?

— Peut-être.

— Alors, nous sommes d'accord ? Vous reviendrez ?

— Peut-être.

— Quand ?

— Je ne sais pas. Peut-être demain.

— Entendu. Voulez-vous me dire votre prénom ?

— Albert.

— Eh bien ! au revoir, Albert. A demain !

Le prêtre fit une petite caresse sur la tête de l'enfant et le laissa partir. Albert s'éloigna ; puis, quand il fut sur le point de sortir, avant de pousser la porte capitonnée, il se retourna vers l'église sombre et odorante. On ne distinguait plus les statues ni les rois ; seul, près de l'autel, au fond, luisait l'œil rouge de la veilleuse.

Le chanoine Rance se dit : « Il ne reviendra pas, c'est certain ; je l'aurai effarouché avec mon interrogatoire. » Puis il pensait en soupirant : « Enfin, si je n'ai pas sauvé son âme, j'aurai du moins sauvé nos troncs. »

Or, le lendemain, il le retrouva blotti contre le même pilier. L'abbé eut une hésitation : devait-il lui parler tout de suite, lui révéler qu'il avait remarqué sa présence ou passer sans rien dire ? Il choisit la dernière solution et se dirigea vers l'harmonium. Comme la veille, monta dans l'église la voix qui semblait venir du ciel. Parfois, c'était un chant sautillant et gai ; Albert le voyait... oui, il le voyait cabrioler dans l'air comme un farfadet, butiner les pendentifs du lustre et les roses du jubé ; puis tout à coup, le tonnerre résonnait dans le ventre de la machine. L'enfant voyait alors une femme pleurer, entendait les hurlements féroces d'une foule. L'harmonium racontait une grande catastrophe mystérieuse.

Ainsi, plusieurs soirs de suite, il revint en secret dans l'église Saint-Laurent. Chaque fois le vieux prêtre joua pour lui seul, sans rien dire, tout en écoutant d'une oreille attentive si quelque craquement suspect ne se produisait pas du côté des troncs. « Me voilà transformé, songeait-il amusé, en charmeur de serpent. » Puis, peu à peu, il finit par se rassurer sur les intentions de son admirateur, et se dit que maintenant il fallait franchir une autre étape.

— Eh bien, petit serpent, demanda-t-il un soir en souriant et en venant s'asseoir près d'Albert, es-tu satisfait ?

— Oui, monsieur.

— Aimerais-tu, toi aussi, jouer de l'harmonium ? Je t'apprendrai, si tu veux.

L'enfant leva les yeux pour voir si on ne se moquait pas de lui. Mais le prêtre insistait de la tête, très sérieusement.

— Oui, oui, petit serpent, je t'apprendrai.

Il ne comprenait pas pourquoi on l'appelait « petit serpent », mais c'était dit d'une façon si gentille qu'il interpréta cela comme un nom d'amitié, ainsi que le tutoiement dont se servait à présent l'abbé.

— Pas tout de suite, naturellement, continuait ce dernier. Plus tard, bien plus tard. Mais, si ça t'intéresse, je te promets de te l'apprendre un jour. Et puis, il y a bien d'autres choses belles dans cette église. Je parie que tu ne les as pas vues ?... Veux-tu que je te présente mon église ? Viens, n'aie pas peur... Donne-moi la main.

Celle du vieux prêtre était douce et lisse. Albert songea que c'était cette main-là qui faisait jaillir de l'harmonium les divines voix, et il suivit docilement. Le chanoine lui montra les vitraux, lui expliqua que tous ces personnages qu'il avait pris pour des rois ou des reines étaient des saints et des saintes, que leur couronne était une auréole : saint Pierre, saint Paul, saint Barthélemy, saint Jacques, sainte Marthe, saint Irénée, sainte Blanche... Et il racontait une petite histoire pour chacun.

— Voici saint Pierre qu'on crucifie, la tête en bas... Saint Paul qu'on emmène hors de Rome pour lui couper le cou... Saint Barthélemy qu'on est en train d'écorcher...

L'enfant était effrayé par de tels supplices ; parfois il se hasardait à poser des questions :

— Pourquoi qu'on leur faisait tout ça ? Est-ce que c'étaient des malfaiteurs ?

— Non, au contraire ; ils n'avaient fait que du bien.

— Alors pourquoi ?

Le chanoine souriait :

— Je te raconterai ça petit à petit ; mais il faut du temps, beaucoup de temps. Alors, si tu veux connaître ces choses, reviens aussi souvent que tu pourras... tous les soirs si tu veux, je te l'expliquerai.

Il lui montra encore les peintures accrochées aux murs, les sculptures de la chaire, le grand crucifix de bois qui dominait l'autel, le bossu accroupi, en pierre, qui supportait le bénitier, les inscriptions tombales sur le pavement du chœur, les statues dorées sur leur console. De chaque objet, il révélait un détail propre à exciter la curiosité de l'enfant, et quand celui-ci demandait d'autres précisions, il se contentait de répondre en souriant :

— Plus tard ! Plus tard !

Ainsi appâté, Albert revint à peu près tous les jours comme le prêtre l'avait voulu. Parfois il restait une heure, d'autres fois cinq minutes. Le chanoine Rance savait maintenant que celui qu'il avait pris pour un pilleur de troncs était le fils du fromager en gros Mœl, de la rue du Piquet, mais que son père était un mange-curé. Il fut frappé par la vivacité d'esprit et la sensibilité de cet enfant auquel il révélait peu à peu les vérités sacrées. Cependant, il éprouvait de temps en temps quelques remords :

« Est-ce que nous faisons bien de nous cacher ainsi des parents ? Cette dissimulation n'est-elle pas un grave péché ? Dieu a dit : *Tes père et mère honoreras...* »

Puis il se rassurait :

« Mais avant ce commandement, Il en a placé un autre, qui est le premier et le plus important des commandements : *Un seul Dieu tu adoreras*. Dans ce domaine, la persécution doit toujours être la bienvenue. Les premiers chrétiens n'adoraient-ils pas Dieu contre la volonté de leurs maîtres, malgré les lois en vigueur ? Cet enfant ne doit pas rester dans l'ignorance, puisque la Providence l'a mis entre mes mains. Même si ses parents s'y opposent. D'ailleurs, j'irai moi-même trouver un jour ce franc-maçon, je lui parlerai. »

Les vacances prirent fin, et les visites d'Albert à Saint-Laurent furent moins nombreuses. Il dut se contenter de venir un jour ou deux par semaine, le jeudi après-midi, généralement. Encore fallait-il qu'on ne l'employât point dans la boutique paternelle à coller des étiquettes sur les fromages ou à les déballer de leurs caisses.

— Je sais que c'est un boulot qui ne te plaît pas, mon garçon, le sermonnait son père ; il faut pourtant bien que tu t'y mettes. Les fromages, ça pue, d'accord ; mais l'argent qu'ils rapportent, lui, n'a pas d'odeur. C'est pour toi que je travaille ; tu me remplaceras un jour ; donc, pas la peine de faire le dégoûté : apprends le métier. Et ce qui ne voudra pas entrer par la tête, je te le ferai entrer par les fesses. Tu comprends ce que je veux dire ?

Et il montrait d'un air menaçant l'extrémité de son soulier.

Oui, l'horreur des fromages avait été pour beaucoup dans la vocation d'Albert.

Quand il pouvait s'échapper, il revenait à l'église. Chaque pierre, chaque image, chaque recoin lui en était à présent familier. La porte capitonnée l'accueillait dès l'entrée avec le bruit doux qu'elle faisait en se refermant. En passant, il caressait de la main les trois cordes lisses qui pendaient de la voûte au fond de l'église ; mais les cloches avaient été électrifiées, et les cordes ne servaient presque plus. Il retrouvait sa chaise qui craquait en le recevant, où il restait bien sage jusqu'à ce que le chanoine vînt s'asseoir près de lui et poursuivre la leçon commencée.

Au bout de six mois, son catéchiste lui annonça :

— Mon petit Albert, tu sais à présent assez de choses pour recevoir le baptême et faire ta première communion. Je pourrais t'administrer l'un et l'autre en secret ; mais je préfère mettre ta famille au courant.

L'enfant commença de trembler.

— Ne crains rien ; c'est moi-même qui irai lui parler. Il vaut mieux, vois-tu, que ces choses-là se fassent au grand jour, d'une manière éclatante. J'ai trouvé en toi un ardent désir de vérité, une foi très vive. Ne serais-tu pas heureux, un jour, de pouvoir donner aux autres ce que tu as reçu de moi ? De servir Dieu comme je m'efforce de le faire ? En un mot, de devenir prêtre ?

L'enfant garda le silence. Il songeait à une vie tranquille dans l'ombre d'une église de campagne ; au jardin du presbytère rempli de roses et de choux ; au chant merveilleux de l'harmonium dont il pourrait jouer chaque jour ; à une existence sans chiffres, sans caisses d'œufs, sans fromages.

— Tu réfléchiras à ce que je te dis, poursuivait le chanoine ; mais, pour moi, je suis persuadé que c'est là ta vocation. Te souviens-tu de ce que je t'ai dit de saint Paul ? Cet homme s'appelait d'abord Saül et les chrétiens n'avaient pas de pire ennemi. Il ravageait l'Église et, entrant dans les maisons, il en tirait par force tous les habitants, et les faisait mettre en prison. C'est pourtant lui que le Seigneur choisit pour en faire le plus grand de ses apôtres. Or, vois-tu, en ce qui te concerne, il est bien possible que Dieu ait décidé de susciter un prêtre dans la famille d'un païen.

Le chanoine Rance était particulièrement heureux d'avoir fait ce rapprochement ; cependant, se rendant compte qu'il fallait diviser les difficultés, il ajouta :

— Pour l'instant, ne nous emballons point. Ce qui presse, c'est que tu reçoives le baptême et la communion.

Quelque temps après, il se rendit chez le fromager. Il avait choisi un jour de classe, préférant qu'Albert n'assistât pas à un entretien qui risquait d'être tempétueux. Mœl père fut surpris de voir entrer un prêtre dans sa boutique ; c'était une clientèle à laquelle il n'était pas habitué ; mais, comme tout acheteur éventuel est digne de respect, il le reçut poliment. Par politique, le chanoine fit semblant de s'intéresser aux fromages, complimenta le marchand sur leur bonne mine. Puis, au moment où celui-ci se préparait à recevoir une grosse commande pour le séminaire ou le pensionnat Saint-Joseph, l'abbé déclara :

— J'ai à vous parler, monsieur Mœl.

— A me parler ? A quel sujet ?

— Au sujet de votre fils Albert.

— Albert ? fit le fromager en fronçant les sourcils. Vous le connaissez donc ?

— Oui, monsieur. J'ai eu l'occasion de faire sa connaissance ; c'est une excellente nature.

— L'occasion ? répéta l'autre sans prendre garde au compliment. Comment ça ?

— Mon Dieu ! N'est-il pas naturel que je m'intéresse à tout le monde et particulièrement aux enfants ?

— Les circonstances, monsieur, les circonstances !

— Les circonstances importent peu, poursuivit le prêtre de sa voix douce. Sachez seulement que j'ai appris qu'Albert n'a reçu ni le baptême ni la communion.

— De quoi vous mêlez-vous ? s'échauffa Mœl père. Où avez-vous appris ça et qui vous a si bien renseigné ?... Ce qui se passe dans ma famille, qui est-ce que ça regarde, nom de Dieu ! vous ou moi ?

Et il accompagna le juron d'un formidable coup de poing sur la table qui fit vibrer un alignement de bouteilles de crème. Le chanoine Rance, qui en avait entendu d'autres, ne sourcilla point, et dit simplement :

— Prenez garde aux bouteilles.

— Foutez-moi le camp ! hurla le fromager en désignant la porte. Foutez-moi le camp !

La colère avait sur lui le curieux effet de donner à sa figure, jaune ordinairement, une nuance orangée. A ce moment, la porte de l'arrière-boutique s'ouvrit et Mme Mœl apparut.

— Qu'est-ce qui se passe ? demanda-t-elle effrayée.

— Un espion ! Vous êtes un espion ! continuait le fromager.

Et soudain, sans qu'on s'y attendît, il éclata de rire.

— Ah ! Vous êtes tombé dans la maison qu'il faut pour faire votre propagande ! Mais savez-vous que vous êtes ici chez un franc-maçon, monsieur ? Chez un franc-maçon ? chez un trente-trois ?

— Saint Paul, monsieur, commença le chanoine, était un ennemi...

— Je me fous de saint Paul, de saint Jacques et de saint Citron !

— Saint Citron ? fit le prêtre offusqué.

— Retenez simplement ceci : tant que je vivrai, entendez-vous ? tant que je vivrai, mon fils ne sera pas baptisé et ne mettra pas le nez dans votre eau bénite.

Et il répétait en s'envoyant de grands coups de poing dans sa poitrine qui résonnait :

— Tant que je vivrai ! Tant que je vivrai !

L'abbé voulut tenter un ultime effort :

— Cependant, lorsqu'il sera majeur, vous ne prétendez pas...

— Quand il sera majeur, il fera ce qu'il lui plaira. Mais d'ici là, je lui aurai appris à mépriser vos momeries.

— Avez-vous songé à la responsabilité dont vous vous chargez en l'empêchant...

— Oui, monsieur. J'ai songé à tout. Rentrez donc votre sermon dans votre poche, allez vendre vos cierges, puisque vous êtes un commerçant comme moi, et laissez-moi vendre mes fromages.

— Encore un mot !

— Non, monsieur ! Non, monsieur ! Plus un mot ! Plus rien du tout !

Et il ouvrit la porte du magasin d'un air si décidé, si menaçant que le chanoine comprit qu'il n'y avait plus qu'à battre en retraite. Ses talons soulevaient sa soutane dans la marche, et ses épaules étaient tout agitées de haussements convulsifs.

Lorsque Albert rentra ce soir-là à la maison, il y eut une belle scène ! Pressé de questions, assommé de taloches, il dut bien avouer qu'il était entré dans une église.

— Pour quoi faire ? Hein ? Pour quoi faire ? répétait le franc-maçon en lui secouant devant la figure ses doigts boudinés. J'aurais préféré que tu ailles au bordel !

Albert connaissait le mot sans connaître la chose ; Mme Mœl frémit d'horreur, malgré toute l'admiration qu'elle nourrissait pour son mari.

— Ça n'est d'ailleurs pas tellement différent ! ajouta le fromager, un peu calmé par ce qu'il venait de lâcher.

Le petit se contentait de sangloter sans répondre.

— C'est bon, fit encore Mœl père. A partir d'aujourd'hui, tu seras accompagné à l'école. Comme un bandit qu'on amène en prison ! Et tes jours de congé, tu les passeras dans le magasin. Tu ne me quitteras pas d'une semelle ! Et à la première incartade, pfutt !...

Et il fit un geste tournant de la main, comme un prestidigitateur qui fait disparaître une pièce de cent sous. Bien que son père n'eût pas précisé le sens de son geste, Albert se sentit rempli de terreur.

Le marchand tint parole. Depuis ce jour-là, l'enfant ne put retourner à Saint-Laurent. Chaque matin, un commis le conduisait à l'école et venait l'y rechercher après la classe. Une ou deux fois, accompagné de son garde du corps, il croisa en chemin le chanoine Rance ; ils se saluèrent tristement.

Mœl père avait juré en se tambourinant la poitrine :

— Tant que je vivrai ! Tant que je vivrai !

Or, comme si quelqu'un eût voulu le prendre au mot, il mourut quatorze mois après. Un soir qu'il était resté tard après souper dans son bureau, inquiète de ne pas le voir revenir, Mme Mœl était venue le chercher et l'avait trouvé affaissé sur ses factures. Au cri qu'elle avait poussé, son fils et sa fille étaient accourus. On l'avait transporté dans son lit ; le médecin avait parlé d'embolie.

Mme Mœl resta seule à la tête du négoce qui continuait à rouler cahin-caha, en vertu de la vitesse acquise. Quelques semaines après les obsèques, le chanoine Rance était revenu à l'assaut. Il ne manqua pas de rappeler les paroles du défunt : « Tant que je vivrai !... » en les exploitant avec adresse. Il lui fut facile de voir et de montrer la main du Seigneur dans cette fin soudaine.

— Voyez-vous, madame, il est aussi absurde de vouloir s'opposer aux desseins de Dieu que de vouloir renverser une muraille avec ses poings. Or, je suis persuadé que la vocation d'Albert est de devenir prêtre. J'ai reconnu en lui la foi ardente, le désir de sacrifice, la sensibilité, l'intelligence, la volonté nécessaires à une telle tâche ; il est de votre devoir de mère, madame, non seulement de ne pas le contrarier, mais de l'aider à accomplir sa vocation. Ne me dites pas que son père était franc-maçon, cela n'a aucune importance. Ou plutôt, cela souligne la volonté expresse de Dieu. L'apôtre saint Paul, madame, était...

Et il put cette fois raconter son histoire jusqu'au bout. La veuve, qui n'avait pas comme son mari des principes inébranlables, se montra fort impressionnée ; cependant, elle objecta :

— Mais mon commerce ? Me voici seule, à présent. Qui est-ce qui m'aidera ?

— Ah ! madame ! s'écria le chanoine en levant les bras au ciel, ne me parlez pas de fromage lorsque l'intérêt de Dieu est en cause ! D'ailleurs, vous n'êtes point seule, vous avez une fille. Elle est l'aînée, n'est-ce pas ?

— Oui, de quatre ans.

— Eh bien ! dans quelques années elle se mariera, et vous aurez un gendre qui vous aidera à vendre votre marchandise. Quant à Albert, a-t-il vraiment le goût du commerce ?

— Non, pour ça, non.

— Vous voyez ce que je disais ! Et puis, je ne vous enlève pas votre fils : vous le garderez encore longtemps près de vous. Ce qui presse pour l'instant, c'est seulement de le faire baptiser et de lui faire faire sa première communion...

Voilà comment Albert Mœl avait été amené à réaliser sa vocation. Quelques années plus tard, il entrait au petit séminaire.

Cependant, le fait que sa famille était riche l'avait incité à mettre entre le monde et lui une barrière plus haute encore. Il se fit moine et choisit la règle des dominicains. A la fois par humilité et par orgueil. *Domini canis*. Lui aussi serait un *chien du Seigneur*. Il veillerait à éloigner du bon troupeau les loups déguisés en bergers. Parce qu'il se sentait fort. Parce qu'il se sentait juste. Parce qu'il se sentait pur.

Lorsque, un beau jour, il était revenu dans l'entrepôt de la rue du Piquet, la vue de ce moine rasé et tonsuré, dans sa longue robe blanche et sa cape noire, avait causé à la veuve Mœl plus d'effroi que d'émotion. Elle semblait même ne pas très bien le reconnaître.

— Mais oui, c'est bien moi, Albert ! assurait-il en riant.

Il était devenu plus haut et plus large, ses vêtements sentaient la naphtaline. Elle l'embrassa avec quelque répugnance.

Il regagna son monastère, puis remplit avec amour son métier de frère prêcheur.

Vint la guerre. Le P. Mœl, mobilisé comme brancardier, fut fait prisonnier avec ce qui restait de son régiment, et envoyé dans un lointain stalag de Poméranie. Il aurait pu être rapatrié en qualité de non-combattant ; mais il préféra rester au milieu de ses compagnons. Il était un *chien du Seigneur* : ce n'était pas quand son troupeau avait le plus besoin de lui qu'il allait l'abandonner. Il continua donc à faire sa petite propagande, à prêcher, à administrer, à convertir, jusqu'au jour où ils purent tous ensemble regagner leur foyer.

Son foyer à lui, c'était la petite cellule blanche et nue qu'ornait seul un crucifix d'ébène ; la table de rotin encombrée de papiers ; l'étagère où s'alignaient une douzaine de livres à dos noirs. C'était le jardin du cloître entouré de buis et de lauriers-roses ; la silhouette du Père Aubin qui, le froc retroussé jusqu'aux genoux, bêchait, bêchait, bêchait. C'était la cloche de la chapelle qui scandait chaque événement du jour.

Son foyer à lui, c'étaient aussi les petites églises, dans les villes et dans les campagnes, où il allait prêcher des missions. Mais les auditoires étaient ordinairement maigres, composés presque uniquement de femmes et de vieux. Et il se sentait quelquefois l'envie d'entrer dans les cabarets, de grimper sur les fontaines des places publiques, de haranguer les foules indifférentes, comme faisait jadis le père de l'Ordre. Car la religion n'est pas faite seulement pour les vieux, pour les femmes et pour les enfants : il entendait la rendre aussi aux hommes. Aux hommes qui avaient été des enfants ; qui, par veulerie ou aveuglement, l'avaient reniée, et à qui, lui, dressé sur les fontaines, il avait envie de crier :

« Traîtres ! Traîtres à Dieu et à vous-mêmes ! Ne vous rappelez-vous plus ce que vous avez promis ? Est-ce ainsi que de vrais hommes tiennent leurs promesses ? Ne vous rappelez-vous plus ce que vous avez reçu ? Vous êtes pareils aux chiens qui ne se connaissent pas de père et qui mordent leur mère dès qu'ils ont les mâchoires assez fortes !... »

Sa foi était une chose solide et profonde. Un rocher, une falaise, une muraille. Tout ce que vous voudrez de solide et de profond. Il savait qu'il pouvait compter dessus, qu'il pouvait s'appuyer sur elle, qu'elle ne s'effondrerait pas, qu'elle ne s'effriterait pas. Oui, un rocher. *Képhas*. Il la portait en lui comme un lest, toute sa vie tenait debout à cause d'elle.

Un jour, on demanda des volontaires qui acceptassent de déposer leur froc ou leur soutane pour revêtir la salopette des ouvriers, et s'en aller vivre dans les usines, dans les chantiers, sur les quais des ports, avec les mécanos, les maçons, les dockers. Une idée de génie que quelqu'un avait eue là. Dire qu'on envoyait très loin, en Afrique, en Asie, en Océanie, en Amérique du Sud, des missionnaires pour convertir les Noirs, les Jaunes ou les Rouges, alors qu'il y avait tant de Blancs, en Europe même, en France même, qui avaient oublié ou n'avaient jamais su le nom du Christ ; qu'on pouvait chaque jour les côtoyer, les rencontrer dans la rue et que personne ne s'intéressait à eux ! Une lacune enfin était comblée : les ouvriers auraient eux aussi leurs missionnaires. C'était une expérience. On allait commencer d'abord avec une demi-douzaine ; ensuite, on verrait.

C'est ainsi que leur petit groupe partit un jour, muni des instructions et de la bénédiction du Cardinal, et s'éparpilla à travers la France. Ils étaient six, la moitié des apôtres ; il y avait de tout parmi eux : des dominicains, des jésuites, des franciscains. L'un serait mineur, le second docker, le troisième manœuvre chez Renault... Lui, on l'envoyait chez Vlaming.

Avant de partir, il vint à A... faire ses adieux à sa famille. Le négoce de la veuve Mœl connaissait depuis la guerre une extraordinaire prospérité. Thérèse avait fait un riche mariage, et, comme l'avait prévu l'abbé Rance, le gendre dirigeait la maison. Albert retrouva l'odeur des fromages et sourit en pensant que c'était un peu grâce à elle qu'il était chien du Seigneur. Son beau-frère occupait le bureau sur lequel on avait trouvé un soir Mœl père agonisant. C'était un monsieur aux lunettes cerclées d'or, vêtu d'une blouse blanche qui lui donnait l'air d'un pharmacien.

— Oh ! bonjour, vous ! fit-il en reconnaissant le dominicain. Vous voulez voir maman ? Elle est chez elle.

Albert éprouva un petit pincement au cœur en entendant cet

étranger en blouse blanche appeler « maman » sa mère à lui ; puis, il se moqua de cette délicatesse et demanda :

— Et Thérèse ?

— A la campagne avec les enfants.

Il n'avait jamais eu beaucoup d'intimité avec sa sœur, déjà jeune fille alors qu'il était encore enfant, et qui n'avait pas les mêmes goûts que lui. Il fut tout de même déçu de ne pouvoir l'embrasser. Il traversa le magasin, tandis que les employés examinaient avec une curiosité ironique ses brodequins, sa tonsure, sa robe, et pénétra dans l'appartement. Il vit une femme étrangère qui épluchait les légumes sur la table de la cuisine ; elle leva des yeux ronds à son entrée. « Tiens, se dit-il, il y a une bonne, maintenant. » Et sans donner d'explication, il se mit à appeler :

— Maman ! Maman !

— C'est Madame que vous voulez voir ?

— Oui, Mme Mœl.

— Vous êtes le...

— Le fils, oui, madame. Je suis Albert.

— Ah ! bien ! Attendez, je vais aller l'appeler. Je crois qu'elle fait sa toilette.

Elle disparut, son couteau à la main. Il y eut un bruit de pas, de portes battues, des exclamations ; enfin, la bonne reparut :

— Madame va venir. Si vous voulez vous asseoir.

— Merci.

Elle retourna à ses légumes. La pièce avait changé. On avait mis des carreaux de faïence partout ; sauf au plafond. Les meubles étaient tout neufs. Il ne reconnaissait plus rien. Dans la pièce voisine, la salle à manger, il entendait le tic-tac d'une pendule ; était-ce toujours la vieille horloge à gaine dont le balancier luisait comme un soleil ? Il aurait été heureux de s'en assurer, mais il n'osait pas ; il se sentait devenu étranger dans la maison de sa naissance. De temps en temps, sans lever la tête, la bonne l'épiait d'un regard en coin ; il sentait ce regard posé sur lui, agaçant comme une mouche. Une porte claqua encore. « Enfin ! » songea-t-il. Mais rien d'autre ne se produisit. La pendule, de l'autre côté, continuait à moudre sagement le grain des secondes.

— Est-ce que ça sera encore long ? demanda-t-il.

— Madame fait sa toilette, répéta la bonne d'un air embarrassé.

— Vous lui avez dit que c'était son fils qui attendait ?

— Mais oui.

— Ah ! bien !

Il n'y avait rien d'autre à faire qu'à patienter. C'est ce qu'il fit. Tout à coup, il y eut une sorte de tourbillon, un vacarme de portes violemment ouvertes, un trottinement de talons durs sur le parquet, et Mme Mœl parut, vêtue d'un peignoir somptueux, le visage fardé, la tête auréolée de bouclettes.

— Albert ! Mon cher Albert ! s'exclama-t-elle comme s'il revenait des Croisades. Est-ce que je ne t'ai pas fait trop attendre ?

Elle appuya sa joue grasse et collante contre la sienne.

— J'ai voulu me faire belle pour te recevoir. Est-ce que je te plais comme ça ?

— Oh ! tu sais, comme ça ou autrement, tu étais toujours ma mère.

Elle l'entraîna dans la salle à manger pour qu'ils fussent seuls. Là aussi, il y avait eu des changements ; mais la vieille pendule était restée à sa place. Un grand portrait de Mœl père occupait un des murs.

— Assieds-toi, continuait-elle.

Et en riant très fort, elle ajoutait :

— Sais-tu que je suis devenue paresseuse ! paresseuse ! Je me lève à 9 heures, 10 heures même quelquefois. Crois-tu ? Alors, le temps de m'arranger... Heureusement que j'ai une femme de chambre pour m'aider !

— C'est signe que le commerce est prospère, et qu'il va bien même sans toi !

— Ah ! j'ai un gendre épatant ! Quel homme, ce Maurice ! Il nous gagne de l'argent à pelletées. Et avec ça, affectueux, distingué, intelligent. Tiens, sais-tu ce qu'il me disait, l'autre jour ? « Ma chère maman, le mariage, c'est comme le commerce : il y a le *doit* et *l'avoir...* »

Allons, tout allait bien : elle avait de nouveau quelqu'un à admirer. Cette femme-là avait besoin d'admiration pour vivre. Elle cita d'autres mots de son gendre, parla chiffre d'affaires, évoqua des développements futurs. Pour finir, elle ajouta en soupirant :

— Quel dommage que tu aies eu la sotte idée de vouloir être curé ! Tu aurais eu du travail, ici, avec nous ; tu aurais pu être heureux.

— Mais je suis heureux !

— Pfutt ! Quel bonheur ! Enfin, tous les goûts sont dans la nature. Et toi, quels sont tes projets ?

Il raconta ce qu'il allait faire.

— Quoi ? s'écria-t-elle avec stupeur ; tu veux te faire ouvrier ?

— Oui, ouvrier. Manœuvre même.

— Tu plaisantes, je pense ? Manœuvre, toi ? Avec l'instruction que tu as reçue ? Avec ces mains blanches ? Toi, mon fils ?

— Mais oui, moi, ton fils.

— Quand tu étais avec nous, il n'y avait pas moyen de te faire déplacer une caisse de fromages. Et aujourd'hui...

— J'ai changé.

— C'est de la folie pure ! Dis-moi que ça n'est pas vrai !

— Mais si, c'est vrai !

— Je ne comprends plus ! Je ne te comprends plus !

Elle se mit à arpenter fébrilement la pièce, en gesticulant.

— Tu te rends compte de ce que tu vas faire ? Du travail que tu vas entreprendre ? La crasse, la fatigue, le... la... les moqueries de tes camarades, les chefs qui t'engueuleront. Mais tu n'es pas fait pour ça, mon pauvre Albert ! Laisse ça aux autres. Garde ta dignité, voyons ! Moine, curé, passe encore. Au fond, c'est assez bien, c'est propre, c'est distingué. Mais ouvrier ! Mais manœuvre ! Chez Vlaming ! Je n'oserai plus parler de toi, t'appeler mon fils, tu me feras honte !

Il se contentait de sourire, sans répondre.

— Tiens ! Regarde Maurice ! Voilà ce que tu aurais pu être, ce que tu aurais dû être ! Mais ne me parle pas de manœuvre ! C'est... c'est...

Suffoquée d'indignation, elle ne trouvait pas le mot.

— C'est scandaleux ! Me faire ça, à moi !

— Comment, à toi ?

— Oui, oui, je me comprends. De quoi aurai-je l'air, si la chose vient à se savoir ? As-tu donc perdu toute fierté ?

— Mais qu'y a-t-il de honteux à être manœuvre ?

— Rien de honteux, sans doute, pour les autres. Mais toi... toi... Et combien de temps comptes-tu exercer ce joli métier ?

— Deux ans, trois ans. Je ne sais pas au juste.

— Bon. Eh bien ! mon garçon, retiens bien ceci : tant que tu seras, comme tu dis, manœuvre chez ton Vlaming, je ne veux plus entendre parler de toi, comprends-tu ? Tu ne seras plus mon fils.

Il avait pâli, mais se contenta de répondre avec calme :

— Entendu. Comme il te plaira.

Puis, se levant brusquement :

— A présent, je m'en vais. Je pense que tu n'as plus rien à me dire.

— Quoi ? Tu pars déjà ? Tu ne restes pas quelques jours ?

— Non. Dès demain, il faut que je sois sur les lieux de mon travail. Alors, je n'ai pas de temps à perdre.

— Du temps à perdre ! fit-elle avec amertume. Le temps que tu passes près de ta mère est du temps perdu ! C'est donc ça, ta charité !

— Mais maman...

— Non, non. C'est bien. Porte-la aux autres. Je ne te retiens pas. Va. Va chez Vlaming. On a besoin de tes services, là-bas. Pars donc.

Il se pencha sur elle, de nouveau embrassa les joues gluantes. Il lui en coûtait de la quitter ainsi ; mais que pouvaient-ils se dire de plus ?

— Au revoir, maman, fit-il aussi doucement, aussi humblement qu'il put, comme lorsque, petit garçon, il partait à l'école.

Elle ne répondit pas. Il se retourna et vit qu'elle pleurait dans le coin de l'horloge. Alors, il fit demi-tour, la prit dans ses bras, la força à tourner vers lui sa pauvre vieille figure toute ravagée de fard et de larmes.

— C'est vrai que je ne suis plus ton fils ? demanda-t-il.

Elle fit « si » de la tête.

— Tu veux bien que je t'écrive encore ?

Elle fit « oui » de la même façon. Il sourit.

— A la bonne heure ! dit-il.

Quand le dominicain s'en vint sonner à la porte de la cure, c'est Amélie qui lui ouvrit, un peu plus vieille, un peu plus sourde qu'autrefois.

— M. le chanoine est absent.

— Bonsoir, Amélie. Vous ne me reconnaissez pas ?

Non, elle ne le reconnaissait pas ; pourtant, eu égard au froc qu'il portait, elle ajouta :

— Si vous voulez l'attendre, il ne tardera pas.

Il fit signe que oui, elle l'introduisit dans la bibliothèque du curé, où n'entraient que les visiteurs de marque. Il y était venu souvent et retrouva avec émotion les murailles tapissées de livres, l'odeur de vieille pipe, la pénombre favorable au recueillement, le tapis persan qui buvait le bruit des pas, la pendulette de la cheminée, toujours arrêtée, comme si le temps, ici, ne comptait pas. A douze ans, il avait été fort impressionné par tous ces tomes qui semblaient l'observer, silencieux et ironiques, avec les yeux dorés de leurs titres. Il retrouva les volumes de gros calibre, la batterie lourde des dictionnaires : le *Dictionnaire* de Trévoux, la *Biographie universelle* de Michaud, le *Konversations-Lexikon* de Brockhaus, le *Thesaurus linguæ latinæ*. Des ouvrages de médecine, de botanique, d'histoire, d'astronomie. A côté s'alignaient des in-quarto aux dorures pâles portant des dates prestigieuses : 1519, 1602, 1677, 1714 ; des brochures jaunies ; des bataillons d'in-octavo dans leur uniforme chamois à listel d'argent ; des livres d'heures ; des manuscrits, des estampes... A gauche, sur des rayons bordés de pourpre, étaient rangés des ouvrages mis à l'index, et l'on y lisait les noms de Rabelais, Pascal, Molière, Diderot, Voltaire, Rousseau, Zola... M. le chanoine Rance ne craignait pas cependant d'y jeter quelquefois les yeux pour en démontrer le danger ou l'imposture. Leur cadre rouge rappelait ces étiquettes qui annoncent les médicaments à usage externe, poisons mortels pour ceux qui en usent sans discernement.

Albert se souvint des premières leçons de latin que lui avait données l'abbé Rance pour lui permettre de rattraper ses camarades plus avancés que lui. Le maître s'asseyait derrière le petit pupitre de noyer, et la récitation commençait :

— *Dic mihi, puer, quœ verba primœ declinationis feminilia sint.*

Tout le dialogue se déroulait en latin. Quand il parlait de sa soutane ou de ses lunettes, le chanoine disait : « ... *subtana mea...* » et « ... *lentes oculares meœ...* » Il appelait ses brodequins *sandalia* ; les cahiers *liberculi* ; le buvard *papyrus sorbens*. Il modernisait ainsi la langue des Romains par toutes sortes de locutions ingénieuses.

Tandis que l'enfant psalmodiait ses déclinaisons, le prêtre fermait les yeux, semblait s'assoupir doucement ; mais si par hasard un barbarisme dissonait dans l'harmonieux ronron, on le voyait sursauter, effaré, et ce ministre du Dieu unique s'écriait comme Cicéron :

— *Dii immortales ! Quid audio ?*

Lorsqu'on était content de lui, Albert recevait un morceau de tarte ou de brioche des mains d'Amélie, qui, de la sorte, associait agréablement la gourmandise et la piété.

Tout ça s'était passé plus de vingt années auparavant. Le chanoine Rance avait maintenant largement dépassé les quatre-vingts ans, lui en avait trente-cinq. Allaient-ils se reconnaître ?

Il y eut un grincement de porte, un glissement de pantoufles, le chanoine apparut. Ses cheveux formaient toujours une auréole autour de sa tête, mais dont la blancheur tirait déjà sur le jaune d'or. Il resta un moment surpris devant la haute silhouette du moine qui s'était levé et le regardait en souriant. Puis, soudain, ses lèvres se mirent à frémir, comme s'il allait pleurer ou s'il hésitait à prononcer le nom qu'il pensait.

— Albert, est-ce toi ? murmura-t-il enfin.

Sa voix était devenue toute grêle, toute chevrotante. Ils s'embrassèrent et aussitôt commencèrent les : « Te souviens-tu ?... Te rappelles-tu ?... Vous souvenez-vous ?... Vous rappelez-vous ?... » Puis, Albert parla de sa mission. Le vieillard l'écouta sans rien dire, d'un air grave. Quand il eut fini :

— Eh bien ! demanda le dominicain, qu'en pensez-vous ?

Le chanoine ne répondit pas encore ; la joue appuyée à la paume de sa main, il regardait par la fenêtre d'un air absent, comme s'il cherchait une inspiration parmi les choux et les poireaux du potager. Puis, il parla :

— Ainsi, tu vas quitter ta robe ?

— Naturellement.

— Tu t'habilleras comme les ouvriers, tu partageras leur vie, leurs repas, leurs parties de belote, leurs fréquentations ?

— Il le faudra bien.

— Est-ce que ça ne te rappelle rien ?

— Quoi donc ?

— Cette façon de te dépouiller de ce qu'il y a en toi de sacré, de divin, puis-je dire, pour te rendre pareil aux hommes ordinaires ?

— Ma foi, je ne vois pas. A moins que...

— Oui, tu m'as compris. Cela te rappelle le Christ ! Ni plus ni moins : le Christ ! Ne crois-tu pas qu'il y ait là une entreprise bien orgueilleuse ?

— La ressemblance n'est que lointaine, mon Père. Je n'ai pas la prétention...

— Tu-tu-tut ! Orgueil, je te dis, orgueil ! Tu te crois donc bien fort pour oser cela ? As-tu songé que tu vas être soumis à des épreuves terribles ? A des tentations quotidiennes ? Toi qui veux sauver les autres, prends garde de te perdre ! Toi qui veux convertir les autres à ta foi, prends garde de te laisser convertir à la leur !

— Je suis sûr de moi.

— Orgueil ! On n'a pas le droit d'être sûr de soi. Jamais ! On doit trembler ! Toujours !

— Je ferai de mon mieux.

— La robe que tu portes est une protection efficace, une *turris eburnea* qui te garde des autres et de toi-même. Mais quand tu ne l'auras plus ? Quand aucune barrière matérielle ne te protégera du monde, es-tu certain de ne pas succomber ? Les plus purs ont des défaillances.

— J'ai fait vœu d'obéissance, je dois obéir.

— Obéis donc ; mais j'ai tenu, moi, à te mettre en garde.

— Vous prierez pour moi, tandis que moi, je prierai pour *eux*.

— Oui, je prierai pour toi.

Le vieillard resta longtemps immobile, silencieux, les mains jointes dans une attitude machinale. Ses mains qui avaient répandu tant de bénédictions.

Albert demanda encore :

— Et vous, mon père, avez-vous quelque projet ?

— Moi, des projets ? Je n'ai plus d'autre projet que d'attendre la mort. Notre sœur la mort corporelle, comme disait saint François. Dieu ne saurait tarder à me l'envoyer. C'est pourquoi je m'efforce de maintenir mon âme dans l'état de propreté nécessaire pour la recevoir dignement.

Ses cheveux formaient toujours une auréole autour de sa tête, mais dont la blancheur virait déjà au jaune d'or.

5

La nouvelle s'est répandue comme une traînée de poudre dans l'usine. Tout le monde a su bientôt qu'il y avait au magasin du noir un curé défroqué qui s'était fait ouvrier. On a voulu voir ce phénomène, toucher du doigt sa tonsure ; mais de tonsure, il n'en a plus, ses cheveux ont repoussé. Un gars, d'ailleurs, qui n'a absolument pas l'allure d'un curé ; à le voir, aussi noir que les autres, avec les deux billes blanches de ses yeux, on a même de la peine à l'imaginer en soutane. Surtout ceux qui le connaissent. Quand on a l'occasion de pouvoir questionner Mœl :

— Alors, t'as été curé ? lui demande-t-on, histoire de le lui entendre dire à lui-même.

— Oui, à peu près, répond-il. Je suis dominicain.

— Dominicain ?

— Moine, quoi.

— Tu l'es encore ?

— Nature !

— Et pourquoi que t'as pas ta soutane ?

— Ça serait plutôt gênant, ici. Je préfère une salopette.

— Personne t'a obligé à la prendre, cette salopette.

— Si.

— Qui, qui t'a obligé ?

— Mon patron. Pas Boucharel. Mon vrai patron.

— Et qu'est-ce que tu viens foutre ici ? Moucharder ?

— Non.

— Alors, quoi ?

— Vous parler de Lui.

— De qui ?

— De mon vrai patron.

— Et comment qu'il s'appelle, ton vrai patron ?

— Jésus.

Il y en a qui sifflent et qui disent :

— Mince alors ! T'en as, des relations !

Il y en a aussi qui disent :

— Alors, comme ça, tu viens nous faire le catéchisme ? T'as p't-être l'idée de faire de nous des enfants de chœur ?

D'autres trouvent ça marrant et rigolent. D'autres haussent les épaules. D'autres semblent impressionnés.

Jusqu'à présent, le P. Mœl s'est contenté de mener chez Vlaming un travail de rongeur dans la dialectique adverse, de grignoter avec prudence leurs arguments, avec le seul secours de la mémoire et de la logique. Il peut maintenant découvrir son jeu, employer sans retenue le nom et les paroles de Dieu : tout le monde trouve ça naturel.

Cependant, c'est lui qui doit subir les plus nombreux assauts. Dès qu'on a su qui il était, il a été attaqué de toutes parts, à tous moments, en tous lieux. La cantine en particulier est devenue le siège de débats journaliers. Il ne fuit d'ailleurs jamais le combat, il accepte toujours de répondre aux colles de ses adversaires :

— Pourquoi qu'il y a des classes dans les enterrements ? C'est donc comme dans les trains : la première pour les capitalistes, la troisième pour les prolos ?

— Pourquoi qu'il y a des guerres ? Pourquoi que les innocents périssent et que les coupables se tirent d'affaire ? Ton Dieu trouve ça juste ?

— Pourquoi que l'Église, qui prêche le pardon des offenses, a fait brûler dans le passé tant de gens sur les bûchers ?

— Puisque ton Dieu sait à l'avance tout ce qui doit se faire, puisque c'est même lui qui décide tous les événements, pourquoi qu'il envoie ensuite en enfer ceux qu'il a fait pécher ?

— Paraît que dans l'enfer on est rôti ; mais comment les flammes peuvent-elles rôtir des âmes, c'est-à-dire quelque chose qui n'a pas de substance ?

— Dire *Bon Dieu*, c'est un juron, une offense au Seigneur, que vous dites, vous les curés. Explique-nous comment qu'on peut offenser le Seigneur en disant qu'il est bon...

L'inconvénient de la cantine était qu'on y touchait un public fort limité, toujours le même. Alors, Mœl décida de chercher un autre lieu de réunion où il pût indifféremment approcher ceux qui mangeaient chez Vlaming et les autres. Il choisit le *Café des Jardins*. C'était un petit bistrot situé juste en face de l'usine Vieille ; sa clientèle se recrutait presque uniquement parmi les ouvriers du caoutchouc. Il s'appelait comme ça pour rappeler que naguère se trouvaient là des jardins aujourd'hui disparus ; mais sur la porte, on lisait : *Chez Victor*. Le nom du patron. Un énorme Auvergnat, rouge de trogne, aux manières alternativement violentes ou doucereuses, suivant les circonstances.

L'été, on ne s'attardait guère chez Victor ; en passant, simplement, on buvait une canette qui coûtait cent sous de moins qu'ailleurs ; sans compter qu'étant servis par le patron, ils n'avaient pas besoin de laisser de pourliche. L'hiver, par contre, principalement le samedi soir, le bistrot était toujours plein. Les uns jouaient aux cartes, d'autres regardaient jouer ; les uns étaient assis, d'autres restaient debout près du comptoir ; mais tous se laissaient imbiber par l'atmosphère chaude, opaque, bourdonnante, au milieu de laquelle tu avais bientôt l'impression de te fondre, de te diluer, de devenir toi-même une fumée légère, comme celle des pipes et des cigarettes.

Mœl y accompagnait les copains. Alors, devant un pot, il s'arrangeait pour faire naître des discussions au cours desquelles on agitait les problèmes du jour. Lui exposait son point de vue, les solutions proposées par l'Église ; on le contredisait ou on l'approuvait, mais on l'écoutait. Bientôt, les beloteurs abandonnaient leur partie et tendaient l'oreille ; les buveurs du comptoir venaient entourer sa table ; chacun avançait un argument. Ça devenait un meeting. Le cafetier accueillait volontiers le dominicain : ses sermons attiraient et retenaient la clientèle. Venait et partait qui voulait. Chaque séance était naturellement contradictoire et il y avait parfois de beaux chahuts ; alors, Victor qui trônait de tout son ventre derrière le comptoir se chargeait de rétablir l'ordre par un bon coup de gueule :

— Laissez parler le Révérend Père, tonnerre de Dieu !

De temps en temps, Mme Victor ouvrait la porte du fond et s'approchait pour essayer d'entendre. C'était une petite femme timide, un peu sourde ; quand elle voyait rire, elle souriait aussi, même si elle n'avait rien compris, ce qui découvrait ses dents gâtées. Elle avait de la religion et tenait à apporter au P. Mœl l'appui de sa présence.

C'est là qu'il connut Hertens.

Un gars du Nord venu s'établir dans la région après la guerre. Il conduisait un camion, et le plus clair de son travail consistait à trimbaler le charbon qui arrivait à la gare jusqu'aux dépôts de la nouvelle chaufferie.

— Ça me change pas, disait-il. Le charbon et moi, on se connaît depuis toujours. Dans ma famille, on était mineur de père en fils. Il me semble que j'en ai bouffé plus que de pain.

Comme la mine c'est un peu bas de plafond, il en avait rapporté une belle cicatrice qui lui traversait le front. Même quand il était noir de la tête aux pieds, la poussière n'adhérait pas à la cicatrice, c'était chose étrange à voir que ce long trait vierge dans une face de suie. Une fois débarbouillé, il apparaissait blond, pâle, plus os que chair, ne souriant jamais, avec une pomme d'Adam extraordinairement saillante et des yeux tristes. Tout le monde savait qu'il avait perdu une petite fille et qu'il n'arrivait pas à s'en consoler. Comme la majorité des ouvriers de chez Vlaming, il était inscrit à la C.G.T. ; il assistait aux réunions, mais sans enthousiasme. Comme ça... pour se distraire, pour se changer les idées. Il se saoulait deux fois par mois, histoire d'étrenner la quinzaine, mais l'ivresse le rendait plus triste encore.

Un soir au *Café des Jardins*, le P. Mœl vit Hertens attablé seul dans un coin de la salle devant un litre vide.

— Bonsoir ! fit-il.

Mais l'autre ne répondit à son salut que par un haussement d'épaules dédaigneux. Il restait immobile, les coudes sur la table, la figure calée entre ses poings fermés, le regard fixe.

— Vaut mieux le laisser, dit quelqu'un. Quand il est comme ça, il se plaît que tout seul. D'ailleurs, c'est un type peu causant.

Ils s'assirent ailleurs, se firent apporter des grogs. Au bout d'un moment, ils entendirent Hertens qui grommelait sans bouger de sa position :

— Tout seul, parfaitement. J'ai bien le droit de boire tout seul, non ? Votre compagnie me déplaît ; alors je bois tout seul. Et je vous emmerde, encore !

C'était à la fois un samedi soir et un 31 du mois, jour doublement faste, parce qu'on était riche, parce que le lendemain l'usine ne fonctionnait qu'au ralenti, si bien que la plupart de ceux qui étaient là pourraient se lever tard.

A une table, la conversation portait sur les congés payés qui avaient été une grande victoire syndicale.

— Et le repos du dimanche ? demanda Mœl. Qui c'est qui l'a obtenu ?

Il y eut un silence de réflexion, puis :

— Ben, avança quelqu'un, il me semble que c'est la C.G.T. qui...

— La C.G.T. ? rectifia un autre. Non, plutôt la C.G.T.U., avant la guerre, avant la fusion avec les traîtres qui ont formé à présent Force Ouvrière.

— Vous y êtes pas, intervint un troisième en haussant les épaules. Le repos du dimanche existait avant 14. C'est au moment de la révolution bourgeoise de 89 que le tiers état à obtenu ce truc-là.

— Et toi, demanda-t-on à Mœl, tu sais quelque chose là-dessus ?

— Le repos du dimanche, répondit-il, n'a été obtenu ni par les syndicats ni par les révolutions.

— C'est peut-être les patrons qui ont fait ce cadeau à leurs ouvriers, ricana quelqu'un.

— Non. C'est Dieu lui-même qui l'a imposé aux hommes. Et il a donné l'exemple le premier : lorsqu'il a créé les choses, après avoir travaillé six jours, il s'est reposé le septième. Plus tard, l'Église a imposé petit à petit aux populations le repos du dimanche.

— Dommage qu'il ait pas également prévu les congés payés !

— Et les patrons ont accepté ça sans faire d'histoires ?

— Dieu n'avait pas fait de patrons ni d'ouvriers ; tous les hommes étaient pareils au début. Car mon Dieu à moi est beaucoup plus communiste que les dieux des communistes, que Karl Marx, Lénine ou Staline...

La discussion se poursuivait depuis un moment quand on entendit un fracas soudain. Tout le monde se retourna, l'on vit Hertens debout, hagard, appuyé contre la muraille. Bien qu'il fût passé sous les douches, la poussière du charbon formait encore un cerne noir sous ses yeux, leur donnait un air halluciné. Il avait en se levant renversé la bouteille vide et c'est elle qui avait fait ce bruit. Il se mit à invectiver Mœl en gesticulant :

— Un beau salaud ! Ah ! c'est un beau salaud, ton Dieu ! Tu peux en parler ! Tu peux le vanter !

Les buveurs s'étaient tus ; ils regardaient alternativement l'ivrogne et le dominicain pour voir ce qui allait se passer entre eux. Le premier se frappait la poitrine du poing, la bouche béante, comme pour expulser de force les mots qu'il n'arrivait pas à faire sortir et qui l'étouffaient.

— Moi !... Moi !... bégaya-t-il avec effort. Qu'est-ce que j'y avais fait à ton Dieu ? Dis voir un peu ce que j'y avais fait pour qu'il s'acharne sur moi de cette façon ? D'abord, mon grand-père esquinté dans la mine. Les deux jambes cassées ; après, il marchait avec des béquilles. Ensuite, mon père. Lui, mieux que ça : il y est resté. Un coup de poussière, en 21. Six macabs en même temps. Il en était. En 38, un autre coup de poussière, qu'ils disent, parce qu'ils aiment pas parler du grisou. Il m'a raté d'un poil. J'ai vu les blocs de charbon dégringoler à deux mètres de moi. Huit macabs, cette fois. Moi, j'ai compris que ton Dieu, il voulait ma peau aussi, et j'ai plaqué la mine. Alors, tu sais ce qu'il m'a fait ton salaud de Dieu ? Il s'est vengé sur ma gosse ! Une gosse de quatre ans, qu'était jolie ! qu'était jolie ! Une poupée. Tout le monde l'admirait, tout le monde nous l'enviait. Des cheveux blonds, des bouclettes, des yeux...

A l'évocation de sa fille, le visage d'Hertens s'était illuminé, tandis que ses doigts erraient devant lui, dans l'air, comme s'ils cherchaient à tâtons le visage de la petite morte.

— ... On l'appelait Annie. Ou Ninette. Quand je rentrais du boulot, elle m'attendait sur le pas de la porte, et du plus loin qu'elle me voyait, elle se mettait à applaudir... de contentement. Eh bien ! C'est sur elle que ton Dieu a tapé. Un jour, sa mère avait tué une poule, et elle avait posé par terre une bassine d'eau bouillante pour la plumer. Le temps qu'elle se retourne pour prendre la poule sur la table, paf ! voilà la môme qui tombe dans l'eau bouillante. Moi, j'étais en bas, à la cave, en train de scier du bois. J'ai entendu gueuler. J'ai couru, on a appelé le médecin. Pendant six heures, ma petite Ninette, elle a hurlé à s'arracher le gosier. Après elle a plus eu la force. Sa figure était tout enflée, toute violette, ses paupières toutes collées comme celles des petits chats. Le lendemain soir, elle est morte sans avoir parlé, sans avoir pu rouvrir les yeux...

Sur le visage d'Hertens, les larmes ruisselaient, des larmes chargées de charbon, qui laissaient sur ses joues des traînées grises.

— ... Alors, tu comprends, quand tu me parles de la bonté de ton Dieu, ça me donne des démangeaisons dans les doigts et j'ai envie d'étrangler quelqu'un !

Tous se taisaient. Au fond de la salle, Mme Victor, qui avait deviné plus que compris, pleurait dans son tablier. Mœl sentait peser sur lui les regards accusateurs de tous ces gens, comme si ç'avait été lui le responsable, lui, le prêtre de ce Dieu qui permettait de pareilles horreurs.

— Évidemment, reprenait Hertens qui semblait dessoûlé, moi, j'allais pas à la messe. Mais ma femme y allait de temps en temps avec la petite. J'ai quand même été baptisé comme tout le monde. Et si ton Dieu devait prendre les petits de tous les hommes qui vont pas à la messe, il resterait plus de gosses sur la terre. Alors, pourquoi qu'il m'a fait ça, dis ? Pourquoi ?...

Ému autant que les autres, le dominicain se trouvait démuni devant une telle douleur. Cependant, comme il ne pouvait laisser accuser son patron sans répondre, qu'il fallait absolument dire quelque chose, il raconta une histoire.

— Y avait une fois un type qui s'appelait Job. Oui, Job, comme le papier à cigarettes. Il avait sept garçons et trois filles. Il vivait par là-bas, en Asie, et possédait aussi des milliers de chameaux, de moutons, de bœufs, d'ânesses et était servi par un tas de domestiques. Ses enfants s'entendaient bien entre eux et Job était heureux. Pourtant, il était resté simple de cœur, sans orgueil, sans avarice ; il craignait le mal et adorait Dieu. Or sais-tu ce que Dieu fit pour lui ? Un jour, les habitants de pays voisins envahirent ses terres, enlevèrent ses bestiaux, massacrèrent ses domestiques. De plus, ses enfants étant réunis dans la maison de leur frère aîné où ils mangeaient et buvaient ensemble, il y eut un orage terrible, la maison s'écroula sur ses sept gars et ses trois filles qui périrent tous. Ainsi, Job, qui avait longtemps été riche et heureux, se trouva du jour au lendemain seul et misérable. Considère que sa situation était beaucoup plus douloureuse que la tienne, toi qui n'as perdu qu'un enfant. Et sais-tu ce que fit Job ? D'abord, de douleur, il déchira ses vêtements, il se rasa la tête en signe de deuil. C'était une habitude dans ce pays-là. Après ça, il se jeta par terre, à plat ventre, et il se mit à adorer Dieu en disant : « Je suis sorti nu du ventre de ma mère et je retournerai nu dans le sein de la terre. Le Seigneur m'avait tout donné, le Seigneur m'a tout ôté ; il n'est arrivé que ce qui lui a plu. Que le nom du Seigneur soit béni ! »

Il y eut autour de Mœl un murmure de stupeur et d'incrédulité ; mais il leva la main et poursuivit :

— Attendez ! C'est pas fini. Dieu ne se contenta pas de frapper Job dans ses biens et sa famille ; il le frappa aussi dans sa chair. Il lui envoya une maladie effroyable qui le recouvrit de croûtes et de pus des pieds jusqu'à la tête. Job s'assit sur un tas de fumier et se mit à gratter avec un morceau de pot cassé la pourriture qui sortait de ses ulcères. Sa femme vint et l'insulta en disant : « T'as donc pas encore compris que ton Dieu s'est foutu de toi ? Qu'est-ce qu'il te faut de plus ? Est-ce que tu bêleras toujours comme l'agneau qu'on égorge ? Allons ! rebiffe-toi un peu, du moins ! Maudis donc le nom de ton Dieu ! » Et Job répondit : « Tu parles comme une folle. Si nous avons reçu des biens de la main du Seigneur, pourquoi refuserions-nous les maux qu'il nous envoie ? Que le nom du Seigneur soit béni !... »

A ce moment, le dominicain s'interrompit, car il s'aperçut que Hertens s'était rassis et que, s'étant remis à contempler le fond de la bouteille vide, il ne l'écoutait plus.

Chez Vlaming, les équipes « tournent » le lundi matin, et cette semaine Mœl est de service de 4 heures à midi. Il a ainsi une demi-journée de liberté qu'il consacre aux camarades chez qui il a décelé quelque sympathie pour la cause qu'il défend. Parfois, il sort de sa malle sa robe blanche, sa cape noire, afin que les mites ne les mangent pas trop, et c'est en tenue de moine qu'il va travailler les copains. Il lui est agréable et rassurant de sentir de nouveau contre ses genoux le battement léger de l'étoffe.

Ce jour-là, après dîner, il rentrait rue du 9-Septembre pour changer de vêture, quand, devant la porte du 18, il a trouvé arrêtée une charrette à bras et un homme qui lui a demandé :

— Un coup de main, vieux frère, pour décharger ce tonneau.

Ils ont craché ensemble dans leurs mains, fait glisser doucement le fût jusqu'à terre.

— Maintenant, a dit l'homme en se redressant, faut le grimper au troisième. Si t'avais un moment...

— Allons-y.

Les voilà poussant, hissant le truc, marche après marche, dans l'escalier en tire-bouchon. Ils reprennent leur souffle à chaque palier. Albert a interrogé :

— C'est pour qui ?

— Pour le père Chugnon. Tu connais ? T'habites là-dedans ?

— Oui. J'habite là. Chugnon ?

— Un petit vieux qui se pocharde. Un ancien jardinier. Faut dire qu'i' n' doit guère descendre de son grenier. Il a des terres et une vigne, par là-bas, et c'est moi qui les travaille. Alors, en payement, j'y apporte de temps en temps un sac de patates, quelque tourte de pain, un tonneau de pinard.

Ils ont fini par arriver tout en haut. Mœl n'était jamais monté jusque-là. L'homme cogne à une porte et appelle :

— Père Chugnon ! C'est moi, Marcel !

Alors, un petit vieux est venu ouvrir ; il lève vers eux des yeux chassieux et larmoyants, aux paupières retroussées, qui clignotent comme devant une lumière trop vive. Son crâne luit, tiqueté de points noirs, entouré d'un duvet jaunâtre : il ressemble à un œuf d'autruche dans un nid de coton. Des touffes de poils blancs sortent de ses oreilles et de son nez. Il tient à la main une pomme de terre à demi épluchée.

— On vous apporte du pinard, annonce joyeusement Marcel.

— Entre... Entrez.

La pièce est remplie d'une fumée épaisse.

— J'étais en train d'allumer le feu, explique le vieux. Mais j'ai un foutu instrument !

Sans lâcher sa patate, il s'agenouille, se met à souffler dans son poêle en l'insultant :

— Saloperie ! Cochon ! Une heure !... Une heure que j'y souffle au cul, à ce putain-là !

L'atmosphère devient irrespirable. On distingue une table avec, dessus, un tas d'épluchures, une écuelle ébréchée, des assiettes sales, des bouteilles vides culottées de bleu. Dans un coin, un grabat sur lequel dort un chat noir roulé en boule. Dans un autre, un tonneau, calé sur une caisse, et un tas de pommes de terre hérissées de germes.

Marcel a substitué le tonneau plein au vide. Le père Chugnon veut les retenir :

— Attendez ! On va trinquer.

— Non, non ! s'excuse Marcel : faut que je me rentourne, j'suis pressé. D'ailleurs, c'est mon pinard : j'sais l'goût qu'il a.

— T'as bien une minute ?

— Non. Tenez : trinquez si vous voulez, avec le copain qui m'a donné un coup de main. Au revoir, père Chugnon. Je reviendrai la semaine prochaine.

Il charge le fût vide sur son épaule et s'en va en toussant, les laissant en face l'un de l'autre, eux qui ne se sont jamais vus.

— J'habite au premier, explique Mœl pour se présenter, chez la veuve Dupic.

— Assis-toi, dit le vieux.

Et il fait quelques pas pour lui approcher une chaise. Il marche pieds nus et boitille.

— Moi, ajoute-t-il, je connais personne ; je descends jamais. Je suis un vieux soûlaud : quand j'ai du vin, je me soûle tout seul, ici.

— Et qu'est-ce que vous mangez ?

— Tu vois bien ! (Et il désigne de la main la forêt de germes.) Des patates. J'en fais cuire une marmitée, ça me dure une semaine. Je les mange en salade. Seulement, j'ai pas d'huile ; j'ai pas de vinaigre non plus. Alors, qu'est-ce que je fais ? Je mets une goutte de pinard, et ça fait la sauce.

Il explique qu'il se nourrit de cette façon en grande partie avec son vin. En se levant, il boit un verre de vin, et ça remplace le café. Le soir, il trempe du pain, quand il en a, dans son vin, et ça remplace la soupe.

— Je suis un veinard, moi, conclut-il ; je manque de rien. Quand j'en ai plus, Marcel m'en apporte d'autre. Il m'apporte aussi du bois. Je suis heureux comme un poisson dans l'eau !

Il dit ça d'une voix âpre et regarde Mœl de ses yeux ourlés de rouge qui ont alors un éclat désespéré.

— Vous êtes seul ? demande Mœl. Vous avez pas de parents ?

— J'ai plus rien, répond-il sans ajouter d'explication.

Il a réussi à trouver un verre ; il y vide un peu de vin pour le rincer, recueille la rinçure dans son verre à lui afin de ne rien perdre, et verse à boire à son visiteur.

— Pourquoi que vous boitez ?

— Je traîne une épine dans le talon depuis quinze jours.

— Faut pas la garder.

— J'ai bien essayé de l'ôter, mais je l'ai pas trouvée.

— Montrez-moi ça : je m'en occupe.

— Non ! non ! proteste l'autre avec une sorte d'effroi. Elle me fait pas grand mal. Je m'y habitue.

— Allons ! Faites pas de manières ! Donnez !

— C'est que... je... j'ai pas... j'ai pas les pieds propres.

Il a honte, évidemment. Honte devant lui ! Mœl songe à Jésus lavant les pieds de ses apôtres, la veille de la Pâque. Il songe au roi Saint Louis lavant les pieds des lépreux. Si l'abbé Rance le voyait, il l'accuserait encore d'orgueil, de vouloir imiter le geste du Christ. Qui est-il donc, lui, mon Dieu ? Qu'est-il donc ? Rien. Presque rien. Un misérable chien du Seigneur, et c'est un honneur que cet homme va lui faire.

Il l'oblige à s'asseoir sous le ciel-ouvert qui éclaire chichement la mansarde, et prend le pied en main. C'est une pauvre chose tordue par les rhumatismes ; des orteils aplatis en spatules par soixante-dix années de marche ; des ongles longs, épais et courbes comme des griffes ; sur le cou-de-pied et au talon, il y a deux bosses dures qu'a laissées un long usage des sabots ; la peau grise, squameuse, crevassée, racornie, ressemble à celle des tortues.

Pour commencer, le Père fait place nette en frottant avec une brosse à lessive, un peu d'eau et du savon qu'il a découverts ; puis, il se met à farfouiller avec un poinçon de couteau dans les couches successives de cette carapace. De temps en temps, le patient proteste doucement :

— Laisse donc !... Te donne pas tant de mal, va !

Mais lui continue ses explorations. A la fin, il découvre la minuscule tête noire de l'écharde, plantée en pleine chair. Il l'attaque obliquement ; elle résiste et s'obstine : elle se trouve bien là, elle s'est habituée à ce domicile. Elle finit pourtant par céder, et jaillit tout d'un coup sous la pression des doigts ; triomphant, il la lève en l'air au bout de son poinçon.

Joyeux et soulagé, le vieux fait quelques pas en long et en large afin d'essayer son talon neuf ; pour la première fois, ses yeux rient. Il semble ne pas en revenir, que tout ça fonctionne si bien.

— Merde alors ! fait-il en manière de satisfaction et de remerciement.

Mœl le comprend ainsi ; il sourit et propose :

— Puisqu'on est voisins, ça vous intéresse que je vienne vous voir, de temps en temps ?

— Sûr ! T'as l'air d'un gars pas fier, toi. On voit que t'es un prolétaire !

Quelques jours après, Hertens vint le trouver.

— Le type dont tu parlais l'autre jour, demanda-t-il, il a vraiment existé ?

— Quel type ?

— Le gars... là... comme le papier à cigarettes... Job. Pour moi, ça, c'est du boniment. C'est un truc inventé pour le roman ou le cinéma.

— Mais non. Il a vraiment existé. D'ailleurs, beaucoup de personnages de cinéma ou de romans ont réellement existé.

— Alors, lui, c'est le cas ?

— Absolument.

— Ben mon vieux !

Il cracha par terre d'une façon qui exprimait à la fois l'admiration et un reste de scepticisme ; puis il s'éloigna sans rien ajouter.

Cependant, en d'autres occasions, ils se rencontrèrent et bavardèrent ensemble. Mœl était lorrain, presque du même pays que Hertens, et cette quasi-commune origine les rapprocha. Ils parlèrent de Lille que le Père connaissait, de la Lys qui traîne dans la plaine verte ses eaux grises. A l'usine, ils ne se voyaient guère : l'un camionnait son charbon, l'autre empilait ses sacs de noir. Mais à la sortie, Mœl s'arrangeait pour retrouver son demi-compatriote ; il distinguait tout de suite dans la foule des ouvriers sa haute taille et sa nuque blonde ; il le rattrapait et ensemble ils faisaient un bout de chemin. Un jour qu'ils avaient bavardé ainsi plus longtemps que de coutume, Hertens lui dit :

— Tiens, on est presque arrivés. Viens jusqu'à la maison. Je te présenterai ma femme ; elle sera contente de trouver quelqu'un qui connaît son pays. Je lui ai déjà parlé de toi.

Comme ils montaient l'escalier, il s'excusa :

— Tu sais, chez nous, c'est pas riche.

— Je vais jamais chez les riches, le rassura Mœl.

La femme de Hertens était blonde comme lui, avec des lèvres aussi pâles que le reste du visage. Elle eut plutôt l'air ennuyé de cette visite inattendue.

— Tu aurais dû me prévenir, fit-elle en lançant à son mari un regard rempli de colère.

— Te tracasse pas. C'est un copain, quoi !

Elle les fit passer dans la cuisine qui était petite, chaude, accueillante, et tout de suite se préoccupa :

— Qu'est-ce que je vous offre ?

Ses lèvres esquissèrent d'autres syllabes, mais elle ne savait pas si elle devait l'appeler « mon Père » ou « monsieur », et elle préféra ne rien ajouter.

— Offre-lui un grog, proposa son mari. T'es d'accord, Mœl ?

— Oui, oui. Ça me réchauffera.

Hertens lui présenta aussi les meubles, avec fierté :

— Ça c'est le buffet. Ça c'est le poste. Ça c'est la table, les chaises. Et puis ça, c'est le fourneau. Quand on est venus ici, on avait rien. On a tout acheté à petits coups. On doit rien à personne.

A ce moment, il y eut un pas traînant ; un vieil homme entra et, sans saluer le visiteur, demanda d'une voix plaintive :

— Qu'est-ce que je fais à présent, Jeanne ? J'ai fini de carder la laine.

— Tiens, voici un sac de haricots. Trie-les. Tu mettras les blancs dans cette boîte et les noirs dans celle-ci.

Il était tout chenu, avec une barbiche qui le faisait ressembler à Poincaré. Il prit le sac, les deux boîtes de carton et s'en retourna, guilleret, traînant ses savates. Jeanne Hertens soupira et expliqua à voix basse :

— C'est mon père. Il a une manie, il peut pas rester une minute sans rien faire, c'est plus fort que lui. Vous comprenez : c'est un homme qui a travaillé toute sa vie ; et le mouvement, ça lui est aussi nécessaire que le manger. Alors, quand il sait plus quoi faire, il se met à réclamer, à pleurnicher comme un gosse. Heureusement, on a trouvé le truc des haricots.

— C'est moi qui l'ai trouvé, précisa Hertens.

— On lui donne un sac de haricots à trier. Les blancs d'un côté, les noirs de l'autre. Quand il a fini, on remet tout ensemble dans le même sac, on les mélange bien et il recommence.

— Il ne s'aperçoit de rien ?

— De rien. Comme ça, on est tranquille un bon moment. Un vrai gosse, je vous dis.

Elle versa de l'eau chaude dans les tasses, mit sur la table une bouteille de rhum et la boîte de sucre. Ils restèrent silencieux, les jambes allongées ; on entendait contre les volets fermés une sorte de grésillement.

— Tiens, ça neige, dit Hertens.

— C'est l'hiver, dit Mœl.

— Les jours sont courts à présent, dit sa femme.

Ils burent leur grog par petites gorgées, satisfaits d'en sentir la chaleur descendre dans leur estomac, puis rayonner dans tout le corps. Cela faisait comme un doux chatouillement qui se répandait jusqu'à l'extrémité des doigts. Le dominicain regardait autour de lui, cherchant un prétexte pour échapper aux propos météorologiques. Sur le buffet, dans un cadre de bois doré, la photo d'une enfant.

— C'est votre petite fille ? demanda-t-il en la désignant.

— Oui, répondit Jeanne Hertens. Elle avait deux ans et demi. C'est sa marraine, ma sœur, qui l'avait fait photographier, un jour qu'elle était venue nous voir.

Tout de suite sa voix chavira, ses yeux se remplirent de larmes.

— Allons, s'écria Mœl, faut plus pleurer. Je sais qu'il est bien triste de perdre un enfant ; mais que diable ! Vous êtes jeunes ! Il y a un remède, un bon remède pour vous consoler : cet enfant, remplacez-le !

Elle secoua la tête plusieurs fois.

— Non ? fit-il surpris. Vous ne voulez pas ?

— C'est fini, reprit-elle en se mouchant. Je peux plus. La naissance de ma fille avait été très difficile ; j'ai failli mourir. Depuis, le docteur a dit que j'aurais jamais plus d'enfant.

— Diable ! fit Albert, ennuyé. Ça complique la situation. C'est vraiment impossible ?

— Oui, oui, impossible.

Il se gratta le menton, un peu pris de court par l'obstacle. Hertens le regarda, fit un geste de la main qui semblait signifier : « Tu vois ce que je te disais : ton Dieu me persécute. »

Sa femme ouvrit un tiroir, en tira de petites choses qu'elle posa sur la table : un hochet déchiqueté, un cygne et une vache en celluloïd, de minuscules casseroles au fond desquelles restaient encore des débris de dînette, un petit nègre en plâtre dont le nez usé formait une tache blanche sur la figure noire.

— C'est elle qui lui avait usé le nez à force de l'embrasser, expliqua la mère. Je le lui avais acheté pour son Père Noël. Elle l'appelait Ratatin.

Elle sortit aussi un bâton de chocolat à moitié mangé qui portait les traces de petites dents ; une boucle de cheveux blonds ; un album à colorier ; des vêtements d'enfant... Elle étalait tout ça sur la table en donnant des explications détaillées sur chaque relique. Elle sortit même un vase à fleurs cassé, dont elle avait conservé les morceaux, uniquement parce que c'était sa Ninette qui l'avait brisé.

— Dire que je l'ai grondée ce jour-là ! Que je l'ai même battue ! Dire qu'elle a pleuré !

A l'idée de ces larmes qu'elle avait fait couler, elle se sentait déchirée de remords. Elle resta ensuite un long moment silencieuse, à contempler son triste musée. Les autres se taisaient aussi. A la fin, se souvenant que Mœl était prêtre, elle dit :

— Voyez-vous, mon Père, j'aimais bien Dieu, avant. Je conduisais souvent la petite à l'église. Dans le temps de Noël, elle serait restée des heures en admiration devant la crèche. Mais depuis, je peux plus... je peux plus...

Elle secouait la tête avec une obstination tranquille et désolée.

— Vous n'aimiez donc pas bien votre fillette ? demanda le dominicain.

— Moi ? sursauta-t-elle.

— Savez-vous où elle est en ce moment ?

— Elle est là-bas, dans le cimetière, sous la neige... ma Ninette.

Un sanglot déchira sa voix.

— Non, reprit doucement le prêtre. Ses cendres seules sont là-bas. Mais son âme, sa petite âme immortelle, est dans un endroit bien chaud : dans le sein du Seigneur. Et de là-haut, elle vous regarde, elle vous protège, elle continue à vous aimer, elle vous attend. Ne seriez-vous pas heureuse de la retrouver un jour ?... Alors, si vous voulez la revoir, vous devez aimer le bon Dieu qui vous l'avait donnée, car sans cet amour vous ne la reverrez jamais. C'est peut-être votre faute si elle est morte.

— Ma faute ? s'écria-t-elle indignée.

— Oui. Qui de nous peut dire : je n'ai jamais péché ? Vous n'aimiez pas assez Notre-Seigneur ; vous ne l'aimiez que du bord de l'âme. Et c'est pour que vous vous rapprochiez de Lui que votre petite est morte. Qu'elle s'est sacrifiée. Alors, voulez-vous donc que son sacrifice ne serve à rien ?

— Elle aurait pas dû souffrir comme ça ; elle l'avait pas mérité. Ça n'est pas juste.

— Pas juste ? Savons-nous ce qui est juste et ce qui ne l'est pas ? Est-ce qu'il était juste que le Christ souffrît sur la croix ? Pourtant, Il avait accepté toutes ces souffrances injustes, Il savait qu'elles devaient sauver les hommes. C'est sans doute pour vous sauver que votre fille a souffert aussi...

Il parla longtemps encore, tandis que Hertens et sa femme pleuraient tous deux et s'essuyaient les joues du revers de la main.

Pendant les silences, on entendait le grésillement doux et persistant de la neige contre les volets. Il parla de la vie terrestre qui est toujours courte et tourmentée, même chez les riches, et de la vie éternelle qui est un bonheur sans fin pour ceux qui l'ont mérité, une souffrance sans fin pour ceux qui ont désespéré de Dieu.

— La bonté du Seigneur est d'ailleurs si grande, ajouta-t-il, qu'Il peut vous envoyer une récompense terrestre en vous donnant un autre enfant, si vous l'aimez comme il faut.

— Mais les médecins...

— Dieu se moque bien des médecins. C'est Lui le Médecin ; c'est Lui qu'il faut prier.

Le langage du prêtre était doux, fortifiant, plein de majuscules.

Tout à coup, la porte de la chambre s'ouvrit, le grand-père reparut avec ses boîtes pleines et son sac vide.

— J'ai fini les haricots, gémit-il. Qu'est-ce que je fais à présent ?

Mœl s'en alla en disant :

— Au revoir, mes amis. Je reviendrai, si vous me le permettez.

— Bien sûr, répondit Jeanne Hertens. Quand vous voudrez.

6

Le lendemain, comme il sortait de la cantine, le P. Mœl fut abordé par un petit homme au visage grave qui lui dit :

— Je suis Ramusse.

— Ah ! Ah ! fit-il, tu es Ramusse.

A la vérité, il avait entendu prononcer ce nom-là dans l'usine, mais il ne se rappelait plus en quelle occasion. Le petit homme au visage grave lui serra la main en le regardant dans les yeux avec une insistance gênante. Puis il dit, l'air de plus en plus grave :

— Heu... J'ai appris qu'il y avait parmi nous un prêtre, sous les habits d'un ouvrier. Et j'ai voulu te parler.

— Eh bien ! parle-moi.

— Tu me connais, n'est-ce pas ?

— Oui. Tu es Ramusse.

— Heu... Tu sais que j'ai fondé ici un syndicat chrétien dont je suis le secrétaire ?

— Ah ! oui ! Parfaitement. Je m'en souviens.

Le petit homme au visage grave parlait sans se presser : avant de prononcer une phrase, il allongeait en avant ses lèvres arrondies en forme de tuyau comme pour projeter plus loin les syllabes au moyen de cette sarbacane. En réalité, cet allongement des lèvres lui permettait de préparer ses répliques ; il était destiné à gagner du temps et à faire prendre patience à son interlocuteur à qui il semblait dire : « Tu vois, je vais parler. Les mots sont là, tout prêts à partir. Ne t'énerve donc point. Je ne t'ai pas oublié. »

C'était aussi pour gagner du temps que la plupart de ses phrases commençaient par « heu ». Il se tenait raide et immobile, serrant alternativement le bout des doigts de sa main gauche dans sa main droite, et le bout des doigts de sa main droite dans sa main gauche, probablement pour les réchauffer. Ces mains étaient blanches, Ramusse travaillait dans les bureaux de la comptabilité. Il examinait le P. Mœl avec un étonnement dont il sentit lui-même sans doute l'inconvenance, car il éprouva le besoin de s'expliquer :

— Heu... Je m'aperçois que je vous ai tutoyé. C'est l'habitude, ici, dans le personnel...

— Mais je t'en prie ! Je suis un ouvrier comme les autres. Continue donc.

— C'est ce que je me disais en te regardant : il a tout à fait l'air d'un ouvrier comme les autres. Rien ne le distingue. Et pourtant...

Il allongea les lèvres davantage encore, acheva avec une sorte de consternation :

— ... pourtant, c'est un prêtre !

Puis, il proposa très vite :

— Veux-tu venir te chauffer un moment dans mon bureau, en attendant qu'il soit 2 heures ? Nous causerons.

— Volontiers.

Le bureau de Ramusse avait une odeur acide de vieille chaussette, d'encre, de gomme arabique ; mais il y faisait tiède. Le petit homme au visage grave s'assit sur un tabouret et, pour honorer son visiteur, lui offrit le fauteuil tournant dans lequel il travaillait d'habitude. Le siège recouvert de cuir rouge montrait en son centre une partie déprimée et luisante dont la rondeur avait quelque chose d'indécent. Mœl, qui n'avait rien à dire, attendit que l'autre se décidât à parler. Cependant, comme celui-ci gardait un silence embarrassé, il voulut amorcer la conversation.

— C'est donc là ton P.C. ?

— Oui. Y a quatorze ans que je travaille dans ce même bureau.

Il y eut encore un moment de vide ; enfin, Ramusse se décida à lâcher ce qu'il avait sur le cœur.

— Heu... Drôle d'idée que tu as eue là, qu'il fit.

— Quelle idée ?

— Eh bien ! ce... cette combinaison de te déguiser en civil, en laïc, toi qui es prêtre.

— Tu n'approuves pas ?

Pour une fois, Ramusse répondit sans hésitation :

— Non, je n'approuve pas du tout.

— Pourquoi ?

Il branla la tête un moment, en faisant « tu-tu-tut » de la langue ; puis il s'expliqua :

— Heu... vois-tu, pour moi, un prêtre, c'est un prêtre. Je veux dire, quelqu'un à part. Quand j'étais gosse, j'ai cru longtemps que les curés n'avaient pas de jambes, parce que je n'avais jamais vu que leurs pieds ; je croyais aussi qu'ils se nourrissaient exclusivement d'hosties et de vin de messe. Aujourd'hui, bien sûr, je suis revenu de mon erreur ; pourtant, il m'est resté quelque chose de cette première croyance. Pour moi, les ministres de Dieu sont restés des êtres exceptionnels, plus esprit que chair, qui ne doivent pas se mêler à la foule, mais la dominer, la diriger de haut. Tu vois ce que je veux dire ?

— Je vois, je vois.

— Voilà pourquoi un moine qui quitte la robe, laisse repousser sa tonsure, se rase de près, vit de la vie des ouvriers, fréquente avec eux les cafés, les réunions publiques et autres lieux plus ou moins mal famés, est à mes yeux, et je crois aux yeux de beaucoup de catholiques, une sorte de... heu... de scandale.

— Pour toi, donc, le moine ne doit pas sortir de son monastère, le curé de son église ?

— Si, il le peut, mais... heu... en soutane.

— Tu crois que c'est l'habit qui fait le moine ?

— Heu... oui, je le crois dans une certaine mesure. Mais il y a aussi, comme je te l'ai expliqué, les fréquentations, la vie menée...

— Comment pourrais-je atteindre les oreilles et les cœurs des ouvriers si je ne me fais pas en tout pareil à eux ? Devons-nous renoncer pour jamais à les gagner à notre cause ? Les laisser en proie au marxisme ?

— Heu... Il y a d'autres moyens : la presse...

— Ils ne lisent que l'*Huma*.

— ... la prédication...

— Ils n'entrent jamais dans une église. Devons-nous prêcher dans la rue et sur les places publiques comme au temps de saint François ou de saint Dominique ? On nous foutrait au violon !

— ... l'exemple des catholiques.

— Beaucoup de soi-disant catholiques sont d'affreux capitalistes, des bourgeois qui ne songent qu'à défendre leurs privilèges.

— Mais tu parles comme un marxiste !

— Tout n'est pas à rejeter dans le marxisme. Si l'Église veut reconquérir les ouvriers, ne doit-elle pas apprendre à connaître leurs besoins, leurs aspirations, lutter avec eux pour que leurs légitimes revendications soient satisfaites ?

— Heu... C'est ce que nous nous efforçons de faire à la C.F.T.C.

— C'est bien. Tâchez de les gagner par l'intérêt, par la bourse, par le ventre. Moi, je tâcherai d'en gagner quelques-uns par l'esprit.

Ramusse soupira, s'agita sur son tabouret, l'air seulement à moitié convaincu. Il se frotta longuement les doigts de chaque main avec l'autre ; puis il reprit :

— Heu... bon. Admettons. Les autorités ecclésiastiques sont d'accord, n'est-ce pas, sur ta mission ?

— Naturellement.

— Alors, puisque tu es un ouvrier, j'espère que tu vas t'inscrire à notre syndicat chrétien ?

— Moi ? Pour quoi faire ?

— Comment pour quoi faire ? D'abord pour que nous soyons un de plus. Ensuite, puisque tu participes à des réunions politiques ou syndicales, tu participeras aux nôtres. Tu nous exposeras le point de vue dominicain, tu nous éclaireras. Ta présence amènera d'autres adhésions.

Mœl secoua la tête, tandis que Ramusse ouvrait des yeux stupéfaits.

— Vois-tu, je suis un peu comme la cantinière du régiment : je veux appartenir ici à tout le monde.

Le petit homme au visage grave fit une grimace dégoûtée pour signifier qu'il n'appréciait guère la comparaison.

— Si je m'inscris à ton syndicat, je me croirai, comme tu l'as dit, obligé de participer activement à sa vie, ce qui m'éloignera de ma tâche véritable. Enfin, vous qui êtes déjà convaincus, vous ne m'intéressez pas.

— Nous ne t'intéressons pas ? répéta Ramusse sidéré.

— Mais non ! Je n'ai pas besoin de prêcher des convertis ! Il me faut toute mon éloquence pour les autres ; je n'ai pas de vent à gaspiller. Vous êtes déjà chrétiens, vous autres : continuez, voilà tout. Et laissez-moi m'occuper de ceux qui ne le sont pas encore ou qui ne le sont plus. Tu comprends ?

Ramusse secoua les épaules d'un air mécontent et résigné. Juste à ce moment, la sirène de l'usine sonna la rentrée de 2 heures.

Ce fut vers ce temps qu'il fit la connaissance de Mesnard.

Secrétaire du syndicat C.G.T., secrétaire de la cellule communiste, conseiller municipal et adjoint au maire, Mesnard était extrêmement populaire dans la ville par l'ardeur et le courage avec lesquels il avait lutté, en toutes circonstances, pour le triomphe de ses idées, ce qui lui avait valu d'être déporté en Allemagne. Bref, c'était le héros national de chez Vlaming. Tout le monde parlait de lui avec admiration, et on avait averti le dominicain :

— T'as la langue bien pendue, d'accord. Mais c'est avec Mesnard qu'il te faut te mesurer...

Mesnard par-ci... Mesnard par-là... Mesnard en bas... Mesnard en haut...

Il n'avait pas encore eu l'occasion de le rencontrer directement, jusqu'au soir où, entrant chez Victor, il constata que son apparition suscitait une agitation insolite, comme si on l'avait attendu impatiemment, avec la crainte qu'il ne vînt pas. Mesnard était là, assis à une table, entouré de son état-major : Souchard, Toveron, Amadieu et quelques autres. Tous des types qui valaient la peine d'être regardés.

Mesnard était un petit homme trapu, chauve, au menton carré, aux yeux froids, nichés dans des orbites profondes, au visage raviné de rides verticales et criblé de petite vérole.

— Mirabeau avait aussi ce truc-là, disait-il. Et ça me flatte guère.

Ordinairement, il allait tête nue, ses rares cheveux gris tirés en arrière, d'un pas pesant de montagnard, posant ses pieds bien à plat dans ses godillots à clous, comme pour prendre le plus large contact possible avec la terre matérielle, support de sa personne et de son système, et il semblait une illustration du proverbe : « Gros souliers, cervelle fine. »

Souchard, lui, était une grande gueule. Au propre et au figuré. C'est lui qui mastiquait les noix avec leur coquille et qui avait pris Albert Mœl à partie dans les premiers temps de son travail chez Vlaming. Quand il était en gaieté, pour peu qu'on l'en priât, il était capable d'un autre exploit peu ordinaire : il tirait de sa bouche une langue énorme, aussi large et épaisse qu'une langue de vache, et réussissait à s'en recouvrir le nez.

Toveron était crasseux. Il le savait. Il savait qu'on le savait. Et il s'en foutait. Son béret basque, enfoncé jusqu'à ses oreilles, tout luisant, était couronné d'un cercle jaune qui marquait l'ancien emplacement de la coiffe ; de temps en temps, il le retournait, mettant le dedans dehors et le dehors dedans, pour l'user uniformément sur les deux faces. Bien qu'il eût dépassé la quarantaine, ses joues restaient d'une pâleur enfantine et presque imberbes ; il se rasait tous les quinze jours. Il ne souriait jamais. On le savait instruit, avare, honnête, on l'avait élu trésorier du syndicat.

Amadieu, au contraire, était un rigolo. Ça se voyait du premier coup d'œil. A sa figure réjouie. Au scintillement de son regard. A son gros pif retroussé qui avait l'air d'un nez de carnaval. Il avait eu déjà l'occasion de rencontrer Mœl, et dès qu'il le vit pénétrer dans la salle :

— Salut, Révérend Père ! s'écria-t-il. Viens trinquer avec nous.

Mœl ne se fit pas prier et s'assit sur le même banc qu'Amadieu. Celui-ci remplit un verre jusqu'au bord et dit en clignant de l'œil :

— Vous autres, les curés, un canon ne vous fait pas peur, hein ? Vous avez l'habitude !

— L'habitude ?

— Oui, avec le vin de messe.

La salle s'esclaffa. Encouragé par ce succès, Amadieu lâcha un juron sonore :

— Bordel de Dieu ! Je suis content de trinquer avec un curé !

Autre explosion de rires. Mesnard sourit avec indulgence.

— Allons ! renchérit Amadieu. Buvons un coup, tonnerre de Dieu !

— Pourquoi jures-tu comme ça ? demanda Mœl, calmement.

— C'est ma façon de parler, ça, pétard de Dieu !

— Si c'est pour m'impressionner, tu perds ton temps. J'en ai entendu d'autres. D'ailleurs, en injuriant Dieu, tu lui rends hommage.

— Quoi ?

— Naturellement ! Lorsque tu dis : « Le patron est une saloperie », tu reconnais par là qu'il est le patron.

— Provisoirement, oui.

— Quand tu insultes Dieu, tu reconnais par là qu'il est Dieu. Qu'il existe. On n'insulte pas quelqu'un qui existe pas.

— Bien causé, vingt dieux !

— Il est d'ailleurs curieux que tu aimes tant que ça à jurer.

— Curieux ? Pourquoi ?

— Comment t'appelles-tu ?

— Amadieu Émile, Milou pour les dames.

— Sais-tu ce qu'il veut dire, ton nom ?

— Mon nom ?

— Oui, Amadieu ? Ça veut dire : qui aime Dieu. Tu aimes donc Dieu ?

— Moi ? fit l'autre éberlué. Oh ! putain de Dieu !

Nouvel éclat de rigolade, à renverser les tables.

— En voilà un, intervint Mesnard, que tu auras du mal à convertir.

— Qui sait ? fit Mœl en souriant.

Quelque temps après, Mœl retourna chez Hertens comme il l'avait promis. Il retrouva la petite cuisine, la photographie de Ninette sur le buffet, le grand-père qui, dans un coin, ses lunettes au bout du nez, séparait consciencieusement les haricots noirs des haricots blancs. Il retrouva Jeanne Hertens et son triste sourire. C'était un samedi soir ; elle voulut absolument le retenir à dîner. Après le repas, on débarrassa la table. Le vieux retourna à son travail de Pénélope, et ils causèrent. Hertens, accoudé au buffet, la tête appuyé sur sa main, écoutait en silence.

— Faut pas avoir peur d'évoquer le souvenir des morts, disait le dominicain. Au début, c'est un peu douloureux ; mais on s'y habitue. Y a pas de raison qu'on souffre puisque les morts sont plus heureux que nous. Ceux du moins, comme votre enfant, qui l'ont mérité. De là-haut, toute petite qu'elle est, elle peut vous conseiller, vous guider, vous réconforter ; elle peut aussi intercéder auprès du bon Dieu pour qu'il vous accorde les grâces que vous lui demanderez...

On savait qu'il était venu pour prêcher, que c'était son métier à lui, de prêcher, et on l'écoutait, par politesse et pour lui faire plaisir. Mais c'était déjà une très grande chose qu'on l'écoutât...

Il revint ainsi plusieurs fois.

Hertens le laissait parler, sans rien dire. Quelquefois, le coude appuyé au buffet et la tête sur le coude, il s'endormait malgré lui, accablé par tout le charbon qu'il avait pelleté dans le jour. Mœl s'adressait alors seulement à la femme. Il expliquait que la bonté de Dieu est infinie, qu'il ne faut jamais renoncer à elle ; il l'exhortait à reprendre les pratiques religieuses abandonnées depuis la mort de sa fille. Elle disait :

— Pas encore... Plus tard...

Mais il sentait qu'il allait rendre cette âme à l'Amour qui l'avait créée.

Un soir il leur annonça :

— Chers amis, je crois que le moment est venu. Le bon Dieu s'est rendu compte que vous hésitiez encore à retourner dans sa maison ; alors, Il a décidé qu'Il ferait, Lui, les premiers pas et qu'Il viendrait d'abord dans la vôtre.

Ils le regardèrent avec surprise, se demandant ce qu'il voulait dire.

— Oui, le Seigneur viendra ici même, chez vous, si vous acceptez de Le recevoir. Mais vous ne voudrez pas, je pense, fermer votre porte au bon Dieu ? Demain, c'est dimanche ; voulez-vous que je dise ici, demain matin, la messe ?

Ils étaient devenus tout rouges.

— La messe ? murmura Jeanne, les lèvres tremblantes.

— Vous ne voulez pas ?

— Si, si. Seulement, je... on a pas ce qu'il faut.

— Ne vous souciez de rien, les rassura-t-il, j'apporterai le nécessaire. Alors, vous êtes d'accord ?

Elle baissa la tête avec confusion.

— C'est trop d'honneur. On mérite pas...

— Toi aussi, tu veux bien ? insista-t-il en s'adressant à l'homme.

— Oui, bien sûr. Si la bourgeoise est d'accord !

— Parfait. Alors, puisque vous voulez tous les deux, faut recevoir votre Invité comme il convient et pas faire les choses à moitié. Voici donc ce que je vous propose. Demain matin, en vous levant, vous resterez à jeun ; moi je viendrai de bonne heure, je vous confesserai l'un après l'autre. Quand vous aurez débarbouillé votre âme, je dirai la messe et je vous donnerai la communion. D'accord ?

— D'accord, fit Hertens.

Le lendemain, le Père retrouva ses amis en grande tenue ; même le grand-père à qui l'on avait expliqué la chose avait pris son habit noir et ses souliers à tige. La pièce aussi avait fait toilette. On avait poussé la table dans un coin, disposé les chaises face au buffet recouvert d'une nappe blanche. Le prêtre comprit que c'était là-dessus qu'il allait installer son autel. Il sortit d'une petite valise qu'il tenait à la main un crucifix, un ciboire, un calice, disposa ses ustensiles sur le buffet, là où se tenait ordinairement la photographie de Ninette. Il sortit encore une chasuble, une étole qu'il étendit sur une chaise, et une aube dont il se revêtit. A présent, dans le candide vêtement, malgré les pantalons et les gros souliers qui dépassaient, Mœl leur apparaissait sous un aspect tout nouveau. Maintenant seulement Hertens comprenait que cet ouvrier n'était pas comme les autres.

— Je vais commencer par vous, madame, fit le Père.

— Venez, dit Hertens au vieux.

Et il l'entraîna dans la pièce voisine. Le prêtre resta debout près du buffet, tandis que la femme s'agenouillait sur une des chaises. Lorsqu'elle eut déchargé sa conscience :

— Est-ce bien tout, ma fille ? demanda le confesseur.

Elle chercha encore dans les replis de son âme, trouva un ou deux petits péchés pareils à un ou deux mouchoirs sales oubliés au fond d'un tiroir.

— Est-ce bien tout ? insista le Père.

— Oui, mon Père, je crois.

— Non, mon enfant. Vous avez oublié la plus grande de vos fautes, puisque vous aviez douté de la bonté du Seigneur. Demandez-Lui donc pardon.

Vint le tour de Hertens, tout gauche, tout embarrassé de ses membres. Il avoua ne plus s'être confessé depuis le jour de son mariage.

— Ça fait rien, dit le prêtre en souriant. Aujourd'hui, c'est jour de grande lessive.

Tout le monde y passa, même le grand-père qui voulait bien faire plaisir à sa fille mais ne se rappelait plus rien. Le confesseur dut lui suggérer :

— Il vous est bien arrivé de boire un coup de trop ?

— Peut-être bien, monsieur.

— Dites : mon Père.

— Oui, monsieur... mon Père.

— Vous vous êtes bien mis en colère quelquefois ?

— Oh ! sûrement, monsieur, sûrement.

— Et les femmes, hein ? Les femmes des autres, je veux dire. Est-ce que vous vous êtes intéressé à elles quelquefois ?

— Intéressé ? Peut-être bien. Oui, monsieur. Plusieurs fois, sûrement. Une surtout, une voisine. Je m'étais intéressé beaucoup à elle.

— Le bon Dieu n'aime pas ça, mon fils...

Quand le beau-père eut fini sa pénitence en lisant les *Pater* et les *Ave* sur un livre que le Père lui avait prêté, on fit revenir les deux autres ; la messe commença. Dans ce cadre improvisé, en face de ces quatre chaises, de la batterie de cuisine accrochée au mur du fond, du fourneau et de l'évier, la fonction prenait une humanité imprévue, une grandeur bouleversante. Hertens regardait ce prêtre qu'il avait vu la veille dans la salopette des caoutchoutiers, qu'il avait vu le visage et les mains barbouillés de noir animal, qu'il avait vu nu sous la douche, et il avait peine à croire que ce fût le même homme qui, là, devant lui, accomplissait des gestes sacrés, parlait à Dieu. De temps en temps, il se tournait vers eux et leur soufflait : « Levez-vous. » Ou : « Mettez-vous à genoux. »

Après l'*Alleluia*, il lut l'Évangile de la semaine qui se trouvait être la parabole de l'enfant prodigue, parce qu'il avait choisi exprès ce dimanche-là.

... Alors, le père dit à ses serviteurs : Apportez promptement la plus belle robe et revêtez-l'en ; mettez-lui un anneau au doigt et des souliers à ses pieds ; amenez aussi le veau gras et tuez-le ; mangeons et faisons bonne chère parce que mon fils que voici était mort et il est ressuscité ; il était perdu et il est retrouvé...

Puis il leur fit un sermon pour eux trois, comme s'ils s'étaient trouvés dans une véritable église. Et en vérité, cette petite cuisine était alors une église. Il leur dit qu'eux aussi étaient des fils prodigues, que leur Père éprouvait une joie immense à les voir revenir à Lui. Le visage du prêtre rayonnait en ce moment de bonheur car cette joie était aussi la sienne. Jeanne Hertens pleurait doucement dans son mouchoir.

Après, ils mangèrent ensemble la Chair divine. Hertens, qui attendait de son contact une sorte de soudaine illumination intérieure, fut un peu déçu que rien ne se passât en lui ; il trouva simplement que l'hostie avait le même goût que les cachets de pharmacie. Puis il se dit que les effets de cette médecine pouvaient être lointains, qu'il fallait sans doute renouveler souvent le traitement pour en constater les bienfaits.

Le dominicain vint encore deux fois dire la messe et porter l'eucharistie chez les Hertens. Le bruit s'était répandu dans la maison — les cloisons et les planchers étaient si minces ! — qu'un curé venait fonctionner à domicile, et Jeanne Hertens demanda au Père la permission de laisser entrer quelques voisins.

— Mais bien sûr ! La maison du Seigneur est celle de tous. Laissez donc la porte grande ouverte.

Deux ou trois femmes entrèrent. Bientôt, il se forma sur le palier un groupe de curieux qui regardaient avec ironie ou étonnement. Quelques réflexions furent chuchotées, il y eut des rires en sourdine. Pourtant, la sérénité de l'officiant, le recueillement des Hertens, l'étrangeté et la solennité de la cérémonie finirent par en imposer. Certains s'en allèrent discrètement ; ceux qui restaient écoutèrent en silence.

Le troisième jour, le prêtre dit dans son sermon :

— Mes frères, trois fois le bon Dieu est venu chez vous. Il s'était un peu invité tout seul, mais vous l'avez bien reçu. Il est content de votre accueil. Vous savez à présent ce qui vous reste à faire ? Lui rendre sa visite. Et vous la lui rendrez dans sa véritable maison : l'église de votre quartier. Il ne serait pas poli de ne point le faire ; aussi compte-t-Il bien sur vous. Ne L'oubliez donc pas dimanche prochain.

Depuis, les Hertens vont de temps en temps à la messe, tous les trois. Jeanne Hertens dans sa robe noire, Hertens avec son habit de marié, le beau-père avec ses souliers à tige.

7

Le P. Mœl n'était pas homme à se décourager facilement. Il n'avait mené jusqu'alors chez Vlaming contre la propagande adverse qu'une lutte d'escarmouches. L'heure était venue de livrer de véritables batailles dans lesquelles il accuserait solennellement, publiquement le marxisme soviétique et lui opposerait le point de vue catholique. Il annonça donc autour de lui qu'il allait organiser une série de causeries auxquelles il invitait tous les copains. On y parlerait de l'homme, de la femme, de l'enfant, du Ciel, et de la terre, de tout ce qui les touchait. La première aurait lieu dans la grande salle de la Bourse du Travail, le samedi 7 avril. Naturellement, la réunion serait publique et contradictoire. Il invita même personnellement Mesnard et celui-ci dit :

— D'accord. Je viendrai.

Ramusse n'était point partisan de semblables réunions ; il préférait les discussions en cercles restreints.

— Heu... Tu vas te faire conspuer, prédisait-il.

— J'ai confiance, rétorquait le dominicain. Je suis un chien du Seigneur. C'est-à-dire que je sais aboyer et que je sais mordre.

Vint le 7 avril.

Le P. Mœl était seul sur l'estrade, debout derrière une petite table couverte de papiers et sur laquelle il s'appuyait des deux mains. Devant lui, il distinguait les faces inquiètes, tendues, hilares ou fermées de ceux pour qui il allait parler. Mesnard avait éparpillé ses hommes un peu partout dans la salle ; lui-même, les genoux croisés, un bloc à la main pour prendre des notes, s'était installé au premier rang, comme le premier obstacle que sa parole aurait à franchir. Les autres régleraient leur attitude sur la sienne.

Les ouvriers de chez Vlaming étaient venus nombreux, dans l'espoir d'assister à une belle empoignade entre les deux adversaires. De temps en temps, il en arrivait encore qui saluaient du bras quelque copain de la salle et demeuraient au fond, afin de finir leur cigarette plus commodément.

Cependant, Mœl commençait à vider son sac. Il parlait lentement, sans phraser, comme un ouvrier à d'autres ouvriers.

— Vous me connaissez, camarades, disait-il. J'ai le droit de vous appeler par ce nom puisqu'il y a deux ans que je vis parmi vous. J'ai eu maintes fois l'occasion de vous parler de Dieu qui est notre Père à tous et qui nous a envoyé un jour son propre Fils pour nous sauver. C'était un ouvrier comme vous ; un gars avec des mains dures. Il avait appris à travailler le bois, à faire les tables où l'on mange, les armoires où l'on enferme le linge, les lits où l'on dort et où l'on meurt. Un gars qui savait ce que c'est que de se lever avant le jour, de peiner du matin au soir, de dîner avec une poignée d'orge et quelques poissons. En somme, un prolétaire. Et en ce temps-là, y avait ni syndicats, ni Assurances Sociales, ni congés payés. Il a vécu trente-deux ans, et il a mené cette vie-là jusqu'à sa trentième année.

« C'est donc pour vous parler de lui que je suis venu au milieu de vous, car vous ne le connaissiez pas. Ou bien vous l'aviez oublié. Quand vous étiez gosses, votre mère ou le curé vous avaient bien appris son nom ; mais depuis, plus rien. C'est tellement loin que vous vous souveniez plus de lui, comme on se souvient plus de quelqu'un qu'on a plus vu depuis vingt ans. Alors, je vous ai rafraîchi la mémoire. Je vous ai raconté pourquoi il était venu parmi les hommes, ce qu'il a appris à ceux qui l'ont connu, et comment ses paroles nous ont été conservées. Je vous ai raconté aussi que les apôtres et lui formaient une équipe, une communauté, une sorte de kolkhoz, si vous voulez : ils avaient qu'une seule bourse pour tous. Vous voyez que ça n'est pas Lénine qui a inventé le communisme.

« A chaque occasion, il condamnait les riches et la richesse. Il disait :

— Malheur à vous, riches, parce que vous avez votre consolation dans ce monde.

« Ne vous faites point de trésors dans la terre où la rouille et les vers les mangent et où les voleurs les déterrent et les dérobent. Mais faites-vous des trésors dans le ciel.

« Nul serviteur ne peut servir deux maîtres car, ou il haïra l'un et aimera l'autre, ou il s'attachera à l'un et méprisera l'autre. Vous ne pouvez servir à la fois Dieu et l'argent.

« Il est plus difficile à un riche d'entrer dans le Royaume des Cieux qu'à un chameau de passer par le trou d'une aiguille.

« Voilà ce que disait le charpentier de Nazareth, et il donnait lui-même l'exemple en s'habillant et se nourrissant pauvrement. Alors, qu'est-ce que vous voulez que ça lui fasse, à un gars comme ça, si vous venez lui dire un jour : « Seigneur Jésus, nous sommes, sauf votre respect, des communistes. On a décidé entre copains de s'associer. A la campagne, on supprimera les haies et les palissades pour pouvoir d'un seul coup travailler une grande étendue de terrain. A la ville, les maçons se grouperont entre eux pour construire des maisons, les tisserands pour tisser la toile, les verriers pour faire des bouteilles, sans rien demander à personne. Ils seront leurs propres patrons. De cette façon, ce qu'on produira ensemble, le blé, les patates, les bicyclettes, les brouettes, les autos, appartiendra à tous les producteurs. Vu qu'y aura personne pour empocher les bénéfices, on fera pas de bénéfices. Alors, les produits seront moins chers qu'avant et chacun pourra en avoir sa petite part. On sera peut-être moins malheureux, et ça nous empêchera pas de penser à vous. Au contraire ! »

« Si vous lui parlez comme ça, le Christ vous répondra :

« — Allez-y, les gars. Mon Père a fait ni pauvres ni riches ; il a fait que des bons et des méchants. Moi je vois pas d'inconvénient à ce que tous travaillent pour tous. Mettez-en un bon coup et songez à vous aimer les uns les autres.

« Avouez, camarades, que si Jésus nous a commandé d'aimer même nos ennemis, même nos patrons, même ceux qui nous exploitent, il est tout de même plus facile de s'aimer entre frères, entre égaux. Et si les égaux deviennent plus nombreux, l'amour du prochain peut rien y perdre. Soyez donc communistes comme ça si ça vous dit. Ce communisme-là, il nous fait pas peur. Vous pouvez y aller...

Le prêtre-ouvrier parla longtemps de la sorte de son Dieu-ouvrier. Il était venu dans les vêtements avec lesquels il partait au travail chaque jour, c'est-à-dire ses golfs de drap bleu marine et son blouson de cuir. Sa haute silhouette dominait la salle, et, comme il se tenait debout au-dessus de tout ce monde assis, il paraissait d'une taille exceptionnelle. Son beau visage mobile reflétait ses passions.

Cependant, Mesnard et ses amis écoutaient avec une patience polie, se contentant de bâiller quelquefois derrière leur main ou de se pencher l'un vers l'autre pour se chuchoter leurs réflexions. Le reste de la salle était silencieux. De temps en temps, on entendait le pied d'un fumeur de pipe qui écartait par terre un jet de salive, avec l'idée de l'écraser, comme on fait d'une bestiole malpropre.

Ceux de Mesnard commençaient à consulter leur montre, lorsque soudain leur attention fut réveillée par des paroles nouvelles que prononçait l'orateur. Celui-ci, sans qu'on s'en soit aperçu, avait entrepris d'esquinter la Grande Union Soviétique.

— En Urse, disait-il, la Constitution garantit la liberté de religion, c'est entendu. Mais l'enseignement officiel — qui est unique, là-bas — lutte de toutes ses forces contre les religions. Ainsi, on apprend aux enfants que Dieu, l'Évangile, l'éternité de l'âme, tout ça, c'est du jus de chique, des balivernes au même titre que l'ogre et le Petit Poucet. Après ça, quand on aura seriné aux petits Russes pendant dix heures chaque semaine qu'il n'y a pas de Dieu mais qu'il y a Staline ; qu'il n'y a pas de paradis mais qu'il y a l'URSS ; qu'il n'y a ni diable ni démons mais qu'il y a les vermines réactionnaires, on laissera aux popes la liberté d'enseigner les vérités saintes si ça intéresse quelqu'un.

« Voici le résultat. Notre Dieu à nous a dit aux hommes : « *Honorez votre père et votre mère afin que vous viviez longtemps sur la terre que je vous donnerai... Celui qui aura maudit son père ou sa mère sera puni de mort.* » En Russie, ces vérités n'ont plus cours. Les instituteurs enseignent aux enfants à espionner leurs parents et, en cas de faute, à les dénoncer sans pitié. C'est ainsi que la *Pravda* du 20 mai 1934 citait en modèle le petit Pronia Kobiline pour avoir livré sa mère qui avait volé du blé socialiste.

« Notre Dieu à nous a dit : « *Vous ne tuerez point* », il a enseigné aux hommes à aimer leurs prochains et à pratiquer la charité. Mais un écrivain soviétique, Savinkov, écrit :

Ce n'est pas avec des livres qu'on remportera la victoire, mais à coups de poing ; non en gémissant et en se lamentant, mais à coups de bombes, de mitrailleuses, en versant le sang... Le moins de sang possible, dit-on ? Mais c'est là du jésuitisme !

« Si je comprends bien, camarades, faut donc pas ménager le sang des autres, et vaut mieux en verser trop que pas assez.

« Notre Dieu à nous a commandé aux hommes de n'adorer que lui-même. Or en Russie, un homme est adoré comme un dieu, obéi comme un dieu, redouté comme un dieu. Cet homme est Joseph Vissarianovitch Djougachvili, plus connu sous le nom de Staline.

« Et maintenant, camarades communistes qui refusez de reconnaître le vrai Dieu et qui, vous aussi, adorez le Génialstaline, je veux seulement vous rappeler, pour conclure, ce couplet de *l'Internationale*, de cette *Internationale* qu'on ne chante plus en Russie :

Il n'est pas de sauveur suprême,
Ni Dieu, ni César, ni tribun...

Mœl se rassit. Il y eut au fond de la salle deux ou trois applaudissements qui, comme honteux, n'insistèrent pas et se turent bien vite. Alors, sans attendre d'y être invité, Mesnard gravit de son pas lourd les quatre marches qui montaient sur l'estrade. Un frisson de jubilation passa parmi ses partisans. Amadieu ricana vers son voisin :

— Comment qu'il va le moucher !

Mesnard se tenait droit, les bras raides le long du corps, dans une attitude à la fois digne et menaçante, bien propre, selon lui, à représenter le prolétariat esclave prêt à se révolter, mais qui attend son heure et ne veut frapper que ses ennemis véritables.

— Camarades, cria-t-il, je ne prendrai pas la peine de réfuter point par point les mensonges, les erreurs et les calomnies du Révérend Père, car il est plus entraîné que moi dans l'art de tondre les œufs et de couper les cheveux en quatre. Je lui répondrai simplement ceci. L'Urse n'est pas l'ennemie de la religion, elle n'est l'ennemie que des mauvais prêtres.

« En ce qui concerne l'amour, qu'il juge exagéré, du peuple russe envers son chef, moi je le comprends parfaitement. Je comprends parfaitement la reconnaissance éperdue de ces anciens esclaves que Staline a libérés, de ce pays qui était tout entier plongé dans l'obscurantisme, la servitude et la misère et qui, grâce à lui, rayonne aujourd'hui en tête de tous les pays civilisés. Moi, je comprends parfaitement cela. Et vous, camarades ?

— Oui ! oui ! hurla l'auditoire.

— C'est bon, et ça suffit. Je vous invite donc, camarades, à vous désintéresser maintenant de tout ce que peut ajouter le Révérend Père, et à quitter la salle en chantant *l'Internationale*.

Ainsi fut fait : on laissa Mœl tout seul sur l'estrade, occupé à ranger ses paperasses.

Cependant Mesnard, qui avait la responsabilité du local en qualité de second adjoint au maire de la ville, resta dans les derniers, après que se fut écoulé le flot de ses partisans. Il redressa quelques chaises renversées et recommanda à Mœl :

— N'oublie pas de rapporter la clé au concierge.

Voilà qu'ils se trouvaient seuls, maintenant, en tête à tête. Depuis qu'ils se connaissaient, c'était la première fois ; toujours, entre eux, il y avait eu leurs fidèles ; l'attitude conventionnelle que chacun devait prendre devant son public respectif.

— Bonsoir, fit Mesnard.

— Est-ce que je te fais peur ? demanda l'autre. On dirait que tu fuis.

— Fuir, moi ?

Il se contenta de plisser la bouche d'une façon qui était à la fois une grimace et un sourire.

— Alors, reprit le dominicain que son demi-insuccès de la soirée n'avait pas découragé, veux-tu que nous fassions quelques pas ensemble ?

Mesnard n'éprouvait, ne pouvait éprouver aucune sympathie pour son adversaire. De la curiosité, tout au plus. Il accepta quand même sa compagnie. C'était un dimanche soir ; rien ne le pressait. Ils longèrent l'enceinte du jardin public ; on voyait, au milieu, luire faiblement le bassin au clair de lune.

Mœl demanda :

— Y a longtemps que t'es communiste ?

La question le surprit.

— Longtemps ? fit-il. Je sais pas... Il me semble que je l'ai toujours été.

— Y a bien dû y avoir un commencement ? Est-ce que tu t'en souviens ?

— Un commencement ?... Attends... Je crois que c'est depuis l'histoire de l'âne.

— L'histoire de l'âne ?

— Oui. J'étais alors tout môme. Ma mère veuve s'était remariée avec un charpentier de qui j'ai reçu plus de coups de pied au cul que de tartines de confiture. Enfin, je lui en veux pas trop : il me donnait ce qu'il pouvait. Cependant, vu que j'étais pas son fils, il avait mis son point d'honneur à me faire instruire, à m'envoyer à l'école au moins jusqu'au certificat d'études. Le jeudi, je venais m'amuser avec les autres gars dans le jardin public. Un jardin dans le genre de celui-ci. Y avait dedans un énorme bonhomme accompagné d'un petit âne. Ils promenaient sur une charrette les gosses des bourgeois ; pour deux sous ils leur faisaient faire le tour du bassin et du kiosque. Je revois encore la voiture pleine de marmots à grands chapeaux de paille, de petites filles aux longues nattes, et l'énorme bonhomme qui marchait devant son âne, si gros et si rond qu'il avait l'air de rouler. Moi, naturellement, je me contentais de la vue. Pas question de me faire voiturer. Un jour que j'étais là à m'offrir le spectacle, voilà mon type qui s'avance vers moi et qui me fait : « Dis donc, drôle, ça te plairait-il de faire un tour dans ma charrette ? — Bien sûr, monsieur, que ça me plairait. — Alors, écoute ce que je te propose. Comme tu vois, je suis tellement vieux et tellement gros que je peux plus conduire mon âne. Toi, t'es jeune, t'as de bonnes jambes, t'as l'air dégourdi ; est-ce que tu voudrais me remplacer ? — Je pense bien, monsieur, que je voudrais ! — Parfait. Tu me remplaces et, en paiement, chaque fois que t'auras fait faire dix tours à la charrette, je te permettrai de monter dessus et de faire un tour pour rien ; ou, si tu préfères, je te donnerai les deux sous qui correspondent au prix d'une partie. T'es d'accord ? — Oui, monsieur, d'accord. » Et me voilà embauché. L'âne était une bête bien docile et les parents, qui me prenaient pour le fils du propriétaire, avaient confiance en moi. Après chaque partie, j'amenais la voiture devant le banc où trônait mon patron, sa sacoche sur le ventre. J'aidais les mômes à descendre du véhicule, les nouveaux clients à s'y hisser. Pendant ce temps, l'autre encaissait la recette. Quand le chargement était complet, nous partions faire notre promenade, tandis que l'homme à la sacoche nous suivait des yeux, d'un air paternel, en comptant sa recette ou en s'épongeant le front. Tous les dix tours, scrupuleusement, il me donnait les deux sous qui me revenaient.

— Et c'est ce petit commerce qui t'a rendu communiste ?

— Ç'a été le commencement.

— Pourtant, tu aurais dû être plutôt satisfait ! Sans cette combinaison, tu ne te serais pas payé des parties de charrette.

— Au début, je l'étais, satisfait, car le manège a duré des semaines et des semaines. A force de voir le gros bonhomme compter sa recette et s'éponger le front tandis que l'âne et moi nous transpirions, j'ai fini par lui dire...

— A qui ?

— A l'âne. J'ai fini par lui dire : « Hé ! mais !... Cet argent qu'il compte et qui remplit sa bourse, c'est nous qui l'avons gagné ! »

— Et qu'est-ce qu'il t'a répondu ?

— Rien, parce que c'était un âne et qu'à lui, ça lui semblait tout naturel de travailler sans fin pour engraisser son maître. Mais moi, cette petite combinaison m'a donné à réfléchir. Par la suite, j'ai compris.

— Qu'est-ce que tu as compris ?

— Lorsque je me suis trouvé obligé de travailler pour gagner ma croûte chez Vlaming ou ailleurs, j'ai compris que la société capitaliste se comportait exactement en grand comme l'homme à la sacoche en petit. J'ai compris qu'en France, en Angleterre, en Belgique, en Italie, en Suisse, en Espagne, en Amérique, partout où il y a des hommes à sacoches qui sont assis à l'ombre à s'éponger le front et à compter la recette, des millions de travailleurs s'esquintent le tempérament à conduire leurs ânes et leurs charrettes, qui s'appellent usines, mines, fermes, locomotives ; qui s'appellent en un mot : moyens de production. Et j'ai compris aussi que c'était là une chose injuste, des hommes qui s'enrichissent avec la peine des autres. Et je me suis dit : faut que les travailleurs s'emparent de l'âne et de la charrette, qu'ils exploitent l'affaire pour leur propre compte, qu'ils récoltent eux-mêmes les fruits de leur travail.

— Mais alors, tu remplaceras une injustice par une autre injustice : est-il juste que tu voles à ton bonhomme sa charrette et son âne ?

— Je les lui volerai pas : je les payerai, dans la mesure où il pourra prouver qu'il en est vraiment le propriétaire, c'est-à-dire que l'âne et la charrette sont vraiment le fruit de son travail. Car ce qui peut être encore vrai pour une charrette et un âne ne l'est plus lorsque le moyen de production s'appelle grosse industrie. Il est impossible à un homme, quels que soient son génie et son activité, de devenir propriétaire d'une usine qui emploie 10, 20, 50 000 ouvriers ; tu me comprends ? Deux seules explications possibles : ou bien il l'a trouvée toute prête en venant au monde — ou bien c'est le travail de ses ouvriers qui la lui a donnée ; dans les deux cas, pas de scrupules à avoir, elle lui appartient pas. Donc, confiscation...

Mesnard parlait, parlait, reconstruisant ainsi le monde, avec une logique implacable. Et Mœl voyait devant lui s'élever cet édifice sans défaut, où rien ne manquait sinon une croix. Il voulut le dire ; mais l'autre eut un petit rire ironique.

— Vois-tu, fit-il, avec moi, pas la peine de te fatiguer. J'ai pas besoin de ta religion : j'ai la mienne, elle s'appelle communisme. Notre Église à nous est aussi bien organisée que la vôtre. Nous avons notre pape qui s'appelle Staline ; nos pères de l'Église qui s'appellent Lénine, Engels, Karl Marx ; notre primat des Gaules, qui s'appelle Thorez ; nos évêques qui s'appellent Duclos, Marty, Cachin ; nos saints et nos martyrs, comme Gabriel Péri. Moi-même, je me considère comme un prêtre, l'équivalent d'un curé de campagne ; et tu sais : on ne se convertit guère de prêtre à prêtre ! Tu as ta Bible que tu connais par cœur ? J'ai aussi la mienne ; elle s'appelle *le Capital* et je peux également t'en réciter de longues tartines. Tiens, écoute. *Le prolétariat se servira de sa suprématie politique pour arracher petit à petit tout le capital à la bourgeoisie, pour centraliser tous les instruments de production dans les mains de l'État, c'est-à-dire du prolétariat organisé en classe dominante, et pour augmenter au plus vite la quantité des forces productives...*

Ils s'aperçurent alors qu'ils avaient fait le tour complet du jardin public et qu'ils se retrouvaient à leur point de départ.

8

Un matin, Mazurier, le chef d'atelier, est venu dire à Mœl :
— Allez, fais tes paquets ! Tu déménages.
— Moi ?
— Toi, nature ! Pas Napoléon !
— On me met à la porte ?
— Non. T'es transféré ailleurs.
— Où ça ?
— Aux mélangeurs. De l'avancement, somme toute.
— Pourquoi ? Est-ce que j'ai fait quelque chose ?
— Ordre de la Direction. Y a pas à discuter. C'est pas l'habitude, ici.

Il ne comprend rien à cette histoire ; mais, comme dit l'autre : il n'y a pas à discuter. Il a serré la main aux copains du noir animal. Ceux-ci le regardaient d'un drôle d'air, avec leurs gros yeux blancs. Il a senti une gêne dans leurs poignées de main. Voilà maintenant qu'ils vont le considérer comme un lâcheur.

— Et si je refuse ? a-t-il demandé pour se justifier devant eux.

— Si tu refuses, a répliqué Mazurier en haussant les épaules, c'est la porte, voilà tout.

Allons, il faut obéir encore.

En entrant dans l'atelier des mélangeurs auquel il est affecté, la première personne qu'il a vue a été Mesnard. Ils seront ensemble. Du coup, il a compris tout de suite l'astuce de la Direction.

Avec celle-ci, il n'a jamais eu aucun rapport en tant que prêtre. Officiellement, on ne connaît dans la maison que le manœuvre Albert Mœl. Cependant, les bureaux ne peuvent ignorer, pas plus que le reste du personnel, sa double qualité. M. Boucharel sait exactement la composition politique de ses services aussi bien que la composition chimique de ses caoutchoucs. Il s'efforce de répartir, de doser, d'équilibrer de son mieux les forces d'action et de réaction, les durs et les mous, afin de diviser ceux qui l'enrichissent de leurs sueurs, afin qu'aucun atelier ne soit susceptible d'entraîner les autres. Plus de doute, donc : ces messieurs ont pensé à transférer le dominicain dans la même salle que Mesnard, dans le dessein évident de neutraliser l'influence délétère du tribun. Un bien grand honneur qu'on lui fait.

Mesnard l'a vu avec surprise s'installer, prendre possession de sa machine dont Pic, son nouveau chef, lui a expliqué le fonctionnement.

— Tiens ! a-t-il remarqué sans sourire ; on se retrouve !

A la vérité, ils ne se verront guère plus qu'avant ; Mesnard travaille au 1, le mélangeur le plus rapproché de la salle des poudres ; Mœl est affecté au 12, à l'autre bout de l'atelier.

Le mélangeur est une espèce de laminoir, formé de deux cylindres horizontaux tournant en sens inverses, entre lesquels tu glisses des plaques de gomme brute. Le servant s'arrange pour qu'elles forment une bande continue, un énorme tuyau flasque qui tourne sans fin entre les deux rouleaux qui l'échauffent et le ramollissent. La pâte est ainsi happée, écrasée, pétrie, triturée pendant un quart d'heure. Il se forme dans la masse de grosses bulles d'air qui, lorsqu'elles arrivent entre les cylindres, explosent comme des coups de feu ; l'atelier est rempli de leur mitraillade continuelle. De temps en temps, pour brasser le mélange, l'ouvrier le fend avec un étrange couteau dont la courte lame est tranchante, non par le flanc, mais par le nez. Quand la gomme est assez molle, on lui incorpore une mixture préparée dans la salle des poudres et qui arrive à pied d'œuvre sur un wagonnet. L'homme puise dans le chariot de petites pelletées, les répand sur la pâte. Bientôt, celle-ci change de couleur, devient jaune, noire, blanche ou rouge, suivant la composition du produit. La machine continue son travail de mastication avec un ronron de plaisir, comme si elle appréciait ce condiment. Lorsque la pâte est bien homogène, on tranche le tuyau sur toute sa largeur, on le lave et on met en piles les plaques ainsi obtenues. Il ne reste plus qu'à recommencer l'opération avec de la gomme neuve.

C'est un travail tranquille et relativement propre. Un seul inconvénient : tu risques de te faire boulotter les mains par les cylindres. Le mélangeur, lui, ne distingue pas entre ce qui se mange et ce qui ne se mange pas, entre la matière première et les doigts qui la lui servent ; toute nourriture lui est bonne. Aussi, sur chaque machine, les lettres rouges d'un écriteau préviennent les servants :

ATTENTION AUX MAINS !

Seulement, tu sais ce que c'est : à force de l'avoir sous les yeux, cet écriteau, tu ne le remarques plus. Il impressionne beaucoup au début ; puis tu acquiers peu à peu la sûreté de gestes nécessaire ; la prudence devient habitude, l'habitude, instinct ; tu n'as plus besoin d'aucune mise en garde.

On dit qu'autrefois un gars, qui s'était fait prendre les mains de la sorte, est passé tout entier entre les cylindres. Réduit à l'état de feuille. C'est le chef d'atelier qui raconte l'histoire aux nouveaux en guise d'avertissement. Mais aujourd'hui, tout est changé : il y a le système de sécurité. Chaque machine chez Vlaming a son système de sécurité. On ne risque plus rien. Il ne se produit plus d'accidents, chez Vlaming. Les statistiques sont là qui le prouvent.

Dans le cas du mélangeur, il suffit d'appuyer sur une barre transversale et tout s'immobilise aussitôt. D'autre part, près de la porte qui donne sur la salle aux poudres, il y a une manette qui, lorsqu'on l'abaisse, paralyse instantanément les trente mélangeurs de l'atelier. Il ne peut rien arriver.

Trente machines toutes pareilles, quinze d'un côté, quinze de l'autre. Au milieu, entre les deux rangées, sur une espèce de comptoir bas, on empile les plaques de *mélange*, c'est-à-dire de gomme travaillée. Elles ne s'appelleront *caoutchouc* que lorsqu'elles auront été cuites dans les vulcanisateurs. Un chariot électrique vient alors les chercher ; il allonge devant lui deux espèces de bras parallèles qui s'abaissent et s'élèvent sur commande. Le conducteur les glisse sous une pile ; un déclic : l'édifice tout entier est soulevé de terre, le petit véhicule l'emporte comme une lingère une pile de draps. Au retour, il rapporte de la même façon la gomme vierge qu'il répartit entre les mélangeurs.

Mœl s'est habitué très vite à son nouveau travail. Chaque ouvrier s'occupe d'une machine, toujours la même, dont il est le maître provisoire. Ou, si l'on veut, l'esclave chargé de pourvoir à son appétit. Devant le 12, Mœl se plaît à voir la pâte d'abord pustuleuse, rugueuse de bulles, devenir lisse peu à peu. Alors, avec des gestes de pâtissier, il la saupoudre de soufre. Il la déchire dans tous les sens ; des lambeaux pendent, que les cylindres happent bientôt pour reconstituer le tuyau de gomme.

Le 11 est servi par un curieux petit homme que tout le monde appelle La Belgique. Il ne sait si c'est son nom véritable ou un sobriquet. Il porte des lunettes à monture d'acier, les seules que remboursent les Assurances Sociales, mais son champ visuel ne semble guère s'étendre néanmoins au-delà des rouleaux de son mélangeur, car il tient toujours son visage très près d'eux. En réalité, c'est moins par myopie que par amitié. Depuis douze ans, il travaille devant le n° 11. Pas nécessaire de les examiner longtemps pour constater qu'entre eux les rapports ne sont pas ceux de machine à servant, de maître à serviteur. La Belgique et son mélangeur, ce sont deux copains. Il faut voir les curieuses mimiques du petit homme quand il parle à sa mécanique. Car il lui parle. Les voisins n'entendent rien, forcément, dans la pétarade et le bourdonnement de l'atelier ; mais on voit bouger ses lèvres. Puis, il penche la tête vers les cylindres, il tend l'oreille comme pour écouter leur réponse ; quelquefois, si celle-ci lui plaît, il rit tout seul dans sa barbe. Il promène ses mains courtes sur le rouleau de pâte chaude avec de petits gestes voluptueux, comme pour la caresser. Parfois, il la pousse vers la jointure dangereuse ; il la suit jusqu'à la ligne extrême après laquelle les cylindres vont le happer, jusqu'à sentir au bout de ses doigts leur chatouillement brûlant ; alors, d'un geste cocasse, il retire les mains et rit, comme pour dire : « Hein ! Tu croyais m'avoir cette fois ! Et c'est moi qui t'ai eu. »

Mœl observe ce manège du coin de l'œil, à la fois amusé et inquiet. Tout ça n'empêche d'ailleurs pas La Belgique de suivre le rythme des autres ; sa pile de plaques est souvent même la plus haute de toutes. Vous pensez ! Depuis douze ans qu'il fait ce boulot, il sait exactement les gestes à faire ou à ne pas faire ; seulement, comme il va plus vite que ses collègues, ça lui permet de se divertir un peu avec son partenaire, le mélangeur.

De l'autre côté, le 13 est servi par Adam. Un grand gars noueux, un peu voûté, avec des bras et des jambes trop longs qui ont l'air de l'embarrasser. Quand il s'accroupit ou s'assoit, on voit qu'il a des genoux carrés, comme ceux d'un cheval.

— Moi, prétend-il quelquefois, j'étais fait pour être colleur d'affiches.

Effectivement, Mesnard l'emploie souvent à cette tâche. Avec ses membres et sa taille, il place les affiches du Parti si haut qu'elles n'ont plus rien à craindre des fascistes qui viennent, la nuit, les barbouiller ou les déchirer.

Adam sait que son voisin n'est pas communiste ; mais il ne désespère pas de le voir un jour dans les mêmes rangs que lui.

— Tu sais qu'y a déjà des curés dans le Parti ? lui dit-il. Et puis, nous avons des savants, des artistes, Picasso, Joliot-Curie. Celui qu'a inventé la bombe atomique. Tu serais pas en mauvaise compagnie.

Mœl se contente de sourire, sans répondre ; et l'autre s'écrie :

— T'as l'air rien têtu, toi !

Ça ne les empêche pas d'être amis. Ils entrent et sortent aux mêmes heures. Chaque matin, quand ils se retrouvent devant leur mélangeur, l'un au 12, l'autre au 13, Adam lance à son voisin un clignement d'yeux énergique accompagné d'une sorte de rictus de la joue gauche et parfois d'un jet de salive brunâtre, car il chique. C'est là sa façon de dire bonjour. Albert répond par un salut de la main.

Tandis que La Belgique ne s'intéresse qu'à sa machine, Adam est plutôt bavard. Il a été chargé par le chef d'atelier d'apprendre le travail à Albert Mœl ; et ça l'a tout gonflé.

— Tu vois, a-t-il philosophé. Toi, t'es curé, c'est-à-dire instruit jusqu'aux fesses. Je t'ai entendu causer et, pour ce qui est de la langue, on peut pas dire le contraire : tu te démerdes. Moi, je sais à peine lire et écrire. Tu me diras : la lecture... Mais moi, la lecture, ça me fout mal aux tifs. Eh bien ! Vois ce que c'est que la vie : c'est moi ici qui t'apprends le boulot. Comme qui dirait, je suis ton professeur !

Il constate ça sans rire, conscient de sa force et de sa responsabilité. Depuis qu'il a fait cette découverte, il ne ménage pas les conseils :

— Fais comme ci... Fais comme ça... Prends garde à ci... Prends garde à ça...

Un jour, à l'heure de la sortie, qu'ils se dirigeaient ensemble vers les douches, Adam retient Mœl par le bras :

— J'ai à te causer.

Comme il est difficile de causer entre hommes autrement que devant un pot, ils sont entrés au *Café des Jardins*. Les coudes sur la table, Adam faisait craquer les jointures énormes de ses doigts, hésitant à aborder la question. Enfin, il a eu l'air de se décider :

— Voilà, a-t-il commencé...

Puis il s'est remis à faire craquer ses jointures. Mœl ne s'impatientait pas, comprenant qu'il devait s'agir d'une affaire délicate ; pour passer le temps, il s'efforçait de déchiffrer la *Loi sur la répression de l'ivresse publique et sur la police des débits de boisson*, affichée sur le mur adjacent.

ARTICLE PREMIER. — *Sera puni d'une amende de un à cinq francs (1 à 5 francs) inclusivement quiconque sera trouvé en état d'ivresse manifeste dans les rues, chemins, places, cafés, cabarets et autres lieux publics...*

Quand le moment a été venu :

— Voilà, a répété Adam. J'ai besoin de 10 000 balles.

Il s'est arrêté un instant pour regarder sur Mœl l'effet de ses paroles. Celui-ci s'est contenté de lever les yeux d'un air qui ne voulait dire ni oui ni non.

— Tu comprends, a poursuivi l'autre, je veux me marier.

— Félicitations !

— Tu me diras : le mariage, c'est la corde au cou. Mais chacun sait ce qui bout dans sa marmite. Bref ! Je veux me marier.

— Je te souhaite beaucoup de bonheur.

— Merci. Seulement, le mariage, ça coûte. Faut que j'achète un costard, des godasses, tu comprends ? Une robe pour ma femme. J'ai fait le compte : il me manque 10 000 balles. Tu me diras : demande un acompte. Seulement, tu sais ce que c'est. D'abord, ils aiment pas beaucoup ça à la comptabilité ; ensuite, quand j'aurai touché l'acompte, qu'est-ce qui me restera à la fin du mois pour becqueter ?... Non. Il me faudrait plutôt un gars qui pourrait patienter un peu. Un célibataire, par exemple. Je lui rendrais ça en deux ou trois mois.

— Je comprends, fait Mœl.

— Alors, j'ai pensé à toi.

A présent que le morceau est lâché, Adam ne le regarde plus. Il baisse les yeux vers le verre qu'il roule entre ses doigts noueux comme s'il craignait de lire sur le visage de son ami une réponse défavorable, avant qu'il ait fini de s'expliquer.

— J'ai pensé à toi pour deux raisons. *Primo*, toi t'as pas de charges de famille, pas ?

Il y a dans sa question un grain d'ironie auquel Mœl réplique :

— Je pourrais avoir à aider mon père ou ma mère, ou ma sœur, ou un neveu. Mais tu as raison, j'ai pas de charges de famille.

— Bon. *Deuzio* : je m'adresserais pas à n'importe qui. Toi, tu sais ce que c'est que l'honnêteté. T'es un gars honnête, toi. Moi aussi, je suis honnête. C'est pourquoi t'auras confiance en moi et tu me causeras pas d'ennuis si une fois, par hasard, on sait jamais ce qui peut arriver, je suis un peu en retard pour te rembourser. Enfin, tu vois de quoi qu'il retourne : ce fric, c'est pour me marier. Tu me diras : pour quoi faire te marier ? Mais moi, j'aime les situations régulières. Si tu m'aides, c'est une bonne œuvre que tu feras.

Il a fini ; maintenant, il attend la réponse, sa main droite emprisonnant toujours le verre de bière, la gauche caressant sous la table un de ses genoux carrés. Mœl ne le fait pas languir.

— Je te prêterais volontiers ces 10 000 francs si je les avais, commence-t-il.

L'autre a compris. Il pâlit soudain et lève sur lui des yeux où on lit de la déception et du mépris. « Tous les mêmes, ces curés. Je croyais celui-ci différent ; mais non : tous les mêmes ! »

— Attends, continue Mœl en lui posant la main sur le bras. Je veux dire que je n'arriverai sûrement pas à te prêter cette somme ; mais je ferai mes comptes, et peut-être bien que 5 ou 6 000, je les aurai.

Le visage d'Adam s'éclaircit à mesure qu'il parle.

— Vrai ?

— Je l'espère.

— Six mille, ça me dépannerait un bout. Pour le reste, je m'arrangerais, en tirant un peu... J'y arriverais peut-être quand même.

Il avait d'ailleurs fait exprès de demander un peu plus qu'il ne lui fallait, pour pouvoir, le cas échéant, faire des concessions.

Le lendemain, Mœl a porté 7 000 francs.

Et Adam :

— J'étais sûr que t'étais pas un curé comme les autres !

— Qu'est-ce que tu veux dire ?

— Te fâche pas. Chacun sait que les curetons sont assez dégourdis quand il s'agit de faire payer leur eau bénite ; mais pour ce qui est de les lâcher...

Et il a fait une grimace expressive en découvrant ses dents noircies par la chique.

— Tu connais beaucoup de curés, toi ? a demandé Mœl.

— Personnellement, non. Mais j'entends parler d'eux. D'ailleurs, suffit de les voir passer dans la rue au volant de leur traction. Tiens, j'ai failli un jour être écrasé par un curé ; sûr que je serais allé au Paradis tout droit !

— Tous n'ont pas une auto.

— Et puis, faut voir comme ils méprisent le populo ! Quand c'est un riche qui se marie, on te déroule les tapis, on t'allume des cierges, on te joue de l'orgue, on te met des fleurs partout : un vrai Barnum ! Quand c'est un fauché, on marmotte trois *ora-pro-nobis* dans un coin, et va te faire bénir ! Tu trouves ça normal, toi ?

— Ce qui compte, mon gars, c'est justement la bénédiction, et elle a la même valeur dans les deux cas.

— D'accord. Mais pourquoi que le riche a droit au grand cirque et l'autre pas ?

— Parce que le riche paye cher. Et ce qu'il paye cher, ça n'est pas la bénédiction, ce sont les tapis, les fleurs, les lumières. Cet argent permet au curé de vivre. Car les curés mangent, eux aussi ; et c'est pas l'argent des pauvres qui peut les nourrir.

Adam hoche la tête d'un air peu convaincu.

— Moi, je crois que c'est plutôt par mépris du prolo qu'ils font ça. Je me demande même — y a longtemps que je voulais te poser la question —, toi qu'as pas de préjugés, toi qui méprises pas les travailleurs, comment que t'as pu obtenir des gros l'autorisation de venir au milieu de nous, comme simple ouvrier.

— Des gros ?

— Oui, de tes chefs, quoi. Les évêques, les cardinaux, est-ce que je sais, moi ?

Mœl sourit.

— Mais c'est eux qui m'ont envoyé !

— Eux ? fait Adam ébahi. Les gros ?

— Parfaitement, eux, les gros.

— Ça alors ! J'y comprends plus rien, moi !

Adam se racle le crâne de ses larges ongles noirs ; puis il se dit qu'il demandera une explication à Mesnard.

— En tout cas, ajoute-t-il, pour ce qui est du pognon, t'es un vrai frère. Je vais te faire un reçu.

— Non, non, pas besoin. J'ai confiance, tu l'as dit.

— T'as confiance, d'accord. Mais je te ferai un reçu quand même. Je te répète que moi, j'aime les situations régulières. Et puis je te payerai les intérêts. Le 4 du cent. La Caisse d'Épargne en donne 3. Comme ça, tu y perdras pas.

Ils sont retournés au *Café des Jardins*. Adam a fait porter de l'encre et du papier, il a commandé :

— Tiens, prends la plume ; tu sais mieux t'en servir que moi.

Puis, gravement, il a dicté la reconnaissance de dette. Quand tout a été fait :

— Donne, a-t-il dit, que je signe.

Il a tourné un moment le porte-plume entre ses doigts, comme s'il n'avait plus bien su de quel côté ça écrit ; il l'a trempé deux ou trois fois dans l'encrier ; enfin, il a tracé au bas du billet une belle signature : *Maurice Adam.*

— Je m'appelle Maurice, a-t-il fait remarquer en clignant de l'œil. Comme Thorez.

Il a trempé une autre fois la plume dans l'encre, ajouté à son nom un joli paraphe en forme de queue de cochon ; il a finalement reposé l'outil et contemplé son travail avec satisfaction. On sent que c'est pour lui un événement rare et important que de donner sa signature. Après cette cérémonie, il a tendu une main large ouverte à son ami, en disant :

— Maintenant, mon gars, si t'as besoin un jour du père Adam, tu peux compter sur lui.

Sa main est dure comme une main de bois ; mais la poignée qu'elle donne, on sent que c'est une signature aussi.

Quelques jours ont passé. Rien n'est changé dans l'atelier des mélangeurs. Au 11, La Belgique continue à faire des courbettes à sa machine, à lui parler de la pluie et du beau temps. Au 12, Mœl, qui est moine dans le civil, s'est bien adapté à son nouveau travail et il produit autant de plaques que les autres. Au 13, Adam chique toujours d'énormes carottes de tabac, et assure :

— Ça, c'est mon carburant à moi.

De temps à autre, il envoie sur le tuyau de pâte un jet de salive noire ; il affirme que ça ne peut pas faire du mal au caoutchouc, vu que ça lui fait du bien, à lui.

Un matin, Adam a de nouveau accosté Albert Mœl à la sortie de l'usine. Il a ôté sa chique de la cavité de sa joue, ce qu'il ne fait que dans les moments solennels, l'a rangée soigneusement dans une petite boîte en fer, a déclaré :

— C'est pas tout ça ; mais je me marie dans quinze jours.

— Les bans sont publiés ?

— Oui, oui, tout est prêt. Alors, je me suis dit : « Maurice, t'es un beau salaud. »

— Pourquoi que tu t'es dit ça ?

— Parce que je t'avais pas encore invité.

— Quoi ! tu veux...

— Tu vas pas faire de manières, hein ? Si je t'invite, je t'invite ; c'est pas du flan. Toi, tu comprends, t'es mon bienfaiteur ! Oui, mon bienfaiteur !

Ce mot qu'il a trouvé tout seul, il a l'air d'en être particulièrement fier ; il le répète complaisamment.

— Et puisque t'es mon bienfaiteur, tu dois venir à ma noce, c'est indispensable.

— Eh bien ! entendu : j'accepte.

— A la bonne heure !

— Vous vous mariez comment ?

— Comment ? répète l'autre sans comprendre.

— Je veux dire : à la mairie et à l'église, ou rien qu'à la mairie ?

— Oh ! mon vieux, voyons : rien qu'à la mairie ! Tu me connais !

— Je discute pas. C'est pour savoir.

— Toi, t'es curé, d'accord. Mais je sais aussi que t'es un gars qu'a pas de préjugés. Ma femme, elle, aurait voulu aussi l'église ; mais j'y ai expliqué... j'y ai fait comprendre... On a pas d'argent de trop. La mairie, au moins, c'est gratuit. C'est pas ça qui t'empêchera de venir, j'espère ?

— Non, non. Je t'ai déjà promis.

— Et puis, je me suis arrangé ; tu sais qui c'est qui nous mariera à la mairie ?

— Le maire ?

— Non, mon vieux, son deuxième adjoint : Mesnard.

— Mesnard ?

— Oui, Mesnard. Je me suis arrangé, je te dis. Alors, tu verras. Il nous fera un chouette discours.

— Est-ce qu'il est invité, lui aussi ?

— Non, il a pas voulu. « Tu comprends, qu'il m'a expliqué, si j'accepte pour toi, je devrai accepter pour d'autres. Et ça me ferait perdre trop de temps. » J'ai pas insisté. Ce gars-là, vois-tu, c'est un cerveau.

Et il se frappe le front du bout des doigts avec une grimace admirative. Ils marchent côte à côte sur le même trottoir. De temps en temps, pour souligner ce qu'il dit, Adam s'arrête ; Mœl, après avoir fait deux pas de plus, doit s'arrêter aussi et l'attendre.

— Et ta future, est-ce que je la connais ? qu'il demande.

— Non, tu la connais pas.

Sur le visage d'Adam passe comme une gêne.

— Tu la connais pas, répète-t-il d'une voix plus basse. Faut pourtant que je t'en cause, à toi qui es mon bienfaiteur. Elle s'appelle Eugénie ; moi, je l'appelle Génie.

— Elle est ouvrière ?

— Non. C'est une fille de la campagne ; mais elle habitera chez moi, quand nous serons mariés. Une bonne fille, que c'est. Évidemment, elle est pas toute neuve.

— Toute neuve ?

— Elle a deux gosses avec elle.
— Deux gosses ? Ils sont de... toi ?
— De moi ? Pfutt ! fait l'autre avec un geste insouciant. Penses-tu ! Ils sont de je ne sais pas qui, et je veux pas le savoir. M'en fous.
— Attention, dit Mœl. En épousant la mère, tu épouses aussi les enfants. C'est une lourde charge. Tu devras leur servir de père. Y as-tu réfléchi ?
— Oui, oui, sois tranquille. Elle, la mère, je l'aime bien. Les petits, je tâcherai de les aimer aussi. Je le lui ai promis.
— Alors, j'ai plus rien à dire.
Il se sent ému par tant de simple générosité chez un homme qui a des genoux de cheval et des mains dures comme le bois.
— Si, j'ai quand même une chose à te dire. C'est que tu es un brave type, et que le bon Dieu serait content de bénir votre mariage.
Mais Adam fait semblant de ne pas entendre.
— Alors, d'accord, hein ? se contente-t-il de conclure. Je compte sur toi.
— Compte sur moi.

On n'avait pas besoin de s'informer de la maison où il y avait une noce : du bout de la rue, on entendait un vacarme qui vous pilotait tout seul jusqu'au bon numéro. De plus, Mœl vit surgir soudain à une fenêtre d'un premier étage un long buste et de longs bras qui faisaient le télégraphe. C'était le marié ; il l'appelait de loin par ces signes :
— Par ici ! Hé ! vieux ! Par ici !
Quand il fut plus près, Adam s'exorbita encore davantage de la fenêtre en lui désignant la porte du bas :
— Monte ! Aie pas peur ! Celle-ci... où qu'y a un cœur dessus.
En effet, une ouverture en forme de cœur était découpée dans la porte, ainsi qu'un symbole. L'escalier étroit et raide grimpait entre deux rampes de fer scellées aux murs. Pour l'éclairer, on avait ouvert là-haut une porte qui déversait une faible lumière et un tapage vigoureux. En même temps, la voix de son ami l'encourageait à monter :
— Aie pas peur. Ils aboient, mais ils mordent pas.
Quand il pénétra dans la cuisine, les invités se turent brusquement, se mirent à l'examiner avec curiosité. Adam le présenta :
— Voici Mœl, copain d'atelier et missionnaire en usine. Un gars qu'a pas de préjugés. Et puis, c'est mon bienfaiteur.
Missionnaire en usine ! C'est lui qui avait trouvé tout seul cette expression, et elle se révélait particulièrement heureuse. Cependant, tout le monde le contemplait avec étonnement. L'idée de missionnaire devait évoquer pour eux un personnage avec un demi-mètre

carré de barbe et de moustaches, alors que celui-ci offrait un visage net, aux traits à la fois virils et doux. En somme, avec son habit bleu à fines rayures, sa cravate, sa chemise dont les manchettes amidonnées dépassaient légèrement, rien, absolument rien ne le distinguait d'eux, sauf qu'il était plus élégant que la plupart. Ils se regardèrent, ébahis, vaguement déçus.

Dans la cuisine minuscule, s'entassaient une bonne douzaine de particuliers. Les hommes avaient revêtu leur costume des dimanches et s'étaient rasés de près ; mais ils avaient gardé leurs ongles noirs de la semaine ; sauf un qui les avait blancs parce qu'il était plâtrier. Plusieurs inauguraient une paire de souliers neufs ; le plâtrier se sentait déjà les orteils fatigués, il avait réclamé des pantoufles ; le marié qui chaussait du quarante-cinq avait prêté les siennes, dans lesquelles les pieds de l'autre nageaient ; c'était un sujet de plaisanteries inépuisable. Tout ce monde sentait le cirage, le tabac, le savon à barbe.

Les femmes aussi s'étaient faites belles, avec leurs indéfrisables toutes neuves, leurs lèvres peintes, leurs toilettes printanières. Elles s'étaient parfumées, mais l'eau de Cologne était éclipsée par la senteur plus violente des mâles.

Sur une table, des verres vides et des bouteilles éparpillés. Adam en ajouta un, et dit à Mœl :

— Allons, mon gars, viens trinquer. Aujourd'hui, faut qu'on rigole !

Il remplit son verre, et comme, tout autour de celui-ci, les autres étaient là à ne rien faire, il les remplit également. On but, le vacarme reprit. Les yeux du marié brillaient d'un éclat pas seulement dû à la gaieté.

Au bout d'un moment, un petit homme digne entra, coiffé d'un chapeau noir en peluche. Son visage bronzé et plissé était traversé par une belle moustache, grise et proéminente, qui paraissait étrangère au reste de la figure, comme celle que les acteurs se collent sous le nez. On avait envie de la tirer pour vérifier si elle tenait. Son faux col en celluloïd lui montait jusque sous le menton ; il ressemblait à un pansement protégeant des furoncles ; c'est ce qui l'obligeait, sans doute, à prendre cet air de dignité et de raideur. Quand il parut :

— Ah ! s'écria le marié, voici le beau-père ! Venez boire un coup, beau-père !

Le petit homme s'approcha de la table.

— Sacré beau-père ! continuait Adam. Moi, ce qui me plaît, c'est son galure ! Quand il fera des petits, faudra m'en garder un !

En même temps, il écrasa d'un coup de poing le beau feutre pelucheux qui s'enfonça jusqu'aux sourcils du petit homme. Celui-ci, sans rien perdre de sa dignité et sans protester, arracha son couvre-chef, fourra le poing dedans pour en redresser la calotte et le remit en place, tandis que les autres se tordaient.

Adam s'approcha de Mœl et lui chuchota à l'oreille :

— Maintenant, je vais te présenter ma femme.

Il ouvrit la porte du couloir, cria, la tête levée :

— Génie ! Descends un peu. Y a du monde.

— Oui, oui ! répondirent des voix de femmes à l'étage supérieur. Elle vient, elle est bientôt prête.

Il cligna encore de l'œil et offrit :

— Un autre canon ?

— Non. Plus tard.

— Aujourd'hui, mon vieux, faut que tu prennes la cuite ! Il le faut absolument.

— Ça n'est pas indispensable.

— Si, si, la cuite, comme les autres. J'y tiens. Sinon, ça m'offenserait. T'es mon bienfaiteur, oui ou merde ?

Puis sans transition, il demanda :

— T'as vu le chouette appartement que j'ai dégotté ? Ici, la cuisine ; dessus, la chambre, et dessus encore, une autre chambre. Tu me diras, trois pièces, c'est pas terrible. Mais nous, ça nous suffit, vu qu'on est que quatre. Les gosses coucheront en haut, nous au milieu. C'est moi qu'ai tout badigeonné, au pinceau. Et tu peux y aller : ça tient !

Il frottait le bout de ses doigts contre le mur, d'un geste professionnel, pour faire constater que ça ne s'enlevait pas. Mais la porte s'ouvrit, un groupe de femmes entra. La mariée était au milieu, souriante, intimidée par tous ces gens qui la regardaient. C'était une personne rouge de figure, forte des hanches, vêtue d'une robe bleue qu'elle avait dû faire elle-même, avec un gros nœud sur la croupe. Elle donnait la main à un garçon de six ou sept ans, aux jambes arquées et au crâne tondu.

— C'est son aîné, expliqua le futur ; l'autre, elle l'a laissé à la campagne.

Et s'adressant au gamin :

— Viens boire un coup, toi aussi, Joselou.

Il lui tendit un verre rempli de vin pur, et Joselou le vida sans ciller, en deux ou trois traits, reprenant son souffle après chaque lampée, se barbouillant les lèvres et les joues, au milieu de l'assistance qui applaudissait.

— Ça, c'est un gars ! fit avec orgueil le grand-père dont on n'avait pas encore entendu la voix.

Vint ensuite le tour de la mariée et de ses amies. Adam encourageait les libations en gesticulant comme un chef d'orchestre :

— Allez-y ! Allez-y ! Y a un tonneau de cinquante litres à la cave. Faut qu'y se finisse aujourd'hui !

Quelqu'un demanda :

— C'est à quelle heure, la cérémonie ?

— A 11 heures. Pas la peine d'arriver en avance.

Et l'on se remit à boire.

A la fin, il fallut bien partir. Le plâtrier reprit ses souliers, Eugénie débarbouilla les moustaches violettes de son fils, les hommes s'essuyèrent la bouche, les femmes se remirent un peu de poudre, et le cortège se dirigea vers la mairie, laissant à la maison les cuisinières. En cours de route, Adam expliqua à son bienfaiteur comment il s'était organisé pour la dépense. Lui, il avait pris à son compte l'appartement, la toilette de sa future et le vin. Le beau-père fournissait les meubles et le repas.

— Il voulait pas se laisser faire, le vieux radin. Mais je lui ai dit comme ça : « Beau-père, c'est à prendre ou à laisser. » A la fin, bien content qu'on le débarrasse de sa fille et des deux bâtards, il a capitulé.

A la mairie, une autre noce occupait la salle des mariages ; ils durent attendre dans les couloirs que la place fût libre. Lorsque leurs prédécesseurs sortirent, il y eut un moment de confusion, comme quand deux troupeaux de vaches se rencontrent à l'abreuvoir. Enfin, chacun réussit à rassembler les siens, et le second cortège entra à son tour. La salle des mariages, qui servait aussi aux réunions du Conseil municipal, était remplie de beaux fauteuils à dossiers rouges. Une longue file de portraits — ceux de tous les présidents de la République depuis M. Thiers — occupait le haut des murailles. Les invités se disputèrent bruyamment les fauteuils, comme des écoliers indisciplinés qui rentrent de récréation ; ils se montraient du doigt les portraits et rigolaient de ces bonzes renfrognés et barbus qui avaient l'air de ne rien comprendre à leur gaieté. A ce moment, une petite porte latérale s'ouvrit, et Mesnard s'avança sur l'estrade. Il serra la main d'Adam, de quelques autres connaissances, de Mœl qu'il sembla surpris de trouver là, puis regagna sa place. Peu à peu, le silence se fit dans la salle. Mesnard ouvrit un livre noir à une page marquée, commença de lire les articles du code civil :

Art. 212. — *Les époux se doivent mutuellement fidélité, secours et assistance.*

Art. 213. — *Le mari doit protection à sa femme.*

Art. 214. — *La femme est obligée d'habiter avec son mari et de le suivre partout où il juge à propos de résider ; le mari est obligé de la recevoir et de lui fournir tout ce qui lui est nécessaire pour les besoins de la vie, selon ses facultés et son état...*

La mariée écoutait, toute suspendue, et ses lèvres remuaient faiblement, elles reformaient après lui les mots que l'adjoint venait de prononcer. Derrière elle, le beau-père s'était décidé à ôter son chapeau de peluche ; il le tenait sur les genoux, les mains croisées sur la coiffe, pour le protéger des mauvais coups ; il approuvait par de petits hochements de tête chaque article du code. A la fin, Mesnard en vint aux questions sacramentelles :

— Monsieur Maurice Adam, acceptez-vous de prendre pour épouse Mlle Eugénie Truphème ici présente ?

Avant de répondre, le marié se tourna vers l'assemblée, et lui adressa une série de coups de menton interrogatifs, comme pour la consulter et demander : « Qu'est-ce que vous en pensez ? Hein ? Votre avis là-dessus ? »

Tout le monde rigolait, y compris l'adjoint, et excepté le beau-père et la mariée, l'un rouge et l'autre pâle. A la fin, Mœl qui était assis derrière le futur lui donna deux ou trois bourrades pour faire cesser ce jeu. Et Adam répondit :

— D'accord.

— Dites oui, corrigea Mesnard.

— Tu me dis vous, maintenant ?

— T'occupe pas, et réponds oui.

— Oui.

Quand tout fut dit, Mesnard toussota pour s'éclaircir la voix et l'on comprit qu'il se préparait à faire un discours.

— Chers amis, camarades, commença-t-il. Je suis heureux d'unir aujourd'hui un ménage de travailleurs. Je leur souhaite autant de bonheur que peut en accorder aux prolétaires le régime capitaliste sous lequel nous devons provisoirement vivre. Je souhaite également qu'ils puissent assister, eux ou leurs enfants, à l'avènement du socialisme, le seul régime qui permet à l'homme l'exercice de toutes ses facultés, la satisfaction de tous ses besoins. En attendant, il nous faudra lutter sans relâche pour conquérir ce régime, pour nous rapprocher du jour favorable. Nous sommes entourés d'ennemis ; les agents du capitalisme noyautent même la classe ouvrière ; je ne parlerai pas des cadres et de l'administration dans lesquels se sont embusqués les collaborateurs et les hommes de Vichy. Il nous faudra donc être vigilants, et chaque fois que nous aurons posé le doigt sur une de ces vermines fascistes, nous y poserons le pied, nous la chasserons ou nous l'écraserons...

Le discours de Mesnard se poursuivit longtemps ainsi, ponctué d'expressions violentes ou familières que l'auditoire reconnaissait au passage comme des repères dans une vaste plaine monotone :

— ... Épuration... la dictature du prolétariat, la sainte dictature... Les classes laborieuses... les classes dirigeantes... les faux syndicalistes... Les traîtres de Force Ouvrière... le communisme libérateur...

Il fit une pause, toussota encore et reprit en regardant ostensiblement le P. Mœl, pour montrer qu'il désapprouvait la présence de ce cureton dans une noce de prolétaires.

— Une des drogues les plus puissantes du capitalisme pour empoisonner l'esprit de la classe ouvrière, c'est la religion. C'est pourquoi je vous félicite, mes amis, de vous être mariés sans le curé. Lénine a dit : *la religion est l'opium du peuple*. C'est avec ça qu'ils vous endorment, ces messieurs de la soutane. Ils vous prêchent que l'homme doit vivre pauvre s'il veut gagner le Paradis ; pendant ce temps, eux et leurs maîtres, ils se graissent les tripes...

Adam se tourna vers Mœl et lui suggéra :

— Réponds-lui, on rigolera !

Mais Mesnard, sachant bien que la réunion n'était pas contradictoire, continuait en toute tranquillité ses affirmations qui faisaient frémir dans son fauteuil le dominicain :

— L'Église est l'ennemie de la science et du progrès... L'Église s'efforce de maintenir et d'accroître la misère du peuple... L'Église française a collaboré avec les nazis...

Le beau-père Truphème s'était assoupi, courbé en deux sur son chapeau qu'il semblait couver. La mariée baissait la tête, ennuyée de toute cette éloquence. Les invités commençaient à bâiller parce que le discours n'en finissait plus et qu'ils avaient faim.

Enfin, Mesnard se tut, la noce quitta la mairie. Adam donnait maintenant le bras à sa femme ; ils sortirent les derniers de la salle des mariages après que l'adjoint leur eut serré la main encore une fois. En haut de l'escalier, le marié cria à la noce :

— Doucement, les gars ! On va prendre l'apéro.

Mœl qui marchait devant eux entendit Eugénie murmurer à son mari d'un air ennuyé :

— C'est assez, Maurice. Rentrons chez nous à présent.

— Commence pas à me les casser, répondit l'autre rudement. Maintenant c'est bibi qui commande.

De retour à la maison, on monta jusqu'à la chambre du premier où les cuisinières avaient dressé la table. Il y eut un peu de bousculade, parce que les convives étaient affamés : ils craignaient qu'il n'y eût pas assez de place pour tous. Le beau-père Truphème regardait avec effroi toutes ces têtes alignées, tout ce monde qu'il allait devoir nourrir. On découvrit les soupières ; le bouillon au vermicelle fuma dans les assiettes, toute la noce se mit à le laper à grand bruit. Après, vint le pot-au-feu : des morceaux de bœuf entourant une montagne de choux et de navets.

Quand la première faim fut calmée, le plâtrier se souvint de ses pieds endoloris et se déchaussa discrètement sous la table. Les cuisinières apportaient sans cesse de nouvelles platées, de nouvelles bouteilles. Le beau-père qui, au début, s'était senti l'appétit coupé à la vue de toute cette ripaille qu'il lui faudrait payer, se décida peu à peu à profiter de sa part, il ne voulait pas être le seul qui en partant n'eût la panse pleine. Chacun tâchait de prendre le plus qu'il pouvait de ce repas qui ne coûtait rien ; de temps en temps, le marié encourageait ses hôtes par une exclamation :

— Tapez dedans, les gars ! C'est le beau-père qui casque !

Et ils tapaient dedans. D'ailleurs, c'était une façon de faire honneur à la famille, de montrer qu'on participait à sa liesse. Déjà, plus d'un s'était relâché la ceinture. Parfois, l'un des convives se levait en chancelant et allait décharger sa vessie dans le petit cabinet tout proche ; on entendait son eau ruisseler au fond du trou ; il revenait en achevant de boutonner sa braguette.

Dès le milieu du repas, les langues s'étaient déliées. On parla du sport, du combat de Marcel Cerdan contre Delannoy, des chances qu'avait le Français de vaincre et d'aller en Amérique disputer le championnat du monde. Le petit Féron, qui lisait tous les journaux sportifs, monta sur une chaise et fit une démonstration des principaux coups de Cerdan, expliqua comment il mettait K.O. ses adversaires. On parla également du travail, de la vie chère, des fonctionnaires trop nombreux qui ruinaient le pays, de l'armée, des députés qui se foutaient de la République. Vint un moment où tout le monde parla à la fois ; même le beau-père Truphème avait pris part à la conversation ; il avait entendu quelqu'un vilipender les paysans qui ne payent pas d'impôts et s'enrichissent sur le dos de l'ouvrier, il n'avait pu supporter ça, lui qui aujourd'hui nourrissait tout ce monde. Mais son propre gendre prit le parti du contradicteur : ils se dressèrent tous deux, face à face, la crête rouge, les yeux exorbités, comme deux coqs furieux.

— Des feugnants ! glapissait le vieux. Vous êtes tous des feugnants ! Travaillez-la donc, la terre, si elle rapporte tant ! Tas de feugnants que vous êtes ! Seulement voilà : elle est trop basse, la terre, espèces de feugnants !

— Tout le monde peut pas travailler la terre, vieux cornichon, répliquait Adam. Faut de tout monde pour faire un monde. N'empêche que vous nous l'avez laissé sauter à pieds joints, pendant la guerre, vous les culs-terreux, avec votre marché noir. Parce que nous, on a rien à vendre que nos bras.

— Parce que vous êtes des feugnants, insistait l'autre.

— Répétez voir que je suis un feugnant, grinça le marié, et je vous...

— Oui, t'es un feugnant, toi aussi, comme les autres, répéta le vieil entêté.

Il fallut les retenir.

Au bout d'un moment, la mariée quitta la table, Joselou se plaignait d'avoir trop mangé et d'avoir envie de dégobiller. Aussitôt qu'il le put, Mœl se leva à son tour, prit congé de la noce, malgré l'insistance d'Adam à le retenir.

— Tu sais bien que j'ai deux métiers, moi, expliqua-t-il en souriant. La maison Vlaming m'a donné congé pour aujourd'hui ; mais en tant que missionnaire, il me reste des obligations. On m'attend à la Bourse du Travail, pour une réunion.

Il chercha en bas la mariée pour la saluer ; les cuisinières lui apprirent qu'elle était allée faire quelques pas dans la rue avec son garçon indisposé, mais qu'il la rencontrerait sûrement en route. Il partit donc. En arrivant au fond de l'escalier, il passa devant la pièce qui servait de cave et entendit par la porte entrebâillée des sanglots étouffés. Inquiet, il la poussa un peu, passa la tête et vit, assise sur un sac, la mariée qui pleurait en étreignant contre elle son fils. Ils étaient si occupés par leur chagrin qu'ils n'entendirent pas la porte s'ouvrir. Un moment, Mœl hésita : devait-il parler à cette femme ? Que pouvait-il lui dire qui l'eût consolée ? Ce mariage n'était qu'une pitrerie, et elle avait dû, dans ses rêves, imaginer autre chose.

Il tira silencieusement le battant et s'en alla sur la pointe des pieds.

9

Mesnard entra dans une pissotière. Un de ces petits édicules à chicane qui vous obligent à tourner en rond pendant cinq minutes avant de trouver une place. Comme il touchait au but, il dut reculer et s'aplatir contre la tôle pour laisser passer un curé qui sortait d'un air digne.

« Voyez ces spiritualistes ! songea-t-il. Ils pissent aussi ! »

Contre l'ardoise de la vespasienne étaient collés des papillons publicitaires donnant l'adresse d'un médecin de la ville spécialiste des maladies vénériennes. Il convint lui-même que l'endroit était astucieusement choisi pour une telle réclame ; mais il se sentit d'autre part écœuré à la pensée que la prostitution était le plus bourgeois des vices sociaux.

« Du capitalisme naît la misère, de la misère naît la prostitution ; supprimez la cause et vous supprimez l'effet. »

Il regretta de se trouver dans une pissotière et non sur une estrade de réunion publique : la phrase qu'il venait de penser aurait bien sonné. Par suite de sa longue expérience de militant, la pensée prenait naturellement en lui un tour oratoire.

Certains graffiti rappelaient des soucis déjà curieusement lointains, presque anachroniques :

A bas Laval ! A bas la milice ! A bas Hitler ! Vive de Gaulle !

Certains *vive* avaient d'ailleurs été biffés d'un trait oblique, surchargés par des *à bas* ou des *au poteau* qui démontraient que tous les pisseurs n'appartiennent pas au même parti. Il y avait aussi des inscriptions obscènes accompagnées de croquis.

En ressortant, Mesnard vit une affiche d'un rose blême, placardée contre la paroi extérieure, et il se sentit pâlir. Elle annonçait une réunion du Parti Communiste, avec la participation du député Fassinotti. La date et le lieu avaient été écrits à la main, et l'encre, lavée par la pluie, avait formé des traînées bleuâtres. Le centre de la feuille était rempli par un portrait de Fassinotti.

« C'est bien sa sale gueule ! se dit-il. Les cheveux en toupet pour imiter Thorez ; les grosses lunettes pour imiter Duclos ; il lui manque que les moustaches de Staline. Cabotin, va ! »

Ça s'était passé dix mois auparavant, et il restait encore, par-ci, par-là, quelques affiches dans la ville, car l'autre s'était fait placarder partout. Avec sa photo, comme les vedettes de music-hall ! Tout autre que Mesnard aurait été dégoûté du communisme. Mais lui :

« Faut être juste, qu'il se disait, et pas confondre le militant et l'individu. En tant qu'individu, c'est un beau fumier. Mais en tant que militant, c'est un gars de valeur. La vie privée est une chose et la politique en est une autre ; je peux pas rendre le Parti responsable. Le Parti y est pour rien ! »

Non, il ne renierait pas sa foi communiste pour si peu : pour une femme, pour une putain. Surtout à présent qu'il n'avait plus que cette foi pour le soutenir. Et puis, qu'est-ce qu'une femme, qu'est-ce que l'individu Mesnard lorsque le monde sort de son agonie pour marcher vers des lendemains qui chantent ? Les siens, de lendemains, ils chanteront en sourdine, voilà tout.

De plus, s'il flanchait, lui, que feraient les autres ? Le troupeau des mous qui se figurent qu'être communiste consiste essentiellement à verser sa cotisation et à assister aux réunions de cellule. Que feraient-ils s'il leur donnait l'exemple de la désertion ? Eux aussi avaient sans doute leurs misères personnelles, leurs questions de femmes, de maladie, d'amour-propre à régler ; eux aussi étaient cocus ; mais ils le suivaient quand même, parce qu'ils avaient confiance en lui. Il n'avait pas le droit de les trahir.

Des gens jouaient à la pétanque sur la place, l'on entendait le claquement sec des boules ferrées. La sonnerie d'un cinéma grelottait. Une Chrysler passait, silencieuse et étincelante, en balançant son antenne de T.S.F. Au coin d'une rue, un aveugle vendait des dixièmes de la Loterie nationale, sa canne blanche accrochée au bras.

Mesnard allongea le pas. Il voulait souper tôt car il devait sortir la nuit suivante.

Il trouva Popaul occupé à faire ses devoirs sur la table de la cuisine.

— Bonsoir, Popaul.

— Bonsoir, papa.

— Tu fais tes devoirs ?

— Oui, mon problème.

— Tu y arrives ?

— Oui, oui, c'est facile.

— Tu as goûté, au moins ?

— Oui, regarde, y a encore des miettes sur la table.

— T'es pas allé t'amuser un moment avec tes copains ?

— Non, j'avais mes devoirs à faire. Et puis, on s'est amusés en route.

Mesnard soupira ; cet enfant-là ne se remuait pas assez. Il contempla ses joues pâles, ses yeux cernés, ses poignets frêles, et se sentit le cœur plein de détresse. Il serra les poings de rage en pensant que la mère avait osé l'abandonner dans cet état pour suivre *l'autre*. A eux de se débrouiller, maintenant ! Évidemment, il aurait pu le mettre à la campagne ; mais le petit ne voulait pas entendre parler de ça. Il faudrait pourtant bien qu'il s'y décidât un jour, et le plus tôt serait le mieux.

— Mme Cousin a fait la soupe ? demanda-t-il.

— Oui. Regarde sur le gaz.

C'était une voisine qui venait chaque jour préparer leurs repas, faire le ménage ; elle emportait chez elle le linge sale pour le laver et le raccommoder. De cette façon, ils arrivaient à se tirer d'affaire. Popaul avait huit ans. Huit ans, ça n'est pas beaucoup. Pourtant, il savait s'habiller, se déshabiller, se débarbouiller tout seul. Ils vivaient ensemble comme deux célibataires.

— T'as été sage en classe ?

Sage ! Il n'en doutait pas ; il demandait ça pour la forme. Que trop sage ! Il aurait préféré voir son fils faire des blagues comme les autres, tirer les cordons de sonnette ; poursuivre les camions de la voirie — ceux qui fonctionnent sur accus et ne font jamais d'excès de vitesse — et s'accrocher derrière ; dégonfler subrepticement une roue aux autos qui stationnent et rigoler ensuite de la tête du chauffeur. C'est un signe de santé. Mais lui, ce gosse-là, jamais on ne le voyait rire ; il était déjà comme ça avant, et depuis le départ de sa mère, sa mélancolie s'était encore accrue.

— T'as été sage en classe ?

— Oui.

— Qu'est-ce que vous avez fait aujourd'hui ?

— Le maître nous a parlé des seigneurs qui autrefois chassaient dans les blés des paysans. Il nous a dit que les paysans étaient très malheureux ; alors, pour se nourrir, ils braconnaient, ils attrapaient des lièvres sur les terres du seigneur ; le seigneur les faisait arrêter, et on les envoyait sur des bateaux où ils devaient ramer toute la journée et où on les battait à coups de fouet.

— Oui, les galères.

— Heureusement qu'il y a plus de seigneurs !

— Si, si, il y en a encore.

— Il y en a encore ? fit l'enfant consterné.

— Oui. Aujourd'hui, on les appelle les capitalistes.

— Et il y a aussi des galères ?

— Non. Mais il y a des mines, des usines, des chantiers qui sont presque aussi durs que les galères.

— On y bat les gens à coups de fouet ?

— Non. Mais on les fait crever de chaleur ou de froid ou de fatigue. Tu te rendras compte plus tard, quand tu seras grand. Si les choses ont pas changé. Mais j'espère qu'elles auront changé. En attendant, range tes affaires, on va manger la soupe.

Quand ils eurent fini, Popaul se coucha et s'endormit.

Mesnard débarrassa la table, se lava les mains et vint aussi dans la chambre ; il pouvait dormir un moment : le travail était prévu pour 2 heures du matin. Il mit le réveil sur 1 heure et demie, donna un seul tour de clé à la sonnerie, afin qu'elle produisît un grelottement très court, suffisant pour le réveiller lui, mais qui ne réveillerait pas le petit. Puis il s'allongea tout habillé sur son lit.

Avant d'éteindre la lumière, il revit accroché au mur d'en face un agrandissement photographique : sa femme et lui, le jour de leurs noces. Depuis, que d'eau avait passé sous les ponts ! Au portemanteau était encore suspendue la dernière blouse dont elle s'était servie ; elle l'avait quittée juste avant de partir. Sur la table de nuit, un livre aux pages à moitié coupées, avec un couteau de carton marquant l'endroit où elle s'était arrêtée. Un roman qu'il lui avait acheté pour sa fête. Lui, il ne lisait que des ouvrages d'économie politique, les journaux et les Cahiers du parti ; mais il pardonnait volontiers à Marthe ce goût des romans. Elle n'avait d'ailleurs pas dû apprécier celui-là, puisqu'elle ne l'avait pas fini. Il l'avait pourtant choisi sur le conseil du libraire ; de l'argent de foutu en l'air, quoi ! Ça s'appelait *la Cousine Bette*, par H. de Balzac. Henri de Balzac, probablement. Ou Hector de Balzac. Pire qu'un bourgeois : un aristocrate.

Car elle ne s'était pas contentée de partir, de les abandonner, le gosse et lui ; elle avait laissé derrière elle mille choses qui rappelaient de façon plus cuisante son absence. Dans les tiroirs, on trouvait des épingles à cheveux, des peignes, des bâtons de rouge. Et son linge dans l'armoire. Et le tricot sur le buffet, à peine commencé, avec les deux aiguilles enfoncées dans la pelote. Et ses pantoufles derrière la porte. Et sa chemise de nuit sous le traversin. De temps en temps, Mesnard la tirait à lui, y enfouissait le visage pour y retrouver cette odeur qui était tout elle, odeur de savonnette, odeur d'aisselles dont le seul souvenir lui mettait un crispement dans les entrailles. Il songeait à sa peau tiède et douce qui se hérissait sous les caresses.

— Tu me donnes la chair de poule ! disait-elle en riant.

Il songeait à la chevelure épaisse dans laquelle il enfonçait voluptueusement les doigts, qu'il saisissait à poignée ; et il éprouvait un plaisir pareil à celui du berger qui enfonce les doigts dans la laine de ses brebis pour en sentir le poids et l'épaisseur. Nulle autre caresse ne lui donnait comme celle-là le sentiment de la possession. « Tu es à moi ! Tu es à moi ! » avait-il envie de crier.

Ce qui ne l'avait pas retenue, et ne l'empêchait pas, maintenant, d'appartenir à un autre. En pensant à celui-ci, à ce salaud de Fassinotti, il pleurait de rage. Mais au fond, c'était bien fait pour sa gueule à lui, Mesnard : ça lui apprendrait à être bon type. On ne doit jamais être bon type. Ni bon tout court. Faut laisser ça à la curaille qui fait de la bonté une profession. Jamais Karl Marx ni Lénine n'emploient ce mot-là.

Tout de même, il ne s'attendait pas à une pareille trahison de la part d'un « camarade », d'un communiste comme lui. Fassinotti avait été délégué par le Parti pour faire dans la ville une série de réunions ; tout de suite, Mesnard lui avait offert de l'héberger. Ils occupaient trois pièces : une grande cuisine, une chambre et une autre pièce qui servait de bureau, de salon, de salle à manger, et où il y avait un divan. C'est là que Fassinotti avait couché pendant un mois. Car son séjour s'était prolongé un mois. Bien sûr, si Mesnard avait pensé qu'il dût rester aussi longtemps, il l'aurait envoyé à l'hôtel. D'ailleurs Fassinotti avait expliqué clairement :

— J'accepte ton hospitalité, mais à condition que je paye.

— Bon, bon, on verra.

— C'est tout vu : je paye ou je ne viens pas.

— Ça va, d'accord. On réglera ça à la fin.

En attendant, il s'était installé chez lui et semblait s'y trouver bien. De temps en temps, quand Mesnard faisait quelque vague allusion à son départ éventuel :

— Je prospecte, expliquait-il, je prospecte. Par là, le milieu est particulièrement intéressant. Je veux que, dans un an ou deux, tout le monde ici soit aussi rouge que toi et moi. Seulement, pour ça, faut que je prospecte, que je me renseigne, que je tâte le terrain. Tu me saisis ? C'est pour le Parti que je travaille. Alors, si je te gêne, mon vieux, n'hésite pas une seconde à me mettre dehors.

— Me gêner, toi ? Tu rigoles ?

Il devait rigoler, en effet, en douce. Le soir, il s'enfermait dans sa chambre, et l'on voyait une raie de lumière filtrer sous la porte jusque vers minuit ou une heure du matin. Mesnard la regardait avec respect, cette raie de lumière :

« C'est pour le Parti qu'il travaille ! » songeait-il.

Lui, lorsqu'il avait son service à prendre de bonne heure chez Vlaming, il allait se coucher. C'était convenu entre eux.

Quant à ce qui est de sa femme, il n'avait rien soupçonné. Son attitude aurait pourtant dû lui donner l'éveil. Elle qui ne s'intéressait auparavant qu'aux romans — elle en avait deux rayons bourrés dans son armoire —, qui, dans *l'Huma*, ne lisait que le feuilleton, qui achetait ces hebdomadaires dont la couverture représente un couple d'amoureux ; elle, en un mot, qui ne s'était jamais intéressée à la politique ni au Parti, voici qu'elle s'était mise à écouter Fassinotti. A la fin des repas, entre la poire et le fromage, il expliquait l'histoire des trusts, du marxisme, des syndicats en Urse où il était allé, des kolkhozes, du stakhanovisme. Il racontait les luttes de Staline contre les menchéviks, les trotskistes et tous les hérétiques en *istes* et en *iks*, pour maintenir intacte et pure la doctrine lénino-marxiste. Toutes choses que Mesnard connaissait aussi bien que lui et dont il avait parlé jadis plus d'une fois devant Marthe ; mais elle lui répondait alors régulièrement ;

— Te fatigue pas. Tout ça, pour moi, c'est du russe.

Or, quand c'était Fassinotti qui causait, voici qu'elle s'était mise à écouter. De temps à autre, Mesnard essayait d'intervenir :

— Rappelle-toi. Je t'ai expliqué ça, un jour.

— Tais-toi donc, répliquait-elle. Avec toi, je comprends rien.

Et elle suivait les discours de l'autre avec avidité, suspendue aux mouvements de ses lèvres et de ses mains, souriant quand il souriait, s'indignant quand il s'indignait. Il avait même réussi à l'entraîner à ses réunions, ce que Mesnard n'avait jamais pu obtenir d'elle.

Évidemment, c'était un gars qui savait parler. Et puis, il était député, il écrivait dans les journaux de Paris, il avait serré la main de Staline, tout ça était plus reluisant qu'un titre de secrétaire de syndicat chez Vlaming. Le soir, tandis que Fassinotti veillait dans sa chambre, Marthe veillait aussi, pour faire la vaisselle ou pour tricoter, qu'elle disait. Lui, pendant ce temps, le cocu, il dormait sur ses deux oreilles.

Enfin, au bout d'un mois, Fassinotti se décida à lever l'ancre. Au moment de régler les comptes, il se montra généreux ; il n'y avait rien à dire de ce côté-là. Les députés ont de quoi payer ce qu'ils mangent. Il retourna donc à Paris et les laissa seuls, dans leur appartement de trois pièces.

Rien ne semblait changé. Après le départ de leur hôte, le dégoût de la politique avait repris Marthe ; elle s'était replongée dans ses hebdomadaires, ses romans, ses feuilletons. Tout paraissait rentré dans l'ordre.

Les choses durèrent encore quelques semaines de cette façon. Puis un soir, en rentrant du travail, Mesnard trouva Popaul assis sur le paillasson.

— C'est fermé à clé, expliqua l'enfant. Maman est pas là.

— Y a longtemps que tu attends ?

— Depuis que je suis revenu de l'école. J'ai pas pu ouvrir.

Qu'est-ce que ça voulait dire ? Il regarda dans la fente du mur où sa femme avait l'habitude, lorsqu'elle s'absentait, de glisser la clé : celle-ci y était. Ils entrèrent. L'appartement était balayé, les meubles époussetés ; toute chose était si propre et si bien rangée que c'en était insolite : d'habitude Marthe n'avait pas tant d'ordre. Le chat vint se frotter à leurs jambes. Mesnard passa dans la chambre à coucher et vit sur le lit une enveloppe sans adresse.

« Ça y est ! pensa-t-il ! Ça y est ! Elle est partie ! »

Tout se déroulait comme dans les romans, dans cette saloperie de romans dont elle s'intoxiquait journellement, au lieu de raccommoder les chaussettes. Il connaissait à l'avance le contenu de la lettre ; néanmoins, il la prit dans ses mains qui tremblaient si fort qu'il n'arrivait pas à déchirer l'enveloppe. Deux fois, elle lui échappa et tomba sur le lit. Enfin, il réussit à en tirer le papier qu'elle contenait, une feuille de carnet quadrillée en rouge. Il ne vit tout d'abord que deux longues additions ; c'étaient les points d'une belote qu'ils avaient faite ensemble, sa femme, Fassinotti, Amadieu et lui, quelques semaines auparavant. L'autre face portait ces mots :

J'en ai marre, je m'en vais. Il y a des pommes de terre cuites dans le placard et de la soupe pour le chat dans sa gamelle. Soigne bien le petit.

Et elle avait signé de son nom de fille : *Marthe Chonier.* Pour elle le divorce était déjà prononcé et tout lien rompu entre eux. Il resta un long moment assis au bord du lit, assommé. Ses dents claquaient comme s'il eût fait très froid. La lettre avait glissé sur la carpette. Le chat jouait avec les franges du couvre-pied. Dans la pièce voisine, Popaul assis à la table s'était mis tranquillement à faire ses devoirs sans se douter de rien. Quand Mesnard se leva, ses jambes ankylosées ne le portaient plus ; il dut s'appuyer au chambranle de la porte.

— Et maman ? demanda le petit.

— Elle est partie.

— Partie ? Où ?

— En voyage.

— A quel endroit ?

Il fit un geste vague de la main. Puis, il répondit ce qu'il avait coutume de répondre à son fils pour désigner un pays très, très éloigné :

— A Paris.

Dans l'esprit de Popaul, il n'y avait pas plus loin que Paris ; Paris c'était le bout du monde.

— Et elle restera longtemps ? fit-il inquiet.

— Plusieurs jours.

— Pourquoi qu'elle m'a pas dit au revoir ?

— Sans doute qu'elle a pas eu le temps. Mais sois tranquille, elle reviendra.

L'enfant, tout pâle, le regardait de ses grands yeux écarquillés ; et soudain, il fondit en larmes. Il fallut le consoler, le moucher, le faire manger, le mettre au lit.

Le lendemain, Mesnard descendit chez Mme Cousin et organisa sa nouvelle existence. Chaque fois que Popaul lui demandait :

— Et maman ? Quand est-ce qu'elle revient ?

— Il faut attendre encore plusieurs jours, répondait-il.

— Plusieurs ! Tu dis toujours plusieurs ! s'impatientait le petit. C'est combien, plusieurs ?

— On sait pas. Plusieurs, c'est plusieurs. Des fois c'est peu, des fois c'est beaucoup.

— Alors, elle restera encore beaucoup de jours ?

Il répétait son geste vague.

Petit à petit, les questions de l'enfant s'espacèrent ; mais cette pâleur du premier jour semblait ne plus vouloir le quitter. Le dimanche, quand il n'y avait pas de réunion importante, Mesnard l'emmenait se promener. Ils prenaient le tram, sortaient de la ville, allaient vagabonder dans la campagne. Ils entraient dans les bois pour chercher des champignons et Popaul, qui connaissait l'histoire du petit Poucet, serrait très fort la main de son père, de crainte que celui-ci ne voulût l'abandonner aussi.

— C'est pas comme ça qu'il faut faire, expliquait Mesnard. Toi, va par ici, moi, je vais par là, et si tu trouves des champignons, tu me les signales.

— Oui, acceptait l'enfant ; mais alors, je veux te voir tout le temps.

— Eh bien ! Regarde-moi !

Chacun partait de son côté ; mais sitôt que Popaul perdait son père de vue :

— Papa ! criait-il avec angoisse.

— Je suis là, le rassurait Mesnard.

— Je te vois plus. Parle-moi !

— Bon, bon. Je te parle.

Et, comme il ne savait pas quoi dire, qu'il manquait d'imagination, il répétait comme ça un quart d'heure durant : « Je te parle...

je te parle... je te parle... » Ou bien, il récitait la table de multiplication : « Trois fois un, trois. Trois fois deux, six. Trois fois trois, neuf... » Curieuses conversations qu'ils avaient là.

Lorsqu'ils retournaient vers la maison, tout le long du trajet, chacun de son côté caressait en secret le même espoir : « Qui sait si *elle* ne sera pas revenue ? » Le cœur battant, ils montaient l'escalier, écoutaient un moment devant la porte. Tout était silencieux. Ils entraient tristement dans l'appartement désolé et froid. Ils faisaient réchauffer les restes de midi et se couchaient.

Mesnard aurait pu rechercher sa femme, mettre la police dans le coup, ou bien charger de ce soin une agence privée. Mais — outre qu'il n'avait pas d'argent à gaspiller inutilement — à quoi bon ? Marthe était orpheline et ne pouvait par conséquent avoir rejoint qu'un homme. Et cet homme ne pouvait être que Fassinotti. Mesnard en était aussi sûr que deux et deux font quatre. Il aurait pu se rendre à Paris, aller réclamer sa femme au député ; mais, je vous le demande un peu, de quoi aurait-il eu l'air ? Rien de plus ridicule qu'un mari qui vient réclamer sa femme à l'amant de celle-ci. Alors quoi ? Écrire aux journaux ? Faire un esclandre ? Attendre que Fassinotti revînt à sa portée et lui régler son compte ? Toutes ces solutions lui semblaient également mauvaises. Il ne voulait pas, surtout, que le scandale rejaillît sur le Parti. Il ne lui restait plus qu'à demander le divorce ; mais ça aussi, ça coûte cher. On verrait plus tard. Au fond, la véritable raison qui l'empêchait de rien faire de définitif, d'irréparable, c'est qu'il espérait encore, sans oser se l'avouer, que Marthe reviendrait, lorsqu'elle serait lasse de son aventure. Alors, il laissait l'affaire en plan. D'une façon ou d'une autre, ça se tasserait.

Toutes ces choses lui trottaient ce soir-là par la tête. Il fallait pourtant bien essayer de dormir. Il soupira et tourna le bouton électrique. Un moment, ses yeux conservèrent dans le noir l'image de l'ampoule électrique, qui s'effaça peu à peu de ses rétines. Il croisa ses mains sous sa nuque et s'efforça de ne penser à rien. Il entendait la respiration régulière de Popaul ; le réveil tictaquait, imperturbable, sur la cheminée ; une souris se mit à grignoter le plancher, d'abord prudemment, puis, devant l'indifférence des choses, avec plus d'audace. Les phares d'une auto qui descendait la rue balayèrent le plafond en sens inverse. Un ivrogne passa ; il braillait un cantique :

Je suis chrétien... houp !... voilà ma gloire,
Mon... houp !... mon espérance et mon soutien.
Mon chant d'a... houp !... Mon chant d'amour et de victoire...
Je suis chrétien !... Je suis chrétien !...

Puis il commentait :

— Parfaitement ! Et si y en a des à qui ça plaît pas, eh ben ! moi... houp !... je les emmerde !

Malgré lui, Mesnard pensa : « Voilà une recrue pour le Révérend Père. »

Il revit la haute silhouette de ce faux prolétaire qui commençait à trouver chez Vlaming d'inquiétantes sympathies. Il reconnaissait bien là l'astuce cléricale et cette extraordinaire faculté d'adaptation qui faisait la force de l'Église. Longtemps, elle s'était désintéressée du sort de la populace pour lier son destin uniquement à ceux qui la dominaient. Mais voilà que ces faibles étaient devenus une force, et il fallait compter avec eux. Les prêtres qui s'étaient faits maîtres avec les maîtres, loups avec les loups, voulaient à présent se faire peuple avec le peuple, ouvriers avec les ouvriers. Tout ça était dangereux, il faudrait tenir l'œil sur ce kroumir.

Il s'était assoupi depuis un moment quand il fut réveillé par des gémissements. Il se dressa, alluma et regarda l'heure au réveil : minuit moins cinq. C'était Popaul qui appelait faiblement :

— Papa !... Papa !...

Mesnard se leva, s'approcha de son lit :

— Qu'est-ce qu'il y a, mon petit ?

— Je peux pas dormir.

— Pourquoi tu peux pas dormir ?

— Je fais des mauvais rêves.

— Des mauvais rêves. Ne les écoute pas. Dors, à présent.

— Ils m'empêchent de me rendormir.

— Voyez-moi ce nigaud ! Je suis là, t'inquiète pas : ils oseront plus revenir.

— Je rêvais que j'étais aux galères, tu sais ? sur le bateau. J'avais attrapé un lièvre et le seigneur m'avait envoyé aux galères. Alors, je ramais, je ramais, et y avait un méchant homme qui me donnait des grands coups de fouet sur le dos.

— Chut ! Chut ! Tu sais bien qu'y a plus de galères ni de seigneurs !

— Tu m'as dit qu'y en avait encore, des seigneurs...

— Oui, mais c'est pas tout à fait la même chose, à présent.

— Tu m'as dit aussi...

— Chut ! Ne parle plus, mon petit. Dors.

— Je peux pas.

— Pour t'endormir, veux-tu que je te raconte une histoire qui te fera faire de beaux rêves ?

— Oui. Raconte-moi une histoire.

Mesnard s'accroupit près du lit, et commença à chuchoter son histoire.

— Tiens, voici le rêve qu'il faut que tu fasses. Rêve au jour où tous les hommes de la terre seront heureux. A ce moment-là, y aura plus de capitalistes, y aura plus aucun homme qui exploitera les autres hommes ; tout le monde aura de quoi manger, s'habiller, se chauffer sans avoir besoin de mendier ni de voler. Par conséquent, y aura plus de galères, plus de prisons, plus de bagnes. Ou plutôt si, il y aura encore des galères ; mais sais-tu qui on y enverra ? Les capitalistes, les méchants seigneurs qui seront pas contents du nouveau régime ; et c'est eux qu'on fera ramer, et qu'on frappera à coups de fouet. C'est ça qui sera rigolo, hein ? Et puis, en ce temps-là, comme tout le monde aura chez soi tout ce qu'il lui faudra, plus besoin d'aller embêter les voisins. Donc, y aura plus de guerres, plus de colonies. Tous les hommes s'aimeront, puisqu'ils s'envieront plus les uns les autres. Quel rêve merveilleux ! Les mamans resteront toutes auprès de leurs enfants et de leur mari, tout le temps ; elles feront pas de voyage à Paris sans eux. Et puis, y aura des écoles toutes neuves, des théâtres et des cinémas tout neufs, des piscines, des stades, des jardins publics, toutes sortes de magnifiques monuments. Les ouvriers auront deux mois de vacances par an qu'ils pourront aller passer à la campagne ou au bord de la mer. Tu vois, moi, j'ai quarante-six ans et j'ai encore jamais vu la mer. Sauf au cinéma. Alors, nous irons tous les trois au bord de la mer, toi, maman et moi. Tu veux bien ?

Popaul répondit « oui » des paupières.

— Bon, ajouta Mesnard. Maintenant, c'est assez, endors-toi bien vite.

L'enfant tourna la tête contre la muraille et bientôt, en effet, il se rendormit. Mesnard n'avait plus qu'une heure à se reposer. Il retourna s'allonger, se coucha sur le ventre, s'enfonça le visage dans l'oreiller avec la volonté farouche de ne plus rien voir, de ne plus rien entendre...

Au bout d'un temps qui lui sembla d'une brièveté dérisoire, le réveil sonna. Il fallait se lever ; les autres l'attendaient peut-être déjà en bas. Malheureux, tout de même, qu'ils ne puissent jamais rien faire sans lui ! Naturellement, c'était son rôle de diriger, puisqu'il était dirigeant ; mais ils pouvaient cependant bien se passer de lui pour un travail aussi simple que celui-là. La vérité, c'est que, au fond, ils avaient peur ; ils se serraient autour de lui comme les poussins autour de la mère poule. Jolis syndicalistes ! Jolis révolutionnaires ! Avec des gars pareils, les capitalistes pouvaient dormir sur leurs deux oreilles : le grand jour n'était pas près d'arriver !

Sans allumer, il chercha à tâtons ses souliers sous le lit. A présent la respiration de Popaul annonçait qu'il dormait tranquillement ; le lendemain était un dimanche, il pourrait se reposer tant qu'il voudrait. Une fois dans la cuisine, il se chaussa, descendit silencieusement l'escalier. Il jeta un coup d'œil dans la rue : personne ; ils n'étaient pas encore là. Il leva la tête et vit le ciel plein d'étoiles ; seules des vapeurs rougeoyantes s'élevaient au fond, dans la perspective de l'avenue Jean-Jaurès : les fumées de la gare.

— Juste le temps qu'il nous faut ! constata-t-il.

La moindre pluie aurait tout fichu par terre. Il remonta quatre à quatre l'escalier, avec l'idée, puisque les autres étaient en retard, de se faire chauffer une tasse de café. Mais la cafetière était presque vide ; il avait oublié d'en faire du frais, la veille, il ne restait plus qu'une sorte de boue noirâtre. Il la fit tout de même chauffer, versa dedans, pour en atténuer la fadeur, un peu de rhum. Quand il fut redescendu, la rue était toujours déserte.

— Qu'est-ce qu'ils foutent, ces salauds-là ? murmura Mesnard.

Une inquiétude commença de naître en lui, de s'élargir avec chaque seconde qui passait : « Est-ce qu'ils se seraient fait poisser ? »

Deux phares de bicyclettes surgirent au loin ; il se rejeta dans le couloir. C'étaient des agents cyclistes qui passèrent en bavardant, avec leurs bottes luisantes et leurs casquettes plates, dans le bruissement des dynamos.

— ... Pour ce qu'est de la truite, c'est plus mariole, disait l'un. C'te bête-là, ça bouffe pas n'importe quoi, et si tu...

Ils s'éloignèrent et disparurent.

Mesnard sortit la tête, et c'est alors qu'il vit venir sur le même trottoir le groupe des copains. Il distingua mal d'abord combien ils étaient, car leurs ombres les multipliaient ; quand ils furent plus près, il constata qu'ils étaient trois. Trois et lui, quatre. C'était suffisant. Deux pour le travail, deux pour le guet. Il les reconnut : Amadieu, Souchard, Toveron. Avant qu'ils fussent à sa hauteur, il sortit du couloir et les attendit.

— Qu'est-ce que vous foutiez ? demanda-t-il rudement.

— On a rencontré des flics, plusieurs fois, expliqua Amadieu. On a dû se planquer.

— En attendant, il est deux heures passées, et faudra se grouiller. T'as le minium ?

— Oui, répondit Souchard.

— Le pinceau aussi ?

— Nature.

— Alors, en route. Commençons par Vlaming, c'est le plus pressé. Bouclez-la maintenant, je marche le premier.

Ils partirent en silence. Leurs ombres tournaient autour d'eux sur le trottoir, tantôt devant, tantôt derrière, à mesure qu'ils passaient sous les réverbères, tantôt aux deux endroits en même temps. On était au début de septembre, les nuits n'étaient pas encore très longues. Il leur restait à peine une heure de tranquillité. Dès trois heures du matin, commencerait le défilé des cyclistes qui rentraient chez Vlaming ou ailleurs ; celui des maraîchers, des laitiers, des vendeurs de journaux. Comme avait dit Mesnard, faudrait se grouiller. Deux heures, c'était pourtant le bon moment. Avant, il était trop tôt ; on rencontrait toujours, surtout un samedi soir, du monde qui rentrait du cinéma après s'être attardé dans un restaurant de nuit ; des pochards ; ou simplement des gens qui trouvaient qu'il faisait trop chaud dans leur lit et préféraient passer dehors la moitié de la nuit. Maintenant enfin, la rue était à eux.

Mesnard allait en tête, à cinquante pas en avant, afin de leur signaler tout danger éventuel et pour qu'ils pussent disparaître dans un couloir ou une rue latérale. En cas d'impossibilité absolue de le faire, ils avaient pour consigne de se débarrasser au moins du compromettant seau de minium en le balançant par-dessus une clôture de jardin, ou en l'abandonnant simplement dans quelque encoignure. Après l'alerte, ils viendraient le récupérer si possible. Mais ce soir-là, tout semblait aller comme sur des roulettes. Les maisons dormaient, bien sages derrière leurs persiennes fermées ; la rue était déserte ; les robiniers qui bordaient l'avenue Lavoisier, assoupis de chaleur, n'avaient pas même la force de faire grelotter leurs grappes de gousses sèches. Un chien occupé à inventorier le contenu d'une poubelle s'enfuit à leur approche, la queue entre les jambes.

Les voici devant les murailles de l'usine Vlaming. *Défense d'afficher. Loi du 29 juillet 1881.* Mesnard s'arrête et attend les trois autres. Le macadam des trottoirs est parfaitement sec ; ils vont pouvoir écrire comme sur une ardoise. C'est Toveron qui est chargé de l'opération, car il a un joli coup de pinceau. Amadieu tient le seau, tandis que les deux autres s'éloignent, un de-ci, un de-là, pour surveiller les abords. Toveron trempe le pinceau à moitié dans la peinture ; pendant le temps où il le porte sur le macadam, il imprime au manche un léger mouvement de rotation afin de retenir les gouttes. Ils ont choisi un bel emplacement, juste devant les bureaux de la Direction. Quand ces messieurs voudront sortir, ils devront marcher sur l'inscription. M. Boucharel lui-même sera obligé de passer dessus. Le premier mot est écrit :

PRIME

Après chaque lettre il faut de nouveau tremper le pinceau. Cette surface de trottoir est à peine éclairée, et, sous la lointaine lumière du lampadaire, le minium a une étrange couleur foncée, presque noire ; mais dans quelques heures, quand il aura séché, il sera au soleil d'un bel écarlate, scandaleux à souhait, devant les bureaux de la Direction. Toveron termine son inscription :

PRIME DE CHALEUR

Mesnard revient et jette un coup d'œil au travail ; il fait ajouter un *s* à PRIME et un point d'exclamation au bout. Ça n'a l'air de rien, un point d'exclamation, mais ça fait beaucoup plus énergique :

PRIMES DE CHALEUR !

Il y a assez longtemps que le syndicat les réclame, ces primes. Aucun des quatre, d'ailleurs, n'est intéressé personnellement à l'affaire : Mesnard et Toveron travaillent aux mélangeurs où la température est supportable, même au plus dur de l'été. Souchard est façonneur et, pour lui, pas question de chaleur. Amadieu est au tissage des enveloppes métalliques qui entourent certains tuyaux ; dans un vacarme assourdissant, cent cinquante broches y tournent sur les métiers de vertigineux quadrilles, si bien que lorsqu'on sort de là, on est tout abruti. Les premiers temps, Amadieu ne pouvait pas dormir : toutes les nuits, les broches continuaient à tourner dans sa tête. Un peu le même effet que la roulette du dentiste quand elle te meule une dent. Sauf qu'il y a cent cinquante roulettes. Tout ça pour dire que lui, ça n'est pas des primes de chaleur qu'il lui faudrait, mais plutôt des primes de bruit.

Ce qu'ils font là est donc tout à fait désintéressé. Ils travaillent pour ceux qui manœuvrent, huit heures par jour, les presses où cuisent les pneus de toutes grandeurs, depuis les énormes 2 500 x 21 pour poids lourds gonflés de leur water-bag, jusqu'aux enveloppes pour bicyclettes, aux bandages pour voitures d'enfants, aux gants de chirurgie, aux bottes d'égoutiers, à tous les caoutchoucs qui doivent être vulcanisés. Ceux-là vivent dans un bain de vapeur continuel. Leurs torses nus ruissellent. Il y en a des gras et des maigres, des pâles et des bronzés, des velus comme des singes et des lisses comme des œufs. On dirait des boulangers qui s'affairent autour de leurs fours, pour retirer et enfourner des couronnes d'un pain noir ou rouge. A intervalles réglés — toutes les minutes, toutes les trois minutes, toutes les six minutes —, une presse s'ouvre, il faut en extraire le gâteau encore brûlant, le remplacer par un autre. Tout ça forme un énorme mouvement d'horlogerie dont chacun d'eux constitue un rouage. Impossible de l'avancer ni de le retarder : ils doivent obéir à leurs machines. La vapeur est à 200 degrés dans les presses ; la température atteint 50 ou 60 dans l'atelier, suivant les saisons. Pendant ce temps, ces messieurs de la Direction sont assis dans des bureaux bien frais, sous le souffle de leurs ventilateurs, et ils ne comprennent pas que par là-bas, quelque part dans l'usine, on puisse souffrir de la chaleur. Pour eux, les pneus ne sont que des unités, ils en font de longues additions, des multiplications, des graphiques. Une unité, ça n'est ni chaud, ni froid, ni lourd à manœuvrer. Voilà pourquoi ils refusent obstinément d'accorder des primes de chaleur. Quand on leur en parle :

« En été, peut-être bien que vous avez un peu chaud, disent-ils ; mais en hiver, hein ? Avouez que vous n'êtes pas à plaindre ! »

Ils ne veulent pas comprendre que même en hiver il fait trop chaud, qu'on est obligé de se mettre à poil comme en été, que cette chaleur est alors deux fois plus dangereuse lorsque dehors il gèle : un bon truc pour attraper des pneumonies.

C'est donc pour ces copains-là que Mesnard et les siens ont écrit au minium sur le trottoir de l'usine :

PRIMES DE CHALEUR !

Le point d'exclamation montrera qu'on est décidé à ne pas se laisser faire, qu'on porte la question devant le public, qu'on est prêt, s'il le faut, à envisager d'autres moyens. Il reste encore beaucoup de minium au fond du pot, on va l'utiliser en traçant d'autres inscriptions par-ci par-là. Autant que possible dans les endroits les plus fréquentés, sur l'asphalte même de la chaussée.

Ils ont écrit trois ou quatre fois à travers la ville :

ÉPURATION

On sait que presque tous les collabos ont réussi à se maintenir en place ou à trouver un poste équivalent dans l'administration, quand ce n'est pas une place plus avantageuse. Pour eux, quinze jours de « résistance » ont suffi à effacer quatre années de vichysme. Il faut que le peuple veille et sépare l'ivraie du bon grain, les faux patriotes des véritables. Il doit éliminer tous ceux qui se sont enrichis ou compromis, alors que d'autres perdaient leurs biens ou leur vie en luttant contre le nazisme.

ÉPUREZ ! ÉPUREZ !

Ils ont également écrit :

A BAS LE PLAN MARSHALL

Parce que les Américains veulent nous coloniser comme les impérialistes français ont colonisé les Sénégalais et les Bicots. Les Bicots, on les respecte : c'est des prolétaires comme nous. Seulement, nous, on n'est pas des Bicots, et on ne se laissera pas coloniser. Alors, que les Américains gardent leur saindoux et leur maïs ; la terre de France est riche et peut nourrir tous ses enfants. Il n'y a qu'à encourager la classe paysanne à faire pousser beaucoup de blé en le lui payant un bon prix, et tout le monde sera content. Le blé cher et le pain bon marché : voilà ce qu'il faut atteindre.

Le seau de minium est maintenant presque vide. Chacun va rentrer chez soi, mission accomplie. Ils se sentent la bouche amère et le crâne pesant des gens qui ont gueuletonné toute la nuit. Mesnard retrouvera la cuisine silencieuse ; sur la table, la tasse où reste un fond de lie noire ; le chat pelotonné sur les pantoufles ; Popaul qui dort tranquille, sans se douter de rien.

Ils ont voulu quand même utiliser le minium jusqu'à la dernière goutte. Tout avait bien marché jusque-là : pourquoi ont-ils eu ce scrupule de pignoufs ?

Pour cette ultime inscription, ils avaient négligé leurs précautions d'usage, ils étaient restés groupés autour de Toveron qui peignait la chaussée, quand soudain, en face d'eux, des phares sont brusquement sortis de la nuit.

10

Ils avaient eu le tort de s'affoler, de se disperser dans toutes les directions ; ils auraient dû rester en groupe, partir tranquillement tous les quatre : peut-être auraient-ils réussi à se faire prendre pour des promeneurs ordinaires. Des promeneurs un peu matinaux, simplement. En tout cas, c'est sur Amadieu qu'ils fonçaient, maintenant, les agents cyclistes. Silencieusement, sans un mot, parce qu'il courait avec ses jambes, lui, parce qu'eux avaient des roues et étaient sûrs de vaincre. Les copains avaient réussi à disparaître dans les petites rues adjacentes, tandis que lui avait commis l'idiotie impardonnable d'enfiler le boulevard qui s'étendait largement devant eux, bordé d'immeubles, de grilles, de murailles, sans une fissure. C'était leur dire : « Rattrapez-moi : je suis à vous. »

Il savait qu'un peu plus loin la Viraine, un ruisseau dans lequel toutes les usines de la ville déversaient leurs eaux sales, passait à découvert. S'il réussissait à l'atteindre, il enjamberait le parapet et sauterait dans le bouillon, peu profond à cet endroit. Alors, les flics ne tireraient aucun avantage de leurs vélos, il réussirait peut-être à leur échapper.

Il força l'allure, autant que le lui permettaient ses pattes courtes. Mais avant d'avoir atteint le pont, il recevait une bourrade qui l'envoyait rouler sur le trottoir. En un instant, il avait les deux cyclards sur le paletot. La culbute l'avait mis en fureur ; il se débattit avec rage, travaillant des pieds et des poings, jusqu'à ce qu'un des flics sortît son pétard et le menaçât :

— T'en veux un coup dans le bide, dis ?

Ils l'emmenèrent au commissariat central.

— Qu'est-ce que c'est que ça ? demanda un inspecteur qui portait un collier de barbe à la façon des artistes.

— Un citoyen qu'on a surpris, expliqua un des deux agents, en train de peindre des inscriptions au minium.

— Pas vrai, protesta Amadieu. J'ai rien écrit.

C'était exact : lui, il tenait le seau. Mais ses mains encore barbouillées de rouge témoignaient contre lui.

— Seul ? demanda le civil.

— Non. Y en avait encore deux ou trois autres qui nous ont échappé.

— Qu'est-ce qu'elles racontaient, ces inscriptions ?

— On a pas eu le temps de s'en occuper.

— C'est bon. Dès qu'il fera jour, vous irez les lire. En attendant, introduisez monsieur dans le petit salon. On l'interrogera plus tard.

Le petit salon, c'était le bloc. Il était vide. Amadieu s'allongea sur le bat-flanc. Il pensa un moment que, ce jour-là, il n'irait pas travailler, mais que ça n'avait pas d'importance, car, après l'histoire qui lui arrivait, on allait sûrement le foutre à la porte. Il pouvait donc dès à présent se considérer comme chômeur. Après cette réflexion, il s'endormit.

Quand il se réveilla, il devait être près de midi, à en juger par le plein jour et par ce que lui disait son estomac. En effet, au bout de quelques instants, la porte s'ouvrit, un agent apporta une gamelle de lentilles, une cuiller de bois et un morceau de pain.

— Est-ce qu'on va me garder longtemps ici ? interrogea-t-il. J'ai tué personne, vous savez.

L'autre fit un geste d'ignorance et ressortit sans avoir desserré les dents. Quand Amadieu eut mangé son pain et ses lentilles, n'ayant rien d'autre à faire, il se recoucha sur le bat-flanc pour un autre somme. Cette vie ne lui déplaisait pas trop.

Vers le milieu de l'après-midi, on vint enfin le chercher ; on le conduisit devant un autre civil. Celui-ci lui ordonna du geste de s'asseoir, le considéra un moment de ses gros yeux, saillants et sans expression, puis lui posa des questions sur son identité, sa profession, son domicile... Quand il eut tout noté :

— Bon, fit-il. Maintenant, tu vas nous dire avec qui t'étais.

— Avec des ouvriers, comme moi.

— Pourquoi écriviez-vous ces trucs-là ?

— Parce qu'on est contents ni des patrons ni du gouvernement.

— Les noms de tes complices ?

— Ça, je vous le dirai pas.

— Je te le demande gentiment, fit le civil d'une voix outrageusement douce en clignant ses gros yeux. Dis-nous leurs noms.

— C'est bon, je vais vous les dire, répondit Amadieu qui avait envie de rigoler. Y avait Napoléon, Jésus-Christ et Fernandel.

Le civil blêmit, puis envoya sur la table un coup de poing. Après quoi, il fit sur lui-même un effort démesuré, réussit à retrouver son calme, reprit d'un air sinistre :

— C'est assez drôle, ce que tu dis là. Je rirais si j'avais le temps.

Mais j'ai pas le temps. Je t'engage donc une dernière fois à me dire le nom de tes complices, sans te faire prier davantage. Dans ton intérêt. Comprends-tu ? Dans ton intérêt ! Parle.

Amadieu écoutait en silence.

— Il y avait Mesnard, n'est-ce pas ? Avoue-le ! Il en était, Mesnard ?

Pour mieux le persuader, l'homme penchait en avant sa grosse tête, ses gros yeux. Amadieu avait l'impression de voir s'avancer vers lui un monstrueux escargot.

— Mesnard, hein, il y était ? insistait-il.

Voilà tout ce qu'on attendait de lui : qu'il compromît celui qui les défendait avec le plus d'ardeur, afin qu'on eût un prétexte pour le liquider d'une façon ou d'une autre.

— Avoue-le donc, et tu seras libre, immédiatement. Tu pourras repartir aussitôt. Y avait Mesnard, hein ?

L'impression de dégoût provoquée par cette face bestiale fut si forte qu'il sentit une nausée lui monter dans la bouche. Alors, il la roula un moment, la pétrit avec sa langue, l'épaissit, l'enrichit de salive ; puis, quand elle fut bien ronde, bien dense, il cracha.

Le civil avait été atteint en plein mufle. Il avait fait un bond en arrière, s'était essuyé avec sa manche, puis avait semblé prendre une crise d'épilepsie. Après quoi, il s'était mis à gueuler, en tendant le poing à Amadieu :

— Saligaud ! Pourriture ! Fumier ! Tu me payeras ça ! Tout de suite, tu vas me le payer !... Et on verra si tu te mettras pas à table !

Deux agents l'avaient encadré et poussé dans une petite pièce assez obscure ; elle prenait jour sur le dehors par d'étroites fenêtres haut perchées et munies de barreaux. Les murs étaient absolument nus ; l'ameublement, constitué par un bureau, dans un angle, et une chaise, au centre, sur les larges dalles disjointes. Ils firent asseoir Amadieu, puis lui attachèrent les mains derrière le dos avec des menottes.

Au bout d'un moment, le civil entra, encore tout congestionné, lança au prisonnier un regard atroce, et prit place derrière le bureau. Enfin un troisième flic arriva.

— Fougerousse, lui expliqua le civil avec un sourire effroyable, voici un monsieur qui ne veut pas parler. Tâchez de lui délier la langue.

Fougerousse était pareil à un taureau. Il partageait son temps entre le métier d'agent et celui de pilier de mêlée dans l'équipe de rugby qu'entretenait la maison Vlaming.

Il s'avança posément vers l'entêté, et, la main large ouverte, lui allongea un premier soufflet qui l'ébranla sur sa chaise. Puis un second. Puis un troisième... Il tapait alternativement de la droite et de la gauche, sans hâte, s'efforçant de bien atteindre les joues du patient. Celui-ci recevait chaque gifle avec un petit grognement, mais il mettait son point d'honneur à ne pas desserrer les dents. Pourtant, petit à petit, la fureur monta en lui, éclata, plus forte que son amour-propre, et à son tour il se mit à injurier ses tortionnaires :

— Sales charognes ! Larbins de Boucharel ! Vendus ! Ordures ! Vous serez pendus un jour, quand le peuple aura pris le pouvoir !... Mais vous me ferez pas parler ! Je vous emmerde ! Gueules de vaches !...

Derrière son bureau, le civil semblait s'amuser énormément. Fougerousse, qui, au début, s'appliquait à taper correctement, faisant ce travail-là sans colère, animé par sa seule conscience professionnelle, s'énervait peu à peu sous ce torrent d'outrages. Il le savait bien, qu'il était payé par Boucharel, qu'il était payé par le gouvernement, pour défendre les droits sacrés du Capital ; mais il n'aimait pas à se l'entendre dire. Alors, simplement, il ferma le poing, tout en continuant à taper. C'était une satisfaction qui lui était rarement donnée de rencontrer une tête qui sût vraiment encaisser. Généralement, dès les premières torgnoles, ses clients s'effondraient, fondaient en larmes, on obtenait d'eux tout ce qu'on voulait. Celui-là, au contraire, résistait admirablement. Il avait d'ailleurs une figure large, rembourrée comme des fesses, on pouvait y aller à pleins bras, sans crainte de s'écorcher les jointures. Une sorte de punching-ball. De punching-ball qui gueulait, ce qui était bien plus marrant qu'un vrai.

Amadieu n'avait plus la force de trouver des pensées nouvelles ; à chaque marron qui lui arrivait, il se contentait de hurler :

— Vous serez pendus !... Vous serez pendus !... Vous serez pendus !...

Le coup lui jetait la tête de côté et déclenchait aussitôt son braillement, comme un mécanisme. Ils étaient tous si passionnés par le jeu qu'ils en avaient oublié pourquoi ils l'avaient commencé. Fougerousse aurait bien voulu ne pas s'exciter davantage, mais ses poings partaient tout seuls, malgré lui, comme si ç'avait été eux qu'on traitait de vendus et de larbins. En sorte qu'une fois, il donna un coup malheureux qui projeta Amadieu et sa chaise en arrière.

Après le fracas de la chute, ils furent tout étonnés du silence soudain qui s'était produit : l'autre ne gueulait plus. Ils le relevèrent, le remirent sur son siège ; mais sa tête tomba sur sa poitrine, il serait dégringolé de nouveau si on ne l'avait retenu. Quelque chose que personne n'avait prévu venait de se passer. Ils se regardèrent avec consternation. Puis, le civil sortit de derrière son bureau et vint examiner Amadieu.

— Il a dû s'assommer un peu, conclut-il. On va appeler Roger.

Il sortit et revint un moment après avec Roger. C'était un inspecteur qui avait jadis commencé des études de médecine, avant de s'orienter vers la police. Le nouveau venu s'approcha du prisonnier qu'un agent maintenait sur sa chaise, tout tassé, tâta le crâne, le cou, puis se redressa et dit d'une voix effrayée :

— Mais... qu'est-ce que vous lui avez fait ?

Les autres regardaient, sans souffler mot.

— Il a le cou cassé, acheva Roger.

— Le cou cassé ? répéta son collègue.

— Oui. Foutu, quoi. Il en a pour quelques heures.

Fougerousse, à l'écart, baissait modestement les yeux et ne sourcillait pas, comme si cette affaire ne le concernait en rien.

— Oh ! le con ! le con ! éclata le civil, tourné vers la victime.

Ces mots, de toute évidence, ne s'adressaient pas à l'agent, mais à Amadieu qui, après avoir longtemps résisté aux coups, avait eu la faiblesse et la stupidité de tomber si maladroitement. Exprès pour leur causer des ennuis.

— Qu'est-ce qu'on va faire à présent ? s'inquiéta un des deux autres flics. Faudrait peut-être appeler un toubib ?

— Pas la peine. Il est foutu, je vous dis, répéta Roger.

— Alors ?

Le civil se gratta la tête ; puis, les regardant tous fixement dans les yeux, il dit :

— Vous comprenez que personne d'autre que vous ne doit savoir que ce coco est venu ici, hein ? Je brûle le rapport d'interrogatoire.

— D'accord, bougonna l'agent. Mais qu'est-ce qu'on en fait ?

— Mettez-le au frais dans le petit salon. Et cette nuit, vous l'emporterez.

— Qui ?

— Vous deux.

— Et où, qu'on l'emportera ?

— Où vous voudrez. Il y a bien des façons de clamser : une auto vous passe dessus, on saute par la fenêtre... Vous me comprenez ? Vous choisirez vous-mêmes l'endroit et la manière.

Quand le P. Mœl prenait son service à 4 heures, il se levait à 3, s'habillait, disait sa messe. Puis il émiettait du pain dans un bol, vidait dessus le café qu'il avait préparé la veille et conservé chaud dans une bouteille thermos. Il déjeunait, rangeait ses ustensiles et partait, à travers les zigzags du quartier du Soleil.

Ce matin-là, il marchait comme d'habitude vers les usines Vlaming, son pas résonnait étrangement sur le pavé des rues désertes. Très haut, au-dessus de lui, la cathédrale sonna un coup : celui de 3 heures et demie. L'air avait la fraîcheur de l'aube des étés finissants, le ciel commençait à perdre ses étoiles.

Il suivit la rue du Taureau, perpétuellement jonchée de trognons de choux, d'oranges pourries, de feuilles de salade, parce que trois ou quatre marchands espagnols y tenaient leurs entrepôts de fruits et légumes. Le jour, on y rencontrait toujours quelque clocharde en train de tripatouiller dans les ordures. Après, venait la rue Fortunée que ses habitants appelaient rue *Parfumée* ; des cabinets publics y étaient installés qui, dans les bons jours, ne puaient que le crésyl et dont on entendait à chaque instant gicler les chasses d'eau. La rue du Taillandier avait longtemps été la plus prospère du quartier du Soleil, car elle comptait jadis trois maisons closes ; après la fermeture récente de ces établissements, sa splendeur s'était évanouie, bien que deux, transformés en bistrots, eussent conservé une certaine clientèle qui venait là en pèlerinage. Ils étaient fermés à l'heure où passait Mœl ; mais on distinguait des fentes lumineuses dans les volets, prouvant que le patron s'occupait à préparer son café. Ensuite, on pouvait gagner, en passant sous une voûte, la rue Frichette qui était le domaine des Bicots. Une cantine tapageuse y fonctionnait ; il arrivait parfois qu'on eût à en ramasser un au petit jour, devant la porte, lardé de coups de couteau.

Quand Mœl passa, tout dormait encore là aussi, et il allait sortir de la rue lorsqu'il buta contre un corps étendu en travers de son chemin.

« Encore un Arabe », songea-t-il.

Il était couché les pieds sur le trottoir, la tête sur le pavé, à hauteur d'une bouche d'égout qui fumait dans le matin frais. Mœl se pencha sur lui, tâta les mains : elles étaient chaudes.

« Je ne peux pas le laisser là, qu'il se dit. Il a l'air de respirer encore. Je dois faire quelque chose pour lui. »

Il revint sur ses pas, jusqu'à un des bistrots de la rue du Taillandier qui laissait voir des rais de lumière, cogna contre les volets.

— Qu'est-ce que c'est ? grogna une voix de l'intérieur.

— Ouvrez, patron. Y a eu un accident, répondit Mœl.

— Un accident ? Quel genre d'accident ?

— Je viens de trouver un type, sur le trottoir. Venez m'aider à le transporter.

Le patron ouvrit en grommelant :

— Saloperie de quartier ! Depuis qu'y a ces Bicots, on peut pas avoir la paix.

Ils allèrent chercher le blessé, qui était lourd, rapprochèrent trois tables, le couchèrent dessus.

— Bon Dieu ! fit le mastroquet. Qu'est-ce qui lui est arrivé ? Il est complètement massacré !

En effet, le visage de l'homme était une chose monstrueuse. On aurait dit un jambon frais, flasque et sanguinolent.

— On a cherché à le défigurer, dit Mœl.

— Est-ce que vous pensez qu'il est clamsé ? questionna l'autre.

— Je crois qu'il respire encore. Faut appeler un médecin. Vous avez le téléphone ?

— Oui. Je m'en occupe. Je demande l'hôpital, pour qu'ils m'envoient une ambulance ; ensuite, la police. J'ai l'habitude.

Il ouvrit une espèce de placard, dans le fond de la pièce, Mœl l'entendit composer ses numéros.

L'inconnu était chaussé d'espadrilles à semelles de corde — c'était la première chose qu'on voyait — et vêtu d'un bleu de travail, marqué de larges taches rouges. Il produisait maintenant une sorte de raclement de gosier, comme un dormeur qui ronfle.

Le mastroquet revint et secoua la tête :

— Il râle, constata-t-il. Il en a plus pour longtemps.

— Il doit être blessé, fit Mœl en montrant les taches.

L'autre se pencha, prit l'étoffe entre ses doigts, gratta de l'ongle.

— C'est du minium, corrigea-t-il.

Puis il ajouta :

— On peut bien savoir qui c'est. Il doit sûrement porter quelque pièce d'identité.

Il déboutonna le gilet, glissa une main dans l'échancrure, après avoir farfouillé un moment, ramena un portefeuille qu'il se mit à explorer.

— Ah ! voilà, fit-il... Carte d'électeur... C'est marrant : on a voulu le défigurer, et on lui a laissé tous ses papelards... Amadieu... Émile... domicilié...

— Quoi ? qu'est-ce que vous dites ? fit Mœl.

— Amadieu Émile, répéta l'autre. Vous connaissez ?

En un clin d'œil la nouvelle se répandit dans l'atelier des mélangeurs où le P. Mœl l'avait jetée ; puis elle passa dans la salle des poudres, au magasin du noir, de là gagna très vite tout le reste de l'usine Vieille :

— Amadieu a été assassiné !

On l'avait transporté à l'hôpital dans le coma, quelques heures après, il mourait sans avoir repris connaissance. Ceux qui avaient fait le coup pouvaient respirer.

Mesnard avait eu de la peine à en croire ses oreilles. Il avait fallu que Mœl lui donnât tous les détails de sa découverte. Alors, aussi clairement que s'il y eût assisté, il vit tout le développement de l'affaire. Les flics avaient pris Amadieu en chasse, l'avaient rejoint et entraîné dans leur repaire ; là, ils lui avaient flanqué un passage à tabac si carabiné que le malheureux était resté sur le carreau ; alors, ils s'étaient débarrassés de lui en le transportant rue Frichette, dans l'espoir de mettre leur crime sur le compte des Bicots.

Le lendemain matin, sur tous les murs de la ville, de larges affiches rouges relataient le fait, sous un énorme titre :

BOUCHAREL ASSASSIN !

La police se hâta d'envoyer tous ses hommes pour les lacérer ; mais déjà le public était informé. D'autres affiches apparurent, demandant à la population d'assister aux obsèques d'Émile Amadieu, martyrisé et assassiné par les sbires aux ordres de Vlaming. En même temps, Mesnard faisait distribuer, aux portes des usines, des tracts invitant tous les caoutchoutiers à assister le soir même à un meeting dans la grande salle de la Bourse du Travail.

Au cours de l'après-midi, les haut-parleurs de chez Vlaming — il y en avait un dans chaque atelier, que la Direction utilisait pour parler directement à ses ouvriers — se mirent soudain à grésiller.

— Allô ! allô ! annonça une voix. Vous allez entendre M. Jean Boucharel, directeur général des Usines Vlaming.

En de pareilles circonstances, il était défendu d'interrompre ou de ralentir le travail, afin que le fonctionnement de l'énorme appareil à produire du caoutchouc n'en fût point troublé. La puissance des amplificateurs était réglée de telle sorte qu'ils pussent dominer le vacarme de toutes les machines. Après quelques secondes, la voix mielleuse de Boucharel résonna :

— Mes chers collaborateurs. La Direction des Usines Vlaming déplore autant que vous la fin brutale et mystérieuse de votre camarade Émile Amadieu. Elle est convaincue que toute la lumière sera faite, tôt ou tard, sur les circonstances de cet événement. Elle vous demande de ne pas prendre en considération les accusations ignobles que certains ont lancées contre la police, valeureux corps de fonctionnaires qui a fait en maintes circonstances la preuve de son dévouement, de son civisme, de son esprit de sacrifice. De toute façon et quels que soient les coupables, je puis vous jurer sur la tête de mes enfants que la Direction des Usines Vlaming n'a eu aucune part, directe ou indirecte, dans ce crime, si crime il y a. Je vous demande donc de ne pas écouter les ambitieux, les fanatiques ou les agitateurs qui cherchent à vous précipiter dans une mauvaise affaire, voire dans l'insurrection, et de n'entreprendre aucune action inconsidérée dont vous-mêmes seriez les premières victimes...

Jamais le pauvre Émile Amadieu, célibataire, manœuvre au tissage métallique chez Vlaming, n'avait espéré avoir tant de monde à son enterrement. Vingt ou trente mille personnes suivaient le corbillard couvert de fleurs. Sur toutes les rues du parcours, c'était le long des trottoirs un grand déploiement de flicaille. Au pied de la rue de la Préfecture, un peloton de C.R.S., coiffés de cet énorme casque noir sans visière qui doublait le volume de leur tête et leur donnait la silhouette d'hommes descendus de la Lune. On aurait dit les obsèques d'un ministre.

Toute manifestation avait été interdite ; mais comme il fallait bien tolérer le convoi funèbre, vingt ou trente mille citoyens se trouvaient réunis, qu'on ne pouvait faire disparaître par enchantement et qui se sentiraient disposés, après la cérémonie, à brailler et à s'agiter un bon coup. L'aller conserva une certaine dignité : c'était tout de même un enterrement. Mais au retour, quand le martyr eut été descendu dans son trou, qu'on lui eut entassé sur le ventre toutes ces fleurs et toutes ces couronnes, on se hâta de quitter le cimetière, parce qu'on avait du travail à faire et qu'il ne fallait pas laisser refroidir les esprits échauffés. Des pancartes venues on ne sait d'où se dressèrent sur les têtes, brandissant des inscriptions violentes :

VOILÀ COMMENT ON SATISFAIT NOS REVENDICATIONS !
IL DEMANDAIT DU PAIN : ON LUI DONNE LA MORT !
À BAS LES SICAIRES DE VLAMING !
TU SERAS VENGÉ !
VIVE LA LIBERTÉ !...

Le convoi était devenu défilé. Les commerçants qui, ce jour-là, s'étaient hasardés à ouvrir leur magasin, se hâtaient de le refermer : on entendait gronder les rideaux de fer qu'ils tiraient précipitamment.

Un groupe se rassembla au pied de la rue de la Préfecture, et se mit à scander sur l'air des lampions : « Préfet, démission !... Préfet, démission !... » Les C.R.S. restaient debout, impassibles, la mitraillette suspendue à l'épaule, tandis que la foule ricanait de leur bonne mine et les traitait de cocus. Un autre groupe poursuivait plus loin sa lente progression le long des boulevards neufs qui ceinturaient la vieille ville. Ceux de tête chantaient *la Marseillaise*, ceux de queue *l'Internationale*. Bien qu'Amadieu eût été cégétiste de son vivant, tous les syndicats avaient tenu à assister à ses obsèques, car aucun ne voulait laisser supposer que son indignation était moins vive que celle des concurrents. Les hommes et les femmes qui défilaient ne s'étaient d'ailleurs pas rassemblés suivant leurs affinités syndicales, il était difficile de distinguer sur ces visages farouches, exaltés ou grimaçants, ceux qui appartenaient à la C.G.T. et ceux de la C.F.T.C., ou de Force Ouvrière.

Au milieu de la cohue terne des travailleurs, éclatait une tache blanche : celle d'un moine que beaucoup suivaient des yeux, car on savait que c'était lui qui avait découvert le corps de l'assassiné. Il était ouvrier en même temps que prêtre, mais il avait revêtu ce jour-là sa robe de dominicain pour donner à sa présence au milieu de cette foule un sens plus solennel de protestation.

Toutes les rues transversales étaient barrées par des forces de police ; seules restaient libres celles qui aboutissaient à la place du Peuple. La manifestation affluait donc en ce lieu que le préfet lui avait assigné parce qu'il y avait de l'espace et afin que la colère populaire, dans cette énorme marmite, pût bouillir tout à son aise, sans danger pour le voisinage. Le calcul s'avéra bon jusque vers midi. Les nouveaux venus s'entassaient de leur mieux, allongeant le cou par-dessus la tête des voisins pour découvrir s'il ne se produisait rien quelque part. Les hurlements, les coups de sifflet se mêlaient aux chants patriotiques ou révolutionnaires, tandis que la plupart des regards se portaient vers les fenêtres closes de la Préfecture. Cependant, les arrivées se poursuivaient régulièrement et la place du Peuple menaça bientôt d'être trop étroite. Prudemment, les commissaires firent ouvrir plusieurs rues latérales ; mais la populace se montra peu sensible à cette invite, le débondage qui en résulta fut insignifiant.

Midi avait sonné. Ces gens qui piétinaient depuis le matin commencèrent à ressentir la faim et la fatigue. Les femmes savaient que rien n'était préparé à la maison où attendaient les gosses. Mieux valait, si l'on devait faire une révolution, y aller tout de suite pour ne pas avoir à dîner trop tard.

Il y eut une poussée violente vers la rue de la Préfecture qu'occupait toujours le peloton de C.R.S. Ceux-ci, sur un ordre de leur commandant, rompirent les rangs et s'établirent sur toute la largeur de la voie, en deux files, séparées par trente mètres d'intervalle. La foule hurlante et menaçante s'avança de plusieurs pas encore, tandis que tombaient quelques projectiles isolés. Certains manifestants, en prévision de la bagarre, étaient venus avec des musettes remplies de boulons et autres ferrailles ; mais ils hésitaient encore à s'engager. Entre les deux lignes de C.R.S., un soldat isolé s'avança, muni d'un clairon ; il se tint au garde-à-vous, prêt à lancer les sommations avant le feu si on lui en donnait l'ordre. Alors, comme si ç'avait été un signal, une grêle de boulons s'abattit autour de lui, tinta sur son casque et son clairon : on cherchait à abattre l'homme avant qu'il eût le temps de jouer sa chansonnette. On le vit cependant porter l'instrument à sa bouche ; les notes de cuivre se perdirent dans les vociférations furieuses de la foule :

— Ils veulent nous assassiner aussi ! Comme Amadieu !...

Une ruée irrésistible déferla vers la première file de monstres lunaires. Les mitraillettes crépitèrent : elles avaient tiré en l'air, à titre d'ultime avertissement. Des feuilles hachées tombaient des platanes. Instinctivement, les manifestants de devant s'étaient aplatis par terre. Les autres leur passèrent dessus, les piétinèrent, les écrasèrent, les foulèrent comme font des raisins les vignerons dans la cuve, sans entendre leurs hurlements mêlés à ceux des femmes épouvantées qui trébuchaient sur les corps et étaient piétinées à leur tour. La salve de semonce se révéla plus meurtrière qu'une décharge véritable. Au surplus, les C.R.S. de la seconde ligne, l'arme braquée, les jambes écartées, se tenaient prêts à tirer pour de bon dans cette marmelade grouillante, braillante, de têtes, de bras, de poings tendus, de gueules ouvertes, d'yeux fous, de pancartes ivres.

Au-dessus de la cohue, quelqu'un s'était fait hisser : un dominicain, qui gesticulait et haranguait les manifestants pour les exhorter au calme, ou à l'action, peut-être. Mais ses paroles se perdaient dans le charivari, et seuls ses voisins immédiats pouvaient en profiter. Alors, il redescendit, se fraya à coups de coude un chemin dans l'épaisseur de la presse, atteignit les premiers rangs. Il se détacha, s'avança seul, les bras ouverts, dans sa robe blanche, vers les hommes noirs qui l'épaulaient. On l'entendit leur crier quelque chose dont on ne comprit que les mots :

— Ne tirez pas !... Ne tirez pas !...

Puis il se retourna, parla à ceux d'en face :

— Et vous, mes camarades, mes frères ouvriers, rentrez chez vous ! Assez de sang versé ! Assez de sang versé !...

Ceux qui n'étaient pas devant ne virent rien de tout ça ; mais ils sentirent qu'un reflux se produisait dans la foule, impressionnée par la voix du dominicain ou par celle des mitraillettes. Toutes les rues latérales avaient été débloquées. Il était deux heures de l'après-midi. Ce fut le commencement de la débandade.

Et en vérité, que pouvaient-ils faire, avec leurs boulons ?

11

Mgr de Villatelle attendait le P. Mœl dans son bureau tout tendu de velours rouge. Certaines mauvaises langues assuraient que l'évêque réjouissait ses yeux par la contemplation d'une couleur qui annonçait la pourpre cardinalice. C'était un homme encore jeune, au visage plein et souriant, aux belles dents blanches, aux mains de femme, aux gestes ronds ; tous ceux qui l'avaient approché parlaient du « charme » de Monseigneur.

Ayant baisé l'anneau épiscopal, le dominicain restait debout, dans une attitude soumise. Il avait gardé les gros souliers avec lesquels il allait chaque jour à son travail et jeté simplement sa robe et sa cape par-dessus ses vêtements ordinaires.

— Asseyez-vous, mon Père, fit le prélat en lui désignant un fauteuil.

Et tout de suite, mettant en action le fameux charme et le fameux sourire, il l'interrogea sur sa vie aux usines Vlaming, les luttes qu'il devait soutenir, ses amis et ses opposants, ses déboires et ses succès. Il écoutait avec attention, séparé de lui par un bureau encombré de dossiers, qui ressemblait à celui d'un homme d'affaires. Excepté que dans son dos, contre la muraille, au lieu des classiques graphiques démontrant la prospérité de l'entreprise, un grand crucifix noir ouvrait sinistrement ses bras. Deux ou trois fois, la sonnerie du téléphone les interrompit. Monseigneur s'excusa près de son visiteur avant de décrocher. Il parlait peu, par phrases très brèves :

— Je vous écoute... Écrivez-moi... Je ferai mon possible...

On n'arrivait jamais à comprendre de quoi il s'agissait. Puis, d'un autre sourire, il renouait l'entretien :

— Où en étions-nous ?

Dans une pièce voisine, on entendait taper à la machine.

Le prêtre-ouvrier parla longtemps, l'évêque lui exprima sa satisfaction et ses encouragements. Puis il se leva, sortit de derrière son bureau pour l'accompagner jusqu'à la porte. Le dominicain s'était levé aussi. Il voyait, par une des larges fenêtres du bureau, la cour intérieure de l'évêché, vaste, dallée, silencieuse comme un patio d'alcazar. Dans un angle, un chauffeur lavait à grande eau la voiture du prélat.

Au moment de prendre congé de son interlocuteur, alors qu'ils se dirigeaient déjà vers la porte, Monseigneur changea soudain d'attitude, déposa charme et sourire, et dit d'un ton glacial :

— Je dois cependant vous rappeler, mon Père, que vous n'êtes ouvrier que provisoirement ; votre vraie condition est celle de prêtre, définitive, elle. Ne l'oubliez pas.

— Je me garde de l'oublier, Monseigneur, protesta doucement le P. Mœl.

Il écoutait, les yeux baissés ; il voyait sur le tapis, en face de ses gros godillots de caoutchoutier, les souliers fins de Mgr de Villatelle, qui poursuivait :

— Il m'est revenu que vous avez semblé l'oublier, cependant, au moins une fois.

— Une fois ? fit l'autre, surpris.

— Ne simulez pas l'étonnement. Vous voyez ce que je veux dire.

— Serait-ce... ?

— Oui. Il s'agit de cette manifestation populaire, à laquelle vous avez jugé bon de participer, dans la robe de votre Ordre. J'ignore quelles ont pu être vos raisons ; mais j'estime quant à moi que votre présence était parfaitement déplacée au milieu de cette populace.

— Cette populace, Monseigneur, le peuple avec qui je vis...

— Ne me parlez pas du peuple ! Je m'intéresse à lui, je crois l'avoir assez prouvé. J'ai été déporté en Allemagne...

C'était vrai. Mgr de Villatelle avait été arrêté par les occupants pour avoir couvert un de ses curés qui avait donné asile à des maquisards blessés. Tous deux avaient été expédiés là-bas, séparément, et l'évêque y était resté, pour sa part, interné quatorze mois. Aussi, en toutes occasions, Monseigneur ne manquait-il pas de rappeler sa déportation en Allemagne. Quant au curé, traité sans doute avec moins d'égards, il n'était jamais revenu.

— Mais ce peuple, continuait-il, vous avez été envoyé au milieu de lui pour lui réapprendre le nom du Christ qu'il avait oublié, non pour l'encourager à la rébellion. Vous n'avez pas à prendre parti entre les patrons et les ouvriers, les supérieurs et les subordonnés, la police et les factieux. Ils ont assez de caporaux syndicaux et politiques pour les encadrer et leur enseigner leurs droits. Enseignez-leur, vous, leurs devoirs. Ne vous mêlez pas à leurs revendications. Pensez au salut de leurs âmes. Et pensez aussi à la vôtre. Allez.

Et là-dessus, il lui donna une bénédiction rapide, et lui ouvrit la porte du bureau tendu de velours pourpre, afin de lui faire comprendre qu'ils n'avaient plus rien à se dire.

Mesnard s'inquiétait un peu de l'influence que commençait à prendre le « Révérend Père » parmi les ouvriers de chez Vlaming. Ceux-ci, après l'avoir longtemps considéré avec méfiance pour ce qu'il y avait en lui qui n'était pas en eux et qui ne pouvait être qu'une supériorité, le regardaient plutôt avec sympathie, maintenant qu'ils le connaissaient mieux. Son sourire franc, sa poignée de main solide ne déplaisaient point. N'eût été cette sacrée manie qu'il avait de discutailler, de fourrer du bon Dieu partout, il aurait pu passer pour un gars comme les autres. De plus, l'idée que ce curé, qui aurait pu mener une vie exempte de soucis et de peines physiques, avait consenti à s'habiller d'un bleu de travail, à coltiner les sacs de noir animal, à manger à leur cantine, à partager en tous points leur existence avait fini par les intéresser. Mais sa présence au milieu de la foule le jour des funérailles d'Amadieu, son indignation sincère, son intervention et son attitude courageuse quand il s'était avancé seul vers les mitraillettes des C.R.S. avaient accru son prestige, parmi ceux qu'un peu de poudre aux yeux suffisait à aveugler. Mesnard était donc inquiet. Si l'Église se mettait à présent à se mêler aux prolétaires, à gagner et manger le pain des pauvres bougres, que devenait l'accusation que les marxistes avaient coutume de porter contre elle : l'Église est mariée au capitalisme comme l'asticot à la charogne ? Naturellement, tout ça n'était que ruse de guerre. Un moyen, que les évêques, les cardinaux, le pape avaient trouvé pour abuser le bon peuple. Il fallait lui ouvrir les yeux, dévoiler l'hypocrisie de ces messieurs de la soutane, démontrer qu'un seul parti défendait la cause des travailleurs : le Parti Communiste, le sien. Il annonça donc qu'à son tour il ferait une causerie ; et puisque l'autre avait pris comme sujet « l'Église et le communisme », lui, il traiterait « l'Église et le capitalisme ». C'était la guerre des réunions qui commençait.

Au jour fixé, Mesnard constata avec satisfaction que le Révérend Père était dans la salle, aux côtés de Ramusse et de tous les autres calotins de l'usine.

— Vous avez entendu il y a quinze jours, camarades, dit l'orateur, le Révérend Père justifier la religion par la philosophie. Mais tout ça, pour nous, c'est des mots vides de sens, du prêchi-prêcha. Vous le savez, mes amis : il n'y a que les faits qui comptent. Il le sait d'ailleurs aussi, puisqu'il s'est efforcé de discréditer l'Urse en rapportant des ragots de sacristie. En réalité, l'Urse a eu le grand tort, aux yeux des catholiques, de supprimer la propriété privée : c'est là que le bât blesse ces messieurs.

« Voici en effet ce qu'avouait en 1848 devant l'Assemblée constituante le très catholique comte de Montalembert :

« *Quel est le problème aujourd'hui ? C'est d'inspirer le respect de la propriété à ceux qui ne sont pas propriétaires. Or, je ne connais qu'une recette pour inspirer ce respect, pour faire croire à la propriété ceux qui ne sont pas propriétaires : c'est de leur faire croire en Dieu. Et non pas au Dieu vague de l'éclectisme, de tel ou tel autre système, mais au Dieu du catéchisme, au Dieu qui a dicté le Décalogue et qui punit éternellement les voleurs. Voilà la seule croyance réellement populaire qui puisse protéger efficacement la propriété.*

« J'ai donc l'intention, camarades, de vous montrer deux choses : *primo*, que dans le passé comme dans le présent, l'Église a toujours été du côté des riches, contre le peuple ; *secundo*, que l'Église est elle-même une énorme puissance capitaliste...

Mesnard parlait d'une voix rude mais vigoureuse, le visage enflammé, les poings serrés comme s'il avait été prêt à se colleter avec le premier qui eût voulu le contredire. La salle de la Bourse du Travail où avaient lieu les réunions importantes servait aussi en d'autres temps de salle de théâtre, et l'estrade sur laquelle montaient les orateurs était une scène. La rampe éclairait par-dessous le visage de Mesnard, donnait un relief singulier, presque effrayant, à sa mâchoire carrée, à ses larges narines, à son front vaste et chauve où serpentaient des veines saillantes. De temps en temps, il allongeait la main vers la table pour y prendre un livre rempli de signets ; il glissait un doigt entre les pages, l'ouvrait d'un geste brusque, lisait ses citations en les scandant par de secs petits hochements de tête.

— Voyons le passé, poursuivait-il. Savez-vous, camarades, que dès ses débuts, l'Église s'est montrée favorable au maintien de l'esclavage ? En 358, au concile de Cangres, les évêques et les cardinaux proclamaient solennellement :

« *Si quelqu'un enseigne à un esclave à mépriser son maître et à refuser de le servir au lieu de rester un serviteur plein de bonne volonté et de respect, qu'il soit maudit.*

« Plus tard, même position de l'Église en face du servage qui avait succédé à l'esclavage. Saint Laud d'Angers déclarait :

« *Dieu lui-même a voulu que parmi les hommes les uns fussent seigneurs et les autres serfs, de telle façon que les seigneurs soient tenus d'aimer Dieu et que les serfs soient tenus d'aimer et de vénérer leur seigneur.*

« A la veille de la révolution bourgeoise de 1789, le ministre des Finances du roi, Necker, soulignait le rôle essentiel que jouait la religion comme auxiliaire de la police :

« *Plus l'étendue de l'impôt entretient le peuple dans l'abattement et la misère, plus il est indispensable de lui donner une éducation religieuse, car c'est dans l'irritation du malheur qu'on a surtout besoin d'une chaîne puissante.*

« Ainsi, l'Église se place toujours au côté des puissants, rois, tyrans, dictateurs. Comment justifie-t-elle cette attitude ? Écoutez les paroles du pape Léon XIII :

« *Lorsque les sujets seront bien convaincus que l'autorité des souverains vient de Dieu, ils se sentiront obligés d'accueillir docilement les ordres des princes, car il n'est pas plus permis de mépriser le pouvoir légitime, quelle que soit la personne en qui il réside, que de résister à la volonté de Dieu. Qui résiste au pouvoir, résiste à l'ordre établi par Dieu. Secouer l'obéissance et révolutionner la société par le moyen de l'insurrection est donc un crime de lèse-majesté, non seulement humaine, mais divine.*

« Comprenez-vous maintenant, camarades, pourquoi l'Église était favorable à Napoléon, à Hitler, à Mussolini, à Pétain ? C'est parce que ces braves gens-là étaient des hommes de Dieu et que, sans l'appui de Dieu, ils n'auraient pu conquérir le pouvoir. Cependant, voyez comme l'Église renie ses propres principes lorsqu'ils se retournent contre elle. En 1936, il y avait en Espagne un pouvoir établi qui était une république bourgeoise comparable en tous points à la nôtre. Or, quand le fasciste Franco s'insurgea contre la République espagnole, l'Église se rangea aussitôt au côté du rebelle : que devient dans cette affaire le respect du pouvoir établi ? L'évêque des Canaries déclarait à un journal belge :

« *Le général Franco mène une guerre sainte, une croisade aussi digne de notre admiration que celle de Saint Louis pour la délivrance de Jérusalem.*

« L'évêque de Carthagène, ce ministre d'un Dieu qui avait proclamé : « Celui qui a combattu par l'épée périra par l'épée », ce prélat écrivait, pour justifier les massacres de Badajoz et de Guernica, les bombardements de Durango et de Barcelone, cette magnifique parole :

« *Bénis soient les canons, si dans les brèches qu'ils ouvrent fleurit l'Évangile !*

« Quant aux causes véritables de cette prétendue croisade, c'est un catholique espagnol qui nous les apprend, Assorio y Gallardo, fondateur du mouvement chrétien-social :

« *Souvent, vous entendez cette accusation : la guerre a éclaté parce que les catholiques étaient persécutés. Moi, je réponds : faux ! faux ! faux !... Toutes les églises d'Espagne étaient ouvertes. Dans toutes les églises se pratiquaient les sacrements... Alors, s'il n'est pas vrai que le gouvernement fût communiste, s'il n'est pas vrai que la liberté de conscience fût persécutée, pourquoi la rébellion ? C'est bien simple. En Espagne, les riches ont de la propriété une conception féodale. L'armée a de son rôle une conception de caste, de caste privilégiée. Et tout cela allait prendre fin avec la république, une république cependant bien bourgeoise, lente dans ses procédures et respectueuse des intérêts conservateurs ! Voilà pourquoi la guerre. Ne cherchez pas d'autre explication.*

« C'est pour défendre les richesses formidables qu'elle avait accumulées, camarades, que l'Église espagnole n'a pas hésité à faire alliance avec Franco, ses légionnaires et ses Arabes, avec les Italiens et les Allemands qui expérimentaient sur le peuple espagnol l'efficacité de leurs bombes...

Il faisait dans la salle une chaleur étouffante, car un public nombreux s'y pressait et on avait en outre cru bon d'allumer un poêle. Un haut poêle de fonte dans lequel Souchard venait enfourner de temps en temps une grosse pelletée de coke. Mœl se trouvait très près ; il avait le front ruisselant de sueur, et cependant il ne semblait pas s'en apercevoir. Immobile sur son banc, il écoutait sans tressaillir les paroles terribles de Mesnard. Il sentait posés sur lui les regards brûlants des hommes auxquels il avait parlé souvent de la bonté de Dieu, de l'amour du Christ, de la pauvreté salvatrice. Et voilà que cet homme évoquait les princes de l'Église, montrait et démontrait que ces princes s'étaient réjouis à voir massacrer des hommes, coupables et innocents. Les accusations pénétraient en lui comme des fers rouges, et il souffrait. Il souffrait parce que malgré lui, en dehors de lui, il savait que ce que disait Mesnard était *vrai*. Il aurait voulu se débattre intérieurement, lutter contre l'évidence. Rien à faire. Oui, oui, se disait-il, l'Église a été tout ça dans le passé ; mais elle a été aussi exactement le contraire : la protectrice des faibles ; la seule qui, pendant des siècles, pensât à instruire, à soigner les misérables, à les défendre contre les grands. Celle des mauvais bergers, d'accord ; mais celle aussi de saint François, de saint Vincent. Seulement, devant la foule de ces hommes quotidiennement piétinés, fallait-il dresser une comptabilité des bons et des méchants, faire les additions, établir un bilan positif ou négatif ? Opposer un cardinal à un autre cardinal, comme dans un match de boxe ? Eux, les braves bougres, seraient-ils réellement sensibles au résultat ? Les mauvais chrétiens signifient seulement que le Christ est trahi tous les jours, non que sa parole soit mensongère. Sa présence à lui, Mœl, dans l'usine caoutchoutière, portait témoignage de la fidélité. Mais il avait contre lui non seulement Mesnard, Lénine, Staline et toute la tribu, mais aussi les Vlaming, les Boucharel, tant d'affreux types qui vont se faire bénir chaque dimanche. Contre lui aussi les braves curés sans malice et sans imagination, les évêques conservateurs qui faisaient la petite bouche devant l'expérience du Cardinal et prophétisaient de cuisants échecs. Un moment, sa solitude l'écrasa. Les yeux de ses camarades ne le quittaient point ; ce qui comptait plus que tout, pour l'instant, c'était de cacher son trouble.

Cependant, l'autre continuait implacablement sa besogne de démolition. Il évoquait l'attitude des prélats français durant l'occupation allemande ; il évoquait les paroles historiques : « Pétain c'est la France et la France c'est Pétain. » (Cardinal Gerlier.) Il en arrivait enfin au capitalisme de l'Église.

— Quand les étrangers visitent le minuscule État du Vatican, on ne manque pas, camarades, de leur rappeler le mot de saint François : « Tout juste assez de corps pour supporter mon âme. » Et l'on ajoute : « Il en est de même pour la Cité du Vatican : tout juste assez de réalité temporelle pour soutenir le pouvoir spirituel. »

« Mensonge ! Duperie ! Hypocrisie ! Car si l'État du Vatican ne s'étend que sur 44 hectares, les biens de l'Église couvrent en Italie 250 000 hectares ; un tiers de la propriété terrienne en Espagne est entre les mains des jésuites ; l'Amérique du Sud est la plus vaste des colonies de l'Église. Au total, l'empire temporel du pape est étendu comme un continent et ses richesses immenses font du Vatican le conseil d'administration du plus formidable trust qui soit au monde...

Il y eut dans la salle quelques murmures de protestation qui provenaient sans doute de ces messieurs de la C.F.T.C. S'adressant à eux, Mesnard dit :

— S'il y a des incrédules parmi vous, voici quelques chiffres qui les convaincront. Ces chiffres ne concernent que l'Italie, parce que la législation italienne exige la nominativité des titres ; c'est dire qu'il est facile de connaître à qui appartiennent les actions de toutes les entreprises, et ainsi de dépister les investissements pontificaux. Le nombre des représentants du Saint-Siège y est très limité : une douzaine de personnages qui se trouvent dans tous les conseils d'administration. Je citerai Bernardino Nogara, délégué de l'administration spéciale du Saint-Siège et véritable trésorier du Vatican. Il préside le conseil d'administration de quatre sociétés immobilières (*Société générale, Fiduciaire mobilière et immobilière, Monte-Mario, Travaux publics*) ; il est vice-président de la *Banque commerciale italienne* et siège au conseil d'administration de 19 sociétés, parmi lesquelles l'assurance *Trieste*, les pâtes *Pantanella*, les conduites d'eau, et même les explosifs *Montecatini* ! A ses côtés, on trouve le marquis Jean-Baptiste Sacchetti, fourrier-major des saints palais apostoliques, camérier secret participant de cape et d'épée ; le neveu du pape Pie XI, le comte Ratti, président de la *Banque Ambrosiana* ; deux neveux de Pie XII, les princes Guilio et Marcantonio Pacelli, membres de la garde noble pontificale ; le frère de Mgr Montini, secrétaire d'État aux Affaires ordinaires, Lodovico Montini ; Enrico Pietro Galeazi, Francesco Mario Odasso, Vittorio Cerruti, etc. Tous grands dignitaires du Vatican.

« Avec ces seuls prête-noms, le Saint-Siège tient en main la quasi-totalité de l'économie italienne. Voici par exemple une liste des sociétés dans lesquelles l'Église catholique romaine possède la majorité ou la plus grosse part des actions :

« 1° *Société générale immobilière des Travaux d'utilité publique*.

Capital : 107 millions de lires. Entre les mains du Saint-Siège : 45 millions. Cette société en contrôle à son tour cinq ou six autres de moindre importance, parmi lesquelles la *Société anonyme des Quartiers de l'ouest, Monte-Mario*, à Rome.

« 2° *Société italienne d'adduction d'eau.*
Capital : 25 millions. Entre les mains du Saint-Siège : 12 millions.

« 3° *Cotons Maino.*
Capital : 29,5 millions. Entre les mains du Saint-Siège : 29 millions.

« 4° *Société Valdocco à Turin.*
Capital : 7 millions, dont 5 et demi entre les mains des Organisations religieuses.

« 5° *Société anonyme d'entraide à Catane.*
Capital : 2 647 000 lires dont 1 777 000 aux Instituts religieux.

« 6° *Société immobilière* la Romaine.
Capital : 2 075 000 lires, dont 1 738 000 aux Instituts religieux.

« 7° *Société immobilière Atesina à Vérone.*
Capital : 4 millions, dont 2,3 aux Instituts religieux.

« 8° *Société anonyme vénitienne industrielle et immobilière.*
Capital : 1 250 000 lires, dont 51 % à un seul ordre religieux.

« 9° *Société anonyme immobilière Adriana à Milan.*
Capital : 2 millions dont 51 % aux biens ecclésiastiques.

Longtemps, Mesnard continua de lire son inventaire avec le ton neutre d'un commissaire-priseur. Le P. Mœl qui d'abord, devant cette avalanche, avait essayé de prendre des notes, ne fût-ce que pour se donner une contenance, y avait bien vite renoncé. Il entendait bourdonner dans ses oreilles la longue litanie d'argent :... 12 millions... 3 millions... 28 millions... 51 %... 93 %... société immobilière... Banque du Saint-Esprit... conduites d'eau... fabrique de pâtes... société romaine du gaz... industrie chimique... Il savait bien que l'Église était riche ; on n'avait pas manqué de lui faire apprendre par cœur au noviciat l'épître de saint Paul où l'apôtre des gentils revendique pour les prêtres le droit de vivre de l'exercice du culte ; mais il se rappelait aussi que Jésus était entré dans le temple du Seigneur et en avait chassé les marchands. Or voici que les marchands y étaient revenus. Les prêtres vendaient du gaz, de l'électricité, du ciment, de l'eau de Javel, des explosifs !

Il se rappelait aussi les paroles du bon chanoine Rance :

— Toi qui veux convertir les autres à ta foi, prends garde de ne pas te laisser convertir à la leur.

Impossible ! Folies ! Mensonges ! Tout ça ne pouvait être qu'un tissu de calomnies ! Et cependant, Mesnard continuait d'apporter des précisions irréfutables : « ... casinos de Deauville, Biarritz, Vichy, Monte-Carlo... Banque Worms... Banque franco-italienne...

Trust Guggenheim... Sinclair Oil... Compagnie française des pétroles... »

Ils étaient donc partout ?

Non, il ne devait pas se le dissimuler : ça aussi c'était *vrai*. D'une vérité aveuglante, suffocante. Il eut conscience qu'aucun raisonnement, aucun texte ne justifierait ces trafics, ces spéculations, ces compromissions, et en éprouva un terrible abattement. On l'avait entraîné à réfuter, à écorcer tous les sophismes, mais non point à supprimer les faits, à faire que ce qui est ne soit plus. Et cependant, tout ce qu'il avait dit, lui aussi, quelques semaines avant, sur cette même estrade, était également vrai. Y avait-il donc deux vérités ? Deux vérités ennemies ? Deux vérités qui s'élevaient de la terre avec la même vigueur et dont les têtes se perdaient dans le ciel sans qu'on pût distinguer quelle était celle qui montait le plus haut ? La vérité du Christ n'était donc pas la seule vérité ? Il ferma les yeux pour essayer de chasser ce vertige, pour ne pas voir l'abîme au fond duquel il se sentait entraîné.

La chaleur était toujours aussi pénible, et, sans connaître si cela provenait du poêle ou de son trouble intérieur, il éprouvait une sorte de nausée. Peu à peu, cependant, il se ressaisit, s'efforça de voir les choses avec plus de froideur. L'Église était riche ? Immensément riche ? Il y avait des prélats simoniaques, des évêques assoiffés de biens terrestres ? Et après ? Était-ce là chose nouvelle ? De tout temps il en avait été ainsi. Ce n'était pas son affaire à lui. Est-ce que cela avait jamais empêché les bons pasteurs de veiller sur leurs ouailles ? Jamais ébranlé les saints dans leur foi ? Mais comment convaincre ses camarades : ils croyaient à la chair et à la matière, non pas à l'esprit ; et ils croyaient aisément que tous croyaient comme eux. Où trouver la preuve éclatante qui les eût illuminés et sauvés ? Depuis un an qu'il avait révélé sa véritable identité et ses buts, que d'efforts il avait dû faire pour débaucher une douzaine d'indécis dans les troupes de Mesnard ! Encore la plupart restaient-ils en leur nouvelle attitude ce qu'ils n'avaient jamais cessé d'être : des mous. Quant aux durs, pouvait-il espérer les convaincre jamais ? Y avait-il raisonnement qui pût tenir devant leur aveugle tranquillité ? Comme s'il avait voulu démolir une muraille à coups de poing, ou la persuader, documents à l'appui, qu'elle avait tort de rester debout !

Il se sentit découragé, las de ces conversions au détail. Soudain, il désira une grande preuve, la seule qui eût quelques chances de se montrer efficace : il eut soif du martyre. Elle seule pouvait violenter, en bloc, la torpeur des durs. Il envia immensément ceux qui avaient été crucifiés, décapités, déchirés par les lions, transpercés de flèches, écorchés, brûlés, écartelés, lapidés. Il rêva d'être ce dominicain à qui les Japonais enfonçaient des alènes sous les ongles et qui disait, en voyant le sang perler à l'extrémité de ses doigts :

— Quels beaux œillets, quelles belles roses je vous offre, ô Jésus !

Ou bien, cet autre missionnaire à qui les nègres avaient coupé mains et pieds et qui, après chaque membre amputé, s'écriait :

— *Deo gratias !*

Oui, c'était ça, la preuve qu'il fallait à ce tas de brutes. Ils avaient faim, disaient-ils, eux et leurs gosses. Il fallait donc organiser le monde de sorte que tout fût disposé pour satisfaire leurs appétits ; que le nouvel univers eût pour centre leur estomac. C'était d'ailleurs faux : ils n'avaient même pas faim ; ils gagnaient peu, ils ne gagnaient pas assez, d'accord ; mais ils n'allaient pas jusqu'à souffrir de la faim. Ils souffraient surtout de la richesse des autres, du gros ventre, des mains blanches et de la chaîne en or de M. Boucharel, qu'ils voyaient de temps à autre traverser les ateliers, gras et jovial comme une réclame pour margarine. Ils souffraient de ce qu'ils n'avaient pas, de ce qu'ils n'auraient jamais. C'est pourquoi, s'imaginant qu'en faisant disparaître la propriété privée des moyens de production ils feraient disparaître l'inégalité des classes, c'est pourquoi ils accueillaient avec tant d'espoir les slogans marxistes : « ... quand nous aurons nationalisé la terre... quand nous aurons nationalisé le sous-sol... quand nous aurons nationalisé les usines... » Ils ne savaient pas encore que c'est par le désintéressement qu'on arrive à faire les choses vraiment grandes.

Quand Mesnard eut achevé sa péroraison, sous les acclamations de la salle, il annonça avant de se rasseoir :

— La parole est à la contradiction.

Tous les yeux suivirent Mœl qui montait lentement les marches de la scène. Quelques sifflets, quelques huées jaillirent, auxquels Mesnard imposa silence de la main. Le dominicain s'avança jusqu'à la rampe qui éclaira à son tour par-dessous son visage maigre, exagérant les cavités des joues et des orbites, la courbure aquiline du nez, la largeur des narines. Il resta un moment silencieux, les paupières closes, les mains croisées devant lui. Un moment, cette longue silhouette immobile et douloureuse ressembla à un gisant de pierre qu'on eût mis debout. Enfin, il ouvrit les yeux et s'anima.

— Il me serait difficile, camarades, de réfuter les arguments que Mesnard vient de produire contre l'Église catholique romaine. Ces arguments sont des faits, je supposerai qu'ils sont tous exacts, je ne chercherai pas à les nier. Je pourrais vous montrer que si tant d'évêques ont pris le parti de Franco, de Hitler ou de Mussolini, il en est d'autres par contre qui ont su résister aux dictateurs et à leurs complices : Mgr Mugica, évêque de Vitoria en Espagne,

Mgr Salièges, archevêque de Toulouse, Mgr de Solages, recteur de l'Institut de cette même ville, Mgr Piguet, évêque de Clermont, Mgr Kozal et Mgr Jasinski en Pologne, l'abbé Rossaint en Allemagne ; je pourrais vous citer les noms de milliers — je dis bien : de milliers — de prêtres qui ont été fusillés ou déportés dans les camps de concentration. Je ne pense pas cependant que ces listes vous convaincraient, car vous me répondriez : ils ont été une minorité. Et c'est vrai : ils ont été une minorité. La majorité des prélats, je le reconnais, s'est efforcée de collaborer avec les régimes établis ; la majorité des prélats, ignorant ou excusant trop facilement les excès commis, a vu en Franco l'homme providentiel qui devait conserver à l'Église sa grandeur menacée.

« D'accord, camarades, d'accord ! Je reconnais tout cela.

« Mesnard vous a démontré également que le Vatican était immensément riche. C'est également vrai, quoique ça ne prouve rien, parce que les quatre-vingt-dix-neuf centièmes du clergé sont très pauvres. Si vous ne voulez pas me croire, allez faire un tour dans nos campagnes, interrogez les curés de village, les bonnes sœurs de la Charité qui vivent d'aumônes ; interrogez les moines qu'on voit errer sur les routes en toutes saisons, nu-tête et pieds nus, n'ayant pas le droit de porter un sou sur eux. Avez-vous pensé aussi aux millions de prêtres dispersés à travers le monde ? Aux écoles ? aux hôpitaux ? aux séminaires ? aux missions innombrables qui dépendent de Rome ? Or, tous ces gens, toutes ces œuvres ne vivent pas d'eau claire et de prières ; croyez-vous que sans les subsides qui leur parviennent du Vatican ils pourraient durer longtemps ? Mais sans doute cela ne vous semble-t-il pas une justification suffisante de ces immenses biens temporels dont Mesnard nous a parlé. Et sans doute avez-vous raison. D'accord, camarades ! Ça aussi, je le reconnais.

« Je ne chercherai plus d'excuse, plus d'explication. Je plaiderai coupable. Oui, il y a et il y a toujours eu de mauvais curés, de mauvais évêques, de mauvais cardinaux ; il y a eu aussi de mauvais papes. Mais qu'est-ce que l'Église catholique, camarades ? C'est l'ensemble des catholiques ; et comme ces catholiques sont des hommes, des hommes imparfaits, il est fatal qu'elle soit elle-même un corps imparfait ; comment pourrait-il en être autrement ?

« Maintenant, camarades, je vous pose une question : si, sur un navire, un certain nombre de marins abandonnaient le travail et se retiraient dans leur cabine pour jouer à la belote, auraient-ils le droit d'accuser les officiers et le reste de l'équipage de mal conduire le bateau ? Ceux qui trahissent leur parti ont-ils le droit de critiquer ceux qui lui restent fidèles ?

Les spectateurs se regardèrent avec des yeux étonnés.

— Je vois que vous ne me comprenez pas, reprit l'orateur. Je vais donc vous poser une seconde question. Quels sont ceux parmi vous qui n'ont pas été baptisés ?

Deux ou trois voix éparpillées répondirent :

— Moi !... Moi !...

— A présent, parmi ceux d'entre vous qui ont des gosses, quels sont ceux qui ne les ont pas fait baptiser ?

— Moi !... Moi !... répondirent les mêmes voix.

— Je conclus de cette petite enquête qu'à l'exception de trois ou quatre, vous êtes tous baptisés ou partisans du baptême ?

La salle se taisait, frappée de stupeur devant cette conclusion imprévue. Alors, le dominicain leva les bras au ciel et s'écria, avec une sorte de fureur triomphante :

— Mais alors, camarades, vous faites partie de la baraque ! Vous qui applaudissiez si fort Mesnard il y a un instant quand il dénonçait le capitalisme et le fascisme de l'Église, vous êtes des complices de ce fascisme et de ce capitalisme !

Il redevint grave :

— Vous vous plaignez de l'Église alors que vous l'avez abandonnée ? Soyez logiques, camarades. Ou bien vous la reniez complètement, et alors qu'il ne soit plus question pour vous de baptême, de première communion ni d'aucune fête religieuse ; ne mettez rien dans les sabots de vos gosses le matin de Noël ; ne leur donnez plus d'œufs ni de cloches en chocolat le jour de Pâques ; n'appelez plus le dimanche dimanche, puisque ce mot-là veut dire « jour du Seigneur » ; supprimez de vos calendriers tous les noms de saints et de saintes, et trouvez pour vos enfants d'autres prénoms que ceux de Jean, Pierre, André ou Jacques qui furent des apôtres ; ne rendez plus visite à vos morts le jour de la Toussaint et ne portez plus leur deuil ; perdez même l'habitude quand vous n'êtes pas contents de jurer, car insulter Dieu, c'est admettre qu'il existe. Ou bien vous vous reconnaissez membres de l'Église catholique et vous vous comportez comme de vrais catholiques, vous préoccupant plus de votre âme que de votre ventre et de vos fautes à vous que de celles des autres...

12

Le réveil avait sonné. Il en était sûr. Or voici qu'il se passait quelque chose d'extraordinaire. Le réveil avait sonné ; il en avait pleinement conscience, et, cependant, il ne se levait pas. Pourquoi donc ne se levait-il pas ? Il était non moins sûr que ce jour-là était ouvrable, que le 12 l'attendait chez Vlaming, dans l'atelier des mélangeurs. Il avait coutume de se lever très tôt pour pouvoir dire sa messe en toute tranquillité. Or, il ne se levait pas. Allait-il aussi manquer sa messe ?

Il fit un effort pour comprendre, au moins. Mais il n'était pas facile de comprendre. Sa tête était devenue d'une pesanteur horrible, et pourtant il avait l'impression qu'elle était vide. Comment ce vide pouvait-il être aussi pesant ? Comme une cloche, voilà ! Exactement comme une lourde cloche de bronze qu'il aurait eue sur les épaules. A force d'efforts, il se rappela une chose : un poêle. Un poêle en fonte dans lequel Souchard venait de temps à autre enfourner des pelletées de coke. Il y avait dans les flancs du foyer une fêlure en zigzag, à travers laquelle on distinguait les flammes. Et au-dessus du couvercle, l'air chaud montait en se tortillant, visible comme une fumée.

Il rassembla ses forces, réussit à sortir un bras, à repousser les couvertures. Puis son bras retomba, épuisé. Que se passait-il donc ?

Un autre réveil sonne dans la maison. Six heures à présent. C'est Baudron, le tripier, qui se lève et part pour l'abattoir. Un autre réveil encore. Six heures et demie. C'est la demoiselle du dessus qui travaille à la Poste Centrale. Et lui est encore couché ! C'est tout de même un peu fort ! Mais il sait qu'aujourd'hui il ne se lèvera pas.

Il occupe une position étrange dans son lit. Non seulement il ne se rend pas compte s'il est couché sur le dos, sur le ventre ou sur le côté ; mais il a même l'impression de ne pas adhérer du tout au matelas. Il flotte, en somme, entre le lit et le plafond. Comment se fait-il qu'il gise dans cette situation inusitée ? Ce n'est pas normal de flotter comme ça entre le lit et le plafond ; il doit y avoir quelque chose qui le soutient. Et, en y regardant bien, il s'aperçoit en effet qu'il n'est pas sur le lit, mais sur le poêle en fonte et que c'est l'air chaud qui, en s'élevant, le maintient suspendu, comme une coquille d'œuf au sommet d'un jet d'eau. Il se sent soulagé d'avoir trouvé cette explication.

Mais voici que Souchard s'approche avec sa pelle pleine de charbon ; non pas du coke habituel, gris et poreux, qui ressemble à de la pierre ponce, mais du coke enflammé. Il le menace et ricane. Il tire sa langue de vache, et s'en recouvre le nez. Puis il dit : « Essaye un peu d'en faire autant. » Lui, il proteste. Il s'en fout de connaître ce truc-là. A quoi ça sert-il de se lécher le nez ? Mais l'autre ne l'entend pas ainsi et brandit son poing énorme : « Ouvre ton four, que je te dis ! » Pour avoir la paix, il ouvre la bouche. Alors, Souchard, d'un seul coup, vide dedans sa pelletée de coke incandescent. Mœl sent la brûlure le pénétrer, lui dévorer le ventre.

Soudain, résonne un martèlement sonore, comme celui qui, au théâtre, précède le début du spectacle. Il se voit en effet transporté devant un rideau de velours dont les reflets pourpres ressemblent encore à des flammes. Trois autres coups retentissent, et une scène mi-obscure apparaît, sur laquelle commence une pantomime. Des vieilles femmes aux cheveux ras, coiffées de calottes, sortent des coulisses, serrant contre leur poitrine avec amour un sac qui semble fort pesant. La procession s'avance sans hâte vers un immense coffre-fort, les vieilles y vident le contenu de leurs sacs remplis d'or et d'argent, puis elles disparaissent. Mais de nouvelles venues les remplacent et c'est un interminable défilé devant le coffre qui absorbe toujours et semble impossible à remplir. Tout à coup, une trompette sonne ; la scène est inondée de lumière, mais l'étrange procession continue. Alors, Mœl s'aperçoit que les ombres qu'il avait prises pour des vieilles femmes sont des hommes revêtus de soutanes, des évêques et des cardinaux. Mgr de Villatelle marche en tête ; il sourit et montre ses belles dents blanches. Le coffre-fort est devenu un palais aux cent fenêtres, portant, comme les boutiques, une enseigne en forme de tiare renversée. Sur la façade, resplendit un mot : VATICAN, et un vers sert de devise à la maison :

... Laddove Cristo tuttodì si merca...
Ici, le Christ à longueur de jour se vend et s'achète.

Second coup de trompette. Les cardinaux et les évêques disparaissent, comme évaporés. Au fond du palais aux cent fenêtres, une porte s'ouvre, et il en sort une espèce de serpent pustuleux qui se gonfle et se tord ; puis un autre serpent tout pareil ; puis, un troisième, un quatrième, un cinquième, un sixième, un septième, un huitième... Dix, vingt, trente répugnants reptiles qui s'étendent, grouillent, occupent la scène entière. A la fin, vient une tête énorme, et il comprend que tous ces serpents ne sont que les tentacules d'un même monstre. Cette tête a une vague ressemblance humaine, et elle est coiffée d'une tiare. Sa gueule béante ricane :

— Comprends-tu à présent pourquoi on m'appelle Pie ?... Parce que Pie veut dire Pieuvre !

L'horrible bête s'approche lentement. Il voudrait fuir, épouvanté, mais il ne peut plus. Quand elle est presque sur lui, il sent sur son visage l'haleine puante du mollusque et distingue dans le gouffre de sa gueule des monceaux de cadavres, des villes en cendres, des bûchers d'où s'élève l'âcre et noire fumée des chairs qu'on brûle, des pendus écharnés qui oscillent doucement au bout de leur corde, des noyés gonflés comme des outres qui descendent des rivières. Il veut protester, hurler :

— Non ! Non ! Ce n'est pas ça, l'Église ! Mensonge ! Infamie !

Mais la pieuvre ricane :

— Si, si ! C'est ça aussi !

Bientôt, l'atroce vision s'efface, et Mœl ne voit plus, penché sur lui, que le mufle hilare de Souchard qui ordonne :

— Allons ! Encore une pelletée ! Ouvre bien ton four !

Et il le bourre de coke ardent.

— Viens avec moi !

Quelle est cette voix qu'il entend à présent ?

— Suis-moi. Sois sans crainte.

Qui est-ce donc qui lui parle ? Voici qu'il se sent soulevé par une force mystérieuse, qu'il traverse le plafond. Que va dire la veuve Dupic, quand elle s'apercevra qu'il a crevé le plafond ? Pourtant, lui, il n'y est pour rien ; il peut le jurer.

— Plus haut ! Plus loin ! dit la voix.

Il traverse l'espace.

— Regarde, maintenant ! reprend-elle, avec des accents qui ne lui sont pas inconnus. Reconnais-tu ce pays ? Ici, le soleil, l'eau, la terre sont à tout le monde. C'est le paradis des peuples. On ne peut pas monter plus haut dans le bonheur terrestre.

Et il voit palpiter la marée jaune des moissons ; il entend ronronner les machines ; les moissonneurs dansent et chantent le soir autour des meules. Il voit des milliers d'usines braquer vers le ciel la gueule de leurs cheminées. D'immenses barrages traversent les fleuves ; le ventre de la terre, ouvert en cent endroits, livre ses trésors ; tous les ouvriers ont un visage épanoui et un triple menton.

— Reconnais-tu ? Reconnais-tu ? répète la voix. C'est l'Urse, la Patrie Socialiste, l'Étoile de tous les prolétaires ! Suis-moi encore. Allons plus haut.

Il monte, il monte tant que la terre a disparu, le soleil aussi. Il nage au milieu des étoiles.

— Où m'as-tu conduit ? interroge-t-il.

— Au milieu de l'univers. Tu te souviens : cet univers dont le centre est partout, la circonférence nulle part. Cherche la terre dans tout ce fouillis. Tu ne la trouveras pas, même si je te donne le télescope le plus puissant. Et cependant, tu es environné de mondes innombrables. Les uns sont de fantastiques boules de feu, les autres sont peuplés d'êtres dont tu ne soupçonnes pas même les formes. La terre au milieu de tout ça n'est pas plus grosse qu'un grain de poussière. Alors, pourquoi veux-tu que le Dieu qui a créé cet univers inconcevable, pourquoi veux-tu que ce soit seulement à une race particulière d'animaux bipèdes vivant sur ce grain de poussière qu'il se soit intéressé ? Vous prétendez qu'il vous a créés à son image ? Pourquoi le Martien, le Saturnien, le Vénusien ne prétendraient-ils pas aussi être des images de Dieu ? Quel orgueil et quelle ânerie ! Tout juste bonne pour une époque où l'on croyait que la terre était le centre du monde !

Et la voix ricane comme avait ricané la pieuvre.

— Qui es-tu ? demande Mœl épouvanté. Apprends-moi ton nom !

— Tu y tiens absolument ?

— Je veux savoir.

— Alors, regarde.

Un ricanement plus fort éclate, tandis qu'un visage de feu lui brûle les rétines. Il comprend. Comment ne pas comprendre ? C'est lui... c'est l'Ennemi. Mais il n'a pas peur de lui.

— Tu es le diable ! triomphe-t-il. Et ton existence même prouve l'existence de Dieu, puisque tu es son contraire, comme la nuit prouve l'existence du jour.

— Bien raisonné ! fait l'autre, goguenard. Mais je ne suis pas le diable.

En effet, sa face se déforme tout à coup ; son front large et chauve se couvre de veines saillantes, ses narines se dilatent, sa mâchoire devient carrée. Mœl reconnaît avec effroi ce nouveau visage : ce sont les traits de Mesnard.

Il y eut une très longue période d'ombre. Les visions fiévreuses avaient disparu, et il s'était laissé glisser avec plaisir dans ce noir, comme un naufragé qui, après une longue lutte, s'abandonne à l'étreinte de la mer. Une seule chose occupait le vide de son être : un tambourinement sourd qui tantôt s'accélérait éperdument, tantôt ralentissait et semblait devoir s'arrêter. Tout de suite, il avait compris que c'était là les mouvements de son cœur ; et il restait au fond de lui un grain de conscience qui s'était mis à écouter gravement ce bruit. Il semblait qu'elle n'eût pas autre chose à faire, sa conscience, qu'à écouter ça ; il distinguait avec netteté les réflexions tranquilles qu'elle se murmurait :

— Ça doit être quelque chose comme du 150 ou du 180. A la minute, naturellement. Il ne peut plus guère accélérer. A cette allure-là, il va sauter.

Ou bien :

— Tiens ! le voilà qui se calme ! 100... 80... 60... 50... 40... Oh ! oh ! Est-ce la fin ? C'est probable... Non. Le voilà qui reprend du nerf.

Cependant, peu à peu, quelques autres sensations émergèrent de sa nuit. Ce fut d'abord une douleur assez vive aux lobes des oreilles, comme si on les lui avait percés pour y suspendre des anneaux. Il perçut ensuite une main de glace qui se posait sur sa tête et s'y maintenait des heures durant, jusqu'à ce que le feu de son front l'eût réchauffée. Enfin, un jour, une étrange chose pénétra en lui, infiniment douce ; une chose purifiante qui semblait chasser les derniers fantômes tapis dans les recoins de sa conscience. Peu à peu, il comprit qu'il avait ouvert les yeux, et que cette chose purifiante et douce était la lumière ; mais ce premier contact avait été encore trop violent, il dut refermer les paupières. Rien ne pressait. Il savait qu'il pourrait la retrouver, là, derrière le voile rose strié de lignes de feu qu'il avait tiré entre elle et lui. Elle l'attendait, fidèle, remplie de ce mystère des choses, que ne peuvent comprendre que les aveugles qui retrouvent la vue, et ceux qui ont pensé mourir. Alors, pourquoi se presser, puisque rien ne serait perdu, puisqu'il était sûr de cette richesse à portée de ses prunelles ? Quand il était enfant, il avait coutume de faire de même, chaque fois qu'on lui offrait un jouet. Il le mettait au fond d'un placard et il attendait, tranquillement, heureux de le savoir là, heureux des joies futures. Son père lui disait :

— Eh bien ! Tu ne joues pas ?

— Tout à l'heure.

— C'est bien la peine, grommelait le fromager, qu'on cherche à faire plaisir à ce gamin et qu'on lui achète des jouets. Il ne les regarde même pas !

Quand il se décidait enfin à le tirer du placard et à s'en servir, il était presque toujours déçu, soit parce qu'il manquait à l'objet un détail dont il avait rêvé, soit parce qu'il le cassait au bout de deux ou trois jours.

La même chose lui arrivait à présent avec la lumière. Il se rendait compte qu'il avait failli la perdre pour toujours et, à l'idée de revoir le monde, il éprouvait une joie qui l'étonnait. Tenait-il donc tant que ça à la vie ? Non... Ce devait être autre chose. Une espérance, plutôt. Qui sait combien de semaines, de mois peut-être, il était resté malade ? Qui sait s'il ne retrouverait pas les hommes transformés ? Si les problèmes qui l'avaient tant tourmenté n'étaient pas résolus à présent ? Pour peu de temps, il était encore retranché du reste de l'univers et il ne se cachait pas qu'à son espérance se mêlait une crainte ; il sentait bien qu'en reprenant possession des choses, il serait aussi repris par elles.

Cependant, malgré lui et sans l'aide de ses yeux, il devait se rendre compte qu'il n'était presque jamais seul dans la chambre. Il entendait chuchoter, il percevait le tintinnement des flacons. Quand il ouvrit les paupières pour la seconde fois, il distingua la tache blanche d'un visage qui flottait dans la pénombre ; il fit un vain effort pour l'identifier. Sans doute était-ce le crépuscule, ou bien l'on avait fermé les volets pour amortir le jour. Ce ne fut que le lendemain qu'il reconnut la veuve Dupic. Il fut surpris d'apprendre que sa maladie n'avait duré que cinq semaines : il avait eu l'impression d'une éternité. Ce fut sa première déception. En si peu de temps, le monde n'aurait sans doute guère changé !

— Qu'est-ce que j'ai eu ? demanda-t-il.

— Une attaque.

— Une attaque ? Quel genre d'attaque ?

— Ben... à la tête. Une congestion, quoi !

Le médecin lui avait tailladé les oreilles avec des ciseaux pour lui faire perdre du sang.

— Oh ! vous avez été bien soigné ! assura-t-elle. J'aurais pu vous faire transporter à l'hôtel-Dieu, mais j'ai préféré m'occuper moi-même de vous. Vous pensez bien ! Un locataire comme ça ! J'aurais pas voulu le perdre.

— Merci, murmura-t-il. J'ai dû vous donner bien du tracas !

— Bah !... Puisqu'on vous a sauvé. Y a que ça qui compte. Et puis, j'ai été bien secondée par votre sœur.

— Ma sœur ? fit-il, surpris.

— Oui. C'est surtout elle qu'il vous faudra remercier. Dévouée comme pas une, on peut le dire !

Il ne répondit pas, pour pouvoir réfléchir à ça. Comment sa sœur, qui habitait à 600 kilomètres de là, avait-elle été prévenue ? Il n'avait donné son adresse à personne. Mais peut-être avait-on cherché dans ses papiers. Il demanda :

— C'est vous qui l'avez avertie ?

— Non. Elle est venue toute seule. Elle savait déjà.

— Je me demande qui a bien pu...

— Ben, vous lui poserez la question vous-même, monsieur Moèle. Elle va point tarder.

Elle continuait à l'appeler M. Moèle, bien qu'elle fût au courant de sa véritable identité, parce qu'il lui avait demandé de se montrer discrète là-dessus.

— Je vous quitte un moment, s'excusa-t-elle. Faut que je m'occupe aussi de mon vieux père. Je crois bien qu'il a encore... Vous m'avez compris.

Elle le laissa seul. Il avait eu raison d'être inquiet : déjà commençaient les complications. Il ne comprenait absolument rien à cette histoire de sœur ; mais il y a tant de choses qu'on ne comprend pas ! « Tout s'expliquera un jour », comme avait coutume de répéter le vieux chanoine Rance.

Une heure après, la veuve Dupic entrait tout essoufflée parce qu'elle avait monté l'escalier trop vite.

— Voici votre sœur ! annonça-t-elle.

Et elle s'écarta pour laisser passer une petite silhouette noire qui s'avança vers le lit. Il la reconnut seulement quand elle fut tout près : c'était Louise Orliac.

— Bon, fit la veuve. Maintenant que vous êtes en famille, je m'en vais. J'ai mon lait sur le gaz.

Dans la vie d'Albert Mœl, les femmes n'avaient jamais occupé une grande place. Pas même sa mère qui ne s'était guère intéressée à lui. Depuis qu'il avait âge d'homme, il n'avait pas eu à lutter, comme beaucoup de prêtres, contre l'instinct du mâle. Les confidences de confessionnal ne faisaient pas naître en lui ce trouble qui conduit si souvent au péché, mais seulement la pitié qu'éprouve un homme sain envers ceux qui souffrent d'un mal qui ne l'atteint pas. Ce qui aurait pu être une faiblesse était devenu une force singulière.

La seule émotion du genre amoureux qu'il eût éprouvée datait de vingt-cinq ans, alors qu'il n'avait pas encore eu la révélation de sa destinée. Près de chez lui existait une remise où il allait jouer souvent avec ses copains. Une demi-douzaine de fiacres et de landaus, poussiéreux et vermoulus, s'y entassaient, brancards en l'air. L'invention de l'automobile les avait relégués dans ce triste lieu, qui offrait du moins mille cachettes aux gamins du quartier. Albert aimait venir se blottir sur les banquettes capitonnées de velours cendre. Il refermait la portière derrière lui et restait là, à rêver. L'intérieur avait gardé toutes sortes d'odeurs : odeur de cheval, odeur de tabac, odeur de violette. Il se voyait en compagnie de messieurs à cigares et de dames à dentelles. Lui-même portait gibus et œillet blanc à la boutonnière. On le saluait :

— Bonjour, monsieur le Président !

Parfois, il était brusquement arraché de ses songes par un camarade qui le découvrait dans son fiacre :

— T'es pris, gars !

Le jeu consistait non seulement à dénicher les partenaires, mais encore à les reconnaître à tâtons dans leurs cachettes obscures. Naturellement, pour que ce fût intéressant, il fallait des joueurs nombreux. Les garçons amenaient donc leurs sœurs.

Denise Hruby avait alors treize ans, trois de plus qu'Albert, mais elle n'était pas plus haute que lui. Son père était tchèque, il travaillait aux mines de fer. Elle avait une masse de cheveux pâles, couleur de sable sec, retenus par toutes sortes de peignes ; des yeux verts, des dents blanches, un sourire méchant. Rien qu'à la regarder, sans savoir pourquoi, il se sentait rougir ; perverse, elle éclatait de rire, ce qui augmentait sa confusion. Il préférait, comme elle le faisait parfois, qu'elle lui donnât un soufflet, car alors il se lançait à sa poursuite, la rattrapait, la bourrait de coups de poing ; mais elle se défendait avec vigueur, le griffait, le mordait. Dans sa chambre, le soir, il contemplait les deux arcs rouges que les dents de Denise Hruby avaient laissés sur sa main. Ils étaient les meilleurs amis du monde.

Quand c'était son tour de chercher, il avait vite fait d'identifier ses camarades : la grande Julia, crépue comme un nègre ; Cabalette, avec ses oreilles en anses de cruche ; Suret, pas plus lourd qu'un lapin. Puis, à un certain moment, il arrivait devant Denise. Elle se pelotonnait sur les coussins du cabriolet, le visage dans les mains, comme si elle eût pleuré. Il avait tout de suite reconnu sa tignasse blonde, hérissée de peignes ; mais il ne se pressait pas, moins timide qu'au grand jour, dans cette ombre musquée.

— Ote tes mains ! ordonnait-il. C'est pas de jeu !

Ses doigts s'attardaient sur le visage invisible, le menton rond, les lèvres humides, les paupières qui cillaient. Chatouillée, elle riait d'un rire étouffé. Comme sa peau était douce ! A la fin, elle se levait, lui pouffait au nez et s'écriait :

— Que tu es bête ! Que tu es donc bête !

Il ne savait trop ce qu'elle entendait par là : s'il était bête pour ne pas l'avoir reconnue ou pour ne pas l'avoir embrassée.

L'année suivante, Denise Hruby eut la fièvre typhoïde et mourut. Plus que du chagrin, Albert en éprouva de la stupeur. Bien qu'on lui eût déjà appris que la mort n'épargnait personne, il avait espéré que les enfants jouissaient néanmoins d'une sorte de privilège et que, pratiquement, seuls les adultes étaient sujets à mourir. C'était la première fois qu'il la voyait frapper quelqu'un de son âge, quelqu'un qui le touchât de près. Ce fut une révélation. Il eut dès ce jour-là conscience de sa fragilité, et Denise Hruby fut sans doute pour quelque chose dans sa vocation.

— Je ne savais pas, fit-il froidement, que vous étiez ma sœur.

— Pardonnez-moi, répondit Louise Orliac. Je n'ai trouvé que ce moyen pour m'approcher de vous et vous soigner.

— Je ne vous le demandais pas. Et d'abord, comment avez-vous su ma maladie ?

— Je rencontre parfois d'anciennes camarades de chez Vlaming. C'est comme ça que je l'ai apprise. Alors, j'ai pensé : faut que tu profites de l'occasion.

— De l'occasion ? Pour quoi faire ?

Elle éclata soudain :

— Vous êtes complètement idiot, non ? Vous ne comprenez donc rien ?

— Que faut-il comprendre ?

Elle haussa les épaules, sembla hésiter encore. Puis elle dit simplement :

— Vous feriez mieux de me remercier. La vieille ne vous a pas raconté ?

— Si. Elle m'a dit que vous aviez été très dévouée. Je vous en remercie ; mais je ne comprends pas ce qui m'a valu cette faveur indiscrète. A quel titre ? De quel droit ?

— Est-ce que je ne suis pas votre sœur ?

— Finissez ce jeu, je vous prie. Et répondez-moi : pourquoi êtes-vous entrée chez moi ?

Elle était debout près du lit, dans sa robe de deuil, les mains croisées sur son sac. Un moment, elle resta silencieuse, mais il sentait ses yeux sombres, fixes, qui le dévoraient. Elle répondit :

— Parce que je vous aime.

Ce fut à son tour d'éclater :

— Êtes-vous folle ? Ne savez-vous pas que je suis prêtre ?

— Si, je le sais. Du moins, on l'assure, car pour moi, vous êtes un ouvrier de chez Vlaming, voilà tout.

— Et moi je vous répète que je suis prêtre. Je suis dominicain ! Voulez-vous voir ma robe ? Elle est dans cette malle.

— C'est possible.

— Alors, où voulez-vous en venir ? Qu'espérez-vous de moi ?

Elle répondit doucement :

— Vous savez bien ce que j'espère !

— Allez au diable ! Je ne veux plus vous voir. Dehors ! dehors !

Elle dit avec plus de douceur encore :

— Quelle reconnaissance vous me gardez !

— Vous avez soigné mon corps et vous voulez perdre mon âme ! Il valait mieux me laisser mourir.

— Et la mienne, âme, est-ce que vous y pensez ?... Si je vous avais connu habillé en prêtre, je ne vous aurais pas regardé ; mais vous avez pris des vêtements d'ouvrier, vous m'avez trompée avec votre déguisement, vous vous êtes intéressé à moi et vous avez fait en sorte que je m'intéresse à vous ; et maintenant, vous venez me reprocher cet amour que vous avez fait naître, et vous me mettez à la porte comme une fille des rues !

— Vous savez bien que Journet...

— Ah ! ne me parlez pas de Journet ! De cette figure de clown ! C'est vous, vous qui m'avez trompée ! Pas lui ! Et vous n'avez pas peur de me désespérer, à présent ! Vous savez ce que je peux faire en sortant d'ici ? Le savez-vous ? Est-ce que vous vous en souciez ?

Et sans donner d'autre précision, elle s'affaissa sur la descente de lit, éclata en sanglots, le visage enfoui dans la courtepointe. Mœl eut un peu honte et un peu peur.

— Voyons, Louise, calmez-vous ! Vous n'êtes pas raisonnable !

— Je me tuerai ! Je me tuerai ! hoquetait-elle dans les couvertures.

— Ça n'est pas sérieux ! Vous plaisantez !

— Si ! Si ! Je me tuerai ! Je m'asphyxierai !

— Allons, ne dites plus de bêtises. Voyez, je ne vous chasse plus.

— Si vous ne voulez pas... que je m'asphyxie... permettez-moi...

— Quoi ? Quoi donc ?

— De revenir... Comme avant. En sœur... Je ne parlerai de rien. Je serai votre sœur, rien que votre sœur.

— Mais voyons, je ne peux pas vous recevoir éternellement !

— Jusqu'à ce que vous soyez complètement rétabli. C'est tout.

— Que penseront les gens de la maison ?

— Rien, puisque je suis votre sœur. Si, au contraire, je cessais de venir, c'est alors qu'ils causeraient.

Il finit par céder aux arguments et au chantage, se promettant seulement d'abréger sa convalescence le plus possible. Et puis, après tout, il ne pouvait pas abandonner cette âme ; avec l'aide du Seigneur, il s'efforcerait de substituer à la flamme terrestre qui la consumait les feux de l'amour divin.

Elle revint plusieurs fois et se montra très raisonnable, comme elle l'avait promis. Il lui avait donné un petit Évangile et recommandé :

— Vous le lirez, et, plus tard, il me rappellera à votre souvenir.

— Oh ! Je n'aurai pas besoin de ça !

— Chut ! N'oubliez pas que vous êtes ma sœur.

Il lui parlait du Christ, des apôtres, des saints ; mais elle bâillait et disait :

— Vos histoires me rasent. Parlez-moi de vous, de votre enfance. Quand vous n'étiez pas encore prêtre.

— Mais moi je ne compte pas ! protestait-il un peu irrité. Je ne suis qu'un humble chien du Seigneur.

— Bon. Alors, taisez-vous. D'ailleurs, tous ces discours vous fatiguent. C'est moi qui vais parler. Voulez-vous ?

Et elle se mettait à se raconter, ses idées, ses goûts, son travail, sa maison, ses robes, ses amies. Il s'habituait à son papotage et finissait par l'écouter sans déplaisir. Lorsqu'elle était partie, il se surprenait à humer l'atmosphère de la chambre pour découvrir, mêlé aux relents pharmaceutiques, le parfum qu'elle avait laissé.

— Qu'est-ce que c'est ? se disait-il à lui-même, comme pour justifier sa recherche par une préoccupation scientifique. Qu'est-ce qu'elle a bien pu se mettre ? Il me semble que je connais cette odeur-là.

Puis, quand il l'eut identifié, il continua malgré lui de humer.

Lorsqu'elle entrait, elle souriait en guise de bonjour, de son sourire dissymétrique ; puis elle posait la main sur son front pour tâter s'il avait la fièvre. Ça n'était peut-être qu'un prétexte. Il lui semblait sentir sa main trembler. Ça n'était peut-être qu'une illusion.

Elle avait commencé à se débarrasser de son deuil et venait maintenant en chemisettes claires, en légères écharpes dont elle entourait ses cheveux. Il faisait semblant de ne rien remarquer pour ne pas lui révéler qu'il regardait ces choses.

Une autre fois, elle apporta un petit bouquet.

— Des violettes ? s'étonna-t-il. Quel mois sommes-nous ?

— Mars. Le printemps est en avance cette année.

— C'est vous qui les avez cueillies ?

— Non. Je n'ai pas le temps. Je les ai achetées en passant, à une gamine.

Elle ouvrit un moment toutes grandes les fenêtres. Le soleil était déjà bas, mais il restait sa tiédeur dans l'air. Puis, elle referma, vint s'asseoir près du lit, comme d'habitude, et commença son bavardage. Il gardait les yeux clos pour mieux suivre ses pensées intérieures. Il se disait que dans quelques jours il allait se lever ; il endosserait sa salopette et retournerait chez Vlaming. N'aurait-il pas mieux valu reprendre la robe blanche et la cape noire des dominicains et recommencer ailleurs son métier de frère prêcheur ?... Il se sentait plein de trouble.

— Vous dormez ? demanda Louise.

— Non, non, je vous écoute.

N'avait-il pas présumé de ses forces en acceptant cette tâche difficile et dangereuse ? Il songea aux paroles du chanoine Rance : « La soutane est une *turris eburnea* qui te protège des autres et de toi-même... Es-tu certain de pouvoir toujours résister ? Les plus purs ont des défaillances. » Il songea aux paroles de l'Ecclésiaste :

J'ai reconnu que la femme est plus amère que la mort, qu'elle est le filet des chasseurs, que son cœur est un piège et que ses mains sont des chaînes. Celui qui est agréable à Dieu se sauvera d'elle : mais le pécheur s'y trouvera pris.

Était-il assuré d'être encore agréable à Dieu ? Pourquoi n'arrivait-il pas à convaincre cette fille ? Quand on lui résistait, quand on accusait l'Église ou le dogme, il était à son aise : on l'avait armé pour ce combat. Mais avec Louise, c'était tout différent ; elle ne l'écoutait pas. Ou plutôt, elle l'écoutait avec une indifférence, un ennui si visibles qu'il avait l'impression de faire des trous dans l'eau.

Peut-être aussi qu'il était distrait par le réveil de son corps. Il imaginait volontiers que quelque chose de semblable devait se produire chez l'insecte sortant de sa chrysalide. Cela se traduisait par des prurits inattendus dans les muscles et les articulations, un besoin de mouvement, une sorte d'agacement rageur qui le poussait à se mordre les doigts. Ce corps, qui avait failli se défaire, lui rappelait tyranniquement son renouveau ; par moments, il lui était impossible de penser à autre chose qu'à *lui*. C'était comme un arbrisseau poussé dans une lézarde ; on s'est efforcé longtemps d'étouffer sa croissance et il finit un jour par faire éclater la muraille. *Lui* aussi existait ! Il était impossible de n'en pas tenir compte !

Cependant, le soir était tombé, l'ombre avait englouti la chambre. Il s'aperçut soudain que Louise ne parlait plus.

— Vous ne parlez plus ? demanda-t-il doucement.

— Ça n'est pas intéressant : vous ne répondez pas.

Ils se turent tous deux. Elle n'était, dans l'obscurité, qu'à peine une blancheur : son visage. Lui était resté assis sur son lit, appuyé aux oreillers, les mains allongées sur le drap. Et soudain, il sentit ses mains à elle, sur les siennes. Il aurait dû les retirer : mais n'était-elle pas sa sœur ? Quoi de plus chaste que des mains qui se rencontrent ?

Du temps passa encore. Bientôt, elle s'empara d'une seule de ses deux mains, tourna la paume en haut, y appuya son visage. Il sentit le satin brûlant de ses joues qu'elle promenait dessus, la douceur de ses lèvres et les baisers qu'elle déposait au milieu, dans le creux.

Quand elle le lâcha, qu'il l'entendit faire quelques pas dans la chambre, il pensa qu'il venait d'échapper à un terrible danger ; il n'éprouvait cependant aucune satisfaction à l'entendre s'éloigner. Maintenant, elle allait tourner le bouton électrique, et la lumière qui les montrerait l'un à l'autre suffirait à les séparer. Il y eut une sorte de déclic, mais la chambre resta dans l'obscurité.

— Que faites-vous ? interrogea-t-il.

Elle eut un petit rire sourd.

— J'ai fermé à clé, murmura-t-elle.

— A clé ? Pourquoi ?

— Vous êtes mon prisonnier, maintenant.

Il y avait dans sa voix une joie âpre, une effrayante détermination.

« Je suis foutu, songea-t-il. Foutu. »

Et il s'aperçut qu'il n'éprouvait pas le désespoir qu'il aurait souhaité ; que son cœur battait follement, non pas d'angoisse ni de peur, mais de cette même joie qu'il avait sentie en elle. Il percevait dans l'ombre un bruissement d'étoffes, le petit claquement des pressions qu'on ouvrait. Il pensa : « Que fait-elle ? Elle se déshabille ? » Maintenant, il ne songeait plus à parler, à se défendre. Il acceptait, avec une impatience qui le faisait frémir tout entier, ce bonheur épouvantable qui allait lui être offert. Alors, sans un mot, elle écarta les couvertures, pénétra dans son lit, se lia à lui de tout son corps nu.

13

Un matin, Mœl est reparu à l'atelier des mélangeurs. On l'a accueilli sans enthousiasme.

— Alors, te revoilà ? constate simplement Mesnard. Qu'est-ce que tu as eu, au juste ?

— Une attaque, a-t-il répondu, comme la veuve Dupic.

— Crois-moi, conseille l'autre. Ce truc-là, c'est pas du bisness pour toi. Faut pas t'entêter. Toi, t'es fait pour saliver et distribuer de l'eau bénite ; t'as pas les pognes assez dures pour lutter avec nous. A chacun son turbin.

Puis, il lui a tourné le dos et ne s'est plus occupé de lui. Le dominicain a l'impression que les autres s'intéressent un peu trop à leur pâte lorsqu'il passe à côté d'eux ; de toute évidence, ils ne tiennent pas à le complimenter. Pour eux, cette absence, c'était du chiqué ; de petites vacances que le Révérend Père s'est fait octroyer parce que le boulot le fatiguait. A lui, on ne peut rien refuser : un curé ! un ami du patron qui joue les ouvriers comme dans les temps certaines reines de France jouaient les bergères. En attendant, il prend la place d'un vrai prolétaire avec une femme et des gosses. Peut-être pire que ça, même : un mouchard. Mesnard a dû les travailler pendant son absence. Ils ne savent pas qu'il a failli vraiment mourir ; et d'ailleurs le sauraient-ils qu'ils diraient :

— On s'en fout. Fallait pas qu'il y aille.

La Belgique était trop occupé à causer avec sa machine pour faire attention à lui. Seul Adam l'a salué. Il lui a tendu sa main qui craque quand on la serre. Il n'oublie pas que Mœl est son bienfaiteur ; et, bien qu'il n'ait encore remboursé que 500 francs, il n'hésite pas à le lui rappeler et à le rassurer :

— Avec bibi, tu peux être tranquille. Tu perdras pas un rond. Intérêt, à 4 du cent. Cochon qui s'en dédit.

Mesnard avait espéré que Mœl ne reviendrait pas, qu'il aurait renoncé à la lutte, que cette maladie n'était qu'un prétexte pour se retirer dignement. Or, voici que ce têtu de curé réapparaissait. Lui avait toujours considéré l'atelier des mélangeurs comme son fief personnel, et la présence du dominicain lui semblait une provocation intolérable, une vacherie des patrons qui l'avaient placé à son côté, comme le contrepoison près du poison. On espérait le tenir en respect, l'obliger à se taire, lui, le champion de la classe ouvrière ! Tant qu'ils ne lui auraient pas fait subir le sort d'Amadieu, ils n'avaient pas fini d'en entendre.

Il avait assisté aux premières réunions qu'avait organisées le Révérend Père afin d'apporter la contradiction ; puis, il y avait renoncé, car ces joutes attiraient trop de monde et donnaient une importance excessive au monsieur. Par contre, chaque fois que, de son côté, il réunissait les copains en séance publique, il était sûr de trouver en face de lui ce défroqué qui venait exposer son point de vue.

L'action du Révérend Père s'était manifestée aussi de façon plus sournoise et plus habile. Sous d'adroits prétextes, il avait réussi à s'introduire dans les familles des ouvriers ; il choisissait de préférence les faibles, les indécis ; ou bien, les étrangers, ceux qui se sentaient déjà naturellement à l'écart des autres : les Bicots, les Polacs, les Macaronis. Qu'est-ce qu'il pouvait bien leur raconter ? On se le demande ! Toujours est-il que plusieurs déjà avaient refusé de payer leurs cotisations et s'étaient retirés de la C.G.T. On en avait même vu, comme ce veau de Hertens qui chialait chaque fois qu'il avait bu un coup, se mettre à fréquenter les églises ! Des exceptions, bien sûr, mais qui offraient aux autres un exemple déplorable.

Le coup le plus fort avait été celui de Patareuil.

Mesnard et ses amis avaient décidé de donner une leçon au Révérend Père, une leçon qui serait en même temps une bonne blague. Ils avaient chargé Patareuil de l'exécution. C'était un gars dégourdi comme pas un et qui portait toujours dans ses poches du poil à gratter, de la poudre à éternuer ou des boules puantes, qu'il savait placer au bon moment. Un spécialiste dans son genre. Patareuil devait donc faire croire à Mœl qu'il s'était senti soudain touché par la grâce, et l'inviter chez lui. Tout s'était passé comme prévu. Le Révérend était venu au rendez-vous pour confesser le néophyte. Celui-ci avait à l'avance installé deux chaises près du poêle, et, quand l'autre serait bien persuadé qu'il venait de faire rentrer une autre âme dans le sein du Seigneur, comme il disait, Patareuil devait faire éclater sous la chaise du confesseur un pétard dont il aurait allumé la mèche discrètement à la grille du poêle. Mesnard et sa troupe se tenaient dans la pièce voisine, prêts à surgir au moment de la détonation, afin de jouir de la gueule du Révérend.

Retenant leur souffle, ils se pressaient derrière la porte, essayant de comprendre les chuchotements qui leur parvenaient. Ils se clignaient de l'œil de l'un à l'autre et se mordaient le dedans des joues pour ne pas rigoler. Chacun d'eux calculait intérieurement l'instant où le pétard allait exploser.

« Ils sont assis... Patareuil a entamé son boniment... Ça va y être... »

Cependant, rien ne se produisait et ils commençaient à avoir des fourmillements dans les jambes.

« Qu'est-ce qu'il fout ? se demandait Mesnard avec une inquiétude croissante. Qu'est-ce qu'il attend pour allumer sa bombe ? »

On essaya de regarder par le trou de la serrure : mais on vit seulement le fourneau qui était en face, sous la cheminée postiche. Il y avait bien vingt minutes qu'ils se tenaient là, tous les quatre, respirant à peine, et rien ne venait. Ils avaient plutôt l'air malin.

A la fin, avec mille précautions, Mesnard se décida à tourner la poignée et à entrouvrir l'huis. Et que virent-ils ? Ce couillon de Patareuil qui écoutait, front baissé, dans une attitude de premier communiant, un sermon du Révérend Père. Ils pouvaient voir celui-ci de face qui souriait, le visage comme illuminé ; et de ses lèvres agitées s'envolaient des paroles qui ne dérangeaient en rien son sourire, comme si elles n'avaient pas été du mouvement et du souffle, comme si elles n'étaient pas venues de la bouche et du gosier, mais de plus profond. De l'âme. Que lui dit-il ? Ils ne le surent jamais, eux, les quatre qui attendaient l'explosion. Mais depuis ce jour-là, Patareuil cessa de répandre de la poudre à éternuer et des boules puantes. On dit même que certains le virent entrer dans les églises, comme Hertens.

En somme, un type dangereux, ce Mœl. D'autant plus qu'il ne demandait rien, ni cotisation ni inscription. Il ne faisait même pas de propagande pour la C.F.T.C. Quand, cependant, quelqu'un quittait les rangs du Parti ou de la C.G.T., c'est de sa propre tête qu'il s'en détachait. Et c'était ce qu'il y avait de pire, qu'on n'ait pas eu besoin de le lui souffler, qu'il eût trouvé ça tout seul. Ce n'est pas que Mesnard eût perdu beaucoup de monde ; mais ces départs faisaient mauvais effet sur les restants. Sans doute, les purs n'étaient-ils pas ébranlés ; mais il savait que nombre de tièdes n'auraient pas mieux demandé que de suivre les renégats s'ils en avaient eu le courage.

Mœl puisait dans l'auge des pelletées de poudre et les répandait par petits coups sur la pâte chaude. Celle-ci les absorbait peu à peu, changeait de couleur, de noire virait au brique, puis devenait franchement rouge. De temps en temps, il la fendait d'un coup de couteau. Tout ça se faisait machinalement par le seul travail de ses bras et de ses mains. Sa tête était ailleurs.

Elle était dans la petite chambre de la rue du 9-Septembre. Il revoyait encore dans la pénombre la forme blanche du corps nu de Louise Orliac. Il sentait encore sur son visage son haleine chaude, ses mains un peu rugueuses, et le poids de toute cette chair moite et molle dans laquelle il s'était englouti comme dans un bain de vase. Il avait beau lutter, toujours les mêmes images, le souvenir des mêmes sensations revenait. Sa gorge était sèche et sa langue dure comme celle d'un qui a dormi toute une nuit la bouche ouverte. Était-ce là un effet de sa fièvre ou de la poudre qu'il répandait ? Et toujours, malgré lui, les mêmes détails...

Depuis huit jours il portait en soi cette brûlure dont il n'arrivait pas à se débarrasser. Aussitôt qu'il s'était levé, qu'il avait pu sortir, il s'était dirigé vers une église lointaine et s'était confessé à un prêtre inconnu.

— Vous avez été surpris par le démon, mon fils, avait dit celui-ci ; mais vous devez tout faire pour éviter de retomber dans le péché. Promettez-moi de ne plus revoir cette personne.

— Je vous le promets, mon père.

— Il faudra aussi la chasser de vos pensées.

— J'essaierai.

Facile à dire : il vous faudra... Elle était accrochée à lui. Il avait tenté de s'en distraire par des expédients ; il récitait mentalement des psaumes pour s'occuper l'esprit ; elle trouvait cependant le moyen de revenir, de lui parler. Il sentait encore l'odeur de ses cheveux, de ses bras, la rotondité du ventre un peu bombé, et ses jambes qui étaient nouées aux siennes et le serraient... le serraient pour l'empêcher de fuir.

Voilà donc où il en était ! Lui dont la force était faite avant tout de sa pureté, qui n'avait jamais eu besoin de jeûnes ni de macérations pour dompter ses appétits charnels, il n'était qu'un saligaud comme les autres ! Et l'ignominie de sa faute était telle que, pour avoir péché une seule fois, il se sentait pourri jusqu'aux moelles. Que pourrait-il faire, que pourrait-il dire à présent ? Aurait-il la triste impudence de débiter de la morale aux autres ? Oserait-il jamais prononcer en public le nom du Christ ?

Il éprouva pour lui-même un tel dégoût qu'il cracha sur sa pâte, comme faisait Adam.

Le soir, après le dîner à la cantine, il rentra chez lui, très vite, ferma sa porte à double tour. Mais la vue de cette chambre ravivait l'obsession. Devant le petit crucifix qui lui servait à dire sa messe, il pria, éperdument, agenouillé sur les briques du carrelage. Les rumeurs de la maison lui parvenaient à travers les cloisons minces. Son âme était engloutie dans la douleur. Combien de temps resta-t-il ainsi ? Il ne se souciait plus du temps. Le froid du pavement avait gagné toutes les jambes, sauf les genoux qui, engourdis, ne ressentaient plus rien. Il lutta contre la fatigue qui lui cassait les reins, jusqu'au moment où, à bout de force, il s'affaissa. Au pied de l'humble croix de buis, il pleura, redit en se frappant la poitrine les paroles du centurion :

— Mon Dieu, je ne suis pas digne... Je ne suis pas digne... Je ne suis pas digne...

Il décida de dormir, dorénavant, sur ce carrelage où il était tombé.

Il n'osait plus flâner dans la rue, s'attarder à observer les jeux des enfants, à lire les affiches. Il rasait les murs, se retournait, craignait à chaque coin de rue de rencontrer Louise Orliac. Cependant, celle-ci ne se montra point. Elle se contenta d'écrire.

« ... *Je t'attendrai samedi soir chez moi*, disait-elle. *Si tu ne viens pas, c'est moi qui viendrai ; et si tu ne veux pas m'ouvrir, je ferai un scandale...* »

A l'idée de ce rendez-vous, il eut un frisson de plaisir et d'horreur. Puis, précipitamment, il sortit et se mit à la recherche d'un nouveau domicile. Grâce aux annonces des agences spécialisées, il découvrit à l'extrémité opposée de la ville une autre chambre ; c'était un peu loin de son usine, mais il aurait la ressource de prendre le tram. De plus, comme le lui fit remarquer son nouveau propriétaire qui vendait des légumes au rez-de-chaussée :

— Ici, on a le meilleur air de la ville. Et puis, dans la maison, c'est tout du monde bien élevé. Y a jamais de pétard.

Il y eut un drame, par exemple, lorsqu'il annonça à la veuve Dupic qu'il devait la quitter. Ce furent, à n'en plus finir, des « pourquoi », des « comment », des « qui c'est qu'aurait pensé ça » et des « moi qui me suis donné tant de mal pour vous ». A la fin, il réussit à la calmer en lui payant deux mois de loyer à titre d'indemnité.

Cependant, malgré le changement de lieu, la paix ne revint pas en lui. Il souffrait d'avoir commis par surprise le plus avilissant des péchés. Une sorte de trahison de sa volonté qui avait profité du désordre de la convalescence pour laisser entrer l'ennemi. Maintenant, la confiance était brisée : il avait été trahi une fois, il pouvait l'être encore. Il *devait* l'être encore. Car, pourquoi se le cacher ? Toute sa chair appelait, réclamait le bref et éblouissant contact qui l'avait réveillée de sa longue torpeur. Alors, qu'arriverait-il s'il succombait de nouveau ? Lui faudrait-il jeter le froc aux orties ? Ou mener l'infâme vie des prêtres adultères ? Il imagina avec terreur l'horrible existence qui l'attendait s'il ne parvenait pas à se délivrer.

Il souffrait aussi de sentir que des doutes d'un autre ordre avaient pénétré dans son esprit. Le chanoine Rance avait vu juste : il était venu au milieu des Philistins sans mâchoire d'âne ; armé de sa seule foi. Quelle présomption ! Il avait voulu sauver les autres et il s'était perdu lui-même. Tout le monde n'est pas saint Paul. Il était venu convaincre les autres de la fausseté de leur cause, de la duperie de leurs chefs ; et il commençait à se demander s'il n'avait pas été dupé lui-même. La porte du couvent dans lequel il avait fait son noviciat était surmontée du blason de l'ordre : un chien — *Domini canis* — tenant dans sa gueule une torche ardente destinée à embraser le monde, et, en exergue, le mot : *Veritas*. Mais où était cette vérité ? Quelle était cette lumière et cette chaleur qu'on l'avait chargé de répandre ? Qui pouvait lui démontrer qu'il était juste, nécessaire, logique, alors que tant de misérables peuplaient la terre, que les églises regorgeassent de richesses, qu'il y eût des autels qui disparaissaient sous l'or et les diamants ? Que le Vatican dirigeât le plus puissant trust du monde capitaliste ? Qu'il était juste, logique, nécessaire qu'on élevât partout des temples magnifiques alors que tant de familles croupissaient dans les taudis ? Qu'il était juste, logique, nécessaire de voir les princes de l'Église vivre dans l'opulence, alors que leur Roi à tous était mort nu comme au jour de sa naissance ?...

Tout titubait en lui de ce qu'il avait cru inébranlable ; tout menaçait ruine.

Par moments, cependant, il se ressaisissait. « Au-dessus de ces misères et de ces doutes, se disait-il avec exaltation, il y a une chose intouchable : ma foi en mon Dieu. Et je leur prouverai bien que ça, du moins, c'est vrai ! »

Comment le leur prouverait-il ? Il l'ignorait encore ; mais il priait le Seigneur de lui fournir l'occasion d'apporter une preuve décisive.

Quand il rentra chez lui, un soir, il trouva sous sa porte une autre lettre de Louise Orliac : elle avait découvert son nouveau domicile.

Ses hallucinations le reprirent. Il se frappa la poitrine et le front avec rage ; il avait envie de hurler, de s'émasculer comme le Baptiste. Il devait reconnaître d'ailleurs que sa douleur ne provenait pas seulement de sa faute ; son orgueil aussi souffrait qu'il eût succombé si facilement, lui qui s'était cru si fort.

Il eut peur de rester seul, et sortit. La rue était encore animée, car la tiédeur de la nuit retenait les promeneurs. On entendait dans certains recoins plus sombres des chuchotements et des rires. Une femme marchait doucement devant lui, d'un pas indécis ; elle se laissa rattraper et, quand il fut à sa hauteur, lui parla à voix basse. Il reconnut la prostituée du quartier du Soleil qui naguère l'avait pris pour un fou. Sans doute le reconnut-elle aussi, elle n'insista point et s'écarta de lui. Ses jambes le portaient sans qu'il eût à s'occuper d'elles. Des enfants, qui auraient dû être au lit, se cachaient derrière un arbre pour fumer une cigarette qu'ils se passaient de l'un à l'autre. Les enseignes au néon clignotaient.

Il marchait depuis longtemps.

Un homme se détacha du mur. Il puait le vin et titubait.

— T'as du feu, vieux frère ? demanda-t-il.

Mœl chercha son briquet, peina à enflammer la mèche sèche ; elle eut tout juste le temps d'allumer le mégot du pochard, puis s'éteignit en gardant une braise rouge qu'il écrasa entre ses doigts.

— La vie est belle ! s'écria l'ivrogne en levant le bras.

Pour le remercier, et parce qu'il trouvait la chose évidente. Sans plus. Il partit en zigzaguant, répéta une ou deux fois encore :

— La vie est belle !... La vie est belle !...

L'immeuble surgit devant Mœl, isolé, entouré de jardins à droite et à gauche, comme elle le lui avait décrit. Il compta : un, deux, trois. Troisième étage. Plusieurs fenêtres étaient éclairées, derrière leurs persiennes closes. Une de celles-ci...

Il s'avança, chercha l'entrée, vérifia le numéro. Il s'était promis qu'au premier obstacle il ferait demi-tour. Par exemple, la porte de la rue pouvait être verrouillée. Ou bien, il ne trouverait son nom sur aucune des boîtes aux lettres. Une misérable chance de salut. C'était là tout ce que sa conscience avait pu lui arracher.

Il tourna la poignée, la porte s'ouvrit. Devant lui s'enfonçait dans l'ombre un corridor. Sa main tâtonna contre le mur, à la recherche d'un commutateur, à droite... à gauche... Il ne trouvait rien ; devait-il considérer cela comme un obstacle ? Enfin, ses doigts rencontrèrent un bouton qui devait commander la minuterie. Une lumière rougeâtre éclaira le couloir et, au-dessus, l'escalier en spirale, tandis que se déclenchait le bruyant tic-tac du mécanisme. Parmi les boîtes aux lettres, le nom y était, écrit au crayon sur une bande blanche : *Louise Orliac, 3e étage*. Il se mit à monter, lentement, cramponné à la rampe de fer. Si lentement que bientôt la lumière s'éteignit et que de nouveau il dut chercher le bouton.

Au troisième étage, sur une des portes, il retrouva le même carton blanc : *Louise Orliac*. Elle avait pris ses précautions pour que rien ne pût l'arrêter jusqu'à elle. Il frappa doucement, honteusement, avec le faux espoir qu'elle ne l'entendrait pas. Mais elle devait guetter ce bruit-là depuis des jours. Elle vint, le reconnut et silencieusement le serra dans ses bras, écrasa sa bouche contre la sienne, l'entraîna...

Le dernier pas était fait. Plus question de surprise, maintenant, de volonté amoindrie... Il avait sauté de lui-même, il se trouvait au fond de l'abîme, il ne luttait plus. Presque chaque soir, il retournait chez Louise qui lui avait donné une clé de l'appartement.

— Je ne veux pas que tu frappes, avait-elle ordonné. Tu entreras, tu es chez toi, ici. Tu pourras même venir le jour, quand je suis au magasin.

(Elle était vendeuse dans une droguerie.)

Par un ultime réflexe d'indépendance, il n'avait pas encore profité de cette dernière permission, malgré l'insistance de la femme qui espérait ainsi l'accaparer peu à peu entièrement.

« Tu y viendras, tu y viendras ! se disait-il avec dégoût. Et vous ferez un ménage complet, un ménage parfait ! »

Plus que jamais, les premiers jours, ses pensées avaient été occupées par les images d'elle, exclusivement. Tout en dirigeant son mélangeur, il la voyait comme elle serait, le soir, quand elle viendrait lui ouvrir la porte. Il sentait autour de son cou ses bras chauds et moelleux. Il la voyait en peignoir le matin, s'affairer dans la chambre, préparer leur déjeuner. Il la voyait devant la glace, se poudrant, s'attifant. Il la voyait nue, impudique, râlant de plaisir, se roulant sur lui...

Par moments, il se réveillait avec un soubresaut, précipitait furieusement une pelletée de soufre sur sa pâte, se mordait les mains jusqu'au sang. Pendant quelques instants, il se sentait libéré. Puis, la douleur s'estompait, et peu à peu revenaient les mêmes visions.

Encore s'il avait éprouvé de l'amour pour cette femme ! C'eût été presque une excuse. Mais il ne sentait rien. A l'idée qu'elle pouvait s'en aller, disparaître, mourir, son cœur restait sec. Elle n'avait réussi à s'emparer que de ses sens, à ne lui inspirer qu'une fringale obscène.

« Et si je la tuais ? » se proposa-t-il.

Il réfléchit froidement à cette idée, calcula des détails, supputa le moyen d'échapper à la justice. Car il ne fallait pas que la police découvrît le meurtrier : quand on connaîtrait sa qualité de prêtre, il en résulterait un épouvantable scandale. Il fallait donc que le crime ressemblât à un accident. Louise Orliac dormait profondément, la nuit ; il se lèverait un soir sans la réveiller, s'habillerait en silence, ouvrirait le robinet du gaz et s'en irait avec discrétion. Un de ces cas comme il s'en produit quotidiennement des dizaines en France. Les journaux le publieraient sous le titre : *Fatale négligence. Une jeune femme asphyxiée pendant son sommeil.*

Pendant des semaines, il fignola, il lécha son ours. Pas exemple, au lieu de manœuvrer directement le robinet du réchaud, il se servirait de celui du compteur à gaz qui était logé en dehors de l'appartement, dans les waters. De la sorte, au cas où l'endormie se réveillerait avant son départ de la chambre, elle ne percevrait aucune odeur suspecte.

Ainsi, petit à petit, tout s'organisait dans sa tête. Mais les souvenirs lubriques revenaient, l'absente reprenait possession de lui, il renvoyait sans cesse à plus tard l'exécution de son projet.

Il avait interrompu toute activité de propagande auprès de ses compagnons. Il ne disait plus sa messe journalière et n'osait plus mettre le pied dans une église, car il se sentait trop souillé pour oser s'approcher de Dieu. « Quand je serai libéré, se disait-il avec une ironie désespérée, je confesserai tout en bloc. »

Louise Orliac se rendait compte de la froideur de ses sentiments.

— Tu m'aimes ? lui demandait-elle quelquefois, dans l'ardeur de ses caresses.

Il ne répondait rien.

— D'ailleurs, je m'en fous, continuait-elle, que tu m'aimes ou non. Moi, je t'aime, et ce qui compte, c'est que tu sois à moi.

Dans la journée, elle avait lessivé le plancher de la droguerie, ses transports sentaient encore l'eau de Javel. Les bras noués autour de lui, elle lui donnait dans le dos de petites tapes, comme on flatte un cheval pour l'apprivoiser.

Ce qu'il y eut de pire, c'est qu'il s'accoutuma peu à peu à sa nouvelle situation. La pensée de Louise devenait moins obsédante et lui laissait quelque répit. Non que ses sens fussent calmés : ils avaient quinze ans au moins de continence à expier ; mais ils avaient pris l'habitude d'être satisfaits à heures régulières. Comme l'estomac, dont on ignore l'existence entre les repas. S'il l'avait voulu, il aurait très bien pu reprendre ses anciennes occupations, les réunions chez Victor, les conférences à la Bourse du Travail, les visites aux catéchumènes ; bref, sa « noble tâche » de « missionnaire en usine ». Recouvrir de la même soutane blanche le manœuvre Albert Mœl, caoutchoutier, le P. Mœl, frère-prêcheur, et l'amant de Louise Orliac.

Il se souvint de la première fois où un prêtre, en confession, était venu lui avouer qu'il avait une maîtresse ; de son indignation d'alors :

— Comment, vous ! Un ministre de Dieu ! Être descendu si bas !...

Et de la surprise, devant un tel éclat, de son pénitent qui lui avait répondu :

— Je ne cherche pas à m'excuser, mon Père. Je suis un pauvre homme, sujet à pécher, comme tous mes semblables. Pourtant, mon cas n'est pas unique ; il y a des centaines de curés qui vivent comme moi. C'est pourquoi la disproportion de votre fureur me surprend...

Eh oui ! C'était vrai. Il s'en était rendu compte par la suite. Et voici donc que lui aussi allait entrer dans le répugnant troupeau ? Il éprouva un dégoût immense d'eux et de lui-même. En arriver là après avoir été ce qu'il avait été ? rêvé ce qu'il avait rêvé ? accepté ce qu'il avait accepté ? voulu ce qu'il avait voulu ? souffert ce qu'il avait souffert ?... Tout, plutôt que cette déchéance extrême.

Il prit une détermination.

Le dernier jour, il sortit, et il erra par les rues de la ville. Le seul fait d'avoir enfin décidé, décidé que ce serait pour le lendemain, lui avait apporté un grand soulagement. Il respirait mieux, plus librement, comme s'il avait vécu longtemps au fond d'un puits et qu'il remontât enfin à l'air libre. Il réussit encore à s'imposer de ne pas retourner, ce soir-là, chez Louise Orliac, car il redoutait une autre faiblesse.

Son corps fonctionnait comme une mécanique merveilleuse. Il pensait à ses jambes qu'il avait fait tant marcher dans ses fonctions de frère-prêcheur, lorsqu'il parcourait les campagnes, de paroisse en paroisse. Il pensait à ses bras qu'il avait ouverts tant de fois, en un geste qui évoquait involontairement le Crucifié, au-dessus des têtes courbées par sa parole. Il songeait à ses épaules qui avaient coltiné tant de sacs de noir animal. Il songeait à ses mains, avec lesquelles il avait brisé l'hostie sainte, avec lesquelles il avait versé dans le calice l'eau et le vin, avec lesquelles il avait imparti des bénédictions innombrables. A ses mains impures qui avaient aussi caressé, pétri la chair de son amante. A ses mains pécheresses, à ses mains scandaleuses. C'est à elles qu'il en voulait surtout, car c'est par elles qu'avait pénétré en lui le premier trouble charnel, le soir où Louise Orliac les avait remplies de petits baisers, dans sa chambre de convalescent. Il s'arrêta un moment pour les contempler à la lumière d'une devanture. Elles étaient autrefois fines et lisses ; Vlaming les avait rendues larges, dures, avec des bourrelets calleux et des hachures noires. Des mains d'ouvrier. Il pensa à tout son corps avec répugnance et tendresse à la fois. Parce qu'il connaissait mieux que personne dans quel fumier il l'avait roulé. Et parce qu'il savait la trahison qu'il lui préparait.

La masse sombre d'une église se dressa devant Mœl. Il la contourna. Le rouge et le vert des vitraux, éclairés de l'intérieur, luisaient faiblement dans la nuit des murailles. On discernait les voix fraîches d'enfants qui répétaient les cantiques de la première communion. Au-dessus de lui, dans le clocher, les cloches frémissaient sous les bourrades du vent. Il pensait au jour lointain où l'abbé Rance l'avait découvert, dans l'ombre de Saint-Laurent, la joue appuyée au granit du pilastre granuleux comme une écorce d'orange...

Il avança jusqu'à la courbe de l'abside, s'agenouilla au pied de la muraille. Le matin, il avait plu et il sentait aux genoux, à travers l'étoffe de son pantalon, l'humidité de la terre. De l'autre côté de ce mur épais, il devait y avoir l'autel surmonté du crucifix ; mais lui était désormais trop indigne de pénétrer dans la maison du Seigneur qu'il aurait souillée de sa seule ombre. Il pria, là, comme il ne l'avait plus fait depuis longtemps, il colla ses lèvres aux pierres froides. Alors, tandis que lui parvenait comme un chœur angélique le chant estompé des communiants, il sentit enfin dans son cœur consumé renaître une petite flamme d'espérance.

Quelqu'un poussa un cri. Mais un cri dans la pétarade des mélangeurs, ça ne pouvait guère se distinguer. Aussi, Mesnard ne comprit-il rien sur le moment quand il vit Adam gesticuler de loin avec ses bras de colleur d'affiches :

— Coupe, bon Dieu ! hurlait-il. Coupe le jus !

Puis, il y eut un moment de stupeur. Il vit trois ou quatre servants abandonner leur machine, se précipiter vers le 12, celui du Révérend Père. Ce dernier était penché en avant, comme pour dégager un engorgement de gomme ; cependant, à l'agitation des autres, Mesnard comprit que ce n'était sûrement pas ça. Il avait dû se passer quelque chose de grave.

Le tableau électrique était à côté du mur, près du n° 1 qu'il servait. D'un geste il pouvait abaisser la manette et immobiliser tous les mélangeurs de la salle. Mais pourquoi Mœl ne s'occupait-il pas lui-même d'arrêter le sien ? Il lui suffisait d'appuyer sur la barre horizontale qui surmontait la machine ; les systèmes de sécurité n'ont pas été inventés pour les chiens ! Est-ce qu'on pourrait lui reprocher quelque chose à lui, Mesnard ? Avait-il été chargé de veiller sur le défroqué ? Ces pensées se déroulaient dans sa cervelle à une vitesse vertigineuse. Il songea à tous les avantages qu'en retirerait sa cause si Mœl venait à être mis hors de combat. *Primo*, son adversaire le plus redoutable dans la maison serait K.O. *Secundo*, cela servirait de leçon à ses imitateurs, aux prêcheurs à mains fines qui voudraient encore, avec la complicité de leurs exploiteurs, venir les exhorter à la résignation. Enfin, quel argument contre les consommateurs d'eau bénite ! Que penser en effet d'un Dieu qui, parmi toute une assemblée d'infidèles, choisissait de frapper son propre ministre ? Ou que penser du ministre ? Il vit en esprit le bel article que cela permettrait d'écrire dans le journal communiste local, *la Voix du Peuple*, contre la maison Vlaming. *Grave accident du travail aux usines Vlaming*. Il pourrait y flétrir à son aise l'avidité des patrons qui songent plus à grossir leurs bénéfices qu'à protéger la vie de leurs ouvriers.

L'intérêt des travailleurs, l'intérêt du syndicat, l'intérêt du Parti commandaient donc de ne pas bouger. Pas question d'humanité ni de moralité là-dedans. Il le savait, parce qu'on le lui avait dit mille fois et que mille fois il l'avait répété aux autres : « Est moral tout ce qui sert le Parti. » Règle implacable mais logique. Or, Mesnard fit cependant une chose qui n'était pas logique, que sa raison réprouvait. Ce fut, en somme, malgré lui. Il coupa le courant. La pétarade des mélangeurs cessa soudain, l'on n'entendit plus que les exclamations des ouvriers accourus vers le 12. Quelque chose avait jailli de ses entrailles qu'aucun raisonnement n'avait pu contenir ; une voix qui avait hurlé en lui :

« Es-tu fou ? Il s'agit d'un homme comme toi ! Est-ce que ça n'est pas assez ? Vas-tu attendre qu'il soit passé tout entier entre les deux cylindres ? »

Et il avait abaissé la manette. Geste idiot. Mais après tout, si lui ne l'avait pas fait, quelqu'un d'autre serait accouru et l'aurait fait à sa place.

Avec beaucoup de peine, on avait dégagé Mœl du mélangeur dans lequel il était enfoncé ; on l'avait étendu sur une pile de gomme fraîche. On lui avait garrotté les deux bras au-dessus des coudes pour arrêter l'hémorragie et on les maintenait sur le ventre pour ne pas voir traîner par terre cette affreuse bouillie qui avait été des mains. Puis une ambulance était venue, l'avait emporté à l'hôpital. Le sang avait giclé partout.

Personne n'arrivait à comprendre au juste comment la chose s'était passée. Il y avait pourtant cet écriteau en permanence :

ATTENTION AUX MAINS !

Mais, à force de l'avoir sous les yeux, plus personne n'y prenait garde. Il y avait aussi le système de sécurité. Rien de tout ça n'avait servi. Des enquêteurs étaient venus ; M. Boucharel lui-même s'était dérangé ; il questionnait tout le monde et répétait chaque fois, les bras écartés, les mains ouvertes :

— Invraisemblable !... Invraisemblable !...

La Belgique avait répandu un peu de sciure par terre sur le sang ; ça avait fait une espèce de boue rougeâtre qu'il avait ramassée avec une pelle. Comme dans les boucheries.

— Tout à coup, expliquait Adam, j'ai vu le Révérend Père qui s'affaissait sur la machine. Pour moi, il a eu une faiblesse. Vous me direz : c'était un gars plutôt costaud. Mais il avait eu une maladie, y a quelque temps, et il était pas encore bien d'aplomb.

Le soir on apprit qu'il avait été nécessaire d'amputer les deux bras du blessé.

On avait fait une transfusion. Pendant deux jours, il était resté inerte, sans souffle, sur son lit, entre les énormes pansements qui entouraient ses moignons, posés sur deux oreillers. Sous ses paupières, les yeux faisaient des boules rondes, et la barbe ombrait ses joues grises. Le soir du troisième jour, il avait demandé un prêtre ; on lui avait envoyé l'aumônier de l'hôpital, gros homme asthmatique, au visage couperosé, qui sifflait en respirant et haletait rien qu'à se moucher.

— Allons ! allons ! mon cher fils ! avait-il dit en arrivant. Vous n'êtes pas si mal ! Cependant, vous avez raison de vouloir régler vos comptes avec Dieu : les bons comptes font les bons amis.

Les voisins de Mœl faisaient semblant de dormir par discrétion, ou pour essayer de saisir sans en avoir l'air quelques bribes de la confession. La précaution était d'ailleurs bien inutile, car l'aumônier devait se pencher pour comprendre ses paroles.

Il raconta sa triste histoire, ses doutes, sa faute.

— Pauvre pécheur ! Pauvre pécheur ! Quelle punition la colère du Seigneur vous a envoyée ! Cet accident aura été une terrible pénitence, soupira le prêtre en regardant les pansements.

— Il n'y a pas eu d'accident, mon Père, fit doucement le blessé.

— Pas d'accident ? Que dites-vous là ?

Il secoua la tête, et confirma :

— C'est moi qui ai voulu ça.

— Quoi ?

— Je l'ai fait exprès.

— Vous l'avez...

Le visage de l'aumônier reflétait la stupeur, l'effroi, l'incrédulité.

— Vous rendez-vous compte de ce que vous dites ? s'écria-t-il.

Les voisins de lit tressautèrent à l'exclamation, et rapprochèrent leurs têtes autant qu'ils purent pour comprendre les chuchotements.

— Oui. Exprès.

— Mais pourquoi ? pourquoi ?

— Pour échapper à cette femme, et à moi-même. Pour mettre entre nous un obstacle définitif. Je savais qu'en me mutilant je ne pourrais plus rester chez Vlaming, qu'on devrait m'en éloigner.

— Mais c'est une désertion, ça ! Une mutilation volontaire devant l'ennemi !

— Le scandale pouvait éclater d'un moment à l'autre. D'ailleurs, je ne remplissais plus ma tâche de prêtre-ouvrier. Je ne disais même plus ma messe.

— Vous auriez pu mourir ! Et ç'aurait été un suicide !

— Personne ne l'aurait su.

— Dieu l'aurait su, lui.

— D'ailleurs, je ne pensais pas m'abîmer à ce point. Je comptais seulement atteindre les mains. On m'a enlevé les deux avant-bras, paraît-il ; mais je ne regretterais pas ces quelques livres de chair, si elles pouvaient racheter mon âme... *Si ta main est un objet de scandale, retranche-la.*

Sous l'effet de son exaltation, un peu de couleur lui était remonté aux joues. L'aumônier avait tiré un grand mouchoir, tout noir de tabac à priser, et s'était mouché deux ou trois fois. Puis, il s'était écrié encore, en s'essuyant les yeux :

— Vous êtes pour moi un terrible exemple, mon Père. Et si Dieu le permet, dans quelques jours, je viendrai moi-même me confesser ici, devant vous.

Le visage gris du mutilé avait esquissé un douloureux sourire :

— J'ai voulu être seulement un chien du Seigneur. Et j'ai été un chien...

C'était la nuit du cinquième jour. La longue salle était éclairée par deux veilleuses, une à chaque bout. Un interne était passé, qui avait dit à Mœl :

— Reposez-vous. Si vous ne pouvez pas dormir, restez aussi immobile que possible, vous ne sentirez rien. Et s'il y a quelque chose qui ne va pas, n'hésitez pas à sonner.

Puis, se rendant compte de l'énormité qu'il venait de lâcher, il avait haussé les épaules et rectifié :

— Je veux dire : à appeler. On vous entendra.

Calé entre deux murailles d'oreillers, il ne réussissait pas, en effet, à dormir ; mais il aurait le temps de se rattraper, puisqu'il était de nouveau condamné pour de longs jours à la position horizontale. On ronflait autour de lui. Cette longue salle lui rappelait invinciblement l'atelier des mélangeurs. Sauf qu'elle était blanche au lieu d'être noire. Comme si elle eût été le positif, l'autre le négatif. Ces lits alignés ressemblaient aux machines, et il s'imaginait qu'en tournant la tête il verrait La Belgique à sa gauche, Adam à sa droite.

Il était étonné de souffrir si peu ; cela l'aidait à garder la tête libre. Il entendit sonner douze coups à une cloche lointaine au timbre étouffé : celle de la cathédrale. Plus tard, elle sonna encore une heure, deux heures. Les veilleuses luisaient faiblement, l'on distinguait le tortillon rougeâtre du filament sous le verre bleu. Il sentit peu à peu une délicieuse lassitude le gagner. Le matelas et les oreillers lui semblèrent d'une profondeur inouïe, il s'enfonçait doucement dans leur masse molle.

Il baissa les yeux et constata que l'oreiller sur lequel reposait ce qui lui restait de bras gauche s'était couvert d'une large tache violette. D'abord, il ne comprit pas ce que ce pouvait être, cette tache violette qui allait s'élargissant. Il eut besoin d'un grand effort mental pour se rappeler que rouge + bleu = violet, en déduire que ce qui lui apparaissait violet sous la lumière bleue eût été rouge en plein jour. C'était donc une tache de sang. Quelque chose avait dû se défaire dans son pansement : il était en train de se vider comme une outre qui fuit. Il se rappela la recommandation de l'interne :

— N'hésitez pas à appeler ; on vous entendra.

Bien que l'hémorragie ne lui causât en elle-même aucune frayeur, il ne voulait rien avoir à se reprocher. Il cria donc. Mais sa voix était d'une faiblesse ridicule ; il lui sembla qu'en ce moment précis les dormeurs faisaient exprès de ronfler plus fort : son cri ne réussissait pas même à dominer les ronflements. Alors, il appela son voisin de lit. Celui-ci était couché sur le dos, la tête enfoncée dans son bonnet de nuit, la bouche béante ; il faisait en respirant un glou-glou de gargarisme ; les appels de Mœl ne purent le tirer de cette occupation. De l'autre côté, le lit était vide : on avait emporté la veille son occupant pour la salle d'opération, et il n'était pas revenu.

Il pensa à tous les pauvres bougres qu'il abandonnait, qu'il avait commencé à préparer, à travailler, puis qu'il avait lâchés. Au père Chugnon, en son grenier de la rue du 9-Septembre, qui ne trouvait de vie et de consolation que dans son vin, à qui il n'avait pas encore enseigné que Dieu est la seule vraie consolation, la seule vraie vie ; il s'était contenté de lui rendre visite deux fois, de lui allumer son feu, de lui ôter une épine du pied, de faire une belote avec lui. Il n'avait pas eu le temps de dépasser les préambules. Le père Chugnon était très vieux, il mourrait sans connaître cette vérité, jamais plus personne, sans doute, ne monterait la lui dire dans son grenier du 9-Septembre. Il pensa à Journet le solitaire qu'il aurait pu, peut-être, amener à la foi, parce que c'était une âme docile et assoiffée d'amour. A Brahim, à qui il avait appris à ne plus gagner des pièces de cent sous en offrant son derrière à ceux qui voulaient taper dedans ; à qui il aurait dû aussi apprendre bien d'autres choses. A Buskowsky qu'il avait presque convaincu de retourner auprès de sa femme et de ses gosses, et qu'il avait abandonné à moitié chemin. A Faure qu'il avait lui-même baptisé, mais dont la foi n'était pas encore très solide. A Champcel, à Sabatier, à Huss, à Depretis, à Cianci, à Woycewsky... A tant d'autres... Il pensa même à M. Boucharel qu'il avait projeté d'aller trouver un jour pour lui dire : « Vos ouvriers ne sont pas contents de vous. Voici pourquoi... » Rien ne se ferait. Par sa faute. Par sa très grande faute. Dieu lui pardonnerait-il ?

Sur le mur d'en face se détachait un Christ sombre ; il lui parut soudain qu'il rayonnait extraordinairement et que les yeux fermés de l'Homme-Dieu s'étaient tout à coup ouverts et le regardaient.

« Me pardonnerez-vous, Seigneur ? » pensa-t-il avec angoisse.

La tache brune s'élargissait sur les draps ; la conscience en repos, Mœl s'abandonnait à la douceur de son état présent. C'était là une grande faveur qui lui était consentie. Dieu savait que les affres du mourir gâtent pour beaucoup la joie d'atteindre enfin le port ; distraite par les souffrances de la chair, l'âme n'a pas le loisir de se recueillir comme elle le devrait dans l'instant qui précède sa comparution devant son Créateur. Celui-ci avait choisi d'accorder à Albert Mœl les joies de l'arrivée sans lui infliger les tristesses du départ. Il s'était donc bien réconcilié avec lui.

— Vous êtes trop bon, mon Dieu, murmura-t-il. Je ne méritais pas... je ne méritais pas...

Et de reconnaissance, il sentit ses paupières se mouiller.

14

Le convoi fait sur la route asphaltée un piétinement de troupeau. Juste derrière le corbillard, vient la famille : la mère et la sœur du défunt, sous leurs voiles noirs ; le beau-frère, digne et raide. De temps en temps, il aplatit d'un geste rapide ses cheveux que le vent soulève à rebrousse-poil. Suit une délégation de dominicains rasés de frais, pareils à d'énormes pies — ailes noires et ventres blancs. M. Boucharel ne s'est pas dérangé lui-même ; mais il a envoyé deux représentants : le directeur du personnel et le chef de la comptabilité. Ce sont deux messieurs qui font beaucoup d'effet nu-tête, car ils présentent des calvities distinguées. Et puis, leur absence ne se fait pas sentir à l'usine qui continue de tourner sans eux. M. Boucharel a également accordé aux ouvriers qui ont désiré venir aux obsèques toutes les permissions qu'ils ont voulues, sans aller toutefois jusqu'à leur payer les heures d'absence. Ils sont une vingtaine en tout, quelques-uns ont amené leur famille.

Adam, n'oubliant pas que Mœl avait été son bienfaiteur, a organisé une collecte parmi ceux de l'atelier pour lui acheter une couronne ; mais quatre ou cinq seulement ont accepté de verser et, vu la somme dérisoire qu'il avait recueillie, il a rendu l'argent. Au dernier moment, d'ailleurs, il a préféré ne pas venir à l'enterrement, car il craignait que quelqu'un de la famille ne lui réclamât les 6 500 francs qu'il n'a pas encore remboursés à son bienfaiteur, sans compter les intérêts.

Quant à Mesnard, à ceux qui lui ont demandé son avis sur l'opportunité d'accompagner Mœl au cimetière, il a répondu :

— Faites ce que vous voudrez. Vous êtes majeurs, non ?

Lui-même, il s'est décidé *in extremis* à y aller. Hertens, Ramusse et les autres calotins ont été plutôt surpris de le trouver parmi eux ; mais il les a regardés avec des yeux si froids que personne n'a osé faire de réflexions.

Des cyclistes qui viennent en sens inverse descendent de machine, ôtent leur casquette, attendent que le convoi soit passé. Des gens rentrent dans les boutiques pour ne pas avoir à saluer. De vieilles femmes se signent, les doigts joints, comme si elles tenaient une pincée de gros sel, puis se mettent à mastiquer des patenôtres.

Il fait un temps agréable, avec parfois une petite saute de vent pour vous rappeler que l'été n'est pas encore commencé.

— Une veine qu'il fasse beau, remarque quelqu'un. Moi, d'habitude, chaque fois que je vais à un enterrement, il flotte. C'est réglé.

Le temps qu'il faut pour enterrer un ami, et garder de lui un bon souvenir.

Le cimetière est loin. On doit traverser toute la ville ; mais le corbillard va à petit train ; sous le ciel printanier, le cortège a l'air d'un pensionnat en promenade. Curieuse sensation que celle de rester tranquillement au beau milieu de la chaussée sans avoir à regarder ni de droite ni de gauche. Aujourd'hui, on a priorité sur les autres véhicules, qui s'arrêtent pour vous laisser passer. Tous ces coups de chapeau, tout ce respect qu'on témoigne au mort, les vivants qui vont derrière en prennent une petite part pour eux. On a l'impression d'avoir revêtu soudain une importance inhabituelle.

Mesnard marche comme un automate. Insensible à la douceur de l'air, sourd aux conversations des autres. Il n'a pas desserré les dents depuis le moment de la levée du corps. Il songe que, dans le cercueil, gît un cadavre sans bras, et il se dit que c'est sa faute si cet homme est mort. Oui, c'est lui qui l'a tué par son hésitation de deux ou trois secondes à couper le courant. Ces trois secondes ont suffi. Ça paraît très simple de proclamer :

Est moral tout ce qui sert au Parti !

Et puis :

La violence est l'accoucheuse de toute vieille société en gésine.

Et puis :

Le sang des ennemis du peuple ne compte pas.

Encore faut-il être certain qu'on a vraiment affaire à un ennemi du peuple. Le sang des innocents, le sang des calomniés ne compte-t-il pas non plus ? De toute façon, le sang versé ne purifie-t-il pas celui qui le verse ? Autre chose sont les principes, autre chose est l'action. Pour lui, aucun raisonnement ne tient devant ce fait : il a sur la conscience la mort d'un homme. Et c'est singulièrement lourd et encombrant, le cadavre d'un homme ! Si lourd que Mesnard se sent écrasé par le poids ; si encombrant qu'il n'arrive pas à penser à autre chose.

Soudain, le crépitement que faisait le convoi en marche s'amortit en un piétinement sourd et comme mouillé : on vient d'entrer dans l'allée sablée du cimetière. Les roues du corbillard crissent, les conversations tombent. On distingue seulement des bribes de latin lancées par le prêtre. Le char tourne à droite, puis à gauche, puis encore à droite, docilement suivi par sa queue d'habits noirs. Il s'arrête enfin devant une tombe ouverte. On est arrivé. La terre de déblai forme un talus sombre ; les fossoyeurs sont là, tête nue, au garde-à-vous dans leurs vêtements de travail, avec leurs grosses pattes encore brunes d'argile fraîche.

Les pleurs de la famille se font déchirants, pendant que les gens du métier découvrent le cercueil de son drap, le poussent sur le plancher ferré de la voiture. Puis, à l'aide de deux cordes, ils le laissent glisser doucement dans la fosse, tandis que les sanglots redoublent de fureur. C'est alors que s'avance M. le directeur du personnel. Tout le monde comprend qu'il va parler et la famille s'efforce de mettre une sourdine aux éclats de son chagrin. Il parle en effet. Il exalte le sacrifice de ce prêtre qui a vécu et est mort au service de Dieu.

— Oui, messieurs, en un temps où la plupart des hommes ne songent qu'à demander, qu'à revendiquer, lui, il s'est donné. En un temps où la plupart des hommes sont prêts à sacrifier les autres, ceux qui ne partagent pas leurs idées, lui, il s'est sacrifié lui-même...

M. le directeur du personnel a découvert Mesnard parmi la foule, et c'est en le regardant fixement qu'il prononce ces mots. Puis, il ajoute :

— Il aurait pu être inhumé dans le caveau familial, à A... Il a préféré le cimetière de cette ville où il a combattu, il a exigé qu'on l'enterrât dans le quartier des pauvres, sa véritable famille. Quel exemple, messieurs !...

Après l'oraison funèbre du représentant de M. Boucharel, les dominicains s'avancent près de la fosse et récitent la prière pour les morts.

Du profond abîme où je suis, j'ai crié vers toi, Seigneur. Seigneur, écoute ma voix. Daigne prêter une oreille attentive à la voix de ma prière. Si tu regardes nos iniquités, Seigneur, qui pourra subsister devant toi ? Mais je te sais plein de miséricorde ; c'est pourquoi fermement attaché à ta loi, je t'ai attendu...

Ensuite, chacun jette une poignée de terre sur le cercueil, la foule se disperse peu à peu. Les membres de la famille s'en vont aussi, se soutenant mutuellement, après avoir perçu les condoléances d'usage. Les croque-morts remontent sur le corbillard ; l'un s'assoit à côté du cocher, l'autre derrière, les jambes ballantes, à peu près là où se trouvaient un quart d'heure plus tôt les pieds du défunt ; la voiture démarre.

Les fossoyeurs ont craché dans leurs mains ; ils s'apprêtent à combler la fosse. A ce moment, l'un d'eux lève la tête et voit quelqu'un qui n'est pas parti : immobile, les deux poings serrés sur la poitrine, il les contemple avec des yeux effrayants. C'est Mesnard.

— Vous allez, halète-t-il, jeter toute cette terre sur lui ?

— Nature ! fait l'un des fossoyeurs.

— Toute cette terre ? qu'il insiste.

— Allons, faut pas rester là. A quoi ça vous sert ? Vous êtes sans doute un parent du défunt ?

— Non.

— Un copain, alors ?

Il secoue les épaules, sans répondre.

— De toute façon, faut vous en aller.

Le fossoyeur est un petit homme terreux. Le blanc de ses yeux, couvert d'un réseau de veines serrées, est plus rouge que blanc. Il prend l'homme par le bras, essaye doucement de l'entraîner ; il a l'habitude de pareilles scènes. Mais l'autre se dégage violemment, et il juge inutile d'insister.

— Moi, ce que je vous en dis...

Il fait le geste de Ponce Pilate.

— ... Si ça vous chante, vous pouvez rester là jusqu'à la Saint-Glinglin.

— C'est moi qui l'ai tué, répond Mesnard d'une voix sourde.

— Quoi ?

— C'est moi qui l'ai tué.

Devant ce trou qu'on va boucher, devant cette caisse qu'on va couvrir de terre, il se rend compte à présent de ce que c'est, un homme. De toutes les choses qu'il y a dans une tête et un cœur d'homme. L'amour, la haine, les souvenirs, les désirs, les espérances, les regrets, la pitié, la colère, le dégoût, l'enthousiasme, l'erreur, la vérité. On pourrait continuer ainsi jusqu'à demain, et l'on n'aurait pas tout dit. D'un coup, lui, le temps de compter jusqu'à trois, il a supprimé tout ça. Si encore, comme assurait l'autre, sa victime, il y avait dans ce tout une âme immortelle ! Ce ne serait que moitié mal, car elle, du moins, serait sauvée. Mais dans le cas contraire, son crime était double, puisqu'il avait supprimé l'âme et le corps en même temps. De quel droit avait-il fait ça ? De quel droit ? Dire qu'il avait fallu en arriver là pour comprendre que la vie d'un homme, à elle seule, est un univers, quelque chose d'immense et d'irremplaçable ! Il pense toutes ces choses en répétant aux fossoyeurs :

— C'est moi qui l'ai tué.

Les autres se regardent, perplexes ; puis l'un d'eux se tapote le front discrètement.

— Il est mort d'accident, chez Vlaming. Il a eu les bras écrasés. Tout le monde sait ça, répond calmement l'homme aux yeux rouges.

— Permettez ! Une seconde ! fait Mesnard qui ne semble pas entendre ce qu'ils lui répondent.

Il les écarte d'un geste et s'avance tout près du trou. Il se penche vers le cercueil déjà à moitié recouvert, et l'on voit ses lèvres remuer, comme s'il parlait au mort ; puis il se redresse brusquement, s'éloigne à grandes enjambées.

— T'as pigé ce qu'il lui a raconté ? demande le plus jeune des fossoyeurs.

Mais son collègue se contente de hausser les épaules et de reprendre le manche de sa pelle.

Mesnard ne voit plus clair en lui. Les choses semblent avoir changé de forme et de couleur depuis quelques jours : le ciel n'est plus le même, les arbres ne sont plus les mêmes, les murs de l'usine ne sont plus les mêmes. Il y avait auparavant chez Vlaming une douzaine de têtes qu'il détestait cordialement : celle de M. le directeur du personnel, par exemple, qui entretient un réseau de mouchards parmi les ouvriers ; celles des traîtres de Force Ouvrière ; celles de certains chefs trop zélés. D'autres, au contraire, lui semblaient d'un ridicule achevé : celles de Ramusse, de Journet, de La Belgique ; celle de Patareuil-le-Converti, comme il l'appelait, en détachant le préfixe. Or voici maintenant que tous ces gens lui apparaissent avec des figures de pauvres types. C'est comme s'il avait perdu soudain la faculté de haïr ou de rigoler. A les voir, il aurait plutôt envie de pleurer.

Un dimanche, il a dit à Popaul :

— Viens. On va faire un tour.

— Où qu'on va ? a demandé l'enfant.

— T'occupe pas. Faire un tour.

Ils ont pris le chemin du cimetière. La petite main chaude et vivante de son fils palpitait dans la sienne.

— Pourquoi que tu m'amènes là-dedans ? s'est inquiété le gamin quand ils ont franchi la grille.

— C'est beau, tu verras : c'est plein de fleurs.

Il est allé tout droit à la tombe de Mœl. Il a imaginé, dans la solitude noire de la caisse, le cadavre de cet homme qu'il a assassiné, les orbites grouillantes de vers. Déjà commençaient à poindre sur la terre fraîche, comme sur un semis de jardinier, de petites herbes qui deviendraient du chiendent, des pissenlits, des liserons, et que le mort nourrirait un jour avec le suc de ses chairs putréfiées.

Karl Marx, Lénine, Engels, Staline et leurs pareils se sont tué le corps à répéter que la terre est à tout le monde. Or, il vient de découvrir seul une autre vérité autrement élémentaire, autrement bouleversante : c'est que tout le monde est à la terre. Le reste, qu'est-ce que vous voulez que ça lui foute ?

Ils sont revenus vers la maison vide. Mesnard a cherché trois feuilles blanches, écrit trois lettres qu'il enverra demain, pour annoncer qu'il démissionne du Conseil municipal, du Syndicat et du Parti.

C'est après, qu'il a pensé à Amadieu. A Thuel, à Rouchon, à Jacquemin qui ne sont pas revenus de leur déportation en Allemagne. A Lombreux, à Souss qui ont été fusillés. A Hainchelein, à Barrier qui sont tombés en combattant. A Doucet, qui s'est jeté par la fenêtre pour ne point parler. Il sent sur lui le regard de ces yeux de cadavres qui semblent dire : « Et nous, est-ce qu'on n'est pas morts aussi ? La seule différence c'est que tu n'y es pour rien. Alors, à quoi ça aurait servi qu'on se soit fait casser la gueule ? » Et il a honte de sa faiblesse.

Un jour, il avait dit à Mœl : « Nous sommes des prêtres, toi et moi. » Est-ce qu'il avait changé, lui, le Révérend Père ? Est-ce qu'il avait éprouvé des doutes ? Est-ce qu'il avait été ébranlé dans sa foi ? Jusqu'au bout, il était resté ce qu'il avait toujours été. Lui aussi, Mesnard, il devait rester le même jusqu'au bout.

Alors, il a jeté les trois lettres au feu.

THEIX, février 1951.

LE PÉCHÉ D'ÉCARLATE

Et après cela, venez et soutenez votre cause contre moi, dit le Seigneur. Quand vos péchés seraient comme l'écarlate, ils deviendront blancs comme la neige...

ISAÏE, I, 18

Le Ciel a dessillé mes yeux, et je regarde avec horreur le long aveuglement où j'ai été.

MOLIÈRE, *Don Juan*

PREMIÈRE PARTIE

1

Tout s'annonçait pour le mieux ce matin-là, dans la plus jolie saison de l'année. Au carrefour des Taules, une jeune bohémienne vendait des bouquets de narcisses, les acheteurs s'y jaunissaient le nez et les joues. Soudain éclata un orage inattendu. Ce fut un matin pervers.

Georges efface de la main la buée du carreau et regarde le ruissellement de la pluie. Un camion passe, dans le ferraillement de ses énormes chaînes, pâteuses de cambouis, avec ses bandages effrangés. Une goutte a pénétré dans l'épaisseur du carreau. Non : c'est une boursouflure du verre. Il frotte ; mais, naturellement, elle ne disparaît point. Le verre couine sous son index. La bulle déforme les lignes du mur opposé qui, à cause d'elle, présente dans son arête verticale un golfe. Il s'amuse à le déplacer sur toute la façade, rien qu'en bougeant la tête, défonçant les fenêtres, l'alignement des tuiles, les champignons des cheminées. C'est comme si tout cela, au lieu d'être en pierre, en brique, en zinc, était d'un fluide opaque qu'il eût modelé à sa guise. Mais bientôt, la vitre se voile encore, la buée revient. Il y plonge un seul doigt, ouvre un sillon transparent. La croupe des chevaux fume comme une boule de lessive chaude. Les cochers les fouettent et ils trottent. Dans la bourbasse de la chaussée, leurs sabots flicflaquent mollement.

Alors, il aperçoit l'*homme malade*. A cause de la pluie, celui-ci s'est enfoncé dans le couloir de la boulangerie ; c'est pourquoi il ne l'avait pas immédiatement remarqué. Comme les autres jours, l'homme regarde en face de lui, fixement, vers la banque Juradieu et Rebec. Il a toujours son visage livide, son expression douce-triste, sa figure lunaire, ses yeux luisants et 40° de fièvre. De temps en temps, il paraît agité d'une convulsion. A moins que ce ne soit un effet produit par les bulles de la vitre. Il a relevé son col, boutonné tous les boutons de sa veste et, les mains dans les poches, le dos courbé, il attend la fin de l'orage.

C'est la troisième fois que Georges le surprend en sentinelle sur le trottoir d'en face, dans cette interminable immobilité. Les autres jours, il finissait par traverser la rue et entrer à la banque. Il doit donc être connu dans les bureaux. Mais aujourd'hui, les bureaux sont vides. Que peut-il bien attendre ? Drôle de client !

Au fond, Georges éprouve une grande pitié pour lui. On devine que, sous son pantalon étroit, ses jambes sont torses. L'enfant a entendu dire que c'est un signe de pauvreté. On a les jambes torses parce que vos parents vous ont posé par terre avant l'âge. S'ils étaient si pressés de vous voir marcher, c'est que votre poids embarrassait leurs bras, dont ils avaient besoin pour travailler. Et travailler est la plus horrible chose du monde. Cela consiste à porter des pierres, à remuer la terre, à tailler le bois, à déformer le fer AVEC SES PROPRES MAINS. Cela consiste également à éplucher les légumes, à balayer les pièces, à allumer les poêles, à laver le linge sale SOI-MÊME. Chez les Juradieu, personne ne travaille, Dieu merci. Car il y a les domestiques ; il y a les employés de la banque. Un jour que Georges manifestait devant sa mère son horreur, elle protesta en riant :

« Mais nous aussi, nous travaillons !

— Nous ?

— Nous, oui. Papa, moi...

— Papa ne travaille pas. Il est dans son bureau. Il écrit, il téléphone.

— Mais c'est son travail, cela ! Et moi aussi, je travaille : je brode, je couds, je fais de la pâtisserie... Bien sûr, je pourrais m'en dispenser. Mais c'est tout de même du travail, crois-moi ! »

Elle avait beau dire, il n'arrivait point à appeler travail de pareilles occupations. Ou alors, il fallait trouver un autre mot pour exprimer ce que faisaient les éboueurs, les terrassiers, les forgerons, les couvreurs, les paysans. Tous ceux que M. Juradieu appelait avec mépris des *crache-partout*. (« Ils ne peuvent rien faire sans cracher, où qu'ils se trouvent. Les maçons crachent dans leur mortier, les charbonniers dans leur charbon, les menuisiers dans leur sciure. Il paraît même que les boulangers crachent dans leur pâte, sous prétexte que la fermentation purifie tout. »)

C'est pourquoi on obligeait Georges à cracher dans un mouchoir. Ce jour-là, cependant, par sympathie pour l'*homme malade*, il avait réellement envie de cracher dans son encrier. En bas, tout frissonnant sous ses habits étroits, avec ses jambes torses, avec son petit béret qui lui collait au crâne, il avait vraiment l'air d'un crache-partout. Derrière sa vitre, l'enfant lui sourit inutilement.

La pluie cessa aussi soudainement qu'elle avait commencé. Ce fut tout à coup comme la dernière suée d'une éponge qu'on tord. Seuls les toits, derrière lesquels se dressait le clocher pointu de Saint-Amable, larmoyaient encore. Cependant, le ciel restait funèbre et donnait froid. Alors, l'inconnu sortit du couloir. Sans hésiter, il traversa la rue et, comme les fois précédentes, se dirigea vers la banque. En marchant, il serrait les épaules pour ramener le col de sa veste autour de son cou. A partir d'un certain moment, Georges cessa de le voir. Il attendit encore pour savoir si l'*homme malade* avait fait demi-tour ; mais celui-ci ne reparut point : ayant trouvé porte close, il avait dû s'éloigner.

Georges Juradieu revint à sa table de travail. La vastité silencieuse de l'appartement l'apeurait. C'était samedi, jour de sortie de la bonne ; sa mère et Riquette étaient chez la couturière, son père en conférence avec Rebec, l'associé. Lui, on l'avait laissé seul en face de ses cahiers. Il retenait son souffle pour écouter les meubles craquer. Ce qui ne se produisait pas souvent car le mobilier, comme la banque elle-même, était un héritage patrimonial ; depuis longtemps, chaque cheville, chaque jointure avait trouvé son point d'équilibre. De temps à autre, l'enfant retournait à la fenêtre reprendre du courage. Le spectacle de la rue, le va-et-vient des piétons lui démontraient qu'il n'était pas seul au monde comme le lui laissaient supposer ces pièces désertées.

Les murs du salon étaient ornés d'estampes et de paysages fumeux. Le papier peint, uniformément semé de nielles d'or, imitait le vieux cuir. Au plafond, le lustre n'était qu'une grappe de pendeloques de cristal. Les fauteuils, la table, les guéridons, la bibliothèque qu'on n'ouvrait jamais, les tentures qui dissimulaient les portes, tout ici était rondeur, épaisseur, opacité. On n'imaginait pas qu'en ce lieu quelqu'un pût, par exemple, pousser un cri, éclater de rire, éternuer. On n'imaginait pas qu'il pût recevoir d'autres hôtes que des notaires, des avocats, des banquiers.

Ce fut alors qu'on sonna.

Quand Georges restait seul à la maison, il avait pour consigne de n'ouvrir à personne. Sauf aux amis de la famille. Pour les reconnaître il devait regarder à travers le judas. La sonnerie avait été très brève ; néanmoins, l'enfant sursauta : il n'était plus seul. Quelqu'un attendait, là, à deux pas de lui, qu'il pouvait à son gré faire entrer ou laisser repartir. Ami ? Ennemi ? Indifférent ? En tout cas, quelqu'un de peu dangereux, à en juger par la timidité du deuxième coup de sonnette, aussi bref que le précédent. Sur la pointe des pieds, Georges vint coller l'œil au judas.

Le visiteur devait se tenir trop près, car on ne distinguait rien du tout. Cependant, on l'entendait renifler faiblement comme s'il eût flairé le bois de la porte. Son odeur, douce et chaude, pareille à celle des vêtements qu'on repasse sous la pattemouille, filtrait.

Après un troisième coup un peu plus appuyé, après une autre attente remplie de halètements, l'inconnu bougea et s'éloigna. Son petit béret lui collait au crâne et le col relevé de sa veste bâillait autour de son cou : c'était l'*homme malade*. Il tourna la tête à regret, commença de descendre les marches. Il fut surpris d'entendre la porte s'ouvrir derrière lui, quand il ne s'y attendait plus.

« Je croyais qu'il n'y avait personne, expliqua-t-il.

— Je suis seul.

— Je voulais voir M. Juradieu.

— C'est mon père. Vous le connaissez ?

— Oui. Je lui ai parlé plusieurs fois, à la banque.

— Est-ce que vous voulez l'attendre ?

— L'attendre ? Où ça ?

— Ici. Entrez si vous voulez. Puisque vous le connaissez. »

La main sur la rampe, il hésitait. Ses sourcils épais remuaient sur son front. Il finit par remonter, hésita encore devant la porte ; puis il suivit Georges, après avoir essuyé soigneusement ses pieds sur le paillasson.

« Asseyez-vous. »

Il ôta son béret et parut ne pas s'être décoiffé, tellement ses cheveux noirs et lisses adhéraient au crâne. On eût pu les croire peints, comme sur la tête des quilles. Il regardait autour de lui avec des yeux troubles.

« Asseyez-vous, répéta l'enfant.

— Je ne suis pas fatigué.

— Si vous voulez attendre mon père, vous ne pouvez pas rester debout. »

Alors, après l'avoir longuement examinée, il se posa sur une chaise, avec une sorte de répugnance.

« Vous êtes malade, n'est-ce pas ?

— Malade ?

— Oui. Vous... vous en avez l'air. »

Il réfléchit, puis concéda :

« En effet, je dois être malade. »

En entrant, il avait rabattu par décence le col de sa veste ; puis, il avait posé à plat ses mains sur ses genoux ; elles tremblaient, imperceptiblement. A cause de ses longs doigts, chacune ressemblait à une araignée accrochée au genou. Ses pieds, chaussés de souliers à tige, mal à l'aise sur le tapis, gardaient une immobilité exagérée. Seule bougeait parfois sa tête qu'il tournait avec prudence de côté et d'autre. Encore la ramenait-il brusquement, les yeux bas, dès qu'il se sentait observé. « Il est pauvre, se disait Georges avec crainte. Il est pauvre et il travaille. »

« Qu'est-ce que c'est, votre maladie ?

— Ma maladie ? Heu... un peu tout. »

L'enfant se sentait en devoir de soutenir la conversation ; mais l'autre n'y mettait aucune bonne volonté.

« Je m'appelle Georges.
— Georges ? répéta l'homme, surpris.
— Oui. Et vous ?
— Georges également !
— Comme c'est curieux ! Nous avons le même prénom ! »
C'était presque une parenté. Il sourit pour montrer que cela lui faisait plaisir ; mais le visage de l'homonyme resta immobile et terne. L'enfant souffrait de le sentir si obstiné à garder ses distances. Des deux, c'est lui qui avait l'air d'être la grande personne s'efforçant d'apprivoiser un gamin farouche.
« Est-ce que vous aimez les bonbons ? »
Sans attendre de réponse, il quitta la table, lui ouvrit sous le nez une bonbonnière :
« Servez-vous !
— Non, merci.
— Allons donc ! Ne faites pas de manières !
— Tu es gentil, mais...
— Je vous conseille les caramels. Ils sont fourrés à la groseille.
— Non. Je peux pas.
— Vous ne *pouvez* pas ? Pourquoi donc ?
— Tu me connais pas.
— Qu'est-ce que ça fait ? Pour un bonbon !
— Alors, je le mangerai après.
— Après quoi ?
— Quand je serai reparti.
— Comme vous voudrez. Vous êtes pauvre, n'est-ce pas ? »
L'homonyme le regarda avec étonnement, et il lui sembla qu'il pâlissait. Puis, ses lèvres tremblèrent, se pincèrent, comme pour retenir un rire qui lui gonfla soudain les joues. Et il éclata quand même. En sanglots. Il se couvrit la figure de ses deux mains, honteux de ce qui lui arrivait, tandis que l'enfant le considérait avec effroi. Il n'avait jamais vu pleurer de grande personne. Il se rappelait un mot héroïque de son grand-père, le banquier Félix Juradieu :
« Moi, je n'ai plus pleuré depuis que j'ai fini de mettre mes dernières dents, à onze mois. »
Il ne supposait pas même que les grandes personnes pussent pleurer, s'imaginant que cette fonction était réservée à l'enfance, comme les genoux couronnés, les végétations, la coqueluche.
L'homme sanglotait, avec de violents hoquets qui lui secouaient la poitrine, étouffant des cris dans ses mains.
« Pauvre !... Oui, je suis pauvre !... Oui, je suis pauvre !... Oui, je suis pauvre !... »
Pétrifié, le fils du banquier restait la bouche ouverte, son caramel collé au palais. L'autre suffoqua longtemps encore, puis se calma

peu à peu. Alors il découvrit d'un coup son visage tuméfié par cette tempête. Il s'essuya, se moucha et dit :

« Excuse-moi. Je sais pas ce qui m'a pris. »

Georges Juradieu retourna à sa table, un peu tremblant, renonçant à toute conversation. L'inconnu pétrissait son mouchoir en contemplant ses pieds. Ensuite, le mouchoir disparut, les mains reprirent leur position d'araignées accrochées aux genoux.

« Est-ce que ton père tardera encore longtemps ?

— Plus beaucoup. Il a dit vers cinq heures. Et il est déjà le quart. »

Une nouvelle fois, entre eux, le silence. De la rue arrive étouffé le grondement des jantes. La plume de l'enfant fait sur le papier un grignotement de souris. Il écrit en penchant la tête, les sourcils froncés, évitant de regarder l'autre. Il lui en veut de ces larmes indécentes, versées dans une maison qui ne lui appartient pas.

« J'ai attendu jusqu'à présent, fit l'*homme malade*, comme pour s'excuser. Faut que j'attende jusqu'au bout.

— Bien sûr. »

Les mains-araignées se joignirent en avant, en un geste de prière, et c'était encore tout à fait déplacé.

« Quand ton père sera là, j'aimerais...

— Quoi ?

— Que tu partes. Que tu me laisses seul avec lui. »

Le fils du banquier haussa une épaule. Voici maintenant qu'il exprimait des désirs ! Encore un peu, et il donnerait des ordres. Décidément, les pauvres n'ont pas beaucoup d'éducation. Il comprenait à présent la difficulté éprouvée à établir un lien de sympathie avec ce crache-partout.

Il y eut un grattement dans la serrure ; Georges sentit battre son cœur : comment son père allait-il prendre la présence de cet étranger dans la maison, malgré ses recommandations de n'ouvrir à personne ? L'homonyme avait pâli de nouveau. Il se leva sans un mot et se tint debout, à l'écart, tournant vers l'enfant ses yeux exorbités.

« Je t'en prie, souffla-t-il encore. Va-t'en, dès qu'il sera entré. »

Mais Georges ne bougea point : il lui faudrait bien donner des explications. Il dirait qu'il avait eu pitié de cet homme, à cause de sa maladie évidente.

Au bout du couloir, la porte s'était ouverte, s'était refermée.

« Coucou ! fit la voix de M. Juradieu.

— Je suis là », répondit l'enfant.

Le banquier entra. C'était un homme au corps puissant, empâté par son état sédentaire, les cheveux touffus et précocement gris, avec de belles dents blanches. Parfois, les ailes de ses narines se mettaient brusquement à palpiter, comme s'il eût découvert quelque odeur insolite. Mais ce n'était là rien qu'un tic nerveux : il prétendait le tenir de son père et de son aïeul à la fois, tous deux priseurs impénitents. Lui ne prisait point, ne fumait point, ne buvait guère. Sa seule passion était son métier de marchand d'argent. Sa seule distraction, les promenades à la campagne quand les affaires le permettaient. On prenait place dans la torpédo « Brasier » qu'il conduisait lui-même, avec beaucoup de dignité, les mains sous des gants de cuir, les mollets dans des jambières. On s'arrêtait au bord d'un bois. M. Juradieu tirait avec lenteur le levier du frein qui crécelait. Personne ne bougeait encore. Quand il avait vérifié de l'œil ou du doigt l'ordonnance des manettes, il descendait, passait devant le moteur, allait ouvrir la portière de Madame. A son tour, elle mettait pied à terre, d'une main tenant ses jupes, s'appuyant de l'autre au poing de son mari. Les enfants descendaient après, sur un signe de leurs parents.

Ce jour-là, le banquier sourit en regardant son fils, de ses belles dents régulières, qui luisaient sous sa moustache bien taillée. Ses yeux se plissaient de contentement.

« Voici... fit l'enfant en tendant la main.

— Quoi ? »

Il venait de voir l'étranger et recula d'un pas.

« C'est moi, oui, monsieur Juradieu ! fit l'*homme malade* d'une voix douce, qui s'excusait. J'ai pas besoin de vous demander si vous me reconnaissez, n'est-ce pas ? Je suis Georges Potier, le fils à Potier !

— Qui vous a permis ?... »

Ce fut ensuite si rapide que l'enfant ne comprit pas tout de suite. Il y eut deux longues flammes roses, deux fracas terribles. Le banquier partit à reculons, une main sur la poitrine, l'autre battant l'air. Puis il s'écroula à la renverse sur le tapis, au pied de la table de travail qu'il heurta de la tête, tandis que les oreilles de Georges résonnaient encore du bruit terrifiant des détonations. L'*homme malade* n'avait pas bougé de place ; il regardait par terre le corps immense du banquier abattu. Son visage n'exprimait aucune joie. Plutôt la désillusion que tout eût été si rapide, si facile, et pourtant si définitif. Au bout de son bras pendant, le revolver fumait. Alors, Georges Juradieu cria.

« Je t'avais bien dit de t'en aller », fit Potier.

2

Après bien des années, Georges Juradieu se rappelait encore de façon aiguë ces instants où il s'était trouvé seul avec le corps de son père couché à ses pieds. Son sentiment le plus vif était une énorme stupeur. Il ne parvenait pas à croire en ces minutes qu'il vivait. « Impossible ! pensait-il. Je suis au cinéma ou au théâtre. Ou bien encore je fais un cauchemar. C'est des choses, cela, qui arrivent peut-être aux autres, mais qui ne peuvent arriver à moi ! Non, je ne suis rien qu'un spectateur. Elles arrivent à des gens qui les ont méritées. Mais mon père, qu'avait-il fait pour qu'on le tuât ? Et moi, qu'ai-je fait pour qu'on me tue mon père ? »

Cependant, d'une chose il ne pouvait douter : qu'un homme mort était là, étendu devant lui. Aussi mort qu'un gratton. Restait seulement à prouver que celui-ci fût réellement le banquier Juradieu. L'action de Potier avait été trop nette, trop irréfutable pour que le moindre doute subsistât ; mais ce cadavre, qui avait, paraît-il, été son père, ne lui inspirait qu'une profonde répugnance. « Je *dois* pourtant éprouver de la douleur. Pourquoi donc n'en éprouvé-je pas ? » C'était une preuve de plus que le drame ne le touchait pas de plus près que ceux des faits divers.

Juradieu gisait à la renverse, dans une attitude ridicule : les deux genoux pliés en l'air, la main gauche sur le cœur, l'autre bras allongé obliquement à quarante-cinq degrés du corps. Exactement la position de l'amoureux de théâtre qui fait une déclaration aux pieds de sa belle. Sauf que lui la faisait sur le dos. De sa tête disparue sous la table, on ne distinguait rien que le menton, émergeant de la chair grasse du cou. La veste s'était ouverte du côté droit sur la chemise immaculée et le gilet ; en travers, la chaîne d'or d'une montre luisait.

« Il ne saigne même pas, s'étonna Georges. Est-il possible ? »

Il n'osait s'approcher et restait à distance, paralysé d'horreur et de dégoût. Comme s'il eût été en présence d'un animal abattu. Il se rappelait avoir éprouvé une impression un peu semblable, quelques années auparavant, lors de sa première visite chez sa tante Lherminier. Celle-ci pratiquait la pisciculture à Saint-Amant, et envoyait chaque semaine une cagette de truites aux Juradieu. Longtemps il avait ignoré d'où provenaient ces poissons, jusqu'au jour où il eut l'occasion de visiter les installations de la tante. Dès qu'ils eurent sauté de la torpédo, elle les promena à travers ses bassins. En leur présence, elle jeta à poignées la provende ; et les truites accouraient des profondeurs, nuée scintillante. Tandis qu'elle parlait chiffres aux banquiers, Georges, à l'écart du groupe, avait erré dans les cours, rôdé autour des bâtiments. Il y traînait une odeur âpre et terrible qu'il ne s'expliquait point.

« Qu'est-ce qui sent comme ça ? » demanda-t-il à un ouvrier.

L'homme le regarda avec surprise :

« Qu'est-ce qui sent ? Je sens rien ! »

Lui, à force de vivre dedans, il s'y était fait le nez, comme le bouc qui ne soupçonne pas qu'il pue.

« Mais si... cette odeur forte... On dirait les égouts. »

Alors, l'autre sourit de toutes ses dents, culottées de noir.

« Ah ! Tu veux dire... Eh bien ! C'est la marmite.

— Quelle marmite ?

— Là-bas... l'équarrissage. On y fait cuire les bestiaux. »

Du doigt, il désignait un vaste hangar à l'autre bout de la cour. A ce moment, une charrette entra, de laquelle on voyait émerger quatre piquets.

« Voilà zustement un client.

— Ouvre les portes, Sébastiani ! » cria le charretier.

La voiture recula vers le hangar, tandis que deux chiens danois, gros comme des veaux, accouraient avec des aboiements épais. Sébastiani accrocha à l'un des piquets la chaîne d'un palan. La carriole avançait, la charge s'éleva peu à peu, racla le plancher, puis s'écroula sur le sol, pesamment. C'était un cheval crevé. La chaîne le hissa davantage ; la tête pendait vers la terre grasse, imbibée de sang et de ventraille.

L'Italien retroussa ses manches, cracha dans ses paumes, empoigna son coutelas. Entre les cuisses, la peau était nue comme un ventre humain. L'homme grimpa sur son escabeau et pratiqua une incision le long de chacune ; les deux fentes se rejoignirent, puis descendirent en un sillon unique qui ouvrait la panse. L'Italien écarta les bords, largement, puisa à pleines mains. Ce fut une cataracte d'entrailles, lourdes, luisantes, festonnées, tandis que les danois bondissaient, gémissaient, affolés par cette manne puante. L'homme alla déverser la corbeille sur le compost, derrière le charnier. Et ce fut la curée. Les molosses se précipitaient, happaient à pleine gueule les viscères fumants. Sébastiani revint vers la charogne éboyautée dont les quartiers iraient cuire dans l'énorme chaudière, au fond du hangar, avant de nourrir, réduits en farine, les jolies truites aux flancs constellés d'azur. A une lieue à la ronde, le pot-au-feu remplirait l'air de son fumet pestilentiel. Depuis cette visite, Georges Juradieu avait le poisson en horreur.

Or, devant le corps immobile, vautré sur le tapis, il se rappelait le cheval aux jambes écartées prêt au dépeçage, chez sa tante Lherminier. Il ne parvenait à trouver aucun rapport entre ce cadavre et le père joyeux qui lui souriait l'instant d'avant. Celui qui les emmenait à la campagne, le dimanche, dans la torpédo. Celui que tous les employés de la banque saluaient avec respect. Celui qui baisait la main des dames, les jours de réception. A présent, ce n'était plus qu'une chose dont on pouvait faire ce qu'on voulait ; qu'on devrait transporter comme un sac de pommes de terre ; dont on se débarrasserait dès que possible. Une autre charogne offrant son ventre au dépeçage. Il ne pensait pas : « Mon père est mort. » Il pensait : « Il y a un mort dans cette pièce. » Et c'était là une intrusion insupportable. Il éprouvait quelque peine, même, à s'expliquer pourquoi ce mort était ici. Car, s'il est facile de comprendre pourquoi on tue un porc, filon de mortadelle et de boudin, pourquoi on réduit en farine un cheval crevé, quelles raisons peut-on avoir de tuer exprès un homme ?

Peu à peu, il se sentit saisir par un grand froid qui, parti de la poitrine, gagna les membres, la tête.

Ses dents claquèrent. Il serra les mâchoires, mais les muscles continuaient à se convulser sous la peau. Immobile, n'osant faire un seul geste en présence du cadavre, il se cramponnait à une idée fixe : « Ma mère va venir. Elle l'enlèvera. » Et si sa mère ne rentrait pas ? Si, elle aussi, avait été abattue par Potier ? Si personne ne revenait ? Devrait-il rester éternellement en face de ce tas de viande froide ? Plutôt que de le toucher d'un doigt, il eût préféré mourir aussi.

Or voici que tout à coup une chose extraordinaire se produisit. Un des genoux de Juradieu se détendit. Le soulier glissa sur le tapis, insensiblement, si bien que la jambe finit par s'allonger tout à fait. En même temps, Georges perçut un soupir profond. Le banquier n'était donc pas tout à fait mort ? Cela changeait tout. En un instant, l'enfant retrouva sa lucidité ; il reconnut son père inerte, se précipita sur lui, pleurant et l'appelant. Que faire ? Quel secours chercher ? Il se trouvait seul dans la maison. Cependant, il lui fallait aider le blessé de quelque manière. Il tira la table pour le dégager, allongea décemment l'autre jambe et les deux bras. Sous la veste, une large tache pourpre baignait maintenant gilet et chemise. Son père ! C'était bien son père ! Avec sa moustache courte, bien taillée, dans laquelle s'engluait une rigole de sang descendue du nez... Un médecin !... Où trouver un médecin ?... Un pharmacien, au moins ! Il y en avait un au milieu de la rue. Devait-il ouvrir la fenêtre, appeler à l'aide ? Une pudeur — une prudence peut-être — le retint : fallait-il informer tout Riom le Sévère que le banquier avait été assassiné ? Quelles étaient les raisons du crache-partout ? Mais valait-il mieux le laisser mourir sans soins ?

Les mains affolées, se mordant les lèvres pour retenir ses sanglots, il ouvrit la chemise du blessé. Dessous, c'était un innommable gâchis qui le fit reculer d'épouvante. Non, il ne pouvait rien faire. Il se précipita vers la fenêtre.

L'air humide et froid le suffoqua un moment. Alors, il reconnut au loin sa mère et sa sœur qui rentraient, les bras chargés de paquets. D'abord, elles ne comprirent pas, ou ne le virent point. Puis, elles hâtèrent le pas tout à coup.

« Vite ! Vite ! criait-il.

— Quoi ? Qu'est-ce qu'il y a ?

— Montez vite ! Vite ! Plus vite ! »

Dans la sous-préfecture, Mme Juradieu avait renom d'élégance et de générosité. Elle se plaisait à emmener son fils avec elle en ses tournées de bienfaisance, qui avaient une fin à la fois didactique et morale. Par leur moyen, elle lui enseignait premièrement qu'en aucune circonstance une personne bien élevée ne doit se départir de sa dignité ; secondement, que les personnes à qui Dieu a bien voulu accorder les richesses terrestres doivent, comme le prescrit l'Évangile, donner aux malheureux une part de leur superflu. Il gardait le souvenir d'escaliers obscurs et nauséabonds, qu'elle gravissait devant lui en tenant sous son nez un mouchoir, évitant de toucher à la corde crasseuse qui servait de rampe ; il se rappelait des pièces infectes, à la fois chambres par le lit, cuisines par le fourneau, cabinets par le seau hygiénique ; ils y étaient reçus par des vieilles échevelées, allaitant des enfants couverts de croûtes. Comment ces vieilles pouvaient-elles allaiter encore ? Mme Juradieu ouvrait le ballot de hardes, se répandait en recommandations, appelant familièrement les pauvresses par leur prénom :

« Prenez bien garde, Élise, de ne pas mettre ces brassières à la lessive. C'est un tissu délicat : lavez-les à l'eau tiède et savonneuse... Voici un corset que ma fille et mon fils ont porté. Avec du soin, voyez comme on peut faire durer les choses !... »

Ce jour-là, il eut encore l'occasion d'admirer le maintien digne de son élégante mère. Sa stupeur, son chagrin se manifestèrent sans larmes ni hurlements. Avant de toucher à son mari, elle prit le temps d'ôter son chapeau et ses gants. Pour échapper à tous les embarras qui allaient suivre, Riquette, elle, avait commencé par se trouver mal. Il n'était pas question de transporter la masse importante du blessé. On le laissa donc provisoirement sur le tapis, et l'on téléphona à un médecin et à la police.

Une heure après, le Dr Monneret, un chirurgien ami de la famille, avait extrait une balle. La seconde se trouvait si près du cœur qu'il fallait y renoncer. On ne savait encore si le banquier pourrait survivre. Cependant, tandis que les deux femmes restaient à son chevet, les policiers interrogeaient Georges, seul témoin du drame.

« Vous dites Potier ?

— Oui, Potier Georges, comme moi. Il est connu à la banque.

— C'est bon. Dans ces conditions, on va demander aux employés : on aura vite fait de découvrir son adresse. Ne serait-ce pas le fils de ce Potier... ?

— Oui. Il a dit : — Je suis le fils à Potier... Mon père devait connaître le sien.

— Si c'est celui à qui je pense, je comprends le mobile.

— Le mobile ?

— Rien. Ne t'occupe pas de ça. Tu es trop jeune. »

Dans la rue, c'était un rassemblement de badauds qui regardaient vers le premier étage, hochaient la tête, se montraient les fenêtres du doigt. Quand l'enfant les observa à travers les vitres, il lui sembla que quelques-uns riaient ou levaient le poing.

Les semaines qui suivirent s'écoulèrent dans un silence ouaté. Au rez-de-chaussée, la banque bicéphale, Juradieu et Rebec, continuait à fonctionner avec une seule tête ; mais dans les étages, c'était une circulation de fantômes. La chambre du blessé ne s'ouvrait que pour sa femme et pour le corps médical. Chaque matin, Georges et Riquette étaient toutefois admis pendant cinq minutes à venir contempler le visage cendreux de leur père dans la pièce pénombreuse et pharmaceutique. Les volets presque clos ne laissaient pénétrer qu'une mince tranche de soleil qu'on prétendait exiler dans un coin, où elle restait au piquet. La barbe du banquier hérissait ses joues, et ses enfants avaient quelque peine à reconnaître cette face de vagabond. Sa respiration n'était qu'une haleine légère et si rapide qu'elle donnait envie de remplir ses poumons et de souffler un bon coup à sa place. Chose étrange : même dans cette inconscience, le tic de ses narines persistait. Ses bras étaient allongés sur le drap, dans les manches d'une chemise de nuit à lisérés bleus ; ses mains encore grasses, au dos velu, posées bien à plat, bien ouvertes, avaient cette attitude de totale inutilité dont seules sont capables les mains d'intellectuels. Plus tard, elles maigrirent, parurent s'allonger, et ressemblèrent aux mains de marbre (celles de Chopin) qui servaient sur le piano de presse-papier.

Après le remue-ménage du début, le premier visiteur fut M. Rebec, l'associé. Homme long, maigre et laid ; son visage grimacier, d'un jaune suiffeux, était marqué d'une moustache mince, très noire, mongolienne, qui recouvrait la lèvre supérieure et cernait la bouche épaisse. On le voyait passer chaque matin devant la banque, toujours vêtu de sombre, un petit livre coincé sous l'aisselle gauche : il venait d'entendre la messe. Il allait déposer chez lui son petit livre, puis commençait sa journée en contrôlant la rentrée du personnel. Les pentes de son nez étaient creusées de deux sillons rouges, tatouées par le lorgnon qu'il portait dans les bureaux.

Il entra, son chapeau à la main, baisa les doigts de Madame, qui le reçut avec un masque tragique.

« Je viens d'apprendre, chuchota-t-il, l'attentat inqualifiable... Mais d'abord, comment va-t-il ? »

Elle l'entraîna dans l'embrasure d'une fenêtre, loin de la chambre où reposait l'assassiné. Georges ne put distinguer que quelques bribes de la conversation :

« ... dans le coma... perdu beaucoup de sang... extraction impossible... pronostic réservé... »

La voix de Rebec était plus distincte, malgré ses efforts :

— A-t-on arrêté le coupable ?

— ... police intervenue... recherches immédiates... Potier...

— Mais enfin, s'écria-t-il, emporté par l'indignation, qu'est-ce que c'est que ce fou ? Pouvons-nous être considérés comme responsables si son père... »

A ce moment, Mme Juradieu d'un geste de la main lui fit baisser le ton, et l'enfant n'entendit pas la suite. Il lui fut d'ailleurs ordonné d'aller dans sa chambre. Il y passa deux heures à rêver de son proche état d'orphelin. A l'avance, il imagina la scène des funérailles. De semblables cérémonies s'étaient déroulées des années précédentes pour les obsèques de ses deux grands-pères, et il n'eut pas de peine à se représenter toutes les pompes. En premier lieu, qui disait funérailles, disait obligatoirement souliers neufs. Ceux des fois passées étaient déjà trop courts, et il se trouvait condamné à en briser une paire nouvelle. Tout le personnel de la banque, de noir vêtu, suivait le corbillard, dirigé par le plus noir de tous : Rebec, l'associé. Immédiatement derrière la voiture, toutefois, il y avait lui, l'unique héritier mâle, encadré par sa mère et sa sœur ensevelies sous les crêpes. Puis venait le sombre cortège des Riomois — juges, procureurs, avocats, greffiers, huissiers, gens de chicane et de finances — venus témoigner au défunt leur sympathie de classe. Les jantes crissaient sur le sable du cimetière. Tête nue, les fossoyeurs attendaient le convoi, devant le tombeau de famille béant, dans lequel, de leurs mains expertes, ils enfournaient le cercueil comme un pain de six livres. Alors, le Maire s'avançait et prononçait un discours, à grand renfort de pléonasmes. Lui aussi condamnait l'*inqualifiable attentat* dont avait été victime le banquier. Un homme probe et intègre. Respecté et honoré de ses concitoyens. Descendant d'une des plus anciennes et des plus vieilles familles de Riom. Membre du Conseil Municipal. Bienfaiteur des Hospices et de la Caisse des Écoles. Il avait tenu à l'accompagner jusqu'à sa dernière demeure. A assurer sa veuve et ses enfants éplorés de sa sympathie entière et de sa profonde douleur. Ensuite, cérémonie des condoléances. Alignés à la porte du cimetière, les membres de la famille recevaient les embrassades, les poignées de main, les pieux bredouillements de trois ou quatre cents inconnus. On répondait par des hochements compassés et une subtile agitation des lèvres. Enfin, retour à la maison. Avec des soupirs de soulagement, on quittait les habits de deuil et les souliers neufs.

Il se représenta aussi la décapitation de Georges Potier, conformément aux récits qu'on en chuchotait les jours de pluie dans le salon, les pieds tendus vers la cheminée. Les exécutions capitales étaient de grandes festivités pour Riom, et toute la ville s'y pressait. Certains curieux grimpaient aux arbres pour mieux voir. Les bois de justice étaient arrivés la veille, et un employé de la gare avait prévenu à temps la famille de la victime, pour qu'elle pût jouir du spectacle si elle le désirait. La guillotine avait donc été dressée devant le Pré-Madame à proximité de la prison. De profil, elle avait l'air d'une bascule sombre, sur laquelle on allait procéder à on ne sait quelle pesée. Mais vue de face, elle était bien l'organe de la Justice, dont la vue fait pâlir les coupables et réjouit le cœur des honnêtes gens. En haut, le couteau triangulaire luisait aux clartés de l'aube. En bas, on cherchait des yeux le trou de la lunette, là où bientôt allait s'opérer le dénouement. Des policiers ménageaient dans la foule un passage à la voiture cellulaire qui arrivait, silencieuse. On en voyait descendre Potier, les jambes flageolantes, les mains liées, encadré de bourreaux, tandis qu'un prêtre l'exhortait au repentir. On le hissait sur l'échafaud. Crierait-il, comme avait fait Villemain : « Merde pour la République » ? Ou mourrait-il en lâche, en sanglotant et implorant pitié ? Cette dernière fin lui ressemblait davantage. Un moment on distinguait sur le plateau de la bascule un groupe de personnes sombres qui avaient l'air de se peser en commun. Soudain, l'une d'elles basculait, le trou de la lunette se comblait, l'équerre d'acier dégringolait vertigineusement.

3

Quand le banquier ouvrit les yeux, il réclama en premier lieu ses enfants. Ils vinrent s'accroupir de part et d'autre du lit, serrant et mouillant de baisers les mains qu'il leur concédait. Il les appelait doucement, inlassablement, de leurs prénoms. Puis, il voulut les voir de plus près. Il promena ses regards assoiffés sur leur visage, tandis que ses grosses lèvres tremblaient. Mme Juradieu se joignit au tableau, et cela finit par des larmes générales.

« Mon cher Daniel ! gémissait-elle. Comment a-t-on pu vous faire cela à vous, qui êtes la bonté, l'honnêteté mêmes ?... »

Ils se disaient vous en public, c'est-à-dire dès qu'ils ne se trouvaient pas seuls, le public commençant à Georges et Henriette.

« Chut ! protestait faiblement l'assassiné. Chut !

— Je suis sûr qu'on lui coupera le cou ! » proclama Georges, l'œil étincelant.

Juradieu écartait de la main ces propos véhéments et semblait ne vouloir que goûter la douceur de leurs retrouvailles. Il regardait autour de lui, se délectait humblement de la blancheur du plafond, de l'harmonieuse verticalité des tentures, du galbe des armoires, du savant équilibre, sur la cheminée, d'une horloge de rocaille, pareille à une pièce montée. On l'avait arrêtée, afin que son tic-tac ne l'importunât point. Il s'en étonna et exigea qu'elle fût remise en marche.

Le temps. Il aimait entendre la chute régulière de chaque seconde, comme la goutte que distille un robinet mal fermé. Pour lui, le robinet avait failli se tarir à jamais, par la main de Potier. Est-ce que le temps a une quelconque importance pour les pierres, pour les choses, pour la cendre des morts ? Vivre, c'est premièrement durer. Grandir, mûrir, vieillir. S'enrichir aussi. D'argent, peut-être, mais surtout de sensations, de découvertes, de souvenirs. Il n'aspirait plus à autre chose qu'à vieillir, lentement, imperceptiblement, qu'à recevoir béat les fractions de temps qui lui appartiendraient encore. Le mécanisme de la pièce montée grinçait un peu à chaque *tac*, à chaque retour du balancier. « Elle doit avoir besoin d'huile. Je m'en occuperai dès que je pourrai poser les pieds par terre. »

Il cessa de penser à la santé de l'horloge et regarda encore sa famille avec satisfaction. Sa femme, toujours belle malgré les ans, toujours soucieuse de le rester. « Pour me plaire ! C'est un noble souci que de vouloir plaire à son époux ! » Sa fille, qui avait posé sa tête près de la sienne, sur l'oreiller. Il reconnaissait l'odeur de madeleine qu'avaient ses cheveux. Comment faisait-elle pour sentir de la sorte la pâtisserie ? Elle reniflait, se mouchait de temps en temps, et cette odeur le pénétrait délicieusement. « Ma fille, ma fillette... » Il évoquait les années passées, alors qu'il la tenait encore sur ses genoux, jouant avec ses petites jambes et inventant des fariboles. Il avait toujours eu la fibre paternelle développée. Ensuite, il se tourna vers son fils, le support de ses ambitions. « C'est lui qui me succédera. On tâchera d'évincer Rebec, qui n'a d'ailleurs pas d'enfants, et Georges sera le seul maître de la banque. » Celui-ci le regardait de ses yeux farouches, pâle d'émotions diverses. « Ses oreilles sont trop grandes ; mais cela s'arrangera en grandissant. A douze ans, il est forcément encore disproportionné. » Ces trois personnes l'aimaient, c'était indubitable. Il se sentit le cœur noyé d'une tendresse méritée.

« Maintenant, mes enfants, décida Mme Juradieu, sortons. Ne fatiguez pas votre père.

— Vous ne me... » commença-t-il.

Mais à l'effort qu'il fit pour parler, un élancement lui transperça la poitrine, lui coupa le souffle. Alors, il n'insista point et leur permit de partir, avec un doux mouvement de la main.

Le geste de Potier tirant sur son père avait été pour Georges une première révélation. Jusqu'à présent, dans son esprit, la société humaine se divisait en deux catégories : les riches et les pauvres. C'est-à-dire, les gens aux mains blanches, qui ne travaillaient point, ou tout au plus n'avaient pour outils qu'un porte-plume, une machine à écrire, un téléphone ; et les autres, ceux qui devaient suer au soleil, suer à la pluie, suer au froid : les crache-partout. Or, maintenant, il *savait* qu'une autre différence séparait ces deux groupes : les premiers étaient bons ; ils envoyaient des ballots de hardes dans les maisons remplies d'une misère nauséabonde, qu'on visitait en se bouchant le nez ; les seconds payaient cette générosité d'ingratitude ; ils étaient méchants. Tout cela, d'ailleurs, paraissait parfaitement logique. La possession des richesses remplit naturellement le cœur de satiété d'abord, du désir ensuite de répandre les bienfaits, de soulager quelques non-possédants — car on ne peut évidemment songer à les atteindre tous. La fortune rend compatissants ceux qu'elle comble. Il ne pouvait en être autrement. Au contraire, la pauvreté inspire l'envie et la haine, le désir de ravir aux riches les biens dont la Providence les a pourvus. Tout cela était si vrai que le curé de Saint-Amable, leur paroisse, ne s'y trompait pas : il fallait voir avec quel empressement, quelle bouche fleurie, le dimanche, avant la grand-messe, il venait accueillir, au fond de l'église noire, sa riche clientèle, pour l'accompagner jusqu'aux sièges qui lui étaient réservés. Georges prit l'habitude d'ajouter à la fin de ses prières : « Merci, mon Dieu, de nous avoir faits riches. »

Quelques semaines après, son père se leva. Il commença de marcher à petits pas. Ses vêtements flottaient autour de son corps. Il reprit avec joie une possession visuelle de tous ces objets qu'il avait cru perdre. Devant la glace du salon, il s'arrêta, s'examina avec surprise, puis sourit à son image et dit :

« Il me semble vous avoir rencontré quelque part, monsieur ! Mais comme vous voici changé !... C'est égal : je suis bien content de vous revoir ! »

Quand il eut ainsi glissé de pièce en pièce, s'appuyant aux meubles, il se laissa choir sur un fauteuil en pressant sa main sur sa poitrine, du côté gauche.

« Elle me pique... Elle me pique... » gémit-il.

Ce fut désormais pour lui un geste familier, jusqu'à sa mort. La seconde balle de Potier, non extraite, était restée logée si près du cœur que la pointe même avait entamé légèrement l'épaisseur du myocarde. Les plus petits efforts lui furent interdits. Il resta des journées entières dans son fauteuil, la main glissée sous le gilet, regardant les autres avec des yeux ébahis.

« Comment faites-vous, demandait-il parfois, pour monter et descendre l'escalier ? pour rire si fort ? pour tousser ? pour éternuer ? Moi, je ne peux plus. Je n'ai pas le droit. Elle me pique... elle me pique, la coquine ! »

Il résultait de cette situation qu'on devait prendre de sa santé un soin infini. Le moindre rhume, la plus bénigne bronchite pouvaient lui être fatals. Il se condamnait à vivre, même l'été, entortillé de châles et de cache-nez, toutes fenêtres closes ; à tenir sans cesse à portée de sa main des pastilles et un inhalateur à cocaïne pour calmer les éventuels picotements de gorge ou de narines. Il vivait de nourritures fluides, de bouillies de nourrisson ; il avait dû renoncer au café, au thé, au vin, au tabac.

« Vivez sans moi, disait-il amèrement de son fauteuil. Moi, désormais, je ne suis plus qu'un spectateur de la vie. Je n'y participe plus. Encore n'en vois-je pas grand-chose. »

Cependant, la banque bicéphale continuait à fonctionner normalement. Presque chaque soir, M. Rebec venait s'entretenir avec son associé. Longs conciliabules auxquels Madame n'était pas admise. Puis, M. Rebec rangeait ses papiers dans sa serviette, grimaçait des sourires à l'adresse de tout le monde et disparaissait, à reculons, comme une écrevisse noire.

On se demanda longtemps s'il fallait vendre la torpédo. Charmasson, le garagiste, s'offrait à la reprendre pour un prix raisonnable. Mais Mme Juradieu décida d'apprendre à conduire elle-même. Il n'y avait aucune raison, sous prétexte que son ancien chauffeur se trouvait indisponible, pour que tous fussent privés des commodités de ce véhicule. Charmasson lui donna des leçons de pilotage. Et ce devint grand sujet de conversations, autour du fauteuil.

« Savez-vous, annonçait le banquier, que Mme Juradieu apprend à conduire la torpédo ? »

Aussitôt, c'étaient des cris de stupeur et d'une admiration un peu scandalisée.

« Vous, madame ?... Conduire une automobile ?... Mais quelle audace ! C'est de la folie ! Vous voulez donc vous suicider ?... Les femmes ne sont pas faites pour ces mécaniques, voyons !... Pourquoi pas une locomotive ? »

De temps en temps, Georges rendait visite à la voiture dans son garage, en secret. Il flattait de la main la capote rêche ; les vitres de mica ; le moteur anguleux ; la signature du fabricant sur la gaufre dure du radiateur. L'engin avait une bonne puanteur de pétrole, d'acétylène, de toile caoutchoutée. La moleskine des sièges était lisse, froide et noire comme une eau profonde. Il y plongeait avec ravissement. Il prenait place au volant, manœuvrait à vide les manettes des gaz et de l'avance, actionnait l'avertisseur à manivelle qui ressemblait à un moulin à poivre. Il rêvait de voyages éperdus. Au retour de ces fuites, il se sentait coupable d'avoir voulu échapper au cercle familial et bancaire ; il allait à la cuisine laver ses mains chargées d'odeurs dénonciatrices.

Vint le jour de l'examen. De son fauteuil, l'infirme recommandait à sa femme :

« Du calme ! Ce qu'il faut, c'est un grand calme !

— Mon Dieu, avouait-elle en arpentant la pièce avec excitation. Je n'ai jamais été aussi émue. Même pas le jour de mon mariage !

— Aucun rapport, chère amie. Un mariage manqué, cela se corrige. Mais un examen de conduite manqué, c'est, dans un sens, beaucoup plus grave. Cela vous flanque pour l'avenir un complexe épouvantable qui vous met juste dans l'état qu'il faut pour être chaque fois recalée. »

Cependant, il riait, n'attachant pas comme elle une grande importance à cette épreuve.

« Charmasson assure que je suis prête.

— Méfiez-vous des grossières astuces de l'examinateur. S'il vous demande : Que faut-il faire avant de sortir du garage ? ne manquez pas de répondre : Ouvrir la porte. »

Elle repassait sur ses doigts les différentes manœuvres :

« Mettre le contact. Tourner la manivelle.

— Non : d'abord vérifier si le levier des vitesses est bien au point mort.

— Bon. Vérifier le point mort. Tourner la manivelle. Passer en première. Ouvrir le frein. Sortir le bras... Mon Dieu ! Je suis sûre d'oublier quelque chose. »

Elle interdit expressément à Georges et à Riquette de venir en spectateurs assister à l'affaire : elle avait assez de trac comme ça ! Lorsque, à la fin de la matinée, elle revint, rouge d'indignation, elle s'écria :

« Il m'a fait faire de la marche arrière ! Uniquement de la marche arrière ! Lui, la marche avant ne l'intéresse pas. — Mais, monsieur ! ai-je protesté, j'ai l'intention de rouler en marche avant, moi ! — Rien à faire : marche arrière... marche arrière... J'ai arraché un arbre, en bordure du boulevard Desaix.

— Un arbre !!!

— Oh ! Un petit ! Guère plus gros qu'un poireau, le pauvre, avec son tuteur. On venait juste de le planter. »

Elle prit des leçons supplémentaires avec Charmasson. Mais, comme l'avait prévu son mari, le mal était fait, le complexe déjà enraciné. Aux examens successifs qu'elle subit, l'examinateur s'obstinait à exiger de la marche arrière. Au quatrième, elle le souffleta.

Il fallut vendre la torpédo.

4

Ce qui surprenait le plus Georges Juradieu depuis la tentative d'assassinat de son père, malgré son rétablissement partiel, c'est que chez lui on ne parlât jamais de Potier. Comme si l'affaire eût été un pur accident, dû à un hasard imprévisible et irresponsable. Aussitôt qu'il y faisait quelque allusion :

« Chut ! coupait-on. Ne t'occupe pas de cela. Tu es trop jeune pour comprendre. »

Or, c'était tout de même lui qui avait introduit Potier dans la maison. De ce fait, il se considérait comme une sorte de complice et désirait pour le criminel, plus que tout autre, la punition suprême qui seule lui aurait ôté ses remords.

« Est-ce qu'on l'a arrêté ? Est-ce qu'il sera guillotiné ? s'informait-il.

— Mais oui ! Mais oui ! répondait sa mère d'un ton excédé. La justice n'est pas faite pour les chiens. »

Il apprit la vérité par étapes.

Le concert — donné par la musique du 92 au Pré-Madame en cette veille du 14 Juillet — s'acheva.

Mme Juradieu applaudit du bout de ses mains gantées.

Il y avait cercle autour d'un Espagnol vendeur d'oublies. Il les retirait d'une haute boîte cylindrique surmontée d'une roue numérotée. Chaque partie coûtait deux sous, et l'Espagnol faisait fortune. Ils sortirent du jardin en grignotant.

Les sirènes venaient de sonner, les ouvriers sortaient de la Câblerie, de la manufacture de tabacs. On les reconnaissait à leur casquette, à leurs bleus de travail, à leur visage fatigué. Ils s'interpellaient d'un trottoir à l'autre :

« Tu viens avec nous ? On va l'attendre ! »

Tous en effet avaient l'air de se diriger vers le même endroit. Ceux qui allaient en sens contraire finissaient par se laisser convaincre et suivaient le mouvement.

« Où vont-ils ? demanda Georges.

— A la gare, semble-t-il. Ils vont probablement attendre quelque chef syndicaliste. Un de leurs grands hommes ! expliqua Mme Juradieu, avec un petit rire sarcastique.

— A moins, supposa Henriette, que ce ne soit un champion. C'est peut-être Carpentier : il m'a semblé entendre son nom.

— Carpentier ? applaudit son frère, enthousiaste. Allons-y aussi.
— Qui est Carpentier ? s'informa Madame.
— Le boxeur, voyons !
— Vous voulez aller attendre un boxeur ?
— Un champion du monde, maman ! Tu n'es au courant de rien ! »

Ils se joignirent à la foule. Mais, bientôt, celle-ci devint si compacte qu'il leur fut à peu près impossible d'avancer.

« Écoutez, décida Mme Juradieu. Restons ici, sur ce trottoir, et attendons qu'il passe. Nous n'allons pas risquer l'étouffement pour votre boxeur. D'ailleurs, d'ici nous le verrons parfaitement. »

A présent, la rue était pleine ; jamais ils n'avaient vu tant de monde. Fallait-il qu'on aimât la boxe, à Riom le Bourgeois ! Les enfants Juradieu avaient réussi à se jucher sur deux marches d'un perron pour mieux voir. Contre lui, Georges avait un grand diable de crache-partout à la nuque parsemée d'anciens furoncles : une multitude de petits cratères éteints, aux flancs pâles. Mais ce qui l'incommodait le plus, c'était moins l'épaisseur de cette foule populaire que l'exhalaison violente qui en émanait : la sueur acide des hommes se confondait avec la fade sudation des machines qu'ils venaient de quitter et dont ils avaient gardé l'odeur sur les mains, sur la figure, sur les vêtements. Au bord de la pâmoison, Mme Juradieu s'abritait derrière ses enfants, un mouchoir sous le nez comme au cours de ses visites de bienfaisance.

A l'autre extrémité de la rue, un remous soudain, qui se propage par ondes jusqu'à eux.

« Le voilà !... C'est lui !... Vive Carpentier !... » crie-t-on de toutes parts.

Quelque chose avançait en tanguant sur la crue des têtes. La masse des crache-partout entra brusquement en transes : on criait, on applaudissait, on se démenait, on s'extirpait le cou pour mieux voir. Cependant, leurs visages n'exprimaient pas l'allégresse qui eût été de mise : c'était plutôt une âpre satisfaction qu'on sentait dans le feu des regards et la brutalité des cris.

« Mais... mais... murmura Mme Juradieu, en blêmissant.
— Quoi donc, maman ?
— Entendez-vous ce qu'ils hurlent ?... Ce n'est pas Carpentier !... Allons-nous-en ! Allons-nous-en ! »

Georges aussi avait entendu.

« Non ! Je veux rester !
— Viens, je t'en supplie !
— Tu vois bien que nous ne pouvons pas ! Nous nous ferons écraser par ces fanatiques. Où comptes-tu passer ? »

Il leur fallut rester là, sur les deux marches du perron, et assister au triomphe de l'*autre*. Il approchait. Déjà, on distinguait sa face lunaire, son expression douce-triste, ses cheveux noirs collés au crâne. Deux hommes le portaient sur leurs épaules ; d'autres, devant eux, ouvraient un passage. Et *lui*, le cornac, sans un sourire, gravement, il envoyait à deux mains des baisers autour de lui.

« Vive Potier ! hurlait-on. Bravo, Potier !... A mort les banquiers !... A mort les capitalistes !... »

Crucifiée, Mme Juradieu s'était voilé la face. Georges regardait de tous ses yeux, le cœur brûlant de haine. Et il lui sembla que les yeux de l'autre l'avaient vu aussi, s'étaient attardés dans les siens. Mais Potier ne cessa point sa distribution de baisers et détourna bientôt la tête.

« Bravo, Potier !... Tu as bien fait !... Vive Potier !... »

Ils reconnaissaient en lui leur *champion* en effet : celui qui avait osé lever la main contre un riche. Qu'importe que c'eût été pour sa cause à lui, et non pour leur cause à eux ! Il leur suffisait qu'il se fût révolté. A Riom, sa révolte avait la redoutable valeur d'un précédent. La Justice avait si fort redouté les remous que le procès n'eût pas manqué de soulever dans la ville auvergnate qu'elle l'avait envoyé comparaître devant la cour d'un département lointain. Et voici qu'il revenait triomphant de Limoges.

Le crache-partout aux furoncles élevait dans ses bras un petit garçon et lui disait, avec exaltation, en désignant l'assassin :

« Regarde, Maurice ! Regarde cet homme ! Il a voulu tuer un banquier, un voleur de banquier, un exploiteur, un suceur du sang des hommes ! Regarde-le bien : c'est Potier ! Et les juges, qui sont pourtant des bourgeois, ont pas osé le condamner : ils l'ont acquitté ! Ils ont eu peur de nous ! Mais un jour, mon gars, on supprimera tous les capitalistes ! Vive Potier !

— Vive Potier ! » répétait le marmot de sa voix pointue.

Le cornac était passé. On ne le voyait plus que de dos, ramant des deux bras. Georges Juradieu sentait un vide se faire en lui. Ainsi, non seulement le meurtrier n'avait pas été guillotiné comme il le pensait, comme tous les siens semblaient le penser, comme ils le lui avaient promis ; mais encore il revenait des Assises acquitté. Quelles excuses les juges lui avaient-ils donc trouvées ? Pouvait-on admettre réellement que leur peur seule expliquât ce pardon ? Il savait qu'on ne lui avait pas dit toute la vérité ; il fallait que cette vérité fût inavouable.

Il connut les détails par les journaux qu'il réussit à se procurer en cachette. Ils racontaient le procès : il sut qui était Potier et pourquoi il avait tiré sur son père.

Georges Potier était fils d'un charron établi à la sortie de la ville sur la route de Paris. Cet homme déposait ses économies à la banque Juradieu et Rebec depuis des années. Or, après l'apparition des camions automobiles, notamment des *Peerless* et des *Liberty* que les stocks américains déversaient à bon compte sur le marché, le charron commença d'avoir des difficultés. Il emprunta à la banque, remboursa ses créanciers au moyen de traites qu'il ne put honorer. Ces expédients ne lui offraient que la ressource de s'enferrer davantage. Juradieu et Rebec s'impatientèrent. Il les supplia de lui accorder un délai. Après celui-ci, il en implora un autre. Un beau matin, l'huissier vint placarder à sa porte une annonce de vente aux enchères publiques.

Quand tout le matériel eut été emporté, le tour, les réserves de bois séché, les jantes, les moyeux déjà assemblés, le haquet presque fini, Potier père prit son chapeau et dit à sa famille :

« Me voici en vacances. Je vais faire une promenade. Il y a longtemps que ça m'était plus arrivé. Bonsoir à tous. »

Il gagna la voie ferrée et marcha à la rencontre du train. Le mécanicien se suspendit au sifflet, mais l'autre ne dévia pas d'une ligne. Il reçut le choc en pleine poitrine, on ramassa son corps dans un sac de toile.

Voilà pourquoi son fils avait tiré sur Juradieu. Il aurait pu aussi bien tirer sur Rebec ; mais ce dernier avait plutôt la mine d'un comptable auxiliaire que d'un patron. Dans cette affaire, le tort de la victime, c'est qu'elle n'était pas morte tout à fait. Sa *veuve éplorée* n'avait pu comparaître devant le tribunal, dans d'émouvants vêtements de deuil. La cause du banquier y avait perdu beaucoup de son intérêt. L'habileté de l'avocat fit le reste : Georges Potier avait reçu l'absolution.

Le fils de Daniel Juradieu se rappelait les exclamations de la foule : « A mort les capitalistes !... Bravo, Potier ! Tu as bien fait !... » Et lui, informé de tout, ne put faire autrement que de l'approuver : cet homme devait venger la mort de son père en tuant les coupables. Cette affaire lui révélait une chose fondamentale. Longtemps, il avait cru qu'être riche signifiait aussi être bon et généreux. Il s'était trompé : les riches sont aussi méchants que les crache-partout. Entre une poignée d'argent et le sang d'un homme, ils choisissent la poignée d'argent. Tout à coup, il voyait étrangement clair. Il se rappela les tournées de sa mère, ses recommandations sévères à ses protégées : « Prenez bien garde, Élise, de ne pas mettre ces brassières à la lessive... » Ce qu'elle donnait, elle tenait à le voir *durer*, afin qu'on se rappelât que c'était elle qui l'avait donné, elle, la femme du banquier Juradieu. Toute cette farce de charité n'avait d'autre but que d'apaiser ses troubles de conscience, de se mettre apparemment en règle avec les recommandations du curé de Saint-Amable. Elle s'achetait à peu de frais une bonne conscience. Non, les riches n'étaient pas meilleurs que les autres. Pas même son père, avec le beau sourire de ses dents blanches, avec sa face débonnaire, ses mains lisses, sa voix moelleuse. Lui aussi était méchant, comme les autres, plus que les autres.

Un moment, le luxe dans lequel il vivait l'écœura. Il se souvint du récit que l'abbé Sémyon avait fait un jour au catéchisme : saint François se dépouillant de ses habits pour les rendre à son père, en présence de l'évêque d'Assise, et s'en allant ensuite revêtu d'un vieux manteau qui avait appartenu au jardinier de l'évêché, après avoir tracé dans le dos, à la craie, une grande croix. Il eut envie d'imiter le saint. Mais il n'y avait pas de jardinier chez les Juradieu. Et puis, où serait-il allé après ce geste sublime ? Se sentait-il une âme de saint ? Il sonda son cœur.

Il le trouva rempli de mépris pour son père, de mépris pour sa sœur, de mépris pour sa mère, de haine pour Potier et tous les autres crache-partout. Somme toute, pourquoi se serait-il privé de cette richesse qui offrait tant d'agréments ? Il eut un rire satisfait et se promit : « Je serai méchant, moi aussi. »

5

Mme Juradieu, née Bourrassol, avait deux sœurs et un frère. Tous ces gens-là s'étaient dispersés à travers le monde et avaient fini par s'oublier à peu près complètement. Ils n'avaient plus rien du tout en commun, sauf qu'ils se trouvaient être nés des mêmes géniteurs, présentement décédés l'un et l'autre. La seule veuve Lherminier faisait exception à cette règle. Elle avait coutume d'inviter ses neveux, Henriette et Georges, à venir passer chaque été un mois de vacances chez elle, à Saint-Amant. En 1921, elle précisa :

« Cette année, je te laisse Riquette. Tu seras moins seule pour soigner ce pauvre Daniel. Envoie-moi Georges seulement : je lui apprendrai la pisciculture. On ne sait jamais ce qui peut arriver. »

Elle vivait penchée sur ses bassins, retirant de son épuisette les truites mortes qui restaient accrochées aux grilles, les portant à son nez, les reniflant avec inquiétude, toujours dans la crainte d'une épidémie. C'était une petite femme vive, énergique, assez laide mais spirituelle. On soupçonnait son mari de l'avoir battue, de son vivant. « De son *buvant*... » comme elle disait à ses familiers, car Lherminier aimait un peu trop l'eau-de-vie. Aussi, le matin où on le trouva noyé dans un bassin, le visage et les mains déjà demi-dévorés par ces charmantes bestioles, ne le pleura-t-elle pas exagérément. Elle accepta la charge de l'entreprise que depuis elle portait avec beaucoup d'autorité.

Elle posa la main sur le crâne de son neveu, le fit pivoter plusieurs fois, afin de l'examiner sur toutes les faces ; puis elle s'écria :

« Tu allonges ! Tu allonges ! »

Pour finir, il lui plut de l'empoigner par le cou et de l'embrasser.

Ces vacances de 1921 laissèrent un vif souvenir à Georges Juradieu ; elles lui permirent de vivre une série de catastrophes qu'il se rappela longtemps avec un plaisir extrême.

Ce fut d'abord, un soir, au crépuscule, l'incendie du moulin Mazeyrat, à cinq cents mètres de la maison Lherminier. Georges y courut avec Sébastiani, l'écorcheur. Quand ils eurent fait un bout de chemin, l'enfant s'assit sur un talus et dit à l'homme :

« Fais comme moi : assieds-toi.

— Pour quoi faire ?

— Pour regarder. Vois comme c'est beau ! »

Les flammes sortaient du moulin en crépitant, tandis qu'autour les gens se démenaient en criant, dans la clarté furibonde.

« On est pas venus pour regarder, protesta l'Italien.

— Si. Moi, si.

— Moi, ze veux donner un coup de main.

— Va, si ça te plaît. Moi, je regarde. »

Poussées par le vent, les escarbilles arrivaient jusqu'à eux, et la farine brûlée avait une odeur de boulange fraîche. La chaleur du feu les incommodait.

« Qu'est-ce que ça peut te faire que tout brûle ? Ils sont certainement assurés.

— On peut pas laisser perdre sans rien faire le blé et la farine.

— As-tu déjà vu pareil feu d'artifice ? Je voudrais, moi, que ça dure toute la nuit ! »

Sébastiani finit par descendre quand même, et le laissa seul à se rassasier les yeux. Lorsqu'il remonta, ruisselant d'eau et de sueur, Georges lui dit :

« Va-t'en : tu sens le hareng fumé ! »

Ce Sébastiani, préposé au dépeçage et à la cuisson des charognes, était un curieux homme : chopineur, hilare, avec des paupières épaisses et un nez bulbeux qui lui donnaient un profil de dromadaire. Il avait coutume de jurer par le nom de la sainte hostie. Né *commediante* comme beaucoup de ses compatriotes, il aimait prendre un visage tragique, rouler les yeux, dilater les narines, s'écrier :

« Moi, il me faut du sang, *ostia !* C'est le sang qui me fait vivre ! »

Il fouillait dans la ventraille, non seulement sans répugnance, mais avec volupté. Il aimait raconter ses souvenirs de guerre :

« Z'étais en Belzique. Mineur, à Çarleroi.

— Alors, tu n'as pas combattu ?

— Non, puisque z'étais une *nation neutre*. Celui qui était pas à Çarleroi, au mois d'août 14, a rien vu.

— Qu'est-ce que tu as vu ?

— D'abord, rien. Les Français ont traversé la ville, avec leurs pantalons rouzes. Ensuite, on a entendu le canon, du côté de Namur. On s'est cacé dans les caves. Beaucoup de Belzes étaient partis. Moi, ze suis resté.

— Parce que tu étais plus courageux ?

— Non. Parce que z'étais une *nation neutre*. Tu comprends : on pouvait rien contre moi. Ni les Boces, ni les Français. Ça pétait de partout. *Ostia !* Quelle bagarre ! Nous, dans les caves, on se faisait petits ! Après, la fusillade s'est éloignée un peu et z'ai mis le nez dehors. Dans les rues, c'était plein de pantalons rouzes, parce que les Boces, eux, ils emportaient leurs morts. On entendait les blessés qui gueulaient de tous les côtés. En plus, il y avait un quartier de la ville qui brûlait. *Ostia !* Du sang partout ! Des képis, des fusils, des pantalons rouzes ! Ensuite, d'autres Allemands sont arrivés. Ils ont fait sortir tout le monde des caves à coups de pied dans les fesses. Même moi qui étais une *nation neutre* ! On a creusé une grande fosse en dehors de la ville et z'ai été çarzé, avec deux ou trois autres, de ramasser les cadavres et de les zeter là-dedans. Ze les empoignais encore tout çauds par un bras et une zambe, et hop ! dans ma brouette ! Z'avais le ventre protézé par ce tablier de cuir, le même qui me sert encore. Eh bien ! Z'avais tellement ramassé de pantalons rouzes que z'avais une carapace de sang sécé épaisse comme le doigt depuis les zenoux jusqu'à la poitrine... »

Georges regardait avec admiration l'homme qui avait accompli de pareils exploits. Quant au tablier, il le touchait du doigt, respectueusement.

« Tu vois, depuis ce temps, z'ai pris goût à ce travail. Et z'aime bien m'occuper des bêtes crevées. Seulement, quand elles m'arrivent, elles sont déjà toutes froides, toutes raides ; elles se laissent pas faire comme les hommes. Les pantalons rouzes, c'était plus agréable. »

La veuve Lherminier cherchait aussi à enseigner à son neveu la valeur de l'argent ; et elle ne voyait pas d'inconvénient à ce qu'il allât, le dimanche après-midi, gagner ses premiers sous dans l'auberge voisine. Sous les tilleuls accablés d'abeilles, on jouait aux quilles. C'était lui qui faisait le « cavalier », c'est-à-dire qui renvoyait la boule et redressait les quilles abattues, à l'extrémité du terrain. En face de lui, à tour de rôle, les tireurs clignaient les paupières, d'un air recueilli, pétrissaient un moment la boule entre leurs mains, la postillonnaient par superstition comme si, munie de cette bénédiction, elle eût dû plus sûrement atteindre l'objectif. Puis, lentement, ils l'élevaient à hauteur de l'œil, visaient sans se presser, la lançaient d'un geste fulminant. Elle s'envolait, claquait sur la planche de départ, tandis que l'homme la suivait du regard, intensément, s'efforçant par des mouvements instinctifs d'en corriger la course, gémissant de dépit si elle ne filait pas droit, béant de plaisir lorsqu'elle éparpillait les quilles avec un fracas joyeux, pour aller enfin cogner sourdement contre le butoir. La partie terminée, le vainqueur levait les mises, desquelles il distrayait quelque piécette qu'il jetait de loin à l'enfant :

« Hop ! cavalier ! »

Lui se sentait plus riche de ces quatre sous que de tous les billets de la banque Juradieu et Rebec.

Un jour une dispute éclata pour une histoire de pied qui avait mordu un peu trop sur la ligne de lancée. Les adversaires étaient deux cousins, ouvriers à la papeterie, aux mufles également rouges, aux poings également cubiques, qui avaient coutume de ne guère se séparer et ressemblaient plutôt à deux frères. Ils commencèrent par se crier dans le nez : « ... Oui... non... oui... non... oui... non... » Ensuite, vinrent les injures. Ils se traitèrent de franc-maçon, de chien et de feignant. Le dernier terme était de trop : il avait dans ce pays-là le sens de lâche. Celui qui l'avait prononcé sut bientôt que l'autre allait le lui faire rentrer dans la gorge. Mais ce qui était dit était dit. Ils se jetèrent l'un sur l'autre comme des taureaux furieux. Georges avait assisté fréquemment à des querelles de gosses, à ces combats pour rire qu'interrompent très vite les larmes et la fuite d'un des combattants. Il n'avait jamais vu d'hommes se battre, et le spectacle en valait la peine. Dès le début, les cousins avaient écarté violemment ceux qui cherchaient à s'interposer :

« Vous, foutez-nous la paix, si vous voulez pas avoir votre part ! On est assez grands pour savoir ce qu'on a à faire. »

Puisqu'il en était ainsi, les autres avaient pris du recul, afin d'assister plus commodément à l'épreuve. Les coups de poing tombaient avec un bruit mou. Bientôt, les deux hommes eurent la figure en sang, le nez qui pissait rouge sur leurs chemises blanches. Sans prendre le temps de quitter leur veste, ils s'empoignèrent alors, s'entortillèrent l'un à l'autre, se cognèrent avec des han ! sauvages. Puis, ils roulèrent dans la poussière, sous les cris d'effroi et d'admiration des filles. Leurs talons claquaient sur la planche de départ comme la boule de bois, l'instant d'avant. A l'écart, sous un tilleul, le « cavalier » regardait de tous ses yeux. Cependant, un des deux adversaires avait fléchi ; il ne réagissait plus aux bourrades.

« T'en as-t-y assez ? demandait l'autre, en lui plongeant chaque fois son poing dans la figure.

— Oui... oui... assez... » gémissait le vaincu.

Mais le vainqueur prenait plaisir à se l'entendre répéter et, à califourchon sur son germain, il le martelait imperturbablement :

« T'en veux-t-y encore, dis, fant de truie ?

— Non... non... j'en veux plus...

— Attrape donc ça. Ça t'suffit-y ?

— Oui... oui... ça m'suffit... ça m'suffit... »

Quand il eut les poings meurtris, celui d'en haut se redressa en titubant, s'écarta, tandis que celui d'en bas restait par terre. Les spectateurs allèrent le ramasser.

Le « cavalier » regretta que le combat eût fini si tôt ; il aurait aimé qu'il y eût au moins un mort.

Mais son rêve était de voir dérailler un train. A quelques kilomètres de l'équarrissage passait la ligne de Paris, celle-là même sur laquelle le charron Potier s'était donné une si belle fin. Elle se trouvait encaissée au fond d'une tranchée dont les pentes nourrissaient une épaisse toison de robiniers. Quand il pouvait échapper à la surveillance de la veuve Lherminier, il empruntait le vélo de Sébastiani et venait se dissimuler entre ces broussailles. Là, du haut du talus, le cœur battant, il guettait le passage des convois, appelant de tous ses vœux une belle catastrophe. Hélas ! Jamais rien ne se produisait. Le train s'annonçait par une vibration de la terre. Georges l'attendait, les yeux rivés sur la gueule noire du tunnel qui le vomissait dans une ouate de vapeur. Il se hâtait de la crever, de la distancer, de l'écharpiller autour de lui. Puis il passait, plein d'assurance ; les roues grinçaient dans la courbe, longuement... Il s'éloignait... De lui, il ne restait que les traînées d'une fumée sentant la poudre.

Un jour, il décida de donner un coup de main au hasard. Il chercha une grosse pierre qu'il fit dégringoler sur la voie et plaça sur un rail. Puis il remonta la pente, certain cette fois que quelque chose d'important se produirait. Dissimulé dans les robiniers, il lui fallut attendre plus d'une heure que la Providence lui envoyât une victime ; il l'occupa à imaginer l'accident. Pourvu que ce ne fût pas un train de marchandises ! Il se représentait les wagons renversés, se pulvérisant les uns les autres, la locomotive couchée les roues en l'air, comme un hanneton crevé. Il entendait les hurlements des blessés. Sébastiani ne manquerait pas d'accourir, avec son tablier de cuir. Il empoignerait les morts par un bras et une jambe pour les entasser dans sa brouette. Ses pensées n'allaient pas plus loin. Il s'inquiétait peu de ses responsabilités devant la Justice. Par une récente expérience, il savait combien celle-ci était arrangeante, puisqu'elle renvoyait chez eux les assassins des pères de famille. Si on le pinçait, son avocat ne manquerait pas de démontrer que son geste se trouvait justifié par les circonstances de sa vie passée ; on l'acquitterait à son tour, et il serait porté en triomphe par les représentants des riches pour avoir exterminé un chargement de crache-partout.

Enfin la sarbacane du tunnel lança son projectile qui dévala la pente. Au tournant de la voie, la locomotive surgit, grandit monstrueusement, fumante et postillonnante. C'était bien un train de voyageurs : on voyait beaucoup de têtes aux portières. Cela ferait une jolie fricassée.

Georges se boucha les oreilles — à cause du bruit, non par frayeur — mais garda les yeux bien ouverts. L'obstacle n'était plus qu'à quelques mètres. Encore trois secondes... deux... une... La machine passa. D'en haut, il entrevit le mécanicien et le chauffeur courbés tous deux devant la porte flamboyante du foyer. Tout cela défila devant ses yeux : le tender, les voitures, les têtes aux portières, le fourgon de queue. Tout cela s'éloigna, décrut, disparut comme à l'accoutumée.

Il descendit examiner sa pierre et constata qu'elle avait été projetée loin de la voie et brisée en plusieurs morceaux. Il lui fallut ruminer sa déception.

Sa seule victime, cette année-là, fut une araignée au ventre rond et vert qu'il découvrit dans le jardin en cueillant des petits pois. Par cette rondeur et cette verdeur, l'ingénue s'imaginait pouvoir tromper le monde, être prise pour un petit pois elle-même et continuer à végéter impunément entre les gousses. Seulement, se sentant surprise, elle n'eut pas le sang-froid de rester immobile. Le globe de sa panse palpitait d'émotion. Georges n'eut pas de peine à la capturer dans une boîte d'allumettes.

Il se demanda ce qu'il allait en faire. La donnerait-il en pâture aux truites ? La ferait-il écraser dans son cercueil par la roue d'une charrette ? Ce qu'il fallait, c'était un supplice progressif.

Au fond de la cour, loin des arbres et des haies combustibles, Sébastiani était occupé à brûler des paperasses. Cela donna une idée à l'enfant. « Je la vide sur un de ces vieux cartons. Si elle réussit à se tirer d'affaire toute seule, je lui laisse la vie sauve. Je la rapporterai même au milieu de ses petits pois. » Sur son refuge, elle marqua un moment d'hésitation, surprise par la nature de ce terrain. Les flammes étaient encore éloignées, et elle aurait eu largement le temps de disparaître. Cette temporisation la perdit. Bientôt, l'incendie l'entoura : aucune retraite n'était plus possible. Sentant la chaleur se rapprocher d'un côté, elle s'enfuit dans la direction contraire. Mais le feu escaladait aussi cette pente, le cercle se resserrait. Elle se réfugia à l'extrême bordure de son carton. Georges contemplait avidement les réactions de la bestiole qui s'affolait de plus en plus, à mesure que la flamme avançait. Et il lui semblait assister non point à l'agonie d'un animalcule, mais à la fin de tout un monde. Car il n'y a guère de différence entre une petite vie et une grande. La différence, c'est entre ce qui est vie et ce qui ne l'est pas. Supprimer la vie lui paraissait aussi exorbitant que de pouvoir la créer. Sa toute-puissance l'effrayait.

A la fin, le feu atteignit aussi cette ultime plage. L'araignée verte se recroquevilla brusquement en un minuscule peloton noir, qui aussitôt s'évapora et ne fut plus rien du tout.

Georges leva la tête. Il vit l'Italien apporter un paquet de nouvelles paperasses qu'il tenait embrassées sur son tablier de cuir.

Il lui sembla qu'il l'admirait moins.

6

A la fin des vacances, on estima que les résultats scolaires obtenus par Georges au cours de l'année précédente au collège riomois n'avaient pas été suffisants. Mme Juradieu décida qu'il serait interne dans une fameuse institution privée au chef-lieu du département. On avait attendu les derniers jours de septembre pour lui annoncer la nouvelle, afin de ne pas gâcher ses vacances.

En fait, il fut très content de partir. Il imagina à sa manière la maison dans laquelle il allait habiter désormais. Il la dota du vaste jardin, des tonnelles, des allées sablées qu'il n'avait jamais eus à Riom. Il inventa des condisciples modestes sur qui son titre de fils de banquier ferait impression. Ses professeurs — tous ecclésiastiques — seraient à l'image du curé de Saint-Amable, cent pour cent miel et crème.

Au moment du départ, son père le garda près de lui un long moment, retenant ses mains dans les siennes. Par suite d'une immobilité quasi permanente, le corps du banquier s'était comme ramolli. Son visage s'affaissait en poches sous les yeux, en bajoues de dogue. Il ne se rasait plus avec autant de soin ; ses lèvres avaient pris une teinte violacée. Longtemps il considéra son fils, les yeux remplis de larmes. Cela aussi, c'était une nouvelle habitude : quand il ne savait que rêver, il pensait à lui-même, à son propre désastre, à cette balle qui lui labourait le myocarde, et il pleurait. On le surprenait souvent à se moucher, à s'essuyer les yeux à la dérobée. Georges avait très vite compris que ces pleurs n'exprimaient aucune contrition à l'égard des Potier : une visite de Rebec les séchait instantanément.

Juradieu regardait donc son fils à travers ses larmes. Celui-ci était peu enclin aux effusions, et le contact des moites mains paternelles l'ennuyait.

« Tu vas me quitter. Ce n'est pas moi qui ai voulu ce départ, c'est ta mère.

— Je sais.

— Ne m'en veuille pas si je ne me suis pas opposé. Je n'ai plus la force de m'opposer à quoi que ce soit.

— Je ne t'en veux pas du tout.

— Qui sait si... »

Les sanglots l'étouffèrent. Il dut chercher son mouchoir, lâcher les mains de Georges qui en profita pour les mettre derrière son dos, en sécurité.

« Qui sait, reprit-il, si nous nous reverrons ?

— Pourquoi ne nous reverrions-nous pas ? »

Juradieu grimaça un sourire, et posa un index sur son cœur menacé.

« Nous nous reverrons sûrement, affirma Georges, péremptoire.

— Pense à moi, gémit encore le banquier. Écris-moi souvent.

— Bien sûr.

— Au revoir, donc. »

Contre la joue de son fils, il frotta l'étrille rude de sa barbe, lui tapota l'échine de ses deux mains et le lâcha. Sur la porte, l'enfant se retourna, songeant que, par politesse, il lui fallait manifester un brin d'émotion. L'autre avait gardé son sourire qui lui tordait la figure comme un faux pli, tandis que ses larmes coulaient, coulaient vers les bajoues.

Il quitta donc Riom le Beau, Riom le Juste, Riom le Sévère pour Clermont le Noir. A Clermont, toutes les maisons étaient faites de lave, dont les fumées caoutchouteuses de Bibendum avaient accentué la noirceur. La polyclinique Philippe-Marcombes était la seule bâtisse blanche et les Clermontois se montraient perplexes, voire franchement hostiles, devant ce monument qu'ils jugeaient futuriste, et dont la couleur les offusquait. Il y avait aussi, avenue de Boisséjour, une villa de démonstration, construite et habitée par un jeune architecte qui avait eu l'audace de la peindre en jaune.

« Celui-là, disaient de lui les gens du quartier, il est franc dingue. »

Le pensionnat Saint-Martin se trouvait encastré dans la partie la plus compacte de la ville, comme un fossile dans un bloc de houille.

A son arrivée, Georges Juradieu fut reçu par le directeur, le chanoine Lelong. Celui-ci était un homme massif, au visage imperturbable, au regard glacé, qui tint à l'avertir avec un bel accent bourguignon :

« Nous sommes obligés à vos parrents, monsieur, de l'honneurr qu'ils nous font en nous confiant votrre éducation. Cependant, afin qu'il n'y ait pas d'équivoque entrre nous à l'avenirr, je désirre vous inforrmer de ceci. Notrre établissement est plein, grrâce à Dieu, et beaucoup de demandes d'admission rresterront cette année encorre insatisfaites. Aussi ne cherrchons-nous pas à étendre notrre clientèle, comme il arrive à cerrtains établissements. Nous ne cherrchons pas même à rretenirr à tout prrix ceux de nos élèves qui ne serraient pas contents de nos offices.

« En conséquence, sachez, monsieur, que tous nos élèves jouissent ici du même trraitement, *quels qu'ils soient !* Chez nous, il n'y a plus de fils de banquiers et de fils de rramoneurrs. N'escomptez donc aucune faveurr que vous pourriez espérrer de votrre orrigine, de votrre forrtune ou de vos prrotections, QUELLES QU'ELLES SOIENT ! Ici, c'est l'égalité absolue devant moi, comme devant Dieu. Vous pourrez constater que cette égalité s'étend même, chaque fois qu'il est possible, à vos prrofesseurrs qui, parr exemple, parrtagent vos rrepas.

« Allez en paix. »

Il dut s'apercevoir que la vie au pensionnat était fort différente de celle qu'il avait imaginée. Le jardin existait réellement ; mais les élèves n'y avaient point accès. C'était un simple ornement d'architecture, destiné à impressionner les visiteurs. Au même titre que la statue de saint Martin, occupé à fendre son manteau au croisement des allées. Les professeurs comprenaient des religieux et des laïcs. Les premiers semblaient satisfaits de leur sort. Les seconds avaient des mines de chiens fouettés, des vestes élimées, des pantalons qui boudinaient aux genoux. Chacun d'eux devait être omniscient, apte à enseigner indifféremment le latin, la géographie, la chimie, la musique et la gymnastique. Mais tous montraient la même indifférence à l'égard des élèves, ne manifestant de respect visible qu'envers M. le chanoine Lelong.

Quant à ses condisciples, ils étaient à peu près tous fils de *personnalités.* Jamais Georges Juradieu n'avait pensé qu'il y eût un si grand nombre de personnalités dans le département. Aussi, lorsque des distinctions, une espèce de hiérarchie s'établissaient entre eux, naissaient-elles du prestige individuel, non des situations sociales. Et ce prestige s'attachait *grosso modo* aux éléments suivants, par ordre d'importance décroissante : la force musculaire, la malice, les capacités oratoires, l'effronterie, la paresse, la beauté physique, la réussite scolaire. Inversement, le mépris général allait en progression croissante aux difformes, à ceux qui manifestaient un amour du travail trop visible, aux timides, aux flagorneurs.

Les repas réunissaient en effet dans le réfectoire unique élèves et maîtres. Même les laïcs mariés s'y obligeaient, car la modicité du prix de pension compensait partiellement l'exiguïté de leur traitement, et en faisait pour ainsi dire partie intégrante. Toutefois, la sainte égalité professée par le chanoine-directeur n'y était pas scrupuleusement respectée. La salle était occupée dans sa plus grande surface par les tables des internes ; quant aux professeurs, ils se trouvaient établis tout au fond sur une estrade. De cette espèce de proscenium, ils pouvaient tenir l'œil sur leurs ouailles broutant à l'orchestre. La table du personnel était en fer à cheval ; au centre, dans la partie convexe, présidait le chanoine Lelong, flanqué à sa gauche du préfet des études, l'abbé Verdeau, et à sa droite de l'économe, l'abbé Winter. Puis, de part et d'autre, s'asseyaient au gré de leurs convenances les professeurs en titre. Aux extrémités, enfin, trouvaient place les professeurs auxiliaires. Ceux-ci étaient en réalité des étudiants recrutés par voie d'annonces dans les journaux. Le pensionnat leur offrait le vivre et le couvert, plus un traitement tel qu'il leur permettait de s'acheter du savon, de la pâte dentifrice et du cirage. Eux offraient leurs jours et leurs nuits. Le jour, ils surveillaient les récréations, les mouvements de classes, les études, la distribution du morceau de pain sec de quatre heures ; de plus, chacun d'eux assurait, selon sa spécialité, un certain nombre de cours. La nuit, ils surveillaient la discipline des dortoirs. Le dimanche matin, ils conduisaient les élèves à l'église ; l'après-midi, à tour de rôle, ils encadraient la promenade obligatoire des internes aux environs de la ville. Grâce à cet emploi du temps rationnel, ils jouissaient à peu près d'une demi-journée de liberté tous les quinze jours et de trois mois de vacances totales chaque année, ni payées ni nourries. Organisée de la sorte, la vie de ces jeunes gens ne pouvait qu'être heureuse et profitable. Leurs chères études avaient le soin de leur apporter les distractions nécessaires à la jeunesse. Le chanoine-directeur considérait que la pauvreté est le moyen le plus sûr d'atteindre la sainteté, car elle éloigne infailliblement de nous quatre péchés capitaux sur sept : l'avarice, la gourmandise, l'orgueil et la luxure. L'horaire très rempli qu'il imposait à ses professeurs auxiliaires les préservait de deux autres : la paresse et l'envie. (Comment auraient-ils envié ce qu'ils ignoraient ?) Quant au péché restant, la colère, il se chargeait personnellement, en cas de besoin, de le mater.

Le menu des repas était en principe identique pour toutes les bouches. Mais, sur ce point encore, quelques dérogations étaient tolérées en faveur de la hiérarchie. Sans doute, les mêmes plats se trouvaient servis à l'orchestre et sur le proscenium. Toutefois, les proportions apparaissaient différentes. C'est ainsi que la même ration de pommes de terre qui devait en bas satisfaire huit appétits ne prétendait en calmer que quatre sur le fer à cheval. D'autre part, le chanoine Lelong souffrait depuis des années d'une fragilité d'estomac que Dieu, dans sa bonté infinie, lui avait envoyée pour l'aider à passer une grande part de ses nuits dans la pénitence et la prière. Cette fragilité se manifestait par une intolérance remarquable aux nourritures substantielles mais grossières dont ses subordonnés avaient le bonheur de pouvoir se contenter. Aussi, tandis que les autres se bourraient de pot-au-feu, de bœuf en daube, de lard aux choux, de lentilles, de pois chiches et de haricots secs, lui apportait-on discrètement des cuisines épinards à la crème, laitues braisées, purées au beurre, cuisses de poulet, tranches de foie saignantes et camouflées de persillade. Légèretés qui n'encombraient point un estomac délicat, tout en lui fournissant l'aliment que nécessitaient les lourdes responsabilités du chanoine. Seul le vin ne lui était pas interdit par la Faculté. Le vin, ce merveilleux corroborant que Jésus a pris comme symbole de son sang divin. Aussi s'en versait-il de puissantes rasades.

Ses collaborateurs, clercs et laïcs, contemplaient son assiette d'un œil où se lisaient des sentiments divers. Un jour qu'un missionnaire dominicain se trouvait invité à la table commune, il s'écria, devant la montagne de délicatesses que le directeur entreprenait bravement d'aplanir :

« Seigneur ! Je vois que monsieur le Chanoine a aujourd'hui un menu particulièrement austère ! »

A quoi l'abbé Trumeau, professeur de physique, d'histoire sainte, de philosophie et de menuiserie, qui était le plus ancien de la maison, répliqua en soupirant :

« Que voulez-vous, mon Père ! Au stère, ou au mètre cube, il doit bien s'en contenter ! »

Le mot fit s'étrangler de rire le reste de la tablée. Les jours suivants, il circula parmi tout le personnel et parvint même aux oreilles des élèves. Seul, le directeur ne rit point. L'année d'après, l'abbé Trumeau fut muté dans un autre établissement, à cinquante lieues de là.

Georges Juradieu passa deux années au pensionnat Saint-Martin. Comme il était naturel, l'enseignement principal qu'on y recevait était celui de la religion. Chaque salle de classe était ornée d'un crucifix, sur une face, et d'un portrait du pape vivant sur la face opposée. Dès le réveil, à cinq heures, les élèves récitaient en commun, debout au pied de leur lit, une prière dirigée par un professeur auxiliaire. C'était ensuite la messe obligatoire dans la chapelle de l'école. Le dimanche seulement, on allait l'entendre *extra muros*, à la plus proche église. Chaque événement important de la journée était précédé et suivi d'une oraison nouvelle. *Benedicite*, action de grâces, offrande à Dieu du travail de toute heure... Jusqu'à la grande prière du soir dans laquelle on ne manquait pas d'implorer la bénédiction du Seigneur, *sur Notre Sainte Mère l'Église, sur le Pape, sur la France, sur notre évêque, notre école et ses maîtres dévoués, sur nos parents, sur nous-mêmes.* Chaque feuille de copie commençait obligatoirement par le sigle : *JMJ*, Jésus, Marie, Joseph.

Outre ces pratiques régulières, l'enseignement religieux était donné dans les cours d'histoire sainte, de catéchisme et, pour les plus âgés, de théologie. Mais il pénétrait également toutes les autres matières.

C'est ainsi que Georges Juradieu apprit que les plus grands hommes de l'histoire de France étaient : saint Rémi, qui baptisa Clovis ; Godefroy de Bouillon, né en Belgique ; Jeanne d'Arc, parce qu'elle avait réellement entendu la voix de saint Michel ; Simon de Montfort, qui écrasa les Albigeois ; Richelieu, parce qu'il dompta les protestants ; Bossuet, parce qu'il vint à bout des jansénistes ; La Rochejaquelein, héros de la Vendée ; Mgr Dupanloup, auteur véritable de la loi Falloux ; M. Thiers, qui foudroya les communards brûleurs de prêtres. Après 1875, l'histoire de France n'offrait aucun véritable grand homme digne de ce nom.

Les livres de grammaire illustraient les règles du participe passé : *Remercions Dieu des grâces qu'il nous a accordéES. J'ai confessé mes fautes et le Seigneur me les a pardonnéES. J'aimerai mon prochain comme Jésus nous a aiméS...*

La géographie apprenait que notre pays est divisé en provinces, en diocèses, en paroisses. Que les populations de l'Ouest, de l'Alsace et de certaines montagnes du Massif central sont remarquables par la solidité de leur foi chrétienne.

Les sciences démontraient amplement que l'Univers entier, dans sa complexité merveilleuse, ne pouvait être que l'ouvrage d'un Créateur Divin.

Il n'était pas jusqu'aux mathématiques qui, établissant l'infinité des nombres, ne conduisissent par récurrence au concept de l'Être Infini.

Cependant, comme Georges Juradieu put s'en rendre compte, cet enseignement religieux, imparti et reçu à doses massives, constituait beaucoup plus une simple matière pédagogique qu'une façon spéciale de traiter soi-même et son prochain. Une pure philosophie abstraite qu'on n'appliquait point dans la vie courante. Jamais le fils du banquier ne rencontra autant de dureté dans les rapports entre supérieurs et inférieurs, entre ceux qui détenaient le pouvoir et ceux qui devaient obéissance.

Au pensionnat Saint-Martin, la justice avait l'inflexible raideur de cette règle de bronze dont Verdeau, le préfet des études, était armé dans ses tournées judiciaires, de classe en classe. Il la tenait doublement dissimulée dans sa manche et derrière son dos, lorsqu'il déambulait à travers les couloirs. Les châtiments s'infligeaient, non point dans son bureau, mais dans la classe même, en présence de tous les élèves. En sorte qu'ils prenaient l'allure d'exécutions publiques.

« Untel, levez-vous ! »

Celui-ci obéissait et restait un moment debout, consterné, sous les regards hypocritement réprobateurs de ses condisciples. Dressé comme saint Georges devant le dragon, l'homme foudroyait l'enfant des yeux. A son bureau, le maître se tenait coi, éclipsé par ce grand rouquin échevelé et n'ayant nullement à intervenir dans le règlement de comptes.

« Parlant d'un maître auxiliaire, on vous a entendu employer le mot *pion*. Est-ce la vérité ? »

L'abbé Verdeau tenait ses renseignements de source sûre, et il était inutile de chercher à nier. Le coupable, par toute son attitude, consentait déjà à son supplice.

« Les doigts en l'air ! »

L'enfant offrait, jointes en deux bouquets, les extrémités de ses dix doigts. Les spectateurs retenaient leur souffle pour entendre mieux assener les coups. Alors, la règle de bronze jaillissait de la manche. Brandie par la main maigre et velue du préfet, elle tombait alternativement sur chaque bouquet : tac... tac... Si le patient poussait le moindre cri, le moindre gémissement, on répétait l'opération. Mais ce n'était pas tout : cette première punition, trop brève, s'assortissait toujours d'une seconde qui devait obliger le délinquant à une profonde méditation de sa faute.

« Placez-vous dans cet angle, à genoux sur le carrelage, les bras en croix. Et récitez mentalement cinquante actes de contrition pour demander pardon à Notre Seigneur de votre orgueil. »

Après les coups de règle, le coupable connaissait maintenant la torture de la crucifixion et de l'immobilité, les genoux meurtris par les dalles scabreuses ; les cuisses grelottantes de fatigue, l'échine crispée ; les bras acquéraient très vite un poids insupportable, qu'il fallait supporter cependant, sous peine de voir prolonger le châtiment. Plus d'une fois, le supplicié s'affaissait évanoui ; on le ranimait avec un verre d'eau froide.

Au cours d'une de ces exécutions, il y eut un jour un incident inouï.

Méliodon était un être hâve et quasi transparent à force de pâleur. Jusqu'à l'âge de quatorze ans, il n'avait pu marcher qu'au moyen d'une armature de fer et de cuir lui charpentant les jambes. Il en avait gardé une boiterie double qui lui donnait une allure oscillante, comme l'aiguille d'un métronome. Sa mère — qui était veuve — se tuait au loin de travail pour payer les frais de ses études, comprenant qu'il était inapte à toute profession manuelle. Cette place de professeur auxiliaire leur avait semblé à tous deux le salut.

Or voici que l'abbé Verdeau entra dans la salle d'étude que surveillait Méliodon. Il y avait cette fois-là une charretée de coupables.

« Landorin, on vous a surpris à écrire des insanités à la craie sur le mur de la cour. Est-ce exact ?... Sachez, monsieur, que les doigts ne sont pas faits pour cela. Tendez-moi les vôtres... De plus, je vous condamne à faire le tour de nos murailles, à effacer vous-même toutes les sottes inscriptions que vous découvrirez.

« Sémiond, il paraît que vous n'êtes pas satisfait du menu de l'école ? Est-ce ainsi que vous remerciez les efforts de M. l'Économe ? Vos doigts, s'il vous plaît !... Vous serez au pain sec et à l'eau pendant une semaine. Cela vous permettra d'apprécier mieux par la suite la nourriture du pensionnat.

« Fernech, vous avez ri hier soir pendant la prière. Pourquoi avez-vous ri ? »

Celui-ci était un enfant timide, taciturne, d'un blond maladif ; il semblait s'étonner lui-même de ce qu'il avait fait.

« Je ne sais pas, monsieur le Préfet.

— Comment, vous ne savez pas ? Il faut bien que vous ayez eu quelque motif.

— Je ne me souviens pas.

— Vous avez manqué de respect à Dieu et à l'abbé Midon qui dirigeait la prière. Donnez-moi vos doigts... »

Le premier coup claqua sec, et Fernech poussa un gémissement. C'était hors des règles convenues. Verdeau frappa plus fort sur l'autre main, l'enfant cria.

« Taisez-vous ! »

Au troisième coup de règle, Fernech hurla. Alors, on entendit une chaise remuer. Méliodon, le professeur auxiliaire, s'était levé, plus livide encore que de coutume, et se dirigeait vers la porte. « Où allez-vous, monsieur Méliodon ? » tonna l'abbé.

Le boiteux se retourna, les yeux exorbités, essaya de répondre, mais parut dans l'impossibilité d'articuler un mot. Il tenta de s'expliquer d'une main qui s'agitait en l'air, inutilement. Puis, il sortit, avec son balancement de métronome. La stupeur tomba comme un étouffoir sur la classe entière.

Une heure après, le professeur auxiliaire était appelé dans le bureau du chanoine-directeur. Il y comparut humblement, prêt à reconnaître son erreur car ce n'était pas un tempérament révolutionnaire.

« J'ai apprris, monsieur, grasseya l'abbé, que vous avez eu une attitude des plus indécentes devant une classe, alorrs que M. le prréfet des études était en train de morrigéner un élève fautif. M. le prréfet ! L'homme le plus rrespecté de l'établissement ! Vous êtes brrusquement sorrti, sans aucune explication, manifestant ainsi que vous désapprrouviez nos méthodes éducatives.

— Monsieur le directeur...

— Je dis bien : *nos* méthodes. Carr rrien ne se passe ici qui n'ait rreçu mon accord prréalable. En crritiquant l'abbé Verrdeau, c'est moi-même que vous crritiquiez, monsieur Méliodon !

— Monsieur le directeur, je ne songeais à critiquer personne.

— Vrraiment ? Et pourrquoi donc êtes-vous sorrti ?

— Je... en vérité... croyez-moi... je ne pouvais plus supporter le supplice de ces pauvres enfants. Physiquement... Je ne pouvais plus...

— Vous osez, bondit le chanoine, employer de parreils terrmes devant moi ? Ah ! vrraiment ! Vous ne pouviez plus supporrter ! Quel petit cœurr sensible est le vôtrre, monsieur Méliodon ! Ne connaissez-vous pas le prroverrbe : *qui bene amat bene castigat* ? Allez ! Ayez au moins le courrage de vos opinions ! Rreconnaissez votrre faute !

— Je reconnais... je regrette...

— La contrrition est belle, mon ami. Mais ensuite doit venirr la pénitence. Ainsi donc, voici comment vous me rrécompensez de vous avoirr accepté dans cet établissement ? De vous avoirr perrmis de pourrsuivrre vos études en vous offrrant le gîte et le couverrt ? Ingrratitude humaine ! Mais sachez que, vous parrti, j'aurrai cent candidats trrop heurreux de vous rremplacer ! Cent candidats qui, j'en suis sûrr, se montrrerront plus conscients de la faveurr qu'on leurr fait ! »

L'infirme baissait le front avec humilité. Le chanoine prit son souffle et proféra, en détachant les syllabes :

« Ce soirr, monsieur, vous ne coucherrez plus ici.

— Quoi ! Voulez-vous dire... ?

— Je veux dirre que je vous chasse. Que vous ne faites plus parrtie de cette maison.

— Mais vous ne pouvez pas ! J'ai droit à un préavis d'au moins huit jours, comme tout salarié. La loi vous oblige...

— La loi ne m'oblige à rrien du tout. Salarrié ! Vous prrenez-vous pourr un salarrié ? Vous avez été admis ici parr pitié, monsieur, par purre charrité chrrétienne. Vous vous êtes rrévolté ? Votrre place n'est plus parrmi nous. Dieu lui-même chassa de son Parradis les anges rrebelles. Adieu, monsieur. Allez en paix. »

Georges Juradieu passa tant bien que mal cette première année. Il n'eut pas à souffrir des rigueurs de la discipline. On semblait même user envers lui de quelques égards ; il les attribuait à l'influence — aux largesses peut-être — occulte de sa famille ; il ne comprit que plus tard l'origine de cette mystérieuse protection.

Lorsqu'il revint chez lui, aux grandes vacances, il ne trouva pas de changement notable chez les Juradieu. Sa sœur Henriette avait à présent quinze ans passés et manifestait des soucis préconjugaux. Son visage la préoccupait ; elle ne manquait pas de se mirer, non seulement dans les glaces, mais aussi dans tout ce qui brillait : poignées de portes, robinets, boules de rampe. Elle cherchait à se connaître de face et de profil. Elle s'était découvert le nez un peu court. Aussi s'efforçait-elle de le pétrir, de l'étirer entre ses doigts, consultant fréquemment son frère sur les résultats atteints :

« Tu ne trouves pas qu'il s'est allongé légèrement ? »

Elle mettait du rouge et de la poudre en cachette. Lorsqu'elle sortait de sa chambre, il lui en restait des traces mal effacées.

Mme Juradieu n'avait rien perdu de son élégance, bien au contraire, depuis qu'elle sortait exclusivement à pied, faute de voiture. Elle avait renoncé à visiter les familles misérables qu'elle protégeait naguère, n'ayant plus personne pour coltiner les ballots de vêtements. Elle se déchargeait de ses devoirs de charité sur le curé de Saint-Amable à qui elle envoyait de temps à autre un chèque pour les pauvres.

Quant au banquier, il continuait à se traîner de meuble en meuble jusqu'à son fauteuil, qu'il ne quittait guère de la journée, la main sur le cœur, comptant ses pulsations et répétant à chaque instant :

« Elle me pique... Elle me pique... »

Il reçut son fils à bras ouverts, le pressa sur sa poitrine en pleurant.

« Je ne croyais pas te revoir... » hoqueta-t-il.

Puis, il sortit son mouchoir, s'essuya les yeux, se pinça le nez.

« Tu vois à quel point j'en suis réduit. L'effort de souffler m'est interdit, je ne peux plus me moucher comme tout le monde. Il faut que je le serre comme ça. Comme on trait le pis d'une chèvre. »

Georges n'avait jamais vu traire de chèvre. Mais la comparaison l'amusa. Il vit sortir du nez paternel un jet de lait, et éclata de rire.

« Tu ris ? fit le banquier, douloureusement surpris.

— C'est à cause du pis de la chèvre. »

M. Rebec continuait, pieusement, à venir chaque soir rendre des comptes à son associé et le consulter. Parfois, il s'attardait à quelque partie d'échecs qu'il laissait généralement gagner à l'infirme, afin de lui procurer du moins cette satisfaction. Le curé de Saint-Amable venait aussi régulièrement rendre visite à la famille du banquier. Il le confessait et lui donnait la communion chaque samedi.

« Il m'est difficile, mon père, disait Juradieu, de pécher, dans la situation où je me trouve.

— On peut pécher en esprit, mon fils. Et les péchés de l'esprit ne sont pas les moins graves.

— Vous avez raison. Et puis, je dois me tenir prêt constamment au voyage. »

Là-dessus, de nouveau, il fondait en pleurs, et il devait ensuite se traire longuement les narines. Il entretenait les siens ou ses visiteurs de sa mort imminente ; jamais, cependant, il ne prononçait le nom de son meurtrier. Il avait déjà réglé avec minutie ses funérailles, pensé aux gens à inviter, aux avis à faire paraître, à la classe de l'enterrement, au rayon du caveau sur lequel il entendait être déposé, aux messes qu'on ferait dire pour le repos de son âme. A cause de tous ces détails, froidement, calmement envisagés, Georges eût été tenté d'admirer son père ; mais au bout venait toujours un déluge de larmes, et son admiration fondait.

Comme les autres années, il passa un mois de vacances chez sa tante Lherminier. Puis, il céda sa place à Riquette et revint à la ville judiciaire.

Un après-midi de la fin septembre, il lisait dans le salon, près de la fenêtre. A l'autre extrémité, son père dormait dans son fauteuil, sa grosse tête couchée sur l'épaule, la main droite dans le gilet, la gauche repliée encore sur la canne qui l'aidait dans ses déplacements. De temps en temps, l'enfant levait les yeux sur cette masse tressautante, ronflante, affaissée, dont il était issu. Il se rendait compte qu'il aurait dû éprouver quelque sentiment pour elle : amour, pitié, respect, que sais-je ? Voire dégoût pour ce qu'elle représentait de détruit, de presque cadavre déjà. Or, il n'éprouvait rien. De cela, il était sûr. Dans son cœur, c'était le vide absolu dont parlait l'abbé Trumeau au cours de ses leçons de physique. « S'il était réellement mort, s'il mourait demain, s'il mourait à l'instant, qu'est-ce que cela me ferait ? Rien du tout... Et pourquoi cela devrait-il me faire quelque chose ? Est-ce qu'il a eu des regrets, lui, quand le père Potier s'est jeté sous le train ? Est-ce qu'il en parle jamais ? »

Un grattement attira son attention du côté de la fenêtre. Il s'en approcha, vit deux moineaux occupés à se battre furieusement. Était-ce pour quelque miette de pain qu'ils convoitaient tous deux ? Pour quelque rivalité amoureuse ? Ils s'élançaient l'un contre l'autre, se picoraient mutuellement le crâne avec rage, cherchant à se crever les yeux. Parfois, leur combat les emportait dans l'espace, liés l'un à l'autre ; puis ils revenaient sur le terrain ferme pour se lancer des bourrades mieux ajustées. Georges se rappela ces deux cousins, ces deux joueurs de quilles qui s'étaient si vigoureusement frottés un jour devant lui. Le vainqueur qui se plaisait à marteler la face de l'autre, pour bien le persuader de son triomphe : « T'en veux-t-y encore, dis ?... Ça t'suffit-y ?... » Le vaincu qu'on emportait, le visage pilé. « Dieu soit loué ! pensa-t-il. Les bêtes aussi sont méchantes ! »

Il ouvrit la fenêtre pour chasser de la main les galvaudeux. Une bouffée d'air frais entra. Derrière lui, il y eut un éternuement, suivi d'un court hoquet. Il referma la fenêtre et se remit à lire.

L'éternuement n'avait pas dérangé d'un pli la sieste de son père. Elle se poursuivit tranquillement, jusqu'à l'heure où Mme Juradieu rentra de sa promenade quotidienne.

« Il dort encore ? s'étonna-t-elle. Ce n'est pas bon pour lui, des sommes si prolongés. Il engraisse, il engraisse... Bientôt, ce sera un monument. »

Elle s'approcha de lui pour le réveiller, lui secoua le bras. La canne tomba sur le tapis. Pas un ronflement, pas un souffle ne montait du dormeur.

« Daniel !... Mon Dieu !... Daniel !... »

Il fallut bien accepter ce qui était : le banquier Juradieu était mort.

7

Lorsque, après les obsèques qui retardèrent quelque peu sa rentrée, Georges regagna l'Institution Saint-Martin, il lui fallut un certain temps pour digérer la chose. Son père ne pouvait être mort que de cet éternuement suivi d'un hoquet, provoqué par le courant d'air de la fenêtre ouverte. C'était donc lui qui l'avait tué. « Je suis un parricide », se disait-il avec stupeur. Car, si indifférent qu'il fût au sort du banquier, il n'avait cependant jamais pensé à hâter sa fin. Il croyait fort peu à cette religion dont on le gavait et à ses rites ; toutefois, afin de recueillir l'opinion d'un confident, il résolut d'avouer son crime en confession. Il choisit un missionnaire de passage à l'école, qui par conséquent ne connaissait point les élèves et n'avait sur leur compte aucun préjugé.

« Mon père, j'ai assassiné mon père.

— Que me chantez-vous là ?

— La vérité, mon père.

— Prenez garde de ne pas vous vanter de fautes imaginaires. Ce serait vous moquer de Dieu et de son ministre.

— Je ne me vante point. »

Il relata les circonstances. Mais le prêtre voulut remonter aux causes de la maladie de cœur, et il dut parler de l'attentat.

« Dans ces conditions, rassurez-vous, mon enfant. Le vrai criminel, ce n'est pas vous, soyez-en persuadé. Cependant, vous avez commis une grave imprudence dont vous devez vous repentir... »

Là-dessus, il se lança dans un long sermon sur *le père irrempla-*

çable. Il le consola en l'assurant que nous nous retrouverons tous un jour dans le sein du Seigneur, si nous le voulons, et l'exhorta à faire le nécessaire pour cela. En pénitence, il réciterait chaque jour pendant un mois une dizaine de chapelet, pour le repos de l'âme du banquier.

Ainsi, un mois durant, Georges eut l'occasion chaque soir de penser à son père défunt. « Au fond, se disait-il, mourir d'un éternuement, quelle belle mort ! Il n'a pas dû souffrir. Atchoum ! Passez, muscade ! Lui qui se tracassait tant sur l'affaire, il ne s'est même aperçu de rien. Et puis, là-haut, il peut se vanter au moins d'avoir eu une fin originale ! »

La pénitence achevée, il poussa un soupir de soulagement, et se hâta de tout oublier. Jamais par la suite le souvenir de son père ne l'empêcha de dormir.

C'est à cette époque que Georges put découvrir l'étrange pouvoir qu'il portait en lui. Voici comment il s'en aperçut pour la première fois. A l'occasion de la fête du pensionnat qui devait se donner aux alentours de Pâques devant les parents d'élèves et les amis de l'école, on décida de jouer une sorte de mystère relatant la vie de saint Martin. Il y eut une grande dispute lorsqu'il s'agit de distribuer les rôles. Tout le monde prétendait incarner le personnage principal. Lorsqu'il eut supporté un moment les abois de la chiennaille, Juradieu se leva et dit :

« Si vous le permettez, saint Martin, ce sera moi. »

Tous le regardèrent, surpris. Il y eut encore quelques murmures ; ensuite, on finit par reconnaître que le rôle lui conviendrait mieux qu'à quiconque. Bien qu'il n'eût pas encore quinze ans, il en paraissait dix-huit et dominait d'une demi-tête la plupart de ses condisciples. La facilité de cette victoire l'étonna lui-même.

Il eut encore par la suite l'occasion de constater la force de son prestige. Tenait-il à sa taille ? A son visage ? A l'insensibilité qu'il montrait en toutes circonstances, là où les autres frémissaient d'effroi ? (Quand l'abbé Chouvel leur décrivait, par exemple, les horreurs de la Révolution française.) Grâce à lui, il tranchait souverainement les querelles de jeu, chacun acceptant ses décisions. Il lui suffisait d'affirmer une chose pour qu'on la crût. Il s'amusait à soutenir les plus flagrantes absurdités :

« Savez-vous que Robespierre avait été élevé dans une école de Jésuites, comme celle-ci ? Il y avait été vergeté pendant toute son enfance. C'est pourquoi, plus tard, il se vengea sur les grandes personnes et particulièrement sur les prêtres... Ignorez-vous donc qu'il avait été l'amant de la reine Marie-Antoinette ? Le roi les avait surpris ensemble. Robespierre les fit mourir tous les deux... »

On l'écoutait, béant d'admiration.

Son autorité s'étendait aux professeurs eux-mêmes, qui lui manifestaient certains égards particuliers, lui parlaient plus doucement qu'aux autres et avec une sorte de timidité, fermaient les yeux sur ses dérèglements pourvu qu'ils ne fussent point trop manifestes, allaient parfois jusqu'à infliger à un voisin la punition qui lui revenait. Il faut dire à leur décharge qu'il était le meilleur élève de sa classe. Même l'abbé Verdeau paraissait sensible à son charme, comme il put s'en rendre compte ce jour-là.

L'homme le plus respecté de l'école habitait une extrémité du premier étage. Si bien que, de sa fenêtre, il pouvait embrasser d'un seul coup d'œil la cour entière et les trois façades des bâtiments. Juradieu hésita un moment devant la porte. Que lui voulait le Préfet des Études ? Il ne se trouvait aucun méfait récent sur la conscience. Alors, pourquoi le faisait-il appeler ? Il frappa, et la voix sèche de Verdeau l'invita à entrer. Ils se trouvèrent face à face.

Quand Georges évoquait le diable dans son esprit, il lui donnait d'instinct le visage osseux, les yeux flamboyants, la tignasse rousse de l'abbé. Or celui-ci le regardait en grimaçant un sourire qui, répandu sur sa face maigre, avait l'air d'une rose aux dents d'un squelette.

« Bonjour, Juradieu. J'ai à vous parler, asseyez-vous. »

C'était là chose nouvelle. Habituellement, on ne pouvait recevoir sa parole qu'au garde-à-vous, la tête respectueusement baissée.

Le bureau du préfet était une pièce nue, blanchie au plâtre comme une cellule monacale. Un seul des quatre murs disparaissait derrière une armoire vitrée remplie d'archives. Derrière l'abbé, une petite croix sans Christ faite d'un bois rougeâtre, peut-être d'acajou, garnissait seule le panneau vide. A côté, une porte entrebâillée donnait sur la chambre où dormait Verdeau : on distinguait les pieds d'un châlit pareil à ceux des pensionnaires. Toujours la sainte égalité.

« J'ai à vous parler », répéta l'homme.

Accoudé à son bureau, il dissimulait le plus qu'il pouvait son visage derrière ses longues mains nerveusement crispées, se pétrissant l'une l'autre. Devant lui, Juradieu se tenait attentif, comprenant qu'il s'agissait d'autre chose que d'une semonce.

L'abbé posa soudain ses mains à plat et eut l'air de se jeter en avant.

« Voilà... Je ne suis pas sans savoir que vous jouissez parmi vos condisciples de... comment dirais-je ?... d'une certaine autorité, d'un certain ascendant. Ils ne peuvent que constater les brillants résultats que vous obtenez en presque toutes les matières ; et, pourquoi ne pas le dire ? ils vous admirent pleinement.

« ... Ne cherchez pas à le nier. C'est d'ailleurs tout à votre honneur et je ne saurais trop vous encourager dans cette voie. C'est pourquoi... »

Il s'interrompit et sourit encore, laidement. Puis, ses mains revinrent à leur ancienne place, devant son visage.

« C'est pourquoi j'aimerais... comprenez-moi bien... que vous employiez cette... ce prestige en faveur de vos camarades ; que vous leur donniez de bons conseils ; que vous les dirigiez à la manière de... d'un frère aîné, et plus raisonnable... »

Perplexe, Juradieu se demandait ce que signifiait exactement ce prêche nébuleux.

« Vous devez comprendre qu'un ordre venu de moi reste un ordre. C'est-à-dire quelque chose de menaçant, et qu'on éprouve un certain plaisir à enfreindre. Venue de vous, la même chose serait un conseil fraternel, et présenterait un tout autre visage. Comprenez-vous ?

— Je comprends.

— Accepteriez-vous de m'aider de la sorte ? De collaborer en somme avec moi ?

— Mon Dieu... j'y penserai...

— En revanche, je pourrais vous accorder quelques faveurs, tout à fait exceptionnelles.

— Par exemple ?

— Cela dépend de vous : dites vous-même. »

Juradieu se gratta la tête et, pour voir si c'était vraiment sérieux, demanda :

« Je n'aime pas l'abbé Puech. Pourrais-je suivre les cours de physique avec M. Baillon ?

— C'est très faisable ! très faisable ! assura l'autre en se pétrissant les mains. Il suffit que nous tombions d'accord. Acceptez-vous de m'aider ?

— Y a-t-il des conditions ?

— Aucune condition. Il vous suffirait de faire simplement ce que je vous dirais. Chaque soir, vous viendriez dans mon bureau recevoir vos consignes et présenter votre rapport.

— Mon rapport ? Quel rapport ?

— Eh bien ! Cela va de soi ! Vous me raconteriez comment vos camarades ont pris vos conseils, comment ils ont réagi, ce qu'ils ont fait de bien et ce qu'ils ont fait de mal, *et caetera...* »

Cette fois, Georges avait compris.

« *Et caetera !* répéta-t-il.

— Oui, *et caetera* », reprit l'abbé en souriant niaisement.

Voilà donc où l'on voulait en venir : on lui demandait de moucharder. Il se sentit pâlir. Une haine soudaine lui emplit le cœur, gonfla comme une crêpe dans l'huile bouillante, éclata en lui, projetant des bulles de feu jusqu'aux extrémités de ses doigts.

Verdeau s'était levé, un peu effrayé devant ce visage qui se décomposait.

« Votre réponse ?

— La voici ! »

Il saisit l'encrier du Préfet et, de toutes ses forces, le lui jeta à la tête. Celui-ci réussit à l'éviter ; mais le projectile alla s'écraser contre la belle paroi blanche où il forma une énorme flaque violette, éclaboussant la croix d'acajou. Le géant roux se jeta en avant pour empoigner le rebelle, parvint à le happer aux cheveux et se cramponna à sa prise de ses larges mains. Juradieu se débattait avec fureur ; mais la douleur le paralysait. Alors, en tâtonnant sur le bureau, il rencontra par hasard la fameuse règle de bronze, organe de justice de Verdeau, la saisit par une extrémité et en allongea de la pointe des coups si vifs dans l'estomac du Préfet que celui-ci, suffoqué, lâcha prise en gémissant. Juradieu bondit vers la porte, dégringola l'escalier, fut dans la cour, franchit le portail avant que la concierge pût faire un geste pour le retenir.

Tout le jour, il erra par la ville caoutchoutière. Voilà : il avait fait la révolution. Inévitablement, il serait mis à la porte du pensionnat. Il pouvait donc se considérer comme étant en vacances. Le directeur-chanoine avait-il déjà lancé la police à ses trousses ? Avait-il informé télégraphiquement sa mère ? Qu'importe ! Il devait jouir au mieux de sa liberté provisoire. Heureusement que son père était mort d'un éternuement ! Pareille émotion eût été capable de le tuer.

Il revécut la rixe avec le Préfet des Études. Il regretta certains coups qu'il aurait pu porter. Ceux qu'il avait portés, il regretta de ne les avoir pas portés plus fort. Une chose le consolait : l'énorme pâté d'encre sur la cloison blanche. Il imagina l'embarras de Verdeau pour le faire disparaître. Il le vit lavant lui-même et badigeonnant.

Par les rues, il rôda à la recherche d'une distraction. Il musarda devant les chantiers, regarda les ouvriers occupés à changer les rails d'une ligne de tramways, joua au football avec une boîte de conserve vide, tira quelques sonnettes, cracha place Delille dans le bassin de la fontaine.

A midi, il eut faim. Mais, dans sa fuite précipitée, il n'avait pas eu le loisir d'aller prendre son porte-monnaie au vestiaire, et il se trouvait sans un sou. Il regarda manger des Arabes sur un banc : ils trempaient du pain dans un verre d'huile, comme nous trempons des croissants dans le café au lait. Et cela lui souleva le cœur. « Bah ! songea-t-il. On peut rester deux ou trois jours sans manger. Je n'en mourrai point. Vive la liberté ! »

Dans l'après-midi, il repensa aux Arabes qui trempaient leur pain dans l'huile, et cette nourriture lui sembla moins répugnante. « Si une autre occasion se présentait, j'aimerais même y goûter. »

Vers quatre heures, il sentit ses jambes molles. « Je me demande si je tiendrai deux ou trois jours. » Des cris d'enfants attirèrent son attention. Il y avait par là une école qui se vidait : les petits s'en allaient par bandes, ou isolément, sanglés dans leur cartable, les chaussettes sur les chevilles. L'un d'eux avait entamé un large sandwich ; entre les deux tranches, on devinait une couche de beurre. Les narines de Georges palpitèrent. De loin, il suivit l'enfant jusqu'à ce qu'il s'écartât quelque peu de ses compagnons. Alors, d'un geste rapide, il lui arracha le sandwich et fila à toutes jambes.

Il s'attendait derrière lui à un concert de cris et d'appels. Mais personne ne semblait s'être aperçu de rien ; même le volé paraissait ne pas comprendre ce qui lui arrivait. Quand Juradieu se retourna, il le vit debout au milieu de la chaussée, regardant avec ébahissement son voleur s'enfuir. « C'est bien, se dit-il, je recommencerai. C'est vraiment trop facile. »

Quand il eut avalé le sandwich et léché ses doigts, il sentit son optimisme renaître. Il s'intéressa aux magasins, lut les dernières nouvelles dans une salle des dépêches, observa du haut de la passerelle la manœuvre des trains dans la gare de marchandises. Puis, tout à coup, il perçut la fraîcheur du soir, et la pensée du gîte le préoccupa. « Où vais-je passer la nuit ? » Il envia les crache-partout qui rentraient chez eux, tranquillement, leur journée accomplie. Parfois, des enfants venaient à leur rencontre, et ils s'en allaient à petits pas, se tenant par la main, l'un conduisant l'autre. « Où vais-je passer la nuit ? »

Il traversa des rues obscures. Toutes portaient des noms bien-pensants : rue des Minimes, rue Sainte-Madeleine, rue Saint-Dominique, rue de l'Ange ; mais des femmes le sifflaient des fenêtres ; d'autres, adossées aux murs, l'interpellaient plus discrètement. S'il avait eu de l'argent, il aurait accepté l'invitation.

Tout à coup, il buta contre une maison : il s'aperçut qu'il s'était engagé dans une impasse. Il fit demi-tour. Un homme hirsute, agenouillé devant une porte, occupé à réduire une caisse en bûchettes, le regardait passer avec surprise.

« Tu t'es trompé de rue ? »

Ce tutoiement fit plaisir à Georges, qui ralentit le pas et approuva de la tête.

« Qu'est-ce que tu cherches ? »

— Je cherche... »

Pouvait-il dire qu'il cherchait un coin pour dormir ?

« Tu cherches quoi ? insista l'homme hirsute.

— Rien.

— Et alors, si tu cherches rien, t'as trouvé. »

Il haussa les épaules et se remit à ses bûchettes. Au bout d'un moment, il leva les yeux et vit que l'autre était toujours là.

« Tu veux ma photo ? proposa-t-il.

— Écoutez... Vous... vous êtes seul ?

— Je suis seul, oui. Célibataire. Et après ?

— Est-ce que vous pourriez pas...

— Quoi ?

— Je sais pas où coucher, et j'ai pas d'argent. »

L'homme se gratta longuement la tête, les doigts écartés en forme d'étrille. Puis, il se leva sans hâte, empila les bûchettes sur son avant-bras gauche et dit simplement :

« D'accord. T'as qu'à me suivre. »

La pièce était petite, puante, enfumée ; contre la fenêtre, un établi, jonché de réveils étripés, de rouages éparpillés, de boîtes d'allumettes, d'outils minuscules ; contre un mur, des pendules publicitaires marquaient chacune son heure personnelle.

« Je suis horloger, expliqua l'homme, et je m'appelle Minique. Dominique, quoi. Dans le quartier, on me connaît.

— Vous avez beaucoup de travail ?

— Peuh... comme ça. »

Il fit un geste vague de la main.

Sur un poêle cuisait un fricot malodorant.

« T'as peut-être faim ?

— Si vous aviez un peu de pain... »

Le sandwich au beurre était digéré depuis longtemps.

« J'ai fait un ragoût. T'en veux une assiettée ?

— Un ragoût ? Un ragoût de quoi ?

— Au mou de bœuf. Je sais cuisiner, moi !

— J'aimerais mieux un morceau de pain.

— Comme tu voudras. »

Il ouvrit un placard et en sortit une cuvette émaillée remplie de croûtes. Certaines portaient des traces de dents, d'aliments séchés ou de cendres, étaient veinées de bleu.

« Sers-toi. »

Il en choisit une presque propre et essaya de la grignoter. De son côté, Minique remplit une assiette à soupe de son ragoût au mou de bœuf et se mit à l'avaler en s'aidant d'une cuiller. Sur sa chaise, Georges se sentait flotter, avec au cœur un léger roulis.

« Je crois, dit-il, reposant sa croûte, que j'ai plus sommeil que faim. »

L'horloger lécha soigneusement son assiette, à larges coups de langue. Puis, il se leva et se dirigea vers le mur du fond : des couvertures accrochées à deux clous y fermaient une sorte d'alcôve.

« Voici où je couche. On va s'arranger. T'auras le sommier et moi la paillasse. »

Il entreprit de diviser le grabat qui, à lui seul, remplissait l'alcôve. A même le plancher de l'atelier, il étala quelques journaux sur lesquels il déposa la paillasse bruissante. Puis, il décrocha les tentures de la porte et conclut :

« Monsieur est servi. Y a pas de draps, faut m'excuser : j'attendais pas d'invité.

— Ça fait rien. Je compte pas me déshabiller. »

Georges enjamba la paillasse de son hôte et passa dans le réduit. Il chercha son mouchoir, l'étala sur l'oreiller crasseux ; alors, il se laissa tomber sur le sommier en pensant : « Je vais être dévoré par les punaises. » Tout de suite, il ferma les yeux pour ne rien voir de ce qui l'entourait.

« Bonne nuit, grogna Minique.

— Bonne nuit. »

L'ombre se fit dans les deux pièces. L'enfant eut une pensée presque émue pour ce vieux misérable qui l'accueillait chez lui sans lui poser de questions, et partageait avec lui le peu qu'il possédait. Il s'endormit sur ces consolantes pensées.

Il fut réveillé par une impression de froid. Aussitôt qu'il eut ouvert les yeux, il distingua dans le petit jour de l'alcôve une figure grimaçante penchée sur lui.

« Ne bouge pas, chuchota Minique. Laisse-toi faire ! »

D'abord, il ne comprit rien. Ensuite, il se rappela. Alors, il s'aperçut qu'il gisait, les habits défaits, sur le grabat de l'horloger ; et celui-ci, les yeux exorbités, promenait ses mains noires sur le ventre de son invité. Georges poussa un cri, écarta d'un coup de genou l'homme qui cherchait à le retenir en suppliant et se frappant la poitrine :

« Reste ! Reste encore ! Je veux pas te faire de mal ! »

Il rajusta ses vêtements et bondit dans l'impasse.

Lorsqu'il se présenta à la porte du pensionnat, le chanoine-directeur le fit enfermer au cachot. Il y demeura jusqu'à ce que Mme Juradieu vînt prendre livraison de son fils.

8

Expulsé de l'Institution Saint-Martin, Georges trouva asile au lycée Blaise-Pascal. L'ambiance y était fort différente. Plus d'enseignement religieux ni moral d'aucune sorte. Les professeurs n'y avaient point cet air quinteux, souffreteux, besogneux qui affligeait les laïcs du pensionnat, voués malgré eux au martyre des seules satisfactions intellectuelles. Ses nouveaux maîtres, au contraire, étaient en général des épicuriens, contents d'eux-mêmes, de leurs titres universitaires, de leurs notes professionnelles, de leur traitement, de leurs vacances. Ils passaient d'ordinaire le temps des récréations groupés dans la cour supérieure à s'envoyer de grandes tapes dans le dos, à se chuchoter des gaudrioles dont ils riaient à ventre déployé, sous les regards consternés de leurs élèves qui leur voyaient, en classe, des mines autrement guindées. Certains avaient un grand souci d'élégance, arborant des perles de cravate, des guêtres de feutre blanc, des canotiers qu'ils penchaient sur l'œil. D'autres, plus bohèmes, venaient en casquette, en bas-cycliste, en vestons à carreaux, comme des voyageurs qui seraient entrés en passant faire une courte visite. Une plaque scellée dans le mur rappelait qu'Henri Bergson avait enseigné la philosophie dans la classe adjacente de 1883 à 1888 ; le souvenir de ce grand homme paraissait illuminer le visage de ses successeurs.

Aux professeurs mâles, se mêlait une femme, Mlle Romuald, qui enseignait le dessin. Une vive Méridionale aux cheveux corvins, au teint de soie brûlée, à la bouche appétissante. Un peu maigre, peut-être. Mais sans doute une fausse maigre, à en juger par sa poitrine et ses mollets. Ses collègues lui faisaient tous une cour discrète, sans engagement, en personnes bien élevées.

Les élèves n'étaient ni pires ni meilleurs qu'au pensionnat. Toutefois, ils avaient coutume de s'exprimer avec un manque d'hypocrisie brutal. A chacun de leurs professeurs, ils donnaient un sobriquet ou une appellation argotique, et ce fut la première connaissance que Juradieu dut acquérir.

Les méthodes éducatives se trouvaient non moins différentes. Plus de coups de règle sur les doigts. Chaque enseignant manifestait le plus scrupuleux respect pour l'intégrité physique des élèves. Les punitions consistaient en tâches écrites ; en heures de retenue qu'il fallait venir purger au lycée le jeudi ou le dimanche ; en suppression des récompenses honorifiques qui devaient couronner chaque mois les meilleurs et dont, en fait, ils se fichaient de façon majuscule. Le mouchardage ne semblait point pratiqué ici. Bien au contraire, il existait parmi les lycéens cette loi du silence que la maffia sicilienne appelle *omertà*, et qui oblige chaque individu à se considérer comme un complice du coupable recherché, à entraver par tous les moyens sa découverte. S'il arrivait à un élève de se faire rosser par un autre, il devait immédiatement oublier le nom et le visage de son agresseur. Sous peine de représailles. Et, ce qui était pire, sous peine du mépris général.

Juradieu retrouva très vite ici un prestige équivalent à celui qu'il avait laissé à Saint-Martin. Il semblait que ce fût un honneur d'appartenir à la même classe que lui. On ne désignait plus celle-ci sous le nom de *seconde B prime*, mais sous celui de *seconde Juradieu*. Certains admirateurs avaient forgé une dérivation de son nom : l'adjectif *juradivin*. On parlait d'un mot juradivin, d'une pensée juradivine. Trois ou quatre de ses condisciples lui manifestaient une particulière dévotion.

L'interne Labrune était fils d'un instituteur qui reportait sur sa tête toutes les ambitions qu'il n'avait pu lui-même satisfaire qu'en partie. Malheureusement, cette tête se trouvait un peu faible pour un tel poids, à la suite d'une méningite infantile dont il ne s'était jamais complètement remis. Il avait un parler indécis, balbutiant, un corps mou, une chevelure bleuâtre, des yeux égarés. Sa plus grande terreur lui venait des visites paternelles. Toujours insatisfait de son travail, le magister le houspillait publiquement, le traitait de fainéant, de bon à rien, de fils indigne. Ses vacances étaient une galère. Il les passait sous la férule, à recommencer en trois mois ce qu'il avait étudié précédemment en neuf. On le voyait à chaque rentrée revenir l'air hagard, au bord d'une rechute. Ensuite, petit à petit, il retrouvait son assiette. Georges y contribuait par l'aide qu'il lui apportait. Ce n'était point l'amitié qui l'inspirait, mais le plaisir de conquérir peu à peu cette âme débilitée.

Le père de Mouchotte était capitaine au régiment de cavalerie qui tenait garnison dans la ville. Mais lui ne rêvait point de l'uniforme : sa seule ambition était d'égaler en taille, en prestance, en succès, en cynisme, le prestigieux fils du banquier riomois. Aussi l'imitait-il en toutes choses, dans sa façon de s'habiller, de se peigner, de parler, de tousser, de rire. C'était pourtant un garçon assez petit, doué seulement pour les mathématiques, aux dents irrégulières, au front garni de protubérances. Juradieu étant surtout littéraire, lui-même affectait un grand mépris pour les seules matières où il aurait pu briller ; il se remplissait en compensation la tête de textes, de citations qu'il apprenait par cœur et s'efforçait de réciter à propos.

Pilat tirait gloire du fait qu'il n'avait point de main gauche. Il affirmait l'avoir perdue à l'âge de dix ans, dans les Ardennes où il passait ses vacances, en jouant avec une grenade allemande, épave du récent conflit. En somme, il était un blessé de guerre et aurait pu prétendre à une décoration. Un jour, Juradieu le prit à part :

« Montre-moi ta main gauche.

— Tu sais bien que je n'ai pas de main gauche.

— Je veux dire : ton poignet.

— Pour quoi faire ?

— Pour voir quelque chose.

— Mais quoi ?

— Je t'expliquerai... »

Après s'être fait prier longtemps, Pilat finit par céder.

« C'est bien ce que je pensais.

— Qu'est-ce que tu pensais ?

— Que ta main n'a jamais été arrachée. Pour la raison bien simple que tu ne l'as jamais eue.

— Vraiment ? Comment as-tu découvert ça ?

— Primo, il n'y a aucune cicatrice. Le poignet est lisse comme un pilon à sel. Secundo, en regardant bien, on distingue sous la peau quatre ou cinq proéminences qui sont des doigts atrophiés. Donc, tu n'es pas infirme de guerre : tu es infirme de naissance. »

Pilat hésita, se demanda s'il devait nier encore. Puis, il préféra agir avec Juradieu en toute franchise.

« C'est vrai, reconnut-il. Mais je te demande de ne rien dire aux autres.

— Pourquoi ?

— Après ce que je leur ai raconté, ils se ficheraient de moi.

— D'accord. Il me suffit de le savoir. »

Il y avait là un chantage possible.

L'hiver suivant commence par une jolie neigée. Dans les cours de l'école, en théorie, il est défendu de toucher à la neige. Les élèves doivent se contenter de la regarder tomber, transis, sous les verrières d'un préau qui ont depuis longtemps perdu la plupart de leurs vitres. En pratique, les surveillants les laissent s'en servir pourvu qu'il n'y ait point d'accident.

Au bout d'une demi-heure d'abstention due au respect de la règle, les boules de neige commencent à voler, à s'aplatir avec éclat contre les murailles de la vieille bâtisse. Celle-ci est un ex-collège des Jésuites construit au milieu du XVIIe siècle. Dans ses pierres, on trouve, gravées en creux profonds d'un doigt, des signatures accompagnées de dates prestigieuses : *Untel*, 1810. Autrefois, l'on ne ménageait ni sa peine ni son temps. Aujourd'hui, les graffiti s'y tracent à la craie ou au crayon, bien dignes de notre époque superficielle.

La bataille est soudain interrompue par un fracas scandaleux de carreau brisé. Coups de sifflets. Vociférations :

« Stop !... Qui a fait ça ?... Qui a fait ça ?... »

Juradieu hésite un moment. Il n'a pas l'habitude de fuir ses responsabilités. Mais il est amusant de duper la hiérarchie. Il regarde Labrune, près de lui. Celui-ci sait fort bien d'où est partie la boule ; mais l'*omertà* lui scelle les lèvres.

« Si le coupable ne se dénonce pas, menacent les surveillants, plus personne ne touchera à la neige. »

Juradieu regarde Labrune avec insistance.

« Eh bien !

— Quoi ?

— Tu entends ? »

Labrune pâlit, à l'idée de ce que l'autre semble exiger. C'est Juradieu qui a cassé la vitre ; pourquoi ne se dénonce-t-il pas ? Labrune le sait, et il sait que Juradieu sait qu'il le sait. Alors ? Ses yeux disent : « Est-ce qu'il te ferait plaisir que je me dénonce à ta place ? » Mais les yeux de l'autre répondent durement : « Tu n'as qu'à plier, sans discussion ! » D'ailleurs, il précise :

« C'est toi, voyons !

— Moi ?

— Mais oui, c'est toi ! Dénonce-toi donc ! Qui casse les verres les paie. As-tu peur qu'on te guillotine ? »

Labrune hésite, puis il cède :

« Après tout, c'est... c'est peut-être bien moi. J'ai dû la ca... casser sans le faire exprès.

— Naturellement, sans le faire exprès ! Est-ce que tu es capable de casser exprès une vitre, toi ?

— Je veux dire sans... sans m'en rendre compte.

— Sans t'en rendre compte, peut-être. Mais c'est toi, *je t'ai vu*. Est-ce que tu serais lâche ? »

Ce qu'il y a de plus étrange, c'est qu'ils savent tous deux que tout cela n'est qu'une comédie. Labrune accepte quand même le châtiment.

« La retenue, précise Juradieu, tu la feras puisque tu la mérites. Mais je te rembourserai les cent sous du carreau qu'on va te demander. Nous sommes solidaires, puisque nous sommes amis, non ? »

9

André Gide était à la mode comme le charleston. Ayant lu *Les faux-monnayeurs*, Georges Juradieu plagia bassement la *Confrérie des Hommes Forts* en créant à Blaise, parmi les élèves de rhétorique, un *Club des Hommes Libres* où il s'efforça de jouer le même rôle que Strouvilhou. Afin d'échapper à toute enquête éventuelle, au cas où la société eût été découverte, ils décidèrent de n'avoir jamais aucun document écrit. Les membres avaient un geste de reconnaissance : le pouce et l'index de la main droite écartés à angle droit, ce qui formait pour le vis-à-vis l'initiale majuscule du mot : Liberté. Ils s'étaient offert une devise latine : *Ego quoque Brutus* ; chacun d'eux se sentait l'étoffe d'un vengeur de la République violentée.

Deux principes guidaient leur conduite. Primo, ils ne se plieraient point aux règlements chaque fois que ce serait possible sans inconvénient majeur. Secundo, ils se prouveraient à eux-mêmes leur essence d'hommes libres en accomplissant les actes les plus inattendus, en émettant les opinions les plus paradoxales. Le règlement du lycée les contraignait à porter cravate : ils l'enroulèrent à l'envers, de façon qu'on en vît la couture. Il leur était interdit de répliquer aux observations : tous devinrent ventriloques et apprirent à protester bouche close. On exigeait d'eux qu'ils saluassent dans la rue le personnel enseignant de l'école : ils le firent avec des courbettes si ostentatoires, si caricaturales, qu'elles pétrifiaient de honte les personnes ainsi honorées.

Dans la voie des exploits individuels, il appartenait à Juradieu de prêcher d'exemple. Un jour, il prévint ses associés qu'il allait faire à Mlle Romuald, leur professeur de dessin, une déclaration d'amour. En secret et réellement, ils étaient tous amoureux d'elle. Mais qui eût osé le lui avouer ?

« Moi, j'oserai. »

Ils firent la grimace :

« En tête à tête ? Nous n'y assisterons pas. On n'est pas obligé de te croire !

— Non, en public. Devant toute la classe. »

Il expliqua sa tactique.

Cette charmante Méridionale avait une manie affolante. Cependant qu'ils transpiraient sur leur carton, assise à son bureau, elle faisait joujou avec le long crayon qui lui servait à noter leurs travaux. Elle le glissait entre deux boutons de son corsage, et ils supposaient qu'elle se taquinait ainsi la pointe des seins. Un après-midi, tandis qu'elle était occupée à ce jeu, Juradieu quitta sa place, déposa devant elle un billet, et regagna son banc sans souffler mot.

Ouvrez votre tiroir. Il y a une surprise dedans.

Étonnée, elle regardait le billet, elle regardait Georges qui baissait le nez sur sa feuille. Les seuls initiés du *Club* avaient remarqué le manège. Au bout d'un moment, elle se décida, ouvrit le tiroir avec précaution, comme si elle eût craint d'en voir jaillir une grenouille. Il était vide. Sur le fond, une nouvelle inscription, au pastel rouge : *Moi, Georges Juradieu, déclare aimer d'amour Mlle Romuald, professeur de dessin.* Tous les *Hommes Libres* se mordaient les lèvres pour ne pas éclater de rire, tandis que la jeune femme devenait pourpre, puis pâle, puis pourpre encore.

La séance terminée, alors que chacun rangeait son matériel, elle ordonna :

« Georges Juradieu, restez un peu, s'il vous plaît. J'ai à vous parler. »

Les autres auraient bien voulu assister à l'entretien, et chacun s'attardait le plus qu'il pouvait. Ils regardaient avec envie l'heureux mortel qui allait avoir une conversation particulière avec l'adorable professeur. Sur le pas de la porte, elle attendit que tous eussent descendu l'escalier. Alors, elle referma avec soin derrière elle, monta à son bureau. Il se tenait devant elle, les genoux un peu tremblants, n'osant lever le front. Elle rouvrit le tiroir :

« Avec quoi avez-vous écrit cela ? »

Il apporta le morceau de pastel.

« Veuillez, je vous prie, faire disparaître cette inscription. »

Sa voix était calme, sans colère. Docilement, il barbouilla de rouge le fond du tiroir, de façon à recouvrir la déclaration d'amour.

« Maintenant, levez la tête. »

Il tenait encore son pastel à la main. Elle le regardait de ses yeux d'encre de Chine, fixes, dans lesquels il ne parvenait à lire aucun sentiment. Il lui sembla pourtant que ses narines palpitaient un peu, que sa bouche pulpeuse souriait à peine. « Délicieuse », pensa-t-il. Elle-même se disait de son côté : « Quelle chevelure ! Quelles lèvres orgueilleuses ! C'est du Phidias. Dommage qu'il soit mon élève ! » Un moment, ils s'examinèrent ainsi en silence.

La gifle claqua sec. Il s'y attendait si peu qu'il eut un petit hoquet.

« Vous pouvez sortir, à présent. »

Où était sa volonté d'Homme Libre ? Dans le couloir, il s'envoya une seconde gifle sur l'autre joue, pour lui donner une rougeur symétrique. Dès le fond de l'escalier, il fut assailli par les initiés :

« Eh bien ! Qu'est-ce qu'elle t'a dit ?... Comment a-t-elle pris la chose ?... »

Il les regarda et sourit :

« Elle m'a embrassé. »

Malgré leur tempérament anarchique, la plupart des *Hommes Libres* obtinrent la première partie de leur baccalauréat. Ils purent ainsi se retrouver dans la classe terminale, derrière leur chef de file. Leur dévotion envers lui était devenue adoration.

Sur le fond ténébreux de leur esprit, les alluvions de la philosophie se déposèrent en couches vaseuses. Ils dissertaient gravement, dans leurs apartés, du moi et du non-moi, de la connaissance indécomposable, de l'idéalité transcendantale, de la finalité sans but. Entre ces quatre murs où jadis avait vibré la voix légère et aigrelette d'Henri Bergson, ils se sentaient tous plus ou moins contaminés par son génie.

Ils estimèrent qu'un *Club des Hommes Libres* à l'intérieur des prisons où ils devaient vivre — famille, lycée, république — était une gageure un peu trop insoutenable. Les artifices de cravate et de ventriloquie par quoi ils entendaient démontrer leur indépendance leur parurent d'une ridicule puérilité. Il fallait donc réformer l'association, sinon dans son objet qui restait le même, du moins dans ses moyens.

« Fondons, proposa Juradieu, toujours inspiré par Gide, un *Club des Suicidés*. »

L'idée leur parut un peu forte a priori, mais belle.

« Nous nous promettons les uns aux autres, et surtout à nous-mêmes, de ne mourir que de la mort que nous aurons choisie, au moment que nous aurons choisi. Ce soir, demain, dans dix ans, dans vingt ans. »

Il y avait de quoi crier d'enthousiasme.

« Et si nous sommes tués avant ? objecta cependant quelqu'un. Par la foudre, par une auto, par une cheminée qui tombe ?

— Nous aurons trahi notre serment, voilà tout. Mais il y a un bon moyen de se prémunir contre ce genre d'accidents.

— Lequel ?

— C'est de se tuer assez tôt. Le plus tôt possible. Rappelez-vous le vers de Ménandre : *Qui meurt jeune est chéri des dieux*. Les survivants honoreront par tous les moyens celui qui aura respecté sa promesse. Par exemple, ils assisteront à ses funérailles, après lesquelles ils donneront un joyeux banquet, comme on fête le succès d'un ami. Ils s'entretiendront fréquemment entre eux de leur mort prochaine. Ils se donneront des détails précis sur la façon dont ils entendent l'accomplir et la protéger des intrus. Petit à petit, ils s'habitueront si bien à cette idée qu'il leur sera aussi facile de franchir la porte de l'au-delà que celle de la salle de bains... »

Tous les membres de l'ancien club acceptèrent avec transport d'adhérer au nouveau. Au fond, que risquaient-ils ? Personne ne les contraignait à mettre dans l'immédiat leurs principes à exécution. Restait que cette façon d'envisager l'avenir leur paraissait digne des stoïciens antiques. *Ego quoque Brutus*. Comment prouver mieux en effet leur liberté de choix ? Par quel geste plus décisif, plus définitif ? Même le balbutiant Labrune pâlissait de ferveur en envisageant une action aussi formidable.

Ils renoncèrent donc à leurs fantaisies de costumes et de coutumes. De leur ancien rituel, ils ne conservèrent que la majuscule *L*, formée avec le pouce et l'index. Désormais, ils furent des élèves dociles, quasi respectueux. Que leur importaient les liens dont on les couvrait, puisqu'ils étaient sûrs de posséder, quand ils le voudraient, le moyen de se délier ?

Ils supportaient avec une indulgence méprisante le reste du troupeau. Ceux qui laissaient au hasard le soin de confectionner leur destinée. Pauvres diables voués à mourir de cancers, de pleurésies, d'hydropisies.

« Moi qui n'ai qu'une main, décida tout de suite Pilat, je ne pourrai me servir d'une arme à feu. Le poison n'est pas sûr, et il fait trop souffrir ; et puis, on vomit, c'est malpropre. Alors, je me jetterai dans un précipice.

— Bravo ! approuvait Juradieu. C'est la mort de Jacques, le héros de George Sand.

— Moi qui ai mes deux bras, se proposa Mouchotte, je compte éviter la hideuse vieillesse par le moyen du revolver. C'est presque une tradition dans ma famille. Mon grand-père est mort au pistolet.

— Il s'est suicidé également ?

— Non. Dans un duel.

— C'est autre chose, fit Juradieu avec une moue.

— Et toi, lui demanda-t-on, comment comptes-tu en finir ?

— Chez nous aussi le revolver est une tradition. Mon père... bref ! les détails importent peu. Alors, je resterai dans la ligne. »

Seul, le fils de l'instituteur hésitait encore. A cause, sans doute, de son ancienne méningite qui ne lui permettait pas de penser aussi vite que les autres.

« J'y réfléchirai », promit-il avec confusion.

Quelque temps après, Mouchotte apporta un revolver emprunté secrètement à son père, le cavalier.

« Voilà, dit-il, les lèvres frémissantes, l'instrument dont je compte me servir. »

Il leur fit remarquer que l'arme était chargée et que le cran de sûreté se trouvait sur la lettre F.

« Ça veut dire *fire*, expliqua-t-il, orgueilleux de sa familiarité avec un tel outil.

— Ça peut aussi bien signifier *feu*, répliqua Georges. D'ailleurs, c'est fabriqué à Saint-Étienne. Pourquoi veux-tu qu'on écrive dessus en anglais ? »

Ils se le passèrent de main en main, émerveillés de le sentir si lourd, si froid, si lisse dans leur paume. A tour de rôle, ils appuyèrent le canon contre leur tempe et frissonnèrent au baiser glacé de sa petite bouche ronde.

« On peut aussi se... se tuer comme ça, bégaya Labrune en le dirigeant contre son cœur.

— Oui, un bon moyen pour manquer son effet, dit Juradieu. C'est celui que choisissent les amoureux malchanceux pour se rater sous les fenêtres de leur belle, en espérant que leur blessure attendrira l'insensible.

— C'est... c'est peut-être aussi...

— C'est quoi ?

— Parce que c'est... c'est là qu'est... qu'est leur mal. »

Labrune se hâta de passer l'objet à un autre, comme s'il lui eût brûlé les doigts.

Quand ils l'eurent assez tâté, reniflé, soupesé, Mouchotte tendit la main pour le reprendre.

« Attends, dit Juradieu. Veux-tu me le prêter ?
— Quoi ?
— Pour aujourd'hui seulement.
— Aujourd'hui ?... Déjà ?... balbutia l'autre en blêmissant.
— Non, le rassura Georges en éclatant de rire. Je ne pense pas encore à me supprimer. C'est simplement pour me familiariser. »

Tout le jour, il le porta sur lui. Il en sentait la pesanteur au fond de sa poche. De temps en temps, il le flattait doucement, avec l'extrémité de l'index.

Un peu avant la fin de l'année scolaire, Labrune annonça à Juradieu :

« Tu... tu sais... j'ai trouvé.
— Qu'est-ce que tu as trouvé ?
— Comment je... je m'enlèverai des pas si... si je... si je juge que c'est nécessaire.
— Alors, le moyen ?
— J'ai... j'ai découvert une chose. Tu connais Gé... Gérard de Nerval, n'est-ce pas ?... Sais-tu co... comment il s'appelait ?
— Gérard de Nerval, je suppose.
— Non. C'était un pseudo... un pseu... son vrai nom était... Devine !
— Qu'est-ce que j'en sais ?
— La... Labrunie.
— Labrunie ?
— Oui. Et moi La... Labrune. C'est presque pareil. Labrune... Labrunie... Et tu sais comment il a fini ?
— Il s'est pendu à un réverbère.
— Oui... pen... pendu. Alors... voi... voilà.
— Voilà quoi ?
— Je ferai comme lui. J'ai choisi la... la corde.
— Sacré Labrune ! fit Juradieu en éclatant de rire. Ça te portera bonheur ! »

10

M. Rebec entra, plus pâle, plus sombre encore que d'habitude. Il haletait, comme s'il avait monté l'escalier en courant.

« Madame... fit-il. Ah ! Madame !...
— Qu'est-ce qui se passe, cher ami ? Remettez-vous !

— Ah ! ne m'appelez pas cher ami ! Je suis un misérable, un malfaiteur ! »

Elle eut un pincement aux entrailles, sentit ses genoux faiblir et devina en un éclair la funeste nouvelle. Mais elle la repoussa mentalement de toutes ses forces. Allons donc ! Un homme si prudent ! si honnête ! qui assistait à la messe chaque matin et prenait la communion tous les dimanches ! Il ne pouvait s'agir que d'autre chose.

Le banquier se laissa choir dans un fauteuil, sans attendre qu'elle le lui offrît, et entreprit de s'essuyer la figure, le cou, la nuque, longuement, et jusque derrière les oreilles, comme font les chats avant la pluie. Elle restait debout, devant lui, muette, attendant ses paroles les yeux fermés, priant mentalement Dieu d'écarter d'elle ce calice. « Après la mort de mon pauvre Daniel, la pauvreté, la misère à présent, c'est trop pour moi, Seigneur !... »

« Il faut... il faut tout de même que je vous raconte comment cela s'est passé, madame. Il le faut pourtant... »

Il acheva sa toilette, puis reprit :

« Depuis le décès de notre cher Juradieu, la banque vivotait péniblement. Vous savez qu'il avait une connaissance approfondie des affaires, un flair d'une sûreté presque infaillible en ce qui concernait les achats à entreprendre, les spéculations à risquer. Que voulez-vous ! Une banque n'est pas une caisse d'épargne : elle vit du risque, elle doit participer aux jeux de la Bourse. Après lui, j'ai voulu continuer, comme il était normal. Mais je n'avais pas sa science, et j'ai fait des opérations très malchanceuses. Ajoutez à cela deux malheureuses circonstances. Primo, l'affaire Potier, qui nous fit perdre une partie de notre crédit. Ce qu'on nous reprochait, ce n'était point d'avoir fait saisir les biens du charron : cela, c'était la logique du métier. Non. Ce que certains confrères nous pardonnèrent mal, c'est l'acquittement du criminel et l'autorisation qui, par notre fait, semblait être donnée aux clients insolvables de régler leurs affaires par la violence. Ces confrères, non seulement ne m'ont pas aidé à me tenir à flot, mais, sentant que ma barque faisait eau, ils ont fait leur possible afin de hâter le naufrage. »

Il s'arrêta pour reprendre haleine, ou pour préparer la veuve au coup final.

« Et secundo ? fit-elle froidement.

— Secundo, il y a ce comptable malhonnête... l'année dernière... vous vous souvenez ?... qui s'est enfui en emportant cent cinquante mille francs. Cent cinquante mille francs, c'est un trou sensible. Ma barque menacée n'avait pas besoin de cela. »

Il se complaisait dans cette plate métaphore, qui lui semblait exprimer de façon adéquatement dramatique la situation.

« Bref ! interrompit-elle. Je suis ruinée, n'est-ce pas ?

— *Nous* sommes ruinés, madame ! *Nous !* Vous et moi ! Votre famille et la mienne ! Par la faute de mon imprudence, peut-être, de la fatalité surtout, mais non point de mon improbité, madame ! Je vous le jure sur le Christ !

— Vos coffres sont-ils absolument vides ?

— Non point. Mais l'argent qui y reste ne m'appartient plus. Il ne suffira pas même à rembourser nos déposants.

— Je pourrai vérifier la comptabilité, n'est-ce pas ?

— Naturellement. Vous-même ou vos experts. »

Elle réfléchit un moment, puis proposa :

« Pourquoi, monsieur Rebec, ne ferions-nous pas comme votre comptable ?

— C'est-à-dire ?

— Pourquoi ne lèverions-nous pas le pied avec l'argent des dépôts ? »

Il parut étonné, puis grimaça un sourire, sous sa moustache mongolienne :

« Vous voulez m'éprouver, madame ? Mais je ne tombe pas dans le piège. »

Et levant un doigt tragique :

« Le temple s'écroulera, mais je serai sous ses débris ! »

Il conclut sur un ton plus prosaïque :

« D'ailleurs, la somme en question n'est pas très considérable et ne nous conduirait pas bien loin. Plusieurs de nos déposants vont se trouver ruinés en même temps que nous. »

« Tu as fait vérifier les comptes ? s'informa Georges.

— Oui. Il n'y a pas de doute. La passif est énorme. La banque fermera ses portes à la fin de ce mois.

— Il ne nous reste plus rien du tout ?

— Il nous reste la maison, qui n'était pas bien de communauté. Et quelques rentes. Des poussières.

— Comment comptes-tu vivre ?

— Ta sœur a fait un riche mariage. Elle accepte de me recueillir.

— Et moi ?

— Que sais-je ? Tu m'as dit un jour que l'avenir bancaire te pesait, que tu te sentais fait pour être menuisier...

— J'ai dit : pour être charron, comme Potier.

— Charron si tu veux. Eh bien ! Voilà ! Tes souhaits sont accomplis ! Tu n'as plus d'avenir bancaire !... »

Être pauvre. Cela ne lui faisait aucun effet encore. Comme lorsqu'on vous annonce la mort d'un ami : on ne la ressentira qu'à la longue, lorsqu'on constatera qu'il manque aux rendez-vous habituels. La pauvreté n'était encore pour lui qu'une abstraction dont il n'avait pas éprouvé les effets concrets. Excepté une courte expérience en compagnie du mendiant libidineux. Il s'imaginait mal dans le rôle de pauvre, d'ouvrier, de crache-partout. Était-il vrai que ces gens-là n'avaient pas de vacances ? Qu'ils ignoraient les bains de mer ? Qu'ils mangeaient tous les jours du pain rassis ? Il commença à regretter son ex-avenir bancaire.

« Es-tu bien sûre que tout cela n'est dû qu'à l'imprudence de Rebec ? Qu'il n'y a pas là-dedans une combinaison machiavélique ?

— Il me l'a juré sur le Christ. Mes experts l'ont d'ailleurs confirmé. »

Cela ne le satisfaisait point. Il préférait croire à une manœuvre frauduleuse qui corroborait la mauvaise opinion qu'il avait des hommes. Cependant, que ce fût un coup du sort le séduisait également : les Rebec et les Juradieu qui avaient conduit à la ruine les Potier et tant d'autres mordaient à leur tour la poussière.

Quelles qu'en fussent les causes, la fin de la banque lui apportait autant de satisfaction que d'ennui.

La veuve Lherminier ne l'entendit pas de cette oreille :

« En apprentissage ? Êtes-vous fous, tous les deux ? Si ma sœur ne peut plus subvenir à tes besoins, ne suis-je pas là, moi ? Est-ce que je compte pour du beurre ? N'aimerais-tu pas prendre ma succession ? »

Encore une qui avait une succession à lui flanquer sur l'échine. Il fit la grimace :

« Les poissons, passe encore. Mais c'est le reste...

— L'équarrissage ? Tu vois bien que l'un ne peut aller sans l'autre. Il n'y a pas de roses sans épines.

— Non, vraiment. Si je ne peux continuer mes études, je préfère commencer un apprentissage. Je serai charron.

— Tu viendras en apprentissage ici, pendant les vacances, comme par le passé, tête de mule ! Et tu continueras tes études le reste du temps. Que comptes-tu étudier ?

— Il faut que je me tâte. »

Il se tâta trois semaines, et décida enfin :

« J'essaierai de décrocher un diplôme d'ingénieur.

— Excellente idée, approuva la piscicultrice. On peut très bien être ingénieur et employer son ingéniosité dans la pisciculture. »

En novembre, il retrouva Mouchotte à la Faculté, et ils établirent ensemble leur bilan.

« J'ai vingt et un ans, fit l'homme au front scabreux. Mon père aurait voulu me voir préparer comme lui le métier des armes. Que diable ! Nous ne sommes plus au temps où le fils du boulanger était condamné à être boulanger lui-même. Tu m'as donné le goût des lettres, et je compte préparer une licence de philo. Ensuite, je chercherai quelque job dans le journalisme. A l'extrême rigueur, je me rabattrai sur l'enseignement, métier agréable quand on ne le pratique pas, je veux dire pendant les vacances. De toute manière, j'aurai la satisfaction de t'accompagner encore un bout de chemin.

— C'est-à-dire que pour moi, précisa Juradieu, les lettres, c'est fini : nous divorçons.

— Quoi ?

— Tu as devant toi un fils de banquier en banqueroute. J'ai pensé me faire charron, maréchal-ferrant ou peintre en bâtiment. Mais cela offusque ma tante Lherminier, l'équarrisseuse, qui a le nez délicat. Je serai donc ingénieur.

— Nom de Dieu ! fit Mouchotte. Tu n'aurais pas pu le dire plus tôt ? Que vais-je foutre, moi, tout seul, dans la philosophie ?

— Tu ne seras pas tout seul !

— Je veux dire : sans toi. »

Il en aurait pleuré. Son ami tâcha de le consoler, de lui montrer les grandes joies qu'il tirerait des illuminations reçues dans la classe-où-avait-enseigné-Henri Bergson. Mais l'autre ne se consolait point.

« C'est dit, décida-t-il tout à coup. Je vais me faire radier de la Fac des lettres et je m'inscris à celle des sciences.

— Voyez-vous ces *Hommes Libres* ! » railla son ami.

Ils parlèrent du passé.

« A propos, fit Mouchotte. Labrune... Tu es au courant ?

— Labrune ? Rien du tout. Qu'est-ce qui lui arrive ?

— Tu sais qu'il s'était fait coller en juillet à son second bac. Son père, l'instituteur, en avait fait une maladie. Dès le début des vacances, sans le laisser souffler, il a commencé à l'abrutir à doses massives. Lui m'a écrit une lettre affolée. Tiens, je dois encore l'avoir sur moi. »

Il se fouilla, finit par retrouver un chiffon de papier qu'il repassa de la main et tendit à son maître.

« Quelle écriture ! Il bégaye même en écrivant. »

Il eut beaucoup de peine à déchiffrer quelques lignes.

« ... Il paraît que, si je ne décroche pas en octobre cette saleté de titre, j'aurai déshonoré ma famille entière... En fait, je sens bien que je ne suis bon à rien de propre. Je suis un raté d'esprit et de corps. Raté jusqu'aux moelles. Je n'aurais pas même été bon à faire un savetier car, me répète-t-on chaque jour, je suis maladroit comme une pioche *; mes doigts ressemblent à des* pinces de crabe *; je ne sais pas même* tenir un porte-plume dans les règles... *Alors, où veux-tu que me mènent les études ?...*

« Pourtant, il me reste une vertu, celle que nous a donnée Georges Juradieu : je suis un homme libre. Je serai capable du

moins de choisir le genre et l'heure de ma mort. Ne t'étonne pas d'apprendre, un de ces quatre matins, que, comme mon homonyme Labrunie, je me suis pendu à un bec de gaz... »

Juradieu laissa retomber la feuille.

« Est-ce que... ? » balbutia-t-il.

Ces histoires d'hommes libres et de club des suicidés n'avaient été pour lui qu'une forfanterie. Un moyen d'entretenir son prestige aux yeux des autres. Une fantaisie estudiantine comme les moustaches, les colliers de barbe, les faluches, les mascarades de la Saint-Charlemagne. Si pour d'autres cela avait représenté autre chose, ce ne pouvait être que pour les cervelles faibles.

« Est-ce que quoi ? fit Mouchotte.

— Est-ce qu'il s'est réellement pendu ?

— Tu ne lis donc pas les journaux ?... A la fin du mois d'août, on l'a retrouvé dans la Loire. Noyé.

— Noyé ? Exprès ?

— Qu'est-ce que j'en sais ?... Chaque été, un tas de gens se noient par imprudence. Et lui, il nageait mal. Mal, comme tout ce qu'il faisait. »

Ainsi s'achevait le plagiat éhonté des *Faux-Monnayeurs*.

11

Il ne pouvait être tenu pour responsable des cervelles faibles. Il aimait les paradoxes, parce qu'ils lui permettaient d'affirmer son mépris pour tout ce qui est loi, tradition, routine. Mais ceux qui avaient besoin de rails pour les conduire, les obligeait-il à le suivre dans ses vagabondages hors du ballast ?

Il estimait que tous les maux dont l'humanité se frappe elle-même découlent de la certitude dans laquelle elle se trouve, ce faisant, de ne pas se tromper. Les guerres, les révolutions, les inventions nouvelles, les remèdes nouveaux *doivent* lui apporter un mieux-être. Depuis qu'à l'école nous avons appris que 2 et 2 font *nécessairement* 4, nous sommes persuadés qu'il est possible d'avoir sur chaque chose des opinions catégoriques. Et ce que, depuis, nous avons vu, lu, entendu, a contribué à renforcer nos certitudes :

la géométrie qui dit : *tout* triangle a trois angles, *tout* quadrilatère a quatre côtés ;

la physique qui dit : *tout* corps plongé dans un liquide reçoit une poussée, c'est pourquoi les bouchons flottent ;

la géographie qui dit : *tout* fleuve coule de sa source vers son embouchure ;

l'histoire qui dit : *tous* les empires se sont écroulés ; de *tout* temps les hommes se sont fait la guerre ;

la morale qui dit : l'oisiveté est mère de *tous* les vices ;

le droit qui dit : *tout* condamné aura la tête tranchée.

Quoi d'étonnant que, de déduction en déduction, les hommes en arrivent à formuler sur d'autres sujets des jugements aussi péremptoires :

tous les Allemands sont idiots, myopes et sanguinaires ;

tous les Américains sont des gangsters et mâchent du chewing-gum ;

tous les militaires sont des adjudants.

Dans les catégories professionnelles, c'est la même assurance d'opinions. Les maçons croient en la maçonnerie : « Quand le bâtiment va, tout va. » Les paysans croient en l'agriculture : « Pâturage et labourage... » Les meuniers croient en la farine, les cordonniers en la chaussure, les clarinettistes en la clarinette.

Voilà comment, armés de leurs propres certitudes, les païens ont égorgé les chrétiens, les chrétiens ont égorgé les juifs, les catholiques ont égorgé les protestants, les musulmans ont égorgé les catholiques.

Georges Juradieu se plaisait à affirmer :

« Quel grand homme, quel bienfaiteur de l'humanité arrivera jamais à nous prouver que 2 et 2 peuvent faire 5, ou 3, selon l'état hygrométrique de l'air ou selon n'importe quelle autre contingence ?

« Ce n'est pas le doute, comme le pensait Montaigne, qui offre un mol oreiller, mais la certitude. Dès qu'on l'a atteinte, on est sans scrupules, sans hésitations, sans inquiétude, sans repentir. Le doute, lui, empêche de dormir.

« Personnellement, j'ai toujours éprouvé une grande tendresse pour les bouchons qui tombent au fond de l'eau, pour les fleuves qui remontent à leur source, pour les triangles de quatre côtés.

« N'être certain que d'une chose : c'est que l'humanité stupide, méchante et convaincue ne couvrira pas les frais que Dieu engagera pour la détruire, au jour Z de la fin du monde.

« Ce Dieu, tout de même, bien pratique : comment pourrions-nous, sans lui, inventer les jurons qui nous soulagent ?

« Et la famille, cette sacrée institution, qui veut nous faire croire ce qu'elle croit, aimer ce qu'elle aime, vénérer ce qu'elle vénère. Il faut la traiter comme une vieille maîtresse : la tromper et lui prendre ses sous... »

Lui-même, qui affirmait ces choses, y croyait ou n'y croyait pas : c'était selon l'état hygrométrique de l'air.

De cette façon, si Labrune s'était réellement suicidé, c'est que lui aussi nourrissait une certitude : celle de trouver dans la mort la fin de ses peines, des inquiétudes philosophiques, des ambitions paternelles, de son bégaiement. Pascal aussi — à moins que ce ne fût un autre — le disait : « Tout le monde cherche le bonheur, même ceux qui vont se pendre. »

Quant à lui, il décida de choisir les plaisirs.

Les années qui suivirent furent pour lui la période de ce qu'il appela plus tard « ses amours cyniques ». Par analogie avec les flirts élémentaires, les accouplements hâtifs que pratiquent entre eux les chiens et les chiennes. Et cela n'avait pas davantage pour lui de conséquences spirituelles. Il finissait par accepter des femmes ce qu'elles jugeaient indispensable de lui donner, qu'il demandait et recevait avec froideur.

Revenant un jour de Paris, il eut la surprise de retrouver dans le train Mlle Romuald. Ils étaient seuls dans le compartiment.

« Vous souvenez-vous de moi ? » demanda-t-il.

A un certain papillotement de ses paupières, il vit bien que oui. Mais elle prétendit le contraire, pour l'obliger à se présenter et à rappeler le passé. Elle était aussi charmante qu'en 1926, lorsqu'il faisait à Clermont sa rhétorique. Seuls quelques points en creux au-dessus de sa lèvre supérieure marquaient la trace d'une ombre de moustache soigneusement épilée.

« Voyons ! Georges Juradieu ! Votre ancien élève !

— Vraiment ? Vous savez, j'en ai tant eu ! J'oublie même les noms. Votre visage cependant me dit quelque chose.

— Il devrait parler surtout à votre main droite.

— A ma main droite ?

— Elle ne peut avoir oublié cette gifle qu'elle m'appliqua, en tête à tête, à la suite de... Mais vous ne pouvez non plus avoir oublié cela.

— Je vous assure ! Une gifle ? Pourquoi vous aurais-je giflé ? »

Il dut lui rafraîchir la mémoire. Elle souriait, sans trouble et sans rougeur, ce qui montrait ses dents droites, éclatantes. Ses yeux se promenaient avec complaisance sur le visage du jeune homme, et elle pensait comme naguère : « Le ciseau de Phidias. Plus ferme, plus viril encore qu'autrefois. »

« Vous ne pensiez pas un mot de cette déclaration, n'est-ce pas ? C'était un canular ?

— Vous vous trompez. Au lycée, nous étions tous amoureux de vous, élèves et professeurs. J'étais en somme le porte-parole de tout l'établissement. Que de soupirs vous avez fait pousser entre ces murailles sombres ! »

Elle riait en agitant ses cheveux courts, comme un caniche qui s'ébroue. Leurs jambes, qui allaient de banquette à banquette, se frôlaient par moments.

« Savez-vous, poursuivit-il, que j'ai gardé un remords ?

— Qui vous vient de moi ?

— Oui. Le remords d'un mensonge. Après la fameuse gifle, figurez-vous que j'ai raconté que, durant l'entretien particulier, vous m'aviez embrassé.

— Quel toupet !

— Depuis des années, comme je vous le disais, le remords de cette imposture me tourmente. Ne voulez-vous pas l'apaiser ?

— Qu'y puis-je ?

— Vous pouvez transformer le mensonge en vérité. En m'embrassant aujourd'hui. A cinq années de distance, cela calmera mes scrupules. »

Il changea de banquette, s'assit à côté de sa voisine, approcha son visage du sien. Clac !

« Et de deux ! fit-elle en éclatant de rire.

— Sur l'autre joue ! » constata-t-il, déconfit.

Mais elle avait l'air si peu offensée qu'il comprit que cette seconde gifle n'était que le même jeu qui continuait.

Des compartiments voisins arrivaient les ronflements vigoureux des voyageurs à la conscience pure. Il tira tous les rideaux, après avoir obtenu son consentement.

« On a l'impression maintenant d'être dans un salon. Ou même dans une chambre à coucher. Nous seuls. Avez-vous sommeil ?

— Peut-être. Je vais m'allonger. Faites de même si le cœur vous en dit. »

Il obéit. Mais ils savaient qu'ils ne dormaient pas. Il se redressa.

« Cigarette ? »

Ils fumèrent en bavardant, le reste de la nuit, sous la surveillance imperceptible de la veilleuse. Le train remplissait les ténèbres du pilon de son galop.

Quand ils furent arrivés, vers cinq heures du matin, il tint à porter sa valise. Devant sa porte, elle hésita, puis le laissa entrer dans l'ombre du couloir.

« Je ne tiens pas à ce que vous me compromettiez », chuchota-t-elle.

Il revint sur son remords et lui demanda encore de l'apaiser. Sa bouche était tiède et juteuse comme les pêches qu'on cueille à l'arbre et dans lesquelles, à pleines dents, on mord sans protocole.

« A présent, partez, ordonna-t-elle mollement.

— Mais non, je reste.

— Il ne faut pas. Nous ne nous connaissons pas assez. On doit respecter les formes.

— Nous avons déjà dormi une nuit ensemble... »

Il ouvre les yeux et la voit accoudée, le contemplant d'un air étrange.

« Qu'est-ce que tu fais ?

— Je te regarde.

— Est-ce que je dormais ?

— Tu ronflais.

— Menteuse.

— Qu'en sais-tu ?

— Tu es la première à me dire que je ronfle.

— La première ?... Est-ce que tu as eu tant d'amours ?

— Oh ! Des amours... sans amour. Ça ne compte pas.

— Et moi ?

— Quoi, toi ?

— Est-ce que je compte ? »

Il referme les yeux et fait semblant de ne pas entendre.

« Est-ce que je compte, moi ? répète-t-elle.

— Pourquoi veux-tu compter plus que les autres ?

— Voilà qui s'appelle de la franchise !

— Elle te blesse ?

— Elle me flatte, fait-elle, mi-figue, mi-raisin.

— Et toi, tu m'aimes, peut-être ?

— Si je t'aimais, cela me serait venu très vite.

— Ce sont des choses qui se voient.

— N'oublie pas que j'ai été ton professeur. J'ai... plusieurs années de plus que toi.

— Combien ?

— Tu es trop curieux.

— Est-ce que nous ne sommes plus francs ?

— C'est la seule chose qu'une femme refuse de donner à un homme : son âge. Quand elle peut s'en dispenser, bien sûr.

— Dis-moi au moins le jour de ta naissance.

— Pour quoi faire ?

— Je t'enverrai des cartes d'anniversaire.

— Crois-tu que tu penseras encore à moi, d'ici l'an prochain ?

— Qui sait ?

— Elle est écrite sur tous les murs de France.

— Vraiment ?

— *Défense d'afficher. Loi du 29 juillet 1881.*

— Ainsi, tu es née un 29 juillet ? Comme c'est pratique ! »

Derrière les épaisses tentures des fenêtres, la pièce est remplie de pesantes senteurs féminines. Il sent le bras qu'elle glisse autour de son cou et que la transpiration rend un peu collant. Il regrette de n'être pas seul. A nager dans un courant d'eau fraîche. A fendre comme une étrave le vent de la route, sur sa moto. Il s'efforce de l'écarter de lui en l'obligeant à parler.

« Pourquoi m'as-tu reçu dans ta chambre ?

— Parce que tu me le demandais.

— Est-ce qu'il suffit de te le demander ? »

Elle a un petit rire et ne répond pas. Il réfléchit un peu et déclare :

« Sais-tu que je nourris un grand mépris pour les femmes ?

— Pourquoi ? A cause des erreurs qu'elles obligent les hommes à commettre ? Ève, la pomme, le péché originel, Catherine de Médicis, la Pompadour, et cætera ? Tu en es encore à ces balivernes, à ces lieux communs ?

— Non. Chez moi, c'est une attitude instinctive. Je *sens* qu'elles sont d'une essence méprisable. Peut-être parce que j'ai toujours obtenu d'elles ce que je désirais, en le leur demandant avec insistance. En amour, voici le secret de la réussite : insister.

— Et tu les récompenses par ton mépris !

— Elles ont toutes, plus ou moins, une âme de prostituée. Et la prostitution, avoue-le, est une invention féminine.

— A l'usage des hommes.

— Celui qui se vend est plus méprisable que l'autre, qui l'achète.

— Nous avons des saintes aussi, tu sais. »

Il fait la moue, mécontent de ne pouvoir la convaincre, tandis qu'elle le dépeigne, le flatte comme un poulain indocile.

« D'abord, l'homme est supérieur à la femme.

— En quoi ?

— En tout. En intelligence, en force, en beauté. Je veux dire que la beauté masculine est plus plastique que la beauté féminine. Regarde Michel-Ange : il représentait presque uniquement des hommes. Et quand il sculptait des femmes, elles ressemblaient à des hommes.

— Évidemment, c'était un inverti !

— Vous-mêmes reconnaissez l'exactitude de ce que j'avance, puisque vous cherchez à nous imiter, jusque dans nos vices : vous vous coupez les cheveux, vous portez des pantalons, vous fumez, vous buvez de l'alcool. A-t-on jamais vu un homme sain s'habiller en femme ?

— Oui.

— Qui ça ?

— Les Écossais. »

Elle éclate de rire, consciente de la futilité de cette discussion, tandis qu'il boude.

« Quel âge as-tu donc, homme désabusé ?

— Vingt-deux ans.

— Je comprends. Hier encore, tu étais en classe de philo. Tu es en train de me débiter une dissertation.

— Tu n'as toujours pas répondu sérieusement à ma question.

— A quelle question ?

— Pourquoi tu m'as reçu dans ton lit.

— Parce que tu me plaisais. Depuis le jour lointain où je t'ai flanqué une gifle. Je te trouve beau. Je ne dois rien t'apprendre.

— Tu vois bien que tu es méprisable, toi aussi. Parce que j'ai le nez droit, tu m'accordes tes faveurs. Tu es donc prête à les accorder à tous ceux qui ont le nez droit ?

— Tu voudrais peut-être que je sois amoureuse de ton âme ? Est-ce que c'est mon âme à moi qui t'intéressait, ce matin, dans le couloir ?

— Si tu avais refusé, j'aurais peut-être commencé à m'y intéresser.

— Et puis, tous ceux qui ont le nez droit ne sont pas mes anciens élèves.

— Ah ! Il y a ça aussi ?

— Bien sûr. Imagines-tu la situation invraisemblable dans laquelle je me trouve ? Je suis plus vieille que toi. Beaucoup plus vieille.

— N'exagère pas.

— Alors, envers toi... comment dire ?... j'éprouve des sentiments presque maternels. Nos relations ont pour moi une petite saveur incestueuse.

— Tu me dégoûtes.

— Et toi, pourquoi m'as-tu demandé... ce que tu m'as demandé ? Pour les mêmes raisons que moi ?

— Pas du tout. Je ne peux dire que tu me plaises spécialement.

— Simplement, alors, parce que je suis une femelle ?

— Même pas. Par pure politesse, je pense.

— Par politesse ? Vraiment ?

— Avoue que tu aurais été très humiliée si je ne t'avais rien demandé du tout !... »

La partenaire changeait. Cependant, à peu de choses près, c'étaient toujours les mêmes préambules, la même conclusion. Une seule fois il y eut variante.

12

C'était au cours de l'été 32. Très loin de Saint-Amant, il effectuait à moto une livraison de truites, lorsque, à un passage à niveau, il fut arrêté par une barrière baissée. Il aurait pu emprunter le portillon, mais il n'essaya point à cause d'une robe jaune qui attendait en même temps que lui. Beauté nordique, blonde, fluette, un peu fade. « Une touriste probablement. Ça ne m'intéresse pas, réflexion faite. J'ai mes truites à livrer. » Il demeura sur sa machine, les jambes écartées, soupirant d'impatience.

« Ces gardes-barrières, quels chiendents ! »

La pâle voyageuse le regarda, sans approuver ni contredire. « Elle ne comprend pas un mot de français, évidemment. » Il s'informa, pour passer le temps :

« *Do you speak English ?*

— *Yes, I do.*

— *I say gate-keepers are very tedious people.*

— *Yes, I suppose they are.* »

Il arrêta le moteur de sa Gnôme-Rhône qui couvrait leurs voix. Elle ne semblait pas fort intéressée par sa conversation ; cette indifférence le piqua : il décida de jeter un pavé dans la mare.

« *Do you allow I introduce myself ?* »

Cette présentation, devant la barrière, sans qu'il descendît de sa monture, était si insolite qu'elle écarquilla les yeux.

« *Clodoric, a merovingian prince.*

— *What ?*

— *Clodoric*, répéta-t-il avec emphase, *a merovingian prince.*

— Vous êtes fou ?

— Vous parlez donc français ?

— Mais je suis française !

— Alors, pourquoi m'obligez-vous à m'alambiquer la cervelle à employer une langue que je ne connais pas ?

— Mais c'est vous qui avez commencé à me parler anglais !

— Naturellement, puisque, quand je vous parlais français, vous ne me répondiez pas !

— C'est que je n'avais rien à répondre. Excusez-moi.

— Rien à répondre à un prince mérovingien ? A qui daignerez-vous donc répondre ? Vous arrive-t-il tous les jours de rencontrer un prince mérovingien ? Mon illustre aïeul, Mérovée, se trouvait au côté du général romain Aetius, madame, dans les champs Catalauniques, où il vainquit les hordes d'Attila.

— Enchantée. »

A ce moment, la micheline passa avec un long coup de trompette, la barrière se releva. Georges relança du talon son moteur.

« *Good bye !* »

Quand il eut traversé les voies, il se retourna, fit de la main un geste et la vit immobile, médusée, au bord de la route. « J'ai fait une bonne action. J'ai rencontré une femme et je n'ai pas tenté de la séduire. Trop facile ! Elle avait l'air gourde. Ça n'aurait pas été de jeu. »

Il livra ses truites, puis revint. Pour être sûr de ne pas la rencontrer, il eut envie de prendre une autre route. « Je suis réellement en veine de vertu. Mais, après tout, pourquoi me laisserais-je dévoyer par cette jolie anémique ? D'ailleurs, le risque n'est pas grand : elle est sûrement passée déjà. » Il suivit donc, en définitive, le même chemin qu'à l'aller.

De loin, il reconnut la robe jaune. En quelques secondes, il fut à sa hauteur. La fille s'en venait à pied, boitillant, menant son vélo par l'oreille.

« *What happens ?*

— Je suis à plat, et je ne sais pas réparer.

— Est-ce qu'il vous ferait plaisir que je vous aide ?

— Sûrement.

— Seulement voilà : je n'en ai aucune envie.

— Pourquoi ?

— Ça salit les mains. N'oubliez pas que je suis prince.

— Comme vous voudrez, excusez-moi. »

Son menton tremblait, elle ne goûtait pas la plaisanterie et semblait plutôt avoir envie de pleurer.

« Allons, je suis bon prince. Vous ne comprenez rien de rien, vous, ajouta-t-il avec une sorte d'inquiétude. Seriez-vous stupide ?

— Je n'ai pas envie de rire. Je me suis tordu une cheville.

— Ah ! je croyais que vous étiez naturellement boiteuse. Donnez-moi votre bécane. »

Il entreprit de lui débiter un cours de mécanique :

« Vous commencez par la mettre les pattes en l'air... Vous dévissez les papillons... Vous décrochez la chaîne en la poussant hors des pignons... Vous extrayez la roue... »

De temps en temps, il levait les yeux pour constater si elle suivait son exposé.

« Vous dégagez la valve en dévissant son écrou... (Elle a des taches de rousseur, manquait plus que ça ! Une vraie Flamande. Sauf le poids qui n'y est pas.) Vous cherchez maintenant les démonte-pneus. Avez-vous des démonte-pneus ?... (Ses yeux... Bon sang ! Quels yeux ! J'ai eu tort de regarder par là.) En principe, ils se trouvent dans la sacoche. Bon, les voici... (J'attends de voir ses dents. Moi, je juge une femme sur les dents. S'il lui en manque une seule, je lui jette ses outils à la figure et je fiche le camp.) Vous en glissez un sous le pneu, en ayant soin de ne pas pincer la chambre. (Va-t-elle se décider à me les montrer ?) Vous en glissez un second, un peu plus loin, avec les mêmes précautions... »

Il s'interrompit :

« Montrez-moi vos dents, s'il vous plaît.

— Mes dents ?

— Souriez. »

Elle sourit, drôlement, comme devant le photographe, un peu effrayée de ses exigences.

« Merci... Je continue. Vous appuyez simultanément sur ces deux bras de levier...

— Excusez-moi.

— Quoi donc ?

— Seriez-vous dentiste ?

— Non, pas du tout. Vous arrachez enfin la chambre à air... »

La réparation terminée, il ouvrit ses mains, noires de cambouis.

« Je vous l'avais prédit : voyez en quel état vous m'avez mis !

— Excusez-moi.

— Si au moins on trouvait de la flotte par ici.

— Attendez : un peu en arrière, je crois qu'il y a un cours d'eau.

— Où ça ?

— Vous allez tout droit. Vous traverserez un pont. L'Allier est dessous.

— Jamais je ne trouverai. C'est trop compliqué.

— Mais si. Je vous dis...

— Accompagnez-moi, je vous prie. Vous me devez bien ça. »

Ils roulèrent jusqu'à l'Allier. Quand ils se furent lavé les mains, ils s'assirent un moment sur la rive. Celle-ci formait un coude que remplissait un monceau de sureaux fleuris ; d'un bâtiment en ruine, leur mousse blanche débordait comme du lait. Sans doute un moulin abandonné.

« Comment va votre pied ?

— Il me fait encore mal.

— Voulez-vous que je vous masse la cheville ? Je sais aussi réparer les chevilles.

— Non, non, fit-elle, apeurée, en rentrant précipitamment ses jambes sous la robe jaune.

— Vous êtes crevante !

— Excusez-moi. »

Elle avait toujours ce mot à la bouche.

« Vous avez peur de moi, hein ?

— Un peu.

— Pourquoi ?

— Parce que vous me semblez...

— Quoi ?

— Un peu fou.

— Vous avez raison. Je suis fou. Mais il ne faut pas me dénoncer.

— Je ne vous dénoncerai pas. »

Pour lui montrer qu'il disait vrai, il se leva et entreprit de faire sur l'herbe, autour d'elle, mille cabrioles, marcha sur les mains, s'accrocha un pied derrière la tête. Un tronc d'arbre était jeté par-dessus le ruisseau, en guise de passerelle. Il le traversa. Quand il fut de l'autre côté, elle cria :

« Je vous remercie de votre aide. Maintenant, je m'en vais. Au revoir.

— Non, non. Ne partez pas ! J'ai quelque chose à vous demander.

— Demandez-le de là-bas.

— Impossible. Il faut que je revienne. »

Mais le tronc était glissant. Il comprit qu'il n'arriverait jamais à faire dignement le chemin inverse.

« Si je dégringole dans l'eau, est-ce que vous me trouverez ridicule ?

— Sûrement.

— Alors, je traverse à la nage. »

Il ôta ses sandales, retroussa ses pantalons et entra dans le courant qui lui arrivait à mi-jambe. Une fois près d'elle, il s'assit, essoufflé.

« Qu'est-ce que vous aviez à me demander ?

— Votre nom. Vous ne me l'avez pas dit.

— Mon nom ? »

Elle réfléchit, puis lâcha :

« Marguerite Églantine de la Rose-Pompon.

— Ne vous fichez pas de moi.

— Je vous assure que c'est mon nom. Le vôtre est bien Chilpéric !

— Non : Clodoric. Clodoric, prince mérovingien.

— Comment se fait-il que vous parliez l'anglais ?

— Je l'ai étudié.

— Si je vous donne mon vrai nom, me donnerez-vous le vôtre ?... Je m'appelle réellement Marguerite.

— Et moi Faust.

— Vous ne me croyez pas ? »

Elle fouilla dans son sac, en sortit une carte d'identité qu'elle couvrit de la main, moins un prénom.

« Vous voyez bien ! »

Il fit la moue :

« Marguerite, c'est moche.

— Excusez-moi. Je ne l'ai pas choisi.

— Comment pourrais-je bien vous appeler ? Margot ? Guite ? Magy ? Rita ?... Et si je vous appelais Rose-Pompon ?

— Ne vous donnez pas cette peine, fit-elle en se levant.

— Où allez-vous ?

— Je m'en vais.

— Que vous êtes pressée ! J'ai encore autre chose à vous dire.

— Dites-le, je vous écoute.

— Pas debout. Asseyez-vous d'abord. »

Elle obéit. Il s'approcha un peu. Elle recula d'autant.

« Je vous fais toujours peur ?

— Plus que jamais.

— Est-ce que quelqu'un vous a dit déjà que vous aviez des yeux extraordinaires ?

— Nous y voilà !

— Quoi, nous y voilà ?

— J'attendais des galanteries.

— Ce ne sont pas des galanteries ; je constate seulement que vous avez des yeux extraordinaires. C'est scientifique.

— En quoi sont-ils extraordinaires ?

— On croirait que vous n'en avez pas. Que vous avez à la place deux petites fenêtres rondes et que derrière on voit le ciel. Et puis, vous aviez la peau blanche comme un clair de lune. Mais le soleil l'a un peu éclaboussée. Alors, prenez garde au soleil. »

Elle ne répondit rien et rougit.

« Et puis, vous avez de jolies dents, mais un peu espacées. On a l'impression que vous n'avez pas achevé votre croissance.

— Est-ce tout ?

— J'aurais peut-être un tas de choses aussi à dire sur vos cheveux, et sur vos doigts, et sur vos lèvres. Mais il faudrait que j'examine cela de plus près.

— Non, merci.

— Alors, un dernier mot. Si demain... à cette même heure... je me retrouvais ici, au pied de cette bicoque en ruine, est-ce que vous y seriez ?

— Certainement pas.

— Je vous attendrai quand même.

— Comme il vous plaira. »

Elle se leva encore, secoua les plis de sa robe, lui tendit la main. Il essaya de la retenir, mais elle se déroba.

Il resta seul à considérer la place d'herbe chiffonnée sur laquelle elle s'était assise.

Le lendemain, un peu en retard, il revint au lieu du rendez-vous, certain de l'y trouver. Mais, comme elle l'avait dit, elle ne parut pas.

Il avait gardé dans les narines l'odeur douce-amère des sureaux. Des sureaux en fleur dont les corymbes s'épanouissaient en ombelles de dentelle blanche, auxquelles les abeilles allaient contrôler à longueur de jour s'il ne manquait pas quelque point. Odeur d'amande verte, odeur d'encre, odeur de hannetons, odeur de soleil et d'eau, de tuiles sèches et d'orties foulées. Pourquoi cela le pinçait-il si étrangement dans le haut du nez lorsqu'il pensait à ce coin de verdure dissimulé dans l'aisselle de la rivière ?

Sur sa moto, il parcourut toutes les routes des environs. Dès qu'il apercevait au loin la silhouette d'une cycliste : « Ce n'est pas elle, sûrement pas », se répétait-il, pour conjurer la malchance. Et ce n'était pas elle en effet. Il triomphait amèrement.

Après une semaine de courses inutiles, il décida de se soûler, en compagnie de l'écorcheur.

« Sébastiani, pleurait-il, j'ai découvert que j'avais le cœur tendre. Dieu que c'est triste ! »

Quelques jours après, il repassa encore près du coin aux sureaux : une bicyclette était couchée dans le fossé. En trois sauts, il dégringole la pente. Debout dans sa même robe canari, elle le regarde venir, toute rouge. Il la regarde aussi. Le silence entre eux est comme un versant bien lisse sur lequel leurs pensées roulent, roulent éperdument.

« Je vous ai cherchée pendant une semaine.

— Pour quoi faire ?

— Pour vous battre. Je n'aime pas qu'on me résiste.

— Évidemment : un prince mérovingien ! »

Il fait un pas vers elle. Elle ne recule pas, mais semble se tenir sur ses gardes.

« Eh bien ! Battez-moi ! »

Tout à coup, lorsqu'elle est à sa portée, il lance le bras, la happe comme une mouche, la serre contre lui. Elle se débat, le repousse de toutes ses forces en gémissant :

« Non, non... lâchez-moi...

— Je suis le plus fort, inutile de résister.

— Je crie au secours, si vous ne me lâchez pas.

— Allez au diable ! »

Ils s'assoient, éloignés l'un de l'autre, sans se regarder. Le ruisseau clapote à leurs pieds. « C'est une oie, une vraie oie ! » se répète-t-il, furieux. Des reniflements lui font tourner la tête.

« Vous pouvez pleurer ! crie-t-il. Je ne viendrai pas vous consoler ! Une fessée ! Voilà ce que vous mériteriez ! »

Il ramasse des bouts de bois, des cailloux, les jette avec rage dans l'eau. Elle continue à renifler, sans répondre. Ses épaules sont menues, sa nuque un peu maigre entre ses cheveux défaits.

« Qu'est-ce que vous avez cru ? Une tragédie, pour un baiser ! »

Elle tourne soudain vers lui son visage ruisselant et lance, avec une colère qui le surprend :

« Pourquoi vous aurais-je embrassé ? Je ne vous aime pas ! »

Ensuite, très vite, comme confuse de sa hardiesse, elle disparaît de nouveau dans son mouchoir. Lui, il embrasse très bien sans aimer. Mais pourquoi est-elle revenue ? Il ne comprend rien à son attitude. Ce n'est pas une fille, c'est une équation.

« Vous êtes une équation ! » lui lance-t-il.

A ce moment, ses doigts rencontrent dans sa poche le sachet de magnésie. Il en porte toujours sur lui à cause de certaines aigreurs d'estomac qui lui viennent de temps en temps.

« C'est bon, annonce-t-il. Je vais faire une chose amusante. »

Elle cesse de renifler et l'écoute, sans lever encore la tête.

« J'ai un ami pharmacien qui m'a donné cette poudre.

— Pharmacien ?

— Oui, pharmacien.

— Mon père aussi est pharmacien.

— Je m'en fiche. N'essayez pas de détourner la conversation. Il m'a donc donné cette poudre.

— Qu'est-ce que c'est ?

— Du poison. Mon chien est malade, et j'avais l'intention de le supprimer. Mon copain m'a assuré qu'avec ça il mourrait sans souffrir.

— Et alors ?

— Je me demande si ça peut avoir un effet sur les hommes. Je vais essayer.

— Vous redevenez fou ? »

Il verse tranquillement le contenu du sachet dans le creux de sa main.

« Puisque c'est ainsi que vous me traitez, explique-t-il, puisque vous me détestez si fort...

— Mais je ne vous déteste pas !

— Vous ne me détestez pas, mais moi je vous aimais, voilà la différence entre nous. Alors, c'est une expérience à faire. D'ailleurs, cette poudre n'aura peut-être sur moi aucun effet. J'ignore ce que c'est.

— Vous... vous m'aimez ? Déjà ? Attendez ! Ne faites pas l'idiot !

— N'essayez pas de me sauver malgré moi ! »

Il s'est jeté la magnésie dans la bouche et commence à la mastiquer avec attention, comme pour en apprécier la saveur. Alors, elle se précipite sur lui en criant :

« Non ! Non ! Je ne veux pas ! Je ne veux pas ! Crachez ! Crachez tout de suite... Jean... Paul... René... »

C'est du plus haut comique. Elle ne sait pas encore son prénom, et elle ne peut tout de même pas l'appeler Clodoric ! Alors, elle lui donne n'importe lequel, au hasard.

« Je m'appelais Georges, précise-t-il, lugubre.

— Georges... chéri... je vous aime aussi... crachez ! Je vous en prie ! Pour l'amour de Dieu ! Je vous aime... je vous aime... »

Aussitôt qu'il lui a obéi, elle cherche à se reprendre et, toute tremblante encore, s'efforce de rectifier :

« Je crois... que je vous aime... Je ne le savais pas, mais il me semble...

— Je n'aurais pas dû cracher, si vous n'en êtes pas tout à fait sûre. D'ailleurs, il me reste encore un peu de poudre !

— Si, si, j'en suis sûre... S'il vous plaît, rincez-vous la bouche.

— Si vous m'aimez, pourquoi m'avez-vous repoussé, tout à l'heure ?

— J'ai eu peur, réellement, je ne sais pourquoi. Et puis, mes parents m'ont tellement fait de sermons sur les appétits des hommes...

— Vous n'avez donc jamais été embrassée ?

— Jamais.

— C'est invraisemblable !

— C'est pourtant vrai. Mon Dieu que vous m'avez effrayée !

— Voulez-vous que je vous rassure ?

— Soyez gentil : vous voyez que je suis sans défense.

— Donnez-moi votre main, simplement. »

Elle la lui abandonne et il la couvre de petits baisers méticuleusement, dessus, dedans, jusqu'au poignet. Une couche. Deux couches.

« Voilà. Êtes-vous rassurée ? »

Elle sourit.

« Vous êtes noble. »

Le mot le fait éclater de rire.

« Noble, moi ? Noble ?

— Vous ne l'êtes pas ? s'inquiète-t-elle.

— Je ne me suis jamais posé la question.

— Si, vous êtes noble, j'en suis sûre. »

L'épithète est indigeste. Tout à coup, il éprouve un grand besoin de sincérité :

« Tout à l'heure, je vous ai trompée.

— Vous... ne m'aimez pas ? balbutie-t-elle.

— Si, si... Mais... la poudre...

— Eh bien ?

— C'était de la magnésie pour l'estomac.

— Oh ! Vous avez osé me jouer cette comédie !

— Pardonnez-moi. Je vous avais blessée. J'aurais fait n'importe quoi pour que vous changiez d'humeur. *All is fair in love and war.*

— C'est honnête, du moins, de me l'avoir avoué. Vous voyez bien que vous êtes noble !

— Mais oui, je suis noble : Clodoric, prince mérovingien !

— Ah ! Ne recommencez pas. Embrassez-moi, plutôt.

— Vous voulez ?... Vraiment ?... Vous n'avez plus peur ?... Vous ne ferez plus de tragédie ?... »

Quand il s'écarta d'elle, elle demeura les yeux clos, exsangue, les lèvres encore humides, comme s'il lui avait bu tout l'intérieur.

« Dire, fit-il avec un petit rire ironique, que vous ignoriez ces sensations ! Voilà une lacune comblée ! »

13

Rose-Pompon s'appelait en réalité Marguerite Kunckler. Elle était la fille du plus important pharmacien riomois. Celui-ci avait épousé en même temps la fille et la pharmacie de son prédécesseur, un compatriote établi dans cette sous-préfecture après 1870.

Elle ne se sentait aucune vocation commerciale et désirait poursuivre ses études d'anglais.

« Où cela te conduira-t-il ? demanda Georges.

— Je serai un jour professeur, je pense. Je n'aime pas la pharmacie : ça sent trop mauvais. »

Chaque jour, elle venait le trouver près du moulin en ruine. Et ils ne faisaient rien que bavarder, rire, s'embrasser, cracher dans l'eau.

« J'ai dix ans, assurait-il, et tu en as six. Tu es ma petite sœur. Quelle merveille, d'être innocents comme ça ! »

Parfois, c'est elle-même qui s'inquiétait :

« Est-ce que tu n'es pas comme les autres hommes ? Il paraît que vous êtes tous si dangereux !

— Qui t'a dit cela ?

— Ma mère.

— Dangereux, moi ? Je suis noble, voyons !

— Quand nous sommes... très près l'un de l'autre, est-ce que tu ne te sens pas... troublé ?

— Je regarde tes yeux, je vois le ciel derrière, et ça me passe ! »

Il se stupéfiait lui-même. Après dix rendez-vous avec cette fille, il en était encore aux préliminaires. « Est-ce que je l'aimerais réellement ?... » Un jour, elle annonça en pleurant :

« Je crois bien que je ne pourrai plus venir ici te rejoindre.

— Pourquoi ?

— J'ai fait une bêtise. Hier, après t'avoir quitté, j'étais si heureuse que ma mère a remarqué ma gaieté. Alors, je me suis laissée aller à lui faire des confidences... »

Mme Kunckler était de six ans l'aînée de son mari. C'était une personne aux principes roides comme les baleines qui la corsetaient. Elle avait les jambes si grasses que les chairs débordaient sur le devant et que leur ligne d'attache au tibia formait un sillon au lieu d'une arête. Lorsqu'il lui arrivait de quitter la caisse de la pharmacie, elle évoluait dans le magasin avec la lenteur d'une barcasse rentrant au port. Son visage était épais, ses yeux proéminents ; ses cheveux, partagés sur le front en deux bandeaux jaunâtres et lisses, disparaissaient sous une sorte de béguin vert qui lui couvrait le sommet de la tête. Son regard pesant vous fouillait la figure ; vous le sentiez posé sur vous comme une mouche que vous aviez envie de chasser de la main. Au total, elle offrait l'aspect de lourde majesté qu'on voit aux portraits de la reine Victoria vieillissante.

En songeant à ceux que les liens de famille condamnaient à baiser parfois cette face couleur de suif, on frissonnait : ses lèvres tombantes devaient être froides et visqueuses comme des limaces.

Comment un être aussi architectural avait-il pu engendrer une Rose-Pompon ? Il fallait sans doute aller chercher l'explication dans le géniteur. Kunckler était constamment pâle, long et courbe comme un pain mal cuit. Il ne sortait guère de son laboratoire, laissant le soin de gérer la boutique à ses employés et à sa femme. Celle-ci l'avait épousé sans amour, et leur mariage, plus qu'une alliance de raison, avait été une alliance d'État. Il s'agissait d'assurer la pérennité de la pharmacie. L'accord s'était conclu aux environs de 1904. Le vieux Mullenbach répétait fréquemment :

« Une autre guerre se prépare. Je la sens, je la sens ! »

Le fait est que le monde entier était en fermentation. Chaque grande nation s'aiguisait les griffes sur une petite : l'Autriche sur la Serbie, l'Italie sur les Turcs, la France et l'Allemagne sur le Maroc ; les Russes pansaient leurs égratignures d'un récent écharpage avec le Japon. Tous ces gens ne pouvaient tarder à se jeter les uns sur les autres, munis de la bénédiction de leurs Églises respectives.

Ce qui préoccupait par-dessus tout Mullenbach dans cet imbroglio, c'était le souci de sauver l'affaire qu'il avait d'abord transportée patriotiquement de Mulhouse à Riom, laborieusement consolidée ensuite. Ayant eu, quelques années auparavant, la douleur de perdre sa femme et son fils unique, il restait veuf à soixante-huit ans avec une fille de trente-trois. Pour que la succession fût assurée, il était urgent de découvrir un gendre, et un gendre pharmacien. S'il jeta les yeux sur un de ses employés, Gustave

Kunckler, ce n'était pas qu'il tînt à choisir un compatriote ; mais ce garçon présentait sur les autres candidats un avantage inestimable : il avait été exempté de service militaire, à cause d'un relâchement des ligaments malléolaires qui l'obligeait, en marchant, à lever le genou droit comme s'il avait eu à chaque pas une marche à gravir. Or, le vieux Mullenbach calculait que la guerre prochaine, à la suite des derniers perfectionnements apportés aux armes, causerait des pertes considérables. A quoi bon, dans ces conditions, pourvoir sa fille d'un mari qui lui serait soufflé au bout de quelques mois par le ministre de la Guerre ? Étant à l'abri de ce danger, Kunckler apparaissait comme le parti adéquat.

Un ennui cependant : il n'était pas pharmacien. C'est-à-dire, du moins, bien qu'excellent préparateur, qu'il avait renoncé à obtenir un diplôme qu'il ne pourrait exploiter, faute de moyens financiers. Mais, de cela, Mullenbach faisait son affaire : il se chargeait, coûte que coûte, de promouvoir son gendre. La condition figura d'ailleurs expressément au contrat : la pharmacie ne pourrait devenir bien communautaire que le jour où Gustave serait nanti du parchemin.

Informée des projets paternels, Mlle Mullenbach n'hésita pas une seconde et se montra prête à tous les sacrifices pour sauver la maison. Elle avait autant que son père le culte de l'hérédité. Le fait qu'elle eût six ans de plus que son fiancé n'effraya personne : ni Kunckler qui, devant un mariage aussi inespéré, ne songeait pas à faire la fine bouche ; ni elle-même à qui son ancienneté conférait un droit de plus à conduire le ménage à sa guise ; ni le beau-père qui remarqua :

« A trente-trois ans, tu es encore en âge de faire dix petits. Et il n'en faut pas tant ! »

La cérémonie eut lieu au début de 1910 ; après trois années de stérilité et d'attente inquiète, la naissance de Rose-Pompon vint couronner cette idylle pharmaceutique. Mullenbach avait eu raison de se hâter : bientôt, la guerre pressentie éclatait, et lui-même mourait de la grippe espagnole en 1917.

Loin de cacher le nombre exact de ses années, comme font ordinairement les femmes mûres, Mme Kunckler s'en glorifiait. Lorsque son mari se trouvait en désaccord avec elle, son suprême argument était :

« Je suis l'aînée de la famille. C'est moi qui possède la plus grande expérience et c'est ainsi que nous ferons. »

Gustave courbait la tête, résigné. Dès que possible, il retournait à ses recherches, ne quittant son laboratoire qu'à l'heure des repas. Son ambition n'allait d'ailleurs pas plus loin que de découvrir quelque nouvelle drogue contre l'eczéma ou les pellicules : il savait sa femme ambitieuse pour deux. Il s'en était aperçu dès la naissance de sa fille Marguerite. Lorsque celle-ci eut été sevrée, Mme Kunckler prit à part son mari et annonça :

« Je ne désire qu'un seul enfant.

— Un seul ? C'est bien peu !

— Je veux pouvoir lui donner un jour tout notre bien. Pour cela, il nous faut un héritier unique.

— Bon. Comme vous voudrez. Vous l'avez déjà.

— Nous nous en tiendrons donc à elle.

— Si vous voulez.

— Il faut que vous le vouliez aussi et que vous fassiez tout ce qu'il faut pour cela.

— Mais oui, je le ferai ! s'écria-t-il, éberlué. Je ne suis pas pharmacien pour rien, je suis au courant des procédés.

— Non, trancha-t-elle : pas de procédés.

— Quoi ?

— La religion les réprouve tous et absolument. Il n'y a qu'un procédé, qu'elle admet, et que j'admette.

— Lequel ?

— La continence.

— Vous prétendez... ?

— Oui, je prétends que nous fassions désormais chambre à part. Ma décision est irrévocable.

— Mais c'est contre nature !... C'est inhumain ! »

Elle eut un silence plein de pieux sous-entendus, avant d'ajouter :

« Vous vous arrangerez. »

Il y allait de la fortune de leur descendante et de la maison. Il le comprit. Il se résigna encore. Il s'arrangea.

Ce fut donc pour eux une grande désillusion de constater que Marguerite se montrait réfractaire aux études scientifiques. Il ne pouvait être question de la lancer à la conquête d'un titre inaccessible.

« C'est bon, accepta Mme Kunckler. Elle fera comme moi. Elle épousera un pharmacien. »

Ce fut à cette femme que Rose-Pompon se laissa aller à faire des confidences un soir de l'été 1932.

« Es-tu folle ? Finis de faire du vent autour de moi ! Assieds-toi un peu et tiens-toi tranquille.

— Mais maman, il faut que je bouge : je suis en pleine croissance, moi !

— En pleine croissance ? Une fille de bientôt dix-neuf ans ?

— Parfaitement ! Regarde mes dents : elles ne se touchent pas encore. C'est donc qu'elles n'ont pas fini de pousser ! »

Et elle éclate de rire, au grand énervement de Mme Kunckler, née Mullenbach, qui n'arrive pas, dans la boutique close, à terminer ses additions.

« Pourquoi n'achètes-tu pas une machine à calculer ?

— Je n'ai pas confiance. Les machines se trompent plus que les hommes. Plus que moi, du moins. Ne parle plus. »

Rose-Pompon renonce à parler ; mais elle entreprend de siffloter, esquisse un pas de danse sur le carrelage, devant l'alignement des vitrines remplies de pommades, de savonnettes, de poires à lavement, de canules et d'urinoirs. Puis, brusquement :

« N'as-tu pas un produit pour effacer les taches de rousseur ? Mot scientifique : *éphélides*. (Vois comme les études me profitent !) Il paraît que j'ai des taches de rousseur. »

Mme Kunckler relève la tête de sa caisse :

« Il paraît ? Pourquoi dis-tu *il paraît* ?

— Parce qu'on me l'a dit.

— Qui te l'a dit ? »

La question la surprend un peu. Elle rougit ; mais l'amour lui donne de l'esprit :

« Mon miroir.

— Ce n'est pas vrai ! Qui te l'a dit ? Tu mens ! »

Cette insistance la trouble davantage. Sa mère a posé sur elle ce regard terriblement fureteur qui fouille chaque pli, chaque tressaillement de son visage. Et puis, pour tout dire, elle-même éprouve tant d'envie de crier la vérité !

« Qui ? Allons, qui ?

— Un jeune homme. Il s'appelle Georges.

— Georges comment ?

— Juradieu.

— Juradieu ? Est-ce le fils de l'ancien banquier ? qui a été mêlé à je ne sais plus quel scandale en 20 ou 21 ? qui, de toute façon, a fait ensuite banqueroute ?

— Je crois que oui. Mais il est mort.

— Mort ! Ça ne suffit pas, de mourir, pour se refaire une réputation ! Et lui, que fait-il, ce Georges ?

— Dans deux ans, il sera ingénieur.

— De quoi ?

— Des Arts et Métiers.

— Voilà où tu passes tes après-midi ! En compagnie d'un coureur de jupons ! J'espère que... qu'il ne t'a pas touchée ?

— Oh ! maman !

— En tout cas, tu vas me faire le plaisir de le laisser tomber, tu m'entends ?

— Mais maman !

— Quoi, mais maman ?

— Je l'aime !

— Tu l'aimes ! Tu l'aimes ! Voilà où te conduisent les études littéraires ! Tu as lu ça dans tes romans, et tu t'imagines qu'on peut s'en servir dans la vie, à tout propos, de ces mots-là : je l'aime ! je l'aime !

— Et lui aussi m'aime : il a voulu s'empoisonner pour moi, sous mes yeux !

— Histoire de fou !

— Je t'assure !

— Est-ce qu'il t'a parlé mariage ?

— Pas encore.

— Dieu soit loué ! Sache que c'est un parti qui ne m'intéresse ab-so-lu-ment pas ! D'ailleurs, désormais, tu sortiras uniquement en ma compagnie ou en celle de ton père. »

« Aujourd'hui, je me suis sauvée comme une voleuse. J'ai sauté sur ma bicyclette et je suis partie. Voilà... Je ne sais pas si je pourrai revenir, si je pourrai te revoir... »

Et Rose-Pompon éclata en sanglots.

« C'est affreux d'être persécutés comme ça ! gémit-elle.

— Il y a quand même une solution.

— Laquelle ?

— Que je demande ta main.

— C'est vrai ? Tu le ferais ?

— Puisqu'il le faut !

— Oh ! tu es gentil ! Je t'aime.

— Je suis noble.

— Oui, tu es noble. Ainsi, nous nous marierons ? »

Il voulut lui donner un gage de ses intentions. Il aimait les signes extérieurs, les emblèmes, les allégories.

« Échangeons quelque chose.

— Quoi ?

— Je ne sais pas. Chez les gitans, les fiancés mêlent le sang de leurs veines.

— Quelle horreur ! Cherche une chose plus civilisée.

— Nos stylos ?

— Oh ! non. Je ne peux pas écrire avec la plume des autres.

— Nos montres ? As-tu une montre ?

— Oui. Mais c'est une montre de femme.

— Aucune importance : je la porterai dans mon gousset. »

Tout à coup, elle eut une nouvelle crise de désespoir :

« Mais non, ça ne résout rien ! Tu ne les intéresses ab-so-lu-ment pas ! Je sais bien ce qu'ils veulent. Il faudrait que tu sois pharmacien. Oh ! je t'en prie ! Étudie la pharmacie !

— Comme tu y vas !

— Fais-le pour l'amour de moi !

— Écoute. J'irai trouver ton père, je lui parlerai. Je le persuaderai... »

14

Rien qu'en entrant dans ce salon, on savait qu'on se trouvait chez des pharmaciens. Dès l'abord, on était reçu par le portrait à l'huile et en pied de Franz Mullenbach, fondateur de la maison, trônant face à la porte, entre les deux fenêtres, les joues ornées de favoris pendants qui lui donnaient un vague air de chien d'arrêt. A gauche, sur la cheminée, le buste en marbre de Dioscoride Pedanius, le plus ancien de tous les apothicaires connus. A droite, accroché au mur dans un cadre doré, le diplôme de *pharmacien de première classe* conféré à Gustave Kunckler par la Faculté mixte de Lyon en l'année 1910. Sur un guéridon, traînaient des revues dont on pouvait au premier coup d'œil juger du caractère scientifique.

Les époux Kunckler attendaient, debout et sévères, le visiteur qu'introduisait leur fille. Celui-ci avait l'intention, avant de serrer la main du père, de baiser celle de Madame Mère. Mais à peine l'avait-il effleurée qu'elle se déroba : on jugeait le contact suffisant. Il acheva néanmoins la courbette entreprise :

« Infiniment honoré... »

Gustave se tenait d'un demi-pas en retrait de sa femme, appuyé sur sa jambe saine, pour signifier que dans cette affaire il devait être considéré comme un second seulement.

« Asseyez-vous, monsieur, ordonna-t-elle. Tu peux t'asseoir aussi, Marguerite.

— Je suis venu... commença Georges.

— Vous êtes, je pense, apparenté à l'ex-banquier Juradieu, de la banque Juradieu et Rebec ?

— C'était mon père, oui, madame. Il est décédé en 1922 et la banque a cessé de fonctionner cinq ans après sa mort.

— Il y eut banqueroute, n'est-ce pas ?

— Liquidation judiciaire, imputable d'ailleurs uniquement à Rebec.

— Et depuis ce temps, comment vivez-vous ?

— Il nous reste un immeuble et quelques revenus, peu importants, à vrai dire. J'ai pu poursuivre mes études grâce à la générosité d'une tante, sœur de ma mère.

— En somme, si je comprends bien, votre famille est ruinée ?

— C'est-à-dire que nous n'avons plus la fortune d'autrefois.

Cependant, ma sœur est établie, ma mère à l'abri du besoin, moi-même, je travaillerai prochainement. »

Installée un peu à l'écart, Rose-Pompon, enjeu de la bataille, très rouge, jouait nerveusement avec son mouchoir.

« Je suis venu, reprit Georges, vous entretenir d'un projet qui m'est cher. J'ai eu la joie de connaître votre fille Marguerite et je crois que nous pourrions vivre heureux ensemble. (Je m'exprime vraiment, se disait-il, avec des gants blancs.) C'est pourquoi j'ai l'honneur de vous demander sa main. »

En même temps, il souriait vers elle qui mordait son mouchoir pour s'empêcher de pleurer d'émotion. Alors Madame Mère parla :

« Votre demande, monsieur, nous honore. Toutefois, avant de vous donner notre réponse, nous devons évoquer certains obstacles à cette union. Primo, vous n'avez pas fait votre service militaire.

— J'ai un sursis d'incorporation jusqu'à la fin de mes études.

— C'est reculer pour mieux sauter. Que deviendra votre femme durant votre absence ?

— Mon Dieu ! Une année est vite passée, et ma femme n'est pas seule au monde : elle aura encore ses parents.

— Mauvaise solution. Secundo, votre situation matérielle est un peu trop disproportionnée avec celle de Marguerite...

— Mais maman... s'écria celle-ci.

— Silence ! Je sais ce que je dis, et ce sont tes intérêts que je défends. Ma fille est une des plus riches héritières de Riom. Quant à vous, monsieur, disons les choses franchement : vous êtes pratiquement un sans-le-sou.

— Madame, dans deux ans...

— Et en attendant, de quoi vivra votre ménage ?

— Puisque vous êtes si riches...

— C'est cela ! Aux crochets de vos beaux-parents, n'est-ce pas ? N'avez-vous aucune dignité, monsieur ?

— Il ne faut rien exagérer, madame. Je n'en suis pas au point que vous dites. D'autre part, si vous envisagez réellement le bonheur de votre fille...

— Le bonheur ne peut se trouver que dans une alliance assortie. Croyez-en ma vieille expérience, monsieur. »

D'un hochement de tête, Kunckler approuvait chaque affirmation de sa femme. Tandis que ses yeux restaient fixés sur elle, sa bouche s'arrondissait et paraissait vouloir former en même temps qu'elle les mots qu'elle prononçait. Marguerite, exaspérée, semblait au bord de la crise de nerfs.

« Je pensais, insista Georges, que le bonheur était de s'aimer.

— On peut très bien vivre heureux sans amour, monsieur. Et passons au troisième point qui me paraît le plus grave, le plus irrémédiable. »

Les faces des deux pharmaciens prirent presque simultanément une expression de formidable gravité, nuancée d'un grain de tristesse.

« Je me suis renseignée, et j'ai appris que vous n'étiez point catholique.

— Point catholique, moi ? Vos renseignements sont faux, madame. J'ai reçu tous les sacrements, j'ai fait deux années d'études au pensionnat Saint-Martin. Ma mère est fort connue du curé de Saint-Amable : informez-vous mieux, madame !

— Le curé de Saint-Amable est justement de ceux qui m'ont informée. Aucune de nos paroisses ne vous connaît ! *Vous ne pratiquez point !*

— Il est vrai que j'ai négligé depuis quelques années mes devoirs religieux ; mais si c'est là l'obstacle majeur, je suis prêt à les reprendre. Votre fille vaut bien une messe.

— Il ne s'agit pas d'une messe. Il s'agit d'une disposition d'esprit qui vous est étrangère, et je maintiens ce que j'ai dit : vous n'êtes pas réellement catholique. Si vous envisagez sérieusement ce mariage, convertissez-vous d'abord, dans votre cœur et dans votre vie. Fréquentez assidûment le confessionnal, la table sainte. Purifiez d'abord votre âme. Nous verrons ensuite... »

15

18 août.

Mon Georges chéri,

Voici quarante-cinq jours que je te connais, que je t'ai rencontré à cette barrière en travers de notre chemin. Et j'ai envie de dater cette lettre : quarante-cinquième jour de mon amour. Car de cet instant a commencé pour moi une ère nouvelle. Il y eut l'avènement du Christ. Il y eut l'avènement de la liberté. Et puis, il y a eu l'avènement de mon amour. Car je t'ai aimé presque tout de suite, quoi que je t'en aie dit. Moi qui avais passé toute ma vie au milieu des médecines, parmi des gens parfumés au phénol, tu ne peux croire ce que tu m'apportas. Simplement, je n'imaginais même pas qu'il pût exister quelqu'un qui se présentât ainsi : Clodoric, prince mérovingien. *Cette bouffée de folie me réveillait.*

Mon bonheur a duré quarante-cinq jours, ce qui est énorme. Combien de gens peuvent compter dans leur vie quarante-cinq jours d'un bonheur pareil au mien ? Et l'on aura beau faire, on aura beau me cloîtrer ou m'expédier à l'autre bout de la terre, ces quarante-cinq jours sont à moi. Ils sont en moi. On ne me les enlèvera jamais plus.

Mon prince charmant, mon prince fou, mon prince chéri, je t'aime pour ta franchise, pour ta santé, pour ton ironie. Je cherche, je trouve mille raisons de t'aimer. Et je t'aime aussi comme ferait une fille de ferme, tout bêtement, animalement.

On me surveille, on ne me quitte pas d'une semelle. On m'a fait promettre de ne pas chercher à te revoir seule ; mais on n'a pas confiance en ma promesse. Et ils ont raison de ne pas avoir confiance, car, si je réussis à m'échapper, ce sera pour courir chez toi, me jeter dans tes bras, au risque de provoquer un scandale dans toute la ville. En attendant, je n'ai pu retourner depuis deux jours vers notre moulin. Vas-y seul, veux-tu ? Pour penser plus intensément à moi. Les sureaux sont à présent chargés de grappes noires. Il paraît que leur jus est un poison. Si je peux te rejoindre, nous en mangerons tous deux à poignées ; puis, nous roulerons dans le ruisseau, réunis par la mort, comme Roméo et Juliette. Ce sera magnifique !

Hier soir, de ma fenêtre, j'ai vu pleuvoir une étoile filante. Et je me suis hâtée de faire un vœu. Tu sais bien lequel. Mais tu sais bien aussi qu'il dépend de toi et non d'elle que nos projets se réalisent. Oh ! chéri ! Je t'en prie : étudie la pharmacie !

J'ai obtenu la complicité d'une voisine épicière qui me connaît depuis mon enfance et n'aime pas beaucoup mes parents. C'est grâce à elle que je peux t'envoyer cette lettre. C'est chez elle aussi que tu dois me répondre...

23 août.

... J'ai reçu ta première lettre. Comme il y avait chez l'épicière du monde qui me connaissait, elle m'a remis un petit sac de café :

« Voici ta commission, Marguerite. »

Aussitôt arrivée, j'ai vidé le sac et j'ai trouvé ta lettre au fond. En sorte qu'à présent tes mots d'amour sentent le café. Chaque fois que cette odeur viendra frapper mes narines désormais, je me rappellerai ta première lettre clandestine.

J'ai essuyé une autre scène de ma mère. N'étudie plus la pharmacie, c'est inutile, car elle m'a dévoilé le fond de sa pensée.

« Je veux pour gendre un pharmacien, mais un pharmacien déjà établi, à la tête d'une maison prospère. Il est inadmissible que je jette à la tête de ce petit monsieur le fruit des efforts de deux générations...

— C'est moi, le fruit des efforts de deux générations ?

— C'est la pharmacie Mullenbach, Kunckler successeur. Ainsi,

le premier gueux venu serait en droit de venir nous dépouiller, sous prétexte qu'il a une jolie figure ?

— Je suis sûre qu'il me prendrait sans dot.

— Sans dot ? Et que ferons-nous, ton père et moi, de nos biens ? Devrons-nous les donner aux pauvres ? Non, ma fille, tu hériteras de nous. Et mon gendre sera un homme digne de cet héritage. Voilà mon dernier mot. »

Il ne nous reste donc qu'une solution : attendre ma majorité. Dans deux ans, je pourrai disposer de moi, et je serai à toi si tu me veux encore.

Hier, je suis sortie, dûment accompagnée. Et, sous un prétexte quelconque, je suis entrée chez ce libraire où tu vas fréquemment. Puis, dans ce bureau de tabac où tu achètes tes cigarettes. Puis, chez l'horloger où tu avais apporté ta montre. Ma mère me suivait en maugréant. Moi, j'examinais ces marchands, comme si j'avais dû reconnaître sur leur visage, dans leurs yeux, un certain changement depuis qu'ils te connaissaient. « Moi aussi, je le connais ! » avais-je envie de crier. « Répétez-moi chacun de ses mots. Dites-moi ce que vous savez de lui. Vous n'avez pas le droit de garder de lui une seule image : elles sont toutes à moi. » Mais eux ne semblaient point particulièrement marqués par ton passage. Sinon, ils auraient vu combien je suis imprégnée de toi, combien je te reflète. Ils t'auraient reconnu sur moi...

30 août.

... Évidemment, il y a cette autre solution : que tu m'enlèves, que tu me compromettes, que tu obliges ainsi mes parents à consentir à notre mariage. Il paraît que les Crétois agissent ainsi quand on leur refuse la fille qu'ils aiment. Mais je ne crois pas que les Kunckler-Mullenbach se laisseraient convaincre. Premièrement, ils te feraient rechercher et mettre en prison. Ensuite, ils me récupéreraient, quel que fût mon état. Non, chéri, je ne pense pas que ce soit une solution acceptable.

5 septembre.

... Tu me reproches de me montrer un peu trop raisonnable, de penser plus avec ma tête qu'avec mon cœur. Mais je me demande si toi, tu ne penses pas un peu trop avec ton amour-propre. Allons, ne sois pas boudeur : moi qui suis de nous deux la plus jeune, dois-je être la plus sensée ? J'apprécie beaucoup ta comparaison : la vie est une tartine de pain sec, l'amour est le beurre qui remplit les trous. Mais encore faut-il qu'avant le beurre le pain sec soit assuré,

n'est-ce pas ? Tu vas redire que les sermons maternels commencent à me profiter. Peut-être. Pourtant, je pense qu'ils ne sont pas totalement faux et que, si j'étais à sa place, j'agirais comme elle envers ma fille. Tant que tes études ne sont pas terminées, tant que tu n'as pas une situation, nous ne pouvons nous permettre une folie.

On commence à s'étonner de mes fréquentes visites chez l'épicière. Alors, cesse de m'écrire, s'il te plaît, pendant les trois prochains jours, afin d'endormir les soupçons...

12 septembre.

... Tu as trop bien pris à la lettre ma dernière recommandation : depuis une semaine, je n'ai pas reçu mot de toi. J'ai eu beau fouiller les paquets de sucre, les tablettes de chocolat : rien. Pourquoi es-tu si méchant ? J'ai passé presque toute la nuit dernière à pleurer.

Vinta e lassa era l'anima mia
e'l corpo in sospirar et in trar guai,
tanto che nel dolor m'addormentai,
e nel dormir piangeva tutta via.

(Connais-tu Cino da Pistoia, ce romantique du XIIIe *siècle ? Une sorte de Corneille italien qui aurait écrit avec une plume arrachée au chapeau de Musset. On aimerait qu'il eût rendu l'âme entre trente et trente-cinq ans ; mais il le fit à près de soixante-dix, ce qui est beaucoup trop vieux pour quelqu'un qui toute sa vie ne cessa de mourir d'amour.)*

Ce matin, mon père m'a convoquée :

« Ma chère enfant, ta mère et moi avons décidé de te faire une heureuse surprise. Tu sais que nous avions espéré te voir étudier la pharmacie ; nous ne favorisions guère ton goût pour les langues, qui n'a pas grande utilité dans notre profession. Mais puisque tu éprouves, en particulier pour l'anglais, un tel engouement, nous l'acceptons et ferons de notre mieux pour que tu conduises à bonne fin tes études. Nous avons donc résolu que tu irais passer l'année prochaine en Angleterre. Je me suis mis en rapport avec une famille de confiance, qui aura soin de toi, matériellement et moralement. Ainsi, tu feras, je pense, des progrès très rapides. Qu'en dis-tu ? »

Et toi, mon cher Georges, qu'en dis-tu ?...

16 septembre.

... Mes sentiments s'intellectualisent, affirmes-tu, un peu plus chaque jour ? Que dirai-je des tiens ? De ce ton glacialement sarcastique que tu emploies ? Comment peut-on faire de l'ironie

contre ceux qu'on aime ? Je regarde le cadran de ma-ta-notre montre. Au début, il me semblait y apercevoir le reflet de ton visage ; je caressais ma joue contre son verre. A présent, ce cadran a changé d'aspect : c'est un œil rond et hostile qui m'observe sans sourciller.

Tu as évité de répondre franchement à la question que je te posais dans ma lettre précédente. Évidemment, que je ferai selon mes intérêts, puisque tu me le conseilles. Nos passeports seront établis la semaine prochaine. Aucun prétexte matériel ne pourra plus m'empêcher de partir. Si je reste, ce sera par un acte de volonté pure. Mais dois-je rester ?

Au fond, l'Angleterre est si près de la France ! Nous pourrions nous revoir à toutes les vacances importantes. Et puis, j'ai lu quelque part que l'éloignement a sur les amours le même effet que le vent sur les flammes : il éteint les faibles, il donne plus de force aux vigoureuses...

Oh ! mon chéri ! Je t'en supplie ! Empêche-moi de partir.

9 octobre.

... Je suis en Angleterre depuis deux jours. Mon père m'a accompagnée jusqu'ici comme une petite fille. Afin que le dépaysement soit moins grand, il m'a placée entre les mains d'une famille de catholiques ; par surplus, à quelques milles de Westminster, ils fabriquent un produit pharmaceutique qui se vend aussi en France.

Je voulais emporter ma bicyclette ; mais il s'y est refusé absolument, sous prétexte qu'ici on roule à gauche. D'ailleurs, mes hôtes possèdent une voiture, et ils ont promis de me faire visiter par zones tout le Middlesex ; il y aura chaque fois une partie de canotage sur la Tamise.

A vrai dire, je dois convenir que je n'ai pas encore eu le temps de m'ennuyer. Le nouveau rythme de ma vie, cette ville inconnue, les habitudes nouvelles à contracter, m'en empêchent encore. Dans la maison, il y a deux filles à peu près de mon âge et un garçon d'une douzaine d'années. Comme ils possèdent un phonographe, nous dansons sur la terrasse Every time I'm dreaming of you. *C'est-à-dire qu'ils cherchent à me faire danser, car je ne sais pas : j'ai déjà cassé un talon de mes souliers. J'ai avoué que je suis une oie blanche, pour tout ce qui est moderne, et ils m'appellent à présent* White Goose.

Ici, je pourrai du moins t'écrire et recevoir tes lettres en toute liberté. Plus besoin d'avoir recours à aucune épicière. Tu vois qu'au lieu de nous éloigner l'un de l'autre, ce séjour à l'étranger nous aura plutôt rapprochés...

18 novembre.

... Mes parents viennent de me faire savoir ceci : afin de m'épargner un voyage à Noël, ce sont eux qui viendront me rejoindre chez leurs confrères du Middlesex. Cela m'ennuie un peu, à cause de cette espérance où j'étais de te revoir prochainement.

A propos de Christmas, sais-tu que j'ai appris à faire le plum-pudding ? Veux-tu en connaître la recette pour six personnes ? On met une semaine rien qu'à rassembler les ingrédients. Il faut une grosse livre de graisse de rognon de bœuf finement hachée ; une demi-livre de mie de pain ; autant de cerises confites, coupées en deux ; une petite livre de raisins de Corinthe triés, lavés, équeutés ; autant de raisins sultane ; autant de diverses écorces confites, coupées en dés ; autant de pommes ; une muscade râpée ; l'écorce râpée et le jus de quatre citrons ; six onces d'amandes coupées ; autant de farine ; une once de levure ; dix œufs ; un verre de lait ; un verre de whisky ; une cuillerée à café de sel... En plus de tout cela, il faut mille onces de patience. Il paraît qu'on reconnaît la bonne ménagère anglaise à la qualité de ses plum-puddings. Quand nous serons mariés, c'est la première chose que je te préparerai...

Paris, le 12 mai.

Ma chère Rose-Pompon,

Je n'oublie pas que je suis noble, et je tiens à t'expliquer à toi-même tes propres sentiments que tu me dis ne plus bien comprendre. Allons, mademoiselle Kunckler ! Un peu de bon sens ! Un peu de clairvoyance, que diable ! Ouvrez bien grands vos yeux couleur de ciel et reconnaissez ceci : que vous ne m'aimez plus. Cela étonne un peu à l'avouer noir sur blanc ; mais vous verrez que vous vous y habituerez très bien. Répétez après moi, à voix basse, s'il vous plaît : « Je ne l'aime plus... Je ne l'aime plus... » Plus fort à présent, en toute tranquillité, comme vous diriez : « Le temps est à la pluie. » Est-ce fait ? Vous voyez que rien ne se passe : le monde ne s'écroule point.

Votre crise de croissance est terminée, vos dents se sont rejointes, vos jours à venir s'annoncent lisses et ronds comme les bocaux de votre père. Quant à mes sentiments à moi, pour l'amour de Dieu, ne vous en souciez point. C'est une affaire entre eux et moi. Depuis longtemps, je les ai habitués à m'obéir. Si j'ai encore quelque regret, c'est de ne vous avoir pas traitée comme j'avais coutume de faire avec d'autres femmes que j'ai connues avant vous. Dix fois j'aurais eu cette occasion, dans notre alcôve de sureaux. Je ne l'ai pas fait parce que je vous respectais. Je m'en repens profondément.

Je vous souhaite de trouver un jour le pharmacien conforme à vos rêves et à ceux de votre famille. Si une occasion se présente, j'aimerais quand même vous revoir une fois au moins. Comme une amie ancienne. Vous ne connaissez point Paris, n'est-ce pas ? Lorsque vous retournerez à Riom, si vous êtes seule, pourquoi ne vous arrêteriez-vous pas une journée ici ? Je vous le présenterais. Et puis, nous examinerions ensemble si nos cicatrices sont bien fermées...

16

Il vint à la gare du Nord avec l'intention, dès le premier instant, de la mépriser de toutes ses forces. De la trouver enlaidie, affadie par les brumes britanniques. Comment avait-il été assez naïf pour prendre garde aux vibrations de son cœur ? Il chiquait un mot amer : vengeance, vengeance !

La foule le bousculait, l'empêchait de réfléchir à son aise. Il était en avance. Il entra dans l'église Saint-Vincent-de-Paul afin de mûrir sa tactique. Il y admira le système moderne des bougies électriques. Au lieu des anciens bâtons de suif malodorants, le public avait à sa disposition un véritable clavier : il lui suffisait d'appuyer sur une touche, et une ampoule flammiforme s'allumait. Le tronc voisin assurait les encaissements. De la sorte, la prière montait aux cieux pure de toute odeur de graillon. Silence, ombre, fraîcheur. Les visiteurs, larves immatérielles, flottaient entre les piliers. Très loin, à un autel latéral, une sonnette tinta. Les chuchotements du prêtre lui parvenaient à peine, comme le frouletis d'ailes d'un papillon qui se heurte aux meubles. Vengeance, vengeance. Il s'assit commodément sur un prie-Dieu, croisa les jambes, huma le parfum des roses fanées et de l'encens refroidi. Une chaisière vint lui demander deux sous. Il lui en donna cinq et sourit :

« Gardez tout ! »

Elle le considéra avec surprise, moins à cause de sa largesse que du sourire.

Dehors, la lumière éblouissante éclaira tout son ouvrage. Il fallait d'abord promener Mlle Kunckler à travers la ville, la faire marcher, marcher, lui faire traverser tant de parcs, de musées, de magasins, lui faire grimper tant d'escaliers, l'abrutir de tant d'admiration et de tant de fatigue qu'elle ne songeât plus à fuir par le train de nuit.

Il la reconnut de loin, debout entre ses deux valises, occupée à remettre dans son sac le billet jusque-là serré entre les dents. Elle ne le voyait pas encore et tournait la tête de droite et de gauche, étonnée, ennuyée de sa solitude. Sans doute parce qu'il le désirait très fort, il la trouva avec satisfaction réellement abîmée. « Elle n'avait pas ce bouton, contre la tempe. Ses taches de rousseur ont gagné du terrain. Elle a aussi sensiblement engraissé : à trente ans, elle sera rembranesque, comme sa mère. »

« Porteur, mademoiselle ?

— Oh ! Georges, c'est vous ! »

Elle avait déjà pris un peu d'accent britannique ; elle disait *Djordje*.

« Porteur ? répéta-t-il.

— Mais non ! Vous êtes fou ! Toujours le même !

— Que comptez-vous faire de ces valises ?

— Je ne sais pas. Les mettre en consigne, peut-être ?

— Vous avez raison. Allons-y. »

Il fit mine de cracher dans ses mains. Comme si elle l'avait spécialement convoqué à la gare pour remplir ce rôle de faquin. Docilement, elle suivait. L'employé de la gare l'appela madame.

« Mademoiselle, rectifia Juradieu. Nous ne sommes pas mariés.

— Excusez-moi, fit l'homme.

— Et nous n'en avons nullement l'intention. Vous comprenez, cette personne est la fille du plus riche pharmacien de Riom en Auvergne ; tandis que moi...

— Qu'est-ce qui vous prend, *Djordje* ?

— Il faut bien que j'explique à cet homme notre situation, si je veux qu'il comprenne.

— Oh ! moi, vous savez !... fit l'employé. Dites-moi simplement le nom que je dois mettre. Ça me suffit.

— Kunckler. Mlle Kunckler.

— Cunquelair ? Comment que ça s'écrit ?

— K,u,n,c,k,l,e,r, épela-t-il très vite.

— K...u...n... répéta l'employé abasourdi, en écrivant Q.

— Pas Q... K, comme *képi*.

— Képi ?... Écrivez-le vous-même. »

Ils s'en allèrent le long des rues, pas trop près l'un de l'autre. Elle boudait et répondait de mauvais gré à ses questions. « C'est curieux, comme je ne ressens rien pour elle ! » constatait-il. Il en éprouvait une vive allégresse et un désir croissant de la tourmenter.

« Avez-vous obtenu beaucoup de succès en Angleterre ?

— Quel succès ?

— Des succès amoureux, je veux dire. Il paraît que les Anglais sont très friands de nos femmes ; elles ont chez eux, comme partout, réputation de facilité.

— Vous m'ennuyez, avec vos questions stupides.

— Cachottière !

— Écoutez ! éclata-t-elle. Vous avez insisté pour que je m'arrête à Paris, pour que je visite la ville avec vous. Pour que je vous revoie « comme une amie ». Est-ce ainsi que vous traitez vos amis ?... Vous savez, je me suis renseignée : j'ai un train pour Riom à 13 h 35, et mon billet est tout prêt !

— Pardonnez-moi. C'est le chagrin, le dépit, soupira-t-il. A cause de cette ancienne histoire.

— Ne parlons plus de cela, fit-elle d'une voix moins dure. Par quoi commençons-nous ?

— Pour ?

— Pour visiter Paris !

— Je ne sais pas. Il y a tant de choses !

— Par quoi avez-vous commencé, vous ?

— Moi, j'ai des goûts spéciaux.

— Dites quand même.

— Par le Père-Lachaise. A cause de nos vieilles gloires qui y sont ensevelies. Et aussi du mur des Fédérés.

— C'est vrai, fit-elle, avec une crainte admirative. Vous êtes révolutionnaire ! Eh bien ! Commençons par les vieilles gloires !

— C'est tout près. Nous irons à pied. »

Ils descendirent le boulevard Magenta, traversèrent la place de la République, et ils furent dans la ville des morts. Rose-Pompon s'étonna d'y trouver des rues, des places, des avenues, des fontaines, des ombrages, des marchands de glaces, de cacahuètes, de ballons rouges. Les tombes avaient un air d'opulence et de bon ton. On n'enterrait pas ici n'importe qui. Ils firent le tour des célébrités : La Fontaine, Molière, Talma, Balzac, Rossini, Chopin, Sully-Prudhomme, Musset et son saule.

« Mon Dieu ! s'extasiait-elle. Dire qu'ils sont là... si près... sous cette pierre ! Il me semble que je leur rends réellement visite ! »

Dans l'allée centrale, le monument aux morts de Bartholomé la laissa pantelante. Enfin, ils atteignirent le Mur. Georges lui montra les traces des balles :

« Plusieurs centaines de Fédérés ont été fusillés ici. Le dernier carré. »

Il lui parla des autres communards assassinés par la bourgeoisie : Delescluze sur les barricades, Théophile Ferré à Satory, Rigault abattu rue Gay-Lussac, Gustave Flourens sabré par un gendarme dans une auberge de Chatou...

« Non, assez, dit-elle. Plus de politique. Montrez-moi autre chose.

— Comme vous voudrez. Que voulez-vous voir ?

— Je me fie à vous.

— Il y a une visite très curieuse à faire pas très loin.

— Qu'est-ce que c'est ?

— Les abattoirs de la Villette. Vous verrez : on se croirait à Chicago. »

C'était une autre ville : celle des bêtes à viande. Le marché aux bestiaux, grouillant, puant le fauve. Les parcs à bœufs, à porcs, à veaux, à moutons. Les chambres frigorifiques. Un tueur leur expliqua les divers procédés d'abattage. Devant eux, il foudroya plusieurs chevaux au merlin anglais. Juradieu retenait par le poignet Marguerite Kunckler toute blanche, qui voulait fuir.

« Pour les vaches, c'est plus perfectionné », promit-il.

Elles avaient la tête recouverte d'une sorte de masque qui les empêchait de voir tomber le coup. Quand le maillet frappait, il enfonçait un gros clou fiché au centre, qui transperçait la cervelle. Ils écoutèrent les explications des saigneurs, des écorcheurs. A l'aide d'un tuyau amenant de l'air comprimé, on transformait les veaux en montgolfières. Partout flottait l'odeur fade, écœurante du sang croupi. C'était là l'immense carrière d'où s'extrayaient chaque jour les millions d'escalopes, de côtelettes, de biftecks dont se repaissent les Parisiens.

« Cela, dit Juradieu en sortant, a dû vous mettre en appétit. »

Dans ce petit caboulot de la rue de l'Ourcq, la patronne leur proposa, avec un sourire entendu, une arrière-salle, pour qu'ils fussent « plus tranquilles ». A travers la cloison, ils entendaient les rires brutaux des mariniers et des bouchers, clients ordinaires de la maison.

« Quel drôle de Paris vous me faites connaître ! Je me sens l'estomac soulevé.

— Buvons. Cela vous passera. »

Il commanda un anjou à saveur de miel, particulièrement glissant.

« Vous verrez qu'il vous rendra la bonne humeur.

— En Angleterre, on n'en goûte pas. Il faut que je m'y réhabitue.

— Celui-ci est sans danger. »

Perfidement, il l'encourageait à boire, si bien qu'elle redevint gaie en effet. Ils ne surent plus ce qu'ils mangeaient.

Alors qu'il était déjà trop tard, elle s'écria :

« Vous, vous cherchez à me griser !

— Allons donc ! Ne suis-je pas votre ami ? »

La nappe blanche, cerclée de ronds de bouteilles, avait l'air d'un drapeau olympique. Il leur semblait avoir une ancienne familiarité avec la vaisselle ébréchée, les fourchettes de fer, la banquette bourrée de crin. La patronne les entourait de prévenantes simagrées. « Ce doit être, se disait Georges, une ex-maquerelle. »

« Ça y est ! Me voilà saoule ! pleurnicha soudain Rose-Pompon. Je suis incapable de me lever. La tête me tourne affreusement.

— Ce n'est rien, c'est la fatigue.

— J'ai envie de vomir. J'ai trop bu.

— Vous n'avez presque rien bu !... Madame, s'il vous plaît ! »

La patronne accourut.

« Une cuvette pour Mademoiselle qui a envie de vomir.

— Pauvre mignonne ! qu'est-ce qui vous arrive ?

— Je suis saoule.

— Ne la croyez pas, expliqua Georges. C'est la fatigue. Elle a voyagé toute la nuit.

— Venez avec moi, mon enfant. Vous vous reposerez un moment dans ma chambre, sur mon lit.

— Non... non... pas de lit...

— Et comment voulez-vous faire ?

— Ou alors... un tout petit... tout petit... à une seule place. »

Il sourit et cligna de l'œil vers la matrone.

« D'accord, je vous donnerai la chambre de mon fils qui est soldat dans l'Est. Venez avec moi. N'ayez pas peur.

— Voulez-vous que je vous aide à marcher ? proposa-t-il.

— Oui. Et puis... vous vous en irez... vous me laisserez seule.

— Mais oui... seule... toute seule. »

Au premier étage, la chambre est carrée, avec un plancher recouvert d'un lino imitant le parquet. Une armoire en sapin, un lit étroit, un lavabo, un fauteuil râpé. Sur la cheminée, la photo d'un militaire : calot en bonnet d'âne, bandes molletières, air mi-satisfait, mi-ahuri.

« C'est la chambre du petit. Il est sur la ligne Maginot. Ici, vous serez comme chez vous, ma mignonne. Étendez-vous. Ce malaise sera vite passé. Je vais vous aider... Je vous ôte vos chaussures... Là... Êtes-vous bien ?... Avez-vous besoin d'autre chose ?

— *Djordje*... souffle-t-elle.

— Vous m'appelez ?

— Oui. S'il vous plaît... ne partez pas.

— Mais je croyais...

— Ne me laissez pas seule... J'ai peur... Donnez-moi la main... »

La patronne s'en va. Les doigts de Rose-Pompon se crispent sur ceux de Georges. Sa chevelure, sur l'oreiller, semble un dahlia trop secoué. Son corps est agité de soubresauts. Peu à peu, cependant, elle s'apaise, elle s'endort.

Alors, il vient s'asseoir dans le fauteuil. Il tue le temps à fumer, à lire d'anciens numéros du *Miroir des Sports* dont il trouve une pile sur une étagère. Tout s'est merveilleusement passé. Il tient à présent la vengeance à portée de sa main. Ce qu'il faut, c'est que Mlle Kunckler soit pleinement consciente du fait. Il doit donc attendre qu'elle ait cuvé son vin.

Longuement, il admire sur toutes ses jointures l'illustre foulée de Jules Ladoumègue. Puis, cette contemplation le lasse, il ferme les persiennes, se couvre le visage de son mouchoir pour se protéger des mouches et s'assoupit à son tour.

Un soupir vers le lit : elle se réveillait. Depuis un moment, il guettait ce réveil. Il s'était lavé les mains et la figure, rincé la bouche. A travers les fentes des persiennes, on voyait que le jour avait baissé.

« *Did you sleep well ?*

— Mon Dieu ! Où suis-je ?

— Sur un lit à une place, dans une chambre de la rue de l'Ourcq.

— Que... quelle heure est-il ? Quel jour sommes-nous ?

— Nous sommes le vendredi 30 juin 1933, et il est à peu près sept heures du soir. Vous êtes Mlle Kunckler Marguerite, de passage à Paris, et je suis Georges Juradieu, votre ami, qui veille sur vous depuis cinq heures d'horloge.

— J'ai soif. Est-ce que je peux avoir un peu d'eau ? »

Il lui en apporta dans le verre à dents.

« Gueule de bois ?

— Je me rappelle : vous m'avez fait boire.

— C'est la faute à l'Angleterre qui vous a ôté l'habitude de nos vins.

— Que va-t-on penser de moi, ici ?

— Que voulez-vous qu'on pense ? Est-ce que je ne me suis pas bien conduit ?

— Vous avez été gentil... très gentil. Un vrai gentleman. »

Il s'agenouilla près du lit :

« Savez-vous que vous avez voulu vous endormir en me donnant la main ?

— Vraiment ? J'ai fait ça ?

— Comme une petite fille auprès de son grand frère. »

Elle sourit et la lui tendit de nouveau. Un moment, ils se regardèrent de tout près, en silence. Elle ferma les yeux. C'était une sorte d'acceptation. Du moins, il voulut le comprendre ainsi. Il se pencha, posa ses lèvres sur son front en récitant :

« *Mon enfant, ma sœur...* »

Elle ne tressaillit point. Ses lèvres quittèrent le front moite, descendirent le long de la tempe jusqu'à l'oreille :

« *Songe à la douceur*
D'aller là-bas vivre ensemble... »

Il atteignit ses lèvres qu'il sentit frémir, mais non se dérober.

« *Aimer à loisir,*
Aimer et mourir,
Au beau pays qui te ressemble... »

Quand il releva la tête, il reprocha :

« Tu ne m'embrasses pas comme naguère.

— Je ne voudrais pas. Tout est changé.

— Crois-tu ? Moi, je n'ai pas changé. Mais même si tout était changé, un baiser est-il si important ? Cela ne vous engage à rien. C'est seulement, voilà, une affaire d'application. N'oublie pas que c'est moi qui t'ai appris à embrasser. »

Cette fois, elle livra sa bouche entière, et il la tint sous lui, toute vibrante. Pour reprendre souffle, il chuchotait de temps en temps :

« Te rappelles-tu... le ruisseau... le moulin... les sureaux en fleur... Et mes lettres clandestines au fond du sac de café... »

En même temps, ses mains la parcouraient. Elle eut un ou deux sursauts ; puis elle n'eut plus la force de résister. Ce tutoiement retrouvé l'affolait. Ses pensées s'accrochaient instinctivement encore à une dernière planche de salut : « Le lit est trop étroit. Il ne me peut rien. » De son côté, il pensait : « Elle n'est pas encore tout à fait à point. La femme, c'est comme le pain : il faut la pétrir, la chauffer patiemment, jusqu'à ce qu'elle soit prête pour la consommation. »

Cependant, le moment important approchait. Elle se sentit tout à coup soulevée. Elle gémit :

« Qu'est-ce que tu fais ?

— Je t'emporte.

— Où ?

— Au beau pays qui te ressemble.

— Je t'en prie, pose-moi. »

Il la tint un moment horizontale dans ses bras, cramponnée à son cou. « Qu'est-ce que vous croyiez, mademoiselle Kunckler ? Vous vous sentiez en sécurité à cause du lit à une place ? Même plus large, c'eût été trop beau pour vous. » Il répondit :

« Je te pose. Ferme les yeux. »

Elle obéit.

C'était bien ce qu'il pensait : elle était vierge.

Quand ce fut fini, il se releva rapidement, rajusta sa tenue. La nuit était tombée, et il tourna le commutateur. « Je n'ai pas même quitté mes souliers », constata-t-il avec satisfaction. Sous la lumière crue, elle gisait à ses pieds, dans le désordre obscène de ses vêtements, les bras en croix, comme une assassinée. Elle avait essayé de le retenir lorsqu'elle l'avait senti s'écarter.

« Chéri... »

Il était occupé à se peigner devant la glace et ne répondit point.

« *Djordje* chéri... A présent, nous nous marierons, n'est-ce pas ?... C'est obligé. Et mes parents ne pourront plus s'opposer, car je leur avouerai tout.

— Obligé ? Pas obligé le moins du monde. »

Elle ouvrit les yeux. Il la toisait avec le plus profond mépris.

« Mais si, c'est obligé, puisque tu...

— Avez-vous remarqué où vous vous trouvez, mademoiselle Kunckler ? Sur un plancher, sur une descente de lit ! Croyez-vous que je vais épouser une fille qui se laisse posséder sur une descente de lit ? »

Il éclata de rire et s'en alla, en faisant claquer la porte derrière lui. Elle l'entendit rire encore dans l'escalier.

Dehors, à pleins poumons, il respira l'air cotonneux de la nuit. La façade rogneuse des maisons, la ruée des voitures, les enseignes bariolées, les lanternes rouges des bordels, tout lui paraissait grand et merveilleusement beau.

17

Il sortit de la gare en même temps qu'une dizaine d'autres voyageurs : paysannes, ouvriers, permissionnaires en uniforme. Un moment, sur le trottoir, il demeura en contemplation devant l'esplanade. A droite, deux autobus attendaient la clientèle ; l'un pour Arreau, Barèges, Luz, Cauterets ; l'autre pour Montrejeau, Barousse, Bagnères-de-Luchon. Un homme s'avança vers lui. Son visage maigre, allongé, étrangement lisse suscitait tout de suite une impression de malaise. Pourtant, il souriait :

« Monsieur Juradieu ? » demanda-t-il en touchant son chapeau.

Ils se serrèrent la main.

« Vous voyez, constata Etchebiague, combien je suis physionomiste : je vous ai reconnu au premier coup d'œil.

— Très important pour un patron, d'être physionomiste ! »

En l'occurrence, ce n'était guère difficile : excepté les troufions, il se trouvait seul à porter une valise. Etchebiague l'amena vers sa voiture. Ses cheveux noirs s'arrêtaient en une ligne brusque sur la nuque glabre. En conduisant, il se tournait vers lui de temps en temps, comme pour le déranger dans son examen.

« Vous me paraissez terriblement jeune.

— J'ai vingt-cinq ans. Vous serez mon premier employeur.

— En avez-vous réellement fini avec les autorités militaires ?

— Ils m'ont épargné, à cause de je ne sais quelle malformation stomacale que j'ignorais. Et je veux l'ignorer encore. »

L'autre semblait réfléchir. Alors, Georges comprit ce qui donnait à son patron ce regard d'effigie : il ne possédait pas un poil, pas un cil, pas un cheveu. C'est pourquoi il évitait de soulever son chapeau et de découvrir sa perruque, un peu trop invraisemblable sur sa tête dépouillée. Il tourna vers l'ingénieur ses prunelles nues et dit froidement :

« Je vous surprends, hein ?

— En quoi ?

— A chacun son infirmité. Vous, c'est l'estomac. Moi, je suis chauve de partout. Alopécie générale. A la suite d'une chute en montagne qui a tari d'un coup mes follicules pileux. Depuis, j'ai essayé tous les remèdes, depuis la chiure de poulet jusqu'aux hormones surrénales. Résultat : zéro. Je dois me poudrer l'entre-cuisses comme un nouveau-né. Alors, cher ami, regardez-moi bien, ébahissez-vous une bonne fois... »

En même temps, il découvrait son crâne, livide, impressionnant comme une toundra sous la neige.

« ... et puis qu'on n'en parle plus. »

Il se recoiffa. Il avait l'accent d'un gendarme de vaudeville.

La route fonçait dans le ventre des montagnes, et les montagnes s'écartaient, n'aimant pas à être bousculées.

« A présent, voici mon problème. J'ai hérité de mon père une fabrique de ciment qui fonctionnait bien. Quatre-vingts tonnes journalières. Nous pratiquions la lévigation. Vous savez : on triture sous l'eau le calcaire et l'argile au moyen de mélangeurs à pointes d'acier. Quand cette purée est bien épaisse, bien homogène, on la laisse reposer, on décante, on fait sécher la pâte au soleil sous forme de briquettes. La dessiccation se poursuit dans le carneau-séchoir et s'achève par une cuisson au four à 1 600 degrés.

— C'est une vieille méthode, lente et de petit rendement.

— Oui, mais les frais d'exploitation sont minimes. Toutefois, nous ne pouvions utiliser que des calcaires tendres, qui fondent dans l'eau comme du sucre. Or, nos ressources en calcaires tendres sont épuisées. Plus rien. Nous avons vidé la région à cent kilomètres à la ronde. Au-delà, le métier n'est plus rentable. J'ai donc décidé de me tourner vers les calcaires durs qui abondent dans nos Pyrénées.

— C'est beaucoup plus compliqué et les installations sont toutes différentes.

— Nous ferons les transformations. C'est vous qui les dirigerez... Mais nous arrivons.

— Je le vois. »

Autour d'eux, le paysage avait brusquement changé d'aspect. La vallée au creux de laquelle s'éparpillait Saint-Julien était semblable à une de ces cuvettes d'auberge que la patronne oublie trop souvent de récurer : culottée d'un gris uniforme, encroûtée par trente ans d'usage. Partout la même crasse. Les ardoises des toitures avaient blanchi ; les arbres, les buissons, les prés le long du gave semblaient s'être pétrifiés ; les versants de la montagne n'offraient pas un brin de verdure, pas un pouce de roche nue. Depuis deux générations, le ciment neigeait sur Saint-Julien et ses environs, sur l'église, sur le cimetière, sur les bêtes, sur les hommes, inexorable. Juradieu secoua une branche de platane : un nuage âcre et dense s'envola ; mais les feuilles restèrent grisâtres.

« Vous vous y habituerez, fit Etchebiague. Nous, on ne s'en aperçoit même plus. »

Au pied d'une pente, se dressait l'usine dispensatrice de cette manne : sa cheminée, son silo cylindrique à tête arrondie « à cause de la neige ». Pareil à un monstrueux phallus enfariné. Sur la route, la poussière avait formé une couche moelleuse dans laquelle les semelles se moulaient.

Ils visitèrent les installations entre lesquelles rôdaient une trentaine de mitrons. Quand ils crachaient par terre, leurs crachats dessinaient une comète dans ce firmament cendreux.

« Voici Moliné, le contremaître. »

On avait dû le choisir à cause de sa taille, de ses épaules, de ses poings. Il avait la mâchoire épaisse, le nez plongeant, la chevelure compacte. On s'étonnait de ne pas lui trouver un œil unique au milieu du front.

« Allons, Moliné, dit Etchebiague. Je te présente M. Juradieu, notre ingénieur. Tu devras désormais lui obéir comme à moi-même. »

L'homme lança au nouveau venu un regard luisant.

« Salut », fit-il.

Puis il tourna les talons et s'en alla, sans voir la main tendue de Juradieu.

Georges retrouva le ciment dans la chambre qu'on lui avait préparée. Sur chaque meuble, on pouvait du doigt tracer sa signature. Il voilait si bien la glace du lavabo qu'on croyait, en s'y regardant, avoir la cataracte. Il formait une pellicule sur l'eau de la carafe, et quand on soulevait la carafe il restait dessous un rond, pareil au trou qu'on découpe au verre dans une pâte à crêpes.

« On a beau essuyer, expliqua Mme Pujo, une heure après, ça ne s'y connaît plus. »

Alors, en fait, elle avait renoncé à essuyer. Au milieu de cette pulvérulence, il ne restait qu'à se déplacer sagement, sans gestes inutiles ; à s'enfoncer dans le lit par une lente reptation dorsale ; à ne pas agiter les rideaux ; à se moucher sans souffler. A ces conditions, la poussière continuait son sommeil. Elle était devenue une chose sacrée qu'il ne fallait déranger à aucun prix.

Il la retrouva dans ses aliments. Elle y avait la subtilité du poivre blanc, mais ne conférait aucune saveur sensible, à cause des épices abondantes, des oignons, des tomates qui la recouvraient. Les gens la portaient en eux, dans leurs poumons, dans leur ventre, dans leurs cheveux, dans leurs oreilles, sous leurs ongles, collée aux poils de leur nez. Etchebiague était maire de Saint-Julien et il leur faisait prendre patience :

« Vous remarquerez qu'il n'y a pas un rachitique dans la commune. Quelques poitrinaires, quelques goitreux, quelques cinglés peut-être. Mais pas un rachitique. Cela tient à ce que mon calcaire renforce les charpentes. »

Reconnaissants, ils le réélisaient tous les six ans.

Intrigué par le tapage, il mit la tête à la fenêtre ouverte. Il y avait là-dedans cinq ou six de ses mitrons occupés à jouer aux quilles. Celles-ci se trouvaient disposées en quinconce à une extrémité de la pièce, tandis que les hommes se tenaient groupés à l'autre.

« Entrez, monsieur Juradieu ! Entrez donc ! »

C'était Moliné qui l'invitait, ses grands yeux blancs étincelants dans sa face de cyclope. Juradieu ne pouvait reculer. Il se rappela le temps lointain où il faisait le « cavalier », le dimanche, à l'auberge de Saint-Amant, pour gagner quatre sous. Cette boule-ci était au moins double par le volume et par le poids. De plus, afin qu'elle pût rouler en zigzaguant et se prêter à des combinaisons de trajectoire, elle n'était point parfaitement ronde. Deux trous permettaient de l'empoigner. En sorte que les mitrons semblaient jongler avec une tête de mort grippée par les orbites.

« Vous jouerez bien un peu avec nous ? proposa le contremaître. Voyez comme c'est facile ! »

Il balança un moment la tête de mort à toute volée, la lâcha. Elle tituba curieusement sur le sol de terre battue, et les cinq quilles volèrent éparpillées.

« A votre tour. »

Tous les cimentiers le regardaient, souriant en coin ; ils avaient là leur revanche sur ses diplômes. Il se sentait dans le nez sourdre un picotement de déplaisir : Moliné cherchait, en le rendant ridicule, à le diminuer à leurs yeux.

Il empoigna la boule, la balança comme il l'avait vu faire. Le cyclope se tenait à droite de l'aire, les poings sur les hanches, ricanant déjà sans retenue. Une... deux... il visa bien.

« Nom de Dieu ! hurla Moliné.

— Excusez-moi, fit l'ingénieur, c'est la première fois. »

Le contremaître déploya son énorme envergure, sembla vouloir bondir sur lui ; mais les autres crevaient de rire et le retenaient :

« Allons, Moliné, ne fais pas la gueule ! Tu l'as bien cherché, avoue-le ! »

Il se frottait les genoux en grimaçant.

Afin de calmer les esprits, Juradieu envoya chercher à boire.

18

Les flancs de la montagne contenaient assez de calcaires durs pour alimenter l'usine pendant des siècles. La foreuse ramenait des carottes blanches presque à fleur de sol. Les mines commencèrent à entamer les pentes. De loin, on entendait la trompette des carriers annonçant la prochaine décharge. Puis, c'était l'explosion secouant la vallée, la grêle de pierres crépitant jusque sur les toits du village. Il n'y avait pas à murmurer : tout ici appartenait aux Etchebiague, tout vivait par le ciment.

Les nouvelles installations commencèrent à fonctionner par étapes. Ce fut d'abord le concasseur rotatif. Les wagonnets venaient déverser leur chargement dans son vaste entonnoir. C'était comme un formidable moulin à légumes ; mais en tournant, il mastiquait des blocs d'un quintal. Parfois, la bouchée se trouvait trop grosse et bloquait le mouvement. Alors, attaché à un câble, un mitron descendait dans le moulin ; de sa gaffe, il dénouait l'engorgement, et la déglutition reprenait.

Plus loin, le broyage se poursuivait sous des meules. La farine ainsi obtenue se trouvait encore trop grossière ; on l'amenuisait dans les cylindres rotatifs. Elle y tournait à vingt-cinq tours minute, avec un fracas d'enfer, en compagnie de milliers de boulets d'acier qui la réduisaient en un impalpable gruau.

Le mélange avec l'argile se faisait maintenant à sec et nécessitait un échantillonnage à toutes les heures, afin que la proportion des 22/78 fût constamment respectée. L'usine avait donc dû se compléter d'un laboratoire où blanchissaient deux ou trois filles instruites de Saint-Julien.

Un an encore après le montage de ces premières installations, Etchebiague se servit des vieux foyers à calotte et à carneau pour cuire sa pâte. Après quoi, on mit en place le monument des monuments, la merveille des merveilles, le *kiln*. Un four rotatif long de soixante mètres, large de trois, calcinant lentement le mélange qui tournait dans son ventre. On eût dit un formidable grilloir à café. D'un côté, il engouffrait la poudre crue qui descendait insensiblement la pente de plus en plus chaude, jusqu'à la zone des 2 000° où elle se vitrifiait ; de l'autre, grondaient les souffleurs à mazout. Le long du cylindre, des portes d'observation permettaient de surveiller la cuisson.

Alors, le silo ne suffit plus. Il fallut ériger un second phallus. Aussi haut que le clocher. Sur tout le paysage, la couche de poudre doubla d'épaisseur. Saint-Julien tout entier fut un village de mitrons. Tandis que le boulanger chauve entassait les écus. On rencontrait à longueur de jour sa face nue et satisfaite errant entre les constructions nouvelles. Il ne se rassasiait pas de contempler ces énormes machines venues ici par sa volonté lui apporter une richesse sans cesse accrue. Il était question de prolonger la voie de chemin de fer jusqu'à son usine : on s'en occupait au Conseil Général. En attendant, sur les routes, c'était une procession de camions chargés de sacs estampillés : *Ciments Artificiels Etchebiague*. Plus que jamais, Saint-Julien était *Etchebiagueville*.

Juradieu était partout, surveillant la foreuse, surveillant les broyeurs, surveillant les moulins, le kiln, les analyses. Pour son premier emploi, c'était un succès magnifique. Quand venait l'été, son patron l'autorisait à prendre trois semaines de vacances dont il allait passer une partie à Saint-Amant chez sa tante.

« Tu es content de ton métier ?

— Très. Je gagne beaucoup d'argent.

— Tant mieux », faisait-elle d'un ton amer.

Elle avait rêvé qu'il lui succéderait un jour à la tête de l'équarrissage-pisciculture. A présent qu'elle n'avait plus cette illusion, elle travaillait sans goût, uniquement pour remplir ses journées.

Il avait appris que Marguerite Kunckler n'avait pas encore trouvé le mari digne de la pharmacie maternelle, et qu'elle vivait en Angleterre.

Georges Juradieu allait pendant quinze jours se décrasser les poumons au bord de la mer ; puis, il retournait à Saint-Julien. Bientôt, il se sentait de nouveau tapissé, intérieurement et extérieurement, de ciment Etchebiague. Lui aussi, à présent, expectorait des crachats laiteux qui étoilaient autour de lui la terre poudreuse.

Quelqu'un, cependant, n'arrivait pas à accepter sa présence : Moliné, le cyclope. Pendant des années, celui-ci avait commandé dans l'usine. En ce temps heureux, elle fonctionnait pour ainsi dire toute seule, modestement, sans que le patron songeât à s'occuper d'autre chose que d'encaisser les bénéfices. Si quelques sacs de ciment venaient à disparaître en cours d'année, nul ne cherchait à s'en apercevoir. Depuis qu'un ingénieur était venu tout mettre en l'air, le contremaître s'était trouvé réduit au rôle humiliant pour lequel il était logiquement fait : celui de caporal. Il ne parvenait pas à s'en consoler. Juradieu sentait parfois se poser sur lui ses yeux brûlants de haine.

De temps en temps, une violente averse d'été dégringolait. Mais pour que la lessive fût sensible, il fallait qu'elle durât plusieurs heures. Encore le ciment ne lâchait-il pas prise en tous lieux : il s'était incrusté dans les pierres, dans les ardoises, dans les murailles. La végétation, du moins, se trouvait débarbouillée pour un moment. Et lorsque le soleil reparaissait, les gens regardaient avec stupeur la verdure réellement verte. Ils ne reconnaissaient plus Etchebiagueville.

Quand Moliné ouvrit le kiln, il n'eut que le temps de bondir en arrière : une flamme vorace lui avait sauté au visage. Il repoussa la porte en jurant. Il sentait le roussi comme une poule plumée qu'on ébarbe sur le feu.

« Saloperie d'engin ! Quelque jour, il me bouffera la gueule ! »

Il se sentit aux boyaux une haine plus forte contre celui qu'il rendait responsable de ces installations diaboliques.

Il mit la main sur la vanne d'arrivée du mazout, tourna à droite afin de réduire le débit. Puis il se ravisa et donna un tour à gauche. Juradieu ne pouvait manquer de venir faire un tour par là : il fallait qu'il fourrât son nez partout. On verrait bien ce que cela donnerait. On verrait avec qui serait le diable.

L'énorme grille-café tournait sans hâte, dans le grondement compact des brûleurs. L'invisible circuit — pâte crue, pâte sèche, clinkers, refroidissement, broyage, blutage — s'opérait sans discontinuité à travers toute l'usine, comme une formidable digestion. Au bout, l'excrément, le ciment Etchebiague, allait se déverser dans les silos. Une comptabilité regardante, coupeuse de cheveux en quatre, contrôlait minutieusement. Si le personnel avait envie de quelques sacs, il devait les payer. « La fin des haricots ! »

A présent, Moliné se désintéressait de l'affaire. Il fut seul à entendre un hurlement se mêler au vacarme des moulins. Le diable était avec lui.

Lorsqu'on vint l'appeler, un moment après, qu'il vit le corps inerte allongé sur les sacs vides, une figure pulpeuse, mâchouillée comme le ventre d'un citron qu'on a sucé jusqu'à la dernière goutte, il fut quand même effrayé d'avoir fait cela.

« Bon Dieu ! Qui est-ce ?

— L'ingénieur. »

Au milieu de cette pulpe, deux taches noires, comme deux pépins. Deux morceaux de verre fumé incrustés dans les chairs. C'était ce qui restait des lunettes dont Juradieu se servait pour observer les entrailles du four.

Le brouillard du ciment continuait, imperturbable, à bruiner sur leurs têtes.

DEUXIÈME PARTIE

1

Je n'ai plus aucune raison de cacher que je suis Georges Juradieu. Cette porte du kiln trop brusquement ouverte a produit un tel changement dans ma vision du monde que je n'ai vraiment plus aucune raison de rien cacher. Et j'emploie à dessein le terme de « vision », bien que je n'y voie plus.

Je me demande ce qu'est devenu ce visage phidiaque dont j'étais si vain naguère, et qui a fondu à la flamme comme une cire. Il paraît qu'à force de greffes on a cependant réussi à me rendre présentable. La seule chose, évidemment, qu'on n'a pu me rendre, ce sont mes yeux. Quand on me releva, ils formaient avec les paupières une sorte de confiture. A présent, sous mes verres noirs, qui ne sont rien qu'un pudique paravent, je sens deux fosses impressionnantes. Au début, lorsqu'on eut enlevé mes pansements, après des mois d'hôpital, je ne cessais de promener les doigts sur mon masque nouveau, et plus spécialement sur ces deux dépressions.

Chacun de nous porte sa figure comme une allégorie : il veut qu'elle représente aux autres ce qu'il prétend être. Quant à moi, par le fait du contremaître Moliné, ma figure m'a échappé. Il m'en a été offert une seconde dont je ne me sens pas responsable, à laquelle je suis encore mal habitué, et ce m'est une constante crispation que de sentir sur mes épaules cette tête étrangère. Même sa façon de penser me surprend quelquefois, comme si tout l'immeuble avait changé, et pas seulement la façade.

Pendant des semaines, j'ai gardé dans mes nerfs le souvenir de cette brûlure. Puis, peu à peu, l'impression s'est affaiblie. Et, longtemps après, ce fut enfin le noir, le noir reposant. Souvestre, mon frère en obscurité, ne cesse de soupirer à longueur de jour :

« Ah ! la lumière !... la lumière !... »

Depuis dix ans qu'il est dans cet état, il n'a pu encore se résigner à sa perte. Comme à celle d'une irremplaçable maîtresse. En ce qui me concerne, pour le moment, je me trouve assez bien comme je suis. Je suis repu de lumière. J'ai eu mon compte.

J'ai de la chance. Ma cécité m'a permis de revenir en Auvergne, à Clermont dont je connais chaque pierre. L'Institution des Jeunes

Aveugles qui m'a recueilli est une maison toute neuve, en ciment armé, avec de larges fenêtres, des couloirs rectilignes couverts de mosaïques. On ne les voit pas ; mais on est quand même content de les sentir sous les pieds. Je suis arrivé peu de temps après l'inauguration. Auparavant, les aveugles occupaient à l'hôpital général un pavillon spécial. Ils y tuaient le temps comme ils pouvaient, à jouer aux dominos, à écouter voler les mouches, à se gratter le ventre. A présent, on considère qu'ils peuvent encore être bons à quelque chose, et cela a tout changé.

Au début, j'ai surtout apprécié les bancs du jardin. Il y a ceux du soleil et ceux de l'ombre. On les atteint en suivant le gravillon des allées. A gauche, c'est le parterre du gazon, qu'on ne risque pas de fouler à cause de son relief. Au printemps, vous vous réjouissez de savoir qu'il y a tout ce vert autour de vous, toute cette chlorophylle qui travaille pour vous. A droite, on côtoie le bassin dont les rives de ciment sonnent dur au bout de la canne. Il en monte une odeur fade, révélatrice d'une grande masse d'eau. Je m'accroupis, je trempe la main jusqu'au poignet, et je crois voir fuir les poissons rouges. Cela me rappelle les bassins de ma tante Lherminier, les truites peu farouches qui, à chaque visite, accouraient bouche bée. Je marche encore. Le gravillon gémit sous mes semelles. Enfin, voici le banc du soleil. Chaud, cordial comme des genoux. Je m'y enfonce, et j'ai l'impression que le monde finit là. Tout ce qui existe après a cessé de me toucher. De la main, je caresse la crosse de ma canne, lisse, fidèle, sans surprises. Sur mon visage couturé, la tiédeur du ciel est comme un doux cataplasme. Ma tête est remplie de lumière. Car je perçois très bien la lumière et l'ombre. J'entends bruire des feuillages, pépier des oiseaux. D'au-delà des murailles arrive la rumeur assourdie de la pitié des voyants.

Quelqu'un marche et demande :

« Vous êtes bien, là ? »

C'est sœur Blanche. Je ne connais d'elle que sa voix et sa main. Car c'est elle qui m'a initié au braille. Elle disait gaiement :

« Suivez-moi, je vais vous apprendre à brailler. »

Sa voix est pleine, riche, veloutée ; je la sens pénétrer en moi comme un hydromel. Je n'ai jamais bu d'hydromel. Mais je lui suppose la même délicieuse onction. Comme elle avait peur que je trébuche, dans cette maison encore inconnue, elle ajoutait :

« Donnez-moi la main. »

Il est difficile de rencontrer quelque chose de si doux et de si ferme en même temps que cette main-là. Sauf peut-être un sein de vierge. Je suivais docilement, butant un peu sur les marches. Jusqu'au moment où elle ordonnait :

« Asseyez-vous là. Je vais vous apporter votre matériel. »

La table d'écolier me recevait, un peu étroite pour mes membres.

« Vous comprenez, ajoutait-elle comme pour s'excuser, craignant peut-être que ses soins parussent insolites. Vous comprenez : vous êtes arrivé en retard, et il faut que vous rattrapiez les autres dès que possible. Ensuite, on vous ajoutera au groupe des grands commençants. »

Me voici donc redevenu écolier. J'apprends à reconnaître d'abord les lettres très différentes de la première dizaine : le *a* qui n'a qu'un point, le *d* qui en a trois et le *g* qui en a quatre. Je peine à distinguer les deux points verticaux du *b* des deux obliques de l'*i*. Sœur Blanche éclate de rire :

« Mon Dieu ! que vous avez la couenne épaisse ! »

Ainsi, il y a également le rire de sœur Blanche. Il ruisselle comme une cascade ; je le reçois sur la tête, délicieux, rafraîchissant.

« Comment faites-vous, ma sœur, pour être si gaie ?

— Pourquoi ne serais-je pas gaie ?

— J'ai toujours pensé que les religieuses pouvaient atteindre un certain bonheur, peut-être, fait d'équilibre, d'acceptation, de... de... pardonnez-moi ce mot... de résignation.

— Résignation ? bondit-elle. Résignation à quoi ?

— Eh bien ! A n'avoir pas tout ce qu'ont les autres femmes, les femmes normales, pardonnez-moi aussi celui-là. C'est pourquoi je ne croyais pas qu'elles pussent atteindre la gaieté naturelle, qui ne peut résulter, selon moi, que d'un bonheur équilibré.

— Est-ce que nous ne sommes pas des femmes normales ? des femmes équilibrées ?

— J'appelle ainsi celles qui sont pourvues d'enfants et d'un mari.

— Des enfants, j'en ai tant que je veux. De grands dadais comme vous et des petits.

— Et... le mari ?

— Je l'ai aussi.

— Vraiment ?

— Vous savez bien... Qui je veux dire. »

Il y avait à la fois tant de solennité et tant de pudeur dans ce *Qui* que j'eus honte de mon étonnement.

« Excusez-moi... J'ai beaucoup de choses à apprendre. »

Lorsqu'il a été question de m'enseigner l'écriture, j'ai d'abord protesté :

« Pourquoi m'encombrer l'esprit d'une connaissance inutile ? Est-ce que je ne sais pas écrire déjà ? Il doit bien exister quelque système pour m'empêcher, seulement, de dérailler, pour me contraindre à suivre les lignes ?

— Oui. On vous donnera un guide-main. »

L'expérience fut immédiatement entreprise. Quand sœur Blanche eut ajusté ma feuille :

« Voilà, dit-elle. Écrivez ce que vous voudrez. »

J'eus d'abord quelque peine à trouver la bonne pente de ma plume. Mais, quand ce fut fait, quand je l'entendis courir sur le papier, ce fut pour moi un ravissement, comme si j'avais recouvré l'usage d'un sens perdu. Au bout de chaque ligne, une butée m'avertissait que la feuille s'arrêtait là ; je rabattais un pliant du guide-main pour embrocher la ligne suivante. Lorsque j'eus fini :

« Qu'avez-vous écrit ? demanda-t-elle.

— Rien. N'importe quoi. J'ai fait des mouvements d'écriture comme on fait des mouvements de gymnastique : pour me dérouiller la main.

— Bon. Eh bien ! Lisez à voix haute. »

Alors, je compris la nécessité d'apprendre aussi l'écriture Braille. Le poinçon a sur la plume l'avantage qu'il peut fonctionner en tous les sens. Pas besoin de l'orienter : il est immédiatement prêt. Les doigts de sœur Blanche m'ont enseigné comment je devais le tenir ; comment je devais aller de gauche à droite en lisant, de droite à gauche en écrivant, afin de tracer en creux ce qui, sur l'autre face, sera lisible en relief.

« Vous êtes bien, là ? s'inquiète-t-elle.

— Oui, ma sœur.

— La solitude n'est pas bonne pour vous. Elle n'est bonne pour personne. Je vais vous envoyer un compagnon.

— Si vous voulez. »

Son ombre passe devant moi, je sens le vent de sa robe. Elle a une odeur de linge frais, de cornette amidonnée... Au bout d'un moment, je la sens revenir.

« Voici un ami. »

Et elle pose sur mes genoux un de ces pesants volumes de la bibliothèque.

« Qu'est-ce que c'est ?

— Lisez vous-même. »

Mes index courent sur la première page. *Vie... de... saint... Ignace...*

« Je n'aime pas les Jésuites, dis-je.

— Taisez-vous, mauvaise langue.

— Et puis, vous savez comme je lis mal. Je n'en suis encore qu'aux ânonnements.

— Justement, il faut apprendre.

— J'aimerais mieux un roman.

— D'amour, peut-être ?

— Pourquoi pas ? Je sais qu'il y en a, dans la bibliothèque. Je n'ai pas fait de vœux, moi. S'il vous plaît, ma sœur, un roman, sinon...

— Sinon quoi ?

— Sinon, je penserai à vous. »

Elle rit :

« Qu'il est bête !

— Pas ce livre, ma sœur ! Je n'ai pas mérité ça !

— Faut-il que je sois faible ! »

Elle reprend le tome et m'en apporte un second, gros comme un dictionnaire. Tous nos livres sont gros comme des dictionnaires.

« Celui-ci vous plaira-t-il ?

— *Le... tailleur... de... pierres... de... Saint-Point... Récit... villageois...*

— C'est un très beau livre !

— Autrefois, je l'ai reçu en prix quand j'étais élève au pensionnat Saint-Martin. J'ai essayé de le lire. Je n'ai jamais pu.

— Vous manquiez de maturité.

— Peut-être. »

Instinctivement, par une vieille habitude, je feuillette le livre. Puis, je me rends compte que c'est un geste absurde. Encore une chose qui désormais m'est interdite : feuilleter un livre ; chipoter, çà et là, quelque phrase, quelque expression, comme on grappille dans un panier de vendange. Pour nous, il n'y a qu'une façon de lire : le livre bien à plat, bien ouvert sur une table ou sur les genoux, les index se poursuivant, se rejoignant, s'écartant, tricotant sur les lignes un invisible tricot. Je revois dans mes souvenirs le livre de paix que j'ai dédaigné jadis : sa couverture rouge cardinal, les lettres d'or de la tranche ; je me rappelle ses feuilles épaisses, craquantes, ornées de bois gravés, encadrées de marges confortables.

« Les livres d'aveugles sont tristes à voir, n'est-ce pas ?

— Pourquoi tristes ?

— Pas de couleurs, pas une majuscule, pas une illustration. Tout est pareil de la première ligne à la dernière. Des points, rien que des points. Une interminable procession de points défilant au pas cadencé, en rangs par trois.

— Puisqu'ils ne sont pas faits pour être vus ! Vous parlez en voyant, non en aveugle.

— Je suis venu trop tard à la cécité.

— C'est une vocation que vous n'aviez point.

— Ma sœur ?

— Quoi donc ?

— Il y a une chose que je veux vous demander.

— Laquelle ?

— J'aimerais savoir si... si vous êtes jeune... moins jeune... ou vieille. »

Ma question semble lui couper le souffle. Un moment, je l'entends haleter.

« Que vous importe que je sois vieille ou jeune ?

— C'est... comprenez-moi... pour mieux vous imaginer. Quand je serai parti de cette maison, il est important que mes souvenirs des personnes que j'y ai connues soient aussi complets que possible. Ainsi, la Mère Supérieure, elle est vieille, naturellement ; mais j'aimerais savoir aussi si elle est grande ou petite, grosse ou maigre.

— Elle est petite et maigre.

— Vous, les voyants, qui percevez tous ces détails, il vous paraît naturel de les tenir à votre disposition. De même, ceux qui n'ont jamais vu, les aveugles de naissance, trouvent naturel, je pense, d'avoir à s'en passer, de ne savoir rien d'autre que ce que leur disent leur nez, leurs mains, leurs oreilles. Mais imaginez quel trou cela représente pour nous qui, pendant des années, avons eu l'habitude de recevoir les informations de nos yeux !

— Je l'imagine.

— Vous voyez donc combien il m'est important de connaître si vous êtes jeune ou vieille. Quelle raison auriez-vous de me refuser ce que vous laissez savoir au premier voyant venu ? »

Elle hésite encore. Puis, très vite et à voix basse, comme si elle confessait un péché :

« J'ai trente ans. »

Elle ajoute ensuite, d'un ton chagrin :

« Maintenant, lisez votre livre, et laissez-moi m'occuper des autres. »

2

Je suis sorti seul à travers la ville. Je connais bien les alentours immédiats de l'Institution. Il y a d'abord le mur d'enceinte, le long de cette voie dont je sais le nom : rue Sainte-Rose. Nous sommes en plein quartier bien-pensant. De la main gauche, je me guide en suivant le bossage, tandis que la droite tient ma canne, un peu en avant de moi. Une chose m'intriguait naguère, lorsque je pouvais voir : j'avais toujours remarqué que les aveugles s'en vont le cou tendu, le front levé vers le ciel, comme s'ils humaient le vent. Et je pensais que cette attitude provenait d'une certaine raideur due au non-usage. Maintenant, je sais qu'il s'agit d'autre chose. Mon visage est une véritable antenne qui me renseigne. Lorsque j'arrive devant un arbre, je *sens* quelque chose, une obstruction, une présence, une sorte de poids sur mon front, sur mes tempes, sur mes joues. J'allonge ma canne, et voici le tronc, indubitable. Je ne sais d'où me vient cette sorte de toucher à distance. Sans doute d'un sixième sens, encore vivant aujourd'hui chez certains animaux inférieurs, et que nous avons laissé perdre.

Puis, le trottoir tourne à gauche ; mais moi, je continue tout droit. Je traverse la place Gaillard, j'enfile la rue Sainte-Claire. Un chant éraillé s'élève ; je file vers lui comme Ulysse vers les sirènes. C'est Eugène, mon copain, le mendiant, adossé à l'église Saint-Eutrope. Il chante *la Tosca*, atrocement, sans se soucier des paroles exactes :

Ô deux beautés fatales !
Ressemblance féconde !
Brune, aimons Florilla.
Maîtresse tant aimée...

Lui aussi est aveugle. Mais c'est un aveugle pauvre ; moi, je suis un aveugle riche. Chaque matin, sa femme l'amène ici ; puis elle s'en retourne et vient le récupérer le soir. Dans une musette, il porte son casse-croûte de midi.

Je m'approche de lui avec prudence, pour ne pas le blesser de ma canne.

« Ohé ! Eugène !

— Ben quoi ?

— C'est moi, Georges, ton copain. Donne-moi ta tasse. »

Suivent divers tâtonnements et ma pièce tombe à l'intérieur. C'est un quart militaire. Après chaque aumône, il le vide, de peur que les gosses ne lui refassent sa monnaie.

« Tu vas en balade ? constate-t-il. Moi, je peux pas : j'ai le boulot. Quelle heure qu'il est ? »

Je palpe les aiguilles de ma montre :

« Deux heures et quart.

— Ah ! bon. »

Il s'en fiche. Mais il me demande l'heure chaque fois que je passe ; il n'arrive pas à croire que je puisse lire l'heure ; il espère une fois ou l'autre me prendre en désaccord avec les cloches de Saint-Eutrope. Pour montrer mon intérêt, je l'interroge :

« Ça va, chez toi ?

— Oui. Ma femme a changé de patron. A présent, elle fait le ménage d'un avocat. Tu te rends compte, un avocat ? »

Il n'en revient pas, d'une telle promotion. Nous bavardons un moment. Il aime la politique, je lui explique la situation, telle que la radio la présente. Il conclut :

« Pourvu qu'ils nous fassent pas la guerre ! On a pas besoin de ça !

— Tu t'en fous : t'es pas mobilisable ! »

Mais il ne goûte pas la plaisanterie, il s'indigne de mon égoïsme :

« Pas mobilisable ? Je suis pas seul, hé ! Les autres, alors, ils peuvent crever ? Moi, j'ai besoin de tout le monde. »

C'est vrai, il a besoin de tout le monde : si on lui enlève sa clientèle, que deviendra-t-il ? Comme il a besoin de l'église Saint-Eutrope pour y appuyer ses côtes. Je savais bien que son pacifisme n'était pas tout à fait désintéressé. Malgré tout, dans son état, un mouvement d'indignation, c'était quand même beau. Allons, au revoir, Eugène, porte-toi bien, je continue ma route. Nos mains se cherchent un moment, finissent par se trouver, par se cramponner l'une à l'autre, un peu de guingois. Il retourne précipitamment au travail, car je lui ai fait perdre son temps :

Mais toi, beauté, oui, mais inconnue,
Le Seigneu-eur te fit blon-on-onde...

Devant moi, le trottoir est toujours vide. Cependant, j'entends marcher, j'entends parler et rire, je perçois le frôlement des tissus. C'est donc que les gens s'écartent de moi. A mon approche, les conversations tombent, les rires s'étranglent. On me respecte, j'inspire une horreur sacrée, on me laisse passer comme si j'étais un enterrement. Parfois, ma canne rencontre pourtant quelque objet. Le guéridon d'une terrasse de café, par exemple : je devine qu'il s'agit du bar de la Lune. Une main se pose sur mon bras :

« Faites le tour par-devant, monsieur. Excusez-nous.

— Que je vous excuse ? De quoi ?

— Nos tables encombrent le passage. »

C'est vrai ; mais elles encombrent aussi bien le passage des voyants, et près d'eux il ne s'excusera pas. En fait, ils s'excusent tous quand j'approche. De rire quand même, de marcher quand même, de remplir quand même leurs yeux de formes et de couleurs. Je suis le type de l'empêcheur de tourner en rond. D'autant plus odieux que je ne me plains pas, que je ne fais aucun reproche. Il me suffit de paraître, et toute joie s'éteint.

« Voilà, monsieur, dit le garçon. La voie est libre, maintenant. »

Il me lâche, je remercie. De nouveau, le désert du trottoir, les chuchotements retenus. Il m'arrive d'en comprendre quelques-uns quand même :

« Oh ! Un aveugle !

— Comme il paraît jeune !

— Pauvre diable !... »

Sur ma gauche, le fleuve de la rue charrie, imperturbable, sa crue de véhicules. Je voudrais pourtant traverser ; mais c'est dangereux. Je reste un moment sur la rive, immobile, flairant le large. Au moins, si je savais où sont les clous !

« Vous voulez traverser, monsieur ?

— Oui, madame ou mademoiselle. Je cherche les clous.

— Attendez, je vais vous conduire. »

Elle pose la main sur mon épaule. Elle est à peine parfumée : odeur de savonnette, odeur flottante de ses cheveux. Sa voix est jeune, timide, son pas léger. Ce doit être une étudiante, une écolière, peut-être. Je me hasarde :

« Vous allez encore à l'école, mademoiselle ? »

En plein dans le mille ! Elle s'étonne de ma perspicacité. Je souris :

« C'est très bien, de suivre ainsi les leçons de vos maîtres.

— Quelles leçons ?

— Les leçons de morale. D'aider un pauvre aveugle à traverser la rue.

— Oh ! On ne me fait plus de leçons de morale depuis longtemps. »

Elle me dit un au revoir plutôt sec ; j'ai l'air de l'avoir agacée.

Je marche, je marche. J'ai l'impression de m'être un peu égaré : jamais je n'étais venu si loin. Un brouhaha, l'odeur du poisson, des fromages, les interpellations des fruitières : me voici au marché Saint-Pierre. Ici, la foule est dense et ne réussit pas à m'éviter, malgré les recommandations des mères à leurs gosses :

« Attention !... Écarte-toi, voyons ! »

Un enterrement ? Que dis-je ! Ils m'évitent comme si j'étais un autobus. Pourtant, la mêlée se fait plus épaisse, on ne remarque plus ma canne blanche, on ne s'écarte plus. Je m'insinue comme je peux. Je nage dans l'épaisse chaleur des échines, des fesses, des mollets. Puis, peu à peu, la presse me libère ; je marche, je marche ; je finis par perdre le sens de l'orientation et ne plus savoir exactement où je suis. Une odeur de crottin et de sueur animale me séduit : je dois être derrière la Halle aux Blés, là où les paysannes remisent leurs charrettes et attachent leurs chevaux. Exact. Voici le fer des jantes, le bois des ridelles. Les sabots des bêtes piétinent la terre. De la main, je suis une croupe maigre et rêche, un cou dur, des oreilles poilues. C'est un âne. Il lève le museau, m'ébroue dans la figure une décharge de postillons. Sa tête est pleine de vallées et de montagnes comme l'écorce d'un melon. Dans le ravin rocheux de ses orbites papillotent ses paupières lourdes. Il émane une bonne odeur de conscience sereine.

Je suis retourné au milieu de mes semblables. Depuis longtemps, j'ai dépassé la zone que j'avais précédemment explorée ; maintenant, je vais à l'aventure. Je suis Christophe Colomb. Le continent dans lequel je pénètre est fait de montées et de descentes étroites, de pavés visqueux, de trottoirs si minces qu'il y faut parfois marcher de profil, d'odeurs de naphtaline, de café, de pain frais, de pharmacie. En revanche, les voitures y sont rares et je peux errer à ma guise. Je marche sur la chaussée, frôlant du soulier droit la bordure du trottoir. La rue baigne dans une fraîcheur ecclésiastique. J'imagine des chats faisant la sieste sur le seuil des portes, un magasin d'antiquaire, un bouquiniste. S'il existe dans toute la ville un seul magasin d'antiquaire et un seul bouquiniste, ils sont nécessairement logés dans ce vieux quartier favorable aux promenades méditatives. Rue Massillon, rue Savaron, rue Pascal, rue Grégoire-de-Tours. Ici trouvent également leur place logique les études de notaires, les bureaux qui enregistrent les successions, une librairie religieuse, un très vieil horloger myope et sans clientèle pour qui le temps n'a plus aucun sens.

J'avance, j'avance toujours. Soudain, le trottoir se dérobe, la rue s'élargit. A en juger par la vacuité de l'espace, devant moi, je débouche sur la place Michel-de-l'Hospital. Sous mes semelles, l'asphalte s'est substitué aux pavés. L'air plus pur, plus vif, m'annonce que des arbres sont proches. J'aimerais me reposer sous leur ombre : Qui sait si l'on y trouve des bancs ? Me voici au milieu de l'esplanade déserte, perdu comme un navigateur sans boussole au milieu de l'océan. Je m'arrête, indécis. Et soudain quelque chose me tombe sur la tête, puis sur l'épaule. Qu'est-ce donc ?... Des pigeons ! Encouragés par mon immobilité, ils m'ont choisi comme perchoir. Je n'ose faire un geste, de peur qu'ils ne s'envolent. Leurs petites pattes me pétrissent ; ils ont l'odeur aigre de leur fiente. Avec de grandes précautions, mes mains atteignent mes poches, en explorent le contenu, dans l'espérance de quelque miette. Si j'avais su, je me serais muni de provisions. Mais non, je n'ai rien à leur offrir. Rien que mon immobilité. Autour de moi, des gens s'arrêtent, attendris, amusés.

« Vois, maman, les pigeons sur le monsieur ! »

C'est donc qu'eux, les voyants, n'ont pas été choisis, comme moi, l'aveugle ! J'en éprouve une immense fierté. Comme si j'avais reçu les colombes du Saint-Esprit.

Tout a une fin. Nous nous sommes lassés les uns de l'autre. Je ne sais plus si c'est eux qui se sont envolés les premiers ou moi qui me suis secoué. Toujours est-il que nous nous sommes quittés. De nouveau, je m'enfonce dans l'espace libre et inconnu.

Impossible de trouver un banc. Tant pis. Je marcherai, je marcherai, jusqu'à ce que mes jambes n'en puissent plus ; alors, je m'assoirai n'importe où, par terre, sur une bordure de trottoir.

Pourtant, les arbres sont là : je rencontre leur tronc, j'en fais le tour, je vais d'un tronc à l'autre. Rien. J'abandonne donc mes recherches.

Soudain, sur mon front, sur mes tempes, la sensation de l'obstacle. Quelque chose d'énorme se dresse sur ma route. Probablement un nouveau coin de rue. Pourtant, je n'ai pas l'impression de fouler une chaussée. Hé non ! Voici un angle, puis un autre encore, puis un dernier. C'est une masse à quatre pans. Je les parcours un à un de la main : ils sont lisses et nus. Du marbre, probablement. Compris : j'ai devant moi le socle d'une statue. Je cherche des inscriptions, des sculptures explicatives. Vainement. Elles doivent se trouver hors de ma portée. Qui peut bien être perché là-haut ? J'aimerais le savoir afin de pouvoir dire à sœur Blanche en rentrant : « Je suis allé tout seul jusqu'à la statue de Untel. Là où il y a tant de pigeons. »

« Je crois que vous cherchez quelque chose, monsieur ? »

La voix est digne, distinguée. Elle doit appartenir à une personne d'âge qui observait depuis un moment mes perplexités. Je lui explique que ce piédestal m'intéresse.

« Il supporte le profil de Fernand Forest, l'inventeur du moteur à explosion. Car Fernand Forest (prononcez bien *Forêt* en dépit de l'orthographe) était natif de Clermont-Ferrand, n'en déplaise à Thiers, qui revendique l'honneur d'avoir veillé sur son enfance et ses premiers apprentissages. Vous vous étonnerez sans doute, comme la plupart des visiteurs, qu'un si volumineux piédestal supporte un monument aussi modeste. En fait, les desseins de notre municipalité étaient beaucoup plus grandioses : on voulait lui ériger une statue, non point équestre comme celle de Vercingétorix, mais automobile ; on l'y aurait vu au volant d'une de ses voitures. Mais c'était l'époque où l'on construisait les nouveaux abattoirs ; ajoutez à cela l'agrandissement des cimetières et la pose des égouts à Montferrand. Bref, les crédits manquèrent. Il eût été plus sage de renvoyer l'érection à une autre année. Mais vous savez ce que c'est : un centenaire est un centenaire.

— Évidemment : si l'on attend cent un ans, ce n'est plus un centenaire.

— D'autre part, comme je vous l'ai dit, il y avait les convoitises de Thiers et d'autres cités sur la naissance de Fernand Forest. Il fallait donc agir avec décision, afin de ne pas être pris de vitesse. Il s'agissait d'être les premiers à lui planter un monument. Comme les explorateurs plantent un drapeau sur une terre conquise. C'est pourquoi on se contenta d'un bas-relief.

— On ne trouve jamais d'argent pour les choses nobles et belles. »

La voix inconnue soupire et s'éloigne.

J'ai fait ce que je m'étais proposé. Encore quelques pas, et puis je me laisserai tomber n'importe où. En fait, je marche encore, je marche, je marche. Je monte et je descends. Tantôt je me retrouve et tantôt je me perds. Une éternité de la sorte. Jamais je n'aurais cru cette ville si vaste. A en juger au bruit, je dois me trouver maintenant dans un quartier industriel. Des camions passent fréquemment en soulevant la poussière. C'est un endroit qui pue l'essence, la fumée, le caoutchouc, l'huile de ricin cuite. Il me rappelle Saint-Julien enseveli sous le ciment. (Etchebiague m'a écrit : il veut y faire dresser, lui, une statue au Progrès, en béton armé.)

J'avais perdu l'habitude de marcher si longtemps. Mes pieds ont enflé dans mes chaussures. Il est temps qu'enfin je m'arrête. Le tout est de découvrir un support qui me permette de me reposer. Ensuite, il faudra que je demande mon chemin. Dix fois, vingt fois si c'est nécessaire. Du moins, aujourd'hui, j'aurai connu les péripéties de l'aventure.

Pas un banc, pas une murette, pas une borne, pas une pierre. Je marche encore. Avec un peu de chance, je passerai devant un café ; je le reconnaîtrai aux tables contre lesquelles je buterai devant la porte, ou à l'odeur du pernod, ou au claquement des boules de billard, ou aux exclamations de la clientèle. Alors, je m'arrêterai, je boirai un verre, je demanderai ma route. M'asseoir ! M'asseoir seulement dix minutes ! Je rêve de la froide moleskine des banquettes, de la voluptueuse ondulation des bancs publics, ou même de la fruste rudesse des sièges en pierre.

Pour me faire oublier la torture de mes genoux, je me récite un fragment du *Sermon pour le jour de Pâques*, appris autrefois par cœur au pensionnat Saint-Martin :

« La vie humaine est semblable à un chemin dont l'issue est un précipice affreux. On vous en avertit dès le premier pas ; mais la loi est portée, il faut avancer toujours. Je voudrais retourner sur mes pas. Marche ! Marche ! Un poids invincible, une force irrésistible nous entraîne ; il faut sans cesse avancer vers le précipice. Mille traverses, mille peines nous fatiguent et nous inquiètent dans la route. Encore si je pouvais éviter ce précipice affreux ! Non, non ; il faut marcher, il faut courir. Telle est la rapidité des années. On se console pourtant, parce que de temps en temps on rencontre des objets qui nous divertissent, des eaux courantes, des fleurs qui passent. On voudrait s'arrêter : Marche ! Marche !... »

Pour moi, aucune fleur, aucune eau ne passe sur ma route. Je ne sais pas même si je m'éloigne ou me rapproche de mon but. A la fin, harassé, ne trouvant rien d'autre, je m'arrête et je m'assied par terre. Je reste là, accroupi, ma canne entre mes genoux levés. Les camions continuent à me roter leurs gaz d'échappement à la figure. Une sirène sonne, puis une seconde, une troisième : c'est la sortie des usines. J'ai dû marcher à peu près quatre heures de temps. Des vélos défilent en pelotons, innombrables ; il fait encore jour, car on n'entend pas le grésillement des dynamos. Les cyclistes parlent de leur travail, de leurs projets. Personne ne s'occupe de moi. Sans doute même, perchés sur leur machine, ne me voient-ils pas. Ça m'est égal. Dans tout cela, il n'y a rien de tragique. Si je ne suis pas rentré ce soir, sœur Blanche téléphonera au commissariat de police. On saura qu'un aveugle s'est égaré dans la ville. Je marcherai encore toute la nuit, s'il le faut. Un agent finira par me remarquer ; je dormirai sur une paillasse du violon fleurant le vin vomi et, demain, on me ramènera à l'Institution.

« Qu'est-ce que tu fais là, toi ? »

On me tutoie : ce doit être l'agent, déjà ; il va me demander mes papiers.

« Je me suis perdu, monsieur l'agent.

— Je suis pas agent. Où c'est que t'habites ?

— A l'Institution des Jeunes Aveugles. Rue Sainte-Rose.

— C'est bougrement loin, ça !

— Pourriez-vous m'indiquer par où je dois passer ? »

Il se tait un moment, j'imagine qu'il doit se gratter la nuque.

« Pas la peine que je t'explique : tu trouverais pas. Écoute, je vais faire une chose : je te ramène chez toi sur mon vélo. D'accord ?

— Vous croyez qu'on pourra ?

— Pardi ! Tiens : installe-toi ici... sur le cadre. Aie pas peur, je te tiens. J'ai l'habitude. Je trimbale souvent ma bourgeoise, de cette façon, quand on va au jardin. Occupe-toi de ta canne, moi, je m'occupe de toi... Ça va ?

— Ça va. »

Je me sens entouré par deux bras solides. Les manivelles de ses genoux me battent régulièrement les jambes. Je glisse ainsi entre le ciel et la terre, porté par la bonté de cet homme. Il a la même odeur que l'âne de la Halle... Je pense à mon père qui a tué Potier, je pense à l'autre Potier qui a tué mon père. Je pense aux charités mathématiques de Mme Juradieu ; à la règle de bronze de l'abbé Verdeau ; à l'accent bourguignon du chanoine-directeur : « La contrrition est trrès belle, mon ami. Mais il faut fairre la pénitence... » Je pense à Labrune que j'ai poussé au suicide, à Rose-Pompon que j'ai violée sur une descente de lit, à Moliné qui m'a jeté au visage la flamme du kiln... Dans la chiennaille humaine, on peut donc de temps en temps trouver une main douce comme celle de sœur Blanche, une main forte et qui ne songe pas à vous étrangler comme celle de ce crache-partout inconnu ? Faudra-t-il donc, à cause de ces anomalies, que je me réconcilie avec toute l'espèce ?

« C'est gentil à vous, dis-je, de prendre tant de peine.

— Tu peux me tutoyer : je suis un ouvrier, moi. »

C'est bien un crache-partout. J'éprouve le besoin de me trouver avec lui un point commun :

« Autrefois, je travaillais aussi en usine.

— Sans blague ?

— J'ai perdu la vue dans un accident. J'étais ingénieur. »

Ça l'ennuie un peu d'avoir un ingénieur sur le cadre de son vélo. J'aurais mieux fait de me taire. Nous roulons sur l'asphalte, puis sur les pavés ; ils nous secouent, nous frottent l'un à l'autre comme deux pierres dans un sac. Contre moi sa poitrine halète. Je l'imagine large, velue, profonde, moite. Je propose :

« Je vous fatigue. Je peux marcher un moment.

— Non, non, restez. J'ai l'habitude, je vous dis. »

Ça y est, il me donne du vous, depuis qu'il me sait ingénieur. Dire que je lui ai appris ce détail pour qu'il nous rapprochât ! Les craquements de ses membres se conjuguent à ceux de la machine, le tube du cadre me meurtrit les cuisses.

Par politesse, il me pose quelques questions. Vous n'êtes pas marié, non ? C'est mieux : vous n'embarrassez personne. Vous avez dû toucher une indemnité, de votre société ? Comme ça, vous n'avez pas besoin de vous en faire : c'est la compagnie d'assurances qui vous nourrit. Pour vous, y a plus de chômage... J'ai l'impression qu'il m'envie un peu : une pension importante, c'est le pain assuré chaque jour. Non pas qu'il ait peur du travail : son suint généreux me le dit assez. Au contraire : il a peur d'en manquer. Il se tait un moment, songeur, puis conclut :

« Tout de même, être aveugle, ça doit être moche. »

Nous ne pouvons pas nous quitter si banalement : il accepte de trinquer avec moi. Je cherchais un trait d'union ; le voici : c'est la table du bistrot sur laquelle reposent nos coudes et notre verre. Nous buvons du vin rouge. Il me confie son nom : Polosse. Il me raconte son présent, son passé, son avenir, sa femme, sa fille à qui il fait donner de l'instruction, le jardin de banlieue, à Ceyrat, où il ambitionne, un jour, de « faire construire ». Sans y penser, il s'est remis à me dire tu.

« Et toi, t'as de la famille ?

— Vaguement.

— Vaguement ? C'est-à-dire ?

— Une mère et une sœur. Elles habitent à Riom. De temps en temps, quand une occasion s'offre à elles, elles viennent me voir. »

C'est samedi soir et jour de quinzaine. Le bistrot est plein d'un brouhaha dense, reposant, qui vous porte comme une eau. Les crache-partout s'offrent le luxe d'une heure de paix, hors de l'usine tapageuse, hors de la famille assommante : les récriminations de la femme, les pleurnicheries des gosses, le problème du loyer et du charbon pour l'hiver. Ici, le patron est bouffi de belle humeur, la patronne se laisse taper sur la croupe.

« Écoute, dit Polosse, qui a dû réfléchir longtemps. Si ça te plaît, de temps en temps, le dimanche, je viendrai te chercher. Tu déjeuneras à la maison. On sortira ensemble. »

Quand je le quitte, nous nous serrons la main. La sienne est dure comme du bois, rêche comme une écorce. J'ai senti qu'il lui manquait l'index.

3

J'identifie assez bien sur leur odeur les personnes à qui j'ai déjà eu affaire. Aussi, ce matin, lorsqu'on a amené devant moi ce visiteur, j'ai tout de suite reniflé une senteur autrefois familière.

« Attendez ! ai-je dit. Je vous connais, n'est-ce pas ? Ne parlez pas, laissez-moi deviner, si je peux. »

C'est notre coquetterie, à nous, les aveugles, que d'afficher notre clairvoyance. Pour mieux le flairer, je me suis approché de lui.

« M'y voici ! Est-ce que vous ne venez pas de Saint-Julien ?

— Si.

— Vous sentez le ciment. Le ciment Etchebiague. Seulement, je ne saurais préciser davantage : à Saint-Julien, tout le monde sent le ciment Etchebiague.

— Je suis... »

Il hésite. Qu'a-t-il à hésiter ? Cette voix rauque me rappelle bien quelqu'un de précis ; mais je n'ose y croire.

« Je suis Moliné.

— Moliné ? Par exemple !

— Bien sûr : vous ne pensiez pas à moi. Pourtant, je suis déjà venu une autre fois vous voir.

— Je n'en ai pas souvenir.

— Vous étiez encore à l'hôpital de Tarbes... C'était tout à fait au début. On vous avait couvert la figure de pansements... Moi, j'accompagnais le patron.

— Je me rappelle pourtant bien les visites d'Etchebiague.

— Je lui avais recommandé de ne point parler de moi. De faire comme s'il avait été tout seul. Vous savez bien que, vous et moi, on s'entendait guère, là-bas.

— Alors, pourquoi étiez-vous venu ?

— Pour... pour voir en quel état vous vous trouviez.

— Ça a dû vous faire bougrement plaisir, n'est-ce pas, que je sois esquinté ?

— C'est pas tant la figure : c'est les yeux... »

Il se tait. Je l'entends grommeler, haleter. Cela me remet en mémoire le jour lointain où j'entendais Georges Potier grommeler et haleter derrière la porte, juste avant l'*attentat inqualifiable*. Entre Moliné et moi, il y a aussi une porte d'ombre qui nous sépare, plus épaisse qu'aucun panneau de chêne.

« Avez-vous fait le voyage pour ça ? Pour vous offrir encore cette satisfaction ?

— Y a pas de satisfaction. Vous vous trompez, monsieur.

— Alors, pourquoi ? Pour me faire plaisir à moi ?

— Je sais bien que je vous cause aucun plaisir.

— Vous vous trompez aussi : tous ceux qui viennent me voir me font plaisir. Comment va Saint-Julien ? Toujours aussi enfariné ?

— Ça va. Ça marche. Grâce à vous. »

De nouveau, le silence. Il m'épie. Je sens ses yeux fouiller mes cicatrices. Il soupire et grommelle tout bas.

« Monsieur Juradieu... »

Sa voix est décidée et solennelle. Il doit avoir besoin de moi ; il se prépare sans doute à me demander quelque service, quelque complicité, peut-être. A-t-il commis une bêtise ? Veut-il que j'intervienne auprès d'Etchebiague ?

« Faut que je vous apprenne une chose.

— Quelle chose ?

— Une chose dégueulasse.

— Allez-y.

— Je suis un salaud.

— Je le savais.

— Oui, mais bien plus que ce que vous saviez. Je suis un fumier, un criminel.

— Avez-vous tué quelqu'un ? »

Il halète et grommelle encore.

« Je suis venu vous dire ce que j'ai fait. Cet accident...

— Quel accident ?

— Ce retour de flamme du kiln...

— Eh bien ?

— C'est moi qui en suis responsable... C'est moi qui l'ai voulu... J'avais ouvert à fond l'arrivée du mazout, parce que je savais que vous viendriez inspecter, un moment après... Bien sûr, je comptais pas qu'y aurait pareil dégât : je voulais seulement vous griller un peu les poils de la figure... Je voulais pas vous faire tant de mal. »

Il sanglote, maintenant, et répète d'une petite voix puérile :

« Je suis un salaud... un criminel... »

Ah ! sœur Blanche ! Ah ! Polosse ! Vous voyez bien à quel point vous êtes des exceptions ! La voici, l'humanité vraie, devant moi : elle est faite de millions et de millions de Moliné. Une sœur

Blanche, un million de Moliné ; un Polosse, un million de Moliné : comme le pâté d'alouette et de cheval.

« Pourquoi êtes-vous venu me raconter tout ça ? Pour que je vous rassure ? Pour m'entendre dire que je ne suis pas malheureux malgré tout ? Pour que je vous console ?

— Je suis venu... je suis venu... »

Il sanglote. Il ne sait plus, sans doute, pourquoi il est venu.

« Y a des mois que je dors pas. Toujours, je vous vois devant moi avec vos bandages sur la figure. Je vous vois avec une canne blanche et des lunettes noires, marchant, vous cognant aux murs. Alors, fallait que je vienne vous dire...

— Il fallait que vous veniez me faire part de vos remords ! C'est très bien, mon ami, très émouvant, d'avoir des remords ! Et à présent, vous attendez mon absolution, n'est-ce pas ? Pour pouvoir retourner tranquille à Saint-Julien. Pourquoi n'êtes-vous pas plutôt allé débiter votre petite histoire à quelque juge d'instruction, hein ? Mais vous avez pensé qu'avec moi, vous vous en tireriez à meilleur compte ! *La contrition est belle, mon ami. Mais après doit venir la pénitence !* »

J'éclate de rire, sans que Moliné comprenne pourquoi. Il se mouche longuement avant de répondre.

« Monsieur, je voulais vous dire autre chose.

— Vous craignez que je vous dénonce ?

— Ça m'est égal que vous me dénonciez.

— Je vous écoute.

— J'ai appris... j'ai lu dans les journaux que les chirurgiens peuvent, aujourd'hui, rendre la vue aux aveugles, en leur greffant les yeux d'un mort. Je pense qu'avec les yeux d'un vivant ça doit encore mieux marcher. Alors, si vous voulez, je vous offre un de mes yeux. L'autre, je peux pas, car j'en ai besoin pour travailler. »

Sur le moment, je suis suffoqué. Si le contremaître parle sérieusement, voilà qui risque de déranger les proportions de mon pâté d'alouette. Mais la chose me paraît impossible : puisque Moliné lit les journaux, il doit savoir aussi qu'une greffe de l'organe entier est irréalisable ; on peut bien mettre une pièce à une cornée morte, mais non coudre un œil tout neuf dans une orbite vide. C'est un malin : il veut s'offrir à bon compte une attitude héroïque. Je tourne ces considérations dans ma tête, et je décide de le faire marcher :

« Vraiment, Moliné, vous feriez ce sacrifice ?

— Avec joie, monsieur Juradieu, avec joie !

— Vous devez avoir une femme, des enfants ?

— Non, je suis célibataire : je fais de mon corps ce qu'il me plaît. Et je vous supplie d'accepter. Au moins, après, je pourrai dormir un peu.

— Vous ne dormirez que d'un œil ! » Et je ricane stupidement.

Je réfléchis encore ; puis je déclare :

« Il faut que j'en parle au médecin de l'Institution : je le verrai dès ce soir. Pour ma part, évidemment, je ne peux refuser. Voir comme avant, ce serait trop beau ! Et puisque vous dites être responsable du malheur...

— Merci, monsieur, merci... »

Tout à coup, je sens qu'il s'empare de mes mains ; il les couvre de baisers, en hoquetant d'incompréhensibles expressions de reconnaissance. Ce contremaître est vraiment un grand comédien.

« Assez, assez, mon ami, ne me remerciez pas : c'est la moindre des choses.

— Alors, vous acceptez ?

— Mais oui, j'accepte ! »

On dirait qu'il craint d'y croire. Parbleu ! Je comprends ses inquiétudes : et si l'opération était réellement possible ! S'il allait pour de bon y perdre un œil !

« Qu'est-ce qu'il faut que je fasse ?

— Retournez à Saint-Julien. Je vous écrirai. Ou bien le médecin vous écrira pour vous convoquer, le jour de l'opération. N'en parlez à personne.

— Oh ! soyez tranquille ! Y a pas de quoi me vanter, après ce que j'ai fait. Donc, je peux partir ?

— Partez, Moliné, partez. *Allez en paix.* »

Je l'ai laissé une semaine mariner dans ses inquiétudes. Pendant ce temps, je me suis occupé à mes tâches manuelles.

Je sais que je n'ai pas besoin de travailler, puisque mon accident m'a assuré le pain quotidien. Toutefois, je ne peux passer mes jours à lire ou à taper à la machine : c'est pourquoi j'ai appris la vannerie. Au début, selon les usages, je n'étais rien que manœuvre. C'est moi qui allais à l'entrepôt chercher les fagots d'osier. La pièce était comblée par cette senteur rousse, champêtre, entêtante, de l'osier en écorce. Je le mettais à mollir dans l'eau chaude ; puis, brin à brin, je l'épluchais. Les tiges nues, viscides de leur sève recomposée, alimentaient la main des tresseurs, autour de moi. Puis, à mon tour, j'ai appris à les tordre, à les plier, à cerner de leur treillage le ventre des dames-jeannes, la cage thoracique des paniers. Le soir, j'ai les doigts douloureux et la conscience reposée.

Le merveilleux de cette besogne, c'est que, après un apprentissage suffisant, elle laisse l'esprit en complète liberté. Les mains fonctionnent seules, d'une vie indépendante. J'ai donc pu peser à loisir les termes de la lettre que j'enverrai à ce fumiste de Moliné. Inutile de mettre aucun médecin dans le coup. Lorsque mon homme s'apercevra que la chose est sérieuse, finie, l'attitude héroïque : je n'entendrai plus jamais parler de lui.

Mon cher Moliné,

J'ai vu — excusez cette ancienne façon de parler dont j'ai beaucoup de peine à me défaire — j'ai vu, dis-je, le chirurgien-ophtalmologue de l'hôpital et lui ai parlé de notre projet. Il a admiré beaucoup votre grandeur d'âme. (Je ne lui ai point raconté, naturellement, l'accident du kiln.) Et il accepte de tenter la greffe, selon les dernières méthodes américaines. Si vous n'avez pas changé d'avis, veuillez donc vous trouver lundi prochain à l'Institution : un même taxi nous prendra et nous transportera à l'hôpital.

Je ne vous exprime pas ma reconnaissance, cher Moliné : je compte le faire lundi prochain, et mieux encore lorsque l'opération sera terminée.

Ah ! Cher Moliné ! J'attends de vous la lumière...

Georges JURADIEU.

4

Dimanche matin, Polosse est venu. Il devait être sur son trente et un et rasé de frais, car il embaumait la naphtaline et le savon à barbe.

« Je suis Polosse, m'a-t-il dit.

— Je reconnais bien ta voix. »

J'ai reconnu également sa main incompressible, avec l'index qui manque.

« Je viens te chercher comme j'avais promis, si t'es d'accord. Je te présenterai la bourgeoise et la fille. Puis, l'après-midi, on ira faire un tour au jardin. Ça colle ?

— Bien sûr. Tu es un brave type, Polosse. Laisse-moi seulement prévenir de mon départ. »

J'ai cherché sœur Blanche pour lui annoncer :

« Ma sœur, aujourd'hui je ne déjeunerai pas ici.

— Ah ! ah ! Monsieur va en ville ?

— Oui, ma sœur. Je crois bien qu'on veut me présenter une jeune fille à marier. »

Comme elle ne répond pas, j'insiste :

« Que me conseillez-vous, ma sœur ?

— Je n'ai rien à vous conseiller. Cela ne regarde que vous.

— Vous ne croyez pas que je pourrais rendre une femme heureuse ?

— Si c'est une sainte, si. »

Elle me quitte sur un brusque :

« Au revoir. Amusez-vous bien. »

Polosse m'attendait dans la rue. Je l'ai saisi par le coude et nous sommes partis côte à côte. Nous allions d'un bon pas. D'un pas que je n'avais plus employé depuis longtemps.

« Ça me fait drôle de marcher si vite, ai-je avoué. C'est comme si l'on m'avait rendu mes yeux. »

Lui m'avertissait des proches obstacles : « On descend du trottoir... On tourne à gauche... On tourne à droite... » Sous prétexte de conversation, il semblait trouver plaisir à me raconter ce qu'il voyait :

« Aujourd'hui, y a du monde dans les rues... Faut dire qu'il fait un joli temps... »

Autour de nous, l'air était rempli de sons de cloches, de parfums de femmes, de rires d'enfants. Cela sentait réellement le dimanche. A la sortie de Saint-Eutrope, mon copain Eugène devait faire des affaires d'or.

« Avant d'entrer, on prend l'apéro », décida Polosse.

Dans le bistrot aussi c'est dimanche. Les verres tintent, à cause des atouts formidablement assenés sur les tables. Les billes du billard font des claquements de noisettes cassées. J'évoque les queues amoureusement frottées de magnésie, longuement ajustées, délicatement poussées entre l'index et le médius ; la mine grave de ceux qui attendent leur tour ; les boules multicolores sur le boulier. Dans un coin, le billard japonais engloutit lourdement les siennes, rouges, blanches, comme des pilules.

« Un pernod ? propose Polosse.

— Bien sûr.

— Marinette, deux *fils* ! »

Mon verre aussi a la rondeur des boules. Tout est rond ici, entre la bonne tête de mon compagnon et la panse du mastroquet. Je demande :

« Comment es-tu ?

— Quoi ?

— J'aimerais savoir comment tu es fait. Tu comprends, je ne te vois pas. »

Il semble bien embarrassé. Jamais il n'a dû se considérer sérieusement.

« J'ai quarante-huit berges, trouve-t-il enfin. Je pourrais être ton père.

— On ne le dirait pas : tu as la voix jeune. »

Après ça, il a l'impression d'avoir tout dit ; il n'arrive pas à se définir ; il faut que je l'aide un peu :

« Es-tu grand ?

— Un mètre soixante-quinze, le jour du conseil. Attends, je vais te lire ma carte d'identité... *Polosse Francisque*, et caetera. *Cheveux noirs* (ils sont plutôt gris, maintenant) *; yeux foncés ; nez aquilin ; visage allongé ; barbe rasée* (c'est pas vrai, depuis, je me suis laissé pousser la moustache à cause d'un furoncle que j'ai eu sur la lèvre) *; signe particulier : naevus pariétal gauche* (je sais pas ce que c'est).

— C'est un grain de beauté que tu dois avoir sur le front.

— Mince, alors ! Faut que ce soit toi qui me l'apprennes ! C'est vrai que j'ai ce truc-là ! Je m'en étais jamais rendu compte. Faudra que je dise ça à ma femme. »

J'évoque dans mon verre le brouillard verdâtre du pernod. Son parfum me rappelle les écœurantes guimauves que je croyais bon d'acheter, le jour de la Grande Foire, à Saint-Amant, avec l'argent gagné à renvoyer la boule aux joueurs de quilles. Elles me séduisaient par leur pâte mêlée de filons jaunes ou rouges, par les ronds de bras de la confiseuse qui la pétrissait, en formait des écheveaux, des lianes, des torsades, des nœuds de couleuvres, la filant, la tressant, l'entrelaçant, l'étirant pour finir en une longue tige vite refroidie et dure qu'elle sectionnait sur son comptoir d'un coup sec de ses ciseaux. A la bouche, c'était d'un douçâtre terne ; on pouvait aspirer au travers comme dans un cigare. Mais c'était bien joli à voir faire.

Mes économies de souvenirs visuels forment désormais un capital définitif que rien ne viendra jamais accroître. Au contraire. Le temps le grignotera, le dévaluera insensiblement, et je dois le traiter avec beaucoup d'avarice si je veux garder un viatique suffisant ; le dépenser à petites doses. C'est pourquoi je ne songe au passé qu'avec une sorte de timidité. C'est pourquoi enfin il me plaît d'écrire ce que j'ai vu naguère. Je fais de la conserve d'images, que je retrouverai dans le long hiver de l'oubli.

Polosse habite une maison infecte, comme celles où m'entraînait ma mère, quand je portais ses paquets de hardes. A cause de l'épicerie-poissonnerie qui évacue ses vieilles caisses et ses barils vides dans l'arrière-cour, l'escalier sent la caque. Mais dès qu'on a poussé derrière soi la porte de la cuisine, tout change : la femme de Polosse s'avance, en même temps que la vapeur du pot-au-feu. Elle s'étrangle d'émotion, puis m'embrasse, en toute cordialité.

« Pauvre jeune homme ! Quel affreux accident ! Comme je vous plains !

— Allons, fait Polosse. Il est pas là pour qu'on le plaigne, mais pour casser la croûte avec nous. Sais-tu ce qu'il m'a appris, lui qui voit pas clair ? Que j'avais un grain de beauté sur le front ! Ça te la coupe, hein ? Toi, tu t'en étais jamais aperçue, je parie ?... Et lui, il a vu ça, par le raisonnement... A présent, voici la petite, qui s'appelle Loulou. »

La main de Loulou est toute en longueur, en fluidité.

« Voilà, dis-je, une main faite pour jouer du piano.
— Elle joue de la machine à écrire. Ça lui sera plus utile.
— Quel âge avez-vous, Loulou ?
— Quinze ans.
— Pour le piano, ça serait déjà trop tard. »

C'est elle, le cœur à prendre. Je cherche à la faire parler, mais elle me répond par monosyllabes. Toutes les personnes que j'ai connues depuis ma cécité ne sont pour moi qu'une voix. Quelquefois aussi, une main. J'ai cessé de coller sur chaque nom un visage. Si donc une personne ne me parle pas, elle n'est rien, elle n'existe point. J'ai appris à juger les gens sur leur voix, bien plus difficile à déguiser que leur mine. Il y a la voix malade, fantomatique, inconsolable de Bourlègue, qui se sentira bi-orphelin jusqu'à quatre-vingt-dix-huit ans. La voix ennuyée, traîne-la-patte, de Vigan, auquel son laborieux apprentissage du braille ne confère pas de grands enthousiasmes. La voix pathétique, théâtrale, père-noble, de Souvestre déclamant :

« Ah ! La lumière !... La lumière... »

La voix brûlante, passionnée, de l'abbé Mussel, notre aumônier, qui a dû entrer dans les ordres à la suite d'un chagrin d'amour. La voix impossible, surette, chagrine, de la Mère Supérieure qui, m'ont assuré des voyants, se rase au rasoir américain tous les vendredis à titre de mortification. La voix grave, transparente, immatérielle de sœur Blanche ; elle choisit les oreilles pour entrer en vous, et vous emplit de sa limpidité.

Je ne sais donc encore rien de cette enfant. Chaque mot isolé qu'elle prononce n'est pas plus de choses pour moi qu'un point coloré pour un voyant. Mais que de points colorés il faut pour composer un visage ! Il se peut que je lui fasse peur, que ma face rapetassée gèle les paroles sur ses lèvres.

On me fait asseoir à la table d'honneur. Il n'est plus question que du pot-au-feu dont les fragrances somptueuses nous enveloppent. Enfin, il sort de la marmite.

« Aimez-vous ça ? demande Mme Polosse. C'est un plat pour ouvriers.
— Je l'adore, avec de la moutarde.
— Voulez-vous que je vous coupe vos morceaux ?
— Inutile : je me débrouille tout seul. »

Ils admirent mon « habileté ». J'explique que seul le poisson me cause quelque embarras, à cause des arêtes. Ils sont contents de moi, je suis content d'eux. Bientôt, je les connais de A jusqu'à Z. Quand ils se sont mariés, Loulou avait déjà dix-huit mois, parce que jusqu'alors ils n'avaient pas eu le temps de s'occuper des formalités. Polosse travaille à l'entretien chez Bibendum ; homme à tout faire : mécanique, menuiserie, nettoyages ; la scie à ruban est gourmande : elle lui a mangé un doigt. Sa femme est employée à la Polyclinique ; c'est elle qui balaie, qui porte à manger aux malades, qui vide les urinoirs et les bassins. Un métier dans lequel il ne faut pas avoir le nez délicat. Quant à Loulou, elle apprend la comptabilité ; elle sera un jour sténodactylo. Tous trois ont des goûts simples et honnêtes.

« Moi, dit Polosse, je suis pas un gars compliqué : je prends toujours, pour que mes pieds soient contents, une pointure de plus que ma vraie dimension. »

Comme démonstration, c'est irréfutable. Ils aiment le vin d'Aubière, la fourme du Cantal, le pain bis, la musique d'accordéon, les chansons qui font pleurer. A la fin du repas, l'ébéniste propose :

« Loulou, si tu mettais le phonographe ? »

Ils sont très fiers de cet engin qui représente leur côté intellectuel.

« Commence d'abord par un rigolo », conseille Polosse.

Des rigolos, ils en possèdent une provision. Bach et Laverne. *Le gendarme Scaferlati et le brigadier Pompamiel. Chez la voyante. Les deux bégayeurs. Les deux sourds :*

« Vous allez à la pêche ?

— Non, je vais à la pêche.

— Ah ! bon ! Je croyais que vous alliez à la pêche... »

Ils savent à quels endroits précis il faut rire, et chaque fois ils rient de grand appétit. Je m'aperçois que le rire de l'homme est aussi significatif que sa voix. Il ne se confond d'ailleurs en rien avec elle : c'est une sorte de parler second, d'idiome auxiliaire, qui ne lui sert pas à traduire sa seule gaieté ; le rire peut exprimer aussi bien l'embarras, la peur, l'ironie, le sarcasme, la haine, le désespoir, la folie. Et ces deux langages sont parfois si différents l'un de l'autre que j'ai connu jadis une sorte de Savonarole surchauffé, tout en menaces, reproches, tonitruances (l'abbé Verdeau, pour ne pas le nommer, préfet des études au pensionnat Saint-Martin), qui sécrétait un rire filiforme, un rire de souris chatouillée. J'ai donc étudié le rire de mes hôtes.

Celui de Polosse est sans éclats : une suite d'expirations raboteuses qui ressemblent moins à un rire qu'à une quinte de toux. J'y vois la séquelle d'une enfance difficile qui ne lui a guère fourni d'occasions de rire. Quand, par la suite, il a voulu s'y essayer, il était trop tard. Rire, c'est comme jouer du piano : il faut l'apprendre de bonne heure, sinon on ne sait jamais.

Germaine, sa femme, rit la tête renversée et à gorge déployée : on doit lui voir la luette. C'est un rire de femme heureuse, bien nourrie, bien caressée, sans malice, sans inquiétudes métaphysiques.

Quant au rire de Loulou, je le trouve assez inquiétant. Il ne se répand pas. Il semble retenu, sournois, honteux de lui-même. Est-ce que cette fille rougirait de rire ? Serait-elle dévorée par l'ambition d'être prise au sérieux ?

Je fais de mon mieux pour ne pas rester en arrière et pour rire autant qu'eux. Viennent ensuite les soli d'accordéon musette. Un orage de notes flûtées, sautillantes, diaboliques, qui vous dégouline dans le cou et vous met des démangeaisons jusqu'au bout des orteils.

Alors, Polosse n'y peut plus résister :

« Germaine, on la fait ? »

Et les voici qui gambillent autour de la table. Le plancher fléchit ; le buffet entre en danse à son tour, secouant son contenu de vaisselle et de bouteilles. Au disque suivant, l'ébéniste propose à sa femme :

« Tu devrais faire danser monsieur.

— Pourquoi pas ? accepte-t-elle. Je vous guiderai. »

Nous voici titubant à notre tour au milieu des meubles. Germaine est beaucoup moins grosse que ne laissait supposer sa voix. Elle sent l'eau de Javel. Elle me pilote de son mieux et m'avertit de temps en temps :

« Attention au fourneau... Attention au buffet... »

Le récital se termine par Berthe Silva. *Les roses blanches. Le p'tit bossu. Le raccommodeur. Cœur de mère.* Dans un silence recueilli, ils les pompent de toutes leurs oreilles :

C'était un' pauv' fill' qui roulait l'trottoir.
Elle était tout' seule à porter ses peines.
Ell' n'avait d'famill' que le grand Gégène
Qui l'assommait d'coups, du matin au soir...

J'entends les femmes humer leurs larmes. L'homme garde un silence bouleversé. Parfois, le disque déraille dans un sillon émouvant :

... La suppli... la suppli... la suppli... la suppli...

« Merde ! s'écrie Polosse. Au moment le plus... chose ! »

Il ne trouve pas d'adjectif assez fort. Du pouce, il remet l'aiguille dans le droit chemin ; la voix vibrante de la chanteuse avale d'un hoquet le mot interrompu, qu'il faut deviner :

... la suppli... hic ! d'rev'nir
Au foyer déserté...

« Tu ennuies peut-être monsieur, dit Germaine.

— M'ennuyer ? Vous me connaissez mal !

— Encore un, dit Loulou, puis on s'arrête. »

Quand le disque est fini, Polosse en prend un autre.

« Celui-ci est encore plus... chose, fait-il timidement.

— Eh bien ! Vas-y ! Mets-le, mon vieux ! »

Il y a le *dernier*. Puis, le *dernier pour de bon*. Puis, le *der des der*. Puis, le *c'est dommage quand même qu'on n'ait pas entendu celui-ci*. Puis, le *ce coup-ci on s'arrête*... Ils ont un mal infini à ne pas me faire entendre tout le lot, car je prête la main à leurs reculades successives. Enfin, Loulou prononce le mot « jardin », les deux autres sursautent. Sapristi ! Ils avaient failli l'oublier, le jardin.

On n'a que deux vélos pour quatre : comment faire pour monter à Ceyrat ? Y a bien le tram ; mais il lui faut trois quarts d'heure à l'aller et autant au retour. Alors, les Polosse décident de s'offrir un luxe inouï : le taxi. J'accepte, à condition de régler moi-même la course. Loulou court en chercher un place de Jaude. C'est la première fois qu'elle emprunte cette sorte de véhicule, le voyage a la solennité d'une inauguration. On ne rit pas, on ne bavarde pas, on prend la chose au sérieux : on goûte à fond cette coûteuse anomalie qui ne se répétera peut-être pas de dix ans. La voiture sent le cigare et le musc. Les banquettes sont ouatées. On a l'impression de commettre une chose défendue.

En fait, on va constater la pousse des oignons, des haricots, des petits pois. L'ébéniste me promène orgueilleusement dans ses allées, me fait tâter la rotondité des citrouilles, la précocité des poireaux, la turgescence des aubergines. J'admire copieusement.

Le soir, nous redescendons à pied, Polosse et moi devant, les femmes derrière. Gravement. Nous avons l'impression d'avoir commencé une grande chose.

Aujourd'hui, lundi, Moliné devrait théoriquement arriver de Saint-Julien pour se faire arracher un œil et m'en faire cadeau. Mais il ne viendra pas : j'en mettrais ma main au feu. Cette histoire est complètement stupide : qui au monde est capable de se laisser arracher un œil pour le donner à un étranger ? Je suis tellement sûr de mon affaire que je décide de sortir comme si je n'avais pas arrangé ce rendez-vous. Je rencontrerai en ville mon ami Eugène, avec qui je philosopherai ; j'irai jusqu'à Jaude et m'assiérai sur un banc public ; j'écouterai les enfants jouer autour de moi, les vieilles parler de leurs rhumatismes ; puis, je reviendrai et demanderai :

« Pas de visite ? Pas de courrier pour moi ?

— Non, rien, monsieur Georges. »

Confirmé dans mes opinions, j'irai ensuite tresser un peu d'osier, la conscience de plus en plus satisfaite.

Je marche donc à petits pas en frôlant de la main gauche les bossages du mur d'enceinte.

« Attention !... »

Toujours la même histoire : on m'évite, on s'écarte, je suis tabou.

Soudain, j'entends galoper derrière moi ; de gros souliers ferrés martèlent le trottoir.

« Monsieur Juradieu !... Monsieur Juradieu !... »

Qui m'appelle ? Qui me connaît par ici ?

Il est là, devant moi, il halète. Oui, Moliné ! Je reconnais son odeur de ciment.

« C'est moi, Moliné !... Qu'est-ce qui se passe ?... Vous m'avez bien écrit de venir aujourd'hui ?

— Vous êtes venu ?... Vous êtes réellement venu ?... Ce n'est pas possible !...

— Mais si ! Me voilà ! A l'Institution, on m'a dit que vous veniez de partir. Je vous ai reconnu de loin. Heureusement que j'ai de bons yeux ! »

Il rit de son allusion, du cadeau qu'il compte me faire. Et moi, qui n'arrive pas encore à croire à ce prodige, je le touche de mes mains, je cherche les siennes, je veux le palper comme saint Thomas les flancs du Christ ressuscité.

5

Sœur Blanche m'a annoncé :

« Une visite pour vous. Une dame qui vous attend au parloir.

— Une dame ? Quelle dame ?

— Elle ne m'a pas dit son nom.

— Jeune ? Vieille ?

— Elle ne m'a pas dit son âge non plus. »

Cette sœur Blanche est vraiment, quand elle le veut, d'un caractère impossible. En tout cas, la visiteuse n'est sûrement pas ma mère, que l'on connaît déjà à l'Institution.

A mon entrée, je perçois le froissement de jupes d'une femme qui se lève. Donc, jupes plutôt abondantes. Donc, femme déjà âgée. Un silence. Puis un cri :

« Georges ! Est-ce toi ? »

Ma tante Lherminier !

« Mon pauvre Georges ! Qu'a-t-on fait de ton visage ?

— Je te remercie de ce cri du cœur, qui m'ôterait mes illusions s'il m'en restait encore.

— Oh ! ce n'est pas que tu sois tellement abîmé, mais on ne te reconnaît plus. Plus du tout. Seule ta voix est la même. Parle un peu, que je t'entende.

— Allô ! Allô ! Ici, Georges Juradieu, malgré les apparences. Fils du ci-devant banquier Daniel Juradieu, et de Bourrassol...

— Toujours je-m'en-fichiste aussi ! Au total, tu as peut-être moins changé que moi : je vieillis terriblement. Ce voyage jusqu'ici a été une fatigue.

— Allons donc ! Tu as engraissé !

— Engraissé ? Qu'est-ce qui te fait croire ?

— Ta voix. J'y trouve plus de moelleux, plus d'onction que jadis. C'est la voix d'une femme grasse.

— A mon âge, la graisse n'est pas un signe de santé.

— Quel âge as-tu donc ?

— Soixante-trois. Je suis de 1875, l'année de la République, et de neuf ans l'aînée de ta mère.

— Comment va-t-elle ?

— Bien. Tu n'as pas de ses nouvelles ?

— Si, si, elle m'écrit de temps en temps. C'est gentil à toi d'être venue me voir.

— Te voir ? Crois-tu que je sois venue te voir ?... Je suis venue te chercher.

— Me chercher ? Pour quoi faire ?

— Pour que tu viennes chez moi. Vivre avec moi. Me voici veuve depuis vingt-quatre ans. Depuis un quart de siècle. J'en ai assez de la solitude, et d'être seule contre tout. J'ai toujours espéré que tu prendrais plus tard ma succession. Malgré ça, après la faillite de la banque, je t'ai aidé — ce n'est pas pour te le reprocher ! — à faire des études qui t'éloignaient de moi, puisque tu n'avais aucun goût pour la « poissonnaille ». Tu as donc été ingénieur. Mais à présent que... que tu... n'es plus capable d'exercer... rien ne t'empêche de revenir à Saint-Amant. Moi, je suis sûre que tu m'y rendras de très grands services. Je te mettrai au courant de tout ce que tu peux faire à ma place. Et le plus grand service, ce sera de rester avec moi. Je suis toujours aussi seule, et bien plus vieille que jadis. Auras-tu le courage de me refuser cette charité ?... »

Voilà pourquoi depuis deux jours j'erre dans l'Institution, reniflant ces murs, ces portes, ces couloirs que je vais quitter. Là-dedans, je me sentais chez moi comme un escargot dans sa coquille. Chaque angle de mur, chaque poignée de porte m'étaient familiers. Les huit marches en ciment de l'escalier principal, jusqu'au premier palier. (Plus haut, elles sont couvertes d'un lino protégé par une arête de cuivre qui sonne sous les semelles. Mais, habituellement, nous cheminons sur feutre : les pantoufles n'empêchent pas le toucher plantaire comme les souliers.) Le parquet grossier du corridor ; au cinquième pas, une lame fléchit légèrement. Au bout, à droite, l'atelier de cannage et de rempaillage ; à gauche, la vannerie ; au fond, la brosserie. L'escalier monte encore : rien ne saurait remplir mieux la main qu'une rampe, si ce n'est une autre main. Une jointure de lino annonce le couloir des classes. La première : celle des grands commençants, où officie sœur Blanche. Aux murs, les cartes en relief, les illustrations anatomiques en relief, le cadran d'horloge factice avec ses chiffres en relief. Dans un coin, une pile de vieilles revues, achetées au kilo, qui nous servent de cahiers-brouillons. Que peuvent raconter ces pages odorant encore l'encre à la glycérine ? Parlent-elles sports, politique, chiffons ? Pour nous, ce ne sont rien que des pages vierges dans lesquelles s'enfoncent nos poinçons.

Je vais ainsi, de pièce en pièce. Jamais je n'avais remarqué, comme aujourd'hui que je me prépare à les abandonner, l'odeur de ces choses. Le dortoir silencieux, parmi la senteur sylvestre de l'encaustique que trouble à peine un subtil relent de chaussettes malpropres. Le vestiaire où sèchent nos sueurs, dans la naphtaline. Les tables de marbre du réfectoire, auxquelles de scrupuleuses lessives n'enlèvent jamais leur fine aigreur de soupe fermentée. La bibliothèque feutrée, chuchotante, vibrante de pages précautionneusement tournées, parfois du cliquetis d'un poinçon, occupé dans le cadre de cuivre à recopier un volume ; elle a l'odeur poussiéreuse, confinée, des pièces qu'on aère rarement à cause de tous les papiers qui s'y accumulent et qui craignent d'être ébouriffés par les courants d'air.

Je retrouve une dernière fois les allées du jardin et mon banc habituel, dans la fraîcheur du séquoia. Je m'assieds à la jointure précise de la lumière et de l'ombre ; je baigne dans l'une ou dans l'autre suivant que je me penche à gauche ou à droite. Longtemps, je me plais à jouer de la sorte avec le jour et la nuit ; puis, l'obscurité envahit le banc tout entier. Je m'assoupis. Je rêve.

On pourrait s'imaginer que le sommeil rend les aveugles pareils aux voyants et leur donne des rêves identiques. Il n'en est rien. Lorsque, naguère, je possédais des yeux, je continuais à voir en dormant, parce que mes rêves étaient remplis de formes, de couleurs, de visages. Les premiers temps de mon obscurité, je rêvais de la même façon qu'avant, avec mes yeux. A présent, cette habitude s'efface peu à peu. C'est comme au cinéma, lorsque, par suite d'une panne, la lumière baisse : l'écran s'éteint, mais on entend encore le son. De temps en temps, inattendu, surgit le souvenir d'une ancienne vision ; mais bientôt, les plombs sautent de nouveau, je replonge dans mon rêve noir.

Quand je me réveille, le jour a réellement baissé. Je trouve sur mes genoux une boule chaude : c'est le chat de la maison qui, pendant mon sommeil, est venu se coucher là. Il ronronne doucement, allonge le cou pour que je lui gratte le menton. Quelqu'un passe et dit :

« Ce soir, vous aurez des puces.

— Ma sœur, je crois que je vous attendais.

— Vous m'attendiez ? dit sœur Blanche. Pour quoi faire ?

— Vous savez que je m'en vais demain.

— Déjà ? C'est vrai ?

— Mais oui, c'est vrai. Demain matin. Je retourne à Saint-Amant, chez ma tante Lherminier.

— Vous viendrez bien nous revoir de temps en temps ?

— Oh ! vous savez ! C'est si compliqué de voyager, pour un aveugle !

— Vous nous écrirez, du moins.

— Certes.

— Je suis sûre que vous vous rendrez très utile, là-bas.

— Je ferai de mon mieux. »

Un moment, nous nous taisons, embarrassés.

« Eh bien ! Au revoir ! conclut-elle. Pensez à nous. Ne nous oubliez pas trop vite. »

Comme je voudrais que ce « nous » pudique fût destiné à couvrir un pronom singulier !

« Vous, ma sœur, vous surtout, je ne vous oublierai pas.

— Il ne faudra oublier ni moi ni les autres.

— C'est à vous que je dois le plus. C'est vous qui m'avez ramené à la surface des ténèbres dans lesquelles j'étais englouti.

— Mon Dieu ! ironise-t-elle. Comme vous parlez bien !

— Je sais ce que je vous dois.

— Il entrait dans mes attributions de vous apprendre à lire, à écrire, à taper à la machine. Je n'ai pas plus de mérite que mes sœurs.

— Vous m'avez appris également qu'on peut être aveugle et être heureux. Ce que je n'aurais jamais cru possible. Qu'on peut même aimer son obscurité.

— Croyez-vous que si l'on vous offrait la vue, à tous, un seul hésiterait à l'accepter ?

— Moi, peut-être, j'hésiterais. Vous ne pouvez savoir tout ce que j'ai découvert, depuis que j'ai le privilège de la cécité. Un jour, peut-être, je vous écrirai cela. Tant de choses ! Tant de choses ! »

Nous nous taisons encore. Elle répète, mi-moqueuse, mi-grave :

« Tant de choses ! Tant de choses !

— Ma sœur, dis-je, donnez-moi votre main.

— Pour quoi faire ?

— Pour que je vous dise au revoir.

— Voilà. »

Très vite, elle me presse la main, puis retire la sienne. Je proteste :

« Non, ma sœur. Vous abusez de votre force et de mon infirmité. Ce n'est pas ainsi que je la veux.

— Comment la voulez-vous donc ? demande-t-elle, presque effrayée.

— Bien des fois, je l'ai sentie sur la mienne, lorsqu'elle m'aidait dans mon travail. C'est elle surtout que je voudrais remercier. »

Elle hésite :

« Non... je ne crois pas que je puisse.

— Mais si, ma sœur. Qu'allez-vous imaginer ? Que je suis amoureux de vous, peut-être ?

— Chut ! fait-elle, épouvantée. Êtes-vous fou ? Qu'est-ce que c'est que ces suppositions ?

— Est-ce donc si coupable de vouloir remercier la main qui vous a soutenu ? C'est une affaire seulement entre elle et moi.

— Bon, bon, finissons-en, accorde-t-elle, comme excédée. La voici. »

De mes deux mains à moi, je la saisis solidement, pour qu'elle ne puisse m'échapper de nouveau. Je retrouve sa douceur, sa fermeté qui me faisaient naguère penser à un sein de vierge. Je la couvre de baisers innombrables, comme faisait Moliné, le jour où j'ai accepté son œil.

« N'exagérez pas », proteste-t-elle doucement, en essayant de se libérer.

Mais je tiens bon. Elle renonce à toute résistance. Entre mes baisers, je murmure :

« Merci... merci... »

Quand ce jeu a assez duré, elle se dégage et dit, d'une voix toute rauque :

« Adieu... Bon voyage. »

Puis, elle s'en va et répète de loin, de plus en plus loin :

« Adieu !... Adieu !... Adieu !... »

6

« Oh ! oh ! dis-je en entrant dans le salon. Tu as fait changer quelque chose : il me semble qu'il y a moins de meubles que jadis.

— Ce garçon est stupéfiant ! s'écrie ma tante. Comment t'es-tu rendu compte de cela ?

— La pièce a une résonance qu'elle n'avait point autrefois. Comme si l'on avait créé du vide.

— J'ai fait enlever le piano. Tu te rappelles cette vieille casserole, qui ne tenait même pas l'accord ? Mon défunt prétendait qu'il ne peut y avoir salon sans piano et il avait un jour acheté ce débris dans une vente aux enchères, assurant que ça faisait très *meublant*. Or, chez nous, personne ne savait jouer du piano. Ce n'était qu'un nid à poussière. J'ai fini par l'expédier au galetas. »

Elle me présente ainsi chaque pièce en détail, me fait tâter la place des boutons électriques, des prises de courant, m'explique le jeu des espagnolettes, des poignées de porte. J'essaye de protester :

« Crois-tu qu'il soit indispensable que je sache tout ça ?

— Mais naturellement ! Cette maison t'appartiendra un jour, tu en seras le seul maître. Il faut que tu la connaisses à fond. »

L'accueil solennel de la vieille demeure m'impressionne et me prouve qu'elle ne s'attendait pas à ma venue. Moi, seul maître ici ? Maître du fauteuil à oreilles où ma tante fait sa sieste ? Maître du lampadaire qui ne fonctionne pas « à cause d'un mauvais contact qu'il a dans le ventre » ? De la table à ouvrage remplie de bas à repriser qui couvent depuis des années deux œufs de buis, inutilement ? De la lampe du corridor, en forme de moulin à vent, souvenir d'un voyage à Noirmoutier ? De la collection de pipes qui me vient de mon grand-père maternel, le père de ma tante Lherminier, par conséquent ? Les bassins de la pisciculture, les hangars de l'équarrissage, les terres, le matériel, passe encore. C'est neutre, c'est sans visage. Mais comment oserais-je toucher à ces choses qui ont appartenu si intimement à d'autres ? Comment oserais-je posséder la collection de pipes de mon aïeul Bourrassol ? Seigneur, je ne suis pas digne.

« Voici ta chambre, dit ma tante. Elle sent encore un peu la peinture, car je l'ai fait repeindre et tapisser de neuf.

— Ce n'est pas celle où je couchais jadis ?

— Oh ! non ! L'autre est bien trop petite. Je l'ai prise pour moi et je t'ai donné la mienne.

— Mais pourquoi ? Je me serais bien contenté...

— Tu-tut ! Moi, j'aime les arrangements définitifs, sur lesquels il n'y a plus à revenir. D'autre part, tu es jeune... tu... tu peux te marier un jour ?... Il te faut une chambre convenable.

— Me marier, moi ? Dans l'état où je suis ?

— On ne sait jamais. Tu ne serais pas le seul aveugle à prendre femme... Je m'en occuperai, d'ailleurs.

— Ne prends pas cette peine. »

J'entre dans la pièce, et une pensée me vient : c'est donc là que je dois mourir ! Oui, je sais, on peut mourir de bien des façons, à l'hôpital, ou les pieds dans ses souliers. Mais la façon la plus ordinaire, la plus banale, la plus universellement préférée, c'est quand même de mourir chez soi. J'ai donc, somme toute, plus de chances de finir ici qu'ailleurs. C'est sur ce lit qu'on m'étendra, sur cette commode qu'on placera le verre et le brin de buis pour m'asperger d'eau bénite ; ce sont ces rideaux qu'on tirera, pour écarter de moi la tentation des mouches. Par exemple, la porte est bien étroite, et l'on aura quelque peine à faire tourner mon cercueil dans le couloir ; le mieux sera, je pense, qu'on le descende par la fenêtre au moyen d'une échelle. Les croque-morts sont habitués à ces tours de passe-passe. Ma tante a tout prévu : sur la cheminée, il y a un candélabre avec des bougies de cire toutes prêtes à être allumées. Les veillées funèbres aux chandelles, c'est tout à fait dans la bonne tradition. Mes amis et mes ennemis viendront contempler mon cadavre et débattront longuement, à voix chuchotée, de mes mérites.

A la suite de mon guide, je poursuis ma reconnaissance des lieux. La cuisine embaume l'huile à friture, le pain rassis, la pâte à fourneau. La salle à manger renferme des provisions de vin, d'orange et de citronnelle, confection maison. Le grand salon a la senteur fauve des tapis arabes qui s'y entassent. Le petit salon a collectionné les odeurs disparates abandonnées par les dernières visites : il sent le lieu public, la salle d'attente, le taxi. Mais quelque chose est hors du jeu. A la faveur d'une fenêtre ouverte, d'une porte de couloir entrebâillée, insinué partout : l'horrible remugle de charogne cuite qui vient de l'équarrissage.

« Tu as toujours Sébastiani ?

— Bien sûr. Il se fait vieux, mais il reste encore alerte. Et puis, c'est exactement l'homme qu'il me faut.

— Oui. Il est irremplaçable. »

Je l'ai retrouvé et j'ai chanté de loin :

« *Frate-elli ! d'Italia !...* »

Alors j'ai senti s'avancer à ma rencontre la puanteur de son pot-au-feu.

« Oh ! Monsieur Zorze !... »

Il avait l'air réellement affligé de me trouver dans cet état.

« Ze ne vous aurais pas reconnu.

— Toi aussi, tu as changé. Ta voix siffle. Qu'est-ce qui se passe ?

— Z'ai de l'asthme. Ze me fais vieux.

— As-tu toujours le nez pareil à une morille ?

— Non : maintenant, c'est un çou-fleur.

— As-tu toujours ton tablier de cuir ?

— Touzours. Lui, quand moi ze meurs, on me le met sur le ventre et on nous enterre ensemble.

— C'est beau, Sébastiani, de rester fidèle à ses amitiés ! »

Derrière lui, j'entends le ruissellement des bassins et du bras de la Veyre qui entretient à la disposition des truites des eaux pétillantes comme la limonade.

7

« Il y a quelqu'un qui a été bien déçu de ne pas te rencontrer, ce matin. Mais tu dormais encore, et j'ai eu scrupule à te réveiller.

— Quelqu'un ?
— Quelqu'une, plus exactement.
— Qui ça ?
— Une petite voisine. La fille de nouveaux venus à Saint-Amant. Ce sont des Belges, gens très riches, qui possèdent je ne sais trop quelle industrie dans leur pays. Des textiles, ou de la métallurgie. Ils ont acheté aux environs un domaine, et ils se plaisent à jouer aux gentlemen farmers.
— Et cette fille, quel âge a-t-elle ?
— Vingt-cinq, vingt-six ans, je ne sais au juste.
— Riche, nubile et pas encore mariée ? Elle doit être bien laide.
— Tu te trompes, elle n'est pas laide du tout.
— Comment s'appelle-t-elle ?
— Lucie.
— Lucie ?... Quel nom étrange !
— Pourquoi étrange ?
— Tu sais ce qu'il veut dire ?... *Lumière*.
— *Lumière ?* »
Elle semble frappée aussi par ce mot. Nous restons là un moment tous les deux, à ruminer en silence. Puis, je demande :
« Que vient-elle faire chez toi ?
— Nous sommes très bonnes amies. Et puis, les Belges mangent souvent du poisson ; ils apprécient mes truites.
— Ils ne sont pas dégoûtés. Est-ce qu'ils ne savent pas que, par personnes interposées, ils consomment les charognes de Sébastiani ?
— De chez eux, on ne sent absolument rien. Ils ne se rendent pas compte.
— Et alors ?
— Et alors quoi ?
— Elle vient donc chercher le poisson. Et comment a-t-elle été amenée à... à s'intéresser à moi ?
— C'est une vieille histoire. Un jour, dans le salon, elle a vu ta photo. Tu sais, c'était le temps où tu étudiais encore à Paris. Elle voit donc ton portrait, et s'écrie : « Oh ! qui est ce beau garçon ? »
— Elle a dit « beau garçon » ?
— Tu ne peux nier que tu... que tu étais beau garçon ?
— Si elle me voyait maintenant, elle changerait d'avis.
— Mais elle le sait !
— Elle sait quoi ?
— Que tu es aveugle. Je l'ai mise au courant de ton accident. D'ailleurs, tel qu'on t'a fait, tu restes encore très présentable, tu n'es pas horrible, tant s'en faut. Qu'est-ce que tu crois ? Et puis, est-ce que cela compte tellement ?
— Pardi ! Si ça compte ? Puisque c'est ma photo qui lui a tapé

dans l'œil ! Tu ne vas pas, je suppose, me parler de mes qualités morales et spirituelles ?

— Ne te fais pas plus mauvais que tu n'es. Il y a des gens qui ne savent pas qu'ils sont bons, comme il y en a d'autres qui ne savent pas qu'ils sont méchants. Lherminier était de ceux-ci. Il vous aurait, paisiblement, dévoré le foie s'il avait cru cela nécessaire ; et vous l'auriez bien étonné en lui disant qu'il vous faisait mal. Toi...

— Moi, je suis des autres : les bons qui s'ignorent !

— Je le crois.

— Permets-moi de crever de rire.

— Oh ! je sais ! Tu ris de tout ! Mais moi qui suis vieille et qui ai vécu seule la plus grande partie de ma vie, j'ai appris à juger les hommes. Tiens, sais-tu ce que tu as fait, un jour, quand tu étais petit ?

— Qu'est-ce que j'ai fait ? Je donnais mes tartines aux petits z'oiseaux ? Je cassais ma tirelire pour la distribuer aux pauvres ?

— Un jour, tu es venu ici. Et il y avait ma grand-mère — ton arrière-grand-mère à toi. Je croyais bien que c'était la première fois que vous vous voyiez, car d'ordinaire elle vivait chez sa fille. Elle devait avoir quatre-vingt-douze ans, mais n'avait pas perdu une étincelle de son esprit. Toi, tu devais en avoir six ou sept. Elle s'intéressait à toi, à ce que tu faisais à l'école...

— A présent, je crois que je me souviens. Est-ce qu'elle ne sentait pas très fort le tabac à priser ?

— Oui. Je pense que mon père, le consul Bourrassol, avait hérité d'elle ce goût pour le tabac. Elle t'interrogeait donc. « Sais-tu qui je suis ? — Tu es la grand-mère de ma grand-mère. — Non, la mère de ta grand-mère. N'exagère pas. Toi et moi, nous sommes des parents éloignés, mais des parents tout de même. Comprends-tu ? — Oui. — Bravo ! Tu as vraiment le sens de la famille. Mais alors... tu dois m'aimer ! Est-ce que tu m'aimes ? — Bien sûr que je t'aime ! — Oh ! tu es réellement admirable ! Et pourquoi m'aimes-tu ? C'est la première fois que nous nous voyons ! — Parce que tu es la plus vieille de la famille. — Et alors ? — Tu vas mourir la première. Donc, c'est toi que je dois aimer le plus ! »

— J'ai dit ça, moi, à sept ans ?

— Je te le jure. Et elle, malgré sa malice et son esprit, en était toute remuée. Elle t'a embrassé.

— C'est à ce moment que j'ai dû sentir le tabac.

— Alors, ne me dis pas qu'un homme qui a eu, enfant, cette pensée puisse être mauvais.

— Si, parce que c'était avant.

— Avant quoi ?

— Avant l'affaire Potier. Ça ne compte donc pas. Je t'expliquerai une autre fois, au cours de nos veillées d'hiver. »

Elle s'était mis en tête de me réapprendre le métier. Le lendemain, je l'accompagnai dans son laboratoire où elle s'appliqua longtemps à trier de la semence de truites reçue du Danemark. Le voyage en avait tué une partie et elle devait, munie d'une pince à épiler, extirper patiemment de la masse gélatineuse, étalée sur des claies, tous les œufs blanchis. J'avais autrefois participé à ce travail ; je me rappelais les œufs morts, réduits à de minuscules globes vitreux, comme des yeux crevés.

« Voilà, soupira-t-elle, quelque chose que tu ne pourras plus jamais faire. Mais je pense que c'est à peu près la seule chose. »

A ce moment, à la grille d'entrée, long branle de la cloche.

« Un client, sans doute. »

Elle ouvrit la porte du laboratoire, passa la tête et cria joyeusement :

« Oh ! c'est vous ! Bonsoir, Lucie ! Je viens tout de suite ! »

Alors, je ne sais quelle soudaine panique s'empare de moi :

« Je ne veux pas la voir ! Je ne veux absolument pas la voir ! Entends-tu ? Sors, va la recevoir où tu voudras, mais je te défends de lui dire que je suis ici !

— Qu'est-ce qui te prend ? essaye-t-elle de protester. Elle n'ignore pas que tu es dans la maison...

— Dis-lui... dis-lui ce que tu voudras : que je suis parti pour Riom, que je suis malade, n'importe quoi. Mais je ne veux pas la voir.

— Tu sais bien, fait-elle doucement, que tu ne la verras point.

— C'est une ancienne façon de parler. Je veux dire que je ne la recevrai pas. Est-ce que je suis obligé de recevoir qui il te plaît ?

— Comme tu voudras. »

Je restai seul dans le hangar, écoutant les voix extérieures, mal rassuré, avec l'envie folle de me cacher sous les bacs ruisselants, de me fourrer la tête sous l'aile, comme l'autruche. Je ne comprenais rien moi-même à cet élan phobique, si ce n'est qu'il me clouait là, le cœur affolé, la gorge sèche, les genoux en transes. Enfin, dehors, les conversations s'achevèrent, la grille claqua, ma tante revint.

« Voilà, fit-elle sèchement. Elle est partie.

— Que voulait-elle ? Des truites, encore ? Ces gens-là se nourrissent donc exclusivement de truites ?

— Non. Un point de tricot dont nous avons parlé hier.

— Prétexte, évidemment.

— Possible. Mais quel mal y a-t-il ? Est-ce que je ne t'ai pas expliqué... ?

— Je me moque de tes explications. Je ne suis pas un phénomène de foire qu'on exhibe en public ! Je n'ai pas à satisfaire la curiosité des gens ! Il faudra en prendre ton parti. Ou bien je m'en irai, c'est simple ! »

Elle me bouda tout le reste du jour. Le lendemain, il y eut un mieux : elle commençait à mon adresse des phrases qu'elle interrompait brusquement avec un soupir ou un haussement d'épaules :

« Ah ! tu as de la chance que... C'est tout de même un peu fort que... Tu mériterais que je... »

Le surlendemain, nos relations redevinrent normales. Ce fut le moment que choisit Lucie Vandelhagen pour une troisième visite. Cette fois, je m'enfuis dans ma chambre et ne redescendis que lorsque j'entendis claquer la grille.

« Est-ce que tu es décidé à traiter de même tous mes clients ?

— Non. Les autres, je m'en fiche.

— Je comprends très bien ce qui se passe, va !

— Tu as de la chance : explique-moi.

— C'est de l'orgueil, ni plus ni moins. Tu veux éviter que cette fille ne compare ta figure d'autrefois avec celle d'aujourd'hui. Tu redoutes la confrontation. Voilà ce que c'est !

— Peut-être.

— Et c'est idiot. Puisqu'elle est prévenue ! Puisqu'elle sait que tu es différent.

— Je te répète que j'ai horreur de l'exhibitionnisme.

— Elle s'est rendu compte que tu l'évites exprès. D'ailleurs, je le lui ai avoué.

— Et elle revient quand même ?

— Oui. A cause des truites. »

Cela fut bientôt une sorte de rite. Chaque fois que Mlle Vandelhagen sonnait à la grille, si je risquais d'être vu je m'éclipsais et ne revenais qu'après son départ. Je ne prenais plus, d'ailleurs, la chose au tragique comme les premiers jours ; c'était devenu comme une partie de cache-cache à peu près journalière.

Une fois, la cloche nous surprit à la fin du repas de midi.

« C'est elle, dit ma tante.

— Il n'y a plus moyen de manger tranquille ! » grommelai-je en me levant.

J'allai m'enfermer un moment dans le salon. A travers les cloisons, me parvenaient les voix et les rires des deux femmes ; elles semblaient prolonger à plaisir leur bavardage pour faire durer ma pénitence. Enfin, vinrent les adieux, les bruits de portes fermées, le claquement du portail. Je pus revenir à table.

« Je lui ai offert le café », s'excusa ma tante.

Sans répondre, je m'assis. Un étrange silence s'établit entre elle et moi. Seule une chaise craquait.

« Tu ne manges plus ? demandai-je.

— J'ai fini », répondit-elle d'une voix étouffée.

Puis, je perçus tout à coup des soupirs, de petits hoquets. Aucun doute : quelqu'un pleurait par là... à quelques pas de moi. Je bondis si brusquement sur mes pieds que ma chaise se renversa.

« Elle est ici ! hurlai-je. Elle n'est pas sortie ! Tu m'as trahi ! »

En même temps, je cachai ma figure dans mes mains et à mon tour j'éclatai en sanglots. Une fourberie si odieuse me révoltait. Pendant un moment, nous fûmes trois à sangloter ensemble. Ensuite, je sentis une main se poser sur mon épaule :

« La paix ! criai-je, en me secouant. La paix ! La paix !

— Georges... écoute-moi... gémit ma tante. Comprends-moi...

— Pardonnez-moi, monsieur, dit une autre voix. Je m'en vais... je ne reviendrai plus...

— Mais oui ! C'est ça ! Ne revenez plus !... Non, attendez !

— Comment ?

— Attendez un instant ! Ne croyez pas que je pleure, moi ! Voyez, ma figure est sèche ! »

J'écartai mes mains pour prouver ce que je disais.

« Sachez, mademoiselle Vandelhagen, que je ne peux même plus pleurer ! Mes glandes lacrymales ont été brûlées avec mes yeux. Et maintenant que vous m'avez bien vu, allez au diable ! »

8

J'éprouvais une grande envie de faire une scène. Je cherchai ma tante exprès et la trouvai près des bassins. Je l'attaquai de front :

« Qui a eu l'idée de ce scénario, hier, toi ou elle ? »

Elle semblait non moins désireuse que moi de se quereller et me répondit vertement :

« Aucune importance. C'était peut-être moi. Et si ce n'était pas moi, j'ai approuvé l'idée et je l'ai faite mienne.

— J'en conclus que ce devait être elle.

— Conclus ce qu'il te plaira.

— Une jolie canaille, cette petite Belge ! Sais-tu comment j'appelle votre complot, moi ?... Une infamie !

— Une infamie ? Ne sois pas idiot !

— Abuser ainsi de ma cécité pour me tromper... pour se délecter du spectacle qu'on m'oblige à offrir !

— Se délecter ? Et qui s'est délecté ? N'as-tu pas vu qu'elle a fondu en larmes ?

— En larmes, oui ! Des larmes de frayeur, de répulsion ! Tiens, je te parie qu'elle ne reviendra plus ! Qu'on ne mangera plus de truites chez les Vandelhagen !

— Parbleu ! Tu le lui as interdit, de revenir ! Mais je suis certaine qu'elle ne pleurait pas de frayeur, comme tu dis. D'émotion, de pitié, peut-être...

— Je ne veux pas plus de sa pitié que de sa frayeur !

— L'orgueil ! Toujours l'orgueil ! Est-ce une chose humiliante, quand on porte les traces d'un grand malheur, que de susciter la compassion des personnes généreuses ? Préfères-tu leur indifférence ?

— Je veux qu'on me traite en homme normal, non en diminué.

— Mais tu n'es plus normal, tu le sais bien ! Ce que tu aimes, donc, c'est l'hypocrisie ? Non la sincérité ?

— J'aime qu'on me laisse en paix. »

Toutefois, je ne me sentais satisfait ni de moi-même, ni de la fin que j'avais donnée à cette affaire. Dans les jours qui suivirent, il m'arriva plus d'une fois de prêter l'oreille aux sonneries de la cloche, d'écouter les voix des visiteurs ; mais ce ne fut jamais *elle*. Je finis par regretter nos parties de cache-cache. Je me disais que si elle m'obéissait à la lettre, si elle ne cherchait réellement pas à me revoir, c'est que j'avais vraiment suscité en elle ce sentiment de répulsion auquel, au fond, je ne voulais pas croire. Chaque journée qui passait sans elle venait confirmer mes craintes.

« Elle est là, dit ma tante.

— Quoi ? Qui ?

— Lucie.

— Lucie ?... Et qu'est-ce qu'elle veut ?

— Te voir. Te parler.

— Mais... c'est impossible...

— Il n'y a rien d'impossible ! As-tu peur d'elle ?

— Quoi ? Je ne suis pas prêt ! Laisse-moi le temps d'hésiter ! Fais-la attendre au salon ! »

Je me précipitai dans ma chambre. Je changeai de vêtements, rajustai mes cheveux, me nettoyai les ongles. Puis, pour laisser à mon cœur le temps de se calmer, j'écrivis avec mon guide-main une lettre à sœur Blanche, afin de lui donner de mes nouvelles. Quand je l'eus signée et cachetée dans l'enveloppe, je me sentis mieux dispos et me dirigeai vers le salon.

« Enfin ! s'écria ma tante. Nous avons failli attendre !

— Pardonnez-moi. J'ai dû écrire une lettre.

— Mademoiselle Lucie, je vous le livre. Faites-en ce qu'il vous plaira. A tout à l'heure. »

Elle sortit, nous laissant seuls et embarrassés. Je savais qu'il y avait dans le salon un fauteuil, plusieurs chaises et un divan ; mais j'ignorais sur lequel se trouvait la visiteuse dont je n'avais pas encore entendu la voix, dont je sentais pourtant la présence à une subtile odeur de cheveux, plutôt agréable. Je jugeai bon de parler le premier pour savoir du moins quel siège je pouvais occuper.

« J'espère que vous êtes assise, mademoiselle ?

— Je m'assieds. »

Elle était dans le fauteuil, je me mis sur le divan. Un moment, je pensai à lui présenter des excuses pour ma violence, le jour du « scénario ». Puis, je me raidis :

« Vous... vous désiriez me parler ? Est-ce pour une affaire de truites ? »

Je l'entendais oppressée, et j'étais heureux de sa peine. Elle finit par s'expliquer, d'une voix souffreteuse :

« Il m'en coûte beaucoup, monsieur, de faire cette démarche. Je sais que ce n'est pas l'habitude, que c'est le monde renversé. Cependant, vu... les circonstances... j'ai pensé que je devais l'entreprendre quand même.

— Je vous écoute. »

Elle parlait avec l'accent rocailleux des Wallons ; mais sa voix était d'un timbre franc et agréable.

« Il y a deux ans que je vous connais, commença-t-elle.

— Deux ans ?

— Oui. Il y a deux ans que j'ai vu ce portrait qui est encore derrière vous, sur la cheminée.

— Il est donc encore là ? »

Je me levai, furieux, tâtonnant, cherchant la photographie encadrée pour la réduire en miettes.

« Non ! cria-t-elle. Ne lui faites pas de mal ! »

Je l'entendis se lever à son tour, s'en emparer avant moi.

« C'est tout de même un peu fort ! Qui vous a permis... ?

— Inutile de faire la grosse voix ! Vous ne me faites pas peur ! me défia-t-elle.

— On voit que vous avez coutume de commander, en Belgique. Mais ici, vous êtes en France. Et chez moi !

— Chez votre tante, rectifia-t-elle, qui me connaît et qui m'approuve.

— Mais enfin, que vous importe ce portrait ? Pourquoi y tenez-vous tant ?

— Il m'importe beaucoup. Et j'y tiens... parce que je vous aime. »

Elle affirmait cela d'un ton si hérissé, si agressif que j'éclatai de rire.

« Vous m'aimez ? Moi ? Mais vous ne me connaissez pas ! C'est la seconde fois que vous me voyez ! C'est *lui* que vous aimez ! Lui, le portrait !!! Emportez-le donc, je vous en fais cadeau. Épousez-le, soyez heureux et ayez beaucoup d'enfants ! »

Je me laissai retomber sur le divan pour mieux rire. Elle ne disait plus rien ; je pensai avoir vu clair dans ses sentiments, et l'avoir en même temps convaincue de s'en aller. Après un moment de silence :

« Eh bien ! dis-je. Vous ne partez pas ?

— Vous vous trompez, fit-elle calmement. C'est vous qui m'intéressez, non cette image.

— En quoi puis-je vous intéresser ?

— A cause sans doute de votre infirmité. Si je n'avais pas appris votre accident, croyez-vous que j'aurais été assez stupide pour m'enticher d'une photo ?

— Qu'est-ce que j'en sais ! Je ne vous connais pas !

— Bien sûr. C'est pourquoi je suis venue. Pour que nous apprenions à nous connaître l'un l'autre, si vous voulez. Et si l'expérience est heureuse...

— Eh bien ?

— Nous pourrions songer à nous marier.

— Vous allez vite en affaires !

— Si je n'étais pas venue, seriez-vous jamais venu me chercher ?

— Écoutez. Vous aimez les expériences, n'est-ce pas ? Je vais vous en proposer une immédiate, afin que vous sachiez bien à quoi vous en tenir sur mon compte. Tâchez d'y résister, vous qui voulez devenir ma femme. Jusqu'à présent, vous ne m'avez pas encore bien examiné. Mes lunettes noires me couvrent la moitié de la figure. Attention, Lucie, regardez bien ! »

En même temps, je quittai mes lunettes.

Je m'étais tourné vers la fenêtre afin qu'elle pût mieux voir mes orbites desséchées, mes paupières cousues. Dans cette position, offert à la lumière impitoyable, je fis une sorte de rêve. Il me sembla que je me trouvais, proie consentante, sur le fauteuil d'un dentiste fou. Lui préparait son outillage, avec une affolante tranquillité. Dans quelques secondes, il allait m'arracher, non pas une dent, mais toutes les dents.

« A quoi vous serviraient-elles ? Vous n'aurez plus l'occasion de mordre. Auriez-vous peur ? »

Peur ? Diable ! Plutôt me laisser arracher la tête que d'avouer ma peur ! La peur affreuse qui me tordait le ventre. Le dentiste ricanait :

« Vous êtes cornélien ! Vous savez que l'opération est complètement idiote, vous en crevez de frousse, mais vous l'acceptez quand même. Réellement cornélien ! »

Cependant, peu rassuré peut-être sur mon comportement, il m'emprisonnait les mains.

« Attention ! Je commence ! »

Je me réveillai, me retrouvai assis sur le divan du salon, et sentis quelqu'un qui m'avait véritablement saisi les mains.

« Mon amour... mon amour... gémissait Lucie. Comme vous avez dû souffrir ! Comme je vous aime pour ce que vous avez souffert !... Si vous voulez consentir à m'aimer, je vous rendrai toutes vos souffrances en bonheur...

— Quoi ! Vous n'êtes pas partie ? Vous êtes encore là ? Je ne vous fais pas horreur ?

— Je vous aime... Pour moi, Georges, vous serez toujours le garçon de la photographie ; vous serez toujours beau pour moi. Et je vous trouve encore plus beau à présent que jadis, parce que vous portez les stigmates du martyre. Et parce que je sais que c'est de moi que vous avez besoin. De moi seule.

— Je n'apprécie pas beaucoup la littérature religieuse.

— Attendez. »

Elle se leva, prit mon visage torturé entre ses mains. Je sentis son souffle sur ma figure. « Ma petite, pensai-je, tu ne manques pas de toupet ! » Mais ce n'était pas exactement ce que je croyais : elle se pencha et posa un baiser très doux, comme une offrande dans la sébile d'un pauvre, au fond de chacune de mes orbites.

9

Mon adorable Lucie, je ne veux plus jamais rire de toi. Car tu es l'être au monde le moins digne qu'on en rie. A présent, si j'osais, s'il n'y avait pas les poissons à nourrir, à pêcher, à emballer dans la glace, à expédier, je passerais mes journées à tes pieds, la tête appuyée contre tes genoux embrassés, à sentir tes doigts jouer dans la laine de mes cheveux.

Tu es venue de très loin, de ta fumeuse Belgique, pour m'apporter à moi qui en manquais la lumière de ton nom, de ton amour, de ton aide toujours prête. Je ne sais comment tu fais, mais tu es là aussitôt qu'il faut que tu sois là. Tu dois, je pense, me surveiller de loin comme un enfant qui en est à ses premiers pas. Avoue, avoue que tu me surveilles !

Par exemple, tu étais là le jour où je suis tombé dans un des bassins, et c'est toi qui as crié à ma place. Mais il n'y avait pas de quoi crier, car tu sais bien que les bassins n'ont pas plus d'un mètre cinquante d'eau. Et puis, ce n'est pas parce que je suis aveugle que je dois me rouler les pouces, laissant aux autres tout le travail.

Tu es là aussi lorsque nous sortons ensemble faire les livraisons. Tu as voulu qu'on achète une fourgonnette et c'est toi qui la conduis. Sagement. Un peu trop sagement à mon gré. Ces voitures-là, c'est fait pour aller vite. C'est ce qu'il nous faut, car les truites vivantes, derrière, s'ennuient vite dans leurs baquets. « Laisse, dis-tu. Il faut que je sois prudente : j'ai charge d'âmes. — D'âme ? Sais-tu si j'ai une âme ? — Mais je parle des poissons ! »

Tu ris magnifiquement. Sais-tu comment tu ris ? C'est comme si ta gaieté était un arbre, très haut, et très chargé de fruits. Des sortes de cerises rutilantes, scintillantes, pleines à craquer. Tout à coup, tu te mets à secouer le cerisier, et ton rire pleut. C'est une averse drue, à n'en plus finir, de cerises qui explosent en touchant terre. On est couvert de jus. On en a partout, sur la figure, sur les mains. Et tu continues à secouer l'arbre, et ton rire pleut. Ton rire rouge, luisant et nourricier. On n'arrive pourtant pas à s'en rassasier.

C'est comme ton odeur. Je parle de ton odeur à toi, non de celles que tu t'ajoutes. Je parle de celle que tu as en sortant du bain dans la Veyre, où l'on n'utilise pas les savonnettes. Quand tu t'es séchée au soleil. Sais-tu comment est ton odeur ? Elle est blonde. Je ne sais si toi tu es réellement blonde. Oui ? Tu l'es ? Mais c'est sans importance. Ce qui compte, c'est que ton odeur soit blonde.

Il y en a qui prétendent que l'odeur naturelle vient de la peau. Moi, je sais que ce n'est pas vrai. L'odeur naturelle vient de l'âme. Directement. Et si ton odeur est blonde, c'est que ton âme est blonde aussi. Ton âme est légère, soyeuse et ensoleillée ; voilà pourquoi je dis qu'elle est blonde. Moi, j'ai assez de brun en moi. Il fallait que ton âme fût blonde.

L'âme, c'est cette curieuse chose qui est blottie au fond de nous comme un enfant apeuré dans les ténèbres. Pour moi, avant de te connaître, je n'étais réellement pas sûr d'avoir ma locataire, tant elle se montrait discrète et peu bruyante. A présent, je la sens aller et venir. Elle a entrepris un grand nettoyage de toutes les ordures que j'avais laissé accumuler dans l'immeuble.

Quand nous allons en promenade, à pied, dans les bois qu'on trouve au-delà de Saint-Amant, en direction d'Aydat, je laisse ma canne à la maison, puisque j'ai ta main qui me guide. Pourtant, ces bois, je les connais mieux que toi pour les avoir parcourus naguère en tous sens. Je dis : « Par là, à droite, il doit exister une pierre plate sur laquelle on peut s'asseoir... Là, à gauche, c'est un coin à champignons. » En sorte qu'on ne sait plus bien lequel de nous deux guide l'autre.

Deux ! Nombre parfait ! Être deux, rien que deux : toi et moi. Le reste de l'univers ne compte plus. Deux comme l'œil et le ciel. Deux comme la bouche et la grenade. Deux comme le cœur et la joie. Être à la fois l'un et l'autre. T'entendre et être entendu. Te boire et être bu. T'aimer et être aimé. A tour de rôle, en même temps. Être deux et n'être qu'un.

Un jour, nous avons été surpris ensemble dans la forêt par la pluie. Oh ! Ce n'était pas une averse soudaine, violente, jalouse. Plutôt l'indulgence tombant en pluie. Nous aurions pu nous abriter dans une de ces grottes que je connais ; mais nous avons préféré rester là, liés l'un à l'autre, sentant nos cheveux se coller sur nos fronts, heureux de cette espèce de purification sur nos visages ablués, sur nos pensées confondues.

Nos pieds touchaient la terre grasse, et nous avions l'impression d'être devenus deux arbres, deux troncs issus de la même souche, mariés depuis leur naissance, arc-boutés l'un à l'autre, nourris de la même sève, palpitant des mêmes frissons. Deux troncs qu'il faudrait nécessairement abattre ensemble.

Peu à peu, la pluie nous pénétrait, atteignait nos moelles. Nous ne sentions plus rien qui fût singulier, nos sangs paraissaient réellement s'être mêlés et parcourir le même cycle dans nos deux corps. De la pluie, nous attendions, je crois, cette dissolution de notre être double qui eût été la volupté suprême, et qu'on ne peut raisonnablement espérer que de la mort.

Quand le chant des gouttes décrut et s'éteignit, nous n'avons pas bougé. Nous embaumions la mousse et les résines. Ton visage était pareil à une feuille violentée.

Mais tu n'es pas toujours dans des dispositions sylvaines. Il y a dans la maison une infinité de choses qui ont besoin de toi. Tu portes pour cela un costume très curieux : une salopette d'homme. Tu es drôle là-dedans, tout en longueur, comme une banane. Mais tu m'assures que c'est on ne peut plus pratique.

Tu cours ainsi de la buanderie au laboratoire, des chambres au cellier, des bassins au garage. Et quand tu trouves un moment, tu files à la cuisine. « J'étais faite pour être cuisinière », avoues-tu. Le soir, pour me raconter ta journée, il te suffit de me tendre tes mains.

Il me semble y retrouver la senteur de toutes les choses que tu as touchées le long de ton jour. Voici le chlore de la lessive. Voici l'amertume irritante des chrysanthèmes que tu as cueillis. Voici le goudron et l'essence industriels. Voici la marée des livraisons. Voici le poivre, la vanille et la cannelle. Une odeur s'est dissimulée dans chaque pli. Tes mains sont en même temps une épicerie, une droguerie, un jardin.

Tu aimes te coucher la dernière afin de t'assurer que tout est en ordre. « L'œil du maître ! » dis-tu. De la chambre où je lis mon braille en t'attendant, j'écoute ce que tu fais. Ta pensée se mêle aux lignes que je suis d'un doigt distrait. Tu as préparé l'infusion d'anis que tu aimes prendre chaque soir. Le morceau de sucre tombe dans la tasse en trébuchant sur la cuiller.

Tu vérifies tous les boutons électriques de la maison. J'entends claquer le dernier. Tu approches. Tu portes dans ta main gauche le réveille-matin ; tu l'as mis sur six heures, car tu trouves toujours trop courtes les journées ; tu le poses sur le marbre de la table de nuit, où ses pieds font un crissement. Voici que tu es tout près de moi. Je referme mon livre. Tu as encore cette salopette qui te fait un corps tout en longueur, comme une banane. Avec gourmandise, je le hume, j'entreprends de le dépouiller.

Les jointures de tes hanches sont comme des colliers travaillés par la main d'un merveilleux orfèvre. Ton nombril est comme une coupe généreuse. Ton ventre est comme un monceau de froment, tout environné de lis. Tes deux seins sont pareils à deux petits jumeaux d'une même biche. Ton cou est comme une tour d'ivoire. Tes yeux sont comme les piscines d'Hesebon. Ton nez est comme la tour du Liban qui regarde vers Damas. Ta taille est semblable à un palmier...

Que d'erreurs amoncelées en moi ! J'ai mis trente ans pour les concevoir ; tu as mis trente jours pour les ruiner. Sœur Blanche n'a pas suffi avec ses mains de neige. Polosse n'a pas suffi avec sa poitrine comme une cave où fermente le vin de la bonté. Moliné n'a pas suffi avec sa soif de réparation. Tu es venue et tu as suffi avec deux grains d'amour.

10

« Entrez, monsieur, dit Lucie.

— Il paraît que les aveugles sont d'une étonnante perspicacité. Voyons un peu s'il va me reconnaître.

— Parbleu ! C'est Mouchotte !

— Formidable ! »

Comment ne pas reconnaître cette voix baritonnante, avec laquelle il nous tonitruait :

Race d'Abel, dors, bois et mange ;
Dieu te nourrit complaisamment...

Comment ne pas reconnaître ces doigts dont les jointures craquent, rugueux et pleins de verrues ?

Nos échines résonnent sous les tapes que nous échangeons. Pour que nous soyons plus à notre aise, Lucie nous quitte.

« J'ai tout appris à la fois, dit Mouchotte : ton retour et ton mariage. Il faut dire que je vis maintenant à l'autre bout de la France.

— Fais-tu toujours le même métier ?

— Arpenteur-géomètre, ce n'est pas terrible, mais c'est le pain assuré. Pour ce qui est de la confiture, je me la procure en exerçant le commerce des voitures d'occasion à temps perdu. Discrètement. Par petites pincées. »

Nous nous racontons nos vies. Puis il conclut :

« Passe pour moi qui étais un crétin de première ; qui n'ai jamais su exactement où était ma voie ; qui ne le sais pas encore. Mais toi ! Voici donc où t'ont mené cet esprit brillant, ces études exemplaires ! A vivre de l'équarrissage et de la pisciculture !

— Je me trouve très heureux comme je suis.

— Et ce qui m'étonne le plus... Excuse ma franchise !

— Je t'en prie. Ce qui t'étonne le plus ?

— Ton mariage. Est-ce que tu étais fait pour le mariage, toi ?

— Sait-on jamais pour quoi l'on est fait ?

— Rappelle-toi ce scandale que tu as suscité, aux noces de Pilat. A la fin du banquet, tu te lèves et tu récites un épithalame... »

Et l'homme-anthologie de réciter à son tour :

Adieu amis, beaux amis de jeunesse !
Adieu Suzette, adieu Suzon, vous toutes
qui m'avez aimé
— du moins vous l'avez affirmé —
que j'ai peut-être aimées aussi
— du moins j'ai fait ce que j'ai pu.
Demain, je serai marié
et je ne m'appartiendrai plus.
Je n'aurai plus de chemises percées aux coudes,
et toutes mes boutonnières auront un bouton.
Quelle admirable institution
que le mariage !
Mes pantoufles m'attendront
chaque soir, au coin du feu ;
et l'on me posera des ventouses :
douze,
six devant et six derrière,
chaque fois que j'éternuerai.
On veillera sur moi sans cesse.
Chaque instant de ma vie sera
défini, poursuivi,
soupesé, calculé,
attendu, résolu...

« J'ai appris par cœur ton ode nuptiale, et je la ressers parfois quand on m'invite à d'autres mariages, en laissant croire qu'elle est de moi. Ordinairement, les gens rient. Ils rient jaune, mais ils rient. Je te l'aurais servie au tien si tu m'avais invité.

— Oh ! cela s'est décidé très vite.

— Le coup de foudre, alors ?

— Oui, le coup de foudre. Je n'ai convié personne de ma première vie. Mes seuls invités étaient deux ou trois aveugles, que j'ai connus à l'Institution des Jeunes Aveugles, ainsi qu'une famille d'ouvriers, parce que Polosse m'avait transporté sur le cadre de sa bicyclette.

— Ta première vie ? Qu'est-ce que tu me racontes ? Qu'appelles-tu ta première vie ?

— Celle que j'ai menée avec toi, avec Pilat, avec le malheureux Labrune et les autres, lorsque je voyais clair.

— Ainsi, en perdant la vue, tu as perdu également tes anciens amis ?

— Cela ne s'est pas passé si brusquement. Rappelle-toi : je t'ai écrit après mon accident, je te l'ai raconté, nous avons correspondu longtemps encore.

— Oui. Jusqu'au jour où tu as cessé de me répondre.

— Il le fallait. Quand tu t'aperçois que tu t'es fourvoyé, que toute ta vie antérieure reposait sur un malentendu, tu n'as pas d'autre ressource que de changer de chemin, non ?

— Un malentendu ? Explique-toi. Que veux-tu dire ?

— Oh ! Je ne sais si c'est nécessaire. Tu ne comprendras peut-être pas.

— Dis tout de suite que je suis un crétin !

— Tu l'as dit toi-même tout à l'heure. Mais ce n'est pas ce que je veux dire. Tu ne me comprendras point parce que tu n'as pas vécu les mêmes expériences que moi. D'ailleurs...

— D'ailleurs quoi ?

— Je serais désolé de te convaincre. Souviens-toi ; je t'ai fait faire, par le passé, déjà tant de volte-face ! Je ne voudrais pas qu'en sortant d'ici tu ailles t'enfermer dans un couvent ! »

Mouchotte garda un moment de silence. Puis, je l'entendis suffoquer.

« Ainsi... ainsi c'est ça ? Tu t'es... tu t'es donc converti ? Le diable s'est fait ermite ? Est-ce que tu portes un cilice ?

— Non, dis-je en riant. Ce n'est pas ça, ce n'est pas ça du tout. Il ne s'agit pas de conversion. Il s'agit d'avoir vu clair. Depuis mon accident, j'ai commencé à y voir clair.

— Tu plaisantes, je pense ? Tu as vu clair à partir de l'instant où tu as été aveugle ? Comme saint Paul, alors ?

— Exactement. Crois-moi, les yeux rendent beaucoup moins de services qu'on ne pense : ils s'arrêtent à la surface des choses, on se fie à ce qu'ils disent, on ne pense pas assez à ce qu'ils cachent. L'homme est pareil à une eau dormante. On ne sait rien tant qu'on l'a seulement vue ; pour la sonder, il faut plonger dedans, s'y jeter à plein corps. Alors non seulement on peut découvrir ce qu'elle transporte de limon, mais sa nature véritable.

— Ainsi, tu as découvert l'homme !

— Pour moi, ce fut réellement une découverte.

— Autrefois, tu aimais citer Machiavel : les hommes sont ingrats, versatiles, simulateurs, enclins à fuir le danger, avides de gain. Ils oublient plus vite la mort de leur père que la perte de leur patrimoine. Les choses ont-elles changé ?

— Les hommes sont tout cela. Mais ils sont aussi le contraire, et c'est ce que j'ai longtemps ignoré. Je voudrais que tu partages vingt-quatre heures ma cécité. Dans les magasins, vendeurs et vendeuses m'expliquent les produits, la monnaie qu'ils me rendent. Dans la rue, on me prend par le bras pour me faire traverser. Pour m'aider, on accepte de perdre son temps, son argent, son repos. Tu ne peux imaginer les preuves de gentillesse que je reçois, et quelle joie c'est pour moi à présent de vivre au milieu de mes semblables.

— Tes semblables ! Voilà bien un terme qui ne faisait point partie de ton vocabulaire ! Ainsi, l'homme est bon ! L'homme est bon ! Crois-tu que j'aurais scrupule à te vendre un vieux tacot, à te dissimuler ses tares pour prendre ton argent d'aveugle ?

— Mais non ! L'homme n'est pas bon d'une façon absolue. Il est aussi mauvais. L'homme est insaisissable, indéfinissable, il ne faut pas chercher à simplifier le problème. C'est une question de circonstances. Et c'est en simplifiant comme tu fais qu'on se trompe.

— L'homme est *toujours* mauvais ! Que signifient une ou deux exceptions ? Jéhovah n'a pas trouvé dix justes pour sauver Gomorrhe ! Ces amabilités dont on te couvre ne sont qu'une forme d'égoïsme. C'est un égoïsme à l'envers, comme un doigt de gant qu'on retourne. Lorsqu'ils ont pitié de toi, c'est à eux-mêmes qu'ils pensent, tes « semblables ». Avec horreur, ils s'imaginent dans ta situation, privés de la vue, empêchés de courir à leurs trafics, à leurs débauches. Alors, ils ont peur, et ils te tendent la main, pour que la Divinité les épargne. La pitié n'est qu'une forme de l'instinct de conservation. Tu sais très bien que le froid peut produire quelquefois les mêmes effets que le chaud, la haine que l'amour, la peur que le courage. L'égoïsme peut produire aussi les mêmes effets que la générosité. Tant pis pour toi si tu es dupe ! »

Il reprit son souffle, puis ajouta :

« Tu réfléchiras à ces choses. Tu m'as donné dix exemples de la fausse charité des hommes ; je pourrais t'en donner mille de leur sincère perfidie. »

Je multipliai les preuves. Je parlai de sœur Blanche, de Moliné, de Polosse. J'apportai l'argument le plus décisif : Lucie.

« Ne te fatigue pas, dit Mouchotte. Il est inutile que nous restions plus longtemps ensemble, car nous sommes à présent trop différents l'un de l'autre. Toutefois, avant de partir, je veux te révéler une chose que tu sembles ignorer complètement. Tu es persuadé, n'est-ce pas, que si ta femme t'a aimé et demandé en mariage, c'est encore par générosité ?

— J'en suis persuadé en effet.

— Erreur ! Erreur totale, cher ami du genre humain ! Si elle s'est contentée d'un aveugle, c'est pour une raison toute différente : c'est parce que ta femme est laide.

— Laide ? Laisse-moi rire ! Je pense la connaître mieux que toi ! J'ai parcouru, j'ai inventorié chaque grain de sa peau...

— Et tu n'as rien remarqué ?

— C'est la plus belle créature que j'aie jamais connue. Et tu sais pourtant...

— Pauvre, pauvre aveugle ! Il y a une chose dont tu ne pouvais te rendre compte : c'est qu'elle porte sur la figure un horrible *lupus*, pareil à une chauve-souris pourpre déployée sur une joue, le cou et la moitié du front. Je pense que tout le monde, autour de toi, a été d'accord pour te dissimuler ce détail. Je pense aussi que le beau-père a dû être fort aise de ce mariage... inespéré ! Mais était-ce si généreux ?... Le vois-tu, le doigt de gant retourné ? »

Mouchotte se lève et s'éloigne de moi.

« Tu as changé, conclut-il. Bravo ! Mais souffre que moi je reste le même. Je ne suis pas bon, moi, mon ami, je viens de te le prouver, et je m'en fais gloire. Je suis demeuré tel que jadis tu m'as formé. C'est moi, maintenant, qui suis le Juradieu d'autrefois. Toi, tu n'es plus qu'un capucin ! »

La porte claque, et j'entends dans l'escalier son rire qui dégringole, qui dégringole.

11

Tandis qu'il fuyait en ricanant, je me rappelais une fuite semblable, un soir de juin, dans une sombre maison de la rue de l'Ourcq à Paris. Mouchotte a réellement décroché le coquetier de son idéal : il est réellement moi. Je veux dire le moi d'avant les ténèbres. Je reconnais mon sang dans cette ardeur si prompte. *Juradivin !* Il a été *juradivin* !

Je le vois traverser les pièces en coup de vent, sans saluer personne, se frottant les mains ; il remonte dans sa voiture provisoire, celle qu'il a achetée à un charcutier et qu'il revendra à un maçon. Gonflé, grisé de son venin, il tire la manette du démarreur en pensant : « Un capucin ! Un vrai capucin !... Les hommes sont merveilleux de délicatesse et de générosité !... T'en foutrai, moi, de la délicatesse !... J'espère qu'il aura compris !... » Il a goûté la joie primitive qu'on a à compisser les hortensias, à cracher dans le verre d'un autre, à saccager une pucelle, à piétiner la vaisselle de porcelaine. C'est ma faute : je me suis trop vanté près de lui de mes anciennes prouesses. Il éprouvait le féroce désir de commettre à son tour un exploit équivalent. Ai-je bien fait de l'y autoriser ? Est-ce de ma part suprême charité ou ultime vacherie ? Je penche pour la charité.

Oui, je lui ai donné cette joie. Je l'ai favorisée par mon silence... Pourquoi l'aurais-je détrompé ? Il faut accorder au mal sa pâture. Dois-je tout dire ? Pendant dix minutes, j'ai fait l'idiot ; je me suis montré sûr de mon fait avec tant d'arrogance que la tentation a pour lui été trop forte. S'il n'y avait pas succombé, j'en aurais eu quelque déception.

Si toutefois j'ai commis une dernière infamie, elle est sans importance. Car la victime, Mouchotte, ce n'est rien d'autre que moi dans ma première peau. A présent, me voici entièrement purifié. Il a été mon bouc expiatoire.

Lucie aurait très bien pu ne rien me dire. Sur dix mille chances, il n'y en avait pas la moitié d'une pour que je fusse jamais informé. Qui eût osé me parler de cela ? Il a fallu rien moins que Mouchotte, c'est-à-dire le Juradieu juradivin, pour avoir cette audace ; encore ai-je dû presque la lui souffler. Quand j'ai demandé à Lucie pourquoi elle avait tenu à me renseigner :

« Je n'aurais jamais été tranquille, m'a-t-elle expliqué. J'aurais eu l'impression que tes doigts voyaient à la place de tes yeux, qu'ils sentaient cette tache de vin sur mon visage.

— Mais non, ils ne la sentent pas, je t'assure. Ils ne la soupçonnent pas. Est-ce que par hasard tu me mentirais ?

— Pourquoi te mentirais-je ?

— Tu es bien sûre que ce n'est pas une invention, ce *lupus* ?

— Bien certaine, hélas ! Pourquoi aurais-je inventé pareille horreur ?

— Je ne sais pas... Pour que tu aies, toi aussi, ton infirmité ; pour que cela nous rapproche, peut-être.

— Je n'ai pas tant de grandeur d'âme !

— Alors, pourquoi m'avoir raconté ça ?

— Par un minimum d'honnêteté. Est-ce que j'aurais donné un billet faux à un aveugle ? Je n'ai pas voulu être un billet faux. Il fallait que je te le dise. Nous ne sommes pas encore mariés, et il est temps encore que tu m'envoies promener.

— Moi ? Mais tu m'en deviens deux fois plus précieuse ! Que font les hommes, dans la rue, quand ils te rencontrent ? Ils se retournent, n'est-ce pas ?

— Oui, ils se retournent... Et puis... ils se détournent.

— Songe donc, j'aurai une femme extraordinaire : laide pour les autres, et belle pour moi ! Personne ne songera à me la prendre. Moi seul en saurai le prix véritable : n'est-ce pas merveilleux ?... »

Elle s'est satisfaite de ce raisonnement. Pauvre Mouchotte ! Lui qui croyait avoir piétiné la porcelaine !

En ce moment, il roule à toute vitesse vers Clermont, vers nos anciens amis, vers notre passé. Il leur racontera ce qu'il sait de moi, de ma conversion, de ma femme, du trouble épouvantable dans lequel il nous a plongés ; il sera juradivin à souhait.

Des gens comme lui, il en faut sur la terre. Il n'y aurait pas de bons s'il n'y avait des méchants. Comme il n'y aurait pas de jour s'il n'y avait de nuit.

Pour moi, je vais m'asseoir dans la cour, le dos contre la treille. Je lève le visage pour sentir le soleil. Tournadre, un voisin, entre et dit :

« Bonsoir, monsieur Georges. Je suis Tournadre.

— Pardi ! Je vous reconnais bien ! Qu'y a-t-il pour votre service ?

— Je vous apporte un peu de vin nouveau, pour que vous le goûtiez. Il pétille encore : reniflez-moi ça ! »

Il approche le goulot de mes narines : effectivement, il pétille. Tournadre agite la bouteille, et le pétillement s'accentue : il me semble voir son effervescence pourpre. Et c'est bien ce que voulait Tournadre : me le faire voir par le nez. Puis, il emplit un verre, me le met dans la main, et je bois en faisant claquer ma langue de plaisir. Ainsi, nous nous donnons l'un à l'autre ce que nous avons de mieux : lui, son vin, sa bonne intention ; moi, le plaisir qu'il me procure et mon compliment.

Puisqu'il est question de vin, je cherche à l'éprouver :

« N'en faites pas boire à ma femme : vous savez qu'elle est enceinte ?

— Et après ? Un peu de vin nouveau, ça n'a jamais fait de mal à personne.

— Ce n'est pas ça. Mais vous savez ce qui peut arriver : imaginez qu'elle ait ensuite des envies de vin... Vous vous rendez compte ?... Si son fils naissait avec une tache de vin sur la figure ?... Ça ne serait pas beau à voir !... »

Il se tait, puis grommelle vaguement :

« C'est des idées... c'est des idées... »

Mais je ne le laisse pas quitte ; j'insiste, j'insiste lourdement :

« Ma tante me racontait qu'elle avait connu un enfant avec une tache pareille qui lui couvrait la moitié du visage, à cause d'une envie pareille qu'avait eue sa mère lorsqu'elle le portait. On dit que si une envie leur vient, elles doivent se toucher une partie basse du corps... vous me comprenez ? afin que ça ne se voie pas... »

Je ris, mais lui répète patiemment :

« Des idées... des idées... »

Il ne mord point à l'appât : je n'arriverai pas à le faire parler, comme Mouchotte. Ah ! Le brave homme ! Le brave homme !

Comme lui, en d'autres saisons, mes voisins m'apporteront leurs premières fraises, leur premier miel, des dragées de baptême ou de mariage. Toi, Mouchotte, tu dirais que c'est parce qu'ils éprouvent envers moi une horreur sacrée. Mais moi, je sais bien que c'est autre chose.

Merci quand même, puisque tu m'as aidé à me dépouiller de ma première peau. De ma peau d'aspic. A présent, je ne suis plus que l'innocent et heureux orvet roulé au soleil, en boudin.

UN FRONT DE MARBRE

A mon père,
à mes deux oncles
Métamorphosés.

— Je vais à la guerre.
— Quelle guerre ?
— Quelle guerre ? Mais n'importe laquelle. Je n'ai pas lu les journaux ces temps-ci.

F. Scott FITZGERALD, *Tendre est la nuit*

L'HOMME AU TAMPON

Thiers, 6 km.

Fafournoux cligna de l'œil vers la borne. Comme pour dire : on se connaît, tous deux, on s'est déjà rencontrés. Et il poursuivit son chemin sans plus s'occuper d'elle. Il prit le raccourci : c'était une corde dont le tournant de la route formait l'arc. Ça lui gagnait deux cents mètres, bon poids. Des cailloux blancs roulaient sous ses pieds. Il eut vers ses godillots un regard de tendresse : ils avaient fait avec lui les dernières années de la guerre. Sans le trahir, sans le lâcher un seul instant. Avec lui, ils avaient, le 14 juillet 1919, défilé sous l'Arc de triomphe. On l'avait choisi à cause de sa croix et de ses deux citations. Dire que ces semelles-là avaient foulé le pavé des Champs-Élysées ! Derrière Joffre, et Foch, et toutes les huiles ! Il les graissait au beurre, malgré les protestations de la Séraphine ; il les chaussait rarement, seulement dans les grandes occasions ; et chaque fois il vérifiait s'ils n'avaient pas perdu de clou, et bouchait les vides.

Au sommet de la coursière, il se retourna pour contempler Valdore. *Sa* commune. *Son* royaume. Le clocher blanc de l'église, plus pointu qu'une baïonnette, le coq embroché à la cime, les quatre lucarnes et le balcon-belvédère. Derrière, tout de traviole, l'ancien clocheton de fer, minable, avec sa campanette guère plus grosse qu'une clarine à vache, qui avait sonné les messes jusqu'à la fin du siècle précédent. Dessous, la place et ses marronniers, chargés en ce moment de grappes blanches ; on dit que ces fleurs font tourner de l'œil aux femmes parce qu'elles ont la même odeur que le... oui, bon..., vous m'avez compris. Jacques Fafournoux, dit Puillo-Sè, les avait vu planter quand il était gamin, et maintenant leur tronc était plus gros que lui. De toute manière, il estimait que le marronnier est un arbre à fusiller, parce qu'il ne produit rien d'utile que son ombre ; ses fruits, même les cochons n'en veulent pas ; et il donne en plus des idées aux femmes, qui n'en ont pas besoin. On aurait mieux fait de mettre des tilleuls, ou des pommiers, ou des arbres à bananes. Oui, oui, les bananes sont produites par des arbres, et non par des pâtissiers, comme l'imaginent certains imbéciles. C'est ça qui aurait été formidable : un arbre couvert de bananes pendouillantes, qu'on aurait pu cueillir au bon moment. Et au contraire, on avait planté ces arbres idiots.

Ses yeux revinrent au clocher : une tour blanche ajoutée à l'ancienne église de granit qui s'en était bien passée jusque-là. Il distingua même, au fronton, l'inscription qu'il avait lue tant de fois depuis son enfance, chaque dimanche, lorsqu'il entrait et recevait de sa mère une trace d'eau bénite, au bout de ses doigts :

Joseph Guillemin, maire
Étienne Crosmarias, adjoint
Benoît Lévigne, curé bienfaiteur.
1883

Jacques Fafournoux sentit la jalousie lui pincer le creux de l'estomac. Il la sentit en lui comme une écrevisse qu'il aurait avalée toute vive. « Saloperie ! » s'écria-t-il. Ne sachant pas très bien à qui il s'adressait : au clocher, à Guillemin, à l'écrevisse ou à lui-même. Il tourna les talons et se remit à marcher, par enjambées grand modèle.

Six kilomètres, qu'est-ce que ça représentait, pour un ancien du 92ᵉ comme lui, dans ses souliers beurrés de la veille ? Il se tenait au beau milieu de la route farineuse, piétinant son ombre qui formait une sorte de bouse noire sous ses pas. Il avait pris son pantalon de velours à côtes, son gilet neuf et son chapeau de feutre ; sous le ruban, il avait glissé un billet de cent sous, pour le cas où, dans la garce de ville, on lui volerait son porte-monnaie. Toute sa vie il avait pris des précautions de cette sorte, héritage de sa pauvre mère. Car deux précautions valent mieux qu'une, trois mieux que deux, quatre mieux que trois, et ainsi de suite. Depuis le fond des temps, sa race s'était prémunie contre toutes les calamités que le bon Dieu envoie au pauvre monde. Un rayon de l'armoire était rempli de remèdes éprouvés : queues de cerise pour distendre la vessie ; herbe de millepertuis contre les ballonnements ; romarin contre la faiblesse cardiaque ; fleurs de sureau et de camomille contre les coliques ; fleurs de foin à prendre en bains de pieds contre les maux de dents ; pétales de lys conservés dans l'huile pour les blessures... Un brin de buis bénit au-dessous du crucifix protégeait la maison des incendies et de la foudre ; en cas d'orage, on en faisait brûler une ramille. Pour plus de prudence, on payait quand même les primes d'une société d'assurances, et la plaque du *Phénix* était clouée sur la façade : elle devait éloigner le feu extérieur, en lui donnant avis qu'il se trompait de porte. Les Rogations écartaient la vermine des champs et des animaux ; le curé venait bénir la terre, les étables, les clapiers, le poulailler, la soue des cochons. Contre les rôdeurs et les brigands, les chiens se chargeaient de monter la garde. Et puis, sa pauvre mère cachait l'argent. Et elle le cachait si bien qu'ensuite elle ne se rappelait plus où elle l'avait mis. Après son décès, il avait trouvé des pièces et des billets dans les trous des murs, et même dans un pot de chambre désaffecté. Elle fermait à clé ses armoires, elle perdait les clés, et il fallait de temps en temps faire sauter les serrures... Dans certaines familles particulièrement prudentes, les maris se protégeaient même du cocuage en brûlant des cierges à saint Bonnet : le malheureux, dit-on, porta de son vivant tant de cornes qu'il se coiffa d'un bonnet pour les cacher. Si ça ne faisait pas de bien, ça ne pouvait faire de mal.

Fafournoux était donc un homme précautionneux. Il emportait dans sa poche le Tampon municipal, afin que nul ne fût tenté d'en faire mauvais usage durant son absence. Il le tira et resta un moment au milieu de la route, les jambes écartées, à contempler le timbre circulaire, avec le respect, la ferveur du séminariste examinant sa première hostie. Dire que la simple empreinte de ce truc-muche suffisait à transformer un quelconque papelard en une pièce officielle ! Officielle, c'est-à-dire *sacrée* ! Comme il n'arrivait pas à lire les lettres à l'envers, il souffla chaud sur le caoutchouc pour l'humidifier et le pressa fortement sur le dos de sa main. Avec ravissement, il retrouva l'inscription familière. D'abord, en cercle : *Mairie de Valdore, P.-de-D.* Ensuite, au milieu : *Le Maire.* Il remit dans sa poche le Tampon, emblème de sa puissance, et recommença de piétiner son ombre.

Thiers, 5 km.

La borne avait été repeinte et luisait au soleil comme un fromage frais. Cette borne, Fafournoux la reconnaissait personnellement. Neuf années plus tôt, le dimanche 2 août 1914, ils se trouvaient un groupe d'une douzaine de Valdorois à faire à pied ce même chemin. Chacun avec sa musette dans le dos : de la saucisse salée, un ou deux chèvretons, du pain, une bouteille de vin, un flacon de gnole. Ils allaient à Thiers prendre le train qui devait les emmener faire la guerre aux Prussiens. On ne disait pas encore les Boches, ni les Allemands ; on disait les Prussiens. Lui, Jacques Fafournoux — il s'en souvenait comme si c'eût été la veille — s'était arrêté un moment à cette borne-là et lui avait posé son soulier sur la tête pour rattacher le lacet. *Thiers, 5 km.* Pas d'erreur, c'était bien elle, elle n'avait pas changé de place. En passant, il admira la patience des bornes. Toujours au même endroit, toujours à dire la même chose : *Thiers, 5 km.* Et les gens les croient, comme ça, à l'instant, sans douter une seconde de leur parole. Jamais de fourmis dans les jambes, jamais envie d'éternuer, malgré les pluies et les courants d'air. Les jours humides, les limaces entreprennent leur ascension. Pour une limace, une borne c'est comme pour toi le puy de Dôme ou le Sancy. De temps en temps, un moyeu de char les rase d'un peu près, ça leur laisse une balafre au milieu du ventre. Pareil que si on les avait opérées de l'appendicite. C'est ça qui serait drôle si elles avaient un foie, des boyaux, et toute la machinerie, les bornes kilométriques ! Et puis un jour, voilà qu'un tombereau les prend par l'abdomen, et hop là ! elles lèvent les pattes en l'air. Toujours comme les hommes. Seulement, elles, au bout d'un peu, on les remet en place, on les renfonce dans leur trou, et les revoici jeunes et délurées. Toi, le jour où tu lèves les pattes en l'air, tu dis adieu la valise !

Cette belle blancheur lui donna une idée. Il sortit de sa poche le coussinet encreur — car lui aussi, il avait pris la précaution de l'emporter —, appuya dessus la figure ronde du Tampon et imprima sur la borne un cachet irréprochable : *Mairie de Valdore, P.-de-D., Le Maire*. Il se demanda s'il existait au monde quelque chose de plus joli qu'un cachet violet sur une surface blanche. « Ah ! se dit-il avec un légitime orgueil, quand les gens verront ça, on saura bien que c'est pas un chien qu'est passé par ici ! »

Lorsqu'il eut replacé le matériel dans sa poche, il s'aperçut que ses mains avaient gardé des traces violettes. Il les essuya un peu dans l'herbe et repartit. Du bout des doigts, il palpait la rondeur lisse de la poignée : ça lui électrisait tout le corps, comme lorsqu'il caressait les tétons de la Séraphine.

Encore un kilomètre de marche, et il atteint la borne Quatre. Badigeonnée à neuf, elle aussi. Aucune raison de ne pas la traiter comme sa sœur Numéro Cinq. Pas de jaloux dans la même famille. Fafournoux ressort la boîte et le Tampon et, en vertu des pouvoirs qui lui sont conférés, paf ! Numéro Quatre se trouve timbrée à son tour. « Ils sauront bien, se répète le maire de Valdore, Puy-de-Dôme, songeant à tous ces voyageurs qui feront halte, stupéfaits devant les bornes tamponnées, ils sauront bien que celui qu'est passé par là, c'était pas un chien ! »

Et puis, marchant toujours, il arrive devant la poudrière, après le tournant de Tarenteix. Il examine cet édifice lourd et gris, dont la toiture scintille de tessons de bouteille, avec sa porte de fer peinte au minium. Un moment, il tourne autour, foulant les orties et les ronces, car il a grande envie de lui flanquer, à elle aussi, un coup de Tampon en pleine physionomie. Mais il a beau chercher, il ne trouve aucune surface assez claire, assez polie, pour recevoir le Timbre de Valdore. Il doit y renoncer. Alors, pendant qu'il est là, derrière le bâtiment, il a l'idée de pisser un coup et porte la main à sa braguette ; déjà, il a relâché les muscles de sa vessie, dans l'imminence de la miction ; et voilà que sa main rencontre plus d'obstacles qu'il ne prévoyait : elle doit se bagarrer avec la chemise à longs pans que l'oblige à porter la Séraphine — garce de Séraphine ! — même au plus chaud de la saison, et aussi avec le caleçon de toile épaisse, si bien que la toile de la chemise se coince dans les mâchoires du caleçon et que... Bref ! Il trouve enfin ce qu'il cherchait, mais il était temps ! Plus que temps ! « Ça me tiendra frais », qu'il se dit.

La borne Numéro Trois le console de ses déconvenues : il la marque au bon endroit. Il est à présent sorti du territoire de Valdore pour entrer dans celui de Thiers ; ça ne le gêne en rien ; il n'hésite pas à marquer Numéro Deux comme les précédentes. Il lui semble que s'il était borne, lui, ça lui ferait plutôt plaisir de recevoir le cachet municipal : tu n'es jamais trop officiel, si c'est là ta vocation.

Il marche, il marche. La poudre de riz de la route a blanchi ses godillots beurrés et le bas de son pantalon. Et c'est à ce moment qu'il entend le clic-clac-cloc d'un cheval et le grincement des jantes. Il entre dans l'herbe, pour les laisser passer.

« Hé ! Monsieur le maire ! Qu'est-ce tu fous donc par là ? »

C'est ce grand flandrin d'Escoffier, qui fait partie de son Conseil.

« Je vais à Thiers, voir le sous-préfet. Rapport au monument.

— Alors, monte un peu. Je t'emmène.

— Non, non. Faut que j'aille à pied.

— Pourquoi que t'irais à pied quand je t'offre le transport, gracieusement ? T'es déjà enfariné comme un gardon. Qu'est-ce qu'il pensera de toi, le sous-préfet, quand il te verra dans cette apparence ?

— Enfariné, c'est ce que je veux ! Tout juste, Auguste ! Il pensera que j'ai pas les moyens de voyager en voiture.

— Je trouve que c'est une idée plutôt barioque.

— Qu'est-ce qu'est barioque ?

— D'aller à pattes quand on peut se faire traîner. Sans parler de la question de... chose.

— Quoi, chose ?

— Comment qu'il faut dire ? Doit bien y avoir un mot... La question de... chose. T'es maire, non ? Alors, c'est une question de... Merde, je trouve pas le mot. »

Fafournoux se tira le lobe de l'oreille droite, comme il faisait chaque fois qu'il se trouvait devant une situation embarrassante ; et le mot vint :

« Dignité. Je pense que tu veux dire une question de dignité. »

Et Escoffier :

« Ça doit être ça.

— Bon. Eh bien, te tracasse pas pour ma dignité. Je la défendrai, ma dignité. Et celle de la commune avec.

— J'insiste pas. Au revoir, dignité ! »

Après ce salut blessant, Escoffier fouetta sa bête et le maire de Valdore se remit à travailler des jambes. Il se trouvait d'ailleurs dans la descente et n'avait plus qu'à se laisser glisser.

Bientôt, il atteignit les premières maisons de la cité coutelière. Du moins, ce quartier bas qui porte le nom de Moutier, à cause d'un ancien monastère dont il ne reste plus grand-chose.

Thiers est une des plus jolies villes du monde. Une des plus inconfortables aussi. Vue de loin, elle semble peinte sur le versant de sa montagne, comme une ville de théâtre sur une toile de fond. Dans une merveilleuse pagaye, ses toits s'empilent les uns sur les autres et, à cet égard, elle n'a rien à envier à l'accumulation sarrasine de Positano. Des maisons de tous les siècles, dont un grand nombre du Moyen Age, avec leurs colombages, leurs encorbellements, leurs monstres grimaçants ou impudiques, lui permettent de rivaliser avec York et Strasbourg. Les rues vermiculaires y ont les pentes vertigineuses de Torquay, les habitants l'insouciance et la gaieté des Napolitains. Et si tu ne me crois pas, vas-y voir.

Jacques Fafournoux avait la jambe forte et le soufflet vigoureux : Thiers ne convient pas aux asthmatiques. Il prit à main droite et commença de gravir la route de la Vallée, qu'emplissent le grommellement hargneux de la Durolle et le tintamarre des martinets. Les pieds dans l'eau, puant l'huile brûlée par les trempes, les coutelleries portaient comme les aveugles des verres enfumés. On y accédait par des passerelles effrayantes, jetées au-dessus du torrent, éclaboussées de sa bave. Il devinait au fond de ces enfers les émouleurs, plus noirs que des diables, allongés sur le ventre dans la position de l'amour, les bras tendus vers la meule qui mordait les lames en crachant une giclée d'étincelles ; en hiver, chacun amenait son chien et le faisait coucher sur ses mollets, pour avoir au moins cet endroit au chaud. Soiffeurs, hâbleurs, chanteurs, bagarreurs, gaspilleurs, ces hommes-là sont du monde qu'il vaut mieux ne pas rencontrer le samedi soir. Ils ne connaissent le savon, sauf accident, que deux fois dans leur existence : la veille de leur mariage et la veille de leur enterrement. Tandis qu'il poursuivait sa route, Fafournoux devait, pour regarder la ville, lever la tête presque aussi haut que s'il avait voulu examiner le soleil.

Au pont de Seychalles, il fit une halte pour cracher dans l'eau. Au-dessous, la Durolle fumait, et se tordait et salivait comme un chien enragé. Lui, ça lui aurait fichu des cauchemars d'avoir, soir et matin, une voisine pareille. Il n'y avait pas plaisir à cracher dedans, avec toute cette écume dont elle se couvrait, pire qu'une lessive, où l'on voyait danser des débris affolés, cartons, branches d'arbre, une casquette, une pantoufle, comme si dessous un noyé eût été en train de se déshabiller.

Il reprit son ascension. De toutes les rues escarpées, il avait en face de lui la plus rude ; on avait envie de la grimper à quatre pattes : bordée de boutiques dégueulasses où des artisans barbus faisaient mijoter leurs colles, montaient et alignaient leurs lames avec des mains de moricauds. Quand son ombre passait devant eux, ils levaient les yeux par-dessus leurs lunettes et lui lançaient un regard froid, sans cesser de mastiquer leur chique. Aucun ne le saluait, ce qui l'humilia profondément. D'abord, parce qu'à Valdore on dit bonjour à tout venant, même si on le rencontre pour la première fois ; ensuite, créputain... Il eut envie de leur mettre le Tampon sous les yeux. A présent, il avait l'impression d'avancer au milieu d'une ville ennemie.

La sous-préfecture, qu'un agent de police lui désigna, était bien digne de cette population : elle lui donnait l'exemple de la noirceur. Elle le vit venir de loin, elle sentit — il le sentit lui-même — qu'il arrivait expressément avec un chargement d'ennuis, et fronça les sourcils de toutes ses forces. Ça le fit bien rigoler : il en avait vu d'autres. De toutes les couleurs. Des vertes et des pas mûres. L'appendicite, la guerre, Sarrebourg, le Bois des Loges, le Chemin des Dames, un déraillement, le taureau qui lui avait ouvert la cuisse comme une gousse de petits pois, la Séraphine quand elle avait ses lunes... Pas question de se laisser impressionner par cette façade de suie, ni par les locataires. Il tira la sonnette. Il gardait bien au chaud dans le creux de sa main, comme une arme, la poignée du Tampon.

Un jeune homme sans moustache, la raie au milieu, vint lui ouvrir, à qui il demanda s'il était le sous-préfet.

« Non, je suis le secrétaire de *Monsieur* le sous-préfet, répondit ce jeune homme en insistant sur le *Monsieur*. Avez-vous sollicité un rendez-vous ?

— J'accepte de me déranger, je quitte mes foins qui avaient besoin de moi, je fais six kilomètres à pattes, et faut encore que je *sollicite ?* »

Et l'autre, avec sa raie au milieu :

« A qui ai-je l'honneur ?

— Jacques Fafournoux, maire de Valdore. Tendez la main.

— Pardon ?

— Tendez la main, que je vous dis ! »

Le secrétaire eut sans doute peur d'être battu s'il n'obtempérait pas, avança une main assez pâle et, avant même d'avoir compris ce qui lui arrivait, se trouva marqué en pleine paume du Timbre violet et municipal. Fier de son coup, le maire restait devant lui, riant de toutes ses dents blanches sous les moustaches blondes. Il eut cependant pitié de tant de stupeur, et de ces yeux clignotants, et de cette raie si sage et si droite :

« Vous tracassez pas, mon garçon. Avec un peu de savon, ça

partira, en frottant fort. Et maintenant, allez me chercher votre sous-préfet.

— Je vais voir, monsieur le maire... Je vais essayer. »

Il resta seul, debout, dédaignant les chaises de paille qui lui offraient leur chiche hospitalité. Mentalement, il s'encourageait à l'intransigeance. « Te laisse pas faire, Fafournoux, te laisse pas faire ! Après tout, t'es ici par la volonté du peuple. Et de plus, ancien combattant. Quatre ans et demi dans la merde, ça compte, non ? Pendant que ce secrétaire de mes deux suçait encore son pouce ! Et l'autre, son patron, kif-kif ! De toute manière, cette histoire de monument, faut qu'elle se règle à l'avantage de ta commune. Et elle se réglera ! Alors, voilà ce que je te conseille, Fafournoux. Tu commences d'abord par la douceur. Tu rappelles ta lettre et sa réponse, tu expliques ton affaire sans te fâcher. Mais après, s'il veut rien entendre, tu lui envoies quelques pétards de Dieu par la figure... Et s'il s'entête encore, oh ! créputain... »

Le retour du secrétaire interrompit sa méditation.

« Monsieur le sous-préfet veut bien vous recevoir. Il vous demande seulement de prendre patience un moment. »

Et Fafournoux :

« D'accord. Mais me faites pas trop attendre. Mon foin est sec, et je voudrais bien le rentrer avant la nuit. Le temps, c'est comme le lait : ça tourne vite. »

Le jeune homme lui désigna un siège et, pour ne pas le désobliger, il consentit à y poser ses fesses ; le secrétaire alla s'asseoir derrière un bureau chargé de paperasses, visiblement satisfait de disparaître, car le maire à présent ne voyait plus de lui que le sommet de sa tête, notamment cette sacrée raie au milieu qui lui donnait une figure de carte postale. C'est-à-dire qu'elle le faisait ressembler à ces jolis cœurs qu'on y voit offrir un bouquet de roses en débitant un couplet. Bientôt, il se mit à écrire.

Cinq minutes s'écoulèrent. Puis dix. Puis quinze. Fafournoux commença de trouver injurieux qu'on l'eût ainsi déposé dans un coin, à la manière d'un parapluie, en attendant qu'il sèche.

« Hé ! » appela-t-il.

Et le secrétaire :

« Pardon ?

— Je viens pour le monument aux morts. Vous êtes sûrement au courant. Puisque vous êtes secrétaire, vous connaissez les secrets.

— C'est moi qui écris en effet toutes les lettres de monsieur le sous-préfet. Lui se contente de les signer. »

Il essaya ensuite de pratiquer l'éclipse totale derrière son meuble ; mais le Valdorois se sentait des fourmis dans les mollets ; il s'avança vers les deux secrétaires, celui de bois et celui de peau. Et, penché en avant :

« Entre nous, demanda-t-il, quelle est votre opinion sur cette affaire ? C'est-y pas vrai que nous avons raison ?

— Monsieur le maire, je n'ai pas d'opinion. Mon métier consiste à traduire par écrit les opinions de monsieur le sous-préfet. Voilà tout.

— Vous connaissez quand même la situation. Si le sous-préfet vous demande conseil, vous êtes bien obligé...

— Monsieur le sous-préfet ne me demande jamais conseil. Je vous répète que je ne sais pas ce que c'est qu'une opinion. »

Une pareille neutralité commençait de chauffer les tripes à Fafournoux.

« Alors, qu'il vociféra, si vous voyez un chien qui emporte les saucisses du charcutier, vous avez pas d'opinion ! Si, en rentrant chez vous, vous trouvez votre bourgeoise sur les genoux du facteur, vous avez pas d'opinion ! »

Et le gratte-papier, tout content de sortir cette réponse sans réplique :

« Je ne suis pas marié ! Mais ne confondons pas le droit administratif et le droit domestique... »

La porte du fond s'ouvrit.

« Entrez donc, monsieur le maire ! Bonjour, monsieur Fafournoux ! »

C'était le sous-préfet. Il s'avançait, la main tendue. Et ce qui frappa tout de suite l'homme de Valdore, qui le rencontrait pour la première fois, c'est que son bras gauche lui pendait le long du flanc, plus court, beaucoup plus court que l'autre, avec, à l'extrémité, trois ou quatre griffes de poule qu'on pouvait difficilement appeler des doigts. Ça lui rappelait la cinquième patte de ce veau phénomène qu'il avait vu, un jour, à la Foire du Pré.

Le représentant du Gouvernement progressait vers lui en une marche curieusement oblique, le poitrail exposé. Jacques Fafournoux ne put pas ne point remarquer son ruban rouge. « Créputain ! qu'il se dit. Légion d'honneur ! Mais comment qu'il a fait avec cet outil-là ! Incapable de se servir d'un fusil ! Se servirait pas même d'un lance-pierres ! » Le maire de Valdore était nouveau venu dans l'Administration française et n'en connaissait pas les usages. Il ignorait encore que les décorations se gagnent plus facilement sur les tapis verts que sur les champs de bataille. Qu'elles sont indispensables aux administrateurs, comme aux officiers les galons. Qu'un sous-préfet sans Légion d'honneur est aussi peu respectable, aussi ridicule qu'un sous-préfet sans culottes. C'est pourquoi il répondit au veau à cinq pattes avec une humilité assez peu coutumière :

« Bonjour, monsieur le sous-préfet. »

Et l'autre, abusant de son avantage :

« Vous êtes donc venu de Valdore ?

— A pied, monsieur le sous-préfet. J'ai pas de voiture. Comme vous savez, nous sommes une commune pauvre. Une des plus pauvres du département, pour sûr.

— Curieux comme les maires aiment à se vanter de leur pauvreté !

— Oh ! y a pas de vanterie ! C'est pas bien drôle, allez, de venir en mendiant solliciter une subvention. Pour notre monument.

— Mais... n'avons-nous pas, monsieur Fafournoux, échangé de la correspondance à ce sujet ? Il était inutile de faire à pied tous ces kilomètres. Je vous ai expliqué clairement que votre demande était irrecevable. Où irions-nous, si l'État devait construire à ses frais un monument aux morts dans chaque commune de France ? Savez-vous que nous avons 35 000 communes ? Prenez une dépense moyenne de... voyons... de 30 000 francs par monument. Faites le calcul : ça représente un milliard pour l'ensemble du pays ! »

Le sous-préfet projetait en parlant tous ces zéros comme d'autres lancent des postillons. Jacques Fafournoux les voyait s'envoler, tournoyer autour de lui, retomber en pluie d'or, saupoudrer les meubles et le carrelage de cette pièce austère.

« ... l'énormité de cette somme, monsieur le maire !... Où irions-nous, où irions-nous... la République... les pensions d'invalidité... les vivants d'abord, les morts ensuite... le ministère des Finances... la Préfecture... le Conseil général... la Commission départementale... la Reconstruction des régions envahies... la France... l'Histoire... le Ramadan... »

Après les zéros, c'était le tour des majuscules : elles jaillissaient de la bouche sous-préfectorale avec un doux bruissement d'ailes, pareil à celui d'un essaim abandonnant la ruche ; elles se suspendaient au plafond, aux pendeloques du lustre, se perdaient dans les draperies des rideaux ; tu les sentais emmêler dans tes cheveux leurs fines pattes crochues.

Ce qui surprit Fafournoux, c'est que son homme eût trouvé le moyen de loger le Ramadan en cette affaire. Au front, il avait vu jeûner les tirailleurs algériens du lever au coucher du soleil. Pourquoi diable le sous-préfet parlait-il du Ramadan ? Mais, après tout, peut-être avait-il employé un autre mot que lui, péquenot comme il était, n'avait pas compris. Notre langue contient un troupeau de mots qui, bien que français, lui demeuraient aussi étrangers que s'ils étaient tonkinois. Oui, il avait rencontré également des Tonkinois ; ces gars-là, quand ils causent — coin, coin, coin... — tu jurerais des canards ; à se demander comment qu'ils font pour se comprendre entre eux. Même chose pour les Bretons, quand ils se mettent à bretonner ; y a guère que le Cantalou que tu arrives à suivre à peu près ; faut dire qu'il est auvergnat comme toi ; n'importe, y a des tas de mots dans son patois qui diffèrent du tien ; ainsi, pour toi, le chien, c'est un *chi*, ou un *tchi* dans la région d'Ambert et de Vertolaye ; pour lui c'est un *co* ; tandis qu'à Valdore, comme à Thiers, un *co* est un coup. Exemple : un *co de bè*, un coup de bec. Et ainsi de suite. Chaque région a son parler, y a pas de mal à ça. Mais toutes ces raisons ne lui expliquaient pas pourquoi l'autre parlait du Ramadan.

Soudain, Jacques Fafournoux s'aperçut que, depuis un moment, il n'écoutait plus le sous-préfet et que celui-ci le considérait avec des yeux de poule. Il eut envie de dire : « Comment ? » Mais à l'idée que son veau à cinq pattes allait recommencer la République... les pensions d'invalidité... la France... le Ramadan... il préféra s'en tenir à ce qu'il avait retenu :

« Vous avez peut-être pas tort de refuser la subvention aux communes riches comme Thiers, Clermont, Vichy. Mais pas à Valdore, voyons ! Nous avons ni égouts, ni eau courante, ni électricité, ni téléphone, ni bureau de poste. Et vous voulez nous faire payer le monument aux morts ! Toutes les bourgades des environs ont le leur depuis longtemps ; et nous, alors, peau de zébi ?

— Les bourgades des environs ont construit le leur de leur poche. Faites de même ! »

Fafournoux sentit qu'il était temps d'abandonner les manières douces et d'élever un peu la voix :

« Celle-là, c'est bien la plus forte ! C'est plus fort que de jouer au bouchon ! Nos copains ont donné leur sang à la Patrie. Et quand nous voulons les honorer, la Patrie nous répond : « Construisez ça à vos frais, moi je m'en balance ! » C'était bien la peine qu'on se fasse massacrer !

— Ne vous énervez pas.

— Est-ce que je m'énerve, pétard de Dieu ?

— Les gros mots n'arrangeront rien. Et d'abord, combien sont-ils, ces copains qui ont versé leur sang ? »

Le maire compta sur ses doigts. Il revit un moment passer devant lui les figures de ces Valdorois partis le 2 août au matin comme lui, et qui avaient laissé leurs os là-bas, dans cette terre maudite. Alphonse Bonnemoy, qui jouait si bien de la clarinette. L'instituteur Lévigne, tombé dans les premiers, à cause de ses galons. Joannès Moignoux, mort prisonnier en Bochie. Crocombette, qui s'était mis dans l'idée de faire installer le téléphone avant de partir. Jean Voissier qui n'avait pas connu le fils que sa femme lui préparait... Il les compta et en trouva sept, comme les jours de la semaine.

Et le veau à cinq pattes :

« Sept ? Vous dites bien sept ? Quatre et trois ?

— Oui, je dis sept.

— Et vous allez ériger un monument pour sept personnes ?

Savez-vous qu'à Thiers, par exemple, nous avons atteint le chiffre de 554 morts ?

— Thiers c'est Thiers, et Valdore c'est Valdore. Notre commune compte 250 habitants. »

Le sous-préfet leva les yeux au plafond, comme si c'eût été l'ardoise où il traçait ses calculs.

« Sept morts pour 250 habitants, ça représente... voyons... moins de trois pour cent. Ici, nous avons quatre et demi pour cent de l'ensemble de la population, mon cher ! Vous voyez la différence ? »

De nouveau, Fafournoux sentit l'écrevisse vivante qu'il avait avalée. Mais au lieu de rester dans les parties basses, juste sous l'ombilic, voilà qu'elle se mettait peu à peu à faire son ascension intérieure. Déjà, elle lui pinçait l'estomac.

« Alors, qu'il s'écria, nous nous sommes pas fait assez tuer ?

— Disons que vous avez eu plus de chance que les autres, voilà tout. Et la chance, croyez-moi, ça vaut bien une subvention. On ne peut tout avoir. Un monument pour sept, ça ferait plutôt miteux, vous ne trouvez pas ? Contentez-vous, par exemple, d'une plaque de marbre, dans votre église. »

L'écrevisse atteignit soudain le gosier.

« C'est ça, j'ai compris ! Tout va aux riches : le téléphone, les égouts, et maintenant les monuments aux morts ! Nos morts à nous méritent pas les honneurs, parce qu'ils sont que sept, parce qu'ils se sont ménagés ! Parce qu'ils appartenaient à la plus pauvre commune du département ! »

La bête franchit la gargamelle et s'enfonça dans les tuyaux du nez :

« Pétard de Dieu ! A fallu que je revienne de là-bas pour entendre des raisonnements pareils ! Dans la bouche d'un sous-préfet qu'a fait la guerre avec un porte-plume ! »

Et l'autre, rouge comme un gratte-cul :

« Je l'ai faite à ma façon !

— En tout cas, moi, je vous dis une bonne chose : notre monument, nous l'aurons quand même ! Nous le construirons de nos mains !

— Je ne souhaite rien d'autre !

— Et il aura une drôle de figure, je vous le promets !

— On a la figure qu'on peut.

— Ce sera un monument à l'Ingratitude nationale ! Et on vous appellera pas pour l'inaugurer !

— Je suis sûr que vous ferez ça très bien sans moi. »

Jacques Fafournoux reprit son chapeau qu'il avait posé sur le secrétaire de bois, se l'enfonça jusqu'aux oreilles pour montrer ses regrets de l'avoir quitté, et s'en alla sans dire au revoir.

LE THANATOMNÉMÉIOPHILE,
ou
LA PRÉFACE RETARDÉE

J'ai eu toujours — presque toujours — une passion pour les monuments aux morts. Je collectionne les monuments aux morts ainsi que d'autres les étiquettes, les cartes postales, les porte-clés : en miniatures, en photos, en échantillons. Qu'il m'arrive çà ou là d'en découvrir un de particulièrement appétissant, et me voici l'assaillant de mes assiduités comme la guêpe une tarte aux prunes : je l'enferme dans mon Leica sous tous les angles, de face, de profil, de trois quarts arrière... ; la nuit suivante, avec la complicité de la lune ou des étoiles, je rampe jusqu'à lui, armé d'un marteau et d'un burin, et paf ! je détache un fragment du socle ou de la sculpture. Avec ces débris minutieusement référencés, je remplis mes cellules, mes rayons, mes ruches : Argentan 1935 ; Limoges 1936 ; Orléans 1937 ; Bidoussou-sur-Lignon 1938...

Je suis un thanatomnéméiophile. Du grec thanatos, *mort,* mnéméion, *monument,* philos, *ami. Mon art est la thanatomnéméiophilie.*

Cet amour m'est venu aux environs de 1923 dans ma ville natale de Thiers, en basse Auvergne. Parmi les 554 noms répartis sur six tablettes de marbre blanc, je découvris un jour ceux de mon père et de deux de mes oncles, personnages dont j'avais souvent entendu chanter les mérites extraordinaires, mais que je n'avais jamais connus. Ils se trouvaient placés dans la longue liste suivant un ordre rigoureusement alphabétique ; et dès cet instant, je ressentis le privilège octroyé à ces bienheureux. Mon seul regret fut de n'y pas lire également le nom de ma grand-mère et de ma tante Virginie, autres figures de légende, emportées l'une par on ne sait quoi en 1915, l'autre par la grippe espagnole en 1918. Bon gré mal gré, je dus accepter cette injustice : les femmes ne figurent jamais sur les tablettes des monuments aux morts. Même si elles ont péri de la façon la plus militaire qui soit : mitraillées, gazées, écervelées, fusillées, bombardées, canonnées. Même si elles sont mortes de la mort des autres : ceux qui y ont droit.

Toutes les époques sont admises dans mes collections. Et si la Grande Guerre, comme l'exige son adjectif, y tient naturellement le plus de place, j'accueille avec un égal plaisir les Guerres Postérieures et les Antérieures. Hélas, au-delà de 1870, on ne trouve plus sur notre sol de monument digne de ce nom. Les morts napoléoniens sont complètement oubliés, sauf sur le champ de bataille de Waterloo, qui est en Belgique. Rien à Fontenoy : « Messieurs les Anglais tirez les premiers !... » Rien à Ivry : « Ralliez-vous à mon panache blanc... » Pendant Cent ans, les armées de France et d'Angleterre se sont entretuées, et une seule victime en recueille l'honneur : Jeanne d'Arc elle-même. Rien à Crécy, rien de rien à Poitiers. Seule l'Auvergne se rappelle encore les soldats qui moururent contre les légions romaines, tout spécialement Vercingétorix, qui les résume.

La statuaire thanatomnéméiophilique, cela va de soi, est réduite en fiches dans mes classeurs. Ainsi, mes statistiques constatent que sur cent monuments aux morts :

38 ne comprennent qu'une simple pyramide, munie d'une inscription, affublée ou non de quelque bronzerie figurant des croix, des lauriers, des casques, des palmes ou des étendards ;

25 montrent un guerrier moustachu piquant de la baïonnette ou goupillant de la grenade ;

12 comportent uniquement, pour raisons d'économie, la tête dudit guerrier, soudée directement à la pierre comme celle du dieu Terme ;

6 sont surmontés d'un coq dressé sur ses ergots, jetant au ciel un furieux cocorico pour faire lever le soleil des Victoires ;

8 présentent des personnages accessoires : mères, épouses, enfants, République, Paix, Immortalité ;

6 ont la forme d'un cénotaphe ;

3 autres ont celle d'un tonneau, d'une ancre de marine, d'une aile d'oiseau ou de quelque autre objet plus ou moins surprenant ;

2 n'ont aucune forme du tout et sont constitués d'un bloc de pierre régionale, trop petit pour être menhir, trop gros pour être presse-papier.

Le morceau de résistance est presque toujours entouré d'une garniture de mortiers, de canons à patins, d'obus de gros calibre, qui furent les instruments de la gloire des Élus.

Je me suis également intéressé aux inscriptions, et je dois reconnaître en toute honnêteté qu'elles sont le point faible de nos monuments. Deux ou trois formules reviennent sans cesse au-dessus des tablettes :

A nos héros tombés pendant la guerre...
Aux enfants de... tombés pour la Patrie.
A nos martyrs victimes de...

Cela manque d'adjectifs. Cela manque de profondeur. Cela manque de personnalité.

Quelques communes cependant se sont efforcées d'échapper à cette platitude. Ainsi, Allemagne-de-Provence, charmant village des Basses-Alpes :

> Aux glorieux enfants d'Allemagne
> morts pour la France.

Et aussi l'Auvergne, sur ces monuments érigés en l'honneur des glorieux Celtes morts pour la Gaule, et dont les inscriptions sont composées en latin. C'est-à-dire dans la langue des vainqueurs :

... ARMA SVMPSIT PRO LIBERTATE OMNIVM...

Il y avait là une idée profondément originale : pourquoi n'avoir pas, sur les monuments aux morts des récentes guerres, utilisé l'allemand, voire, par-ci par-là, l'italien ou le japonais, l'arabe et le vietnamien ? Il est regrettable que l'exemple des danseurs de bourrée n'ait pas été suivi. Au lieu d'être des dieux Termes préposés à la garde des frontières et des haies historiques, ces édifices auraient pu figurer Homonoia, déesse de la Concorde, fille de la Justice et du Maître du monde.

Les Auvergnats eux-mêmes ont d'ailleurs manqué de cohérence. Leur plus grande ville, Clermont-Ferrand, compte très peu, mais très peu de statues en général ; pourtant pas moins de cinq sont consacrées aux morts de diverses guerres. Car je place dans cette espèce les monuments au vaincu d'Alésia, et le monument au vaincu de Marengo. Or, dans cette profusion thanatomnéméiophilique, le français l'emporte déplorablement sur les langues étrangères.

Mais, auvergnats ou limousins, bretons ou francscomtois, les guerriers des monuments aux morts ont un signalement immuable : buffet vaste, œil féroce, mâchoire inférieure proéminente, poing serré, godillot large et profond — au moins du 46 — mollet débordant de muscle et de galbe. Incroyable ce que ces hommes-là peuvent avoir comme viande dans le mollet, comme pointure dans les pieds, comme éclairs sous les sourcils ! Leurs mouvements sont harmonieux, didactiques, exemplaires. Ils se trouvent immobilisés dans la posture de l'assaut et meurent rarissimement ; lorsqu'ils le font, c'est en levant un bras vers la palme qu'une main leur présente, opportunément sortie des profondeurs de la pierre.

J'ai remarqué aussi que dans les grandes villes on a souvent renoncé au palmarès : les tablettes de marbre portent plus volontiers le nom de victoires. Des listes interminables de sacrifiés ne semblent pas de mise, évidemment, et cela pour trois bonnes raisons : primo *parce que le prix de la gravure pourrait dépasser celui de la sculpture, ce qui n'est pas conforme à la traditionnelle hiérarchie académique ;* secundo *parce qu'on risque toujours des oublis ;* tertio *parce que de telles longueurs feraient vraiment mauvais effet.*

COMMENT NAIT UN MONUMENT AUX MORTS

La salle du Conseil était paradoxalement plus sombre en été qu'en hiver, à cause de ces truands de marronniers dont les feuilles traînaient quasiment jusqu'à terre, et qui arrêtaient la lumière du jour. C'est pourquoi, sitôt entré, Navarron tourna le robinet de l'électricité bien qu'il ne fût pas plus de six heures, ce qui n'est pas tard au mois de juillet. La convocation disait 17 h 30, mais presque tous étaient en retard, y compris le maire lui-même qui, par conséquent, n'obéissait pas à sa propre signature. L'instituteur-secrétaire se faufila derrière la table de la présidence, essuya la chaise avec son mouchoir, et s'assit froidement, regardant les présents à travers les verres de ses lunettes, les coudes sur la table, les mains jointes comme si, en attendant, il faisait une petite prière. Les autres entrèrent peu à peu, se déposèrent sur les chaises de bois et poursuivirent leur conversation en fumant et en crachant sur le plancher.

Au bout d'un moment, Gouttegattas, l'adjoint, s'installa à la gauche du greffier. Il avait transporté du fumier tout l'après-midi et n'avait pas eu le temps de se changer ; à peine s'il s'était passé les mains par l'eau. L'instituteur fit la grimace et s'écarta de cinquante centimètres. Il faudra beaucoup de temps et une longue patience pour apprendre à l'Auvergnat à se tenir propre. Mon grand-père refusa toujours obstinément de se laver les pieds, prétendant que l'eau, à cet endroit-là, ça le rendait malade ; il en avait fait l'expérience par accident deux fois dans sa vie, un jour en tombant dans un ruisseau, une autre en s'enfonçant jusqu'aux genoux dans une serve, et les deux fois avait failli y trouver la crève.

Enfin, Fafournoux vint. Il entra, content comme un jour de Pâques, n'eut pas même l'idée de s'excuser pour son retard de quarante-huit minutes, sûr de n'être pas le dernier. Il manquait effectivement Escoffier et Chamoissou. On bavarda des fenaisons, que le beau temps favorisait, on se plaignit même de l'abondance : année de foin, année de rien.

Le local était une ancienne dépendance du couvent que les sœurs avaient consenti à échanger contre une parcelle communale où elles laissaient paître deux ou trois vaches. Une salle d'ailleurs bien trop grande pour un Conseil de douze : en se serrant bien, toute la population de la commune aurait pu y tenir. Le sol avait besoin d'un parquetage ; on l'avait rapetassé çà et là avec des planches qui faisaient trébucher les inattentifs. Ça manquait aussi de meubles :

une douzaine de chaises, une table de bois blanc et, au-dessus, le buste en plâtre de la Princesse et la binette ronde de Millerand. Un point, c'est tout.

Chamoissou et Escoffier arrivèrent ensemble et la séance put commencer. Navarron, l'instituteur, s'agitait sur son siège, comme s'il allait demander la permission d'aller aux cabinets. Il aimait bien prendre cet air de martyrisé, desserrer les dents le moins possible, se mordre les lèvres exprès pour ne pas rire quand les autres se fendaient la tirelire : il entendait ainsi protester contre le peu d'initiative qu'on lui laissait et se plaisait à dire fréquemment :

« Décidez sans moi. Ici, moi, je ne suis qu'un porte-plume. »

Fafournoux compta son troupeau. Douze. Manquait plus personne. Et pour commencer :

« Approchez-vous donc de la fenêtre, qu'il recommanda, et tassez-vous un peu. Ça permettra d'éteindre les lampes. »

En même temps, il tournait le robinet de la lumière. Ils se levèrent en ronchonnant, comme si on leur avait demandé de déplacer le puy de Dôme.

« Toi, avec tes économies, fit Escoffier, tu écorcherais une punaise pour avoir sa peau.

— Ben quoi ! fit le maire, sentant son écrevisse lui remuer dans le jabot, on est ici en Auvergne, ou bien on est au Portugal ?

— Qu'est-ce tu connais du Portugal ? Le monde y est fait comme chez nous, non ? Ils ont pas le trou de balle à la place du nombril ?

— Qu'ils soient faits comme ils voudront. Mais comptez pas sur moi pour vous prêter la main à gaspiller les sous de la commune. Je suppose que vous m'avez choisi pour la défendre, et je la défendrai. Ou alors, je vous flanquerai ma démission en travers de la gueule.

— Toi, t'es pas un Puillo-Sè pour rien ! lança le vieux Bournilhas du fond de la salle. T'es plus fort que ton grand-père ! »

Les Fafournoux étaient depuis des générations des Puillo-Sè et, lorsque le maire de Valdore entendait prononcer derrière lui ce sobriquet, il se retournait sans colère ni hésitation. Il avait hérité ce surnom de ses anciens, comme il avait hérité leurs yeux bleus, leur énergie, leurs terres et leur maison. Son père et son grand-père avaient été des Puillo-Sè, et lui en était un autre. C'est-à-dire, en théorie, un Épouille-Serpent. Allez donc épouiller des serpents ! Voilà pourtant comment on les appelait tous, ceux de sa famille : sa femme, sa sœur, ses gosses, son frère et ses neveux. Mot d'ailleurs inapte à indiquer le féminin ou le pluriel et totalement invariable. Puillo-Sè de pères en fils. Ce qui n'empêchait pas les gens d'appeler aussi sa bourgeoise la Fafournouze, selon l'antique usage des Latins. Le jour de ses noces : *Ubi tu Gaius ego Gaia*, disait la mariée. Là où tu seras Gaius je serai Gaia. Là où tu seras Pierrot je serai Pierrette. Là où tu seras Picandet je serai Picandette. Là où tu seras Fafournoux je serai Fafournouze. C'est pourquoi la Séraphine tournait la tête à ses trois noms.

Cette appellation d'Épouille-Serpent devait pourtant signifier quelque chose : sans doute l'habitude qu'on avait dans la famille d'examiner les choses plutôt quatre fois qu'une, de tâter avant d'acheter, de ne pas dépenser deux liards si l'on pouvait en sauver un. Là-dessus, il courait des histoires qui n'étaient peut-être que des légendes ; mais Jacques Fafournoux les acceptait, il était même le premier à les raconter.

« Il devrait être, qu'il jeta au nez de son Conseil, un exemple pour tous, mon grand-père ! »

Celui-ci était natif du village de Sapt, près de Valdore : ce qui explique qu'il y ait tant de Dessapt dans la région, tous sortis, pour sûr, de ce hameau bouseux, perché sur la colline, à un quart d'heure de marche du chef-lieu. Pour commencer, il avait construit sa maison lui-même : étable, grange, et logement des personnes. Selon l'usage du pays : en pisé d'argile bien grasse, vidée dans un coffrage de planches et tassée, pilée, damée avec une batte de châtaignier. De la sorte, hottée après hottée, gravissant vingt fois par jour son échelle, il avait édifié lentement son gâteau, plaçant aussi les solives des planchers et les chevrons de la toiture. Un soir, la façade était apparue tout entière, dans sa belle couleur de brioche, marquée de lignes horizontales qui indiquaient les couches. « Je t'habillerai encore, lui avait dit Annet Fafournoux, d'une belle chemise de chaux, teintée de bleu... Non, je mettrai plutôt du rose... Et tu seras la plus fière du pays. »

Une fois sa maison terminée, il s'était marié, avait eu six filles et deux garçons, huit en tout, dont trois étaient morts en bas âge. L'un des gars, à son tour, avait engendré Jacques Puillo-Sè, le maire de Valdore.

Donc les histoires disaient que le vieil Annet Fafournoux était incroyablement économe, ce qui est une grande vertu que certains appellent avarice. Qu'ils l'appellent comme ils voudront ; mais cette qualité-là fut pendant des siècles, non seulement l'honneur, mais le fondement de l'Auvergne. Et je ne suis pas loin de croire que, lorsqu'il n'y aura plus d'avarice chez nous, l'Auvergne aura disparu en même temps.

Par exemple, lorsqu'il voyait sa gaminaille oisive, Annet leur criait : « Allez sur les chemins ! Y a toujours quelque chose à ramasser. » Et les voilà partis, dans leurs sabots bourrés de foin. Le foin n'était pas là pour le confort, mais pour marier avec justesse le pied et la chaussure. Annet les sculptait lui-même, avec sa longue lame et ses tarières, et il en faisait de deux sortes : ceux de tous les jours, qui étaient lourds, mal léchés, et ceux du dimanche, fignolés, ornés de fleurettes, teints en marron au brou de noix, avec le luxe d'une bride de cuir, sur le cou-de-pied. Le grand-père Puillo-Sè n'hésitait pas à creuser des sabots d'une capacité légèrement excessive pour toutes ces papattes qu'il avait à chausser ; ça leur permettait de s'user jusqu'au bout, malgré la croissance ; on comblait simplement l'espace avec un peu de foin. C'était pratique et assez douillet. S'il arrivait au bois de se fendre, on le liait avec un fil d'archal, appointi aux deux bouts, retenu ainsi dans les parties saines de la chaussure et fermement logé dans une rainure.

Hors des heures employées, le petit cheptel d'Annet s'en allait donc en chasse par les sentiers et les routes. Il s'intéressait particulièrement aux clous perdus, tête plate ou tête ronde, clous de vaches, clous d'ânes et de chevaux ; tout ça servirait ensuite à ferrer les sabots, à rafistoler portes et clôtures. Ils ramassaient les bouses abandonnées pour fumer le jardin ; les flocons de laine que les griffes des haies arrachaient aux toisons ; les glands tombés pour les porcs ; les boutons, les crochets de culotte, les boucles, les épingles de toutes sortes. De loin en loin, il arrivait même qu'on fît une trouvaille exorbitante : un peigne, une bague, un mouchoir, une pièce de monnaie. Alors, tu l'apportais au curé qui l'annonçait en chaire le dimanche suivant. Tant pis pour ceux qui ne fréquentaient pas la messe.

Pour leur propre compte, naturellement, drôlets et drôlettes recueillaient aussi, selon la saison, les noix tombées, sans leur demander le nom du propriétaire, les pommes vertes ou mûres ; et aussi ces cerises si savoureuses quand juillet les a séchées, qu'elles ont plu sous l'arbre et que la chair adhère à l'os ; elles ont un goût de pruneau ; ils les disaient « confites », ce qui signifiait flétries.

Pas étonnant qu'on les appelât les Puillo-Sè.

La rumeur publique affirmait que le vieil Annet Fafournoux, comme les autres, réunissait ses voisins quand venait son tour, les veillées d'hiver, autour de la cheminée. Les pieds sortaient des sabots et se tendaient vers les flammes dans les grosses chaussettes de laine grège ; les adultes, eux, qui ne grandissaient plus, les portaient à leur juste pointure, sans nécessité de foin ni de fougère. Alors — toujours selon ce qu'on disait —, une fois tout le monde en place, Annet Puillo-Sè éteignait la lampe pour économiser l'huile, et l'on restait ainsi dans l'obscurité, les figures vaguement éclairées par les flammes. Le maître de la maison se plaçait en arrière — crois-le, ne le crois pas — là où il échappait le mieux aux regards, et il baissait sa culotte sur ses genoux pour en économiser le fond, s'asseyant directement sur ses fesses.

Jacques Fafournoux se moquait bien, aujourd'hui, qu'on le comparât à cet homme dont il descendait ; si on lui en faisait réflexion :

« Il avait raison, qu'il répliquait, mon grand-père, parce que les fonds de culotte ça s'use, mais les fesses, c'est inusable. »

De nos jours, on n'en est plus là, hélas. On ne se baisserait pas pour ramasser un bouton ni un clou encore bien portants. C'est à qui commettra les plus grands gaspillages. Bon. Que le monde change tant qu'il lui plaira, lui, Jacques Fafournoux, sera toujours un Puillo-Sè.

« Question monument ! » fit Chamoissou, pour rappeler l'objet essentiel de la réunion.

Le maire se racla la gorge, allongea les jambes sous la table et regarda son secrétaire Navarron, pour l'inviter à prendre des notes et à en faire ensuite un honnête procès-verbal. L'instituteur trempa son porte-plume dans l'encrier.

« Voilà. Je suis allé trouver le sous-préfet de Thiers, comme vous m'en aviez donné mission.

— L'a même refusé de monter dans ma voiture », témoigna Escoffier.

Tu aurais entendu voler une mouche.

« Oh ! Il m'a pas mal reçu. Rien à dire de ce côté-là. Un homme décoré : Légion d'honneur. Avec un bras qu'a oublié de grandir. Pas sa faute à lui si sa mère l'a un peu manqué. Un treizain, comme on dit. »

Les couteaux se vendent à la douzaine, de même que les œufs, les mouchoirs, les serviettes. Mais, à Thiers, on aime faire bonne mesure et, par-dessus la marchandise irréprochable, on te fait présent d'une pièce légèrement défectueuse ; la tare en est souvent si discrète que tu risques de ne pas l'apercevoir et qu'on pourrait, si l'honnêteté ne s'en mêlait point, te refiler le treizain pour un article régulier. N'empêche que, appliqué au monde, ce terme a une signification déplaisante.

« Question monument ! répéta Chamoissou qui s'impatientait de tous ces préambules. Moi, j'ai mes vaches à tirer !

— Nous avons tous nos vaches à tirer ! répliqua le maire. Laisse-moi le temps de chercher mes idées ! Est-ce que tu me prends pour un avocat ? »

Pour montrer qu'il se foutait des coups d'aiguillon, lentement, il tira de sa poche son mouchoir, se torcha le nez et les badigoinces, s'essuya les mains, le roula ensuite en une boule bien ronde, le renfonça dans sa place première, croisa les doigts sur la table. Tout ça sans quitter une seconde du regard les membres de son Conseil, qui ne pipaient mot.

« Comme je vous disais, fit-il enfin, j'ai vu ce sous-préfet. Eh bien ! J'aime autant vous le dire que vous le cacher : faut pas compter sur la subvention. Si on veut un monument, faudra qu'on le fasse nous-mêmes, avec nos matériaux, et notre travail, et notre temps. Elle, l'Administration, elle nous lâchera pas un fifrelin ! » Et pour ceux qui n'auraient pas compris ce terme étranger : « Pas un liard, quoi ! »

Certains jurèrent. D'autres crurent que Fafournoux se moquait d'eux et lui firent répéter :

« Pas un liard ?

— Pas un liard !

— Mais tu leur as donc pas expliqué... ?

— J'ai expliqué tout ce qu'on pouvait expliquer ! Et je lui ai même envoyé deux ou trois pétards de Dieu par la figure ! »

Là, ils approuvèrent, contents d'avoir élu un maire qui les défendait si vaillamment. Chamoissou interrogea :

« Question motif ? »

Et Puillo-Sè :

« Le motif, vous le devineriez jamais ! Parce que la commune a que sept morts ! Parce que nous nous sommes trop économisés ! »

Celle-là, elle leur coupa le souffle. Économisés ? Et qu'est-ce qu'ils avaient fait pour s'économiser ? Et comment qu'on pouvait faire pour s'économiser ? Eux tous qui y avaient été, *là-bas*, sauf le vieux Bournilhas, ils se considérèrent les uns les autres avec effarement. Quand on leur disait : « Avancez par là ! », ils avançaient par là. Si on leur recommandait : « Sautez dans ces trous et tuez tout ce qui bouge ! », ils sautaient et tuaient fidèlement, comme on le leur avait appris. Oui, en certains endroits, en 17, y avait eu du bordel, du côté de Craonne, de Villers-sur-Fère et en d'autres secteurs ; mais c'était toujours venu de Parigots, ou d'ouvriers des villes, habitués depuis longtemps à rouspéter, à trouver tout mauvais et à préparer la révolution. Eux, les paysans, ceux d'Auvergne, comme ceux de Bretagne ou d'ailleurs, ils cherchaient point à s'économiser. Et s'il en était tombé de Valdore seulement une demi-douzaine, c'était tant mieux. Et personne ne pouvait le leur reprocher. Surtout pas un treizain !

Comme tout le monde parlait d'économie, et d'économisage, et d'économisement, voilà qu'Escoffier, pour rappeler sans doute l'histoire du robinet de la lumière que Fafournoux avait fait tourner, se met à dire :

« Tu vois où ça conduit, les économies ! »

Y avait vraiment autant de rapport qu'entre le pape et une couenne de lard ; c'est pourquoi ils se contentèrent de hausser les épaules, sans prendre garde aux paroles de cet essargaillé.

« Et maintenant, qu'est-ce qu'on va faire ? » demanda Crocombette, le frère, justement, d'un des sept malchanceux.

Et Chamoissou, énergique :

« Faut faire quèque chose !

— C'est bien mon intention ! répliqua Jacques Fafournoux. Et voici ce que je propose...

— Faudrait, suggéra encore Chamoissou, faire quèque chose qui les couillonne tous !

— Justement ! Je propose d'élever ce monument de nos mains. Et que ça soye en même temps un monument à l'Ingratitude nationale !

— Comment que tu le vois ? »

La question était embarrassante. Le maire, comme l'adjoint, comme les autres du Conseil durent reconnaître qu'ils le voyaient mal. Ils se tournèrent vers l'instituteur, d'un air petit-petit :

« Vous, monsieur Navarron... est-ce qu'ous auriez pas... une sorte d'idée... ? »

Navarron sentit les calories de la revanche lui réchauffer le cœur. Tant qu'il s'agissait d'affaires courantes, eaux, chemins, cabinets, centimes additionnels, pompiers, cimetière, il se trouvait réduit au rang de greffier. La méfiance était telle à son égard que Fafournoux emportait le Tampon municipal dans ses déplacements ! Comme si on le croyait capable de prendre des initiatives clandestines ! Seulement, dès qu'il s'agissait de matières inhabituelles, qu'on avait besoin d'un grain d'imagination, alors, on lui faisait la chattemite, on l'appelait monsieur Navarron gros comme le bras. Avant de répondre, il se donna le plaisir de les insulter, intérieurement : « Bande d'enfoirés ! Pèdezouilles ! Si vous étiez mes élèves, je vous donnerais cent fois à copier : Je ne suis qu'un mangeur de boudin ! »

Avec une satisfaction rare, il leur retourna le fer dans la plaie :

« C'est bien mon avis que vous voulez connaître ?

— Pardi !

— Un monument aux morts, il n'y a pas trente-six recettes : il faut un socle, un pied si vous aimez mieux ; vous y gravez les noms des défunts ; au-dessus, quelque chose d'un peu voyant : une pyramide, une colonne, ou une statue. Et puisque vous avez l'intention d'élever un monument à l'Ingratitude, la statue devra représenter l'Ingratitude, c'est évident. »

Les autres se regardèrent avec stupeur : on peut représenter l'Ingratitude, comme ça ? Et comment que c'est fait, l'Ingratitude ? Est-ce qu'il se payait leur physionomie, le Navarron ?

« Pourquoi donc qu'on ne pourrait pas représenter l'Ingratitude ? On représente bien la Patrie, la Liberté, la République, la Fortune, la Mort, la Religion et d'autres saints-frusquins qui n'ont pas davantage de figure !

— Et, fit Chamoissou, question figure, qu'est-ce que ça serait ?

— Il faudrait demander à un artiste. C'est leur métier. Pas le mien.

— N'importe comment qu'elle soye, cette figure, dit Gouttegattas, ça sera pas du bon marché. Plus les plaques. Plus la gravure. Plus la pose. En quoi qu'elle serait, cette statue ?

— Le bronze est plus cher, mais il dure éternellement, dit Navarron. La pierre de Volvic, ça fera presque autant d'usage, et ça coûte moins. La pierre blanche, au bout de quelques années, elle noircit. Il y a aussi le ciment moulé : c'est ce qu'il y a de meilleur marché. J'ai entendu dire qu'il existe une maison qui fabrique les monuments aux morts à la douzaine ; elle les coule dans un moule, comme vous les fromages. Seulement, si vous voulez réellement un monument à l'Ingratitude, faudra sûrement le commander sur mesure. Je ne crois pas que vous en trouviez de confection. »

Il y eut un long silence qu'on sentait rempli de pensée. Puis Chamoissou demanda :

« L'Ingratitude, au juste, ça serait quoi ? Jamais entendu ce truc-là autant qu'aujourd'hui. »

Fallut lui expliquer. Ce fut encore l'instituteur-secrétaire qui s'en chargea :

« Une supposition : vous rendez service à un voisin ; bon ; lui, en guise de remerciement, il vient vous voler votre bois pendant la nuit. C'est une ingratitude. »

Et Chamoissou :

« Moi, j'appelle ça une saloperie.

— Une autre supposition : vous avez un fils, vous l'élevez, vous en faites un homme, et quand vous êtes vieux, il ne vous connaît plus, il vous laisse crever dans la misère. C'est un ingrat.

— Moi, je l'appelle un salopiot.

— D'accord. L'ingratitude, c'est à peu près la même chose que la saloperie.

— Alors, comme ça, vous voulez élever un monument à la saloperie ?

— C'est l'idée de votre maire. La Patrie... la France... le Champ d'honneur... l'Ingratitude... »

Ça y est, ça recommençait : les majuscules. Encore un peu, et y aurait le Ramadan. Jacques Fafournoux s'envola, comme il avait coutume de le faire dans ces moments. Il était en train de se demander pour son compte quel visage avait l'Ingratitude. La République, bon, c'était connu : les nénés volumineux, la bouche sérieuse, et ce curieux bonnet de nuit à oreilles dont la pointe retombait sur le front. La France, connu aussi : un coq, gonflé comme un ballon. La Bochie : une grosse dondaine, avec des nattes et un casque à pointe. Le Travail : un forgeron tapant sur son enclume. Mais l'Ingratitude ? Un moment, il lui vit la tête du sous-préfet, ses cheveux peignés à l'embusqué, ses yeux qui regardaient le plancher, sa bouche mince et courte comme une boutonnière.

Mais il fallait une femme, voyons ! Il chercha parmi celles qu'il connaissait. La Rabichonne, peut-être, celle qui menait ses brebis sur les terres des autres, sans demander de permission. Ou la Mouillaude, la cafetière, qui faisait toujours fausse mesure. Ou cette vieille sorcière magique, la Camuse, avec ses yeux dont l'un disait merde à l'autre. Pour sûr, c'est elle qu'il faudrait prendre pour modèle, la Camuse. On la photographierait, et l'artiste en ferait une juste reproduction. L'idée de cette statue lui fit quand même froid dans le dos, lorsqu'il pensa au prix qu'elle pourrait coûter. Un artiste capable de représenter la Camuse dans le bronze, dans la pierre ou même dans le ciment coulé, fallait bien que ça se paye. Ces gens-là ont étudié jusqu'à vingt ans et plus. Au fond, la meilleure représentation de l'Ingratitude, est-ce que ça ne serait pas de ne rien mettre du tout ?

Il attendit que l'instituteur eût fini ses explications pour ouvrir la bouche.

« Tout réfléchi, fit-il, je crois qu'on mettra pas de statue. Rien qu'un tas de pierres carré, et une plaque avec la liste. Comme ça, on réduira la dépense au minimum. »

La proposition sembla plaire à tout le monde, sauf à Escoffier, adversaire des économies, comme à l'accoutumée.

« Sur ton tas de pierres carré, qu'il fit, faudra bien quand même poser un petit quèque chose ! Sinon, ça aura l'air... je sais pas... d'une borne Michelin. »

Et Fafournoux :

« Qu'est-ce tu proposes, toi ?

— Moi, je propose rien du tout. Je pose seulement la question. Ton tas de pierres aura pas l'air d'un monument, sûr et certain. »

Le maire s'adressa à l'ensemble de son Conseil :

« Et vous autres, qu'est-ce qu'ous proposez ? »

C'était toujours la même chanson : des critiques, on en avait chaque fois en veux-tu en voilà ; mais pour ce qui était de construire : peau de zébi.

« Causez pas tous en même temps ! » insista-t-il.

Alors, l'incroyable se produisit : il y eut une proposition. Et de qui vint-elle ? Du plus corniaud de la bande : de Chamoissou !

« Dans ma cour, qu'il fit, j'ai un tas de tuiles. M'embarrassent depuis au moins deux ans. Depuis que j'ai refait le toit de ma grange, tiens ! Des tuiles toutes neuves, attention !

— Et alors ?

— Et alors, je fais le sacrifice : j'en fais cadeau à la commune.

— Pour ?

— Pour poser sur le monument. Ça serait dommage de les laisser perdre, pas vrai ? Qu'est-ce qu'ous en dites ?

— Des tuiles sur un monument aux morts ?

— Je vous les donne gracieusement. Ça vous rend service, et moi, ça me débarrasse. Et même... et même... »

Il se leva pour faire remarquer l'importance de ce qu'il allait dire : « Et même, si vous êtes d'accord, je vous les placerai ! A condition, bien sûr, qu'on me fournisse le ciment, je voudrais pas encore... Qu'est-ce qu'ous en dites ? »

Silence. Escoffier se gratta sous l'aisselle gauche. Bournilhas se remit la pipe entre les gencives. Fafournoux se tira le lobe de l'oreille, sans résultat. Mouillaud se cacha derrière Lavet pour faire croire qu'il n'était pas là. Lavet regarda Chamoissou. Chamoissou regarda Lavet, d'un air engageant. Crocombette regarda Gouttegattas. Gouttegattas s'efforça de ne pas bouger un seul poil de moustache, et s'arrêta même de respirer un moment. Doupeux commença un petit rire con, mais voyant que les autres ne le suivaient point, il finit par une toussette qui n'avait l'air de rien et qui ne trompa personne. Roddier regarda Fafournoux. Monteillet chassa une mouche. Bouterige remua les badigoinces, mais personne n'y prit garde, on savait que c'était un tic. Navarron, l'instituteur, rédigeait son procès-verbal.

« Voilà », fit encore Chamoissou.

Ça n'ajoutait pas gros. Le maire se rendit compte cependant que ses fonctions l'obligeaient à dire quelque chose. N'importe quoi, mais quelque chose.

« Le ciment, qu'il fit, bien sûr... Y a pas de problème... Mais ces tuiles, tout de même, sur un monument à l'Ingratitude, ça va faire drôle ! Et comment que tu les arrangeras, tes tuiles ?

— Eh ben, j'en ferai... je sais pas... une Ingratitude ! »

C'était la plus forte ! Chamoissou, qu'on savait imbécile de la tête mais dégourdi des mains, un peu maçon, vaguement menuisier, un tantinet sabotier comme tout le monde, vouloir représenter une Ingratitude, alors que personne encore n'avait réussi à expliquer comment c'était fabriqué ! Et avec des tuiles, encore ! Pour le coup, tout le monde voulut dire la sienne. Et rigoler. Et pousser le voisin du coude. Et cligner de l'œil. Et se taper sur les cuisses. Et désigner Chamoissou du doigt, du nez ou de la pipe. Et lui lancer des bénédictions ironiques. Et ci, et ça, et pauvre essargaillé, et tu ferais mieux de réciter ton chapelet, et barbouilla et barbouilla.

Quand il en eut assez entendu, Chamoissou :

« Je vous force pas, qu'il fit. Mes tuiles, un jour ou l'autre, j'en trouverai le placement. »

Et Puillo-Sè :

« Au fond, qu'est-ce qu'on risque ? Si ça plaît pas, on démolit, voilà tout ! C'est pas comme une vraie statue ! Puisqu'il accepte de poser ses tuiles gracieusement... Qui qu'est contre ? »

Gracieusement ! Voilà un adverbe plaisant pour tous, même pour

Escoffier qui faisait mine du contraire. Qui donc pouvait être contre gracieusement ? Le maire sentit d'où soufflait le vent. S'adressant à Chamoissou :

« Alors, t'es prêt à prendre tes responsabilités ? Tu nous arranges ça de façon à faire honneur à la commune ?

— Oui, oui, vous verrez que vous serez contents.

— Qui qu'est contre ? » répéta Fafournoux.

Doupeux leva la main. Il était fameux pour arranger les horloges, les réveils, les montres et tous les mécanismes. On savait qu'il nourrissait des idées socialistes qui lui étaient venues Dieu sait comment. Peut-être en examinant, montant et démontant ses rouages : ça lui avait mis en tête des comparaisons. Il trouvait qu'un tas de choses en ce monde sont mal faites : la guerre, la paix, le commerce, la foudre, la grêle, la maladie, la mort ; et aussi les nez qui saignent, les cheveux qui blanchissent, les dents qui tombent, les pieds qui puent. Et il devait espérer, vaguement, que tout ça pourrait un jour être disposé autrement. Très souvent, il te regardait sans rien dire, toi ou Pierre, ou Jacques, ou Paul ; et tout par un coup il poussait son petit rire con ; et ça ne faisait plaisir à personne.

« Tes motifs ? fit Puillo-Sè.

— Pas besoin de donner mes motifs. Je suis contre. Un point c'est tout. »

L'instituteur traça un bâton dans la colonne des opposants.

« Qui qu'est pour ? »

Tout le reste leva le doigt.

« Adopté ! »

Ce fut un sacré soulagement pour l'ensemble du Conseil. Restait plus qu'à consigner au procès-verbal la résolution prise « à l'unanimité moins une voix », à faire signer le maire et son adjoint. Les dix autres se levèrent, contents de pouvoir parler d'autre chose que du monument. Ayant rédigé son texte, Navarron le lut aux intéressés qui l'approuvèrent ; ensuite, il appliqua le Cachet municipal et tendit son porte-plume à Puillo-Sè qui traça d'une main ferme *Jacques Fafournoux*. A son tour, celui-ci offrit l'outil à son adjoint ; mais Gouttegattas était engagé dans une conversation avec Monteillet et ne vit pas le geste.

« Y en a un, s'impatienta le maire, qui est resté comme ça cent sept ans...

— ... et la cent huitième année, il est mort ! » acheva l'autre en saisissant le porte-plume.

Il l'examina avec une certaine crainte, le roula entre ses gros doigts pour le placer dans la juste position, commença de dessiner son prénom. Après la première syllabe, *Phil*... plus de carburant ! Il dut s'arrêter pour faire de l'encre, ensuite reprendre sa tâche d'une main quelque peu tremblante. « Pourquoi qu'ils m'ont élu adjoint, cette bande de... Je serais bien plus tranquille si je... Saloperie de porte-plume... » Le dur, c'était de se raccorder aux lettres déjà tracées sans trop dérailler. De son mieux, il ajouta... *ilibert*, respira un bon coup et repartit pour dessiner *Gouttegattas*. Quand il eut fini, il se relut, et s'aperçut avec stupeur qu'il avait écrit *Phililibert* au lieu de *Philibert*.

« Merde ! qu'il fit. J'ai mis *Phili... libert !* »

Et Puillo-Sè, rigolant comme un crocodile :

« Alors, t'as oublié ton nom ? Sacré Phililibert !

— Ça ira comme ça, dit l'instituteur. Après tout, vous avez bien le droit de vous appeler Phililibert, si vous en avez envie ! »

L'adjoint se voyait déjà en train de recommencer sa créputain de signature ; il fut reconnaissant à Navarron de se montrer si arrangeant.

L'INAUGURATION

Doupeux rentra chez lui et s'en alla tout de suite traire ses vaches. Ses deux vaches, puisque la troisième avait un veau et que la quatrième en était au septième mois de sa grossesse. Les seaux étaient prêts, tout propres sur la table de la souillarde. Par suite d'un accident qu'elle avait eu, Félicie, sa femme, ne pouvait plus plier la jambe gauche.

« C'est toi qu'as fait la guerre, qu'elle répétait souvent, et c'est moi l'estropiée. »

Alors, elle lui laissait le soin de la traite, ce qui ne le punissait pas. A cause de la longueur du jour, l'étable était encore claire. Les bêtes s'étaient repues toute la relevée dans le pâturage ; mais pour les faire tenir tranquilles, il leur accorda une poignée de foin mi-sec, qu'elles se mirent à mastiquer avec ce curieux mouvement des mâchoires qu'elles ont, dans le sens de la largeur, et non de bas en haut comme les hommes. Je ne sais si tu as vu un organiste s'installer devant son instrument : ces préparatifs qu'il fait, le siège, les papiers noirs de notes, le couvercle, ses doigts qu'il dégourdit, et le clavier qu'il essaye d'une main légère et la bonne posture qu'il cherche, et tout ça. Eh bien, Doupeux se mettait devant sa vache comme le curé devant son harmonium : le tabouret à trois pieds au bon endroit, le seau de même, entre ses genoux, et il ne trayait pas encore, non : il faisait ses gammes. Il lavait soigneusement les quatre tétins avec l'eau tiède du seau. Ensuite, il changeait de seau, reprenait sa place, et la musique démarrait. Lui avait repoussé sa casquette en arrière et, maintenant, sa joue était posée tout contre le flanc de la vache. Une douce intimité de l'homme et de l'animal. Ils avaient confiance l'un en l'autre. Les tractions de ses mains avaient exactement la fermeté nécessaire et le lait giclait au fond de la seille de bois cerclée de fer.

Doupeux auscultait sa vache à la façon d'un médecin. Et lui qui avait l'habitude des rouages et des mécanismes, il imaginait les ressorts mille fois plus compliqués qui fonctionnaient là-dedans, l'extraordinaire précision des engrenages, et ses mains, consciemment ou non, suivaient à peu près le rythme du cœur qu'il entendait cogner dans les profondeurs, derrière le souffle grondant comme une forge. Tout ce bruit, toute cette masse, toutes ces recherches et ces calculs de la Création, c'est-à-dire de l'Univers, c'est-à-dire des Choses, ou si vous voulez de la Nature, pour que le lait puisse faire *pchi-pchi* entre ses genoux. Doupeux avait une grande admiration pour les Choses, bien qu'il en reconnût les malfaçons fréquentes. Sa loupe d'horloger coincée au fond de l'orbite, il lui arrivait de passer des heures à examiner un brin d'herbe : toutes ces barbes, toutes ces veines et ces artères qu'on ne soupçonne pas et où circule la sève, c'est-à-dire le sang des plantes. Ou encore une puce qu'il avait préalablement noyée en la maintenant sous l'eau, entre le pouce et l'index, le temps nécessaire ; et, vue ainsi, cette bestiole apparaissait la créature la plus horrible et la plus merveilleuse du monde : avec son gros ventre rouge, son échine articulée, ses pattes comme des manivelles, et ce poignard sous la bouche qui lui sert à percer la peau du monde, et au bout cette petite queue insolemment levée en l'air, pareille à celle du lièvre.

Doupeux admirait aussi la campagne où il promenait ses sabots, le matin, très tôt, dans la rosée, avant le lever du soleil, alors que presque tout dormait encore sauf lui et quelques alouettes. Et il tournait les yeux, là-haut, vers le Grun de Chignore afin de voir surgir la tête flamboyante du dieu. Il appréciait la chance inouïe qu'il avait eue de revenir vivant du front, d'être là encore, debout, avec tous ses membres, et ses poumons qui avalaient goulûment l'air humide et savoureux et désaltérant, avec ses yeux qui voyaient, ses oreilles qui entendaient, sa tête qui pensait. Il songeait à tous ces organes que lui aussi portait dans le corps, aussi compliqués que ceux de la vache et de la puce, et même davantage, miraculeusement épargnés par les balles, les obus, les gaz asphyxiants, le peloton d'exécution. Il n'était pas de ceux qui racontent ce qu'ils ont vu, ce qu'ils ont fait et pas fait, au cours de ces quatre années et demie. Et pourtant, lui aussi en avait fait, et vu, et entendu, et dit de toutes sortes. L'important était de chasser tant d'horreurs, de les jeter aux oubliettes les plus noires. Alors, qu'on ne vienne pas lui parler de voter pour un monument aux morts ! Un tas de pierres pour rappeler que ces Valdorois n'étaient pas décédés de vieillesse, ni d'accident, ni de maladie ; mais qu'on les avait un jour expressément convoqués pour les détruire : Ameil, Bonnemoy, Chabiron, Crocombette... Des bons et des mauvais, six ignorants et un instruit, des hommes. Et d'autres hommes avaient voulu ça, préparé ça depuis des années, des présidents, des ministres, des députés, des curés, des généraux, des empereurs, des préfets, des instituteurs. Dans les écoles d'avant Quatorze, on faisait l'exercice militaire, pas cadencé, un, deux, un, deux, un, deux, le présentez-armes avec des bâtons, repos, garde-à-vous, tête droite, tête gauche, et les chansons. *L'air est pur, la route est large, Le clairon sonne la charge*. Tout ça pour aboutir à ce tas de pierres qui honorerait les assassins autant que les assassinés.

Doupeux refusait d'exprimer ses pensées depuis ce jour de 1917 où il avait failli passer à la casserole, non loin de Soissons. Des gendarmes étaient venus l'arrêter dans son cantonnement, on l'avait emmené menottes aux mains. Naturellement, il savait que tout le monde autour de lui en avait archi-marre, des tranchées, des poux, de la merde, des attaques où l'on partait à cent pour arriver à dix, des hurlements d'agonie des copains qu'on ne pouvait secourir. Le président de la... Chose, comment dit-on ?... de la République était même venu avec sa casquette plate ; il s'était joliment fait conspuer et traiter d'embusqué. Mais lui, Doupeux, de Valdore, n'avait point pris part au chahut, il ne savait pas crier, ni injurier, ni menacer, ça n'était pas dans sa nature. Et pourtant, les gendarmes étaient venus quand même le ficeler. Et il était bel et bien passé en conseil de guerre. On lui avait fourré sous les yeux une lettre adressée à sa mère, demeurant à Valdore, Puy-de-Dôme, où il parlait de sa santé, et posait des questions. Reconnaissait-il l'avoir écrite et envoyée ? Oui, bien sûr, qu'il reconnaissait, comment faire autrement ? Bon. Ce qu'on lui reprochait, c'était une phrase, soulignée de rouge par le crayon de la censure : *Surtout je vous défends de donner un centime au gouvernement de souscrire aux emprunts de la défense nationale et tout ça c'est le meilleur moyen de prolonger la guerre et si je savais que vous souscrivez je ne vous adresserais plus jamais la parole en admettant bien sûr que je revienne vivant...* Reconnaissait-il également avoir écrit ces lignes ? Pardi ! Voilà pourquoi il passait en conseil de guerre.

Un galonné avait prononcé tout un discours contre lui : démoralisation de l'arrière, défaitisme, sabotage, lâcheté, et barbouilli et barbouilla. Lui se disait : « Cette fois, pour toi, la guerre est finie, tu passes à la casserole. »

Un autre galonné prononça un autre discours, qui voulait être en sa faveur : Auvergnat dégénéré, propagande socialiste, théories étrangères, bonne conduite antérieure, galons de caporal, et barbouilla et barbouilli.

D'autres galonnés, derrière une longue table, écoutaient toute cette théorie. Ils se consultèrent entre eux et demandèrent :

« Caporal Doupeux Léon, avez-vous quelque chose à dire pour votre défense ? »

Et c'est là — écoute bien ceci — c'est là que, pour la première fois de sa vie, il eut l'idée de répondre par ce petit rire con qui, à présent, fait sa renommée dans toute la paroisse : les lèvres retroussées, et quatre dents visibles, deux en haut, deux en bas. Les galonnés se regardèrent, d'un air consterné, battirent des paupières, hochèrent la tête ; seul son défenseur avait un modeste sourire de triomphe. La sentence tomba : il serait dégradé sur le front des troupes. C'est bien volontiers qu'il abandonna ses galons de laine : ils pouvaient s'en torcher, si ça leur faisait plaisir.

Voilà comment il avait pris l'habitude de garder dorénavant ses opinions bien au chaud au creux de son estomac, et de ne jamais leur laisser prendre l'air. Lorsque quelqu'un insistait pour les connaître, il répondait régulièrement par son petit rire con.

Ses vaches ne l'interrogeaient point. Et c'était aussi une raison de leur parfaite entente. Joue contre flanc, l'homme et la bête se complétaient comme le pain et le fromage.

Quand il revint de l'étable, portant ses seaux de lait, il trouva sa femme occupée à couper la soupe : à détacher de la demi-tourte des tranches larges et plates comme des hosties, à les empiler dans le bol jusqu'aux deux tiers de la hauteur, pour qu'elles puissent ensuite gonfler abondamment dans le bouillon brûlant, se ramollir et fondre enfin sur la langue. Certains Auvergnats mangent leur soupe noire ; d'autres rougie d'une giclée de vin ; Doupeux la préférait blanche, avec un peu de lait.

« Ça a été plutôt long, ce Conseil, dit la femme.

— Oui, qu'il confirma.

— Vous avez décidé quelque chose ?

— Le monument. Ils ont voté le monument aux morts. Peuvent pas s'en passer.

— Ça veut dire que t'as voté contre ?

— Si on te le demande, tu diras que t'en sais rien. »

Le maire et son adjoint prirent leurs responsabilités : ils choisirent l'emplacement. C'est-à-dire au milieu de la place, sous les marronniers, à mi-distance de la croix et de la mairie. Comme ça, on le voyait facilement de la route, et il ne prenait quand même pas trop la poussière.

La forme du socle avait été décidée en commun : un simple tas de pierres carré. Encore fallait-il que ce fût fait proprement, avec des arêtes à peu près droites. On recourut à un maçon professionnel qui alla chercher lui-même son matériau dans une carrière de granit. Il demanda s'il devait bâtir le cube plein ou creux ; naturellement, ça n'était pas le même prix.

« Plein, ça sera plus solide, remarqua l'adjoint.

— Pour la charge qu'il aura à supporter ! » dit le maire, toujours à l'affût de petites économies.

On décida de le faire creux ; mais ensuite, on boucherait le vide avec des choses sans valeur. Ce fut une occasion de se débarrasser d'ordures résistantes qui encombraient le pays ; chacun apporta les siennes : bouteilles vides, vieilles godasses, casseroles percées. Pendant les quinze jours que le trou resta découvert, tout le monde y alla de sa petite offrande : un pot de chambre, un chat crevé, une soupière sans fond, une bourse plate, une ceinture herniaire... Au bout du compte, le maçon revint ; il tassa vigoureusement ces déchets en montant dessus, les foulant comme de la vendange ; puis il combla avec de la terre. La terre s'insinua dans les derniers vides, recouvrit le tout d'une chape pudique, en fit une matière première anonyme et précieuse que l'ouvrier emprisonna sous une dernière couche de moellons d'appareil, parfaitement taillés et ajustés.

On avait un peu lésiné, faut le reconnaître, sur la maçonnerie ; on fut plus large sur les tablettes. Au lieu d'une, deux avaient été commandées à une entreprise de Volvic, spécialisée dans les dalles mortuaires et les plaques commémoratrices. Deux, c'était beaucoup pour sept noms ; ça permit d'habiller deux faces du cube, côté église et côté mairie. Sur la recommandation de Fafournoux, le graveur de Volvic avait laissé un peu d'espace au fond de ses tablettes ; d'autres guerres pouvaient éclater et allonger les listes des héros ; il n'en coûterait à la commune que les nouveaux frais de gravure, autant dire presque rien. Gouverner, c'est prévoir.

Sur le devant, une troisième tablette disait en lettres d'or :

VALDORE à ses ENFANTS morts pour le PAYS
Jacques FAFOURNOUX, maire
Philibert GOUTTEGATTAS, adjoint
1923

On avait soigneusement évité les mots de France, de République ou de Patrie, à cause de l'ingratitude. Le mot *pays* pouvait aussi bien signifier ce petit creux de terre, entre Bois Noirs et Livradois, d'où étaient partis un dimanche du mois d'août les sept intéressés. Afin de soutenir la comparaison avec le front blanc du clocher où s'étalaient encore, quarante ans après, les noms du maire Guillemin et de toute sa clique, cette troisième plaque était de marbre et soulignait joliment la dorure ; à elle seule, elle avait coûté autant que les deux autres, dont les sept noms étaient remplis d'un émail foncé, qui fait beaucoup plus deuil, et dure plus longtemps. Faut ce qu'il faut.

Puillo-Sè vint contempler le résultat et se montra satisfait. A présent, il pouvait regarder sans honte le front marmoréen du clocher, puisque lui aussi laisserait en mourant son nom gravé sur son œuvre. Sans doute, la dorure finirait-elle par s'effacer, mais les lettres resteraient visibles. Et les sept pauvres bougres de Valdorois, côté mairie, côté église, pouvaient également dormir en paix, dorénavant. Leurs femmes, leurs mères disparaîtraient à leur tour ; et aussi leurs enfants, et leurs petits-enfants. Mais ces noms-là, dans les tablettes en lave de Volvic, ne seraient jamais complètement oubliés, complètement pourris, complètement perdus, comme ceux qu'on voit sur les très anciennes croix des cimetières. Une image lui vint à l'esprit : « Nos noms seront mis en conserve ! Voilà, c'est de la conserve de noms, comme y a de la conserve de cerises ! »

Et dans le monument aux morts, il vit très bien toutes les autres conserves qu'il contenait : le sacrifice des intéressés, pour sûr ; mais aussi la guerre qu'il ne faudrait pas laisser tomber dans l'oubli comme tant de guerres auparavant, celle de Cent Ans, celle de Trente Ans, celle de Cinquante Ans, celles de Napoléon, de Joséphine et de Badinguet, et de Sébastopol. « A Sébastopol, lui racontait souvent son vieux grand-père, on recevait de ces boulets de canon ! On en rotait ! » Car lui avait compris le truc : les gouvernements ont besoin des guerres pour tenir leur monde ; alors, de temps en temps, ils se mettent d'accord, et une guerre éclate. Et puis ça fait marcher le commerce. Voilà pourquoi une guerre oubliée, c'en est une autre prête à prendre la place. Faut mettre les guerres en conserve, pour qu'on s'en souvienne.

Et on conserve aussi l'ingratitude.

Chamoissou vint achever l'édifice. Avec son auge, sa truelle et trois brouettées de tuiles qui commençaient à prendre la barbe. Il les gratta soigneusement, pétrit son micmac de sable, de ciment et d'eau, étendit sur le couvercle du monument un lit de mortier frais. Personne n'a jamais su son idée ni ses principes ; ça ne veut pas dire qu'il n'en avait point.

Résultat : un amoncellement de tuiles creuses soudées dans le plus surprenant désordre, tournées dans tous les sens, collées par l'échine, par le pied, par le ventre. Là-dedans, une foule d'anfractuosités, de puits, de tunnels. Une truie n'y retrouverait pas ses petits. Le ciment à peine séché, il y vint des locataires ; ce furent d'abord des lézards et des mouches ; plus tard, suivant la saison, des guêpes, des souris, des mille-pattes, des araignées y chercheront la fraîcheur ou le sec ; il y aura même, vers 1930, un gros bousier, un de ces insectes noirs et ventrus qui ramassent ce que les autres rejettent et qu'on désigne ici du nom de *fougeitron*, on n'a jamais su comment et pourquoi il avait choisi ce site trop élevé pour lui ; l'année suivante, ce sera une famille de perce-oreilles qui s'y établira suivant un bail trois-six-neuf renouvelable, car on la verra revenir chaque été.

D'ordinaire, les monuments aux morts sont une chose bête et méchante ; celui-ci était seulement bête. Pas méchant du tout. Rien qui piquât, rien qui menaçât de tirer ou d'exploser.

Il fut inauguré le premier dimanche d'octobre, en l'absence de toute autorité sous-préfectorale et autre. Toute la population du village et des hameaux voisins était venue, en brodequins, en sabots, en galoches, en pantoufles. Les sœurs de la Miséricorde étaient sorties de leur couvent. Des vieux, qui ne marchaient plus depuis des années, avaient retrouvé des forces pour venir honorer qui de droit ; clopinant, moitié portés par leur famille, ils descendaient de Turgon, des Giliberts, de Sapt, du Grand et du Petit Cognet. Seuls restèrent chez eux les agonisants et, près de chacun, l'indispensable sentinelle dont le seul rôle était de l'empêcher de mourir seul. Car rien n'est plus triste, plus infamant pour la famille, que d'entendre dire : « Il est mort tout seul ! Comme un chien ! » Les chiens meurent tout seuls, et il n'y a pas de mort plus affreuse.

Tous arrivèrent donc, par les routes blanches et les chemins noirs : les deux cent cinquante habitants de la commune, à l'exception de ceux que j'ai dits. Pour honorer les sept noms et le monument à l'Ingratitude. Le vieux curé, Évariste Monthély, qui était en fonction déjà avant Quatorze, avait connu les sept intéressés et leur avait administré le baptême et la première communion, évoqua leur mémoire et fit pleurer tout le monde.

« Je vous vois comme si c'était hier, mes petits... Toi, Jacques Ameil qui fus deux ans mon enfant de chœur... Toi, Alphonse Bonnemoy, qui avais la tête si dure au catéchisme et qui estropiais les prières : *d'où il viendra*, disais-tu, *pour juger les rubans et les morts !* Pendant des mois, tu as parlé des rubans et des morts !... Toi, Crocombette Henri, qui arrivais à la messe les poches pleines de hannetons ; et un jour, un hanneton s'est envolé et il m'a éteint un de mes cierges ! Fallait-il qu'il vise bien ! J'ai été si mécontent que j'ai eu envie d'interrompre la messe ; en moi, je pensais : sacrilège ! Et puis, je me suis aperçu que ça n'était qu'un hanneton, une créature du bon Dieu comme toi et moi... Toi, Moignoux Joannès, qui étais le plus bête de tous et le plus serviable ; c'est toi qui as raccroché le lustre, au risque de te rompre l'os du cou ; et le lustre tient encore, et tu n'es plus là pour voir sa lumière... Toi, Chabiron Maurice, qui m'apportais toujours des fleurs et des branches pour orner l'autel, et des épis, et des pampres de vigne ; et j'ai su un jour que tu n'hésitais pas à dévaliser le jardin de ta voisine pour embellir la table du Seigneur !... Toi, Jean Voissier, qui me prenais pour Jésus-Christ et voulais que je ressuscite ton chien ; et tu me demandais si les chiens allaient au Paradis ou en Enfer ; et pour te satisfaire, je t'ai dit qu'il n'y avait sûrement pas d'Enfer pour les chiens ni pour aucune bête, car la malice est le privilège des hommes ; et tu en fus bien content... Vous, Sylvain Lévigne, le seul que je n'aie pas baptisé, parce que vous n'étiez Valdorois que d'adoption, et je ne vous ai connu qu'adulte ; mais vous étiez un maître d'école consciencieux, honnête, droit et vertueux. Vous n'êtes pas entré souvent dans mon église, ça n'était pas vos idées, comme on dit, mais ce n'est pas moi, pauvre serviteur, qui me permettrai de vous juger, je laisse ce soin au Maître, ne doutant pas que ses bras sont assez grands pour vous accueillir avec les autres... Vous voilà tous les sept ensemble gravés sur ces plaques de lave, moins profond pourtant que dans notre cœur... »

Oui, tout le monde pleurait dans la petite église, bien qu'on ne comprît que la moitié de ce que disait le curé, à cause de la résonance, et de certains mots que les Valdorois n'avaient jamais fréquentés. Et le curé pleurait aussi. Et il riait au milieu de ses larmes en évoquant les hannetons, les rubans et les morts. C'est un homme qui avait, malgré son âge, une mémoire incroyable. Il te trouvait dans un chemin, ou dans les bois où il allait chasser les champignons. Il entrait en conversation et tout par un coup te disait : « Te rappelles-tu le jour de ton baptême, quand tu as essayé de me mordre le doigt ? » Toi, naturellement, tu n'en avais gardé qu'un souvenir plutôt confus ; alors tu te le faisais confirmer par ceux qui y étaient ; et ils disaient : « C'est la vérité ! Tu as essayé de lui mordre le doigt ! » Et ça te faisait sacrément plaisir que, si jeune, de telles idées te soient passées par la tête.

Après la messe, on se rassembla autour du monument. On examina encore le tas de tuiles de Chamoissou. On lui posait des questions : « Pourquoi que... ? Comment que... ? Est-ce que tu trouves pas que... ? » Lui se contentait de répondre : « S'il vous plaît pas, démolissez-le, et faites-en un autre à votre biais. »

Pour l'encourager, Fafournoux, le maire, déclara :

« Faut que l'œil s'y habitue. C'est comme pour tout. Moi, par exemple, j'ai mis je sais pas combien d'années pour m'habituer à la Séraphine... ma femme. Maintenant, ça y est, elle me surprend plus, je l'ai dans l'œil. »

On admira aussi grandement le front de marbre avec les inscriptions en lettres dorées, et les tire-bouchons aux quatre coins, en manière d'embellissement. « Celui qu'a fait ça, c'était pas un manche. »

Le curé sortit de son église par la porte latérale, précédé de ses deux enfants de chœur. Il lut dans son petit livre le latin qu'on récite aux morts ; puis, il fit le tour du monument et l'aspergea en abondance avec son goupillon. Ainsi, les sept noms se trouvèrent bénits. Et par la même occasion, les vieilles bouteilles, les godasses, la ceinture herniaire, le pot de chambre et le chat crevé qui dormaient au milieu du cube leur dernier sommeil. Ensuite, il s'en alla, traînant péniblement cette patte gauche qui faisait des difficultés pour le suivre. Faut dire qu'il était dans ses quatre-vingt-cinq. Et encore droit, malgré tout.

Le tour d'entrer en scène était venu pour Puillo-Sè. Il sortit un papier : c'était le texte de son discours, écrit d'abord de sa main, revu ensuite et corrigé par le secrétaire de mairie. Tout se passa très bien. Puillo-Sè raconta ses démêlés avec l'administration sous-préfectorale, et comment il avait pris la résolution inébranlable d'élever quand même un monument aux morts de la commune, même s'ils n'étaient que sept. Malheureusement, Navarron avait placé çà et là des mots au-dessus de ses forces, genre Ramadan, qui faisaient un peu bredouiller Fafournoux ; mais les autres qui l'écoutaient la bouche ouverte ne s'apercevaient de rien ; sans doute même croyaient-ils qu'il le faisait exprès. On l'applaudit.

Troisième numéro : les enfants des écoles. Groupant les garçons et les filles, l'instituteur avait réalisé l'exploit de leur apprendre en huit jours une sorte d'hymne qu'il avait composé. Il est vrai que la musique, ils la connaissaient déjà. Et ce n'était rien d'autre qu'*Au clair de la lune*. Un air assez drôle aussi, pour chanter autour d'un monument. Mais après les tuiles de Chamoissou, plus rien ne pouvait surprendre. Les fillettes se tenaient côté église, les gars côté mairie, Navarron au milieu battait la mesure des deux bras.

Enfants de Valdore
Morts pour le pays,
Chacun vous honore
Et vous remercie.
Pour tuer la guerre
On vous vit partir,
Faire la dernière,
Tomber et mourir.

Après le premier couplet, il y eut quelques applaudissements ; mais le maître d'école fit signe que ce n'était pas fini. Dans le second, en mémoire de la musique, il avait quand même réussi à placer la lune :

Que la lune est grosse
Vue de vos tombeaux !
Du fond d'une fosse,
Que le monde est beau !
Sur votre poussière,

Jurons à jamais
D'aimer la lumière,
Les hommes, la paix.

Jacques Fafournoux, pourtant, voulut avoir le dernier mot :

« Mes chers compatriotes, je vais maintenant procéder à l'appel de nos glorieux soldats, morts pour le pays. Vu l'avarice de l'administration départementale et nationale qui, non contente de nous arracher notre sang, voulait encore nous arracher nos sous *(protestations en divers points de l'assistance)*, je vous demande, mes chers compatriotes, de considérer que nos glorieux soldats ne sont pas morts pour la France, mais pour l'Auvergne ! »

La chose parut si évidente qu'on l'applaudit encore. Naturellement qu'ils étaient morts pour l'Auvergne ! La France, est-ce qu'ils savaient au juste ce que c'est ? Oui, ils avaient vu sa photo sur la carte de l'école, avec ses veines bleues, son ventre marron, ses épaules vertes. Mais la France vraie, en chair et en os, ils ne l'avaient jamais vue. La plupart des Valdorois n'étaient jamais sortis de la paroisse, sauf les hommes pour faire leur service ou la créputain de saloperie de verminasse de guerre contre la Bochie. Et si la France était réellement ce qu'on leur avait montré à cette occasion, des trains remplis de viande saoule, des villages pilés comme le sel dans le mortier, une terre blanche et grasse, fouillée, retournée jusqu'au plus profond de ses entrailles, des forêts entières réduites à l'état de souches, des hectares de souches, sans une branche, sans une feuille, sans un oiseau, et la mort, la mort partout, qui jaillissait du sol, qui tombait du ciel, qui t'entrait dans le corps par l'air que tu respirais, si c'était la France, cet immense abattoir, cet immense bordel, merci beaucoup, ils aimaient mieux ne pas la connaître davantage, ils en avaient mangé leur aise. L'Auvergne, elle, ils la connaissaient ; voilà pourquoi ils applaudirent leur maire Puillo-Sè.

Et l'appel commença :

« Ameil Jacques !

— Mort pour l'Auvergne !

— Bonnemoy Alphonse !

— Mort pour l'Auvergne !

— Chabiron Maurice !

— Mort pour l'Auvergne !

— Crocombette Henri !

— Mort pour l'Auvergne !

— Lévigne Sylvain !

— Mort pour l'Auvergne !

— Moignoux Joannès !

— Mort pour l'Auvergne !

— Voissier Jean !

— Mort pour l'Auvergne ! »

Ils y étaient bien tous les sept, les trois de gauche et les quatre de droite. Les vivants se regardèrent, étonnés d'entendre prononcer à voix haute, entre la terre et le ciel, ces sept noms qui, depuis des années, se taisaient ou ne se prononçaient qu'à voix très basse. Et certains, même, tournaient la tête en tous sens pour se rendre compte si tel ou tel d'entre les sept n'allait pas se montrer par hasard, et répondre *Présent !* C'est ça qui aurait été une surprise ! Mais non, une fois crié par-dessus les têtes, chaque nom rentrait sagement dans la tablette de lave grise et n'en bougeait plus.

Tout était consommé. Il ne restait plus, à ceux qui avaient soif, qu'à aller se désaltérer chez la Philomène. Elle ne demandait que ça. En prévision de l'inauguration, elle avait fait apporter de Thiers deux fûts de vin de Limagne. Autour du monument abandonné demeurèrent une douzaine de pelés et de tondus, hommes et femmes, qui baissaient la tête et regardaient ces lettres noires luisantes sur les tablettes de Volvic. Une bourrasque de vent les secoua, fit voler des voiles de crêpe ; ils semblèrent ne pas s'en apercevoir. Déjà, chez la Philomène, les pintes circulaient de table en table, plusieurs verres avaient été renversés avec de grands esclaffements. Eux restaient là, immobiles, les yeux et le nez rouges, sourds et muets, comme attachés au cube de pierre.

Avant de s'éloigner à son tour, Jacques Fafournoux jeta un dernier regard à son œuvre, cligna les paupières pour mieux en percevoir le relief. C'est vrai qu'elle avait une drôle de touche, l'Ingratitude de Chamoissou ! Mais le reste, créputain !... Il lui sembla que des souillures ternissaient la plaque de devant, peut-être des postillons d'eau bénite. Il sortit son mouchoir et, avec une tendresse maternelle, essuya délicatement le front de marbre.

On aurait dit que tous ces salamalecs, ça l'avait fait suer.

AMEIL JACQUES

Jacques Ameil était venu aider son père à mourir.

Ils ne s'étaient plus vus depuis des années et, sur le moment, le vieux ne l'avait pas reconnu. Cette grande ombre qui traversait la cuisine, remplissait un moment la porte de la chambre et se penchait sur lui. Puis ces mots inattendus, en patois :

« *Co i me... lou Jacques... toun garço.* »

Pierre Ameil, dit Bourbaki, était adossé à une montagne d'oreillers, car la position horizontale le suffoquait. On lui avait enfoncé un gros bonnet de nuit violet qui le faisait ressembler à je ne sais pas quoi, sûrement pas à lui, de toute façon. Peut-être que les évêques, quand ils dorment, se mettent des bonnets de cette couleur. Son gros travail, son seul travail était de respirer. Il le faisait à tout petits coups qui, chaque fois, lui soulevaient le menton et lui faisaient ouvrir la bouche. Un poisson hors de l'eau, encore vivant, qui lutte contre l'asphyxie. Sa moustache, qu'il avait autrefois harmonieuse, épaisse, courbe des bouts, avec le profil qu'ont les bicornes des encaisseurs de la banque de France, sa belle moustache s'était réduite à quelques pauvres crins gris qui couvraient mal la lèvre ; et le reste du visage, maigre et blanc, disparaissait sous la barbe qu'on ne lui rasait pas depuis huit jours ; tu aurais dit une terre abandonnée que les ronces envahissent. Même ses yeux semblaient vouloir disparaître, tellement ils s'étaient enfoncés au fond de leur trou, comme des escargots dans leur coquille.

« C'est toi, Jacques, mon garçon ? répéta-t-il, incrédule.

— Oui, oui, c'est moi. Repose-toi. Sois tranquille. Je te quitterai plus. »

Il y avait eu entre eux quinze ans d'incompréhension, presque de haine. Lui, Jacques Ameil, se refusait à travailler la terre : il avait d'autres goûts, d'autres ambitions. Un jour qu'il avait amené les porcs aux glands, sous les chênes communaux — il pouvait avoir une dizaine d'années — il avait remarqué une veine de terre rouge tranchée par une « rase » d'irrigation. Les porcs n'ont pas besoin de grande surveillance. Suffit de les appeler, lorsqu'ils s'enfoncent un peu trop dans le bois ou divaguent chez les voisins, en criant : *Gourtou ! Gourtou ! Gourtou !* C'est un mot qu'ils connaissent : ils accourent pire que des enfants vers leur mère.

Donc lui, Jacquelou, s'ennuyait dur. Pour passer le temps, il prit une poignée de cette terre rouge et se mit à la pétrir. Il vit qu'il pouvait lui donner des formes et représenter n'importe quoi. Voilà comment il fit la tête de son grand-père, qu'il n'avait pas sous les yeux, avec sa barbe de bouc, et son nez large et relevé comme le pied du poêle, et son œil crevé. Pour en former les traits, il s'aida de bûchettes qu'il cassait aux branches, et la ressemblance était si frappante que tu aurais juré que le bonhomme allait se mettre à parler, et à engueuler le monde selon son habitude. Tout son malheur vint de là : de ce grand-père de glaise. Il le laissa, en rentrant à la ferme, sur une pierre saillante ; et quand il revint le lendemain, en compagnie des cochons, la tête avait séché et durci. Le soir, il la montra aux Ameil. Personne ne voulut croire qu'il avait fait ça de ses mains, avec un peu d'argile rouge. Fallut qu'il fasse une démonstration. Devant toute la tribu, il malaxa une autre boule de terre, puis, se servant d'une lame de couteau, il lui donna la forme d'une chèvre, avec son pis, ses quatre pattes, sa couette en l'air, ses deux cornes écartées, son collier, sa clochette.

« C'est la Bitance ! » s'écria Marie-Louise, la sœur de Jacquelou.

Il fut encore plus content que d'avoir réussi à attraper le grand-père, car la ressemblance des chèvres est plus délicate que celle des hommes. Oui, c'est bien la Bitance qu'il avait visée. Tout le monde fut convaincu.

« Eh bien ! conclut le vieux, mi-triste, mi-content. A présent, je peux m'en aller chez les taupes, puisque me voilà remplacé ! »

On mit sa tête sur la cheminée, entre le moulin à café et la salière. Et souvent le bonhomme s'arrêtait devant, faisait des comparaisons :

« Je trouve que tu m'as fait quand même le nez un peu gros... Et c'est-y vrai que j'ai le front bossu comme ça ?... » Du bout des doigts, il se tâtait la figure, en différents endroits, avec l'espoir qu'on l'avait un peu abîmé.

Par la suite, Jacques Ameil remplit la maison de ses fabrications : mains, pieds, poires, pommes, nèfles, lapins, poules, pigeons, écureuils. Et jusqu'à des fleurs qu'il essayait de reproduire.

« Ça devient une vraie épicerie, ici ! ronchonnait son père. Pisque t'es si dégourdi de tes mains, tu ferais mieux de rempailler les chaises ou de faire des paniers ! »

Les chaises et les paniers, ça ne l'intéressait pas.

Un jour que le maître d'école était de passage par le village des Ameils, il vit tout cet attirail et posa des questions.

« Vous devriez, qu'il dit, quand il aura son certificat, l'envoyer dans une ville pour apprendre le dessin.

— Une ville ? A Thiers ?

— Oh ! non ! Thiers, ça ne suffirait pas. Au moins à Clermont... Et peut-être... »

Tu aurais dit qu'il craignait de prononcer ce nom.

« Peut-être quoi ? fit Pierre Ameil.

— Peut-être à Paris.

— A Paris ? A Paris, lui qui est né aux Ameils, près de Valdore ?

— Paris est ouvert à tout le monde. Et même aux étrangers. A tous ceux qui ont... qui savent faire quelque chose de leurs mains ou de leur tête.

— Et qui donc qui m'aidera à travailler la terre, quand je serai vieux ? Et à qui que je laisserai le bien ?

— Vous avez une fille. Elle se mariera un jour, vous aurez un gendre...

— Un gendre, c'est un gendre. Une pièce rapportée. Ce bien, je le tiens du vieux qui est là... » Il chercha le grand-père qui, en ce moment, se trouvait occupé ailleurs et, faute de mieux, désigna la tête rouge, entre la salière et le moulin.

« ... Cette terre porte notre nom, les Ameils. Ou peut-être que c'est nous qui portons le sien. Quand j'étais gamin, y avait trois familles dans ce village. Tous des Ameil. A présent, deux ont changé, comme ça, par mariage. Y a plus que nous autres. Alors, je veux que cette maison continue d'être habitée par des Ameil. C'est mon idée. On m'en fera pas démordre, même si qu'on devait me couper le cou.

— Vous savez, fit le maître d'école, tous les métiers...

— Même si qu'on devait me couper le cou ! » répéta Pierre Ameil, en serrant les poings.

Il n'y avait pas à insister.

Jacquelou continua de faire chaque jour ses huit kilomètres pour aller à l'école : quatre à l'aller, quatre au retour. Du moins, pendant la mauvaise saison. Car à partir de Pâques, plus question : il gardait les bêtes au pâturage, aidait comme il pouvait aux labours, aux semailles, aux récoltes. Ça ne l'empêchait pas, sitôt que ses mains se trouvaient inoccupées, de reprendre ses modelages et ses chapuisages ; car il s'était mis également à travailler le bois. Dans cette matière, son père fut plutôt encourageant ; il lui confia ses tarières, ses gouges, son herminette, et lui apprit à faire les sabots. « Au moins, ça, ça sera quelque chose d'utile. »

L'année du certificat, il fit des heures supplémentaires. Après le départ des autres, les quatre candidats se réunissaient sur la table de devant, et l'instituteur les bourrait de dictées, de problèmes, de dates d'histoire, de fleuves et d'affluents, de départements et de sous-préfectures. Dans le dernier quart d'heure, on changeait les rôles. Une habitude qu'il avait prise. Une méthode à lui. C'était eux qui posaient des questions, et lui qui répondait.

« Allez-y, les encourageait-il, n'ayez pas peur. J'aime savoir ce qui vous intéresse. »

Pendant la journée, chacun avait préparé ses questions, et ils riaient en se regardant, attendant que le voisin commençât. Et tout y passait : « Pourquoi que la lune est tantôt ronde et tantôt pointue ?... Pourquoi que les mouches ont des ailes et que les fourmis, elles, en ont pas ?... Pourquoi qu'on dit que les ânes sont plus bêtes que les autres bêtes ? Moi, j'ai un âne comme ci et comme ça... Est-ce qu'il faut dire un serpent ou une serpente ? Ma mère, elle dit une serpente... C'est-y vrai qu'il y a des animaux qui font tout ce que font les hommes, même qu'ils fument la pipe, et qu'on appelle des singes ?... »

Rien que des questions bien sages, venant de braves petits péquenots comme ils étaient, sans idées mauvaises ni compliquées. D'ailleurs, ils savaient bien que toutes les questions ne sont pas bonnes à poser. Ils avaient entendu plusieurs fois leur mère répéter un proverbe patois : toutes les pièces de lessive ne sont pas bonnes à sécher au soleil. Et ils comprenaient ce que ça veut dire, sans que personne eût besoin de leur expliquer.

L'instituteur, lui, avait une réponse pour chaque question. C'était un homme comme y en a plus. Un homme qui savait tout.

Jacques Ameil avait demandé : « La sculpture, qu'est-ce que c'est ?... Et où est-ce qu'on peut l'apprendre ?... Et est-ce qu'on peut gagner sa vie en étant sculpteur ?... Est-ce qu'il y a déjà eu des sculpteurs auvergnats ?... »

Il obtint son certificat d'études, malgré ses longues absences. Mais tout le monde était logé à la même enseigne. Il revint chez lui avec son diplôme roulé en forme de tuyau, noué par un ruban tricolore. « Si tu veux, lui avait dit l'instituteur en le lui remettant, l'hiver prochain, tu peux continuer à venir à l'école. Il y a toujours quelque chose à apprendre. Enfin... si ton père est d'accord... » Ils se serrèrent la main, en se regardant bien dans les yeux ; l'homme sourit, l'enfant se sentit la gorge nouée et battit frénétiquement des paupières pour tâcher de dissiper...

C'est fini, il n'irait plus à l'école ; il connaissait trop bien les idées de Pierre Ameil. « Même si qu'on me coupait le cou... » Il ne mettrait plus les pieds dans la petite salle enfumée mais si chaude en hiver, le bois ne manquait pas, le poêle en devenait quelquefois tout rouge. Les longues tables à six places avec les trous des encriers. Trois tables à gauche, pour les gars ; trois à droite, pour les filles. Mais en fait celles-ci étaient moins nombreuses, parce que plusieurs allaient chez les sœurs de la Miséricorde. Elles y apprenaient d'ailleurs surtout des prières et des cantiques et en sortaient bêtes comme des cochons. Jamais aucune reçue au certif. Tu pouvais leur parler de la règle de trois, de la preuve par neuf, du gaz sulfureux, si utile pour purger les tonneaux, des cinq continents : zéro, jamais entendu prononcer ces mots-là.

Jacquelou parcourut lentement les quatre kilomètres qu'il connaissait si bien : la route, avec ses tournants, ses creux, ses bosses, ses fossés, ses talus, les arbres ou les cultures qui la bordaient, lui était aussi familière que le coin où il dormait, dans l'étable, avec pour horizon les quatre derrières des vaches. Ce retour prit donc beaucoup plus de temps que les précédents : il le faisait durer exprès. Il traversa le Grand Cognet où des chiens aboyèrent après lui, pour la forme, histoire de lui rappeler qu'il n'était pas des leurs. Et machinalement, comme d'habitude :

« Saloperies ! » qu'il leur cria.

Après ces formalités, il poursuivit sa marche. Au loin montaient les fumées du Petit Cognet, perché sur l'horizon. Il tourna à main gauche et prit le chemin des Ameils. Il flâna le long des haies à la recherche de mûres ; il en trouva quelques noires ; et il en mangea des rouges aussi, qui lui plantèrent leur aigreur aux coins de la mâchoire. « Je voudrais bien, qu'il espéra, attraper la courante, et chier dans mes culottes, et chier dans le lit et partout. Ça leur apprendrait. » Il *leur* en voulait de ne pas l'avoir accompagné à l'examen, comme les autres parents ; de mépriser ses étartuelles, mot du père pour désigner ses fabrications d'argile ou de bois ; de n'avoir pour lui pas d'autre ambition que d'en faire un croque-bouse tout pareil à eux. Alors, dans un esprit de vengeance, il avalait des mûres rouges.

Pour les cueillir, il avait posé au milieu du chemin son certificat d'études, enrubanné de bleu-blanc-rouge. Quand il voulut le reprendre, il s'aperçut qu'un coup de vent l'avait emporté jusqu'à une flaque où il était en train de prendre un bain de pieds. « Y en avait qu'une, a bien fallu... » Il ramassa le parchemin et l'essuya avec son mouchoir ; il restait des traces grises qu'il lessiva avec un peu de salive. Une fois sec, il n'y paraîtrait pas.

Un peu plus loin, sur la droite, il vit son père occupé à lier les gerbes fauchées dans l'après-midi. Pierre Ameil s'arrêta et leva la main pour montrer qu'il l'avait reconnu.

« Je l'ai ! Ça y est ! » cria l'enfant, brandissant le tuyau du diplôme humide.

Et l'autre, comme s'il lui parlait de la lune :

« Quoi donc ?

— Mon certif ! C'est écrit là-dessus.

— Est-ce que t'as une médaille ?

— Une médaille ? Y a pas de médaille !

— T'as pas même de médaille ? »

Il se mit à le bénir, ironiquement, de la main gauche. Pour sûr, il le prenait pour un veau qu'on présente au concours agricole !

« A présent, qu'il cria, va te déshabiller et viens me donner un coup de main. Reste encore tout ça à lier. »

Jacquelou baissa la tête et poursuivit son chemin, après avoir mis son diplôme sous son bras, à la façon d'un parapluie. Le tuyau s'aplatit. Il eut envie de le déchirer et d'en disperser les morceaux. Mais il eut peur qu'on ne le crût pas, sans cette preuve de son succès. Personne à la ferme, sauf les chevreaux qui bêlaient faiblement. Marie-Louise devait garder les vaches ; sa mère était au jardin, ou à l'herbe, ou Dieu sait où. Puis, il entendit *pof ! pof ! pof !* dans la grange : c'était le grand-père qui fendait du bois sur le billot.

« Te voilà ? qu'il fit, en tournant vers lui son œil unique. D'où que tu viens ? »

Décidément, tout le monde dans cette baraque avait oublié l'affaire de l'examen.

« J'ai mon certificat : voici le diplôme.

— Le quoi ?

— Le diplôme. C'est le papier sur lequel c'est écrit. *Jacques Ameil*, ici, c'est moi. »

Le vieux considéra l'objet en branlant la tête ; comme il ne savait pas lire, pour lui ça ne prouvait rien.

« Et qu'est-ce que tu vas en faire ? »

Il haussa les épaules et partit sans répondre. Il passa par l'étable et fila tout droit vers la loge des deux cabris. Ceux-ci levèrent la tête vers lui avec curiosité, mais quand il poussa le portillon, ils s'enfuirent vers le coin opposé, se pressant l'un contre l'autre. Il les rejoignit, caressa leur échine effilée, leurs flancs soyeux, leurs oreilles molles. Eux faisaient *mê, mê*, et il y en eut un qui essaya de lui téter les doigts. Il les quitta moins triste, et s'en fut changer de vêtements. Dans la grange, le vieux s'était remis à faire *pof ! pof ! pof !*

Il avait abandonné le tuyau de papier sur la table de la cuisine. En redescendant, il le retrouva là, entrouvert, le ruban tricolore à côté. « Ça ira bien, qu'il se dit, pour envelopper les fromages. »

Il contourna la maison. Personne dans le jardin non plus. Oui, sa mère devait être allée poursuivre les pissenlits, l'herbe à cinq côtes, l'herbe aux couronnes dont les lapins sont si friands. La Marie-Louise devait être en train de broder les mouchoirs de son futur trousseau ; elle s'y prenait longtemps à l'avance, celle-là ; ensuite, elle s'allongeait dans l'herbe et elle regardait passer les nuages, tandis que les vaches tondaient où il leur plaisait ; elle avait même emmené le chien. D'eux tous, c'est le chien qu'il regrettait le plus.

Après le jardin, y avait l'étang où quelquefois il venait pêcher des grenouilles en les amorçant avec un petit bout d'étoffe rouge. Il se dit : « Si je me suicidais ? C'est ça qui les emmerderait tous ! » L'eau n'était guère profonde ; mais en se tenant à genoux, couché si nécessaire, il devait pouvoir y arriver. Il quitta ses sabots et entra dedans. Elle avait été tout le jour chauffée par le soleil ; il lui sembla qu'il ne serait pas désagréable de se noyer dans une eau de si bonne température. Il avança encore. A présent, elle atteignait presque ses genoux ; mais elle ne monterait pas beaucoup plus haut, même au milieu de la mare. « Qu'est-ce que je fais ? J'y vais ou j'y vais pas ? » Il pensa au chagrin de son chien Rusko lorsqu'on le tirerait de là-dedans, les cheveux pleins d'algues, la figure couverte de vase, le ventre gonflé comme une vache qui va faire le veau. Rusko qui gémirait, aboierait désespérément à ses oreilles pour le réveiller. Les bêtes, ça comprend. Avait-il le droit d'infliger une telle douleur au pauvre Rusko ? Il se pencha sur l'eau ; elle était si trouble qu'au-dessous il ne distinguait pas ses pieds. Il aperçut en revanche mille têtards frétillants qui filaient dans tous les sens. Alors, il devrait avaler ce bouillon ? Et tous ces têtards avec ? Ça lui coupa l'appétit. « Faudra que je cherche un autre moyen. »

Il rechaussa ses sabots et se rappela que son père lui avait recommandé d'aller l'aider à lier les gerbes. Il se dirigea lentement vers le champ demi-moissonné. C'est alors qu'il vit descendre à longues enjambées, tout effurié, Pierre Ameil qui se mit à gueuler comme un âne en le voyant :

« Alors, mille dieux ! qu'est-ce que tu fabriques ? Combien de temps qu'il te faut pour changer de culottes ? »

Le gamin détala ; et l'autre voulut l'aider d'un bon coup de sabot, en visant les fesses ; mais Jacquelou était trop leste ; le sabot manqua l'objectif, partit dans l'air comme un obus et alla se perdre dans un buisson.

Quand il l'eut récupéré, Pierre rejoignit son gars parmi les gerbes et recommença son rapronobis coutumier :

« Tu verras, toi, quand tu seras au régiment ! Si on te donnera une heure pour changer de tenue ! Tu verras, tu verras ! »

C'était là sa grande menace : quand tu seras au régiment. A ce régiment, il devait lui arriver les pires malheurs : crever de faim, de froid, de chaud, de soif, de honte, de peur, d'envie, de languison. On lui ferait faire la pelote, monter la garde toutes les nuits, astiquer ses boutons, repriser ses chaussettes, laver son linge et sa gamelle, éplucher des patates, boire de l'eau, saluer les supérieurs, que ça te plaise ou non, on le mettrait au gnouf, on l'enverrait à Biribi. Voilà ce qu'on faisait aux têtes de cochon comme la sienne. Sans parler du conseil de guerre et des douze balles dans la peau. « Tu verras quand tu seras au régiment ! »

Pour Pierre Ameil, le régiment, l'armée avaient été l'affaire de sa vie. Après deux années de service à Nancy, la guerre contre les Prussiens l'avait promené à travers la France : Bar-le-Duc, Châlons, Héricourt. Toujours à répéter ces noms comme le curé son Notre Père. « Ça y faisait pas beau, à Héricourt, le 17 janvier ! La Lisaine était gelée, mais nous, on avait pas froid aux fesses ! » Et aussi Bourbaki. Ç'avait dû être la bataille la plus dure, car c'est le nom qui revenait le plus souvent. Pour finir, la Suisse, pays qui, en un sens, ressemble à l'Auvergne parce que tu y trouves également des montagnes, même plus hautes que chez nous, et des vaches, et des forêts ; mais dans l'autre, c'est différent, à cause du lac de Neuchâtel. « J'ai jamais vu la mer, mais ça peut pas être plus grand que le lac de Neuchâtel. Peut pas y avoir au monde une étendue d'eau pareille à celle-là. C'est pas possible. »

Cinq mois, qu'il resta chez les Suisses. « Du monde étranger, mais qui parle français comme toi et moi. Sauf quelques-uns qui parlent prussien. » Ils étaient enfermés dans des camps, mais ils pouvaient sortir pendant le jour et, s'ils voulaient, travailler avec les paysans. Ce que lui n'avait pas manqué de faire. Sa femme était même persuadée qu'il avait épousé une Suissesse en secret, pour se faire nourrir aux frais de la famille, qu'il l'avait ensuite abandonnée pour rentrer en France, et qu'un jour elle viendrait peut-être le poursuivre jusqu'aux Ameils. Il avait fallu des années et des années pour que lui passe cette jalousie.

Le temps qu'ils lièrent ensemble les gerbes de blé, Pierre Ameil trouva encore le moyen de parler de Bourbaki et de la façon dont les Suisses attachaient les leurs. Jacquelou écoutait sans répondre ces éternelles histoires. Les chardons dissimulés parmi la paille lui criblaient les bras de leurs épines. « J'aurais mieux fait, se disait-il, d'aller me jeter dans la mare. »

Lorsque tout fut fini, les gerbes dressées en pignons de quatre ou cinq, ils revinrent ensemble. Bien qu'il fît encore jour, la lune jaune se levait devant eux, au-dessus de Chignore, comme un de ces énormes beignets qui couvrent toute la poêle, une *panlade* mal cuite. Les bras de Jacques lui cuisaient. Il pensait au chien Rusko qui, peut-être, viendrait l'attendre en chemin, car ils ne s'étaient pas vus de toute la journée. C'est alors qu'il sentit un poids sur son épaule droite. Il se demanda ce que ça pouvait être et en eut presque peur. Le poids bougea un peu, se rapprocha du cou : c'était la main de son père qui s'était mise là. « Qu'est-ce qu'il me veut ? » Il eut envie de faire un écart, pour se dégager ; mais la curiosité le retint. Un moment, ils marchèrent ainsi, rapprochés, sans rien dire, aussi gênés l'un que l'autre, un peu trébuchants. La main grimpa le long de la nuque, comme une bête, et s'étala sur la tête ; ça leur permit de s'écarter un peu et d'avancer plus commodément.

« Alors ? fit Pierre. Tu leur as fait voir ?

— Quoi ?

— Ce que c'est qu'un Ameil ! T'es bien un Ameil, toi ? T'es pas un Monthély ? »

Monthély, c'était le curé d'Escoutoux, ça les fit crever de rire tous deux.

Pierre Ameil ne prononça pas un mot de plus. Fallait comprendre son idée. Jacquelou la comprit. Ce rire lui avait fait du bien ; il se sentait maintenant la poitrine toute chaude.

L'hiver d'après, il retourna quand même à l'école. Et encore les deux qui suivirent. Puis, l'instituteur lui dit :

« Quinze ans, c'est la limite. Je ne peux plus te recevoir. Si tu veux continuer d'étudier, il te faudra choisir d'autres maîtres. Tu sais ce que je t'ai conseillé : Clermont, Paris.

— Mon père veut me garder... »

A force d'en entendre, impressionné par les discours de l'instituteur, Pierre Ameil lâcha une concession :

« Quand il aura dix-sept ans, si ça le tient toujours... on verra... Il pourrait apprendre à tailler la pierre. Ça c'est du travail sérieux. De toute manière, je vois bien que la culture, il y a pas de goût. »

Pourquoi dix-sept ans ? Il ne s'expliqua point là-dessus. Celui-là, quand il s'était fourré une idée dans la tête... même si qu'on lui avait coupé le cou...

La chose se trouva d'ailleurs facilitée par le mariage de Marie-Louise : un gendre entra dans la maison. Bourbaki l'accepta pour successeur, puisque l'autre tête d'âne ne voulait rien connaître en dehors de ses étartuelles. Quand sonna son dix-septième anniversaire, Jacques enfila la route de Valdore, sans accompagnement. Sa mère avait bien commencé de pleurer ; mais Pierre Ameil l'avait secouée si rudement qu'elle était allée se cacher dans la grange. Rusko était crevé l'année précédente ; le grand-père n'en avait pas pour longtemps : il ne se levait plus et faisait tout sous lui.

A Volvic, tout le monde vit de la pierre. Jacques Ameil trouva sans peine un patron tailleur qui voulut de lui comme apprenti : il ne toucherait aucun salaire pendant trois ans, mais serait nourri, logé, recevrait chaque saison un pantalon et un bourgeron en toile de chanvre. Ça va ou ça va pas ? Ça va.

Il partit pour la carrière de Channeboux, non loin de la route de Pontgibaud : un vaste entonnoir creusé dans une cheyre, auquel on aboutissait par un mauvais chemin bordé d'une double muraille de débris de lave sans valeur pour l'entrepreneur. Quand les gens du pays décidaient de se bâtir une maison, ils venaient prendre là, librement, toute la pierre qu'ils voulaient. L'entonnoir était garni de deux hautes grues formées d'un mât vertical, fortement retenu à l'entour par huit haubans d'acier ; si bien que chacun ressemblait à un énorme parapluie ouvert dont le vent aurait emporté l'étoffe. Des ouvriers grouillaient autour des blocs arrachés à la montagne, les ficelaient de grosses chaînes, que le filin de la grue venait saisir avec son index courbe. Alors, à l'autre bout, commençait la manœuvre du treuil. Il était mis en mouvement par une roue munie d'échelons, pareille à celles que les écureuils font tourner dans une cage ; mais les écureuils, ici, c'étaient deux apprentis carriers, qui gambillaient l'un au-dessus de l'autre, montant sans fin cette échelle qui fuyait sous leurs pieds.

Jacquelou comprit tout de suite que ce travail lui était destiné ; et en effet, le chef de carrière, dès qu'une occasion se présenta, lui désigna de sa pipe une des deux roues. Et il alla faire l'écureuil, sans rechigner. Au début, ça lui parut même amusant, une sorte de jeu. La chaîne s'enroulait autour du treuil qui craquait et gémissait, le rocher frémissait sur sa base, hésitait un moment, puis finissait par décoller, tournait un moment au bout du filin. Quel fil à plomb ! Et dire que c'étaient eux deux, les plus gringalets de l'équipe, qui avaient soulevé cette énorme masse ! Jacques Ameil en riait de plaisir. Les ouvriers les applaudissaient. Ils étaient vraiment des écureuils. Manquait plus qu'à leur jeter des noisettes.

Dans un coin de la carrière, il y avait une cabane en dur, couverte de fougère et prolongée par un avant-toit. Tous les hommes mangeaient là-dedans le casse-croûte de midi, apporté dans la musette. On s'y réfugiait également en cas de forte pluie ; chacun alors s'occupait à dégrossir, à bretteler, à équarrir les blocs qui avaient servi précédemment de tables et de sièges.

Six mois durant, Jacques exerça son activité d'écureuil. Les jours pluvieux seulement il lui était permis de toucher à la laie ou à la boucharde, de rogner un coin de pierre sous l'œil attentif du tailleur responsable. Des chars venaient prendre les blocs, traînés par des vaches ou des bœufs. Il humait avec plaisir l'odeur des bêtes, qui lui rappelait celle des Ameils. Il les caressait et leur chassait les mouches.

Il fut admis ensuite à cogner sur les coins qu'on plaçait au bon endroit pour détacher les blocs. Après les muscles des jambes, ça lui développa ceux des bras. Il apprenait à discerner le sens de la lave, qui a des fibres comme le bois, à connaître le *bon arbre* qui se laisse fendre aisément, du *travers* qui exige dix fois plus de peine.

« Te plains pas, disait le chef de carrière, dans le temps, les vieux creusaient des galeries comme les taupes et ne prenaient que la pierre de dessous, parce qu'elle est la plus belle. Aujourd'hui, on a de l'air ! Quel bon air on a par ici ! Quelle bonne mine tu auras en nous quittant ! »

Jacques se regarda dans une glace, et se trouva une tête de chat écorché. La barbe lui était venue. Il acheta un rasoir. Il acheta aussi du fil et des aiguilles pour fermer les trous de son bourgeron de chanvre ; il se demanda s'il pourrait attendre son remplaçant.

L'année terminée, il quitta enfin la carrière pour l'atelier. On l'occupa d'abord à surveiller la résine qui fondait sur le poêle, à y incorporer une fine poussière de lave et à remuer ce mélange avec une cuillère comme une mayonnaise. Il apprécia sa promotion : d'écureuil, il était passé cuisinier. Cette colle servait à corriger les défauts visibles des blocs déjà travaillés et polis, à combler les creux, les soufflures, les petites fentes. Si la résine venait à s'épuiser, on l'envoyait en récolter dans les pinières des environs.

Ensuite, on lui fit fendre des blocs ; des petits d'abord, des gros après. Les carriers d'aujourd'hui ont des trépans qui percent la pierre et la découpent comme un timbre-poste. Mais au début de ce siècle, fallait la casser dans sa profondeur, avec la seule aide des coins. Ce n'est qu'à la fin de cette seconde année qu'il lui fut réellement permis de travailler des surfaces : des dalles, des pierres d'angle, des bordures de trottoir. Le risque n'était pas grand. On lui laissa aplanir les fonds des bosses avec la boucharde fine, dite américaine. Le patron, Channeboux, le complimenta de sa main et lui accorda un habit supplémentaire, non prévu dans le contrat.

La troisième année, enfin, il apprit les lettres, en creux et en relief. Puis, peu à peu, la gravure d'après un gabarit, le bas-relief, la demi-bosse.

Au conseil de révision, il se montra tout nu devant des messieurs habillés qui l'examinèrent, le mesurèrent, le pesèrent, le touchèrent même à un endroit impossible à dire. Maigre comme un pin. Ils l'ajournèrent à un an. Et il en fut de même l'année suivante. « Bon, qu'il se dit, ils ne veulent pas de moi. Je n'en suis pas fâché. Je ne tiens pas à aller faire le zouave. » Il allait avoir vingt-deux ans, étant né en 1882.

Il resta donc à Volvic et passa son temps à produire une quantité incroyable de marchandise funéraire : des rosettes, des crucifix, des christs couronnés d'épines, des guirlandes, des épitaphes, de fausses urnes, de faux drapés, des cœurs saignants, des cœurs enflammés, des cœurs rayonnants. A présent, son patron le payait mieux ; il engraissa et fut déclaré bon pour le service. Ce régiment, dont Bourbaki l'avait si longtemps menacé, il l'accueillit sans déplaisir.

A sa démobilisation, il partit pour le seul endroit au monde qui pouvait, du tailleur de pierre qu'il était, faire un sculpteur.

Aux Ameils, un jour, en rentrant des champs à l'heure de midi, Bourbaki s'étonna de trouver le fourneau éteint. Qu'est-ce que c'était que cette nouveauté ? Il sortit, tourna autour de la maison, poussa le portillon de l'ouche, et là, que vit-il ? Sa femme à quatre pattes dans les fraisiers.

« Et la soupe ? qu'il lui cria. Savoir si tu vas te relever ! »

Elle fit celle qui n'entendait rien. Mais en s'approchant, il comprit tout de suite qu'elle était là contre sa volonté. Il la prit et l'emporta comme une petite fille, en la tenant sous les bras et sous les genoux. En marchant, il lui parlait doucement :

« Mariette... voyons... pauvre Mariette... Réponds-moi... Ouvre les yeux, ma chère amie... C'est moi, Pierre... Moi, Bourbaki... »

Qui aurait cru qu'elle était si lourde, à la voir si maigrichonne ? Il l'étendit sur leur lit, lui lava le visage à l'eau-de-vie, lui tapa dans les mains, lui mit sur le corps un édredon. A la fin, il vit bien qu'il ne pouvait plus la réchauffer et qu'elle était morte.

On envoya le gendre jusqu'à Valdore expédier un télégramme à Jacques Ameil, 14e régiment de chasseurs à Grenoble, Isère. Une lettre arriva quinze jours plus tard, expliquant qu'à ce moment précis le régiment se trouvait en manœuvres et que le télégramme était parvenu à son destinataire une semaine après les obsèques.

Pierre Ameil, dit Bourbaki, fabriqua de ses mains une croix rudimentaire, avec deux planches, et alla la planter dans l'ouche, juste au milieu des fraisiers.

Depuis quinze ans, Jacques n'avait plus mis les pieds aux Ameils. En arrivant, il avait tourné la poignée de la porte, sans frapper, comme s'il était parti la veille pour Volvic. Et tout de suite, devant lui, cette femme aux tempes grises, qui avait poussé un petit cri et s'était mordu un doigt : sa sœur, Marie-Louise. Il ne l'avait pas embrassée. Elle lui avait désigné la chambre voisine, il était entré, s'était penché sur le mourant :

« C'est moi... Jacques... ton garçon. »

Il s'était assis près du lit, sur une chaise. Il lui avait pris la main, avait cherché le pouls, perdu parmi les nerfs du poignet maigre, avait eu quelque peine à le trouver. Oui, il finit par le sentir : *toc, toc, toc*... Puis un long silence. De nouveau : *toc, toc, toc*... Et ce silence encore. Il imaginait la pauvre machine épuisée, la vieille pompe au fond de la poitrine, qui éprouvait le besoin de s'arrêter toutes les trois manœuvres. Et, pendant ces arrêts, il lui semblait que son cœur à lui s'arrêtait pareillement. Comprenant sa recherche, le malade le regarda :

« Comment qu'il va ?

— Il va, il va. Un peu fatigué. Mais il va encore.

— Je suis content que tu sois venu.

— Aussitôt que j'ai reçu la lettre.

— Oh ! c'est pas que je manque de soins, ta sœur est bien dévouée. Et le gendre aussi. Mais j'avais peur...

— Peur de quoi ?

— Que tu l'apprennes trop tard. Comme pour ta pauvre mère.

— Ce fut pas ma faute.

— Je sais : la poste, le télégraphe. Et puis, au régiment, on fait pas ce qu'on voudrait. »

Ils restèrent un long moment silencieux, simplement à se regarder. Jacques tenait dans ses mains celle de son père ; durcie, déformée par les travaux, la peau en avait acquis maintenant une douceur singulière, à cause du long repos forcé. Et ils étaient tout surpris eux-mêmes de cette attitude qu'ils n'avaient jamais eue de leur vie, la main dans la main. Pas le temps. Ils appartenaient aussi à une race qui n'a pas beaucoup le goût des caresses. Pas assez le goût des caresses. Ce qui fait qu'on se trompe les uns sur les autres. Mais à présent, ils se sentaient, sans avoir besoin de le dire, plus proches qu'ils ne l'avaient jamais été. Tout ce qui avait pu les séparer dans le passé était aussi loin que l'eau qui a coulé pendant vingt ans sous le même pont.

« Mon Jacquelou ! » fit tendrement le père.

Jamais il ne lui en avait tant dit de sa vie. Toujours à gueuler : mille dieux ! tu verras quand tu seras au régiment ! même si qu'on devait me couper le cou ! charogne ! savoir si tu vas m'aider !... Tant de choses le pressaient : la terre, la pluie, le soleil, la neige, les récoltes à engranger, la fierté de son nom, ce hameau de trois feux où les siens naissaient et mouraient depuis Dieu sait combien de temps, et sa langue dure, et sa cervelle sans instruction...

« Redresse-moi un peu », qu'il demanda.

Jacques passa un bras derrière ses épaules : encore un geste qu'il faisait pour la première fois ; il arrangea les oreillers, enfonça un peu le bonnet d'évêque. La respiration, courte et saccadée, secouait le malade tout entier chaque fois.

« Mon vieux Jacquelou... répéta-t-il. Quel âge que tu as, à présent ?

— Trente-deux ans.

— Oui... c'est vrai... tu es né en 82. »

Et un moment après, avec la plus grande tranquillité du monde :

« Je suis perdu.

— Allons donc, protesta le fils, comme on fait toujours dans ces cas-là, mais sans beaucoup de conviction.

— Oh ! ajouta le père, aussi tranquillement, ça n'a pas d'importance. Faut bien que j'y passe, comme les autres. »

Et Jacques, voulant jouer au philosophe : « Nous sommes tous perdus. Je peux encore partir avant toi.

— Que Dieu m'en garde. »

Parlait-il de Dieu, réellement ? Non, ce n'était dans sa bouche qu'une formule de langage. De Dieu non plus, il n'avait jamais eu le temps de s'occuper. Puis :

« Tu es content, à Paris ? »

Paris : le bout du monde. Il n'y a pas plus loin que Paris. On sait ici qu'il s'y passe des choses extraordinaires : le roi à qui on coupe la tête, des révolutions, les rouges, les blancs, Badinguet, des bombes qui éclatent, des gens importants qu'on assassine, des expositions, des femmes qui fument la cigarette, et la tour Eiffel qui est aussi haute que Chignore, et des gens qui viennent du monde entier, des princes, des rois, des empereurs, pour voir ça. Bourbaki avait visité un bon morceau de la France, et même de la Suisse, mais jamais Paris. De là-bas, Jacquelou envoyait une lettre de temps en temps. Il travaillait dans l'atelier d'un grand sculpteur. Peut-être du plus grand sculpteur que la France ait jamais eu. Lui, Jacques Ameil, des Ameils, près de Valdore, en basse Auvergne ! Il était sous ses ordres, il terminait le travail que le Grand Homme avait commencé. Car le Grand Homme avait tellement de commandes qu'il ne pouvait suffire à tout. Alors, il permettait à ses élèves d'exécuter les détails de peu d'importance : les pieds, les mains, les vêtements. Oui. Il en faisait aussi ses gâcheurs de plâtre, ses casseurs de bois, ses mitrons. Ses goujats.

« Tu es content à Paris ? »

Était-il content ? Il avait voulu un vrai maître : il l'avait. Que celui-ci l'utilisât comme larbin, ce n'était pas très grave. Qu'il ne l'appelât jamais autrement que « toi, le bougnat... », ça ne signifiait rien. Le ton était plutôt amical. Le terrible, c'est que cet homme-là t'absorbait, te suçait le sang comme une pieuvre, ne te laissant que ce qu'il voulait bien. Après trois mois de vie commune, tu étais entre ses tentacules, impossible de t'en délivrer. Tu n'étais plus toi, tu étais lui. Les idées que tu pouvais avoir avant de le connaître, tes goûts, tes émotions, il les suçait aussi. Rien, il ne te laissait rien. Tu devenais la coquille d'un œuf qu'il avait gobé et rempli ensuite de sa bave. Tu étais lui. Tu sentais désormais comme lui. Tu pensais comme lui. Il t'avait digéré. Ugolin et ses enfants... Tu étais sa nourriture, son pain quotidien. A quoi bon poursuivre, s'acharner, dans ces conditions, pour ne réussir jamais qu'à être la copie d'un autre ? Les filles, en outre, faisaient la queue pour passer dans son lit.

« Non, qu'il dit, je suis pas content.

— Ah ?

— Je crois bien que je vais tout laisser tomber.

— Et qu'est-ce tu feras ?

— Je sais pas. Je trouverai bien autre chose. Peut-être que je retournerai à Volvic.

— Peut-être... que tu reviendras ici ? »

Il souriait, pour montrer qu'il n'y croyait pas, mais que ça lui aurait quand même fait grand plaisir.

« Peut-être. Pourquoi pas ? »

A ce moment, le gendre entra. Il serra la main de son beau-frère. Puis, joyeux comme un merle, il s'adressa à Bourbaki :

« Je vous trouve bonne mine, ce matin ! Créputain, vous allez voir que, la semaine prochaine, vous viendrez m'aider à faner !

— Oui, oui, sûrement. »

Il jeta à son fils un regard morne qui signifiait : « Pour quelle bête me prend-il, celui-là, à me raconter des balivernes pareilles ? » Mais il se contenta de dire :

« Puisque vous êtes là tous les deux... aidez-moi un peu, je voudrais essayer d'aller sur le seau. »

Sa grande terreur était de se salir, d'obliger sa fille à faire des lessives insupportables et, par conséquent, à souhaiter sa mort au plus vite. Ils le prirent sous les bras et le soutinrent à travers la chambre. Jacques lui mit une couverture sur le dos pour le cacher, pour qu'il se sentît moins gêné de leur présence.

« Ça alors... qu'il fit.

— Quoi donc ?

— Regardez ce qui m'est venu... là... sur le pied. »

C'était en effet une chose assez extraordinaire : une cloque de la grosseur d'un œuf, une vésicule pleine d'eau. Qu'est-ce que ça voulait dire ?

« Ça alors... »

Il avait fini. Ils le redressèrent. Debout, il contemplait encore cette boule inquiétante. Et tout à coup, il leva l'autre pied et toc ! d'un coup de talon écrasa la cloque qui péta en perdant son liquide :

« Saloperie ! »

Ils le recouchèrent. Marie-Louise accourut, lui lava le pied à l'eau tiède, l'enveloppa d'une bande de toile. Lui était tout content :

« Vous avez vu comme je me suis guéri ?... Malheureusement... y a le reste... le soufflet. »

De nouveau, ces inspirations courtes, hachées, qui ressemblent à un hoquet. Jacques calcule son âge. Et celui de sa sœur. Et celui du beau-frère. Toutes ces années qu'il a remplies à pétrir de la glaise, à gâcher du plâtre, à se nourrir des restes d'un autre. Dehors, il fait un soleil merveilleux, des poules gloussent, au loin des chiens aboient. Il se rappelle Rusko. Et sa mère morte soudainement. On lui a écrit tous les détails. Et la croix de bois dans les fraisiers.

« Tu dois avoir soif, dit son père. Donnez-lui quelque chose.

— Non, non. Ni soif ni faim. Si j'ai besoin, je demanderai.

— Pardi ! Tu es chez toi ! »

Bourbaki a posé sur le drap ses deux mains blanches.

« J'ai chaud », qu'il fait.

Il retrousse les manches de sa chemise pour se donner un peu de fraîcheur. Ses bras maigres paraissent et, sur le droit, un ancien tatouage exécuté en Suisse, ravivé par la pâleur de la chair : il représente une femme bleue coiffée d'un bonnet à oreilles ; dessous, une date : 1871 ; une République déjà vieille de quarante-trois ans.

« Je ramasse pas de gros bras ! » fait le malade, dans son langage des Ameils.

Que répondre à ça ? Jacques sent son cœur se serrer. Il se rappelle la force extraordinaire de cet homme, jadis. Un jeu qui se faisait à Valdore, le jour de la Saint-Martin, qui était aussi la fête des vendanges. Il s'agissait d'empoigner un tonneau de cent litres : tu l'attrapais à ton plaisir, par le ventre ou par les flancs ; tu l'arrachais de terre ; mais là n'était pas le plus malin ; quand tu l'avais ainsi coincé dans ton embrassade, entre l'estomac et les genoux, sans l'aide de rien ni de personne, il te fallait chanter ! Oui, chanter tout le refrain d'une chanson à boire plus connue par ici que la *Marseillaise :*

Annin don, bèvin don,
Lo vido o soun terme,
Countin é joyou
Chassin le fun do mova jou.

Allons donc, trinquons donc,
Foutons-nous-en ferme :
Noyons dans le vin
Tous les germes du chagrin.

Y en a qui ouvraient la bouche et ne réussissaient qu'à péter. D'autres produisaient des grognements de porcs. La plupart avaient les mâchoires si serrées que pas un son ne sortait. Bourbaki, lui, chantait comme un enfant de chœur ; et pour finir, en supplément, il posait un baiser sur la bonde, redescendait doucement le baril et s'époussetait les mains, frais comme une rose. Et ce sont ces mêmes bras qui, à présent...

« J'aurais aimé... halète-t-il, donner un coup de main, aux fenaisons... »

Et Jacques :

« Il est temps que tu laisses travailler les autres. Repose-toi.

— Oui, oui, je me reposerai... bientôt. »

Et quand il a repris son souffle : « Cette année, le foin est épais.

— Il a fait un printemps mouillé.

— Tu sais... nous avons six vaches, maintenant... et deux bœufs.

— Oui. Alors, il vous faut du foin.

— Deux veaux dans l'écurie... Une truie et six porcelets... »

Il parle de toutes ces choses comme si elles lui appartenaient encore, comme si, demain, il allait se retrouver parmi elles. Pourtant, il n'en sera pas ; il dit : pas d'importance. Sûr que le monde marchera sans lui. Que les blés seront coupés et battus et engrangés, que la vendange sera faite, les pommes de terre arrachées. Il se préoccupe de la qualité des récoltes, de la vache qui a une boule au genou. Les hommes s'en vont, d'autres les remplacent, la terre qui les produit ne reste pas en jachère.

Marie-Louise apporte un peu de soupe claire, avec une goutte de vin. Jacques veut la donner au malade. Avec quelle joie ! Il l'abecque comme un enfant au berceau ; c'est bien son tour. Pierre Ameil voudrait lui faire plaisir ; mais chaque cuillerée lui coûte un effort terrible, car elle lui ôte le peu de souffle qui lui reste. L'autre l'encourage :

« Tu aimes bien ça... Tu as toujours aimé ça.

— Oui... la soupe... c'était ma nourriture... Attends un peu. »

De nouveau, il s'affaisse sur les oreillers, il doit se reposer, il fait signe de la main : pas encore. Désolé, Jacques garde entre ses doigts le bol qui refroidit.

Il exige de passer la nuit à côté de son père. On lui prépare la chaise longue, avec des oreillers. La pièce est sombre ; mais il vient de la cuisine la faible lumière d'un quinquet. Le vieux s'est assoupi, son bonnet d'évêque enfoncé jusqu'aux sourcils. Jacques reste les yeux ouverts. Il est content d'être revenu assez tôt, d'avoir dit : je ne te quitterai plus. Maintenant qu'ils ont fait la paix ensemble, plus rien n'a d'importance.

La respiration continue ses petits hoquets. Dehors, les criquets s'en donnent à cœur joie.

La pendule sonne onze coups. Puis douze coups. Puis un tout seul.

« Mariette !... »

Soudain, ce cri ! Il sursaute sur sa chaise.

« Mariette !... Savoir si tu vas fermer cette porte ! »

Jacques se sent glacé de terreur. Bourbaki appelle sa femme, morte dans les fraisiers, il y a huit ans. Oui, bien sûr, ils ne s'étaient jamais réellement quittés ; et comme il ne pouvait aller lui rendre visite au cimetière de Valdore, beaucoup trop loin, il se rendait dans le jardin, et s'entretenait avec la croix de bois. Alors, qu'il lui parle encore, ça ne signifie rien de spécial, en somme. Et le dialogue se poursuit. Comme lorsque quelqu'un devant toi téléphone, et que tu n'entends qu'une voix.

« Toujours ton habitude de laisser les portes ouvertes... Tu changeras pas, ma chère amie... Sans parler de la pluie qui risque d'entrer... »

Jacques ne peut en supporter davantage, il va chercher le quinquet. Le mourant est assis dans son lit, les yeux hagards.

« Papa... je suis Jacques... ton garçon...

— Ah ! c'est toi ?

— Tu as dormi un peu ?

— Oui, je crois que j'ai dormi... »

Sa main cherche, tâtonne, aveugle. Jacques approche la sienne. Oui, c'est ce qu'elle voulait. Ce pouls, ce pouls terrible toujours : *toc, toc*, silence. Le silence tous les deux *toc*, à présent. Le quinquet grésille sur la table de nuit.

« Reste... reste... ici. »

Qu'est-ce qu'il veut dire, reste ici ? Près de moi ? Aux Ameils ?

« Oui, oui, je reste. Sois tranquille. »

Il s'est affaissé de nouveau dans sa muraille d'oreillers, la bouche ouverte. Il ronfle. Est-ce qu'il se serait endormi si vite ? Dieu ! comme il ronfle fort ! « Gardez-le-moi quelques jours de plus, Seigneur ! Je vous en supplie, gardez-le-moi un peu ! Rien qu'une semaine ! »

Le pouls : *toc, toc*, silence. *Toc, toc*, silence. *Toc, toc*, silence...

« Papa !... »

Il n'entend rien. Il ronfle. Il ronfle affreusement, du fond de la gorge. « Deux jours, Seigneur ! Deux jours seulement, je vous en supplie ! » Puis Jacques prend peur, il court vers la cuisine, monte l'escalier, crie :

« Marie-Louise ! Henri ! Vite ! Vite ! »

Il revient au lit de l'agonisant. Le pouls a perdu encore un *toc* en cours de route : *toc*, silence, *toc*, silence, *toc*, silence. Le ronflement cesse. Marie-Louise accourt échevelée, déjà tout en larmes ; Henri, derrière, se boutonne la braguette. « Mon Dieu ! Seulement jusqu'à demain ! Je l'ai à peine vu. Nous avons à peine échangé quelques mots. Vingt-quatre heures seulement, mon Dieu ! Qu'est-ce que cela vous fait, vingt-quatre heures de plus ou de moins ? Il ne vous échappera pas. »

La pendule sonne deux coups.

« Reste ici... » Que voulait-il dire ?

Le *toc* s'affaiblit, le silence s'allonge. De plus en plus. Marie-Louise sanglote. Elle s'est emparée de l'autre main. C'est tout à fait un tableau de Greuze. Henri se tient derrière, s'arrange pour qu'on le voie le moins possible, l'air embêté ; il pense déjà aux emmerdements qui vont lui revenir : le médecin, la mairie, le curé, le fossoyeur...

C'est fait : il n'y a plus de *toc* ; dans le poignet, silence total. Pourtant, la poitrine se gonfle encore et se vide, avec un râle qui n'en finit pas. Ce qu'on appelle le dernier soupir. Jacques ne bouge pas, ulcéré par l'inutilité de ses prières. Le programme était établi. On n'a pas voulu le changer d'une seconde.

Et voilà que la poitrine de nouveau se gonfle, et de nouveau se vide, interminablement. Mais cette fois c'est le vrai de vrai. Le bonnet d'évêque a glissé, la tête chauve scintille sous la lueur palpitante du quinquet.

Pierre Ameil, dit Bourbaki, fut transporté dans le corbillard municipal, jusqu'à Valdore. Il avait fait pendant la nuit précédente un orage violent et des flaques luisaient au bord de la route. Jacques et les autres qui marchaient derrière la voiture devaient examiner où ils posaient les pieds.

Le voyage se passa bien. Une fosse avait été creusée près de celle de Mariette. Tu t'enfonçais un peu dans la terre grasse du cimetière. Deux courts madriers, en travers du trou, attendaient le cercueil que des bras volontaires déposèrent avec précaution. Le curé et l'enfant de chœur récitèrent leurs oraisons. Puis les fossoyeurs glissèrent une corde sous la caisse, à chaque bout, quelqu'un enleva les madriers, et Pierre Ameil commença de descendre dans les profondeurs, avec des craquements. Et tout par un coup, alors qu'il devait approcher du fond, on entendit un clapotis insolite. Les présents s'approchèrent. Et que virent-ils ? La pluie et les suintements souterrains avaient envahi la fosse, et Bourbaki nageait dans l'eau. Elle atteignait presque le couvercle du cercueil.

« Créputain, fit le gendre, s'adressant aux terrassiers, vous pouviez pas la vider, avec un seau ?

— On l'a vidée deux fois, et elle est revenue. »

Et comme ils étaient furieux qu'on les réprimande devant tout ce monde, ils empoignèrent leur pelle et se mirent à pousser la terre sans plus attendre.

« Vous savez, que fit l'un, il aura l'occasion d'en recevoir d'autre. Et il s'enrhumera pas. »

Jacques reprit le chemin des Ameils. Voilà qu'à présent il avait dans la tête la vision de la caisse à demi pleine d'eau, du cercueil devenu une sorte de saloir où son père était en train de mariner, pour les siècles des siècles. Mais il entendait la réponse de Bourbaki, imperturbable : « Pas d'importance, pas d'importance. » Et quelle importance y avait-il, en effet, à ce que sa dépouille pourrît à l'humide ou au sec ? Les saisons se suivent et se complètent ; l'une apporte le soleil, l'autre le vent, la fraîcheur, l'orage, la pluie. Pierre Ameil connaissait trop bien le temps et les besoins de la terre pour s'offenser de ce bain qu'on lui imposait.

Jacques s'interrogea sur le sens de la promesse qu'il lui avait faite. Pouvait-il réellement s'installer de nouveau aux Ameils ? Sa sœur et son beau-frère, sans progéniture, l'accepteraient sans doute, s'il renonçait au partage des biens dans l'immédiat ; la maison était assez grande pour le recevoir. Mais se trouvait-il vraiment en état de reprendre l'ancienne vie ?

Alors, quoi ? Retourner à Paris ? Oui, il pourrait, en le voulant très fort, échapper aux tentacules du Grand Homme ; s'installer lui aussi dans une mansarde qu'il appellerait atelier. Seulement, le mal était fait : il n'était plus lui, il ne serait jamais plus lui.

Grâce au ciel vint la solution. Trois jours après l'enterrement, le samedi 1er août, furent placardées les affiches de la mobilisation générale. Et Jacques Ameil n'eut plus à choisir son destin. D'autres y pensaient à sa place.

Il partit donc. Et il eut le privilège, en 1923, de se trouver en tête de liste sur le monument aux morts de Valdore, basse Auvergne.

BONNEMOY ALPHONSE

Les Bonnemoy avaient la plus grosse ferme des Giliberts, sur la route qui va de Valdore à Sainte-Marguerite. Le fils, Alphonse, n'était pas un mauvais travailleur, pas plus feignant qu'un autre, mais il avait un grave défaut : cette passion pour la clarinette. Ça l'avait attrapé on ne sait comment en Algérie, où il faisait son service ; une sorte de bête qui l'avait piqué là-bas, comme celles qui donnent les fièvres. Alors, le soir, il avait tendance à raccourcir quelque peu la journée ; il s'enfermait dans sa chambre, ajustait son instrument et en tirait au début des couinements qui n'avaient pas figure humaine ; par la suite, ça s'était arrangé un tantinet ; ça faisait moins peur. En attendant, les besognes du soir, la traite, le pansage, la pâtée des cochons, c'est les autres qui se les tapaient. Son père jurait là-dessus comme un Turc mahométan et le traitait de Mange-Pain-Gagné. Heureusement, il était assez riche pour se payer du personnel.

Par exemple, il y avait Marthe. Une fille de l'Assistance, entrée à dix ans dans la maison. Personne ne la maltraitait. Car on savait que si l'on veut d'une bête du rendement, faut la nourrir et non la cogner. On la nourrissait. Elle mangeait son saoul de lard et de pommes de terre. Quand Alphonse revint d'Afrique, c'était une gaillarde vigoureuse, avec des joues rouges, des jambes agiles et des tétons qui, lorsqu'elle trottait de droite ou de gauche, dansaient dans son corsage comme deux bestioles prisonnières, je sais pas, deux chats, deux pigeons qu'elle aurait enfermés là. Tout de suite, lui, ça le fit loucher. C'était un garçon qui avait voyagé : Alger, la casbah, les petits bordels à quarante sous... Bref, il avait pris là-bas, en même temps que pour la clarinette, un certain goût pour les femmes, et il tenta sa chance auprès de Marthe. Une fille de personne ne pouvait qu'être flattée d'intéresser le fils du maître.

Il la guetta comme un chien son gibier. Elle logeait dans l'ancien colombier, derrière les étables ; sa chambre à lui se trouvait à l'opposé, dans le bâtiment neuf. Le soir, il suçait consciencieusement le bec de sa clarinette ; et quand il voyait Marthe passer dans la cour, un seau de lait à chaque bras, il produisait ses sons les plus harmonieux, avec l'intention de la séduire. Il était sûr d'une chose : on pouvait chercher sur tout le territoire de la commune ; on trouverait probablement quelques autres musiciens à la gomme, des vielleux, des tireurs d'accordéon, peut-être un *cabrettaïre* ; mais un autre clarinettiste que l'Alphonse Bonnemoy, peau de zébi, comme disent les sidis ; il était le seul à je sais pas combien de kilomètres à la ronde. Cette fille ne se rendait sûrement pas compte. Aurait fallu l'informer. Mais il n'osait pas s'expliquer autrement qu'en lui envoyant de son balcon des trilles, des notes filées, des dégoulinades.

Il avait réussi à exécuter les airs à la mode : *Viens poupoule, Sous les ponts de Paris, Ma Tonkinoise*. Elle, elle écoutait ça avec le même calme que s'il lui avait joué les vêpres.

Le soir, ils se retrouvaient tous autour de la grande table de chêne. Les huit soupes attendaient, fumantes, dans les écuelles, surmontées de tranches de rave larges comme des écus blancs.

Alphonse regardait Marthe de tous ses yeux ; mais elle tenait les siens résolument baissés. Une fois le maître assis, tous se mettaient à laper le pain et le bouillon, avec de longues aspirations des cuillères. Ensuite venaient le fromage et le beurre, dans lesquels chacun piochait à son plaisir. Des pommes, des noix ou des châtaignes achevaient la cérémonie.

Alphonse sortait le premier, sous prétexte d'aller souffler encore une fois dans son tuyau. Il guettait la fenêtre du colombier. Longtemps après arrivait Colombine : une forme blanche, des bras en croix, les volets se fermaient, un moment après dans chacun s'éclairait un cœur de lumière. Lui se la représentait... ça lui mettait le feu dans le ventre.

Un soir, comme ça, il complota une affaire. Quand Marthe eut regagné sa tour, lui descendit précipitamment ; il sortit une échelle qu'il avait choisie d'avance et s'en alla la dresser sous la fenêtre de la servante. Au-dessus de lui les cœurs brillants le guidaient. Comme il gravissait les barreaux, il entendit un cri étouffé.

« Qui c'est ? »

Elle avait dû percevoir un craquement et avait pris peur. Il se tint coi un long moment, retenant même son haleine. « Elle va se rassurer, je finirai mon ascension et... je la verrai », qu'il se disait. En fait, les deux cœurs s'éteignirent, et il n'eut plus qu'à redescendre et à ramener l'échelle où il l'avait prise. Comme un con.

Elle était en train de traire ; pour tenir le seau, elle avait retroussé sa jupe jusqu'aux genoux. Ça le rendit maboule. Il se jeta sur elle, la pétrit à pleines mains, l'embrassa dans le cou, sur les joues, partout où il put l'atteindre.

« Le lait ! Le lait ! » criait-elle.

Il se foutait bien du lait. Il le lui dit :

« Je me fous du lait ! C'est toi que je veux ! »

Elle aurait pu, je sais pas, se fâcher, se mettre à pleurer ; pas du tout, elle devint très sérieuse et répéta :

« Vous me voulez ?

— Oui, qu'il haleta, je te veux.

— Comment que vous me voulez ? Rien que pour bonne amie ? Ou bien... ? »

Tant de tranquillité, ça le refroidit un peu. Il ne pouvait pas lui dire tout cru : « J'ai envie de... dépanne-moi ». Alors, il essaya de tortiller une bonne réponse :

« Je te veux... tu sais bien comment je te veux.

— Je sais rien du tout. Expliquez-moi. Si c'est rien que pour l'amusement, cherchez-en une autre. Si c'est pour un motif sérieux... alors, faut voir.

— Naturellement que c'est pour un motif sérieux !
— Question mariage ?
— Naturellement, question mariage !
— Dans ces conditions, on en reparlera. Y a pas urgence ! Vous êtes pas dans l'huile ?
— Si, que je suis dans l'huile !
— Laissez-moi traire. Faut que je considère la chose. »
Encore une fois il repartit comme un con.
A table, le soir, elle lui sourit, pour la première fois. Et c'est lui qui baissa le nez sur ses raves. Comme d'habitude, il se leva avant les autres. Son père le regarda d'un air mécontent et marmonna :
« Sa créputain de clarinette ! Quelque jour, je la lui foutrai au feu ! »
En fait, il se dissimula dans le hangar et guetta la sortie de la servante. Il n'y faisait pas chaud. Des courants d'air du diable. Et puis, voici qu'il commença de pleuvoir. Un endroit rêvé pour un rendez-vous amoureux ! « Va-t-elle sortir, cette garce-là ! Elle me fera attraper la crève ! » Sans doute qu'elle était encore occupée à présurer le lait, à écouler les fromages ou à laver la vaisselle. On ne la laissait guère chômer, chez les Bonnemoy. Fallait du rendement.
Bon. Elle finit quand même par sortir. Il la vit sautiller entre les flaques, comme une chatte qui craint de se salir. Il se précipita :
« Marthe !
— Ah ! c'est vous ! Vous m'avez fait peur ! »
Ils se tenaient immobiles, face à face. La pluie leur dégringolait sur l'échine hardi-petit.
« On peut pas rester là, qu'il fit. Viens au sec.
— Où ça ?
— N'importe où... m'est égal. »
Alors, il sentit qu'elle le prenait par la main et le tirait vers son pigeonnier. C'est plus qu'il n'en espérait.
« C'est noir », fit-elle dans l'escalier. Mais elle le dirigeait toujours. Ils montèrent, trébuchants, l'escalier en colimaçon. « Attendez ici. » Elle poussa la porte de sa chambre, ferma les volets percés d'un cœur. « Ça y est ! qu'il se dit, ivre de son triomphe. Je suis chez elle ! Je la tiens, la garce ! » Il l'entendit frotter des allumettes qui ne voulaient pas prendre. Enfin, le chaleil éclaira la pièce.
« Entrez ! »
C'était rond comme un puits, avec un sol de briques disjointes. Ils s'assirent sur le lit pliant, en fer ; sous eux, la paillasse remplie de feuilles sèches craquait.
« Je vous ai laissé entrer, qu'elle dit, à cause de la pluie. Faudrait pas que vous vous mettiez des idées.
— J'ai froid.

— Quittez votre veste, vous êtes tout mouillé.

— Si je la quitte, j'aurai encore plus froid.

— Attendez. On va s'enrouler là-dedans. »

Elle tira les deux couvertures, ils s'emmaillotèrent étroitement. Maintenant, leurs deux chaleurs s'entraidaient, ils furent bientôt réchauffés.

« Approche-toi davantage, qu'il dit. Je crois bien que j'aurai attrapé la crevaison.

— Pauvre... Alphonse. »

C'était la première fois qu'elle l'appelait de son prénom. Avant, elle disait toujours vous, sans préciser. Lui l'avait connue petite fille ; et puis, il était le maître : normal qu'il la tutoyât. Comme elle avait réellement peur qu'il eût pris du mal, elle se serra contre lui, lui permit de passer les bras autour d'elle. Il chercha ses lèvres : pouvait-elle refuser ça à, peut-être, un mourant ? Tant qu'ils étaient assis, au fond, elle ne risquait pas grand-chose ; ce qu'il fallait, c'était tenir dans cette position.

Au bout d'un moment, elle s'aperçut qu'il était tout à fait réchauffé. Et elle sentit qu'elle aussi commençait à gagner de la température. Elle résista, quand il essaya de la coucher sur le lit. Mais, au fond, tant qu'il ne travaillait que des mains, elle ne risquait pas grand-chose ; ce qu'il fallait, c'était rester vigilante.

Au dernier, au tout dernier moment, elle eut une seconde de lucidité :

« C'est... question mariage, pas vrai ? »

Et lui, dans un grognement : « Pardi... que c'est... question mariage ! »

Tout l'hiver qui suivit, on entendit beaucoup moins la clarinette de l'Alphonse. Le vieux Bonnemoy s'en réjouit. Lui qui, chaque soir, pendant que les femmes se débattaient au milieu de leurs vaisselles, restait des heures au coin de l'âtre à fumer sa pipe en entretenant le feu, il ne pouvait pas accepter qu'on perdît son temps de cette façon.

Cette fille à portée de sa main, le clarinettiste trouvait que c'était bien commode. L'ennui, c'est qu'elle lui cassait un peu trop souvent les oreilles avec ses questions. Toujours les mêmes :

« Le mariage... c'est pour quand ?

— On en reparlera à la belle saison. Faut que je prépare un peu mes vieux à cette idée. Ça va les surprendre. »

C'était son tour de lui demander :

« T'es pas dans l'huile, non ?

— Et... si j'ai un petit ?

— Mais non, voyons ! Tu vois bien que je prends mes précautions ! »

C'était un garçon qui avait voyagé. En Algérie, il avait appris des tas de combines au contact des autres. Les Parisiens, ça distingue peut-être pas les fougères des patates, mais c'est quand même plus débrouillard que les Auvergnats.

Et ils passèrent l'hiver comme ça. A présent, quand ils étaient ensemble, elle le tutoyait aussi ; mais en public, elle continuait de lui dire vous. Sauf une fois où elle se trompa, en présence de la Célestine Bonnemoy, mère d'Alphonse. C'était le jour des cochonnailles, tout le monde était grandement occupé, les uns dans la cour autour des deux bêtes ouvertes qui livraient leurs intérieurs, les autres autour de la table de la cuisine. Marthe tournait la manivelle du moulin à viande, Alphonse aidait la progression de la chair dans les boyaux à saucisses, et plusieurs fois il les avait laissés crever.

« Savoir, qu'elle s'écria, si tu vas prendre garde à ce que tu fais ? Est-ce que tu penses à... ? »

Elle voulait dire : à la clarinette ? Au dernier instant, elle avala le mot, en s'apercevant que sa patronne venait d'entrer, qu'elle avait entendu au moins la fin de ce qu'elle venait de prononcer. La Célestine la regarda un moment ; puis elle demanda, bien calme :

« A qui donc que tu parles comme ça, drôlette ?

— Moi ? Est-ce que je parle ?

— Tu viens de dire : Savoir si tu vas prendre garde à ce que tu fais. Alors, je te demande à qui tu t'adressais. »

A son habitude, Alphonse baissait la tête, comme un con. Marthe s'efforça de rire :

« Je m'en suis pas aperçue. Mais si j'ai dit ça, c'est à moi que je l'ai dit. C'est une habitude que j'ai. Vous le savez bien. Vous avez bien dû m'entendre d'autres fois : je me parle toute seule. »

Elle pensait à la clarinette qu'elle avait failli lâcher. Heureusement qu'il faisait dans la pièce une chaleur d'enfer, à cause des marmites sur le feu et de l'eau qui bouillait, et qu'il ne lui était pas possible de rougir davantage. La Célestine pinça la bouche, considéra son fils occupé à pétrir ses saucisses ; puis elle fit ce qu'elle avait à faire et ressortit sans ajouter un mot.

Quelques semaines plus tard, Alphonse Bonnemoy fut invité à une noce à Sainte-Marguerite, chez les Dussauze. Des gens qu'il connaissait comme ci comme ça. Et il se demanda ce qui les avait pris de lui faire cette gracieuseté. Mais, comme il n'était pas ennemi de son ventre et que, dans ces affaires, le boire et le manger c'est ce qui compte le plus, il se garda bien de laisser passer l'occasion. D'autant plus que son père l'y encourageait :

« Ça t'empêchera un peu de penser à la clarinette. A ce propos, emporte-la donc. Tu feras voir comme tu sais bien t'en servir. »

D'un côté, il l'encourageait. Et de l'autre, il le décourageait. Alphonse n'essaya pas de comprendre. Il partit dans son costume à carreaux, son étui sous le bras. Il y avait au moins cent cinquante invités. On les recevait dans une grange ornée de feuillages et de fleurs en papier. On avait tué une vache, trois moutons et je ne sais combien d'oies, de dindes et de poules. Pratiquement, il n'y eut qu'un seul repas qui commença le samedi vers deux heures de l'après-midi et se termina trois jours après, le mardi, quand les derniers goulus capitulèrent. Naturellement, tout le monde ne tint pas jusqu'au bout : chaque jour il y avait des désertions ; mais les survivants serraient les rangs et poursuivaient la bataille. Tu te levais seulement pour aller pisser ou faire un tour de valse avec ta cavalière, dans une grange voisine où miaulaient en permanence les vielles et les cabrettes. Alphonse se joignit de temps en temps aux musiciens, histoire de montrer de quoi il était capable et d'éblouir sa demoiselle, une certaine Annette Dussauze, assez jolie fille, dont le père était le plus gros fermier de Sainte-Marguerite, pensée qui lui était également bien agréable. Il prit la peine de la faire gambiller et ils s'écrasèrent les pieds à tour de rôle.

Les noces de ce temps-là, faut y prendre garde, étaient une chose sérieuse. Ce qui comptait réellement, ce n'était pas le passage rapide devant le maire et le curé, mais ces formidables mangeries au cours desquelles les gens se remplissaient jusqu'aux oreilles. Cent cinquante personnes, de tous les sexes, grandes, petites, jeunes, vieilles, y participaient et en gardaient le souvenir impérissable. Aussi, un mariage qui avait eu tant de témoins actifs leur avait procuré une satisfaction si complète et si prolongée, qui aussi avait coûté tant de peine et tant d'argent, c'était pratiquement une construction indestructible. On ne pouvait pas s'aviser de recommencer tous les quatre matins. De nos jours, au contraire, ce sont les oraisons du curé et du maire qui ont de l'importance ; après quoi vient un petit casse-croûte honteux, dans un restaurant inconnu, la serviette sous le menton, un régiment de verres devant toi et rien dedans ; les mariés disparaissent, la musique joue deux ou trois disques et tout le monde s'en va finir la nuit dans ses draps après avoir avalé un cachet d'aspirine. Étonnez-vous après ça si les mariages d'aujourd'hui sont si fragiles.

Bref : Alphonse Bonnemoy se comporta honnêtement, comme mangeur, comme buveur, comme danseur, comme clarinettiste. Quand il en eut l'occasion, il suçota un peu sa cavalière, la tâta de-ci de-là, se fit taper sur les doigts juste ce qu'il fallait. Elle n'était pas si bien charpentée que la Marthe ; mais elle ne sentait pas non plus le lait et le fumier, odeurs qu'il ne craignait pas spécialement mais auxquelles il préférait celle de l'eau de violette.

Il rentra aux Giliberts le lundi matin, ce qui était un moment raisonnable.

« Eh bien ! fit son père. T'es-tu bien amusé ? As-tu vu du beau monde ? As-tu été content de ta cavalière ? »

Quand il se fut expliqué, le vieux se mit à lui détailler les propriétés des Dussauze, les vaches, les bœufs, les chevaux, pire que si tout ça lui avait appartenu. Au fur et à mesure qu'il faisait le compte, Alphonse se sentait une amitié croissante pour l'héritière de ces biens. Il comprit mieux le sens de cette invitation et se dit que la réputation de malineté qu'avait son père n'était pas surfaite : il en savait une de plus que Satan.

Le dimanche suivant, il partit sur sa bécane et retrouva l'Annette occupée à garder ses vaches ; elle lui avait dit : je serai à tel endroit. Et ils se revirent de cette façon régulièrement. Les parents étaient au courant, c'est sûr, mais ils fermaient les yeux en attendant que la poire mûrisse.

Ça ne l'empêchait pas de retrouver Marthe dans son pigeonnier. Elle lui demandait :

« Où étais-tu, dimanche ? »

Il répondait vaguement : à Courpière, à Pont-de-Dore, à Néronde... chez des cousins... avons joué aux cartes... avons réparé le toit. Et elle, sainte Crédule comme pas une, avalait tout ça sans le mâcher.

Vint le printemps. Et vint l'été. Alphonse Bonnemoy était le plus heureux des hommes : tous ces hectares de terres, de bois, de prés qui s'étendaient dans son avenir, une femme agréable comme épouse, élevée chez les sœurs jusqu'à l'âge de douze ans, et la nuit, en cas de nécessité pressante, cette brave fille de Marthe pour le dépanner. Tout de même, il espaçait ses visites : fallait bien la préparer un peu à leur prochaine séparation.

Et la voilà un soir qui vient gratter à sa porte. Oui, elle, la servante, chez lui, le maître. Il n'en croit pas ses yeux.

« Qu'est-ce qui te prend ? Si les chiens te sentent, ils vont foutre la révolution dans la ferme.

— Les chiens me connaissent. Laisse-moi entrer. Juste une minute.

— J'aime pas ces façons. Qu'est-ce qu'il y a de si pressé ?

— Y a que je peux plus attendre.

— Attendre ? Attendre quoi ?

— Faut qu'on se marie. »

Il la regarde de ses yeux ronds. De ses yeux de con. Et elle insiste, de peur qu'il n'ait pas bien compris :

« Ça presse. Tu m'as fait une promesse, pas vrai ? C'est le moment que tu la tiennes.

— Tu veux pas dire... ?

— Si.

— C'est pas possible, voyons ! Avec les précautions que j'ai prises !

— Pas assez, faut croire.

— Créputain, si je m'attendais à celle-là ! »

Devant tant d'enthousiasme, elle se met à pleurer. Mais lui, ça l'énerve :

« Arrête ! Je sais pas si tu te rends compte ! »

Peut-être qu'elle ne se rend pas bien compte : elle cesse de pleurer, comme il le lui commande. Mais elle ne renonce pas pour autant à son idée :

« Alors, tu vois : faut fixer une date. »

Il tourne comme un ours en cage et répète :

« Celle-là ! Si je m'attendais à celle-là ! »

Il ne lui a pas dit de s'asseoir, elle se laisse quand même tomber sur une chaise de paille qui est là. Elle a croisé les mains devant elle, sur ses cuisses ; elle n'ose pas lever les yeux vers Alphonse ; il lui semble sentir en elle cette petite vie qui tressaille, et gonfle, gonfle jusqu'à la remplir ; ce n'est pas un enfant qu'elle voit, c'est un potiron, énorme, rouge, pustuleux, et qui grossit encore.

Et lui, à bout de patience : « Qu'est-ce que tu veux que je te dise ?

— La date.

— Quelle date ?

— Du mariage.

— Laisse-moi considérer. T'es pas dans l'huile ! On a neuf mois devant nous, non ?

— Neuf mois ? Alors, tu vas attendre le dernier moment ? Et moi j'irai à la noce avec un potiron sous ma robe blanche ?

— Baste pour ça ! Y en a même qui attendent la naissance. Et ils fêtent en même temps le mariage et le baptême. Ça fait des économies.

— Vous avez bien besoin d'économies !

— Tu te rends pas compte ! Tu te rends pas compte !

— Puisque tu m'as dit qu'on se marierait, je vois pas à quoi ça sert d'attendre ! »

Alors il prit le ton outragé du mâle à qui la femelle ne porte pas assez soumission :

« Écoute ! Si tu prends déjà l'habitude de commander, qu'est-ce que ça sera plus tard ! Seulement, dans ma famille, c'est les hommes qui portent la culotte ! A prendre ou à laisser ! »

Et elle, humble comme je ne sais pas quoi : « Oui, oui, tu la porteras, la culotte. Fixe-moi seulement une date. »

Il fronça les sourcils, et elle ne sut pas si c'était par mécontentement, ou parce qu'il s'enfonçait dans ses calculs. Elle fit un effort pour l'aider :

« Dans quinze jours ? »

Et lui : silence.

« Dans un mois ? »

Motus.

« Davantage ? »

Et lui comme s'il avait mangé sa langue. Alors, elle se remit à pleurer, sans pouvoir se retenir. Ça le fit éclater. Alphonse Bonnemoy, il pouvait bien faire n'importe quoi : assommer un lapin, saigner un cochon, écorcher une vache, étouffer les pigeons, décapiter un canard, fusiller un chien, enfumer des larbis dans une grotte, engrosser une servante ; il pouvait saisir un chat par la queue et le faire tournoyer comme une fronde, le précipiter ensuite contre un mur : c'est un amusement qu'il aimait fort, vers l'âge de quinze ans ; il pouvait faire brûler un lézard dans la braise, obliger un canard à rester la tête sous l'eau pour voir si ça le noierait réellement, et ça le noyait effectivement, mais il fallait assister à ses contorsions et ses battements d'ailes pendant un joli bout de temps ; tout ça, il pouvait l'endurer ; mais y avait une chose qu'il ne supportait point : les larmes et les gémissements. Ça le mettait dans une fureur bleue.

« Ah ! Non ! Recommence pas ! Je t'ai dit que j'avais besoin de considérer. Retourne dans ton pigeonnier. Moi, pendant ce temps, je considère. Tu peux bien m'accorder deux ou trois jours, me semble ?

— Dans deux ou trois jours, tu fixeras une date ?

— C'est promis. Dans deux ou trois jours. »

Elle s'en alla. Il resta seul avec sa clarinette debout sur la commode, comme un cierge noir.

Alors, quand il fut certain qu'elle avait regagné sa niche, il se leva, se regarda dans le miroir de l'armoire à glace, et se tendit les bras dans un grand mouvement de pitié :

« Oh ! mon pauv' vieux, mon pauv' vieux, mon pauv' vieux ! Qu'est-ce qui t'arrive là, mon pauvre Alphonse ? Créputain de créputain de créputain ! »

Il n'avait jamais entendu parler de la roche Tarpéienne et de toutes ces histoires ; mais il se rendait compte, tout de même, de quelle hauteur il tombait. Pour sûr que si les Dussauze venaient à apprendre, ils refuseraient de lui donner leur fille ; et il n'aurait plus qu'à épouser cette galapiasse qui n'avait même pas une paire de draps à elle. La fin des haricots.

« Mon pauv' vieux, mon pauv' vieux, mon pauv' vieux ! »
Puis il se donna un conseil qui arrivait trop tard :
« T'aurais mieux fait de baiser les trous de taupe ! »

Le lendemain était dimanche et il décida qu'il lui fallait parler à l'Annette Dussauze. Il fila sur sa bécane jusqu'à Sainte-Marguerite où la messe était à dix heures. Comme il arrivait, les cloches étaient en train de sonner de tout leur branle ; sans trop se presser, les gens se dirigeaient vers l'église en parlant de leurs vaches et de leurs moutons. Il reconnut Annette en robe verte, au milieu d'un groupe de filles, et lui fit un signe de l'index. Naturellement, tout le monde le remarqua, sur son engin qui n'était pas une chose très fréquente ; on n'en comptait pas plus de trois ou quatre dans la paroisse. Annette eut l'air ennuyée de son geste, de la familiarité qu'il exprimait ; rien n'avait été annoncé encore officiellement, car ce genre d'accord peut casser jusqu'au dernier jour ; on préférait donc le dissimuler le plus longtemps possible.

Il s'écarta un peu, tenant sa bicyclette par l'oreille. Elle laissa entrer les autres et finit quand même par le rejoindre.

« Qu'est-ce qu'il y a ? Tu pouvais pas attendre la fin de la messe ? »

Il avait été convenu entre eux qu'il rendrait aux Dussauze sa première visite officielle le dimanche suivant, selon le cérémonial :

« Comme ça... Je me dirigeais vers Pont-de-Dore... je suis entré vous dire bonjour en passant.

— Vous avez bien fait. Asseyez-vous donc. Vous prendrez bien un verre ?... »

Le dimanche suivant, même histoire :

« Je suis encore entré vous dire bonjour.

— Vous avez bien fait. Asseyez-vous donc... »

Au bout de trois ou quatre rencontres de ce genre, il finirait par faire sa demande. Tout était déjà arrangé entre les vieux. Suffirait de prononcer les mots nécessaires. Les mots attendus :

« C'est pas tout ça, mais à présent qu'on se connaît bien, je dois vous faire part d'une chose : je viens pas vous voir pour des prunes. Ce qui m'attire ici, c'est votre fille, l'Annette... »

Voilà comment les choses devaient se passer. Comment elles se passaient toujours, à quelques mots près. Les uns disaient : je viens pas vous voir pour des prunes. D'autres : je viens pas ici pour enfiler des perles. Et d'autres : je viens pas pour vous chanter *Mandrin*. (*Mandrin* était cette ancienne complainte que des vieilles débitaient encore quelquefois en tirant sur leur quenouille.) Si ceux d'en face riaient, c'est qu'ils avaient compris la musique et qu'ils étaient d'accord. S'ils demeuraient tout raides, fallait s'attendre à non.

Et voilà que toute la manigance se trouvait par terre, écrasée en mille morceaux.

« Il se présente, fit Alphonse Bonnemoy, une difficulté.

— Une difficulté ?

— Et une grave !

— Si c'est pour ta première visite, on peut la renvoyer à un autre dimanche.

— Annette, c'est pas une question de dimanche. Je crois bien que notre mariage... il est foutu.

— Quoi ?

— Comme je te dis : foutu.

— A cause de quoi ?

— A cause d'une garce.

— Quelle garce ?

— Marthe... notre servante. Faut... faut que je l'épouse. Elle attend un petit.

— Un petit de toi ?

— Ça se pourrait bien. »

Annette devint aussi verte que sa robe. Mais c'était une fille que les sœurs avaient dégourdie.

« Quand donc que vous avez fait ce coup-là ?

— Oh ! c'était avant que je te connaisse, bien sûr.

— Alors... c'est pour bientôt ?

— Heu... oui... deux ou trois mois.

— Et qu'est-ce qui te prouve que c'est toi qui l'as semé, ce petit ? Si une fille s'assoit dans une fourmilière, comment dire : c'est celle-là qui m'a piquée ? »

Les religieuses ne lui avaient vraiment pas ménagé le plomb dans la cervelle.

« Moi, qu'elle continua, tu m'as compromise pendant des mois et des mois ; tous les gens de la messe savent que je suis en train de causer avec toi en ce moment ; et tu vas me plaquer pour une rien du tout ? Une sale qui couche avec ses patrons et les autres domestiques ? Qu'elle se débrouille, ta goujate ! Elle a qu'à se le faire passer, son gosse, c'est pas bien difficile ! Elle sera ni la première ni la dernière. »

Alphonse fronça les sourcils, pour prendre un air calculateur. Lui, il ne demandait pas mieux que de se laisser convaincre ; seulement...

« Je sais pas, qu'il fit, si elle s'est assise vraiment dans une fourmilière. Ça m'étonnerait.

— Tu me fais rire, pauvre innocent ! Si c'est des excuses que tu lui cherches, celle-ci ne vaut rien.

— Faut bien que je répare. »

Et elle de le singer : « Faut bien que je répare ! Petas mouillé, que tu es ! »

Cette énergie, cette injure de « petas mouillé », au fond ça le flatta : la gaillarde avait l'air de tenir vraiment à lui. Elle l'avait dans la peau, comme disent les Parisiens.

« Ton idée de faire descendre le gosse, pas mauvaise. Mais savoir si elle marchera. Ça aussi, ça m'étonnerait.

— Propose-le-lui. Et pour qu'elle marche plus facilement, tu lui offres... je sais pas... une poignée d'écus. Pour de l'argent, ce genre de bougresse ferait n'importe quoi.

— Bon, je vais essayer, qu'il dit, en poussant un gros soupir d'espérance.

— Vaut mieux pour toi que tu réussisses.

— Ça vaut mieux pour tout le monde.

— Comprends-moi bien. Si tu devais m'abandonner, après m'avoir séduite comme tu as fait, au vu et au su de tout le monde... Rappelle-toi qu'il y a trois hommes chez nous, qui sont au courant de tes combines, naturellement. Et pas des commodes ! Mon père, qui pèse cent kilos. Mon frère aîné, qui en fait presque autant. Et le second : il pique un couteau dans un arbre à vingt mètres de distance. Alors, prends bien garde à ce que tu fais. »

Alphonse Bonnemoy rentra chez lui sur sa bécane et courut dans sa chambre, afin de considérer un moment. Il s'allongea sur le lit, la figure dans l'oreiller, en gémissant : « Oh ! mon pauv' vieux, mon pauv' vieux, mon pauv' vieux ! Comment que tu vas te tirer de ce pétrin ? » Ensuite, épuisé par tout ce charivari, il s'endormit et ronfla jusqu'au soir.

Au terme des deux jours de délai, il alla retrouver Marthe dans son pigeonnier. Elle fut tout aise de le revoir, lui fit des sourires et voulut l'embrasser. Il la repoussa doucement, en gardant son air calculateur.

« C'est bien, qu'elle fit, contente tout de même. Je vois que tu as tenu parole et que tu viens me donner ta réponse. »

Comme il n'y avait pas de chaise, il s'assit près d'elle, au bord du lit, sur la paillasse remplie de feuilles de maïs sèches qui craquaient joliment.

« Oui, je viens te donner ma réponse. »

Ils étaient dans la même position que le premier soir, lorsqu'il avait si froid, et qu'elle l'avait enveloppé de la couverture. C'était juste avant le début de l'hiver : le 26 novembre, elle avait gardé cette date dans la tête.

« Vois-tu, Marthe, tu es une brave fille... », qu'il commença. Puis, il craignit d'aller plus loin. Mais il se rappela l'injure d'Annette : « petas mouillé » et ça lui donna le courage nécessaire. « Seulement, si on se marie, toi et moi, on fera une connerie encore plus grosse que celle qu'on a déjà faite. »

Il aurait aimé des protestations, des interruptions. Non : elle se taisait, elle écoutait ; il sentait sa chaleur et son odeur... hum... pas très raffinée ; il l'entendait aussi respirer fort, et vite, comme si elle avait couru.

« ... Je crois pas, ma pauvre Marthe, que nous soyons faits l'un pour l'autre. Penses-y une minute, et tu comprendras que je te dis la vérité. »

Elle écoutait toujours, toujours haletante.

« ... Exemple : j'ai du bien, et tu en as pas. Qu'est-ce que dira le monde, de ce mariage ? Oh ! elle l'a pris uniquement pour ses sous, l'Alphonse ! C'est pas des choses bien jolies à dire ni à entendre. D'ailleurs, ça serait un mauvais calcul. Je connais mon père. D'avance, je sais ce qu'il fera, si on se marie. Tu sais ce qu'il fera ? Il nous mettra à la porte. Pas obligé de nous garder dans sa maison, cet homme ! Et où qu'on ira ? De quoi qu'on vivra ? Ça entrait bien dans tes plans, d'épouser un héritier, pas vrai ? »

En fait de réponse, elle porta les mains à sa figure et se remit à sangloter. Lui, ça le crispa comme je sais pas quoi. Seulement, il n'avait pas fini son chapitre, il se força pour continuer :

« Y a autre chose. Moi, je suis allé à l'école, j'ai vu du pays, je sais lire, écrire, compter, je pose huit et je retiens un, sept fois sept quarante-deux, je connais la géographie, Loire, Haute-Loire, Basse-Loire, chef-lieu Nantes. Je sais même jouer de la clarinette ! Toi, tu connais à peine combien que tu as de doigts de pied ! Alors ! Comment veux-tu qu'on s'accorde ? C'est comme si on voulait atteler à la même charrue... je sais pas... un bœuf et une chèvre, par exemple ! Non, ça peut pas marcher. »

Elle sortit son mouchoir, s'essuya les yeux et la figure, et dit simplement :

« Et mon petit ?

— Oh ! j'y ai pensé. Alors, voici ce que je te propose : faut que tu le fasses descendre. Je connais une vieille, à Matussière. Elle est très habile pour ça. En y allant tout de suite, elle te donnera une herbe, elle te débarrassera. Ça se fera tout seul, tu t'occuperas de rien. Et moi, pour t'encourager, disons, pour te consoler un peu, je te donnerai... ce que tu me demanderas.

— Ce que je te demanderai ?

— Oui. Fixe toi-même la somme. Je peux pas mieux dire ? »

Alors, les yeux de Marthe lancèrent des éclairs pire qu'un phare ; et elle lui jeta au visage la plus méchante insulte que leur langue eût jamais inventée :

« Une guenille ! T'es qu'une guenille ! La dernière des guenilles ! J'ai pas besoin de toi, ni de ta vieille, ni de son herbe. Je me le ferai passer toute seule ! Et moi avec ! J'irai me jeter dans le puits ! Tu entends ? Dans ton puits ! Sale guenille que tu es ! »

Et lui, tout de suite affolé :

« Tu vas pas faire ça, Marthe ? Pense au scandale que ça provoquerait dans le pays ! On comprendrait tout de suite le pourquoi de la chose, et je...

— Te tourmente pas : tu seras pas là pour entendre les cancans. Avant de me jeter dans le puits, je t'aurai tué d'abord !

— Toi aussi ?

— Quoi... moi aussi ?

— Rien... je voulais dire : moi aussi ? Moi aussi, tu veux me tuer ? Et comment que tu feras pour me tuer ? Est-ce que tu crois que je te regarderai faire en me curant les ongles ?

— Je trouverai bien un moyen. Je t'assommerai par-derrière. Je t'enfoncerai le couteau des cochons dans le ventre. Je te fendrai la tête d'un coup de hache. Je foutrai le feu à ta baraque pendant ton sommeil. Sois tranquille, je t'aurai, d'un biais ou de l'autre ! »

Voilà comment sont les garces de filles : vous croyez leur faire plaisir, leur donner un peu d'agrément, vous les caressez et tout ça, résultat : menaces de mort !

Le pauvre Alphonse considéra sans arrêt huit jours de suite. Il n'en dormit pas d'une semaine. Ses calculs ne le quittaient pas, même lorsqu'il entrait dans le cabinet de planches, au fond du jardin. Toujours à considérer, à considérer.

Et il finit par trouver une solution. « Elle vaut ce qu'elle vaut. Voyons ce que le curé en pense. »

De bonne heure, il fit le voyage de Valdore et trouva l'abbé Monthély en train de changer de tenue dans la sacristie, après sa messe du matin.

« Tiens, c'est donc toi, Alphonse ? Qu'est-ce qui t'amène de si bonne heure ? »

Et avant d'entendre la réponse, il leva un doigt vers le ciel, prit un air sérieux et débita :

« *... est monté aux Cieux, d'où il viendra pour juger les rubans et les morts...* »

Puis il creva de rire, en se tapant sur les genoux :

« Tu te rappelles ? Les rubans et les morts ? Jésus qui viendra juger les rubans ! Ma foi, tu prenais Dieu pour un peillereau ! »

Alphonse rit un peu, du bout des lèvres. Puis il fronça terriblement les sourcils :

« Monsieur le curé, je suis venu vous causer d'une affaire à moi. Ça me gêne d'ailleurs beaucoup de vous parler de ça. Oui, vraiment, ça me gêne.

— Tu sais, j'ai l'habitude d'en entendre des vertes et des pas mûres !

— Ce que je voudrais, c'est un conseil... Alors voilà, j'ai un problème. Un sacré problème.

— Disons : un fameux problème.

— Vous, naturellement, vous êtes à l'abri de ce genre d'ennui : célibataire. Vous nous faites la morale, ça vous est facile.

— Pas toujours aussi facile que tu le crois. Continue.

— Donc, je... je devais me marier. Avec une fille de Sainte-Marguerite. Bonne famille, gentille personne. Restait plus qu'à faire la demande. Et voilà que tout par un coup, crac !

— Quoi, crac ?

— Un petit ! Un enfant !

— Un enfant ? Il est... déjà fait ? Ou seulement en projet ?

— En projet seulement.

— Évidemment, c'est un gros péché. Mais du moment que tu as l'intention de réparer, je te donnerai sans peine mon absolution. Il faudra simplement, sans doute, avancer quelque peu la noce. »

Le curé lui mit la main sur l'épaule, content d'avoir réglé aussi aisément cette affaire. Mais les sourcils froncés d'Alphonse lui firent entendre qu'il y avait peut-être d'autres difficultés.

« C'est que l'enfant... voilà... c'est pas elle qui le prépare ! C'en est une autre !

— Une autre ? Sapristi ! Ah ! je comprends ton problème. Dans ce cas, mon gaillard, tu devras te résoudre à renoncer à la fille de Sainte-Marguerite et épouser la future mère de ton petit, voilà tout !

— En théorie, vous avez raison, monsieur le curé. Seulement, c'est pas si simple... Y a encore des complications.

— Quand tu t'y mets, toi, tu fais pas les choses à moitié !

— Si je prends pas la première, elle menace de me faire massacrer par son père et ses frères qui pèsent au moins une tonne à eux trois ! Et si je prends pas la seconde, c'est elle qui parle de me détruire ! »

Jamais l'abbé Monthély ne s'était trouvé devant pareille mélasse. A Valdore, les problèmes qui se posent d'ordinaire ne sont jamais bien embrouillés : il avait des solutions rangées et étiquetées dans sa tête comme les plantes sèches dans son herbier. Il s'assit sur un tabouret afin de considérer un moment ; il alla chercher dans le tréfonds de sa soutane un mouchoir jaune, vaste comme un drapeau, se moucha dedans avec lenteur chaque narine, l'une après l'autre, le replia, le renfonça dans sa cachette. Chacun de ses gestes avait quelque chose de précis, de calculé, comme ceux qu'il employait à célébrer les diverses cérémonies. Enfin :

« Je vois clairement ta situation, qu'il dit. Question de périr, tu n'as que l'embarras du choix. Voilà ce qu'il en coûte de ne pas obéir aux commandements de Dieu. Rappelle-toi ce que disent le sixième et le neuvième... »

Alphonse s'y était préparé : il lui fallait subir une leçon de catéchisme. Inévitable. Il attendit que ça passe, comme on attend la fin de la pluie. La sacristie sentait la peinture, car la porte du placard avait été repeinte de frais. Une odeur pas du tout religieuse. Une mouche essayait de s'échapper et cognait de la tête contre la vitre de la fenêtre, obstinément, connement. Chacun a ses problèmes ; tu as tes problèmes ; j'ai mes problèmes ; le curé a ses problèmes ; et cette mouche aussi a son problème, elle ne trouve pas de solution, et elle essaye d'enfoncer la vitre.

« Conclusion... » fit l'abbé Monthély.

Alphonse Bonnemoy dressa l'oreille, maintenant qu'il avait terminé son prône.

« Conclusion, tu dois prendre tes responsabilités et faire ton choix tout seul. Pour le reste, les menaces de mort, essaye de t'en tirer comme tu pourras, garde-toi à droite, garde-toi à gauche. La foudre ne tombe pas chaque fois que le ciel tonne.

— Est-ce qu'il y aurait pas un autre moyen ?

— Si tu en vois d'autres, c'est que tu es plus fort que moi.

— Vous savez, monsieur le curé, j'ai fait mon service en Algérie. Deux ans là-bas, au milieu des sidis, des mouquères, des marabouts et tout ça. Eux, ils ont le droit d'avoir deux femmes, même plus, s'ils veulent, c'est bien pratique.

— Eux, ils sont musulmans. Leur religion le permet. Est-ce que par hasard tu songerais à te faire musulman aussi ?

— Tout juste. Comme ça, je pourrais épouser mes deux drôlesses. »

L'autre, comme on dit, ça le cloua.

« Musulman ? suffoqua-t-il. Riche idée, vraiment ! Riche idée !

— Est-ce que vous croyez que ça serait possible ?

— Et c'est moi que tu consultes là-dessus ?

— Ben... la religion, c'est votre métier, non ? Vous savez sûrement ce qu'il faut faire : les démarches, les papiers... J'ai pensé que vous pourriez m'aider.

— Moi, prêtre de l'Église catholique, sainte et apostolique ! Moi qui t'ai baptisé, t'ai fait faire ta première communion ! C'est moi qui devrais t'aider à abjurer notre croyance pour te convertir au culte d'Allah ! Pour que tu puisses épouser deux gourgandines ! Incroyable ! Incroyable ! »

Il empoigna la croix qui lui servait à accompagner les défunts au cimetière, la leva en l'air comme un fléau :

« Fous-moi le camp, galvaudeux ! Ou je te... »

La solution inattendue vint toute seule, le 2 août suivant. Alphonse Bonnemoy partit pour la guerre, laissant ses deux fiancées se débrouiller comme elles pourraient.

En somme, diras-tu, cet Alphonse Bonnemoy dont le nom brille en seconde position sur la plaque de lave grise, ce fut de son vivant un joli salaud. Une belle guenille. Eh oui ! Les salauds figurent aussi sur les monuments de Gloire : faut de tout monde pour faire un monde.

Une simple condition suffit : qu'ils aient subi au bon moment la divine Métamorphose.

CHABIRON MAURICE

Jeannette Chabiron ne s'était jamais bien entendue avec son voisin Bouterige ; mais depuis la guerre, ça n'allait plus du tout entre eux. Il ne pouvait lui pardonner de garder près d'elle Maurice, son fils unique, tandis que lui avait vu partir ses trois garçons. Aussi, pour un oui, pour un non, lui cherchait-il des noises.

Ce jour-là, par exemple. Elle gardait ses vaches dans le pré communal, et l'une d'elles s'était écartée un moment sur un pacage voisin qui, justement, appartenait à Bouterige. Et le voilà qui sort des broussailles, à croire qu'il la guettait et n'attendait que ce moment, et se met à gesticuler, à lever sa canne, à brailler comme un cochon qu'on saigne :

« Jeannette, créputain ! Jeannette Chabiron ! Faites sortir vos bêtes de mon herbe, ou je vais me plaindre aux gendarmes ! »

Elle envoya son chien qui se trompa de sens et poussa la vache un peu plus en avant.

« Oh ! créputain ! Oh ! créputain ! » gémissait Bouterige, comme si on avait été en train de lui couper la jambe.

Et elle, pauvrette, criait tout ce qu'elle savait contre cette andouille de chien qui confondait sa droite et sa gauche :

« Papillon ! Papillon ! Saloperie ! Tè, tè, tè, tè ! Au pied, Papillon ! La Marquise ! Au pied ! »

Enfin, tout rentra dans l'ordre. Et Bouterige reprit ses menaces :

« La prochaine fois... écoutez-moi bien !... La prochaine fois...

— Hé ! Laissez-moi tranquille ! On la finira pas, votre herbe ! Il en restera toujours assez pour vous satisfaire, quand vous aurez faim ! Vieille bête que vous êtes !

— C'est ça ! Volez le monde, et ensuite insultez-le ! Vieille arcandière ! »

Ensuite, tout le chapelet y passa :

« Vieux péteux !

— Vieille maramiane !

— Vieux saquet !

— Vieille chineuse !

— Vieux peillican !

— Vieille calamastre !
— Vieux malincarré !
— Vieille guenille !
— Vieux peillereau !
— Vieille galapiasse !
— Vieux putassier !
— Vieille charogne !
— Vieux rebuseux !
— Vieille tête d'ânesse !
— Vieux gourlaud !
— Vieille gourmande !
— Vieux massacreur !
— Vieille pube !
— Vieil essargaillé ! »

Et lui, au bout de son répertoire, pour en finir :

« Si vous osez mettre le pied sur mes terres, je vous fais dévorer par mes chiens.

— J'ai peur ni de vos bêtes ni de vous, pasque j'ai quelqu'un pour vous répondre.

— Et qui donc ?

— Mon garçon. »

Elle avait touché l'endroit le plus sensible, elle lui avait porté la botte la plus traîtresse.

« Parlons-en, de votre garçon ! Cet embusqué ! Pendant que les autres se font casser la figure au front, lui, il se graisse les tripes ! Les meilleurs s'en vont et les pires restent ! »

Lui aussi avait touché le point sensible. C'est vrai que Maurice Chabiron était gros. Une chose insolite dans cette commune de maigres. Mais la graisse ne lui venait pas du trop manger : il souffrait d'asthme et devait éviter les besognes qui essoufflent. C'est une chose bien triste de devoir, à trente ans, se ménager comme un vieillard. Si donc il était resté à l'arrière, personne n'avait le droit de le lui reprocher. Fallait avoir la tête et le cœur mal faits comme les avait son voisin Bouterige pour oser dire des choses pareilles.

« Vous êtes une langue d'aspic ! qu'elle cria. Si mon garçon partait, est-ce que ça vous rendrait les vôtres ? Vous savez bien que, s'il gonfle, c'est de mauvaise graisse.

— Dites la vérité : vous avez quelqu'un qui vous pistonne.

— Oui, nous avons le bon Dieu. Voilà le piston que nous avons ! »

A ce moment, le chien se prit à japper, ce qui interrompit leur conversation. Et l'on vit paraître le facteur sur son cheval. Avec ce grand chapeau de paille dont il était si fier, ses boutons de cuivre astiqués, ses bottes noires, tu aurais juré Napoléon. Les deux vieux le regardaient venir, oubliant leur dispute, le cœur serré : lui pensait à ses trois gars, elle à ses deux gendres qui étaient là-bas, sur le front. Sur le front. Endroit mystérieux et terrible qu'ils n'arrivaient pas à se représenter exactement. Ce front, quelle figure avait-il ? Et pourquoi l'appelait-on ainsi ? Ils n'établissaient aucun rapport entre ce front-là et le leur, qui est la partie la plus pacifique de la personne. Ils savaient seulement que sur le front de la guerre, les hommes se battaient et mouraient comme des mouches. Jusqu'ici, la paroisse de Valdore n'avait pas été trop frappée ; mais son tour ne manquerait point.

« Vous vous disputez pas, aujourd'hui ? » dit le facteur, qui connaissait sa clientèle.

Et Bouterige :

« On vient juste de finir. »

Et la Jeannette :

« On choisit son âne, on choisit pas son voisin. »

Le cheval profitait de la pause pour attraper une bouchée par-ci par-là. Le chien, voyant que personne ne soutenait son point de vue, était allé se coucher en rond et bouder à l'ombre d'une haie.

« Vous avez mis les pommes de terre ? demanda l'homme des postes.

— A moitié, fit Bouterige. Le temps est au beau, faut en profiter... »

Ils parlèrent un moment, comme ça, de la pluie et du soleil, évitant le sujet principal. On aurait dit qu'ils voulaient lui donner le moins d'importance possible. Mais enfin, le vieux posa la question qui lui brûlait les lèvres :

« Vous avez donc rien pour moi aujourd'hui ?

— Non. Ça sera pour une autre fois. Le courrier arrive mal, ces temps-ci... Encombrement des trains, probable. Manque de personnel. Les vieux ont pas tant de rendement que les jeunes. Mais vous inquiétez pas : quand ça vient, ça vient tout en paquet. »

Bouterige se tira la barbe entre deux doigts, comme les fileuses leur quenouille :

« Est-ce qu'il y a des nouvelles dans le coin ? »

Tous trois savaient bien de quelles nouvelles il parlait. Le facteur soupira :

« Encore deux d'assommés. Le fils Ameil, des Ameils...

— Celui qui vivait à Paris ? Jacques Ameil ? Le fils de Pierre ?

— Oui, oui, lui-même.

— Pauvre Bourbaki ! Il a bien fait de partir avant de voir ça.

— Maintenant ils sont ensemble, dit doucement la Jeannette.

— Et aussi... devinez donc ?... L'instituteur, M. Lévigne, lieutenant Lévigne ! Ah ! les officiers, les Prussiens les ménagent pas !

Paraît qu'ils ont des tireurs spécialistes, avec une lunette, qui sont chargés exprès de descendre nos officiers. »

De telles horreurs avaient coupé le sifflet aux deux vieux ; ils ne posèrent plus de questions ; ils en savaient assez pour ce jour. Jeannette Chabiron n'avait rien demandé au facteur : il la regarda.

« Je vous ai glissé une lettre sous la porte, vous la trouverez en rentrant. Pas pour vous, d'ailleurs, pour votre fils Maurice. C'est sans doute rien d'important. »

Maurice était au bois, en train de participer à la coupe. Elle ne put rester plus longtemps et appela ses vaches :

« Tè, tè, tè, tè !... On s'en va, on s'en va, on s'en va... »

Le chien se mit de la partie. Les bêtes renâclaient un peu, elles lui résistaient et lui tournaient les cornes : elles n'avaient pas eu leur compte d'herbe.

« Vous mangerez mieux demain ! expliqua la vieille. On s'en va, on s'en va, on s'en va ! »

Bouterige aussi était parti, sans dire au revoir, appuyé sur son bâton, le chapeau tiré sur les yeux. Quand il marchait, ses jambes fléchissaient curieusement, ses genoux s'écartaient, comme s'il dansait la polka. Son épaule gauche était plus basse que la droite, plus basse de jour en jour. Soudain, Jeannette se sentit prise pour lui d'une grande pitié. A l'entendre, il voulait boire la mer et ses poissons ; mais à le voir ainsi, courbé par l'âge et la peine, il ne semblait pas très redoutable.

Comme elle l'avait craint, l'enveloppe était marquée de deux petits drapeaux tricolores. Elle hésita à l'ouvrir, vu que le pli ne lui était pas adressé. Mais tout ce qui touchait son gars la touchait pareillement. Alors elle prit un couteau et le fendit sur le côté, malgré ses doigts qui tremblaient. Comme tu éventrerais un poisson. Le plus malin restait à faire, car elle épelait difficilement. C'était un mélange d'imprimé et de manuscrit ; or, la lettre manuscrite, elle n'avait jamais su la déchiffrer. Elle parvint tout de même à comprendre certains mots :*... prié... présenter... Visite médicale...* C'était assez clair : il s'agissait d'une convocation de plus, sans doute à la mairie de Valdore, afin que son fils fût examiné par les médecins militaires. Deux fois déjà ils l'avaient reconnu inapte au service. Pourquoi donc cette insistance ? Est-ce qu'ils supposaient que l'asthme s'en va aussi aisément que la colique ?

Le soir, Maurice rentra, les mains et les culottes poisseuses de résine. Sans un mot, elle lui tendit l'enveloppe aux petits drapeaux. Lui était allé à l'école tous les hivers, et il ne lui fallut guère de temps pour arriver au bout de la feuille.

« C'est les majors qui veulent me revoir.

— Encore ? Qu'est-ce qu'ils ont à t'embêter comme ça ?

— Que veux-tu, ils ont besoin de monde. Alors, ils récupèrent.

— Et tu vas t'y présenter de nouveau ?

— Pardi ! Tu aimes mieux que les gendarmes m'y conduisent ? »

Elle calcula dans sa vieille tête ce qu'elle pouvait faire pour lui, pour le défendre contre les majors assoiffés de sang humain.

« Au moins, explique-leur que tu as de l'asthme. Que tu peux pas respirer, le matin, quand tu te lèves, et sitôt que le temps se rafraîchit. Que des fois tu tousses comme un perdu. »

Il haussa les épaules, agacé :

« Est-ce que j'ai besoin de leur expliquer ? C'est leur métier, non ? Ils le trouveront tout seuls, si ça leur plaît.

— Alors, force-toi un peu.

— Me forcer ? Pour quoi faire ?

— Force un peu ton asthme. Respire devant eux comme si tu avais... je sais pas... une meule sur l'estomac. Pour qu'ils le remarquent bien.

— Ils doivent avoir l'habitude des comédiens.

— Promets-moi quand même de te forcer un peu. »

Et, comme il ne répondait pas, elle répéta doucement : « Promets-le-moi ! Dis, promets-le-moi ! »

Tout par un coup, il éclata : une châtaigne sur le feu !

« Je promets des prunes ! Des prunes que je promets ! Ça serait le meilleur moyen de me faire prendre ! »

Et cet éclat soudain le fit tousser, tousser, tousser. Et en toussant, il répétait d'une voix d'étranglé : « J'en ai marre... marre... marre...

— C'est ton asthme ! Tu vois bien... calme-toi, mon garçon... calme-toi...

— J'en ai marre... d'avoir de l'asthme... j'en ai marre... »

Elle se sentait accusée. Dieu sait pourtant si elle avait fait tout ce qu'elle avait pu pour le guérir ! Elle l'avait montré au curé, à je ne sais combien de rebouteux et remancheurs. Il avait pris des sirops, des tisanes, des poudres. Que de fois elle avait imploré la Sainte Vierge pour sa guérison ! Et voici qu'à présent elle l'implorait pour qu'il ne guérisse pas. Du moins, pas tout de suite.

La toux s'arrêta peu à peu. Il but une goutte d'eau.

« J'en ai marre aussi, dit-il sans colère, froidement, de tous ces gens qui me regardent de travers quand je passe. Parce que j'ai trente ans et que je suis toujours ici. Que je vive, ça les empêche de dormir. Et ce nom que j'entends toujours : embusqué, embusqué, embusqué. Alors, j'en ai marre d'être un embusqué.

— Les embusqués, c'est ceux qui l'ont fait exprès. Mais toi, tu l'as pas fait exprès, d'avoir de l'asthme !

— De l'asthme ! Une maladie de vieux ! Les filles rigolent en me regardant : il a de l'asthme, c'est pour ça qu'il est embusqué.

— Prends un peu patience. La guerre finira bien un jour. Tout ça s'arrangera.

— Même après la guerre, je continuerai d'avoir de l'asthme ! »

Il se présenta donc au jour dit dans la grande salle de la mairie pour se faire examiner une troisième fois. Bien décidé à ne pas forcer, comme voulait sa mère. « S'ils veulent me réformer de nouveau, d'accord. Mais moi, je me montrerai tel que je suis. C'est à eux de le prendre sur leur conscience. »

Il marchait avec une sorte de fureur, comme s'il eût été en colère contre l'univers entier, et il toussa beaucoup pendant la route. Mais une fois dans Valdore, la toux s'arrêta miraculeusement. Il n'en fut pas fâché.

Devant les médecins en uniforme bleu, ils étaient une dizaine de récupérables à poil. Quand on lui eut demandé son nom, son âge et sa profession, un des majors assis à une table se pencha sur ses papiers ; puis il prononça deux ou trois mots incompréhensibles. Un autre l'ausculta par-devant et par-derrière.

« T'es plutôt gras, toi, qu'il constata d'un ton qui ne plut guère à Maurice. Tu te nourris bien ? »

Il dédaigna de répondre. Avec sa tête chauve et sa barbichette pointue, le médecin ressemblait à Poincaré, dont on voyait le portrait accroché au mur.

« Oui, c'est vrai, qu'il conclut. Tu as de l'asthme chronique. Ça te gêne beaucoup dans ton travail ?

— Des fois oui, des fois non.

— Tu réussis quand même à cultiver tes champs ?

— Pardi ! J'ai pas de rentes !

— Bon. En route ! Service auxiliaire. »

Maurice savait ce que ça voulait dire. Par acquit de conscience, il expliqua :

« Je peux pas courir. Le froid me fait tousser.

— Tu peux pas courir ? Tu iras doucement. Tu crains le froid ? Peut-être aussi un peu le brouillard ? la fraîcheur du matin ?

— C'est la vérité.

— Vois-tu, expliqua Poincaré en écartant les bras pour donner la mesure d'une grande dimension, le front est très large. Des Vosges jusqu'à la mer. Alors, là-bas, tu as toutes sortes de temps, des chauds, des frisquets, des secs, des humides. C'est bien le diable si, dans tout ça, on trouve pas un climat à ta convenance ! Je vais t'écrire une belle recommandation. On te cherchera un coin bien pépère, pour que tu y attrapes pas de mal ! »

Les autres majors rigolaient comme des crocodiles.

C'est ainsi que Maurice Chabiron fut mobilisé en 16 dans le service auxiliaire. On fit de lui un porte-soupe. Il se promenait de tranchée en tranchée, coltinant la pile de ses bouteillons qui partaient chauds et arrivaient froids. Trois fois par jour, il était attendu, espéré, maudit pour ses retards, béni quand il paraissait, même si, au terme du voyage, il livrait autant de terre que de rata. Tout ce qui entre fait ventre. La clientèle était peu regardante en général.

Et puis, un matin, une marmite tomba dans les siennes. Et pfuit ! l'asthme de Chabiron fut guéri à jamais. Ce sont là les merveilleux miracles qu'accomplissent les guerres.

Son problème à lui était vraiment d'une petitesse ridicule. La guerre sait en résoudre de beaucoup plus gros.

CROCOMBETTE HENRI

Élisa suffoquait dans son lit ; malgré toutes les bouillottes dont on l'avait entourée, elle se plaignait du froid aux jambes. Claudichon, le drôlet d'Henri, monta l'escalier et vint voir ce qui se passait. Sa mère lui fit signe de se taire :

« Elle est malade, chuchota-t-elle. Reste tranquille, sinon je te fais descendre. »

Il resta longtemps immobile à regarder les choses et les personnes. Puis il se mit à imiter le halètement de l'agonisante : « Pfou !... Pfou !... Pfou !... » Les autres étaient trop absorbés pour s'occuper de lui.

Un moment après, Élisa essaya de parler :

« Oubliez pas... mes tourterelles... les laissez pas... mourir de faim... »

Une idée curieuse qu'elle avait eue là, de garder dans une cage ces oiseaux inutiles qui n'avaient pas d'autre travail qu'à faire *trrrou, trrrou, trrrou* du matin au soir. Et de s'y attacher, en plus, comme à ses propres enfants !

« Oui, oui, fit Hortense, soyez tranquille. »

Une heure après, elle mourut. Sa dernière pensée avait été censément pour ses tourterelles. On dit : Jésus-Christ, le mari, la femme, les enfants, ou qui vous voudrez. Non, elle : ses tourterelles. Hortense en fut un peu vexée. Claudichon cessa de faire *pfou, pfou*.

Ensuite, à tour de rôle, tout le monde monta pleurer devant la défunte, au fur et à mesure que les diverses besognes le permettaient. Hortense lui attacha un ruban autour de la tête pour retenir la mâchoire ; tu aurais dit un œuf de Pâques. Puis, la bru ferma les volets. Henri maudit le médecin de Thiers qui n'avait pas trouvé le moyen de venir, et tous les médecins de la chrétienté.

Et tout par un coup qu'est-ce qu'on entend ? Les chiens, en bas, qui se mettent à clabauder : c'est lui, c'est le médecin qui arrive ! Comme certains pompiers après l'incendie. On va bien le recevoir ! Ou plutôt non, on ne prononcera pas un mot, il la verra morte, ça sera son payement.

Il distingue la lumière du premier, il monte, son chapeau à la main, sa serviette de l'autre. Tous les présents le regardent, personne ne salue. Il se dirige vers le lit, il comprend. Et au lieu de s'excuser, de se frapper la poitrine, le voilà qui les engueule :

« Vous ne trouvez pas que vous avez attendu un peu tard ? Je ressuscite pas les morts !... Et vous pensez peut-être que j'ai mis trop longtemps à venir ?... Mais je n'ai pas qu'un malade à soigner et on ne sait jamais qui est le plus pressé... Et je ne vole pas, non plus... Mon cheval est comme moi, il fait ce qu'il peut. Je l'ai forcé, il est tout en nage. Vous feriez bien d'aller le bouchonner... Et si vous croyez aussi... »

Il faisait les demandes et les réponses. Eux se sentaient déjà un peu moins sûrs de leur indignation.

Et lui d'insister : « Pourquoi avez-vous attendu le dernier moment ? »

Henri, comme il lui appartenait, se dévoua pour répondre :

« On vous accuse pas, monsieur le Docteur.

— Vous ne m'accusez pas, mais vos yeux parlent !

— Vous comprenez, ma pauvre mère, c'était une dure à cuire. Des toux, des grippes, des rhumes... elle en avait passé d'autres. C'est elle-même qui nous disait : « Fichez-moi la paix ! Je sens bien mon mal. Quand j'aurai besoin du médecin, je vous le dirai. » Alors, on attendait qu'elle parle. Et jamais elle parlait.

— Je vous crois ! Elle avait peur de dépenser les trois francs de la visite !

— Quand il s'agissait de nous autres... elle était la première à nous pousser pour qu'on aille vous chercher. Mais pour elle, zéro. Vous savez ce qu'elle disait ? Elle disait, sauf votre respect, qu'elle voulait pas montrer sa peau à un étranger.

— Et moi je vous dis que c'est ses sous qu'elle voulait pas me montrer. »

Henri ne répondit pas, conscient qu'il y avait là, sans doute, une grande vérité. Ils se turent tous. Le médecin regardait la défunte d'un air plutôt furieux, comme s'il lui en voulait de s'être laissée mourir pour si peu d'argent. Ensuite, il lui traça sur le corps un signe de croix rapide : c'était, la pauvrichonne, le premier qu'elle recevait. Il remit son chapeau sur sa tête ; et de nouveau il l'enleva, à cause d'elle, pour sûr, non à cause des vivants.

« Mon cheval, vous y pensez ?

— Oui, oui, fit Crocombette, je m'en occupe moi-même.

— Venez boire quelque chose de chaud, monsieur le Docteur », proposa Hortense.

Tous descendirent. Les enfants se tenaient pelotonnés auprès du feu, comme un paquet de poules effrayées. Hortense versa le café dans une casserole qu'elle posa sur le trépied, au-dessus des flammes.

« C'était une belle-mère, qu'elle dit, mais une brave femme. »

Et lui :

« Il ne faut jamais demander l'avis des malades.

— En plus, y a eu ce veau qu'est né dans la nuit. Il voulait pas sortir. On a dû le tirer avec une corde, et la roue de la brouette. On peut pas se partager en quatre. Au matin, quand on s'est aperçu qu'elle allait plus mal, Henri s'est dépêché d'atteler le cheval pour aller vous chercher. Mais voilà... c'était déjà trop tard. »

Il but son café qui était brûlant, avec une giclée de gnole, tout en marmonnant : « ... le veau... le veau... » Puis il reposa le bol sur la table, s'essuya les moustaches de son mouchoir.

« Il ne me reste plus qu'à m'en retourner. J'ai fait un voyage pour rien.

— Dites-nous ce qu'on vous doit. »

Il haussa les épaules et répondit à côté :

« La vie est comme ça. Vous avez perdu votre belle-mère, vous avez gagné un veau. Il y a toujours le même nombre de têtes dans la maison. »

Il allait partir, lorsque Crocombette revint :

« Je l'ai bien frotté, bien essuyé.

— Merci... Savez-vous ce qu'il vous faudrait ?... Mais non, impossible, ça coûterait trop cher.

— Dites quand même.

— Le téléphone. Vous savez ce que c'est ?

— Oui, oui. J'ai vu ça au régiment. Une boîte avec une manivelle. Y a un entonnoir, on parle dedans et ça répond. Par exemple, ça a une toute petite voix. Faut pas être sourd !

— Moi, j'ai le téléphone. On peut m'appeler de n'importe où, n'importe quand, sans avoir à atteler la charrette. Et si je suis absent, c'est ma femme qui répond... Seulement, ici, ça représenterait des kilomètres et des kilomètres de ligne. A la rigueur, le téléphone à Valdore, voilà ce qu'il faudrait ! Vous êtes à quelle distance ?

— Quinze cents mètres, à peine.

— C'est quand même beaucoup moins loin que Thiers ! A Valdore, il servirait à toute la commune. Et vous pourriez appeler le médecin, le vétérinaire, qui vous plairait. Même des gens à l'autre bout de la France. Même le président de la République ! Tâchez donc de vous entendre entre vous... »

C'était fini : l'idée du téléphone ne devait plus quitter Crocombette. Elle devint sa religion. Il essaya de la répandre autour de lui comme Jésus-Christ la sienne. Il expliquait que le téléphone est une boîte avec un entonnoir, comme ci et comme ça, et un fil qui transporte la voix, tout pareil que le sang dans une veine, que l'eau dans une rigole. Mais ce fil, il ne vient pas tout seul : c'est la Poste qui le pose. On fait la demande, et elle l'installe.

« Gratuit ? qu'on lui demandait.

— Non, pas gratuit. Faut payer. »

Ils faisaient tous alors une grimace, pour signifier que ça ne les intéressait guère.

D'autres fois : « Et qui c'est, au juste, qui répond au bout du fil ?

— C'est qui tu veux, pourvu que la personne ait pareillement le téléphone. Par exemple, un médecin, un vétérinaire. Si y avait eu le téléphone à Valdore, je suis sûr que ma pauvre mère, à l'heure qu'il est, elle serait encore pleine de vie.

— Et la personne, tu es certain qu'elle répond ?

— Obligée. Y a une sonnette qui lui fout pas la paix tant qu'elle a pas répondu. Même si c'est le président de la République. »

Le président de la République ! Celle-là les faisait bien rigoler.

« Je voudrais bien savoir ce que tu y raconterais, au président de la République, si tu l'avais dans ta boîte !

— J'y dirais : Monsieur le président de la République, je suis Crocombette Henri, de Valdore, en Auvergne. Quand que c'est-y que vous supprimez les impôts ?

— Et lui, qu'est-ce qu'il te répondrait ?

— Il me dirait : Monsieur Crocombette, je supprimerai les impôts quand vos poules pisseront ! »

C'était vraiment incroyable qu'on pût dire des choses pareilles dans un entonnoir. En attendant, il continuait sa propagande, chez l'un, chez l'autre. Il organisa même une réunion au café Mouillaud, invita tous ceux que la chose intéressait, y compris le curé Évariste Monthély. Quand ils furent attablés, il recommença ses explications : la boîte, l'entonnoir, le fil, les poteaux. Un problème : où logerait-on le téléphone communal ? Mouillaud se porta aussitôt volontaire, à condition, naturellement, qu'il n'eût à payer aucun frais d'installation. Et il en fut de même pour Lavet, l'épicier. Leur calcul n'était pas difficile à comprendre : en venant s'expliquer dans la boîte, la clientèle en profiterait pour consommer.

« Ça me causerait bien un peu de dérangement quand même », protesta le cafetier.

L'endroit était d'ailleurs une chose accessoire. On en vint au principal :

« T'as-t-y fait ton calcul pour savoir à combien il pourrait nous revenir, ton téléphone ?

— Oui. J'ai demandé à la Poste... »

Crocombette prit son souffle. On ne pouvait pas leur assener, comme ça, en pleine figure, le résultat de son addition. Fallait les préparer un peu. Comme les boxeurs, il usa d'abord d'une feinte :

« Ça irait chercher dans les... »

Et aussitôt il détourna le coup :

« Faut vous rendre compte qu'il y aurait 80 poteaux, 12 km de fil, vu qu'il doit faire l'aller et retour entre Valdore et Thiers, la pose, les transports, les déplacements, les appareils. Alors, ça ferait quelque chose comme... »

Il les consulta du regard ; tous étaient tendus, la bouche crispée, mais avec un air de détermination qui semblait dire : on est prêt, tu peux y aller. Il acheva donc :

« ... comme 40 000 francs. »

Ce ne fut qu'une huée :

« T'es complètement essargaillé, mon pauvre Henri !

40 000 francs ! Où veux-tu qu'on prenne une somme pareille ?

— On ferait un emprunt.

— Et qui donc qui prêterait ?

— Moi, vous, tout le monde, suivant ses moyens, puisque ça serait l'intérêt de la commune. »

Mais personne, réellement, ne se sentait l'envie de sortir un centime pour installer l'entonnoir à Crocombette. Il y eut aussi des questions sur l'usage :

« Une supposition qu'il soit installé, ton engin. Pour pouvoir s'en servir, ça serait-y gratuit ?

— Non, y aurait une petite somme à payer. Comme quand tu écris : tu colles un timbre sur l'enveloppe.

— Alors, faudrait payer deux fois ? Une pour le poser, et une autre pour parler ?

— C'est comme ça : on a rien sans rien. »

Ce fut une seconde huée. Les critiques jaillissaient de toutes parts.

« Moi, fit Gouttegattas, y a quèque chose encore qui me chatouille. Ton téléphone est installé, mettons, chez Mouillaud, bon. Pendant que je cause dedans, tout le monde pourra entendre ma conversation ! Si je veux dire, comme qui dirait, des secrets, ils seront tous là pour m'espionner !

— On le mettra dans le couloir, répliqua le cafetier, et t'auras qu'à fermer la porte derrière toi.

— Et en pleine campagne, s'y a un malin qui grimpe aux poteaux pour entendre la conversation qui passe, qui donc qui l'empêchera ? »

C'étaient là, Crocombette s'en rendait bien compte, des objections de poids. Chacun dans les campagnes a ses secrets. Particulièrement importants lorsqu'il s'agit de secrets *chiffrables*. Un qui n'avait encore rien dit jusqu'alors, c'était le curé Monthély. On lui demanda son opinion.

« Ce que je pense du téléphone ? Mes enfants, je pense que c'est une diablerie de plus que les hommes des villes ont inventée. Comme les voitures sans chevaux. Comme les vélocipèdes. (Il s'obstinait à dire vélocipèdes, alors que tout le monde appelait ça des bécanes.) Comme les aéroplanes. Tous ces engins maudits apporteront dans nos campagnes les coquineries des cités. Ils pervertiront nos bonnes et saines populations rurales en leur apprenant le péché. Nos pères ignoraient ces machines ; ça ne les empêchait pas de devenir vieux, entourés de leurs enfants, dans le respect des Commandements. Moins nous aurons de rapports avec Thiers, Clermont, Lyon, Paris, capitales du vice, mieux cela vaudra. Voilà ce que je pense. »

Tu peux croire s'il fut applaudi ! Crocombette eut beau sortir de nouveau le cas de sa pauvre mère qui serait encore pleine de vie si, et cætera, on ne l'entendait pas.

« Et le vétérinaire ? dit-il. En l'appelant au bon moment, vous pouvez sauver une vache !

— Il est préférable, répliqua le curé, de perdre une vache plutôt que de perdre son âme. Pour ce qui est de ta mère, nous devons tous mourir un jour. Et mieux vaut sacrifier un court moment de vie terrestre que la vie éternelle. »

En fait, Crocombette n'avait que deux partisans dans toute cette assemblée : Mouillaud l'aubergiste et Lavet l'épicier. Sans se décourager, il continua ses tournées de propagande, essayant de gagner un par un ceux qu'il n'avait pu convaincre en groupe.

A la fin, le prêtre lui fit comprendre qu'il avait tort d'insister :

« Savez-vous ce que vous ferez, mon cher Henri ? Vous finirez par diviser une commune jusque-là parfaitement unie. Est-ce votre intention ? C'est la guerre que vous apporterez dans Valdore, la plus paisible paroisse d'Auvergne ! La guerre, mon enfant, la guerre ! »

La guerre arriva — la vraie — quelques jours plus tard. Et elle accomplit un miracle de plus : Henri Crocombette, sans avoir rien demandé à personne, fut employé comme téléphoniste ! Il déroulait ses fils entre une tranchée et l'autre, entre ceux qui commandaient et ceux qui obéissaient. Et, pour constater si tout ça fonctionnait bien, il avait à sa disposition une petite boîte avec une manivelle, genre moulin à poivre. Et il disait : « Allô ! M'entendez-vous bien ? » Comme ça faisait beaucoup de bruit autour de lui, il devait souvent de l'index se boucher l'autre oreille. Mais quelle satisfaction, quelle merveille, lorsqu'il entendait au fond de son écouteur une voix lointaine lui répondre : « Oui, oui, je vous entends. Ici, poste Comme ci et Comme ça. Êtes-vous au bout ? — Non, il me reste à peu près 200 mètres. — Continuez, sacré bonsoir ! Qu'est-ce que vous attendez ? » Et il continuait de dérouler ses fils.

Mais l'abbé Monthély n'avait pas tort non plus. A force d'établir des communications entre les commandants et les commandés, à plat ventre dans la boue, sous les barbelés, dans les excréments, dans les débris humains, Henri Crocombette revint en 16 avec de drôles d'opinions. Au cours d'une permission, il racontait autour de lui :

« Croyez-moi, c'est pas fini encore. Au début, les officiers partaient devant, dans les attaques. Et il s'en est fait démolir comme ça des troupeaux. Alors, maintenant, ils ont compris. Ils ont inventé la guerre téléphonique. Je suis bien placé pour le savoir. Eux, les capitaines, les commandants, les colonels, ils se sont enterrés dans des sapes de six mètres de profondeur. Ce sont les officiers de carrière. Leur peau est devenue trop précieuse pour qu'on la gaspille. Et puis, faut bien qu'ils assurent leur avancement, puisque la guerre, ils la font par métier. Alors, ils n'ont pas peur de donner des ordres. J'entends ça tous les jours dans mon appareil : Attaquez ! Attaquez ! Et les autres, ceux qui font la guerre gratis, ils attaquent. Et comme il faut quand même des officiers pour leur montrer le chemin, on a fabriqué un tas de lieutenants et de sous-bites, avec des pignoufs comme toi et moi, des types qui savent à peine lire et écrire. Qu'est-ce que ça fout ! Ils ont pas l'occasion ! Suffit qu'ils gueulent : En avant ! La guerre téléphonique, c'est vraiment une belle invention ! Les généraux, n'en parlons pas ! Ils sont à des kilomètres en arrière, dans des châteaux, dans des maisons de plaisance. Ils téléphonent, ils téléphonent... Si l'armistice vient un jour, vous verrez, ils seront tous là, les généraux, au grand défilé. Il en manquera pas un seul ! Couverts de médailles jusqu'au nombril ! Mais dans les lignes, on les voit jamais. Sauf de temps en temps, pour accompagner un ministre, dans un moment sans grabuge. »

La Philomène Mouillaud, qui tient le café en face de l'église, exprima des réserves. Elle avait eu entre les mains un journal de Paris racontant que le journaliste avait surpris un certain général tombant de fatigue sur ses cartes ; un homme qui travaillait comme ça jusqu'à onze heures du soir.

Jusqu'à onze heures du soir ! Crocombette en eut les larmes aux yeux.

Ensuite, réconforté de savoir que les généraux français s'occupaient si vaillamment de lui, il repartit pour le front. Et de nouveau il déroula ses fils par tous terrains afin d'établir la communication entre commandés et commandants.

Jusqu'au jour où...

Une balle anonyme passait par là. Leurs chemins se croisèrent. Et la communication fut coupée.

Ha, ha, ha !

LÉVIGNE SYLVAIN

Il les regardait jouer, courir de cette démarche spéciale qu'ont les porteurs de sabots, le buste droit, les pieds à plat : sinon, les sabots partent en avant ou en arrière, et vont se fracasser où ils peuvent. Il envia leur insouciance, leur ignorance. Des gens pouvaient encore rire à la surface de la terre ?

Depuis plusieurs jours, une idée le harcelait, dont il n'arrivait pas à se défaire. *La dernière classe, M. Hamel... Alors, il se tourna vers le tableau, prit un morceau de craie et, appuyant de toutes ses forces, il écrivit aussi gros qu'il put :*

« Vive la France ! »

Puis, il resta là, la tête appuyée au mur, et, sans parler, avec sa main, il nous faisait signe :

« C'est fini... Allez-vous-en. »

Le texte se trouvait dans leur livre de lecture. Et voilà que lui aussi allait faire sa dernière classe... Vendredi, 31 juillet 1914. Il repoussait tant qu'il pouvait toute idée de prémonition. Mais le texte de Daudet était là, page 62, avec une illustration montrant le tableau noir et l'inscription commencée : *Vive la F...* Et le titre maudit : *La dernière classe.*

Alors, il hésitait à les faire rentrer. Il prolongeait la récréation. De l'autre côté du mur de séparation, les filles avaient abandonné la cour. On ne pouvait attendre davantage. Il frappa dans ses mains.

Il se tenait debout près de la porte. Et tous, docilement, prononçaient la formule consacrée en passant devant lui :

« Pardon, m'sieur... Pardon, m'sieur... Pardon, m'sieur... »

Il poussa le battant. Une fois encore, il huma cette odeur composite : sueurs enfantines, encre, craie, poussière, respirations — qui avait été celle de ses jours et même de ses rêves. La nuit, il lui arrivait de se trouver encore au milieu d'eux, d'affronter leurs problèmes, leurs fronts sauvages ou obtus, leurs regards opaques. Il gravit les deux marches qui faisaient singulièrement ressembler son estrade à une chaire d'église. « Surtout, ne rien dire, ne rien faire comme M. Hamel ! Pas de plagiat ! » Il contempla un moment son petit troupeau. « Mes babouins », se redit-il avec tendresse.

Ils s'étaient enfilés dans les longues tables à six places, ébouriffés, rouges d'avoir couru.

« Mains au dos ! » ordonna-t-il, comme chaque fois qu'il avait un long sermon à faire. Ils obéirent unanimement. L'attitude du fantassin qui vient de quitter le « garde-à-vous » pour le « repos ».

Il leur restait très exactement une heure à passer ensemble. Par tradition, ils avaient chanté dans la cour :

Vivent les vacances !
A bas les pénitences !
Les cahiers au feu
Et les maîtres au milieu !

Dans une heure, donc, ce seraient les grandes vacances, sans pénitences et sans maître. Les retrouverait-il à la rentrée ? Y aurait-il pour lui une rentrée ? Il toussota.

« Je... » commença-t-il.

Il était effrayé par toutes les choses qu'il avait à dire, toutes les recommandations qu'il devait distribuer. « Ne pas imiter M. Hamel ! Pas de mot historique ! »

« Je vous connais depuis trois ans. Je ne suis pas de Valdore, je suis né à l'autre bout du département, près de Rochefort, où mon père est meunier. Je vous dis ça pour que vous puissiez répondre, si un jour on vous demande : Qui était ton instituteur ?... Car je crains bien de ne pas être ici, au mois d'octobre, quand vous reviendrez. »

Tous ces yeux sur lui. Les mains au dos : une position très saine, qui redresse les échines, élargit la poitrine. « Toi ! Qu'as-tu à leur parler de toi ? Est-ce que tu comptes ? Parle-leur d'eux ! »

« Je ne sais pas si mon successeur... celui ou celle qui me remplacera, aura les mêmes idées que moi, vous fera les mêmes recommandations. C'est pourquoi je vais encore vous les répéter, pour que vous les remisiez soigneusement dans votre tête. Si je vous dis cela... »

Il s'interrompit encore, à cause d'un scrupule. « La guerre ? Pourquoi leur parler de la guerre ? Laisse aux autres cette habitude. Rien n'est encore absolument certain. Les miracles, ça existe. Et puis, la guerre, en parler, la regarder venir, la redouter et l'attendre, comme un orage qu'on voit au loin, et ne rien faire, ne rien pouvoir faire : voilà une chose monstrueuse. Alors, mieux vaut se taire. » Il toussota encore, pour escamoter la phrase commencée. Ses yeux coururent sur les têtes rondes, firent leur choix.

« Toi, Bosson... »

Le petit Bosson, fils d'un métayer de la Mallie. Souffreteux, rachitique, la peau grise, le dos voûté. En entendant son nom, il tressaillit comme s'il avait senti un coup. Sylvain lui sourit :

« ... toi, Bosson... »

Il ne leur donnait jamais d'autre nom que celui de leur père. Marie appelait ses filles par leur prénom. D'accord, les femmes entre elles, c'est comme ça. Mais lui, le nom de famille. Des Pierre, des Jean, des Jacques, il en avait plusieurs. Mais un seul Bosson. Un seul Roddier. Un seul Chamoissou. Le nom qu'eux-mêmes donneraient plus tard à leur épouse et à leurs enfants. Très tôt, il voulait leur apprendre le sens et la valeur de l'individu, de ce que chacun avait d'unique et d'irremplaçable.

« ... je n'ai jamais pu t'apprendre à te tenir droit quand tu écris. Je t'ai mis dans le cou des règles, des bâtons : rien à faire, tu trouvais encore le moyen de te plier comme un macaroni ! »

Ils rirent. Il savait qu'ils riraient. Il y a des mots qui font toujours rire : macaroni, andouille, bonnet de nuit, colique. Ça ne rate jamais. « Ne pas copier M. Hamel ! » Lui-même sourit ; mais dès que son visage redevint sérieux, les enfants l'imitèrent : ils savaient qu'ils n'avaient pas le droit de continuer sans lui.

« Alors, pour l'amour du ciel ! Tiens-toi droit ! N'as-tu pas honte ? Sinon, lorsque je reviendrai... je ne sais pas quand... tu ressembleras à un petit vieux qui marche en s'appuyant sur sa canne ! »

Bosson fit un effort extraordinaire pour se cambrer, tirant même les coins de la bouche en arrière.

« Et toi, Deroure, écris plus gros, sinon, tu t'abîmeras la vue, et il te faudra un petit chien pour te conduire. »

Cette histoire de chien eut l'air de les surprendre ; il expliqua que certains aveugles se laissaient mener par un chien. Deroure avait de gros yeux myopes qu'il clignait en regardant. Il hocha la tête pour montrer qu'il avait bien compris.

« Toi, Ramade... »

Tous les regards se tournèrent vers Ramade, le dernier de la division. Il était né, comme tout le monde, avec ses quatre membres ; toutefois, il présentait une anomalie singulière : il avait les genoux coincés. C'est-à-dire joints en permanence : tu n'aurais pas entre eux glissé une feuille de papier. Peut-être bien que de nos jours la chirurgie pourrait quelque chose pour son cas ; en ce temps-là, il n'en était pas question. Seules les personnes très riches pouvaient s'offrir les services d'un bistouri. D'ailleurs, l'idée ne plaisait guère à Valdore de chercher à redresser ce que Dieu avait fait tordu.

Ses genoux coincés n'empêchaient cependant point le jeune

Ramade de trottiner dans la cour sur ses demi-pattes, en se dandinant comme un canard. Ça ne l'empêchait point, surtout, de faire autant de conneries que les autres, et même davantage. Toujours à saboter sous la table, à pincer les fesses des environs, à regarder voler les mouches. Ou bien à tousser, à lancer des éternuements qui secouaient la classe comme des coups de tonnerre. Une fois, l'instituteur l'avait mis à la porte. Et, pour l'empêcher de se sauver, il l'avait enfermé dans l'appentis, sous l'escalier. Un moment après, le commis du boulanger vint déposer sur une marche la petite couronne du pain quotidien destiné aux Lévigne. Juste au nez de Ramade. Alors, lui, un peu parce que ce pain frais lui faisait envie, un peu pour se venger, un peu parce qu'il était Ramade et n'en faisait qu'une à la fois, mais qui durait tout le temps, il avait creusé dans la couronne un orifice, guère plus gros qu'un trou de rat. Là-dedans, il avait enfoncé la main pour en extraire la mie. Avançant comme une taupe, tantôt à gauche et tantôt à droite, il avait fini par tirer et manger tous les intestins de la couronne, ne laissant subsister que l'enveloppe vide. M. Lévigne avait tellement ri de cette prouesse qu'il n'avait pu se retenir de la raconter à la classe :

« Savez-vous ce qu'il m'a laissé ?... Une coquille d'œuf ! Creuse comme une coquille d'œuf ! »

Et Ramade, aussi fier qu'un pou sur une croûte.

« Toi, dit l'instituteur, à cause de tes genoux coincés, il te sera difficile de travailler la terre. Tu pourrais être tailleur, cordonnier ou employé dans un bureau. Mais pour ça, il te faut aller en ville, savoir lire, écrire, compter, prendre des mesures. Autrement dit, te remplir un peu la tête, avant de partir. Seulement voilà, pour le moment... »

Il descendit de sa chaire, cogna légèrement des phalanges sur le front de Ramade qui rentra la tête dans les épaules avec une expression de grande souffrance ; en même temps, dans sa bouche, M. Lévigne produisait avec sa langue un claquement sourd : *cloc, cloc, cloc...*

« ... pour le moment, elle chante plutôt creux ! »

Les babouins rirent encore. L'homme remonta sur son perchoir. Et, soudain, il prit un ton de grande pitié :

« Pauvre Ramade ! Mon pauvre Ramade ! Tu ne seras jamais qu'une moitié d'homme. Tu devrais donc travailler deux fois plus que les autres, et c'est tout le contraire qui arrive : tu es le plus paresseux de la classe ! »

Chacun comprit qu'il n'y avait plus de quoi rire. Ramade arrêta ses grimaces. Un silence. Un long silence. Plus lourd, plus insupportable que les reproches. Enfin :

« Peut-être as-tu l'intention de gagner ton pain avec tes genoux ? Je veux dire : de mendier, de porte en porte ?... »

Il continua de la sorte sa dernière classe. Chaque élève eut son paquet. Ils promirent, ils jurèrent tout ce qu'il voulut. De temps en temps, il interrompait leur réponse en posant une question d'orthographe :

« La terminaison, s'il te plaît, de *travaillerons ?...* Épelle-moi *résolution...* »

Une sorte de tic professionnel. Puis il conclut que c'était vraiment un bon jour, ce 31 juillet ! Et il fit copier sur le cahier un résumé de morale : *Nous promettons tous de travailler de toutes nos forces. Nous contribuerons ainsi à fortifier la Patrie et la République.*

« N'oubliez pas, recommanda-t-il, les majuscules à République et à Patrie. »

Puis il leur fit encore une recommandation singulière :

« Au cas où je ne serais pas là au mois d'octobre, puis-je vous demander de protéger un peu Mme Lévigne, la pauvre Mme Lévigne qui se trouvera toute seule, et qui, sans doute, vous aura tous sur les bras, garçons et filles, et qui le soir sera bien fatiguée ? Vous n'êtes pas bien grands. Mais, comme vous savez, elle est également assez petite. Et vous êtes nombreux. Ça fait beaucoup de bras et de jambes à vous tous. Alors, si elle a besoin... je ne sais pas... qu'on scie son bois, qu'on ramone son poêle, qu'on déplace un meuble, est-ce que vous pourrez l'aider ? »

Oui, ils le pourraient. Mais on n'en prit point note par écrit.

Il serra la main à chacun en disant : « Bonnes vacances ! Bonnes vacances ! »

Ils partirent, contents comme des jours de Pâques.

Une fois seul, il effaça le résumé de morale et la date du jour. Il remplit le registre des absences et le signa : *Sylvain Lévigne*. Un moment, il contempla cette signature au bas de la page. Et déjà, elle lui semblait lontaine, lointaine, comme les graffiti de Pompéi : la trace d'une existence passée, la preuve que quelqu'un avait vécu là. Il imagina un successeur dans un avenir éloigné, se penchant sur ces lignes, songeur, et disant : « Il avait une écriture raisonnable. »

« Tu dors ? » demanda-t-elle.

Il ne répondit pas, pour lui laisser croire qu'il dormait effectivement. Dans le silence de leur chambre, il prêta une attention insolite aux bruits de son propre corps. Le sang qui battait à ses oreilles. L'air qui s'engouffrait dans ses narines avec un sifflement léger, comme le vent dans le trou d'une serrure. Le cœur qui piochait à coups sourds au centre de sa poitrine, pareil à un sapeur souterrain. De temps en temps, des gargouillis d'estomac ou d'entrailles. Une machine compliquée qui, depuis qu'ils vivaient ensemble, lui avait procuré des plaisirs et des peines. Parfois, il s'insurgeait contre ses exigences quotidiennes. Que de choses il aurait pu faire s'il n'avait pas eu régulièrement à la nourrir, à l'abreuver, à la contenter dans tout ce qu'elle demandait ! Alors, elle devenait semblable à un parent éloigné qui, sous un prétexte quelconque, s'est installé chez toi, et dont tu n'arrives plus à te défaire, malgré tes ruses ou tes esclandres. Or voici qu'à présent il examinait son corps avec de tout autres pensées. Il le sentait poursuivre une vie indépendante, complexe, harmonieuse ; chaque pièce accomplissait la tâche pour laquelle elle avait été dessinée. Ça lui rappelait, oui, l'univers où les astres tournent selon un emploi du temps immuable, sans jamais se heurter. Avec cette différence en plus que l'univers, lui, n'a point d'esprit qui souffre, réfléchit, espère, désespère. Sauf si son esprit est ce Dieu dont parlent les prêtres. Mais Dieu lui-même a-t-il le pouvoir de souffrir, espérer, désespérer ? Voilà donc qu'il allait mettre cet univers à la disposition de l'Autorité. Et chaque autre mobilisé apporterait le sien. Quel usage l'Autorité ferait-elle de ces mondes merveilleux ? Les journaux parlaient déjà de « matériel humain ».

Le sommeil ne venait toujours pas. Il essaya de se faire honte : « Rappelle-toi Condé, la veille de Rocroi... » Les livres des écoles fournissent des leçons pour toutes les circonstances. Ça ne le fit pas dormir davantage. Près de lui, sa femme gémissait. Il lui sembla même qu'elle pleurait dans son rêve. Devait-il la réveiller pour l'arracher à ce tourment irréel ? Mais quelle réalité avait-il en échange à lui offrir ? Il se contenta de chercher sa main, de la caresser doucement. Bientôt, les petits sanglots cessèrent.

La guerre. Depuis son enfance, il savait qu'elle viendrait. Il en avait toujours entendu parler. Pendant ses trois années d'École normale, à Clermont, des officiers venaient leur faire des conférences sur la nécessité de se tenir prêts à reprendre un jour par la force les chères provinces que la force nous avait enlevées. On les applaudissait. Ils recrutaient des volontaires pour la préparation militaire. Ils expliquaient la doctrine de l'état-major : l'offensive à outrance, qui seule convenait au bouillant tempérament français. Les Nippons avaient d'ailleurs donné l'exemple en Extrême-Orient, enlevant d'assaut les impressionnantes défenses des Russes. Attaquer, attaquer : il n'y avait pas d'autre secret. Ils riaient des mitrailleuses, de l'artillerie allemandes. Attaquer, attaquer ! Ils avaient adopté le principe de Souvarof : « La balle est aveugle, seule la baïonnette est raisonnable. » Ils se faisaient aussi les défenseurs du pantalon rouge, que d'aucuns accusaient de présenter une cible trop voyante, et citaient la brillante parole d'Étienne Clémentel, député du Puy-de-Dôme : « Le rouge fait partie de notre tradition nationale. »

Sylvain Lévigne avait fait son service militaire à Nancy, et était revenu avec la banane de sous-lieutenant. Pourtant, au bout de quelques années, ce bon vin coloré du patriotisme qu'il portait en lui avait tourné au vinaigre. Et qu'est-ce donc qui le transforma ? Une chose incroyable à dire : le contact qu'il eut avec ses « babouins ». Dans ce pays où la vigne abonde, ils buvaient souvent plus de vin que de lait. Le vin prématuré arrêtait leur croissance, les rendait demi-idiots. Il eut deux cas d'épilepsie. Plusieurs apportaient, pour leur repas de midi, un morceau de pain gris, un bout de fromage et un flacon de vin. Ils mouraient fréquemment, de douleurs qui les prenaient dans le ventre, d'une mauvaise fièvre, d'une toux maligne. Ils venaient en classe les six mois de mauvais temps et y renonçaient le reste de l'année pour garder les vaches et les chèvres. Lorsque Lévigne s'entretenait avec les paysans de la région, il voyait bien que l'Alsace-Lorraine, ça ne leur disait absolument rien. Autant leur parler de Saturne. Pourtant, ils avaient au cœur une vieille haine contre les Prussiens, spécialement les uhlans, héritée de leur père ; et c'était un petit feu sur lequel on pouvait souffler. Les femmes ne savaient ni lire ni écrire, et souvent ne connaissaient d'autre langue que leur patois. Ça ne les empêchait pas de procréer ; jusqu'à l'âge de quarante ans, chacune démarmitait annuellement son lapereau. Grâce à Dieu, beaucoup disparaissaient avant d'avoir touché la terre de leurs petits pieds. Le ciel était rempli de minuscules Auvergnats, qui devaient se regarder là-haut avec beaucoup de surprise, se demandant ce qu'ils faisaient là, ignorant le nom de leur nez, de leurs mains, de leurs ailes, ignorant leur propre nom, maigres et chétifs comme des oisillons tombés du nid.

Voilà comment Sylvain Lévigne acquit peu à peu une certaine conviction : l'Alsace-Lorraine, d'accord, faudrait s'en occuper un jour. Mais, en attendant, il y avait mieux à faire. Mille choses plus urgentes. En passant derrière le dos de ses élèves, il distinguait dans les tignasses le grouillement des poux ; parfois, il en tombait un sur le livre et le cahier ; l'enfant le considérait avec stupeur, ne sachant s'il devait l'écraser ou l'envoyer délicatement dans l'atmosphère ; les lentes luisaient, accrochées aux cheveux, comme des perles blanches. La vermine était si commune que des mères s'asseyaient devant les portes, pour y voir plus clair, une tête de marmot sur le tablier, coincée entre les genoux, et elles épouillaient ainsi publiquement pendant des heures, comme elles auraient mangé leur soupe. Oui, que de choses urgentes il y avait à faire ! Et cette guerre ne pouvait que les retarder. A moins qu'elle ne fût très courte. Il se résigna donc à l'idée d'un conflit furieux et rapide qui permettrait ensuite, une fois les deux provinces récupérées par la force des baïonnettes et des pantalons rouges, de passer aux entreprises sérieuses.

La fenêtre pâlit. Des coqs chantèrent. Marie se retourna et gémit encore. Précautionneusement, il se glissa hors du lit, s'habilla, sortit dans le jardin. Au-dessus de Chignore, le soleil se levait aussi, en grande tenue, en panache de saint-cyrien. Des escargots faisaient leurs ablutions. Il regarda tous ces légumes qu'il avait semés, ces haricots, ces salades, ces choux, ces poireaux et se dit qu'à distance, grâce à eux, il nourrirait encore sa femme pendant quelque temps. Trouverait-elle bons ces fruits de ses mains ? Une bêche était restée enfoncée au bord d'un carré retourné à demi ; il l'arracha, la lava dans la rosée, la mit à l'abri. Les potirons commençaient à prendre de la bedaine. Il rattacha des rosiers que le vent du récent orage avait éparpillés et fit sauter de l'ongle les boutons fanés. Il palpa les pêches déjà rouges, du moins sur une de leurs deux joues, et les trouva trop dures encore. « Ce n'est pas moi qui vous mangerai ! » dit-il avec un peu de regret. Il tira des mauvaises herbes, ravenelles et chardons, entre les pieds de salade, entre les lignes de carottes. De la sorte, il passa une heure ou deux dans ce jardin qui avait été sa fierté : les Valdorois s'arrêtaient pour l'admirer, lui demandaient ses secrets, qu'il répandait volontiers, puisque c'était son métier d'apprendre. Il avait également introduit de nouvelles cultures dans la région, la tomate, la courgette, l'aubergine. Mais les gens d'ici, habitués à leurs éternelles patates, à leurs choux, à leur lard, faisaient souvent la grimace à voir ces bizarreries et déclaraient dans leur franco-patois :

« Ça me ressemble que ces affaires-là je les aimerais pas guère. »

Et tout par un coup, il entendit cogner. Un bruit sourd de marteau sur des planches, et cela provenait d'en face, du bâtiment de la mairie. Sylvain Lévigne se redressa, curieux de voir qui travaillait là-bas de si bon matin. Et, par-dessus la murette du jardin, il aperçut le maire, Boutiller, en train de clouer quelque chose à la porte. Le maître d'école sortit avec ses mains terreuses et quand l'autre le remarqua, il se sauva en boitant comme le diable, le marteau toujours à la main, sans donner ni demander d'explication. C'était l'affiche de la mobilisation générale. Les deux petits drapeaux tricolores, et la date écrite à la main : ... *2 août 1914*. L'encre était encore toute fraîche. On voyait que la feuille avait été longtemps gardée en réserve, soigneusement enroulée, et les huit clous du maire n'étaient pas de trop pour l'aplatir contre le bois de la porte. Sans savoir pourquoi, Lévigne pensait à une crucifixion. Les instructions reçues, Boutiller s'était levé de bonne heure pour commettre son mauvais coup, il avait sorti l'affiche de son étui, ajouté la date : on reconnaissait sa mauvaise écriture ; il l'avait placardée avec l'espoir que personne ne le surprendrait, que tout Valdore imaginerait cette affiche tombée directement du ciel, ou de

Clermont, ou de Paris sans aucune complicité. Et quand il s'était vu pris sur le fait, il s'était sauvé en boitant comme le diable.

Ainsi, tout était prêt. Tu avais craint pendant des années, des mois, des semaines ; mais au fond, tu ne cessais d'espérer, en dépit de tout. Et voilà qu'enfin la chose est faite. Mobilisation générale. Ça te fout quand même un choc, de voir ces lettres écrites noir sur blanc.

Il rentra, se lava les mains. L'odeur du café chaud vint à sa rencontre. Dans la cuisine, sa femme l'attendait, ses longs, ses interminables cheveux sur les épaules ; elle ressemblait à la semeuse des pièces d'argent. Ils s'embrassèrent.

« Ça y est, fit-il avec un pâle sourire.

— Quoi donc ?

— L'affiche de la mobilisation. Elle est sur la porte de la mairie. Premier jour : 2 août.

— C'est... demain ?

— Oui, demain. Cette année, je n'aurai eu qu'un seul jour de vacances. »

Elle était devenue toute blanche ; et l'on aurait dit qu'elle avait avalé ses lèvres. Ils restèrent ainsi, face à face, se tenant les mains, à se regarder, à se boire des yeux, à se remplir l'un de l'autre. Il sourit un peu plus et lui caressa doucement la tête, comme il faisait parfois à ses élèves :

« C'est bien... c'est très bien. Pas de pleurs, pas de cris qui rendraient le... la... le machin encore plus difficile. Tu es vraiment une grande personne. Je suis fier de toi. »

Et toujours ils se tenaient face à face, les mains mêlées. Les fenêtres étaient grandes ouvertes ; il allait faire une journée très chaude. Dans la rue, un brouhaha commençait à se former. Petit à petit, l'affiche produisait son effet.

« D'ailleurs, cette guerre sera courte. Je ne la conçois pas autrement. Nous ne sommes plus en 1870. Nos armements sont tels, l'enthousiasme de l'armée si grand que l'Allemagne au premier choc devra plier les genoux. A Noël, je serai certainement de retour.

— Certainement ?

— Certainement. »

Cet adverbe trois fois prononcé leur rendit quelque appétit. Ils déjeunèrent ensemble, non plus face à face, mais côte à côte, comme aux premiers jours de leur mariage. Le pain, le lait, le sucre, le café étaient merveilleusement bons, et ce repas du matin, ce premier repas de guerre, prenait une saveur d'eucharistie.

Ensuite, il eut envie d'elle et ils se recouchèrent. Et il y avait aussi dans leurs gestes une sorte de rituel, qui allait bien au-delà de la recherche du plaisir. Ses mains ne la caressaient pas seulement ; elles la formaient, la pétrissaient ; elle fut alors sa créature. Son œuvre. Et il la signa de ses dents, qui laissèrent tout de suite une double trace d'abord rouge, puis bleue. En son esprit, il calcula le temps que cette marque mettrait à s'effacer ; elle durerait moins longtemps que celle qu'il avait laissée au registre des absences.

Alors il s'aperçut qu'il avait enfin sommeil. Le souvenir de Condé, la veille de Rocroi, vaguement le traversa... Moi aussi... il était temps... pas de quoi rougir... Il s'endormit dans les bras de sa femme, paisiblement.

Vers midi, ils se levèrent. Le village était à présent rempli d'une grande agitation. Des chars de foin passèrent. Avant de partir, les hommes s'employaient aux travaux les plus urgents, pour en laisser le moins possible à leurs femmes et à leurs vieux. Pas de drapeaux, pas de fleurs pour le fusil, pas de cris « A Berlin ! » comme on sut ensuite qu'il y en avait eu à Thiers et dans toutes les villes. Ces paysans n'avaient qu'une idée assez imprécise de la guerre qu'ils allaient livrer ; ils partaient sans fièvre, sans ambition, simplement parce que l'affiche de la mairie le leur commandait. Certains vinrent consulter l'instituteur :

« Alors, vous aussi ?

— Parbleu !

— Est-ce que vous pensez que ça sera long ? J'ai deux vaches à vendre. Y a Daiguebonne qui me les prendrait ; mais j'aimerais mieux attendre le beau temps. Vous croyez qu'on sera revenu pour la Saint-Martin ?

— Pour la Saint-Martin ? Sûrement ! Enfin... il en manquera quelques-uns à l'appel.

— Y a pas de doute. »

Ils repartirent précipitamment régler leurs dernières affaires. On ne vit pas Boutiller de tout le jour, comme s'il s'était senti coupable. Dans l'après-midi, il y eut un groupe de conscrits. Peut-être une dizaine. Ils venaient tout juste de passer le conseil. Et pour faire les farauds, ils se prirent par le bras et se mirent à chanter la *Marseillaise* dans les rues. Seulement, la *Marseillaise*, ils n'en savaient pas long, et ils répétaient continuellement, comme des andouilles :

Allons enfants de la Patri-ille !...
Allons enfants de la Patri-ille !...
Allons enfants de la Patri-ille !...

La suite, ils l'avaient oubliée et, pour remplacer les paroles, ils faisaient : tra-la-la-la, la, la-la-la... La *Marseillaise*, à Valdore, on se la fourre difficilement dans la tête. C'est un peu comme les prières latines du curé : *Des profondisses, la Marie à té, dominé, dominé, et que ça vous dit, vos tchèmes, mes hames, fiente ou restouez, tintintez, vos tchèmes, des prés qu'a Sionis, mêê !*, et ainsi de suite, *putirette, radimette, Israël, omnibus, le nid quitta Tibousse et Jousse*... Va donc y comprendre quelque chose ! Et si tu ne comprends pas, impossible de te rappeler. Donc, pour la *Marseillaise*, même histoire. Seul le premier vers a du sens aux oreilles valdoroises : *Allons enfants*... Encore ne dit-il pas où il faut aller. Tout le reste, *la tyranille, les tendards sans glands, t'es levé, le cent quimpur*... est de la même farine que le *putirette-radimette* du catéchisme.

Les dix conscrits, bras dessus bras dessous, se promenèrent dans le village, de long en large, braillant comme des putois. Et ils finirent la soirée chez la Philomène Mouillaud, où ils se saoulèrent à mort. La Philomène n'oublia pas de leur faire payer son vin au prix normal : la clientèle se ferait rare désormais, et elle devait profiter de cette ultime occasion. Il y avait beaucoup d'hommes dans son local, la plupart des mobilisés du lendemain. Ils racontaient leurs souvenirs de régiment, parlaient des armes terribles qu'ils avaient eu l'occasion de voir ou de tripoter : le fusil Lebel, la mitrailleuse Hoche-Quisse, le canon de 75, et surtout, l'invincible baïonnette, spécialité de l'infanterie française, pointue comme une aiguille, coupante comme un rasoir, *avec une rainure pour l'écoulement du sang* ! Cette rainure faisait frissonner le public non mobilisable d'horreur et d'admiration. Ah ! devant un tel instrument, il ne ferait pas bon porter le casque à pointe !

« Et tes études ? » demanda Marie.

Sylvain Lévigne préparait l'« inspection », le Certificat d'Aptitude à l'Inspection primaire et à la Direction des Écoles normales.

« J'emporterai quelques livres. La guerre doit bien laisser des période de loisir. Tu mettras dans ma musette le petit Pestalozzi et le Montaigne. »

Assis près de la fenêtre, ils avaient assisté au coucher du soleil. La nuit envahissait la chambre. Des ivrognes criaient et chantaient encore dans le bourg.

Et Marie :

« Veux-tu que j'allume la lampe ?

— Non, non, rien ne presse. »

Il se sentait comme protégé dans ce noir. Les mains de sa femme devenaient pourtant nerveuses.

« Il faut bien que nous mangions un peu.

— Moi, je n'ai pas faim. Ni faim ni sommeil. »

Oui, ce qu'il voulait, c'est qu'elle fût sa seule nourriture. Il n'allait pas perdre à dormir le dernier morceau de nuit qui lui restait. « Ma veillée d'armes ! »

« Je te mettrai aussi deux tricots, des chaussettes de laine, un passe-montagne.

— Alors, tu crois que je ne reviendrai pas avant l'hiver ?

— Il vaut mieux se prémunir. On ne sait jamais. »

Après chaque échange de pensées, de longues minutes s'écoulaient. Et quand, de nouveau, l'un des deux prononçait une phrase nouvelle, ils s'apercevaient que durant ce silence leurs méditations avaient dérivé, s'étaient éloignées comme des barques qui naviguent sur un grand lac, à l'aveuglette.

« Je te laisse seule. Comme je regrette que nous n'ayons pas eu d'enfant !

— Nous en aurons. Plus tard.

— Oui, plus tard, il se passera des tas de choses. Aussitôt démobilisé, je me présenterai à cet examen. Et sitôt reçu — car je serai reçu, n'est-ce pas ? — j'entrerai dans ta classe, et tu diras : Levez-vous, mes enfants ! Voilà monsieur l'Inspecteur ! »

Ils rirent un peu. Lui continua de délirer doucement sur cet après-guerre, proche ou lointain :

« J'achèterai une bicyclette, avec une sonnette très bruyante, pour qu'on m'entende de loin quand je ferai mes tournées, et que tout le monde soit prêt : l'instituteur, les élèves, le tableau, les registres, la grille du poêle... Mes administrés diront : « Cet inspecteur-là, il vaut son pesant d'or ! » Plus tard encore, quand j'aurai pris de la bouteille, on me proposera peut-être un poste plus important : Inspecteur d'Académie...

— Pourquoi pas ? »

Pendant qu'on y était, aucune raison d'économiser l'avenir. Et soudain, il s'esclaffa.

« L'inspecteur d'Académie, en quelque sorte, c'est l'évêque des instituteurs. Alors... je viens de voir le nôtre coiffé d'une mitre ! »

Elle rit aussi, en se forçant, afin d'éviter la dérive autant que possible. Puis il redevint grave :

« Nous nous serons bien amusés, pendant ma veillée d'armes. »

L'expression effraya Marie. Très vite elle retourna aux petits détails rassurants :

« Je te mettrai aussi du papier, des crayons, des enveloppes.

— Oui, oui... Tu penses à tout... Tu es mon ange gardien. »

Dans le silence revenu, leurs navigations solitaires reprirent malgré eux. Ils ne se voyaient plus. De toutes les maisons de Valdore, l'école était certainement la seule qui fût encore dans l'ombre. Elle imaginait autour des tables les réunions familiales, les larmes que les femmes devaient verser en cachette, les enfants qui pleuraient aussi sans comprendre, parce qu'ils sentaient le drame dans l'air. Sylvain soupira plusieurs fois. Elle eut l'impression qu'il avait ouvert la bouche pour parler et qu'au dernier moment il avait retenu son souffle. Il passa un bras derrière son épaule.

« Il faut, dit-il, qu'avant de partir, je te fasse une confession.

— Une confession ?

— S'il n'y avait pas eu cette guerre, je n'aurais sans doute jamais rien dit. Mais... je veux m'en aller pur. »

Il s'imagina boueux comme il serait certainement un jour. Quelles vermines, quelles immondices l'attendaient ? Quelles horreurs serait-il amené à commettre ? Alors, il aurait grand besoin de sa propreté intérieure. Et puis, peut-être sans qu'il en eût conscience, l'idée de veillée d'armes le poussait-elle aussi à se laver de ses péchés.

Sous son bras, il sentit sa femme se raidir légèrement.

« Je t'écoute, dit-elle.

— Voilà... L'été dernier, j'ai fait dans l'Est cette période militaire que tu sais. Pendant les manœuvres, avec d'autres officiers, j'ai couché dans une sorte de château. Trois nuits de suite. Et la troisième... »

Il s'arrêta, avec l'espoir qu'elle imaginerait, qu'il n'aurait pas besoin de prononcer lui-même ces mots désagréables. Mais, au contraire, elle secoua les épaules, pour se dégager de son bras, et demanda, agressive :

« Quoi, la troisième ?

— Eh bien... une bonne de la maison est entrée dans ma chambre.

— Dans ta chambre seulement ?

— Dans mon lit, pour tout dire. »

Il lui en voulut un peu de l'avoir poussé jusque-là. Demanderait-elle à présent des détails ?

« Une bonne ?

— Oui. Une femme, comme ça, qui n'a pu résister à la présence de ces hommes jeunes.

— Et c'est toi qu'elle a choisi ?

— Peut-être bien que les nuits précédentes elle avait choisi également certains autres. Je ne le lui ai pas demandé. Elle s'appelait, si tu veux savoir, Marcelle... ou Marguerite... Je ne me souviens plus exactement. »

Là, il renonçait à sa volonté de purification. Sinon, il aurait dû dire : « Elle s'appelait Marcelle, et n'a pas couché avec les autres, pour la simple raison que nous avons dormi les deux premières nuits dans la même chambre à trois lits. En fait, Marcelle m'a provoqué dans le couloir, et c'est chez elle que j'ai passé cette dernière nuit... »

Et il la revoyait avec une plus grande netteté qu'il ne voulait laisser croire... Une brave fille... Il se rappelait ce vœu qu'elle avait fait, le matin, en lui donnant le dernier baiser : « Je te souhaite beaucoup de bonheur, avec ta femme. Et beaucoup de jolis enfants. »

Mais Marie ne se serait pas attendrie le moins du monde.

« Et toi non plus, fit-elle, tu n'as pu résister à sa présence, dans ce château ? »

Il se débattit comme il put dans son demi-mensonge :

« Quand une femme entre spontanément dans votre chambre... Pour qui m'aurait-elle pris, si je l'avais mise dehors ?

— Pour un mari fidèle. »

Oui, bien sûr, elle avait raison. Mais ne pouvait-elle se montrer plus généreuse, en un moment aussi important de leur vie ?

« Crois-tu, dit-il avec quelque dépit, que ce soit une faute très grave ?

— Oui, c'est une faute très grave.

— J'avais trois semaines de continence dans le corps. Et cette drôlesse qui se jette sur moi !

— Moi aussi, j'avais ces trois semaines. Si, à présent, je te faisais une révélation semblable, comment la prendrais-tu ?

— Toi, ce n'est pas la même chose, voyons ! Tu es une femme !

— Et alors ? En quoi est-ce différent ?

— Je ne saurais l'expliquer. Mais il y en a une, je sens qu'il y en a une. »

Elle haussa les épaules, se leva. Il n'osa la rattraper. Il l'entendait fureter dans l'ombre. Bientôt, il y eut une flamme qui l'éblouit, et ce n'était que celle d'une allumette. Marie s'employait à allumer la lampe à pétrole ; elle ajusta le verre et régla la mèche. Son visage, éclairé par-dessous, prenait une expression d'une grande dureté.

« C'est le raisonnement, répliqua-t-elle, que les mâles se tiennent depuis que le monde est monde. Vos lois sur l'adultère ont toujours été plus sévères pour nous que pour vous. »

Elle lui fit face. Avec ses cheveux noirs proprement tirés en arrière, noués en un chignon sur la nuque, sa longue robe noire serrée à la taille, Dieu qu'elle avait l'air institutrice ! Pire : suffragette ! Où était donc la semeuse du matin ?

Et lui : « Mais cette bonniche, je ne l'aimais pas ! C'est toi, que j'aimais ! Je te le jure, je n'ai jamais aimé que toi ! Je ne t'ai jamais aimée autant que ce soir !

— Voilà l'astuce ! Tu attends, pour me révéler ta faute, ce moment exceptionnel. Tu t'es dit : vu les circonstances, il lui sera impossible de ne pas me pardonner. C'est du chantage ! Oui, du chantage !

— Je pouvais me taire. Qui m'obligeait à parler ?

— Tu t'es bien tu, en effet, jusqu'à ce soir !

— Oui, c'est vrai, j'aurais dû parler avant. J'ai manqué de courage.

— En me contraignant aujourd'hui, en m'extorquant un pardon, tu t'enlèves tout le mérite de ta sincérité. »

Dieu qu'elle raisonnait juste ! Il en était atterré. Et tout à coup, de nouveau, comme tout à l'heure à propos de l'inspecteur-évêque, il éclata d'un rire minable ; il venait de penser au boucher Avinain, à son mot historique : « N'avouez jamais. » Mais déjà, il retrouvait le goût amer de sa salive :

« Quand l'Europe va se noyer dans le sang, cette coucherie sans lendemain a donc tant d'importance à tes yeux ? »

Et elle, sèche comme un noyau : « Toujours le chantage. »

Extraordinaire. Pendant des années, on est installé dans la vie d'une personne comme une rivière dans son lit ; on croit connaître tous ses méandres, tous ses accidents. Et puis un jour, voilà qu'une occasion se présente, les eaux s'ouvrent, on distingue le fond. Et ce n'est pas du tout ce qu'on imaginait.

« Es-tu si peu généreuse ? »

Elle eut une grimace : il l'avait touchée.

« Ne vas-tu me l'accorder que du bout des lèvres... du bout du cœur, ce pardon que je te demande ? »

Elle tituba un peu, chercha une chaise à tâtons, sans cesser de le regarder fixement, comme si elle craignait un autre coup. Il s'agenouilla devant elle, enfouit son visage entre ses genoux. Il était dans la position de ses babouins, quand leurs mères les épouillent devant la porte. Elle évitait de le toucher.

« Pardonne-moi », supplia-t-il.

En même temps, il releva la tête. Elle se tenait très droite, les yeux serrés, sa bouche remuait faiblement, comme si elle eût prié. Il pouvait percevoir, sous le verre, le grésillement du pétrole. Après une longue attente :

« Laisse-moi... chuchota-t-elle, laisse-moi... au moins le temps... d'avaler... de digérer la pilule. »

Comme on accomplit plus facilement, sans spectateurs, les choses difficiles, de nouveau il enfonça son visage dans la robe sombre. Cette attitude de pénitent lui apportait déjà un certain soulagement.

« Je... je ne sais pas, commença-t-elle. Je ne sais pas ce qu'il faut dire. Je n'ai jamais eu encore l'occasion de pardonner qui que ce soit. Sauf par jeu... Alors, je ne trouve pas les mots. »

Il lui laissa le temps. Mais les mots ne venaient point. Il pouvait attendre, attendre jusqu'à l'aube. Soudain, il sentit qu'elle posait les mains sur sa tête, et qu'elle caressait ses cheveux, comme elle avait eu, naguère, si souvent l'habitude de faire. Il la regarda. Elle souriait. Un pauvre sourire, transi, trempé, tremblotant.

« Je ne voulais pas pleurer, s'excusa-t-elle, et tu vois... »

Et lui : « Il ne faut pas. Pas pour ce motif ! Non, non, pas pour ce motif ! »

Mais il sut ainsi qu'elle lui avait pardonné, sans les formules appropriées. Elle livra pourtant un combat d'arrière-garde :

« Si tu m'as été infidèle une fois, par hasard, tu le seras encore, pendant tous ces mois de continence !

— Oh ! tu sais ! Là où je vais, il n'y aura sans doute pas beaucoup de femmes !

— Une suffit.

— Je ferai de mon mieux. Et peut-être, en effet, te serai-je encore infidèle ! »

Et elle, toute furieuse : « Tu vois bien ! Et peut-être même avec des Allemandes ! »

Et lui, riant contre toute envie : « Et tu me pardonneras encore !

— Jamais ! Jamais !

— Mais si, mais si ! D'une chose au moins je suis sûr : je n'aimerai aucune autre femme. C'est une chose aussi impossible que si je devais aimer une autre mère que la mienne. »

Et ils continuèrent ainsi leur vaillante insomnie. Jusqu'aux premiers chants du coq. Jusqu'au terme de leur dernière nuit commune.

Le maître d'école choisit parmi ses livres ceux qu'il désirait emporter dans sa musette. Il tomba sur l'œuvre d'un barde écossais. Et, l'ouvrant au hasard, il lut ces vers qui convenaient à son état :

Jusques à quand, Soleil,
te lèveras-tu dans la guerre ?
Jusques à quand rouleras-tu dans les cieux
comme un sanglant bouclier ?...
Les guerriers ravagent et passent comme les torrents.
D'autres viennent après ; quelques-uns seulement
laissent les traces de leur gloire...
Puisse Cathmor être compté
parmi ces célèbres héros
quand il sera étendu dans la tombe...

Des trains spéciaux partaient de Thiers dans toutes les directions : vers Saint-Étienne, Lyon et les Alpes ; vers Clermont, Riom et Montluçon ; vers Paris, le nord et l'est de la France. Mais il y avait ces dix kilomètres entre Valdore et la gare de Thiers. Et le gouvernement n'avait envoyé aucune voiture pour transporter les mobilisables. Alors, ils se rassemblèrent en troupe sur la place et décidèrent de les faire à pied. Une quarantaine, qu'ils étaient. Et les femmes, les gosses tout autour, à rire ou à pleurer, à secouer des mouchoirs, à rabâcher d'interminables recommandations. Eux, les hommes, se regardaient en souriant, réunis par une étrange parenté qui venait de naître sur cette place, tous avec leur musette dans le dos, leurs meilleures godasses aux pieds. Ils se serraient la main et se tapaient sur l'épaule. Et, d'instinct, jeunes et vieux, l'instituteur et les ignorants, les riches et les pauvres, ils se mirent tout de suite à se tutoyer. Fafournoux, Gouttegattas, les deux Crocombette, Ameil, Bonnemoy, Moignoux, Voissier, Escoffier, Doupeux, Monteillet, Mouillaud, Lavet... Bon. Une bonne quarantaine comme ça. Ils partirent ensemble. Certains essayaient déjà d'établir le pas cadencé. Et ils agitaient la main vers ceux qui demeuraient, en criant :

« A bientôt !... A bientôt !... On écrira !... »

Il refusèrent d'emprunter le raccourci et suivirent la route tout de son long. Quelle chose étrange c'était que cette masse d'hommes piétinant la poussière, les uns avec leur veste d'alpaga, les autres dans leur blouse bleue, riant, bavardant, comme si... je ne sais pas... comme s'ils partaient en pèlerinage, ou vers quelque foire lointaine. En fait, vus d'ici, c'est-à-dire de la pièce où j'écris ces lignes noires sur mon papier blanc, c'était plutôt un brave troupeau marchant tout seul vers l'abattoir. Car, de tous les bestiaux, l'homme est le plus docile ; les autres ont besoin qu'on les pousse, qu'on les encadre, qu'on les fouette, qu'on les tire jusqu'au lieu de leur mort : avec lui, il suffit d'une chanson, d'un mot d'ordre, d'un bout de papier grand comme la main ; et il court à la boucherie aussi agile qu'un virolet.

Quand ils eurent fait environ la moitié du chemin, certains décidèrent qu'ils avaient soif et sortirent la bouteille. Ce qui donna soif aux autres. Le vin de Valdore est sombre comme la nuit, âpre et ferrugineux comme une vieille fille. A tel point que certains accusent les Valdorois de le produire avec les prunelles des haies. Ce qui est pure menterie. Il est de ceux dont on dit qu'il te faut rire avant de le boire, sinon, après tu ne peux plus. Mais eux y sont habitués : ils rient avant, ils rient pendant, ils rient après, comme ils rient de leurs autres misères. Ce vin foncé coula donc sans retenue ; beaucoup de mobilisés en avaient emporté plusieurs litres, car ils savaient que la route serait longue. En définitive, toute la bande s'installa sur les talus et attaqua les réserves de bouche. Rien de tel qu'un estomac plein pour te remonter le moral.

Jacques Ameil et Sylvain Lévigne étaient les seuls à porter des lunettes. Ce signe distinctif les rapprocha. Ils parlèrent de tout sauf de la guerre. Lévigne montra ses livres, expliqua ses ambitions, évoqua la pédagogie de Maria Montessori et de Frédéric Frœbel. Ameil raconta ses travaux dans l'atelier du grand sculpteur de Paris, les déceptions qu'il en avait reçues, ses projets de se fixer peut-être un jour dans le hameau de son enfance.

La troupe était sacrément joyeuse quand elle atteignit le Moutier. Là, plusieurs entrèrent chez les marchands de vin pour remplir les bouteilles vidées. Il y avait dans la ville une animation pire qu'au

14-Juillet. Des filles les embrassèrent, d'autres épinglèrent des fleurs à leur blouse ou à leur veste. Et, au milieu de ce tohu-bohu, ils se perdirent un peu, sans avoir le moyen de se dire au revoir. La gare était pleine à craquer. Du monde partout, dehors, dedans, sur les quais, dans les trains, sur les rails. Aux wagons, des écriteaux à la craie indiquaient la destination : *Grenoble, Montbrison, Clermont*...

« Ce qu'il y a de bien, fit Jacques Ameil, c'est qu'aujourd'hui on ne paye pas sa place. »

Mon amour, j'écris sur mon cahier ces lignes que tu ne liras qu'à ma première permission. Car la surface de nos cartes militaires est si exiguë, si surveillée qu'on ne peut parler que de sa santé et du temps qu'il fait. J'ai donc décidé de tracer ces notes chaque fois qu'il me serait possible.

La guerre est pareille à ces maladies très longues qui ne se décident ni à s'achever, ni à vous achever : elle a des crises et des accalmies. Aujourd'hui, calme parfait dans le secteur. A cause du printemps, sans doute, de la douceur du ciel. Il devrait y avoir des feuilles neuves, des pâquerettes, des gazouillements, s'il restait des arbres, de l'herbe, des oiseaux. Moi, ne pouvant rien cueillir de vivant, je m'amuse à chercher des pierres dans les parois des tranchées. Ainsi, je me suis fait une petite collection de silex, de calcédoines, de diorites qui enrichira joliment notre musée scolaire de Valdore. J'en ai rempli une boîte de fer qui me suit dans mes déplacements. De pédagogue, me voilà donc transformé en géologue.

Ah ! je me suis bien trompé, quand j'ai cru que la guerre serait courte ! Courte, oui, elle l'a été pour beaucoup déjà. Et je pense — pardonne-moi de l'écrire ainsi, mais sur ce cahier ma franchise ne peut te blesser — que bien peu d'entre nous en verront la fin. On épuisera génération après génération. Et certains qui sont encore tes élèves viendront sans doute un jour prendre ici notre suite. Espérons du moins que de cet affreux massacre sortiront d'immenses bienfaits. Et celui-ci, en premier lieu : que cette guerre aura été la dernière.

D'ailleurs en ce moment je ne suis pas du tout en danger. Cependant, comme tu me le recommandes, j'ai placé dans la poche intérieure gauche de ma vareuse le portefeuille que tu m'as envoyé. J'y range tes lettres et tes photos. Quand il sera suffisamment épais, il formera sur mon cœur un bouclier tel qu'aucune balle ne pourra le transpercer. Tu vois si je prends des précautions pour préserver ma vie !

Quant à ma pureté, je n'ai pas à m'en soucier et rien ne

la menace. Comme je le prévoyais, il n'y a aucun jupon dans le secteur...

Quelques jours après avoir écrit ces lignes sur son cahier d'écolier, le lieutenant Sylvain Lévigne mourut, en état de chasteté parfaite. Comme quoi, si tu y regardes bien, la guerre n'a pas que des conséquences malheureuses : elle parvient de temps en temps à purifier les mœurs si généralement corrompues dans les périodes de paix trop prolongées.

Les cinq morts qui précèdent — Ameil Jacques, Bonnemoy Alphonse, Chabiron Maurice, Crocombette Henri, Lévigne Sylvain — reposent aujourd'hui au cimetière de Valdore, sous les sapins noirs, qui seraient des cyprès si la commune était moins pauvre. Car les familles ont fait rapatrier leur dépouille, profitant des conditions avantageuses de transport offertes vers 1920 par le gouvernement.

Ils arrivèrent de Thiers en corbillard-automobile et en cinq fois, car ils venaient de directions différentes. En fait, le véhicule n'était rien d'autre qu'un camion de l'armée aux quatre coins duquel on avait ajouté des pompons noirs. La famille, le curé Monthély étaient là, devant l'église, pour assister au déchargement. Et le premier qui vint fut le dernier tué, Crocombette Henri, celui qui avait la folie du téléphone. Quand on le sortit de la voiture, tout le monde se sentit le cœur serré devant ce cercueil-camelote, en simple bois blanc, avec, dessus, une plaque de fer portant gravés les nom, prénom et dates du contenu. Ça avait l'air... je sais pas... d'une malle, d'un coffre à linge plutôt que d'une bière. Par-dessus le marché, y avait une croix de bois assortie avec les mêmes inscriptions. Quand les gouvernements s'y mettent, ils font largement les choses. Hortense Crocombette, la veuve, se jeta sur le contenant, l'embrassa, le couvrit de baisers et de larmes, et voulut qu'on dévissât le couvercle. Mais le croque-mort officiel, avec sa casquette, précisa que c'était interdit : la caisse était cachetée à la cire, pareille qu'une bouteille de vin vieux ; fallait la prendre ou la laisser, telle quelle. Hortense se résigna donc, et l'on transporta le téléphoniste sous les pins, dans un carré spécialement aménagé pour les soldats.

Le second fut Alphonse Bonnemoy, le joueur de clarinette, et il ne causa aucune surprise : on s'attendait à la boîte blanche, à la cire, à la croix et tout. Et il en fut de même pour les trois autres. Tous leurs problèmes terrestres se trouvaient définitivement résolus ; ils pouvaient reposer en paix, dans la satisfaction de la besogne accomplie.

Il n'en fut pas de même pour le suivant, Moignoux Joannès, qui souleva des difficultés posthumes.

MOIGNOUX JOANNÈS

La Victorine Moignoux avait attrapé ce loustic d'on ne sait qui, derrière les genêts, un jour qu'elle gardait ses chèvres. En ce temps-là, il y avait des chèvres dans toutes les familles misérables ; seules, les plus riches élevaient des vaches. Les uns, donc, disaient du facteur, d'autres du cantonnier. En tout cas quelqu'un de guère regardant, car la pauvre Victorine était laide comme une crapaude. Et pas très jeune non plus : proche de la quarantaine. Ce qui fait, comme on dit, qu'elle avait passé fleur. Peut-être, après tout, était-ce la première fois, et elle n'avait pas voulu manquer l'occasion. Bref : en plein dans le mille.

Elle habitait avec son père une maison isolée, accrochée au flanc de la montagne, au-dessus de Valdore. Ses quatre frères travaillaient dans des fermes et des métairies. Elle s'était mise à enfler et le vieux avait bien dû se rendre compte de ce qu'elle préparait. Il avait commencé par lui faire une vie terrible pour qu'elle dénonce son séducteur. Ensuite, voyant qu'il ne pouvait rien tirer d'elle :

« Quand il naîtra, ton petit bâtard, qu'il avait menacé, je l'étranglerai moi-même ! Comme ça ! »

Et il faisait avec les mains le geste de tordre le cou à un poulet. Par la suite, sa colère se refroidit. Une fois l'enfant né, le vieux restait des heures à le regarder dans son berceau ; et Victorine ne sut jamais si c'était par intérêt ou pour lui trouver une ressemblance. Plus tard, quand les rhumatismes le prirent, c'est lui qui se trouva tordu. Et joliment ! Il ne pouvait avancer qu'en s'appuyant sur deux cannes ; et, lorsqu'il lui arrivait d'en lâcher une, il fut bien content d'avoir le petit Joannès aux alentours pour la lui ramasser.

Victorine Moignoux eut quelques années de plus et fut encore plus vilaine, si la chose était possible. Elle s'habillait toujours de noir, de la tête aux pieds, comme en deuil de ce mari qu'elle n'avait jamais trouvé ; si bien que ceux qui ne la connaissaient guère la prenaient réellement pour une veuve et son marmot pour un orphelin. L'enfant grandissait et mangeait son saoul de *patcha*, qui était à l'époque une sorte de plat national auvergnat : la cuisinière écrasait avec un pilon des pommes de terre dans le chaudron même où elles avaient cuit, en les assaisonnant d'un filet de vinaigre. La « veuve » portait un chapeau de paille jaune à ruban noir, serré aux oreilles ; quand le petit faisait la sieste, elle lui en couvrait la figure pour le protéger des mouches. Au bout de son sommeil, il se réveillait, mais restait encore longtemps sans bouger ; il aimait entendre autour de lui le pas de sa mère ; si par hasard elle sortait, le brusque silence de la pièce lui faisait peur. C'était la seule chambre de la maison, le grand-père ronflait à l'étable ; Joannès et sa mère couchaient ensemble dans le lit de planches grossières où elle-même autrefois avait dormi avec la sienne. A quatre ans, le marmot n'était pas encore véritablement sevré. La nuit, Victorine devait le tenir par la main ; le jour, pour un oui, pour un non, il s'accrochait à ses jupes comme une teigne de bardane. Il parlait à peine, parce que ces deux sauvages, le père et la fille, n'échangeaient pas eux-mêmes plus de dix mots par journée. Qui donc lui aurait appris à se servir de sa langue, à ce drôlet ? Les chèvres ?

Sale, hirsute, dépenaillé, les fesses au vent, plutôt bouffi, il manquait de couleurs. Ses joues gardaient réellement la teinte de ce *patcha* dont on le nourrissait. Élevé par une femme, il avait la terreur de tout ce qui portait pantalon ; si par hasard un étranger venait à passer de leur côté, lui courait chercher refuge derrière la robe maternelle. Quant au vieux Moignoux, avec ses quatre pattes, deux de bois et deux de laine, l'enfant n'avait jamais vu en lui un vrai pantalonné ; un être intermédiaire, moitié bouc et moitié homme, envers qui il éprouvait des sentiments confus.

Le malheur de cette curieuse famille, c'étaient les convulsions. Elles apparurent presque aussitôt après la naissance de Joannès et revinrent à intervalles irréguliers. Il lui arrivait de connaître un mois de tranquillité ; et la semaine suivante, à trois jours de distance, il tombait, se roulait par terre, la tête renversée, les yeux blancs, avec d'horribles grimaces qui lui tordaient la figure. Pour le guérir de ce mal, Victorine avait tout essayé. Et d'abord, le curé d'Escoutoux, l'abbé Monthély, alors nouveau dans la paroisse. Il était monté jusqu'à la maison des sauvages, avait posé les questions les plus indiscrètes. Puis, secouant la tête :

« Vous avez conçu cet enfant dans le péché, ma fille, qu'il avait conclu. Et le démon que vous aviez dans le corps est peut-être bien passé dans le sien, en même temps que votre sang. Les gestes que je vais faire ne comptent pas beaucoup pour le chasser si le Seigneur en a décidé autrement. Alors, priez, priez le Seigneur soir et matin, jusqu'à ce que le diable quitte votre maison. »

Joannès n'avait pas peur du curé, puisqu'il portait une robe. Il s'était laissé bénir, asperger, encenser avec patience. Pendant plusieurs semaines, en effet, on le crut guéri. Le vieux Moignoux en fut si content qu'il entreprit d'exprimer sa joie :

« Ce curé-là, il me plaît, il a une tête maquerelle. »

Il n'ouvrait guère la bouche que pour dire des choses malhonnêtes. Un vrai loup-garou, une vraie bête des bois, ne sachant ni lire, ni écrire, ni tracer son nom, ni faire un signe de croix, ni employer un mot de français. Il avait empêché ses enfants d'aller à l'école et au catéchisme. La seule chose qu'ils avaient apprise de lui était d'échapper à son sabot ou à son bâton, quand, le matin, il s'était levé le derrière premier.

Au bout de quelques jours, cependant, les convulsions revinrent : le diable était toujours là, niché quelque part dans le petit corps de Joannès ; peut-être dans son estomac, peut-être dans son ventre, peut-être dans sa tête. Et quand ça le prenait, il se mettait à danser la Carmagnole. Victorine consulta les maisons voisines ; on lui conseilla des herbes qu'il fallait cueillir au clair de lune, des grains de genièvre, de la crotte de lapin, bien écrasée, bien diluée et mêlée à la soupe. L'enfant absorbait ces remèdes ; mais le diable tenait bon. Un jour, quelqu'un parla même de médecin.

Le docteur Delos avait une façon particulière d'annoncer son passage dans la commune. Lorsque quelqu'un était venu l'appeler à Thiers, il faisait carillonner la clochette de l'église. Si bien qu'autour de Valdore, aussi loin que son aigrelette voix pouvait porter, tu étais averti de sa présence. Ceux qui désiraient ses services envoyaient un messager. Sinon, après un moment d'attente, il s'en retournait sur sa jument Serpolette.

Victorine prêta l'oreille aux tintements de la cloche : quand elle annonçait le docteur, c'était par une volée rapide et prolongée, *din, din, din, din, din*, que tu ne pouvais confondre avec les sonneries habituelles. Au bout d'une semaine, il en fut ainsi. Elle dévala comme une folle la pente, arriva plus échevelée encore que de coutume devant le porche de l'église et y trouva le médecin. Petit et rond sous son chapeau à large bord, il avait l'air d'un cèpe, qui a plus de pied que de tête. Il grimpa sur Serpolette et la suivit docilement. En voyant cette bête et ce porteur de pantalons, Joannès poussa des braiements pire qu'un âne en chaleur. Fallut l'attacher à une chaise, les bras derrière le dossier. Le docteur donna un sirop et des cachets.

Encore une fois, le diable sortit par le nez ; mais après un bout de temps, il rentra par les oreilles. Et les trois Moignoux ne furent pas plus avancés qu'avant. La nuit, l'enfant s'endormait toujours en tenant serrée la main de sa mère. Et quand elle l'entendait respirer tranquillement, elle se tournait de l'autre côté et se mettait à pleurer son saoul, se demandant pourquoi elle avait tous ces malheurs en même temps : un père sauvage et qui levait sur elle son bâton, et l'aurait cognée dix fois du jour s'il avait été assez leste ; une figure laide à faire avorter les chèvres ; un enfant sans père et, par-dessus le marché, habité du démon. Elle se demandait quelles fautes elle avait pu commettre pour mériter ces punitions. Elle n'avait même pas la ressource de prier Dieu ni la Sainte Vierge, car elle savait à peine ce que c'était.

Les convulsions n'empêchèrent pas, cependant, Joannès de grandir. Elles s'espacèrent un peu ; vers l'âge de dix ans, elles ne le prenaient que tous les deux mois. Il n'avait plus peur des porteurs de culottes. Il fréquenta même le catéchisme où l'abbé Monthély obligeait ses ouailles à répéter, tant qu'elles avaient une goutte de salive, les commandements de Dieu et de l'Église, le *Notre-Père*, le *Je-vous-salue*, l'*Acte de contrition*. Joannès Moignoux n'aurait jamais fait sa première communion si le curé n'avait placé dans son dos quelqu'un chargé de lui souffler tout ce qu'il devait dire : *Je renonce à Satan, à ses pompes et à ses œuvres...* A Valdore, la *pompe* est une tarte remplie de pommes et bien dorée au jaune d'œuf. Satan lui apparaissait comme une sorte de boulanger, grand fabricant de pompes aux pommes ; mais il se disait que s'il devait renoncer à celles de Satan, il pourrait toujours manger les pompes de sa mère Victorine. Il portait ses premiers souliers et un brassard blanc. « Voici le plus beau jour de votre vie ! » le persuada l'abbé Évariste Monthély. Ce fut une cérémonie grandiose. Au moment où ils allaient sortir de l'église, triomphalement, tous bien alignés, le diable qui était en lui se réveilla, sans se soucier de l'hostie sainte qu'il venait d'absorber, Joannès roula par terre, se tordit comme un orvet. Tout le monde s'enfuit en piaillant, et Victorine resta seule avec le curé pour lui porter secours.

A quelque temps de là, on sut qu'un guérisseur extraordinaire s'était installé à Thiers, tout en haut de la ville, dans le quartier de Pierre-Plate, et qu'il opérait de véritables miracles. Victorine en entendit parler un jour qu'elle achetait des allumettes chez l'épicier Lavet. Et elle se dit : pourquoi que tu n'essayerais pas ?

Voilà comment ils partirent un matin tous les deux, dans leurs sabots neufs, bien noircis avec la poudre qui se trouve au cul de la marmite. Elle avait vendu trois lapins pour le payement et tenait l'argent serré dans un nœud de son mouchoir. Elle avait fait écrire par Lavet le nom de ce quartier, Pierre-Plate, sur un carton.

« Tu demanderas l'homme qui guérit les maladies, et qui est pas médecin. On saura bien te l'indiquer. »

Thiers est une ville sacrément en pente et pleine de monde quand même. Victorine avait peur de toutes ces voitures qui passaient, à un, à deux, à quatre chevaux, ou sans cheval du tout. Elle se bouchait les yeux de la main pour ne pas voir tout ce remue-ménage. Et ces énormes coups de marteau qu'on entendait à travers la ville, comme si quelqu'un, des géants essayaient de la démolir. La tête lui tournait. Ils s'arrêtèrent à une place garnie d'arbres et qui, par exception, s'étendait platement autour d'eux. Ils sortirent leurs provisions et cassèrent la croûte. Des gens y jouaient aux boules. Ce qui faisait plaisir à Victorine, c'est qu'ils parlaient le même patois qu'elle.

« Thiers, qu'elle se dit, c'est pas des gens fiers. »

Elle demanda où se trouvait Pierre-Plate.

« Montez, qu'ils répondirent, et quand vous pourrez plus monter, vous serez à Pierre-Plate. »

Alors, la mère et le gamin se remirent à grimper ces putanasses de rues qui vous coupaient les jambes. « En hiver, quand y a de la neige, pour sûr ils doivent tous descendre sur le derrière. » Ils firent ce qu'on leur avait dit. Et une fois tout en haut, ils cherchèrent une pierre plate, et n'en trouvèrent point.

Elle se renseigna encore :

« Connaissez-vous un homme comme ci et comme ça ? »

Pardi ! S'ils le connaissaient ! On venait d'assez loin pour le rencontrer. Jolyfleur, qu'il s'appelait. Et on lui montra sa maison : pas moyen de se tromper.

Un nom pareil, Jolyfleur, ça la fit bien rire. Chacun a de quoi faire rire les voisins, qu'elle pensa ; elle, c'était sa figure de crapaude ; un autre, c'était sa façon de bégayer, de dire : què... què... què... què... comme une poule qui va faire l'œuf ; et celui-ci, c'était son nom. Ça la consola un peu.

Elle alla cogner à la porte. Une femme vint ouvrir, tout habillée de blanc, comme les sœurs de Valdore.

« Eh bonjour, que fit Victorine.

— Vous désirez ?

— J'amène mon drôle à monsieur... »

Mais elle n'osait pas répéter ce mot, de peur d'éclater de rire. Heureusement, l'autre le prononça pour elle :

« A monsieur Jolyfleur ? »

Elle y était habituée, ça ne lui faisait plus aucun effet.

« Oui, dit Victorine.

— Entrez. »

Dans la salle où on les fit asseoir, y avait d'autres personnes. Elle comprit qu'elle devrait attendre une bonne seringuée de temps. Ça les impressionnait de voir ces figures étrangères. Certains montraient visiblement leur mal : une fille avec une figure jaune comme la chandelle ; un enfant qui bavait ; une vieille qui se tenait une main sur l'estomac et faisait à chaque instant : houlà... houlà... houlà... D'autres, on ne savait pas. Parfois, une porte s'ouvrait et l'espèce de sœur blanche apparaissait et disait :

« Au suivant. »

Quand vint leur tour, après je ne sais combien d'heures, on les poussa dans un cabinet richement meublé où se tenait un gros homme haletant, rouge de figure, qui avait l'air d'un boucher. C'était M. Jolyfleur. Il se fit expliquer le mal de Joannès.

« Des convulsions ? qu'il répéta. Oui, oui, les convulsions, c'est ma spécialité. »

Victorine se réjouit qu'on l'eût si bien dirigée.

« Maître, fit la sœur blanche, essayons-nous d'abord le pendule ?

— D'accord. Le pendule d'abord. »

Il sortit d'une poche un petit objet brillant qui ressemblait à une toupie au bout d'une corde. Il le balança devant le nez de l'enfant, puis à hauteur de son ventre, et encore dans le dos. Cela dut lui fournir de précieux renseignements, car ensuite il n'hésita pas une seconde : il se suça l'index de la main droite et traça des croix sur les paupières, sur le front, sur les oreilles.

« Maintenant, avertit la femme en blanc, le Maître va vous appliquer son fluide.

— Son fluide ? fit Victorine, un peu effrayée.

— Oui. C'est un pouvoir qu'il a en lui. Nous avons tous en nous du fluide. Mais les uns en ont à peine, et d'autres beaucoup. Le Maître a un fluide extraordinaire. »

C'est sans doute pourquoi il est si gros, pensa Victorine. Mais elle n'ajouta rien, de crainte de dire une bêtise. Pendant ce temps, le front dans la main, M. Jolyfleur avait l'air de réfléchir, ou peut-être de réciter une prière.

« Le Maître se concentre, expliqua la sœur blanche. Comme qui dirait, il rassemble son fluide. »

Enfin, il tira sa tête de sa main. Il s'avança vers le jeune malade et sa mère, les bras tendus, en ouvrant des yeux de chat-huant. Il plaça une main devant, une main derrière. Il y eut un silence épais. Tous quatre restèrent ainsi un long moment, comme s'ils étaient en bois. Enfin :

« Sens-tu ?... fit le Maître. Sens-tu ? »

Et Joannès :

« Hé ?

— Sens-tu la chaleur ?

— Je sens rien du tout.

— Attends, ça va venir. »

De nouveau le silence, l'immobilité, et l'autre à ouvrir des yeux de chat-huant.

« Et maintenant, sens-tu la chaleur de mon fluide ?

— Non. Je sens rien. »

A son tour, Victorine considéra son drôle d'un air sévère, les sourcils froncés, l'air de dire : « Faut pas y mettre de mauvaise volonté ! Vois le mal qu'il se donne, ce M. Jolyfleur ! Fais un effort ! » Joannès comprit très bien le langage muet de sa mère. Et quand l'autre demanda de nouveau :

« Et à présent, mon fluide, est-ce que tu le sens ?

— Ça me ressemble que je sens quèque chose », fit l'enfant.

Tout le monde en parut bien soulagé.

A la fin de la séance, l'homme recommanda de préparer la drogue suivante : mettre dans un litre de bon vin sept morceaux de sucre et sept prunes coupées en morceaux très fins. Le malade devait boire un quart de verre de cette médecine chaque jour avant le repas de midi, la tête tournée du côté de la bise, en récitant la formule : *Sainte Vierge qui es dans ta chapelle, qui nous gardes, qui nous appelles, éloigne de moi le démon qu'il ne s'approche pas plus que les étoiles qui sont au ciel, Amen.* La femme en blanc la leur fit réciter à tous les deux autant de fois qu'il fallut, pendant que le Maître, épuisé, s'épongeait le front et se versait un verre de liqueur pour entretenir son fluide.

Victorine Moignoux et son fils retournèrent à Valdore, par la longue route serpentine et poussiéreuse. Et elle prépara la bouteille de vin comme on lui avait dit. Seulement, au bout de deux jours, ils avaient oublié complètement les paroles magiques, sauf un mot ou deux par-ci par-là. Ce qui fait que le remède n'agit point et que les convulsions de Joannès n'y trouvèrent pas grande contrariété.

Et voilà qu'une nouvelle leur parvint environ deux semaines plus tard. Une nouvelle incroyable que le facteur lui-même tenait de sa sœur qui n'habitait pas loin du quartier de Pierre-Plate, en haut de la ville des couteliers. Un matin, en pleine consultation de ses malades, M. Jolyfleur était dégringolé par terre. Mort. Mort comme un jambon.

« C'était pas la peine d'être guérisseur pour s'en aller comme ça, si vite et si mal ! » termina le facteur.

Victorine, alors, se fit une réflexion. Elle se rappela que chacun de nous a son fluide, petit ou gros, faible ou puissant. Et elle se dit que c'était peut-être le fluide de son drôle, le fluide de Joannès, qui avait tué le gros bonhomme avec ses yeux de chat-huant. Et pourquoi pas ?

Lui resta donc avec ses convulsions, avec le diable caché quelque part dans son ventre. A seize ans il les avait encore. Seulement, tout le monde se fatigue de rester éternellement dans le même trou. Un beau jour, le diable s'en alla. Les crises s'espacèrent peu à peu. Et, à dix-neuf ans, quand vint le moment de passer le conseil, Joannès Moignoux était comme tout le monde. Et il fut déclaré bon pour le service. Victorine ne sut pas si elle devait s'en réjouir ou s'en affliger.

En 1911, Joannès Moignoux partit donc faire ses deux ans. On l'envoya dans une ville de l'Est, Besançon, qui est si éloignée de l'Auvergne qu'on n'y a jamais entendu les noms de Clermont, de Thiers, de Valdore. Quand ses supérieurs lui demandaient :

« Où es-tu né, soldat Moignoux ? »

Et qu'il répondait : « A Valdore », ils prenaient un air tellement surpris qu'il avait honte d'être né dans un village si inconnu et que c'était quasiment, pour lui, comme s'il était né dans la lune. Le puy de Dôme, oui, ils en avaient entendu parler, mais beaucoup croyaient que c'était une rivière, comme la Dore ou l'Allier, ou la Durolle qui traverse la ville de Thiers. Victorine se demanda comment il avait réussi sans se tromper à atteindre cette ville de Besançon, tout seul ; fallait bien qu'il soit pas si bête qu'on le croyait.

Elle recevait régulièrement des lettres que Joannès faisait écrire par des camarades instruits, ce qui lui coûtait vingt ou quarante sous chaque fois, selon l'envie de ses greffiers. Mais il n'avait pas besoin d'argent, parce que le gouvernement lui versait un prêt de cinq sous par jour ; d'autre part, il s'arrangeait pour cirer les bottes de l'un ou de l'autre, ou encore il montait la garde plus souvent qu'à son tour, contre payement.

Chaque fois, Victorine Moignoux devait descendre à Valdore et se rendre chez l'instituteur, où elle se faisait lire la lettre de son fils. En compensation, elle apportait six œufs de ses poules que M. Lévigne acceptait pour ne pas la désobliger. Il refusait de lui parler en patois, et elle devait faire dans sa tête un gros effort de traduction afin de s'exprimer dans la langue des préfets. Un jour :

« Ah ! Monsieur l'écolier... qu'elle lui dit.

— Ne m'appelez pas écolier. L'écolier est celui qui va à l'école. Appelez-moi monsieur l'instituteur... »

Un créputain de nom qu'elle eut beaucoup de peine à répéter. Elle y arriva pourtant :

« Monsieur l'instituteur, je regrette bien que mon vieux m'ait jamais envoyée à l'école, et d'être obligée de vous déranger continuellement pour mes lettres. Alors, il m'est venu une idée. Croyez-vous que je pourrais encore, à mon âge, apprendre les lettres ?

— Pardi ! Pourquoi pas ! »

Et voilà le travail qu'ils commencèrent, tous les deux. Chaque jeudi après-midi, elle redescendait jusqu'à l'école. Ils s'enfermaient dans la salle de classe vide et, patiemment, longuement, il lui faisait la leçon. Il lui écrivait au tableau, à la craie, ces signes qui reproduisent les sons de votre bouche ; il lui plaçait entre les mains des lettres découpées dans du carton, comme des cartes à jouer, et lui laissait le soin de deviner leur nom. Elle sut bientôt les rassembler et put épeler son propre nom : *Vic-to-rine Moi-gnoux*. Et celui de son drôle : *Jo-an-nès Moi-gnoux*. Quelle chose merveilleuse ! En sortant de l'école, chaque fois qu'elle trouvait des inscriptions, ici, là ou ailleurs, elle tombait en arrêt et travaillait à les déchiffrer : *Mairie... Arrêté préfectoral... Liberté, Égalité, Fraternité...* M. Lévigne lui apprit les chiffres, et elle put lire sur les bornes : *Courpière, 12 km... Thiers, 10 km...* Elle sut que ce *km* voulait dire *kilomètre*, c'est-à-dire mille mètres.

Elle se croyait imbécile comme trente-six cochons, parce que son vieux avait toujours refusé de l'envoyer apprendre à lire chez les sœurs de la Miséricorde, qui tenaient, dans son enfance, la seule école de la commune. Et voilà que l'instituteur lui révélait :

« Victorine, vous n'êtes pas bête du tout ! Vous auriez pu devenir aussi savante que ma femme, si vous aviez étudié. Vous auriez pu devenir une institutrice ! Vous seriez ma collègue, aujourd'hui ! »

Il riait, elle se sentait rougir de toute sa figure de crapaude et pensait qu'il se moquait d'elle. Mais elle lui pardonnait à cause de toute cette peine qu'il prenait pour l'instruire, et qui lui donnait certains droits sur elle, comme sur ses gamins, celui par exemple de les traiter de cornichons, de melons, de gourdes, de noix, de navets, tous les produits du jardin y passaient, c'était, paraît-il, son habitude.

Non, ses ambitions à elle n'étaient pas grandes. Tout ce qu'elle demandait, c'était de pouvoir lire les lettres que son fils lui envoyait et de pouvoir lui répondre sans déranger personne. Elle n'y était pas encore. Au bout de trois mois d'exercice, quand elle fut capable de lire la lettre imprimée, l'instituteur lui dit :

« Maintenant, Victorine, je vais vous apprendre à écrire. »

Ça, ce fut une autre affaire ! Ses mains, habituées aux grosses besognes, à piocher la terre, à fendre le bois, à traire les chèvres, à écraser les pommes de terre du *patcha*, à tondre et laver la laine de ses quatre moutons, ses mains donc n'étaient pas habituées à mener une besogne aussi fine. Mais les maîtres d'école ont une patience, qu'on se demande où ils la prennent ! La main fine de M. Lévigne sur sa vieille patte rouge et dure ! L'une apprenant à l'autre à se conduire, à tourner, à monter, à descendre. Victorine se faisait l'effet, à son âge, avec ses cheveux gris, d'être encore un marmot à la lisière en train d'essayer ses premiers pas. Dieu qu'ils étaient donc raides, ses doigts de paysanne ! Plus têtus, plus indociles que des ânes rouges. A tracer une ligne, elle transpirait autant qu'à scier une brouettée de bûches. Et si encore le résultat avait été satisfaisant ! Mais, une fois arrivée au bout de son sillon, elle voyait bien, à la mine qu'il faisait, que le maître d'école n'était guère réjoui.

« Je suis une *pille* d'écolière ! »

Et lui, avec la douceur d'un ange, de la corriger :

« Je suis une mauvaise écolière. Mais ça n'est pas vrai, Victorine. Les doigts d'une personne, c'est comme les branches d'un arbre. Si vous les prenez jeunes, elles sont souples, vous les pliez à votre fantaisie ; mais ensuite, quand elles ont formé du bois et de l'écorce, rien à faire : elles résistent, et cassent plutôt que de vous céder. »

Elle regardait avec désespoir le bois et l'écorce de ses mains. Le soir, chez elle, à la lumière de la lampe à pétrole, une fois terminée sa besogne du jour, elle reprenait le cahier et le crayon que lui avait donnés M. Lévigne. Très souvent, clac ! la mine se rompait sous le poids de sa patoche. Et ce n'était pas un jeu que d'avoir à l'appointir de nouveau ! Fallait s'y reprendre à trois, quatre fois de suite. Elle en jurait ce qu'elle savait et ce qu'elle ne savait pas.

« Une caresse, Victorine ! recommandait l'instituteur. Votre crayon doit être une caresse sur le papier ! »

Mais elle, une caresse, elle ignorait ce que c'était. Elle n'en avait jamais reçu et jamais donné, des caresses. Et la pointe de sa mine s'enfonçait comme le soc d'une charrue dans la terre.

Des mois et des mois elle besogna de la sorte. Un jour, enfin, il lui fut dit qu'elle savait maintenant écrire.

« Bien sûr, que fit le maître d'école, je n'ai pas l'intention de vous apprendre l'orthographe. Vous écrirez les mots comme vous pourrez. Ce qui compte, c'est que celui qui les lira vous comprenne. D'ailleurs, bien peu de gens sont capables d'écrire sans jamais commettre de fautes, même pas les Académiciens. »

Le soir même, elle écrivit une lettre à Joannès.

Là-bas, à Besançon, il en fut tellement surpris, qu'il décida de son côté d'imiter sa mère. Vers le milieu de 1912, il fut à son tour capable de lire et d'écrire sans l'aide de personne. *Sa me servira pas a granchose*, qu'il expliqua un jour, *pisque je va esre démobilisé omoi de sèpetanbre*... En fait, peu de temps avant sa libération, une loi nouvelle du gouvernement le retint une année de plus sous les drapeaux. Victorine et Joannès eurent ainsi l'occasion d'employer longtemps encore leur nouveau savoir.

En vérité, leurs écritures étaient si mauvaises qu'ils étaient probablement les deux seules personnes au monde à pouvoir se lire réciproquement. Et les facteurs avaient beaucoup de mérite à déchiffrer les adresses. Ce qui explique aussi qu'un certain nombre de lettres envoyées par l'un ou par l'autre se perdirent en route.

Il est vrai qu'entre Valdore et Besançon la route est bien longue et bien compliquée. A cause de ça, pendant ces trois années de service, Joannès Moignoux n'était venu que quatre fois en permission. Encore qu'une fois il fut allé, on ne sait comment, atterrir dans une puissance étrangère qui s'appelle la Suisse, où on l'avait arrêté et gardé quarante-huit heures en prison, vu qu'il était en uniforme de l'armée française et n'avait rien à faire dans ce pays-là. En somme, on l'avait pris pour un espion. Ce qui, pour quelqu'un de Valdore, était plutôt flatteur. Mais il avait dû ensuite payer un complément de billet afin de rejoindre la bonne ligne, changer plusieurs fois de train, coucher dans des gares ; si bien que sa permission de huit jours s'était trouvée fameusement raccourcie. Il décida donc de renoncer à ses dernières permissions, ce qui lui permettrait d'être libéré au mois d'août, au lieu du mois de septembre.

En fait, au lieu de libération, il y eut la musique que l'on sait : la déclaration de guerre. Et Joannès Moignoux écrivit à sa mère un billet pour la consoler :

Chère maman je contait esre a Valdore ce moissi évoila con vien de déclaré la guère a l'Alsasse-Lorène nous partons demin pour une direxion inconu dans un sense jean sui bien contant sa me fera voir du payis...

Ainsi, le fantassin Joannès Moignoux s'en alla faire la guerre contre l'Alsace-Lorraine, assez content de tout le pays nouveau qu'il allait voir en compagnie de ses camarades de la biffe, sans risque de se tromper de chemin, ni d'aller s'égarer dans une puissance étrangère. Son adresse, naturellement, n'était plus la même : *Secteur Postal 440 52*. Victorine n'avait aucune idée de l'endroit où pouvait percher cet endroit-là. Mais bientôt elle sut, comme tous les parents de soldats, par la force des choses, que cet endroit-là s'appelait aussi *le front*, qu'il était divisé en tranches, chacune avec son numéro, comme les bornes kilométriques des chemins ; et le numéro de son fils était 440 52. Il habitait 440 52, comme elle sa ferme, au-dessus de Valdore.

Peut-être bien que le bonheur rend bête ; mais le malheur rend intelligent. Victorine Moignoux, à force de penser aux malheurs dont elle entendait parler chaque jour par l'un ou par l'autre, à force de questionner et de réfléchir, finit par comprendre un tas de choses dont elle ne s'était, jusqu'alors, aucunement souciée. Et d'abord, elle découvrit la France. Victorine Moignoux, née auvergnate, parlant auvergnat et demeurée jusqu'à l'âge de soixante-deux ans exclusivement auvergnate, devint brusquement française. Elle avait pris naguère la coutume de fréquenter l'école ; maintenant que l'instituteur était parti avec les autres, elle se dit qu'elle devait rendre visite à Mme Lévigne : peut-être que ça la consolerait un moment dans sa solitude. Et, en effet, Marie Lévigne l'accueillit très amicalement et lui demanda si elle avait des nouvelles de son fils Joannès.

De fil en aiguille, elles en vinrent à parler de cette guerre. L'institutrice, voyant son ignorance, la conduisit devant un portrait qui représentait la France : un pays vert et marron, entouré de bleu, avec des veines qu'on appelle des fleuves et des boutons rouges qui sont ses villes. Elle lui désigna Clermont-Ferrand, juste au milieu, mais ne put lui montrer ni Thiers ni Valdore, bien trop petits pour être photographiés sur ce portrait ; elle lui montra aussi Besançon, et la Suisse qui n'en est pas loin, et où il est si facile de s'égarer. Plus haut, elle lui montra une autre puissance qui s'appelle l'Allemagne, et que d'autres appellent la Bochie ; tous les hommes y sont aussi féroces que des tigres : la preuve, leurs soldats portent une pointe sur leur casque ; quand ils réussissent à entrer chez leurs voisins, ils brûlent les maisons, violent les femmes, coupent les bras des petits enfants, scient les arbres fruitiers, vident les bouteilles de la cave et autres abominations. Puis, une région entourée de rouge et qui est l'Alsace-Lorraine : une terre aussi, avec des villes, des villages et des habitants, que les Allemands nous ont enlevée autrefois, quand ils s'appelaient Prussiens, et que nos soldats doivent leur reprendre à présent, car les Alsaciens et les Lorrains ne veulent pas rester allemands et veulent redevenir français, c'est écrit dans tous les journaux. Victorine demanda à voir *Secteur Postal 440 52*, et Mme Lévigne ne put le lui indiquer ; mais elle traça du doigt la ligne du *front*, à peu près.

Victorine s'en retourna la tête remplie d'images nouvelles. En faisant à rebours le chemin qui grimpait vers sa ferme, elle regardait autour d'elle ces maisons, ces montagnes, ces arbres, ce ciel, et se disait : tout ça, c'est la France. Et ce sol aussi sur lequel elle marchait. Et Valdore avec son clocher, ses marronniers, son école, son couvent. Et même Besançon qu'elle ne connaissait pas.

Le soir, elle écrivit une longue lettre à son fils afin de mettre au point les choses. Ce n'est pas contre l'Alsace-Lorraine qu'il se battait, mais contre le pays des casques à pointe, qui autrefois nous avait enlevé cette terre sans la payer ; à présent, fallait qu'il la paye ou qu'il la rende. Les habitants de ce pays avaient d'ailleurs la manie de changer de nom pour embrouiller le monde : autrefois, ils se faisaient appeler Prussiens, ensuite ils avaient choisi Allemands, et maintenant ils voulaient Boches. De toute façon, c'étaient des ennemis qui sciaient les arbres et coupaient les bras des enfants...

Au milieu de l'année 1915, Boutiller, le vieux maire de Valdore, entreprit de grimper le chemin qui conduit à la ferme des Moignoux, appuyé sur sa canne, jetant des *merde* et des *bon Dieu* autant qu'une chèvre peut jeter de crottes. De la gendarmerie de Thiers, il avait reçu ordre d'aller avertir la fille Moignoux Victorine que son fils Joannès, soldat Joannès Moignoux, matricule 648 921, avait été porté disparu le 16 mai 1915. « Pourraient pas faire leurs commissions eux-mêmes, ces salauds-là ? Comment que je vais lui annoncer ça, à la Victorine ? » Valdore avait eu déjà trois morts, mais Joannès était le premier disparu. Et il imaginait toutes les questions que la mère ne manquerait pas de lui poser. Un mort, c'est clair et net, y a pas à discuter jusqu'à la Saint-Martin. Mais un disparu, qu'est-ce que c'est, au juste ? S'est-il évaporé dans l'air ? S'est-il enfoncé sous la terre ? Se cache-t-il quelque part ? A-t-il déserté ?

Il trouva la Victorine assise dans sa cour, occupée à écosser au creux de son tablier des haricots secs de l'année précédente. Et en le voyant, elle se lève toute droite, pâle comme une morte, les haricots se répandent par terre. Elle ne demande rien, mais ses yeux parlent assez pour elle.

« Bonjour, Victorine, qu'il fait, d'un ton aussi calme qu'il peut. Vous écossez ? »

Les garces de poules qui n'ont pas, elles, de fils dans un Secteur Postal, sont déjà en train de boulotter les graines répandues. Le voyant ainsi tranquille comme Baptiste, la femme se rassure un peu. Et à sa question, selon l'usage, elle répond par une autre :

« Eh bonjour. Vous êtes donc par ici ?

— Continuez, vous dérangez pas pour moi.

— Vous vous assirez ben un moment. »

Elle va lui chercher une chaise. Et les voilà tous les deux qui se mettent à écosser les haricots.

« Belle semence, qu'il dit. Belle espèce. »

Et elle :

« C'est seulement pour manger.

— Belle nourriture, le haricot. Belle nourriture... »

Il en lâche quelques autres de ce calibre, en continuant d'ouvrir les gousses avec ses ongles longs et noirs comme des griffes de chien, dans le tablier de la « veuve ». Il a vraiment l'air d'être monté tout exprès de Valdore, lui, sa canne et ses soixante-quinze ans, pour l'aider à ce travail. Cependant, il sent dans la poche de sa veste le pli de la gendarmerie, qui le brûle autant qu'un cataplasme.

« Bonne journée, qu'il fait. Vous avez-t-y déjà mis les pommes de terre ?

— Oui bien. Trois doubles. Deux de rouges et un de blanches.

— Bonne espèce, la rouge.

— La blanche est pas mauvaise non plus. Surtout pour la soupe.

— Vous avez raison : bonne espèce pour la soupe... »

Au bout d'une durée de chapelet, il se dit quand même qu'il ne va pas passer sa journée à peler des haricots. Il se redresse, comme si la position le fatiguait, et fait : Ouf, mon argue ! — Ensuite, il se frotte les genoux. Ce qui est bien excusable chez une personne qu'on sait dévorée de rhumatismes. De *douleurs*, qu'on les appelle par ici. Après, il réunit ses mains et fait craquer les doigts : ça donne de petits bruits secs, pareils que si tu casses une noisette entre tes dents.

« Bon, qu'il fait en se levant. Me faut aller voir un peu plus loin.

De marcher, ça fait du bien à mes douleurs. Le médecin m'a dit : les rhumatismes, c'est comme les petits enfants ; si tu veux qu'ils te foutent la paix, promène-les aussi souvent que possible. »

Et elle, par obligeance : « Vous boirez bien un verre ?

— Non, non, ma fille, te dérange pas. »

Il se fait scrupule d'accepter un verre, avec le coup qu'il lui prépare. Ça mérite vraiment pas un payement. Et voilà qu'à la dernière seconde, alors qu'il a déjà repris sa canne, comme il lui souhaiterait bonne continuation, il lui envoie dans la figure, sans bégayer :

« J'ai reçu un mot de la gendarmerie. Ton fils Joannès est porté disparu. »

Elle le regarde sans comprendre.

« Porté disparu, qu'il répète, en baissant les yeux vers ses sabots.

— Porté... disparu ?... Est-ce que c'est grave ? »

Cette innocente s'imagine qu'il s'agit là d'une sorte de maladie.

Et lui, emmouscaillé jusqu'aux yeux : « Heu... ben... ça dépend... Dans des cas oui, dans des cas non. »

Elle le regarde toujours avec ses yeux noirs et ronds. Il voit bien qu'il ne peut s'en tirer à si bon compte, qu'il doit donner quelques explications. Pas idée d'être aussi gourde.

« En somme... disparu... ça serait quoi ?

— Ça serait... ça serait... dis-le-moi je te le dirai !

— Vous avez bien une idée !

— Le papier dit : le 16 mai, porté disparu. Ça veut dire qu'il est pas rentré avec les autres, quoi !

— Mort ?

— Est-ce qu'on sait ? Peut-être mort ; peut-être blessé, ramassé par l'ennemi ; peut-être...

— Peut-être quoi ? »

Elle n'avait plus la force de se lever et restait assise, au milieu de ses gousses éparses autour d'elle et dans son tablier.

« Ma pauvre Victorine, je sais pas si tu te rends compte de ce que c'est que la guerre ! Suppose... c'est une simple supposition, mais c'est quand même des choses qui arrivent, c'est rare, mais ça arrive... suppose... je sais pas... qu'un obus tombe en plein sur une personne, ou juste à côté. Dans la terre, ça fait un trou que tu y enterrerais ta maison. Dans ces conditions, est-ce que tu imagines ce qui peut rester de la personne que je te cause ?... Rien, censément, rien du tout. Pareil... je sais pas... qu'un de tes haricots secs, si tu le posais sur l'enclume du forgeron, et que lui vienne, et qu'il tape dessus avec son gros marteau. Voilà. C'est qu'une supposition, mais c'est des choses qui arrivent, dans les guerres. Alors, le soir, la personne, elle manque à l'appel. Et on ne trouve rien d'elle, pas même sa plaque d'identité. Et elle est portée disparue. Mais je te répète, c'est peut-être tout autre chose. S'il est encore vivant, tu tarderas pas à recevoir de ses nouvelles, d'une façon ou d'une autre. Allez, t'en fais pas, Victorine, ça sera peut-être rien du tout. Ménage-toi. »

Et il partit promener ses rhumatismes, comme le médecin le lui avait recommandé.

La confirmation officielle arriva dix jours plus tard : *Joannès Moignoux, matricule 648 921... porté disparu...* Guère de détails. Elle, ça ne l'avançait pas beaucoup. A chaque instant de la journée, elle interrompait son travail. Et, au fond d'un trou immense, elle voyait Joannès, son fils, ce qu'il en restait, après l'énorme coup de masse de l'obus ennemi : un peu de boue confondue dans l'autre boue. Son enfant, qu'elle avait fait au prix de tant de souffrances et gardé malgré les moqueries, qu'elle avait élevé, soigné, montré à tant de médecins à cause de ses convulsions, si timide autrefois qu'il avait peur des hommes et ne prenait le sommeil qu'en la tenant par la main, voilà ce que la France avait fait de lui, où elle l'avait envoyé. Quand tu égorges une poule, il te reste sa chair, son sang, ses plumes, ses entrailles que tu jettes au fumier ; de lui, il restait moins qu'une poule égorgée. Porté disparu. Disparu. Disparu. Trente-six mille fois du jour elle répétait ces trois syllabes : disparu, disparu... Après la dernière permission qu'il avait prise, au début de 1914, elle l'avait accompagné jusqu'à Thiers, jusqu'à son train. Elle lui donnait le bras, elle le sentait chaud contre elle, elle caressait le rude drap de sa vareuse sombre. Au cours de ses années de service à Besançon, il avait grandi et épaissi, c'était un homme pour de bon. Il y avait même, dans la ville, des filles qui se retournaient pour le regarder.

Disparu, disparu, disparu, disparu, disparu, disparu...

Et des mois passèrent ainsi. On avait appris la mort de M. Lévigne. En pensant à son fils disparu, écrabouillé au fond de son trou, elle n'arrivait pas à pleurer. Comme si, des larmes, ça n'avait pas été suffisant pour sa douleur. Elle pleura au contraire pour le maître d'école. Elle repensa aux jeudis où il lui enseignait les lettres dans la salle de classe, près du poêle qu'il allumait exprès pour elle, à la main qui guidait la sienne. Elle pensa à la pauvre Mme Lévigne, mais n'eut pas l'idée d'aller lui présenter des consolations qui, elles aussi, lui parurent insuffisantes. Valait mieux la laisser seule en face de son chagrin, que personne pouvait manger à sa place, faudrait qu'elle l'avale seule ou qu'elle en crève.

A elle, Victorine, il restait du moins un espoir tout petit. Et elle continuait à se répéter sa litanie de chaque jour : disparu, disparu, disparu...

Et voyez que tout arrive : un jour une lettre vint. Le facteur qui la lui apporta lui dit, avec un drôle d'air :

« Ça vient de Bochie... Ces mots-là, c'est du boche. »

Elle, elle ne répondit rien. Elle lui enleva la lettre des mains et s'enfuit en courant se réfugier dans la maison, sans même penser à lui offrir un verre. Il s'en alla, pas content du tout. Car, d'une chose elle était sûre : d'avoir reconnu sur l'enveloppe l'écriture de Joannès.

Tout se sait, dans une capitale comme Valdore. Au bout de huit jours, chacun était au courant : Joannès Moignoux se trouvait en Bochie, prisonnier, et en bonne santé. Pour lui, la guerre était finie. Pendant que les autres se feraient casser la gueule pour l'Alsace-Lorraine, il vivrait tranquillement, bien nourri, au sec en hiver, au frais en été, en attendant l'armistice. Qui l'aurait cru si dégourdi, avec ses convulsions ? Joannès Moignoux était un lâche et un traître : il s'était rendu à l'ennemi.

Quand Victorine descendit chez Lavet renouveler sa provision de pétrole, elle trouva pas mal de monde chez l'épicier. Mais tous lui firent une gueule comme je sais pas quoi. Et si elle parlait à l'une ou à l'autre, on lui répondait à peine. Elle ressortit avec ses deux bouteilles et, pour la première fois, elle entendit l'affreuse accusation, derrière elle :

« ... il s'est rendu à l'ennemi ! »

Encore autre chose ! Tous auraient préféré mille fois le savoir réduit en *patcha* au fond de son trou. Qu'il fût toujours vivant, ça les offensait. Mais elle, ça la rendait folle de joie. Une joie qu'elle devait cacher comme un trésor dérobé. Elle s'en foutait de Valdore et des Valdorois, qui n'avaient jamais rien fait pour elle. Elle resterait enfermée, s'il le fallait, jusqu'à la fin de la guerre, jusqu'au retour de son fils.

Elle lui écrivit une lettre, à son tour. Fallut l'envoyer à une société qui s'appelait la Croix-Rouge Internationale, domiciliée en Suisse, et qui se chargeait de la faire parvenir au destinataire. Il ne lui restait plus qu'à attendre la réponse.

La circulation du courrier se faisait très difficilement entre la Bochie et la France, par l'intermédiaire de la Suisse. La guerre n'en finissait pas, et d'autres hommes tombaient sur le front. Il en rentrait aussi des estropiés, qui avaient laissé là-bas un œil, une main, une jambe. Bien contents quand même d'avoir rapporté le reste.

De loin en loin, Victorine devait redescendre au village, pour le pétrole, ou les allumettes, ou les timbres-poste et le papier. Elle évitait de regarder les gens en face, elle marchait en rasant les murs ; mais toujours, une fois ou l'autre, elle distinguait les mots inévitables :

« ... il s'est rendu ! » Une rage folle la prenait contre ces blagands et ces blagandes, qui se servent de leur langue à tort et à travers ; et à tous, elle leur souhaitait la pépie.

Au début de 1917, elle reçut une carte de la Croix-Rouge lui annonçant le décès par maladie de son fils dans une ville d'Allemagne dont elle ne put déchiffrer le nom.

En 1923, il y eut un débat au Conseil municipal de Valdore pour savoir si l'on devait faire figurer le nom de Moignoux Joannès sur la plaque du monument aux morts.

« Moignoux, fit Gouttegattas, est mort ni pour la France ni pour l'Auvergne, puisqu'il est décédé de maladie en Allemagne.

— Après s'être rendu à l'ennemi ! dit Chamoissou. Mort de maladie, ça compte pour du beurre. »

A la suite de quoi, le maire Fafournoux prit une belle colère :

« Pétard de Dieu, ça me fait mal aux tripes d'entendre des conneries pareilles ! Quand tu pars en guerre, est-ce que tu choisis ta mort ? Est-ce que tu sais comment qu'elle te viendra ? Par en haut, par en bas, par la gauche, par la droite, par l'eau que tu bois, par les rats qui te bouffent la gueule, si tu réussis à t'endormir une minute, par la saloperie que tu dois manger, par la chiasse, par la typhoïde, par le tétanos, par le peloton d'exécution, par le revolver du capitaine, par les gaz, par le feu, par la merde, par les mines ? Vous savez donc pas qu'au front y a trente-six mille espèces de morts différentes ? Et vous trouvez que la sienne, celle de Moignoux Joannès, elle était pas valable ? Que c'était une mort pour rire ? »

Il les traita ensuite d'un tas de noms que M. Navarron, l'instituteur-secrétaire, n'inscrivit pas au procès-verbal.

On finit donc par fermer les yeux sur les circonstances particulières. D'ailleurs, on n'avait pas des noms de reste, la liste n'était déjà pas tellement longue, on ne tenait pas à réduire encore le pourcentage, comme disait le sous-préfet de Thiers. Le problème posthume de Moignoux Joannès se trouva de la sorte heureusement résolu. Prisonnier ou pas prisonnier, lâche ou héros, ce garçon possédait quand même la seule qualité vraiment indispensable pour être inscrit sur un monument aux morts.

VOISSIER JEAN

Cette année-là, le miel fut amer. Une chose inexplicable. Pourtant, l'été précédent, la floraison était belle. Quand on passait sous les acacias, l'odeur en était si forte que ça te donnait le tournis.

Les abeilles semblaient saines, bien serrées dans leur corset noir et brillant, actives, voyageuses, chanteresses comme il convient. A la fin de la miellée, elles avaient su bravement se débarrasser de leurs mâles devenus inutiles : des centaines de cadavres parsemaient le devant des ruches. Elles n'avaient souffert ni de la dysenterie ni du mal de mai. Ce miel avait une belle couleur de soleil, il coulait joliment dans les assiettes et attirait les mouches. Et pourtant, il avait un goût d'amer.

Louise Voissier en éprouva une grande inquiétude.

« Seigneur ! qu'elle disait. Qu'est-ce que c'est encore que cette nouveauté ? Notre miel, qui était le meilleur de la paroisse, amer comme la suie !

— Faut pas exagérer, ma belle, que répliquait son mari. D'un côté, il est amer, ça c'est certain. Mais de l'autre, il est quand même sucré. C'est un mélange d'amer et de sucré. La vie est toute pareille. »

Jean Voissier trouvait dans la fréquentation de ses ruches d'inépuisables leçons. Tu pouvais lui parler de la pluie, du beau temps, du diable ou du bon Dieu, des carottes ou des choux-raves, il te répondait toujours, à un moment ou à un autre, en te citant l'exemple des abeilles. Ce qu'il admirait surtout dans leur société, c'était l'absence de problèmes.

« Les hommes ? Rien que des jean-foutre. Ils savent pas vivre ensemble, ils savent pas se supporter. Tantôt c'est des guerres, tantôt c'est des révolutions. Un jour, ils sont gouvernés par un roi, un autre par une république, ou par le pape. Jamais contents de leur sort. Toujours à critiquer ci, à critiquer ça. A se faire des procès pour un cep de vigne, pour une bouse de vache. Les fils se battent pour l'héritage des vieux. Les riches se font servir par des domestiques et passent leur temps à se graisser les tripes ou à entretenir des putains. Les femmes plantent des cornes à leurs maris. Et je te vole, et je t'assassine, et je te baise, et je te jure, et je t'entasse, et je te chopine, et je te déparle du voisin, et je te caresse la voisine. Le patron saigne l'ouvrier à blanc, l'ouvrier vole le patron, l'anarchiste fait péter des bombes qui tuent n'importe qui, on pourrait en débiter comme ça jusqu'à demain...

« Chez les abeilles, au contraire, c'est toujours la plus parfaite entente. Pas un exploiteur, pas un fainéant, pas un parasite. Chacun a sa place, son travail, son emploi du temps. Tout y est calculé de manière que les plaisirs soient proportionnés aux peines. Pas comme chez nous où les uns ont tout le bon et les autres tout le mauvais. Exemple, la reine. C'est la seule qui fasse l'amour et ça lui arrive, en principe, qu'une fois dans sa vie. Ensuite, elle passe son temps à pondre, pondre, pondre, si bien qu'elle est bientôt la mère de toute la ruche. Respectée, protégée, nourrie avec ce qu'il y a de plus fin. Mais avoue que c'est pas une existence : après le vol de ses noces, jamais le nez dehors, et comme ça jusqu'à la fin de ses jours. Le mâle, lui, en voilà un qui se la coule douce : pas d'autre besogne que de féconder la femelle. Celle-là ou une autre qu'il trouve dans ses promenades. Car chez les abeilles, y a pas de Neuvième Commandement. Seulement, pour lui, la ruche n'a aucun sentiment d'amitié. Elle patiente, elle fait son devoir, elle lui assure le pain quotidien ; mais dès qu'on est sûr qu'on n'aura plus besoin de ses services, on te le fout à la porte, faut voir ! Et il crève les pattes en l'air, sans eau bénite. Le plus gros de la peine, c'est donc les ouvrières qui l'ont : le ravitaillement, le nettoyage, la police contre les envahisseurs et tout. En compensation, c'est elles aussi qui visitent la campagne, qui vont dans les endroits les plus jolis, pompent la liqueur des fleurs et la chaleur du soleil. Tu vois que tout est bien partagé. »

Torpédo, le voisin de Jean Voissier, lui répondait :

« Ce que tu dis des abeilles, c'est bien la vérité. Mais tu peux en dire autant des fourmis, des chenilles, des hannetons. Et même des souris, des loups et des renards. Y a jamais de complications chez ces bêtes-là. Quelquefois, les renards et les souris des champs se font la guerre entre eux. Mais les renards se battent jamais contre les renards, les souris contre les souris. Y a que les bêtes à deux pattes qui se font la guerre ou la révolution. »

Et c'est bien vrai que, depuis que le monde est monde, une grande paix a toujours régné chez les chenilles et les hannetons.

Toutes ces belles histoires ne consolaient pas Louise Voissier :

« J'ai peur, qu'elle répétait souvent.

— Peur ?

— Oui. Que ça veuille dire quelque chose, ce miel amer. Jamais vu de miel amer auparavant. Ça doit annoncer un malheur. Un grand malheur qui nous menace.

— Alors, parce qu'il se rencontre une chose pas coutumière, faut qu'elle nous annonce un malheur ? Mais à chaque instant il se passe des choses pas coutumières. Un trèfle à quatre, ou même à cinq feuilles. Un lièvre qui entre dans l'étable. Une vache qui fait deux veaux. Le soleil qui se couche violet. La source qui tarit...

— Tout ça n'est pas si drôle que le miel amer. »

Elle était vraiment inconsolable. Lui-même, ça le chagrinait de penser que ses abeilles lui avaient joué cette farce. Un matin, de bonne heure, il alla les injurier :

« Qu'est-ce qui vous a prises, vous autres, de fabriquer cette cochonnerie ? C'est-y que vous aviez la berlue ? Qu'au lieu de pomper le trèfle, la luzerne, les bourgeons de pin vous auriez sucé la ciguë, l'aubépine, le millepertuis, ou même le mouron rouge ? Est-ce que vous ne saviez pas... est-ce que vous ne saviez pas... ? »

Il se mordit la langue. Sans doute aurait-il dû venir plus tôt leur révéler le secret. Mais on ne doit le faire que le plus tard possible, sinon l'on risque de provoquer des accidents.

« ... que la Louise attend un petit ? Par conséquent qu'elle a besoin de miel bien doux, bien bon, bien glissant ? Et voilà que vous allez... ! »

Il n'en dit pas davantage et partit en secouant la tête. Des abeilles s'étaient posées sur sa chemise : il les chassa en soufflant dessus, avec plus de colère qu'il n'aurait voulu. Elles s'éloignèrent toutes penaudes.

« Sais-tu ce qu'il faut faire ? dit sa femme. Ce miel, on va le brûler. Tu feras un tas de fougères sèches, en un endroit qui craint pas le feu, et je le jetterai dedans. »

Et lui, horrifié : « Tu es folle ! Brûler le miel ! Est-ce qu'on brûle le miel ! Moi, je le trouve pas si mauvais, après tout. Petit à petit, j'arriverai sans doute à le consommer.

— Non, ni toi, ni moi, ni personne. Le feu.

— On pourrait au moins le rendre aux abeilles. Elles le boufferont, elles, comme elles l'ont fait ! Et tant pis si elles attrapent la courante ! »

Il ne réussit pas à lui donner envie de rire. Non : ce miel, fallait à tout prix le brûler, et brûler en même temps le malheur qu'il annonçait. Comment résister à une femme dans son état ? Il fit donc ce qu'elle voulait et s'en alla couper plusieurs fagots de fougères bien jaunes qu'il entassa dans un champ moissonné. Il déversa dessus les deux jarres remplies de rayons avec leur cire, car fallait rien épargner. Au moins soixante livres de produit. Voyant couler tout ce miel, amer ou pas, il en avait mal au ventre comme s'il avait vu couler son sang. Louise Voissier voulut elle-même y mettre le feu ; les fougères prirent d'abord, fumantes et pétillantes ; ensuite la flamme courut sur la cire et le miel, et devint toute bleue, avec des pointes rouges innombrables qui faisaient dessus une sorte de dentelle ; et elle dansait, trépignait de folle joie sur ces collines jaunes qui ruisselaient et s'écroulaient, elle s'éteignait par endroits, repartait ailleurs ; une flamme saoule de sucre, du pollen des acacias, de la résine des bourgeons, de la liqueur distillée par des milliards de calices ; jamais aucune flamme au monde n'avait eu précédemment l'occasion de se nourrir d'aussi précieuses substances, sauf sur les autels des dieux où l'on brûle des parfums et quelquefois les chairs d'enfants sacrifiés. Le pétillement des fougères se mêlait au grésillement du miel consumé, plus délicat que celui du saindoux dans la poêle, que celui des bougies et des cierges autour de la crèche de Noël. Des jets de fumée sombre transperçaient parfois la sarabande bleue. Louise avait voulu assister à l'holocauste, et elle riait devant le bûcher odoriférant, et elle jetait les bras au ciel en un geste de triomphe, sûre à présent d'avoir écarté le coup qu'elle sentait venir. Il n'y avait plus de miel amer.

Il remua le brasier avec un bâton. Le miel ne laisse pas de cendre quand il brûle ; seule demeurait celle des branches et des feuilles, une poudre grise qui se mêla au reste de la cire pour former une pâte ardente ; ça n'en finissait pas de fondre, de s'écouler, de produire des larmes de feu.

« Es-tu contente, à présent ?

— Oui, je suis contente.

— Alors, rentrons. Ça s'éteindra bien sans nous. »

Après tout ce chaud qu'ils avaient supporté ensemble, il ne tenait pas à ce qu'elle prît froid. On était à la fin du mois de décembre.

Mais elle : « Peut-être qu'on aurait dû...

— Quoi encore ?

— ... brûler les ruches avec.

— Pourquoi pas la maison !

— Dieu veuille qu'on le regrette pas. »

Dès qu'il eut un moment de libre, il retourna vers ses avettes. Elles se tenaient bien tranquilles dans leur maison, sous leur chapeau pointu de paille. Il tendit l'oreille et les entendit bourdonner doucement à l'intérieur, comme un mécanisme bien huilé. Il savait qu'elles n'aiment pas les visites en cette période de l'année ; mais il devait quand même les avertir du danger mortel qu'elles venaient de courir, afin qu'elles en tirent la leçon salutaire.

« Ah ! qu'il fit. Vous avez de la chance que je vous connaisse depuis une bonne seringuée de temps ! La Louise, vous savez ce qu'elle voulait faire, la Louise ? Vous brûler aussi ! Comme Jeanne d'Arc ! Comme des mécréantes ! Sans le Jean Voissier, pour sûr que vous y aviez droit, pauvres innocentes ! Seulement, tâchez moyen de plus recommencer ! Je me suis engagé en votre nom ; j'espère que vous me ferez pas passer pour un menteur ! »

Poursuivant ses comparaisons entre la République des Abeilles et la République des Hommes, il trouva cette ressemblance. La première était à la fois exploitée et protégée par un apiculteur : un gars qui privait la vaillante colonie du produit de son travail, lui laissant seulement le strict indispensable pour sa conservation ; mais qui aussi, en cas de besoin, lui fournissait le sucre nécessaire pour compléter une insuffisance miellée, veillait à sa santé, fournissait une mère de remplacement à la ruche orpheline, une demeure confortable aux essaims. Mais qui donc s'occupait des ruches humaines ? Y avait-il dans les cieux quelqu'un s'intéressant à leur prospérité ? Certains disaient : le bon Dieu. Mais cet Apiculteur-là avait un étrange comportement à leur égard. Il est vrai que les hommes sont aussi de curieuses abeilles, moins ardentes à sécréter leur miel qu'à se détruire les unes les autres. La conclusion de tout ça, c'est que lui, Jean Voissier, se sentait le Dieu de ses avettes. Et qu'il s'efforçait de les soigner comme ses filles. Mais quelle idée les avait prises cette année-là de produire du miel amer ?

Tout l'hiver on sucra donc chez les Voissier les tisanes et le vin chaud avec le sucre de l'épicier.

Le ventre de Louise s'arrondissait. Parfois, au milieu de son travail, elle poussait un petit cri de douleur. Et lui, aussitôt dans les inquiétudes :

« Qu'est-ce qu'il y a ?

— Il m'a battue ! J'ai senti un coup de pied qu'il me donnait. »

Il voulait se rendre compte. Il la faisait allonger, posait la main, sentait les contorsions du petit être invisible qu'elle leur préparait.

« Oh ! le mauvais ! T'es pas encore né, toi, et déjà tu fais souffrir ta mère ? »

Ils riaient tous les deux, elle d'un air un peu forcé. Un jour, il évoqua la question du prénom qu'on lui donnerait. Mais elle :

« Non, non, rien ne presse. J'ai peur... »

Elle faillit répéter les mêmes mots que pour les abeilles. Lui savait que les femmes dans cette condition sont sujettes à toutes sortes de caprices et d'humeurs, et qu'il ne faut pas les contrarier. C'est comme leurs brusques désirs. Si elles ont soudainement envie de fraises, ou de prunes, ou de vin, ou de sirop, faut s'efforcer de les satisfaire au plus vite. Sans quoi, l'enfant risque d'avoir une marque rouge, ou violette, ou noire au premier point de sa personne où la mère s'est elle-même touchée. Et lorsqu'elle sent naître et grandir en elle ce caprice, elle doit aussitôt poser sa main à un endroit où la tache ne se verra pas : sur son ventre, sur sa fesse, sous sa jambe, sous son talon, si elle peut se baisser encore suffisamment. Louise Voissier prenait toutes sortes de précautions, car ce premier drôlet, elle tenait à ne pas le manquer : son mari en avait déjà tant de bonheur. Sans l'avoir consultée davantage, il lui avait donné quand même à l'avance un nom qui était plutôt un sobriquet : il l'appelait Frisolet parce que, garçon ou fille, il le voyait tout frisé.

Il parlait de lui comme s'il avait été présent. Il disait :

« Je l'emmènerai à la pêche aux grenouilles... Je lui apprendrai à faire des grimaces, pour que ça lui donne envie de rire... Il deviendra, comme son père, un ami des abeilles... »

Vint le printemps, et celles-ci commencèrent à sortir, à se promener par la campagne. Il lui arrivait d'en suivre une, de l'accompagner dans ses évolutions sur les bourgeons, sur les premières corolles, jusqu'à son retour à la ruche. Il aurait aimé les suivre toutes, contrôler si elles fréquentaient les bonnes fournisseuses, leur signaler des fleurs inaperçues, les mettre en garde contre les breuvages suspects.

Ils avaient calculé que Frisolet naîtrait vers le milieu du mois d'août, qui n'est pas le plus favorable de l'année à cause de tout le travail de ce moment ; mais les petits des hommes ne se règlent pas comme ceux des chèvres ; faut les prendre quand Dieu les envoie. Maintenant, la Louise était habituée au poids qu'elle portait. En juin, elle s'employa bravement aux fenaisons comme si de rien n'était, et malgré les recommandations de son mari. Cependant, lorsqu'il la retrouvait après l'avoir laissée seule un long moment, il constatait parfois qu'elle avait les yeux rouges. Et un soir, même, après l'avoir supporté dans une de ses divagations habituelles : « On fera ceci... on dira... on ira... », elle fondit en larmes. Il se dit que c'était encore un effet de sa grossesse et la consola de son mieux. Mais ce jour-là, elle lui parla d'un autre ton.

« Vois-tu, ce miel amer, nous l'avons fait brûler. Bon. Pourtant, si le malheur veut entrer chez nous, c'est pas ça qui l'arrêtera. »

Et lui :

« Pour sûr ! C'est pourquoi il aurait mieux valu le garder.

— Te fâche pas de ce que je vais dire. C'est une chose naturelle d'y penser dans ma situation. Beaucoup d'enfants font mourir leur mère en naissant. Regarde : ma pauvre tante Virginie.

— En ce temps-là, les médecins étaient pas aussi savants qu'aujourd'hui. Alors, c'est à ça que tu penses quand tu es seule ? C'est pour ça que tu pleures ?

— Je sais que je devrais pas. Mais j'aime mieux prendre mes précautions. De parler de la mort, ça fait mourir personne. »

Il la laissa dire, voyant bien qu'il n'y avait pas d'autre moyen pour lui rendre un peu de tranquillité. Elle débita ses recommandations, un vrai chapelet, comme si elle les avait toutes écrites dans sa tête.

« Première chose, si je dois mourir, ce petit, protège-le bien des courants d'air... »

Elle avait toujours eu pour les courants d'air une haine à ne pas croire. Le vent, elle ne le craignait pas, même quand tu dois te coucher contre lui, certains jours d'hiver, pour l'empêcher de t'emporter. Mais le moindre sifflement sous une porte, par le trou d'une serrure, dans un entrebâillement, et elle se précipitait, la bouche pleine de malédictions, comme si elle avait vu je ne sais pas quoi, le diable avec ses cornes.

« Lui donne pas du lait de chèvre, c'est trop fort, mais du lait de vache. Au début avec un peu d'eau et de sucre, ensuite sans eau... »

Et la bouillie ! Et la soupe ! Et le bâton de guimauve pour l'aider à se faire les dents ! La propreté des oreilles, des yeux et de tous les petits endroits ! Le vermifuge ! Les croûtes de lait ! La bande bien serrée autour du ventre pour l'empêcher de perdre son nombril ! Et bien lui soutenir la nuque, sinon il risquait de tomber la luette ! Et les lavements chaque fois qu'il prenait le ventre dur !...

Y en avait tant que le pauvre homme se sentit la tête grosse comme un potiron. Toutes ces choses, à elle, semblaient les plus naturelles du monde : elle avait aidé sa propre mère à élever trois frères et une sœur plus jeunes. Elle s'aperçut enfin qu'elle allait trop loin et se mit à pleurer de nouveau, avec désespoir :

« Non, non... tu y arriveras jamais ! Toi, c'est les abeilles ; mais ce petit, tu y arriveras jamais ! »

Puis, elle prit une décision soudaine :

« Voilà ce que tu feras : tu demanderas à ma sœur Félicie de le prendre. Elle refusera pas. Elle fera pour lui ce que j'ai fait pour elle.

— Et à moi, qu'il demanda en s'efforçant de faire le rigolo, tu me donnes pas de recommandations ?

— Toi, mon pauvre ami, tu feras comme tous les hommes : au bout d'un peu de temps, tu te remarieras. Et je cherche pas à l'empêcher. Ça aussi, c'est quelque chose de naturel.

— Je crois que tu délires !

— J'ai la tête bien claire. Seulement, si tu te remaries, j'aimerais pas que mes affaires aillent à cette femme qui, sans doute, les mépriserait et les gaspillerait. C'est pourquoi, tu les donneras à ma sœur aussi. Elle, je sais qu'elle en prendra soin.

— Y a plus rien ?

— Si. Question enterrement...

— Ah ! je l'attendais aussi, celle-là !

— Pendant qu'on y est, vaut mieux régler toutes les questions. Alors, je voudrais que tu me fasses mettre sur ma pauvre mère, si la profondeur est suffisante... »

Lorsqu'elle en eut terminé, Louise Voissier se sentit l'âme en paix. En son cœur, elle mit aussi entre les mains de Dieu le sort de son enfant, de son mari et d'elle-même.

Les mouches butinaient allègrement afin de préparer un miel irréprochable. Leur maître se disait que les abeilles ont bien le droit de se tromper également, que ça ne peut pas être une spécialité des hommes.

La mobilisation les frappa comme la foudre. Depuis des mois, ils étaient si fort occupés d'eux-mêmes et de Frisolet qu'ils n'avaient rien soupçonné de ce que préparaient les puissances. Lorsqu'il comprit qu'il devait partir comme les autres, Jean Voissier entra dans une grande colère :

« Moi ? A quinze jours de la naissance de mon fils ? Elle se fout de moi, la République ! Elle patientera bien deux ou trois semaines ! »

Et elle :

« Peut-être que tu pourrais demander une autorisation ? »

Boutiller, le maire, qui avait écrit de sa main la date sur l'affiche blanche, lui conseilla :

« Va voir les gendarmes, à Thiers. Moi, j'ai pas l'autorité voulue. »

Le samedi après-midi, il attela le cheval et galopa jusque là-haut. La maison des gendarmes est située à proximité de la gare, comme si on les avait établis là exprès, afin qu'ils surveillent l'embarquement des mobilisés. Il quitta son chapeau, gratta ses souliers sur le paillasson et expliqua son affaire. Le brigadier qui le reçut avait posé son képi ; il transpirait et s'essuyait souvent le front de son mouchoir. Avec quelque surprise, Voissier constatait qu'un gendarme sans son képi, ça ressemble tout à fait à un homme ordinaire. C'est un homme ordinaire ! Cette réflexion lui donna un peu d'espérance : un homme comme toi et moi, ça devait comprendre la situation. Celui-là eut l'air plutôt embarrassé.

« Tu dois bien t'imaginer qu'on peut pas faire d'exceptions ! Si c'était que de moi !... Mais y a le règlement ! »

Il tourna une manivelle et se mit à parler dans un téléphone. Il expliquait à sa façon le cas du visiteur. Voissier était tenté de dire : Attention ! Faut dire que la naissance est attendue dans quinze jours ! Je demande pas la lune !... Quand tout fut fini, le militaire secoua la tête :

« Rien à faire ! Faut que tu partes !

— Et... si je refuse ?

— Je te le conseille pas. Primo, nous autres, on viendrait te chercher et on t'emmènerait de force, menottes aux poignets. Ensuite, tu passes devant un tribunal militaire qui te condamne comme insoumis. »

Il ouvrit un placard, atteignit un volume à dos rouge, chercha dedans en tournant les pages avec un index qu'il mouillait de salive :

« Voilà. *Insoumission en temps de guerre : 2 à 5 ans de prison. Le nom du coupable est affiché dans toutes les communes du canton de son domicile ; de plus, l'homme est envoyé dans une compagnie de discipline à l'expiration de sa peine. Il sera en outre privé de ses droits électoraux.* Article D 230 du Code militaire. Voilà. »

Entre ces deux voilà, Jean avait écouté de toutes ses oreilles. Il avait vu se dresser devant lui, pauvre benêt de Valdore, la formidable machine militaire, avec ses rouages formés de généraux, de colonels, d'étoiles, de galons, de baïonnettes, de tambours, de fusils, de godillots, de sonneries, de drapeaux, de ceinturons, de paquetages, de lits carrés, de canons, de gamelles, d'adjudants, de mitrailleuses et de mille autres saints-frusquins irrésistibles. Pour compléter l'appareil, le gendarme jugea bon de préciser :

« Tu vois ce que c'est, une compagnie de discipline ?... C'est Biribi ! »

Biribi ! Le terrible Biribi dont chaque nouvelle recrue se sent menacée dès qu'elle pose son pékin de pied dans une caserne. Plus redoutable que le ministre de la Guerre lui-même ! Tu sais pas au juste ce que c'est, ni où c'est ; mais tu sais que c'est pire que tout.

Il ne restait plus au pauvre Voissier qu'à reprendre le chemin de son village, qu'à y préparer sa musette en y mettant un jour de vivres comme le précisait sa feuille rose de mobilisation, qu'à revenir ensuite se présenter à la gare de Thiers pour y prendre le train « qui lui serait indiqué par le chef de gare », sur lequel il aurait le droit de voyager GRATUITEMENT.

Bien cher époux,

Cette lettre t'apportera la nouvelle que nous avons un fils né le 17 du mois d'août et baptisé le 20 je l'ai appelé Jean comme toi ce qui fait qu'il y a encore un Jean Voissier dans la maison un tout petit Jean Voissier je voulais t'avertir par télégraphe mais les gendarmes qui étaient ici dans Valdore m'ont dit que c'était pas la peine que tu aurais pas de permission en ce moment vu que la Patrie elle a besoin de tous ses soldats j'ai bien pleuré quand il est né pas à cause du mal qu'il me faisait mais en pensant que son père était si loin et qu'il ne pourrait pas le voir Dieu sait jusqu'à quand.

Ma sœur l'a pesé avec la romaine qu'on pèse les lapins il fait six bonnes livres lui et moi nous allons très bien pour le moment ne te fais pas de mauvais sang à notre sujet...

Jean Voissier eut le temps de recevoir cette lettre et de la lire. Il se dit qu'il avait été sage d'obéir au gendarme et d'échapper à Biribi. Avec impatience, il attendit sa première permission.

Alors qu'il était en route pour la basse Auvergne où l'attendaient sa femme, son Frisolet et ses mouches à miel, le train dérailla. Il n'y eut que quatre morts, et ce fut un accident si bénin qu'aucun journal n'en parla. Seulement, Jean Voissier était un des quatre.

DERNIER CHAPITRE

Les pierres ont leur destin comme les hommes. Et même les tuiles.

Depuis sa construction, le monument aux morts de Valdore

menait une petite existence tranquille. Ses anfractuosités logeaient, suivant les saisons, des guêpes, des mouches, des souris, des lézards. Comme il est placé près de l'église, sous les marronniers, l'été il servait un peu de portemanteau aux joueurs de pétanque qui posaient dessus, sans façon, leur veste ou leur gilet. Et dans ce geste simple, il leur était difficile de ne pas jeter furtivement un coup d'œil à la liste grise et à la plaque blanche. Leurs pensées s'arrêtaient un moment sur les sept noms des Métamorphosés qui, d'une certaine manière, continuaient ainsi de vivre un peu. L'hiver, la neige lui conférait de la rondeur ; on aurait dit alors un énorme bonhomme inachevé, sans sa tête.

D'autres guerres sont venues. Et il a fallu ajouter des apostilles à la liste : des rectangles qu'on a scellés tant bien que mal en façade, en prenant bien garde de ne pas couvrir les noms des constructeurs. Faut avouer que ces additions ont un effet assez déplorable : tu dirais des rapetassages, des rustines de marbre qui veulent boucher des trous. Le Monument tout entier semble protester contre ces tard-venus qu'il n'a jamais réellement faits siens. Ce qu'il faudrait, en vérité, c'est construire autre chose pour les quatre de 39, l'unique d'Indochine (il s'était fait gendarme pour mener une petite existence pépère, et voilà qu'il est allé porter ses os au pays de la Tonkinoise !), et les deux d'Algérie. Mais Valdore manque vraiment de ressources et de surface. Et l'on ne peut planter les monuments aux morts comme on plante des choux. Alors, les anciens doivent se serrer un peu : quand y a de la place pour sept, y en a pour quatorze. Question de solidarité valdoroise.

Le gros ennui, c'est que la toiture commence à se délabrer. Je veux dire : les tuiles. De la terre cuite, ça n'a quand même pas la durée de la pierre ou du bronze. Les gosses en ont cassé plusieurs avec leurs cailloux. On en a remplacé deux ou trois ; mais leur enchevêtrement ne facilite guère les choses. Les fuites se multiplient. Le nouveau maire a d'abord fait peindre un écriteau en bois :

DÉFENSE DE TOUCHER

accroché à l'une des tuiles au moyen d'un fil électrique. Dès lors, plus question d'utiliser le monument comme vestiaire. Les lézards eux-mêmes n'osaient plus l'approcher.

Un peu plus tard, on l'a entouré d'une grille en fer forgé, qui tient les vandales à l'écart. Fini donc la familiarité des vivants et des morts. Les noms ont perdu leur dorure et leur émail sans que personne s'en aperçoive. Inutile de le dire, le monument aux morts de Valdore n'est pas heureux. Fafournoux et tout son Conseil municipal ont levé les pattes en l'air. Leurs successeurs ont d'autres soucis : les traites mensuelles qu'il faut honorer pour payer le tracteur et la machine à laver, le niveau de vie agricole, la T.V.A., l'Indemnité viagère de Départ. On ne s'intéresse plus à lui. Le 11 novembre, par tradition, les pompiers continuent de se rassembler devant ; c'est l'occasion pour le meilleur clairon de sonner « Aux Morts ». Mais le cœur n'y est plus. Tout le monde cependant est fort attaché à cet anniversaire, à cause du jour de congé qu'il confère aux salariés et aux services publics, et du pont qu'il permet de faire quelquefois.

En guise d'épilogue, j'ajouterai pour les gens curieux que Mme Lévigne s'appelle à présent Mme Navarron, et que ce couple d'instituteurs a trois beaux enfants : ces derniers se destinent eux-mêmes à l'enseignement, dans le secondaire ou le supérieur. Louise Voissier s'est remariée pareillement ; mais elle a renoncé aux abeilles. Ou plutôt, les abeilles ont renoncé à elles-mêmes : certaines ont essaimé ; la plupart se sont laissées, comme on dit dans la contrée, mourir de languison. Marthe est toujours servante chez les Bonnemoy qui emploient généreusement son bâtard en tant que porcher ; elle aurait pu, aussi bien que les autres, prendre un homme, les occasions ne lui ont pas manqué ; elle a préféré demeurer fidèle à son joueur de clarinette. Les efforts d'Henri Crocombette en faveur du téléphone ont enfin abouti. Aujourd'hui, après plus d'un demi-siècle, les fils de cuivre sont là, bien tendus, bien brillants, pas très nombreux encore, juste assez pour qu'en septembre les hirondelles puissent y tenir leur parlement. Et les poteaux sont là aussi, odorants de créosote. Et les petits enfants de Valdore collent leur oreille au bois râpeux, mangé par les pinces-homards des poseurs, pour entendre passer les conversations et les dépêches. Et, quand les nouvelles sont plaisantes, ils échangent des clins d'œil et des éclats de rire.

LE VOLEUR DE COLOQUINTES

« O que trois ou quatre fois heureux sont ceux qui plantent choux ! O Parques, que ne filâtes-vous pour planteur de choux ! O que petit est le nombre de ceux à qui Jupiter a telle faveur portée qu'il les a destinés à planter choux. Car ils ont toujours en terre un pied, l'autre n'en est pas loin. »

RABELAIS, *Quart Livre*

1

Quand j'étais élève à l'école de Saint-Rémy-sur-Durolle... Mais tu n'as aucune idée, sans doute, de l'endroit où perche Saint-Rémy-sur-Durolle ? Peut-être as-tu du moins entendu parler de la Durolle ?... Crucifix ! Que de choses il faut dire, sitôt que tu ouvres la bouche devant quelqu'un qui n'est pas de ta paroisse !

L'instituteur de mon village prétendait qu'on trouve l'Auvergnat partout. Prends un globe terrestre, pas trop gros, la taille d'un ballon de football. Pose un doigt dessus, en fermant les yeux. Tu es sûr, affirmait cet homme, sûr comme deux et deux font quatre, que sous ton index gigote un Auvergnat. Naturellement, tu ne peux le voir, il est trop petit à cette échelle ; mais il est là, il mène son commerce, bois et charbon, couteaux, cuivres, confitures ; il mange des châtaignes ou du saint-nectaire ; il danse la bourrée. Enfin, cette idée était vraie, je suppose, vers 1930. Aujourd'hui, certaines puissances chassent de chez elles les étrangers ; il peut se faire qu'en matière d'Auvergnats, il existe des coins plutôt démunis.

Il en racontait une autre, le maître d'école, au café, derrière une chopine. A l'en croire, Christophe Colomb débarque un jour en Amérique. Il y fait la connaissance d'hommes nus, peinturlurés, coiffés de plumes. Or, parmi eux, voici un Blanc, en sabots, portant un chapeau comme un parapluie.

« Toi, dit Christophe Colomb, tu n'as pas le biais d'un Américain.

— C'est que je ne le suis pas !

— Qu'est-ce que tu es ?

— Auvergnat. De Vertolaye.

— Et que fais-tu au milieu de ces Peaux-Rouges ?

— Je leur vends des chapelets. »

C'était la vérité, affirmait notre instituteur : il leur vendait des chapelets d'Ambert. Il avait beaucoup de mérite, vu que ses clients n'avaient jamais entendu parler du Père, du Fils ni du Saint-Esprit. Ces chapelets, ils se les enroulaient autour des cuisses, des bras, des chevilles ; ils en régalaient leur bonne amie ; ils se les accrochaient au cou : ça leur faisait des Légion d'honneur.

Après ça, étonne-toi que, tombé en panne ici, à mille lieues de ta maison, au milieu de la Bayerischer Wald, la première personne qui sort de la forêt bavaroise pour te porter secours soit un Auvergnat de Saint-Rémy-sur-Durolle !

Et ne sois pas vexé si je te tutoie. Pour le vous, je n'ai jamais été très fort, sauf à l'école, avec le maître, et au régiment avec les supérieurs. Je n'ai guère souvenir, non plus, que quelqu'un m'ait vouvoyé. Toujours : Baptiste, fais ci, Baptiste, fais ça, ainsi de suite. Et là où je vis maintenant, *idem. Wie geht es Dir, Krautblut ?* Comment vas-tu, Sang-de-Chou ? Alors, je réponds par la même personne. D'autant plus que le vous allemand est, comme on dit de nos jours, plus sophistiqué que le vous français. *Sie arbeiten*, pour eux, c'est « vous travaillez », mais aussi « ils travaillent ». Ce qui complique. Donc, puisque tout le monde me dit tu, je dis tu maintenant à tout le monde.

Certaines fois, ça les choque un peu. Un jour, il m'est arrivé de parler au bourgmestre Böhmenzahn, de le tutoyer comme les autres. D'abord, il est devenu tout rouge. Ensuite, il a éclaté de rire : *Krautblut !... Krautblut ! Du alte Wursthaut !* Ce qui signifie : Sang-de-Chou, vieille peau de saucisson !... Deux idées qui ne s'accordent guère, mais qui sont amicales. De *Krautblut*, ils acceptent tout, ils peuvent tout entendre.

Étrange chose que ce sobriquet soit arrivé jusqu'ici. Je me demande comment. Après tout, à présent que j'y pense, c'est peut-être bien moi qui l'ai apporté dans mes bagages ; j'ai dû leur dire qu'on m'appelait ainsi en Auvergne. Mon père exploitait une ferme, hors du bourg : il produisait du seigle, des patates, des raves, du foin. L'hiver, il s'engageait dans une équipe de charbonniers, du côté de la Murate, et cuisait le charbon de bois qu'ils descendaient à Thiers, dans des sacs. Ma mère montait des couteaux. Trente-six métiers, trente-six misères. Et il tenait un potager plein de choux : des courts, des hauts, des Bruxelles, des camus, des choux-fleurs, des choux à lapins. C'était un homme à choux. Sous prétexte qu'il les aimait, il ne semait guère autre chose dans son jardin. Chez les Pascal, tu mangeais des choux en toutes saisons, des choux la semaine, des choux le dimanche, des choux le 14 Juillet.

Les instituteurs, eux, ils cherchent à t'instruire : ils sont faits pour ça comme les chiens pour mordre le monde. Voilà qu'un matin le nôtre... Il s'appelait Saint-Joanis. A Saint-Rémy et dans sa région, vivait une tribu de Saint-Joanis. Pas plus saints que les autres : c'est leur nom. Pour que le facteur s'y retrouve, ils ajoutent souvent celui de leur femme : Saint-Joanis-Chapelat, Saint-Joanis-Fontenille, Saint-Joanis-Fayet, Saint-Joanis-Dosjoub. Notre maître s'appelait Saint-Joanis tout court : un homme grand, fort, qui passait tout juste sous les portes, mais doux comme la brioche. Un matin, il se met en tête de nous apprendre à bien manger :

« Faut pas consommer n'importe quoi. Il y a des aliments bons pour le sang, et d'autres qui le rendent trop épais, ou trop clair. La vache est herbivore, le tigre carnivore, l'homme omnivore. Ça veut dire qu'il doit manger de tout dans de justes proportions... »

Ensuite, il nous interroge sur nos menus :

« Toi, Baptiste Pascal, qu'est-ce que tu as mangé à midi ?

— Des choux et du lard.

— Et hier ?

— Des choux et une saucisse.

— Et avant-hier ?

— Des choux et une côtelette.

— Tu manges donc tous les jours des choux ?

— Presque. »

Les autres, ça commençait de les chatouiller. Surtout les fils de maîtres couteliers qui trouvaient sur leur table des asperges, des tomates, des artichauts, un tas d'ingrédients que je n'avais vus nulle part excepté dans le dictionnaire. Eux, c'étaient des omnivores pour de bon. Pas moi. Est-ce qu'on peut dire *chouïvore ou chouzivore ?* A la ferme des Bessières, on était chouzivore de père en fils.

Quelque temps après, M. Saint-Joanis nous parle des seigneurs, de la noblesse des anciens temps qui avait du sang bleu dans ses veines. Cela les distinguait des croquants à sang rouge. J'avais remarqué les lignes foncées de mes mains ; je les montre.

« J'en ai aussi ! »

Et l'un de mes collègues :

« Toi, du sang bleu ? C'est du sang de chou ! »

Voilà toute la classe qui éclate de rire. Ils en pleuraient ! L'instituteur autant que les autres. Du sang de chou ! Quelle belle invention ! Et moi, vexé jusqu'aux cheveux. Qu'est-ce que je fais ? Je sors mon canif, bien affilé, je me tranche une de ces veines :

« Vous allez voir si j'ai du sang de chou ! »

Cette démonstration, ç'a été plutôt foireux : en un clin d'œil ma main s'est couverte d'une liqueur pourpre. Métamorphose. *A refaire*, comme écrivait l'instituteur dans la marge de nos exercices ratés. Lui se précipite :

« Qu'est-ce que tu fais, malheureux ? »

Je tenais toujours ma lame brillante. Plus personne n'avait envie de rigoler. Mes copains figés comme des stalactites. M. Saint-Joanis m'a emmené, débarbouillé, posé un pansement. Je me sentais glorieux.

La mémoire d'un homme est pareille à un étang, au bord d'une route. Des camionneurs passent : v'lan ! ils jettent leurs détritus : « Ça nourrira les poissons. » Boîtes de conserve vides, vieux souliers, bouteilles. Les pêcheurs, les chasseurs, les promeneurs font de même. Tout ça tombe au fond, invisible. Personne ne se doute de sa présence. Et puis, un jour, tu décides de vider l'étang, pour le curer. Tu récupères les carpes. Avec ton bâton, tu t'avances au milieu de la vase, tu farfouilles, tu ramènes à l'air ces vieux machins ensevelis. Tu les laves à grande eau, tu t'étonnes, tu t'écries : « Ah ! oui ! Toi, je te reconnais ! Par exemple !... » C'est ci ! C'est ça ! C'est la chanson patoise que chantait ma grand-mère quand j'avais six ans :

Le merle,
il a fait son nid au pied d'un vergne,
il a trois petits.
La fille
qui le trouvera sera'moureuse,
et se mariera...

Le langage de mon enfance, lui, n'est jamais tombé dans la vase. Pourtant, il y a plus de trente ans que je n'ai eu l'occasion d'en prononcer une syllabe. A présent, je parle allemand chaque jour. Je parle même le bavarois, assez différent des dialectes du nord. Par exemple, les hommes d'ici jurent par *Krezteife !* Ailleurs, c'est *Kreuzteufel !* Ce qui laisse entendre que le diable était sur la croix, et non Jésus-Christ ! Tu te demandes où ils vont chercher ces imaginations. Au fond, j'étais doué pour les études en général, pour les langues en particulier. Si mon père m'avait laissé à l'école, j'aurais pu devenir, je sais pas, gendarme, chef de gare, pharmacien, avocat. Peut-être même, peut-être même instituteur ! Un collègue de M. Saint-Joanis ! Et au lieu de ça...

I sé dé Sa Roméi !!! I SÉ DÉ SA ROMÉI !!!

Qu'est-ce que j'ai à crier ces mots-là ? Et à gueuler comme un âne ? Ce n'est pas du patois de Bavière, mais du patois d'Auvergne. « Je suis de Saint-Rémy. » Tu ne saurais croire l'effet que j'éprouve à les entendre ici, sortant de mon gosier, ces mots de là-bas ! Je veux dire, du pays de mon enfance. Jamais, depuis que le monde est monde, depuis Napoléon, depuis Charlemagne, jamais personne ne les avait proférés en cet endroit où nous sommes. Regarde : les arbres, la route, le ciel, les oiseaux en ont l'air éberlués. Des syllabes tellement étrangères ! Des sons si peu faits pour ce paysage ! De sorte que je me suis senti réellement pareil à un âne qui se mettrait à braire dans une église.

Le plus bouffon, à Saint-Rémy-sur-Durolle, c'est qu'il n'y a pas de Durolle. A Boën-sur-Lignon, il y a le Lignon ; à Saint-Pourçain-sur-Sioule, il y a la Sioule ; à Vollore-Montagne, il y a la montagne. Mais à Saint-Rémy, pas plus de Durolle que de plumes sur un crapaud. Bien sûr, elle n'est pas très loin ; mais pour la voir, il te faut quand même marcher quatre bons kilomètres, descendre jusqu'à la Monnerie. Autrefois, le bourg s'appelait Saint-Rémy-sur-Thiers. Ce qui sans doute parut vexant aux municipaux : pourquoi pas Thiers-sous-Saint-Rémy ? Ils ont donc pris leur indépendance. La Durolle est une brave rivière, sans fierté, sans tromperie, travailleuse, abondante presque en toutes saisons. Pendant des siècles elle a fait marcher les martinets des couteliers ; elle a nourri la population établie sur ses rives, aussi bien que le Nil en Égypte. Maintenant, avec l'électricité, les coutelleries se sont écartées, ont grimpé sur les collines.

Saint-Rémy n'est pas un gros patelin. Les jours de marché, autour de sa fontaine en lave de Volvic, c'est plein de paysannes, de canards, de pains de beurre, de lapins aplatis dans leur panier, les oreilles couchées sur l'échine, espérant qu'on ne les verra pas. Des jardiniers montent de Thiers avec leur carriole de légumes et de plants, tirés par une bourrique ; ils partent à minuit pour être chez nous au lever du jour. Mais si tu veux voir mieux encore Saint-Rémy, il te faut prendre le chemin du Calvaire. Il te conduit à travers un bois de sapins jusqu'à une sorte de balcon de rocher qui domine la paroisse, comme fait exprès par la nature. Là-dessus sont dressées trois belles croix de fer forgé où les dévots montent en procession à la Saint-Loup, tous chantant comme des perdus. Une fois arrivé, baisse les yeux pour regarder la cime du clocher, avec sa balustrade, les gens minuscules, l'obélisque de la fontaine qui a l'air d'un crayon ; la mère Cartailler, propriétaire de l'Hôtel de l'Europe, qui se croit si importante, et qui, vue d'ici, ressemble à une chiure de mouche. A l'entour, les montagnes disposées en cercle comme un grand théâtre vert ; toi, tu serais sur la scène, devant les croix métalliques, à attendre les applaudissements. Chaque tête porte un nom. Au premier rang : le puy Rodde, le puy Cervier ; première galerie : le Roc Blanc, le Grün de Chignore, Montguerlhe ; au poulailler : Pierre Pamol, Pierre-sur-Haute, le puy de Montoncel. Au-dessus : le plafond bleu, la grosse lampe du soleil.

La ferme de mes vieux se trouve sur la gauche, derrière la croupe des Bessières. Mais elle est habitée maintenant par mon frère Séraphin et sa putain de femme. Quant à mon père et ma mère, ils se reposent à Thiers, aux Limandons, il y a plus de trente ans qu'ils n'ont pas mal aux dents.

2

T'ai-je dit que je m'appelle Pascal ? Baptiste Pascal.

En Auvergne, il y a un Pascal connu de tous : Blaise. Blaise Pascal à Clermont, c'est comme Marius à Marseille. On rapporte ses bons mots et ses bons tours. M. Saint-Joanis nous expliquait ses mérites. Un jour, il monte au sommet du puy de Dôme pour inventer le baromètre, qui permet de prévoir le temps. Son père était commerçant, et se trompait dans ses comptes ; alors, voulant lui faciliter le travail, il invente la machine à calculer. Il invente le triangle, le carré, le rectangle et toutes les figures de la géométrie. Il invente la brouette ; aux Bessières, chaque fois que j'empoignais la brouette à fumier — qu'on appelait là-haut une *civière* en souvenir de l'époque où elle comptait quatre bras et aucune roue — tu ne peux croire comme mon cœur fondait de gratitude envers mon homonyme : sans lui, j'aurais dû transporter la marchandise au bout d'une fourche. Il invente la roulette à l'usage des casinos, afin d'enlever de l'argent à ceux qui en ont trop et de procurer au fisc des ressources honorables. Près de Clermont, à Royat, existent un casino et sa roulette ; c'est pourquoi le gouvernement a élevé une statue à Blaise Pascal, en reconnaissance des bénéfices énormes qu'il en tire. Elle le représente dans la position appropriée ; assis sur son fauteuil, il calcule les sommes que les touristes verseront à la roulette royadère, et le pourcentage que le ministre des Finances pourra se permettre de prélever.

Enfin, la dernière mais la plus surprenante de ses inventions : le roseau pensant. Avant lui, personne n'avait eu cette idée de faire penser les roseaux. M. Saint-Joanis nous expliqua son raisonnement : l'homme est fragile, il plie et ne rompt pas, mais il pense ; tandis que le chêne, lui, est une grosse brute : il ne pense à rien. Toute la classe fut impressionnée. A la maison, nous n'avions qu'un homme : mon père. Mon frère Séraphin, malgré ses moustaches, je ne le considérais pas réellement comme un adulte, à cause de toutes les gifles que je lui avais vu prendre jusqu'à ces derniers temps. Il m'arrivait de rester en observation devant le vieux, à n'importe quel moment de la journée, essayant de lui appliquer le principe de Pascal. Un jour, il a fini par s'en apercevoir :

« Qu'est-ce que t'as à me défigurer comme ça ? »

J'aurais pu lui répondre la vérité ; mais j'ai préféré dire n'importe quoi :

« T'as une mouche... là...

— Où que j'ai une mouche ?

— Elle est partie. »

Un moment après, il retrouve mes yeux sur lui : je me demandais où était la ressemblance avec le roseau.

« Est-ce que tu veux ma photo, triple con ? Qu'est-ce que t'as à toujours me défigurer ?

— Je cherche à comprendre...

— A comprendre quoi ?

— Si c'est vrai... ce qu'a dit Blaise Pascal... que t'es un roseau pensant.

— Un quoi ?

— Un roseau pensant.

— Oh ! mille wagons de putains de Dieu... »

Quand il pensait, mon père, ça allait loin.

Un jour, M. Saint-Joanis en sortit une autre aussi raide. Il prétendit que nous, gens des Bessières, étions sûrement des descendants de Blaise Pascal. Peut-être pas de lui directement, vu que c'était une sorte de curé qui comme moi resta toujours célibataire ; mais d'un collatéral quelconque, un frère, un oncle, un cousin. Avec cette idée-là, il m'excitait pour m'obliger à travailler :

« Voyons ! Toi qui es un parent du grand Pascal, tu n'arriveras pas à avaler la liste des départements ? »

Si je me trompais dans un calcul :

« C'est pas fort pour un descendant de Blaise Pascal ! »

Il répéta son refrain si souvent qu'il obtint ce qu'il voulait. Je devins son meilleur élève. La classe disposait d'une bibliothèque : un placard avec six ou sept rayons chargés de livres. Tous recouverts de papier bleu, soigneusement étiquetés. Chaque quinzaine, distribution obligatoire. Beaucoup rapportaient le leur après y avoir à peine becqueté çà et là. Moi, je n'en perdais pas un grain. Que de livres j'ai dévorés pendant mes deux dernières années d'école à Saint-Rémy ! Et l'appétit ne m'a pas entièrement passé. Quand il m'arrive de descendre à Straubing, à Regensburg, je m'arrête devant les librairies. Je me régale les yeux comme les gourmands devant les tartes à la crème. Souvent, j'entre, je feuillette, j'achète ou je n'achète pas. De toute manière, de vrais livres, avec la qualité d'autrefois : *Les Cinq Cents Millions de la bégum ; Télémaque ; Jocelyn ; Le Petit Clairon du troisième zouave,* des livres de bibliothèque, c'est fini, on n'en écrit plus.

Chez nous, aux Bessières, nous en possédions un seul, qui nous était venu en des circonstances particulières. J'avais, comme j'ai dit, un frère appelé Séraphin, qui un jour s'est marié, au mois de juillet. Après la cérémonie, il restait un tas de nourritures que menaçaient les chaleurs. Un soir, comme je sortais de l'école, je trouve ma mère devant la porte, un panier au bras.

« Emmène-moi chez M. Saint-Joanis, je lui apporte un poulet de la noce. »

Me voilà tout heureux.

« Tu aurais pu mettre aussi de la *pompe*.

— J'en ai mis. »

J'eus envie de l'embrasser. Ma mère, c'était une femme que je comprenais mal. Tantôt je la croyais méchante, tantôt non. En ce moment, c'était non. L'instituteur avait coutume de recevoir des cadeaux de ses paroissiens, dans les bonnes occasions ; mais je trouvais que les Pascal ne se forçaient guère. Il nous reçoit bien, nous remercie, nous paye la goutte.

« Vous croyez qu'il aura son certificat ? demande ma mère.

— Pardi ! Si lui ne l'a pas, qui donc l'aura ? »

C'est l'année suivante que je devais passer ce terrible examen. Au retour, elle m'a expliqué qu'avec le certificat je pouvais obtenir une place de fonctionnaire, à la poste, dans une mairie, dans une perception. Je la laissais dire ; mais je n'avais aucune envie d'être fonctionnaire ; ce qui me plaisait, c'était de gratter la terre, de m'occuper des vaches, des poules, des chèvres, qui avaient toujours été mes vraies sœurs et mes vrais frères. Séraphin était trop vieux pour moi. Il m'envoyait aussi des torgnoles, je n'aimais pas ça. Personne n'aime les torgnoles, je l'ai remarqué dans mes voyages, en France, en Belgique, en Allemagne.

« Sais-tu ce qu'il te faudra faire ? a continué ma mère. Quand tu passeras ce certificat, avant de remplir les feuilles des problèmes, des dictées et tout ça... sous ton nom, *Baptiste Pascal*, tu écris en lettres fines fines : *celui du poulet et de la pompe*. Pour lui rafraîchir la mémoire.

— A qui ?

— A M. Saint-Joanis.

— La mémoire ?

— Oui. Comme ça, il sera obligé de te donner une bonne note. »

Hein ! elle avait vraiment de drôles d'idées, ma vieille ! J'ai protesté que jamais je ne ferais une chose pareille.

« De toute façon, c'est sûrement pas lui qui me corrigera. Ce sont d'autres instituteurs qui viendront de Thiers ou de Chabreloche.

— Tu crois ?

— Il ne va pas noter ses propres élèves !

— Alors, il pourra te pistonner auprès de ses collègues.

— Pourquoi veux-tu qu'il me pistonne ? A cause d'un poulet et d'une tranche de pompe ? »

Elle me regarde sans répondre. Elle secoue la tête. Je vois bien que, dans ces conditions, elle regrette d'avoir apporté ces restes. Chez nous, le petit monde, paysans, ouvriers, croit très fort à la malhonnêteté des examens, à la corruption des fonctionnaires, à la puissance du piston. Ont-ils tort ? Ont-ils raison ? En tout cas, M. Saint-Joanis n'avait sûrement pas l'intention de se laisser acheter. Quelques jours après, on le voit débarquer aux Bessières, avec sa femme et sa fille. Parpaillou, qui était le chien le plus céhoenne de l'arrondissement, les bloque à l'entrée ; il tient bon, à lui seul contre eux trois — il se prenait pour Bayard sur le pont du Garigliano — jusqu'à ce que je vienne personnellement lui botter le train en présence de ces étrangers, pour lui apprendre la politesse.

« Laisse donc, l'excuse l'instituteur. Il ne fait que son métier. »

La petite, terrorisée, sort de derrière les jupes de sa mère et dit :

« Bonjour, Sang-de-Chou ! »

Cette enfant était tellement mignonne que tu l'aurais mangée sans la faire cuire. Quand elle parlait, elle mettait sa langue entre les dents qui lui restaient (elle était à l'âge où les dents tombent) comme les Anglais quand ils disent *The*... Ce qui fait que, réellement, elle avait prononcé :

« Bonthour, Than-de-Thou ! »

Et sa mère de la gronder tout de suite :

« Qu'est-ce que c'est que ce mot ? Il s'appelle Baptiste.

— Bonthour, Baptithete ! »

Moi, je l'ai défendue : « A l'école, tout le monde m'appelle Sang-de-Chou, ça ne me vexe pas. »

Ma vieille arrive du fond de ses appartements, échevelée. Elle tient ses visiteurs au milieu de la cour, leur débite de longs discours sur l'honneur qu'ils lui font, leur bonne mine, les beaux cheveux de la fillette, ainsi de suite. Moi, je commence à m'inquiéter de ces cérémonies : « Est-ce qu'elle va se décider à les faire entrer ? On ne laisse pas les gens si longtemps dehors. » Et comme les bavardages se prolongent, je me décide à prononcer la formule traditionnelle :

« Finissez donc d'entrer. »

Ils avancent tous trois ; ma mère ne peut plus les retenir. Elle les escorte jusqu'à la porte, s'excusant de les recevoir sans avoir rien préparé... Si elle avait su...

« Nous ne voulons pas rester, explique Mme Saint-Joanis, juste un petit bonjour en passant. »

Au milieu de la pièce, mon père est en train de se laver les pieds. Une besogne qu'il n'entreprenait que deux ou trois fois l'an ; et la malchance veut que juste ce jour-là... Les Saint-Joanis, qui sont des personnes bien apprises, ne font mine de rien : ils parlent comme s'il les accueillait en tenue de gala, lui serrent la main.

« Comment allez-vous, monsieur Pascal ?

— Que bravement, que bravement... je me fais vieux.

— Nous nous faisons tous vieux.

— D'accord. Mais vous autres, vous venez loin derrière. Fais-les asseoir, Marguerite. »

Il n'appelait sa femme « Marguerite » qu'en présence des étrangers. Autrement, il disait : « Hé là-haut ! » si elle était en haut ; « Hé là-bas ! » si elle était en bas ; « Tiens... dis... attrape.... » si elle était à sa portée. En colère, il criait : « Vieille rate ! Vieille renarde ! Vieille sournoise ! » Ou bien, il s'adressait à elle au pluriel : « Vous autres, vous vous figurez... » Dans ses heures de tendresse, il lui disait simplement : « Vieille. »

« Dépêche-toi de sortir de ta bassine ! cria ma mère. En voilà une façon d'accueillir les gens ! Grand malhonnête !

— Je ne savais pas... Si on m'avait prévenu... »

Et le maître d'école : « Non... non, continuez... ne vous dérangez pas pour nous, nous ne faisons qu'entrer et sortir. »

Et lui, les pieds toujours dans le bouillon :

« Vous vous assirez bien une minute ? On vous voit pas si souvent.

— C'est bien pour vous faire plaisir.

— Je me dépêche, mais faut quand même le temps.

— Naturellement, qu'il faut le temps... »

On voyait qu'ils se retenaient de rire, sauf la petite qui regardait ce travail avec grande curiosité, le nez penché sur la bassine, comme une leçon de choses. Moi, ça me gênait ; si j'avais su le père dans cette situation, je ne les aurais pas poussés à s'avancer. Ils acceptèrent de s'asseoir, posèrent un paquet sur la table ; puis l'institutrice entreprit de couvrir d'éloges le poulet et la pompe de ma vieille. Elle demanda des nouvelles des mariés : Séraphin était allé présenter sa femme au parentage. Soudain mon vieux sort le pied gauche de l'eau, le pose sur son genou droit, entreprend de le gratter avec une lame de couteau, comme une carotte.

« Espèce de dégoûtant ! crie sa femme. Tu pourrais te garder de faire ça à la vue du monde !

— Mais non, mais non, proteste le maître d'école. Laissez-le finir. Ne le bousculez pas. Faites comme si nous n'étions pas là ! »

Visiblement, l'instituteur prenait un certain plaisir au spectacle.

« Tournez-lui le dos, à ce sale ! » recommande ma mère.

Et elle se dirige vers le buffet, veut sortir une bouteille, des verres. M. Saint-Joanis la retient :

« Nous ne voulons rien, nous ne restons pas, ne cherchez rien, surtout ! »

Peut-être que le bain de pieds ne les a pas mis en appétit. Pendant que Victor Pascal continue l'épluchage, le maître ouvre son paquet, en tire un gros livre :

« C'est pour Baptiste. Une gentillesse en vaut une autre. Un dictionnaire. Je suis sûr qu'il en fera bon usage. »

Je sens mes joues devenir brûlantes. Le livre est au centre de la table, si épais, si neuf que mes mains n'osent se tendre vers lui. Le maître me l'approche :

« Allons ! il est à toi !... Prends-le !... »

D'émotion, j'oublie de remercier.

« Vas-tu dire merci ? crie ma vieille. Casériaud ! »

Elle n'aurait pas dû ! Non, elle n'aurait pas dû ! Parce que le merci que j'ai lâché, comme ça, j'ai eu l'air de le dire de force, seulement parce qu'on l'avait exigé. Un merci de camelote. Tandis que si l'on m'avait laissé le temps de me remettre, crucifix ! si l'on ne m'avait pas bousculé pour que je prononce là, sur-le-champ, le mot nécessaire, quel merci, quel... je ne sais pas... quel hosanna j'aurais chanté à cet homme ! Lui, il a souri, il s'est contenté de ce que je lui donnais, sans doute il en a compris plus long qu'il n'avait l'air.

Un dictionnaire, ce n'était pas pour moi chose entièrement neuve. A l'école, nous en avions un certain nombre à notre disposition, que nous pouvions ouvrir et consulter. Mais celui-là m'appartenait complètement. Je revois encore son dos de toile orange, avec cette dame à longs cheveux qui soufflait sur une fleur de pissenlit : *Je sème à tout vent*. Et le nom du fabricant : *Librairie Larousse, Paris*. Mon premier soin fut de l'habiller d'une couverture supplémentaire, en papier journal ; d'écrire mon nom à l'intérieur : *Baptiste Pascal, Les Bessières, Saint-Rémy-sur-Durolle, Puy-de-Dôme, France*. Ainsi, aux yeux du monde entier, Europe, Amérique, Océanie, j'affirmais sur ce volume mon droit de propriété. Je me sentais riche.

Le mariage de mon frère avait provoqué dans la maison un déménagement. Avant, nous disposions de trois chambres à coucher : celle des parents, celle que nous occupions, Séraphin et moi, et l'étable des vaches où dormait la grand-mère Mangematin de son vivant. Fallut laisser la seconde au nouveau couple. J'allai m'installer derrière la queue des ruminantes, dans la caisse remplie d'un sac de plume. La chose ne me chagrina pas du tout : je crus avoir trois ans de nouveau, comme au temps de ma bonne et féroce vieille vieille... Près de la tête du lit, sur une planchette, j'avais disposé mes biens personnels : une boîte de dominos, un sifflet, et surtout mon dictionnaire. Une seule ampoule électrique pendait du plafond, entre deux poutres ; elle se terminait au fond par une pointe, pareille à une épine d'acacia. Cela suffisait pour éclairer la traite, besogne qui se fait pratiquement sans la vue ; mais quand sa lumière atteignait mon coin, elle était plutôt crapouillote. N'importe : sitôt couché, j'ouvrais mon Larousse, et je lisais jusqu'à ce que les yeux me piquent.

Quand tu lis un roman, tu n'as jamais de grosses surprises. Une histoire en amène une autre. Les événements sont liés entre eux, tu peux même les prévoir, avec un peu de flair. C'est comme un paysan sur la route, un jour de foire ; au bout du paysan, il y a un bras ; au bout du bras, une corde ; au bout de la corde, le cou d'un veau ; puis le ventre du veau ; puis la queue du veau. Après le cou du veau, si tu trouvais une carabine, ce serait une vraie surprise ! Eh bien, dans un dictionnaire, voilà exactement ce qui arrive. Moi, je ne prenais pas la peine de suivre tous les mots ; je me contentais de m'arrêter aux illustrations. De cette façon, je tombais, par exemple, sur *charrue*. Je voyais une image de la charrue, avec toutes ses parties, *mancherons, versoir*... Plus loin, tout par un coup, c'était une page entière consacrée à la *chasse* : à l'affût, au chien d'arrêt, à courre... avec le gibier correspondant : le chamois, les perdrix, le lièvre, le cerf... La page suivante, c'était le *château fort*, donjon, bannière, chapelle, tour de guet... Puis, venait le *chemin de fer*... Tu sautais comme ça d'un temps à un autre, d'un monde à un autre, d'étonnement en étonnement. Ça te tenait réveillé malgré toi.

Avec ce bouquin, je m'étais fait l'instituteur de la famille. Le soir, à la veillée, après le départ de Séraphin et de sa femme, je le posais sur la table ; j'expliquais les choses extraordinaires qu'il contenait. Mon vieux écoutait la bouche ouverte. Il avait fait la guerre de 14 ; il s'intéressait particulièrement aux armes ; ça lui en bouchait un sacré coin de constater que son Lebel était dans le dictionnaire, avec chacune de ses pièces, le chien, le percuteur, la grenadière, tout le fourbi. Il exprimait sa surprise en disant :

« Hein ! Hein !... »

Une autre mécanique l'émerveilla : les deux pages consacrées à l'*homme* exposé en quatre planches. Un squelette, serrant une tabatière dans sa main gauche. Un écorché. Un gentleman avec le ventre ouvert : on lui voyait l'estomac, les rognons, la rate, les artères, les veines. Un autre tout en nerfs blancs attachés à la moelle épinière ; ils ressemblaient plutôt aux arêtes d'un hareng. De l'autre côté, deux hommes nus, un de face, un de dos, avec juste une feuille de vigne sur le zizi. Des heures, mon père restait penché sur ces individus opaques ou transparents. Ça énervait plutôt la Marguerite :

« Quand tu auras fini d'examiner tes guignols ! C'est-y que tu veux te faire médecin ?... Tu ferais mieux de raccommoder les paniers ! »

Lui haussait les épaules. Pour se venger, il répondait quelquefois, l'index posé sous le squelette :

« Regarde comment tu seras d'ici quelques années !... Seras-tu appétissante ? Hein ? Hein ? »

A l'avance, il la voyait une tabatière à la main, avec les trous noirs des orbites et du nez, montrant toutes les dents qui lui resteraient ; ça le faisait rire d'imaginer cette déconfiture. D'autres fois, il me demandait :

« Lis-moi les mots, c'est écrit trop fin. »

Je déchiffrais : *omoplate, cubitus, rotule...* Il palpait son propre corps pour vérifier s'il était muni de ces accessoires. Il constatait avec plaisir :

« C'est pourtant vrai... Oh ! mille dieux ! »

Il y en eut un ou deux qui lui donnèrent du souci. Entre *abdomen* et *cuisse*, le mot *aine*. Une flèche le reliait à un point situé très près de la feuille de vigne. Je savais que c'était là une zone dangereuse, dont il fallait éviter de parler. Mon vieux, lui, semblait fasciné par l'*aine* du nudiste. Il ne distinguait pas nettement en quoi elle consistait, et je suis sûr que, dans son esprit, il l'appliquait à ce que la feuille était chargée de dissimuler. Je l'entendais marmotter :

« L'*aine*... l'*aine*... »

Ce terme ne lui donnait pas satisfaction. Même histoire lorsqu'il découvrit que l'extrémité de l'intestin s'appelle officiellement *anus*. Chez nous, on lui donnait d'autres noms. Les dictionnaires, faut dire la vérité, c'est rempli de grossièretés qu'on ne devrait pas mettre sous les yeux des enfants : *cul-de-jatte, cul-de-sac, andouille, fumier, pisser, pisseur, pissoir, pissotière, crever, charogne...* Tu parles d'un vocabulaire ! Je tremblais que ces malpropretés ne tombent sous les yeux du père Pascal, ce qui aurait sûrement entraîné la confiscation du livre. Certes, il en employait quotidiennement lui-même d'aussi jolies ; il aurait été choqué pourtant de les voir imprimées dans un cadeau de l'instituteur. Non seulement imprimées, mais expliquées en détail.

Pour un seul, l'éditeur avait pris des précautions. Il avait dû se rendre compte de la brutalité du mot ; aussi, avant de le mettre sous tes yeux, il te préparait, à petites doses. Tu trouvais d'abord la syllabe *co* ; elle te renvoyait à *com*. A *com*, tu lisais : voir *con*. A l'école, tous connaissaient le terme : on l'écrivait sur les tables, sur les murs, dans la neige avec un doigt. A *con*, tu lisais enfin l'explication : *préf*. Moi, je me disais : « Qu'est-ce que ça signifie, *préf* ? Ça doit être quelque chose de tellement dégueulasse qu'on n'a pas osé l'écrire en entier. »

Avec le Larousse, l'instruction était entrée dans la maison.

Quelques mois plus tard, un de nos voisins, nommé Ytournel, prit un billet pour le royaume des taupes. Mon vieux suivit le corbillard, ce qui lui donna l'occasion d'entrer à l'église où il ne mettait les pieds qu'exceptionnellement. Il en rapporta une belle indignation :

« Notre curé est sacrément dégourdi ! Il va quand même fort, je trouve ! »

Et ma mère : « Qu'est-ce qu'il a fait ?

— Si les curés à présent se mettent à parler comme ça ! Tu sais ce qu'il a chanté sur le cercueil de ce pauvre Ytournel ?

— Quoi donc ?

— *Anus Dei !* C'est poli, ça, hein ? En s'adressant à un malheureux qui pouvait pas lui répondre !

— Bougre d'âne ! c'est un cantique, *anus Dei*, c'est du latin, ça se chante à toutes les messes !

— Justement, c'est du latin. Tu te rends pas compte de ce qu'on te fait dire ! On voit bien que toi, t'as pas étudié le dictionnaire ! »

Du jour où je me suis mis ainsi à le fréquenter, je devins, en français, le champion de Saint-Rémy. Par exemple, je me demandais si je n'en savais pas plus long que M. Saint-Joanis lui-même. Il m'est arrivé de le battre. Exemple : le coup de *perce-neige*. Il avait écrit au tableau : *Les perce-neige blancs étoilent la terre sombre.* Moi, je fais :

« Monsieur, il faut : les perce-neige *blanches.* »

Et lui, surpris :

« Blanches ? On dit un perce-neige ! Comme on dit : un ouvre-boîte, un tournevis, un pèse-lettre, un perce-oreille...

— On dit : *une* perce-neige. Je l'ai lu dans le dictionnaire. »

Ce silence dans la classe ! Tous les copains de me regarder, les yeux comme des verres de montre : « Est-ce qu'il aura le culot d'avoir raison contre l'instituteur ? » On va prendre dans le placard les trois Larousse de la classe.

« Ouvrez-les !... Lis à voix haute ! Toi, Sandouly ! »

Sandouly s'exécute : « *La perce-neige est une plante à bulbe...* »

De nouveau, le silence.

« *La* perce-neige ? Il y a *la* perce-neige ?

— Oui, monsieur. Nom féminin.

— Eh bien, ça veut dire deux choses. Premièrement, que la langue française est plus lunatique qu'une chèvre ! *Un* perce-oreille, *une* perce-neige ! Deuxièmement, que je me suis trompé, que Baptiste Pascal a bien fait de me corriger. Sans lui, j'aurais continué toute ma vie de dire *un* perce-neige. Je le remercie de m'avoir rendu ce service. »

D'entendre des choses pareilles, les autres, ils en bavaient comme des limaces.

« Plus j'y pense, ajoute le maître, plus je me persuade que tu es vraiment un petit cousin de Blaise Pascal. Ça va t'obliger, mon cher, à te montrer digne de lui ! Je veux que tu sois reçu au certificat d'études premier du canton ! »

Le grand Pascal, il commençait sérieusement à me courir. J'aurais mieux aimé m'appeler Sandouly, ou Pironin, ou Chapelat. Ceux-là, c'était des noms sans gloire, qui ne t'obligeaient pas à te crever la peau du ventre pour dépasser les autres.

Je craignais que M. Saint-Joanis, au fond, n'eût été vexé de ma rectification. A sa place, moi, je l'aurais été. Lui, pas. Il continuait de me regarder droit dans les yeux comme avant, de me botter gentiment les fesses quand il m'arrivait, au moment des sorties, dans la pagaille du couloir, de les placer devant lui. Quelquefois, il lisait à haute voix mes compositions françaises, lorsqu'il les trouvait à son goût. Mieux : il lui arrivait d'emporter mon cahier dans la cour, de l'ouvrir sous les yeux de ses collègues. Et ses collègues me regardaient ! Les copains crevaient de jalousie. Ils ne m'appelaient plus Sang-de-Chou, mais Sang-de-Chouchou. Je les laissais pisser leur vinaigre, trouvant naturelles ces attentions de l'instituteur.

Si je fus reçu premier du canton ?... Je ne suis pas réellement un descendant de Blaise Pascal. Sur mon cahier trimestriel, l'instituteur écrivit cette appréciation : *Bon élève, mais bavard et étourdi*.

Et mon vieux : « Qu'est-ce que ça veut dire, étourdi ? Tu as fait encore quelque saloperie ? »

Et ma vieille : « Ça veut dire que c'est une tourte ! Étourdi ! Un céhoenne ! »

Et moi : « Mais non, puisqu'il dit *bon élève*. »

Et lui : « Pourquoi que tu bavardes comme ça ? Mords-toi la langue quand tu as envie de parler. Tu diras moins de simpletés ! »

3

Je voulais te raconter juste les choses indispensables. Te faire comprendre pourquoi je suis resté. Mais à présent, à mesure que je fouille le fond de l'étang, crucifix ! tout sort ! Je n'aurais pas dû ouvrir la vanne. Valait mieux laisser dormir ces épaves. Plus rien n'existait. Et voici que tout existe de nouveau. Je patauge dedans, j'en ai maintenant jusqu'aux oreilles. Comment te faire comprendre ?

Drôle de famille, d'abord, que j'ai eue. Commençons par le père, Victor Pascal. Un homme bizarre, fait de pièces et de morceaux qui semblaient avoir été ramassés à la casse, puis soudés ensemble tant bien que mal. Un homme d'occasion. Par exemple, il avait une moustache blonde et une rousse ; comme si, d'un côté, elle avait été trop cuite, de l'autre pas assez. Grand et plutôt maigre de sa personne, mais avec un gros derrière. Visiblement, il s'agissait aussi d'un derrière d'emprunt, pas à sa pointure. Il fauchait un peu en marchant, c'est-à-dire que ses bras se balançaient autour de lui. Sa voix, quand il parlait, ce qui lui arrivait rarement... Mais comment te décrire sa voix ? Trente ans que je ne l'ai plus entendue. Pourtant, elle m'est restée dans l'oreille, aussi bien enregistrée que sur un disque. J'entends même... comme s'il était là, à quatre pas de moi... sa manière de tousser, de se racler la gorge, de se moucher, de rire, ce qui était plus rare que tout. Avec des mots, tu fais comprendre les couleurs, les formes, les mouvements ; mais nous n'avons pas su inventer de mots pour décrire les voix. Faut donc que tu t'en passes. Je garde mon enregistrement pour moi seul. En compagnie d'un tas d'autres. Une belle discothèque. La voix de ma mère, celle de ma grand-mère, celle de M. Saint-Joanis... Le son des cloches, le dimanche matin ; elles annonçaient la messe et sonnaient trois fois : un, préparez-vous ; deux, partez ; trois, vous êtes en retard... La respiration des vaches dans l'étable ; elle m'aidait à dormir ; je me prenais pour Jésus... Le grignotement des souris qui me rendaient visite. J'en avais une trouille noire. Je leur criais dans ma tête : « Partez ! Je ne vous veux pas ! Allez plus loin ! Allez voir Séraphin et Fernande ! » Mais mes lèvres ne disaient rien, comme gelées. Les souris tournaient autour de ma caisse, grattouillaient dans la litière. Il y en avait deux que je reconnaissais, des habituées ; ce n'était pas difficile, parce que la première remorquait la seconde, qui la tenait par la queue ; la seconde était sûrement aveugle, elles avaient inventé ce mécanisme.

Voilà un jeu que je m'offre quelquefois, quand je suis seul dans ma cabane en planches, principalement si j'ai bu un petit coup. Je me fais entendre tous mes enregistrements. Tu ne peux imaginer les idées que ça me donne.

De temps en temps, mon père se couvrait les yeux d'une main et se mettait à pleurer. Ça le prenait n'importe où, n'importe quand. Parfois au milieu du travail, ou du repas, ou sur le dictionnaire. Il lâchait sa pioche, posait sa cuiller, écartait le livre, se couvrait la figure. Ma mère me faisait signe de me taire, de ne pas le déranger. Nul n'ignore chez nous que les larmes que tu te refuses sont le pire des poisons : elles te détruisent l'intérieur aussi sûrement que l'arsenic. Alors, je regardais ce grand bonhomme moustachu qui se cachait derrière sa main parce qu'il avait honte, les épaules secouées de sanglots. Il lui échappait des gémissements mêlés de jurons : « Aïe... aïe... bon Dieu de bon Dieu... aïe... aïe... » Tu aurais vraiment dit que quelqu'un lui écrasait les genoux dans un étau. Ce spectacle était pour moi une chose terrible. Chez les gamins, pleurer est une affaire quotidienne, ils pleurent pour un oui, pour un non.

Mais chez un homme de cinquante ans ! Alors, il ne savait pas. Il faisait ça d'une manière ridicule, indécente.

On n'avait pas besoin de lui demander d'explications : nous connaissions tous la cause de ce chagrin. Maxime. Le petit Maxime. L'illustre Maxime rempli de toutes les perfections imaginables. Un frère que je n'avais point connu, né entre Séraphin et moi, mort à l'âge de six ans, avant ma naissance. Par accident. Un enfant beau, doux, affectueux, intelligent, dont la disparition brutale avait un peu démoli l'esprit de mon père et de ma mère. Par moments, j'en avais plein la barbe de cet « ange du bon Dieu », de ce « pauvre agneau », de ce « petit saint », de cette « merveille du ciel » auprès de qui je faisais figure du dernier des bâtards. C'était à peu près comme mon oncle Blaise Pascal devant M. Saint-Joanis. J'étais tenté d'aller me faire sanctifier, moi aussi, dans le gour de Viregogne.

Celui-ci se trouve à une portée de fusil des Bessières, en direction de Faydit, au levant. On le disait habité par un ogre affreux, Viregogne, avec une barbe et des cheveux verts. Les mères menaçaient leurs enfants :

« Si tu manges pas ta soupe, je vas chercher Viregogne ! Et tu verras s'il la mangera, lui, et toi avec ! »

Alors les gosses, terrorisés, auraient plutôt avalé le bol. Quand tu te promenais au bord de l'étang, il se gardait bien de se montrer ; tu ne voyais rien que sa tignasse verte flottant sur les eaux ; des fois, tu l'entendais appeler doucement :

« Tut !... Tut !... Viens avec moi !... Toi !... Toi !... Toi !... Je te vois !... »

Ce n'étaient que les grenouilles ; mais alors on nous recommandait de nous boucher les oreilles, de partir en courant. Sinon, tu finissais par céder à ses appels, tu t'approchais des longues herbes coupantes, tu t'avançais vers lui ; tout par un coup, tu te sentais saisi par les pieds, Viregogne te tirait au fond de la vase, tu faisais des bulles, plouc, plouc, plouc, plouc.

C'est de cette façon que Maxime s'était laissé prendre. En compagnie de la grand-mère Mangematin, il était allé du côté du gour ; la vieille cueillait des pissenlits pour les lapins. Pendant qu'elle lui tournait le dos, lui s'était éloigné un peu trop. Pour s'assurer de sa présence auprès d'elle, la grand-mère lui parlait, dans son patois :

« Regarde le beau !... Et celui-ci !... Et celui-là... »

Maxime répondait de sa voix flûtée :

« Je le vois... Je le vois... »

Tranquille, elle continuait sa récolte sans lever le front.

« En voici un joli !

— Je le vois. »

Ainsi de suite. Elle avait fini par mettre une grande distance entre le gour et elle. Chaque fois, le gamin lui répondait gentiment. Enfin, pour se dégourdir les reins, elle se redresse un peu. Elle regarde autour d'elle : personne ! Pas de Maxime ! La seconde précédente il avait encore dit : « Je le vois... » En un instant, elle comprend tout : c'est le monstre aux cheveux verts qui parlait à sa place. Pendant ce temps, il attirait le malheureux au royaume des bulles. La vieille saute dans l'eau avec toutes ses gonnelles, sans se soucier de Viregogne : elle était femme à le tenir en respect, ce casériaud ! Elle se débat, de droite, de gauche, crie de toutes ses forces : « Maxime ! Maxime ! » Tout est perdu. On l'a repêché plus tard, couvert de filasses vertes.

Il paraît que pendant des années la grand-mère Mangematin ne cessa de répéter :

« Je vous dis qu'il me répondait ! Que je l'entendais ! C'était lui exactement, je le connaissais bien, il disait : — Je le vois... je le vois... »

On la croyait. On savait toutes les fourberies dont Viregogne était capable. Voilà donc comment finit ce frère miraculeux. Il aurait à présent la soixantaine ; mais en fait, il n'a pas vieilli ; il est resté petit comme au jour de sa noyade, beau, doux, intelligent, affectueux. Tandis que moi, je suis devenu vieux, laid, ivrogne sur les bords et passablement céhoenne. Sang-de-Chou, pour tout dire. Il n'a connu qu'une misère, celle de sa mort, j'en ai connu trente-six mille ; et d'autres m'attendent, Dieu sait combien. Alors, ce coco-là, je continue de le jalouser, pareil que lorsque j'avais douze ans.

Mon père donc, comme j'ai dit, mettait sa main de temps en temps devant ses yeux ; et il gémissait : « Aïe, aïe, aïe... Bon Dieu de bon Dieu... » Il n'accusait personne, ni sa belle-mère, ni l'ogre, ni l'étang, ni les pissenlits, ni les lapins. Pourtant, tout ça était lié. Sans les lapins, pas besoin de pissenlits, pas besoin de promenade à proximité du gour. Les lapins aussi avaient la mort de Maxime sur la conscience. Mais Victor Pascal ne les accusait point.

Mon père et moi, nous avons fait connaissance au milieu de l'autre guerre, au cours d'une de ses permissions, j'avais déjà plus d'un an. On m'a raconté qu'il me posait sur sa paume droite et me faisait sauter au plafond en s'écriant :

« Dix-huit février ! Dix-huit février ! »

Ma date de naissance. Drôle de façon, n'est-ce pas, de dire son plaisir ? Et par la suite, tant que je fus petit, il continua de me donner parfois ce tendre sobriquet : « Dix-huit février. »

La guerre l'avait promené à travers le monde, sans qu'il eût jamais su exactement où il se trouvait. Il avait combattu en Syrie, en Serbie, et le diable sait où ; avec ou contre les Turcs ; avec ou contre les Bulgares. Il tirait sur ceux d'en face. Il laissait à ses supérieurs le soin de lui fournir les cibles adéquates. Quand quelqu'un lui posait des questions imbéciles, dans le genre : « Qu'est-ce que tu faisais pendant la guerre ? », il n'avait qu'une réponse : « Je suivais le mouvement. » Il avait toujours suivi le mouvement. Ce n'était pas son affaire de savoir où ce mouvement conduisait.

Ses mains. Je revois ses mains épaisses, rugueuses comme le bois brut, si accoutumées au manche des outils qu'il leur était devenu impossible de s'ouvrir complètement : elles formaient toujours une demi-lune. Incrustées de petits grains de poudre rapportés des armées. Lorsqu'il en fermait une, ça donnait une sorte d'énorme artichaut, dur, noueux, incassable. Il traitait son corps sans ménagement.

Quand il déchargeait le foin dans la grange, il en levait de telles fourchées, qu'il avait l'air de piquer le ventre d'un nuage. Il choisissait les besognes les plus rudes. C'est ainsi qu'à l'époque des battages il coltinait les sacs de grain : les fabuleuses *boges* de cent, cent vingt, cent trente kilos. Un jour, son chargeur était Séraphin, alors âgé de seize ou dix-sept ans. Mon frère ne s'y prenait pas trop bien, ce qui lui valait de temps en temps de se faire appeler triple quelque chose. Victor Pascal aimait à mettre du triple dans son admiration comme dans son mépris. S'il aimait un chèvreton, il disait : « Ça c'est un triple fromage ! » De la même manière, il parlait de « triple vent », de « triple froid », de « triple mensonge ». Au bout d'un moment, arrivent deux farceurs :

« Attends, qu'ils disent. Puisqu'on est ici, on te donne un coup de main. »

Ils l'encadrent, tout le monde se baisse, ils saisissent le sac par les pieds, Séraphin par les chevilles et tchac ! les installent tous deux sur l'échine de Victor Pascal. Lui s'éloigne aussi tranquillement que s'il portait un édredon.

Tout ça pour te dire quel genre d'homme était mon couillon de père. En 1919, quand il a été démobilisé, je vivais encore dans des robes. Mon travail était de jouer avec des bouts de bois, des cailloux, des bouchons, des marrons, des bobines. Deuxième classe il était parti, deuxième classe il revenait. Il avait suivi le mouvement. Pourtant, il ne rentrait pas la musette vide ; au cours de ses voyages à travers la France, l'Europe et l'Asie, il avait recueilli des épaves qu'il nous destinait. Ainsi, ma mère eut une paire de babouches musulmanes presque neuves qu'elle cloua au mur de sa chambre, en guise de porte-brosse. La grand-mère Mangematin reçut des culottes très bouffantes, d'occasion, tout à fait dans le style des siennes, sauf qu'elles avaient une braguette et point de dentelle ; elle les mit tous les hivers, parce qu'elles la protégeaient bien. Mon frère toucha une gourde italienne, faite d'une calebasse séchée, avec le mot *Napoli*, sur le ventre. Pour finir, il me mit entre les mains un marin en plâtre, pour qui je me pris tout de suite d'affection. Je ne sais où ni comment il s'était procuré ces articles. Quand on en parlait, c'était pour dire seulement qu'il les avait rapportés « de la guerre ». Je me représentai la guerre comme un marché avec toutes sortes de marchandises. La plus mystérieuse était le cadeau de ma vieille vieille. J'ai longtemps réfléchi par la suite à sa forme, sa substance, ses accessoires. Je suis à peu près sûr qu'il s'agissait de cette espèce de caleçon que portent les soldats grecs sous leur jupette. Et c'est une chose très troublante que de se demander quelle sorte d'idée avait eue Victor Pascal de déculotter un Grec pour culotter sa belle-mère.

Un matin, sur les pierres de la cuisine, mon marin et moi étions occupés à prendre ensemble du bon temps. Voici qu'arrive ce grand branlaire de facteur qui fonctionnait alors. Moi, je ne connaissais que ses jambes immenses. Elles se perdaient au-dessus de moi dans les espaces. On disait, à cause de ses lunettes de fer, qu'il ne voyait « que la moitié de sa vie ». Il entrait chez nous deux ou trois fois par an et chaque fois se cognait le képi à quelque chose, le coin d'un meuble, le tuyau du poêle, le dessus de la porte. Alors, en son patois de Palladuc, il poussait des braillements terribles :

« Oh ! cent dieux ! Je me suis tué... je me suis tué ! »

Il s'écroulait sur une chaise. Personne ne le croyait : il lui restait trop de voix. Cependant, parce qu'on était chrétiens, qu'on ne voulait pas le laisser mourir sans lui porter secours, ma mère le réconfortait, mon père se précipitait à la cave, rapportait une bouteille de vin ; une rasade lui rendait la vie.

Ce jour-là, la première chose que fit le sacré binoclard fut de poser son godillot sur mon marin de plâtre, de le réduire en mille morceaux. J'éclatai en hurlements ; les larmes me jaillissaient de toute la figure, grosses et rondes comme des petits pois. Le facteur bredouilla des excuses et s'en alla, tout panouille, sans son verre habituel. Rien ne put me consoler. On me mit au lit ; toute la nuit je fus secoué de sanglots.

Pour la première fois, j'eus le sentiment de la mort. Souvent, j'avais vu tuer les bêtes sans comprendre : encore chaudes, étendues, immobiles, elles semblaient dormir ; elles conservaient leur apparence, elles existaient encore. Mon marin, lui, se trouvait anéanti. Quand, plusieurs années après, j'ai vu ma grand-mère allongée sur les couvertures, les mains ficelées d'un chapelet, une grosse boîte d'allumettes sous le menton pour l'empêcher d'avaler les mouches, que Dieu me pardonne, je n'ai pas cru réellement à sa mort ; j'ai eu moins de chagrin qu'au massacre de mon compagnon de plâtre. La douleur pour elle n'est venue qu'ensuite, petit à petit. Aujourd'hui, de raconter la fin de mon marin, ça me fait rigoler ;

mais si je repense à ma vieille vieille, aux chansons qu'elle chantait :

Le merle,
il a fait son nid...

comment elle protégeait mes siestes des mouches, en me couvrant la figure de son chapeau d'Auvergnate, crucifix ! un demi-siècle après, je me sens des coliques. Les douleurs, c'est la même chose que les pluies : certaines tombent brutalement, en averses orageuses ; elles s'écoulent très vite ; le sol en garde à peine trace ; d'autres se déposent sans fracas, en douceur, mais elles imbibent la terre jusqu'aux moelles.

Mais laisse-moi te raconter le dernier épisode. Le lendemain du drame, je me réveille. Miracle ! Le marin est là, debout sur la table de nuit, un peu barbouillé, mais complet, des souliers au pompon ! Je descends dans la cuisine, je le promène partout en triomphe. On ne me donne pas d'explication ; je n'en demande pas ; il me suffit que nous nous soyons retrouvés. Victor Pascal avait ramassé sur un papier les mille morceaux en question. Il avait fabriqué de la colle au blanc d'œuf. Ses gros doigts, habitués à manier la bêche, la pelle, la hache, le bigot, avaient entrepris de remettre ensemble tous ces débris. La besogne avait duré jusqu'à quatre heures du matin. Il avait installé le ressuscité près de ma tête, afin que je le voie en ouvrant les yeux. Alors il était allé se coucher.

Numéro deux : ma mère. Marguerite Pascal née Mangematin. A cette époque, parce que j'étais petit, elle me paraissait terriblement grande, avec son chignon posé sur la tête comme une pomme. Des bras qui allaient me chercher dans les coins. De longs pieds qui me bottaient les fesses aux moments les plus inattendus. Si bien que quelquefois, de surprise, j'en mouillais mes culottes. Jamais le temps de me dire un mot gentil, de me faire une caresse ou un compliment. Toujours à s'occuper des poules, des vaches, des cochons, des lapins, des pigeons, des légumes, de la vaisselle. Alors, je m'étais mis dans la tête une idée bien triste : « Ma mère ne m'aime pas. » Faut dire qu'à cette époque, les taloches ne me tombaient pas dessus gratuitement. J'en faisais de toutes les couleurs. Je me bagarrais, je me déchirais, je me roulais dans la poussière, je perçais mes poches, je cassais mes sabots, je maraudais les cerises des voisins, je m'écorchais les genoux, je perdais mes crayons, je crachais en l'air, je m'enfonçais des pailles dans le nez. A vrai dire, je ne faisais qu'une seule sottise par jour, mais elle durait de l'aube à la nuit. Quoi d'étonnant, dans ces conditions... hein ? Mais j'avais pour principe de ne pas pleurer devant les adultes : j'allais m'épancher dans l'étable, en compagnie des vaches.

Un jour, j'ai pris mon courage à deux mains ; j'ai demandé à ma mère :

« Pourquoi que tu me bats comme ça ? Batteuse ! Batteuse ! Batteuse ! »

De s'entendre traiter de batteuse, ça lui a coupé le sifflet. Ensuite, calmement, contente au fond de ma question :

« Ben... tu comprends pas ?

— Non, je comprends pas.

— Pour que tu deviennes un homme sans reproche. As-tu envie de finir sur l'échafaud ?

— Non.

— Alors... »

Son raisonnement ne m'a guère convaincu. Fallait-il que j'aie les yeux pleins de cire ! Voici en quelles circonstances j'ai corrigé mon énorme erreur. Un jour, ma vieille tenait à la main un coutelas : elle découpait un lapin. A ce moment précis, entre Parpaillou, sans nécessité. Celui-là, pour arriver au moment inopportun, c'était un spécialiste. Énervée comme elle avait coutume d'être, avec toutes ces besognes sur le dos, elle veut le chasser, se met à faire des moulinets. Je me trouvais tout proche : la lame me mord un poignet, me l'ouvre jusqu'au cubitus, comme dit le dictionnaire. Avec surprise, je considérais cette fente rose, l'os au fond qui brillait : tu l'aurais cru ripoliné. Ça saignait un peu, pas énormément ; aucune artère n'avait été atteinte. Mais alors, cette musique que fit ma mère ! Hurlements, au secours, mon petit, je suis une criminelle, une damnée... Séraphin accourt, il me transporte sur sa bécane jusqu'à Saint-Rémy. Le médecin me pose des agrafes, m'enveloppe d'un bandage. Au retour, deuxième couplet : hélas, hélas, je te demande pardon, c'est la faute à ce putain de chien, faudra le tuer. Elle me serre contre elle, me pleure dans les cheveux. Pas question de tuer Parpaillou, naturellement : j'ai pris sa défense. D'autant plus que moi, je n'avais pas la moindre envie de pleurer ; je venais de faire cette merveilleuse découverte : ma mère m'aimait.

Plus tard, je l'ai vue se rapetisser à mesure que je grandissais. Un jour, j'ai dépassé la pomme — devenue toute grise — de son chignon. On accuse les autres, c'est facile. Et vois, moi aussi, j'ai fait comme les autres. Jamais non plus je n'ai eu l'idée de lui faire une caresse quand je le pouvais, de lui dire un mot gentil ou un compliment. Pas l'habitude. Elle aussi a pu croire que je ne l'aimais pas, et partir avec cette erreur dans la tête. Comment le lui faire comprendre à présent ?

Oh ! bénies les gifles, les torgnoles, les revire-Marion de mon enfance ! Bénis les coups de pied au cul ! Bénis vous qui me les avez donnés sans compter, chaque semaine, dimanche et jours de fête ! Je donnerais cher pour en recevoir de vous encore : ils étaient la preuve frappante d'une grande amitié.

La grand-mère Mangematin ne connaissait ni latin ni français. Ça ne l'empêchait pas d'être terriblement pieuse, à sa manière ; de réciter les prières sans en comprendre un mot. Elle m'obligeait, avant la messe, à entrer dans le confessionnal :

« Va te confesser, fils de pute ! Tu as la conscience plus sale que tes sabots ! »

Et elle levait son bâton, pour le cas où j'aurais opposé quelque résistance. Les sermons du curé, comme on dit, elle en attrapait à peu près autant de la tête que du derrière. J'avais neuf ou dix ans quand elle prit une habitude épouvantable. Elle m'emmenait à l'église et m'installait près d'elle. Si je regardais voler les mouches, tchac ! un coup de coude dans les côtes. A la sortie, elle questionnait :

« *Co l'o dji, lou cura ?* » (« Qu'est-ce qu'il a dit, le curé ? »)

Je devais alors lui traduire en patois le prône depuis A jusqu'à Z. Un discours interminable auquel je ne comprenais pas grand-chose moi-même. Si je restais sec, elle me traitait de franc-maçon, levait sa canne, me flanquait des coups sur les mollets. Pourtant, je trouvai la parade : suffisait de dire n'importe quoi.

« Qu'est-ce qu'il a dit, le curé ?

— Il a parlé du blé et de l'avoine.

— Du blé et de l'avoine ? Qu'est-ce qu'il a raconté, sur le blé et l'avoine ?

— Qu'il fallait pas les mélanger quand on les sème.

— Drôle d'idée ! D'abord, ça se sème pas au même moment.

— C'est pourtant ce qu'il a dit. Et même plusieurs fois : faut pas mélanger le blé et l'avoine, ça donne une mauvaise récolte.

— Il voulait peut-être dire qu'il faut pas mélanger les hommes bons et les mauvais ?

— Non, non, il a parlé seulement du blé et de l'avoine.

— Qu'est-ce qu'il a bien pu vouloir dire ?... »

Ça la faisait calculer le temps du retour, mes mollets y trouvaient leur compte. J'inventais comme ça des sermons sur les gros poissons qui mangent les petits, sur les mouches qui marchent au plafond, sur les grenouilles qui n'ont pas de queue, sur la lune qui court derrière les nuages. Les vrais prônes, je n'arrivais jamais à les suivre. A cause d'un tas de mots dont j'ignorais le sens. A cause aussi des mains du curé qui ne cessaient, pendant sa théorie, de nouer et dénouer la ceinture sur son gros ventre. A cause de ces figures, autour de moi : j'en examinais les formes et les couleurs.

De mon estomac qui gargouillait. Des odeurs de passage, que je collectionnais : encens, purin, eau de Cologne, tabac à priser.

Un jour, ma vieille vieille veut vérifier mes traductions. A l'une de ses amies, plus instruite qu'elle, elle pose la même question qu'à moi :

« Le curé, qu'est-ce qu'il a dit ?

— Ah ! ma pauvre chère ! Je serais bien en peine de te répondre ! Ça m'entre par une oreille, ça me sort par l'autre. »

Et moi de lui souffler :

« Il a parlé des raisins verts.

— Oui, oui, en effet. Voilà que ça me revient. Les raisins verts, il dit juste, ce petit. Mais je pourrais rien ajouter de plus.

— Je me demande, fait ma grand-mère, ce qu'on peut raconter des raisins verts ! Que personne en veut ? Qu'on doit pas presser les affaires ? Qu'il faut les laisser mûrir ?...

— Quelque chose comme ça, sûrement. Sûrement. »

Jamais plus elle n'a douté de moi.

Les meilleurs moments que nous passions ensemble, c'est quand je l'accompagnais au pâturage, en compagnie de nos vaches et des deux chèvres : la Ramette et la Sablonnette, c'est-à-dire la Savonnette, une bête stérile, qui n'avait d'autre production que ses crottes, et que nous conservions par amitié. Ma vieille vieille allumait un feu de brandes, dans lequel elle faisait cuire des pommes de terre. Tandis que nous les mangions fumantes et brûlantes, les chèvres tournaient vers nous leurs regards égyptiens. Parpaillou réclamait sa part, les larmes aux yeux ; je la lui lançais, malgré les imprécations de la bergère :

« Ce chien ne pense qu'à manger ! Va-t'en, chien de soupe ! Si on le laissait faire, il dévorerait à lui seul la moitié du domaine ! »

Elle avait cette étrange opinion que les animaux d'une ferme doivent se nourrir par leurs propres moyens ; que chaque bouchée de pain qu'on leur accorde est une bouchée volée. Elle s'imaginait en somme que les bêtes étaient comme elle. Je la vois encore, maigre, sèche, plissée, sous son bonnet blanc à tuyaux, qui avait l'air en porcelaine. Chacun de ses repas était fait uniquement d'une assiettée de soupe. Cette femme-là se nourrissait surtout de prières.

Numéro quatre : mon frère Séraphin. Il avait quinze ans de plus que moi, étant né bien avant la première guerre. Une telle distance entre nous était infranchissable. Lui avait déjà ses moustaches alors que je me traînais encore à quatre pattes. Ce n'est pas lui qui était arrivé trop tôt ; c'est moi qui avais débarqué trop tard. Si bien que toujours mes parents me semblaient des vieillards, quand je les comparais à ceux de mes copains. Séraphin était considéré comme le céhoenne de la famille. Une sorte de Gribouille, capable de cacher le beurre sous la braise. A l'école, il ne sut pas lire avant l'âge de dix ans. Et encore ! Jamais il n'écrivait son nom deux fois de suite de la même manière. Pendant très longtemps, ça n'eut aucune importance : il faisait ce qu'on lui commandait, bien ou mal. Par la suite, il se mit à avoir des idées. Et quelles idées ! Cela provoqua toutes sortes de drames et finalement un partage de la famille.

Et puis, il y avait aussi les animaux, qui formaient véritablement avec nous une communauté. On se connaissait, on s'estimait, on s'aimait les uns les autres. Exemple : Charlot. Il m'avait pris en affection, ce cochon-là. Il me suivait partout. J'allais lui chercher des glands dans les bois des alentours : il les mangeait dans ma main. Quand je le grattais, il grognait de volupté. Chacun aime qu'on le gratte ; les hommes, c'est à la vanité ; Charlot, c'était entre les oreilles.

Charlot, Parpaillou et moi formions un trio d'inséparables. Quand je rentrais de l'école, je trouvais d'abord en chemin Parpaillou qui m'attendait. Dès qu'il me voyait, il se mettait à rire ; car il riait et pleurait comme un chrétien : il découvrait ses dents et ses gencives. Plus loin, derrière la palissade, nous guettait le cochon. Sitôt que j'étais dans la cour, il frottait son groin contre mes jambes en faisant : « Crrro, crrro... » Parpaillou était friand de cerises. Il en aurait mangé autant qu'un curé en peut bénir. Ensuite, il fabriquait des crottes pleines de noyaux. Si tu les rencontrais dans les chemins, tu te disais : « Parpaillou est passé par là. »

A dix ans, je savais tout des bêtes. Je connaissais comment se passent chez elles les mariages, les naissances, les décès. J'avais vu castrer les porcelets, saigner les coqs, écorcher les lapins. Je savais comment les poules muent, les poussins cassent leur coquille, les vaches gonflent et crèvent dans la luzerne, les chiennes allaitent leurs petits, les truies dévorent les leurs. Bien mieux : je comprenais le parler des animaux, aussi bien que saint François. Je me rappelle, par exemple, le jour de l'éclipse. Un jeudi. L'instituteur nous avait recommandé :

« Enfumez un bout de verre sur la flamme d'une bougie. Et regardez le soleil à travers. Jamais à l'œil nu : il vous détruirait les yeux. »

Vers trois heures, la lune était passée devant son frère aîné. L'ombre brusquement s'était faite. Une nuit aussi noire que les vraies. Personne n'avait songé à prévenir les poules du prodige. Les voilà donc toutes, au moment où sont tombées ces ténèbres, qui se précipitent vers le poulailler, s'installent sur leur perchoir, et commencent à ronfler. Le coq, en haut, tel un amiral sur sa passerelle. Dix minutes après, le jour revient ! Le coq lance son kéquéléké, à trois heures et quart de l'après-midi ! Le harem se réveille en sursaut. Les poules secouent leurs plumes, ouvrent des quinquets effarés, se mettent à glapir, à s'interroger les unes les autres :

« Qu'est-ce qui se passe ? Mais qu'est-ce qui se passe, crucifix !

— J'ai à peine eu le temps de fermer l'œil, et voici qu'il est l'heure de le rouvrir !

— On n'a jamais vu ça ! C'est la fin du monde !

— Alors, qu'est-ce qu'on fait ? On sort, ou on reste ici ?

— Il fait nuit ou il fait jour ?

— Du moment qu'il dit kéquéléké, c'est qu'il fait jour !

— Il faisait pourtant nuit, il y a à peine un instant ! Est-ce que nous avons eu la berlue toutes à la fois ?... »

Moi, je ne perdais pas un mot de ce débat, et je riais dans ma barbe.

4

Ça c'est une question que j'attendais... Devine un peu toi-même... Hein ? D'après toi ? Pourquoi donc suis-je resté ici, en Allemagne, en Bavière orientale, dans la forêt de Saulburg ?... Je te vois venir, inévitablement : j'ai couché avec une femme du pays, nous vivons ensemble, mariés ou pas. J'en ai laissé une en France qui me puait au nez... Voilà ce que tu supposes, n'est-ce pas ? Mille regrets : je suis célibataire de corps et d'âme. Même le pape n'est pas plus célibataire que moi.

Pour les femmes, je n'ai jamais eu grand appétit. Je sais : on me considère comme anormal. Ça m'a valu des chapelets de moqueries. Mais quand je vois les autres, les normaux ; quand je lis dans le journal les âneries que les femmes leur font commettre, je me trouve au contraire privilégié.

Le premier dégoût de la femme m'est venu aux Bessières, j'avais une dizaine d'années. Mon frère Séraphin était tombé amoureux d'une gaillarde qu'il était allé chercher à l'Hôtel de l'Europe, à Saint-Rémy. L'Hôtel de l'Europe ! Je te demande un peu ! Dans une capitale de cette grandeur ! Pleine de Suisses, d'Anglais, de Hollandais, venus admirer sa fontaine sèche et ses W.-C. municipaux ! Pourquoi pas l'Hôtel de l'Univers ? Oh ! elle était plaisante à examiner, la garce de Fernande ! Blonde, des yeux qui papillotaient, du rouge aux lèvres, un corsage plein à craquer et sûrement des dentelles sur le cul. Le bistrot bondé d'admirateurs, matin et soir, tous à la manger des yeux, avec des chatouillements dans les mains. Certains, faute de mieux, essayaient de lui faire le coup de la tache.

« Oh ! Fernande ! Vous avez une tache.

— Où ça ?

— Là... »

Ils pointaient l'index, en direction du corsage. Et elle, andouillette ou faisant semblant :

« Je vois rien.

— Mais si, voyons ! »

Le cochon d'index avançait encore, touchait l'étoffe et le contenu, s'enfonçait dans ce caoutchouc. Jusqu'au moment où elle comprenait, reculait, s'écriait avec une grande colère :

« Oh ! vous alors ! »

Et les moustachus de rigoler comme des crocodiles. Ceux qui n'avaient pas encore fait l'expérience attendaient leur tour. A Saint-Rémy, quand tu en as trouvé une, faut qu'elle dure longtemps. Alors, quelques jours après, un autre recommençait :

« Qu'est-ce que vous avez là, Fernande ? Une tache ? »

Ils variaient l'objectif, une fois ici, une fois ailleurs. Et elle, papillotant des paupières pire qu'une écrevisse de la queue :

« Une tache ? A quel endroit ? »

Et à la fin, toujours sa grande colère :

« Oh vous, alors ! Vous feriez mieux d'aller vous laver les mains ! »

Ils les regardaient, constataient qu'en fait elles n'étaient pas très propres. Impossible à un coutelier, à un paysan d'avoir les mains parfaitement propres : la saleté pénètre dedans comme dans une éponge. Pour qu'elles deviennent blanches, faut qu'elles cessent de travailler pendant des semaines. Seulement, ça ne lui arrive jamais, au coutelier, au paysan, de les garder oisives si longtemps, sauf cas de maladie. Alors, j'ai constaté ceci : quand elles deviennent blanches, les mains du paysan, c'est qu'il va mourir.

Ce petit jeu de la tache, la Fernande le tolérait une fois par semaine. Jamais plus. Juste le temps de laisser croire aux couillons qu'elle l'avait oublié. Il m'arrivait d'entrer dans le café en compagnie de mon frère Séraphin. J'y trouvais les gars collés au comptoir comme des mouches sur une bouse. Et elle derrière. Le coup de l'index, ils le pratiquaient tous, sauf lui. Ça ne le faisait pas rire. Il en devenait plutôt vert.

A la ferme des Bessières, on n'aimait pas beaucoup non plus ses voyages au bourg, de plus en plus fréquents. Quand ça le prenait, il plaquait là maison et outils, sans se soucier des silences de mon père ni des malédictions de ma mère.

« Vaudrait mieux, qu'elle criait, élever des cochons que des enfants pareils ! Une fois gras, on pourrait les tuer ! »

D'autres fois, elle s'en prenait à son homme :

« Pourquoi que tu lui dis rien ?

— Je lui ai dit la dernière fois.

— Qu'est-ce tu lui as dit ?

— Je l'ai appelé triple con. »

Triple con, ça ne suffisait pas. Mais mon père ne savait pas aller plus loin. Séraphin se mit à rentrer au milieu de la nuit. Jusqu'à des deux heures du matin ! La vieille l'attendait au coin du fourneau. Elle lui débitait son catéchisme : putassier, gourle, rouleur, franc-maçon, mange-pain-gagné, casériaud. Un soir il revint la tête enflée comme un potiron, les yeux pochés, le nez en sang. Il s'était battu. Parce qu'il en avait marre, expliqua-t-il, de voir les autres enfoncer leur index dans le corsage de l'Européenne. Quelques jours après, il annonça la nouvelle : il l'avait demandée en mariage.

« Qu'est-ce que tu vas faire ? interrogea ma mère. Nous quitter ? Aller vivre à Saint-Rémy ?

— Non, non. On restera ici. C'est une fille de l'Assistance. L'idée de travailler la terre lui déplaît pas. La maison est assez grande pour tous.

— Tu vas amener ici cette casériaude ? Avec ses dentelles ? Et sa peinture sur la bouche ?

— Si elle vous plaît pas, vous vous tournerez de l'autre côté. Suffit qu'elle me plaise, à moi ! »

Un dimanche, elle débarqua, histoire de faire connaissance avec la famille. Pour s'asseoir, pour marcher, pour manger, pour boire, pour couper sa viande, elle faisait tant de manières que le chat en aurait dîné huit jours de suite. Avant de prendre une chaise, elle soufflait dessus, comme si elle avait peur d'y trouver des crottes. Mon père la regardait en ouvrant des yeux de poule, pire que s'il avait vu la Sainte Vierge. Elle avait dû se verser sur le corps un litre d'eau de Cologne : ma vieille se mit sous le nez son mouchoir roulé en boule, et ne le quitta pas un moment, aussi longtemps que dura la visite. Quand la Fernande fut partie, elle ouvrit les portes et les fenêtres à deux battants.

« Si elle pue comme ça du lundi au dimanche, j'irai coucher dans l'écurie, derrière les vaches.

— C'est en votre honneur, expliqua Séraphin. Normalement, elle sent moins fort. C'est supportable.

— Triple con », répéta mon père, pour exposer son point de vue.

Rien à faire : la tête du frangin était comme une noisette ; une idée s'était formée dedans, une idée, pas deux ; pour la lui enlever, aurait fallu casser la coquille. De bon gré ou de mauvais, les vieux durent accepter le mariage.

Casériaud est une injure que je n'ai jamais entendue que dans la bouche de ma mère et de ma grand-mère. Une fois, j'ai demandé une explication :

« Un casériaud, qu'est-ce que c'est faire, au juste ?

— C'est une ordure. Une saloperie. Un fumier. »

J'en avais eu le pressentiment. Mais j'avais du goût, grâce à M. Saint-Joanis, pour l'origine des mots. Il nous expliquait que « semaine » vient de « sept », qu'« ensorceler » vient de « sorcier », ainsi de suite ; d'où venait « casériaud » ?

Un jour, il nous fait une leçon sur les présidents de la République. Ces hommes m'étaient familiers à cause d'une douzaine d'assiettes que nous possédions aux Bessières, et qui ne servaient que dans les occasions exceptionnelles. Au milieu de chacune : une tête de président. Tu ne saurais croire comme les figures présidentielles sont décoratives au fond d'une assiette à dessert. Depuis le premier, Adolphe Thiers, jusqu'au dernier qui nous gouvernait encore, Gaston Doumergue. Un jour, j'ai cassé Armand Fallières, le plus barbu de la bande. On l'a ressoudé, mais il en manquait, tu ne le reconnaissais plus. Donc l'instituteur nous parla de ces grands hommes, et du quatrième, assassiné par un anarchiste italien, nommé Caserio. Ma grand-mère entendit parler de ce crime dans sa jeunesse. Un « caserio » devint pour elle synonyme de mauvais sujet. Sa fille reçut l'injure en héritage ; elle qualifiait les gens, suivant leur sexe, de « casériaud » et de « casériaude ».

Je ne comprenais mouche à tout le cancan qui se faisait autour de Séraphin. Excepté qu'une étrangère allait s'installer chez nous, qu'il faudrait la supporter du matin au soir, avec ses frisettes et son odeur. Elle ne m'avait pas encore adressé la parole. Dans son esprit, elle avait dû me placer parmi les petites créatures de la ferme, les poules, les lapins, les chats, les cochons d'Inde. Peut-être même que mon frère ne lui avait jamais parlé de moi, occupé comme il était à défendre son caoutchouc. Alors l'Européenne s'imaginait sans doute que j'étais, je sais pas, un orphelin, un lapereau de l'Assistance comme elle, accepté dans la maison pour les quatre sous que verse l'Administration. Ma parole, je crois même qu'elle ne m'avait pas vu, qu'elle ne s'était pas aperçue de mon existence ! Tu ne peux croire combien ça me vexait.

Depuis sa première visite, ma vieille ne cessait de rognonner :

« C'est pas une fille, ça, c'est un mannequin ! Elle devrait demander une place, à Thiers, au *Bien Vêtu* : on la mettrait dans la vitrine, pour faire voir la mode aux badauds avec une étiquette sur l'estomac !... Séraphin, tu peux me dire à quoi est bonne cette casériaude ? Tu peux me le dire ? »

Lui secouait la tête tel un âne qui n'a plus soif, sans desserrer les dents. Pour ne pas entendre ces éclats, mon père restait le moins possible à la ferme : il passait ses jours dans les champs.

Le mariage eut lieu début juillet, juste au temps des fenaisons, au moment du plus gros travail. Comme l'Européenne n'avait pas de famille, fallut bien que les repas se fassent chez le futur.

« A moins que vous préfériez payer l'hôtel ! » dit Séraphin.

A cause d'une date si mal choisie, ma mère crut éclater de rage. Le vieux prit une résolution terrible :

« Tu leur feras bouffer des choux ! Choux à midi, choux le soir ! Et qu'ils en crèvent tous ! »

La mariée s'était quand même trouvé des amis : une fille d'honneur, deux sœurs de lait, le père et la mère Cartailler, ses patrons de l'Europe, un joueur d'accordéon.

« Y en a plus ? ronchonna ma vieille. Vous devriez inviter tous les clients de l'hôtel, vos anciens bons amis !

— Vous êtes une malhonnête ! Je ne suis pas une mendiante, qu'est-ce que vous croyez ? Si vous ne voulez pas de moi, gardez votre fils ! Faites-en de la confiture ! »

Séraphin s'interposait, mon père le traitait de triple con. Elle exigea encore qu'on invitât le curé.

« Comme ça, vous vous tiendrez tranquilles. Devant lui, vous direz pas n'importe quoi ! »

Il y avait trois mois qu'elle fréquentait la maison. Et elle ne m'avait pas encore adressé la parole ! Oh ! Crucifix ! Si elle avait seulement tendu la main vers moi, je crois bien que je l'aurais mordue !

Naturellement, elle voulut une robe blanche. Une cousine à nous, établie à la Monnerie, aurait pu lui prêter la sienne. Rien à faire : cette princesse en exigea une personnelle, à sa mesure, taillée par une couturière de Saint-Rémy, avec je ne sais plus combien d'essayages ! Et une couronne en fleurs d'oranger !

« Je me demande si elle la mérite ! » ronflait la vieille.

Le jour de la noce, tout le monde avait les yeux sur elle. Moi, je regardais surtout l'accordéoniste en tête de la procession. Il me plaisait, ce vieux-là, avec son goitre cerclé d'une cravate noire. Son instrument était diatonique : c'est-à-dire que chaque touche produisait deux sons différents, selon qu'il tirait ou qu'il poussait. Ça l'obligeait à le secouer continuellement, tandis que ses doigts sautillaient sur les deux claviers. L'effort lui gonflait le cou pire qu'une cornemuse. Il secouait aussi la tête, au même rythme. Si bien que je me demandais si la musique sortait de l'accordéon ou du goitre.

Nous sommes passés devant l'école juste au moment de la récréation. Toute la marmaille s'est précipitée pour nous voir défiler.

« Sang-de-Chou ! Sang-de-Chou ! Garde-nous des dragées ! »

On est allé à la mairie. Le maire a embrassé la mariée. Elle était impressionnante, ma belle-sœur, avec sa robe de dentelle, ses bas blancs, son voile jusqu'aux talons, son bouquet de marguerites. A la sortie de l'église, il y a eu effectivement quelques poignées de dragées, jetées par le garçon d'honneur. Ensuite, tournée des cafés. Arrêt prolongé à l'Europe, où j'ai bu une goutte de Pernod. La noce est redescendue vers la ferme. A présent, Fernande et Séraphin se donnaient le bras ; ils s'embrassaient en allongeant les babines comme des carpes. Derrière eux, ça chantait dur. Même ma mère avait cessé de bougonner et semblait enfin de bonne humeur. Moi, le mélange d'eau bénite, de Pernod, des dragées sucées me tournait sur l'estomac.

La table avait été installée dans la cour, les cuisinières ont commencé de servir le potage. Personne ne s'occupait de moi. J'ai disparu, me suis glissé dans l'étable. Un endroit que j'aimais bien à cause du lit où, plus petit, je couchais avec ma grand-mère. A cause des vaches aussi, qui étaient toutes de bonnes amies : à mon entrée, elles tournaient la tête, me considéraient de leurs gros yeux, cessaient un moment de ruminer. Je les empoignais par les oreilles, par les cornes, tapotais leurs flancs. Sous leur ventre, je caressais les précieuses veines qui sont les sources du lait. C'est une habitude que j'avais d'aller leur conter mes chagrins, quand on m'avait botté les fesses ou menacé de la maison de correction. Au bout d'un moment, leur calme, leur bonne odeur pacifique, la tranquillité avec laquelle la Patience laissait tomber une bouse — tchac ! — au beau milieu de mes gémissements, finissaient par me rendre le sens des réalités. « Finis ton cirque, Sang-de-Chou. T'es pas si malheureux, que je me disais : t'as huit billes dans la poche de ta veste, un couteau dans celle de ton pantalon, deux pièces de cinq sous cachées dans un trou de la muraille, ce qui représente vingt caramels à l'épicerie Quicandon, ou deux rouleaux de sucre noir, ou une boîte de cachous... » Je me faisais comme ça une liste de petits bonheurs. Naturellement, j'y mettais l'amitié des chats, des chiens, du cochon, de mes copains d'école, de M. Saint-Joanis. Je me rappelais ses leçons de morale, je comparais mon sort à celui des petits Chinois qui mouraient de faim au bord du Yang-Tsé-Kiang, des petits Bretons condamnés à manger de la morue à tous les repas, des petits Parisiens qui n'ont jamais vu de leur vie un champ de pommes de terre. « Non, t'es pas malheureux. »

Tandis que la noce était occupée, dans la cour de la ferme, à travailler des badigoinces, je m'étais donc retiré du monde, j'étais allé me jeter dans les bras des vaches. J'étais en train de converser avec Patience, quand tout par un coup j'entends des voix. Et trois bonnes femmes entrent dans l'étable. Moi, effrayé d'être surpris en cet endroit, je recule davantage, je me dissimule entre les pattes des animaux.

C'était ma garce de belle-sœur, avec sa robe blanche, son voile, tout le saint-frusquin, en compagnie de deux demoiselles. Elles riaient aux éclats, sans doute un peu saoules elles aussi. Je me suis demandé ce qu'elles venaient moudre en cet endroit.

« Dépêchez-vous ! criait Fernande. Ça presse !... J'y arriverai jamais seule ! »

Les autres s'acharnaient après elle, toujours rigolant comme des canes. Elles empoignent le voile d'un côté, les bords de la robe de l'autre. Elles s'empêtrent dedans, tirent en tous sens pour que la toilette ne trempe pas dans le purin. Pendant ce temps, la mariée s'accroupit... Je ne sais si je me fais comprendre... Après l'opération :

« Pendant qu'on y est ! » disent les filles d'honneur.

Elles imitent l'Européenne à tour de rôle. Sous mes yeux !

Je crois bien que c'est ce jour-là que j'ai pris définitivement les femmes en dégoût.

5

Après le mariage de Séraphin, nous avons continué de vivre ensemble, tant bien que mal, l'ancienne famille et la nouvelle. C'était quelquefois compliqué. La Fernande avait apporté aux Bessières des goûts nouveaux ; elle exigeait des viandes fines : du veau, de l'agneau, du bœuf mironton, des épinards, du céleri, un tas d'ingrédients dont elle avait pris l'habitude à l'Hôtel de l'Europe. La ferme ne les produisait pas ; fallait les acheter. Ma mère s'impatientait :

« Vous pouvez pas manger du lard, des choux, des pommes de terre comme nous autres ?

— J'ai l'estomac fragile. Je peux pas digérer le lard ; les pommes de terre me pèsent ; les choux me donnent des gaz.

— Des gaz ? » répétait ma vieille éberluée.

L'autre devait lui expliquer en quoi ça consistait.

« Et après ! Si ça donne des gaz, vous les faites sortir, voilà tout. Ceux qui seront pas contents auront qu'à se boucher le nez.

— Vous vous rendez compte de ce que vous dites ? criait Fernande en tapant du pied, rouge de honte et de colère. Vous vous rendez compte ?

— Ici, les gaz ont jamais gêné personne. Au contraire. »

Elle avait raison : au contraire. Une des rares occasions de rire, là-haut, c'était quand l'un de nous lâchait un gaz en famille, solide, fraternel. Plus il était sonore, plus on rigolait. Et si tu réussissais le doublé, la tribu se tordait à s'en dévisser le nombril.

Il y avait des plaisanteries toutes prêtes :

« Tiens, cours derrière !... Attrape-le !... Rapporte-le entre tes dents !... Qui donc est le plus sale des deux, moi qui le jette, ou toi qui le ramasses ? »

Ces habitudes te semblent sans doute grossières. Mais où les miens auraient-ils appris les belles façons ? Mes vieux savaient à peine lire et écrire. La radio, les livres, les journaux ne passaient point notre porte. Et si un éclat de rire s'offrait à eux par ce moyen, allaient-ils pincer la bouche et le refuser ? Dans cette chienne d'existence, avons-nous le droit de refuser un éclat de rire ?

Un jour, au catéchisme que l'abbé Cognet nous enseignait dans un coin de l'église, voilà que Chabrillat en lâche un splendide. L'abbé Cognet, sur le moment, resta muet d'admiration.

« Qui a fait ça ? »

Tu penses bien que Chabrillat était trop modeste pour le revendiquer. Personne donc ne lève le doigt. Alors l'abbé prend un air triste :

« Dans la maison du Seigneur !... J'espère du moins que, chez le coupable, il n'y a pas eu préméditation. Comme chez cet individu dont parle saint Augustin, évêque d'Hippone : il commandait à ses entrailles autant de pets qu'il en voulait. »

Ainsi un évêque, un saint avait daigné parler de ces petits accidents.

Même mon aïeule, de temps en temps, acceptait de jouer sa partie dans nos concerts. Crucifix ! Les siens étaient interminables ! Sa fille, ma mère donc, faisait semblant de s'inquiéter et criait en patois :

« *Lo s'iffranlho !* »

Elle se déchire ! — Pauvre monde ! Pour un million je n'aurais voulu renoncer à ma part de rire. Plus tard, sur son lit d'agonie, elle se tordait et gémissait. Tout à coup, il lui en échappe un ultime. Sur-le-champ, elle oublie son mal :

« Femme qui pète n'est pas morte ! » qu'elle fait.

Elle mourut seulement le lendemain.

L'Européenne, donc, se plaignait d'avoir des gaz. Et à cause de quoi, s'il te plaît ? Des choux qu'on voulait lui faire manger ! Le plat national des Bessières ! Ma mère lui donna sa permission :

« Faites-en tant que vous voudrez, des gaz ! Mais nous demandez pas d'acheter des légumes et de la viande. On a pas les moyens. Vous êtes pas chez le baron de Barrat ! »

C'est pourtant ce qu'elle voulait, la garce de Fernande. Son triple céhoenne de mari montait deux fois par semaine à Saint-Rémy acheter des asperges, des tomates, des endives. La guerre intestine commença de cette façon. Plus de rires, depuis que l'Européenne était entrée chez nous. Tous les jours il y avait au moins un duel : tantôt entre elle et ma mère, tantôt entre Séraphin et Victor Pascal. Mon frère se mit à critiquer la manière dont le travail était mené, les labours, les semailles, la tenue des bêtes et des instruments. Visiblement, sa femme lui montait le bourrichon. Lui qui n'avait jamais commandé qu'à sa soupe, voilà qu'il voulait gouverner notre barque ! Les deux femmes se flanquèrent une peignée dans la cuisine.

« Je te tuerai, casériaude ! hurlait ma mère. Je veux t'arracher la langue ! »

Elles cassèrent beaucoup de vaisselle. La série d'assiettes présidentielles y passa quasiment. Victor Pascal arriva juste à temps pour sauver Mac-Mahon. A la suite de cette conversation, pendant huit jours, la bru refusa de quitter sa chambre ; son homme devait lui monter la nourriture, comme à une malade. Ma vieille avait la figure cabossée ; elle se poudrait avec de la farine, pour cacher ses bleus.

Un matin, comme j'allais partir pour l'école, le père me retint :

« Attends un peu. Tu vas écouter ce que j'ai à dire. »

Puis il appela Séraphin. Nous étions entre hommes.

« Ça peut plus durer comme ça, fit le vieux. J'avais assez de terre pour nous nourrir tous. Mais c'est plus possible de vivre ensemble, à cause de... »

Il désigna du front la pièce d'en haut. Lui qui n'avait pas l'habitude de parler, il faisait un effort extraordinaire, son menton tremblait, Séraphin baissait la tête. Moi, je n'avais rien à dire, on ne me demandait rien ; je regardais la casquette de mon frère, la moustache de mon père. Ils restèrent un long moment muets ; je les entendais respirer fort. A la fin :

« On peut plus, a répété le vieux.

— Décide, a répondu Séraphin, sans lever le nez.

— Y a que deux solutions. Ou bien je vous fous à la porte. Ou bien c'est moi qui m'en vais. Avec ta mère et ton frère, naturellement.

— Décide. »

Sur sa chaise, Séraphin avait l'air tout disjoint. A l'école, il avait été bête comme trente-six cochons.

A la ferme, maladroit à ne pas croire : il n'aurait pas, comme on dit, su faire une cheville pour boucher le cul d'un porc. Or voilà maintenant qu'il commandait et critiquait ! Notre vieux a poursuivi :

« Si je te mets dehors, qu'est-ce que tu feras, con comme tu es ? Es-tu capable ailleurs de gagner ta vie ? Et celle de ta Joséphine ?

— Fallait pas me faire con ! Qui m'a fait con ?

— Tu as raison : c'est moi qui porte les torts. Alors, c'est nous qui partirons. Quand Baptiste aura son certificat, on débarrassera le plancher. »

J'ai regardé le plancher : terreux, fait de voliges grossières, qui se chevauchaient çà et là. D'avoir à le quitter, si crasseux, n'aurait pas dû me chagriner beaucoup ; pourtant, je me suis mis à pleurer en pensant à cette maison dont je connaissais chaque recoin, à mon lit de plume dans l'étable, aux vaches, à Parpaillou, au souvenir de ma vieille vieille...

Il y eut encore pendant des semaines un tas d'autres explications, de larmes, d'injures, de coups de gueule, de coups de manche à balai. Chacun eut sa part. Dans les yeux de Victor Pascal, je ne voyais pas de chagrin, mais une sorte de fièvre. L'idée de son prochain départ l'excitait. A cinquante ans, il se découvrait une âme d'aventurier. Ma mère le regardait avec crainte et stupeur. Séraphin, lui, paraissait abattu, comme s'il redoutait de se retrouver seul en face de son Européenne.

De toute manière, nous avions un sursis. A l'école, l'instituteur gardait ses candidats après quatre heures : double dose de problèmes, de dictées, de questions. Moi, je n'avais pas la tête à l'examen. Il s'étonnait de ma distraction, me rappelait Blaise Pascal. Je m'en foutais. Ça ne prenait plus. Je regardais autour de moi, derrière, par côté : la cour, le préau, la route, les gens qui passaient ; j'écoutais le son des cloches, le ronflement des meules dans les ateliers de coutellerie, la voix des chèvres, des vaches ; et je me disais : « Tout ça, je vais le perdre. » Un condamné à mort doit raisonner de la même façon, en examinant le monde.

A Thiers, ma mère avait un frère, fonctionnaire municipal. C'était un homme instruit et puissant qui écrivait dans les bureaux. Chargé spécialement d'enregistrer les naissances, les mariages, les décès. Il tenait entre ses mains les vivants et les morts. S'il voulait, il pouvait t'empêcher d'exister, de fréquenter l'école, de payer les impôts, d'avoir un livret de caisse d'épargne, de toucher un mandat ; il pouvait transformer un garçon en fille et une fille en garçon, changer ton nom, ton âge, tes astres. C'est dire si on le respectait.

Par sa protection, Victor Pascal obtint une place de la ville. Modeste, mais qui convenait à ses capacités : dans le service de voirie. On lui confia un cheval, un tombereau, une pelle, un balai de bouleau ; il fut chargé de ramasser les ordures des Thiernois. Son service commençait à sept heures du matin en été, à huit en hiver ; il était en fonction dans la ville haute, un collègue s'occupait de la basse. C'était suffisant ; il n'y avait pas comme aujourd'hui une grande production d'ordures. Regarde les poubelles d'à présent : elles débordent d'emballages de toutes sortes : en fer, en verre, en papier, en carton, en plastique. On doit construire des usines pour les distiller. En ce temps-là, chaque famille avait à la cave son tonneau de vin, ses patates, ses conserves ; dans tout ça, rien à jeter. Les épluchures, tu en fumais ton jardin ; ou bien tu les donnais à une voisine pour ses poules. Qu'est-ce qui restait ? Les cendres de charbon, un peu de vaisselle cassée, quelques chiffons, des chaussures incurables. Faut dire qu'on prolongeait les choses éternellement, à force de raccommodages, de renforts, de rallonges. Les filles usaient les culottes de leurs grands-mères ; les garçons se passaient les mêmes chaussettes jusqu'à la troisième génération. Chez nous, on avait des cuillers en fer rongées comme des sucettes, il n'en restait que le manche. Pas question de jeter une seule miette de pain, un clou, un bouton, une épingle. Quand je vois, crucifix ! les poubelles de maintenant ! Rien qu'à Straubing on y trouverait de quoi nourrir, habiller, instruire tous les moines de la chrétienté.

Donc, mon vieux n'avait pas un travail écrasant. Il y passait néanmoins une grande partie de la journée, allant en zigzag du trottoir à l'autre, sans bousculade, enlevant les détritus, donnant un petit coup de balai devant chaque porte. Certains clients lui offraient à boire, pour lui tenir compagnie, la municipalité payait un sergent de ville chargé uniquement de lui faire la conversation : l'agent Florel. Le corps de police comprenait en ce temps béni une demi-douzaine de polichinelles en uniforme ; il y avait si peu de crimes, de vols, d'accidents que ces pauvres diables ne savaient que faire de leurs os. On en casait un au marché couvert, pour renifler les fromages ; deux autres accompagnaient les éboueurs en train de zigzaguer dans les rues de bâbord à tribord. Florel ne savait pas très bien ce qu'il devait surveiller au juste, si c'était mon père, si c'était le cheval, si c'étaient les ordures. Alors, à tout hasard il fronçait les sourcils et ne perdait pas une miette de la manœuvre. Il restait sur le même trottoir, progressait à pas minuscules pour ne pas prendre d'avance sur Victor Pascal. De temps en temps, il avertissait :

« Attention ! Voici une automobile ! »

Et au chauffeur, il faisait de grands gestes des bras, pour le prévenir de la présence de l'éboueur. C'était là sa principale utilité.

Pendant le voyage se déroulait entre les deux hommes un échange de réflexions. Ils parlaient du temps qu'il faisait, de celui qu'il avait fait la veille, de celui qu'il ferait le lendemain. Ils disaient du mal du gouvernement, des jeunes, des femmes, des syndicats, des patrons, des boulangers, des mastroquets.

« Moi, expliquait mon père, je suis trop bête pour comprendre la politique. Je m'occupe pas de politique. Mais je trouve quand même que l'ouvrier, en travaillant, doit gagner assez pour nourrir sa famille et se payer un canon de temps en temps... »

Depuis sa descente de la montagne, il s'était mis à avoir des idées. L'école où il les apprenait, c'était les bistrots innombrables de la rue de Lyon, de la rue des Barres, de la rue du Piquet, de la Porte-Neuve. Ses instituteurs : les *gourles*, les vide-bouteilles de la ville haute. Ainsi chacun apportait ce qu'il pouvait dans le commerce : eux exposaient leurs principes, lui payait les chopines. Ils annonçaient la prochaine révolution communale : on dépouillera ce calotin de Chatillon, on élira à sa place un maire rouge, un radical, ou même un socialiste ! Il obligera les patrons, cette bande de feignants, à augmenter les salaires ; on travaillera moins ; on gagnera davantage. Se rendant compte que tous ces discours leur donnaient soif, mon père commandait : « Apportez une autre pinte ! »

Autrefois, Victor Pascal sentait le fumier, comme tous les paysans. Une odeur saine, qui est aussi celle de la terre engraissée, aux premiers labours. A présent, il puait la cendre froide, la suie, l'ordure pourrie. Lui ne s'en doutait pas, il vivait dedans à longueur de journée. Quand il s'asseyait à notre table, j'avais l'impression de dîner en compagnie d'une poubelle.

L'oncle Mangematin nous avait aussi trouvé un logement rue Mancel-Chabot, plus communément appelée rue de la Prison. Pas une rue : une gorge profonde, étroite, où le soleil ne met jamais les pieds, sauf deux heures par jour à la meilleure saison. Nous occupions trois pièces empilées : en bas, la cuisine ; au milieu, la chambre de mes parents ; en haut la mienne. Comme ameublement, je disposais d'un lit, d'une chaise et d'un vase de nuit. Mon costume des dimanches était accroché à un clou enfoncé dans le mur ; il servait d'ornement. Pas de chauffage ; en hiver, le pipi dans le jules était pris par les glaces ; les vitres de la fenêtre devenaient opaques de givre. Pour paysage, j'avais la façade de la prison, sa porte énorme, ses barreaux.

Les prisonniers étaient presque toujours étrangers à la ville. Ils arrivaient par le train, attachés à deux gendarmes. De la gare, ils descendaient à pied, solennellement. Les gens se mettaient sur le pas de leur porte pour les voir passer, des femmes se signaient, des enfants les suivaient à distance. On se taisait, on ne lançait pas d'injures. Les mères rappelaient leur gamin, si elles l'apercevaient dans le cortège. En fait, on ne savait pas en général l'identité du prisonnier, quelles étaient ses fautes, d'où il venait. Alors, on les imaginait.

Personnellement, j'eus l'occasion de voir de près l'assassin des bois de Randan. Un jaloux : il accusait d'adultère sa jeune femme, à tort ou à raison ; il l'avait emmenée cueillir du muguet et poignardée. Les journaux parlèrent longuement de ce crime. Je me réjouis une fois encore de n'avoir aucun goût pour la femme, cet animal plus inconstant que la chèvre, plus têtu que le mulet, plus gourmand que la chatte, plus vaniteux que le paon, plus méchant que la fourmi rouge. En attendant, lui se trouvait dans les ennuis. C'était un boulanger, trop gras, avec des cheveux qui lui tombaient sur le nez. Il baissait la tête. Ses yeux filaient de droite et de gauche, comme pour chercher du secours. On se demandait comment des passions si violentes avaient pu nicher au milieu de cette pâte mal cuite.

Quelques jours plus tard, il y eut un rassemblement sur la place de la Mairie devant le café de Bordeaux. S'accompagnant d'une mandoline, un homme vendait une complainte de sa composition, sur l'air de la *Paimpolaise* :

Écoutez l'histoire funeste
D'un mari jaloux de Randan
Qui, sans pitié pour sa jeunesse,
Tua sa femme de vingt ans.
Tandis qu'ell'mourait,
Elle soupirait :

Refrain

Doux amants, aimez-vous à l'aise :
La vie ne dure qu'un matin.
Plaignez la pauvre Randenaise
Que frappe un injuste destin.

La feuille coûtait dix sous. Les Thiernois chantaient en même temps que la marchande. Le mandoliniste portait une cravate flottante ; il regardait constamment le ciel, à la façon d'un prophète.

Deuxième couplet :

Pour l'épouser, la pauvre fille
Avait r'fusé l'instituteur,
Un libraire, un marchand d'vanille,
Un gendarme et un artilleur.
Ell' gardait sa main
Pour son assassin.

Refrain

Doux amants, aimez-vous à l'aise
La vie ne dure qu'un matin.
Plaignez la pauvre Randenaise
Que frappe un injuste destin.

A l'invite du refrain, les garçons serraient plus fort contre eux leur bonne amie. Certains hochaient la tête avec admiration aux paroles du couplet, se demandant où le mandoliniste avait pris des informations si précises. Un témoin racontait :

« Y a trois jours, il était là, au café de Bordeaux. Sa bourgeoise lui lisait le journal. Il a dit : prends un papier, écris. Et il lui a dicté les couplets, sans quasiment réfléchir comme s'il mangeait sa soupe. Ils ont porté le texte à l'imprimerie du *Petit Thiernois*. »

Lui regardait toujours le milieu du ciel. Troisième couplet :

On l'a portée au cimetière,
Blanche comme un lys des prairies.
Ils l'ont mise en la froide terre
Parsemée de muguet fleuri.
Et les fossoyeurs
Murmuraient en pleurs :

Refrain

Doux amants, aimez-vous à l'aise
La vie ne dure qu'un matin.
Plaignez la pauvre Randenaise
Que frappe un injuste destin.

Crucifix ! Fallait que ce soit une histoire terrible pour faire pleurer les fossoyeurs ! Des gens qui n'ont pas la larme facile. Plutôt capables de jouer aux osselets avec les rotules des déterrés. Les Thiernois aussi mouillaient leurs mouchoirs. La marchande finit par vendre tout son stock. Le mandoliniste rangea son instrument dans l'étui, les yeux toujours là-haut ; puis il se leva, remercia la compagnie, posa une main sur l'épaule de sa femme. Ils s'en allèrent attachés ainsi l'un à l'autre. Tu aurais cru les deux souris qui me rendaient visite dans l'étable des Bessières.

Les premiers jours, ma mère passait son temps à pleurer dans l'évier. Elle n'arrivait pas à s'accommoder de cette maison inconnue, de ces quelques mètres carrés où nous devions vivre, elle qui avait eu toute son existence à sa disposition des hectares de terre, des hectares de ciel. En se levant, le matin, elle s'accoudait à la cuvette de l'évier ; quand il rentrait de son ramassage, Victor Pascal la trouvait à peu près dans la même posture, la tête sur les avant-bras, plus barbouillée, plus baveuse qu'un crapaud. Alors, sans rien dire, il cassait des œufs, faisait une omelette ; l'odeur du fricot la tirait parfois de son chagrin.

Ensuite, petit à petit, elle s'habitua. Elle fit cuire des macaronis, éplucha des pommes de terre, lava la vaisselle. Elle reprit goût à la parole, également. Quand, de nouveau, elle recommença d'engueuler son homme, je sus qu'elle était complètement remise.

« Dire que tu m'as descendue ici ! Que tu me fais habiter ici ! En face de la prison ! »

Et lui :

« Vaut mieux être en face que dedans.

— M'en auras-tu fait verser des larmes, pour t'avoir suivi !

— Vaut mieux pleurer qu'avoir point d'yeux.

— Si ma pauvre mère voyait l'endroit affreux où tu nous as installés !

— Vaut mieux cet endroit que le sien.

— Tu as toujours raison !... »

Furieuse de sa mauvaise volonté, elle l'appelait, pour finir, « grande guenille », « homme de rien », « franc-maçon », « casériaud ». Il répliquait par « vieille bougresse », « femme de merde », « vieille jacasse », « casériaude ».

Quant à moi, nous étions tous d'accord pour que je commence un travail proportionné à mon âge et à mes forces. J'avais douze ans et demi, un certificat d'études : je devais pouvoir me rendre utile. L'oncle de l'état civil prospecta le marché. Pendant ce temps, je profitais des derniers jours de mes dernières vacances. Moi aussi, je regrettais les Bessières ; mais la nouveauté de notre situation me consolait. Je faisais connaissance avec les rues thiernoises. Beaucoup sont en escalier, avec une double rampe au milieu ; ce qui permet des glissades. Je passais des heures à ce jeu idiot, à m'user le nombril contre les barres chaudes. Je regardais dans leur boutique les couteliers noirs, aux barbes de ribouldingues. Certains perçaient les côtes de corne au moyen d'un foret enfilé dans une bobine. Ils le poussaient du ventre et le faisaient tourner très vite avec un archet, une fois dans un sens, une fois dans l'autre ; si bien qu'ils avaient l'air de jouer du violon sur un instrument silencieux. D'autres émoulaient des lames, dans un feu d'artifice d'étincelles. Ils ne chantaient pas, ils travaillaient tristement. A chaque instant, l'air était secoué par des tsim ! boum ! flac ! vouf ! tchop ! boum ! tsim ! vouf ! flac ! tchop... Comme ça du matin à la nuit. C'étaient les six cents marteaux-pilons de la ville ; des outils redoutables, capables de te transformer une main en crêpe bretonne.

L'oisiveté me pesait. J'aurais aimé fréquenter le collège ou le cours complémentaire ; mais je savais que c'était sans espoir. Depuis que mes vieux s'étaient dépouillés en faveur de mon frère et de ma belle-sœur, nous nous trouvions argentés comme une tasse de bois. Il ne me restait donc qu'à attendre l'emploi que me préparait l'oncle Mangematin. La rentrée des classes se fit sans ma participation. Je vis les garçons se diriger vers les écoles, le cartable dans le dos, en tablier noir, les chaussettes tendues par des supports-chaussettes. Ces instruments me fascinèrent ; je n'en avais jamais vu à Saint-Rémy. Moi je portais des bas de laine retenus par des jarretières. Je commençai à travailler ma famille :

« Ces jarretières, ça me gratte. Ça arrête la circulation.

— Moi, fit ma mère, y a cinquante ans que je porte des jarretières, et ça m'empêche pas de circuler.

— Je veux dire : ça gêne la circulation du sang. Vous avez envie que j'aie des varices ?

— Remue-toi un peu, dit mon père, t'auras pas de varices. »

Se remuer était le remède à tout. Remue-toi, ça te réchauffera. Remue-toi, ça te rafraîchira. Remue-toi, ça te fera digérer. Remue-toi, tu dormiras mieux. Le lendemain, je fus plus précis :

« Je suis trop grand pour porter des bas. Ça me donne l'air d'une fille. Je veux des pantalons. Ou bien des chaussettes avec des supports-chaussettes.

— Des quoi ?

— Des supports-chaussettes. C'est des sortes de petites bretelles. Tous ceux de mon âge en portent.

— On n'a pas les moyens, répliqua sèchement la mère.

— Alors, j'userai des bas toute ma vie ?

— On verra l'année prochaine.

— Vous voulez que j'aille travailler avec des bas ? Mon patron se rendra compte que je suis un gamin. Il me donnera des sucettes en paiement. »

Ça les fit réfléchir.

« Sitôt que tu auras une place, je t'achèterai des braies longues. »

En attendant, je pouvais continuer mes baguenaudages, en braies courtes.

« Profites-en, ça durera pas toujours. »

J'étais en somme tenu pour un veinard. La seule besogne qu'on me confiait consistait à faire quelques commissions. Notamment à aller chercher le lait. Les fermières des environs installaient leurs voitures à ânes sur la place du Palais, entre l'église et le tribunal. Il coûtait douze sous la pinte, sept sous la chopine. Je choisis pour fournisseuse une nommée Mariette, qui venait des Garniers. Comme je lui prenais seulement un demi-litre tous les deux jours, elle se mit à me questionner :

« Tu es seul dans ta famille ? Ni frère ni sœur ?

— J'ai un frère marié.

— Et qu'est-ce que tu manges le matin ?

— De la soupe.

— Noire ou blanche ?

— Blanche s'il reste du lait. Sinon, noire.

— Et à midi ?

— De la soupe. Et des choux... »

Depuis, pour mes sept sous, elle me versa large mesure. J'arrivais à peu près au moment où les gosses de toutes tailles traversaient la place, se dirigeant vers l'école centrale, que certains vieux Thiernois appelaient encore « l'école de Cloîtrat », parce qu'il y avait eu jadis un cloître juste à côté. C'était très vexant pour un établissement laïc. Je pris l'habitude de me mêler aux écoliers. Mariette me faisait de loin un signe qui signifiait : « Amuse-toi ! Sois tranquille : je te garde ton lait. » Eux m'examinaient curieusement, avec mon bidon au lieu de leur cartable. Ils demandaient :

« Pourquoi tu ne vas pas à l'école ?

— L'école, pour moi, c'est fini. J'ai mon certif. Bientôt, je vais travailler : j'attends une place. »

Ceux du cours complémentaire me méprisèrent tout de suite : ils apprenaient l'algèbre, l'anglais, la botanique. Mais les non-certifiés me manifestèrent leur considération. Ils me racontaient les incidents de leur classe. Ils me faisaient part de leurs difficultés, de leurs punitions, de leurs récompenses. Un jour, l'un d'eux m'avoua :

« Moi, ce que j'arrive pas à comprendre, c'est le périmètre.

— Le périmètre ?

— Oui, le périmètre. On a des problèmes sur le périmètre ; les copains, ça marche ; moi, ça marche jamais. »

Or, il se trouvait que, sous les ordres de M. Saint-Joanis, j'avais fait une ribambelle de problèmes sur le périmètre. Du carré, du triangle, du rectangle. Avec les piquets, des clôtures en fil de fer, à un rang, à deux rangs, à trois rangs. Avec une allée large d'un mètre ; et là, faut faire drôlement gaffe, car le périmètre intérieur est plus court que l'extérieur ; tu as intérêt à découper ton allée en quatre bandes. Sans me vanter, j'étais un spécialiste du périmètre.

« Si tu veux je lui réponds, je peux t'expliquer le périmètre. Et t'aider à faire tes problèmes. »

Nous voici installés côte à côte sur les marches de l'église, à l'abri du porche. Avec un bout de craie, je dessine des figures sur les dalles. Je lui montre le coup des piquets et des intervalles. On additionne, on multiplie, on calcule le prix du fil de fer, tchac ! on arrive au résultat. Mon élève s'en va tout joyeux, après m'avoir refilé des billes et des caramels.

Je reste seul sur la place du Palais. A la main, je balance mon pot de fer vide. En mastiquant mes caramels, je traînaille dans les rues. Je rends visite à la maison des péchés capitaux, occupée par une boucherie. Pour les voir, ces péchés, faut lever la tête : ils sont sculptés sous l'avancement du premier étage. L'envie, la colère, l'avarice, ainsi de suite. Des hommes ; des femmes dans leur costume du Moyen Age, des figures grimaçantes, tantôt isolées, tantôt par couple. Mais impossible de reconnaître où est l'envie, où est la colère, où est l'avarice. Au bout de cinq minutes, j'avais un torticolis du diable. Je suis allé prendre ma chopine de lait, qui était une chopine et demie ; j'ai donné mes sept sous à Mariette ; je suis rentré rue de la Prison. J'avais mis une heure pour parcourir trois cents mètres ; mais ma mère ne ronchonnait point de mon retard ; elle ne savait que faire de moi.

Chaque matin, je retournais aux écoles. Je guettais l'heure des récréations. Je regardais petits et grands se donner du bon temps dans la cour. Ils jouaient aux barres, à la balle au chasseur, au paquet, au bloc, au serpent. Tu traces par terre un long serpent dont le corps est délimité par deux lignes parallèles ; au bout, la tête est un rond, avec un trou au milieu. Chacun part de la queue, lance sa bille : le premier arrivé au trou a gagné ; mais jamais elle ne doit sortir des lignes ; sinon, tu repars de la queue. A Saint-Rémy, j'avais passé mes semaines et mes dimanches à jouer au serpent. Et maintenant, de voir les autres accroupis, d'entendre leurs exclamations, de ne pouvoir mêler ma bille aux leurs... Les instituteurs se promenaient gravement, de long en large, dans leurs blouses grises. Tu aurais dit des droguistes.

J'allais d'école en école : au Moutier, à Turelet, à la Vidalie. Et chaque fois, je crevais d'envie. C'est un péché capital. Je le commettais à longueur de journée.

J'ai retrouvé le gars du périmètre. Il avait eu le premier *très bien* de sa carrière.

Et moi :

« Si t'as d'autres problèmes qui t'embarrassent, je peux y jeter un coup d'œil.

— Aujourd'hui, c'est la grammaire. Analyse : sujet, verbe, attribut... Je m'embrouille un peu... »

Aïe, aïe, aïe ! Sujet, verbe, attribut ! Encore une de mes spécialités. On s'installe de nouveau sur les marches de l'église, sous la protection de saint Genès ; on se met à écosser chaque ligne, grain par grain, comme une gousse de petits pois. Je lui explique la mécanique : les temps, les personnes, le singulier, le pluriel, le direct, l'indirect. Il avait l'air un peu débordé. Mais ce qui l'intéressait, c'était d'avoir un autre *très bien*.

« J'ai pas de caramels en ce moment. Mais demain, je t'en apporte, parole d'honneur ! Je m'appelle Fradal, ma mère est épicière rue Grenette. Alors, tu peux être tranquille. »

La chose devint une habitude. Chaque fois que Fradal rencontrait une difficulté — et il en rencontrait beaucoup : dans les surfaces, les volumes, le prix de vente avec bénéfice, les participes, les conjugaisons, les lettres à un cousin éloigné pour lui faire le récit d'une scarlatine —, il venait me trouver. J'arrangeais son affaire. Il m'arrivait même de le dépanner en géographie, de vérifier ses cartes. Bassin de la Garonne. Rive gauche : la Save, la Gimone, le

Gers et la Baïse ; rive droite : l'Ariège, le Tarn, grossi de l'Aveyron, la Dordogne, grossie de l'Isle. Je savais placer toutes les villes traversées : Saint-Gaudens, Muret, Toulouse, Castelsarrasin, Agen, Marmande, La Réole, Bordeaux. A Saint-Rémy, dans la cour, on jouait à la géographie comme d'autres aux charades. Ça me rapporta des caramels, du chouine-gomme, des bâtons de réglisse.

Naturellement, notre manège se remarqua. On sut qu'il y avait un gars porté de bon service sous le porche de Saint-Genès. Fradal m'envoya des clients. Moi, je ne tenais pas tellement à voir mon entreprise prendre de l'extension. Seulement, il chantait mes louanges, je tâchais de faire honneur à sa publicité. En principe, je refusais d'examiner ce qui concernait le C.C., je ne connaissais rien aux x et aux y. Il m'arriva cependant de fournir quelques idées, en composition française, à ceux qui paraissaient démunis. Par exemple : *Décrivez un animal domestique*. Un matin, Fradal m'amène un type plus vieux que moi, avec de gros yeux cerclés de lunettes noires, qui le faisaient ressembler à un chat-huant.

« J'ai pas d'animal domestique, qu'il dit.

— Pas de chien ? Pas de chat ?

— Non. Pas de poules, pas de vaches. »

Et moi :

« Pas de souris non plus ? Pas de punaises ? Pas de puces ?

— Des punaises peut-être bien. Mais tu me vois, décrivant une punaise ? »

Je réfléchis un moment, puis :

« Est-ce qu'un âne ferait ton affaire ?

— Un âne... sûrement. Mais j'en ai pas non plus. »

Je l'amène à Mariette, la laitière des Garniers. On lui demande la permission d'examiner son âne. Nous voilà tournant autour, lui tripotant les oreilles, les babines, les flancs, les genoux, la queue. La Mariette nous surveille d'un air inquiet. Puis elle s'approche et précise :

« Il s'appelle Napolion.

— Napoléon ?

— Oui, Napolion. On l'a baptisé comme ça.

— Pourquoi vous avez choisi ce nom ?

— Chez nous, les ânes s'appellent Napolion de père en fils. Ça nous évite de chercher d'autres noms. D'ailleurs, on trouverait pas. Napolion, c'est commode. C'est un nom d'âne. »

Mon copain notait tous les détails. Je lui fis voir une rosette de poils sur le front ; les deux oreilles, une debout, l'autre pendante, qui semblaient indiquer midi et quart ; la croix blanche dessinée sur l'échine et les épaules.

« C'est en souvenir de Notre-Seigneur Jésus-Christ, expliqua la Mariette. Un jour, Jésus a voyagé sur un âne. Les gens étaient tellement contents qu'ils coupaient des branches et les jetaient devant lui. C'était le dimanche des Rameaux. Depuis, tous les ânes portent sur le dos une croix blanche. »

Pendant trois semaines, j'ai mené ainsi une vie de rentier. Moi, j'enviais mes copains d'aller en classe ; eux m'enviaient de n'y pas aller.

Une fois, j'étais en train de m'expliquer avec Fradal. Il s'agissait de la vaccination. Comme d'habitude, il avait compris cul pour tête :

« Je voudrais bien savoir pourquoi on nous pique au bras avec notre urine. On nous fait apporter un flacon plein d'urine, le médecin trempe dedans sa seringue, et il nous pique avec. Je trouve ça pas propre. »

Et moi :

« L'urine est une chose, la seringue en est une autre. On analyse ton urine pour savoir si tu n'es pas atteint d'une maladie. Car si tu as, par exemple, le choléra, ça suffit, on va pas t'injecter autre chose. Mais si t'en as pas, alors, on te pique avec un sérum...

— Il est jaune, ton sérum, je l'ai vu. C'est de la pisse ! »

J'eus beaucoup de peine à lui faire entendre raison. Tout par un coup, Fradal ouvre la bouche ; il se lève et fout le camp. La seconde d'après, je vois au fond de l'escalier un chrétien à lunettes. Il me considère un moment en silence ; puis il monte une ou deux marches :

« Alors, c'est toi qui me fais concurrence ? »

Tout de suite, j'ai vu où il voulait en venir : c'était un instituteur de Cloîtrat. « Cette fois, Baptiste, que je me murmure, t'en as fait un peu trop ; tu vas finir en tôle. » La prison n'était pas loin ; de chez moi, il n'y avait que la rue à traverser. Je tremblais dans mes braies courtes ! L'autre monte une ou deux marches de plus, me pose une patte sur l'épaule, comme pour marquer qu'il prenait possession de ma personne :

« C'est toi qui expliques les problèmes de Fradal ? Qui lui fais ses rédactions ? »

Mon Dieu, cette trouille ! Va-t-il avertir ma famille avant de m'entraîner à la gendarmerie ?

« Comment t'appelles-tu ? »

Je n'ai pas le courage de lui refiler un faux nom :

« Pascal, Jean-Baptiste.

— Quel âge ?

— Douze ans et demi.

— Tu ne vas plus à l'école ?

— J'ai le certificat. J'attends un travail.

— Tu n'aimerais pas, plutôt, aller au cours complémentaire ?

— Si. Mais mes parents n'ont pas les moyens.

— Veux-tu que j'aille les trouver ? Que je leur parle ? On a toujours les moyens, quand on le désire vraiment. »

Je secoue la tête. Inutile ! Ils ne désirent pas du tout que j'aille au cours complémentaire ni ailleurs. Ce qu'ils espèrent seulement, c'est que je gagne quatre sous. D'abord, pour faire des études, il faut de la lumière ; chez nous c'est une denrée infiniment rare et coûteuse. On l'économise au maximum. En vidant ses poubelles, mon père touche cinq cents francs par mois. Il en donne cent pour le loyer et l'électricité. Nos repas ne sont déjà pas très éclairés, sous l'ampoule de vingt-cinq bougies. Le plus faible qui existe. Il vaut mieux d'ailleurs ne pas trop voir ce qui est dans l'assiette. Soupe aux choux et fromage. Le fromage nous sert de viande, de légumes, de dessert. Il en existe toujours une réserve dans le placard, derrière la porte, en train de mûrir et de sentir bon. Ma mère se le procure le samedi au marché couvert, où l'apportent des paysannes. Elle marchande toute une matinée pour dix sous. Des marchandeuses comme ma mère, on n'en fait plus. Crucifix ! Si elle avait l'occasion d'aller à la poste, pour sûr qu'elle marchanderait les timbres. Alors, quand elle arrive au marché couvert, c'est la panique. « La voilà ! La voilà !... » Les bonnes femmes se pressent de monter leurs prix pour pouvoir ensuite en rabattre. Au bout de ses interminables négociations, quelquefois elle repart à vide : « Je reviendrai quand vous serez plus raisonnables. » Sitôt qu'elle a tourné le dos, il y a une chute verticale des cours.

Elle rapporte des fromages ronds et plats, au lait de vache. Après trois jours de réclusion, ils s'efflanquent, perdent leurs entrailles. Encore une semaine, et ils se remplissent de vers ; chaque fois que tu ouvres la porte du placard, leur odeur te saute à la figure comme un chat prisonnier. Heureusement, elle achète aussi du fromage de chèvre. Le chèvreton en français, *chabrillo* en patois. Rectangulaire comme une brique, séché sur la paille, chaque brin y a creusé une douce ride. Lui ne s'amollit pas en vieillissant : il s'affermit au contraire ; aussi, jamais tu ne trouves dedans l'ombre d'un asticot. Tout au plus se couvre-t-il d'une sorte de farine brune, pareille à celle du pain cuit. Avec de bons yeux tu y verras grouiller trois mille millions de bestioles minuscules que nous appelons les « artisons » et qu'il faut respecter, parce qu'elles apportent au chèvreton un supplément d'âme. Maintenant, pour le consommer, y a aussi la technique. Si mon vieux me voyait gaspiller un milligramme de fromage, je mangerais sa casquette. C'est une ancienne habitude chez lui. Quand il a quelque chose à me reprocher, il empoigne sa casquette par la visière et tchac ! m'en retourne un coup dans la figure. Aux Bessières, si je m'étais laissé faire, j'aurais été le tambour de la famille. Chacun avait sa manière de me taper dessus. La grand-mère Mangematin employait sa canne.

Ma mère, c'était le dos de la main ; mon frère Séraphin, le coup de pied au derrière. Heureusement, j'avais l'esquive rapide ; quatre-vingts pour cent des coups manquaient le destinataire ; avec un peu de chance, même, l'expéditeur se cognait contre un mur ou un meuble, cassait une assiette, s'esquintait un genou. De loin, je lui criais : « Bien fait ! c'est le bon Dieu qui t'a puni ! » Le vieux est le meilleur tireur de la tribu, il me loupe rarement. D'autant moins qu'il choisit en général les moments vulnérables, lorsque je me trouve assis, dans l'impossibilité de parer. Quand nous vivions à la campagne, ça n'était pas très grave ; j'en étais quitte pour une courte suffocation. Mais ici ! Après sa journée d'ébouage, de curage, de balayage, la casquette est gorgée de suie, de cendres et autres épices. Je reçois tout ça dans les yeux. Ma soupe en est copieusement assaisonnée. Alors, vaut mieux pas chercher à l'exciter. Vaut mieux respecter à la lettre le code du fromage, tel qu'il me l'a exposé aimablement :

« Tu racles ton fromage avec la pointe du couteau. Si tu veux, tu fais tomber quelques artisons. T'as pas le droit — t'entends, espèce de céhoenne ? — t'as pas le droit d'enlever la croûte ! Tu la racles, un point c'est tout ! La croûte est le meilleur, putain de Dieu ! »

Alors, je raclais le fond des plis sans abîmer les bosses, en les contournant. C'était comme qui dirait de la sculpture, putain de Dieu ! Je sais pas ce qu'il avait à jurer ainsi, ce vieux-là, chaque fois qu'il ouvrait la bouche. Sauf le premier janvier, son seul jour de politesse. Un dimanche matin, il était en train d'enfiler un pantalon propre ; un de ces pantalons à la zouave, en velours uni, larges aux genoux, serrés aux chevilles, comme en portaient alors tous les ouvriers. Il s'occupait à le boutonner et rencontrait certains obstacles. Voilà qu'il lâche tout à coup un de ses chapelets, qui faisait supposer que le bon Dieu était le propriétaire de l'établissement à lanterne rouge, au 10 de la rue Traversière.

« Laisse donc le bon Dieu tranquille ! fait ma mère, indignée. Qu'est-ce qu'il t'a fait le bon Dieu ? »

Et lui, tout estomaqué :

« Le bon Dieu ? Qui te parle du bon Dieu ?

— Toi, quand tu jures ! espèce de casériaud !

— C'est pas contre le bon Dieu, que je jure. C'est contre ma braguette ! »

Après notre triste repas donc, pour raison d'économie, on éteint l'électricité. Seule nous éclaire la rougeur du poêle, à travers ses ronds et ses jointures. Mon père allonge les pieds vers la chaleur et tout de suite il s'endort. Ma mère marmonne son chapelet. Moi, je profite de l'ombre, puisqu'on ne me voit pas, pour pleurer un peu.

J'ai inventé une manière de pleurer sans bruit, car je n'aimerais pas que la famille me pose des questions sur ce genre d'exercice. Pour supprimer les soupirs, tu ouvres la bouche toute grande, comme si tu bâillais ; pour ne pas renifler, tu te presses le nez avec ton mouchoir, tu éponges les liquides à mesure qu'ils coulent. La famille ne s'aperçoit de rien : le vieux ronfle ; la vieille fait « me ne me ne me ne me ne... » avec les lèvres. Au bout d'un moment, j'en ai archimarre : je demande la permission d'aller me promener un peu, pour retrouver dehors la lumière qui me manque.

« Va pas trop loin, recommande ma mère. A cause des sidis. »

Elle a une frousse terrible des sidis. Faut dire que la ville en est infestée. On les reconnaît à leurs guenilles, percées de tant de trous que tu pourrais y suspendre toutes les louches du canton. Ils montrent leurs genoux, leurs coudes, quelquefois leur derrière. Ça n'a pas de pudeur. Certains portent une chéchia, d'autres une vieille casquette. Ils ont des tatouages bleus sur le dos des mains. Dès notre installation rue Mancel-Chabot, voisins et voisines ont mis ma mère en garde ; à présent, elle n'ignore rien de leurs mœurs. C'est une race étrange : rien que des adultes. Ils ont laissé femmes et enfants dans leur pays. Chacun possède deux ou trois moukères et au moins une douzaine de moutchatchous : tu te demandes comment ils font pour les distinguer les uns des autres. D'autant plus qu'ils s'appellent tous Mohammed et n'ont aucun nom de famille. La plupart ne savent pas leur âge exact. Paresseux et ignorants comme ils sont, on les emploie aux besognes les plus basses : dans le charbon, les égouts, le terrassement. Quand sur un chantier se trouvent rassemblés un Français, un piquet et un sidi, c'est toujours le Français qui tient le piquet, toujours le sidi qui cogne avec sa masse ; le premier se sert de son intelligence, le second de ses muscles. Ils se nourrissent de raves crues. Le vin leur est interdit par la religion qu'ils pratiquent ; s'il leur arrive d'en boire quand même, ça les rend fous : ils sortent leur couteau, assassinent à tort et à travers. Étant privés de leurs femmes, ce sont les meilleurs clients du bordel, rue Traversière. Ils y dépensent la moitié de leur paye. Mais lorsqu'ils se trouvent sans argent, ils sont capables de se satisfaire sur n'importe quoi : vieillards de l'hospice, enfants des écoles, chiennes, cors de chasse, chaises percées. Alors moi, quand je sors, je me méfie.

L'appel de la lumière est plus fort que mes craintes. La rue de la Prison n'est pas très éclairée ; il y rôde des ombres inquiétantes ; je me cache dans les couloirs jusqu'à ce qu'elles soient passées. Au carrefour de la rue des Barres et de la rue Durolle, je tourne vers la gauche. Dans les vieux quartiers de cette ville, les maisons ont au moins mille ans. Si tu lèves la tête, tu constates que le premier étage dépasse le rez-de-chaussée ; que le second dépasse le premier ;

ainsi de suite. En sorte qu'elles se font face d'une rive à l'autre, qu'elles se menacent du front comme des chèvres. Quelquefois, il arrive même qu'elles se touchent ; elles forment alors au-dessus de la rue une sorte de pont, qu'on appelle une *pède*. En tournant vers la gauche, je passe sous la pède du coin des Hasards, en direction de la place du Pirou. Devant chaque vitrine, je fais de longues stations. Celle de Gauvin, le photographe, me retient plus que les autres ; j'aime cette exposition de figures ; chacune avec son regard, son expression, sa tristesse ou son contentement ; elles me lorgnent de même, semblant s'intéresser à Sang-de-Chou, pauvre petit péquenot de Saint-Rémy-sur-Durolle, exilé dans la capitale de la coutellerie. Plus loin, en face, il y a l'horlogerie Cros ; je vois l'homme dans sa devanture, la plus immense de toutes, une loupe enfoncée dans l'œil, comme si lui aussi était à vendre. Je remonte par la rue du Bourg, où expose un second photographe, Gibert, spécialiste de l'agrandissement. Plus haut, même la pharmacie me retient. De nos jours, toutes les *Apotheken* font la publicité de leurs produits, et je suppose qu'en France c'est la même chose. En ce temps-là, rue du Bourg, tu ne voyais derrière la vitre que trois vases remplis : le premier d'une liqueur verte, le second d'une rouge, le troisième d'une transparente. J'aurais passé des heures à me demander ce que pouvaient être ces liqueurs, à quoi elles servaient, combien elles coûtaient. J'apercevais le pharmacien occupé à peser des poudres, à écraser des sels dans un mortier, à mijoter des pommades.

Venait ensuite un café-bureau de tabac, *Au Bon Coin*, toujours plein d'ivrognes, accrochés d'une main au comptoir, de l'autre à leur verre. Ils chantaient, ils s'engueulaient, ils criaient : « Vive la sociale ! » Je me suis toujours demandé ce que c'était que la sociale. Je me le demande encore. Derrière le zinc, sans trouble, la patronne essuyait les verres, les nénés en avant, presque au milieu des chopines. Ce tas de saindoux aurait dû leur couper la soif à tous. Mais non. Ils levaient leur verre, ils regardaient la patronne dans les yeux, ils regardaient ses nénés, ils criaient : « Vive la sociale ! »

J'arrive place de la Mairie, dominée par l'horloge lumineuse. Des sidis passent ; mais en cet endroit fréquenté, ils n'osent pas se jeter sur moi. D'ailleurs, sous l'horloge, on reconnaît l'agent Florel, avec son énorme tour de taille, de garde devant le commissariat. Un marchand de journaux s'est installé devant le café Cotte, sous une lampe à acétylène, qui siffle et postillonne. Il vend les trois feuilles de Clermont : *La Montagne, Le Moniteur, L'Avenir.* J'entends crier des nouvelles sans intérêt ; elles appartiennent à un monde qui n'est pas le mien : « Mussolini adhère au pacte Briand-Kellogg !... Le Graf Zeppelin traverse l'Atlantique !... Démission du cabinet Poincaré !... » Toute une période de ma vie a été marquée par les démissions du cabinet Poincaré. Ce gars-là, il passait son temps à démissionner et à reprendre ses démissions.

Rue Conchette, j'admire les costumes neufs de Bourdillon, sur des mannequins en cire qui allongent une jambe en avant et lèvent en l'air le petit doigt. Je pourrais monter jusqu'au sommet : je préfère tourner à droite par la rue Denis-Papin. En pleine conscience. A l'extrémité, se trouve cet établissement à lanterne rouge qui fait rire les hommes, quand ils en parlent, et rougir les femmes. Les gars du C.C. m'ont renseigné sur son contenu. J'aimerais y entrer pour en comprendre le fonctionnement. Non parce que les filles m'intéressent ; mais pour voir ce qui suscite tant de rires et tant de rougeurs. Dans mes promenades diurnes, il m'est arrivé de passer devant. La maison est extérieurement bien tenue, discrète, pas le moins du monde scandaleuse. Derrière les volets toujours clos, on entend parfois chanter des voix féminines :

Je t'ai rencontré, simplement,
Et tu n'as rien fait pour chercher à... me plaire...

Ou bien :

Lorsque tout est fini,
Quand se meurt no-o-otreu... beau rêve...

Des filles qui ont l'air terriblement sentimentales. Prisonnières ou pas, elles semblent heureuses, à l'abri des intempéries derrière leurs persiennes, du besoin, du chômage, des coups de pied au train. Pour gagner leur croûte, elles n'ont rien d'autre à faire qu'à ouvrir leur porte et recevoir les visiteurs. Un métier idéal.

A cette heure nocturne, la maison a changé de figure. Elle a allumé sa lanterne ; c'est vraiment un endroit lumineux par excellence. Va-et-vient continuel d'hommes qui entrent ou qui sortent. A l'intérieur, ça rigole, ça gueule, on fait marcher le phonographe à pleins tubes. Tu dirais une fête de famille, une noce, une première communion. La clientèle est composée de sidis ; mais aussi de beaucoup de Thiernois. Je reconnais des visages déjà rencontrés. Je passe devant très vite, mais en regardant de tous mes yeux.

Me revoici devant la mairie. Je fonce vers la chapellerie Bougnoux, également très éclairée. Chapeaux mous, tendus en long par une raie qui ressemble à la raie des fesses. Casquettes à carreaux. Serviettes, cartables. J'enfile la rue Alexandre-Dumas, que l'on continue d'appeler rue des Barres. Elle est garnie de petites épiceries qui sentent le café, la cannelle, le sucre candi. Non, je me trompe : le sucre candi ne sent rien. Si j'en parle, c'est qu'il m'est resté dans les papilles : ses cristaux transparents, aux arêtes vives, semblaient avoir été taillés par un joaillier. L'eau m'en vient encore à la bouche. Très longs à fondre. Pour cinq sous, y avait de quoi sucer et baver une semaine. Je le trouvais exposé derrière les vitrines des épiciers avec d'autres gourmandises : rouleaux de sucre noir, tubes de coco en poudre, caramels mous, chouine-gomme, médailles en chocolat, boîtes de cachous, racines de réglisse. Mon tour du monde se terminait ; je me retrouvais à l'entrée de la rue Mancel-Chabot. Je jetais un coup d'œil rapide, avant de m'y engager, pour m'assurer qu'aucun sidi ne m'y guettait ; ensuite, je fonçais tête première, j'arrivais haletant devant notre porte.

La trouille de ma mère n'était pas entièrement gratuite. Entre eux éclataient souvent des bagarres au rasoir ou au couteau. Ils se poignardaient, se tranchaient la gorge, se mettaient les tripes au soleil. Les motifs de leurs massacres restaient mystérieux. Vendetta, rancunes, argent prêté et non rendu, ivrognerie. Un jour, on en a ramassé un devant la poste, au milieu de son sang. La police a suivi les traces en direction du boxon voisin. C'est là qu'un de ses compatriotes l'avait mis en perce. L'homme s'était traîné vers les marches du bureau de poste, où il s'était vidé jusqu'à la dernière goutte, sans que personne vienne à son secours. Employé à la voirie, mon père a été chargé de faire disparaître ces traces malpropres. Il a répandu des cendres fines dessus, balayé le tout dans le caniveau. Jamais on n'a retrouvé le meurtrier. De le savoir ainsi parmi nous, ça ne rassurait personne.

Certes, les sidis s'en prenaient rarement aux Thiernois, sauf en cas de provocation. Mais leur seule présence nous inquiétait. Dans la rue, je les regardais, hâves, vêtus de loques, méprisés et redoutés de tous. Je trouvais que le blanc de leurs yeux luisait comme des lames.

6

Mes vadrouilles eurent une fin. Un jour, sur le coup de midi-une heure, alors que nous en étions au fromage, arrive mon oncle Mangematin. C'était, comme j'ai dit, l'homme le plus important de la commune, probablement, après le maire et le sous-préfet. Il aimait qu'on lui « porte soumission ». Mon père se lève aussitôt, pour lui céder sa chaise. Ma mère l'embrasse. Lui n'embrassait pas : il se laissait embrasser. Il tendait ses grosses joues rouges pareilles à des fromages de Hollande. Fallait se les farcir. Quand il s'était étalé sur son siège, les cuisses écartées, on lui offrait le café, la goutte, les biscuits. Tout le monde se taisait. Il n'aurait pas supporté qu'on ouvrît la bouche sans sa permission. Mais nos yeux étaient braqués sur lui. Quand il eut fini sa gnole, il s'essuya les moustaches, soupira, finit par dire :

« Y a du nouveau.

— Ah ? » fit ma mère, qui pouvait se permettre quelque syllabe, ayant le privilège d'être sa sœur.

« Oui. J'ai trouvé du travail pour Baptiste.

— Ah ? »

Aussitôt leurs trois figures se tournèrent vers moi. Celles de mes parents rayonnaient. Celle de l'oncle restait sérieuse, presque menaçante ; ce n'était pas le moment de lâcher un adjectif de travers. J'avalai ma salive. Je me sentais tout chaud. Je me surpris à répéter intérieurement : « C'est fini ! C'est fini ! » Qu'est-ce qui était fini, au juste ? J'en avais une idée assez vague. Mais je savais que, dès la seconde où l'oncle Mangematin avait annoncé ce travail, quelque chose avait fini pour moi ; qu'autre chose commençait. « C'est fini ! C'est fini ! » que je me redisais dans mon ventre. Silence ! Je portais soumission. Mes parents se montraient aussi prudents. Le genre de travail qu'on m'avait trouvé, ils s'en foutaient cent pour cent. Ce qui les contentait, c'est que s'achevât mon chômage. A part ça, on pouvait bien faire de moi un pâtissier, un vinaigrier, un pompier ou un doreur de culs. Pardonne cette expression, que je dois à ma grand-mère Mangematin. Elle avait horreur qu'on évoque l'avenir, qu'on essaye de prévoir ce qui est seulement entre les mains de Jésus-Christ. Alors, dans son patois, pour se moquer des curieux, elle répondait à peu près de la manière suivante :

« Dans dix ans, avec toutes ces nouvelles maisons qui se construisent, est-ce que vous croyez qu'on reconnaîtra encore Saint-Rémy ?

— Dans dix ans, on ne me reconnaîtra pas non plus.

— Si on ne répare pas le clocher de l'église, un de ces quatre matins il va s'écrouler.

— Quand il sera par terre, on le ramassera.

— Qu'est-ce que vous allez faire de ce garçon, plus tard ?

— On en fera un doreur de culs. »

J'avais un jour entendu cette réponse de ma vieille vieille ; tout de suite je me sentis attiré par cette profession sûrement lucrative. J'aurais bien aimé savoir en quoi consistait le travail.

« *Grande*, un doreur de culs, qu'est-ce qu'il fait exactement ?

— Ben, il dore les culs.

— Avec quoi ?

— Avec un pinceau.

— Et puis ?

— Du jaune d'œuf.

— A qui qu'il fait ça ?

— A ceux qui veulent, qui le payent ; il travaille pas pour rien !

— Et pourquoi qu'ils se font dorer ?

— Pourquoi qu'on dore les médailles ?... Pour les rendre plus belles ! Alors, eux aussi, c'est pour être plus beaux.

— Et les blancs d'œuf, qu'est-ce qu'il en fait ? Il les jette ?

— Il les mange en omelette. Ou bien, il s'en sert pour argenter.

— Argenter quoi ?

— Les culs. Ça coûte moins cher.

— Toi, tu... t'es fait... dorer ou argenter ?

— Moi, non, jamais. Je suis trop misérable. Y a que dans les villes qu'on trouve cette clientèle : à Thiers, à Clermont, à Paris. Pas à Saint-Rémy. »

Le métier ne m'aurait pas déplu. Mais après quelques années, je compris que la vieille se payait ma tête, que les gens ne placent pas leurs dorures à cet endroit-là, ça ne se voit pas assez.

« J'ai trouvé du travail pour Baptiste, dit l'oncle Mangematin. A la Caisse d'Épargne. »

Et ma mère, en extase : « A la Caisse d'Épargne ! »

On lui aurait dit « A la Préfecture » ou « A l'Évêché » que ça ne l'aurait pas émerveillée davantage. Déjà elle me voyait Caissier Principal. Je connaissais la Caisse d'Épargne, de l'extérieur. Sa large et belle façade donnait précisément sur la place du Palais, mon champ de manœuvre. Chez nous, jamais personne n'avait mis les pieds dans une Caisse d'Épargne. Aux Bessières, quand mon père avait un ou deux billets de reste, qu'il avait réussi à soustraire à sa femme, il les enfilait dans un trou de muraille ; ils y restaient bien au chaud des quinze jours, des trois semaines, jusqu'à ce qu'il eût besoin d'eux. Mais alors, souvent, il avait oublié où se trouvait la cachette. Je le surprenais à farfouiller sous les toitures, dans les fentes du pisé, comme s'il avait cherché des lézards. Il lâchait tant de *merde, merde, merde* que ça n'avait plus aucun sens. Et moi, innocemment :

« Qu'est-ce qu'il y a ? Tu as perdu quelque chose ?

— Toi, occupe-toi de te gratter l'anus s'il te démange ! »

Dans son langage d'Auvergnat inculte mais lecteur du dictionnaire, cela signifiait : « Je n'aime pas qu'on se mêle de mon commerce. » Je suis certain qu'en déménageant il a laissé un tas de coupures là-haut, qui n'ont profité qu'aux souris. Ma mère devait faire la même chose de son côté ; je n'ai jamais su où. Jamais cherché à savoir non plus. La plus riche était, le croirais-tu ? notre aïeule ; malgré ses vanteries de misère, elle aurait pu, si elle avait voulu, se faire argenter et dorer. La richesse lui venait d'un fils qu'elle avait perdu à la guerre. Un nommé Pierre Mangematin, mort dans un endroit qu'on appelle Bois-Brûlé. On en parlait le moins possible à la maison, pour ne pas la faire pleurer. Quelquefois, ma mère racontait que les Allemands avaient crié : « Braves Français, rendez-vous ! » Que l'oncle Pierre avait refusé. Qu'alors les Allemands lui avaient fait son affaire. Je me demande comment elle avait appris ces détails. Peut-être qu'elle les avait lus dans un livre ; qu'elle avait confondu Bois-Brûlé et Waterloo ; qu'elle avait fini par se les faire croire à elle-même. Ou qu'elle les avait inventés pour procurer à sa vieille une sorte de consolation. N'importe. Ce qu'il y a de sûr, c'est que, tous les trimestres, la grand-mère touchait de l'État une pension, quatre cents francs d'alors. Elle en donnait une partie à mes parents qui s'occupaient d'elle ; le reste, elle le fourrait dans une boîte en fer, cylindrique, qui disparaissait sous des jupons innombrables ; son trésor lui tenait les jambes au chaud.

Donc, l'épargne nous était aussi étrangère que la peinture à l'huile. Inutile de dire, dans ces conditions, le respect, l'admiration des Pascal pour les personnes qui ont des économies ; qui les emmagasinent dans ces caisses comme le blé dans un grenier ; qui les laissent là parfois un an, cinq ans, dix ans, parce qu'elles ont d'autre argent et peuvent se passer de celui-ci ! Pendant ce temps, le dépôt fait des petits et les enrichit davantage encore, sans qu'elles aient besoin de remuer un doigt de la main. Sur ce chapitre, je n'ai pas changé du tout, je suis resté un vrai Pascal. Pas plus épargnant que père et mère. A Straubing aussi, il existe une belle *Sparkasse* avec son fronton triangulaire sur la Ludwigsplatz. Elle ne reçoit pas ma clientèle. Comme on dit dans les journaux, mes économies, je les investis à court terme. En solide ou en liquide. Ça m'évite des calculs.

Mes parents se gardaient bien de poser des questions à l'oncle de l'état civil ; ils se sont contentés des précisions qu'il a bien voulu laisser tomber :

« Je ne sais si vous vous rendez compte de l'honneur qui lui est fait.

— Houmph, houmph !

— Au début, il commencera petitement. Ensuite, on lui fera faire des chiffres. Peu à peu, si l'on est content de lui, il pourra s'élever.

— Houmph, houmph !

— Là-dedans, il sera comme qui dirait fonctionnaire.

— Houmph !!!

— En fin de carrière, il touchera une retraite. La même chose qu'un cantonnier ou qu'un instituteur.

— HOUMPH !!!

— La semaine prochaine, j'irai le présenter moi-même au directeur. Tâchez qu'il ait, d'ici là, une blouse et des souliers propres. »

L'émotion me trouble la vue. Je fais un gros effort pour dire :

« Est-ce qu'il faudrait pas...

— Quoi donc ?

— ... que j'aie aussi des braies longues ? Est-ce que je peux y aller en braies courtes ? »

Et lui : « Naturellement qu'il te faudra des braies longues ! »

Je l'aurais embrassé.

Ma vieille me prit par l'anse, m'emmena chez Bravard, au fond de la rue Conchette. J'y fis connaissance avec des odeurs inconnues : celles des étoffes accumulées, de la cire, de la naphtaline. On nous fit monter au premier étage.

« Je voudrais, dit ma mère, des braies longues pour ce drôle. »

Elle avait pour habitude de parler patois avec tout le monde. Je la poussai du coude, parce que ça me faisait honte :

« Parle français ! »

Mais elle, sans changer de langage :

« Laisse-moi tranquille. Je suis sûre que le monsieur me comprend. C'est-il pas vrai, monsieur, que vous me comprenez ?

— Bien sûr, ma brave femme, que je vous comprends. Ne vous dérangez pas. Parlez comme vous avez l'habitude. »

Elle était contente de s'entendre donner raison. Faut dire qu'à Thiers le patois se converse bien. Tout le monde l'emploie, le maire, les pharmaciens, les médecins, les curés ; sauf les étrangers : sous-préfet, chef de la gare, professeurs du collège. Du moins, il en était ainsi de mon temps. On commença donc les essayages, puis les marchandages obligatoires. J'aurais aimé entrer tout de suite dans ces pantalons ; il me fallut patienter quatre jours encore ; jusqu'au dimanche suivant. Chez nous, les choses neuves s'inauguraient toujours un dimanche. Si quelqu'un osait s'en servir pour la première fois un jour de semaine, il était sûr de les voir se gâter avant la fin de la lunaison. Nous étions trop pauvres pour prendre des risques. J'inaugurai mon premier pantalon le dimanche d'après, en grande solennité. Les cloches sonnèrent. Nous sommes allés à la messe, le faire bénir. Vu la circonstance, les gens s'étaient mis sur leur trente et un ; ils s'écartaient sur mon passage avec respect. Quelques-uns se signaient. C'était un pantalon en velours côtelé, les jambes parfaitement rondes, pareilles à des tuyaux de poêle. En l'enfilant, je me suis senti soudain une dimension nouvelle. Il me faisait au genou un agréable frottement. Désormais, il m'était égal de porter encore dessous des bas à jarretières, puisqu'on ne les verrait plus. Ma mère n'était pas moins enflée d'orgueil. A côté de moi, elle rayonnait pire qu'un bec de gaz.

Après l'office, je promenai mes braies longues à travers la ville, pour les faire admirer de ceux qui ne fréquentaient pas l'église. Je descendis au Moutier par le chemin du Pavé, franchis la Durolle sur le pont bossu, fis le tour de la place du Navire, remontai par les

Chemins-Neufs et la rue Grenette. Il m'arriva de rencontrer des compagnons de jeux ; j'eus la grande joie de constater qu'ils ne me reconnaissaient pas. Par terre, j'examinais mon ombre, que je piétinais ; moi aussi j'avais quelque peine à la reconnaître.

Le lendemain, avant huit heures, l'oncle arrive chez nous. Je baisse les yeux pour montrer que je porte soumission. Mon père est déjà parti vider ses poubelles. Ma mère sert le café et la gnole.

« Y a une chose que je veux te dire, m'annonce l'homme de l'état civil.

— Écoute bien ! recommande sa sœur.

— Je vais t'introduire dans une maison remplie d'argent. Une Caisse d'Épargne, au fond, c'est la même chose qu'une banque. »

Ses yeux s'arrondissent affreusement, il lève un doigt vers le plafond :

« Jure-moi ! Tu entends ? Jure-moi que jamais... jamais tu n'auras l'idée de voler un centime ! Un seul centime ! Si par hasard, toi, mon neveu, tu devais me faire cet affront... »

Il secoue la tête, ses joues tremblent d'une indignation anticipée. Moi, je m'interroge sur le sens de ses paroles. Ou plutôt sur les sens ; car j'en vois deux. Veut-il dire par là que je ne dois jamais rien voler dans cette banque ? Ou bien faut-il entendre que, si je vole, je ne dois pas me contenter d'un seul centime, que je dois prendre beaucoup plus ? Ça me paraît vraiment idiot, si tu as décidé de voler, d'emporter un centime unique. Qu'est-ce qu'on peut acheter avec un centime ? L'oncle Mangematin a-t-il peur que je sois un voleur ou peur que je sois un imbécile ? Nous nous connaissons si peu, j'ignore son opinion sur moi. S'agit pas de commettre une erreur, pour l'entendre dire ensuite quelque chose comme :

« Je vois que tu n'es pas fait pour la Caisse d'Épargne. Fais-toi plutôt doreur de culs. »

Et me retrouver bredouille dans mes pantalons neufs. J'ose lever les yeux :

« Je le jure, que je réponds.

— Jure-le sur la tête de tes parents !

— Je le jure sur la tête de mes parents. »

Ça le rassure ; ses joues s'immobilisent. Au fond, je m'en suis bien tiré : je ne sais pas exactement ce que j'ai juré ; mais j'ai juré, voilà ce qu'il voulait.

Au moment où nous nous préparons à partir, l'oncle et moi, ma mère pose ses mains sur mes épaules et m'embrasse. Ça ne lui était pas arrivé depuis le dernier jour de l'an.

Nous prenons le raccourci, par la pède du Tribunal. A cette heure, mes copains, Fradal et compagnie, sont tous à l'école, penchés sur leurs règles de trois ou leurs participes. Place du Palais, les ânes des laitières, en me voyant, braient à la mort, les gencives levées vers le ciel. Voici devant nous l'illustre Caisse d'Épargne, sa façade garnie de majuscules ; elle me regarde venir, plutôt ému, ma blouse bien empaquetée comme si j'allais en faire présent au directeur. Je me demande à quoi je ressemble. Si je suis ici, c'est la faute à Séraphin et à l'Européenne qui m'ont volé mon héritage. Ils ont même — ce qui est un comble — réussi à déshérité leurs ascendants.

A neuf heures pétantes, la porte s'ouvre. Je vois enfin l'intérieur d'une Caisse d'Épargne ! Une barrière en bois ; derrière, des hommes, des femmes, le nez déjà dans les paperasses. Le guichet de la CAISSE. Le caissier me regarde par-dessus son lorgnon. Il nous prend pour deux clients. Mon oncle me pousse vers une porte, marquée du mot DIRECTEUR. Avant de frapper, il précise :

« Il s'appelle M. Boithias. Mais dis-lui toujours Monsieur le Directeur. Et donne-lui-en à chaque occasion : Oui, Monsieur le Directeur. Non, Monsieur le Directeur. Certainement, Monsieur le Directeur... Compris ?

— Compris. »

La porte s'ouvre. Nous sommes reçus par un homme triste : la lèvre molle, des poches sous les yeux, des paupières rouges, il a l'air d'avoir pleuré. En fait, ce n'est qu'une apparence. Jamais je ne lui verrai quitter sa figure d'enterrement. Jamais je ne le verrai sourire, pendant les dix ou douze années que je passerai à sa Caisse d'Épargne. C'est sans doute la faute de son personnel, qui n'a jamais fait le nécessaire. Toujours à lui dire : « Certainement, Monsieur le Directeur. Tout à fait d'accord, Monsieur le Directeur. » Toujours à lui porter soumission. On aurait dû tenter une expérience : lui raconter, au moins une fois, pour voir si on pouvait le faire changer de physionomie, une histoire marseillaise. Dans sa vie, au milieu de tous ces billets, il a manqué d'histoires marseillaises. En trop grande quantité, l'argent est triste.

Donc, il nous reçoit, nous fait asseoir, me demande mon nom, mon âge, d'où je viens, les études que j'ai faites. Et tout par un coup, sans avertissement :

« Trois fois neuf ?

— Vingt-sept, Monsieur le Directeur.

— Quatre fois huit ?

— Trente-deux, Monsieur le Directeur.

— Douze et vingt-trois ?

— Trente-cinq, Monsieur le Directeur.

— Quarante-huit divisé par six ?

— Huit, Monsieur le Directeur. »

Ça continue de cette façon une petite heure. Je vois les joues de l'oncle Mangematin crever par le milieu et s'affaisser : il sourit.

« Tu comptes bien. On fera sûrement quelque chose de toi. »

Il ne précise pas quoi. La promesse semble satisfaire le tonton. Il se lève en disant :

« Je vous laisse, Monsieur le Directeur. »

Avant de retourner à son état civil, une fois encore il pointe l'index vers le plafond. Je comprends que cela signifie : « Rappelle-toi ton serment ! Pas un seul centime ! » De toute manière, rien ne presse ; je finirai bien par savoir au juste ce qu'il attend de moi.

Mes parents m'avaient passé à l'oncle Mangematin. Qui m'avait passé à M. Boithias. Qui me passa à Pommerette.

« Pommerette, lui dit-il tristement, voici Baptiste Pascal. Apprenez-lui à travailler. »

Pommerette vivait dans un placard. Dans une pièce si exiguë, veux-je dire, que beaucoup de chrétiens s'en serviraient pour remiser leurs balais, leurs chaussures, leurs bouteilles vides. On avait dû le choisir lui-même à cause de ses petites dimensions : malgré ses souliers spéciaux, à hauts talons, qui l'obligeaient à marcher continuellement sur les orteils, malgré mes douze ans et demi, il me dépassait à peine d'une épaisseur de doigt. D'un auriculaire. Son nom, Pommerette, lui allait bien. Il partageait son espace avec un pupitre à couvercle, un encrier, un pot de colle, une chaise, une corbeille à papier. Ses fonctions étaient variées. Primo, il expédiait le courrier de la maison, collait les timbres, plaçait les bandes, complétait les adresses.

« Ça, qu'il m'avertit, je me le réserve. Pas envie que tu embrouilles mes affaires. »

Secundo, après la fermeture du magasin, il balayait pièces, couloir, escalier, bureau du directeur ; secouait les paillassons, époussetait les meubles. En hiver, il entretenait la chaudière du chauffage central. De temps en temps, à force d'entasser les économies des Thiernois dans le cellier, la cuve débordait. Fallait transporter ailleurs l'excédent de vendange. La Banque de France, rue de Barante, se chargeait de le recevoir ; Pommerette effectuait le camionnage. Dans sa brouette. Enfin, ce n'était pas tout à fait une brouette : ça ressemblait plutôt à une malle montée sur trois roues ; il la poussait devant lui, la tenant par un mancheron horizontal, fixé à l'arrière.

Je connaissais ce genre de véhicule. Dans les campagnes, en ce temps-là, on voyait les colporteurs du *Caïffa*. Des épiciers ambulants. Ils allaient de village en village, de ferme en ferme, avec des brouettes toutes pareilles, remplies de poivre, de café, de cacao. Ils appartenaient corps, âme et charrette à la Société du *Caïffa* dont le nom était peint sur le flanc des voitures. Quand elles montaient de Thiers à Saint-Rémy, le gars prenait une bonne suée ; parfois, les gosses lui donnaient un coup de main ; en haut de la côte, il les récompensait avec un morceau de sucre. A la descente, il peinait moins.

La Caisse d'Épargne en question s'était donc procuré un engin tout pareil. Peut-être une carriole du *Caïffa* achetée d'occasion. Quand on est d'Épargne, faut épargner. Je n'ai jamais eu l'occasion de fourrer le nez dedans pour voir si elle sentait encore le poivre : le couvercle en était retenu par un cadenas. A des dates changeantes, le caissier la remplissait. Devant la porte, veillait une sentinelle : l'agent Florel ou l'un de ses collègues. Ensuite, le civil et le militaire s'en allaient à travers les rues, évitant les plus encombrées. En théorie, Pommerette devait seul poser la main sur le véhicule ; pratiquement, pour gravir les pentes rébarbatives, il acceptait un brin de poussette. Je pense qu'il aurait aimé, comme l'épicier du *Caïffa*, le secours des gamins ; mais il n'en venait aucun, vu qu'il n'avait pas de sucre à distribuer. C'était donc de son accompagnateur qu'il espérait de l'aide. Quand il s'agissait de l'énorme Florel, à les voir tous les deux attelés à la brouette, tu aurais dit le bœuf et la grenouille.

Les voleurs ?... Non, en ce temps-là, il n'y avait pas de voleurs. Du moins pas de gangsters, de ces ambitieux qui attaquent les fourgons postaux, bancaires ou caisse-d'épargneux. On savait d'où venait le carrosse ; on se doutait de son contenu ; jamais pourtant le moindre attentat ne fut perpétré contre lui. Les malfaiteurs de l'époque n'étaient pas motorisés comme aujourd'hui ; ils n'auraient donc pu, par exemple, enlever la carriole, la fourrer dans leur camionnette et disparaître. La pousser eux-mêmes à travers le brouillamini des ruelles thiernoises exigeait d'exceptionnelles qualités sportives. Autre obstacle : un cadenas plutôt décourageant. Il pesait au moins trois livres. Enfin et surtout, il y avait Pommerette. Je compte pour rien le flic et son pétard ; les gangsters ont des moyens pour les neutraliser. Mais va-t-en neutraliser Pommerette-Poids-Plume ! Il se serait accroché à son char des mains, des dents, des pieds, pire qu'une tique à un mouton ; y aurait pas eu moyen de le décoller ; les bandits auraient dû le couper en morceaux ; il en serait resté des bouts. Tu le vois : attaquer la brouette de la Caisse d'Épargne, en 1928, c'était trop difficile. Les voleurs lui fichaient la paix. Ils aimaient mieux s'en prendre aux vieilles femmes seules, aux appartements inhabités, aux noctambules. Et même aux véritables colporteurs du *Caïffa*. Un jour, ils en ont arrêté un sur la route d'Escoutoux, l'ont assommé, lui ont pris son épicerie et l'ont enfermé dans la boîte ; il en est sorti une heure plus tard, à moitié asphyxié ; pendant une semaine, il a pué le cacao.

Pommerette me voit venir en compagnie du directeur, et s'écrie :

« C'est pas trop tôt ! Y a assez longtemps que je réclamais de l'aide ! »

D'avoir été si fort attendu, j'en suis plutôt flatté. Le premier problème est de me trouver une place dans son placard ; on doit laisser la porte ouverte. J'enfile ma blouse noire ; elle m'est un peu avantageuse, car je n'ai pas fini ma croissance ; elle me tombe jusqu'aux talons ; elle a l'air d'une soutane.

« Comment t'appelles-tu ?

— Baptiste Pascal.

— Tiens ! Moi, je m'appelle Baptiste Pommerette ! »

Nous portons le même prénom ! C'est entre nous une petite parenté. Un homme aussi court ne me semblait pas très respectable ; notre homonymie le fait remonter dans mon estime. Ensuite il sourit, ce qui lui plisse la figure comme un accordéon :

« Généralement, on m'appelle plutôt Poids-Plume. Je me demande bien pourquoi ! »

Confidence pour confidence, je me sens en devoir de lui glisser qu'à Saint-Rémy j'étais plus connu sous le nom de Sang-de-Chou. Je ne manque pas de m'étendre sur les brillantes études que j'ai faites là-haut.

« Le meilleur en français, en calcul, en géographie ! Autant dire en tout. Au certificat, j'ai même failli être reçu premier du canton. »

Ça a l'air de l'impressionner.

« Je me demande, qu'il fait, te sachant instruit de cette façon, si j'oserai te mettre un balai entre les pattes.

— Un balai ? Pour quoi faire ?

— Pour balayer, tiens !

— Vous voulez me faire balayer ?

— Qu'est-ce que tu crois ? Que je vais t'apprendre le tango ? »

Moi qui m'imaginais, après le serment au tonton, après l'examen devant Monsieur le Directeur, qu'on allait, je ne sais pas, me placer au milieu des billets, pour les compter, en former des paquets, des piles, des châteaux... Afin de mieux s'expliquer, Pommerette me fait une surprise. Il se retourne, tend le bras, et tchac ! un morceau de mur s'écarte ; à l'intérieur de son placard en voici un plus petit : rempli de balais, de brosses, d'éponges, de seaux, de serpillières.

A six heures, la maison se vide. M. Boithias quitte les lieux le dernier, comme le capitaine son navire. Il a verrouillé toutes les portes. A nous de jouer. Pommerette possède son trousseau personnel ; il rouvre ce qui a été si soigneusement fermé. Nous pénétrons dans la place. Énormes registres, au dos marqué d'un millésime rouge ; écritoires moleskinées ; cage du caissier ; tabourets à vis ; coffre-fort, avec ses trois yeux ronds ; contre-cage du contrôleur ; banquettes du public... Pommerette m'explique le fonctionnement de tout ce mécanisme. Nous balayons, époussetons, vidons les corbeilles. Le bureau du maître est chargé de papiers, d'encriers, de calepins. Défense de toucher. Téléphone à manivelle, fauteuils de cuir, parquet ciré.

« Lavage des planchers tous les samedis, énumère Poids-Plume. Encaustique tous les mois. Vitres tous les trimestres. Cuivres tous les quinze jours. Comme tu vois, dans notre boulot, y a de la variété. Faut pas se plaindre. »

Ce qu'il y a de gênant, c'est que tout doit se faire après le départ des employés. Notre journée s'achève à huit heures du soir. Le matin, nous rentrons souvent une heure avant eux quand la tâche n'a pas été terminée la veille. Me voici donc enfant de peine. Je me revois encore accroupi sur le plancher raboté par trente-six mille paires de sabots, de souliers, de galoches ; un plancher tout en nœuds, saillants comme les jointures du poing, et en échardes assassines qui m'entrent dans les paumes. Je lance en avant ma serpillière humide, tel un pêcheur son filet ; je ramène à moi la lessive étalée ; je tords le linge dans mon seau ; et on recommence. Instants idiots qui remplissaient ma vie sans la garnir, dont je ne devrais avoir gardé aucune mémoire, et que pourtant je me rappelle mieux que de plus importants. Justement parce que je me disais en accomplissant ces tâches de manœuvre : « Voici une heure qui ne laissera aucune trace en toi. Les planchers tous les samedis, encaustique aux meubles tous les mois, ainsi de suite. Tu es descendu de Saint-Rémy pour astiquer les bureaux de la Caisse d'Épargne. Et toute ton existence, si tu n'y prends garde, sera faite de cette cendre. Les neuf cent quatre-vingt-dix-neuf millièmes de ton temps n'auront rien fait d'autre que passer. » Alors, je jouais à un jeu désespéré : je m'accrochais à ces minutes, à ces heures inconsistantes, pour essayer d'en retirer quelque chose. Et qu'est-ce donc que j'ai retenu ? Pommerette qui m'engueule :

« Va doucement... Sagouille pas comme ça... »

Le contact huileux de la soude dissoute. L'odeur rance du bois mouillé. Les cloches de Saint-Genès qui sonnent la prière du soir. Mon estomac qui crie famine. Les soupirs de Pommerette sur son escabeau, s'étirant pour atteindre les vitres supérieures. La feuille du calendrier que je décolle, dans la cabine du caissier : *17 novembre... 19 novembre...*

Quand tout est fini, je quitte ma blouse-soutane, je la suspends dans le placard. Poids-Plume éteint les lumières, referme les portes. Je pourrais lui dire au revoir tout de suite ; en deux sauts être chez moi ; mais il me faudrait traverser la place, passer sous la pède obscure du Tribunal, probablement remplie de sidis à l'affût qui m'attendent pour se jeter sur moi. Quelqu'un qui sort de la Caisse d'Épargne, ça doit les tenter ! Alors, j'aime mieux accompagner un bout de temps mon chef d'équipe, faire un détour par la rue du Pirou, mieux éclairée, plus fréquentée, lui serrer la main seulement à l'entrée de la rue Durolle, où il a sa résidence.

« Bonne nuit, Poids-Plume !

— Bonne nuit, Sang-de-Chou ! Si tu vois le bossu, hein, dis-y qu'il se redresse.

— Je n'y manquerai pas. »

Je m'élance en courant dans la rue Mancel-Chabot : si les sidis veulent m'attraper, ils devront avoir de bons jarrets.

C'est convenu : la première année de mon « apprentissage » je gagnerai soixante francs chaque mois. Ça paye largement notre électricité. A présent, quand je rentre au bercail, je trouve donc la lumière. Souvent, le vieux est déjà couché. La mère est seule ; elle tricote ; elle ravaude ; ma soupe mitonne sur le poêle. Des patates sont au chaud dans le four, cuites dans leur peau. Pas de choux. Depuis qu'on est descendu des Bessières, c'est un aliment qui paraît moins souvent sur notre table. Trop luxueux. On devrait changer mon sobriquet, m'appeler maintenant Sang-de-Patates. Pour finir, le fameux fromage aux vers et aux artisons.

Au début, elle m'interrogeait :

« Ça s'est bien passé ?... Qu'est-ce qu'on te fait faire ? »

Il n'y avait pas grand-chose à raconter. A présent, elle ne prend plus cette peine. Elle continue son tricotage ou ses oraisons pendant que je mange. « Tu as fini ?... Tu n'as plus faim ? »

Si, j'aurais faim d'autre chose. Je sais pas, d'une bonne soupe au potiron, d'une tranche de lard maigre, d'une portion de pompe, d'une omelette aux mousserons. D'une de ces nourritures qu'on trouvait jadis toutes naturelles, dont se régalent encore Séraphin et sa Séraphine. Mais comme je ne peux l'espérer rue Mancel-Chabot, je réponds :

« J'ai fini. Je vais me coucher.

— Bonne nuit. »

Je monte l'escalier en m'accrochant à la corde grasse. Devant ma porte, je reste un moment le cœur ému : un sidi a très bien pu monter sans que personne s'en aperçoive ; peut-être me guette-t-il à l'intérieur. J'écoute à travers le bois si j'entends sa respiration. Enfin, je me décide à ouvrir, à tourner le bouton électrique. Je m'accroupis pour regarder sous le lit. Personne. Alors seulement je me sens rassuré. Une fois entre mes draps, je lis quelques pages de mon dictionnaire. Ce bouquin-là est inépuisable ; pourtant je regrette la bibliothèque de M. Saint-Joanis.

Naturellement, j'apporte ma paye à la maison sans en distraire un sou. Un jour :

« Je veux garder cinq francs, que je dis à ma vieille.

— Cinq francs ? Pourquoi faire ?

— Pour m'acheter des livres.

— Quels livres ?

— Je sais pas. Ceux que je trouverai, qui me plairont.

— Tu as déjà ton dictionnaire !

— Je le connais par cœur.

— Tu as aussi ton catéchisme. Relis-le, ça te fera du bien.

— Je veux pas des livres qui me fassent du bien. Je veux des livres qui me plaisent.

— Et le catéchisme te plaît pas ?

— Je vais quand même pas toute ma vie... »

Impossible de lui faire comprendre, à cette vieille têtue. Je décide de travailler Victor.

Et lui :

« Quoi ? Qu'est-ce que tu dis ?

— Je veux garder cinq francs chaque mois, sur ma paye, pour acheter des bouquins.

— Des bouquins ?

— Des livres. Je m'ennuie, ici.

— Tu t'ennuies ?

— Oui, je m'ennuie.

— Avec nous ?

— Avec vous.

— Gratte-toi les doigts avec une pierre.

— J'ai pas de pierre.

— Veux-tu mon pied au cul ?

— Je préfère cinq francs.

— Pourquoi faire ?

— Pour acheter des bouquins.

— Des bouquins... »

— Des livres... »

Et moi, tous les jours à leur casser les pantoufles. Une fois l'un, une fois l'autre. A la fin, ils n'en pouvaient plus. Ils tiraient une langue comme ça. J'ai eu mes cent sous.

A la vitrine du libraire de la rue Nationale, j'avais remarqué une pancarte : *PRÊT DE LIVRES*. C'était au début de décembre. J'avais touché ma dîme : un billet bleu tout neuf, tout craquant, tu en aurais mangé. J'entre dans la boutique. A gauche, un étalage de journaux. *Le Journal de Thiers. Le Petit Thiernois. La Montagne. Le Moniteur. L'Avenir. Le Petit Parisien. L'Intransigeant. L'Huma-*

nité. La Croix. Des revues : *Comœdia. L'Illustration. Conferencia.* Un journal jaune, pour les sportifs : *L'Auto.* Un rose, pour les cochons : *Froufrou.* A droite, les bouquins. Les auteurs du moment : Claude Farrère, Maurice Dekobra, Henry Bordeaux, Colette.

Mes cent sous en poche, j'attends qu'on me parle. Devant moi, un brave bougre en blouse bleue, souliers ferrés, chapeau noir à la redresse, les mains dans les poches, les jambes bien écartées comme au milieu d'un champ de foire. Il contemple toute cette paperasserie. Oh ! Je le reconnais ! C'est mon père, Victor Pascal, à Saint-Rémy-sur-Durolle ! C'est mon oncle Pierre Mangematin, s'il avait survécu ! C'est moi-même, si on m'avait laissé faire ce que je voulais, d'ici quinze ou vingt ans. Un homme qui se sent partout à son aise, pourvu que la terre le porte, que le temps soit chaud l'été et froid l'hiver. Quand vient son tour :

— Donne-moi donc, qu'il fait, un kilo de clous à vaches. »

Et le libraire, probablement habitué à ce genre d'erreur :

« La quincaillerie, c'est la porte à côté. »

Le péquenot s'en va, disant : « Excusez. » Se demandant en quelle diable de boutique il s'était fourvoyé. C'est bien la première et la dernière fois qu'il porte les pieds dans ce genre d'établissement.

« Je voudrais, dis-je, me renseigner pour le prêt des livres.

— Vous déposez un cautionnement, qui vous sera remboursé lorsque vous cesserez vos emprunts. Vous pouvez prendre deux livres à la fois, durée maximum quinze jours, en versant vingt-cinq centimes pour chacun. »

Les deux bouquins me coûteront dix sous, ce qui me paraît raisonnable. « Seulement, précise le libraire, la caution est de six francs. » Tchac ! Plus que ce que j'ai eu tant de mal à arracher aux deux grigous d'Auvergnats qui me servent de parents. Devant mes yeux, des centaines de volumes s'offrent à ma convoitise. Je me sens rougir de désir et de dépit.

« Quelque chose vous embarrasse ?

— Je... pour l'instant... je repasserai dans quelques jours.

— Quand vous voudrez. »

Il me faut donc six francs cinquante ; mon capital est de cinq ; déficit : trente sous. Où les trouver ? L'idée de reprendre la lutte contre la pouacrerie de mes vieux me décourage. Le combattant a besoin de repos. Alors, je choisis une autre solution : ces trente sous, je les volerai. Ou plutôt, puisque je les ai gagnés de mes sueurs, je les récupérerai. Il n'y aura pas vol.

J'emploie les jours suivants, quand je suis à la maison, à étudier les endroits où ma mère place son porte-monnaie. J'essaye d'en apercevoir le contenu, de me rendre compte s'il est assez fourni pour que ma soustraction reste inaperçue. Un soir, je passe à l'action. J'attends que tout le monde soit couché. Au bout d'un moment, des ronflements venus d'en dessous traversent le plancher. On y distingue nettement deux diapasons : l'un profond, vibrant, trombonique, celui de ma vieille : l'autre aigu, flûté, celui de Victor Pascal. Leurs voix de la nuit ne ressemblent pas à celles du jour.

Je me lève. J'ai beau me dire que je ne vole personne, j'ai la trouille au ventre. Pour éclairer l'escalier, je laisse entrouverte la porte de ma chambre. Devant celle de mes parents, j'écoute leur duo. Un étage encore, et me voici dans la cuisine. Si on me surprend, je jouerai le somnambule. Ou mieux, je me ferai venir des convulsions : ils me frictionneront, ils me feront boire un vin chaud... C'est au-dessus de ma tête à présent que j'entends leur musique. Je tends la main vers le tiroir du buffet. J'y trouve la bourse à pression, lourde de monnaie : il y a bien quinze francs. Je prélève une pièce blanche et deux pièces à trou. Je remonte dans ma chambre, les genoux et les jambes aussi glacés que si je sortais de la Durolle ; il me faut le reste de la nuit pour me réchauffer.

Avant de retourner chez le libraire, j'attends les réactions maternelles. Va-t-elle s'apercevoir de mon cambriolage ? En effet, elle paraît inquiète un jour ou deux : elle regarde sous les meubles, elle fouille ses poches, sans toutefois exprimer ses soucis. Peut-être pense-t-elle qu'elle a perdu les trente sous manquants ; mais elle n'a pas l'intention de nous en informer, ce qui serait publier sa négligence. Après un certain temps, elle se résigne à la perte.

Le libraire me met entre les mains un catalogue manuscrit, où figurent tous les auteurs de sa bibliothèque. Le mieux représenté est un certain Paul de Kock qui à lui seul fournit au moins vingt titres. J'en lirai un ou deux. Ce ne doit pas être un grand écrivain, il ne m'a laissé aucun souvenir.

La seule de mes besognes caisse-d'épargneuses qui présentât quelque intérêt, c'étaient les transports de numéraire à la Banque de France. On ne nous informait jamais à l'avance de la date des voyages ; chacun était une heureuse surprise. Poids-Plume allait chercher la carriole dans son hangar. Au retour, immanquablement, il trouvait l'agent de faction devant la porte. Le caissier descendait les pécunes dans un panier de fer : les billets en liasses, les pièces dans des sacs ; c'est lui qui ouvrait et refermait le cadenas, sous l'œil vigilant du pétard réglementaire, calibre 6,35. Cette arme au poing du flic, noire et brillante, faisait un effet terrible dans le paysage. Chaque fois qu'il la tirait de son étui, l'agent Florel prenait une mine farouche qui à elle seule te mettait un frisson dans la raie du dos. Il la braquait en avant, appuyée sur son ventre, ce qui aurait donné, je n'en doutais pas, une grande précision à son tir. Sa tête tournait de droite et de gauche pour inspecter les horizons. Sitôt que le chargement était fini, il remisait son canon, sa figure se détendait, il s'épongeait le front. Pommerette et moi quittions nos blouses ; le convoi se mettait en marche.

« Aujourd'hui, décidait mon chef d'équipe, on va passer par la rue de la Coutellerie. »

Il lui était recommandé de varier constamment ses itinéraires, pour déjouer les machinations des gangsters. On descendait donc la rue du Château, on tournait à main droite, on remontait la rue de la Coutellerie, on descendait de nouveau vers la Halle, on remontait encore. On passait devant le cinéma Bazola : l'affiche annonçait *Le Fantôme de l'Opéra* ou *L'Espionne aux yeux noirs*, ou *Le Fils du cheik*. Là, fallait donner un sacré coup de reins, la côte était rude ; on n'était pas trop de nous trois pour pousser le carrosse. Après avoir suivi un moment la rue Terrasse, on enfilait des ruelles discrètes, où personne ne nous remarquait : rue de la Bienfaisance, rue Abbé-Delotz. Au bout de laquelle on devait se suer encore un raidillon. On se trouvait enfin face à la rue de Barante. La banque était là, bourdonnante, majestueuse. A tout instant il s'en échappait des encaisseurs à bicorne, vêtus de bleu, qui s'envolaient sur la ville, butinaient les boutiques des commerçants, piquaient les mauvais payeurs, rentraient à la ruche chargés de miel. Elle accueillait notre pousse-pousse, prenait sa cargaison, le renvoyait léger et court vêtu. C'était pour nous trois un grand soulagement.

Au retour, il n'y avait que du plat ou des descentes. Nous pouvions employer notre souffle à la conversation. Quand je dis nous, c'est à eux que je pense.

« Vivement la retraite ! s'écriait Florel. Toutes ces marches, ça me tue. J'arrive plus à monter les côtes.

— Ça se peut bien, répondait Pommerette, après avoir réfléchi.

— Comment fais-tu pour rester si petit ?

— Et vous, comment faites-vous pour être si gros ?

— Ce que j'ai de trop t'arrangerait bien. Nous devons pas être de la même race. C'est comme les chiens. Y a les danois, les saint-bernard, les bassets. Des énormes et des minuscules. Moi, je dois être d'une grosse espèce, toi d'une espèce crapouillote.

— Peut-être bien. »

Moi, je ne pipais guère. On ne me demandait pas mon avis. De toute façon, j'avais la tête ailleurs : en compagnie des personnages de Paul de Kock. Nous revenions par les voies les plus directes. Au fond de la rue Conchette, on s'offrait une récréation. Poids-Plume garait son chariot contre le trottoir ; on entrait au café Cotte. Au zinc, Florel commandait :

« Portez chopine. »

Il remplissait les trois verres, sans hésitation. Au début, ça m'avait un peu gêné d'avaler ce vin rouge, en plein milieu de la matinée. A ma première grimace, Florel avait dit, sarcastique :

« Si c'est trop fort pour toi, on te donnera de la grenadine ! »

Par amour-propre, je me suis donc forcé. Ensuite, peu à peu, ma répugnance a disparu. J'y ai pris goût enfin. La persévérance est toujours récompensée. Tout compte fait, c'est l'agent Florel qui m'a appris à aimer le vin. Je lui en garde encore une immense reconnaissance.

Ce qu'il y avait de mal arrangé dans notre travail, c'est que nous disposions de longs loisirs en cours de journée ; ensuite il nous fallait nous crever le tempérament quand les autres avaient plié bagage. J'occupais ces heures creuses à lire mes romans. Ça inquiétait mon chef d'équipe :

« Qu'est-ce que t'as à toujours bouquiner comme ça ? Je me demande ce que tu y trouves, dans tes almanachs !

— Des histoires.

— Des histoires ? Quelles histoires ?

— Toutes sortes d'histoires.

— Par exemple ? »

J'étais en train d'absorber les six volumes des *Mystères de Paris* : un prince authentique, Rodolphe, se déguise en bandit et se mêle à la voyoucratie parisienne, histoire de commettre de bonnes actions. J'en racontai quelques-unes à Pommerette. Je crus, comme disait ma mère aux Bessières, qu'il allait *s'affranlher* à force de rire.

« Et tu y crois ?... Tu y crois à ces conneries ?... Un prince qui...

— Mais non, j'y crois pas !

— Et alors, pourquoi les lis-tu ?

— On n'est pas obligé de croire tout ce qu'on lit. C'est comme, je sais pas, les contes de fées, les légendes, ainsi de suite.

— Tu crois aussi aux contes de fées ? A ton âge ?

— Non, justement, j'y crois plus. Ça n'empêche pas de...

— Sais-tu ce que je pense, moi ? Le sais-tu ? Que tu as un microbe dans la cervelle, qui te pousse à lire comme ça. C'est pas normal. Ta lecture, comme qui dirait, ça serait sa nourriture à lui, au microbe. T'as entendu parler du ver solitaire, hein ? Plus tu manges, plus tu as faim : tout ce que tu avales en définitive, c'est lui qui se le tape, dans ton intestin. Eh bien toi, même chose : dans la cervelle, t'as un microbe solitaire. Voilà pourquoi t'as toujours envie de bouquiner. Tu devrais voir un médecin. »

Pourtant, Pommerette avait aussi sa marotte. Ses loisirs, il les employait à confectionner un portrait du président de la République. Gaston Doumergue, dit Gastounet. Avec sa moustache en brosse, son œil malin, sa figure de joueur de pétanque. Poids-Plume avait pour lui une sympathie inébranlable ; ça le flattait que le président fût un bas-du-cul comme lui-même. Et si on le titillait un peu là-dessus, il jurait que Gastounet était le plus grand homme que la France ait jamais produit.

Ce portrait, il ne le peignait pas, ne le dessinait pas, ne le gravait pas : il le collait. Sa matière première était le timbre-poste. Le plus ordinaire qui fût, le cinquante centimes. Ça lui donnait quatre couleurs : bleu pâle, bleu foncé, noir, blanc. Naturellement, il ne gaspillait pas des timbres neufs : il prenait des oblitérés ; les corbeilles de la maison en regorgeaient. Pourvu de ciseaux et d'une patience d'artisan, il les découpait, remplissait des boîtes d'allumettes avec leurs minuscules débris, selon les quatre teintes. Sa toile était une photo de grandes dimensions pêchée je ne sais où, et enduite de colle. De cette façon, il était sûr de la ressemblance. Avec une pince à épiler, il saisissait une parcelle de timbre, lui léchait le dos, la plaçait au bon endroit ; il recouvrait ainsi millimètre par millimètre l'étendue de la photo. Il faisait des pronostics :

« A Noël, j'en serai aux sourcils. A Pâques, à l'œil droit. En juin, à la moustache. Je compte finir l'année prochaine, vers le 11 novembre. »

Comme c'était un patriote, il aurait aimé faire coïncider les deux événements. La presse locale, *Le Journal de Thiers, Le Petit Thiernois*, ne manquerait pas d'en parler. Peut-être même une feuille de Clermont. Il l'exposerait dans une vitrine de la ville, avec une banderole : *Portrait du président Gaston Doumergue par Baptiste Pommerette, exécuté avec des timbres-poste de cinquante centimes. Deux mille heures de travail*. Ou trois mille heures. Ou quatre mille heures.

« Ce qui me plairait aussi, confiait-il, c'est que Gastounet vienne à Thiers et que je puisse le lui offrir personnellement. »

Et moi, plutôt sceptique : « A Thiers ? Pourquoi faire ?

— Pour inaugurer quelque chose. Je sais pas : un monument, une école, une route, une clinique.

— A Thiers, y a rien à inaugurer.

— Tiens, par exemple, la sirène ! Ils viennent d'installer une sirène sur la mairie.

— Figurez-vous que le président de la République va se déranger pour une sirène !

— Si aucun président ne vient, quand je l'aurai exposé dans une vitrine, il se pourrait que quelqu'un d'important le remarque : un Parisien, un Anglais. Qu'il me l'achète pour sa collection. Pour le musée du Louvre. Un portrait exécuté avec une pince à épiler, ça ne se voit pas tous les jours ! Ça vaut bien quelque chose, non ?

Moi, à qui la malice venait avec les premiers poils de moustache, je lui suggérai de faire le travail en se suspendant à la porte du placard, la tête en bas. Et lui : « Pourquoi veux-tu que je me mette la tête en bas ?

— C'est encore plus rare que la pince à épiler. Quand on saura que vous avez travaillé la tête en bas, ça lui donnera une valeur formidable, à votre portrait. »

Il réfléchit à ma suggestion.

7

Une des choses qui me manquaient le plus, rue de la Prison, c'était la présence des animaux, compagnons de mon enfance saint-rémoise. Pas même un chien. Pas même un chat. Ma mère avait refusé d'emmener Parpaillou, qui lui, pourtant, ne demandait pas mieux que de nous suivre dans notre exil à Saint-Hélène.

« Un chien, à la campagne, ça se nourrit tout seul. En ville, faudra acheter le pain. Nous sommes pas chez le baron de Barrat. »

Pas d'autre animal donc que nos puces. Quand le soleil éclairait ma chambre, je les voyais jaillir du plancher, contentes de se dégourdir les pattes. Ces petits grains noirs dans la lumière, bondissants et retombants, étaient un spectacle que je faisais durer. Je leur installais des obstacles à franchir. J'avais aussi la compagnie des punaises, logées dans les fentes de mon lit. La nuit, elles me réveillaient par leur puanteur, lorsque leurs excursions sur ma figure les amenaient à proximité de mes narines. Au matin, je me découvrais des cloques larges comme des pièces de dix sous. Voilà une chose qui me trouble. D'ordinaire, la méchanceté n'existe pas chez les animaux ; pas même chez les bêtes féroces : elles dépècent leur proie, mais c'est seulement pour la manger, non pour qu'elle souffre. La vipère te pique pour se défendre. Avec l'homme, les seules créatures perverses que je connaisse sont les puces, les punaises, les moustiques et leurs pareilles. Celles-là non seulement te pompent le sang ; mais encore, pour te remercier, elles t'injectent un poison.

Heureusement, je possède un fluide qui m'a valu des amitiés de remplacement. J'avais quatorze ans, je marchais dans les rues, j'allais acheter pour Pommerette un pain aux raisins à la boulangerie du Pirou. C'était une heure creuse, je savais que je ne lui manquais pas ; je prolongeais un peu la promenade. S'il trouvait à mon retour qu'elle avait été trop longue, j'avais assez de mensonges en réserve : « J'ai dû aller rue des Barres... » Je profitais donc de l'occasion pour flâner un peu, regarder les gens, les voitures, les boutiques. J'allais saluer la Mariette des Garniers. Elle s'étonnait :

« On ne te voit plus. Qu'est-ce que tu deviens ?

— A présent, je travaille. Là... en face... »

Je montrais sur la façade l'inscription majestueuse : CAISSE D'ÉPARGNE ET DE PRÉVOYANCE. Entre parenthèses, j'ai bien vu où le patron emmagasinait l'épargne de ses clients : les placards, les coffres, la brouette de Poids-Plume, les entrepôts de la Banque de France ; jamais je n'ai pu savoir où il fourrait leur prévoyance. Moi, je n'aime pas prévoir. J'ai même horreur de ça. Prévoir quoi ? La maladie, le chômage, l'accident, l'incendie ? Ils viennent ou ne viennent pas. C'est comme Dieu veut. La vieillesse, la mort ? Elles viennent toujours, ta prévoyance ne les arrêtera point. Ta prévoyance te fera-t-elle durer un an de plus ? Un mois de plus ? Huit jours de plus ? Je ne vois pas l'intérêt de durer un an de plus. Prévoir, c'est se priver d'un bien présent et certain, en faveur d'un mal futur et incertain. Quand j'ai quatre pfennigs, comme je disais, je les investis immédiatement. Pour le reste, je me fie au Grand Chef Chevelu ; lui ai-je demandé de naître ? C'est lui qui m'a envoyé sur terre ; c'est à lui de prendre soin de moi.

N'empêche que la Mariette était remplie d'admiration à la vue de ces lettres d'or.

« Alors, qu'elle faisait, si un jour j'ai des économies, que je les apporte là-dedans, c'est toi qui les recevras ?

— Peut-être bien. »

Elle joignait les mains : « Jésus Marie ! » J'embrassais son âne sur le museau, j'allais plus loin.

En passant devant les fenêtres, je rencontrais des chats allongés, au soleil. A la vue de mon ombre, ils levaient la tête. Je m'arrêtais ; du regard, on se mesurait, on s'évaluait. Ensuite, j'allongeais le bras. Fais-en l'expérience. Neuf fois sur dix, dans un cas pareil, le chat bondit à l'approche de ta main, comme s'il voyait le diable. Avec moi, neuf fois sur dix il restait. Je caressais son échine, d'abord un peu dure, un peu crispée ; ensuite elle se relaxait, ondulait doucement. J'insistais : mes doigts se faufilaient entre les oreilles, grattaient le menton. Parfois, ses yeux se fermaient à demi ; signe qu'il goûtait ma familiarité. Qu'il reconnaissait mon fluide.

Avec les chiens, j'usais d'autres manœuvres. D'abord, je distinguais du premier coup d'œil les insociaux, les inapprochables, sales flics à quatre pattes prêts à sauter sur tout ce qui bouge, qui ne reconnaissent que le patron et sa soupe, dressés pour l'attaque inconditionnelle, chez qui on a tué tout germe de sensibilité et de réflexion. Je m'intéressais seulement aux errants, aux chiens-clochards, sans gîte ni maître, crottés, l'oreille basse, la queue rampante, toujours flairant les trottoirs, en quête de quelque odeur comestible, fouilleurs de poubelles, lapeurs de flaques après la pluie. Je les appelais doucement :

« Ta... ta... ta... Ici, ici, ici ! »

L'autre levait la tête, tournait vers moi des yeux surpris qui demandaient :

« C'est à moi que tu causes ?

— Bien sûr que c'est à toi ! Ta... ta... ta... Ici ! Ici ! Ici !

— Qu'est-ce que tu me veux ?

— Approche, tu le verras.

— M'as-tu bien regardé ? Sais-tu à qui tu as affaire ?

— Je le sais parfaitement. Pas besoin de te regarder deux fois. »

Mon insistance le troublait. Il faisait deux pas dans ma direction ; j'en faisais deux dans la sienne. Je continuais de l'appeler. Je lui parlais confidentiellement :

« Là... Là... tu es une bonne bête. On ne t'apprécie pas à ta juste valeur. Moi non plus, figure-toi ! Vois comme ça se trouve ! »

Nous voici tout proches l'un de l'autre. Il renifle mes pieds. C'est à l'odeur des pieds que les chiens découvrent les qualités de l'âme. Nous autres, nous essayons de lire au fond des yeux ; seulement, les yeux jouent parfois la comédie ; l'odeur des pieds est inapte à tout déguisement. C'est peut-être là, au fond, que réside mon fluide.

Bref, la mienne lui convient. Je tends la main ; ma caresse s'étend de son front à son cou. Il n'en croit pas ses oreilles. Depuis quand n'a-t-il plus été caressé ? Depuis quand ne connaît-il des hommes que les cailloux qui volent, les coups de botte dans les flancs, les injures les plus sales ? Sa tête dodeline, finit par s'appuyer à ma jambe, par y chercher un support fraternel. Je lui tapote l'échine. Il a l'air de trouver ça bien bon. Je n'ai pas voulu que nos relations soient établies sur l'intérêt. Mais à présent que je suis certain de lui, je fouille mes poches ; par suite d'une ancienne habitude, j'y trouve un ou deux croûtons. Il se les met sous la dent, la tête levée vers moi, espérant une suite.

« Non, mon vieux, y a plus rien. La prochaine fois... si on se retrouve. Porte-toi bien.

— Comment ? Tu me quittes ? Déjà ?

— Faut que je retourne à la Caisse d'Épargne et de Prévoyance. On m'y attend. Poids-Plume aussi a besoin de son pain.

— Reste encore !

— Non. N'insiste pas... Si je pouvais... »

Je m'éloigne, il me suit.

« J'ai dit non ! Va-t'en... Va-t'en ! »

Il est bien obligé de comprendre. Quand je me retourne, je le vois immobile au milieu de la chaussée, il croit que c'est une invite, il fait encore un pas.

« Non !

— Est-ce qu'on se reverra ?

— Pourquoi pas ? Je passe souvent par ici. A la prochaine ! »

Pour échapper à ses supplications, brusquement je fais un écart, je tourne dans la rue latérale, je me mets à courir. Comme si je venais de chiper une pomme à un étalage.

Ce genre de rencontre se produisait assez souvent, à peu près toujours de la même façon. Voilà pourquoi je pense que je devais avoir un fluide qui séduisait les bêtes.

Quant à ce baron de Barrat qu'on évoquait souvent chez nous, faut que je t'en touche deux mots. Dans le reste du monde, quand on pense à un homme riche, on dit : Crésus, Rothschild, Rockefeller, Onassis. A Thiers, c'était : le baron de Barrat. Ça s'écrit en trois mots ; mais, dans mon enfance, je le voyais en un seul : le *Barondebarrat*. J'aimais entendre le tambourinement de ces syllabes : le *Barondebarrat*. Si je refusais quelque chose qu'on mettait dans mon assiette, ma vieille s'écriait :

« Monsieur n'aime pas ça ? Il se prend peut-être pour le *Barondebarrat ?* »

J'imaginais je ne sais quoi, en pensant à lui : un mélange de Barbe-Bleue, de Viregogne, de Croquignole, des bottes, des plumes, des décorations, son cheval crachant des étincelles, enjambant les rivières, piétinant les pédezouilles. Donnant à ceux qui n'étaient pas contents cette seule et suffisante explication : « Je suis le *Barondebarrat !* »

J'appris qu'il existait réellement un château de Barrat, où vivait ce baron. Une grande famille. Il y eut un Barrat ambassadeur, au temps de Napoléon. Je sus comment l'écrire, je regrettai d'avoir à le couper en trois tronçons.

Un jour, je baguenaudais à la Porte-Neuve. Près du Poids public, je vois un attroupement. Il y a là, assis au bord du trottoir, un petit vieux, chauve, avec une barbiche à la Poincaré, des pantalons bleus, des brodequins noirs : tu dirais un facteur retraité. Les Thiernois lui tapent dans le dos, pas trop fort, pas trop doucement non plus, comme s'il avait avalé de travers ; ils lui aplatissent les cheveux qui lui restent, lui rebiffent les moustaches, époussettent ses manches.

« Vous voulez qu'on vous amène à la pharmacie ? »

Et lui, d'une voix douce : « Non, non, ça va mieux, un simple malaise.

— Un petit coup de quelque chose vous ferait du bien.

— Inutile, je vous assure. »

A la fin, il se lève. Et les Thiernois :

« On va vous accompagner jusque chez vous, grand-père. Si par hasard ça vous reprenait !

— Non, non, ça ne me reprendra pas. Je connais mon cœur. C'est une farce qu'il me joue une fois par semaine. »

Il secoue la tête, il rit, et je vois ses dents toutes égales, toutes blanches. Je suis émerveillé qu'un homme de cet âge ait des dents si bien conservées, alors que ma mère, beaucoup plus jeune, ne garde des siennes que des échantillons. En même temps, il se donne des chiquenaudes sur la poitrine, à l'endroit du cœur, comme on fait derrière l'oreille d'un polisson. Puis il se met debout, encore un peu branlant. Et il s'en va, à petits pas, dans ses pantalons de facteur retraité qui tient à user les vieux uniformes. Les Thiernois le regardent avec inquiétude s'éloigner. Voilà qu'il se retourne, leur dit adieu de la main, et crie :

« Si vous passez du côté de Barrat, venez me dire bonjour. On trinquera. Je suis le baron. Et merci à tous. Vous êtes du brave monde ! »

Moi, je n'en croyais pas mes oreilles.

« Qu'est-ce qu'il a dit ?

— Qu'il est le baron de Barrat. D'aller trinquer avec lui dans son château, si on a l'occasion. »

Lui, le baron de Barrat ! Avec sa barbiche, ses brodequins, ses pantalons bleus ! Sans une plume, sans cheval, sans une étincelle ! Voilà les idées qu'on se fait ! Oh crucifix !... Le diable, quand je le verrai... Tu sais comment on le représente, n'est-ce pas ? Avec ses cornes, ses pieds de bouc, sa queue de vache. Eh bien, quand il sera devant moi, quoi d'impossible qu'il ait la figure, je sais pas, d'Hitler, ou de Pfeffer, ou de Böhmenzahn, le bourgmestre ? Ou de moi ? Un frère jumeau !

Le jour de l'an m'apporta des consolations. Les vitres de ma chambre étaient couvertes de fanfreluches blanches ; j'ai regardé au travers se lever le premier soleil d'un nouveau millésime, pâle et froid comme un naufragé. Une musiquette s'égrenait au loin. Elle venait, se rapprochait, montait encore, finissait par éclater sous nos fenêtres. C'était la clique des pompiers, l'illustre Dosgilbert en tête, qui nous présentait ses vœux sur un air de polka, toujours la même. Les gosses y avaient accroché des paroles :

Gens de Thiers, de Turelet, du Moutier,
Réveillez-vous, réveillez-vous !
Soyez prêts à boire et à trinquer :
Une autre année a commencé !...

Les tambours retentissaient, les casques rutilaient, le fer des bottes étincelait. Très loin au-dessus de moi je voyais les hommes bleus suspendus à leur clairon d'or. L'air s'est éloigné à travers la ville. Je suis descendu dans la cuisine. Mes deux vieux avaient un air de tendresse qui leur allait bien. On s'est embrassé fraternellement : « Bonne année, bonne santé. » Lui était rasé de frais, elle soigneusement peignée. Il y a eu de menues étrennes. Des papillotes qui, en pétant, te mordaient les doigts, une orange, une tablette de chocolat noir comme du charbon.

On a vu débarquer voisins et voisines. Notamment ces trois bavardes, au courant de toutes les nouvelles, que ma mère avait baptisées La Montagne, Le Moniteur, L'Avenir. On a bu la goutte, mangé des petits LU. C'étaient vraiment de douces heures. Plus tard est entré l'agent Florel, la bedaine en avant :

« Je vous la souhaite bonne et heureuse ! »

Il a ajouté pour Victor Pascal, en clignant de l'œil :

« Longue et vigoureuse ! »

Ma mère s'est précipitée pour approcher une chaise. Et lui :

« Ah non ! J'ai l'habitude de deux ! »

Il s'est donc réparti sur deux chaises, a posé les mains sur ses genoux, relevé la visière de son képi. On savait ses goûts : on a placé devant lui un verre de vin rosé, acheté à son intention. Il a repoussé de la main les petits LU.

Chaque fois qu'il nous rendait visite, l'agent Florel avait une curieuse façon de se laisser servir. On le prenait toujours par traîtrise, juste au moment où il avait les yeux tournés. Quand il s'apercevait qu'on avait rempli son verre durant sa distraction, il protestait avec douleur :

« Assez ! Assez ! Vous en avez trop mis ! Il me reste encore du monde à voir ! »

Trop tard. Le mal était fait. Il ne lui restait qu'à le réparer en vidant le verre. Le rosé descendait dans le réservoir qu'il possédait au centre de sa vaste personne, en irriguait le territoire. La conversation repartait : les élections, la voirie, la Caisse d'Épargne, le cirque Pinder. Mon père aurait bien aimé rencontrer la main de l'agent sur son verre au moment où lui-même empoignait de nouveau le flacon. Rien à faire ; dans ces moments-là, l'attention de Florel était attirée par le bouton de la porte, l'ampoule du plafond, le bout de ses souliers. Mon vieux heurtait légèrement le verre avec le goulot : clinc ! Vainement. Il ne restait qu'à le remplir encore. Et tout de suite :

« C'est trop ! C'est trop ! Allez-y doucement ! Foutrre ! »

Ça durait comme ça, de traîtrise en traîtrise, jusqu'au moment où l'on voyait le fond de la bouteille. Après le départ du gros bonhomme :

« Ma foi ! disait ma mère, il boit autant qu'une vache ! »

Ce jour de l'an, nous aussi avons rendu des visites, notamment à l'oncle Mangematin. Il avait sa résidence rue des Limandons, non loin du cimetière. Comme s'il avait voulu personnellement tenir à l'œil ces déserteurs du circuit administratif, s'assurer qu'il n'y avait pas de resquille. Sa maison était entourée d'un jardinet avec de beaux légumes. Il avait une femme timide, en extase devant tout ce qu'il disait ; elle semblait retenir son souffle pour ne pas gêner sa respiration à lui. Il avait aussi deux galapiasses de filles, une de quinze ans, une de dix : effrontées, gourmandes, impatientes et, ce qu'il y a de pire, jolies comme des merlettes. Pratiquement, c'étaient pour moi des étrangères, tellement je les avais vues peu souvent. Le premier janvier, la tournée générale des bises était obligatoire. La tante se montrait fort chaleureuse :

« Pareillement, m'ami ! » qu'elle répondait à mes vœux, en me pressant contre elle comme si j'avais été chair de sa chair.

L'oncle tendait sa figure hollandaise, produisait avec la bouche un bruit qui imitait à s'y méprendre celui d'un baiser : « Pfu... Pfu... » Venaient ensuite les deux cousines. Aïe, aïe, aïe ! La petite, ça allait encore : deux picorements légers sur les pommettes lui suffisaient, et à moi aussi. Mais l'aînée, c'était une autre affaire. Elle avait déjà du caoutchouc devant et derrière, elle sentait l'eau de Cologne ; elle me rappelait la garce de Fernande. Elle s'est appuyée à moi sans avoir l'air de rien et a posé sa bouche, non sur les joues comme le veut le règlement, mais tout près des lèvres, si bien que j'ai senti la chaleur des siennes. Ça m'a dégoûté complètement.

Avant de quitter le secteur, faut que je te raconte une coquinerie que j'ai commise dans cette maison des Limandons où vivaient alors les Mangematin, père, mère, filles. J'avais une terrible envie de soupe au potiron, pour changer un peu du régime patates. Un dimanche matin de février, la plus jeune de mes cousines débarque rue Mancel-Chabot.

« Je viens, qu'elle fait, chercher Baptiste pour qu'il passe la journée avec nous. »

Avec ce ton des enfants gâtés qui n'ont pas l'habitude de voir discuter leurs ordres. Pas question, d'ailleurs, pour mes vieux, d'opposer un refus à une Mangematin. Ce caprice l'avait saisie, elle ou sa sœur, de m'avoir tout un jour à leur disposition. Nous avons tous obtempéré.

L'oncle de l'état civil en personne m'a fait visiter sa maison, avec les dépendances : le poulailler, le bûcher, le clapier. Dans un appentis, les réserves d'ail, d'oignons, de courges, de citrouilles. Tout de suite, j'ai louché sur une famille de potirons qui logeait là, sur un rayon. Et je n'ai pu m'empêcher de m'écrier avec convoitise :

« Vouah ! Des potirons !

— Oui, a confirmé le tonton. On les mange en soupes, en veloutés ; ta tante en fait même des confitures. »

Pour qu'il entende bien mes sentiments :

« Aux Bessières, ai-je ajouté, on en cultivait aussi. J'aimais bien ça. Ici, y en a pas.

— Comment y en a pas ?

— Je veux dire : on mange seulement des patates... »

J'ai fait un geste vague, en l'air, afin qu'il comprenne. Il n'a pas compris. Nous avons mangé du gigot et des haricots de conserve. Je croyais rêver. Ensuite, je me suis mis à la disposition des filles. Elles m'ont tourmenté tout l'après-midi en m'expliquant des jeux qu'elles ne savaient pas expliquer ; en me chatouillant ; en m'obligeant à les pousser sur leur balançoire. On a joué à cache-cache et elles se sont fourrées derrière le bois de chauffage et dans la cave ; j'en suis sorti couvert de toiles d'araignées. Elles sont allées chercher un flacon d'encre et ont prétendu me transformer en nègre. Malgré la soumission que je devais porter à la famille, j'ai refusé énergiquement. Pour se venger, l'aînée m'a pincé les bras. Ainsi de suite. Le soir, j'avais fait le plein. On a mangé les restes de midi ; on m'a expédié. Aux adieux, la cousine aînée m'a refait le coup du baiser humide au coin de la bouche. J'en aurais vomi. J'ai longé le mur du cimetière, heureux d'avoir fait mon devoir jusqu'au bout. C'est alors que m'est revenue brusquement la pensée des potirons réunis en congrès dans la réserve. « Faut absolument que tu ailles leur en voler un ! Ce sera ton salaire pour cette journée d'esclavage. » Pendant un quart d'heure, face à face avec les crucifix des Limandons que j'apercevais à travers la grille, je me suis donné une foule de justifications : la tyrannie de ce fonctionnaire qui prétendait commander aux Pascal, sous prétexte qu'ils étaient pauvres ; l'insolence de ses filles ; cette manière qu'il avait de te faire baiser ses joues de Hollande en faisant pfu-pfu ; l'injustice qu'il y avait à lui voir ce jardin et ces potirons, alors que moi je devais manger des patates midi et soir. J'ai fait demi-tour en me disant : « Vive la sociale ! »

Les volets de la maison étaient soigneusement clos. Toute la famille se trouvait rassemblée autour du phonographe dont j'entendais la voix. La seule chose qui m'eût intéressé, sans doute, et on ne me l'avait pas montrée. Pour la deuxième fois en quelques mois je me faisais donc voleur. Cette entreprise, pourtant, ne m'inspirait pas le moindre remords. « Je dirai à ma mère que c'est un cadeau. Il aurait pu y penser, s'il avait été moins grigou ! » Il faisait très noir dans le jardin. J'ai trouvé à tâtons la porte grillée de la réserve. Je sentais mon cœur cogner comme un pilon dans ma poitrine. Les citrouilles étaient sur la droite ; j'en ai choisi une petite, pour rendre le cadeau plus vraisemblable, j'ai tiré la porte derrière moi.

En courant, je serrais la boule contre mon cœur et j'imaginais la satisfaction de mes vieux. Eux aussi aimaient la soupe au potiron, ce serait une fête pour nous trois de la manger ensemble. Crucifix ! sitôt que tu as pêché un morceau dans le bouillon crémeux, il te fond entre la langue et le palais. Il a la douceur de l'eucharistie. Tu me diras que c'est une idée bizarre ; mais je suis certain que si, au lieu de l'hostie sèche comme un timbre-poste, les curés distribuaient à chaque communiant un morceau de potiron, tiède et onctueux, y aurait beaucoup plus de monde le dimanche à la sainte table. De même que le potiron est le roi des légumes au potager, il est le roi des aliments sur les tables. Pour un morceau de potiron, moi, à cette époque, j'aurais fait des folies. En voler un à l'oncle Mangematin, mon bienfaiteur, manitou de la ville de Thiers, en était bien une.

Je remonte donc les Chemins-Neufs, je passe sans m'arrêter devant l'épicerie de mon ami Fradal, j'arrive rue Mancel-Chabot. Ma mère avait laissé ouverte la porte du couloir qui, de cette façon, éclairait la rue et devait tenir les sidis écartés. Les sidis agissent dans l'ombre, la lumière leur fait peur, comme aux loups. J'arrive hors d'haleine.

« Ah ! te voilà, casériaud ! qu'elle fait, furieuse maintenant qu'elle est rassurée. Fallait y coucher, pendant que t'y étais !

— C'est l'oncle qui a voulu que je soupe. Il t'envoie ça. »

En même temps, je pose le potiron sur la table, sûr de lui fermer le bec. Mon vieux sort de sa léthargie, s'approche de la boule, pousse un grognement.

« Qu'est-ce que c'est ? demande la vieille.

— Un potiron, pour faire une soupe. Ça nous changera des patates.

— Il a un drôle de biais, son potiron ! »

Je peux à présent le regarder, sous l'ampoule de vingt-cinq bougies. Il a mauvaise mine, en effet. Sa peau, jaune canari, est couverte de mille bosses, comme s'il avait l'urticaire.

« C'est pas un potiron, fait Victor Pascal. C'est une gourde. »

Une gourde ? Il s'agit bien d'une gourde, en effet. Ce qui, dans le dictionnaire, porte le nom de « coloquinte ». Un fruit qui ne sert absolument à rien, dont la chair est immangeable aussi bien crue que cuite. Les anciens le cultivaient parce que, une fois sec, il se conserve très longtemps. Tu peux le placer sur une armoire en guise d'ornement : sa figure jaune, furonculeuse, fait assez joli effet. Voilà sa seule utilité, si c'en est une. J'avais volé une coloquinte.

« Il se fout de nous, le tonton, continue mon père.

— Peut-être qu'il s'est trompé, dit ma mère. De toute façon, on la garde. On la lui montrera, quand il reviendra. Je vais la mettre sur le buffet. »

Dans l'obscurité de la réserve, j'avais pris une coloquinte en guise de citrouille ! Je n'ai eu dès lors qu'un souci : la faire disparaître au plus vite. Elle trônait au milieu du buffet, bien en vue, superbe et inutile, attendant la prochaine visite de l'oncle Mangematin. Une nuit, je me relève, je m'en empare, je la découpe en cinq ou six morceaux, je fais disparaître son cadavre dans une bouche d'égout.

Elle était tellement superflue que mes vieux ne se sont pas aperçus tout de suite de son absence. Cela s'est quand même produit deux ou trois jours plus tard.

« Qu'est-ce que t'as fait de la gourde ? » a demandé mon père.

Et ma vieille : « Sainte Vierge ! Où donc qu'elle est passée ? »

Tous les trois, on s'est mis à quatre pattes, on a regardé sous les meubles. Plus de gourde. On a cherché ensemble des explications :

« Pour moi, que j'ai proposé, c'est les rats. »

Ça ne les a pas convaincus ; mais personne n'a su trouver une raison plausible. On a simplement décidé qu'on n'en parlerait jamais à l'oncle de l'état civil.

« S'il pose des questions, ai-je suggéré encore, dites que vous l'avez mise dans votre chambre. Il n'ira pas vérifier. »

8

Comme la soupe n'était pas très grasse chez les Pascal, ma mère s'était mise à faire des lessives dans les maisons bourgeoises. Bientôt elle eut plus de clientes qu'elle ne pouvait en satisfaire. Elle gagnait cinq francs dans son après-midi, plus un casse-croûte, plus un verre de vin. Ses employeurs étaient des maîtres couteliers, des commerçants, des dentistes, des notaires. Pour l'encourager, ils lui faisaient parfois de menus cadeaux suivant leur spécialité, un couteau de poche, un paquet de café, un mètre de dentelle. Quand je rentrais, le soir, s'il m'arrivait de me plaindre de mon travail, elle disait :

« Mets tes mains à côté des miennes. »

Nous tournions ainsi nos quatre paumes côte à côte. Les miennes se présentaient barbouillées d'encre et de colle ; mais dessous, elles restaient saines et fraîches. Les siennes ressemblaient à des mains de guenon. Je ne sais si tu as eu l'occasion d'examiner des mains de guenon : c'est froissé, plissé, ratatiné. Elle devait cette ressemblance aux cristaux de soude, au vinaigre, à l'eau de Javel. De plus, le bout des doigts et les jointures saignaient.

On lui proposa des tâches moins rudes. Depuis plusieurs mois elle lavait le linge des Jarry-Patural, des fabricants de rasoirs qui habitaient, à Turelet, une belle villa entourée d'un parc. Un jour, ils lui dirent :

« Samedi prochain, nous donnons un repas d'amis. Pourquoi ne viendriez-vous pas, Marguerite, aider la cuisinière ? Vous serviriez à table.

— Je ne sais pas si je saurais, Madame.

— Mettre le couvert, apporter chaque plat quand vous entendez ma sonnette, est-ce que c'est très difficile ? Je vous répète que nous serons entre amis. Si vous êtes un peu maladroite, par manque d'habitude, ça ne tirera pas à conséquence.

— On peut essayer.

— Et même, savez-vous ce que vous devriez faire ? Vous avez un garçon de quatorze ou quinze ans, n'est-ce pas ?... Amenez-le donc aussi. Il vous aidera à faire la vaisselle. »

Voilà comment je plongeai, pour un soir, de la Caisse d'Épargne dans l'évier d'une maison bourgeoise. Victor Pascal resta seul rue de la Prison.

« Quand vous rentrerez, nous avisa-t-il seulement, je serai couché. Tâchez moyen de pas me réveiller. Sinon, vous entendrez des triples pétards de Dieu ! »

C'était la première fois que j'allais dans le grand monde. Je pris mon costume neuf, mes souliers jaunes. Mme Jarry-Patural nous accueillit aimablement. Au cou, aux oreilles, aux bras, sur tout le corps, elle portait des verreries scintillantes ; tu aurais juré le lustre de Saint-Genès.

« Alors, qu'elle me dit en riant, c'est vous, Sang-de-Chou ? »

Je me sentis les joues en feu. Elle avança une main blanche, qui sentait la crème Tokalon, me tapota la joue :

« Et il rougit, ce nigaud ! Mais c'est très mignon, Sang-de-Chou ! Il n'y a pas de quoi avoir honte ! »

Je sus par ma mère qu'ils étaient quinze invités. Chacun disposait d'une demi-douzaine de verres, de toutes les tailles, d'un nombre incalculable de couteaux, cuillers, fourchettes ; comme s'il avait eu quatre paires de mains. Élisa, la cuisinière, nous expliqua que chaque pitance devait être saisie avec un instrument particulier ; qu'il y avait par exemple une fourchette à légumes, une à escargots, une à poisson, une à gâteau, une à fromage ; une cuiller pour le potage, une pour la crème, une pour le café, une pour la glace. Chez les Pascal, nous mangions tout dans la même assiette : soupe, choux, lard, chèvreton ; les rares fois où il y avait du café, chacun le buvait dans son verre, le remuant avec le manche de sa fourchette ; si un jour de fête amenait une pompe aux pommes ou un *miliar* aux cerises, tu avais le choix de recevoir ton morceau directement entre les mains, ou sur le fond de ton assiette retournée.

« Voyez-vous, disait Élisa, pour manger dans le grand monde, faut savoir. C'est pas n'importe qui qui saurait. Y a un long apprentissage. »

Une autre chose me remplit d'admiration : le nombre et la variété des nourritures. Poissons, charcuteries, viandes, légumes mystérieux dont je ne connaissais pas même le nom, salades, tartes, crèmes, fruits de toutes espèces ; en vérité si cette manne était tombée chez nous par miracle, nous aurions eu de quoi nous bourrer, mes deux vieux et moi, pendant six semaines.

Faut dire que les convives la saccageaient plutôt qu'ils ne la mangeaient. Les assiettes que ma mère rapportait de la salle étaient presque aussi pleines au retour qu'à l'aller. Avec cette différence, toutefois : le canard aux olives, artistement disposé dans le plat ovale par Élisa au milieu de sa sauce, de sa garniture, revenait massacré, des morceaux intacts mêlés aux noyaux, aux olives mordillées, aux ossements.

« Pourquoi, s'étonnait ma vieille, en prennent-ils tant, si ensuite ils ne le mangent pas ? Faut croire qu'ils ont les yeux plus grands que le ventre ! »

Et la cuisinière : « C'est comme ça dans le grand monde, ma pauvre Marguerite ! N'ayant qu'un estomac, ils ne peuvent manger pour deux, ni pour trois, ni pour quatre. Manger pour un leur paraît indigne de leur bourse. Alors, ils gaspillent. »

Élisa ne nous laissait pas souffrir de la faim. Elle nous choisissait même les meilleures portions.

« Il y a quelqu'un, expliqua-t-elle, qui mange mieux que Rothschild : c'est son cuisinier. Alors, ne vous gênez pas ! Voilà le moment d'en profiter ! C'est le grand monde qui paye ! »

En fait, habituée depuis longtemps à cette abondance, elle goûtait elle-même modérément à ses propres préparations. C'était une femme âgée, un peu grosse, avec une tête qui m'avait d'abord scandalisé : elle portait les cheveux à la garçonne. Mode pas encore montée à Saint-Rémy-sur-Durolle, commune à Thiers parmi les jeunes personnes, mais que je trouvais honteuse chez une vieille. Pire encore : elle fumait ! En tournant ses sauces, elle tenait une cigarette coincée entre les lèvres, penchait légèrement la tête de côté, clignait des yeux pour éviter la fumée. Tout ça m'avait paru très déplaisant. J'avais quand même fini par l'accepter, à cause de la gentillesse d'Élisa. Elle parlait du nez et disait : « Moui... non... Moui ! »

Toute son existence, elle avait servi les riches. En particulier une famille pourvue de deux domiciles, l'un à Paris, l'autre à Nice. A moi, Nice et Paris me semblaient deux coins du monde aussi hors de portée que la lune. Nice surtout : réservée aux grands parmi les grands, aux vedettes de cinéma, aux Anglais, aux millionnaires tuberculeux. J'aurais aimé qu'elle nous parlât de ces gens extraordinaires ; mais à l'entendre, tu avais l'impression qu'elle n'avait jamais rencontré que des épicières, des boulangères, des concierges.

Elle plaçait toujours une chaise derrière son fourneau et, autant qu'elle pouvait, travaillait assise :

« C'est que j'ai trop fatigué mes jambes au service de mes anciens patrons. A Paris comme à Nice, ils possédaient un immeuble de six étages. Madame avait exigé d'habiter le cinquième, dans les deux cas. A cause de l'air qui y est meilleur. Elle disait qu'au-dessous du cinquième, elle mourrait en quinze jours. Ces gens-là, voyez-vous, c'est délicat.

— Et ça ne la forçait pas, de grimper si haut ?

— Y avait l'ascenseur. Seulement, moi, j'y avais pas droit : il était réservé aux maîtres. Moui, ma bonne dame, aux maîtres ! Les domestiques, eux, devaient s'appuyer l'escalier ! Et dix années de suite, trois ou quatre fois par jour, j'ai fait l'ascension des cinq étages. Pas étonnant, n'est-ce pas, si mes jambes sont enflées ! »

Elle racontait que, pendant la période qu'on a coutume d'appeler en France la « Belle Epoque », il ne faisait pas bon être pauvre. Elle parlait de son mari Alphonse, mort plus tard de la grippe espagnole :

« Il travaillait au *Bon Marché*, comme vendeur. Chaque matin, il se présentait en frac et chapeau gibus. Il y servait déjà depuis dix ans, sans avoir reçu une seule réprimande. Un après-midi, il se trouvait sans clientèle. Un moment creux... Le chef de rayon arrive par-derrière, sans faire de bruit ; il lui surprend un journal entre les mains. Faut dire que c'était une feuille qui maltraitait passablement les patrons : le *Père Peinard*. Mon mari l'avait même pas achetée, un de ses collègues la lui avait prêtée, pour lui faire plaisir. Le chef de rayon l'emporte, la montre au chef du personnel. Le soir même, Alphonse était flanqué à la porte. Sans autre avis. Jeté sur le pavé après douze ans de services. Voilà comment c'était, la Belle Époque ! Moui mes enfants !... »

Sa conclusion était toujours la même : « Mangez donc ! Buvez donc ! Ça sera toujours autant qui n'ira pas à la poubelle ! »

Dans la pièce à côté, ça rigolait dur ; tu entendais sauter les bouchons de champagne. A vrai dire, ces plats compliqués ne plaisaient pas tellement à mon estomac, habitué aux nourritures simples. Je me forçais pour ne pas offenser la cuisinière. Ce que j'appréciais le plus, c'était le poisson. Rue de la Prison, nous en étions plutôt privés. Sauf de morue, deux ou trois fois par an, les jours maigres obligatoires. Frite dans la poêle, avec des oignons et des tranches de patate, c'est un régal. Je trouvais qu'il n'y avait pas assez de jours maigres dans l'année.

A chaque service, ma mère rapportait des panerées de vaisselle sale. Fallut se mettre à la laver avant la fin du repas. Élisa me prêta un tablier, elle m'employa au rinçage et à l'essuyage. Alors que j'étais occupé à cette besogne, une porte s'ouvre ; Mme Jarry-Patural reparaît, rouge, excitée. Elle porte quelque chose dans ses bras. Et voici que tout par un coup ce quelque chose saute par terre, me saisit aux jambes. Je pousse un cri de terreur, je recule, je trébuche, je tombe, le quelque chose me bondit sur le ventre. Je me protège de mes bras, je ne vois rien ; j'entends seulement les éclats de rire de la marchande de rasoirs.

« Qu'est-ce que c'est ? crie ma vieille aussi épouvantée que moi. Qu'est-ce que c'est que ça ?

— Rien, rien, dit Élisa. La guenon de Madame. »

Et Madame : « Elle n'est pas méchante ! De quoi as-tu peur ? Tu lui plais, elle veut seulement t'embrasser ! »

Mon fluide ! C'est mon fluide qui agissait ! J'avais séduit la guenon de Madame ! Comment échapper à ses entreprises ? De ses petites mains crochues, elle m'avait empoigné par le jabot. Moi qui n'avais pas aimé les baisers de mes cousines Mangematin, fallait-il que j'accepte les siens ?

Lorsque enfin on l'arracha de moi, je vis qu'elle était reliée à sa maîtresse par une chaîne. La marchande de rasoirs donnait des explications techniques :

« C'est une guenon du Cameroun, rapportée l'été dernier par mon frère qui vend là-bas nos produits. Elle a trois ans et s'appelle Charlotte. »

Elle fit une démonstration, appela : « Charlotte ! Charlotte ! » La singesse répondit par un couinement.

« Remarquez aussi, continua Madame, qu'elle a la figure bleue et les favoris blancs. »

L'instant d'après, sans prévenir, la bête exécuta une culbute à l'envers et s'installa sur l'épaule de sa maîtresse. Il me sembla qu'elle faisait ça exprès, cette sale, pour nous montrer son derrière tout rouge. En sorte qu'elle portait, réparties sur sa personne, nos couleurs nationales.

Voilà les souvenirs que j'ai gardés de ce festin dans le grand monde. Il se termina vers les deux heures de la nuit. Je ne vis point partir les invités, mais ma mère me raconta le lendemain qu'ils n'étaient pas jolis à voir. Elle toucha dix francs. Moi, je ne reçus rien d'autre que la nourriture et la boisson que j'avais pu prendre. Et les grimaces de Charlotte. C'est peut-être ce qu'on appelle de la monnaie de singe.

9

Après ces accidents, je reprenais le train-train de mes jours caisse-d'épargneux. En hiver fallait rentrer à sept heures pour décendrer et regarnir la chaudière. Nous nous répartissions la besogne, Pommerette et moi, si bien qu'un jour sur deux je pouvais rejoindre notre placard à neuf heures seulement. La matinée s'écoulait ensuite parmi les paperasses ; chacun travaillait du pot de colle et du pinceau. A midi, si c'était mon jour, nouveau décendrage, nouvelle recharge.

Le meilleur moment de la journée était entre deux et cinq. Ou bien il y avait la promenade hygiénique, tous deux accrochés à la brouette, sous l'œil vigilant du flic de service. Ou bien nous restions douillettement dans le cagibi, Poids-Plume à découper ses timbres, moi plongé dans un livre d'emprunt. C'était par exemple l'œuvre d'un auteur allemand qui signait Erich Maria Remarque, intitulée *A l'ouest rien de nouveau* ; un roman qui connaissait alors un succès extraordinaire. Mon enfance avait été remplie par les souvenirs de la guerre au milieu de laquelle j'étais né. A l'école, M. Saint-Joanis nous racontait ses campagnes. Mon père parlait des Boches, des Turcs, des Serbes, des Bulgares et de ses triples misères. Ma grand-mère pleurait son fils cadet Pierre Mangematin, mort à Bois-Brûlé, et qui lui rapportait en pension de si beaux billets de banque. Ma mère chantait quelquefois — de loin en loin, quand le soleil brillait, quand un veau s'était bien vendu, quand Victor Pascal l'avait appelée tendrement « ma vieille » — une chanson qui empruntait l'air de *Sous les ponts de Paris :*

Il faut chasser les loups
Qui sont venus chez nous.
Que nos canons détruisent leur tanière
Fassent sonner pour tous l'heure dernière...

J'avais des Allemands, comme des sidis, une idée nette, fermement établie. Or, je faisais une découverte stupéfiante, par le livre en question ; à savoir que les Allemands aussi sont capables de souffrir de la guerre et du militarisme. En somme, c'était à peu près le pendant des *Croix de bois* et du *Feu* que j'avais lus précédemment. Le nom de l'auteur me troubla : *Remarque*. Trop français. Ce sera, que je me dis, un descendant de Huguenot exilé ; il *sent* peut-être plus en français qu'en allemand ; ce qui fait de lui, sans doute, une exception dans son pays ; mais mieux vaut une exception que rien du tout. Les journaux avaient longtemps parlé du pacte Briand-Kellogg ; je n'avais personnellement aucune confiance en Stresemann, à cause de sa gueule. Or, la couverture d'*A l'ouest rien de nouveau* montrait le visage de l'auteur : beau comme Rudolph Valentino. Impossible de douter des nobles intentions, de la sincérité d'un homme qui avait cette face-là ! Quelque temps après, je lus quelque part que *Remarque* était un pseudonyme ; son vrai nom était *Kramer* qui en est le retournement. Mon enthousiasme atteignit son comble. Je voulus le faire partager à Pommerette-Poids-Plume.

« Est-ce que vous aimez lire ?

— Je lis *Le Moniteur*, tous les jours. Et *Le Petit Thiernois* le samedi.

— Je veux dire : lire des livres.

— C'est trop gros. Faut avoir ton microbe. J'aime mieux m'occuper de mon portrait.

— Une fois en passant, vous devriez essayer. J'ai là un bouquin formidable, écrit par un Allemand. Traduit en français, bien sûr. Si vous voulez, je vous le prête.

— Je te remercie. Mais la lecture, moi... » Il fit une grimace affreuse, et s'expliqua : « Un quart d'heure, ça va. Si j'insiste, ça me fait mal aux oreilles.

— Aux oreilles ?

— Je sais pas comment ça se fait. Ça doit me bloquer la circulation.

— Et les timbres-poste vous la bloquent pas ?

— Non, eux me font aucun effet nuisible.

— C'est curieux.

— Oui, c'est curieux.

— Et si je vous lisais à voix haute... pas trop haute, pour que ça reste entre nous... des morceaux de ce roman ?

— Ça, je veux bien. Pendant ce temps, je pourrai continuer à timbrer Gastounet. »

Voilà comment je devins la dame de compagnie de Poids-Plume. Je lui lisais l'histoire du fantassin Paul Bäumer et de ses trois amis : Kropp, Müller, le troisième, j'ai oublié son nom. Pommerette aurait dû être mobilisé à la fin de cette guerre ; sa courte taille l'en avait dispensé. Ça ne l'empêchait pas d'avoir, comme tout le monde, une solide haine de la Bochie :

« En 18, quand on est entré chez eux, on aurait dû tout zigouiller : hommes, femmes, enfants. C'est de la vermine qui mérite pas de vivre. Et rappelle-toi une chose : ils recommenceront ! Un de ces jours, ils nous sauteront de nouveau sur le poil, et adieu la valise ! »

Pour me faire plaisir, il avait cependant accepté d'entendre quelques pages. Or, voici que peu à peu il se laissa prendre. Aux moments dramatiques, il interrompait ses découpages, braquait dans ma direction le regard protubérant de sa loupe, poussait une exclamation :

« Bon Dieu !... C'est-y possible !... Qui croirait ça d'un Boche ?... »

Lui aussi faisait cette découverte extraordinaire : tous les Allemands n'étaient pas des chiens, des loups, des tigres assoiffés de sang. Ça lui en bouchait un sacré coin. Il finit même par participer à leurs plaisirs, à leurs angoisses, à leurs terreurs. L'épisode de Paul poignardant d'abord le Français tombé dans le même trou d'obus que lui, ensuite le soignant en vain, le laissa muet d'émotion. Il m'avait déchargé de toute besogne de bureau. Dès le matin, sitôt que j'avais mis les pieds dans notre confessionnal, il ordonnait :

« T'occupe de rien. Prends ton roman, et lis. Nous en étions quand Paul se trouve devant ce salaud de caporal qui veut pas donner l'exemple et pousse les autres à l'attaque... Himmel...

— Himmelstoss.

— Le fumier ! »

Ça repartait.

Par moments, il avait des doutes épouvantables : « Non, non ! J'y crois plus ! C'est des histoires ! C'est du buffle !

— Du buffle ?

— Des boniments. Ton gars, l'auteur, il arrange les choses à sa manière. Ça a pas pu se passer comme ça, voyons ! Il cherche à nous avoir. Un Boche peut pas réagir de cette façon ! C'est tout truqué pour nous en jeter plein la vue. »

Je lui fis remarquer que le livre avait été écrit d'abord en allemand, imprimé en allemand, à l'usage des Allemands ; et qu'il avait aussi beaucoup de succès en Allemagne :

« Les Boches, ils se connaissent, non ? Ils savent bien s'ils sont faits comme ça ou autrement ! »

Il secouait la tête, se rongeait la moustache, et finissait par en redemander. Tout le volume y est passé de cette façon, jusqu'à la mort de Paul Bäumer. Une chose pourtant lui a semblé tout à fait inacceptable. A un moment donné, le narrateur se plaint des tracasseries de son ancien chef, Kantorech, ou Kantarek ; et aussi dudit caporal Himmelstoss, la terreur de la caserne. Là-dessus, il en arrive à faire cette réflexion : il est comique que le malheur du monde vienne si souvent de gens de petite taille ; ils sont beaucoup plus méchants et insupportables que les grands ; dans l'armée, j'ai toujours évité comme la peste les détachements sous les ordres de nabots : c'était presque toujours des vaches abominables. Poids-Plume n'a pas apprécié ces considérations, qui ont failli interrompre définitivement nos relations avec Erich Maria Remarque.

« Est-ce que t'as à te plaindre de moi ? qu'il me demandait, écarlate d'indignation. Est-ce que je suis une abominable vache ?

— Non, non, vous êtes une exception. Peut-être que l'auteur pensait à Napoléon.

— Napoléon ? Il était petit ?

— Ses soldats l'appelaient le « petit caporal ».

— Et c'était une abominable vache ?

— Dans un sens, il me semble. »

Dès cet instant, sitôt que je trouvais sous mes yeux une allusion à la petitesse et à la vacherie, je censurais.

Nous sommes arrivés aux dernières pages, à la fin du malheureux Paul, en octobre 1918, peu de temps avant l'armistice. Poids-Plume en a été accablé. J'aurais dû rendre le roman à la librairie ; il m'a demandé de ne pas le faire encore : il voulait que je lui relise certains passages. J'ai obéi. Je l'ai vu alors sortir de sa tristesse, se redresser comme une fleur qu'on arrose ; ses yeux se sont remis à briller ; il avait l'impression que nous venions de ressusciter Paul Bäumer. Nous avons continué plusieurs jours de suite ce petit jeu. Jamais il ne m'a permis de relire l'épilogue. Il voulait garder du héros un souvenir de vivant.

C'est alors que mon oreille droite se mit à faire U.

Je sais ce que je dis. La dernière année de mes études universitaires de Saint-Rémy-sur-Durolle, à trois ou quatre, grâce à mon Larousse, nous nous étions fourré dans la tête l'alphabet Morse. Par ce moyen, on s'adressait des messages mystérieux composés de points et de traits. Dans la cour, les initiés se parlaient de même : « Ti ti ti ta — ti ti — ti — ta ti — ti ti ti... » Les profanes écarquillaient les yeux et les oreilles.

Un matin, en me réveillant, j'étais occupé à enfiler mes chaussettes. Et voilà que j'entends la lettre U. Comme un indicatif de phare : deux points, un trait *ti ti ta*. Sur le moment, je crois aux coups de klaxon de quelque voiture éloignée. Trente secondes de silence, et ça recommence : *ti ti ta*. U. Un U discret, mais net, découpé aux ciseaux dans un ruban de son. *Ti ti ta*. U. Toutes les demi-minutes : *ti ti ta*. J'écoute de toutes mes forces ; je constate, en les bouchant l'une après l'autre, qu'il provient de ma seule oreille droite. *Ti ti ta*. Rien dans la gauche. Je les gratte énergiquement de l'auriculaire, je les secoue. Aucun changement : *ti ti ta*. Comme si un minuscule télégraphiste s'était logé au fond avec son couineur. Je me munis d'une allumette, je farfouille dedans, j'essaye de l'expulser. *Ti ti ta*.

Je descends les deux étages, j'arrive dans la cuisine. Ma soupe de raves fume sur la table. *Ti ti ta*. Ma mère me regarde avec amitié.

« Et bonjour.

— Et bonjour. Tu as bien dormi ?

— Oui. Je... j'ai bien dormi. »

Ti ti ta. Je ne vais pas l'inquiéter en lui parlant de mon indicatif. Elle se demanderait ce que ça veut dire ! Je me le demande aussi. *Ti ti ta*. J'arrose ma soupe de lait. Les tranches de rave ont l'air d'écus blancs. Elles me remplissent la bouche de leur douce chaleur, des sucs innocents de la terre. Après trois cuillerées, je m'aperçois que mes doigts tapotent le flanc du bol, selon le rythme de mon télégraphiste : *ti ti ta*. Marre ! J'en ai marre ! Je m'envoie sur le profil un soufflet infernal.

Et ma vieille, effrayée : « Qu'est-ce qu'il y a ?

— Rien. Un moustique... »

Changement de musique : pendant un moment, de ce côté-ci, j'entends le ronflement de la mer. Puis les vagues s'éloignent, se taisent. *Ti ti ta*.

Et ma mère : « Tu l'as eu ?

— Quoi ?

— Ton moustique ?

— Non... Je l'entends encore. Il fait *ti ti ta*.

— Qu'est-ce que tu dis ?

— Je dis qu'il fait *ti ti ta*.

— Riquita ?

— Non, *ti ti ta*.

— Ah !

Elle n'ose pas poser d'autre question. Elle craint que je me moque de son ignorance. A la Caisse d'Épargne, je mets aussitôt mon chef d'équipe au courant :

« J'entends un bruit dans mon oreille droite.

— Quel bruit ?

— *Ti ti ta*. Toutes les trente secondes. *Ti ti ta*. Rien que la droite. Je me demande ce que c'est. »

Poids-plume me considère avec attention, il me fait baisser, examine le trou de mon oreille en me plaçant face au jour. *Ti ti ta*.

« Je vois rien.

— Oh ! y a rien à voir ! C'est... je sais pas... dans le sang, dans les nerfs, peut-être dans le cerveau. »

Et lui tout par un coup : « Je sais ce que c'est !

— Ah ?

— Oui. C'est la lecture.

— La lecture ?

— Tes sacrés bouquins. Ton ver solitaire, ton microbe solitaire, il s'est porté dans cette moitié-ci de ton crâne, c'est lui qui mène ce raffut. T'aurais dû m'écouter, quand je te disais que les livres me donnent mal aux oreilles. Également, ça pourrait être une sorte de congestion. Conclusion : je te conseille d'aller voir un médecin. Tu peux pas rester comme ça ! »

Ti ti ta. Me voilà emmouscaillé jusqu'aux sourcils. A midi, tandis que mes vieux travaillent des mâchoires, je reste immobile devant mon assiette. Ils me surveillent du coin de l'œil. Je me décide à parler :

« Faut que je vous dise... »

Leurs mâchoires s'arrêtent. Ils attendent la suite. *Ti ti ta*.

« Pommerette m'a conseillé d'aller voir le médecin.

— Le médecin ?

— J'ai un bruit dans une oreille. »

Et ma mère : « Quel genre ?

— *Ti ti ta.*

— Ah ! c'est *ti ti ta* qui recommence ! Je croyais que *ti ti ta* c'était un moustique ?

— Je me suis trompé. C'est au fond de mon oreille que ça fait *ti ti ta*. Toutes les trente secondes.

— Et ça te fait mal ?

— Non. Mais ça pourrait bien, qu'il dit, Pommerette, être une sorte de congestion. Je peux pas rester comme ça. »

Elle se tourne vers le vieux : « Qu'est-ce t'en penses ?

— Ben... Comment que tu dis que ça te fait ?

— *Ti ti ta.*

— *Ti ti ta* ?

— Oui, *ti ti ta.*

— Ça cause ?

— Censément. Mais ça dit rien d'autre.

— Et depuis quand, que ça cause ?

— Je l'ai entendu en me levant, ce matin. Depuis, ça s'est jamais arrêté. »

Je comprends leur embarras. Les voilà pris entre deux craintes : celle de donner dix francs pour un mal sans gravité, celle de la possible congestion. *Ti ti ta.*

Ma mère : « Mange d'abord, on va réfléchir. »

Tout le temps que je reste à table, je sens leurs yeux braqués sur moi. A présent que je me suis déchargé de mon secret, l'appétit m'est revenu. *Ti ti ta.* A la fin, rassurés par ma bonne mine :

« On va attendre jusqu'à demain, qu'ils décident. Si ça te passe pas, on ira chez le médecin. »

Ti ti ta. Par précaution, je décide de me supprimer la lecture jusqu'à nouvel ordre. Le repas du soir est extraordinairement silencieux. J'ai l'impression que mes deux vieux se concentrent de toutes leurs forces, qu'ils tendent l'oreille pour essayer, à distance, d'entendre le fameux *ti ti ta.* Ils me font coucher de bonne heure, me recommandent de bien dormir. Je pose ma tête sur le côté droit, j'enfonce la joue dans l'oreiller avec l'espoir d'étouffer pendant la nuit le putain de télégraphiste. Le lendemain matin, il est toujours là : une autre journée de *ti ti ta* commence. Pommerette secoue le front : « Vous avez tort de négliger cette affaire.

— Ils ont dit : cet après-midi, si ça dure toujours.

— Espérons que d'ici là... »

Il lève les yeux au ciel. Visiblement, il ne veut pas m'inquiéter : sa précaution m'épouvante. *Ti ti ta.* Sitôt rentré rue de la Prison :

« Alors ? demande ma mère.

— Rien de nouveau. *Ti ti ta.* »

Elle se raidit, serre les lèvres, héroïque :

« C'est bon. On va monter chez Berger. »

Le Dr Berger habite rue des Grammonts, au-dessus des Vêtements Norroy. Tout le monde à Thiers connaît son feutre élégant, sa jolie moustache. Il est président de la société philharmonique et c'est lui qui bat la mesure quand elle donne un concert au kiosque de la place Duchasseint. Je soupçonne qu'il fait exprès de ressembler à Massenet. Ma mère m'accompagne. *Ti ti ta.* J'ai repris mon habit propre et mes souliers jaunes. Il me demande mon âge, s'informe de mon mal.

« J'ai une oreille qui fait U.

— Qui fait quoi ?

— U. En morse : deux points, un trait : *ti ti ta.* U. La lettre U. »

Il ne me demande plus rien. Ça a l'air de lui suffire. Il regarde ma mère, assise au bord de sa chaise, pâle, les mains crispées sur le porte-monnaie. Il me pose une main sur le front, me prend le pouls. Toujours sans un mot. Pour l'aider dans son diagnostic :

« Je pense que c'est la lecture, que je dis.

— Sûrement. »

Ça a l'air d'aller tout seul. Il voit la cause et les effets.

« Quitte ta veste. Retrousse ta manche... très haut. »

Il m'enfile un collier de caoutchouc autour du bras muni d'un cadran, comme un compteur de motocyclette. Il le gonfle avec une poire en caoutchouc. Le cadran lui indique la vitesse de mon sang. Le résultat ne semble pas le satisfaire. *Ti ti ta.*

« Qu'est-ce que tu fais comme travail ?

— Je suis à la Caisse d'Épargne.

— Ah ! Ah ! Chez M. Boithias ?

— M. Boithias est le directeur. Moi, je connais plutôt M. Pommerette. Nous expédions le courrier. Nous entretenons la chaudière. Nous nettoyons les bureaux.

— Je vois. C'est pas un travail, ça, qui fatigue beaucoup la tête ?

— Pas trop.

— De quoi te plains-tu, au juste ? »

Est-ce qu'il est sourd ? Il m'a trituré pendant un quart d'heure, et il ne se rappelle pas ce que je lui ai dit ? A quoi rime son examen, alors ? Je le regarde avec quelque inquiétude, me demandant si ce docteur a bien tout son esprit. Ce sont des choses qui arrivent... *Ti ti ta.* Il y a des médecins fous, comme il y a des fous chez les écrivains, les peintres, les professeurs, les rois, les présidents de la République. Parmi les sept ou huit médecins qui sont en fonction dans la ville, il aura fallu qu'on m'amène chez le seul qui soit fou ! *Ti ti ta.*

« Je te parle ! qu'il répète. Je te demande de quoi tu te plains ?

— Je vous ai dit que j'entends U dans une oreille. La droite.

— U, c'est vrai, je l'avais oublié. Pardonne-moi.

— *Ti ti ta.*

— *Ti ti ta*, parfaitement. Voyons-la, cette oreille. »

Il m'enfonce dedans un petit entonnoir, y fait des prospections en s'éclairant avec une lampe de poche. Il est mieux outillé que Poids-Plume, mais ne semble pas plus heureux. Il secoue la tête, découragé :

« Depuis quand, ce *ta ta ta* ?

— Pas *ta ta ta : ti ti ta*. Deux points, un trait. U. Depuis hier matin. Toutes les trente secondes.

— Jamais de *ti ti ta* auparavant ?

— Jamais.

— Et seulement dans la droite ? Rien dans la gauche ?

— Rien dans la gauche.

— Est-ce que tu dors bien la nuit ?

— Comme une pierre.

— Pas de somnambulisme ? Il ne t'arrive pas de te lever endormi ? »

Je pense à la fois où je me suis levé pour cambrioler le porte-monnaie de ma mère ; je me sens rougir ; je réponds :

« Non, jamais endormi.

— Bon. »

Il toussote. Il me considère toujours avec une drôle d'expression. *Ti ti ta.*

« Encore une ou deux questions. Les dernières... »

Il s'arrête, prend son souffle :

« Voyons. Si mon horloge est arrêtée, qu'est-ce que je fais ? »

Ça, ça me la coupe. *Ti ti ta.*

« C'est une devinette ?

— Non, non. Réponds-moi sérieusement. Qu'est-ce que je fais ?

— Si elle est arrêtée ? Vous la remontez, pardi !

— Et si le ressort est cassé, qu'est-ce que je fais ?

— Vous allez chez l'horloger, en faire poser un autre.

— S'il n'en a plus de cette espèce, qu'est-ce que je fais ?

— Vous achetez une autre horloge.

— Et si l'horloger est mort, qu'est-ce que je fais ?

— Vous allez voir l'heure à la mairie, ou l'église... »

Ainsi de suite. *Ti ti ta.* Je suis de plus en plus persuadé que ce médecin est maboule. Peut-être même dangereux. Ma mère me regarde ; je vois qu'elle partage mon impression.

« Mon gars, qu'il conclut, je t'ai examiné de toutes les manières. Selon moi, tu n'as rien du tout. Ni dans la tête, ni dans l'oreille, ni nulle part. Alors, patiente encore quelque temps. Si dans une semaine ou deux ton oreille continue de faire *ti ti ta*, il te faudra aller consulter quelqu'un de plus savant que moi. A Vichy ou à Clermont. Reviens alors me voir, je t'écrirai un billet d'introduction. Et je pense que ce sera un cas très curieux. Nous le communiquerons à l'Académie de médecine ! »

Il sourit, me tend la main. Je me demande, comme on dit, si c'est du lard ou du cochon. Ma mère se lève, se fait confirmer :

« Vous êtes sûr, Monsieur le Docteur, que ça peut pas lui faire une congestion ?

— Une congestion ? *Ti ti ta ?* Sûrement pas, madame.

— Tu entends ce que dit Monsieur le Docteur ? » qu'elle me fait, comme si j'étais sourd.

Visiblement, elle est contente. *Ti ti ta*. Il reste une amère formalité :

« Maintenant dites-moi combien je vous dois.

— Rien du tout, madame, puisque je ne le soigne pas. Rien du tout. »

Le contentement de ma mère est doublé. *Ti ti ta*. Le mien, très réduit. Tu en connais beaucoup, toi, des médecins qui ne te trouvent rien quand tu vas leur rendre visite ? Qui refusent de t'administrer le moindre remède, même pas de l'eau de pluie en ampoule ? Qui ne te demandent pas un centime après une consultation d'une demi-heure ? Fallait, pour agir ainsi, comme je l'ai vu tout de suite, que ce docteur-là fût passablement dérangé. Voilà mon diagnostic, à moi.

Trois jours après, le *ti ti ta* a disparu. Envolé, le télégraphiste ! Et plus jamais il n'a donné de ses nouvelles.

Pommerette me vit revenir avec des sentiments mélangés. D'une part, il était content de ne pas perdre le renfort dont il avait besoin pour entretenir la chaudière, pousser la brouette, expédier le courrier. De l'autre, il fut déçu que le docteur n'eût pas confirmé ses sinistres prophéties. C'était un gars qui, malgré sa courte taille et son modeste emploi, avait le sens du tragique. Il se complaisait dans la perspective de futures catastrophes :

« Un de ces quatre matins, tu vas voir ce que feront les bolcheviques ! A Paris, nous les verrons ! Joseph en tête !... Et les Chinois ! Alliés aux Japonais ! Le péril jaune ! Ils nous découperont entre deux planches, à la scie à métaux pour que ça aille plus doucement !... Moi je m'en fous, je suis pas mobilisable ; on m'a refusé à la dernière parce qu'ils avaient pas de capote à ma pointure. Mais toi, mon pauvre Sang-de-Chou, dis-toi bien que tu y couperas pas, qu'on t'y enverra dans les tranchées et les fils de fer barbelés, à ton tour. Je sens ça dans mes culottes... »

Je considérais avec crainte et respect ses culottes, siège d'aussi redoutables pressentiments. Il prévoyait ainsi des guerres, des famines, des révolutions, des épidémies. Et pour le C.A.S.T., l'équipe locale de fotebal, des défaites cinglantes même quand elle rencontrait les propres à rien du Puy-Guillaume ou de Pont-du-Château. Ceux qui font profession de prévoir obtiennent toujours quelque succès pourvu qu'ils ne soient pas ménagers de leurs oracles. En ce qui concerne les chefs d'État, il passait dans les culottes de Poids-Plume des frissons de mauvais augure ; il annonçait des renversements, des assassinats qui devaient frapper le roi d'Espagne, le roi d'Angleterre, Hoover, Hindenburg, Mussolini. Même le pauvre Gastounet dont il était en train de timbrer la figure.

« Suppose, disait-il, qu'un criminel... genre Ravaillac... poignarde notre président. Suppose. C'est ça qui ferait une sacrée publicité à mon portrait ! Ça multiplierait sa valeur par mille ! »

Puis il soupirait tristement : « J'aurai pas cette chance ! »

Alors, quand il me vit revenir en bon état apparent, sans congestion ni rien du tout, il se sentit frustré de ses noires espérances. Je renonçai à la lecture tant que dura mon *ti ti ta*. Puis, un beau jour, il me retrouva un livre dans les mains :

« Alors, qu'il fit, tu retournes à ton vice ?... Et la rechute, tu y penses ?... Rappelle-toi que les rechutes c'est toujours plus grave que les chutes ! »

Tous les matins, quand j'arrivais, il me guettait du coin de l'œil, avec l'espoir visible que j'allais justifier ses prédictions. Oh ! je savais qu'il ne me voulait aucun mal ! Seulement, une vie sans assassinats, sans pestes, sans naufrages, sans malheurs en tout genre n'offrait pour lui guère d'intérêt.

Il exposa son portrait chez le photographe Gibert, rue du Bourg, où il remporta un succès considérable. Tout le monde admira la patience de l'auteur, ses dons artistiques, la finesse de son travail. *Le Journal de Thiers* et *Le Petit Thiernois* le couvrirent d'éloges, comme il l'avait espéré. Au bout de quinze jours, il le retira, l'emballa soigneusement et l'expédia par la poste au palais de l'Élysée. Un mois encore, et il reçut une lettre de remerciements signée de Gastounet lui-même. Ce fut le plus beau jour de sa vie.

Il ne savait pas encore que quelques années plus tard lui viendrait une grande amertume. L'attentat publicitaire fut commis contre le successeur de Doumergue : le président Doumer. C'est une chose qu'il avait ressentie obscurément, dans ses culottes.

En attendant, nous collions les bandes-adresses, poussions la brouette dans les rues escarpées, assurions la propreté de l'établissement. C'est moi qui avais la charge du balayage. J'avais tendance à m'occuper plus du centre que des bords.

« Si les coins en veulent, ronchonnait mon supérieur, qu'ils s'approchent ! »

On se disait au revoir chaque soir. Il n'oubliait pas de me recommander :

« Si tu vois le bossu...

— D'accord ! J'y dirai qu'il se redresse ! »

10

Une chose terrible : les dimanches.

D'abord, Victor Pascal travaillait le matin. Il devait s'occuper de son cheval. Je veux dire du cheval municipal. Celui-ci était encore plus mal logé que nous. Son écurie, rue du Transvaal, étroite et basse, obligeait à évacuer constamment les litières. Mon père le brossait, l'étrillait, refaisait le nœud de sa queue, lui goudronnait les sabots. Tout ça occupait une grande partie de la matinée. Quand il rentrait, il sentait plus que jamais la cendre fermentée, comme s'il avait pris sur lui ce qu'avait perdu le cheval. Alors, il entreprenait de se récurer aussi, au milieu de la cuisine. L'opération laissait des cercles d'eau sur le plancher.

Les facteurs sortaient de la poste. Car en ce temps-là il y avait une tournée le dimanche matin. Soudain les cloches commençaient leur musique. Notaires, commerçants, médecins, dentistes, maîtres couteliers se rendaient à la messe. A Saint-Rémy, tout le monde y allait ; ici, les ouvriers ne fréquentaient point les églises, pour ne pas s'y trouver en mauvaise compagnie. Moi, je ne savais où traîner ma peau. Alors, il m'arrivait de suivre quand même le courant de la bourgeoisie. Avec un sentiment de culpabilité, car je me rendais compte que quelque chose nous séparait ; que, d'une certaine façon, je trahissais les miens, mon père le boueux, ma mère la laveuse, plongeuse, bonne à tout faire, Élisa la cuisinière aux jambes abîmées, beaucoup d'autres auxquels nous ressemblions ; que je me mettais du côté de M. Boithias, mon directeur, qu'on voyait marcher vers Saint-Genès avec, sous le bras, un livre de messe aussi gros que mon dictionnaire ; du maire Chatillon ; de Mme Jarry-Patural qui, disait-on, occupait sa longue oisiveté à commettre l'adultère, mais ne manquait point, chaque dimanche, d'aller faire bénir son équipement ; de tous ces bien-pensants bien-pourvus qui, sitôt l'office terminé, remplissaient les pâtisseries. Pourtant, l'église m'attirait.

Mes raisons étaient sûrement bouffonnes et méprisables ; j'aimais la voix des cloches, la musique de l'orgue, l'entrée solennelle du prêtre et des enfants de chœur, les chants, le parfum de l'encens, le Christ suspendu à sa croix ; j'aimais les histoires que racontait le prédicateur, les fleurs, les tapis, les vitraux, les tentures. Bref, j'aimais la religion pour ses fastes. Quelques années plus tôt, j'avais même rêvé d'une carrière dans l'eau bénite : je voulais être évêque. Celui de Clermont était monté à Saint-Rémy-sur-Durolle à l'occasion de la confirmation. Les jours précédents, au cours de la retraite, notre curé nous avait soigneusement fait répéter la cérémonie : « Monseigneur se tiendra ici... Vous avancerez par là... » J'avais l'honneur d'être placé en tête de file, parce que j'étais le meilleur élève au catéchisme. Et voici que le prélat sort de la sacristie, majestueux, immense, coiffé de sa mitre, sa crosse d'or à la main. Avant de procéder à sa distribution de gifles, il éprouva tout à coup le besoin de rajuster quelque chose dans sa tenue, et me tendit cette crosse, qui était l'insigne de sa fonction, disant d'un ton assez brusque :

« Tiens-moi ça, toi ! »

J'obéis. Je tins verticale, majestueuse, la canne sacrée, plus haute que moi. Jusqu'au moment où, ayant fini de se ficeler, Monseigneur la récupéra. Naturellement, toute ma famille, présente dans l'église, assista à la scène. Au terme de la cérémonie, quand nous nous sommes retrouvés sur la place, j'entendais circuler des murmures admiratifs :

« C'est le petit qui... Monseigneur... la crosse... »

Dans cet événement, je voulus voir un signe du destin : je serais prêtre, je deviendrais évêque à mon tour. Je confiai cette espérance à mon frère :

« J'aimerais bien être curé. Qu'est-ce que tu en penses ?

— J'en pense rien.

— Tu n'aimerais pas, toi, être curé, chanoine, évêque ?

— Foutre si ! T'as vu la bonne mine qu'ils ont ? Dans leurs maisons, on doit pas pleurer la pompe ! »

Voilà le premier avantage qu'il trouvait au métier ecclésiastique : il nourrit bien son homme ; il lui permet de manger de la pompe à chaque repas, plutôt trois portions qu'une. Moi je songeais aux ors, aux lumières, aux salutations. L'idée me tint deux semaines ; puis elle me passa, remplacée par une autre.

Une fois transporté rue Mancel-Chabot, je comprenais mal que ce qui avait été bon à Saint-Rémy fût mauvais à Thiers. Alors, certains dimanches matin, je me dirigeais quand même vers l'église, clandestinement. J'attendais que tout le monde fût entré ; je me tenais sur le pas de la porte, dans le noir, honteux, prêt à filer en cas de rencontre que je ne souhaitais pas. De temps en temps, je renonçais à Saint-Genès, trop proche de notre domicile. Par la rue du 4 -Septembre, je descendais jusqu'à Saint-Jean. A Thiers, il y a des tas de rues désignées par des dates : le 4 septembre, le 29 juillet, le 3 février... Je n'ai jamais su ce qui s'est passé à ces dates-là. Le curé de Saint-Jean était une autre curiosité : il écrivait dans *Le Journal de Thiers* des articles qu'il signait *Le Rat*. Drôle de nom pour un curé ! Pendant qu'il exécutait devant l'autel ses génuflexions, consciencieusement, comme n'importe lequel de ses confrères, je regardais au fond de sa chasuble si je voyais dépasser un bout de queue.

Le cimetière est derrière l'église, accroché au roc. Il finit en une pointe brusque qui surplombe un coude de la Durolle ; tu croirais l'étrave d'un navire. Je me promenais entre les tombes, lisant les inscriptions, examinant les portraits des défunts, calculant leur âge. Je pensais à celui de Saint-Rémy où reposaient mes aïeux, mon petit frère aîné Maxime-le-Parfait. Je trouvais que ceux d'ici avaient de la chance de se trouver embarqués dans un cimetière pareil à un navire : répartis à bâbord, à tribord, dans la cale, ils voguaient de concert vers une lointaine Toison d'Or ; ils l'atteindraient au jour de la Résurrection ; alors, le capitaine crierait dans son porte-voix :

« Tout le monde sur le pont, mille millions de sabords ! »

Après ces rêveries, je remontais sans hâte vers la rue de la Prison. J'y arrivais au moment de mettre les pieds sous la table. Tous trois, nous mangions nos choux et nos raves. Nous fréquentions point les pâtisseries ; mais, en l'honneur du dimanche, ma mère tirait quelquefois de son four une immense tarte aux poires ou aux pommes, lisse, dorée, avec une cheminée en papier au milieu. Ce qui fait que chez les Pascal y avait de la pompe aussi bien qu'à l'évêché.

L'après-midi passait avec lenteur. Pour mon vieux, programme invariable : il allait se coucher ; il dormait trois, quatre heures de suite. Sans doute avait-il besoin de ce repos ; mais moi je n'acceptais pas ce gaspillage de temps. Naturellement, en bonne épouse, ma mère estimait de son devoir de rester aussi à la maison ; elle le veillait comme un mort.

Une fois encore, la rue était mon refuge. Les fenêtres voisines répandaient la musique des phonographes ; je me régalais de Fred Gouin, de Berthe Sylva, de Mistinguett. Je passais aussi de longs moments à contempler les affiches du cinéma Bazola. Notre voisine La Montagne était abonnée aux spectacles, ce qui l'obligeait à ne pas en manquer un seul. Chaque lundi matin, elle venait raconter à ma mère le film de la veille ; ça donnait des histoires extrêmement embrouillées, car La Montagne avait des trous de mémoire, confondait les situations, s'interrompait pour rire sans raison, s'extasiait au souvenir des acteurs :

« Ah ! ma chère ! Yvan Mosjoukine ! Les yeux qu'il a ! La bouche qu'il a ! Les dents qu'il a !... »

Il ne m'aurait pas déplu de me rendre compte par moi-même ;

seulement, les places les moins chères coûtaient quatre francs. On répondait à ma demande :

« Quatre francs, c'est deux kilos de pain. Cette année, nous sommes un peu justes. On verra l'an prochain. »

Notre voisine goûtait particulièrement les films qui font pleurer. Elle en apportait des preuves humides :

« Regardez mon mouchoir ! Touchez ! Rendez-vous compte ! »

Ma vieille commentait ensuite :

« Je comprends pas qu'on ait l'idée de payer quatre francs pour se faire pleurer ! Les occasions gratuites manquent pourtant pas ! »

Il y avait deux ans que je travaillais à la Caisse d'Épargne et de Prévoyance. Mon salaire était monté à cent francs par mois. Mes parents m'en laissaient vingt et gardaient le reste. Ce qui fait que je pus enfin m'offrir ces plaisirs du dimanche si longtemps promis. Ils arrivèrent au bon moment parce que plus tard je ne sais si j'en aurais eu l'envie.

Il existait rue des Grammonts, en face du jardin public, un magasin devant lequel je me plaisais à stationner. On y vendait des instruments de musique. La clientèle était mince, sans doute parce que les Thiernois ne sont pas très musiciens de nature ; ou parce que la musique est un luxe qui dépassait la bourse de la plupart. Moi, je béais d'admiration à la vue des pianos, des violons, des mandolines. J'aurais donné dix ans de ma vie pour savoir jouer de quelque chose. Le nom de la propriétaire était peint sur la porte : *Mlle Lemonnet*. Une personne aux cheveux gris, au doux visage, qui paraissait s'ennuyer terriblement aussi, dans cette boutique où n'entrait presque jamais personne. Après quelque temps, elle remarqua mon intérêt. Elle leva les yeux sur moi. Un jour, elle me sourit. Je me sauvai tout honteux, comme si elle m'avait pris en faute.

J'avais quinze ans, trois poils de moustache, une voix qui sautait du grave à l'aigu, de l'aigu au grave. Chaque fois que j'ouvrais la bouche, tu aurais cru que je chantais la tyrolienne. Par moments, j'avais l'impression que quelqu'un d'autre parlait à ma place, qu'un locataire logeait dans mon estomac. Triste époque. Je trouvais ma tête trop grosse, mes jambes trop longues, mes épaules trop étroites, mes cheveux trop plats, mes oreilles trop larges. Je me sentais réellement foutu comme une sauterelle. Seul mon nez me plaisait quelque peu ; mais c'était une opinion qui n'engageait que moi. De tels sentiments ne facilitaient guère mes rapports avec les personnes inconnues. Je m'abstins une quinzaine de revoir les instruments.

Quand je revins, rien n'avait changé. Mlle Lemonnet se tenait toujours assise près d'un piano, feuilletant mélancoliquement des papiers à musique. J'aurais aimé lui demander pardon d'avoir si mal répondu à sa politesse. Elle tourna la tête, me vit ; cette fois, elle ne sourit pas : elle détourna les yeux. Je compris que ma fuite l'avait blessée. Elle s'intéressait à ses tiroirs ; j'eus beau attendre longtemps, je n'eus pas l'occasion ce jour-là de revoir son visage.

Un jour ou deux plus tard, j'accompagnais Pommerette à la Banque de France.

« J'ai une commission dans le quartier. Est-ce que vous me donnez la permission d'y aller ? que je demande. Vous pourriez peut-être redescendre tout seul ? »

Il me regarde d'un drôle d'air.

« Va », qu'il fait, simplement.

Je cours rue des Grammonts. Le cœur me bat pire que si j'allais à un rendez-vous d'amour. J'ai décidé de rattraper ma goujaterie. Je revois Mlle Lemonnet dans sa boutique désolée. Une fois encore elle lève les yeux, me reconnaît, et une fois encore les rebaisse. Cependant, voici du nouveau : entre deux violons, très visible, une carte, avec l'inscription : ENTRÉE LIBRE. Je reste paralysé devant la vitrine, qui se voile à ma respiration. Pourquoi entrer ? Je n'ai les moyens d'acheter aucun de ces articles, sauf peut-être l'ocarina. Mais est-il réellement indispensable d'acheter ? Je pourrai toujours me renseigner sur les prix. Je pousse la porte. Sur le sol tapissé, mes semelles sont silencieuses. Mlle Lemonnet se lève, avance d'un pas, esquisse un sourire imperceptible, qui est dans le regard plutôt que sur la bouche.

Nous échangeons quelques politesses.

« Vous aimez ces instruments de musique, n'est-ce pas ?... Je m'en suis aperçue rien qu'à la façon dont vous les regardiez...Il n'est pas nécessaire de savoir en jouer pour s'intéresser à eux. Comme il n'est pas nécessaire d'être peintre pour apprécier un tableau... Mais c'est peut-être la musique elle-même qui vous plaît ? »

Elle s'assied devant un des pianos, promène ses doigts sur le clavier. Une cascade de notes ruisselle dans la pièce, traverse mes vêtements, ma peau, m'atteint jusqu'aux moelles.

Elle saisit ensuite un violon, l'accorde, le coince sous son menton ; la dégoulinade recommence. Même manège avec une flûte, une mandoline, un harmonica. Elle sait donc jouer de tous les instruments ? Et moi, bafouilleur comme un Portugais :

« Je... vous... est-ce que vous pourriez me dire... combien ils coûtent ? »

Avec mes cent francs mensuels, dont vingt disponibles ! Elle me débite gentiment des sommes à te faire dresser les cheveux sur le crâne.

« Oh ! c'est juste pour me renseigner... Ce n'est pas pour tout de suite.

— Vous avez raison. Est-ce que vous jouez de quelque chose ?

— Non... pas encore.

— Alors, permettez-moi de vous donner un conseil... Pourquoi n'achèteriez-vous pas un poste de T.S.F. ? J'en ai d'occasion qui ne sont pas chers. Et je fais crédit. On peut, si l'on veut, me payer tant par mois. »

Elle disparaît derrière ses meubles, revient en portant une borne kilométrique.

« En voici un qui marche très bien. Grandes ondes, petites ondes... Avec ça, vous pouvez tout prendre : Radio-Paris, Tour Eiffel, Toulouse, Lyon, et même l'étranger : Londres, Rome, Stuttgart. »

Elle branche des fils, tourne des boutons : la borne kilométrique s'éclaire, se met à parler :

« ... faites-les jeûner pendant plusieurs jours. Puis lavez vos escargots à grande eau... fuit, fuit... grrroumph, pch... et un verre de vinaigre. Laissez-les ainsi pendant plusieurs heures en les remuant de temps en temps... fuit..., fuit... puis rangez-les dans une marmite, couvrez-les d'eau froide... »

Mlle Lemonnet tourne un bouton, nous précipite au milieu d'un concert où tu entends des voix de toutes les couleurs.

« C'est la *Pathétique*, qu'elle précise.

— Ah ? La *Pathétique ?* »

Elle sourit, elle ferme les yeux. Je fais comme elle. La *Pathétique*, qu'est-ce que c'est ?... Il y a un tas de taraboum. Et au milieu, une phrase, qui revient sans cesse. Il me semble, comment t'expliquer ? qu'elle a la forme d'un cygne. Pas de tout le cygne, seulement de ce qu'il y a de plus cygne dans le cygne : l'aile, le cou. Elle plonge toute droite en suivant la ligne tendue du cou, puis remonte gracieusement selon le contour de l'aile. Tu vois ce que je veux dire ? Dessinée d'abord par un seul violon, elle est reprise ensuite par tous les autres. Ça finit par éclater comme un tonnerre, à une hauteur vertigineuse, au-dessus de ma tête. J'en pleurerais.

Mlle Lemonnet sourit encore :

« C'est la *Pathétique*, de Tchaïkovski », qu'elle répète.

Elle coupe le contact. Mes oreilles tintent.

« Ça vous plaît ?

— Pas tellement les escargots. La musique, oui. »

Elle m'interroge sur ma profession, sur ce que je gagne. Elle est disposée à abandonner cette merveille de borne kilométrique pour cinq cents francs ; je peux l'emporter tout de suite avec les vingt francs dont je dispose ; je verserai après quarante francs chaque mois, pendant un an.

« J'ai tout à fait confiance en vous ! » qu'elle dit, pour achever de me convaincre.

Crucifix ! Si elle me connaissait !

« Faut que j'en parle à mes parents.

— Bien sûr. Vous reviendrez m'apporter votre réponse. »

Elle me tend la main, sa main miraculeuse qui joue de tous les instruments ; j'ose à peine la toucher.

Rue Mancel-Chabot, c'est un nouveau théâtre :

« Un poste de T.S.F. ça donne de la musique ; mais aussi des informations, plus besoin d'acheter le journal. Le temps qu'il fera demain...

— Ils ont un sorcier ?

— Pas un sorcier. Un spécialiste qui regarde les nuages, les vents, la température, et vous annonce : demain, pluie, brouillard, beau temps...

— Est-ce qu'il joue de la vielle ? demande mon vieux. Parce que moi, j'aime pas les clairons, et tout ça ; mais j'aime bien la vielle.

— Sûrement qu'il joue de la vielle !... »

Je souligne qu'aucune famille du quartier ne possède la T.S.F., que nous serons les premiers !

« Un poste, c'est bien supérieur aux phonographes ! Eux, ils jouent toujours la même chose. La T.S.F. change de programme à chaque instant.

— Est-ce qu'il faut tourner une manivelle ? interroge ma mère.

— Non, ça fonctionne à l'électricité. »

Et elle : « Alors, là, je dis non ! Nous payons assez d'électricité comme ça ! Demande un poste à manivelle ; mais pas à l'électricité !

— Ça existe pas, les postes à manivelle !

— La vielle marche avec une manivelle, le phonographe avec une manivelle. Pourquoi y aurait pas de poste à manivelle ? Ou alors, c'est qu'ils sont pas encore au point.

— Y en a pas, que je te dis !

— Demande !

— Pas la peine de demander !

— Alors, c'est non. »

Cette histoire d'électricité arrêtait les négociations. Heureusement, j'eus l'appui de mon vieux :

« Pourquoi qu'on le prendrait pas à l'essai ?

— A l'essai ?

— Oui. S'il plaît, on le garde ; s'il plaît pas, s'il mange trop d'électricité, on le rend.

— Je sais pas si Mlle Lemonnet sera d'accord.

— Propose-lui. »

Elle accepta de nous le laisser un mois à l'essai. Je l'apportai un samedi soir. J'installai en travers de la pièce, en zigzag, le fil de l'antenne. Quand tout fut prêt, quand on eut entendu les premiers gargouillements : « Mets-nous de la vielle ! » commanda Victor Pascal.

Mais ma mère leva l'index : « Non ! Demain, c'est dimanche. On l'étrennera demain. »

Fallait obéir à l'ancienne loi. Et puis, ça faisait toujours quelques heures d'électricité en moins.

Le lendemain fut un jour de fête rue Mancel-Chabot. Il commença pourtant par une déception. Quand je voulus contenter mon vieux, j'eus beau promener l'aiguille sur tout le cadran, grandes ondes, petites ondes, impossible de trouver une seule note de vielle. Pas plus en France qu'à Rome ni qu'à Stuttgart. Il dut se contenter de l'accordéon. Nous avions ouvert la fenêtre toute grande ; le concert inondait la rue de la Prison. Voisins, voisines se rassemblèrent devant chez nous. Ma mère protestait :

« Y a pas de raison qu'ils profitent de la musique ! Ou alors, on partage la dépense d'électricité. On fait la quête, comme à l'église ! »

A tour de rôle, arrivèrent La Montagne, Le Moniteur, L'Avenir, suitées de leur marmaille. Au milieu de la matinée, une extraordinaire surprise : la messe justement ! La messe en personne sortant de la borne kilométrique ! Ma vieille fit le signe de croix. Mon vieux essuya ses moustaches. On la suivit jusqu'au bout, grâce à une voix qui expliquait les opérations : le prêche, la communion, les orgues. Tout se déroula merveilleusement. Sauf qu'à la fin de l'Évangile Victor Pascal, qui avait voulu boire en cachette une gorgée, l'avala de travers, toussa, s'étouffa : fallut lui taper dans l'échine tout le temps du *Credo*. La messe chantée, dans une église, avec tout le spectacle et tous les spectateurs, c'est bien ; dans une cuisine de neuf mètres carrés, entassés à douze ou quinze, se respirant dans le nez les uns des autres, l'oreille tendue, la gorge sèche, ça finit par sembler un peu longuet. Personne n'osait protester, par respect de la religion ; mais le grand air final fut accueilli avec soulagement.

Aussitôt, je déplaçai l'aiguille. Je naviguai à l'aveuglette sur le cadran, comme un marin sans boussole ; ce qui venait venait. Et tout par un coup, le miracle : cette vielle que personne n'attendait plus, voici qu'elle s'échappa bravement de la mécanique, toute miaulante, toute sautillante, gni-gnan-gnan, en compagnie de sa sœur la cabrette radoteuse et chevrotante ; martelées de grands *boum*, qui exprimaient la fureur des sabots sur le plancher d'une grange !

« Hein ?... Hein ?... faisait mon vieux, en pleurant de joie. Hein ?... Hein ?... »

Ce poste de T.S.F. bouleversa notre vie. Au terme du mois d'essai, pas question de le rendre. Concerts, sports, météo, bourse, comédie, publicité, tout ce qui sortait de la boîte plaisait à nos oreilles. Mais le régal des régals était d'entendre le spiqueur de Radio-Toulouse : un bonhomme sûrement chauve, poussif, ventru ; il faisait ses annonces en s'interrompant pour reprendre haleine toutes les quatre syllabes ; et dans ce qui aurait dû être les silences, tu entendais le soufflet de ses poumons asthmatiques :

« Allô, allô !... Ici... Radio... Toulouse !...

Assurément, on l'avait sélectionné pour ce ronflement de forge qu'il émettait en respirant, et qui plongeait la France entière dans la joie. Ma mère le baptisa *le bofan :* le souffleur... le haleteur. Il avait aussi une façon toute personnelle de s'arrêter pile devant les termes difficiles, tel un mauvais bourrin qui bute sur l'obstacle. Et puis, hop ! il passait par-dessus avec désinvolture, les maltraitant au passage de ses sabots.

Et voilà. Tout ce monde est aussi fini que celui des sans-culottes. Le souffleur ne souffle plus ; ceux qui l'écoutaient ne l'écoutent plus ; la boîte à musique depuis longtemps a dû monter au ciel en fumée. La seule chose qui nous reste à faire, si on ne veut pas mourir de chagrin, est de lever nos verres et de chanter ensemble :

Ein Prosit, ein Prosit der Gemütlichkeit !
Ha, ha, ha...

11

Avant d'aller plus loin, je voudrais te présenter ma villa bavaroise. A la fin de la guerre, nous vivions ici douze prisonniers, plus la sentinelle et le chef de Kommando. Des K.G. charpentiers l'avaient construite pour nous à un bout de cette clairière, face à la maison du *Förster*, du garde-forestier, mon supérieur hiérarchique. L'actuel s'appelle Bernd Pfeffer, c'est-à-dire Bernard Poivre. Poivre et Chou, nous allons bien ensemble.

Nous mangions et dormions dans une grande pièce que j'ai partagée en dressant des cloisons de planches. A présent, me voici donc l'heureux locataire d'une cuisine, d'une chambre, d'un cagibi, où je range mes outils et ma moto. Quoique étranger, je suis payé par la municipalité de Saulburg. Une sorte de fonctionnaire municipal. Mon travail consiste à nettoyer les sentiers, à faucher l'herbe des clairières, à marquer les arbres sous les ordres de Pfeffer, à tailler les branches mortes, à nourrir les biches, en hiver, avec le foin que j'emmagasine l'été. De temps en temps, bien que ça ne me plaise guère, faut aussi que je participe à des battues aux cerfs.

Une résidence franco-allemande. D'allemand, il y a tous les matériaux, en bon bois résineux, goudronné extérieurement. As-tu remarqué les jolies ardoises vertes ?... Ce sont aussi des planchettes d'épicéa, couvertes de mousse : l'illusion est parfaite. Dessous, une couche de fougère pour l'isolation. L'hiver, là-dedans, quand j'ai allumé mon poêle, j'y suis au chaud comme une caille au nid. Le combustible ne manque pas. La forêt me chauffe et me nourrit partiellement. Pas de gibier : maintenant, je le laisse en paix. Ce n'est pas que je sois végétarien ; un bout de viande de boucherie, de temps en temps, je ne crache pas dessus. Mais dans ce cas, il s'agit de bêtes que je n'ai pas vues vivre. Faut faire un effort pour imaginer que le bifteck a été d'abord un morceau de chair palpitante. D'ailleurs, ici on consomme surtout du cochon, une bête peu sentimentale, à cause de la façon dont on l'élève à présent : enfermée dans une porcherie aseptisée, d'où elle ne sort jamais. Aux Bessières, quand j'étais gosse, les animaux de la ferme avaient autant de liberté que les chrétiens. A mon arrivée ici, il en était de même : dans les pacages, tu voyais gambader les vaches, les chèvres, les moutons. Les nouvelles méthodes d'élevage ont changé tout ça. Quand je passe à côté d'une ferme, j'entends des mugissements, des bêlements traverser les murailles. Ces appels au secours, ça me fait mal aux tripes. Si quelque chose un jour est susceptible de me faire quitter ce pays, c'est bien son mépris pour la vraie nature des animaux... Seulement, il est possible qu'en France on se soit mis à les maltraiter pareillement.

Pas question, donc, de traquer ceux qui vivent dans les bois. J'y trouve d'autres nourritures. Des champignons : langues de veau, cèpes, chanterelles. Pour les vitamines, j'ai des framboises, des airelles, des mûres, des fraises sauvages. Du premier jour où j'ai mis le pied dans ces forêts, je me suis retrouvé chez moi, en Auvergne. J'y voyais exactement les mêmes arbres, les mêmes plantes : potentille, centaurée, mille-feuille, chacune avec son nom allemand. Et puis il y a ce ruisseau qui me rappelle la Durolle du côté de Chabreloche. A quelques kilomètres d'ici, il se jette dans le Donau. Si bien que lorsque l'envie me prend de pisser dans le beau Danube bleu — un luxe rare, que s'offrent les touristes étrangers de passage —, je n'ai nul besoin de me déranger : mon ruisseau fait très bien la commission.

Mais revenons à ma résidence. De français, il y a le calot kaki que je portais à l'époque de ma Kriegsguefanguerie. Je l'ai cloué à la porte comme une chouette. Une chose de malheur. A moitié déjà bouffée aux mites. Elle symbolise à mes yeux cette vieille haine qu'il y eut entre mes deux pays. Puisque me voilà bipatride. A Saulburg, à part *Krautblut*, on m'appelle *der Franzose*. Et si je retournais en Auvergne, je serais sans doute à présent *le Boche*. Comme ceux qui ont passé une grande part de leur vie à l'étranger sont en revenant *l'Américain, le Mexicain*. Mais, grâce à Dieu, les choses changent. En été, on voit souvent par ici des voitures marquées F ; je suppose qu'à Saint-Rémy-sur-Durolle doivent passer de loin en loin des voitures marquées D. Je suis content que la vieille haine soit de plus en plus, elle aussi, bouffée aux mites.

En 45, il me restait les lambeaux de mon bel uniforme couleur d'omelette : j'en ai fait un feu de joie le jour où j'ai retrouvé la vie civile. En brûlant, il puait comme trente-six boucs. La guerre est vraiment une chose fétide.

Voici d'autres produits *made in France* : ces douzaines de livres achetés à Straubing, dans une librairie où l'on offre des ouvrages en toutes les langues. Des modernes et des anciens. Mais, sauf les romans policiers, je n'aime pas les modernes : trop compliqués pour moi. J'aime trouver dans les livres une histoire que me raconte l'auteur. Aujourd'hui, les romans français ne racontent plus d'histoires ; peut-être que vous n'avez plus d'histoires à raconter ; que vous êtes trop heureux, puisque les peuples heureux n'ont pas d'histoire, et qu'on dit ici *glücklich wie Gott in Frankreich*, heureux comme Dieu en France. C'est sûrement ça. Ma foi, je suis content de votre bonheur. Quand par extraordinaire vos romans en racontent une, c'est toujours la même. Il s'agit d'un garçon et d'une fille, de préférence lui jeune, elle plutôt ramollie, ou l'inverse : ils boivent du whisky ; ils s'étudient ; ils viennent de faire l'amour, ils font l'amour, ou ils vont faire l'amour, ils marchent dans la rue et on t'explique en détail comment est fait chaque boutique, chaque affiche, chaque arbre qu'ils rencontrent ; ils ont des problèmes de communication, de subconscient, de braguette : les garçons rêvent de coucher avec leur professeur, leur mère, leur sœur ou leur grand-mère. Votre littérature moderne, pardonne-moi le mot, me fait chier pire que l'huile de ricin.

Le livre des livres, le voici : *Le Comte de Monte-Cristo*. Six volumes ! Je les ai lus et relus. Quand je suis au bout du sixième, je recommence avec le même intérêt. Le type qui a écrit ça était un génie. Alexandre Dumas. Pas étonnant que l'on ait donné son nom, à Thiers, à l'ancienne rue des Barres...

La lecture me permet de ne pas oublier ma première langue. Et puis, de temps en temps, en hiver, quand les nuits sont longues, j'écoute la radio française sur mon Telefunken. Je reçois très bien Strasbourg, Luxembourg, les programmes sur ondes courtes. Je me tiens au courant de ce qui se passe chez vous. Je regrette seulement de ne pas entendre parler souvent de l'Auvergne, de Thiers, de Saint-Rémy-sur-Durolle. Il me plairait d'en recevoir des nouvelles. Qui sait si Pierre-sur-Haute, et Montguerlhe, et Montoncel sont à la même place ? Si les Cartailler sont toujours propriétaires de l'Hôtel de l'Europe ? Si mon frère Séraphin et sa garce de femme vivent toujours aux Bessières ?

Non, je n'écris pas. Jamais. A quoi bon ? Je n'ai pas l'intention de retourner là-bas ; mon pain, c'est ici que je le gagne. Si un jour ils me voyaient devant eux, le Séraphin et la Fernande, leur dire : « Me voici, je viens vous embrasser... », je les entends répondre :

« Monsieur, on vous connaît pas.

— Je suis ton frère Baptiste, dit Sang-de-Chou.

— Mon frère Baptiste est mort pendant la guerre en Belgique.

— Mort ? Puisque me voilà, triple con. C'est comme ça que t'appelait notre père Victor. Et vous, la casériaude, comme disait la mère, vous me remettez pas non plus ?

— Monsieur, soyez poli, ou je lâche mes chiens. »

Tu as lu l'histoire d'Ulysse, hein ? Lorsqu'il rentre dans son île, après un long voyage, personne ne veut le reconnaître ; seul son chien lui fait fête ; il se retenait de mourir en attendant son retour ; et aussitôt après il avale son bulletin de naissance. Alors, je pourrais imaginer un dénouement pareil : le vieux Parpaillou devant la porte ; il sort exprès de son agonie pour remuer la queue et me lécher les mains. Lui, j'en suis sûr, accepterait de me recevoir ; mais comment persuader les deux autres ? Non, monsieur : j'aime mieux continuer mon existence d'homme des bois.

Dernière chose, je crois bien, qui me reste de France et de l'Auvergne : mon couteau. Deux lames et un poinçon, côtes de corne, viroles de cuivre jaune. Un Pradel, marque *Le Sabot*. Ce Thiernois exilé en Bavière, ce Pradel au milieu de tous les Solingen ! Quand je le referme, il claque sec, comme au temps de sa jeunesse. Lorsque à table mon père faisait claquer le sien, c'était pour dire qu'il avait terminé son repas. Si par hasard ma mère sortait un plat qu'elle avait oublié, le vieux disait : « Trop tard, j'ai fermé mon couteau. » Il se curait les dents, se coupait les ongles des mains et des pieds, avec son couteau ; mais jamais il ne le lavait. « Un couteau qui a vu l'eau est un couteau perdu. » En cas de besoin, il l'essuyait sur sa manche, ou le passait dans la rosée. Il disait que l'eau du ciel n'a pas les méchancetés de l'eau de la terre. Il faisait toutes ces choses parce qu'il les avait vu faire par son père à lui. En ce temps-là, les enfants respectaient leurs parents, parce que les parents étaient respectables.

Quand j'ai été appelé sous les drapeaux, en janvier 40, avec mon fascicule bleu, avant de partir, j'ai acheté un couteau tout neuf, à Thiers, rue des Grammonts. Je l'ai payé quatre francs, mais il dure encore. Moi, je ne le fais pas claquer pour le plaisir, je le ménage, c'est une pièce unique sur tout le territoire allemand.

C'est tout. Le reste, meubles, verres, vaisselle, appartient à mon second pays. Tout ça dans une jolie pagaille. Que veux-tu : un homme seul, un célibataire... L'important est que je m'y retrouve. Je sais où prendre chacune de mes affaires. Mon fil et mes aiguilles, par exemple : ici, sous ce chapeau. Mes casseroles : dans le four du fourneau. Mes papiers importants, assurances, feuilles d'impôts, documents : là-haut, sur l'armoire.

Et puis, il y a toutes ces bouteilles que je devrais évacuer, parce qu'elles ne font pas bel effet. Elles donnent mauvaise opinion de moi. Compte-les, divise leur nombre par seulement vingt-cinq, puisque je vis ici depuis plus d'un quart de siècle ; tu verras que ça n'en fait pas beaucoup chaque année. Un de ces jours, je m'en débarrasserai pour de bon. Non, non, je ne suis pas réellement un ivrogne. Une fois de temps en temps, pour quelque occasion ou motif sérieux, je ne dis pas. Mais n'écoute pas les mauvaises langues. La vérité est que, arrivé à nos âges, le corps s'affaiblit ; alors, de temps en temps, tu éprouves le besoin de l'aider avec une goutte de schnaps ou un flacon de vin. Voilà tout. Le malheur est que, par ici, le vin coûte cher. Rien que de l'importation, de Hongrie, d'Italie, d'Espagne, de France. En ce qui concerne mon cœur, je ne sais plus très bien où j'en suis actuellement, s'il est auvergnat ou bavarois. Mais mon estomac est international. Lorsque les finances sont basses, naturellement, je me rabats sur la bière.

Je connais les doses exactes qui conviennent à mon tempérament. Quand je vais à la brasserie, au premier *Humpen*... Tu sais ce qu'est le Humpen ? La grande chope d'un litre. Tu l'empoignes par l'anse, fermement, tu l'élèves à hauteur de tes yeux en criant : *Prosit !* C'est-à-dire : « Je bois à votre santé ! Que cette pinte vous profite ! » En vérité, le profit va tout entier à toi-même. Mais le verre levé vers les autres est un geste amical. Il rappelle celui du curé, dans l'église, présentant le calice à l'assemblée. Boire de compagnie est une chose joyeuse et saine. Rien de plus triste que de pomper tout seul, au bord d'une table vide, caché dans sa maison. Aussi, la plupart de ces bouteilles que tu vois ici, je les ai partagées avec un camarade. Le Humpen, au lieu de le tenir à bout de bras, tu peux aussi le tourner vers le creux de ton coude, pour plus d'intimité, le mêler à ta propre chaleur ; avant de le vider, de cette façon, tu as l'air de l'embrasser tendrement, comme un petit frère.

Je disais donc, au premier Humpen, une fois la bière installée confortablement dans mes boyaux, je sens une distillation intérieure ; l'esprit de la boisson parcourt mes serpentins, s'élève vers les parties nobles ; me voilà frais et gai ; riant du propre et du malpropre ; prêt à pardonner les offenses de ceux qui m'appellent

Arschloch ou *Bettsoacha*, des mots très injurieux que je n'oserais jamais traduire dans ta langue. Avant les négociations internationales, on devrait obliger les diplomates à s'enfiler un litre de bière munichoise, ça les rendrait intelligents, généreux, compréhensifs. Après le second Humpen, changement de style : je deviens au contraire méchant comme le choléra ; je dis à chacun ses quatre vérités, toi t'es cocu, toi t'es bâtard, toi t'es un salaud ; ils me casseraient volontiers la physionomie si je n'étais protégé par la boisson que je contiens ; on n'a pas le droit de frapper un *Saufbeil*, un ivrogne, qui n'a plus ni forces ni raison. Vient le troisième Humpen ; me voilà de nouveau métamorphosé ; je me crois au Paradis terrestre ; les bontés du Ciel pleuvent sur mon front ; mes frères les hommes et mes sœurs les femmes ; mes cousins les animaux ; Hans Gabel, le patron, qui me fait crédit, il a deux ailes blanches qui lui sortent des omoplates : alléluia, alléluia !

Comme tu vois, j'ai donc trois sortes d'ivresse, deux bonnes et une mauvaise. La meilleure est la dernière : elle me donne la félicité parfaite. J'ai par conséquent intérêt lorsque, au bout de la première, il me reste encore un peu de soif, à passer très vite sur la seconde, à brûler cette dangereuse étape, pour goûter aux délices de la troisième. Mais ne va pas croire que je me permette ce voyage chaque semaine. Comme je t'ai dit : aux grandes occasions seulement. La Saint-Sylvestre, le Carnaval... Et puis, je fête mon anniversaire ; c'est bien la moindre des choses ; si je ne le faisais pas, qui le ferait à ma place ? Vivre seul présente de grands avantages, et quelques inconvénients. Personne pour te dire : « Je suis content ou contente que ta mère t'ait mis au monde, heureux ou heureuse de te voir ; de t'entendre, de te toucher. » Alors je me le dis moi-même, le dix-huit février. Sinon, j'aurais l'impression d'avoir sur terre la même importance qu'un grain de sable, qu'une souris verte. Encore que les souris se disent peut-être : « Bonne fête ma vieille ! Longue vie et cent jours comme celui-ci ! »

La bière, le vin, le schnaps ne sont pas mes seules boissons. Dans ma famille, chez les Pascal, on savait utiliser les herbes pour soigner les maladies : racines de fougères contre les rhumatismes, huile de millepertuis pour les brûlures, arrête-bœuf et chiendent contre les douleurs de vessie, ortie et plantain pour dépurer le sang. Comme tu vois, ma résidence est une herboristerie : tous ces bouquets secs suspendus au plafond. Pardonne le désordre, si j'avais pu prévoir ta visite... Ces branches étalées un peu partout, sur les meubles, sur les bouteilles vides, c'est du tilleul en train de sécher. Pas encore eu le temps de détacher les fleurs. J'aime cette odeur de foin, de tisane autour de moi.

Si je t'avais rencontré l'année dernière, je t'aurais présenté Rosalie. Une folie qui a duré trois ans. Et puis, je m'en suis débarrassé, elle dépensait vraiment au-dessus de mes moyens. La séparation a été douloureuse ; à chaque instant, je la cherchais des yeux, à son endroit habituel ; ça me faisait drôle de m'en aller à pied, tout seul, dans les chemins de la forêt ; de n'avoir personne à qui communiquer ces réflexions. Ensuite, petit à petit... l'accoutumance.

Je l'avais achetée 1 250 marks au garagiste d'Ascha. Un bon prix, non ? pour une Coccinelle de huit ans ! Elle avait encore de beaux restes : la banquette arrière ; les phares et les ailes de devant, remplacés à la suite d'un accident ; deux pneus sur quatre ; les essuie-glaces. Une voiture qui avait vu du pays : elle portait des étiquettes dans tous les coins, pire que la valise d'un diplomate : Andorre, la Suisse, l'Italie, Le Mont-Saint-Michel. Je m'étais bien gardé de les décoller, elles me faisaient honneur. Malheureusement, Rosalie n'était pas très étanche. Par temps de pluie, valait mieux la laisser au garage. C'est-à-dire sous le grand sapin noir, là-bas, qui, pour la protéger, écartait ses pans. Il l'avait prise en sympathie.

Elle me transportait de la maison à mes chantiers. Elle ne craignait pas les égratignures. Dedans, j'entassais mes outils, ma tronçonneuse, mes bottes. Le dimanche, nous allions en promenade sur les rives du Donau ; ou bien en montagne, jusqu'à la frontière tchèque. On évitait les grandes villes qui nous faisaient peur, on préférait les petits chemins.

Et puis, tout à coup, elle s'est mise à être dépensière. J'ai dû remplacer la batterie, les freins, les bougies, les pneumatiques. Insatiable, qu'elle était devenue. Tantôt une chose, tantôt une autre. Tout mon budget y passait. Moi, je faisais des sacrifices, me disant : « Peut-être qu'elle sera satisfaite un moment. Qu'elle comprendra que je ne suis pas le baron de Barrat ! » Mais elle s'est refusée à changer de politique.

Le plancher était recouvert d'une bonne épaisseur de terre que j'y avais transportée avec mes instruments et mes bottes. Comment faire autrement ? Sans doute, de loin en loin, j'aurais dû la curer, comme une écurie. Je renvoyais sans cesse : au printemps, à l'été, à l'automne... Ça ne gênait personne. Or un jour je m'aperçois que ce plancher était devenu vert : du gazon y avait poussé. Rosalie restait de longues heures en attente dans les clairières, aux carrefours forestiers ; rien d'étonnant qu'elle eût accueilli les semences qui volent. Elles y avaient germé et prospéré. Seulement, moi, j'avais assez à faire dans les bois, à nettoyer, gratter, faucher, râteler, tourner le foin, tailler les arbres, brûler le bois mort ; me faudrait-il en outre raser le gazon de Rosalie ? C'était trop. Nous nous sommes quittés.

Tiens, voici que nous avons une visite... Je ne vis pas seul : je partage ma chaumière avec Greta. *Komm her, du alte Jungfer !* Approche ! Viens saluer !... Faut dire qu'elle est parfaitement bilingue. Elle comprend tout ce que je lui dis. Seulement, quelquefois, il lui arrive d'être mal disposée ; elle fait semblant d'être sourde... Elle et moi avons un point commun : nous sommes deux célibataires endurcis. A vrai dire, Greta, ce n'est pas une chatte : c'est une vieille fille. Maniaque, attachée à ses habitudes, détestant les changements, l'agitation, les bousculades. D'habitude, les chats aiment les caresses. Elle, non. Pose-lui seulement la main sur l'échine, elle crie comme si tu l'écorchais. Non pas qu'elle se rebiffe, qu'elle essaye de mordre, de griffer ; elle te fait simplement savoir que ton contact ne l'intéresse aucunement. Avec elle, mon fameux fluide est sans effet. Si elle se comporte de même avec les matous, pas étonnant qu'elle soit restée stérile ! Nous mourrons tous les deux sans descendance. *Nicht wahr, Greta ?* Nos héritiers ne se disputeront point l'héritage. Ils ne viendront ni rire ni pleurer sur nos tombes.

Tu me diras : dans ces conditions, à quoi bon nourrir une créature si malgracieuse, qui ne se couche jamais sur tes genoux, ne te donne aucune marque d'amitié, grince comme une porte sitôt que tu la touches ? Réponse : d'abord, elle me protège des rats et des souris. Le bois en est infesté. Sans elle, il est probable que ces bestioles m'auraient depuis longtemps dévoré les oreilles, pendant mon sommeil. Spécialement certains dimanches soir où la bière m'a ramolli les jambes, où je serais dans l'incapacité de me défendre. Et puis, que veulent dire les démonstrations ? Autrefois, je te l'ai raconté, ma grand-mère, mes vieux ne m'embrassaient qu'au jour de l'an. Cela ne signifie point qu'ils manquaient d'affection pour moi. Il existe des familles où on lèche les enfants pire que des glaces à la vanille. Chez nous, ce n'était pas l'usage. Entre ma chatte et moi, c'est la même chose. Elle n'a nul besoin de mes caresses ; je n'ai nul besoin des siennes. Mais quand je rentre du bois, après une journée de plantation, trempé de pluie, saoul de fatigue, il me suffit de la trouver devant ma porte, assise sur son derrière. Elle ne sourit pas, ne prononce pas une syllabe. Simplement, elle tourne vers moi ses yeux pleins de confiance. C'est... comment dire ?... pareil que lorsque tu regardes le matin vers l'orient ; tu es sûr d'y voir le soleil se lever. Elle, Greta, est sûre de me voir revenir. Je fais partie de son univers. Peut-être bien que je suis son soleil. Est-ce que tu n'aimes pas le soleil ?... Et cependant, tu ne lui envoies pas des baisers ?

12

A Thiers, trois ou quatre ans passèrent sans histoire. Chaque année, M. Boithias m'augmentait de cinquante francs mensuels. La borne kilométrique était entièrement payée. Nous devenions gras. Nous mangions moins de lard et un peu plus d'autre chose : de la morue, du boudin, du pot-au-feu et même, de temps en temps, une poule comme le voulait Henri IV. Le dimanche, y avait souvent de la brioche aux grattons. Pour nous permettre de nager dans ce luxe, ma mère continuait de s'user les mains en frottant le linge sale des riches.

Des Bessières, nous ne recevions pas beaucoup de nouvelles. Deux ou trois lettres par an et toujours de la main de ma belle-sœur Fernande. Séraphin, lui, pratiquement ne savait pas écrire. Elles se résumaient en quelques formules invariables : *Nous allons bien... Nous espérons que pour vous il en est de même... Si vous montez à Saint-Rémy, venez nous voir...* Toujours cet hypothétique : *Si vous montez...*

Chaque fois qu'il rentrait de son ébouage, les yeux de mon père se portaient vers le dessus du buffet, là où l'on plaçait la lettre, quand il nous en tombait une. Mais quatre-vingt-dix-neuf jours sur cent, rien. Il n'insistait pas, ne posait pas de question ; il s'asseyait devant sa soupe. *Si vous montez...* Un jour, la colère le prit :

« Pourquoi qu'on n'y monterait pas exprès ? Hein ? »

Ma vieille sut tout de suite de quoi il voulait parler :

« On peut bien ! qu'elle fit. Même s'il faut payer un taxi ! »

Ils me regardèrent, comme pour me demander mon consentement. Ils savaient que dans cette situation j'étais le plus atteint, que Séraphin avait reçu mon douaire de façon illégitime. Personnellement, je ne tenais pas à revoir mon frère, ni son Européenne. Mais je ne voulus pas priver mes vieux de ce plaisir, puisque pour eux c'en était un. On choisit le 15 août qui cette année-là tombait un lundi ; ça nous donnait deux jours de vacances.

« Si par hasard ils nous invitent à coucher... » espéra mon père à voix haute, en employant lui aussi l'hypothétique.

A l'un de ses frères d'ébouage fut confiée la charge du canasson. Victor Pascal était tout excité à l'idée de revoir sa ferme, les arbres plantés de ses mains, l'ancienne genêtrière défrichée, longuement épierrée, l'étable, les meubles et tout ce qu'ils avaient laissé là-haut.

« Peut-être, suggéra ma vieille, qu'il faut leur écrire, pour annoncer notre visite. »

Et lui, les moustaches frémissantes : « Non, non, on leur fera la surprise. »

Depuis notre exil, je crois bien que Séraphin n'était descendu qu'une fois ; sa femme, pas du tout. Alors, notre montée leur serait, assurément, une fameuse surprise.

On casse la croûte en vitesse ; à l'heure convenue — une heure et demie — voici le taxi de Boyer devant la porte. Ma mère avait fait des *guenilles*, sa grande spécialité ; enveloppées dans un torchon, y en avait au moins trois kilos. On embarque : le capitaine devant, la troupe derrière. A chaque carrefour, Boyer corne de toutes ses forces avec sa poire à lavements. On sort de la ville, on attaque la route sinueuse qui grimpe à Saint-Rémy, bordée de bois et de prés. Nous traversons le bourg et prenons la descente. J'aperçois le toit des Bessières.

« C'est là ! » dit mon père, le doigt tendu — un doigt qui tremble un peu — comme si nous avions besoin de cette précision.

Deux chiens se précipitent, du fond de la cour, nous barrent le passage, hargneux, les dents découvertes. Ils ne nous connaissent pas, nous sommes pour eux des étrangers qu'il faut arrêter à tout prix. Où est donc Parpaillou ? A leurs coups de gueule, quelqu'un paraît là-bas dans l'ouverture de la porte. Séraphin, lui-même ! Dans un costume noir et une cravate qui lui donnent l'air plus céhoenne que jamais.

« Oh ! putain ! qu'il fait, pour exprimer sa surprise et sa joie. Oh ! putain !

— Appelle tes chiens ! » crie ma mère.

Et le voilà en dialogue avec eux, les traitant de saloperies et de fumiers, les poursuivant à travers la cour, comme s'ils jouaient ensemble aux gendarmes et aux voleurs, nous ayant oubliés complètement derrière la barrière. Nous restons près du taxi, tout panouilles, en attendant qu'il ait terminé sa partie. Nous n'avons pas l'intention d'entrer sans sa permission.

« Va faire une chaude journée ! dit Boyer, pour nous aider à passer le temps.

— C'est la saison, dit mon père.

— Les moissons sont en retard.

— Le temps a été mauvais... »

Séraphin se décide enfin à revenir. On s'embrasse.

« Tu es en grande tenue, constate ma mère.

— Nous avons de la visite. Des amis de ma femme.

— Alors, on te dérange ?

— Ben... »

Je regarde Boyer du coin de l'œil : peut-être bien qu'on va remonter tout de suite dans sa voiture. Mais le frère se reprend :

« Ça fait rien. Entrez quand même un moment. »

On traverse la cour en file indienne, moi le dernier. Sentant notre approche, les chiens se remettent à brailler dans leur remise.

« Saloperies ! répète Séraphin.

— Où est Parpaillou ? que je demande.

— Parpaillou ?... En vadrouille. »

Je suis tout triste : il ne nous a pas sentis, il n'a pas remarqué notre visite. Lui aussi nous a oubliés. Nous voici tous les quatre à la porte de la maison, formant la queue, comme les clients à un guichet de ma Caisse d'Épargne. La Fernande paraît. Toujours aussi belle. Avec seulement un peu plus de caoutchouc qu'avant.

« Tiens ! qu'elle fait. Bonjour. »

Aussi tranquille que si elle voyait le facteur. Elle frotte légèrement ses joues contre les nôtres. Heureusement, elle a cessé de se parfumer. La pièce est bien pleine : il y a quatre invités, deux hommes, deux femmes. Celles-ci, je les reconnais : elles faisaient partie de la noce ; c'est elles qui accompagnaient la Fernande dans l'étable, pour tenir ses toilettes, au moment délicat que je t'ai raconté... Une bouffée de dégoût me remonte aux narines. Tout ce monde est encore à table, la mine rouge, les cheveux ébouriffés ; ils semblent avoir passé du bon temps, si j'en juge aux bouteilles vides ; ils sont au café. Je retrouve autour de moi chaque meuble, chaque objet. Les assiettes sur le vaisselier, avec les derniers portraits présidentiels. La poêle à châtaignes suspendue au plafond. La cheminée large et confortable, où la grand-mère Mangematin tenait salon. Les rideaux du lit-alcôve. L'escalier qui monte à la chambre. La pendule manchote avec la seule aiguille des heures.

Séraphin a encore disparu : il rassemble toutes les chaises disponibles ; il reparaît les bras chargés. Comme la table est occupée, il nous installe derrière les autres, en double file.

« Vous auriez dû nous avertir ! » reproche la casériaude.

Et ma mère : « Non, non, on voulait pas vous déranger. »

Au milieu de ces étrangers, dans la maison qui a été si longtemps la sienne, elle semble tout à coup bizarrement timide. Mon vieux a quitté sa casquette comme à l'église. Moi, j'inspecte des yeux, sans rien dire.

« Vous prendrez bien un café avec nous ?

— Si vous voulez... Peut-être vaudrait mieux qu'on revienne un autre jour ?

— Mais non, mais non. Puisque vous êtes là ! Il reste juste un petit morceau de gâteau. Je vais le partager en trois. »

C'est un gâteau de pâtissier, avec une énorme épaisseur de sucre, de crème, d'amandes. A moi, il me plaît tout de suite. Mais mon vieux semble effrayé. Il lève une main :

« Pas pour moi, s'il vous plaît. Ça me ressemble que je l'aimerais pas.

— Lui, les pâtisseries... explique ma mère. Mais j'ai apporté des guenilles.

— Des guenilles ? répètent les invités, avec des cris de joie.

— Je les ai faites ce matin, elles sont encore chaudes. »

On écarte les bouteilles vides, on fait une place au milieu de la table : elle y pose sa serviette, défait les nœuds. Les guenilles paraissent, dorées, poudrées, triomphantes. Les invités, pourtant bourrés déjà, se jettent dessus pire que des chacals.

« Alors, vous ne voulez pas de gâteau ? dit l'Européenne, en étendant à nous trois le point de vue de Victor Pascal.

— Non, non, confirme ma vieille. Merci bien. On se lève juste de table.

— J'insiste pas. »

Elle n'insiste pas. Elle nous fait signe seulement de prendre notre part de guenilles. Et mon vieux :

« On les a portées pour vous. »

Je fais donc tintin de gâteau et de guenilles, tandis que les autres s'empiffrent. Victor a quand même pitié de moi :

« Toi, tu peux bien... si tu veux. »

Je ne me le fais pas répéter. A chacune que j'avale, je me dis : « Autant de récupéré sur mon douaire. » Les étrangers ont repris leur conversation. Un couple travaille dans l'hôtellerie ; il « fait les saisons », à Vichy, à Nice, à La Bourboule ; ils racontent leur vie et leurs miracles. L'autre, moins bavard, se contente d'entretenir le feu de la conversation, d'y jeter de temps en temps une bûchette : « Ah oui ?... Tenez !... Y a quand même du drôle de monde... » Ça suffit pour faire repartir la flamme. Fernande rappelle qu'elle aussi a servi autrefois dans les hôtels ; à celui de l'Europe où elle a connu Séraphin ; mais auparavant à l'hôtel de l'Aigle d'Or, qui est le plus beau de Thiers :

« Vous pouvez pas savoir le monde qu'on recevait ! Des Anglais, des Suisses, des Allemands ! Et le patron leur répondait dans leur langue : *yes, yes... ja, ja...* Si j'y étais restée, sûr que j'aurais appris un peu moi aussi ! »

Le triple couillon de Séraphin la regarde avec extase. Une femme qui sait dire *yes-yes*, et *ja-ja*, aux Bessières, ça lui est d'un grand secours ! Il rit avec les autres. Et il répète après eux : « Y a quand même du drôle de monde. » D'un air convaincu. Les parleries continuent bon train. Mon père se tait, les mains sur les genoux ; il a remis sa casquette sur son crâne, mais très en arrière ; si bien qu'il reste découvert à moitié. Ma mère se tait aussi, sourit de temps en temps, hoche la tête. Moi, je bouffe des guenilles. Personne ne nous pose de questions ; ça nous évite de répondre ; et je peux avoir la bouche pleine, y a pas d'inconvénient.

On est resté comme ça je ne sais combien de temps, peut-être une heure, peut-être deux. Les autres ont tout de même fini par se lever, l'un après l'autre, pour se dégourdir les jambes. A un moment donné, nous nous sommes trouvés seuls tous les cinq, les Pascal. Mon vieux a senti qu'il devait dire une politesse ; il s'est raclé la gorge :

« Et alors, qu'il a demandé, ça va, vous autres ? »

Et Séraphin : « On se plaint pas.

— Vous avez ramassé beaucoup de foin ?

— Passablement.

— Y aura des pommes de terre ?

— Ça se pourrait.

— Combien que vous avez de vaches ?

— Six.

— Toujours six ?

— Oui, toujours six. »

Après ça, chacun a calculé ce qu'il pourrait bien ajouter. La casériaude a pris la parole à son tour :

« Vous avez bonne mine tous les trois. L'air de Thiers doit vous convenir... Je trouve que Baptiste a bien grandi. C'est un homme, à présent ! Et il a de la chance d'avoir une bonne place ! La paye qui tombe chaque fin de mois ! Pas comme nous, pauvres malheureux !... Fais bien attention de la conserver ! »

Oui, l'air de Thiers nous convenait parfaitement ; surtout celui de la rue de la Prison. Et j'ai goûté comme il le méritait son précieux conseil.

Puis les quatre autres sont revenus ; ils ont raconté encore quelques bonnes histoires qui nous ont fait crever de rire. A un moment donné, Victor Pascal a éprouvé lui aussi le besoin de se déraidir les genoux, il s'est levé. La casériaude a immédiatement interprété ce mouvement comme un signal de départ.

« Vous voulez pas rester à souper avec nous ? »

J'aime énormément ce genre de question exprimée à la forme négative. Sans avoir étudié la grammaire, ma vieille a compris ce qu'elle voulait dire :

« Non, non, on veut pas vous déranger davantage. Vous êtes déjà assez nombreux.

— On se serrera. »

Il n'en aurait pas fallu beaucoup pour la fléchir, et mon père non plus. Ils ont attendu tous deux un grain d'insistance. L'autre a flairé le risque : elle s'est bien gardée de le laisser tomber ; Séraphin n'a rien ajouté non plus.

« On a dit au chauffeur de nous attendre... » a précisé le vieux.

Ce n'était pas sans remède. Fernande a fait semblant de croire que si :

« Dans ce cas... Quand est-ce que vous remonterez ? Nous, on peut guère descendre, faut nous excuser...

— Oui, vous avez les bêtes... »

Ce n'était pas sans remède non plus.

Boyer nous a ramenés rue Mancel-Chabot. La ville paraissait à peu près vide. Il devait y avoir foule sur les rives de la Dore, dans les restaurants, dans les bals. C'était la mi-août.

On a allumé tout de suite le poste de T.S.F. Heureusement, il y avait de l'accordéon.

13

Ma mère trouvait idiot qu'on donne de l'argent pour aller pleurer au théâtre ou au cinéma. Au cours de l'hiver 1933, il nous vint une belle occasion de pleurer gratis.

L'hiver à Thiers est une chose spéciale. Les rues y sont presque toutes en pente ; la neige tassée les transforme en dangereuses patinoires. Pour y marcher sans trop de risques, crucifix ! il te faudrait un parachute. Alors, inévitablement, une fois ou l'autre, tu t'envoies le derrière sur la glace. C'est un spectacle gratuit que les Thiernois s'offrent les uns aux autres. Certains vident leur cendrier au milieu de la chaussée : les poubelles du père Pascal s'en trouvaient allégées. Il mettait des crampons aux fers de son cheval, et faisait sa tournée quand même.

Je t'ai dit que la bête logeait rue du Transvaal. A côté de l'écurie se trouvait la remise du tombereau. Le matin, mon père quittait la maison le premier ; en me levant, je voyais sur la table le bol où il avait mangé sa soupe, la cuiller dedans, les flancs intérieurs teintés de rose par le vin qu'il y ajoutait.

Ce jour-là, il était parti comme d'habitude. Il avait donné au canasson la mesure d'avoine, la fourchée de foin, le seau d'eau habituels. Il l'avait habillé de son harnais. Dehors, le dégel avait enlevé la plus grosse partie de la neige ; les sabots du cheval claquaient sur le pavé. Ensemble, ils étaient entrés dans la remise, et mon vieux l'avait, une fois de plus, poussé en marche arrière entre les brancards. Cette scène, je ne l'ai pas vue ; mais je me la suis représentée ensuite tant de fois que c'est tout comme. C'était une bonne grosse bête, docile, pas énervée, plutôt somnolente ; ils étaient bien accoutumés l'un à l'autre.

Lui était au fond de la remise, derrière le tombereau, occupé à charger sa pelle, son balai, à vérifier si la ridelle était bien fixée, à allumer sa lanterne ; à sept heures du matin il ne faisait pas encore jour. A ce moment, quelque chose s'est produit que j'ignore. Moi, je pense à une motocyclette ; à une voiture qui est passée par là, a tourné ses phares éblouissants en direction du cheval. Ce grand fracas ou cette grande lumière ont effrayé la bête : elle a reculé brusquement, mon vieux s'est trouvé coincé entre le tombereau et le mur. Une heure après, le jour s'est levé ; les portes étaient toujours ouvertes, le cheval attelé aux brancards. Les voisins ont dû se dire : « Pascal est en retard, ce matin, pour commencer sa tournée. » Comme rien ne bougeait dans la remise, ça a fini par intriguer.

A midi, je suis revenu de ma Caisse d'Épargne. Devant notre porte, La Montagne m'attendait :

« Y a personne chez vous. Votre père a eu un accident. On l'a transporté à l'hôpital. Venez manger une bouchée ; vous irez le voir ensuite. »

La nouvelle m'a coupé l'appétit. Je remercie notre voisine, je cours à l'hôpital qui n'était qu'à deux pas. Quand il trouvait en ville une ancienne connaissance de Saint-Rémy, Victor Pascal avait coutume de dire :

« Dans cette rue, y a trois maisons qui m'appartiennent : l'hôpital, la prison et notre local. Je suis pas embarrassé ! »

C'était la première fois que j'entrais dans cet hôpital-hospice. J'ai traversé la cour pleine de vieux et de vieilles, goitreux, tousseux, baveux ; ils me regardaient passer, moi, en pleine jeunesse ; je lisais dans leurs regards qu'ils se sentaient victimes d'une injustice affreuse et sans appel. J'ai eu l'occasion de voir des yeux de prisonniers ; j'ai été prisonnier moi-même. Ce n'est pas la même chose. Tu y lis de la rage, le désir de la vengeance ou de la revanche, mais toujours l'espoir d'une libération plus ou moins proche. Chez ces vieillards, aucune espérance. Rien qu'une glaciale résignation, avec, de temps en temps, une étincelle de folie. Quelquefois, le désir éperdu de te retenir, d'obtenir de toi une marque d'intérêt : « Au secours ! Au secours !... Arrête-toi dix minutes !... Parle-moi ! Laisse-moi te parler !... » Mais tu passes ; tu n'as pas le temps ; tu as autre chose à faire. Tu as ton angoisse aussi, qu'ils ne soupçonnent point.

Et à présent, moi qui te raconte, je les ai presque rejoints. Bientôt, à mon tour je m'en irai baver et grelotter au soleil, sur le banc d'un asile pour vieillards, à l'*Altersheim* de Straubing ou d'ailleurs ; moi aussi je regarderai avec envie passer les visiteurs bien portants, je les appellerai des yeux.

Pardonne-moi cette pensée qui m'a écarté de mon récit. Donc, ce jour-là, je traverse la cour, je rencontre une religieuse, je lui explique mon affaire :

« Montez au premier étage. Salle Saint-Vincent. »

J'ai gardé dans les narines l'odeur funèbre de la maison. De ce genre de maison. Ça sent je ne sais quoi : l'éther, le dépotoir, la soupe fermentée ; à croire qu'ils y font des tisanes avec des chrysanthèmes pourris. Et ces sœurs, toutes vêtues de blanc, des ailes sur la tête ! Une délégation d'anges-croque-morts venus prendre livraison des âmes disponibles ! Quand elles marchent, le rosaire de leur ceinture fait un petit bruit d'osselets. Des anges souvent malgracieux, qui rabrouent malades et visiteurs, s'étonnent qu'on ait peur de la mort, qu'on montre si peu d'empressement à rejoindre dans son paradis le Grand Chef Chevelu.

J'arrivais à l'heure du déjeuner. Il y avait un remue-ménage de chariots, de louches, d'assiettes, de marmites, de bouteilles. On me poussait par-derrière, on me refoulait par-devant :

« Pardon !... Attention s'il vous plaît !... »

Le moment était mal choisi. En principe, les visites ne commençaient qu'à partir de treize heures ; c'est par privilège que j'étais admis plus tôt. La salle Saint-Vincent était une vaste chambrée ; trente ou quarante lits s'y entassaient, non seulement sur les côtés, mais au milieu, occupés par des hommes de tous âges, certains jaunes, décharnés, d'autres roses et frais, presque guéris. Je les passe tous en revue, dans un sens, dans l'autre, sans reconnaître mon père, sans apercevoir ma mère. A la fin, je m'adresse à une de ces femmes qui servent le bouillon :

« Là-bas... au fond ! Dans le premier box. »

Une sorte d'aquarium, en verre dépoli. Ma vieille est là en effet, assise près du lit. Elle me regarde sans un mot. Elle tient à la main un mouchoir rouge de sang, avec lequel, de temps en temps, elle lui essuie la bouche. Il est couché dans le lit étroit, les yeux fermés. Il porte la chemise blanche fournie par l'auberge. Je pense : « Il dort, tant mieux. » J'ai souvent entendu dire que le sommeil est un bon remède. Je demande ce qui est arrivé. Elle me l'explique à voix basse. Non seulement il dort, mais il ronfle ; c'est vraiment très rassurant.

« Est-ce qu'il t'a vue ? Est-ce qu'il t'a parlé ? »

Elle me fait signe de me taire ; elle craint que je ne le réveille. Il a de temps en temps un hoquet ; une écume pourpre suinte sous sa moustache ; tu dirais du vin en ébullition. Nous restons là des heures, immobiles, muets, les yeux rivés à cette face terreuse. Ses vêtements sont amoncelés en pagaille sur une chaise ; ils ont l'odeur du cheval et des cendres. Parfois, le battant s'ouvre derrière nous ; un ange-croque-mort passe la tête, regarde, s'en va sans prononcer un mot. « Non, non, que je dis en moi-même à la visiteuse, il n'est pas à point. » Je ricane. Je suis content que ce ne soit pas très grave, puisqu'il dort si profondément.

« Tu as mangé quelque chose ? chuchote ma mère.

— Non, je suis venu tout de suite.
— Tu dois avoir faim ?
— Et toi ?
— Moi, non.
— Moi non plus. »

Je mens. Depuis assez longtemps j'éprouve des tiraillements d'estomac ; mais de quoi aurais-je l'air si je l'avouais ? Je peux bien supporter ça ; qu'est-ce que mes tiraillements, près de ce qu'il supporte, lui ?

Le temps s'écoule : mon père dort toujours. Il ronfle comme un sonneur. Je demande :

« Tu trouves pas qu'il dort longtemps ? »

Et elle : « Ça lui fait du bien. Ça le repose. Ça le guérit. »

Les jours sont courts en cette saison ; la pièce s'assombrit peu à peu. A travers la mince séparation nous parviennent les bruits de la salle. On distribue le café au lait ; personne ne vient nous en proposer. On allume les lampes ; la lumière traverse nos vitres. Puis le médecin commence sa tournée ; je perçois des bouts de dialogue. Va-t-il nous oublier également ? Mais non, le voici. Il grogne une vague salutation. Il se penche sur le blessé, lui soulève une paupière ; ainsi font à la foire les marchands de vaches ; il lui prend le poignet, regarde sa montre ; nos yeux suivent chacun de ses gestes. Quand il semble avoir terminé :

« Comment qu'il va ? interroge ma mère. Qu'est-ce que vous en pensez, Monsieur le Docteur ? »

Et lui : « Vous savez... Hum, hum... Après l'accident qu'il a eu... Je sais pas si vous... remachelemonoboncouchuremachourre... hum hum... »

Il coupe la communication et sort, sans ajouter d'autres détails. Nous nous regardons avec surprise :

« Tu as compris sa réponse ? qu'elle fait.
— Je sais pas si vous... remachele... remachourre...
— Qu'est-ce que ça veut dire ?
— Je me le demande.
— Peut-être c'est un étranger ?
— Non, je crois pas. Seulement, il prononce mal.
— On aurait dû lui faire répéter.
— Pas eu le temps. »

Nous reprenons notre veillée. Mon estomac s'agite. Honteusement, je finis par avouer :

« Je crois bien que j'ai un peu faim. »

Elle m'engage à retourner à la maison, à manger, à revenir ensuite si je veux. La cuisine froide est sinistre. Sur la table, des pommes de terre pelées, au milieu de leurs épluchures, un couteau par-dessus, telles que ma mère les a laissées lorsqu'on est venu l'avertir. Je cherche dans le placard, je trouve des restes que je dévore. Je prends deux morceaux de sucre comme dessert ; je repars en emportant du fromage et du pain pour ma vieille. Maintenant, il fait nuit. Quand de nouveau je traverse la salle Saint-Vincent, je trouve tous les pensionnaires occupés à mastiquer. Rien n'a changé dans le box. Je tends le paquet à ma mère ; elle le pose sur la table de nuit. Victor Pascal dort toujours à poings fermés. Ça devient surprenant.

« Et si on essayait de le réveiller ? que je propose.

— Tu crois ?

— Faudrait bien qu'il mange, qu'il boive quelque chose. Il a assez dormi. »

Elle lui prend la main, la soulève, la repose sur le drap. Elle le secoue légèrement par une épaule. En même temps, elle l'appelle, lui parle en son patois :

« Vieux ! Oh vieux ! Réveille-toi un peu ! Tu te rendormiras ensuite... Vieux ! Oh vieux... ! »

Le seul résultat est une gorgée de mousse rouge plus abondante qui lui remonte à la moustache.

Cette fois, nous avons compris. Nous voilà tous deux penchés sur ce sommeil mortel dont rien ne peut le tirer. Au bout d'un moment, elle s'écarte, se couvre la figure de ses mains et se met à pleurer ; elle s'était retenue longtemps ; maintenant les larmes et les sanglots s'échappent d'elle en tempête, malgré ses efforts pour ne pas faire trop de bruit. La contagion, le chagrin : je pleure aussi. Lui continue ses ronflements. Elle se met à lui faire doucement des reproches :

« Tu vas pas nous laisser, dis ?... Tu vas pas nous faire ça ?... Qu'est-ce que je deviendrais, toute seule, dans cette ville ?... Ah ! si encore nous étions restés aux Bessières ! Jamais tu aurais dû nous amener ici. D'abord tu aurais pas eu cet accident... Là-haut, on était contents, tous ensemble. Et maintenant te voilà... Tu m'entends même pas... moi, pauvre malheureuse... Et ton garçon, tu y penses ?... Il est encore bien jeune, il a besoin de toi... Non, t'aurais pas dû ! T'aurais pas dû !... »

Je compte toutes les circonstances qu'il a fallu pour provoquer cet accident : la venu de la casériaude à Saint-Rémy ; le mariage de Séraphin ; notre expulsion de la ferme, pire que des galeux ; mon douaire confisqué ; l'oncle Mangematin qui trouve cette place à l'ébouage ; le canasson domicilié rue du Transvaal ; la motocyclette qui lui fait peur... Si une seule avait manqué à la chaîne, rien ne se serait produit.

Je ne sais comment nous avons passé cette nuit-là. Je suis vraiment incapable de le dire. Le petit jour a blanchi la croisée ; nous nous sommes regardés, ma mère et moi, surpris de nous trouver enfermés dans ce bocal. Une infirmière est venue faire une piqûre à mon père. Ses ronflements avaient cessé.

« Est-ce qu'il va mieux ? »

Elle est partie sans nous répondre. Il est mort deux heures après. C'était le 6 décembre 1933. Séraphin et sa femme sont descendus pour l'enterrement.

Comme il s'agissait d'un accident du travail, la municipalité a versé à la veuve une pension de deux cents francs mensuels, payables par trimestres. Quelque temps après, nous avons été convoqués à Saint-Rémy dans l'étude de Me Fédit, notaire, en vue de régler le partage. Je me croyais menteur ; mais ce jour-là, j'ai trouvé plus menteur que moi, en la personne de l'Européenne. A l'en croire, au moment de notre expulsion, le cheptel de la ferme comprenait en tout et pour tout deux vaches quasi centenaires. Moi, je savais qu'il y en avait six, plus quatre chèvres et douze moutons, sans parler des poules, des pigeons, des lapins. Comme Séraphin se taisait, je me suis tourné vers lui :

« Et toi, parle ! Tu le sais bien qu'il y avait six vaches !

— Je me rappelle pas. Mais je pense que ma femme a raison : y en avait deux.

— Et les autres ?

— Quelles autres ?

— Les quatre autres ? Nous pouvions vivre, avec deux vaches, à quatre, cinq personnes, du temps de la grand-mère ?

— Les autres, est intervenue la casériaude, mon beau-père les avait vendues avant son départ.

— A qui ?

— A un boucher de Clermont, ou de Vichy, ou de Thiers. Et il a emporté l'argent... »

Le notaire avait l'air très embarrassé. Ma mère écoutait la discussion sans réagir ; la mort de son vieux l'avait métamorphosée ; autrefois, pour une épingle tournée de travers, elle se serait échauffée comme une diablesse ; à présent, les impostures de l'Européenne la laissaient indifférente. Me Fédit l'a interrogée :

« De toute manière, vous, madame Pascal, vous n'héritez pas. Comme vous étiez mariés sans contrat c'est le quart seulement des biens qui est ici en question. Mais vous savez, n'est-ce pas, de quoi se composait le cheptel ? Vous vous en souvenez ?

— Ça n'a pas d'importance.

— Comment, ça n'a pas d'importance ! Il s'agit de défendre la justice ! Il s'agit des intérêts de vos enfants !

— Mon homme avait voulu favoriser Séraphin. C'est à cause de ça que nous étions partis.

— Le favoriser ? Pour quelle raison ?

— Pour des raisons à lui. Y a pas à revenir là-dessus. Alors, monsieur Fédit, inscrivez ce qu'ils vous disent. C'est tout.

— C'est tout ?

— Oui, c'est tout. »

J'avais envie de crier « Et mon douaire ? Voilà comment tu le défends ? » Mais soudain moi aussi j'ai perdu absolument tout intérêt pour ce putain de douaire ; soudain j'ai compris comme elle, j'ai senti comme elle. Me Fédit ne semblait guère satisfait ; ces gens-là aiment les affaires compliquées, les témoignages, les expertises, le papier timbré ; ils en vivent. On a donc capitulé. On a accepté toutes les conditions de la casériaude. Elle a quand même réussi à relever la crête et à faire la généreuse :

« Après tout, on vous fait pas tort ! Et tout ce que vous avez emporté en partant, le linge, la vaisselle, l'argent et le reste que j'ignore ? Et la pension que vous recevez ! Est-ce qu'on vous demande de la partager ? »

Nous avons signé. Il a été convenu que mon frère et ma belle-sœur me devaient la somme de 8 536 F. Pas un centime de plus, pas un de moins. Qu'ils la verseraient entre les mains de Me Fédit. Que je pourrais la toucher à ma majorité, dans trois ans.

C'est ainsi que tout a été réglé. Nous nous sommes dit au revoir devant la porte de l'étude. Nous ne nous sommes plus jamais revus.

Rue de la Prison, il a fallu changer nos habitudes. La cuisine, qui auparavant semblait trop petite, était tout à coup devenue trop grande. Le poste de T.S.F. se taisait. Depuis le jour de l'enterrement, ni Florel ni les voisines ne s'étaient montrés. Ce tête-à-tête devait durer... attends que je compte... sept ans... non, six et deux mois... jusqu'en janvier 40. Par faveur spéciale de ma vieille, j'avais obtenu l'autorisation de garder les sabots de Victor Pascal ; je les hébergeais dans ma chambre. Quand les gens ont passé toute la journée dans leurs souliers, le soir, ils sont contents de rentrer chez eux ; pour mettre leurs orteils à l'aise, ils enfilent des pantoufles. Lui, lorsqu'il quittait ses godillots d'éboueur municipal, c'était pour s'installer dans ses sabots. Ils faisaient partie de son domicile ; ils en étaient le centre, le coin le plus douillet. Ce n'était pourtant que deux blocs de peuplier teints de noir, ornés d'encoches arrondies qui dessinaient des festons ; seule la panoufle était jaune, ce qui leur conférait un air de grand luxe. Il les avait achetés à Palladuc où l'on trouve les meilleurs sabotiers du département. Il les cirait, les chouchoutait, comme s'ils avaient été irremplaçables ; pour qu'ils durent, il en avait protégé la semelle avec des bandes de caoutchouc découpées dans un vieux pneu ; il aimait aussi que l'intérieur fût capitonné d'un peu de foin. Chacun pesait au moins trois kilos.

Pour s'accrocher de tels boulets aux pieds, fallait être un bougre d'homme !

Je les avais placés au pied de la fausse cheminée qui faisait la gloire de ma chambre ; ils avaient l'air d'attendre le père Noël. En me levant, la première chose que je voyais, c'était eux. Je leur disais bonjour. Avant de partir, je leur passais la main sur l'échine. Ensuite, naturellement, la besogne quotidienne m'occupait l'esprit, je les oubliais ; mais au retour, j'avais plaisir à les retrouver. Je leur rendais des comptes. « Aujourd'hui, j'ai fait ci... j'ai fait ça... J'ai vu Untel... » Je leur racontais les nouvelles. Lorsque je me trouvais dans l'embarras, je leur demandais conseil ; et je peux dire que je me suis toujours bien trouvé des inspirations qui m'en venaient.

A présent, j'avais en effet des problèmes ; j'étais devenu quelqu'un. Quand il avait appris la mort accidentelle de mon père, M. Boithias m'avait fait appeler. Après les condoléances :

« Je pense, avait-il dit, que le moment est venu pour vous de quitter votre placard. Pommerette vous tient en haute estime, je le sais ; mais je crois que vous méritez mieux. Vous vous rappelez le petit examen que je vous ai fait subir quand vous êtes entré chez nous ?... C'est que j'avais derrière la tête mon idée. Vous avez maintenant dix-huit ans passés. Que diriez-vous d'un emploi aux écritures ?

— Aux écritures, Monsieur le Directeur ?

— Vous comptez juste, vous avez l'air intelligent ; je peux très bien vous utiliser dans la tenue de nos livres. Est-ce que ça vous plairait ? »

Il demande si ça me plaisait ! Cette salle où le public apporte ses économies, est-ce que j'aimerais en connaître autre chose que le plancher ? Est-ce que je tiens absolument à laver les vitres une fois par quinzaine ? A secouer le cendrier de la chaudière matin, midi et soir ? A sortir deux heures après les gratte-papier ? Voilà qui exige réflexion, assurément ! J'ai toutefois un scrupule :

« Et M. Pommerette ? Il va se retrouver seul ?

— Soyez sans crainte, on vous remplacera dès que possible. »

Je fis donc mes adieux à Poids-Plume. L'événement n'eut pas l'air de le surprendre :

« Je te regretterai, qu'il avoua. On s'entendait bien, nous deux. Mais je suis content de ce qui t'arrive. Forcément, toujours fourré dans les bouquins, t'as trop d'instruction pour passer toute ta vie à pousser une brouette. »

Le dernier soir, après mon dernier balayage, nous avons marché ensemble lentement dans les rues enneigées. Il est entré dans des confidences inattendues :

« Notre séparation, ça me rappelle mon divorce.

— Nous nous rencontrerons tous les jours.

— Oui, mais nous serons plus ensemble. Te voilà comme qui dirait parmi les sous-offs. Moi, je reste deuxième classe. Ma femme m'a quitté, justement pour vivre avec un sergent. Elle était pas gaie, à la conciliation. « Baptiste, qu'elle m'a dit, je regrette ce que je te fais. Je le regrette sincèrement. Mais je peux pas m'en empêcher... » Et en effet, elle avait l'air toute triste en disant non au juge. Presque les larmes aux yeux. Mais je suis bien tranquille, sitôt dehors, elle n'a plus pensé à moi. Toi, ça sera la même chose. »

Un peu plus loin, on s'est serré la main. Et pour la dernière fois, il m'a crié :

« Si tu vois le bossu...

— J'y dirai qu'il se redresse. »

Le lendemain, je suis donc entré au service des comptes. Je connaissais le principe des caisses d'épargne, les intérêts composés, et tout ça. On me l'a quand même expliqué en détail.

Mon travail consistait à transcrire sur un grand registre toutes les opérations journalières, entrées et sorties, et à les additionner. Je ne sais si tu te rends compte de la variété, de la saveur, de la poésie qu'il y a là-dedans ! Il m'était recommandé de compter au moins deux fois chaque colonne, une en descendant, une en remontant. Au début, j'employais la technique enseignée par M. Saint-Joanis : 8 et 5 : 13 — 13 et 4 : 17 — 17 et 9 : 26 — 26 et 8 : 34 — 34 et 7 : 41, ainsi de suite. Mais le doyen des employés, M. Soucille, m'expliqua que ce n'était pas la bonne méthode :

« Tu as par exemple à additionner la série 8 + 5 + 4. Tu ne dois pas dire 8 et 5 : 13 — 13 et 4 : 17. C'est beaucoup trop long. Il te faut supprimer les étapes intermédiaires. Dans ta bouche ou dans ta tête, tu prononces uniquement les résultats : 8... 13... 17. Comprends-tu ? Au début, ça paraît un peu difficile. Mais avec l'entraînement, tu y arriveras. »

Ainsi encouragé, j'y suis arrivé en effet, et ça m'a gagné de précieuses secondes que j'employais à compter d'autres colonnes.

Ma vie désormais a été faite de colonnes. De colonnes, de colonnes. Je les passais en revue, comme un général, du même pas rapide et régulier, sans hoquet, sans marche arrière. 8... 13... 17... 26... 34... 41... 50... 59... 68... 76... 82... 84... 90... Quand j'arrivais au fond, je disais : « Je pose 2 et je retiens 43... » Des retenues formidables ! Jusqu'à 80... 95... Hop ! Je remontais en haut, et ça repartait : 43... 51... 52... 59... 64... 67... 74... 82... 91... Ainsi de suite. Jusque-là, j'avais dormi au milieu des puces et des punaises. Maintenant, je couchais au milieu des nombres. C'était pire. Ils remplissaient ma chambre. Ils grouillaient sur le plancher, sur les chaises, sur mes vêtements, sur mon lit, avec leurs pattes crochues impossibles à compter. En colonne par deux, par quatre, par six. Ou bien en troupeaux, en marées qui remontaient et descendaient.

D'autres fois, j'avais l'impression de me gorger le jour de chiffres. Et sitôt éteinte la lumière électrique, ils me ressortaient du corps par tous les trous, se bousculant, comme des fourmis qui abandonnent leur fourmilière. Je sentais leur chatouillement sur ma peau ; ça durait des heures, tellement j'en avais emmagasiné.

Pour les neutraliser, j'essayais de lire un moment dans mon lit. Alors, il se passait ceci : les lettres se transformaient en chiffres, les lignes en colonnes, et je comptais horizontalement. Il existe des poudres qui tuent les puces. Aurait fallu un insecticide pour me débarrasser de mes parasites à moi.

14

L'année suivante, il y eut le renouvellement de la municipalité. Je n'avais pas encore l'âge de voter ; mais je m'intéressais quand même à la politique. Dans les discussions, malgré ma condition de bureaucrate, je m'étais mis à dire : « ... l'ouvrier... », comme faisait mon vieux. A la Caisse d'Épargne, les aligneurs de chiffres se tenaient plutôt cois ; il n'était pas bon pour eux d'exprimer des opinions contraires, par exemple, à celles de M. Boithias. En revanche, dans mon quartier, les hommes que je fréquentais, jeunes ou vieux, étaient tous rouges comme des écureuils. Eux aussi proclamaient leur volonté de déquiller ce calotin de Chatillon et d'élire à sa place un maire favorable aux petits.

Entre la liste sortante et celle d'Antonin Montel, chef de file de l'opposition, la lutte fut sans quartier. Les deux programmes plongèrent les électeurs dans une grande perplexité, car ils étaient aussi éblouissants l'un que l'autre. Les candidats eurent donc recours aux arguments personnels ; ils se jetèrent réciproquement à la figure leur passé, leurs amis, leurs relations, leur femme, leur métier, leurs poids et mesures, leur âge, ce qu'ils mangeaient et buvaient quotidiennement, ainsi de suite. Des affiches les montrèrent l'un sur les épaules du capitalisme international, reconnaissable à sa bedaine et son cigare ; l'autre porté en triomphe par les bolcheviques, bardés de marteaux et de faucilles. Dans les rues, on se battit à coups de drapeaux rouges et multicolores. Ma mère me recommandait :

« Toi, ne te mêle pas à ces diableries si tu veux conserver ta place. »

Mais je nourrissais contre cette municipalité un grief personnel :

je me rappelais que mon père avait été écrasé par un cheval *municipal*, alors qu'il se préparait à commencer une besogne *municipale*, pour toucher un misérable salaire *municipal*. Je la rendais responsable de sa fin. Je ne pouvais donc qu'être favorable au changement. Je me laissai embrigader dans des groupes qui refusaient avec indignation le vin blanc et n'acceptaient que le rouge ; déchiraient les affiches des sortants ; s'en allaient crier le soir sous la fenêtre de Chatillon : « A bas la calotte ! Vive la sociale ! »

« Je crois que tu es complètement fou ! me reprochait ma vieille. Quand tu te seras fait mettre à la porte, est-ce que tes jolis copains te procureront du travail ? Heureusement, tiens, que ton père a fermé les yeux, et qu'il ne peut pas voir ça ! »

Je l'aurais bien étonnée si je lui avais dit que c'était justement à cause de mon père que je me donnais tant de mal.

Vint le jour du scrutin. Ce fut pour tout le monde une journée fiévreuse. La grande salle du conseil était déjà bourrée lorsque M. Chatillon proclama, à six heures pétantes, la clôture du scrutin. J'avais été entraîné là par des révolutionnaires ardents qui m'avaient recommandé :

« Ne te sauve pas avant la fin du dépouillement. On aura besoin de toi.

— Pour quoi faire ?

— Pour chanter.

— Chanter quoi ?

— Tu feras seulement comme nous. Même air, mêmes paroles. Tu verras : c'est tout simple. »

Je me dis : « Ce sera l'*Internationale*. Je ne connais que les deux premiers vers. Mais je ferai semblant. »

Les scrutateurs s'installèrent, leur feuille de pointage devant eux. On commença le dépouillement. Le maire en place tint lui-même à publier le contenu des bulletins. Les cinq premiers allèrent à sa propre liste. Cela parut de bon augure à nos ennemis. Leurs visages fermés commencèrent à s'épanouir. Le sixième et le septième allèrent aussi à la liste Chatillon. Le huitième fut déclaré nul. Le neuvième nous apporta la première espérance. Je regardai Jolyfleur, notre meneur reconnu ; ouvrier charpentier de la Paillette ; capable de vous tenir un discours de deux heures sur le capital, le travail, la plus-value. Le moment venu, c'est lui qui donnerait le signal du chant révolutionnaire. Pour l'instant, il demeurait impassible, observant en silence d'où soufflait le vent. Or, entre le neuvième et le vingtième bulletin, toutes les voix sauf une se portèrent sur la liste Antonin Montel. Il ne s'agissait pas de triompher avant l'heure ; mais au cinquantième, on pouvait parler de majorité probable. Jolyfleur fit courir un mot d'ordre : « Attendons le centième. » Là-bas, M. Chatillon devenait de plus en plus pâle. La centième voix fut encore pour nous. Et aussi la cent unième. Alors, Jolyfleur la salua d'un retentissant :

« Dans le cul ! »

Il y eut des rires, des protestations. Le maire dépossédé fit un geste vers sa police municipale : « Faites taire ces malhonnêtes ! Ou mettez-les dehors ! » Mais la police se trouvait engluée au milieu de la foule pire que des mouches dans un pot de miel. Et la foule avait maintenant trop envie de s'amuser pour lui permettre d'intervenir. Elle se coagula autour des agents, les empêtra complètement, leur bourra même les côtes de quelques coups de coude, sans le faire exprès. Au cent deuxième bulletin :

« Liste Montel, proclama le président.

— Dans le cul ! répondit le groupe unanime de Jolyfleur.

— Liste Chatillon...

— Bravo ! Bravo !

— Liste Montel...

— Dans le cul ! »

Tel était le chant auquel ma voix devait se joindre : je me trouvais mobilisé pour crier : « Dans le cul ! » après chaque vote hostile à la municipalité sortante. C'était une obligation sacrée. Et de quel cœur je la remplissais ! Des centaines, des milliers de fois le même air, les mêmes paroles. A partir de huit heures, il y eut dans nos rangs quelques départs :

« On va manger une croûte. Puis on revient vous relayer. »

Effectivement, trois quarts d'heure après, ils étaient de retour, prêts à crier « Dans le cul ! » à nos places. Voyant la partie perdue, les chatillonards commencèrent à battre en retraite. Le président lui-même se fit remplacer. Courageusement, il resta cependant jusqu'au bout dans la salle, pour ne pas avoir l'air de fuir, mais sans illusions désormais. Bientôt, je le vis même sourire ; au fond, il n'était peut-être pas tellement fâché de ces vacances qui s'offraient à lui.

Ni ma mère ni moi n'avions le droit de vote : elle en tant que femme, moi pour motif de minorité. Quand je suis rentré ce soir-là, après la proclamation de notre victoire, je lui ai dit ma satisfaction. Et elle :

« Je ne comprends pas que tu sois content. Ce Chatillon, ce Montel, est-ce que tu les connais ?

— Je les ai vus.

— Voir et connaître... Qu'est-ce qu'il t'a fait, ce Chatillon ?

— Comment, qu'est-ce qu'il m'a fait ? C'est lui le responsable de...

— De quoi ?

— De rien. »

Elle ne voyait aucun rapport entre la mort de mon père et le maire en place au moment de l'accident. La politique, ça n'est vraiment pas l'affaire des femmes.

Antonin Montel était un ancien émouleur. Élu par les petits, il finit par plaire à la plupart des Thiernois qui aimaient son rire, ses reparties faussement naïves, ses connaissances en matière de coutellerie, sa voix éraillée. Certains prétendaient que, lorsqu'il ouvrait la bouche, ce n'était pas lui qui parlait, mais un corbeau qu'il avait recueilli tout petit et qui logeait dans l'enflure de son cou. La légende lui prête assez de mots historiques pour en composer un almanach. Je veux t'en rapporter un seul que j'ai entendu de mes oreilles.

Cet hiver-là, pour la première fois, je fis la connaissance des langues étrangères. Il nous était venu une jeune fille polonaise très blonde, qui cachait sa timidité derrière de grosses lunettes ; elle s'appelait Lydia Zamenhof. Sans savoir un mot de français, elle se proposait d'enseigner à qui le désirait l'espéranto, inventé par son père. Elle avait été invitée par un groupe d'adeptes thiernois, de *samideanoj* ; tu les reconnaissais à l'étoile verte de leur boutonnière. J'assistai à la séance inaugurale, dans une salle de la mairie déchatillonnée, en présence d'Antonin. Lydia fit un long discours incompréhensible, traduit aussitôt par le président des espérantistes. Elle disait sa joie de se trouver parmi nous, son espoir de susciter de nombreuses vocations.

Alors l'ancien émouleur fut vraiment digne de lui. Pour montrer qu'il n'était pas aussi ignorant que l'en avaient accusé les affiches adverses, que notamment les langues, outre le français et le patois, ne lui étaient pas totalement inconnues, il se tourna vers la fragile Polonaise et de sa voix rauque mais puissante croassa :

« *Tinquiou !* »

Autour de moi, se pressaient des gens instruits ; plusieurs éclatèrent de rire. Je demandai à un *samideano* :

« Qu'est-ce que ça veut dire, *tinquiou ?*

— C'est pas de l'espéranto. C'est de l'anglais.

— De l'anglais ? Pourquoi qu'il parle anglais à Lydia Zamenhof ? »

Un coutelier intervint :

« Moi, je sais. En anglais, *tinquiou*, ça veut dire merde. »

Et le *samideano* :

« Mais non ! Ça veut dire merci, *tinquiou.* »

Il y eut tout de suite deux camps ; les uns tenaient pour merde, les autres pour merci. Ils ne réussirent pas à se mettre d'accord. Personnellement je ne vois pas pourquoi Antonin Montel aurait dit merde, même en anglais, après le joli discours de la demoiselle. Je penche donc plutôt pour merci.

Un peu plus tard, je me mis tout nu devant des messieurs habillés. Ils m'examinèrent de la tête aux pieds en passant par le milieu ; ils jugèrent que je n'étais pas bon à faire un soldat, à cause d'un bruit de casserole qu'ils entendaient dans mon cœur. J'en fus plus humilié qu'inquiet. Car à présent, outre mon sobriquet de Sang-de-Chou descendu de Saint-Rémy, je méritais celui qu'on donne traditionnellement aux conscrits exemptés : couille de bois. Être traité de couille de bois ne plaît à aucun garçon de vingt ans, même si, comme c'était mon cas, il ne loge pas ses ambitions dans ce secteur. Voyant ma déception, le major me dit :

« Tu reviendras l'année prochaine. Peut-être que ça ira mieux. »

Les autres achetaient des médailles, se dépêchaient d'arroser leur promotion ; il était même obligatoire d'aller faire un tour rue Traversière. Moi je rentrai rue Mancel-Chabot.

« Eh bien ? fit ma vieille.

— Je suis une couille de bois.

— Ça veut dire que... ?

— Qu'on m'a ajourné. Les autres sont déclarés bons pour le service. Moi, bon pour la Caisse d'Épargne. »

Elle leva les yeux vers la lampe électrique : « Merci Sainte Vierge ! » Elle m'expliqua qu'elle s'en fichait bien que je fasse ou non un soldat. Surtout depuis qu'on parlait tant de guerre. La seule chose qui la tracassait, c'était mon cœur. Tiens, c'est vrai, j'y pensais plus à celui-là.

« Faudrait que tu voies un médecin. Par exemple, le docteur Berger qui t'a si bien soigné, dans le temps, quand tu avais mal à l'oreille. »

Si bien soigné ! A présent que j'y repense, je ne crois pas qu'elle perdait la mémoire. Au fond, voici très exactement ce qu'elle désirait : que je retourne chez le docteur Berger, qu'il m'examine avec soin, finisse par déclarer :

« Mon gars, je t'ai regardé de toutes les façons. Selon moi, tu n'as rien du tout. »

Et qu'il nous laisse partir sans demander un centime.

Je suis donc rentré dans le cabinet de la rue des Grammonts. Mais cette fois le médecin a changé de style. D'abord, il ne m'a plus tutoyé :

« Jeune homme, c'est exact, vous avez un souffle au cœur. Ça ne vous empêchera pas de devenir centenaire ; mais cela vous interdit les sports, le travail violent.

— Je suis chiffreur à la Caisse d'Épargne.

— Excellent ! Excellent ! Voilà ce qu'il vous faut.

— Est-ce qu'on y peut quelque chose ?

— Il faudrait opérer... aller gratter là-dedans, corriger ce qui ne va pas. C'est au-dessus de nos connaissances. Faisons confiance à la nature. Et... comme on dit à Thiers : ménagez-vous. »

C'est vrai, à Thiers, on ne se quitte pas en disant : au revoir, portez-vous bien, à la prochaine. Non : ménagez-vous. Quand je la prononçais, c'était pour moi une formule naturelle ; je ne prenais pas garde à ce qu'elle contient de sagesse. Il a fallu notre éloignement pour que je le découvre. Au revoir, *auf Wiedersehen*, ça ne signifie pas grand-chose. Mais ménagez-vous ! N'abusez ni des bonnes choses ni des mauvaises, ni du travail ni des plaisirs. Vous n'avez qu'un corps et qu'une âme ; faites durer le premier aussi longtemps que possible, puisqu'il est nécessaire à vous, à vos parents, à vos amis ; ne souillez pas irrémédiablement la seconde qui est un reflet de Dieu.

Je fis de mon mieux pour ménager mon cœur jusqu'à l'année suivante. Mais quand je repassai devant le conseil de révision, je fus ajourné une seconde fois. Ma vieille recommença ses félicitations :

« Tant mieux, tant mieux, tant mieux ! Ton père a fait sa part et la tienne : six ans soldat, en France ou à l'étranger ! Et mon pauvre frère Pierre y a laissé ses os, à Bois-Brûlé ! Alors, ça me vexe pas du tout que tu sois une couille de bois ! »

La France vivait dans une agitation permanente à cause du Front populaire. Grèves, manifestations, occupations d'usines. La grande revendication était celle des congés payés, c'est-à-dire des vacances pour tout le monde. Avant, elles étaient réservées aux riches et aux enseignants. Les maîtres couteliers et autres patrons, M. Boithias lui-même ne dérageaient pas ; payer leur personnel à ne rien faire leur paraissait monstrueux. Jolyfleur avait un raisonnement tout simple :

« Y a que celui qui ne fait rien qui est l'ennemi des congés payés. Celui qui travaille peut pas détester ça, pour lui ni pour les autres. »

Moi, je ne leur étais pas hostile. Je continuais d'aligner mes chiffres à longueur de jour, de mois, d'année : « 405... 414... 417... 425... je pose 5 et je retiens 42... » J'avais ralenti le rythme au maximum, afin de ménager mon foutu cœur. Je goûtais à peine au vin, au café, je mangeais sans sel. En 1937, troisième tentative devant la commission. Le major m'ausculte soigneusement, paraît hésiter, m'ausculte encore, puis secoue la tête :

« Vaut mieux pas. Exempté avec fascicule bleu.

— Fascicule bleu ?

— Oui. Ça veut dire : récupérable en cas de conflit. »

Ce n'est pas pour moi une consolation. Le « conflit », comme disent les autorités militaires, la guerre ne m'intéresse pas. Ce qui me plairait, c'est la caserne, la vie en groupe dans une région inconnue, l'Est, les Alpes, la mer ; les manœuvres à La Courtine, les marches, la popote en plein vent, la musique, Sambre et Meuse, les fayots blancs, l'uniforme : en un mot, le folklore. Puisque les ménagements ne servent à rien, je ne me ménagerai plus.

Ma vieille est folle de joie.

Deux bonnes années passent encore. Moi aussi, je bénéficie des congés payés. J'emmène ma mère aux Sables-d'Olonne pour qu'elle voie l'océan. On prend le train, chargés de sacs et de valises. On emporte du ravitaillement pour cinq jours. L'hôtel, on sera bien obligé d'y coucher ; mais on a la ferme intention de ne pas mettre le pied dans un restaurant. A Vichy, elle s'écrie :

« J'aurais jamais cru la France si grande ! »

La première nuit, on s'installe dans la salle d'attente de Saint-Germain-des-Fossés, remplie de militaires et de sidis. Je m'allonge sur une banquette. Ma vieille refuse de dormir, pour ne pas perdre de vue notre fourniment. Elle monte la garde, sans défaillance. Quand l'aube arrive, je mets le nez dehors ; j'essaye d'apercevoir les fossés qui donnent leur nom au patelin. Pas trace. C'est comme la Durolle à Saint-Rémy. Nous nous rembarquons. Dans les courbes, le train penche dangereusement, tel un navire qui a une voie d'eau. Alors, pour corriger la gîte, je me transporte vers le côté opposé ; c'est efficace : un moment après il retrouve son équilibre.

Aux Sables-d'Olonne, nous restons des heures à regarder la mer, le mouvement des vagues, le vol des mouettes. Il y a beaucoup de monde qui, comme nous, voit l'océan pour la première fois. Après quarante-huit heures de séjour, nous revenons, chargés de coquillages, d'os de seiche, de plantes des dunes.

Je l'ai emmenée à Clermont voir cette église pointue dont parlait si souvent la grand-mère Mangematin. En fait, elle a deux pointes si hautes et si effilées qu'à les regarder de la terre, elles te donnent le vertige. Et juste à côté, vois comme ça se trouve, la maison de mon grand-oncle Blaise Pascal ! Du moins l'emplacement de la maison. Car on l'a démolie pour construire à la place le magasin Conchon-Quinette.

A part la cathédrale, à Clermont, il n'y a que deux curiosités. Le reste ne vaut pas le dérangement. La première est la fontaine pétrifiante. De nos yeux, nous avons constaté qu'elle transforme en pierre les objets sur lesquels coule son eau. En sorte que, si par hasard tu t'endormais dessous, tu te réveillerais statue. La seconde est le cordonnier de la rue de Lagarlaye, à cause de toutes ces cages accrochées à la façade de son échoppe, remplies d'oiseaux de mille couleurs, de mille chants : canaris, perruches, pinsons, tourterelles. Lui, tous les quarts d'heure, sort de sa boutique ; il leur parle comme à des chrétiens ; il les a baptisés et ne s'embrouille jamais dans les noms. Il s'intéresse à chaque famille en particulier. Son ouvrage encore à la main, il siffle avec les merles, jase avec les perruches, roucoule avec les colombes, babille avec les fauvettes. Pour que personne ne s'y trompe, il a suspendu un écriteau :

Ici, on ressemelle les souliers,
Les oiseaux ne sont pas à vendre.

Faut voir l'amitié qu'il montre à ses pensionnaires, les attentions qu'il a pour eux ! Par exemple, il prend la peine de leur mâcher les grains d'avoine ou de chènevis ; ensuite, il tend les lèvres vers les barreaux ; eux n'ont qu'à puiser du bec leur bouillie.

C'est ainsi que j'ai passé, à peu près, ces deux bonnes années qu'il y eut avant 1939.

Depuis longtemps, cela va sans dire, Pommerette-Poids-Plume la sentait dans ses pantalons, cette année-là. Mes dernières vacances françaises en furent empoisonnées. Cependant, personne ne voulait y croire, à une guerre nouvelle. C'est sans joie que partirent les mobilisés : sans fleurs, sans confettis. Sur le champ de foire, on rassemblait les chevaux et les voitures réquisitionnés : eux aussi allaient vers les champs d'honneur. Les uns se trouvaient bons pour le service, les autres exemptés. Moi, je pensais : « Notre état-major a bonne mémoire. Il se rappelle 14. Alors, aux Fridolins, il te leur prépare un nouveau coup des taxis de la Marne. » Une guerre en taxi, voilà comment elle s'annonçait. Ultra-rapide. Notre arme principale : la Citroën traction avant. Les Allemands auraient à peine le temps de nous voir passer.

Par la vertu de mon fascicule bleu, j'eus un sursis de trois mois. La presse, la radio laissaient prévoir la grande offensive qui devait partir de notre ligne Maginot ; je l'attendais tous les jours ; j'aurais préféré demeurer spectateur. Pour la quatrième fois, je me remis à poil devant les médecins militaires. J'en reconnus quelques-uns. « On se retrouve ! », j'avais envie de leur dire. Ils se montrèrent moins pointilleux que précédemment : de récupérable je fus promu récupéré.

J'eus des soucis d'argent. Huit jours après avoir atteint ma majorité légale, j'étais remonté à Saint-Rémy-sur-Durolle. Me Fédit m'avait remis les 8 536 francs qui me revenaient de mon douaire ; moins ce qu'il retenait pour son intervention et ses frais d'écriture. J'avais déposé la somme à ma Caisse d'Épargne. En poursuivant mes additions professionnelles, je la savais tout près de moi. Je la surveillais, pour ainsi dire. J'avais calculé moi-même les intérêts qu'elle produisait : cinq centimes de l'heure. Chaque fois que j'entendais notre pendule sonner une heure nouvelle, je me disais :

« Tchac ! Un sou de plus ! » Avant de rejoindre mon corps, le 92e régiment d'infanterie, à Clermont-Ferrand, je rédigeai une procuration pour que ma vieille pût au besoin se servir de cet argent. Elle protesta :

« Aussi longtemps que je resterai valide, mon travail me nourrira. Mais je garde le papier : je t'enverrai de l'argent si tu me le demandes.

— Oh moi, je serai nourri, logé, blanchi, chauffé... Je crois pas que ce sera nécessaire. »

Elle avait entendu dire que les soldats qui partent avec un mauvais moral généralement ne reviennent pas. Alors, elle faisait tout son possible pour soutenir le mien. Elle plaisantait, se montrait terriblement optimiste, m'adjurait de ne penser qu'à moi. Elle insistait là-dessus : « ... qu'à toi ! qu'à toi ! » Mon frère Séraphin était depuis trois mois dans la région de Modane, où il tenait en respect Mussolini. Il avait envoyé une carte postale.

« Écris-moi souvent ! qu'elle me recommanda encore. Même si ça n'est chaque fois que deux lignes. »

Elle voulait m'acheter des timbres ; je lui expliquai que la correspondance était gratuite pour les militaires.

Elle m'accompagna à la gare. Je la voyais toute pâle ; mais elle ne pleurait pas, à cause de mon moral. Je faisais de mon mieux pour soutenir le sien :

« Peut-être que j'irai pas plus loin que Clermont. Que la guerre sera terminée avant que je sois prêt.

— Je voudrais bien. Les Boches viendront pas te chercher à Clermont ! »

Les Boches à Clermont ! Ça nous fit bien rire.

15

La première chose qu'il me fallut faire en entrant à la caserne Pélissier fut d'apprendre à marcher. Je me demande comment j'avais pu atteindre un âge aussi avancé sans cette connaissance. Le plus grave, c'est que je ne m'étais aperçu de rien. Mes jambes m'obéissaient de façon satisfaisante ; si je leur commandais de tourner à gauche, à droite, elles tournaient à gauche, à droite ; elles montaient les pentes, sautaient les flaques d'eau, traversaient les rues par pure habitude, comme les servantes bien dressées, tu n'as plus besoin de leur donner d'ordre. Pourtant, ça n'allait pas. Le sergent Falcimagne entreprit de reprendre les choses à zéro.

« Pour marcher dans les règles, au commandement de *un !*

automatiquement tu lèves le pied gauche. Vas-y ! Lève le pied gauche !... Non, pas si haut ! Nous autres, on pratique pas le pas de l'oie !... Un peu plus haut, maintenant... On recommence : à *un !* automatiquement tu lèves le gauche... Eh bien ! qu'est-ce que t'attends, face de pet ?

— Vous avez pas dit : *un !*

— *Un !*... Légèrement plus haut. Attends, que je regarde... »

Il s'éloignait pour vérifier si la hauteur était convenable. Je restais docilement le pied en l'air, attendant qu'il eût pris ses mesures. Je ne mettais dans ces manœuvres aucune mauvaise volonté. Je cherchais à faire mon devoir pour la patrie. Pas plus que mon devoir, sans doute, mais pas moins non plus.

« Ça ira... Au commandement de *deux !* le soldat élève automatiquement la jambe droite. Mais auparavant, bien sûr, il lui faut abaisser la gauche qui était en l'air, sinon il se casse la gueule. Automatiquement. Seulement, attention ! C'est pas si simple ! Entre le commandement *un !* et le commandement *deux !* il porte le poids du corps en avant, automatiquement. Et jamais il ne doit élever la jambe droite avant que la gauche n'ait touché terre et reçu le poids du corps. Jamais ! Compris ?

— Heu...

— Essayons. Tu vas voir. C'est moins compliqué que ça semble. Abaisse ta patte gauche. Bon. *Deux !* Mais non, face de pet ! J'ai dit *deux !* Pas *un !* C'est la droite que tu devais lever ! Automatiquement !

— J'avais pas porté... heu... le poids de ma jambe...

— Pas le poids de ta jambe ! Le poids de ton corps ! Ah ! t'es doué ! Je t'assure ! Con comme tu es, je parie que t'étais dans l'enseignement, toi ?

— Non, j'étais dans les caisses d'épargne.

— On recommence. La gauche : *un !*... »

Je crus longtemps que je n'y arriverais jamais. Ça m'empêchait de dormir. Au bout de trois semaines, cependant, je parvins à marcher, sans gloire, mais à peu près proprement.

Pour ce qui est du maniement d'arme : « Arme sur l'épaule... droite ! Présentez... arme ! Baïonnette... on ! Remettez... ette ! », ce fut aussi passablement laborieux.

« Faces de pet ! Quand vous défilerez au pas cadencé dans les rues de Berlin, automatiquement, quelle idée donnerez-vous de l'armée française, si vous vous servez de votre fusil comme d'un plumeau ? »

Le pire de tout fut le montage et le démontage du Lebel. Avec le nom de toutes les pièces : la détente, la gâchette, le tonnerre, l'élévateur... Ces engins-là, c'est aussi compliqué qu'une montre. Moi, j'y arrivais pas. Falcimagne nous suggéra :

« Allez voir les bicots ! Vous verrez comment ils se débrouillent ! Et prenez-en de la graine ! »

Il y avait dans notre caserne un groupe de sidis. Théoriquement, ils auraient dû être expédiés vers un régiment de tirailleurs. Mais parce qu'ils étaient aussi des récupérés, ou pour des raisons stratégiques qui m'échappaient, ils se trouvaient provisoirement mêlés aux soldats métropolitains. On leur faisait comme à nous monter et démonter le Lebel, le F. M., le mousqueton. Chaque geste était commenté par leur caporal, dans la langue de Voltaire ; ils répétaient aussi fidèlement que possible ces étranges syllabes, comme ils auraient, dans leurs écoles musulmanes, répété les versets du Coran. Les résultats étaient stupéfiants :

« Fousil mitraillouse... disait le caïd.

— Fousil mitraillouse... répétait la smala.

— ... s'en divise...

— ... s'en divise...

— ... le gagnou et sans bibi...

— ... le gagnou et sans bibi...

— ... la pritelle...

— ... la pritelle...

— ... le chargeu...

— ... le chargeu...

— ... li teux titentes...

— ... li teux titentes... »

Ils avaient l'air de bien suivre. Moi, je me sentais complètement dépassé. Dans le domaine militaire, j'ai été plutôt cancre.

L'hiver s'est écoulé comme ça. Deux ou trois fois, j'ai pu faire un saut jusqu'à Thiers pour embrasser ma vieille.

« Quand est-ce que ça finit ? » qu'elle me demandait. Comme si, maintenant que je portais l'uniforme, j'en savais plus long qu'elle.

Le sergent Falcimagne fignolait notre préparation. On nous a fait essayer le masque à gaz dans une cellule remplie d'une vapeur suffocante. Escalade de murs, duel à la baïonnette contre un mannequin de paille, lancement de la grenade, tir au Lebel et au F. M., marche de jour, marche de nuit. On a trouvé qu'enfin nous en savions suffisamment pour faire face à toutes les situations. Le 4 mars 1940 on nous a entassés dans un train militaire. Et en route pour le casse-pipe. Certains cherchaient à deviner notre itinéraire. Je me rappelle ce gars de l'Allier qui, à chaque arrêt, baissait la vitre, passait la tête, criait dans la nuit :

« Où que c'est-y qu'on est, là ? »

L'employé répondait le nom d'une gare inconnue : Mocheville, Saint-Romain-les-Cacahuètes. Et lui nous répétait fidèlement :

« On est à Saint-Romain-les-Cacahuètes. Où que vous croyez que ça nous amène ? »

Et moi :

« Je pense qu'on va en direction de la Côte d'Azur. »

La plupart passaient leur temps à dormir, la bouche ouverte. A jouer aux cartes. Ou à bouffer les provisions de l'intendance. A Auxerre, des dames de la Croix-Rouge nous ont distribué du vin chaud. Nous les avons invitées à monter dans nos wagons :

« On se serrera. Vous nous tiendrez compagnie. »

Mais elles ont prétendu qu'elles avaient trop à faire ; que leurs pensées restaient cependant avec nous.

C'était lugubre, ces gares à peine éclairées par les lampes bleues. Quelquefois, il y avait des arrêts à n'en plus finir, en rase campagne. Quelle belle cible nous aurions offerte à leurs bombes si des avions ennemis étaient passés sur nous ! Un adjudant circulait de wagon en wagon, vérifiant les rideaux, s'assurant qu'ils ne laissaient filtrer aucune lueur. On repartait, sans comprendre. Le jour, quand il est venu, avait la couleur du lait : on s'enfonçait dans le brouillard.

On a traversé des villes importantes, hérissées d'usines ; on a zigzagué pendant des heures entre les aiguillages. Nouveaux arrêts, nouveaux départs. Quelquefois même on repartait en marche arrière, comme si on retournait à Clermont. Enfin, vers le milieu de l'après-midi, les sous-offs ont crié :

« Terminus ! Tout le monde descend ! »

Chacun a ramassé ses cliques et ses claques. Le nom du patelin était écrit dans la gare : Estaires. Les quais grouillaient de troupe. Pour la première fois nous avons vu la casquette plate des Anglais. On nous a dirigés vers nos cantonnements, où nous avons retrouvé plusieurs compagnies du 92. Falcimagne était resté à la caserne, pour apprendre à marcher à d'autres faces de pet comme la mienne.

Nous étions logés dans un collège réquisitionné. En vacances forcées, les enfants n'étaient sûrement pas pressés de voir finir la guerre. La plupart des salles de classe avaient été transformées en dortoirs, bureaux, magasins ; mais certaines étaient demeurées intactes, ornées de gravures représentant des ruines grecques, des empereurs romains, des guerriers d'autrefois, avec des balais de crin sur le casque. Le réfectoire servait de mess ; nous, bidasses, mangions dans la cour, sous les préaux en cas de pluie.

A Estaires, nous sommes restés plusieurs semaines. On fréquentait les bistrots de la ville. Certains allaient pêcher dans une jolie rivière qui coule à proximité. Moi, j'aimais sortir du bourg, regarder les jardiniers au travail, les paysans occupés à semer les betteraves. C'était tous des vieux. Ils parlaient français avec un drôle d'accent ; déjà tu avais l'impression de te trouver à l'étranger.

Sans tous ces uniformes, jamais tu ne te serais cru en guerre.

Chose rassurante : nos cartouchières étaient vides. Je me disais que tant qu'elles le resteraient, il n'y aurait pas de danger immédiat. Je me sentais pour ainsi dire en congés payés. Les Boches semblaient d'accord pour que ça dure. Nous, on tenait.

Et puis, un beau matin, ils sont sortis du jeu. On a vu arriver les premiers civils belges ; en voiture, ils filaient vers l'Auvergne, la Bretagne, le Midi, occuper nos places toutes chaudes. D'autres suivaient à pied, en vélo, en brouette. Un fourgon est entré dans notre cour de récréation. Un sergent a distribué dix chargeurs, cinquante balles à chacun.

« Ne les gaspillez pas, qu'il a recommandé. Tâchez de les placer dans le mille. Et quand vous les aurez finies, on vous en donnera d'autres. »

Ça commençait à sentir mauvais : les chefs allaient avoir besoin de nos compétences. Je me remémorais l'enseignement reçu à la caserne Pélissier ; les quatre-vingts pièces de mon fusil ; comment il faut franchir une muraille, ramper sous des fils de fer barbelés, transformer une villa en forteresse imprenable, percer le ventre d'un mannequin de paille.

A quatre heures du matin, départ, colonne par trois. C'était presque le milieu de mai, les lilas sentaient bon. A cette heure, les gens d'Estaires auraient dû dormir ; mais beaucoup s'étaient levés pour nous dire au revoir ; ils nous faisaient des signes de la main, nous criaient bonne chance. Sur ma fesse droite, mon bidon rempli de vin faisait floc-floc. Tout de suite, il nous a fallu prendre la colonne par un, à cause des réfugiés. A sept heures, nous avons franchi la frontière belge. « Voilà que nous entrons en Belgique pour envahir l'Allemagne, que je me disais. Je me demande si c'est très honnête, à cause des traités. » Je me rappelais ce que j'avais appris à l'école : la violation de la neutralité belge en 1914 par les troupes allemandes. Et à présent, nous leur faisions le même coup. Mais très vite l'accueil des populations nous a rassurés : on nous applaudissait, on nous apportait des cigarettes, du chocolat. Ce qui était gênant, c'est tous ces civils qui encombraient les routes, emportant matelas, poules en cage, femmes, enfants, quelquefois le grand-père paralytique ficelé sur une voiture à bras.

« Où allez-vous ? qu'on leur criait.

— En France, donc ! »

On s'entortillait les uns dans les autres, tels deux troupeaux qui se rencontrent au même abreuvoir : les bergers jurent comme des perdus, cognent de droite, cognent de gauche, sans pouvoir les séparer. Avec nos bourrins, nos caissons, nos ambulances, nos cuisines roulantes, on essayait de se faufiler. Les sous-offs leur gueulaient de s'écarter, qu'on allait au secours de la Belgique ; mais la plupart ne comprenaient pas notre langue, ou faisaient semblant.

Les routes étaient plates, pavées, dures sous nos semelles à clous. Beaucoup d'avions tournaient dans le ciel, très haut, pareils à des éperviers ; nous ne distinguions pas même leurs cocardes.

En fin de journée, nous sommes arrivés aux abords de Courtrai ; on apercevait au loin les clochers de belles églises. J'ai quitté mes godillots pour me soulager les orteils. Après un repos de cinq ou six heures, on est repartis avant le jour. Me revoici sur la route, dans la nuit noire, avec pour toute boussole la capote du copain qui marche devant moi. Des heures et des heures encore on traîne la patte. On atteint les faubourgs d'Audenarde, évacué par la plupart de ses habitants. Et ça continue ainsi pendant je ne sais plus combien de jours. Nous étions précédés par les divisions cuirassées, ça on le savait : des privilégiés transportés à cheval ou en camion ; peut-être avaient-ils déjà atteint le Rhin. Les Boches avaient l'air d'en prendre un rude coup ; on entendait au loin la musique de nos canons. Pendant ce temps, les Belges intensifiaient leur pagaille. Toute la Belgique semblait en cours de déménagement.

On est arrivés fourbus dans un patelin qui s'appelle, si je me souviens bien, Rupelmonde, traversé par un grand fleuve, l'Escaut. On s'est installés dans une scierie à l'entrée du bourg : ça sentait le bois, la résine, la campagne. Le dernier moment confortable que j'ai eu. Pendant qu'on se reposait, le derrière enfoncé dans la sciure, les sous-offs ont passé la consigne :

« A partir de maintenant, ordre de tirer sur tout ce qui ressemble à du Boche. »

Comment ça, sur du Boche ? Nous étions au cœur de la Belgique : est-ce que ceux d'en face auraient eu le culot de venir jusqu'ici ? L'invasion de l'Allemagne m'a semblé soudain assez compromise. Entre mes mains, je regardais mon quart plein de jus noir ; il tremblait légèrement. Pour livrer bataille, après ces longues journées de marche, je ne me sentais pas très frais.

Alors que j'étais occupé à ce genre de réflexion, il y a eu tout par un coup un épouvantable grondement et j'ai vu — là comme je te vois — toute la scierie sauter en l'air, partir au ciel dans une immense apothéose. Elle n'en finissait pas de péter, de s'éteindre, de péter encore. « Couchez-vous ! Couchez-vous ! » Ça gueulait de tous les côtés à travers un nuage de poussière, de sciure, une grêle de pierres, de parpaings, de ferrailles. Le tout n'a duré probablement pas plus de dix secondes.

Je me suis retrouvé le nez dans la terre. J'ai levé la tête. Je ne voyais rien à cause du brouillard ; mais ça gueulait toujours. Pas des ordres, cette fois : des hurlements de douleur. De ma manche, je me suis essuyé la figure. J'ai commencé à voir. Les gars semblaient complètement dingues. La plupart couraient de tous côtés, s'appelaient les uns les autres, criaient des injures :

« Salauds ! Fumiers !... Ils vont revenir !... Foutons le camp !... Restons pas là !... » Et effectivement, ils se débinaient, sans souci de ceux qui demeuraient sur le carreau, ouverts par les bombes, suppliant : « Me laissez pas, les gars ! Me laissez pas !... » Ventre affolé n'a point d'oreilles. Un ou deux, qui avaient mal à la conscience, se retournaient pour lancer :

« T'en fais pas ! On t'envoie l'ambulance !... Sois tranquille ! On te l'envoie ! »

Puis ils se sauvaient comme des lapins, refusant d'entendre les appels de plus en plus lointains des estropiés :

« Les gars !... S'il vous plaît !... Bande de vaches !... Saligauds !... »

J'ai fait comme les autres. Moi aussi j'ai été un saligaud, parce que je n'avais pas envie de rester seul au milieu de cette viande morte ou trop vivante. Moi aussi je me suis promis : « Pour sûr ! Je leur envoie l'ambulance ! Les brancardiers ! Mais où sont-ils passés, les charognes de brancardiers ? » Ainsi, en soi-même, chacun se soulageait en insultant les autres. Parce qu'il fallait qu'il y eût la faute de quelqu'un. Ce qui nous arrivait était tellement différent de ce que nous avait laissé prévoir le sergent Falcimagne ! En face de cette attaque foudroyante, venue du ciel, nous nous trouvions démunis de toute préparation.

Le ciel était redevenu vide et bleu. Ça nous permit de reprendre notre respiration. Nous nous étions éparpillés dans les champs, comprenant que toute concentration était mortelle pour nos matricules. La route demeurait d'ailleurs aussi encombrée. Chose plus grave : aux civils se trouvaient mêlés des militaires belges, reconnaissables à leur pompon.

« Ils sont à dix kilomètres ! » qu'ils nous criaient.

Ils avaient perdu leur arme. Eux aussi marchaient vers la France.

Nos officiers tinrent conseil. Je pus comprendre que certains voulaient continuer l'avance, rejoindre les canons, les tanks, la grosse quincaillerie ; que d'autres préféraient se replier. Une voie moyenne fut choisie : on attendrait ce qui allait venir, Boches ou Franzouses. L'ordre fut de creuser des tranchées ; de nous rendre invisibles. Comme ça, on se rendrait compte. Si c'est des Boches qu'on devait accueillir, ils croiraient la place vide, l'horizon devant eux débarrassé de tout souci ; et au moment où ils se prépareraient à entrer au pas de l'oie dans la ville, tranquilles comme Baptiste, ils recevraient leur surprise. J'avais toujours intactes mes cinquante cartouches, dont cinq dans le magasin de mon Lebel ; ça m'aurait ennuyé de repartir sans avoir l'occasion d'en griller quelques-unes.

Il aurait été bon, sans doute, de couper la belle route nationale ; ce qui aurait obligé les verts-de-gris à s'arrêter juste à portée de nos seringues. Mais comment faire, avec cette Foire du Pré qui passait dessus ? On a donc entrepris de fouir avec nos pelles dans le sol sablonneux, où verdoyaient le blé en herbe et les betteraves. Ça me faisait mal au cœur de voir ce saccage. Derrière moi, l'entrepôt de bois brûlait. Toujours aucune trace du fourgon-ambulance.

Et soudain, deuxième service ! De nouveau, le ciel nous dégringole dessus. Je m'aplatis, je glisse mes mains sous mon casque, je m'en couvre le crâne et les oreilles. J'aime mieux perdre mes mains que ma tête unique. Sous mon ventre, la terre a des convulsions comme si elle allait accoucher. Là-haut, les avions jouent à rondin-picotin ; ils ont l'air de bien rigoler de nos postures. Et voici que plus loin je perçois un bruit étrange. Une crécelle. Oui, la crécelle que secouait à Saint-Rémy-sur-Durolle, autrefois, l'enfant de chœur dans la période où les cloches sont à Rome. Dans un vacarme diabolique, un avion nous arrose de sa mitrailleuse. Il vole si bas que j'en sens le vent sur mon échine. Tout de suite il est passé. Je lève les yeux, je vois la terre jaillir comme l'eau, quand tu fais des ricochets. Les Belges de la route se sont jetés dans les fossés, sous les charrettes, sous les pieds des chevaux. Les cris, les pleurs, les gémissements sont incroyables. Ensuite, ils ramassent leurs blessés et leurs morts, eux ; ils repartent obstinément vers l'Auvergne et la Bretagne. Ils savent mieux que nous ce qu'ils veulent : ils espèrent trouver là-bas secours et protection. Mais nous, nous sommes cloués au sol. Défense d'avancer, défense de reculer. Tuer du Boche ! Facile à dire ! Encore faudrait-il en voir, du Boche !

Présentez-vous, sales Boches ! Que je distingue votre gueule ! La couleur de votre capote ! La forme de votre casque ! Montrez-vous, si vous êtes des hommes ! Au ras de terre, comme nous ! Au milieu des betteraves ! Vous appelez ça de la guerre, vous dans vos mécaniques volantes, qui passent à mille à l'heure, et moi rampant, tout nu, avec mon arbalète ? Montrez-vous un peu, faces de pet !

Tout à coup, je ne sais pourquoi, la route est vide. A part un canasson crevé, des carcasses de voitures brûlées, des charrettes écrabouillées. Plus un chat. Le déménagement est fini. Un peloton de cyclistes encore, pédalant comme des perdus. Rideau. A l'est de Rupelmonde, il ne doit plus rester un seul Belge valide ou transportable. Ça serait le moment de couper la voie. J'explique mon point de vue à un adjudant. C'est tellement inouï qu'un deuxième pompe se permette de donner un conseil stratégique que les yeux lui en sortent de la tête :

« Tu devrais, qu'il fait, écrire à Gamelin, pour lui exposer tes idées. En attendant, creuse ! Comme les frères ! »

Je creuse. Les blessés appellent :

« Ambulance !... Brancardiers !... »

Certains se contentent de gémir, de pleurer. Ça te donne de l'énergie pour creuser, d'entendre ça. Je creuse.

Tchac ! Troisième service ! Je me jette assez tôt dans mon trou, je prends une bonne position, le dos tourné à la vague. De deux choses l'une : ou je suis touché, ou ils me ratent. Dans le second cas, à peine seront-ils passés, pourquoi n'essayerais-je pas de leur envoyer un coup de flingue en traître ? Je pourrais au moins caser quelques-unes de mes pralines. L'homme est capable de s'habituer à tout, même aux mitrailleurs du ciel. La première fois, j'ai failli faire dans mes culottes. La seconde, je me suis dit : « Puisque tu en as réchappé tout à l'heure, pourquoi pas maintenant ? » La troisième, je fais des calculs comme à la Caisse d'Épargne. A la quatrième, j'en redemanderai. En attendant, derrière mon morceau de talus, je me fais minuscule, bien emmitouflé dans ma capote, les fesses au garde-à-vous... Les voilà... Ta ga da ga da ga da ga da ga da... Et encore ta ga da ga da ga da ga da... Cette ombre, ce vent, ce vacarme : tu as l'impression de te trouver entre deux rails, un train te passe sur le corps. Cris de douleur. Un choc contre mon casque. Je décolle à peine le nez de terre : ils s'éloignent, c'est le moment. Mais avant que je me sois redressé, que j'aie levé ma pétoire, ils sont à l'horizon, ces salauds-là ! Tant pis. Je tire dans leur direction, je vide mon chargeur. D'autres m'imitent. Mais nous sommes de mauvais chasseurs : le gibier nous échappe.

Maintenant qu'ils nous ont remarqués, pour sûr, ils vont revenir. Tant qu'il restera un survivant. A quoi bon attendre des renforts qui n'arrivent jamais ? A quoi bon ces tranchées ridicules qui nous protègent par-devant quand nous sommes arrosés par en haut ? Nos officiers le comprennent enfin : ordre de repli. On se camouflera plus facilement dans les maisons vides, dans les ruines du dépôt.

On y retrouve les copains abandonnés : muets, immobiles, cette fois. Sauf un ou deux qui se sont traînés comme ils ont pu jusqu'au portail ; ils semblent contents de nous revoir. On les soigne un peu. Ça reflue toujours, les vivants et les morts, les droits et les éclopés. Les gradés gueulent comme des ânes pour récupérer leur prestige.

Au-dessus de nos têtes, le carrousel continue. Par moments, le ciel est noir d'avions ennemis. Où sont donc les nôtres ? Les *Dewoitine*, les *Morane* dont parlaient nos journaux ? Où est la fameuse R.A.F. anglaise ? Encore des salauds ! Cette guerre est vraiment remplie de salauds. Et ceux d'en haut, lorsqu'ils nous balancent leurs bombes sur le cassis, avec ce hurlement terrifiant de sirène, doivent se dire aussi : « Attrapez ça, tas de salauds ! » Effectivement, le feu pleut sur la ville et sur d'autres au loin, dont on voit la fumée. Et nous n'avons pas encore aperçu le groin d'un Boche. Incroyable mais vrai. Si les choses continuent de cette façon, ils nous auront bientôt zigouillés jusqu'à l'ultime sans que nous ayons vu nos bienfaiteurs.

Nous attendons la nuit pour nous remettre en route. On ignore encore dans quelle direction. Mais il est évident qu'on ne peut se risquer à découvert en plein jour. Afin de rigoler un peu, des gars crient : « A Berlin ! A Berlin ! » On les regarde. On ne rigole pas. J'aimerais bien être encore à Estaires, à bavarder avec les jardiniers ; j'aurais volontiers terminé la guerre là-bas.

En attendant, on bouffe les conserves d'un fourgon. Le cheval est crevé. Quand on aura fini les conserves, on se tapera le cheval. Et ensuite le chariot.

Vers ce qui doit être le milieu de l'après-midi, pétarade d'un moteur. Sans doute quelque fuyard attardé. Une motocyclette, seule vivante, seule mobile sur la route encombrée de carcasses. Elle avance très vite : le Belge cherche à rattraper sa famille... Merde !... Comment ?... Quoi ?... Impossible !... Mais si !... C'est un Boche !... Trop tard ! Il est passé. Un Boche tout seul, tout vert, avec de grosses lunettes, un gros casque, de grosses bottes !... Le premier !... Tout seul devant l'armée française !... Nous réclamons du Boche depuis des heures ; on nous en propose un ; et nous le laissons filer ! Tout juste si on ne lui a pas fait de petits signes amicaux de la main, si on n'a pas agité le mouchoir ! Personne n'était prêt pour l'accueillir ! Faut dire qu'un culot pareil vous coupe la chique.

Un moment après, même pétarade. Cette fois, toute l'armée française se dresse comme un seul homme.

« Prenez-le vivant ! » gueule le capitaine.

On se précipite sur la route. Pas d'erreur, c'en est bien un. Mais il distingue cette masse kaki, freine, tente un demi-tour, la machine laboure la terre, se cabre, quatre cent trente-six coups de feu partent en même temps. Raté. La moto du moins semble hors de combat. Il l'abandonne, se met à courir. Quatre cent trente-six autres coups de feu. Raté. Prenez-le vivant ! Facile à dire ! Encore faudrait-il qu'il y mette du sien. Une douzaine de braves s'élancent. L'autre, là-bas, file tel un zèbre. « Halte ! Halte ! » crient les braves. Il ne veut rien savoir. Alors, eux aussi se mettent à le canarder. Il tombe enfin.

Ils l'ont rapporté à quatre, chacun le tenant par un membre, comme des chasseurs un chevreuil abattu. Par moments, sa tête pendante traçait un sillon dans la poussière. Ils l'ont déposé au milieu de la cour ; il s'est formé autour un cercle silencieux. Pas besoin de demander s'il était mort, ça se voyait assez. Première victoire ! Il pouvait avoir vingt, vingt-cinq ans. Ses yeux ouverts paraissaient nous regarder, mais vides d'expression, sans peur, sans haine, sans mépris. On ne se lassait pas d'examiner chaque détail de sa tenue, de son armement, par quoi il était différent de nous : le casque, la vareuse, les bottes, le revolver, la grenade à manche qu'il n'avait pas eu le temps de lancer... Le capitaine s'est mis à le fouiller. « Écartez-vous ! » ont crié les sous-offs.

On est allé chercher aussi la moto. Je ne sais quels renseignements ont été tirés de l'affaire ; on a continué d'attendre la nuit. J'ai eu l'impression que nos officiers n'avaient pas renoncé à nous faire envahir l'Allemagne, mais que pour ça ils avaient besoin de l'ombre. Personnellement, il me semblait plus raisonnable de repasser l'Escaut, de faire sauter les ponts ; il nous aurait alors été possible d'arrêter les Boches sur l'autre rive. Personne ne me consultait. Des explosions lointaines nous donnaient à chaque instant l'assurance que la fête se poursuivait. Des gars du génie sont allés semer des mines. Notre artillerie, composée d'une seule pièce de 37, a été placée de façon à prendre la route en enfilade. Sur les flancs, les mitrailleuses ont été camouflées derrière des sacs de terre. Le reste de la compagnie s'est disséminé dans les jardins où fleurissaient aussi les lilas belges.

Un peu avant le crépuscule, un bruit nouveau est venu des collines qu'on apercevait à l'est, au-delà de la plaine. Ça ressemblait au ronron d'une batteuse, mais moins régulier, avec des accès d'intensité. Et puis j'ai cru avoir la berlue : des bosquets, des tas de feuillage que je n'avais pas remarqués sont apparus çà et là. Et ces masses bougeaient. Je me suis rappelé la tactique des Bédouins contre les troupes de Bugeaud-la-Casquette : leur poignard entre les dents, ils avançaient en poussant un buisson devant eux. Rien de nouveau sous le soleil. Voilà que l'horizon se remplissait de Bédouins. Le capiston les a observés à la jumelle :

« Les chars !... Défense de tirer ! Derrière, doit y avoir la troupe. Vous laissez passer les tanks, vous massacrez les fantassins... Je vous donne un quart d'heure de contact. Ensuite, décrochage. Avec un peu de chance, il sera nuit : repli derrière l'Escaut ! »

Bientôt on a pu distinguer à l'œil nu ces boîtes noires couvertes de branches. Elles avançaient sans hâte, en zigzaguant, déployées sur son front d'au moins deux kilomètres. Le capitaine avait raison : mitrailler ces engins, ça devait leur faire autant d'effet que leur cracher des noyaux de cerises. On a soigneusement évacué la route pour les inviter à aller de l'avant. Il restait tout au plus une demi-heure de jour, ce qui nous rendait audacieux. En fait, on avait beau regarder derrière les engins, on ne distinguait pas grand-chose. On a craint un moment de manquer de cibles.

Ils venaient sans se presser ; ils ont ralenti encore aux approches de la ville. A eux tous, ils produisaient un sacré vacarme. On entendait couiner les chaînes des chenilles. Moi, je pensais aux mines ; je me demandais si elles allaient fonctionner, comme c'était leur devoir. Deux se sont engagés carrément sur la route, couinants, grinçants, grondants. Les sapeurs n'avaient pas placé leurs mines aux bons endroits. Ou bien elles avaient pris l'humidité. C'était des mines de boudin. Et soudain : rrran ! C'est venu du bout de la route, dans notre dos. Et encore rrran ! En plein dans le mille ! Les deux chars de la route flambent joliment. Ça te fait chaud au cœur. Alors, cinq, six, dix tanks se mettent à cracher le feu. Le canon de 37 lance son troisième rrran ! qui se perd dans la campagne ; c'est fini, on ne l'entend plus. Les Bédouins, les sacrés Bédouins tirent au jugé dans le quartier et les environs. De tous les côtés en même temps ça brûle, ça explose, les pans de murs dégringolent. Nous attendons notre quart d'heure, aussi plats que possible. Ces fantassins promis, pourquoi n'arrivent-ils pas ?

« Décrochez !... Décrochez !... »

Moi je veux bien. Je suis un deuxième classe obéissant. Mais pas tout de suite. Pas avant la nuit noire. Nous sommes un petit paquet de quatre ou cinq, derrière un bout de mur, qui serrons sur notre cœur notre chère arbalète. On décide de rester le temps qu'il faudra pour que personne ne nous remarque.

Sur la route, d'autres grondements. Pas les mêmes. Moins ferraillants. Ce sont des camions, eux aussi parés de branchages, tout un corso fleuri. La voilà donc, l'infanterie que nous désirons si fort ! Nous, on se consulte ; je propose :

« On vide un chargeur chacun. Rien de plus. Et aussi sec, on met les bouts. D'accord ?

— D'accord. »

Nous distinguons très bien nos victimes entassées dans les véhicules ; contre le ciel rougeâtre, elles dessinent des ombres chinoises. Sur notre gauche, les chars continuent de piler au plus fin les maisons. On se répartit les camions, pour que nos balles soient bien utilisées. Tir de nuit sur cibles mobiles : tout à fait comme à la caserne, selon les instructions du sergent Falcimagne.

« Un... deux... trois... »

Tout part en même temps. Ça dure exactement cinq secondes, une par cartouche. Et nous détalons au milieu des poireaux et des salades. Les Bédouins hurlent, arrosent furieusement l'endroit où ils ont vu flamber nos flingues ; nous sommes déjà loin.

Le capitaine nous a donné rendez-vous de l'autre côté du pont. S'agit maintenant de le trouver, ce pont, sans emprunter la route directe, sans se perdre à travers ces rues inconnues. Heureusement que les incendies nous fournissent l'éclairage. Personne à qui demander : « Pardon, m'sieu-dame. Pourriez pas nous indiquer le chemin pour et caetera ? » De tous les côtés ça tiraille. On n'aimerait pas non plus recevoir une praline *Made in France*, ce serait du gaspillage. Pendant une heure, mes copains et moi errons dans le labyrinthe sans trouver la sortie. Finalement, on découvre le fleuve, qui est très large, à cause des pluies récentes. Pas trace de pont en vue. On décide qu'il doit être établi en aval ; on part à sa recherche en suivant la berge, creusée de sablières. Derrière nous, le carnaval continue, girandoles, batailles de fleurs.

« Le voilà ! » fait Erragne, qui tient un bistrot à Issoire, dans le Puy-de-Dôme.

Espérons que les Boches ne s'y sont pas encore installés. On force l'allure. Quand nous n'en sommes plus qu'à cent mètres, pouf ! le clou de la fête ! La moitié du pont saute en l'air, et retombe en pluie dans l'Escaut. Il ne nous reste plus qu'à traverser à la nage.

Voilà comment j'ai été fait prisonnier à Rupelmonde le 18 mai 1940, au lever du jour. Les Allemands nous ont enfermés provisoirement dans une halle qui sentait le fromage. Pendant deux jours, on n'a pas eu autre chose à manger que l'odeur. Ils nous ont obligés à casser contre les dalles la crosse de nos fusils. Il me restait quarante cartouches inemployées.

Faut dire qu'après ça on a eu la vie de château pendant trois semaines. Ce château, on a marché une journée pour l'atteindre. Je n'ai jamais su son nom. Il était entouré d'un parc, de vastes pelouses, le tout ceinturé par une haute muraille. Sous la direction de nos gardiens, nous avons ajouté au-dessus une haie de barbelés. Pas question de faire le mur. Nous n'en avions d'ailleurs guère envie, avec les cinq ou six pommes de terre qui revenaient à chacun pour sa journée : plus un quart de litre, au petit déjeuner, d'un liquide noir et sans odeur, auquel nos nouveaux maîtres donnaient, je me demande bien pourquoi, le nom de « café ». Pluie ou soleil, nous restions en plein air, vautrés sur les pelouses, adossés aux arbres, tournant en rond comme des chiens qui courent après leur queue. Nous avions tout perdu, y compris l'honneur. Fors nos culottes. Notre barbe poussait. Comme rien n'est moins différent d'un barbu qui se néglige qu'un barbu négligé, nous en sommes venus bientôt à cesser de reconnaître nos copains les plus intimes.

Il va de soi qu'un des premiers soucis de nos bergers a été de marquer chaque tête du troupeau. Afin que nulle brebis ne s'égare. On nous a disposés à la queue leu leu ; il y a eu séance de déshabillage. Chaque pièce, vareuse, capote, grimpants, caleçon, chandail, passait successivement entre les mains de deux artisans. L'un y traçait un triangle rouge, l'autre les lettres noires K. G., initiales de *Kriegsgefangener*, prisonnier de guerre. Ils se servaient de marques métalliques qu'ils trempaient dans des encres garanties grand teint.

Question recrutement, c'était assez hétéroclite : Français, Anglais, Belges, Sénégalais, sidis, officiers, sous-offs, deuxièmes classes. Tous les jours il en débarquait de nouveaux. Beaucoup de blessés aussi, on les transportait dans les anciennes écuries, dont l'étage avait été transformé en hôpital provisoire.

Tout au fond du parc se trouvait une chapelle en ruine. C'est près d'elle que nous allions enterrer les morts. D'après ce qui leur restait d'uniformes et la couleur de leur peau, nous savions leur race, leur nationalité ; on leur avait enlevé leurs papiers, mais la plupart gardaient au poignet ou au cou une plaque ; ça permettait de graver un nom, une date de naissance sur une planchette que nous piquions dans la terre. Le défunt nous quittait dans la plus grande simplicité : sans discours, sans fanfare, sans honneurs militaires et sans boîte.

Le château lui-même était occupé par une *Kommandantur*, des bureaux, des gradés dont j'ignorais le titre. Tous ces gens nous côtoyaient, circulaient parmi nous ; nous formions ensemble une vraie famille : fraternels comme cochons. Certains, qui parlaient notre langue, nous adressaient la parole pour nous dire tout le bien qu'ils nous voulaient. Ils étaient fermement décidés à entrer en France, à conquérir Paris, Marseille et Saint-Rémy-sur-Durolle ; mais c'était pour abattre le *Kapitalismous* ; après quoi, nous ferions ensemble une grande alliance, absolument *invinzibleu*, qui chasserait les Anglais de leur île et de leur Empire, assurerait au monde une paix éternelle. Il y avait justement parmi nous des Angliches qui écoutaient ces propos ; ils les comprenaient plus ou moins. Je me rappelle l'un d'eux qui les terminait toujours par le mot, en éclatant de rire :

« *Propaganda ! Propaganda !* »

Le premier jour, nous étions un millier ; nous avons été bientôt le double. Pour nous protéger du froid nocturne et de la pluie, nous avons dépouillé les arbres de leurs branches, construit des huttes. Tu aurais dit un camp de Peaux-Rouges. Certains locataires y suspendaient des écriteaux : *Attention, chien méchant... L'ascenseur est en panne... Essuyez vos pieds avant d'entrer... Villa Mon rêve...* Quant aux arbres, ils n'avaient conservé que leur tronc.

Après la première semaine, la nourriture s'est améliorée. Nous avons reçu du pain, davantage de pommes de terre, de temps en temps un morceau de boudin de cheval. La vie de château, je te dis.

Naturellement, on furetait partout, pour essayer de trouver des comestibles. Il y avait ces anciennes écuries transformées en hôpital, comme je t'ai expliqué. Elles étaient gardées par des sentinelles en armes, de même que tous les bâtiments. Un matin, de très bonne heure, alors que tout dormait, amis et ennemis, je sors de ma cabane pour aller aux feuillées. En revenant, je vais rôder autour des écuries. J'avais remarqué l'existence d'une porte toujours fermée à clé qui donnait sur le derrière. Avec un fil de fer, je la travaille au ventre, je réussis à crocheter la serrure. J'espérais découvrir à l'intérieur un peu d'avoine, qui nous aurait permis, écrasée entre deux pierres, de faire des bouillies. J'entre, je repousse le battant derrière moi. A première vue, dans le noir, je ne distingue rien du tout. Sauf, dans un coin, un tas de fumier que personne n'avait pris la peine d'évacuer au moment du déménagement ; il empestait de terrible manière. Jamais je n'ai rencontré un fumier aussi puant. Quand mes yeux se sont accoutumés, le reste de la pièce me paraît vide. Je fouille à droite, à gauche, dans les placards : aucune réserve d'avoine. Tout ce que je récolte, c'est la valeur d'une poignée, raclée au fond des crèches. « Bon, que je me dis, le stock devait être au-dessus. » A travers le plancher, j'entends les toux, les geignements des blessés.

Le jour commence d'entrer : il est temps de regagner mon wigwam. Je jette un dernier coup d'œil. Crucifix ! sais-tu ce que je découvre alors ? Le tas de fumier qui sentait si fort était en fait composé d'un amoncellement de pieds, de mains, de bras, de jambes et autres pièces détachées. Prélevées sur la clientèle du premier étage. Balancées là en vrac, en attendant une affectation ultérieure. Moi, ça m'a tellement soulevé l'estomac que je n'ai plus voulu conserver un seul grain d'avoine ; il me semblait qu'elle était imprégnée de cette pestilence ; je l'ai jetée aux oiseaux.

Le lendemain, un des gradés est venu nous dire que les forces de la *Wehrmacht* étaient entrées à Rouen. Nous lui avons ri au nez en répétant :

« *Propaganda ! Propaganda !* »

16

Chacun de nous avait été questionné sur sa profession civile. Comme je n'avais aucune envie d'être employé ni dans les mines ni dans les usines, je me fis porter « ouvrier agricole ». Je fis ressortir également ma qualité de couille de bois attestée par mon livret militaire, pour faire entendre que les travaux malsains ne me convenaient pas.

« Bon, dit le gratte-papier-interprète. Tu répéteras ça en arrivant au *Lager*. Le docteur t'examinera. Si c'est justifié, tu seras travailleur léger, *Leichtarbeiter*. Compris ?

— Compris. »

On nous sépara en quatre groupes : les Belges, les Angliches, les Franzouses et les Chouartses. Ceux-ci étaient tous les bronzés, aussi bien les sidis que les Sénégalais. Et un beau matin, rassemblement des Franzouses en rang par trois. On aurait aimé connaître le but de la promenade ; mais les soldats armés qui nous encadraient n'avaient aucun goût pour la conversation. Si tu insistais, il t'arrivait un coup de botte dans le train qui te coupait l'appétit. Y avait qu'à faire comme Victor Pascal, mon père : suivre le mouvement.

Nous revoici sur la route qui poudroie, encore tout encombrée de débris. D'après la position du soleil, nous avons pris la direction de l'est. Le destin avait vraiment décidé que l'Allemagne, d'une manière ou d'une autre, nous devions l'envahir.

Après six ou sept heures de marche, nous sommes arrivés dans une ville passablement détruite que nous avons identifiée grâce aux bornes : Malines ou Mechelen. Je me rappelle Mechelen parce que ça ressemble à Michelin, qui est une personnalité auvergnate. Paraît que Malines est réputé pour sa dentelle. Mais je n'en ai vu nulle part, sauf aux murailles finement découpées par les bombes. Nos gardiens nous ont dirigés vers la gare, entassés dans des wagons à bestiaux. Ils nous ont comptés, nous ont distribué du pain et de la margarine, nous faisant comprendre de ne pas nous empiffrer dès le premier instant :

« Attention ! Deux jours !... Voyage... deux jours !... Manger pour deux jours ! »

Avant le départ, certains d'entre nous ont voulu se rendre aux cabinets. Comme les W.C. de la gare ne pouvaient suffire à tant de clients, trois bergers nous ont accompagnés jusqu'à un quai inemployé de la gare de marchandises. Et là, au commandement, nous nous sommes déculottés et accroupis. Ces cinq ou six cents derrières braqués en même temps en direction de La Mecque, c'était un spectacle grandiose. Par la suite, l'opération s'est répétée régulièrement, à chaque arrêt prolongé. Un caporal se promenait le long de nos wagons en criant un mot commun à sa langue et à la nôtre :

« Toilette !... Toilette !... Toilette !... »

Il ressemblait étonnamment à ces employés des chemins de fer qui crient de même, en temps de paix :

« Sandwiches ! Bière ! Limonade !... »

Les amateurs descendaient, s'alignaient sagement. Ensuite, solidement encadrée par la *Wehrmacht*, l'armée française s'en allait chier au pas cadencé.

Le papier ?... Nous en trouvions quelquefois dans les gares. A défaut, on se servait d'une poignée de feuilles. Ou de sable sec, comme faisaient les notaires de jadis pour éponger leur encre.

Le Stalag V D était situé près du bourg de Schierling, en Bavière. Il ravitaillait en main-d'œuvre les usines de Regensburg, Amberg, Kelheim, Straubing, Deggendorf, Landau et même Passau. C'était une vraie petite ville de cinq à six mille triangles rouges, logés dans une cinquantaine de baraques. Celles-ci étaient alignées sur les deux bords d'une allée principale, et séparées par des haies barbelées. Tous les cent mètres, un haut-parleur diffusait les programmes de la radio allemande : on avait même droit à un quart d'heure de français chaque jour, sur Radio-Stuttgart. *Propaganda*. Une baraque servait d'église, où officiaient les deux ou trois curés-guéfangues de l'agglomération ; une autre de cinéma-théâtre ; une troisième de cantine.

Deux semaines après notre arrivée, nous eûmes une heureuse surprise : il fut distribué à chacun une somme de sept marks et cinquante pfennigs, représentant notre salaire de prisonniers, à raison de cinquante pfennigs par jour. Avec cet argent, nous pouvions boire autant de bière que nous voulions à la cantine, où elle coûtait trente-trois pfennigs la chope. Mais notre premier achat fut celui d'un rasoir, d'un blaireau, d'un savon à barbe. Pour ce faire, l'opération était assez compliquée, vu que notre monnaie ne passait pas à l'extérieur du camp. Comme nos frusques, nos lagermarks étaient marqués du triangle. Quand tu avais envie de quelque article autorisé, brosse, fil, aiguilles, pipes, allumettes, crayon, tu remettais l'argent aux sentinelles avec ta commande ; elles faisaient les échanges nécessaires et te rapportaient la marchandise.

En cas de besoin, on arrivait cependant à se procurer de la monnaie officielle. Certains vendaient les produits de leur artisanat : bagues fabriquées avec des pièces jaunes françaises, tapis, dessins, peintures. La chose était aisée en Kommando : il te mettait en contact avec la population civile. Mais le produit le plus coté était le chocolat reçu de France dans les paquets familiaux, plus tard dans ceux de la Croix-Rouge. Cette rare et précieuse denrée trouvait toujours des preneurs qui la payaient un bon prix. Alors, pour transformer tes lagermarks en marks tout court, voici quelles étaient les formalités. Tu les envoyais à ta famille : opération parfaitement licite. Elle touchait vingt francs par mark expédié ; avec lesquels il lui était loisible de se procurer du chocolat français, au marché noir ou officiel ; elle t'expédiait tes tablettes au Stalag, dans un ou deux colis mensuels ; tu les revendais aux consommateurs allemands. Le circuit était un peu long ; mais le courant passait régulièrement. Une fois en possession de tes billets sans triangle, il te fallait les dissimuler avec grand soin, en attendant leur utilisation ; les fouilles étaient fréquentes ; toute monnaie officielle trouvée sur le guéfangue était confisquée. C'était l'équivalent d'une très longue privation de chocolat.

Je revis avec plaisir mes joues, perdues de vue depuis des mois. Elles me semblèrent décolorées, comme si je relevais de maladie.

Pendant un certain temps, malgré les recommandations de mon livret, je fus employé dans un Kommando d'usine. On travaillait pour l'armement. Nous vivions à cent vingt entassés dans une espèce de cave aménagée en dortoir. Des soupiraux solidement grillagés nous accordaient un peu d'air et de jour ; mais les lampes électriques restaient allumées en permanence. Ce n'était pas fait pour me rendre bonne mine. Le vacarme de l'établissement était effroyable. Après trois semaines d'apprentissage, je tombai évanoui au milieu d'un atelier, ce qui sema une belle pagaille. On me réexpédia au Stalag où je fus soigné à l'infirmerie par un médecin français.

« C'est le cœur, qu'il m'annonça.

— Je le sais : j'ai un souffle.

— Comment se fait-il qu'on t'ait mobilisé avec ça ?

— Faut croire que j'étais indispensable.

— Je signalerai ton cas. Ils pourraient te réformer, peut-être te rapatrier, comme « sanitaire ».

Mais son collègue allemand se montra moins arrangeant. Il reconnut du moins mes droits au titre de « travailleur léger ». Quelque temps après, on m'expédia au Kommando 2056 qui comptait une soixantaine de prisonniers affectés à l'agriculture. La baraque se trouvait en pleine cambrousse, près du village de Hofendorf, dans une région plate, entre le Danube et des collines boisées ; on y voit de grandes surfaces plantées en houblonnières. C'est ainsi que je suis entré dans la famille Loichinger, en même temps que mon copain Hermillon.

L'*Unteroffizier* qui dirigeait le Kommando nous a amenés lui-même à la ferme. C'était la mi-septembre, époque où le houblon est couvert de ses fruits, pareils à de petits cônes de pin. Déjà je baragouinais quelques mots d'allemand. Je m'étais acheté un livre où j'apprenais les règles, les déclinaisons, les verbes. Si bien que je réussissais à comprendre et me faire comprendre : je donnais même des leçons aux autres guéfangues ; j'ai toujours eu cette manie de jouer au maître d'école. Tous les trois, on arrive donc un matin chez les Loichinger. Une ferme comme je n'en avais jamais vu, avec une cour pavée, plus propre que ma main ; des géraniums à toutes les fenêtres ; le purin dans une fosse : le fumier invisible, entre trois murettes crépies : des vaches aussi astiquées que des sous-préfets, sans une seule de ces gringuenaudes accrochées à tous les poils, comme des breloques, qui font ressembler à des lustres leurs sœurs auvergnates.

La famille alignée nous attendait : deux vieilles, une femme encore jeune et quatre enfants, de six à treize ans. Imagine un peu dans quel état je me trouvais ! J'avais l'impression, malgré de nombreuses différences, de retrouver la maison où j'avais vécu jusqu'à ma douzième année ! Des Bessières agrandies, récurées, améliorées ! Oh ! crucifix ! Il me semblait que non seulement la guerre était finie pour moi, mais que je remontais aux sources du bonheur depuis si longtemps perdues.

« Voilà, dit à peu près le sous-off. Je vous amène deux K.G. français, qui étaient agriculteurs dans leur pays. Peut-être qu'ils ne sauront pas, au début, travailler comme vous le désirez. Montrez-leur. Mais si vous voyez qu'ils mettent de la mauvaise volonté, si vous avez à vous plaindre d'eux, faites-le-moi savoir. On les renverra au Stalag, pour un autre genre de besogne. »

Il se tourna vers moi et demanda :

« *Gefressen ?* Compris ?

— Compris. »

Une des vieilles s'avança et prit la parole. Elle parlait un mélange embarrassant d'allemand et de dialecte ; je crus entendre néanmoins qu'elle remerciait le militaire d'avoir accordé ces deux travailleurs pour remplacer les bras de leur cher Alois appelé au service de la Patrie allemande ; elle lui donnait l'assurance qu'ils seraient traités avec humanité mais fermeté ; elle espérait qu'elle n'aurait pas à déposer de plainte. L'autre vieille, la femme plus très jeune et l'aîné des enfants approuvèrent de la tête. La parleuse semblait exercer sur la maison une autorité que personne ne contestait.

« Compris ? me répéta Grenouille, notre sous-off.

— Compris », répétai-je en baissant la tête comme j'avais vu faire aux trois autres.

En fait, il ne s'appelait pas Grenouille, mais Ranuck ou Renuck ; nous avions arrangé son nom pour mieux le retenir. Grenouille lui allait comme un gant, à cause de son tour de taille. Ce n'était pas le méchant bougre. Il avait fait chez nous la Première Guerre mondiale ; il gardait une grande reconnaissance aux Français de ne pas l'avoir tué quand ils en avaient l'occasion. Quelquefois, il me parlait de ces combats terrifiants — en roulant affreusement les r : *schrrrrecklich !* — auxquels il avait participé. Comme j'étais celui qui comprenais le mieux son espéranto, j'étais aussi son interlocuteur préféré. Il m'avoua même qu'il lui restait dans la tête deux ou trois mots français.

« Ah ! ah ! Lesquels ?

— Attends ! »

Il se concentra profondément et finit par me lancer :

« Ponditerre ! Zinzano !

— *Was ?*

— Ponditerrre ! *Kartoffel !* Zinzano ! *Apéritif !* »

Je mis une petite musique là-dessus ; et je chantai toute la matinée :

Saints de terre et pommes d'anneau !...
Pommes de terre et Cinzano !
Cinzano et pommes de terre !
Pommes d'anneau et saints de terre !

Mon copain Hermillon était originaire, je crois, d'un département qui s'appelle la Drôme. Dans le civil, il y exerçait la profession de marchand ambulant. Il possédait une camionnette, s'en allait de village en village, de ferme en ferme proposer ses chemises, ses pantalons, ses tricots. C'était un maître ruffian. Il avait tellement de langue qu'il aurait, comme on dit en Auvergne, fait téter un veau de sept ans. Quand il prenait la parole, dans notre baraque, tu n'avais plus qu'une chose à faire : te coucher, t'enfoncer la tête sous ta couverture et t'endormir. Il racontait ses exploits de colporteur ; comment il avait vendu des bas de soie à une grand-mère de soixante-dix ans ; la manière dont il s'y prenait pour s'envoyer une femme qui lui faisait envie :

« Faut d'abord la choisir à ton goût, naturellement. Pas trop maigre. Moi, je crains la graisse : ni dans un lit ni dans le potage. Ensuite, de préférence, veuve, divorcée, séparée : ou bien avec un mari pas encombrant, qui passe ses jours loin de la maison. Tu vois ce que je veux dire... Tu l'obliges à acheter tout ce qui la tente : combinaisons, culottes à dentelles, robe d'été... Pour toi, d'abord, c'est un investissement. Au début, elle refuse : — C'est trop ! Je pourrai pas vous payer ! Comment voulez-vous ?... Tu réponds : — Vous en faites pas, ma bonne dame ! Je vous ferai tout le crédit que vous voudrez ! On s'arrangera toujours, vous et moi ! Quand on est jolie comme vous êtes, ça serait un crime de pas se faire valoir... Bref. Elle finit par succomber. Alors, tu la tiens. Tu laisses passer un mois ou deux, sans trop réclamer. Ensuite, tu te fais exigeant : — Et alors, quand est-ce que vous me réglez ? Mes fournisseurs, à moi, je peux pas les payer avec des sourires... Au bout de deux ou trois attaques dans ce genre, tu parles d'huissier. Elle prend peur, elle chiale : l'affaire est dans le sac. Tu lui laisses entendre que tu as pour elle tellement de sympathie, mais alors là tellement, que tu es prêt à te mettre sur la paille si elle veut bien se montrer gentille. Neuf fois sur dix, elle capitule. Et bientôt, effectivement, vous allez tous les deux sur la paille. Dans la grange ! »

Voilà comment il avait appris l'agriculture. Il racontait ces choses à nous, tas de pauvres péquenots, qui l'entourions, tous paysans de Bretagne, du Limousin, du Velay, de l'Auvergne, sauf moi qui avais été chiffreur de Caisse d'Épargne, mais avant petit cul-terreux de Saint-Rémy-sur-Durolle. Lui se tapait sur les cuisses en débitant ses fripouilleries ; je dois dire que ça ne nous faisait rire que du bout des lèvres ; chacun se reconnaissait dans le mari peu encombrant ; vue de ce côté de la barrière, l'histoire était moins drôle.

J'ajoute que ce gars-là, Hermillon, était plus laid que le cul d'un singe. Un nez qui ressemblait à une morille. Des dents noircies par le tabac. La figure vérolée de mille trous, comme s'il avait reçu une décharge de grenaille. Suffisait qu'il apparaisse quelque part pour esquinter complètement le paysage. Alors imagine le plaisir que pouvaient trouver ses clientes ! Voilà le compagnon de labeur qui m'avait été attribué à la ferme Loichinger.

Celle-ci était dirigée par Mme Rosalia, la mère d'Alois Loichinger, actuellement en train de conquérir l'Europe. Son œil gauche était blanc, strié de rouge à certains moments, il pâlissait encore et ressemblait à un œuf dur ; elle n'y voyait que de l'autre, ce qui l'obligeait à tourner toute la tête en te parlant. Personne ne discutait son pouvoir. Les autres adultes recevaient ses ordres avec une courbette et filaient les exécuter. Dans notre baraque, le réveil était à cinq heures et demie. Nous buvions notre café d'orge sacchariné, mangions nos sandwiches au pain (Connais-tu la recette ? Une tranche de mie entre deux tranches de croûte), quelquefois nos tartines de margarine, et à six heures et demie nous étions à la ferme. Frau Rosalia nous attendait pour nous distribuer la besogne. Si Hermillon et moi ne devions pas rester ensemble, elle me commandait :

« Traduis-lui ce qu'il doit faire. »

Car il prétendait toujours ne pas entendre un mot d'allemand. Quand quelqu'un lui donnait un ordre ou seulement lui adressait la parole, il répliquait par un calembour :

« *Los ! Los !*

— Mange-le, ton os !

— *Gemach !*

— Moi aussi, j'en ai marre.

— *Du, helfen !*

— Où c'est qu'il y a le feu ?... »

Ou bien il pratiquait ce petit jeu que j'ai vu faire cent fois par lui et par d'autres et qui consiste à lancer les injures les plus grossières, tout en exhibant un sourire aimable. Faut être bien sûr, naturellement, que l'interlocuteur ne soupçonne pas ce que tu lui débites. Sous des formes diverses, il se pratique depuis que le monde est monde. Ceux que la force écrase trouvent une consolation à insulter leurs maîtres. Et les jurons que l'on crache au ciel n'ont pas d'autre signification : ils t'aident à supporter ta misère.

A côté de Mme Rosalia, un peu plus âgée mais un degré en dessous dans la hiérarchie : Mme Hanna, belle-mère d'Alois. Une grande chèvre maigre, un peu voûtée, les cheveux toujours enveloppés d'un fichu noir, comme une glaneuse de Millet. Elle abattait autant d'ouvrage qu'un homme. Elle se signait chaque fois que nous rencontrions une des nombreuses croix qui gardent l'entrée des chemins : bien à l'abri sous un auvent à double pente un Christ rouge ; dessous très souvent, sa Sainte Mère en contreplaqué. Mme Hanna me rappelait un peu ma vieille vieille Mangematin. Elle nous engueulait, mais ne nous portait pas tort. Dans le café que nous buvions dans les champs, je l'ai vue ajouter quelquefois une pincée de vrai sucre.

A son propos, Hermillon me confiait d'étranges projets :

« La prochaine fois qu'elle nous amène par ici, tu sais ce que je fais ? Pendant qu'elle se baisse, je lui saute dessus, je lui tords le cou. Toi et moi, on la déshabille, j'enfile ses fringues : elle est aussi grande que moi, j'entrerai sûrement dedans. Et je mets les voiles. Direction : Valence. Je mettrai le temps qu'il faudra, mais j'y arriverai. A une pauvre grand-mère comme moi, tu penses bien qu'en chemin personne ne demandera aucun papier.

— Et moi ?

— Toi, tu restes. Tu enterres la bique sous la houblonnière.

— Et qu'est-ce que je dirai, pour expliquer sa disparition ?

— Tu diras que je l'ai enlevée ! »

Il éclatait de son rire qui ne faisait rire personne. Ses yeux brillaient méchamment, ses mâchoires se serraient ; sans la crainte d'être repris et pendu, je suis certain qu'il l'aurait fait.

Au troisième rang de l'échelle, venait Mme Gertrud, que sa mère appelait encore Trude, Trudchen. Elle aussi grande et maigre, elle aussi la tête enveloppée d'un fichu noir, tu l'aurais prise pour la sœur de Mme Hanna plutôt que pour sa fille. C'était une personne douce, même craintive ; elle tremblait spécialement devant Frau Rosalia ; elle osait à peine lever les yeux sur nous. Elle devait souffrir de je ne sais quelle maladie : souvent elle portait les mains à son ventre avec une grimace de douleur. Mais jamais je ne l'ai entendue se plaindre. Elle passait une partie de la matinée à surveiller l'arrivée du facteur.

Je croyais que, depuis la mobilisation d'Alois, la famille comptait seulement des femmes et des gamins ; en fait, il y avait aussi un homme : le père de Gertrud. L'âge ou la méchanceté lui avaient dérangé la cervelle ; on le tenait enfermé la plupart du temps dans sa chambre. Il nourrissait contre les Franzouses une haine à ne pas croire. Pourtant il n'avait participé ni à la première guerre, ni à la seconde, trop âgé dans les deux cas. C'est peut-être ce qui le mettait en rage : qu'elles lui soient l'une et l'autre passées sous le nez sans lui apporter aucune de ces satisfactions dont se régalent les guerriers survivants : le départ, la permission, le retour, l'uniforme, les voyages, les médailles. La possibilité de dire : « Quand j'étais sur le front... » Plus d'une fois je l'avais entendu se chamailler avec sa femme et sa fille, leur reprochant d'avoir accepté chez elles des cochons de Français. Hermillon lui faisait peur. Moi pas. Je n'ai jamais fait peur à personne. Pas même à ma chatte Greta, quand je la menace de la foutre dans la poêle ; elle me lance un regard de mépris. Si donc ce vieux-là me rencontrait seul dans la cour, il s'élançait sur moi, le bâton levé, l'injure à la bouche. Heureusement, je n'avais aucune peine à éviter ses coups. Alors, il cherchait des projectiles, une pierre, une fourche, sa propre canne ; il me les jetait à la tête. La poursuite durait jusqu'à ce qu'une des femmes vienne à mon secours ; elle le houspillait ; elle le ramenait à sa chambre. Gertrud me priait de l'excuser ; elle se touchait le front, pour m'indiquer le point de sa faiblesse.

Je me souviens d'une phrase qu'il aimait à répéter en nous regardant, Hermillon et moi :

« L'huile et l'eau ne se mélangent pas. Non, l'huile et l'eau ne se mélangent pas. »

Un jour, il m'a pris par surprise. J'étais occupé à traire les vaches dans l'étable en même temps que Frau Gertrud. Tout à coup je me sens arriver sur l'hémisphère nord un coup si rude que j'en dégringole par terre, renversant mon seau de lait dans la paille. C'était lui, le vieux saligaud. Et pendant que je nageais dans le fumier, à sa merci, il en profitait pour me bourrer les côtes des pieds et du bâton. Sa fille est venue à mon secours ; elle l'a enfermé à clé comme un malpropre. Ensuite elle m'a mis un bandage au front, elle en avait les larmes aux yeux :

« S'il vous plaît, ne dites rien au sous-officier. Dites que vous vous êtes cogné à une poutre. Nous avons tellement besoin qu'on nous aide ! Ne le dites pas même à Johann ! »

Johann, c'était Hermillon. J'ai promis ce qu'elle a voulu. Je n'avais aucune envie de quitter la maison, même avec ce vieux maboule dedans.

Avec les adultes, il y avait aussi les quatre gamins. Dans l'ordre descendant : trois filles et un petit garçon. Je te parlais de mon fluide : j'aurais pu me faire charmeur de serpents, de crocodiles, de n'importe quoi. Eh bien ! Je suis aussi charmeur de gosses. Au bout de quelques semaines, ceux-là étaient fous de moi. Du moins les trois plus jeunes. L'aînée, déjà demoiselle, déjà intoxiquée de *Propaganda*, gardait ses distances. Mais ses frère et sœurs me cherchaient, m'appelaient : « Baptist ! Baptist ! » comme si toute notre vie nous avions mangé nos choux ensemble. A la grande colère du vieux bâtonneur.

Pour gagner l'amitié des enfants, d'ailleurs, la recette est simple : suffit de jouer avec eux. Ils ont tellement l'habitude de confondre le Père Tout-Puissant et les adultes, redoutables, exigeants, lointains, que lorsque l'un d'eux se rapetisse à leur taille, à leurs sentiments, à leurs soucis, c'est un véritable mystère de l'Incarnation. Tout de suite, ils s'enthousiasment. Entre nous, il n'y eut jamais aucun problème, de races, de guerre et de paix, aucun conflit de générations. Oh ! Crucifix ! Pourquoi jusqu'à dix ou douze ans la vie est-elle si simple, et si compliquée après ?

On jouait ensemble à tous les jeux auvergnats de mon répertoire, qui se font avec des bouts de bois, des cailloux, des ficelles, des bobines vides. Ou même à mains nues. Je leur apprenais le *carré-marré* : tu traces par terre un carré ; chacun est muni de trois objets pareils, trois boutons, trois pierres, trois épis ; il doit les disposer en ligne droite, selon un côté, une diagonale ou une médiane, en même temps qu'il empêche l'adversaire de réussir le même alignement. Je leur apprenais la *caille*, le *dig-dag*, le *biquillou*. Ils me demandaient :

« *Wie heißt dieses Spiel ?* Comment s'appelle ce jeu ?

— *Das Biquillou.*

— *Das Biquillou ?*

— *Ja. Das Biquillou.* »

Ils le prononçaient très bien. Et d'entendre dans leur bouche ce mot saint-rémois au milieu de termes germaniques, je n'étais pas tellement sûr que l'huile et l'eau ne se mélangent jamais.

A tour de rôle, je les prenais sur mon dos, pour de grandes chevauchées à travers les bâtiments ; moi fouetté, éperonné, hennissant ; mon cavalier criant d'effroi et de bonheur.

Les jours de pluie, ou quand je n'avais que cinq minutes à leur consacrer, je les réunissais en cercle autour de moi et je leur apprenais des grimaces. Faut dire que je dispose d'une panoplie exceptionnelle. Elle mériterait qu'on l'enregistre, par le cinéma, la photo ou la peinture. Au bout de quelques leçons, ils obtinrent des résultats très encourageants.

— *Noch mehr !* me disait le petit Franz. Encore ! Encore ! »

Et Sang-de-Chou : « Ah ! si j'avais un drap !

— Un drap ? Un drap de lit ?

— Oui. Je vous ferais Casimir. Casimir le fantôme avec sa jambe de bois. Il habite dans un vieux château. La nuit, il se lève, il descend dans la cuisine, parce qu'il est très gourmand. Il lèche les plats, il finit les restes de gâteaux... »

Je leur mis tellement l'eau à la bouche qu'ils allèrent trouver Frau Gertrud, la suppliant de me prêter un drap :

« Prends le mien, proposa Franz. Prête-le à Baptist. S'il te plaît ! S'il te plaît ! »

Faut dire que dans les lits allemands il y a un seul drap : celui de dessous. J'ai donné mon petit spectacle dans la grande salle de la ferme, sous le portrait d'un ancêtre à casque à pointe. Un genou replié, cognant le plancher de mon faux pilon, j'ai secoué mon linceul en poussant des cris de chat-huant :

« Hou hou hou houououou !... »

Ça leur a procuré beaucoup d'agrément. Quelque temps après, je leur ai suggéré :

« Savez-vous ce que vous devriez faire à votre tour ?... Entrer dans la chambre du grand-père, et lui jouer le rôle de Casimir. »

Et eux, sans malice : « Tu crois ?

— Oui, ça l'amusera. Ça le mettra de bonne humeur. »

Je pensais que le choc pourrait le tirer de sa folie, que tout le monde y gagnerait. Ils décident de suivre mon conseil. La seconde fille, Luischen, se met le linge sur la tête : ils montent rendre visite au *Grossvater*, sans prévenir. Un moment après, ils redescendent :

« Alors ? Est-ce qu'il a ri ?

— Non. Il est devenu tout rouge. Il a poussé un hurlement. Il est tombé à la renverse dans son fauteuil. »

J'eus l'espoir de l'avoir tué. Ce vieux-là n'avait pas le sens de la drôlerie. Moi, il me semble que faire rire son prochain est un acte d'aussi pure charité chrétienne que de soigner les lépreux. Mais faut croire que le remède ne convient pas à certaines natures. En fait, le grand-père se remit très bien de son émotion. Le lendemain, je l'aperçus derrière la fenêtre de sa chambre : il me tendait le poing.

Hermillon voyait sans sympathie les relations amicales que j'entretenais avec la famille Loichinger. Il trouvait aussi que je travaillais avec trop d'ardeur.

« Bougnat, tu es un fumier.

— Pourquoi que je suis un fumier ?

— Parce que tu fais du zèle. Le devoir d'un prisonnier de guerre est d'en foutre le moins possible. Tu aides l'ennemi. Tu fraternises. Tu mérites douze balles dans la peau. » Puis il se mettait à ricaner : « A moins que tu ne cherches, hein, à t'envoyer la Gertroude ?

— Moi ?

— Petit salaud ! C'est ça qui te pousse, sûr et certain : tu as du goût pour elle ! »

Son accusation était tellement idiote que je finis par lui avouer le peu d'intérêt que, sur ce plan-là, je portais aux femmes.

« C'est donc ça ! qu'il fit alors.

— Quoi ça ?

— Tu préfères les enfants ! Voilà pourquoi tu leur fais tant de mimis ! »

Ce type-là avait des idées aussi dégoûtantes que sa figure.

Je suis resté plus de deux ans au milieu de ces houblons. J'avais renoué ma vieille amitié avec la terre, les animaux. Pendant ce temps, la guerre continuait. Des avions traversaient le ciel en tous sens ; les usines d'armement ronflaient nuit et jour ; des trains chargés d'obus, de tanks, de canons passaient sous nos yeux. Je me demandais où était mon devoir : fallait-il que je tire au flanc à la manière d'Hermillon, que je fasse la gueule à tout le monde, que je me persuade aussi que l'huile et l'eau ne se mêlent pas ? Ou que j'agisse selon ma nature, sans voir constamment un drapeau sur le paysage ?

Les Loichinger étaient catholiques comme moi. Du moins, comme j'aurais voulu l'être. Chaque pièce de la maison était ornée d'un Christ de bonne taille. Le matin et le soir, nous prenions nos repas au Kommando ; mais à midi, nous mangions avec nos maîtres. Ils étaient en droit de nous placer à l'écart ; en fait nous partagions leur table. Le dîner commençait par la prière du *Benedicite* que chacun récitait debout. Hermillon en profitait pour grommeler d'un air pieux un couplet dans le genre :

« Que ce repas vous crève tous, vous, votre gouvernement et votre armée. Envoyez-leur, Seigneur, la chiasse, la vérole, le scorbut et le choléra. Amen. »

Frau Rosalia servait tout le monde, petits et grands, s'efforçant de faire des parts rigoureusement égales. Personne ne protestait. Sauf le *Grossvater*, quelquefois : il se plaignait que les nôtres soient trop fortes ; ensuite, il se taisait, ayant assez à faire à mâchouiller de sa bouche sans dents. A la fin du repas, nous buvions de l'eau ou de la bière de ménage, sans alcool, à base de houblon, amère, mais désaltérante.

L'avantage des Kommandos agricoles était que les guéfangues y jouissaient d'une plus grande liberté que dans les autres. Ainsi, comme nous n'avions pas de curé dans notre effectif, il nous était permis d'aller suivre la messe à l'église d'Hofendorf. Personne ne s'y refusait, pas même Hermillon qui était à peu près aussi chrétien qu'un bidet hygiénique. Encadrés par nos bergers, nous nous y rendions en colonne par trois. Un coin nous était spécialement réservé. Le prêtre invitait les assistants, tous les assistants, à prier pour la paix. A la sortie, les petits Loichinger couraient à mes trousses :

« Baptist ! Baptist ! »

Ils me refilaient un bonbon enveloppé de cellophane. Je les remerciais en leur jetant une grimace improvisée qui les tuait de rire. Ce qui me consolait des accusations de traîtrise, c'est que je voyais d'autres prisonniers « fraterniser » avec leurs patrons ou patronnes : ils bavardaient ensemble sans aucune nécessité de travail. Quelquefois même, les maîtres allemands intervenaient auprès des sentinelles, gagnaient leur complicité, emmenaient leurs guéfangues boire un schnaps au *Gasthaus*.

Une fois, j'eus la curiosité de rendre visite au cimetière derrière l'église. Ça ne respirait pas la misère, là-dedans : rien que des tombes trois étoiles, chacune avec sa luxueuse dalle polie, son Christ doré, sa veilleuse, son bénitier particulier. Pas un brin d'herbe superflu. Du sable fin dans les allées. Et au fond, surmonté de la croix de Malte, un panneau de granit :

A NOS GLORIEUX SOLDATS
TOMBÉS POUR LA PATRIE

Au-dessous, se trouvaient alignés vingt-quatre noms en deux colonnes. Ce qui n'était pas mal pour un minuscule patelin comme Hofendorf : à plein chargement, il ne devait pas compter plus de cinq ou six cents âmes. A côté de chacun, étaient gravées l'appellation et la date du point de chute. Et la chose surprenante — au fond toute naturelle, mais surprenante dans le premier instant — c'est que presque toutes ces appellations étaient françaises : *Péronne, Saint-Quentin, Verdun, Apremont, Montfaucon, Montmédy...* Exactement les mêmes lieux que tu lis en France sur n'importe quel monument de ce genre ! Bien sûr, tu penses d'abord : « Fallait pas qu'ils y aillent ! » Mais ensuite, il peut arriver que tu te dises : « La plupart n'avaient sans doute pas demandé d'y aller. » Les guerres sont des événements très difficiles à comprendre comme les tremblements de terre.

Tout à coup, qu'est-ce que je lis ? Crucifix ! Je me rappelle encore le nom : *Gürster Karl, Bois-Brülle*. Oui, c'était une orthographe spéciale, Bois-Brülle, avec un u tréma et deux l. En bon français, ça donnait Bois-Brûlé ! Bois-Brûlé ! Gürster Karl était tombé à Bois-Brûlé, là où précisément mon oncle Pierre Mangematin avait laissé ses os ! Ce frère de ma mère dont je ne connaissais les traits que par une seule photographie, en pioupiou 1910. Gürster Karl, Mangematin Pierre : de prime abord, rien de commun entre eux ; et pourtant, le fait de les savoir morts ensemble, d'avoir saigné sur le même sol les réunissait.

Une idée bizarre me passa par la tête : « Tu vas chercher à savoir s'il existe encore des Gürster dans la région. Si tu retrouves la famille de Karl, pourquoi n'irais-tu pas leur rendre visite ? Tu leur dirais : Gürster Karl (votre père ? oncle ? frère ?) est tombé à Bois-Brülle, de même que mon oncle Mangematin Pierre, frère de ma mère. Qu'est-ce que vous pensez de ça ? — Peut-être qu'ils n'en penseront rien du tout. Peut-être qu'ils en penseront quelque chose. Tu verras bien. » Voilà l'idée qui me plut dans la cervelle à la suite de ma visite au cimetière de Hofendorf.

D'abord, j'interrogeai sur ce point Mme Gertroude :

« Des Gürster ? Bien sûr qu'il en reste ! Il y a le forgeron. Ses fils sont mobilisés ; lui non, à cause de son infirmité de la jambe.

— Croyez-vous que je puisse aller lui parler ?

— Vous pouvez. »

Le dimanche d'après, je me mets en route. Je n'ai aucune peine à trouver la maison du forgeron : le nom est écrit au-dessus de la porte : *Johannes Gürster, Schmied.* Comment serai-je accueilli ? J'hésite longtemps, avant de frapper. J'aimerais mieux rencontrer mon homme à l'extérieur ; je tourne vaguement dans les parages. Personne. C'est une journée sans neige, mais froide ; les habitants se tiennent au coin du feu. Enfin je me décide. Un grand gaillard vient m'ouvrir, avec une jambe de bois, comme Casimir, mais sans drap sur la tête : cheveux gris, épaules larges, figure rougeaude. Je lui arrive aux épaules. Le *K.G.* et mon triangle rouge lui expliquent qui je suis. Il me considère sans sourire, mais sans hostilité. Il me salue même le premier :

« *Grüss Gott !*

— *Grüss Gott !* Vous êtes le forgeron Gürster Johannes ?

— Lui-même, pour vous servir.

— Seriez-vous un parent du soldat Gürster Karl, tombé en France, à Bois-Brülle ?

— Gürster Karl ? C'était mon frère aîné. Il est mort.

— J'ai vu son nom au cimetière, sur le monument. Ma mère aussi avait un frère aîné. Mon oncle, donc. Il s'appelait Pierre. *Peter.* Et comme votre frère à vous, la même année, il est aussi tombé à Bois-Brülle. »

Il me regarde sans répondre. Je ne suis pas très sûr qu'il ait bien compris mon mauvais allemand. Je recommence mes explications : « J'avais un oncle, qui était soldat comme votre frère. Dans l'armée française, naturellement... Il a été tué... » Il répète à son tour, fronçant ses gros sourcils :

« Voyons. Ton oncle... mon frère... ils sont tombés à Bois-Brülle... tous les deux... Hein ? C'est bien ça ?

— C'est bien ça.

— Et alors ? »

Alors, ça ne lui fait aucun effet. C'est tout au plus pour lui une curiosité. Entre son frère et mon oncle, entre lui et moi, il ne sent pas le plus petit lien. Non, vraiment, il ne voit rien du tout. Il reste là, les sourcils levés, la bouche ouverte :

« Et alors ?

— J'ai voulu vous rencontrer... vous apprendre ce détail. Je pensais que ça vous intéresserait. »

Il hausse les épaules, et répond par un mot qui m'est inconnu :

« *Schicksal !* »

Il semble s'apercevoir que je ne comprends pas ; il me le répète plusieurs fois, avec l'espoir que ça ira mieux à la quatrième :

« *Schicksal !... Schicksal !... Schicksal !* »

De toute manière, je vois qu'il n'y a plus rien à ajouter. Je salue et je retourne au Kommando.

Mon premier soin est de chercher *Schicksal* dans mon livre : Destin ! Destin ! Destin !

17

A la ferme on m'employait à tous les travaux possibles. Et je dois dire que jamais je ne me suis trouvé dans l'embarras ; au fond, malgré mes douze années de Caisse d'Épargne, j'étais demeuré un paysan en chômage. Si Séraphin et son Européenne ne nous avaient pas, mes vieux et moi, chassés des Bessières, je serais à l'heure présente en train de labourer un coin de ma première paroisse. Les choses se sont passées autrement ; n'en parlons plus.

Chez ces gens, on produisait plusieurs choses ; mais principalement du foin, des pommes de terre, du houblon. Avant de venir en Allemagne, je ne connaissais de cette plante que le nom. Dès le second jour de notre présence, Mme Hanna, notre contre-maîtresse, nous a conduits, Hermillon et moi, à la houblonnière. Celle-ci couvrait environ un hectare. Quand je me suis trouvé devant cette immense architecture de poteaux, de câbles, de fils de fer, j'ai pensé avoir la berlue. Comment te décrire la chose ? Figure-toi que tu doives faire sécher, après la lessive, des bannières longues de vingt mètres. Pour ça, tu construirais des étendoirs en proportion : tu enfoncerais dans la terre, non des piquets, mais des arbres, des sapins de quinze ans, pareils à ceux qui soutiennent les lignes téléphoniques. Tu leur donnerais une inclinaison légère vers l'extérieur ; tu les retiendrais par des haubans. Et au sommet, tu tendrais un câble d'acier, aussi gros que le petit doigt, maintenu bien horizontal par des raidisseurs. Tu élèverais douze ou quinze étendoirs de cette façon, à trois mètres d'intervalle. Maintenant, au lieu d'installer là-dessus ton linge, de chaque câble fais descendre des fils plus fins, parallèles, inclinés pour mieux résister au vent, disposés eux aussi tous les trois mètres. En bas, retiens-les à des crochets profondément enfoncés dans le sol. C'est fait : ta houblonnière est bâtie. Dépourvue encore de végétation, elle forme de loin de grands trapèzes hachurés. Mais dès la fin avril, les pousses commencent leur ascension : elles s'enroulent autour de chaque fil, dans le sens inverse des aiguilles d'une montre ; en mai, elles sont déjà à cinq mètres du sol ; en juillet, à dix ; ensuite, ayant atteint le sommet, elles retombent, pendouillent comme des scolopendres. Dans l'intervalle, elles se sont chargées de feuilles, de rameaux, de grappes ; ce qui fait qu'au moment de la récolte, vers le milieu de l'été, chaque étendoir s'est mué en un rideau touffu, imperméable au soleil, où s'empêtrent les étourneaux.

Mais avant d'en arriver là, que de soins demande le houblon ! En octobre, tu le tranches à une coudée du sol, et tu débarrasses les fils des tiges sèches ; elles feront un feu de joie. Avant les premiers gels, tu recouvres de terre les pieds, pour qu'ils passent l'hiver au chaud. Comme c'est une plante très vorace, tu dois enrichir le sol de tout le fumier disponible ; et il faudra, en cours de végétation, l'arroser de purin coupé d'eau. Au printemps, tu découvres les souches pour la première taille. Mme Hanna nous remettait de curieuses serpettes faites avec la pointe emmanchée de vieilles faux, coupantes comme des rasoirs. Quinze jours plus tard, sortent les pousses : tu n'en gardes que deux ou trois par pied, tu châtres les autres. Quand elles ont atteint une longueur suffisante, tu les attaches au fil avec des liens de paille humide, en amorçant leur virage. Elles montent très vite. Fin juin, tu enlèves toutes les feuilles jusqu'à hauteur d'homme ; ça favorise le passage du soleil ; et surtout ça les protège de l'araignée rouge. Une bestiole pas plus grosse que les artisons du fromage, mais qui perce la peau du houblon pour lui sucer le sang. Si tu la laisses atteindre le sommet, la houblonnière est perdue : elle sèche, les fruits ne grossissent pas ; il ne reste qu'à la purifier par le feu.

On faisait le labour, le buttage, l'enfouissage avec l'aide d'une jument, appelée Dora. On l'attelait à la charrue, au *Karren*, au tonneau à purin. Une bonne bougresse, pacifique, le poil long et laineux, dans lequel Hermillon et moi enfoncions nos mains pour les réchauffer, à la saison froide. Le moment le plus intéressant était la récolte, qui rappelait un peu les vendanges d'Auvergne. Car la besogne demande aussi beaucoup de monde : de quinze à vingt personnes, et elle dure huit jours. Non seulement toute la famille est employée, femmes, enfants, jusqu'au vieux bâtonneur ; mais nos patronnes appelaient à la rescousse amis, voisins, voisines, parents, parentes. Venus chaque matin à pied, à bécane, en voiture, ils campaient dans la cour de la ferme où la table était dressée sur des tréteaux. Ils mangeaient des œufs, de la charcuterie, de la marmelade de rhubarbe. Hermillon et moi profitions des ripailles ; nous trouvions facilement la place d'ajouter ce *Frühstück* à notre frichti. La besogne ne commençait pas très tôt, car tu dois attendre que la rosée soit entièrement évaporée ; sinon, les cônes sècheront difficilement et risqueront de moisir. Chacun ressemble à un minuscule artichaut. Il est mûr quand de vert il tourne au jaune, de mou, à l'élastique : craquant comme une boule de papier. A ce moment, la houblonnière baigne dans cette odeur douce-amère que tu retrouves dans la bière de qualité. La récolte exige aussi une énorme quantité de corbeilles ; il en faut deux par ouvrier : une qui voyage pleine, sur la charrette, entre la campagne et la maison ; l'autre qui est en train de se remplir. Car on évite les transvasements qui font perdre aux cônes une partie de leur précieuse poudre.

Le travail est simple, mais lent, minutieux. Les premiers jours, tu cueilles les fruits à portée de main ; l'équipe se partage entre les deux façades de chaque muraille verte. On est nez à nez, on ne se voit pas, on parle à travers les feuilles. Un peu plus tard, le câble collecteur qui soutenait tout le système est relâché : l'ensemble s'affaisse jusqu'à mi-hauteur. Plus tard encore, on le descend à fond. Les corbeilles pleines sont empilées avec ménagement sur la charrette, que Frau Hanna elle-même conduit jusqu'à la ferme. Elle les vide sur le plancher de l'immense galetas ; la récolte y forme une couche qui ne doit pas dépasser une largeur de main. Deux fois par jour, Hermillon et Sang-de-Chou la retournent à la pelle de bois, pour assurer un bon séchage. De nos jours, bien des choses ont changé. Cette opération, par exemple, se fait dans des fours spéciaux, hors de la ferme. Elle y a gagné en facilité, elle y a perdu en odeur. L'immense parfum des cônes s'échappait des combles ; c'était comme un océan de bière dans lequel tu faisais naufrage, corps et biens.

Outre les bons casse-croûte, j'aimais la gaieté de la compagnie. Les hommes, malgré leurs têtes blanches, s'en racontaient de raides ; même si je n'en comprenais que les éclats de rire. Les filles, les femmes ne se privaient pas non plus. Hermillon se frottait à elles ; il y aurait touché volontiers ; seulement, il se faisait taper sur les doigts et traiter de cochon. Il n'insistait pas : il n'était pas homme à commettre des imprudences.

A un moment donné, quelqu'un entonnait une chanson. Alors, toute la troupe reprenait l'air en chœur dans les couloirs de la houblonnière. De ma vie je n'avais entendu pareille fanfare. Tu en oubliais complètement la putain de guerre. Mais tout à coup, une volée d'avions traversait le ciel. Ça coupait le sifflet à tout le monde. On levait la tête, on essayait de les identifier. Après leur départ, c'était un silence consterné. Les gens parlaient bas, comme s'ils avaient eu honte de leur gaieté précédente. Ils évitaient d'évoquer les absents ; mais tu sentais en ces moments que leurs pensées se tournaient vers eux. Il fallait longtemps pour que ce malaise se dissipe.

Quelqu'un disait parfois :

« Baptist ! Johann ! Chantez-nous un air de votre pays ! »

Hermillon lâchait une grossièreté, en souriant. Il me proposait :

« On leur envoie : *Vous n'aurez pas l'Alsace et la Lorraine* ? »

Et moi, pour le défier : « D'accord. A deux on commence : un...

— Fais pas le con. Y a des mots, là-dedans, qu'ils pigeraient. Ça risquerait de mal finir. Qu'est-ce qu'on leur sert ? »

On était embarrassés. Ce qu'il connaissait, je ne le connaissais pas. Et vice versa. Lui aimait les chansons poisses, qui manquaient à mon répertoire. Dans le genre :

Du gris que l'on prend dans ses doigts,
Que l'on roule...

Ou bien :

C'est la java,
La vieill'mazurka
Du vieux Sébasto...

Celle-ci, véritablement, il la dégobillait ; il la mimait en roulant des hanches, un panier serré contre son ventre en guise de cavalière. Les Allemands se tordaient. Moi, je susurrais quelques chansons enfantines. Comme celle-ci, innocente et pucelette, qui convenait aux circonstances :

Dormez-vous encore
Mes gentils cousins ?
Le jour brille et dore
Les coteaux voisins.
Vendangeons dès l'aurore
Les jolis raisins...

Une fois par mois, à peu près, M. Saint-Joanis réunissait tout l'effectif de l'école dans sa classe pour la leçon de chant. Il tirait de sa housse un instrument d'or massif : un piston. Pour se faire les lèvres, il commençait par quelques tur-lu-lu-tu-tu-tu gratuits, qui n'étaient pas dans la séance ce qu'il y avait de moins beau. Les paroles étaient copiées au tableau, magnifiquement. De ma vie, je n'ai rencontré une écriture aussi royale que celle de M. Saint-Joanis. (Sauf autour des billets de cinquante francs : *Banque de France, Banque de France, Banque de France*...) Dans la houblonnière, en roucoulant ma chansonnette, je revoyais ce plus-que-passé. Les larmes m'en venaient aux yeux... On m'applaudissait avec indulgence.

La récolte se déroulait ainsi pendant plus d'une semaine. Ensuite, les invités cessaient de revenir. Il ne restaient plus que nous, Loichinger et guéfangues. Quand le houblon se trouvait bien sec, on l'enfournait dans les sacs de jute aussi longs qu'un chrétien. Les camions des brasseries venaient le chercher. La ferme gardait seulement la petite provision à laquelle elle avait droit, pour fabriquer sa bière de ménage.

Au début de l'hiver 1941, nous avons eu une surprise. Comme les autres matins, nous arrivions du Kommando, Hermillon et moi, avant le jour. Nous avions marché dans la neige avec nos sabots ferrés ; l'idée de nous fourrer dans l'étable chaude, en compagnie des vaches, nous réjouissait.

Mme Rosalia nous attendait dans la cour, un doigt sur la bouche :

« *Sch ! Sch !*

— Quoi, *sch, sch ?* fait Hermillon.

— Mon fils est arrivé ! En permission ! Il dort ! Ne le réveillez pas ! »

Alois ! Le fameux Alois dont j'avais vu les photos, les bottes, le chapeau. Qui, par son absence, régnait invisiblement sur la ferme, comme Dieu sur son univers. Je me suis demandé s'il allait se ressembler, comment il nous accueillerait. Nous nous sommes attelés à nos besognes. Jamais Hermillon — qui me reprochait mon zèle — n'en avait mis autant dans les siennes. Cependant, Alois était dans les bras de sa femme et ne trouvait pas le temps long.

Vers onze heures, on l'a vu paraître. En tenue moitié civile, moitié militaire, sur le pas de la porte, jambes écartées, il nous regardait. J'étais occupé à sortir le fumier quotidien. Mon collègue balayait la neige. Nous lui avons adressé un petit signe de tête, comme il convenait à notre infériorité. Pas plus qu'il n'en fallait. Il s'est avancé. Il n'était ni plus grand ni plus petit que nous. Il nous a dit bonjour, nous a demandé si nous parlions allemand.

« *Nein,* » a fait Hermillon.

Et moi : « *Ein wenig*. Un peu. »

Notre dialogue n'est pas allé plus loin. Il se tenait là, au milieu de la cour, en culotte de l'armée et en chemise, malgré le froid. Je sentais en lui de la bonne volonté. Il sentait en nous de la méfiance. Chacun est resté sur ses positions. Nous, K.G., on faisait en somme comme s'il n'avait pas existé. On n'était pas payés, après tout, pour lui tenir la conversation. A la fin, il a fait demi-tour ; il est rentré dans la maison. Au bout d'un moment, Franz, le petit quatrième, sort en coup de vent, excité comme le diable, m'accroche par la capote :

« Viens ! Viens !

— Qu'est-ce qu'il y a ?

— Viens tout de suite ! Tout de suite ! »

Ma foi, un ordre est un ordre. Je m'exécute ; je me laisse entraîner à l'intérieur. Je retrouve le permissionnaire au milieu de sa famille, un peu surpris de cette entrée. Gertrud sourit, avec cette expression mi-pluie mi-soleil que donnent les bonheurs provisoires.

« C'est Baptist, dit Franz.

— Enchanté ! » dit Alois, comme s'il me voyait pour la première fois. Et il me tend la main, je lui tends la mienne. Puis il ajoute :

« Va chercher ton ami. On va célébrer. »

Encore un qui me tutoie. Hermillon pose son balai, se précipite. On retrouve la pièce pleine de monde. Même le *Grossvater* est là, qui nous fusille des yeux. Des verres sont sur la table, autour d'une bouteille à demi remplie d'un liquide incolore. Le militaire verse la liqueur. Mon Dieu ! Faites que ce ne soit pas de l'eau bénite !

« Je bois... »

Il ne trouve pas à quoi il pourrait boire. A quelque chose qui soit acceptable pour tout le monde. Frau Gertrud suggère :

« Au retour de la paix !

— Voilà ! Au retour de la paix !

— A la paix !

— Oui, oui ! A la paix !... »

Ce n'est pas de l'eau bénite ! Merci, Seigneur ! Ça élève l'âme et réchauffe les intestins.

Alois est resté une dizaine de jours. Il avait repris ses vêtements de paysan. Il travaillait avec nous, nous tapait sur l'épaule. Il arrivait de Hollande, mais pensait partir prochainement vers une autre direction.

Et nous : « Qu'est-ce qui vous fait croire ça ?

— On nous a recommandé de prendre, en revenant, tous les lainages dont nous disposions.

— Des lainages ?

— Oui, des lainages. »

Il souriait. Je comprenais le sens des lainages.

Effectivement, le jour venu, il portait sous le bras un paquet volumineux. Pour Alois, Hermillon a attelé la jument Dora. Tout le monde faisait cercle, dans la cour. Tu aurais dit les adieux de Fontainebleau tels qu'ils figuraient dans mon livre d'histoire de France. Il nous a serré la main, à mon collègue et à moi, chaleureusement. Il semblait nous confier sa ferme. Frau Gertrud et les enfants pleuraient. Mme Rosalia se raidissait dans son garde-à-vous. Le *Grossvater* s'accrochait à la charrette. Alois est monté dedans, près de Mme Hanna ; il a levé le bras pour nous dire au revoir. Moi, parce qu'il en avait besoin, j'ai crié :

« *Glückliche Reise !* »

Bon voyage ! Heureux voyage ! Il a souri à l'idée de tout ce bonheur que je lui souhaitais. La voiture est partie, dans le tintement des jantes et des grelots. Le vieux dingue s'est tourné vers nous, les deux K.G., pour nous maudire ; il nous a tendu le poing, en grommelant :

« Les meilleurs s'en vont ! Les saletés restent ! »

Pendant que j'y suis, faut que je te raconte un exploit du nommé

Hermillon, alors que nous nous trouvions chez les Loichinger. Ces gens nous traitaient humainement ; ils nous nourrissaient de leur mieux. En revanche, ils exigeaient beaucoup de travail, ce qui n'était pas du goût de mon frère en Kriegsgefanguerie. Tandis que Mme Hanna et moi-même en mettions un rude coup à tourner le foin, butter le houblon, scier le bois, monsieur s'arrêtait soudain, disant :

« J'ai le coup de pompe. Traduis. »

Il sortait une boîte de sa poche : elle contenait deux cigarettes, soigneusement protégées. Nous en trouvions dans nos colis. Moi qui ne fumais pas, je m'en servais comme monnaie d'échange. Certains collègues t'auraient vendu leurs culottes pour un paquet de cigarettes. Lui était plutôt acheteur ; avec d'autres vices, il avait dans le sang celui du tabac.

« Chacun a le sien, qu'il me disait modestement. Moi, c'est de piper. Toi, c'est de caresser les petits Boches. »

Je le laissais déconner ; comme il était plus costaud que moi, il ne lui aurait pas déplu de me boxer, à l'occasion. Mais j'ai toujours considéré que s'attaquer à plus faible que soi est lâche ; que s'attaquer à plus fort est idiot.

Il prenait donc le temps de bien digérer son coup de pompe, tout en faisant des ronds de fumée et me narguant d'une voix douce :

« Force un peu, feignant !... L'Allemagne a besoin de ton travail ! Ah ! tu la recevras, ta croix de fer, va ! Tu la recevras ! »

Et si notre patronne s'impatientait, toujours aussi gentil :

« Dis-lui merde pour moi. Traduction. »

Il ne se remettait au boulot que lorsqu'elle parlait d'avertir Grenouille, notre sous-officier vert.

Tu te rappelles Dora : cette brave jument qui nous servait de radiateur. Une bête docile, apte à tous travaux. De plus, elle sentait bon. Les vaches, elles, sentent quelquefois le lait aigre, la bouse fermentée ; surtout les auvergnates, pauvrettes, parce qu'on ne les bichonne guère. J'aimais son odeur de cheval propre, musquée, chaude, son parfum de cuir neuf. Or, un matin, Dora refusa de se laisser atteler. Elle se cabrait, hennissait, se tortillait, appelait sa mère. Tout de suite, la famille fut dans l'angoisse. On lui tâta le museau : pas de fièvre. Je suggérai :

« Peut-être veut-elle le mâle ? »

On fit l'expérience. Elle fut conduite à son fournisseur habituel, qui habitait une ferme voisine. Elle l'envoya sur les roses. Alors le vétérinaire de Schierling vint à bicyclette. Il examina la patiente des oreilles à la queue, prit sa température, l'ausculta, se gratta la tête, se moucha longuement, laissa en partant une poudre rose à dissoudre dans l'eau de sa boisson pendant neuf jours. Ça devait la calmer. Nous avons suivi strictement ses prescriptions. Elles ont eu pour effet de provoquer chez Dora une perpétuelle somnolence.

Des heures, elle demeurait couchée. Quand elle réussissait à se tenir debout, elle baissait la tête comme une pécheresse. J'allais lui parler aussi souvent que possible pour lui remonter le moral. Elle me flairait tristement les genoux, elle n'arrivait pas à relever cette tête trop lourde. A tout prendre, on aimait mieux l'agitation précédente que cet abattement lugubre qui semblait annoncer la mort.

C'est pourquoi, une fois terminée la neuvaine, on a été plutôt satisfaits de la voir reprendre peu à peu sa nervosité. Au bout de vingt-quatre heures, on repartait à zéro : elle s'était remise à danser le caque-valque.

Alors, Hermillon est intervenu. Un matin, il me fait :

« Dis à Frau Rosalia que moi, je peux la guérir, leur jument.

— Toi ?

— Oui, moi.

— Et comment ?

— T'occupe pas du comment. Contente-toi de traduire. »

Ça ne m'étonna qu'à moitié : je savais ce type-là rusé comme le diable. Par mon intermédiaire, il s'établit une négociation entre lui et la patronne des patronnes :

« C'est vrai que tu pourrais guérir Dora ?

— C'est vrai.

— Tu connais son mal ?

— Je le connais.

— Si tu fais ça, nous t'en aurons beaucoup de reconnaissance.

— La reconnaissance ne me suffit pas. Je veux autre chose.

— Ah ! Ah ! Tu veux autre chose. Bien sûr. Si nous pouvons... Qu'est-ce que tu voudrais ?

— Dix paquets de cigarettes.

— Dix paquets de cigarettes ! Où veux-tu que nous les trouvions ? Tu sais combien le tabac est rare !

— Débrouillez-vous. Faites des échanges. Pas de cigarettes, pas de guérison.

— Et qui me garantit... ?

— Vous me paierez après. Quand vous aurez vu de vos yeux. »

Frau Rosalia se débrouilla en effet. Pour commencer, je soupçonne qu'elle dut mettre la main sur l'attribution du *Grossvater* : on entendit le vieux tempêter plusieurs jours de suite dans sa chambre. Après quoi, elle nous convoqua de nouveau, Hermillon et moi :

« Tu peux, qu'elle lui dit, t'occuper de Dora. Je suis en mesure de payer le prix convenu.

— Montrez-moi la marchandise. »

Elle l'étala sur la table. Il se pencha sur les paquets, les huma avec gourmandise, tourna vers moi le sourire de sa bouche noire :

« C'en est. Je l'ai eue, hein, ma capitulation sans condition ! »

Mme Rosalia comprit le mot « capitulation » ; elle devint cramoisie, lui lança des injures que je préférai ne pas traduire. Je ne les avais d'ailleurs comprises qu'à moitié.

« A présent, stipula Hermillon, laissez-moi seul avec la malade. »

Comme il avait vu faire au vétérinaire, il retroussa ses manches, se lava les mains méticuleusement, se cura les ongles ; il se donnait un air médical cent pour cent. Il resta tête à tête avec la jument environ dix minutes ; au bout desquelles il ressortit, disant d'un air assuré :

« C'est fini. Constatez vous-même. »

En effet, Dora semblait avoir retrouvé son ancienne nature. Elle se laissa lier dans les brancards. Hermillon reçut ses dix paquets ; toute la famille le considéra d'un air de respect et d'aversion. Un tel pouvoir n'était pas normal. Lui consommait ses cigarettes au nez et à la barbe des femmes, lançait la fumée au visage du *Grossvater* qui en crevait de fureur, derrière sa vitre.

Je l'interrogeai :

« Qu'est-ce qu'elle avait ?

— En éternuant, elle s'était entortillé l'œsophage autour de la matrice.

— Je vois. Et qu'est-ce que tu lui as fait ?

— J'ai défait le nœud... »

Je ne pus rien en tirer que des moqueries. Au fond, son secret, je comprenais qu'il voulût le garder. Pendant quelques jours, il fuma donc tout son soûl : il n'avait pas la sagesse de faire durer sa provision. Maintenant, nos patronnes n'osaient le bousculer ; elles fermaient les yeux sur les longues récréations qu'il s'octroyait.

Les choses étaient redevenues normales ; elles durèrent ainsi un certain temps. Tout à coup, au bout de trois mois environ, rechute. Dora recommence à trépigner, à refuser le harnais, à danser la java. Consternation générale, sauf chez mon collègue, qui ricane :

« Cette fois, je parie qu'elle se sera noué le duodénum avec le cubitus. Ça va être beaucoup plus compliqué : et beaucoup plus cher ! »

Nouvelles négociations avec Mme Rosalia.

« Je veux quinze paquets, exige Hermillon par ma bouche.

— Tu en auras dix, pas un de plus.

— Dans ces conditions, allez chez le vétérinaire.

— Celui-là est vieux et myope. J'en ferai appeler un autre, même s'il faut le faire venir de Berlin. Il finira bien par trouver... »

Le guéfangue sentit le danger ; il rabattit son prix :

« C'est bon. J'accepte les dix paquets. »

L'opération se déroula comme la première fois, elle eut la même fin. Quand mon copain sortit de l'écurie, la jument avait complètement recouvré ses esprits.

A partir de là, les rechutes allèrent se rapprochant. Un second vétérinaire ne fut pas plus heureux que le premier. Mme Rosalia dut se résigner à ravitailler régulièrement en tabac le K.G. Hermillon si elle voulait conserver l'usage de sa bête.

Il arriva qu'une vache tomba malade à son tour. Pressenti d'exercer son pouvoir, le guérisseur se récusa :

« Ma spécialité, c'est seulement les bourrins. »

J'attendis des mois, avant de découvrir sa recette.

18

Durant les premiers mois de captivité, nous avons été complètement coupés de la France et de nos familles. A partir du Stammlager, nous avons eu la permission d'écrire. Au début, nous n'avions droit qu'à des cartes postales, quatre par mois ; strictement destinées à nos proches parents. Elles voyageaient en franchise et mettaient de cinq à huit semaines pour parvenir à destination. Chacune comprenait deux volets. L'un destiné au prisonnier : il y parlait de la température, de sa santé, de ses états d'âme, du confort dont il jouissait. Il lui était interdit de préciser son travail quand celui-ci avait un caractère industriel, ni le lieu ni le nom de sa villégiature. Le second volet était réservé à la famille ; elle ne pouvait utiliser d'autre papier pour répondre. Défense à lui comme aux siens d'écrire dans les interlignes. Obligation d'écrire très lisiblement. Par la suite, quand les choses se sont tassées, je veux dire quand les Français se sont installés dans leur défaite, comme après un déménagement tu t'installes dans ton nouveau domicile, on nous a distribué des lettres-pochettes, toujours à double volet ; il t'était permis de t'y exprimer plus longuement, sinon plus librement. Notre adresse comprenait : nom et prénom, numéro de prisonnier, numéro du camp, éventuellement numéro du Kommando.

Il nous fut aussi distribué des étiquettes grâce auxquelles nous pouvions recevoir des colis de trois kilos au maximum. Deux par mois. Chacune devait être collée sur le paquet. Dans mes archives personnelles, il me reste un stock de ces formulaires divers que je n'ai pas utilisés, pour des motifs que je te préciserai.

Je reçus des nouvelles de ma mère. Mais elle était si ignorante, avait une si mauvaise main qu'elle craignait de voir refuser ses réponses. Alors, elle recourait à une voisine plus instruite : La Montagne, Le Moniteur ou L'Avenir. Elle-même se contentait de signer.

J'aurais dû garder ces réponses, tracées d'une plume étrangère.

Du moins, je suis sûr que les mots venaient de ses pensées. Comme une face de pet que j'ai été toute ma vie, je les ai perdues ou détruites. Les mères, quand on est jeune, on se figure qu'elles dureront éternellement, parce qu'on les a toujours eues. Il te paraît aussi naturel qu'elles soient à ta disposition que de disposer de tes bras, de tes jambes. Si je les avais, ces lettres, je pourrais les relire, trente ans après, au lieu de courir, quand j'ai le noir, me noircir davantage au *Weinstube*. Voici à peu près comment je me rappelle la première :

Cher fils, tu peux imaginer avec quelle joie j'ai reçu ta carte qui m'a appris que tu étais vivant. Ton frère Séraphin a eu plus de chance que toi, il a été démobilisé au mois de juillet, il est retourné aux Bessières. Mais je ne me plains pas trop quand même, vu que ça aurait pu être pire en ce qui te concerne. Je pense à mon frère Pierre qui lui n'est jamais revenu. Hier je suis allée faire brûler un cierge à Saint-Genès pour que cette guerre finisse vite et qu'on vous renvoie dans vos foyers. Voilà une chose qui n'aurait pas fait plaisir à ton pauvre père. Dans un sens je suis contente qu'il ait fermé les yeux avant de voir ça. Lui qui avait passé tant d'années sous les drapeaux : je me demande l'utilité. Ne te fais pas de mauvais sang pour moi, je ne manque de rien. Tu m'as laissé une procuration pour cet argent que tu as à la Caisse d'Épargne ; mais tant que je pourrai me servir de mes bras, je ne veux pas y toucher. Comme ça, tu le retrouveras à ton retour avec les intérêts. Dès que ce sera permis, je t'enverrai un colis, de la nourriture, des chaussettes de laine, un tricot. Soigne-toi bien et tâche moyen de conserver ta santé. Écris-moi aussi souvent que possible. Ta mère qui t'aime et qui t'embrasse de tout son cœur. Marguerite Pascal.

Vers la mi-décembre, en effet, j'ai reçu son premier envoi. Grenouille me l'a remis au Kommando, après l'avoir ouvert comme l'exigeait son règlement. Crucifix ! Qu'est-ce que je trouve à l'intérieur ? Deux chèvretons ! Qui avaient supporté vaillamment le voyage entre l'Auvergne et la Bavière. Ils arrivaient poudrés d'artisons, bien enveloppés, dans le papier jaune et craquant des boucheries. Et aussi du chocolat, des sardines, du sucre... Maintenant que la paix était revenue en France, il était visible que là-bas on ne manquait de rien ! C'est du moins le raisonnement que je me suis tenu pendant des années, chaque fois que m'arrivaient ces denrées. D'ailleurs, ma mère ne se plaignait jamais : *...Ne te fais aucun souci pour moi... Je travaille et j'ai mon nécessaire...* Je prenais ces paroles pour argent comptant. Il m'a fallu longtemps pour comprendre. Ce sont les autres guéfangues qui m'ont informé. Les lettres qu'ils recevaient, eux, étaient sans doute plus explicites. Ils m'ont dit que les Français de France crevaient de faim, que tout manquait, surtout dans les villes. Spécialement ces produits que nous trouvions dans nos colis. Longtemps, je me suis interrogé : puisqu'ils sont si rares, comment se fait-il qu'on nous les envoie ? Je n'imaginais pas à quel prix ils avaient été payés. Pratiquement, l'argent n'avait plus aucune valeur. Les gens des territoires occupés en étaient revenus au troc des peuplades primitives : une journée de travail contre une demi-livre de beurre, un kilo de clous contre un paquet de tabac, un ressemelage contre un litre d'eau-de-vie ; les enseignants offraient des leçons en échange de savon au gras de bœuf ; les putains leurs caresses pour de la margarine.

Tous les K.G. pensaient de même : on nous a pris notre liberté ; les civils ont encore la leur ; du moins celle de sortir dans la rue, d'embrasser leurs femmes, d'aller à la pêche ; ils nous doivent donc tout. J'écrivais à ma vieille :... *Je te remercie de ta lettre... Je te remercie de ton colis...* Mais ma reconnaissance ne montait pas plus haut que mon poignet. Je trouvais tout à fait normal qu'elle ne touchât pas aux 8 536 francs — moins les retenues du notaire — que j'avais en dépôt. « Avec les intérêts composés, que je calculais, à mon retour, j'aurai peut-être bien dix ou onze mille francs. » J'envisageais d'acheter, dans un coin ensoleillé de la ville, quelque maisonnette ancienne que je retaperais, où nous serions mieux que rue de la Prison.

Faut dire que, dans les lettres suivantes, elle n'a rien fait pour me renseigner. Elle m'apprenait des choses sans importance :... *Nous avons un nouveau maire, c'est un ancien colonel désigné par le gouvernement... Je me suis mise à élever des lapins comme aux Bessières. Chaque matin, je descends leur chercher de l'herbe sur les bords de la Durolle... J'ai vu hier M. Pommerette, il t'envoie le bonjour... Les vieux meurent beaucoup en ce moment, tous les jours le corbillard sort de l'hospice... Hier j'ai pris le train pour aller aux provisions du côté de Vertolaye, il faisait vraiment très froid dans le wagon, deux heures à l'aller, deux heures au retour, mon dimanche a été employé comme ça... Ce qu'il y a d'amusant aujourd'hui c'est qu'il faut apporter son papier dans les épiceries, ils ne te donnent plus d'emballage. C'est une mode nouvelle. Mes voisins ont tué une chèvre ; ils l'ont salée dans un tonneau. Faut être nombreux pour faire tant de provision ; moi qui suis toute seule, je pourrais pas...*

Tu vois : elle ne me tenait pas du tout au courant.

Nous serions probablement restés chez les Loichinger jusqu'à la fin de la guerre, si Hermillon n'avait commis une ânerie grosse comme une montagne, en décembre 1943. Dans la ferme, je te l'ai dit, il y avait quatre enfants. A cette époque, la fille aînée, Paula, pouvait avoir quinze ou seize ans. Une forte gaillarde, bien emmanchée, caoutchoutée de toutes parts, la moins sympathique du lot. Pour ainsi dire, elle ne nous adressait jamais la parole. Ni même le regard : elle ne nous voyait pas. La digne petite fille du bâtonneux. Souvent elle se mettait en uniforme pour participer à ces exercices que les autorités d'alors imposaient aux jeunes. De toute manière, si elle ne nous faisait pas de bien, elle ne nous faisait aucun mal. J'attachais à ses mépris autant d'importance qu'aux pets de la jument.

Un matin, alors qu'il se trouvait dans la cour de la ferme, mon andouille de collègue la voit grimper l'échelle qui conduisait chez les pigeons. La température était plutôt basse. Malgré ça, voilà qu'un coup de chaleur enflamme Hermillon à la vue de cette pucelle germanique en train de tortiller du postérieur. Je n'ai pas assisté à la scène, mais j'ai très bien compris, ensuite, comment l'affaire s'était déroulée. Dans des situations comme la nôtre, la femelle était une grande préoccupation pour ceux qui, à l'inverse de moi, y avaient du goût. Si on ne les avait pas retenus, certains s'en seraient pris aux trous de taupe. Beaucoup, d'ailleurs, trouvaient des cavalières consentantes, malgré le risque que cela comportait, pour elles comme pour eux : de deux à dix ans de prison, aux termes du règlement affiché dans le Stalag. Je ne condamne pas le nommé Hermillon dans ses motifs, mais dans la manière.

Il s'élance derrière Paula. Tout à coup, là-haut, glapissements, bruit de bagarre. Le guérisseur redégringole l'échelle en sautant les barreaux, se précipite au fond de l'étable, se met à charger frénétiquement le fumier dans le *Karren*. L'instant d'après, toute la famille Loichinger est rassemblée autour de nous : Frau Rosalia, Frau Hanna, Frau Gertrud, Paula, la seconde des filles, et même le *Grossvater* qui avait profité des circonstances pour s'évader. C'est lui qui gueulait le plus fort, en levant son bâton contre nous deux :

« Je les tuerai, ces cochons ! Ces cochons de Franzouses ! Au nom du Christ permettez-moi de les étrangler de mes mains ! Pisseurs au lit ! Étalons de putains ! Trognes de porcs ! Pisseurs à genoux !... »

Et un tas d'autres expressions très poétiques. Les femmes ne chômaient pas non plus, quoique en termes moins chaleureux. Quant à Hermillon, il avait posé la main sur sa conscience ; sa figure exprimait un air de sainteté, d'innocence salie qui te fendait le cœur. Malheureusement, Paula restait intransigeante : elle continuait de l'accuser de manœuvres ignominieuses. Il l'avait prise, cet abruti, pour une de ces anciennes clientes qu'il renversait naguère dans la paille.

« Laissez-moi les tuer tous les deux ! » implorait le vieux têtu.

Il tenait absolument à me mettre dans le coup. Appelé par

téléphone, l'*Unteroffizier* Grenouille est arrivé en compagnie d'une sentinelle armée. Il a mené son enquête, interrogé séparément chaque Loichinger adulte et ses deux guéfangues. Personne ne put lui dire du mal de moi, sauf le dingue. Quand mon tour est venu :

« As-tu vu, a demandé Grenouille, le prisonnier Hermillon dans la matinée ? »

Alors, il m'a semblé nécessaire de soutenir mon collègue, malgré ses injures et tout le reste. Tout par un coup, idiotement, je me suis senti solidaire de cette saloperie :

« Bien sûr. Il n'est pas sorti de l'écurie, que nous avons nettoyée ensemble.

— Pas sorti du tout ? Jamais ?

— Non, jamais.

— Tu es certain ?

— Naturellement que je suis certain. »

Mon seul témoignage a pesé trop peu contre tous les autres. Grenouille m'a accusé de complicité.

« Il vaut mieux que vous quittiez tous deux cette maison que vous avez essayé de déshonorer. Il vaut mieux. »

Il disait ça d'un ton un peu triste, comme s'il s'excusait. Pendant que lui et le troufion à mitraillette nous emmenaient, je me suis traité intérieurement de noms impossibles à répéter. Il a fallu dire adieu au Kommando pour aller passer en jugement. Dans le camion qui nous emmenait vers le Stalag V.D., le fumier d'Hermillon s'est tourné vers moi, pour dire :

« Bougnat, je t'avais mal jugé. Ton mensonge n'a servi de rien. D'accord. Il m'est quand même allé droit au cœur. »

Comme tu penses, j'en ai eu les larmes aux yeux.

On a retrouvé les énormes baraques, les miradors, les barbelés de Schierling. Avec en plus la perspective d'une condamnation, de la cellule, de la *Strafkompagnie*, peut-être de l'expédition en Pologne, en Prusse orientale. Après avoir perdu une place comme il n'en existait sans doute pas une pareille dans tout le Grand Reich. Encore un coup dont je vais remercier une femelle.

On a été appelés tous les deux devant l'officier de justice. Là, je dois dire qu'Hermillon a été sublime : il a témoigné en ma faveur ! Il a reconnu ses torts et m'a innocenté ! On l'a condamné seulement à quinze jours de cellule.

A sa sortie de prison, je le retrouve. Moins laid parce que sa barbe a poussé et lui cache la moitié de la figure. Il me raconte comment il vivait à l'intérieur. Une planche, une tinette, une couverture pour mobilier. La principale distraction : aller chaque matin vider le récipient, le laver, le désinfecter. Régime cellulaire :

pendant deux jours, pain sec et eau pour le mouiller ; ce sont les jours « froids » ; ensuite, un jour « chaud » ; même nourriture qu'aux pensionnaires du Stalag ; et on recommence. Ni cuiller ni fourchette, sauf celles du Père Adam. Pas de toilette non plus. Pas d'autre conversation que celle de la tinette.

Le hasard veut que le matin même où il est rendu à l'air libre je reçoive un colis de ma vieille. Hermillon me propose un marché :

« Ton colis pour mon secret.

— Quel secret ?

— La guérison de Dora. Ça pourra te resservir. Tu as vu tout ce que j'en ai tiré ?

— M'en fous de ton secret. J'aime mieux mon colis.

— Précisons : tu gardes les chaussettes, le savon, le non-comestible. Je me contenterai de ce qui se mange. En sortant du trou, j'ai besoin d'un peu de suralimentation.

— N'y compte pas.

— Tu ne sais pas ce que tu perds.

— Je sais ce que je gagne.

— C'est bon. J'irai le proposer à d'autres. »

Plusieurs fois, après les diverses rechutes de Dora, j'avais interrogé mon collègue sur sa méthode. Il m'avait toujours répondu par le cubitus et l'œsophage. Si bien que je ne m'en étais plus soucié. Or, voici que l'infernal Hermillon venait de me mettre dans la tête un parasite pire que le microbe solitaire d'autrefois. Je n'avais pas tellement envie d'accomplir à mon tour des miracles vétérinaires ; il y avait fort peu de chances, d'ailleurs, que l'occasion s'en présentât. Ce qui me tourmentait, c'était uniquement l'envie de savoir. Je comprends que des hommes aient fait des folies, par ce seul besoin de savoir. Christophe Colomb, les Américains dans la lune et tout ça. Plusieurs nuits de suite, Hermillon m'empêcha de dormir. Il me suçait le sang, son putain de secret.

Avant de devenir aussi dingue que le *Grossvater*, je suis allé le trouver :

« Tu es toujours vendeur ?

— Au prix que je t'ai dit.

— Écoute : laisse-moi seulement le chèvreton, je t'abandonne le reste.

— Le chèvreton ! Tu rigoles ! Mon fromage préféré ! »

Comme Frau Rosalia, il a fallu capituler. Après s'être assuré de notre solitude, il m'a livré enfin la révélation :

« C'est très simple. Tu te procures une épingle. Une épingle ordinaire, avec une petite tête. Dans n'importe quelle ferme on peut trouver ça. Ensuite, tu profites d'un moment où tu es seul avec la jument — ou le cheval, ou la vache — et tu la lui plantes sous la queue, au milieu d'un pli, bien dissimulée. Voilà le secret.

— Et ça la guérit de son mal ?

— Tu n'as rien compris. Le mal, c'est précisément l'épingle ! Essaye donc de t'enfoncer ça au même endroit, tu verras si tu le supportes ! La bête n'aime pas non plus, elle s'agite, elle est intenable. Le vétérinaire lui-même n'y voit que du feu. Plus tard, tu enlèves l'épingle et la malade est aussitôt guérie. Un truc pareil vaut de l'or, si tu sais l'exploiter. »

Tel était donc le secret de maître Hermillon. J'eus le chagrin de le voir manger mon chèvreton, mon saucisson, mes sardines. Il trempait dans l'huile de la boîte une mouillette de pain, l'élevait devant ses yeux, religieusement se la plaçait sur la langue en disant :

« *Corpus Christi !...* »

Ce fumier-là avait fait sa première communion !

Du moins, je retrouvai le sommeil. Je crois même qu'il m'arriva, une ou deux nuits après ces tristes événements, de faire un rêve très consolateur : j'étais en train de soigner Hermillon ; je lui plaçais l'épingle.

Depuis ce temps-là, il s'est écoulé beaucoup d'eau sous les ponts du Danube. Il est probable que Mme Rosalia, Mme Hanna, le *Grossvater*, après tant d'ennuis, de récoltes menacées par l'araignée rouge ou les intempéries, tant de sueurs et d'inquiétudes, jouissent à présent de la sérénité éternelle qu'ils ont bien gagnée. Je n'en veux pas au vieux de ses injures ni de ses coups de bâton, inspirés par la propagande officielle et l'ignorance. Peut-être aussi par sa méchanceté. Il y a des gens qui naissent aimables, d'autres méchants ; mais ni les uns ni les autres n'en ont le mérite.

Je n'ai jamais su si Alois est revenu de ce pays froid où on l'a envoyé après sa permission ; c'était un paysan comme moi, mieux fait pour manier la fourche et la houe que la mitraillette ; je souhaite qu'il travaille en ce moment à sa houblonnière, qu'elle lui produise d'abondantes récoltes. La prochaine fois que je viderai un *Humpen*, j'aurai pour lui une pensée ; car moi qui suis consommateur de bière, j'ai besoin de bons producteurs d'orge et de houblon dans son genre.

Longtemps j'ai gardé pourtant une sorte de faiblesse intérieure. Cela m'arrivait chaque fois que je songeais au petit Franz. Je le sentais encore sur mon dos, me prenant la tête, l'orientant à droite, à gauche, pour me faire tourner comme il le voulait... J'entendais sa voix aiguë, m'appelant : « Baptist ! Baptist ! » Ce doit être à présent un gaillard de trente ans passés ; quel souvenir garderait-il de ce guéfangue qui lui servait jadis de cheval et lui apprenait à jouer au *biquillou* ?

Quant à Mme Gertrud, je crois bien l'avoir rencontrée, à

Regensburg, un jour que j'avais accepté de faire là-bas une virée en compagnie de Bernd Pfeffer, mon directeur. Oui, rencontrée comme ça, dans la rue, par hasard, au milieu d'autres personnes. Je l'ai trouvée tellement vieillie avec un air tellement triste que je n'ai pas essayé de lui parler. J'ai eu peur que ce soit elle.

19

Je suis resté au Stammlager V.D. jusqu'à la fin janvier 1944. A cause de ma bonne connaissance de l'allemand, j'avais été désigné comme chef de la baraque. L'hôtel n'était pas extrêmement confortable. Je garde un mauvais souvenir tout particulier, malgré l'entraînement auquel j'avais été soumis dans mon enfance, des paillasses remplies de puces. Si bien qu'on préférait généralement dormir sur les planches nues. Pour se distraire, on se montait des spectacles, on lisait, on jouait aux cartes, on écrivait à la famille, on relisait cent fois les réponses.

Cher fils, m'écrivait ma vieille, *il y a une source du côté de Courpière, à côté d'une chapelle en l'honneur de la Sainte Vierge. Elle s'est tarie en 1939, quelques jours avant la mobilisation générale. Eh bien, ces temps derniers, elle s'est, paraît-il, remise à couler. Tous ceux qui la connaissent disent qu'elle ne se trompe jamais : ça signifie que la guerre va se terminer prochainement, que les prisonniers vont revenir. Ne te fais pas du mauvais sang pour le travail quand tu seras à Thiers de nouveau, mon cher fils, j'ai vu M. Boithias qui est toujours à la tête de la Caisse d'Épargne ; il te reprendra immédiatement... Je continue de faire des ménages et des lessives, de servir Mme Jarry-Patural quand elle a besoin de moi. La table est toujours bonne dans cette famille. Madame se fait même donner des leçons de gymnastique pour maigrir. Si on en donnait pour engraisser, peut-être que j'en prendrais quelques-unes. Mais ne te tracasse pas pour moi, je me porte bien... Je t'écris cette lettre le 4 décembre, mais tu ne la recevras sans doute qu'après le jour de l'an. C'est pourquoi je te souhaite, mon cher fils, une heureuse année 1944, en espérant qu'elle nous réunira enfin. Ta mère qui t'aime.*

Marguerite Pascal.

Comme tu vois, du côté de l'Auvergne, je n'avais aucune inquiétude à avoir. Tout allait au mieux.

Fin février, on a demandé des volontaires pour travailler dans les bois. La campagne était blanche de neige, il faisait dix degrés au-dessous de zéro. Je me suis fait inscrire. Et il n'est pas difficile de comprendre pourquoi. D'abord, je savais qu'on n'allait pas nous garder au Stalag jusqu'à l'armistice, à jouer aux cartes, à nous chauffer les rotules autour d'un poêle. Que les usines d'armement avaient besoin de main-d'œuvre. Il n'était pas malin de deviner où elles allaient en prendre. Or, moi, j'ai un défaut dans le cœur ; je suis un travailleur léger ; pousser des boutons, tirer des manettes, abaisser des leviers, ça m'essouffle. Ce qu'il me faut, c'est l'odeur des chevaux, du fumier, du purin, de la sciure, des branches qu'on brûle, des mottes écobuées ; là je respire, là je deviens un travailleur vraiment utile. Alors, inscrivez mon nom, s'il vous plaît, *Gefangener* Pascal Baptist, *Nummer* 18 647, 29 *Jahre*. Vingt-neuf ans. La fleur de l'âge. Oui, je connais le travail du bois. C'est héréditaire. Mon père, Victor Pascal, s'en allait faire du charbon en hiver, dans les forêts de la Murate, au-dessus de Saint-Rémy-sur-Durolle. Alors, comment voulez-vous que je ne...

On m'a pris. Et onze autres avec moi, impressionnés par ma conviction. Les involontaires nous considéraient comme des cinglés :

« Dans les bois en cette saison ?

— La saison ne durera pas tout le temps... »

Nous verrons poindre les premiers bourgeons. Nous accueillerons les premières violettes. Se démerder, c'est prévoir. Je prévois les futures hirondelles.

Un camion nous emporte vers l'est. On traverse le Danube, on se dirige vers les montagnes. Presque tout de suite, on trouve les sapins, les épicéas, les hêtres, les chênes. Tout ça magnifiquement enfariné. Nous rencontrons des transports militaires chargés de *bidassen*, ratatinés sous leur bâche, sans la moindre envie de chanter, semble-t-il. On quitte la route pour prendre un chemin forestier épouvantable : le véhicule roule à deux à l'heure. On entend des coups de marteau.

Dans une clairière, voici un chalet de bois, avec balcon, toiture fortement pentue. D'un peu loin, mignon comme il est il ressemble à une pendule suisse. On attend le petit oiseau qui va bientôt en sortir et chanter au prisonnier français, avec une courbette : « Cocu ! Cocu ! T'es cocu ! » A côté, d'autres guéfangues mettent la dernière main à ce qui sera la baraque de notre Kommando. Un deuxième camion arrive derrière nous ; il apporte le matériel : fourneau, casseroles, bouteillons, scies, haches, faux, fourchettes et, merveille des merveilles, des paillasses toutes neuves, pas encore pucetiférées. Les charpentiers nous ont installé tout le confort moderne : dortoir avec châlits superposés, cuisine, magasin à provisions, lavabo à deux robinets. L'eau provient d'une citerne ; on la fera monter dans le réservoir au moyen d'une pompe manuelle. Ce sera un exercice salutaire, chaque matin, que d'aller secouer à tour de rôle le bras de la pompe :

« Comment vas-tu, ma vieille ?... Comment vas-tu ?... »

Chambre-bureau de notre sous-off, box de la sentinelle. A quelque distance de l'édifice, coquettement dissimulée entre les branches des conifères, une niche dont il n'est pas difficile de deviner l'usage. Manque-t-il quoi que ce soit à notre bonheur guéfanguenesque ?

L'encadrement comprend le troufion Theodor et un sous-off d'une quarantaine d'années, ce qui est étonnamment jeune pour ce genre d'emploi. Il nous fait aligner devant la baraque et se présente à nous :

« Je m'appelle Oskar Weinzierl. Dans le civil, je suis commerçant. Je vends des chapeaux à Straubing. Quand la guerre sera finie, vous pourrez venir chez moi si vous avez besoin de chapeaux ou de casquettes, je vous ferai une réduction. »

Puis il lève son bras gauche, qui se termine par une sorte de cervelas :

« En 1940, j'ai laissé une main en Norvège. Il me reste la droite, que je mets au service de la patrie. Avec cette seule main, je sais encore très bien me débrouiller. »

Il fait une démonstration, tire en un clin d'œil son pétard de la sacoche, comme les cow-boys du cinéma ; il le braque vers les nuages.

« Vu ? Alors, je vous conseille d'être gentils avec moi. Obéissez. Faites le travail. »

Theodor se tient au garde-à-vous, muet, peut-être sourd. Il a au moins soixante-dix ans. Je traduis le discours à mes copains. Obéir, ça ne me gêne pas. Je n'ai rien fait d'autre depuis mon premier pipi. Il faut que l'un de nous se charge de la popote. C'est un emploi recherché, à cause des privilèges qu'il comporte. Il n'exige pas de grandes compétences : notre nourriture est à base de pommes de terre. Défense de les éplucher ! La doctrine gouvernementale, publiée par le *Völkischer Beobachter*, une sorte de Journal officiel, est que les épluchures sont aussi nourrissantes que la chair. Elle n'a sûrement pas tort : suffit de voir comme les cochons, les poules, les lapins en sont friands. Trois candidats se présentent ; Oskar désigne le plus âgé. Dans ce Kommando minuscule, le sous-off devra partager notre pitance :

« Tu as intérêt, qu'il exige à l'élu, à être un bon cuisinier, puisque tu as été volontaire. Sinon, je te renvoie au Stalag. »

En fait, nous nous apercevons qu'il touche de l'intendance de petits suppléments : margarine, biscuit, conserves. Il les garde sous clé dans son bureau. Quand il nous arrive de frapper à sa porte, il tarde souvent à dire : « Entrez ! » Il demande d'abord : « Qui est-ce ? » d'une voix étouffée. Quand il se décide à ouvrir, il a des miettes sur le plastron.

Le coucou suisse est habité par un vieux garde forestier à moustaches blanches. Tu dirais Bismarck. Il porte un chapeau vert avec une plume dans le ruban.

« Votre vrai chef, précise le chapelier, c'est lui. Vous devrez faire tout ce qu'il vous ordonnera. »

Il vit avec sa femme, Frau Dorothea, une petite vieille aux joues roses, qui de loin nous sourit, nous fait des signes amicaux. Pour l'instant, le travail consiste à abattre des arbres. Le *Förster* emmène la compagnie et son outillage. D'après nos mensurations, il nous partage en trois groupes : les hacheurs, les scieurs, les dépouilleurs. Autrement dit : les poids lourds, les moyens, les légers. Je suis dans les légers. Je ne connais pas de besogne plus réchauffante que manœuvrer ce genre d'instruments dans une forêt neigeuse, sous le poudroiement perpétuel des ramures secouées.

Les hacheurs commencent. Leur fer s'enfonce dans le pied de l'épicéa. Les éclats de bois giclent de toutes parts. Vient un moment où il ne repose plus que sur un mince support, tel un crayon en équilibre sur sa pointe. Alors, un des bidasses saisit une longue corde attachée à un grappin. Les corsaires de jadis employaient des outils semblables pour aborder les vaisseaux ennemis. Lui jette le sien vers les branches supérieures, aussi haut que possible ; quand il y est bien accroché, à deux, à trois, à quatre, on tire sur la corde, vers le point cardinal où l'on veut voir tomber l'arbre. Dans les dernières secondes de sa chute, c'est le sauve-qui-peut pour éviter les calottes de ses extrémités. De temps en temps, y en a un qui ne court pas assez vite : il se fait étendre queneau-coûte. Pour remettre en marche son tic-tac, on lui frotte la figure avec une poignée de neige.

Alors viennent les poids légers. Ils dépouillent le cadavre de ses branches. Précieuse denrée : rassemblée en fagots, elle chauffera notre baraque, cuira notre frichti. Pendant ce temps, les poids moyens scient les souches au ras du sol et sectionnent les fûts, suivant les indications de Bismarck. La fin de l'après-midi, quand le jour baisse, est consacrée aux transports. On roule les troncs, on les aligne le long des chemins où d'autres camions viendront les charger. Rien ne se perd : on râtelle les éclats et les pignes, on en emplit des sacs.

La nuit tombe. A la lueur de la neige on rentre à pas pesants, tout couverts de ramée. Nos doigts sentent bon, gluants de résine. Le chapelier nous attend. Il tient dans son unique main un paquet de lettres. Un paquet plutôt mince : y en aura pas pour tout le monde.

20

Nous n'étions pas les seuls habitants de la forêt. Il y avait beaucoup de petits animaux : écureuils, souris, musaraignes, fouines, hiboux. Et de plus gros : les biches. Avec leur aimable parenté : faons, daguets, cerfs à dix cors. C'est au début de mars que j'ai fait la connaissance de ces belles créatures qui devaient occuper dans ma vie une place si grande.

Je ne sais pourquoi le vieux *Förster* nous avait choisis, Savon et moi. Peut-être, en ce qui me concerne, qu'il avait reniflé mon fluide. Un jour, trouvant que nous étions trop nombreux à dépouiller les arbres, il a commandé :

« Vous deux, venez avec moi. »

Nous l'avons suivi, dociles comme deux moukères. Soudain, il s'est mis à éternuer. C'était chez lui une calamité nationale. Quand ça le prenait, ça durait une heure d'horloge. Un éternuement inextinguible. Cinquante, soixante schoupfens de suite. Et tant que durait la crise, il ne pouvait rien faire d'autre qu'attendre le suivant. Ça le paralysait. Certaines fois, ce suivant se faisait attendre. Bismarck le sentait ramper au fond de ses narines, approcher du bord, faire un brusque saut en arrière, revenir à pas de loup :

« Ha... ha... ha... »

Il râlait, la bouche ouverte, les moustaches retroussées, frémissant, cambré, crispé, la main gauche prête à le saisir. Rien à faire ; ça ne sortait pas. Tu avais envie, je sais pas, de l'encourager, de le pousser par-derrière, de faciliter l'expulsion selon tes moyens. Mais tu n'osais pas.

« Il approche... disait Savon. Il n'est pas loin... Le voilà !

— Ha... ha... ha... »

Tout à coup, ça éclatait, terrible :

« SCHOUPFEN ! »

Après la première dizaine, le *Förster* perdait son calme. Il se mettait à engueuler ses éternuements :

« Oh saleté !... Ha... ha... ha... Oh ! cochonnerie !... Schoupfen !... Oh bourreau !... Oh voyou !... »

J'enrichissais mon vocabulaire. Donc, ce jour-là, ça l'a pris soudainement. Pour éternuer avec plus de confort, il s'est assis sur un tronc d'arbre. Nous deux, on attendait la fin de la série. Dans le civil, mon collègue Savon était jardinier du côté de Saint-Étienne. Quand il éprouvait quelque satisfaction, il avait coutume d'interroger :

« Que demande le peûple ? »

Il prononçait *peûple*, comme peuplier.

Nous étions très attentifs à l'évolution de la situation dans le nez du garde.

« Schoupfen ! Schoupfen !... Malédiction !... »

— Vingt-six, vingt-sept, comptait Savon. Il devrait se mettre un compteur sur l'estomac, s'il veut battre le record du monde. C'est combien, le record du monde ?... Vingt-huit. Pour sûr, c'est le rhume des foins. »

Il y eut un moment de silence. Au-dessus de nos têtes, on entendait les arbres s'étirer, faire craquer leurs articulations arthritiques.

« Entracte ! » a dit le Stéphanois.

Le *Förster* n'osait faire un geste, la main toujours suspendue devant son nez. Et brusquement c'est reparti :

« Schoupfen ! Oh cochon ! Oh charogne !... »

Tout a une fin : les guerres, les éternuements. Lentement, prudemment, craignant de redéclencher le mécanisme, Bismarck a quitté son arbre, s'est mis en route à petits pas, le mouchoir sur la figure. Il nous a dit qu'il avait consulté des médecins, qu'il s'était fourré dans le nez une quantité incroyable de médicaments solides, liquides et gazeux ; il avait obtenu des rémissions plus ou moins longues ; mais toujours le mal était revenu. Le corps humain est une drôle de mécanique. Cela m'a rappelé l'époque caisse-d'épargneuse, quand mon oreille droite s'était mise à émettre l'indicatif U : *ti ti ta*. Mon cas personnel était cependant moins sonore ; il ne dérangeait pas le voisinage.

En piétinant la neige épaisse, nous avons marché jusqu'à un hangar, à cinq cents mètres de notre baraque. Tout près, sous un toit de branchages : une sorte de râtelier bas. Le moustachu l'a désigné de sa main libre :

« *Für die Kühe*. »

Sur le moment, j'ai compris que cette construction était destinée aux vaches, ce qui m'a surpris, tant à cause de son site que de son manque de hauteur. Par la suite, je me suis rendu compte que le terme *Kuh* désigne également la femelle d'autres animaux ; qu'en fait il fallait entendre ici *die Hirschkuh* : la biche. Le hangar était plein de foin aux deux tiers ; dans l'espace restant se trouvait une pile de gros bâtons dont je n'ai compris l'usage que l'été suivant. Tu les rassembles trois par trois, en faisceaux, comme des fusils au bivouac. Et dessus tu disposes le fourrage frais afin qu'il sèche plus facilement, sans contact avec le sol humide. Une fois la fenaison terminée, on les démonte, on les met à l'abri pour la saison suivante.

Chacun de nous a pris une brassée de foin et garni le râtelier abondamment. Le vieux a expliqué :

« En été, elles peuvent se nourrir toutes seules avec l'herbe du sous-bois. En hiver, sans cette nourriture de réserve, elles auraient de la peine à survivre. »

Et moi, toujours bavard et curieux :

« Les cerfs aussi viennent manger ?

— En cette saison, ils sont très farouches. Ils évitent les troupeaux des femelles et des faons. Comme ils sont plus grands — certains ont la taille d'un mulet —, ils atteignent les branches inférieures des chênes chargées de feuilles sèches. Ils rongent les écorces. Bref, ils se débrouillent mieux.

— Et les petits ?

— Chacun suit sa mère. Elles forment ensemble des groupes sous la conduite de l'une d'elles, qui a davantage d'années et d'expérience. »

C'était aussi le cas de Frau Rosalia chez les Loichinger. Ces animaux m'étaient vraiment aussi étrangers que des baleines.

« Quand viennent-elles au râtelier ?

— Normalement, elles mangent plutôt la nuit et ruminent le jour. Mais la neige, le ciel couvert les trompent. Elles prennent quelquefois le jour pour la nuit, ce qui fait qu'elles viennent un peu n'importe quand. Pourvu qu'il n'y ait personne.

— On peut les voir ?

— Jamais ! Sauf de très loin. Si elles sentent l'homme, elles ne s'approchent pas. »

Je les comprends. Odeur de l'homme : odeur du tueur aux armes foudroyantes. Elles doivent se transmettre cette crainte de génération en génération, même quand elles n'ont rien à redouter de lui. Elles ont sûrement peur d'un homme mort autant que d'un vivant. Ainsi, paraît-il, certaines mouettes émigrent-elles périodiquement de la mer vers l'intérieur d'un continent ; parce qu'en ce lieu il exista jadis un lac poissonneux disparu depuis un million d'années, dont leur race a conservé le souvenir. Les biches ne sont sûrement pas prêtes à oublier leur terreur de l'homme.

A ce moment, Bismarck m'a fait un grand plaisir :

« Je vous charge tous deux de les ravitailler. D'accord ?

— D'accord.

— N'oubliez pas : une fois par jour. Commencez demain. »

Le soir même, la neige s'était remise à tomber. Au matin, elle atteignait la hauteur du genou. Il a fallu déblayer les alentours de notre chaumine et du coucou, dégager la route jusqu'à l'orée du bois. Le ciel était sans espérance de soleil, donc de dégel. Quand nous avons cru en avoir fini, Bismarck nous a commandé de tracer un passage jusqu'au râtelier, et un autre jusqu'au ruisseau. Il s'agit de ce petit affluent du Danube dont je t'ai parlé. Il naît au pied de l'Hobe Rieden et se jette dans le fleuve en aval de Kösnach :

« Ces bêtes ont besoin de s'abreuver même quand il fait froid. Vous ne voudriez tout de même pas les condamner à manger de la neige ? Ce serait très mauvais pour leur santé. »

Nous avons garni le râtelier de foin propre et sommes rentrés nous sécher. La baraque avait une merveilleuse odeur résineuse : le poêle consommait des branches fraîches, avec un ronron de gourmandise.

Voilà comment Savon et moi sommes devenus les parents nourriciers des biches et des bichons. Le lendemain, quand nous sommes revenus seuls, nous avons trouvé mille traces de sabots. Tu distinguais très bien celles des mères et celles des faons. Leur pied laisse la marque des deux onglons principaux ; mais derrière on en voit souvent deux autres, rondes, très petites. Si bien que chaque empreinte rappelle en miniature celle que laisserait une paire de souliers de dame à talons pointus.

« Combien pensez-vous, ai-je demandé au vieux, qu'il y en a dans le bois ?

— Peut-être une centaine, rien que dans mon canton.

— Et vous croyez que ce râtelier leur suffit ?

— Sûrement pas. Mais comment faire ?

— On pourrait en construire d'autres.

— Ça n'est pas une mauvaise idée... »

L'équipe a bâti trois nouveaux râteliers répartis à travers la forêt. Savon et moi, chaque soir, remplissions de foin une bâche : on réunissait les quatre coins et hop ! sur l'échine de Sang-de-Chou.

« Il te revient de la porter, marchand de marrons, puisque c'est toi qui les as voulus, m'engueulait le Stéphanois. Tu as quadruplé notre boulot !

— Est-ce que je me plains ?... Que demande le peûple ! »

Maintenant que je repense à ces choses anciennes je trouve très curieuses ces milles injures dont on m'a gratifié depuis ma naissance. A Saint-Rémy, suivant les expéditeurs, j'avais droit à casériaud, triple con, céhoenne, fils de pute. A Thiers, on m'a appelé couille de bois ; à Clermont, face de pet, abruti, enseignant. Quand j'ai été dans la guéfanguerie, je me suis fait traiter de cochon, de pisseur au lit, de pisseur à genoux, d'étalon de putain, de saleté, de fumier, de traître et, à cause de mes origines de bougnat, de marchand de marrons. Je ne parle pas de Sang-de-Chou qui n'est pas réellement une injure, mais mon nom véritable. J'en oublie certainement, et des plus mélodieux.

Comment ?... Rien... Non, je n'en tire aucune conclusion. Sauf qu'il y a sans doute — et la mienne est du nombre — des têtes à gros mots comme il y a des têtes à gifles.

Nous avions intérêt à tenir ouvert le chemin forestier. C'est par là que nous arrivaient le ravitaillement et le courrier ; par là aussi que nous pouvions nous rendre au village le plus proche, distant d'environ deux kilomètres : Saulburg. Il était alors à peu près ce qu'il est aujourd'hui. Son long clocher se termine par un bulbe sombre ; tu dirais un poireau monté en graine, quand le sac est près de s'ouvrir. J'aimerais qu'un jour il éclate, pour continuer la ressemblance, qu'il s'en échappe des semences que le vent emporterait ; elles se répandraient sur la terre, il pousserait mille clochetons.

L'énorme avantage de notre minuscule Kommando, c'est que nous y jouissions d'une liberté inimaginable dans les autres. En théorie, il nous était interdit de nous rendre nous-mêmes dans les boutiques ; les commerçants refusaient nos lagermarks à triangle rouge. En fait, Oskar-le-Manchot, notre berger, Theodor, notre sentinelle-garçon de course, le garde moustachu, tout le monde fermait les yeux sur ce point. La tolérance était d'ailleurs inscrite dans la logique des faits, puisqu'aucune cantine n'était attachée à notre baraque. On nous permettait donc de fréquenter le dimanche après-midi le *Gasthaus* de Saulburg. Le seul problème était la nécessité de nous munir de monnaie officielle. Mais nous n'en manquions pas, grâce aux opérations commerciales et bancaires que je t'ai expliquées. Le jour venu, on descendait y consommer de la bière et du schnaps. On se mêlait même aux civils, des vieux non mobilisables. Les femmes, les filles écartaient leurs rideaux pour nous regarder passer. J'avais le sentiment qu'à certaines nous faisions plutôt envie, vu qu'il ne restait aucun homme mobilisable. Personnellement, ça ne m'intéressait pas ; mais leur vue excitait quelques-uns de mes collègues ; ils auraient oublié facilement la contractuelle qu'ils possédaient en France s'il s'était présenté une occasion. J'étais le seul célibataire de l'équipe ; je n'avais pas comme eux des nuits agitées.

A l'auberge, nous étions servis par la patronne elle-même, habillée de noir, grande, sévère. Pas une Madelon à frôler sous la tonnelle. A cause de ses deux fils sous les armes, elle désapprouvait notre présence dans ces campagnes paisibles, et tout spécialement chez elle. Ça ne l'empêchait pas de nous apporter les liquides que nous commandions, les affaires sont les affaires. Seulement, y avait une chose qu'elle ne tolérait pas : que nous chantions. Parce qu'elle avait des angoisses, elle nous interdisait d'oublier les nôtres. Si elle avait pu, elle nous aurait interdit de rire. Une fois sur deux, moins à cause de l'ivresse que pour se donner l'illusion d'être au pays, dans un bistrot de Saint-Étienne, de Thiers, de Lille ou de Bordeaux, l'équipe avait essayé de lancer je me rappelle plus quoi : *Ne pensons à rien le courant...* Ou bien : *Sur ma péniche au pont d'Saint-*

Cloud... Les glapissements qu'elle avait poussés ! Les discours qu'elle nous avait tenus !

« Taisez-vous ! Taisez-vous ! Vous n'avez pas le droit ! Nous sommes en guerre ! Vous n'avez pas honte ? Pensez à ceux qui souffrent en ce moment, en Russie ou en Afrique !... Si vous ne vous taisez pas, je vous refuserai ma porte ! Je ne vous servirai plus !... »

Des menaces pareilles, ça donne à réfléchir. On l'avait fermée. Après tout, on n'était pas chez nous. On n'était que des touristes de passage. Les collègues m'avaient seulement chargé de lui traduire un tas de souhaits de crevaison rapide.

Il existait dans la maison une autre femelle, pas désagréable à regarder, d'après le peu que nous en avions distingué. Mais sitôt qu'elle nous voyait poindre à l'horizon, la patronne l'enfermait dans la cuisine ; on ne pouvait que l'apercevoir par des entrebâillements. J'avais appris son prénom, en écoutant derrière la porte une conversation entre les deux femmes : Karolina.

Et aussitôt, voilà cette bande d'enfoirés qui entonne :

Caroline ! Caroline !
Mets tes p'tits souliers vernis !...

Malheur ! la mastroquète jaillit de sa boîte, furibarde, l'index tendu vers la porte :

« Dehors ! Dehors ! Je ne veux plus vous voir ! Je vous avais interdit de chanter !... »

Elle semblait réellement décidée à se séparer de nous. Tu imagines la catastrophe ? A ce moment, j'ai reçu une aide qui m'est tombée du ciel en droite ligne. Mais yeux venaient de se poser sur le grand Christ qui occupait, qui occupe toujours une encoignure de la salle, comme dans toute brasserie bavaroise. Il y joue essentiellement le rôle de garde-champêtre ; il empêche les excès de langage et de beuverie. Faut dire qu'après une certaine fréquentation du local, tu finis par ne plus le remarquer ; ce n'est plus alors qu'un ornement pareil aux autres, aux trophées de chasse, aux réclames pour la bière des Carmélites, aux assiettes en bois des championnats de tir, ainsi de suite. Donc, mes regards se portent sur le Christ, au piquet dans son coin. Et j'en reçois cette inspiration :

« Vous vous trompez, madame, que je fais. Vous vous trompez !

— Comment, je me trompe ? Qu'est-ce que vous voulez dire ?

— Ils ne chantent pas une chanson.

— Vraiment ? Que chantent-ils donc ?

— Un cantique. Un air religieux. *Kirchenlied*. Parce que aujourd'hui, c'est dimanche. Dans nos églises, en France, nous avons l'habitude de chanter ce cantique le dimanche après-midi. »

Et elle :

« Il a un drôle d'air, votre cantique ! »

Et moi, m'excusant :

« Que voulez-vous ! Les cantiques franzosiches sont plus légers, plus frivoles que les cantiques guermaniches. »

Elle réfléchit, à demi convaincue. Puis elle se décide :

« De toute manière, ici, vous n'êtes pas à l'église. Si vous voulez chanter des *Kirchenlieder*, allez à la maison à côté ! Je renouvelle mon interdiction : pas de musique chez moi, d'aucune sorte, tant que nous serons en guerre ! »

J'adresse au Christ-garde-champêtre un clin d'œil de remerciement.

Pendant cette période bilingue, il était facile de se jouer des farces les uns aux autres, quand tu étais sûr que l'interlocuteur ne te comprenait pas. Il n'y avait pas grande gloire à en tirer. Nous vivons toujours dans la tour de Babel, et Dieu doit bien rigoler de nos embrouillaminis. Ça me rappelle le pauvre Antonin Montel, maire de Thiers, devant Mlle Zamenhof. Il avait remarqué l'hilarité du public. Il se tourna vers son premier adjoint :

« Qu'est-ce que j'ai dit ?

— Tu as dit *tinquiou*.

— Et alors ? *Tinquiou*, ça veut dire merci ? A moins qu'on m'ait raconté un bobard !

— Paraît que ça veut dire merde. Moi j'en sais rien, je connais pas l'espéranto. »

Toute sa vie, Antonin Montel conserva ce doute : d'avoir remercié Lydia Zamenhof en lui disant merde.

Je venais de remplir le râtelier le plus éloigné du hangar et je m'en retournais, ma bâche vide sous le bras. La neige avait fondu ; le soir tombait, sec et piquant. Toutes les nuits il gelait encore. Je m'étais éloigné d'une centaine de pas, quand j'entends derrière moi un bruit de branches cassées. Je me retourne ; je vois un animal sombre, roux de pelage, la tête haute et fière. Nous nous sommes regardés un long moment, pétrifiés l'un et l'autre. « Une biche ! » C'était la première fois que j'en rencontrais. Bismarck m'avait un peu initié à la connaissance de ces bêtes ; je savais que les femelles n'ont pas de cornes ; que les mâles seuls portent des bois, plus ou moins compliqués suivant leur âge. Sous le cou de celle-ci frémissait une toison épaisse, pareille à la barbe de Moïse. Je n'osais faire un geste, de crainte de l'effaroucher ; du moins, je me rassasiais de sa vue, de la noblesse de son port, de la hauteur de son poitrail, de ses oreilles larges et dressées comme des mains. Au bout d'un moment, j'ai entrepris de reculer d'un mouvement insensible ; elle ne me quittait pas des yeux. Je me suis dissimulé derrière un arbre. Elle a fini par comprendre, sans doute, que mes intentions n'étaient pas menaçantes ; elle s'est approchée de la mangeoire. De profil, sa crinière avait l'air d'une serviette qu'elle se serait attachée sous le menton.

Plus tard, j'ai raconté ma rencontre au *Förster*, en lui décrivant la bête. Et lui :

« Ce n'était pas une biche, mais un cerf. Les biches n'ont pas ces dimensions et ne portent pas de barbe. De plus, elles ne vivent pas seules.

— Il y a donc des cerfs sans cornes ?

— En cette saison, ils les ont perdues. Mais elles vont repousser. Si tu retrouvais le même mâle dans un mois et demi, tu ne le reconnaîtrais pas : il aura refait toute sa ramure... »

Effectivement, dès la fin avril, il m'est arrivé fréquemment d'apercevoir des cerfs au front garni, depuis les jeunes daguets armés seulement de deux cornes de chèvre, jusqu'aux dix cors chapeautés d'une forêt. Même qu'elle les gêne rudement dans leurs fuites : ils emmêlent leurs andouillers aux branches des arbres. A ce moment de la saison, leurs bois sont gantés de velours. Il s'agit de la peau nourricière qui a sécrété l'os ; elle saigne au moindre froissement ; aussi le cerf se montre-t-il pacifique et précautionneux. Tout l'été, il vit solitaire. Mais à l'approche de l'automne, il déchire cette enveloppe en se frottant aux troncs ; pendant quelques jours, elle pendouille à ses fourches, tu dirais une enseigne de chiffonnier. C'est ainsi qu'il achève sa mue annuelle, qu'il devient mâle complet. Crucifix ! Faut entendre les terribles bramements qu'il pousse à travers la forêt pour attirer les femelles ! Et elles accourent, les petites putes, nombreuses, frétillantes, empressées ! Elles ne demandent que ça. Seulement attention : c'est pareil que pour la place de député, y a beaucoup de candidatures ! Les rivaux s'affrontent en combats singuliers. Aussi terriblement armés l'un que l'autre. Chacun vise les parties tendres : le ventre, le garrot, la face. S'il parvient à embrocher l'adversaire, c'est comme si douze poignards le perçaient en même temps. Certaines fois les branches s'enchevêtrent. Personne pour les démêler. Un matin, il nous est arrivé de trouver ainsi, quelques jours après la bataille, deux ennemis réunis par les cornes et par la mort. Le *Förster* nous a fait cadeau de la viande ; pendant une semaine, nous avons mangé du cuissot rôti. Lui a gardé les peaux et les ramures.

A la suite de ces combats, les vainqueurs choisissent leur harem. Les cerfs sont polygames : un dix cors peut avoir ainsi une dizaine de femelles à sa disposition. Il les installe dans un fourré qui est sa propriété privée. Je veux dire qu'il garde ce terrain plusieurs années de suite, même s'il change de bonnes amies. A partir de mars-avril, les faons viennent au monde. Chaque mère n'en produit qu'un à la fois. Les bichons sont des créatures dignes d'habiter le Paradis, parmi les âmes bienheureuses. Ils ont des vagissements de nouveau-nés, mais pour dormir s'enroulent comme les petits chats. Leur robe est fauve, pommelée de taches blanches sur le dos et les flancs ; le visage tout en yeux et en oreilles.

Chaque famille forme, le printemps et l'été, une joyeuse bande composée d'un cerf, de ses biches et de leurs faons. Certains mâles abandonnent la smala qui se débrouille toute seule, tandis que monsieur vit à l'écart, ou en compagnie de ses copains. Il est remplacé par une vieille moukère. A ce propos, ne crois pas que les biches soient toujours dépourvues de cornes. Quand elles sont âgées, il leur en pousse souvent des petites. De même, chez nous, les grands-mères s'ornent généralement de jolies moustaches.

Ensuite, revient septembre, la saison du rut, des mortelles bagarres, des bramements rauques : tu dirais les accès de toux profonds de certains bronchiteux. A la fin de l'hiver, les cornes des mâles, dépouillées de leur velours, cessent d'être nourries par le sang, se dessèchent, deviennent fragiles comme des bâtons de craie. Sitôt qu'ils les cognent contre quelque tronc, tchac ! elles tombent en morceaux. Tu les trouves épars dans la forêt. Ça ne calme pas leur tempérament querelleur. Démunis de poignards, ils se battent avec leurs sabots. C'est seulement à la repousse des ramures qu'ils récupèrent leur tranquillité.

Vu leur polygamie, la juste proportion serait d'environ un cerf pour dix femelles. Seulement, la nature préfère le système moitié-moitié. Si bien que de temps en temps, faut éliminer les mâles en excès. En ces années de pénurie alimentaire, on n'y manquait point. Au cours de l'automne 1944, trois battues ont été organisées auxquelles, de gré ou de force, il nous a fallu participer. Sur les bords de plusieurs clairières, on nous a d'abord fait construire des miradors de rondins et de planches. Le jour J, plusieurs Mercedes nous ont amené du monde, militaires et civils. Des huiles, à en juger par les saluts, les courbettes, les salamalecs d'Oskar-le-Manchot et de Bismarck-le-Moustachu. Ces notables se sont installés sur nos perchoirs, le fusil à la main. Nous, K.G., avons reçu l'ordre de nous disperser à travers la forêt, de rabattre les cerfs en direction des clairières. Ces miradors me rappelaient un peu trop ceux du Stalag. J'ai refusé d'être complice. Quand il m'arrivait d'apercevoir les cornes d'un excédentaire, je lui faisais de grands signes avec les bras :

« Tu es attendu, dans cette direction : t'as pas intérêt : fais demi-tour ! »

N'empêche qu'au terme de cette glorieuse bataille, les combattants sur leur arbre perchés purent se vanter d'avoir étendu une douzaine d'antagonistes. Ils se félicitaient les uns les autres. Tous étaient ravis, sauf un : celui du poste 2. Au moment précis où le cerf approchait, le *Förster* avait été pris d'une crise d'éternuements qui avait mis la bête en fuite.

On nous a fait décapiter les cadavres à hauteur des garrots. Nos couteaux devaient tailler dans l'épaisseur des barbes. Le sang ruisselait de toutes parts : nous en avions sur les bras, la figure, les vêtements. Après quoi, les douze têtes branchues ont été chargées sur un camion, les douze corps sur un autre. Les notables sont remontés dans leurs Mercedes et repartis, sous une seconde avalanche de saluts...

Avant d'aller nous laver, nous nous sommes considérés les uns les autres. Avec les mêmes sentiments que Deibler, sans doute, quand il se regarde dans la glace.

21

Et maintenant, j'ai quelque chose de terrible à raconter. Moi, je n'étais pas armé comme Pommerette-Poids-Plume : le malheur m'est tombé dessus sans le moindre avertissement ; je n'étais pas préparé pour le recevoir.

De Thiers, je recevais régulièrement mes colis et mes lettres. L'écriture changeait, suivant la voisine qui avait servi de secrétaire ; seule la signature restait la même.... *Ça finira bien un jour... Ne te fais pas de bile pour moi... Ménage ta santé... Évite les mauvais sujets qui chercheraient à te faire faire des simpletés... Je t'embrasse des mille de fois...* Je lui obéissais exactement : je ne me faisais aucune bile pour elle. Ma vieille était une femme qui montrait rarement sa tendresse, plus rarement ses chagrins surtout depuis que le départ de mon père lui avait, pour ainsi dire, coupé le souffle. Autrefois, quand elle m'engueulait, quand elle criait après l'un, après l'autre, c'est qu'elle se portait bien, c'est qu'au fond elle était heureuse.

Chose exceptionnelle, j'étais resté sans nouvelles pendant tout le mois de mars et la moitié d'avril ; alors que mes collègues continuaient de recevoir régulièrement leur courrier. Le 18 avril, enfin, une carte-réponse arrive. Écrite par une des secrétaires habituelles. Je m'en rappelle encore le contenu par cœur :

Cher Baptiste. Prépare-toi à apprendre quelque chose de très triste. Ta pauvre maman est décédée le 29 janvier dernier à l'hôpital que tu connais, d'une pneumonie. Elle est restée huit jours avec quarante de fièvre, elle toussait, elle crachait beaucoup. Elle avait dû prendre froid en faisant ses lessives. On lui mettait des cataplasmes, on lui faisait des ventouses scarifiées. Mais en ce moment l'hôpital est plein à craquer, pas beaucoup de médecins, pas beaucoup de remèdes. J'allais la voir tous les jours. Elle me parlait de toi. Elle me disait de t'écrire la nouvelle s'il lui arrivait quelque chose, de ne pas te faire de mauvais sang pour elle. J'ai averti ton frère Séraphin, mais quand il est descendu de Saint-Rémy elle était déjà dans le coma, elle ne l'a pas reconnu. Ta pauvre maman a maintenant rejoint ton cher papa, ils sont tous les deux auprès du bon Dieu, je suis sûre que de là-haut ils te regardent et te protègent. Eux ils ont fini de souffrir...

Pardonne-moi si je... ne peux... répéter... Pardonne-moi...

Pour finir, elle proposait de continuer à m'envoyer des lettres en son nom maintenant : ... *Ça t'aidera à prendre patience en attendant ta libération, et tu auras quelques nouvelles du pays...*

Voilà ce qui m'est arrivé le 18 avril 1944. Ma vieille était morte depuis deux mois et demi, et je ne le savais pas. Elle avait quitté ce monde juste au moment où je partais du Stalag pour m'installer au Kommando près de Saulburg. Comme si le Ciel, qui, lui, était au courant, avait voulu en quelque sorte me procurer une espèce de consolation provisoire. Une nouvelle de ce genre, tu t'en doutes bien, ça n'est pas facile à digérer. Pendant des jours, je n'ai eu d'autre pensée que celle-ci : « Te voilà orphelin... Te voilà orphelin... » Être orphelin à vingt-neuf ans, c'est moins grave qu'à douze. Je n'avais pas de souci à me faire sur ma condition matérielle : la *Wehrmacht* d'abord, la Caisse d'Épargne ensuite s'en chargeaient. Mais l'amputation est pareillement douloureuse. A cet âge, la plupart de mes collègues avaient une famille à eux, une femme, des gosses ; ils étaient par d'autres liens solidement amarrés à la terre. Moi, je n'avais aucun autre parent. Car je comptais pour zéro ce faux frère de Séraphin, l'oncle Mangematin qui avait assez à faire avec son état civil, ses filles et ses potirons. Voilà pourquoi je me sentais en plein naufrage.

J'avais perdu le sommeil. Je passais la nuit à revoir mon enfance ; tous les méfaits que j'avais pu commettre ; les mots malgracieux que j'avais dits à ma mère ; les attentions que je n'avais pas eues pour elle ; l'affection que je ne lui avais pas suffisamment montrée... Et je lui en demandais pardon. J'essayais de me représenter ce qu'avait été sa vie au cours de ces quatre ans de solitude, rue de la Prison. Comment faisait-elle pour m'envoyer tant de précieuses denrées dans chacun de ses colis ? A voir tout ce qui manquait à présent en Allemagne, on pouvait imaginer la situation en France. Et elle, elle semblait posséder une mine de chèvretons, de saucissons, de chocolat, de sucre. Au point qu'une fois j'avais égoïstement échangé un de ces colis contre le secret honteux de cette canaille d'Hermillon. Elle n'avait à troquer qu'une seule marchandise : le travail de ses bras et de ses mains ; elle devait donc le mettre au service des épiciers, des charcutiers, des fromagers de la ville, exiger le paiement en produits comestibles. Elle devait aussi, pour sûr, s'enlever la nourriture de la bouche afin de m'en faire profiter.

La voisine me le laissait comprendre : elle était morte faute de soins. Ou du moins, pour soins insuffisants. Qui fallait-il, que fallait-il accuser ? La négligence des médecins ? L'indifférence de la famille ? La dureté des temps ? Les hommes qui avaient permis ou voulu cette guerre ? Et moi, qu'avais-je fait pour la rejoindre ? Certains s'évadent, ça réussit ou ça ne réussit pas ; je n'avais rien essayé. A croire que je me trouvais mieux en Allemagne que dans mon pays natal. Peut-être bien, après tout, que je les avais méritées, ces douze balles dans la peau dont me menaçait Hermillon.

Plus d'une fois, il m'était arrivé de penser, au cours de ces quatre ans : « Quand tu seras rentré en France, crucifix ! en auras-tu des choses à raconter ! » Et maintenant, à qui les raconterais-je ?

Au-dessus de moi, au-dessous, les copains ronflaient sur leur paillasse. Moi je me retournais et me tordais comme un lardon dans la poêle. Je me faisais frire toutes les nuits dans mon chagrin. En apprenant la nouvelle, mes collègues m'avaient serré la main, tapé sur l'épaule. Ils avaient même fait une chose merveilleuse : ils étaient allés trouver Oskar, notre gardien :

« Baptiste Pascal vient d'apprendre le décès de sa mère. Donnez-nous la permission de l'emmener au village.

— Au village ? Pourquoi faire ?

— Pour lui offrir de la bière. »

Le manchot m'avait regardé, hésitant ; il avait fini par dire :

« *Stimmt !* D'accord ! »

La consolation qu'apporte la bière est extrêmement lente à venir. Mais si tu prolonges le traitement avec persévérance, tu finis par obtenir des résultats. Les copains ne ménageaient ni leurs efforts ni leurs marks officiels. Ils se relayaient pour m'apporter des chopes pleines. Ils me racontaient leurs propres malheurs.

« Tu verras, me disait l'un, on s'habitue à tout. Moi, j'ai appris en 1942 que j'étais cocu. Officiellement, par ma femme elle-même. Elle a eu la franchise de me l'écrire dans sa dernière lettre. Et en faveur de qui, s'il te plaît ? D'un flic ! D'un propre à rien qui s'est engagé dans la police pour échapper au S.T.O. Au début, j'ai pensé que ça me crèverait. Tu vois : ça m'a pas crevé. Je te le dis : on s'habitue à tout.

— C'est comme moi, m'expliquait un autre, quand mon gamin a reçu un coup de pied de vache en plein estomac. Ça l'a étendu raide mort. Sur le moment, j'ai cru crever aussi. Puis la colère m'a pris. J'ai empoigné une fourche, je suis allé la planter dans le ventre de la vache. A fallu l'abattre. C'était con. Et me voilà toujours, je suis pas crevé... »

Ils faisaient vraiment ce qu'ils pouvaient pour me remonter le moral.

Quand on est sortis du *Gasthaus*, ils m'ont soutenu aux aisselles. Sans eux, jamais je n'aurais marché les deux kilomètres qui nous séparaient du Kommando. Cette nuit-là, j'ai dormi. J'ai repris quelques forces pour les jours suivants. Voilà comment je comprends la fraternité.

Oskar a continué sa distribution de lettres avec réponse payée. Je prenais les miennes ; je les entassais soigneusement dans mon paquetage. De temps en temps, je me disais : « Tu pourrais écrire à cette voisine qui a pris la peine de t'annoncer la nouvelle. Pour la remercier... Ou bien à l'oncle Mangematin... Ou à Pommerette... Ou à Séraphin... » En principe, la correspondance était réservée aux proches parents ; mais la vérification était impossible. Je renvoyais la chose de quinzaine en quinzaine. Si bien que je n'ai jamais écrit tant que la guerre a duré ; jamais reçu de nouvelles non plus. Là-bas, c'est certain, tout le monde doit me croire mort et enterré. Peut-être même qu'on m'a inscrit sur le monument, à Thiers ou à Saint-Rémy. Si je revenais, ça ferait plutôt sensation. On me photographierait, on en parlerait dans les journaux.

Je suppose que Séraphin a recueilli le pauvre mobilier de la rue Mancel-Chabot, y compris mon poste de T.S.F., mon dictionnaire, mes vieilles culottes, les sabots de notre vieux, Victor Pascal. Il y avait aussi cette somme de 8 536 francs qui dormait à la Caisse d'Épargne. A l'époque, elle représentait un petit domaine ; qu'est-ce que je pourrais bien acheter avec, aujourd'hui ? Même pas une chèvre. Le peu d'argent aussi a dû passer entre les mains fraternelles, une fois mon décès officiellement proclamé. En fin de compte, celui que mon vieux considérait comme un triple céhoenne m'aura rongé jusqu'à l'os.

Je ne regrette qu'une chose : de n'avoir aucune photo de mes deux vieux. Les rares qui existaient, c'est encore lui qui les détient. Alors, voici ce qui se passe : à mesure que je prends de l'âge, je constate que leurs traits s'effacent peu à peu de ma mémoire. C'est une chose bien triste que de ne plus se rappeler exactement le visage de son père et de sa mère. A présent, je les aperçois à travers un brouillard. Heureusement, il me reste leurs voix. Très nettes, enregistrées dans mon phonographe portatif. Comme si je les entendais derrière cette porte. Elles me parlent fréquemment à toute heure du jour ou de la nuit. Et puis l'un ou l'autre me rend visite, quand je dors. S'il m'arrive d'être embarrassé, je leur demande conseil ; je les prie d'intervenir auprès des Puissances ; et je pense qu'ils doivent être assez bien vus Là-haut, parce qu'ils m'ont souvent pistonné et j'ai obtenu de belles satisfactions.

Nous sommes entrés dans l'année 1945, qui devait être la dernière de notre Kriegsguefanguerie. Mais nous ne le savions pas encore. Mes copains posaient souvent la question au vieux garde, un homme raisonnable et calme, en dehors de ses éternuements :

« Dites-nous donc, *Förster*, quand la guerre finira. »

Il haussait les épaules, grommelait :

« Elle finira bien, elle finira bien... Tout ce qu'il m'a été donné de connaître en ma vie, bon ou mauvais, a eu une fin. Alors, la guerre aussi. Prenez patience. »

Nous étions convaincus que ça ne pouvait plus durer très longtemps en effet ; nous savions que les Américains avaient débarqué en France, étaient entrés en Belgique, qu'ils approchaient du Rhin en même temps que des troupes anglaises et françaises ; que les Russes de leur côté avaient fait une rude étape en direction des frontières allemandes. Mais la *Wehrmacht* contre-attaquait dans les Ardennes, récupérait une partie du terrain perdu. Les discours officiels de la radio portaient tous sur le même thème : « Nous ne capitulerons pas ! »

Pendant ce temps, malgré la neige et le froid, on continuait de tailler des crayons dans la forêt. Le 12 janvier, il m'est arrivé un sale accident. J'étais en train de dépouiller un épicéa, en compagnie d'un collègue breton appelé Le Youdec. Dans son pays, il cultivait des patates et des choux-fleurs. On ne devrait jamais se mettre à deux sur le même arbre, quand chacun est armé d'un outil tranchant. Je ne sais comment la chose s'est faite, j'avais les mains occupées dans les branches ; tout à coup j'ai senti un choc dans la gauche, et tout de suite un froid. Je la tire, je l'élève à hauteur de mes yeux : plus de pouce ! En face de moi, sa serpe encore au poing, Le Youdec me regardait d'un air ahuri, sans comprendre. On ne comprenait ni l'un ni l'autre. Ça coulait comme un robinet. Alors, je me mets à gueuler :

« Je suis blessé ! Je suis blessé ! Au secours, les gars ! »

Le premier qui pourrait me secourir est le Breton ; mais il tremble tellement qu'il ne sert à rien. Les autres se précipitent, y compris le *Förster*. Moi, j'ai encore la force de dire :

« Mon pouce !... Mon pouce !... »

Puis, je tombe dans les vapeurs. Plus tard, c'est mon assassin lui-même, cet enflé de Le Youdec, qui me racontera la suite des événements. Ils m'ont sauté sur le râble tous à la fois. L'un me garrottait le bras, pour arrêter la fuite ; l'autre me saisissait par les pieds ; le troisième et le quatrième par les épaules. Ils m'ont emporté de cette façon, en enjambant les épicéas abattus. Mon copain Savon a eu plusieurs idées de génie. D'abord il a baptisé

Le Youdec : Le Youdécoupeur. Il a gardé ce nom jusqu'à notre séparation. Ensuite, Savon a recommandé de farfouiller parmi les branchages où j'avais par inadvertance laissé tomber mon pouce :

« Si on le retrouve, les médecins pourront le lui recoudre. »

Ils l'ont retrouvé ! Après ça, l'idée la plus merveilleuse :

« Faites une boule de neige, placez-le au milieu. Ça le conservera. »

Une statue, que je lui ferais dresser, au gars Savon, si j'avais des économies ! Au centre de Saint-Étienne ! Sur la place du Peûple ! Toujours il nous bassinait avec cette place du Peûple.

Donc, pendant que les autres me trimbalaient vers le Kommando sur leurs épaules, comme un saint dans sa châsse, lui fermait la procession, portant mon doigt dans son Frigidaire. A mesure que fondait la neige, il se baissait, en ramassait de la fraîche. Oskar a téléphoné : trois quarts d'heure après seulement une ambulance militaire est venue me prendre. Moi toujours dans les limbes. Notre berger s'est montré tout à fait à la hauteur. Sans doute parce qu'il avait été amputé lui-même. Il a autorisé Savon à m'accompagner, avec un seau de neige à côté de lui.

J'ai recouvré la vue je ne sais combien de temps après. La première chose que j'ai perçue est le bruit de mon cœur. Il me cognait très fort dans les oreilles. Un bruit sourd, rapide, inquiétant. Au-dessus de moi luisait à peine une lampe bleue. J'ai essayé de remuer, j'ai ressenti une douleur dans le bras droit. Je n'ai pas insisté. Je ne comprenais rien à ce décor. Ce qui m'a ouvert l'esprit, c'est l'odeur : celle de l'éther. Aussitôt, j'ai fait le rapprochement : éther, blessure, infirmerie. « Tu es à l'infirmerie, que j'ai pensé. Ils t'ont de nouveau ramené au Stalag. » Tout le reste est alors revenu d'un coup : la figure convulsée de Le Youdec, ma main dégoulinante, l'épicéa, mon pouce perdu. « Tu n'auras plus que quatre doigts à la main gauche... Est-ce bien la gauche ? On te versera une pension. Le gouvernement allemand. Ou le français. N'importe, pourvu qu'on la verse... »

Une pension ! N'importe quel Auvergnat vient au monde avec ce mirage dans le cœur. Quand j'étais à Thiers, j'entendais parler autour de moi de tel ou tel privilégié qui jouissait d'une pension militaire. On disait avec envie :

« C'est un Cent-pour-Cent ! »

Le Cent-pour-Cent est un être à part. Il a généralement bonne mine, porte un béret ou un chapeau, se rase chaque jour. A petits pas, il s'en va boire son café, son apéritif au Globe ou au Glacier. Il y reste des heures à lire son journal ou à se faire des réussites. Ses lendemains sont assurés : chaque mois il lui tombe du ciel une énorme somme, sans qu'il ait d'autre peine à prendre qu'à signer un reçu. Être Cent-pour-Cent, quel rêve ! En ce temps-là, seuls les fonctionnaires et les estropiés pouvaient regarder en face la vieillesse ; eux seuls étaient en droit d'espérer un peu de repos terrestre avant le repos éternel. Je me disais : « Bien sûr, tu ne toucheras pas cent pour cent, à cause d'un pouce unique. Mais peut-être vingt-cinq ou trente. Ça suffirait à te garantir le pain quotidien. » Maintenant que le mal était fait, la douleur passée, j'en voulais un peu à Le Youdec de n'avoir pas fait meilleure mesure. Pendant que nous y étions, il n'aurait pas été plus difficile de me soulager de toute la main. La pension aurait été plus substantielle, et on m'aurait renvoyé sans délai dans mes foyers. L'Allemagne n'avait que faire d'un manchot.

Sur mon lit d'hôpital, j'avais le temps de réfléchir du matin au soir. C'est alors que, pour la première fois, je me suis aperçu d'une chose : ce renvoi « dans mes foyers » ne me remplissait d'aucune joie anticipée. Quels foyers ? Un seul m'aurait suffi. Mais où le prendre ? En arrivant rue Mancel-Chabot, j'étais certain de trouver d'autres locataires dans notre ancien appartement. Ils me diraient :

« Ma foi, votre frère Séraphin et sa femme avaient enlevé le mobilier. Le propriétaire n'avait aucune raison, n'est-ce pas, de garder vide son local. »

Je partirais en remerciant. Il me faudrait ensuite courir la ville en tous sens ; chercher un autre trou pour loger mes quatre membres. Acheter un lit, une chaise, une table, un poêle, deux assiettes. Faire moi-même ma cuisine. Vivre au milieu de voisins inconnus. Où étaient-ils, mes foyers ?

Autre perspective enchanteresse : celle de retourner à la Caisse d'Épargne et de Prévoyance. D'avoir à aligner de nouveau des régiments de chiffres, à les passer en revue chaque jour que Dieu ferait, à les compter selon la bonne méthode : 8... 14... 22... 29... 36... 43... 44... 49... je pose 5 et je retiens 41... Peut-être d'ailleurs que ma cervelle était rouillée, que je compterais mal, que M. Boithias me ferait des reproches. Je m'assoupissais, les chiffres tourbillonnaient dans ma tête comme feuilles mortes en novembre. Mon cœur continuait de battre les cent coups.

Ce qui m'a ensuite réveillé, c'est une douleur plus vive au bras droit. Tout de suite, j'ai eu cette pensée : « Pourquoi le bras droit, puisque Le Youdec t'a rectifié la main gauche ? » J'ai ouvert les yeux, j'ai vu une forme blanche sur moi. Crucifix ! Une femme ! Une femme au Stalag ! Elle m'a posé une main sur le front, m'a soulevé une paupière. Son visage était tout proche du mien. Elle me regardait sans sourire. Je me suis fait cette réflexion : « Si elle devait sourire à tous ses estropiés !... Elle a autre chose à faire. » J'aurais aimé lui dire deux mots, poser des questions. Mais ma langue était grosse et dure comme une carotte. L'infirmière est repartie.

Plus tard, le jour est entré dans la chambre : petite mais très propre. Pas une chambre de Stalag, assurément. Conclusion : j'étais dans un hôpital. Ça expliquait la présence de la *Schwester*. Mes deux bras étaient posés devant moi, sur le lit. Le gauche se terminait par une énorme boule de pansements ; je n'avais aucune idée de ce qui pouvait se passer à l'intérieur. La manche du droit était retroussée très haut ; dans le creux du coude deux bandes roses se croisaient. J'ai essayé de remuer l'un, de remuer l'autre ; ça m'a lancé des décharges de douleur.

Encore une longue attente. Dans la maison, autour, au-dessus, au-dessous de moi, j'entendais des portes claquer, des voix, des sonneries. J'ai eu le plaisir de constater que je vivais, que je pouvais recevoir ces bruits, en comprendre le sens. Sortir d'un long évanouissement, me semble-t-il, c'est la même chose qu'une naissance. Tu enregistres des ombres, des lumières, des sons, des silences, des odeurs, tout te vient à la fois. Tu te rends compte qu'il s'est produit un énorme changement, tu te demandes lequel au juste. Ensuite, bien sûr, comme tu n'es plus au commencement de ta vie, tu te replaces près de la juste borne.

L'infirmière est revenue ; elle m'a parlé :

« Comment vous sentez-vous ? »

Ça m'a fichu un doux choc : elle me vouvoyait. Comme Frau Gertrud. Son vous signifiait : « Pour moi, vous n'êtes pas un K.G., mais un homme pareil aux autres. » J'avais fini par en douter, d'être un homme pareil aux autres. Cela méritait l'effort que j'ai fait pour lui répondre :

« Bien », que j'ai dit du bout des lèvres.

Après un moment, j'ai désigné ma main gauche :

« C'est très vilain ? »

Et elle : « On vous a recousu le pouce.

— Le pouce ?

— Un de vos camarades l'a retrouvé, le chirurgien l'a remis en place. Ça s'appelle une greffe.

— Et je pourrai m'en servir ?

— Nous l'espérons. »

Adieu, les espoirs de pension ! Mais je n'étais pas fâché, en revanche, de récupérer ma main entière. Particulièrement ce pouce que je connaissais depuis ma plus tendre enfance. Au cours de mes premières années, avant que je fréquente l'école, nous étions lui et moi des inséparables. Je lui racontais mes ennuis, mes genoux écorchés, mes satisfactions, mes rancunes :

« La grand-mère est une bougresse ! Elle m'a *flaqué !* »

Joli mot de mon patois maternel qui veut dire « fessé » : fla ! fla !

fla ! Quand j'avais faim il me servait de nourriture ; quand j'avais soif, de biberon. Il me permettait de saisir les patates cuites, en étroite collaboration avec l'index ; j'aimais en avoir une dans chaque main ; je mordais tantôt à gauche, tantôt à droite. A l'école, c'était mon sceau personnel. Voici la recette, si tu veux la connaître : tu te dessines un cercle à l'encre, que tu garnis intérieurement de majuscules renversées ; tu attends que ça sèche ; à ce moment, tu souffles dessus la vapeur de ta bouche, tu appliques le pouce ainsi traité sur une feuille et tu obtiens l'empreinte : LE PRÉSIDENT ; ou : LE MAIRE ; ou : L'ÉVÊQUE... A ton gré. Bref, mon pouce, je l'aimais. J'ai donc été content qu'on me le rende.

« Ne vous fatiguez pas ! » m'a recommandé la *Schwester.*

Mais il y avait un certain nombre de détails que je désirais connaître. Ainsi, ces deux rubans roses au creux de mon bras droit :

« Qu'est-ce que c'est ?

— On vous a fait une transfusion. Vous aviez perdu beaucoup de sang. »

Elle m'a désigné le bocal vide au-dessus de ma tête ; il y restait des traces rouges. Quelqu'un de mes copains s'était sans doute sacrifié pour moi. Peut-être Le Youdec lui-même. Peut-être un autre. J'ai questionné :

« Le sang de qui ?

— Comment, le sang de qui ?

— Qui... m'a donné son sang ? Savez-vous son nom ? Un de mes camarades ?

— Comment saurais-je son nom ? C'est du sang de notre banque.

— Votre banque ?

— De notre réserve. Du sang anonyme. Vu la quantité que vous avez reçue, il a fallu plusieurs donneurs. »

L'histoire se compliquait. Voilà que j'avais dans mes veines, à présent, le sang de plusieurs donneurs. Comme la chose ne me paraissait pas très claire, j'ai insisté :

« Je voudrais les remercier.

— Mais vous ne pouvez pas, voyons ! Puisque je vous dis que nous-mêmes ignorons le nom de ces donneurs, qui sont des habitants quelconques de ce pays, des hommes, des femmes, ou des hommes et des femmes.

— Des Allemands ?

— Bien sûr, des Allemands ! »

Je ne sais si tu comprends l'importance de ce point. Depuis ce jour, j'ai du sang allemand dans le corps. Moi, Français, moi, Auvergnat, moi, ancien guéfangue. La chose s'est passée en janvier 1945. A un moment où les soldats de la *Wehrmacht* saignaient en abondance, on a trouvé dans l'hôpital de Straubing un flacon de sang pour remplacer celui que j'avais perdu par la faute de ce céhoenne de Breton. Oui, je sais tout ce qu'on peut dire là-dessus : les nazis, les S.S., la *Wehrmacht* ont fait couler trop de sang européen, trop de sang français pour que ce flacon ait une quelconque importance. D'un côté, un lac ; de l'autre, une goutte. Aucune importance, cette goutte ? Pas d'accord ! C'est un peu, me semble-t-il, l'histoire qu'on lit dans la Bible : *Trouvez-moi dans Gomorrhe, non pas mille, non pas cent, non pas dix, mais un seul juste, et Gomorrhe sera sauvée*. Cette seule goutte de sang, ce flacon de trois cents centimètres cubes vaut le salut de l'Allemagne tout entière. Et si tu comprends pas ça, c'est que tu n'es rien d'autre qu'une face de pet.

Je me rappelle aussi les injures du vieux Loichinger, et ce proverbe idiot qu'il avait constamment à la bouche : « L'huile et l'eau ne se mélangent pas. » Je porte en moi la preuve du contraire : l'huile et l'eau se mélangent.

22

Quand je suis sorti de l'hôpital, vers la mi-février, je pensais qu'on allait me diriger une fois encore vers le Stalag V D. Mais non : j'ai repris le chemin du Kommando où je pouvais rendre des services, qu'on m'a dit. Tous les huit jours, je devais seulement revenir pour faire changer mon pansement.

J'ai remarqué dans les rues de la ville un grand désordre. Des voitures chargées de civils, vieillards, femmes, enfants, circulaient en tous sens. Oh ! je les ai reconnus immédiatement ! Oui, oui, c'étaient les mêmes que j'avais vus en Belgique, en mai 40 ; mêmes regards de bêtes poursuivies, mêmes ballots de hardes, mêmes grands-pères ficelés sur des charrettes. Seulement, ceux-ci étaient allemands ; ils grelottaient au lieu de suer. Il en venait de partout : du nord, du sud, de l'est, de l'ouest. Eux aussi fuyaient les envahisseurs, eux non plus ne savaient pas où ils allaient.

A Saulburg, au milieu de notre forêt, à cause de la tranquillité, tu te serais cru au sommet de l'Himalaya. On a fêté ensemble mon retour. Mes collègues auraient aimé voir quelle figure avait ma main à présent ; mais elle était encore soigneusement momifiée dans ses bandes Velpeau. Le seul ennuyé était Le Youdec ; il a fallu qu'on le console. La femme de Bismarck, Frau Dorothea, a voulu m'embrasser ; elle avait l'air d'y tenir absolument ; je lui ai accordé ce plaisir. Au Stéphanois, j'ai demandé :

« Comment vont les biches ?

— Bien. Elles ont bon appétit.

— Y aura assez de foin ?

— Je pense. »

Nous avons repris la tournée des râteliers. Je pouvais très bien transporter les paquets de fourrage sur mon échine ; mais Savon a voulu faire encore ça pour moi. Ç'a été un bonheur de retrouver la trace des chères bestioles, leurs mille sabots imprimés dans la boue durcie. Je me suis demandé si Savon les avait bien servies chaque jour ; je trouvais que la provision n'avait guère diminué dans le fenil pendant mon absence. C'était un gars muni de vertus formidables ; mais, comme beaucoup, il aimait mieux le travail fait que le travail à faire. J'imaginais la déception des biches devant leurs râteliers dégarnis ; leurs réflexions amères :

« Sang-de-Chou ne nous aime plus... Il nous oublie... Nous l'avions trop bien jugé... »

Elles ne pouvaient être informées des motifs de mon absence. De toute manière, j'étais désormais revenu ; elles allaient s'apercevoir très vite qu'à leur égard mes sentiments n'avaient point changé.

Quelques jours plus tard, le *Förster* m'a prêté son vélo ; je suis allé faire soigner ma main à Straubing. Sur toutes les routes, c'était un énorme remue-ménage, civil et militaire. La radio annonçait des nouvelles extrêmement graves : les troupes soviétiques avaient atteint l'Oder et marchaient sur Berlin ; par le Sud, elles avaient envahi la Roumanie, la Hongrie, elles approchaient de Vienne. Au début de mars, nous avons appris que les Américains avaient franchi le Rhin à Remagen. Mes copains ne se tenaient plus de joie. Ils faisaient leurs paquets.

Vers le milieu du mois, j'ai pu montrer la greffe pratiquée sur ma main. Ça n'était pas réussi totalement. Le greffon avait été quelque peu raccourci, l'ongle était tombé ; le tout avait une couleur rougeaude plutôt antipathique. A Savon j'ai dit :

« Je sais que c'est à toi que je dois de l'avoir encore. Sans ton seau à neige, je n'aurais plus de pouce gauche. Alors, pour ta récompense, je veux que tu sois le premier à le voir. C'est un peu ton enfant ! »

Il s'est penché dessus, a répondu d'un air consterné :

« Merde !

— Quoi merde ?

— Y a de la triche ! C'est pas mon enfant ! Je reconnais pas celui que j'ai récupéré au milieu des branches !

— C'est pas une beauté, d'accord. Mais vaut mieux lui que rien du tout. Et il remue. Constate ! »

Je le fais fonctionner, clic, cloc, clic, cloc. Savon se tourne vers nos collègues :

« Je vois ce que c'est ! Le médecin chleu lui a pas greffé son pouce, les gars ! Il lui a greffé son zizi ! »

Les voilà tous à se fendre comme des crocodiles.

« De toute façon, vous savez bien qu'il s'en servait pas !

— Et le tien, à quoi te sert-il ?

— En ce moment, à pas grand-chose. Mais laisse passer quelques semaines, je veux l'user jusqu'à la racine ! »

Aussitôt qu'un de nous parlait du proche avenir, de la libération imminente, toute la bande se lançait dans les projets :

« Moi, quand je serai rentré au pays, pendant huit jours je dessoûle pas.

— Moi, plus que tout, c'est de ma femme que j'ai besoin. Pendant huit jours je reste au plumard avec elle.

— Moi je m'enfonce la tête dans une boule de saindoux, je la sortirai seulement quand je me serai rassasié... »

A tous il leur en venait l'eau à la bouche. Y en a même un qui voulait rester huit jours dans sa baignoire. Une drôle d'idée. Les seuls inquiets de la troupe étaient naturellement Oskar-le-Manchot et la sentinelle. Comme ils ne se sentaient pas en force, à deux contre notre douzaine, ils étaient devenus gentils, gentils. Le sous-off passait son temps à tripoter les boutons de son appareil de T.S.F. Les émissions de la radio allemande se faisaient de plus en plus rares, irrégulières, inaudibles. Il aurait pu écouter les Anglais, les Suisses ; mais il s'y refusait avec énergie.

« C'est défendu : absolument défendu ! »

Et nous, pour l'encourager : « Bientôt, il n'y aura plus rien de défendu, *Hitler, kaputt ! Wehrmacht, kaputt ; Deutschland, kaputt ! Alles kaputt !* »

Ça ne l'encourageait pas tellement. Ça le déprimait plutôt. Une fois, je l'ai même vu pleurer.

« T'en fais pas, mon vieux ! Tu vas retourner à tes chapeaux ! On viendra tous t'en acheter après la guerre ! »

Les violettes sont sorties de la mousse.

De nouveau, je pouvais tenir dans ma main gauche le manche d'un outil, même si elle manquait de vigueur. Le gars qui avait fait la réparation était un grand artiste. Il mériterait que j'apporte des fleurs sur sa tombe. C'était un vieux bonhomme qui parlait le français mieux que moi ; il s'appelait Dr Otto Kofmann ; j'ai vu l'avis de son décès quelques années plus tard, dans le *Straubinger Zeitung*. Des hommes comme ça, si utiles à leurs semblables, ils ne devraient pas mourir.

Pendant cette époque désordonnée, nous étions à peu près libres de nos mouvements. Tous les soirs, au crépuscule, j'allais me mettre à l'affût près des râteliers ; je guettais la venue de mes copines. L'herbe était encore trop courte dans la forêt pour qu'elles puissent se passer de mes services. De loin, je les voyais bondir par-dessus les fourrés. Soudain, elles s'arrêtaient net, pétrifiées. Elles m'avaient senti. Ou vu. Ou entendu. Je cessais de respirer, j'arrêtais les mouvements de mon cœur et de mes intestins, je me faisais tronc parmi les troncs. Mon immobilité les rassurait à peine. Alors, mon fluide fonctionnait. Une d'abord risquait quelques pas, s'avançait prudemment vers le râtelier. Je ne me permettais pas de remuer une paupière. Une autre l'imitait, puis deux, puis trois, puis l'entière compagnie, les faons tout excités au milieu des rombières, cabriolants, bêlants, trébuchants, se faisant des croche-pattes, certains tétant leur mère pendant qu'elle tirait sur le foin à travers les barreaux. A les voir ainsi, je me sentais dévoré d'un désir : celui de m'avancer au milieu, de les saisir dans mes bras, de les caresser, de les baiser entre les oreilles. Je devais me contenter de les toucher des yeux. Une fois, j'ai essayé de m'approcher. Sitôt qu'elles s'en sont rendu compte, dans un crépitement de sabots, vrrip ! la bande a explosé, projetant ses miettes aux mille coins de la forêt.

A partir de la mi-avril, toutes relations ont été coupées avec le Stalag. Nous avons posé des collets pour attraper ce qui se laisserait prendre ; heureusement, le gibier était abondant. Oskar levait au ciel son bras et demi :

« C'est défendu ! C'est défendu ! »

Ensuite, il acceptait son morceau de lièvre comme les frères. Nous avons trouvé chez les paysans des pommes de terre en échange de nos marks à triangle. Ils les acceptaient difficilement ; quand ils y mettaient trop de mauvaise volonté, on leur prédisait :

« Bientôt, Joseph sera ici. Et tes kartofèles, tu verras avec quelle monnaie il te les payera ! »

On imitait le bruit d'une mitraillette : ta-ta-ta-ta-ta-ta... Ça les persuadait.

Le 28 avril, le manchot et Theodor ont disparu en même temps. Nous avons fouillé le placard où notre berger enfermait ses suppléments alimentaires : vide. Tout le reste, il nous le laissait : les papiers, les clés, les meubles, le poste de T.S.F., le téléphone. On entendait au loin des grondements sourds : le canon ; des claquements plus secs et plus proches : la D.C.A. allemande, la *Flak* ; de temps en temps des explosions profondes, accompagnées de tremblements de terre : les bombes.

Savon, qui était le plus intelligent de nous tous, a tenu un discours :

« Les gars, c'est le moment de lever l'ancre avant que la musique n'arrive par ici. Disons-nous au revoir, et en avant marche ! Chacun pour soi, le bon Dieu pour tous. Vaut mieux voyager par petits paquets, deux ou trois au maximum : ça nous sera plus facile de passer entre les gouttes. Moi, j'habite à Saint-Étienne, Loire. Quelqu'un veut-il faire équipe avec moi ? Je lui offre une place dans ma limousine. »

J'étais le seul à résider dans la même direction. Il le savait et me regardait. De plus, je ne pouvais dire non, à cause de mon pouce qui lui devait la vie. « Ça y est, que je me suis annoncé. Tu vas revoir ta Normandie. Plus de quinze cents kilomètres à pied, et tu débarques rue Mancel-Chabot. A cinq minutes de la Caisse d'Épargne et de Prévoyance. Trois fois sept ? Vingt et un, Monsieur le Directeur. Quatre fois neuf ? Trente-six, Monsieur le Directeur. Pommerette-Poids-Plume. Le tonton de l'état civil. La retraite à soixante-cinq ans. Des chiffres, des chiffres, des chiffres. Savon a raison. En avant marche ! »

« D'accord, je lui ai dit. Passe devant, je te suis. »

Les tandems se sont formés. On a échangé des adresses. On avait attendu la dernière seconde pour accomplir cette formalité. Quelqu'un m'a demandé la mienne. J'ai répondu :

« Écris à la Caisse d'Épargne et de Prévoyance, rue du Château, Thiers, Puy-de-Dôme.

— Qu'est-ce que tu y étais ? Balayeur ?

— Directeur. »

On se partage les dernières provisions. Le ciel est plein d'avions invisibles qu'on entend ronronner. Je pense à cette expression qu'employait la radio avant de se taire : *Terrorangriffe*, pour désigner les bombardements massifs. La terreur est partout présente. Nous nous en apercevons en arrivant au village, où l'on nous apprend les dernières nouvelles. Les Russes approchent par le sud-est. Ils ont atteint Linz ; peut-être sont-ils déjà à Passau. Ils vont remonter le Danube. Dans cinq jours, dans deux peut-être, demain, ils seront à Straubing. Tout le monde se sauve : vers l'ouest, vers le nord. Ils veulent aller au-devant des Américains, des Anglais, des Français, leur demander aide et protection. Ça nous fait plaisir, à nous, d'assister à cette panique. Mais nous ne tenons pas non plus à entrer en contact avec les envoyés de Joseph. C'est le moment d'accélérer. Le nord n'est pas notre direction ; nous choisissons l'ouest.

On boit le coup de l'étrier au *Gasthaus*. La mastroquète est sans doute la seule qui refuse de fuir : elle attend ses fils.

« Et Joseph ?

— Je lui servirai à boire.

— Avez-vous de la vodka ?

— J'ai du schnaps. »

Elle nous verse un coup et nous souhaite bon retour. Je rôde dans le village, à la recherche de je ne sais quoi. On a lâché dans les champs les vaches, les poules, les lapins. Nous voici revenus au commencement du monde, avant l'arche de Noé, lorsque le Grand Chef Chevelu créa les animaux du ciel, des eaux et de la terre, et recommanda à l'homme de les dominer. Tout le monde est parti ou se prépare à partir. Joseph approche ! Joseph est là !

« Et nous, qu'est-ce qu'on attend ? me demande Savon. Tu as perdu quelque chose ? »

On finit par démarrer. En route pour la rue Mancel-Chabot. Un kilomètre à pied, ça use, ça use...

Voilà donc l'Allemagne qui, à son tour, déménage. Je devrais en mourir de joie. Ça me rend plutôt triste. « Suppose, je me dis, que les Américains ou les Soviétiques te ramassent. Ils t'interrogent :

« Qui êtes-vous ?

— Deux pauvres prisonniers français qui essayons de regagner nos foyers.

— Prouvez-le !

— Prouver quoi ?

— Que vous n'êtes pas deux S.S. déguisés, deux espions hitlériens.

— Voyez nos fringants uniformes de l'armée française.

— Oh ! des uniformes ! C'est facile à endosser. L'habit ne fait pas le moine. *Habitsky nie fassof monatsky*, comme dit un vieux proverbe ukrainien. Vos preuves ?

— Nous parlons français ! Nous avons des papiers français !

— Ça ne signifie rien, qu'on vous dit, camarades. Prouvez-nous, par exemple, que vous ne parlez pas l'allemand.

— Justement, nous le parlons un peu !

— Ah !... Ah !... Vous voyez bien que vous êtes des espions fascistes ! Allez ! Demi-tour ! En route pour la Sibérie ! »

Ainsi, j'aurais l'occasion de voir de nouveaux pays, d'apprendre d'autres langues étrangères. Ces rêveries me trottent par la tête. Ça pétarade du côté du nord-est, de ce qui fut naguère la Tchéco-Slovaquie. Des voitures nous dépassent, pleines de civils, de valises, de lapins encagés.

« Emmenez-nous ! Vous avez bien une petite place ! On se poussera ! »

Ils n'entendent rien. Trois kilomètres à pied, ça use, ça use... Plus que 1 497, que je constate avec soulagement. Jamais mes souliers ne supporteront ça. Je fais part à Savon de cette crainte.

« T'es maboule ! Tôt ou tard, on rencontrera l'armée française. Elle nous ramassera. Elle nous transportera franco.

— Tu y crois, toi, à l'armée française ?

— Les Fridolins eux-mêmes y croient. Tu as entendu ? Ils veulent se placer sous sa protection ! Un comble ! Mais ils sont sûrement mieux renseignés que nous. Alors, pourquoi que j'y croirais pas ?

— Admettons. Si on la rencontre, tu ne penses pas qu'au lieu de nous démobiliser elle va nous dire : « Les gars guéfangues, voici des frusques toutes neuves, et suivez-nous. Faut qu'on aille jusqu'à Berlin » ?

— Ça peut se produire. On verra. On n'en est plus à quinze jours près. »

On entame le quatrième kilomètre. A ce moment, clic, cloc, clic, cloc, clic, cloc. On se retourne. Une charrette arrive derrière nous, traînée par un gros dada. Dessus, outre le mobilier habituel, deux Gretchens. Elles nous rattrapent, nous dépassent. Par habitude, je lève le bras :

« Emmenez-nous ! Emmenez-nous ! On se poussera ! »

Crucifix ! Un autre miracle ! Les Français croient aux miracles. Dans leur histoire, au moment le plus critique, y a toujours un miracle qui les sauve : Jeanne d'Arc, Richelieu, Valmy, le sucre de betterave, Bernadette Soubirous, la Marne, la Champagne, Clemenceau, Pétain, de Gaulle... Il y en aura d'autres, d'ici la fin des temps. A vrai dire, la France est abonnée aux miracles.

Celui-ci est modeste : la cochère tire sur les guides, le cheval s'arrête. Elles nous attendent, ma parole !

« Où allez-vous ? demande la plus vieille, qui ne doit pas avoir quand même plus de trente-cinq ans.

— Où allons-nous ? En France !

— On peut vous prendre », qu'elle propose, réellement.

Et Savon : « Vous y allez aussi ? »

Elle hausse les épaules. Au fond, lui et moi, on s'en fiche, de leur destination finale. On n'entre pas dans les détails. On monte. Il n'y a pas beaucoup de place, à cause des bagages. On se serre tous les quatre sur le siège unique. Savon s'est mis entre elles ; moi, à un bout, je respire librement. Il commence à les baratiner, leur pose des questions. Je rectifie son allemand. Nous apprenons d'abord qu'elles s'appellent Maria et Helena ; qu'elles sont cousines.

« Ça tombe bien ! fait le Stéphanois en me désignant. Lui et moi, nous sommes cousins. »

Je le laisse dire. L'une est veuve, l'autre célibataire.

« Quelle coïncidence ! s'écrie encore mon collègue. Nous sommes célibataires également ! »

Propaganda. Je le sais marié, père de famille. Mais je comprends sa stratégie, il est de mon devoir de ne pas le démentir. Les cousines semblent vivement intéressées par notre situation. Elles se mettent à parler entre elles très vite, en dialecte bavarois ; je n'arrive pas à les suivre.

« Et vous allez loin comme ça ? insiste le gars Savon.

— On ne sait pas. Ça dépendra.

— Ça dépendra de quoi ?

— Des circonstances. »

Brusquement, un rugissement épouvantable. Un avion passe en rase-mottes. Ça aussi, ça me rajeunit de cinq ans. Le cheval se cabre, les bonnes femmes hurlent. Le canasson perd le sens de l'orientation : il quitte la route, s'élance vers les champs, se casse la gueule dans le fossé. Nous voilà tous dans la terre grasse, les paquets nous dégringolent dessus, Savon jure comme un Turc, je souffle sur mon pouce gauche que je me suis cogné en tombant, avec la crainte de l'avoir cassé une seconde fois, le bourrin hennit et fume, les dames pleurent.

La frousse passée, nous reprenons notre décorum, Savon et moi. Personne n'a de mal, pas même la guimbarde. Suffit de ramasser les morceaux. Nous redressons ce qui était tordu. Au dada, j'envoie une bordée d'injures bilingues. De confusion, il ne sait plus où se mettre. Nos transporteuses ne cessent pas de sangloter.

« Allons, allons ! » qu'on leur fait.

Ça ne les console pas suffisamment. Tout par un coup, l'une d'elles se met à gémir :

« Emmenez-nous !... Emmenez-nous avec vous ! »

Et moi, craignant d'avoir bien compris : « Quoi ?

— Emmenez-nous en France.

— Pour quoi faire ?

— Si vous refusez, nous deviendrons les esclaves des bolcheviques !

— Tu as pigé ? que je demande à mon collègue, en langue franzouse.

— Oui, oui. Elles veulent qu'on les emmène en France. » Il leur répond, pour son compte : « *Warum nicht ?* Pourquoi pas ?

— Vous accepteriez ? dit Helena, la plus jeune.

— Peut-être bien. »

Je m'adresse encore à Savon : « Je te croyais marié ? »

Et lui : « Occupe-toi de ta greffe. »

Il a raison. Je m'en occupe. Le dialogue s'établit entre lui et Helena.

« Emmenez-nous ! qu'elle supplie, sans oublier sa cousine. En France, on travaillera, on ne vous causera aucun ennui. Vous pouvez bien ? Qu'est-ce que vous risquez, puisque vous êtes célibataire ! »

De son côté, la veuve, Maria, me lorgne avec concupiscence. Elle a au moins trente-cinq ans. Elle pourrait être ma mère. Quoi faire, d'une vieille comme ça ? Mon copain semble près de succomber. Moi, je résiste :

« Quand on aura rencontré l'armée française, qu'est-ce qu'on lui dira ? »

Et la veuve, sans hésiter : « Vous direz que nous sommes vos femmes. Que vous nous avez épousées.

— Ils ne nous croiront pas. Vos lois l'interdisent.

— Vous direz que vous avez l'intention de nous épouser ! Mais nous, on ne vous demande aucune promesse. »

Elle, au contraire, me lance des regards qui promettent tout. Comme je réponds froidement à ses œillades, elle change de tactique. Elle joint les mains :

« Je vous en supplie au nom du Christ ! »

Ah ! la vache ! Là, elle me possède. Il y a des mots que je peux pas entendre sans fondre comme une pastille. Le Christ est de ceux-là. A cause sans doute de ma grand-mère et de ma mère qui parlaient mal, mais croyaient bien.

Je réponds :

« Mettons-nous en voyage. Faut que je réfléchisse. On décidera plus loin. »

Savon semble avoir complètement décidé. Il se frotte contre Helena sans plus se soucier de nous ; tu dirais une vache qui se gratte contre un pommier.

La charité chrétienne est une bonne chose ; la raison n'est pas mauvaise non plus. Je me suis réconcilié avec le canasson. Pendant qu'on roule, j'examine la situation dans ma tête. Je me dis qu'entre le Danube et la Durolle, Maria ne manquera pas d'intéresser d'autres Français, attachante comme elle se montre. Que par conséquent, si je n'ai vraiment aucune envie de la faire entrer dans ma famille, y a aucune raison pour que je me force. D'autant plus qu'elle n'est pas mon genre.

Une autre chose me tourmente : la grande lâcheté que j'ai commise en abandonnant les biches et leurs bichons. Certes, elles peuvent à présent se nourrir toutes seules. Mais qui va les protéger de la guerre ? Qui va signaler la présence de ces innocentes aux bousilleurs de tous uniformes ? La radio nous l'a expliqué maintes fois, quand elle fonctionnait encore : les Américains font une guerre industrielle. C'est-à-dire qu'avant de progresser sur le terrain, ils mettent en action leurs machines innombrables : avions, tanks, canons ; lorsque tout a été écrabouillé, les fantassins n'ont plus qu'à occuper les lieux en mâchant du chouine-gomme. Voilà donc ce qui attend mes copines bien-aimées : la destruction mécanique. Est-ce que je peux accepter ça ?

A Pillnach nous sortons de la forêt. Savon désire éviter les grandes villes. Wörth, c'est une pagaille monstre de charrettes, d'autos, de cyclistes, de piétons. Je vérifie que ma musette et son biscuit sont bien accrochés à mon épaule.

« Attendez-moi ici, j'ai une commission à faire, je reviens tout de suite. Ne bougez surtout pas. »

Je le dis en français, puis en allemand. Je saute.

« Dépêche-toi ! crie Savon.

— *Schnell ! Hurtig !* crie Maria, debout sur le siège.

— J'en ai pour une minute ! »

Je m'enfonce dans le brouillamini. Un peu plus loin, j'enlève mon calot à pointes, pour qu'ils ne puissent plus me repérer par la tête. Quand je me retourne, je les vois sur leur guimbarde, désemparés ; ils se démanchent le cou pour essayer de m'apercevoir. Savon, je t'ai une reconnaissance infinie de m'avoir restitué mon pouce gauche ; que Dieu te le rende au centuple : qu'il vous protège tous les trois dans votre voyage et vous confie à de bonnes mains. Je regrette de vous quitter si brusquement, surtout après vous avoir recommandé de ne pas bouger. Mais, voyez-vous, je ne peux vous suivre. Plus tard, peut-être, quand tous les déménagements seront terminés, à mon tour je regagnerai le pays de mes ancêtres. Pour l'instant, faut que je retourne à Saulburg, où l'on a besoin de moi.

Je remonte à pied le chemin descendu en voiture. D'autres K.G. vadrouillent par les rues et par les routes. Certains saouls comme des grives ; d'autres portant sur l'épaule un drapeau français au bout d'un bâton. Personne ne se soucie d'eux. Un camion marqué *WM* passe, rempli de soldats-enfants : avec des casques pareils à des saladiers, trop grands pour si peu de salade. Je marche, marche, marche. Le canon tonne au loin ; sa voix vient principalement du sud-est, de l'ancienne Autriche, et du nord, de Cham, de Roding. Les avions continuent leur sarabande.

Ayant suivi le chemin forestier, j'arrive à notre clairière. Les deux maisons sont silencieuses : l'une, le coucou du *Förster*, hermétiquement close ; l'autre, notre baraque, porte et fenêtres béantes. Ce vide, ce désert m'impressionnent plus que la cohue des routes. J'entre. Tout est là : les châlits, le poêle, la table à tout faire : manger, écrire, jouer aux cartes ; à côté, le fourneau du cuistot, le bureau d'Oskar, le cagibi de Theodor. J'ai l'impression d'être légataire universel. Le voici donc, mon douaire véritable. Je tourne autour. Je manœuvre la pompe à bras ; l'eau gargouille dans la tuyauterie. Puis je ferme les ouvertures à cause des courants d'air. J'allume le poêle. En me chauffant les mains, je réfléchis. Au milieu de cette terre inhabitée, je me fais l'effet de Robinson dans son île. Le plancher est couvert d'épaves : une bande molletière, des bouchons, des boîtes de conserve vides, une glace de poche. Les copains ont aussi laissé leur odeur : de crasse, de jus de chaussette, de vieilles sueurs, de haines rances. A partir de cet instant, je cesse de me considérer comme guéfangue. Faut donc que je fasse disparaître ce triangle, ces deux lettres, *K.G.* qui me décorent le ventre et le dos. Pas question de les effacer : elles ont été tracées avec une encre indélébile. Faut les enlever ou les recouvrir. Je farfouille dans les trois pièces ; je finis par trouver du fil et une aiguille. Avec mon Pradel, je découpe des rectangles dans la bande molletière. Je les couds sur mes marques d'esclavage. Pour la même raison, je suspends à un clou mon calot-bonnet d'âne : je m'en irai tête nue jusqu'à ce que je puisse m'acheter une coiffure d'homme libre.

Mon estomac me tourmente. Tout ce qui était comestible dans la chaumine a été réparti. Je mange quelques biscuits, aussi durs que des briques. Je vais poser des collets dans le bois ; mais en attendant qu'ils rapportent, il me faut trouver quelque amuse-gueule. Au village, les boutiques sont fermées ; même le *Gasthaus*. En fin de compte, Karolina et sa mère ont imité les autres. Il ne me reste qu'à voler.

Pendant ces cinq ans de carême, le vol était considéré par les guéfangues non seulement comme un moyen d'améliorer leur ordinaire, mais comme un strict devoir patriotique. Ainsi, sans s'en rendre compte, l'Allemagne hébergeait deux millions de voleurs répandus sur son territoire, pour ne parler que des français. Deux millions de types aux mains crochues, au ventre creux, toujours prêts à gripper, escroquer, trafiquer, falsifier, détourner, marauder, grappiller, subtiliser, carotter, confisquer. Le liquide et le solide, le sucré et l'amer, le doux et le fort, le nécessaire et le superflu. Imagine-toi que ces céhoennes de Fridolins employaient des K.G. non seulement dans les fermes, mais dans les sucreries, les confitureries, les laiteries, les entrepôts, les gares de marchandises, les cantines des écoles et des usines, les cuisines des hôpitaux, les distilleries... C'était vraiment installer les rats dans leurs fromages. Chacun de nous, quand une bonne occasion se présentait, commençait par se garnir l'estomac ; ensuite, il pensait aux copains : il se remplissait les poches, les souliers, les pantalons. Certains y mettaient une ingéniosité d'artistes. Je me rappelle un collègue du Kommando 2056, près d'Hofendorf, qui, dans le civil, était dresseur d'animaux. Un de ces gars qui, sous la tente des cirques, obligent les singes à saluer avec un gibus. Dans la ferme qui l'employait, il avait appris à un chien de la maison à aller étrangler les poules des voisins, à revenir ensuite les déposer à ses pieds. Il n'était pas difficile à notre cuistot de les préparer clandestinement, sous les patates.

A Saulburg, tant de volaille s'ébattait dans les champs que c'était plutôt de la chasse que du pillage. Des vaches meuglaient de tous les côtés, réclamant des mains pour les traire. J'en ai soulagé une ou deux : je ne pouvais m'occuper de toutes.

Vers le nord, ça pétaradait de plus en plus dur. Le soir, comme il restait du foin dans le hangar, je suis allé remplir les râteliers. Il n'y avait ni électricité ni téléphone. Je me suis couché sur mon ancienne paillasse, le ventre plein de viande de poule. Dans le poêle, le feu de bois pétillait. Avant de fermer les yeux, j'ai pensé aux mécaniques américaines, à la stratégie de l'écrabouillement préliminaire. « Peut-être bien, Sang-de-Chou, que tu te réveilleras pas. » Le ciel et la terre étaient tout en tremblement. Il me semblait dormir dans un train en marche.

Quand j'ai rouvert les yeux, le lendemain, je savais ce que j'avais à faire. J'ai préparé des pancartes ; je les ai clouées à un pieu, bien appointi par le bas. J'ai récupéré assez de planches pour en fabriquer une douzaine. Dans le bureau d'Oskar, j'avais trouvé un flacon d'encre. « Dommage, que je me suis dit, que tu connaisses pas l'anglais. » En grosses majuscules, me servant d'un bout de bois en guise de pinceau, j'ai tracé sur chacune cet avis bilingue :

ACHTUNG !!! HIRSCHKÜHE !!!
NICHT SCHIESSEN !!!

ATTENTION !!! BICHES !!!
NE TIREZ PAS !!!

J'étais occupé à cette besogne, accroupi par terre, devant la baraque, quand j'ai vu soudain une ombre devant moi. Une ombre d'homme. Imagine les bonds de mon cœur ! Je me prenais pour Robinson ; il me fallait un Vendredi. Je lève les yeux... Le *Förster !* Bismarck lui-même ! Devant moi, son chapeau à plume sur la tête, ses moustaches blanches bien peignées !

Pendant un long moment, nous nous sommes regardés, sans un mot. De nous trouver ainsi face à face, en ces circonstances, ça nous coupait le manillon à tous deux. Finalement :

« Tu es donc là !

— Oui. J'étais parti, je suis revenu.

— Pour quoi faire ?

— Vous voyez... » Je lui montre de la main mes écriteaux.

Et lui : « Tu es revenu pour... peindre ces avis ? »

Il n'a pas l'air de bien comprendre. Je hausse les épaules, sans autre explication.

« Et vous-même ? Je vous croyais loin.

— Nous n'avons pas bougé. Nous nous sommes enfermés dans la maison, pour faire croire à notre départ. Où veux-tu qu'on aille ?

— Frau Dorothea est avec vous ?

— Naturellement. Est-ce que nous ne sommes pas ici à l'abri mieux que partout ailleurs ?

— Je ne sais pas. Ça dépend.

— Ça dépend de quoi ?

— Des Américains, des Russes...

— Eh bien ! Nous sommes âgés, elle et moi. Qu'ils nous tuent s'ils veulent. Parmi tant de jeunes qui sont morts, il faut bien qu'il y ait quelques vieux... Et maintenant, qu'est-ce que tu vas faire ? »

Il se mouche. Un moment, je redoute une crise d'éternuements. Fausse alerte.

Je l'avertis : « Attention ! Je ne suis plus un prisonnier de guerre ! Je me considère démobilisé.

— C'est bien ainsi que je l'entends. Je te tutoie, mais non parce que je te regarde comme un inférieur. Simplement, parce que tu es jeune. Tu pourrais être mon petit-fils. Si tu veux, je te dirai vous et monsieur. »

Et moi, riant : « Non, non ! Jamais personne ne m'a appelé monsieur ! Pas même en France. Continuez de me tutoyer !

— Bon. Alors, mon fils, que comptes-tu faire ?

— Planter ces écriteaux, tout autour du bois, à l'arrivée des routes.

— Et après ?

— Après... on verra. *Wartet nur !* »

Nous les avons plantées ensemble, les douze pancartes.

Le 2 mai, toute la caravane arrivait : chars, camions, automitrailleuses, marqués de l'étoile blanche américaine. Ils descendaient de la montagne et ont filé vers le Danube, en direction de Passau.

Sur le territoire de Saulburg, il n'y a pas eu de combat. J'aurais pu m'abstenir de peindre et mettre en place mes écriteaux. Je les ai quand même laissés deux mois.

23

Joseph n'est pas venu. Au bout de quelques semaines, les fuyards sont rentrés. Ils ont récupéré ce qu'ils ont pu de leurs cheptels et de leurs réserves.

Un jour, Bismarck m'a répété sa question :

« Qu'est-ce que tu fais ? Tu rentres aussi chez toi ou tu restes ?

— Je resterais bien, si j'étais sûr de trouver un travail à la campagne... »

En vérité, après ces années de plein air, chez les Loichinger et à Saulburg, la perspective d'une besogne en Caisse d'Épargne me soulevait le cœur. Le vide d'une pareille existence me rappela cette coloquinte qu'un soir j'avais dérobée à l'oncle Mangematin, la prenant pour un potiron. Au lieu de la chair savoureuse que j'étais en droit d'espérer, j'emportais le plus creux, le plus inutile des fruits. J'avais trente ans passés et jusque-là, il faut bien le dire, je n'avais servi à rien qui vaille, ni aux autres ni à moi-même. Est-ce que je pouvais me permettre de continuer ?

« Je te fais une proposition, m'a dit le moustachu. Veux-tu rester ici au service de la forêt et des animaux ? Tu connais le travail, tu l'aimes. Je te recommanderai aux nouvelles autorités. Je suis certain qu'elles t'accepteront. Tu deviendras mon adjoint. En somme, tu continueras comme par le passé dans des conditions nouvelles. D'accord ?

— Faut que je réfléchisse.

— Réfléchis. »

Le lendemain, il a enfourché sa bicyclette. Ce vieux-là, ça faisait plaisir à voir comme il se tenait droit sur sa bécane et pédalait sec. A son retour, il est revenu à la charge :

« Voilà : j'ai consulté mon chef de district. Ils accueillent favorablement ma proposition. Tu gagneras tant par mois. Ils laisseraient à ta disposition l'ancienne baraque qu'il suffirait d'aménager. Qu'est-ce que tu en penses ?

— Ma foi...

— Ma foi quoi ?

— On pourrait essayer.

— Essayer seulement ?

— Il se pourrait... je sais pas... que des regrets me viennent, plus tard. Je voudrais d'abord m'engager... disons pour une année. Est-ce que c'est possible ?

— Ce doit l'être. »

Nous avons célébré l'événement. Frau Dorothea m'a invité à entrer dans leur coucou. C'était la première fois.

« Comment faut-il que je vous appelle ? m'a-t-elle demandé. Voisin ? Herr Pascal ? Baptist ? »

Et moi, tout guilleret : « Si vous voulez me faire vraiment plaisir, appelez-moi Sang-de-Chou.

— Comment ? Sang-de-Chou ? *Krautblut ?* Qu'est-ce que ça signifie ? »

Je leur ai expliqué. Ça les a fait rire.

J'ai partagé leur table. Lui est allé chercher une bouteille de vin qu'il cachait depuis des années.

« Je la réservais pour boire à la victoire. Buvons à la paix. Après tout, c'est peut-être mieux ainsi... »

Les jours suivants, nous avons travaillé ensemble à démolir une partie de l'ancien Kommando. Nous n'avons conservé que ce qui avait été le dortoir et la cuisine. Les débris ont été accumulés dans un coin de la clairière en attendant leur évacuation.

« Dès que possible, a promis mon chef, on remplacera la pompe à bras par un moteur électrique. »

En fait, il m'a fallu attendre près d'un an. J'ai donc continué la gymnastique matinale comme par le passé.

Pendant quelques semaines, j'ai été dans le secteur l'objet des plus ardentes convoitises. Les Franzouses évacués, les militaires allemands pas encore revenus, guéfangues à leur tour, ou morts, ou blessés, ou retenus ailleurs par divers empêchements, je me trouvais être alors la marchandise la plus rare, la plus précieuse qui fût au monde : un homme valide. Trente ans, quatre membres en bon état, porté de bon service, parlant allemand, expert en travaux agricoles et forestiers, capable d'en accomplir une foule d'autres après un quart d'heure d'apprentissage, facile à nourrir et à abreuver ; j'étais un merle blanc. Un corbeau blanc, comme on dit par ici. Les vieux fermiers, les scieries, les carrières, la batellerie étaient prêts à m'acheter à prix d'or. Sans parler de quelques bonnes femmes esseulées, mais si j'avais accepté leurs propositions, je me connais, elles m'auraient ensuite accusé de tromperie sur la marchandise. Avec l'accord de mon supérieur, je fauchais des prés, je tenais les mancherons des charrues, je fendais du bois, je rectifiais les toitures, je ramonais les cheminées, je creusais des fossés... Si cette situation avait duré, crucifix ! Je crois bien qu'on aurait fini par m'élire maire de la commune !

En fait, il n'en a pas été ainsi. Les blessés sont sortis de leurs hôpitaux, les prisonniers de leurs camps, dans des délais plus ou moins longs. Quelquefois très longs. Certaines vieilles entre quatre-vingts et cent ans attendent encore leurs fils captifs en Russie ou en Afrique. Il est bon d'attendre quelque chose quand on est malheureux. Seuls les heureux peuvent se satisfaire du temps présent. Encore n'en sont-ils pas tous capables. Moi, je n'attends rien. Je suis comblé. On a eu connaissance des morts officiels. On a ajouté une rallonge sur les monuments aux morts de la Précédente. Cela fait de jolies listes. Ainsi, à Saulburg, les *Gefallenen* de 14-18 étaient vingt-quatre ; ceux de 39-45 sont quarante ; auxquels il faut ajouter trente disparus.

Donc, l'été et l'automne 45, j'ai été heureux comme Dieu en France. Mes employeurs me payaient en produits comestibles, que tout le monde acceptait. Une fois, le fossoyeur a été victime d'une attaque de rhumatismes. Or, il avait un client déjà emballé. Les parents ont attendu quelque peu ; mais le mort commençait à perdre patience. Il devenait urgent de lui donner satisfaction. Quand quelqu'un sollicitait mon aide, il risquait d'être éconduit s'il s'adressait directement à moi ; j'exigeais qu'on suive la voie hiérarchique. Je tolérais une demande verbale, mais dans les formes. A cette occasion, la famille éplorée a donc exposé son problème au curé : qui, après avoir consulté les anciens de la paroisse, est venu trouver Bismarck, mon supérieur ; lequel à son tour s'est présenté humblement à ma porte :

« Ce serait pour un service à rendre à la commune tout entière, qui t'en aura une grande reconnaissance.

— De quelle sorte ?

— Peu de chose. Il s'agit simplement de creuser un trou.

— Un trou ? Quelle espèce de trou ?

— Un trou très ordinaire. Sans aucune difficulté spéciale.

— Pour planter un arbre ?

— A la vérité, un peu plus profond. Je n'ai pas les dimensions exactes. Mais je pense qu'il faut descendre... disons jusqu'à un mètre cinquante, deux mètres. »

Et moi, avec un sifflement : « Bigre ! Un trou profond d'un mètre cinquante, c'est un sacré trou ! »

Et lui, s'efforçant de rire : « Je l'avoue, je l'avoue. Mais tu seras bien payé ! Je m'en porte garant !

— Les autres dimensions ?

— Quelles autres dimensions ?

— Du trou !

— Je ne comprends pas...

— La longueur et la largeur, voyons !

— Ah ! la longueur et la largeur !... Eh bien, mettons... quelque chose comme... un mètre sur deux.

— Un mètre sur deux ?

— Environ, environ.

— Un mètre sur deux, et un mètre cinquante en profondeur ?

— A quelque chose près.

— C'est un sacré, sacré trou ! »

Je réfléchis, je le vois devant mes yeux, ce trou ; et soudain je demande :

« Mais... dites-moi. Est-ce que, par hasard, ce trou, il ne s'agirait pas de le creuser... au cimetière ?

— Au cimetière ? Peut-être bien, peut-être bien. Je ne dis pas non. Qu'est-ce que ça change ? Là ou ailleurs, un trou est un trou. Le travail reste le même. Qu'il s'agisse d'y placer un cercueil ou un mât de cocagne, où est la différence ? Si le fossoyeur habituel ne souffrait pas de rhumatismes, on n'aurait pas recours à toi.

— Voilà la différence : creuser un trou pour un mât de cocagne est une affaire saine et joyeuse. Pour un cercueil, c'est une besogne triste et dégoûtante.

— Prends-le comme tu voudras. On te payera pour ta tristesse et pour ton dégoût... »

Nous avons fini par nous mettre d'accord sur le prix. Tout ça pour te montrer à quel point j'étais devenu d'utilité publique.

Plus tard, le retour progressif des hommes m'a fortement dévalué. Peu à peu, je me suis replié sur les tâches pour lesquelles j'avais réellement signé mon contrat : celles qui concernaient la forêt et les animaux.

Maintenant, j'avais la faculté de fréquenter les biches à toute heure du jour et de la nuit, quand elles voulaient bien me recevoir. J'ai commencé à les distinguer les unes des autres. Je donnais des noms : Roussette, Pervenche, Belline, Gambelle, Brunette, ainsi de suite. Du moins à celles que je voyais le plus souvent, qui me témoignaient quelque amitié.

Les douze mois écoulés, le moustachu m'a demandé :

« Ce contrat, tu le renouvelles ?

— Oui, je le renouvelle. »

Je l'ai prolongé d'année en année. Et je continue. Je reste pourtant un homme libre. S'il me plaisait de le rompre, il me suffirait d'un préavis de trois mois.

En revanche, Bismarck et sa femme ont rompu le leur en 49 : ils ont quitté définitivement la forêt, se sont retirés loin d'ici, près du lac de Constance, en compagnie d'une fille qu'ils ont. Pendant plusieurs années, ils m'envoyaient des cartes de vœux le jour de l'an : *Viens nous voir, à l'occasion de tes vacances. Nous serions si contents !* ... Moi, dans ma réponse, je disais : *Oui, oui, je viendrai. A bientôt*. Une promesse que je n'ai pas tenue. C'est que je n'aime pas laisser mes bêtes longtemps seules, ni les confier à des mains indifférentes. Je suis leur pasteur, au physique et au spirituel. J'ai charge de vies. J'ai charge d'âmes. Les cartes de mes amis ont cessé brusquement de venir. Les miennes sont demeurées sans réponse. Il est bien possible qu'ils soient morts l'un et l'autre. Cette pensée me chagrine et m'oblige, quand elle me vient, à recourir au schnaps.

En 49, un nouveau *Förster* est arrivé qui est resté six ans. En 55, il a été remplacé par Pfeffer, dont le nom veut dire Poivre. C'est un homme piquant, en effet. Nous nous engueulons quelquefois. Il me traite de *Schweinskopf* ; moi, je le traite de « sale Boche ». C'est mon avantage d'être bilingue. Heureusement, il a de gentils enfants qui l'obligent, de loin en loin, à me faire quelque amabilité. Ainsi l'an dernier, à Noël, j'ai été reçu dans leur maison. En Allemagne, Noël est la fête de la famille. Chacun, même le plus salaud, éprouve le besoin de se montrer généreux. Ils avaient planté au milieu de leur salle un superbe épicéa, chargé de boules de verre, de cheveux d'ange, de neige artificielle. Des bougies étaient alignées sur la bordure intérieure des fenêtres. Et puis, sur les meubles, au plafond, aux portes, des branches de houx, de gui, de lierre, de sapin. Le plus extraordinaire, sur une tablette, à côté du grand poêle émaillé, c'étaient des rameaux de cerisier en fleur. Comme je te le dis : en fleur le 25 décembre. Faut les couper sur l'arbre au début du mois, en principe pour la Sainte-Barbe ; les placer ensuite dans des vases remplis d'eau tiède, les garder bien au chaud, et toujours les ravitailler en eau tiède. Voilà le secret. Ils m'ont installé à leur table, entre Resi et Anton. La petite me posait des questions :

« Dans ton pays, on fête aussi Noël ? »

Et moi, pour les honorer : « Mon pays, c'est ici, Saulburg, puisque je l'ai choisi.

— Je veux dire en France, là où tu es né.

— C'est une fête plus modeste qu'en Allemagne. Mais maintenant peut-être qu'il y a du changement. Quand j'avais votre âge... »

Et je leur racontais ce qui se faisait quand j'avais leur âge. Pour me donner des forces, ils me bourraient de pain d'épice, de *Christstollen*. J'ai partagé leur repas : les saucisses de foie, l'oie rôtie et une quantité incroyable de gâteaux. Y en avait au moins trente espèces : à la crème, aux poires, aux pommes, aux raisins secs, aux figues, aux amandes, au blanc d'œuf. On me disait le nom de chacune. La patronne avait dû y travailler quatre semaines au moins. La seule chose qui me chagrinait, c'est qu'on me donnait à boire du thé ou du chocolat, qui ne conviennent pas à ma nature. Naturellement, on a chanté en chœur :

O Tannenbaum ! O Tannenbaum !
Wie grün sind deine Blätter !...

Chaque fois qu'il en avait l'occasion, Pfeffer m'envoyait dans l'échine un sacré coup de battoir, le plus joyeusement du monde : *Du altes Krautblut !* ... Mais en somme tout ça était bien gentil. A la fin, ils m'ont conduit vers la table où se trouvaient exposés les cadeaux. Des jouets, des vêtements, des chaussures...

« Cherche bien ! » m'a conseillé Resi.

Ils avaient voulu aller jusqu'au bout de leur bonté. En effet, au milieu de l'étalage : un paquet avec une étiquette à mon nom. Tous les yeux étaient fixés sur moi, avides de constater ma gratitude.

« Prends-le ! » m'encourage Anton.

Je tends la main, je saisis le paquet, je l'ouvre. Un réveil ! Celui-là même qui est ici. Pas très joli, mais solide. Moi, je n'y vois pas malice, je l'admire, je remercie tout le monde, je leur en donne pour leur argent.

« Est-ce qu'il te plaît ? demandent les gosses.

— Bien sûr, qu'il me plaît !

— Comme ça, au moins, ajoute mon chef, quand je te dirai : demain matin, départ à sept heures, tu n'auras aucune excuse si tu es en retard ! »

La chose m'était arrivée quelques semaines auparavant, un lundi, parce que la veille j'avais trop pris de consolation. L'enfant de salaud ! Voilà le cadeau qu'il m'avait fait, une veille de Noël ! A cause d'une fois, d'une seule petite fois... Il rigolait, il m'envoyait des coups de battoir dans l'échine. Je m'efforçais de rigoler aussi. Devant les enfants, qui n'y auraient rien compris, je ne voulais pas faire la gueule. Et puis, entre nous, il avait raison, ce fils de chien. Certains dimanches, quand je m'y mets, quand l'ennui, le chagrin de je sais pas quoi me ronge les tripes, je force un peu trop sur le vin italien ou hongrois.

Mais dans l'ensemble, je ne me plains pas. Je mène la vie que j'ai choisie, j'ai conscience de me rendre utile.

Non... la solitude ne me pèse pas. D'ailleurs, je ne connais personne au monde qui s'accommoderait de ma compagnie permanente. Et réciproquement. Je suis fait pour vivre seul. Homme des bois. J'ai eu pourtant des occasions... Ainsi, il y a cinq ou six ans, en faisant mon bissness dans la forêt, je tombe un jour sur une biche agonisante. Couchée dans l'herbe, elle agitait ses membres, elle levait la tête, comme pour chercher du secours. Je m'approche. Pas question qu'elle se sauve, la pauvre âme ! Alors, je découvre qu'elle est en train d'accoucher. Le petit a déjà mis à l'air les pattes postérieures ; le reste ne réussit pas à passer, à cause de je ne sais quel étranglement. C'est une chose pitoyable de la voir dans cette situation.

Au cours de mon enfance, j'ai souvent assisté à des naissances laborieuses. Mon père avait coutume de faire lui-même la sage-femme : il retroussait ses manches, empoignait le récalcitrant par ce qui dépassait, tirait de toutes ses forces. Dans ce genre d'opération, ce qu'il faut éviter, c'est les secousses, elles risquent de déchirer la parturiente. Une nuit, mon vieux dut attacher une corde aux jarrets du veau ; coucher ensuite une brouette sur l'échine ; enrouler la corde autour de l'axe ; faire tourner la roue avec les mains, doucement, régulièrement. Elle arracha le veau de ses profondeurs, de la même façon que tu tires un seau du puits.

Je me suis donc rappelé ces exercices. Moi aussi j'ai relevé mes manches ; et j'ai tiré complètement le biquet du moule, en retenant du pied le corps de la mère. A un moment donné, j'ai senti un craquement : « Crucifix ! que je me suis dit. Tu l'auras partagé en deux ! » Pas du tout. Un moment après, je le tenais entier mais inerte. De ma main gauche, j'ai formé un entonnoir, je lui ai soufflé de l'air dans les naseaux. Au bout d'un long moment, il a frémi, gigoté ; je l'ai mis par terre, avec l'espoir qu'il se tiendrait sur ses jambes. Mais il est resté couché, en tas, comme je l'avais déposé. Je lui frictionnais le dos, les pattes, en l'encourageant :

« Allons, fais un effort !... Qu'est-ce que tu es, un fils de biche ou un fils de lapine ?... Tu vas pas te laisser aller !... »

Ça ne lui produisait aucun effet. Je l'ai pris dans mes bras, je l'ai emporté vers ma baraque. C'était un matin du début avril, encore très frais. J'allume mon poêle, j'installe le môme sur des sacs, près du feu, je fais tiédir du lait. Ensuite, je le lui introduis dans la bouche, avec une petite cuiller. Au début, le couillonnot n'en voulait pas : peu à peu, cependant, il y a pris goût ; seulement, il renversait trois cuillerées sur quatre. J'ai vu tout de suite que je devais recourir au biberon.

« Reste tranquille, que je lui fais. Je reviens tout de suite. »

Je le couvre de ma vieille capote française, je vais mettre en route Rosalie, qui était ma voiture de l'époque. Nous partons ensemble en direction du village. Je m'arrête devant la boutique de Frau Kramer ; on y trouve de tout, des épiceries, du pain, des cartes postales, des bouteilles de liqueur, toutes les nécessités de l'honnête homme. Je lui dis :

« Auriez-vous un biberon ?

— Un biberon ? C'est pour toi, *Krautblut ?*

— C'est moi qui veux m'en servir, oui. »

Elle ouvrait tellement les yeux qu'ils dépassaient les verres de ses lunettes.

« Tu veux t'en servir ? qu'elle insiste.

— Du moment que je l'achète, c'est pour m'en servir, non ?

— Pour... un bébé ?

— Naturellement ! Pas pour ma grand-mère. Vous en avez ou n'en avez pas ?

— Bien sûr que j'en ai. Mais j'aimerais bien savoir...

— Vous êtes trop curieuse, Frau Kramer. Je vous expliquerai une autre fois. Servez-moi vite, je suis pressé. »

On est repartis en courant. Le petit était toujours sous sa capote. Il dormait. Je suis ressorti sur la pointe des pieds. « Faut que tu ailles te rendre compte comment va la mère. » Je l'ai retrouvée à une certaine distance de l'endroit où je l'avais quittée : elle s'était traînée là en usant ses dernières forces. Elle avait laissé une trace de sang, comme l'escargot laisse sa bave.Tout de suite, j'ai compris que l'âme était prête à lui sortir du corps, qu'elle la retenait déjà avec les dents. Elle a tourné vers moi ses yeux immenses ; ils ont reconnu l'homme, ils se sont remplis d'épouvante. Je l'ai caressée, sale, glaireuse, sanglante, me demandant ce que je pouvais faire pour l'aider. Sous ma main sa fourrure frémissait encore de crainte.

« Là... là... N'aie pas peur. Je ne te veux que du bien. »

Elle a cessé peu à peu de trembler, n'a plus cherché à me voir. Sa tête est retombée sur le lit d'aiguilles. « Tu aurais dû apporter, que je me suis dit, un biberon de lait. Peut-être qu'elle l'aurait bu. Et si tu allais en chercher un ? » Je me suis obéi. Une fois de plus j'ai fait le voyage vers ma villa. Au retour, ses nouvelles frayeurs calmées, j'ai essayé de lui glisser le tétin entre les babines ; je n'ai réussi qu'à réveiller sa terreur. Un moment, j'ai songé à l'emporter dans mes bras, comme son loupiot ; j'ai craint, en la déplaçant, d'augmenter l'hémorragie. Alors, j'ai coupé des fougères sèches, des branchages, j'ai accumulé tout ça sur son corps pour lui tenir chaud. En rentrant, j'ai averti Pfeffer de la présence de cette biche malade. Le lendemain, nous sommes allés la voir. Elle était morte. Je l'ai enterrée.

A mon retour du bois, j'avais trouvé le faon qui dormait encore sous ma vieille capote. Comme un enfant Jésus. Tous les nouveau-nés sont des enfants Jésus, petits d'hommes ou petits de bêtes. J'attends qu'il se réveille, assis sur une chaise, osant à peine me gratter. Enfin, quand je vois remuer la capote, je m'approche avec un flacon de lait tiède ; je découvre le môme ; je lui caresse la tête ; je le lui présente, il se met à boire bravement, comme s'il n'avait rien fait d'autre de toute sa vie. Sa vie bien courte encore. Et la cérémonie a continué de même ; quatre fois par jour : le biberon de Monsieur est servi ! Il lui arrivait de manquer la tétine : alors il me tétait les doigts.

Ce petit, on peut dire que je l'ai soigné pire que si c'eût été le mien. De son côté, il me prenait pour son père authentique. Comment aurait-il pu en être autrement ? Je lui avais donné le souffle à sa naissance. Ses premiers souvenirs d'enfance, il les devait à ma capote de deuxième classe. J'évitais de lui parler de sa mère, décédée dans des circonstances douloureuses. Physiquement, il tenait plutôt d'elle ; mais, ne s'étant jamais examiné dans un miroir, il ne soupçonnait pas de différence, entre lui et moi. J'étais donc sa seule famille. Il m'aurait appelé papa s'il avait su. En fait, il m'appelait réellement papa : je lisais ce mot dans ses yeux, en même temps que ses autres pensées. Il se promenait dans ma villa en toute tranquillité, suçait un peu le goulot des bouteilles vides.

« Toi, mon garçon, que je lui disais, tu auras les mêmes goûts que papa Sang-de-Chou ! »

Le soir, après l'extinction des feux, je m'allongeais sur mon lit-caisse, il sautait près de moi ; nous partagions le même sommeil. Peut-être qu'il rêvait de moi comme je rêvais de lui.

Six semaines, je l'ai gardé. A chaque tétée, il lui fallait un litre de lait, maintenant. Ce qui représentait beaucoup de biberons. Je passais mon temps à biberonner. J'entrais, je sortais, il me suivait comme mon ombre. Quand j'allais aux feuillées, il m'attendait devant la porte. La paternité est une excellente chose ; mais ce gars-là était plutôt crampon. Alors, progressivement, je l'ai sevré. Je l'ai habitué au foin, à l'herbe fraîche. Quand j'ai été sûr qu'il pouvait se nourrir seul, une nuit, je lui ai fermé ma porte au nez. Il faisait de courtes promenades dans la forêt, mais ne manquait pas de rentrer à la chaumine. Le soir en question, il a donc trouvé visage de bois.

Il s'est mis à bêler tristement pour qu'on lui ouvre. Moi, de l'autre côté, je l'entendais : et je me forçais à l'engueuler, à travers la porte :

« Fous le camp ! Je t'ai assez vu ! *Weg !* Tu peux te débrouiller sans moi ! Est-ce que tu prends ma villa pour un hospice d'enfants trouvés ? Va-t'en au diable !... »

Jamais il ne m'avait entendu ce langage. Il ne reconnaissait ni ma voix ni mes mots. Il bêlait, bêlait, avec une douce obstination. J'ai essayé de le raisonner :

« Voyons, tu as été créé pour vivre dans les bois, non dans une baraque de guéfangues. Toi aussi, tu es une bête libre. Nous ne pouvons rester ensemble éternellement. Moi, dans la forêt, je suis comme le curé de la commune : je ne dois pas me consacrer à un paroissien unique. J'appartiens à tous. Alors, sauve-toi ! Tu es assez grand ! »

Il se taisait pour écouter mon chapitre ; mais aussitôt que je fermais la bouche, il rouvrait la sienne. Enfin, après un temps infini, il a dû comprendre, il a cessé les bêlements. J'ai regagné mon matelas. A vrai dire, je n'ai pas fermé l'œil de la nuit. Je le voyais errant à travers les bois, sans protection, sans parents, sans relations. Ça me tordait les tripes. Le matin, je me lève, il était là, le petit couillon, couché devant ma porte !

Il a fallu recommencer la comédie plusieurs soirs de suite. Au bout desquels il a fini par entendre raison, par se persuader que nos destins divergeaient. De mon côté, j'ai pleuré un bon coup ; après quoi, j'ai avalé quelques rasades de schnaps, ça m'a remis.

Par la suite, quand j'avais l'occasion de rencontrer un troupeau de biches et de faons, j'essayais de le reconnaître dans le tas. Je n'ai jamais eu ce plaisir. J'ignore ce qu'il est devenu. Peut-être a-t-il émigré.

Si je regrette la France ?... Qu'est-ce que j'ai à regretter ? A part les canons que j'avais l'occasion de siffler à bon compte et qui, ici, me coûtent les yeux de la tête. N'importe. Quand il s'agit de m'offrir un plaisir, je ne renâcle pas devant la dépense. Cette région n'en est pas avare. Exemple, les fêtes de la bière. Elles se font justement dans la forêt de mon ressort. Des cabaretiers viennent des bourgs environnants ; ils installent leurs tonneaux, leur comptoir, leurs sièges dans une clairière ; chaque client boit à pleine capacité. Il y a un malin qui descend de Cham, il a inauguré l'an passé un nouveau système. Il clôture son espace avec des planches et ne fait payer qu'une fois en entrant. Comme au cinéma. Dès l'instant où tu as versé ton obole, tu peux boire autant de bière que tu veux. A condition que tu ne sortes pas de l'enceinte, gardée par des contrôleurs impitoyables. Si tu éprouves le besoin de t'écarter un moment dans la nature, tant pis pour toi : il te faudra payer un nouveau droit à ton retour. Ou bien renoncer à plus ample consommation. Cette nouveauté a remporté l'année dernière un grand succès, malgré quelques accidents fâcheux. Certains assoiffés, plutôt que de ressortir, plutôt que d'avoir à verser une autre taxe, préféraient se soulager dans leurs culottes. Mais dans l'ensemble, ce fut une expérience très louable et très digne.

Il arrive aux Bavarois qui me fréquentent de me traiter de *Saufbeitl*. Je suis un sac à vin, à bière, à schnaps, c'est entendu. Mais attention ! Ça ne m'empêche pas de rester un roseau pensant ! Alors, aux plaisirs de l'estomac j'ajoute régulièrement ceux de l'esprit. Mon premier souci est de ne pas oublier ma langue maternelle. J'aurais l'impression d'oublier ma mère. Si par malheur cela m'arrivait, comment ferais-je pour m'adresser à elle, quand je lui parle, la nuit ? Elle ne comprenait pas l'allemand, elle, la pauvrette ! Or, j'ai encore souvent besoin de sa protection. D'autre part, quand nous nous retrouverons, nous aurions bonne mine si, pour nous entendre, fallait recourir à un interprète !

Non... Il est trop tard. Plus de trente ans ont passé depuis que j'ai quitté les montagnes auvergnates. Je ne retournerai plus au pays natal. Mais regarde ! Merveille ! O merveille ! Ne dirait-on pas que les montagnes d'ici sont leurs sœurs jumelles ? Vois ces cimes, tout autour de l'horizon : le Hohen Stein, le Rindberg, le Hohe Rieden, le Predigstuhl ; ne croirais-tu pas qu'il s'agit du puy Cervier, du puy Rodde, du Roc Blanc, du puy de Montoncel ? Ces champs de patates et de seigle, ces épicéas, ces paysannes courbées vers la terre, ces hommes qui te saluent sur la route, même sans te connaître, n'est-ce pas l'Auvergne toute crachée ? Je l'avais fuie, elle est venue à moi.

Je resterai donc ici jusqu'au jour où je déposerai mon bilan. Dans la belle église de Saulburg, sous le plafond lambrissé, on m'installera entre quatre orangers en pots. Comme je suis connu de tout le monde dans la paroisse, tout le monde viendra à mes funérailles. Vêtus de noir, selon l'usage, les hommes se placeront d'un côté, les femmes de l'autre. En échange de leur offrande, ils recevront un petit papier imprimé :

N'oubliez pas dans vos prières
Monsieur Baptiste PASCAL, dit
SANG-DE-CHOU
décédé tel jour à telle heure
dans la grâce du Seigneur...

C'est beaucoup plus d'honneur que je ne pourrais en espérer si je redevenais chiffreur de Caisse d'Épargne. L'espérance de ces belles obsèques ; encore un motif !

Si je pense souvent à l'Auvergne ?... Jamais ! Comment veux-tu ? Jamais ! Il a fallu que tu me rencontres... Je n'y pense jamais !

Adieu... au revoir... comme il plaira au Grand Chef Chevelu.

Et si tu vois le bossu, dis-lui qu'il se redresse !

UN TEMPS POUR LANCER DES PIERRES

Il y a le moment pour tout
et un temps pour tout faire sous le ciel :
... un temps pour détruire
et un temps pour bâtir ;
un temps pour lancer des pierres
et un temps pour en ramasser...

Ecclésiaste, III, 1-5

1

L'ancien était un homme d'habitudes. En sautant du lit, chaque matin vers 5 heures, il prenait son chapeau et le posait sur sa tête rousse. Puis, en bannière, les pieds dans ses pantoufles de drap, il descendait au rez-de-chaussée, versait son café dans une casserole, le mettait sur le gaz, préparait un bol avec du sucre. Pendant que le café chauffait, lui remontait vers la chambre, enfilait ses caleçons longs, de toile en été, de laine en hiver, les liait à la cheville, entrait dans ses pantalons de velours côtelé. Tout en boutonnant la braguette, il retournait à la cuisine où la casserole chantait déjà, coupait le feu : café boulu, café foutu.

Il travaillait ensuite deux heures dans son laboratoire. Quand il revenait, Mme Humbert était levée, la maison chaude ; sa soupe mitonnait au coin du fourneau. Il y versait une dose de vin rouge, l'avalait à larges cuillerées, le derrière loin de la table, les moustaches trempant presque dans l'écuelle. En arrivant au fond, il les essuyait avec soin de son mouchoir, rotait, déclarait gravement : « Encore une que les Prussiens auront pas. »

A cette époque, la casquette se répandait de plus en plus dans Montferrand où habitaient beaucoup d'ouvriers travaillant chez Bibendum. Josion Humbert, cependant, demeurait fidèle à son chapeau. C'était un homme d'habitudes. Il ne le quittait qu'en deux circonstances : pour se coucher et pour se raser. Quand il se débarbouillait, il se contentait de le repousser en arrière ; l'opération, très simple, ne lui prenait que quelques secondes. Le rasage hebdomadaire était au contraire un spectacle qui valait le déplacement. Il se déroulait le dimanche matin, dans la cuisine, devant la fenêtre donnant rue des Cordeliers. Josion enlevait sa chemise. Mme Humbert était jalouse de sa poitrine ; elle tirait les rideaux pour que les passantes ne vissent pas tous ses jolis poils frisés, le tatouage du bras gauche : une tête de femme qui gonflait les joues lorsqu'il bombait ses biceps ; le tatouage du droit : *Souvenir du 126, Brive*. L'eau, il l'exigeait bouillante : on plaçait le coquemar sur les ronds les plus chauds. Il promenait la lame du rasoir sur le cuir, en avant, en arrière, terminait l'affilage contre sa paume. On tirait la table bien au jour. Dessus, il installait sa glace, munie d'un pied mobile et d'un gobelet. Mme Humbert apportait enfin le récipient et ses vapeurs.

Souvent, au cours des préparatifs, la clochette du magasin tintait. La charcutière devait abandonner la cuisine, aller s'occuper de la clientèle. Alors, Francisque la remplaçait : il devenait l'aide et le conseiller de Josion, dans ses délicates manœuvres. Ses joues disparaissaient bientôt sous un bouillonnement blanc que le blaireau faisait monter comme une crème. Francisque n'avait que six ans quand son père lui annonça :

« L'an prochain, je te permettrai de me savonner. »

Une telle perspective l'éblouit. Jamais il n'eut si grande envie de vieillir. Le moment vint. Le début de la besogne étant assez difficile, Josion la commençait lui-même. Il confiait ensuite le blaireau à son fils qui n'avait qu'à entretenir le mouvement. La tête renversée, il lançait un encouragement dès qu'il sentait le pinceau faiblir :

« Remue ! Remue ! »

Et l'enfant remuait. Il changeait de main et remuait encore. Barbe bien savonnée est à moitié rasée.

« Remue ! Remue ! Moi, c'est pas du poil que j'ai sur la figure : c'est du fil de fer ! Si tu le ramollis pas assez, il ébrèche le rasoir. »

Francisque était certain d'une chose : un seul homme dans tout Montferrand jouissait d'une barbe en fil de fer. A l'Ecole, rue de l'Hôpital, chacun glorifiait les mérites et les exploits paternels. Fallait apprendre la tactique. Si tu te pressais trop, si tu t'engageais le premier, automatiquement tu te trouvais couillonné par la surenchère :

« Moi, mon papa, il peut porter deux cents kilos sur son dos !

— Peuh ! Le mien, il peut en porter cinq cents !

— Et le mien, il en porte mille ! »

Tu essayais de rattraper ton erreur :

« Je me suis trompé ! C'est deux mille kilos, qu'il peut porter sur son dos, mon papa !

— Tu as dit deux cents ! C'est trop tard ! C'est trop tard ! On te croit plus ! »

Lui, Francisque Humbert, leur clouait le bec à tous :

« Le mien, il a une barbe en fil de fer ! »

Qu'y a-t-il de plus dur que le fil de fer ? Ils cherchaient, ne trouvaient pas, baissaient le front, humiliés. Il complétait son triomphe :

« Et c'est moi qui la savonne, tous les dimanches ! »

Josion disait : « Remue ! Remue la mayonnaise ! »

Francisque eut sept ans, huit ans, neuf ans, et il ne perdit pas le goût de participer au rite hebdomadaire.

Ensuite, solennellement, l'ancien saisissait son rasoir :

« Ecarte-toi ! »

L'enfant passait de l'autre côté de la table, pour ne pas gêner le mouvement. Le rasoir scintillait ; il avait la forme d'un accent circonflexe renversé ; il enlevait, dans un crissement, de larges pans de crème ; dessous, la peau reparaissait, étrangement pâle. Pour en effacer les plis, Josion s'obligeait à des grimaces impressionnantes. Ou bien, il la tendait du bout des doigts, avec l'autre main ; il la rembourrait intérieurement de la langue. Certaines zones offraient des difficultés : la gorge, le coin des mâchoires ; et surtout les moustaches. L'homme les rebroussait de l'index, l'une après l'autre, ce qui le rendait absolument méconnaissable. Son fils avait l'œil partout. Il signalait les surfaces oubliées ou mal tendues :

« Il en reste là... sur la gauche... Et là aussi... Et puis encore là... »

Tu aurais dit cet enfant royal qui, au cours d'une grande bataille, avertissait :

« Père, prenez garde à droite !... Père, prenez garde à gauche !... »

De temps en temps, Josion essuyait son rasoir dans un bol de caoutchouc. Certains utilisaient des morceaux de papier. En ce temps-là, l'eau courante n'arrivait pas encore sur les éviers. Plusieurs fois par jour il fallait aller remplir les cruches à la borne fontaine, au carrefour des Taules. Mais c'était une belle eau, limpide, pétillante. Elle descendait de Royat et de Charade ; elle avait acquis sa pureté en traversant l'épaisseur des pouzzolanes. L'été, tu la buvais avec autant de plaisir que la limonade. Josion en versait un peu dans une cuvette. Pas plus qu'il n'en fallait. L'eau était gratuite, mais fatigante à apporter ; alors, on l'économisait. Dans ses deux chopines, le père se rinçait d'abord la figure : il y trempait un coin de serviette, prenant bien garde que le liquide ne montât pas trop haut, comme quand on trempe un biscuit dans le café. Ensuite, il se lavait les mains. Pour finir, il débarbouillait son matériel : blaireau, bol de caoutchouc, rasoir, gobelet. De cette façon, le même litre servait à trois usages. Il n'aurait pas fallu le pousser beaucoup pour que Josion s'y lavât aussi les pieds.

Voilà comment, à Francisque, était venue une grande admiration pour son père. Le désir de l'imiter en toutes choses. Lui aussi un jour aiguiserait son rasoir sur le cuir et sur sa paume. Lui aussi aurait une barbe en fil de fer. Lui aussi serait charcutier.

Quand Josion Humbert s'était bien essuyé les joues, son visage apparaissait brillant comme un bouton de capote. Il soulevait ses moustaches avec le dos de la main et demandait :

« Qui veut l'étrenne ? »

Si sa femme était disponible, elle s'avançait, souriante, pour étrenner sa figure rajeunie. Elle en profitait pour saisir à pleins doigts les poils de sa poitrine et tirer. Il rugissait et montrait les dents ; elle éclatait d'un rire plein de sous-entendus. Elle ressemblait ainsi, accrochée à sa toison, à l'aigle qui cherche à emporter une bête trop grosse. A défaut d'elle, l'enfant se sacrifiait. Il n'était pas d'un tempérament lécheur ; les baisers féminins le mouillaient, les masculins le râpaient. Ordinairement, le vieux sentait la chair à saucisse ; mais dans ces moments, la savonnette dissimulait l'odeur. Pour faire plaisir à son père, Francisque acceptait donc de l'embrasser dans le creux de la joue, en faisant beaucoup de bruit.

Il avait neuf ans quand toutes les cloches se mirent à sonner. Celles de Notre-Dame-de-Prospérité, les plus proches, mais aussi celles de Clermont, de Gerzat, de la plaine, de la montagne. On les entendait se plaindre au loin, se répéter un message que l'enfant ne comprenait pas. Dans les rues, autant de monde que les jours de foire. On criait, on chantait, on riait, on brandissait des bouquets et des drapeaux. Des femmes s'essuyaient les yeux.

Josion Humbert s'en alla faire la guerre. Un drôle de travail qu'on lui confiait là ! Heureusement, on utilisa ses compétences. De la charcuterie à la popote, il n'y a pas loin. Comme naguère à Brive, on le fit cuistot. Il préparait la soupe et le rata. Pendant ce temps, sa femme se débrouillait de son mieux pour mener la boutique. Elle faisait saigner ses cochons par un vieux boucher de la rue de la Rodade, que son âge préservait de la mobilisation.

Josion remplissait les bouteillons de lentilles, de haricots blancs, de pommes de terre dans leur peau ; il recommandait aux porteurs :

« Laissez pas refroidir. »

Eux s'en allaient vers les zones du feu où les copains se trouvaient retenus. Ils portaient deux marmites à la fois, accrochées aux extrémités d'une palanche. D'autres préféraient les tenir à la main. Les chemins étaient mal entretenus : il leur arrivait de trébucher, de s'affaler dans la boue, de renverser leur précieux chargement. Ils le ramassaient à même la terre, se servant de leurs mains réunies en guise de louche ; ils le remettaient dans les bouteillons. La clientèle se plaignait rarement, indulgente aux accidents de parcours.

A Montferrand, les instituteurs avaient été mobilisés. Leurs élèves s'entassaient dans les classes survivantes, si nombreux que les institutrices n'arrivaient pas à se faire entendre ; elles passèrent les quatre ans et demi de la mobilisation à crier :

« Voulez-vous vous taire ! »

Il y en avait une terrible en diable : elle les obligeait à quitter leurs galoches et leurs sabots. Les tables étaient longues, ridées, sans dossier ; elles pouvaient contenir six encriers et six paires de fesses : on en logea huit en les serrant. Les enfants s'appuyaient à la table de derrière, excepté, naturellement, ceux du fond, qui n'avaient pas de soutien et devenaient bossus. L'affreuse Mme Fabre leur donnait des leçons de silence :

« Et maintenant, pendant cinq minutes, fermez la bouche, ne remuez ni pied ni patte ! Je veux entendre voler une mouche ! »

Ils obéissaient, tendaient l'oreille, se demandant pour quelle raison Mme Fabre tenait tellement à entendre voler la mouche en question. Comme ils n'entendaient rien du tout, ils se disaient que la mouche avait pu se poser quelque part, ou se sauver par le trou de la serrure, que l'attente pouvait durer longtemps.

Un jour qu'ils étaient ainsi occupés, tendus comme des arbalètes, muets, retenant leur souffle et les battements de leur cœur, voici qu'une voix aiguë monta de la rue de l'Hôpital :

« Éééééééé... chaudés de Riom ! »

En guise de mouche, c'était réussi ! Tous les élèves éclatèrent de rire. Il s'agissait d'une pâtissière qui chaque année, au temps du carême, venait sur son âne vendre ses échaudés : trèfles de pâte durs et secs ; on en avait trois pour deux sous ; ils étaient la seule douceur admise par la Religion en cette période de mortification. A cause d'eux, Mme Fabre dut renoncer à ses leçons de silence ; chaque fois qu'elle essayait d'y revenir, au beau milieu de l'épreuve, une petite voix de ventriloque partait d'un coin de la salle :

« Éééééééé... chaudés de Riom ! »

La classe, qui l'attendait, explosait comme un pétard. Il n'y eut plus de pédagogie possible.

Dans ces conditions, le temps de Francisque Humbert était mieux employé au laboratoire de la charcuterie. Il tournait la manivelle du hachoir, grattait les boyaux, entretenait le feu de la chaudière, épluchait les oignons, allait chercher l'eau à la fontaine. Pour lui, la guerre fut l'occasion d'un apprentissage précoce. Quand le père revint, il trouva un solide garçon de quatorze ans et demi, qui en paraissait dix-sept.

Josion ne se remit au travail que lentement. Il aimait parcourir tout Montferrand, faire la statistique de ceux qui n'étaient pas revenus, anciens copains, anciens clients. Ça lui flanquait des cafards terribles qu'il allait noyer dans les bistrots, avec d'autres héros de son espèce. Ou même tout seul.

Le vin le rendait méchant. Mme Humbert disait à son fils :

« Va le chercher. Fais le tour des caboulots. »

Elle n'y allait pas elle-même, sachant qu'il l'accueillerait avec perte et fracas. Francisque partait donc, sans plaisir. Il regardait à travers la vitre des cafés, de la Rodade au Puits-Martel, fouillait les places et les rues. Quand il avait découvert le refuge de son père, il hésitait longtemps avant de pousser la porte. D'abord, Josion lui faisait bon visage :

« Je vous présente le fils... Francisque.

— Salut, Francisque ! »

Il disait *le* fils, *la* femme, *la* mère, comme on dit *le* soleil, *la* lune.

Tout à coup, devant ses copains, il faisait le bravache, s'écriait avec indignation :

« C'est la mère qui t'envoie !

— Non... Je reviens d'une livraison... Je t'ai vu en passant.

— Ah bien ! Patron ! Un autre verre pour le fils ! »

Lui refusait, disant qu'il n'avait pas soif ; mais les héros insistaient :

« Vingt dieux ! Qu'est-ce que c'est que ce mulet blanc ? Sais-tu pas que c'est le pinard qui a gagné la guerre ? »

« Mulet blanc » est le sobriquet des Montferrandais de vieille souche. Pour ne pas déchoir, Francisque devait donc siffler son canon de rouge. Il le faisait avec une grimace affreuse, en déclarant courageusement :

« Il est bon ! »

Les héros souriaient, le félicitaient de sa contenance, lui tapaient sur l'épaule :

« Ton gars, l'ancien, est un vrai connaisseur ! »

Sitôt qu'une occasion se présentait, Francisque rappelait doucement à son père :

« Oublie pas : y a la chair à préparer. On ferait bien de rentrer. »

Josion n'osait lui opposer de refus, du moment que la suggestion ne venait pas de la mère.

Dans le métier, l'opération centrale, sans laquelle il n'y a pas de charcuterie possible, est la mise à mort du cochon. En ce temps-là, les tueries particulières étaient tolérées. Humbert pratiquait ses exécutions dans une petite cour pavée, derrière son laboratoire. Le fond en était une maison délabrée, où personne n'habitait, sauf un régiment de rats ; un escalier de lave, avec rampe de fer, montait au premier étage. Dans un coin, le charcutier avait construit une loge de planches. Chaque fois qu'il achetait un cochon, il y plaçait la bête surexcitée par le transport ; elle y reprenait peu à peu son calme, finissait même par s'endormir. S'il l'avait sacrifiée sur-le-champ, elle aurait fourni une viande échauffée, impropre à la salaison. On laissait donc à la condamnée une période de jeûne et de méditation qui pouvait durer une dizaine d'heures. Francisque s'intéressait à elle. Il venait l'examiner par-dessus les cloisons. Elle ronflait paisiblement, vautrée dans son purin. Sous les soies blanches, on distinguait la peau rosâtre. L'enfant s'étonnait d'une telle inconscience : maintenant, elle trouvait tout naturel de se trouver ici, enfermée entre quatre parois, sur un pavé inconnu la veille. Si c'était le matin, le cochon sentait la présence de l'enfant ; il grognait ; il croyait appeler sa soupe, et il appelait sa mort.

Le vieux se munissait d'un couteau à lame courte ; il l'affilait d'abord au fusil qui lui pendait au flanc, comme une baïonnette. Puis il grattait la surface de son tablier de cuir, pour en faire tomber les croûtes de vieux sang séché. Enfin, il crachait sur la lame du couteau, côté face, côté pile, l'essuyait soigneusement sur un vieux chiffon :

« Dans notre métier, qu'il expliquait à Francisque, son successeur, faut premièrement être hygiénique. Les chirurgiens, avant d'ouvrir le ventre du monde, font pas autrement. »

A cause de l'eau lointaine et laborieuse, en ce temps-là, comme j'ai dit, la salive était un détergent toujours à portée de la main. Quand Francisque rentrait de l'école la figure mâchurée, Mme Humbert n'hésitait pas à cracher dans son mouchoir pour le frotter.

Après ces préliminaires, le charcutier pouvait s'occuper de son client. En principe, il faut deux personnes vigoureuses pour maîtriser un cochon. Josion, lui, opérait seul. Il n'avait besoin d'aide que pour recueillir le sang dans la poêle : office de Mme Humbert ou de Francisque. Il empoignait d'abord la bête par une oreille, la tirait jusqu'au lieu de son supplice, malgré ses protestations stridentes. Là, il ligotait étroitement les pattes postérieures, les attachait à la rampe de l'escalier de manière à les immobiliser. Alors, entre elle et son bourreau, commençait une lutte farouche, dans les hurlements de la victime, qui ne cessaient qu'à son dernier souffle. L'homme liait une autre corde à la jambe avant droite, la plus éloignée de lui ; il tirait brusquement : le cochon tombait sur le flanc. Il se serait relevé tout de suite si Josion ne s'était jeté sur lui de tout son poids pour le maintenir terrassé. En même temps, il s'arrangeait pour ficeler ensemble, aussi serrés que possible, ce pied droit de devant aux deux de derrière. Un seul restait libre — l'antérieur gauche. Le cochon l'agitait furieusement, cherchant à repousser l'agresseur. Il enflait sa musique au maximum. Ces bêtes sont armées de dents vigoureuses ; mais il ne leur vient pas à l'esprit de s'en servir, sauf si tu leur mets le poing entre les mâchoires. Ce sont des créatures non violentes. Elles se contentent de crier de toutes leurs forces : « A l'aide !... On me tue !... On me tue ! » Personne ne veut les entendre. Fin du premier round.

Au second, Josion se munissait d'un manche à balai, l'enfonçait dans la gueule de l'animal qui, stupidement, s'exerçait les dents dessus. Le manche avait pour fonction d'immobiliser la tête. L'homme coinçait la patte encore libre sous ses genoux ; de la main gauche, il tenait le manche ; de la droite, il faisait le signe convenu : on lui approchait le couteau. Mme Humbert avançait la poêle, la plaçait sous la gorge. Déjà, les yeux du tueur étaient fixés sur le point où ils voyaient battre l'artère. La lame s'enfonçait à peine. Aussitôt, le sang jaillissait, noir, abondant, comme d'un tonneau quand saute la bonde. La charcutière le remuait avec une cuiller de bois, pour empêcher la coagulation. Les cris de l'égorgé devenaient effroyables : « Au secours ! Au secours ! Me faire ça, à moi !... A moi !... A... moi ! Moi... » Puis, ils s'entrecoupaient de silences, perdaient de leur vigueur, sombraient dans le grave, s'achevaient en râles d'agonie. La pression du flot noir diminuait. Josion écartait alors légèrement les genoux, saisissait la patte libre du mourant et la manœuvrait comme une manivelle pour épuiser la source des futurs boudins. Tout s'arrêtait en même temps, le sang et les protestations. Il dégageait son manche à balai. La tête du porc s'affaissait ; d'ultimes soubresauts parcouraient le corps ; la plaie ouverte bavait ses dernières gouttes.

« On va le plumer », disait le vieux.

Tandis que Mme Humbert emportait sa poêle, les deux hommes se munissaient d'un crochet, pareil à celui dont les dames boutonnaient leurs bottines ; ils arrachaient les soies. Les plus longues, celles du dos : on les expédiait aux fabricants de brosses. Pour achever la toilette du mort, Josion apportait une brassée de paille ; il en glissait des poignées sous les pattes et sous la tête, recouvrait le tout d'une couche légère, l'allumait de son briquet. Le cochon flambait en pétillant, dans la forte odeur du crin brûlé. Un bon coup de balai le débarrassait des cendres. Le vieux promenait un brandon dans les coins où restait du poil. Ensuite le père et le fils unissaient leurs forces, le retournaient, recommençaient sur l'autre face. Il fallait encore, avant de l'ouvrir, le gratter au *peleu*, un racloir à large lame.

Francisque regardait tout le spectacle et y participait avec passion. N'ayant jamais été mêlé à la vie des animaux, il considérait le porc en citadin : non comme une créature vivante, capable de souffrir dans sa chair et dans son âme, mais comme une simple mine de saucissons, de jambons, d'andouilles, de petit salé. Ses cris aigus ne le touchaient pas plus que des appels mécaniques : le hurlement d'une sirène, le sifflet d'une locomotive.

A l'égard des chevreaux, il avait d'autres sentiments, Josion en tuait au printemps quelques-uns, que lui apportaient des femmes de la campagne. Certaines fois, dans la cour, plusieurs jouaient ensemble aux quatre coins. Francisque se mêlait à eux, caressait la douce laine de leurs flancs. Le cochon, qui grognait ou ronflait dans sa graisse, qui ne songeait qu'à manger ou dormir, qui poussait au moment de l'exécution des couinements ridicules, ne lui inspirait aucune pitié. Au contraire, le destin des chevreaux lui paraissait immérité : ces créatures plus riches de poil que de chair appelaient leur mère d'une voix tendre, enfantine. Josion leur liait ensemble les quatre membres ; il les coinçait entre ses genoux ; puis, pour faire taire cette voix trop humaine, il leur serrait le museau dans sa main gauche tandis que, de la droite, il leur perçait le cou. Leur mort était rapide. Il les déposait sur le pavé, les yeux béants d'une immense stupeur. Dans ces moments, Francisque aurait préféré être fils de boulanger.

On l'habituait au sang. Tout l'hiver, celui des cochons coulait sur les pavés de Montferrand. Les immolations s'accomplissaient au milieu de la rue et des places. Les gosses se rassemblaient autour ; les propriétaires faisaient circuler des bouteilles de vin ; on buvait à la santé de la victime qui étalait ses tripes au soleil. Cela ne gênait en rien la circulation des voitures : elles contournaient l'événement. L'ancien était souvent requis d'apporter son concours. On le voyait venir de loin avec son tablier de cuir, en compagnie de Francisque, pareils au curé et à l'enfant de chœur portant les saintes huiles.

Vint le jour de sa première mise à mort.

« Les cochons et nous, on est frères, expliqua le charcutier. Nous avons la même veine, là, dans le cou... »

Il lui fit tâter, sous son propre menton, ce qu'il appelait la *veine*, et qui est l'artère carotide, où l'on sent chaque coup de pompe du cœur. Il la lui fit trouver dans la gorge de la bête. L'important était de remarquer l'endroit précis, de vérifier avec les doigts, ensuite d'enfoncer carrément la lame jusqu'à la virole, de ne la ressortir que lorsque la poêle se trouvait bien en place pour recueillir le sang. Ils étaient là tous quatre dans la courette, l'ancien, Mme Humbert, Francisque et le porc. Ce dernier, sûrement le moins ému de tous, se promenant de çà de là, grognonnant, cherchant entre les pavés des brins d'herbes qu'il tirait avec les babines. Les autres se concentraient.

« Prêt ? demanda le père.

— Prêt. »

Ce fut solennel comme une première communion.

Les deux hommes empoignèrent le patient. Un beau : trois cents livres au moins ! Malgré ses imprécations, tirant, poussant, ils l'amenèrent à pied d'œuvre, le ligotèrent à la rampe de l'escalier. Josion le terrassa, lui fit avaler le manche à balai. Madame se tenait prête, la poêle à la main. Alors, Francisque mit un genou en terre, chercha de l'index la pulsation de la veine ; son cœur à lui ne battait pas moins fort.

« Mais voyez ce qu'on me fait ! A moi !... A moi !... » couinait le cochon.

Quand il plongea son fer dans le lard, il crut avoir raté son coup, car le client ne s'égosilla pas davantage. Tu aurais dit qu'il ne s'était aperçu de rien. Peut-être avait-il atteint le sommet de la gamme. Il retira le poing : la source noire jaillit, rassurante, généreuse. Au juste moment, il actionna la patte gauche à la façon d'une manivelle.

Lorsque tout fut fini, l'ancien regarda son fils avec fierté. Ses moustaches se soulevèrent, il sourit de toutes ses dents.

2

Il faut dire, pour ceux qui l'ignorent, que Montferrand est une curieuse paroisse. Vue sur un plan, elle ressemble à un petit caillou retenu par le gros poing de Clermont au bout d'une fronde légère : l'avenue de la République.

Jusqu'en 1630, ville indépendante, riche et belle, elle posséda une Cour des Aydes chargée de régler les contestations en matière d'impôts : c'était alors la plus haute juridiction auvergnate ; ses membres n'avalaient leur langue que devant ceux du Parlement de Paris. A cette date, pour des raisons de commodité, le roi Louis XIII eut l'idée de marier Montferrand et Clermont sa voisine, et de donner au couple le nom de Clermont-Ferrand. Pour qu'aucune des deux villes ne se gonflât aux dépens de l'autre, il y interdit même toute construction, sauf le long de la route qui les reliait. En fait, depuis trois siècles, Montferrand ne s'est jamais entièrement résigné à la soudure. Peut-être l'aurait-il acceptée si, dans l'affaire, on ne l'avait amputé de sa tête ; si, par exemple, au lieu de Clermont-Ferrand, on avait choisi d'écrire Cler-Montferrand. Ces questions de syllabes ont une grande importance dans l'histoire locale. L'orthographe choisie par ce bégayeur de Louis XIII indiquait nettement sa volonté de décapiter l'un au profit de l'autre. Bien qu'un maire unique administre officiellement les deux agglomérations, Montferrand s'entête donc à posséder une mairie autonome, à laquelle sont abandonnées quelques miettes des attributions municipales. Un maire-adjoint, élu par les Montferrandais, y célèbre les mariages, y enregistre les décès et les naissances. Résultat : Clermont-Ferrand est sans doute la seule ville de France qui, depuis trois cents ans, possède un seul maire et deux mairies.

Vers 1920, le satellite était encore un gros village, plein de vaches, de chevaux, de moutons. Deux fois par jour, les troupeaux descendaient la grand-rue : ils allaient s'abreuver à la fontaine qui donne son nom à la place. Beaucoup de mulets blancs possédaient une vigne sur les pentes de Chanturgue, des Graves, de Var, de Neyrat, de Champcrol ; les vendanges étaient la grande affaire de l'année. Des femmes et des filles dévalaient exprès de la montagne pour y participer ; certains propriétaires en engageaient trente ou quarante. A midi, en bordure de la vigne, on mangeait l'épaule de mouton cuite au four sur un lit de pommes de terre. Au dessert paraissait la *pompe* : tarte aux pommes vaste parfois comme une roue de brouette. L'ensemble abondamment arrosé avec le vin de l'année précédente. On s'interpellait de vigne à vigne ; on buvait de loin à la santé les uns des autres. On chantait, surtout. Le même chant gagnait de proche en proche, s'étendait sur tout un coteau, passait de l'est à l'ouest, faisait le tour des collines. La récolte était versée dans d'énormes entonnoirs en bois et précipitée dans les caves profondes. Quelques jours plus tard, après la fermentation, on la remontait à dos d'hommes dans des hottes, on l'entassait sur les pressoirs installés en pleine rue, le jus ruisselait dans les bacholles. Aux carrefours, on trinquait encore ; on marchait dans le marc répandu. Tout cela se terminait, un dimanche de la fin octobre, par la fête des vendanges. On y voyait défiler, portée par un char à bœufs, une cuve renversée, couronnée de pampres. Les vignerons faisaient don de leurs plus belles grappes. M. Casset offrait ses « raisins de feu », qui avaient la particularité de présenter toutes les couleurs d'un soleil couchant : pourpre, or, rose pâle, incarnat, vermillon. Des flancs de la cuve émergeaient plusieurs tonneaux ; et les conscrits de l'année, qui avaient la charge de toute la machinerie, offraient à boire gratis dans les tasses d'argent. Le char suivait toutes les voies assez larges, allait de place en place ; on faisait la queue aux robinets.

Francisque Humbert participa aux fastes de sa ville. Cette même année, on reprit l'habitude de couronner une rosière, interrompue par les hostilités. Au cours du mois de Marie, sur la place de la Rodade, on dressait une estrade. Entre ce point d'arrivée et le point de départ du cortège — le domicile de l'élue — les rues étaient fleuries et pavoisées. Tout Clermont descendait, à pied, à bicyclette, en tramway. Au milieu d'une mer de canotiers et d'ombrelles, encadrée par les pompiers, la valeureuse pucelle, dans la robe blanche des vestales, traversait la ville au bras du maire, suivi de tout le Conseil municipal : seuls chapeaux gibus de la journée. Sur l'estrade, elle recevait deux baisers moustachus, un trousseau, un livret de Caisse d'Epargne de 500 francs et pour finir, à l'issue d'un discours laïque et républicain, une couronne de roses royales. Les gymnastes se lançaient dans des démonstrations, les cors de chasse faisaient rage.

Francisque se mêlait aux autres jeunes gens pour chanter des couplets satiriques :

C'est la fifille à sa mère,
La rosière, la rosiè-ère,

C'est la fifille à sa mère,
La rosière de Montferrand.

De trois enfants elle est mère
La rosière, la rosiè-ère,
De trois enfants elle est mère,
La rosière de Montferrand...

Les problèmes de vertu et de virginité excitaient la curiosité de Francisque mais ne l'empêchaient pas encore de dormir. Il regardait les filles avec un certain intérêt. Il écoutait les paillardises que débitaient ses copains. Souvent, ils parlaient de ces maisons hospitalières de Clermont, rue des Peigneurs, rue des Trois-Raisins, où il pourrait être admis à dix-huit ans révolus ; il n'éprouvait pas d'impatience. Sa glace lui renvoyait l'image d'un nez long, de deux oreilles légèrement décollées, d'une tignasse rousse, enseigne de la famille ; il se demandait ce que tout cela pouvait valoir sur le marché du sentiment et n'en avait pas haute opinion. Il était à l'époque de son âge où deux voix jouaient à cache-cache dans sa gorge, l'une d'homme, l'autre d'enfant. Chaque fois qu'il ouvrait la bouche, il ignorait laquelle sortirait la première. Par moments, elles se mêlaient, se bousculaient : il avait l'air de chanter la tyrolienne. Ça ne l'encourageait guère à s'exprimer.

L'ancien était content de lui. Il lui confiait déjà tous les travaux mécaniques. Francisque lavait les boyaux, les retournait avec une baguette, les grattait. Il désossait les jambons avec la gouge, bouchait le trou, cousait la couenne. Il tournait la manivelle du hachoir, dégraissait les marmites, allumait et entretenait les feux, raclait l'étal, lessivait les moules. Parlant de lui au café de l'Apothicaire, Josion avouait aux autres anciens :

« Il me soulage ! Y a pas à dire : il me soulage. »

Il profitait de ce soulagement pour offrir plus longuement sa compagnie à ses vieux camarades.

Mme Humbert se chargeait de la formation commerciale de son fils. Le laboratoire avait ses préférences : elle l'en arrachait pour l'installer dans le magasin, l'obliger à recevoir la clientèle :

« Fabriquer est bien. Vendre est mieux. »

Elle le surveillait de la cuisine par le trou de la vitre qui séparait les deux pièces. Celle-ci était recouverte d'un papier translucide à ramages ; elle avait déchiré un coin grand comme un demi-sou ; par ce mouchard, elle pouvait examiner l'intérieur de la boutique. Seulement, la présence de la vieille aux aguets paralysait Francisque.

« Il faut absolument parler ! Le client attend que tu lui parles.

— Qu'est-ce que je dois dire ?

— Tu demandes comment va son mari, sa femme, son travail.

— Et si je le connais pas ?

— Tu parles du temps. Tu dis : « On a trouvé le soleil... On a trouvé la pluie... On a trouvé le vent... » Selon. »

Il fit des efforts. Il répéta : « On a trouvé le soleil... On a trouvé la pluie... » La cliente répondait : « Ben oui. » Ou encore : « C'est la saison. » Ensuite, il restait sec. Les visiteuses n'encourageaient pas toujours la conversation. Il en reçut même de plutôt bizarres. Comme cette demoiselle Laporte qui avait horreur du sexe mâle. Elle ne prenait jamais le tram, disait-on, sans se mettre un mouchoir sous le nez pour filtrer les émanations masculines. Dans la charcuterie, elle trouva le fils quand elle espérait la mère. Il hocha la tête pour la saluer et commença, lorgnant le temps qu'il faisait dehors :

« On a trouvé... »

Et elle : « Vous alors !... Tous les rouquins sentent, mais vous battez le record !

— Le record ?

— Ne vous approchez pas ! Vous puez l'homme ! »

Il était difficile de tenir une conversation ainsi partie.

Une autre fois, ce fut Mme Malleret qui vendait des boutons place Poly ; pour des raisons obscures, elle portait le sobriquet de « mère Janvier ». Blanche, maigre, effilée, griffue comme le houx, il lui allait si bien que chacun avait oublié son nom légitime. Ce jour-là, voulant faire du zèle, Francisque l'accueillit dans la boutique avec un :

« Bonjour, madame Janvier. »

Elle tourna les talons sur ses pantoufles et repartit en jetant avec aigreur :

« Je reviendrai en février ! »

Elle courait si vite que Mme Humbert ne put la rattraper : ce fut une cliente perdue.

Josion le consolait en disant du mal des femmes en général, de la sienne en particulier. « La preuve, ajoutait-il, que la femme ne vaut rien, c'est que le bon Dieu ne s'est jamais marié. » Il parlait de Jésus-Christ, évidemment, qui aurait pu, s'il avait voulu, s'en payer une belle et bonne en même temps, avec tous les miracles qu'il savait accomplir. Toutefois, Francisque ayant toujours exprimé le ferme désir de prendre sa succession, l'ancien estima nécessaire de lui faire un sermon, le jour où il accomplit sa dix-huitième année :

« Vois-tu, fils, j'estime qu'une femme est indispensable dans la charcuterie. Sinon, qui donc tient la poêle et remue le sang, quand tu mets le cochon en perce ? Qui donc lave les boyaux, va chercher l'eau à la fontaine, et tout ça ? Qui donc s'occupe du magasin, quand tu as une course en ville ? Qui donc fait ta popote, reprise tes chaussettes ? Et puis, quand la crève te menace, qui donc te pose des cataplasmes et des ventouses, te fait chauffer des tisanes ? Si possible, même, il te faut une femme instruite, capable de tenir les comptes, d'écrire les lettres. Question mariage, tu as le temps. On en reparlera dans quatre-cinq ans. Seulement, celui qui veut moissonner son blé en août doit le semer en octobre. Pour les fumelles, c'est la même chose. »

Francisque rapetissa les yeux, fronça les sourcils, se demanda le rapport qu'il y avait entre le blé et les fumelles. Le vieux s'expliqua :

« Tu as dix-huit ans, tu sors pas assez de la maison. C'est le moment que tu t'intéresses. Sinon, plus tard, tu prendras des habitudes de célibataire, y aura plus moyen de te faire épouser une femme, même si qu'on te l'amène dans ton lit. Un homme seul... c'est pas moral.

— Mais... je m'intéresse.

— Tu t'intéresses ? Qu'est-ce tu fais pour t'intéresser ?

— Je sais pas... Je les regarde, quand elles passent, dans la rue.

— Qu'est-ce tu regardes ?

— Je sais pas... Leurs habits... leurs cheveux... »

Et lui, haussant les épaules avec indignation :

« Leurs habits ! Leurs cheveux ! Ce qu'il faut pas entendre ! A ton âge ! Faut-il que je t'explique les différences qu'y a entre un homme et une femme ?

— Pas la peine... »

Francisque se sentait les joues chaudes comme s'il était resté en plein soleil. Le vieux le confia à son neveu Lucien Humbert, qui avait six ans de plus :

« Fais-le sortir. Emmène-le au bal. Dégourdis-le. Je te permets même de l'emmener... »

Et il acheva sa phrase à l'oreille du neveu, ce qui l'un et l'autre les fit rire très fort. Les deux cousins prirent donc l'habitude de sortir ensemble le dimanche. Lucien lui donnait de précieux conseils sur la manière de séduire les femmes, immanquablement :

« Ce qui compte avant tout, c'est d'engager la conversation. Quand tu danses, c'est facile. Tu fais des compliments : « Vous sentez bon... Vous avez une belle robe... » Ou bien : « Y me semble vous avoir déjà vue quèque part. » Elle répond : « Ah oui ? » Tu continues : « A moins que ça soye vot' sœur ? — J'ai pas de sœur. — Ou vot' cousine ? » En somme, tu dis n'importe quoi. »

Seulement, Francisque ne savait pas danser. Ils fréquentaient quand même les bals des environs : Cébazat, Gerzat, Aulnat. Ou simplement le café du Puy-de-Dôme, place de la Rodade, chez Bonnabaud, où fonctionnait un piano mécanique. Le jeune charcutier invitait les filles, leur écrasait les pieds. Elles n'acceptaient pas deux fois. Ou bien son poil rouge et ses oreilles larges les rebutaient : elles se disaient « retenues ». Alors, il se réfugiait près du piano. Les clients glissaient dans la fente une pièce de deux sous en bronze, et c'est lui qui tournait la manivelle, pour remonter le mécanisme. Il était un spécialiste des manivelles : il avait l'habitude, avec celle du hachoir. Les autres finissaient par se rendre compte de cette affection ; ils lui criaient de loin :

« Humbert ! Tourne la manivelle ! »

Ça l'occupait, ça l'aidait à passer le temps, il ne se sentait pas inutile. On le récompensait, en lui apportant parfois un canon de rouge ; il le sifflait, pour montrer qu'il était quand même un homme.

Dans la rue, les deux cousins se promenaient les mains dans les poches, en lorgnant les filles. Certaines passaient les yeux baissés ; d'autres les regardaient en face, surtout lorsqu'elles allaient par paires ou davantage, leur nombre les rendait audacieuses. Elles s'attardaient près du marchand d'oublies : un Espagnol, propriétaire d'une boîte cylindrique dont le couvercle comportait une aiguille et des numéros ; il lançait l'aiguille ; pour la même somme, elles pouvaient recevoir, selon la chance, une, deux, trois, quatre oublies. Elles entouraient aussi le marchand de glaces : un Italien muni d'un moule à ressort ; du pouce gauche, il tirait le ressort en arrière ; il plaçait au fond une feuille de gaufre, remplissait de crème glacée, posait une autre feuille, lâchait le ressort, la tranche se démoulait toute seule ; elles l'emportaient entre le pouce et l'index, la léchaient sur les quatre côtés. Lucien Humbert faisait sa démonstration :

« Sucez pas ce machin-là ! qu'il criait. Ça vous donnera mal au ventre ! »

L'invite prenait ou ne prenait pas. Francisque n'arrivait pas à prononcer des mots pareils. Tout au plus, quand elles étaient un peu loin, avec l'espoir secret qu'elles ne l'entendraient pas, poussait-il quelque glapissement de bête : « Ouak ! Ouak ! » Elles s'arrêtaient, se retournaient, haussaient les épaules, s'éloignaient à longues enjambées. « Pas idée d'être aussi crétin ! » semblaient-elles dire.

Ils prenaient le tram jusqu'à Clermont, fréquentaient le jardin Lecoq où rôdaient beaucoup de militaires. Ils essayaient leur chance auprès des bonnes d'enfant.

« C'est à vous, ce beau bébé ? » demandait le cousin Lucien.

La fille riait qu'on pût supposer une chose pareille. Ce genre de particulières se laissait facilement aborder. Elles avaient l'impression que le mioche les protégeait ; on ne pouvait rien leur faire de mal en sa présence. Elles faisaient volontiers quelques pas dans les allées, mais fallait pas aller trop loin. Eux n'avaient d'ailleurs pas tellement d'enthousiasme à l'idée de se farcir le miauleur et la voiturette. Les gens les regardaient passer, tous les quatre, avec une question visible dans les yeux : « Des deux, quel est le papa ? »

Lucien tenait le crachoir, Francisque tenait la chandelle. C'était épuisant.

Ils trouvaient d'autres filles assises sur les bancs. Elles lisaient, se polissaient les ongles, tricotaient ou regardaient pousser l'herbe. Des moches, des grasses, des maigres, des à-point. Des blondes, des noires, des rousses. Celles-ci, Francisque les lorgnait tout spécialement, à cause de leur parenté de couleur. Sentant son regard, il leur arrivait de lever les yeux ; vite alors il détournait les siens.

Le seul bénéfice qu'il tira de la fréquentation de Lucien fut qu'il apprit les rudiments du charleston. Quand il se trouvait seul dans le laboratoire de son père, parmi les baquets de boudins et les guirlandes de saucisses, il s'exerçait à lancer les jambes de côté.

Parlant des deux articles qu'il appréciait le plus au monde, les femmes et le vin, l'ancien avait une curieuse manière de confondre les adjectifs. S'il en voyait une jolie passer dans la rue :

« Hé hé ! qu'il faisait. Je la crois buvable ! »

Inversement, avant de boire, il avait coutume d'approcher le verre de ses narines et de dire, quand le vin s'annonçait bien :

« Il n'est pas laid ! »

Parfois, il serrait la bouteille sur son cœur, la caressait doucement, s'écriait avec amour :

« Celle-là, c'est ma consolante ! »

Des consolantes, il en dissimulait un peu partout dans la maison et leur donnait l'accolade selon ses déplacements.

C'est grâce à son père qu'en 1924, à l'âge de dix-neuf ans, Francisque sut de près ce qu'était une femme. Cela se passa le 25 août, jour de la Saint-Louis et fête patronale. Les quatre quartiers de la ville avaient fait toilette : Montferrand était enrubanné comme une caravelle. Les manèges, tirs à la carabine, ménageries, marchands de nougats, vendeuses d'horoscopes, remplissaient la place de la Fontaine.

Exceptionnellement, les deux charcutiers, père et fils, y allèrent ensemble. Mme Humbert avait mis cette condition à leur sortie :

« Pourquoi je devrais rester à garder la boutique ? Est-ce que je n'ai pas le droit de m'amuser, moi aussi ? Alors, je veux bien rester, pourvu que vous ne vous quittiez pas. Et défense d'entrer chez la Riquette ! »

Celle-ci était une bistrotière de mauvaise réputation, non loin du poids public. Josion et Francisque jurèrent solennellement.

A un tir à la carabine, ils cassèrent des pipes : cinq le père, et deux le fils.

« J'ai gardé l'œil ! » fit l'ancien, satisfait.

Les balles faisaient clang ! contre la tôle du fond. L'air sentait la poudre, la guimauve, la sueur de fille. Un parquet-salon s'enfonçait dans la rue des Chandiots, l'obstruant complètement, comme un bouchon dans un goulot ; on y entendait gémir un accordéon, étouffé par le piétinement sauvage des danseurs.

Ils arrivèrent devant une baraque d'un genre nouveau. La toile représentait des femmes en costume de bain, levant la jambe, et aussi Eve toute nue, mal enveloppée de ses cheveux, et croquant une pomme. Sur l'estrade, un bonimenteur en costume noir s'adressait à la foule :

« Le spectacle, mesdames et messieurs, est visible aux personnes des deux sexes ayant au moins dix-huit ans. Vous y verrez les danses les plus gracieuses exécutées par des artistes des Folies Bergère de Paris, venues tout spécialement à Montferrand pour honorer votre saint patron. Vous pourrez admirer mademoiselle Mimi, danseuse étoile ! L'admirer par la vue et le toucher ! Oui messieurs ! Il vous sera loisible d'entrer en contact avec sa ravissante personne, dans des conditions qui vous laisseront un souvenir inoubliable !... »

Des clients sortaient de la baraque, rouges comme des piments, l'œil confus, la bouche rigolarde.

« Demandez à ces messieurs si le spectacle mérite d'être vu ! » continuait l'homme noir.

Les autres hochaient la tête, d'un air convaincu : « Pour sûr qu'il en vaut la peine ! Pour sûr, alors ! Celui qu'a pas vu ça a rien vu ! On regrette pas !... »

Josion se tourna vers son fils :

« On devrait aller voir. C'est des choses instructives, je pense. Qu'est-ce t'en dis ?

— Je sais pas.

— Finis de dire toujours « je sais pas » ! Ça t'intéresse pas, les danseuses des Folies Bergère ? Mademoiselle Mimi ? Pour les personnes des deux sexes ? T'as bien dix-huit ans, non ?

— J'en ai dix-neuf. Seulement...

— Seulement quoi ?

— J'ai pas deux sexes. J'en ai qu'un.

— Moi aussi, j'en ai qu'un. Qu'est-ce que ça fait ? Ils nous prendront bien comme nous sommes ! Ils vont pas vérifier ! »

Pendant ce temps, le bonimenteur donnait un échantillon de la vedette :

« Mademoiselle Mimi, un petit salut à vos futurs admirateurs ! »

Par un trou de la toile, sortit un bras blanc ; une main grassouillette lâcha une poignée de confetti. Les clients déjà servis roulaient les yeux, gonflaient les joues, claquaient la langue. Francisque se laissa convaincre : une trentaine d'amateurs faisaient aussi la queue au guichet. Les places coûtaient quarante sous ; ça les fit réfléchir. Mais la poussée des suivants les empêcha de reculer : fallut sortir la monnaie. Un contrôleur les canalisa vers une espèce de couloir en bois et en toile, très obscur. Quand il fut occupé sur toute sa longueur, soudain, à droite de la file, s'ouvrit une série de fenêtres rondes par où entrait la lumière de la scène.

« Messieurs, dit une voix invisible, que chacun veuille bien passer la tête dans le hublot qui se trouve devant lui. »

Francisque jugea que c'était un drôle de système. Il s'exécuta néanmoins, comme tous ses frères. Alors, il put voir le plancher, vide encore, où les danseuses allaient évoluer. Il se sentit rempli d'une grande envie de s'instruire, comme l'avait souhaité son père. Il vit aussi les crânes nus des autres spectateurs, disposés en cercle autour de la piste, sauf sur la largeur d'une tenture qui devait fermer les coulisses. Y compris celui de l'ancien : pour la circonstance, il avait dû quitter son chapeau. Ils avaient ainsi l'aspect de brigands condamnés à la guillotine, qui ont déjà fait culbuter la planche, enfoncé le cassis dans la lunette et attendent la suite des événements : le couperet a dû se coincer en haut quelque part ; ils se demandent à présent ce qui se passe, si l'on se moque d'eux, si c'est une grève sauvage des bourreaux ou quoi ; ils se regardent et commencent à perdre patience. Brusquement, pour compléter l'illusion, clac ! chacun sent un objet assez dur lui tomber sur la nuque. Heureusement, ça ne coupe pas. Il s'agit d'une sorte de levier qui les coince dans cette position et les empêche de reculer.

Un phonographe se met en route et déverse la voix de Mistinguett :

C'est la java,
La vieill' mazurka
Du vieux Sébasto...

Francisque se demande qui est ce vieux Sébasto. La voix invisible poursuit :

« Messieurs, ouvrez les yeux tout grands ! Voici mademoiselle Mimi, danseuse des Folies Bergère ! »

La tenture s'écarte, laisse paraître un genre de moukère qui se met à exécuter la danse du ventre. Elle porte autour du bide un bourrelet pareil à une bouée de sauvetage. Sur ses cuisses, les veines forment des dessins à l'encre violette. Elle se trémousse, agite son lard, braque son nombril dans toutes les directions. Les têtes de guillotinés ouvrent des yeux ronds. L'ancien n'a pas l'air d'apprécier tellement sa posture ; Francisque l'entend grommeler :

« Ça m'étrangle, leur machin... Ça va durer encore longtemps, ce manège à la noix ? »

Il commence à regretter ses quatre francs.

« Et maintenant, messieurs, annonce le fantôme, voici venu l'instant que vous attendiez. Vous avez vu mademoiselle Mimi : vous allez la toucher ! Chose promise, chose due ! »

Ce ne sera pas facile : les mains sont prisonnières de l'autre côté de la cloison. Mais mademoiselle Mimi a sa technique. Elle fait machine arrière, se penche en avant et frotte gracieusement son énorme postérieur contre la face du premier guillotiné. Puis contre celle du second, du troisième, du quatrième. Les Humbert, père et fils, reçoivent leur prise comme les autres ; ils en ont la vue obscurcie et le souffle coupé. Lorsque tout le monde est servi, la tringle se relève et les libère.

Voilà pourquoi, en sortant de la baraque, les clients font de la propagande pour le spectacle. Plus un mal est répandu, plus il est facile à supporter. Quant aux deux charcutiers, ils se regardent :

« C'est vraiment instructif, dit l'ancien en se frottant la nuque.

— N'empêche que, pour quelqu'un à cheval sur l'hygiène comme toi, tu m'as entraîné dans une affaire qui m'a pas l'air très hygiénique ! »

3

L'ancien était un maître charcutier. Sa spécialité : les jambons conservés dans la cendre. Il leur injectait d'abord la saumure avec une seringue d'étain ; il connaissait leurs veines aussi bien qu'un docteur. Il avait aussi à son répertoire dix-huit sortes de pâtés ; douze sortes de boudins : aux noix, aux châtaignes, au rhum, au cognac, aux oignons, au persil, aux truffes, aux fines herbes, aux œufs durs, au sucre... ; quinze sortes de saucisson ; six sortes de tripes et tripoux. Sans compter ce qu'il appelait les « parties fines » : oreille de porc, pieds de porc, museau de porc, langue de porc, queue de porc.

En pleine besogne, Josion Humbert était merveilleux à voir. Tandis que les autres travailleurs disposent de deux pieds et de deux mains, lui se donnait des mains supplémentaires, utilisant ses genoux, son nez, ses dents, ses lèvres, ses moustaches, le dessus de ses oreilles. Sa bouche était un réservoir d'où il tirait, selon les besoins, du fil, des clous, des aiguilles, des bouchons.

C'était aussi un maître acheteur. Sur sa bicyclette, il battait la campagne jusqu'à Maringues, Lezoux, Vic-le-Comte. Il visitait les fermes, examinait les élèves, la nourriture, la propreté des soues, recommandait aux paysans d'être toujours hygiéniques. Personne ne put jamais le tromper sur les qualités d'une bête. Il prévenait son monde :

« Attention, l'ami ! J'ai l'œil charcutier ! »

Cela signifiait qu'en quelques regards il avait jugé la marchandise. Il la retenait longtemps à l'avance, avec des dates à lui, à croire qu'il connaissait par cœur tous les saints du calendrier :

« Celui-ci, je le veux pour la Sainte-Luce... pour la Saint-Laurent... pour la Saint-Martin... pour la Saint-André... »

Les jours de foire déversaient sur la Rodade des troupeaux de toutes races. Josion Humbert était alors dans tous ses états. Fallait pas compter le retenir un seul instant à la boutique, même pour manger. Tous les cochons amenés passaient entre ses mains ; il n'en laissait pas un sans le palper, sans lui faire des chatouilles, comme s'il avait voulu acheter tout le cheptel. A midi, pour gagner ses faveurs, les paysans limagnais l'invitaient à déjeuner à l'*hôtel* : il mangeait avec eux la morue aux pommes de terre et aux oignons. Nourris de lard et de choux le reste de l'année, ils s'offraient à chaque foire le luxe de la morue, arrosée de chanturgue. Ils se racontaient en patois des histoires qui les faisaient péter de rire, où ils plaçaient leur femme, leurs enfants, leurs voisins, leurs bestiaux. Ils les garantissaient vraies sur facture. L'ancien se sentait heureux comme un pape. Quand il rentrait le soir, il avait marchandé deux mille animaux ; il n'avait rien acheté du tout. Si le chanturgue l'avait un peu trop accablé, il se laissait tomber tout habillé sur son lit, laissant le soin à Mme Humbert de faire le reste.

Elle profitait de son sommeil pour lui lancer les injures qu'elle n'aurait osé proférer les jours sobres :

« Arsouille ! Grand argaud ! Ah ! il nous coûte cher, le trou que tu as sous le nez ! Heureusement qu'il n'y a que quatre foires par an ! »

Le vin pris dans la joie se cuve facilement ; le vin de la tristesse est indigeste. Dès 5 heures du matin, le charcutier se trouvait debout, en bon état de fonctionnement, le chapeau sur la tête, les pieds dans les pantoufles. Ce début de la journée était son moment d'inspiration. Tout lui réussissait à merveille. Francisque ne l'ignorait pas ; c'est alors qu'il recevait ses meilleures leçons.

Malheureusement, Josion recourait de plus en plus souvent aux délices de ses consolantes. A partir de 11 heures, le travail lui tombait des mains, il avait la tête ailleurs.

« Faut que j'aille prendre l'air. »

En fait, c'est autre chose qu'il prenait. Francisque achevait de son mieux la besogne commencée, tandis que le vieux disparaissait dans la cave de quelque ancien de son espèce.

Le mois de septembre lui apportait d'autres consolations. Le père et le fils partaient pour la chasse, dans la plaine et sur les collines. Mme Humbert encourageait ce dérivatif. Les premières années, Francisque se contentait de tenir compagnie à Josion et à leurs collègues. Le vieux lui faisait porter son fusil, ce qu'il ressentait comme un grand honneur. Chaque fois qu'il le voyait épauler, fermer un œil, tirer, abattre un lièvre, un écureuil ou un pivert, il se disait que cet homme-là avait fait la guerre quatre années et demie, ce qui expliquait son adresse. Il demanda un jour :

« Combien que tu as tué de boches ?

— Moi ? fit l'autre, pour se donner le temps de réfléchir.

— Oui, des boches.

— Des boches ?

— Combien que tu en as tué ?

— J'étais cuistot. Je faisais cuire les fayots et les saucisses américaines.

— Tu en as quand même bien tué quelques-uns ?

— Oui, oui, bien sûr. Peut-être une douzaine.

— Pas plus ?

— Mettons deux. Tu sais : si chaque poilu avait descendu comme moi ses deux douzaines, il en serait plus resté beaucoup ! »

Plus tard, Josion lui permit d'essayer son fusil. Le fils se montra aussi doué que le père. Après une longue patience, il reçut enfin à son tour un fusil à aiguille acheté chez un armurier clermontois. C'était une occasion, vendue à la moitié de sa valeur, récupérable sur l'achat futur d'un fusil neuf. Francisque l'accrocha au mur de sa chambre. Il en était si amoureux qu'il se levait parfois la nuit, l'empoignait, l'épaulait pour viser la lune.

Il comparut devant le Conseil de révision en même temps que d'autres garçons de son âge. Il eut grand honte de se trouver tout nu devant tant de monde. Mais ensuite l'aplomb lui revint ; à la sortie de la mairie, il acheta une cocarde *BON POUR LE SERVICE*, se l'agrafa sur la poitrine. Le programme de la journée était traditionnel : primo, on arrosait cette victoire ; secundo, on se promenait dans les rues en chantant et en embrassant les filles ; tertio, on rendait visite aux dames de chez Claquedent.

Tout se passa dans l'ordre établi. Bras dessus, bras dessous, les jeunes gens barraient la largeur des rues en criant : « Vive la classe ! » Le plus émotionnant, pour Francisque, fut la tournée chez Claquedent. Depuis l'aube, tous les bordels étaient en alerte en prévision du débarquement des conscrits.

« Mesdames, avaient recommandé les maquerelles, n'oubliez pas que la plupart de ces bigorneaux sont aussi puceaux que Vercingétorix. (Elle parlait évidemment de la statue en bronze qui se dresse place de Jaude.) Dans ce premier contact que vous aurez avec eux, il dépend de vous qu'ils deviennent ou non des clients fidèles de nos maisons jusqu'au jour de leur mariage. Souvent même au-delà. Soyez gentilles, attentives, pleines de tact. Pensez à vos hautes responsabilités : le sort de notre commerce se trouve entre vos blanches mains. »

Francisque et trois autres Montferrandais allaient d'établissement en établissement ; ils buvaient un bock de bière ; les filles venaient, se frottaient à eux ; mais ils ne se décidaient pas à faire leur choix ; ils repartaient ailleurs. Sans les recommandations de leur maquerelle, elles les auraient engueulés comme des chiens.

Un peu plus tard, il se trouva seul avec une pauvre mocheté de putain à qui il manquait plusieurs dents sur la façade. Il se sentit néanmoins dans les dispositions nécessaires pour se débarrasser de ce pucelage qui parfois troublait maintenant ses nuits. Mais voici que la particulière se mit à lui réclamer de l'argent supplémentaire.

« J'ai déjà payé en bas, à la patronne.

— Oui, mais moi, c'est pour mon petit cadeau.

— Quel petit cadeau ?

— L'usage veut que le client nous fasse un petit cadeau. En échange, moi, je te ferai un tas de trucs et de machins.

— Quand on a versé douze francs, il me semble qu'y a pas de petit cadeau à faire !

— Les douze francs, c'est pour la chambre, jeune con. Ils représentent pas mes services. Alors, si tu refuses un effort supplémentaire, moi, je te dis la bonne aventure, c'est tout ce que je peux faire pour toi.

— Tout de même ! Douze francs, ça se trouve pas sous les sabots d'un âne ! Douze francs pour la bonne aventure ?... »

Il y eut entre eux de la sorte un marchandage à n'en plus finir. Jamais l'ancien n'en avait mené de pareil sur le champ de foire. Si bien qu'au terme des négociations, la tension artérielle de Francisque était complètement tombée. Malgré les efforts de la pauvre garce, il comprit qu'il ressortirait de la chambre aussi pur qu'à son entrée. Alors, il réclama sa monnaie. L'autre lui éclata de rire au nez, assurant — ce qui était vrai — qu'elle avait fait l'ouvrage consciencieusement, que ce n'était pas sa faute si elle était tombée sur un ramolli. Il rejoignit en bas ses copains qui paraissaient glorieux de leur performance. Il se mit à rire grassement avec eux et fit semblant d'être aussi satisfait. « Pourvu, se disait-il, que la putain se mette pas à raconter... » Mais ces femmes-là ont du tact, c'est la base de leur profession. Elle sut garder le secret aussi bien que l'argent.

A cause de cet échec, Francisque conserva un mauvais souvenir de son Conseil de révision. En rentrant chez lui, rue des Cordeliers, il n'épingla pas sa cocarde au mur de sa chambre, sous le fusil à aiguille : il la flanqua à la poubelle. Il avait l'impression qu'il n'était pas encore tout à fait bon pour le service.

Cela n'empêcha pas les autorités de l'envoyer en garnison à Colmar. Il y trouva des maisons encore plus vieilles qu'à Montferrand ; certaines rappelaient celle de l'Apothicaire ; il constata que le Rhin était encore plus large que l'Allier à Pont-du-Château ; il fut très surpris de voir des chars traînés par un bœuf unique, attelé à la manière d'un cheval. Malheureusement, les gens ne parlaient pas français, la conversation était difficile avec les civils ; alors, il s'accrochait aux militaires comme lui. Il portait une tenue bleu horizon, des bandes molletières, des souliers à clous qui arrachaient des étincelles aux pavés, un calot à deux pointes. Il passait le temps à astiquer ses boutons, à huiler ses godillots, à monter et démonter son Lebel. Le total du travail ne durait pas deux heures par jour. Ce qui ne les empêchait pas d'être réveillés avant l'aube. Dans l'armée on ne fait rien ; mais on le fait de bonne heure. Tout cela, il le raconta de son mieux dans ses lettres à ses parents.

Ce qu'il ne dit pas, c'est qu'il avait fini par se débarrasser enfin de sa saleté de pucelage, grâce aux bons offices d'une putain alsacienne qui l'appelait constamment *maillecasseline*. Dans sa langue à elle, *maillecasseline* devait vouloir dire quelque chose d'intéressant, en français aussi bien qu'en patois auvergnat, *maillecasseline*, ça ne voulait rien dire du tout. Avant de commencer les opérations, elle lui réclama un petit gâteau ; elle avait pourtant l'air de manger à sa faim ; puis, lorsqu'elle parla d'*archent*, et répéta plusieurs fois *pétit gâteau, pétit gâteau*, il finit par comprendre qu'elle aussi voulait un petit cadeau. Toutes les putains de France, au fond, quel que soit leur accent, parlent le même langage.

A Colmar, il fut ébloui par la charcuterie alsacienne. Les habitants en achetaient des quantités : jambon, mortadelle, saucisses au foie, saucisses aux raisins, saucisses fumées, crépinettes... C'était vraiment le paradis des charcutiers. Il étudia comme il put les spécialités. Il aurait aimé demander des recettes aux vendeurs, mais c'était difficile, à cause de ce jargon qu'ils parlaient et qui n'avait pas figure humaine.

« Ah ! dit l'ancien en lui ouvrant les bras. Je retrouve mon bâton de vieillesse ! »

Ils s'embrassèrent chaleureusement. Mme Humbert lui pleura un instant contre l'épaule gauche. Les insectes sont d'abord des œufs, puis des larves, puis des chrysalides, enfin les ailes leur poussent et, à leur tour, ils se mettent à pondre. Ils sont insectes parfaits. De métamorphose en métamorphose, ayant revêtu et déposé l'uniforme, Francisque était devenu aux yeux de son père un homme parfait. Désormais, il ne l'appela plus jamais que « le bleu ». Il ne lui restait qu'à se marier, afin de déposer ses œufs lui aussi.

Au cours des années qui suivirent, ils vécurent pourtant ensemble. En principe, le père continuait de diriger la barque ; mais c'était un mauvais capitaine qui désertait souvent son poste de commandement. Il avait un peu trop la tête à la chopine ; le commerce périclitait. Il avait même renoncé à battre la campagne pour chercher des cochons dignes de lui ; il se contentait de s'approvisionner aux abattoirs municipaux où on lui livrait la marchandise toute prête, à des prix moins avantageux. Par ailleurs, il ne parvenait pas toujours à honorer sa signature, laissait repartir des traites impayées. Mme Humbert — qui avait le certificat d'études — mettait la main à la plume et écrivait en pleurant des lettres dans ce style :

Monsieur,
Je vous accuse réception de votre lettre du 5 courant. Je sais que vous avez parfaitement raison et que nous avons déjà deux mois de retard dans le paiement de votre facture. En ce moment, mon mari est gravement malade, ce qui nécessite des soins coûteux et prolongés. Je vous prie de ne pas nous faire de misères et de prendre patience encore quelque temps. Je vous promets de faire mon possible pour payer la prochaine traite, si vous voulez bien la tirer à deux mois encore, y compris les intérêts, naturellement. D'avance, je vous en remercie de tout mon cœur. Je vous envoie mes salutations honorées.

Marie-Louise Humbert.

Elle expédiait en cachette ces suppliques, honteuse de ses mensonges, elle qui avait fréquenté l'école Sainte-Thérèse. Les marchands de l'abattoir n'avaient pas autant de patience que les paysans limagnais. Un jour, les Humbert reçurent la visite d'un homme à chapeau melon, à barbe rectangulaire, une serviette sous le bras, l'air sinistre. « Mon Dieu ! se dit la charcutière en se mettant une main sur le cœur. C'est Landru ! » Il se présenta :

« Je suis maître Boufarion, huissier de justice. Je voudrais parler à M. Humbert Josion pour une affaire le concernant. »

Elle tomba à la renverse, sur une chaise qui se trouvait là. Un huissier ! Chez elle ! A tout prendre, elle aurait préféré Landru. Francisque travaillait au laboratoire, l'ancien était en ville : on savait ce que cela signifiait.

« On va aller le chercher. Vous... vous n'allez pas nous faire des misères ? bredouilla la mère. Asseyez-vous... Vous prendrez bien quelque chose ?

— Oui, madame. Je prendrai patience. J'attendrai qu'il revienne. »

Il consentit à se poser sur la bordure extrême de la chaise, comme s'il eût craint de se compromettre en acceptant davantage. Francisque se lança à la recherche du père. Elle restait debout derrière son comptoir, les genoux tremblants, n'osant proférer une syllabe par crainte d'aggraver leur cas. De temps en temps, elle jetait vers la porte un regard angoissé ; puis elle ramenait les yeux vers la figure de l'impassible barbu. Au bout de dix minutes, elle mouilla de salive sa langue sèche et dure, se racla la gorge et hasarda :

« Il ne va pas tarder... »

L'huissier hocha la tête sans desserrer les lèvres. Il avait posé la serviette sur ses genoux, les mains sur la serviette, côte à côte, bien à plat, à la manière des spirites qui font tourner les tables.

« Nous avons trouvé le beau temps... » hasarda-t-elle encore, sans grand espoir. En effet, il se contenta de répondre par un autre hochement, pour indiquer qu'il avait enregistré ces paroles, mais ne voyait pas la nécessité de leur donner suite.

Après une demi-heure d'attente, on entendit un galop. Francisque essoufflé entra en coup de vent :

« Il arrive ! »

Puis il se mit au garde-à-vous, près de sa mère, pour la soutenir de sa présence.

L'ancien entra, le chapeau solidement installé sur la tête, tranquille comme Baptiste. L'huissier se dressa précipitamment, souleva son melon, le tint un moment au-dessus de son crâne, comme une auréole :

« Monsieur Humbert Josion, sans doute ?

— Exact.

— Je suis maître Boufarion, huissier de justice. J'ai été chargé, en tant que tel, par la SARABSA, de vous présenter deux traites impayées avec mise en demeure de vous acquitter sur-le-champ, si vous voulez éviter des poursuites onéreuses.

— Par la quoi ?

— SARABSA. La Société Arvernoise d'Abattage et Salaison.

— Ah ! Vous voulez dire Dourdouille ?

— M. Dourdouille est en effet le directeur de la SARABSA.

— Dites-lui qu'il aille se faire dourdouiller.

— Pardon ?

— Se faire dourdouiller chez les Grecs, de préférence. J'irai d'ailleurs m'expliquer demain avec lui.

— Est-ce là votre réponse ?

— Et vous avec.

— Je ne comprends pas.

— Allez vous faire dourdouiller aussi, si ça vous intéresse.

— Monsieur ! Je suis un officier ministériel, et je ne permets pas... »

Alors, on vit, on entendit ce dont l'ancien était capable dans les grandes circonstances. De la main gauche, il ouvrit la porte, de la droite désigna la rue, en expliquant :

« Ça tombe bien. J'ai servi huit ans sous les drapeaux. Alors moi, maintenant, les officiers, je les emmerde ! Et les ministres aussi ! »

Ils n'avaient plus rien à se dire. L'huissier fonça tête basse vers l'embrasure, et s'en alla sans saluer.

Ce mot historique fit partie désormais des gloires familiales, comme le certificat d'études de Mme Humbert, sa couronne de fleurs d'oranger, les cartes postales de Colmar, la photographie de l'église en saindoux, copie toute crachée de Notre-Dame-de-Prospérité, que Josion modela et exposa dans sa vitrine pour la Noël de 1926.

L'ancien était un maître parleur. Il avait roulé sa bosse en plusieurs départements de France et employait, dans la conversation, des mots qu'on ne trouve que dans le dictionnaire. De vrais mots d'avocat. Ainsi, quand il voulait qu'on prît garde à son idée, il ne disait pas « l'homme », mais : *l'être humain*. Pas « les pays étrangers », mais : *les puissances*. Pas « l'argent », mais : *les pécunes*. Les jours où il était dans ses bonnes, il te laissait vraiment la bouche ouverte. S'il avait du monde instruit pour l'entendre, il ne disait plus : « Je crois pas ça... » Mais : « Je ne crois pas cela... » De même, quand Mme Humbert l'appelait dans un moment inopportun, il lui arrivait de répondre magnifiquement :

« Je ne suis pas propice ! »

Les mots historiques ne règlent pas les affaires : il fallut quand même payer, comme on put, la créance de la SARABSA. Se rendant compte du danger mortel qui menaçait la maison, Francisque décida, avec l'accord de sa mère, d'évincer progressivement l'ancien de la conduite du commerce. Il n'y eut entre eux ni drame, ni rupture, ni papier timbré ; simplement, chaque fois que l'occasion se présentait, le fils disait ou faisait comprendre au vieux :

« Pousse-toi un peu, c'est une affaire qui me regarde aussi. »

L'autre, surpris d'abord, et chagriné, entendit ce qui se passait et les raisons de la manœuvre. Il finit par se résigner, prit même un certain plaisir à son effacement, qui lui assurait une liberté plus grande.

Montferrand se transformait, par suite des dimensions nouvelles qu'assumait Bibendum. Une nouvelle usine avait été implantée à Cataroux, des cités ouvrières grimpaient à l'assaut des anciennes terres à vigne, débordaient dans la plaine, rattachaient peu à peu le chef-lieu de la commune à son satellite. En direction de Riom, elles formaient un quartier nouveau autour de l'église opportunément baptisée : Jésus-Ouvrier. En fait, Bibendum exploitait une équivoque : Jésus n'était pas ouvrier au sens moderne du mot, qui est celui du « prolétaire » ; Jésus était un artisan, au service de la clientèle, non à celui d'un patron ; Jésus était son maître : s'il lui prenait envie de fermer boutique, de faire trois pas dans la rue pour rencontrer ses amis, il n'avait de permission à demander à personne. Au quartier de la Plaine, les rues étaient parallèles ou perpendiculaires. Elles portaient des noms tout aussi édifiants : rue de l'Amitié, rue de la Charité, rue de la Bienveillance, rue de la Bonté, rue de la Confiance, rue du Courage, rue de la Foi, rue du Devoir. Toutes vertus qui lubrifient les relations sociales et accroissent le rendement. On attendait, dans les agrandissements futurs, une rue de la Tempérance, une rue de la Discipline, une rue de la Ponctualité-A-Payer-Ses-Impôts. Chaque maison comportait un jardin, débordant, suivant la saison, de roses, d'œillets, de lupins, de dahlias, d'amaryllis, de groseilliers, de pêchers, de cerisiers en feuilles, en fleur, en fruits. Devant chaque porte, un cylindre de métal, tronçon de tuyau de poêle désaffecté, recevait le journal ou le pain ; accidentellement, les sauterelles, les scarabées, les moineaux de passage s'y abritaient par mauvais temps.

En bordure de l'avenue de la République, au contraire, les jardins disparaissaient peu à peu sous les constructions nouvelles.

La technique rapetissait le monde. En 1930, un Clermontois, Maurice Bellonte, fils du marchand de vin de la rue Ramond, traversa l'Atlantique, le *bousset*[1] au côté, de Paris à New York. Comme il avait reçu accessoirement l'aide d'un autre aviateur nommé Costes, les journaux parisiens parlèrent du vol de Costes et Bellonte. Mais Costes n'était que pilote ; Bellonte remplissait les fonctions essentielles : celles de navigateur. Bellonte était l'œil et le cerveau qui détermine la route ; Costes n'était que la main qui actionne les leviers. La presse auvergnate rétablit donc l'ordre logique — conforme aussi à l'alphabet — en parlant du vol de Bellonte et Costes.

L'importance des entreprises caoutchoutières devint telle que Clermont-Ferrand songea une fois encore à changer de nom. Les historiens assuraient que le chef-lieu s'était appelé successivement Augustonemetum, Arverni, Arvernas, Clarus-Mons, Clermont, Clermont-Ferrand ; des esprits clairvoyants suggérèrent *Bibendoville*, parlèrent du renom universel qu'il y gagnerait. D'autres novateurs, soucieux de relier le passé à l'avenir, proposèrent *Augus-*

1. Tonnelet contenant un ou deux litres de vin.

tobibendum. Aucune majorité n'ayant réussi à se former au Conseil municipal, le changement fut renvoyé à plus tard.

La maison Humbert profitait de la prospérité générale. Un des attributs essentiels de l'ouvrier caoutchoutier, familièrement appelé *bib*, est la « musette ». L'entreprise applique à la majorité de son personnel l'horaire des trois « huit » : 5 h-13 h ; 13 h-21 h ; 21 h-5 h. Chaque tranche est interrompue par une pause consacrée au casse-croûte. Les épouses se préoccupent donc de garnir la musette de leur homme. Et rien ne leur convient mieux que la charcuterie. Dans ces conditions, il n'était pas difficile de prospérer. Mme Humbert tenait le magasin ; Francisque se chargeait des achats, et, avec l'aide d'un apprenti, du travail de laboratoire. L'ancien bricolait comme il lui plaisait ou fréquentait les bistrots de la ville. Si sa femme essayait de le retenir ou de lui faire des reproches :

« Chacun prend les consolations qu'il trouve ! » répliquait-il.

Et elle : « Des consolations ? Quelles consolations ? Des consolations de quoi ? C'est moi qui en aurais besoin de consolations, d'être affligée d'un saoulard de ton espèce ! »

Il levait les yeux vers le plafond pour prendre à témoin les Habitants des Etages Supérieurs :

« Quelles consolations ! Elle demande quelles consolations ! Comme si y avait pas assez de choses qui vont mal !

— Quoi, par exemple ? »

Il la regardait droit dans les yeux, et ajoutait d'un air outrageant :

« J'aime mieux pas les dire !

— Mais dis-les ! Dis-les donc, ces choses qui vont mal !

— Non ! J'aime mieux pas ! »

Elle faisait des suppositions rageuses :

« C'est-y que tu me trouves fainéante ? Ou dépensière ? Ou mal peignée ? Ou trop vieille pour toi ? C'est ça, hein ? Tu en voudrais une jeune ? C'est-y que je tiens mal ton linge ? Que ma cuisine est pas bonne ? »

Il se contentait de secouer la tête et de répéter :

« J'aime mieux pas les dire. »

Il partait donc faire la tournée des caves et des bistrots. Certains jours, il prenait des consolations jusqu'à ras bord. Parfois même, cela débordait, et le résultat n'était joli ni à voir ni à sentir. Il appelait cela « faire les chiens ». De tels abus consolatoires ne pouvaient que le jeter dans le malheur. En 1932, il fut frappé d'une attaque qui faillit l'emporter. Mme Humbert lui coupa les oreilles avec des ciseaux ; il saigna comme un lapin. Le médecin la félicita de son initiative :

« Sans elle, madame, vous aviez un mort ou un paralysé ! »

Josion s'inquiéta d'un détail stupide et bien charcutier :

« Qu'est-ce tu as fait du sang ? »

Cela prouvait au moins que sa tête lui était revenue. Toutefois, l'accident produisit un grand changement dans sa vie.

« Plus de consolante ! ordonna le docteur. Deux doigts de vin à chaque repas, au maximum.

— Deux doigts de vin ? Dans quel sens ? Deux doigts debout ou deux doigts couchés ?

— Deux doigts couchés. Régime sans sel et sans viande. Bouillon de légumes, peu de sucre, peu de matières grasses, légumes verts.

— Je suis foutu, quoi.

— Non, non. Vous pouvez durer encore longtemps.

— Comment voulez-vous que je dure, en mourant de faim et de soif ? »

En quelques semaines il maigrit de plusieurs kilos et vieillit de dix ans. Ses pantalons devinrent trop larges. Chaque matin, il contemplait avec douleur sa ceinture :

« Dire que je la remplissais, y a pas trois mois ! Ayayaïe ! »

Il pleurait son ventre comme un parent défunt. Désormais, il se traîna dans les rues tel un fantôme, détournant les yeux quand il passait devant les bistrots. Par les portes ouvertes sortaient les éclats de rire, les coups de gueule des manilleurs. Il finit par renoncer à ces douloureuses promenades.

« Très bien ! décida sa femme. Tu me remplaceras à la boutique. Ça me permettra de faire un peu plus de ménage. Tu serviras la clientèle. Tu sais bien compter ? »

La lecture n'était pas son fort ; mais pour le calcul, en bon Auvergnat, il ne craignait personne ; outragé, il répondit à la question :

« Ferait beau voir que je sache pas compter ! Celui qui sait pas lire, c'est qu'on lui a pas appris. Voilà mon cas. Mais celui qui sait pas compter, c'est que c'est un con. »

Il n'avait besoin ni de crayon ni de balance graduée, comme certains commerçants. Il se servait encore du vieux système, avec les poids de laiton et de fonte, qu'un contrôleur venait vérifier une fois l'an. Il n'oubliait pas de laisser pencher le plateau du côté de la marchandise, en disant :

« Bon poids... Vous avez donc faim ?

— Ma foi, reconnaissait le client ou la cliente.

— C'est bon signe. »

Pendant que les lèvres prononçaient ces paroles mécaniques, sa cervelle calculait. Un moment, il demeurait les yeux plissés ; puis :

« Ça fait tant ! »

Et il n'y avait jamais à revenir sur ses chiffres.

Il s'efforça donc de donner satisfaction à sa patronne. Mais pour remplir les heures vides, c'est quand même à la lecture qu'il recourut. Au bureau de tabac, Mme Humbert lui achetait un paquet de journaux. Des feuilles anciennes que les débitants vendaient au poids, vingt sous le kilo. Certaines dataient de huit jours, d'autres de trois mois. Ça lui était égal, il ne s'intéressait pas à l'actualité. Chaque fois, il avait pour six semaines de lecture. Au milieu de sa boutique, assis sur une chaise, recevant la lumière de flanc, il épelait à mi-voix, remuant les lèvres et prononçant les mots comme ils étaient écrits ; les troisièmes personnes du pluriel avaient par sa voix une étrange terminaison en *ant :*

« ... Quatre employés, en voyant entrer le gangue-sté, se mirant à crier. Le gangue-sté fit feu à deux reprises, mais les balles n'atteignirant personne et se logèrant dans le plafond. Le directeur eut la présence d'esprit d'acti-onner le bouton d'une sonnerie d'alarme... »

Il restait ainsi de longues heures, si personne n'entrait le déranger, à grommeler les faits divers et la politique. Puis, la feuille lui échappait des mains, glissait sur ses genoux tandis que lui-même glissait dans le sommeil. La sonnette de la porte, parfois, l'arrachait brutalement à sa sieste. Il n'aimait pas ça. Sans même entendre ce que le client demandait, il répondait sur-le-champ :

« Y en a plus ! Repassez dans une heure. »

L'autre alors, effaré :

« Mais si, monsieur Humbert. J'en ai vu dans la vitrine !

— Ah ? Vous croyez ?

— Voyez vous-même !

— Excusez-moi. J'avais mal compris. Vous avez donc faim ?

— Ma foi !

— C'est bon signe... »

4

En 1935, Francisque atteignit sa trentième année, toujours célibataire. Sa vieille ne cessait de le bassiner à longueur de semaine :

« Marie-toi !... Mais marie-toi donc !... Quand te marieras-tu ?... Tu es plus qu'en âge ! Crois-tu que l'ancien et moi soyons éternels ? Comment feras-tu, quand nous serons morts, pour tenir ta boutique ?

— Je la vendrai. J'irai travailler chez les autres.

— Ce qu'il ne faut pas entendre ! Domestique, toi, quand tu es ton maître à présent !

— Pas domestique ! Ouvrier ! Prolétaire !

— C'est la même chose. »

Elle l'envoyait au bal, le dimanche :

« Va danser ! Va faire un tour ! Ne reste pas toujours au milieu de tes saucisses ! Crois-tu qu'une femme te tombera du ciel toute cuite ? »

Quelle manie ils avaient, tous les deux, à le prendre pour un danseur ! A présent, les pianos mécaniques n'existaient plus ; il n'avait même plus l'excuse de tourner les manivelles. Lucien, lui, était marié depuis longtemps. Francisque restait debout près du comptoir, à boire seul, à regarder les couples en proie aux rumbas et aux tangos. Aucune fille ne l'encourageait d'un sourire, d'un regard. Il se sentait vieux, moche, aussi étranger qu'un sidi.

Sa bonne amie, c'était Nicotine. S'il marchait, elle se frottait à ses jambes, lui faisait des croche-pattes. S'il était assis, elle sautait sur ses genoux, s'installait sur ses épaules. Elle aimait être caressée principalement entre les oreilles et sous le menton ; lorsqu'on lui donnait cette satisfaction, elle sortait un centimètre de langue, en signe de bonheur.

Plusieurs fois par an, elle leur servait une marmitée de chatons. Il les détruisait tous sauf un, dont il faisait ensuite cadeau à quelqu'un du voisinage. Celui-là, elle le dissimulait dans les endroits les plus insoupçonnables. La salle à manger dut se passer d'heure trois semaines de suite : la chatte s'était installée dans la gaine de l'horloge, juste sous le balancier. Parfois, elle le remettait en mouvement lorsqu'elle se faufilait par la lunette ; l'horloge sonnait des heures surprenantes.

Ces grossesses successives la déformaient. En octobre 1935, Nicotine promenait une panse comme un zeppelin. Francisque s'attendait à une production record. Personne, cette année-là, n'avait manifesté le désir d'accepter le cadeau qu'il proposait :

« Merci bien, répondaient les voisines. Je suis servie. J'en ai trois... J'en ai quatre... »

Il lui fallut se résoudre à supprimer la portée tout entière. Il se mit donc à surveiller la chatte en ses allées et venues, avec le dessein de lui chiper les nouveau-nés à peine sortis de l'œuf. Or, elle trompa sa vigilance, en accouchant au milieu de la nuit, dans un coin de la loge aux cochons. Au matin, un doux roucoulement l'y attira : elle parlait à ses chatons, qui répondaient avec d'infimes piaulements. Pendant deux jours, elle fut toute à eux. Seules, la faim et la soif la tiraient de sa crèche. Tandis qu'elle lapait une soucoupe de lait tiède, Francisque subtilisa les nourrissons, les emporta dans sa poche, les assomma contre un mur en détournant les yeux, jeta les petits cadavres chauds dans une bouche d'égout. Puis il revint, s'accroupit près de la chatte, lui caressa le dos, avec une tendresse hypocrite. Elle se léchait les babines. Dès qu'il se fut assis, elle sauta sur ses genoux, ronronnante, pour bien lui faire entendre que leur amitié restait intacte, malgré l'élargissement de la famille. Ses mains se promenaient encore sur la fourrure où demeuraient des brins de paille ; et, se rappelant l'instant d'avant, les gestes de ces mêmes mains, le hoquet des corps contre la muraille, il éprouva pour Nicotine une pitié fraternelle.

Les jours suivants, elle en eut grand besoin. A tout moment, elle entrait dans la loge aux cochons, fourgonnait avec rage au milieu de la paille ; puis elle ressortait, errait d'une pièce à l'autre, lançant des appels d'une voix cassée qu'on ne lui avait jamais entendue. Elle sautait de chaise en chaise, s'accrochait aux rideaux, retournait à la loge, poussait ses croassements, ne trouvait un peu de répit que si l'on s'occupait d'elle. Naguère, elle montrait un peu les mêmes goûts que l'ancien : il lui plaisait de faire dans le quartier la tournée de ses connaissances. A présent, elle s'accrochait à vous pire qu'une teigne.

« C'est la fièvre du lait, expliqua Mme Humbert.

— Peut-être, faudrait la traire ? suggéra Francisque.

— Moi, je ne la trais pas. Dans deux ou trois jours, ça sera passé. »

Les nuits étaient insupportables. Refusant de sortir et de rester seule, rongée par le chagrin, Nicotine miaulait derrière la porte des chambres, implorant un secours.

« Fous le camp, saloperie ! criait Josion. Savoir si tu vas nous laisser dormir ? Tu nous casses les pompons. Des chats, t'en feras d'autres ! C'est pas les derniers ! Moi, j'ai fait les chiens plus de cinquante fois dans ma vie ! »

Ça ne la consolait point.

Francisque devait se lever. Sitôt la porte entrouverte, la chatte s'entortillait à ses jambes. Elle refusait le lait tiédi : ce n'est pas de nourriture qu'elle avait faim. Alors, il la prenait dans ses bras ; elle posait les pattes de chaque côté de son cou, dans une embrassade familière. Du nez, il lui caressait le front. Dans la cuisine, les mouches dormaient au plafond ; la pendulette grignotait doucement les secondes, cassant chacune en deux moitiés, d'un coup de dent. De la chambre, à travers le mur, arrivait le ronflement de l'ancien. Nicotine et Francisque étaient les seuls vivants réveillés. Elle plongeait dans les siens ses yeux jaunes, interrogateurs, auxquels il refusait de répondre. La conscience lui faisait mal. Au bout d'un moment, il la reposait par terre. Immédiatement, elle reprenait ses doux crocs-en-jambe.

Une pelote de laine, qu'il vit sur le buffet, lui donna une idée. Le contact en était rond et duveteux. Il transporta Nicotine dans la loge aux cochons, la coucha doucement sur la paille, lui plaça la pelote entre les pattes. Tout d'abord, rien ne se produisit : elle examinait cet objet étrange et étranger. Puis, elle poussa un gloussement joyeux et se plongea dans un ronron éperdu.

Dès lors, il eut un moyen de calmer son désespoir maternel chaque fois qu'il devait supprimer les chatons : il la rapportait sur les lieux de l'accouchement, lui calait la boule de laine contre les tétines. Aveuglée par son désir de croire au bonheur, elle déversait son amour sur cet ersatz, jusqu'au moment où la persistante immobilité de la pelote lui enlevait ses illusions. Mais alors, ses mamelles se trouvaient déjà taries ; le chagrin tarissait aussi.

En 1936, il y eut deux événements d'importance : le Front Populaire et une autre attaque qui frappa Josion. Malgré le régime et les privations qu'il s'imposait. Mme Humbert connaissait le remède : elle lui tailla les oreilles, si largement qu'elle l'amputa d'un morceau. En définitive, la crise fut moins grave que la première. Quand il en eut triomphé, l'ancien en éprouva une belle colère :

« C'était bien la peine d'écouter votre médecin ! Il m'a transformé en esquelette et j'ai eu l'attaque quand même ! »

Il voulait tout de suite reprendre ses relations avec les consolantes. Fallut lui mettre le couteau sur la gorge : ce sera l'abstinence ou l'hôpital. Et pourtant, c'est lui peut-être qui avait raison. Depuis, il ne cessa de dépérir. Des arsouilles invétérés venaient lui rendre visite, à lui, l'arsouille repenti ; ils avaient encore la trogne rouge et la main vigoureuse.

« Comment vas-tu, l'ancien ?

— Je suis bon pour la casse.

— Pour la casse ! Allons donc ! Il te reste des morceaux utilisables !

— Oui : les pantoufles. Si tu les veux, je te les donne en héritage.

— Faut te nourrir, l'ancien ! Te laisse pas abattre, surtout !

— Me nourrir ? Ils m'interdisent la viande, les pâtes, le sucre, le vin, le café... Tout, quoi. Sauf les champignons de Paris ! J'ai pas droit à autre chose. Mais les champignons de Paris, ça tient pas l'homme !

— Ma foi, autour d'un bon ragoût...

— Tais-toi ! Tu me crucifies... »

Il en bavait tel un crapaud. Son destin était de vivre, désormais, au milieu des nourritures interdites. Quel pire supplice, pour un charcutier ? Il n'avait guère dépassé la soixantaine, mais paraissait quinze ans de plus, à cause de ces crises successives. Il semblait l'illustration vivante des leçons de morale de Mme Fabre, dont Francisque gardait au fond de lui le net souvenir. *L'alcoolique ruine sa santé, sa bourse, sa famille*. Un tableau mural représentait un alcoolique intégral et en pièces détachées : *Foie normal, Foie d'un alcoolique, Cœur normal, Cœur d'un alcoolique, Estomac normal, Estomac d'un alcoolique...* A travers l'enveloppe de son vieux, comme des rayons X, les yeux de Francisque devinaient un foie, un cœur, un estomac pareils à ceux des planches scolaires.

Une autre année s'écoula ; Josion n'allait ni mieux ni plus mal. Soudain, son esprit s'affaiblit. Il perdit la mémoire des événements récents, tandis que les très reculés, ceux de son enfance, lui remontaient constamment à la bouche. Il les racontait inlassablement ; mais au lieu de dire : « Quand j'avais dix ans... Quand j'avais douze ans... », il disait : « Hier, j'ai fait ceci... cela... » Il avait des problèmes de billes, de toupies, de sifflets.

A d'autres heures de la journée, il s'intéressait aux catalogues de sa femme. Ceux que le facteur apportait, envoyés par les *Galeries de Jaude*, ou les *Dames de France*, ou *Conchon-Quinette*. Il restait de longs moments penchés sur les dessins et photographies représentant la lingerie féminine, soutiens-gorge, culottes, chemises, corsets. Quand Mme Humbert lui surprenait ces documents entre les mains, elle les lui arrachait sans douceur :

« Qu'est-ce que tu as à t'exciter là-dessus ? Tu as envie de te faire venir une autre attaque ? »

Encore des gourmandises que son régime ne tolérait pas. Il prit alors l'habitude de dissimuler ses catalogues avec le même soin qu'autrefois ses consolantes. Pour les consulter, il choisissait ses moments, après avoir vérifié dans le voisinage que personne n'avait l'intention de venir le déranger. En réalité, plus d'une fois Francisque l'avait surpris dans cette occupation, à travers l'entrebâillement d'une porte. Lorsqu'il contemplait ses femmes de papier, Josion avait un sourire bête et heureux, comme s'il avait vu des anges. Et Francisque, lui, voyait en pensée un cerveau normal, et à côté le cerveau d'un alcoolique.

Les champignons de Paris ne pouvaient le mener loin. Josion Humbert fit toutefois une fin bien douce : sans paralysie complète, sans hébétude, sans aucune de ces malpropretés qui vous font souhaiter la mort des personnes que vous avez le plus aimées. Une fin hygiénique, en somme. Tu tournes le bouton, la lumière s'éteint, et voilà. Un matin, sa femme le trouva immobile à côté d'elle. De frayeur, elle tomba du lit. Puis elle se releva, pleura toutes les larmes de son corps, se lava la figure, composa une pancarte : *FERME POUR CAUSE DE DECES*, veilla à ce que Francisque transportât dans la glacière toute la viande fraîche et tout ce que menaçaient les chaleurs. C'était le mois de juillet 1937 ; on était en plein Tour de France ; Bartali venait de perdre 23 minutes dans l'étape Briançon-Digne, gagnée par Roger Lapébie ; le Belge Sylvère Maes prenait le maillot jaune. Dans ces conditions, la mort du charcutier Josion Humbert passa presque inaperçue rue des Cordeliers, sans parler de tout Montferrand.

On l'enterra le lundi 11. Le ciel grondait depuis l'aube ; on s'attendait à un orage violent. En fait, il y eut bien une averse au moment où le convoi entra dans le cimetière ; mais ce fut une pluie gentille et pleine d'escargots. Comme si l'ancien avait voulu ne pas quitter ses accompagnateurs sur une mauvaise impression. Il se peut très bien que les morts aient quelque autorité en ce chapitre. Les voisins immédiats étaient venus ; et aussi, naturellement, les anciens survivants, avec leur drapeau et leurs médailles.

Francisque eut beaucoup de chagrin, même s'il ne versa guère de larmes. Sous la pluie, d'ailleurs, il n'y paraissait point.

5

Ce départ soudain surprit tout le monde. Clients, voisins, fournisseurs, famille s'accordaient à dire : « Il n'était tout de même pas vieux ! Soixante-trois ans, ce n'est pas un âge pour mourir ! » Il était mort quand même. Sans doute, quelqu'un s'était-il trompé dans ses calculs. Quelle comptabilité il fallait, là-haut, avec ces deux milliards de personnes qui à présent couvraient la terre !

Mais le plus étonné de tous fut certainement Francisque. Que l'ancien s'en fût allé comme ça, sans avertir personne, sans rien laisser soupçonner de sa décision, il n'arrivait pas à l'admettre. Le tablier de cuir de Josion Humbert était resté suspendu à un crochet, dans le laboratoire, balafré, couturé comme un combattant de trente-six guerres. Francisque prit l'habitude de s'arrêter devant, de lui parler au moyen d'une voix intérieure qui n'avait pas besoin de ses lèvres. Et, ce qu'il y a de plus fort, il entendait fort bien son père lui répondre, d'au-delà des continents. Ainsi font les navigateurs avec les gens restés à terre. C'était une sorte de T.S.F. personnelle. Autre chose tout à fait remarquable : le Josion qui répondait n'était plus le pauvre homme à demi gâteux des derniers jours ; mais l'ancien vif et drôle qu'il avait été naguère, toujours prêt à la repartie et au bon conseil. Chaque fois qu'il avait une décision embarrassante à prendre, Francisque venait ainsi consulter le tablier.

La charcuterie continua donc de fonctionner tout de même. Fréquemment, à l'heure du repas, Mme Humbert poussait la porte de la cuisine, ouvrait la bouche pour appeler Josion ; puis elle s'apercevait de son erreur ; son menton tremblait, elle avalait un sanglot, avec effort, comme un cachet ; puis elle passait de l'autre côté pour appeler son fils et l'apprenti, occupés au laboratoire.

Francisque modernisa ses installations. Il fit mettre l'eau courante, remplaça son vieux four à charbon par un four électrique, ses bacs de bois par des bacs de ciment, acheta une pompe à saler et toutes sortes d'instruments nouveaux qui facilitèrent son travail. La devise de l'ancien était : *L'hygiène !* La sienne devint : *Le progrès !* Il acheta aussi une camionnette Berliet d'occasion, très commode pour aller sur les foires et chez les paysans, et passa son permis de conduire. Son cousin Lucien lui donna des leçons ; il l'obtint à la troisième fois.

Devant tant de changements, la vieille Mme Humbert était partagée entre la colère — à cause de la dépense — et l'admiration. Cependant, les traites s'oubliaient, le matériel nouveau demeurait, la maison roulait mieux, la charcutière comptait ses écus. Elle allait rarement à la messe, trop occupée par le commerce : la boutique restait ouverte le dimanche matin ; mais elle n'oubliait pas chaque soir d'adresser au Seigneur une prière en trois points.

« Mon Dieu, n'envoyez pas mon pauvre Josion en enfer ; gardez-le plutôt dans votre Purgatoire, et pas trop longtemps. — Trouvez une femme à cette andouille de Francisque et donnez-lui le courage nécessaire pour qu'il fasse sa demande. — Merci de la prospérité de notre charcuterie ; ce mois-ci, nous avons fait douze mille francs de chiffre d'affaires. »

Le célibat de son fils la tourmentait jour et nuit. Chaque fois qu'entrait dans le magasin une occasion épousable (elle vérifiait son état civil en regardant l'annulaire de la main gauche), elle disait :

« Attendez une minute, mademoiselle ! Mon fils va vous servir ! Il s'y connaît mieux que moi ! »

Elle se précipitait vers le laboratoire, appelait Francisque qui arrivait, les mains grasses, s'essuyant à son tablier. Avec mauvaise humeur, il se prêtait à la comédie, tandis que, le plus souvent, ayant exprimé ses désirs, la fille s'intéressait moins à lui qu'à ses pâtés, ses boudins, ses pieds de porc.

Un matin, sur la chaise unique qui est à la disposition du public, il trouve un livre, oublié par quelque client. Un livre mou. Je veux dire sans ces couvertures en carton des livres ordinaires. Il le laisse en place, pour que son propriétaire le voie tout de suite, s'il lui prend l'idée de revenir. Mme Humbert demande à chaque personne qu'elle sert :

« C'est vous qui avez oublié ce livre ? *Le Chasseur français ?* »

Mais personne n'en veut. Ce n'est pourtant pas un ouvrage sans valeur ; le prix est inscrit sur la couverture : *1 F 25*. Après quelques jours, la mère et le fils se consultent :

« Qu'est-ce qu'on en fait ?

— Ben...

— Peut-être faudrait l'apporter à la mairie... »

Tout de suite, elle l'avertit du danger :

« Si personne ne le réclame, dans un an et un jour il te reviendra ! »

Il accepte le risque. Un matin, il se présente donc au guichet :

« Je vous apporte ce livre que quelqu'un a oublié dans mon magasin.

— C'est pas un livre. C'est un journal.

— C'est un livre. Un livre mou. J'ai jamais vu de journal de cette épaisseur. Ça s'appelle *le Chasseur français*.

— Justement : *le Chasseur français*, c'est un journal. Il en sort un chaque mois. Regarde la date : elle doit y être. »

Il vérifie. Elle y est : octobre 1937.

« Si tu nous apportes tous les journaux qui traînent, tu rempliras bientôt la baraque. Garde-le.

— Qu'est-ce que j'en fais ?

— Enveloppe tes saucisses avec. »

Il s'en retourne tout piteux. Il explique à sa mère :

« Ils en veulent pas. C'est pas un livre, c'est un journal de chasseurs.

— Eh bien ! Tu es chasseur ! Tu le liras quand tu auras un moment. »

La lecture lui fait pleurer les yeux ; mais la chasse le passionne. Le samedi soir, il se force, il ouvre le livre mou, il y trouve de la réclame pour des cartouches, des pistolets, des carabines, des fusils à un ou deux coups ; on y raconte la vie des canards sauvages, des sangliers, des chevreuils ; d'autres articles traitent des lois et règlements. Tout cela n'est pas sans intérêt. Mais à force de feuilleter, il tombe sur des pages surprenantes, remplies par des propositions de mariage ! Classées avec beaucoup d'ordre : les unes à l'usage des hommes, les autres à celui des femmes, et par rang d'âge : de vingt à trente ans, de trente à cinquante, au-dessus de cinquante. L'ennui, c'est qu'elles sont écrites en abrégé, il faut deviner le sens de ces quarts de mot. Il travaille à les déchiffrer ; il y a plusieurs centaines d'annonces. Alors, peu à peu, il voit s'aligner devant les yeux de son imagination ces centaines de filles, femmes, célibataires, veuves, divorcées, côte à côte, comme les veaux place de la Rodade, les jours de foire, entre les barres de séparation. Et lui, tel le chevillard en blouse bleue, se promène entre les rangs, tâte le poil de l'une, la croupe de l'autre, soulève les paupières, examine les dents.

Quand il était enfant, il entendait parler de son cousin Lucien, beaucoup plus vieux que lui. Le dimanche, on expliquait ainsi ses absences :

« Il est allé voir les filles. »

Et Francisque se représentait une sorte de revue : dix, vingt, trente filles au garde-à-vous et Lucien passant devant, de long en large, et les regardant, les regardant... C'est un peu ainsi, maintenant, qu'il voit les particulières du *Chasseur français* : chacune mettant en valeur ses avantages : taille, yeux, cheveux, âge, diplômes, fortune, profession, pureté. Il se rappelle les leçons de catéchisme, au commandement qui dit :

Luxurieux point ne seras
De corps ni de consentement.

L'abbé Chamboissier, qui les instruisait dans un coin de Notre-Dame, expliquait simplement :

« Etre luxurieux, c'est commettre des impuretés. »

Un jour, un élève de l'école sans Dieu avait interrogé :

« Monsieur l'abbé, des impuretés, qu'est-ce que c'est, au juste ?

— C'est le contraire des puretés. »

L'autre n'avait pas osé aller plus loin. Heureusement, l'institutrice avait eu un jour, par hasard, l'occasion de tout rendre clair. En montrant le fonctionnement des filtres : une simple feuille de papier buvard transforme une eau boueuse en eau limpide, parce qu'elle a retenu les *impuretés*.

La semaine qui précéda sa première communion, Francisque Humbert entra à son tour dans le confessionnal. C'était en 1916, l'année de Verdun. Il commença à déballer son linge sale :

« J'ai dit des mensonges.

— Combien ? »

Il fit bonne mesure, par peur d'en oublier :

« Soixante-deux.

— Soixante-deux ? Tu ne vas pas mal ! Ensuite ?

— J'ai mangé du sucre en cachette.

— Combien de morceaux ?

— Trois ou quatre.

— Mettons dix. Ensuite ?

— J'ai éternué dans la soupe, exprès.

— Éternuer exprès dans la soupe n'est pas un péché. C'est seulement une cochonnerie. J'espère que tu as reçu une gifle ?

— Non. Mon père est mobilisé.

— Et ta mère ?

— Elle m'engueule.

— Ça vaut pas une gifle. Continue.

— Heu...

— Quoi, heu ?

— Je crois que c'est tout... »

Comme l'abbé semblait déçu, pour lui faire plaisir, uniquement pour lui faire plaisir, après avoir farfouillé dans tous les coins et recoins de sa conscience, Francisque ajouta :

« J'ai commis la luxure.

— Quoi ?

— La luxure. Dans la cave.

— Dans la cave ? Comment ça ? Avec qui ?

— Tout seul.

— Ah ! tout seul ! C'est du joli ! Combien de fois ?

— Une seule fois. Ensuite, le tonneau était vide.

— Le tonneau ? Qu'est-ce que tu me chantes, avec ton tonneau ?

— Ma mère m'avait commandé d'aller tirer du vin. Le robinet coulait à peine. Alors, j'ai penché le tonneau. Ça a fait venir des *chanes*... »

Les *chanes* sont les fleurs du vin. Nos voisins bourbonnais les appellent plus joliment des *gendarmes*. Mais l'abbé Chaboissier n'avait l'air de comprendre ni le français ni l'auvergnat :

« Et alors, quoi, des *chanes ?* Qu'est-ce que c'est que cette histoire de *chanes ?* Qu'est-ce que tu me racontes ? »

Francisque fut très surpris de l'ignorance de ce prêtre : il n'avait même pas l'air de savoir que des *chanes* dans le vin, c'est des impuretés. Comme il se sentait bien jeune pour lui faire la leçon, il hésitait à s'expliquer davantage. Si bien que le confesseur le mit à la porte :

« Tu me fais perdre mon temps. Tu réciteras six *Je vous salue* et six *Notre Père*. Je te donne l'absolution, et fous-moi le camp. »

Par la suite, ses copains d'école lui apportèrent des enseignements complémentaires qui lui permirent de préciser la différence entre le pur et l'impur. A l'âge de trente-trois ans, il comprenait donc parfaitement ce que voulaient dire les filles du *Chasseur français*. Toutefois, leur pureté n'était pas à ses yeux un grand mérite. Quand la conversation tombait sur ce chapitre, l'ancien avait coutume de dire que les femmes vierges sont comme les souliers neufs : leur étrenne laisse des ampoules. D'autre part, il avait lui-même perdu sa pureté depuis longtemps, à Colmar d'abord, et par la suite en plusieurs autres occasions.

A force de lire et de relire les listes de la revue, une idée s'installait en lui peu à peu : pourquoi ne pas y chercher une femme à sa convenance ? Voilà qui ferait rudement plaisir à la vieille ! Même si l'accord ne se faisait pas, il prouverait du moins sa bonne volonté. Il fallait sans doute en essayer plusieurs avant de tomber sur la bonne. « Commençons par une », qu'il se dit. Il fit son choix sur l'annonce suivante :

Br. 25 a., B.E., vend., ép. gent. g., 30-40 a., de préf. comm.

Il l'interpréta ainsi : *Brune, 25 ans, vendeuse, épouserait gentil garçon, de préférence commerçant.* La brune en question semblait véritablement avoir pensé à lui. Deux choses cependant l'inquiétèrent. Il ne parvint pas à donner un sens aux initiales *B.E.* Belle ? Elégante ? Bien élevée ? De même, il n'était pas très certain d'interpréter convenablement *de préf. comm.* Peut-être cette gaillarde envisageait-elle d'épouser, de préférence, un *commandant.* Ou un *commissaire*. Ou un *communiste*. Les opinions politiques de Francisque n'étaient pas très claires ; il estimait qu'un bon commerçant ne doit pas en afficher, qu'il est à la disposition de toutes les clientèles ; ça ne l'empêche pas, s'il veut, d'être communiste dans l'intimité. Sur ce point, il se sentait disposé à toutes les concessions. En revanche, il lui était plus difficile de se faire passer pour un commissaire ou un commandant.

Il se donna deux jours de réflexion. Puis, sans en parler à sa mère, il se procura une feuille de papier blanc, et y traça trois lignes d'écriture ;

> *Mademoiselle, j'ai 32 ans, je possède 1 commerçe ou nous vivont tout 2 ma mère et moi j'ai aussi un aprenti si ça fait votre affaire ecriver moi a 7 adresse*
> *Francisque Humbert,*
> *5 bis rue des Cordeliers*
> *Montferrand Puy-de-Dôme*

Il y avait employé le plus de chiffres possibles : c'étaient autant de mots qu'il n'avait pas besoin d'orthographier. Selon les instructions du livre mou, il plaça le message dans une double enveloppe et jeta le tout à la boîte en prononçant une phrase qu'il avait souvent entendue dans la bouche de sa mère :

« Arrive que plante ! »

Il imagina le voyage compliqué de sa lettre : ramassée par un facteur, triée, acheminée vers Saint-Etienne, où l'on imprime *le Chasseur français*, triée encore, en route pour finir vers cette brune inconnue, 25 ans, B.E. qui cherchait à se marier avec un *comm.* Combien de réponses recevrait-elle ? Deux ? Dix ? Cent ? Mille ? Quelles chances avait-il, lui, Francisque Humbert, pauvre mulet blanc étranger à l'orthographe, charcutier héréditaire, d'intéresser l'annonceuse ? Qu'avait-il en lui qui pût plaire, avec ses trente-trois ans, son poil rouge, ses oreilles décollées, cette odeur de viande hachée qui le quittait difficilement ? Il haussa les épaules et se dit : « Je vaux pas les quatre fers d'un chien. »

Les jours commencèrent à passer. Chaque matin, il envoyait l'apprenti guetter la venue du facteur. L'apprenti lui apportait des imprimés, des feuilles d'impôts, ou revenait les mains vides, mais avec un air de questionner des yeux tout à fait insoutenable, le nez même en forme de point d'interrogation.

« De quoi tu t'occupes ? criait Francisque agacé. Pose pas de questions !

— Mais... j'ai rien dit !

— T'as rien dit, t'as rien dit... mais ta figure parle... »

L'apprenti faisait taire sa figure.

Au bout de trois semaines, alors qu'il avait perdu tout espoir, arriva une lettre sur papier bleu, tamponnée de Nevers, Nièvre. L'adresse semblait écrite par une main de notaire.

Monsieur,

Je m'appelle Bernadette Courtinot. Comme vous savez, j'ai 25 ans et je suis vendeuse : dans une maroquinerie de Nevers, rue du Commerce. Mon père est gendarme, établi ici depuis dix ans. J'ai étudié jusqu'au Brevet Elémentaire et j'aurais pu entrer dans une administration, les Postes ou les Finances, mais je préfère le commerce.

Je vous remercie de m'avoir écrit et vous demande de préciser si vous vous estimez gentil. On verra ensuite si je dois vous écrire encore.

Recevez, Monsieur, mes salutations distinguées,

Bernadette Courtinot
Gendarmerie
avenue Marceau
Nevers, Nièvre

Quand il eut déchiffré la lettre bleue, il comprit ce que signifiaient les initiales *B.E.* : Brevet Elémentaire. Cette fille avait son Brevet ! Comment pouvait-il espérer, lui qui n'avait pas même le Certificat, épouser une brevetée ? En ce temps-là, le Brevet donnait accès aux carrières lucratives et reposantes. Avec un Brevet, on pouvait enseigner l'orthographe dans les écoles, et avoir trois mois de vacances par an ; faire des écritures à la Caisse d'Epargne ; vendre des timbres-poste derrière un guichet ; s'asseoir à l'ombre d'un arbre et donner des ordres aux cantonniers en train de rouler leur cigarette. Au-dessus des brevetés il n'existait pas grand-chose : les généraux, les médecins, les notaires, les évêques. Par politesse, il fournit néanmoins la précision qu'on sollicitait :

Mademoiselle en réponse à votre lettre me demandant si je suis gentil je répons oui.

Recevez, Mademoiselle, mes salutations distinguées

Francisque Humbert.

Songeant à toutes les fautes qu'il avait pu loger dans ces quelques mots, il éprouvait des sueurs entre les omoplates.

« Alors, comme ça, disait le facteur à l'apprenti, ton patron t'emploie à faire la sentinelle ?

— Il veut que je lui apporte directement le courrier. Il a peur qu'il s'en perde en route.

— Voueï, voueï, voueï ! On comprend ce que ça veut dire ! »

Le facteur clignait de l'œil. Or, quand il clignait de l'œil, ça te faisait un effet terrible, car cet homme-là n'avait qu'un œil. A la place du second, il portait un bandeau de corsaire. Comme il était familier avec sa clientèle, les enfants le questionnaient :

« Pourquoi tu as ce machin noir ?

— Parce que j'ai perdu un œil. A la guerre.

— Perdu ?

— Oui, perdu.

— Pourquoi tu l'as pas cherché ?

— Je l'ai bien cherché, mais je l'ai pas retrouvé. »

La semaine suivante, il remit une autre lettre bleue à l'apprenti.

« Prends-en soin. Je crois qu'elle est attendue ! Les lettres de cette couleur, ça a une odeur de fumelle ! »

En effet, le charcutier fut très content de la lire :

... Je vois bien, disait-elle, *que je n'obtiendrai guère de détails par écrit. Vous n'avez pas l'air d'aimer beaucoup le porte-plume. Alors, si je veux être renseignée, il faut que je vous rencontre. Je vais faire le voyage de Clermont. Lundi 15 novembre. Tenez-vous à trois heures devant l'entrée de la Poste principale de votre ville. Ayez à la main le numéro du* Chasseur français. *Si je vous trouve à ma convenance, je vous parlerai la première. Sinon, vous voudrez bien me pardonner...*

« Bon, j'y vais, qu'il se dit. Arrive que plante ! »

Il ouvrit la porte de la cuisine, cria à Mme Humbert :

« Je sors ! »

Elle glissa vers lui dans ces pantoufles à semelle épaisse qu'elle fabriquait elle-même, cousant ensemble, six, huit couches de vieux drap. Chaque fois qu'il sortait, elle tenait à mettre la dernière main à sa tenue, arrangeait le nœud de sa cravate, ajustait son col, ôtait de sa veste un cheveu. Elle leva vers lui ce regard d'adoration qui l'agaçait ; elle était bien la seule femme au monde à le trouver beau. Il prit sur le comptoir le paquet qu'il avait préparé, le glissa dans la poche de son pardessus.

Le tram Montferrand-Royat était presque vide en ce début d'après-midi. La tête basse, il calculait des phrases à débiter : « J'ai bien l'honneur... Je suis content... Je vous remercie d'être venue de si loin... » Nevers, ce n'était pas la porte à côté ! Pour ne pas s'embarrasser d'une coiffure, il avait renoncé à la casquette. En s'examinant dans la vitre, il s'aperçut qu'une mèche de cheveux rebiquait par-derrière ; il cracha dans sa paume, travailla à la recoller.

Il arriva place Gaillard avec un quart d'heure d'avance. Il gelait sec. Pour se tenir au chaud, il poussa la porte du bureau de poste et entra. A l'un des fonctionnaires, il demanda « une feuille de dépêche », laissant croire qu'il avait l'intention d'en expédier une. Il s'assit à une table, qui mettait à sa disposition un encrier et un porte-plume attachés ensemble. Les P.T.T. sont une administration prévoyante : on ne pouvait voler l'un sans voler l'autre. Le charcutier se demanda s'il existait vraiment des voleurs d'encriers, des voleurs de porte-plume. « Pourquoi pas ? Dans le commerce, tu trouves des voleurs de n'importe quoi. Et les P.T.T., c'est un commerce. »

Afin de passer le temps, il gribouillait son nom sur le formulaire : *Francisque Humbert, Francisque Humbert, Francisque Humbert...* Et aussi celui de la Nivernaise : *Bernadette Courtinot, Bernadette Courtinot...* « Les Humbert manquent pas ! En Auvergne, en France, et même à Rome où vit un prince Humbert qui un jour sera le roi des Macaronis. Courtinot, ça oui, quel drôle de nom ! Jamais rencontré auparavant !... » Mais, tout bien pesé, c'étaient des noms qui n'allaient pas mal ensemble, Francisque Humbert et Bernadette Courtinot : à les mesurer de l'œil, ils faisaient à peu près le même poids.

Quand l'horloge marqua 3 heures moins une minute, il chiffonna le formulaire, le jeta dans la corbeille et sortit. Il tira de sa poche intérieure le livre mou qu'il y tenait caché, le prit dans sa main droite, se plaça devant l'immeuble, près de la porte. Des gens entraient ou sortaient ; ils avaient l'air surpris de sa présence, de son immobilité, examinaient s'il ne tendait pas la main, puis s'en allaient sans chercher à comprendre. Il s'appuyait tantôt sur une jambe et tantôt sur l'autre. De temps en temps, il regardait à l'intérieur, comme s'il avait attendu la sortie de quelqu'un ; puis il tournait la tête vers la rue, vers les passantes. Quelques voitures circulaient, deux ou trois étaient arrêtées, avec leur numéro du Puy-de-Dôme, où figuraient les lettres *NH*. La Nièvre, c'était *LP*, l'Allier *AN*, le Cantal *CZ*, la Creuse *ED* ; tous ceux qui, comme lui, fréquentaient les foires connaissaient les immatriculations.

« Peut-être, se dit-il, qu'elle a pas vu le journal. » Il le plaça en évidence, contre son estomac, la façade en dehors. On aurait cru qu'il cherchait à le vendre. A 3 heures 10, il commença de se dire que tout était foutu : elle viendra pas. Ou bien elle est déjà venue :

elle a jeté un coup d'œil à ta gueule, ça lui a suffi. Francisque, tu resteras célibataire. »

Devant le restaurant *Régis*, un taxi stationnait. A 3 heures 14, une porte s'ouvrit ; il en sortit quelque chose de rouge. Juste alors passa le tram de Montferrand. Francisque avait le temps de sauter dans une voiture, de regagner sans plus tarder sa charcuterie. « Tu prendras le suivant, s'accorda-t-il. Et point final ! » Quand le convoi se fut éloigné avec un bruit ferrugineux, il retrouva la tache rouge, au milieu de la rue. L'instant d'après, il l'avait devant lui. Un manteau de père Noël. Et dedans, une fille brune, vingt-cinq ans, les joues rondes, la mine colorée. Son sourire découvrait des dents blanches :

« Vous êtes monsieur Humbert ?

— Humbert Francisque. Nous sommes plusieurs Humbert, par ici.

— Je suis Bernadette.

— Ça alors !

— C'est une surprise ? »

C'en était une. Les phrases longuement préparées ne lui revenaient pas à l'esprit. Ils se regardaient en silence, elle toujours souriante, lui tout panouille, avec une envie terrible de foutre le camp. Soudain, il se rappela les mots enseignés par sa mère à l'usage de la clientèle ; il se sentit sauvé :

« On a trouvé le froid ! qu'il dit.

— En effet.

— Et à Nevers, quel temps vous avez ?

— A peu près comme ici. Ce matin, du brouillard. C'est à cause de la Loire, de la Nièvre, de toutes ces eaux... »

Ils se réfugièrent au bar de la Lune ; elle commanda un café, lui un Viandox. Ils continuèrent la conversation :

« L'hiver vient de bonne heure, cette année.

— Nous n'aurons même pas eu l'été de la Saint-Martin !

— Remarquez que dans la maroquinerie... vous êtes dans la maroquinerie, n'est-ce pas ?... ça vous favorise plutôt : question gants, parapluies et tout ça.

— Nous vendons plutôt des sacs à main, des valises, des portefeuilles.

— Dans ce cas, bien sûr... »

Elle ne répondit pas, mais se mit à rire. Ce qui le surprit beaucoup, car il n'avait rien dit, rien entendu de comique. Soudain, elle rougit, posa une main sur la sienne, dit :

« Excusez-moi. »

Il ne comprit pas davantage pourquoi elle s'excusait. Le garçon déposa les tasses, les pots, le sucre ; Francisque paya tout de suite et laissa un pourboire calculé. Toutes ces manœuvres l'autorisaient à se taire sans impolitesse. Pendant qu'elle buvait, il plaça devant elle le paquet qu'il avait apporté, bien ficelé de cordonnet rouge. En reposant la tasse, elle fut surprise de le trouver là.

« Pour vous, dit-il.

— Qu'est-ce que c'est ?

— Pas grand-chose.

— Un cadeau ? »

Affriandée, elle passa un bout de langue sur ses lèvres, commença de dénouer le lien. Sous le papier de soie apparut, enveloppée dans une feuille d'étain, une chose cylindrique.

« Un saucisson ! »

Il approuva de la tête, avec sérénité.

« Un saucisson !... Vous m'avez apporté un saucisson ! »

Elle semblait trouver cela incroyable. Puis, elle se couvrit la figure de ses mains, cherchant à dominer le rire prépotent qui la secouait. Il se dit que c'était une fille qui riait bien facilement ; puis il sentit le fond injurieux de cette hilarité. Pour cacher ses sentiments, il avala deux ou trois gorgées de Viandox.

Quand elle eut retrouvé son calme, elle s'excusa encore :

« Pardonnez-moi... C'est la surprise... Je ne m'attendais pas à ce genre de cadeau !

— Ben... puisque je suis charcutier... j'ai pensé... Je l'ai fabriqué moi-même.

— Charcutier ? Vous êtes charcutier ?

— De père en fils.

— Je ne savais pas. Ça change tout. Rien de plus naturel, en effet. C'est un peu comme une femme qui tricote pour son mari. Tout le temps que dure le cache-nez, elle doit penser à lui, forcément. En fabriquant votre saucisson, vous avez pensé à moi ?

— C'est-à-dire... il date de trois mois. Faut bien qu'ils aient le temps de sécher. »

Tant bien que mal, la pompe de la conversation se trouvait amorcée ; il suffisait de pomper maintenant. Bernadette Courtinot s'y employa de son mieux :

« C'est de la rosette ? »

Pour expliquer les choses de son métier, il trouva tout de suite de l'éloquence :

« Non, la rosette, faut compter au moins cinquante centimètres de long. Vous me voyez me promenant avec un saucisson de cinquante centimètres ?... Ça serait plutôt encombrant. Celui-là, je l'ai fait dans le jésus.

— Dans le quoi ?

— Dans le jésus. Le plus gros de tous les boyaux.

— Le gros boyau du cochon, c'est le jésus ?

— On l'appelle comme ça. Le jésus. »

Il sentit tout à coup le ridicule de ce nom. Jamais il ne s'en était aperçu plus tôt. Elle essaya de se raccrocher à quelque chose de poétique :

« Dans la rosette, est-ce que vous mettez des roses ?

— On y met exactement la même chose que dans le jésus.

— Alors, pourquoi la rosette ?

— Je me le demande. J'ai bien une idée, mais... suis pas sûr.

— J'aimerais savoir.

— Y a quand même, comme qui dirait, une espèce de manière de rose. Tout au bout. Là où le boyau s'ouvre et se ferme. Faut vous dire que la rosette est faite avec l'extrémité de l'intestin, le dernier couloir, quoi, avant la sortie. Vous me suivez ?

— Je vous suis.

— Alors, quand cette porte est fermée, elle ressemble un peu à une petite rose.

— Cette rose, elle est quand même placée à un drôle d'endroit ! »

Leur rire les rapprocha. Rire ensemble, c'est comme boire ensemble, manger ensemble, marcher ensemble, travailler ensemble.

Sans s'écarter beaucoup des cochons, il lui parla de son père, Josion Humbert, un maître charcutier, mort l'été précédent :

« Il saignait un cochon de trois cents livres à lui tout seul, sans l'aide de personne. Spécialité de saucissons dans la cendre. On lui en commandait de Vichy, de Lyon et même de Paris. Et puis, hygiénique comme un chirurgien. Aimable avec la clientèle, et rigolo... »

Tout à coup, dans le bar de la Lune, l'ancien avait resurgi devant lui, paré de toutes les qualités charcutières et autres. Une sorte d'archange en tablier de cuir, le chapeau sur l'occiput, riant de toutes ses dents, les moustaches relevées, le tire-soies à la main, désignant de l'index sa dernière victime :

« On va la plumer ! »

Maintenant qu'il dormait au cimetière, plus rien ne ternissait ses gloires en tous genres : de héros, de chasseur, de tueur, de salaisonnier, de gai parleur, de père, de voisin, de mulet blanc. Surtout devant une Nivernaise qui ne l'avait jamais vu. Alors, Francisque ne se gênait pas pour forcer la dose.

Ensuite, il raconta sa mère, Mme Humbert, une femme instruite qui avait fréquenté cinq années de suite l'école Sainte-Thérèse. Pieuse à rendre des points au curé. Elle n'allait à la messe que deux fois l'an, à Pâques et à Noël, à cause de leur commerce ; mais elle dormait sous un crucifix accroché au mur de sa chambre, avec un petit bénitier où elle trempait le doigt chaque soir. Naturellement, elle avait une réserve : un litre d'eau bénite qu'un abbé de Notre-

Dame-de-Prospérité lui apportait, en échange d'un jambon. Il ne perdait pas au change, si l'on considère qu'un bon jambon nécessite plusieurs mois de travaux et de surveillance. En cinq minutes, au contraire, un curé bien entraîné peut bénir dix wagons-citernes d'eau profane. Mais entre Mme Humbert et le clergé de Montferrand, il n'y avait jamais eu de marchandage à ce sujet : c'est elle-même qui avait établi le prix correspondant à la bouteille, pour prouver sa grande piété. De même, quand l'ancien était mort, elle avait enroulé un chapelet autour de ses mains : depuis plus d'un demi-siècle, il n'avait touché de ses doigts à ce genre d'article.

Enfin, il parla de leur boutique, rue des Cordeliers, se déclara prêt à la lui montrer. Mais elle :

« Non, non. Un autre jour, peut-être. »

De son côté, elle révéla qu'elle était l'aînée de quatre enfants. Comme beaucoup de Nivernaises, sa mère avait une dévotion particulière à sainte Bernadette de Lourdes ; c'est pourquoi elle avait baptisé de ce nom sa première fille.

Ils avaient renouvelé plusieurs fois les consommations.

« Voulez-vous, qu'elle demanda, m'accompagner à la gare ?

— A la gare ? Vous repartez ? Vous retournez à Nevers ?

— Vous pensiez que j'allais m'établir à Clermont, tout de suite ?

— Ben... quasiment.

— J'ai demandé à mes patrons la permission de la journée, sous prétexte d'aller enterrer une tante. Mon train part à 6 heures.

— On a encore le temps. »

Ils décidèrent de faire à pied le chemin. Elle lisait sur les plaques le nom des rues et demandait :

« Montlosier, qui est-ce ? Delille, qui est-ce ? Charras, qui est-ce ? »

Il donnait sa langue aux chats. Il se trouva une excuse :

« Moi, je suis pas d'ici. Je connais pas Clermont. Je suis de Montferrand. Et puis, les noms des rues m'ont jamais intéressé. Faut dire aussi que je suis pas instruit. Y a eu la guerre, ça m'a empêché d'aller à l'école régulièrement. Je sais quand même lire, mais l'écriture me donne des crampes au poignet. Et puis, pour ce qui est des fautes, je suis vraiment champion d'Auvergne. Peut-être champion du monde, comme Pladner.

— Qui est Plat-de-Nerfs ?

— Un boxeur que nous avons eu. Poids mouche. Champion du monde.

— Plat-de-Nerfs, c'est un nom curieux, pour un boxeur. Ça irait mieux à un charcutier, comme vous.

— Sa mère tenait une boutique d'eau de Cologne.

— Ça ne va pas tellement bien non plus.

— Il s'appelait Pladner, comme moi Humbert. »

Elle n'insista pas. A la gare, ils étaient encore en avance. Ils s'installèrent dans la salle d'attente. Des militaires en voyage étaient en train d'y casser la croûte ; ils appelaient leur camembert *calendot*, leur saucisson *sauciflard*, leur vin rouge *picrate* ; ils s'écrasaient leurs œufs durs sur le front, pour prouver qu'ils avaient la tête plus dure encore. Tout à coup, Francisque s'aperçut que Bernadette et lui n'avaient pas encore abordé l'essentiel. Ils avaient parlé de la rosette, du Jésus, de la pluie, du beau temps, des valises, des portefeuilles, de l'eau bénite, de la gendarmerie, de Montlosier, de l'orthographe, de Pladner, des poids mouches. Il ne restait plus que quelques minutes pour le reste : l'essentiel.

« Venez, dit la Nivernaise. Je ne veux pas attendre la dernière minute, et ensuite voyager debout. »

Comme recommandaient les écriteaux, ils « empruntèrent le passage souterrain ». Le train de Nevers attendait en crachant ses vapeurs dans la nuit.

« Alors, dit Francisque brusquement, qu'est-ce que vous décidez ? Ce mariage, on le fait ou on le fait pas ? »

Elle devint aussi rouge que son manteau, puis éclata de rire encore. Il trouva qu'elle riait beaucoup. Ce n'était pourtant pas le moment. Et elle :

« On a failli l'oublier, celui-là !... Vous savez, j'ai reçu trente-deux réponses comme la vôtre.

— Trente-deux ?

— Trente-deux.

— Ça alors...

— Il faut bien que je me renseigne. Que je rencontre mes correspondants.

— Vous allez enterrer trente-deux de vos tantes ?

— Ça va me poser des problèmes ! Et vous, quel est votre avis ? »

Devant, derrière, des trains manœuvraient, bruyamment ; des porteurs criaient : « Attention s'il vous plaît ! » Un haut-parleur se mit à meugler : « Le train express en direction de Riom, Vichy, Varennes-sur-Allier, Moulins, Nevers, La Charité... » Bernadette saisit la barre de cuivre d'une main. Francisque se fit répéter, au milieu du vacarme :

« Comment ?

— Je vous demandais votre avis.

— A quel sujet ?

— Eh bien ! De ce que vous disiez ! Ce ce... menemene... murible...

— De ce quoi ?

— De ce mariage possible. Qu'est-ce que vous en pensez ?
— Moi, je suis d'accord, si vous voulez.
— Pardon ?
— Je dis que je suis d'accord !... D'accord !
— Mais vous ne me connaissez pas !
— Je vous connais assez ! Je suis comme mon vieux : j'ai l'œil charcutier !
— Qu'est-ce que vous dites ?
— Que j'ai l'œil charcutier... Je vous expliquerai. »

Le haut-parleur s'impatientait : « En voiture ! En voiture ! » La locomotive leur envoya un grand coup de sifflet au milieu de la conversation. La Nivernaise gravit une marche. A ce moment, leurs deux visages se trouvaient juste à la même hauteur. Elle avança le sien, posa sur ses lèvres un baiser rapide, puis acheva son ascension.

La lanterne rouge du convoi s'enfonça dans la nuit brumeuse. Humbert resta encore un long moment immobile sur le quai, abasourdi. Ses lèvres conservaient une empreinte grasse et parfumée. Il se garda bien de l'essuyer et l'emporta, la bouche entrouverte, la savourant à chaque inspiration.

6

Les jours suivants, il se demanda des tas de choses.

Il se demanda s'il avait suivi la bonne tactique, au cours de sa rencontre avec la Nivernaise. Au lieu de tant parler des boudins et des saucisses, il aurait dû sans doute dire des choses plus jolies. Comme celles qu'on entend au cinéma : « Vos yeux sont comme ci et comme ça. Vos mains, comme ci et comme ça. Vos lèvres, vos dents comme ci et comme ça... » Ainsi de suite jusqu'aux doigts de pied. Raconter ses sentiments : « A cause de vous, j'ai perdu le sommeil et l'appétit... La nuit, je fais le somnambule... Le jour, je mets du sel dans mon café... » Mais ce genre de phrases, il était aussi incapable de les prononcer que de parler anglais. Du moins, il ne devait pas attendre d'être sur le quai devant le train fumant et crachant, pour évoquer le possible mariage. Cette fille avait parcouru des centaines de kilomètres exprès pour examiner la question ; et c'est tout juste s'il ne l'avait pas oubliée ! Leur conversation n'avait pas été celle de deux demi-fiancés ; mais plutôt de deux pêcheurs à la ligne, au bord d'une rivière.

Il se demanda... Il ne se le demanda pas. Il fut certain que les trente et un autre candidats se comporteraient plus adroitement que lui. L'inverse était impossible. Dans le tas, d'ailleurs, il devait se trouver des brevetés, peut-être même des bacheliers : ils n'auraient pas grand-peine ! Quand on a de l'instruction, on n'est jamais dans l'embarras. Il regretta d'avoir été si peu assidu à l'école, sous prétexte qu'à la maison il n'y avait plus de pied masculin pour lui botter les fesses.

Il se demanda si Bernadette les embrasserait tous sur la bouche, les trente et un, comme lui-même. Précieusement, il avait sauvegardé le rouge sur ses lèvres jusqu'à l'heure du dîner. Quand il s'était trouvé assis devant son assiettée de soupe, il s'était discrètement essuyé avec son mouchoir ; par la suite, il l'avait tiré plusieurs fois de sa poche, afin de voir de ses yeux cette preuve qu'une fille l'avait embrassé sur la bouche gratuitement, lui, Francisque Humbert.

Il se demanda comment son patron se comportait avec elle, à Nevers, rue du Commerce. S'il n'essayait pas de la peloter dans les coins, pendant que la patronne était à la messe. Que d'obstacles, se disait-il, que de monde entre elle et lui !

Il se demanda s'il devait mettre sa vieille au courant ou attendre encore.

Dix jours après, l'apprenti eut un moment de distraction. Le facteur remit à Mme Humbert une carte postale destinée à son fils. Elle représentait le palais ducal de Nevers, avec ses tours pointues. Au dos, quelques lignes : *Je suis bien arrivée. Je continue mes enterrements. Je vous écrirai davantage d'ici quelques jours. Bernadette*. Pleine de joyeuses suppositions, la charcutière lut et relut cette carte. Ses sermons, ses encouragements, ses efforts semblaient produire un fruit, quoique tardif. Elle interrogea le destinataire :

« Qui est cette Bernadette ?

— Poh !... Une fille que j'ai rencontrée, comme ça, à la poste.

— En tout cas, elle porte un joli nom. Bernadette est une grande sainte. J'espère qu'elle en est digne.

— Moi... le nom !... Même si elle s'appelait Bécassine...

— Et elle est de Nevers ?

— Oui. C'est une Nivernaise.

— Par exemple, elle m'a l'air de faire un drôle de métier. Elle est dans les enterrements ?

— Non. Elle travaille dans la maroquinerie.

— Pourquoi, alors, qu'elle dit : « Je continue mes enterrements » ?

— Qu'est-ce que j'en sais ? Elle a bien le droit d'aller aux enterrements, si c'est son plaisir ?

— Drôle de plaisir ! »

Elle bougonna un peu, sentant qu'il lui cachait quelque chose. Puis elle questionna brusquement :

« Est-ce qu'elle ferait ton affaire ?

— J'examine.

— La maroquinerie, c'est du cuir. On se sert souvent de cuir de cochon pour fabriquer les valises. En somme, c'est pas tellement loin de la charcuterie. Elle devrait pouvoir facilement passer d'un commerce à l'autre.

— On verra. J'examine.

— Comment est-elle ?

— ...

— Grande ?... Petite ?... Brune ?... Blonde ?

— Pas la peine d'en parler à l'avance. J'examine. »

Elle le laissa examiner tout son saoul.

Le petit jeu des cartes postales continua. La seconde représentait la porte du Croux, et portait cette seule ligne : *Un bonjour de Nevers*. La troisième le pont sur la Loire, avec : *Amitiés de Nevers*. Ainsi de suite. Si c'était pour se moquer de lui, pendant qu'elle poursuivait sa tournée des candidatures, elle aurait mieux fait de ne pas écrire : il aurait fini par l'oublier, par retrouver sa tranquillité perdue. Mais non. Tu aurais dit qu'elle cherchait à entretenir en lui ce petit feu qu'elle avait allumé, en y jetant ses cartes comme on jette des brindilles. Durant le jour, la besogne occupait suffisamment ses mains et sa cervelle ; mais la nuit il en venait réellement à perdre le sommeil, lui qui avait toujours dormi comme un sabot. De l'autre côté de la cloison, sa mère l'entendait remuer. Elle pensait avec bonheur : « C'est l'amour qui le travaille ! »

Une autre carte réclama des réponses, en posant cette question inattendue : *M'avez-vous oubliée ?* « Oubliée ! qu'il se dit. Celle-là, elle est plus forte que de jouer au bouchon ! » Alors, lui aussi se mit à envoyer des cartes postales représentant la Maison de Lucrèce, où l'on voit une dame se percer le sein droit d'un coup de poignard ; la Maison de l'Apothicaire : il est en train de seringuer un client par la rosette ; la Maison de l'Éléphant ; l'église Notre-Dame. Avec le même genre de salutations : *Un bonjour de Montferrand, Amitiés de Montferrand, Une pensée de Montferrand...* Il n'avait qu'à recopier les formules de la maroquinière.

Vint le temps de Noël. Suivant l'exemple de l'ancien, il avait coutume d'exposer pendant cette période une sculpture en saindoux. Les passants s'arrêtaient pour admirer ; en même temps, sans s'en rendre compte, ils remarquaient les pâtés en croûte disposés autour, les barquettes, les jambonneaux ; l'eau leur en venait à la bouche. Beaucoup finissaient par pousser la porte. Francisque se plaisait à reproduire les curiosités de la région. Le puy de Dôme, avec son observatoire météorologique, des moutons éparpillés sur les flancs, de petites voitures gravissant la route en spirale. Vercingétorix sur son cheval. Bibendum. L'usine à gaz. Les églises. Les casernes. Les sujets ne manquaient pas.

« Qu'est-ce que tu nous fais, cette année ? demanda Mme Humbert.

— Rien.

— Comment rien ?

— J'y ai pas la tête.

— Faut quand même te forcer. Les clients sont habitués. On peut pas les décevoir.

— Le puy de Dôme.

— Tu l'as déjà fait, il y a trois ans.

— M'en fous. Ça sera le puy de Dôme, ou peau de zébi. »

Le puy de Dôme, c'est l'enfance de l'art, pour un sculpteur. N'importe qui — en pardessus, sans quitter son chapeau, la canne à la main, la pipe à la bouche — peut former un puy de Dôme en saindoux. Il suffit de rapprocher les paumes arrondies pour obtenir sa forme exacte, et de tapoter un peu autour pour la finition. Dans les jardins publics, les gamins en bas âge le modèlent avec du sable, parfaitement ressemblant. Personne ne peut le rater, même en voulant le faire exprès. Ce n'est donc pas un ouvrage glorieux. La charcutière se résigna :

« Entre le puy de Dôme et peau de zébi, je préfère quand même le puy de Dôme. Mais tu aurais pu faire mieux. »

Ce chef-d'œuvre n'attira pas beaucoup de monde. Cependant, elle n'en fut pas trop fâchée, connaissant la cause de cette pénurie. A la messe de minuit, elle modifia sa prière de la façon suivante : « Seigneur, faites que la Nivernaise épouse mon garçon et que ce soit une femme comme il lui en faut une. Pas trop coquette, pas dépensière, bonne travailleuse, qui sache tenir ses comptes. Si vous m'exaucez, je vous promets de ravitailler gratis pendant un an le curé de Notre-Dame en graisse douce. » En commerçante honnête, elle savait qu'une affaire est une affaire et ne demandait rien sans contrepartie.

Les fêtes passèrent comme elles purent. Vers le 15 janvier, arriva enfin une vraie lettre de la maroquinière... *J'ai fait mes comparaisons. Des trente-deux candidats, vous n'êtes ni le plus beau, ni le plus instruit, ni le plus intelligent, ni le plus riche. Mais vous m'avez l'air vraiment le plus gentil et le plus honnête. J'aimerais que vous fassiez le voyage de Nevers pour connaître ma famille...*

Avant d'entreprendre cette démarche décisive, Francisque jugea bon de consulter le tablier de cuir :

« Qu'est-ce tu en penses, l'ancien ?
— Faut voir. Est-ce que ta gaillarde est fille unique ?
— Non. Elle a des petits frères et sœurs.
— Surtout, vas-y seul. N'emmène pas la mère.
— Je crois que tu as raison.
— Ne fais pas comme Jean-Piare... »

L'ancien était un maître farceur. Trente ans, il avait fait rire la clientèle avec ses histoires.

Jean-Piare était un jeune paysan de Tours-sur-Meymont, dans le Livradois, qui, comme lui, n'arrivait pas à prendre femme. Enfin, on lui en conseille une de Saint-Flour-l'Etang : une veuve, encore jeune et vigoureuse, avec deux enfants à élever. La mère de Jean-Piare lui conseille :

« Si tu veux, on ira tous les deux faire sa connaissance, car je voudrais pas que tu dises quelque bêtise. Pour ces petits, emporte un sac de billes, une toupie et un paquet de bonbons. »

Jean-Piare fourre le tout dans la poche de ses braies, qui n'était pas le meilleur endroit, et ils se mettent en route tous deux. Ils sont bien reçus. La veuve se montre avenante, peut-être même un peu trop. Elle s'était décolleté le devant pour donner sans doute une idée du reste. Jean-Piare louchait là-dessus, et trouvait que cette veuve possédait vraiment de gros avantages. La coquine savait fort bien les mettre en valeur, en tournant autour de lui, de face, de profil et de trois quarts arrière. C'était un garçon timide et qui, de son côté, aurait aimé briller un peu ; mais comment faire ? Avec quoi ? Tout à coup, il se rappelle les billes, les toupies, toutes les affaires qu'il avait apportées et oubliées dans sa poche. Il y enfonce la main, s'aperçoit que les sucreries ont un peu fondu, mais ne veut pas en rester là. Il se tourne vers sa mère, et, un œil sur elle, un autre sur l'abondante veuve, questionne dans son patois de Tours :

« *Oh mouére, co i co le momin de sortre mè besugnè ?* » (Oh mère, est-ce que c'est le moment de sortir mes instruments ?)

Voilà ce qu'il arrive, et les bêtises qu'on peut commettre, quand un grand gaillard moustachu n'ose rien faire sans prendre conseil. Alors, par T.S.F., l'ancien recommanda :

« Fais pas comme ce Jean-Piare : vas-y seul.
— C'est ce que je ferai. »

De loin, il vit la cathédrale de Nevers et lui trouva une ressemblance avec l'église de Montferrand : toutes deux dressaient en l'air une tour surmontée d'une tourelle, pareilles à un bras, le doigt levé, qui désigne le ciel. Cela lui parut un signe favorable. Le pont traversait la Loire limoneuse, bordées de sablières. A la gare,

Bernadette l'attendait. Ils s'embrassèrent sur les joues, comme deux cousins.

La ville lui sembla belle. Beaucoup plus blanche que Clermont et Montferrand réunis. Les rues étaient pavées, étroites, bordées de boutiques où l'on vendait principalement des faïences, de l'alimentation et des parapluies. Il s'arrêta devant une charcuterie, la trouva mieux disposée que la sienne. Rue du Commerce, en face de la tour Saint-Eloi, Bernadette lui montra la maroquinerie où elle travaillait : *Au Sultan*. Il ressentit un pincement au cœur en songeant au patron qui peut-être lui pinçait les fesses.

Les gens qu'il entendait parler en passant avaient un accent singulier : ils roulaient les r à la façon des Italiens ou des Russes. Ça lui donnait l'impression de se trouver à l'étranger, comme lorsqu'il faisait son service à Colmar. Mais, à la réflexion, il corrigea cette pensée. « Au fond, se dit-il, tous les Français ont un accent, les Parisiens, les Alsaciens, les Marseillais, les Nivernais, les Lyonnais. Y a vraiment que les Auvergnats qui en ont point. Et encore... en cherchant bien ! Les Thiernois, les Sanflorains, on les distingue des autres. »

La gendarmerie l'éblouit par son architecture. Avec son fronton demi circulaire, sa pierre blanche, ses toitures d'ardoise, il la trouva aussi grandiose que le palais de Versailles dont il avait une vue sur un calendrier des Postes. C'était un va-et-vient continu de gendarmes à cheval qui entraient et sortaient ; leurs sabots claquaient comme des castagnettes. Quand ils franchirent le porche à leur tour, un gradé les salua d'un air aimable ; Francisque en fut très impressionné, lui qui n'était que deuxième classe de réserve. Bernadette lui fit traverser les cours ; ils atteignirent une construction basse, beaucoup plus modeste que les bâtiments de façade.

« C'est là que nous habitons. »

Tous les Courtinot accueillirent cet Auvergnat avec empressement et cordialité. Le gendarme lui serra la main solidement, la mère l'embrassa, la sœur et les deux frères lui sourirent. Francisque posa par terre sa valise, l'ouvrit, en tira un jambon enveloppé de papier à chocolat, qui suscita des cris d'admiration et de nouveaux embrassements.

Le père Courtinot expliqua qu'il avait eu de l'ambition pour sa fille : il voulait en faire une institutrice. Elle avait passé brillamment son Brevet.

« Grâce à moi, on peut le dire. Tous les jours, après le repas de midi — quand je me trouvais à la maison — une dictée ! Dix, quinze lignes, c'était sa ration ! En orthographe, vous vous en rendrez sûrement compte, elle ne craint personne. Même la dictée de Mérimée... Vous vous rappelez ? *Pour parler sans ambiguïté, ce dîner à Sainte-Adresse, près du Havre, malgré les effluves embaumés de la mer, malgré les vins de très bons crus, les cuisseaux de veau et les cuissots de chevreuil prodigués par l'amphitryon, fut un vrai guêpier...* Dix fois, je la lui ai fait faire. »

Et ensemble, le père et la fille, récitèrent :

« *Quoi qu'il en soit, c'est bien à tort que la douairière, par un contresens exorbitant, s'est laissé entraîner à prendre un râteau et qu'elle s'est crue obligée de frapper l'exigeant marguillier sur son omoplate vieillie...*

— Stop ! cria le gendarme en levant le bras, comme s'il avait voulu arrêter une voiture. Malgré sa force en orthographe, cette enfant n'avait aucun goût pour l'enseignement. Elle préférait le commerce. Notez que dans le commerce, l'orthographe c'est très utile aussi. »

L'admiration de Francisque pour Bernadette atteignait presque la frayeur. Le texte de la dictée avait frappé son oreille, aussi beau, aussi incompréhensible pour lui que le *De Profundis*.

« Dans ces conditions, poursuivit M. Courtinot, elle est entrée *Au Sultan*. Comme vendeuse, oui, si l'on veut. En fait, elle remplace les patrons quand ils s'absentent. Ce sont des gens qui aiment voyager, prendre des vacances. Ils lui confient la caisse et la marchandise, certains qu'elle ne les grugera pas d'un centime. Mais moi, avec une solde de gendarme, comment aurais-je pu l'établir à son compte ? »

Personne ne parla mariage. Il était sans doute encore trop tôt. On feignit de le recevoir comme un simple ami de passage. On ne manqua pas, cependant, de lui poser toutes sortes de questions sur lui-même, sa famille, sa charcuterie, son chiffre d'affaires, la patente qu'il payait, le nombre de cochons qu'il débitait par semaine, ses projets, ses opinions politiques. On voulut savoir si les Humbert étaient propriétaires ou locataires de leur maison. Mme Courtinot se préoccupa de connaître s'il avait de la religion.

« Oui, oui, j'en ai, qu'il confirma.

— Vous allez à la messe ?

— De temps en temps. Vous savez, dans le commerce, on est retenu à la boutique.

— Tu devrais, conseilla-t-elle à sa fille, l'emmener voir ta patronne. »

Francisque pensa qu'elle parlait de la marchande de valises et ne comprit pas l'intérêt d'une telle visite ; néanmoins, pour ne pas désobliger, il accepta de suivre sa fiancée. En chemin, elle lui expliqua qu'elle voulait, en fait, le présenter à sainte Bernadette Soubirous ; qu'une patronne est aussi la sainte dont vous avez pris le nom et qui vous protège ; et qu'elle, Bernadette Courtinot, avait cet incroyable privilège de pouvoir, de ses yeux, voir le corps de sa protectrice chaque jour s'il lui plaisait.

« Moi, mon patron, dit Humbert, c'est saint Francisque. Mais il existe pas. Y a pas de saint Francisque au calendrier. Mon vieux non plus avait pas de protecteur. Y a pas de saint Josion. Ni ma mère : y a pas de sainte Ernestine. Ce qui fait qu'on est pas protégés. Sauf par la Compagnie d'Assurances.

— Quand est-ce donc que vous vous souhaitiez vos fêtes ?

— On se les souhaitait pas. Jamais on y a pensé. Et puis, on avait pas le temps.

— Si on se marie, moi, je vous la souhaiterai pour la Saint-François.

— François et Francisque, c'est différent. Saint François marchera pas, question protection. Il a sans doute assez à faire avec ses clients à lui. »

Ils tirèrent la cloche du couvent Saint-Gildard ; une sœur les reçut et les conduisit à la chapelle ; elle raconta que le corps de Bernadette Soubirous — en religion sœur Marie Bernard — avait été déterré en 1925 ; qu'on l'avait trouvé aussi frais qu'au premier jour, ce qui était une confirmation péremptoire de sa sainteté ; que depuis on le conservait dans une châsse de verre exposée au public.

« Nous lui demanderons, dit Bernadette Courtinot, de protéger notre mariage.

— D'accord. »

Il s'avança, assez ému, à l'idée de voir en chair et en os celle qui avait vu la Vierge, dans la grotte de Lourdes. Mais tout de suite plusieurs choses le frappèrent. D'abord, la petitesse extrême de cette religieuse vêtue de noir qui dormait sagement dans sa vitrine, la tête inclinée vers le public.

« Est-ce que c'est un modèle réduit ? » qu'il chuchota vers sa fiancée.

Elle tourna vers lui des yeux scandalisés :

« Un modèle réduit ? C'est elle en personne ! Telle qu'on l'a tirée du tombeau. Mais il faut dire que sœur Marie Bernard était de toute petite taille ; vous le constaterez sur les photos faites de son vivant. »

Et lui, prêt à tout croire : « Ah bon. »

Second point : il regarda de près le saint visage, attentivement ; il secoua la tête deux ou trois fois, regarda encore, re-secoua la tête :

« Ça marche pas, qu'il fit.

— Qu'est-ce qui ne marche pas ?

— Cette figure-là est pas naturelle. C'est pas de la viande.

— Taisez-vous donc ! Vous n'êtes pas dans votre charcuterie !

— Je jurerais que c'est de la cire !

— Oui. Les chairs étaient noircies ; on les a recouvertes d'une légère couche de cire pour les rendre plus présentables.

— Comme ça, d'accord. Autrement, j'aurais plutôt cru à un mannequin.

— Vous disiez que vous aviez de la religion. Vous n'en montrez pas beaucoup ! »

Il baissa la tête, confus. Il s'agenouilla devant la châsse et pria comme il avait promis :

« Pardonnez-moi, sainte Bernadette Soubirous, ces paroles pas convenables que j'ai dites contre votre statue... Je veux dire : votre mannequin... Non... Enfin, cette personne habillée de noir qui est votre corps, dans la vitrine... Je suis qu'un charcutier auvergnat très ignorant. Et protégez, s'il vous plaît, mon mariage avec Bernadette Courtinot ici présente, s'il doit se faire. Amen. »

Dans un hangar voisin, on exposait différents objets ayant appartenu à sœur Marie Bernard : son cabas, sa bourse, son parapluie. Et des photographies où tu la voyais au milieu de ses collègues, réellement la plus petite de la compagnie ; tu aurais dit une enfant. Une autre sœur lui vendit un livret qui racontait la vie de Bernadette Soubirous, depuis sa naissance, à Lourdes, jusqu'à sa mort au couvent Saint-Gildard. Il accepta volontiers cette dépense ; mais il avoua ensuite à sa Nivernaise :

« Moi, la lecture me fait pleurer les yeux.

— Je vous le lirai. »

Ils allèrent s'asseoir dans le jardin public. Mlle Courtinot ouvrit l'opuscule et se mit à en débiter des tranches à mi-voix. Elle lut le récit des apparitions que sœur Marie Bernard écrivit elle-même, dans le couvent :

... La première fois que je fût à la grotte j'allais rammasser du bois avec deux autres petits quand nous fûmes au moulin j'ai demandé aux deux autres petites si elles voulait à les voir le canal pour voir où l'au allait ce joindre avec le gave...

Bernadette Courtinot fit remarquer en riant que sa sainte patronne ne connaissait guère l'orthographe. Puis elle rapporta les paroles de la Vierge :

« Boulé me hé éra grazio de bié penden quinzé dios ? Qu'anerat disé as prêtros de hé basti assi no capéro. Anat béoûé en a houn et bi laoua... Qué préghérat Diou en tas peccadous... »

Et là, Francisque Humbert eut cette formidable surprise : la Vierge Marie parlait patois ! Il constata même que le patois de Lourdes n'était pas tellement différent du patois montferrandais, tel que les vieux le pratiquaient encore. La Nivernaise fit la traduction :

« Voulez-vous me faire cette grâce de venir pendant quinze jours ? Vous irez dire aux prêtres de faire bâtir ici une chapelle.

Allez boire à la fontaine et vous y laver... Vous prierez Dieu pour les pécheurs... »

Décidément, cette minuscule sainte lui devenait plus que sympathique : comme lui, c'était une championne des fautes d'orthographe, et elle conversait avec la Sainte Vierge en un patois presque auvergnat. Protégé par elle, leur mariage ne pouvait qu'être heureux.

Ils restèrent longtemps dans le jardin public. Le livret refermé, ils regardèrent les enfants jouer autour d'eux. Francisque pensait aux enfants qu'ensemble ils auraient un jour. Il vit ses propres mains, larges et grosses, et se demanda s'il saurait, ces petits, les caresser, les toucher sans leur faire de bleus. Puis, le ciel devint gris. Devant eux se découpa en noir le profil de pierre de la ville.

« J'ai froid », dit Bernadette.

Pour la réchauffer, il voulut passer son bras derrière elle ; mais elle s'écarta légèrement. Il n'insista pas. Il pensa qu'il n'avait pas encore le droit de faire un tel geste. C'était une nature placide et simple qu'aucune passion n'avait jamais tourmentée ; il ne s'étonna point. Un long silence les sépara ; elle reparla la première :

« Je dois vous avouer une chose : je me demande si nous faisons bien de nous marier. »

Cette fois, il fut quand même surpris, mais ne protesta point. Il attendit qu'elle s'expliquât. Des angélus tintèrent au loin, plusieurs à la fois.

« Les anges s'occupent de nous, dit-elle. C'est pourquoi je dois vous avertir honnêtement : je ne vous aime pas.

— Ah bon ! qu'il fit. Je croyais que c'était plus grave.

— Vous trouvez que ça ne l'est pas assez ?

— Du moment que vous acceptez de devenir ma femme, ça me suffit. Vous avez refusé les trente et un autres ; c'est donc que vous m'estimez. C'est déjà beaucoup. Dans les temps, les garçons et les filles se mariaient pratiquement sans s'être jamais vus. Une fois ou deux, maximum. Comment voulez-vous qu'ils puissent s'aimer ? Ma tante Antoinette racontait que ses parents l'avaient mariée comme ça au tambour de ville de Montferrand. Un homme qu'elle connaissait seulement pour l'avoir entendu jouer du tambour. Après la noce, on les a enfermés ensemble dans une chambre. Lui a voulu aussitôt entrer dans le lit de sa femme. Mais elle, qui était pas au courant de la mécanique, l'a repoussé avec des cris de putois : elle se demandait ce que lui voulait ce particulier. Trois semaines, le tambour de ville a couché sur une chaise ! « Il tombait en pièces détachées, nous disait la tante Antoinette. Alors, pour finir, j'ai eu pitié de lui. J'ai accepté de le recevoir. Il en a profité pour tout m'expliquer. » Eh bien, je crois que ces mariages-là étaient aussi bons que ceux d'aujourd'hui. Quand ma tante est devenue veuve, je m'en souviens, au cimetière, elle a versé un double décalitre de larmes. »

Bernadette l'avait écouté d'abord sérieusement ; puis elle avait une fois encore éclaté de rire. A la fin :

« Est-ce que vous me ferez toujours rire comme ça ? qu'elle dit.

— Ma foi... Si vous rigolez chaque fois que j'ouvre la bouche... c'est peut-être pas mauvais signe.

— Vous avez raison : ça vaut la peine d'essayer. »

7

Quand la mère Janvier, la marchande de boutons de la place Poly, vint acheter pour trois francs de saucisse, elle demanda comme à l'accoutumée :

« Ça va-t-y, Ernestine ?

— Pas mieux que d'habitude, ma pauvre. Les jambes veulent plus me porter. Heureusement que j'espère me reposer bientôt.

— Vous êtes pas folle d'avoir des idées pareilles ?

— Quelles idées ? Je veux dire que, d'ici peu de temps, si le bon Dieu veut, j'aurai une remplaçante. Mon fils fréquente.

— Vraiment ?

— Oui. Une fille de Nevers, qui a son Brevet... »

La mère Janvier sortit de la boutique. Dix minutes après, toute la rue de la Rodade était informée de l'événement. A 11 heures, la nouvelle circulait par la rue de la Gravière, la rue de l'Hôpital, remontait la Grand-Rue, s'étendait jusqu'à la caserne de gendarmerie, ruisselait le long des pentes, inondait les zones basses. A midi, elle courait en direction de la Plaine, mais refusait d'aller très loin car le nom des Humbert était là-bas inconnu ; à la rentrée de 13 heures, les ouvriers l'introduisaient chez Bibendum. Bref : à 14, les bans de mariage de Francisque se trouvèrent officiellement publiés.

Le facteur-corsaire ne manqua pas de souligner le rôle important qu'il avait joué dans cette affaire :

« J'espère que vous me ferez goûter aux dragées ! »

A cette époque, on avait son facteur de famille, comme son médecin de famille, qui vous suivait toute une existence. Des facteurs authentiques, des facteurs de vocation, attachés à leur village ou à leur quartier. Chacun d'eux connaissait sa clientèle aussi bien que sa sacoche. Des lettres atteignaient leur destinataire avec cette seule adresse : *Monsieur Pierre Carcanague, Aurillac... Madame Riquette, Montferrand... Monsieur Jacques Simon, retraité, Vichy...* Lorsque, depuis des jours, tu attendais une missive de première importance, il t'annonçait de loin, la brandissant au soleil :

« Elle est là ! »

Il participait à tes espérances, à tes joies, à tes peines, car il les connaissait. Il avait en général l'âge de ton père ; il t'avait vu naître, grandir, prospérer. Il savait à peu près tout de ses paroissiens : il avait lu avant eux leurs cartes postales, leurs journaux, le cachet et le verso de leurs lettres. Être facteur de famille donnait le droit d'entrer dans les maisons à n'importe quelle heure, après avoir à peine heurté le bois de l'index replié : il était toujours le bienvenu. Il colportait les nouvelles locales et nationales, remplaçait avantageusement la T.S.F. sans exiger de redevance :

« Ils ont encore renversé le gouvernement... On a arrêté l'assassin de Durtol... Les cochons se sont vendus vingt sous de plus le kilo à la foire de Cébazat... »

Le facteur au bandeau noir de la rue des Cordeliers avait une manière à lui de pressentir le contenu de ses lettres. Il les promenait sous son nez et disait en les remettant :

« Ça sent la fumelle ! »

Ou bien :

« Ça sent le percepteur ! »

Ou encore :

« Ça sent la graisse de fusil ! »

Sans lui, sans *le Chasseur français*, l'annonce, les cartes, les lettres entre Nevers et Montferrand, le mariage Humbert-Courtinot ne se serait pas fait, assurément. Francisque lui promit un kilo de dragées.

Bernadette Courtinot vint à Montferrand à titre de fiancée officielle. Mme Humbert la serra sur son cœur et pleura en pensant à l'ancien :

« Comme il serait content de connaître sa future gendresse ! Depuis des années, il agaçait Francisque pour qu'il se marie. Il n'a pas eu cette joie avant de mourir ! »

La Nivernaise visita toute la maison. Elle resta longtemps dans la boutique, se faisant expliquer le nom des spécialités, leurs ingrédients, leur préparation. On sentait que le commerce l'intéressait vraiment.

« Ça, disait Humbert, c'est du boutifaron : un cervelas 3/4 porc et 1/4 veau, bien épicé à la cannelle ou à l'anis... Ça, c'est du fuet, une saucisse séchée qu'achètent principalement les Espagnols... Je fabrique aussi la longaniza, avec du piment et de l'ail... Ici, les ballottines de langue et de volaille... La galantine de tête de porc. Je la fais également au pigeon... Les hors-d'œuvre : tomates farcies, escargots, salade de museau, céleri rémoulade... Les gens achètent de plus en plus des plats tout préparés. »

La porte de derrière s'ouvrit ; l'apprenti entra, sous prétexte d'emprunter le fusil du patron ; en fait, il voulait voir la Nivernaise.

« Ça, c'est mon apprenti », dit le charcutier, comme s'il l'avait préparé de ses mains, au même titre que le boutifaron.

Et c'était un peu vrai. On l'appelait Vincent ; mais son nom exact était quelque chose comme Wenceslas Czasputzyminski ; à moins que ce ne fût Wenceslas Putaczzizuminski ; ou Tsyputminstsaski. Un nom si long et si compliqué que Wenceslas lui-même était incapable de l'écrire sans faute. Heureusement, tout le monde l'appelait Vincent. Inutile de dire que Wenceslas était descendant de Polonais. Son père était mort à Saint-Eloy-les-Mines, à la suite d'un coup de grisou. Pour empêcher ses enfants de descendre dans les puits, la mère avait décidé de quitter la région ; elle s'était installée à Montferrand où elle vivait en faisant des lessives. A l'école, Wenceslas Czasiput, etc. avait souffert de la moquerie des autres enfants :

« Son nom, se disaient-ils entre eux, en sa présence, est long comme ça... Mais la Pologne est grande comme ça ! »

Pour définir les dimensions de la Pologne, ils écartaient leurs mains arrondies, laissant entre elles à peu près l'espace d'une grosse citrouille. Ils n'avaient aucune idée des formes, de l'étendue, du site de ce pays ; il leur suffisait de voir enrager Wenceslas pour la rapetisser un peu plus chaque jour ; elle rétrécissait à l'usage ; à la fin, elle n'avait guère que la grosseur d'une pomme. Lui entrait en une fureur tout à fait réjouissante :

« Et la France, donc ! Et la France ! Regardez ce que j'y fais, à la France ! »

Là-dessus, il se mettait à cracher par terre, à trépigner, à ruer dessus tel un âne fou, à envoyer des coups de pied dans les potences du préau. Les autres ne voyaient dans ces objets divers rien qui fût la France. Pour eux, la France était inaccessible, suspendue au mur de leur classe, avec ses varices bleues, ses côtelettes bistre, ses villes innombrables et dispersées comme les yeux sur le bouillon.

A douze ans, ayant échoué au Certificat d'études, Wenceslas entra chez les Humbert, bien à l'abri des moqueries et des coups de grisou. C'est ainsi qu'il eut l'occasion de recevoir de ses mains les lettres de Bernadette Courtinot, et de l'admirer ensuite, de chair et d'os, dans la boutique un peu sombre que sa présence éclairait. Il se dit que, plus tard, lui aussi aurait une femme au milieu de sa charcuterie, lorsqu'il serait patron. Mais il se demandait avec quelque inquiétude s'il en trouverait une qui accepterait de s'appeler Mme Kaputsyczaminski ; il enviait son patron de s'appeler Humbert.

Elle voulut visiter la ville. Francisque lui montra les curiosités qu'il lui avait déjà envoyées en cartes postales. Elle demanda :

« En somme, quelle différence y a-t-il entre un Clermontois et un Montferrandais ?

— D'abord, ils habitent pas au même endroit.

— Oui, ça, je m'en doutais. Ensuite ?

— Ensuite, les Montferrandais, c'est des *mulets blancs*.

— Et les Clermontois ?

— Rien du tout. D'ailleurs, y a pas de Clermontois. Ça n'existe pas. C'est tout de l'importation. Ils viennent de toutes les régions. Même de l'étranger. Ils ont pas de nom. Comme les bâtards.

— Et à Montferrand, pas d'importation ?

— Beaucoup moins.

— Existe-t-il d'autres différences ?

— Heu... On demandera à la mère. Elle connaît le monde mieux que moi. »

La charcutière parut très flattée qu'on la consultât sur ce point important.

« Gendresse... » commença-t-elle.

Quand elle s'adressait à sa parenté, Mme Humbert n'appelait pas les gens par leur prénom, mais par leur titre de parent : « Sœur... Nièce... Neveu... Cousin... Beau-frère... »

« Gendresse, qu'elle dit, Clermont est une ville de l'avenir ; Montferrand une ville du passé. Les Clermontois démolissent leurs vieux quartiers pour bâtir des immeubles modernes, des magasins, des garages ; les Montferrandais ne permettent pas qu'on touche à leurs vieilles demeures, même pour les décrasser. Ils sont comme le charbonnier.

— Quel charbonnier ?

— Un charbonnier de la Muratte, dans la montagne de Thiers. Il faisait cuire son charbon dans les bois. Il habitait avec sa famille une cabane. Un Parisien fine-langue qui passait par là lui dit un jour : « Tu m'as l'air d'avoir une jolie femme, charbonnier. Tu devrais la débarbouiller un peu. » Et l'autre de répondre : « Si elle est belle, Parisien, pas besoin que les autres le sachent. Et si elle est laide, vaut mieux la cacher. » Les Montferrandais sont ainsi, gendresse : ils ont de la fierté. Les Clermontois, eux, ont surtout souci de leurs affaires. Voilà la différence. »

Quelques semaines après, la mère et le fils prirent le train de Nevers, emportant deux valises emplies d'effets et de charcuteries diverses. On leur avait retenu des chambres dans un petit hôtel de la rue Saint-Didier, l'Hôtel du Nord, en face d'une fumisterie. C'était la première fois de leur vie qu'ils descendaient dans ce genre de maison. Mme Humbert recommanda à son fils de fermer le soir très soigneusement sa porte à clé et au verrou et de mettre son portefeuille sous son matelas.

Toute la gendarmerie était en fête. Une banderole avait été accrochée sur le bâtiment où vivaient les Courtinot, portant l'inscription : *VIVE LA MARIÉE !*

Le vendredi après-midi, Bernadette et Francisque s'en furent accomplir leurs dévotions à l'église Saint-Pierre. Un bâtiment sombre et décrépit, digne d'être montferrandais. Tandis que la jeune fille faisait confession de ses péchés, le futur attendait son tour, agenouillé sur un prie-Dieu. Deux colonnes noires comme la poix montaient vers les ténèbres des coupoles, où voletaient des anges. Les chaises portaient des plaques de cuivre indiquant leurs titulaires : *Maître Cordonnier, Mme Chevillot, Mme Madignier, Mlle Monsinjon...* Rien que des noms nivernais, que jamais ses yeux ni ses oreilles n'avaient eu l'occasion de rencontrer. Il occupait justement la place de Maître Cordonnier, notaire, ou avocat ; ces lettres, devant lui, sur le dossier, le gênaient comme un reproche.

Au bout d'un moment, Bernadette vint s'agenouiller à sa gauche ; elle se couvrit le visage de ses mains. Il se leva à son tour et se dirigea vers le confessionnal. Il n'était plus entré dans ce genre d'édicule depuis l'époque de sa première communion ; le prêtre le lui fit avouer tout de suite :

« Vous avez sans doute oublié les prières qu'il faut dire ?

— Complètement.

— Répétez après moi : Pardonnez-moi, mon Père, parce que j'ai péché... »

Le curé aussi avait cet accent nivernais qui lui donnait l'impression de se confesser à un Italien. Il lui fit passer en revue toutes les fautes qu'il avait pu commettre ou non, depuis la grasse matinée jusqu'à l'assassinat. Francisque s'efforça de ne rien oublier, ni les fautes capitales, ni les péchés sous-préfectures. Quand ils en furent à la luxure et aux impuretés, il fut tenté de lui resservir le coup des *chanes* du vin ; mais il se dit que cette confession-là était une affaire sérieuse et craignit que, s'il la prenait à la légère, son mariage ne fût pas entièrement valable ; qu'il y eût dedans la paille susceptible, après un temps d'usage, de le faire rompre.

« Quelle profession exercez-vous ?

— Charcutier.

— N'avez-vous rien à vous reprocher dans votre travail ?

— Ben... je vois pas.

— Vous ne faites jamais, par hasard, le faux poids aux clients ?

— Je connais le truc ; mais je le laisse aux Espagnols.

— Aux Espagnols ? Pourquoi les Espagnols ?

— Ceux qui vendent les fruits et légumes, chez nous au marché. Sur un plateau, ils mettent à l'avance le poids en fonte : par exemple un kilo. Sur l'autre, une feuille de papier journal ; et dessus, ils commencent à empiler leurs oranges. D'abord deux, puis trois, puis quatre. C'est des gens qui ont l'œil ! La dernière, au lieu de la placer doucement sur ses copines, ils la laissent tomber de haut. Comme ça, le plateau s'enfonce ; et avant qu'il soit remonté, hop ! ils enlèvent la feuille et la marchandise : « Ça fait six francs ! »

— Ils m'ont l'air rudement filous, vos Espagnols !

— Oh ! la plupart des clients y voient que du feu. Mais si quelqu'un, Espagnol ou Auvergnat ou Nivernais, me fait à moi un coup pareil, vous savez ce que je fais ?

— Dites toujours. Ça peut servir !

— Mettons qu'il me dise : « Ça fait six francs. » Alors moi, je prends une pièce de cinq, et je la laisse tomber de très haut dans sa balance. Et s'il comprend pas, je lui explique que cinq qui tombent en valent six qu'on pose.

— Ho, ho, ho ! A ce petit jeu, je crois que vous êtes gagnant ! Ça ne me semble pas très honnête non plus. Et je pense que vous devez le confesser avec le reste. Vous l'avez pratiqué combien de fois ?

— Cinq ou six. Mais si vous prenez ça pour un péché, c'est que vous êtes de ceux qui se laissent rouler, mon père. Et encourager la malhonnêteté, est-ce que c'est bien honnête ?

— Vous allez un peu loin, mon fils. Qui est-ce qui confesse l'autre ici ? Vous ou moi... ? »

Ils eurent de la sorte sans se voir, à travers la grille de la guérite, une longue conversation qui fut profitable à tous deux. Le prêtre termina par une recommandation :

« Je vous souhaite un mariage heureux et fécond. Car vous savez que Notre Sainte Mère l'Église interdit de faire quoi que ce soit pour éviter les enfants. C'est un grave péché. »

Francisque demeura un moment étonné et muet.

« Vous entendez ? reprit le père. Vous ne devez rien faire pour empêcher les enfants de venir. Croissez et multipliez : Notre Seigneur l'a recommandé.

— Ben...

— Ben quoi ?

— Qu'est-ce qu'on peut faire, au juste ?

— Oh ! Ce n'est tout de même pas à moi de vous l'apprendre ! »

Le lendemain, tout se déroula selon les plans prévus. Dans sa robe blanche, Bernadette était belle comme un lys. En la voyant,

Francisque Humbert commença d'éprouver sous les côtes, entre le nombril et le sein gauche, une sorte de vide mi-plaisant mi-douloureux dont il ne s'expliqua pas la nature. C'étaient les premières atteintes d'un amour qui devait durer toute sa vie, lui apportant des joies et des souffrances difficiles à croire. Toutefois, il le prit sur le moment pour un léger malaise d'estomac et se dit qu'il ferait bien de sucer des pastilles de Vichy.

Le commandant et les collègues du maréchal des logis Courtinot accueillirent toute la noce dans une grande salle de la caserne où l'on porta, au vin de Pouilly, des santés aux mariés et à leurs familles. Au milieu de tous ces uniformes, de ces galons, de ces lumières, le Montferrandais croyait avoir la berlue. Il ne plaça pas un mot. Il ne quittait pas des yeux celle qui bientôt allait devenir sa femme ; il avait l'impression de la découvrir. En passant devant une glace, il vit ses cheveux rouges, ses oreilles larges comme des mains ouvertes, son habit noir acheté chez Conchon-Quinette. Il se fit peur. De temps en temps, cependant, elle le regardait, tantôt grave, tantôt souriante. Jusqu'au dernier instant, il trembla qu'elle ne dît non devant le maire. Ce fut un adjoint, en fait, qui leur posa la question. Bernadette était soudain devenue pâle ; elle prononça un oui à peine perceptible, un oui agonisant. Mais c'était un oui tout de même. Francisque se sentit le cœur débordant de reconnaissance, tandis que l'adjoint déconnait à pleins tubes, disant qu'il était « heureux d'unir, en la personne d'un jeune charcutier et d'une jeune maroquinière, l'Auvergne et le Nivernais, deux belles provinces françaises où ne manquent ni les vaches ni les cochons ». Ça en fit rire quelques-uns. Lui prenait son mariage au grand sérieux.

A la sortie de l'Hôtel de Ville, il voulut lui donner le bras.

« Doucement, dit-elle. Nous ne sommes encore mariés qu'à moitié ! »

En cortège, tous se dirigèrent vers l'église. Au moment de la bénédiction, il y eut un affreux incident. Alors qu'il devait passer l'anneau au doigt de son épouse, ses mains tremblaient tellement que les deux bagues lui échappèrent et roulèrent sous les chaises. Et voici toute la noce à quatre pattes en train de les chercher. Suivant son instinct professionnel, le gendarme Courtinot lançait des directives :

« Attention de ne pas mettre le pied dessus ! Baissez-vous, mais déplacez-vous le moins possible ! »

Par souci de leur dignité et de leur toilette, les mariés n'osaient s'accroupir comme les autres et restaient en dépôt sur leur prie-Dieu. Le curé attendait, poussant des soupirs. L'enfant de chœur rigolait derrière sa main.

On en trouva une. Cela encouragea les recherches. Puis l'autre.

La cérémonie repartit du point précis où elle avait été interrompue. Les gens s'essuyaient les mains dans leur mouchoir, se tapotaient les genoux. Certains trouvèrent l'incident de mauvais augure : comme si le ciel avait tenté d'empêcher ce mariage. Ou du moins de donner un avertissement. Mme Courtinot mère versa quelques larmes.

Le repas qui suivit, dans une auberge au bord de la Loire, route des Saulaies, dissipa ces humeurs. Il commença vers 3 heures et dura jusqu'à la nuit noire. A partir de 7 heures, il y eut des chants, des monologues, des tours de prestidigitation, des jeux de société, des farces et attrapes. Personne ne fut épargné. L'assistance scanda :

« Madame Humbert ! Madame Humbert ! Madame Humbert !... »

Il s'agissait de l'ancienne, naturellement. Pendant sa première nuit d'hôtel, elle avait pris un coup de froid et se trouvait fort enrouée ; elle accepta néanmoins de chanter en français une bourrée de circonstance :

Rosette se marie à l'âge de quinze ans
Avec un jeune homme de quatre-vingt-dix ans.

Le soir après souper, quand la noce a fini,
A fallu une échelle pour le mettre au lit.

Toute la nuit il ronfle. Elle, qui ne dort guère,
Le chatouille partout, mais il ne veut rien faire.

« Au diable tes chatouilles ! Laisse-moi reposer !
— Au diable ton repos ! Je voudrais m'amuser ! »

Elle va chez son père : « Vous m'avez donné,
Père, un mari que j'ai grande envie d'étrangler !

— Ma fille, n'en fais rien ! Il est tout cousu d'or.
Nous saurons bien, nous deux, lui tirer son trésor !

— J'aimerais mieux un homme un peu moins ramolli !
Au diable la richesse, où manque le plaisir !...

Elle tortillait sur le côté un coin de sa jupe, comme la manivelle d'une vielle. Elle fut très applaudie.

Sur l'insistance de l'assemblée, le maréchal des logis se leva à son tour :

« Chers parents et amis, dit-il en roulant les r, je n'ai pas de voix, je ne chante pas. Mais, si vous voulez, je m'en vais vous réciter quelque chose.

— D'accord ! D'accord ! »

Le gendarme se sentait les genoux flasques et la cervelle embrumée. Il chercha, hésita entre *Après la bataille, Les deux blessés, Oceano Nox*. Les poésies de son enfance se bousculaient dans sa mémoire. Une, plus audacieuse que les autres, lui glissa de la bouche. C'était la dictée de Mérimée :

« *...Il était infâme d'en vouloir à ces fusiliers jumeaux et mal bâtis et de leur infliger une raclée, alors qu'ils ne songeaient qu'à prendre des rafraîchissements avec leurs coreligionnaires... Des alvéoles furent brisés, une dysenterie se déclara, suivie d'une phtisie. « Par saint Martin, quelle hémorragie » s'écria ce bélître. A cet événement, saisissant son goupillon, ridicule excédent de bagage, il la poursuivit dans l'église tout entière !...* »

On l'écouta avec respect, en hochant la tête à tant de savoir.

Quand ils s'échappèrent, vers une heure du matin, le fleuve lustré scintillait sous la lune.

« Notre ménage, qu'elle dit, commence avec le printemps. »

En fait, celui du calendrier se trouvait dépassé depuis quelques semaines. Mais le printemps du ciel venait à peine de démarrer. Trois jours plus tôt, il y avait encore eu des giboulées, des poignées de flocons mêlés à la pluie ; ensuite, le vent avait tourné au sud ; les violettes s'étaient mises à sortir de partout.

Un cri aigu perça la nuit.

« Une mouette, dit Bernadette.

— Une quoi ?

— Une mouette. Un oiseau marin. Quelques-unes remontent la Loire jusqu'ici. Tu n'as jamais vu de mouette ?

— J'ai jamais vu la mer. J'ai jamais vu Paris. J'ai jamais vu Marseille. Que de choses j'ai jamais vues !

— Que de choses nous ne verrons jamais ! »

Elle eut un petit rire insouciant, sur la même note aiguë que le cri de la mouette. Si bien qu'un instant il crut que c'était la mouette qui avait ri.

Un certain oncle Brochard mettait sa maison à leur disposition pour la première nuit. Il était convenu qu'ils s'y rendraient à l'heure de leur choix, quand ils jugeraient bon de fausser compagnie aux invités. Le refuge se trouvait à deux kilomètres, en direction de Saint-Baudière. L'oncle Brochard avait proposé de les y transporter dans sa petite Citroën ; mais Bernadette avait eu une autre idée :

« Non. Nous ferons le voyage à bicyclette. »

Les deux bécanes, sous le hangar de l'auberge, n'attendent que leur signal. Eux se tiennent côte à côte, face au ciel, adossés à la maison où les autres poursuivent leurs numéros. Comme il faut faire quelque chose, il l'entoure de son bras gauche, puis, timidement, la tourne vers lui. Elle lève les yeux.

« Bernadette...

— Oui ?

— Je...

— Je quoi ? »

Il se racle la gorge. Il a failli dire : « Je t'aime. » Comme au cinéma. La honte d'imiter les vedettes lui serre le cou.

« Je quoi ?

— Rien. »

Il l'embrasse. Elle lui rend son baiser, poliment. Puis, du bout des doigts, elle le repousse :

« Si on reste ici, on va se faire découvrir. Il est temps qu'on parte. »

Ils vont chercher les vélos, les poussent jusqu'à la route. Elle s'installe comme elle peut sur le sien, enroule son voile autour de ses hanches, s'assoit dessus.

« C'est une drôle d'idée ! dit Francisque.

— Quoi donc ?

— De partir... en voyage de noces... sur une bécane. »

Et elle, toujours avec son rire de mouette :

« Peut-être c'était une drôle d'idée de nous marier, tous deux ! »

Elle n'attend pas de réponse, pousse sur les pédales, prend aussitôt cent mètres d'avance. La route est déserte, ils n'ont pas eu souci d'enclencher l'éclairage, les voilà confiés aux rayons de la lune. Devant lui, il distingue cette forme blanche ; il peine à la rattraper. Le voile qui s'est dégagé flotte derrière elle comme la queue d'une comète.

Il crie : « Doucement ! Attends-moi ! Gaffe au voile ! Il pourrait se prendre dans les roues ! »

Mais elle continue son sprint. On dirait qu'elle cherche à lui échapper. Il ne connaît pas le chemin, il se demande jusqu'où elle va le conduire ainsi. Une auto vient en face, pleins phares. Elle n'a aucune raison de les baisser, puisqu'ils sont sans éclairage. Elle se demande à quel genre de fantômes elle a affaire. Francisque se sent pris dans cet éblouissement jaune comme une mouche dans le miel. Une voix crie :

« Bande de cinglés !

— Merde ! » qu'il répond.

Puis la voiture s'éloigne, le laissant tout surpris de se retrouver vivant, mais les yeux brûlés. Il met pied à terre ; il ne distingue plus rien ; pas même la route, pas même la lune. Sa femme a dû être écrabouillée. « Me voilà veuf ! Ça c'est marrant ! Veuf le soir de ses noces ! On le mettra dans le journal ! » Peu à peu, cependant, la vue lui revient ; il marche en poussant sa bécane par les cornes. Si Bernadette est réellement morte, il doit en retrouver les morceaux, une flaque de sang dans la poussière, un bout d'étoffe blanche, un peu de ferraille. Or la chaussée devant lui s'étend virginale. Il enclenche la dynamo, remonte sur sa machine. « Je vais, qu'il se dit, continuer comme ça une heure environ ; ensuite, je reviendrai. J'avertirai la gendarmerie. Mon beau-père est gendarme, ça sera facile. On se mettra tous à la recherche de cette diablesse de Nivernaise. Elle a dû trop boire. Ou trop danser. Ça lui a monté à la tête. »

Un peu plus loin, cependant, dans la lumière de sa lampe, il reconnaît la mariée en grande tenue, au bord de la route, debout derrière sa bicyclette.

« C'est toi ? qu'il demande.

— Naturellement, que c'est moi !

— Qu'est-ce tu fabriques ?

— Je t'attends !... Et je te conseille pas de t'engager dans le Tour de France ! »

La maison de l'oncle Brochard est encore à cent mètres. Ils trouvent la clé dans sa cachette, vont se laver les mains dans la cuisine. Bernadette arrache son voile, le roule en boule, le jette sans égards sur une chaise. Son mari la regarde d'un air de reproche.

« Bah ! Ça ne sert qu'une fois ! »

La tante Brochard a orné leur chambre de fleurs excessives. La Nivernaise se précipite à la fenêtre, l'ouvre toute grande, fait de profondes respirations. Dehors, on entend crier d'autres mouettes. Le lit occupe une bonne partie de la pièce, haut sur pattes, sous son édredon rouge, ventru comme une femme enceinte. Aux murs, des photos, visages inconnus, civils, militaires, communiantes, les observent. Quand Francisque tourne le commutateur :

« Qu'est-ce que tu fais ? » demanda-t-elle.

Et lui, comme si ça ne se voyait pas : « J'éteins. »

A l'Auberge des Mariniers, route des Saulaies, les confidences faisaient rage. C'était l'heure où chacun déboutonnait en même temps son cœur et sa ceinture :

« Madame Humbert, disait le maréchal des logis, je livre à votre fils une enfant précieuse comme la perle et pure comme le jour. J'espère qu'il se montrera digne d'elle.

— Monsieur Coustinot... répondait la charcutière.

— Courtinot.

— Je vous demande pardon. Monsieur Courtinot, mon fils n'est pas très instruit. C'est la faute à la guerre, qui l'a empêché de fréquenter l'école. Ce n'est peut-être pas un cerveau ni une beauté. Mais croyez-moi, Monsieur Courtinot, c'est un cœur ! Et une santé ! Et une conscience !

— Ah oui ? C'est un cœur ? Et une... ? Et quoi d'autre ?

— Et une conscience ! Et une santé !

— Qu'est-ce que ça veut dire ?

— Ça veut dire premièrement qu'il se porte bien. Et la santé est la plus grande des fortunes, n'est-ce pas ?... Ensuite, qu'il est honnête. A ne pas croire ! Tenez, dans notre métier, la charcuterie, il est facile de frauder, de trafiquer : le bisulfite, les colorants, le bicarbonate. Même avec des choses permises par la loi. Eh bien, chez nous, zéro ! Mon fils refuse absolument d'empoisonner la clientèle. C'est-il pas honnête, ça ?

— Sûrement, sûrement... Vous disiez... que c'est aussi un cœur, je crois ?

— Ça ne paraît pas : il a l'air placide. Même plutôt froid. Et pourtant Monsieur Courtinot, si vous pouviez voir sa gentillesse ! Quand son père était malade, il lui approchait ses pantoufles, les lui mettait à chauffer dans le four, lui comptait les gouttes de ses remèdes, lui frottait les mains s'il les trouvait froides. Alors, je vous le demande, monsieur Courtinot : un garçon de cette espèce, est-il digne de votre Bernadette, oui ou non ?

— Si je vous racontais, madame Humbert, tout ce qu'elle a fait pour sa mère, pour sa sœur, pour ses frères ! J'en aurais jusqu'à demain ! Et tout ce que nous avons fait pour elle, également ! Madame Courtinot, ici présente, qui la promenait toutes les nuits, quand elle était petite, parce qu'elle avait des convulsions. Que de nuits blanches elle a passées à se promener comme ça ! Et puis moi, les leçons d'orthographe ! Une dictée après chaque repas ! Est-ce que vous vous rendez compte des sacrifices que ça représente ?

— Elle a eu des convulsions, vraiment ? Je ne savais pas.

— Oh ! jusqu'à l'âge de dix ans, seulement ! Ensuite, ça a passé ! Ça ne l'a pas empêchée de devenir grande, belle et de décrocher son Brevet, hein ? »

Par la fenêtre ouverte la clarté de la lune entre avec discrétion. Suffisamment, toutefois, pour qu'on puisse distinguer les formes, les ombres, les blancheurs.

« J'ai froid », dit Bernadette.

Il la recouvre du drap. Mais ses yeux, ses mains éblouies gardent le souvenir de son corps. Longtemps, il est resté à genoux sur le lit, près d'elle, comme un prêtre dont elle serait en même temps l'autel et l'hostie. Il retombe. Leurs deux mains restent réunies. Au plafond passent des lumières tournoyantes envoyées par les phares des voitures. En lui, soudain, quelque chose se déchire. Et elle :

« Qu'est-ce que tu as ?

— Rien.

— Tu pleures ?... Mais oui ! Il pleure ! Qu'est-ce que je t'ai fait ?

— Je sais pas.

— Ce serait plutôt à moi de pleurer. Tu m'as fait mal, tu sais !

— Pas exprès.

— Pourquoi pleures-tu ?

— Je sais pas... »

Il sanglote dans l'oreiller, comme il ne l'a plus fait depuis son enfance, tandis qu'elle lui tapote doucement la nuque.

« Explique-toi, voyons ! »

Mais que peut-il, que sait-il expliquer ? Comment lui dire : « Tu es trop belle pour moi... Je ne suis pas digne, je ne suis pas digne... » ?

Au bout d'un moment, il se calme. Elle lui essuie le visage avec le drap, l'attire contre elle, l'embrasse sur les paupières. Il finit par s'endormir, dans un sommeil plein de soubresauts, comme un enfant apeuré.

Le lendemain, tandis qu'elle se peignera devant la fenêtre, en regardant ce paysage qu'elle va quitter, elle dira sans rire :

« C'est fait. Notre voyage de noces est terminé. Il avait deux kilomètres de long. Avec le retour, ça en fera quatre. »

8

Dans le train qui la ramenait à Clermont-Ferrand, en compagnie des jeunes mariés, Mme Humbert se répétait avec jubilation : « Maintenant, je peux mourir tranquille. Quand il vous plaira, Seigneur. Donnez-moi seulement quelques jours encore pour pouvoir mettre au courant Bernadette. »

Francisque avait pris la précaution de retapisser sa chambre, avec l'aide de l'apprenti. Comme il était normal, la Nivernaise y apporta des changements.

« Il faudra cirer le plancher... Ici, je veux des rideaux assortis au papier... Et surtout, il faudra enlever ce vieux lit, cette armoire, et acheter des meubles neufs. »

Il consentit à tout, heureux de constater en elle cet intérêt pour les petites choses. D'instinct, il comprenait que mille petites choses peuvent te retenir autant qu'une très grande. Comme les liens dont les gens de Lilliput ficelaient Gulliver. Ils allèrent ensemble faire choix d'une chambre à coucher dans un grand magasin de Clermont. Tout cela amena des soucis et des plaisirs.

Mme Humbert commença son enseignement dès le lundi matin :

« Gendresse, vous allez croire que je suis pressée de vous mettre au travail. Ne pensez pas ça. Mais, voyez-vous, je me sens vieille et usée comme les pierres. Je ne sais pas jusqu'à quand je pourrai tenir. Alors, j'aime mieux que nous ne perdions pas de temps. Tout d'abord, considérez que désormais vous êtes ici la patronne. Je donne ma démission à partir d'aujourd'hui. Je veux bien vous aider encore tant que je pourrai, mais sous vos ordres. Voilà.

— Vous plaisantez, maman ! Moi qui...

— Non, non, ne m'appelez pas maman. Votre maman est à Nevers.

— Comment dois-je vous appeler ?

— Quand la mère de l'ancien vivait, je veux dire de mon défunt mari, je l'appelais « belle-mère ». Faites de même. Appelez-moi ce que je suis, non ce que je ne suis pas. »

Elle lui montra les petits secrets de la maison : comment les portes s'ouvraient et se fermaient ; la disposition des placards et des armoires ; les lubies des clés, des tiroirs, des robinets et la manière d'en avoir raison. Elle lui montra surtout le travail du magasin, lui fit couper, peser, empaqueter la marchandise, calculer le prix, rendre la monnaie. C'était l'époque où les balances-compteuses n'étaient pas encore inventées. Pour simplifier les multiplications, on s'efforçait de servir des pesées rondes : un kilo, une livre, une demi-livre, en enlevant ou ajoutant ce qu'il fallait. Et si par hasard elles dépassaient de dix ou vingt grammes le chiffre voulu, on ne se souciait pas de ces dix ou vingt grammes en trop ; on laissait ces petitesses aux pharmaciens, aux vendeurs de tabac à priser, et l'on se contentait de faire remarquer, avec un sourire :

« Bon poids ! »

C'est ainsi qu'on gagnait l'affection et la fidélité de la clientèle.

Bernadette mit donc tout de suite la main à la pâte. Mme Humbert se tenait derrière elle, pour la guider et la corriger, d'abord de près, puis d'un peu plus loin, enfin dissimulée derrière la porte de communication. Au bout de deux semaines, elle lui laissa complètement la bride sur le cou, se contentant de demeurer à sa portée, d'attendre qu'on l'appelât si la chose devenait nécessaire. Chaque fois qu'elle avait l'occasion :

« Quelle bonne charcutière vous ferez ! s'écriait-elle, épanouie. Vous étiez née pour ça ! »

La Nivernaise souriait. D'abord, l'idée de la charcuterie lui avait paru bouffonne. Tout le monde a coutume de rigoler des charcutiers : des gens qui ont des tripes et savent faire les andouilles mieux que personne ; mais, en définitive, des gens bons, des gens farces, même s'ils sont parfois un peu couennes, avec leurs pieds de cochon et leurs oreilles de porc. La radio chantait :

Car elle est morte Adèle,
Morte Adèle, morte Adèle !...

Et la légion étrangère, le jour du 14 Juillet, défilait au rythme de : « Tiens !... Voilà du boudin !... » Épouser un charcutier lui semblait aussi absurde qu'épouser un vidangeur, ou le fils de Deibler. Si, avant de venir à Clermont, elle avait été avertie de la profession exacte de son correspondant montferrandais, elle n'aurait certainement pas fait le voyage. Toutefois, elle avait été touchée par la naïveté de ce grand garçon de trente-deux ans venu à leur premier rendez-vous avec un saucisson d'un kilo, et qui avait employé la plus grande partie de leur conversation à lui expliquer les intestins du cochon. « J'en ferai ce que je voudrai, s'était-elle dit. Certes, j'aimerais mieux un bijoutier ou un libraire. Mais un caractère comme celui-là est introuvable. » Et elle achevait de se convaincre en recourant à tous les proverbes adéquats : « Il n'y a pas de sot métier » ; « L'argent n'a pas d'odeur » ; « Charcutier est maître chez lui » ; « Le soleil luit pour tout le monde » ; « On s'habitue à tout. » Bernadette finit donc par accepter l'extase de sa belle-mère ; par croire elle-même et profondément qu'elle s'était fourvoyée dans la maroquinerie, que son véritable destin était de devenir charcutière.

De son côté, Francisque se sentait si gonflé de bonheur qu'il devait de temps en temps lâcher un peu de pression. Il doubla le salaire de son apprenti. Le facteur-corsaire reçut non seulement le kilo de dragées promis, mais un saucisson d'accompagnement. Il recommanda à ses femmes, pendant huit jours, d'arrondir en dessous les sommes dues par la clientèle. Il aurait aimé que l'univers entier participât à son allégresse.

Lui qui chantait comme la roue d'une brouette, il s'essayait à fredonner les airs à la mode :

C'est la fill' du moulin,
Du pèr' Mathurin et d' la Mathurine.
C'est la fill' du moulin
Où l'on moud du grain
Pour fair' la farine...

Ceux qu'il retenait le mieux étaient les airs publicitaires serinés par le poste de T.S.F. :

Je suis le bonhomme en bois
Des fameus' gal'ries Barbès...
Pas b'soin de faire un dessin
Pour que l'on comprenne
Qu'l'apéritif le plus sain
C'est le Clacquesin !...

La Quintonine ! La Quintonine !
Tra la la la la la la !
Tra la la la la la la !
La Quintonine ! La Quintonine !

Le sirop des Vosges Cazé,
Voilà le rhume qui passe !
Le sirop des Vosges Cazé,
Votre rhume est passé !

Pendant ce temps, Hitler annexait l'Autriche, les troupes franquistes coupaient la République espagnole en deux tronçons, Mussolini digérait l'Ethiopie, les Japonais remontaient le Yang-Tseu-Kiang, Staline faisait fusiller Rykov et Boukhanine. Francisque Humbert ne voyait rien, n'entendait rien, ne connaissait rien hors de son ménage et de sa charcuterie.

Un dimanche matin, alors que sonnaient les cloches, il dit à sa femme :

« Habille-toi de propre. Je veux te présenter à l'ancien.

— A qui ?... »

Elle n'arrivait pas à s'habituer à cette appellation étrange qui durait au-delà de la mort.

Tandis que la vieille Mme Humbert prenait en charge le commerce, elle mit une robe à fleurs, comme il convenait à ce début de juin ; Francisque passa son costume de mariage Conchon-Quinette. Dans la rue, la jeune femme attirait les yeux pire que si elle avait été un dromadaire. L'admiration des Montferrandais était visible, quoique muette. Le charcutier allait doucement pour leur permettre de bien profiter du spectacle ; ces hommages le remplissaient d'orgueil. Même le balayeur, qui reprenait son souffle, appuyé sur le manche de son outil, leva la tête et les suivit du regard jusqu'au fond de la descente ; ensuite, la salive lui revint, et il cracha avec enthousiasme sur son petit tas d'ordures. L'éblouissement était tel que les hommes semblaient ne pas le reconnaître, lui, Francisque Humbert, à côté de son épouse légitime : ils apercevaient vaguement une forme à pantalon, comprenaient avec regret que la belle inconnue n'était pas disponible, mais ne se souciaient pas, à cette première rencontre, de savoir le nom du propriétaire.

Devant l'entrée du cimetière s'ébattaient les joueurs de pétanque, qui s'écartèrent à leur passage. Un cimetière spectaculaire, avec ses mausolées, ses colonnes, ses croix en lave de Volvic. La meilleure place y était réservée aux soldats morts à l'hôpital de Montferrand, durant la guerre : chacun avec sa croix de fonte en forme de glaive, son nom dans un cœur et cette devise : *A nous le souvenir, A eux l'immortalité*. Josion Humbert dormait à l'opposé, les pieds tournés vers le soleil levant, la tête ombragée par un grand if sombre. Celui-ci avait la forme d'une main ouverte ; les moineaux y piaillaient. Vers 1925, l'ancien avait eu le souci de faire construire un caveau. La dalle en était entourée d'une rampe en fer forgé. Le dossier portait l'enseigne ; *Famille Humbert-Brugerolles*. Sur les six places disponibles, une seule pour l'heure avait son occupant, dont le nom apparaissait dans la pierre, en lettres creuses : *Josion Humbert, 1874-1937*.

« Il est là », dit Francisque, désignant le monument.

Bernadette se signe, il l'imite et enlève sa casquette. Il essaye de prier, mais ne se rappelle plus les paroles. Il répète plusieurs fois en lui-même : « Notre Père qui êtes aux cieux... Notre Père qui êtes aux cieux... » La suite lui échappe. Il se contente de penser intensément à Dieu, qui est indulgent pour ses créatures ; à l'ancien qui était un maître charcutier, un maître chasseur, qui avait défendu la France, nourri les combattants de lentilles et de fayots, qui aimait sa famille, avait appris à son fils tous les secrets, et fait une si triste fin à cause de son goût maudit pour la consolante. Il pense à l'enfer, au purgatoire, au paradis, des séjours dont il n'a qu'une idée extrêmement vague. Comment est-ce ? Et, se posant cette question, il entend, sortant de la tombe, un grand éclat de rire. Aussi clair que si Josion avait devant eux soulevé de la tête son couvercle pour leur faire une farce. Sa femme l'entend glousser lui-même ; elle interrompt sa prière, demande avec indignation :

« Tu ris ?... Pourquoi ris-tu ?

— Heu... je... je pense à l'enfer et au paradis.

— Et ça te fait rire ?

— Je te raconterai. »

Le moment est mal choisi. Mais Francisque voit nettement la bouille hilare de l'ancien sous la dalle de pierre. Un jour que Mme Humbert avait fait sa lessive, lui, alors âgé de huit ou neuf ans, se trouvait en contemplation devant le linge étendu sur une corde, en travers de leur cour. Une pièce l'intriguait entre toutes : deux sacs de toile, bordés de dentelle, que le vent gonflait : les culottes de sa mère. L'ancien passait par là. L'enfant le questionna :

« Qu'est-ce que c'est, ces ballons ?

— Ça, mon ami, c'est l'enfer. »

Le nom n'était pas inconnu de Francisque. L'enfer faisait partie des lieux inaccessibles par leur distance ou leur difficulté : le purgatoire, le paradis, le ciel, Paris, la mer, les Iles... Il fut surpris pourtant d'apprendre que l'enfer était beaucoup moins loin qu'il n'avait cru.

« Et le paradis ? qu'il demanda.

— Viens avec moi, et je te le montre. »

Josion le prit par la main, regarda autour de lui pour s'assurer que Mme Humbert ne les surveillait pas, et emmena son fils tout au fond de la remise, derrière la loge aux cochons. Là, dans un réduit obscur, il tenait un tonneau de vin auquel il allait rendre souvent des visites clandestines. Il se munit de l'étrange gobelet dont il se servait, composé d'un entonnoir enfoncé dans une pomme de terre. Il le remplit au robinet, le but, poussa un soupir :

« Le paradis, il est là. Attends : je vais t'en donner ta portion. »

Il fit couler une goutte de vin, tendit l'entonnoir à Francisque qui le vida, difficilement. L'ancien hocha la tête :

« T'es pas encore préparé. Mais sois tranquille, je te ferai ton catéchisme. »

Et maintenant, dans le cimetière, Francisque se demande de quoi sont composés le vrai paradis, le vrai enfer, le vrai purgatoire. Bernadette, elle, n'a pas entendu l'éclat de rire de l'ancien ; elle continue ses oraisons.

« Je te présente la femme, dit Francisque avec sa T.S.F. Elle s'appelle Bernadette.

— Comme la rosière d'il y a deux ans.

— Tout juste. Mais c'est pas elle. C'est une Nivernaise. J'aurais préféré une Auvergnate ; il me semble qu'elles sont plus résistantes, plus travailleuses...

— Meilleures laitières !

— Tu es toujours le même farceur ! Bref. Par ici, j'ai rien trouvé qui me convienne. Qu'est-ce tu en penses ?

— Ma foi, elle serait assez à mon goût ! Ça fera sûrement une bonne commerçante.

— Oui, c'est ce que dit la vieille, chaque jour.

— Souhaitons qu'elles s'entendent bien.

— Oh ! y a pas d'inquiétude ! La mère lui a passé tous les pouvoirs.

— Et la boutique, comment qu'elle va ?

— On fait de plus en plus de plats cuisinés : ravioli, salade de museau, choucroute, céleri, escargots et tout ça.

— C'est sûrement la charcuterie de l'avenir.

— Et toi ? J'espère que tu es pas trop mal dans ton... enfin, là où ce qu'on t'a installé.

— Ça peut faire, je te remercie... »

Ils continuent de la sorte leur conversation. Comme Josion ne veut pas les retenir trop longtemps loin du commerce, il finit par dire :

« Prends bien soin de toi. Je vous embrasse tous. Et bonne continuation. »

Bernadette et Francisque s'éloignent à petits pas sur la pouzzolane qui craque. Avant la sortie, il demande :

« Comment tu le trouves ? »

Et elle, effarée : « Qui ? Quoi ?

— Mon... Le... Je veux dire : le caveau.

— Très bien. Tout à fait bien. Il a l'air confortable.

— Y a six places. Pour l'instant, une seule est occupée : au fond, à gauche. En face, on placera la mère. Et au-dessus, moi. Le plus près de la porte. De l'autre côté...

— Changeons de conversation, veux-tu ? »

9

Une qui fut longue à accepter Bernadette dans la maison, ce fut Nicotine. Chaque fois qu'elles se trouvaient ensemble dans la même pièce, la chatte s'enfonçait sous un meuble et refusait de sortir. Tu te baissais, tu voyais dans l'ombre luire ses yeux comme deux braises, et si tu avançais la main pour l'agripper, tu recevais un coup de patte qui t'obligeait ensuite à te lécher un quart d'heure. On ne sait d'où venait cette antipathie qui mit des semaines à s'apaiser.

A mesure que passaient les jours, Francisque découvrait sa femme plus complètement. Et les découvertes n'étaient pas toutes de son goût. Par exemple, elle refusait absolument de faire les lessives.

« Elles m'abîment la peau et me fatiguent les reins. Est-ce que ça ne te fait rien que je m'abîme la peau ? Que je ressemble bientôt à une vieille tortue ?

— Vous tracassez pas, gendresse, la rassura Mme Humbert. Moi, j'ai la peau épaisse, les reins solides. Maintenant que vous m'avez remplacée au magasin je n'ai plus grand-chose à faire. Alors, les lessives, je m'en charge. Et quand je ne pourrai plus, on prendra quelqu'un. »

La Nivernaise avait aussi certains caprices de nourriture.

« Tout le monde a ses goûts, l'excusa la vieille. Ainsi, moi, je ne peux souffrir la camomille. Je l'ai toujours dit aux médecins qui m'ont examinée : — Je vous préviens, si vous me donnez à boire de la camomille, je ne la prendrai pas ; j'aime mieux mourir. »

Mais avec Bernadette, il s'agissait bien de camomille ! Le café au lait, le pain frais, le céleri, les oignons, le macaroni, la viande de mouton, la morue et une douzaine d'autres légumes ne lui convenaient pas. Cela posait des problèmes. La nuit, d'un tempérament frileux, elle ne pouvait dormir que la fenêtre fermée, même par les plus grandes chaleurs, tandis que près d'elle Francisque transpirait.

Le pire était son goût pour la lecture. Certes, elle s'occupait avec conscience du magasin ; mais pendant les heures creuses, au lieu de prendre du fil et une aiguille, elle se plongeait dans un des bouquins que le facteur apportait avec régularité. Elle était abonnée à une usine à romans, à raison de 22 francs par mois — qui assurément auraient été mieux employés ailleurs. Elle en recevait un tous les quinze jours : *le Prince d'Ombre, Amour et Fierté, les Inépousées, Riche ou aimée ?, le Cœur de Ludivine, le Fiancé disparu, la Rose bleue, S'aimer encore, Derniers rameaux, Cœur de poupée, Mademoiselle Printemps...* Ils avaient pour auteurs des écrivains aristocratiques : René d'Anjou, Emilienne de Keyser, Marie des Arneaux, Geneviève du Hamelet, Jacques des Gachons, Georges de Lys... La couverture les présentait ainsi :

Cet abonnement vous donne droit, pour les longues soirées ou les heures de loisir, à

12 *romans à* 2 *francs*

soit : 2 300 *pages*, 90 000 *lignes*, 900 000 *mots*.

Ces récits admirables, présentés sous une artistique couverture en couleurs, constituent la Bibliothèque Idéale de la Femme et de la Jeune Fille, car ils sont signés des Maîtres d'un genre où l'Emotion et le Sentiment ne font jamais défaut.

Aucune autre Collection ne peut leur être comparée, ni comme Présentation, ni comme Valeur Littéraire...

Sitôt couché, Francisque partait au quart de tour : le temps de compter cinq, il ronflait. Sa femme le secouait, l'empoignait par le nez.

« Heu ?

— Tu ronfles !

— Ah... »

Il changeait de position, ce qui provoquait un simple changement de registre. Après plusieurs vaines tentatives, elle rallumait la lampe, saisissait un de ses livres et se mettait à lire pour essayer de ne plus l'entendre.

Les découvertes désagréables n'étaient donc pas toutes du même côté. « On ne connaît quelqu'un, disait Mme Humbert, que lorsqu'on a mangé un boisseau de sel ensemble. » Le boisseau valait environ treize litres.

Une chose vint tout arranger. Vers la fin juin, on fut certain que Bernadette attendait un petit. D'abord, elle garda le secret. Tant qu'elle ne parlerait pas, l'enfant serait à elle seule ; ensuite, la famille s'en emparerait : le père, la grand-mère, les oncles, les tantes, les cousins, la clientèle, l'administration. Pendant deux ou trois semaines, elle se concentra sur cette germination qui se produisait en elle. Elle faisait encore mine d'ouvrir un livre sur ses genoux ; en réalité, elle suivait le voyage intérieur de son sang vers cette minuscule vie. « Ce n'est encore, se disait-elle, qu'une graine qui gonfle et éclate, comme celle du haricot. Dans quelques jours, il sera une sorte de têtard. Puis un poisson. Puis un petit chat. Ses pattes deviendront enfin des bras et des jambes... Le fruit de mes entrailles... » Et lorsqu'elle se parlait à elle-même de ce fruit, elle disait toujours : *il*. Elle ne le voyait pas autrement que garçon. Dès le premier jour, elle avait senti cela. Elle se mit à lui choisir des prénoms ; elle considéra les patrons les plus influents et s'arrêta sur Gabriel, l'ange du Seigneur, parce qu'il avait annoncé à Marie son heureux événement, et que par conséquent elle devait encore prêter une oreille complaisante à ses recommandations.

« Que vous avez bonne mine, gendresse ! lui disait sa belle-mère. Votre figure brille comme une lampe ! »

En attendant, elle consommait son bonheur toute seule, en Suissesse. La nuit, la joue enfoncée dans l'oreiller, alors que Francisque ronflait sans ratés à côté d'elle, elle chuchotait dans la nuit des appels imperceptibles :

« Gabriel !... Gaby !... Mon ange à moi ! Mon archange !... »

Chaque fois qu'elle mangeait ou buvait, elle mesurait la quantité qui revenait à son enfant. « Il aura, calculait-elle, les larges épaules de son père ; et puis plutôt ma cervelle à moi ; car le pauvre Francisque... Il aura aussi mes goûts. On en fera un commerçant, mais un commerçant instruit. Il dirigera une grande entreprise, avec de nombreux ouvriers, dans la charcuterie ou autre chose. A Montferrand, ce sera une notabilité. Ils l'éliront maire-adjoint. Ou député... Mais à présent, il est tout petit. Il ne faut pas que je le bouscule. Pas envie qu'il se décroche ! » Alors, dans ses déplacements, elle avait des mouvements huilés.

Les événements politiques l'obligèrent toutefois à sortir de sa réserve. Hitler faisait de grands préparatifs pour envahir, après l'Autriche, la Tchécoslovaquie. Même chez les Humbert on s'était mis à lire les journaux et à écouter la T.S.F. Chaque soir, à l'heure des nouvelles, c'était un rassemblement devant les fenêtres d'où sortait la voix des spiqueurs.

« On ne risque rien, affirmait le secrétaire de mairie. Le gros Goering a donné sa parole d'honneur qu'aucun soldat allemand n'approcherait jamais de la frontière tchécoslovaque.

— Les Tchécoslovaques, qui c'est au juste ? demandait Francisque.

— Du monde comme toi et moi. Leur particularité, c'est qu'ils sont moitié tchèques et moitié slovaques. De même que les Yougoslaves sont moitié slaves et moitié yougos.

— Ce qui nous sauvera, prédisait le cordonnier Rochon, qui était socialiste, communiste, anarchiste, ce qui nous sauvera, c'est l'alliance soviétique. Si Hitler attaque, les Soviétiques traversent la Pologne et volent au secours des Tchèques. »

Seulement, quelques jours après, il revint très malheureux :

« Rien à faire ! Les Polonais refusent le passage ! Tout est foutu !

— Les Polonais ? s'écria Francisque avec indignation, se tournant vers son apprenti. Qu'est-ce tu dis de ça, toi, Wenceslas ? »

Pour l'occasion, il cessait de l'appeler Vincent. Tous les yeux convergèrent sur le représentant de la Pologne, plus rouge qu'une braise :

« Ben... qu'il fit.

— Ben quoi ?

— S'ils refusent, c'est qu'ils ont leurs motifs.

— Paraît même, ajouta Rochon, qu'ils réclament eux aussi un morceau de la Tchécoslovaquie !

— Sale Polac ! » cria Pétroglio, le balayeur, qui était descendant de Piémontais.

Se sentant sans armes et sans appui, Wenceslas préféra se replier en direction du laboratoire. Il se disait que, puisque la Pologne n'était pas plus grosse qu'un potiron, elle avait bien raison de vouloir s'étendre ; mais il renonçait à défendre son point de vue devant les Montferrandais.

Tout le monde parlait de guerre. Bernadette ne put préserver son secret plus longtemps. Ce fut une grande joie chez les Humbert : elle leur fit oublier les inquiétudes internationales. Francisque embrassa sa femme ; ensuite il monta dans leur chambre, enleva sa casquette, se plaça devant le miroir pour voir la tête qu'il avait, constater si oui ou non quelque chose avait changé depuis cinq minutes. Pour s'habituer à la chose, il se dit doucement :

« Papa ! »

Ça le fit d'abord rigoler. Puis, il répéta le mot, l'accueillit plus sérieusement. Il finit par trouver qu'en effet il n'avait plus exactement la même figure.

« Il s'appellera Gabriel ! proclama Bernadette.

— Pourquoi pas ? dit Francisque.

— Et si c'est une fille ? demanda Mme Humbert.

— Non, non. Je suis certaine que ce sera un garçon.

— Peut-être, vu la situation, vaudrait mieux que ça soye une fille. Comme ça, elle ferait pas les guerres.

— Ce sera ce que Dieu voudra ! » conclut la vieille.

Par lettre, Bernadette annonça aussi à sa famille nivernaise l'événement qui se préparait... *Nous avons décidé que ce serait un garçon, qu'il s'appellerait Gabriel, dirigerait une grande maison commerciale et serait député. Nous vous embrassons tous les trois.* Et elle plaça elle-même en effet au fond de la page leurs trois signatures : *Bernadette, Francisque, Gabriel.*

Au mois de juillet, le roi et la reine d'Angleterre débarquent à Boulogne et font oublier un moment les craintes générales. Mais sitôt qu'ils sont partis, ça recommence. Hitler passe sa flotte en revue, puis la ligne Siegfried. Radio-Paris annonce que les permissionnaires sont rappelés dans leurs casernes, et que la France restera fidèle à ses engagements, en cas d'agression allemande. Roosevelt, président des Américains, avertit qu'il n'est pas question pour son pays d'entrer en guerre contre Hitler. Les nazis tiennent leur congrès à Nuremberg et le soir du 12 septembre, il y a foule devant les postes de T.S.F. d'où va sortir le discours annoncé du Führer. L'arrivée des étapes du Tour de France n'a jamais eu autant de succès. Tout le monde connaît Hitler :

« C'est le diable !

— Il a écrit *Mènecan*. Dans *Mènecan*, qui est son Evangile à lui, il annonce comment il nous détruira tous, les uns après les autres.

— Faudrait le tuer !

— Va donc essayer !

— Vous savez ce qu'on devrait faire ? On choisit un condamné à mort. Au lieu de lui couper le cou bêtement, ce qui sert à personne, on lui dit : Tu vas à Berlin, tu zigouilles Hitler. Si tu t'y prends bien, tu reviens, et on te pardonne. On te fout même la Légion d'honneur ! »

Le discours commence, au milieu des hurlements de la foule. Hitler pousse des vociférations épouvantables ; personne ne comprend un pet à ce qu'il raconte, mais chacun tremble dans ses culottes. Une heure après, vient la traduction :

« ... La détresse des Allemands des Sudètes est indicible. On veut les anéantir. On les opprime d'une manière intolérable et indigne. Trois millions et demi de membres d'un peuple de près de quatre-vingts millions n'ont pas le droit de chanter des chansons qui ne plaisent pas aux Tchèques. On les assomme jusqu'au sang, parce qu'ils portent des bas blancs, qui ne plaisent pas aux Tchèques. On les terrorise ou on les maltraite parce qu'ils saluent d'une manière désagréable aux Tchèques... Il faut que la situation de parias de ces hommes prenne fin. Je n'ai pas revendiqué que trois millions et demi de Français ou que trois millions et demi d'Anglais soient opprimés par l'Allemagne ; mais je revendique la cessation de l'oppression des trois millions et demi d'Allemands en Tchécoslovaquie, et je demande qu'elle fasse place au droit de libre disposition. Cela nous ferait de la peine si nos relations avec d'autres États européens en subissaient un dommage, mais nous ne sommes pas coupables ! »

Les jours suivants, on apprend que les Tchèques et les Allemands des Sudètes s'entre-tuent. Que l'Anglais Chamberlain a pris son parapluie et s'est envolé en direction de la Bavière où habite le Führer. Que les Tchèques proclament la mobilisation générale. Que Hitler va en faire autant.

Le 24 au matin, en sortant de chez eux, les Montferrandais voient des affiches blanches sur les emplacements officiels :

Rappel immédiat de certaines catégories de réservistes.

Par ordre du ministre de la Défense nationale et de la Guerre et du ministre de l'Air, les officiers, sous-officiers et hommes de troupe des réserves porteurs d'un ordre ou fascicule de mobilisation de couleur blanche portant en surcharge le chiffre « 2 » ou « 3 » se mettront en route immédiatement et sans délai, sans attendre une notification individuelle.

Ils rejoindront le lieu de convocation indiqué sur leur ordre ou fascicule de mobilisation dans les conditions précisées par ce document...

Les chiffres 2 et 3 courent la ville. Ils arrivent chez Humbert. Francisque cherche dans l'armoire son livret militaire, sans pouvoir le trouver. Il appelle la vieille à son secours :

« Où ce que tu l'as fourré, ce putain de livret ? Par ta faute, me voilà peut-être déserteur ! »

Les mains tremblantes, elle remue tous ces papiers de famille qui sentent un peu la punaise.

« Le voilà ! »

Mais non ! C'est celui de l'ancien ! Elle fouille encore. Elle finit par le dénicher derrière une pile de draps. *Numéro 3.*

« Je suis bon ! » dit Francisque.

La mère pleure. Bernadette se tient raide et digne. Toute prête, s'il le faut, à jouer consciencieusement son rôle de veuve française.

« Lis-moi les instructions ! »

Et Bernadette, avec ses lèvres blanches : ... *Ce militaire voyagera gratuitement par chemin de fer. Il emportera de chez lui les vivres pour un jour. Il se présentera, porteur du présent titre, à la gare de Clermont-Ferrand le premier jour de la mobilisation avant dix-huit heures et sera tenu de prendre le train qui lui sera indiqué par le chef de gare. Il descendra du train à la gare de Colmar et se mettra aussitôt à la disposition du poste de police qui le fera diriger sur la caserne Rapp... Tout homme qui se déplace doit emporter avec lui son livret individuel...*

Puis, il fait appeler Vincent. L'apprenti se présente, un brin de paille entre les dents, l'air très détaché. Il s'en fout, il n'est pas mobilisable.

« Je pars pour la guerre, dit son patron, très solennel. Je te confie la maison et mes deux femmes. Tâche que tout marche bien pendant mon absence. »

Dans les rues, c'est une pagaye à ne pas croire. Les gens courent dans tous les sens. Les femmes assaillent la charcuterie ; elles achètent saucisson, pâté, tranches de jambon, cervelas pour leurs mobilisés. En quelques heures, la boutique est raclée.

Avant dix-huit heures, ordonne le fascicule. Le patron et l'apprenti travaillent comme des forcenés pour que rien de ce qui était en train ne se gâte. Bernadette reste au magasin. Mme Humbert s'est enfermée dans sa chambre où elle se vide des dernières larmes qui lui restent. Quand c'est une chose faite, elle se redresse pour penser au linge et aux provisions. Elle remplit d'eau et de vin, selon les goûts de son fils, une bouteille à limonade, munie d'un bouchon à ressort. A 4 heures, il enfile sa tenue de chasseur, se barde de ses trois musettes, coiffe sa casquette neuve. Il refuse de se laisser accompagner :

« Non, non. Restez ici. Ça sera plus facile... Je trouverai bien la gare tout seul. »

Il les embrasse longuement, serre la main de Wenceslas et s'en va, sans se retourner. Tout de suite, dans la rue, il se confond avec les autres. Place de la Fontaine, des camions militaires complètent les trams insuffisants.

Bernadette reste dans la boutique à couper en tranches le peu de marchandise qui n'est pas encore parti. Quand elle se retrouve face à face avec sa belle-mère, les volets fermés, elles évoquent ensemble le voyage de Francisque :

« A cette heure-ci, il doit être à Moulins... Il doit casser la croûte... Si j'avais su, j'aurais fait une pompe aux pommes, il aime tant ça... »

On devrait toujours avertir les mères de famille de la mobilisation générale, afin qu'elles aient le temps de préparer des pompes aux pommes. Pour faire comme la vieille, plus que par véritable besoin, Bernadette verse aussi quelques larmes.

Quand elle se trouve seule dans leur grand lit à deux places, elle se dit qu'aucun ronflement ne l'empêchera de dormir, désormais. Pour un temps qu'elle souhaite aussi court que possible. Elle prie sainte Bernadette Soubirous de protéger son mari, de faire que la guerre soit courte, de donner la victoire à la France. Puis, elle se dit que si Francisque doit perdre la vie dans cette affaire — ce qu'elle ne souhaite pas ! Dieu l'en garde ! — son fils appartiendra à elle seule. Elle l'élèvera à sa guise, formera seule son esprit comme elle est en train de former sa chair.

A cet instant de ses pensées, elle sent une douleur interne assez vive. C'est Gabriel qui vient de lui donner un coup de pied dans le ventre.

Après deux jours de voyage, Francisque est assez content de retrouver Colmar, avec ses places verdoyantes, ses monuments, ses canaux, ses églises, ses toitures multicolores, ses anciennes maisons mi-bois, mi-pierre, propres et fardées. La caserne Rapp, à quelques pas de la gare, déborde de réservistes hilares ou soucieux, selon les tempéraments. Eux qui, hier encore, étaient maçons, cordonniers, fonctionnaires, marchands de paille ou de tabac à priser, tailleurs ou tapissiers, n'en reviennent pas de se trouver aujourd'hui troufions deuxième pompe, comme il y a dix ou vingt ans. Ils errent dans la cour, isolés ou en groupes, parlent ou se taisent, songent à leurs affaires interrompues, à leur famille dans l'angoisse, aux lettres qu'ils n'ont pas eu le temps d'écrire, au vin du tonneau qui tournera par la faute d'Adolf. De temps en temps, des officiers passent au milieu de tous ces civils et disent, débonnaires :

« Prenez patience, les réservoirs ! On va s'occuper de vous ! »

Ou bien ce sont des ordres qui pleuvent des haut-parleurs :

« Les mobilisés dont le nom commence par la lettre A doivent se présenter immédiatement au magasin d'habillement, bâtiment C, côté Nord ! »

« Les mobilisés dont le nom commence par la lettre B... »

On fait la queue devant l'infirmerie. Chacun espère vaguement qu'on lui découvrira quelque germe, quelque insuffisance qui l'empêchera d'aller défendre la Tchécoslovaquie. Les Sudètes, les Tchèques, les Polacs, ils s'en foutent comme de l'an 40. S'ils avaient eu le temps de se préparer, ils se seraient munis de certificats de leur médecin de famille attestant qu'ils ne sont bons à rien. On leur donne un verre à pied :

« C'est les flûtes à champagne du mess, dit l'un.

— On va les remplir de bière », dit l'autre.

Francisque ne dit rien. Il pisse dans son verre comme tout le monde. Il y en a qui trinquent :

« A la santé d'Hitler !

— Et de Daladier !

— Et de Chamberlain ! »

En file indienne, ils avancent doucement, leur coupe à la main. Jusqu'à ce qu'un infirmier les en délivre. Il procède à des mélanges mystérieux et sans résultat visible. Un peu plus loin, un médecin major leur envoie une seringuée dans l'omoplate droite. Ils sont nus, suants, puants. De temps en temps, l'un d'eux tourne de l'œil. Il y a bien un lit disponible dans la pièce ; mais il supporte déjà le képi et la capote du major. Alors, on étend par terre l'évanoui, on lui administre une paire de claques ; c'est un traitement efficace et simple. Au bout d'un moment, ça lui passe ; il ouvre des yeux éberlués devant tous ces hommes à poil ; puis il s'aperçoit qu'il porte la même tenue, il demande ce qui lui est arrivé.

Le meilleur moment vient quand le clairon sonne : *C'est pas d'la soupe, c'est du rata...* Ils ont à peu près tout oublié de l'enseignement militaire reçu tant d'années auparavant ; mais de cet air-là, ils s'en souviennent. Certains font pourtant la fine bouche devant les fayots et les saucisses fumées, dont ils ont perdu l'habitude ; ils tapent dans leurs provisions personnelles. Chaque chambrée s'organise en pique-nique.

Les trois quarts sont encore en vêtements civils. Les autres ont touché, qui des godillots, qui un casque, qui une musette, certains des treillis neufs, en toile de chanvre. On ne peut dire que l'Armée française soit fin prête à rencontrer les troupes hitlériennes. Pas même pour une rencontre amicale, sans parler d'une partie de championnat.

Les jours passant, ils se trouvent enfin à peu près tous habillés, de bric et de broc. S'ils ont perdu leur air civil, ils n'ont pas cependant gagné l'air militaire, dans leurs pantalons de fibrociment. On commence ensuite à distribuer des armes : Lebel, baïonnettes, cartouchières. Ceux qui n'en ont pas réclament.

« Minute ! répondent les sous-officiers. Elles sont en route ! »

Le sergent Odasso qui commande la section de Francisque Humbert est un homme très exigeant :

« Maintenant, finie la rigolade ! Dès demain matin, on attaque l'exercice : tir, manœuvres, marches et tout ce qui s'ensuit. A 8 heures, que j'y soye ou que j'y soye pas, je veux voir tout le monde rassemblé dans ce coin de la cour ! »

Et on y va pour le *navant-arche, présentez-armes, arsurlépauledroite, baïonnette-on, remettez-ette*, les évolutions en avant, en arrière, et par côté. Ces choses sont indispensables pour vaincre l'ennemi, et Francisque les exécute avec beaucoup de conscience. Il ne veut pas que la France soit battue par sa faute.

Dans ses heures creuses — et il en a beaucoup — il pense à Montferrand, à sa vieille, à sa femme, à cet enfant qu'elle lui prépare durant son absence, à l'apprenti Wenceslas, à son magasin. « Est-ce qu'ils vont perdre la clientèle ? Quand les stocks seront à bout, quand ils pourront plus servir le monde, le monde ira chez Géraud ! Géraud a au moins cinquante ans, il est pas mobilisable, lui ! Il va tout nous rafler ! D'autant plus qu'il est bien placé : rue de la Rodade, pas loin de la place ! Et en admettant que les paysans leur proposent un cochon, qui c'est-y qui le saignera ? Sûrement pas Vincent ! Il est juste bon à tenir la poêle ! » Ces réflexions ne lui donnent pas un moral élevé.

Cependant, des journaux pénètrent dans la caserne. Les officiers les laissent passer, pourvu qu'ils ne soient ni radicaux, ni socialistes, ni communistes. On sait que des négociations ont lieu entre les dirigeants des puissances. Les feuilles circulent : *Paris-Soir, Le*

Jour, Le Figaro, Le Petit Parisien. Francisque a l'occasion de déchiffrer des lignes qui le surprennent beaucoup :... *Le club des charcutiers est réuni. Les quatre charcutiers cherchent comment ils vont découper le poulet tchécoslovaque...* Il comprend bien que c'est là une façon de parler ; mais il ne lui plaît pas que les charcutiers soient mêlés à la Tchécoslovaquie. « Les charcutiers, qu'il se dit, tripotent peut-être les ventrailles ; mais ensuite, ils se lavent et ont les mains propres. »

Le 30 septembre, on apprend que le découpage est accompli. Les journaux titrent *VIVE LA PAIX !* Daladier, Chamberlain, Mussolini sont accueillis triomphalement par leurs peuples. Tout le monde est content. Sauf peut-être les Tchécos. Mais les Tchécos, on s'en fout. Il ne reste plus aux réservoirs qu'à déposer leurs treillis pas encore brisés et à rentrer chez eux. *Le Petit Parisien* annonce qu'il ouvre un livre d'or où viendront apposer leur signature tous ceux qui approuvent les accords de Munich. Les Français signent à tour de bras.

La démobilisation traîne un peu. Certains rappelés n'avaient pas encore reçu leur équipement au complet ; on tient sans doute à ce que rien ne leur manque, afin qu'ils emportent un bon souvenir de l'organisation de l'Armée française. Les uniformes, les calots, les godasses arrivent par pleins camions, on ne sait d'où. Les garde-mites continuent de faire leur distribution, imperturbables. Le sergent Odasso renonce à ses rassemblements et à ses mouvements d'ensemble. Il se laisse aller à des prophéties :

« Vous allez repartir, d'accord. Mais moi je vous le dis : on se reverra d'ici peu. Alors, faites pas trop les marioles ! »

Chaque réserviste se dit qu'Odasso prend ses désirs pour des réalités.

Le 15 octobre, rentré dans ses vêtements civils, Francisque Humbert remonte dans le train qui le ramène à Clermont et à Montferrand. La France est folle de joie. Elle n'en revient pas de l'avoir échappé aussi belle. *Le Petit Parisien* annonce qu'il a recueilli un million de signatures.

10

Personne n'attendait Francisque à la gare. Comment aurait-on pu ? Lui-même ne connaissait pas l'heure de son retour. Il était parti encombré de trois musettes pleines. Il en rapportait une vide, une bourrée de linge sale, la troisième garnie de biscuit et de fromage en portions : largesses de l'intendance.

En arrivant au carrefour des Taules, pensant à ses femmes, il se dit : « Je m'en vais te leur jouer un tour de physique ! » Il surveille sa charcuterie, attend suffisamment pour se convaincre qu'elle est vide de clients. Alors, il descend la rue d'un pas léger, pousse la porte sans un mot, le dos bien tourné à la lumière. La clochette tinte. Quelqu'un vient du fond de la cuisine. Juste au moment où la personne va paraître, il dit très vite :

« Bonjour, madame. Une livre de saucisse, s'il vous plaît. »

C'est ça, le tour de physique.

Un moment après, il a sur le paletot les deux dames Humbert, la jeune et l'ancienne. Elles rient, elles pleurent, elles l'embrassent, elles gloussent, elles chantent cocorico, elles ne savent plus ce qu'elles font. Faudrait pas les pousser beaucoup pour qu'elles dansent la java.

« Et... Gabriel ?

— Il va bien. Sauf quand il y a de l'orage. Il craint le tonnerre.

— Le tonnerre ?

— Oui. Ça le rend nerveux. Il fait des cabrioles. »

Francisque sent quelque chose qui lui frotte les jambes. Nicotine ! Elle a l'air satisfaite aussi de sa démobilisation. Il lui caresse le dos. Wenceslas vient à son tour, attiré par le remue-ménage.

« Bonjour, patron. Vous revoilà ?

— Bonjour, Vincent. On dirait que t'as grandi.

— J'ai fait comme la Pologne, patron.

— Elle a grandi, la Pologne ?

— Vous avez donc pas lu les journaux ?

— Ben... j'aurai pas tout lu. »

Mais la Pologne ne l'intéresse pas plus que les Tchécos. Il va chercher une vieille bouteille, mise en réserve par l'ancien. Il est ému en tenant dans ses mains ce vin préparé par son père pour fêter son retour. Il sait ce qu'il va faire et dire. Il essuie le goulot, visse le tire-bouchon, tire doucement, hume le contenu, se verse un tout petit échantillon, le goûte en le faisant voyager plusieurs fois, aller et retour, d'une joue dans l'autre, le trouve satisfaisant, et prononce les mots mêmes qu'employait le vieux :

« *Zi pa laïde !...* Il n'est pas laid ! »

Car on ne peut nier que la beauté du vin consiste d'abord à être bon.

Ils trinquent et boivent ensemble. Wenceslas a sa part, bien qu'il soit plutôt du côté de l'ennemi. Une cliente entre, et elle aussi reçoit un verre, malgré ses protestations de politesse. Francisque n'en revient pas de se retrouver au milieu des siens, de ses meubles, de ses saucisses, de ses andouilles. Et là commencent des surprises. Ayant considéré la boutique :

« Ma foi, qu'il dit, je pensais que vous auriez tout liquidé.

En fait, je vois que vous avez pas vendu grand-chose. Excepté les saucissons.

— Comment, pas grand-chose ? Jamais nous n'avons fait un chiffre d'affaires pareil. Je te montrerai les additions.

— Et vous avez pu... renouveler ?

— Comme tu vois !

— Vous avez pris à l'abattoir ?

— On a tué ! Ici même ! Et trois fois !

— Trois fois ? Trois cochons ?... Vous les avez tués ?... Vous ?

— Pas nous seuls. On a prêté la main. C'est Géraud, qui est venu les saigner.

— Géraud ?... Géraud ?... Ça alors ! »

Le rival, le concurrent le plus proche, rue de la Rodade, l'embusqué qui faisait semblant de ne pas le voir quand ils se rencontraient dans la rue ! Il est venu saigner à sa place ! Il a voulu rendre service à ses femmes, au moment où il pouvait le plus avantageusement profiter de leur désarroi ! Quel calcul a bien pu le pousser à agir de la sorte ? Il demande :

« Vous êtes allées le chercher ?

— Non, non. Il est venu de lui-même. En passant. Tu iras le remercier, si tu crois.

— Qu'est-ce qui l'a pris, ce vieux hibou ?

— Il a pensé que nous étions dans l'embarras. C'est tout. La guerre... enfin, la mobilisation lui a fait oublier la concurrence. »

Le lendemain, il va voir ce qu'il en est. Il fait l'effort de pousser la porte de Géraud. Celui-ci pose le journal qu'il était en train de lire et ils se saluent.

« Te voilà donc revenu ?

— Comme vous voyez. Plus vite que je croyais.

— Espérons que cet Hitler est satisfait. Il les a eus, ses Sudètes.

— Et vous autres, ça va comme vous voulez ?

— Pendant cette période, on a fait de bonnes affaires, tes femmes et moi. Les clientes achetaient n'importe quoi, pour les colis. Ou simplement pour remplir leurs placards. En cas de famine. Les guerres ont de bons côtés : elles favorisent le commerce. Maintenant qu'on vous a lâchés, ça va retomber.

— Justement, à ce propos...

— Qu'est-ce que tu veux dire ?

— J'ai su que vous leur avez tué trois cochons. Je me trompe pas ?

— C'est la vérité.

— Ça m'a surpris quand elles m'ont dit ça. Paraît que vous y êtes allé de vous-même. C'était pas votre intérêt.

— Oh ! L'intérêt ! L'intérêt ! Faut bien que chacun vive !

— Oui, bien sûr, vous avez raison. Faut bien que chacun vive. Alors, je vous remercie pour elles. J'oublierai pas, soyez sûr.

— Y a vraiment pas de quoi ! Tiens, on va trinquer !... »

Tandis que Mme Géraud sort une bouteille de quina, ils se réfugient dans les bons principes de la conversation charcutière :

« Alors, on a trouvé le beau temps ?... »

Ils s'installèrent dans leur bonheur comme des rats dans un fromage. Bernadette prenait un peu plus de rondeur chaque jour ; Mme Humbert tricotait, tricotait, tricotait. Ainsi que Géraud l'avait prévu, il y eut une chute du chiffre d'affaires : il fallait bien consommer les provisions abusives. C'est alors qu'éclata l'affaire des décrets-lois du ministre des Finances, Paul Reynaud. Constatant que le budget souffrait d'un grand déficit, cet homme résolut de reprendre de la main droite ce que le gouvernement du Front Populaire avait accordé de la gauche : il taxa l'essence, le sucre, le tabac, le café, augmenta les impôts, les cotisations sociales, et ainsi de suite. Les syndicats protestèrent violemment. Un mot d'ordre de grève générale fut lancé par la C.G.T. pour le mercredi 30 novembre. On vit débarquer à Clermont un régiment de gardes mobiles : la ville fut mise pratiquement en état de siège. Tout se passa dans le calme cependant, sans un carreau de cassé. Le seul incident eut lieu rue Saint-Hérem où un figaro donna un coup de rasoir au secrétaire du syndicat des coiffeurs qui voulait l'obliger à fermer boutique. Très astucieusement, les dirigeants de Bibendum avaient placardé dans leur usine une affiche laconique :

La grève générale de demain, c'est de la politique.
La maison ne fait pas de politique.
L'usine chômera mercredi.
Le travail reprendra jeudi matin.

A quoi les *bibs* répliquèrent aussitôt :

Bibendum s'est dégonflé. Ce n'est pas la première fois... Ce recul ne doit pas arrêter l'action engagée... Demain, tous les travailleurs se trouveront aux endroits qui leur ont été fixés.

Or, le jeudi matin, il y eut de belles surprises : quand les métallos, les chimistes se présentèrent à la porte de leurs usines, ils les trouvèrent fermées et protégées par les gardes mobiles. Ceux-ci étaient d'étranges créatures, mi-hommes, mi-mécaniques : la tête en fer, les pieds en caoutchouc, les jambes et le buste en cuir. Ils avaient intérieurement un appareil récepteur qui recevait ses ordres d'un officier à l'écart du groupe : ce montreur poussait des hurlements convenus, et aussitôt, à distance, les marionnettes enregistraient et exécutaient toutes le même geste, écartaient les jambes, pointaient le mousqueton, fonçaient en avant. Les ouvriers apprirent en même temps le nom de ce genre de fermeture, inventé par les patrons : le *locoute*. Ils restèrent longtemps devant les grilles, puis rentrèrent chez eux, bien embêtés.

La presse leur apprit que plusieurs dirigeants syndicalistes avaient été arrêtés ou allaient l'être ; que tous les meneurs de la grève seraient licenciés. *L'Avenir* révéla des faits qu'ils ignoraient complètement :

... Les troupes de choc de la Révolution étaient encadrées par de nombreux Arabes venus spécialement de la région stéphanoise.

Les journaux parisiens se firent l'écho de l'événement ; *L'Œuvre* rapporta que Clermont avait été choisi par la C.G.T. comme lieu d'expérience pour l'accomplissement d'un coup de main. L'opération devait se dérouler en trois temps : occupation de la poste (pour couper les communications avec les autorités légitimes) ; occupation de la gare (pour empêcher l'arrivée des renforts de troupe) ; occupation de l'imprimerie de la Banque de France. La planche à billets serait immédiatement mise au service du peuple, avec le concours des Arabes stéphanois qui distribueraient à chaque cégétiste une ample provision de coupures, susceptible de neutraliser les effets des décrets-lois.

La police se mit à la recherche des fameux Arabes. Ne trouvant rien de satisfaisant, elle se rabattit sur les syndicalistes auvergnats. Cependant, au cours des jours suivants, les usines mirent fin à leur *locoute*. Seule la fabrique Bergougnan s'obstina, n'acceptant d'entrouvrir ses portes qu'à ceux qui avaient été présents le 30 novembre, ou qui faisaient humblement acte de soumission. On organisa des quêtes pour les locoutés ; les commerçants acceptèrent de leur vendre à crédit.

Cette crise et les nécessités du négoce n'empêchaient pas Mme Humbert d'être aux petits soins pour sa gendresse. Elle lui préparait des laits de poule, des purées, des tartes à la bouillie. Le vendredi, au marché de la Rodade, elle allait acheter du lait de chèvre qu'apportait une femme de la campagne : elle prétendait qu'il est le meilleur de tous, celui qui convient le mieux aux femmes enceintes. Dans son enfance, elle avait vu des familles riches élever une chèvre-nourrice à l'usage de leurs nouveau-nés :

« Et ces bêtes-là s'habituent au petit d'une manière incroyable. Quand il pleure, elles accourent le défendre. Elles jouent avec lui, elles le suivent dans ses déplacements. Dommage qu'on n'ait pas la place : on en prendrait bien une. »

Bernadette acceptait toutes ces attentions comme son dû, sachant qu'elles allaient à son ventre plus qu'au reste de sa personne. Une des frayeurs de la belle-mère était les envies : envie de vin, envie de fraises, envie d'abricots. Pas faciles à satisfaire en décembre ! C'est ainsi que, souvent, l'enfant se trouve marqué d'affreuses rougeurs sur le visage ou la personne.

« Surtout, recommandait-elle, s'il vous vient brusquement une envie, évitez de vous toucher la figure ou le cou ! Vous pouvez être certaine qu'à cet endroit-là votre petit aurait une tache. Portez plutôt vos doigts ailleurs... vous me comprenez... dans les parties basses... là où ça n'a pas d'importance. »

Mais la Nivernaise ne semblait pas souffrir d'envies particulières, sauf de café que le médecin lui défendait. Pour ne pas la tenter, le reste de la famille s'en privait aussi.

Après les manifestations et la grève générale, grâce aux efforts conjugués du maire Pochet, du préfet Baffrey, de M. Jean Bergougnan, des marionnettes à tête de fer, l'ordre régna dans Clermont et Montferrand. Les locoutés s'habituaient à leur sort. Un mandat d'amener fut lancé contre Robert Marchadier, secrétaire du syndicat caoutchoutier. Après avoir échappé quelque temps aux chasseurs, il finit par se faire prendre et demeura six mois en cage.

Pour faciliter les réjouissances de Noël, le ministre allemand von Ribbentrop vint au début de décembre signer à Paris un accord entre la France et l'Allemagne : avec son collègue français Georges Bonnet, il affirmait qu'aucune question d'ordre territorial ne restait en suspens entre les deux pays et reconnaissait comme définitive leur frontière commune. Soulagés, heureux d'être en paix, les gens qui le pouvaient se jetèrent sans remords sur le pâté en croûte, l'aspic et le boudin blanc. Pour orner sa vitrine, Francisque modela dans le saindoux une colombe tenant dans son bec un ramillon de buis. Entre le 20 et le 31, la maison débita quatre cochons de 300 livres.

Malgré son ventre, Bernadette servit avec vaillance la clientèle, tandis que le patron et son apprenti intensifiaient la production au maximum. Quand la vieille Mme Humbert voulait la retenir, l'envoyer se reposer un moment :

« Allons donc ! protestait la gendresse. Pour qui me prenez-vous ? Souvenez-vous, belle-mère, que je suis fille de gendarme ! »

On attendait la naissance vers le 15 janvier. Le 14, Bernadette fut installée à la Maternité de Clermont. Francisque s'assit près de son lit et lui tint la main, par amitié. De temps en temps, arrivaient des chambres voisines des hurlements de femmes assassinées qui lui arrêtaient le cœur. Tous deux se regardaient ; et la Nivernaise, pâle, les lèvres serrées sur un petit sourire, affirmait :

« Sois tranquille ! Moi, je ne crierai pas !

— Ma mère dit que, de crier, c'est pas mauvais. Ça facilite le travail.

— Peut-être. Gémir, il est possible que je gémisse. Mais des hurlements pareils, non. Je m'y refuse. »

De temps en temps, une infirmière entrait ; elle examinait la situation, déclarait :

« Il y en a encore pour quelques heures. Détendez-vous. »

Dehors, la neige se mit à tomber ; on en appréciait davantage la bonne chaleur de la chambre.

« En été, calcula Francisque, il aura six mois. On pourra l'emmener dans la campagne. On le couchera dans l'herbe. Il marchera à quatre pattes. Il ressemblera... je sais pas à quoi...

— A un porcelet ! A une tirelire ! »

Ils rirent ensemble. Leur fils à venir les remplissait déjà de bonheur.

Le soir, les douleurs commencèrent. La parturiente se tordait sur son lit, se mordait les lèvres, avec une plainte sourde et profonde. Puis, le mal s'en allait. C'étaient des flux et des reflux, séparés par des accalmies de plus en plus courtes. L'infirmière flattait de la main le ventre énorme, comme la croupe d'un cheval impatient :

« Là... là... ça va passer ! Ça passe !... »

A 10 heures, la digue sauta : Bernadette hurla comme les autres, plus que les autres, malgré les promesses qu'elle s'était faites. Francisque se bouchait les oreilles, terrorisé.

« Il vaut mieux que vous alliez prendre l'air ! » conseilla l'infirmière.

La femme était si occupée avec sa souffrance qu'elle ne le vit pas sortir. Des chaises étaient à sa disposition au fond du couloir ; il s'assit, posa les mains sur ses genoux pour essayer de calmer leur tremblement. Malgré la distance et les cloisons, les hurlements l'atteignaient encore. Il ne savait que faire de ses os ni de ses pensées. Un souvenir de sermon lui revint à l'esprit, entendu à l'âge adulte, il ne se rappelait plus en quelles circonstances : *Tu seras l'ennemie du serpent et tu enfanteras dans la douleur...* Tout ça, à cause d'Eve, de la pomme et du péché originel. « Effectivement, qu'il se dit, la plupart des autres femelles, truies, lapines, vaches, chattes, chiennes, accouchent sans grand mal. Leurs petits passent comme une lettre à la poste. Y en a pourtant qui gueulent. Exemple : Nicotine. » Chaque fois qu'elle attendait des petits, Nicotine miaulait à fendre l'âme, vingt-quatre heures avant l'événement. La première grand-mère de Nicotine avait-elle commis le péché originel ? Et pourquoi cette nécessité pour les descendants de payer l'erreur des ancêtres ? Au catéchisme, l'abbé Chamboissier disait : « C'est un mystère ! Cherchez pas à comprendre ! »

Un peu comme le sergent Odasso de Colmar. Et il faisait réciter :

« Est-il étonnant qu'il y ait des mystères dans la religion ?

— Non, il n'est pas étonnant qu'il y ait des mystères dans la religion puisque, dans la nature elle-même, il y a une foule de choses que notre faible raison ne saurait comprendre. »

Francisque en vint à penser qu'une prière ne pouvait faire de mal à sa femme et à son enfant. « Bon Dieu — allez pas croire que je jure, je dis « bon Dieu » parce que c'est votre nom —, bon Dieu, protégez-les tous deux, gardez-les en bonne santé, puisque vous me les avez donnés. Ou alors, c'était pas la peine de me faire ce cadeau si vous aviez l'intention de le reprendre. Merci d'avance. »

Il y eut encore un quart d'heure de hurlements. « Pour sûr, elle va s'arracher le gosier. » Quand elle interrompait son solo, une voisine prenait le relais. Francisque se leva, fit quelques pas dans le couloir, tendit l'oreille devant la porte n°9, retourna s'asseoir. « J'aimerais bien avoir un jour de plus. » Il se dit alors qu'il avait commis un grave oubli et adressa une prière à sainte Bernadette. « C'est elle qui devrait vous prier ; mais elle a pas le temps, la pauvre ; elle est trop occupée. Vous savez ce que c'est. Enfin... non. Vous, c'est pas comme la Sainte Vierge. Mais toutes les souffrances sont les mêmes, qu'elles soient à un endroit ou à un autre. Soulagez-la autant que possible. Merci d'avance. »

Il tira sa montre : 11 heures. « Y a pas de raison que ça dure pas comme ça toute la nuit. » Son ventre se mit à gargouiller, lui rappelant qu'il n'avait rien mangé depuis midi. « Fous-moi la paix ! » lui dit-il sèchement. Ensuite, n'ayant plus aucune connaissance dans la sainteté, il fit une prière à l'ancien, lui demandant d'intervenir auprès de qui de droit pour leur épargner des misères.

C'est alors qu'il voit sortir en coup de vent la sage-femme qui veillait sur Bernadette. L'instant d'après, elle revient avec un infirmier poussant un chariot. Ils entrent dans la chambre n°9, laissant la porte ouverte, et transportent la Nivernaise toujours couinante vers la salle d'accouchement. L'infirmier ressort seul et s'en va à ses affaires. Francisque se bouche les oreilles, sans quitter des yeux la porte de la salle. Trente secondes s'écoulent. Soudain, la porte s'ouvre encore, la sage-femme reparaît, crie :

« Des allumettes ! Vite ! Des allumettes ! »

Comment ça, des allumettes ? Il n'y a plus d'allumettes dans cette maison ? Et l'on a attendu le dernier instant pour s'en apercevoir ?

« Des allumettes, s'il vous plaît ! » répète l'infirmière, parlant à la cantonade. Personne ne répond, personne ne bouge. Alors, Francisque fonce dans les couloirs, tête baissée. Il implore tous ceux qu'il rencontre :

« Avez-vous des allumettes ? Vite ! C'est pour une malade ! »

On le regarde avec ahurissement. Plusieurs répondent :

« Excusez-moi ! Je ne fume pas ! »

Dire que la vie de sa femme et celle de son enfant dépendent peut-être de ces allumettes ! Il ne se demande même pas à quoi elles doivent servir ; il suffit qu'elles soient indispensables. Cela se comprenait au ton de la sage-femme. « Mais qu'est-ce que c'est que cette putain de baraque où y a pas une seule allumette ? » A force de courir, il arrive à la conciergerie. Il répète sa question. Dieu soit loué ! Le concierge est un fumeur ! Il lui confie sa boîte en recommandant :

« Elle s'appelle *Reviens !* »

Demi-tour ! Triple galop en sens inverse. Il se perd dans les couloirs, ne retrouve plus ni la chambre n° 9 ni la salle d'accouchement. Ceux qu'il croise le prennent pour un échappé du Bois-de-Cros. Il retrouve enfin le nord. Sans oser cogner, il crie derrière la porte :

« J'ai des allumettes ! J'ai trouvé des allumettes !

— Pas la peine ! On en a. »

Ça ne fait rien. Il ne regrette pas sa corrida. Il se laisse tomber sur une chaise pour reprendre haleine. Il a l'impression d'avoir pris sur lui un peu des souffrances de sa femme.

Sa montre marque 11 heures et demie quand l'infirmière vient le chercher :

« Vous pouvez entrer un moment, si vous voulez. L'ange Gabriel est descendu sur terre.

— L'ange Gabriel ?

— C'est bien comme ça que vous vouliez l'appeler ?

— Gabriel ! C'est un garçon ?

— Mais oui !

— Il est complet ? Vous êtes sûre ? Il lui manque rien ?

— Rien du tout ! »

Il rit, il pleure. Il voit sa femme ensanglantée, couchée sur une table ; elle lui sourit, sans parler, et remue un peu la main droite pour lui faire comprendre que tout va bien. Encore relié à elle par le cordon, un petit paquet de viande rouge remue faiblement. On croirait une plantule de fraisier au bout d'un stolon. Francisque embrasse la main de sa femme. On le pousse vers la sortie. Il s'en va en marche arrière.

Une heure après, on a ramené la jeune mère dans sa chambre. L'ange Gabriel roupille entre les mains de l'infirmière, les yeux barbouillés de mercurochrome, minuscule dans ses langes, étroitement bandé, comme un pouce blessé. Le charcutier l'examine de près. « Putain qu'il est laid ! Tu dirais qu'il a cent ans !... Mais à qui donc ressemble-t-il ? J'ai déjà vu cette tête-là quelque part. » Cependant, il ne communique point ses réflexions. Mais Bernadette interroge à son tour :

« A qui trouves-tu qu'il ressemble ?

— Ma foi...

— Est-ce un Humbert ou un Courtinot ?

— Ça me paraît bien mélangé. »

Il n'ose dire le fond de sa pensée. Cette tête ronde, sans un poil sur la toiture, lui rappelle exactement le dusse des Italiens. Comment répondre à sa femme : « C'est Mussolini » ? Mais un Mussolini plus vieux, plus ratatiné que le vrai. Francisque sait bien que sa femme n'a jamais mis les pieds en Italie, et qu'il n'a aucune inquiétude à nourrir. Elle a dû attraper cette ressemblance pendant les événements de Munich, à force de regarder les photographies des journaux. Ça lui a produit le même effet qu'une envie de chocolat. Elle aurait dû porter les mains aussitôt après dans ses parties basses.

11

Pendant les jours qui suivirent, la ressemblance s'accentua. Les joues du nouveau-né se remplirent, les rides s'effacèrent et ce fut un Mussolini très rajeuni que Francisque put rencontrer chaque jour dans sa boutique. Cela n'empêchait pas les voisines de proclamer qu'il était le portrait vivant de son père :

« Celui-là, tu l'as pas volé !... Lui et toi, on dirait deux jumeaux ! »

Le charcutier ne partageait pas leur enthousiasme. Il s'attendait à voir son fils lever le bras pour faire le salut romain dans son berceau.

Heureusement, au bout de six mois, le poil commença de lui venir. Pâle, flou, tel le duvet d'un caneton.

« Ce sera un rouquin comme toi ! » décida Mme Humbert.

Sa prophétie se révéla juste. Les yeux avaient la nuance assortie : bleu verdâtre. Celle du ciel au point du jour.

La Nivernaise refusait de confier à qui que ce fût le soin de son enfant :

« C'est moi qui l'ai fait, je sais le mal qu'il m'a donné, et je ne voudrais pas qu'on me l'abîme. »

Elle se comportait à la manière de ces petites filles égoïstes qui refusent de prêter leurs jouets. La grand-mère en éprouvait grand dépit.

« J'en ai élevé d'autres, protestait-elle. Francisque, et sa pauvre sœur Jeanne, morte avant sa naissance, à l'âge de deux ans.

— Justement !

— Quoi, justement ? Vous voulez peut-être dire que si elle est morte, c'était ma faute ? Est-ce que c'est moi qui ai inventé le croup ?

— Je dis pas ça ; mais j'aime mieux prendre mes précautions. Et puis, aujourd'hui, on n'élève pas les enfants comme autrefois. »

Bref : l'ange Gabriel fut une raison de chamailleries. Francisque, le père, n'était pas beaucoup mieux partagé. Avant de le lui laisser prendre, Bernadette passait l'inspection de ses mains, comme à l'école, et l'envoyait à l'évier si elle ne les jugeait pas impeccables.

« Il y a tant de microbes, à présent, dans l'air ! Surtout ici, à Montferrand.

— Qu'est-ce qu'il a, Montferrand, de plus que Nevers ? répliquait la vieille.

— Il a Bibendum, tiens !

— Ne dites pas de mal de Bibendum : il nous fournit la moitié de notre clientèle. C'est votre jalousie de Nivernaise qui vous fait parler ! »

Entre les deux charcutières, la lune de miel tournait à la lune de fiel. Mme Humbert eut du moins une compensation : comme la gendresse consacrait désormais presque tout son temps à s'occuper du nouveau-né, elle recouvra la souveraineté de la boutique.

Bernadette fut une mère passionnée. Cet enfant semblait seul remplir sa vie, son cœur, ses pensées. Le commerce des saucissons ne l'intéressait plus. Elle avait renoncé à la lecture. A peine se souvenait-elle qu'un homme couchait dans son lit, épousé en bonne et due forme, devant le maire, le curé, le restaurateur. S'il osait, le soir, le lui rappeler d'une main hésitante, elle poussait un soupir :

« N'oublie pas que dans trois heures Gabriel va nous réveiller.

— Ben... Y en a pas pour longtemps. A peine cinq minutes.

— Toi, ce travail te donne sommeil. Mais moi, il me retient ensuite de m'endormir. N'as-tu pas pitié de ma fatigue ? »

Ce genre de marchandage lui coupait le souffle. Il bredouillait une excuse et se tournait de l'autre côté.

On espérait avoir la paix : à Munich, on l'avait payée assez cher avec la liberté des autres. Et voici qu'avant même le printemps tout recommença. Le 15 mars, les troupes d'Hitler envahirent ce qui restait de la Tchécoslovaquie et en firent un « protectorat ». Aussitôt après, Adolf se retourna contre ses copains polonais et leur dit :

« Mes frères, je vous aime bien, mais faut que vous me rendiez Dantzig.

— Quel Dantzig ? firent les Polacs, feignant de ne pas comprendre l'allemand.

— Cette ville dite libre, que vous appelez Gdansk, et que vous nous avez prise il y a vingt ans, contre la volonté de sa population.

— La volonté ! La volonté ! Est-ce que vous venez d'annexer Prague avec la volonté des Pragois ?

— Détournez pas la question, mes frères ! Dantzig a une population incontestablement allemande. Autre chose : comme votre « corridor » nous sépare de nos territoires de la Prusse orientale, nous exigeons une voie ferrée et une autoroute qui le traverseront et nous permettront d'aller leur rendre visite sans avoir à vous demander chaque fois la permission. »

Les Polonais la trouvèrent mauvaise, eux qui avaient gentiment soutenu Adolf contre les Tchécos, l'année précédente. A Londres, Chamberlain brandit son parapluie et déclara que ça ne se passerait pas comme ça, qu'il en avait ras le bol des coups de pied dans les fesses, que désormais il ferait face afin de les recevoir par-devant.

Le 7 avril, les soldats de Mussolini débarquèrent dans un petit pays appelé Albanie sans même se donner la peine de chercher un prétexte, et s'en emparèrent en quelques jours.

Daladier rappela dans les casernes le contingent qui venait d'être démobilisé, à expiration de son temps légal. Tout le monde comprit que les choses allaient très mal, que la mobilisation partielle de septembre 38 avait été une répétition générale en costumes, et que d'ici peu on allait jouer la pièce sérieusement. Ce fut un triste été, malgré les bonnes volontés de plusieurs. Le gouvernement fit voter une amnistie qui libéra les syndicalistes emprisonnés depuis fin novembre. Pour suivre une routine, le Tour de France commença ; mais il ne releva guère le moral de la population, d'autant plus qu'il fut gagné pour la seconde fois par un Belge, Sylvère Maes. Les bibs organisèrent une fête au jardin Lecoq, où Rina Ketty, la grande vedette du moment, vint chanter *Sombreros et mantilles* avec l'accent italien.

Chez les Humbert, comme dans toutes les boutiques, ça discutait dur :

« Moi, disait la mère Janvier qui se rappelait le coup du Lafayette-nous-voici, je suis sûre que les Américains sont avec nous. Ils peuvent pas tolérer qu'Hitler défasse ce qu'ils ont fait l'autre guerre. Alors, suffira que Rosevelte dise un mot : Adolf osera pas bouger.

— Vous me faites rire, avec votre Rosevelte ! Un gars qui marche sur des béquilles ! Moi, j'ai seulement confiance en Joseph. Lui et nous, on est alliés, oui ou non ? »

Mme Humbert s'assurait que Wenceslas ne rôdait point dans les parages ; elle demandait en baissant la voix :

« Mais en somme, pourquoi donc qu'on se battrait pour les Polonais ? Qu'est-ce qu'on leur doit, aux Polonais ? Des gens qui n'étaient même pas avec nous, en 14 ! »

Le 22 août, les amis de Staline durent déchanter : les journaux annoncèrent qu'il venait de signer un pacte avec les hitlériens. De son côté, Rosevelte se contenta d'envoyer un appel par T.S.F. pour demander à Adolf de ne pas faire le méchant. Tout le monde se mit à envoyer des appels : le roi des Belges, la reine des Hollandais, jusqu'au dusse des Italiens. Daladier, lui, envoya des affiches blanches sur toutes les murailles, où il était dit que les réservistes portant le numéro 2 devaient immédiatement rejoindre leur corps. Et allez donc !

Il y eut un jour ou deux d'accalmie. *La Montagne* titra :

LA GUERRE N'AVANCE PAS :
DONC ELLE RECULE !

Elle reculait pour mieux sauter. Le 25 août, ce fut le tour des fascicules 3 et 4. Deux jours après, des 1, 5 et 6. Cet ordre bizarre faisait sûrement partie de la stratégie de Gamelin. « Hitler ne comprendra rien à ma mobilisation, qu'il devait se dire. Il pensera que je joue au loto. Voilà comment le Français couillonne l'ennemi. »

En même temps fut décrétée la réquisition des véhicules et des chevaux. On vit affluer place de la Rodade toutes sortes de guimbardes, des bourrins, des ânes, des mulets. C'était pire qu'aux plus beaux jours de foire. Les paysans avaient les larmes aux yeux de devoir se séparer de leurs bêtes, autant qu'en se séparant de leurs fils mobilisés. Ils les flattaient de la main, les recommandaient aux officiers de la commission :

« Il est un peu fragile de la poitrine, vous savez. Par temps humide, il tousse facilement.

— Oui, oui. On lui posera des cataplasmes.

— Tâchez d'en faire bon usage. »

On leur signait leur reçu, mais ils restaient là longtemps encore, le papier à la main, regardant comment on traitait leur cheval. Quand ils devaient enfin partir, ils lui faisaient des gestes du bras, comme à une personne, longuement.

Il vint un maçon italien dans son camion. Son nom était peint sur la portière : *E. CERUZZI*.

« Voilà, qu'il dit. Il a été recensé, ze l'amène.

— Qu'est-ce que tu es, toi ? Français ou macaroni ?

— Ze souis français, natouralisé. Mais z'aimerais pas que mon camion il serve à faire la guerre à l'Italie, voilà.

— De quoi tu t'occupes ? Il servira à combattre l'ennemi, c'est tout.

— L'ennemi, d'accord. Mais de préférence, z'aimerais mieux les Allemands ou qui vous voudrez ploutôt que les Italiens. Si possible. Loui aussi, ze souis soûr qu'il combattra mieux contre l'Allemagne que contre l'Italie... »

Dans ces heures-là, il faut en entendre de toutes les couleurs.

Le 26 août, Francisque reprit ses trois musettes, rembrassa sa mère, sa femme et son fils. Il mit quatre jours pour ratteindre Colmar. Les gares étaient encombrées de civils. Certains Alsaciens quittaient déjà le pays pour se réfugier à l'intérieur. Le 1er septembre, on apprit que les troupes allemandes avaient envahi la Pologne à l'aube. Le 2, Humbert fut envoyé dans une casemate à quelques centaines de mètres du Rhin, à l'est de Kunheim. Le premier travail qu'on lui commanda fut de badigeonner au goudron les bornes kilométriques et tous les panneaux indicateurs. Par ce moyen, on était sûr que l'ennemi, si par hasard il réussissait à franchir le fleuve et les fortins de la ligne Maginot, tournerait en rond, complètement paumé, et serait obligé de demander son chemin à des passants, qui lui indiqueraient la mauvaise direction. Les généraux allemands avaient peut-être la force ; mais les français avaient la ruse.

12

Pour les dames Humbert et Wenceslas, la vie devint bien compliquée. L'apprenti n'avait encore que seize ans, mais il connaissait maintenant à peu près tout dans le métier. Il leur présenta un chantage qui n'était pas joli joli :

« Quelqu'un m'a demandé.

— Quelqu'un ?

— Oui. Un autre patron. Il m'offre cinq cents francs par mois, et nourri.

— C'est Géraud !

— Je vous dirai pas son nom. C'est d'ailleurs pas Géraud.

— C'est Monminet !

— Cherchez pas à deviner. Vous saurez rien. Vous verrez bien après, si vous me laissez partir.

— Comment ça, si on te laisse partir ? Personne te chasse !

— A cent francs par mois, vous voulez bien me garder ! Mais moi, j'en demande cinq cents, ce que m'offre l'autre. Sinon, je m'en vais ! »

La vieille éclata en imprécations, tu aurais dit Cécile Sorel à Radio-Paris :

« Voilà bien notre récompense ! La voilà, notre récompense ! Si tu sais faire quelque chose de tes dix doigts, qui donc te l'a appris ? Quand tu nous es arrivé de Saint-Eloy-les-Mines, tu étais si maladroit que tu n'aurais pas même fabriqué une cheville pour boucher le cul d'un porc ! Et maintenant que tu connais le métier, tu veux nous abandonner, infâme !

— Pourquoi vous m'appelez infâme ?

— Parce que tu es un galapias !

— Vous me vexez : infâme, c'est grave ! Faut avoir au moins tué quelqu'un, pour être infâme. Est-ce que j'ai tué quelqu'un ?

— Pas du tout : l'infâme, c'est un galapias.

— Alors, appelez-moi galapias, pas infâme. Mais je suis pas galapias non plus. Je veux qu'on me paye ce que je mérite, un point c'est tout. Et puisque l'autre me propose cinq cents francs, y a pas de raison que je me contente de cent. C'est que je les vaux. »

Les deux femmes se regardèrent, désemparées. Puis l'ancienne demanda :

« Laisse-nous examiner. On te donnera une réponse demain. »

Elles examinèrent. Et elles en conclurent qu'elles devaient céder aux exigences du Polonais, après un ultime marchandage.

« Quand je pense, dit Mme Humbert, que mon fils se bat en ce moment pour défendre ta Pologne !

— Eh bien ! je me battrai, moi, pour défendre sa charcuterie.

— Seulement, lui, il touche cinq sous par jour !

— Il a pas de dépenses à faire. Il est logé et nourri. C'est pas mon cas.

— On sera obligées de cotiser pour les Assurances Sociales ! Tu te rends compte ! Naturellement, on retiendra ta cotisation à toi.

— Attention ! Je veux cinq cents francs nets !

— Mais ce gamin, Dieu du ciel, c'est Hitler en personne !

— Je suis pas un gamin ! »

Les propositions de « se montrer raisonnable », de « couper la poire en deux », de « patienter jusqu'à la fin de l'année », furent successivement repoussées avec dédain. Wenceslas se montra intraitable. L'expérience de Munich ne servit de rien : elles capitulèrent.

Autre souci. La camionnette avait été refusée par les commissaires de la réquisition ; mais qui allait la conduire ? L'apprenti n'avait pas encore l'âge de passer l'examen.

« Je pourrais apprendre, dit la gendresse. Il y a des femmes-chauffeurs ! »

Elles en connaissaient une, du côté de Cébazat, qui pilotait sa traction aussi bien qu'un homme. Bernadette avait accompagné quelquefois son mari dans ses déplacements, avant la naissance de Gabriel. Elle savait un peu les manœuvres. Le garagiste de la place de la Rodade lui donna des leçons. En cette fin d'année 1939, la circulation était très clairsemée. L'inspecteur se montra compréhensif : Bernadette obtint son permis. Pendant toute cette opération, qui dura plus d'un mois, l'enfant avait bien dû être confié à sa grand-mère ; les relations entre les deux femmes s'en trouvèrent améliorées.

Leurs difficultés étaient accrues par le fait que le commerce connaissait un grand marasme. La charcuterie souffrait particulièrement de l'absence de tant d'hommes solides et de fort appétit. Les fromages pourrissaient dans les caves d'affinement : les marchands suppliaient l'intendance de les en débarrasser. Les usines caoutchoutières avaient conservé comme « affectés spéciaux » leurs cadres essentiels, ingénieurs, techniciens ; elles avaient embauché du personnel féminin ; néanmoins, elles tournaient au ralenti : Augustobibendum devait en conséquence se mettre la ceinture. Chez les Humbert, un cochon durait à présent quinze jours. Et c'est le moment qu'avait choisi le Polac pour présenter son diktat !

D'Alsace, Francisque envoyait des lettres très courtes. C'était un garçon qui savait s'exprimer en peu de mots, et toujours les mêmes :

... Chère mère épouse et fils je vait bien est j'esperd que vous fêtes de même je serait bien contant de venir en permition mais pour leure il nanet pas question j'ai bien ressu votre mandat de 50 f et je vous en remerçis mais ne vous tracasser pas pour moi le moral et haut je vous embrase tout les 3 de tout mon cœur

Francisque Humbert.

En janvier, il demanda une photo de sa famille. Les deux femmes avec le petit montèrent jusqu'à Clermont, pour être sûres de la réussite. Elles choisirent la maison Gendraud, rue d'Assas. Le photographe les installa devant une toile peinte représentant le puy de Dôme. Il fit plusieurs clichés et leur envoya les épreuves par la poste, pour qu'elles choisissent la meilleure. Si bien que quinze jours après, dans sa casemate, Francisque put l'épingler à la tête de son lit. On y voyait Mme Humbert debout, très attentive, les yeux ronds, la bouche serrée, le chignon bien en place au sommet de sa tête, les mains croisées sur son ventre. Près d'elle, Bernadette assise, le visage grave, le buste droit et digne ; elle tenait entre ses mains l'ange Gabriel, sur ses genoux. Tous deux ressemblaient à ces vierges roides qu'on trouve dans les églises auvergnates et qu'on appelle « vierges de majesté ».

Inutile de rappeler les événements de 1940, connus de tous par leurs effets sinon par leurs causes. Après ce qu'on baptisa une

« drôle de guerre », l'armée française reçut une drôle de raclée. La presse survivante, le nouveau gouvernement, les plus hautes autorités morales et politiques désignèrent clairement les responsables de la défaite : les syndicats ouvriers, le Front Populaire, les pacifistes, les Juifs, les francs-maçons, les instituteurs. L'évêque de Clermont proclama : « La catastrophe est le fruit longuement formé sur le mauvais arbre du matérialisme. » Quant à l'état-major, aux ministres de la Guerre successifs, aux signataires de Munich, au maréchal Pétain qui n'avait jamais, mais jamais cru à la valeur des armes blindées, quant aux torpilleurs de l'alliance soviétique, ils n'y étaient absolument pour rien.

Montferrand déborda de réfugiés français, belges, hollandais, luxembourgeois, installés dans les écoles, la mairie, la salle Poly, le presbytère, les remises, les caves, les greniers. Les boutiques se trouvaient encore approvisionnées ; tout ce monde mangeait et buvait sans problème. Les soldats que l'ennemi n'avait pas capturés rentraient chez eux, déposaient leur uniforme et se remettaient au travail. Ce ne fut pas le cas de Francisque Humbert : ses femmes l'attendaient chaque jour, dans une angoisse croissante.

Très vite commencèrent ce qu'on appela les restrictions. Elles frappèrent d'abord le superflu. Il fut interdit aux boulangers de faire des croissants et de vendre du pain frais. Trois jours par semaine fut supprimée la vente de confiserie, biscuiterie, pâtisserie. Dès la fin juillet, le gouvernement limita le nécessaire, instituant des cartes de rationnement pour le pain, le sucre, les pâtes, le riz, le savon, les corps gras, le lait. Le fromage ne devait contenir que 15 % de matières grasses. Il fut interdit aux bistrots de servir du café après 15 heures. Ce que les épiciers vendirent bientôt sous le nom de « café » fut un mélange torréfié de gland doux, d'orge, de marron d'Inde, de rognures de crayon et autres saloperies non identifiables. Vers la mi-septembre, les rations hebdomadaires furent ainsi fixées : 2,500 kg de pain, 50 g de fromage, 100 g de matières grasses, 360 g de viande dont 20 % d'os, 500 g de sucre, 100 g de savon. Elles devaient diminuer fortement par la suite.

Le rationnement provoqua une révolution dans la charcuterie. L'achat des porcs à la ferme fut rigoureusement interdit. Les commerçants recevaient de l'abattoir municipal — alimenté par le service du Ravitaillement — un certain nombre de demi-cochons proportionnel à leur chiffre d'affaires du temps de paix. Une partie de cette viande devait servir à honorer les tickets, l'autre à confectionner les spécialités fraîches. Ce fut le règne des pâtés de couennes, des pâtés de tripes, des pâtés de poudre d'os, des pâtés de nerfs, des pâtés de mystère. A un soupçon de substance porcine, les charcutiers incorporaient toutes sortes de substances plus ou moins nourricières, selon les générosités des fonctionnaires distributeurs : pommes de terre, farine de maïs, de pois chiches, de soja, de châtaignes. Mme Humbert s'en allait au point du jour couper les orties des fossés ; elle les réduisait en bouillie, puis en une pâte qui, ajoutée à certains déchets, lui permettait de fabriquer du « fromage de tête aux épinards ».

En six mois, les prix officiels augmentèrent de 50 %. Mais les échanges du marché noir échappaient à toute taxation ; beaucoup de commerçants, malgré la modicité des affaires, accumulèrent ainsi des millions mal acquis. Chez les Humbert, on pratiquait une autre politique : ces dames refusaient de vendre au-dessus du cours officiel ; elles eurent cependant la faiblesse de favoriser leurs parents et amis, auxquels elles réservaient les abats disponibles, non considérés comme « viande ».

Le commerce traditionnel cédait souvent la place, d'ailleurs, au troc des populations primitives. Les médecins échangèrent leurs soins contre des œufs ; les paysans, leurs œufs contre des chaussures ; les professeurs, leurs leçons particulières contre du beurre ; les putains, leurs faveurs contre de la margarine. Malheur à celui qui n'eut rien à offrir !

On sut que l'ennemi avait enfermé dans des camps un million et demi de prisonniers. Rina Ketty en profita pour lancer une ritournelle qui devait lui rapporter une fortune :

J'attendrai !
Le jour et la nuit,
J'attendrai toujours,
Ton retour...

Toutes les mères, toutes les femmes, toutes les fiancées, toutes les sœurs éplorées entendirent dans cette chanson traduite de l'italien une allusion à leurs chers captifs. Bernadette la chanta comme les autres en conduisant la camionnette de la maison, ou en endormant le petit Gabriel. Tu aurais juré que cet air avait été composé spécialement pour bercer les enfants des prisonniers.

Leurs premières cartes arrivèrent d'Allemagne. On sut qu'ils étaient devenus des *gefangenen* et que leurs camps s'appelaient *stalags*. Comme les autres, les Montferrandais commencèrent d'apprendre la langue allemande : *Kommandantur, ausweis, kaput, nixte kaput, ja ja, papir, verboten*. De temps en temps, des groupes de militaires hitlériens étaient visibles dans la ville. Juste le temps de faire admirer leurs bottes et leur correction. Ils entraient parfois dans les boutiques et achetaient les marchandises de leur goût. On aurait aimé tripler les prix à leur usage ; mais ils savaient lire les étiquettes.

Rien n'arrivait cependant du soldat Francisque Humbert. Comme elles n'avaient pas reçu non plus d'avis de décès, les femmes gardaient encore espoir. Cependant, l'ancienne faisait souvent brûler un cierge devant l'autel de Notre-Dame-de-Prospérité, article pas encore soumis au rationnement.

Tous ceux qui le pouvaient s'étaient mis à pratiquer l'élevage, vieille mamelle de la France. Montferrand redevint un grand village où caquetaient les poules, où trompettaient les coqs, où bêlaient les moutons, où chevrotaient les biques, où grognaient les porcs, où pullulaient les lapins et les cochons d'Inde. Les chats passèrent de mauvais moments.

Les fêtes de Noël et du Jour de l'An s'annoncèrent aussi tristes pour les yeux que pour les estomacs. Un décret interdit l'exposition et la vente de viandes et charcuteries les 25, 26, 27 décembre, ainsi que les trois premiers jours de janvier 41.

Pour arranger les choses, l'hiver fut rigoureux. Le charbon manquait, le gaz ne fonctionnait qu'à certaines heures. On s'en allait chercher du bois dans les forêts avoisinantes ; des bûcherons amateurs rentraient le soir tout couverts de ramée. Des frileux se réfugiaient dans les cafés ; d'autres dans les bibliothèques ou à la mairie, toujours grouillante de vieillards, d'enfants, de femmes plus ou moins enceintes, établis là sous prétexte de retirer leurs cartes d'alimentation ou de priorité. Ils se chauffaient les uns les autres, comme les vaches à l'étable : ils engueulaient cette kyrielle de nouveaux fonctionnaires qui leur mesuraient si chichement le droit de vivre.

Comme l'essence se trouvait strictement rationnée, des inventeurs cherchèrent des carburants nationaux : alcool, gaz de houille, charbon de bois ; quelqu'un proposa même le gaz de fumier. Mais la solution qui s'imposa bientôt fut le système du gazogène. Les voitures furent équipées d'une sorte de cucurbite capable de distiller n'importe quelle espèce de bois : vert, mouillé, sec, demi carbonisé. Les dames Humbert suivirent la mode et firent transformer leur camionnette.

Le 27 février, à 10 heures du matin, un train spécial s'arrêta en gare de Clermont-Ferrand. Dans des wagons suisses, tirés par une locomotive suisse, ornée de bannières suisses, plusieurs centaines de guéfangues blessés ou malades arrivaient ainsi d'Allemagne, après avoir été pris en charge à Constance par l'armée helvétique. Toutes les autorités les attendaient : préfet, évêque, maire, général, commissaire central, directeur des P.T.T., musique du 92ᵉ et son chef, Compagnons de France en tenue bleu marine, légionnaires du Maréchal à béret basque, soufflant dans leurs instruments ou agitant des drapeaux de papier, les seuls tolérés par les forces occupantes. D'abord, les hymnes nationaux furent exécutés, salués la main au képi par les militaires ; puis, les ressortissants des deux nations voisines et amies s'étreignirent en une embrassade générale qui mêla fraternellement les bleus d'Auvergne et les petits Suisses. Les prisonniers commencèrent de descendre : seuls quand ils le pouvaient ; sinon, sur des civières portées par des infirmiers en uniforme ardoise.

La venue du train avait été gardée secrète ; peu de civils étaient là pour accueillir les guéfangues. On dirigea les plus mal en point vers le lycée de jeunes filles transformé en hôpital ; les autres purent rejoindre seuls leurs domiciles respectifs. Francisque Humbert se trouvait au nombre de ces derniers. Appuyé sur deux cannes, il prit tranquillement le chemin de Montferrand comme s'il revenait de la pêche. Un automobiliste eut pitié de lui : il le chargea à son bord, le déposant place de la Fontaine, selon son désir :

« Je vous remercie. J'aime mieux finir à pied. »

Les gens de la rue regardaient monter le bancal dans la capote kaki toute neuve que lui avaient remise les Helvètes, se demandant qui pouvait bien être cet estropié. Sa jambe gauche ne se pliait pas au genou ; en sorte qu'à chaque pas il devait lui faire décrire un demi-cercle, comme à la branche d'un compas. Il marchait de sa petite allure, ne saluant personne, attendant d'être reconnu. Cela ne se produisit qu'au milieu de la côte :

« Mais c'est Francisque !... Humbert !... Le charcutier !... On le croyait mort et enterré !... C'est-y bien toi, Francisque ?

— Ben oui, c'est moi.

— Tu t'es évadé ?

— Pas eu besoin. On m'a transporté jusqu'ici, à travers la Suisse. Sanitaire.

— Depuis le temps qu'on avait plus de tes nouvelles !

— J'ai pourtant envoyé deux cartes. Elles se seront perdues.

— Et tu es blessé... grave ?

— Un éclat d'obus dans le genou gauche. On m'a enlevé la pierre du genou.

— Ça t'empêchera pas d'aller à la chasse, quand elle sera autorisée !

— Sûrement pas. »

Tous ces mulets blancs savaient ce qu'est la « pierre du genou » : l'os rond et plat que nous avons à cet endroit, pareil à un galet de rivière.

C'est ainsi que Francisque Humbert de guerre revint.

13

Il ne fallait pas compter sur lui pour entendre de beaux récits de combats. On sut seulement que, vers la mi-juin, les Allemands avaient pilonné par-dessus le Rhin, avec leur artillerie lourde, toutes les casemates disséminées le long du fleuve. Les occupants avaient reçu l'ordre de se replier vers les ouvrages plus solides établis sur le versant des Vosges, au-dessus des vignes. Et c'est pendant ce transfert qu'il avait, comme il disait, été estourbi et à demi enterré.

« Par quoi ?

— Une bombe. Ou un obus. Pas eu le temps de me rendre compte. Mais au fond, toute cette terre m'a un peu protégé du fer. Je suis resté mort.

— Mort ?

— Pas tout à fait. Mais c'était tout comme. »

Les autres, qui galopaient vers la montagne, ne s'étaient pas aperçus de son absence. Quelques heures plus tard, les Allemands l'avaient ramassé, sanglant, dans son trou.

Les deux femmes voulurent voir sa blessure, rouge encore, pas entièrement cicatrisée. Il enleva son pansement. Mme Humbert joignit les mains, poussa une exclamation d'horreur ; puis elle la toucha très doucement ; tu aurais dit saint Thomas mettant un doigt dans les plaies du Christ.

« Faut pas que je me plaigne, conclut-il. Cet éclat d'obus, il aurait pu se loger dans un endroit pire.

— Seigneur Jésus !

— Comme ça, du moins, ils peuvent faire encore toutes les guerres qu'ils voudront, pour moi, c'est fini : je suis plus mobilisable.

— Et puis, dit Bernadette, on te versera une pension.

— Comme une fleur ! »

Il dut donner des audiences à tout le voisinage. On venait l'interroger sur son stalag ; on lui demandait des nouvelles de Pierre, Jacques, Paul qu'il n'avait jamais vus ; et ceux dont il aurait pu parler ne lui amenaient personne. Si bien que Mme Humbert finit par protester contre ce genre de clientèle et lui fermer sa porte :

« Laissez-le ! Faut qu'il se repose ! Faut qu'il mange ! Faut qu'il dorme ! Aujourd'hui, il ne reçoit plus ! »

Un qui fut bien surpris par son retour, ce fut l'ange Gabriel. Quand il vit devant lui ce grand diable jaune à crête rouge, il poussa un cri de frayeur, enfonça la tête dans le cou de sa mère.

« C'est papa ! C'est papa qui est revenu ! Il était très loin ; mais maintenant, il restera tout le temps avec nous... Vrai, papa, que tu ne repartiras plus ?

— Ouin, ouin », disait Francisque, les bras ballants, tout gauche devant ce fils qui avait peur de lui, et dont il ne réussissait pas même à distinguer les traits. Il virait autour de Bernadette ; mais aussitôt, le petit cornichon tournait la figure de l'autre côté. Après un moment de ce cache-cache, il finit même par fondre en larmes. Le guéfangue faillit en faire autant, tellement cette réception le contrariait.

« Faut qu'il s'habitue, expliqua la grand-mère. Demain, ça ira mieux. »

Demain arrange tout. Elle retrouvait devant son grand fils à elle une phrase qu'elle lui répétait dans son enfance, lorsqu'il lui venait un chagrin : « Demain, ça ira mieux. » Les journaux n'avaient plus qu'une feuille ; mais eux aussi, sous une forme ou sous une autre, imprimaient quotidiennement : « Demain, ça ira mieux. » Jusqu'au vieux maréchal qui ne cessait de répéter, dans les visites qu'il faisait aux villes et aux villages de la zone dite libre : « Vous verrez, je le jure, une France neuve surgira de votre ferveur. » La France vivait d'espoir et de rutabagas. Elle trouvait même le moyen d'en rire et chantait, sur l'air d'*Otchi tchorniam* :

Les rutabagams !
Les rutabagams !
Il manquait plus qu'çam !
Il manquait plus qu'çam !
Y avait tous les jours
Des topinambours :
Les rutabagams !
Les rutabagams !
Tout l'monde en réclam' !

Ce légume, réservé naguère à l'alimentation presque exclusive du bétail, non désiré par les troupes d'occupation, était devenu une précieuse denrée et faisait l'objet, comme tout le reste, de trafics clandestins et de prix exagérés. Si bien que la préfecture dut le taxer à son tour. Aussitôt qu'il eut été mis au courant des nouvelles conditions du marché, Francisque Humbert remplaça la femme au volant du véhicule à gazogène. Le problème était de le faire démarrer. Wenceslas et lui y travaillaient le matin quelquefois plus d'une heure. Il te fallait d'abord enlever les résidus de combustion, charbons et cendres ; ensuite, entasser dans le réservoir tous les ingrédients : papier, brindilles, menu bois, bûchettes ; évacuer les fumées ; attendre la formation du gaz sec. Quand celui-ci acceptait de brûler à la tuyère d'essai, tu pouvais commencer de tourner la manivelle. Le patron et le commis se relayaient. Le moteur avait des caprices incroyables, selon le temps, la saison, les nouvelles de la T.S.F. Suants, transpirants, le patron et l'apprenti s'acharnaient sur lui, à tour de rôle. Certaines fois, Francisque finissait par crier, fou de rage :

« Va-t'en me chercher un marteau, que je le casse ! »

Vincent se précipitait, ne voulant pas manquer cette chance ; il revenait avec un mandrin de boucher. Seulement, pendant sa courte absence, le charcutier avait envoyé, de sa patte valide, une douzaine de coups de pied dans le ventre rapetassé des pneus de devant ; sa colère avait perdu de sa vigueur ; il remettait le massacre à une autre fois.

Le gazogène était plutôt du soir que du matin, comme les femmes de luxe. Après cinq ou six heures, tu en obtenais ce que tu voulais. Et au fond, c'était un bon calcul : désormais, toutes les affaires importantes se menaient la nuit. Comment transporter de jour, par exemple, les cochons ou les veaux clandestins, avec tous les gendarmes et policiers en civil qui infestaient les routes ? A partir de novembre 1942, quand la zone sud eut cessé officiellement d'être libre, il y eut en plus les patrouilles allemandes embusquées dans tous les coins. La nuit, la plupart de ces contrôleurs disparaissaient, ou se limitaient à des points stratégiques : l'entrée des villes, les gares, les grands carrefours. Ça facilitait la circulation.

Les périodes de pointe étaient le dimanche et les jours fériés. Tous les affamés des villes partaient à pied, par le train, à bicyclette, vers les campagnes nourricières. Les péquenots les voyaient venir de loin :

« Ah ! qu'ils s'écriaient, voici les ravitailleurs ! »

Et aussitôt, ils faisaient disparaître tous les produits comestibles. Le citadin se présentait humblement à la porte, après avoir bravé les dents, la bave, les abois de deux chiens presque enragés. Il ôtait sa casquette.

« On a rien à vendre ! avertissaient d'emblée les péquenots. Le Ravitaillement nous prend tout ! »

Il en fallait plus pour décourager le quémandeur. Il faisait des sourires, parlait des vaches, des foins, des cochons, disait du mal des fonctionnaires. Les autres se laissaient quelque peu amadouer.

« Vous avez des recommandations ? » demandait alors le chef-péquenot, sans sortir entièrement de sa réserve.

Le client produisait ses références :

« Ma grand-mère était originaire de ce village. Elle me disait toujours : « Si tu savais comme les gens y sont gentils ! »

— C'était une quoi, votre grand-mère ?

— Une Cluzel.

— Une Cluzel ? Y a jamais eu de Cluzel par ici... »

Ou bien :

« C'est votre cousine Marguerite qui m'envoie.

— Quelle cousine Marguerite ?

— Celle qui habite Montferrand, rue de Bourgogne.

— On a pas de cousine à Montferrand. On en a une seulement à Sermentizon, elle s'appelle Augusta.

— Oui, oui ! C'est ce que je veux dire. Excusez-moi : je confondais avec une autre. Vous avez bien quelques patates ? Quelques carottes ?

— On en a ; mais elles sont pas arrachées.

— Ça fait rien : je les arracherai moi-même.

— Ma foi... Si ça vous dit... »

L'amateur était muni d'une pioche, on l'amenait dans un champ, il faisait son arrachage, il revenait tout content à la ferme avec la quantité de pommes de terre qu'il pouvait transporter. Celles-ci étaient taxées trois francs.

« C'est combien ? demandait-il, un peu inquiet.

— Six francs le kilo. On va les peser. C'est un peu plus cher que la taxe.

— Oui, un peu plus.

— Seulement, les nôtres, c'est un produit frais ! Vous pouvez pas dire le contraire ! Elles viennent directement de la ferme !

— Je discute pas... »

Certains ravitailleurs apportaient une autre monnaie d'échange que du papier :

« J'ai un peu de tabac... J'ai du fil à coudre... J'ai du café...

— Vous, vous êtes un gars dégourdi ! » s'écriaient joyeusement le péquenot ou la péquenote.

Pour ces clients-là, ils sortaient les œufs, le fromage, le lait non écrémé. D'autres offraient leur travail : ils venaient sarcler les betteraves, lier les gerbes, charger les chars de foin. Le temps de leur prestation, ils se bourraient de toutes ces denrées que, dans les villes, on ne voyait qu'en rêve : pain blanc, jambon, lard frais, beurre à volonté.

Jamais la paysannerie française n'avait été aussi grasse. Outre les aliments traditionnels qu'elle produisait elle-même, elle se mit à acquérir et consommer ceux auxquels lui donnaient droit les tickets d'alimentation : viande de boucherie, chocolat, café, riz, huile blanche. Ce qui représentait l'indispensable pour les citadins devenait son superflu. Certains paysans graissaient les moyeux de leurs faucheuses à la margarine. Malgré les interdictions, ils nourrissaient au blé leur volaille, au pain blanc leurs chiens.

Jamais non plus la paysannerie ne fut aussi respectée. Elle prenait sa revanche sur mille ans de mépris. Si un bib pensait se prévaloir de sa qualité d'ouvrier, de prolétaire, de forçat de la faim pour gagner sa sympathie, il s'attirait ce genre de réplique :

« Vous autres, vous avez reçu les congés payés, la semaine de quarante heures, les assurances sociales. Et nous, les culs-terreux, qu'est-ce qu'on a eu ? »

A présent, ils avaient les hommages de la bourgeoisie : médecins, avocats, notaires, professeurs recherchaient leur fréquentation. Ils avaient les flagorneries du gouvernement : « Retour à la terre !... La terre, elle, ne ment pas !... »

Une chose cependant les mettait en rage : qu'ils dussent, au prix officiel (la moitié ou le tiers du prix clandestin) livrer une bonne part de leurs denrées aux services du Ravitaillement. Alors, devant les suppliants venus de la ville à pied, par le train, à vélo, en tandem, le péquenot se levait de table, rotait, s'essuyait la bouche avec le revers de la main, et s'écriait, dans l'indignation :

« On se demande ce qu'attend le peuple pour se révolter ! »

Francisque Humbert conduisait sa guimbarde avec quelque peine, à cause de sa jambe sans genou, qui l'obligeait à se pencher vers la droite chaque fois qu'il voulait débrayer. Il s'habitua à cette gymnastique. Lorsqu'il se mettait en route pour chercher de la viande, il ne partait jamais sans répondant : tabliers, chaussettes, clous à vache, pétrole, qu'il s'était procurés par des trocs antérieurs. De plus, il tenait des raisonnements spéciaux à ses anciens fournisseurs :

« La guerre durera pas toujours. Quand la paix sera revenue, je saurai me rappeler ceux qui m'auront aidé et ceux qui m'auront laissé choir. »

Ça leur donnait à réfléchir. Mais certains ne calculaient pas si loin : ils avaient l'impression que ce temps béni n'aurait pas de terme. Quelques-uns le souhaitaient.

Le charcutier jouait aussi habilement d'un certain atout : il menait ses discussions en patois. Son parler était la meilleure carte d'introduction : elle mettait les péquenots en confiance. Sans le patois, il aurait dû renoncer à la moitié de son approvisionnement. Il faisait des réflexions sur la femme, les gosses, la maison, la saison, le travail. Les autres consentaient à céder au prix fort une chèvre, un veau, un cochon. L'abattage clandestin fonctionnait à pleins tubes. Les paysans cherchaient même à placer leurs vaches crevées :

« C'est un accident. Elle est tombée d'un tertre et s'est cassé une patte. Plutôt que de la laisser perdre, je l'ai saignée. J'en ai vendu des morceaux par là, aux voisins. On en a mis aussi dans le saloir. Si vous voulez le reste, je vous le cède. »

Francisque examinait, sous la faible lumière de l'ampoule, la bidoche avariée, la reniflait, la tournait en tous sens. Il pensait à ses clientes affamées, aux saucissons qu'il pourrait en tirer, dont beaucoup partiraient en colis vers les stalags.

« D'accord, qu'il finissait par dire, à contrecœur.

— Vous verrez que vous en serez content. »

Il dissimulait son butin sous des bottes de paille ou une couche de betteraves, pour lesquelles il avait aussi preneurs. La voiture repartait dans la nuit, sans autre éclairage que le clair de lune. Par malchance, quelquefois elle tombait sur des gendarmes motorisés, le mousqueton en bandoulière. Ils fouillaient le véhicule, confisquaient la marchandise « au profit des hôpitaux », la plaçaient dans leur Juva 4, infligeaient une amende.

« On te laisse les betteraves ! »

Heureusement, c'était un peu comme les convois anglais dans l'Atlantique : deux sur trois passaient sans torpillage. La maison Humbert fabriquait ensuite du saucisson de chèvre, de bœuf, d'âne, de mouton, dans lequel luisaient quelques tranches d'un lard consolateur.

La bourgeoisie française n'était pas maigre non plus : celle qui avait à offrir des marchandises ou beaucoup d'argent. Afin de se préserver de la famine médiévale qui menaçait le pays, elle accumulait dans ses caves et ses greniers sucre, pâtes, farine, légumes secs, conserves, huile, margarine, jambons et autres nourritures terrestres, pour le plus grand bonheur des charençons et des souris. Elle accumulait dans ses tissus, comme le chameau dans ses bosses, les réserves indispensables pour traverser le désert du malheur. Souvent même d'une façon exagérée. Les maîtres et maîtresses de gymnastique firent des fortunes en donnant des leçons amaigrissantes.

La classe salariée, les artistes, les rémouleurs, les retraités avaient plutôt besoin de leçons grossissantes. Ils fondaient à vue d'œil. Sans leurs vêtements en fibre de bois qui les soutenaient quelque peu, ils se seraient écroulés. Les hospices et hôpitaux profitèrent de cette occasion inespérée pour se débarrasser de leurs stocks de vieillards que depuis longtemps personne ne réclamait : les corbillards en emportèrent chaque jour des charretées.

Les spécialisations commerciales n'avaient plus grand sens. Pour peu qu'on fût connu, qu'on inspirât confiance, qu'on voulût bien y mettre le prix, on pouvait acheter des pneus chez l'horloger, du pétrole chez le quincaillier, des œufs chez le pharmacien, du bifteck chez le vétérinaire, et ainsi de suite. En revanche, des produits nouveaux étaient apparus, dont les vertus surprenaient la clientèle. La saccharine, en vente libre, remplaçait le sucre. Certains liquides mal identifiables prétendaient remplacer indifféremment le beurre, l'huile, la graisse : *Même dans la pâtisserie !* affirmait l'étiquette. Les feuilles de rave remplaçaient les épinards. Le cidre remplaçait le vin. Les fumeurs remplaçaient leur pétun par de vieilles semelles découpées en fines lanières. Le soja remplaçait un peu n'importe quoi : rôti, le café ; bouilli, les haricots et la viande ; pulvérisé et traité de manière adéquate, la farine, la semoule, la gomme arabique, le tabac à priser. Le marron d'Inde, qui n'avait servi avant guerre qu'à soigner les hémorroïdes, était à présent consommé en guise de chicorée, d'insecticide, d'amande pâtissière. Le pain ressemblait à de la bouse de vache. On fit de la confiture sans sucre et sans fruits, de la mayonnaise sans huile et sans œufs, du miel sans abeilles, du vin sans raisins.

Avant de se mettre à table, on se souhaitait l'un à l'autre :

« Pas trop d'appétit ! »

Puis, on mangeait lentement, pieusement, savourant chaque bouchée pour qu'elle durât le plus longtemps possible. Et si, par hasard, après le repas, il te remontait dans la bouche un petit renvoi de sardine ou de ragoût, tu t'en délectais comme d'un supplément inattendu.

La nuit, tu ne rêvais plus d'amours ni de conquêtes, mais de seules nourritures : biftecks épais et saignants, lard fumant et translucide, tartines de beurre, pots de saindoux. L'excès de plaisir te tirait de ton sommeil. Hagard au milieu de la nuit, tu t'efforçais de te rendormir, de calmer tes tortures d'estomac en suçant ton pouce.

Les marchés n'offraient rien de comestible. A la bonne saison, on n'y trouvait que des fleurs, des paquets de serpolet, des bouquets de laurier. Si l'on interrogeait les péquenotes sur ce vide, elles secouaient la tête avec désespoir :

« Nos vaches n'ont plus de lait, nos lapines sont stériles, nos poules ne pondent plus. »

Pendant quatre années, les neuf dixièmes des poules françaises pratiquèrent la politique du cul cousu. Ce fut leur manière de résister à l'occupant.

On faisait la queue dans les églises, aussi bien la semaine que le dimanche, pour recevoir la communion. Certains dévots réussissaient, au cours de la même messe, à passer douze ou quinze fois devant la balustrade. Si légère qu'elle soit, la sainte hostie finit par tenir au corps quand elle est multipliée par douze ou quinze.

Le petit élevage se pratiqua de plus en plus. Chaque famille, en un coin de sa cave, de son grenier, de son jardin, de sa chambre à coucher, dorlota des lapins dans leur cage. Mme la Préfète eut les siens, sur lesquels veillait attentivement le personnel. Monseigneur installa des clapiers dans la cour de son évêché. Les couvents, les facultés, les hôpitaux, les cités Bibendum en regorgèrent. Cette bestiole astucieuse transformait l'herbe, les détritus, les épluchures, les feuilles en une viande revigorante. Chacun peut avoir son opinion sur le nom qu'il faut donner au sauveur de la France asservie ; l'un penche pour celui-ci, l'autre pour celui-là ou pour cet autre ; et sans doute y en eut-il plusieurs qui conjuguèrent leurs efforts. Mais le Sauveur Suprême fut sans conteste le lapin : il permit aux Français de survivre avant de pouvoir revivre.

La pénurie n'épargna pas les domaines non alimentaires. Pour pouvoir s'habiller, on tissa des étoffes avec de la fibre de bois. Les sabots redevinrent à la mode, les anciennes semelles de cuir ayant été consommées en pot-au-feu. On retourna tout ce qui était retournable. Ainsi, les tailleurs rendirent leur jeunesse aux vêtements usagés, les administrations aux vieilles enveloppes, aux vieilles affiches, aux vieilles circulaires. Le manque de papier embarrassa fort les imprimeurs. Et aussi les détaillants : chaque client dut apporter son emballage personnel. Il posa des problèmes d'ordre hygiénique.

Contre tickets, furent distribuées des sortes de pierres rêches et inusables baptisées du noble nom de *savon*. Certains épiciers, huiliers, bouchers, pharmaciens fabriquèrent du « vrai savon » ; à leur clientèle impatiente, ils le vendaient tendre comme du beurre ; avant de t'en servir, tu devais le laisser sécher au grenier, où il se délitait, se partageait en feuilles insaisissables. On remplaça la lessive par de la cendre de bois. Et, faute de cendre, on renonça au linge propre, on retourna ses chaussettes le dimanche.

Les vignerons sacrifièrent les robinets de leur fourneau, fouillèrent leurs caisses, leurs tiroirs, dégarnirent leurs pendules afin de se procurer un peu de cuivre : en échange duquel ils obtenaient du vitriol pour sulfater leurs vignes. Francisque Humbert n'avait jamais été grand amateur de vin : la funeste passion de l'ancien l'avait éloigné de la bouteille. Toutefois, il ne refusait pas d'acheter le litre mensuel auquel lui donnait droit sa carte d'alimentation : cela représentait un dé à coudre chaque jour. Au cours de ses voyages nocturnes, il emportait des *boussets* et n'hésitait pas à les remplir, à l'occasion. Au temps des vendanges, il acceptait même l'affreux *pouzin*, mi-liquide, mi-solide, que les vignerons lui vendaient cent francs le litre avant soutirage, cent cinquante après.

Mme Humbert s'inquiétait fort de ces transactions irrégulières.

« Les Allemands t'ont relâché quand tu étais leur prisonnier, annonçait-elle. Un de ces quatre matins, ce sont les Français qui te ramassent. Et ils t'envoient à Cayenne. »

Et lui : « Qu'est-ce qu'il faut que je fasse ? Que je ferme boutique ? Je suis commerçant, c'est mon devoir de faire du commerce. »

A propos de devoir, au début de 1943, il reçut de Vichy un papier officiel lui annonçant que la croix de guerre lui avait été attribuée, avec la citation suivante :

... Soldat ayant toujours eu un sens élevé du devoir. A participé pendant la campagne 1939-1940 à plusieurs missions de reconnaissance et de harcèlement. Au cours d'une manœuvre de repli ordonnée par ses supérieurs dans des conditions difficiles, a été grièvement blessé...

Une commission militaire l'examina et lui attribua une pension d'invalidité de vingt-cinq pour cent, représentant une somme de 330 francs par trimestre. Il essaya de protester :

« Vingt-cinq pour cent ? Pas plus ?

— Fais ton compte : tu as quatre membres, on t'en esquinte la moitié d'un. Ça représente un huitième du total. Et on te paie pour un quart. Tu n'as pas à te plaindre ! Mais avec un peu de chance, ton mal pourra s'aggraver, ta pension sera réévaluée. Ton genou, si tu sais l'exploiter, sera pour toi une mine d'or ! »

Quinze jours plus tard, arriva la médaille elle-même, dans son écrin noir. Mme Humbert la promena chez toutes ses voisines pour la faire admirer.

14

Depuis longtemps, l'ange Gabriel avait cessé de ressembler à Mussolini. Son front s'était couvert de boucles de cuivre, sa peau de taches de son, deux matières premières infiniment précieuses qui, dans la charcuterie, faisaient baver d'envie les cultivateurs.

Jusqu'à l'âge de trois ans, il jouit d'une bonne santé et d'une imagination vigoureuse. Il montrait un grand intérêt pour les voitures à gazogène, il en construisit plusieurs au moyen de boîtes vides. Pour lui apprendre la piété, sa grand-mère lui acheta, dans un magasin de jouets, une crèche de Noël en bois et en carton, lui raconta l'histoire de la Vierge, du Petit Jésus, du bœuf, de l'âne, des moutons. On ne sait comment il entendit ces paraboles, car, quelques jours plus tard, Mme Humbert surprit le Divin Enfant derrière le volant d'un camion à gazogène : le petit charcutier l'avait transformé en garagiste. Mme Humbert ne se fâcha point ; elle se contenta de hausser les épaules et de prophétiser :

« Il sera doué pour la mécanique. »

Puis, elle récupéra le céleste Dépanneur et le replaça délicatement dans son berceau, malgré les protestations de l'ange Gabriel.

A partir de 1943, les choses se détraquèrent. L'enfant se mit à attraper au vol tous les microbes, même ceux qui n'étaient que de passage. Il eut successivement la rougeole, la rubéole, la variole ; l'impétigo, le porrigo, l'intertrigo ; l'otite, la colite, l'appendicite ; l'eczéma, l'influenza, le coryza ; la coxalgie, la diphtérie, le béribéri. Il essaya à peu près toutes les maladies, quelquefois même plusieurs à la fois. Ce n'était pas un malade : c'était un collectionneur. Quand par hasard, entre deux attaques, il pouvait se lever, il en profitait pour monter sur une chaise, dégringoler, se démolir un bras ou une jambe. Sa survie fut un miracle quotidien, dû avant tout à la protection des puissances célestes, et tout de suite après aux soins perpétuels dont l'entourait sa mère.

La guerre terminée, son état s'améliora sensiblement, grâce à l'usage de la pénicilline. Chaque nuit, cependant, Bernadette continuait de se lever pour s'assurer qu'il ne se découvrait pas ou n'avait pas le front chaud. Chaque matin, elle lui imposait l'épreuve du thermomètre, chaque quinzaine la pesée sur la bascule des cochons, chaque mois la cure à l'huile de foie de morue, chaque trimestre la purge. Dès qu'il entrait dans le cabinet, elle mettait hors de sa portée la poignée de la chasse d'eau, pour qu'il ne fût pas tenté de la tirer avant qu'elle n'eût attentivement farfouillé dans sa moutarde.

En 1949, il fit une fausse méningite : violent mal de tête, fièvre élevée, pouls irrégulier. Lorsqu'elle vit les sourcils froncés du médecin, Bernadette devina qu'il s'agissait de quelque chose de grave. Elle insista pour savoir ce qu'il craignait. Quand il eut prononcé le terme maudit, Bernadette, qui avait perdu par méningite une sœur en bas âge, crut l'enfant condamné. Elle s'affaissa près du petit lit et demeura des heures immobile, pleurant, gémissant sur la main de Gabriel, incapable de lui apporter le moindre soin, refusant pour elle-même la boisson et la nourriture. « Dans deux jours, dans trois au plus, il sera mort. Il faudra commander une caisse, faire imprimer des faire-part, les envoyer, avertir les pompes funèbres, recevoir les condoléances et leur répondre... Il faudra le déshabiller, laver son corps... Il faudra... il faudra... » Heureusement, l'ancienne était là, valide encore malgré ses soixante-quinze ans. Elle s'occupa de la mère et du fils. Francisque Humbert, furibond, cherchait un responsable :

« Mais comment ça a pu se faire !... Rien que de la nourriture désinfectée ! De l'eau minérale ! Du lait bouilli ! Tous les matins, le baromètre dans le trou de balle !... Où c'est-y qu'il a bien pu attraper ça ? »

Personne ne pouvait lui répondre.

Sans qu'on sût davantage comment, la fièvre tomba soudain. Simplement, peut-être, parce que Gabriel était entraîné plus que quiconque à la maladie. Le troisième jour, il ressuscita des morts. Et l'on fut tranquille jusqu'à l'alerte suivante.

Dans ses périodes de santé provisoire, il fréquentait l'école Michelet, où ses études pâtissaient de ses fréquentes absences. Francisque qui, toute sa vie avait souffert de son peu de savoir, l'encourageait au travail :

« Tu devrais essayer d'avoir au moins le Brevet, comme ta mère. Même le Bachot. Avec ce genre de diplôme, tu pourrais devenir un charcutier en gros. Nous, on est prêts à faire les sacrifices nécessaires. »

Gabriel baissait la tête, ne répondait pas, mais, comme on dit, il touchait son âne : il continuait sa petite marche sur le chemin qu'il avait choisi. Il voulait être scaphandrier. L'idée lui était venue en lisant *Furet*, un journal d'enfants qui relatait les exploits sous-marins de l'Anglais John Shoemaker contre les navires de guerre allemands. Quand il comprit qu'être scaphandrier à Clermont-Ferrand présentait certaines difficultés, il rêva d'être pilote dans l'aviation américaine. Ou à la rigueur française. Les avions militaires basés sur le camp d'Aulnat choisissaient le ciel de Montferrand, et plus spécialement la portion située au-dessus de l'école Michelet, pour pratiquer leurs rase-mottes et leurs acrobaties. Cela empêchait les instituteurs de se faire entendre et c'était tout bénéfice pour les écoliers. Ceux-ci passaient les récréations à lever le nez vers les nuages dans lesquels s'enfonçaient les chasseurs rugissants. Ou bien, les bras ouverts, ils se précipitaient à pleins gaz les uns contre les autres, se livrant des duels à mort. Après six mois de ces combats, Gabriel Humbert eut à son palmarès 469 avions ennemis abattus de façon certaine et 1231 de façon probable, ce qui constituait le record du monde. Chaque classe formait une escadrille et combattait les aviateurs d'une autre classe. Pour ne désobliger personne, on ne précisait pas les nationalités. Quand le sifflet du directeur annonçait l'armistice, les as sautaient de leur carlingue et s'alignaient, rouges et suants, pour rentrer dans leur salle, où ils avaient rendez-vous avec la règle de trois.

Sur le chapitre de l'aviation, les maîtres montraient moins d'enthousiasme qu'eux. L'hiver, c'était encore supportable : on se claquemurait hermétiquement. Mais l'été, pour ne pas étouffer, on était bien obligé d'ouvrir les fenêtres. Quand les chasseurs entreprenaient leurs cabrioles au-dessus de la ville, les instituteurs avaient deux solutions : hurler ou se taire. Ils écrivaient au tableau : *Problème n° 6, page 114*. Mais, dans le grondement des escadrilles, les enfants n'avaient pas la tête aux histoires de champs rectangulaires qu'entoure une triple ligne de fil de fer.

Mme Humbert était encore très utile dans la maison. En 1950, la nature lui joua un vilain tour : ses jambes enflèrent, devinrent chaudes et violacées.

« Phlébite ! dit le Dr Morilhon.

— Phlébite ? A mon âge ? C'est une maladie de femme enceinte, ça !

— J'aimerais mieux une bonne grossesse.

— Moi aussi. »

Désormais, elle passa ses jours les jambes étendues sur une chaise longue, car toutes deux étaient prises, écoutant le train-train de la maison, la rumeur de la rue, la sonnerie des cloches. La gendresse la soignait vaillamment, lui frictionnant les régions enflammées avec la pommade adéquate, lui présentant ses cachets aux heures établies, l'alimentant, la tenant propre, lui répétant les potins, lui racontant les petits événements de la boutique :

« Mme Huchon a acheté six côtes de porc frais. Elle doit avoir ses Parisiens... Une bohémienne est venue me vendre de la dentelle.

— Vous l'avez mise à la porte, j'espère ?

— Non. Je lui en ai pris deux mètres. Si tout le monde les met à la porte, ces gens-là sont ensuite obligés de voler.

— Vous avez raison. Pardonnez-moi. Mais allez faire vos affaires, ma chère Bernadette. Je vous amuse... »

Gabriel venait l'embrasser avant de partir pour l'école, et aussi en rentrant. Elle était souvent surprise par ce rite, car, à force de rester sans mouvement sur sa chaise, elle perdait la notion du temps, ne distinguait plus le matin de l'après-midi, le dimanche de la semaine.

« Où vas-tu ? qu'elle lui demandait.

— A l'école !

— A l'école, aujourd'hui ? Quel jour qu'on est donc ?

— Mercredi !

— Mercredi, aujourd'hui ?... Si tu me le dis, ce doit être vrai. »

Francisque venait aussi, naturellement. Elle souriait de plaisir :

« Je ne manque pas de visites ! Vous ne me laissez pas m'ennuyer, tous ! Je vous en remercie bien. »

Et même Wenceslas, quand on lui en donnait la permission :

« Bonjour la patronne ! Comment que ça va ?

— Drôle de patronne ! Tu sais bien que la patronne, c'est la gendresse.

— Pour moi, vous restez la patronne. La gendresse, je l'appelle Madame.

— Peut-être que tu as raison, Vincent. Y a combien d'années, que tu es chez nous ?

— Ça fera quatorze ans à la Toussaint.

— Quelle belle fidélité ! Un jour, tu te rappelles ? je t'ai appelé Hitler. Mais je me trompais.

— Oh ! je savais bien que vous le disiez pour rire ! »

Ensuite, au lieu d'aller mieux, les choses empirèrent. Mme Humbert se plaignait d'avoir froid dans le pied gauche. Aucune bouillotte ne pouvait le réchauffer. A la main, ce pied était en effet glacial. Le Dr Morilhon fronça encore les sourcils et dit : « Artérite ». Après quelques jours, la coloration devint bleue. Il fallut transporter sans retard la malade à l'Hôtel-Dieu. Elle y resta deux mois.

Tous ces soins coûtaient les yeux de la tête. Francisque eut un jour cette réflexion :

« Heureusement qu'il y a eu la guerre et le marché noir. Qu'on a pu gagner un peu d'argent à ce moment-là. Autrement, je me demande comment on s'en tirerait ! »

A son retour, on installa de nouveau l'ancienne sur son lit avec, sur la jambe gauche, une sorte de baldaquin. On avait essayé un certain temps de lui cacher ce qui s'était passé : la gangrène, l'amputation du pied. Pour les satisfaire, elle avait même fait mine de les croire. Jusqu'au jour où son chagrin éclata :

« Finissez de vous moquer de moi ! On m'a enlevé le pied, mais pas la cervelle ! Est-ce que vous me croyez devenue idiote ? »

Ils lui demandèrent pardon de cette comédie. Ils pleurèrent tous ensemble ; ensuite, elle les consola :

« On peut bien vivre avec un seul pied. Surtout si on reste allongée, comme moi. Pour ce que j'ai à faire de mes jambes !

— On pourra t'en mettre un artificiel, proposa Francisque.

— D'accord. Et...

— Et quoi ? »

Elle cherchait quelque chose qui pût les faire rire :

« Et un de secours que je m'accrocherai dans le dos ! »

Au contraire, ils en furent consternés, voyant bien l'inutilité de leurs sornettes.

Elle perdit l'appétit. A peine avalait-elle un peu de bouillon, avec une goutte de vin, à la mode auvergnate. Une mandarine lui durait trois repas.

« Force-toi un peu, insistait le fils. La nourriture, tu le sais bien, est le meilleur des remèdes.

— Je te demande pardon. Mais mon corps ne la demande pas. »

Elle tombait le jour dans de longues somnolences, agitées, gémissantes. En revanche, elle restait les yeux ouverts toute la nuit, revoyant sans cesse sur l'écran du plafond le film de son humble existence. Au milieu des ténèbres, ne sachant plus si elle vivait encore ou se trouvait déjà au séjour des âmes, elle parlait à voix haute. L'oreille collée à la porte, Francisque l'entendait soupirer et dire :

« C'était le mois de juillet... Moi, je voulais pas... Josion ! Josion ! Mon cher ami !... Et cette bouteille ! Cette maudite bouteille !... Oui, ma sœur !... Oui, ma mère !... Je connais tous les Commandements... Souvenir du 126e... Qui veut l'étrenne ?... Moi, d'abord !... »

Un jour, ils se trouvaient tous les trois autour de son lit. Et elle les énumérait avec une satisfaction merveilleuse :

« Mon fils... Ma gendresse... Mon petit-fils. »

Tout à coup, elle se mit à faire des recommandations :

« Savez-vous ? Un fils, ce n'est pas assez. Qui n'en a qu'un n'en a aucun. Vous voyez ce que je veux dire. Alors, vous devriez en commander un autre.

— C'est trop tard, belle-mère. Il n'est pas venu. Nous n'avons rien fait pour l'empêcher. Il ne viendra plus, à présent.

— Dommage, dommage. L'ancien et moi, nous avions eu d'abord une fille. Mais nous l'avons perdue. Et puis... ç'a été fini aussi. Dommage. Enfin, c'est le bon Dieu qui les envoie. »

Elle reprit son souffle. Puis elle passa à d'autres sujets :

« Surtout, faites effort pour toujours vous entendre. Et toi, Gabriel, aime toujours ton père et ta mère. Et travaille bien à l'école. »

Bernadette ne put retenir ses larmes.

« Faut pas pleurer, gendresse. Pas sur moi. Vous me croyez malheureuse, en ce moment ? Vous vous trompez. Jamais je n'ai été aussi heureuse. Personne n'est éternel. Vous êtes là, autour de moi... bien réunis... et je vais retrouver Josion, bientôt. Et mon père, et ma mère, que j'ai plus vus depuis si longtemps que j'ai presque oublié leurs figures... Je suis tellement heureuse que j'en ai presque honte. Alors, vous voyez qu'il n'y a pas de quoi pleurer. »

Elle demanda un prêtre ; le curé de Notre-Dame vint en personne.

« Vous vous rappelez, mon père... la graisse douce que je vous passais avant la guerre ?

— Comment l'aurais-je oublié, ma bonne Ernestine ?

— C'était un arrangement que j'avais fait avec la Sainte-Vierge.

— Elle s'en souvient sûrement aussi. »

Un sacrement n'a jamais fait mourir personne. Celui-là semblait plutôt avoir amélioré l'état de la malade. Le médecin venait tous les jours ; il changeait le pansement, faisait des piqûres. Quand il était parti :

« Que d'argent ! Que d'argent je vous coûte ! se désespérait Mme Humbert. Et que de peines ! »

Elle avait une peur, surtout ; une peur affreuse : celle de perdre sa conscience, de se salir, de devenir quelque chose de répugnant. Voilà le risque qu'encourent les malades qui ne savent pas mourir au bon moment. Cette douleur lui fut épargnée. Un matin, elle demanda de l'eau tiède :

« Ce n'est pas pour boire. C'est pour me rincer la bouche. Ma langue a un goût de... je sais pas comment dire... J'ai la bouche empoisonnée. »

Bernadette lui apporta ce qu'elle désirait dans un bol.

« Posez-la sur la table de nuit... Merci... Je voudrais aussi, sans vous commander, dedans, un peu de...

— Un peu de quoi ? »

Elle eut beau répéter la question : « Un peu de quoi ? », elle ne sut jamais ce qu'avait été la dernière pensée de sa belle-mère. Ce fut comme, au cinéma, quand quelque chose se détraque dans la mécanique : sur l'écran, l'image soudain se fige, le mouvement disparaît, devient une simple photographie. Mme Humbert se figea, la bouche entrouverte, les yeux béants. Elle resta un moment assise encore sur son lit ; puis, tout doucement, le corps glissa en arrière, vers les oreillers. Elle était devenue une photographie.

15

La maladie, l'opération, les journées d'hôpital, l'enterrement de Mme Humbert avaient mis à plat les finances de la maison. Tout cela sans l'aide de personne, ni du gouvernement, ni de la Caisse des Travailleurs Indépendants, ni des Assurances Sociales, ni du pape, ni de Jean-Quille. Francisque ne regrettait pas un seul des sous dépensés ; mais le chagrin qu'il avait eu de perdre sa mère s'accroissait au calcul de ses échéances. Les ouvriers de Bibendum composaient le gros de sa clientèle : tous gens de petite fortune qui, pour pouvoir remplir les paniers et nourrir leurs gosses, devaient recourir à la confiance de la charcuterie : Bernadette avait deux cents noms couchés sur ses cahiers alphabétiques. Aussi quand, l'année suivante, Wenceslas annonça en même temps son intention de se marier, de quitter la maison, de s'établir à son compte, Francisque ne chercha-t-il pas à le remplacer.

« Je me débrouillerai seul. Tant pis si nous vendons moins. On aura pas à payer le salaire d'un commis, la Sécurité, les Accidents du Travail. Arrive que plante. »

En travaillant dur, ils parvinrent ainsi à se renflouer. Montferrand a conservé certains usages campagnards. A Clermont, les magasins ouvrent et ferment à heure fixe. L'horaire y est aussi sacré qu'à la préfecture. Les mulets blancs, comme les villageois, exigent au contraire que les commerçants soient à leur disposition jour et nuit, dimanche et semaine. Si l'un d'eux refuse la règle, il voit bientôt sa clientèle fondre au profit des concurrents. Les Humbert n'eurent pas peur de laisser leur porte ouverte, dès le chant du coq et jusqu'à 10 heures du soir. A midi aussi. Certaines clientes qui, pourtant, n'avaient pas d'autre travail que leur ménage, semblaient trouver plaisir à venir acheter deux cents grammes de cervelas ou trois portions de boudin entre 12 h 30 et 14 heures. Sitôt qu'ils se trouvaient assis tous trois depuis cinq minutes, ding ! la clochette sonnait, il fallait aller servir. Et les bonnes femmes profitaient encore de l'occasion pour entreprendre de longs discours sur les vices et les vertus du voisinage. Pas question cependant de leur faire grise mine. Tout ce que tu pouvais faire, c'était les injurier dans ton for intérieur, leur souhaiter le muguet, la pépie, la fièvre aphteuse.

A partir de 1955, Bibendum et les autres entreprises se mirent à embaucher n'importe qui. La France importa une quantité de main-d'œuvre étrangère, principalement arabe et italienne. Les Algériens, qui ne consomment pas de porc, ne mettaient jamais les pieds dans la charcuterie. Il n'en était pas de même des autres. C'étaient généralement des Calabrais, des Siciliens, des Sardes, qui ne savaient pas même signer leur nom. Comme ils appréciaient, eux, les cochonnailles, ils demandèrent crédit à la façon des autres bibs. Fallait-il le leur refuser ? Les Humbert se consultèrent et décidèrent que non. Les inscriptions sur le cahier alphabétique étaient laborieuses.

« Comment vous appelez-vous ? demandait la Nivernaise.

— Pas comprendre.

— Le nom ! Votre nom !

— Votre nom ?

— Non. Le vôtre. »

Le Calabrais ou le Sicilien produisait alors avec la bouche un bruit bizarre. Quelque chose comme :

« Tchoutsarouille.

— Comment ? Ça rouille ?

— Tchoutsarouille.

— C'est votre nom, ça ? Tchou...

— Si, Tchoutsarouille.

— Comment vous écrivez ? Écrire... là... le nom.

— Pas écrire. Tchoutsarouille.

— Vous êtes italien ?

— Si, si. Italian. Sitchilian. »

C'était pire que Plat-de-Nerfs. Elle demandait :

« Vous avez une carte d'identité, s'il vous plaît ?
— Pas comprendre.
— Ouna carté d'identitaté !
— *Carta d'identità ?* Si, si, à la mason.
— Apportez-la, la prochaine fois.
— Pas comprendre.
— Alors, vous dites : Tchou... ?
— Si. Tchoutsarouille. »

Elle écrivait comme elle pouvait ce nom bizarre sur son calepin. Et pour être plus sûre, elle ajoutait un court signalement : *petit blond, cicatrice joue gauche*. Ou : *grand maigre, long nez*.

Malgré leur ignorance, les Siciliens, les Calabrais venaient régulièrement payer leurs dettes aussitôt qu'ils avaient touché leur paye et en avaient expédié la moitié à leur famille restée en Italie. Bernadette fut contente de leur honnêteté et de sa propre confiance.

Vers l'âge de douze ans, Gabriel acheva sa collection de maladies infantiles par la myopie. Il fallut lui mettre des lunettes, solidement accrochées derrière ses larges oreilles. La première fois qu'il se vit dans la glace avec ces instruments, il se mit à pleurer, ce qui les barbouilla de liquide et de buée, et le rendit presque aveugle.

« Pourquoi pleures-tu ? demanda sa mère.
— C'est à cause de ces lunettes.
— Et alors ? Tu n'es pas le seul à porter des lunettes ! Regarde autour de toi ! Il y a des gens très bien qui en portent ! Le docteur, le pharmacien, et même ton instituteur.
— Oui, mais des lunettes, ça empêche...
— Qu'est-ce que ça empêche ?
— D'être aviateur ! »

La folie des avions le tenait toujours. Et, en effet, la première condition, pour être aviateur, est d'avoir une vue parfaite. Le jeudi et le dimanche, Gabriel et deux ou trois mordus de son espèce prenaient la route d'Aulnat, à pied ou à bicyclette, et s'en allaient admirer de près les machines kaki, à cocardes tricolores, à peine posées dans l'herbe sur leurs pattes de libellules. Ils se faufilaient entre les hangars, humaient l'odeur des tôles, de l'huile de ricin, des vernis. Jusqu'au moment où quelque adjudant soupçonneux les prenait pour des espions soviétiques. Il leur mettait la main au collet, leur demandait nom, adresse, nationalité. Quand il s'apercevait qu'ils parlaient couramment la langue française, et même avec l'accent de Montferrand, il se radoucissait.

« Qu'est-ce que vous foutez par ici, au juste ?
— On vient voir. On voudrait être aviateurs. Dans la chasse.
— Ah ! ah ! Dans la chasse ! Je vous comprends. »

Parfois même, il leur permettait de s'approcher des zincs, de les flatter de la main comme de bonnes bêtes, de l'hélice jusqu'à la queue ; il leur expliquait la mécanique, le manche à balai, le palonnier, l'altimètre et le reste. Il leur montrait l'équipement de l'aérodrome : les balises, les anémomètres, les pistes, les biroutes. Ces adjudants-là, c'étaient de fameux pédagogues : tu comprenais tout sans répétition. Alors que les instituteurs de Michelet, ayayaïe !

Le père Humbert profitait des dispositions du fils pour taper sur son clou :

« Si tu veux être pilote, il te faut avoir le Brevet. Alors, tu sais ce qu'il te reste à faire !

— Oui, approuvait la mère. Le Brevet est une bonne chose. Même si tu succèdes un jour à ton père, dans son commerce. »

Mais pour ce qui est de la charcuterie, Gabriel ne voulait pas en entendre parler : c'était l'aviation ou rien.

« Comment ça, rien ? dit Bernadette. Il faut bien que tu fasses quelque chose ! Crois-tu que nous te laisserons de quoi vivre de tes rentes ? »

Elle lui récitait une liste d'excellentes professions : employé des postes ou des finances, gendarme, instituteur, menuisier, représentant, cheminot, électricien, gazier, plombier-zingueur, jardinier, vétérinaire. A chaque nom il faisait : « Pouah ! », comme si elle lui avait proposé d'être vidangeur.

Quel coup ce fut donc pour lui, cette myopie, ces lunettes ! Si on ne l'avait retenu, il les aurait fracassées contre la muraille, ce qui n'aurait pas amélioré la conjoncture. Le père et la mère unirent leurs efforts pour le consoler :

« Si t'es miraud, t'es miraud ! Personne y peut rien. Faudra bien que tu t'habitues. C'est comme moi : je me suis habitué à ma patte folle. Ça sert à rien de mouiller trente-six mouchoirs.

— Il n'y a pas que l'aviation qui compte. On peut très bien vivre heureux sans jamais quitter le plancher des vaches.

— En ce moment, c'est la guerre en Indochine. Qui sait combien de temps encore elle durera. Alors, ça te dirait, d'aller là-bas, pour te faire démolir ?

— Au fond, je ne suis pas mécontente qu'à cause de tes yeux tu doives renoncer à ce métier. Il est vraiment trop dangereux. S'il t'arrivait un accident, est-ce que tu te rends compte de ce que ce serait, pour nous ? On pourrait me mettre dans le même trou que toi ! »

A cette seule idée, la Nivernaise devenait pâle des lèvres aux cheveux, ses mains se mettaient à trembler. Quant à Gabriel, il accueillait chacun de ces arguments en poussant un hululement qui te transperçait ; tu aurais dit une sirène. A la fin, Humbert trouva la seule consolation efficace :

« Mais en somme, dans l'aviation, y a pas que les pilotes. Tu pourrais être quelque chose par terre. Je sais pas... mécanicien... ou dans les bureaux... ou surveillant. »

Brusquement, les larmes cessèrent de jaillir. Il se tourna vers son père, intéressé.

« Ça te plairait... heu... surveillant ?

— Surveillant ? Qu'est-ce qu'on fait ?

— Ben... tu surveilles. Tu fais des rondes. T'as un fusil. Si tu vois quelqu'un qui tourne autour des avions, qui cherche à en voler un, pan ! tu le descends.

— Pouah !

— Mécanicien, alors ?

— Mécanicien, peut-être. Mais mécanicien sur avion. Pas sur auto ! Pas sur machine à coudre !

— Naturellement ! Si tu veux, je me renseignerai. Je m'en dérangerai. »

L'ange Gabriel, ayant perdu ses ailes, se résigna donc à devenir rampant.

En 1953, avec deux années de retard, il obtint glorieusement le Certificat d'études primaires élémentaires, appelé communément *certif* par les usagers. Il subit en même temps avec succès l'examen d'entrée au Centre de formation professionnelle de Bellombre, où il avait accepté d'étudier les principes généraux de la mécanique, les cylindres, les bielles, les pistons.

C'est à cette époque que commença la grande invasion automobile. Ce ne furent d'abord que des éléments isolés, 4 CV, 203, encore réservés aux classes privilégiées. Les plus fortunés continuaient de rouler dans leurs Ford-Vedette, Chrysler, Chevrolet, Pontiac que l'Amérique déversait sur l'Europe depuis la fin de la guerre. D'autres marques apparurent : l'Aronde, la Panhard-Langouste. Citroën, imperturbable, continuait de fabriquer sa traction 1935. Les Anglais, les Italiens se mirent de la partie. Jusqu'aux Allemands qui nous envoyèrent leur Coccinelle. Peu à peu, ces machines vieillirent : les pauvres ramassèrent les miettes des riches. Chose inimaginable avant 39 : on commença de voir des ouvriers rouler voiture ! Sans parler des Vespa, Lambretta et autres trottinettes à moteur ! Pendant des millions de siècles, l'air avait comporté 20 % d'oxygène et 80 % d'azote ; alors commença cette évolution qui devait en faire ce qu'il est de nos jours dans les grandes villes : 0,2 % d'oxygène, 10 % d'azote, le reste, gaz d'échappement.

Dans ces conditions, Gabriel Humbert oublia peu à peu ses rêves aéronautiques. Lui aussi se prit de passion pour les véhicules envahisseurs. Il tapissa les murs de sa chambre avec les portraits des as du volant : Fangio, Caracciola, Stirling Moss, Gonzalès, Farina, le Clermontois Rozier. En 1955, il sortit de Bellombre avec un C.A.P. de « réparateur d'automobiles ». Un avenir enrichissant s'ouvrait à lui dans le cambouis.

Ses parents, eux, n'étaient pas très satisfaits. Deux générations d'Humbert charcutiers avaient vécu, tantôt bien, tantôt mal, dans cette boutique, rue des Cordeliers. En la modernisant, en suivant la mode, la troisième génération aurait pu y vivre encore décemment. De Gabriel, ils avaient toujours espéré une conversion in extremis ; quand il eut trouvé une place chez un garagiste, ils comprirent que tout était consommé. Circonstance aggravante : le garage était situé place des Carmes. Le fils s'était détaché de Montferrand. Dès lors, ils eurent l'impression de ne plus habiter une maison qui leur appartenait fermement ; de s'y trouver seulement de passage, en locataires.

« Quand nous serons vieux, disait Bernadette, nous vendrons le fonds. Nous ferons arranger deux ou trois pièces de derrière, nous nous y retirerons, et nous vivrons de nos rentes. »

A quoi bon, dans ces conditions, apporter de grands changements au magasin, pour le mettre au goût du jour ? Ce qui avait duré cinquante années en durerait bien encore dix ou quinze. Il suffisait, de temps en temps, de rafraîchir les murs, repeindre les bois, renouveler le petit matériel. La clientèle était modeste, mais fidèle ; les enfants se servaient là où s'étaient servis leurs parents ; l'avenir était court, mais assuré.

Naturellement, Gabriel continuait de vivre avec eux. Son premier argent lui servit à acheter un vélomoteur. Il l'astiquait, le bichonnait, l'ornait de décalcomanies. Le dimanche matin, pour garder la main sans doute, il le démontait pièce par pièce, alignait les organes sur un journal, demandait à son père :

« Maintenant, je ferme les yeux. Mélange toutes les pièces. Mais comme il faut ! Comme si tu battais un jeu de cartes ! »

Le charcutier s'exécutait. Après ce brassage, le fils remontait le bicycle en moins d'une heure, sans avoir une rondelle de reste.

Un jour qu'ils se trouvaient tous les deux, dans la courette pavée, l'un occupé à ses roues, l'autre à ses tripes, Francisque interrompit sa besogne et regarda son fils.

« Qu'est-ce qu'il y a ? » questionna Gabriel.

L'autre secoua la tête, haussa les épaules :

« Rien. Une bêtise qui me passe par la tête.

— Une bêtise ? Une bêtise à toi ? Que tu as faite ?

— Oh ! j'ai fait beaucoup de bêtises dans ma vie. Mais s'agit pas de ça.

— De quoi, alors ?
— J'aimerais...
— Eh bien ! Parle ! Qu'est-ce que tu aimerais ?
— Tu as remarqué comment tu m'appelles ?
— Comment je t'appelle ?
— Oui. Quand tu me parles, quel nom tu me donnes, au juste ?
— Ma foi, je... quel nom... j'ai pas remarqué.
— Est-ce que tu m'appelles... papa ? Ou... père ? Ou... Francisque ?
— Non. Rien de tout ça. Francisque, sûrement pas. Je trouve idiot qu'un fils appelle son père par son prénom. Comme s'ils étaient deux copains. Tu es pas mon copain. Tu es mon... mon paternel... Papa, et père, j'aime pas non plus.
— Quand tu étais petit, tu m'appelais papa.
— Oui. Mais à présent... non...
— C'est bien ça. Tu m'appelles pas. Tu t'arranges pour pas m'appeler du tout. Tu dis : Bonjour. Ou bien : Bonne nuit. Ou bien : Au revoir. Tout sec. Moi, j'aimerais que tu me donnes un nom.
— Ah ! oui ? Quel nom ?
— J'aimerais que tu m'appelles : l'ancien. Ça me ferait plaisir.
— L'ancien ? Drôle de titre !
— Il te déplaît ?
— Pas tellement ; je dois y arriver.
— Et moi, si t'es d'accord, je t'appellerai : le bleu. »
Depuis ce jour, ils s'appelèrent « l'ancien » et « le bleu ».

16

La vieille Mme Humbert était superstitieuse. Elle craignait la salière renversée, la cuiller et la fourchette mises en croix, la tourte de pain posée sur le dos. Elle redoutait plus que tout qu'on parlât du malheur :

« Il ne faut jamais parler du malheur : il a l'oreille fine ! »

Francisque et Bernadette évitaient d'en parler ; mais ils y pensaient souvent. On avait mené en Indochine une guerre longue et féroce. Pour la faire accepter, le gouvernement prenait les Français aux tripes : *La perte de l'Indochine signifierait pour nous celle du riz, du caoutchouc naturel, du charbon tonkinois, de débouchés considérables pour nos industries. Bref : elle signifierait un abaissement de trente pour cent de notre niveau de vie*. Malgré ces raisonnements, les armées françaises avaient été battues et chassées. En revanche, depuis leur départ, jamais notre industrie ne fut aussi prospère, jamais Bibendum ne fabriqua autant de pneus, jamais tant de voitures ne coururent sur nos routes, jamais les magasins ne débitèrent tant de riz. Il y avait dans les raisonnements officiels quelque chose qui ne marchait pas.

A peine quelques mois de paix. Et voici que ça recommence. Cette fois, c'est l'Afrique du Nord. Régulièrement, à l'occasion du 14 Juillet, du 11 Novembre, des voyages officiels, des élections, la presse parlait de « l'attachement des populations d'Outre-Mer à la Mère Patrie », du « loyalisme des Marocains, Algériens, Tunisiens », de leur « reconnaissance envers la France pour sa générosité et son œuvre civilisatrice ». Les soldats musulmans s'étaient battus magnifiquement pour la France au cours des guerres européennes et indochinoise ; pour s'en convaincre, il suffisait de se promener dans le cimetière de Montferrand, de voir sur les tombes des soldats morts les croissants au milieu des croix. Et tout à coup, ces populations loyales et reconnaissantes se révoltent contre nous. Et qui prend leur tête ? Précisément un certain nombre de militaires formés dans nos casernes, aguerris dans nos combats ! Un de leurs représentants, un certain Ferhat Abbas, a déclaré : « La nation algérienne n'existe pas. » Alors ? C'est à n'y rien comprendre.

Peu à peu, cependant, les choses s'élucident. Les comparaisons s'établissent. Le plus imbécile finit par se rendre compte qu'au fond, en Algérie, les Français ne sont rien d'autre que des occupants, comme les Allemands l'étaient en France. Même si cette occupation dure depuis plus d'un siècle. Que si la nation algérienne n'existait pas en 1939, depuis, elle a fini par exister. Que les fellagha livrent un combat pareil à celui de nos maquisards. Certes, il y a ce million de Français établis là-bas, qu'on ne peut abandonner ; mais s'ils se sont fait détester en cent vingt années de présence, à qui la faute ? Ils ont su faire l'aller ; ils sauront bien faire le retour.

Ce qui console les pères et mères de famille, c'est que le conflit, heureusement, ne les concerne pas. Il est même défendu de parler de « guerre ». M. Bourgès-Maunoury, président du Conseil, évoque seulement un « état d'urgence » en vue de remédier « aux conditions dans lesquelles se développent les actions criminelles des bandes de hors-la-loi qui sévissent dans certaines régions ». Les interventions sont menées exclusivement par les légionnaires qui tirent contre n'importe quoi, pourvu qu'on leur donne du boudin. Par les militaires de carrière qui, en échange de leur solde, ont accepté de se faire tuer au commandement. Le million de Français qui font suer le burnous depuis 1830 n'a qu'à mobiliser aussi ses jeunes pour défendre ses fermes, ses maisons de commerce, ses privilèges. Les pères et mères de famille en France s'en lavent les mains. Cette affaire ne les regarde nullement.

En 1954, Gabriel Humbert n'a que quinze ans. Avant qu'il ait atteint l'âge du service militaire, la rébellion algérienne sera finie depuis longtemps. L'Afrique du Nord, ce n'est pas l'Indochine. On a tout l'arsenal à portée de la main : il suffit de s'en servir. Dans la charcuterie de la rue des Cordeliers, on parle de ces choses. Sur ce chapitre, les femmes des bibs sont généralement d'accord avec la bourgeoisie :

« Y a qu'à mettre le paquet : les bombes, les gaz asphyxiants. Avec le matériel qu'on a — et on paye assez d'impôts pour l'avoir — on va pas se laisser posséder par les bicots, non ? De quoi qu'on aurait l'air ? »

Car c'est ce qui les chiffonne le plus, les bibs. Le colonialisme, l'occupation, tout ça, ils ne réalisent pas bien. Mais à l'idée que le peuple des bougnoules, sans Saint-Cyr, sans l'École de Guerre, sans avions, sans artillerie, sans tanks, sans tout ce glorieux passé militaire qu'ils portent dans leurs moelles, à l'idée que les ratons puissent étriller nos troupes, tous leurs poils se hérissent. C'est une question d'amour-propre. Exactement comme si une équipe française de foute était engagée contre une équipe algérienne.

Ceux qui lisent *L'Humanité*, naturellement, ont un autre langage. Mais ils ne sont pas nombreux. Et on ne les prend pas très au sérieux, tout le monde sait bien que, à *L'Humanité*, c'est Moscou qui parle ; et dans cette affaire, l'Urse est jalouse de nos belles colonies d'Afrique, elle cherche à prendre notre place, et voilà.

En attendant, là-bas, ça se tape dur sur la cafetière. D'ici, on compte les points, en espérant que la marque nous sera favorable, même si le gouvernement ne recourt pas aux grands moyens. Petit à petit, cependant, l'affaire devient plus douloureuse ; on se rend compte qu'il s'agit d'autre chose que de sport. Bombes, assassinats au couteau ou à la mitraillette, représailles, nettoyages finissent par traumatiser les joueurs de pétanque, qui deviennent défaitistes comme en 1938 :

« Après tout, cette Algérie, hein ? peut-être bien qu'elle appartient d'abord aux Algériens. »

Mais les leçons de l'Histoire servent parfois à quelque chose : le gouvernement opte pour la fermeté et décide l'envoi du contingent. L'affaire désormais ne devrait plus traîner en longueur. En effet, Robert Lacoste, Gouverneur général de l'Algérie, annonce au mois de novembre 1957 :

« Nous en sommes au dernier quart d'heure ! »

Au mois de novembre 1957, Gabriel n'avait pas encore accompli sa dix-neuvième année. Mme Humbert fut donc complètement rassurée. Même si les quarts d'heure des ministres sont des quarts d'heure de coiffeur, avant que son fils ne fût envoyé sous les drapeaux, l'Afrique du Nord serait redevenue fermement et définitivement française. Toutefois, pour plus de prudence, lorsqu'il fut convoqué au conseil de révision, elle le munit d'une douzaine de certificats médicaux attestant qu'il avait toujours été un intrépide collectionneur de germes infectieux, qu'il risquait de contaminer à lui seul tout un régiment, qu'il avait eu au cours de son enfance la gravelle, l'érysipèle, la varicelle, etc. Malgré ces recommandations, Humbert jeune fut reconnu « bon pour le service national ».

« Soldat, toi ? s'indigna la Nivernaise. Avec ta myopie !

— Mais maman, quand j'ai des lunettes, j'y vois aussi bien que les autres. Mes lunettes m'interdisent pas de travailler, au garage.

— On dirait que tu es content de partir !

— Ma foi ! Ça me fera voir du pays.

— L'Algérie, peut-être ? Les Aurès ? Le Sahara ?

— Oh ! l'Algérie est encore bien loin ! »

Elle se rapprochait chaque jour ; car, contingent ou pas, la guerre durait. A Paris, des femmes s'étaient couchées sur les rails pour empêcher de partir les trains emportant là-bas les jeunes militaires. Si bien que les autorités usèrent par la suite de ruses de Sioux, embarquant leurs recrues la nuit dans des wagons à bestiaux, des camions, des roulottes, des corbillards. Chaque conflit apporte un vocabulaire nouveau. On parlait à présent de *djebels*, de *harki*, de *goums*, de *baraka*, de *casbah*, de *willaya*, d'*aman* et d'un tas d'autres choses qui arrivaient de là-bas avec les oranges et le gros vin. Les avis de décès arrivaient aussi.

Malgré les espérances et le tonnerre, l'ascension au pouvoir du Général ne changea rien aux batailles. Surprise par l'événement, la guerre s'était un court instant assise sur ses talons, et regardait vers Alger et vers Paris, se demandant s'il allait vraiment se produire quelque transformation fondamentale, si quelqu'un allait la dépouiller de ce titre de « révolution » qu'elle se donnait parmi les combattants rebelles. Mais les discours du nouveau président étaient clairs comme le jus de chique : « la paix des braves », « la situation spéciale réservée à l'Algérie future », « je vous ai compris ». Chacun y vit ou n'y vit pas ce qu'il souhaitait. Non seulement Français et Algériens continuèrent de s'étriper ; mais ils se mirent à étriper leurs propres congénères.

En 1959, malgré sa myopie et ses antécédents, Gabriel Humbert reçut l'ordre de rejoindre un régiment d'infanterie à Lyon. Il avait quinze jours pour se préparer. Sa mère les passa dans les tremblements, en dépit des consolations qu'il lui débitait :

« Lyon, ça n'est pas loin. Chaque fois que j'aurai quarante-huit heures de permission, je pourrai venir vous voir. Je vous enverrai des cartes postales.

— La mère, dit Francisque, nous parlait toujours d'un oncle

qu'elle avait à Lyon. Je vais chercher l'adresse. Tu iras lui rendre visite. Ça te fera une connaissance. »

Il fouilla les vieilles lettres de famille, sèches, fragiles, craquantes comme des hosties, finit par découvrir l'adresse en question : *M. Louis Brugerolles, épicier, 32 rue de la République*.

Sitôt qu'elle se trouvait seule, disposant de quelques minutes, Bernadette s'assurait que personne ne pouvait la déranger et se mettait à pleurer. En elle, elle disposait d'un réservoir de larmes qu'elle pouvait faire couler au commandement. Sitôt qu'elle entendait des voix ou des pas, elle fermait le robinet, s'essuyait rapidement, se mouchait, faisait mine de chercher par terre quelque chose. Elle pensait ainsi justifier la congestion de sa figure. Les clientes ne s'y trompaient guère ; mais elles connaissaient la situation, les avis de décès qu'on lisait dans la presse locale, avec la mention *Mort pour la France* ; elles ne posaient pas de question ; elles s'efforçaient de regarder autre chose que son visage.

Gabriel décida d'enterrer sa vie civile avec ses copains. Ceux-ci le ramenèrent à une heure du matin, ivre mort. Il avait perdu ses lunettes. Il appelait son père et sa mère monsieur et madame et braillait de temps en temps, en essayant de faire le salut militaire :

« Vive l'armée !... Vive l'Algérie... française ! »

On le déshabilla, on le mit au lit, où il s'endormit tout de suite. Jamais on ne l'avait vu dans cet état. Effrayée par la profondeur de son sommeil, la Nivernaise parla d'appeler le médecin :

« Il est dans le coma ! On ne peut pas le laisser comme ça ! »

Et Francisque, moins inquiet : « Prends patience ! Une cuite est une cuite ! Faut qu'il la digère ! »

Au bout d'une heure, en effet, les ronflements du malade se firent moins dramatiques. La mère refusa cependant de quitter son chevet. Jusqu'au jour, à peine éclairée par la lampe du couloir, elle resta penchée sur lui, essuyant son front et sa bouche, étudiant le rythme de sa respiration, le pouls dans son poignet, la palpitation de ses narines, la signification de ses gémissements. Elle se disait : « Même si tout va bien, il ne pourra pas être incorporé immédiatement, sans lunettes. Il demandera un sursis. Le temps d'en faire fabriquer une autre paire. » Mais le lendemain, la serveuse du bistrot les rapporta, intactes. Plus rien ne s'opposait au départ pour la caserne lyonnaise.

Ils l'accompagnèrent à la gare.

« L'ancien, dit Gabriel à son père, je te recommande mon vélomoteur. Je voudrais que, de temps en temps, tu graisses les moyeux, tu huiles les câbles, tu le fasses tourner un moment. Pour que je le trouve en bon état quand je reviendrai.

— Je te le promets, le bleu. »

Gabriel partit tranquille.

Pendant les six mois qui suivirent, ses lettres arrivèrent de Lyon régulièrement. Pas question toutefois d'y renouer des relations avec l'oncle Brugerolles : celui-ci était mort depuis dix-huit ans ; à la place de son épicerie se tenait maintenant un poste à essence.

« On devrait, en conclut Francisque, écrire plus souvent à la famille. »

Gabriel vint en permission pendant les fêtes de Noël et au mois de février suivant. Tout le monde trouva que l'uniforme lui donnait de l'allure. Plusieurs filles du quartier firent semblant d'avoir envie de jambon blanc pour venir à la charcuterie, avec l'espoir de le voir de près. Francisque constata que l'armée française faisait un gros effort pour habiller, coiffer, chausser les hommes plus convenablement ; il admira l'élégance du calot, du blouson, des guêtres, des souliers à semelle caoutchoutée. Le militaire racontait qu'il avait passé son permis poids lourd ; qu'une fois revenu dans le civil, il ne lui resterait qu'à le faire valider en payant un droit ; que sa spécialité était la mécanique :

« Même si l'on m'envoie chez les fellouzes, je serai sûrement pas employé dans une unité combattante. Trop miraud. D'autre part, on a besoin de moi pour réparer les camions. Vous voyez que je suis un privilégié. Y en a qui paieraient cher pour être à ma place ! »

Pendant qu'il tirait ainsi son temps obligatoire, M. et Mme Humbert faisaient des projets, le soir, en relisant ses lettres :

« Puisqu'il refuse d'être charcutier, après tout, il peut réussir dans sa spécialité, à condition d'être à son compte. Alors, quand il reviendra, on pourrait essayer de lui acheter un petit garage, ici ou dans les environs. Avec toutes les voitures qui circulent à présent, il ne pourra que prospérer. Lui-même, plus tard, prendra du personnel. Il sera concessionnaire d'une marque, pour son secteur. Ce qui ne l'empêchera pas de réparer les autres. L'avenir est vraiment dans la bagnole... »

La Nivernaise voyait son fils gonfler, gonfler, devenir aussi énorme que Bibendum.

Il les laissa trois semaines sans nouvelles. Ce qui les inquiéta terriblement. Bernadette téléphona à la caserne lyonnaise pour savoir ce qui se passait, si le soldat Gabriel Humbert était malade ou quoi. Le téléphoniste la renvoya à l'hôpital militaire : son nom était inconnu sur les listes. On lui laissa supposer qu'il pouvait s'agir de manœuvres. Enfin, la lettre vint : Gabriel se trouvait en Algérie.

Ce ne pouvait être une surprise. On savait que tous les régiments faisaient là-bas un certain stage. Jusqu'à cet instant, ils avaient néanmoins espéré que Gabriel jouirait d'une exception, par la vertu de sa myopie, de ses antécédents, de sa spécialisation ou d'un simple oubli. Cette illusion envolée, ils vécurent dans une angoisse perpétuelle, ne s'intéressant plus qu'aux nouvelles d'Algérie, attendant le passage du facteur. Lorsque la radio annonçait qu'une patrouille était tombée dans une embuscade tendue par les forces rebelles entre Sidi-bou-Machin et le poste de Béni-Zobzob, que nos pertes étaient de trois morts et de deux blessés, très légères en comparaison de celles que nous avions infligées à l'ennemi, leur cœur s'arrêtait. Qui étaient ces trois morts ? Si elle avait osé, la Nivernaise aurait téléphoné à Alger pour obtenir des informations.

Heureusement, il y avait les lettres. Elles venaient par avion. Le soldat utilisait sa feuille de papier à cigarette au maximum, la remplissant jusque dans les coins et dans tous les sens, pour ajouter de minuscules détails : ... *Aujourd'hui, nous avons mangé des haricots en conserve. Je parle de haricots verts, pas de fayots. Vous voyez qu'on nous gâte... Ici, les vignes n'ont pas d'échalas. Elles traînent par terre comme des fraisiers... Dans l'endroit où je suis, j'ai vu un tas de singes dans les arbres ; à ma prochaine permission, je tâcherai de vous en rapporter un dans ma musette... Hier, j'ai réparé deux Dodge, et aujourd'hui un G.M.C. C'est tout du matériel américain...*

Il ne parlait pas de guerre, d'embuscades, de ratissages, de coups de main, comme la radio. Visiblement, on l'employait à des besognes pacifiques. Bernadette regardait la date de la lettre : *dimanche...* Et elle se disait : « Dimanche, il était vivant ! Merci mon Dieu ! Faites qu'il le soit encore dimanche prochain ! » Elle ne demandait ainsi qu'un court délai à la fois, pour que ses demandes fussent plus facilement accueillies. C'était la politique suivie par Bourguiba. Elle faisait du bourguibisme avec les puissances célestes.

Gabriel écrivait des recommandations : ... *N'oubliez pas d'entretenir avec soin mon vélomoteur. C'est un vieux copain. Je veux le retrouver en bon état au jour de la quille. A ce propos, aujourd'hui, c'est du 428 au jus. Mais si la paix arrive avant, le gouvernement peut très bien raccourcir... J'ai bien reçu votre paquet et je vous en remercie très fort. Il a rudement amélioré l'ordinaire. Ce qui se conserve le mieux, c'est le saucisson bien sec, pas trop gras, parce que la chaleur le fait pleurer. Le chocolat arrive tout fondu : vaut mieux y renoncer... Envoyez-moi aussi les journaux du pays, pour que je sache ce qui se passe à Montferrand...*

Le jour de la lettre était un bon jour. Muni de cette certitude qu'on avait sur le dimanche précédent, on pouvait penser un peu à autre chose : au commerce, à la maison, au temps qu'il faisait. Si au contraire la lettre se faisait attendre, le monde entier se trouvait en éclipse. Certaines bavardes s'en étonnaient :

« Vous avez vu ces Russes qui sont allés examiner derrière la lune comment c'était fait ? Paraît d'ailleurs qu'y a pas grande différence avec le reste.

— Je me fous du devant et du derrière de la lune. Et des Russes aussi bien que des Américains.

— On peut pas se foutre de tout, ma pauvre Bernadette. Vous avez tort de penser seulement à vos propres ennuis. Ça vous intoxique. Et puis, y a quand même dans le monde des choses importantes. Par exemple, cette princesse Paola qui a déjà commandé un enfant. Alors que la reine Fabiola...

— La princesse et la reine, je m'en fous aussi. »

Les clientes s'en allaient leurs saucisses à la main, leur paquet dans leur poche, vexées jusqu'aux oreilles. Ce n'était pas la bonne manière de faire prospérer l'entreprise.

Francisque s'était mis à fabriquer du saucisson spécial pour le bleu : presque tout en viande, avec le minimum de lard. Il en expédiait deux chaque semaine. Quant au vélomoteur, il scintillait de la tête à la queue : tu aurais dit le lustre de la cathédrale.

17

Dans ses lettres, Gabriel était à la fois très précis et très vague. Il racontait en détail ce qu'il avait mangé et bu dans la journée ; le nom, le caractère, les manies, les farces de ses copains ; les pannes de ses camions avec la liste complète des pièces changées ou réparées. Il joignait quelquefois des échantillons minuscules de l'Algérie : des poils de chameau ; une plante appelée « asphodèle » ; une fleur appelée « Goutte-de-Sang » ; un petit sachet de terre rouge ; une feuille d'olivier. Jamais il ne faisait aucune allusion à la guerre à laquelle il participait, même si ce n'était qu'en réparant les camions. Tu aurais vraiment juré qu'il se trouvait là-bas pour motif de tourisme, et qu'il tenait à t'envoyer une parcelle de ses plaisirs.

Et pourtant chacun savait que la lutte devenait de plus en plus atroce. Elle avait depuis longtemps franchi la Méditerranée ; elle ensanglantait la France et jusqu'aux pays voisins. Grâce au ciel, Gabriel n'avait plus que quelques semaines à rester en Afrique. Déjà, tout Montferrand l'attendait. Spécialement sa chambre, rue des Cordeliers, les draps blancs de son lit, ses copains les champions : Fangio, Caracciola, Stirling Moss, Gonzalès, Farina, Rozier.

Philibert, le concierge de la mairie, poussa la porte. C'est Mme Humbert qui le reçut. Elle le considéra d'un air soupçonneux ; mais il avait l'air tranquille de quelqu'un qui revient de la pêche, le panier plein.

« Votre homme, il est là ?

— Au laboratoire. Qu'est-ce que vous lui voulez ?

— On le demande à la mairie.

— Qui, on ?

— Le secrétaire. Je crois que c'est pour une affaire de recensement.

— Qu'est-ce que vous recensez ?

— Me demandez pas ça à moi, madame. Dites-lui seulement que c'est assez pressé. Qu'il passe dans la matinée, si possible. »

Elle le surveilla pendant qu'il s'en allait. Il lança une craque à la fille Guignoux qui secouait une chemise de nuit par la fenêtre. La charcutière rentra, rassurée.

« Le recensement ? dit Francisque. Est-ce que ça va recommencer comme au temps de l'occupation ? »

Il se lava les mains, enleva son tablier, prit sa casquette neuve et descendit à la mairie. Le secrétaire était derrière sa vitre.

« Paraît que vous voulez recenser ?

— Recenser ? Qui parle de recenser ?

— Philibert. C'est ce qu'il a dit à ma femme.

— Il a confondu. Ça ne vous concerne pas.

— Alors, je me rentourne ? Y a erreur ? »

Le secrétaire baissa le nez vers ses papiers et dit, sans lever les yeux :

« J'ai rencontré le commandant de gendarmerie. Il veut vous voir.

— Qui ?

— Vous. Le commandant veut vous voir.

— Et c'est vous qui me faites la commission ?

— Je l'ai trouvé comme ça, dans la rue. Il m'a dit : « Si vous voyez par hasard monsieur Humbert, le charcutier, dites-lui donc qu'il passe me voir. »

— A quel sujet ?

— Est-ce que je sais ?

— Et... c'est pressé ?

— Peut-être. Peut-être pas. Mais vous savez ce que c'est : ces gens, vaut mieux pas les faire attendre. »

Francisque s'assit, se gratta la tête. Puis de nouveau :

« Et il vous a pas donné le motif ?... Ça, c'est drôle, alors.

— Pas besoin de vous casser une jambe. Mais si vous avez rien d'autre à faire, vous pourriez aller vous renseigner.

— Ça, c'est drôle. »

Il se grattait la nuque. Il ne se décidait pas à se lever. Le secrétaire écrivait sur ses registres. Au bout d'un moment :

« Bon. Eh bien ! Je vais y aller. Ça sera plus simple que de me creuser la tête. »

Le planton poussa la porte, chuchota de l'autre côté, revint :

« Le commandant va vous recevoir. Asseyez-vous. »

Francisque s'installa, sa jambe raide en avant, la casquette à la main. Dans la salle d'attente, contre le mur, un grand portrait de De Gaulle, *Président de la République Française*. De là-haut, de Gaulle le regardait. Et lui regardait de Gaulle. Il avait voté pour lui aux élections. C'était son homme. Il fut content de le trouver là. « A mon âge, lui demanda-t-il mentalement, qu'est-ce qu'on peut bien me vouloir ? Je suis plus mobilisable. » De Gaulle ne fit pas mine de comprendre.

Au bout de quelques minutes, la porte s'ouvrit. Le commandant le pria d'entrer, lui serra la main. Sur ses épaules brillaient les quatre barrettes blanches. Il passa derrière son bureau, mais resta debout, sans sourire. Francisque se sentit un froid dans la poitrine.

« Monsieur Humbert, je sais que vous vous êtes battu vaillamment pendant la guerre. Je vous demande en ce moment plus de courage que si vous étiez devant l'ennemi. »

Il se tut, regarda son homme, espérant qu'il avait compris, qu'il n'aurait pas besoin, lui, de prononcer les terribles formules. Mais le charcutier était quelqu'un qui ne comprenait pas vite. Il soutint le regard de l'officier, se contenta de répéter vaguement : « Devant l'ennemi ? », et attendit la suite. Voyant qu'on ne lui faisait aucun cadeau, le commandant dut donc achever sa mission.

« Oui... Voilà... C'est une chose affreuse. J'ai reçu la dépêche hier soir. J'aurais dû... théoriquement... vous avertir tout de suite. Je vous ai laissé dormir tranquille une nuit de plus, vous et votre femme. Voilà. Votre fils, Gabriel Humbert, soldat au 99e R.I., dans la région de Batna, en Algérie, conduisait un half-track. Un camion avec remorque. Dans un convoi. Il a sauté sur une mine.

— Une mine ?... Il est... blessé ?... Gravement ?

— Il est... mort pour la France. »

Francisque mettait longtemps à comprendre. Maintenant, il avait compris et bien compris. Il tomba sur une chaise et se mit à transpirer, à grosses gouttes. Le commandant sortit de derrière son bureau, lui posa une main sur l'épaule pour exprimer sa sympathie. D'abord, le charcutier ne réagit pas ; il continuait de suer. Puis, il demanda :

« Pourquoi vous n'êtes pas venu nous dire ça à la maison ? Pourquoi vous m'avez fait appeler par le secrétaire de mairie, et Philibert ?

— Nous allons à domicile, de temps en temps. Mais on ne peut pas chaque fois. Sinon, quand nous entrons dans une maison, notre visite signifierait automatiquement que nous apportons une mauvaise nouvelle. Alors, on change... on varie... c'est selon. Vous voyez ce que je veux dire ? »

Mais l'autre, soudain, se sentit étouffer de colère. Il se mit à proférer des mots injurieux, sans préciser à qui il les adressait :

« Ah ! canaille ! Ah ! saleté ! Ah ! c'est comme ça ! Belle idée, hein, de me faire appeler par Philibert ? Assassin ! Crapule ! Cochon ! »

Le commandant dut bien se rendre compte que toute cette ordure lui était déversée sur la tête :

« Voyons, cher monsieur ! Je comprends votre douleur. Mais en suis-je responsable ?

— Qui va lui annoncer la nouvelle, maintenant, à la Bernadette ? Hein ? Puisque vous vous êtes défilé, qui va le lui dire, à la Bernadette, que son fils a sauté sur une mine, en Algérie ? Qui va le lui dire ?

— J'aurais pu, simplement, vous envoyer une lettre. Par égard, je vous ai fait appeler...

— Foutez-moi la paix, avec vos égards ! Primo, c'est à moi seul que vous le dites. Secundo, vous me chargez de l'annoncer à la Bernadette ! Jolie commission, hein ?... »

Il s'était levé, afin de tempêter plus librement. L'officier en profita pour ouvrir la porte et le pousser, d'une main légère mais ferme, vers la salle d'attente. L'autre continua de brailler, de se démener, devant les gendarmes accourus, horrifiés d'entendre leur supérieur traité de cette façon ; mais celui-ci leur fit signe qu'ils devaient se boucher les yeux et les oreilles ; que cela n'avait pas d'importance ; que ce qui comptait était de bouter dehors en douceur ce sacré boiteux. A eux tous, ils y parvinrent.

Quand il fut dans la rue, Francisque se calma un peu. Il fit quelques pas en titubant. Des enfants le crurent saoul et chantèrent derrière son dos :

L'avez-vous vu, l'avez-vous vu,
Rue d'la Pitié, rue d'la Pitié ?
Il a bien bu ! Il a bien bu !
Il va pisser ! Il va pisser !

Des cloches sonnèrent. C'étaient des cloches gaies : sans doute celles d'un baptême.

Un chat noir traversa la rue.

A une fenêtre, une femme secouait une descente de lit. Malgré les interdictions municipales.

Derrière lui, une auto corna. Comme il ne comprenait pas le sens de cette musique, il continuait d'avancer, en dessinant des demi-cercles avec sa jambe gauche. L'autre insista. Alors, il se rappela qu'on ne doit pas marcher au milieu de la chaussée ; il s'écarta. La voiture le frôla. Le chauffeur le regarda en se tapotant le front.

Il rencontra le facteur qui le dévisagea et dit : « Hé bé ! »

Il tourna à droite. Il aurait pu tourner à gauche.

Il se sentit froid à la tête. « Qu'est-ce qui me fait froid comme ça ? » Il se toucha le crâne et s'aperçut qu'il n'avait plus sa casquette. « J'ai dû la laisser chez les gendarmes. Je leur en fais cadeau. » Puis il compléta sa pensée à propos des gendarmes et se dit : « Qu'ils crèvent tous ! Du premier au dernier ! En commençant par le quatre-galons. »

La tripière de la rue Jules-Guesde était sur le pas de sa porte. Elle le regarda monter ; et quand il fut tout près, elle débita une politesse :

« Alors, monsieur Humbert, on a trouvé le beau temps ?

— Occupez-vous de vos tripes ! »

Cette rue était terriblement en pente. Il lui semblait faire l'ascension du puy de Dôme. Il s'arrêta à mi-côte pour éponger son front nu. Puis il repartit. Quand il eut atteint le col, il reconnut le carrefour des Taules. C'est-à-dire le carrefour des Tables. Dans l'ancien temps, les commerçants plaçaient ici leurs étaux. Sa boutique à lui se tenait là, tout près. Sur le pas de la porte, Bernadette le regardait venir. Rouge, suant, sans casquette.

Elle ne posa pas une question. La lampe de la boutique l'éclairait par-derrière. Un moment, il resta debout, appuyé sur sa canne.

« Entre ! »

Elle recula devant lui. Il marchait sur l'ombre de sa femme, et c'est elle qu'il avait l'impression de fouler. Elle le regardait avec des yeux énormes. Et ces yeux s'élargirent encore, lui mangeant toute la figure. Ils se trouvaient face à face et se considéraient avec stupeur, comme s'ils se voyaient pour la première fois. La Nivernaise était restée belle et jeune, malgré ses quarante-sept ans, les joues lisses, la peau blanche, les cheveux noirs, liés sous la nuque. Lui avait sept années de plus ; ses oreilles étaient larges, son poil roux mêlé de blanc : tu aurais dit de la crème dans du vin ; même quand il cherchait à se tenir bien droit, il penchait légèrement d'un côté, comme si le vent l'eût couché : une habitude à laquelle l'avait obligé sa patte folle.

Il prononça un seul mot :

« Gabriel... »

Elle tomba sans un cri, se cognant au comptoir.

Toutes les femmes des Taules se relayèrent au chevet de Bernadette. On l'entendait hurler de Gerzat. Elles se sentaient responsables de sa vie, sûres que la Nivernaise s'emploierait à se détruire au moindre relâchement de leur surveillance. C'est pourquoi elles restaient toujours à deux, de jour comme de nuit, pour s'empêcher l'une l'autre de s'assoupir. Il est vrai que Mme Humbert ne leur laissait guère de répit. Elle criait comme une bête. Une bête à demi écrasée. Une bête à qui l'on a arraché un membre. Parfois, elle s'interrompait, pour reprendre son souffle ; un moment, sa plainte rasait terre, en un grognement sourd et long ; puis, elle prenait son élan, rebondissait vers le ciel. Les voisines se bouchaient les oreilles. Dans les accalmies, elles s'adressaient quelques mots :

« Vaudrait mieux dix accouchements ! Elle en guérirait plus vite.

— C'est pas le même genre de mal.

— Faut y être passée pour comprendre ce que c'est. Quand j'ai perdu ma seconde... »

Bernadette les coupait. Elle ne tolérait pas d'autre douleur que la sienne.

De temps en temps, Francisque montait se rendre compte. On entendait son clopinement dans l'escalier. Lorsque la femme était au plus fort de ses hurlements, il tentait de la calmer :

« Allons, ma pauvre amie ! Finis de t'arracher le gosier ! Crois-tu que j'ai moins de peine que toi ?... Crie pas si fort !... Pas si fort ! »

Les exhortations ne la touchaient point. Il crut qu'elle lui reprochait sa douleur silencieuse. Il voulut se justifier :

« Ce garçon, tu l'as trop gâté... Pour toi, c'était le bon Dieu... Toujours à lui prendre la température ! Que de frayeurs il nous a faites ! Que de visites de médecin !... Pour en arriver là !... C'était bien la peine de tant le couver !... Mais toi, tu pensais qu'à Gabriel ! Gabriel par-ci ! Gabriel par-là !... Je te le disais, de penser un peu à autre chose !... Rien à faire. Et maintenant, comment tu vas t'en tirer ?... Faut pourtant bien continuer de vivre ! »

Le médecin lui fit des piqûres calmantes. Elle tomba dans un état qui ressemblait plus au coma qu'au sommeil. Les voisines purent aller se reposer. Francisque envoya un télégramme à sa belle-sœur, Hortense Leblond, née Courtinot, cafetière à Nevers.

« Elle sera contente de vous voir, lui dit-il. Moi, quand j'entre dans la chambre, elle se met à gueuler comme si j'étais le diable. Tâchez de la raisonner un peu. »

Mais Bernadette sembla ne pas reconnaître sa sœur. Celle-ci lui rappelait doucement leur enfance, leur père, leur mère, leurs frères, la gendarmerie. Ça lui faisait autant d'effet que de cracher en l'air.

« Je me demande, dit Hortense, si le choc ne l'a pas rendue muette. Est-ce qu'elle a prononcé un mot, depuis que vous lui avez annoncé... le décès ? »

Il réfléchit, constata : « Non, pas un.

— Ce sera ça, vous verrez.
— Pourtant... elle a de la voix !
— La voix y est, mais non la parole. »

Un avis de la Base aérienne d'Aulnat l'avertit que le corps du soldat Gabriel Humbert arriverait tel jour sur le terrain, le priant de faire le nécessaire auprès des pompes funèbres. Les autorités furent parfaites : elles remirent les trois cercueils (car il y en avait deux autres) proprement emballés dans le drapeau tricolore ; un détachement de soldats rendit les honneurs. Francisque se trouvait là, parmi les représentants des familles. Un galonné leur serra la main à tous. Une fois chargés, les trois fourgons s'en allèrent vers leurs destinations respectives.

Les obsèques n'eurent lieu que le lendemain après-midi, ce qui permit aux parents Brugerolles, Humbert, Courtinot, Leblond et autres de converger vers le dépositoire de l'avenue Charras. Bernadette, toujours inconsciente, restait aux mains de sa sœur et des voisines. Au milieu d'une petite cour, la bière se trouvait exposée, toujours sous son drapeau. Elle portait un carton blanc, pour assurer le public qu'il n'y avait pas d'erreur :

Gabriel Humbert
1939-1960
Mort pour la France

Sur une tablette, un aspersoir ; sur une chaise, une corbeille pour recevoir les cartes de visite. Peu de Montferrandais étaient venus ; ils se réservaient de prendre le convoi en route, à l'église ou sur le trajet du cimetière. À 15 heures 45, l'ordonnateur chassa tous les vivants, leur donnant rendez-vous à Notre-Dame-de-Prospérité.

Là, on refusa vraiment du monde. Les mulets blancs se pressaient autour de Francisque pour lui serrer la main. Quelques-uns demandaient :

« Comment va ta femme ? »

Embarrassé pour répondre, il haussait les sourcils, haussait les épaules. Les autres secouaient la tête et s'en allaient, préoccupés.

La messe fut dite par un jeune abbé barbu. Tu aurais juré Fidel Castro. C'était peut-être lui, car il tint dans son oraison funèbre des propos plutôt révolutionnaires :

« ... Te voilà donc revenu, Gabriel Humbert, dans l'église de ton baptême et de ta première communion. Tout Montferrand est là, pour te dire au revoir, encore étonné que ton séjour parmi nous ait été si court. Nous plaignons tes parents, tes amis, momentanément frappés d'une immense douleur ; nous ne te plaignons pas, toi, car tu es en ce moment dans la maison du Père, magnifiquement hébergé, comme le méritait ton sacrifice.

« On dit, soldat Gabriel Humbert, que tu es Mort pour la France. Cela reste à démontrer. Envoyé sur une terre étrangère afin d'y faire durer un ordre social injuste, je crains bien que tu ne sois tombé plutôt pour défendre l'injustice. Mais sans doute était-il nécessaire que des milliers de jeunes comme toi, appartenant aux deux races, versent leur sang pour que nous, les épargnés, prenions conscience de cette séculaire iniquité héritée de nos pères. C'est toujours l'histoire du péché originel : les fils payent l'erreur des ancêtres. Si donc votre mort à tous — quelles que soient les intentions de ceux qui vous y ont précipités — contribue à nous ouvrir les yeux, tu seras bien réellement Mort pour la France : pour une France rachetée de ses fautes, pour une France plus juste, plus généreuse, plus belle. En somme, tu seras tombé pour le salut des autres.

« Un autre mourut avant toi pour le salut des autres : ai-je besoin de te rappeler son nom ? Un autre se sacrifia au printemps de ses jours, accepta de monter sur la croix, de souffrir les affres de l'agonie, de verser son sang pour une cause qui, apparemment, n'était ni la sienne ni celle de ses proches. Je ne crains pas de l'affirmer hautement : comme Jésus-Christ, tu as donné ta vie afin de laver nos fautes et celles de nos pères. Dans ces conditions, soldat Gabriel Humbert, que ton sacrifice soit béni... »

Au moment de l'élévation, un pompier joua *Aux morts* dans son clairon. Francisque recevait sur la tête ces musiques et ces discours comme la terre reçoit la grêle.

Le défunt emmailloté de bleu-blanc-rouge fut de nouveau introduit dans le fourgon. A cause de sa jambe raide, le père accepta de prendre place près du chauffeur ; mais au commencement de la rue Saint-Robert, il eut honte de son confort, redescendit, se plaça derrière la voiture. Elle brillait de tous ses vernis. Le ciel était gris, le pavé humide. Le troupeau des Montferrandais y produisait un clapotis.

Le cimetière les reçut à bras ouverts. Ils passèrent devant le monument noir consacré aux sacrifiés de 14-18. « Ben, se dit le père, faudra qu'ils en construisent un autre. » Au pied de l'if, le caveau des HUMBERT-BRUGEROLLES les attendait, bouche bée. On distinguait, au fond, les bières des deux premiers occupants. Francisque lança un regard noir à celle de l'ancien.

« Alors quoi ? qu'il lui dit dans sa T.S.F.

— Alors quoi quoi ?

— Qu'est-ce tu fous ? A quoi tu sers ?

— A quoi je sers ?

— J'avais un fils, un seul. Et tu permets qu'on me l'enlève ? Tu as vu la Bernadette, dans quel état elle se trouve ?

— J'ai fait ce que j'ai pu. Mais faut pas croire que j'ai tout pouvoir. Dans notre gouvernement, comme dans le vôtre, y a des gens têtus.

— Tout de même... Ton seul petit-fils ! T'aurais pu penser à nous !

— Si j'avais pensé qu'à moi, je serais plutôt content. Lui et moi, on va être ensemble !

— J'espère bien que non ! Lui sera installé tout en haut. Tu peux pas être au même étage que ce petit. Il a pas commis de péché, lui ! Il pratiquait pas la consolante ! Sans parler du reste !

— Je vois que tu t'arranges pas en devenant vieux. Tu prends un sale caractère !

— Y a de quoi, non ?

— Est-ce que c'est ma faute si on l'a envoyé en Algérie ?

— Tu aurais pu l'accompagner, ça t'est facile, tu payes pas le train, toi. Le protéger. Lui dire... je sais pas... quelque chose... des conseils... fais ci... fais ça... va pas sur cette route... prends garde à ce rocher, les fellagha sont derrière... A quoi t'es bon, au juste ?

— Je l'ai accompagné ! Je lui ai dit des machins ! Il m'entendait pas !

— T'aurais dû parler plus fort, puisque tu savais.

— Toi, tu m'entends. Lui avait pas d'oreilles pour moi. Il pensait à sa mécanique. J'ai rien pu empêcher. Faut pas m'en vouloir, j'ai fait ce que j'ai pu.

— Tu attends peut-être que je te dise merci ?... »

Ils s'engueulèrent ainsi tout le temps que les pompes funèbres employèrent à installer Gabriel en sa nouvelle résidence. Ses beaux-frères entouraient le charcutier sans rien remarquer, sans rien entendre. Dans sa boîte jaune, Mme Humbert ne pipait pas mot. Qu'aurait-elle dit, la pauvrette ? Elle se trouvait depuis moins de temps que l'ancien dans la maison ; qu'aurait-elle pu, si lui ne pouvait rien ? D'autant plus qu'aux histoires de guerres et de batailles, elle n'avait jamais compris un mot.

« Faut qu'on s'aligne », recommanda un des beaux-frères.

Ils se disposèrent en rang d'oignons. Tous les mulets blancs vinrent leur serrer les phalanges, les regardant dans les yeux pour bien faire remarquer leur présence, bredouillant quelque chose d'incompréhensible. Francisque résista jusqu'au bout. Tandis qu'on lui secouait le bras, il revoyait ce fils qu'il venait de perdre, depuis le jour de sa naissance. Le premier biberon, c'est lui qui l'avait donné : un flacon d'eau sucrée, pour lui laver les conduites plus que pour le nourrir. Il ressemblait à Mussolini. « Et maintenant, à quoi ressemble-t-il ? » Les premières syllabes. Les premiers cheveux, roux comme les siens. Les premiers pas. Les soins sempiternels de la Nivernaise pour le protéger des microbes, ses angoisses à la moindre toux, au moindre bleu, à la moindre égratignure. Abonnés au médecin comme d'autres le sont au téléphone. Le thermomètre tous les matins. La manie qu'elle avait de grattouiller dans la cuvette pour découvrir des vers. « Et maintenant, qui va le protéger des vers ? » Que de soucis ! que de précautions ! que de biberons tiédis, de soupes mitonnées, de légumes écrasés, de cerises dénoyautées, d'angles arrondis, de pierres écartées, de pièges évités ! Un jour, dans la courette, il avait voulu cueillir une ortie qui se trouvait là ; surpris par les aiguillons, il avait ensuite tendu sa menotte, certain que son père ferait quelque chose pour lui ; Francisque avait sucé les cloques blanches pour essayer d'en retirer un peu de venin ; quinze ans après sa bouche gardait encore le souvenir de ces petits doigts durs et fortement articulés, comme ceux d'une patte de poule qu'on ronge. Ses ambitions d'être un jour aviateur. Le grand chagrin qu'il avait ressenti en se découvrant myope. Son certificat d'études, si dur à décrocher. Son goût pour la mécanique. Le vélomoteur qu'il démontait et remontait chaque dimanche. Il l'aimait sans doute plus qu'aucun membre de sa famille. Autrefois, les paysans aimaient leurs bœufs. J'ai deux grands bœufs dans mon étable. Aujourd'hui, ils aiment leur moto ou leur voiture. « Aurait mieux valu qu'il ait pas eu son permis. Mais on peut se faire zigouiller à pied, aussi bien. » Il avait ri et pleuré, reçu des caresses, des coups de pied au derrière, passé à travers cent maladies, évité cent accidents : pour sauter sur une mine de fellagha. « Putains de fellagha !... Mais au fond, qu'est-ce qu'il foutait chez eux ?... Le curé se le demandait... » Dire que lui, son père, avait eu le courage de lui donner des coups de pied au derrière ! Deux ou trois fois ! Un jour, une paire de calottes ! Après ce qui venait d'arriver, jamais il ne se le pardonnerait. Et maintenant, qu'allait-il faire du vélomoteur ?

Il se rappela aussi les paroles de l'abbé Fidel Castro, cette comparaison qu'il avait faite entre son fils et Jésus-Christ. Sur le moment, il ne l'avait pas remarquée ; mais à présent elle lui revenait à l'esprit. C'était, pour sûr, une comparaison bien flatteuse. Mais il se disait que la situation de Jésus-Christ était tout de même avantagée par rapport à celle de Gabriel. Certes, il avait souffert la crucifixion, le coup de lance et toutes les tortures, jusqu'au soupir final ; mais il savait bien qu'il ressusciterait le troisième jour ! Ça changeait tout ! « Moi, je veux crever tous les vendredis, si je suis certain de ressusciter trois jours après !... A présent, qui va me ressusciter mon pauvre garçon ?... »

Pendant ce temps, avec ardeur, les Montferrandais continuaient de lui manœuvrer le bras, comme pour remplir leur seau à une pompe.

18

« Voilà, qu'il se dit encore. Y a eu un temps où il était pas là. Pas très long, en vérité, moins d'un an. Mais tout de même... Puis, il a été là. Et maintenant, il n'est plus là. De toute manière, il serait parti un jour, on reste pas toute sa vie chez les vieux, à notre époque. Moi, oui, je suis resté, à cause de la charcuterie. Lui se serait installé à son compte... savoir où... marié avec quelqu'un d'ici ou d'ailleurs. Par un biais ou par un autre, on l'aurait perdu. Pas entièrement, j'en conviens, mais presque. Donc, puisqu'on a pu vivre sans lui, quand il était pas encore né ; puisqu'on aurait vécu sans lui après son mariage, ce doit être possible, quand le diable y serait, de vivre encore, même s'il est plus de ce monde. »

C'était solidement raisonné. Avant Gabriel, pendant Gabriel, après Gabriel. Trois âges. Le premier différent du dernier, certes, mais avec beaucoup de ressemblance. On devait pouvoir vivre. Seulement, la Nivernaise ne prenait pas les choses de la même façon.

Il y eut d'abord un mois de hurlements. Dans tout Montferrand, personne n'avait jamais entendu une douleur aussi bruyante.

« Ça doit être une habitude de Nevers », dirent les mulets blancs.

Le jour, dans la rumeur de la circulation, les cris étaient encore supportables ; mais la nuit, ils traversaient les murailles. Tout le quartier des Taules se couchait les oreilles bourrées jusqu'au goulot de coton hydrophile. Nul cependant ne s'avisait de protester : chacun préférait se trouver dans sa peau plutôt que dans celle des Humbert. De temps en temps, l'épuisement avait raison de Bernadette. Elle s'endormait n'importe où : sur une chaise, par terre, au cabinet. Francisque la transportait sur le lit, l'arrangeait au mieux, s'efforçant de ne pas la réveiller, quelle que fût l'heure de la journée. Parfois, elle se redressait brusquement, les yeux hagards, les mains écarquillées, avec un cri perçant :

« Gabriel !!! »

Puis elle retombait la bouche ouverte, suffocante, telle une carpe hors de l'eau, près de mourir. Il fallait la gifler, essayer de lui faire avaler des gouttes calmantes.

Après quelques jours, sa sœur dut regagner le Nivernais. Francisque paya une infirmière pour la remplacer. Il pouvait ainsi continuer son travail, alternativement au laboratoire et au magasin. La clientèle se forçait un peu pour consommer davantage de charcuterie, voyant Humbert dans une grande nécessité de maintenir ses ventes. Lui-même était son premier client ; faute de cuisinière, il se nourrissait de ses seuls produits.

La malade refusait toute substance solide. Lorsqu'il lui arrivait de réclamer à boire, on lui présentait un lait de poule, un cacao très sucré. Le complément, l'infirmière le lui enfonçait dans les fesses au moyen de piqûres alimentaires.

Après un mois de ce barnum, elle tomba dans une torpeur qui la tint endormie d'abord un jour et demi d'affilée, ensuite quinze ou seize heures par jour pendant plusieurs semaines. Les voisins y trouvèrent un grand soulagement. Le charcutier aussi. Son travail et son commerce en furent facilités. Toutefois, il abandonnait fréquemment le laboratoire pour grimper à l'étage.

« Elle dort encore ?

— C'est une bonne chose, le rassurait l'infirmière.

— Pas possible ! Elle a été mordue par une mouche d'Afrique ! Celle qui donne la maladie du sommeil. »

Puis il retournait à ses jambons. L'infirmière lui coûtait les yeux de la tête. Il enviait les ouvriers, les *bibs* protégés par la Sécurité sociale, payés à ne rien faire en cas de maladie, en mesure de se faire soigner dans les hôpitaux, eux et leur famille, de se reposer dans les cliniques spécialisées. Lui n'avait d'autre secours à attendre que de ses bras, de ses reins, de ses jambes dont une éclopée. Sa grande peur était de tomber malade à son tour. Alors, il ne leur resterait plus, à l'un et à l'autre, qu'à s'abandonner à l'assistance publique qui leur fournirait le service le moins coûteux pour la Communauté, dans deux maisons différentes. Aussi prenait-il soin de lui-même autant qu'il le pouvait.

Peu à peu, Bernadette sortit de sa torpeur. Elle recouvra même un certain usage de la parole. Ce furent d'abord des mots isolés : « Soif... Faim... Froid... Pipi... » Puis son langage se compliqua : « Où vas-tu ?... Reste ici... Ferme la porte... » Un progrès immense qui le remplit de joie. Toutefois, elle ne recouvra le mouvement que d'une façon très partielle. Elle passait des journées assise sur une chaise, les mains sur les genoux ou à plat au bord de la table, poussant toutes les minutes un long soupir. De loin en loin, elle se levait, marchait vers la fenêtre, allongeait le bras pour écarter un rideau, puis se ravisait, retournait s'asseoir et soupirer. L'infirmière demandait :

« A quoi pensez-vous ? »

Lorsqu'elle avait répété plusieurs fois sa question, elle obtenait ce genre de réponses :

« A la pluie.

— A la pluie ?

— Oui. La pluie, ça pénètre le sol, n'est-ce pas ? Je ne voudrais pas qu'il pleuve. »

Ou bien :

« Aux chiens perdus.

— Aux chiens perdus ?

— Il paraît qu'ils peuvent sentir un os à un mètre sous terre. Ils grattent, ils grattent... et ils déterrent l'os. »

Ou bien :

« A une toupie.

— A une toupie ?

— Qui tourne, qui tourne... Combien de temps une toupie peut-elle tourner ?

— Une minute, peut-être.

— Pourquoi faire tourner les toupies, qui ne demandent pas à tourner, si peu de temps ? »

Certains jours, au contraire, ses regards volaient dans la chambre, inlassablement, comme des chauves-souris prisonnières, ne rencontrant nul objet qui méritât leur immobilité.

« Que cherchez-vous ? »

Aussitôt, les yeux errants se fixaient, sur la chose la plus inepte du monde, la poignée de la porte, une tache du plafond, une mouche sur le mur.

« Est-ce que je cherche quelque chose ?

— Il me semblait.

— Est-ce que j'ai perdu quelque chose ?

— Certainement pas. »

D'autres fois encore, elle ne quittait pas l'infirmière des yeux, la suivant dans chacun de ses gestes, le regard si fortement collé à elle qu'un fil paraissait tendu entre leurs deux visages. L'étrangère passait la main, verticalement, comme une lame, pour couper cette attache.

Francisque voyait arriver le soir avec frayeur, l'instant où il devait se coucher près d'elle, dans le même lit. Autrefois, avant de s'endormir, ils s'embrassaient, se donnaient la main, pareils à deux enfants qui marchent dans la nuit et craignent de se perdre. Le premier mois, il avait dormi dans le fauteuil, toujours prêt à se lever pour la contenir. Après son amélioration, il avait enfin osé écarter les couvertures. Elle avait poussé un cri :

« Non !... Ne me touche pas !

— Ben... Voilà six semaines que je me prive de lit. Y a assez de place pour deux, non ? »

Qu'est-ce qu'elle croyait ? Est-ce qu'elle se prenait pour la tante Annette et son tambour de ville ? Depuis, il s'allongeait précautionneusement, se mettait sur le flanc, coinçait le talon de sa jambe raide entre le gros orteil et le second doigt de l'autre pied, pour s'interdire toute divagation inconsciente. Sur la rive droite, il glissait dans un sommeil inquiet, tandis que sur la gauche elle poursuivait longtemps ses gémissements et ses soupirs.

Une nuit qu'il somnolait de la sorte, il fut arraché de son sommeil par une violente douleur à la tête, accompagnée de secousses terribles. « Putain ! Un tremblement de terre ! » Quelques jours plus tôt, il avait lu dans *La Montagne* un article sur les volcans d'Auvergne dont le prochain réveil était annoncé. Avec peine, il atteignit le cordon de l'électricité, qui fonctionnait encore. Alors, il s'aperçut que le cataclysme, c'était sa femme : elle le tenait aux cheveux furieusement. Il se dégagea comme il put.

« Pourquoi es-tu vivant ? criait-elle. Pourquoi es-tu vivant ?

— Tu as de la chance que je sois vivant pour m'occuper de toi et gagner un peu de monnaie !

— Pourquoi es-tu vivant, quand *lui* est mort ? Hein ! Pourquoi ?

— Est-ce que j'y suis pour quelque chose ?... Prends-toi-z-en à d'autres !

— A d'autres ?

— Au gouvernement... A l'armée...

— M'en fous, du gouvernement !

— Prends-toi-z-en... tiens... à Bernadette ! Ta sainte patronne ! Je la retiens, celle-là aussi ! Après tous les cierges que tu as brûlés pour lui faire plaisir !

— Je te hais !

— Tu me quoi ?

— Je voudrais que tu sois mort aussi !

— Prends patience. Ça viendra également. Veux-tu que je t'apporte à boire ? »

Comme elle ne disait pas non et se contentait de l'incendier avec ses regards de feu, il descendit à la cuisine, lui recommandant de se tenir tranquille. Il prépara une infusion dans laquelle il fit dissoudre un cachet calmant. Puis il remonta, le bol entre les mains. Elle n'avait pas changé de position.

« Tiens... Ça te calmera. »

Elle le laissa venir, approcher l'infusion de ses lèvres. Elle en but une gorgée. Et soudain, d'un geste brusque, elle le repoussa, renversant tasse et liquide sur le lit, en éclatant de rire. Lui contemplait le désastre :

« Eh bien !... Eh bien !... Voilà du propre ! »

Elle riait toujours. Son rire pointu, coupant comme des débris de verre, le blessait sur tout le corps.

Une autre nuit. Un autre hurlement. Il allume : elle est assise, la bouche béante, les bras tendus.

« Qu'est-ce qu'il y a ?

— Je l'entends !

— Recouche-toi, voyons. Tu vas prendre froid !

— *Il* veut entrer ! *Il* gratte à la fenêtre !

— Tu as rêvé.

— *Il* nous appelle ! Je te dis qu'*il* est là ! Va lui ouvrir !

— Bon, bon, j'y vais. »

Tandis qu'elle se tord les mains, il se lève, cherche ses pantoufles, se dirige vers la fenêtre. Il tend l'oreille :

« J'entends rien. »

Et elle, hurlante : « Ouvre ! Ouvre-lui ! »

L'air froid de la nuit entre seul. Des pigeons s'envolent.

« C'étaient des pigeons.

— Penche-toi ! Regarde !

— Je me penche... Je regarde... Rien d'autre : des pigeons. »

Il referme. Dehors, le vent souffle, envoyant par moments contre les volets de longues seringuées de pluie. De cette pluie qui traverse la terre et pénètre les morts jusqu'aux os. Mais le leur ne craint rien : bien à l'abri dans le caveau en lave de Volvic des Humbert-Brugerolles, au-dessus de l'ancien et de l'ancienne. Sur la rive gauche du lit, Bernadette pleure. Le charcutier se recouche. Il coince son talon gauche entre deux orteils de son pied droit.

Il posa la question à l'infirmière :

« Est-ce que vous pensez que ma femme est folle ? »

Et elle : « Folle, fou, ce sont des mots qu'on n'emploie plus en médecine. On dit malades mentaux.

— Ça signifie malades du cerveau ?

— Si vous voulez.

— Bon. Alors, est-ce que vous croyez que ma femme est malade du cerveau ?

— C'est une malade, assurément. Mais le plus fort de la crise semble passé. A mesure que votre deuil s'éloignera, elle devrait peu à peu retrouver sa raison. Déjà, elle est beaucoup plus calme. »

Puis, honnêtement, elle ajouta :

« Je vous coûte trop cher, monsieur Humbert. La nuit, vous pouvez vous charger d'elle. Le jour, il vous faudrait, pour veiller sur elle et s'occuper un peu de votre ménage, quelqu'un de confiance. Pas trop jeune si possible. Moi, je viendrais seulement en cas de nécessité, à votre appel, pour les soins particuliers. »

Ils convinrent qu'elle resterait jusqu'à ce qu'on eût découvert la personne adéquate. La recherche s'annonçait difficile : les bonnes d'un certain âge se trouvaient déjà engagées et ne songeaient pas à quitter leurs places. Il fallut se rabattre sur des jeunes. Une certaine dame Lonjon habitant Cébazat vint proposer sa fille : une bonne grosse, le teint laiteux, qui s'était fait friser pour paraître à son avantage. Au milieu de toutes ces boucles, sa figure avait l'air d'un chou-fleur.

« J'ai su, dit la mère, que vous cherchiez une employée de maison.

— Oui, une bonne, confirma Francisque. Pour surveiller ma femme et faire un peu de popote.

— Rosette est adroite et forte. Elle sait faire tout le travail d'un ménage. Si on la traite doucement, on en tire ce qu'on veut. »

Et elle allongea sur la croupe de la fille une tape maquignonne. L'autre souriait, faisant ondoyer sous sa jupe son ventre rebondi. Le charcutier expliqua qu'il s'agissait d'un cas spécial, qu'ils avaient eu un grand malheur, que Bernadette avait refusé pendant un mois de consommer autre chose que du liquide.

« Mon Dieu ! Un mois ! fit Rosette, en portant une main devant sa bouche. Moi, j'aurais pas tenu trois jours ! »

On se mit d'accord sur les problèmes de temps, d'argent, de couchage. Au second étage de la maison, une petite pièce serait aménagée, près de l'ancienne chambre de Gabriel. Le jour convenu, Rosette revint, accompagnée d'une malle remplie de colifichets.

La Nivernaise l'accepta avec indifférence ; l'infirmière put quitter la place sans trop d'inquiétudes. La malade passait ses journées assise, en robe de chambre, se levant seulement pour changer de fauteuil ou se mettre à table, quand on l'en avait longtemps suppliée. Si le siège comportait des accoudoirs, elle appuyait dessus ses avant-bras et demeurait dans cette posture, les yeux dans le vide, sans ciller, poursuivant des images et des pensées qu'on ne savait pas. Sinon, elle jouait avec ses mains ; elle les examinait en tous sens, creusait la paume pour y discerner les monts et les vallées, scrutait le scintillement des ongles, suivait de l'index les veines bleues du dos, comme font les enfants qui apprennent à lire. On l'avait persuadée de s'installer dans la cuisine, ce qui permettait à Rosette de la tenir à l'œil en épluchant ses légumes.

« Faites comme chez vous, recommande Francisque. Achetez les pommes de terre, le beurre et tout ça. Avertissez-moi seulement quand vous devrez sortir, pour que je surveille ma femme.

— Vous pouvez me tutoyer, si vous voulez. Vous avez l'âge de mon père.

— C'est vrai. Vous... tu pourrais être ma fille. Ou ma gendresse. »

Elle s'intéresse à Gabriel, demande la permission d'entrer dans sa chambre, pour voir les photos. Quand on lui montre celle du disparu, elle semble déçue, à cause des lunettes.

« Il était beau garçon ! » dit-elle quand même, pour faire plaisir.

Francisque approuve. Il rêve un moment de ce mariage entre eux qui eût pu se faire, sans les fellagha. Gabriel garagiste à Gerzat, à quelques kilomètres de Montferrand. En pleine Limagne, le travail ne manque pas, avec les tracteurs qui se multiplient. Le dimanche, le jeune couple vient déjeuner rue des Cordeliers ; on sort une bonne bouteille ; Bernadette a préparé un jau au sang, comme dans le Nivernais, une pompe aux pommes auvergnate. De temps en temps, ce sont les vieux qui partent pour Gerzat. Devant le garage, toute une queue de véhicules attendent d'être opérés. Rosette fait admirer ses poules, ses lapins, ses canards.

« C'est pas le tout de mettre tes poules sur leur nid, s'écrie Francisque en riant. Quand est-ce que tu te mets à couver toi-même ? »

La gendresse devient toute rouge et déclare qu'elle laisse au bon Dieu le soin de décider de la date.

Et lui : « Tardez pas trop. Chez les Humbert, on vient pas vieux. Mon ancien a cassé sa pipe à soixante-trois ans. Il a jamais connu son petit-fils. Alors, si vous voulez que je profite un peu du mien... »

Et elle : « Oui, en ce temps-là, on mourait jeune. Y avait pas la pénicilline.

— C'est vrai. Maintenant y a la pénicilline. »

Gabriel montre ses installations : le pont-élévateur, le gonfleur, le vulcanisateur, le bricolateur. Il fait part de ses projets :

« Les réparations, c'est bien. Ça attire du monde, on vend des pneus et tout ça. Mais ce qu'il nous faudrait, c'est une concession de marque. Ou même une sous-concession. Alors là, on gagnerait de la galette ! »

Toutes ces choses étaient possibles : le garage, les lapins, les rencontres du dimanche, le petit-fils. Et aucune d'elles ne sera. Par la faute de... Par la faute de qui, au juste ? En fait de concession, Gabriel jouit maintenant d'une concession à perpétuité. Et la gendresse n'est qu'une bonniche à vingt mille francs par mois, nourrie et logée. Et sa femme est folle du cerveau. Et lui n'est qu'un pauvre vieil imbécile de charcutier, plus andouille que ses andouilles.

19

Rosette avait découvert sur un rayon les anciens romans de sa patronne : *le Prince d'Ombre, Amour et Fierté, les Inépousées, Cœur de Poupée, Mademoiselle Printemps...* Elle demanda la permission de les emprunter, pour les lire un peu dans sa chambre, le soir.

« Je te conseille pas, dit Francisque, d'ouvrir ces bouquins : c'est de la couillonnade.

— De la couillonnade ?

— Oui. Premier choix.

— Vous les avez lus ?

— Non. Juste jeté un coup d'œil.

— Alors, comment vous savez que c'est de la couillonnade premier choix ?

— Pas besoin de les lire. J'ai le nez charcutier.

— Vous avez le nez qu'il faut pour la charcuterie, d'accord. Mais pas pour la littérature ! *Amour et Fierté ! le Prince d'Ombre ! Cœur de Poupée !* Des romans écrits par de vrais auteurs : René d'Anjou ! Emilienne de Keyser ! Vous vous rendez compte ? Des gens célèbres ! Je suis sûre qu'on parle d'eux dans le poste.

— Moi, j'appelle ça de la couillonnade. Tu me le sauras dire. Mais si c'est ton goût, faut pas te gêner. »

La Gerzatoise emporta les volumes dans sa soupente. Chaque soir, elle en dévorait de grosses tranches, ce qui lui tenait les yeux ouverts jusqu'au milieu de la nuit. Le réveil ne la réveillait plus : il fallait tambouriner à sa porte. Plus tard, dans la matinée, elle s'assoupissait sur ses légumes. Francisque haussait les épaules. Bernadette tournait vers elle ses yeux ronds ; on se demandait laquelle des deux surveillait l'autre.

Entre elles, le dialogue n'était jamais très nourri. Rosette regardait la malade occupée à lire les veines de ses mains :

« Vous voulez pas que je vous peigne ? proposait-elle timidement. Avec vos cheveux qui tombent, comme ça, tout embrouillés, vous avez réellement l'air d'une... l'air de je ne sais pas quoi. Vous seriez bien plus belle si vous vous laissiez peigner... Je vous ferais pas mal... J'irais doucement... »

L'autre secouait la tête :

« Pas la peine... Pas la peine...

— Ça serait pas une peine !

— A quoi ça sert, de se peigner ?

— C'est une chose qui se fait. Comme manger, se laver, s'habiller. Moi, par exemple, je me peigne tous les matins. Sans compter que vous risquez de prendre des poux ! Dans ce cas, on vous tondra à double zéro ! Obligé ! »

Sa pensée déraillait. Elle songeait à sa propre vie. Elle avouait en riant :

« Quand j'étais petite, j'ai eu la typhoïde. On m'a tondue ! Je ressemblais à un garçon ! »

Rosette avait la cervelle petite, mais bien organisée. Un jour, sans rien dire, elle plaça un miroir sur la table, devant la malade, pour qu'elle eût l'occasion de s'y regarder, échevelée, négligée, enfumée ; qu'elle consentît à un peu de toilette. Longtemps, la Nivernaise sembla ne pas remarquer l'objet. Elle finit quand même par le prendre, par le tourner entre ses mains. Elle dut ensuite s'y découvrir. Elle se considéra d'abord avec stupeur, puis se toucha le nez, se fit des grimaces, se tira la langue, le jeta loin d'elle avec colère. La bonne n'eut plus qu'à ramasser les débris.

Quelques jours plus tard, elle proposa une autre diversion. Comme elle se trouvait employée à raccommoder du linge, elle fit exprès d'abandonner les pièces sur la table déserte, au nez de Mme Humbert. Elle espérait que celle-ci se laisserait prendre à des travaux jadis aimés.

« Je vous laisse seule un moment. Je vais acheter du sucre au Casino. Soyez sage. »

Elle fit mine de sortir, mais surveilla la malade par l'entrebâillement de la porte ; tout le temps de son absence, Bernadette dédaigna l'appel des serviettes trouées ; le scintillement de ses ongles la passionnait bien davantage.

Pour la tirer de ce vide, Rosette multipliait les expériences.

« Je suis en retard aujourd'hui, prétextait-elle un jour. Voulez-vous m'aider à éplucher les patates ?

— Pas la peine.

— Vous me rendriez grand service. Sinon, nous mangerons tard !

— Pas besoin de manger. »

En fait, elle ne manquait plus d'appétit. Il n'était plus nécessaire de la supplier pour qu'elle se mît à table. Elle qui, naguère, montrait tant de distinction dans le moindre de ses gestes, elle mangeait à présent comme une bête, se jetant sur les morceaux qui lui plaisaient, les saisissant avec les doigts, se barbouillant la figure. Francisque détournait la tête, plein de honte, tandis que la bonne grondait, réparait les plus gros dégâts.

« Rosette, dit le patron, tu es un oiseau rare. Où as-tu appris tant de patience ?

— A Gerzat. J'avais cinq frères et sœurs plus jeunes que moi.

— Voilà ce que c'est, les grandes familles ! Moi, j'étais fils unique. Et nous n'avons eu qu'un fils aussi. Pour notre malheur.

— Un fils unique, ça facilite le partage !

— Beau partage que je devrai faire !

— Vous contenterez vos neveux... je sais pas... vos cousins.

— Rosette, je te fais une proposition. Écoute bien. Reste avec nous jusqu'à ce qu'on fasse le voyage de Saint-Robert...

— Le voyage de Saint-Robert ?

— Je veux dire : jusqu'à ce qu'on aille au cimetière, qui est au bout de la rue Saint-Robert. Et moi, je te déclare mon héritière. Parole d'honneur ! Je t'inscris sur mon testament ! Pourvu, naturellement, que tu continues à bien nous servir, avec la même patience. »

La fille parut touchée de la proposition :

« Vous me faites grand plaisir, je vous remercie bien. Mais je peux pas promettre.

— Pourquoi donc ?

— Vous êtes encore jeunes, tous les deux. Vous pouvez vivre encore vingt ans, trente ans. Et vous croyez que je vais m'engager pour trente ans ? Un jour, je me marierai sans doute, moi aussi. J'ai pas l'intention de rester vieille fille. D'ailleurs, je peux même mourir avant vous ! »

Il baissa la tête, confus, comprenant la justesse de ces raisons.

« Tout ce que je peux faire, c'est vous promettre une chose : de pas chercher une autre place. »

Il dut se contenter de cet accord.

« Tu sais, avoua-t-il, je t'aurais bien aimée pour gendresse ! »

Un matin, clinc ! une autre idée tombe dans la cervelle de la jeune Gerzatoise. Elle a veillé tard pour achever *le Cœur de Mariette*, œuvre d'un certain Léon Groc, publiée chez Rouff, éditeur parisien. Elle se dit que Mme Humbert a lu jadis ce roman, qu'elle en garde peut-être quelques souvenirs, qu'il ne serait sans doute pas impossible de les raviver et de l'arracher ainsi à elle-même. Arrive que plante !

« Voulez-vous, propose-t-elle, que je vous raconte une histoire ?

— Quoi ?

— Vous aimiez les histoires, autrefois. Celles qu'il y a dans les bouquins. Je viens de lire *le Cœur de Mariette*. Vous vous rappelez ?

— Mariette ? »

La malade hausse les épaules, mais ne dit pas non. Insidieusement, la bonne commence de résumer le début : Mariette est une enfant trouvée, adoptée par une brave fleuriste qui s'est saignée à blanc pour lui faire donner un enseignement primaire, puis secondaire. Alors qu'elle pouvait espérer entrer à l'École normale supérieure, Mariette quitte brusquement le lycée et décide de se faire bouquetière. C'est qu'elle a connu un saint-cyrien, Hector de Rocheblonde. Nourrissant pour lui un impossible amour, elle préfère s'écarter d'un milieu qui n'est pas le sien et se consacrer à la vente des bégonias. Or, un jour, elle rencontre par hasard une ancienne condisciple, Hélène, qui l'invite à une soirée donnée par sa belle-mère, la marquise de Breuil.

« Et maintenant, dit Rosette, je vais vous lire la suite. D'accord ? »

La Nivernaise ne réagissant point, elle met aussitôt sa promesse à exécution :

« ... Au cours d'une de ces soirées, données par la marquise pour soigner la candidature de son gendre, tandis que, dans les grands salons où les lustres électriques jetaient une lumière éblouissante, les danseurs s'en donnaient à cœur joie. Mariette fut étreinte soudain d'un pressentiment singulier. Elle pâlit et pensa se trouver mal. Le sire de Tourliac s'élança, dans le dessein non dissimulé de la recevoir dans ses bras. Mariette, d'un regard méprisant, arrêta son élan...

« Au même moment, le valet de pied annonça :

« — M. Hector de Rocheblonde !

« Tout le sang de Mariette afflua à son cœur.

« La porte s'ouvrit, et un lieutenant de spahis entra.

« Le neveu de la marquise n'était guère connu des invités hétéroclites qui fréquentaient à présent chez sa tante. Son entrée passa inaperçue, sauf de la marquise elle-même, tout étonnée de voir à Saint-Germain celui qu'elle croyait à Casablanca ; de Mariette qui dut faire un violent effort pour dissimuler son trouble, et d'Hélène, qui rougit sous son fard...

« Hector avait obtenu une permission de convalescence, à la suite d'une blessure assez sérieuse reçue au cours d'une échauffourée contre les Bédouins, et, atteint de la nostalgie de ce Paris qu'il n'avait pas vu depuis de longs mois, il était venu à l'hôtel de son père, dans le faubourg Saint-Germain... »

A ce point précis de la narration, Rose la Gerzatoise fut interrompue par les cris de sa patronne.

« Qu'est-ce qu'il y a ?

— Les Bédouins !... Les Bédouins ! » mugissait Bernadette.

La malheureuse Rose ignorait que Bédouins et fellagha, c'est blanc bonnet et bonnet blanc.

Une cliente entra, suivie d'un moutard. Elle se fit désosser et ficeler un morceau d'échine, tâta longuement les saucissons avant d'en choisir un, goûta les grattons, en commanda deux cents grammes, fit ajouter pour la musette de son homme du pâté et du jambonneau. Par politesse, Francisque félicita le gamin de sa belle patience : tout le temps de ces manœuvres, il était resté le nez penché sur une boîte vitrée qu'il agitait par petites secousses.

« Oh ! dit la mère. Pourvu qu'il ait son machin ! Il peut jouer des heures avec ! C'est vraiment la tranquillité des parents ! Celui qu'a inventé ça mériterait une statue !

— Vraiment ? fit l'homme intéressé. Et comment il s'appelle, ce truc ?

— Ton truc, répéta la mère, comment tu l'appelles ? »

Et le gosse d'une voix ferme : « Un golf de poche.

— Un quoi ?

— Un golf de poche. »

Les deux adultes se regardèrent avec surprise, ne comprenant pas plus l'un que l'autre ce langage. L'enfant leur donna une leçon :

« Un golf, c'est un terrain avec des trous. On pousse des balles dedans. Y en a un à Charade.

— Ah ! je sais ! dit le charcutier. J'y ai joué quand j'avais ton âge. On fait des trous dans la terre, et on y envoie des billes.

— Pas des billes, des balles. Avec une canne.

— Avec une canne ?

— Comme ça... »

Il fit le geste : « Voufff ! » Francisque insista :

« Mais toi... ce que tu as là... y a pas de canne !

— Non. Moi, c'est un golf de poche.

— Tu permets que je regarde ?

— Laisse voir au monsieur ! »

Juste de la bonne dimension pour être tenu dans la main, le jouet était composé d'une carte de France sur un carton, protégé par un verre. Le tout gros comme une boîte de cirage. L'emplacement de cinq villes y était marqué par cinq petits trous : Paris, Strasbourg, Marseille, Bordeaux, Clermont-Ferrand. Choisies moins pour leur importance que pour leur éparpillement sur le territoire. Le travail consistait à envoyer dans les trous cinq plombs de chasse vadrouilleurs. Le charcutier s'y essaya. Mais les plombs s'égaillaient en tous sens, préférant visiblement au centre du carton sa circonférence, le long de laquelle ils se rassemblaient volontiers, tels des écoliers timides qui aiment mieux le préau que la cour de récréation. Il rendit l'engin :

« J'y arrive pas. »

Le gosse fit une démonstration. Au moyen d'inclinations savantes, il arrivait à les débusquer. Les empêchant de foncer tête basse — comme entre les mains d'Humbert — des Pyrénées à l'Allemagne, de l'Atlantique à la Méditerranée, il les obligeait à progresser d'une allure hésitante entre les cinq chefs-lieux, avec des reculs et des repentirs. Jusqu'à l'instant où un, puis deux, puis trois, passant par hasard aux abords de Marseille, de Paris, de Strasbourg, décidaient de s'y arrêter. Arrêt qui n'avait rien de définitif : avant que les deux autres eussent atteint leur résidence, il arrivait qu'un des trois premiers reprît son vagabondage. Quatre enfin se trouvaient casés, un seul errait encore. Pour lui, les inclinations ne suffisaient plus. Il fallait le convaincre de gagner

Clermont-Ferrand à force de secousses distribuées contre le flanc de la boîte par un index précautionneux ; faute de quoi, l'on risquait de voir ses frères se lancer dans de nouvelles cavalcades.

« Voyez un peu, dit la cliente, ce qu'on va inventer maintenant ! Un golf de poche !

— Où l'as-tu déniché, ton bidule ? questionne Francisque.

— Dans une pochette-surprise.

— Eh bien ! Je te l'achète !

— Non ! » fait le gamin en l'enfonçant vivement dans sa poche.

La mère est étonnée de cette proposition ; mais à Montferrand, tout le monde connaît tout le monde. Elle devine aussitôt l'usage auquel le charcutier le destine.

« C'est pour... ? qu'elle demande, avec un mouvement du menton vers les coulisses.

— Oui. Pour la femme. Avec ce machin-là, elle pourrait s'occuper tranquillement, pendant des heures. »

Et elle : « Je comprends. Mais, moi, alors ?... Il me fichait royalement la paix, avec sa boîte ! C'est à ne pas croire ! Enfin... faut bien être charitable. »

Elle se tourne vers le moutard, persuasive :

« Écoute. Je suis sûre que le monsieur t'en donnera un bon prix. Et en même temps, tu lui rendras un grand service, vu que sa dame est malade.

— M'en fous. Veux pas le vendre.

— T'as vraiment pas le sens des bonnes occasions ! Mettons qu'il t'en offre... Combien vous lui en offrez, monsieur Humbert ?

— Ben... je sais pas.

— J'en veux cent mille francs ! dit le gosse.

— Cent mille francs ? Ça va pas ! Tu te rends compte ce que tu proposes ? C'est le prix que nous avons payé notre 4 CV d'occasion !

— Attendez ! fait Humbert. Y a peut-être un moyen de s'arranger. Où que vous l'avez trouvée, cette pochette-surprise ?

— Où donc qu'on l'a trouvée ? Voilà que je m'en rappelle plus, à présent !

— Au Casino ! dit le moutard, qui n'est pas diplomate pour un sou.

— Tu crois ?

— Oui, au Casino. En même temps que tes pantoufles.

— Ma foi, ça se peut bien. Et alors ?

— Voilà ce que je fais, dit le charcutier. Vous voulez bien m'attendre une minute ? Je file au Casino le plus proche. J'achète dix surprises. C'est bien le diable si je trouve pas un golf tout pareil dans une des dix. Combien qu'elles coûtent ces pochettes ? »

Et le gamin : « Cinquante francs.

— Bon. Dix à cinquante, ça me fait cinq cents. Je t'offre mille balles tout de suite de ton bidule, et on en parle plus.

— Je veux cent mile.

— J'ai compris. On reprend la discussion sitôt que je suis de retour. D'accord ?

— D'accord. »

Francisque Humbert suit son programme. Il court au Casino de la rue de la Rodade.

« Je voudrais, qu'il demande à la casinote, dix pochettes-surprises.

— Dix ?

— Oui, dix.

— C'est bien des pochettes-surprises, que vous voulez ?

— Oui, oui.

— Ça alors ! »

Elle le regarde avec des yeux comme des lunes. Visiblement, la plus surprise, c'est elle. Mais le sens du commerce la retient de poser des questions indiscrètes.

« Je vais voir... Je sais pas s'il m'en reste dix. »

Elle les sort une à une du baril, en les comptant ; une rouge, une jaune, deux vertes, quatre noires, une autre rouge.

« Que neuf !

— Je les prends.

— Nous serons livrés après-demain. Faut-il que je vous en garde une autre ?

— On verra. Je repasserai. Y a pas presse.

— Les noires ont moins de succès. Les enfants préfèrent la couleur. Ça fait quatre cent cinquante... Je les enveloppe ?

— Pas la peine. »

Il s'en va, tenant les pochettes par la pointe, quatre dans une main, cinq dans l'autre, telles deux bottes de carottes. La cliente et son têtu de gamin l'attendent toujours. Il étale les surprises sur son comptoir.

« Y en a que neuf, constate le moutard.

— J'aurai la dixième après-demain, si je veux. J'ai pris tout ce qui restait. Et maintenant, je te fais ma dernière proposition. Ces neuf surprises contre ton bidule !... Tu marches ? »

Le damné morveux penche la tête, plisse les yeux, examine les pochettes, avale sa salive, car elles lui font grande envie, déclare enfin :

« Je marche pas.

— Sois raisonnable, voyons ! dit la mère. Neuf contre une ! Tu te rends compte du bénéfice ?

— Je veux cent mille francs. »

Sans un mot, Francisque commence à déchirer les sacs. Chacun contient quelques bonbons, des biscuits secs, plus la surprise. Il vide le tout dans un carton. Il obtient ainsi successivement un lapin bleu à roulettes ; un revolver en plastique ; une seringue ; un jeu de cartes ; un jeu des sept familles ; une deuxième seringue ; un baigneur ; un voilier démontable ; une troisième seringue. Pas de golf de poche.

« Tu voix bien ! s'écrie la saleté de gamin.

— Y a pas de bidule, reconnaît le charcutier tout triste.

— Il sera dans la dixième, suggère la femme.

— Peut-être que des golfs, insinue le moutard perfide, ils en mettent plus. Ils ont épuisé le stock.

— Pas impossible ! appuie la cliente pour faire grimper les enchères. »

Et Humbert, après réflexion : « Je vais jusqu'à quinze cents. Pas un rond de plus. Ça représente trente pochettes. »

Le gamin secoue la tête. Ça finit par énerver la mère, qui se met à crier :

« Sois charitable, espèce de bourrique ! Le monsieur a besoin de ce truc-muche pour guérir sa dame, et toi tu refuses ! Il te propose deux mille... C'est bien deux mille que vous lui proposez ?

— Heu... je...

— Il te propose deux mille francs, t'entends ? pour une étartuelle qu'en vaut à peine vingt, et tu dis non ? »

Le sacré têtu, cette fois, ne prend plus même la peine de répondre ; mais ses deux mains compriment la poche de sa culotte, collées comme des rustines. Francisque voit bien qu'il est inutile d'insister. D'un geste rageur, il pousse du pied le carton rempli de biscuits et de seringues.

« N'en parlons plus. J'achèterai d'autres surprises, jusqu'à ce que je trouve le bidule. »

C'est la rupture, comme disent les journaux. Les négociations sont terminées. La cliente s'en va, bredouillant des excuses et bousculant son affreux. Elle tire la porte de la charcuterie, qui heurte le grelot. Le gamin lève la tête ; il examine cette petite boule ronde et fendue, qui produit un si joli son.

« Qu'est-ce que c'est ? qu'il demande, en tendant l'index.

— Un grelot, dit Humbert, sans rancune.

— Un grelot ?

— Oui, un grelot.

— Un grelot... de cheval ?

— De cheval, ou de mulet, ou d'âne, ou de chien. J'en sais rien. Je l'ai toujours vu là.

— Je vous donne mon golf de poche, si vous me donnez le grelot.

— Qu'est-ce que tu veux foutre d'un grelot ? s'écrie la mère. Te l'attacher au menton ? »

Le petit hausse les épaules. Visiblement, la mère regrette les deux billets de mille. Sans un mot, Francisque grimpe sur une chaise, ce qui exige une manœuvre difficile, à cause de sa jambe dérotulée ; il tranche la ficelle du grelot comme il fait avec les saucissons ; il redescend ; il le tient sous le nez du moutard. La boîte et le grelot changent de main en même temps.

Humbert fut payé de ses peines : miraculeusement, la Nivernaise s'intéressa au golf de poche. Au bout de quelques jours, l'intérêt devint de la passion. Des journées entières, elle penchait et secouait la boîte vitrée. Au début, par manque d'expérience, elle mettait très longtemps à placer les cinq plombs dans leurs trous ; le cinquième surtout lui donnait du mal. Lorsque, cherchant à l'envoyer dans son chef-lieu, elle chassait au contraire un de ses collègues du sien, elle poussait de grandes exclamations désolées. Rosette la réconfortait :

« C'est rien ! Un petit accident ! Pour sûr, vous devenez de plus en plus habile à ce jeu-là.

— Quel jeu ?

— Le golf de poche !

— Ce n'est pas un jeu ! C'est un travail !

— Oui, à ce travail-là. Excusez mon erreur. »

Mais quel triomphe, lorsque les cinq préfets de plomb occupaient enfin leurs préfectures ! Son visage s'illuminait. Elle posait délicatement le bidule sur la table, pour ne rien déranger. Longuement elle contemplait l'harmonie fragile des billes noires en quinconce. S'il arrivait à Francisque d'entrer dans la cuisine, elle l'appelait :

« Regarde ! »

Et lui exprimait son admiration : « Putain ! »

Le drame, ensuite, était de démolir l'ouvrage pour pouvoir le recommencer. Dix fois elle hésitait, dix fois elle avançait une main tremblante avant de se le permettre. Le plus souvent, elle y renonçait et demandait à Rose de lui rendre ce service :

« Secoue-le, toi ! »

Et elle fermait les yeux, pour ne pas assister au massacre.

20

Tous les quinze jours, le dimanche après-midi, la Gerzatoise s'en allait voir sa mère à bicyclette.

« Prends bien garde aux voitures ! » recommandait le charcutier.

Il le disait par amitié ; mais aussi parce que Rosette leur était absolument indispensable. « Qu'est-ce qu'on ferait, la Bernadette et moi, si elle nous quittait ? Des filles comme ça, y en avait qu'une au monde ! »

L'hiver précédent, avait sévi cette grippe anglaise que nos voisins avaient expédiée sur l'Europe à cause du Marché Commun où ils refusaient d'entrer. Francisque l'avait attrapée. D'abord, il lui avait résisté, continuant sa besogne au laboratoire et dans la boutique, malgré sa fièvre et ses claquements de dents.

« Vous devriez vous coucher ! conseillait la bonne.

— Non, non ! Ça passera comme c'est venu !

— Voyez au moins monsieur Morilhon !

— Monsieur Morilhon ? pour quoi faire ? Un rhume a jamais tué personne ! »

Il descendait de cette terrible race paysanne d'Auvergne qui, parfois, appelait le vétérinaire pour ses vaches, mais jamais le médecin pour le monde. On dit qu'elle avait classé toutes les maladies possibles en quatre catégories : la « petite échauffure » (toux bénignes, coulements de nez, brûlures de gorge et de poitrine), si insignifiante qu'elle ne valait vraiment pas la peine de déranger le docteur ; la « grande échauffure » (douleurs d'estomac, chiasses persistantes, muguet, rougeole et autres boutons) qui demande à suivre son cours, sans être perturbée par aucun médicament ; le « mal en soi » (pissements de sang, oppressions du soufflet, jaunisse, cœur détraqué) qui se prolonge longtemps : l'aide du médecin ne serait pas de trop, mais quand tu l'as appelé une fois, il connaît le chemin de ta maison et en prend facilement l'habitude ; le « corps gâté » (crachats rouges, tumeurs, paralysies, eau dans le ventre) contre lequel la science ne peut rien : il est donc inutile de recourir à elle.

Francisque Humbert admettait bien la médecine pour sa femme, comme il l'avait longuement admise pour son père, sa mère et son fils ; mais il la refusait à son propre corps. Un matin, cependant, alors qu'il était sans doute rempli jusqu'au gosier de microbes britanniques, un vertige le prit devant la clientèle, il tomba sur le cul. Au vacarme, la bonne accourut de sa cuisine, on l'aida à se relever, on l'obligea à se mettre au lit. Tout le temps que dura sa grippe anti-européenne, Rosette réussit à s'occuper en même temps de lui et de sa malade ordinaire, à les faire boire et manger, à ne pas fermer la boutique, à servir la clientèle pour l'empêcher d'aller ailleurs. On ne sait comment elle s'y prit. Voilà les raisons pour lesquelles son patron lui recommandait, chaque fois qu'il la voyait monter sur sa bécane :

« Prends bien garde aux voitures ! »

Sa femme et lui demeuraient en tête à tête. Ils entendaient les gens rire et jacasser dans la rue, se diriger vers les cinémas, les stades, les cafés, les salles de bal. La joie du dimanche et des fêtes n'était plus pour eux.

Le jeu de la boîte aux cinq plombs avait toutefois changé l'attitude de la malade. Elle acceptait maintenant de s'intéresser à certaines choses. Il ouvrait le poste de radio : elle écoutait la musique. Elle aimait l'orgue, les violons, le saxophone, l'accordéon.

« Mets-moi des violons ! » qu'elle commandait.

Il promenait le fil sur toutes les longueurs d'onde, jusqu'à ce qu'il pût la satisfaire. Elle acceptait aussi parfois d'écouter les émissions parlées : les nouvelles du jour, les conférences, les récits historiques. Elle éclatait de rire au moment où l'on s'y attendait le moins. Ou bien, elle déclarait, en entendant une voix :

« Celui-là, je le reconnais. Il est venu hier. »

Lorsqu'il était question d'Algérie, de guerre, d'attentats, Francisque tournait précipitamment le bouton.

Parfois, elle exigeait qu'il jouât au golf de poche. Honnêtement, il essayait de mettre les billes dans les trous. Il en plaçait trois, quatre : la cinquième refusait de lui obéir. Il finissait par renoncer.

« C'est pourtant pas difficile ! Regarde ! »

Elle reprenait la boîte, se concentrait, remplissait les préfectures.

« Tu dois avoir un secret ! »

Et elle, toute riante encore : « Oui, oui ! J'ai un secret ! »

Ce rire était bizarre, un peu rauque, saccadé. Il jaillissait en brusques et courtes vocalises, aiguës comme des grisollements d'alouette. Il ne te donnait guère envie de l'accompagner. Francisque le trouvait tout de même préférable aux larmes.

Il réussit à lui faire accepter d'autres jeux. Les dames : elle poussait les pions en trichant, sans souci des règles, afin de gagner à tout prix. Naturellement, il la laissait faire, heureux qu'elle trouvât ce plaisir. Les cartes : non des jeux de réflexion ! La vieille « bataille » des enfants leur suffisait. Lorsque le hasard l'avait trop bien servi, il lui refilait des rois et des dames subrepticement, tandis qu'elle tournait la tête. Les petits chevaux : une course entre écurie verte et écurie bleue ; chaque bête avançait d'un certain nombre de cases, selon les commandements de trois dés. Grâce à ces accessoires, plusieurs heures tranquilles s'écoulaient.

Soudain, sans raison visible, Bernadette jetait en l'air pions, cartes ou dés et fondait en larmes, s'égratignant, se tirant les cheveux. Francisque cherchait à retenir ses mains, lui parlant doucement :

« Qu'est-ce qu'il y a ?... Allons, allons !... Pourquoi fais-tu ça ? »

Elle se débattait, le repoussait avec des cris aigres. Il fallait laisser passer l'orage sans le contrarier, empêcher seulement les gestes dangereux.

D'autres fois, elle s'interrompait brusquement au milieu de la partie, s'immobilisait, tendait l'oreille vers un bruit qu'elle seule entendait. Il essayait de la ramener au jeu :

« On continue ?... Putain ! C'est pas le moment de fléchir ! »

Elle regardait intensément la porte de derrière, celle qui donnait sur la courette. Plus rien au monde ne comptait pour elle hors ce bouton de porcelaine. Alors, elle interpellait à voix haute le visiteur invisible :

« Eh bien ! Entre ! Qu'attends-tu ?... Pourquoi n'entres-tu pas ?... Je sais bien que tu es là, va ! Je t'entends respirer ! »

Et Francisque, aussi naturel que possible : « A qui que tu causes ?

— Entre donc ! » criait-elle encore.

Alors il se levait, allait ouvrir la porte toute grande, lui faisait constater le vide de la cour. Elle le fixait avec haine :

« C'est toi qui le retiens !

— Moi ? Qui ?

— Il a peur de toi ! Peur de vous tous ! Un jour il entrera, quand je serai seule !

— Tu vois bien, ma pauvre femme...

— Silence ! Je t'ai dit que tu lui fais peur !

— Ah ! bon. »

Il baissait la tête. Il se mettait à bâtir des châteaux de cartes. Au bout d'un moment, elle finissait par s'intéresser à ses constructions. Quand il se redressait, disant : « Et voilà ! », de sa main ouverte, elle aplatissait l'édifice. Il poussait un gémissement de fausse douleur, tandis qu'elle éclatait en une giboulée de rires et de larmes.

Au terme de sa permission dominicale, Rose revenait de Gerzat.

« Vous êtes sortis ? demandait-elle... Non ?... Pourquoi vous sortez jamais ? Ça vous ferait du bien, à tous les deux. »

Et Francisque : « Moi, je suis pour.

— Et vous, madame Bernadette ?

— Tu sais bien que je ne peux pas, voyons !

— Qu'est-ce qui vous empêche ? Vous auriez meilleure mine ! Vous mettriez votre robe bleue... »

La Nivernaise secouait la tête et expliquait :

« J'attends quelqu'un. »

Certains jours, il en avait plein les bottes. Il recommandait à Rosette :

« Jette un coup d'œil à la boutique. Faut que je descende à la mairie.

— Soyez tranquille. »

En fait, il tournait dans Montferrand, çà et là, où le portaient ses pieds. Avide de voir des gens normaux, d'échanger des propos sur le temps, la politique, le cours des cochons et des chevreaux. Place de la Rodade, il regardait les joueurs de pétanque, suivait les péripéties, riait de leurs craques. Les bons rires bien gras, bien ronds, bien bêtes lui faisaient circuler le sang. Il s'attardait devant le cinéma, examinait les affiches, les photos, le nom des acteurs. Il entrait même dans les bistrots, comme l'ancien, autrefois, buvait un rouge-limonade, un Vichy-fraise. On le reconnaissait, on lui tapait sur l'épaule :

« Vieux Francisque !... Content de te revoir !... C'est ma tournée ! »

Les poignées de main aussi lui rendaient des forces.

Un matin, il alla se faire couper les cheveux chez Fernand.

« Hé ! remarqua le coiffeur, ils commencent à s'éclaircir, sur le dessus. Il en reste encore quelques-uns. Momo, occupe-toi de monsieur. »

Le nouveau garçon se trouvait tout excité par le match de foute qui devait, l'après-midi, opposer la France à la Belgique.

« Comment que vous voyez la partie, vous ? questionna Momo, par politesse.

— Moi ? fit le charcutier. Je suis pas bien au courant.

— Ça nous promet une belle raclée pour les nôtres ! prophétisa Fernand. Les Belges, on les a jamais battus !

— Si ! rectifia Momo. Sous Napoléon ! A Waterloo !

— Momo, tu déconnes ! A Waterloo, c'était pas les Belges, mais les Anglais. Et la pilule, c'est encore nous qui l'avons reçue !

— Vous êtes vraiment défaitiste, patron !

— Je suis seulement véridique !

— En tout cas, moi, la partie France-Belgique, je la vois pas comme vous !

— Comment que tu la vois ?

— Je vais vous expliquer... »

Là-dessus, Momo interrompt la tonte de Francisque, prend le langage des reporters sportifs de la radio, et se lance pleins gaz dans le récit de la rencontre :

« Devant les cinquante mille spectateurs de Colombes, à peine donné le coup d'envoi par la chanteuse Dalida, l'avant français Martinograbitch s'empare de la balle, malgré l'opposition des visiteurs, et la passe à Woïtchak... Woïtchak la pousse dans le camp adverse et tire du pied gauche... Elle est adroitement recueillie par l'ailier Chiarisoli qui feinte, déjoue la surveillance du Belge Van Roopett et tire en corner... Coup de sifflet de l'arbitre espagnol qui inflige un avertissement à Van Roopett pour un mauvais geste sur Chiarisoli... A présent, le jeu se durcit. Devant la *furia francese* les Flamands bétonnent en vain... A la sixième minute, un tir du tricolore Dominguez frôle la transversale belge... Ce demi-succès émoustille nos joueurs... En véritable artiste du ballon rond, le Bordelais Mohammed Larbi, qui sera la plaque tournante de notre équipe, un Larbi des grands jours, s'engage balle au pied dans le réseau adverse. Avec son style rageur, il force la défense ennemie, passe à son ailier Martinograbitch qui tire et foudroie le goal bruxellois... Un à zéro en faveur de la France... Vous pouvez entendre les clameurs de la foule en délire... A la remise en jeu, l'équipe belge semble vouloir réagir avec vigueur et lancer toutes ses forces dans la bataille pour reprendre l'avantage. Mais les avants français ne se laissent pas déborder. Et, après quelques minutes de flottement, ils imposent à nouveau leur jeu constructif. Ils semblent maintenant avoir pris la mesure de leurs adversaires, et savent que la victoire est à portée de leurs mains. Ou plutôt, de leurs pieds. Mais voici que le grand Mohammed Larbi fonce à nouveau vers les buts belges. Il tire ! But !!!... »

A la fin du reportage, Momo épuisé se laisse tomber sur le fauteuil vide :

« Ce n'est pas un succès, achève-t-il. C'est un triomphe ! Quatre à zéro en faveur des tricolores ! »

Tous les présents applaudissent chaleureusement, même le charcutier qui, de tout ça, n'a pas compris le quart de la moitié. Il se rend compte cependant que c'est un beau résultat pour notre équipe.

« Et encore, précise Momo, j'ai pas forcé le score ! »

Voici comment Humbert put entendre de ses oreilles le récit de cette merveilleuse victoire sportive. Certes, l'après-midi, les nôtres furent moins brillants ; ils encaissèrent deux buts belges sans en rendre un seul ; le total avec les résultats du matin demeurait quand même favorable à nos couleurs.

Ayant fini son petit tour, Francisque regagnait son domicile. Il entrait doucement par la porte de derrière. Tout de suite, il rencontrait les yeux brûlants de sa femme.

« Ce n'est que toi ?

— Oui, c'est moi », qu'il confirmait.

Rosette s'efforçait de corriger la réception. Elle disait d'un ton enjoué, parlant au pluriel, à la deuxième personne :

« Nous avons été très sage. Nous avons bien pris notre déjeuner. Nous nous sommes même laissé peigner un peu... »

Une autre fois, au cours d'une de ses brèves escapades, il rencontra deux hommes qu'il connaissait. « Où ai-je vu ces gaillards ? » L'un grand, large, épais ; l'autre maigre, les jambes torses. Soudain, il les reconnut. En pensée, il les coiffa d'une casquette noire : les deux croque-morts qui avaient porté le cercueil de Gabriel. Ils sortaient d'un bistrot en se suçant les badigoinces. Eux aussi venaient de reprendre des forces. Leur figure n'exprimait pourtant aucune satisfaction. Sans doute l'avaient-ils dressée à ne jamais sourire, par nécessité professionnelle. Leur dos était légèrement voûté : l'habitude, peut-être, d'entrer dans les tombeaux. Leurs manches, un peu courtes, dégageaient les poignets. Leurs mains étaient épaisses et rudes. Ils marchaient côte à côte, sans rien se dire, avec des pas rigoureusement accordés. Ils passèrent devant Humbert, imperturbables, cuirassés contre toutes les douleurs.

21

La guerre d'Algérie s'achevait dans les horreurs et la confusion : je vous ai compris, la paix des braves, le couteau au vestiaire, l'O.A.S. et tout ça. Les discours du Général en la matière avaient toujours été aussi clairs que la colle d'affiche. Cet homme-là parlait comme Nostradamus. Les journalistes sans passion y perdaient leur latin. Par moments, tu pouvais même te demander s'il se comprenait lui-même. Il avait du moins compris une chose : que cette guerre durait depuis huit ans ; que de toute manière elle était perdue ; que la France se bagarrait contre l'un, contre l'autre depuis vingt-trois ans ; que les Français avaient justement fait appel à lui parce qu'ils en avaient plein la barbe. Alors, lui, se dépatouillait comme il pouvait. Son rêve, visiblement, aurait été d'accorder à l'Algérie une indépendance qui n'en eût pas été une : celle de la Pologne, de la Hongrie, de la Tchécoslovaquie à l'égard de l'U.R.S.S. D'en faire un Etat associé, où les Français auraient continué de tirer la plupart des ficelles. Ça n'avait pas marché : la population européenne de là-bas trouvait que l'association n'était pas assez ; les nationalistes indigènes que c'était trop. Ils s'expliquaient là-dessus à coups de grenades, de mitraillettes, d'incendies. C'était à qui se montrait le plus féroce. Devant la télévision, le cinéma, la presse internationale, chaque partie exhibait les atrocités adverses.

A Evian, il y eut une négociation de marchands de tapis, où chacun s'efforça de rouler l'autre. Puis, ce fut le référendum. Francisque Humbert décida qu'il n'irait pas voter. Le Général n'était plus son homme. Si l'on devait arriver à cette capitulation, il ne lui pardonnait pas d'avoir inutilement prolongé la guerre de quatre années. De n'avoir pas entamé les négociations dès 1958, alors que nos positions étaient beaucoup plus solides, alors que le choc de sa venue au pouvoir, le rayonnement de sa légende pouvaient faire avaler à n'importe qui n'importe quelle pilule. Il ne lui pardonnait pas d'avoir envoyé au massacre des milliers de jeunes gens condamnés à mourir pour autre chose que la France. De lui avoir pris son fils sans profit, et par surcroît la raison de sa femme.

Pour être sûr de ne pas commettre d'erreur, il s'en alla consulter la famille, au moyen de sa T.S.F. C'est une chose dont il avait pris l'habitude depuis 1938, à la veille des grandes décisions.

« J'ai-t-y tort ou j'ai-t-y pas tort de refuser mon vote ? qu'il demande.

— Moi, c'est pas mon rayon, répond timidement Mme Humbert. Je me suis jamais mêlée de politique. Parle-moi de ménage, parle-moi de parenté, ou même de ton commerce. Mais les élections ! Tu sais bien que de mon temps, les femmes n'avaient pas droit aux urnes.

— Si tu veux mon avis, dit l'ancien, examine bien tout, et ensuite vote suivant ta conscience. T'as aussi cette solution : tu prends un bulletin et, dans l'isoloir, dessus, au crayon, t'écris *merde*. De cette manière, tu prouves que tu te désintéresses pas, mais que t'es pas d'accord.

— Grand malhonnête ! proteste l'ancienne. Quel genre de conseil lui donnes-tu ? N'écoute pas, mon fils ! Si tu n'es pas d'accord, tu mets un trait sur le bulletin, voilà tout. *Merde*, ce n'est pas poli. Et puis, suppose que quelqu'un reconnaisse ton écriture !

— Comment veux-tu qu'on reconnaisse son écriture, au milieu de tous ces bulletins ? *Merde*, c'est plus compréhensible qu'un simple trait. Enfin, je t'oblige pas. Examine.

— Et toi, mon garçon ? demande Francisque. D'abord, c'est-y vrai, que t'es mort pour la France ? Voilà une affaire qui me préoccupe beaucoup.

— Mes chefs m'ont dit que là-bas, c'était la France. Mais en vérité je l'ai pas reconnue. Tu sais bien que j'ai toujours été myope.

— Ah ! Voici le problème ! Est-ce que c'était la France, réellement, là-bas ?

— Eux disaient que oui.

— A l'école, on nous expliquait que la France autrefois s'appelait la Gaule, intervient Mme Humbert qui a fait des études chez les sœurs. Moi, je ne pense pas que la Gaule allait jusque là-bas.

— On t'aurait roulé, alors ?

— C'est pas impossible.

— Dans ces conditions, pour qui que t'es mort, au juste ? Tu dois le savoir, à présent.

— M'est avis, précise l'ancien, qu'il est mort pour des prunes.

— Ne recommence pas tes malhonnêtetés !

— Parle donc, toi ! insiste Francisque. T'es mieux renseigné que personne, non ? »

Et Gabriel : « Je suis mort pour une France qui aurait pu être, mais qui n'a pas été, parce que la France réelle n'était pas elle-même ce qu'elle aurait pu être.

— Ça alors ! » dit l'ancien, avec admiration.

Et Francisque : « Tu es aussi clair que le Général, dans ses discours ! Conclusion : j'irai pas voter. »

Et l'ancien : « Bravo ! »

Et l'ancienne : « Bravo ! »

Et le bleu : « Bravo ! »

Il fit comme il avait dit. Le référendum approuva quand même le Général. Après quoi, l'on commença de ne pas appliquer ces accords à l'eau minérale. Les pieds-noirs, anciens seigneurs du pays, ne purent supporter l'idée de devenir des égaux et préférèrent tout perdre, fors la vie. Les plus habiles avaient d'ailleurs pris les devants, et expédié leurs capitaux sur l'autre rive de la Méditerranée depuis belle lurette. Cette égalité même parut inadmissible aux naturels qui, d'opprimés, se firent oppresseurs. Pour arranger les choses, l'O.A.S., à diverses reprises, s'efforça de supprimer l'organisateur suprême de ce micmac ; mais Nostradamus passa à travers les balles : il avait la baraka.

A Montferrand comme à Clermont, on vit arriver de nombreux Français de là-bas. On se serra un peu pour leur laisser une petite place. Il y en eut dans la police, dans la fonction publique, dans le commerce, dans l'agriculture. Les Auvergnats remarquèrent leur drôle d'accent, et s'y habituèrent. Certains charcutiers surent habilement travailler pour cette nouvelle clientèle ; ils se mirent à préparer les brochettes, le couscous, les merguez, la soubressade, la tchoutchouka. Humbert, trop ignorant, ne s'adapta point et se contenta de ses anciennes productions.

La fin des guerres augmente terriblement l'appétit des populations survivantes. Après vingt-cinq années de restrictions diverses, la paix enfin revenue tant bien que mal, les Français de toutes classes aspiraient à se taper la cloche. Seuls ceux qui, dans l'intervalle, n'avaient jamais manqué de rien pourraient les condamner. Les revendications partirent de toutes parts, des bien pourvus comme des démunis. Afin de satisfaire les plus pressés, le Général commença par supprimer la retraite des anciens combattants ; c'était encore un sacrifice POUR LA FRANCE qu'il leur demandait : comment auraient-ils pu refuser ? Ensuite, son gouvernement inventa le S.M.I.G., le S.M.A.G., le S.M.O.G., le S.M.U.G. qui à chaque prolétaire assuraient par jour au minimum une saucisse, 300 grammes de pain, quatre morceaux de sucre et un verre de lait. Aux fonctionnaires, son ministre des Finances promit une augmentation annuelle de 4 %, assurant par ailleurs que les prix n'enfleraient pas de plus de 6 à 7 %. L'enthousiasme de ses prévisions rappelait celui de Momo, le jour où il avait fait triompher par quatre à zéro la France sur la Belgique.

La nouveauté fut l'apparition des paysans dans le groupe des revendicateurs. Ils barrèrent les routes avec leurs tracteurs et leurs charrettes ; ils allèrent déverser des tombereaux de betteraves devant les portes des perceptions pour payer leurs impôts ; ils lapidèrent les préfectures ; ils déclenchèrent la grève du lait et vidèrent dans les fossés les bidons des ramasseurs qui osaient ne pas suivre le mouvement. Les vignerons du Midi scièrent les poteaux télégraphiques, déboulonnèrent les rails, brûlèrent les ministres en effigie. Par la presse et la radio, les Français apprenaient avec stupeur la nouvelle de ces incroyables désordres. On s'attendit à une intervention des C.R.S., de la gendarmerie, des parachutistes, de Massu. Le gouvernement, qui avait fermé sa porte aux délégations pacifiques, refusé de lire les lettres, les motions, les télégrammes, ignoré les bêlements des moutons de trop près tondus, sursauta au crépitement des cailloux, au grondement des machines, au ronflement des feux de tristesse. Et aussitôt il délia les cordons de sa bourse, subventionnant le maïs, les betteraves, achetant et distillant le vin excessif, encourageant l'arrachage des vignobles et la plantation des vergers, brûlant au mazout les choux-fleurs pléthoriques, finançant la production du blé, du lait, de la viande. La quantité de sucre raffiné dans nos usines dépassait nos possibilités de consommation ; on le transforma en alcool, exporté ensuite chez qui le voulait au prix de l'eau minérale.

Humbert vint accroître ces engorgements en ajoutant sa fabrication personnelle de sucre à celle des betteraviers. Il fut en effet, pendant cette période, atteint de troubles de la vue, accompagnés d'amaigrissement. Selon son habitude, il refusa de s'occuper de cette « grande échauffure » ; mais Rosette, qui ne tenait pas à avoir deux malades sur les bras, fit avertir en secret le Dr Morilhon. Celui-ci débarqua dans la charcuterie à l'improviste, sous prétexte de voir Bernadette. Il ne lui fallut pas longtemps pour annoncer à Francisque qu'il désirait un échantillon de son urine.

« Mon urine ? Pour quoi faire ?

— Pour une analyse. Je vous crois malade.

— Malade, moi ? Vous vous trompez : je vais bien. Sauf les yeux. Je crois qu'il me faudra des lunettes. Alors... l'urine... c'est pas du même côté. »

Cinq jours plus tard, le docteur revint annoncer :

« C'est bien ce que je craignais. Deux grammes de sucre par litre. Diabète.

— Et alors ?

— Il vous faut suivre un régime. Et prendre quelques médicaments. En commençant par une bonne purge. Je vous interdis sucreries, pâtes, pain ordinaire, pommes de terre, riz. Vous achèterez à la pharmacie des biscottes au gluten et de la saccharine...

— Comme pendant la guerre ?

— Exact. Viande : une fois par semaine. Pas de graisse, pas d'huile, pas de beurre.

— Qu'est-ce que je vais manger ?

— Des fruits, des légumes, des potages, du fromage maigre, de la salade non assaisonnée, du lait écrémé, du chocolat spécial...

— Avec ça, pour sûr, je vais crever.

— Dans quelques semaines, si ça va mieux, on relâchera un peu le règlement. »

Voici comment Humbert, qui nourrissait les affamés sous l'occupation allemande, en vint à connaître la famine sous Nostradamus.

De leur côté, les boutiquiers ne restaient pas inactifs, organisés ou non dans l'Union de Défense des Commerçants et Artisans, la Confédération Générale des Petites et Moyennes Entreprises et autres associations. A Montferrand, le droguiste se démenait particulièrement pour défendre la profession. Il vint trouver plusieurs fois Francisque dans sa charcuterie, perçut sa cotisation, lui fit signer des pétitions, expliqua ce que réclamait le petit commerce : création d'une Caisse d'assurance maladie ; revalorisation des retraites versées par les différentes caisses existantes de travailleurs indépendants, elles atteignaient des montants dérisoires : 80 % des vieux touchaient au plus 15 000 anciens francs mensuels !

« Ça ne t'intéresserait pas, demanda le droguiste, qu'on te rembourse tes frais de médecine, de pharmacie comme aux ouvriers ?

— Ça serait pas de refus ! »

En attendant, les années passaient et rien ne sortait des bureaux. Échaudés par le poujadisme, les commerçants réclamaient à cor et à cri, tenaient des réunions, écrivaient à leurs députés, mais refusaient de manifester dans la rue. Les commerçants n'aiment pas les manifestations. Ils savent bien, quand les pierres se mettent à voler, que beaucoup de vitrines y perdent leurs carreaux.

Rosette devait se lever de bonne heure pour faire face à toutes les besognes de la maison. Elle se couchait de même. Elle persuadait sa patronne de l'imiter ; généralement, la malade se laissait fléchir, pourvu qu'elle lui tînt un moment compagnie. La Gerzatoise l'aidait à se déshabiller, lui faisait boire ses gouttes, la mettait au lit, la bordait comme une enfant.

« Maintenant, vous allez dormir, n'est-ce pas ?
— Attends ! Ne pars pas encore. Assieds-toi un moment... Crois-tu que... ?
— Que quoi ?
— Rien. Tu ne me dirais pas ce que tu penses. Personne ne me dit la vérité. Personne.
— Je vous assure...
— Écoute !... Tu n'entends rien ?... Quelqu'un qui marche ?
— Rien du tout. Dormez, à présent.
— Parle-moi... Raconte-moi... quand tu étais petite. »

Rosette se laissait fléchir. Elle évoquait comme elle savait son passé encore tout récent : le père jardinier, la mère jardinière, les frères, les sœurs, le chien, la tourterelle, l'école, le catéchisme, les amies... Elles se mariaient toutes, les unes après les autres.

« J'aimerais me marier, moi aussi. Mais je suis trop grosse. Les garçons me regardent pas. Ou s'ils me regardent, c'est pour rigoler. A l'école déjà, ils m'appelaient « la tomate ». En ce temps-là, ça m'était égal. A présent, je les comprends... Je vois bien que je resterai fille. Quand vous me voudrez plus, j'élèverai des chats, pour me tenir compagnie... Comme dit mon père... dans la vie... faut savoir... »

Abattue par la fatigue et par ces histoires sans intérêt pour elle, Rosette bâillait, sonnait les cloches, bredouillait, restait bouche bée.

« Hé ! criait sa patronne. Tu dors ?
— Heu ?... Moi ? Non ! Pas du tout... Je disais que... Qu'est-ce que je disais ?... Je me rappelle plus...
— Ton père !
— Oui, mon père... il est venu... il avait un panier pour cueillir...
— Pour cueillir quoi ?
— Heu ?
— Tu dis qu'il avait un... qu'est-ce que tu dis qu'il avait ?
— Heu ?
— Heu ? »

Les gouttes soporifiques produisaient leur effet. La Nivernaise et la Gerzatoise s'assoupissaient en même temps. L'une s'enfonçait sans risque dans le sommeil, retenue par le lit. L'autre, sur sa chaise, perdait peu à peu le sens de l'équilibre, piquait du nez ; mais la chute commencée la réveillait en sursaut ; elle se frottait les yeux et s'en allait, titubante, sur la pointe des pieds.

Pendant ce temps, dans le laboratoire, Humbert hachait la viande, pétrissait la pâte, cuisait les pâtés. A minuit, s'étant lavé les mains, il éteignait les lampes et montait doucement se coucher. Sa femme dormait, ses cheveux grisonnants répandus sur l'oreiller. Un moment, il demeurait penché sur le beau visage rasséréné, comme sur une eau immobile dont il ignorait les profondeurs. Il y retrouvait le passé récent et le passé lointain : la fille joyeuse venue spécialement de Nevers, jadis, pour le rencontrer : la mariée fantasque qui fuyait le long de la Loire, à bicyclette ; l'aimable commerçante ; la mère toujours inquiète ; l'ivresse de ses nuits ; le salaire de ses sueurs ; la moitié de son monde. Et maintenant, folle, détruite...

Il se déshabillait, éteignait la lumière ; puis, avec des précautions infinies, il s'allongeait près d'elle.

Elle avait toujours refusé de sortir, depuis leur malheur. Que se passa-t-il, ce dimanche après-midi du printemps 66 pour qu'elle acceptât ? Ils étaient seuls, elle et lui. En riant, elle s'habilla de ses anciens vêtements : c'était encore un jeu pour elle. Il l'aida à peigner et nouer ses cheveux. Quelle joie il en eut ! « Elle va guérir ! Elle est sur la voie de la guérison ! » Il sortit la camionnette qui lui servait à aller chercher sa viande à l'abattoir, épousseta soigneusement le siège, lui donna la main comme s'il la conduisait à un carrosse. Et elle, lançant des baisers derrière elle à des amis invisibles, le plus gaiement du monde :

« On s'en va !... On s'en va !... Adieu ! Adieu ! On vous enverra des cartes postales ! »

Ils partent. Pour cette historique sortie, il n'a pas l'intention d'aller très loin. Ils se dirigent vers les collines vineuses que recouvrait naguère le cépage du Chanturgue, dont il ne reste que des échantillons, précieusement entretenus, nécessaires et suffisants pour maintenir l'appellation contrôlée. Le reste est abandonné aux vaches, aux chèvres, aux moutons. Ils s'arrêtent au pied des côtes.

« Veux-tu marcher un peu ?... On pourrait suivre le sentier, jusque là-haut. »

Il désigne le plateau du sommet. Le miracle dure : elle accepte. Ils s'accrochent l'un à l'autre. Ils montent doucement : un boiteux et une convalescente. Plusieurs fois, ils s'arrêtent pour reprendre leur souffle. Entre les pierres brûlées, des genêts poussent, pliant sous le poids de leurs fleurs. Francisque se rappelle l'abbé Chamboissier, au catéchisme, démontrant l'existence de Dieu par la beauté du monde. L'index tendu vers les enfants ahuris, il posait des questions primordiales :

« Comment pouvez-vous expliquer qu'il y ait des fleurs bleues, jaunes, rouges, roses, violettes, blanches ? Hein ? Pourquoi donc ne sont-elles pas toutes grises ou noires ? A quoi servent tant de couleurs ? »

Eux se regardaient, incapables de trouver une réponse.

« Je vais vous le dire ! Parce qu'elles ont été créées ainsi par un artiste. Et quel artiste, mes amis ! Ayant fabriqué la mer, les montagnes, les nuages, les lacs, les rivières, les quatre saisons, qui sont des choses nécessaires d'une manière ou d'une autre, il ajouta le superflu pour le plaisir de ses enfants : les couchers de soleil, les aurores, le parfum des roses, le chant des oiseaux. Et maintenant, désignez-moi parmi les hommes un artiste qui l'approche ! Allez-y ! Un nom ! Un nom ! »

Les petits mulets blancs, dans leurs galoches et leurs culottes de velours, fronçaient les sourcils, se creusaient le cabochon, se grattaient l'occiput, et ne trouvaient vraiment personne à proposer. L'abbé triomphait :

« Voilà pourquoi il faut croire au plus grand des artistes, il faut croire en Dieu ! »

En arrivant en haut, tout essoufflé, Francisque croit réellement en Dieu, créateur du ciel et de la terre. Même si ce qu'il voit à ses pieds est l'ouvrage des hommes : Montferrand, son église, sa vieille enceinte, les cités ouvrières, les usines Bibendum ; plus loin : Châteaugay et sa tour. Mais à l'ouest, le puy de Dôme encore neigeux dresse sa calotte papale ; d'autres puys, plus modestes, se tirent jusqu'aux yeux la couverture pourpre de leurs bruyères, ne laissant à découvert que leur crâne déplumé, comme l'est souvent celui des vieillards. C'est là l'Auvergne sombre et violette, avec ses rondeurs, les brusqueries de son relief, encore suffocante sous les soixante-dix cadavres à peine froids de ses volcans.

Soudain, Bernadette se met à courir. Il espère d'abord que c'est un jeu et la regarde, surpris, bondir à travers les pâtures, trébuchant dans les racines, sautant les souches, agitant les bras. Il tente ensuite de la rattraper :

« Attends-moi !... Reviens !... Où vas-tu ?... »

Mais elle est beaucoup plus leste que lui, malgré ses années de claustration, et gagne du terrain. « Je vais la perdre ! Faudra alerter la police ! J'aurais dû l'attacher avec une corde, sans qu'elle s'en aperçoive ! C'est ce que je ferai la prochaine fois. Oh ! putain de femme ! » Et il continue d'appeler :

« Bernadette ! Arrête ! Attends-moi !... »

Elle file en direction des carrières de Durtol. « Si elle va sur la route, elle se fera tamponner par une voiture, pour sûr ! » Elle disparaît dans un creux, puis reparaît, tombe, se relève, tombe encore, ne se relève plus. Il accourt aussi vite qu'il peut, culbute à son tour dans le poil-de-bouc, beaucoup moins moelleux aux mains qu'il ne semblait à l'œil. De loin, à présent, il l'entend gémir et crier :

« Gab... Gab... Gabriel !!! »

Enfin, il se trouve assis près d'elle, déchirée, ensanglantée :

« Je l'ai... je l'ai... je l'ai vu ! sanglote-t-elle. Il a... traversé... ici... sans... sans s'arrêter !... Je l'ai... bien reconnu !... C'était... c'était lui ! »

Il sort son mouchoir, sans répondre. Il lui essuie la figure, les mains, arrange un peu ses cheveux dénoués. Quand elle a cessé de pleurer, quand ils ont retrouvé leur souffle :

« Faut rentrer, qu'il dit doucement.

— Non !... S'il repasse !

— On reviendra... Un autre dimanche... Je te le promets ! »

Il l'aide à se relever. Elle s'est tordu une cheville et marche avec peine. Pour regagner la voiture, ils s'attachent l'un à l'autre, bras dessus bras dessous et s'en vont titubants, pareils à deux marins saouls zigzaguant vers leur bateau.

22

Tant crie-t-on Noël qu'il vient. Le 12 juillet 1966, vers 2 heures de la nuit, les quelques députés qui résistaient encore au sommeil votèrent parmi d'autres un projet de loi gouvernemental instituant une Assurance maladie-maternité à laquelle tous les commerçants et artisans seraient obligatoirement assujettis. Le droguiste vint expliquer à Humbert les avantages et les obligations de cette mesure :

« Quel est le montant de ton dernier revenu ?

— Mon forfait est de 14 000 nouveaux francs.

— Il te reste, nets, 1 200 francs par mois ? Réellement ?

— Je sais pas. Je me suis jamais bien rendu compte.

— Bon. Sur cette base, ta cotisation sera de 1 000 francs annuels.

— Ça me fait presque le revenu d'un mois ? Combien payerait un ouvrier, pour sa Sécurité sociale ?

— Moins du tiers. Mais faut te rendre compte que son patron verse un complément. Or, toi, tu es ton propre patron.

— D'accord. Je fais le travail du patron et de l'ouvrier ; je paye comme ouvrier et comme patron ; est-ce que je reçois aussi deux remboursements ?

— C'est pas prévu par la loi.

— Enfin, faut pas trop demander. Est-ce qu'on me rembourse au moins au même taux que l'ouvrier ?

— Exactement : 80 %. Dans les vingt et un cas prévus.

— Quels cas ?

— Eh bien, les vingt et une maladies de longue durée. J'ai ici la liste. Tuberculose, poliomyélite, tumeurs malignes, anémie pernicieuse, hémophilie, maladies mentales, maladie de Parkinson, sclérose en plaques, paraplégie, hypertension maligne, polyarthrite chronique, fibrose kystique, maladies cérébro-vasculaires, infarctus du myocarde, néphrite chronique grave, troubles neuro-musculaires, sarcoïdoses, néphrose lipoïdique, spondylite ankylosante, lèpre, diabète infantile.

— Ah ! Y a le diabète ! On a pensé à moi !

— Infantile ! Diabète infantile ! Il t'est remboursé si tu as moins de quatorze ans.

— J'ai plus.

— Il t'est remboursé aussi si tu as plus de soixante-cinq.

— J'ai moins.

— Alors, zéro. Pas avant soixante-cinq ans, si tu l'as encore.

— Si j'ai le diabète infantile à soixante-cinq ans, on me rembourse ? Et maintenant, zéro ? Qu'est-ce qu'il aura de changé, mon diabète, dans quatre ans ?

— Il aura de changé qu'il te donnera droit au remboursement.

— Et... mettons : une grippe. On me la rembourse ?

— Zéro pour cent tout de suite, cent pour cent à partir de soixante-cinq ans.

— Et l'asthme, les rhumatismes, la gale, la méningite, la typhoïde, les coliques, la maladie de foie, l'eau dans le ventre, la jaunisse, je les vois pas sur ta liste. La chaude-pisse, la vérole ? Voilà des maladies qui peuvent frapper n'importe quel honnête homme !

— C'est pas des maladies de longue durée. Zéro jusqu'à ta soixante-cinquième année.

— Pas de longue durée, la vérole ?

— Elle n'est pas admise.

— Quel drôle de remboursement ! Et les dents ? Si je me fais arracher, ou plomber une dent ?

— 60 pour cent, mais seulement jusqu'à ta quatorzième année. Après, rien.

— En somme, je paye trois fois plus que l'ouvrier et, dans la plupart des cas, remboursement : peau de zébi !

— Si tu veux être remboursé, arrange-toi, quand tu tombes malade, pour choisir une des vingt et une maladies : la sclérose en plaques, la sarcoïdose, la lèpre...

— La lèpre ! A Montferrand ! Si tu crois que c'est facile ! »

Autrefois, la chose eût été possible. Il se rappelait, hors de la ville, en bordure de l'allée des Planchettes, ce terrain vague, couvert de chardons et d'orties, mais soigneusement entouré d'une haute muraille : le cimetière des lépreux. Depuis longtemps on n'y enterrait plus personne ; mais les mères montferrandaises interdisaient encore à leurs gamins de jouer dans les parages. Maintenant, le vieux cimetière avait disparu sous les habitations.

« A Montferrand, dit le charcutier, la lèpre, c'est cuit !

— Pour ce qui est des dents, continua le droguiste, tu te les fais toutes arracher avant quatorze ans, tu te fais mettre un dentier, on te rembourse. Ensuite, tu es tranquille.

— Trop tard. J'ai pas prévu.

— Tu peux enfin compléter l'assurance obligatoire par une assurance privée de ton choix.

— En versant une autre cotisation ?

— Naturellement. »

Francisque Humbert eut du moins la satisfaction de voir remboursées à 80 % les dépenses qu'il engageait pour sa femme, en attendant que, quatre années plus tard, son diabète infantile devînt majeur.

Montferrand se transformait aussi. On venait de lui adjoindre une Z.U.P., que traversait une voie nouvelle, contournant l'agglomération par l'est. Grâce à un habile échange de terrains, Bibendum s'emparait d'une portion de l'avenue Barbier-Daubrée : Clermont-Ferrand n'avait rien à lui refuser. En bordure de la Z.U.P., enfin, on construisait le premier supermarché de la région, un Prisunic, qui se vantait d'être le plus grand de France. Les voitures devenaient si nombreuses qu'il fallut mettre la rue des Cordeliers-rue Jules-Guesde en sens unique.

Devant tant d'agitation, tant d'habitations neuves, les commerçants se frottèrent les mains. « Ça ne peut qu'augmenter notre clientèle. La mode est à la grandeur. En bien ! Tâchons de voir grand ! » En fait, les occupants des gratte-ciel se jetèrent sur l'immense Prisunic comme un vol de mouches sur une bouse. Avec son vaste parking, son essence moins chère, ses prix cassés, il voyait affluer sur lui des clients venus de Clermont, d'Aulnat, de Gerzat, de Cébazat, de Blanzat, de Malauzat, de Chanat, de Marsat, de Lussat, de Malintrat. Beaucoup de mulets blancs authentiques, sans renoncer tout à fait à leurs anciens fournisseurs, suivaient le mouvement. En restant ouvert le dimanche matin, le gigantesque magasin eut l'adresse de se conformer à la tradition locale. Ainsi, les nouvelles églises, construites sur des temples anciens, maintenaient-elles une partie des usages précédents.

Un des avantages des supermarchés, c'est qu'on y vend de tout : alimentation, vêtements, vaisselle, livres, droguerie, couronnes mortuaires. Les petits commerces s'efforcèrent donc d'élargir un peu le choix de leurs marchandises. C'est ainsi qu'Humbert plaça sur ses rayons des œufs, du beurre, du fromage, des bonbons, des sachets de frites, des conserves. Même du pâté en boîte pour les chiens et les chats. « Faut pas contrarier le progrès ! » Cependant, comme ses collègues, il vit disparaître une forte partie de sa clientèle. Il lui resta celle qui avait pour lui quelque amitié ; les pratiques fidèles, ennemies du changement ; les personnes de goût qui appréciaient ses produits et sa manière de servir ; les maîtresses de maison aisées et paresseuses à la fois, qui regardaient plus à leurs pas qu'à leur argent ; les vieux qui n'avaient pas de véhicule et guère de jambes ; les étourdis qui, lors de leur dernier passage à Prisunic, avaient oublié d'acheter un saucisson, du pâté, de la tripe. Cela n'empêchait pas, de temps en temps, certaines bonnes femmes de lâcher des réflexions dans le genre :

« Ayayaïe ! Votre tripe ! Elle fait une sacrée différence d'étiquette avec celle de Prisunic ! »

Francisque Humbert était un homme calme, raisonnable, qui avait toujours eu le respect du client.

« Peut-être, répondait-il modestement, qu'y a aussi une différence de goût !

— Pour la tripe, admettons. Mais le porc frais ! L'échine, par exemple ! L'échine de porc, c'est toujours l'échine de porc ! »

Il se disait que cette femme avait sans doute raison. Certainement raison. L'échine de porc frais à Prisunic se vendait deux francs au kilo moins cher que chez lui. Il se demandait comment faisait Prisunic pour vendre si bon marché. S'il avait été cette femme, sans doute aurait-il agi comme elle : il serait allé se servir là-bas. Alors, le soir, il reprenait ses factures, il refaisait ses comptes, râpait au maximum sur le bénéfice ; et ça ne cadrait pas : l'autre le battait encore d'un franc cinquante.

Il voulut se rendre compte de ses yeux si les clientes lui disaient ou non la vérité. Un matin, il se rendit donc au supermarché. Les gens y poussaient des chariots métalliques qu'ils remplissaient peu à peu de tout ce qui s'offrait à leurs convoitises. Une musique douce, tombée du plafond, les accompagnait dans leur promenade pour mieux les endormir. Au rayon « viandes », il put constater qu'en effet les prix étaient inférieurs aux siens. Certes, les saucisses étaient aussi plus grasses, la tripe contenait plus de sauce gélifiée que de vrai solide, le pâté en croûte trop de croûte et pas assez de pâté ; mais cela n'expliquait pas tout. Aux « conserves », il eut la surprise de voir en vente à 90 centimes les boîtes de *Ronron* pour lesquelles le grossiste lui demandait 1 franc ! En revanche, il nota avec satisfaction qu'il vendait moins cher la rémoulade de céleri et la salade de museau.

Il attendit ses clientes au tournant. Quand l'une d'entre elles avait l'occasion de lui reprocher sa différence d'étiquette :

« Hé ! qu'il répondit. Avez-vous regardé le prix du céleri rémoulade ? Et de la salade de museau ?

— Oh moi ! faisait la bonne femme d'un air dédaigneux. Le céleri rémoulade !... La salade de museau !... Une fois par an, c'est encore trop. »

Il demanda aussi des éclaircissements au grossiste en *Ronron* :

« Que voulez-vous, lui dit cet homme, Prisunic se sert directement au fabricant, par dizaines de tonnes à la fois. Vous, au contraire, me prenez au plus une douzaine de boîtes. Alors, forcément, les conditions ne sont pas les mêmes pour lui et pour vous. »

Tout s'explique. Suffit d'être renseigné.

Les journaux parlaient des « grandes surfaces » qui s'implantaient un peu partout en France. Il mesura son magasin : il avait cinq mètres de long et quatre de profondeur. « Ça me fait vraiment une toute petite surface ! Et nous sommes trois à vivre dessus. Sans compter la chatte. »

« Mais mon cher, conseilla le grossiste, si vous voulez lutter contre les grandes surfaces, imitez-les : faites de la publicité ! Voyez la presse : elle est remplie de leurs placards !

— Vous croyez ?

— Parbleu !

— Si je fais imprimer dans *La Montagne : Achetez vos saucissons, votre salade de museau, votre céleri rémoulade chez Francisque, rue des Cordeliers, Montferrand*, vous pensez que ça m'attirera du monde ?

— C'est-à-dire qu'il faut trouver les formules, y a des spécialistes pour ça. Heu... *Le meilleur et le moins cher, vous le trouvez chez Humbert*... Encore faut-il, naturellement, que ce soit vrai. Et puis, votre annonce doit attirer l'œil, par sa largeur et sa hauteur dans le journal. Sinon, personne ne la remarque. Renseignez-vous sur ce que ça vous coûtera. »

Il se renseigna. Il crut d'abord que les sommes qu'on lui demandait étaient exprimées en anciens francs ; mais on le détrompa : il s'agissait bien de nouveaux. Les cheveux qui lui restaient se hérissèrent sur sa tête.

Vint ensuite l'invention de la T.V.A. Les gens comprirent immédiatement ce que signifiaient ces trois lettres : *Tout Va Augmenter*. Et ils ne se trompaient pas. Mais le pire était les calculs épouvantables qu'elle exigeait ; suivant que les produits étaient de luxe ou de consommation courante, fabriqués par la maison ou simplement revendus, tu devais appliquer des 20, 33, des 17,88, des 6,79, des 7,48 pour cent. Bref : on te condamnait à passer la moitié de ton temps à faire des multiplications et des règles de trois, comme à l'école. Plus que jamais, le cerveau de Bernadette Courtinot, titulaire du Brevet, manqua terriblement au charcutier Humbert.

En mai 1968, il y eut les « événements ». On ne sut comment les appeler. Ceux qui y participèrent activement aspiraient au terme de « révolution ». Ceux qui n'aimèrent pas ça parlèrent seulement de

« boxon ». Le terme neutraliste d'« événements » fut adopté par la majorité. Le cirque commença par l'action des groupuscules. C'est-à-dire, des étudiants. Ensuite, chacun voulut y jouer sa partie : les ouvriers, les lycéens, les séminaristes, les fonctionnaires, les journalistes, les retraités, les écrivains, les chanteurs, les journaliers agricoles, les enfants de Marie, les enfants de putain. Ce qu'il y avait de frappant, dans cet orchestre, c'est que chacun soufflait dans sa clarinette sans se soucier de la partition du voisin. Ça donnait une symphonie plutôt discordante :

« A bas le fric !

— Charlot, des sous !

— A bas la consommation !

— Debout, les forçats de la faim !

— Les cahiers au feu et les maîtres au milieu !

— L'université pour tous ! Des bourses ! Des bourses ! Des bourses !

— Il est interdit d'interdire !

— Défense de participer ! Défense de voter !

— Vive le printemps de Prague !

— Vive la normalisation !

— Ras le bol des bagnoles ! A bas l'auto-cratie !

— Davantage d'autoroutes ! Gratuites et obligatoires !

— Cohn-Bendit, qui est-ce ?

— Nous sommes tous des juifs allemands !

— A bas les intellectuels rouges !

— A bas les intellectuels noirs !

— A bas les intellectuels tricolores !

— A bas les intellectuels sans couleur !

— Dix ans, c'est assez !

— Dix pour cent, ce n'est pas assez !

— Pétain à Douaumont !

— Amnistie pour Salan !

— Mireille Mathieu à l'Opéra !

— Jean-Louis Barrault aux chiottes !

— L'imagination au pouvoir !

— Mitterrand à l'Élysée !

— Vive le 22 mars !

— Vive le 18 juin !

— Vive le 13 mai !

— Vive le 1er avril !

— Vive le 31 février !

— On ne compose pas avec une société en décomposition !

— Révision des conventions collectives !

— Liberté pour Dubcek !

— Liberté homosexuelle !... »

Tout cela était bien compliqué. Et difficile à entendre. Ce qui inquiéta le plus Humbert fut cette malédiction lancée contre la consommation. « Si ce Cohn-Bendit prend la place du Général et qu'il interdise la consommation, qui donc achètera mon boudin ? »

Les Auvergnats ne voulurent pas être en reste sur la capitale et Clermont connut beaucoup de grabuge. Les manifestants lancèrent contre la préfecture et la police des pavés de granit, des carreaux de faïence, des boulons d'acier. Naturellement, certaines vitrines subirent l'effet des ricochets. Bientôt, à peu près tous les salariés se trouvent en grève, toutes les écoles fermées ou occupées par les gamins. Les étudiants font du camping dans les facultés, mêlés à quelques clochards. Des affiches peintes par leurs dirigeants recommandent à la base de se laver les pieds et de changer souvent de chaussettes. Les paysans se mettent de la partie et bombardent les C.R.S. avec des bouteilles de lait.

Tout se calme après un mois et demi de désordres. Il n'est pas question que la révolution rogne les vacances imminentes. Les salariés obtiennent des satisfactions certaines : augmentation des salaires, réduction du « ticket modérateur » de la Sécurité sociale, forte élévation du S.M.I.G., garantie de l'emploi et des droits syndicaux, rattrapage des journées de grève. Les paysans payeront mieux leurs journaliers, mais vendront plus cher leur viande et leur lait. On crée de nouveaux postes d'enseignement. Les examens seront supprimés ou facilités, les bourses multipliées. Les architectes, les médecins, les professeurs, les séminaristes, les ingénieurs, les enfants de Marie, les enfants de putain se restructureront. La joie est provisoirement générale. On peut s'adonner à un bronzage bien gagné. Ainsi finirent les « événements ».

Pendant ces convulsions, seuls les petits commerçants sont demeurés cois : à cause de leurs vitrines ; parce qu'ils n'ont de patron qu'eux-mêmes et ne peuvent logiquement s'autocontester ; parce qu'ils savent que les grévistes ont besoin de se nourrir, de s'habiller, de se soigner ; parce qu'ils se fient aux promesses de renouveau. Toutefois, ils découvrent que l'arbre gouvernemental est très avare de ses fruits : il faut les lui arracher à coups de pierre.

23

Au mois de mars 1969, le charcutier fit une incroyable rencontre. A 10 heures du matin, en pleine rue Jules-Guesde, alors qu'il s'était arrêté une minute pour examiner la vitrine d'un marchand de vins et liqueurs — par curiosité plus que par convoitise ! — le fantôme de son fils Gabriel vint se placer derrière lui et regarda par-dessus son épaule les bouteilles exposées. Sur le moment, Francisque ne le remarqua point. C'est seulement en levant les yeux vers un rayon supérieur qu'il aperçut, dans la profondeur des reflets, le visage attentif de son fils. Il ne crut pas à sa vue et ferma les paupières. « Pauvre foutraque ! se dit-il, le temps qu'il demeura ainsi dans l'obscurité. Vas-tu te mettre à rêver en plein jour, comme la Bernadette ? » Quand il en ressortit, la figure de l'enfant mort était toujours là, errante parmi les fiasques et les flacons. Elle émergeait d'une forme blanche, tout à fait comparable au drap de lit que les spectres ont coutume d'endosser, leurs jours de sortie. Preuve que c'en était un véritable. Les genoux d'Humbert se mirent à trembler. Cependant, trois secondes après, elle avait disparu. Il se retourna.

Un jeune homme montait le trottoir de gauche dans la tenue blanche des plâtriers. Si Francisque avait pu, il l'aurait rattrapé, dépassé, afin de lui voir la physionomie ; mais sa patte folle ne le permettait pas. Il appela :

« Hep ! Monsieur !... S'il vous plaît ! »

L'autre poursuivait sa route, n'imaginant pas qu'on s'adressât à lui. Humbert fit un effort monstrueux, s'élança sur ses jambes dépareillées, réussit à gagner du terrain :

« Monsieur !... Plâtrier ! »

L'homme blanc comprit enfin qu'il était l'interpellé, s'arrêta, tourna la tête. « Putain ! C'est lui tout craché ! Enfin, presque... » Le charcutier arriva à sa hauteur, resta devant lui, essoufflé, béant, les yeux hors de la tête.

« Qu'est-ce qu'il y a ?

— Je... je voudrais vous parler.

— C'est pour du travail ?

— Non. C'est spécial.

— Quel genre de spécialité ?

— Peux pas m'expliquer ici. Vous avez un moment ? On pourrait aller quelque part.

— Si c'est pas trop long. Le patron m'attend. Je voudrais pas me faire secouer les puces, ho !

— C'est quelque chose d'important. De très important. »

Le faux Gabriel ne porte pas de lunettes. Il n'a pas non plus les mêmes cheveux : c'est un brun aux yeux foncés. Il parle avec un accent.

« Allons au café des Sports, juste en bas. »

Il accepte, intrigué :

« Mais j'ai juste cinq minutes. »

Une idée folle tourne dans la tête du charcutier, devant ce garçon qui est le portrait de l'autre, à part quelques détails faciles à corriger.

« Salut, monsieur Humbert ! fait le mastroquet. Qu'est-ce que ça sera ?

— Pour moi, un pastis, dit le brun.

— Idem », dit Francisque, qui ne veut pas avoir l'air de lui donner une leçon de morale avec ses rouges-limonade. Ils s'installent dans un coin, loin du comptoir.

Cinq minutes ! Comment régler la chose en cinq minutes ? En un éclair traverse sa mémoire l'image de la chatte Nicotine qui pleurait ses petits chats, et qu'il consolait en lui plaçant une pelote de laine entre les tétines. Est-ce qu'il ne serait pas possible de tromper Bernadette d'une manière comparable ? De lui mettre sous les yeux un faux Gabriel ? Un ersatz, comme on disait pendant la guerre ? Se laisserait-elle consoler aussi bien que Nicotine ? Naturellement, l'expérience n'est possible que s'il obtient la collaboration du plâtrier, un gars dont il ne sait rien, qu'il n'a jamais vu avant ce matin.

« Qu'est-ce que c'est, l'affaire importante ?

— Si vous avez seulement cinq minutes, il est impossible que je vous explique. Faudra qu'on se revoie.

— Est-ce qu'y a du fric à gagner ?

— Ben... ma foi...

— C'est pas une affaire de fric ?

— Je vous paierai, naturellement. Je veux pas vous employer gratis.

— Vaut mieux partir de cette base. Les cinq minutes, on les prolongera un peu si votre truc en vaut la peine. Alors, on commence ? »

Francisque se gratte la tête. Il se rappelle tout à coup que, depuis 61, il garde toujours dans son portefeuille une photo de Gabriel, à cheval sur son vélomoteur, bien qu'il n'ait guère le temps de la regarder. Il la cherche au milieu de ses papiers divers, ne la trouve pas, finit par la trouver, la place sous le nez de l'autre.

« Qui c'est ?

— Mon fils. Sur sa moto. Il s'appelait Gabriel. Mort pour la France, en Algérie.

— Ah ! Et alors ?

— Vous... trouvez pas... qu'il vous ressemble ?

— Y a de ça. Tout de même, je suis pas si moche !

— C'est à cause des lunettes.

— Les lunettes, les oreilles, le reste.

— Moi... excusez-moi... je trouve que vous avez de la ressemblance. Beaucoup de ressemblance. Sauf pour les cheveux. Les siens étaient plutôt rouquins.

— Si ça vous fait plaisir, je veux bien.
— Comment vous vous appelez ?
— Et vous ?
— Moi, Francisque Humbert. Je suis charcutier.
— Moi : Mario. Mario Favarossa.
— C'est un nom espagnol ?
— Non, italien. En fait, je suis pied-noir.
— Au juste, pourquoi qu'on vous appelle « pieds-noirs » ? C'est-y que vous avez pas l'habitude de vous laver souvent ?
— C'est les Arabes qui nous donnaient ce nom. Parce que nous, on prenait des souliers. Eux, ils préféraient marcher pieds nus. Alors, dites-moi un peu votre idée... »

Francisque boit une gorgée d'apéritif, cherche un moment ses mots dans la saveur de l'anis. Puis il raconte, en baissant la voix, la folie de sa femme, furieuse au début, calme à présent.

« En réalité, elle y croit pas, que notre garçon soit mort. La nuit, elle se réveille pour l'appeler. Ou bien, quand elle entend un bruit, sous la fenêtre, ou derrière la porte. Une fois, je l'ai emmenée dans la campagne. Elle a aperçu je sais pas quelle ombre : elle s'est mise à courir après... Il serait facile de lui faire croire que Gabriel est revenu. Je suis sûr que ça la rendrait... comment dire... moins chose. Ça la guérirait peut-être pas entièrement, mais ça lui ferait sans doute du bien. Ça lui redonnerait le moral. Elle pourrait probablement se mettre à bricoler : je sais pas... coudre, repasser... peut-être servir au magasin, comme avant. Au lieu de tout laisser à Rosette.
— Qui est Rosette ?
— La bonne.
— En somme, si je comprends bien, vous voudriez que je me fasse passer pour lui.
— Voilà.
— Vous allez fort ! Vous vous rendez compte de ce que vous me demandez ? Que je vienne chez vous ! Que je prenne la place de votre fils ! »

Et il se touche la tempe droite, comme font les automobilistes pour se saluer.

« Vous êtes peut-être marié ?
— Non. Le problème est pas là. »

Les yeux du charcutier papillotent :

« Je vois pas où est le problème.
— Il me suffit de le voir. Et... la compensation ?
— La compensation ?
— Mon salaire, quoi ! Vous me payeriez au mois ? A la semaine ? A l'heure ? Ou au forfait ?

— J'ai pas réfléchi. Mais soyez tranquille : je vous récompenserai.

— Je veux pas une récompense. Je veux des conditions claires et nettes. Vous me prendriez à plein temps ?

— Oh non ! Ça me ferait trop cher ! Le soir, vous viendriez après votre journée. Vous pourriez souper avec nous. Le dimanche aussi, quand vous seriez libre.

— En somme, ce que vous me proposez, c'est des heures supplémentaires.

— Ben...

— Alors, c'est simple. Vous me payez au tarif de nos heures supplémentaires.

— Et c'est quoi, le tarif de vos heures supplémentaires ?

— Les cinq premières : tarif normal, plus 25 % ; les suivantes : tarif normal, plus 50 %.

— Ça irait me chercher dans les combien ?

— Tarif normal : 450. Je vous compte pas la T.V.A. Plus, comme je vous ai dit, 25 % et 50 %.

— Alors, quand vous souperez, faudra que je vous paye, en plus ?

— Nature ! Puisque mon boulot consistera, précisément, à remplacer Gabriel ! C'est-y que vous chercheriez à exploiter le prolétaire ?

— Je vais réfléchir à tout ça.

— D'accord. Et je réfléchirai de mon côté. Pas sûr que j'accepte. »

Francisque hoche la tête, montrant qu'il comprend les difficultés. Ils se donnent rendez-vous pour le samedi suivant, après 7 heures, au même endroit. Ils se serrent la main. Au dernier moment, une réflexion vient à l'esprit du charcutier :

« Vous me dites que vous êtes pied-noir ? En somme, si mon gars a sauté sur une mine là-bas, c'était pour vous défendre, vous autres !

— Pour défendre mes claouis ! Y a qu'à voir comment qu'on a dû déménager, et en vitesse, après les accords d'Evian ! Vaut mieux pas revenir là-dessus, si vous voulez qu'on s'entende ! »

Le Montferrandais n'insiste pas.

A l'heure et au lieu dits, ils se retrouvent, derrière deux autres pastis. Plus rien ne les bouscule. Le bistrot est plein de clients qui calculent leur tiercé. Mario a envie de rigoler ; il pousse les exclamations bizarres qu'Humbert n'a jamais entendues de sa vie : « Catso !... Aouah !... Hamdoullah !... Schkoumoun !... » Par moments, tu te demandes s'il parle ou s'il éternue.

« Eh bien ! qu'il fait. Vous avez réfléchi ?

— Moi oui. Et vous ?

— Moi aussi.

— J'accepte le tarif.

— Alors, on doit pouvoir se mettre d'accord. »

Il y a une multitude de détails à régler. Francisque raconte son fils Gabriel depuis A jusqu'à Z : son enfance, ses maladies, ses goûts pour l'aviation et la mécanique, son école, son C.A.P., son travail chez le garagiste des Carmes, son départ pour l'Algérie, son vélomoteur, ses champions, et même ses tics :

« De temps en temps, il parpaillait des yeux, très fort, comme ça... Comme s'il avait cherché à se réveiller.

— Comme ça ?

— Non. Plutôt comme ça... Mais pas très souvent. Attention de pas exagérer. »

Autres problèmes :

« Il vous faudra des lunettes rondes, celles de la photo.

— Vous me les rembourserez ?

— Oui, oui, naturellement. Le plus embêtant, c'est les cheveux. Les siens étaient rouquins, je vous l'ai dit. Y a qu'une solution : la teinture.

— Vous voulez que je me teigne les cheveux ?

— Obligé ! Les femmes le font bien ! Aujourd'hui, elles sont brunes ; demain, elles seront blondes, rousses, violettes.

— Alors, là, je marche pas !

— Pourquoi donc ? Je paye aussi la teinture !

— Que diront mes copains, quand ils me verront pareil à un écureuil ? Vous vous rendez compte ? Je vais être complètement défiguré ! Macache ! Je marche pas ! Va fangoule ! »

En fait, il est prêt à marcher ; c'est seulement, comme il dit, une « question d'indemnité ». Le charcutier indemnisera. Une fois sur le chantier, Mario dissimulera sa rouquinerie sous un béret.

« Vous voyez, souligne-t-il, que je suis arrangeant.

— Ce qui serait bien, ajoute Humbert, c'est que vous portiez aussi un vêtement à lui. Sa veste à carreaux, par exemple.

— Une veste à carreaux ? J'aurai l'air d'un clown !

— Quand vous serez chez nous. Une veste, c'est pas une teinture : ça se prend, ça se pose... »

Il se presse la tête ; il voudrait ne rien oublier d'important : il faut que l'expérience réussisse. Il se met aussi à le tutoyer, pour prendre l'habitude :

« Reviens jeudi, avec les lunettes et la teinture. Moi, j'apporterai la veste. »

Mario demande et obtient une avance sur ses honoraires. Le charcutier inscrit la somme sur un carnet.

On évitait d'entrer dans la chambre du disparu : « chez Gabriel », comme on disait naguère. Elle était restée telle qu'au soir de sa dernière permission. De loin en loin, Francisque y montait ; il demeurait sur le pas de la porte, contemplant le lit creusé en son milieu d'un léger affaissement, les photos, l'armoire, la table, les chaises. Devant la fenêtre, une paire de brodequins gardait la forme des pieds, ainsi que des moules ; l'un, couché sur le flanc, exposait ses quinconces de clous rouillés. On avait beau aérer, tout cela commençait à sentir la moisissure. Bernadette semblait avoir entièrement oublié cette pièce.

Il y revint ce soir-là, tandis que sa femme dormait sous l'effet des drogues. Il ouvrit l'armoire pleine de linge et de vêtements. Elle aussi avait une senteur de moisi. Cependant, quand il y eut plongé les bras et presque la tête, il y distingua une odeur particulière, un peu sulfureuse, qui avait été celle de son fils. Huit années après son départ, elle demeurait là, en conserve. Il l'avait à peine remarquée du vivant de Gabriel. Et maintenant, inattendue, elle l'emplissait. Il huma les étoffes avec avidité. Une défaillance de cœur lui vint. La gorge serrée, il s'assit sur une chaise. « C'est pas le moment, qu'il se conseilla, de tourner de l'œil. » Il se releva, prit la veste à carreaux, la descendit dans le laboratoire. Là, il la secoua, faisant envoler des mites. Elles avaient commis quelques ravages sur la face interne d'une manche, heureusement peu visibles.

Le jeudi suivant, Mario se présenta un béret enfoncé jusqu'aux oreilles, Francisque son paquet sous le bras. Ils avaient changé de bistrot, pour ne pas donner l'éveil. Quand le pied-noir se fut décoiffé, l'autre admira la teinture.

« Ce qui m'ennuie, c'est les cheveux longs. Lui, il les portait courts.

— Si maintenant vous prétendez me les faire couper, je plaque tout. D'ailleurs, votre gars, s'il vivait toujours, il aurait sûrement laissé pousser les siens, pour suivre la mode.

— Tu as raison. Voyons les lunettes.

— J'ai fait mettre du simple verre à vitre. Elles modifieront pas ma vue. »

Avec cet accessoire, la ressemblance était miraculeuse. Francisque eut vraiment l'impression de se trouver devant son fils ressuscité. Il fit encore quelques recommandations :

« Appelle-moi « l'ancien ». Moi, je t'appellerai « le bleu ». La voix est assez différente ; mais ça aussi, c'est une chose qui change. Si elle te pose des questions, tu raconteras qu'en Algérie on t'avait cru mort, mais que tu étais seulement prisonnier. Rien du tout si elle te demande rien. La veste, tu l'essayeras chez toi. Vous êtes de la même taille, à peu près, elle doit t'aller... T'es pas obligé de prolonger ton séjour plus que nécessaire. Force pas la consommation. Tu diras qu'à présent t'es établi à Clermont. Si t'as quelque hésitation, tu me regardes, je tâcherai de te faire comprendre. Quand je fermerai l'œil droit, comme ça, ça voudra dire *oui* ; quand je me toucherai le bout du nez avec le doigt, ça voudra dire *non*. Vu ?

— Vu. *Oui* avec l'œil, *non* avec le nez.

— T'embrouille pas. Naturellement, tu nous tutoieras tous les deux. On commence dimanche, Rosette sera chez ses parents, à la campagne. Par la suite, quand tu reviendras la semaine, je la mettrai au courant, si l'affaire marche. »

Il régla minutieusement le scénario :

« Viens vers trois heures. Passe par la porte de derrière, entre sans frapper, puisque tu es chez toi. Avant, fais un peu de bruit, qu'on t'entende marcher. Elle a l'habitude de toujours tendre l'oreille. Et tu dis, comme lui quand il arrivait : « Bonjour la compagnie ! Me voilà ! » Elle, tu l'embrasses, moi, tu me serres la main. En somme, tu te comportes réellement pareil que si tu rentrais de voyage... »

Et Mario, admiratif : « Ça, c'est vraiment du cinéma ! Moi de vous, j'arrangerais même une répétition. En dehors de votre dame, naturellement.

— Pas besoin de répétition. Je suis sûr que tu te débrouilleras très bien. Si tu veux, viens seulement à mon magasin, quand tu auras une minute, sans lunettes, comme un simple client. Je te montrerai l'entrée de la cour, la porte de derrière et tout ça. Par précaution, attends qu'y ait personne dans la boutique. »

Le samedi soir, Humbert se coucha tard, comme à l'accoutumée. Pourtant, malgré la fatigue, il ne réussit pas à fermer l'œil de la nuit. « Faut être fou pour avoir une idée pareille ! Traiter une femme comme une chatte ! Jamais elle avalera cette pilule ! Et l'autre, ce Mario, m'a l'air d'une fameuse canaille. Voilà le genre d'individu que tu veux faire passer pour ton fils ! Que tu introduis dans ta maison ! Et que dira le monde, s'il s'en aperçoit ? Les clients, eux, ont pas perdu la tête ! De quoi auras-tu l'air, Francisque, quand ils auront compris tes manigances ? Ils diront : « La cinglerie, c'est contagieux ! Sa femme et lui, ils font une belle paire pour le Bois de Cros ! » Ensuite, ils t'enlèveront leur pratique, vu qu'ils auront peur que tu confondes un jour, dans le saucisson, le sel et l'arsenic. Voilà ce que tu y auras gagné. Pas possible ! Ça n'est pas possible ! Faut que tu démolisses ton plan, que tu avertisses le pied-noir, que tu lui dises de retourner à sa plâtrerie, un point c'est tout. Sitôt jour, tu dois t'en occuper, l'avertir... »

Il entendit la pendule de la salle à manger sonner toutes les heures, sans parler des demies. A minuit passèrent les clients du cinéma, qui revenaient de l'Étoile-Palace. A deux heures, ce furent les motos et les mobylettes des jeunes rentrant des bals de campagne. Près de lui, sa femme dormait, avec, de temps en temps, des soubresauts pareils à des sauts de carpe. La pluie fouettait les volets de la chambre. Dans sa poitrine, son cœur tapait sourdement. Il songea à cette mécanique qui s'arrêterait un jour et résoudrait du même coup tous ses problèmes. A raison de quatre-vingts en moyenne par minute, il calcula qu'elle avait produit, depuis soixante-quatre ans qu'il roulait sa bosse, environ quarante-cinq millions de battements chaque année, c'est-à-dire un total de deux milliards huit cent quatre-vingts millions. Que deviendrait la Bernadette, plus jeune que lui de sept ans, lorsque le mécanisme s'arrêterait ? S'il la laissait plongée dans sa folie, on l'enfermerait dans quelque horrible asile, en compagnie de vieilles plus malades encore, qui mettraient le comble à son abêtissement.

A 5 heures moins 10, il entendit le car, les vélos, les pétrolettes des bibs assurant la rentrée du matin chez Bibendum ; un quart d'heure après, ce furent les sortants. Il se leva, passa dans la cuisine, se fit chauffer une tasse de café. « Faut tenir, qu'il se dit. Il est trop tard à présent pour reculer. »

Il alla dans le laboratoire s'occuper de ses saucisses.

24

Il plut toute la matinée du dimanche. Rosette dit :

« Je vais pas pouvoir partir, si ça dure. Ça sera pour dimanche prochain. »

A cause de la pluie, tout le plan risquait d'être flanqué par terre. Ou alors, il fallait mettre la bonne au courant avant l'expérience. Il préférait, pour le moment, garder son secret, en attendant le résultat. A midi, il pleuvait toujours.

« C'est bon pour les jardins, ils étaient bien secs », dit Rosette.

Ils déjeunèrent tous les trois. Bernadette montra de l'appétit ce qui, chez elle, était signe de bonne humeur. Francisque surveillait le ciel. A une heure, il y eut une éclaircie :

« Tu devrais en profiter pour partir. Saute sur ta bécane et file.

— Mais j'ai pas fait la vaisselle !

— Je m'en charge. Te tracasse pas. »

Elle ne demandait pas mieux. Elle se lava les mains, embrassa Bernadette, fit un signe d'amitié à son patron et se sauva aussi vite que le lui permettait son gros derrière. Le charcutier fit comme il avait dit, tandis que la Nivernaise s'occupait à mettre en place les billes de son golf de poche. Le temps s'écoulait doucement.

Quand il eut rangé chaque verre, chaque fourchette, il vint s'asseoir devant sa femme.

« Veux-tu qu'on fasse une partie ?

— De quoi ?

— Dis toi-même : cartes, dominos, petits chevaux.

— Dominos.

— Allons-y. »

Ils se mirent à aligner les pièces. Au début, elle jouait sérieusement, en respectant les règles. Mais dès qu'elle se voyait en retard, elle trichait à fendre l'âme. Lui détournait les yeux, faisait mine de ne s'apercevoir de rien. Quand elle avait placé son dernier article, en cachant soigneusement qu'il s'agissait du dernier, elle s'applaudissait, éclatait de rire :

« J'ai gagné ! J'ai gagné ! »

Et lui, découragé : « Ça alors !... Je joue plus ! Ce jeu-là, ça gagne jamais !

— Si, ça gagne ! Ça gagne ! Une autre ! »

Il regardait la pendule. Elle avait la forme d'un losange aux angles arrondis, avec des incrustations de nacre. Le cadran portait la signature de l'horloger : *Legay Fils, Clermont-Ferrand*, et deux trous noirs, par où tu la remontais au moyen d'une manivelle, une fois par semaine. C'était un meuble de famille qu'il avait toujours vu dans la maison. Il levait fréquemment les yeux sur elle et se disait : « Encore dix minutes... Encore huit... Encore six... »

Et tout s'annonça comme il l'avait échafaudé. Elle venait juste de sonner trois coups lorsqu'il perçut un grattement venant de la courette. Cependant sa femme n'y prêta point attention, absorbée par ses tricheries. Il retint son souffle, pour qu'elle entendît bien. Mais elle :

« A toi de jouer ! Qu'est-ce que tu attends ?

— C'est que... Hum !...

— A la pioche ! A la pioche !

— D'accord ! »

Plus rien. « C'est peut-être pas Mario. » Il allongea le bras, choisit un, deux, trois dominos. La pendule grignotait ses secondes, comme un écureuil ses noisettes. Il allait placer un double, quand elle leva la main :

« Chut ! »

Que de fois, au cours de ces huit ans, elle était ainsi restée suspendue à des bruits divers ! A ce moment, elle dit encore :

« Chut ! »

Francisque, en vérité, n'entendait plus rien. Elle, si. Leurs yeux se tournèrent vers la porte. Il y eut, dehors, un raclement de gorge.

Ensuite, le prodige s'accomplit : le bouton de porcelaine tourna doucement, resta dans la position oblique comme par hésitation. Les yeux étincelants de Bernadette disaient clairement : « Vas-y ! N'aie pas peur ! Entre ! Je t'attends ! » La porte s'ouvrit enfin, Mario parut, dans sa veste à carreaux, avec ses cheveux longs et trop roux, et ses lunettes en verre de vitre.

« Bonjour la compagnie ! »

Bernadette se dressa avec tant d'énergie que sa chaise tomba derrière elle à la renverse. Elle resta éblouie devant l'apparition, les bras écartés, les mains ouvertes, la bouche béante sur un cri qui ne sortait pas.

« Me revoilà ! » ajouta le pied-noir, en examinant avec quelque inquiétude l'aspect et les réactions de la folle.

Elle fit un pas en avant, puis un autre, ne croyant pas à ce qu'elle voyait. Et lui, jouant son rôle consciencieusement :

« C'est bien moi... Content de vous revoir, tous les deux... Ils m'ont enfin relâché. Vous avez dû vous faire bien du mouron ! »

Et Francisque, théâtral à souhait, pour compléter le tableau :

« Gabriel, c'est-y bien toi que je vois ?... Ça alors !... Mais d'où que tu sors comme ça ? Ah ! tu peux le dire, qu'on s'est rongé les sangs, ta mère et moi ! »

Bernadette continuait sa progression de somnambule, les mains en avant. Si bien que Mario recula légèrement, mal à l'aise. Elle l'atteignit enfin, palpa son visage, sa chevelure, ses lunettes, sa veste à carreaux. Ainsi les Apôtres, devant le Christ ressuscité : *Pourquoi ce trouble ? Et pourquoi de telles pensées viennent-elles dans vos cœurs ? Voyez mes mains et mes pieds, et reconnaissez que c'est bien moi ! Touchez et voyez : un esprit n'a ni chair ni os, comme vous voyez que j'en ai...* Mario Favarossa avait réellement chair et os. Certaine à présent qu'elle ne rêvait pas, la Nivernaise se jeta sur lui, l'étreignit avec fureur, sanglotante, gémissante :

« Gabriel !... Gabriel !... Mon petit !... Mon fils !... Mon fils unique !... »

Le pied-noir lui tapotait légèrement l'échine, accomplissant tous les gestes, prononçant tous les mots nécessaires :

« Allez va ! Calme-toi !... Ça me fait sacrément plaisir d'être ici de nouveau, dans le logis de mon enfance ! »

Par-dessus son épaule, il clignait de l'œil vers le charcutier-metteur en scène, l'air de dire : « Vous voyez si je m'en tire bien ! Hamdoullah ! Votre fric, je vous le vole pas, hein ? »

Quant à lui, Francisque, il nourrissait des sentiments mélangés, satisfait de ce début, déchiré par la joie de sa femme, regrettant de lui infliger une telle tromperie, assez inquiet sur la suite des événements. Soudain, elle s'arrache aux bras du plâtrier, se précipite vers la fenêtre, l'ouvre toute grande, et se met à hurler :

« Gabriel ! Mon fils Gabriel est revenu ! Oui, oui ! Il est revenu !!! »

Son mari veut l'arrêter :

« Pas la peine que tout le département le sache !

— Si ! Si ! Je veux que le monde entier le sache ! GABRIEL EST REVENU !!!

— Assez, maintenant ! Referme ! Tu vas prendre froid. »

Mario vient à la rescousse :

« Il a raison, l'ancien. Moi de toi, je refermerais. Et je m'assoirais, tranquille. Qu'on a beaucoup de choses à se dire. »

Et Francisque : « Il a raison, le bleu. »

L'autre, de nouveau : « Et alors ! »

Elle se laisse convaincre. Humbert la tient gentiment par la main, la conduit vers son fauteuil. Tout à coup, elle le repousse avec violence :

« Qu'est-ce que tu me racontais ? Menteur ? Sale menteur ! Hypocrite ! Criminel !

— Moi ? Je te racontais quelque chose ?

— Qu'il était mort ! Que les fellagha l'avaient tué, en Algérie ! Mort pour la France ! Tu voulais me séparer de lui, hein ? Le garder pour toi seul, sans doute ? Tu as même... »

Et là elle éclate de rire, se tord de rire, pleure de rire :

« Tu as même organisé un faux enterrement ! On me l'a dit ! Avec un cercueil rempli de cailloux ! *Commediante ! Tragediante !* »

De nouveau, Favarossa intervient :

« Faut l'excuser, mad... maman ! Tout le monde a cru que j'étais mort au combat. Héroïquement. Aouah ! Les fellouzes, ils m'avaient seulement capturé. Ils m'ont emmené, les yeux bandés, dans un camp à eux. Prisonnier de guerre. Seulement, moi, un jour, j'ai essayé de faire le mur, de m'évader. Il m'a fallu dobzer un peu une sentinelle, lui abîmer la carabasse. Les autres, ils m'ont recapturé, ils m'ont passé en jugement militaire, condamné à dix ans de bagne. C'est ce qui explique mon retard. Au bout de huit, ils m'ont quand même gracié. Et me voilà.

— Et le cercueil ?

— Qué cercueil ?

— Celui qu'on a placé dans le caveau du cimetière ?

— Moi, dit Francisque, les autorités m'ont fourni un cercueil. J'ai pas eu l'idée de vérifier ce qu'y avait dedans ! Je les ai crus sur parole !

— Faut jamais croire les autorités, dit Mario. C'est tout des farceurs, qu'est-ce que vous croyez ? »

Il rit à son tour. Et Bernadette rit encore. Et Francisque ne refuse pas de rire. Il s'aperçoit qu'il sait encore : c'est la première fois depuis huit ans. Ils rient tous les trois. Les autorités sont des farceurs, le plâtrier est un farceur, le charcutier est un farceur. Ils nagent dans la farce.

Et puis, Humbert fait une proposition inattendue :

« Bernadette, si tu nous préparais le café ? »

Depuis huit ans, ses mains n'ont rien fait que des frivolités. Sauront-elles entreprendre une chose sérieuse ? Et les miracles continuent ! Pas besoin d'aller à Lourdes ! Par la vertu de sainte Bernadette ou de saint Frusquin, ils s'accomplissent aujourd'hui à domicile ! Hosanna ! Hosanna ! Hosanna ! Après une courte hésitation, la Nivernaise se dirige vers le placard, cherche une seconde, trouve le paquet de café en grains, le moulin électrique, refait avec exactitude les gestes de Rosette, qu'elle avait enregistrés inconsciemment dans sa cervelle malade.

« De l'eau ! Il faut mettre bouillir de l'eau, dans une casserole ! »

Francisque l'assiste à peine, juste ce qu'il faut pour qu'elle ne commette pas d'erreur. Mario sourit, pas mécontent de son opération et du résultat. Parfois, Mme Humbert s'impatiente, écarte son mari :

« Laisse-moi faire ! Je n'ai pas cinq ans ! »

Elle sort les tasses, les petites cuillers, le sucre. Est-il possible ? Est-il possible ? Bientôt, l'eau chantonne sur le gaz. Ses mains tremblent un peu ; mais elle réussit parfaitement à la vider sans bavure dans la cafetière d'émail. Une délicieuse odeur atteint leurs narines et monte, comme l'encens, réjouir celles du Seigneur qui nous comble de ses dons. Ils s'assoient autour de la table ; ils communient sous les espèces du café et des petits gâteaux. Même Mario Favarossa, qui est une franche crapule, s'attendrit un instant sur la joie qu'il a dispensée dans cette maison en se faisant teindre les cheveux en rouge.

Une chose demeure étrange. Ayant retrouvé le fils prodigue, Bernadette semble entièrement satisfaite. Elle ne pose pas de questions. Les détails ne l'intéressent pas. Elle se contente de le regarder, de le consommer des yeux, de le toucher de temps en temps pour s'assurer qu'il ne perd rien de sa consistance. A d'autres les vaines curiosités. Pour la vraisemblance, Humbert juge bon de demander quand même quelques précisions :

« Alors, comme ça, tu es resté tout ce temps chez les Arabes ?... Etais-tu bien nourri ? Bien traité ? Qu'est-ce qu'ils te faisaient faire ? Y avait-il beaucoup d'autres prisonniers ? Comment as-tu appris ta libération ? Par quel moyen es-tu revenu ?... »

Mario invente à pleins tubes. Il raconte d'épouvantables tortures, des sévices inimaginables, la faim, la soif, les tourments du corps et de la conscience. Sa haine éclate contre les spoliateurs, les falampos, les faux frères, les bougnoules, les ratons, les assassins qui auraient pu lui infliger tout ça, qui l'ont infligé à ses pareils.

« D'ailleurs, *assassin*, c'est un mot arabe : *hachachinn*. C'est eux qui ont inventé l'assassinat ! »

Et il condamne aussi les Français de France, les Frangaouis, les Patos qui ont permis et consacré ces abominations.

« Ben, dit Francisque, les Français de France, il me semble, ils sont allés là-bas défendre les pieds-noirs. Et pour ce qui est des tortures, tu sembles pas trop marqué.

— Les marques sont intérieures ! Intérieures, qu'elles sont ! La vérité !

— Et maintenant, tu vas reprendre ton travail dans la mécanique ?

— Non. La mécanique, j'y ai plus de goût, après tous les ennuis qu'elle m'a causés. A présent, je pense à autre chose. La plâtrerie-peinture. Le bâtiment, comme tu sais, il va très fort en ce moment. Voilà ce que je vais faire : plâtrier-peintre.

— Ma foi, c'est pas une mauvaise idée. Je suis sûr que c'est une branche où qu'y a de l'avenir.

— Et alors !... »

La Nivernaise boit ces fariboles d'un air béat. Elle est au paradis.

D'un métier on passe à un autre :

« Et la charcuterie, comment qu'elle va ? Pas trop mal, à ce qu'on dirait ! »

Très sérieusement, comme s'il parlait à son vrai fils revenu de voyage après une longue absence, Francisque expose ses problèmes : la patente et les impôts de plus en plus lourds, le travail écrasant pour une seule personne, l'impossibilité de payer un commis, l'absence de Sécurité sociale, la concurrence de Prisunic, les gages de Rosette. Mario lui remonte le moral :

« T'as quand même ton magasin ! Ton fonds de commerce !

— Je me sens fatigué. Je sais pas si je pourrai tenir longtemps encore.

— Eh bien ! Tu le liquides ! Tu te retires ! Ça représente un beau capital, non ? Et ce capital, bien géré, te fait vivre jusqu'à la fin de tes jours, tranquille comme Baptiste, avec ta retraite.

— Oh ! ma retraite ! Elle sera pas lourde ! Mais le capital y est, ça, d'accord. C'est ma seule garantie, le magasin.

— Allez va, l'ancien ! Te plains pas trop ! Moi, j'ai vu des gens revenir d'Algérie rien qu'avec leur valise !

— Oui, oui. Ils étaient bien à plaindre aussi, je le reconnais. Surtout ceux qui n'avaient plus la jeunesse... »

Après un moment, la conversation tombe. Mario s'ennuie. Il bâille. Il avise le poste de radio et demande la permission de l'allumer. A cette heure-ci, il n'y a guère que du foutebol. Il tourne l'aiguille, cherche sur toutes les longueurs d'onde, trouve enfin des chanteurs, les écoute quelques secondes, va plus loin.

« Pour moi, des chanteurs y en a qu'un : Enrico Macias. »

Les Humbert ne connaissent pas.

« Comment, vous connaissez pas ?... Elle est terrible, celle-là ! Vous connaissez pas Enrico ?... C'est-y possible qu'y a du monde qui connaît pas Enrico ! »

Et il se met à fredonner les airs d'Enrico : *Paris, tu m'as pris dans tes bras... Mon cœur d'attache... Les Gens du Nord...*

« Moi de lui, qu'il professe, j'aurais chanté *Les Gens d'Afrique du Nord !* Là y avait de la matière. Les Gens du Nord, poh ! qu'est-ce qu'on en a à foutre ? »

Le poste finit par avoir le dernier mot, avec son entêtement mécanique :

« Ça, c'est du rythme, dit le plâtrier. Moi, je préfère le sentiment : y me touche au cœur. Le rythme, ça me touche aux fesses. C'est tout juste bon à faire tortiller. »

Là-dessus, il empoigne une chaise, il exécute en sa compagnie une danse du ventre. Dans la minute qui suit, les deux Humbert pleurent de rire. Puis, il lâche la chaise :

« Allez, maman ! On se la fait ! Je t'invite ! Des retrouvailles comme les nôtres, ça mérite un brin de fête, non ? »

Elle se laisse entraîner, elle essaie de s'agiter comme lui, elle s'accroche à ses bras, à ses épaules. Mais le rire l'étouffe. Bientôt, elle doit s'arrêter, tandis qu'il continue seul. Elle se laisse tomber sur une chaise, haletante, appuie ses bras repliés à la table, enfouit sa tête à l'intérieur, comme dans une cage. Les tressauts de l'hilarité secouent ses minces épaules. Mario hurle :

« Yé yé ! Ho yé yé ! Ho ho ho ho hooooooo !... »

Il a l'air saoul, quoiqu'il n'ait bu que du café.

« Faut qu'on rigole !... Yé yé yéééééé !... »

Francisque ne rit plus. Ses joues ont repris leur place normale, un peu douloureuses. Il considère le dos et la tête de sa femme, il trouve qu'elle pousse un peu trop loin sa joie ; mais c'est dans la maison une chose si nouvelle qu'il craint de la déranger.

« Allez va, l'ancien ! Danse un peu avec ton fils ! Yé yé ! ! ! »

Il secoue la tête, sans quitter Bernadette des yeux. « Mourir de rire. Crever de rire. Est-ce qu'on peut réellement mourir de rire ? J'ai peur que ça lui fasse mal ! » Il se tourne vers le pied-noir :

« Arrête un peu ta musique !

— Alors quoi, papa ? T'es pas content de me retrouver ? Faut qu'on rigole ! Faut qu'on fasse un malheur ! »

L'ancien allonge le bras et tourne le bouton. Ce silence subit est terrifiant. Les bras de Mario retombent. Il reste la bouche ouverte, essoufflé, rouge, hagard. Il regarde autour de lui. Il découvre avec stupeur qu'il se trouve dans une cuisine inconnue, en compagnie d'un idiot et d'une folle. Il se rappelle qu'il s'est engagé à ressusciter un mort. Il sort un mouchoir infect et s'essuie le front.

« Catso ! Je me sens la chemise collée au dos ! »

Cependant, la patronne n'en finit pas avec sa rigolomanie. Le patron lui promène la main sur la tête :

« Ça suffit, voyons ! Tu vas pas te rendre malade ! Assez d'amusement pour aujourd'hui ! Tu reprendras ça demain ! »

Peine perdue. Alors, fermement, il la saisit sous les aisselles, la tire contre le dossier. Le buste a cédé ; mais ses bras couvrent toujours la figure ; il doit les abaisser de force, pour découvrir un visage grimaçant, baveux, ruisselant de larmes. L'instant d'après, elle montre le blanc de l'œil, glisse par côté : il a juste le temps de l'attraper dans sa chute.

« Putain ! » qu'il dit. Et à l'adresse du plâtrier : « Aide-moi : on va la porter sur son lit. »

Ils la hissent à grand-peine au premier étage. Ils l'étendent, la déchaussent, la couvrent chaudement. Elle reste les yeux clos, secouée par un hoquet.

« Qu'est-ce qu'il faut faire ? chuchote Mario.

— Va me chercher un demi-verre d'eau. Je lui donnerai ses gouttes. »

Il lui soulève la tête, le liquide arrive à ses lèvres serrées. Elle ne semble pas s'en apercevoir, malgré les encouragements de son mari. A la fin, il a une idée :

« Bois un peu ! C'est Gabriel, ton fils, qui te le demande. »

Elle tressaille. Elle murmure dans le verre : « Ga... briel ? » Et elle boit. On la recouche. Elle s'endort.

« Qu'est-ce que tu penses de tout ça ? demande-t-il au pied-noir, quand ils sont redescendus.

— Je pense que j'en ai marre.

— Marre ? Marre de quoi ?

— De faire ce cinéma. Si je continue, moi, ho ! je deviens aussi maboule qu'elle ! »

Francisque baisse la tête. Il comprend très bien. Il prie cependant le faux Gabriel de patienter un peu :

« Tu as vu comme ton retour lui a fait de l'effet ! Elle nous a préparé et servi le café ! Tu te rends pas compte du progrès ! Pendant huit ans, elle a rien fait de ses dix doigts, que jouer aux billes, aux cartes, aux dominos. Sans doute, ce soir, on a un peu exagéré sur l'amusement. La prochaine fois, tu restes, mettons une demi-heure, ça suffira pour la contenter. Tu dis que tu as trouvé du travail, dans la plâtrerie. Au bout de quelques séances, tu verras, elle sera tout à fait d'aplomb. Si on arrête le traitement, pof ! elle retombe dans sa... dans sa chose... dans son état d'avant... »

Mario se fait prier. Il accepte de tenter encore quelques expériences à condition que le charcutier augmente un peu ses prix :

« C'est toi qui les as faits, tes prix ! proteste Francisque.

— Vous m'aviez pas expliqué les risques ! Pour qui que vous me prenez ? Pour le docteur Schweitzer ? Je suis pas un bienfaiteur de l'humanité, moi ! Vous parliez d'ailleurs de traitement, de séances. Ça prouve que ma présence ici, c'est pareil qu'une cure médicale. Et qu'est-ce vous diriez, si je vous appliquais les tarifs des médecins ?

— Ils seraient remboursés par notre Caisse d'Assurance. Le cerveau, ça fait partie des vingt et une maladies... »

A force de discussions, Humbert se résigne à une hausse de cinquante pour cent. Le plâtrier promet de revenir le lundi soir.

Le lendemain, à son réveil, Bernadette demanda :

« Gabriel !... Où est Gabriel ? »

Et Francisque, embarrassé dans ses mensonges et ses vérités :

« Chez lui. Il a dormi chez lui.

— Comment ça, chez lui ? Il n'a pas couché ici ?

— Non. Il a trouvé une chambre.

— Pourquoi faire ? Puisqu'il a la sienne ! Tu l'as laissé repartir ?

— Les garçons de son âge veulent leur indépendance. Ça se comprend. Alors, son premier travail, en arrivant de là-bas, a été de se chercher une chambre.

— Qu'il paye avec quel argent ? Puisqu'il ne travaille pas !

— Eh bien... avec son indemnité... son pécule. Les anciens prisonniers militaires touchent un pécule, à leur libération. Voilà. Il m'a promis de revenir ce soir.

— Il dînera ici ?

— Ben, ça, on l'a pas précisé. C'est peut-être pas indispensable.

— Si, si ! Il dînera ! Il dînera ! »

Elle applaudit, ivre d'une joie anticipée.

Il fallut mettre Rose au courant de l'extravagante situation. Elle l'accepta simplement, puisque le complot avait fait du bien à Mme Bernadette. Elle se montra surtout curieuse de voir la tête qu'avait le remplaçant, pour constater s'il ressemblait vraiment aux photographies.

« Pour ce qui est de la figure, confia Humbert, la ressemblance y est. Pour le caractère, pas du tout. Ce Mario est une canaille. Fais bien attention qu'il ne vole rien dans la maison. Laisse rien traîner de précieux. Et si tu lui vois faire main basse sur quelque chose, tu me le signales. En plus, il aime un peu trop le bruit, la rigolade. Sais-tu qu'il nous a fait danser le caque-valque autour de la table ?

— Le quoi ?

— Le caque-valque. Le charleston. Ces danses à la noix, d'à présent. Quand je pense comme le pauvre Gabriel était tranquille, sage, poli ! Et puis, il parle d'une drôle de façon. Des fois, pour le comprendre, il me faudrait un interprète ! »

A l'heure convenue, on vit débarquer Favarossa en grande élégance : il avait renoncé à la veste à carreaux. Cela n'empêcha pas la Nivernaise de le reconnaître, de le presser sur son cœur en l'appelant « mon petit ».

« Tu dînes avec nous ! » ordonna-t-elle.

Lui se tourna vers le patron qui parpailla de la paupière droite.

Cette fois, les choses se passèrent très correctement. Sauf qu'en cachette, lorsqu'elle passait à sa portée, Mario pelotait la bonne sur les fesses. Elle se secouait pour chasser la main importune, mais ne faisait aucune observation, pour l'amour de Mme Bernadette. Cette fille-là, c'était le dévouement personnifié. Selon les instructions du charcutier, il raconta qu'il avait trouvé de l'embauche dans une entreprise de plâtrerie-peinture, qu'il commençait le lendemain, que par conséquent il ne pourrait venir tous les jours. La Nivernaise versa quelques larmes :

« Je t'ai à peine retrouvé, et déjà je te reperds !

— Il reviendra samedi, prophétisa Humbert.

— D'accord, confirma le pied-noir.

— Et cette fois, il couchera dans son ancienne chambre. N'est-ce pas que tu coucheras dans ton ancienne chambre ?

— Possible. Mais faites-la aérer, hein ! Pour pas qu'elle sente trop le moisi !

— D'accord », dit Humbert.

Il mangea bien et but sec. Lorsque Francisque oubliait de remplir son verre, il s'emparait de la bouteille :

« Tu bois pas, l'ancien ? »

Et il se versait de grandes rasades, en proposant généreusement « un chouia » à son faux père qui refusait. Il faisait remarquer :

« Ton vin est un peu faiblard, il vaut pas le mascara. Mais il coupe la soif également. »

De son côté, jamais la malade n'avait, depuis leur malheur, montré tant d'appétit. Tandis que Rose lavait la vaisselle, il accepta de faire une partie de « bataille » avec ses parents nourriciers. Mme Humbert ne tricha point. Quand il les eut quittés, après d'autres embrassades, Francisque demanda à la Gerzatoise ce qu'elle pensait de ce garçon :

« Il me semble que la ressemblance y est, dit-elle. Mais celui-là a vraiment un drôle de biais. »

Elle ne précisa point sa pensée.

25

La période qui suivit fut marquée par de graves événements et toutes sortes d'agitations. Parce que le gouvernement prétendait leur faire respecter les limitations de vitesse et gêner leur liberté de circulation, les routiers barrèrent routes et autoroutes : ils obtinrent satisfaction et purent rouler comme il leur plut.

Les paysans les remplacèrent avec leurs tracteurs payés à tempérament, scièrent d'autres poteaux, déboulonnèrent d'autres rails. Ils obtinrent de nouvelles subventions, cette fois pour replanter les vignes récemment arrachées, pour arracher les vergers plantés de frais, mazouter d'autres choux-fleurs, soutenir les cours du blé, du lait, de la viande. On promit une Indemnité viagère de départ à ceux qui accepteraient d'abandonner leurs terres.

Ce furent ensuite les comédiens et machinistes qui sortirent de leurs théâtres et s'assirent sur le pavé, paralysant le trafic urbain et suburbain : ils obtinrent les augmentations de salaire qu'ils réclamaient.

Vint le tour des éboueurs : ils refusèrent de vider les poubelles, se promenèrent avec leurs camions-ramasseurs à la vitesse horaire de trois kilomètres, provoquant d'horribles embouteillages : on satisfit leurs légitimes revendications.

Alors, même les plus imbéciles comprirent le truc : la politique ne se faisait plus au parlement, aux ministères, dans les bureaux des députés, à coups de bulletins de vote, mais dans la rue, sur les routes et les autoroutes, à coups de tracteurs, de camions, de bulldozers. Tous ceux qui le purent résolurent donc d'adopter la méthode. Les poètes rêvèrent d'aller déverser leurs ouvrages invendus devant les perceptions, de les faire mazouter, de toucher une indemnité compensatrice ; les pêcheurs de bloquer les ports avec leurs barques ; les vieillards, les infirmes, les mutilés songèrent à manifester sur leurs chariots à manivelles.

Pendant ce temps, étudiants et lycéens continuaient de conchier leurs établissements, de barbouiller les murs de la bourgeoisie, de matraquer leurs professeurs incomplaisants. Encouragés par les visions de Samuel Beckett, ils enfermèrent leurs recteurs dans des poubelles. Le gouvernement promit d'étudier et de satisfaire leurs aspirations.

Alors, des commerçants et des artisans décidèrent d'employer à leur tour des moyens si efficaces. Dans le département de l'Isère, ils inventèrent le CIDUNATI. Pour obliger le pouvoir à s'intéresser à eux, pour redresser l'iniquité de leur système d'assurance-maladie, de leurs caisses de retraite, de leur régime d'imposition. Ils s'attaquèrent aux perceptions, enlevèrent les dossiers, empêchèrent les contrôles fiscaux, les ventes-saisies, démontèrent en pièces détachées les voitures des polyvalents, remplirent à ras bord les rues de manifestants, résistèrent par la lapidation aux C.R.S. qui les chargeaient. Le ministre aux Affaires sociales fit une importante concession : il renonça à retenir d'office la cotisation assurance sur la pension des retraités.

En fait, Nostradamus ne s'intéressait alors qu'à la régionalisation. Le référendum lui donna tort : commerçants et artisans lui refusèrent leurs voix. Le candidat à sa succession, de passage à Grenoble, confessa publiquement : « En ce qui concerne votre assurance-maladie, nous nous sommes trompés. Nous n'avons aucune honte à le reconnaître. Si je suis élu, nous réparerons tout cela. »

Il fut élu, mais eut par la suite des faiblesses de mémoire.

Mme Humbert s'était difficilement résignée à ne voir son « fils » qu'une fois par semaine.

« Que veux-tu ! avait dit l'ersatz. En ce moment, le bâtiment va, que c'en est une cocagne. On fait des heures supplémentaires chaque soir. »

Et elle : « Ne te laisse tout de même pas exploiter ! A ton âge, tu as besoin de sommeil.

— Sois tranquille : je me nourris bien, je dors bien. »

Le fait est que le pied-noir semblait en pleine prospérité : il s'épanouissait de la figure et du postérieur. La teinture de ses cheveux, en revanche, avait mauvaise mine : les racines brunes reparaissaient. Francisque lui conseilla de la renouveler. Mais l'autre secoua la tête ; il envisageait une autre tactique :

« Petit à petit, je veux revenir à ma figure normale.

— Et ta mère ? Tu crains pas qu'elle ait des soupçons ?

— Ma mère ? Elle s'apercevra de rien, vu qu'elle m'a dans l'œil tel que je suis. Ou alors, je lui raconterai que c'est un effet du plâtre, des peintures. »

Ainsi fit-il. Et la Nivernaise ne remarqua rien en effet. Un jour, il en vint même à supprimer ses lunettes.

« Et tes lunettes ? demanda-t-elle toutefois.

— Ma vue s'est améliorée, ces derniers temps. Formidable ! La vérité, les lunettes, j'en ai plus besoin. C'est peut-être à cause que j'ai quitté la mécanique pour la plâtrerie. Ou autre chose. La croissance. Le bonheur de vous avoir retrouvés. Bref ! C'est comme ça ! »

Elle accepta très bien ce nouveau changement. Elle était redevenue gaie comme jadis, propre, ordonnée. Dans la cuisine, elle travaillait un peu, quoique souvent à contresens : Rosette devait corriger ses erreurs. Elle ravaudait les chaussettes, raccommodait le linge, épluchait les légumes, avec une grande bonne volonté. Le charcutier osa même l'introduire dans le magasin, avec l'espoir qu'un jour, peut-être, elle pourrait y reprendre sa place. Elle examina les marchandises exposées, les boîtes empilées, allongea un doigt craintif pour toucher la vieille balance, la caisse, les comptoirs : elle sortait d'un oubli de huit ans, elle retrouvait toutes ces choses comme elle avait retrouvé son fils, incertaine encore de leur réalité. Des clientes entrèrent et la saluèrent amicalement :

« C'est moi ! confirmait-elle en souriant. C'est bien moi ! Je reviens ! Je suis en route ! » Et à l'adresse de son mari : « N'est-ce pas que je reviens ?

— Pardi ! Tu es même revenue complètement ! »

Et les clientes : « Vous avez vraiment bonne mine, madame Humbert !

— Quand le cœur est content, la mine est toujours belle ! Et maintenant, j'ai le cœur content, depuis le retour de mon fils.

— Ah ! Votre fils... ?

— Oui, intervenait Francisque, clignant de l'œil en cachette, il est rentré d'Algérie. Il était seulement prisonnier des fellagha.

— Ah ! oui ? Ah bon ! Vaut mieux comme ça ! Je suis bien contente pour vous ! »

Bientôt, tout Montferrand connut le subterfuge. Certains l'approuvèrent, d'autres le désapprouvèrent, tout le monde l'admira. Naturellement, on chercha à connaître le remplaçant, à voir son genre de figure. Mais Mario évitait les rencontres, n'entrait jamais dans le magasin, n'arrivait que le soir. Pendant des mois, il fit honneur à ses engagements et à la table des Humbert. De temps en temps, quand Rose partait pour Gerzat, ils sortaient même ensemble le dimanche dans la voiture commerciale ; Francisque choisissait une campagne solitaire. C'était une prestation ruineuse car le plâtrier, comme les médecins, appliquait un tarif dominical. Il payait sans trop rechigner, content de cette espèce de bonheur revenu dans sa maison. Même si c'était un bonheur-prothèse, un bonheur-jambe de bois qui grinçait de temps en temps, qu'il fallait sans cesse huiler et réparer. A force de soins, il finissait par ressembler au bonheur véritable.

Ainsi, certains après-midi qu'ils se trouvaient seuls, Rosette sortie pour des courses, alors que Mario devait venir en soirée,

Bernadette s'était assoupie dans son fauteuil, son tricot entre les mains ; mais elle se réveillait, voyait son mari devant elle :

« Gabriel ? demandait-elle, une angoisse dans la voix.

— Ce soir, il vient. Dans trois heures. »

Elle souriait, rassurée. Francisque savait que c'est à lui qu'elle devait la faculté de pouvoir sourire encore. Ses yeux brillaient presque comme jadis, malgré tant de larmes distillées. Et il sentait en lui cette douce douleur, qu'au début il avait prise pour un malaise d'estomac, et qui était la brûlure de son amitié.

L'année 1970 s'annonçait à Francisque Humbert comme celle de sa rédemption : le 14 avril, il atteindrait l'âge bienheureux des soixante-cinq ans qui lui donnerait droit aux remboursements partiels sur toutes les maladies. Il avait calculé que son diabète persistant lui coûterait 35 % moins cher. En fait, cette attente fut superflue, car une loi votée en janvier supprima les barrières de l'âge. Cette amélioration ne satisfit pas cependant les associations qui demandèrent un remboursement intégral des longues maladies, des interventions chirurgicales, des hospitalisations. Le CIDUNATI continua ses actions d'éclat, enlevant les contrôleurs et les officiers de police, lançant la grève des cotisations.

L'an 70 pouvait être aussi pour Humbert celui de la retraite : il cotisait depuis 1949 à la CAPRAC : Caisse de Prévoyance et de Retraite des Artisans de la Charcuterie. Très sagement, il avait racheté un certain nombre de points afin d'atteindre, le moment venu, une pension plus élevée. Il demanda que lui en fût précisé le montant. La CAPRAC répondit : 6 600 francs annuels, c'est-à-dire 550 par mois. La somme devait faire vivre deux personnes : le cotisant et son conjoint. Malheureusement, Humbert en avait d'autres sur le croupion. D'abord, Rosette, indispensable tant que la Nivernaise n'aurait pas retrouvé totalement ses esprits, tant qu'elle nécessiterait aide, soins et surveillance. En salaire, nourriture, cotisations sociales, la bonne absorbait presque à elle seule la pension capracaise. Ensuite, Mario Favarossa, dont les services se faisaient de plus en plus coûteux. « La retraite, se dit Francisque, c'est pas pour moi. Du moins, pas encore. » Sa Caisse l'encourageait d'ailleurs en ce sens : *A soixante-cinq ans, l'assuré peut percevoir sa pension même s'il continue son activité. Mais il peut aussi demander à en retarder l'entrée en jouissance : la pension acquise est alors augmentée de 2 % par trimestre différé, soit 8 % par an. S'il continue de cotiser, il bénéficie, naturellement, des points qu'il acquiert par ses cotisations supplémentaires.* « Je vais tâcher de tenir, calcula-t-il, jusqu'en 75. J'aurai alors soixante-dix ans. Je vendrai la baraque ; ou bien je la louerai. »

Il demanda à un cabinet d'affaires, dont il trouva l'adresse dans le journal local, de venir estimer son fonds de commerce. L'expert examina le magasin, le laboratoire, les dépendances :

« Pas très moderne, votre installation ! Tout ça aurait besoin de rafraîchir.

— Peut-être bien. Mon successeur rafraîchira. Moi, je suis trop vieux pour me lancer dans les transformations.

— Tel qu'il se présente, votre fonds doit trouver preneur pour six-huit millions anciens. Rafraîchi, comme je disais, on pourrait espérer jusqu'à dix. »

Humbert retourna à ses calculs : « Mettons les choses au pire : six millions. Je les place à cinq du cent : je demande pas beaucoup. Ils me produisent 300 000 francs d'intérêt par an, donc 28 000 par mois. Plus ma pension CAPRAC, plus ma pension militaire : je dois arriver à joindre les deux bouts. Ce Mario, petit à petit, je tâcherai de l'éliminer. Et si, par chance, on pouvait se passer aussi de Rosette, pour nous deux, la Bernadette et moi, ça serait le grand luxe ! »

Il essaya d'espacer les visites du pied-noir :

« Reviens seulement dans quinze jours. On dira que t'as un chantier qui te retient loin de Montferrand.

— Je finirai par plus revenir du tout, ho ! menaça le plâtrier. Si je suis un embarras, faut le dire carrément. »

Il avait pris goût à ces ressources régulières ; il prétendait qu'une visite tous les quinze jours, ça ne couvrait pas ses frais. Il fit une proposition :

« Au lieu de me payer à l'heure, vous me payez au mois. Je vous fais un prix : vingt billets. Pour ces vingt billets, je viens cinq fois, quatre fois, trois fois, deux fois, une fois, même pas du tout si vous voulez ! Je peux pas mieux dire ? Mais à moins de vingt billets par mois, je marche plus. »

Francisque dut accepter cette mensualisation, pour laquelle Favarossa s'engageait à un maximum de quatre visites le samedi et deux le dimanche, de 14 à 18 heures.

Bernadette supportait mal ces absences prolongées. Elle retombait dans ses anciens abattements, abandonnait ses menues besognes, refusait de bouger de son fauteuil, parfois même reprenait en main le golf de poche. Cet instrument était le baromètre de sa folie.

Toutes les perceptions françaises étaient en transes devant l'offensive du CIDUNATI. Prêt à être enlevé à toute heure du jour et de la nuit, chaque percepteur gardait à portée de la main un sac de voyage contenant une brosse à dents, un pyjama, une chemise, des chaussettes propres, de quoi vivre dans la clandestinité une semaine sans désagréments, laissant à ses ravisseurs éventuels le soin d'assurer son alimentation. Les dames et les demoiselles se conditionnaient afin de subir les derniers outrages. La vie perceptuelle est si monotone, si poussiéreuse que l'aventure possible y faisait frissonner les cœurs et les formulaires. Le ministre des Affaires sociales coupa court à ces espérances en accordant les remboursements réclamés, tandis que cessait, parallèlement, la grève des cotisations.

Il restait beaucoup d'autres problèmes à régler, la guerre continua sous d'autres formes. Le généralissime des troupes cidunatiennes, Gérard Nicoud, menacé d'arrestation, s'enfonça dans le maquis alpestre. On le voyait partout, déguisé en séminariste, en cantonnier, en garde-chasse, en platane, en fumée de bois vert. Il envoyait des déclarations enregistrées sur bande magnétique aux journalistes. Il donnait le tournis aux policiers lancés à ses trousses et plus spécialement à leur chef, nommé — sans doute à la suite d'une erreur typographique — M. Tarniquet.

26

Une femme entra. La voyant, il l'appela dans son esprit « une vieille ». Parce qu'elle avait bien dix ans de plus que lui. Mais en même temps, il se fit cette réflexion : « Comme si t'étais pas vieux toi-même ! Plus décati que bien des personnes de ton âge, à cause de ta jambe folle, de ton échine qui se courbe, de ton nez qui s'allonge, de tes jointures qui craquent. Faudrait y mettre une goutte d'huile. T'as même dépassé l'âge de l'ancien, quand il a fait le voyage de Saint-Robert. »

Une vieille était donc entrée dans la charcuterie. Il ne savait pas qui elle était, mais il la reconnaissait, pour l'avoir vue d'autres fois. Elle faisait ordinairement de tous petits achats : une demi-livre de grattons, une saucisse, une tranche de lard. Comme elle allait refermer la porte derrière elle, voici que se présenta Mlle Lardillon, retraitée des postes.

« Servez cette dame, dit la vieille. J'ai pas presse. »

D'abord, la retraitée refuse, assurant qu'elle n'est pas tellement pressée non plus ; mais comme l'autre insiste pour lui faire cette politesse, elle finit par accepter :

« Donnez-moi donc trois tranches de jambon blanc, bien maigre. J'ai des invités, aujourd'hui. »

Francisque accepte la menue confidence comme un bon usage

du commerce. Les visiteuses expliquent pourquoi elles veulent ceci, pourquoi elles veulent cela. Sachant leurs besoins exacts, le marchand fait de son mieux pour les satisfaire. Ces propos témoignent aussi d'une estime, d'une confiance réciproques. On l'interroge sur sa santé, sur celle de Mme Bernadette, et il répond en termes assez vagues pour ne chagriner personne.

Il découpe le jambon à la machine. Tandis que ses mains sont ainsi employées, ses yeux se portent par hasard sur l'autre cliente. En attendant son tour, elle flâne de çà et là, se penche sur les charcuteries, comme pour en vérifier la fraîcheur. Intérieurement, il hausse les épaules : une méfiance de vieille. Elle s'intéresse spécialement à un cervelas. Or voici que ses mêmes yeux font une découverte surprenante : alors que la paroissienne s'est écartée vers une autre banque, le cervelas a disparu ! L'assiette qui le contenait reste vide, béante, criant justice au ciel ! Le vol est tellement grossier qu'il en est idiot. Francisque sent ses joues s'enflammer, comme si le coupable c'était lui, cueilli la main dans le sac. Il pèse néanmoins les tranches de jambon, griffonne au crayon le montant et le poids sur le papier, selon le règlement, afin de prouver à un contrôleur éventuel qu'il n'a point volé Mlle Lardillon. Pour les contrôleurs, tout commerçant est un voleur possible. On répète souvent que le dieu Mercure, qui fut jadis adoré au sommet du puy de Dôme, protégeait en même temps les voleurs et les commerçants. « Pour sûr, se dit Francisque, y a des commerçants qui volent. Mais y a aussi des gens malhonnêtes chez les notaires, les médecins, les députés, les avocats, les policiers et en bien d'autres endroits. » En attendant, c'est lui, aujourd'hui, le volé.

Mlle Lardillon paye son jambon, prend le paquet, remercie, reçoit ses remerciements en échange et s'en va. Il reste seul face à la vieille. Oui, elle a bien soixante-quinze ans. Elle va lui commander trois cents grammes de grattons.

« On a trouvé le beau temps ? qu'il dit, en attendant de prendre une décision intérieure.

— Beau si l'on veut, qu'elle fait. Il a plu toute la matinée.

— Oui, mais il vient d'y avoir une éclaircie.

— Souhaitons que ça dure.

— Qu'est-ce que ça sera, à votre service ?

— Une demi-livre de grattons. »

Dans son cabas en toile cirée, il distingue très nettement la forme du cervelas couché. Quand elle s'approchera de la caisse, il dira : « Oubliez pas de faire peser le cervelas. Je les vends pas à la pièce. » Ou encore, innocemment : « Je me rappelle pas si je vous ai pesé le cervelas ? » Ou encore : « Le cervelas, vous m'en direz des nouvelles ! Vous comparerez, question qualité, avec ceux de Prisunic. »

« Je peux goûter ? qu'elle fait.

— Bien sûr. »

Elle pêche deux ou trois grattons dans le plat. Par-dessus le marché. Que fera-t-elle, avec sa demi-livre de grattons ? Les mettra-t-elle dans la pâte d'une brioche ? Les mangera-t-elle seuls, accompagnés de pain ? Telle qu'il la voit, courbe, maigre, crottée, elle est très capable de se les rationner, de s'en faire quatre ou cinq repas ! Il les laisse tomber dans une barquette en carton léger jusqu'à ce que la balance dise 250 grammes, en ajoute quelques autres pour compenser l'emballage. Il se sent les joues toujours aussi chaudes. A vrai dire, il a honte. Honte de quoi ? Honte de qui ? Il ne sait pas au juste. Mais que cette femme soit là, devant lui, à sa portée, qu'elle lui ait volé un cervelas, qu'il puisse la remettre aux mains des policiers, réellement il en a honte.

« Ça fait un franc cinquante, qu'il dit.

— Un franc cinquante ? Anciens ?

— Non, nouveaux. Cent cinquante francs anciens.

— Ces nouveaux, ces anciens, j'arrive pas à m'y mettre. »

Elle enfonce la main dans son cabas, où elle a le loisir de rencontrer le cervelas silencieux ; mais l'assiette vide parle assez ! Elle en sort un boursicot avec un fermoir à pression ; elle l'ouvre, en tire laborieusement cent cinquante centimes de pièces jaunes. Dégourdie comme elle est, cette vieille-là, elle a peut-être aussi dévalisé le tronc d'une église ! Francisque en rigole intérieurement. Il prend les piécettes.

« Ça sera tout ?

— Oui, pour aujourd'hui. »

Pour aujourd'hui ! Elle tient à souligner qu'elle est une fidèle cliente ! Il la regarde bien en face ; il lui semble qu'elle se trouble, qu'elle rougit aussi.

« Au revoir. A la prochaine fois. »

Quand elle est vers la porte, il appelle :

« Hé ! Vous oubliez...

— Quoi donc ? »

Il lui tend la barquette qu'elle laissait sur la banque. Elle s'en va, en baissant le nez.

L'été 1971, Mario Favarossa informa le charcutier qu'il désirait prendre des vacances :

« Un mois complet. J'ai besoin de repos. Faut que je me change un peu les idées. Alors, comptez pas sur Gabriel pendant cette période.

— Où iras-tu ?

— Je sais pas encore. Sur la Côte, probable, avec des copains. Et des copines.

— C'est de ton âge, naturellement. Écris-nous, au moins, pour qu'elle prenne patience. Je te payerai les timbres. »

Il promit de le faire. Ensuite, officiellement, il annonça la nouvelle à Bernadette atterrée :

« Des vacances ? Pourquoi ?

— Pour me reposer. Il me faut un mois.

— Un mois ? C'est combien, un mois ? Douze jours ?

— Non, trente. »

Elle compta sur ses doigts.

« Trente jours ! Tu vas rester trente jours sans venir ! »

Et elle fondit en larmes. Les deux hommes unirent leurs efforts pour la réconforter. Au milieu de ce micmac, Rosette n'osait ouvrir la bouche, par crainte de commettre une erreur.

« Si tu veux, proposa l'ersatz, demain soir, je viens, et on se paye un bon petit repas d'au revoir. D'accord ? Et on recommencera à mon retour. »

La suggestion fut retenue. Le dîner se déroula aussi joyeusement que possible. Mario se surpassa : il vida tout son répertoire d'histoires algéroises, apprises, expliquait-il, au cours de sa captivité. Après les embrassades, Humbert l'accompagna jusqu'au portail de la cour.

« Oublie pas les lettres !

— Sois tranquille, l'ancien ! Tchao ! A bientôt ! »

Il referma le portail, rentra dans la cuisine.

« Il est parti ? se fit confirmer Bernadette.

— Oui.

— Qu'est-ce qu'il a dit en partant ?

— A bientôt. »

Elle sembla rassurée.

On attendit la première lettre. Chaque matin, la Nivernaise demeurait collée derrière la fenêtre jusqu'au passage du facteur. Quand elle apercevait sa casquette, elle se précipitait dans le magasin, recevait en main propre le courrier. Toutes les adresses étaient écrites à la machine : journaux, catalogues, factures, chèques postaux. Rien de manuscrit, rien de Gabriel.

« En ce moment, expliquait Rosette, j'ai entendu dire que la poste fonctionne mal. Avec toutes ces grèves ! Prenez patience ! Puisqu'il a promis d'écrire !

— Et s'il lui était arrivé un accident !

— Faut pas se faire des idées comme ça ! »

Mais la malade restait les yeux fixes, imaginant Gabriel noyé, déchiqueté, carbonisé. Ensuite, elle prenait le journal, obligeait la bonne à lire à voix haute la chronique des accidents.

A mesure que le temps passait sans apporter de nouvelles, on la sentait glisser de nouveau dans son ancienne imbécillité. Au bout de quinze jours, tandis qu'elle dormait, Rose dit à son patron :

« Si on fait rien, elle va redevenir juste comme avant.

— Et qu'est-ce qu'on peut faire ? Je peux tout de même pas me mettre à la recherche d'un autre remplaçant ! D'ailleurs, j'en trouverais pas !

— Faudrait qu'elle reçoive une lettre. Alors, pourquoi pas lui en écrire une, vous ?

— Moi ? Elle reconnaîtrait mon écriture, et mes fautes, et le cachet de la poste. Y a des moments où elle voit clair, tu sais !

— Alors, voici ce que je propose. La lettre, je l'écris pour vous. Vous en avez bien d'anciennes, de votre fils ? J'imiterai son écriture de mon mieux.

— Et le cachet ?

— J'ai une sœur qui habite Roche-la-Molière, près de Saint-Étienne. Je lui envoie la lettre toute timbrée, je lui demande le service de la mettre à la boîte, elle la met, et voilà.

— Roche-la-Molière, c'est pas un endroit pour passer les vacances ! Il avait dit la Côte !

— Eh ! bien ! Il expliquera... j'expliquerai pour lui... qu'il a changé d'idée, qu'il s'est trouvé bien à Roche-la-Molière, qu'il a décidé d'y passer ses congés payés. »

Humbert n'avait pas le choix : il accepta ce nouveau stratagème. Trois jours après, la lettre de la Gerzatoise était de retour. Une missive affectueuse qui remit sa patronne d'aplomb. D'autres lui succédèrent, à intervalles réguliers, pour compléter la cure, en attendant le retour de l'ersatz en personne. Septembre amena les pluies, mais pas de Mario.

Le charcutier connaissait l'adresse de sa chambre et le nom de sa logeuse. Il alla lui demander si son locataire Favarossa était rentré de vacances.

« Favarossa ? Mais il est parti définitivement ! Il m'a dit que le climat de l'Auvergne ne lui convenait pas. Vous comprenez, il venait d'un pays de soleil. Il est parti chercher du travail dans le Midi.

— Parti ? Depuis quand ?

— Depuis plus d'un mois. »

Voilà. L'expérience était finie.

On continua l'envoi des lettres bidons. Gabriel y annonçait maintenant qu'il s'était trouvé tellement, mais tellement bien sous le ciel bleu de Roche-la-Molière qu'il avait décidé de terminer ses jours en cette paroisse :... *Soyez sans aucun souci pour moi, je me porte comme un charme. Prochainement, je ne manquerai pas de venir vous voir ; mais je ne peux pas encore fixer une date précise. Je pense à vous toute la journée et je ne vous oublie pas non plus dans mes prières. Que ma chère maman prenne patience, en se disant que je suis en train de construire mon avenir...*

Rosette lisait ces lignes si émouvantes. Bernadette faisait ensuite un gros effort pour essayer de les déchiffrer elle-même ; elle se frottait les yeux, tournait le papier dans tous les sens, et ne parvenait à rien. Pour elle qui, jadis, avait dévoré tant de romans, les signes imprimés n'avaient plus de signification. Les jours sans lettre, elle se faisait relire les anciennes, soigneusement conservées dans une boîte. Cela devint un moyen de pression efficace :

« Épluchez-moi ces carottes, s'il vous plaît, demandait Rosette. Vous m'aiderez, et ça vous fera du bien.

— Pas envie. Donne-moi le golf.

— Si vous épluchez les carottes, je vous relirai la lettre de ce matin.

— D'accord. Et celle d'hier aussi ?

— Et celle d'hier aussi. »

De loin en loin, au milieu de sa demi-hébétude, elle avait des éclairs de lucidité. Un jour que la radio parlait d'un accident de la route à Nevers, elle se dressa soudain, toute blanche :

« Nevers... Nevers... Je connais, Nevers... L'eau, le pont, la porte. La porte du Croux... Je connais. »

Elle regarda autour d'elle avec égarement, se demandant pourquoi et comment elle se trouvait dans cette cuisine. Francisque la dévorait des yeux, toujours dans l'attente du miracle définitif. Longtemps, leurs regards restèrent confondus. Puis elle baissa le sien, porta une main à son front, se rassit, se mit à émietter son pain dans son assiette, avec application. L'éclair s'était éteint.

Une autre fois, comme à l'accoutumée, il la regardait dormir avant de s'allonger près d'elle, lui recru de fatigue, elle plongée dans il ne savait quel monde. Et voici qu'elle ouvrit les yeux, poussa un soupir :

« C'est toi.

— Oui, c'est moi, bien sûr. Je me couche. Tu as besoin de quelque chose ?

— Soif. »

Il redescendit, lui prépara une tisane de tilleul. Avant de prendre la tasse :

« Mon pauvre Francisque ! soupira-t-elle. Que d'ennuis je te cause !

— Peuh ! C'est rien.

— Il vaudrait mieux que je meure. Comme ça, je retrouverais... les absents. Et tu serais enfin tranquille.

— Dis pas de bêtises. »

Elle but. En lui rendant la tasse, elle questionna :

« Quand donc finissent les vacances de Gabriel ? »

Et lui : « On s'occupera de ça demain. Dors. »

A présent, chez les Humbert, Gabriel était devenu le Messie des Juifs : celui qu'on espère toujours et qui ne vient jamais. Bernadette s'intéressa moins au passage du facteur : elle avait un stock de lettres suffisant pour nourrir son attente. Elle demandait à Rose :

« Lis-moi celle des souliers... Celle de la fête... Celle du bouquet... Celle des enfants de son patron... »

La Gerzatoise, qui se creusait les méninges afin d'inventer des événements à raconter, des excuses à donner pour la visite promise et jamais tenue, comprenait tout de suite de quelle lettre il s'agissait ; elle fouillait dans la réserve, la découvrait, la relisait à voix haute pour la vingtième fois. De temps en temps, une autre arrivait par la poste. La malade s'enquérait d'un ton morne :

« Est-ce qu'il va venir ?

— Pas encore. Le travail presse.

— Ah. »

Elle avait visiblement renoncé à l'espérance. Francisque aussi.

27

Les supermarchés se multipliaient autour et à l'intérieur de Clermont. La sortie nord était particulièrement gâtée. Après le Prisunic, la coopérative Bibendum s'étendait et se transformait en grande surface. Et voici qu'au début de 72 on annonça la prochaine inauguration d'un second Mammouth. Celui d'Aubière ne suffisait pas ! Ainsi, à proximité de Montferrand, la Z.U.P. devenait un de ces « centres commerciaux » que le ministère du Commerce porte dans son cœur. Une sorte de Parly miniature à l'usage des bougnats. Les pouvoirs publics, municipaux, départementaux, nationaux, se montraient unanimement favorables à ces gigantesques magasins qui devaient, grâce au versement des patentes et de la T.V.A., assurer des ressources fiscales considérables ; qui devaient aussi combattre la vie chère, par leurs prix « très étudiés » ; qui faisaient fonctionner le bâtiment : quand le bâtiment va, tout va ; qui enfin accéléraient la consommation, fondement, morale, religion, but suprême de notre société.

Les Montferrandais virent sortir de terre l'énorme Mammouth de béton : il proclamait d'avance sa volonté d'écraser les prix. D'écraser, par la même occasion, ceux qui les pratiquaient. Il se fit entendre par la voix des associations commerciales, proclamant, de ses barrissements les plus aimables :

« Laissez venir à moi les petits commerçants !... Voulez-vous que nous fassions ami-ami ? Ou préférez-vous être réduits en bouillie ? Je vous offre une place modeste entre mes pattes protectrices. Louez des magasins. Associons-nous. Vous profiterez de ma clientèle, de mes facilités d'approvisionnement, de mon prestige.

— Ben... et notre vieux magasin ?

— Vendez-le ! Ou bien, ayez une succursale chez moi. Qui vous empêche ?

— Ça va nous coûter combien ?

— En moyenne, tout compris, location, charges, T.V.A., pour un magasin de cent mètres carrés, de 40 à 50 000 francs par an.

— Anciens ou nouveaux ?

— Je ne connais pas les francs anciens. Je suis de mon temps, moi ! Soyez-en aussi, ou disparaissez.

— Est-ce que ça vous paraît très normal, ça, monsieur Mammouth ?

— Quoi donc ?

— Cette condamnation des petits et des vieux ?

— Ha ! ha ! ha ! Laissez-moi sourire ! La morale d'aujourd'hui a été résumée par Jacques Borel...

— L'écrivain ? demandèrent les petits libraires.

— Quel écrivain ? Le seul Jacques Borel qui compte : celui des restaurants.

— Et qu'est-ce qu'elle dit, sa morale ?

— « *Le profit est une vertu et la perte un vice.* » Réfléchissez à cela, petits commerçants. Et rappelez-vous cette autre maxime de je ne sais plus qui : Celui qui n'est pas avec moi est contre moi. »

Les petits commerçants firent leurs comptes, traduisirent les chiffres de Mammouth en anciens francs et reculèrent, épouvantés, devant tant de zéros.

L'inauguration eut lieu quand même au printemps et dura une semaine. Une véritable kermesse, avec la participation de Dalida et de deux ou trois autres guignols. De la charcuterie Humbert, on distinguait fort bien, dans le ciel, le clignotement pourpre des lettres formant le mot MAMMOUTH, s'allumant et s'éteignant dans un ordre irrégulier. On entendait aussi le brouhaha de la foule, le grondement des voitures, le tapage des musiques. Cent policiers avaient été mobilisés pour canaliser l'afflux, une antenne de premiers secours pour ramasser les blessés, les piétinés, les suffoqués. C'était pire que l'arrivée du Tour de France.

Francisque, Bernadette et Rose s'entretinrent du prodigieux événement :

« Qu'est-ce que c'est au juste, un mammouth ? demanda le vieux.

— Un éléphant, expliqua la Gerzatoise, qui était passée plusieurs fois devant et avait remarqué l'enseigne. Une sorte d'éléphant, avec des défenses courbes.

— Pourquoi mettent-ils un éléphant ? questionna la malade. PRISUNIC, ça signifiait quelque chose ; mais un éléphant, ça n'a pas de sens. »

Et lui : « Non, ça a pas de sens. C'est seulement pour attirer le monde. Un piège à cons. »

Effectivement, ils s'y précipitaient tous, les cons de Montferrand, de Clermont, d'Aulnat, de Gerzat, d'Ennezat, de Cébazat. Tous les cons d'Auvergne, sans parler des cons de passage, à pied, à cheval, en voiture. Ils voulaient bénéficier des chansons, des distributions gratuites : dixièmes de la Loterie Nationale, savonnettes, sucettes, chouine-gomme. Et surtout des prix écrasés sur l'essence et tout le reste. Ils se disaient : « On achètera quelque bricole particulièrement avantageuse. » En définitive, ils remplissaient leur chariot de toutes sortes de biens auxquels ils ne pensaient pas et qui leur étaient apparus soudain indispensables : enjoliveurs, conserves, gâteaux, yaourts aux fraises, framboises congelées, ananas, balais automatiques, gratte-dos, papier hygiénique, biscuits hollandais, décalcomanies, poudre anti-fourmi.

Le Mammouth concurrença désormais non seulement les boutiquiers, les pompistes, les maraîchers, mais aussi les cafetiers, les restaurateurs, les cinémas. Les familles se payèrent des parties de Mammouth comme naguère des parties de campagne. Tandis que papa et maman faisaient leur choix aux différents rayons, aux magasins annexes, regardaient la télévision, essayaient les transistors, les enfants montaient dans des chariots de western, pratiquaient des bombardements simulés, s'exerçaient à la mitraillette à sous. Après plusieurs heures de ces divertissements, on allait se rafraîchir au bar. Les gosses réclamaient ensuite de nouvelles parties qu'on leur accordait volontiers. L'après-midi se terminait par un repas automatique à la cafétéria. Habitués bientôt à tous ces agréments, les consommateurs en réclamèrent d'autres, sur les carnets de suggestions : *Il manque une crèche où nous pourrions laisser nos bébés... Il manque une salle de jeux réservés aux jeunes... Il manque une salle de danse... La fermeture à 22 heures, c'est trop tôt : pourquoi pas vingt-quatre heures sur vingt-quatre ?... On aimerait coucher... On aimerait des voitures à ânes, avec des ânes véritables... Il manque une machine à cirer les chaussures...* Mammouth faisait savoir qu'il étudierait ces questions et s'efforcerait de donner satisfaction à sa fidèle clientèle.

Celle de Francisque Humbert fondit encore. « Bientôt, qu'il se dit, j'aurai plus que les estropiés comme moi. Je devrai engager

Dalida, pour faire vendre mon boudin ! Distribuer des savonnettes et du chouine-gomme ! Ou bien me payer une succursale ! »

Il se sentait terriblement fatigué. « Gabriel avait raison de pas vouloir être charcutier. La mécanique, aujourd'hui, y a que ça de vrai. Avec toutes les voitures qui circulent, qui se cabossent, qui tombent en panne. Sans les fellagha, il aurait à présent, j'en suis sûr, une belle situation, un beau garage à son compte. A Gerzat ou ailleurs. Trente-trois ans ! Il aurait l'âge que j'avais en épousant la Bernadette... »

Il écrivit au cabinet Grantin, place Gaillard, à qui il avait précédemment demandé d'expertiser son fonds de commerce, pour le charger maintenant de le vendre.

Le Mandrin du CIDUNATI, Gérard Nicoud, avait fini par se faire prendre ; les gendarmes l'avaient traîné une fois encore devant ces messieurs de Grenoble avec leurs grandes robes. Ses amis et sympathisants se donnaient beaucoup de mal pour l'arracher à sa prison, barbouillant les routes d'inscriptions vengeresses, distribuant des tracts et des affiches, multipliant les manifestations. Certains même allaient jusqu'au plastiquage des perceptions et à la construction de barricades.

Une réunion fut prévue à Clermont-Ferrand. Francisque Humbert décida de s'y rendre.

« Je me demande ce que vous allez y faire ! protesta Rosette. Ce Nicoud, en prison ou pas, qu'est-ce qu'il vous rapporte ?

— J'ai envie de gueuler un bon coup ! » dit le charcutier.

Et elle, haussant les épaules : « C'est bien de votre âge !

— Et puis, ça me sortira. Y a un siècle que j'ai pas vu Vercingétorix. »

Afin de créer une belle confusion, chaque participant se transporta en voiture sur les lieux de la manifestation, qui devait se tenir salle Gaillard. La pagaye fut de premier ordre en effet. Tandis que, dans la salle même, archicomble, les orateurs flétrissaient le gouvernement, la justice, le parlement, le fisc, à l'extérieur la police et les cidunatistes en excédent joignaient leurs efforts pour bloquer toute forme de circulation. Eu égard à sa tête chenue, Francisque avait été muni d'une pancarte portant l'inscription : *DES RETRAITES DÉCENTES POUR NOS VIEUX*. Ça ne l'empêcha pas, comme il se l'était promis, de gueuler avec les autres les slogans du jour :

— Assez de faillites !

— Commerçants, parents pauvres !

— Libérez Gérard Nicoud !

— Justice fiscale !

— Supermarchés, supermenteurs !

Malgré ces cris et ce bouillonnement, malgré le concert de deux mille klaxons implorant vainement le passage, la manifestation se déroula sans violence jusqu'à ses derniers instants. Mais alors, tandis que déjà la foule s'écoulait, des cailloux, lancés par on ne sait qui, jaillirent en direction du service d'ordre. Des cailloux assurément prémédités, car les places de nos villes en sont naturellement peu fournies. La Force Publique s'élança, matraque haute, encercla deux douzaines de manifestants, bouscula le reste au milieu des vociférations et des sifflets. Sans trop comprendre ce qui lui arrivait, Humbert se trouva entraîné, houspillé, propulsé, embarqué dans le panier à salade en même temps que de jeunes collègues dont plusieurs saignaient du nez. Comme, par nécessité physique, il tenait sa jambe gauche allongée devant lui, semblant vouloir faire des crocs-en-jambe à la compagnie, le flic de garde lui enjoignit rudement :

« Rentre ta patte, toi ! »

Il dut expliquer qu'elle ne fonctionnait pas, qu'il avait perdu la pierre de son genou sur la ligne Maginot, et donner tous ces honteux détails.

« Quand on est paralytique, conclut l'agent, on reste chez soi. On va pas manifester ! »

Et comme les autres le conspuaient, il hurla :

« Vos gueules ! Bande de communistes ! »

Ce qui fit marrer les valides. Ceux qui n'avaient pas le nez enchifrené. Avec ahurissement, Humbert considérait tous ces gens qu'il ne connaissait point, qu'il n'avait jamais vus, et dont il se trouvait partager le sort. La voiture à présent roulait vite, freinant sec, tournant raide, comme si elle avait pris plaisir à les envoyer les uns contre les autres à chaque occasion. Il ne put pas même se rendre compte du chemin qu'ils suivaient. Elle s'arrêta enfin. On les fit descendre dans la cour d'une ancienne caserne, on les enferma dans une vaste pièce qui avait dû être jadis un réfectoire. Ils y retrouvèrent d'autres manifestants, en des états divers. Certains debout, d'autres assis sur les banquettes ou à même le sol.

Ils restèrent plusieurs heures ainsi rassemblés. De temps en temps, la porte du fond s'ouvrait, un gardien paraissait ; du doigt, il désignait un des prisonniers :

« Toi... Suis-moi. »

Un quart d'heure après, c'était le tour d'un autre. On ne voyait pas revenir les hommes interpellés. Tu te serais cru, sans les flics de garde, dans la salle d'attente d'un médecin. Les patients se posaient des questions :

« Qu'est-ce qu'on va nous faire ? Est-ce qu'on pourra avertir la famille ?... Qu'est-ce que tu vends, toi ?... D'où tu viens ? »

Instinctivement, ils se tutoyaient, comme font tous les hommes dès qu'ils se sentent sous le poids d'une condamnation commune : école, caserne, mobilisation, prison. Francisque ne parlait à personne. Tête basse, il ruminait ses misères.

Après des heures, son tour vint d'être emmené. On le fit asseoir devant un bureau qu'occupait un civil aux joues flasques. Celui-ci l'examina en silence, les sourcils froncés, avec une expression d'étonnement, de mépris et de pitié.

« Alors, grand-père, finit-il par lâcher, on lance des pierres ? On veut faire le polisson ?

— Des pierres ? Quelles pierres ?

— Celles qu'on a jetées sur le service d'ordre !

— J'ai jeté aucune pierre. Moi, je portais la pancarte.

— Ah ! ah ! On portait la pancarte !

— Parfaitement, la pancarte ! Pour la retraite des vieux commerçants. C'est pas que j'aurais pas eu motif d'en lancer, des pierres, putain ! Ah ! non alors ! Plus qu'un autre ! Si j'en avais eu à ma disposition, peut-être bien que j'en aurais lancé !

— Tiens, tiens !

— Mais j'en avais pas.

— Rien que la pancarte ?

— Rien que la pancarte.

— Et avec cette pancarte, on n'a pas un tout petit peu essayé de frapper les agents ?... Non ?... Pas même un tout petit peu ? »

En disant cela, il souriait d'un air câlin et secouait la tête. Ses joues flasques tremblaient comme la gélatine. Francisque répondit :

« J'en ai pas souvenance. »

Cette manière qu'avait le civil de s'adresser à lui en disant *on* était très curieuse. Par instants, Francisque se demandait même s'il parlait de lui ou de quelqu'un d'autre. Visiblement, ça le gênait un peu de le tutoyer, à cause de sa tête de poireau ; tout de même, il n'avait pas l'intention d'aller jusqu'au *vous*. Au bout du compte, il dit :

« Papiers !

— Papiers ?

— Carte d'identité, permis de conduire, et caetera. »

Il se fit confirmer les nom, prénom, date et lieu de naissance, profession, adresse. Après quoi, on l'expédia dans une pièce voisine où l'on prit ses dimensions comme si on avait voulu lui faire un habit sur mesure. Sous la toise : sa taille et la hauteur du buste. Les bras en croix : longueur de l'envergure. Au pied à coulisse : longueur et largeur de la tête, longueur de l'oreille droite, du pied gauche, du doigt du milieu de la main gauche. Pour finir, on lui accrocha au cou une ardoise portant un numéro, on le photographia de face et de profil.

« Maintenant, dit un flic, tu peux foutre le camp. Mais tâche de pas te faire repoisser. Tu es fiché. La prochaine fois, ça se passera pas si bien pour ton matricule. »

Il regagna le centre de la ville pour reprendre sa voiture. Mais elle avait été emmenée en fourrière. Il ne put la récupérer que trois jours plus tard en payant une amende de 250 francs.

Une lettre arriva de la Direction Générale des Impôts, Fiscalité des Entreprises :

IMPOT SUR LE REVENU
(Bénéfices Industriels et Commerciaux)
RÉGIME DU FORFAIT

J'ai l'intention de fixer votre bénéfice forfaitaire avant déduction des cotisations personnelles au titre des allocations familiales, de l'allocation vieillesse, de l'assurance maladie-maternité et de la contribution de solidarité due par les exploitants bénéficiaires de la retraite à

24 000 *francs pour l'année* 1971
24 000 *francs pour l'année* 1972

J'ai évalué lesdites cotisations à :

1 200 *francs pour l'année* 1971
1 200 *francs pour l'année* 1972

Le bénéfice à comprendre dans vos bases d'imposition à l'impôt sur le revenu sera respectivement

de 22 800 *francs et de* 22 800 *francs.*

Sans réponse de votre part dans les 30 jours, je considérerai que ces propositions de forfait vous conviennent.

Si vous n'êtes pas d'accord avec ces propositions, je me tiens à votre disposition pour étudier les contre-propositions que vous auriez à me faire. Vous pouvez à votre choix me rendre visite ou m'écrire en utilisant le verso de cette lettre.

Dans le cas où nous ne parviendrions pas à un accord, l'évaluation de votre forfait sera faite par la Commission départementale des impôts directs et des taxes sur le chiffre d'affaires.

Veuillez agréer l'assurance de ma considération distinguée.

L'Inspecteur Central des Impôts.
Illisible.

Tous les deux ans, le fisc réajustait son forfait de cette manière. Humbert divisa la somme par douze et trouva que, selon l'inspecteur illisible, il faisait un bénéfice net de 200 000 anciens francs par mois. Il alla lui rendre visite, au jour et à l'heure prévus par l'imprimé. Après une longue attente dans le couloir, il fut reçu.

« Je viens protester contre la somme, qu'il dit, montrant la feuille. La dernière fois, vous m'aviez imposé à 140 000. Pourquoi que vous m'avez augmenté ?

— Vous aviez accepté les 140 000, n'est-ce pas ?

— Ben... Si vous voulez.

— Du moment que vous n'aviez pas refusé, c'est que vous acceptiez. Or, depuis deux ans, votre chiffre d'affaires a certainement progressé, un peu pour suivre l'élévation constante de la consommation, un peu à cause des augmentations de prix. Tenant compte de ces deux facteurs, je ne pense pas que mon réajustement soit déraisonnable.

— Et moi, je vous dis que mon chiffre d'affaires a baissé. Et comment ! Prisunic, la Copé, et maintenant Mammouth nous prennent la clientèle. Ce bénéfice-là, chaque mois ! Impossible ! Je voudrais bien, je vous jure ! Mais je me rends compte que j'arrive à peine à payer mes traites. Vous imaginez pas tous les frais que j'ai ! En commençant par le salaire de Rosette.

— Qui est Rosette ?

— La bonne. Je peux pas m'en passer, avec une femme malade.

— Employée de maison : ce n'est pas déductible. Vous refusez donc le réajustement ?

— Tu parles ! Si je le refuse !

— Nous recourrons, dans ces circonstances, à la procédure prévue : évaluation par la Commission départementale. Elle vous enverra un contrôleur qui examinera votre comptabilité.

— Y a pas à examiner, putain de Dieu ! Je vous dis que mon bénéfice, chaque mois, c'est zéro. Ou à peu près. On est loin des 200 000 !

— L'inspecteur ne manquera pas de s'en apercevoir... »

Dans l'autobus de Montferrand, il se disait : « Mais qu'est-ce qu'ils ont tous à me dévorer comme des chiens ! Un contrôleur, maintenant ! Ma comptabilité ! Elle est jolie, ma comptabilité ! Une truie y retrouverait pas ses gorets ! Qu'est-ce qu'il y trouvera, lui, dans ma comptabilité ? Oh putain de putain, de sacré putain de putain de putain de Dieu ! Pour sûr, ils vont par-dessus le marché me coller une amende de je sais pas combien !... »

Rentré chez lui, il écrivit une petite lettre pour informer l'inspecteur illisible que, réflexion faite, il acceptait le réajustement. « De toute façon, ça sera mes derniers impôts. La boutique est en vente. Un de ces jours, je vais trouver l'agent d'affaires pour qu'il accélère au maximum. »

M. Grantin le reçut en personne. Francisque alla tout de suite au sujet :

« Et alors, que devient cette vente de ma charcuterie ? Depuis six mois que je vous ai mis l'affaire en main, ça bouge pas vite. J'ai reçu une seule visite, et il en est rien sorti. Vous me ferez pas croire que, depuis six mois, vous avez eu qu'un seul amateur ! »

Avant de répondre, l'autre dégagea un tiroir rempli de fiches, serrées l'une contre l'autre. Il y en avait bien cent ou deux cents.

« Vous voyez ça ? qu'il dit, les désignant du doigt. C'est tout des commerces à vendre comme le vôtre : charcuteries, boulangeries, épiceries, drogueries, merceries. Et sur le tas, savez-vous combien j'en ai vendu depuis un an et demi ?... Quatre !

— Quatre ?

— Oui, monsieur : quatre ! Deux et deux ! »

Et Humbert, consterné : « Mais pourquoi ?

— Parce que personne n'en veut, tout simplement ! Dans les villages, ça se vend encore. Mais en ville, avec la concurrence des supermarchés, pas d'acheteurs. Vous avez eu tort de refuser le client que je vous ai amené, le mois dernier.

— Mais putain ! il m'offrait trois millions ! Alors que vous-même aviez estimé mon commerce au moins le double.

— L'offre et la demande, cher monsieur ! L'offre et la demande ! Quand il n'y a pas de demande, forcément, l'offre doit réduire ses prix. Personne ne peut rien à ça.

— Et si je faisais moderniser la boutique, pensez-vous qu'elle tenterait davantage le monde ?

— Pas sûr, pas sûr ! Je regrette... Si j'ai preneur, ne vous inquiétez pas, je vous ferai signe immédiatement. Vous verrez si vous pouvez diminuer vos prétentions, le cas échéant. Mais je vous soutiendrai : c'est mon intérêt ! »

Francisque se lança dans des calculs terribles qui occupaient ses jours et ses nuits : « Trois millions à cinq du cent... mettons même à quatre... 55 000 de retraite... 10 000 de pension militaire... 40 000 pour la Gerzatoise... 5 000 de cotisation... Nourriture... gaz... électricité... chauffage... médecin... pharmacien... Et s'y a pas de vente ? Recommençons... Bénéfice ? Hum ! Mettons 50 000... C'est trop : 20 000. Impôts sur forfait... T.V.A... Patente... Cotisations... Gerzatoise... retraite... Pension militaire... Total... Différence... Putain de putain de putain ! J'y arrive pas ! Jamais j'y arriverai !... Y aurait qu'un moyen : se passer de Rosette. Mais comment faire ? Ou bien accepter qu'elle nous serve sans payement, pour la simple nourriture, comme les bonnes de curé. Mais de ça, je veux pas entendre parler. Pauvre Rosette ! Elle se sacrifie déjà bien assez... Je refuse... »

Ah ! Il avait bien eu raison de gueuler ! Et il aurait dû gueuler plus fort depuis longtemps !

« Ils m'auront pas, les vaches ! décida-t-il. Et les impôts, je les payerai pas ! »

Il fallait que la chose se fît tranquillement, que personne ne se doutât de rien. Il attendit le premier dimanche où Rosette les laisserait seuls pour se rendre à Gerzat.

Ils mangèrent ensemble, Bernadette et lui, joyeusement. Le matin, il avait acheté un gâteau chargé de crème, comme elle les aimait. Il l'avait doucement forcée à en prendre trois fois de suite.

Et elle : « Non ! Je vais éclater ! Eclater ! Eclater ! »

Et elle éclatait de rire.

L'après-midi, ils écoutèrent la radio. Puis ils jouèrent aux dominos et aux cartes : elle ne trichait plus que très rarement, et sans prendre la peine de se cacher. Il faisait mine de protester :

« C'est de la triche !

— Non, c'est pas de la triche, puisque tu le vois. Seulement, cette carte-là, elle me fait mal aux yeux, je ne peux pas la supporter. Alors, je la change. Tu veux bien ?

— Comme il te plaira. »

Lui n'avait d'ailleurs pas la tête au jeu. Elle se trouvait obligée de le rappeler à l'ordre :

« C'est pour toi, voyons ! Ramasse ! A quoi penses-tu ? »

Il repensait à ses chiffres : forfait... T.V.A... Bénéfices Industriels et Commerciaux... cotisations... retraite... 8 pour cent chaque année... tant pour Rosette... « A propos de Rosette, faudra pas l'oublier, se recommanda-t-il. Tu mettras son mois dans une enveloppe, cette bourrique-là, elle serait capable de pas réclamer son dû... »

Vers 5 heures, la Nivernaise se mit à dodeliner de la tête ; les cartes lui glissèrent des mains ; elle sombra dans une petite sieste. Les jours avaient beaucoup raccourci ; le ciel s'obscurcissait, avec une agréable teinte violette. « C'est le moment ! » qu'il se dit.

Sur la pointe des pieds, il monta au premier étage. Tous ces gestes étaient déjà réglés dans sa tête, il n'avait pas une hésitation. Il ouvrit le tiroir de l'armoire, y prit sa croix de guerre, se l'épingla sur la poitrine, du côté gauche. C'était la première fois de sa vie qu'elle voyait l'air, la pauvre médaille ! Il se rappela les termes de sa citation :... *Soldat ayant toujours eu un sens élevé du devoir. A participé pendant la campagne 1939-1940 à plusieurs missions de reconnaissance et de harcèlement... A été grièvement blessé...* Très calme, il redescendit.

Dans le magasin, il prépara l'enveloppe de la bonne. Il se demanda s'il devait écrire un mot d'explication ; ensuite il renonça. Il ferma les volets, soigneusement, puis le portail de la cour. « Comment qu'ils vont entrer ? se demanda-t-il. Je voudrais pas qu'ils fracturent... Et puis, je m'en fous... » Il éteignit les lampes électriques et coupa le compteur, pour éviter les étincelles : les journaux l'avaient informé des accidents qui arrivent. Pour y voir encore un peu, il laissa ouverts les volets de la cuisine. Il ferma aussi les deux portes, celle de la courette, et celle du magasin. Enfin, il ouvrit les robinets du réchaud à gaz.

Il prit une chaise et s'assit tout contre le fauteuil de sa femme. Quand il l'entoura de son bras gauche, elle s'éveilla à demi, poussa un soupir :

« Heu... C'est toi... cisque ?

— Oui, c'est moi. Dors.

— Où vas-tu ?

— Où je vais ?... En voyage. Mais sois tranquille : je t'emmène. Dors. »

Elle se déplaça un peu, laissa tomber sa tête sur son épaule.

Une lueur rosâtre entra par la fenêtre. C'étaient les lettres clignotantes :

MAMMOUTH

qui s'allumaient et s'éteignaient irrégulièrement sur le ciel couleur d'airelle.

LA NOËL AUX PRUNES

Noirs sont les fers et les chevaux.
Les capes sont toutes luisantes de taches d'encre et de cire.
Ils ont des caboches de plomb, ce qui les garde de pleurer.
Avec leur âme en cuir verni, ils s'avancent par la grand'route.

Federico GARCIA LORCA
(*Romancero de la Garde civile*)

1

Au commencement, quand il entrait dans une épicerie-crémerie du vieux Beaumont, Manuel suscitait toujours un grand étonnement :

« Je voudrais du verre.

— Du verre ? Quel genre de verre ?

— Pour la consommation.

— Quelle consommation ?

— Les tartines. Le petit déjeuner. »

Il faisait le geste d'étendre sur du pain. Il précisait :

« Du verre des Charentes.

— Ah ! du beurre !

— Oui, du verre. »

Alors, il s'était mis à demander chaque fois « du verre des Charentes ». Le beurre des Charentes coûtait 50 francs de plus que le beurre auvergnat. Mais pour ces 50 francs-là, il n'avait plus de problème de prononciation, il évitait ces yeux que l'épicière tournait vers lui, comme elle eût regardé un dingue.

Ensuite, il vint un *Suma* dans le Beaumont neuf, en bordure de l'ancien. Les supermarchés ont été construits à l'usage des immigrés de toutes sortes : ces mal-parlants y entrent sans nécessité de saluer, ils se servent eux-mêmes : *beurre des Charentes, beurre d'Auvergne...*, placent leurs emplettes dans le chariot, lisent au cadran de la machine calculatrice la somme à payer, ressortent sans avoir besoin d'ouvrir la bouche. Au *Suma*, Manuel se sentait chez lui. Il y trouvait même des produits ibériques, *chorizo*, piment rouge, huile d'olive, grenades, pâte de coing, vins et liqueurs. Il n'était plus nécessaire de retourner en Espagne : l'Espagne venait à Beaumont. Mais il trouvait avant tout des oranges. Vêtues de leur papier de soie, ou toutes nues. Il choisissait une de ses petites compatriotes, la déshabillait, lisait sa provenance : *Carlos Balbastre, Rotova (Valencia). Producido en España*. Elle au moins connaissait l'espagnol. Il en emportait deux kilos, trois kilos, quatre kilos, suivant l'élan de son cœur. Rosita en faisait des beignets et une liqueur doucereuse l'*ahorcada*, la « pendue ». Recette : mettre dans un bocal un mélange de sirop et d'eau-de-vie ; suspendre dessus, sans qu'elle trempe dedans, une orange retenue au bouchon par un fil ; après deux mois de suspension, l'orange s'est rapetissée, racornie ; tout son parfum s'est transfusé dans la liqueur qui a pris un goût de curaçao.

« J'ai honte, disait Rosita, de toutes ces oranges pour nous deux. De ce gaspillage. »

Puis les bonnes choses se sont gâtées. Voici que les oranges n'arrivent plus innocentes et pures comme leur mère les a faites, mais traitées au *thiabendazole*, une saloperie imprononçable mais qui a des vertus conservatrices. Israël a donné l'exemple, le Maroc et l'Espagne suivent. On ne peut plus faire ni beignets ni liqueur de pendue avec ces zestes empoisonnés. Manuel en achète moins.

Rosita a été élevée par une grand-mère aveugle et une tante sourde. Dans les montagnes du León, terre de pain noir, de rochers blancs, de châtaigniers, de taillis, de pâturages à vaches où montent aussi des moutons transhumants. Une sorte d'Auvergne bêlante. En dents de scie. Les vaches cantabriques sont rougeâtres comme les cantaliennes, avec des cornes démesurées dont les paysans, après le décès de la bête, font des cornes d'abondance : les plus belles peuvent contenir un litre d'huile. Les faucheurs en pendent une à la ceinture, remplie de foin mouillé, où ils tiennent leur pierre à faux. Les bergers vivaient jadis tout l'été au milieu des moutons, dormant sous une hutte de branches et de mousse, se nourrissant de pain de seigle et de lait. Un pain complet où entrait tout le son. Parfois même un épi entier, pris dans la pâte comme un fossile dans la houille. Si, de loin en loin, un de ces hommes descendait au village le plus proche, il achetait une demi-tourte de pain de froment pour lui et ses compagnons ; chacun prenait sa part dans la main droite, s'en signait le front, l'estomac, les épaules, tandis que la gauche tenait une tranche de pain noir ; et ils mordaient tantôt à l'une, tantôt à l'autre, comme tu fais du pain et du fromage.

Lorsqu'une personne s'en allait de la poitrine ou des saignements, on avertissait le médecin à dix ou vingt kilomètres de là. Chaque famille était abonnée à ses services, moyennant une redevance annuelle, payée en argent blanc ou en nature. Aussi hésitait-il à se mettre en route et questionnait-il longuement d'abord :

« Est-ce qu'elle tousse ? Est-ce qu'elle a de la fièvre ? Est-ce qu'elle mange ? Est-ce qu'elle dort ? »

Si on le convainquait de la gravité du mal, il s'habillait de fourrures et enfourchait sa moto. Lorsqu'il ordonnait : « Enlevez-lui le pain noir et donnez-lui du pain blanc », on savait que la malade se trouvait à toute extrémité.

Grand-mère Josefa ne possédait d'autre fortune que ses fils et filles éparpillés. L'un piochait le charbon dans les Asturies ; quatre autres cultivaient des terres affermées ; un sixième — le père de Rosita — travaillait aux forges de León-ville. La femme de ce dernier étant morte en couches, il avait confié l'enfant à sa mère et à sa sœur Paulina. Elles vivaient à Fuentefria, sur les pentes de la sierra de Jistredo, couvertes de chênes verts, de pins courts et de bruyères hautes, de genêts à fleurs jaunes ou à fleurs blanches. De belles châtaigneraies profitent des versants soleilleux. « Plus de châtaigneraies ici, disent les gens, que Dieu n'a fait de jours. » Dans leur vieillesse, les troncs de ces arbres deviennent entièrement creux : juste de quoi loger un brigand avec son escopette. Les hommes les sciaient jadis par le haut et par le bas, en faisaient des armoires demi cylindriques. Les maisons de pierre sèche, coiffées de genêts, étaient pareilles à celles des lointains Cantabres. Elles comportaient une case primitive que prolongeaient les *bodegas* — cave et remise creusées dans la roche calcaire —, une étable, un poulailler, un jardinet. Une source froide coulait près de la maison des Simancas ; les ménagères venaient y remplir leurs cruches, y rincer leur linge et elle avait donné son nom au village : Fuentefria. Leur unique pièce d'habitation, longue de douze pas, large de huit, n'offrait d'autre ouverture que la porte et une lucarne sans vitres bouchée l'hiver avec du foin. Tout autour, contre les murs, s'alignaient les lits-caisses, le vaisselier, l'*arca* où se conservait le pain noir, enveloppé d'un linge. Il y prenait une odeur de levain aigre. Chaque famille cuisait le sien pour un mois, l'économisant, le faisant durer, le remplaçant par des châtaignes, des pommes de terre. Certaines le suspendaient au plafond pour le mettre à l'abri des rats et des enfants.

Au centre, sur la terre battue, les femmes allumaient leur feu de *cepos*, racines extirpées, souches, bois mort, la fumée n'avait d'autre issue que la porte, toute personne qui devait entrer baissait la tête pour passer sous son nuage. Les meubles avaient la noirceur de la suie. Autour de ce foyer, les soirs d'hiver, plusieurs maisonnées se réunissaient. Les femmes filaient sur leur quenouille la laine et le lin : on appelait ces assemblées des *filandones*. Les hommes racontaient leurs voyages, leur service militaire à Madrid, à Burgos, à Saragosse qui semblaient aux autres des villes du bout du monde. Les vieilles chantaient un *romance* plein de chevaliers et de princesses.

De cette masure était sortie la famille des Simancas, plus tard dispersée aux quatre vents. Seules Josefa, l'aïeule aux yeux blancs, et tante Paulina y vivaient encore. Paulina avait renoncé à s'établir afin de s'occuper de sa mère infirme. Un rôle qui lui incombait de droit, puisqu'elle était fille, et la dernière venue. Aucun garçon n'avait jamais « plumé la dinde à sa porte », longuement chuchoté dans l'ombre pour l'entretenir de ses sentiments. Les galants savaient qu'en fait de dot elle ne possédait qu'une mère aveugle à nourrir et une nièce à élever. Que depuis longtemps, après la mort du père, elles avaient vendu les vaches et l'outillage. Que Paulina gagnait leur nourriture en lavant le linge de l'institutrice et autres dames, en cultivant le jardinet, en glanant les épis et les châtaignes. Un des fils ou des gendres cultivateurs acceptait à tour de rôle de leur planter une ligne de pommes de terre. Elle allait aussi à la quête des fruits sauvages, mûres, grappes de sureau, gratte-culs, dont elle faisait des mélasses douçâtres. Se parlant à elle-même à haute voix, s'entendant mieux qu'elle n'entendait les autres, elle était maigre avec de longs membres faits pour la peine, ils lui servaient à piocher, à fagoter, à pousser sa brouette remplie de lessive fumante. La vieille s'occupait aussi, malgré sa cécité, aux besognes mécaniques de la maison, allumant le feu, arrangeant les lits, pelant les châtaignes, caressant le chat. Et s'il ne lui restait rien d'autre à faire, elle s'installait près de la porte-fenêtre pour recevoir la lumière sur son visage et sur ses mains, paupières closes, et pour annoncer l'heure, comme si c'eût été la chose la plus importante du monde :

« Il est dix heures et demie : j'entends les gamins en récréation... Il va être midi... Il est quatre heures : les enfants sortent... »

Ainsi, avec l'aide du jour, des écoliers, des *angélus*, les deux femmes se tenaient informées de la marche du temps. La maison ne possédait ni horloge, ni réveil, ni montre d'aucune sorte, comme presque toutes à Fuentefria. Si bien qu'on racontait là-dessus... Mais que ne racontaient les Castillans instruits pour se moquer des misérables Leónais ? En dépit du proverbe :

León eut vingt-quatre rois
avant que la Castille n'eût des lois.

L'histoire dut être inventée par quelque Palencian venu chasser la palombe sur ces montagnes giboyeuses. Voulant mieux atteindre les oiseaux de passage, il s'était installé avec son fusil au sommet d'un châtaignier sans demander permission à personne. Or, tandis qu'il se trouvait de la sorte à l'affût, il entend sous son arbre une exclamation :

« *Cascaras !* »

Et il voit un paysan plutôt effrayé s'approcher d'un objet brillant que le chasseur reconnaît pour sa montre d'étain, tombée du gousset au moment de l'escalade. Le Leónais examine, examine cette chose qui brille comme un œil et bat comme un cœur, il n'ose y toucher :

« Mais qu'est-ce que c'est donc que cette bête ? M'est avis qu'y a de la diablerie là-dedans. Faut que j'aille chercher le curé. »

Il pose son chapeau sur la bête mystérieuse afin de la retenir, et s'en va. Pendant ce temps, le Palencian descend de son arbre, récupère la montre et, pour punir le Leónais de n'avoir jamais lu l'heure autrement qu'au soleil, il baisse ses culottes et dépose à la place ce que les cochons auvergnats — aussi mal instruits que les hommes du León — viennent de dehors pour faire au coin de la cheminée. Il le recouvre ensuite du même chapeau et remonte sur son perchoir assister à la fin de l'événement.

Après une longue attente, le curé arrive, tout en sueur, essoufflé, gros comme on l'est dans la profession.

« Elle est là-dessous ! » dit le paysan, le doigt pointé.

Il s'agenouille, avance délicatement la main pour ne pas effrayer la prisonnière. Mais alors !... Imagine la surprise ! Il jette le chapeau et crie en secouant sa main embrenée :

« *Es mierda !* Vous avez trop traîné en route, Padre ! Elle s'est sauvée, ne laissant rien que sa *cagada !*

— Mais tu disais qu'il s'agissait d'une sorte de diable !

— Alors, c'était un diable *cagador !* »

Voilà dans quel pays, sans horloges et sans pain blanc, Rosita a vécu son enfance. Privée encore de bien d'autres agréments. Et ce n'était pas néanmoins la région la plus déshéritée d'Espagne. Aux alentours de 1920 — mais la chose se sut beaucoup plus tard, quand vint la République — le roi Alphonse XIII fit un voyage à Salamanque, ville riche de palais et de couvents. En visitant les montagnes environnantes, le cortège royal eut la surprise de découvrir une zone dont on ne savait rien, les Hurdes, où la population vivait dans des grottes, sans chemins, sans médecins, sans écoles, sans gardes civils ; le pain y était inconnu ; elle se nourrissait de chasse, de pêche et de cueillette, sans faire aucun échange commercial avec les contrées voisines. Et, chose encore plus inouïe, sans payer le moindre impôt.

Le père de Rosita, Jesus Simancas, arrivait quelquefois de la ville de León — cent kilomètres d'un voyage compliqué, train, autobus, pedibus — porteur d'une besace pleine de provisions de bouche : riz, huile, saucisses, sucre en poudre. Et toujours un chapelet d'oranges. La *tia* Paulina pendait celui-ci à une poutre de la grange, comme la tourte de pain dans les maisons remplies de marmaille affamée. Et il devait durer autant de semaines qu'il comptait de fruits. Rosita seule y avait droit, le dimanche, mais elle concédait une tranchette à sa tante et une autre à sa grand-mère qui ne refusaient point.

« Loué soit Jésus-Christ ! » disait chaque fois la vieille comme s'il n'y avait eu personne de plus proche à remercier.

Ensuite, elle glissait dans sa bouche édentée le morceau — qu'elle appelait une « lune d'orange » — et l'y laissait fondre comme une hostie.

C'est pourquoi à Beaumont (Auvergne), soixante années plus tard, Rosita avait honte de tant d'oranges entières sur son buffet. Et de la viande chaque jour. Et du pain blanc. Elle s'était épaissie malgré le mouvement qu'elle se donnait. A présent, elle ne méritait plus ce diminutif de *Rosita*, « petite rose », que Manuel continuait de lui donner comme jadis ; elle était devenue un énorme chou cabus, de ceux que les Auvergnats mettent dans leur potée en compagnie du lard et des navets. L'appétit vient à ceux qui mangent.

A Fuentefria, elle était pâle, bleutée, quasi transparente. Chaque matin, avant de l'envoyer à l'école, on lui servait une écuellée de *pote* : étrange ragougnasse où figuraient tous les légumes disponibles, patates, châtaignes, feuilles de chou *berzano* : ce chou montant, sans pomme, qu'on appelle en France chou-vache ou bien chou portugais. Les haricots secs, les fèves y figuraient, et même leurs cosses, soigneusement conservées pour donner du goût au bouillon. Le tout égayé par les yeux qu'y dispersait une cuillerée d'huile. Voilà ce que l'inappétente Rosita devait avaler chaque matin.

« J'aimerais mieux, gémissait-elle, une tasse de lait... »

Même si, par hasard, elle avait bien entendu, tante Paulina la faisait répéter, afin de lui laisser le loisir de corriger cette extravagance :

« Comment ? Que dis-tu ? »

Elle persistait cependant :

« Je dis que je préférerais un peu... de lait.

— Un peu de quoi ?

— De lait.

— Aujourd'hui, je n'ai pas trait ma chatte ! »

C'était la seule bête laitière de la maison. Le lait n'entrait chez elles que par petites quantités, et pas tous les jours, coûtant un *real* le *cuartillo* à la ferme des Carrasco, vingt-cinq centimes le demi-litre.

La fillette se penchait donc sur son écuelle, touillait dedans avec la cuiller en bois, réussissait à avaler quelques morceaux.

« Force-toi un peu ! » criait de loin Josefa, sans rien voir.

Mais en dépit de ses efforts, le *pote* ne voulait pas descendre.

« Bois du moins le bouillon », conseillait la tante aux longs bras.

Elle réussissait à avaler ce liquide et partait ainsi lestée pour l'école. L'été, pieds nus. L'hiver, chaussée de sabots leónais : trois carottes de bois dur, appelées *tarugos*, se vissaient dans la semelle et le talon ; une fois usées, on les remplaçait ; en sorte que, sauf accident, les sabots faisaient longue carrière. Les enfants les déposaient à l'entrée de la classe, pour enfiler des savates. Par temps de neige, certains apportaient des chaufferettes remplies de braise.

Doña Consuelo accueillait bien ses ouailles. L'école, installée dans l'ancienne demeure d'un tailleur d'habits mort sans descendance, était relativement confortable, sous sa toiture de tuiles grises, avec ses salles sans feu ni fumée, ses tables interminables fichées de huit encriers de plomb. On y apprenait la lecture, l'écriture, la poésie, le dessin, le chant, l'histoire de l'Espagne, l'observation des plantes, des animaux, des outils et des roches. L'institutrice engageait les élèves à ramasser sur les chemins ou dans le lit des ruisseaux les éclats de pierre, les galets qui leur semblaient jolis. Rosita connaissait le nom du granit, du schiste, de la calcédoine et du porphyre qui ressemble, paraît-il, à du touron. Du touron, elle n'en avait jamais mangé.

Doña Consuelo encourageait Rosita Simancas : la meilleure de ses élèves, la plus appliquée, la plus intelligente, la plus docile. Elle lui reprochait seulement sa lenteur :

« Il te faut deux fois plus de temps qu'aux autres pour faire ta page d'écriture ! Essaie de te dépêcher, voyons ! »

De sa main soyeuse, elle caressait une joue rougissante. La fillette faisait de son mieux pour accélérer le mouvement de sa plume qui avançait sur le papier avec un grignotement de souris, bâillait sur les *pleins*, se refermait sur les *déliés*, semblait traîner d'elle-même le poing somnolent, d'où saillait sur le manche l'index « en forme de pic », comme l'exigeait l'institutrice. Il n'était pas possible d'écrire correctement si le doigt ne formait cette pointe cantabrique, *Pico del Pajaro* ou *Pico de Gorbea.*

La matinée, malgré les exercices, lui paraissait interminable. Vers onze heures, Rosita n'en pouvait plus d'engourdissement. Un état d'ailleurs agréable où il lui semblait flotter entre la terre et le ciel, les nuages avaient la couleur du lait, les montagnes étaient en touron et, s'il lui arrivait de toucher le sol, des œufs durs roulaient sous ses savates. De temps en temps, la voix de doña Consuelo la ramenait sur son banc :

« Rosita ! Tu es en train de rêver ! »

Rêves malvenus, car c'était le moment qui exigeait le plus d'attention : celui des problèmes d'arithmétique. Les trains qui se poursuivent entre Valence et Madrid. Les piquets qu'il faut enfoncer autour d'un champ pour soutenir une triple ligne de fil de fer barbelé. L'argent placé à la caisse d'épargne qui rapporte un intérêt composé de 2,5 pour cent. Situations inconcevables pour la plupart de ces petits affamés dont les parents ne plaçaient rien à la caisse d'épargne, n'employaient point de fil de fer barbelé, n'empruntaient jamais le train. Le plus curieux de ces problèmes invitait les élèves à calculer combien chaque Espagnol devait verser annuellement pour entretenir le roi Alphonse et sa famille, à raison de tant pour le logement, tant pour le chauffage, tant pour la nourriture, tant pour le blanchissage, tant pour ses voitures et trains spéciaux, étant donné que l'Espagne comptait 22 852 525 sujets. L'on découvrait avec stupeur qu'il en coûtait seulement 78 centimes par tête : trois *reales*, l'équivalent de trois chopinettes de lait. A ce prix-là, c'était vraiment donné, un roi, une reine et plusieurs petits princes. Un problème comparable prouvait noir sur blanc que leur président de la République revenait beaucoup plus cher aux Français (97 centimes) et aux Américains (89 centimes). Vive donc la Monarchie et à bas la République !

Rosita se penchait sur ses piquets ou l'entretien du roi Alphonse. De ses calculs dépendait aussi la solution de ses voisins de gauche et de droite, et pour tout dire de l'entière tablée, qui, de proche en proche, la copiait impudemment, à la barbe de doña Consuelo occupée à faire lire les petits. Il fallait donc que Rosita sortît assez de sa torpeur pour mener l'affaire à son terme. Elle-même recommandait :

« Obligez-moi à me dépêcher. »

Les compagnes ne s'en privaient point et la bourraient de coups de coude sitôt qu'elles la voyaient s'engourdir.

« Merci, merci », répondait-elle en petite fille bien élevée.

Ainsi, à force de *codazos* dans les flancs, elle arrivait au résultat et toute la rangée écrivait bravement après elle : *Réponse : 78 centimes.*

Quand elle rentre à midi chez les Simancas, elle retrouve son *pote* du matin, qu'il ne faut pas laisser perdre. Tante Paulina y ajoute du bouillon chaud et, cette fois, la faim aidant, elle arrive tant bien que mal au fond de son écuelle. Pour compléter le repas, les trois femmes se partagent une *cuajada* : lait caillé dans un saladier d'argile, chacune piochant de sa cuillère la parcelle qui lui fait face. Déborder sur le domaine des voisines est grande impolitesse. Ainsi la consommation descend en profondeur, et la zone crémeuse se trouve équitablement distribuée.

Les jours de chance, il y a un œuf à la coque. Cuit aussi dur que possible. On doit le peler délicatement, prendre garde de n'en pas laisser la moindre parcelle collée à la coquille, ramasser les débris, qui seront rendus aux poules afin qu'elles en produisent des œufs nouveaux. Ensuite, on le découpe en tranches horizontales qu'on mange sur du pain. Et malheur à Rosita s'il lui arrive de l'avaler trop vite :

« Elle a déjà fini ! s'écrie la tante aux longs bras, suffoquée d'indignation.

— Oh ! la goulue ! la goulue ! la goulue ! la relaie Josefa aux yeux blancs. Ne sais-tu pas, malheureuse, que la gourmandise est un péché capital ? De ceux qui t'envoient directement en enfer ?

— Eh bien, maintenant, mange ton pain sec ! »

Ce qu'elle fait en l'arrosant de larmes honteuses.

Son père ne leur donne guère d'argent, préférant laisser ses économies en dépôt à la caisse d'épargne. Il faut dire à sa décharge qu'il a prêté cent *douros* à l'un de ses frères, Jacinto, qui tient en fermage un *cortijo* de huit vaches au lieu-dit Lasayas, à une lieue de Fuentefria. Jesus lui a recommandé :

« Tu verseras tous les mois les intérêts à notre mère, pour la nourriture de Rosita. »

Mais Jacinto oublie tous les mois de verser les intérêts, et Josefa doit élever l'orpheline sans argent. En revanche, l'oncle Jacinto accepte volontiers de la recevoir à la ferme. Elle garde ses vaches au pâturage, prenant bien garde de les empêcher de sortir de la surface d'herbe concédée, le reste devant être tondu. Elle emporte pour goûter du pain et du fromage. Elle complète, suivant la saison, en cueillant des mûres, des framboises, des noisettes. Ce sont des jours de liesse.

A la fin, doña Consuelo écrivit au père de Rosita. Il monta de León, se présenta intimidé devant l'institutrice, dans ses souliers neufs et son habit de futaine, comme s'il allait se remarier, le béret à la main. Elle lui dit :

« Vous devriez prendre votre fille avec vous. Il ne lui convient pas de rester plus longtemps chez sa tante et sa grand-mère.

— Est-ce qu'elle y est maltraitée ?

— Non, non.

— Ici, l'air est le meilleur de toute l'Espagne.

— Oui, mais ici le pain lui manque. Elle souffre de la faim. Et son intelligence, qui est vive, ne se développe pas comme elle pourrait. »

Voilà comment Rosita cessa d'être une petite paysanne et devint une habitante de la ville.

2

Pour sa part, au même âge, Manuel — que tout le monde appelait familièrement Manolo — n'eut jamais de démêlés avec la faim ; mais il en eut de graves avec la religion.

A trente lieues au sud de Fuentefria, la terre était rouge et friable, elle s'écrasait en poussière quand on la serrait dans la main. Elle produisait du blé, de l'orge, des lentilles, de la luzerne, des cultures irriguées. Un vent froid ou brûlant selon les saisons la balayait presque en permanence, le *norte* rigoureux et sec, le *gallego* humide, l'*abrego* impétueux. Si bien que peu d'arbres osaient les affronter : quelques chênes verts, quelques peupliers au bord des rares étangs. Mais en plusieurs directions, le regard courait jusqu'à l'horizon sans rencontrer un arbre. En revanche, il rencontrait des pigeonniers, les uns ronds comme des marmites, avec leurs couvercles à deux étages, les autres carrés. Chaque propriétaire avait le sien. Composé de deux enceintes concentriques remplies d'alvéoles et d'excréments. Les pigeons y nidifiaient, en concurrence avec les étourneaux. Pays de vignobles aussi, sur les pentes abritées du *norte*. Les ceps sans échalas s'étendaient à leur aise au ras du sol, les orteils en éventail. A la saison des vendanges, une horde de journaliers dévalait des montagnes louer leurs bras et leurs échines. Ils cueillaient le raisin dans des bannes qu'on transportait par charretées jusqu'aux caves creusées profond dans la terre, chacune avec sa cheminée d'aération sous un abri en forme de niche. Agglomérations hors l'agglomération, énormes boursouflures qui ressemblaient de loin à des nids de guêpes. La récolte était déversée par les cheminées, pressée en bas sur la terre battue par les pieds des vendangeurs ; le jus s'écoulait dans un puits avant d'être recueilli et vidé à pleins seaux dans les cuves.

Au printemps, des troupeaux de brebis montaient des régions méridionales paître l'herbe des sierras. Ils suivaient les *cañadas*, larges chemins ouverts par les pattes de leurs prédécesseurs. Si nombreux qu'à la traversée de Valdescorriel leur migration, commencée avant l'heure de la classe, se poursuivait encore à midi. Les écoliers assistaient à cette marée laineuse et bêlante. Les moutons étaient encadrés de chiens mérinos hirsutes, aux fortes bajoues, à longue queue, le cou protégé par un collier hérissé de pointes. D'ânes, chargés de provisions. De bergers vêtus de peaux, les pantalons ficelés à la jambe, chaussés d'un morceau de pneu retenu par des lanières. Une musette battait leurs reins. Ils portaient sur l'épaule une couverture enroulée, à longues franges. Et certains, un curieux instrument de musique : deux planchettes aux bords dentés, réunies par une corde ; tenant dans son poing la corde en son milieu, l'homme faisait tourbillonner l'engin qui produisait un mugissement capable d'éloigner les loups. Les gosses savaient que ces bons pasteurs devraient combattre les loups des montagnes, avec l'alliance de leurs chiens ; ils les regardaient passer avec des yeux brillants d'admiration, de crainte et d'envie.

Valdescorriel était alors, entre Bénavente et Mayorga, un village de plus de trois cents âmes. Sans compter les brebis, les chèvres, les vaches, les ânes, les mulets, ni le cheptel à plumes. Sans compter les âmes mortes, nombreuses autour de l'ancienne église dont il ne restait que le fronton en forme de feuille de roseau, avec ses jours béants, démunis de leurs cloches. Le clocher du bourg dressait sa tour carrée que sommait un nid de cigognes. Tantôt la cigogne mère s'y tenait droite, si immobile que tu l'aurais crue de faïence ; tantôt elle s'y enfonçait frileuse, ébouriffée par le vent du plateau ; et d'autres fois elle *pilait l'ail*, produisait avec son bec les mêmes claquements que la ménagère dans son mortier quand elle prépare la soupe.

A la Saint-Blaise, qui arrive au début de février, le paysan des hautes terres d'Auvergne s'attend à de la neige jusqu'à la queue de son âne :

A San Blase
entro la cuò de l'ase.

Le Castillan, lui, espère les cigognes, annonciatrices de bonnes récoltes :

Por San Blas cigüeña verás,
y si no la vieres mal año tuvieres.

Pour la Saint-Blaise cigogne verras,
sinon, mauvaise année tu auras.

Aussitôt, elles entreprenaient de réparer le vieux nid, y ajoutaient brin sur brin, sarment sur sarment, en sorte qu'il atteignait parfois une hauteur d'homme. Elles nettoyaient les terrains marécageux de leurs vermines, grenouilles, salamandres, serpents. Enlevant parfois aussi quelque malheureux caneton qui gigotait et protestait vainement de son identité. Elles pondaient deux ou trois œufs, et la famille agrandie repartait fin octobre.

Valdescorriel était un village d'argile sur une terre d'argile. Rouge sur rouge. Les maisons étaient construites en torchis ou en brique crue, excepté le soubassement de pierre qui les protégeait des eaux pluviales. Elles comprenaient au rez-de-chaussée les pièces de jour, à l'étage les pièces de nuit et les greniers, sous la tuile romaine décolorée par le soleil. Elles se disposaient avec les étables et les granges autour de patios exigus, encombrés de cages à lapins et à furets. Dans les salles, brûlait un feu de paille, de sarments, de bouses sèches. Sous le manteau des cheminées, deux chaires munies d'accoudoirs et de coussins, pareilles aux *cantous* que Manolo rencontra plus tard en Auvergne et en Périgord. C'étaient en hiver les places les plus douillettes, réservées aux grands-parents. A l'opposite, dans un réduit clos sous l'escalier, la *cantarera* gardait les cruches à l'ombre et au frais.

Mais la terre était partout. Sol battu des cuisines, substance des murs, clocher de l'église, enceinte des pigeonniers et du cimetière, parois des caves. Délayée dans l'eau, elle moussait comme le savon et dégraissait les laines. De temps en temps, la mère de Manolo commandait :

« Va-t'en me chercher un peu de *tierra bodeguera.* Un peu de la terre dans laquelle les caves sont creusées. »

Elle en frottait ses couverts et ses casseroles.

Substance aussi des habitants qui paraissaient modelés dans l'argile comme le premier homme entre les mains du Créateur.

C'est par son grand-père Enrique que Manolo apprit le nom de sa famille. Quand il voulait affirmer quelque chose de solennel, le vieux se désignait la poitrine de l'index et disait fortement :

« Moi, Enrique Alcacer... »

Il sut de même que ses oncles, son père, sa mère, sa grand-mère, ses frères, lui-même, étaient tous des Alcacer. L'*alcacer* est l'orge verte qu'on coupe avant l'épiaison comme fourrage. D'où fallait-il que sa race fût venue pour porter un nom pareil ? Personne aux environs de Valdescorriel ne s'avisait de faucher l'orge en herbe : de quoi aurait-on nourri les ânes, les mulets, la volaille ? Beaucoup de familles pauvres, même, se contentaient de pain d'orge, communément appelé « pain de bourrique ».

Grand-père Orge Verte cultivait de nombreuses parcelles disséminées autour du village, quelquefois très éloignées. Certaines lui appartenaient, d'autres étaient affermées au *comte*, une Puissance invisible mais dont on parlait souvent, comme de Dieu le Père, avec laquelle on traitait par l'intermédiaire du régisseur, son Grand Pontife. Enrique Alcacer possédait également des chèvres et des moutons. Sa descendance avait connu moins de prospérité que ses troupeaux, puisque sur quinze enfants venus au monde quatre seulement avaient atteint l'âge adulte. Dont Cristobal, le père de Manolo.

Le pain, gris chez les très pauvres, était blanc chez les Alcacer. Coupé dans les écuelles en tranches fines, par un couteau à lame courbe, le plus affilé de la maison, la *migadera.* La soupe était enrichie par une cuillerée d'*unto*, mélange de graisse de porc et de suif de chèvre. Grâce au troupeau, la viande ne manquait point dans le pot-au-feu aux pois chiches.

A Valdescorriel, les femmes et les enfants marchaient seuls en sabots ; les hommes tenaient cette chaussure pour indigne d'eux et portaient, suivant la saison et les travaux, des brodequins ou des espadrilles. Par temps de haute neige, les garçons se rendaient à l'école sur des échasses. Echassiers accomplis, ils pouvaient traverser les ruisseaux jusqu'à un mètre de profondeur. On racontait à ce propos l'histoire du curé don Arquimedes qui se trouva un soir, au retour d'une visite à son collègue de San Miguel, bloqué par l'orage au-delà de ce pipi de chat, du *reguero* qui n'est en temps normal qu'une rigole, mais que le déluge avait transformé en torrent. Le prêtre appela, réclamant une barque. Le père de Manuel, alors âgé d'une quinzaine d'années, vint à son secours. Sur ses échasses, il traversa d'abord les eaux bouillonnantes. Une fois sur l'autre rive, il offrit ses épaules.

« Tu es fou ! dit le curé. Un gamin comme toi vouloir se charger d'une personne comme moi !

— Je suis plus fort que je ne semble, Padre. J'ai même l'habitude de porter les sacs de patates.

— Je ne suis pas, morveux, un sac de patates !

— Alors, rappelez-vous que je m'appelle Cristobal.

— Saint Christophe n'allait pas sur des échasses ! Elles se briseront sous notre double poids. Et nous nous noierons ensemble ! »

Mais le fils de la bouchère s'obstinait. Faute d'autre recours, don Arquimedes se laissa convaincre.

L'un portant l'autre, ils avancèrent à travers le ruisseau furibond.

« Prends garde à cette branche ! Prends garde à ce tourbillon ! » criait le prêtre, la soutane retroussée, les mollets découverts.

Enfin, ils atteignirent la terre ferme où don Arquimedes cria au miracle. Un miracle toutefois qui ne lui resta guère dans le souvenir, comme put en juger plus tard le fils de son sauveteur.

L'école de garçons était un cube blanc, au bout du village, sans cour de récréation, sans préau, sans cabinets. De six à quatorze ans, Manolo en fréquenta la classe unique, confiée aux mains et aux pieds de don Felipe Juglar. Ses frères plus jeunes, Esteban et Bernardo, l'y rejoignirent à mesure qu'ils atteignaient l'âge. La pédagogie de don Felipe n'employait que deux ressorts : terreur et mémoire, mémoire et terreur. Ses connaissances étaient d'ailleurs bien minces et il eût été souvent dans l'embarras sans le secours des livres. Comment apprenait-on sous sa férule à lire et à écrire ? Manuel se le demande encore, soixante années plus tard, devenu lui-même pédagogue pensionné, car il ne se rappelle aucune leçon en règle de son premier maître. Sans doute par une sorte de contagion, en côtoyant ceux qui savaient, comme on attrape la rougeole. Mais quant à lui, c'est sur les genoux de sa mère, entre ses bras, blotti dans sa chaleur et son odeur de vanille que Manolo forma d'abord ses lettres. L'apprentissage de la lecture reste lié en son souvenir à la douceur de la voix et des mains maternelles, comme les premiers jeux, les premières chansons.

Elle employa l'alphabet qui lui servait à broder : chaque lettre y avait huit formes, majuscules, minuscules, manuscrites, imprimées, droites, penchées, toutes dissimulées sous un entrelacs de fioritures comme une fenêtre sous une glycine. Il les dessinait, réduites à leurs lignes élémentaires, avec un crayon blanc sur une ardoise encadrée de bois.

Il eut cinq ans, elle lui acheta un abécédaire rempli de figurines coloriées et de courtes phrases ; ainsi apprit-il que *le chien jappe*, que *le vent souffle*, que *le ruisseau gazouille*. Quand il avait lu ou écrit de façon satisfaisante, elle le félicitait :

« Très bien, mon fils ! Tu deviendras un homme instruit ! Tu n'auras pas besoin de te durcir les mains comme ton père et ton grand-père Alcacer ! »

Cette avance qu'il possédait sur les enfants de son âge n'empêcha pas l'instituteur de le mêler aux petits, à ceux qui ne savaient rien, pas même le compte de leurs doigts. Il avait trop à faire avec ses grands élèves pour s'embarrasser des débutants. Il confiait donc ces derniers à un *instructor* qui, théoriquement, aurait dû leur faire répéter les notions mal acquises. Mais comme celui-ci ne savait rien lui-même, il se contentait de les rassembler au fond de la classe, debout, serrés les uns contre les autres, pieds joints et bras croisés, dans l'immobilité la plus totale. Naturellement, ce garde-chiourme était choisi pour ses biceps et sa brutalité. Exemple : Tomas Peolos, surnommé *Piojoso*, le Pouilleux, fils du forgeron. Pour mieux les contenir, il traçait sur le plancher, autour de leur groupe, un cercle de craie à ne traverser sous aucun prétexte. Si l'un d'eux, par audace ou maladresse, osait le franchir, la pesante main du Pouilleux lui ébranlait la tête et lui faisait repasser la ligne.

Pendant ce temps, don Felipe s'employait à instruire la division supérieure. Tout devait être appris par cœur dans le manuel, en tranches successives, de tel mot à tel autre : histoire, géographie, religion, sciences, géométrie, vocabulaire. L'ensemble assaisonné de quelques misérables commentaires. Quand un élève avait la hardiesse de demander une explication gênante, le maître d'école se réfugiait derrière Dieu, la sainte volonté de Dieu, l'immense bonté de Dieu, l'infini pouvoir de Dieu. C'est ainsi que Dieu avait inventé la *grammaire* pour tourmenter ces petits pedzouilles tombés du ciel sans l'avoir demandé sur la terre rouge de la Vieille Castille. Le livre de grammaire commençait ainsi : *La palabra y al decir de Balmes bello patrimonio del hombre le fué dada a este por Dios.* Dix fois, vingt fois, Manuel lut et relut cette phrase incompréhensible : *Le mot* (ou La parole) *et aux dires de Balmes beau patrimoine de l'homme fut donné* (e) *à celui-ci par Dieu... Le mot et aux dires de Balmes... La parole et aux dires de Balmes... Le mot et aux dires... Balmes, Balmes, Balmes...* Or don Felipe, ce jour-là, considérant ses élèves par-dessus les lorgnons qui scintillaient sur son nez, condescendit à expliquer :

« Vous vous demandez sans doute qui est Balmes ?

— ...

— Eh bien, je vais vous le dire. Jaime Balmes fut un professeur de Madrid d'une science extrême. Si savant qu'il était capable, paraît-il, de lire quatre lignes à la fois ! »

Les élèves se regardèrent avec stupeur, eux qui avaient les plus grandes peines du monde à déchiffrer les lignes une à une. Quatre à la fois ! Mais comment faisait-il ? Quel homme prodigieux ! Et il avait daigné inspirer un livre de cinquante centimes destiné aux enfants de Valdescorriel ! Ils en avaient vraiment pour leurs deux *reales* !

A force de le tourner et retourner dans sa tête, Manuel comprit qu'il convenait d'introduire dans son texte une paire de parenthèses ; ces simples signes de ponctuation rendirent alors la phrase compréhensible : *La parole (aux dires de Balmes, beau patrimoine de l'homme) fut donnée à celui-ci par Dieu.* Mais don Felipe s'était bien gardé de lui en faire la suggestion.

Dieu les saisissait le matin dès neuf heures par le collet, et ne les lâchait plus de la journée. Plus de la semaine. Sitôt dans leurs bancs, les enfants récitaient debout le *Notre Père...* Dieu participait au terrorisme pédagogique. Non seulement un effrayant crucifix noir dominait la chaire du maître, comme un Inspecteur Suprême ; mais des gravures aux couleurs violentes racontaient sur les murs l'Histoire sainte : *Dieu crée le premier homme, Dieu chasse Adam du Paradis terrestre, Dieu noie les hommes sous son déluge, Dieu brûle Sodome, Le massacre des Sichémites, Moïse reçoit le Décalogue, David et Goliath...* Ce n'était guère, au-dessus des fenêtres, qu'une longue galerie des colères de Dieu. La plus terrible représentait avec un réalisme affreux *Le sacrifice d'Isaac* : on y voyait Abraham, les yeux révulsés, saisir son fils par les cheveux, lui renverser la tête pour dégager la gorge et brandir une navaja d'Albacete. Isaac avait huit ans, il aurait pu être élève de cette classe.

Cela n'empêchait pas, naturellement, les gamins de commettre toutes sortes de coquineries. Un de leurs jeux préférés consistait à attraper une mouche, à la tremper dans l'encrier pour lui faire prendre un bon bain, à la ressortir dégoulinante, à la déposer ensuite sur une feuille blanche où, des ailes et des pattes, elle traçait des lignes curieuses. Certains élèves, par raffinement artistique, lui arrachaient la tête ; elle tournait alors en rond et dessinait des spirales. Ou encore, ils écrasaient le corps décapité dans l'épaisseur d'un livre, son écrabouillement laissait sur les pages opposées deux taches symétriques du plus bel effet. Jeux de vilains, qui se vengeaient sur plus faibles et plus innocents qu'eux des persécutions dont ils étaient victimes. A l'occasion, ils tourmentaient de même les scarabées, les lézards, les grenouilles, les oiseaux, les chats, les chiens, les brebis.

Pour punir les fautes les plus scandaleuses, don Felipe recourait à *Tétarufo* et au *cuarto de los leones* : la chambre aux lions. Un réduit adjacent à la classe, ne comportant ni fenêtre ni aucune sorte d'éclairage. Les « lions » y restaient enfermés, grelottants de peur, dans une obscurité sépulcrale. Mais cette geôle ne suffisait point ; chaque fois qu'il se préparait à y jeter un de ses petits malfaiteurs, le maître d'école appelait d'une voix terrible :

« Tétarufo ! A moi, Tétarufo ! »

Qui était l'épouvantable Tétarufo ? Un ogre ? Un gorille ? Un fantôme ? Personne ne pouvait le dire exactement, nul ne l'avait jamais distingué avec certitude. Il logeait sous l'escalier, derrière les balais, ou dans l'épaisseur des murailles, il sortait de terre en rampant et mordait aux jambes les incarcérés.

Manuel connut très tôt ce local et le monstre qui le hantait. Don Felipe s'était absenté un moment, sans doute pour satisfaire une urgence naturelle. Dans ce cas, il se rendait, comme n'importe quel habitant du village surpris hors de chez lui par une telle nécessité, dans une ruelle qui servait à cette fonction. Il arrivait qu'on la trouvât déjà occupée par une ou deux personnes. Nul ne s'offusquait de ce voisinage pourvu que les dames prissent le soin de rassembler leurs jupes autour d'elles. Tout le monde se connaissait à Valdescorriel ; aussi, tout en vaquant à ses propres besoins, échangeait-on en même temps des propos saisonniers sur le temps, les récoltes, les animaux. Parfois, les femmes jugeaient bon de prononcer quelques mots d'excuse :

« Que voulez-vous, *hombre*. Même la reine à Madrid est obligée de passer par là. C'est une chose voulue de Dieu. Et bien malheureux celui qui ne peut y satisfaire ! »

Quant aux enfants, pendant la récréation — celle-ci se prenait dans les rues et sur les carrefours avoisinants, parmi les ânes, les mulets et les chiens —, ils trouvaient en face de l'école un tas de paille mis à leur disposition par la *tia* Dominga, une pauvre veuve dépourvue de bétail, qu'ils approvisionnaient de la sorte en fumier pour son jardin. Chez eux, ils ne disposaient pas de meilleures commodités et se contentaient, selon le cas, de l'étable, de la bergerie ou du *patio* de la ferme.

Don Felipe était donc sorti, confiant la surveillance de la classe à un *instructor* qui devait écrire au tableau noir les noms des perturbateurs de l'ordre public. Malgré cette précaution, Manolo avait suivi l'exemple de son voisin de table, Perico Morales, trempé un doigt dans l'encrier et s'était peint la figure à la manière des cannibales. Revenu de ses affaires, l'instituteur trouve toute la classe secouée de rires ; deux noms figurent au tableau : *Alcacer, Morales*. Saisissant alors les coupables par les cheveux, il les pousse rudement vers la « chambre aux lions », en vociférant :

« Tétarufo ! Occupe-toi de ces deux gredins ! Ne les ménage pas ! »

D'abord suffoqué de terreur, Manolo demeura tout palpitant dans ce noir absolu, sur le sol carrelé de brique. Il entendait quelque part, près de lui, Perico pleurnicher et répéter convulsivement : non, non, par faveur, don Felipe, ha, ha, don Felipe par faveur, par faveur... Soudain, la voix lui revint, Alcacer se mit à pousser des hurlements si atroces, appuyés bientôt par ceux de Morales, que l'instituteur ne put longtemps résister à ce duo et fut contraint de les libérer. C'est ainsi qu'ils échappèrent ce jour-là aux dents de Tétarufo.

Par la suite, s'appuyant sur le témoignage de ceux qui avaient subi la même incarcération et sur ses propres expériences, Manuel se convainquit que Tétarufo n'existait pas. C'était une invention de don Felipe. Un mythe. Il en vint — mais beaucoup plus tard, aux approches de sa quatorzième année, alors qu'il se préparait à quitter l'école de Valdescorriel pour l'Ecole Normale d'Instituteurs — il en vint même à considérer comme mythes tous les personnages invisibles dont les menaçaient don Felipe et son compère, le prêtre don Arquimedes : Dieu, Jésus-Christ, saint Michel archange, saint Pierre, saint Paul, saint Jacques, saint Jean-Baptiste et autres saints, la Vierge du Pilar, le diable et sa famille, le roi Alphonse, la reine Victoire-Eugénie, les infants et infantes de toutes tailles. Il cessa donc de croire en Alphonse XIII jusqu'au jour où il eut l'occasion de le voir de ses yeux à Madrid entrant au Palais Royal dans un carrosse entouré de cavaliers.

Le samedi, jour consacré au catéchisme, les écoliers tombaient au pouvoir de don Arquimedes Luque. Comme il arrivait souvent en retard, ils l'attendaient sous l'auvent de l'église qui faisait face au mur de la mairie, à l'abri de la pluie ou du soleil, jouant à chat perché, se roulant dans la poussière. Ou poussant de la rue des cris d'encouragement à la cigogne en train d'apprendre à voler à ses cigogneaux ; elle prêchait d'exemple, ailes grandes ouvertes autour du clocher ; les cigogneaux agitaient leurs ailerons, s'élevaient un peu au-dessus du nid, osaient s'élancer. Quelquefois, l'un d'eux ne parvenait pas à remonter dans le nid et restait pantelant sur une toiture. Les parents devaient l'y nourrir jusqu'à ce qu'il eût des forces suffisantes. Don Arquimedes arrivait enfin, il s'indignait de trouver les enfants dans la rue et les faisait entrer à coups de pied dans le derrière.

Dans son architecture intérieure, l'église ne différait d'une grange que par ses dimensions, car elle comportait une seule travée tout en longueur, interrompue par un arc badigeonné de blanc qui soutenait le plafond. Les leçons se tenaient au milieu, dans la partie la moins obscure. Les enfants prenaient place sur les prie-Dieu réservés aux dames durant les offices, les hommes devant s'asseoir sur les bancs du fond ou de la tribune. Lorsqu'ils levaient la tête, ils avaient en face d'eux la balustrade des communions, puis l'autel, puis le retable qui recouvrait entièrement le mur du chevet : composé de dix-sept panneaux de bois, il représentait des scènes de l'Evangile ; mais tellement enfumées par des générations de cierges et de chandelles qu'on avait peine à en distinguer les sujets. Tout en haut, perchée dans une niche, une minuscule Vierge, noire de visage et de vêtements, offrait au peuple son négrillon d'Enfant-Jésus.

Don Arquimedes était un homme pourpre et volumineux, plus lourd de graisse que de savoir. Il avait pris beaucoup de poids depuis que le jeune Alcacer Cristobal avait eu le courage de le porter sur ses épaules. Ses fonctions sacerdotales, le traitement que lui versait l'Etat, les volailles, les œufs, l'huile que lui apportaient ses paroissiens le nourrissaient bien, lui et sa servante. Celle-ci avait laissé savoir que le petit déjeuner de son maître était composé de chocolat (deux chopines !), de beurre, de fromage, de saucisse. Quand un petit garçon renâclait le matin sur sa soupe trop épaisse ou trop claire :

« Fais-toi curé ! lui conseillait son père. Et tu déjeuneras au chocolat ! »

D'ailleurs, il n'était guère de famille, pour peu qu'elle fût nombreuse, qui ne voulût tirer gloire et profit d'un enfant ecclésiastique. Le dernier fils était en général voué à ce bonheur, car les parents se tenaient ce raisonnement : « Quand nous serons vieux, lui sera en âge de nous nourrir et il en aura les moyens. Et comme il est le plus jeune, c'est lui qui a le plus de chances de nous rester, même si — Dieu nous en garde ! — les autres sont déjà crevés de misère. »

Une ou deux fois chaque année, le clocher s'ornait donc d'un drapeau bicolore planté à son sommet par les jeunes gens du pays en l'honneur d'une première messe : célébrée par un garçon du pays qui commençait de la sorte sa lucrative carrière, accompagnée par le chant des cloches, les vivats de la foule, le craquettement des cigognes.

La pédagogie du curé de Valdescorriel ne différait en rien de celle de l'instituteur. De tous les don Felipe ou don Arquimedes qui avaient, pendant des siècles et des siècles, sévi sur les enfants de Castille, de León, d'Estrémadure : mémoire et terreur, terreur et mémoire. Avec cette aggravation que les textes du catéchisme, prières, litanies, cantiques, liturgie, étaient le plus souvent dits en latin. Avant eux, les pères, les grands-pères s'étaient fourré dans la caboche ces syllabes incompréhensibles, ces *Acnousdéïcouitolispécatamoundi*, ces *Tédéoumlaoudamous*, *Tédominoumconfitémour*, ces *Noctemcouillétamettefièmperfectoum*. Pourquoi changer des méthodes si longtemps éprouvées ? Cristobal, père de Manuel, sauveteur de don Arquimedes, avait fréquenté l'école et la *doctrina* jusqu'à l'âge de douze ans ; du moins pendant les saisons où son père à lui ne l'employait point à garder le troupeau. Et au terme de ces études, il savait à peine déchiffrer l'écriture imprimée en remuant les lèvres et suivant les lignes de l'index. Mais il était en mesure de réciter d'une haleine l'entière généalogie de Jacob :

« Fils d'Isaac, fils d'Abraham, fils de Tharé, fils de Nachor, fils de Sarug, fils de Réü, fils de Phaleg, fils d'Héber, fils de Salé, fils d'Arphaxad, fils de Sem, fils de Noé dont le nom signifie *repos et soulagement*. »

Là-dessus il prenait lui-même un repos, puis achevait :

« Fils de Lamech, fils de Mathusalem, fils d'Hénoch, fils de Jared, fils de Malaléel, fils de Caïnan, fils d'Enos, fils de Seth, fils d'Adam. »

Il va de soi que Cristobal, fils d'Enrique, fils de Juan, connaissait beaucoup mieux l'ascendance de Jacob que la sienne propre, puisqu'il ne savait rien au-delà de son grand-père Orge Verte ; rien de cette longue chaîne de fermiers, de métayers, de brassiers, de culs-terreux qu'avait été son lignage paternel.

Manuel prit sa suite sur les bancs de l'église où s'enseignaient les saintes vérités. La leçon commençait par la récitation collective d'une cantilène :

Todo fiel cristiano
Està muy obligado
A tener devocion
A la Santa Cruz,
A Cristo nuestra luz... [1]

Cette musique monotone ressemblait aux comptines qu'ils égrenaient pour savoir qui serait le loup et qui l'agneau en jouant à *lobo y cordero* :

Cordero y cordillera,
Cagachin y cagafierro,

1. Tout fidèle chrétien / Est dans l'obligation / De montrer dévotion / A la Sainte Croix, / Au Christ, notre lumière...

Lobezno y lobanera,
Al estilo de la tierra,
Cerramos la ratonera... [1]

Il n'y avait pour eux pas plus de sens dans l'une que dans l'autre.

Ensuite, venaient les textes en prose, sans musique, seulement rythmés. Ils présentaient le grand avantage que ceux qui les savaient mal pouvaient se contenter de produire un vague murmure, *bou, bou, boubou*, sans que personne le remarquât. Réponses invariables aux invariables questions :

« Quelles sont les fins dernières de l'homme ?

— Les fins dernières de l'homme sont la mort, le jugement, le paradis et l'enfer.

— Que deviendra notre âme après le jugement ?

— Notre âme après le jugement ira en paradis, en purgatoire ou en enfer selon qu'elle l'aura mérité. »

Le doigt de don Arquimedes battait la mesure ; mais chaque fois qu'il était question de paradis, il se redressait pour montrer le plafond ; chaque fois qu'il s'agissait d'enfer, il désignait le pavement. A six ans, Manolo savait que l'enfer est situé au centre de la terre ; qu'il piétinait en marchant le royaume des damnés. Il lui en vint une frayeur permanente pour tout ce qui était souterrain, tout ce qui s'enfonçait dans le sol. Ne fût-ce que le simple trou que creusait son père pour y planter un figuier : il se tenait à l'écart plein de crainte, s'attendant à en voir jaillir des flammes.

Tout d'ailleurs dans cette église inspirait l'effroi. Après le catéchisme, ils gagnaient la sortie en traversant aussi vite que possible les ténèbres du fond. Là se dressait le confessionnal, la guérite grillagée où don Arquimedes peinait à introduire sa volumineuse personne ; le bois des deux logettes réservées aux pénitents était comme noirci par l'aveu de millions de péchés. Là étaient aussi remisés, derrière les bancs, le catafalque et ses accessoires, chevalet, drap noir marqué de larmes blanches. Et, juste sous la tribune, le cercueil municipal, debout contre le mur comme une horloge. C'était une caisse en bois de pin qui servait au transport des cadavres indigents. Sans autre parure que les quatre poignées de fer rouillé, une croix brune peinte sur le couvercle et une série de coches gravées dans le flanc. On y enfermait la dépouille jusqu'au cimetière où elle était déposée en bordure de la fosse commune. Elle y restait jusqu'à la nuit tombée. Alors, discrètement, Quico Palomo, le fossoyeur, venait tirer les quatre chevilles qui fixaient le couvercle et vidait le défunt dans le trou comme un chien crevé. Il le recouvrait ensuite de déblai, récupérait

1. Agneau et cordillère, / Moustique et mâchefer, / Louveteau et louve noire, / A la mode du pays, / Fermons la souricière...

la caisse et la rapportait sur sa voiture à bras jusqu'à l'église où elle attendait une autre occasion de servir. Avant de la redresser contre le mur, il tirait son couteau et ajoutait une coche. Il y en avait bien déjà quinze ou vingt.

Quand ils atteignaient sept ans, l'âge de raison suivant les lois de l'Eglise, les catéchumènes accomplissaient leur première communion. Manuel gardera de cette cérémonie un souvenir longtemps tourmenté. Communiants et communiantes devaient se présenter à la sainte table l'estomac parfaitement libre, aussi pur que leur conscience lessivée de frais. Or ce matin-là le diable s'incarna en la personne de Perico Morales, le fils de l'épicier. Tandis qu'ils se rendaient ensemble à l'église dans leur costume neuf à brassard blanc, Perico sortit de sa poche un sachet de sucre candi et lui en offrit un morceau. Il avait la forme d'un cristal de quartz, brillant et transparent. Perico était le meilleur élève en instruction morale et religieuse, spécialiste des Commandements qu'il récitait à une vitesse incroyable et sans respirer : « Tu adoreras un seul Dieu, Tu ne jureras point le nom du Seigneur, Tu ne tueras point, Tu ne voleras point, Tu ne mentiras point et ne porteras point faux témoignage, Tu ne désireras point le bien d'autrui... » Or ce champion du Décalogue pratiquait le pillage comme un ministre des Finances ; il avait toujours les poches garnies de bonbons, de chocolats, de réglisses détournés de la boutique paternelle. Il faut dire à sa décharge qu'il en faisait profiter ses copains. Ainsi arriva ce cristal de sucre candi entre les mains de Manolo qui l'accepta et le suça. Ce n'est qu'au moment d'ouvrir la bouche pour recevoir la communion qu'il se rappela sa récente gourmandise. Il était maintenant trop tard pour reculer. Longtemps il garda sur la langue l'hostie divine, hésitant à l'avaler. Mais elle fondit d'elle-même et il s'aperçut, en dépit de ses efforts pour la retenir, que le corps du Christ était allé dans son estomac rejoindre le sucre candi. Il ne s'agissait point là d'un simple péché, mais d'un sacrilège : « Attentat commis sciemment contre un objet sacré », selon la définition fournie par don Arquimedes. Sa gravité lui parut telle que, lors des confessions ultérieures, il n'osa point s'en délivrer et le garda des années sur la conscience.

Le sacrement de confirmation était imparti par l'évêque de León. Celui-ci, toutefois, ne rendait visite à la lointaine paroisse de Valdescorriel que tous les six ou sept ans. L'événement était donc attendu comme l'éclipse. On ne sut, en 1921, le jour exact de sa venue qu'une semaine à l'avance. Juste le temps de parer le village de feuillages et de bannières, de dissimuler les façades honteuses sous ce que les familles possédaient de plus fleuri, couvertures, cachemires, mantilles. En dépit de son pauvre savoir, don Felipe Juglar, l'instituteur, était l'homme le moins ignorant de la commune, il jugea qu'il lui appartenait de composer une allocution de bienvenue. Après quoi, il prit à part le jeune Manuel Alcacer :

« Je vais te charger d'un immense honneur : c'est toi, au nom de l'école et de toute la population, qui salueras Sa Seigneurie Illustrissime.

— Moi ? Comment ferai-je ?

— Tu prononceras le discours que je viens d'écrire. »

Et il lui colla entre les pattes quatre feuillets noircis de son écriture.

« Mais prends garde qu'il ne s'agit pas seulement de le lire ! Tu dois l'apprendre par cœur. Je t'ai choisi parce que tu possèdes la meilleure mémoire de la classe. Meilleure que la mienne, oserais-je dire. Ce qui n'est pas surprenant à ton âge et au mien. Emporte donc ce texte et viens me le réciter chez moi, sans une faute, dans trois jours. »

Eberlué, l'enfant raconta à ses père et mère ce qu'on attendait de lui.

« Ça ne m'étonne pas ! fit Cristobal en riant. Puisque toi et tes frères descendez d'un évêque !

— Ne dis pas de sottise », fit Alba, rougissante. Et elle embrassa son fils avec fierté.

On faisait quelquefois allusion dans la famille à cet arrière-grand-oncle épiscopal qui avait vécu au temps de la Première République. Courte république de deux ans et du « ministère des passereaux » groupant les señores Pi, Tchao, Tut-Tut et autres ministres onomatopiques.

« Je te raconterai un jour, le temps venu... » promettait Alba.

Manuel s'enferma dans le grenier, en compagnie des jarres d'huile, des chapelets d'oignons, des grandes bannes de grain en forme d'amphore, l'endroit le plus solitaire de la ferme. Des pigeons roucoulaient sur le toit. Marchant de long en large, il avala phrase à phrase la longue adresse à *Su Ilustrisima*. La kyrielle de salutations qui déroulaient la faveur insigne... l'avantage précieux... l'oblation de Sa vénérable présence... Enfatrassée d'allusions historiques plus ou moins opportunes. Tel ce mot d'un vice-roi du Chili trop généreux envers ses sujets aux envoyés de Madrid qui le menaçaient de lui couper les vivres : *J'aime mieux l'honneur sans bateaux que des bateaux sans honneur...* Promettant le respect infini... l'obéissance absolue... l'accomplissement parfait des devoirs chrétiens, familiaux, nationaux... S'achevant sur ces acclamations : *Viva Su Ilustrisima ! Viva España !* Après trois jours d'efforts, Manuel récita son texte d'abord aux oignons, puis à ses parents, puis au maître d'école. Celui-ci le lui fit répéter quatre fois supplémentaires pour s'assurer de sa mémoire. Il recommanda :

« Devant Son Illustrissime Seigneurie, tu te tiendras les mains jointes sur l'estomac... comme ça... les yeux tournés vers Sa poitrine. »

La veille du grand jour, l'évêque arriva dans une limousine noire, conduite par un *tchofer* à casquette rouge. Le *tchofer* arrêta sa voiture armoriée devant l'église, en descendit précipitamment, alla ouvrir, sa casquette à la main, la portière de *Su Ilustrisima* dont on vit paraître d'abord les longs souliers à boucles, puis les jambes maigres dans des chaussettes violettes, la soutane noire, les longs bras, le chapeau de peluche. C'était un homme d'une haute taille, d'une minceur étonnante pour quelqu'un qui avait autorité sur les prêtres, curés, moines et moinesses de tout le diocèse, dont le moindre pesait deux fois son poids, sans doute avait-il dû s'exténuer pour atteindre une position si éminente.

Monseigneur gravit les degrés qui montaient au porche de l'église, poussa la porte de sa main, tomba au milieu de la leçon de doctrine chrétienne enseignée par don Arquimedes. Quand celui-ci eut salué son supérieur et baisé son anneau, il fit un signe à ses élèves et toute la classe cria comme un seul homme :

« Vive Son Illustrissime Seigneurie ! »

L'évêque les rassit d'un geste de la main, puis s'informa sur le nombre des confirmants et leur degré de préparation :

« Dix-huit, Monseigneur, huit filles et dix garçons. Je les crois parfaitement au point.

— C'est ce que nous allons voir. »

Il se mit à les interroger. Or les enfants, habitués aux questions invariables du Padre et aux réponses automatiques, ne comprenaient rien au vocabulaire du prélat. C'est ainsi qu'ils restèrent bouche bée quand, voulant les sonder sur le mystère de la Rédemption, il demanda :

« Quelle est, selon vous, mes chers petits, l'intention profonde du Fils de Dieu qui accepta de se faire homme ? »

Chaque garçon, chaque fille fureta en tous sens dans sa mémoire : jamais don Arquimedes n'avait, à propos de quoi que ce fût, employé de tels mots. Jamais de *selon vous*, jamais de *mes chers petits*, jamais d'*intention profonde* dans son langage. Heureusement, il vint à leur secours en soufflant les premières syllabes. Monseigneur entendit :

« C'est le rat... C'est le rat...

— Comment ? s'étonna-t-il. Quel rat ? »

Mais les enfants, eux, mis aussitôt sur la bonne voie, scandaient déjà comme un seul homme la réponse adéquate, telle qu'elle figurait dans leur catéchisme :

« C'est-le-ra-chat-du-genre-hu-main-par-le-sa-cri-fi-ce-de-Notre-Sei-gneur-Jé-sus-Christ, mort-le-ven-dre-di-saint-sur-la-monta-gne-du-Cal-vai-re-près-de-Jé-ru-sa-lem. »

Su Ilustrisima ne put se retenir d'applaudir du bout des doigts.

Le lendemain, l'évêque fut reçu officiellement par toute la population. Les paysans avaient abandonné leurs terres, les commerçants leur boutique. Une estrade, dressée devant la façade de l'*ayuntamiento* [1], reçut tous les notables : le maire tenant la canne à tête ronde, insigne de sa fonction ; ses lieutenants, conseillers et procureurs ; l'instituteur et l'institutrice ; les propriétaires ; le comte en personne. Quand vint son tour, le clergé gravit les marches, le prélat bénit la foule agenouillée. Ces respectables derrières prirent place sur les bancs sortis de l'église, tandis que Monseigneur posait le sien dans un fauteuil. Alors Manolo entra en action. Derrière lui, don Felipe, ses feuillets à la main, se tenait prêt à souffler, mais il n'eut pas à intervenir : son élève récita la harangue sans bavure, les mains jointes comme on le lui avait recommandé, les yeux à hauteur de la croix pectorale, sans audace ni timidité excessives. Sa voix était frêle et seuls les plus proches purent entendre le compliment. La populace massée au pied de l'estrade, bouche bée, voyait remuer ses lèvres sans saisir un traître mot, se demandant par quel miracle un *niño* de neuf ans pouvait parler si longuement devant un évêque. Elle entendit du moins la double exclamation finale, lorsque Manolo leva le bras gauche pour s'écrier :

« *Viva Su Ilustrisima ! Viva España !* »

Elle fit chorus, en grand désordre : « *Viva Su Ilustrisima ! Viva España !* », cependant que Monseigneur quittait son siège pour embrasser le complimenteur.

Après la cérémonie civile, les caciques descendirent et gagnèrent leurs places réservées dans l'église où le peuple s'entassa comme il put. Les dix-huit confirmants s'avancèrent ; encadrés, une main sur l'épaule, par leurs parrains et marraines, ils s'alignèrent devant la balustrade. Don Arquimedes les avait disposés, non point par ordre alphabétique, mais selon leur classement : le plus instruit en tête, le plus ignorant à la queue. A chacun, le prélat posait une question, en employant les termes exacts du catéchisme. Après quoi, satisfait de la réponse, il administrait au bénéficiaire le soufflet représentatif des tourments que le chrétien s'affirme prêt à supporter pour défendre sa foi. On faisait de grands cancans autour de cette *bofetada*, les aînés qui l'avaient reçue laissaient croire à leurs cadets qu'il s'agissait d'une gifle retentissante. En fait, la main épiscopale ne distribuait qu'une caresse légère ; certains confirmants au fond

1. La mairie.

du cœur en éprouvaient même quelque déception, ils se sentaient disposés à subir une plus dure épreuve.

Il en vint au dernier de la file, Baldomero Segano, surnommé Isocèle, fils d'un pauvre ouvrier agricole au service du propriétaire Longinos, et lui posa la plus simple question : *Qu'est-ce que l'homme* ? Isocèle devait répondre aux termes du catéchisme : *El hombre es una criatura razonable compuesta de una alma y de un cuerpo* (L'homme est une créature raisonnable composée d'une âme et d'un corps). Mais depuis longtemps, par plaisanterie, les élèves du Padre se répétaient entre eux : *El hombre es una criatura rasguñable*... (L'homme est une créature égratignable...) Ce qui convenait beaucoup mieux à leur condition enfantine, d'humeur batailleuse. Conscient ou non de la différence, Isocèle avait tant de fois entendu cette substitution de mots qu'il répliqua sereinement :

« L'homme est une créature égratignable composée d'une âme et d'un corps. »

Dans le brouhaha de l'église, le grésillement des cierges, le raclement des souliers, Monseigneur n'y vit que du feu et Baldomero se trouva confirmé comme les autres. Ils reçurent ensuite le saint chrême sur le front et chantèrent sans rien y comprendre.

Veni, Sancte Spiritus,
Et emitte cœlitus
Lucis tuœ radium.
Veni, Pater pauperum ;
Veni, dator numerum ;
Veni, lumen cordium...

Au terme de la cérémonie, tandis que la population évacuait l'église, une formalité avait lieu dans la sacristie en présence de plusieurs témoins dont Cristobal Alcacer, père de Manuel. Les parents du jeune Perico Morales, voleur de sucre candi, avaient présenté à don Arquimedes une pétition pour que fût changé le prénom de leur fils unique :

« Cet enfant, Padre, ne veut plus s'appeler *Perico*.

— Mais *Perico* est le diminutif de *Pedro* ! Or saint Pierre est le plus glorieux des apôtres ! Que dira-t-il au jour du Jugement, comment accueillera-t-il cette âme qui a renié son nom ?

— Nous n'avons rien contre *Pedro*. Seulement, tout le monde ici l'appelle *Perico*. Même son grand-père invalide qui lui dit chaque matin : « Perico, par faveur, va me vider mon *perico* ! » Vous savez comme nous, Padre, que *perico* veut dire aussi « pot de chambre ». Et depuis qu'il s'en est aperçu, il refuse de répondre à ce dénominatif.

— Seul notre évêque peut changer un nom de baptême. Attendez donc sa venue. »

Voilà comment et pourquoi Perico fut rectifié au registre paroissial et prit le nouveau nom de *Placido*. Mais les vieilles habitudes ne se perdent pas facilement ; à l'école comme au catéchisme, dans le village comme aux alentours, personne ne renonça au plaisir de l'appeler « pot de chambre ».

3

A mesure qu'il grandissait, Manuel découvrait sa famille comme un aveugle-né découvre en tâtonnant le monde qui l'entoure. Sa mère gardait dans un coffret des photographies très anciennes, presque effacées ; elle rassemblait ses enfants autour d'elle, et les leur présentait. Mais c'était à l'aîné surtout qu'elle s'adressait, remplaçant quelquefois un mot par un synonyme lorsqu'elle craignait d'être mal comprise.

« Celui-ci est mon grand-père paternel, don Juan Francisco Gallardo y Montera, qui était propriétaire près d'Orense en Galice... »

Les trois petits se penchaient sur cette tête barbue et chevelue, garibaldienne, ce visage farouche qu'éclairait le regard des yeux plissés.

« ... Ses terres peu fertiles, louées à des fermiers, qui les sous-louaient à leur tour, lui rapportaient de médiocres redevances... peu d'argent. Du moins tout ce monde avait-il une bouchée de pain, un verre de vin, personne ne se voyait obligé, comme en d'autres pays, de manger des glands en hiver, à la manière des cochons. C'est qu'en ce temps-là, une grande misère affligeait nos montagnes, des bandits attaquaient les pauvres aussi bien que les moins pauvres. Une bande surtout semait la terreur, celle du *Tuerto*... qui n'avait qu'un œil. Ni les soldats ni les gardes civils ne parvenaient à le prendre. Les paysans se défendaient comme ils pouvaient, à coups de pierre, de bâton, de fusil. Il y avait des morts de chaque côté. Un jour, mon grand-père fit parvenir un pli... une lettre au Borgne dans son repaire... dans la grotte où il se réfugiait avec les siens. Cette lettre disait : *Toute la population te considère comme un lâche... comme un peureux. Et je crois qu'elle a raison. Mais si tu prétends être homme d'honneur... homme fier et courageux, accepte le défi que je te présente de nous battre en duel, toi et moi*. Et le Borgne releva... accepta le défi. Don Juan Francisco et lui se rencontrèrent devant tous les hommes de la bande, chacun armé de deux pistolets. Ils ne se serrèrent pas la main, car c'est là un geste de paix... un geste d'amitié, mais se saluèrent du chapeau. Ils se placèrent dos à dos, décidèrent de marcher vingt pas en sens opposés, puis de se retourner au vingtième et de se tirer l'un sur l'autre une première fois, puis une seconde si nécessaire. C'était vraiment un duel à mort... “Caballeros... partez !” cria le lieutenant du Borgne qu'ils avaient pris pour arbitre. Il se mit à compter à voix haute : “Une, deux, trois, quatre, cinq, six...” Ils avançaient ainsi du même pas mesuré. Mais à dix-huit, le *Tuerto* se retourna, visa, tira, manqua mon grand-père. Alors don Juan Francisco se retourna à son tour et du premier coup de feu étendit le Borgne raide mort. »

Manuel applaudit à cette victoire.

« Et les autres bandits ?

— Honteux de la félonie... de la traîtrise de leur chef, ils se dispersèrent et plus jamais l'on n'entendit parler d'eux. »

Quel ancêtre magnifique ! Alba raconta qu'il avait même son buste, avec toute cette barbe et ces cheveux reproduits dans le bronze, sur une place de Carballedo, près d'Orense. Non pas pour son courage contre le Borgne, mais parce qu'il avait organisé l'irrigation dans le pays, fait creuser des rigoles, construire des vannes et même un réservoir sur le Rio Miño, organisé un système de distribution pour que chaque cultivateur eût sa part. Elle montra une carte postale le représentant :

A D. Juan Francisco Gallardo y Montera
(1830-1898)
Pionnier de l'irrigation
dans la Galice intérieure,
ses obligés reconnaissants.

Alba tirait du coffret une autre photographie. Celle d'un homme aux épais favoris dans lesquels de lourdes moustaches enfonçaient leurs pointes.

« Et voici mon père, don Joaquin Gallardo y Subinas, le grand-père que vous n'avez pas connu parce qu'il est mort bien avant votre naissance. Il était officier de carrière... de profession, quand il connut ma future mère. La nièce d'un évêque !

— Raconte-nous l'évêque, dit Manolo qui connaissait personnellement celui de León.

— Votre arrière-grand-oncle était évêque d'Astorga après avoir longtemps participé à des missions en Afrique et en Asie. Pas question que ma mère acceptât une demande en mariage sans obtenir le consentement de cet oncle. Or il avait eu jadis de grandes querelles avec les soldats dans ces pays étrangers. Et il en était revenu en détestant les militaires.

— Pourquoi ?

— Je n'en sais pas les motifs exacts. C'était un évêque, comme on dit de nos jours, antimilitariste ! Une chose aussi rare en Espagne qu'une mouche blanche ! Peut-être n'y en a-t-il jamais eu qu'un seul dans toute l'histoire du pays, et il a fallu qu'il tombe dans notre famille ! »

Elle riait de tout son cœur et de toutes ses dents brillantes.

« Alors ?

— Alors l'*Ilustrisima* n'accorda son consentement que si le fiancé renonçait à l'uniforme. Ce fut très dur pour mon futur père qui était déjà capitaine et promis à de plus hauts grades encore. Mais il aimait tellement la nièce de l'évêque qu'il accepta ce sacrifice. Il vécut sur sa part d'héritage comme il put, à Carballedo. Ce qui ne les empêcha pas d'avoir quatorze enfants dont six vivent encore.

— Et les autres ?

— Ils sont morts en bas âge. Je suis née la dernière. Un an avant ma naissance, comme je vous ai expliqué, s'installa une République. Elu maire de sa commune, mon père et d'autres républicains allèrent ouvrir les monastères d'Orense et dirent aux religieux qui s'y trouvaient : “Vous êtes libres de rester ou de sortir !” Et plusieurs en effet, prétendant avoir été enfermés de force, jetèrent leur voile ou leur froc, et changèrent d'existence, se marièrent, trouvèrent des emplois. »

Contrairement à la plupart des gens du lieu, qui avaient de la religion une conception matérialiste, qui voyaient dans la croyance en Jésus et en la Vierge une sorte d'assurance contre les ennuis terrestres et les tourments éternels, assurance dont ils payaient les primes en s'acquittant des rites imposés, Alba croyait par-dessus tout au Bien et au Mal, à l'Amour et à l'Indifférence, aux cœurs généreux et aux avides, accessoirement représentés par les grandes figures de la foi. Elle racontait donc sans gêne aucune la libération des nonnes involontaires ; ce qui n'était rien d'autre que se conformer exactement aux recommandations de saint Paul :

« Nul ne doit, sous prétexte de piété, contraindre son fils ou sa fille à la vie solitaire s'ils n'ont pas la force de supporter le célibat... l'état de solitude. Car il vaut mieux se marier que brûler... heu... que se consumer de chagrin. C'est la grâce de Dieu, non la violence, qui doit régler nos décisions, et ceux qui s'appuient sur la loi sont déchus de la grâce. »

Ainsi parlait-elle à cet enfant de dix, onze ans comme à une personne mûre, prenant soin seulement de n'offenser son innocence par aucun mot, par aucune pensée, sachant qu'il possédait de grandes facultés de réflexion. Manolo se mit peu à peu à considérer l'église de Valdescorriel comme une sorte de monastère dans lequel ils se trouvaient enfermés de force, lui et ses copains, durant les leçons de catéchisme, sous l'autorité de don Arquimedes, leur supérieur. Avaient-ils pour les aider la grâce de Dieu ? Rien n'était moins sûr. Ils commettaient ensemble ou séparément plusieurs péchés chaque semaine, de gourmandise, de colère, d'orgueil, d'impureté. Mais lui savait qu'un jour les portes s'ouvriraient, qu'il sortirait à travers le monde, libre de ses croyances.

Après la photo de son père don Joaquin, Alba montrait celles de ses cinq frères et sœurs, tous parvenus à d'honorables situations : un colonel (revanche du sabre sur la crosse épiscopale), un avocat, un professeur, une institutrice, une sage-femme. Et elle ajoutait sans qu'il y eût dans sa voix trace d'amertume ni d'envie :

« Moi, je suis restée une pauvre paysanne.

— Comment as-tu fait ?

— C'est une histoire aussi étrange que celle de ma mère. J'ai *choisi* ma pauvreté.

— Est-ce que nous sommes vraiment pauvres ?

— Presque tout le monde ici est pauvre. Mais les Alcacer ne sont pas des plus pauvres.

— Pourquoi n'as-tu pas voulu être riche ?

— Prenons donc les choses par le commencement... »

Tandis que ses frères et sœurs volaient de leurs propres ailes, Alba, la dernière-née, restait auprès de ses parents suivant l'usage, pour assister leur vieillesse. Son père quitta ce monde en 1901. Sa mère le suivit trois ans plus tard. Libre enfin, Alba se préparait à doubler le cap de la trentaine. Le notaire de la famille réunit les héritiers pour leur faire part des dispositions testamentaires de don Joaquin Gallardo y Subinas :

« Votre père partage ses biens ainsi qu'il suit. A son fils aîné, le colonel José Gallardo qui, malgré son engagement dans l'Armée au service de la Patrie, a toujours manifesté un grand intérêt pour l'agriculture, il lègue sa maison de Carballedo avec son mobilier et les terres immédiatement adjacentes d'une surface de 12 hectares. Le tout estimé à une valeur de 120 000 pesetas. A charge pour lui de verser dans un délai de dix ans après prise de possession une indemnité compensatrice à ses frères et sœurs comme il sera établi ci-après... A son fils cadet don Pedro Gallardo, avocat à Madrid, il lègue les terres, champs et bois lui appartenant dispersés sur la commune de Carballedo d'une surface de 9 hectares et 50 centiares estimés à une valeur de 36 000 pesetas, à charge pour lui... etc. »

Aucun descendant ne songea une seconde à contester le testament du père. Chacun accepta ce qui lui revenait des biens immobiliers, titres, argent ou indemnités compensatrices. Alba, la dernière nommée, « pour les soins dévoués dispensés pendant onze années à ses parents », recevait une dot de 18 000 pesetas, plus les vêtements et bijoux de sa mère. Le défunt recommandait à ses fils mariés d'offrir à tour de rôle logement et protection à leur jeune sœur « jusqu'à ce qu'elle fondât elle-même un foyer selon les volontés de la Providence ».

Quoiqu'elle payât de son argent et de sa peine les frais de son entretien, Alba vécut plusieurs années dans cette situation provisoire, tantôt chez le professeur, tantôt chez l'avocat, tantôt chez le colonel. En parente pauvre. Un peu dame de compagnie, un peu nourrice, institutrice, domestique, aide-cuisinière. Refusant tout salaire qui eût consacré sa condition de servante. Se laissant même exploiter par ses neveux et nièces dont elle était la vache à lait.

« Mais sois tranquille, la rassuraient ses frères aînés, sitôt que tu auras trouvé un mari digne de toi, nous t'offrirons une noce et une contre-noce qui te rendront toutes tes générosités ! »

Elle eut trente ans, trente et un, trente-deux... On lui présentait des fiancés possibles, qui par l'âge auraient pu être son père, en ce pays où une *solterona* ultra-trentenaire ne pouvait espérer rencontrer la faveur que de vieillards. Elle secouait la tête :

« Non, non... Pas celui-là. Je veux bien me marier un jour. Mais avec quelqu'un de mon goût. Désormais, je suis trop vieille pour me laisser forcer. »

Digne fille de don Joaquin, libérateur de nonnes, car le mariage aussi peut être une sorte de monastère, lorsqu'on y entre à contre-cœur. Afin de fuir les regards des belles-sœurs irritées, elle cherchait refuge dans la cuisine où elle pelait la morue en compagnie de la cuisinière en titre. Quand elle sentait que sa présence commençait à puer au nez de ses hôtes, elle bouclait sa valise et changeait de pension.

Le colonel Gallardo avait des goûts champêtres, qu'il qualifiait plus noblement de « virgiliens ». Comme il lui était difficile de résider longtemps sur ses terres galiciennes tout en commandant à un régiment stationné à Madrid, il installa aux environs, à Vicalvaro, un élevage de vaches cantabriques avec le lait desquelles il arrosait les quartiers orientaux de la capitale, Moratalaz, Alcala, Santa-Isabel. Trois mules le transportaient, liées l'une à l'autre en procession.

« *Leche ! Leche !* criait le muletier en soufflant dans sa corne. *Genuino y generoso !* »

Les ménagères accouraient avec leurs bidons.

Le soin des animaux était l'affaire du vieux Jenaro Bidilla et de sa famille. Le grand bonheur du colonel était de se transporter à cheval jusqu'à Vicalvaro, de passer en revue dans leur étable ses bêtes impeccablement alignées sur deux files, pas une queue ne dépassant l'autre ; de se déganter, de caresser à main nue leur pelage, leurs flancs, leurs pis énormes. Parfois même, il repoussait Jenaro occupé à les traire et prenait sa place. Désagréablement surprise par ces pressions insolites, la vache remuait un peu les gigots, mais n'allait pas jusqu'à se rebeller aux entreprises de don José : la place était bonne, la nourriture abondante, elle ne tenait pas à les perdre.

Alba demanda et obtint la permission de venir s'employer à la *lecheria*, où elle aimait la compagnie de ces animaux et de ces gens simples. Elle admirait l'habileté du vieux Jenaro dans l'opération de la traite. Il travaillait des deux mains, non pas repliées, mais à plat, paumes en dessous, chaque trayon serré entre deux doigts, deux à gauche par conséquent et deux à droite. Une main descendait et tirait, pendant que l'autre remontait et battait doucement les sources laitières, comme font du mufle les veaux quand ils tètent. Tout cela avec une aisance merveilleuse, un accord visible entre la bête et l'homme. Si bien qu'il ne semblait pas traire une vache, mais jouer du piano.

« Oh ! Jenaro ! s'écria la sœur du maître. Vous êtes un virtuose ! »

Elle expliqua le sens de ce mot, et le rire du vieux vacher découvrit ses rares dents, noircies par la chique.

Quelquefois, au cours du récital, un chat se présentait debout sur les pattes de derrière, miaulait doucement pour réclamer sa gougoutte. Jenaro tournait dans sa direction une des tétines et le jet l'atteignait en pleine bouche. On ne savait qui était le plus adroit, de l'envoyeur ou du destinataire. Or Alba Gallardo avait vu au musée du Prado un tableau rappelant cette scène curieuse. Œuvre du Grenadin Alonso Cano, peintre des Immaculées, il représente saint Bernard et la Vierge. Celle-ci tient encore sur le bras gauche son enfant qu'elle vient d'allaiter ; elle presse son sein droit et un fil de lait, après une longue trajectoire, atteint saint Bernard agenouillé devant elle, la bouche grande ouverte, dans la posture du chat. L'un s'abreuvant de lait spirituel, l'autre de bon lait matériel *genuino y generoso*. Cette similitude l'avait beaucoup touchée et remplie de regret, considérant la stérilité persistante de ses propres mamelles.

Le colonel avait coutume de choisir une des trois ordonnances auxquelles lui donnait droit son grade parmi les recrues originaires de la campagne, et de l'ajouter au service des Bidilla. En 1906, il vint un garçon originaire du León méridional. Il avait la pratique de tous les animaux domestiques. Sous ses cheveux crépus, son visage était d'une grande beauté, celui non d'un paysan, mais d'un Hermès à sandales dont il avait la démarche légère, comme si à chaque instant il allait s'envoler, avec en plus ce teint rose qu'on porte souvent dans les provinces voisines du Portugal. En dehors de ses besognes réglementaires, il jouait avec les petits-enfants de Jenaro. A chacun il confectionna une paire d'échasses et leur apprit à s'en servir.

« Comment t'appelles-tu ? demandèrent-ils.

— Cristobal. »

Alba, sœur du colonel, le vit.

Quelques jours plus tard — c'était le dernier du mois de mai — il se trouvait à présenter les armes sur la chaussée, parmi d'autres recrues, en face du numéro 88 de la calle Mayor où devait passer le cortège royal. Alphonse XIII venait d'épouser en l'église San Jeronimo une princesse anglaise, de taille et de volume considérables. Les calèches remplies d'hommes chamarrés et de femmes bijoutées avançaient lentement au milieu de la foule qui acclamait, applaudissait, secouait des crécelles. Dix chevaux tiraient le carrosse du roi et de la nouvelle reine Victoire-Eugénie. Les cloches de toutes les églises, les salves d'artillerie, la fanfare des trompettes produisaient un vacarme assourdissant. Sur le trottoir, parmi les badauds, un homme moustachu coiffé d'un canotier tenait un bouquet de roses. Il s'appelait Mateo Morral, avait été bibliothécaire dans l'école anarchiste fondée à Barcelone par Francisco Ferrer. On lut par la suite tous ces détails dans les journaux. Soudain, l'homme jeta son bouquet qui tomba devant l'attelage, produisant une formidable explosion, un nuage de fumée, la panique au milieu de la foule et des soldats. Cristobal vit plusieurs de ses compagnons s'affaisser en gémissant, cependant que lui-même ne ressentait aucune douleur. Les deux premiers chevaux, écroulés, saignaient comme des porcs, les autres se cabraient, des officiers se précipitèrent pour les retenir. Au milieu des hurlements, Alphonse XIII, très calme, descendit de voiture, tendit la main à la jeune reine pour l'aider à en faire autant, sa robe blanche rougie par le sang des chevaux.

Deux jours plus tard, en gare de Torrejon de Ardoz, à cinq lieues de Vicalvaro, un garde champêtre mit la main sur l'épaule d'un homme moustachu coiffé d'un canotier. L'homme se retourne, brandissant un revolver. Un coup de feu, le garde s'effondre, une balle dans la tête. Un second coup de feu, Mateo Morral s'écroule à son tour. L'attentat de la calle Mayor a donc produit 28 morts et 107 blessés, les chevaux non compris.

Voici comment le soldat Cristobal Alcacer, ordonnance du colonel Gallardo, se trouva mêlé à des événements historiques. Il les raconta devant les Bidilla, à la *lecheria*. Dona Maria Ernestina Gallardo y Fuentes voulut entendre ce récit de ses oreilles, ce qui donna l'occasion au jeune Leónais de s'asseoir pour la première fois de sa vie sur une chaise de velours frappé dans le salon de la colonelle, en présence de toute la famille réunie. Il répondit de son mieux à l'interrogatoire :

« As-tu remarqué le régicide ?

— Oui. Il se tenait sous le numéro 88, juste en face de moi.

— Comment était-il ?

— Il portait des moustaches et un canotier... »

Et ainsi de suite. Dona Maria Ernestina s'extasia sur le courage de ce garçon : il n'avait rien fait que regarder puis secourir ses camarades blessés ; mais, juste en face du numéro 88, il était appelé à verser son sang pour le roi. Seul le Ciel l'en avait protégé.

« Que dirais-tu, proposa-t-elle à son mari, de lui accorder un congé exceptionnel qui lui permettrait de revoir les siens ?

— Pourquoi pas ? »

Or à la grande surprise de tous, Cristobal refusa cette récompense, disant qu'il ne méritait rien et ne demandait qu'à continuer son service ordinaire. L'admiration de la famille Gallardo y Fuentes pour ce modeste héros n'eut plus de bornes.

Quelques jours plus tard, un chaud après-midi de juin, tandis que le colonel sortait de sa sieste, le poil encore ébouriffé, il fut entretenu par Alba, sa jeune sœur.

« Je dois, lui dit-elle, te faire part d'une résolution que je médite, mais sur quoi j'aimerais recevoir ton avis.

— Quelle résolution ?

— Voilà. Plusieurs fois, n'est-ce pas, toi ou mes frères m'avez proposé des personnes de grand mérite, candidates à ma main. Je les ai toujours refusées.

— Tu risques, ma chère, de finir vieille fille. Ou alors tu feras comme le héros de La Fontaine... »

Et il récita en français :

Il fut tout heureux et tout aise
De rencontrer un limaçon.

Et elle : « C'est fait. Je l'ai rencontré.

— Qui ça ?

— Mon limaçon.

— Ton limaçon ?... Que veux-tu dire ?

— Une personne de modeste mérite, mais qui me convient.

— Puis-je savoir... ?

— Cristobal. »

Les yeux et la bouche du colonel s'arrondirent, il resta un moment le souffle coupé, refusant de croire à ses oreilles.

« Quoi ? Qui ? Que dis-tu ?

— Cristobal.

— Quel Cristobal ?

— Ton ordonnance. Cristobal Alcacer. Le héros de la calle Mayor.

— Tu veux épouser Cristobal ? CRISTOBAL ?

— C'est la résolution que je médite.

— Et tu oses me demander mon avis ? Cette fille est folle

à lier !... Un sans-le-sou ! Un ignorant qui sait à peine signer son nom !

— Il m'a récité toute la généalogie de Jacob : fils d'Isaac, fils d'Abraham, fils de Tharé, fils de Nachor... Et comme ça jusqu'à Adam. Pourrais-tu en faire autant ? »

Le colonel, chaussé de savates, marchait de long en large sur la terrasse de sa villa d'Aravaca, secouant avec fureur les poings vers le ciel. Soudain, il s'arrêta, l'index braqué comme un pistolet :

« Dites-moi, Señorita, quelle conduite avez-vous eue avec ce paysan ? »

Alba rougit jusque dans les cheveux :

« Une conduite honorable, mais qui ne regarde que moi, señor Colonel ! Oublies-tu que j'ai trente-deux ans ?

— Justement, parlons-en de ton âge. Tu prétends sérieusement épouser un garçon qui a dix ans de moins que toi ?... Dans notre pays, ce n'est pas exactement l'habitude !

— Cela aussi ne regarde que nous.

— Car... il accepte ? »

Elle hésita avant de répondre : « Je crois qu'il acceptera.

— Comment, tu crois ! Ne serait-il pas informé de ton âge ?

— Si, si. Mais... il n'a pas encore été question de mariage. »

Et lui, les yeux hors de la tête : « Pas encore question ?... A quoi rime donc cet entretien ? Il ne t'a pas demandé de l'épouser ?

— Il n'osera jamais. C'est moi qui, le moment venu, ferai cette démarche.

— Toi ?... Toi !... TOI !!! »

Alors se produisirent des choses difficiles à croire. Le colonel demeura d'abord pétrifié. Ensuite, il abandonna ses savates, se baissa et se mit à marcher sur les mains. Un jeu que lui permettaient sa sécheresse de corps et son habitude des exercices physiques. Alba lui connaissait bien ce talent qu'il avait beaucoup pratiqué dans leur enfance à Carballedo, sous les yeux ébahis de la famille ou des domestiques. Leur père, don Joaquin, l'en avait même surnommé « le Quadrupède ». Il se promena çà et là sur la terrasse, les orteils en l'air, les jambes remuantes. Après un moment, il reprit une posture plus ordinaire, le visage congestionné, et se laissa choir dans un fauteuil.

« J'avais, dit-elle avec froideur, presque oublié ce numéro. Puis-je en savoir la signification ?

— Elle me paraît pourtant claire ! Puisque ma sœur, descendante d'une famille de noblesse petite mais indubitable, richement dotée...

— Ho, ho !

— Quoi ho, ho ? N'as-tu pas 18 000 pesetas de dot ?

— Tu m'en as emprunté 10 000 pour installer ta *lecheria*.

— Je te les rendrai, sois-en sûre !

— J'en suis sûre. Mais en attendant...

— ... richement dotée, dis-je, compte solliciter la main d'un illettré de dix ans son cadet, c'est que le monde est renversé ! Totalement renversé, comprends-tu ? Voilà pourquoi il me semble nécessaire de marcher sur les mains ! »

Doña Maria Ernestina prit les choses d'un meilleur biais. Il ne lui déplaisait pas du tout de voir cette encombrante belle-sœur, que les trois familles se renvoyaient comme une balle, trouver enfin quelqu'un qui les en délivrât honnêtement. Elle essaya de persuader son époux que le mariage envisagé n'était pas si monstrueux :

« Les convenances sont une chose, l'amour en est une autre... Avons-nous le droit de contrarier son bonheur ?... Mieux vaut une sainte union qu'une liaison scandaleuse... La foi promise... le sacrement... le voisinage... »

Le colonel trouva la solution :

« Qu'elle épouse donc, s'il lui plaît, un singe du parc zoologique. Mais, une fois mariée, elle ni son bouseux ne mettront plus les pieds chez moi. Je ne m'infligerai pas la honte de revoir en beau-frère mon ancienne ordonnance. »

« Et vous vous êtes mariés quand même ? demandait Manolo.

— Oui, lorsque Cristobal eut terminé ses trois ans. Sans demander l'autorisation de personne. Nous étions majeurs l'un et l'autre.

— Vous êtes venus habiter Valdescorriel ?

— Pas tout de suite. Votre père n'osait pas rentrer au pays.

— Pourquoi ?

— Mettez-vous à sa place : il était parti seul faire à Madrid son service militaire, il allait revenir avec une femme inconnue des siens et plus vieille que lui de dix années. Alors, il hésitait, ça se comprend. Il avait trouvé là-bas un travail de jardinier. Nous vivions sans fortune, mais sans soucis. De pain, de bonheur et de mensonges. A son père, il écrivait qu'un décret royal avait été pris pour le maintenir sous les drapeaux. Cela ne dura qu'un temps. Ensuite, il expliqua qu'il avait bien été démobilisé, mais que des affaires le retenaient dans la capitale. *Quelles affaires ?* demanda par écrit don Enrique. — *Des affaires très importantes que je ne peux dire. — Je te donne un mois pour régler tes affaires. Après quoi je viens te chercher. J'ai besoin de toi. Ton père, Enrique Alcacer.*

Grand-père Orge Verte avait, comme j'ai dit, engendré quinze enfants dont quatre seulement lui étaient restés, trois filles et un garçon. Malheur à la maison remplie de jupes. En se mariant, les filles avaient quitté la ferme l'une après l'autre. Le domaine comprenait six parcelles en propriété, plus une dizaine en fermage. Celles-ci appartenaient au señor comte don Carlos Fustegueras, propriétaire de mille hectares, qui en louait une partie selon son bon plaisir. En tout, les Alcacer jouissaient de quinze *fanegas* et deux *heminas* de terrain. L'unité agraire traditionnelle, l'*hemina*, représentait la surface qu'on pouvait ensemencer avec un boisseau de grain. Surface variable suivant la sécheresse ou l'humidité du sol. Autour de Valdescorriel l'*hemina* couvrait environ huit mille mètres carrés. A raison de trois *heminas* par *fanega*, le bien total des Alcacer valait donc quatre petits hectares. Là-dessus, ils avaient toujours cultivé du blé et de l'orge. Le blé avait un rendement de 9 en année normale, l'orge un rendement de 15, de 20 parfois et même de 24. Ce qui signifiait qu'un grain semé en pouvait produire deux douzaines. Un proverbe conseillait ironiquement :

El que quiera hacerse rico
que siembre pan de borrico.

Celui qui veut devenir riche,
qu'il sème du pain de bourrique.

Les Alcacer travaillaient aussi une vigne de deux *fanegas* sur la Chana, le coteau qui domine le village, au-delà du cimetière, et récoltaient les fruits de quelques arbres, noyers, figuiers, cerisiers, néfliers. Leur troupeau de chèvres et de brebis compta jusqu'à cent têtes à l'époque de sa plus grande prospérité. Tous ces soins exigeaient de nombreux bras. C'est pourquoi Enrique pressait son unique fils Cristobal d'en finir au plus vite avec ses importantes affaires et de rentrer au pays où l'attendaient beaucoup de poules à traire.

Ce fut une belle surprise quand il revint. Suivi de cette personne aux mains délicates, portant chapeau, corsage de dentelle et bottines, qu'il présenta comme sa légitime épouse, fille d'un colonel et petite-nièce d'un évêque.

« C'était donc ça, ton affaire importante ?

— Oui, c'était ça.

— Je me demande si je dois vous bénir ou vous calotter. »

Mais Alba prit sa main et la baisa. Tout s'acheva par des embrassades générales.

Pendant plusieurs années, les deux familles vécurent sous le même toit. La petite-nièce de l'évêque travaillait comme une paysanne, en bonne harmonie avec sa belle-mère Emilia, qui s'étonnait de ses talents :

« Tu sais coudre, cuisiner, laver le linge, traire les vaches. Est-ce qu'on apprend des choses pareilles dans les évêchés ?

— J'ai été longtemps la servante de mes frères. Et j'ai connu votre fils dans une *lecheria* près de Madrid.

— Ici, tu ne seras pas notre servante, mais notre fille bien-aimée. Et tu auras peut-être un jour des valets. Mais il est bon que les maîtres sachent faire le travail des serviteurs. »

Elles vaquaient ensemble à toutes les besognes domestiques et du jardin où la vieille Emilia piochait comme un homme. Alba apprit à pétrir le pain, à laminer la pâte dans la *briega* (dont elle était spécialement employée à tourner la manivelle) pour la rendre parfaitement lisse. Aux tourtes ordinaires, les jours de cuisson, on ajoutait le régal du dimanche : des petits pains parfumés à l'anis. Ensuite vinrent les enfants, Manuel d'abord, en 1912, plus tard Esteban, Bernardo et Marianita qui ne vécut que jusqu'à l'âge de dix-huit mois. Emportée par la méningite. Elle était encore chaude dans son berceau mortuaire quand, par un singulier hasard, un photographe ambulant s'arrêta dans Valdescorriel. Il tirait le portrait de quiconque avait le courage de dépenser deux pesetas pour six photos. Chez les Alcacer, toute la maison était en larmes, Emilia pleurait comme les autres, bien qu'elle eût perdu onze enfants sur quinze nés, ce sont des choses auxquelles on ne s'habitue jamais. Le photographe vint frapper à la porte. Quand on sut sa profession, on faillit le chasser à coups de balai. Mais :

« Je peux, si vous voulez, dit-il, tirer le portrait de votre petite défunte. Ainsi, vous conserverez une image d'elle. »

La mère dit oui.

« Seulement, précisa l'homme, il me faut de la lumière. Beaucoup de lumière. »

On enleva la couverture qu'on avait déjà tendue devant la fenêtre pour arrêter le jour, on rabattit les volets. Alba peigna la petite morte, lui noua un ruban dans les cheveux, puis l'assit sur sa couche, l'adossa à un oreiller, joignit devant elle ses menottes. Le photographe introduisit avec peine sa machine dans la chambre étroite, fit ouvrir les battants des fenêtres, c'était le mois de janvier, un froid vif entra, mais Marianita n'avait plus rien à craindre des saisons. Deux semaines plus tard, les clichés arrivèrent par la poste. Ils semblaient représenter un ange endormi.

Voilà pourquoi un portrait de l'infortunée petite sœur figurait dans le coffret de famille, parmi les visages farouches des ancêtres massacreurs de bandits borgnes, irrigueurs de terres, libérateurs de nonnes. Les rêves de Manuel étaient remplis de tromblons, de pistolets, de bouquets de roses explosifs.

4

En 1914 éclate une grande guerre qui jette plusieurs puissances européennes contre plusieurs autres. Grâce à la protection du Sacré-Cœur de Jésus et de la Vierge du Pilar, ce malheur épargne l'Espagne. Elle y trouve même des avantages considérables : les belligérants lui commandent ce qu'ils ne peuvent plus produire, vin, viande, conserves, cuir, tissus. Occasion d'exporter une masse de camelote dont des clients en paix n'auraient voulu à aucun prix : chaussures à semelle de carton, couvertures de coton court, aciers mal fondus, tabac grossier, vin frelaté. Dans l'Europe en guerre, tout ce qui entre fait ventre. Le commerce et l'agriculture s'enrichissent.

La maison Alcacer profite des circonstances pour se partager en deux. Abandonnant une partie de sa ferme à Cristobal, les parents Orge Verte achètent une petite boucherie avec ses dépendances. Emilia débitera désormais de la viande de chèvre ou de jeune bouc castré, la plus appréciée de la population. Enrique sacrifie les bêtes dans son abattoir personnel, le sang et les entrailles ruissellent dans le patio, nettoyés par les chiens de passage. La quantité de chiens qui courent les rues est incroyable, certains identifiés, la plupart anonymes. Se nourrissant d'ordures et de chapardages, déterrant les bêtes crevées, se dévorant les uns les autres. En été, quand les hommes font la sieste sous leurs toits fumants de soleil, seuls les chiens rôdent encore, toujours en quête d'une maraude, le village est une paroisse de chiens. Enrique n'a point renoncé cependant à l'agriculture, il pioche deux parcelles de vigne ; pour garder son troupeau, il emploie Rosendos, un berger de quatorze ans.

Cristobal, devenu son propre maître, attelle deux vaches à la charrue pour labourer. Il sème à la main, sarcle à la pioche, moissonne à la faucille ou à la faux. Quand vient le temps de dépiquer le grain, des voisins lui prêtent un couple de mulets. Alba s'occupe de la maison, des petits animaux. Manolo serait en âge de garder les brebis, mais sa mère en a décidé autrement :

« Cet enfant réussit trop bien à l'école pour que j'en fasse un paysan. Il poursuivra ses études. Il sera instituteur, ou professeur, ou secrétaire de mairie, ou médecin. Il ne se durcira pas les mains à la tâche comme ses parents. Et si ses frères montrent autant de dispositions que lui, ils seront traités de la même manière. »

En attendant, elle n'a aucun égard pour ses mains à elle, qu'elle plonge dans la lessive, dans les cendres, dans la terre, dans la pâtée des cochons. On confie donc les brebis à Vicente Dua, qui n'est chez lui d'aucune nécessité au milieu de ses huit frères et sœurs, a l'âge de Manuel et renonce volontiers à l'enseignement de don Felipe pour garder les troupeaux.

Or il se trouve que si Manolo a du goût en effet pour les livres, il aime aussi la compagnie des bêtes. Chaque fois qu'il veut rendre visite aux vaches paternelles, Alba le chasse de l'étable :

« Ce n'est pas là ton travail. Retourne à tes livres et à tes cahiers. N'as-tu rien à lire ou à apprendre ? Aucun devoir à écrire ? »

Cristobal n'ose protester devant cette femme plus instruite que lui, plus âgée que lui, qui le traite un peu comme l'aîné de ses fils.

Heureusement, il y a la maison d'en face. La ferme-boucherie. Il suffit de traverser la rue. Grand-mère Emilia se tient dans sa boutique, attendant la clientèle. Les cuissots de chèvre pendent à des crochets, les morceaux de viande débitée sont exposés sur des rayons. Elle promène sur eux un chasse-mouches de crin, ça l'occupe beaucoup.

« C'est toi ? dit-elle, comme si elle n'était pas sûre de sa vue.

— C'est moi, confirme Manuel. Où est Rosendos ?

— Pas encore rentré. Du côté de la Loma. »

Rosendos amène son troupeau paître les jachères, car les paysans laissent reposer leurs terres une année sur deux. En compensation, les éleveurs versent à la commune une redevance qui est ensuite répartie entre les propriétaires ou leurs fermiers. Le jeune berger possède un don merveilleux : il se fait obéir des animaux rien qu'en leur parlant. Manuel a maintes fois assisté à ces prodiges. Par exemple, Rosendos apporte un cafard dans une boîte d'allumettes, le dépose sur une piste qu'il a préparée en aplanissant le sol. Il commande :

« Marche !... Arrête !... Repars !... Tourne ! »

Et le cafard exécute ses ordres, avec de temps en temps à peine une hésitation. Ce qui oblige le dompteur à répéter :

« J'ai dit : tourne ! »

Les cafards comprennent la langue castillane.

Rosendos sait faire danser les petits chats. Celui qui n'a pas vu la chose, au cours d'une veillée, dans la cuisine du grand-père Enrique, n'a rien vu. Il pose sur la table les deux chatons de la chatte noire : tous deux aussi noirs qu'elle sauf un qui a blanc le bout de la queue, comme s'il l'avait trempé dans du lait. Sitôt en place, les bestioles se mettent à danser la seguedille, tandis que le garçon frappe dans ses mains en chantonnant :

« Tra, la-la-la-la-la-la-la-la,
Tra, la-la-la-la-la-la-la... »

Les adultes en sont secoués de rire et de stupeur :

« Mais comment fais-tu ? Mais comment fais-tu ce miracle ? »

Et Rosendos, modestement : « Y a pas de miracle. Ils connaissent la musique, voilà tout. »

Manuel est fasciné par les talents de son ami. Quand ils se séparent, Rosendos le commande comme il fait aux chats :

« Siffle en t'éloignant, pour que je t'entende. »

Et il obéit docilement. Il siffle d'abord des lèvres seules ; puis, quand Rosendos crie je n'entends rien, il place deux doigts dans sa bouche sous sa langue retournée, et souffle.

« Plus fort ! » ordonne Rosendos.

Il souffle de toutes ses forces.

Il l'a supplié de lui apprendre à faire danser les chatons. L'autre a fini par y consentir, en recommandant :

« Tu gardes ça pour toi ! Tu n'en fais profiter personne, ni tes frères ni tes copains !

— Promis !

— Voici le secret. Il te faut des noix. Quatre par chaton.

— Des noix ?

— Oui. Bien sèches. Tu les ouvres, tu enlèves l'amande, tu la manges, en mettant de côté la petite cloison un peu dure, pareille à celle que nous avons dans le nez, qui la sépare en deux moitiés. Vu ?

— Vu. Comme dans le nez.

— Cette cloison, tu la partages en plusieurs morceaux. Et tu glisses à l'avance, sans te faire voir, chacun de ces bouts entre les orteils du chaton. Quand tu lui as de cette façon bien garni les quatre pieds, tu le poses sur la table. Lui, qu'est-ce qu'il cherche à faire ? A se débarrasser des garnitures. Il secoue les pattes, il a l'air de danser. Tu n'as plus qu'à l'accompagner en suivant sa mesure. Il aura l'air de suivre la tienne. Et tout le monde dira : quel miracle ! »

Manolo est ébloui par tant de science. Rosendos pourrait être instituteur, professeur, ingénieur, artiste dans les cirques. Il ferait courir les puces et sauter les lions. Tandis que lui n'est bon qu'à apprendre par cœur ce que racontent les livres et n'a pas le droit de se salir les mains... Mais, instruit par un tel maître, il répétera l'expérience, empruntera un chaton de la chatte noire, lui glissera des cartilages de noix entre les orteils, et lui fera danser à son tour la seguedille en chantonnant :

« Tra, la-la-la-la-la-la-la-la,

Tra, la-la-la-la-la-la-la... »

Il demande aussi le secret du cafard.

« C'est encore plus simple. Tu le regardes bien dans les yeux. Quand tu sens qu'il va se mettre en route, tu cries : *Marche !* S'il va tourner, tu commandes : *Tourne !* Et s'il ralentit : *Arrête !* Mais il faut chaque fois bien deviner ses intentions. »

Sitôt que l'école et le catéchisme lui laissent un moment de répit, Manuel rejoint Rosendos. A la belle saison, ni froide ni brûlante, tandis que les chèvres broutent autour d'eux l'armoise, le genêt, la lavande et autres plantes aromatiques, le maître des cafards se couche sous un figuier auquel il a donné un nom spécial :

« Celui-là, c'est l'arbre du vent.

— Pourquoi l'arbre du vent ?

— Parce que le vent sort d'ici. De ce trou. »

Il désigne une façon de bouche ronde ouverte au flanc du figuier dans la partie supérieure. Un écureuil pourrait à peine s'y introduire.

« Quel vent ?

— N'importe lequel. Dans le tronc habite le Génie du vent. Quand il se réveille, il respire fort et son haleine sort en sifflant : *fiou... fiou...* Alors, le figuier se met en mouvement, il remue ses feuilles comme les dames leur éventail. De cette manière, il donne de la vigueur au vent nouveau-né. Et les autres arbres font de même. Car ce sont les arbres, lorsqu'ils s'agitent, qui produisent le vent. Ne le savais-tu pas ?

— Je croyais qu'au contraire... Don Felipe...

— Don Felipe t'a trompé. Les maîtres d'école remplissent d'erreurs la tête de leurs élèves, afin qu'ils ne deviennent pas instruits comme eux. Mais moi, je te dis la vérité. Plus les arbres remuent, plus le vent souffle fort. Le dernier des imbéciles peut le remarquer. »

Convaincu, Manolo répand la bonne nouvelle parmi ses camarades :

« Le vent naît d'un trou grand comme ça (il dispose ses mains en rond) qui est à la cime d'un figuier. Je l'ai vu de mes yeux. C'est la même chose que la naissance d'un fleuve, qui est une source minuscule... Ou la naissance d'un chêne, qui est un gland... Ou la naissance d'un incendie, qui est une étincelle. »

Ses camarades le croient parce qu'il est le premier de la classe. Parce qu'il a tenu un discours à *Su Altisima*. Il peut leur raconter n'importe quoi. Il pourrait leur dire qu'il a une dent en or qu'ils le croiraient.

L'hiver, quand, à l'ouest, les crêtes de la Cabrera sont déjà blanches, Rosendos allume un feu de bois au milieu des jachères, se servant d'un briquet d'amadou sur lequel il souffle longtemps. Mais enfin une feuille sèche prend d'abord, une ligne rouge la mange et la découpe, cela sent comme les cigarettes d'eucalyptus que grille don Felipe. La flamme s'enhardit, s'attaque aux brindilles, puis aux branchettes, puis aux branches. Le genêt pétille et fume blanc. Rosendos et Manuel tendent leurs mains à la chaleur. Depuis plusieurs semaines, les moutons transhumants ont retraversé le pays, se dirigeant vers le sud ; ils vivent à présent tranquilles là-bas, au chaud dans leurs bergeries. Il ne reste sur les chaumes et les friches que des troupeaux de chèvres, ils résisteront jusqu'à la première neige.

« Ce feu, avertit Rosendos, me sert aussi à éloigner les loups. »

Manuel ne s'étonne pas qu'il ait aussi pouvoir sur eux.

Alors, pour la dixième fois, son ami et son maître lui débite le *romance* de la louve-parde. De cette bête au pelage gris, comme le portent tous les loups, mais aussi moucheté comme celui du léopard, du guépard et du chat-pard. Il chantonne cet air uni, sempiternellement recommencé, dont la ligne mélodique descend à peine quelquefois pour un moment de repos. L'artiste profite alors de cette pause pour jouer sur sa cornemuse une ritournelle d'accompagnement. Car il est muni d'un instrument imaginaire, la *gaita* zamorane, dont il tire des sons enrhumés en se bouchant le nez de la main gauche, en promenant les doigts de la droite sur un invisible chalumeau. Puis il reprend son récitatif.

Estando yo en la mi choza
labrando la mi cayada
— las Cabrillas altas iban
y la luna rebajada —
vide venir siete lobos
por unas sierras muy altas.
Venian echando suertes
para ver a quien tocaba
llevarse la cordera blanca,
hija de la oveja churra,
nieta de la ojerisana,
la que tenian mis amos
para el domingo de Pascua...

Tandis que j'étais dans ma hutte,
œuvrant le bois de ma houlette
— la Grande Ourse allait au plus haut
et la lune était au plus bas —
je vis alors venir sept loups
à travers des monts élevés.
Et je les vis tirer au sort
pour déterminer celui qui
enlèverait la blanche agnelle,
fille de la brebis jarreuse,
petite-fille de l'ouaille aux yeux vifs,
que mes maîtres se réservaient
pour le dimanche de Pâques...

Manolo restait suspendu aux lèvres, au nez, aux mains de

Rosendos qui interrompait d'un *turlututu* son récit aux points les plus dramatiques. C'étaient là des diversions indispensables sans lesquelles le *romance* n'eût été qu'une longue nénie monotone propre à endormir les nourrissons. Mais l'art du chevrier-cornemuseux donnait vie à cette longue histoire inventée par quelque berger anonyme, connaisseur de laines et d'étoiles, pour distraire la solitude et l'ennui de ses compagnons en exil loin de leur terre et de leur famille.

Le sort tomba sur une louve-parde,
vieille, chenue, tout éclopée,
mais qui était armée de crocs
pareils aux pointes des couteaux.
Elle tourna trois fois autour
de mon parc sans pouvoir rien prendre ;
mais à la quatrième fois
elle emporta la blanche agnelle
fille de la brebis jarreuse,
petite-fille de l'ouaille aux yeux vifs,
que mes maîtres se réservaient
pour le dimanche de Pâques...

Le narrateur, ce berger des temps très anciens, ce collègue de Rosendos, voyant sa belle agnelle emportée, appelle tous ses chiens pour qu'ils se lancent aux trousses de la louve-parde :

« Si vous me rendez mon agnelle,
je vous donnerai lait et fouasse,
mais si vous revenez bredouille,
gare au talon de ma houlette ! »
Sept lieues donc ils la poursuivirent
à travers des monts élevés...

A la fin, la vieille louve épuisée est contrainte de rendre sa proie, la blanche agnelle saine et sauve comme lorsqu'elle bêlait dans son parc. Mais les chiens veulent davantage, une victoire sans vengeance est incomplète : il faut que la louve-parde, selon toute justice, alimente la réjouissance des vainqueurs :

« Nous voulons ta peau mouchetée
pour faire au berger houppelande,
tes dents pour le jeu de sa vielle
dont il fera danser les dames. »

Rosendos change soudain de musique, il jette la cornemuse remplie de vent et couche sur ses genoux la vielle imaginaire : celle dont se servaient les lointains bergers de León, de Castille, d'Estrémadure, la *vigüela* qui consolait les solitaires, effrayait les loups et invitait à danser les dames au cours des longues transhumances, quand le troupeau et ses gardiens faisaient halte dans un village. De la main droite, il tourne la manivelle, tandis que les doigts de la gauche courent sur les touches en dents de loup. Rosendos sait jouer de tous les instruments. Et la *vigüela* chantonne :

« Tra, la-la-la-la-la-la-la-la,

Tra, la-la-la-la-la-la-la... »

Rosendos n'en finit pas de lui enseigner les plantes, les insectes, les oiseaux, les bêtes à pelage. Il grimpe dans les peupliers et dévalise les nids, en rapporte des œufs multicolores qu'il perce de deux trous opposés et puis gobe. Manuel refuse sa part.

« Tu as tort. Ça, ce sont des œufs de phénix.

— De phénix ? Qu'est-ce que c'est ?

— Un oiseau qui jamais ne meurt. Il porte sur la tête une aigrette de feu. Il ne vole que le jour. N'en as-tu jamais remarqué ?

— Non.

— Je t'en capturerai un, en quelque occasion. Quand tu bois ses œufs, ils te font voler. Ils te donnent pour ainsi dire des ailes. Mais il te faut en boire beaucoup. »

Avec un tel magicien, rien n'est impossible. Une fois, cependant, il commet une erreur.

Il faut dire d'abord qu'il déteste les chats. Cela lui vient sans doute de l'affection exagérée qu'éprouve son maître, Enrique Orge Verte, pour ce genre d'animaux : assis devant la cheminée, il en a toujours deux au moins sur les genoux, et un troisième sur l'épaule, en train de lui téter l'oreille. Il distribue plus de caresses à ses chats qu'à ses petits-enfants. Non seulement il les nourrit de débris de viande, mais de lait plusieurs fois par jour, tandis que Rosendos n'a droit qu'à des soupes de pain. Les chats, c'est bien connu, ont ressemblance avec le diable, ils sentent le soufre, aiment l'orage, pétillent quand on promène une main sur leur échine. Rosendos se venge donc en leur faisant danser de bonne heure la seguedille. Ensuite, il utilise les coquilles de noix vidées de leurs cerneaux. De chaque moitié, il chausse une patte de chat. Quand la bête a de la sorte les quatre extrémités enfoncées dans ces petites barques, Rosendos la saisit par la peau du dos et, au moyen d'une échelle, la pose sur le toit escarpé de la chèvrerie, tout près du faîte. Abandonnée à la pente, elle commence à skier sur les tuiles, sort ses griffes pour se retenir, mais la demi-coquille l'en empêche. Elle glisse en accélérant malgré ses efforts, dégringole et s'enfuit, crachant sa fureur.

Rosendos cherche à mettre en combat les chats et les chiens quand il peut les réunir dans le patio de la ferme. Il aimerait assister à une mêlée pareille à celle d'Alarcos, entre les Chrétiens et les

Maures. Mais les chats ont pour premier réflexe de grimper à tout ce qu'ils trouvent de vertical, mur, arbre, pilier, de se réfugier sur les toits où leurs ennemis ne peuvent les atteindre. Rosendos se dit que, puisqu'il en est ainsi, il doit provoquer une rencontre en terrain découvert. Un jour, il réussit à s'emparer de trois chats adultes, les enferme dans sa musette, les emporte sur son dos. Tandis qu'il se dirige à grands pas vers les jachères, plusieurs chiens le suivent en aboyant, excités par l'odeur de chats terrorisés qui émane du sac. Il cherche un terrain nu, sans perchoir d'aucune sorte : il faudra bien que ses prisonniers acceptent l'affrontement ou se laissent briser les reins sans résistance. Et... que se passe-t-il ? En un clin d'œil, les chats expulsés de la musette ont fait le tour de l'horizon. Constaté qu'un seul refuge vertical s'offre à eux : la personne même de Rosendos. Ils bondissent, s'agrippent à ses mains, à ses bras, à son cou, sont sur ses épaules, labourent sa figure et sa tête. Encerclé par la meute hurlante qui l'assaille d'en bas, il essaie de se dépêtrer des assaillants du haut dont les griffes s'enfoncent dans sa chair. Après un moment de furieuse lutte, aveuglé par le sang et la douleur, il a l'idée de se coucher à terre, ce qui ramène les chats à la portée des chiens. Les premiers le quittent alors et détalent à travers la campagne, poursuivis par les seconds qui ne réussiront à en rattraper aucun. Rosendos rentrera fort mal en point, prétendra avoir été attaqué par un aigle, Emilia Orge Verte lavera ses blessures et les oindra d'huile douce.

Seul Manuel entrera dans la confidence :

« A toi, je dirai la vérité, parce que tu es mon compagnon. Si tu me promets de rester muet là-dessus.

— Tu sais bien que je ne répète jamais rien.

— Je n'ai pas été attaqué par un aigle, mais par trois chats que j'avais enfermés dans ma musette pour voir comment ils se débrouilleraient en face de trois chiens... »

En vérité, ceux-ci, il ne les a pas comptés. Mais il a souci de présenter la chose comme une loyale rencontre.

« Pourquoi ? demande Manolo.

— Les chats sont les amis du diable, et les chiens les amis de Dieu.

— Amis de Dieu, les chiens ?

— Rappelle-toi saint Roch qui est peint dans l'église, avec son chien près de lui. As-tu jamais vu chat dans une église ?

— Eh bien ?

— Eh bien ! j'ai découvert une chose : *los amigos del diablo son mas bravos que los amigos de Dios*. »

Mas bravos voulait dire dans leur langage beaucoup de choses :

plus forts, plus habiles, plus braves, plus généreux. Ainsi, les amis du diable possèdent toutes ces vertus à un plus haut degré que les amis de Dieu. Manuel avait toujours cru en la parole de Rosendos, il n'allait pas cesser. Il regarda autour de lui et entreprit de classer les habitants du village en ces deux catégories : les amis du diable et les amis de Dieu. Parmi les premiers, il voyait Un tel, Un tel et Un tel, ivrognes notoires, qui passaient la moitié de leurs jours à boire le vin de leur cave. Tout spécialement Pimiento, ainsi surnommé à cause du nez rouge qu'il portait au milieu de la figure. Lorsqu'il avait son compte, il aimait s'asseoir sur les marches de l'église le samedi soir, non pour demander l'aumône, mais pour s'adresser aux pénitents qui sortaient tout chauds du confessionnal :

« Bravo ! disait-il à Miguel Latarce, le boutiquier, vendeur de tout, fromages, épicerie, oranges, chaussures, aiguilles, fils et boutons, coiffeur aussi à la demande. Bravo, mon fils ! Ne vole pas ta clientèle, c'est interdit par les Commandements ! Escroque, roule, estampe, couillonne, mais ne vole pas !... Et toi, recommandait-il à Bartolomé qui avait coutume de battre sa femme, elle en portait les marques sur la figure, quand tu as rossé Mariquita, n'oublie pas de lui pardonner ! »

Les interpellés allaient se plaindre au curé qui menaçait Pimiento de le dénoncer à la garde :

« Mais, Padre, répondait-il, je ne leur donne que de bons conseils ! Je leur rappelle la parole de Dieu !

— Va-t'en au diable ! »

Un jour, il n'y manquerait pas. En compagnie du *civilon*, cet ancien garde civil retraité que tout le monde détestait parce qu'il dépouillait les petits propriétaires de leurs parcelles, les obligeait à les lui céder à bas prix en les menaçant de dénonciation s'ils regimbaient. Dénonciation de quoi ? Eh ! quand on est *civilon* rien n'est plus facile que de faire intervenir les autorités de police ; or, devant deux gardes civils en tenue, uniforme vert, bicorne de cuir bouilli et mousqueton, il n'est pas de conscience pure qui n'ait quelque chose à avouer.

Parmi les suppôts du diable, Manuel osait même placer le secrétaire de mairie, Pepe Podinco, parce qu'il détenait le pouvoir administratif. On ne pouvait lui parler qu'à travers un trou percé dans la façade de l'*ayuntamiento*, une sorte de lucarne carrée à laquelle les solliciteurs frappaient du doigt timidement, attendant avec patience qu'elle voulût bien s'ouvrir. Si l'on insistait :

« Quelque chose d'urgent ? » demandait du fond de son trou don Pepe d'un air furieux, réveillé de sa sieste.

Depuis longtemps, le secrétaire de mairie cherchait des noises à Cristobal Alcacer pour des raisons mystérieuses.

Parmi les amis de Dieu, Manolo plaçait nécessairement don

Felipe, l'instituteur, et les siens ; don Arquimedes, le curé, et Busaca son sacristain ; tous ceux qui fréquentaient régulièrement l'église. Au premier rang desquels, Enrique Orge Verte, son grand-père. Celui-ci était d'une dévotion sourcilleuse. Il assistait aux messes des dimanches et autres jours saints, confessait régulièrement ses péchés et communiait plusieurs fois l'an. Le vendredi, il s'alimentait sans viande ni graisse de porc. Il jeûnait les Quatre-Temps, les Vigiles et le Carême entier. Il n'était ni homicide, ni luxurieux, ni faux témoin. Son honnêteté, son jugement jouissaient de tant d'estime dans le canton que beaucoup de voisins en chicane pour des histoires de bornes, de fermages, de divagations, venaient solliciter son arbitrage. Aux pauvres veuves qui entraient dans la boucherie pour quémander quelque bas morceau, il ne refusait jamais une tête de chèvre. Il ne proférait point d'exclamations injurieuses à l'égard du Seigneur, de Sa Mère ni de Ses Saints, quoiqu'il lui arrivât fréquemment d'en commencer une :

« *Me cago... !* »

Mais il n'allait pas plus loin, on ignorait quel bénéficiaire il avait en tête. Cette singulière retenue contrastait avec les jurons qui volaient quotidiennement sur le village, plus épais que les moucherons. Manuel n'avait qu'à ouvrir les oreilles pour se composer un répertoire, ce n'étaient partout que *Me cago en Dios, Me cago en Jesus Cristo, Me cago en la leche de Su Madre, Me cago en tus muertos, Me cago en el cura de Santurce*... Avec Dieu, Jésus-Christ et sa Sainte Mère qui ont le don d'ubiquité et d'entendre partout ce qui se dit, on pouvait redouter des représailles ; mais avec le curé de Santurce on ne risquait rien : il exerçait ses fonctions dans une bourgade lointaine et inconnue où nul de ses blasphémateurs n'aurait l'occasion de porter ses espadrilles.

Au cours d'une veillée, il arriva à don Enrique de reprocher à Cristobal d'avoir travaillé un dimanche sur le toit de sa ferme.

« C'était une besogne urgente ! répondit le fils.

— Il n'y a pas de besogne urgente qui ne puisse attendre le lundi. Le dimanche appartient au Seigneur.

— Le Seigneur ne peut vouloir que la pluie entre dans ma maison. »

De là partit une longue discussion sur la foi et les Commandements. Le grand-père se tenait roide sur sa chaire de bois, ses mains maigres agrippées aux accoudoirs, son visage de pierre éclairé par les flammes. Dans les circonstances graves, il chassait les chats de ses genoux. Sous la peau blanche de son crâne chauve se devinaient les sutures des os : il semblait mort déjà, il ne restait qu'à le coucher dans son cercueil. Autour de lui, les autres personnes disposées sur des bancs, les petits dans le giron de leur mère, buvaient ses paroles comme l'oracle. Mais Cristobal avait vécu quatre années à Madrid, au service de la Patrie et d'autres employeurs, il avait vu de ses yeux le Roi et la Reine, et le Catalan qui un jour avait jeté une bombe sur leur cortège ; il en était revenu avec la petite-nièce d'un évêque antimilitariste et des idées que nul autre que lui à Valdescorriel n'eût osé soutenir.

« Nous devons obéir à la volonté de Dieu, répéta le patriarche en chaire.

— Sans doute. Mais la volonté de Dieu n'est pas seulement que je m'inonde d'eau bénite ni que je récite des prières. En quoi ce marmottement qui monte vers lui de toutes nos églises le dimanche peut-il contenter ses oreilles ?

— Il les contente !

— Il contente surtout les prêtres, sans lesquels il n'y aurait pas de marmottements, mais pas non plus d'offrandes dans le plateau de la quête, qui s'ajoutent au salaire versé par le gouvernement.

— Tu n'as pas le droit de dire du mal des prêtres, ils te protègent de l'enfer.

— Et moi, je les protège de la faim.

— Je les tiens en haute considération ! affirma le vieil homme en tapant du poing sur son accoudoir.

— Eux aussi se tiennent en haute considération. Ils ne pratiquent pas l'humilité qu'ils prêchent. Je sais ce que je dis : j'en ai porté un autrefois sur mon dos. Ils se tiennent même souvent en plus haute considération qu'ils ne tiennent le Seigneur et la Sainte Trinité.

— Tu blasphèmes Dieu et tu blasphèmes les prêtres !

— J'aimerais vous raconter quelque chose que j'ai su à Madrid. Mais je ne peux le faire ici, devant des femmes et des enfants. Un jour que nous serons seuls tous deux, nous reprendrons ce discours, si vous voulez bien... »

Madrid... Madrid... Ville maudite où l'on assassine les Rois. On n'y respecte ni l'Eglise, ni l'Armée, ni la Famille. Son fils y avait été touché par la peste de l'esprit. Il avait épousé une Madrilène qui permettait à ses enfants de la tutoyer et de tutoyer leur père. Lui avait toujours dit *Usted* à ses parents, comme il avait exigé de sa descendance qu'elle fît à son endroit. Dire *tu* à son père c'est comme retirer la chaise sur laquelle il va s'asseoir.

Toutefois, la curiosité du patriarche était si forte qu'il invita dès le lendemain Cristobal à la taille de la vigne. Ils coupèrent quelques sarments. Puis Enrique se redressa :

— Eh bien ! Dis-moi donc cette chose dont tu as parlé hier soir et que ne peuvent entendre ni les dames ni les enfants.

— Je la tiens d'un homme très instruit qui travaillait dans une imprimerie, au service d'un journal. A dire vrai, il ne fréquentait guère les églises. Mais voulant se marier un jour, il doit se confesser. Le prêtre en entend alors de toutes les couleurs. Notamment qu'il a l'habitude fâcheuse de lâcher des jurons. "Combien de fois ? — Oh ! vingt fois par jour, sans me vanter. — Quels jurons ? — Ceux que disent tous les hommes. — Précise ta pensée. — Vous les savez comme moi, Padre. — Dis quand même. — *Me cago en Dios. Me cago en la Madona. Me cago en el cura de Santurce*." Alors, le confesseur sort de sa boîte, empoigne le pénitent par le collet, le traîne devant les statues de toutes les divinités qui habitent l'église. "Ecoute : je t'autorise à caguer sur la tête de Celui-Ci. Pareillement, sur la tête de Cet Autre. Et sur la tête de Celle-Ci. Et encore sur la tête de ces Trois-là. Si tu me le confesses, je ne te refuserai pas l'absolution. Mais si tu te permets de caguer sur la tête du curé de Santurce, tu auras affaire à mes poings et à mes pieds ! Parce que le curé de Santurce, c'est moi ! Il n'y a que huit jours que je suis arrivé dans cette paroisse de Madrid ; mais j'affirme que votre façon de me jurer doit se perdre !" Et voilà cette chose que je ne pouvais raconter devant les dames. »

Au milieu des vignes châtrées à demi, don Enrique Alcacer éclata de rire. Un rire dont son fils ne l'aurait jamais cru capable, qui le pliait en deux. En même temps, il répétait *Me cago en el cura de Santurce, Me cago en el cura de Santurce*. Pour une fois, il allait jusqu'au bout de sa pensée, toujours retenue jusque-là par le second Commandement :

Tu ne diras ni juron, ni blasphème, tu ne prononceras pas en vain le nom du Seigneur.

Ensuite, il se calma, se redressa, essuya du dos de la main les larmes d'hilarité qui lui étaient montées aux yeux. Petit à petit, son visage reprit le sérieux, la sévérité des autres jours. Il parut même honteux de s'être laissé emporter par cette allégresse impie.

« Rappelle-moi pourquoi, demanda-t-il, tu voulais me raconter cette couillonnade ?

— Pour vous montrer en quelle considération se tiennent les curés.

— Sans doute... tu as raison, si cette histoire est vraie. Mais je la crois inventée.

— Vous en avez ri quand même. Peut-être n'a-t-elle pas d'autre intention que de faire rire.

— N'empêche qu'à mon tour il faudra que je me confesse d'avoir ri de l'Eglise.

— Pas de l'Eglise. Seulement du curé de Santurce.

— Rire des curés est un péché capital. Si la mort me frappait en ce moment même, j'irais dans le feu éternel.

— Moi aussi, père, je voudrais vous demander une chose.

— Demande, fils.

— Tout le monde au pays vous tient pour un saint homme.

— Je suis un pécheur comme les autres.

— Disons : pour un homme de grande vertu, de grande honnêteté, de grande charité, de grand jugement. Qu'est-ce qui fait donc que vous vous comportez de cette façon ? »

Le vieil homme parut étonné. La réponse lui semblait si évidente qu'il se demandait comment il devait entendre la question de son fils.

« Tu me demandes pourquoi je suis honnête, charitable et tout ça ? se fit-il confirmer.

— Oui, c'est ce que je voudrais savoir.

— Mais... parce que les Commandements le veulent ainsi !

— C'est là votre seule raison ?

— Quelle autre raison veux-tu que j'aie ? Celui qui n'obéit pas aux Commandements va chez le diable. Et moi, je veux aller au paradis, avec la permission de Dieu, voilà tout.

— Vous êtes donc honnête et vertueux uniquement par intérêt ?... Ne vous semble-t-il pas plus beau d'être honnête sans intérêt, par amour de l'honnêteté, vertueux par amour de la vertu ? Sans la crainte d'une punition, sans l'espoir d'une récompense ?

— Tu recommences à dire des couillonnades madrilènes.

— Il existe des pays où l'on ne connaît pas les Commandements. Où l'on ne connaît ni Dieu ni le Christ. Je sais pas... la Chine... le Japon.

— Eh bien ! les gens de ces pays-là iront en enfer ! »

Parce qu'il avait beaucoup parlé, Enrique décrocha la *bota* suspendue à un arbre, se versa dans la gorge un fil de vin, la tendit à Cristobal qui fit de même, avant de poursuivre :

« Et si l'enfer n'existait pas ? Si le Christ n'avait jamais existé ? S'il n'y avait rien, après la mort, que le trou au fond duquel l'homme pourrit comme une rave ? »

Le père prit le temps de revisser le bouchon de la gourde en peau de chèvre, de la raccrocher à sa branche.

« Si rien n'existait ?... Oh ! si rien n'existait !... Oh ! si j'étais sûr que rien n'existe !... »

Il ne précisa point ce qu'il ferait, ce qu'il ne ferait pas. Mais il leva deux poings serrés. Et dans ses yeux noirs sur fond jaune luirent toutes les flammes de l'enfer.

Pendant que Manolo et ses frères étudiaient l'histoire sainte et la géographie, Vicente Dua gardait les moutons de leurs parents. Il portait comme les bergers adultes la musette de peau sur les fesses, avec dedans un morceau de pain et un oignon, un flacon d'eau rougie et son couteau à deux lames. C'était un garçon plutôt niais qui avait juste assez d'esprit pour distinguer sa main droite de sa main gauche, la lune du soleil quand elle apparaissait au-dessus de l'horizon, avant la fin du jour, blanche comme un fromage frais. Ce n'est pas lui qui aurait fait danser les chats. Ses moutons, il se contentait de les suivre et de les ramener le soir à la bergerie. Les jachères ne manquaient point, personne ne se plaignait de ces vagabondages. A condition — cela lui advint plusieurs fois — qu'il ne laissât point son troupeau divaguer dans les blés en herbe. Comme à Valdescorriel et une lieue à la ronde il n'était guère possible qu'un chien remuât la queue sans que tout le village en fût informé, les maîtres des champs reprochèrent à Cristobal les dégâts commis par ses bêtes, et il dut verser en compensation un boisseau de grain par-ci, un double de pommes de terre par-là.

« Change de berger », lui conseillait-on.

Mais il répugnait à ôter de la bouche de cet innocent le peu de pain qu'il lui donnait.

Un jour, Vicente en fit une plus belle encore, puisque ses moutons s'égarèrent sur une vigne de la Chana qui appartenait à Pepe Podinco, le secrétaire de mairie. Ils y émondèrent quelques jeunes pampres. Lorsqu'il fut informé de l'accident, don Pepe sortit de l'*ayuntamiento* comme un taureau furieux et s'en vint faire du tapage chez les Alcacer :

« Viens voir en quel état se trouve ma vigne ! Toute la récolte est perdue ! Même les souches ont été rongées !

— Non, non, z'ai çassé les brebis quand ze les ai vues dans la vigne ! protesta Vicente qui parlait la langue entre les dents. Mais après, z'ai vu de loin les moutons de Fefo Judias qui entraient aussi dans la vigne. C'est eux qui ont tout manzé !

— De toute façon, tonna don Pepe en cognant du poing sur la table, je vous interdis à tous de mener vos troupeaux dans la Chana ! Vous devez les pousser dans la Loma ! J'estime à 350 pesetas la perte qui m'est causée ! »

De longues discussions s'ensuivirent, le secrétaire ramena ses prétentions à 300. Cristobal Alcacer rencontra Fefo Judias qui accepta de payer un tiers de la somme. Mais un soir qu'il avait un peu trop levé le coude à la *bodega* de Fuentes de Ropel, Judias se vanta d'avoir joué un bon tour à ce couillon d'Alcacer : don Pepe lui avait rendu sa part d'indemnité, content des 200 pesetas reçues de Cristobal. Alors, celui-ci comprit qu'il avait, pour des raisons inconnues de lui, l'inimitié du secrétaire de mairie. A la campagne, les inimitiés se transmettent de génération en génération, elles font partie des hérédités diverses comme les droits de passage, de puisage, de vaine pâture et autres servitudes. Interrogé sur ce point, grand-père Orge Verte se gratta la tête :

« Oui, reconnut-il, il y a eu autrefois entre nos deux familles une histoire de colique.

— De colique ?

— Le père de ma mère possédait certains pouvoirs magiques. Notamment celui de coller la foire à qui lui déplaisait. Si bien que tous les foireux du canton l'accusaient du désordre de leur ventre. "Quelques-uns, admettait-il, mais pas tous !" Et il leur vendait une potion pour les guérir. Je crois me rappeler que justement il y eut chez les Podinco une longue *cagalera* dont ils le tenaient pour responsable, et contre laquelle il ne put rien. Ils crurent qu'il leur voulait du mal. Voilà le seul motif de haine qui puisse exister entre nous. »

Toujours est-il que don Pepe ne manquait pas de venger sur Cristobal et les siens, chaque fois qu'une occasion se présentait, la diarrhée de son grand-père.

5

Intraitables sur le chapitre des petits délits — maraudages, braconnages, ivresse publique —, protecteurs des riches, bien payés eux-mêmes par l'Etat afin d'en être les fidèles soutiens, les gardes civils étaient d'une façon générale craints et détestés. On détestait leur couleur, leur raideur, leur bicorne de cuir verni, ce fusil dont ils ne se séparaient pas plus que le berger de sa houlette. Ils ne servaient jamais dans les régions dont ils étaient originaires afin de ne pas se laisser influencer par des amitiés ou des parentés locales. Les instructions qu'ils avaient reçues leur recommandaient de ne pas adresser la parole — sauf pour enquête — aux habitants des bourgs où ils étaient cantonnés. La présence permanente du *civilon*, retraité à peine quinquagénaire, âge où les paysans avaient encore dix, quinze ou vingt années de sueurs en perspective, était donc dure à supporter dans le village, quoiqu'il en fût natif.

Il habitait derrière l'école de filles une belle maison à la façade parée de briques cuites. Elle comportait, disait-on, huit pièces qu'il était seul à occuper depuis le décès de sa femme. Parfois, ses filles de Burgos venaient le voir ; mais elles se sentaient mal à l'aise au milieu de ces regards hostiles, et repartaient au bout de quelques jours. En dehors de ces visites, il recevait le matin Pepita Gañadel, sa servante-cuisinière, et ceux qui étaient avec lui en quelque affaire, fermiers, vendeurs, acheteurs. Comme il se savait beaucoup d'ennemis, à partir de la nuit tombée sa porte ne s'ouvrait plus à personne. Excepté à Quico Palomo, son rabatteur, son informateur, son âme damnée. Celui qui lui signalait les bons coups à réaliser sur le dos des fermiers misérables. Quico lui frictionnait aussi l'échine chaque soir car il souffrait des vertèbres, affligées d'excroissances en « bec de perroquet ». Il lui tenait enfin compagnie pour vider une cruche de vin ou soutenir une partie de dominos, s'arrangeant toujours pour perdre.

Outre ces obligations, Quico Palomo exerçait l'honorable métier de fossoyeur. On l'accusait de dévisser quelquefois le cercueil des morts et de les dépouiller avant de les recouvrir de terre. Un tel prétendait avoir reconnu sur son dos une veste dont il avait habillé un parent défunt, et s'en était plaint à la mairie. Mais l'influence du *civilon* protégeait son compère de toute poursuite.

Un soir de novembre, alors que Valdescorriel baignait déjà dans la nuit noire, seulement interrompue çà et là par la faible lueur qui sortait des fenêtres, Quico était penché sur les braises de sa cheminée où cuisaient des pommes de terre dans leur peau, quand il entendit cogner à sa porte. Il eut à peine le temps de se redresser que deux hommes entrèrent, chaussés d'espadrilles malgré la saison. Deux figures farouches, maigres, hirsutes, qu'il connaissait bien. Un père et son fils qui, pour des raisons de maladies, avaient dû céder à l'ancien garde civil deux *fanegas* de terre riche et profonde, au quart de leur valeur réelle. Le *civilon* la faisait ensemencer alternativement de lentilles, de blé, de colza, elles produisaient les plus belles récoltes de la Loma. Et c'était pour les anciens propriétaires — devenus journaliers — un crève-cœur chaque fois qu'ils les côtoyaient, tantôt vertes, tantôt violettes, tantôt jaunes.

Les deux hommes marchèrent sur Palomo qui recula. Le plus vieux sortit le poing de sous sa veste où il tenait ouverte et dissimulée une navaja d'Albacete, légèrement courbe.

« Vous n'allez pas me tuer ! dit le fossoyeur tremblant. Je ne suis qu'un misérable. Qu'emporteriez-vous ?

— Tu mériterais la mort, dit le père. On sait ce que tu vaux. Mais nous ne te ferons aucun mal pourvu que tu nous obéisses exactement. Sinon... »

Et il leva son couteau dont la lame brilla dans la lueur de la lampe à huile.

« Commandez, fit Quico.

— Primo : tu ne nous as pas vus. Tu n'as reçu personne aujourd'hui. Tu ne sais rien de rien.

— Que puis-je savoir ?

— Si tu t'avisais de savoir quelque chose et de nous faire arrêter, j'ai deux autres fils qui te couperaient en morceaux. En commençant par les pieds. »

Palomo essaya de faire l'aimable :

« Vous boirez bien un verre de vin ?

— Nous ne sommes pas venus pour boire. Ecoute bien ce que tu vas faire... »

Et il l'informa de ce qu'ils attendaient de lui. Le fossoyeur n'avait le choix qu'entre obéir ou mourir.

Un moment plus tard, ils sortirent dans la rue sombre, déserte et silencieuse. Quico allait devant, les deux autres le suivaient sur leurs espadrilles. Ils atteignirent la maison parée de briques cuites. Le fossoyeur exécuta exactement les gestes qu'on lui avait commandés. Il heurta du poing à la porte du garde civil comme il avait coutume de faire. Au premier étage, derrière la grille, la forme blanche d'un visage parut, inspectant les ténèbres. Les deux *peones* se tenaient dissimulés à la cantonade.

« Qui est-ce ? dit d'en haut une voix.

— Moi, Quico.

— Qu'est-ce que tu veux ?

— Vous faire part d'une affaire qui vous intéressera.

— Je descends. »

La fenêtre se referma. Les paysans vinrent silencieusement encadrer la porte, aplatis contre la façade. A travers un guichet, le *civilon* considéra une fois encore l'apparence du visiteur nocturne.

« C'est bien moi, don Raimundo », souffla Palomo pour se faire reconnaître.

Quand le battant s'ouvrit, les deux hommes en espadrilles le poussèrent avec violence et s'engouffrèrent dans la maison. Le fossoyeur décampa sans demander son reste. Il trouva ses pommes de terre à demi brûlées et les mangea avec conscience, malgré ses mains tremblantes, pour se faire croire à lui-même qu'il n'avait vu personne, qu'il ne s'était rien passé, que ce soir-là était un soir comme les autres.

Le lendemain, les volets du garde civil ne s'ouvrirent pas. Des voisins les observèrent avec espoir, se disant est-ce que ce cochon-là serait en train de crever, noyé dans son urine ? Faisons semblant de ne rien remarquer pour n'avoir pas à lui porter secours. Mais la servante-cuisinière, Pepita Gañadel, dut bien venir frapper à sa porte. N'obtenant pas de réponse, elle tourna la poignée, le battant s'ouvrit sans effort. L'instant d'après, elle était dans la rue, criant comme une folle :

« *Asesino ! Asesino !* On a coupé la gorge de don Raimundo ! »

Alors, les curieux accoururent de toutes parts, chacun voulait voir cela de ses yeux. Le *civilon* gisait sur le carrelage de la salle, à la renverse, les bras ouverts, la tête presque détachée du cou. Le sang formait autour de lui une mare pourpre et gluante, comme de la gelée de groseille. Dans un coin, Pepita faisait semblant de pleurer, le visage dans les mains. Et peut-être pleurait-elle réellement, car elle venait de perdre sa place. Les héritiers lui paieraientils seulement ses trois semaines de service depuis la dernière Toussaint ?

Ensuite vinrent le maire, don Arquimedes et d'autres caciques. Un médecin et la garde civile de Bénavente furent prévenus. Le docteur débarbouilla le mort de sa gelée de groseille, recolla les morceaux de son mieux et rédigea un papier attestant que le décès de don Raimundo était « dû à une intervention extérieure, violente et criminelle ». Le garde commença son enquête en interrogeant les voisins et les familiers du défunt. Ceux-ci déclarèrent unanimement qu'ils n'avaient rien vu, rien entendu la nuit du crime ; qu'ils n'avaient pas la moindre idée de l'identité du ou des coupables, ni de leurs motifs.

« Pensez-vous, demanda-t-on au curé, mieux que personne informé des cœurs et des entrailles, que la victime avait des ennemis ?

— Des ennemis, *señores ?* A Valdescorriel, personne n'a d'ennemis. Des désaccords, tout au plus, avec tel ou tel, pour des histoires de chiens, d'ânes, de poules. Mais rien qui vaille la peine qu'on coupe le cou d'un homme. Dans cette paroisse, voyez-vous, je ne connais que de bons chrétiens. »

Les caciques confirmèrent cette opinion. Il fallait que le ou les assassins fussent venus d'ailleurs. Pourtant, ils ne semblaient avoir rien volé. Avaient-ils donc égorgé le *civilon* pour le simple plaisir ? Ou par inadvertance ? Et comment avaient-ils réussi à s'introduire chez un homme aussi méfiant, protégé par tant de clés et de verrous ? Personne ne sut répondre.

« Et toi, demanda-t-on à Quico Palomo, quand as-tu vu don Raimundo pour la dernière fois ?

— La veille du crime, *señores*. Pour lui frictionner l'échine à l'eau-de-vie. Il me faisait l'honneur de recourir à mes soins. Faut vous dire qu'il avait les vertèbres couvertes de perroquets, ce qui est une maladie bien pénible. Je ne sais rien d'autre, *señores !* »

A ce moment, les cloches de l'église sonnèrent l'*angélus*. Quico étendit la main :

« Je le jure sur la sainte voix de ces cloches ! »

De là, il s'en alla au cimetière creuser la fosse qui devait le lendemain recevoir le corps de l'assassiné. A Valdescorriel, les enterrements étaient toujours une cérémonie bruyante et théâtrale. Derrière le défunt, porté sur quatre épaules, défilaient la famille et les amis, tous exprimant la plus vive affliction. Les hommes roulant leur béret dans leurs mains, les femmes poussant des hululements qu'on devait entendre de San Miguel. Les obsèques de don Raimundo furent au contraire on ne peut plus silencieuses. Personne n'osa exprimer la moindre douleur, pas même ses descendants directs, venus de Burgos. Quico Palomo, aidé du sacristain Busaca, descendit le cercueil au fond du trou, le curé marmonna ses *orapronobis*, éparpilla un peu d'eau bénite et tout le monde se dispersa. Le fossoyeur resta seul, en tête à tête avec celui dont il avait facilité le découpage. Il se pencha sur la caisse de bois verni, ornée d'un crucifix, de poignées et de rosettes de nickel.

« Que voulez-vous, don Raimundo, chuchota-t-il, j'avais leur couteau dans les flancs. Ma volonté n'est pour rien dans votre mort. Je vous prie donc de m'en excuser. »

Puis il cracha dans ses mains et commença de pousser la terre avec sa pelle. En tombant sur la caisse, elle produisait des ploufs sonores, mais qui allaient s'atténuant à mesure que le trou se comblait. De temps en temps, Quico s'interrompait pour reprendre souffle et s'essuyer le front de sa manche. Quand la fosse fut remplie, il restait encore un peu de terre. Il piétina la tombe, pensant au *civilon* qui dormait dessous, c'était bien la peine de s'être donné tant de mal pour soigner ses perroquets ! A la fin, il construisit un beau tumulus dont il lissa les faces avec le plat de son outil. Sa tâche était achevée, il ne pouvait plus rien faire pour son ami défunt. Alors, une grande paix enveloppa sa conscience.

Jamais la garde civile de Bénavente ne découvrit les assassins.

Quelques semaines après l'enterrement de don Raimundo, le bruit courut que ses filles étaient disposées à vendre les terrains qu'il avait réunis, de préférence à leurs anciens propriétaires. Quelques-uns de ceux-ci récupérèrent leurs parcelles ; d'autres, par manque de fonds, durent y renoncer et elles changèrent de mains une fois encore. Cristobal Alcacer fut tenté par un fonds appelé « la Cortina » qui descendait en pente douce le long de la Chana vers le ruisseau de San Andrés dont elle était séparée par une murette, et qui couvrait une surface de neuf *heminas*.

« J'y cultiverais, médita-t-il, des betteraves, de la luzerne, des pommes de terre, des fèves. »

L'argent cependant lui manquait. Il saisit l'occasion pour se débarrasser de ces moutons et de ce berger qui ne lui valaient que des ennuis. Vicente retourna dans sa famille. Avec le produit de la vente, Alcacer acheta la Cortina. Et aussitôt, se servant de deux mulets d'emprunt, il la mit en culture.

Or voici qu'en la labourant il découvrit à un point élevé, au milieu de sa longueur, les restes d'un ancien puits. Un matin, en se réveillant, il raconte à sa femme le rêve qu'il a fait la nuit précédente :

« De ce puits dont je t'ai parlé, comblé maintenant de terre et de cailloux, j'ai vu sortir de l'eau. Non point débordante, mais jaillissante. Comme le sang d'une artère. Et elle s'élevait au-dessus du sol jusqu'à la hauteur d'une maison ! Qu'en penses-tu ? »

Alba croyait aux rêves. Et elle croyait à l'eau. Dans sa famille, il existait une amitié traditionnelle envers les sources et les rivières. Son grand-père don Juan Francisco Gallardo y Montera, pionnier de l'irrigation, avait barré le rio Miño. Ce qui lui avait valu d'être représenté en bronze sur une place de Carballedo, avec un air si vivant qu'il ne lui manquait que la parole.

« Cette eau jaillissante, dit-elle, ce n'est pas celle d'un puits ordinaire, mais celle d'un puits artésien. »

Elle lui en expliqua le principe. Pendant plusieurs jours, Cristobal rumina là-dessus. Ses réflexions et d'autres conversations avec sa femme le convainquirent qu'il devait percer à l'emplacement du puits bouché. Une fois atteinte l'eau souterraine, il en irriguerait la Cortina et obtiendrait les plus belles récoltes de la région.

Il demanda au maire l'autorisation de creuser.

« La Cortina t'appartient, répondit l'*alcalde*. Creuse donc tant que tu voudras. »

Alors, il fit venir un puisatier de Valderas. Celui-ci édifia une chèvre, c'est-à-dire un chevalet de poutres liées à leur sommet pour retenir une poulie. De là tombait le trépan qui, à force de montées et de chutes, fit pénétrer dans le sol les éléments de deux tubes de fer emmanchés l'un dans l'autre. A quarante mètres de profondeur, Cristobal commença de douter : pas une goutte n'apparaissait au sommet du tube central. A cinquante, il se dit qu'il fallait être fou pour se lancer dans une entreprise si longue et si coûteuse sur la simple foi d'une vision nocturne. A soixante, il voulut arrêter l'affaire. Mais le puisatier le persuada qu'il était trop tard pour reculer ; il lui était arrivé précédemment de descendre jusqu'à deux cents et trois cents mètres avant d'atteindre la *nappe phréatique*. Cristobal se mit une main sur les yeux de désespoir.

Toute sa famille et plusieurs habitants du village venaient participer aux travaux, manœuvrant tour à tour le levier qui faisait monter et descendre le trépan, la pompe qui injectait de l'eau entre les deux tubes pour transformer la terre en boue.

Enfin, au soixante-huitième mètre... L'autre Cristobal (Columbo) découvrant l'Amérique : — *Tierra ! Tierra !* — n'en reçut pas plus de joie que celui de Valdescorriel à ce modeste gargouillement :

« *Agua ! Agua !* »

Puis il cria vers son fils Manolo :

« *Vino ! Vino !* Cours jusqu'à la maison, et rapporte une cruche de vin ! »

Oh ! ce n'était pas un geyser ! Mais enfin elle sourdait au sommet du tube de fer et produisit bientôt une rigole ; on la dirigea vers les betteraves et la luzerne qui la burent avec reconnaissance. C'était la fin du jour. Les hommes prirent le temps de boire aussi à la santé de cette eau jaillie d'un rêve. On en discuta beaucoup dans les ruelles, ce soir-là.

Le lendemain matin, lorsqu'il retourna voir comment le puits se comportait, Cristobal découvrit avec stupeur que quelque chose s'était débouché pendant la nuit : à présent, l'eau jaillissait jusqu'au faîte de la chèvre et retombait en parapluie. Le terrain s'en était gorgé. Elle commençait à s'accumuler au fond de la Cortina, arrêtée par la murette qui bordait le ruisseau. Il ne restait qu'une chose à faire : ouvrir le mur et laisser le trop-plein s'écouler par cette bonde.

Cristobal courut à la mairie. Il frappa à la fenêtre du guichet. Au bout d'une attente appropriée, parut la face maigre du secrétaire :

« Qu'est-ce que c'est ?

— Je voudrais parler au maire.

— Il est absent pour trois jours. En voyage. Je le remplace.

— C'est au sujet de mon puits artésien. Il déborde. Il inonde mes terres. Il faut absolument l'évacuer dans le *reguero*. Est-ce que je peux ?

— Je dois me rendre sur place pour voir les choses et considérer. »

Le guichet se referma. Il y eut une autre attente. Alcacer bouillait dans ses culottes. Enfin, l'homme sortit, tenant à la main un petit papier. On ne le voyait guère autrement, quoi qu'il fît, où qu'il allât. Toujours un petit papier à la main. Ce qui lui avait valu le sobriquet de *Papelito*.

« J'ai percé mon puits avec l'autorisation du maire, rappela Cristobal.

— J'entends bien. Le puits est sur ton terrain, mais le ruisseau est propriété commune. Tu dois comprendre qu'il s'agit là d'une autre affaire. »

Pendant ce temps, le geyser continuait de jaillir, l'eau montait et s'étendait. Papelito examina le terrain, la murette, le *reguero* et considéra longuement.

« Il faudrait décider très vite, insista le père de Manolo, inquiet pour sa terre que l'écoulement ravinait, inquiet pour ses récoltes.

— Présente ta demande par écrit. En l'absence du maire, le conseil doit en débattre. Je ne peux prendre seul cette responsabilité. »

Et il s'éloigna, en s'éventant de son petit papier.

Aussitôt, Alba prit une feuille blanche et rédigea la requête que son mari porta au guichet de l'*ayuntamiento*.

Le lendemain, des ravines profondes s'étaient creusées parmi les betteraves et les patates ; l'eau entraînait la terre et formait dans le bas un véritable lac. Cristobal recourut au guichet :

« Le conseil s'est-il réuni ?

— Ce soir seulement, répliqua Papelito. Crois-tu que les gens soient à ta disposition ?

— Est-ce que, en attendant, je ne pourrais pas... provisoirement... pratiquer une ouverture dans la murette ? »

Papelito fronça les sourcils, serra les lèvres, l'homme au puits artésien comprit qu'il était en train de considérer encore. Outre l'inimitié pour les Orges Vertes que les Podinco ressentaient viscéralement, don Pepe faisait partie des caciques, il détestait tous ceux qui cherchaient à s'élever et à le rejoindre par l'intelligence ou le travail. Comme Alcacer s'y attendait, après cette longue considération, il secoua la tête, non, il ne pouvait accorder la permission qui était de la seule compétence du Conseil. Le guichet se referma au nez du solliciteur.

Alors, furibond, Cristobal s'en fut prendre une pioche de terrassier. En quelques coups assenés au bon endroit, il fit sauter des pierres et l'eau s'écoula à travers le mur, en gros bouillons.

Le lendemain, il reçut l'autorisation du Conseil. Mais les betteraves et les pommes de terre furent perdues cette année-là.

L'automne suivant amena un bien plus grand malheur, puisque les enfants de la région furent atteints par une épidémie de croup. Le terrible *garrotillo*, le « petit garrot », qui les condamnait à mourir par étouffement, ni plus ni moins que les suppliciés dans les prisons du Roi. Don Arquimedes en chaire enjoignit aux fidèles de prier au moins deux heures chaque jour pour que Dieu éloignât ce fléau. Il rappela que, aumônier à Madrid, il avait eu l'occasion d'assister à une exécution par garrottage et en fit la description avec complaisance :

« Vêtu d'une blouse blanche, les mains liées, le condamné est conduit sur une estrade. On le fait asseoir au pied d'un poteau. On lui lie encore les chevilles. On lui couvre la tête d'un sac noir. On lui passe autour du cou un collier de fer que le bourreau rétrécit par-derrière au moyen d'une vis pareille à celle des pressoirs. A mesure qu'il visse, l'homme appelle... gémit... se tord... se convulse... Cela dure d'interminables secondes... Les vertèbres craquent... Le corps s'affaisse enfin de toutes parts ; il s'écroulerait si le collier n'empêchait sa chute. On a l'impression que le cou s'est allongé démesurément. Vous diriez une volaille morte retenue par le cou... Que Dieu vous garde, mes chers frères, d'un tel spectacle que j'ai dû subir malgré moi pour apporter à ce malheureux les secours de la religion... Et imaginez maintenant le supplice de nos chers petits s'ils devaient endurer un tourment comparable ! »

Les femmes pleuraient, les hommes se signaient, agenouillés sur les dalles froides, et la foule répétait avec le prêtre :

« Miséricorde sur nous, Seigneur ! Miséricorde sur nos petits ! »

Chaque nuit, les mères se réveillaient en sursaut, imaginant l'horrible garrot sur le cou de leurs enfants. Elles se levaient, la chandelle au poing, allaient contrôler leur sommeil, tremblantes à la moindre rougeur, à la moindre toux, à la moindre oppression.

En vérité, l'épidémie n'était pas encore dans Valdescorriel, mais on la savait à Valderas, à Fuentes de Ropel, elle rôdait aux portes du village. A celle de sa classe, don Felipe tenait allumé un brasero sur lequel il faisait flamber des poignées de soufre, et il obligeait chacun de ses élèves à inhaler ces vapeurs pour se désinfecter la gorge, l'empoignant par la nuque s'il le fallait et le courbant sur les flammes bleues :

« Respire ! Respire fort ! Bouche ouverte ! »

L'écolier toussait, éternuait, pleurait des yeux et du nez, puis s'échappait, sitôt lâché. A force de recevoir les gaz sulfureux, les moustaches et les sourcils de l'instituteur s'étaient décolorés.

Un médecin arriva de Bénavente. A son de cloches, il rassembla la population devant la mairie et expliqua les mesures à prendre si par malheur l'épidémie atteignait la commune :

« Les symptômes sont les premiers signes du mal. D'abord, une toux brusque et enrouée, que nous, hommes de science, appelons *aboyante*. »

Et il imita lui-même la toux du *garrotillo* : ouah !... ouah !... ouah !...

« Cette toux s'accompagne d'une fièvre modérée et de suffocation. Donc, aux premiers symptômes, donnez immédiatement à l'enfant une ou deux cuillerées d'huile d'olive chaude additionnée de sucre afin d'ouvrir les membranes et de faciliter la respiration. Ou encore, du lait chaud avec du miel... »

Faible de voix et court de taille, l'homme se faisait difficilement entendre, bien qu'il se fût installé sur les marches de l'église. Les gens s'interrogeaient :

« Qu'est-ce qu'il dit ?

— De faire boire au malade de l'huile, du lait, du miel. »

Et le médecin de poursuivre :

« Isolez-le, si vous pouvez, des autres enfants. Faites bouillir son linge et les objets qu'il a touchés. Et faites brûler un cierge à saint Pelayo. »

La dernière recommandation fut suivie à la lettre, il y eut dans les églises de la région un perpétuel grésillement de cierges, les sœurs cirières des couvents doublèrent leur production. Mais comment isoler un enfant de ses frères et sœurs dans ces maisons exiguës où les animaux eux-mêmes se mêlaient aux chrétiens ?

Les choses durèrent ainsi plusieurs jours. Puis les élèves de don Felipe se mirent à aboyer : ouah !... ouah !... ouah !... L'un après l'autre, le *garrotillo* les prit à la gorge. Chaque jour il en manquait un ou deux de plus. Vainement, l'instituteur prolongeait ses traitements au soufre sur le brasero. Seuls quelques grands échappèrent à l'épidémie. Les parents touillaient ensemble l'huile, le miel et le lait.

Manuel et ses deux frères furent atteints presque en même temps. Le médecin de Bénavente répéta ses prescriptions antérieures, auxquelles il ajouta un curieux remède :

« Enveloppez le cou de vos malades avec un maillot d'argile, que vous retiendrez au moyen d'une bande d'étoffe. »

Ainsi, la *tierra bodeguera* qui servait aux femmes à récurer leurs casseroles trouva un usage médical. Pour sa part, Alba cessa de dormir et de manger, ne pensant plus qu'à ses enfants. Luttant pied à pied contre le mal. Elle les forçait à avaler la potion, enfonçait un doigt dans les gorges pour déchirer les membranes. Si elle les voyait suffoquer, elle courait de l'un à l'autre, collait sa bouche à la leur et soufflait l'air de ses poumons, au risque d'absorber elle-même les germes de la diphtérie. Pendant ce temps, dehors, les cloches sonnaient le glas des enfants morts, parmi les hurlements aigus des pleureuses.

Le père était là aussi, sur une chaise, les mains oisives, pétrifié de chagrin. Elle évitait de recourir à lui, craignant ses maladresses, et ne l'employait que s'il fallait insuffler la vie à deux malades en même temps. Ou bien lorsque, malgré ses efforts, l'un de ses petits n'arrivait pas à reprendre son souffle et devenait violacé.

« Prends-le par les pieds ! » criait-elle.

L'homme saisissait l'enfant par les chevilles et le tenait suspendu, la tête en bas, comme au jour de sa naissance, tandis qu'elle le secouait, le giflait, le frictionnait. Après un moment, il avait un hoquet, l'air entrait en lui avec un sifflement profond.

Des nouvelles terribles arrivaient d'ailleurs : dix enfants étaient morts à Valderas, cinq à San Miguel, huit à Villanueva de Campo, une demi-douzaine à Fuentes de Ropel. Sans parler de ceux qu'on ignorait. A Valdescorriel, don Arquimedes entrait dans les maisons pour proposer ses services. Il entra chez Cristobal Alcacer qui l'avait sauvé des eaux jadis au nom de saint Christophe.

« Comment vont ces jeunes malades ? » s'écria-t-il jovialement en posant sur la commode son chapeau pelucheux.

Il tenait à la main un flacon de grès qu'Alba — nièce d'un évêque — reconnut pour le chrémeau qui contient les huiles saintes. Les deux petits dormaient d'un sommeil haletant, semi-comateux. L'aîné, Manolo, gardait les yeux ouverts et suivait de son lit chaque mouvement des grandes personnes.

« Vous désirez sans doute, poursuivit le prêtre, que je les administre ? C'est une précaution qui ne fait mourir personne, mais qui vous procurera la paix de la conscience : vous saurez qu'éventuellement vos trois chères âmes ne trouveront pas fermées les portes du Paradis. »

Le père et la mère se consultèrent des yeux. « Faites », dit le premier. Ils se tinrent à l'écart tandis que le gros ministre de Dieu grommelait ses prières devant les trois couches alignées, puis se versait sur le pouce de la main droite quelques gouttes du chrémeau. Il oignit le front des cadets, vint ensuite devant Manolo. Celui-ci reconnut le visage pourpre et bouffi de don Arquimedes, entendit ses marmonnements. « Je vais mourir, se dit-il, puisqu'il m'apporte l'extrême-onction. » Il eût aimé se confesser, dire pardonnez-moi Seigneur parce que j'ai péché, j'ai sucé le sucre candi le matin de ma première communion. Mais aucun mot ne put traverser sa gorge brûlante. La tête du curé prit une dimension extraordinaire comme faisait parfois le soleil au couchant. Disparu derrière la Cabrera, plouf ! il ressortait soudain deux fois plus gros que nature, craché dans le ciel par quelque invisible bouche. Lorsque cet effet de mirage avait lieu, il annonçait des choses désagréables, sécheresse, mortalité du bétail, mauvaises récoltes. Les lèvres de Manuel remuèrent vainement. Cependant, le prêtre le bénissait et lui touchait le front de son pouce onctueux. Manolo ferma les paupières et attendit la venue du sommeil éternel. Don Arquimedes s'essuya dans un linge blanc, puis rangea ses accessoires, se tourna vers les parents silencieux :

« Maintenant, fit-il de sa voix creuse, à la grâce du Seigneur ! »

Il les bénit et ils se signèrent.

« Je vous souhaite beaucoup de courage, reprit-il. Et n'oubliez pas de prier. De prier encore. De prier toujours. »

Alba ne put se retenir de répondre :

« Quand ma petite Marianita fut frappée de méningite, il y a deux ans, j'ai prié à en user mon chapelet. Dieu ne m'a pas entendue. »

Don Arquimedes était un homme d'une intransigeance sanguine qui ne souffrait pas la discussion dans les choses sacrées. Il répliqua vertement :

« Sans doute Dieu estimait-Il qu'elle serait mieux dans Sa maison que dans la vôtre, puisque Sa maison est la meilleure de toutes. Sans doute l'aimait-Il plus que vous. Je veux dire : plus que nous, misérables créatures de chair, ne sommes capables d'aimer. »

Alba, confondue, osa pourtant dire encore, doucement :

« Alors, à quoi bon prier ? »

Et lui, en élevant la voix : « Il serait trop simple que toute prière fût exaucée. Dieu fait ce qu'il Lui plaît. Si la prière était une recette infaillible, tout le monde se jetterait dessus, même les malfaiteurs. Où serait le mérite ? Priez donc, priez quand même. Mais je ne peux vous garantir le résultat. »

Là-dessus, il recoiffa sa tête rase de l'immense chapeau noir et s'en alla sans saluer. La mère regarda avec stupéfaction disparaître les épaules de ce ministre de Dieu qui doutait de l'efficacité de la prière tout en la recommandant. Un peu comme le médecin de Bénavente son huile chaude.

Le *garrotillo* sévit encore deux semaines. Puis une période de froid très vif l'étrangla à son tour. Sans doute touché par les prières infinies qui montaient vers Ses oreilles, le Père Tout-Puissant dut se dire : « Laissons aux gens de Valdescorriel les enfants qui leur restent. Je leur en ai pris suffisamment avec la méningite, la variole, la diarrhée verte, l'appendicite, la thyphoïde. Rappelons le *garrotillo*. » Il envoya donc sur la Castille et le León le gel et la neige dont profitèrent un certain nombre de vieillards pour mourir de pneumonie. Les blés jaunirent et ne produisirent que la moitié de leur rendement ordinaire. Mais les élèves de don Felipe et de don Arquimedes qui avaient résisté au croup furent sauvés.

Cinq seulement furent rayés des listes de façon définitive.

6

Valdescorriel avait l'habitude de perdre une partie de ses enfants en bas âge. Il estima qu'avec trois filles et deux garçons de moins il s'en tirait à bon compte. Quelques années plus tôt, une épidémie de fièvre typhoïde due à la pollution des puits avait enlevé vingt-cinq personnes, grandes ou petites.

Manolo et ses frères crachèrent leurs membranes. Puis ils mirent les pieds hors du lit, commencèrent à retrouver leurs jambes ; à marcher, à manger, à parler, à respirer comme auparavant. A l'école, Manuel eut toutefois la douleur d'apprendre le décès de son meilleur copain, Perico Morales, le fils de l'épicière, son ravitailleur en sucre candi, son compagnon de geôle chez Tétarufo. Quand il sut la nouvelle, il se sentit la gorge si serrée qu'il crut un moment que le *garrotillo* lui revenait. A sa droite, sur le banc de six, une place restait vide que plus jamais Perico ne viendrait remplir. Le second disparu était un élève à ses débuts, fils d'un journalier accablé de marmaille, que cette absence soulagea plutôt.

Don Felipe reprit son enseignement énergique avec l'aide de ses *instructores*. Par manque de stature, Manolo n'eut jamais l'honneur d'être promu à ce grade. Pendant la récréation, les enfants retournèrent pisser sur la paille de *tia* Dominga, de nouveau se dispersèrent aux environs de l'école sans cour, rejouèrent à cache-cache derrière les granges, aux billes, aux palets. Ceux-ci étaient des pierres plates et rondes qu'il fallait, après avoir tracé dessus une croix pour qu'elles atteignissent plus sûrement leur but, jeter et placer aussi près que possible d'un caillou rond appelé *boliche*. Perico avait été un champion à ce jeu, seul ou associé à Manolo. A la première partie de palets, le souvenir de son ami étouffé par le croup s'imposa si intensément à Manuel que, malgré ses efforts, ses larmes coulèrent.

« Pourquoi pleures-tu ? demanda un des joueurs.

— Parce que je pense à Perico. »

L'autre hocha la tête, il comprenait cette faiblesse ; puis il jeta sa pierre. Manolo ne renonça pas au jeu pour autant, et il lança de même la sienne, il eut même la satisfaction de marquer le point.

Il en fut de même aux récréations suivantes. Et encore l'après-dîner du jeudi, à un match de pelote à main nue contre le mur de l'*ayuntamiento*. Il pleurait en songeant à son ami Perico, mais n'aurait pour rien au monde abandonné sa partie. Il lui semblait entendre les recommandations, les applaudissements du petit défunt. Il pleurait en jouant des cornes que lui avait agencées grand-père Orge Verte : manœuvrées au bout d'un bâton, elles figuraient le *toro* contre lequel le fils de l'épicière se jetait naguère avec adresse et courage. Quand les larmes l'aveuglaient, Manuel les essuyait avec le dos de la main avant de retourner à son combat.

En 1922, il accomplit sa dixième année avec allégresse car dès lors le compte de ses ans nécessita deux chiffres, ce qui lui sembla une étape considérable dans son ascension vers l'âge adulte : celui de tous les panoramas, de toutes les conquêtes. Alba l'entretenait dans ces espérances :

« Dans quatre ans, tu pourras entrer à l'Ecole Normale. Dans huit, tu seras instituteur et l'on t'appellera *don Manuel Alcacer*. Dans dix, tu feras ton temps de soldat. Dans douze, tu retrouveras la vie civile et l'enseignement. Vers trente ans, tu dirigeras une petite école de campagne comme la nôtre. Vers quarante, une grande école de ville. Il faudra songer aussi à te marier et avoir des enfants. Tu achèteras une automobile dans laquelle toi et les tiens viendrez voir vos vieux parents demeurés à Valdescorriel. Nous prendrons place sur les sièges et tu seras notre *tchofer*, tu nous promèneras aux alentours sous les yeux ébahis de la population ! »

Ainsi, son entière existence était programmée pour aller de succès en succès. Tout lui était promis : savoir, honneurs, richesse, famille.

Vers cette époque, un étrange équipage traversa le pays. Il était composé d'un fourgon de toile brune, tiré par une jument aussi maigre que celle de don Quichotte, conduit par un homme à large chapeau qui ne semblait pas valoir davantage. Une barbe drue lui mangeait la figure jusqu'aux yeux. Ses mains étaient noires et informes, les rapiéçages de ses vêtements se superposaient, son pantalon était retenu par une ficelle. L'étranger s'installa devant le lavoir, à l'entrée du bourg, attacha sa bête à la fontaine malgré les protestations des chiens ; puis il tira de sa voiture un fagot de sarments, un trépied de fer, et divers ustensiles de cuisine qu'il répandit autour de lui. Les hommes, les femmes, les enfants l'examinaient à distance, mais ils s'approchèrent quand ils le virent allumer un feu sous son chaudron dans lequel il mit à cuire des barres brillantes. Pendant qu'elles fondaient comme la graisse, il astiquait une vieille louche. Bientôt, le métal entreprit de bouillir, avec d'énormes bulles qui soulevaient la surface, puis explosaient. Il y trempa la louche jusqu'à l'extrémité de la queue, l'en retira de ses doigts insensibles à la chaleur, des larmes lumineuses s'en égouttèrent. Les gamins ouvraient des yeux comme des lunes.

Toute la classe s'était rassemblée autour de lui, don Felipe vint lui-même et expliqua qu'il s'agissait d'un *estañador*, d'un rétameur. Il interrogea l'homme, lui demandant d'où il venait :

« De France. Je suis auvergnat. *Auvernés.* »

Il raconta que le sien était un pays de montagnes qui n'avait que la peau sur les os, plein de rétameurs de son espèce, de raccommodeurs de métal et de faïence qui allaient de village en village, de ville en ville, de nation en nation. Car à force de s'éloigner, ils s'apercevaient tout à coup qu'on ne parlait plus français autour d'eux, qu'ils se trouvaient en terre étrangère.

« Où dormez-vous ? questionna don Felipe.

— Dans ma voiture. »

Ils auraient aimé soulever la bâche du fourgon, mais personne n'osa.

« Que mangez-vous ?

— Tout ce qui se présente, le cru et le cuit. »

Quand les curieux furent rassasiés de sa vue, ils s'éloignèrent, les écoliers rentrèrent dans leur école. Alors, l'Auvergnat se promena par les rues du bourg en tapant deux casseroles de cuivre l'une contre l'autre, à la grande fureur des chiens, et criant :

« *Estañador ! Reparador !* »

Il récolta quelques bassines trouées, des assiettes, des soupières fendues, et même un *perico*, un pot de chambre en deux morceaux distincts. Entre ses bras ou suspendus à ses vêtements, il rapporta ces articles vers sa charrette et les remit à neuf, assis par terre, remuant l'étain fondu comme un potage.

Au vu de ce brillant, d'autres clientes accoururent, elles voulaient toutes savoir d'abord combien il leur en coûterait ; mais il répondait : « Ce qu'il vous plaira. » Elles le payaient donc suivant leur générosité, de quelques *reales*, d'un morceau de pain, d'un demi-fromage, d'un chapelet d'oignons.

Il resta deux jours près du bassin où la jument s'abreuvait, lui faisant paître l'herbe qui poussait le long du chemin. A chaque récréation, les gosses s'aggloméraient autour de lui :

« Comment t'appelles-tu ?

— Gervais. *Gervasio.*

— *Gervasio ?*

— *Si, Gervasio.* »

Ils poussèrent devant eux le petit Gervasio Garcia. Et tous deux se regardèrent en riant et se serrèrent la main, comme s'ils avaient un lien de parenté. Puis, l'Auvergnat dit à l'enfant : *Espera !* Il enfonça la tête et le buste dans le fourgon. Chacun put admirer son fond de culotte surchargé de pièces plus bariolées qu'un arc-en-ciel. Il fouilla un moment sous la bâche, ressortit avec un sifflet de fonte qu'il offrit à son petit homonyme. Celui-ci en comprit tout de suite l'usage, il souffla dedans, en tira un son aigu.

Ils essayèrent aussi d'entrer en conversation avec la bête, lui tirèrent les poils de la queue et de la crinière, mais elle fit claquer un de ses sabots par terre, visiblement elle ne comprenait pas l'espagnol.

Quand il n'y eut plus rien à réparer à Valdescorriel, l'étranger remonta dans sa voiture, posa son derrière multicolore sur le siège, commanda au cheval : « *Aââ-...nen !* » et s'éloigna vers le sud. Les gamins l'accompagnèrent un moment en criant derrière lui :

« Gervasio ! Gervasio ! *Auvernés ! Auvernés !* »

Et le petit Gervasio Garcia soufflait comme un perdu dans son sifflet de fonte.

Par charité, Alba lui avait fait rétamer une poignée de vieilles cuillers et fourchettes de fer. On s'était entretenu autour d'elle avec une grande pitié de ce malheureux condamné comme le Juif Errant à gagner son pain sur les routes, loin de sa famille et de sa patrie, à la merci des loups, des malfaiteurs, des gardes civils.

« Mais vous, avait-elle dit en serrant sur sa poitrine ses trois petits, vous êtes à l'abri de cette disgrâce, car vous aurez toujours un toit pour vous recevoir et un peu de terre à cultiver, quoi qu'il vous advienne, même si vous échouez dans vos examens, même si la peste et la misère s'abattent sur toutes nos villes. »

Après l'épidémie de croup, l'enseignement de don Arquimedes Luque avait repris, imperturbable. Sans cesse il revenait aux mêmes affirmations, aux mêmes prières inlassablement répétées, ponctuées de promesses et de menaces : le Paradis en haut, l'Enfer en bas. Or, à mesure qu'il grandissait, Manolo se servait de plus en plus de sa tête pour réfléchir, et pas seulement pour apprendre. Il se servait aussi de quelques livres que sa mère avait alignés sur un rayon, résidus de l'héritage paternel, auxquels on ne devait toucher qu'après s'être lavé les mains et avoir étalé sur la table un tapis réservé à cet effet. Il y avait là l'*Enumeracion y revision de las plantas en la Peninsula hispano-lusitana e islas Baleares*, de Miguel Colmeiro ; la *Zoologia* d'Eduardo Chao, adaptée de Buffon ; le *Compendio de Astronomia* de Sanchez Cerquero ; la *Historia general de España* de don Modesto Lafuente ; et autres ouvrages savants. De toutes les maisons paysannes de Valdescorriel, celle des Alcacer était sans aucun doute la seule à posséder tant de livres.

L'affaire du puits artésien et de l'inondation de la Cortina avait plongé Manuel en des méditations profondes. C'est ainsi qu'il osa discuter le Déluge, en privé, devant sa mère.

« Il y a, dit-il, une chose que je comprends mal. Le catéchisme nous raconte que Dieu ouvrit les cataractes du ciel, qu'il fit pleuvoir quarante jours et quarante nuits, que les eaux se répandirent sur toute la surface de la terre, gonflèrent les océans, dépassèrent de quinze coudées les plus hautes montagnes. Don Felipe nous a appris qu'il existe en Asie des montagnes hautes de huit mille mètres. Que la pluie vient des nuages qui sont dans le ciel. Que ces nuages se forment sur la mer, par évaporation de ses eaux. Il faut donc, pour monter à une telle hauteur, que les océans aient au moins doublé leur volume. Où ont-ils pris le liquide nécessaire ?

— Peut-être qu'au contraire ils se sont vidés, et que leurs eaux se sont transportées sur les terres émergées.

— Comment y seraient-elles restées cent cinquante jours ? Il n'y avait pas de digues pour les retenir. Elles se seraient écoulées en quelques instants, comme fit le lac de la Cortina quand mon père défonça la murette du ruisseau. »

Il savait, pour le lui avoir entendu souvent dire, qu'Alba avait vu la mer dans sa jeunesse en compagnie de son frère le colonel qui allait se tremper dans ses eaux et marcher sur les mains dans le sable de la plage.

« Est-ce que, demanda Manolo, tu as vu la mer sous la pluie ?

— Plusieurs fois.

— Monte-t-elle de niveau quand il pleut ?

— Pas plus que si tu faisais pipi dedans.

— Diminue-t-elle quand les nuages se forment ?

— Pas davantage.

— Elle ne s'est donc pas vidée pendant le Déluge. »

Ni la physique, ni la géographie de don Felipe, ni l'expérience de sa mère ne s'accordaient avec l'histoire sainte de don Arquimedes. Un jour, pendant la leçon de catéchisme, il osa lever le doigt et présenter quelques objections au Déluge. Le curé d'abord essaya de répondre point par point :

« La pluie, dis-tu, ne fait pas monter le niveau de la mer ? Une pluie ordinaire, sans doute. Mais une pluie de quarante jours et quarante nuits ?

— Padre, si cette pluie est capable de noyer l'Himalaya, il faut qu'elle ait vidé d'abord la mer. Et elle ne pourra que lui rendre ce qu'elle a emprunté, non la faire doubler de volume.

— Et les sources de l'abîme ? Tu as oublié les sources !

— Les sources également sont alimentées par les pluies. L'été, quand il ne pleut pas, les sources se tarissent. C'est toujours la même eau qui tourne, de la mer au ciel, du ciel à la terre, de la terre à la mer. Elle ne peut donc devenir double. »

Don Arquimedes n'était pas homme à discuter longtemps les saintes vérités avec un morveux de onze ans. Il tapa du pied pour le faire taire :

« Crois-tu donc que le Seigneur, qui fit tomber du ciel la manne sur les Hébreux, changea l'eau en vin aux noces de Cana et multiplia les pains dans le désert fut embarrassé pour augmenter le volume des océans ? Comme nos premiers parents, tu veux mordre au fruit de la connaissance ! Mais tu n'es qu'un misérable asticot dans une pomme, qui prétend chicaner les desseins de Dieu ! Et tu vas m'en rendre compte immédiatement en confession publique ! »

Là-dessus, il obligea Manolo à s'agenouiller devant lui sur les dalles, à se signer, à implorer pardon et à recevoir pénitence : un chapelet entier à réciter chaque soir au pied de son lit pendant une semaine.

« Et si tu sautes un seul grain, tu viendras t'en accuser et je te donnerai un chapelet de plus ! »

Avec la même assurance, le curé affirmait :

« Dieu créa Eve en prélevant sur Adam, pendant son sommeil, une de ses côtes qu'il remplaça par de la chair. Voilà pourquoi, depuis cette époque, les hommes ont une côte de moins que les femmes. »

Alors qu'il se trouvait dans son lit, tout nu sous sa chemise, Manuel entreprit de compter ses côtes. Ce n'était pas facile. Il s'en trouva d'abord huit à gauche et sept à droite. Ensuite, neuf et neuf. Puis dix et dix, les flottantes lui restant inaccessibles. Il s'en tint à ce chiffre. Mais il eut beau chercher, tâter et retâter, il ne découvrit point le vide de la côte manquante. Il fallait donc en conclure que les femmes en possèdent dix d'un côté et onze de l'autre. Curieuse disparité qui méritait vérification.

Parmi les fillettes fréquentant le catéchisme, il jeta son dévolu sur Maria Pelaya Canizas, qui avait son âge mais le dépassait du front. Il avait joué quelquefois avec elle aux osselets, à l'ombre de l'église, tandis qu'au-dessus d'eux les cigognes pilaient leur ail. S'ils se rencontraient dans la rue, elle le regardait longuement et parfois même lui souriait ; il lui rendait un sourire atténué, comme il convient à un homme, plus discret qu'une femme dans l'expression de ses sentiments. Il se dit qu'elle ne refuserait point de se laisser compter les côtes et pensa qu'elle convenait bien à une telle investigation, étant plutôt maigre que grasse.

Lorsqu'il eut l'occasion de la trouver seule, il lui fit part de son projet, expliquant qu'il voulait vérifier si don Arquimedes avait tort ou raison. Elle rit d'abord de tout son cœur, découvrant des dents qu'elle avait blanches, et larges comme des pelles.

« Mais je peux bien les compter toute seule !

— Non. Parce que tu ne sais pas où sont le commencement et la fin.

— Que veux-tu dire ?

— Le haut et le bas. La première et la dernière. C'est assez difficile à découvrir. »

Elle resta un moment perplexe, puis consentit :

« Mais où allons-nous faire ça ? Faut tout de même qu'on se cache un peu !

— Je propose le pigeonnier du cimetière.

— Quand ?

— Demain jeudi, à quatre heures.

— J'essaierai de venir. »

Quoiqu'elle appartînt, avec ses trois frères plus jeunes qu'elle, à une famille réduite, sa mère avait souvent besoin d'elle. Pour balayer devant la porte, pour dépendre un rideau, pour chercher une épingle perdue, pour tourner la queue du cochon. Elle passait à chaque instant la tête à la fenêtre et appelait d'une voix glapissante :

« Maria Pelaya !... Maria Pelaya !... »

Une manie. La fillette dut fournir une bonne raison de s'absenter : l'institutrice voulait nettoyer les fenêtres de la classe et demandait son aide. Elle ne pouvait tout de même pas révéler qu'elle allait se faire compter les côtes par Manolo, le petit-fils de la bouchère !

Elle courut donc sur ses pieds nus le long du chemin creux qui menait au cimetière. Elle connaissait sur la droite, au-dessus du talus, ce pigeonnier abandonné où nichaient seulement les étourneaux, au milieu duquel avait poussé un frêne dont les branches achevaient sa ruine. Quand elle arriva, essoufflée par l'ascension du tertre, Manuel était déjà là, accroupi au pied de la grande enceinte, adossé aux alvéoles ; il ne se leva pas même à son entrée et dit avec mauvaise humeur :

« J'allais repartir. Y a une demi-heure que je t'attends.

— Pardonne-moi. Je n'ai pu venir plus tôt. Où se met-on ? »

Il se décida quand même à bouger, la poussa à l'intérieur de la petite enceinte où il avait préparé une couche de feuillage. Elle s'allongea sur le dos et vit au-dessus de sa tête la cime de l'arbre bouger, balayer le ciel. Elle soupira, comme on est bien ici, à l'abri du vent et de la chaleur. Dehors, on entendait crisser les cigales. Elle tourna vers lui ses yeux brillants, il se tenait à genoux, les sourcils froncés, prêt à commencer son enquête. Elle lui sourit, mais il demeura renfrogné. Alors, elle déboutonna son corsage, souleva sa chemise de flanelle passablement ravaudée. Son buste apparut, blanc et plat, avec l'escabeau double des côtes.

Manuel commença de les dénombrer sur le côté droit, en partant du haut : une, deux, trois, quatre... Les plus courtes, celles du fond, exigeaient une certaine insistance de l'index.

« Dix ! » annonça-t-il.

Il se pencha davantage pour atteindre l'autre pente. La chemise troussée formait une sorte de fraise qui dissimulait le bas du visage. Maria Pelaya était découverte jusqu'au nombril, sa jupe bâillait sur une culotte rose. Mais le bas de sa personne n'intéressait nullement l'enquêteur qui commença la seconde descente des barreaux.

Il en était au milieu lorsqu'il remarqua sous le sein gauche de si fortes pulsations que son œil les distinguait. Il posa dessus le plat de sa main, sentit battre le cœur de son amie. Il eut l'impression de le tenir prisonnier comme cette grenouillette qu'il avait un jour capturée et qui palpitait si follement dans son poing. Il pensa demander, pourquoi ton cœur bat-il si fort ? Mais il s'abstint et poursuivit sans plus son arithmétique.

« Et dix ! » s'écria-t-il, triomphal.

Elle sursauta : « Quoi ?

— Il y en a dix de chaque côté ! Exactement comme chez moi !

— Tu es certain ?

— Regarde bien : je recommence. »

Il refit les deux descentes, aboutit aux mêmes nombres. Maria Pelaya se releva, rajusta ses vêtements.

« Est-ce que je peux vérifier moi aussi ? demanda-t-elle.

— Vérifier quoi ?

— Si tu en as bien dix de chaque côté.

— Puisque je les ai déjà comptées ! Et plutôt cent fois qu'une !

— S'il te plaît... »

Il haussa les épaules, puis s'allongea comme elle sur les feuillages, ouvrit sa chemise, gonfla la poitrine pour faire saillir les côtes. D'un doigt timide, elle en entreprit le dénombrement, sur la première pente, puis sur la seconde, répéta plusieurs fois son arpentage :

« Je n'en trouve que neuf ! J'en trouve onze !...

— Tu te trompes !

— Et maintenant, dix et douze !

— Pas possible ! Tu le fais exprès !

— J'y renonce. »

Mais en disant ces mots, elle se pencha et posa les lèvres sur sa poitrine nue, où elles restèrent longuement. Il en fut tellement surpris qu'il ne la repoussa point, se contentant de bégayer :

« Mais... qu'est-ce... qui te prend ? »

Elle releva son visage rouge comme une braise. Il fouilla dans sa poche et, pour la remercier de sa collaboration, lui tendit trois billes de verre coloré qu'il avait. Elle hésita, le regarda, puis les serra dans sa main. Elle partit la première, se baissant sous les branches et recommandant :

« Attends quelques minutes avant de me suivre. »

Lorsqu'il la vit au bout du chemin creux, il sortit à son tour. Heureux comme un roi : il savait à présent que les hommes possèdent le même nombre de côtes que les femmes. Cette erreur manifeste de don Arquimedes corroborait ses raisonnements sur le Déluge. Mais, échaudé par l'accueil que le prêtre avait réservé à sa contestation, il s'abstint de la renouveler et garda pour lui les conclusions scientifiques de son expérience.

Par bonheur, la religion offrait de loin en loin à Valdescorriel des réjouissances qui la rendaient moins insupportable. Noël autorisait l'assassinat de la dinde que plusieurs familles élevaient à cette intention ; on la mangeait autour de la *mesa camilla* : table recouverte d'un tapis tombant jusqu'au plancher et dissimulant un brasero vers lequel se tendaient toutes les jambes ; les personnes pieuses allaient assister dans l'église pleine de lumières à la « messe du coq » ; ainsi nommée parce qu'elle se terminait environ à l'heure où le coq pousse son premier *quiquiriqui*, tandis que ses poules dorment encore à poings fermés. La veille de l'Epiphanie, les gamins alignaient leurs chaussures devant la fenêtre, sachant qu'au cours de la nuit les Rois Mages passeraient dans les airs sur leurs chevaux de vent. Personne ne devait les voir ni les entendre. Mais au matin chacun trouvait le cadeau qui lui revenait : un morceau de touron, une grappe de raisin de paille, parfois un polichinelle.

La religion fournissait même une fameuse occasion de rire. Celle-ci tombait au second office des Ténèbres, cérémonie destinée à rappeler ce qu'il advint sur le Golgotha dix-neuf siècles auparavant, le soir du vendredi saint : *Depuis la sixième heure jusqu'à la neuvième, il y eut des ténèbres sur toute la terre et à la neuvième Jésus s'écria d'une voix forte : Eli, Eli lama sabachthani*. Garçons et filles étaient convoqués à l'église, sous la surveillance du curé et du sacristain ; chacun arrivait muni de sa *matraca*, crécelle composée d'une planche sous laquelle se balançaient librement deux fers à mule. La cérémonie débutait par une interminable séance d'immobilité et de marmottements : réunis autour d'un candélabre triangulaire portant quinze bougies allumées, ils devaient réciter les quinze dizaines du Rosaire sans remuer les pieds, sans agiter leurs matraques, sans se chatouiller l'un l'autre, sans se tirer les cheveux, sans se pincer les fesses. Ce qui était leur demander l'impossible. Aussi Busaca s'employait-il, au lieu de joindre sa prière aux autres, à cogner sur les crânes de sa baguette longue comme un aiguillon. Entre-temps, après chaque *Gloire au Père*, il écrasait la mèche d'une bougie entre deux doigts, comme une punaise. A mesure que les bougies s'éteignaient, l'ombre se faisait plus épaisse, l'impatience des enfants plus vive, la grêle des coups de baguette sur les crânes plus drue. Mais l'imperturbable don Arquimedes, agenouillé sur son prie-Dieu, un gros chapelet en noyaux d'olives entre les mains, embouchait la dizaine suivante, soutenue par le bredouillis des jeunes récitants :

Je vous salue, Marie pleine de grâces...

Enfin l'on arrivait au grain ultime :

Gloire au Père, au Fils et au Saint-Esprit, maintenant et à jamais, pour tous les siècles des siècles.

Busaca écrasait la dernière flamme, le prêtre donnait le signal si longtemps attendu en refermant son livre. Aussitôt, chaque enfant secouait frénétiquement de droite à gauche et de gauche à droite la planche de sa matraque. Les fers à mule claquaient contre le bois, un vacarme des trente-six mille diables emplissait l'église odorante de cire consumée, dans une ombre absolue où seule se distinguait encore la blancheur des visages. A ce tintamarre, la voûte frémissait et semblait vouloir s'écrouler comme à l'instant où Jésus rendit son dernier souffle : *Et voici, le voile du temple se déchira en deux, depuis le haut jusqu'en bas, la terre trembla, les rochers se fendirent, les sépulcres s'ouvrirent...* Don Arquimedes et Busaca s'enfuyaient vers la sacristie, abandonnant la place aux matraqueurs qui couraient de çà de là dans les ténèbres comme des possédés.

On raconte qu'un certain soir du vendredi saint, un gitan fatigué était entré se reposer dans l'église de Valdescorriel. Et là, bercé par la nénie des prières, il s'était endormi, tranquille, sur sa chaise. Jusqu'au moment où éclate le tapage des matraques. Réveillé en sursaut, le bohémien se voit entouré de démons.

« Qu'est-ce que c'est ?... Qu'est-ce que c'est ? bégaye-t-il.

— Les Ténèbres ! »

Alors, l'homme sort de ses guenilles sa navaja aux crans multiples et profère :

« La première qui s'approche de moi, je lui ouvre le ventre et lui arrache les tripes ! »

Mais de telles joyeusetés advenaient rarement, les enfants n'avaient, pour célébrer l'agonie du Christ, d'autre amusoire que leurs planches et leurs fers à mule.

Manuel n'eut plus rien à faire de particulier avec Maria Pelaya Canizas. Lorsqu'ils se rencontraient dans le village, elle ne souriait plus, mais devenait pourpre. Il comprenait la raison de cette rougeur : entre eux, il y avait le souvenir d'une action secrète. Il ne la révéla jamais à personne. Ni à ses copains qui en auraient ri. Ni à son père qui lui aurait dit sans aucun doute :

« De quoi te mêles-tu de compter les côtes aux filles ? Tu ferais mieux de compter juste les problèmes de don Felipe ! »

Ni à sa mère, qui aurait raisonné ainsi :

« Quand tu souhaiteras avoir de nouveau ce genre d'information, demande-le-moi. Je te renseignerai sans que tu aies besoin d'importuner les demoiselles. »

Ni même à don Arquimedes lorsqu'il eut l'occasion de se confesser, car l'expérience démontrait la témérité de ses affirmations. Manolo en eut une preuve de plus dans l'affaire de l'éternité, dont je parlerai ultérieurement.

Quelque temps après, Maria Pelaya persuada sa mère, on ne sait comment, que les œufs pondus par les poules des Alcacer étaient les meilleurs du village. Elle prit donc l'habitude de venir s'approvisionner chez eux. Elle cognait du poing à la porte, entrait, aussi écarlate que si elle venait de cuire le pain.

« Auriez-vous des œufs, par faveur ? »

Pendant qu'Alba s'en allait chercher les plus frais, elle se tournait vers Manolo et ses frères assis devant la table, occupés à apprendre par cœur une leçon ou à compter un problème. Il levait les yeux. Entre elle et lui s'établissait un dialogue silencieux : « C'est pour te voir que je viens acheter des œufs. — Eh bien ! Regarde-moi. — Tu te rappelles... les étourneaux... le lit de feuilles... ta poitrine que j'ai baisée ?... Tu es mon fiancé à présent. Quand une fille a embrassé un garçon, ils sont unis pour la vie. — Je ne t'ai pas demandé de m'embrasser. Je voulais seulement compter tes côtes. — Est-ce que tu m'épouseras un jour ? — Peut-être que oui, peut-être que non. Je ne promets rien. »

Quand Alba revenait, il baissait de nouveau les yeux sur ses livres. Elle faisait payer les œufs une *perrona*, un gros sou chacun. Maria Pelaya les emportait alignés sur ses bras croisés, contre sa poitrine, contre son petit cœur palpitant. On lui ouvrait les portes pour qu'elle pût sortir avec commodité.

« A la prochaine fois ! disait-elle, spécialement à l'intention de Manuel qui ne répondait rien.

— Adieu ! » répondait Alba au nom de tous.

C'est peu de jours après qu'il entra en conflit avec l'éternité. Il touchait à la fin de sa douzième année et se passionnait, sous la férule de don Felipe, pour l'arithmétique, les sciences, l'histoire, la géographie. Il aimait la précision en toutes matières et posait des questions qui embarrassaient fort l'instituteur sur l'épaisseur de la terre, les habitants de la lune, la couleur des nuages.

« Combien, demanda-t-il, les étoiles ont-elles de rayons ? »

Et l'homme, après avoir longuement réfléchi :

« Certaines en ont cinq. D'autres en ont huit. D'autres encore en possèdent un grand nombre : vingt ou trente. Tout dépend de leur taille. »

La nuit, Manolo observait de sa fenêtre les étoiles du ciel et s'efforçait de compter leurs rayons. Mais il y avait grande difficulté à le faire, car manifestement elles en changeaient le nombre à chaque instant et semblaient se moquer de ce lointain petit terrestre qui les chatouillait de ses regards curieux.

Au catéchisme, don Arquimedes Luque se plaisait aussi, de temps en temps, à mêler la science et la foi, cherchant à expliquer l'une par l'autre :

« Savez-vous pourquoi nous avons dix doigts et non pas douze ou quinze ? C'est parce que Dieu nous a donné dix Commandements à observer. Il a voulu qu'à toute heure du jour nos dix doigts nous les rappellent... Pourquoi, contrairement aux animaux qui plus ou moins nous ressemblent, l'homme n'a-t-il pas de queue ? C'est parce qu'une queue le gênerait pour s'asseoir. Mais le diable en a une, car il ne s'assoit jamais. Infatigablement, il nous harcèle pour nous faire commettre le péché... »

Manolo eut envie de citer le cas du crapaud et de la grenouille également équeutés, mais qui pourtant ne s'assoient jamais sur leur derrière ; celui des chiens, des chats, des lapins qui savent très bien s'asseoir malgré leur queue.

« On lit dans la Bible que les premiers hommes vivaient six ou sept cents ans. Que Mathusalem atteignit neuf cent soixante-neuf ans. Et maintenant, presque tous meurent avant quatre-vingt-dix. Pourquoi donc Dieu a-t-il raccourci notre existence de la sorte ? Parce qu'il nous aime : afin de nous donner moins longtemps l'occasion de pécher. Nous n'avons donc plus à présent que soixante, soixante-dix ou quatre-vingts ans pour construire notre vie éternelle... A ce propos, avez-vous une certaine idée de ce que peut être l'éternité ? »

Les enfants se regardèrent, regardèrent du côté de Manuel Alcacer, car il répondait souvent quand les autres se taisaient. Précisément, il avait une certaine idée de la chose. Il leva le doigt et, sans se presser, reprenant son souffle lorsqu'il le fallait :

« L'éternité, débita-t-il, c'est 999 nonillions, 999 octillions, 999 septillions, 999 sextillions, 999 quintillions, 999 quatrillions, 999 trillions, 999 milliards, 999 millions, 999 mille et 999 siècles. »

Avec stupeur, les écoliers entendirent ce long chapelet qui représentait — comme il le leur expliqua plus tard dans la rue en le traçant sur le sol avec un caillou — un nombre composé de trente-trois fois le chiffre *neuf*. Manuel avait appris par cœur cette série dans son livre d'arithmétique. Tous ses camarades en possédaient un ; mais ils se contentaient de le feuilleter ; lui l'avait lu page à page, ligne à ligne. Au-delà des *nonillions*, aucun vocable n'y était mentionné. Preuve, pensait-il, que l'éternité ne va pas plus loin.

« Quoi ? Quoi ? Quoi ? fit don Arquimedes, imitant le canard. Tu pourrais me répéter ça ? »

Et Manuel, derechef : « C'est 999 nonillions, 999 octillions... »

Mais avant d'achever la kyrielle, sa voix s'éteignit, car le curé riait. De plus en plus fort. En se tapant sur le ventre. Si bien qu'on n'entendit plus que ce rire grossier qui grondait sous le plafond de l'église.

« Tu crois cela, vraiment ? reprit l'homme en soutane. Permets-moi de te dire que ton éternité de billions, de trillions et de cotillons n'est qu'un instant auprès de celle que je vais décrire. Imaginez, enfants, une fourmi. Une simple fourmi. Une faible fourmi. Mais une fourmi immortelle. Capable de transporter un fétu de paille, un demi-grain de blé peut-être, avec beaucoup de sueurs. Et figurez-vous que cette fourmi a l'idée bizarre de transporter l'église de Valdescorriel tout entière, avec son clocher, jusqu'au pigeonnier du señor Longinos. »

Tout le monde connaissait ce pigeonnier hors du village, planté dans les champs vers le midi. Comme tout le monde connaissait le señor Longinos, un des plus riches propriétaires de la paroisse. Chose inquiétante, il portait le nom du centurion Longinus qui perça le flanc de Jésus d'un coup de lance, mais qui, après la Résurrection, se convertit à la religion chrétienne et connut à son tour le martyre. Chaque fois que les élèves de don Arquimedes rencontraient ce descendant du soldat romain, ils le regardaient avec des yeux désapprobateurs.

« Pour aller jusque-là, poursuivit le prêtre, la fourmi devra, naturellement, faire de très nombreux voyages, ne déplaçant que des charges proportionnelles à ses forces. Combien de temps faudra-t-il à cette fourmi immortelle pour transporter ainsi notre église tout entière avec son clocher et le nid de la cigogne ?... Réponse : l'éternité ! »

Et il rit encore en se tournant, satisfait, vers Manuel, ses billions, ses trillions et ses cotillons. Il faut dire que les autres catéchumènes rirent aussi de cet enchaînement de syllabes qui ridiculisait Manuel avec toute sa science, remis à sa place pour une fois.

Humilié devant ses camarades et confronté à ces deux éternités, il entreprit alors la tâche formidable de mesurer quelle était réellement la plus longue. Il observa d'abord le manège des fourmis, le transport de leurs provisions, le temps qu'elles employaient pour parcourir une distance déterminée, à vide et en pleine charge. Il découvrit *de visu* et grâce aux livres maternels qu'il existe plusieurs sortes de fourmis : la petite rouge, abondante dans l'herbe, dont la piqûre brûle comme le feu ; la petite noire des jardins, qui élève des pucerons dans des étables souterraines et les trait de leur sucre ; la grosse noire des sables, lente et maladroite. Il choisit la seconde par loyauté, pour faciliter la thèse du prêtre, la plus laborieuse, la mieux susceptible par conséquent d'effectuer le transfert de l'église.

Alba possédait une balance à plateaux de cuivre qui lui servait à doser les ingrédients de ses pâtisseries occasionnelles, avec, dans une boîte à trous, la collection des poids, de un à cinq cents grammes. Mais aucun n'était assez léger pour peser un fétu de paille, une balle d'avoine, un demi-grain d'orge. Il dut les rassembler par paquets de dix. Il n'était pas facile non plus d'évaluer le poids de l'église, lequel dépendait de ses dimensions, de son volume, de la densité des matériaux. Pendant des jours et des jours, on le vit, armé d'un mètre pliant, rôder autour d'elle, arpenter le sol et les murailles, prendre des notes sur un calepin. Au bout de ces travaux préliminaires, il se proposa l'énoncé suivant : *Une fourmi éternelle est capable de transporter 1 décigramme sur une distance d'1 mètre en 12 minutes. Combien de temps lui faudra-t-il pour transporter une église pesant 18 000 tonnes sur une distance de 400 mètres ?*

Réponse : *14 millions de siècles.*

Il compara son éternité à lui : 999 nonillions, 999 octillions, etc., à ces dérisoires 14 millions de siècles. Et il en déduisit cette conclusion sans réplique : pendant ses nonillions, octillions et cotillons, la fourmi éternelle aurait le temps de transporter jusqu'au pigeonnier du señor Longinos, non seulement l'église de Valdescorriel, mais toute l'Espagne, le globe terrestre et la totalité du système solaire, soleil compris. Après quoi, fatiguée par une telle besogne, elle pourrait s'offrir en outre une sieste de plusieurs millions de siècles.

Cette fois encore, il garda pour lui les résultats de ses recherches, se réservant de les jeter au visage de don Arquimedes le moment venu.

Il aurait pu, ce moment-là, venir quelques semaines plus tard, la veille des grandes vacances, lorsque le prêtre recommanda :

« Je sais que plusieurs d'entre vous seront appelés à garder les brebis ou les chèvres de leurs parents. Ne vous contentez pas d'emporter alors un casse-croûte dans votre musette comme font la plupart des bergers. Placez-y également votre livre le plus précieux et lisez-le dans vos moments d'ennui. Il chassera de votre esprit les pensées mauvaises. »

Puis il pose sa lourde patte sur la tête tondue de Manolo et demande, la lui penchant en arrière avec un certain geste de provocation :

« Et quel est, Manuel Alcacer, ton livre le plus précieux ? »

L'enfant réfléchit, puis dit d'un ton ferme :

« Mon livre de calcul. »

Un murmure court parmi les autres, des rires étouffés. Tous regardent vers Manolo.

« Vraiment ? poursuit don Arquimedes. Ne crois-tu pas qu'il s'agisse au contraire de ton catéchisme ?

— Non. Parce que le catéchisme coûte trente centimes, et le calcul en coûte cinquante. »

En un éclair, la main du gros curé quitte le crâne de l'enfant rebelle, prend de l'élan et s'aplatit contre sa joue. Un soufflet qui dut battre en la matière le record du monde toutes catégories. Il eut l'impression que l'église s'écroulait sur sa tête au milieu des flammes. Cinquante-huit ans plus tard, dans son jardin de Beaumont (Puy-de-Dôme) — tandis qu'allongé sous le poirier il écoute battre son cœur malade — l'oreille droite lui ronfle encore à ce souvenir.

Voilà comment don Arquimedes remercia sur la personne de son fils Cristobal Alcacer de l'avoir sauvé des eaux. Tant d'efforts ne furent point sans effets : Manuel apprit à détester son catéchiste. Et par la même occasion tout ce qu'il enseignait, ce qu'il touchait, ce qu'il propageait : l'église, ses ténèbres, son retable enfumé, son Christ sanglant. Le diable et le bon Dieu, le Père, le Fils et le Saint-Esprit, les sacrements, le signe de croix, les saintes vérités inculqués à coups de baguette et de botte dans le train. Il prit le contre-pied de tout ce que le curé débitait, se persuada que l'âme meurt avec le corps, de même que la pensée d'un livre s'évanouit quand il brûle. Il tint les miracles pour des impostures ou de simples coïncidences. Il cessa de prier, d'espérer l'appui du Ciel, de craindre ses châtiments comme avait fait toute sa vie son grand-père Orge Verte, se privant des plus innocentes joies, comme celle de caguer sur le front du curé de Santurce.

Autour de lui, la plupart de ses condisciples raisonnaient de la même façon. Ils ne pouvaient accepter les articles de foi imposés par cet instituteur et ce curé, en parfaite collaboration. L'un et l'autre étaient payés par le roi pour exercer leurs sévices, et il existait dans beaucoup de communes des hommes de même farine, fonctionnaires d'Alphonse XIII ou fonctionnaires de Dieu. Il fallait donc aussi que les pauvres diables détestassent le gouvernement royal et fussent républicains. Ou ennemis de toute forme d'autorité. L'école et la religion en Espagne engendraient l'athéisme et l'anarchie comme le vin mal entouré engendre le vinaigre.

7

Pancracio, le régisseur du comte, était une personne informée, il avait l'occasion de lire parfois les journaux que son maître abandonnait derrière lui, *El Sol, El Debate, El ABC*. Par ces feuilles, il savait ce qui se passait dans le pays et le reste du monde. Il en faisait part aux fermiers lorsqu'il venait toucher les redevances. C'est ainsi qu'un jour il annonça :

« A Madrid, le roi Alphonse vient de changer son gouvernement qui était mauvais, pour un bon. Celui-ci est composé de quatre généraux et de cinq civils, sous les ordres du *dictador* Miguel Primo de Rivera y Orbaneja. C'est un homme de grande valeur et de grande énergie qui va nous débarrasser de la racaille socialiste, anarchiste et syndicale.

— Qu'est-ce au juste qu'un *dictador* ? interrogeaient les paysans.

— Un homme qui sait se faire obéir. Grâce à lui, l'Espagne va redevenir ce pays heureux où descendront vivre les anges du ciel. »

Il faisait allusion à une légende sûrement inventée par les propriétaires, les caciques ou les curés, mise en circulation comme une fausse monnaie parmi les pauvres afin de les persuader que leur pays était le plus fortuné du monde. Lorsque le roi Ferdinand le Saint, qui réunit le León à la Castille — il fut cousin du roi de France Saint Louis, cette famille portait la sainteté en signe distinctif comme d'autres le nez courbe — eut enlevé aux Arabes Cordoue, Séville, Murcie, la Vierge reconnaissante lui tint ces propos :

« Demande-moi ce que tu voudras pour ton royaume et je te l'obtiendrai.

— Mère de Dieu, donnez-moi des hommes vaillants.

— Accordé.

— Des femmes belles.

— Accordé.

— Des terres fertiles.

— Accordé.

— Pour finir, donnez-moi un bon gouvernement.

— Cela, non. Impossible.

— Et pourquoi ?

— Parce que si tu avais tout cela les anges déserteraient le ciel pour venir s'installer chez vous. »

Les habitants des hauts plateaux de la Vieille Castille et du León voyaient bien les hommes vaillants piocher la glaise sous la rage du soleil, réparer les routes en portant les cailloux sur leur échine dans des couffins ; ils voyaient les femmes belles, vite flétries par les travaux et les maternités. Ils voyaient moins bien les terres fertiles et point du tout le paradis terrestre dépeint par cette farce. Le *dictador* parut cependant vouloir favoriser l'agriculture et le commerce, on sut que de grands travaux étaient entrepris dans les villes et les campagnes. Plusieurs hommes, qui ne possédaient rien d'autre que leurs bras, quittèrent Valdescorriel et partirent s'engager dans la construction d'une ligne de chemin de fer en Aragon. Mais au bout de trois semaines, l'un d'eux revint tout camus. Il hésitait à raconter son aventure et il fallut bien des verres de vin rouge pour lui délier la langue.

« Eh bien ! Je vais vous dire ce qui m'est arrivé. Le contremaître semblait content de mes services et je gagnais honnêtement ma vie : six pesetas par jour, trois fois ce que je réussissais à attraper ici, dans les meilleures conditions. Je commençais à mettre de l'argent de côté. Au milieu de la journée, nous avions une demi-heure pour casser la croûte. A moi, ça suffisait, vu que je mangeais la même chose qu'au village, un morceau de pain et un oignon. Une fois, passe le chef de l'entreprise, qui était un ingénieur anglais. Il regarde ma pitance et me fait : “Viens me trouver ce soir au bureau.” Moi, j'y vais tout heureux, pensant qu'il allait me faire compliment d'une façon ou d'une autre. Peut-être même augmenter mon salaire. Il me dit au contraire : “Je te mets à la porte, parce qu'un ouvrier qui se nourrit avec un bout de pain et un oignon ne peut travailler comme il faut.” J'ai voulu expliquer que je me sentais capable de manger bien davantage en renonçant aux économies, du fromage, du *chorizo*, des sardines. Mais il s'est entêté : “Tu retomberais bien vite dans tes anciennes habitudes.” »

Il avait donc repris le chemin de son village, rapportant quand même un billet de cent pesetas où l'on voyait la figure du roi Alphonse, il le montrait et le faisait tâter autour de lui à ceux qui jamais n'avaient vu si gros billet de face ni de profil. On distinguait aussi un visage dans son épaisseur, par transparence, qui en garantissait l'authenticité. Après ces opérations, il le cacha quelque part dans sa masure pour interdire à sa femme d'y toucher, disant nous avons bien jusqu'ici vécu sans billet de cent pesetas, la fortune ne doit pas rendre l'homme orgueilleux.

On comprit un peu plus tard en quoi consistait l'énergie du nouveau gouvernement. Un matin s'arrêta près du lavoir un trio composé de deux gardes civils — un sergent et un caporal — encadrant un jeune homme retenu à eux par des menottes. Celui-ci, maigre, blond, la barbe et les cheveux pendant, tête nue sous le soleil, marchait d'un air accablé. Les femmes s'écartèrent, regardant le captif avec crainte, se demandant qui il pouvait être, quel crime il avait pu perpétrer, vers quelle prison les soldats le conduisaient. Mais personne ne posa de question, les gardes n'étaient pas hommes à se laisser interroger par des paysannes. La fontaine coulait avec un doux ruissellement.

« J'ai soif, dit le prisonnier.

— Bois, fit un des *civilones* en désignant le bassin où les lavandières avaient rincé leur linge, plein d'une eau trouble et savonneuse.

— Est-ce que je peux boire au robinet ?

— Non. Celle du lavoir. »

Il secoua la tête, disant : « Je n'ai plus soif. »

Alors, Pepita Gañadel, qui gagnait son pain en servant les autres, courut à sa maison qui était à deux pas, en rapporta un verre, le remplit d'eau claire et le présenta au jeune homme blond, disant : « Buvez, je vous prie », avec tant de détermination que les deux gardes n'osèrent l'éconduire. Il vida le verre d'une main si tremblante qu'il se le renversa en partie sur la barbe. Il dit : « Encore, par faveur ». Elle le remplit de nouveau, il but et remercia. Comme les femmes le considéraient maintenant avec pitié, l'un des militaires prit la parole :

« Vous n'avez pas à éprouver de compassion pour cet individu : il s'agit d'un anarchiste. »

Elles s'entre-regardèrent, surprises, ignorant tout de la politique. Le garde civil ajouta ces explications :

« Les anarchistes veulent supprimer le roi, le gouvernement, la religion, la propriété, l'armée, la patrie. Tout, quoi ! Si on les laisse faire, il n'y aura plus d'argent, plus d'églises, les terres seront abandonnées, les femmes appartiendront à tous les hommes, les enfants n'obéiront plus à leurs pères ! »

Qui eût cru qu'un homme de si peu de chair (ses vêtements flottaient autour de lui comme ceux d'un épouvantail), si fragile d'apparence (il semblait qu'on eût pu le trancher en deux d'un seul coup de fouet) pût professer des idées si puissantes ? S'attaquer aux caciques, aux curés et aux maris ! Il regardait les lavandières de ses yeux bleus et tristes, elles le regardaient, incertaines de leurs sentiments. Elles auraient bien aimé savoir ce qu'on allait faire de lui. L'autre militaire les renseigna :

« Ceci est une *conduccion ordinaria*. On le promène à travers les pays, il couche le soir dans les prisons.

— Nous autres, ajouta le caporal, nous l'accompagnons jusqu'à Villalon de Campos où nous le remettrons aux mains de nos collègues.

— Et ainsi de suite, précisa le sergent.

— Au terme de sa promenade, il aura usé ses semelles et appris à connaître cette patrie qu'il méprise. »

L'anarchiste s'était assis sur la margelle du bassin, ses jambes ballaient dans le vide ; elles entraient nues dans les godillots comme le manche dans une pioche. Les bras pendaient au bout des chaînes.

« En route ! commanda le sergent. Tu t'es suffisamment reposé. »

Il se laissa emmener sans avoir autrement desserré les lèvres. Insatisfaites de leur propre silence, de leur propre immobilité, les femmes virent se rapetisser à l'horizon, entre ses deux gardiens, cet homme tout en os et en barbe qui refusait le mariage, l'argent, les prêtres, et qui ressemblait à Jésus-Christ.

Coiffé de son képi à plumet, installé moelleusement dans son siège de *dictador*, Primo de Rivera eut tout de suite la confiance de l'Eglise. Elle se plaignait d'une certaine désertion des offices et des sacrements, on eût dit que des vents impies apportaient jusqu'aux oreilles des paysans les discours prononcés à Moscou, Barcelone ou Valence.

« Débrouillez-vous ! répondit aux curés le général qui était un bon gros, ami des prêtres certes, mais aussi des dames et du bon vin. Prenez des mesures raisonnables, et vous aurez toujours mon appui. »

A Valdescorriel, plusieurs paysannes de peu de foi trouvaient dans ledit lavoir un prétexte à manquer la messe dominicale. Il était en effet vidé et rincé deux soirs chaque semaine, les mercredis et samedis. Au cours de la nuit, la fontaine le remplissait et dès le matin suivant les femmes se pressaient nombreuses autour du bac afin de profiter de l'eau fraîche. La première mesure raisonnable de don Arquimedes fut de faire interdire par le maire la vidange du samedi soir. Ainsi, durent-elles ou bien venir honorer Dieu le dimanche matin, ou bien laver leur linge dans l'eau sale.

La seconde mesure fut plus rigoureuse. A la fin de son sermon, le curé proclamait de temps en temps :

« Aujourd'hui, trop de places restent inoccupées dans la maison du Seigneur. C'est un scandale qui ne peut plus durer. Je décide donc que dimanche prochain la messe sera obligatoire pour tout le monde, sous peine d'une amende de trois pesetas. Faites-le savoir autour de vous. Loué soit Jésus-Christ. »

Le dimanche d'après, tandis que le sacristain Busaca passait sa corbeille sous le nez des fidèles, le curé se promenait parmi les femmes, puis montait à la tribune des hommes et notait sur un calepin le nom des absents. Il en rajoutait d'autres le dimanche soir qui lui venaient à l'esprit. D'autres encore le lundi matin. Après quoi, juché sur sa bécane, il portait sa liste aux gardes civils de Fuentes de Ropel. Ceux-ci venaient au cours de la semaine et allaient de porte en porte percevoir les amendes dont la somme s'ajoutait au casuel du Padre.

Primo de Rivera mit aussi le nez dans les écoles publiques en les faisant inspecter par des officiers en uniforme. Ces *missi dominici* doublaient ou remplaçaient les inspecteurs civils de l'enseignement primaire. Ainsi les élèves de don Felipe virent-ils entrer dans la classe un capitaine qui les salua la main à la visière, puis ôta sa casquette et s'entretint avec l'instituteur. Quand il marchait, ses bottes craquaient, ses nombreuses décorations cliquetaient l'une contre l'autre. Il avait une odeur de cheval en sueur. Il fit lire quelques garçons qui, à son commandement, ânonnèrent le texte du jour. Particulièrement de circonstance : il s'agissait d'un passage de *Platero y Yo* [1], l'histoire un peu gnangnan de cet âne *petit, doux, velu, si moelleux d'aspect qu'on le dirait tout en coton, sans ossature ; seuls les miroirs de jais de ses yeux sont durs comme deux escarboucles de cristal noir ;* écrite pour des enfants un peu débiles d'esprit qui ne voient pas de mal à ce que des yeux soient en même temps de jais, de charbon ardent et de cristal. Chacun s'en tira comme il put. Après quoi, le capitaine-inspecteur posa des questions de droite et de gauche, trois fois sept, quatre fois neuf, la moitié de quatre-vingt-douze, le futur de mourir :

« Je mourrai, tu mourras, il mourra, nous mourrons... »

Mais non, je ne mourrai point, se disaient les petits qui n'avaient pas encore atteint l'âge de raison. C'est de la blague, comme Tétarufo, une invention des grands pour nous faire peur. Seuls les vieux peuvent mourir si ça leur chante.

« ... vous mourrez, ils mourront. »

Ils n'avaient point connu Perico Morales et ne se souvenaient pas du *garrotillo*.

Le capitaine voltigeait de tête en tête comme une abeille de fleur en fleur, butinant au peu de savoir que chacune contenait. Il s'arrêta soudain devant une carte d'Espagne pendue au mur.

« Voyons, fit-il. Je suis né à Tarifa. Qui peut me la montrer sur la carte ? »

Jamais don Felipe n'avait eu l'occasion de mentionner cette fille dont le nom bizarre signifie *tarif*. Seul Alcacer l'avait rencontrée

1. *Platero et moi*, de Juan Jamon Jimenez.

dans les livres maternels ; mais il lui répugnait d'être seul une fois de plus à répondre.

« Vraiment ? insista l'officier. Etes-vous si ignorants que personne ne puisse me désigner Tarifa ? »

Pour sauver l'honneur de la classe, Manuel se résigna à se lever, marcha jusqu'à la carte, mit l'index sous le nom de la ville, à l'extrême pointe de la péninsule, à gauche de Gibraltar, terre espagnole aux mains des Anglais.

« Bravo ! fit le capitaine. Saurais-tu me dire à présent pourquoi Tarifa est connue dans l'histoire de notre pays ?

— A cause de Guzman le Brave.

— Eh bien ! Raconte-moi l'histoire de Guzman le Brave.

— Il défendait la ville contre les Maures qui en faisaient le siège. Son fils tomba aux mains de l'ennemi. Alors le chef des Maures lui envoie un messager pour dire : “Livre-nous Tarifa, ou bien nous trancherons la tête de ton fils.” Guzman refuse et tire son épée en disant : “Si vous n'avez pas assez d'acier pour le faire, en voici d'autre.”

— Tu es magnifique ! Et qu'advint-il de l'enfant ?

— Il fut décapité comme le chef des Sarrazins l'avait promis. Mais Guzman par la suite obligea les Maures à lever le siège. »

Le capitaine-inspecteur ne put se retenir d'applaudir. Entraînée par son exemple, toute la classe applaudit de même. Dans son coin, dont Felipe souriait d'un air à la fois modeste et glorieux, comme s'il eût été pour quelque chose dans ce triomphe. L'officier porta la main à sa poche, en tira un porte-monnaie à pression, prit dedans une pièce d'argent de deux pesetas et la remit à Manuel :

« Voici pour ton savoir. »

L'enfant bredouilla un remerciement confus et regagna sa place. Deux pesetas ! Il avait gagné en quelque instants autant qu'un ouvrier agricole à moissonner tout le jour ! A la fin de la matinée, l'envoyé du *dictador* s'en retourna fort satisfait, après avoir complimenté don Felipe qui l'accompagna jusqu'à sa voiture, le saluant aussi de façon militaire. Toute la classe lui fit cortège et put lire le nom du véhicule de marque française : *Renault*. Mais l'instituteur précisa que ce mot devait se lire *Rno* et non point *Réna-oulte* comme il aurait dû. Ils surent ainsi que le français est une langue très difficile parce qu'elle ne se prononce pas comme elle s'écrit. En attendant, comment un homme qui voyageait en automobile pouvait-il sentir si fort le cheval ?

Quant au jeune Alcacer, il rentra chez lui, précédé de ses deux petits frères tout excités, porteurs de l'étonnante nouvelle, Manolo a reçu deux pesetas, Manolo a reçu deux pesetas. Lorsqu'il eut raconté comment, qu'elle eut constaté de ses yeux, de ses doigts qu'il ne s'agissait point d'une pièce en chocolat enveloppée de papier d'étain, Alba le prit dans ses bras et lui mit sur les joues deux baisers qui lui semblèrent d'un plus grand prix que la double peseta.

Quoique leur mère ne voulût pas qu'ils se durcissent les mains, les enfants de Cristobal participaient à l'occasion aux travaux agricoles. Ils accompagnaient leur père dans les champs, lui approchaient ses outils, plaçaient une à une les pommes de terre de semence au fond des trous qu'il creusait et refermait à la pioche, se disputaient l'honneur de lui approcher sa gourde de peau quand il avait soif, puis de la rapporter dans la charrette, à l'ombre d'un vêtement. L'orge et le blé poussaient de toutes parts sur la Loma infinie, mais divisée en parcelles innombrables dont chacune avait sa nuance et son tissage propres, couverture mille fois ravaudée que la Castille étendait sur son échine frileuse. Puis les épis se formaient, se remplissaient de grains durs, les tiges jaunissaient, c'était l'époque où il fallait les défendre contre les friquets, pillards patients et scrupuleux qui dépouillaient chaque épi jusqu'à l'os. On plantait des épouvantails, mais les moineaux s'habituaient à leur présence immobile, finissaient par les prendre en amitié, leur caguaient sur le chapeau. Cristobal commandait alors à ses fils :

« Allez au bord du champ de blé pour effrayer les oiseaux. »

Ils marchaient de long en large, agitaient les bras, criaient *pchi* !, cueillaient des coquelicots et des centaurées.

Les moissons se faisaient à la faux armée d'un ployon qui couchait les tiges en avant. Ils aidaient à transporter les javelles, à les amonceler en meules. On préparait à proximité, hors du bourg, une aire de dépiquage en tassant le sol au rouleau. Sur les gerbes ouvertes et répandues, les mulets promenaient en rond le *trillo* : herse garnie de cailloux pointus, alourdie de gosses en grappe, riant, tressautant, se bousculant. Les silex et le soleil faisaient éclater les épis. De temps en temps passait l'*aparvador*, sorte d'immense racloir formé d'une cloison de planches haute d'un mètre et d'un timon ; il tirait en bordure de l'aire le mélange de grain, de balle, de paille hachée, et les gamins ne manquaient pas non plus de se jucher sur sa paroi mobile pour jouir de ce transport gratuit et inconfortable que les enfants des villes payent très cher aux manèges forains. Alors entraient en jeu les vans triangulaires, en forme d'aile de chauve-souris, d'une dimension proportionnée aux bras qui devaient s'en servir ; les hommes, les femmes, les gosses les remplissaient de blé impur et les secouaient dans le courant d'air qui, chaque soir, balayait la Meseta à cette intention. Ainsi se séparaient la nourriture des chrétiens et celle des animaux. Aux premiers le bon grain ; aux vaches la balle, la paille hachée menu et saupoudrée de farine d'orge. Les poules et les pigeons picoraient les grains oubliés.

En septembre, plus qu'une corvée, les vendanges étaient une fête dont les enfants prenaient leur part. Ils détachaient à la serpette le raisin noir qui a la queue ligneuse, et d'une simple pression du pouce le *verdejo* à queue tendre. Ils en mangeaient d'ailleurs plus qu'ils n'en cueillaient, ce qui leur procurait les jours suivants des diarrhées historiques. Tout le village était en joie, avec un afflux de journaliers et de journalières descendus des montagnes. Comme des faunes et des faunesses, ils jouaient à se teindre réciproquement la figure de raisin écrabouillé. Une règle coutumière affirmait qu'un garçon pouvait à ce jeu tenir tête à trois filles ; en fait, aucun ne put jamais se glorifier d'une telle victoire. Plus d'un au contraire, qui ne s'en vanta point, succomba sous le nombre, se trouva bel et bien déculotté, puis mâchuré du haut et du bas par les vaillantes mains des Galiciennes.

Malgré leur participation à ces travaux, les paumes des trois fils Alcacer ne prenaient guère de cals. L'école devait les garder jusqu'à l'âge réglementaire de quatorze ans ; après quoi, chacun s'en irait sur la voie qu'il aurait choisie et méritée. Manuel aspirait à devenir instituteur. Esteban espérait faire son chemin dans le dessin ou la peinture. Bernardo, le plus jeune, serait volontiers devenu garde civil, à cause du fusil, de l'uniforme vert, du bicorne noir, mais son père travaillait à lui chasser de l'esprit cette ambition honteuse, n'importe quoi plutôt que *civilon*, pourquoi pas cureur de fossés ? Quant au métier qui épargne le mieux les mains, celui de prêtre, il était également exclu, les pratiques religieuses disparaissaient peu à peu de la famille, sauf celles que rendait obligatoires l'amende de trois pesetas. Sauf aussi chez grand-père Orge Verte qui se faisait de plus en plus dévot en devenant de plus en plus vieux et passait ses heures oisives à marmonner des prières. Aux veillées d'hiver, il se tenait immobile sur sa banquette, courbé vers le foyer de sarments, les deux mains repliées sur son chapelet, sourd à ce qui se racontait autour de lui, plongé dans ses patenôtres. Seules ses lèvres remuaient. Parfois une goutte se formait au bout de son nez crochu, irisée par les reflets du feu. Les enfants la regardaient se balancer longuement, s'étirer, hésiter, se posant l'un à l'autre la question, tombera, tombera pas ? Elle finissait toujours par tomber, par s'évaporer dans les flammes. Ils se disaient : à la suivante. Souvent il passait de la prière au sommeil et s'assoupissait, la tête penchée sur l'épaule. Le bruit des voix, le cliquetis des objets, le craquement des chaises le berçaient longtemps. Tout à coup, il se réveillait confus, et s'écriait très fort, pour laisser croire qu'il avait suivi les conversations :

« C'est comme ça !... C'est bien comme ça que les choses se passent ! »

En 1926, Manolo accomplit sa quatorzième année. C'était l'âge minimum auquel on pouvait entrer à l'Ecole Normale d'Instituteurs. Cette sorte d'établissement ne comportait aucun internat, les élèves devaient se pourvoir eux-mêmes et à leurs frais du vivre et du couvert. Certains logeaient dans leur famille ; d'autres, assez fortunés, dans des pensionnats religieux. Alba se souvint alors qu'elle avait plusieurs frères et sœurs à Madrid ; l'une d'elles, la señora Dionisia Herrero, veuve depuis plusieurs années d'un voyageur de commerce, lui avait toujours témoigné une grande affection ; elle accepta de prendre, le temps de son séjour à l'*Escuela Normal de Maestros*, la charge de ce neveu peu connu, mais fils aîné de sa très chère Alba.

Pour Manuel, bien qu'il lui en coutât de quitter sa famille, son village, ses amis, l'idée de devenir madrilène ne pouvait lui déplaire. On se mit à faire chez les Alcacer la description de cette ville immense où le père et la mère s'étaient rencontrés : de ses larges *avenidas* sans cesse parcourues de voitures, de ses places, de ses jardins, de ses arènes, de ses fontaines, de ses palais. Lui-même répétait ces récits à l'école, ses copains formaient un cercle admiratif pour l'entendre dire, comme s'il y était allé déjà :

« Savez-vous ce qu'est la *Puerta del Sol* ? Et le Palais de Cristal ? »

Avant d'être admis à l'Ecole Normale, il devait subir un examen. A Valdescorriel, aucun enseignement spécial ne l'y avait préparé, il viendrait devant les examinateurs avec le bagage commun des quatre temps simples du subjonctif, des quatre opérations et de la règle de trois, des soixante dates historiques, des cinquante-huit principaux personnages de l'histoire sainte. Sous la férule de don Felipe, on n'apprenait pas grand-chose, mais le peu qu'on savait, on le savait bien. Il disposerait aussi du supplément acquis dans les livres maternels. Il dut aller prendre à Bénavente le train qui le conduirait jusqu'à la capitale, par Zamora et Salamanque. A quatorze ans, il n'avait encore jamais mis le pied dans un wagon.

« Ne te plains pas, lui dit son père. Moi, j'en avais vingt quand je l'ai pris pour la première fois. Si bien qu'au guichet de la gare j'ignorais ce qu'il fallait dire et qu'au lieu de demander un billet pour tel endroit j'ai dit mon nom : Cristobal Alcacer. »

Alba l'accompagna. Le convoi n'oubliait aucune gare. A chaque arrêt, des enfants s'approchaient, tendaient vers les vitres des cerises liées par la queue à des bâtons :

« Dix centimes ! Dix centimes ! »

Quelques voyageurs se laissaient tenter. Enfants et fruits s'écrabouillaient aux portières. Alba sortit une *perrona* et choisit sa grappe. Ils mangèrent les cerises et comptèrent les noyaux : quarante-six.

« Problème, dit Alba. Sachant que 46 cerises coûtent 10 centimes et pèsent 350 grammes ; que les noyaux représentent 20 pour cent de leur poids ; qu'il faut un kilo de sucre à 2,25 pesetas pour un poids égal de pulpe à confiture ; que la cuisson fait perdre 12 pour cent du poids total ; on demande :

— primo : le nombre de cerises nécessaires pour obtenir un kilo de pulpe ;

— secundo : le prix de revient d'un kilo de confiture de ménage. »

Les réponses furent un jeu d'enfant pour Manolo : il avait pesé antérieurement l'église de Valdescorriel et le système solaire tout entier. Après quelques calculs, pendant que le train roulait, il proposa 14 pesetas et 8 centimes le kilo.

« C'est un peu cher ! dit Alba. Alors qu'on ne tient compte ni du chauffage, ni du salaire de la ménagère, ni du bénéfice du confiturier ! »

Il vérifia ses additions, avança la virgule d'un rang, aboutit à 1,48 peseta. Et elle :

« Ça me paraît plus raisonnable. Vois le pouvoir d'une virgule ! »

Un ouvrier agricole gagnait chaque jour un kilo et demi de confiture de ménage ; un instituteur pouvait s'en offrir presque six. Se nourrir exclusivement de confiture s'il le désirait, lui, sa femme et ses quatre enfants.

A Madrid, ils montèrent au troisième étage d'une maison de la rue Mendizabal où demeurait la veuve Herrero. Elle embrassa son neveu sur les deux joues, le prit aux épaules et déclara avec beaucoup d'autorité en le regardant dans les yeux :

« Voilà un señorito qui, dans quatre ans, sera maître d'école, aussi vrai que je m'appelle Dionisia. »

Le lendemain, la mère et le fils marchèrent côte à côte jusqu'à la Calla ancha San Bernardo où se tenaient les bâtiments de l'Ecole. Un attroupement d'enfants et de parents se pressait devant le porche. Certains garçons avaient au moins quatre années et la tête de plus que Manolo. Un homme en blouse grise vint faire l'appel. Les candidats furent conduits dans un patio carré, bordé de fleurs. Ils s'observaient l'un l'autre, se mesurant des yeux. Certains désireux d'exposer leur politesse restaient nu-tête sous le soleil, leur béret dans la main droite, tandis que la gauche serrait un plumier contenant le nécessaire pour écrire ; d'autres s'étaient hardiment recoiffés. Après une longue attente, l'homme à la blouse grise vint les reprendre et les distribua dans deux salles contiguës. Des feuilles blanches les attendaient sur les pupitres.

Alors commença l'examen écrit. Il comprenait une dictée d'une vingtaine de lignes qui servait en même temps d'épreuve d'écriture. A plus d'un demi-siècle d'intervalle, étendu sur sa chaise longue à Beaumont, près de Clermont-Ferrand, chef-lieu de l'Auvergne, Manuel Alcacer peut encore se la réciter quasiment mot à mot ; tant il est vrai que la mémoire de l'homme est comme une nasse, les souvenirs pareils à des poissons ; dans les commencements, ils entrent tous sans méfiance et les voilà prisonniers à jamais ; pourtant, à mesure que coulent les ans, les poissons comprennent le piège, beaucoup refusent le goulot ; à la fin, plus aucun ne s'y risque, et la mémoire doit se contenter de ses anciennes captures. Il s'agissait d'un texte de Cervantès, extrait des *Nouvelles exemplaires* :

Il n'y a guère d'années, on vit sortir d'un village d'Estrémadure un gentilhomme né de parents nobles, lequel, nouvel enfant prodigue, s'en fut courir l'Espagne, l'Italie et les Flandres, dépensant de la sorte sa jeunesse aussi bien que sa fortune. Après maintes pérégrinations, ses parents disparus, son patrimoine épuisé, il tomba dans la grande cité de Séville où les occasions ne lui firent point défaut d'achever de consumer le peu qui lui restait...

Quoique surpris par certains mots ultérieurs tels que *brelandiers* et *sauf-conduit*, Manuel trouva ce texte inférieur à ses capacités. Il put donc s'appliquer à l'écriture, au dessin et aux dimensions des lettres. La dictée achevée, l'examinateur leur distribua des pains à cacheter qui ressemblaient à de petites hosties roses, leur recommandant de les humecter de la langue et de s'en servir pour coller l'angle de leur feuille.

Après un quart d'heure de récréation dans le patio commença la seconde épreuve : un problème d'arithmétique tout à fait comparable à celui qu'il avait résolu dans le train ; sauf qu'on demandait le prix de revient d'une maison en fonction de ses divers éléments au lieu de confiture aux cerises. Il prit bien garde au rang de ses virgules.

L'oral eut lieu l'après-midi, à partir de cinq heures. Manolo lut une poésie d'un auteur étranger dont il n'avait jamais entendu le nom : Gabriela Mistral. Petite institutrice chilienne devenue très célèbre, tout le Madrid littéraire de cette époque parlait d'elle :

Mère, mère tu m'embrasses,
mais je t'embrasse plus fort :

mes baisers sur ton visage
sont comme l'eau sur les vitres.

A force de t'embrasser,
je t'ai couverte de moi
et l'essaim de mes baisers
ne te permet plus d'y voir...

En lisant, il se mit à penser à sa propre mère, si bien que son esprit se dédoubla : une moitié était à Madrid, appliquée à l'examen ; l'autre — et quoique Alba fût en ce moment même dans la rue, à l'ombre ou au soleil, attendant sa sortie —, l'autre moitié se trouvait à Valdescorriel, dans l'unique cadre qui convînt à sa mère. Cette moitié-ci songeait au croup, aux lettres qu'il avait apprises sur l'alphabet pour broderies, aux soins, aux secours mille fois reçus. Alors un nœud se forma dans sa gorge comme si le *garrotillo* lui revenait.

« Eh bien ? » dit l'examinateur, surpris.

Manolo fit un gros effort pour avaler ce nœud.

« Reprenez », dit l'examinateur, doucement.

Ils repartirent vers leur village, en attendant qu'une lettre officielle vînt apporter le résultat de l'examen. L'école avait perdu, à l'approche des vacances d'été, la moitié de son effectif et chaque jour lui enlevait d'autres élèves, occupés à moissonner, à dépiquer le blé, à battre les lentilles avec leurs parents. Seuls les trois Alcacer restaient immuablement épargnés, afin de garder leurs mains lisses. Manolo regardait autour de lui ces murs et ces visages que, de toute manière, il allait quitter pour toujours. Les effrayantes illustrations des Ecritures. La porte de la chambre aux lions et à Tétarufo. Les tables mille fois balafrées. Le plancher vermoulu, où restait encore trace des cercles blancs dessinés par les instructeurs. La tête grise, les lunettes, les moustaches tombantes de don Felipe, véritablement pleureuses sur sa bouche et son menton, comme les branches des saules pleureurs. L'idée de perdre prochainement tout cela lui inspirait moins de regrets que de soulagement.

La lettre arriva enfin, il était reçu, il allait devenir madrilène.

8

Par pudeur, on avait dissimulé à Manuel la profession de sa tante Dionisia. On disait seulement qu'elle était tenue en grande estime dans son quartier pour avoir rendu service à beaucoup de gens. Elle continuait à rendre des services et sortait à toute heure du jour et de la nuit, chargée d'une lourde sacoche de cuir, pareille à celle des bergers. Le voisinage connaissait bien sa silhouette rondouillarde, ses cheveux et son chignon cuivrés, d'une nuance totalement étrangère à la famille, mais toujours tirés d'impeccable façon. Au retour, il lui arrivait parfois de soupirer :

« Encore un malheureux sur la face de la terre ! »

Manuel comprit très vite qu'elle était sage-femme. A Valdescorriel, le moment venu, les enfants évacués de la maison, on appelait la señora Serafina, une personne d'expérience. Elle arrivait les mains dissimulées sous son tablier afin de laisser croire à un cadeau secret. Et en effet, aussitôt après son départ, le père rassemblait sa marmaille éparpillée pour lui annoncer la bonne nouvelle :

« Vous avez vu sans doute la señora Serafina ? Quelle belle surprise elle vient de nous faire ! Voici qu'elle nous a apporté de Paris une petite sœur ! Entrez l'embrasser ! »

L'homme prenait un ton joyeux, quoiqu'il eût plutôt envie de noyer cette intruse qui allait accroître leur misère. Les enfants se pliaient au rite et la baisotaient sur le front, près de leur mère toute dépenaillée dans son lit. Les bébés arrivaient quelquefois de Madrid, expédiés par des magasins mystérieux. Mais la plupart venaient de Paris, ville lointaine et indescriptible. Il en tombait bien trois de Paris pour un de Madrid. Les frères et sœurs faisaient semblant de gober cette fable ; mais depuis longtemps ils savaient comment naissent les enfants, informés par la venue au monde des chiots, des chatons, des veaux, des petits ânes. Sauf quelques innocents qui croyaient encore que les mamans pondent des œufs.

La señora Dionisia Herrero, veuve sans enfants, apportait donc des enfants aux autres. Elle en consignait le nom et l'adresse sur un calepin, soigneusement numérotés avec leur date de naissance. A raison de deux par semaine, en vingt-cinq ans de livraisons, ils dépassaient ensemble les deux milliers : fils et filles d'ouvriers, de servantes, de commerçants, de fonctionnaires, et aussi de pères inconnus, nés chez des femmes sans mari qui avaient le courage de recourir à elle en dépit de la honte. Elle s'occupait d'eux quelques jours, puis s'éloignait de leur chemin ; quand plus tard il lui arrivait d'en reconnaître un dans la rue, elle lui caressait les cheveux, aucun ne se doutait qu'elle l'avait aidé à vivre.

Chaque matin, vers sept heures et demie, Manolo quittait son domicile de la rue Mendizabal, traversait la place d'Espagne, saluait au passage Miguel de Cervantès assis sur son fauteuil, reconnaissant de l'aide qu'il lui avait apportée dans son examen. Par des ruelles obscures, il atteignait la Calle San Bernardo là où elle s'élargit. A huit heures tapantes, tous les élèves de l'Ecole Normale devaient se trouver dans leurs salles de classe respectives.

La promotion comptait cinquante garçons venus de tous les coins de l'Espagne. Et même des colonies comme ce juif marocain originaire de Ceuta qui fut chargé d'arroser chaque jour les fleurs du patio. Manuel fit l'addition quatorze et quatre dix-huit, et s'aperçut avec consternation qu'il aurait dix-huit ans lorsqu'il sortirait de l'école, ce qui lui parut un âge très avancé. L'enseignement comportait neuf matières par année, mathématiques, musique, dessin, espagnol et littérature, sciences physiques, sciences naturelles, géographie, histoire... Les deux premières années insistaient particulièrement sur la calligraphie : anglaise, coulée, bâtarde, ronde, gothique, chacune avec ses majuscules, ses minuscules, ses fioritures, ses variantes et sa plume spéciale. L'enseignement religieux, dispensé par un jésuite, Padre Guillermo, complétait dignement l'histoire sainte de don Felipe et le catéchisme de don Arquimedes. Pour obtenir ce résultat, il se servait d'un traité théologique dont chaque normalien possédait un exemplaire, œuvre de *don Damian Bilbao, sacerdote maestro*. Cet ouvrage était censé fournir une réponse documentée à toutes les questions insidieuses qu'un ennemi de la foi catholique pouvait poser. Ainsi, à la demande : *Pourquoi Dieu a-t-il créé les animaux nuisibles ?* Le manuel répliquait :

Dieu a créé les animaux nuisibles, spécialement les puces, les poux, les punaises, les cafards et tous ceux qui tourmentent l'homme, afin de l'endurcir aux souffrances physiques, d'exercer sa patience pour qu'il puisse par ce moyen gagner la vie éternelle.

Et si l'on interrogeait : *Comment un homme sans puces ni punaises peut-il se préparer à la vie éternelle ?* il donnait aussitôt la repartie :

En s'infligeant à lui-même des souffrances et des frustrations quotidiennes, en supportant le froid, l'humide, les courants d'air, en se privant de sucre dans son café, en mangeant du pain rassis.

Le traité racontait aussi les effets incroyables que peut produire la méchanceté au moyen de la parabole suivante : *Un homme ayant commis sa vie durant tous les péchés du monde mourut en telle odeur de diablerie que, lorsqu'on creusa un trou pour l'enfouir, la terre se referma et refusa sa dépouille. Alors, on construisit un bûcher ; mais les flammes s'écartèrent de lui et refusèrent de le réduire en cendres. On le précipita dans une rivière ; mais les eaux le rejetèrent sur la rive. On l'abandonna en plein champ pour qu'il fût livré aux vautours ; mais les rapaces dédaignèrent sa chair impure. Cette histoire nous enjoint de pratiquer les vertus chrétiennes. Obéissons aux Commandements de Dieu et de l'Eglise. Ainsi nous ne craindrons pas, au terme de notre existence, de nous voir repoussés par la terre, le feu, l'eau ni les rapaces.*

Padre Guillermo exigeait que ces calembredaines fussent apprises par cœur et récitées d'un air convaincu. Sous sa férule comme sous celle de don Arquimedes, la religion devenait une chose odieuse et ridicule. Un *zéro* sanctionnait toute défaillance de mémoire. Les zéros pleuvaient de ses mains généreuses, au grand effroi des élèves menacés de redoubler son enseignement. Aussi se gardaient-ils de manifester la moindre ironie en sa présence, se réservant pour l'extérieur, buvant leur café amer afin de s'assurer une honorable sépulture. Ou s'exposant dans la rue sans écharpe au vent glacial qui parcourt dès octobre les rues de Madrid,

Un viento tan sutil
que mata un hombre y no apaga un candil,

ce vent si subtil
qu'il tue un homme et n'éteint pas un chaleil.

La vie éternelle était à ce prix.

Leur catéchisme s'occupait aussi de politique et tout crûment. On y évoquait les partis politiques et les élections éventuelles :

« *Quelle sorte de péché commet celui qui vote pour un candidat libéral ?*

— Généralement, un péché mortel.

— *Est-ce un péché pour un catholique de lire un journal libéral ?*

— Il peut lire le *Journal de la Bourse*... »

Ainsi, le *Journal de la Bourse* était un journal libéral aux yeux de don Damian Bilbao ! Par la même occasion, permission était donnée aux bien-pensants de spéculer. Un dicton le confirmait : *El dinero es muy catolico*. L'argent est très catholique.

Les normaliens se vengeaient de ce bourrage de crâne en mutilant le titre de don Damian Bilbao, auteur du manuel, en mâchurant sa première syllabe sur la couverture, de sorte que ce glorieux et noble *sacerdote* devenait un *cerdote*, un « gros porc ». Il n'eût pas fait bon cependant qu'un livre ainsi traité tombât sous les yeux de Padre Guillermo. Aussi pratiquaient-ils leurs ratures au moyen du seul crayon noir, afin de les effacer au besoin.

A une heure de l'après-midi, les cours s'achevaient, chaque élève regagnait son domicile ou sa pension. L'appartement de tante Dionisia comprenait une antichambre, un salon assez vaste dont une fenêtre s'ouvrait sur la Calle de Mendizabal, l'autre sur la Calle Luisa Fernanda. La peinture en était d'une couleur paille uniforme, interrompue dans les angles par des bandes marron foncé. Un sofa, une table, une douzaine de chaises, un guéridon, un miroir ovale, une pendule, six paysages suisses dans des cadres d'acajou, un portrait de l'oncle Herrero barré d'un crêpe noir en composaient l'ameublement. Dans le cabinet voisin, de même style, Manolo s'installait pour étudier, avec la compagnie d'une tourterelle encagée qui l'abreuvait de courbettes et de *toutou-tou, toutou-tou* intarissables. La salle à manger était riche d'un buffet bas sur lequel figurait un *porron*, carafe dont le bec verseur a vaguement la forme d'un pis de chèvre, toujours à demi pleine d'une liqueur sucrée qui attirait les guêpes. Elle attirait aussi l'oncle Herrero lorsqu'il résidait provisoirement à Madrid, entre deux tournées : il saisissait le *porron* par le cou, renversait la tête, écartait les lèvres et s'en versait un long jet dans la bouche, à bras tendu ; à chacun de ses passages il répétait son accolade ; en sorte que le niveau du liquide baissait d'heure en heure. Le *retrete* était commun avec deux autres familles du même palier, chacune étant tenue de l'approvisionner à tour de rôle en feuilles de papier découpées dans des journaux et transpercées par un crochet. Manuel eut ainsi l'occasion de lire alternativement des extraits d'*ABC, El Sol, El Heraldo*. Il dormait dans une chambre étroite et sans chauffage, sous un édredon rouge prisonnier d'une broderie à larges trous, terminée par des lignes de pompons.

La cuisine de tante Dionisia était riche et savoureuse. Elle semblait avoir à cœur de bourrer cet enfant de sa sœur, comme s'il avait été mis chez elle à l'engrais :

« Mange donc !... Mais tu ne manges rien !... Est-ce que tu n'aimes pas mes beignets ?

— Si, si.

— Je ne voudrais pas qu'on te trouve amaigri quand tu retourneras au village.

— Il n'y a pas de danger. »

Parfois, quand il rentrait de l'Ecole Normale, elle était absente, occupée à rendre ailleurs quelque service ; il trouvait porte close, la clé chez la voisine, un mot sur la table : *Fais chauffer le ragoût sur le gaz. N'oublie pas de fermer le robinet. Il y a de l'omelette dans le placard*. Elle lui apprenait à bien employer ces trois jouissances inconnues à Valdescorriel : l'eau courante, le gaz, l'électricité. A ne pas visser trop fort les robinets. A lever la manette du compteur par temps d'orage. A ne pas laisser la flamme déborder sans profit le fond de la casserole. Quoique fille de don Joaquin Gallardo y Subinas, petite-fille de don Juan Francisco Gallardo y Montera, elle pratiquait des économies d'ouvrière, épargnant sur les kilowatts, le fil, le papier blanc, le charbon, les allumettes, mais jamais sur la nourriture, se remplissant elle-même et bourrant son neveu de pommes de terre, de fèves, de poisson et de riz. Aussi ne manquait-elle pas d'une expansion naturelle fort incommode, surtout quand elle devait la hisser jusqu'aux étages de ses clientes. Elle tournait vers Manolo ses yeux clairs dont le regard lui inspirait un malaise, sans qu'il pût s'expliquer la raison de leur étrangeté.

« Mon mari, racontait-elle, m'a ruinée avant de mourir. »

Il semblait que cet oncle Herrero n'eût laissé que de mauvais souvenirs : reconnaissances de dettes, factures impayées, bouteilles vides témoins de ses anciennes beuveries, boîtes de petits pois suspectes car il avait été représentant pour une conserverie de Valence. Toujours à courir le monde, plus absent qu'un navigateur au long cours. Sa femme recevait de lui une carte postale envoyée de Barcelone alors qu'il se trouvait déjà à Pampelune. Quand par hasard il séjournait brièvement à Madrid, elle découvrait dans ses bagages des flacons de parfum ou de la lingerie féminine qui n'avaient rien à voir avec les conserves, bien qu'il prétendît le contraire :

« Ce sont de petits cadeaux de mes collègues, à ton intention. Echange de bons procédés. »

A chacune de ses visites, elle lui trouvait le teint plus bilieux, le foie plus gonflé. Il se plaignait aussi de son estomac qui supportait de plus en plus mal le vin et les alcools.

« Eh bien ! C'est tout simple ! Il te suffit de moins boire ! » conseillait-elle.

Mais il tournait vers Dionisia ses yeux rouges et indignés :

« Moi, boire moins ? Es-tu folle ? Est-ce que tu ne me connais pas ? Le vin m'est aussi indispensable que l'oxygène ! »

Dans ces conditions, il n'y avait plus qu'à laisser aller les choses. Dévoré par la cirrhose, il s'établit un jour chez lui définitivement. Sa femme le soigna du mieux qu'elle put, pendant les semaines que dura sa déchéance, lui apportant les illusions, les espérances vaines dont on comble les malades condamnés : l'année prochaine... au printemps prochain... la semaine prochaine... Il mourut dans la certitude de toucher à la guérison, la tête pleine de haricots en sauce tomate et de piments au vinaigre.

Mais tante Dionisia n'en avait point fini avec son martyre. A peine eut-il commencé de goûter au repos éternel que le veuvage la plongea dans un cyclone de douleurs. Découvrant combien elle avait aimé cet homme indigne, ce coureur, ce sac à vin, maudit mille fois de son vivant, voué à tous les supplices de la terre et de l'enfer, elle lui fit édifier à crédit une tombe de marbre blanc qu'elle allait chaque jour fleurir et épousseter. En même temps, la dépression eut un curieux effet sur sa personne, provoquant une alopécie générale. Et salutaire. Lorsqu'elle constata qu'il ne lui restait plus sur le corps ni poil ni cheveu qui comptât, elle comprit qu'il était temps d'oublier un peu le défunt et de penser à elle-même. Elle s'acheta une perruque fauve et se dessina les sourcils au crayon gras. C'était l'absence de cils à ses paupières qui lui conférait cet étrange regard qui gênait Manuel dans les commencements.

Les dettes laissées derrière lui par Herrero la conduisirent devant un tribunal. Elle discuta farouchement avec le juge et les débiteurs.

« Tout de même, s'écria le magistrat, votre époux n'a pas emporté dans la tombe vos bijoux, les meubles, le linge, les bibelots au milieu desquels vous avez vécu en sa compagnie. Il vous a bien laissé quelque héritage !

— Un héritage ?... Voici, Monsieur le Juge, l'héritage qu'il m'a laissé ! »

Elle souleva sa perruque et découvrit son crâne chauve. L'autre eut un recul d'horreur ; il lui accorda les délais de paiement qu'elle demandait.

Elle dut prendre son parti de cette infirmité incurable, et tâcha même d'en rire. Strictement couverte par ses faux cheveux durant le travail, elle se plaisait devant quelques intimes, hors la présence d'enfants impressionnables, à exhiber sa calvitie pour faire rire le monde. Comme on la savait un peu folle, on riait de bon cœur. Cela devint un numéro fort prisé qu'elle exécutait à la demande lorsqu'elle avait bu une goutte de moscatel. Dans son appartement madrilène, elle dormait la tête enveloppée d'un foulard noué, tandis que la perruque passait la nuit sur un buste de l'empereur Vespasien acheté au Rastro, le marché aux puces. Toujours elle évita soigneusement de se montrer chauve à son neveu ; mais il arrivait que la perruque glissât, se mit un peu de traviole, ce qui lui donnait une figure de clown.

Parfois, elle pressait Manolo sur sa poitrine volumineuse en proférant :

« Je déteste les hommes ! Tous les hommes ! Mais toi tu es un enfant, et je t'aime.

— Est-ce que, demandait-il, tu me détesteras plus tard, quand je serai devenu un homme à mon tour ?

— Comme homme, sûrement. Mais comme neveu, pour moi, tu resteras petit. »

Un matin, ne la trouvant pas dans la cuisine, levée bien avant lui, près de la panade de café au lait qu'elle avait coutume de lui préparer, il osa heurter à la porte de sa chambre. Pas de réponse. Très inquiet, il répète son geste sans plus de résultat. Alors, il pousse le battant, passe le bras, tourne le commutateur. Il voit d'abord sur une console l'empereur Vespasien demi englouti sous la perruque. Puis, dans le lit, une tête inconnue qui lui semble celle d'un homme, aussi glabre qu'une tête de veau à l'étal d'un boucher. S'approchant, il regarde mieux et comprend qu'il s'agit de Dionisia, trahie par son foulard dénoué. Elle dort profondément, sous l'effet sans doute du soporifique qu'il lui arrive de prendre quand elle se couche tard. Manolo se retire en silence, éteint la lumière afin que sa tante ignore toujours qu'il l'a surprise dans sa misérable nudité.

Madrid était une ville immense où il se perdait comme une goutte de pluie dans la mer. Le régime du *dictador* y avait ouvert d'importants chantiers, on aménageait des places, des jardins publics, on ouvrait des voies nouvelles. Il était question de prolonger jusqu'à la place d'Espagne la Gran Via, qui, montant d'Alcala, s'arrêtait alors au Callao. Entre ce sommet et la place s'étendait un quartier sordide, livré au vol, au recel, à la contrebande, à la prostitution, dans le ventre duquel il eût été sain d'opérer. Mais un monastère de jésuites, entouré de vastes jardins, se trouvait à mi-parcours et refusait farouchement de vendre les terrains nécessaires. Après des années de négociations, de menaces, de chantages, il finit cependant par les céder. A prix d'or. Les travaux purent enfin commencer. Une armée de démolisseurs, de terrassiers, de maçons, de paveurs s'abattit sur l'endroit, avec leurs tombereaux et leurs mulets.

Le dimanche, Manuel et ses copains erraient de parc en parc, de rue en rue, en mangeant des beignets. Ils suivaient la Calle de Alcala, bordée de cafés toujours remplis de gens illustres, il y avait celui des toreros, celui des artistes, celui des acteurs, celui des gens de plume, qu'ils s'efforçaient de reconnaître à travers les vitres. Ils allaient cracher dans le Manzanarès aux maigres eaux, réduit en certaines périodes à un pipi de chat zigzaguant parmi ses épaves. Ils passaient des heures au Rastro, Calle Toledo et dans les ruelles voisines où le spectacle était inépuisable. Enjambant la brocante, les nippes et les godasses d'occasion étalées à même les trottoirs. Essayant un uniforme de général vendu avec un assortiment de décorations civiles et militaires. Ou même une chasuble défraîchie volée dans quelque église. Les ramasseurs de mégots proposaient sur une feuille de journal leurs cigarettes reconstituées, collées à la salive, moitié moins chères que les officielles et bien plus savoureuses. Ce Rastro, ce râteau, semblait avoir râtelé tous les greniers de l'Espagne, en ramenant des sabres, des télescopes, des cornets à pistons, des cartouchières, des selles de cheval. Il avait écumé les cimetières, à en croire les restes de sépultures, croix, couronnes, fleurs artificielles. Mille petits artisans y exerçaient leur métier en plein air : cireurs de bottes, raccommodeurs, bourreliers, barbiers d'hommes et tondeurs de chiens. Un chasseur de vipères serrait ses bêtes par le kiki et vous mettait obligeamment leur gueule ouverte sous le nez pour vous montrer les crochets. Des gitanes vendaient la bonne aventure, Manolo se laissa tenter.

« Mon fils, lui prédit la devineresse après avoir lu les lignes de sa main gauche, je vois dans ta vie de grands voyages, du sud au nord et du nord au sud. Et puis des nœuds. Beaucoup de nœuds.

— Quel genre de nœuds ? Des nœuds marins ?

— Cela n'est pas précisé.

— Des nœuds coulants ?

— Des nœuds étrangers. »

Ses copains en conclurent qu'un jour il pendrait du monde au service du roi d'Angleterre ou de quelque prince d'Arabie.

Naturellement, il ne voulut pas rester étranger à la passion nationale et assista plusieurs fois à des courses dans la grande arène de las Ventas. Aux places les moins chères, battues par le soleil, mais à l'abri de son canotier. L'Ecole Normale était remplie d'*aficionados* qui faisaient dans le patio leurs démonstrations à l'usage des ignorants comme lui, l'un jouant le rôle du taureau, l'autre celui du torero. Devant les combats au naturel, il apprécia l'adresse, l'agilité, le courage des hommes de cape et d'épée, mais ne réussit point à partager l'enthousiasme populaire pour ce spectacle barbare, ce sang répandu, ces tripes pendouillantes, l'acharnement des uns — nombreux, bien armés, payés en gloire et en fortune — contre la brute épaisse et solitaire, inévitablement vouée au massacre et à l'humiliation : on lui couperait les oreilles et la queue, les mules traîneraient sa dépouille dans le sable, le sang et le crottin. Même si une passe dite *véronique* comparait un moment son mufle au visage du Christ quand il s'élançait pour s'essuyer dans la cape rouge déployée devant lui. Il s'offusqua, lui qui ne croyait plus, à cette intrusion du mysticisme dans la tauromachie. De même il découvrit que l'Eglise pénétrait l'agriculture, l'industrie, l'administration, le pouvoir royal et toute forme de pensée en Espagne. Le roi faisait écrire ses discours par un père jésuite. Madrid grouillait de prêtres et de moines traînant dans les jardins, les palais, les magasins, les théâtres, les cafés, leurs soutanes, leurs frocs, leurs tonsures, leurs chapeaux de peluche, leurs faces rubicondes. Des prêtres fréquentaient la plaza de Toros et criaient *Olé !* aux belles passes. Manuel eut pitié de la brute épaisse six fois martyrisée chaque dimanche soir et cessa de fréquenter les spectacles mystico-tauro-machiques.

Il leur préféra le cinéma, dans une des nombreuses salles éparses autour de la Plaza de Mayo. A la différence des arènes où toutes les classes se confondaient, elles étaient fréquentées par une clientèle petite-bourgeoise car le peuple, même s'il n'était pas complètement illettré, n'arrivait pas à lire à une vitesse suffisante les textes des films muets. La plupart de ceux-ci étaient des productions américaines et avaient pour vedettes Charlie Chaplin et sa moustache, Harold Lloyd et ses lunettes, Buster Keaton l'impassible, le marmoréen Rudolph Valentino, Ricardo Cortez le ténébreux, Douglas Fairbanks Junior aux dents blanches, la blonde Mary

Pickford, Gloria Swanson au nez pointu. De loin en loin, une production espagnole, comme *le Village maudit*, de Florian Rey. A intervalles réguliers, la projection s'interrompait sur cette annonce : *Fin de la 1re partie*. Le temps de changer de bobine. Après l'entracte, on avait droit à une *attraction* : l'écran se levait, découvrant la scène sur laquelle venait se produire un clown, un jongleur ou un équilibriste. Puis il vendait sa photo en carte postale tandis que le public mangeait des cacahuètes. Enfin, on reprenait le fil de l'histoire laissée en plan.

Manolo eut l'avantage de voir les films devenir *sonores* : tandis que sur l'écran se déroulait la bataille de Waterloo, un phonographe en coulisse émettait des coups de canon et des galops de cavalerie. Ils devinrent ensuite *parlants*, ce qui permit aux analphabètes d'accéder aux salles obscures. Le premier film de cette espèce projeté à Madrid s'intitulait *l'Arche de Noé*. On y entendait la voix de Dieu le Père en personne interpeller le patriarche en langue espagnole :

« La malice des hommes que j'ai créés est extrême et toutes les pensées de leur cœur ont été de tout temps appliquées au mal. Je me repens de les avoir faits. J'ai donc décidé d'exterminer tout ce qui vit sur la terre, depuis tout ce qui rampe jusqu'aux oiseaux du ciel... »

La voix de Dieu le Père avait les mêmes terribles accents que celle de don Arquimedes.

Parfois, tante Dionisia l'accompagnait en soirée, c'est elle qui payait les places et les cacahuètes. Ils rentraient après dix heures du soir, se tenant par la main pour se rassurer l'un l'autre contre les ombres de la nuit, les chiens errants, les voyous. Afin de leur en imposer, Manuel se tenait très droit pour se grandir et tapait fort du talon. Les policiers étaient rares, les noctambules nombreux. Arrivés dans leur quartier, ils devaient recourir au veilleur de nuit, le *sereno*, seul autorisé à ouvrir les portes des immeubles, payé par les propriétaires et garanti par la municipalité. Figure venue tout droit du Moyen Age, avec son imperméable raidi par les hivers, sa casquette, son trousseau de clés. Même si elle avait perdu sa pique, sa lanterne, son habitude de dire :

« Dormez, braves gens ! Il est dix heures et demie et le ciel est serein. »

Les familles sans téléphone l'appelaient pour aller quérir le médecin ou le prêtre. Mais il fallait d'abord le trouver. Cela s'obtenait en frappant dans ses mains. Aussi fort que possible. A s'en bleuir les paumes. Quand il estimait qu'on avait vraiment besoin de ses services, il entrouvrait la porte de la taverne et répondait :

« *Voy !*... J'arrive ! »

Mais il n'arrivait pas tout de suite. Il fallait encore et encore l'applaudir. Il daignait enfin se déranger et s'avançait sereinement, dans le cliquetis de son trousseau.

Les vacances scolaires ramenaient Manolo à Valdescorriel qu'il trouvait inchangé de corps et d'âme. Sauf que ses anciens copains d'école et de catéchisme piochaient à présent la terre, gardaient les chèvres, fauchaient les blés. Ils allaient en béret et en espadrilles tandis que lui arrivait de Madrid en canotier et souliers bas. Mais personne ne le jalousait, on savait que son père Cristobal se saignait aux quatre veines pour le tenir dans les écoles, et l'on savait qu'il possédait l'*intelligence*. On venait même lui demander conseil, toi qui possèdes l'intelligence... toi qui as lu les livres... Dès le lendemain, toutefois, il endossait une tenue plus décente, ses hardes anciennes. Lui aussi aidait aux travaux, il se mêlait aux joueurs de quilles.

« Et moi, demanda sa mère, est-ce que tu me trouves changée ? Est-ce que je deviens laide ? »

Elle venait de franchir le cap du demi-siècle et entrait dans l'âge où la plupart des femmes du peuple renonçaient à être des femmes pour se confiner dans leur rôle de ménagères, d'ouvrières, de paysannes, de bêtes de somme. Il sourit sans répondre, n'osant exprimer ses sentiments. Dire : que m'importe que tu sois jeune ou vieille, changée ou inchangée, je ne t'aime pas pour la beauté de tes traits, mais parce que tu es ma mère. Elle ne se contenta point de ce sourire et implora :

« Est-ce que tu m'aimes encore ? »

Elle parlait comme une amoureuse. Mais quelle idée lui passait par la tête ? Pouvait-il cesser de l'aimer ? Peut-on cesser de respirer ? Et était-il réellement indispensable de le dire ?

« M'aimeras-tu encore quand je serai décrépite, que j'aurai des cheveux blancs, des lunettes et une canne ? »

Alors, il s'agenouilla devant elle, prit ses mains durcies par les travaux, les couvrit de baisers, côté pile, côté face. Elle parut satisfaite de cette réponse. Jamais encore il n'avait prononcé devant qui que ce fût ces mots solennels : je t'aime... je t'aimerai...

Quelques jours plus tard, il rencontra Maria Pelaya Canizas dont il avait eu naguère l'occasion de compter les côtes dans le pigeonnier en ruine. Elle avait avant lui cessé de grandir, si bien qu'il l'avait rattrapée en taille. C'était à présent une jolie fille de dix-sept ans, toujours un peu maigre, à la peau foncée, aux yeux noirs et brillants, aux paupières qui battaient, qui battaient. Pour lui parler, elle se tint distante selon l'usage, comme si un ruisseau avait coulé entre eux, qu'ils se fussent entretenus d'une rive à l'autre rive.

« Est-il vrai que tu vas être bientôt instituteur ?

— Oui. Dans un an.

— Tu seras un homme riche.

— Heu... pas vraiment. Pas dans les débuts.

— Si, si. Les instituteurs sont des hommes riches. Et puis... un jour... tu te marieras.

— Sans doute.

— Tu épouseras une institutrice. A vous deux, vous gagnerez beaucoup d'argent.

— Si cela se présente...

— Alors... Ecoute ce que je vais te dire.

— Je t'écoute.

— J'aimerais bien... si tu as besoin d'une servante... que tu penses à moi. De toute manière, je suis destinée à être servante. Chez l'un ou chez l'autre. Chez un notaire... Chez M. Longinos. A Bénavente ou ailleurs. Je sais faire la cuisine, coudre, laver, repasser. J'ai l'habitude des enfants. C'est moi, pour ainsi dire, qui ai élevé mes trois petits frères. Alors... tu me ferais un très grand plaisir... »

Sa peau brune avait soudain rougi jusque dans les cheveux, selon son habitude ancienne, et ses paupières clignaient, clignaient. Il sourit à cette étrange proposition, mais elle ne sourit point, montrant que son discours était sérieux.

« Eh bien... dit-il, embarrassé. Si j'ai en effet... un jour... besoin d'une servante, je ne manquerai pas de recourir à toi.

— Tu le promets ?

— Je le promets. »

Comme ils avaient coutume de faire quelques années plus tôt, il cracha par terre, tendit la main droite et en fit serment sur son crachat.

« Combien voudras-tu en gages ? » demanda-t-il ironiquement.

Et elle, toujours sérieuse : « Tu me paieras avec des billes. »

Il allait s'éloigner, elle le retint, attends-moi une minute, et courut chez elle, tandis qu'il s'intéressait des yeux aux nuages du ciel. Quand elle revint, elle tendit vers lui son poing fermé, ainsi faisaient-ils naguère en jouant à

Adivina, adivino,
Cuantos huevos en el nido.

Devine, devineur,
Combien d'œufs dans le nid.

Le poing s'ouvrit, trois billes colorées brillaient sur la paume. Il reconnut celles dont il lui avait, le jour du pigeonnier, fait présent et qu'elle avait depuis gardées comme des choses précieuses.

Devant lui marchait une silhouette massive et noire, prolongée par son ombre : celle de don Arquimedes. Il avait une façon particulière d'avancer, non pas en soulevant le pied de la pointe au talon puis du talon à la pointe, mais en posant bien à plat ses semelles sur la terre, qui révélait l'assurance inébranlable de son corps et de son esprit. Comme il arrivait devant la porte de sa maison, il se retourna, vit et reconnut Manuel Alcacer. Son visage farouche s'éclaira :

« Te voilà donc, jeune Madrilène ! » fit-il aimablement.

Il l'interrogea sur ses études et ses loisirs dans la capitale. Lui recommanda la visite de certaines églises, San Miguel, San Pedro, San Francisco, et la dévotion à saint Isidore, protecteur de l'Espagne. Tandis qu'il parlait, Manolo observait ses mains épaisses et spécialement la droite qui lui avait, un jour, assené la plus belle gifle de sa vie. L'oreille lui en cornait encore. Il regarda ces vastes godillots qui lui avaient martelé le derrière afin de lui inculquer les Vérités théologiques. Alors lui passa par l'esprit la fourmi immortelle qui devait, pour définir l'éternité, transporter l'église de Valdescorriel jusqu'au pigeonnier du señor Longinos, à laquelle il avait eu l'audace d'opposer un nombre composé de trente-trois fois le chiffre neuf. La Vérité mathématique lui monta soudain à la tête comme une bouffée de sang.

« Vous savez, Padre, dit-il, j'ai fait le calcul de votre éternité et de la mienne.

— Quelles éternités ?

— Celle de la fourmi immortelle, et puis celle des 999 nonillions, 999 octillions de siècles, etc.

— Et alors ?

— J'ai trouvé que pendant mon éternité à moi la fourmi avait le temps de transporter non seulement l'église, mais tout notre système solaire. Et de s'offrir encore une sieste de plusieurs millions de siècles. »

La face de don Arquimedes s'empourpra, Manuel crut un moment qu'il allait encore le calotter. Il dit seulement, usant pour la première fois à son égard d'un *vous* très injurieux :

« Señorito, vous êtes devenu à l'Ecole Normale d'Instituteurs un homme trop savant pour que je discute avec vous. Dieu ne s'est incarné qu'une fois. Le diable, lui, s'est incarné de nombreuses fois en toutes sortes de personnes, y compris en des hommes de savoir. »

Là-dessus, il tourna le bouton de la porte et rentra chez lui, le laissant estomaqué. Manuel repartit avec toute sa science, troublé malgré son athéisme encore novice, se demandant s'il pouvait être réellement une incarnation du diable.

Grand-père Orge Verte que la crainte du diable avait, toute sa vie, si fort tourmenté, profita des grandes vacances pour mourir, ce qui rendit son enterrement bien commode. Manuel put assister à la cérémonie sans qu'on eût besoin de le mander, de lui imposer le long voyage de Madrid dans la précipitation, au risque d'arriver trop tard. En Espagne, les morts n'attendent point, surtout en période estivale.

Le vieil homme passait l'hiver à dire son chapelet au coin du feu, mais la belle saison le remettait en mouvement. Il ne laissait à personne le soin de piocher, d'ensemencer son jardin, d'en cueillir les produits. C'est ainsi qu'un après-midi de juillet il ramassa ses oignons, les réunit en chapelets, les suspendit aux grilles de ses fenêtres intérieures, celles qui donnaient sur le patio de la ferme-boucherie. Il mangea sa soupe comme chaque soir, un peu de *tortilla* et monta se coucher. Le lendemain, on le trouva mort et froid dans son lit. Il n'avait pas quitté ce monde doucement, pendant son sommeil, mais semblait s'être débattu ; il gardait les yeux ouverts, pleins d'on ne savait quelle horreur. Il fallut les lui fermer.

Sa femme, la bouchère, grand-mère Orge Verte, qui dormait dans la chambre voisine, éprouva un grand choc de ce départ soudain et quasi subreptice, contraire aux belles traditions : l'agonie, le prêtre, les adieux, la famille agenouillée. Elle lui en voulut.

« Mais comment a-t-il fait, répétait-elle sans cesse, pour nous quitter si vite, alors que la veille encore il arrachait ses oignons ? »

Et à chaque voisin ou voisine venu bénir le corps, du même ton désolé :

« Dire que la veille encore il arrachait ses oignons ! »

Si bien qu'à force d'entendre cette litanie : « Le croiriez-vous ? Le jour avant, il a arraché ses oignons ! » plusieurs membres de l'entourage — les jeunes surtout — finirent par se cacher pour rire un coup, malgré leur chagrin officiel. A en croire grand-mère Orge Verte, il semblait impossible de mourir quand on avait arraché des oignons le jour précédent. Et au cimetière, après la descente du corps dans la fosse, tandis que les pleureuses ululaient aux alentours, la veuve dut élever la voix pour faire entendre au ciel son étonnement indigné :

« Mais dites-moi pourquoi je l'ai vu arracher ses oignons au jardin la veille encore ! »

Quand on revint de l'enterrement, tout le monde considéra les chapelets d'oignons suspendus aux grilles. On les mangea l'année oignons le jour précédent. Et au cimetière, après la descente du corps dans la fosse, tandis que les pleureuses ululaient aux alentours, la veuve dut élever la voix pour faire entendre au ciel son étonnement indigné :

« Mais dites-moi pourquoi je l'ai vu arracher ses oignons au jardin la veille encore ! »

Quand on revint de l'enterrement, tout le monde considéra les chapelets d'oignons suspendus aux grilles. On les mangea l'année qui suivit, frits à la poêle, en salade ou en omelette, avec un infini respect.

9

A l'Ecole Normale, chaque année scolaire se terminait par neuf examens correspondant aux neuf disciplines enseignées. Manuel passait les siens régulièrement avec succès, obtenant la mention *sobresaliente* (éminent) en mathématiques, en espagnol, en histoire ; *notable* (très honorable) en géographie, en cosmogonie, en sciences naturelles ; *aprobado* (passable) dans les autres matières. En 1929, aux épreuves d'entrée en quatrième année, la musique fit exception : il fut recalé par la faute de la clé de *fa*.

L'enseignement musical était confié au signor Telarini. Celui-ci exigeait qu'on lui donnât le titre de *Maestro*, mais les normaliens l'appelaient entre eux *Telaraña* (Toile-d'Araignée) pour se venger de ses origines lombardes. Ce terme lui allait à ravir, c'était un homme mince de substance, extrêmement frileux, toujours enveloppé de foulards même au plus chaud de l'été. Il avait la vue basse, corrigée par des verres épais comme le doigt, mais son oreille fine lui permettait de percevoir un trot de souris. Aussi fut-il informé très vite de son surnom en entendant chuchoter dans son dos : « *Telaraña... Telaraña !...* » Il porta désormais ce sobriquet comme une croix. La musique elle-même ne le consolait point. Il jouait de la flûte traversière, en tirant des dégoulinades de notes, se dandinant avec grâce pour souligner le mouvement de la phrase, se servant de portées amplifiées où les croches avaient la grosseur de cerises.

Il prit en grippe la promotion d'Alcacer à la suite d'une affaire malheureuse. Entrant un jour dans la classe où il allait recevoir ces cinquante garçons, il remarqua une superbe *telaraña* dessinée en plein tableau ; au centre de la toile, une araignée portant lunettes, cache-nez autour du cou, soufflait dans une flûte. La colère lui rougit le front. Comment découvrir l'insolent auteur de cette caricature, dissimulé parmi les cinquante ? Il fit entrer les élèves un par un, laissant le reste dans le corridor. Il conduisit chacun devant le tableau noir, désigna de l'index l'œuvre à la craie sans prononcer une syllabe, étudia les réactions de l'élève, ses gestes, ses regards, sa rougeur ou sa pâleur, son sourire, ses cillements. Il nota tout cela sur un calepin, fit l'addition des indices, interrogea les plus suspects.

« Maestro, répondit l'un, qui que ce soit, je condamne formellement l'infâme qui a osé se moquer d'un professeur. »

« Maestro, répondit l'autre, ce dessin est absurde : je n'ai jamais vu aucune araignée jouer de la flûte. »

« Maestro, répondit le troisième, je ne savais pas qu'on vous appelait Toile-d'Araignée. Vous me l'apprenez... »

Bref : le signor Telarini ne put désigner le coupable.

En troisième année, il disparut quelques mois de la circulation. Sa myopie s'était si fort accentuée qu'il dut aller se faire opérer de la cataracte à Barcelone. Avant de partir, il présenta le substitut qu'il s'était choisi lui-même : M. Despaupiers, celui-là d'origine française. L'Espagne manquait-elle donc de musiciens pour enseigner le solfège à ses futurs instituteurs ? Quelle belle cérémonie fut la passation des pouvoirs ! Chacun des deux *Maestros* encensa avec profusion son collègue :

« Jeunes gens, je pars tranquille, puisque je vous confie aux soins de Monsieur Despaupiers, un des meilleurs exécutants et des plus excellents pédagogues musicaux qui se puissent trouver actuellement sur la place de Madrid.

— Et pour moi, je suis fier de remplacer provisoirement le signor Telarini, quoique inquiet de succéder à un si grand maître.

— Vous en êtes bien digne, mon cher Despaupiers !

— Vous me flattez, mon cher Telarini !... »

Le Français était porteur d'un étui volumineux. Il en tira une pièce d'artillerie tout à fait semblable à ce que l'armée américaine devait plus tard faire connaître au monde sous le nom de « bazooka », expliquant qu'il s'agissait là d'un instrument de musique que les Italiens désignent du terme de *fagotto* parce que ses éléments démontés forment une sorte de fagot, mais que les Français et les Espagnols nomment *basson* et *bajon* à cause de la gravité de sa voix ; on souffle dedans au moyen d'un tube recourbé, le *bocal* parce qu'il entre dans la bouche. M. Despaupiers en tira des sons impressionnants qui rappelaient des barrits de pachydermes. Après quoi, il raconta les concerts auxquels ils avaient participé son bazooka et lui-même dans telle ou telle ville. Pendant les trois mois d'absence du titulaire, le remplaçant débita ses souvenirs de voyages, précisant les nourritures qu'il avait consommées, les personnes rencontrées, les félicitations reçues. Le tout entrecoupé de barrissements terribles qui leur faisaient vibrer les tripes.

Telarini revint de Barcelone avec des yeux remis à neuf. Il n'avait pas cependant oublié ses rancœurs contre la promotion 26-30 et ne ménageait aucun de ses membres. C'est ainsi qu'aux examens de 29 Manuel Alcacer se trouva aux prises avec une difficile épreuve de musique. Celle-ci consistait à solfier d'abord, puis à chanter un court morceau tenu de la main gauche tandis que la droite battait la mesure. Or les quatre portées soumises à Manolo étaient écrites en clé de *fa*. Il n'avait jamais éprouvé de sympathie pour la clé de *fa*, une empêcheuse de tourner en rond qui détruit les effets qu'on a eu tant de peine à obtenir avec la clé de *sol*. Ce qui était *sol* devient *si* ; ce qui était *si* devient *ré* ; et ainsi de suite ; le tout à l'octave inférieure. Il n'avait que faire de ce savoir qu'il n'utiliserait de sa vie, ayant bien l'intention de ne jouer jamais d'aucun instrument de musique, de n'enseigner jamais la clé de *fa* à ses futurs élèves. Tandis qu'il appréciait la clé de *sol*, enroulée comme un convolvulus le long de son tuteur, il éprouvait un dégoût physique pour sa collègue de *fa*, cette manière qui se cachait la tête dans le ventre, courbait son échine porteuse de deux petits yeux ironiquement superposés.

Quand il eut devant lui sa partition, guetté ainsi qu'une mouche par Telarini au fond de sa toile, il déchiffra les notes en clé de *fa* en commettant un si grand nombre de bévues que le *Maestro* lui dit, avec son plus féroce sourire :

« Mille regrets, jeune homme ! Mille regrets ! »

Il comprit le sens de ces excuses : il devrait étudier le solfège par ses propres moyens l'année suivante et repasser l'examen en 1930. Son diplôme, son avenir se trouvaient suspendus à la clé de *fa*.

En de telles circonstances, les élèves se faisaient donner des leçons particulières, s'adressant — non point à leur professeur habituel, ce que le règlement interdisait — mais à des collègues de ce dernier. A charge de revanche. Manolo eut recours tout naturellement à M. Despaupiers, le bassoniste, qui vint lui enseigner la clé de *fa* au domicile de sa tante. Il gagnait pour ce faire cinq pesetas de l'heure. Il gagnait aussi à être connu sans son instrument. Il soumit son tapir à un entraînement intensif qui fit de lui un virtuose des trois clés. La señora Dionisia Herrero, flattée de recevoir chez elle un *Maestro* français, lui offrait de son moscatel et lui disait quelques mots dans la langue de Pascal. A la fin de l'année, par une merveilleuse coïncidence, Manuel eut à interpréter un morceau qu'il avait déjà chanté quinze fois sous la baguette de M. Despaupiers et dont il connaissait par cœur chaque note. Il fut reçu avec la plus haute des mentions : *sobresaliente*.

Depuis 1923, Primo de Rivera conduisait par la main le roi Alphonse XIII — ce « grand enfant » comme l'appelait Blasco Ibañez dans les pamphlets qu'il faisait jeter d'avion sur le territoire espagnol —, lui disant, Sire prenez garde à votre pied droit, Sire prenez garde à votre pied gauche, Sire baissez la tête, Sire parlez, Sire taisez-vous. Les députés ne fréquentaient plus les Cortes où erraient seuls les huissiers, tuant le temps aux jeux de cartes. Le *dictador* était une figure bien connue des Madrilènes qui se rapportaient ses frasques et ses coups d'éclat. Un soir, il entre dans un théâtre et se met à fumer malgré les pancartes qui l'interdisent. Toute la salle le regarde dans sa loge. Des ouvreuses lui rappellent discrètement l'interdiction. Alors il se lève, se penche et proclame, le cigare à la main :

« Amis, le général Miguel Primo de Rivera y Orbaneja, marquis de Estella, chef du gouvernement, décrète que ce soir tout le monde peut fumer ! »

On le voyait parfois dans les rues, marchant seul, drapé dans sa cape de soirée, allant de taverne en taverne, fréquentant le quartier des gitans. De retour à sa résidence, il convoquait les journalistes au milieu de la nuit et lançait quelque communiqué pompeux dont ils se disaient à voix basse :

« C'est le cognac qui parle ! »

Il l'annulait en général le matin suivant.

C'est ainsi qu'il annonça un soir son prochain remariage. Veuf, il comptait épouser en secondes noces une personne qui aurait pu être sa fille et qui ne manquerait pas de lui « rajeunir le sang ». *Tous les Espagnols*, dicta-t-il, *se réjouiront de cet heureux événement et voudront exprimer leur sympathie aux futurs époux.* C'était un appel à la générosité publique. Comme les dons n'affluaient guère au palais du Gouvernement, il fut décrété que serait prélevée sur les traitements de tous les employés de l'Etat une contribution « volontaire » égale à une journée de travail. Le produit s'en éleva à deux millions de pesetas. Ainsi dotées par la nation, les noces de don Miguel auraient dû être fastueuses. Il n'en fut rien, car le mariage tomba à l'eau pour des raisons non publiées. Les contributions toutefois ne furent pas retournées aux envoyeurs.

La presse exposait avec la plus grande prolixité les entreprises du *dictador*, de sa famille, de ses amis, de ses collaborateurs ; mais tout à coup elles disparaissaient de ses colonnes. Ce silence subit signifiait sans aucun doute que les affaires s'étaient soldées par des échecs ; encore en était-on réduit aux conjectures. Ainsi débuta et tourna court l'aventure de l'*Artabro*, née dans un de ces cafés d'Alcala où se réunissaient de jeunes partisans du général-marquis qui n'avaient rien d'autre à faire qu'à tuer le temps avec le secours de la manzanilla.

« Que pourrions-nous bien entreprendre, se demandèrent-ils, pour nous faire connaître du monde ? »

C'était l'époque où d'audacieux aviateurs survolaient les océans, l'Afrique, la Mandchourie. En février 1926, le commandant Ramon Franco, le capitaine de Alda, le lieutenant de vaisseau Duran et le mécanicien Rada avaient, sur l'hydravion *Plus Ultra*, joint Séville à Buenos Aires en plusieurs étapes, traversant pour la première fois l'Atlantique Sud. Les journaux avaient baptisé Ramon Franco le « nouveau conquistador ».

L'un desdits *señoritos* proposa :

« Pourquoi n'irions-nous pas explorer le Brésil ? C'est une terre encore quasi vierge. Nous pourrions découvrir par exemple les sources de l'Amazone. Ainsi notre nom serait rattaché à ces sources comme celui de Livingstone à celles du Zambèze. Nous prendrions rang parmi les bienfaiteurs de l'humanité. »

L'idée souleva l'enthousiasme. On renouvela les consommations. Puis on alla chercher au fond de la salle deux journalistes en train de jouer aux dominos, on leur fit part du mirifique projet. Les détails d'organisation jaillissaient de tous les côtés :

« Nous partirons dans un bateau à fond plat. Il sera remorqué à travers l'Atlantique par la marine nationale espagnole jusqu'à Rio de Janeiro.

— Rio de Janeiro ne se trouve pas à l'entrée de l'Amazone, objecta l'un des journalistes.

— Heu... il n'est pas nécessaire d'aller au plus court. Rio de Janeiro est tout de même la capitale du Brésil, non ? Nous y obtiendrons une subvention du gouvernement brésilien. De là, nous gagnerons l'embouchure du fleuve.

— Et comment appellerez-vous votre barque ? »

Les *señoritos* se consultèrent, puis leur porte-parole annonça :

« L'*Artabro*.

— Le quoi ?

— L'*Artabro*. Les Artabres furent un peuple ancien qui occupa la Galice et lutta contre les Romains.

— Je croyais qu'ils s'appelaient Cantabres.

— Ne confondez pas Artabres et Cantabres, ignorant que vous êtes !

— Va pour *Artabro*. »

Dans les jours qui suivirent, toute la presse parla de l'exploration amazonienne, une souscription fut ouverte pour réunir des fonds. Primo de Rivera envoya une lettre de félicitations aux initiateurs de l'entreprise. Or, du jour au lendemain, celle-ci disparut des périodiques, la barque à fond plat fit naufrage dans un océan de silence. Interrogés par leurs amis, quelques journalistes révélèrent seulement qu'ils avaient reçu consigne de ne plus mentionner même le nom de l'*Artabro* et de ses artabronautes.

Des années plus tard, en mai 1939, la guerre civile terminée et la guerre européenne pas encore en train, Manuel Alcacer se trouvait en France au camp de concentration d'Argelès. Il y rencontra Francisco Sanchez Boada, ancien collaborateur de la *Revista de Occidente*, un homme usé qui terminait sa vie sous une couverture en écrivant des vers et crachant le sang. Au cours de leurs entretiens, Manuel évoqua l'*Artabro* et reçut de son compagnon la clé de l'énigme :

« L'aventure s'est achevée sur une intervention de l'ambassadeur du Brésil à Madrid. Il avait comme tout le monde appris par la presse le projet des *señoritos*. Il demande donc un jour audience au ministre des Affaires étrangères et l'informe des points suivants. Primo, avant d'explorer telle ou telle partie du territoire brésilien, les candidats doivent en solliciter l'autorisation au gouvernement de Rio de Janeiro, ce qui n'a pas été fait. Secundo, l'Amazone a été explorée dès le XVIe siècle et aux siècles suivants par de nombreux voyageurs, notamment les Allemands Spix et Martius, Avé-Lallement, l'Anglais Chandless, le Suisse Agassiz et beaucoup d'autres appartenant à diverses nations. Tertio, si ces jeunes gens désirent prospecter l'Amazone, il n'est pas nécessaire qu'ils frètent un bateau particulier puisqu'ils pourront emprunter le service quotidien de navigation fluviale qui, de Mazagão, remonte le fleuve sur 4 300 kilomètres. Les 1 200 kilomètres restants sont interrompus par des rapides entre lesquels fonctionnent d'autres services fluviaux qui les conduiront jusqu'aux frontières du Brésil. Au-delà, c'est le Pérou. Avec la permission du gouvernement péruvien, ils pourront suivre les deux branches qui réunissent leurs eaux pour former l'Amazone, en utilisant des lignes régulières d'autocars et, pour finir, le chemin de fer. — Ayant reçu ces informations, le ministre des Affaires étrangères enjoignit aux journalistes de ne plus parler désormais de l'entreprise, qui finit ainsi en queue de poisson. »

Entre les murs austères de l'Ecole Normale, on était peu au courant des difficultés politiques, économiques ou militaires qui secouaient le régime du *dictador*. Manolo avait trop à faire avec la pédagogie théorique et pratique, la philosophie, la sociologie et la clé de *fa* pour se soucier des problèmes du monde. Lorsqu'il sortait dans la rue, la population madrilène, les titres des journaux le renseignaient superficiellement. A la vérité, ils commentaient surtout des faits divers, mariages, suicides, inondations et surtout vols à main armée, de plus en plus nombreux sous un régime corrompu, bouffon et sans autorité réelle. Une bande en vint même à détourner l'express d'Andalousie tout entier, qui disparut de la circulation entre deux gares ; quand on le retrouva, trois heures après, il était plein d'hommes et de femmes plus ou moins nus, dépouillés de leurs vêtements, de leurs bijoux et de leurs montres.

Enfin le roi parut se décider à sortir de l'enfance et à renvoyer son encombrant tuteur. En février 1930, Primo de Rivera quitta l'Espagne. Un mois plus tard, la police parisienne le découvrit mort rue du Bac, dans une chambre de l'hôtel Pont-Royal. Naturellement, la cause de sa mort ne fut point publiée. Alphonse XIII l'avait remplacé par le général Berenguer, commandant les hallebardiers de sa Garde.

Disparu le *dictador*, la *dictadura* continua sous une forme adoucie, en sorte qu'on ne parlait plus que de *dictamolle*. Poussé par le général-hallebardier, don Alphonse révisa les décrets qu'il avait signés précédemment à l'instigation du général-marquis. Une amnistie fut proclamée, des émigrés politiques rentrèrent, des prisonniers furent élargis, les conférences et les meetings autorisés. Comme il arrive toujours aux régimes tyranniques lorsqu'ils se relâchent, ces amollissements ne valurent au monarque aucune sympathie, ni de ses partisans ni de ses adversaires. Les premiers souhaitaient l'abdication d'un prince aussi inconsistant, son remplacement par l'un des successeurs prévus, même s'il s'agissait de l'infant hémophile à qui une piqûre d'épingle pouvait être fatale. Les seconds réclamaient à cor et à cri la République. La Catalogne et le Pays basque reprirent leur agitation. Les syndicats fomentèrent des grèves. L'écrivain José Ortega y Gasset, directeur de la *Revista de Occidente* et auteur d'un ouvrage déjà scandaleux, *Espagne invertébrée*, publia un article violent avec ce mot d'ordre : *Delenda est monarquia*.

Calle ancha San Bernardo, la promotion 26-30 acheva ses études au milieu de cette fermentation. A partir de juin, les normaliens commencèrent de porter la casquette à tour de rôle en débutant par le dernier de la liste alphabétique, Zaranda, en finissant par le premier, Aguir. Il s'agissait d'une casquette de jockey à coiffe ronde sur laquelle ils épinglaient chaque matin et à reculons de 50 à 1 des chiffres dorés précisant le nombre de jours qui les séparaient de leur libération. Sa pointure avait été choisie selon la plus grosse tête ; les têtes plus étroites devaient s'en accommoder en ajoutant des rembourrages.

Les examens terminaux se déroulèrent dans la fièvre et la chaleur. Les professeurs transpirants allaient se désaltérer parfois dans la salle qui leur était réservée à des alcarazas remplis de citronnade. Les élèves, comme les moineaux, buvaient à la fontaine de la cour.

Les esprits étaient aussi échauffés que les gosiers. Chacun sentait l'approche d'événements historiques. Le Premier Mai avait provoqué des échauffourées entre le peuple et la garde civile, aux cris de « Vive la République ! » Un matin, ce même appel parut dans une salle, tracé à la craie blanche sur un tableau noir comme naguère la toile d'araignée de Telarini, encadré de six points d'exclamation. L'examinateur se hâta de l'effacer.

Avant d'obtenir son diplôme d'instituteur, chaque élève maître devait encore accomplir plusieurs stages pédagogiques. Nommé à Madrid, Manuel dut s'intéresser de gré ou de force au mouvement de l'Histoire.

Les écoles madrilènes présentaient sur celles de Valdescorriel de grands avantages : elles étaient pourvues de cours ombragées, de cabinets à la turque, parfois d'un puits couvert dont on tirait de l'eau en tournant un volant qui faisait circuler une chaîne à godets. Les instituteurs portaient des chapeaux de feutre fendus d'une raie comme une paire de fesses, des faux cols amidonnés, des souliers de toile blanche en été, de cuir verni en hiver. Les enfants venaient en espadrilles ou en brodequins à semelle de bois, le crâne tondu sous leur béret ; ils répétaient des mots dont ils comprenaient mal le sens, pour les avoir entendus dans leur famille, *révolution, comité, soviets, communistes, socialistes.* Mais beaucoup portaient sous leur chemise un scapulaire à l'image de la Vierge. Les vieux maîtres étaient généralement très pieux et leur faisaient réciter le rosaire. Mais à cause du manque d'écoles, beaucoup de petits Espagnols restaient analphabètes : quatre-vingt mille, disait-on, traînaient les ruisseaux de Madrid.

Manuel achetait dans les kiosques *El Mundo Obrero.* Par cette feuille, il savait les positions des partis de gauche et les consignes du Comité Révolutionnaire, fondé à Saint-Sébastien pour coordonner les divers mouvements d'opposition au roi et à la *dictamolle*. Ses membres se considéraient de façon anticipée comme un gouvernement provisoire de la future République. Des complots contre la monarchie se tramaient de toutes parts. A Jaca, petite ville d'Aragon au pied des Pyrénées, le capitaine Galan et le lieutenant Hernandez tentèrent de soulever la garnison, appelant les soldats mes fils, mes frères, ce qui n'est pas le langage habituel des casernes. La République y fut proclamée à son de trompettes, un groupe de troufions marcha derrière ses chefs révoltés en direction de Saragosse. Arrêtés par les forces royales, les deux officiers subirent un jugement plus que sommaire qui les condamna à mort. Don Alphonse lui-même intervint pour que la sentence fût exécutée sur-le-champ. Avant d'être fusillé, Hernandez se confessa et communia.

Le lendemain, la République fut encore proclamée à l'aérodrome madrilène de Cuatro Vientos par un groupe d'aviateurs. Parmi eux, le commandant Ramon Franco qui avait traversé l'Atlantique Sud et dont le frère Francisco devait mettre plus tard l'Espagne à feu et à sang. Il jeta des tracts sur le palais royal et l'on eut beaucoup de mal à l'empêcher de lâcher des bombes. La Légion étrangère et la garde civile remirent de l'ordre dans les villes mutinées.

Cependant, Berenguer, inventeur de la *dictamolle*, se sentant mal à l'aise dans son fauteuil, donna sa démission. Le roi eut les plus grandes peines du monde à lui trouver un remplaçant, nul ne voulant accepter la place de liquidateur de la monarchie. Quelqu'un fut un jour poussé en avant par les autres, don Alphonse crut un moment qu'il s'agissait d'un *botones*, d'un groom d'hôtel à cause de sa raideur, de ses chamarrures, de ses boutons brillants.

« Non, Sire, je suis amiral, précisa l'homme.

— Ah ! bien ! Dans ce cas, je vous nomme président du conseil. »

Ainsi fut fait. Aux carrefours de Madrid, de jeunes ouvrières dansaient et chantaient le soir en frappant dans leurs mains :

La semaine prochaine, olé !
Nous n'aurons plus à travailler,
Nous resterons sur l'oreiller,
Car nous serons en République !

Et la foule reprenait en chœur la mirobolante promesse :

Nous n'aurons plus à travailler,
Nous resterons sur l'oreiller !

Comment ne pas être républicain, puisque la République allait supprimer le travail, sans parler de l'injustice ? Mais y a t-il plus noire injustice que le travail lorsqu'il est mal réparti, quand il frappe durement les uns, paysans, ouvriers, pêcheurs, artisans, domestiques, sans atteindre jamais les autres, aristocrates, prêtres, moines, propriétaires, militaires, actionnaires ?

Secrètement, des femmes cousaient, pour remplacer le sang et l'or de la monarchie, les drapeaux tricolores de la République : rouge, jaune, violet. Le changement se prédisait même au Palais Royal où les duchesses se chuchotaient à l'oreille :

« Au printemps, ma chère, les teintes à la mode seront le coquelicot, le citron, le lilas. »

En attendant, pour calmer les impatiences, le groom-amiral décida le rétablissement des garanties constitutionnelles suspendus depuis huit ans et annonça des élections municipales. Sous le régime du général-marquis, les conseils municipaux avaient été prorogés indéfiniment lorsqu'ils étaient de bonne nuance, c'est-à-dire favorables au roi et à l'Eglise ; mais s'ils étaient formés de libéraux, on les avait remplacés par un choix de « contribuables influents ». Don Alphonse hésita longtemps à donner son accord au renouvellement ; on chantait, on criait si fort toutefois sous ses fenêtres qu'il finit par s'y résigner. La consultation aurait lieu le dimanche 12 avril.

Le jour qui précéda fut calme dans la capitale. Mais à la tombée de la nuit, des camions découverts parcourent la ville tandis que leurs occupants scandent à pleins gosiers cet hendécasyllabe :

Vota republicano socialista !

Bientôt Madrid est blanc de monde dans la nuit d'une printanière douceur. Manuel se trouve Puerta del Sol, pris dans une mer humaine qui mugit :

« République ! République ! République ! »

Le lendemain, les électeurs font la queue devant les bureaux de vote. Tout se déroule dans le calme. On additionne les suffrages pendant la nuit et les premiers résultats sont connus au petit jour : les communes rurales restent le plus souvent aux mains de leurs chers caciques, mais dans toutes les grandes villes les monarchistes ont été sévèrement battus. Aussitôt, les drapeaux tricolores, les drapeaux rouges fleurissent de partout, quelques-uns même entre les mains de militaires en uniforme. Faute d'hymne républicain à elle, la foule hurle *la Marseillaise*, et *l'Internationale*. Les civils et les policiers, les loups et les agneaux s'embrassent en public. On consomme gratis dans les tavernes.

Pendant ce temps, Alphonse XIII délibère dans son palais. Dehors, la foule crie :

« Qu'il s'en aille ! Qu'il s'en aille ! »

On a posé de petites affiches sur les grilles : *Espagnol, ce Palais est à toi. Respecte-le.*

Le 14, des manifestants escaladent les façades des grands ministères, y plantent le drapeau républicain, envahissent les bureaux, les antichambres, les salles d'archives, fument dans les fauteuils les cigares des ministres, mangent des sandwiches, campent dans les escaliers. On abat la statue d'Isabelle II et on la traîne par les rues au bout d'une corde comme un toro mort. On débaptise les places, on les rebaptise aux noms des martyrs républicains, *Fermin Galan et José Garcia Hernandez.*

Le soir du même jour, don Alphonse quitte Madrid, précédé de la garde civile et va s'embarquer à Carthagène. A bord du bateau, il rédige une proclamation adressée au pays : *Les élections de dimanche ont montré que je ne jouis plus de l'amour de mon peuple. Ma conscience me dit que cette séparation ne sera pas définitive. Je pourrais aisément trouver les moyens de maintenir mes pouvoirs royaux contre tout le monde ; mais je suis résolu à n'avoir aucune part dans l'affrontement de mes compatriotes en une guerre civile fratricide. Donc, jusqu'à ce que la nation ait parlé, je suspends volontairement l'usage de mes prérogatives royales.*

Pendant ce temps, le Comité Révolutionnaire se proclame officiellement Gouvernement Provisoire de la République. Alcala Zamora, son président, un vieux routier de la politique, déclare devant le microphone :

« Le monde entier admire l'Espagne qui a su faire ce que ni l'Angleterre, ni les Etats-Unis, ni la France, ni la Russie n'ont su en leur temps mener à bien : une révolution sans violence. »

Là-dessus, il entonne un chant que les Espagnols connaissent mal, l'hymne de Riego. Pas tellement révolutionnaire, mais composé par quelqu'un qui fut pendu pour s'être révolté contre le roi :

Soldados, la patria nos llama a la lid.
Jureremos por ella vencer o morir.

Soldats, la patrie nous appelle au combat.
Jurons pour elle de vaincre ou de mourir.

Comprenant qu'il s'agit du nouvel hymne national, les Madrilènes suivent comme ils peuvent, ne serait-ce qu'en faisant tra-la-la-la.

La République pénétra dans les écoles. Une des premières mesures du nouveau ministre de l'Instruction publique, Marcelino Domingo, ancien instituteur lui-même, fut de proclamer la laïcité de l'enseignement d'Etat. Plus d'histoire sainte, plus de catéchisme, plus de crucifix dans les classes. Du jour au lendemain, Moïse fut abandonné au milieu de la mer Rouge, le christ d'acajou relégué dans un placard parmi les choses anciennes qui ne servaient plus, cornues fêlées, ressorts cassés, cartes mangées aux mites. Le temps récupéré fut distribué aux autres disciplines. Les vieux maîtres catholiques courbèrent le dos, dirent : « Bah !... », firent parfois la sourde oreille. Les instituteurs républicains éprouvèrent un vif soulagement à ne plus devoir inculquer des notions auxquelles ils ne croyaient pas. Tel fut le cas de don Antonio Ribes, conseiller pédagogique à l'école madrilène de Vallecas où Manuel se trouvait en stage le 14 avril. Sous les yeux de ses élèves et de son stagiaire, il incendia dans la cour de récréation le crucifix, les images saintes qui ornaient précédemment ses murs, son propre livre d'enseignement religieux, expliquant d'un mot cet autodafé :

« *Purifico !* »

Je purifie. Son aversion pour tout ce qui touchait aux dogmes fut telle désormais qu'il en vint à proscrire dans sa classe l'usage du verbe *croire*. Lorsqu'un enfant osait l'employer :

« Dans quelle région d'Espagne coule le Rio Segre ?

— En Catalogne... je crois.

— Ici, on ne croit pas ! bondissait-il. On ne croit plus ! On sait ou l'on ne sait pas ! Si tu as envie de croire, adresse-toi à ton curé ! »

A Valdescorriel, pour la première fois depuis des siècles, les élections voient s'affronter deux listes de candidatures. L'une menée par don Evaristo, l'ancien maire, riche propriétaire, se disant sans étiquette, mais grand ami du comte, du curé, de la garde civile. L'autre liste s'appelle *républicaine* et a choisi comme porte-drapeau ni plus ni moins que Cristobal Alcacer. Le père de Manuel a d'abord refusé cet honneur ; mais ses amis l'ont persuadé qu'il sera le meilleur défenseur des pauvres. On l'a vu plusieurs fois affronter l'ancien maire et son secrétaire Papelito, pour soutenir de justes causes. Il a fini par accepter, puisque ainsi le veut son devoir. Il y a eu des réunions dans la salle de classe, des débats passionnés sur le manque d'eau, le manque d'électricité, le manque de téléphone, le mauvais état des chemins. Don Evaristo a été interpellé sur cette habitude qu'il a de recourir à des ouvriers agricoles venus d'autres communes, payés à bas prix, au lieu d'employer les chômeurs de la sienne, il s'est défendu en disant qu'il voit les choses de plus haut, que pour lui un Espagnol est un Espagnol, un chômeur vaut un autre chômeur.

Le 12 avril, presque tous les électeurs inscrits viennent mettre leur bulletin dans l'urne. En revanche, don Evaristo s'abstient, afin qu'il ne soit pas dit qu'il a voté pour lui-même. Le 13 à l'aube, Valdescorriel se réveille républicain. On fleurit la maison de Cristobal. Ce n'est pas la première fois qu'un maire entre dans sa famille puisque, du côté maternel, le père d'Alba, don Joaquin Gallardo y Subinas fut élu maire de Carballedo au temps de la Première République. Le conseil municipal se réunit aussitôt et décrète qu'il est interdit à tout patron d'employer des ouvriers étrangers à la commune tant qu'il restera un seul chômeur à Valdescorriel.

La révolution pacifique ne fut que poisson d'avril : dès le mois de mai, plusieurs centaines d'églises, de monastères, de couvents brûlèrent dans toute l'Espagne. Sans compter les maisons particulières, les journaux, les banques, les négoces. A Madrid, les jésuites qui avaient vendu si cher quelques arpents de jardin pour prolonger la Gran Via virent leur église de la Calle de la Flor incendiée ; une main traça ces mots sur les ruines : *Justice du Peuple pour les Voleurs*. Comment en arriva-t-on là ?

Il y eut d'abord cette lettre pastorale du cardinal Segura, archevêque de Tolède, primat d'Espagne, lue dans un très grand nombre d'églises, y compris à Valdescorriel par don Arquimedes. Elle commençait sur un éloge d'Alphonse XIII et se terminait sur une menace :

« Si nous restons calmes et oisifs, si nous nous laissons entraîner à la timidité et à l'apathie, si nous permettons que la voie soit ouverte à ceux qui essayent de détruire la religion, ou si nous comptons sur la bienveillance de nos ennemis pour assurer le triomphe de nos idéaux, nous n'aurons pas le droit de nous plaindre ensuite quand l'amère réalité nous montrera que nous avions la victoire en main, mais que nous n'avons pas su combattre comme d'intrépides soldats prêts à succomber glorieusement. »

Le texte en fut reproduit dans la presse. Ainsi, l'Eglise refusait le verdict des élections. L'Eglise forte de 31 000 prêtres, de 60 000 religieuses, de 20 000 moines. L'Eglise riche de 5 000 couvents et de leurs domaines, de capitaux inestimables, de très nombreuses écoles primaires et secondaires, appuyée sur l'ignorance et le fanatisme de beaucoup de ses prêtres.

Quelques jours plus tard, des monarchistes se réunissent dans une maison de la Calle de Alcala pour comploter contre le nouveau régime. Ils font jouer la marche royale sur un phonographe, crient Vive la Monarchie, assomment un chauffeur de taxi qui a répliqué par Vive la République. Une foule furieuse se rassemble et brûle leurs voitures. La garde civile les disperse. Le lendemain, commencent les incendies d'églises et de couvents. De Paris où il s'est réfugié, Alphonse XIII a pourtant exhorté ses partisans à servir la République. Mais en Espagne, les monarchistes ont toujours été plus royalistes que le roi. Quant aux brûleurs d'églises, on sut par la suite qu'il s'agissait essentiellement d'anarchistes affiliés à la *Confederacion Nacional del Trabajo* ou à la *Federacion Anarquista Iberica.*

Le mois suivant, après une campagne électorale passionnée, la nation envoya aux Cortes constituantes une large majorité républicaine. Les grandes réformes allaient pouvoir se mettre en train : celles de l'Etat, de l'école, de l'armée, de la justice, de l'agriculture, des régions autonomes, des cimetières. Tout était à reprendre par le pied.

10

A Madrid, Alcacer ne perdait pas son temps : au cours de ces années, par une lente métamorphose, il passait de l'état de larve ignorante à celui de papillon instruit jusqu'au bout des ailes ; il vit naître la Seconde République espagnole ; il acquit les rudiments du métier de relieur. La boutique de Francisco Mendez se trouvait dans le quartier du Rastro, Manolo aimait s'arrêter devant pour observer le travail de l'artisan penché sur ses presses, son cousoir, ses colles, occupé à dorer au petit fer le dos et les couvertures de ses volumes. Francisco finit par remarquer sa figure ronde derrière la vitre, et l'invita :

« Entre donc, mon fils. Il ne t'en coûtera pas un centime. »

C'était un petit homme échevelé, voûté par le labeur, qui ne vous regardait jamais autrement que par-dessus ses lunettes. Ils firent connaissance et se trouvèrent apparentés par un amour commun : celui du livre, contenant et contenu. Manuel admira quelques-unes des belles reliures opérées par Mendez sur des tomes anciens, tels que ceux de José Maria Quadrado, *Recuerdos y bellezas de España* ; le *Don Quichotte* et la *Bible* illustrés par Gustave Doré. Il y trouva même la *Filosofia fundamental* du fameux Jaime Balmes qui lui avait donné tant de fil à retordre sous la coupe de don Felipe. L'atelier était également une clinique pour des ouvrages mal en point auxquels le relieur rendait jeunesse et santé. Tout de suite l'instituteur aima cette réserve de silence et de pensée qu'enrichissaient l'odeur des teintures et le velouté des cuirs. Il sut que Mendez employait la basane, le maroquin, le chagrin, le cuir de Russie, mais que n'importe quelle peau pouvait servir, y compris la peau humaine qui n'est pas la moins appropriée. On doit la prélever sur des morts récents ; toutes les parties du corps sont utilisables, principalement l'échine et l'intérieur des cuisses ; le poète auvergnat Jacques Delille, tandis que son corps se trouvait exposé au Collège de France, fut pelé comme une banane par ses admirateurs qui se servirent des lambeaux pour relier une édition de ses *Jardins*.

« On obtiendrait, dit Francisco Mendez, des volumes d'une grande rareté si chaque écrivain acceptait de léguer la peau de ses fesses pour relier tel ou tel de ses ouvrages. »

Quand ils se connurent mieux, le relieur lui ouvrit un placard secret où il gardait des ouvrages longtemps interdits : Proudhon, Blanqui, Karl Marx, Bakounine, Kropotkine, en français, en anglais, en allemand. Il les déchiffrait assez mal dans le texte, mais nourrissait à leur endroit la même vénération qu'un curé ignorant pour un évangile latin. Mendez était anarchiste. Il attendait l'Age d'Or, où les hommes vivraient sans alcool, sans tabac, sans violences, sans adultère. Dans chaque commune, le pouvoir appartiendrait, non plus aux bourgeois, mais au peuple. La langue espagnole annonçait d'ailleurs l'événement, puisque le mot *pueblo* signifie en même temps « peuple » et « village ». Toutefois, son anarchisme était de l'espèce douce, il condamnait ceux qui répandaient leur doctrine un traité dans une main, un pistolet dans l'autre. Ou si l'on veut, il aimait l'anarchie comme on peut aimer la musique, sans pratiquer soi-même aucun instrument.

« De toute façon, dans le système dont je rêve, il faudra détruire un million de choses qui ne vont pas dans celui-ci, mais respecter les livres. Si l'on me nomme Grand Bibliothécaire, j'admettrai sur nos rayons même la Bible et les *Exercices spirituels* de Loyola *à condition qu'ils soient bien reliés !* »

Et il éclatait d'un rire qui découvrait toutes ses dents, qu'il avait solides, un peu jaunes, mais irrégulières, disposées dans sa bouche de la façon la plus anarchique qui fût.

Tout en écoutant ces prêches libertaires, Manuel mit la main à la pâte. Francisco lui montra l'usage de chaque outil. La reliure exige un long apprentissage et un matériel compliqué. Néanmoins, on peut obtenir de bons résultats avec une presse rudimentaire formée de deux ais de chêne serrés par quatre écrous à oreilles ; on se sert du dossier d'une chaise en guise de cousoir ; le tout complété par un marteau à panne ronde, une règle, une feuille de zinc, un compas, une équerre. Nommé à la campagne, il pourrait emporter ces objets dans ses bagages.

Les députés des Cortes votèrent une constitution tapageuse qui dressa contre la République les possédés et les dépossédés : la femme serait l'égale de l'homme devant la loi et les élections ; aucun titre de noblesse ne serait plus reconnu ; les ordres religieux étaient menacés de dissolution ; les processions devraient faire l'objet d'une autorisation officielle ; l'enseignement confessionnel disparaîtrait progressivement : Marcelino Domingo établit un plan quinquennal pour la construction de 27 000 écoles ; les cimetières seraient propriété des communes et non plus des églises ; les officiers prêteraient serment de fidélité à la République et défense leur était faite de participer en tenue aux cérémonies religieuses ; les Basques et les Catalans jouiraient d'un statut d'autonomie ; une réforme agraire était annoncée : les domaines insuffisamment mis en culture seraient rachetés par l'Etat et répartis entre les ouvriers agricoles, avec l'aide de crédits gouvernementaux. Les paysans chantaient :

Cuando querrá Dios del Cielo
Que la justicia se vuelva ?
Y los pobres coman pan,
Y los ricos coman hierba ?

Quand le Dieu du Ciel voudra-t-il
Que la justice enfin revienne ?
Que les pauvres mangent du pain,
Et les riches mangent de l'herbe ?

Cependant, les monarchistes gardaient leurs forteresses intactes : l'Episcopat, l'Armée, la Garde Civile. Le cardinal Segura complotait de l'étranger. Devant l'Académie Générale Militaire dissoute, son chef, Francisco Franco, frère de l'aviateur, après avoir juré sur l'honneur de servir fidèlement la République, harangua ses élèves :

« La discipline prend son véritable sens quand le cœur nous conseille secrètement le contraire de ce qui nous est demandé. Tel est l'exemple que nous vous offrons, Cavaliers et Cadets ! »

Quant à la garde civile, contre les mécontents, les affamés, les impatients, elle se rangeait toujours du côté des propriétaires, des satisfaits, de l'autorité. On le vit bien en Estrémadure, le dernier jour de l'année 31. Castilblanco était un village de quelques centaines d'âmes, tout pareil à Valdescorriel, ni plus misérable ni plus agité. La C.N.T. toutefois y vint mener propagande parmi les journaliers, et elle demanda l'autorisation d'organiser une réunion au jour de la Saint-Sylvestre : cela lui fut refusé. Les syndicalistes décidèrent de passer outre. Les gardes civils sortirent de leur caserne pour l'empêcher. Alors, soulevée par les anciennes rancunes, la population tout entière leur tomba dessus. Si deux militaires purent échapper au massacre, quatre autres furent égorgés, éventrés, essorillés, émasculés : chaque habitant voulut y aller de son coup de couteau, de son coup de pioche, de son coup de pied, de son crachat. Des femmes dansèrent une ronde démoniaque autour des cadavres, certaines emportèrent un nez ou un doigt à la manière de trophées tauromachiques. De sorte que, tout le village étant coupable de quelque façon, l'on ne put arrêter aucun responsable de ce hachis. Mais en d'autres lieux, la garde civile prit bien sa revanche.

La République devait se garder à droite comme à gauche de ses ennemis. La C.N.T. anarchisante harcelait le gouvernement socialo-bourgeois, occupait de temps en temps un village, hissait le drapeau rouge sur la mairie, brûlait par habitude une église. Ou bien une grève violente éclatait parmi les mineurs, les ouvriers, les journaliers agricoles. Près de Cadix, les anarchistes envahissent le village de Casas Viejas. La *Guardia de Asalto* les en débusque et entreprend de fouiller chaque maison. Un vieil anar, surnommé Seisdedos (Six-Doigts), aidé de sa fille Libertaria qui recharge les fusils, les accueille avec du plomb, en couchant plusieurs sur le terrain. Fous de rage, les *asaltos* liquident leurs prisonniers. Un avion vient lâcher des bombes sur le fort-Chabrol, écrabouillant Seisdedos. Les autres insurgés se rendent ou sont abattus. Libertaria — mais elle sera rebaptisée *Pasionaria* bien avant Dolores Ibarruri — réussit à s'enfuir : elle mourra sur les marches de la cathédrale d'Oviedo, derrière sa mitrailleuse, pendant la révolution d'octobre.

En même temps, l'opposition de droite organisait le sabotage des nouvelles institutions. Les évêques ordonnaient aux catholiques de ne pas envoyer leurs enfants dans les écoles sans Dieu. Les propriétaires terriens laissaient pourrir sur place les céréales et les olives. *La récolte des explosifs*, écrivit l'organe de la C.N.T., *est plus importante que celle du blé*. Plusieurs associations se fondèrent qui se réclamaient ouvertement du fascisme italien et du nazisme allemand. La plus vociférante se réunit autour de José Antonio Primo de Rivera, fils de Miguel, elle prit le nom de *Phalange Espagnole*, s'habilla de chemises bleues, se coiffa de bérets rouges, choisit pour emblème cinq flèches réunies par un joug, s'appuya sur un programme en seize points : il comportait notamment la fin du séparatisme régional et de la lutte des classes, la récupération de Gibraltar, l'annexion de Tanger, du Maroc français et de l'Algérie. Fascistes, carlistes, monarchistes complotaient ouvertement. Leur première rébellion éclata pendant l'été 1932, fomentée par le général Sanjurjo, ex-commandant de la garde civile. Il prépara son affaire avec si peu de précautions que tout Madrid était au courant, les cafés ne parlaient pas d'autre chose. L'un des conspirateurs, de Lequerica — futur ministre des Affaires étrangères du régime franquiste — tenait ses meilleures informations de son concierge. Celui-ci lui révéla le soir du 10 août :

« Don José Felix, c'est pour cette nuit ! »

De son côté, le gouvernement apprit la nouvelle par une prostituée républicaine qui avait reçu les confidences d'un client comploteur. La nuit suivante, en effet, vit des rassemblements de civils et de militaires se former place de la Cibeles. A huit heures du matin, ils cherchèrent à occuper le ministère de la Guerre et le palais des Communications. Il s'ensuivit une vive échauffourée, à laquelle Manuel Azaña, président du Conseil, assista de son balcon, la cigarette aux lèvres. Cent cinquante mutins furent arrêtés. La prostituée reçut une place de concierge dans une école de jeunes filles. Sanjurjo, condamné à la prison perpétuelle, fut délivré deux ans plus tard par une amnistie inconsidérée.

En juillet 1933, les stages accomplis à la satisfaction de ses conseillers et inspecteurs, Manolo, âgé de vingt et un ans, reçut du ministre de l'Instruction publique et des Beaux-Arts un superbe diplôme sur papier chiffon de *Maestro de Primera Enseñanza*, calligraphié au nom de

don Manuel Alcacer

Ainsi, sans attendre de vieillir, il entrait lui aussi dans la catégorie des *dons* [1].

Il lui restait à faire une année de service militaire avant d'être au bout de sa métamorphose. En octobre de la même année, alors que les électeurs se préparaient à renouveler le mandat de leurs députés aux Cortes, que José Antonio Primo de Rivera proclamait à la face de l'Espagne : « Il n'y a pas d'autre dialectique possible que celle des poings et des pistolets », il entrait au 31e Régiment d'Infanterie de Madrid. Le quartier dit *de la Montaña* groupait trois casernes : des fantassins, des sapeurs et des soldats chargés de l'*alumbrado*, de l'éclairage, dont jamais personne ne sut quelles étaient leurs fonctions exactes. Eux-mêmes n'en avaient qu'une idée très obscure. L'ensemble de ces bâtiments présentait l'avantage de se trouver à quelques encablures de la rue Mendizabal où habitait sa tante Dionisia. Pendant dix-huit mois, il crut revivre ses années d'Ecole Normale, sauf qu'il avait maintenant table et couvert assurés par la République.

Après quelques mois d'instruction qui lui apprirent le maniement d'armes et les manœuvres au commandement, Manuel accepta de se laisser inscrire au peloton des officiers de réserve. Il s'aperçut très vite que n'importe quel cours — règlement, histoire militaire, balistique, lecture de carte, stratégie — déviait inéluctablement vers l'endoctrinement politique. Quoiqu'ils eussent prêté serment de fidélité à la République, la plupart des gradés de carrière étaient persuadés que leur second serment, celui de « maintenir l'indépendance du pays et de le défendre contre ses ennemis du dedans et du dehors », passait avant le premier. Depuis les guerres napoléoniennes, l'armée avait pris l'habitude de se mêler des affaires du gouvernement. De 1814 à 1933, elle avait participé à une cinquantaine de *pronunciamentos*, proclamant ou renversant la République, déposant les rois, faisant monter sur le trône un prince étranger. Et toujours rétablissant « l'ordre public », ce qui voulait dire écraser

1. Titre donné en Espagne aux membres de l'enseignement et aux personnes respectables d'un certain âge.

les grèves, mater les révoltes populaires. La proportion des gradés espagnols avait été la plus forte d'Europe : un officier pour dix hommes de troupe, un général pour cent soldats. Même réduits en nombre par le nouveau régime, les officiers du 31e ne cachaient pas leur aversion pour le socialisme, le communisme, l'anarchisme, le séparatisme, la franc-maçonnerie. Ceux qui pensaient autrement avaient intérêt à se taire. Ils connaissaient l'aventure de ce colonel qui, après le discours d'un général-inspecteur se terminant par « Vive l'Espagne ! », avait osé ajouter : « Vive la République ! » Mis d'abord aux arrêts de rigueur par ledit général, il avait ensuite été emprisonné pour insubordination sur ordre du ministre de la Guerre.

Les élections de novembre, qui virent le succès du centre et de la droite, rendirent l'insolence à la réaction. Les patrons célébrèrent cette victoire en réduisant les salaires, en augmentant les fermages, en expulsant les fermiers qui avaient affiché un peu trop leurs sentiments républicains. Les conspirateurs reprirent leurs fomentations. Les prisonniers politiques furent amnistiés, ce qui permit à Sanjurjo d'aller organiser au Portugal une nouvelle rébellion. Au printemps 34, les travailleurs de la terre votèrent une grève générale ; mais le gouvernement décréta la récolte « d'intérêt national » et envoya l'armée dans les campagnes pour contraindre les paysans à piocher et à semer. En Catalogne, les métayers obtinrent de la Généralité, leur gouvernement autonome, une loi qui révisait leurs baux dans un sens favorable. Les propriétaires en appelèrent à Madrid, qui déclara cette loi inconstitutionnelle. Mais Luis Companys, président de la Généralité, la ratifia solennellement de sa propre autorité. Au mess du 31e, on flétrissait l'autonomisme, le chauvinisme, le matérialisme des Catalans :

« Connaissez-vous celle-ci ? Un Madrilène de passage à Barcelone fait un certain nombre d'achats dans une boutique de la ville. Il demande ensuite ce qu'il doit, dans la langue de Castille, naturellement. Et le Barcelonais, dans son idiome autonomiste :

« — *Me debeu dugues pessetas i un ral.*

« Le Castillan pose deux pièces d'une peseta sur le comptoir. Le marchand regarde et répète :

« — *Dugues pessetas i un ral.*

« Le Castillan fait mine de ne pas comprendre. L'autre insiste :

« — *Manca un ral.*

« — Mais je viens de vous payer !

« — Je vous dis qu'il manque vingt-cinq centimes ! répète le Barcelonais en langue de Madrid.

« — Ah ! dit le Castillan, je savais bien que pour cinq sous un Catalan renierait sa langue ! »

Un matin d'août 34, l'élève officier Manuel Alcacer fut appelé par son capitaine :

« Un avis de la garde civile de Fuentes de Ropel nous est arrivé. Un décès vient de se produire dans votre famille. Je vous donne quatre jours de permission exceptionnelle. Partez le plus tôt possible.

— Puis-je demander de quel décès il s'agit ?

— Je n'en sais rien. L'avis dit seulement : un décès de famille. »

Il sortit du bureau tout abasourdi. La tante Dionisia chez laquelle il courut changer de vêtement ne parut pas mieux renseignée. Nul poste téléphonique n'existant à Valdescorriel, elle essaya de contacter la garde civile en question, mais ne put obtenir la communication.

« Pars, dit-elle. Et tiens-moi au courant par un télégramme. »

Pendant les cinq heures de train qui séparaient Madrid de Bénavente, il passa en revue tous les membres de sa famille, se demandant : lequel ? laquelle ? Il revit en pensée d'abord sa mère, qu'il avait crue grande dans son enfance, qui en réalité était petite et fragile ; ses mains douces, ses cheveux gris toujours coquettement retenus en arrière par un peigne d'écaille. Il revit son père aux belles moustaches relevées, encore très noires, comme on les portait avant la Grande Guerre européenne — un peu trop semblables, disait-il en riant, à celles d'Alphonse XIII, si mes moustaches sont monarchistes, mon cœur est républicain — mais aux dents mauvaises, quand l'une se cariait, il la faisait sauter avec la pointe de son couteau ; au dos voûté par le travail de la pioche. Ses frères cadets, l'un employé des postes à Cuenca, l'autre apprenti mécanicien chez un garagiste de Bénavente. Grand-mère Orge Verte, debout derrière son comptoir de bouchère, à débiter ses morceaux de chèvre et de bouc châtré. Tous ces gens — excepté l'aïeule — lui paraissaient beaucoup trop jeunes pour tenter la Mort, qui se repaît plutôt de chair défraîchie. Il considérait les autres voyageurs, enviait leur légèreté, la bassesse de leurs propos sur la cherté de l'huile, la promesse des raisins, la rareté de la morue. Il regretta de ne plus croire en Dieu, de n'avoir personne à qui demander : Protégez ma mère, mon père, mes frères, en échange d'un cierge, d'un vœu de chasteté ou de pèlerinage, puisque les habitants du Ciel se soudoient aussi bien que des fonctionnaires municipaux.

A Bénavente, il prit un taxi qui le laissa à l'entrée de Valdescorriel où il arriva au début du soir interminable. Il voulait faire à pied les derniers mètres. Des hommes, des femmes le regardaient sans rien dire :

« *Buenas tardes* », leur lançait-il. Ce qui était une façon de demander les nouvelles. Mais eux, faisant mine de ne pas comprendre, répondaient seulement « *Buenas* », et détournaient les yeux.

D'autres battaient leurs lentilles dans la grange, on entendait le bruit mou des fléaux sur les gerbes qui ralentissait à son passage, sans s'interrompre complètement. Il fut enfin devant sa maison. Il tourna la poignée, traversa la cour en faisant sonner tant qu'il pouvait ses semelles sur les dalles. Les vieux recommandaient : « Si tu rentres chez toi à l'improviste, fais du bruit avec les pieds, avec les portes, en toussant, ainsi de suite. Cela chasse les voleurs. » D'instinct, il essayait de chasser le malheur entré chez lui comme un larron. Personne ne l'accueillit, excepté le chien qui accourut en se tortillant et gémissant de plaisir. La salle était abandonnée aux mouches. Alors, il perçut des plaintes, des sanglots et monta jusqu'à la chambre de ses parents, où il trouva toute la famille rassemblée autour du lit sur lequel dormait pour l'éternité son père Cristobal Alcacer, les mains jointes, la figure cireuse. Agenouillée sur la carpette d'alfa, sa mère resta le visage enfoui dans les couvertures. Près d'elle, grand-mère Orge Verte marmonnait son chapelet. Ses frères Esteban et Bernardo, son oncle Antonio assis et pétrifiés. Lui-même ne pouvait croire à ce qu'il voyait. Par quelle diablerie retrouvait-il défunt un homme de quarante-cinq ans qu'il avait quitté en pleine santé quelques semaines plus tôt ? Et malgré lui, le diable soufflait à sa mémoire le refrain que répétait grand-mère Orge Verte aux obsèques de son mari : « Dire que la veille encore il ramassait ses oignons ! » Quels oignons aujourd'hui le feraient rire ?

« On espérait, chuchota Esteban, que tu arriverais avant sa fin. Nous lui avons fermé les yeux il y a juste trois heures. »

Il s'approcha, posa sa main sur celles du mort, qui lui parurent en effet à peine refroidies, comme des mains trempées dans l'eau. A cheval l'une sur l'autre, épaisses, couturées de cicatrices, les ongles longs bordés de noir. De temps en temps, quand leur longueur le gênait, Cristobal les rognait avec la lame de son couteau. Le visage s'était creusé, autour des yeux une crispation des muscles exprimait la douleur, le blanc de la peau paraissait sous le hâle. La moustache monarchiste avec ses deux crocs ressemblait à un scorpion.

Il apprit les circonstances de l'accident. La veille, Cristobal était parti moissonner le blé de la Pantana, à vingt minutes de marche du village. Après en avoir couché la moitié par terre, il voulut battre sa faux, la posa sur le sol. Nul ne savait ses gestes exacts. Toujours est-il qu'ayant trébuché il s'était enfoncé la lame dans le ventre. Personne sur place pour le secourir. Pour ne pas mourir là, étendu sur le froment, il rentre seul chez lui, perdant ses tripes comme un cheval de picador, les retenant de ses mains, semant derrière lui une traînée de sang. Une fois dans sa maison :

« Femme, dit-il, appelle mes enfants. Je veux les voir une dernière fois. Et le médecin pour qu'il me prolonge. »

Il refuse le prêtre : « Pas nécessaire si Dieu n'existe pas. Et s'il existe, je ne crains point de paraître devant lui. »

Le médecin suggère un transport jusqu'à l'hôpital de Bénavente.

« Vous pensez qu'on m'y guérira ?

— On fera mieux que je ne puis faire. Votre état exige un chirurgien très habile.

— Répondez-moi franchement : Est-ce que j'ai quelques chances de m'en tirer ?

— Pas beaucoup. Vous avez perdu trop de sang.

— Alors, j'aime mieux mourir chez moi. »

Il eut satisfaction le lendemain, au milieu de l'après-midi.

Aussitôt après l'enterrement, un berger de passage près de la Pantana rapporta la faux maudite.

« Je ne veux pas la voir ! s'écria la mère. Détruisez-la ! Brûlez le manche ! Brisez la lame !

— Mais non, fit l'oncle Antonio doucement. Si mon frère était là, il ne serait pas content qu'on la détruise. Elle peut encore servir.

— Eh bien ! Je vous en fais cadeau ! »

Il repartit en emportant sur l'épaule la faux qui avait assassiné son frère.

En septembre, Manuel Alcacer reçut la casquette plate d'officier et l'étoile d'or d'*alférez*, de sous-lieutenant. Il prêta serment sur le drapeau tricolore, cria devant le colonel « Vive l'Espagne ! » comme il avait fait jadis devant l'illustrissime évêque de León, salua ses camarades et quitta les casernes de la Montaña. La démobilisation l'atteignit de façon opportune, lui épargnant de participer en aucune façon aux émeutes d'octobre qui furent le prélude de la guerre civile.

Au début de ce mois favorable aux révolutions, une crise ministérielle envoya par terre le vingt-cinquième cabinet depuis la naissance de la République. La droite monarchiste entra au gouvernement. Aussitôt, l'*Union General del Trabajo* ordonna une grève générale à Madrid ; un défilé se dirigea vers le ministère de l'Intérieur en tirant des coups de feu. A Barcelone, Luis Companys proclama « l'Etat Catalan dans le cadre d'une République fédérale espagnole ». Commencements de rébellion vite réprimés par l'armée et la police. Dans les Asturies, ce fut une autre affaire. Les mineurs se soulevèrent au cri barbare de *Ouatchépé ! Ouatchépé !* Car l'U.H.P. *(Union de Hermanos Proletarios)* prétend rassembler les Frères Prolétariens précédemment dispersés dans le socialisme, le communisme, l'anarchie. La *République Socialiste* est proclamée à Mieres. L'*Armée Rouge* des U.H.P., bien fournie d'armes et de dynamite, attaque les postes de garde civile, les mairies, les gares, les églises, les couvents, exécutant parfois ses prisonniers, pillant au passage quelques maisons et violant quelques femmes comme le veut toute ascension énergique vers le Progrès de l'Humanité. Ayant occupé Oviedo et Gijon, les insurgés envisagent de marcher sur Madrid. Alors le gouvernement fait appel à Francisco Franco, qui lance contre les Asturies la Légion étrangère et des troupes marocaines appuyées par l'aviation. En quelques jours, les Frères Prolétaires sont écrasés, les légionnaires entrent dans Oviedo en ruine. Les vainqueurs emprisonnent, torturent, fusillent à tour de bras hommes, femmes, blessés. Les maisons du peuple, les monastères sont convertis en prisons, en chambres de supplices. Le chef de la garde civile déclare : « Je suis décidé à exterminer la semence révolutionnaire jusque dans le ventre des mères. » Un journaliste, Luis de Sirva, qui ose rapporter ces horreurs est d'abord arrêté, puis assassiné par un lieutenant de la Légion.

A Madrid, Francisco Franco est considéré comme le sauveur de la patrie.

11

La Providence avait placé Rio Sequino de Torio à l'écart des grandes routes et des révolutions. C'était, au nord de León, à la jointure des rios Sequino et Torio, un des quarante-trois hameaux qui composaient la commune de Garrafe. Deux centaines d'habitants éleveurs de chèvres, de moutons et de porcs, producteurs de seigle, d'orge et de lentilles. Une école à classe unique avec cinquante-quatre élèves inscrits, garçons et filles, car les femmes sur cette terre inféconde étaient horriblement prolifiques.

Il trouva logement et nourriture chez le señor Pancho qui disposait d'une chambre à deux lits où il recevait de loin en loin les personnes de passage, notamment les colporteurs et les voyageurs de commerce.

« Je consens à vous la louer en permanence, dit le señor Pancho, à condition qu'au besoin vous permettiez qu'un autre client couche dans le second lit. Cela n'arrive que cinq ou six fois l'an. »

Il dut accepter cet arrangement et dormir près du lit vide sur lequel il déposait à l'occasion ses papiers ou son linge. Le mobilier comprenait en outre deux chaises, une armoire vermoulue, une glace à pompons, un broc d'eau et une cuvette, une lampe à pétrole suspendue à une solive. Il obtint une petite table à écrire. Il put prendre ses repas à la table familiale. Pour tous ces services, il lui en coûtait 30 douros par mois, sur les 47 que la République lui versait, impôts retenus. Il lui en restait donc 17 pour s'habiller, payer ses livres et ses voyages. Malgré l'amélioration des traitements voulue par le ministre Marcelino Domingo, le sort des instituteurs demeurait bien modeste. La señora Pancho l'avait averti :

« Vous mangerez ce que nous mangerons nous-mêmes, à la mode du pays. Il n'y aura pour vous rien de spécial.

— Naturellement. Je mange de tout.

— Même la *cecina ?*

— Qu'est-ce que c'est ?

— Vous ne connaissez pas la *cecina ?* »

Il apprit très vite à la connaître car elle figurait chaque jour au menu, dans le bouillon du pot-au-feu, en compagnie des pois chiches. Il s'agissait de viande boucanée, prisonnière pendant cinq à six semaines d'une fumée intense. Les Incas de l'Amérique précolombienne traitaient ainsi les cadavres de leurs ancêtres avant de les ensevelir ; les colons espagnols empruntèrent le procédé, l'appliquèrent à leurs provisions de poisson et de viande. Celle de la señora Pancho était particulièrement forte et coriace. On arrivait seulement à l'avaler en appliquant sa pensée à quelque chose de lointain et d'agréable, au souvenir de fleurs respirées, de cerises cueillies, de filles embrassées. De plus, elle laissait dans le pot où elle avait bouilli un relent de son amertume, en sorte qu'on avait l'impression chez les Pancho de manger de la *cecina* à tous les repas.

« La nôtre est bonne, précisa la cuisinière, car elle est vendue par le curé. Il la prépare lui-même avec ses propres chèvres. Est-ce que vous ne l'aimez pas ?

— Si, si. Beaucoup. »

Ce village dont le curé élevait des chèvres et boucanait leur viande promettait des surprises. Il en eut une belle au jour et à l'heure de la rentrée lorsqu'il trouva un seul gosse attendant qu'on ouvrît la porte de l'école. La veille, Manuel était venu balayer le plancher couvert de chiures de vers, épousseter les tables, laver les vitres, préparer une bouteille d'encre, enlever le crucifix dont la trace blanche resta sur le mur grisâtre comme, sans aucun doute, l'enseignement religieux de ses prédécesseurs resterait sur les consciences. En avait-il, quoi qu'il en eût, lessivé entièrement la sienne ?

Le clocher sonna neuf heures sans amener d'autres élèves.

« Où sont tes copains ? demanda l'instituteur à l'unique présent, un gamin de dix-onze ans au crâne tondu, au visage éveillé ; tout pareil, lui sembla-t-il, à ce qu'il était lui-même quelques années plus tôt.

— A la messe. »

Et il ajouta fièrement : « Moi, j'y vais plus parce que chez nous on est républicains.

— Comment t'appelles-tu ?

— Palmiro Lopez.

— Ainsi, Palmiro, vous alliez à la messe comme ça chaque matin avant la classe, l'an dernier ?

— Oui, chaque matin.

— Tous ?

— Oui, tous.

— Et votre maître ?

— Il nous accompagnait, et il prenait la communion. Ensuite, on revenait, vers les dix heures, dix heures et quart. Don Miguel s'asseyait à son bureau et il s'endormait.

— Quoi ? Il s'endormait ? Tous les jours ?

— Pas tous les jours, mais souvent. Parce qu'il n'avait rien mangé en se levant pour pouvoir prendre la communion. Et aussi parce qu'il était vieux. Les vieux dorment n'importe quand.

— Tu as remarqué ça ?

— Lui, en plus, il avait peur de mourir. Alors, il communiait chaque matin. »

Ils disposaient d'un bon moment pour bavarder ensemble. Palmiro ajouta :

« Il a bien fait, puisqu'il est mort pendant l'été, à l'hôpital de León.

— Mort de quoi ?

— Je ne sais pas. De vieillesse.

— Pourquoi dis-tu qu'il a bien fait de communier puisque tu es républicain ?

— On peut être républicain et communier quand même. Mais seulement quand on est vieux.

— La communion est donc faite pour les vieux ?

— Oui, puisqu'ils sont près de mourir. Pour se garder de l'enfer.

— Ainsi, c'est surtout parce que tu es jeune que tu ne vas pas à la messe et que tu ne communies pas ?

— J'y vais de temps en temps, le dimanche. Je communierai quand je serai vieux, comme don Miguel.

— Tu crois donc à l'enfer ?

— Je ne sais pas si j'y crois. Il me semble que j'y crois un peu. »

Elle était là, visible, la trace du christ sur le mur.

« Et que faisiez-vous pendant que don Miguel dormait à son bureau ?

— Quelques-uns restaient pour lui tenir compagnie. Les filles surtout. Les garçons allaient pêcher les écrevisses dans le rio Sequino. »

À l'heure prévue, les élèves arrivèrent sagement ; ils s'enfoncèrent avec un peu de désordre dans les vieilles tables incommodes. Alors, don Manuel Alcacer monta en chaire. Il sentit tous ces yeux tournés vers lui comme ceux d'un champ de tournesols vers le soleil.

« Je suis votre nouveau maître d'école. Il y a trois ans et demi, le roi Alphonse XIII a cessé de gouverner notre pays qui est devenu une République. Et la République a décidé qu'on n'enseignerait plus la religion dans les écoles publiques. Cela s'appelle la *laïcité...* »

Il écrivit au tableau noir ce vocable en majuscules afin de lui conférer quelque chose de solennel :

LAICIDAD

Il le fit lire et répéter par tous : *laicidad, laicidad, laicidad*, c'était un mot glissant qui se formait dans la bouche sans difficulté et sonnait bien aux oreilles.

« La *laïcité* n'est ni l'amie ni l'ennemie de la religion, car il existe beaucoup de religions sur la terre entre lesquelles la République ne veut point choisir. Les enfants peuvent donc continuer d'aller à l'église s'il leur plaît, à la messe, à la prière, au catéchisme, mais en dehors des heures de classe. Après ou avant. Le samedi après-midi et le dimanche. A partir de demain matin, je veux donc que tout le monde soit à la porte de l'école à neuf heures moins cinq. J'ai dit : tout le monde ! Aujourd'hui même, j'irai avertir votre curé de ce changement. »

Don Joaquin habitait assez loin de l'église, au bout du village, une maison aux nombreuses fenêtres que complétaient sur le derrière deux baraques de planches : l'une hébergeait une dizaine de chèvres avec un bouc, l'autre servait à la fabrication de la viande fumée. Manuel s'attendait à trouver un curé typiquement espagnol, bien installé dans ses privilèges, dans sa soutane, dans sa graisse. Il fut reçu par un homme cordial aux cheveux blancs, au visage ascétique, vêtu d'une soutane élimée, ses longs pieds chaussés d'espadrilles. Il lui sourit de toutes les dents qui lui restaient, lui offrit sa meilleure chaise d'abord, un verre de manzanilla ensuite. Ils se tinrent ainsi face à face, séparés par la table, mais une odeur déjà familière vint frapper les narines du visiteur : celle de la *cecina*. Comme nul morceau de chèvre, rien autour d'eux ne la justifiait, Alcacer en conclut que l'odeur provenait de l'ecclésiastique lui-même. Don Joaquin puait terriblement le boucané.

« Ainsi, vous êtes le nouvel instituteur ? Vous prenez la difficile suite de ce pauvre don Miguel. Nos enfants ont grand besoin d'un maître jeune qui les fasse travailler régulièrement. D'autant plus qu'ils manquent souvent la classe... vous vous en apercevrez... quand les parents ont besoin d'eux.

— Justement, Padre, à propos de classe manquée, je voudrais vous dire... »

Et il s'expliqua. La République, bonne ou mauvaise, était installée depuis trois ans. Comment un instituteur payé par l'Etat avait-il pu, pendant ces trois années, conduire ses élèves à la messe comme si de rien n'était ?

« Vous n'êtes donc pas au courant, ici, du nouveau régime ? Vous ne vous êtes aperçus de rien ? »

Et le vieil homme, découvrant ses dents branlantes : « Si, si, je me suis aperçu de quelque chose quand on a réduit des deux tiers ma *congrua*, le salaire que je touche du gouvernement.

— Et la laïcité, vous savez ce que c'est ?

— J'en ai une idée vague. Mais c'est une chose qui me paraît tellement étrangère aux traditions de l'Espagne ! Cependant... même sans les décrets du gouvernement... notre pays est en train de se laïciser. Le dimanche, j'ai encore du monde à ma messe, principalement des femmes. Mais la semaine, savez-vous que si vos élèves ne venaient pas, je n'aurais personne ? J'ai choisi justement une heure tardive pour qu'ils puissent y assister. Voulez-vous donc que je dise ma messe tout seul ? Ah ! vous ne savez pas, mon fils, ce que c'est qu'une église vide, quand le Christ y descend du ciel et ne trouve personne pour le recevoir, excepté son vieux serviteur en espadrilles. »

Il y avait dans sa voix, dans son regard une telle détresse que Manolo s'en trouva ému malgré lui. Il combattit cette faiblesse :

« Imaginez-vous, Padre, ce que c'est qu'une classe vide à l'heure où elle devrait être pleine ?

— Vous avez raison : ce ne doit pas être gai non plus. Allons, nous devons pouvoir nous entendre : laissez-moi seulement la moitié de vos enfants, à tour de rôle.

— Mais non, Padre, il n'en est pas question ! Et la laïcité !

— La laïcité, d'accord, d'accord ! Mais cependant... Comment pourrions-nous faire ? Encore une petite goutte ! »

Cherchant à le corrompre avec la liqueur, il essaya de remplir son verre, que Manolo couvrit de la main.

« N'y a-t-il pas une solution ?

— Mettez votre messe plus tôt !

— Je ne peux obliger ces petits à se lever à six heures du matin !

— En effet.

— Laissez-moi du moins mon enfant de chœur. Tantôt l'un,

tantôt l'autre. Il n'y paraîtra pas à la fin de l'année. Juste de quoi me tendre les burettes et me fournir les répons. »

La laïcité hésitait à se montrer impitoyable.

« Il faudrait établir une liste de service.

— Nous l'établirons ensemble.

— J'accepte donc l'enfant de chœur par roulement. »

Le curé lui prit les mains, disant merci, merci, Manuel crut qu'il allait les baiser. Après ces accommodements, il voulut bien que l'on remplît son verre. La conversation devint peu à peu chaleureuse, et même confidentielle. Don Joaquin expliqua les raisons qui l'obligeaient à élever des chèvres et préparer de la *cecina :*

« Pour charges de famille. Ce qui est un comble chez un prêtre célibataire par vocation. Car je dois entretenir non seulement ma sœur, Maria del Sagrario, que j'ai recueillie après son veuvage et que j'emploie comme servante non payée, mais aussi ses trois fils, mes neveux, étudiants à l'université de Burgos. Ils me coûtent les yeux de la tête.

— Vous recevez, objecta l'instituteur, l'argent de l'Etat. Plus votre casuel.

— Le casuel représente chaque dimanche une poignée de menue monnaie ; de temps à autre un baptême, un mariage, un enterrement. Et le facteur m'apporte chaque mois 23 douros.

— Pas plus ?

— Pas un de plus. Tenez : voici le talon du dernier versement. »

Il fouilla dans un tiroir, tendit un bulletin jaune sur lequel paraissait une somme : *125 pesetas*. Moins de la moitié de ce que touchait Manolo.

« Oh ! c'est fort bien ainsi ! reprit don Joaquin. Plus les curés seront pauvres, plus ils seront près du peuple. Avec 70 douros, j'avais honte de regarder un journalier en face. A présent, je me sens à peu près son égal, sauf qu'il ne peut être comme moi affligé d'une sœur démunie et de neveux pleins d'ambition. Mais bah ! Quand ils seront établis, les choses iront mieux pour ma bourse. L'un veut être avocat, l'autre artiste, le troisième médecin. J'espère seulement pouvoir durer jusque-là. En attendant, aimeriez-vous visiter mes installations ? »

Ils sortent, passent derrière la cure, entrent dans la chèvrerie habitée pour l'heure uniquement par le bouc, l'air triste et songeur dans son enclos, barbu comme un astrologue.

« Je vous présente Hercule, dit le prêtre. Je l'ai appelé ainsi parce qu'il est... d'une terrible force, si vous voyez ce que je veux dire. »

Il caresse ses longues cornes enroulées sur l'échine comme des clés de fa : « C'est la meilleure créature du monde, la plus patiente, la plus affectueuse. Il est étrange que notre religion ait vu dans cet animal une incarnation de Satan. Un couplet du *Dies iræ* illustre cette assimilation. »

Et, détachant les longues notes qu'il a coutume de déverser sur les cercueils, don Joaquin chante d'une voix frêle :

« Inter oves locum præsta,
Et ab hædis me sequestra,
Statuens in parte dextra.

« Donne-moi une place parmi les brebis, Sépare-moi des boucs. Et place-moi à ta droite. Le plus étrange, dans cette détestation, c'est que ce beau cantique fut composé par Thomas de Celano, un disciple de saint François : de celui qui appela *mon frère* toute créature de Dieu, le lépreux, le loup, l'oiseau, le poisson ; convenait-il d'exclure le bouc de son amour ? »

Hercule leva la tête, comme s'il entendait ces propos, à demi consolé, et frotta son front contre le ventre de l'ecclésiastique.

« Pauvre bouc calomnié !

— Où sont les chèvres ? demanda l'instituteur.

— Au pâturage, avec le berger communal, payé par tous ceux qui l'emploient en proportion des bêtes gardées. »

Ils passèrent ensuite dans l'atelier de boucanage qui fumait par toutes ses jointures. Simple hutte de planches au toit percé d'un trou. Dans une atmosphère irrespirable, les quartiers de chèvre séchaient sur des claies superposées. Au-dessous, à même la terre battue, un lit de braise, sur lequel Marie du Tabernacle en sarrau ou son frère en soutane venait jeter des branches vertes de temps en temps.

« J'ai une bonne et fidèle clientèle, dit le prêtre avec satisfaction. On vient m'acheter même de San Feliz et de Garrafe. Est-ce que vous aimez la *cecina ?*

— Oui, oui. Beaucoup.

— Grâce à ce commerce et à l'argent qu'il me rapporte, mes chèvres ignorantes se transforment en ouvrages de médecine, d'histoire de l'art ou de jurisprudence, en droits universitaires. Mes neveux devront leur avenir à mes chèvres et à mon bouc. »

Pour don Manuel, une nouvelle vie prit son train. Loin du vacarme et des désordres madrilènes, il était heureux d'avoir retrouvé, dans ce pays de chèvres, la campagne de son enfance. Seul maître dans sa classe après la laïcité, il remplaça le crucifix par une image de la République espagnole parue dans la presse à ses commencements, non point celle qui fusillait et torturait les mineurs, mais une innocente *niña bonita*, un beau brin de fille couronnée de coquelicots, sœur de la Marianne qui semblait si heureuse de l'autre côté des Pyrénées. A ses trente, quarante ou cinquante grimauds et grimaudes, suivant la saison, il s'efforçait de donner ce qu'il n'avait pas reçu lui-même : la joie d'apprendre, de réfléchir, de s'exprimer librement. Comme aucun travail obligatoire ne peut se passer de sanctions, il remplaça la baguette, les soufflets, les coups de pied au cul, la terreur de Tétarufo par des *Bons Points* encadrés de violet, la couleur de la République. Cent unités de cette monnaie fiduciaire permettaient d'acquérir une image en couleurs représentant *La récolte du café au Brésil, Les chutes du Niagara aux Etats-Unis* ou *La tour Eiffel de Paris*. Ce qui permettait aux enfants de voyager en esprit et de connaître un peu le monde. L'école s'ouvrit à d'insolites invités que l'on gardait en cage un certain temps pour observer leur plumage et leurs habitudes, puis qu'on rendait à l'espace ou aux champs : une salamandre, un mulot, une couleuvre, un faucon, une tourterelle. On notait la température de l'air, la couleur du ciel, la direction des vents.

Chaque matin, Onorino, le chevrier communal, se plaçait au centre du village et soufflait dans sa corne. Les chèvres sortaient de leur étable et allaient d'elles-mêmes se ranger derrière lui. Il les emmenait vers les libres pâtures d'où elles revenaient à la tombée de la nuit, la démarche entravée par l'enflure de leurs mamelles. Chacune regagnait sa loge. On entendait bientôt un peu partout le *pchi-pchi* de la traite.

Un soir, tandis qu'il prenait place à la table des Pancho, le maître d'école eut la surprise de trouver une figure inconnue : celle d'un homme d'assez mauvaise mine, aux yeux profonds, à la barbe de quatre jours. Un chiffonnier-fripier qui récoltait vieux vêtements, peaux de lapins, de chèvres ou de moutons. Quasiment à la muette, il engloutit la favade qui leur était servie, sans prendre garde si elle avait ou non un goût de boucané. Selon les conventions, Manuel dut partager sa chambre avec lui. Quand ils furent tous deux dans la pièce, l'homme avoua :

« Y a huit jours que je n'ai pas couché dans un lit. »

Lui aussi puait, de la tête aux pieds. Le jeune instituteur essaya de poser quelques questions, mais l'autre resta vague :

« Vous venez de loin ?

— De par là-haut ! » et du bras il désigna derrière lui les sommets de la cordillère.

« Et où allez-vous maintenant ?

— Par là-bas ! » et il eut un geste vers le sud.

Il retira ses brodequins, sa veste, son pantalon, s'enfonça avec le reste entre les draps du second lit. Manolo passa une nuit exécrable, dans la crainte que le colporteur ne se levât pour farfouiller ; l'étranger n'eut jamais ce souci et ronfla au contraire six heures de suite comme une bête. Ce qui ne l'empêcha point, alors que son voisin venait à peine de s'assoupir, de sauter du lit à l'aube, en s'excusant :

« Moi, je suis du matin. »

Il se débarbouilla méthodiquement dans la même cuvette d'eau, d'abord le visage, puis le buste et les alentours, puis les genoux, enfin les pieds. Jeta le bouillon par la fenêtre. Renfila ses grègues boueuses et repartit sur sa charrette que tirait une mule chargée de grelots. Par là-bas, vers le sud. Après son départ, Manuel vérifia ses poches, sa table, ses livres : non, rien n'y manquait. Il eut un peu honte d'avoir soupçonné l'inconnu, seulement à cause de sa mauvaise mine et de sa mauvaise odeur.

Il s'était habitué à celle de don Joaquin. Malgré sa pauvreté, le curé le conviait quelquefois à sa table, lui présentant une *cecina* plus délicate.

« Que pensez-vous de celle-là ?

— Elle me semble de qualité supérieure.

— Parbleu ! Je l'ai faite avec de la viande de veau. Je l'offre à mes amis seulement. »

Une amitié était donc possible entre la Sainte Eglise et la Laïcité. Malgré ces bonnes relations, aucun des deux hommes ne cherchait à convertir l'autre. Don Joaquin n'approuvait point l'expulsion du Roi, le mariage et l'enterrement civils, le divorce, les francs-maçons au pouvoir. Don Manuel fréquentait le curé, mais point l'église. Ils évitaient toute discussion doctrinaire, d'accord sur l'essentiel : l'amour des enfants, de la campagne, de don Quichotte, du vin local. Une autre fois, Marie du Tabernacle servit un plat de chevreau.

« Elle l'a préparé selon une recette biblique. Car la Bible est aussi un livre de recettes culinaires. Elle nous apprend que les anciens Hébreux faisaient cuire le chevreau dans du lait, pour le rendre plus doux. »

A la vérité, Manuel trouva douceâtre cet assaisonnement hébraïque. Un autre soir, ce fut un buisson d'écrevisses.

« Je les ai prises moi-même, dit le prêtre. Est-ce que vous savez pêcher les écrevisses ?

— Mes élèves le savent. Pas moi.

— Je vous invite à m'accompagner un matin, si vous le désirez. Mais il faudra partir avant le jour. L'écrevisse est un animal crépusculaire. La pêche diurne est d'un rendement infime. »

La veille, ils préparèrent les balances, le panier, les appâts.

« Certains, expliqua l'homme d'Eglise, appâtent avec des morceaux de viande : rate ou foie de préférence. Moi, j'utilise la grenouille fraîchement écorchée. L'écrevisse en raffole. »

Manolo se vêtit à tâtons, sans allumer sa lampe de peur que l'odeur du pétrole restée sur ses mains n'éloignât leur gibier. Il alla heurter à la porte de la cure, don Joaquin l'attendait, chaussé de bottes et coiffé d'un béret. Ils traversèrent le hameau qui dormait encore et se trouvèrent sur les bords du rio Sequino aux premiers chants des coqs. Le prêtre dit :

« Je vais d'abord attraper une grenouille. Elles ne manquent point par ici. »

Aussitôt, il se mit en chasse, en débusqua une belle qui sauta devant lui. Et lui sauta sur elle :

« Ho !... Ratée ! » coassa-t-il.

Elle sauta plus loin, et il sauta encore :

« Ho !... Ratée ! »

C'était une scène fort étrange que ces deux batraciens à la poursuite l'un de l'autre. A la fin, le plus petit eut le dessous. L'homme rapporta la grenouille dans son poing et entreprit aussitôt de la peler toute vive, toute palpitante, avec la pointe de son couteau. Ensuite, il la coupa en deux, posa chaque moitié dans le filet d'une balance et tira de sa musette un flacon avec lequel il pratiqua dessus quelques aspersions.

« Il s'agit d'essence de lavande que j'achète à cette intention. L'écrevisse adore ce parfum. Maintenant, suivez-moi. »

Il choisit son endroit soigneusement, il prétendait connaître chaque galet du ruisseau. Agenouillés sur la rive, ils laissèrent descendre jusqu'au fond les balances ainsi assaisonnées, chacun retenant la sienne par un fil. Les crustacés ne se firent guère attendre. Attirés par les effluves, ils sortirent de leurs caches, grouillèrent lentement sur le sable, parmi les pierres, se passant de l'un à l'autre la bonne nouvelle, ohé ! y a de la grenouille à la lavande ! Se bousculant sur chaque filet que les deux hommes n'avaient plus qu'à tirer par intervalles. Ils en rapportèrent une panerée, on convint de se réunir encore pour les sucer ensemble. Après quoi, chacun se mit en tenue décente afin de célébrer l'un sa messe, l'autre sa classe.

Désireux de rendre tant de bienfaits reçus, don Manuel mit au service de son voisin ses talents de relieur. La bibliothèque du prêtre n'était guère fournie. Aussi l'instituteur laïc eut-il à remettre en état ou à renforcer principalement des bréviaires et des ouvrages pieux : les *Pensées sur l'amour de Dieu* de sainte Thérèse ; la *Théologie morale à l'usage des confesseurs* d'Alphonse de Liguori ; l'*Imitation de Jésus-Christ* ; la *Pratique de la perfection chrétienne* en deux volumes par le R.P. Alfonso Rodriguez ; la *Conduite pour passer saintement le temps du carême* par le R.P. Luis Gutierres. Jamais ses mains agnostiques n'avaient servi Dieu avec plus de conscience.

Toutefois, don Joaquin ne se contenta point de le regarder besogner, il voulut en savoir autant que lui. Pendant plusieurs soirées, ils se penchèrent tête contre tête sur l'outillage confectionné à Madrid par Francisco Mendez. Ainsi, l'homme d'Eglise apprit la reliure grâce aux enseignements conjoints d'un incrédule et d'un anarchiste.

Vint le long hiver castillan. La Cordillère cantabrique et les montagnes de León protégeaient Rio Sequino des neiges épaisses, non du gel ni du vent. Le froid dans l'école était d'autant plus dur à supporter qu'aucun moyen de chauffage n'existait. Les élèves écrivaient sans quitter leurs gants de laine, mais certains jours ils devaient tenir d'abord l'encrier bien au chaud entre leurs doigts ou le couver entre leurs cuisses pour en dégeler l'encre. Manuel faisait la classe, les épaules sous une couverture de berger ; l'enseignement était difficile parce que les enfants ne détoussaient pas, quitte à se forcer un peu. Au début, il distribuait des pastilles Valda à ceux qui lui paraissaient enrhumés pour de sérieux, mais l'initiative fit monter le nombre des tousseurs à un paroxysme tel qu'il dut y renoncer.

Outre la reliure et la pêche aux écrevisses, la langue internationale occupait ses loisirs. Il l'étudia d'abord seul avec l'aide du petit traité publié par le Dr Zamenhof sous le pseudonyme de *Doktoro Esperanto*. Ensuite, il entra en relations épistolaires avec des espérantistes dispersés à travers le pays et même au-delà des frontières. C'est ainsi qu'il eut un correspondant français, M. Léon Gouy, horloger à Saint-Omer, Pas-de-Calais. Il accepta enfin de participer à des rencontres organisées à León entre porteurs de l'étoile verte. Utilisant la journée libre du jeudi, il devait marcher jusqu'à Garrafe, d'où un camion transformé en autocar par l'addition de bancs vissés aux ridelles le véhiculait jusqu'au chef-lieu de la province. L'après-midi espérantiste se tenait dans un café de la vieille ville encore entourée de ses murailles médiévales, elle réunissait deux douzaines de personnes, dont quelques demoiselles. Ils échangeaient des adresses, des livres, les fruits de leurs réflexions. Eux aussi rêvaient d'un Age d'Or : celui où tous les hommes parleraient le même idiome et par conséquent seraient fraternels. Comme si l'on ne risquait pas de se haïr et de s'entre-tuer entre usagers de la même langue. Ils buvaient de la sangria, rongeaient des olives noires et se séparaient après avoir entonné leur hymne :

En la mondon venis nova sento,
Tra la mondo iras forta voko :
Per flugiloj de facila vento
Nun de loco flugu gi al loco.

Au monde est né un nouveau sentiment,
Une nouvelle voix court l'univers :

Sur les ailes d'un vent favorable
Qu'elle vole de terre en terre.

En fin de journée, il reprenait son camion-autocar qui remontait jusqu'à Garrafe la vallée du Torio par une route cahotante, parfois enneigée. Restaient les quatre derniers kilomètres. Cette campagne avait la réputation d'appartenir aux loups en hiver. On entendait la nuit leurs hurlements. Ils avaient quelques années plus tôt dévoré tout cru un mendiant réfugié dans une grotte, rongeant même son ceinturon et l'empeigne de ses souliers. On distinguait leurs horrifiques silhouettes noires suivant à la queue leu leu la crête des collines et l'on reconnaissait leurs pas dans la neige. On savait que le loup s'alimente de préférence de chair vivante ou morte ; à la rigueur il se contente de terre ; quand celle-ci est durcie par le gel, faute de mieux, il se nourrit de vent. Dieu créa le chien juste avant l'homme, mais c'est le diable qui créa le loup. D'autres légendes racontaient qu'au commencement le loup et le chien-loup étaient frères comme le Castillan et l'Aragonais. A telle enseigne que la Sainte Vierge encore jeune fille avait chargé le loup-chien de garder son troupeau. Mais il ne put s'empêcher de dévorer une brebis. La Sainte Vierge, très en colère, lui cassa les reins d'un coup de sa quenouille. Le loup s'en remit, mais depuis il porte les côtes en long. Les bergers qui l'été paissaient leurs troupeaux dans la montagne cantabrique le tenaient à distance en faisant tournoyer leurs toupies. Les fermiers se protégeaient de lui en plantant près de leur maison un baguenaudier dont les énormes fruits rouges sont creux et pètent entre les doigts quand on les serre ; ils appellent cet arbuste un *espantalobo* : un « effraye-loup ». Du moins le loup fait-il du bien quand il est mort : un enfant recouvert de sa peau ne craint aucune maladie.

Aussi, don Manuel ne faisait-il pas seul le trajet nocturne de Garrafe à Rio Sequino. A l'arrivée de l'autobus, il trouvait le señor Pancho venu l'attendre avec son fusil. L'aubergiste n'avait garde d'abandonner un client si précieux à la dent de ces voraces. Les deux hommes marchaient côte à côte sur la neige en se racontant des histoires de loups. Quelquefois, Manolo récitait le *romance* de Rosendos :

Aquí mis cuatro cachorros,
Aquí perra trufillana,
Aquí perro el de los hierros,
A correr la loba parda !
Si me cobrais la cordera,
Os daré leche y hogazza,
Y si no me la cobrais
Os daré con la cayada...

L'ondulation de la lanterne balançait leurs ombres. Rien n'osait les attaquer. Ils arrivaient ainsi à domicile à travers la nuit épaisse, prêts à savourer la *cecina* de la señora Pancho.

C'est à León, parmi le cercle espérantiste, que Manuel Alcacer fit la connaissance d'une jeune collègue institutrice suppléante, en poste aux environs de S. Andrés del Rabanedo, d'où elle venait à bicyclette. Rosa était brune, petite, leurs tailles, leurs goûts, leur opinions, leurs origines s'accordaient. Les premiers entretiens se déroulèrent dans la langue du bon *Doktoro*. Elle lui fit connaître la ville, avec ses ruelles, ses fontaines, ses promenades ombragées, le long du Bernesga. Un jour, assis sur un banc, ils se prirent les mains. Dès lors, ils s'exprimèrent en langue castillane. Rosita parla de sa grand-mère aveugle, de sa tante sourde, de son père ouvrier métallurgiste. Quoique vivant à quelques lieues l'un de l'autre, ils prirent l'habitude de s'écrire souvent. Puis chaque jour, comme si l'océan les eût séparés. Ils se racontaient leurs rêves. Les sottises ou les gentillesses de leurs élèves.

L'un d'eux, écrivit-elle, *nous a prêté pour quelque temps un caméléon rapporté d'Andalousie par un de ses frères. Là-bas, ces bestioles vivent dans les maisons tout tranquillement, comme ici les chats ; elles attrapent les mouches. Le nôtre se promène dans la classe, s'accroche n'importe où des pattes ou de la queue. Quelquefois, il sort une langue aussi longue qu'un spaghetti et capture un insecte. Ses yeux roulent dans sa tête comme des billes. En le posant sur une table, sur une feuille de chou, sur un mouchoir bleu, nous le faisons passer par toutes les teintes de l'arc-en-ciel. Sauf par le rouge, car il ignore cette couleur. Un jour, nous l'avons posé sur un plaid écossais, nous avons cru qu'il allait devenir dingue...*

Et lui : *J'ai eu l'honneur de recevoir quelques jours une petite Gitane dont la roulotte est restée quatre semaines à l'entrée du village. Elle ne sait ni a ni b, mais danse, chante et joue des castagnettes comme la Argentina. Un matin, elle m'a apporté un petit bouquet de perce-neige que j'ai placé, bien en vue, au coin de mon bureau. Mais dans la matinée j'ai eu l'occasion de gronder la Gitane. Alors, elle a profité d'un moment où je tournais le dos — preste comme l'éclair — pour reprendre ses fleurs. Ce sont des gens qu'il ne faut pas manquer...*

Chaque fois qu'ils se retrouvaient, elle apportait des friandises sorties de ses mains, de la pâte de coing, des cornes de gazelle, des galettes asturiennes. Il lui offrit un volume relié. Sans avoir besoin de le dire, ils comprirent bientôt qu'ils étaient fiancés. Ils ne savaient pas que leurs fiançailles dureraient quarante-huit mois, qu'elles se résoudraient par un mariage civil, qu'ils se perdraient, se retrouveraient, retomberaient malgré eux dans le concubinage, donneraient naissance à trois garçons et une fille plus français qu'espagnols et quelque peu auvergnats sur les coutures. L'Auvergne était alors pour eux une terre aussi inconnue, aussi étrangère que la Patagonie. Un pays de rétameurs et de raccommodeurs comme celui qui s'était un jour arrêté avec sa jument pour réparer les louches de Valdescorriel.

Au bout de quelques mois, Rosa fut nommée à Encinedo, au pied de la sierra de la Cabrera, à cent kilomètres plus loin. Leurs rencontres devinrent difficiles. Ils ne pouvaient envisager le mariage tant qu'elle serait condamnée à cette vie errante. Le départ du gouvernement de Marcellino Domingo, l'arrivée de la droite au pouvoir avaient complètement changé la politique scolaire, l'heure était venue de défaire ce qui avait été fait, de rendre l'enseignement aux jésuites, on ne créait plus d'écoles laïques, on ne recrutait plus de nouveaux instituteurs. Ils placèrent leurs espérances dans les futures élections.

12

Au cours de l'été, Manuel fit la connaissance de Fuentefria, sur les pentes de la sierra de Jistredo, de la grand-mère aux yeux blancs et de la tante aux longs bras. La première promena ses mains sur son visage, sur son cou, sur ses épaules et déclara :

« Vous avez l'air d'un brave garçon.

— Pardonnez-lui, dit tante Paulina. Elle n'y voit pas autrement.

— Que Dieu bénisse votre mariage ! » ajouta la vieille femme.

Manuel en eut quelque embarras car il ne croyait plus et n'avait pas l'intention de se marier devant un prêtre. A León, Rosita avait partagé la vie difficile de son père qui, chaque soir, lui lisait un chapitre de sa bible, une anthologie intitulée *Escritores del Pueblo*, dont il lui demandait de bien lui expliquer le sens des mots et des pensées. On y trouvait les noms de Rousseau, de Karl Marx, de Maxime Gorki, de Rabindranath Tagore : *La religion est le soupir de la créature accablée, le cœur d'un monde sans cœur, comme elle est l'esprit d'une époque sans esprit. Elle est l'opium du peuple... Le mensonge est la religion des esclaves et des patrons. La vérité est le dieu de l'homme libre... Lorsqu'une religion a la prétention d'imposer sa doctrine, elle se dégrade en une tyrannie et devient une forme d'impérialisme...* Quand il croyait avoir bien compris, il refermait le volume et concluait :

« Vois-tu, fillette, ce que disent de dieu et de la religion les vrais amis du peuple ? »

Sa grande honte était de s'appeler *Jesus*. Un nom impossible à supporter pour un athée de son espèce.

« Les prêtres nous racontent que Jésus était pauvre entre les pauvres. Mais des siècles durant, au nom de Jésus, ils ont maintenu le peuple espagnol dans la misère, l'ignorance et la servitude pendant qu'ils possédaient la richesse, le savoir et l'autorité. Fillette, fais-en ton profit ! »

Là-dessus, il baisait pieusement le livre qu'il avait enveloppé d'une toile protectrice et le remettait dans le tiroir de sa table de nuit, à côté du thermomètre médical.

Rosa ne discutait jamais les opinions de son père, il n'admettait point d'ailleurs qu'on ne fût pas de son avis, aussi intransigeant dans ses convictions libertaires que les curés dans leur catéchisme. Mais elle se rappelait la foi naïve dont se nourrissaient — plus que de *pote* et de châtaignes — grand-mère Josefa et tante Paulina. Prise entre ses amitiés pour l'un et pour les autres, répugnant à choisir entre deux trahisons, elle essayait d'agir en bonne chrétienne à Fuentefria, et à León en anarchiste convaincue. Elle accompagnait les deux femmes aux cérémonies religieuses, participait aux prières du soir, et se mêlait derrière Jesus, aux manifestations ouvrières dans les rues, criant à bas le fascisme, vive la révolution socialiste. Ne voulant pas contrarier non plus le garçon qu'elle aimait, elle accepta l'idée d'un mariage civil. Mais comment faire comprendre cela aux saintes et rudes nourrices qui avaient veillé sur son enfance ?

La maison possédait deux chambres, une pour les femmes, une pour les hommes. Manuel coucha dans la seconde sur une paillasse remplie de feuilles de châtaignier. De la main, il pouvait caresser le mur scabreux, fait de pierres plates accumulées, liées par un peu d'argile. Il souffla sur sa lampe. Dans la pièce contiguë, à travers la cloison de bois, il entendait Rosa, la tante et la grand-mère grommeler ensemble le chapelet. Par la fenêtre ouverte lui parvenait le doux hululement d'une chouette. Ou l'aboi d'un chien insomniaque. Parfois, des éclairs de chaleur illuminaient silencieusement la nuit. Enfin, les trois priantes dirent *amen*, et se turent. La paix eut le dernier mot. Mais longtemps Manuel resta les yeux ouverts, observant le ciel où semblaient passer, en direction de Madrid, les reflets d'une guerre lointaine.

Le lendemain, qui était dimanche, tante Paulina lui commanda sans ambages :

« Préparez-vous pour la messe de dix heures. »

Il regarda Rosita, surpris, mais elle s'approcha de lui, fit mine de l'embrasser, lui chuchotant à l'oreille : « Fais cela pour moi. Je te le revaudrai. » Alors il joua le jeu. Il soutint la vieille Josefa jusqu'à l'église, prit de l'eau bénite, se signa, s'agenouilla comme recommande Blaise Pascal, mais il ne crut point. Il récita les prières latines et les espagnoles qu'il connaissait sur le bout du doigt, posa dix centimes dans le plateau du sacristain, reçut la bénédiction finale en se résignant. Il s'aperçut que tous les yeux convergeaient sur lui : hommes, femmes, enfants, l'église entière le considérait, parce qu'il était étranger, mais aussi frappée d'une aussi merveilleuse dévotion.

A León, Jesus Simancas, le père métallurgiste, n'y alla point par quatre chemins :

« Quelles sont tes opinions politiques ? » lui demanda-t-il, le tutoyant d'emblée. Et il ajouta pour le mettre à l'aise : « Moi je suis inscrit à la C.N.T.

— Je suis républicain, répondit Manuel, à la façon de son élève Palmiro.

— Républicain ? Qu'est-ce que c'est que ça ? Républicain violet, rouge ou noir ?

— Républicain noir.

— A la bonne heure ! Vive l'anarchie !

— Vive l'anarchie !

— Ni Dieu ni maître !

— Ni Dieu ni maître ! »

Les élections espérées eurent lieu en plein hiver, le 16 février 1936, après une série de scandales financiers qui avaient étalé au grand jour la corruption de plusieurs ministres radicaux. Ce parti du centre apparaissait clairement comme le parti du ventre. La droite, conduite par Gil Robles, admirateur de Hitler, piqua un crise de haute vertu, Gil Robles réclamant immédiatement le pouvoir. Le président de la République, Alcala Zamora, se résolut à dissoudre les Cortes. Les différentes tendances de la gauche se présentèrent associées dans le *Frente Popular*, dont les affiches proclamaient : *Le fascisme du Vatican vous a promis du travail et vous a donné la faim. Il vous a promis la paix et vous a apporté des milliers de tombes. Il vous a promis l'ordre et a dressé des gibets. Le Front Populaire ne promet ni plus ni moins que ce qu'il apportera : le Pain, la Paix, la Liberté !* Ces trois mots magiques furent placardés sur tous les murs, tous les arbres, toutes les palissades : *Pan, Paz, Libertad*. Pendant ce temps, Calvo Sotelo, chef des monarchistes, avertissait les Espagnols en termes lamartiniens que, s'ils votaient pour la gauche, ils verraient flotter partout le drapeau rouge « qui est le symbole de la destruction du passé de l'Espagne et de ses idéaux ».

Le dimanche 16 février, les électeurs se rendirent aux urnes dans un calme exemplaire. A peine y eut-il çà et là dans les campagnes quelques coups de trique et de navaja pour respecter les traditions. Vingt-trois tendances se répartirent les suffrages, dont certaines étaient déjà des regroupements, comme le P.O.U.M. *(Partido obrero de Unificacion Marxista).* Le Front Populaire recueillit 4 306 000 voix et 288 sièges ; ses adversaires 4 460 000 voix et seulement 179 sièges. Ainsi, par une bizarrerie de la loi électorale ; la gauche faiblement minoritaire au compte des voix l'emportait largement au compte des députés. Beaucoup de paysans, d'ouvriers agricoles avaient d'ailleurs voté à droite contre leur cœur, par ignorance ou par crainte des propriétaires.

Ce partage peu convaincant plongea l'Espagne dans une insupportable période de désordres. Les premiers jours, tout alla bien. Enthousiasmée par la victoire parlementaire du *Frente Popular*, la foule se répandit dans les rues de Madrid en criant : « Amnistie ! Amnistie ! » A Oviedo, elle ouvrit les portes des cachots où étaient détenus les prisonniers de la révolte d'octobre, élargissant par la même occasion un certain nombre d'assassins et de voleurs qui hurlaient plus fort que les autres *Pan, Paz y Libertad !* Près d'Alicante, elle voulut même rendre la liberté aux lépreux d'un lazaret, mais ceux-ci répondirent merci beaucoup, nos préférons rester ici, nous sommes d'ailleurs trop vilains pour nous montrer. A Barcelone, la population délirante acclama Luis Companys et ses amis sortis de prison, sur les avenues jonchées de fleurs et de palmes comme le chemin de Jérusalem.

Gil Robles avait été battu dans deux des trois circonscriptions qu'il postulait, José Antonio Primo de Rivera dans les huit où il faisait acte de candidature. Le fondateur de la Phalange — Antolin pour ses fidèles — fut alors certain que la gauche ne serait pas chassée du pouvoir par les élections, mais par la dialectique du pistolet. Ses lectures favorites étaient les œuvres de Nietzsche et la traduction espagnole de *Mein Kampf*. En plongeant l'Espagne dans un innommable désordre, on justifierait l'avènement d'un régime « d'ordre ». Pendant quatre mois, les rues de toutes les villes voient alors s'affronter ceux qui saluent du poing et ceux qui saluent du bras tendu. Les bombes explosent de tous côtés, les pistolets claquent, les mitrailleuses crépitent, les morts et les blessés ensanglantent le bitume. Juges, militaires, gardes civiles, journalistes, meneurs politiques sont les cibles préférées. On se canarde dans la rue, autour des fontaines, devant les églises. Les assassins se rendent à domicile et sur les lieux de travail. Les syndicats, les anarchistes, les ambitieux de tous bords ajoutent à ce chambard en multipliant les grèves, les occupations de terres, les incendies d'églises et de couvents. La grève s'étend comme une épidémie, frappe les balayeurs, les facteurs, les maçons, les garçons de café, le personnel des ascenseurs, les croque-morts et même — comble de l'horreur ! — la profession tauromachique. En pleine *temporada*, en pleine saison, Madrid se voit privé de corridas.

Le gouvernement essaye de réagir. Il expédie aux îles Canaries le général Francisco Franco qui lui semble peu sûr. Manuel Azaña convoque Antolin dans son bureau :

« Je me propose de vous faire arrêter, lui annonce-t-il. A moins que vous ne quittiez le pays.

— Je ne peux pas : ma mère est malade.

— Mais votre mère est morte depuis longtemps !

— Ma mère, c'est l'Espagne, et je ne peux la quitter. »

On le met donc à l'ombre. Mais ses ordres, ses appels au meurtre passent à travers les murs, et le massacre continue. La police gouvernementale y met du sien et assassine des phalangistes, qui assassinent des policiers, qui assassinent Calvo Sotelo. Le 14 juillet, deux enterrements ennemis se rencontrent au cimetière de l'Est, les participants se battent et se poursuivent entre les tombes comme des chiens. Ceux qui n'ont pas d'arme à feu se jettent à la tête des pierres, des vases, des crucifix ; les blessés mordent aux jambes leurs adversaires.

Trois jours plus tard, éclate la guerre civile officielle.

Les vacances d'été sauvèrent don Manuel du peloton d'exécution.

Vers la mi-juillet, il se trouvait à Madrid, chez tante Dionisia, tandis que de son côté Rosita était reçue dans la famille d'une cousine germaine habitant le quartier de la gare d'Atocha. En attendant la rentrée scolaire et la nomination tant espérée de Rosa Simancas à son premier poste d'institutrice titulaire, ils avaient dessein de passer l'un près de l'autre deux ou trois semaines, de visiter ensemble la capitale, de goûter autant que le permettent les morales laïque et religieuse aux délices du temps des fiançailles. C'était une chose convenue depuis des mois. Mais à peine ont-ils défait leurs valises que la presse répand des nouvelles inquiétantes : une tentative de sédition est signalée au Maroc espagnol, on n'en connaît pas le chef, Sanjurjo, Goded, Franco, Mola ou le Grand Vizir de Tétouan ; les rebelles n'ont que l'embarras du choix. A la radio, le premier ministre, Casares Quiroga rassure ses compatriotes : « Personne, absolument personne dans la Péninsule n'a adhéré à une entreprise aussi absurde. » Le lendemain, à peu près toutes les garnisons rejoignent la révolte qui triomphe dans la moitié du pays.

A Madrid, pendant toute la chaude nuit du 17, les rues débordent de gens surexcités qui écoutent la radio et réclament des armes. Casares refuse cette éventualité et annonce que toute personne qui en distribuera sera fusillée. A l'aube suivante, la foule se dirige vers la Puerta del Sol en scandant : « Sol ! Sol ! Sol ! Des armes ! Des armes ! Des armes ! » L'U.G.T. procède à la distribution de son magasin personnel.

Le 19 on apprit que les casernes de la Montaña s'étaient proclamées *nationalistes*, c'est-à-dire en état de rébellion contre le gouvernement légitime. Les ouvriers armés s'y précipitèrent et furent accueillis par des coups de fusil et des rafales de mitrailleuse. Le drapeau bicolore flottait sur les toits. Manuel Alcacer se trouva sur place pour assister et prendre part à ces événements qui devaient bouleverser le cours de son existence.

La nuit suivante fut illuminée par l'incendie des églises et des couvents. D'instinct, le peuple s'en prenait aux bâtiments religieux, avant-postes de la société des riches. Il en brisait le mobilier, mais ne le volait pas. Il jetait les statues des saints sur ses barricades, les obligeait à participer à ses combats ; et les braves saints recevaient à sa place les balles nationalistes, aucun archange ne descendait du ciel pour les en préserver. Un prêtre, réfugié en France, reconnaîtra plus tard : « Les Rouges ont détruit nos églises. Mais nous-mêmes, nous avions précédemment détruit l'Eglise. »

Le 20, les rues adjacentes aux casernes étaient noires de monde, excepté la Calle Luisa Fernanda prise en enfilade par le tir des insurgés. Manuel descendit lui aussi sur le terrain et se mêla aux ouvriers en armes, aux miliciens à brassard rouge, s'abritant parfois sous les porches de la grêle de balles. Au fond de cette même artère, venue par la Calle Martin de los Heros, parut soudain une pièce d'artillerie traînée à bras par des amateurs qui étaient allés la prendre au musée de l'*Armeria*. Un officier loyaliste commandait au petit groupe, ce n'était pas un artilleur car, voulant pointer sur la Montaña, au lieu de se servir du goniomètre et de la règle de repérage, il fit ouvrir la culasse, visa au travers du tube, comme d'un télescope. Le canon tira plusieurs salves. De la Calle Ferraz arriva un léger tank Renault, de ceux qui s'ouvraient par l'arrière, il en descendit un grand gaillard qui se planta au carrefour de l'esplanade et vida tranquillement par deux fois ses chargeurs en direction des grilles, tandis que les balles pétaient le feu autour de lui, sur le pavé et les rails du tramway. Un autre milicien s'avança jusqu'à la murette de soutènement, plaça une brique devant son front en guise de bouclier, et tira au pistolet, jusqu'au moment où une rafale le coucha à la renverse. Des miliciens accouraient de toutes parts. Place d'Espagne où Cervantès ramenait sa fraise, le bras droit de don Quichotte, pointé vers la caserne de la Montaña, indiquait clairement où devait se donner l'assaut. Après plusieurs heures de fusillade sous la fournaise du ciel, on vit flotter un drapeau blanc. La foule se rua vers les grilles. Les premiers officiers rebelles sortis les mains en l'air se firent immédiatement écharper. C'est alors que Manuel reconnaît parmi eux l'un de ses anciens camarades de peloton originaire de Villalpando, province de Zamora, maintenant officier de carrière. Il avance titubant, ensanglanté, poussé dans l'échine par le pistolet d'un milicien furibond. Alcacer se jette sur lui, le prend dans ses bras :

« Lagares ! Lagares ! Toi ici ! »

Un coup de hache lui a ouvert le cuir chevelu. L'homme au revolver, irrité qu'on cherche à lui ôter sa proie, secoue son arme et demande :

« Qui est-ce ? Et toi, qui es-tu ?

— Moi ? Tu vois bien d'où je viens et de quel côté je suis ! Lui, c'est Lagares, un de mes amis. Une victime des fascistes. Il a été retenu par ses supérieurs, mais je le sais républicain. »

Lagares ne proteste pas. On le lui abandonne. L'homme qui lui avait fendu la tête d'un coup de hache vient éponger le sang de son mouchoir, disant, je te demande excuse, camarade. Manuel soutient le blessé jusqu'à la clinique de la Calle Blasco Ibañez, des cadavres jonchent les trottoirs.

« Merci, lui dit Lagares pendant le trajet. Mais tu sais, personne ne m'a retenu. J'étais bien d'accord avec mes supérieurs pour rendre à l'Espagne sa dignité et sa grandeur.

— Vous voulons tous la dignité et la grandeur de l'Espagne. Mais dans la liberté et la justice.

— Oh ! la justice !...

— Nous en reparlerons. Je viendrai te voir.

— Merci encore. Tu m'as sauvé la vie. Je ne l'oublierai pas. »

Valdescorriel se trouvait dans la zone où la rébellion triomphait. Des gardes civils se présentèrent à la mairie munis d'une liste de quatorze noms. Les hommes se cachaient, les femmes regardaient de loin ces oiseaux de mauvais augure.

« Nous cherchons ces quatorze personnes qui sont des rouges notoires », dit le sergent au nouveau secrétaire, nommé après 1931.

Le premier nom était : *Alcacer Cristobal.*

« Celui-là, vous le trouverez au cimetière, où il réside depuis deux ans après s'être éventré sur sa faux.

— Eh bien ! fit le *civilon*, on peut dire qu'il a eu de la chance ! Les trois noms qui suivent sont sans doute ceux de ses fils : *Manuel, Esteban, Bernardo* ?

— Exact. Mais à ma connaissance, ils n'habitent pas le village en ce moment. Demandez à leur mère. »

Ils se rendirent chez Alba :

« Où sont vos fils ? Nous voulons les interroger.

— Mes fils sont en résidence à Madrid.

— Tous les trois ?

— Tous les trois.

— A quelle adresse ? »

Elle connaissait la capitale comme sa poche :

« Calle Fuencarral. Numéro 146. Derrière l'église du Divin Pasteur. »

Et eux, menaçants : « Prenez garde ! Nous vérifierons !

— Vérifiez. »

Pendant qu'ils y étaient, ils fouillèrent la maison, cherchant des armes, de la dynamite, des livres compromettants. Ils lurent, sur les dos de cuir, les titres des traités de botanique, d'histoire, de géographie, et l'un d'eux approcha un volume de son nez, comme pour se rendre compte s'il s'agissait d'une chose comestible. Puis ils repartirent, disant :

« Nous nous reverrons. »

Des dix hommes qui leur manquaient, ils en dénichèrent huit qu'ils rassemblèrent sur la place de l'*ayuntamiento*. Huit pauvres bougres, ignorants jusqu'au bout des ongles, à une exception près : celle de Pimiento qui lisait l'écriture imprimée en la suivant du doigt, et avait coutume, certains jours, de s'asseoir devant l'église pour se moquer des personnes pieuses. Profession : cordonnier par intermittence, ivrogne en permanence. Puis ils firent sortir des maisons toutes les personnes qu'ils trouvèrent — sauf les parents des prisonniers — leur ordonnant de se rendre sur les mêmes lieux, de se placer face au groupe que formaient les huit et leurs gardiens, il fallut bien deux heures pour ce rassemblement. D'un côté, les paysans et leurs femmes se pressaient comme des brebis peureuses ; de l'autre, Pimiento et ses camarades se tenaient humblement, le béret à la main par déférence et bonne volonté, d'une pâleur que n'arrivait pas à dissimuler leur barbe de plusieurs jours, les travailleurs de ce village n'avaient pas coutume de se raser plus d'une fois la semaine. Alors, le chef des gardes civils prononça un discours :

« Ces individus sont en état d'arrestation, accusés d'être des rouges. Ou, si vous préférez, des républicains, socialistes, communistes, anarchistes ou libéraux de gauche. Y a-t-il trois personnes dans la population — il m'en faut trois — qui se portent garantes du contraire ? »

Les illettrés d'en face se considérèrent avec stupeur, se demandant ce que le *civilon* voulait exactement, quel était ce contraire qu'il exigeait d'eux.

« Que trois habitants de ce village, insista l'autre, lèvent le doigt pour garantir le contraire. »

Mais quel était donc, par les tripes de saint Pelayo, ce putain de contraire qu'ils devaient garantir ? Les uns n'y comprenaient rien, les autres faisaient semblant, quoi, quoi, quoi ? Les huit captifs les regardaient d'un air farouche ou suppliant, pointant le doigt vers eux pour les encourager, ou les interpellant par leur nom, Pablo ! José ! Pepe ! Paquita !

« Une dernière fois, redit le garde civil, je demande à trois personnes de se porter garantes du contraire en levant la main ! »

Personne ne leva rien du tout.

« C'est bon. Vous pouvez regagner vos domiciles. »

Ils ne se le firent pas dire deux fois. Quand la place eut été évacuée, les gardes emmenèrent leurs prisonniers. Quelques minutes plus tard, on entendit crépiter des détonations. Un ronronnement de moteur indiqua que les militaires s'éloignaient. On courut vers l'endroit d'où était venue la fusillade, à la sortie du bourg en direction de Fuentes de Ropel. Ils étaient là par terre, au bord de la route, proprement alignés tous les huit comme des renards après une battue. Ils saignaient de leurs blessures, de la bouche, des oreilles. Pimiento avait dans la poitrine une source vineuse, quasi noire, qui l'inondait jusqu'aux espadrilles.

Manuel et Rosa se trouvent alors bloqués dans Madrid qu'il n'est pas question de fuir pour aller vivre en territoire nationaliste. Ils doivent y attendre la victoire des armes républicaines. Leur parenté les retient d'ailleurs chaleureusement, restez ici, nous partagerons tout, le pain, le chaud, le froid, les risques, les espérances.

« Je dois m'engager dans la milice, dit Manolo à Rosita.

— Bien sûr. Nous ne pourrions être heureux autrement. »

Ils s'embrassent, puis se saluent le poing levé :

« Au revoir... camarade. »

Titulaire du grade d'*alférez* dans l'ancienne armée, Manuel est immédiatement promu *mayor de milicias* et on lui confie le commandement d'un bataillon de Zamorans, originaires de la province de Zamora et de ses environs. Il pense à recruter Lagares, militaire professionnel. A l'hôpital, on l'informe qu'il est sorti. Il connaît son adresse, Calle del Pez. Rue du Poisson. Quand il frappe du heurtoir, une voix de femme demande à travers la porte :

« Qui est-ce ?

— Manuel Alcacer.

— Qui ?

— Manuel Alcacer.

— Je ne connais pas. »

Lagares n'a pas raconté comment il a échappé au massacre, n'a pas prononcé son nom.

« Un ami de Pedro Lagares.

— Je vais vérifier. »

Il reste un long moment debout sur le palier de marbre, les rampes sont en fer et cuivre ouvragés. Tout ça pue le franquisme. Enfin le battant s'écarte. Une dame entre deux âges, le cou dissimulé sous une guimpe de veuve, le laisse passer :

« Je suis sa mère. »

Manuel cherche son poisson des yeux. Il le trouve étendu sur un sofa, en robe de chambre, la tête encore bandée. Une jeune fille se tient à ses pieds, tandis que la dame à la guimpe se place à l'autre bout, elles ont l'air de deux gardes du corps.

« Ma mère et ma sœur, dit Lagares. Manuel Alcacer, sans qui je serais aujourd'hui au cimetière, démembré comme une mouche. »

Manuel reste debout au milieu des meubles cirés, des tableaux, des miroirs, des statuettes, des porcelaines de Chine, il se sent lourd et gauche.

« Assieds-toi, dit Lagares, désignant un siège de sa main pâle. Que me vaut l'honneur de ta visite ?

— Je suis venu d'abord prendre de tes nouvelles.

— Je me remets peu à peu.

— T'informer ensuite... »

Il lui raconte la naissance du bataillon zamoran, son espoir de le voir bientôt parmi leurs compatriotes. Tout de suite, la veuve intervient :

« Monsieur, je vous ai beaucoup de gratitude de ce que vous avez fait pour mon fils. Mais vous voyez bien qu'il n'est pas en état de combattre !

— Oh ! Monsieur ! ajoute la sœur. Laissez-le en paix, je vous en conjure !

— Mais enfin, argumente Alcacer, il est officier professionnel ! Il a choisi la carrière des armes... »

Et elles deux : « Une lourde erreur qu'il a commise là ! La carrière des armes, c'est très bien, d'accord, mais en temps de paix ! Pas en temps de guerre ! Et surtout pas de guerre civile !

— Je n'ai que ce fils... dit la mère.

— Je n'ai que ce frère... dit la sœur.

— Nous vous supplions au nom du Christ de l'épargner.

— Le *mayor* Alcacer... dit Pedro. A ce propos, je te félicite de ce grade. Dans la milice, les promotions vont vite. Le *mayor* Alcacer, dis-je, ne croit pas au Christ : il est communiste.

— Je ne suis pas communiste, dit Manuel, mais je ne crois guère au Christ en effet.

— Au nom de votre mère !

— Inutile de me supplier. Je ne l'emmènerai pas de force. C'est à lui qu'il appartient de prendre une décision.

— Il faut d'abord que je me remette entièrement. Cela me donnera le temps de réfléchir. Mais si je m'engage un jour dans la milice, je te le promets, je choisirai le bataillon des Zamorans. »

Ainsi s'achève l'entretien. Manuel Alcacer et Pedro Lagares n'auront plus l'occasion de se rencontrer. Beaucoup plus tard, Manuel apprendra que celui qu'il a sauvé de la colère populaire a repris le combat dans les rangs fascistes. Il tombera aux mains de la milice et sera fusillé.

Madrid appartient au peuple. Les portraits de Largo Caballero, chef des socialistes, et de Lénine sont affichés sur la Puerta del Sol. Au parc de Casa de Campo, des tribunaux populaires jugent les officiers rebelles. Mais beaucoup d'exécutions se produisent sans jugement, on trouve chaque matin des cadavres gisant çà et là, que les Madrilènes appellent des *besugos*, des turbots, à cause de leurs yeux vitreux et de leur bouche bée. Les syndicats ont organisé des cantines où l'on reçoit contre un bon des repas composés d'un plat unique, riz, pommes de terre et viande. On mange sans pain, les terres à blé se trouvant au pouvoir des insurgés. Chaque milicien non gradé touche une solde de deux douros par jour, versée à sa famille en cas de décès. Les maisons des riches abandonnées ou insuffisamment occupées ont été réquisitionnées, les capitalistes cohabitent parfois avec les révolutionnaires. Les enfants vagabondent dans les rues, jouent à la guerre civile avec des fusils de bois et des grenades de papier, s'injurient de part et d'autre de leurs barricades :

« Sales rouges !

— Cochons de fascistes ! »

La milice est encadrée d'officiers loyalistes de l'armée régulière ou de gradés élus par acclamations. Maintes décisions d'attaque, de contre-attaque, de retraite se prennent aussi à main levée, sans souci de l'opinion des professionnels, que l'on tiendra cependant pour responsable en cas d'insuccès. On les salue en levant le poing, on les tutoie, leurs étoiles — qui rappelaient le ciel et les symboles religieux — ont été remplacées par des galons. On ne se sépare plus sur un *Adios* qui mêlait Dieu à vos affaires, mais en se disant *Salud*. Certains soldats peignent sur leur casque, sur leur poitrine les initiales de leur parti, P.O.U.M., F.A.I., U.H.P. Des commissaires politiques veillent sur la pureté des diverses doctrines marxistes et se font recruteurs pour leur propre parti. Des taxis, des camions emportent cette troupe enthousiaste vers la chaîne d'âpres montagnes qui protège la capitale au nord et au nord-ouest, aux cris « A la sierra ! A la sierra ! »

Comme dans les antiques guerres entre Grecs et Troyens, l'Olympe et l'enfer se mêlent à la lutte. Un jour, une colonne aux ordres du colonel Julio Mangada avance vers l'ouest en direction d'Avila qu'on dit mal défendu. Une horde de prostituées républicaines l'accompagne et les hommes, tourmentés par les maladies vénériennes, ont grand-peine à marcher. Après avoir délivré cependant plusieurs villages, ils arrivent à Navalpéral, à trente kilomètres de leur but. Alors, sainte Thérèse, patronne d'Avila, apparaît en rêve au colonel et lui déclare : « Je t'avertis que ma ville est remplie de soldats formidablement armés. » Julio Mangada ordonne aussi sec à ses miliciens de faire demi-tour. Ce mensonge de la sainte sauve Avila du marxisme et de la chaude-pisse. Quant aux prostituées, elles tiennent si fort au projet de convertir la ville de Thérèse à leurs propres idéaux, elles s'accrochent si bien aux hommes qu'il faudra en fusiller quelques-unes pour leur faire lâcher prise.

Un des prodiges de cette guerre entre Espagnols — mais dont se mêlèrent plus ou moins trente-six autres nations — fut qu'on avait des nouvelles précises les uns des autres, les rebelles des loyalistes, les campagnes des villes, le nord du centre et du sud. On le dut au téléphone qui, sauf quand les combats coupaient les lignes, fonctionna régulièrement au profit de tout le monde, sans distinction de partie. Ainsi, loin de Madrid, Manuel pouvait appeler tante Dionisia, et par elle, être informé de sa famille et de Rosita. Les émissions radiophoniques avaient lieu sans empêchement. Réunis dans un café du front ou de l'arrière autour d'un poste, les miliciens écoutaient Radio-Madrid, Radio-Barcelone, mais aussi Radio-Séville où pérorait le général franquiste Queipo de Llano :

« Nos vaillants soldats légionnaires et nos soldats africains ont appris aux rouges ce que c'est que d'être des hommes. Les femmes des rouges ont appris elles aussi que nos soldats sont de vrais hommes, et non des miliciens castrés.

« Les marxistes sont des bêtes féroces, mais nous, nous sommes des chevaliers. Companys mérite d'être saigné comme un cochon.

« J'ai donné l'ordre de fusiller trois membres de la famille de chaque marin du navire qui a bombardé La Linea. Pour finir, je salue ma fille qui est à Paris, lui disant que nous sommes en excellente santé.

« Quatre-vingts pour cent des familles andalouses sont en deuil et nous n'hésiterons pas... Je vous demande pardon de m'interrompre un instant, il faut que je me gratte... »

Le général Queipo de Llano, qui prétendait être le Dr Goebbels du franquisme, n'en était que le bouffon.

Après avoir combattu dans la sierra de Guadarrama, Manuel et son bataillon revinrent à Madrid. Rosa Simancas l'informa qu'elle se trouvait requise pour enseigner les enfants de la capitale. Ceux du moins qui se laissaient persuader qu'ils seraient de meilleurs citoyens de la République en sachant lire et écrire. Chaque matin, avant l'heure de la classe, elle partait chasser l'écolier, en débusquait quelqu'un ou quelqu'une parmi les réfugiés qui remplissaient les rues de leurs mules, de leurs vaches, de leurs chèvres, de leurs voitures chargées de matelas, de tables, de berceaux, d'horloges. L'horloge était le meuble le plus précieux, semblait-il, de ces paysans qui en couronnaient toujours le sommet de leurs pauvres décombres. Sitôt qu'elle voyait un enfant vagabond parmi ce méli-mélo, elle se présentait :

« Je suis maîtresse d'école. »

Titre qui lui valait aussitôt le respect. Elle interrogeait le gamin, comment t'appelles-tu, où habites-tu, as-tu des parents, as-tu mangé ce matin ? Elle lui proposait de l'accompagner. Elle en racolait cinq ou six de la sorte, mais en perdait les jours suivants, ils oubliaient le chemin de l'école, elle ne les revoyait plus.

Cependant, le commerce, les tramways, les cinémas continuaient de fonctionner. Une salle donnait *Soupe au canard* où l'on voyait Groucho Marx habillé en officier de l'armée franquiste, penché sur une carte pour dire :

« Un enfant de trois ans saurait résoudre ce problème. »

Et après un moment de perplexité : « Allez me chercher un enfant de trois ans ! »

Les miliciens de la salle se tenaient les côtes, heureux d'avoir affaire à des ennemis aussi crétins.

Le général Mola, commandant les armées rebelles du nord, annonçait justement par radio qu'il entrerait prochainement dans Madrid et boirait un café sur la Gran Via. Sitôt le projet connu, un établissement de cette artère réserva une table à son nom au moyen d'un écriteau. Il y resta des semaines, suscitant les rires des consommateurs. Puis la plaisanterie finit par s'éventer.

Malgré le crétinisme de ses chefs, le camp fasciste se renforçait chaque jour grâce à un afflux d'armes allemandes et italiennes, tanks, artillerie, aviation. Après une série d'avances, Mola établit son quartier général dans Avila, favorisé par sainte Thérèse. Le 29 octobre commença la bataille de Madrid par le bombardement de l'aéroport de Getafe qui tomba le 4 novembre aux mains des franquistes. Le gouvernement de Largo Caballero décida de quitter Madrid pour Valence, où l'avait précédé ce qui restait des Cortes ; il faillit en route se faire fusiller par les anarchistes, mais leur échappa miraculeusement. La capitale, abandonnée aux militaires, aux syndicats, aux partis politiques se couvrit de barricades et de tranchées, chaque fenêtre devint une meurtrière. Tout le monde s'en mêla, les femmes, les enfants, les poètes :

Madrid, que nunca se diga,
nunca se publique o piense
que en el corazon de España
la sangre se volvió nieve...
Que cada barrio a su hora,
si esa mal hora viniere
— hora que no vendrá — sea
más que la plaza más fuerte...

Madrid, que jamais nul ne dise,
jamais ne publie ou ne pense
que dans le cœur de notre Espagne
le sang s'est transformé en neige...
Que chaque quartier à son heure,
si la mal'heure doit venir
— elle ne viendra point — qu'il soit
plus fort que la plus forte place... [1]

Les chasseurs soviétiques affrontaient dans le ciel les bombardiers allemands et italiens. Les Brigades internationales défilaient dans la Gran Via. A la radio, Fernando Valera s'écriait :

« C'est ici, à Madrid, que se trouve la frontière qui sépare la Liberté de l'Esclavage. L'amour de la haine. La paix de la guerre. La fraternité du Christ de la tyrannie de l'Eglise. Madrid se bat pour l'Espagne, pour l'Humanité, pour la Justice et, du manteau de son sang, elle abrite tous les êtres humains ! »

13

Les franquistes étaient dans les faubourgs. Ils occupaient une partie des pavillons fortifiés de la Cité Universitaire, de sorte que la Philosophie, la Science et la Médecine se battaient contre l'Architecture, l'Agriculture et la Peinture. Franco déclara qu'il préférerait détruire entièrement Madrid plutôt que de la laisser aux marxistes. Son artillerie pilonnait la ville du mont Garabitas, au centre du parc Casa de Campo. De son côté, la légion aérienne allemande *Condor*

1. Rafael Alberti.

s'en donnait à cœur joie, étudiant sur chaque quartier les effets de ses bombes. « Bénies soient les ruines, dit l'évêque de Carthagène, si dans les brèches ouvertes par nos canons fleurit l'Evangile ! » Le général républicain Miaja demandait des munitions à Largo Caballero réfugié à Valence ; celui-ci lui répondit en réclamant l'argenterie officielle oubliée dans les ministères.

C'est dans ces conditions idéales que Manolo et Rosita décidèrent de se marier civilement. La cérémonie eut lieu le 31 décembre 1936 dans la plus stricte intimité : les époux, leurs témoins, les parents madrilènes. Tout ce monde se donna rendez-vous au tribunal de Madrid demi détruit par les bombardements, dans une salle à ciel ouvert. Les invités prirent place sur les fauteuils parsemés de gravats. Le juge s'avança sous le drapeau de la République, tous se levèrent. Il lut d'abord les nom, âge, filiation, domicile, profession de Manuel Alcacer, fils de..., et de Rosa Simancas, fille de... Il ouvrit ensuite un livre rouge et entreprit de débiter les articles du code civil, les époux se doivent mutuellement fidélité, aide et assistance, le mari a le choix du domicile et la femme est tenue de résider avec lui, etc. A ce moment, les obus fascistes commencèrent à tomber tout près du palais de Justice, ébranlant le sol, les meubles et ce qui restait des murs. Le juge s'interrompit :

« Est-ce que vous connaissez les articles du code civil concernant le mariage ?

— Oui, oui, dirent les fiancés.

— Alors, répondez affirmativement aux questions traditionnelles, signez et dépêchez-vous de partir. Manuel Alcacer ici présent acceptez-vous de prendre pour épouse... »

Ainsi fut réglé leur mariage, en quatre coups de cuillère à pot. Ils s'enfuirent, courbant l'échine, se réfugièrent dans une cave, en compagnie de miliciens et d'ouvrières qui les applaudirent. Lorsqu'elle ressortit, la noce gagna l'appartement de la rue Mendizabal où tante Dionisia la régala modestement.

Un peu avant la tombée de la nuit, une voiture militaire, mise à leur disposition par l'état-major du bataillon zamoran, arrive devant leur porte, elle doit les emporter en voyage de noces jusqu'à Los Alcazares, au nord de Carthagène, où Bernardo, le frère mécanicien de Manuel, se trouve en garnison dans l'armée de l'air. Ce voyage offre mille embûches. Ils devront éviter, quoique en zone républicaine, les points de résistance fascistes que rien ne signale à l'avance. Eviter avec non moins de soin les patrouilles anarchistes toujours pleines d'un zèle outrancier. Manuel se met au volant, ils prennent la direction d'Aranjuez, la faible lueur des phares éclaire la route défoncée, les arbres arrachés, les réverbères tordus. Avant de sortir de la ville, un barrage les arrête, des lampes-torches se braquent sur eux, une sentinelle les met en joue. Des miliciens en combinaison *El Mono*, Le Singe, sortent de l'ombre, l'un d'eux questionne :

« Qui êtes-vous ? »

Manuel montre son livret de *mayor de milicias*, sa feuille de permission, les papiers de la voiture, l'autorisation d'emprunt, explique le sens de son voyage. Tout semble en règle. Mais :

« Le mot de passe ! » demande la sentinelle.

En voilà une autre ! Ce mot de passe, il l'a distribué lui-même ce matin avant de quitter le cantonnement, comme il fait chaque jour. Or ce mot de passe lui est sorti de la tête, où il avait d'autres pensées.

« Alors ? s'impatiente la sentinelle dont ils distinguent la silhouette massive du côté de la crosse.

— Je l'ai oublié, avoue-t-il.

— Sans mot de passe, on ne passe pas.

— Attends ! Il va me revenir. »

Il fouille sa mémoire, y découvre une quantité de mots de passe dépassés, *La République donnera la terre — à ceux qui la travaillent. L'amour de la liberté — est plus fort que les mitrailleuses*. Y compris des mots de passe empruntés à des poètes : *Castille misérable — hier dominatrice. Vent noir — lune blanche. Toujours mes yeux vont vers toi — cité de mes jours marins*. Mais quel est donc, par les tripes du curé de Santurce, le mot de passe d'aujourd'hui ?

« Demi-tour ! ordonne la sentinelle. Vous reviendrez quand tu l'auras. »

Ainsi font-ils. Ils retournent sur leurs pas, rejoignent le cantonnement. Voici d'autres sentinelles, mais celles-ci le connaissent.

« J'ai oublié le mot de passe que je vous ai transmis ce matin. Nous avons été obligés de revenir. Rappelez-le-moi, je vous prie. »

Les autres se regardent, clignent de l'œil :

« *Hostia* ! Je l'ai oublié aussi !

— Et moi pareillement ! D'ailleurs, on n'aurait pas le droit de le donner.

— J'en ai plus aucun souvenir. »

Avec quelques douros, il leur rend la mémoire et obtient ce qu'il voulait. Les revoici devant le barrage :

« Alors, ce mot de passe ?

— Le sang de l'ennemi... commence-t-il.

— ... grossira le Manzanares, achève la sentinelle. Vous pouvez passer. »

Ils traversent le Tage et les jardins d'Aranjuez la Fleurie.

« J'aimerais, dit Manuel qui la connaît déjà, te montrer la maison des Marins où sont entreposées les embarcations d'Isabelle II, de Charles IV et de je ne sais plus qui, avec leurs dorures, leurs peintures, leurs bois précieux.

— Nous y reviendrons », dit Rosita.

Leur voiture est une Citroën noire réquisitionnée, elle pue horriblement l'essence à cause des bidons de réserve qu'ils emportent dans le coffre. La nuit givre leurs vitres. Ils se serrent l'un contre l'autre pour additionner leurs chaleurs. Ils ne voient rien de la Manche ni de ses moulins à vent.

A minuit, ils s'immobilisent, se souhaitent une heureuse année nouvelle. Manolo sort d'un sachet deux raisins demi flétris dont ils mangent douze grains chacun ; ils finissent ceux qui restent, sans souci du rite, et jettent la rafle par la portière.

D'autres barrages les arrêtent, ils répètent le mot de passe et disent *Feliz año nuevo !* Certains miliciens font la sourde oreille et veulent les fusiller tout de suite ; il faut montrer patte blanche et palabrer longuement. D'autres leur offrent à boire. Au petit jour, épuisés, ils s'écartent dans un chemin latéral et dorment plusieurs heures. Ainsi s'achève leur nuit de noces.

Le soleil les réveille, déjà haut, autant qu'il peut l'être en cette saison. Ils s'aperçoivent qu'ils ont dormi au milieu d'une orangeraie. Ils déjeunent des provisions qu'ils ont apportées, pain et chocolat noir.

« J'ai soif, dit Rosita.

— Je vais chercher de quoi boire.

— Prends garde.

— J'ai mon pistolet. »

Il sort de la voiture, déplie avec peine ses membres gourds. Devant lui, en bordure des orangers, une *barraca* blanche semble habitée, elle fume doucement. Il avance tête nue, foulant la terre pulvérulente, enjambant les rigoles d'irrigation. Son vêtement est composé d'un pantalon civil à côtes de velours, d'une vareuse militaire sans ceinturon, d'un calot bleu à pompon jaune ; il porte son arme dans sa poche. De la maison, l'on a remarqué sa venue, un homme sort armé d'un fusil de chasse. Manuel joint les mains au-dessus de son front en signe d'amitié. L'homme le regarde approcher en silence.

« *Feliz año nuevo*, dit Alcacer.

— *Feliz año.*

— Je vais à Los Alcazares avec ma femme. Nous nous sommes mariés hier. Nous avons voyagé toute la nuit. Pourrions-nous, par faveur, avoir un peu d'eau ? »

Il évite d'employer le *tu* républicain. Le paysan est à peu près de l'âge qu'aurait son père. Sa figure est ravinée comme les routes de la région.

« De l'eau ?

— Par faveur. Nous avons soif. »

Sans déposer son fusil, l'homme appelle : « Norina ! » Sa femme paraît :

« Donne une bouteille d'eau à ce monsieur.

— De l'eau pour boire ?

— Oui. Pour boire. »

Ils restèrent face à face, sans échanger un mot. Quand elle revint, elle dit en employant le *vous* :

« J'y ai mis un peu d'orgeat. Vous pouvez garder la bouteille.

— Combien vous dois-je ?

— Rien.

— Je vous remercie de tout cœur.

— Il n'y a pas de quoi. »

Il repartit sans se retourner. Il sentait dans son dos le regard noir du fusil de chasse.

A Los Alcazares, après bien des recherches, ils trouvèrent Bernardo qui mit à leur disposition son appartement réquisitionné. Pendant trois jours, ils vécurent d'amour et d'orgeat. Puis ils reprirent le chemin hasardeux de Madrid.

Contre les murs de la gare d'Atocha, très endommagée, on avait placardé une affiche sans légende. Elle montrait la jambe d'un ouvrier — cela se voyait au velours à côtes un peu effiloché sur les bords — chaussée d'une espadrille, écrasant une croix gammée sanglante.

Lorsque, quasi un demi-siècle plus tard, Manuel revit ces années de puanteur — celle du sang séché ; celle des bêtes crevées, abandonnées dans les champs, gonflées comme des montgolfières ; celle des cadavres inaccessibles sous les décombres ; celle de l'hôpital, de l'éther, des chairs pourries, des excréments ; celle de la poudre ; celle des décombres, les maisons mortes sentent presque aussi mauvais que les hommes morts — elles lui semblent étrangement désodorisées. Telles les images d'un film, d'un interminable western de trente-deux mois. Une coproduction hispano-franco-germano-italo-arabo-américano-irlando-russe, dont chaque acteur parle sa langue nationale. Sonore et en couleurs. Mais les odeurs se sont éventées. Comme l'enthousiasme. Comme l'espérance. Que lui reste-t-il à espérer à Beaumont (Auvergne) de ce pays où il ne retournera plus, qui ne lui appartient plus depuis quarante-quatre ans, où tout lui est parent mais étranger à la fois, pour qui il éprouve haine et amour, rancœur et gratitude ?

Trente-deux mois il a combattu pour des haricots, comme disent les Français. Trente-deux mois les siens sont morts et ont tué ; ont été égorgés, torturés, lardés de banderilles, réduits en cendre ; et ont pareillement torturé, égorgé, banderillé. Pour des haricots. Trente-deux mois un océan d'horreur a déferlé sur l'Espagne, étourdie, aveuglée, en sorte que les cadavres mêmes ne s'y sentaient pas en paix et allaient, emportés par les flots, chercher sur les côtes de France ou du Portugal une terre plus reposante. Ce combat n'avait pas de sens. A cinq pour cent près, la moitié de la population luttait contre l'autre moitié, chacune prête à massacrer l'autre. La férocité, la passion, la fureur pareilles dans les deux camps. On ne savait plus qui méritait la mort et qui non. Où étaient les bons juges, les bonnes victimes, les bons bourreaux ? Où les brebis et où les loups ? Où le grain et où l'ivraie ? Mais tout cela pour des haricots. Voilà pourquoi dans son souvenir les odeurs se sont évaporées.

Les images restent, un peu confondues. Celles qu'il refuse et celles qu'il accepte. Jamais, pour personne il n'évoquera Somosierra, ni la vallée de la Jarama et la Colline du Suicide. Ni Guadalajara où sa division fut bousculée par les nationalistes de Moscardo sur la route de Soria, mais qui devint ensuite surtout une affaire italo-italienne, entre la Brigade Garibaldi et les faux volontaires mussoliniens ; douze mille restèrent englués dans la boue, vivants ou morts, sans parler de ceux qui se laissèrent fusiller plutôt que d'aller combattre. Ni Brunete où il y eut tant de tués qu'il fallut brûler leurs corps faute de cercueils. Ni Téruel : deux mois dans le froid et la glace qui gelait les moteurs pour essayer d'arracher cette terrible *Dent* qui dominait par l'ouest la ville demi détruite ; le Jour de l'An fêté à coups de grenades dans les caves où les défenseurs transis se terraient ; la capture de l'évêque dont on ne savait que faire, le garder en otage ou le transformer en saucisson.

Manuel accepte d'autres images. La mort du commandant George Nathan, juif et anglais, éventré par une bombe, qui ordonna à ceux qui l'avaient ramassé et voulaient le transporter ailleurs :

« Inutile, je n'en ai plus que pour quelques instants. Chantez, je vous prie. Chantez jusqu'à ce que je vous quitte. »

Et tandis qu'il retenait son âme avec ses dents, les miliciens debout, le poing levé, chantèrent autour de lui *l'Internationale* et d'autres hymnes révolutionnaires, se relayant pour reprendre leur souffle jusqu'à ce qu'il eût perdu le sien. On l'enterra sous les oliviers.

Les loisirs de la Cité Universitaire, dans les périodes d'accalmie. On y faisait la chasse aux rats et aux illettrés. Les premiers à coups de fusil. A l'usage des seconds, Manuel se retrouva instituteur. Sur les tableaux noirs encore utilisables, il dessinait l'alphabet avec des bouts de plâtre. Venait ensuite ce jeu : ses élèves lui lançaient au hasard des mots dont ils ressentaient une pressante nécessité, et lui écrivait blanc sur noir *république, liberté, justice, victoire, amour, amitié*. Ensuite, des mots détestés qu'ils conspuaient à mesure qu'ils les voyaient se former : *fascisme, église, phalange, non-*

intervention. Quel enthousiasme lorsque, armés du bout de plâtre, ils parvenaient à tracer à leur tour les mots de leur choix !

L'amitié. Le rire éclatant de Koussienov lorsqu'il avait réussi à dérober le portefeuille d'un copain. Ouzbek dans son pays, originaire du Turkestan méridional et de condition gitane, il avait le vol dans le sang comme d'autres la musique. Il montrait les photos de sa femme culottée à la zouave et coiffée d'un turban. Attaché au bataillon comme conseiller militaire. Spécialiste des chars. Ses explications étaient surtout de la mimique, mais il s'efforçait d'apprendre le castillan. Manuel lui enseignait à placer la langue entre les dents pour prononcer *Zaragoza, zarzuela, zonzeria*. En U.R.S.S. il fait trop froid pour qu'on sorte la langue en parlant. Mais il y a des tentations auxquelles il est impossible de résister : ainsi, tu tires exagérément la langue pour dire *Zaragoza* : qui pourrait se retenir de t'envoyer une tape sous le menton ? Le Gitan se mordit la langue en paiement des portefeuilles volés.

L'amour. Les filles de Madrid tenaient pour un devoir moral et politique de se donner aux combattants qui se les passaient, comme une bouteille circule de bouche en bouche entre assoiffés. Mais on respectait celles qui venaient pour un seul homme, mari, amant ou fiancé ; on leur prêtait une couverture afin qu'ils puissent couvrir au mieux leurs étreintes, tandis que d'autres miliciens les contournaient ou les enjambaient.

Car il fallait vivre entre les bras de la Mort. La nourriture manquait, mais la boisson restait abondante et facile, les tavernes regorgeaient de vin et d'alcools, les combattants allaient s'y refaire un moral élevé. Dans l'amour et dans le vin ils trouvaient la force de résister au siège. Et à leurs propres iniquités. A celles qu'ils se sentaient en devoir de commettre pour une juste cause. L'ennemi était non seulement au-dehors, mais parmi eux : ce que le général Mola avait appelé sa « cinquième colonne ». Fascistes dissimulés, ou réfugiés dans les ambassades qui sortaient la nuit pour commettre des assassinats. Espions déguisés en mendiants, en infirmes, en vieillards, voire en miliciens. Le S.M.I. *(Servicio de Investigacion Militar)* se chargeait spécialement de ces derniers qu'il traquait jusque dans les tranchées de Casa de Campo. Sous l'accusation de lâcheté, d'incapacité, de refus d'obéissance, d'espionnage, tel ou tel était emmené par ces hommes à brassard rouge, on ne le revoyait plus. Le S.M.I. aimait éprouver la ferveur républicaine et révolutionnaire des gradés en les chargeant d'accomplir de sales besognes. C'est ainsi qu'un jour il amène à Manuel un prisonnier, expliquant qu'il s'agit d'un curé en civil qu'ils ont trouvé porteur de bijoux en or et d'un pistolet chargé.

« A présent, ordonnent-ils au *mayor* Alcacer, tu nous débarrasses de ce cochon de fasciste. Tu l'envoies en promenade. »

Tout le monde connaît la signification du *paseo*, le prisonnier conduit à pied ou en voiture jusqu'à un coin tranquille, hors de toute curiosité, exécuté d'une balle dans la nuque et abandonné sur place. Le lendemain, ce sera un *besugo* de plus.

Le visage du défroqué n'indique pas sa condition de prêtre ; sous sa barbe d'une semaine, on le prendrait pour un ouvrier agricole, un de ces *peones* qui descendaient jadis des monts Cantabriques pour faire les vendanges à Valdescorriel. Ses poignets sont gros, ses mains noueuses.

« Tu es prêtre ? demande Manuel.

— Je l'ai déjà reconnu.

— Et tu avais sur toi une arme à feu ?

— J'étais chargé de la donner à une famille.

— Quel genre de famille ?

— Une de celles que vous n'aimez pas. Pour qu'elle se défende si nécessaire en essayant de quitter Madrid. Les bijoux aussi étaient pour elle.

— L'or de la corruption ?

— Etes-vous tous incorruptibles ?

— Tu connais ton sort ?

— Je le connais.

— Ce n'est pas moi qui t'ai condamné.

— Non. Tu t'en laves les mains. »

Voilà. Ponce Pilate. En face de ce *peon* de Dieu, il est le Ponce Pilate de la République. Il appelle trois de ses hommes, leur dit emmenez ce fasciste en promenade. Parmi eux, Paco Gimenez, un menuisier de Bénavente. Ils saluent du poing et tous s'en vont. Il est cinq heures de l'après-midi en ce printemps de 1937. Les arbres du parc commencent à verdir, malgré leurs mutilations. Le visage du condamné, fils de paysan comme lui, restera dans sa mémoire. Devenu prêtre, sans doute, moins par vocation que par nécessité, pour assurer son pain quotidien et celui de sa famille. Il en a connu plusieurs de cette sorte dans son village : à l'occasion de leur première messe, les enfants grimpaient jusqu'au sommet du clocher pour y planter le drapeau royal. Mais quelle idée de porter sur soi, quand on est prêtre, un pistolet chargé ? Et le voilà, lui, Manuel Alcacer, transformé en exécuteur du S.M.I., copie conforme du N.K.V.D. soviétique. Car ce pistolet était tout de même destiné à tuer des miliciens. Quand la garde civile est venue le chercher avec douze autres à Valdescorriel pour les fusiller, quels crimes avaient-ils commis ? Mais avant eux, qui donc avait assassiné le *civilon* en retraite ? Chacun des deux camps se renvoie la balle de la responsabilité du premier massacre : ce n'est pas moi qui ai commencé, c'est lui. Ainsi, de proche en proche, à travers des siècles de violences, d'oppressions et de révoltes, il ne reste qu'à remonter jusqu'à Caïn.

Le lendemain, Paco Gimenez se présente, la tête un peu basse. Manuel le regarde sans rien dire.

« Les choses, explique le menuisier, ont été difficiles.

— Je l'imagine.

— Non. Pas comme tu penses... »

Ils étaient partis en direction du Retiro dans une camionnette réquisitionnée portant encore le nom de l'ancien propriétaire, *Diego Falla, jambons, saucisses, fromages*. Publicité gratuite. Sous la bâche, le curé se tenait bien tranquille, avec sa gueule farouche, marmonnant ses patenôtres. A l'entrée sud du parc, ils s'arrêtent, le font descendre. Le condamné regarde avec étonnement autour de lui, reconnaît au loin les bâtiments de la gare.

« Il faut, dit-il, que je vous demande une grande faveur.

— Une faveur ? Quel genre ?

— Une de mes sœurs habite près d'ici, Calle de las Delicias. Elle est veuve. Elle tient une boutique de mercerie. Permettez-moi d'aller lui dire adieu. Je vous promets de revenir. »

Ils se consultent, ils rigolent doucement, promesse de fasciste, promesse de jésuite, qu'est-ce que ça vaut ?

« Je vous en donne ma parole, insiste l'autre.

— Quelle parole ?

— Parole de prêtre. Accordez-moi une heure.

— Ça va. Dans une heure, ici, près de la camionnette.

— J'y serai. »

Ils le laissent partir. En attendant, ils entrent dans le premier bistrot venu, y trouvent des compagnons ; ils trinquent à Indalecio Prieto, à Vicente Rojo, à Enrique Lister, au Campesino, à Juan Modesto et à vingt autres meneurs rouges. Les verres de vin noir succèdent aux verres de vin blanc, les âpres aux doux, les petits ruisseaux font les grandes rivières. Ils chantent *Adios, muchachos, Mi jaca, Esta noche me emborracho*. Puis ils boivent encore et portent des toasts à la République, à la Justice, au Peuple, et à leurs femmes qu'il ne faut pas oublier. Ceux qui n'en ont pas : à leurs bonnes amies. Ainsi le temps passe et l'heure de la Victoire approche.

Il est nuit noire quand Paco et ses amis retournent à la camionnette qu'ils ont grand-peine à retrouver, ils ne savent plus très bien où ils l'ont laissée ni pourquoi au juste ils sont dans cet endroit. Vive la République ! Mort aux fascistes ! A bas Franco et sa clique ! Prolétaires de tous les pays, unissez-vous ! Ils repèrent enfin le véhicule, bien visible sous la lune. Ils en reconnaissent la bâche avec l'inscription *Diego Falla, jambons, saucisses, fromages*. On aurait mieux fait de réquisitionner ses jambons. A ce moment, une forme assise sur le marchepied se lève, d'abord ils ne la remettent pas :

« Qui es-tu, toi ?

— Le curé que vous emmenez en promenade. »

Celui-là, ils l'avaient complètement oublié.

« Il y a longtemps que tu... nous attends ?

— Je ne sais pas. Deux heures. Peut-être plus. »

Son chapelet se balance dans sa main.

« Alors, explique le milicien Paco Gimenez à son *mayor*, nous n'avons plus senti le vin que nous avions bu. Par les tripes du Christ, y avait de quoi se convertir à la religion !

— Peut-être pas, dit Manuel qui en sait long sur les prêtres.

— En tout cas, nous nous sommes dit qu'un homme comme ça, curé ou pas curé, fasciste ou pas fasciste, ne méritait pas de mourir d'une balle dans la nuque. Nous l'avons laissé partir. Je ne sais pas si nous avons bien fait.

— Vous avez bien fait », dit Ponce Pilate.

Il respire plus librement. Des lignes ennemies arrivent des odeurs de graillon. Là-bas, ils sont en train de faire rôtir un mouton, ils espèrent bien que le fumet viendra jusqu'à eux pour tourmenter leurs narines.

Il y eut l'heureux intermède valencien. Manuel s'inscrivit aux cours de l'école de guerre populaire de Valence afin de devenir « commandant d'état-major ». Rosita et lui quittèrent Madrid pour une durée prévue de quarante-cinq jours et allèrent vivre sous la protection de Notre-Dame-des-Abandonnés. Ils habitaient le second étage réquisitionné de la maison d'un industriel ; celui-ci avait gardé de nombreuses domestiques à son service, quoique l'ameublement de ses pièces fût d'une simplicité extrême. Don Fernando les invita même à sa table deux fois, ils mangèrent des patates douces dans de la vaisselle en faïence, avec des fourchettes de métal blanc. La jeune fille qui les servit semblait d'une maladresse peu commune, elle renversa du bouillon et brisa un verre ; les maîtres cependant n'eurent pour elle pas un mot de gronderie, se contentant de lui lancer des regards affligés.

Manuel et ses camarades officiers de milice recevaient des cours à une cadence accélérée, cinq au moins chaque matin, noircissant de notes des feuilles et des feuilles. Ils passaient leurs après-midi à résoudre des problèmes de tactique, combien faut-il de bouches à feu pour ouvrir 4 brèches dans une quadruple ligne de fils de fer haute de 2 mètres, séparés de 4, sachant que 10 pour cent des obus n'explosent pas, que 10 autres pour cent tombent dans les mêmes emplacements que les obus précédents... etc. Cela ressemblait au problème de l'immortelle fourmi chargée de transporter l'église de Valdescorriel jusqu'au pigeonnier du señor Longinos. Les jours les plus chauds, ils allaient se baigner sur les plages d'El Grao, où la tactique les poursuivait, ils en parlaient jusqu'au milieu des vagues.

La période de perfectionnement fut interrompue deux fois, l'armée avait besoin de leurs services. Manuel fut envoyé d'abord sur le front de Brunete, plus tard sur celui de Teruel, lors de la première offensive, du 24 août au 14 septembre 1937. Il eut la chance d'en revenir, mais plusieurs de ses collègues y laissèrent leur peau. Pendant ce temps, Rosita demeurait sous le toit de l'industriel.

« Tu sais, révéla-t-elle, j'ai découvert pourquoi nos propriétaires disposent de tant de servantes malgré la dureté des temps. Ces filles sont en réalité des religieuses chassées de leurs couvents et déguisées en domestiques. Voilà pourquoi elles sont si maladroites ou si émues lorsqu'elles servent à table des “bandits rouges”. Quant à la belle vaisselle, à l'argenterie, elle a pris le maquis. Dispersée à la campagne chez des parents ou des amis assez pauvres pour être insoupçonnables. »

Cela ne modifia en rien leurs bonnes relations avec don Fernando et les siens.

Dans la rue, les enfants rouges chantaient :

Arriba los de la cuchara !
Abajo los del tenedor !

Vive les gens de la cuillère !
A bas les gens de la fourchette !

Parce que les pauvres, goulus et sans éducation, mangeaient le riz à la cuillère, tandis que les riches raffinés le consommaient à la fourchette. Tous mangeaient du moins leur saoul d'oranges, l'écorce en était découpée en longs rubans qui séchaient sur des fils, pareils à des chemises de serpent. Ils s'en servaient comme combustible.

Ce que Rosita croyait être un séjour de vacances devint une résidence de longue durée. Le mayor Alcacer, son diplôme en poche, ne fut pas en effet renvoyé à Madrid, mais affecté à diverses unités engagées dans la guerre de mouvement. Il participa à l'offensive d'hiver sur Teruel où moururent 30 000 soldats de la République. Après quoi, ce ne fut plus qu'une retraite continue vers la mer ou les Pyrénées que sa science militaire toute fraîche ne put ralentir. Les loyalistes espéraient en celle de José Miaja que leur propagande appelait le « Joffre espagnol » parce qu'il avait sauvé la capitale et parce qu'il était obèse. Mais lui ni personne n'empêchèrent l'avance des rebelles. Guerre de mouvement, certes, mais le mouvement se faisait toujours dans le même sens, celui des écrevisses.

Vint la débandade finale. La fuite des populations vers le nord, vers le sud, éperdues comme des fourmis dans un cercle de feu ; la sortie aux fenêtres et aux balcons des drapeaux bicolores qui se tenaient terrés depuis des mois ; l'épidémie qui faisait dire aux franquistes : délivrés du choléra bolchevique, nous voici frappés par le choléra infantile. Dans les villes libérées des rouges, l'Eglise retrouva immédiatement ses anciens pouvoirs : des guérites-confessionnaux furent plantées aux carrefours : aucune pièce officielle ne pouvait être obtenue sans billet de confession. Certains vaincus essayaient de fuir par les routes du ciel ou de la mer. A l'aube du 30 mars, toute l'Espagne se trouva pratiquement aux mains de Franco, excepté Alicante. Sur les quais du port, la foule attendait l'arrivée de bateaux problématiques venus de France, d'Algérie ou d'ailleurs. Elle lançait à la mer ses valises, ses livres, ses bijoux, ses papiers. Puis des familles entières, se donnant la main, avancèrent dans l'eau jusqu'à être submergées. Tout le jour dura cette attente inutile. Vers le soir, une pluie fine se mit à tomber. On entendit alors un grondement : des tanks et des canons autotractés italiens parurent, tandis que les fantassins de Mussolini, tant de fois étrillés sur le sol de l'Espagne, scandaient par-derrière *tchè-dou-tchè-dou-tchè-dou-tchè-dou*. Tout cela a été raconté mille fois.

Manuel vit autour de lui plusieurs de ses collègues officiers se tirer une balle dans la tempe. Il eut la même tentation. Puis il songea aux milliers de vaincus qui l'entouraient et qui attendaient encore quelque chose de lui. Il prit avec eux le chemin de l'exil.

14

Toutes les routes, tous les chemins, tous les sentiers qui montaient vers la frontière charriaient une alluvion humaine. Soldats en armes, femmes, enfants, à dos de mule, en charrette, en camion, mais surtout à pied, poussant une bécane, tirant en laisse un animal, chien, chèvre, vache, mouton. Migration lente, gémissante, sanglotante d'un peuple loqueteux qui traînait ses bottes, ses souliers, ses espadrilles depuis des heures et des heures, le front bas sous la tramontane. Quand une voiture devait s'arrêter, faute d'essence, les passagers en descendaient, la vidaient de ce qu'elle transportait de plus précieux, couvertures, boîtes de conserve, puis la poussaient vers le ravin où elle s'écrasait avec un fracas ferrugineux. Parfois, quelqu'un levait un gosse au-dessus de sa tête :

« A qui est cet enfant ?... A qui est cet enfant ?... »

S'il ne trouvait pas preneur, le marmot redescendait au milieu de la foule, emmené par des mains inconnues.

Des aveugles qui s'étaient échappés de leur asile avançaient à la queue leu leu, se tenant par l'épaule, le visage griffé, attachés l'un à l'autre comme une file d'éléphants de cirque, derrière le demi-voyant de tête.

Aux approches du Perthus, le bruit courut que le côté gauche de la route était déjà en France alors que le droit était encore en Espagne, tout le monde se porta vers ce côté en criant *Francia ! Francia !* Mais la ruée venait de si loin que la route se remplit bord à bord. A quelques pas plus haut, un barrage de soldats noirs, dits Sénégalais, les arrêta, et, comme le troupeau poussait par-derrière, les Noirs armés de matraques se mirent à cogner, tapant sur les épaules, sur les têtes comme sur des noix de coco. Des femmes en larmes s'éloignèrent, traînant leurs mioches derrière elles, s'en furent frapper aux portes en suppliant de leur ouvrir pour l'amour de Dieu, mais aucune ne s'ouvrit, les Catalans d'ici appliquaient à la lettre leur proverbe : *La pau i la clau*, si tu veux avoir la paix, sers-toi de ta clé. Des fuyards aux cheveux blancs, qui n'avaient guère espoir de rentrer jamais dans leur pays, ramassaient un peu de terre et l'emportaient serrée dans leur poing. Manuel se trouva mêlé à ce passage de la mer Rouge qu'aucune colonne de feu ne conduisait.

Lorsqu'ils eurent atteint la ligne des drapeaux français, des gendarmes casqués leur firent signe de jeter leurs armes, il s'en était formé une montagne. Ils posaient à tous cette question :

« Franco ou Negrin[1] ? »

Ils prononçaient *Francó u Negrén*, mais chacun comprit qu'on lui demandait de choisir entre l'exil et le retour vers l'Espagne fasciste. Si de loin en loin l'un d'eux osait répondre Franco, il se faisait insulter par la masse des autres, les gendarmes l'écartaient rapidement vers une enceinte spéciale. Les blessés, les malades étaient dirigés vers le fort, cantonnement des Sénégalais.

Ces premières formalités accomplies, le troupeau reprit sa transhumance au-delà du col, entre les montagnes blanches, le ciel bleu et la campagne d'un brun rouge qui semblaient pavoisés aux couleurs de leur nouveau pays. Eu égard aux galons qu'il portait, Manuel fut placé sur un camion avec d'autres officiers.

« Il faut, suggéra l'un d'eux, montrer que nous arrivons en combattants vaincus, mais en hommes libres. »

1. Juan Negrin Lopez fut le dernier président du Conseil de la République.

Il leva le poing et se mit à entonner *l'Internationale*, bientôt soutenu par le chœur des autres :

Agrupémonos todos
en la lucha final,
el género humano
es la Internacional.

Les gendarmes, les gardes mobiles qui jalonnaient la route essayèrent, par gestes et par clabaudements, de les faire taire :

« Fermez vos gueules, bande de pourris !... Vous n'êtes pas chez nous pour faire la révolution !... Allez chanter ça à Moscou !... Allez-vous la fermer ?... »

Mais ils ne se laissaient pas impressionner et continuaient de chanter leur espérance en la future fraternité de tous les peuples ligués contre toutes les tyrannies. Le froid seul rendait leurs voix chevrotantes.

Un autre barrage les arrêta, les fit rudement descendre de leur véhicule ; les mains des hommes casqués leur palpèrent les flancs et les cuisses, ouvrirent leurs pauvres bagages, à la recherche d'armes dissimulées. On leur permit ensuite de s'agglomérer autour de cuisines roulantes. Il leur fut distribué une louchée de bouillon chaud, mais chacun dut fournir son récipient, les bols circulaient de bouche en bouche et certains pleuraient dans le bouillon car c'était le premier geste d'humanité qu'on avait pour eux sur cette terre d'exil. Ils reçurent aussi un morceau de pain et une sardine, après quoi, on leur fit signe de dégager, de reprendre leur interminable procession. Mais personne ne songeait à nourrir les animaux qui broutaient les talus gelés, rongeaient les arbres et les clôtures.

La route descendait en serpentant, elle atteignit la plaine, les vignes, les pêcheraies, les champs de salades, les fermes blanches. Au Boulou, le torrent des vaincus forme un immense lac, il s'est répandu des deux côtés de la route sur l'herbe rase transformée en un compost grisâtre par des milliers de pieds. Rien n'a été prévu pour les recevoir, sauf les clôtures de fil de fer barbelé. Alors, pour moins souffrir du froid, les réfugiés s'enterrent : ils creusent des fosses dans le sol, les recouvrent d'une couverture retenue par des pierres et dorment sous cet abri. Parfois, le lendemain, personne n'en ressort, on soulève la couverture, on trouve un cadavre au fond du trou.

Manuel dort dans son camion, sous la lune froide. Il songe à sa femme perdue au milieu de ce désastre. Sur quels chemins ? En quelle compagnie ? En quel état ? Mais si elle est vivante, il sait qu'ils se rejoindront un jour quelque part en France grâce aux dispositions qu'ils ont prises. De même que les amoureux séparés se donnent rendez-vous sur une étoile (« Chaque soir, à dix heures précises, j'aurai les yeux fixés sur l'épaule droite d'Orion, Bételgeuse l'orangée. Si tu fais de même, nos regards s'y rencontreront. »), ils se sont recommandé d'écrire chacun de son côté en espéranto à M. Léon Gouy, horloger à Saint-Omer, Pas-de-Calais, France, qui leur communiquera leurs adresses respectives. Ainsi Saint-Omer sera leur Bételgeuse.

Ils reprennent leur exode guenilleux. Ils traversent Saint-Genis-des-Fontaines, marchent vers Saint-André. Des balcons, des fenêtres, les indigènes observent ce flux, les uns applaudissent, d'autres lancent des injures et font le salut fasciste, la plupart se taisent. Aux premières maisons d'Argelès, ils obliquent à gauche, le courant maintenant les entraîne vers le nord. Et voici qu'au loin ils aperçoivent la mer, comme un immense miroir bleu et scintillant. Beaucoup d'entre eux ne l'avaient jamais vue, ils se la montrent du doigt et murmurent, comme s'ils arrivaient à la fin du voyage, *el mar, el mar.* Entre eux et l'eau, des sables ondoyants plantés d'une végétation épineuse, des étangs bordés de roseaux, de vaseuses rigoles. L'air a une fraîcheur soudaine. Des mouettes s'enfuient en criant.

Mais ils marchent encore. Ils traversent des vignes dépouillées, la tramontane est de plus en plus coupante. Les gendarmes les canalisent, les font entrer dans un campement de bédouins, coincé entre une rivière, la mer et l'alignement des ceps. Terminus, tout le monde descend. Le camion cherche une place au milieu d'un fatras de véhicules hétéroclites. C'est là que Manuel Alcacer va vivre une année complète, sous la garde des soldats noirs ou bistres dont le teint, le turban, l'uniforme évoquent les *moros* défenseurs, aux côtés de Franco, de la civilisation chrétienne.

A peine sont-ils dans leur enclos qu'un camion de l'armée française arrive, rempli de pain. Il s'arrête au milieu de la cohue et commence la distribution. C'est-à-dire que deux soldats lancent au hasard des boules à ces affamés qui se les disputent des poings et des dents. Manuel et ses collègues assistent à la curée, ils s'interposent, hurlant :

« Non ! Non ! Non, camarades ! Pas comme cela ! Refusez la nourriture qu'on vous jette comme à des chiens ! Renvoyez-la ! »

Et ils obtiennent satisfaction, les boules retournent à leurs expéditeurs, ce sont les deux troufions qui à présent les reçoivent sur la tronche. Pourparlers.

« D'accord, dit un gradé français. Mettez-vous en colonnes. Groupez-vous en paquets de huit. Une boule de pain pour huit personnes. »

Des miliciens encadrent le troupeau, la distribution reprend, dans l'ordre et la dignité.

Tout cela forme quand même une immense pouillerie. Des

militaires les obligent d'abord à se frictionner la tête et le corps au pétrole ; après quoi, tous les crânes sont rasés à double zéro. Excepté ceux de quelques femmes qu'on découvre habillées en hommes dans la horde des mâles parce qu'elles n'ont pas voulu quitter un compagnon. A leurs risques et périls.

Manuel et ses amis dorment à huit sous la même hutte faite de branchages, de couvertures, de capotes. Les pinèdes voisines ont été dépouillées de leurs branches, les vignes de leurs échalas. Pour avoir plus chaud, ils se tiennent étroitement collés l'un à l'autre comme des fourchettes dans un écrin. Si par hasard l'un d'eux veut changer de position, il doit avertir ses frères de sommeil, obtenir leur accord, à trois on y va, un, deux, trois, les huit en même temps se retournent sur le flanc opposé. Ils restent là-dessous le plus longtemps possible, craignant de revoir le jour, de revivre ce cauchemar, de recevoir dans la figure le sable que soulève le vent.

Au sud, le camp d'Argelès est bordé d'un marécage où ils vont prendre des roseaux pour améliorer leur habitation. D'autres réfugiés arrivent chaque jour, ils sont bientôt cent mille sur ce rectangle clôturé. En deux semaines, la population des Pyrénées-Orientales passe du simple au double.

Pendant dix jours, ils ne reçoivent d'autre nourriture que le pain et les deux sardines quotidiennes. S'ils ont soif, ils vont puiser au Tech. Les seuls soins médicaux viennent de médecins espagnols perdus au milieu de la horde, sans autres moyens que leurs mains nues ; les premiers temps, il y a dix morts par jour. Un baraquement est enfin édifié à usage d'infirmerie, les médecins militaires français y coupent sans lésiner mains, pieds et jambes à la moindre odeur suspecte des plaies. Mais la pire chose est l'absence complète d'installations sanitaires, on se débarbouille avec l'aide de pompes à bras plantées à même le sol, qui aspirent et refoulent une eau saumâtre. Beaucoup de réfugiés renoncent d'ailleurs à se laver, à se raser, à se couper les cheveux, ils croupissent dans leur crasse et leur désespoir. L'eau potable est apportée chichement par deux camions-citernes.

Les fosses d'aisance — de grands trous carrés au bord de la mer — sont entourées en permanence de mille culs tournés l'un vers l'autre. Elles non plus ne suffisent pas aux besoins, beaucoup d'usagers doivent donc s'aligner simplement le long de la plage, prenant bien garde à la direction du vent pour éviter les effets de boomerang. Un jour, un avion américain d'actualités, marqué au sigle de la *Fox Movietone*, vient les filmer à plusieurs reprises dans cette posture. On finira par installer des baraques-latrines composées de sièges percés sans aucune séparation : quarante places assises d'un côté, quarante autres en face : on les baptise des *tramways*. Des spahis montent la garde sur elles pour empêcher leur démantèlement, car planches et pointes sont très recherchées. Des lessiveuses galvanisées servent de tinettes, que des camions transportent et vident dans les champs, ainsi l'engrais humain espagnol fait-il prospérer les salades françaises.

Si le confort physique des proscrits est plutôt négligé, leur moral est en revanche l'objet de toutes les sollicitudes. Des voitures-radio les chapitrent à longueur de jour, leur rappellent qu'ils sont des réfugiés, qu'ils ont un devoir de correction, de discrétion, d'honnêteté, de gratitude envers le pays qui les accueille ; les menacent d'expulsion à la première incartade vers les lieux d'où ils viennent. Elles les incitent aussi à s'engager sous le drapeau de la France dans la Légion étrangère où personne ne les questionnera sur leurs antécédents, un deuxième classe y touche une solde de deux mille francs annuels. Mais ils seraient encore mieux inspirés, affirment-elles, de regagner spontanément leur pays d'origine. Elles diffusent des appels de l'ambassadeur d'Espagne à Paris promettant le pardon à ceux « qui n'ont aucun crime à se reprocher ». Beaucoup se laisseront séduire par l'*indulto* franquiste et repasseront les Pyrénées : généralement, ils finiront en prison ou sur l'échafaud. Comme le savaient les chiens vainqueurs de la louve-parde, une victoire sans vengeance est incomplète.

Des journaux franchissent les barbelés, avec ou sans autorisation. SOMATENT, organe des doriotistes, titre le 10 février : *La pègre de la Catalogne déferle sur notre Roussillon.* LE ROUSSILLON, journal royaliste paraissant le samedi, ironise en espagnol le lendemain sur la déroute des soldats républicains : *Para huir mas rapido, tomad pildoras del Dr Negrin* (Pour fuir plus lestement, prenez les pilules du Dr Negrin). Et le 1er mars : *Il serait temps de balayer vers leur pays d'origine tous ces malandrins, ou bien de les expédier dans certains pays chauds, le Mexique par exemple, où il y a des cailloux à casser et des routes à percer dans le roc.* LA DEMOCRATIE de Perpignan agite un épouvantail : *Nos populations envisagent quelquefois avec angoisse la situation tragique de notre département si, à Dieu ne plaise ! un conflit international venait à éclater.* Mais le ministre de l'Intérieur, Albert Sarraut, déclare le 15 mars à la Chambre en toute tranquillité : *Dans la moindre bourgade d'Espagne, où l'ouvrier a la courtoisie de l'hidalgo, quand on prononcera le nom de la France, les mutilés diront : « Elle m'a fait boire du lait quand j'agonisais de faim, elle a pansé mes blessures. »*

Les premières frayeurs passées, la population locale s'intéresse en effet aux internés des camps. Les curieux viennent les observer, les photographier derrière leurs fils de fer, c'est une promenade très appréciée les dimanches de beau temps. D'autres leur parlent en catalan ou en espagnol, découvrent quelquefois parmi eux une connaissance, un parent ; ils apportent des victuailles. Les dons affluent bientôt de tous côtés, grâce aux associations syndicales, politiques, humanitaires. A partir de mai, les conditions de vie s'améliorent : les réfugiés quittent progressivement leurs tentes pour vivre dans des baraquements. Un portail se dresse fièrement à l'entrée du camp, portant cette inscription sous les drapeaux tricolores :

CAMP DE CONCENTRATION D'ARGELES
VIVE LA FRANCE !

On a écrit *Vive la France !* afin que les réfugiés aient en permanence ces trois mots devant les yeux, qu'ils s'en remplissent le cœur, qu'ils débordent de gratitude, d'admiration et d'enthousiasme. Le reste du monde ne les oublie pas non plus. Par l'intermédiaire de la Croix Rouge, ils reçoivent des médicaments, des vêtements, du lait condensé. Les quakers britanniques leur envoient d'étranges chemises à longs pans qui se boutonnent entre les jambes à la manière des langes d'un bébé, là-dedans un homme sans pantalons peut se promener en parfaite décence. Cela donne l'occasion de danser des gigues infernales autour des baraques.

Avec les chaleurs, ils souffrent de tous les parasites possibles : moustiques, puces, poux, cafards, punaises. Leurs lits sont des verminodromes, bien qu'on prenne la précaution d'en isoler les pieds dans des boîtes à cirage remplies de pétrole ; mais les punaises ont leur tactique, ne pouvant franchir ces douves, elles grimpent aux murs jusqu'au plafond, de là se laissent tomber sur les lits. C'est l'invasion par le ciel que les Allemands pratiqueront bientôt sur la Crète.

Ils se consolent en organisant des courses de poux dans le sable. D'autres écrivent des poèmes :

Si me quieres escribir,
ya sabes mi paradero,
en el campo de Argelès,
primera linea de mierda[1].

Si tu veux m'écrire,
tu sais bien mon domicile,
au camp d'Argelès,
première ligne de merde.

Ou des chansons sur un air connu :

En los campos de Argelès-sur-Mer
nos fuimos a encerrar pa no volver.

---

1. Agusti Bartra.

Y pensar que hace dos años España era
una nacion feliz, libre y prospera.
Habia muchas diversiones,
la paz en los corazones
y mujeres a granel.
Y hoy que ni cagar podemos
sin que venga un Mohammed[1].

Ils reçoivent enfin des visites. Celles des marchands, petits commerçants mais grosses canailles, qui viennent vendre à des prix exorbitants leur épicerie, rasoirs, papiers à lettre, savons. En revanche, ils achètent bon marché le peu que les proscrits ont rapporté d'Espagne : montres, bijoux, gourdes, couteaux, tabatières. Celles aussi des entrepreneurs ou des fermiers de la région : ils ont besoin de main-d'œuvre et viennent en chercher, sûrs de l'avoir à bon compte, car chaque interné ne demande qu'à sortir de ce bagne. Ils se promènent parmi les hommes comme au champ de foire, tâtent les biceps et les épaules, font ouvrir les mains pour savoir s'ils ont affaire à des manuels ou des intellectuels.

La plupart des familles se sont disloquées sur les chemins de l'exode. Le journal *l'Indépendant* met ses colonnes au service de ceux qui se cherchent, sous le titre *Donde estan Ustedes ?* Où êtes-vous ? Les insertions sont gratuites. La rubrique obtient tant de succès qu'elle occupe bientôt toute la première page. Par ce moyen, des sœurs retrouvent leurs frères, des enfants leurs parents, des femmes leurs maris. Munies de sauf-conduits, elles viennent les voir et sont logées au groupe 1 bis. Mais les demandes de visite se multiplient si bien qu'elles irritent le directeur du camp, il fait placarder cet avis sur chaque baraque : *La seule façon de retrouver définitivement sa famille est de retourner en Espagne. Ceux qui veulent voir leur femme doivent s'inscrire pour rentrer en Espagne. Toutes les autorisations de visite sont suspendues.*

Les solitaires peuvent fréquenter la *Casa de la Sevillana*, un cabanon de bois où officient cinq anciennes prostituées dans des boxes séparés par un rideau, la passe coûte dix francs — ou un million de pesetas républicaines qui ne sont que du papier sans valeur, c'est par pur civisme que ces dames les acceptent quelquefois.

Les enfants font des châteaux de sable, des châteaux de sable, des châteaux de sable...

---

1. Dans les camps d'Argelès-sur-Mer / nous nous sommes enfermés sans espoir de retour. / Et dire qu'il y a deux ans l'Espagne était / une nation heureuse libre et prospère. / Elle offrait maintes distractions, / la paix à tous les cœurs / et des femmes sans nombre. / Et qu'aujourd'hui nous ne pouvons pas même / chier sans que vienne un Mohammed.

L'étoile Bételgeuse joua son rôle avec bonheur, l'horloger Léon Gouy fit suivre à Manuel une lettre de sa femme. Le jour où il reçut la grosse enveloppe marquée du timbre *Saint-Omer, Pas-de-Calais*, il oublia la porcherie où il vivait, il se sentit le cœur plein d'une merveilleuse propreté. Rosita lui écrivait de Dourgne, un village du Tarn entre Castres et Castelnaudary, qu'il chercha sur la carte Michelin sans le trouver. Plus précisément, de Sainte-Scholastique, une abbaye de femmes où elle avait trouvé refuge.

Je ne saurais te dire, mon très cher Manolo, comment je suis arrivée, avec une dizaine d'autres adultes et une quinzaine de gosses, dans ce couvent. Au bout de quel voyage à pied, par le train, en camion. A chaque gare, les gendarmes faisaient descendre un certain nombre de personnes au hasard, qui étaient prises en charge par d'autres gendarmes, distribuées à qui voulait d'elles. Dans une ville appelée Revel, nous sommes descendues à notre tour une cinquantaine. Sur l'esplanade, on nous a conduites vers un camion au volant duquel se tenait une religieuse. « Combien en voulez-vous ? a demandé le gendarme. — Deux douzaines », a répondu la sœur, comme s'il s'était agi d'œufs de poule. En définitive, à cause des marmots, elle en a chargé vingt-six. Nous sommes tous montés dans le camion et la bonne sœur a démarré. Elle se débrouillait aussi bien qu'un homme et faisait corner sa trompette avant chaque tournant. Après un trajet sur une route aussi défoncée que les nôtres, elle s'arrête, nous disant en bon espagnol : « Mesdames, vous êtes reçues par les sœurs bénédictines à l'abbaye de Sainte-Scholastique. » La maison est située au pied d'une montagne aux cimes arrondies, couvertes de pins, çà et là d'une tour qui ressemble à une verrue sur un nez. Nous couchons dans une grande pièce commune, ornée d'un christ, et mangeons dans un réfectoire carrelé. Tout est reluisant et sent la cire, on se croirait dans l'antichambre du paradis...

Ainsi se renoua entre eux une correspondance assidue, comme au temps de leurs fiançailles, chacun racontant à l'autre sa vie et ses pensées, sommes-nous condamnés à être des fiancés éternels ? L'abbaye de Dourgne travaillait comme une ruche, chaque ouvrière y avait sa fonction, les unes labouraient et semaient, d'autres tissaient les étoffes, tressaient des corbeilles et des chapeaux. Les femmes espagnoles furent appelées à participer aux tâches. La mère supérieure informa la señora Alcacer qu'elle la nommait adjointe de sœur Sainte-Rose-de-Lima, chargée de nourrir les vaches, les brebis, les cochons :

« Vous devez, ma fille, ressentir cela comme un honneur, car c'est une mission très humble et très utile.

— Je la ressens bien ainsi, ma Mère. »

En vérité, elle aimait la compagnie de ces animaux sans malice à qui elle s'adressait en espagnol et qui la comprenaient exactement. Un goret s'attacha passionnément à elle, toujours le premier à sortir de la soue quand il la sentait venir, négligeant son auge pour se frotter à ses jambes, elle l'appela Joselito : *Je crois qu'il est amoureux de moi. Il me regarde de ses petits yeux ronds et secoue les oreilles, comme affligé de ne pouvoir s'exprimer autrement. Sans doute l'âme d'un prince malheureux s'est-elle incarnée en lui par quelque enchantement. Que va-t-il devenir quand je le quitterai ?*

Car elle songeait à quitter l'abbaye. Manolo l'appelait dans chacune de ses lettres, précisant toutefois : *Je n'ai pas un centime français à t'envoyer. Comment feras-tu pour payer le voyage ? En ce moment, les autorisations de visite sont suspendues ; mais j'ai l'impression que ce n'est que provisoire : nos gardiens ont peur d'une guerre contre l'Allemagne, et ils aimeraient bien se débarrasser de nous. Il existe des baraques pour héberger les familles réunies. Viens donc dès que tu pourras.*

Et elle accourut. Manuel cueillit sur les dunes à son intention un bouquet de pourpiers et d'œillets des sables.

« Tu sais, rêva-t-elle, nous avons fait jusqu'à présent de notre mieux pour éviter une grossesse. Mais aujourd'hui je ne redoute pas d'avoir un enfant. D'abord parce qu'il y a trois ans que nous sommes mariés et cinq que nous nous connaissons. On ne peut renvoyer indéfiniment certaines choses. Ensuite, parce que j'ai trop craint de t'avoir perdu à jamais au cours de ces mois où nous ne savions rien l'un de l'autre ; si tu étais mort, je serais restée veuve et stérile toute mon existence. Enfin parce que nous sommes sans doute condamnés à l'exil perpétuel. Si nos enfants naissent en France, ils seront français, ils iront à l'école laïque, ils auront une vie honnête, une maison propre, un poste de T.S.F., peut-être une voiture Citroën ou *Rno*. Quand nous serons vieux, ils viendront nous chercher dans leur limousine et nous promèneront à travers leur pays. Ils nous présenteront : Voici notre père et mère, nés espagnols, que l'Espagne a chassés honteusement parce qu'ils voulaient le pain, la paix, la liberté ; la France leur a donné du lait quand ils agonisaient de faim et a soigné leurs blessures.

« Si j'ai des filles, je ne les appellerai ni Assomption, ni Visitation, ni Conception, ni Pilier, ni Douleurs, ni Solitude, ni Crucifixion ni d'aucun nom de mauvais augure. Je leur donnerai des noms de fleurs, de fruits, de choses joyeuses. Je les baptiserai Eglantine, Groseille, Source, Nuage. Prénoms laïques qu'aucun saint, qu'aucune sainte ne protège, mais j'ai vu mourir affreusement pendant notre fuite des femmes qui se nommaient Marie. Thérèse, Cécile, Eulalie et qui se signaient tous les jours. Il est vrai que les saints et les saintes ont eu tant à faire au cours de ces journées maudites ! »

Il n'est plus question qu'elle retourne à Dourgne. Entre la propreté, la belle organisation de Sainte-Scholastique, les repas réguliers, la cloche sonnant chaque heure canoniale, et la crasse, la promiscuité, les punaises, les brimades d'Argelès, Rosita choisit la crasse. Ils vivent ainsi plusieurs mois au *campo civil*, dans le voisinage de la *Casa de la Sevillana*.

La déclaration de guerre à l'Allemagne fait naître chez les internés une vive jubilation, ils prévoient la défaite rapide de l'Axe Rome-Berlin, qui amènera les vainqueurs à se retourner contre Franco, allié de Hitler et de Mussolini et à jeter bas le franquisme ; les Républicains rentreront au pays dans la gloire. Aussi, quand le gouvernement de Paris crée des Compagnies de Travailleurs Etrangers — au salaire quotidien de cinquante centimes — beaucoup s'enrôlent-ils avec l'espoir de se rendre utiles. Manuel et Rosita Alcacer sont du nombre. Tandis que les mobilisables français quittent leurs familles, ils acceptent une nouvelle séparation. Lui sera bûcheron en Corrèze ; elle, ouvrière dans une usine de chaussures de la Haute-Vienne.

1939-1944 : six années de chasse à courre. Ils se poursuivent, se rejoignent, restent quelques jours ensemble, puis se séparent de nouveau. Dans d'immenses chaudières capables de recevoir un bœuf, Manolo fait cuire des bûches pour les transformer en charbon de bois à l'usage des camions qui roulent sans essence : ils utilisent le « gaz pauvre » distillé par une sorte d'alambic accroché près du volant, appelé « gazogène ». Une saleté qui fait tourner le camionneur en bourrique chaque matin, car le gazogène refuse de démarrer avant la trentième sommation. Rosita coud des pantoufles de feutre pour les gens qui ont le bonheur de pouvoir vivre au coin du feu. Son premier enfant naît le 13 mars 1940, c'est un garçon auquel ils donnent le plus français des prénoms possible : François.

La débâcle de mai 40 chasse les C.T.E. des bois, les travailleurs se dispersent, Manuel erre un mois dans les campagnes, se nourrissant de betteraves crues qu'il vole dans les silos. Un couple de vieux paysans accepte de le recevoir à Nozières, près de Saint-Amand-Montrond dans le Cher, où une sorte de pyramide indique qu'on se trouve exactement au centre de la France. Ce qui n'a aucun sens, puisque la France est un polygone irrégulier, un très grand nombre de communes pourraient prétendre à cette position centrale suivant les diagonales qu'on choisit et la manière de les combiner.

Il le démontre un jour à son patron, la règle à la main, toujours cette manie qu'il a d'ergoter sur les fourmis immortelles. Mais Chezal ne lui en veut pas, il le nourrit bien et Manuel récupère les kilos qu'il avait laissés dans les bois et sur les routes. La France va d'ailleurs changer de dimensions, les Allemands reprendront l'Alsace-Lorraine et Dieu sait quoi d'autre, son centre va se déplacer. Les deux fils sont prisonniers l'on ne sait où, Auguste l'agriculteur, et Firmin le cantonnier.

« Quand je pense, enrage le père Chezal, que celui-là pourrait être bien tranquille, assis au bord d'une route, les pieds dans le fossé, à casser un caillou toutes les cinq minutes pour passer le temps ! Il avait été réformé pour faiblesse des genoux. Et voilà qu'il trouve le moyen, en 39, de s'engager volontaire ! De quitter la meilleure place qu'y a au monde !

— Ce doit être, dit Manolo, un grand patriote.

— Non, c'est un grand couillon. Ce qu'il voulait, c'était pas tellement combattre, mais être ancien combattant. A cause que les anciens combattants ont toutes sortes d'avantages que les autres n'ont pas : les décorations, les honneurs, les places réservées, la retraite, les invitations aux cérémonies où y a du champagne, ekcétéra. Alors, il a trouvé rien de mieux que de s'engager. Il se figurait qu'il serait rentré pour la Noël ! La Noël, oui, mais la Noël aux prunes ! »

Quand viendra la Noël aux prunes ?

En attendant, la ferme manque de bras. Il reste Juliette, la jeune sœur des deux prisonniers, elle s'arrange toujours pour se tenir au milieu d'un couloir quand Manolo doit l'emprunter, en sorte qu'ils sont obligés de se frotter l'un à l'autre. Elle le tutoie et lui a demandé de la tutoyer aussi. Un jour qu'ils se trouvent ainsi très rapprochés, il l'avertit honnêtement :

« Tu sais, Juliette, je suis marié et j'aime ma femme.

— Et alors ? » fait-elle en lui plantant dans les yeux son regard de braise.

En juin, ils cueillent les cerises ensemble le long d'un ruisseau qui descend vers le Cher, elle lui apprend une chanson française, *Quand nous chanterons le temps des cerises, Et gai rossignol, et merle moqueur.* Ils ont les lèvres barbouillées de jus rouge et de baisers, les baisers ça n'engage à rien pourvu qu'on n'aille point au-delà, ce peut même être un enfantillage, les pigeons s'embrassent, les papillons se frôlent, les poulains se flairent le museau...

Tous les matins, elle place sur la table devant lui des nourritures abondantes, saucissons, lard, poulet froid, fromage, afin qu'il reprenne les forces que la nuit elle lui fait perdre...

Le père Chezal lui porte une grande amitié. Il l'emmène dans sa cave, lui présente ses tonneaux, cogne de l'index contre les fonçailles afin qu'il entende le son de leur plénitude. Puis il cherche son verre habituel, ne le trouve pas.

« C'est encore la mère Chezal qui me l'a enlevé ! Ah ! la garce ! Mais si elle croit que ça va nous empêcher de boire ! »

Il quitte son sabot, l'essuie de la main, va le remplir sous le robinet, le présente à son invité, courtoisement :

« A toi d'abord ! »

Manolo, qui en a vu d'autres, répond à votre santé, et il boit avec délice le vin frais dans ce récipient inhabituel, s'efforçant de n'accepter que les sensations de sa bouche, d'écarter celles de ses narines. Ensuite, Chezal boit à son tour.

« Dommage, conclut-il, que tu aies une femme et un fils. Je te prendrais bien pour gendre ! »

En 1942, les Allemands envahissent l'autre moitié de la France, jusque-là préservée par les accords d'armistice. Les gendarmes de Saint-Amand-Montrond arrivent à la ferme des Chezal, emmènent l'Espagnol et le livrent à l'occupant. Voici Manolo contraint de travailler pour l'organisation Todt aux côtés de milliers d'autres forçats. Ils construisent en Bretagne le « Mur de l'Atlantique » au prix de morts fréquentes, les cadavres sont jetés dans le béton frais, les casemates deviennent leur tombe à perpétuité. Pendant ce temps, Rosa est envoyée par son entreprise dans une usine-sœur de l'Isère et c'est à Grenoble que naît son second fils, Michel, il possède une oreille plus courte que l'autre, défaut qui ne l'empêchera point d'avoir l'ouïe fine et qu'il tient de son arrière-grand-père Orge Verte.

En 1944, faute de matières premières, l'usine ferme ses portes, l'encadrement se disperse dans les campagnes ou les maquis. La señora Alcacer accepte de suivre comme bonne à tout faire la famille de M. Rougerie, chef du personnel dans son repli à Monpazier (Dordogne). Au mois de septembre, Manuel réussit à la rejoindre après avoir marché trois semaines et usé ses souliers jusqu'à l'empeigne. Ils travailleront là deux années complètes, elle au service des Rougerie, lui comme jardinier municipal auxiliaire. Et c'est à Monpazier qu'ils commandent par correspondance aux magasins de Paris leur troisième enfant ; celui-ci ne leur sera livré qu'en Auvergne.

15

Les prisonniers survivants des stalags et des camps d'extermination ont été libérés, la paix est revenue, la démocratie fait ses premiers pas en Italie et en Allemagne, Pierre Laval a été fusillé sans phrases, mais Franco tient bon sur son trône que supportent quatre piliers : le Capital, l'Armée, la Police, l'Eglise. Il déclare à des journalistes internationaux venus l'interroger : « L'Espagne est une démocratie évangélique ». Les quatre piliers sont ses quatre Evangiles.

En 1946, François Alcacer accomplit sa sixième année, il joue dans les rues de Monpazier avec les enfants du garde champêtre, il fréquente l'école laïque, il y parle le français avec l'accent de Cyrano de Bergerac. Son rêve est de devenir garde champêtre lui-même, d'avoir une casquette bleue ornée de deux lettres d'or, un sifflet à roulette, d'obliger les voitures à circuler, de pourchasser les voleurs de noix : ceux qui se dissimulent la nuit dans un cimetière, raconte une histoire périgourdine, quand ils ont plusieurs sacs de butin pour en faire exactement le partage :

« Une pour toi, une pour moi... Une pour toi, une pour moi... Une pour toi, une pour moi... »

C'est alors qu'arrive de Paris une lettre envoyée par le *S trois E :* le *Syndicat des Enseignants Espagnols en Exil.* Elle informe les Alcacer que des emplois d'assistants de langue espagnole sont disponibles dans un certain nombre de lycées et collèges ; qu'il leur appartient d'en présenter la demande écrite en français à l'*Office National des Universités* de Paris ; suit une liste de villes et d'établissements. Ils envoient aussitôt leurs deux suppliques et se trouvent pourvus en mai de deux nominations : l'une pour M. Alcacer Manuel au lycée Banville de Moulins (Allier) ; l'autre pour Mme Alcacer Rosa au lycée Jeanne-d'Arc de Clermont-Ferrand (Puy-de-Dôme). Cent kilomètres entre les deux villes. Ils ont subi jusque-là trop de séparations pour en accepter une autre qui laisserait à Rosita seule la charge de leurs trois enfants : elle ira donc chez Jeanne d'Arc, tandis que lui cherchera du travail dans Clermont-Ferrand. N'importe quelle sorte de travail. Voilà comment ils se vouent à l'Auvergne.

Elle les accueillit favorablement quoiqu'elle n'eût pas grand-chose à leur donner à manger, à boire, à se vêtir. Tout manquait : le pain, la viande, le vin, le beurre, les étoffes, mais tout était à espérer. La France était en train de se refaire laborieusement une république. Ils trouvèrent à se loger — deux chambres et une cuisine — au quatrième étage d'un immeuble sans ascenseur de Chamalières-sur-Tiretaine. Cette commune, dont le nom devait s'étendre plus tard jusqu'aux frontières du pays, n'était alors connue que de ses voisines ; elle produisait de la bière, des pâtes alimentaires, des toiles caoutchoutées et des billets de banque ; elle comptait dix mille habitants dont un troupeau de vaches élevées par les sœurs du Bon-Secours. De leur quatrième, en montant sur une chaise et en étirant le cou, ils pouvaient voir chaque matin le soleil se lever derrière la cordillère du Forez. L'ennui était la distance qui séparait leur domicile du lycée Jeanne-d'Arc, il y fallait une demi-heure de bonne marche. Pas question de prendre le tram à cause du billet. Se loger à Clermont même n'était pas non plus à leur portée, les appartements y coûtaient plus cher qu'à Chamalières-sur-Tiretaine.

« Nous marcherons ! » dit Rosita résolument.

Et elle marcha, suivant l'avenue de Royat, la rue Blatin, grimpant l'abrupte place Sugny qui lui gagnait cinq minutes, redescendant la rue Massillon, la rue Delarbre, tout en portant avec elle l'enfant promis qui devenait de plus en plus lourd. Elle arrivait au porche du lycée, montait encore six marches, sonnait, le concierge tirait le cordon ; dans le hall tout marbre et tout porphyre, elle saluait Jeanne d'Arc accroupie, à l'écoute des voix célestes ; elle marchait le long de couloirs interminables, gravissait des escaliers, marchait encore ; elle atteignait enfin la salle où l'attendaient une vingtaine de fillettes. Les instructions officielles recommandaient : « Les assistants s'exprimeront, autant que possible, dans leur seule langue maternelle ; ils feront connaître aux jeunes Français la civilisation de leur pays... » Elle utilisait des journaux, des affiches anciennes, des cartes postales et commençait souvent ainsi ses exposés :

« *La civilizaciòn española, cuando habia una...* La civilisation espagnole, quand il y en avait une... »

Dans sa quête au travail, Manolo pensa d'abord au caoutchouc. Clermont-Ferrand est en France la ville caoutchoutière entre toutes. Il marcha donc jusqu'à la place des Carmes, se dirigea vers l'usine MICHELIN, alias BIBENDUM. A travers un guichet pareil à celui de l'*ayuntamiento* de Valdescorriel, un homme le soumit à un interrogatoire préliminaire ; puis il lui ouvrit la petite porte, l'orienta vers une pièce où attendaient déjà une douzaine de postulants. D'un air fort entendu, ceux-ci s'entretenaient des mérites respectifs du caoutchouc naturel et du synthétique, chacun laissant penser à ses voisins qu'un des grands chefs de la maison allait prochainement l'appeler pour lui dire :

« Monsieur Machin-Chose, que pensez-vous de notre programme de fabrication ? »

De temps en temps en effet, une porte s'ouvrait, quelqu'un disait au suivant, le candidat se levait, on ne le voyait plus.

Vint le tour de Manuel. On l'introduisit dans un bureau rempli de dossiers et de registres, au centre duquel se tenaient, derrière une table, trois hommes en blouse blanche. Ils lui remirent en mémoire les trois médecins militaires devant lesquels il avait comparu avant d'être admis dans l'armée, il s'attendit à ce que ces trois-là lui disent :

« Déshabillez-vous. »

En fait, après avoir noté ses noms, date et lieu de naissance, domicile, sexe ; compris qu'ils avaient affaire à un réfugié républicain ; ils demandèrent :

« Quelle était votre profession en Espagne ?

— Instituteur.

— Savez-vous faire autre chose qu'enseigner ?

— Je connais la reliure. »

Cela parut les intéresser, la reliure, tiens ! tiens ! Ils se consultèrent à voix basse, interrogèrent encore :

« Dans la reliure, n'est-ce pas, on fait des nœuds, pour attacher les différents cahiers ?

— C'est exact.

— Alors, nous avons un emploi pour vous : au service des nœuds. Si ça vous convient, vous embauchez demain.

— Ça me convient parfaitement. Je voudrais seulement être employé de nuit.

— Presque tout notre personnel doit travailler de nuit, par roulement. De 9 heures du soir à 5 heures du matin. C'est ce que nous appelons : faire les trois 8.

— Moi, si possible, j'aimerais ne travailler que de nuit.

— Que de nuit ? En permanence ?

— Oui, en permanence. Pour pouvoir m'occuper l'après-midi de mes gosses, quand ma femme travaille de son côté.

— Vous êtes un ouvrier en or, car les heures de nuit, personne n'en veut, malgré la prime de panier. Un supplément qu'on vous verse pour le casse-croûte. »

Une fois encore, on prit ses noms, date et lieu de naissance, domicile, sexe. On lui remit un bleu de travail tout neuf. On lui dit à demain soir. Il ne demanda aucune précision sur ces nœuds qu'il serait chargé de faire et que lui avait prédits autrefois une Gitane. Sans doute existait-il dans l'entreprise un service de nœuds chargé de réparer tout ce qui cassait, fil électrique, ligne téléphonique, conduites d'eau et de gaz, tuyaux de poêle, tapis roulants. Le chef d'atelier que la rupture concernait le faisait appeler, lui désignait les deux bouts :

« Fais-moi un nœud. »

Il intervenait de ses doigts habiles à nouer les reliures, et le système se remettait en route, le courant, la voix, l'eau, le gaz, la fumée recirculaient. Lorsque quelqu'un l'interrogerait dorénavant sur son genre de travail, il répondrait :

« Je fais des nœuds chez Michelin, à Clermont-Ferrand, Auvergne. »

A Chamalières, il déplia le bleu de travail, si raidi par l'empesage que, lorsqu'il l'ouvrit et le posa sur ses jambes, la culotte se tint debout toute seule, comme si elle eût été de zinc. Les deux enfants s'en amusèrent beaucoup, chacun voulut entrer dans une des jambes du pantalon de papa où, réunis par la ceinture, ils ressemblèrent à des frères siamois. Il entra dedans à son tour, Rosita dut faire un ourlet de quinze centimètres. La veste convenait mieux à ses mesures ; elle portait dans le dos, imprimé à l'encre noire, le nom de l'entreprise caoutchoutière — pareil au *K.G.* des prisonniers de guerre en Allemagne — afin d'empêcher toute évasion.

« Et maintenant, dit Manolo, il faut absolument que j'achète une bicyclette. »

En 1946, les bécanes valaient leur pesant de beurre, leur rareté devait inspirer au cinéma italien *le Voleur de bicyclette*. Une grosse part des économies familiales fut investie dans cet achat, encore s'agissait-il d'un engin usagé, repeint, retapé, que le marchand vendit au prix du neuf, faisant remarquer :

« Vous avez là une machine d'avant-guerre, attention ! »

Quant à Rosita, à quelques mois de sa délivrance, elle ne pouvait aller autrement qu'à pied.

Ainsi s'organisa leur vie nouvelle. Chaque soir, vers huit heures, huit heures trente, un ruissellement de bicyclettes naissait dans Clermont et ses alentours, chaque rue envoyait la sienne ou les siennes, bruissantes de toutes leurs dynamos. Quelques-unes arrivaient des campagnes, de Theix, de Pont-du-Château, de Cournon, de Vic-le-Comte, d'Ennezat. Ces gouttes lumineuses en se réunissant formaient un courant dans le lit des voies directrices, il recevait des affluents de toutes parts, les petits ruisseaux devenaient des rivières qui toutes débouchaient place des Carmes, avalées par le porche béant de l'usine. Manuel apprit sa tâche de faiseur de nœuds : elle consistait à ravitailler en bobines les broches qui assuraient le tissage des pneumatiques, à raison de sept par calandre ; à nouer les fils arrivés en fin de course à une bobine nouvelle. Non pas de n'importe quel nœud, mais du nœud dit « de tisserand » ou « nœud plat ». Le chef d'atelier, qui s'appelait Cohade, lui expliqua chaque geste, minutieusement, patiemment :

« Tu formes une boucle dans ta main gauche, toute simple, comme un U renversé. De la droite, tu tiens l'autre fil, tu le fourres dans cette boucle par-dessous, comme dans une aiguille. Quand il est dessus, tu le renvoies dessous par l'extérieur, côté droit. Tu le fais glisser vers la gauche. Quand il ressort de l'autre côté, tu le ramènes dans la boucle. Et tu tires. Je me résume : il monte dessus, redescend dessous, remonte dessus, retourne dessous. Tout est là : dessus, dessous, dessus, dessous. D'accord ? A ce moment-là, plus tu tires, plus tu serres. A condition de n'avoir pas économisé sur la longueur. Sinon, tu as fait un « nœud bâtard », une extrémité se défile et ça lâche. Faut recommencer. »

Tout était là : nœud plat ou nœud bâtard.

« Y a pas de bousculade : tu disposes de trente secondes par nœud en moyenne. Ce qui te fait cent vingt nœuds à l'heure. Quasiment mille par nuit. Plus la pose des bobines pleines et la dépose des vides. Un quart d'heure pour le casse-croûte. »

A cinq heures, les équipes « tournaient », le courant des bécanes remontait à sa source. Les *bibs*, c'est-à-dire les ouvriers de Bibendum, étaient seuls à jouir de la chaussée dans la ville en plein sommeil. Leurs roues sautillaient sur les pavés, faisant grelotter dans leur musette la cuillère contre la gamelle vide. Le long des trottoirs, à la lueur chuintante de lampes à acétylène, de vieilles vendeuses proposaient *la Montagne, la Liberté, le Cri du peuple* dont l'encre était à peine sèche, ils prenaient la feuille de leur choix en échange d'une pièce de monnaie. Ils roulaient silencieusement, abrutis par huit heures de travail nocturne, ils rentraient chez eux où ils trouvaient le souffle des enfants endormis, le lit ouvert, la chaleur de leur femme.

Manolo dormait jusqu'à midi. En se réveillant, il voyait tout son monde prêt à se mettre à table. Rosita avait obtenu que ses cours de civilisation-espagnole-quand-il-y-en-avait-une fussent groupés l'après-midi. François fréquentait l'école chamaliéroise où son accent périgourdin faisait sensation, ses camarades de classe le regardaient avec des yeux admiratifs pour être né si loin de Chamalières-sur-Tiretaine.

« A Monpazier, répétait-il à toute occasion, les maisons étaient bien plus belles... L'église était bien plus haute... Le ciel était bien plus bleu...

— Oh ! celui-là ! répliquaient les petits Auvergnats, vexés jusqu'aux oreilles. Avec Son-Panier ! »

Pendant ce temps, le petit Michel jouait sur les genoux de son père.

Au début de 1947, ils reçurent une petite sœur, prénommée Denise en souvenir de sa lointaine tante Dionisia.

En 1949 débarqua dans les mêmes conditions le jeune Etienne. Après quoi, les magasins de Paris cessèrent toute expédition, estimant que la famille Alcacer se trouvait suffisamment pourvue.

De loin en loin arrivait d'Espagne une lettre dont le timbre montrait le profil grassouillet de Francisco Franco. A mots couverts, Alba donnait des nouvelles d'elle-même, de ses deux autres fils, de Valdescorriel. Après plusieurs années de prison et de travaux forcés, Bernardo et Esteban avaient retrouvé un emploi, l'un dans un garage de Palencia, l'autre, chassé de la fonction publique, dans une entreprise zamorane de transports. Malgré son veuvage, elle continuait d'exploiter le modeste domaine de Cristobal Alcacer, avec l'aide de journaliers, vivant de peu, avec en hiver la seule chaleur d'un brasero. De temps en temps, elle allait passer quelques jours à Madrid près de sa sœur Dionisia. Don Arquimedes avait quitté la paroisse, il terminait ses jours dans un asile pour ecclésiastiques. Son remplaçant enseignait un nouveau catéchisme en accord avec le régime franquiste où, par exemple, le cinquième commandement de Dieu, *Tu ne tueras point*, était devenu : *Tu ne tueras qu'avec justice*. A la fin de ses lettres, *Quand nous reverrons-nous, mon cher fils ?* demandait-elle tristement. *Quand connaîtrai-je tes petits ? Ces interrogations que je me fais ne sont pas néanmoins pour t'inviter à revenir : il y a trop de risques, malgré les promesses officielles. Tu sais comment ont fini la plupart de ceux qui ont tenté l'entreprise. A moins de n'avoir entre 36 et 39 rien été, rien pensé, rien fait que respirer, manger et boire, ce qui ne fut point ton cas. Voici que j'entre dans ma soixante-seizième année ; mais je me sens vaillante et je peux attendre encore.*

En 1950, le général Franco n'avait, lui, que cinquante-huit ans. A la différence de l'autre dictateur, Miguel Primo de Rivera, on ne lui connaissait aucune passion néfaste, ni l'alcool, ni le tabac, ni les femmes, ni la *juerga* ; inspiré et soutenu par la voix du Ciel, passant de longues heures dans sa chapelle personnelle ; n'ayant de comptes à rendre qu'à son confesseur ; il pouvait durer beaucoup plus que la pauvre Alba Alcacer. A la question de sa mère : *Quand vous serrerai-je tous sur mon cœur ?* , Manuel se répétait en lui-même le langage que tenait le vieux Chezal au centre de la France : « A la Noël aux prunes ».

Cependant, les enfants grandissaient. Après François, Michel fréquenta l'école. Puis ce fut le tour de Denise et d'Etienne. Parfois, de conversations tenues avec ses camarades, l'un d'eux rapportait des questions étranges :

« Qu'est-ce que c'est donc qu'un *oncle* ? Qu'est-ce que c'est qu'un *cousin* ? Pourquoi les autres ont-ils des cousins, des oncles et pas nous ? »

L'aîné, avec son accent périgourdin, semblait un étranger dans la famille. Il lui fallut longtemps pour le perdre, pour ne plus penser aux petits copains de Monpazier, pour ne plus attendre le retour là-bas autrement, lui aussi, qu'à la Noël aux prunes. Il finit par oublier la Dordogne avec le reste de sa première enfance. Ses frères et lui s'exprimèrent alors avec cet accent chamaliérois si subtil que seules des oreilles très sensibles le perçoivent, comme il convient à une commune où tout est d'une extrême légèreté : le poids de l'air, la fiscalité, le travail des habitants, les couleurs politiques, l'odeur du papier monnaie. Car, quoi qu'en pense le vulgaire, l'argent a une odeur. A intervalles réguliers, les imprimeurs de la Banque de France y font un autodafé de billets retirés de la circulation : ceux-ci produisent un encens comparable, dit-on, à celui du papier d'Arménie.

Le castillan n'était point perdu pour autant, seule langue en usage à l'intérieur de la famille. Rosita continuait de parler, de rêver, de cuisiner en espagnol. Parfois, elle préparait une grande poêlée de riz à la valencienne, auquel elle invitait quelques-unes de ses élèves du lycée. Grâce à ces *paellas*, les jeunes filles de Jeanne-d'Arc obtenaient au bac les meilleures notes en espagnol de l'Académie. Quant à Manuel, hors de chez lui, il n'avait guère l'occasion d'ouvrir la bouche. L'atelier de tissage était trop bruyant pour qu'on y pût tenir la moindre conversation. Il nouait ses mille nœuds chaque nuit à la muette. Ses compagnons de travail, le sachant espagnol républicain, l'avaient en haute estime. Au café, quand il leur arrivait de trinquer ensemble, il s'en trouvait toujours un pour sortir le seul mot d'espagnol de son répertoire et s'écrier énergiquement *caramba !* Cette exclamation innocente — l'équivalent du *sapristi* français — le surprenait fort dans les commencements. Mais ils lui remontrèrent qu'il n'y connaissait rien ; que *caramba* voulait dire au moins *pétard de Dieu*, car ils avaient appris là-dessus une récitation à l'école :

... Et vise au front mon père en criant : « Caramba ! »
Le coup passa si près que le chapeau tomba...

Manuel leur proposa des jurons espagnols beaucoup plus efficaces, mais ils préférèrent s'en tenir à *caramba*.

Après sa nuit de turbin, sa matinée de sommeil, son repas de midi et une courte sieste, les enfants à l'école, Rosita à ses cours, Alcacer se trouvait devant tout un après-midi d'oisiveté. Il eut honte de ne rien faire pendant que le reste de la famille travaillait et décida de se chercher une occupation de complément. C'était l'époque où les annonces des journaux demandaient à cor et à cri des bonnes espagnoles, *nourries mais non logées, cinq heures par jour* ou *à temps complet*, ainsi la défaite de la Seconde République devant le franquisme profitait à la petite bourgeoisie française, avide de s'élever et de se faire servir à bon compte. Mais qui voudrait d'un ex-commandant de bataillon républicain comme homme à tout faire ?

Il éplucha la presse, entra en conversation sur les bancs de la place de Jaude avec d'autres immigrés, sonna à plusieurs portes. Sans résultat. Se promenant un après-midi dans Clermont, il suivait l'étroite ruelle des Archers qui, du boulevard Trudaine, se dirige vers Notre-Dame-du-Port à travers un quartier de boutiquettes, de petits ateliers, de cafés maures. Un charmeur de feu, un embaumeur, une tireuse de cartes, un écrivain public y avaient pignon sur rue.

Le nez au vent, Alcacer lisait les enseignes, les affiches, les graffiti, les interdictions : *Défense d'afficher. Défense d'uriner dans l'impasse* (un farceur avait ajouté à la craie : *budgétaire). Avis de la municipalité. Vente aux enchères. Paix au Viêt-nam !* Et tout à coup, une pancarte clouée à un battant : *Auguste Gandilhon, facteur express, cherche ouvrier à mi-temps.* Un moment, Manuel se demanda en quoi pouvait bien consister la besogne d'un « facteur express ». Mais il avait l'habitude des décisions rapides, il souleva le marteau et frappa plusieurs fois. A l'étage au-dessus, une fenêtre s'ouvrit, une femme parut :

« Qu'est-ce que c'est ?

— Je viens pour la place d'ouvrier.

— M. Gandilhon n'est pas là. Revenez ce soir après sept heures. »

Il revint à l'heure dite, fut reçu par M. Gandilhon en personne : un petit homme en bleu de travail et en casquette qui le tutoya tout de suite :

« Tu es espagnol ?... Tu sais lire ?

— Dans mon pays, j'étais instituteur.

— Et t'as déjà un boulot ?

— Oui, chez Michelin. Uniquement la nuit. L'après-midi, je suis libre. »

Gandilhon expliqua le service du « facteur express » :

« Il doit savoir tout faire dans une maison, par là il est facteur. Et en vitesse, par là, il est express. Réparer les robinets qui fuient, déboucher les waters, frotter les parquets, laver les carreaux, démonter et remonter une armoire, changer les serrures ou les espagnolettes. »

Il ajouta, clignant de l'œil :

« Les espagnolettes, tu dois connaître, hein, pisque t'es espagnol ?... Est-ce que t'es capable de faire tout ça ?

— Certaines choses : les parquets, les carreaux, les meubles, les serrures, les espagnolettes en effet. Mais le reste...

— Le reste, je te l'apprendrai. Pour le moment, je te prends quatre heures par jour ; ensuite, si les affaires marchent et si je suis content de toi, tu pourras laisser tomber les pneus. Chez moi, tu auras une situation d'avenir ! »

Ainsi furent employés désormais ses après-midi. Lui qui n'avait aucune spécialité manuelle devint un spécialiste du récurage. Dans sa camionnette, Gandilhon le livrait à domicile en même temps que le matériel de ses fonctions : ponceuse, brosses, paille de fer, chiffons, encaustique, escabeau.

« N'oublie pas, recommandait-il chaque fois, la devise de la maison : *Frotte fort et fait reluire*. »

Il frottait fort les parquets avec la ponceuse au milieu, avec la brosse à pied dans les coins ; il passait une nouvelle couche de cire, faisait reluire au chiffon de laine. Il frottait fort et faisait reluire n'importe quoi susceptible de briller : vitres, meubles, fourneaux, chaudrons, casseroles, bassines, cloches, locomotives. Si on le lui eût confié, il aurait astiqué Vercingétorix, l'aurait rendu éblouissant comme un sou neuf. Il se souvint du rétameur qui s'était installé un jour à l'entrée de Valdescorriel et pour qui sa mère avait eu si grande pitié, condamné à gagner son pain sur les routes, loin de sa famille et de sa patrie. Et il se vit tout pareil à cet *estañador auvernés*, le derrière multicolore en moins.

Beaucoup de monde traversait encore les Pyrénées. Dans les deux sens. Les uns attirés par les *indultos* successifs, les absolutions de plus en plus plénières ; ils acceptaient le risque du jugement, de la prison, des travaux forcés pour revoir leur pays, leurs vieux parents avant qu'ils ne cassent leur pipe.

D'autres au contraire sortaient d'Espagne, avec ou sans autorisation officielle, soit parce qu'ils ne pouvaient plus respirer l'air franquiste, soit pour aller gagner des francs, des marks ou des florins. Quant aux Français, ils couraient de plus en plus nombreux passer leurs vacances sur les plages espagnoles, séduits par le soleil et la peseta bon marché. Ils mangeaient le franquisme en salade, disaient en revenant, l'Espagne est un pays merveilleux, sans voleurs et sans grèves. Même nos prolétaires en voulaient leur part, le change favorable permettait aux zonards des H.L.M. de s'y offrir quelques jours des hôtels à deux étoiles.

Pourquoi ne viendriez-vous pas vous aussi en vacances ? écrivait Alba. *Tant d'autres le font !*

Et Manuel : *Je reviendrai quand la liberté sera revenue.*

Alors, la vieille femme sollicita un passeport pour la France. Sa demande fut appuyée par le maire et le nouveau curé ; à quatre-vingt-un ans, elle pouvait être tenue pour inoffensive.

« Vous êtes folle, dirent ses voisins, d'entreprendre à votre âge une pareille aventure !

— Que voulez-vous qu'il m'arrive ? Que je meure en route ? On m'enterrera, et voilà tout ! »

Elle emporta dans un sac en peau toutes sortes de nourritures castillanes qui devaient cruellement faire défaut en Auvergne ; du *chorizo*, du bœuf fumé, des haricots blancs, des piments secs, de la pâte de coing, des figues sèches, du fromage de Villalon. Et aussi une bouteille de deux litres pleine d'un vin rubicond qu'elle tint, tout le long du trajet, serrée contre sa poitrine comme une poupée. Quel souci lui donna ce double litron qu'il fallut transborder de car en train, de rapide en omnibus, protéger des coups, des voleurs, des douaniers. Elle et lui, sans oublier le sac, entrèrent enfin dans la gare de Royat-Chamalières, descendirent laborieusement du wagon poussiéreux. Un groupe de personnes se tenait sur le quai, un homme en jaillit qu'elle ne reconnut pas tout de suite parce qu'il s'était arrondi et avait perdu la moitié de ses cheveux :

« Manolo ! Manolito ! »

Elle ouvrit les bras, le double litron s'écrasa par terre. Ce furent d'étranges retrouvailles, on riait et l'on pleurait dans une odeur de vinasse, on piétinait les tessons, un employé coiffé d'une casquette accourut avec une pelle et un balai. Dire que ce vin-là avait été récolté sur les versants de la Chana, soigneusement mûri et conservé ; qu'il avait franchi des fleuves et des montagnes, échappé à mille convoitises, pour venir se répandre sans profit sur le quai de la gare de Royat-Chamalières ! On ne savait pourquoi l'on pleurait davantage, du bonheur de se retrouver ou du chagrin de l'avoir perdu. Grâce au ciel, le reste demeurait, le saucisson rouge, les haricots blancs...

Sur ce même quai, elle fit la connaissance de ses petits-enfants, de François, de Michel, de Denise, d'Etienne, dont elle écorchait les noms étranges, je vous appellerai, décida-t-elle, Francisco, Miguel, Dionisia, Esteban, ils applaudirent. Eux regardaient cette grand-mère dont ils avaient si souvent entendu parler et qui leur tombait des nuages, enveloppée d'effluves vineux. Ils la trouvaient vieille, vieille, mais douce, douce ; ils s'en disputaient les mains, les coudes, les épaules, les joues, les cheveux. On la débarrassa de son sac, on la soutint aux aisselles, on l'emporta presque à travers les innombrables curistes, car elle arrivait en pleine saison thermale, leur groupe échevelé, leurs éclats de rire, leurs exclamations exotiques, *hostia ! mucho ! cascaras !* , leur joie sans retenue frappaient au cœur tous ces cardiaques qui se mettaient une main sur la poitrine avec effroi. On arriva ainsi rue du Languedoc, on hissa l'*abuela* jusqu'au quatrième étage, elle se laissa enfin tomber sur une chaise, morte de fatigue et de bonheur.

D'instinct, les enfants savaient que ce qu'il y a de redoutable dans le bonheur, c'est sa fin attendue. Ils demandèrent :

« Combien de temps restes-tu avec nous ?

— Plusieurs semaines.

— Combien ?

— Quatre... ou cinq. Jusqu'à ce que je vous fatigue. »

Mais d'une aïeule pareille, on ne pouvait se fatiguer. Elle avait toujours à la bouche quelque légende, quelque chanson, quelque poésie, quelque devinette. Elle semblait savoir par cœur le don Quichotte et le racontait en long, en large et en travers. Et de même les bons et les mauvais coups de Lazarille de Tormès. Elle frappait dans ses paumes, se démenait du buste et des hanches, dansait la *jota* sans bouger de sa chaise. Elle brodait, elle dessinait, elle projetait des ombres chinoises, elle jouait des castagnettes avec la langue. En d'autres circonstances, elle se mettait au fourneau, préparait des tripes à la madrilène, de la morue biscaïenne, du *gaspacho* andalou, le pot-pourri aragonais ; il semblait qu'elle connût toutes les spécialités espagnoles.

« Où avez-vous appris tant de recettes ? interrogeait Rosita.

— Chez mon frère le colonel avant que je ne me marie. Il employait toujours d'excellentes cuisinières. »

Les enfants auraient aimé la promener dans Chamalières-sur-Tiretaine, la présenter à leurs copains ; mais elle hésitait à descendre les quatre étages, elle n'y consentait que rarement. De sa fenêtre, elle voyait le puy de Dôme, les flèches de la cathédrale, une ligne bleue de montagnes lointaines ; elle demandait, l'Espagne, c'est dans quelle direction ? Manolo lui désignait un sommet rond et boisé nommé Gravenoire, c'est par là derrière. Mais de ce côté-là le ciel avait la même teinte qu'ailleurs, elle ne pouvait en réjouir ses yeux. Elle se laissa néanmoins entraîner jusqu'à Clermont. Elle sut qu'il y existait une place d'Espagne et voulut la visiter.

« Pourquoi se nomme-t-elle ainsi ?

— Parce qu'elle fut construite par des prisonniers de guerre espagnols, au temps du roi Louis XIV.

— C'est le sort de tous les prisonniers de guerre de subir les travaux forcés. »

Elle raconta qu'à l'ouest de Madrid, au pied de la sierra de Guadarrama, des prisonniers républicains étaient en train de creuser le granit pour édifier un énorme monument à la gloire du franquisme. Franco lui-même s'y ferait un jour ensevelir, comme un pharaon dans sa pyramide d'Egypte.

Lorsque Manuel se préparait le soir à commencer sa tâche à la manufacture, elle le regardait disposer dans sa musette le casse-croûte de minuit.

« Toi aussi, disait-elle, tu es bien une sorte de forçat. Est-ce que tu vas toute ta vie faire des nœuds ?

— Qui sait ?

— Dire que nous t'avons donné de l'instruction pour que tu deviennes maître d'école et gardes les mains lisses ! »

Il examinait ses paumes, moins abîmées par le fil que par la paille de fer.

« Ce sont, disait-il, les paumes d'un homme libre. »

Venue pour quelques semaines, grand-mère Alba resta cinq mois à Chamalières. Elle regardait de plus en plus souvent du côté de Gravenoire.

« Là-bas, disait-elle, les moissons, les battages vont commencer sans moi. »

Elle décida de repartir pour les vendanges, qui ne pouvaient se passer d'elle.

« Et puis je suis trop vieille pour rester davantage. La mort peut me surprendre n'importe quand. Je ne voudrais pas dormir en terre d'exil, loin de mon cher Cristobal. Il m'attend depuis 1934. Vingt et une années déjà ! Mon Dieu ! Comment ai-je pu vivre après lui si longtemps ? »

Tout le monde pleura, même ceux qui ne l'avaient pas connu, en voyant pleurer les autres, au souvenir de cet homme discret, d'humeur égale, aux mains justes et généreuses. Au souvenir de sa fin sanglante.

« Je ne pourrais pas me reposer sans lui », conclut-elle.

Elle ajouta très vite : « Mais vous viendrez me voir bientôt. Il finira bien par y avoir une amnistie sincère et véritable. »

Elle repartit donc avant septembre, tandis que les raisins auvergnats commençaient à peine de rosir.

16

L'année 1956, Manuel Alcacer réunit sa famille en conclave et demanda à ses enfants :

« Voulez-vous devenir légalement français, ou préférez-vous rester espagnols ? »

Chacun donna son sentiment :

« J'ai, dit François, besoin d'être français pour devenir professeur de l'Etat.

— J'aimerais bien, dit Michel, être à la fois français et espagnol.

— Non. Il faut choisir.

— Alors, je choisis la France, à cause du franquisme.

— Moi, dit Etienne, mes copains de classe m'appellent *l'Espingouin.*

— Ça te chagrine ?

— Non, parce que j'aime bien les pingouins. Alors, je veux réfléchir encore un peu.

— Moi aussi, dit la fille, je veux réfléchir. »

Là-dessus, Manuel entreprit les démarches nécessaires, il demanda à Valdescorriel et à Madrid un extrait d'acte de naissance et un certificat de mariage. Les réponses furent stupéfiantes : si la mairie de son village lui envoya bien la feuille requise, le tribunal de Madrid l'informa qu'un décret du Gouvernement National daté de 1938 avait annulé tous les mariages civils. En conséquence, Manolo et Rosita n'étaient plus rien l'un pour l'autre que deux concubins, malgré leurs vingt années de vie commune et leurs quatre enfants. Ceux-ci n'avaient pas même le droit officiel de porter le nom d'Alcacer.

« Eh bien ! dit le conclave, il ne vous reste qu'une chose à faire : régulariser.

— C'est-à-dire ?

— Vous épouser religieusement.

— A quoi rimerait cette cérémonie, puisque nous ne croyons pas ?

— Si vous préférez continuez de vivre en état de concubinage... »

Ils durent se soumettre. Aller ensemble trouver le curé de Chamalières et lui expliquer leur situation. Publier les bans. Passer par le confessionnal.

« Nous désirerions, dit Alcacer, que le mariage soit aussi discret que possible.

— Qu'appelez-vous discret ?

— A une heure de faible affluence dans l'église.

— Ma première messe est à six heures du matin. Il n'y aura personne d'autre que vous et vos invités. Cela vous convient-il ?

— Tout à fait. »

En ce matin de novembre, noir et pluvieux, Manolo sortit comme les autres jours de la maison aux cent fenêtres, il pédala jusqu'à la rue du Languedoc. Tout le monde était déjà en grande tenue. Il se rasa, changea de vêtements, puis la noce se dirigea sans tambour ni trompette vers l'église, traversant sur la pointe des pieds Chamalières endormi. Sous le porche, ils étaient attendus par les témoins, deux compagnons de travail de Manuel. Ils entrèrent dans l'église vide, le curé en surplis les reçut sous le lustre et leur serra la main :

« J'ai, dit-il, une bonne nouvelle à vous annoncer. Votre messe sera concélébrée par moi-même et par le père Isidro de Castro, un de vos compatriotes de passage dans notre paroisse, qui a bien voulu s'intéresser à votre cas. »

Ils se rassemblèrent dans une chapelle latérale et l'office commença. A une heure aussi indue, protégées des regards indiscrets, ces noces avaient quelque chose de clandestin et de honteux. Les quatre enfants observaient avec curiosité chaque geste de leurs parents. Quoique en principe non croyante, Rosita paraissait très émue, ils la virent même s'essuyer les yeux à la dérobée. A l'Evangile, tandis que Manolo s'abstenait, elle se signa le front, la bouche, le cœur ; ils pensèrent qu'elle jouait bien son rôle. Le curé chamaliérois prononça un sermon où il fit mine de croire que cette « régularisation » résultait d'une prise de conscience :

« Vous avez compris que votre union purement civile présentait une incomplétude dont souffrait votre cœur. Vous avez voulu tardivement — mais mieux vaut tard que jamais — consacrer devant Dieu un lien purement humain, devant Dieu qui seul confère l'éternité à une promesse. Je vous en félicite et suis certain que vous ne le regretterez jamais. Votre famille s'en trouvera spirituellement enrichie... »

A son tour, don Isidro de Castro parla. En castillan :

« Je suis en France pour rendre visite à nos chers frères en exil, pour leur apporter la bénédiction de l'Eglise espagnole et le salut de la patrie qui souffre de leur absence, pour les engager à y revenir dès que possible : elle les recevra à bras ouverts. En attendant, je suis heureux de consacrer ce mariage religieux, le seul vrai, entre ma sœur Rosa Simancas et mon frère Manuel Alcacer... »

En voilà un, se dit Manolo, qui ne me réconciliera point avec l'Eglise espagnole, Dieu merci ce n'est qu'un agent de Franco.

Au terme de la cérémonie latino-franco-espagnole, quand ils eurent signé le registre de la sacristie, versé leur obole, reçu leur livret de famille, ils sortirent sur la place. Le jour commençait à poindre, mais le ciel était si bas qu'il traînait par terre. Ils se réunirent dans l'appartement de la rue du Languedoc, où Rosita leur prépara de la sangria pour les réchauffer.

Le vieux Bacconnet, un des deux témoins, résidait à Beaumont, une autre commune-satellite de Clermont-Ferrand. Fils de vigneron, il avait choisi, comme Manuel, de travailler la nuit chez Bibendum afin de pouvoir l'après-midi se consacrer à ses vignes et à son jardin. Chaque année, il avait coutume d'inviter les Alcacer aux vendanges, c'était une fête pleine de rires et de chansons comme à Valdescorriel, on mangeait le petit salé et le saint-nectaire sur les bacholles cul en haut. Au retour, en compagnie des bacholles cul en bas, les garçons étreignaient les filles dans les chars sous prétexte de les retenir de tomber. Après l'œuvre du fouloir et le remplissage de la cuve, la journée s'achevait par un festin royal que couronnait la *pompe* aux pommes.

En 57, Bacconnet fit à Manuel une proposition :

« J'ai ma vigne de la Garde qu'a plus du tout de rendement. Faudrait arracher les vieux pieds, labourer le terrain, le fumer, planter de nouveaux ceps, ekcétéra. A mon âge, je vais pas entreprendre ce biznesse. D'autant moins que mon fils unique, le Désiré, il est conducteur de tram, il a mal à l'estomac et boit que l'eau du robinet. Un grand malheur pour lui. Alors, une idée m'est venue :

je te vends ma vigne de la Garde. Elle est bien placée le long d'un chemin carrossable. Elle mesure une œuvre et demie, six cents mètres carrés, juste de quoi y planter une baraque. Vous serez là tranquilles comme Baptiste. Qu'est-ce t'en dis ?

— Tu me vends... Mais est-ce que je pourrai acheter ?

— Je te la cède comme terrain agricole. Une œuvre et demie : 40 000 francs. Et je te laisserai, question payement, tous les délais que tu voudras. »

Alcacer consulta le conclave qui se montra tout de suite enthousiaste, oui, oui, il faut accepter, nous construirons la maison nous-mêmes. Ils firent le compte de leurs bras : ils disposaient de six paires. Le compte de leurs économies : 188 432,25 francs, en additionnant les dépôts à la caisse d'épargne, le contenu des porte-monnaie et des tirelires, la pièce de deux sous qui calait dans la cuisine un pied de la table.

« Nous payerons ce terrain au comptant ! » s'écria le conclave avec orgueil.

Le dimanche suivant, ils allèrent sur place examiner la parcelle, ses dimensions, ses formes. Le plateau où elle se trouvait était tout en vignes, en pêchers, en amandiers ; des grives y becquetaient les derniers grappillons. Ils discutèrent du site exact où il faudrait implanter la bâtisse, le garage, car on aurait bien un jour une automobile ; l'espace à laisser au jardin.

« Ferons-nous un étage ? Oui, cela permettra de mieux exploiter la surface. En quoi la construirons-nous ? En parpaings de pouzzolane, c'est aussi dur que la pierre et plus facile à empiler : nous ne sommes que des maçons amateurs. Y aura-t-il une sonnette ? Naturellement, qu'il y aura une sonnette. La sonnette est le signe d'une maison civilisée. A Valdescorriel sans électricité, les visiteurs tapent aux portes du poing ou du heurtoir. »

On se rendit chez le notaire qui prit note de tout, noms, adresses, domiciles, dates et lieux de naissance, régime matrimonial, origines, acte de propriété, surface, prix convenu.

« Combien, demanda-t-il aux uns et aux autres, entendez-vous dissimuler ? »

Il expliqua aux Alcacer qu'à cause des droits d'enregistrement et de passation, les clients avaient intérêt à déclarer dans l'acte officiel un prix de vente très inférieur au prix réel ; que le risque n'était pas grand pour d'aussi modestes surfaces ; que cette pratique permettait à l'acheteur une appréciable économie.

« Au lieu de 40 000, vous pourriez déclarer 20 000, le solde payable de la main à la main sans qu'il en soit fait mention. Je dois toutefois vous avertir que mes honoraires ne sont susceptibles d'aucune dissimulation et seront calculés sur la somme entière. »

Tous acceptèrent ces suggestions. Le notaire fit alors signer à

Manuel une feuille à part où il reconnaissait sur l'honneur que les sommes totales convenues par-devers lui (40 000 francs) représentaient le montant véritable de la vente susdite, sinon il risquait les peines prévues par les articles tant et tant de la loi de tel jour et de telle année.

« Cet engagement, insista le Maître, est destiné à empêcher toute dissimulation inconnue de moi. Il faut être honnête en affaires. »

Quand les actes authentiques eurent été rédigés, lus, signés et paraphés, les Alcacer ébahis se trouvèrent les seuls maîtres avec les grives d'une vigne de six cents mètres carrés sur la commune de Beaumont. « Quand je passais les Pyrénées en février 39, songea Manuel, si l'on m'avait dit qu'un jour je deviendrais propriétaire d'un peu de terre française... »

Il y eut d'autres pièces à obtenir ou à remplir, certificat d'urbanisme, plan d'architecte agréé, autorisation de construire, demande de prêt au Crédit foncier, sur lesquelles le notaire prélevait au passage honnêtement sa dîme ; en sorte que de dîme en dîme, ils en vinrent à payer plus cher ses services d'écriture qu'ils n'avaient versé au brave Bacconnet. Enfin, tout fut accompli.

Les enfants poursuivaient des études brillantes, à l'Ecole Normale, aux lycées ou à l'école primaire. Rosita continuait d'enseigner la civilisation-espagnole-quand-il-y-en-avait-une. Manuel nouait son millier de nœuds plats chaque nuit et frottait l'après-midi ses parquets. Mais la pensée principale de tous regardait vers la *quinta*, leur villa, leur folie, leur château en Espagne. Ils y passaient chaque heure de liberté, leurs fins de jour, leurs jeudis, leurs fêtes et leurs dimanches. Le premier soin fut de construire une cabane de planches pour abriter les outils, le matériel périssable, les nourritures. Leurs repas devinrent un quasi perpétuel pique-nique. Ils arrachèrent les vieux ceps qu'ils empilèrent à une extrémité du champ pour s'en servir plus tard comme bois de chauffage. Ils ouvrirent les fouilles des fondations dans la terre rougeâtre, phosphoreuse, mais brune sous la pluie, qu'ils épandaient sur l'emplacement du futur potager. Chacun besognait selon ses forces, de la pioche, de la pelle, de la brouette. Les mains tendres des femmes et des garçons se couvrirent d'ampoules, puis durcirent comme l'argile au four. Ils voulurent une cave pour y garder au frais le vin et les patates, il fallut la creuser au pic et à la cartouche de mine dans les entrailles du volcan mort sur l'échine duquel Beaumont est établi. Les pierres utilisables pour la maçonnerie étaient soigneusement mises de côté.

Vinrent ensuite les matériaux à bâtir, parpaings, sable, ciment. Les murs commencèrent à sortir de terre.

« Dès que le rez-de-chaussée sera couvert et habitable, annonça

Manolo, nous viendrons nous y installer, ce qui nous économisera le loyer de Chamalières. »

Ils quittèrent la rue du Languedoc au début de 59 et vécurent dans leur nouvelle demeure avec pour tout confort un robinet d'eau froide. Ils dormaient dans la future salle à manger et se pressaient aux repas dans la cuisine sans carrelage ; le fourneau brûlait les souches de vigne ; ils s'éclairaient au camping-gaz. Au milieu de ce chantier, Manolo se sentait contremaître. Avant de venir en France, il ne savait rien faire proprement de ses dix doigts sauf relier les feuilles d'une brochure. Argelès lui avait enseigné les rudiments de la construction, mais sur le Mur de l'Atlantique, grâce à l'ingénieur Fritz Todt, il avait appris le travail du béton armé, le coffrage, la pose des fers, le coulage en une seule fois pour éviter les ajouts et les failles. A présent, sa compétence faisait merveille, ses cinq manœuvres lui obéissaient comme les doigts de la main, la sueur au front, les paumes rongées par le ciment, l'échine douloureuse. Mais chaque geste les rapprochait du triomphe final, aucune peine ne parvenait à refroidir les enthousiasmes. Bref, c'était le bonheur sans mélange.

La charpente d'épicéa fut posée. Puis la toiture. Avant la rentrée de 1960, deux drapeaux tricolores flottèrent au faîte, l'un bleu-blanc-rouge, l'autre rouge-jaune-violet, celui que les fascistes appelaient par dérision sang-pus-gangrène. On invita quelques amis français, on but à l'avenir du château en Espagne et à l'amitié des deux Républiques.

Le jardin n'était pas oublié ; pendant que les murs grandissaient, il produisait les légumes de la famille, on espérait des pêches, des amandes, des cerises, des abricots. Oh ! l'émotion des premiers fruits ! Denise apporta un matin cette nouvelle merveilleuse :

« Maman ! Papa ! L'abricotier est en train de former six petits abricots ! »

Six, juste un par tête ! Chacun choisit le sien, moi je prendrai celui-là, et moi celui-ci, et moi cet autre petit, bonnes gens, dont personne ne veut. On alla tous les jours surveiller leur croissance, on tuteura le tronc gracile, on les protégea de la sécheresse et des méchants pucerons qui veulent du mal aux abricots. On récita une poésie pour gagner les grâces de l'arbuste :

Abricotier, mon bel ami,
Venu des jardins d'Arabie,
Ah ! quel baïram je t'ai promis
Pour le jour éloigné encore
Où tu seras l'arbre aux œufs d'or !

Hélas ! hélas ! hélas ! un orage survint qui, malgré tant de précautions, le secoua et fit tomber trois de ses fruits dans l'enfance de l'âge. Quand on les eut pleurés, on se consola :

« Nous nous partagerons les trois autres. Chacun de nous recevra une moitié. »

Quelques jours plus tard, nouvelle tempête, nouvelles victimes. Un seul abricot survécut. Celui-là, du moins, devint énorme, on allait le regarder s'arrondir, pas possible, il nous prépare un potiron !

« Défense d'y toucher ! recommanda Manuel. Je n'ai pas envie que vos doigts le meurtrissent ! »

Quand il parut bien à point, en présence de la famille au grand complet, Manolo le tâta d'un index léger, le huma de près, déclara :

« Ça y est ! Il est mûr ! »

Il le cueillit enfin. Chacun voulut le caresser et le respirer comme lui dans le creux de la paume. Alors, solennellement, Rosita procéda au partage et le fendit en six tranchettes que les consommateurs consommèrent en fermant les yeux, posées sur la langue comme une hostie. Ainsi faisait à Fuentefria grand-mère Josefa lorsqu'on lui concédait une lune d'orange.

Il ne restait qu'à remplir la *quinta*, de cloisons, de carrelages, de parquets, de tubes, de fils, de radiateurs, de robinets, de meubles divers. Cela prit des années encore. Des années pour Rosita de marche à pied jusqu'au lycée Jeanne-d'Arc. Des années pour Manolo de voyages à pédales jusqu'à la manufacture aux cent fenêtres, de retours à l'aube grise, d'après-midi de frotte-fort-et-fait-reluire. Des années pour les enfants de prolétariat sans salaire, mais avec la joie de voir la bâtisse prendre un peu plus chaque jour figure de maison. Pendant ce temps, l'aîné, François, préparait une licence d'espagnol ; le second, Michel, obtenait son bac avec mention *bien* ; les deux autres marchaient sur leurs traces. Tout ce que l'Espagne avait produit de plus intelligent, de plus audacieux, de plus vaillant, de plus honnête semblait avoir franchi les Pyrénées en janvier-février 39, quoique une certaine presse française eût alors parlé de *pillards*, de *racaille catalane*, de *gens sans aveu*, de *lie rouge*, de *malandrins marxistes*.

Toutes ces besognes, si elles occupaient ses membres et son échine, ne remplissaient pas entièrement les pensées d'Alcacer. Dès son enfance, sa mère Alba lui avait communiqué le goût de la lecture ; il continuait de lire selon son temps et ses moyens, achetant ou empruntant des livres, en français, en espagnol, en espéranto. Dans la famille, le livre était le seul présent autorisé les jours d'anniversaire, toute autre dépense prenant figure d'argent détourné. On dévorait spécialement ce qui avait trait à l'Espagne : les mémoires de Valentin Gonzalez, dit El Campesino, de Largo Caballero, d'Indalecio Prieto, d'Alejandro Lerroux, d'Adolf Galland qui bombarda les Asturies avec la Légion Condor ; *Pourquoi nous avons perdu la guerre*, de Diego Abad de Santillan ; les traités historiques de Victor Alba, d'Hugh Thomas, de Robert Brasillach, de Gaston Leval, de Ramon Menendez Pidal ; les romans d'André Malraux, d'Ernest Hemingway, d'Upton Sinclair, d'Hermann Kesten, de Georges Conchon, de Jorge Semprun, de José Maria Gironella. Cent autres volumes. On en discutait passionnément en conclave. Mais on lisait aussi plus sereinement les classiques français introduits dans la demeure par les anthologies scolaires traditionnellement compilées en tandem, Chevaillier et Audiat, Lagarde et Michard, Paoli et Miquelard. Après quoi, Manuel lisait tout ce qui lui tombait entre les pattes.

Ses copains de la manufacture s'étaient aperçus de cette voracité qui leur était, à eux, aussi étrangère que le violoncelle :

« Mais comment tu fais pour bouquiner comme ça ? Moi, quand j'ai lu plus de dix minutes — et je parle pas d'un bouquin véritable, holà ! mais du simple canard — j'ai les yeux qui se mettent à pleurer. Et si j'insiste, ça me donne carrément envie de dégueuler. Mon estomac le supporte pas. Faut dire que j'insiste rarement. Je m'escuse, mais je te comprends pas.

— C'est parce que, certains jours, quand je rentre à la maison, j'ai pas sommeil.

— Pas sommeil ? Après tes huit heures de nuit ?

— C'est là mon tempérament. Alors, je prends un livre. Quelquefois, ça me tient réveillé jusqu'à midi. D'autres fois, ça m'endort.

— T'es une drôle de nature.

— Oui. Il m'arrive comme ça de rester sans dormir des deux, trois jours de suite. Mais au quatrième je ronfle comme un trombone. Je récupère. Au bout de six ou sept heures, je me réveille reposé. C'est une habitude que j'ai prise en Espagne, pendant la guerre. »

N'empêche qu'ils le regardent comme une sorte de phénomène, un veau à deux têtes.

Il se croyait le seul exemplaire de cette espèce : pas du tout, il a découvert à Beaumont un autre monstre, Tartière le boulanger. Un travailleur nocturne comme lui. Chez la plupart des Auvergnats, la lecture est considérée comme un vice, au même titre que la boisson et le jupon, heureusement beaucoup moins répandu que ceux-ci. Les parents interdisent à leurs enfants de lire le soir et leur coupent la lumière.

« Ça le réveille au milieu de la matinée, se lamentait la boulangère auprès de ses clientes. Faut croire que ça le tient fort ! Et quand par hasard j'ouvre la porte de la chambre, je le trouve au plumard avec un bouquin ! Je me demande de qui mon homme tient ça. Y en a pas d'autre dans la famille. »

Elle dit « mon homme », ou plus simplement « le mien » :

« Vous savez ce que le mien est en train de lire en ce moment ? *J'irai cracher sur vos tombes* ! Tel que ! Vous parlez d'une éducation qu'y faut pour écrire des choses pareilles !

— Pourvu qu'il ne crache pas dans le pétrin ! » s'inquiète la clientèle.

Mais, elle doit le reconnaître, le vice de la lecture ne nuit pas à la qualité du pain, celui de Tartière est le meilleur de la commune.

Alcacer et lui se sont découverts. Ils échangent des livres et des idées. L'homme ne vit pas que de pain. Ils se recommandent l'un à l'autre telle page qu'ils ont aimée, ils en viennent à employer des mots surprenants dans une boulangerie un samedi soir entre six et sept : *littérature... autobiographie... polémique... historicité...* Mme Tartière, dans le dos du « sien », secoue la tête avec désolation.

« J'aurais aimé, avoue un jour le Beaumontois, faire un autre métier que la boulange. Recevoir de l'instruction. Etre instituteur. Vous n'auriez pas aimé être instituteur ? A la campagne ? »

Et Manuel, sans se découvrir : « Si, si. J'aurais aimé être instituteur à la campagne. Dans la compagnie perpétuelle des petits enfants.

— Cultiver votre jardin.

— Aller à la pêche aux écrevisses.

— Ce qui n'empêcherait pas les occupations intellectuelles. Faire de la musique, de la peinture...

— De la reliure.

— Bof ! conclut Tartière avec sagesse. Le destin !

— Oui, le destin. »

De mauvaises nouvelles arrivèrent d'Espagne : Alba souffrait du cœur. A présent nonagénaire, elle avait vendu la ferme de Valdescorriel et divisé le produit en trois parts, autant qu'elle avait de fils. Celle de Manuel, investie en obligations d'Etat, attendait son retour au pays où il pourrait la négocier. Elle vivait alternativement chez Bernardo et Esteban. Or voici que l'avaient prise des ennuis circulatoires qui l'obligeaient à rester allongée le plus longtemps possible. Elle avait enflé de partout et se sentait détruite. Ce qui ne l'empêchait pas de plaisanter son état : *A quatre-vingt-onze ans, j'en parais bien cent un. Mais tu comprendras que pour moi il n'est plus question de voyages. Cependant, j'aimerais tant te revoir une dernière fois. Demande aux représentants espagnols en France un sauf-conduit qui te permette de venir et de retourner ensuite à Beaumont sans démêlés avec la justice. Cela doit pouvoir s'obtenir en des circonstances exceptionnelles.*

Alcacer présenta donc au consul général d'Espagne à Lyon une supplique, dont il lui fut accusé réception quatre semaines plus tard. On l'informait qu'*une enquête* (allait) *être entreprise en France et en Espagne, dans les lieux appropriés et auprès de témoins dignes de foi afin de déterminer la réponse à fournir à sa sollicitation.* Il ne restait qu'à attendre.

Des mois passèrent. Alba écrivait encore régulièrement, se plaignant de son enflure, de l'oppression qui l'obligeait à dormir assise, de sa mémoire défaillante : *Esteban me dit que je suis née en 1874, mais moi je pense qu'il se trompe. Suis-je réellement si vieille ? J'aimerais que tu me précises dans ta prochaine lettre ma date de naissance : elle est inscrite dans ton livret de famille. Et aussi la date de mon mariage. Après tout, ne te donne pas cette peine, cela n'a pas grande importance. Ce qui compte, c'est que tu viennes le plus tôt possible, sinon, tu ne me reconnaîtras pas. Je serai tellement enflée que tu me prendras pour une hippopotame. J'embrasse ta femme et tes filles. Ta mère affectionnée, Alba.*

Voilà donc qu'elle parlait à présent de ses filles en oubliant ses fils. Son écriture devenait de plus en plus tremblée, irrégulière, avec de brusques pointes, comme celle d'un électrocardiogramme. Puis les lettres vinrent d'Esteban qui écrivait sous la dictée de leur mère : *Je suis allongée dans mon fauteuil, adossée à des coussins. Parfois, Esteban m'amène jusqu'à la fenêtre d'où je peux voir le ciel et le jardin plein de jacinthes. Je suis très fatiguée. Dépêche-toi d'obtenir cette permission, sinon je devrai partir sans t'avoir salué. Je vous embrasse tous.*

De temps en temps, Manuel téléphonait au consulat d'Espagne pour savoir où en était sa demande, elle suit son cours répondait-on. Sans doute le franquisme gardait-il une dent contre cette très vieille et très pernicieuse femme, épouse du premier maire républicain de Valdescorriel en 1931, mère de trois fils rouges comme le piment, dont deux condamnés précédemment à plusieurs années de prison, le troisième contumax.

A la lettre qui suivit, elle n'avait participé en aucune façon. Esteban y racontait son lent déclin, les misères qui accompagnent les interminables agonies, escarres, perfusions, torpeurs, retours de lucidité. *Certains jours, elle retrouve des forces. Où les prend-elle ? Alors, elle demande à manger, se plaint qu'on la laisse mourir de faim, que personne ne la soigne. Le lendemain, elle retombe dans un état semi-comateux, elle ne voit rien, n'entend rien, n'a pas la force de tourner la tête. Cher frère, je dois te dire qu'un fonctionnaire de police est venu hier nous rendre visite. Il a demandé à voir notre mère, à constater si oui ou non elle était à toute extrémité. Trois mois après ta demande, il est bien temps...*

Une semaine plus tard — c'était le 26 avril 1966, jour anniversaire du bombardement de Guernica — une nouvelle lettre d'Esteban l'informa du décès de leur mère bien-aimée. *Elle est partie doucement sans se rendre compte. Bernardo et moi étions auprès d'elle ainsi que nos deux familles. Je ne t'ai pas envoyé de télégramme sachant que tu ne pourrais arriver à temps voulu. Transportée à Valdescorriel, nous l'avons ensevelie dans la même parcelle que notre père. Ils dorment ensemble à jamais. Nous t'embrassons tous.*

Ainsi mourut Alba Gallardo de Alcacer à l'âge de quatre-vingt-douze ans. Manolo — qui prétendait ne pleurer jamais que lorsqu'il recevait le vent dans la figure — s'enferma dans le grenier de sa maison et y resta une heure. Lorsqu'il en redescendit, chacun fit mine de ne pas remarquer ses yeux rouges et gonflés.

« Nous irons la voir un jour, dit simplement Rosita, à Valdescorriel. »

Le soir, il garnit sa musette et retourna, comme à l'accoutumée, faire des nœuds chez Michelin.

A la fin de ce même mois, il fut tiré de son sommeil matinal :

« Un pli recommandé pour toi. Il faut que tu signes le registre du facteur. »

L'enveloppe venait de Lyon et contenait le sauf-conduit. Il le retourna à l'envoyeur accompagné d'un billet : *Monsieur le Consul d'Espagne, Veuillez trouver ci-joint l'autorisation sollicitée depuis 106 jours pour aller rendre visite à ma mère gravement malade. Je n'en ai plus l'usage car elle est décédée le 20 avril dernier.*

17

A Beaumont en Auvergne, les années s'écoulaient sans accident. Nombreuse était la colonie espagnole dans le vieux village vigneron, mais la plupart de ces Fernandez, Sanchez, Gomez, Gimenez et autres Gonzalez demeuraient sur leur quant-à-soi, cherchant à faire oublier leurs origines étrangères, acceptant le meilleur et le pire, se tenant à l'écart des luttes politiques qui enfiévraient le pays, participant de manière passive aux conflits syndicaux, payant recta leurs impôts, leur loyer, leur gaz, leur électricité, les factures de leurs fournisseurs, cotisant à la C.G.T. et au Secours Populaire. Sachant bien qu'à la moindre protestation ils s'entendraient répliquer :

« Si t'es pas content, t'as qu'à retourner chez Franco ! »

Mais Franco ne voulait pas plus d'eux que de la peste. Grâce aux bas salaires, à l'absence de syndicats revendicateurs, son pays se couvrait de routes et d'autoroutes, de campings, de marinas, d'hôtels de luxe, toute l'Europe allait s'y dorer le cul, les Américains y fabriquaient à bon compte leurs voitures et leurs films. Le réfrigérateur entra dans les foyers espagnols. Puis la télévision. Comme les postes au début coûtaient fort cher, les télespectateurs se rassemblaient dans une taverne, un café, un club autour du même petit écran pour assister aux grandes corridas ou aux matches de football. Quand les téléviseurs devinrent moins coûteux, quand on en trouva d'occasion, les antennes se multiplièrent, il n'y eut guère de taudis qui ne dressât un peigne sur sa tôle ondulée. L'Espagne de la télé et du frigo se passait aisément de liberté et de justice.

« Liberté et Justice ! » C'est ce que criaient en France les émeutiers de mai 68, en incendiant les voitures au-dessus de cinq chevaux fiscaux, après avoir pris soin de garer la leur dans la périphérie. Un moment, de Gaulle se prit pour Franco : Il songea à faire intervenir sa Légion étrangère. L'Auvergnat Pompidou sauva la situation par son calme, sa pondération, son mégot au coin de la bouche. La guerre civile fut évitée.

Des deux côtés des Pyrénées, les choses allèrent ensuite au mieux.

« Enrichissez-vous ! » recommandait le généralissime à ses sujets, qui acquéraient frénétiquement, selon leurs moyens, des voitures, des bicyclettes, des souliers en faux cuir. Ceux qui toujours avaient pris le sucre avec les doigts achetèrent des pinces à sucre. La France déborda de bagnoles, de machines à laver, de machines à sous, de films cochons. La Catalogne organisa un service régulier qui transporta les amateurs par pleins cars de Gerona à Perpignan pour voir *Le Dernier Tango à Paris*. Manuel Alcacer lui-même s'enrichissait, en 1970 il acheta une voiture Ami-6 payable en trente-six mensualités.

Pendant ce temps, les Etats-Unis et l'U.R.S.S. construisaient des fusées rivales destinées à envoyer leurs astronautes dans la lune ou autour. « Caramba ! s'écriaient les Espagnols d'Espagne. Notre pays atteindra facilement la lune par des moyens plus simples : en empilant l'un sur l'autre un curé, un militaire, un curé, un militaire, un curé, un militaire... »

Tout cela se savait par les lettres et les périodiques. Enfermé dans le palais du Prado, protégé par un triple cercle d'évêques, de généraux, de médecins, Francisco Franco n'entendait rien de ces railleries, tout à sa mission d'assurer le bonheur de son peuple par l'ordre et le travail. Dès 1938, ses ennemis l'avaient dit atteint d'un cancer au foie, ils mettaient leurs ultimes espérances dans les progrès de ce mal. Mais lui vieillissait sereinement au milieu de sa glorieuse famille, atteignait les soixante-dix ans, puis les quatre-vingts, tandis que les vaincus de 1939 mouraient chaque jour en prison ou en exil. Supposant toutefois qu'il n'était pas éternel, il prépara sa succession et jeta son dévolu sur le petit-fils d'Alphonse XIII, prince des Asturies, un caneton qu'il avait personnellement couvé, surveillant son éducation, encourageant son insignifiance et sa docilité. Celui-ci parut à la télévision française, récita sagement son catéchisme politique. Solidement encadré de conseillers militaires et civils, le jeune prince, dont la prestance physique ravissait les femmes, assurerait la pérennité du franquisme.

En 1975, une nouvelle transporta d'enthousiasme les exilés : Franco allait passer l'arme à gauche. D'abord, ils n'osèrent y croire ; il le fallut bien cependant : tout en parlait, les journaux, la radio, la télé. Leur espérance se fortifiait de jour en jour :

« Enfin, le vieux chacal va crever ! Nous allons pouvoir rentrer au pays sans crainte !

— Doucement ! Lui disparu, son régime ne sera pas éteint. Et puis, tant qu'il gardera un souffle de vie, il pourra faire du mal. Attendez que l'épée de la mort le frappe *en la cruz*. »

Son agonie se prolongea des mois en effet, soutenue par tous les artifices chimiques et électriques de la médecine. Personne de son entourage n'osait dire : coupez le jus, arrêtez le traitement, cet homme est mort. C'est que, avant d'obtenir ce résultat, le satané vieillard avait traversé mainte et mainte crise, s'en tirant toujours au dernier moment pour constater qu'on l'avait enterré un peu trop tôt et annuler certaines dispositions précipitées. Toute sa carrière s'était déroulée comme le combat du taureau dans l'arène. Il surgit d'abord du toril *levantado*, altier, les cornes hautes, charge à tort et à travers tout ce qu'il aperçoit. On le fatigue avec la cape, il devient plus lent, *parado*, il reconnaît son ennemi et s'élance soudain contre lui en visant soigneusement ses parties basses. La lance des picadores, les banderilles, ses fureurs stériles le rendent peu à peu *aplomado*, lourd comme le plomb : il a perdu sa vitesse, ne tient plus la tête droite et ne charge que s'il est provoqué ; encore le provocateur doit-il se tenir près de lui, car il ne distingue plus très bien sa cible, mais il reste extrêmement dangereux. Le matador vient enfin, il se joue encore de lui avec la *muleta*, la bête saigne de l'échine et souffle rouge ; l'épée doit l'atteindre *dans la croix*, à gauche de la colonne vertébrale, entre la troisième et la quatrième vertèbre. Franco n'attendait plus que l'estocade finale.

« Vous allez voir, disaient les pessimistes, qu'il s'en tirera encore ! »

L'électricité lui entrait par les pieds, lui sortait par les oreilles ;

quand on pressait un bouton, il bougeait les pattes ; un autre bouton, les bras ; il gigotait comme la grenouille de Galvani ; c'était un spectacle affreux de voir tant d'hommes de science et de politique s'acharner sur ce cadavre. A la fin, même les muscles se fatiguèrent, restèrent sans réaction, il fallut bien couper le jus et annoncer au monde : *Le Caudillo est mort.*

On l'enterra au *Valle de los Caidos*, dans la vallée des Tués, sa pyramide d'Egypte. Le prince charmant Juan Carlos reprit le sceptre abandonné par grand-père Alphonse et proclama qu'il poursuivrait la politique de la défunte grenouille et l'œuvre de restauration nationale entreprise par le franquisme.

Or dans les mois qui suivirent, on assista à une surprenante métamorphose. Sans mouvement brusque, par petites étapes, le nouveau souverain sortit du rôle de jeune benêt qu'il avait joué jusque-là à la perfection, s'affranchit de ses lisières, informa ses tuteurs qu'il se considérait désormais comme adulte et seul responsable du destin de l'Espagne ; qu'il entendait mener son pays vers un régime de monarchie libérale à l'anglaise ; qu'il allait autoriser la reconstitution des partis démocratiques ; des élections au suffrage universel auraient lieu dans un délai de deux années afin d'envoyer aux Cortes une assemblée constituante. Les suppôts du franquisme crièrent à la trahison. Le roi en emprisonna quelques-uns, fit taire quelques autres en les couvrant d'honneurs et de promotions. Le sommet du changement fut atteint en mai 77, lorsque le roi reconnut l'existence légale du Parti Communiste Espagnol : son vieux leader Santiago Carillo sortit de la clandestinité et fut accueilli par ses partisans comme Napoléon revenant de l'île d'Elbe.

« Mais alors, criaient les enragés, mais alors, à quoi donc a servi notre guerre ? Trente-deux mois de lutte, un million de morts, seize mille prêtres massacrés, vingt-quatre mille religieuses violées officiellement, tout cela effacé en quelques semaines par un freluquet qui sans nous ne serait rien qu'un prétendant sans armes, sans argent et sans idées ? Mais alors ! Mais alors ! »

L'Eglise elle-même baissait les bras, ayant déjà opéré sa propre mutation depuis le concile Vatican II, les curés en soutane se faisaient de plus en plus rares par les rues, même les religieuses raccourcissaient leurs jupes, montraient leurs cheveux, leurs oreilles, leurs mollets. Les offices se célébraient en langue vulgaire, les saints Commandements étaient discutés et expurgés, non seulement l'Eglise se rapprochait du peuple, mais elle se faisait peuple, les prêtres post-conciliaires marchaient en espadrilles, se culottaient de blue-jeans et recommandaient aux familles :

« Vous avez un fils intelligent ? N'en faites pas un prêtre. Faites-en un ingénieur. L'Espagne a besoin d'ingénieurs plus que de curés. »

Dans leurs sermons, ils reprochaient aux riches leur luxe insolent, leur rappelaient qu'il leur serait plus difficile d'entrer au Paradis qu'à un chameau d'enfiler le chas d'une aiguille. Les séminaires se dépeuplaient. Bref ! le franquisme ne pouvait plus compter sur l'appui inconditionnel de l'Eglise, excepté chez quelques prélats qui ne voulaient rien apprendre, rien oublier, comme Mgr Tarrancon, primat d'Espagne.

Au printemps 76, Manuel entra dans sa soixante-cinquième année, celle de la retraite ; encore quelques mois de pédalage et il pourrait se consacrer entièrement à son jardin, à ses livres, à ses petits-enfants.

« Puisque tu travailles chez Bibendum, explique-moi donc, lui demanda l'un de ceux-ci, comment on fabrique les pneus.

— Les pneus ? Je n'en sais pas plus que toi.

— Comment ça, puisque depuis trente ans...

— Depuis trente ans, j'ai fait des nœuds. Uniquement des nœuds. Le reste m'a toujours échappé. Nous n'avons pas le droit de nous promener, de visiter les autres ateliers. Secrets de fabrication ! Tout ce que je peux t'apprendre, c'est comment on fait des nœuds plats.

— Allons-y. »

Aucune surprise ne l'attendait, tout paraissait réglé dans le peu qu'il lui restait d'avenir. Or voici que le joignit une lettre du *S trois E* qui remit tout en cause :

Cher camarade, Les enseignants rayés des cadres par le régime franquiste pourront cependant recevoir une pension de retraite calculée sur la base de 80 % du traitement terminal d'un instituteur, actuellement de 42 000 pesetas mensuelles. Pour cela, ils doivent présenter leur demande au Ministerio de Educacion y Ciencia, Alcala 34, Madrid...

Manolo et Rosita écrivirent aussitôt, chacun pour son compte, à l'adresse indiquée. Après quelques semaines arrivèrent les deux réponses, qui produisaient des musiques bien différentes :

Monsieur, Vous avez bien été rayé des cadres par décret de la junta de Burgos en date du 4 novembre 1938. Vous entrez donc dans la catégorie des fonctionnaires susceptibles, par un effet de l'extrême clémence de S.M. le Roi Juan Carlos Ier, de récupérer certaines prérogatives, notamment celle d'un droit à une pension de retraite. Vous devez toutefois remplir deux conditions : primo, rentrer en Espagne ; secundo, exercer au moins six mois dans une école primaire de l'Etat. Veuillez me faire connaître si vous entendez remplir ces conditions et nous adresser, éventuellement, la demande de réintégration correspondante, dans laquelle vous précisérez les régions préférentielles où vous souhaiteriez être nommé...

Madame, En réponse à votre honorée du 6 avril 1976 et après recherche dans les dossiers de ce ministère, nous constatons que vous n'avez été victime d'aucune radiation officielle des cadres de l'Enseignement public et qu'il y a eu de votre part, en 1936, pur et simple abandon de poste. En conséquence, vous n'êtes pas susceptible de bénéficier de la mesure d'extrême clémence de S.M. le Roi Juan Carlos Ier. Veuillez croire, Madame...

Ils tournèrent ces lettres en tous sens, se demandant par quelle étrange interprétation des textes on appliquait à leurs cas tellement pareils deux poids et deux mesures. Pourquoi l'un avait-il été radié et pas l'autre ? Et qu'est-ce que cela changeait ? N'avaient-ils pas, l'un et l'autre, été contraints d'abandonner leur carrière et de fuir leur patrie ? Manuel fut tenté d'envoyer au diable S.M. Juan Carlos Ier et son extrême clémence ; mais Rosita l'en dissuada, n'as-tu pas assez donné à l'Espagne ? as-tu le droit de refuser le peu qu'elle te rend ? j'irai d'ailleurs en personne plaider ma cause au ministère d'Education et Science, on verra bien.

Les démarches suivirent leur train, tant auprès de l'administration espagnole qu'auprès de la manufacture clermontoise. En septembre, don Manuel Alcacer reçut avis qu'il était nommé, à courir du 1er janvier de l'année suivante, instituteur suppléant au groupe scolaire Juan Ramon Jimenez de Madrid, Calle Marquès de Viana, 58. *Veuillez me confirmer votre acceptation...*

Ainsi, après trente-sept années d'exil, Manuel et Rosa comprirent que leur Noël aux prunes était enfin venue.

Ils partirent en novembre, l'Ami-6 n'avait que 28 000 kilomètres dans le ventre, elle pouvait tenir le coup.

Ils avaient quitté en 1939 une Espagne ruinée par la guerre civile, ils la retrouvèrent riche, industrieuse, asphaltée. Profitant de la saison sans touristes, d'énormes machines fumantes tartinaient les routes d'une couche supplémentaire. Où étaient les cantonniers guenilleux de jadis armés de pelles, de seaux et de couffins qui ne semblaient pas mieux pratiquer la brouette que les Egyptiens antiques ? Un peu partout, dans les champs, des tracteurs Pegaso opéraient à l'américaine les labours d'automne, tirant des charrues multisocs dans la terre qui s'ouvrait comme du beurre. Tout était prévu le long du parcours pour l'agrément des voyageurs : auberges de route, hôtels d'Etat, stations-service, aires de pique-nique autour d'une fontaine permanente. Et leur plus forte surprise : à chaque instant, un énorme Bibendum en bois érigé sur les sommets stratégiques qui, le bras levé, se rappelait à leur bon souvenir et prétendait les diriger vers le plus proche débit de *neumaticos Mitchéline*.

Ils se rappelèrent le chant d'Antonio Machado et constatèrent à quel point il semblait dépassé :

Castilla miserable, ayer dominadora,
envuelta en sus harapos desprecia cuanto ignora.

Castille misérable, hier dominatrice,
enveloppée de ses haillons, elle méprise tout ce qu'elle ignore.

La Castille n'ignorait, ne méprisait plus rien, ni le coca-cola, ni les gratte-ciel, ni les engrais chimiques, ni les motocyclettes. Ils eurent honte de cette prospérité, puis se dirent que si on l'avait laissée faire au lieu de lui briser les reins au bout de cinq années, la République serait allée plus loin encore, comme elle allait en France, en Italie, en Allemagne, en Suisse.

Le Caudillo disparu, ses slogans restaient encore visibles sur les murailles des usines et des casernes, mais délavés, personne ne se donnant plus la peine de les repeindre, comme le franquisme : *Gibraltar épine sanglante dans le cœur de l'Espagne. Pour l'Empire vers Dieu. Pas un foyer sans pain, pas un Espagnol sans lumière. Le libéralisme pourri de l'Encyclopédie est responsable de tout*. Les masses espagnoles étaient-elles devenues si savantes qu'elles pouvaient apercevoir au mieux, dans cette histoire d'encyclopédie, autre chose qu'une histoire de cyclopes ? L'emblème de la Phalange y pâlissait toujours : ses flèches et son joug, association des arts de la paix et de la guerre. Des phalangistes s'exhibaient tranquillement sur les places en chemise bleue et béret rouge.

La chose la plus urgente est de revoir Valdescorriel. Après avoir dépassé Burgos, ils se dirigent vers Palencia. Chaussée de neuf (précieuse faveur concédée gratuitement au personnel de la manufacture : chaque employé peut munir sa voiture de pneus d'essai), l'Ami-6 roule bon train sur la nationale 610. Ils arrivent au bourg de Villalon de Campos. Ce nom remet en mémoire à Manolo les saveurs du fromage homonyme, sa mère prit la peine en 1955 de lui en apporter une fourme en compagnie du vin malencontreux, disant, tiens, voici une *pata de mulo*. Car, bien que dérivé de lait de brebis, il s'appelle « pied de mulet » à cause de sa forme et de ses dimensions. La chair en est blanche, sèche, parfumée, il faut la consommer à petites portions.

A mesure qu'il approchait de son village, Manuel levait le pied de l'accélérateur, craignant d'arriver, craignant ce qu'il allait trouver, voir et ne pas voir, entendre et ne pas entendre.

« Je veux, dit-il à Villalon, acheter un pied de mulet.

— Va, dit Rosita. Je t'attends dans la voiture. »

Il descendit, l'été de la Saint-Martin chauffait doucement les pierres grises. Il erra devant les boutiques closes, arriva sur une place au centre de laquelle se dressait un étrange monument formé d'une colonne sculptée d'où partaient quatre branches de métal. Un vieil homme était assis au pied, le dos tourné à la colonne, sa canne entre les genoux.

« Est-ce qu'à Villalon, demanda Manuel, on ne vend plus de *patas de mulo* ?

— Oh que si ! dit le vieux. Mais nous sommes dimanche. Aujourd'hui, vous n'en trouverez point.

— Nulle part ?

— Nulle part.

— Vous habitez une belle ville.

— On le dit.

— Qu'est-ce au juste que cette colonne à laquelle vous vous appuyez ?

— On voit bien, Monsieur, que vous n'êtes pas de la région... Ce n'est pas un reproche. La colonne que vous dites est célèbre jusqu'à Palencia. C'est le *Rollo* de Villalon. Elle servait autrefois de gibet : on y pendait le monde à ces bras tendus.

— Quatre à la fois ?

— Quand ça se trouvait.

— Et pourquoi les pendait-on ?

— Oh ! dans le temps, il y fallait peu de chose. Tenez : vous auriez essayé de faire le dimanche commerce de fromage que cela eût suffi. »

Il s'enfuit épouvanté.

« Partons vite, dit-il à Rosa. Ici, on pend quatre par quatre ceux qui essayent d'acheter du fromage le dimanche. »

A Fuentes de Ropel, ils ne furent plus qu'à une lieue de Valdescorriel.

« Non, dit Manolo. Cherchons d'abord un hôtel à Bénavente. Nous finirons d'arriver demain matin, quand nous serons reposés. »

L'hôtel Martin, avec sa façade blanche, les attira. Le hall était orné d'armures et d'anciennes figures en bois, comme si l'on eût pillé quelque château. L'escalier était de marbre. Il dormit mal cette nuit-là, à cause du vacarme des camions sur la nationale. A cause aussi de la proximité de ce village où il revenait après une si longue absence et tant d'événements. Dans le lit voisin, consciente de son insomnie, Rosa lui demandait :

« Tu ne dors pas ?... Pourquoi ne dors-tu pas ?

— Quelque chose me manque.

— Quoi donc ?

— La manufacture. Mes nœuds. Je n'ai pas l'habitude d'être couché la nuit. »

Il fut debout avant le jour, les camions continuaient de filer vers Madrid, il apercevait au loin la silhouette d'un autre Bibendum qui levait le bras ; en lisière de la route, des escargots bavaient dans la rosée. Après un petit déjeuner de madeleines et de café au lait, ils prirent enfin la direction de Valdescorriel. Dans la tête, lui trottait une récitation apprise jadis sous le commandement de don Felipe et dont il avait oublié l'auteur : *Le retour des vaincus.*

Por la estepa solitaria,
cual fantasmas vaporosos,
abatidos, andrajosos,
se encaminan lentamente
los vencidos a su hogar...

Par la steppe solitaire,
comme spectres vaporeux,
abattus et guenilleux,
les vaincus vers leur foyer
s'acheminent lentement...

Il reconnaissait autour de lui les terres labourées, les pigeonniers rougeâtres, chaque relief du terrain.

« Regarde bien ! Là-bas, juste après le dos d'âne, tu vas voir émerger la tour du clocher, avec son nid de cigognes ! »

Et elle émergea comme prévu, le nid y était composé de sarments volés aux vignes après la taille, mais cigognes et cigogneaux s'en étaient allés vers des climats plus doux. Alors ses mains se mirent à trembler sur le volant, il ne voyait plus clair, il dut s'arrêter au bord de la route.

« Ne parle pas, recommanda Rosita. Tu n'as pas besoin de parler. »

Ils repartirent, le village tout entier sortit de l'horizon, ils lurent même son nom sur une plaque d'identité : *VALDESCORRIEL.* Ils approchèrent doucement. Manuel remarquait au passage quelques constructions nouvelles, des hangars en stabulation libre, un poids public. Puis ils furent près de la fontaine :

« C'est là que j'aurais dû être fusillé en juillet 36, avec mes frères. »

Là étaient tombés les huit autres, dont Pimiento qui avait le tort de trop parler. Il arrêta la voiture à l'autre extrémité du carrefour, devant un bâtiment vide qu'il ne connaissait point, portes et fenêtres béantes. Il jeta un coup d'œil à l'intérieur, y remarqua des blutoirs, des courroies, des poulies qui lui laissèrent penser qu'il s'agissait là d'un moulin électrique qui, depuis son départ, avait eu le temps d'exister et de mourir.

Car l'électricité était venue à Valdescorriel. Pas un Espagnol sans lumière. On ne la voyait que trop. Elle courait le long des façades et en travers des rues, au-dessus des têtes, pendouillante, festonnante, en un réseau dense et désordonné qui ficelait le bourg de ses milliers de fils noirs, comme Gulliver sur la plage de Lilliput. Quelques antennes sur les toits attestaient que la télévision était aussi présente. Il marcha jusqu'à la sortie du village en direction de Valderas : l'ancienne école s'y tenait toujours, naguère reblanchie sans doute, mais de nouveau décrépie, vide de tout écolier. Un peigne sur la toiture et une inscription sur la porte lui firent comprendre qu'elle ne recevait plus des enfants, mais les amateurs de télé.

Les maisons étaient toujours les mêmes, avec leurs murs de torchis, mais parfois dissimulés sous une chemise de ciment coloré, voire même un parement de brique cuite. Ils errèrent dans les rues aussi défoncées, aussi boueuses que jadis en la même saison, malgré quelques trottoirs qui couraient çà et là devant les maisons des riches. L'air sentait la paille humide et le mouton. Pas la chèvre comme autrefois, mais le mouton que d'ailleurs on entendait bêler derrière des portes. Sur les seuils, aux fenêtres, des gens regardaient avec surprise ces deux inconnus, la rumeur publique avait déjà informé la population qu'une voiture française stationnait près de l'ancien moulin.

Ils s'arrêtèrent devant la maison des Alcacer, passée à d'autres mains désormais ; Manuel regarda longuement la porte cochère, les ajours du fenil, la fenêtre de ce qui avait été sa chambre, les tuiles grisâtres sur lesquelles avaient roucoulé tant de pigeons. Puis il soupira et alla plus loin.

Les rues, autrefois anonymes (on disait : « La rue du curé... La rue de l'institutrice... La rue du maire... »), portaient maintenant des plaques aux noms des vainqueurs de la guerre civile. Il lut *Calle del General Mola, Calle General Queipo de Llano* et devant l'église *Plaza del General Franco*. Son village avait été annexé par le franquisme de A jusqu'à Z. Mais l'église avait, de mémoire d'homme, toujours été fasciste par les œuvres de don Arquimedes et de ses pareils. Elle exhibait aujourd'hui au-dessus de son porche une plaque de marbre portant les noms de trois phalangistes *caidos por Dios, por España presentes*, formule réservée à ceux qui étaient morts du bon côté ; parmi lesquels il reconnut celui de Tomas Peolos, surnommé le Pouilleux, le fils du forgeron, l'*instructor* qui mettait jadis ses biceps et ses vastes mains au service de don Felipe et calottait les petits cinq jours par semaine. Rien d'étonnant qu'il se fût engagé sous les bannières du fascisme.

Ils montèrent les marches, entrèrent dans l'église sombre comme une cave. Quand leurs yeux se furent un peu habitués aux ténèbres, Manuel distingua les murailles reblanchies sur lesquelles des suintements de la toiture avaient tracé des larmes brunes. Derrière l'autel ancien, le retable couvrant le mur du fond de ses dix-sept panneaux enfumés restait aussi opaque. A l'opposé, l'escalier neuf montait aux tribunes des hommes ; le cercueil communal avait disparu, il n'était pas de mort à présent qui n'eût les moyens de s'offrir une caisse à ses mesures. Il s'assit devant le confessionnal, là où il avait, durant les leçons de catéchisme, reçu tant de coups de baguette, de soufflets, de coups de pied au derrière, et perdu peu à peu la foi de ses ancêtres, par les efforts assidus de don Arquimedes.

En ressortant, avant de s'éloigner à jamais, il se retourna et vit — ce qui ne l'avait jamais frappé dans son enfance — et constata de ses yeux que ce clocher était lui aussi, comme les maisons des pauvres, construit en briques crues. Mais les pluies, les neiges, les tempêtes l'avaient si bien rongé au cours des siècles qu'il n'était plus à présent, en vérité, qu'un tas de boue, une tour de boue crevassée de profondes fissures. Et soudain il se sentit le cœur rempli d'une étrange pitié à son égard, il crut voir au milieu de cette masse informe, dessiné par les creux et les saillies, un visage douloureux qui ressemblait à celui du Christ, prisonnier de la boue et des lézardes. Mais il se frotta les yeux, s'aperçut qu'il s'agissait d'une illusion d'optique. Il s'enfuit à longs pas, sans se retourner davantage.

A l'*ayuntamiento*, il demanda si l'on avait toujours coutume de fermer à clé la porte du cimetière.

« Naturellement, répondit le nouveau secrétaire, lointain successeur de don Pepe Podinco.

— Pourriez-vous me la prêter, pour que je rende visite à mes parents défunts ?

— Qui êtes-vous ? »

Il se fit connaître. Le fonctionnaire communal le considéra sans sympathie, mais voulut bien accéder à sa requête. Ils suivirent le chemin creux qui menait là-bas, à travers les terres rouges, les figuiers et les mûriers. Le cimetière était toujours environné de caves agglomérées comme des nids de guêpes, avec les soupiraux en forme de niches. Le fronton pour deux cloches de l'église disparue se dressait toujours en son milieu. Les morts y dormaient dans l'argile, excepté quelques riches qui résidaient dans des tombeaux de marbre blanc. Manuel alla tout de suite vers son père et sa mère, il resta une heure en leur compagnie.

Le lendemain, il laissa Rosita flâner dans Bénavente et revint seul à Valdescorriel. Il n'en avait pas fini de se chercher parmi ces maisons dont beaucoup étaient aujourd'hui inhabitées, parfois même en ruine. Sur ces délabres, une pancarte disait bravement :

Se vende. A vendre. Maintenant, tout le monde savait qui étaient les occupants de la voiture française, l'annonce avait couru de porte en porte : « Manolo Alcacer, le fils de Cristobal et d'Alba Gallardo, est de retour. » En errant seul de rue en rue, il identifiait certains visages :

« Toi, tu es Un tel, si je ne me trompe pas.

— Vous vous trompez un peu, rectifiait l'autre. Je suis son fils. Mon père est mort depuis sept ans. »

Enfin il en reconnut un sans erreur :

« Tu es bien Gervasio Garcia, n'est-ce pas ?

— Parbleu ! Gervasio Garcia, c'est bien mon nom ! Et toi, tu es Manolo Alcacer ! »

Ils s'étreignirent, se tapèrent dans le dos.

« Raconte-moi ce qui t'est arrivé pendant ces quarante ans.

— Beaucoup de choses, dit Gervasio. Je suis tombé d'une échelle. J'ai reçu un coup de hache. On m'a opéré de l'appendice. J'ai épousé trois femmes. J'ai eu huit gosses. Et malgré tout ça, je suis vivant ! »

Ils rirent ensemble et s'en racontèrent d'autres. Garcia l'invita dans sa cave où ils descendirent à la lueur d'une lanterne. Ils burent du vin nouveau en mangeant du saucisson rouge. Pendant une semaine, Manolo fut ainsi reçu de cave en cave, parmi les fûts, les paniers, les pressoirs. Il demandait des nouvelles des uns et des autres, en donnait des siennes et de sa famille.

« Vos écoles sont donc fermées ? s'étonna-t-il. Vous n'avez donc plus d'enfants ?

— A Valdescorriel, sur les huit cent quarante habitants d'autrefois, il en reste environ quatre-vingts. Les autres sont partis pour la ville, pour la France, pour l'Allemagne. Nos enfants sont ramassés chaque jour par un autocar et transportés aux écoles de Valderas. C'est comme le curé, il ne nous appartient plus, il vient d'ailleurs, on ne le voit que le dimanche. »

Pourtant le bourg s'était enrichi d'un café, d'un château d'eau, de numéros peints sur les façades des maisons, d'un téléphone public, d'élevages industriels. On lui montra des vaches laitières enfermées dans des étables d'où elles ne sortaient jamais, leurs onglons poussaient sans connaître l'usure de la marche, il fallait les raccourcir régulièrement au rogne-pied. La terre avait triplé de rendement grâce au remembrement, aux engrais, à l'emploi des tracteurs, à l'arrosage des cultures.

« Nous sommes devenus modernes ! » lui fit-on remarquer avec orgueil.

En trinquant devant le comptoir du bar tout neuf, ils se dirent *chin-chin* et non pas *salud !* comme aux temps de l'ignorance.

Une chose paraissait inchangée : les nombreux pigeonniers

d'argile, cylindriques ou rectangulaires, qui parsemaient la campagne. Mais là aussi il se trompait.

« Nous n'élevons plus beaucoup les pigeons à des fins alimentaires comme jadis, lui expliqua le maître de l'un d'eux. Oui, bien sûr, on en mange encore un de temps en temps. Mais la majeure partie de ces oiseaux est expédiée vers les villes. Les clubs nous les achètent en gros pour pratiquer le tir aux pigeons vivants. Justement, demain, je dois vider mon pigeonnier. Je vous y invite, si l'affaire vous intéresse. »

Cela s'appelle *descorchar et palomar*. Les ouvertures des deux toits superposés sont au préalable comblées de l'extérieur avec des bouchons de paille. Les hommes entrent ensuite à plusieurs, munis de grands sacs ; les oiseaux prisonniers, affolés, volettent en tous sens, se heurtent, s'étourdissent l'un l'autre, dans la puanteur aigre des fientes remuées. La capture commence. On saisit au hasard les volatiles par la tête, par les ailes, par la queue, par le ventre, gentille alouette. On les fourre en vrac, gros, moyens, petits, dans le sac où ils se débattent éperdument ; on les ficelle, on les charge sur un camion qui les emporte. Il en meurt beaucoup en route par étouffement. Les survivants servent à divertir les bourgeois.

« Quand ils auront été fusillés, demanda Manuel, est-ce que les tireurs les mangeront ?

— Vous voulez rire ! Ils seront trop maigres, trop échauffés par l'épreuve. On jettera leurs corps aux ordures. Ce ne sont que des pigeons.

— Oui, ce ne sont que des pigeons. »

Une vieille femme lui barra le chemin, maigre, toute blanche, échevelée. Elle le régala d'un sourire où beaucoup de dents manquaient, et lui dit :

« Bonjour, Manolo.

— Bonjour. Je...

— Tu ne me reconnais pas ?

— Je l'avoue.

— Regarde-moi bien. »

Elle tourna devant lui, se présenta de face, de profil et de dos.

« Maria Pelaya ! révéla-t-elle enfin. Maria Pelaya Canizas !

— Mais parbleu oui ! Pardonne-moi. Nous avons tellement changé l'un et l'autre depuis quarante ans !

— Moi, je t'ai reconnu tout de suite. Il est vrai que j'étais avertie de ta visite à Valdescorriel. »

Ils se regardèrent avec embarras, songeant aux jours où il lui comptait les côtes dans le pigeonnier en ruine, où ils jouaient ensemble à *Devine, devineur, Combien d'œufs dans le nid*. Puis elle lui rappela, souriant de toutes ses rides :

« Tu m'avais fait une promesse que tu as oubliée.

— Vraiment ? Quelle promesse ?

— De me prendre dans ta maison comme servante.

— En effet. Mais il y a eu la guerre, tu le sais. J'ai dû quitter l'Espagne.

— J'aurais très bien pu te rejoindre en France. Est-ce que tu étais aussi maître d'école, en France ?

— Pas exactement. J'ai été longtemps très pauvre. C'est moi qui me mettais au service des autres. Ensuite, je me suis marié.

— Je l'ai su.

— Tu es mariée aussi, naturellement ?

— Non. Moi, je suis restée vieille fille. Je n'avais pas l'idée au mariage... C'est comme ça... Et maintenant, tu vas repartir ?

— Dans quelques jours.

— Que Dieu te garde, toi et les tiens.

— Que Dieu te garde aussi. »

Ils se serrèrent la main et se quittèrent, n'ayant plus grand-chose à se dire.

18

Évitant les vendeurs de tickets à prix réduit, il acheta le sien à la caisse officielle. Le métro avançait en produisant un halètement de locomotive usagée.

Il descendit à la station *Tetuan* et s'enfonça dans un quartier populaire qui essayait de se remettre à neuf, les masures basses, barbouillées de rose, de jaune, de vert, y côtoyaient les édifices en béton. Un modeste cinoche s'y appelait prétentieusement *Ciné Savoy*. Le Groupe scolaire Juan Ramon Jimenez était coincé entre la Calle del Matadero (rue de l'Abattoir) et la Calle de Angel Puech. Un drapeau flottait au fronton. Dans la cour ombragée de robiniers coulait une fontaine. A la grille, un placard annonçait : *Places vacantes à tous les niveaux de 4 à 14 ans*. Manuel vit à travers les fenêtres un instituteur faire la classe en gants blancs. Il sonna, le concierge vint à lui dans son uniforme bleu sombre à ganses claires, un sifflet pendu au cou, l'air important. Alcacer montra ses lettres de créance.

« Je vous conduis à Monsieur le Directeur ».

Longtemps, il dut faire antichambre. Enfin la porte s'ouvrit, le directeur parut et le pria d'entrer, chacun s'assit sur son siège respectif. Quoique Franco fût enterré depuis deux ans, son portrait en couleurs encore accroché au mur regardait Manuel dans les yeux.

« Votre travail ici sera léger, lui révéla son supérieur hiérarchique. Pour tout dire, vous serez en surnombre. Vous accompagnerez les maîtres titulaires dans leurs classes, vous les remplacerez éventuellement, vous vous mettrez au courant des nouvelles méthodes pédagogiques, vous participerez aux réunions. Je vais vous présenter à vos quatorze collègues. »

Les choses étaient à présent bien claires : d'emblée, il savait qu'il serait inutile, qu'on l'acceptait ici par pure clémence, comme S.M. le Roi. Pourtant, lorsqu'ils marchèrent vers la première classe, il sentit revenir le tremblement qui l'avait secoué à l'approche de Valdes-corriel : il allait retrouver le métier perdu depuis quarante ans, il allait retrouver l'enfance, devant lui les visages des enfants, les yeux des enfants, les sourires des enfants. Le destin l'avait arraché à eux pour le jeter dans la cage aux hommes. Et il allait les retrouver.

A leur entrée, tous se levèrent sagement, le titulaire descendit de son estrade, retira ses gants blancs, leur serra la main. Les petits observaient ce vieil homme avec un peu de crainte, le prenant pour un inspecteur. Il retrouvait aussi cette odeur particulière de la classe, un peu d'étable, un peu de grenier à cause des paperasses, des placards remplis d'objets poussiéreux. On le promena ainsi de salle en salle, dans chacune le Christ — expulsé par les lois laïques de 1931 — avait repris son ancienne place au-dessus de la chaire. L'enseignement se trouvait rechristianisé.

« Par qui souhaitez-vous commencer ?

— Par qui il vous plaira. »

On l'abandonna au dernier du couloir, au señor Pomelon, qui était en train de faire réciter la table de Pythagore.

Don Febo Pomelon, qui avait un visage mauresque, la lippe pendante, le teint bronzé, le poil crépu, expliqua que les nouvelles mathématiques étaient un guêpier dans lequel il n'entendait pas fourrer le doigt.

« Figure-toi, cher collègue... Je te tutoie, bien que tu sois quelque peu mon aîné, c'est l'habitude ici, tu n'y vois pas d'inconvénient ?

— Pas le moindre.

— Figure-toi que, théoriquement, je devrais enseigner à mes élèves la numération suivant les bases 2, 3, 4, 5. Quelle folie ! Si nos ancêtres ont inventé la numération décimale, c'est parce que la nature nous a pourvus de dix doigts, non ? Pour que chacun de nous puisse compter sur cette petite machine à calculer combien font 4 et 3, 5 et 5, 2 et 8, non ? Dans ces conditions, que nous importent les systèmes 2, 3, 4, 5 ? Tout ça, c'est pour nous brouiller l'esprit.

La table de Pythagore est le fondement des mathématiques. Alors, les systèmes 2, 3, 4, 5, à d'autres ! »

Et il leva le bras droit en produisant avec les lèvres un bruit fort déplaisant. Puis il saisit une baguette, la brandit comme un chef d'orchestre et commanda :

« Table de 6 ! »

Au plongeon de la baguette, toute la classe comme un seul homme entonna en mesure :

« 1 et 6 font 7... 2 et 6 font 8... 3 et 6 font 9... »

A la voix des enfants, don Febo ajoutait le bruit énorme et rauque de ses cordes vocales, rongées par le tabac. Les ratés étaient rares, mais s'il en remarquait, le chef de chœur introduisait une variante dans sa propre récitation, toujours rythmée par la baguette :

« 7 et 6 font 13, abruti !... Qui ne comprend pas ça... oh ! quelle bourrique il est !... 9 et 6 font 15... »

Dans cette classe, tout marchait à la baguette et au commandement, mes élèves sont les plus disciplinés du groupe, se vantait leur maître. Manuel y passa quinze jours. Au cours de leurs conversations, don Febo, qui portait à la boutonnière les rubans de plusieurs décorations, ne manqua pas de les expliquer :

« Tel que tu me vois, je suis un ancien militaire. Né au Maroc, près de Melilla, caporal, j'ai franchi le détroit le 22 juillet 1936 et j'ai combattu trois ans contre les rouges. Après la guerre, en remerciement de mes services, on m'a donné cette place d'instituteur. »

Puis il ajoutait jovialement, en tapant sur l'épaule de Manuel dont il n'ignorait pas l'origine :

« Nous nous sommes peut-être trouvés face à face sans nous connaître, vieux frère, à Las Rozas ou à la Jarama !

— Qui sait ? »

Mais il ne lui en voulait pas d'avoir été de l'autre camp, après tout, nous sommes espagnols tous les deux, n'est-ce pas, vieux frère ? Les autres instituteurs se montraient plus discrets sur leurs antécédents, ils étaient aussi plus jeunes que don Febo. Dans la cour de récréation où ils faisaient les cent pas au milieu des élèves, ils discutaient surtout des prochaines *votaciones*, préoccupés de ce qui allait sortir de la marmite électorale. Maintenant que les anciens partis de gauche se trouvaient restaurés, que tout était possible, y compris, pourquoi pas, une résurrection du *Frente Popular*, nul ne tenait à étaler le contenu de son cœur au grand jour. L'ex-caporal affirmait très fort que depuis longtemps il ne faisait plus de politique, qu'il n'avait d'autre souci que d'instruire ses élèves. Tous usaient à l'égard d'Alcacer d'une froide correction, le Marocain se permettant seul de le tutoyer.

Les meilleurs moments étaient ceux où une classe lui était livrée.

Où il se trouvait seul en face de ces enfants qui comprenaient qu'il était différent des autres maîtres, même ses vêtements taillés à la française révélaient sa singularité. Hors de tout programme et de toute méthode. Il disait :

« Posez-moi les questions que vous voudrez et je m'efforcerai d'y répondre, car je ne sais pas tout. »

Les plus grands l'interrogeaient sur lui-même, sur ses combats :

« Avez-vous tué des curés ? Croyez-vous en Dieu ? Pourquoi n'êtes-vous pas revenu plus tôt en Espagne ? Parlez-nous de Hitler. »

Ils ne savaient rien du fascisme, du nazisme, des camps d'extermination, de la Résistance, de l'Union soviétique. Lui s'efforçait de traiter ces sujets sans passion, avec une rigueur d'historien. Certains enfants secouaient la tête, refusant d'en croire leurs oreilles.

Les plus jeunes lui demandaient des contes. Il leur récita le *romance* de la louve-parde tout entier, tel que le lui avait appris autrefois le berger Rosendos :

Estando yo en la mi choza
labrando la mi cayada
— las cabrillas altas iban
y la luna rebajada —
vide venir siete lobos
por unas sierras muy altas...

Et l'histoire plut si fort à ces petits qu'ils l'applaudirent, et qu'il en eut les larmes aux yeux, lui qui ne pleurait que lorsqu'il recevait le vent dans la figure.

Rosita marcha jusqu'au numéro 34 de la Calle de Alcala où se tient le *Ministerio de Education y Ciencia*, avec l'intention de demander pourquoi le ministre lui refusait la pension de retraite qu'il accordait à son mari. Elle fut reçue par une femme-fonctionnaire qui écouta son plaid avec attention et lui répondit en lui servant une parabole :

« Imaginez un homme qui décide avant de mourir de partager ses biens entre ses fils et ses filles. Il les rassemble autour de lui. Il y a là ceux et celles qui l'ont honoré leur vie durant, soulagé dans ses maladies, soutenu dans sa vieillesse. Il y a aussi celui qu'il chassa un jour de sa maison dans un moment de colère, mais auquel il offre le pardon. Et puis, au dernier instant, vient une fille qui s'était enfuie sans la moindre raison de sa demeure pour vivre ailleurs à sa guise. Elle se présente et dit : je veux aussi ma part d'héritage. Il répond : Madame, je ne vous connais plus, car vous êtes partie sans aucune raison et depuis si longtemps que vous êtes sortie de mon cœur. Vous n'êtes plus pour moi qu'une étrangère. Allez-vous-en, Madame. »

Et Rosita s'en alla tête basse, comprenant qu'elle était cette étrangère partie sans la moindre raison, et qu'elle n'avait droit à aucune part d'héritage.

L'Ami-6 les transporta jusqu'à la *Vallée de Ceux qui sont tombés*, dans l'ancien val de Cuelgamuros au nord-ouest de l'Escurial. Une gigantesque croix de granit domine la basilique et sa coupole, qui ont voulu damer le pion à Saint-Pierre-de-Rome qu'on disait avant elles la plus grande église au monde. Manuel la parcourut le cœur serré en songeant à ses frères républicains qui avaient bâti ce monstre somptueux. Au pied de l'autel, les deux dalles de *José Antonio* (Primo de Rivera) et de *Francisco Franco*. A l'ossuaire où reposent quarante mille soldats des deux partis on accède par deux entrées : à gauche, celle des *Caidos por Dios, y por la Patria*, comme il est écrit en lettres d'or. A droite, derrière le battant sans inscription, ceux qui sont morts pour des haricots. « Mais tous, se disait Manuel, sont morts pour des haricots, ceux de gauche comme ceux de droite. Dans une guerre inutile. En 1977, la démocratie est plus assurée de vivre qu'en 1931 parce qu'elle a derrière elle le peuple et la justice. Le fascisme n'a que la force. Il peut remporter des victoires, se maintenir longtemps ; tôt ou tard il sera vaincu. Franquistes et républicains, vous êtes donc tous morts pour des haricots. »

Ils errèrent à travers le parc organisé pour recevoir de formidables pèlerinages en voiture et à pied. Mais les pèlerins ne venaient plus que par petits groupes, curieux plus que fervents, les parkings demeuraient en permanence vides aux trois quarts. Franco n'était ni saint Pierre ni Bernadette de Lourdes. Dans leur guérite vitrée, les distributeurs de billets en surnombre tuaient le temps en lisant le journal, ils ne croyaient plus à leur propre nécessité. Seuls les moines du proche monastère y croyaient encore : ils devaient dire chaque jour une messe pour l'âme de Franco.

En fait de pèlerinages, Manolo voulut revoir les casernes de la Montaña. Mais elles ont été rasées au sol, remplacées par un petit temple égyptien, entouré d'eaux et de pelouses. Alors, il se dirigea vers son École Normale. Il remonta la Calle San Bernardo sans la reconnaître : là aussi, tout avait changé, la chaussée, les façades, les magasins, les carrefours. Des ruelles latérales avaient disparu, d'autres s'étaient ouvertes. Il suivit la *calle ancha* dans toute sa longueur, jusqu'à son rétrécissement, et ne sut identifier l'emplacement exact de l'école. Pour en avoir le cœur net, il interrogea des commerçants, choisissant ceux qui lui semblaient en âge d'avoir connu l'ancienne maison.

« Je ne me la rappelle pas, lui dit l'un.

— Je ne suis ici que depuis cinq ans, lui dit l'autre.

— Je n'ai jamais entendu parler de cette école », lui dit le troisième.

C'était un libraire qu'il avait fallu tirer de son arrière-boutique. Un client aux cheveux gris, comprenant le but de ses recherches, prit la parole :

« Monsieur, il n'y a jamais eu d'École Normale dans cette rue depuis que je suis au monde, c'est-à-dire depuis cinquante-huit ans. Vous pouvez me croire sur parole : j'ai toujours habité le quartier. »

Manuel ressortit tête basse de la librairie, comme sa femme du Ministère. Cette ville n'était plus celle de sa jeunesse, de ses espérances, de ses combats. Il n'y avait jamais eu d'École Normale d'Instituteurs Calle ancha San Bernardo. Ses études, ses travaux, ses amours, il les avait rêvés.

Les maisons, les trottoirs mêmes disparurent...

Quand il rouvrit les yeux, il se trouva assis sur une chaise environnée d'inconnus, de rayons, de flacons et de boîtes. Il reconnut une pharmacie.

« Comment allez-vous ? demanda le pharmacien en lui posant la main sur l'épaule. Vous avez eu un malaise dans la rue. Des passants vous ont transporté ici. Il faudra faire examiner votre cœur. En attendant, buvez cela. »

Il compta des gouttes dans un demi-verre d'eau.

En juin ont lieu les élections qui donnent le plus grand nombre de voix à l'U.C.D. *(Union del Centro Democratico)*, le parti soutenu par la monarchie. Les collègues de don Manuel poussent un gros soupir de soulagement et le portrait de Franco reste bien en place dans le bureau directorial. Aucun nom de rue ne risque d'être changé, même si le peuple madrilène feint de ne pas comprendre lorsqu'on lui demande par exemple :

« Le paseo Calvo Sotelo, par faveur ?

— Je ne vois pas... Attendez donc. Est-ce que par hasard vous ne voudriez pas dire : paseo de la Castellana ?

— Peut-être bien.

— Alors, c'est la belle promenade qui monte de la Cibeles en direction du nord. »

A Beaumont en Auvergne, Manolo est frappé de temps en temps

par le même accident qu'à Madrid. Sa femme le ramasse dans le jardin et le traîne jusqu'à son lit. Le médecin a confirmé qu'il s'agit bien de troubles cardiaques.

« Vous avez eu de la chance de pouvoir rentrer d'Espagne sans ennui. Ce genre de syncope peut vous atteindre n'importe où. Je vous conseille de ne plus conduire votre voiture. Beaucoup de repos. Le lit toute la matinée. L'après-midi, promenade tranquille ou jardinage léger. Nourriture légère. Régime sans sel. Et n'oubliez pas vos gouttes, quinze avant chaque repas. »

Le temps passe. La retraite est venue. Manuel touche une pension française et une autre espagnole. Rosita reçoit un petit quelque chose pour avoir enseigné pendant trente-trois ans la civilisation de son pays aux élèves de Jeanne-d'Arc. Le toit qu'ils ont construit est toujours sur leurs têtes. Le jardin donne des salades, des carottes et des fruits. Ils nagent dans l'aisance. Leurs enfants ont acquis à force de travail de brillantes situations. François est professeur d'espagnol à Bordeaux, Michel à la courte oreille ingénieur dans les pétroles au Mexique, Denise infirmière à Paris, Étienne agronome en Afrique. Ce sont de bons enfants qui écrivent régulièrement et viennent les voir quand ils peuvent. Mais le monde vaste et compliqué a besoin d'eux pour résoudre ses problèmes. Ils ne sont pas en Auvergne aussi souvent qu'ils le voudraient.

Tartière, le boulanger dévoreur de livres, sonne à la porte, lui, régulièrement, à cause des échanges. Mais désormais Manolo perd le goût de la lecture. C'est que le monde l'intéresse de moins en moins, que lui importent les républiques, les dictatures, les monarchies ? Il a, lui, des problèmes de tuyauteries et de robinets. Ce cœur qui s'arrête sans prévenir et repart de même. Les artères qui durcissent. Et puis la prostate. Saleté d'organe qui inflige les humiliations les plus insupportables : tandis qu'il parle au téléphone, il doit s'interrompre brusquement :

« Excusez-moi une minute. Il faut que j'aille faire pipi. »

Que lui importe même le franquisme à présent ? Il ne trouve plus ce plaisir amer qu'il goûtait jadis à lire sur les murs les inscriptions, dépassées depuis 1975, mais pas encore recouvertes : *Franco assassin.*

Manuel et Rosita retournent de loin en loin en Espagne pour quelques jours, ils voyagent par le train. Mais il n'est pas question qu'ils s'établissent dans ce pays qui a cessé d'être le leur. La France non plus n'est pas le leur en vérité. Leur pays est ce coin de vigne entre deux cimetières, celui de Beaumont et celui de Saint-Jacques, où ils ont bâti de leurs douze mains quatre murs et un toit. C'est là qu'ils ont pris profondément racine. Cependant, cette baraque incommode les promoteurs immobiliers qui remplissent les environs de leurs cages à lapins bariolées de bleu jésus ou de rose bonbon. Les promoteurs aimeraient bien voir disparaître les Alcacer, ils attendent avec impatience cet heureux événement. Au sud des Pyrénées, comme la Belle au Bois Dormant après le baiser du Prince, la démocratie s'est réveillée de sa longue léthargie, mais elle peine à vivre, entourée de fées abominables qui cherchent à lui tordre le cou, l'E.T.A., les GRAPO, les fanatiques du franquisme, les colonels de la garde civile. Les bonnes fées du centre et de la gauche font de leur mieux pour la protéger, le communisme a juré allégeance à la constitution monarchique. Peu à peu, toutes les libertés s'installent, même les sexuelles : la pornographie occupe les kiosques à journaux et les cinémas, ça économise des voyages à Perpignan.

Il leur arrive de recevoir à Beaumont la visite de quelque exilé de leur espèce. Des cinq cent mille qui franchirent la frontière en 1939, combien en reste-t-il à présent ? Ils ont vécu tant bien que mal, dans l'espérance d'un retour au vieux pays, une espérance désormais révolue. La Noël aux prunes. Ils ont été manœuvres dans les usines ou le bâtiment, ouvriers agricoles, mineurs, petits commerçants, éleveurs de chèvres, facteurs express. Quelques-uns ont réussi dans l'enseignement, les beaux-arts, le cinéma, la littérature. A Clermont, Vicente Gomez, ex-capitaine de l'armée républicaine, s'est élevé au rang de capitaliste. Propriétaire d'une fabrique de buses, parpaings, bordures de trottoir en ciment, il emploie des Espagnols immigrés comme lui, des Portugais, des Turcs, des Maghrébins. Mais il les paye mal et les conflits salariaux sont fréquents dans son entreprise. Ainsi se font les belles fortunes. L'un de ses hommes est spécialement chargé de recouvrir de blanc les graffiti noirs qui sont tracés la nuit sur les murs de son entreprise : *Gomez affameur. Gomez = Franco. Gomez ladron.*

Au total, peu de gens dérangent les Alcacer dans leur *quinta*. Les anciennes élèves de Jeanne-d'Arc sont mariées, mères de famille, professeurs à leur tour, doctoresses, pharmaciennes. Quand par hasard, aux Nouvelles Galeries, l'une d'elles se casse le nez sur Rosita, elle lui exprime avec volubilité sa reconnaissance et son amitié indéfectibles :

« C'est vous qui m'avez donné l'amour de l'espagnol et de l'Espagne. Savez-vous que nous y allons chaque année, mon mari, mes enfants et moi ? Nous avons même fait construire une villa sur la Costa Brava... Et je ne suis pas près d'oublier vos merveilleuses paellas pédagogiques ! »

Ses anciennes collègues sont absorbées par leur famille, leurs corrections, leurs querelles syndicales. Chacun a trop à faire de nos jours pour perdre son temps en visites de charité.

Comme il faut tout de même s'occuper l'esprit à défaut du corps, Manuel passe son temps à faire des mots croisés, il est abonné à un mensuel cruciverbiste, il en remplit inlassablement les grilles, au cours de ses matinées un peu trop grasses. Horizontalement, en douze lettres : « Avantage de la solitude ». Réponse : *tranquillité*. L'après-midi, il s'installe dans son fauteuil de rotin et fait la sieste. Vieille coutume espagnole. Du moins, il ferme les yeux, car le sommeil ne vient pas toujours. Dans les moments de faux sommeil, il revit un morceau de son existence, pour le plaisir ; il repasse son passé comme un écolier repasse sa leçon. Valdescorriel, Madrid, Rio Sequino de Torio, Brunete, Teruel, Valence, Argelès, Nozières, Monpazier, Chamalières... Il repense à ses parents, à grand-père Orge Verte qui sait à présent s'il a bien fait ou non de respecter à la lettre les Commandements, au berger Rosendos, à Maria Pelaya qui... que... Il se pose des questions : « En quelle année l'assassinat du *civilon* ? Le puits artésien ? Ton entrée à l'École Normale ? » Et il s'en fournit les réponses. Il s'aperçoit un jour avec frayeur qu'il ne retrouve plus la date de naissance de sa mère. Heureusement, il sait que c'est aussi celle de Winston Churchill. Alors, il cherche dans le dictionnaire : 1874. Chaque fois qu'il veut se rappeler la date de naissance d'Alba Gallardo, il ouvre le *Pequeño Larousse*.

L'Ami-6 fait partie des choses du passé. Au lieu de la vendre, Manolo a préféré la garder dans son garage. Il va la voir pour qu'elle ne se sente pas abandonnée, il entretient la batterie et la recharge quand il faut. Il fait les gestes de la conduite, passe les vitesses, ouvre et serre le frein, tourne la clé du démarreur : elle part au quart de tour. Il n'a pas le droit de s'en servir comme voiture, mais il peut bien veiller sur elle comme amie. Elle ne mange pas de foin, comme disent les Auvergnats.

AVEC FLÛTE OBLIGÉE

Père, gardez-vous à droite !
Père, gardez-vous à gauche !

Prince Philippe de VALOIS
à la bataille de Poitiers.

Les personnages et les situations de ce roman sont purement imaginaires. Toute réalité offrant des situations et des personnages similaires serait tenue par l'auteur pour un plagiat dans lequel il n'aurait aucune responsabilité.

PREMIÈRE PARTIE

1

Tout le monde savait chez nous qu'*Oma*[1] Lotti souffrait d'un certain secret.

Cela la prenait spécialement quand elle venait nous rendre visite, le soir, entre chien et loup. Nous habitions un quartier neuf (mais tout est neuf aujourd'hui dans Mayence, la ville entière a été reconstruite, hormis la cathédrale qui n'avait perdu que ses clochers ; de l'église Saint-Jean, il ne restait qu'un pan de mur portant en lettres d'or l'inscription *Faites pénitence car le royaume du Ciel est proche*, c'est du moins ce qu'affirme la presse démocratique, la presse repentie, car je n'ai pas vu la chose de mes yeux ; je me souviens cependant de monceaux de ruines au milieu desquels hommes et femmes grouillaient comme des rats ; ils en tiraient leur butin de briques dont ils édifiaient des pyramides ; Mayence était alors une ville de pyramides, de caves habitées ; les gens en sortaient par la tête, comme on ne sait pour quelle naissance quotidiennement renouvelée). Nous occupions, dis-je, un appartement neuf, derrière la douane et le port fluvial, dans un quartier consacré à la musique, à en croire le nom des rues : Mozartstrasse (la nôtre), Richard-Wagner-Strasse, Sebastian-Bach-Strasse, Franz-Liszt-Strasse. En fait, la seule musique perceptible était produite par les sirènes des péniches et, de temps en temps, l'écroulement des bouteilles dans la verrerie Jenaer.

Nous disposions de deux chambres, d'un salon-salle à manger, d'une cuisine : le grand luxe, quoi, obtenu grâce à la jambe de bois de mon père Josef Vetter, grâce aux six livres de chair qu'il avait perdues en Russie au service de l'Allemagne éternelle. Nous étions cinq locataires permanents : lui, le glorieux ancien combattant ; Ulla, ma mère ; Jakob, mon frère ; moi-même, Willy ; et Puppe, la jambe de bois. Car elle comptait bien pour une personne, en vertu de la place qu'il lui fallait, des endroits insolites où tu pouvais la trouver : sous les tables, sur les lits, suspendue par ses sangles aux portemanteaux, en pénitence au fond de la penderie. A croire que

---

1. *Oma* : contraction de *Grossmama*, grand-mère.

Josef cherchait à s'en défaire. C'est qu'il prétendait que son moignon de cuisse ne pouvait s'habituer à elle ; sitôt de retour à la maison, il s'en débarrassait comme on fait de chaussures étroites, la jetait n'importe où, se déplaçait à cloche-pied à travers l'appartement, s'aidant quelquefois d'une chaise en guise de béquille. Il s'agissait d'une jambe articulée au genou, creuse, terminée par un pied de bois. A ses heures disponibles, Jakob et moi l'employions comme partenaire pour jouer aux cartes, aux dominos, au Monopoly ; elle était servie par une chance diabolique et gagnait la partie plus souvent qu'à son tour. Le père, plutôt permissif, autorisait ces jeux et en contemplait le déroulement d'un œil morne. Riche de sa pension de grand invalide de guerre, il avait renoncé à son ancienne profession d'infirmier :

« Sans penser à soigner les autres, j'ai assez de me soigner moi-même. »

Il se soignait bien, se couchait tard, se levait tard, tuant ses journées en longues promenades sur sa bicyclette monopédale à travers la ville et les environs. S'arrêtant pour regarder passer les tramways et glisser les trains de péniches. Descendant de sa bécane pour observer, avec une volupté maligne, la dure besogne des travailleurs immigrés, Italiens ou Turcs, occupés à repaver les rues, à vider les poubelles, à livrer le charbon. Fréquentant, en compagnie d'autres glorieux anciens combattants, les *Weinstuben* où ils cuvaient ensemble leurs nostalgies. Nourris de fromage à la vinaigrette, ce *Käse mit Musik* qui provoque des flatulences comme l'atteste son nom. Abreuvés de ces vins blancs d'Eltville ou de Rüdesheim qui se commandent au décilitre et se pissent au décalitre.

Notre mère Ursula (Ulla pour la famille) n'avait pas, elle, la chance, se plaisait-elle à dire, d'être une grande invalide de guerre. Elle travaillait comme serveuse dans un restaurant rapide de la place Gutenberg. Au retour de l'école, Jakob et moi trouvions grand-mère Lotti, venue de Mombach pour nous servir. Nous nous mettions les pieds sous la table, après avoir cependant nourri d'abord le sixième membre de la famille Vetter, qui était un caméléon. Cadeau de notre oncle Rainer, grand voyageur. Le caméléon est un gros lézard. Ou si l'on veut un petit crocodile. Avec des yeux indépendants qui virent en tous sens tandis que la tête demeure fixe : cela trompe l'adversaire. Il possède aussi une langue spéciale, très longue, pareille à ces serpentins de carnaval qui se déroulent quand tu souffles dedans. Grâce à cet organe de mort, il happe sa proie — mouche, moustique, puceron — avec une vitesse foudroyante. Le plus étrange est sa coloration qui change selon le support. Il devient vert sur un banc vert, gris sur une table grise, bleu sur une nappe bleue. Mais le rouge lui est inaccessible ; si tu le poses sur un châle écossais, il essaye toutes les ressources de sa palette et devient dingue de fureur, incapable de faire face à la demande. Le nôtre, que nous appelions Grüni parce que le vert était sa couleur de prédilection, eut bientôt débarrassé la maison de toutes ses vermines volantes. Il fallut l'alimenter de miettes de pain, de débris de saucisse. Il faisait ses besoins — d'ailleurs très limités — un peu partout ; de préférence dans nos assiettes. Il vivait en liberté à travers l'appartement et nous avions coutume, pour ne pas l'écrabouiller, de marcher en baissant les yeux, ce qui nous donnait, à Jakob et à moi-même, un air de réserve trompeur. Car il nous arrivait souvent, pour une paille de travers, pour un sourire incongru, pour un jouet mal emprunté, de nous tirer les cheveux, de nous étrangler, de nous mordre jusqu'au sang. Ce qui n'empêchait pas l'affection.

Certains après-midi, nous allions voir Ulla exercer ses fonctions, vêtue et coiffée de blanc, derrière son comptoir. Elle nous bourrait de brioches, de sandwiches, de gâteaux meringués. Libres ensuite de nos mouvements, nous tournions autour du génial Gutenberg, tout raide dans sa robe de bure, face au théâtre de grès rose. Devant lui, sur le trottoir, était scellée une ligne de cuivre, elle figurait le *50e parallèle*. (Mais après tout, c'était peut-être du bronze, le plus spectaculaire des métaux, le premier alliage inventé par l'homme, le plus bel ornement de ses places publiques ; poli par les semelles, il avait seulement l'éclat fauve du cuivre.) Nous nous amusions à le sauter du nord au sud et du sud au nord. Nous savions par Herr Komma, c'est-à-dire M. Virgule, notre instituteur, que ce cinquantième degré venait de loin ; qu'avant de nous atteindre il avait traversé Vancouver, Winnipeg, les forêts canadiennes, Amiens ; qu'après nous il verrait Prague, Cracovie, les plaines russes, Oust-Kamenogorsk. C'était un bon parallèle. Nous nous sentions une parenté climatique avec ces lointaines régions. Je collais mon oreille à lui, comme font les Peaux-Rouges, pour recevoir de leurs nouvelles.

Nous errions par la ville toute neuve, aussi fraîche, aussi coloriée que sur les cartes postales. Des maçons, des paveurs, des tailleurs de pierre achevaient sa résurrection. Des charpentiers, coiffés de larges chapeaux, chantaient sur les toitures. La foule heureuse et riche remplissait les rues et les magasins. Les femmes portaient des cabas pleins de victuailles. Des vendeurs à la sauvette criaient leurs fleurs et leurs légumes. Les brasseries et les *Kneipen* débordaient d'éclats de rire. Des voitures innombrables circulaient avec discipline, obéissant aux feux rouges, aux panneaux, aux bras ouverts des agents. Nous trempions nos mains dans la vasque des fontaines, lisions les affiches, comptions les points des joueurs de quilles sous les arbres de la Kaiserstrasse, entrions dans les églises odoriférantes d'encens et de roses. Quand nous regagnions le domicile parental, nous trouvions grand-mère Lotti figée derrière sa vitre. La seule triste personne de Mayence.

« C'est vous ? » demandait-elle, s'arrachant à son secret.

Puis elle reportait ses regards vers le fleuve dont les mouettes perçaient la brume de leurs cris. Certains soirs, elle fermait les yeux et l'on voyait bouger ses lèvres, faiblement, comme si elle eût prié. Ses mains pétrissaient un mouchoir roulé en boule. Elle était dès lors censée nous surveiller, mon frère et moi. En fait, son immobilité nous livrait à nous-mêmes. Nous la favorisions en renonçant provisoirement à nos chamailles, en nous plongeant dans des occupations silencieuses. J'avais la lecture de mes illustrés, Jakob ses taureaux. Mon frère était maboul de corridas. D'où lui était venue cette passion si peu allemande, à lui qui ne connaissait l'Espagne qu'en photographies ? Il achetait, il empruntait, il dévorait tout ce qui pouvait se lire là-dessus. Il n'ignorait rien de la cape, de la *muleta*, des banderilles. Bref, c'était un *aficionado*. Il s'efforçait de propager son mal, m'obligeait parfois dans la cour à lui servir de taureau avec l'aide d'une chaise, me donnait l'estocade entre les omoplates avec un manche à balai. La foule applaudissait, ricanait, jouait des castagnettes. Il restait des heures enseveli dans ses bouquins tauromachiques. Ou bien il dessinait des taureaux, dans toutes les attitudes, cornes basses, naseaux fumants, queue vibrante.

Quand Ursula revenait, elle trouvait sa mère à elle derrière les vitres, mais Lotte ne se dérangeait qu'au dernier moment, si on lui adressait la parole. Jakob et moi sortions de notre chambre pour demander :

« Que nous rapportes-tu ? »

Josef, lui, rentrait plus tard, déjà abreuvé et nourri.

« Ne lui dites rien, avait recommandé notre mère. Attendez qu'il vous parle. Et répondez-lui avec respect. »

Il nous regardait tous, espérant une provocation qui ne venait pas. Il dessanglait sa jambe de bois, la jetait au loin, se mettait en pyjama, allait s'allonger sur son lit où il tombait dans un sommeil plein de grognements. Nous avions d'ailleurs dîné sans lui, de soupe et de pommes de terre. Sans oublier d'alimenter le caméléon.

En y réfléchissant, en regardant autour de moi, je me persuadai que notre grand-mère n'offrait rien d'exceptionnel ; que chaque homme, chaque femme est porteur d'un secret ou de plusieurs. Pourquoi Herr Komma, M. Virgule, notre instituteur, refusait-il de nous expliquer la naissance des chiots, des chatons et des enfants ? Pourquoi le Dr Volges, pasteur de la Christuskirche, portait-il toujours un gant à la main gauche ? Pourquoi le Turc qui poussait son chariot dans la rue était-il venu de si loin, au-dessous du cinquantième parallèle, avec sa figure rouge, sa nuque, ses poings de paysan, pour balayer les trottoirs d'une ville étrangère sur lesquels il ne récoltait jamais aucune immondice, tant les Mayençais sont gens de parfaite éducation ? Pourquoi la municipalité payait-elle ce fonctionnaire inutile ? Pourquoi, dans la ruelle de la Brebis, le cordonnier arménien montrait-il, au lieu de la cacher sous une calotte, une cicatrice rouge au sommet de son crâne chauve ? Pourquoi Ulla, notre mère, sanglotait-elle quelquefois au milieu de la nuit, et si fort qu'elle nous réveillait ? Jakob et moi demeurions pétrifiés sous notre couette, atteints par une discussion dont nous ne comprenions que des bribes... *jamais plus... je partirai... comme le jour où...* Pourquoi Josef, notre père, se plaisait-il si peu en notre compagnie à nous qui étions sa famille, son sang, et si fort en celle des autres qui ne lui étaient rien ? Ursula était grande, blonde, fille de paysans, mais effacée, apte à toutes les besognes. Elle dominait de la tête son mari, noir de poil et de regards, toujours excessivement cambré pour ne pas perdre un millimètre de sa taille ; mais il la dominait de son instruction : il aurait pu devenir médecin s'il n'avait interrompu ses études pour épouser cette *Bäuerin*, affirmait-il dans ses heures de colère. Comment s'étaient-ils rencontrés et choisis, elle descendue du Taunus, lui monté du fleuve ? Pourquoi s'étaient-ils épousés ?

Le monde était plein de secrets.

« Mais toi, me soufflai-je, n'as-tu pas un secret également ? »

J'en avais un. Un secret bienheureux : je possédais un ami caché. Il me rendait visite fréquemment, la nuit, à l'insu de la maisonnée endormie tout entière, y compris Puppe la jambe de bois et Grüni le caméléon. La première fois, il pousse la porte et s'assoit au pied de mon lit. En perruque poudrée, en bas de soie, en souliers à talons hauts, il porte sous l'aisselle gauche une flûte d'argent. Je vois tout de suite qu'il s'agit d'un enfant de mon âge. Une sorte de lumière rayonne de lui, comme venue d'une lampe intérieure.

« Comment t'appelles-tu ? chuchote-t-il.

— Willy. Et toi ?

— Wolfgang.

— Nos prénoms commencent par la même lettre. D'où viens-tu ?

— De là-bas... »

Tenant sa flûte comme une baguette, il dessine un arc dans l'espace. Je demande encore :

« Qui es-tu exactement ? »

Au lieu de répondre, il porte la flûte à ses lèvres. La chambre devient alors volière, cascade, pluie d'étoiles. Quand il s'arrête, il essuie sa bouche au revers de sa manche.

« Aimes-tu ma musique ?... Habituellement, je touche plutôt du clavecin. Mais c'est un instrument intransportable.

— A présent, je sais qui tu es.

— Vraiment ?

— Mozart.

— Tu l'as dit.

— Ma rue porte ton nom. Et l'on parle souvent de toi à l'école. Je te croyais mort.

— Mais je suis mort. Ça ne m'empêche pas de me balader. Au contraire.

— Une chose m'étonne : tu es mort assez vieux.

— A trente-cinq ans.

— Trente-cinq ans, ça n'est pas très, très vieux. Mais c'est quand même un peu vieux. Je me demande si j'aurai jamais trente-cinq ans. Or, tu m'en parais à peine neuf. Ou dix. Dix et demi.

— C'est que, dans le Paradis, nous nous fixons à l'âge de notre choix. Celui, en général, de notre plus grand bonheur. Et c'est à dix ans que...

— Pourquoi es-tu venu me voir ?

— Parce que je veux être ton ami.

— Pourquoi moi ? »

Et lui, un doigt sur les lèvres : « C'est un secret. Tu le sauras plus tard. En attendant, ne dis à personne que je suis ton ami si tu veux que je revienne. »

Et il revint souvent.

2

Les maisons neuves n'ont pas d'odeurs. Excepté celles de la peinture, du plâtre, de la colle. Il leur faut des années pour s'imprégner d'odeurs humaines, de vieux meubles, de vieilles nippes, de vieux souvenirs. Dans son faubourg reconstruit de Mombach, la maison de grand-mère était inodore, insipide. Bien que Lotti eût vécu là vingt-huit ans de suite (depuis son mariage avec Peter Vetter, employé à l'usine à gaz), rien de son passé n'y demeurait accroché : vêtements, photos de famille, diplômes, berceaux, livres, cartes postales, tableaux, tout avait été incendié par les bombes. Cependant, elle n'exprimait guère de regrets sur ces choses disparues :

« Aucune importance. Mon passé, je le porte accroché en moi. »

C'était une femme énergique, le port digne, encore grande et belle, les cheveux à peine gris, ses cinquante-cinq ans légers sur les épaules, alors que mes dix ou douze à moi me tiraillaient les muscles et les articulations. Elle avait consacré sa vie à élever six enfants : mon père Josef, ses trois sœurs, ses deux frères, tous munis à présent d'un gagne-pain honorable, mari ou emploi industriel. Mon plus jeune oncle, Ludwig, qui n'était mon aîné que de sept ans, naviguait sur le Rhin comme apprenti batelier.

Peter Vetter, géniteur de tout ce monde-là, avait été pareillement écrabouillé sous les bombes dans son usine. C'était une chose bien triste que d'ignorer les traits de ce grand-père gazier dont chacun disait le plus grand bien. Un homme merveilleux, généreux, toujours gai comme l'alouette, ancien combattant de la Première Guerre mondiale, porteur du drapeau en tête des défilés patriotiques, sa croix de fer au cou. La perfection. Le merle blanc.

Ces guerres mondiales, la première et la seconde, auxquelles le monde entier participa, ont empli mon enfance de stupeurs. Né au milieu de la dernière, je ne les connaissais que par ouï-dire, par allusions, personne ne les racontait vraiment. A l'école, je voyais le globe représentant le monde, ses mers bleues, ses continents jaunes, ses parallèles (dont le glorieux cinquantième), ses méridiens. Et j'imaginais soudainement une immense fureur secouant *die Welt* entre ses deux pôles pour engendrer une *Weltkrieg* ; une sorte de convulsion montée de ses entrailles, comme celles qui formèrent jadis les chaînes de montagnes, et dont nul être vivant n'était responsable. Jamais aucun nom n'était prononcé. Quand elle venait à évoquer ses ravages, Lotti disait seulement : « Les bombes... » ; comme elle aurait dit la grêle, la foudre ; comme si elles étaient tombées du ciel spontanément. Peter Vetter était donc mort sous les bombes. Josef Vetter, son fils aîné, avait perdu une jambe en Russie comme on perd son portefeuille au cours d'un voyage. *Schicksal*. Fatalité.

En grandissant, toutefois, mes idées devinrent sur ce sujet un peu plus fouineuses. Je découvris que, deux fois de suite, par la faute de ses voisins et de ses ennemis internes, l'Allemagne avait été l'objet d'une odieuse agression ; qu'elle avait infligé de rudes coups à ses adversaires ; qu'ensuite elle s'était relevée de ses ruines plus vite et mieux que ceux qui l'avaient combattue. Restait à déterminer les noms de ces ennemis. Interrogé, mon jeune oncle Ludwig répondit avec assurance :

« Premièrement, les Juifs. Ensuite, les Israélites. Troisièmement, les Youpins.

— Où habitent-ils ?

— Partout. »

Mon oncle maternel Rainer, qui voyageait beaucoup, affirma :

« Les rouges. Les bolcheviques. Les communistes. »

Son fils aîné, mon cousin Harald, prétendit :

« Les Anglais, les Français, les Américains, les Polonais, les Tchèques, les Russes, les Yougoslaves. Mais nous avions aussi des amis : les Autrichiens, les Japs, les Hongrois, les Itakers. » Il voulait dire : les Spaghetti.

Cela faisait beaucoup de monde. Quelque chose comme le championnat *mondial* de football : les équipes se battaient deux à deux, s'éliminaient réciproquement, les Juifs contre les Hongrois, les Youpins contre les Itakers. Mais au lieu de ballons, ils s'envoyaient des bombes. Mon père Josef voulut mettre un terme à mon enquête :

« Tu comprendras ces choses beaucoup plus tard. Pour le moment, occupe-toi de tes billes. »

Grand-mère Lotti n'aimait guère sa maison sans souvenirs. Les nuits exceptées, elle vivait chez tel ou tel de ses enfants, les aidant de son travail, de ses conseils, de sa bourse. Elle semblait avoir pour moi une certaine prédilection parce que, disait-elle, nous étions nés sous les mêmes étoiles, celles des infortunés.

« Quelles étoiles ? »

Elle me les montra dans le ciel, les appelant le Bélier : deux pour ses yeux, deux pour ses cornes, quatre pour ses sabots, des étoiles maudites, ne les regarde pas trop, fais-toi ignorer d'elles autant que tu peux. Le monde était plein, aussi, de maléfices.

Tout petit, elle m'avait souvent tenu sur ses genoux pour me raconter une histoire interminable : celle de la Montagne Bleue sur quoi mûrissent des citrons d'or. Non point des citrons seulement jaunes, mais de véritables citrons en métal précieux. Trois jeunes garçons marchent vers elle ; une infinité d'obstacles les retardent : sorcières, dragons, ogres, tempêtes, incendies, fourrés. Jamais les trois amis ne peuvent atteindre la Montagne. Je grandis sans connaître le dénouement du conte. Peut-être signifiait-il que chacun de nous poursuit sur terre en vain sa Montagne Bleue. Que les citrons d'or ne sont pas de ce monde. Elle avait elle-même une bonne odeur de citronnelle où je m'enfonçais comme dans la plume. A travers son corsage noir, j'entendais battre son cœur.

« *Oma*, disais-je, j'entends battre ton cœur.

— Il ne bat plus que pour toi. Pour mes enfants. Pour mes petits-enfants.

— Qu'est-ce que ça veut dire ?

— Qu'en dehors de vous, je n'aime plus personne.

— Tu as bien aimé tes parents ?

— Je ne sais pas. Je ne veux pas le savoir.

— Ton mari ?

— Même chose... Rien que vous. Rien que vous. »

Lorsque je me couchais en sa présence, elle ouvrait ma veste et me baisait sur la poitrine et les épaules.

« Laisse-moi t'embrasser là pendant que tu es encore petit. Après, quand tu seras grand, je n'oserai plus.

— Pourquoi ? Tu resteras toujours ma grand-mère ! »

Et elle, souriant : « Oh non ! Ce ne serait pas convenable !... Mais d'autres que moi t'embrasseront.

— Qui ?

— Tu verras bien. »

Elle penchait sur le mien son visage encore lisse. De l'index, je suivais les deux seules rides vraiment visibles, de chaque côté de la bouche ; elles formaient de fines parenthèses. Ensuite, je rêvais de Mozart.

Chez elle, à l'heure du secret, elle ne s'asseyait jamais derrière les vitres. Sans doute parce qu'on n'y avait point vue sur le fleuve. Ou parce qu'elle avait horreur d'y tenir ses mains inoccupées : elle rapportait à Mombach des ballots de linge à repriser, de déchirures à rentraire, de culottes à rapiécer. Elle était la ravaudeuse de la famille.

Un soir qu'au contraire elle se tenait chez nous immobile et comme en rêve, j'osai l'interroger :

« Est-il vrai, *Oma*, que tu souffres d'un secret ? »

Elle sembla tomber des nues, se mit à bredouiller, toute rouge :

« Quoi ?... Moi ?... Un secret ?... Qui t'a dit une sottise pareille ?

— Maman.

— Ta mère est une langue de pie. Elle dit des choses inconsidérées.

— Tu n'as donc pas de secret ?

— Non. Pas du tout. Pas le moindre.

— Eh bien ! Moi, j'en ai un ! »

Je tournai les talons pour la punir de son manque de confiance, et la laissai la bouche ronde.

Horriblement mutilé à vingt-deux ans par la Seconde Guerre mondiale, refusant de sortir de ses mélancolies, Josef Vetter traînait une existence rampante dans la ville ressuscitée, dont le bonheur l'offensait. Vainement sa mère cherchait-elle à le tirer de son marasme, à le persuader d'accepter un travail qui lui occupât le corps et l'esprit, qui lui fournît une raison de vivre.

« Je n'y ai plus le cœur », répondait-il obstinément.

Et elle, aussitôt furieuse : « Quoi, quoi ? Quel cœur ? Tu as bien le cœur de pédaler, de fréquenter les débits de boissons ! Ton cœur est devenu celui d'un fainéant, voilà ce qu'il y a !

— Est-ce que tu ne comprends rien vraiment ? Tu aurais dû venir avec moi, là-bas, du côté de... (il disait le nom d'une localité russe composé uniquement de consonnes, imprononçable à d'autres que lui). Voir ce que j'ai vu ! Faire ce que j'ai fait !

— Qu'as-tu donc fait ?

— La guerre. Rien que la guerre !... N'est-ce pas assez ?

— Pauvre Seppl. » (Elle voulait dire : Petit Josef.)

Elle lui tendait la main en signe de paix, mais il refusait de la prendre, il sautait loin d'elle sur une patte, se réfugiait dans son atelier. La seule besogne à laquelle il consentît était le bricolage. Il avait aménagé la portion de cave qui nous revenait, y avait installé un établi et là, éclairé par le soupirail et une ampoule électrique, il entreprenait des tabourets, des étagères et autres meubles rarement achevés, mais parfaitement inutiles.

Il ne s'occupait guère des études de ses fils. Quoique séparés par un an d'âge, on m'avait encouragé, moi, l'aîné, à attendre le cadet, ainsi vous vous tiendrez compagnie, vous vous appuierez l'un sur l'autre. Vint le jour de notre entrée commune au *Gymnasium*. Josef dut remplir un double formulaire, répondre à maintes questions. Notamment à celle-ci : *Quelle première langue étrangère choisissez-vous ?* On en parlementa en famille.

« L'anglais, dit Jakob, est une langue indispensable. Il permet de se faire entendre dans le monde entier, en Asie, en Amérique, en Afrique.

— Le russe, ricana notre père unijambiste, est certainement la langue de l'avenir.

— Le français, dit Ursula, est celle de nos voisins les plus proches. En outre, votre grand-mère connaît un peu de français. Elle vous aidera. »

Stupéfiante nouvelle !

« Mais non ! Mais non ! protesta Lotti, écarlate comme un piment.

— Mais si ! Mais si ! confirma sa fille. Elle le cache.

— Dis-nous quelque chose en français. Oh si ! Dis-nous quelque chose !

— Je l'ai oublié.

— On n'oublie pas tout. »

Long silence. Regards. Gestes d'imploration. Lotti répéta :

« C'est vrai. On n'oublie pas tout. »

Elle réfléchit encore, puis concéda : « Je savais une poésie, une courte poésie.

— S'il te plaît ! S'il te plaît !

— Je m'en souviendrai mal.

— Un morceau. Rien qu'un petit morceau.

— Pourquoi me faites-vous violence ?

— Pas violence. Nous t'en supplions. »

Un moment qui parut éternel, elle mit ses mains sur son visage. Nous attendions, le souffle suspendu. Quand elle les retira, elle parut transformée, étonnamment rajeunie, rayonnante de la même lampe que Wolfgang Mozart portait dans l'estomac. Puis elle récita, hésitant à chaque mot :

Les sapins... en bonnets pointus...
De longues robes revêtus...
Comme des astrologues...
Saluent... leurs frères abattus...
Les bateaux... qui sur le Rhin voguent...

Les douces sonorités latines flottèrent autour de nous, comme les anneaux d'or s'échappant, ronds de fumée, de la bouche du dieu Taranis auquel croyaient nos ancêtres Némètes.

Applaudissements, acclamations :

« Mais tu nous avais caché cela ! De qui est-ce ?

— Je ne sais pas.

— A présent, traduis. Qu'est-ce que ça veut dire ?

— Je ne sais pas non plus ce que ça veut dire. Mais je pense que c'est joli.

— Comment l'as-tu appris, alors ?

— Oh ! vous m'en demandez trop ! Je crois que c'était une chanson française, dans ma jeunesse. Il y avait alors beaucoup de Français à Mayence. J'ai dû l'entendre... elle m'est entrée dans l'oreille comme un tambourinement. Mais je ne sais pas ce que ça signifie. Je ne sais pas même si je l'ai jamais su.

— Est-ce que tu pourrais la répéter ?

— Non, non ! Fichez-moi la paix ! D'ailleurs, je m'en retourne chez moi. »

Elle s'enveloppa la tête et partit dans ses vêtements de veuve, très en colère, sans nous embrasser.

Je consultai Wolfgang Mozart sur le point litigieux :

« Est-ce que tu connais le français ?

— Parbleu ! J'ai vécu longtemps à Paris, avec ma sœur et mon père. Ensuite tout seul. J'ai parlé à deux rois de France en leur palais de Versailles. Le premier, qui était très vieux, m'a dit : Mon cher enfant, vous êtes un séraphin.

— Qu'est-ce qu'un séraphin ?

— Un ange musicien.

— Si tu avais à choisir une langue étrangère, choisirais-tu le français ?

— Non. Je choisirais l'italien. Je le connais bien aussi. C'est une langue faite pour l'opéra.

— L'italien ? La langue que parlent les Spaghetti ? On ne l'enseigne pas dans mon Gymnasium.

— Alors, choisis le français. Il t'est destiné.

— Destiné ? »

Mais déjà il levait son archet, car cette nuit-là il touchait du violon.

Je suivis son conseil. Jakob opta fermement pour l'anglais afin de visiter l'Asie et l'Amérique.

Très troublé par cette histoire de chanson ou de poésie apprise par cœur sans qu'elle en comprît le sens, j'eus l'impression d'avoir posé un pied — lourdement — dans le secret de grand-mère. Désireux de savoir jusqu'où allaient ses connaissances françaises, je méditai de la soumettre à diverses expériences au fur et à mesure qu'avancerait mon savoir en cette langue. Elle nous était enseignée par M. Chaumois, un Français véritable, établi en Allemagne après la guerre pour des raisons probablement politiques que nous ignorions. D'humeur assez folâtre, il apportait en classe une mandoline et nous apprenait sa langue par les chansons : *Au clair de la lune, Il pleut bergère, Sur le pont d'Avignon, J'ai du bon tabac*... Au bout de quelques mois, je pus composer un certain nombre de phrases dont je lui fis adroitement vérifier la correction. Alors, choisissant un moment de tête-à-tête, je lançai soudain comme une première flèche dans le dos de grand-mère, occupée à ses ravaudages :

« Comment allez-vous, mademoiselle Charlotte ? »

Elle leva la tête, me considéra avec surprise, puis repiqua du nez, sans que je pusse en tirer aucune conclusion. Je puisai dans mon carquois le deuxième trait, décochai de même :

« Pourrais-je boire un peu de lait ? »

Cette fois, malgré le ton fortement interrogatif, elle n'eut pas le moindre sourcillement. Le troisième essai ne fut pas plus heureux :

« A quelle heure ma mère doit-elle rentrer ? »

Au bout d'un moment, elle se contenta de dire : « Je vois que tu trouves plaisir à prononcer le français. C'est une langue fluide. *Flüssig*. Tu as bien de la chance d'entreprendre des études aussi agréables. »

Les semaines suivantes, à plusieurs reprises, je répétai mes tests : « *Auriez-vous un peu de monnaie pour acheter des bonbons ?... Êtes-vous sourde, Bonne Maman ?...* » Sans davantage de résultat. Après la énième tentative, elle me regarda d'un air glacé :

« Que cherches-tu à faire, Willy ? Qu'attends-tu de moi ?

— Mais je... je ne cherche rien.

— Tu me rappelles Mme Gertner. La femme d'un médecin de Darmstadt chez qui j'étais en condition dans les années 20. Peut-être en 22. Peu importe.

— En condition ?

— Femme de chambre. Elle laissait traîner des pièces de monnaie sur les meubles, sous les meubles, dans les tiroirs. Cinq pfennigs par-ci, dix pfennigs par-là. Afin de voir si j'allais les lui rapporter ou non. Si j'étais une voleuse. Après la troisième pièce, je lui ai dit : "Madame, gardez vos manigances pour d'autres." Et je lui ai claqué la porte au nez. Veux-tu aussi que je te claque la porte au nez et que je ne revienne plus chez toi ? »

Je tombai à ses pieds, enfouis mon visage dans ses jupes, lui demandai pardon en pleurant.

« Tu veux savoir, n'est-ce pas, si oui ou non je connais la langue française ?... Je t'ai dit la vérité : autrefois, j'en ai su quelques rudiments. Mais tout cela m'est sorti de la tête. Il n'est resté que la poésie. »

Elle répéta gravement : « Que la poésie. »

La classe de M. Chaumois ressemblait à une gare. Les murs étaient tapissés d'affiches en couleurs représentant des paysages de France au milieu desquels courait un train de la S.N.C.F. : *Visitez les Cévennes. Mer, montagne et soleil sur la Côte d'Azur. La Bretagne toujours recommencée. Lacs et neige au pays des volcans.* D'autres recommandaient, illustrées de voyageurs épanouis, d'enfants plongés dans les délices du sommeil ferroviaire : *Essayez le confort de la première classe. Train de nuit, train de repos. Et si votre prochain soleil se levait sur les Alpes ?*

« *Ici*, proclamait M. Chaumois d'une façon préliminaire, *vous êtes en France. Dès l'instant où vous franchissez ce seuil, vous n'avez plus le droit de prononcer un mot d'allemand.* »

Nous nous efforcions de respecter ce principe. Pour faire plus réaliste, le professeur enrichissait d'accessoires nos dialogues, se couronnait le chef de diverses coiffures confectionnées par sa femme : casquette de contrôleur, képi de gendarme, toque de cuisinier ; ce qui nous obligeait à demander en français notre billet, notre chemin, notre menu. L'illusion était complète, même si, au milieu du cours, Tanz, le concierge-appariteur, violait notre exterritorialité en prononçant une formule étrangère, toujours la même :

« *Ich bitte Sie um Verzeihung*. Je vous demande pardon. »

Il s'avançait vers le prof coiffé de son képi qui, lui, répondait par le salut militaire français, faisait remplir et signer la feuille des absences, puis ressortait sur une courbette d'automate, tout à fait germanique.

A la fin de chaque heure, la mandoline ressortait de son placard et nous chantions avec une grande ferveur les culottes du roi Dagobert.

Vers ma onzième année, nous eûmes la douleur de perdre Grüni, le caméléon. Depuis des mois, sa santé déclinait, il n'attrapait plus de mouches, n'arrivait plus à changer de couleur et restait perpétuellement vert, même posé sur du bleu. C'est un symptôme fatal dans son espèce. Un dimanche matin, nous le trouvâmes sec et raide sous un fauteuil. Nous le mîmes dans un petit carton et allâmes, Jakob et moi, l'ensevelir dans un espace vague, qui bordait le Rhin, derrière les bâtiments douaniers. Nous fichâmes sur sa tombe une plaquette de bois sur laquelle j'avais gravé :

Ci-gît Grüni, caméléon,
décédé le 12 avril 1954,
bien pleuré de sa famille.

Juste à ce moment, les cloches de Saint-Martin se mirent à sonner.

L'année suivante, je fis un pas décisif vers le secret d'*Oma*. Un soir d'hiver, tandis qu'elle a repris sa place de guet à la fenêtre, j'ai l'occasion de me trouver seul avec maman dans notre chambre. Ayant vérifié la fermeture de la porte, je me tourne vers elle :

« Mais enfin, qu'a-t-elle à regarder toujours à travers les vitres ? »

Et Ulla, un doigt sur la bouche : « Chut ! Elle attend !

— Quoi donc ?

— Elle attend... Heinrich.

— Heinrich ?... Qui est-ce ? »

Elle bat l'air de ses mains, quasi effrayée, regrettant d'en avoir autant dit : « Chut ! Chut ! »

Je ne peux en tirer davantage.

Pendant les quatre années qui suivront, je me creuserai la tête pour découvrir l'identité d'Heinrich. Lorsque j'interroge, avec prudence, mes oncles, mes tantes, mes cousins, personne ne peut ou ne veut me renseigner. *Je demande à Mozart :*

« Toi, tu connais certainement Heinrich !

— Je connais plusieurs Heinrich : Heinrich von Veldeke, Heinrich von Ofterdingen, Heinrich Isaac, Heinrich Schutz... Des écrivains, des peintres, des musiciens. Duquel parles-tu ?

— Je parle de cet Heinrich que ma grand-mère guette depuis des années derrière ses vitres.

— *Oh ! celui-là !*
— *Eh bien ?*
— *Destinée ! Destinée !* Schicksal !... »
Et Wolfgang s'évanouit dans le vide.

Mayence s'employait avec une sorte de rage à vivre et prospérer. Des maisons neuves sortaient de terre en ciment et en plexiglas ; des quartiers neufs se créaient à Gonsenheim, à Bretzenheim, à Gustavsburg. Les bourgades environnantes, Drais, Lerchenberg, Marienborg étaient rattrapées, englouties par le déferlement du béton. Assez indifférentes aux malheurs du monde, aux guerres lointaines, aux révoltes et contre-révoltes, les pensées des Mayençais se partageaient entre le travail et les fêtes, chaque saison offrant sa folie cathartique : Noël, le Carnaval, la nuit de la Saint-Jean, la Foire aux vins. Nous étions les enfants du Miracle.

Le jour de mon seizième anniversaire, il y eut aussi chez les Vetter grande bacchanale : tous les oncles et cousins disponibles y furent conviés. Dix-huit personnes à table. On mange, on boit à en crever, on débite des gaudrioles. Seules Lotti et Ulla, dispensatrices du festin, gardent la tête froide et les mains laborieuses. Vient pourtant le moment de souffler les bougies, qui me rappelle au souvenir des invités. Je les éteins toutes d'une seule bouffée. On m'applaudit, pendant que je considère avec un peu de tristesse ces seize mèches fumeuses, symboles d'une part de ma vie déjà consumée. Mais grand-mère Lotti se montre toujours à la hauteur des circonstances. Elle se lève soudain, le silence s'établit ; elle promène un regard austère sur ces hommes, ces femmes, ces enfants nés de ses entrailles, et prononce :

« Buvons à la santé et au bonheur futur de notre cher Willy, qui est à présent presque un homme. »

Moi, je ne trouve pas. Je n'ai aucune hâte de devenir, suivant l'exemple de mes tontons, un gros adulte qui bâfre, qui chopine, qui engendre, qui fait le glorieux, qui rote, qui pète, qui éclate de rire à ses propres grossièretés. Je me fais petit, je me recroqueville dans mon enfance comme un limaçon dans sa coquille. Elle me suffit. Mon bonheur, je le trouve dans mes études, mes livres, mes examens. Je ronronne quand la main d'Ulla me caresse les cheveux. Mon livret scolaire est plein d'appréciations élogieuses : *Élève sage et appliqué. Moyen en mathématiques. Réussit bien en français et en littérature, quoiqu'un peu timide à l'oral. Bons résultats dans l'ensemble.* Ça ne casse pourtant pas les marches. Je n'ai pas conquis la France, la Pologne, la Tchécoslovaquie ; je ne suis pas allé jusqu'aux portes de Moscou. Peut-être suis-je un Allemand indigne.

Enfin, tous ces gens s'en vont, laissant derrière eux un monceau de vaisselle sale et de détritus.

« Les nettoyages seront pour demain, décide Ursula. A présent, tout le monde se couche. » Et à sa belle-mère : « Vous dormez avec nous ce soir ?

— Non, je rentre à Mombach.

— Au milieu de la nuit ?

— Je n'ai pas peur de la nuit. Qui aurait l'idée d'agresser une vieille femme de mon espèce ? »

J'insiste pour l'accompagner un bout de chemin. Elle m'accepte. Elle s'appuie à mon bras. Dans les rues presque vides, nos ombres tournent autour de nous selon les éclairages. Au-dessus, c'est rempli d'étoiles. J'y cherche la constellation du Bélier, je la lui montre.

« La nôtre, dit-elle. Je souhaite que toute sa malignité soit tombée sur moi seule. Qu'elle t'épargne. »

Elle sent la citronnelle.

« Grand-mère, dis-je, puisque je suis devenu un homme, je voudrais qu'à présent tu m'instruises. Je ne peux vivre éternellement dans l'ignorance.

— Que je t'instruise ? De quoi ?

— D'Heinrich.

— Ah ! Heinrich ! »

Elle ne se fâche pas. Nous marchons encore, appuyés l'un à l'autre. Une mouette insomniaque crie au secours dans le ciel.

« Tu as raison. Il est temps que tu saches. Je te raconterai tout, dans les prochains jours. Maintenant, laisse-moi ici. Bonne nuit. »

3

Oskar Faust possédait une ardoisière près de Kaub, en aval de Mayence. Riche famille luthérienne. Huit enfants. Une quarantaine d'ouvriers avant 1914 extrayant, débitant, découpant les ardoises. Tous protestants, condition *sine qua non* pour être engagés. Maîtres et salariés assistaient ponctuellement au culte, le dimanche matin, et communiaient à la queue leu leu.

Le Rhin, *Vater Rhein*, est l'artère nourricière de cette région. Porteur de péniches et de trains de bois, il ressemble à ce serpent de mosaïque dont jouait avec des dés le roi de Perse Chehriyard : de case en case, le pion doit avancer de la queue vers la tête ; mais en chemin, il rencontre cent obstacles qui le ralentissent, l'arrêtent ou le renvoient à la case de départ. Entre Mayence et la mer, cent pièges s'opposaient aux bateliers : les ponts, les îles, les courants, les tourbillons de Bingen, les confluents et leur ressac, les étranglements, les promontoires, les écueils à fleur d'eau, et spécialement les Sept Pucelles alignées au milieu du lit en amont de Saint-Goar. Mais la plus grande perfidie était celle de la Lorelei, la Vierge aux cheveux d'or et au peigne de même métal dont le chant — sept fois répété par les échos — attire les bateliers, si bien qu'ils en oublient les récifs et disparaissent corps et biens dans les eaux grises. Toutefois, habituées depuis des siècles à ces séductions, les péniches qui abordaient à Kaub chargeaient leurs balles d'ardoises et naviguaient tranquillement cette portion du fleuve. On a d'ailleurs depuis fait sauter les Sept Pucelles à la dynamite.

Siégeant à table à la place présidentielle, Oskar récitait les grâces avant les repas et donnait à chaque membre de la famille la part qui lui revenait. Nul ne se fût avisé de prendre un morceau de pain sans son autorisation. Charlotte, la dernière de la lignée, avait devant elle son destin tout tracé. Peu instruite dans les lettres, les beaux-arts, les sciences, elle n'ignorait rien de la religion, des arts ménagers, de l'éducation des enfants. Les trois *K : Kirche, Küche, Kinder*. Elle épouserait le fils de quelque riche marchand, auquel elle donnerait à son tour huit ou dix rejetons, bénissant chaque jour la bonté du Ciel qui l'aurait gratifiée d'un si noble époux. Elle transmettrait à ses filles les mêmes cultes.

En attendant, elle aurait bien aimé rendre visite aux carrières d'où les Faust tiraient leurs revenus, voir de ses yeux les visages, les mains des ouvriers pendant le travail. Entendre, peut-être, leurs plaintes. Mais son père ne le permit jamais :

« Tu n'as rien à faire au milieu de ces hommes. Ce n'est pas la place d'une jeune fille respectable. »

Elle ne pouvait supporter leur vue que le dimanche, dans leurs vêtements propres, talons joints, le chapeau humblement tenu sur la poitrine.

La Première Guerre mondiale vint bouleverser tout cela. Oskar Faust fut mobilisé dans l'artillerie, la plupart de ses ouvriers dans l'infanterie, les ardoisières tombèrent en chômage. Le *Vater Rhein* se mit à transporter des marchandises nouvelles : chevaux ; fourgons ; stères d'obus ; canons, la gueule tournée vers le ciel, qui semblaient hurler à la lune. Le gouvernement impérial lança un appel à toutes les femmes allemandes pour les inviter à remplacer les hommes même dans les tâches les plus dures. Au début de 1918, ayant atteint l'âge requis, Charlotte s'engagea et fut employée à conduire les tramways de Mayence. Elle eut vite fait d'apprendre la manœuvre de l'unique manivelle qui accélère ou ralentit, de la petite pédale qui fait sonner un timbre, du frein qui immobilise. Debout devant ses commandes, balancée dans les courbes, projetée un peu hors de la ligne par la force centrifuge, bringuebalée par les aiguillages, elle aimait conduire cet engin devant qui tout le monde s'écartait ; qui s'enfonçait sans erreur dans la nuit ombreuse avec son chargement humain : d'autres femmes, des vieux, des enfants. Parfois, un permissionnaire en uniforme : il la regardait, la trouvait visiblement jolie avec sa casquette brodée aux initiales de la compagnie, sa veste cintrée, ses bottines. D'autres fois, un éclopé, entre ses béquilles. Mais tous demeuraient frappés de mutisme, par tristesse, par inquiétude, par prudence, par manque de temps. La seule qui lui parlât un peu était Johanna, sa receveuse. Arrivée au terminus, elle décrochait le trolley en tirant sur son câble, décrivait un demi-cercle, le retournait dans la direction opposée ; la roulette pétillait sur les jointures, lançait des gerbes d'étincelles bleues.

Le soir, dans leur dortoir — elles couchaient à trente dans un hangar ferroviaire, aménagé en caserne pour femmes —, Johanna, devenue sa voisine de lit, se montrait plus bavarde. C'était une ancienne blanchisseuse de Weisenau, forte de hanches et de tétons. Elle se vantait des nombreux hommes qu'elle avait connus. Et fournissait tous les détails indésirables. Et lui enseignait les stratagèmes grâce à quoi une demoiselle peut sans risque se livrer aux plaisirs de l'amour. Charlotte lui prêtait l'oreille comme elle eût écouté une Togolaise racontant les mœurs de son Afrique. Par elle, la fille d'Oskar Faust recevait la révélation d'un monde inconnu, celui des ouvriers métallurgistes, des tanneurs, des carrossiers, des ébénistes, des mariniers, des cireurs de bottes, des étudiants, des sous-officiers de carrière. Car Johanna semblait avoir fréquenté tous ces gagne-petit qui avaient en commun le goût de la bière, du vin et des filles.

« Cela ne m'empêche pas, ajouta-t-elle, d'avoir un fiancé. Un fiancé officiel. Il s'agit d'un fleuriste de la Klarastrasse, actuellement mobilisé. Veuf — mais encore jeune — avec un petit garçon. Et de superbes moustaches. A chacune de ses permissions, il me rapporte du chocolat à la saccharine. C'est amer, mais ça bourre. Et il sait faire remuer ses oreilles.

— Ses oreilles, vraiment ? Comme un cheval ? »

La blanchisseuse-receveuse tentait de reproduire cette acrobatie, n'y parvenait point, éclatait de rire.

« Il exécute ce numéro devant toi ? Pendant que vous êtes ensemble ?

— Oui. Pour m'éblouir.

— Vous employez votre temps à des choses intéressantes !

— Oh ! Il a d'autres mérites ! Il me couvre de fleurs, des plus rares : orchidées, mimosas, que sais-je ? Après la guerre, s'il en revient, nous nous marierons et je vivrai au milieu des fleurs en permanence. Qu'en dis-tu ?

— Le plus beau métier du monde !

— Et toi, ne t'est-il rien arrivé ?
— Non. A moi, rien.
— As-tu déjà au moins embrassé un garçon ?
— Oui, mes cousins.
— Sur la bouche ?
— Tout près de la bouche.
— Rien d'autre ? Jamais ?
— Jamais.
— Est-ce possible ? Alors que tu es jolie comme une pâquerette !
— Une pâquerette bien gardée.
— Il faudra que je te dégourdisse, à l'occasion.
— A l'occasion. On en reparlera. »

On n'eut pas le temps, la guerre finit trop tôt. Un certain jour de novembre. Jour sans gloire, sans feux d'artifice, sans cloches, mais avec une joie que chacun dissimulait. Le bourdon de la cathédrale Saint-Martin sonna le glas jusqu'à la nuit. « Nos hommes vont revenir ! » se disaient les femmes. Le gros de leurs troupes était employé à contenir à Berlin, à Munich la révolution des spartakistes et des bolcheviques. D'autres combattants, par centaines de mille, restaient prisonniers en France, en Angleterre, retenus par Clemenceau, par Lloyd George (que leurs noms soient maudits à jamais !). En attendant leur retour, on dressa devant les gares des arcs de triomphe en carton-pierre, pavoisés, fleuris, placardés :

BIENVENUE A NOS GLORIEUX SOLDATS !
VOUS N'AVEZ PAS ÉTÉ VAINCUS !

Puis il neigea sur Mayence, sur le fleuve, sur les péniches immobiles. Et tout à coup — c'était le matin du 12 décembre, l'enthousiasme des arcs de triomphe commençait à pendouiller — éclate une musique militaire. Des notes inconnues. Et voici l'ennemi qui foule nos pavés blancs : un régiment français, vêtu de *bleu horizon* (en français dans le texte), un bleu qui tire plutôt sur le brouillard, tambour-major, drapeaux déployés, clairons en tête, descend de Zahlbach, embroche toute la Kaiserstrasse en faisant du vacarme comme quatre. Il défile ainsi l'entière matinée, passant et repassant dans les mêmes rues, la foule stupéfaite regarde les visages de nos vainqueurs, les trouve plutôt maigres, pas très différents de nos permissionnaires. A midi, impudemment, ils bivouaquent sur la Liebfrauenplatz, devant la cathédrale. Accroupis à même le sol, insoucieux de la neige fondue, ils mangent leur ragougnasse dans leurs gamelles de fer et boivent un vin noir comme l'encre. Quand ils se relèvent, ils ont le derrière mouillé.

Bref, Mayence redevint française. Elle l'avait été à plusieurs reprises au cours de sa longue histoire. Sous le roi Louis XIV dont les troupes commirent les pires horreurs, allant jusqu'à brûler la cathédrale avec tous les vêtements du sacristain. Sous la Révolution, elle devint une République, on planta un arbre de la Liberté ; les idées républicaines gagnèrent si bien nos cœurs que des sans-culottes mayençais s'en allèrent combattre en France la chouannerie vendéenne. Plus tard, elle fut le chef-lieu du département du Mont-Tonnerre, soumise pendant dix-sept ans à l'autorité de Napoléon Bonaparte, lequel coucha dans notre Maison du Parlement, on montre encore sa chambre et sa descente de lit. Plus tard encore, nous avons fourni aux Français le plus habile de leurs bourreaux : Josef Deibler. Cela laisse des souvenirs. Exemple : la ronde que les petites filles de Mayence chantent encore :

Silberner Degen,
Ein goldener Knopf...
Die Mädchen sind traurig :
Die Franzosen sind fort.

Une épée d'argent,
Un bouton d'or...
Les filles sont tristes,
Les Français sont partis.

Eh bien ! Voilà qu'ils reviennent !

« Bon, disent les vieilles Mayençaises. Va falloir nous remettre à parler *welsch.* »

Ça ne devrait pas être trop difficile, les anciens occupants ayant laissé derrière eux une foule de mots et d'expressions dans notre dialecte. Ainsi le *Laping*, qui est ailleurs un *Kaninchen* ; le *Potschamber*, qui est ailleurs *Nachttopf* ; la *Reul* (la « ruelle » française) au lieu d'une *Gässchen*. Et la *Madamche* : une petite Madame. De même une marée descendante abandonne sur la plage une ligne d'épaves.

Les jours suivants, d'autres soldats arrivent, à pied, à cheval, en camion, et même en bateau. Cuirassiers, fantassins, cavaliers, artilleurs. Certains sont bleu de ciel et d'autres bleu de mer. Légionnaires en képi blanc, visière cassée : ils marchent avec une lenteur impressionnante, comme s'ils traînaient des siècles d'histoire à leurs godillots. Marins à pompons rouges. Il vient même des soldats noirs, dits Sénégalais, vêtus de kaki et coiffés de bonnets montants. Tous ces gens-là passent leurs journées à défiler dans nos rues, à bien faire remarquer leur présence. Parfois, leur colonel les arrête sur une place, les dispose en cercle et leur adresse une harangue incompréhensible. « Les Gaulois, écrit Jules César, ont la manie du langage et ne peuvent se retenir de discourir dès qu'ils ont un public d'au moins deux personnes. » Ils prennent possession de la citadelle et des vingt-quatre casernes mayençaises qu'ils rebaptisent aux noms de leurs généraux ; des pancartes fléchent les carrefours : *Quartier Kléber, Prévôté de l'Armée, Caserne Hoche, Cercle des Officiers, Caserne Gallieni, Caserne Joffre, Camp Colonel Gross, Quartier Fayolle, Caserne Maistre, Caserne Marceau...* Ils donnent des concerts de musique militaire au kiosque de la Schillerplatz, il y a foule pour les entendre, y compris des soldats allemands encore en uniforme, blessés ou mutilés. La musique fait oublier la rancœur. La ville se couche tôt. Elle s'endort aux notes pures d'un clairon français.

En revanche, leurs officiers fréquentent le soir les brasseries et les salles de spectacle, la *Bodega*, le *Kabarett Zanzouci*, souvent accompagnés de leur *Madamche*, légitime ou clandestine. Autour de lampes lilas, ils boivent du *Liebfrauenmilch*, du Lait de la Sainte-Vierge, et nos mousseux rhénans. En leur honneur, le patron plante un petit drapeau bleu-blanc-rouge dans le bouchon, tandis que l'orchestre joue les derniers airs de Paris : *Viens Poupoule... La Madelon... Elle avait une jambe de bois...*

Les marchands s'adaptent très vite à cette nouvelle clientèle. Aux Français blancs, ils vendent des pipes bavaroises pour prouver à leurs familles de France qu'ils ont occupé le Palatinat. Aux Sénégalais fétichistes et analphabètes, ils refilent des chapelets en faux ivoire et des bustes en faux bronze de Gutenberg. Aux Marocains, des chandelles roses ornées d'étoiles et de croissants.

Cependant, les vêtements, les chaussures de cuir, le pain, la viande, le beurre manquent encore. Certaines boutiques garnissent leur vitrine avec des souliers en carton, faits pour l'œil, non pour le pied. On boit du café sans sucre, à base de haricots grillés. On attend la farine américaine, promise par Wilson. Beaucoup d'enfants vont tendre la main aux portes des casernes rebaptisées ; ils demandent en franco-allemand à la sentinelle :

« Monsieur... *nichts* manger ? »

Le soldat tourne une manivelle, parle au cornet du téléphone dans sa guérite et bientôt deux autres occupants, en treillis grisâtres, apportent une marmite pleine de croûtons, rebuts de leurs réfectoires, certains montrent des traces de dents. Ils déposent la marmite devant l'entrée et s'éloignent ; les enfants se jettent dessus, comme les mouches sur une bouse, se piétinent, se déchirent, s'étranglent pour s'emparer d'un quignon malpropre.

Beaucoup d'habitants, refusant la défaite, la faim, les troupes étrangères, les Noirs parmi eux, la hausse des prix, cherchent un refuge dans la mort. Remède infaillible contre tous les chagrins. Les uns pompent ce qu'il leur reste de schnaps et poussent sous la table leur dernier hoquet. D'autres, qui ne supportent pas l'alcool, s'ouvrent les veines et trépassent le poignet gauche plongé dans un seau, avec le souci de ne pas souiller la carpette. D'autres se pendent par le cou aux branches des arbres ; on en récolte énormément dans le Parc municipal ; chaque matin, les gardiens font une tournée pour décrocher ces fruits de la nuit. D'autres encore, de façon plus expéditive, se jettent du Kaiserbrücke dans les eaux du fleuve, ce qui constitue toutefois une dangereuse pollution, leurs cadavres se prenant souvent dans les hélices des remorqueurs. Les prêtres, les pasteurs, les journaux sermonnent la population pour qu'elle renonce à ces détestables pratiques. Spécialement aux suicides extérieurs, spectacle déplorable offert aux enfants, exemple contagieux proposé aux adultes. Ceux qui se ratent sont condamnés à de lourdes peines. Mais rien n'y fait vraiment : les désespérés tiennent à leurs habitudes.

Charlotte était vissée à la ligne numéro 8 qui partait de Zahlbach, longeait le grand cimetière et son crématorium, traversait le cœur de la ville, franchissait le Rhin, terminait devant la gare de Kastel. Beaucoup de militaires bleus empruntaient cette ligne, elle les ramenait à l'ancienne caserne d'artillerie qui gardait jadis le passage du *Vater Rhein*, devenue maintenant le Quartier Joffre. Ils avaient le droit de voyager sans billet et certains faisaient inlassablement l'aller et retour entre les deux terminus, avec le même émerveillement que les petits enfants sur les chevaux de bois. Toujours en peloton, la baïonnette au côté pour résister aux agresseurs éventuels. Mais personne ne pensait à les attaquer ; bien ou mal, cette guerre était éteinte, nul ne songeait à souffler sur les cendres. Ils regardaient les femmes, lançaient des *gauloiseries* (en français dans le texte) qu'ils étaient seuls à comprendre et qui les faisaient rire aux éclats. Visiblement, la plupart étaient de jeunes paysans — cela se remarquait aux mains épaisses, aux poignets ligneux, au coloris du visage et de la nuque — pour la première fois sortis de leur village et entrés en pays conquis. Ils n'en revenaient pas de leur puissance, mais ne savaient pas l'employer. Leur plus grande audace était de frôler Johanna, à la suite d'une bousculade feinte, d'un cahot supposé qui les précipitait contre les garnitures de la receveuse.

« Attention, s'il vous plaît ! répliquait-elle vertement. Je n'aime pas qu'on me parle avec les mains ! »

Elle attendait dans les semaines à venir le retour de son fleuriste, le temps convenait mal aux erreurs d'aiguillage. Charlotte, raide devant son tableau de bord, assistait à ces manigances grâce au reflet de son rétroviseur.

Des officiers montaient aussi, plus âgés, plus réservés, quelquefois en vêtement bourgeois ; ils sortaient leur carte d'identité pour s'exempter du péage.

L'un d'eux...
Ici commence l'histoire d'Heinrich.

4

Ô Heinrich ! Ô Heinrich, mon amour perdu ! Mon amour de 19.., l'année du siècle et l'année de mon âge. J'étais une pâquerette bien gardée. Mal gardée. Je te tournais le dos, je ne te voyais pas.

Toi, plus tard, tu me dis en riant : « Entre la courbe de tes reins et celle de tes cils — immenses, ils ombraient tes joues d'une dentelle — je n'ai pas hésité plus de cinq secondes : ce sont tes cils que j'ai choisis. Chaque fois que j'empruntais ce tram, je m'accrochais à la barre de cuivre, pas juste derrière toi, mais un peu plus loin, à droite, afin de voir tes cils et tes yeux dans le rétroviseur. »

Au début, je ne me doutais pas de ta présence. Puis, j'ai senti un rayonnement. J'ai levé les yeux vers le miroir et nos regards se sont mêlés. Tu restais debout, sans desserrer les dents. Je te remarquai une fois, puis deux, puis trois. Enfin je fus certaine de te trouver chaque jour dans mon rétroviseur, au retour ou à l'aller.

Mais quel visage avais-tu ? ô mon amour dont j'oublie les traits ! Ils pâlissent en moi comme une très ancienne photographie. Des repères, du moins : ce regard ardent et noir qui me venait du fond de la glace ; ton front coupé par le képi ; la lèvre sans moustache, à l'américaine ; le menton assez pointu. Une fois, pendant un arrêt, je me suis retournée et je t'ai vu en direct. Ton poing si agrippé qu'il blanchissait aux jointures. Tu semblais pétrifié. Pas très grand : pas plus que moi. Bleu horizon, veste à brandebourgs, jambes serrées dans les bandes molletières, alors que les autres lieutenants exhibaient généralement des bottes qui leur faisaient la jambe belle.

(« Je n'aurais personne pour me les enlever. Et puis, en bandes molletières, je me sens plus proche des soldats sans grade. C'est en bandes molletières qu'ils ont traversé cette guerre. Oh ! ce n'est pas extrêmement pratique. Accrochées aux fils de fer barbelés, ils les perdaient quelquefois derrière eux, comme le cheval éventré par le taureau perd ses entrailles dans l'arène. Mais c'est la tenue commune, et je veux m'en contenter. »)

Une autre fois, je t'entendis parler. A une vieille femme qui peinait à se déplacer, entravée par les rhumatismes et par son cabas, comme si tu t'adressais à une comtesse :

« Gnädige Frau, gestatten Sie, dass ich Ihnen die Tasche trage ? *Gracieuse dame, me permettez-vous de porter votre sac ?* »

Étonnement émerveillé autour de toi. Tu avais cependant dit ces mots avec douceur et simplicité. Leur prononciation était si parfaite — avec une trace, peut-être, d'accent berlinois — que d'abord elle ne fit sourciller personne. Puis l'on s'aperçut qu'ils tombaient d'une bouche welsche. *Alors, on considéra le visage de cet officier avec un mélange d'admiration et de crainte. Entre deux peuples ennemis, le langage est une barrière, c'est-à-dire aussi une protection. Il y a danger à ce qu'elle tombe complètement. Aussitôt après, tu revins à la barre de cuivre et je retrouvai tes yeux.*

*(« J'ai vécu un an complet à Berlin, en 1902. Tu étais à peine née. J'habitais chez une vieille dame de la Cauerstrasse qui avait aussi un pensionnaire italien. Elle nous faisait manger du potage avec, au milieu, une île brunâtre qui s'avéra être une boulette de pâté de foie. Je trouvais ce mélange surprenant, mais comestible ; j'en venais à bout en humant d'abord le bouillon. Ce qui me faisait deux plats au lieu d'un. Elle me prit en une telle affection qu'elle pensa un moment faire de moi son fils adoptif ; mais j'avais déjà en France des parents légitimes. Nous avons cessé de nous écrire en 1914. Quant à l'Itaker, il ne gagna jamais sa sympathie, ayant un jour qualifié la cuisine berlinoise d'*obscène. »)

Tu eus d'autres occasions de parler allemand derrière moi. T'adressant à Johanna, à tel ou tel voyageur. Toujours avec la même aisance, la même courtoisie. Tu t'effaçais devant les dames, geste qui chez nous ne se pratique guère, si bien que certaines ne le comprenaient pas ou en riaient. Il y avait de quoi rêver. Mais comment avais-tu atteint une pareille perfection de langage ? Étais-tu de lointaine souche germanique ?

(« Pas du tout, je suis auvergnat, fils d'Auvergnats, natif de la haute Auvergne. Car il existe deux Auvergnes, la basse et la haute. La seconde est la plus auvergnate, la plus pauvre, la plus âpre, la plus tenace, la plus verte, la plus vieille, la moins mélangée. Elle ne peut nourrir tous ses habitants, qui vont chercher leur pain quotidien sous d'autres cieux. La basse, au contraire, est remplie d'immigrés de toutes sortes, français ou étrangers. [Tu me montras sur une carte la situation de cette contrée intacte, tu m'en expliquas le fond et la forme, la nature des roches et celle des hommes, leur façon de manger, de se vêtir, de travailler, de s'enrichir, de s'exprimer, d'éternuer, leur fidélité à la parole donnée : je te crus fidèle.] J'ai appris, figure-toi, la langue allemande à Saint-Flour, ville épiscopale, dans un collège de curés, comme nous disons. En même temps que le latin, traité chez eux telle une langue vivante. A coups de règle plate sur la tête chaque fois que nous prononcions mal. Il faut dire que le maître d'allemand était un Alsacien immigré

chez nous après 1870, il portait vos déclinaisons dans le sang, mêlées à ses globules : le père Muhlberger. Au cours du transfert, le nom avait perdu son tréma sur le u, *nous le prononcions Muleberger, comme s'il eût été un berger de mules. Ce qui était un peu le cas, Dieu sait les têtes dures, obstinées, peu perméables que nous avons en Auvergne. »)*

L'Auvergne ! Un pays pour moi inaccessible. Je n'ai guère voyagé autrement qu'en pensée. Car je compte pour rien nos escapades à Wiesbaden, Karlsruhe, Darmstadt, Bonn, Cologne. Je ne suis pas d'humeur errante. Pas eu l'occasion non plus. Même pendant les bombardements, je suis restée à Mombach. Les voisins m'avertissaient : « Avez-vous envie d'être ensevelie sous les décombres de votre maison ? » Mais que m'importe ma sépulture !

Grand-mère Lotti ne nous découvrit jamais les premiers bourgeons de cet amour abominable. Par quelles machinations du diable l'officier ennemi était-il parvenu à la séduire ? « Toujours je rencontrais ses yeux dans le miroir... » Bon, bon, les yeux, mais ce n'est pas tout. Comment vos mains par exemple se rencontrèrent-elles ? Là-dessus, elle demeurait muette. Parvint-il à l'acheter ? Oh ! pas avec de l'argent, bien sûr, c'eût été trop énorme. Mais il y a vingt façons d'acheter. Lui offrit-il d'abord un petit bouquet de violettes ? Ensuite, un gros bouquet de roses ? Un poème ? Un livre ? Ou bien, tout simplement, une tablette de chocolat, de vrai chocolat au sucre ? L'attrapa-t-il par la gourmandise comme on piège une souris ? Fit-il semblant d'oublier ses gants sur la banquette ? La sauva-t-il de la noyade ? Ou de l'agression de deux méchants soldats bleus soudoyés au préalable par ses soins ? *Filles, fermez vos cœurs avec plus de soin que vos portes, les temps de la perfidie approchent...*

A moins qu'elle ne se fût jetée à sa tête ? Qu'elle n'eût perdu volontairement son mouchoir ? Qu'elle n'eût décoché le premier sourire ?

Il y avait aussi Johanna, l'exubérante, la folle receveuse. Oui, oui, Johanna fut à coup sûr la médiatrice infernale, la maquerelle, l'incarnation en jupons de Méphistophélès. Pauvre Charlotte-Marguerite ! Quel opéra que sa vie !

L'officier s'appelait donc Heinrich ? Non, Henri, naturellement.

Toujours est-il...

A l'usage des occupants, on avait rétabli le va-et-vient des bateaux-mouches entre Mayence et Cologne. Après quatre années d'immobilisation, deux rafiots reprirent du service, propulsés par des roues à aubes. Non que l'hélice n'eût pas encore été introduite dans la navigation fluviale en Allemagne, mais pour le plaisir des passagers, qui ne savaient plus bien s'ils vivaient en 1919 ou en 1860, s'ils descendaient le Rhin ou le Mississippi. L'un s'appelait *Katz*, l'autre *Maus*, le Chat et la Souris, allusion aux deux burgs qui se défient au-dessus de St-Goarshausen. Charlotte et Heinrich firent sur le *Maus* leur première croisière. Le navire était plein de soldats français et belges, conduits par des guides civils qui essayaient de leur donner des explications dans leur langue : « Ici, à droite, Itville, où habitait jadis notre archevêque et où l'on cultive les roses... A gauche, le burg de Klopp au-dessus de Bingen... », etc. Mais les Welches n'écoutaient guère, s'esclaffaient, faisaient des réflexions stupides, savaient tout sans avoir rien appris.

Ils passèrent devant Kaub, et Charlotte tendit le bras pour désigner la maison de sa famille, au-dessus du tunnel. Un peu plus bas :

« Ici à droite, dit le guide, le rocher fabuleux de la Lorelei : cent quatre-vingt-quatorze mètres au-dessus du fleuve. »

Les têtes se levèrent, béatement. Eux se trouvaient à l'avant du navire, à hauteur de l'étrave ; derrière et dessous, les roues à aubes battaient l'eau avec un clapotis de lavandières. Le vent du Rhin leur fouettait le visage. Soudain, pour défier ces vainqueurs ignorants, pour cingler ce couple scandaleux qui s'affichait, formé d'un officier français et d'une jeune dévergondée, d'une putain manifestement allemande (cela s'entendait), une voix monta dans leur dos, chantant le *Lied* de Heine. D'abord timide, ensuite de plus en plus ferme :

Ich weiss nicht, was soll es bedeuten,
Dass ich so traurig bin ?
Ein Märchen aus uralten Zeiten,
Das geht mir nicht aus dem Sinn.

Mais très vite d'autres voix la rejoignent ; des Rhénans, femmes et hommes, marins, cuisiniers, fonctionnaires, commis voyageurs accourent de partout, des ponts, des écoutilles. Le chant populaire devient un hymne de provocation et de souffrance :

Die Luft ist kühl und es dunkelt
Und ruhig fliesst der Rhein ;
Der Gipfel des Berges funkelt
Im Abendsonnenschein.

Or voici : l'officier français à deux galons se retourne et joint sa voix aux autres. Elle a une tessiture élevée et domine le chœur des fonctionnaires comme le vol de l'aigle celui des corbeaux, des buses, des vautours. Elle les soutient même quand, dès le second couplet, leur mémoire un peu défaille :

Die schönste Jungfrau sitzet
Dort oben wunderbar,
Ihr goldenes Geschmeide blitzet,
Sie kämmt ihr goldenes Haar...

Sans une faute, Heinrich débite la lamentable histoire du batelier dans sa barque et du naufrage qui s'ensuit.

... *Und das hat mit ihrem Singen*
Die Lorelei getan [1].

Ô pouvoir d'une chanson ! Les cuisiniers, les fonctionnaires, les commis voyageurs s'applaudissent. Et ils applaudissent le Welsche qui connaît si bien ce qu'ils connaissent, qui aime ce qu'ils aiment. Entre sa compagne et lui, ils ne voient plus le scandale. L'officier lève son képi pour les saluer, il sourit de toutes ses dents, les bravos redoublent, puis s'éteignent. Le Rhin seul, le *Vater Rhein*, continue de fumer sourdement.

« Ces Allemands du bateau, dit-elle, me prenaient, n'est-ce pas, pour une *cocotte* ? (En français dans le texte.)

— Quel souci as-tu de leurs opinions ? Je te conseille de poser dessus carrément ton joli derrière.

— Ne crois pas que j'en sois une. Si j'accepte... tout cela, c'est par amour.

— Comment peux-tu m'aimer ? Je pourrais presque être ton père !

— Je n'aime pas un âge. Je t'aime *toi*, Heinrich, avec tes tempes grises, ton sourcil gauche toujours circonflexe, tes intonations berlinoises. Toi tout rond dans ta peau auvergnate, remplie d'un million de connaissances merveilleuses. Tu m'expliques tout : les étoiles, les plantes, les oiseaux, les timbres, les poètes. Y a-t-il au monde quelque chose que tu ignores ? »

Et lui, souriant de sa naïveté : « Tu es comme une petite fille qui pense cela de son institutrice. Mais avec les choses que j'ignore, on pourrait composer de bien belles bibliothèques.

— Et toi, quelles raisons as-tu de m'aimer ?

---

1. Je ne sais ce que signifie / Cette tristesse qui m'afflige. / Un conte des temps révolus / Hante sans cesse mon esprit. — L'air est frais, le ciel s'assombrit. / Et paisible coule le Rhin ; / Le sommet du roc étincelle / Aux rayons du soleil couchant. — Là-haut, une fille est assise, / La plus belle qui soit au monde. / L'or de ses bijoux resplendit, / Elle peigne l'or de ses cheveux... — ... Et rien qu'avecque sa chanson / La Lorelei a pu cela.

— Toutes les raisons. Voilà.
— Précise.
— Ta jeunesse. Ta beauté.
— Je suis laide.
— Tu es ma Lorelei.
— Je suis brune.
— Ta finesse.
— Je suis sotte.
— L'insouciance, le manque de calcul avec lesquels tu m'as accepté aussi vite dans ton existence.
— Je suis libre.
— Sans que je promette rien.
— Tu es libre. A ce propos, l'es-tu réellement ? Es-tu marié ?
— Non.
— Ne va pas t'imaginer que... C'était uniquement pour savoir. »

Comme il ne répondait rien, il y eut entre eux un assez long silence. Puis elle ajouta :

« Crois-moi, j'ai reçu une éducation très sévère, dans une école protestante. Chez nous, à Kaub, mon père lisait un chapitre de la Bible tous les soirs, devant la famille et les domestiques réunis, avant que chacun ne regagnât sa chambre. Le dimanche, nous allions au culte, marchant en file indienne sur le trottoir, rasant les murs, l'aîné devant, le plus jeune en queue, suivis de notre mère et de son parapluie. Et s'il arrivait à l'un des huit de dévier de sa trajectoire, de rompre la file ou de gêner le passage d'un adulte, elle accourait et de la crosse du parapluie lui époussetait l'échine. A la maison, elle appliquait la pédagogie du chat à neuf queues, toujours présent dans le salon, suspendu près de l'horloge de Nuremberg. Lorsque Paul, ou Emil, ou Ernst, ou Lotte commettait une entorse au règlement, elle en fouaillait le derrière des garçons, les jambes des filles. Si, pour quelque motif, parce qu'il fallait se rendre tout de suite à l'école par exemple, l'exécution ne pouvait suivre immédiatement la faute, elle recommandait : "N'oublie pas en revenant de me rappeler ta fessée."

« Tout le temps de la classe, j'avais l'esprit occupé par la pensée de mon supplice à venir et ne prêtais guère attention aux paroles de l'institutrice. Ce qui me valait souvent une punition complémentaire. Sitôt rentrée, je rappelais : Ma fessée, maman.

« Et elle : "Chose promise, chose due. Va me chercher le martinet."

« Ainsi devais-je collaborer à mon propre châtiment. J'allais donc le dépendre et le plaçais moi-même entre les mains de l'exécutante. »

« Voilà comment j'ai été élevée à Kaub. Ah ! Si ma sainte mère me voyait à présent ! »

Elle éclatait d'un rire sauvage et libre, levait les bras au ciel, semblait prendre son vol ; puis elle se jetait sur son amant comme la buse sur le poulet.

Et lui : « Moi aussi j'ai bénéficié d'une éducation sévère, mais catholique, chez les Pères lazaristes de Saint-Flour, en Auvergne, France. C'était même un petit séminaire, destiné à la formation des futurs prêtres ; mais beaucoup d'élèves prenaient d'autres directions. Ce fut mon cas. Mon père était peigneur de chanvre rue de la Rollandie et fabricien de la cathédrale. Face aux promenades et au champ de foire rempli certains jours de meuglements, de grognements, de hennissements, notre école — entourée par les fers de lance d'une grille — dressait sur le plan d'un *H* majuscule ses quatre ou cinq étages jusqu'aux toitures aiguës, percées de lucarnes et d'œils-de-bœuf. De bas en haut, la noblesse des lieux allait en se dégradant : salles de classe, études, dortoirs, cellules des Pères, combles et archicombles. A gauche, le jardin où poussaient nos légumes, et des cagibis où s'élevaient des cochons avec les restes de la cuisine. A droite, devant les préaux, une statue du Sacré-Cœur de Jésus surveillait nos ébats.

« Nous étions tenus en permanence dans la hantise du diable et de ses avatars infinis : diable des gourmands, diable des menteurs, diable des avares, diable des prodigues. Il m'arriva d'obtenir dans mes études ce que nous appelions le prix d'excellence. Il donnait droit à des livres, à une couronne en laurier de carton doré et aux félicitations personnelles du Père supérieur. Il me recevait donc dans son bureau, me secouait la main, m'exhortait à continuer avec le même élan. Pour finir, il ouvrait un placard, en tirait une boîte en fer, la découvrait : "Prenez une papillote. Gardez-la sur vous et rapportez-la-moi sans y avoir goûté samedi prochain après l'étude." Je la plaçais à l'endroit le plus frais de ma personne pour l'empêcher de fondre. Ainsi toute la semaine étais-je confronté avec le diable de la gourmandise. Au jour dit, à l'heure dite, je la présentais intacte au Père supérieur, qui en vérifiait le contenu, souriait, me tapotait la joue : "Vous pouvez maintenant la consommer. C'est en dominant ses appétits, affirme Tertullien, que l'enfant apprend à devenir un homme véritable." Au sortir de son bureau, j'étais si furieux contre lui et sa papillote, contre les efforts qu'elle m'avait coûtés, que je la jetais dans le bidon des ordures.

« Mais le plus redoutable de nos ennemis était le diable de la concupiscence. »

Heinrich raconta l'histoire de la carte postale de son camarade

Rossignol dont le nom signifie *Nachtigall*. Ce garçon avait un cousin de Paris qui à une certaine occasion lui expédia une carte postale illustrée, sous enveloppe. Elle reproduisait en couleurs le tableau d'Eugène Delacroix : *La Liberté guidant le peuple*, où l'on voit une femme aux seins nus, coiffée du bonnet phrygien, brandir le drapeau tricolore sur une barricade. Rossignol conserva cette carte. Or un jour, une descente inopinée dans les casiers individuels exhume ladite image, qui est portée au Père supérieur. Gros scandale : une dame aux seins nus ! Rossignol est convoqué devant le tribunal des soutanes :

« Pourquoi avez-vous gardé cette image dégoûtante ?

— Par amitié pour mon cousin. Parce que moi, je la trouve jolie.

— Raisons hypocrites ! Dites-nous la vérité sans masque !

— Parce que j'aime bien la Liberté. »

Il eût mieux valu ne pas produire celle-là, reçue comme une provocation. Nachtigall fut accusé d'héberger dans son cœur le démon de la concupiscence ; condamné au « châtiment public ». L'exécution eut lieu dans la cour arrière, dans le creux du H, devant le bâtiment du *DESSIN*. Coiffé d'une mitre en papier marquée du mot *IMPVDICVS*, Nachtigall dut rester immobile et debout, entouré de tout l'effectif. Après quoi, le Père supérieur vint lui botter le derrière de son soulier — un brodequin si large et si long qu'il aurait dû légitimement verser un péage à chaque pas qu'il faisait — en prononçant la formule :

« Démon de la concupiscence, sors de ce chrétien ! »

Les Pères inférieurs l'imitèrent à tour de rôle, même si quelques-uns se contentèrent de faire semblant, d'effleurer à peine de leur semelle la chair du martyr.

Depuis son entrée dans les tramways de Mayence, elle retournait ponctuellement à Kaub tous les dimanches. Trois de ses frères étaient revenus de la guerre, avaient rouvert sans tarder l'exploitation des ardoises. Il manquait le plus jeune et Oskar, le père. Elle sauta plusieurs dimanches de suite, oubliant de prévenir. Lorsque, enfin, elle reprit l'ancienne habitude, sa mère la reçut sur la plus haute marche du perron, avec une gravité monumentale :

« Je suppose que tu avais de bonnes raisons pour nous oublier ?... En revanche, nous avons reçu des nouvelles de nos chers absents. Ton père Oskar est mort en Belgique. Ton frère Ernst est tombé en France. »

On n'avait pas dans la famille l'usage des ménagements. Ensuite, Mme Faust se tut. Aussi raide en sa douleur que la statue de *Germania* dans la Niederwald. Et Charlotte, après un long moment de silence, lorsqu'elle put se remettre un peu de ce double coup :

« Mais comment se fait-il ? Sont-ils morts en même temps ?

— Non. Votre père est décédé de la grippe espagnole il y a huit mois. Ernst des suites de ses blessures dans un hôpital français.

— Et nous sommes avisés si tard ?

— Tant de choses sont intervenues... Les postes, les administrations, tout était à refaire. Ils sont morts pour notre grande Patrie allemande. »

Germania, Germania. Une douleur de bronze.

Charlotte s'enferma dans sa chambre, se jeta sur son lit à plat ventre, le visage dans l'oreiller. Étourdie. Assommée. Elle s'efforça de pleurer pour se lessiver le cœur, comme disait Johanna, moi, quand j'ai du chagrin, je pleure un bon coup, ça me lessive le cœur, ensuite je me sens tranquille, je suis capable de bouffer une choucroute. Sans y parvenir. Elle convoqua des images de son père. Lisant la Bible au coin de la cheminée, silencieusement, pour sa propre instruction. Caressant le chat sur ses genoux. Elle ne gardait pas le souvenir qu'il l'eût jamais prise, elle, sur ses genoux, ni aucun de ses enfants. Sa main seule exprimait sa tendresse, en se posant sur leurs cheveux. Sa conversation tournait principalement autour des ardoises et ne s'adressait jamais qu'aux grandes personnes, à sa femme, à ses fils aînés, à ses salariés. Les petits enfants n'avaient droit qu'aux gronderies ou au silence. Les repas ordinaires qu'il présidait ressemblaient à des cérémonies funèbres. En parlant de lui, ses fils et ses filles disaient « le Père », ce qui, en certaines circonstances, le faisait confondre avec le Père éternel dont il avait la muette majesté. Échappant à la règle, les repas d'anniversaires familiaux étaient empreints d'une gaieté retenue. Oskar s'y mettait en frais de jovialité, laissant tomber quelque jeu de mots ou plaisanterie prémédités, quelque devinette du genre :

« Qu'est-ce qui mange avec l'Empereur mais ne salit point son assiette ? »

Toute sa descendance la savait, elle revenait chaque année comme le cresson des fontaines. Mais on faisait semblant de ne pas la connaître encore ou de l'avoir oubliée, on se montrait plus bêtes que nature :

« L'Impératrice ?... Le Prince héritier ?... La Princesse ?... Le Chancelier ? »

Il secouait la tête, plein d'avance de son triomphe, jusqu'au moment où il lâchait, tout gonflé :

« La mouche, voyons ! La modeste mouche ! Car les Empereurs ont aussi des mouches à leur table ! »

Ha-ha-ha général.

La remise du cadeau était le clou de la fête. Il consistait invariablement en une pièce d'or de dix marks qu'Oskar Faust élevait devant ses yeux entre le pouce et l'index avec vénération, comme fait au moment de la communion le prêtre catholique avec l'hostie consacrée. L'heureux bénéficiaire admirait de tous ses yeux cette hostie d'or, mais ne tendait pas la main pour la recevoir, car aussitôt après son ostension elle tombait, en produisant un précieux tintement, dans une tirelire en forme de coffre-fort miniature, dont le Père seul détenait la clé : il la remettait solennellement au titulaire le jour de sa vingt et unième année. Charlotte n'avait pas encore reçu la sienne.

Oskar Faust aimait, dans l'ordre, sa patrie, sa famille, son commerce, le divin Créateur, les poèmes de Theodor Körner et de Johann Ludwig Uhland, la musique de Richard Wagner. Il n'appréciait point celle de Beethoven, trop larmoyante à son dire, écrite de plus par un homme qui ne connaissait pas la multiplication, qui entassait 12 fois 365 s'il avait à multiplier 365 par 12.

En 1914, ayant dépassé l'âge légal de la mobilisation, il partit comme engagé volontaire afin de « tenir compagnie à (ses) fils ».

Malgré les battements de paupières, les sanglots étouffés, la grimace qu'elle s'imposait, Charlotte ne réussit pas à pleurer sur son père. Alors elle occupa son esprit par la pensée d'Ernst, le plus jeune de la famille, son frère cadet, le gentil Ernst. Le plus fragile. Tout petit — il avait encore ses dents de lait —, il rentrait de l'école, moqué à cause de son nez en trompette, battu, les yeux pochés comme un hirondeau.

« Qui te bat ? demandait-elle.

— Les autres. Parce que mon nez ne leur plaît pas. Ils disent qu'il risque d'attirer la foudre.

— Quels idiots ! Mais tu dois te défendre ! Les cogner aussi ! Est-ce qu'ils sont très forts ?

— Non : ils sont tous plus jeunes que moi.

— Alors tu te laisses battre par des petits ?

— Oui, parce que le maître a dit qu'on ne doit jamais battre les plus petits que soi.

— Si quelqu'un se moquait de mon nez à moi, tu le laisserais dire ?

— Non. Ça ne serait pas la même chose. Si quelqu'un se moquait de toi, je le tuerais. »

Toujours affligé de quelque mal infantile, rougeole, scarlatine, oreillons, elle restait près de son lit pour qu'il prît patience, elle lui lisait les contes de Grimm. Ou bien jetait en l'air, au-dessus de lui, un nain de caoutchouc obèse, en forme de rave, qu'ils appelaient Gros-Bibi. Entre plafond et couette, le nain tourbillonnait malgré son gros ventre, si drôlement qu'ils en mouraient de rire.

Et la chute qu'ils firent ensemble dans un ruisseau, se sauvant l'un l'autre de la noyade. Et ci... Et ça...

Fin de la courte histoire du gentil Ernst. Mobilisé à dix-sept ans, tué à dix-huit, le gibier était trop beau, trop tendre, la Mort a les dents fines, elle ne voulait pas rater l'occasion.

Or voici : malgré son chagrin, malgré ces souvenirs où son cœur fondait comme du beurre, malgré la pensée de son jeune frère, Charlotte ne parvenait pas à pleurer. Elle réussit tout juste à se mouiller les yeux. « Peut-être que j'ai une vraie pierre dans la poitrine ? Peut-être suis-je totalement insensible ? » Cependant, elle se rappelait ses larmes passées, d'abondantes averses en plusieurs occasions. Au décès de sa chienne. A la disparition de sa chatte Ferni, dévorée sans doute par quelque bête malfaisante ; ses nuits en furent une semaine remplies de cauchemars et de hoquets. A la mort de sa grand-mère. A la perte de son sifflet de plomb.

Et maintenant... son père, son frère tombés pour la Patrie... que fallait-il donc pour la tirer de sa sécheresse ? Car entre deux visions des défunts, son esprit l'inondait malgré elle d'autres images, inavouables... Les baisers d'Heinrich, les caresses d'Heinrich, les draps d'Heinrich... Les chuchotements d'Heinrich rendaient inaudible toute autre voix : mon amour, mon calice, ma dentelle... Elle répondait tes mains sont une soie, tes oreilles sont douces au toucher comme le museau d'un âne, ne t'en offense point, j'aime beaucoup les ânes, mon oncle en avait un sur lequel je me promenais... Bref, elle se sentait en pleine anesthésie, on lui eût ouvert le ventre, lui semblait-il, qu'elle n'aurait éprouvé aucune douleur.

L'anesthésie tournait à l'aveuglement. A la provocation. Qui porte le feu dans le cœur, sa cervelle s'enfume, dit un proverbe. Oubliant qui était Heinrich, elle acceptait de l'accompagner en taxi, à pied à travers la ville, main dans la main, au restaurant, aux concerts dans le parc de Wiesbaden. (La seule précaution que prît le Français était de se mettre en vêtements civils, mais eux-mêmes le dénonçaient, par leur coupe, leur couleur, ce qu'il y avait en eux d'étranger, comme une étiquette qu'on oublie.) Et même dans les églises où ils entendaient des sermons, des prêches qui paraissaient préparer leurs noces... *Henri Belmont... Heinrich Schönberg, acceptez-vous de prendre pour épouse devant Dieu et devant les hommes demoiselle Charlotte Faust ici présente ?... Charlotte Faust, acceptez-vous... ?*

Le bonheur les rendait généreux de tout, ils souriaient aux passants, surpris et quelque peu indignés ; ils comblaient de pourboires les garçons de café, les femmes de chambre, les marchands de glaces, les vendeuses de violettes, les gardiens de square, les sacristains ; ils allumaient des cierges devant l'autel de Notre-Dame, achetaient le bulletin paroissial, faisaient tomber des sous dans les troncs. Un ancien combattant unijambiste vendait des journaux : ils achetèrent cinq numéros et lui abandonnèrent la monnaie ; puis ils abandonnèrent les feuilles sur un banc public. Une autre fois, à l'église Saint-Ignace, ils remarquèrent dans une stalle une pauvresse endormie. Vêtue de guenilles, grosse, hideuse. De quoi vomir. Elle avait fait un repas de pain et de pommes, une pomme à demi consommée restait dans une de ses mains ; puis elle s'était assoupie, la tête penchée sur l'épaule ; ses cheveux gris pendaient sur son visage boursouflé. Prenant bien garde de l'éveiller, Heinrich déposa une poignée de pièces dans son giron. La sacristine devait être en train de pâtisser, les abords sentaient le caramel.

Si son service sur la 8 l'entravait, Charlotte informait le chef de ligne que la santé de sa mère l'obligeait ce jour-là à se rendre à Kaub. Ses collègues tramviaires la considéraient avec ironie, avec mépris, avec envie. Elle sentait qu'elle devenait peu à peu la honte de Mayence.

Ils prenaient aussi le train, voyageaient en première classe sur des coussins rouges. Après avoir poinçonné leurs billets, le contrôleur les saluait d'une courbette en disant, cérémonieux : « *Mit Hochachtung*. Mes respects. » Ils visitèrent le jardin zoologique de Karlsruhe où l'on voit les fausses ruines d'un faux château fort, des enfants et des animaux en pierre jouer ensemble et susciter la même admiration que les animaux véritables. Darmstadt, sa forêt, son cimetière militaire où les morts glorieux ont été disposés en amphithéâtre comme pour assister à quelque conférence. Mais le Rhin et ses rives avaient leur prédilection. Ils virent la cathédrale de Cologne qui ressemble — ha, ha, ha ! — à celle de Clermont-Ferrand. Ils entrèrent en pèlerinage à Bonn dans la maison natale de Beethoven, se penchèrent sur sa collection de cornets acoustiques, ses partitions, ses manuscrits, ses notes intimes, déchiffrèrent ses lettres et eurent confirmation qu'il ne connaissait pas la multiplication de 365 par 12. Ils se promenèrent parmi les Sept Montagnes, pays de Siegfried, qu'Heinrich compara — il avait cette manie — à son Auvergne, on dirait la chaîne des Puys où je t'emmènerai un jour, le Drachenfelds est notre puy de Dôme.

Près de Züllighoven, un orage violent les obligea de se réfugier dans une petite ferme fleurie de géraniums, où demeurait une vieille femme en compagnie d'une douzaine de chèvres. Elle leur fit boire du lait moussu, leur révéla que ses chèvres pesaient cinquante kilos en moyenne, ses chevreaux six à huit à la vente. Ils furent bien aise de ces renseignements. Oui, elle vivait seule en permanence sur ces pentes de l'Eifel. Non, elle ne craignait personne, ni voleurs, ni assassins, ni loups. A leur service, elle possédait un fusil de chasse toujours chargé qu'elle désigna, pendu à un clou. Oui, elle saurait bien l'employer.

« Votre fille, dit-elle en riant — mais c'était une remarque interrogative — a l'air d'apprécier mon lait.

— Hhhhhm ! fit Charlotte avec gourmandise, passant sa langue sur ses moustaches blanches.

— Ce n'est pas ma fille, dit Heinrich, mais ma femme. Il est vrai qu'elle est plus jeune que moi.

— Pardonnez-moi, dit la chevrière. Je vous avais mal regardés. L'amour qui brille dans vos yeux n'est pas celui, en effet, d'un père et de sa fille. Malgré cette différence de vos âges, il est visible que le Ciel vous a créés l'un pour l'autre.

— Cela se voit ? »

Et elle, se démentant : « Au premier coup d'œil. Buvez encore de mon lait. »

La nuit vint, l'orage grêlait toujours sur la toiture, il n'était plus question de repartir. Ils dînèrent de pain, de fromage, de fruits.

« Pourriez-vous nous héberger jusqu'à demain matin ?

— Certainement. Mais il n'y a qu'un lit dans ma maison : le mien. Je vais changer les draps.

— Et vous ?

— J'irai coucher dans la remise à foin, au-dessus de ma chèvrerie.

— Pas question ! dit Charlotte. C'est nous qui y coucherons. »

Après un long débat, la chevrière finit par céder. « Je vous prête seulement de quoi dormir au sec. » Ils se défirent de leurs vêtements de dessus mouillés, enfilèrent deux chemises de nuit en toile de chanvre, surabondantes comme des suaires. Et ils dormirent au sec en effet, pressés l'un contre l'autre, dans la rumination des bêtes et l'odeur poivrée du foin où ils avaient creusé leur gîte. Le lendemain matin, ils se réveillèrent les cheveux pleins de paille.

En guise de remerciement, Charlotte laissa un mouchoir de dentelle à leur hôtesse.

« Que le Ciel vous bénisse », dit celle-ci lorsqu'ils durent se quitter.

Dans les jours qui suivirent, leurs courses les menèrent à Boppard où le Rhin se change en quatre lacs. A Salzig, ils mangèrent des cerises, s'en firent passer les noyaux de bouche à bouche et finirent par les cracher dans le *Vater Rhein*, ce qui est formellement interdit, mais les Français, spécialement les Auvergnats, méprisent les lois et respectent seulement l'autorité. Au pied du rocher de la Lorelei, ils gravèrent leurs initiales dans la pierre et provoquèrent l'écho septuple — car tout va par sept en Rhénanie — en criant leurs deux noms à rebrousse-vent. Au septième manquait quelque syllabe :

« Charlotte !... Arlotte !... Lotte !... Lotte !... Otte !... Otte !

— Heinrich !... Heinrich !... Nrich !... Nrich !... Rich !... Rich ! »

Et en duo :

« *Ich liebe dich !... Ich liebe dich !... Liebe dich !... Liebe dich !... Liebe dich !... Be dich !... Dich !* »

Ainsi la falaise sut qu'ils s'aimaient, le Rhin emporta la nouvelle, la répandit alentour ; la Rhénanie, les Pays-Bas, le monde entier — *die Welt* — furent informés.

A Kaub, les ardoisières l'ignoraient encore. Charlotte y redescendait de temps en temps, trouvant à ses absences des raisons de plus en plus difficiles à croire. La veuve-mère n'y prêtait d'ailleurs qu'une maigre attention, occupée à entretenir dans la vaste demeure le culte des deux disparus : leurs chambres se trouvaient transformées en sanctuaires où l'on n'était admis que par une extrême faveur. Ce qui coûtait le plus à Charlotte était l'obligation de se taire, de ne confier son bonheur à personne. Elle en toucha deux mots à son miroir, s'y regarda comme si c'eût été la première fois, y découvrit un visage rayonnant et lisse, des yeux immenses comme des lacs sombres bordés d'une forêt de cils, une bouche rouge, large, épanouie comme la pivoine arborescente, le tout couronné de cheveux noirs, réunis en chignon au sommet comme la pomme de Guillaume Tell. Charlotte reconnut cette personne :

« Tu es Lotti », dit-elle.

La personne opina du bonnet.

« Sais-tu la nouvelle ?

— Sais-tu la nouvelle ? répondit la personne.

— Je connais un soldat français, Heinrich Schönberg. Et nous nous aimons follement.

— Follement ! » répondit la personne.

Ce n'était pas très encourageant. Ah ! si son jeune frère Ernst eût été vivant ! Naguère, ils dormaient côte à côte, dans deux chambres contiguës et communiquaient la nuit par de petits coups tapés dans la cloison, comme font les prisonniers. Il lui semblait parfois qu'elle l'entendait encore marcher, tousser, chantonner, parler en rêve.

Or voici : quand elle ouvrit les yeux, elle le vit assis près d'elle. De même qu'elle s'asseyait près de sa couche, au temps de Gros-Bibi. Il avait la tête enveloppée d'un énorme pansement, pareil au turban des anciens Turcs. Elle ouvrit la bouche. Elle tendit les bras.

« Non, dit-il. Je sens mauvais. Content de te revoir quand même. » Et il se frotta les mains, par un geste de jubilation qu'il avait toujours pratiqué. « Je crois que chacun dort dans la maison. Que nul ne peut nous entendre.

— As-tu mal à ta blessure ?

— Plus maintenant. On s'habitue à tout. Et puis, tu le sais, j'ai toujours eu la tête un peu fêlée. Notre père me le répétait sans cesse.

— A ce propos, sais-tu que lui aussi ?... La grippe espagnole...

— Je sais. Je sais tout du présent. Rien du futur. Du moins, rien d'important.

— J'ai aussi une nouvelle qui me concerne seule.

— Je la sais aussi.

— Et qu'en penses-tu ?

— Je m'en réjouis du fond du cœur. L'amour généreux, l'amour qui veut du bien à l'autre est une preuve de l'existence de Dieu et de sa bonté, puisqu'Il a inventé un sentiment si exquis.

— Et... le péché ?

— Votre amour purifie tout. Il vaut mieux pécher avec amour que rester impeccable dans la sécheresse du cœur.

— Sais-tu qu'Heinrich est français ?

— Je pense grand bien des Français.

— Ils t'ont tué !

— J'ai tué aussi des leurs. Le jeu le voulait ainsi. Tiens, écoute ce qui m'est arrivé. Nous avancions courbés, en terrain découvert. Tout à coup, j'ai roulé au fond d'un entonnoir. J'y ai trouvé un soldat français blessé à la cuisse. Son fusil avait été brisé entre ses mains, il ne lui en restait que la baïonnette. Autour de nous, ça pétait le feu de tous côtés. Risquant un œil au-dessus de notre cratère, j'ai vu les nôtres qui progressaient. Et j'ai dit au Welche dans sa langue, posant le bout de mon mauser sous son menton : "Les miens avancent. Français, tu es mon prisonnier. Nous sortirons dès que possible. Pour toi, veinard, la guerre est finie." Ensuite, nous avons bavardé le plus amicalement du monde. "Je m'appelle Ernst. — Et moi Jean-Marie." Il m'a parlé de son pays, de sa famille, de sa profession. Il était arracheur de gentiane. "Tiens, m'a-t-il dit, j'en porte toujours un bout sur moi." Il m'a fait mâcher cette racine noire et tordue, j'ai trouvé ça amer et rafraîchissant. "Ça donne de l'appétit", m'a-t-il précisé. Et en effet je me suis senti bientôt un appétit extraordinaire. J'aurais bien mangé six petits pains avec douze saucisses. "Cette gentiane, m'a-t-il dit encore, il ne faut pas la mâcher, mais la boire. En liqueur. Je t'invite chez moi quand la guerre sera finie. — Moi de même", ai-je répondu. Nous avons échangé nos adresses, chacun a noté cela sur son calepin. Mais au bout d'un autre moment, nous avons constaté que le dieu de la guerre favorisait l'autre camp. "A présent, a dit le Français, en pointant sa baïonnette sur mon ventre, Allemand, c'est toi qui es mon prisonnier. — D'accord", ai-je répondu en abaissant mon fusil. La nuit est venue et nous ne savions plus qui l'avait emporté. Imagine notre irrésolution. Tout à coup,

un obus est tombé, non pas sur nous, mais juste en bordure de notre entonnoir, nous criblant de cailloux, de terre, d'éclats d'acier. Quand je suis revenu à moi, j'ai constaté que mon compagnon était mort, déjà enterré, et que je ne valais guère mieux. Des brancardiers français m'ont ramassé, emporté dans un hôpital, soigné du mieux qu'ils ont pu. Maintenant, la partie est finie. Les Français redeviennent des voisins fréquentables. »

Comme la gardeuse de chèvres de Züllighoven, il leur impartit sa bénédiction.

Tout va bien.

Non, tout va mal. M. Heimer, le directeur des Tramways mayençais, la convoque dans son bureau qu'orne toujours un portrait de l'empereur Guillaume. C'est un homme d'âge, il n'a pas fait la guerre, mais il commande à ses troupes comme un colonel, il exige le garde-à-vous quand on lui parle, même du personnel féminin. Il porte sur la joue droite une verrue brune grosse comme une noisette et n'apprécie pas que le regard de son interlocuteur-cutrice s'attache à cette excroissance ; chacun le sait et tâche de tourner ses yeux ailleurs.

« Mademoiselle Faust, de nombreuses absences m'ont été signalées ces temps derniers dans votre service. Que se passe-t-il ?

— L'état de santé de ma mère...

— Ne rougissez pas, mademoiselle Faust ! Quand on évoque l'état de santé de sa mère, il n'y a pas de quoi rougir. Je ne connais que trois émotions qui fassent monter le rouge au front d'une femme : le plaisir, la honte et la colère. Comme il ne peut être ici question de colère ni de plaisir, reste la honte.

— Honte de quoi, monsieur le Directeur ?

— De vos mensonges, par exemple. De votre conduite, mademoiselle Faust. On m'a rapporté que vous aviez des relations indignes d'une jeune Allemande vertueuse. En considération de votre honorable famille, en considération aussi des services que vous avez rendus à notre compagnie pendant la guerre, jusqu'à ce jour j'ai fermé les yeux sur votre vie privée. Mais à présent tout change. Nos soldats sont rendus peu à peu à la vie civile et il est temps que vous cédiez une place que, de toute manière, vous n'occupiez qu'à titre provisoire. Vous êtes donc remerciée, mademoiselle Faust. A partir de lundi prochain, vous ne ferez plus partie de nos personnels. Vous pourrez aller soigner Madame votre mère autant qu'il vous plaira. »

Il se lève, l'entretien est fini. Elle sort à reculons, ses yeux flamboyants fixés, tant qu'elle peut, sur la verrue-noisette qu'elle aimerait arracher de ses dents et lui cracher au visage.

Elle retrouva Heinrich dans la chambre dont il bénéficiait en ville, réquisitionnée par l'autorité militaire. Il reçut la terrible nouvelle avec beaucoup de tranquillité.

« Tu habiteras ici autant que tu voudras, de jour et de nuit. De cette chambre, je suis libre de disposer comme il me plaît. Voilà.

— Il est dommage qu'elle ne comporte pas de cuisine. Tu sais, je suis une très bonne cuisinière. Mon plat fort est la poivrade de porc aux quenelles. J'aimerais être ta servante, ton esclave.

— Tu en auras l'occasion plus tard, quand nous serons mariés.

— Mariés ? Vraiment ? Le serons-nous un jour ?

— Vraiment. Mais jamais je ne t'accepterai comme servante. Tu seras mon égale, ma pareille, ma compagne et mon compagnon. Mon esclave ? Ça oui, quelque peu, je veux bien, c'est une autre affaire. En certaines circonstances. Tu frotteras mon corps d'huile et de baisers. Tu masseras mes muscles. Tu parfumeras mes cheveux. »

Ils mangeaient au mess des officiers, au restaurant, ou de provisions qu'il apportait de sa caserne de Kastel, pain français, saucisson français, sardines françaises.

5

« Combien d'autres femmes as-tu aimées avant moi ?

— Un tout petit nombre. Je n'ai jamais consacré un long temps aux amours, ayant toujours eu beaucoup de fers au feu.

— Quel genre de fers ?

— Mon métier. Mes écritures. Mes études. Étudiant éternel. Outre l'allemand et le français, je pratique le russe, le polonais, l'anglais, l'italien, l'espagnol. La musique est ma passion. La peinture, ma marotte. Les poupées, les timbres-poste, les calendriers, les porcelaines chinoises, ma folie. Voilà.

— Tu dois posséder en France une grande maison.

— Un grand bric-à-brac. J'écris des articles pour les journaux. Un jour, je me mettrai sans doute au chinois.

— Tu connais vraiment toutes ces langues ?

— Modestement. Disons que je suis capable de lire le journal en huit ou neuf idiomes. Alors les femmes, dans tout ça... De plus, je suis d'un naturel timide. Élevé, comme j'ai dit, dans la terreur du diable et du péché.

— On ne dirait pas !

— Tu m'as délivré. A quarante ans passés, j'avais encore le cœur vierge. Excepté des amourettes enfantines. Il a fallu que la Lorelei m'enchante. Pour toi, tôt ou tard, je sens que je coulerai corps et biens. A pic. N'importe. Un jour, j'ai vu tes yeux dans le rétroviseur. Ce fut une révélation. Mes amis, mes collègues, mes camarades se gargarisaient de leurs amours. Et moi, rien. Rien que l'amour du russe, du violon, de l'aquarelle. La tête farcie et la poitrine vide. En te rencontrant, je me suis récité des vers français de Rilke :

Certains étés il y a tant de fruits
Que les paysans ne daignent plus les prendre.
Ai-je, moi, ô vous mes jours, mes nuits,
Sans récolter laissé passer aux cendres
Les lentes flammes de vos beaux produits ?

— Raconte-moi tes amourettes.
— Je ne sais plus.
— J'insiste.
— Simonette, la fille du notaire de la rue du Thuile Haut. En contrebas d'une ancienne porte des remparts. C'est un des coins les plus escarpés de Saint-Flour. De la rue des Planchettes, je dominais le jardin du notaire et pouvais, appuyé au muret, voir sans être vu Simonette au-dessous de moi sauter à la corde. Ou bien humer les roses. Ou jeter du grain aux pigeons. Blanche, blonde, bleue, elle me rappelait les anges de la cathédrale. De longs moments, je restais là en extase. Certaines fois, elle se balançait sur une escarpolette.
— Ah ! l'escarpolette ! Très romantique ! Est-ce que tu lui déclaras ton amour ?
— Pas question. D'ailleurs, peu de temps après, je fus dégoûté d'elle.
— Dégoûté ?
— Voilà. Je m'aperçus que j'avais un rival. Un petit voisin de Simonette nommé Boudin. *Blutwurst*. Donc, mieux placé que moi pour la conquérir. Il m'avoua un jour qu'il n'avait d'yeux que pour elle. En amour, je n'ai pas le goût de la compétition. Tout de suite, comprenant mon handicap, je décidai de lui abandonner la place. Cependant, ses sentiments à lui n'étaient pas aussi angéliques que les miens. Un soir, il me fit même une surprenante proposition : “Viens chez moi demain. Au moment où Simonette se balancera, nous, on se mettra derrière les volets fermés de ma chambre. Et alors, par les fentes du bois, tu pourras voir ses culottes.” Je suis resté muet de stupéfaction, tandis qu'il ajoutait : “J'ai l'habitude, y a aucun risque. Certains jours, elle porte des culottes bleues, et d'autres fois elle en porte des jaunes. Elles descendent jusqu'à ses genoux et sont garnies de dentelles.” Sur le moment, je ne compris

pas bien l'intérêt de la chose. Ensuite, il me vint une amertume dans la gorge et je me tins ce raisonnement : puisqu'elle ne sera jamais rien pour moi, puisque je n'ai aucune chance, autant vaut que je la méprise, afin de guérir d'elle au plus vite ; et je la mépriserai quand j'aurai vu ses culottes. Me voici donc en compagnie de Boudin, à l'abri des volets clos, qui laissent passer seulement, grâce à la découpe, un cœur de lumière. Nous surveillons le jardin du notaire, mon cœur à moi bat sous la chemise. "Qu'est-ce que vous fabriquez ? crie d'à côté la mère Boudin, inquiète de notre silence. — On se fait du cinématographe", répond le fils. Enfin, certains grincements nous avertissent que la demoiselle est montée sur sa balançoire. Chacun de nous va se coller derrière le bois fendu. Dieu du ciel ! les yeux me cuisent de curiosité. Boudin regarde d'abord. "Merde ! qu'il s'écrie. — Qu'est-ce qu'il y a ? — Merde, merde et cent fois merde ! Aujourd'hui, elle en a pas ! — Et qu'est-ce qu'elle a mis à la place ? — Rien du tout !" Nous avons rouvert les volets, profondément déçus. Et moi, en outre, dégoûté. Qu'est-ce que c'était que cette fille qui se balançait sans culottes ? Et qui montrait à la place tout ce que lui avait donné la nature ? Nos paysans, précisément, appellent cette chose-là : la "nature" en parlant de leurs vaches. Je décidai que plus jamais je ne m'intéresserais aux personnes du sexe féminin. Et pour m'en mettre à l'abri, que je me ferais moine.

— Et tu n'as pas tenu ta promesse ?

— Pas encore.

— Fin donc de ton premier amour. Les autres ?

— A vingt-deux ans, pas encore établi, j'ai failli me marier avec la fille d'un tailleur d'habits, spécialiste des soutanes, il en fournissait même à Mgr l'Évêque. La chose ne se fit point parce que le tailleur me jugea trop pauvre. "Obtenez, jeune homme, vos diplômes, une place d'enseignant titulaire, ensuite on en reparlera." La fille n'eut pas la patience de m'attendre, elle épousa un architecte. Elle a six enfants.

— Jamais de maîtresse ?

— Une seule, pendant que je fréquentais les facultés. Modiste, elle gagnait presque son pain de chaque jour. Pour le superflu, je lui donnais un peu d'argent en saignant ma famille aux quatre veines. Au lieu de bien l'employer, elle le dilapidait au jeu et se retrouvait après coup plus pauvre que devant. "Mais c'est pour n'être plus à ta charge !" m'avouait-elle en pleurant. Mes finances n'y ont pas résisté.

— Ensuite ?

— Ensuite plus rien. Plus rien qui vaille. L'allemand, le russe, la musique, la littérature. Jours et nuits de cendres. Jusqu'à ce que je te rencontre. Mais je veux tant d'aimer que je rattraperai mon retard. »

Ils mordaient dans la même pomme et leurs lèvres se rejoignaient aux pépins.

« J'ai eu, avoua-t-il, une autre passion. Qui ne m'a pas encore lâché. Je veux dire : le violon. Cela m'est venu très tôt, en entendant des notes exquises qui me pleuvaient sur le front, rue de la Rollandie. Un vieux musicien aveugle habitait à un certain second étage, en compagnie de sa fille qui le nourrissait de soupe et de bouillie pour les chats, car il n'avait plus de dents. Elle était aussi, à ses moments perdus, institutrice ; et célibataire en toutes saisons. Je demeurais immobile sous leurs fenêtres. De sorte qu'elle me remarqua. Elle vit mon visage illuminé, me cria :

« Petit ! Hep, petit ! C'est la musique que tu écoutes ?

— Oui, madame.

— Veux-tu l'entendre de plus près ? » Comme je n'osais répondre : « Attends-moi, je descends. »

La porte s'ouvrit, elle répéta sa question, je fis oui de la tête. Alors, elle me donna sa main, qui était douce et chaude, me tira dans l'escalier obscur, m'entraîna dans une pièce remplie d'ors et de velours. Un vieillard aux yeux blancs m'accueillit les bras ouverts. On me posa toutes sortes de questions, ton âge, ton nom, ton domicile, la profession de tes parents. Et puis, il y eut cette déclaration de l'institutrice à laquelle je ne compris couic :

« Comme tes yeux sont noirs ! Comme ils sont grands ! Comme ils sont beaux ! Ah ! je suis sûre que plus tard ils mettront le feu à bien des cœurs ! »

Tout regard pour le violoniste édenté, je ne m'arrêtai point à ces propos incendiaires. Comme nous avions fait connaissance, le vieil homme reprit son instrument et joua pour moi seul.

Lorsqu'il eut fini, très sérieusement, il me demanda mon opinion sur ce que j'avais entendu. Et moi, avec non moins de sérieux :

« C'est le Paradis ! »

Le père et la fille éclatèrent de rire.

« Aimerais-tu apprendre à jouer toi-même ? » Je secouai la tête. « Non ? Pourquoi non ?

— Parce que je ne saurai jamais.

— C'est ce que nous verrons. »

Mon père et ma mère voulurent bien donner leur consentement, mais rien d'autre. Les leçons furent gratuites.

« Aucune importance, dit le musicien aveugle. Ma fille me nourrit, et je n'ai pas l'intention de m'enrichir. »

Selon son âge, Heinrich aurait dû être déjà démobilisé. Mais sa parfaite connaissance de l'allemand le retenait sous les drapeaux comme officier interprète.

« Je fais ce que je peux pour rester encore, pour laisser croire que je suis indispensable. Je crée des problèmes, je les résous, je m'entremets, j'embrouille, je clarifie. Mais tout cela n'aura qu'un temps. Bientôt, il faudra que je cède la place, que je regagne la France, que je me laisse démobiliser, que je retourne à la vie civile, que je me remette à enseigner *der, die, das*.

— Et ensuite ? » demandait Charlotte, le cœur en suspens.

Il la regardait de ses yeux noirs et de son sourcil circonflexe, souriait en fronçant un peu le nez, faisait attendre sa réponse :

« Ensuite quoi ?

— Quand tu auras retrouvé tes élèves, tes timbres, ton violon, que feras-tu ?

— Je viendrai te chercher, je t'emmènerai dans mon pays, je te présenterai aux choses, aux gens, aux animaux... »

Ils débarqueraient dans ce pays lointain, au milieu de ces volcans qui ressemblent aux *Siebengebirge*. Aux Sept Montagnes.

« Voici ma Lorelei, que j'ai arrachée à son roc. Pardonnez-lui : elle ne parle pas encore l'auvergnat. Mais elle a beaucoup de bonne volonté. Et elle sait déjà manger le saucisson. »

Le père d'Henri, ancien peigneur de chanvre, serait mort fortune faite, les jambes usées jusqu'aux genoux à force de courir l'Auvergne et les provinces voisines. Laissant le souvenir d'un joyeux homme dont on se raconterait les bons mots pendant deux générations encore. « Savez-vous comment il appelait les bonnes sœurs qui vont de porte en porte pour quêter des vivres et des vêtements ? les sœurs qui-quettes. *Ha, ha, ha ! » (Calembour impossible à traduire en allemand.) « Comment il rabattit la jactance d'un socialiste, un de ces partageux qui se plaignent toujours de l'inégalité sociale, partageons, partageons :* Et si j'avais la gale, est-ce que tu voudrais la partager ?... *Et comment il cloua le bec à celui qui prétendait : Je serai heureux de t'accompagner un jour au cimetière. Mais lui :* Le plus heureux des deux, ce sera moi, parce que tu iras à pied et que je roulerai carrosse... » *On lui montrerait sa photographie encadrée sur laquelle, malgré l'œil vif et le sourire, elle trouverait répandue cette mélancolie discrète, comme absente, que montrent toujours les portraits des personnes mortes.*

La mère d'Henri serait une femme simple et admirable, le cœur aussi grand qu'une porte de grange : « Soyez bénie, ma fille, puisque notre Henri vous aime. Asseyez-vous à notre table et mangez un morceau. » Elle placerait devant elle des saucissons de tous calibres, des gros comme le bras, des petits comme le pouce. Et du fromage. Et du pain gris. Dans une poêle fuligineuse, elle ferait une omelette au lard et aux pommes de terre. Car ce sont là les nourritures fondamentales de l'Auvergne, d'où elle tire ses vertus. Elle lui ferait boire du vin bleu, de la liqueur de gentiane préparée par ses soins. « Est-ce que vous aimez ? » demanderait-elle. Et Charlotte, devinant le sens de la question, hocherait la tête d'un air enthousiaste.

La sœur d'Henri s'appelait Ernestine. Elle était un peu boiteuse, un peu disgraciée, un peu laissée pour compte, mais tellement généreuse et accueillante. Elle ne lui en voudrait pas du tout de venir de Bochie, nul n'est responsable de sa naissance, l'excuserait-elle, mais vous serez bientôt française, sitôt qu'Henri vous aura épousée. Paroles sans malice, mais humiliantes malgré tout, puisqu'elles présenteraient comme une tare son origine. Henri passerait une grande part de son temps à faire l'interprète entre elle et les autres ; à leurs moments perdus, il lui montrerait ses collections de poupées, de porcelaines, de papillons, de cartes postales. Ou bien, il lui ferait de la musique. Il ouvrirait l'étui de son violon :

« Cinq ans et demi qu'il dort ! » préciserait Mme Belmont.

Il l'accorderait en se servant d'un diapason en fer à cheval, le ferait vibrer du pouce, en calerait la caisse sous son menton et, les yeux fermés comme dans l'amour, commencerait d'en jouer ; avec, d'abord, hésitation, puis fermeté, puis talent. Chacun applaudirait, elle plus fort que toutes.

Mais il n'y aurait ni frère ni autre sœur, car les Français ne font pas beaucoup d'enfants. C'est ce qui leur fait perdre les guerres depuis Napoléon. Ils n'ont gagné 14-18 que grâce aux Américains.

Ils visiteraient la ville si souvent racontée. La cathédrale et ses deux tours carrées, grises, ternes. L'intérieur austère. Son Beau Dieu noir. Rien de commun avec le Dom *de Mayence. Ils verraient la rue du Thuile et la maison du notaire. Saint-Flour-le-Haut et Saint-Flour-le-Bas. Autour d'eux, la campagne pullulerait de volcans et volcanetons. Les uns énormes, les autres minuscules comme des champignons. Ils partiraient à leur découverte, en dénicheraient de tout petits cachés sous les broussailles, les baptiseraient de leurs propres noms : puy Charlotte, puy Lotti, puy Henri, puy Belmont.*

Il la présenterait aux amis de la famille : « Charlotte, ma fiancée, qui vient de Mayence. » Et beaucoup ne sauraient pas d'abord que Mayence est une ville allemande, car les Français ignorent la géographie ; ils la croiraient suisse, alsacienne ou belge. Quand ils auraient compris leur erreur, ils la considéreraient avec curiosité, sinon sympathie. Comment un Français pouvait-il en 1919 vouloir épouser une Bochesse ? Ce Belmont a toujours été un original, sans doute manquait-il une pièce à sa collection de poupées.

Un problème amusant se poserait le premier soir, à l'heure du coucher. Comme, officiellement, ils ne seraient l'un pour l'autre que de futurs époux, Mme Belmont les ferait dormir dans des chambres séparées. La sienne serait juste sous le toit couvert d'ardoise, il faudrait pour l'atteindre traverser un grenier obscur, encombré de peignes à chanvre avec leurs dents acérées. La pièce sentirait les pommes sures et le saucisson mité.

« Pardonnez-moi, dirait la mère : comme cet endroit est ordinairement inoccupé, nous y étalons nos pommes et y mettons à sécher nos cochonnailles. Je l'ai débarrassé de tout cela, mais il reste l'odeur.

— Oh ! je la trouve agréable ! » s'écrierait Charlotte, immédiatement traduite par Henri.

Elle ferait connaissance avec les draps français, les couvertures françaises, les traversins français qui sont eux-mêmes de gros saucissons. Au chevet du lit, un crucifix veillerait sur son sommeil, obligatoire chez les catholiques. Pendant ce temps, Henri dormirait dans sa chambre de célibataire en pensant à elle. Il lui écrirait une petite lettre qu'il glisserait ensuite, subrepticement, sous le traversin afin qu'elle la lût le soir d'après, éclairée par la lampe à pétrole. Car beaucoup de maisons françaises ne jouissent pas encore du gaz ni de l'électricité. Je t'aime. Bonne nuit. Je vais rêver de toi. *En fait, lourde de fatigue, d'omelette et de jambon salé, elle dormirait sans rêve jusqu'au milieu de la nuit. Mais alors elle se réveillerait, surprise de se trouver entre ces draps rêches, seule au milieu d'une ombre inconnue. Elle entendrait des vrillettes enfoncer patiemment leurs tire-bouchons dans le bois des meubles et se dirait : il faudra les traiter à l'essence de térébenthine, ma mère, Mme Faust, s'en est débarrassée de cette façon. Elle se rendormirait. En rouvrant les yeux, le matin, elle verrait les poutres rondes du plafond, faites de troncs de pins écorcés ; les murs de pierre brute ; la table à toilette avec sa cruche d'eau ; la glace un peu fausse ; les chaises de paille. Ce manque de confort l'amuserait, lui ferait sentir la distance entre les Rhénans modernes et les Auvergnats arriérés.*

Mais au saut du lit elle serait attendue par des somptuosités oubliées en Allemagne : café de vrai café, pain frais, sucre raffiné, motte de beurre, confitures, miel, lait sans mesure. Henri serait déjà levé, rasé, habillé, il la regarderait de ses yeux si noirs qu'ils paraissaient bleus, lui sourirait de ses dents larges, un peu paysannes, prendrait ses deux mains dans les siennes, les baiserait tendrement, demanderait :

« Comment va ma fiancée ? A-t-elle trouvé ma petite lettre ? »

Il y aurait derrière la maison un jardin plein de choux, de poiriers, de groseilles, de cassis, de fraises.

« C'est moi qui l'ai cultivé pendant l'absence de mon frère », dirait Ernestine avec orgueil.

Charlotte lui en ferait compliment et se proposerait pour cueillir les fraises. « Chez nous, on les consomme en soufflé. Voulez-vous que je vous en prépare un ? » Enthousiasme général. « Vous savez donc tout faire ? »

Quelques semaines plus tard aurait lieu le mariage. En cortège, ils se rendraient à la mairie où le premier magistrat de la commune, ceint d'une écharpe bleu, blanc, rouge, leur remettrait un livret de famille.

« Il n'y a, dirait-il avec un sourire farceur qui lui soulèverait les moustaches, que douze pages pour inscrire votre descendance. Quand ce livret sera complet, je vous en délivrerai un second. »

Puis l'on se dirigerait vers la cathédrale carillonnante. Quelques jours plus tôt, Charlotte aurait abjuré la foi protestante et se serait convertie au catholicisme, elle ne voyait pas d'inconvénient à croire aux saints et à la Sainte Vierge, aux statues pieuses, aux génuflexions, aux signes de croix ; pas d'obstacle à se confesser dans l'oreille d'un prêtre, à ne communier que sous l'espèce du pain. Tous leurs péchés seraient lavés une seconde fois — ils l'étaient une première par leur amour — et elle aborderait la sainte table avec un cœur brûlant. Un chant de glorification s'élèverait sous les voûtes lancéolées :

Ô Marie, ô Mère chérie !
Garde au cœur des Français la foi des anciens jours.
Entends du haut du Ciel le cri de la Patrie :
Catholique et français toujours !

Elle n'en était pas à une abjuration près, la France pénétrait en elle comme une éponge qu'on imbibe ; elle prenait ses goûts, ses idées, ses attitudes, ses intérêts, elle s'asseyait parmi les vainqueurs, elle devenait intimement une descendante de Jeanne d'Arc et de Bayard. Après la cérémonie, elle jetait sur le parvis de l'église des poignées de dragées aux petits Sanflorains qui se battaient comme des chiens pour mettre la main dessus et s'en remplir les poches, criant en auvergnat :

« Vive la mariée ! Encore ! Encore, miladious ! »

De retour dans la vieille demeure des Belmont, les invités auraient à peu près la même fureur à l'égard des nourritures étalées. Ils dévoreraient toute la journée et toute la nuit suivante. Les nouveaux mariés devraient user de beaucoup de ruse pour échapper à cette ogrerie, pour se rejoindre dans la chambre nuptiale jonchée de feuilles et de fleurs. Henri s'agenouillerait à ses pieds et dirait simplement : « Je t'aime. »

Or voici : lorsqu'elle s'assiérait sur le bord du lit, elle déclencherait un carillon qui la ferait sauter jusqu'aux poutres. Quand elle en serait redescendue, elle verrait son mari à quatre pattes en train de décrocher des clarines à moutons attachées sous le sommier par ses bons amis afin, le moment venu, de provoquer une charmante musique.

« J'avais oublié cette coutume », s'excuserait-il en riant.

Gauloiserie. *Ils garderaient les cloches en souvenir de ce jour.*

Ils ne partiraient pas en voyage de noces, ayant suffisamment voyagé.

« Je viens de loin, dirait-elle. D'un carrefour d'eaux où des barques celtes, germaines, latines se sont embrouillé les quilles. Mes aïeux étaient nautoniers, commerçant, vignerons. Accessoirement ardoisiers. Mon arrière-grand-oncle Willigis, d'abord simple évêque de Mayence, devint archichancelier du Saint-Empire romain germanique, ce qui était une belle promotion. Il mangeait dans de la vaisselle d'or et dormait sur une couche en plumes de cygne. Mon cousin par alliance Johannes Gutenberg mit la Bible à la portée de toutes les bourses et changea la face de Dieu. Ma région a fourni des capitales à Charlemagne, à la Chrétienté, aux Français de Louis XIV, à vos sans-culottes. Ma ville a porté des noms d'une haute signification symbolique : Diadème de l'Empire, Mayence la Dorée, Saint-Siège, Gibraltar du Nord, Reine du Carnaval.

— Je viens d'assez loin, répondrait-il, moi aussi. D'une ville construite par le feu souterrain et baptisée par le feu céleste. D'un saint homme monté à dos de mule qui s'ouvrit un chemin en écartant ces roches à peine refroidies et y laissa ses empreintes digitales. Je n'ai parmi mes ancêtres que des serfs, des manants, des culs-terreux, des peigneurs de chanvre. Mais je suis davantage un enfant des livres, donc un rejeton lointain de ton cousin Gutenberg. Nous étions déjà consanguins avant que de nous rencontrer. »

Ils se contenteraient de promenades locales sur les routes poudreuses. Parleraient route aux cantonniers, vaches aux paysans, temps qu'il fait aux facteurs, altitude aux arracheurs de gentiane. Ils reviendraient chargés des cadeaux de la terre, des rivières et des hommes.

Les choses dureraient ainsi jusqu'au jour où le professeur

Belmont recevrait sa nomination pour Moulins, Dijon ou Compiègne. Villes que Charlotte savait situer sur la carte de France. Ils repartiraient avec leurs deux valises.

6

Une poussière flottait sur la ville, les bleu-horizon avaient entrepris de démanteler ses ouvrages défensifs construits après la chute de Napoléon et tournés contre la France. Ils seraient, promettaient les journaux, remplacés par des pelouses, transformés en jardins, en cliniques, en promenades. En attendant, les Mayençais assistaient le cœur serré à cette démolition par le pic et par la poudre. Sur ces ruines glorieuses, les petits soldats en treillis, les Joyeux au blanc pébrok, les Sénégalais au bonnet rouge s'en donnaient à cœur que veux-tu, comme des enfants insurgés qui ont pénétré nuitamment dans leur école : ils cassent tout, tout, tout, afin de punir ces objets de les avoir terrorisés.

Chose étrange, il était sorti des abris souterrains, des cuisines profondes une légion de rats gris qu'aucun habitant n'aurait soupçonnés ; comment la citadelle si propre, si digne, si allemande pouvait-elle avoir nourri tant de parasites ? Les bestioles s'étaient réfugiées chez les Mayençais, y semant la panique. Un corps de dératisation avait été constitué par le conseil municipal, on en voyait les membres, revêtus d'un uniforme brun, armés de ratières à grillages, de gaules pointues, de crochets, de ringards, de sacs remplis de raticide, pénétrer dans les maisons infestées. Certains spécialistes, particulièrement habiles, capturaient les rats en fuite dans la rue, au lasso.

Que faire ensuite de tous ces cadavres ? Un conseiller proposa :

« Il faut les jeter dans le Rhin. Ils nourriront les poissons.

— C'est dégoûtant ! se récria le conseil.

— Enterrons-les, simplement, dit un autre.

— C'est banal. Ce qu'il faudrait, c'est donner une leçon à leurs congénères, afin qu'ils ne reviennent plus.

— Faisons-les dissoudre dans une cuve remplie d'acide sulfurique.

— Ce serait trop discret. »

Alors un conseiller se leva, les yeux luisants :

« Je suggère que nous les brûlions en public, en les arrosant d'essence. La nouvelle se répandra de cave en cave, de grenier en

grenier, d'égout en égout. Les autres rats seront informés et se diront : Il vaut mieux que nous allions voir ailleurs si les carottes sont cuites. Ils quitteront l'Allemagne, qui redeviendra propre et hygiénique. Ainsi serons-nous à jamais débarrassés de cette race maudite. »

Cet homme fut vivement acclamé, beaucoup trouvèrent son idée géniale et pleine d'avenir.

La Goetheplatz fut choisie pour cet autodafé, la population conviée au spectacle crématoire. A vrai dire, il ne vint qu'un petit nombre de curieux. Une cuvette peu profonde avait été creusée au centre de l'esplanade, les dératiseurs un par un y déversèrent le produit de leur chasse. Très vite, la cuvette fut pleine ; il fallut, en empilant les cadavres, former une pyramide. Lorsque chacun eut vidé ses ratières, ses sacs, ses paniers, le chef des hommes bruns aspergea le monceau avec un bidon d'essence de cinq litres. Puis il battit du briquet, se baissa et les flammes jaillirent, enveloppèrent les petits corps qui se mirent à grésiller, parfois à exploser comme des lardons dans la poêle en répandant une horrible odeur. Les curieux semblaient hypnotisés par l'exécution, par les jeux du feu et des fumées, cependant que la pyramide fondait, se réduisait à rien, à un peu de cendre qui brûlait encore. Puis tout s'éteignit, il ne resta dans l'air que la puanteur. Curieux et dératiseurs se dispersèrent. Personne n'avait songé à applaudir.

Le 11 novembre (c'était en 1919, les soldats prisonniers n'étaient pas encore tous revenus, les arcs de triomphe n'avaient pas résisté à une année d'orages et d'humiliations), la garnison française se mit à défiler avec de grandes claironnades. Cavalerie, artillerie, infanterie, tirailleurs, rien n'y manquait, pas même les cuisines roulantes. Une escouade de généraux constellait tout ce bleu céleste.

« Tiens, tiens ! ricanèrent les Mayençais. Voilà que ces étrangers célèbrent le premier anniversaire de notre République ! Même avec deux jours de retard, c'est très aimable à eux ! »

Sur les places, tout en jetant un regard narquois à la parade, on commentait ces journées dramatiques où l'Allemagne avait failli passer tout entière sous le drapeau rouge. *Die Rote Fahne* de Karl Liebknecht et de Rosa Luxemburg. Lénine offrait une alliance fraternelle, du pain et une aide militaire aux travailleurs allemands en révolte. En définitive, les choses avaient tourné autrement. Karl et Rosa réduits en chair à saucisse, le rouge n'était plus que la couleur centrale de la bannière républicaine, solidement encadré par le noir et le jaune des anciens empereurs.

Elle dormait sur son cœur. Ça le gênait un peu pour respirer, son bras gauche s'engourdissait, mais il ne faisait pas un geste pour échapper à ce poids doux et chaud. Ses cheveux dénoués couvraient leurs deux poitrines. Ses yeux à lui, grands ouverts, regardaient le plafond où se reflétaient les mouvements de la rue comme sur la plaque fumée d'une chambre photographique. Sous la fenêtre, une voix chantante s'éleva :

« *Glaaa... ser ! Glaaa... ser !* Viii... trier ! Viii... trier ! »

Un cheval passa, clapotant de ses quatre fers et secouant ses grelots. Heinrich sentit que la respiration de Charlotte changeait de rythme, elle est réveillée, se dit-il, mais elle fait semblant de dormir encore. Le froid de l'engourdissement gagnait son épaule.

Enfin, elle remua, leva la tête, sourit, soupira très lentement *Bonjour !* (En français dans le texte.) Ce qui donnait à ses lèvres la disposition d'un baiser qu'on souffle. Il écarta de la main sa chevelure pour mieux la voir. Son visage était gonflé de sommeil et de bonheur. Des mots se formaient en lui qu'il allait bientôt lâcher, il les sentait bouger dans sa tête, il les disposait pour qu'ils produisissent un effet progressif, aussi retenu que possible.

Il dit : « Allons-nous bientôt déjeuner ?

— Mais il fait à peine jour ! Qu'est-ce qu'il y a de bon ?

— Du fromage. Du jambon. Du miel d'Auvergne.

— Est-ce qu'il est différent des autres miels ?

— Il est plus foncé. Il a un goût de pin, de menthe, de réglisse.

— Rien ne presse. »

Elle se mit sur le dos, referma les yeux. De nouveau, le bouillonnement des mots demanda à sourdre. Il sut qu'il ne contiendrait plus longtemps leur impatience. Sans le savoir, elle l'aida :

« Quelle sorte de temps fait-il ? »

Il sauta du lit, écarta les rideaux, regarda la rue.

« Temps froid. Ciel clair. Il doit geler à pierre fendre. Les passants se ratatinent dans leur coquille. »

Sur le réchaud à alcool, il mit une casserolette, y versa du café de la veille, disposa les nourritures de l'aube, y compris une pile de biscuits militaires. Les cuillères, la vaisselle tintaient entre ses doigts.

Elle s'étira, consentit à se lever. Il la regarda étendre le miel, mâcher lentement, éviter de se sucrer les lèvres. « Nos dernières minutes de bonheur. Dans un instant, sa bouche se crispera, ses narines se dilateront, ses yeux s'agrandiront, se rempliront d'eau peut-être, elle pleure facilement, voici une occasion sans pareille. » Mais lâchement il reculait l'instant des mots : après cette tartine... après sa seconde tasse... après le jambon... ce sera toujours ça de pris. Elle l'observa, intriguée :

« Tu gardes la bouche pleine ? Tu ne mâches pas ? »

Ses mandibules reprirent leur fonctionnement. Quand ils en eurent fini l'un et l'autre, il se leva, fit quelques pas, retourna à la fenêtre. Un groupe de Sénégalais passaient, portant des bidons et remuant le derrière sous leur capote jaune. Il se retourna :

« Il faut que je te dise quelque chose. »

Elle était en train d'essuyer la table, ses mains s'arrêtèrent comme si elles avaient compris avant sa tête. Elle l'enveloppa de son regard mordoré. Elle n'était pas encore peignée, ses cheveux noirs ruisselaient sur ses épaules, tel un flot d'encre répandue. Le coin-coin d'une voiture essaya vainement de les distraire. Elle fut certaine qu'il allait commencer en français par *Voilà*. Un mot qu'il employait fréquemment, une sorte de ponctuation qui lui permettait de réfléchir.

« *Voilà...* »

Rien n'était encore prononcé, ni condamnation ni acquittement ; peut-être allait-il lui parler de son enfance, de Saint-Flour, de sa caserne, de quelque important détail oublié.

« *Voilà*, répéta-t-il. On m'enjoint de me faire démobiliser. Avant le 1er janvier 1920... (Elle calcula : dans douze jours.) Je dois retourner à la vie civile. »

Elle aurait pu poser des questions, exiger des éclaircissements ; elle préféra se taire, attendre. Elle s'assit derrière la table, ses doigts jouèrent avec un morceau de biscuit.

« Ce qu'il y a d'ennuyeux, reprit-il, c'est que ma démobilisation ne peut se faire à Mayence. Il faut que je regagne Chaumont.

— Chaumont ?... Chaumont-Ferrand ?

— Attention, ne confondons pas. Il y a Clermont-Ferrand en Auvergne. Et Chaumont en Champagne.

— Ah ! Champagne ! Je connais. »

Elle ne posait toujours pas de questions. Il précisa davantage :

« Naturellement, ensuite, je rendrai visite à ma famille, à ma mère et à ma sœur. Et puis je rejoindrai le poste d'enseignant que j'occupais avant la guerre. Et puis... je reviendrai. Nous nous marierons, si tu veux toujours de moi. Et nous vivrons en France, si tu veux bien m'y suivre... »

Les yeux de Charlotte ne se remplirent point d'eau : à des perspectives si riantes, il n'y avait aucune raison de pleurer. Elle promena seulement, longuement, l'index au coin de son œil droit, pour s'aider à réfléchir, pour considérer tous ces jours qui allaient se présenter devant elle et qu'il faudrait franchir, tous pareils, comme les dunes d'un désert.

« Je vais moudre du café frais », conclut Heinrich, estimant qu'il en avait assez dit.

Il sortit le moulin du placard, remplit de grains le réservoir, l'étreignit de ses genoux, tourna la manivelle. Charlotte continuait de se frotter l'œil. Elle demanda enfin :

« Nous avons encore douze jours à nous voir, n'est-ce pas ?

— Pas du tout. Je pars mardi prochain. Tu comprends, il y a le voyage, les formalités. J'ai reculé tant que j'ai pu le moment de te le dire. »

Ils passèrent un samedi fabuleux. A Wiesbaden. La première fois, au printemps précédent, qu'Heinrich avait vu cette ville, il s'était écrié : « Mais c'est Vichy ! En plus vaste. Plus industriel. Avec l'Allier en moins. » Une ville qui ne semblait pas relever de cinquante-deux mois de guerre, mais attendait ses clients asthmatiques comme si rien ne s'était passé. Fleurie, astiquée, poudrée, pomponnée, telle une pute sur ses dimanches. A cette nuance près que la clientèle était à présent toute en uniformes, belges, français, anglais, américains, buvant avec conscience son eau chlorurée, se réunissant sous les arcades du Kursaal pour papoter, faire des ronds de jambe, baiser la main des dames. En décembre, dépouillée de ses géraniums, elle gardait de beaux restes : son parc, ses jets d'eau, ses trottoirs luisants, son architecture tire-bouchonnée, ses *Kabarette*, ses kiosques, ses hôtels, ses restaurants.

Ils firent en fiacre une longue promenade. Le cocher s'arrêtait aux points historiques, tendait l'index :

« Notre Empereur Guillaume a couché dans cet hôtel... Le Docteur Friedrich Nietzsche a mangé dans ce restaurant... Le Docteur Detlev von Liliencron s'est assis sur ce banc... Le Kronprinz Frédéric-Guillaume s'est appuyé à cet arbre... »

Il appelait « Docteur » tous les gens de plume et de réflexion, mais à l'évocation du Kaiser Wilhelm ou de son fils — quoique l'Allemagne fût désormais une République — il ne manquait pas de soulever légèrement son chapeau gibus, de même que le curé soulève sa barrette en passant devant la Croix. Sa voix un peu rauque arrivait jusqu'à eux par l'intermédiaire d'un tube acoustique.

Dans la voiture, sur les coussins de reps, Heinrich et Charlotte se tenaient par la main, silencieux, pénétrés de ces moments ultimes. De loin en loin, elle posait une question oiseuse :

« Tu m'écriras ?

— Naturellement. Presque tous les jours. »

Puis le silence retombait. La voiture sentait la poudre de riz et le cigare froid. Comme Lotti portait un manchon suspendu à son cou, ils y glissèrent leurs mains. Elles furent au chaud, se caressant, se pétrissant. Amour à quatre mains. De temps en temps, le cocher demande dans son tuyau :

« Où voulez-vous maintenant que je vous conduise ?

— Où vous voudrez.

— Très romantique. »

Et l'on repart pour de nouveaux zigzags. En traversant le marché aux fleurs, Heinrich crie arrêtez. Il descend, revient avec une rose, écarlate mais inodore.

« Une rose en décembre ! dit le cocher. Très romantique ! »

Charlotte la baise longuement.

A midi, ils entrent dans le meilleur restaurant de la ville, au *Weinrestaurant Goldene Kette*, recommandé par leur cicérone. Spécialités : escalope de veau Montmartre, terrine de lièvre *burgugnonne*, nid de cigogne *à l'Alsatzienne*, omelette *à la Provenzale*. Tout cela *französisch* en diable. En compagnie d'une bouteille de Riesling, ils passent un heureux moment. Café. Cognac à l'œuf. Ici les restrictions alimentaires sont inconnues.

« Aujourd'hui, dit Lotti en rebaisant sa rose rouge, je me saoule à mort. Tu m'emporteras sur un brancard. »

Autour d'eux, des couples franco-allemands, franco-belges, anglo-américains, anglo-allemands, belgo-anglais rient dans toutes les langues.

Vers cinq heures, malgré ses résolutions, Charlotte tient toujours debout. On danse, ou plutôt l'on se trémousse au Kursaal : orchestre américano-nègre, musique africaine dite de jazz-band, excellent exercice pour la digestion.

Ensuite, *Kabarett* : les artistes femmes imitent Mistinguett, les artistes hommes contrefont Mayol. Tout à coup, Heinrich abandonne son amie, se dirige vers l'orchestre, emprunte l'instrument du violoniste, se met à jouer à sa place. Il s'en tire si bien que le public remarque à peine la substitution, croit que c'est un coup monté. Mais au point d'orgue final, les musiciens titulaires applaudissent l'amateur et lui serrent la main. Il retourne tout glorieux vers sa *Madamche*, qui crie en parler welche, levant au ciel sa coupe de champagne :

« *Vive la France !* »

Nouveaux applaudissements. Plus tard, un chanteur à l'accent berlinois, tortillant du derrière sous sa queue-de-pie, débite des couplets graveleux :

Ah ! m'amie, si nous nous aimions,
Quelle économie de charbon !
Le soir, même aux froids de décembre,
Je viendrais réchauffer tes membres...

Vers onze heures, dîner au *Nassauer Hof*, occasion d'abreuver à l'eau de Seltz la rose écarlate. Dans le bois des tables sont gravées des signatures. Parfois avec un compliment : *Repas divin. Félicitations au chef cuisinier.* Protégées par un vernis contre l'effacement. On les installe à la plus glorieuse. Elle porte cette dédicace : *La guerre me convient autant qu'une cure thermale.* Signé *Feldmarschall P. von Hindenburg.* On leur sert de la soupe aux myrtilles, du bœuf roulé aux concombres, des gâteaux salés au fromage, du pain de fruits. La salle est outrageusement bruyante. Vers minuit, une querelle éclate entre deux tables, l'une occupée par un groupe anglo-allemand, l'autre par des franco-français. Ils ne s'entendent pas sur la manière dont il convient de boire le vin du Rheingau : les uns le veulent frais, les autres chambré. A la fin, ils se le lancent à la figure. Cris des femmes, vaisselle brisée, jurons :

« Bande de vaches ! Tas de salopards ! hurlent les Franzouses. On va vous apprendre la politesse ! »

Le patron — qui a l'habitude de ces chamailleries — téléphone à la police militaire interalliée : elle arrive matraques au vent, finit de casser ce qui reste, expulse tout le monde. Heinrich et Charlotte se retrouvent dans la rue.

« Et maintenant ?

— On va rentrer en taxi. »

Le patron du *Nassauer Hof*, bon à tous les services, en appelle un. Ils traversent le Rhin où les étoiles du ciel sont tombées et barbotent.

« *Vater Rhein !* dit Heinrich en soupirant.

— Ma rose ! » gémit Karlotta.

Un samedi fabuleux.

Dimanche. A onze heures, ils assistèrent à une messe française dans l'église de Kastel, remplie de soldats bleus. Un sergent-bedeau se donnait beaucoup de mal pour asseoir tout son monde, il y a deux places au premier rang, il y en a trois à droite, poussez-vous un peu s'il vous plaît, d'ici vous entendrez très bien. Grades et armes confondus devant Dieu. Le célébrant roulait les *R* avec l'accent de Perpignan :

« *Intrrroibo ad altarrre Dei... Glorrria Patrrri et Filio et Spirrritui Sancto...* »

L'enfant de chœur était un appelé de la classe 20, blond et rougissant, ses godillots cloutés paraissaient sous son aube.

Le prêtre catalan évoqua le temps de Noël, désormais très proche. « Nous ne le passerons pas ensemble, se dit-elle tristement. Je lui donnerai mon cadeau lundi soir et je lui révélerai la grande nouvelle à notre ultime rencontre. » Elle lui avait tricoté une écharpe de laine bleue, accordée à son uniforme, brodée de deux cœurs d'or.

Quoique de religion évangéliste, elle s'appliquait aux gestes catholiques, prêtait attentivement l'oreille à l'incompréhensible sermon. Le jeune acolyte lui secoua avec insistance son encensoir à la figure, comme s'il eût flairé sur elle la malodorante hérésie. A ses côtés, imperturbable, Heinrich se levait, s'agenouillait, s'asseyait, se battait la poitrine, lui expliquant d'un bref chuchotis les moments de la fonction :

« C'est le *Confiteor*. Chacun s'accuse de ses péchés... C'est l'*Offertoire*, le prêtre offre au Christ par ses prières le sacrifice de la messe... C'est l'*Élévation*, il élève vers Dieu le pain et le vin... »

Ou bien il lui traduisait les expressions les plus éclatantes de l'homélie : « La joie éternelle... Le bonheur du Ciel... Nous qui sommes le peuple saint... L'Église exultante... »

Avec étonnement, elle le voyait prononcer les formules pieuses, marquer son front, ses lèvres, son cœur d'une croix du pouce afin de les garder des folles pensées, des images sacrilèges, des paroles interdites. Ces lèvres, ce cœur, ce front qu'elle avait baisés mille fois. Ces yeux, ces oreilles qu'elle avait remplis de ses visions d'amour, de ses paroles d'amour. Elle se rappelait les agenouillements d'Heinrich à ses pieds à elle, ses adorations, ses alléluias, ton corps est en même temps mon autel et mon hostie. Et maintenant, avec une parfaite tranquillité, en bon élève des Pères auvergnats, il accomplissait exactement le rituel, écoutait le prône, s'aspergeait d'eau bénite. Il restait beaucoup en lui du séminariste qu'il avait failli être.

Il lui arrivait cependant de tourner vers elle ses yeux bleu-noir, de lui presser la main. Alors, elle avait honte de sa stupeur, ce regard lui rendait toute confiance et disait : « Reste près de moi, n'aie aucune crainte, l'amour nous lave de la tête aux pieds, dans quelques mois Dieu bénira notre union, nous voyagerons ensemble le reste de notre vie... »

Ils passèrent la suite du dimanche au Parc, au pied de la citadelle. Un jardinier râtelait sur les pelouses les dernières feuilles, les dernières traces de l'été. Ils vaguèrent parmi les arbres dépouillés et frileux, blottis l'un contre l'autre, sous la cape noire d'Heinrich (« Quand tu la portes, disait sa mère, je te prends de loin pour le facteur. ») Se tenant les mains, échangeant des recommandations quasi fraternelles :

« Soigne bien ta gorge : tu sais que tu t'enrhumes facilement... Si tu as besoin d'argent, n'oublie pas de me l'écrire, je t'en enverrai... Oh ! je m'arrangerai. Je travaillerai... Cherche un travail indépendant, qui te permette de bien dormir : sans tes neuf heures de sommeil, tu fais ensuite du somnambulisme... C'est ça : je vendrai des cartes postales... »

Elle n'osait pas poser la seule question qui lui brûlât les lèvres : « *Quand reviendras-tu ? Ou quand m'appelleras-tu ?... Si tu m'appelles, je te rejoindrai au bout du monde.* » Elle soupira seulement :

« L'hiver sera long. »

Il sauta à pieds joints sur cette diversion :

« En Auvergne, nous avons des hivers longs et rudes. Souvent un mètre de neige, et quelquefois deux. Les gens y creusent des tunnels pour se rendre à la fontaine. De hautes pierres, le long des routes, indiquent aux voyageurs le chemin à suivre. Il y en a qui se perdent quand même, qu'on ne retrouve qu'au printemps.

— Tâche de ne pas te perdre. »

Même jeu : « Je me suis perdu une seule fois dans ma vie. C'était un jour que... »

Jamais il ne disait l'essentiel : « *Je t'aime. Je ne peux me passer de toi. Nous partagerons le même pain. Nous vieillirons ensemble, moi devant toujours, avec vingt ans d'avance, pour ouvrir tes chemins. J'écarterai les ronces de ta route. Je te soignerai quand tu seras malade. Tu me fermeras les yeux. Tu me coucheras dans mon cercueil.* » Toujours cette fuite vers ce qui n'était pas eux. « Mais sans doute, se dit-elle, pense-t-il que l'essentiel est évident, qu'il n'a pas besoin d'être dit. »

Autour d'eux, ils regardèrent des enfants jouer, se chamailler, se disputer le même cerceau.

« Ils sont, dit Heinrich, doctoral, à l'image de l'Allemagne et de la France qui se disputent l'Alsace et la Lorraine. »

Et il aurait dû dire : « *Un jour, nous aurons des enfants ensemble et des petits-enfants. Combien en voudrais-tu ? — J'en prendrais bien cinq ou six. Les grandes familles sont une bénédiction du Ciel : dans le tas, tu trouves toujours un frère ou une sœur qui te comprend. Moi, ce fut Ernst. — Moi, je n'ai eu qu'une sœur. Sais-tu comment elle s'appelait ? — Ernestine, tu me l'as révélé déjà deux fois. — C'est vrai : de moi, tu sais tout. — Oh ! pas tout ! — Ernst et Ernestine ! N'y vois-tu pas une sorte de prédestination ? — Si, si, bien sûr.* »

Au lieu de cela, le demi-silence. Ou des commentaires politico-historico-linguistiques. Un conférencier. Voilà : elle aimait un conférencier. Quand elle disait je t'aime, il répondait par une conférence. Mais à d'autres moments : « Ne prends pas mal ses paroles, se reprochait-elle. Votre situation est embarrassante. Il suppose qu'il n'a pas besoin de se répéter éternellement. De dire à chaque instant je t'aime, je t'aime, je t'aime, comme la chèvre dit bê, bê, bê. » Heinrich demanda :

« Désires-tu quelque chose ? Un thé ? Un café ? Un chocolat ?

— Non, merci. Je me sens fatiguée.

— Veux-tu que nous rentrions ?

— S'il te plaît. »

Les minutes — un chapelet interminable — s'égrenaient avec lenteur. Ils regagnèrent leur chambre réquisitionnée, près de la Bismarckstrasse, dans le quartier du château d'eau dont ils voyaient de leur fenêtre la tour, pareille à un phare. Charlotte quitta ses bottines, s'allongea sur le lit, ferma les yeux.

Et lui : « Veux-tu dormir ?

— Seulement me reposer.

— Je vais te faire un peu de lecture, si cela te convient.

— Volontiers. »

Sur un rayon, il choisit un petit volume, parmi une douzaine, et se mit à lire des poèmes français, précisant : d'un auteur de mes amis.

Les sapins en bonnets pointus
De longues robes revêtus
Comme des astrologues
Saluent leurs frères abattus
Les bateaux qui sur le Rhin voguent

Dans les sept arts endoctrinés
Par les vieux sapins leurs aînés
Qui sont de grands poètes
Ils se savent prédestinés
A briller plus que des planètes

Elle ne comprenait rien, excepté les noms propres, quelque vocable qui avec l'allemand consonne : *astrologues, Rhin, planètes*. Et le mot sapin. *Tannenbaum*. Mais Heinrich prétendait qu'en poésie il n'est pas indispensable de comprendre le sens des mots. Il lisait d'une voix morne et monotone. Le doux bruissement des syllabes et des rimes pénétrait en elle cependant comme un courant de lait, son sang devenait lait, son âme se faisait laiteuse.

A briller doucement changés
En étoiles et enneigés
Aux Noëls bienheureuses
Fête des sapins ensongés
Aux longues branches douloureuses [1]

« Noël, se dit-elle, je connais. Noël seule. Noël sans toi. Noël sans sapin. En guise de pain d'épice, je me rongerai les poings jusqu'aux coudes. En attendant... en attendant... »

Gabriel descendit du ciel. Elle le reconnut sans peine avec ses

1. Guillaume Apollinaire, *Alcools* (1913).

cheveux d'ange, ses ailes d'ange, sa robe d'ange qui n'était rien d'autre qu'une chemise de nuit très plissée, mais bordée d'or au col, aux poignets et à la lisière du fond. Les pieds dissimulés, par pudibonderie. Une fleur de lis dans la main gauche. Or voici : il avait le visage d'Heinrich. Même son sourcil circonflexe. Ce qui prêtait à confusion. Avec tout de même la chevelure plus fournie, longue, bouclée, tombant sur les épaules. Elle se trouvait à Kaub, dans le jardin, assise à la petite table mosaïquée qu'ombrage la tonnelle. Occupée à manger son gruau du matin. Quand elle le vit, elle abandonna la cuillère dans son assiette. Le soleil levant formait derrière lui une gloire, comme celle que les peintres italiens nomment raggiera. *Il s'avança sur la pelouse et sans façon se présenta :*

« Je suis l'archange Gabriel.

— Enchantée. Mais je vous aurais pris volontiers pour Heinrich Schönberg. »

Alors elle vit cette chose étonnante : l'archange éclater de rire. D'ordinaire, un ange garde son sérieux. Tout au plus sourit-il, d'un sourire léger, mystérieux, quasi étrusque. Que dire donc d'un archange ! Or celui-ci se fendit la pipe jusqu'aux oreilles. Il avait les dents blanches, larges et bien plantées, sauf une prémolaire qui manquait du côté gauche. On peut même dire qu'il se tenait le ventre. Ensuite il s'apaisa, ses convulsions se calmèrent, ses traits reprirent la gravité sanfloraine qui peignait habituellement la figure d'Heinrich. Il mit un genou en terre. La robe un peu retroussée découvrit ses extrémités inférieures : elle vit des souliers noirs et des bandes molletières.

« Je suis venu, dit-il, vous annoncer une grande nouvelle : une heureuse nouvelle. »

Et Charlotte, tout de suite : « Je la connais ! Inutile d'en parler !

— Vous la connaissez ?

— Mais oui. Je suis bien placée pour. Donc, inutile de me refaire le coup de l'Annonciation.

— J'aurai fait une visite inutile, soupira-t-il.

— Non, non. Je suis heureuse que vous m'ayez visitée. Ce n'est pas tous les jours, sapristi, qu'on a l'occasion de... »

Il se releva, mit une main sur sa poitrine : « Le voyage a été long.

— Vous devez être affamé. »

Il ne protesta point. Elle chargea une cuillerée de gruau, allongea le bras, l'enfourna dans sa bouche. Il parut y trouver grand plaisir. Elle continua de l'abecquer de la sorte jusqu'à ce que l'assiette fût vide et pourléchée.

Alors l'archange Gabriel remercia d'une prosternation, puis se releva, commença de battre des ailes. Sa robe présentait dans le dos une large déchirure. Charlotte proposa une reprise. Mais sans l'entendre il s'était déjà envolé vers le soleil.

Elle rouvrit les yeux dans l'ombre, sous un amoncellement de couvertures. Elle tendit le bras droit, le gauche, ne rencontra personne. A tâtons, elle craqua une allumette qui la conduisit jusqu'à la lampe à gaz. Le manchon fit une dentelle incandescente. Elle se trouvait réellement seule, avec ses vêtements suspendus, la douzaine de bouquins, une feuille sur la table écrite au stylographe, posée sur un billet de cent francs français. Elle essaya de lire, la flamme du gaz dansait la séguedille car à cette heure de la nuit on en réduisait la pression. *Je n'ai pas voulu te réveiller... Demain, j'aurai tant de choses à faire... mais en fin de journée je viendrai te dire au revoir... Départ à l'aube mardi matin... La chambre réquisitionnée à mon nom jusqu'à fin janvier... Tu dors avec une telle tranquillité que... Voici mon adresse en France... Ci-joint à peu près tout l'argent qui me reste, pour t'aider dans les commencements de... preuve que je reviendrai, c'est que je te laisse mes livres, dont quelques-uns très précieux... A lundi soir... Joyeux Noël... Heinrich.*

Charlotte lut et relut cette lettre, sous la lumière jaune. Des idées indignes lui traversèrent la tête : il te paye comme une prostituée ! La jolie preuve que celle des bouquins ! Pour échapper aux adieux, il part à la cloche de bois ! Corrigées aussitôt par leurs contraires : mais non, puisque nous nous reverrons demain soir ! Ces livres qui ne sont rien pour moi sont précieux pour lui. L'adresse est bien celle qu'il m'a vingt fois citée : Saint-Flour. Je pourrais aller tambouriner à sa porte. Pourquoi ne pas croire à sa sincérité ?

Par la fenêtre, elle voyait une procession d'ouvriers marcher vers la verrerie ou le port fluvial en rasant les murs. Les trottoirs étaient luisants de givre. L'éteigneur de réverbères passa avec sa perche, zigzaguant d'un trottoir à l'autre. Un chien fouissait vainement dans les seaux à ordures. L'Allemagne se réveillait, glaciale, vergogneuse, famélique.

Le lundi, Charlotte put se procurer du pain jaune, du pain américain à la farine de maïs, des saucissons de foie, du fromage de Hollande, des gâteaux aux amandes, une bouteille de vin, des fleurs artificielles. Elle para la chambre : avec cinq jours d'avance, ils célébreraient Noël ensemble.

Elle passa la soirée le nez collé à la fenêtre : Heinrich ne vint pas. Elle vida seule la moitié de la bouteille et consomma presque toutes ses provisions.

Le mardi matin, elle courut avant le jour à Kastel, attendit l'aube en faisant les cent pas devant la caserne Joffre, gardée par une seule sentinelle. C'était un jeune gars dont le casque trop grand lui descendait sur les yeux, il battait la semelle devant sa guérite, soufflait dans ses doigts, importuné par le fusil à baïonnette qui embrochait le brouillard. Il remarqua la silhouette givrée de la jeune fille, s'intéressa à elle, siffla pour l'appeler, pensant qu'il s'agissait d'une pute du matin, les heures du matin ont de l'or dans le bec, ha, ha, ha ! Elle vint quand même, s'adressa à lui en allemand pour demander le lieutenant Henri Belmont. A quoi il ne comprit rien d'autre que le nom propre, qu'elle répéta deux fois :

« Lieutenant Henri Belmont... Lieutenant Henri Belmont. »

Il tend la main, essaye de la saisir par le menton, elle fait un saut en arrière, toujours tapant sur son clou :

« Lieutenant Henri Belmont... Lieutenant Henri Belmont... »

Il la regarde d'un air goulu, débite un compliment sans doute obscène qui le fait rire tout seul. Mais comme elle insiste sur son lieutenant, il rentre dans sa guérite, téléphone, revient avec la réponse :

« Lieutenant Henri Belmont parti. Hier soir. *Gestern !*

— *Gestern ?*

— *Ja, ja ! Gestern !* »

Il tend de nouveau une main quêteuse. Tandis qu'elle s'enfuit en direction du fleuve. Non pour s'y jeter, mais pour y vomir.

7

A Kaub, Lotte comparut devant le tribunal familial que présidait sa mère, ayant pour assesseurs deux de ses fils ardoisiers. Le reste de la famille refusa de participer à l'ordalie.

« Explique comment tu es tombée si bas ! »

L'accusée secoua la tête : est-ce que de telles choses s'expliquent ? Devant ses juges, foudroyée par leurs trois regards, elle avait l'impression d'être la victime d'une de ces amours contre nature, d'une union mythologique où l'on voit un habitant de l'Olympe descendre sur terre et s'accoupler avec un animal, une vache, une biche, une gazelle ; à moins qu'il ne séduise une nymphe en se changeant en cygne, en taureau, en pluie d'or. Il en naissait des enfants monstrueux, mi-anges, mi-bêtes, promis à un destin terrible. Ce qu'on pardonne toutefois à un géniteur céleste est impardonnable à un soldat ennemi, à un occupant détesté qui n'a eu besoin d'aucune métamorphose pour conquérir sa proie. A l'heure où tous les Allemands, recrus d'humiliations, relevaient la tête, retroussaient leurs manches, proclamaient à la face du monde qu'ils n'avaient eu aucune responsabilité particulière dans ce conflit de cinquante-deux mois ; que si l'on voulait leurs indemnités dites de « réparation », il fallait évacuer la Rhénanie et les laisser travailler en paix.

« Alors, tu ne veux rien expliquer ?

— C'est inexplicable.

— Tu t'es prostituée à ce Welche, n'est-ce pas ? Est-ce que tu mourais de faim ?

— Pas plus que d'autres.

— Combien t'a-t-il payée ? »

Elle se complut à leur laisser croire le pire, afin de mesurer jusqu'à quel point ils la méprisaient :

« En me quittant, il a laissé un billet de cent francs sur la table.

— Cent francs français ?... Cela fait combien de marks allemands ?

— Environ deux mille cinq cents, c'est ce qu'on m'a donné à la banque.

— C'est à peu près le prix de... (Elle consulta du regard ses assesseurs.)

— ... d'une bicyclette, dit l'un.

— ... d'une mule, dit le second.

— Je vois, dit Mme Faust, qu'il t'a estimée pour ce que tu vaux. Mais t'avions-nous jamais laissée manquer d'argent ?

— Je disposais de mon salaire à la Compagnie des tramways.

— Alors ? Alors ?

— Rien, vous dis-je. Rien. Je ne peux rien dire.

— Et maintenant ?

— Et maintenant je suis enceinte.

— Le comble ! Le comble de la honte !

— Non. Car il va revenir. Il réparera. Nous nous marierons.

— Quel genre de mariage ? Est-il luthérien ?

— Non, catholique.

— Naturellement. Il fallait ajouter cela à ton déshonneur, que tu succombes aux manœuvres d'un catholique ! Ce sera donc un mariage civil, comme celui des chiens.

— Il n'a employé aucune manœuvre. Je l'ai aimé presque tout de suite.

— Comment une protestante peut-elle aimer un papiste ? Un adorateur de chandelles ?

— Vous voyez bien.

— Et tu veux que j'accepte pour gendre ce suborneur ? Ce vaurien ?

— Il le faudra bien, si vous voulez me garder pour fille.

— Je te rejette. Nous te rejetons. Va-t'en ! Tu n'es plus rien pour nous ! Je te maudis ! »

Les assesseurs approuvèrent du front. La mère tendit le doigt vers la porte.

« D'accord, je vais partir. Je ne reviendrai plus. Puis-je seulement emporter une toute petite chose... en souvenir de cette maison où quelques personnes m'ont aimée ?

— Quelle petite chose ?

— Un jouet, que j'avais en commun avec mon frère Ernst. »

Confabulation du tribunal, grommellements, hochements de tête. On lui accorde cette grâce. Le frère aîné l'accompagne dans la chambre du benjamin évaporé. Elle va tout droit au placard des jouets, y trouve Gros-Bibi, le nain en caoutchouc en forme de rave. Tout fusé, tout fendu, à l'image de ce que doit être à présent le pauvre Ernst, dans son cimetière français. Elle redescend, montre la relique, rien d'autre dans les mains, rien dans les poches. De nouveau, *Germania* tend l'index vers la sortie. Les deux frères restent figés, muets, écarquillés.

Elle commença de sonner aux portes, de gravir les étages de maisons inconnues. La négociation se déroulait sur le palier :

« N'auriez-vous pas besoin d'une femme de chambre, d'une cuisinière, d'une bonne d'enfants ? Je connais à fond toutes les besognes féminines. Voyez : je suis forte, je peux lever des meubles, monter le charbon de la cave, casser le bois, cirer les parquets.

— Avez-vous des références ?

— Non. Excepté un emploi provisoire à la Compagnie des tramways mayençais, pendant la guerre. Je me suis brouillée avec ma famille. J'en suis à ma première place.

— Pourquoi vous êtes-vous brouillée avec votre famille ? »

Elle inventait une bonne raison : « Pour une affaire d'héritage. Après le décès de mon père, on a voulu me léser. »

Souvent elle devait repartir lestée d'une leçon de morale : « On ne se brouille pas avec sa famille. Sous aucun prétexte. » La porte lui claquait au nez. D'autres fois, on la faisait entrer, asseyez-vous, on poussait plus loin l'enquête, d'où venez-vous, qui êtes-vous, quel âge avez-vous, mais vous n'êtes pas majeure ! Je le serai dans quinze mois. Revenez donc dans quinze mois. Elle dut retourner à Kaub, implorer de *Germania* une déclaration écrite d'émancipation, contresignée, timbrée, tamponnée par le juge civil.

« Tu peux désormais manger ou mourir de faim à ta guise.

— C'est bien ce que j'entends faire. »

En 1918, on ne lui avait rien demandé de tout cela pour l'accepter aux manivelles d'un tramway.

Le prix de la mule et ses propres économies lui permirent de tenir quelques semaines. Munie de son certificat de majorité, elle visitait six ou sept maisons par jour. Certains propriétaires la considéraient avec intérêt, l'œil allumé par sa jeunesse ; mais l'épouse légitime était d'un autre avis, dès le premier regard elle coupait court aux négociations.

Elle trouva enfin preneur.

« Sauriez-vous soigner un malade ?

— Madame, j'y mettrai tant d'application que votre malade s'en trouvera bien.

— Oh ! Il y faut surtout du dévouement.

— J'en aurai. »

On lui présenta le patient : « Mon père », dit la maîtresse de maison. En fait il s'agissait d'une très vieille chose clouée sur un fauteuil à roulettes. Un visage à peine vivant, déjà momifié, excepté les yeux immenses, au fond d'orbites caverneuses ; ils viraient en tous sens et s'attachèrent à elle ; elle les sentit collés à son visage comme deux ventouses.

« Il n'est pas totalement paralysé, il parle un peu, il bouge un peu. Mais il lui faut les soins que nécessite son état. Ne serez-vous pas trop vite dégoûtée ? »

Elle regarda la jeune fille qui rougit à peine et répondit : « Madame, j'ai besoin de gagner mon pain.

— C'est bon. Nous verrons si vous saurez. »

Le pacte fut discuté et conclu : nourriture, logement, gages, un dimanche de liberté sur deux. Au service du malade vingt-quatre heures sur vingt-quatre : il disposait d'un cordon qui, la nuit, pourrait secouer une sonnette dans sa chambre ; elle devrait se rendre aussitôt à son chevet. C'est ainsi que le 6 février 1920, Charlotte Faust coucha pour la première fois sous les ardoises du Dr Emil Schüddekopf, professeur d'histoire ancienne à l'université de Mayence, *doctor honoris causa* de Vienne, de Cambridge, de la Sorbonne. Sa femme voyageait avec lui, participait à ses travaux, fouinait à sa place dans les archives, explorait les bibliothèques. Pour le raser, il ne voulait pas d'autre main que la sienne : elle seule savait exactement respecter la jointure de ses moustaches et de ses rouflaquettes.

Pendant ce temps, Lotte s'occupait de M. Drucker, l'alimentait à la petite cuillère, l'aidait à se transporter sur la chaise percée, le torchait, le remettait sur son fauteuil, évacuait le *Potschamber*. Les yeux immenses du malade suivaient chacun de ses gestes ; quelquefois, penchée sur lui, elle l'entendait murmurer :

« Pardon... Pardon... »

Elle souriait, secouait la tête, disait il n'y a rien à pardonner, monsieur Drucker, vous êtes vieux et je suis jeune, je vous assiste de mon mieux et vous me donnez à manger, une main lave l'autre, monsieur Drucker, voilà tout. Parfois, de ses doigts maigres, il réussissait à capturer sa main, à la porter à ses lèvres. A certains moments, vacillante de fatigue, elle implorait :

« Essayez de dormir, monsieur Drucker. »

Docilement, il fermait les yeux, mais ses paupières avaient des frémissements qui trahissaient sa feinte.

Le personnel comptait une autre femme de chambre qui servait aussi à table, Grete, et une cuisinière. Lasse de soigner le vieillard, Grete avait menacé de rendre son tablier si on ne lui adjoignait point une garde-malade. C'est donc à elle que Charlotte était redevable de sa place. Bientôt, elle fut la seule personne qu'il voulût connaître dans la maison, la seule qui pût le convaincre de manger, sans elle il faisait la grève de la faim. Elle le roulait de pièce en pièce dans le vaste appartement pour le faire « voyager ». Ils s'arrêtaient devant les tableaux, et elle commentait :

« Nous voici à Sorrente, monsieur Drucker, au pied du Vésuve qui au loin fume sa pipe... Nous voici à Madrid, où l'on tue les taureaux avec une épée... Nous voici en Chine, où les hommes portent une natte de cheveux comme chez nous les dames... Nous voici à Paris, devant le Moulin-Rouge... »

Ils naviguaient lentement, par courtes étapes, revenaient en passant par la Suisse, l'Australie et le Portugal. Avant de rentrer au port, il arrivait souvent que M. Drucker se fût endormi pour de bon.

Le soir, elle le déshabillait, lui passait sa chemise de nuit, le langeait comme un nourrisson, le mettait au lit, l'embrassait sur le front. Il s'agrippait à ses mains, ne voulait plus les lâcher :

« Il faut que j'aille dormir aussi, monsieur Drucker. Je suis morte de fatigue. Allons, soyez raisonnable, laissez-moi partir. Bonne nuit, monsieur Drucker. Faites de beaux rêves, monsieur Drucker. »

Elle finissait par lui glisser des doigts. De loin en loin, au milieu de la nuit, la clochette d'alarme la réveillait. Elle descendait en robe de chambre, son bougeoir à la main, le trouvait hagard, les bras tendus, en train de gémir :

« Maman !... Maman !... »

Elle essuyait sa sueur, s'asseyait près du lit et tenait sa main jusqu'à ce qu'il eût retrouvé un semblant de sommeil.

Il reprit un peu de poids, émergea légèrement de sa décrépitude.

« Ma fille, dit Mme Schüddekopf, mi-aigre, mi-sucrée, je crois bien que mon vieux père est amoureux de vous. Voyez-vous pas qu'il veuille vous épouser ? Ou faire de vous son héritière privilégiée ?

— Madame, je n'accepterais pas.

— Dieu vous bénisse, ma fille. »

Au bout de quelques mois, il fallut admettre une chose : Charlotte se trouvait en situation intéressante. Le plus imbécile le reconnaissait.

« Cela n'était point prévu dans notre contrat, dit Mme Schüddekopf. Je devrais vous dire : ma fille, prenez vos cliques et vos claques, et retournez d'où vous venez.

— Oh ! Madame ! Ne le dites pas, s'il vous plaît.

— Que pensera la ville, où nous sommes fort connus, si elle apprend que nous cachons une fille-mère ?

— J'espère me marier un jour, Madame. Le père m'a promis de revenir.

— De revenir ? Il est donc parti ? Où se trouve-t-il ?

— En... France.

— En France ! Il s'agit donc d'un Français ! De mieux en mieux ! Vous êtes une belle gourgandine, ma fille, avec vos airs...

— Non, Madame. Je l'aimais. Je l'aime encore. Il reviendra un jour, j'en suis certaine. »

Et Charlotte se jeta aux pieds de sa maîtresse en pleurant. Or voici : l'épouse du Dr Emil Schüddekopf, *doctor honoris causa* de plusieurs universités, n'était pas inaccessible à la pitié. Ou du moins à la prudence. Sans doute imagina-t-elle la réaction de M. Drucker en apprenant qu'il allait être orphelin une seconde fois, ses cris, sa fureur, sa grève de la faim, son testament modifié. Qui sait jusqu'où pouvaient monter les choses ? Elle décida donc, malgré le déshonneur et par pure humanité, de garder Charlotte à son service.

« Vous accoucherez ici, naturellement, sans l'aide d'aucun médecin, d'aucune sage-femme.

— Et mon enfant ?

— Vous tenez à ce qu'il vive ?

— De toutes mes forces.

— On le confiera à quelque nourrice de la campagne. Vous pourrez aller le voir de loin en loin, mais il ne paraîtra jamais dans cette maison.

— Dieu vous bénisse, Madame. »

Excepté une carte postale de Chaumont-en-Bassigny, *Son église Saint-Jean-Baptiste*, avec deux lignes d'écriture : *Je redeviens civil et civilisé. Je pense à toi. A bientôt. Henri.*, elle n'avait reçu aucune nouvelle d'Heinrich. Longtemps, au cours de ses insomnies, elle avait assisté en esprit à son voyage de retour au milieu de la France violée, puis de la France intacte et pure. *Il traversait de larges plaines fleuries de villages aux toits rouges. A chaque gare, les démobilisés étaient applaudis, nourris, abreuvés. Il arrivait à Saint-*

Flour entouré de tous ses volcans, les Sanflorains se tenaient aux fenêtres, on lui jetait à poignée des pétales de roses comme pour une Fête-Dieu. « Vive Henri Belmont ! Vive nos glorieux combattants ! Soyez bénis ! » Le maire en écharpe lui donnait l'accolade et lui flanquait la Légion d'honneur. Rue de la Rollandie, Simonette en personne, la demoiselle à la balançoire, venait poser sur son front une couronne de laurier, puis s'agenouillait devant lui :

« Henri, mon héros, je suis prête à vous épouser.

— Trop tard, répondait-il, j'ai une fiancée en Allemagne.

— En Allemagne, vraiment ? Quelle honte pour Saint-Flour ! Sans doute quelque blonde Gretchen, aux yeux bleus et froids comme la mer du Nord !

— Pas du tout. Ma fiancée a les cheveux foncés et les yeux noisette.

— On change de fiancée comme on change de chemise, seigneur. J'ai pris rang : j'étais là avant elle !

— Impossible, chère Simonette. Je l'aime follement. Adieu. Je vous laisse mon souvenir et vos regrets.

— Regrets sur quoi l'enfer se fonde, Qu'un ciel d'oubli s'ouvre à mes vœux », répondait la fille aux culottes jaunes en citant Guillaume Apollinaire, ami d'Henri Belmont, le poète que connaissent par cœur en France tous les mal-aimés.

Après cette réception officielle, il entrait dans sa maison natale, serrait sur son cœur sa mère et sa sœur Ernestine, toutes mouillées de larmes.

Dès le lendemain, il écrivait une belle lettre au ministre de l'Instruction publique afin que lui fussent rendus son lycée, sa classe, ses élèves perdus en 1914. La réponse se faisait attendre quelques semaines. Au bout de quoi, il regagnait effectivement la ville de Roubiac, ou Rouvet, ou Ruzet (Lotti ne se rappelait plus exactement le nom, mais cela commençait par un R). Il y retrouvait son effectif vieilli de six années. La ville de Ruzet (ou Rouvet, ou Roubiac) lui faisait comme Saint-Flour un accueil triomphal, et il commençait à enseigner der, die, das *à un nombre réduit d'élèves nouveaux, parce que l'allemand est la langue de l'ennemi détesté et que très peu d'enfants désiraient l'apprendre maintenant. Il protestait, disant c'est aussi la langue de Kant, de Goethe, de Schiller. D'accord, répondait le proviseur, j'ai quand même réussi à vous en rassembler une ou deux douzaines.*

Ces transports, ces installations prenaient un temps considérable, Heinrich avait eu de fortes raisons de ne pouvoir écrire tout de suite à sa fiancée au regard noisette. Mais bientôt... mais bientôt... Les vacances scolaires commençaient à la mi-juillet dans les lycées français, Charlotte mit toutes ses espérances dans les vacances scolaires.

De temps en temps, M. Drucker désignait du doigt le ventre bombé de sa garde-malade et se mettait à rire, des yeux et du gosier. Le rire produisait chez lui un bizarre toussotement qui avait un jour inquiété sa fille, Mme Schüddekopf :

« Que se passe-t-il ? Est-ce qu'il s'étouffe ? Est-ce qu'il a avalé quelque chose de travers ?

— Rien de grave, Madame. Monsieur Drucker est en train de rire.

— De rire ? Vous êtes sûre ?

— Oui, Madame. Il rit souvent. »

Madame avait secoué la tête, comme si c'eût été une chose incroyable. Et quelque peu scandaleuse. Avant l'arrivée de Charlotte, il était tout proche du dernier soupir. Et voici qu'à présent il riait !

Le vieillard montra ce ventre et toussota :

« Y a... y a du monde là-dedans ! Hi, hi, hi ! »

Il ne semblait ni s'étonner ni lui en tenir rigueur. La chose même paraissait l'amuser beaucoup.

« As-tu, demanda Grete, la seconde femme de chambre, informé ton Heinrich de l'échéance prochaine ?

— Non. En partant, il ne savait pas même que j'étais enceinte.

— Comment ! Tu ne le lui avais pas révélé ?

— Pas eu le temps.

— Allons donc ! Combien de temps faut-il pour dire : je suis enceinte ? »

Elle ne donna point la raison de son silence. Cela restait une affaire entre son cœur et sa bouche.

Ô Heinrich ! Si je t'avais joué mon numéro d'Annonciation, serais-tu déjà revenu ? Mais peut-être aurais-tu trouvé qu'il y avait là une « manœuvre », comme s'exprime Mme Faust, ma sainte mère. Une manœuvre un peu facile. Un chantage au rejeton. J'ai voulu que tu me reviennes seulement pour l'amour de moi. Non poussé par le sens du devoir appris jadis chez tes Pères auvergnats. Ou par curiosité envers ce petit inconnu, fruit de ta sève.

Ô mon Heinrich, je t'attends ! Je t'attends ! Je t'attends !

Mais non, tu ne reviendras pas. Tu es parti depuis six mois. Et en six mois, hors une carte postale, tu ne m'as pas écrit une ligne. Ton amour s'est évaporé comme un parfum dont on a oublié de visser le bouchon. Ton amour n'était qu'une eau de Cologne à bon marché. Tes soupirs n'étaient qu'un peu d'air chaud. Je n'ai pas été ta Lorelei, *mais ta* Liebelei, *ton amourette.*

A moins... A moins...

A moins que tu ne sois malade. Blessé. Mort peut-être. Mon Dieu ! Ta gorge ! Ta chair fragile ! Un train déraille et il met en charpie ses occupants ! Une maison brûle et elle les réduit en cendres ! Es-tu gisant sur un lit d'hôpital ? Pourrissant au cimetière de Saint-Flour ? Ô mon amour précieux !

Impossible, impossible. Mon cœur me le dirait. Ou bien il se serait de lui-même arrêté de battre. Heinrich, tu n'es qu'un vaurien. Un salaud. Saukerl ! Taugenichts !

Les douleurs saisirent Charlotte un peu avant l'aube. C'est-à-dire, en cette saison solsticiale, vers quatre heures du matin. Elles venaient du fond d'elle-même, lui tordaient les chairs, puis s'en allaient, comme un flux et un reflux. Elle s'était juré qu'elle se débrouillerait seule, sans appeler personne à son secours. Quand la souffrance devenait trop intolérable, elle se contentait de mordre la toile de son oreiller. Tout le temps que dura la naissance, elle le dévora ainsi presque entièrement.

D'ordinaire, elle était la première levée, la première à rendre visite à M. Drucker afin de réparer les dégâts de la nuit. Malgré la clochette à plusieurs reprises secouée, elle ne put ce matin-là bouger de sa couche. Vers sept heures, Grete monta se rendre compte s'il se passait quelque chose. Elle comprit vite, se précipita pour apporter des cuvettes, des linges, du coton hydrophile, de l'alcool. Grete était une personne amicale, elle avait pris sous sa protection Charlotte et sa solitude. Elle l'encouragea, la conseilla, lui tint la main. L'enfant fut proprement extravasé, ficelé, bouchonné.

« C'est un garçon », dit-elle, tandis qu'il braillait comme trente-six putois.

Lotte le pressa contre son cœur, dont la chaleur familière arrêta ses cris. La maison faisait semblant de ne rien entendre de ce remue-ménage. Grete avait repris provisoirement son ancienne place auprès de M. Drucker, à qui elle expliqua l'absence de sa garde préférée. Le vieillard produisit son rire toussotant.

On abreuva le nouveau-né d'abord avec un peu d'eau sucrée. Mais comme il manifestait des lèvres et de la langue qu'il lui en fallait davantage, sa mère lui donna le sein. Entre elle et lui passa un courant de lait et de volupté qui lui sembla naître de toutes ses veines. Les choses durèrent ainsi deux journées. Grete apportait la nourriture de la mère.

« Et Charlotte ? réclamait le paralytique.

— Elle va revenir, monsieur Drucker. Elle ne vous oublie pas. »

Le troisième jour, Lotte se retrouva sur ses jambes.

Et Grete : « Dans quelle religion vas-tu élever cet enfant ?

— Dans celle de son père : la catholique.

— Alors il faut le baptiser. C'est une chose qui ne peut attendre.

— A l'église ?

— Nous vois-tu partant pour l'église en cortège ? M. et Mme Schüddekopf en tête, M. Drucker en queue dans sa brouette ?... Non, non. Contente-toi d'un baptême caché. Aussi valable d'ailleurs qu'une cérémonie pompeuse. Je connais l'abbé Roth de Saint-Boniface, il se déplacera jusqu'ici et nous fera ça proprement. Discrètement. Tu dois choisir aussi un parrain et une marraine.

— Pour marraine, c'est toi que je choisis.

— Et le parrain ? Si possible, quelqu'un de la maison, pour ne pas attirer l'attention extérieure. »

Elles cherchèrent ensemble. Grete proposa le jardinier, qui était un vieux brave homme, au courant des ennuis de la pauvre Charlotte. Il accepta sans réticence.

« Quel prénom donnerons-nous à ce petit enfant ? demanda-t-il, ému de sa charge.

— Mais... le vôtre !

— Je m'appelle Josef.

— Va pour Josef, dit la mère. Il y a quelque ressemblance entre Joseph, le père nourricier de Jésus, et moi-même. Nous avons eu l'un et l'autre un enfant qui nous est tombé du Ciel.

— Tous les enfants tombent du Ciel », dit le vieux jardinier.

Les choses se firent ainsi. L'abbé Roth vint de Saint-Boniface en costume laïc, chapeau, redingote, gilet et pantalon noirs, portant son nécessaire dans un coffret. La cérémonie eut lieu sous les combles, dans la chambre de l'accouchée. Malgré la modestie des lieux, la marraine avait revêtu sa robe bleue à pois noirs, le parrain son meilleur habit. L'abbé se para de son surplis, de son étole.

« Il me faudrait, dit-il, un récipient assez digne, en guise de vasque baptismale. »

Les récipients ne manquaient point dans la maison. Mais pour ne déranger personne, la mère proposa la cuvette de faïence dans laquelle chaque jour elle faisait sa toilette, le fond en était orné d'une rose peinte.

« Elle fera l'affaire », dit l'abbé Roth.

Dans un flacon, il avait apporté un peu d'eau sainte, bénite la veille de Pâques. Grete tint l'enfant endormi à l'horizontale sur la cuvette. Le jardinier restait en arrière, tout gauche, prêt à intervenir si on l'appelait. Charlotte était la plus lointaine, tout au fond de la pièce, comme si elle n'eût pas assisté à la cérémonie.

« Comment l'appellerons-nous ? demanda le prêtre.

— Josef ! » répondit le jardinier, content de servir à quelque chose.

L'abbé versa quelques gouttes sur le front du nouveau-né :

« Josef, je te baptise au nom du Père, du Fils et du Saint-Esprit. »

L'enfant continuait de dormir, de toute sa petite âme abluée.

L'affaire en tout — y compris l'habillage et le déshabillage de l'homme d'Église — ne dura pas plus d'un quart d'heure.

« Et Charlotte ? continuait de réclamer le bon vieux dans sa brouette.

— Elle va revenir très bientôt, monsieur Drucker. Prenez patience.

— C'est bien long. »

Le 26 février, le petit Josef âgé de trois semaines fut sevré de sa mère, emporté en automobile vers un village du Taunus si petit, si anonyme qu'il ne figurait pas même sur les cartes ordinaires. Tout était blanc de neige, excepté les champs sur lesquels des citernes hippomobiles avaient épandu leur contenu de lisier et qui formaient des hachures noires au milieu de cette blancheur. Chacun s'était emmitouflé, l'enfant changé en un fagot de lainages que Charlotte pressait contre sa poitrine.

« Vous pourrez ensuite, expliqua le Dr Emil Schüddekopf du haut de sa barbe, vous y rendre seule, par le train d'abord jusqu'à Lorch, puis par l'autobus. Comptez environ deux heures de voyage en tout, dans chaque sens. »

Ils débarquèrent dans une petite ferme entourée de tas de neige qui résultaient du déblaiement, la cour se trouvait nette comme la main. Ils furent reçus dans une salle pauvre, dont le plus riche ornement était le grand poêle de faïence autour duquel trois mioches accroupis jouaient aux osselets. Derrière la table, un paysan fumait la pipe (mais ce devait être un tabac de sa production, car il puait comme l'enfer), en ressemelant des chaussures. A leur entrée, il se leva, retira sa pipe, essuya ses moustaches avec le dos de la main et les salua :

« Dieu vous conserve. »

Charlotte entra la dernière, portant son fagot.

« Voici, dit le Docteur, la jeune mère que vous savez, avec son enfant.

— Très bien, dit le paysan. Il grandira avec les nôtres. »

Ils restèrent ensuite un long moment immobiles et embarrassés, se considérant les uns les autres, ne sachant plus que faire.

« Pourrais-je, dit Charlotte, timide, voir la nourrice ?

— Certainement. »

L'homme ouvrit une bouche sombre et cria vers le plafond :

« Maria ! » Alors parut une femme aux cheveux gris, abondamment quinquagénaire, que Lotte regarda avec stupeur :

« Vous... vous êtes la nourrice ?

— Pour vous servir, madame.

— Mais... avez-vous réellement du lait ? »

L'autre rit de toutes ses dents jaunes : « Je ne suis plus en âge, madame. Mais mes chèvres en ont.

— Ah ! vos chèvres ! »

Elle revit Züllighoven, le village de l'Eifel où l'orage les avait égarés. Elle revécut en un instant la nuit dans le foin. Elle lécha autour de la bouche ses moustaches d'écume. Elle eut dans l'oreille la voix d'Heinrich, le rire d'Heinrich.

« Les chèvres... je connais, dit-elle. Très bien. »

Le fagot changea de mains. Telle fut la maison et les lieux où le petit Josef passa ses cinq premières années. Durant cette période, sa mère — qui avait repris son service auprès du paralytique — vint le voir une fois chaque mois, régulièrement. Il l'oubliait d'une visite à l'autre, ne la reconnaissait plus et poussait des cris affreux quand elle voulait le prendre dans ses bras. Lorsqu'ils se quittaient, c'est elle seule qui pleurait.

Années de honte.

Les anciens combattants — dans une tenue moitié civile, moitié militaire, mais toujours coiffés de leur bonnet gris à cocarde impériale, — revenus du front ou de la captivité pour connaître le chômage, vendent aux carrefours des cigarettes de contrebande, du papier à lettres, des briquets, des préservatifs, des cartes pornographiques. Ou bien, tout simplement, ils mendient en découvrant leurs blessures. A midi, ils vont faire la queue aux soupes populaires, y reçoivent un bouillon au Viandox, riche de parfum et pauvre de substance.

Le prix des marchandises disponibles qui a déjà quintuplé de 1918 à 1919, quintuple encore en 1920, pour atteindre à la fin de 1922 des hauteurs himalayesques. Amputée de ses meilleures mines, de sa flotte commerciale, nue, affamée, l'Allemagne-cour des miracles, l'Allemagne-lupanar refuse de payer les réparations imposées par Versailles. A la grande fureur de Poincaré, le petit barbichu qui mène la France ; il se lève, tape du poing et crie :

« Quoi que vous en disiez, votre industrie se relève plus vite que la nôtre. Vous construisez des usines neuves, des navires de haute mer. Vos cheminées fument. Vous cracherez au bassinet ! »

Et comme le gouvernement du chancelier Cuno ne veut rien céder, les troupes franco-belges pénètrent dans la Ruhr jusque-là inviolée, où elles font main basse sur le charbon extrait et les moyens de transport, provoquant des protestations, des bagarres meurtrières, enfin la grève générale des mineurs et des métallurgistes. Le mark profite de la situation pour s'envoler davantage. Si l'on veut en acheter un seul dollar, il faut officiellement en 1923 cinq quatrillions de marks-papier, c'est-à-dire un nombre commençant par le chiffre 5 suivi de douze zéros. On se munit de deux paniers quand on va au marché : un petit pour les légumes, un grand pour la monnaie. Certains couples chargés de famille transportent la leur carrément dans une lessiveuse. A la Reichsbank, on a triplé les équipes d'imprimeurs, elles travaillent d'arrache-pompon, vingt-quatre heures sur vingt-quatre, même les jours de fête et le dimanche. On chante dans les cabarets :

C'est un conte qui ébouriffe !
Ma mère, oh ! bats-moi si je mens !
Grâce à Versaill's, les Allemands
Bouff'nt du papier et chient des chiffres.

La botte de radis qui coûtait hier cinq millions de marks est passée en une nuit, par l'effet de quelque lune perverse, à quinze millions. Les magasins payent des employés qui n'ont rien d'autre à faire, à longueur de jour, qu'à changer les étiquettes. Quand tu présentes un billet de cinquante millions qui devrait suffire à payer ta boule de pain jaune, la boulangère le refuse :

« Ce matin, il vaut cinq cents millions. »

Qu'à cela ne tienne : tu cours à la Reichsbank, on y fait la queue à tous les guichets. Quand vient ton tour, paf ! le préposé colle en travers de ta coupure une surcharge rouge : *Eine Milliarde Mark.* Tu recours à la boulangerie :

« Mille regrets, dit la commerçante. C'est à présent deux milliards qu'il me faut. »

Retour à la banque. Retampon par-dessus le premier : paf ! *Zehn Milliarden Mark*. Sur dix, il en restera bien huit ! L'ennui est que la boulangère, munie seulement ce matin de billets de dix milliards, est incapable d'en rendre huit. Les petites coupures, celles d'un million, de dix millions, de cent millions sont impossibles à trouver. Chaque jour, le consommateur abandonne de la sorte autour de lui des millions et des milliards comme de la crotte.

La Reichsbank ne se montre pas avare de ses coups de tampon. En revanche — va savoir pourquoi ! — l'administration des postes mesure chichement les siens. Il n'est pas conseillé d'envoyer des cartes postales, sinon il y faut coller tant de timbres, avec ou sans surcharge, que tu dois choisir entre timbrer toute la surface de l'illustration, ou timbrer seulement le verso ; mais alors il ne reste plus de place pour écrire.

Munie d'un papier-monnaie qui ne vaut guère plus que le papier hygiénique, la population recourt au bon vieux troc. On échange des godasses demi-usées contre du savon, des bijoux contre du sucre, des cigarettes contre du lard. Les professeurs font payer leurs leçons particulières en chocolat, les putains leurs faveurs en pommes de terre, les médecins soignent pour de la margarine.

C'est aussi la ruine des héritiers. Ah ! qui dira la grande douleur des légataires universels ! Du moins quand leur héritage est mobilier. Un brave grand-père avait économisé sou par sou toute sa vie afin de doter sa petite-fille. A sa mort, en 1913, huit mille marks en chiffres attendaient à la banque. Mais lorsque la fiancée va retirer ces fonds dix ans plus tard, ils lui suffisent à peine à acheter un paquet de chicorée.

En dernier recours, il reste à voler ce qu'on ne peut payer honnêtement. On vole surtout l'alimentaire et on le consomme tout de suite afin que, même en cas d'arrestation, il ne puisse être récupéré. Mais tout est bon à prendre, en vue d'échanges ultérieurs. On vole dans la rue, dans les maisons, dans les magasins, dans les gares et dans les trains, dans les temples et dans les églises. Les restaurants, afin de protéger leur vaisselle, exigent que le client dépose d'abord à la caisse en caution ses lunettes ou sa montre.

Fritz, le bon Allemand roux et ventru, sait d'ailleurs que tous ces malheurs sont provisoires. Il prend patience. Des prophètes, des pythonisses, des astrologues annoncent des temps meilleurs. Un jour prochain surgira un Messie, un César, un Siegfried qui remettra les choses en place. C'est-à-dire les voleurs en prison, les affameurs au bout d'une corde, les occupants hors des frontières de la Sainte Allemagne, les Polonais au-delà de la Vistule, les Welches au-delà des Vosges. Il tuera le dragon juif, imposera sa *paix par la victoire*, Siegfried ! Et non par la défaite. Il approche, tout le prédit : on a vu en Bavière couler une source qui depuis 1918 s'était tarie ; dans le ciel une comète croiser la constellation du Sagittaire, celle des glorieux lanceurs de flèches. Le Sauveur n'est plus très loin.

Par bonheur, Charlotte ne possédait rien, elle échappait à ce tourbillon. L'inflation monétaire n'avait aucun effet sur elle. Alimentée, lavée, chauffée, logée, elle reversait presque entièrement à la nourrice, selon les chiffres convenus, les gages reçus du Dr Emil Schüddekopf.

En 1924, la situation financière s'arrangea soudainement, car l'État eut l'idée géniale de se déclarer en banqueroute. Il renonça donc à payer ses dettes intérieures, créa un nouveau mark, solide, respecté de tous, reçut l'appui des Américains, et les couples purent se rendre dans les magasins sans lessiveuse.

C'est alors que se produisit un grand malheur dans la famille

Schüddekopf. Un triste matin, Charlotte, venue comme de coutume délanger le vieux M. Drucker, le trouva raide et presque froid, la main crispée sur le cordon de la sonnette. Sentant venir la mort, il avait voulu appeler la garde au secours, mais l'Autre, plus rapide, l'avait arrêté, il avait dû tout seul sauter le pas. Ses yeux écarquillés regardaient encore le plafond qui séparait leurs deux sommeils. Elle les ferma doucement de la main, car il n'y avait plus rien à voir.

Deux jours après, il fut glorieusement porté à l'église Saint-Boniface, entouré de cierges, de fleurs et des collègues du professeur d'histoire.

Le troisième jour, Charlotte fut convoquée par Mme Schüddekopf :

« Ma fille, vous nous servez depuis presque quatre années. Vous avez soigné mon cher père avec dévouement et je vous en suis très reconnaissante. Toutefois, vous comprendrez qu'après son brusque départ, votre présence n'est plus nécessaire dans cette maison. Vous pouvez finir le mois commencé avec nous. Mais vous nous quitterez avant le premier du mois prochain. »

Lotte s'attendait à ce dénouement, elle ne l'aurait pas cru si leste. Elle se sentit aux joues un froid glacial, comprit qu'elle devenait blanche, fit cependant un effort pour dire :

« Bien, Madame. Puis-je vous demander... une faveur ?

— Quelle faveur ?

— De m'aider à trouver une autre place. De me recommander à vos connaissances si vous avez été satisfaite de mes services.

— A chacun ses soucis, ma fille. Vous avez les vôtres, j'ai les miens. Tout ce que je ferai, c'est de vous gratifier d'un certificat convenable.

— Bien, Madame. »

Dans tout cela, il n'avait pas été fait mention du petit Josef qui, lui non plus, n'entrait point dans les préoccupations de Mme Schüddekopf. Bien, Madame. Très bien, Madame. Je me débrouillerai. Je trouverai seule un autre travail. S'il le faut, j'irai ramasser au marché les feuilles de chou et les pommes pourries. Je mendierai mon pain comme les anciens combattants. Après tout, je suis une ancienne combattante, j'ai conduit les tramways de Mayence pendant la guerre.

8

Elle se remit à sonner aux portes. Elle osa même s'éloigner de Mayence. Elle fut bonne à tout faire chez un magistrat de Darmstadt. Petite ville avec parc, belles avenues, ceinture de forêts. A l'horizon, montagnes de la Bergstrasse. Le grand-duc détrôné par la République était resté sur place, devenu lui-même simple bourgeois, on le rencontrait au marché, dans les bureaux de tabac, achetant personnellement ses légumes et ses cigares. Le juge Kasimir Gertner était un homme réjoui, content de vivre, les mains cajoleuses (mais Lotte savait habilement les remettre à leur place), à qui sa vie professionnelle donnait souvent des bonheurs supplémentaires. Tandis qu'elle servait, il les avouait à table d'une voix sonore, si bien qu'elle ne pouvait échapper à ces confidences :

« Aujourd'hui, j'ai eu la grande joie de condamner un poète à quinze mois de prison.

— Un poète ? s'étonnait Madame.

— Oh ! pas n'importe quel poète ! Un poète pacifiste qui avait eu l'audace de réciter au théâtre, en public, une de ses œuvres contre la guerre et contre l'armée. Provoquant un énorme scandale. Encore un rouge qui aura le temps de perdre à l'ombre de sa couleur. »

Elle sut ainsi que les amis de la paix, de la maudite démocratie, de cette république nouvelle, édifiée à la six-quatre-deux, présidée par un ancien sellier, qui avait jeté bas le grand-duc de son trône, étaient des dangers mortels pour la Sainte Allemagne et qu'il fallait les écraser au plus vite. Il faisait le geste du talon. Elle sut qu'à l'inverse les jeunes nationalistes, les courageux garçons des corps francs, les étudiants aux visages balafrés représentaient l'espérance de la nation ; qu'ils étaient dignes de toutes les indulgences s'il leur arrivait de casser les vitres d'une boutique juive ou de bâtonner une échine syndicaliste. L'appartement du magistrat ignorait d'ailleurs le changement de régime : le salon était toujours orné des portraits du ci-devant grand-duc et de Guillaume II avec ses moustaches-paratonnerres.

Après six mois de patience, Charlotte abandonna cette place parce que les mains de Kasimir devenaient trop insistantes. Elle fut *Kellnerin*, serveuse, à Francfort, capitale des colorants, ville composée presque uniquement de banques, de cheminées, de gazomètres. Dans sa *Weinstube*, banquiers, commerçants, industriels venaient pomper le soir en compagnie de leurs dames, manger des saucisses rouges un peu obscènes et chanter, coudes liés, en se balançant :

Ich hatt' einen Kameraden,
Einen bessern find'st du nicht...

J'avais un camarade,
De meilleur, impossible...

Ils ne se consolaient pas d'avoir réchappé de la guerre, de n'y avoir pas laissé un membre ou de n'y avoir point participé. Charlotte servait les flacons de vin blanc, de vin rosé. Les pourboires étaient bons ; mais là aussi trop de mains s'intéressaient à elle.

Elle revint à Mayence. Elle travailla successivement chez un architecte, chez un tailleur, chez un épicier. Elle s'usait les genoux sur les parquets, les bras dans les lessives, les yeux sur les raccommodages. Et toujours ces mains innombrables auxquelles il lui fallait échapper ! Elle dormait peu, travaillait comme une bête, mais gagnait son pain honnêtement. Chaque mois, elle apportait son dû à la nourrice et revoyait son petit garçon. Elle le trouvait grandi, embelli. Il demandait :

« M'as-tu apporté un cadeau ?

— Bien sûr. »

Elle tirait de son sac une tablette de chocolat, un bonhomme de pain d'épice, des bonbons, dont les autres enfants recevaient une part. Le soir, rentrée dans sa chambre, elle priait Dieu, Seigneur, faites que je puisse reprendre mon enfant bientôt, qu'il devienne mon petit compagnon, mon ami de chaque jour, mon bâton de vieillesse. Et comme elle se sentait le cœur un peu catholique puisque Josef avait été baptisé par un prêtre de Saint-Ignace, elle implorait aussi la Mère du Christ, faites que cet enfant m'aime un peu, qu'il cesse d'être un étranger pour moi.

Du côté d'Heinrich, c'était toujours le silence absolu. Salaud d'Heinrich.

Elle se trouvait en service chez ledit épicier de la Lotharstrasse quand on tira le cordon. L'homme souleva sa casquette :

« Je viens pour le compteur du gaz. »

Elle le conduisit jusqu'au compteur, dissimulé dans une soupente. Il alluma une lampe de poche, inscrivit des chiffres sur un calepin avec un crayon dont il mouilla la mine de sa langue.

« Voilà, dit-il. C'est fait. »

Mais il la regardait et demeurait immobile, faisant vaguement le geste de s'épousseter. Il avait un bon visage rond, des yeux d'un bleu innocent, des moustaches blondes taillées juste sur la lèvre. Il sourit et répéta :

« C'est fait. »

Il n'en finissait pas de remettre en place son crayon, sa lampe, les boutons de son paletot. Il laissa tomber son calepin, le ramassa.

« J'ai beaucoup de monde à voir, dit-il. Et fait pas chaud, dehors ! Mais dedans on est bien. C'est pourquoi je traîne un peu. »

Il rit pour s'excuser. Il la regardait. Elle pensa qu'il désirait quelque chose :

« Accepteriez-vous un Viandox ?

— C'est une très riche idée. »

Elle le fait entrer dans la cuisine, jette un cube dans une tasse, verse dessus l'eau de la bouilloire, la bonne odeur Liebig envahit la pièce comme un encens. L'homme prend la tasse entre ses deux mains pour les réchauffer, il souffle un peu sur le liquide en produisant des vagues. Il boit une gorgée, fait clapper sa langue.

« Y a pas longtemps que vous êtes ici, n'est-ce pas ?

— Trois semaines.

— C'est pour ça que... »

Il l'examine toujours par-dessous sa visière. Elle s'est assise à l'autre bout de la table pour éplucher et demeure les yeux rivés à ses patates. Il boit à tout petits coups.

« C'est bon. »

Quand il a fini, il repose la tasse, pousse un soupir, remercie, puis soudain a un coup d'audace :

« Je m'appelle Peter. Peter Vetter [1]. C'est un nom idiot, car je ne suis le cousin de personne.

— Vraiment ? Vous n'avez ni cousin ni cousine ?

— Non. Je n'ai aucun parent. Élevé dans un orphelinat. J'ai eu seulement pour père le soleil, et pour mère la pluie.

— Vous savez, il y a beaucoup de vrais parents qui... »

Un silence. Il réfléchit, il approuve :

« Oui, oui, je sais bien. N'empêche que de vrais parents, c'est quelque chose, ne serait-ce que pour le nom qu'on reçoit en héritage. *Vetter* me fut donné par les sœurs Ursulines.

— C'est un nom très joli. »

Second coup d'audace : « Ça explique que moi, je sois très croyant. Par reconnaissance envers les bonnes sœurs.

— Vous avez bien raison. »

Il soupire encore une fois ou deux. Elle épluche. Puis il se lève :

« Faut vraiment que je m'en aille à présent. Merci pour le Viandox, ma... dame.

— Mademoiselle.

— Que Dieu vous conserve.

— Qu'il vous conserve de même. »

Elle l'accompagne jusqu'à la porte, il soulève sa casquette. Quand il a fait trois pas dehors, il se retourne :

« Y a quelque chose qui gaze pas très bien dans le compteur.

1. *Vetter* : cousin.

On lit à peine les chiffres. Faudra que je revienne pour nettoyer ça.

— Quand vous voudrez. »

Le lendemain, le revoici. Il va jusqu'à ôter carrément sa casquette, ses cheveux sont blonds comme sa moustache, un peu clairsemés sur le front.

« Pardonnez-moi de revenir si vite. Mais cette petite chose me préoccupait, j'aurais pas voulu qu'il vous arrive un malheur. »

Cette fois, il sort de sa poche des clés, des tournevis, un chiffon. Elle le ramène au compteur. Il brise le sceau métallique, visse et dévisse, bricole un moment, essuie le cadran, grattouille les robinets tandis qu'elle l'éclaire avec la lampe de poche. Celle-ci est munie d'une tête de verre bombé, pareille à une cloque. Après beaucoup d'efforts, il referme la porte vitrée, recomposte le sceau de plomb et déclare :

« Maintenant, vous ne risquez plus rien. Ça gazera parfaitement. »

Il rit pour souligner son calembour. Elle rit aussi. Puis propose un autre Viandox. « Pourquoi pas ? » Ils se retrouvent à la même table que la veille.

« Vous aimez, dit-elle en versant l'eau, raconter des craques.

— Oui, oui, j'adore, répond-il en éclatant de rire. J'en ai toujours plein mes poches.

— Des craques ? Plein vos poches ?

— Tenez, regardez. »

Et il sort de sa poche — celle qui ne contient pas les outils — un petit volume rouge avec un titre doré :

Recueil d'historiettes, anecdotes et calembours pour toutes les occasions.

« En voulez-vous une ? propose-t-il en l'ouvrant.

— Je ne sais pas si j'ai le temps, pardonnez-moi.

— Oh ! une très courte. C'est une devinette. Qu'est-ce qui sépare le rire des larmes ? »

Kaub, un matin d'anniversaire. Le père, déposant son manteau d'austérité, deux doigts pincés déjà dans le gousset sur la traditionnelle pièce d'or, l'annonce d'un pâle sourire, comme l'aube précède l'aurore, en demandant : Qu'est-ce qui mange avec l'Empereur sans salir son assiette ?... Qu'est-ce qui m'instruit ou qui me ment selon les jours ?... Qui regarde à droite, à gauche, sans jamais voir sa sœur ?... Et la réponse : la mouche, la montre, l'oreille. Et les éclats de rire qui suivent. Et le bonheur de tous d'avoir — environ une fois par bimestre — ri en commun. Et elle souffre de ce manque de rire comme d'un manque de soleil. A Kaub, chez les ardoisiers, sans être formellement interdit, le rire était tenu pour une sorte d'incongruité, comme l'éternuement. Il attirait toujours les regards indignés du père ou de la mère :

« Qu'as-tu donc à rire ? »

Ça t'en coupait l'envie. Une maison sans rires, c'est presque un sépulcre.

« Voyons, dit Peter, ce qui sépare les larmes du rire ?

— Je ne sais pas.

— Regardez-moi bien. »

Il mime les larmes, il mime le rire, elle secoue la tête désolée.

« Le nez, voyons ! Le nez ! »

Et le voilà qui rit, qui rit aux larmes. D'un rire sincère qui le secoue tandis qu'elle fait de son mieux pour le suivre.

« Ah ! conclut-il, redevenant sérieux et remettant dans sa poche son ana pour toutes les occasions. Je suis encore célibataire. Mais croyez-moi, mademoiselle, celle qui m'épousera ne s'ennuiera pas en ma compagnie ! Vous vous appelez comment, au juste ? »

Bref, cela finit par une demande en mariage. En bonne et due forme, un dimanche matin, avec chapeau melon, redingote et guêtres de drap.

« Vous me faites un très grand honneur, monsieur Vetter. Et je ne dis pas non. Mais il faut d'abord que vous sachiez certaines choses.

— Quelles choses ?

— Asseyez-vous, Peter, afin de ne pas tomber à la renverse... Voilà, très bien... La première est que j'ai un enfant de cinq ans. Il est placé en nourrice à la campagne. »

Et lui, sans hésiter : « Ça sera comme si nous nous étions connus cinq ans plus tôt, Charlotte.

— Bien. La seconde chose : qui fut son père.

— Je ne vous le demande pas. Un homme que vous avez connu avant moi, que vous avez aimé, qui vous avait promis le mariage et n'a point tenu sa promesse.

— Ah ! Peter ! Comme vous devinez bien les choses ! Allez plus loin. Dites-moi quelle sorte d'homme fut celui-là.

— Un malappris. Un vaurien.

— Vous avez raison. Dites même : un salaud. Mais de quelle condition ? De quelle nationalité ?

— Ah ! il avait une nationalité particulière ?... Il y a cinq ans ?... Eh bien ! ce ne pouvait être qu'un Français. »

Elle lui tendit les bras, il la reçut sanglotante contre sa poitrine.

« Oh ! Peter ! Oh ! Peter Vetter !... Vous savez tout, à présent !

— Je sais surtout, dit-il en lui tapotant doucement les omoplates, je sais que cet homme, Français ou Chinois, était indigne de vous. Qu'il vous a abandonnée. Que vous avez élevé cet enfant toute seule.

— Oui, Peter, toute seule... Oui, Peter.

— Je sais que vous serez pour nos enfants une mère honnête et courageuse.

— Pour nos enfants ?

— Charlotte, acceptez-vous de m'épouser ? »

Elle lui répondit enfin : avec des larmes.

Les noces ont lieu sans faste ni convives, à l'exception des deux témoins nécessaires. « Nous sommes l'un et l'autre sans famille », constate le gazier. A défaut des Faust qui l'ont reniée, Charlotte veut présenter son mari à ses ancêtres. Ils descendent à la gare de Kaub et se dirigent vers le cimetière, derrière l'église. Des résidences de riches, chacune avec sa luxueuse dalle polie, son Christ doré, sa veilleuse, son bénitier particulier. Pas un brin d'herbe superflue. Le sable fin des allées absorbe le crissement des semelles. Champ de la Paix, *Friedhof*, dit justement la langue allemande. Un panneau de granit, surmonté de la croix de Malte, porte les noms des *Glorieux Soldats tombés pour la Patrie*. La Paix leur doit beaucoup. Peter, qui est malgré ses calembours un grand patriote, qui a fait cinquante-deux mois de guerre comme caporal, se plante devant eux au garde-à-vous et leur envoie le salut militaire. Charlotte désigne deux noms : *1918, Faust Oskar, Faust Ernst*.

Le mausolée des Faust occupe le point le plus élevé, comme il convient à leur importance locale. Il comporte deux étages : un rez-de-chaussée avec sous-sol où loge la sainte famille ; et, au premier étage, une sorte de chapelle gothique formant salon ; plusieurs figures de pierre y sont réunies autour d'une table. La plus vénérable, avec sa barbe épanouie, ses lunettes à verres ovales, est celle du patriarche Albrecht Faust (1798-1875), occupé à lire à voix haute une bible ouverte. Devant lui, huit de ses descendants, hommes et femmes, écoutent avec respect son enseignement. Sur la table, gravé en lettres d'or, un verset de l'Écriture : *La pierre rejetée par ceux qui bâtissent est devenue la pierre angulaire. (Ps. CXVIII.)* On y peut voir une vague allusion aux ardoises qui ont fait la fortune des Faust depuis un siècle. Une vague connivence entre l'ardoiserie et le royaume des Cieux. De même, le groupe des personnes assises évoque quelque peu la Cène du jeudi saint, Albrecht Faust tenant le rôle du Crucifié.

« Voici la famille d'où je sors », dit Charlotte.

Peter se fige dans les marques extérieures du respect, son chapeau rond sur l'avant-bras. Ils font le tour de l'immeuble. Au verso de la chapelle, une plaque de marbre porte la liste des occupants. Et là vient la surprise du jour, car la liste se termine par deux noms qui ne devraient pas y figurer :

FAUST Oskar (1864-1918)
FAUST Ernst (1901-1918)

« Mais... mais comment ! balbutie Charlotte. Je les croyais enterrés en Belgique, en France !

— On aura, explique Peter, ramené leurs dépouilles. Les familles qui ont les moyens... »

Alors, pour confirmer, Oskar Faust se présenta devant elle. Non point en militaire, mais dans sa tenue civile d'autrefois. Très raide, le visage coincé dans son col à manger de la tarte. Deux doigts enfoncés dans le gousset, comme s'il allait en tirer une pièce d'or. Or la surprise des surprises fut qu'un sourire soulevait sa moustache. Un sourire de jour anniversaire.

« Content de te revoir, ma fille », dit-il d'une voix enjouée dont elle avait presque perdu le souvenir.

Et elle : « Pourquoi n'ai-je rien su de ton retour ?

— Bah ! Ma dépouille, comme dit ton Peter, n'a guère d'importance. Ce qui compte, c'est la pensée. Je reconnais avec plaisir que ta pensée m'a souvent rendu visite. »

Elle se sentit rougir, bredouilla : « Pourquoi a-t-il fallu... toute mon enfance... que nous nous tenions si distants l'un de l'autre ?

— Les apparences. Ce n'était qu'apparences.

— Ton cœur semblait tellement inaccessible, tellement rempli par autre chose...

— Ne juge pas.

— Je te présente donc Peter Vetter, mon mari.

— Dans sa grande tenue, il est assez reluisant. C'est naturel, chez un gazier, ha, ha, ha !

— Tu sais donc ?

— Je sais beaucoup de choses.

— Vraiment beaucoup, beaucoup ?

— Pas toutes. »

Elle se retourna pour voir si Peter pouvait l'entendre. Mais celui-ci restait englouti dans son recueillement.

« Pourrais-tu, souffla-t-elle, me donner des nouvelles d'Heinrich ?

— Chut !

— Quoi, chut ?

— Il ne faut plus penser à cet homme. A ce mauvais sujet. Je sais que ce n'est pas facile. Mais il ne faut plus. »

Elle baissa la tête, sans rien promettre.

« Coucou ! » fit une voix claire.

Derrière les épaules d'Oskar, parut une figure juvénile, celle de son frère Ernst, complètement guéri, sans pansement au front.

« Ernst de mon cœur ! dit-elle.

— Lotti de mon âme !

— Tu sais : j'ai toujours Gros-Bibi, avec son ventre en forme de rave.

— C'est un joyeux drille.

— Je reviendrai te voir.

— Oh ! Nous ne nous quittons guère.

— Protège-moi, mon bien-aimé. Protège mes enfants, celui que j'ai, ceux qui viendront. Garde-moi des regrets inutiles.

— Je ferai de mon mieux. Dans les grandes ou les petites choses. Tiens, ne sors pas demain sans parapluie : il pleuvra sur Mayence. »

Il lui envoya de la main un baiser, puis s'effaça derrière son père.

« A propos de ventre, dit Oskar, épanoui. Connais-tu celle-ci : qu'est-ce qui prend du ventre à force de danser ?

— Vraiment, je ne sais pas.

— Le fuseau. »

Ils rient ensemble, tous les trois.

Le lendemain, il plut sur Mayence.

Le jeune couple s'installa à Mombach, non loin de l'église du Sacré-Cœur-de-Jésus où ils s'étaient mariés. Charlotte négligea de répéter la cérémonie nuptiale dans une église protestante, manifestant ainsi qu'elle renonçait à la religion dans laquelle on l'avait élevée. Ils habitaient une petite maison en location, avec jardinet, dans la Maletenstrasse. (Plus tard, à force d'économie et de travail, ils réussirent à en devenir les propriétaires.) Dès lors, la toute nouvelle Mme Vetter ne servit d'autre famille que la sienne. Son premier soin fut de récupérer son fils Josef, de l'envelopper de tendresse, de le persuader qu'elle était bien sa vraie mère. Peter agit de même, ajoutant à l'amitié une quantité de calembours et d'historiettes. Il portait volontiers cet enfant à califourchon sur ses épaules, retenant les petites jambes contre sa poitrine. Josef tirait ses oreilles comme on tire les guides d'un cheval, la droite pour qu'il tournât vers la droite, la gauche pour qu'il tournât vers la gauche, à quoi la monture obéissait avec le plus grand zèle. Tout cela accompagné d'éperonnades, de hue, de ho, de faux emballements qui le faisaient hurler de peur et de plaisir.

Ainsi s'habituaient-ils les uns aux autres. Peter fit d'ailleurs les démarches nécessaires pour que Josef portât son nom, de sorte que l'enfant de sa femme devint aussi le sien.

Le Carnaval comblait de bonheur même les Mayençais malheureux. Il durait en moyenne seulement deux mois, du premier janvier au mercredi des Cendres, mais sa préparation commençait dès la saison précédente : le 11 novembre à 11 heures, 11 minutes et 11 secondes. C'est-à-dire qu'il se trouvait placé sous la protection du nombre onze, *elf*. Nul ne savait exactement pourquoi. Les historiens prétendaient : en souvenir de la République de Mayence, qui ne fut qu'une courte mascarade, la devise *Égalité-Liberté-Fraternité* ayant formé de ses initiales dans le désordre le sigle de l'événement ; c'est aussi pourquoi les carnavaliers se coiffent d'un bonnet phrygien de caricature. En fait, le Carnaval a des origines plus lointaines, peut-être remonte-t-il au XIe siècle. Ou à l'an 11 après Jésus-Christ, quand les Romains transportèrent ici leurs « lupercales », on voyait dans les rues onze prêtres spécialistes, arrosés du sang d'une chèvre, recouverts d'une peau de bouc, cingler de leur fouet la foule en délire. Ce qui renvoie à des *onze* antérieurs aussi mystérieux. Mais tous ont ce point commun d'être égaux à 10 plus 1, ou si l'on veut à 12 moins 1. C'est-à-dire à un nombre disparate, très insolite en un monde où quasi toutes choses se comptent par dix ou par douzaines, les doigts de la main et du pied, les heures, les mois, les apôtres, les œufs, les mouchoirs, les chapelets, le décilitre, le centimètre, le kilogramme. Le *onze* est donc bien le nombre des fous, l'heureux symbole du Carnaval, d'un temps où rien ne se fait selon la raison, où les riches se travestissent en gueux, les pauvres en princes ou en princesses ; où l'on danse dans la rue ; où l'on embrasse les agents de police ; où les croquemorts chantent à cœur joie ; où les enfants commandent aux parents, les femmes aux maris, les domestiques aux maîtres. Protégés par les masques et le tohu-bohu, on dit même que des échanges clandestins s'opèrent dans les ténèbres, que d'honorables épouses s'abandonnent à des étreintes illégitimes. Mais ce que chacun respecte absolument, c'est l'obligation de crier : *Helau !* Haut les cœurs ! au moins onze fois par heure à l'adresse de personnes jamais vues auparavant. En même temps, on leur fait un salut spécial, qui est le salut militaire renversé, puisqu'il consiste à présenter, en la passant devant les yeux, la main *droite* ouverte contre la tempe *gauche*.

Clou des manifestations : le cortège du Lundi des Roses. *Rosen-*

montag signifie en réalité *Rasender Montag* : Lundi de la Folie. Ce jour-là défilent les fanfares, les associations costumées, les chars fleuris, les chars de caricature, les grosses têtes politiques du moment reproduites en carton-pâte, Staline, Poincaré, MacDonald, Hoover, Hindenburg. Toute la ville explose. On chante, on hurle, on bâfre, on se saoule, on s'embrasse, on fornique dans les coins.

Chez les Vetter, bien que ce fût un peu mascarade chaque jour grâce aux joyeusetés de Peter, tous aussi participaient au Carnaval. Leurs fenêtres se paraient de bannières, de guirlandes, de rubans de papier. Charlotte travaillait des semaines à confectionner à bon compte des déguisements : tricornes, shakos, perruques, épaulettes, brandebourgs, cravates de dentelle, manchettes, culottes de satin. Pour faire face à ces dépenses, on engageait si nécessaire au Mont-de-Piété une montre, un bijou, le fusil de chasse, les souliers d'été, qu'on irait ensuite retirer, avec l'aide de Dieu, en s'ôtant de la bouche le pain, le vin et la saucisse. Les bureaux du Mont-de-Piété étaient fermés la veille du grand jour, afin que les Mayençais pussent conserver au moins une chemise et un lit.

Mais le plus beau des Carnavals, toute la Rhénanie le connut quand les troupes françaises évacuèrent les territoires qu'elles occupaient depuis douze ans. Avec trois d'avance sur l'échéance prévue par Versailles. Longtemps avant elles, les américaines, les anglaises avaient déjà plié bagage. Restaient les bleu-horizon en compagnie des inévitables Sénégalais dont la presse nationale disait les pires horreurs. Des affiches collées la nuit sur les murs des villes dénonçaient la *Honte noire*, la *Lèpre noire*, la *Peste noire*, que les mêmes Africains avaient fort à faire à déchirer le jour suivant. Le *Deutsche Allgemeine Zeitung* raconta à sa façon l'épouvantable affaire de Düsseldorf au cours de laquelle un soldat blanc avait tué un petit garçon de sept ans. « Par accident, en nettoyant son fusil », prétendit l'autorité française. Mais le journal allemand donna la seule version admissible : *Des gamins jouaient dans une prairie interdite par les envahisseurs. Comme ils refusaient de se retirer, une sentinelle tire dans le tas, sa balle traverse la tête d'un garçon de sept ans qui riait à quelques pas de lui. Le brave soldat français se jette alors sur le petit corps ; pour le secourir, prétendra-t-il plus tard. Mais un témoin affirme : pour manger sa cervelle. Rien d'étonnant de la part d'un fusilleur de gosse. L'usage de dévorer la cervelle de l'ennemi vaincu est d'ailleurs courant parmi les troupes noires qui servent la France. Comme cet exemple le prouve, il a gagné les troupes blanches, par une négrification croissante et générale. D'après nos informations, le général commandant les troupes françaises d'occupation, informé de l'événement, se propose de nommer sous-officier l'habile tireur pour son adresse, son sang-froid et son appétit.*

Peu de lecteurs du *Deutsche Allgemeine Zeitung* lurent ensuite la rectification parue dans la *Revue rhénane*, journal bilingue qui s'efforçait de répandre la culture française, de favoriser l'amitié franco-allemande, mais n'avait récolté que deux mille abonnés. Ledit général y expliquait que les Français n'ont pas l'habitude de consommer des cervelles d'enfant toutes crues, sauf en des circonstances exceptionnelles ; que lui-même en ignorait encore le goût. Mais personne n'apprécia cette protestation railleuse. La raillerie parut même scandaleuse à propos d'un infanticide.

C'est dire le bonheur des Mayençais et des autres Rhénans lorsqu'ils virent les troupes occupantes évacuer les casernes et se retirer avec armes et bagages, tambours et trompettes. Laissant derrière elles une immense satisfaction, quelques inavouables regrets et sept cent soixante-sept enfants illégitimes dont quinze métissés, selon les statistiques municipales. Sitôt que le dernier ennemi eut quitté le territoire national, ce fut sur les deux rives du fleuve nourricier une explosion de joie, un embrasement général. Chaque sommet, chaque burg, chaque tour éclaira la nuit de ses bûchers, de ses feux de Bengale. Chaque pont eut les siens que multipliaient les eaux du *Vater Rhein*. On brûla publiquement des mannequins encapotés de bleu horizon, ou bien des Sénégalais en paille, et l'on dansa autour de leurs cendres follement, des nuits entières.

Jamais Mayence n'a revécu un carnaval aussi splendide.

Les filles sont tristes,
Les Français sont partis !

Non, non ! Les filles étaient joyeuses ! C'est à peine s'il en restait sept cent soixante-sept pour pleurer. Pour dire, sanglotantes, en s'arrachant aux bras des soldats bleus qui les quittaient :

« Il n'est pas possible que nous nous aimions : nous nous détestons trop ! »

9

Josef Vetter, l'aîné de la famille, mena d'heureuses études à l'école de Mombach, en compagnie d'autres fils d'ouvriers, de mariniers, d'artisans, de petits employés. L'année scolaire commençait après les vacances de Pâques, les enfants se présentaient généralement tête rase, à cause des poux, et genoux découverts.

Dans le hall de l'établissement, au-dessus de la liste des enseignants tombés pour la Patrie, le drapeau impérial mêlait ses aigles aux trois couleurs républicaines. L'enseignement était gratuit, mais les parents devaient chaque mois verser quelques marks pour les fournitures. La plupart des maîtres étaient âgés, certains atteignaient la septantaine, ce qui ne les empêchait pas de garder la main efficace. Le directeur, Herr Strasser, un Prussien de Königsberg, déjà en fonction sous Guillaume II, se vanta un jour d'avoir distribué au cours de sa trop longue carrière environ 900 000 coups de canne, 120 000 coups de fouet, 150 000 coups de règle sur les mains, 8 000 coups de poing sur les oreilles, 13 000 coups de pied au derrière, 250 000 soufflets, 300 000 retenues. Il avait lui-même établi cette intéressante statistique qu'il lut solennellement le soir de sa mise à la retraite *cum honoribus*, chacun l'en félicita. Les familles ne trouvaient non plus rien à redire à ces méthodes, les seules bonnes à former une jeunesse prête à tous les lendemains. Pour devenir dure et résistante, la pâte molle de l'enfant doit être battue comme le fer doux sur l'enclume.

Les maîtres les plus jeunes, qui avaient fait la guerre et se trouvaient parfois mutilés d'une main, d'un bras, d'un œil, se plaignaient de leurs salaires ridicules, lesquels par surcroît leur étaient versés avec retard par les finances communales toujours en déficit. A moins que la somme mensuelle, fortement réduite, ne devînt une « avance sur traitement », ce qui leur faisait dire : « A maître amputé, salaire amputé. »

Ils discutaient âprement entre eux de leur triste sort, ça ne peut plus durer ainsi, ils menaçaient le directeur de se mettre en grève et la cour de récréation devenait cour des lamentations.

« Ne m'accusez pas ! répliquait le Prussien. Accusez la République ! »

Pour mieux marquer leur mécontentement, ils militaient dans les « Casques d'acier », association nationaliste par laquelle les Allemands démilitarisés exprimaient leur nostalgie de l'uniforme *feldgrau*. Ils paradaient dans les rues au pas cadencé, sous l'œil indulgent de la police, en colonnes par quatre, sac au dos, toutes classes d'âges confondues : vétérans de 14-18 cravatés de leurs croix de fer, jeunes recrues imberbes, gamins de treize-quatorze ans ; mais tous le casque d'acier enfoncé jusqu'aux yeux. La conviction d'un renouveau prochain enfoncée jusqu'au cœur. Peter Vetter s'inscrivit également dans cette association et prit place à la tête de ces défilés ; il portait le drapeau de la section locale parce qu'il était le caporal le plus médaillé de Mombach.

A la maison, Peter enseignait la manœuvre militaire à son fils aîné en attendant que les autres grandissent. Armé d'un bâton, Josef sut obéir aux commandements : « Arme sur l'épaule !... Présentez arme !... Arme au pied !... Baïonnette au canon !... » Le dimanche matin, de bonne heure, les deux Vetter s'en allaient pratiquer le tir réel comme d'autres vont à la messe. La cible représentait la silhouette d'un soldat bleu horizon surimprimée de cercles concentriques, le *1000* se trouvant à l'endroit du cœur.

Charlotte désapprouvait ces exercices guerriers, l'avenir de l'Allemagne, prétendait-elle, n'est pas sur les champs de bataille, mais sur les champs de pommes de terre, sur les champs de foire, sur les champs de découvertes ; notre avenir est dans les industries de paix. Peter, le joyeux drille, cessait de plaisanter dès qu'il s'agissait de la Sainte Allemagne.

« N'écoute pas cette... pacifiste, mon fils ! Pacifiste ! »

Il répétait le mot avec horreur, comme si celui-ci eût désigné une maladie honteuse. Le bleu innocent de ses yeux, lui aussi, prenait alors un luisant d'acier. Ensuite, d'un ton plus conciliant :

« Après tout, nous ne faisons aucun mal. Le tir est un sport comme un autre, inscrit aux Jeux olympiques. La gymnastique, le pas de course ne sont rien que des activités corporelles. »

Entre le père et le fils, l'entente était parfaite.

Lorsque Josef sortit à quatorze ans de l'école primaire, le gazier lui trouva à l'hôpital de Mayence un modeste emploi d'aide-cuisinier. Il y resta trois ans à laver la salade, à peler les patates, à fignoler les carottes déjà raclées par l'éplucheuse électrique. Tout le monde se montra satisfait de ses services, de sa vaillance, de sa docilité. A l'âge de dix-huit ans, il se fit inscrire à des cours du soir en vue d'obtenir le diplôme d'infirmier. Il y a d'évidentes affinités entre le grattage des légumes et le grattage des malades, il y faut patience, minutie, absence de dégoût.

Pendant qu'il se livrait à ces humbles mais nécessaires besognes, l'Allemagne se trouvait déchirée entre deux factions : celle de droite, nationaliste, antiparlementaire, antisémite, antifrançaise ; et celle de gauche, antifasciste, pacifiste, catholique, socialiste, communiste. La première se moquait du drapeau républicain suie-tomate-et-moutarde ; elle avait pour devise *Ein Volk, ein Reich, ein Führer*, un Peuple, un Empire, un Chef ; la seconde *Ein Feind, eine Front, ein Kampf*, un Ennemi, un Front, un Combat. Les nationalistes ne se contentaient pas des éclatantes victoires électorales qu'ils remportaient à chaque vote ; il leur fallait aussi la peau des fesses de leurs adversaires. Le sang coulait dans les quartiers « rouges » des villes, où les Sections d'assaut hitlériennes allaient répandre la mort et la terreur afin de « conjurer le péril bolchevique ». Si par miracle, la police arrêtait les assassins, si la justice les condamnait à la corde, Hitler faisait de leur grâce et de leur libération une « question d'honneur ». Et il finissait par les obtenir.

Ni Peter ni Josef ne restèrent neutres dans ce conflit. Ils choisirent leur camp : celui de la Revanche sur Versailles, celui de l'Action contre les parlotes, de la Croix gammée contre le drapeau rouge. Ils apprirent à saluer le bras levé et à hurler *Heil* au commandement.

« Mère, dit Josef, je vais faire enfin quelque chose de concret pour notre Patrie. »

Il avait reçu convocation pour la caserne de Fribourg-en-Brisgau, à peu de distance de la frontière française. Des armes réelles l'y attendaient, chaudes, grasses, luisantes, dont ses paumes éprouvaient de façon anticipée le contact voluptueux.

« Je suis fier de toi, mon fils, dit Peter. Je connais bien cette ville de garnison. Tu monteras sur le Schlossberg et de là-haut tu verras, au-delà du Rhin, les terres alsaciennes qu'un jour tu devras reconquérir. Essaie de faire mieux que nous qui les avons perdues. Même au prix de ton sang. »

Ils se tenaient tous les trois dans la petite cuisine de Mombach, la mère debout, les deux hommes assis derrière deux verres et une bouteille de mirabelle que Peter avait sortie pour rendre plus douce leur séparation.

« Au prix de ton sang ! » répéta-t-il d'un ton convaincu, pas farceur pour un pfennig.

Alors se produisit une chose incroyable :

« Non ! » dit Charlotte froidement.

Ils levèrent les yeux, la virent toute blanche, les mains pressées sur la poitrine comme pour contenir l'élan de son cœur.

« Non, répéta-t-elle. Ne fais pas si bon marché d'un sang qui ne t'appartient pas ! »

Ce fut le tour du gazier de blêmir : « Que... que veux-tu dire, Lotti ?

— Tu le sais bien. »

Ils étaient debout maintenant tous les trois, la femme et le mari se défiant du regard. Celui de Josef allait de l'un à l'autre.

« Tais-toi ! ordonna Peter. Tu n'as pas le droit de parler ! N'ai-je pas fait mon devoir ?

— Pas complètement. Tu as entraîné Josef dans tes mascarades.

— Mes mascarades ?

— Il est temps qu'il sache. »

Et elle se mit à parler.

« Alors, dit Josef effondré, je suis le fils d'un Français ? D'un Welche ? D'un *Utschebebbes*[1] ?

— Tu es MON fils ! hurla Peter. C'est MOI qui t'ai choisi, adopté, élevé ! Tu es le fils de MON cœur ! »

Charlotte s'assit près de la fenêtre, les yeux tournés vers la rue, vers le fleuve, vers les mouettes, attitude qu'elle devait prendre et reprendre ensuite pendant des années. Peter, lui, restait debout, une main sur l'épaule de Josef assis, derrière le flacon de mirabelle. Ainsi le propriétaire d'un champ tient la main sur l'épaule de sa borne, face au voisin qui revendique, et proclame : ceci est MON champ, je l'ai payé de MON argent, baigné de MES sueurs, cultivé de MES peines ; nul n'a le droit de me le contester.

Josef partit quand même pour Fribourg. Ensuite pour beaucoup plus loin. Aussi bien que s'il n'avait eu dans les veines que du sang purement germanique. Non pas combattant de première ligne, mais dans le service de santé à cause de sa profession civile. A chacune de ses permissions, Peter déclarait :

« Je suis fier de toi, mon fils ! »

Après quoi, il le prenait par l'anse et le promenait dans le quartier de *Weinstube* en *Weinstube*, pour prouver à qui en eût douté un seul instant que ce garçon était bien digne de son père. Ils rentraient avant le couvre-feu, aux derniers rayons du jour, passablement dans les vaps, accrochés l'un à l'autre, chantant des chansons à mourir de tristesse :

Mein Schatz muss ein Matrose sein
Und so stürmisch wie die See
Und treu sein muss er mir allein,
Denn ich sag ihm sonst ade !

Mon amour doit être un marin
Tempétueux comme la mer,
Mais il doit me rester fidèle,
Sinon je lui dirai adieu.

Peter connaissait mal les paroles, à peine entendues à la radio ; il les suivait sur les lèvres de son compagnon et les reproduisait avec une seconde de retard, ce qui produisait une espèce d'écho. Les voisins passaient la tête à la fenêtre et disaient : c'est Vetter et son gars qui rapportent un beau chargement.

Quant à sa mère charnelle, Josef lui rendait ses devoirs, mais avec froideur ; ses yeux la regardaient s'affairer aux soins du

1. Déformation de Sidi-bel-Abbès qui désigne à Mayence les Français, par dérision.

ménage et semblaient dire comment, comment as-tu pu ? Lorsqu'elle surprenait ce regard de reproche, Charlotte le soutenait fièrement ; et s'il s'obstinait, elle avait un geste de la main pour l'interrompre, comme on chasse une mouche. Elle avait les cheveux châtains, les yeux noisette ; chez lui, tout cela était franchement noir, il savait à présent d'où il tenait cet héritage fuligineux. Encore heureux qu'il fût infirmier, il faisait des entrées discrètes dans les villes soumises, ce qui lui épargnait de défiler, lui, le noiraud plutôt bas du cul, parmi les géants blonds de l'Allemagne conquérante. Peter Vetter, malgré leurs dissemblances, n'avait que plus de mérite à le revendiquer.

Grâce aux vastes desseins du Führer, Josef connut une partie de l'Europe. Il voyagea d'abord en Pologne, puis au Danemark et pour finir en Russie. Il eût bien aimé visiter la France, afin de lui cracher ce qu'il pensait d'elle. Qu'en pensait-il au juste ? Qu'il s'agissait d'une nation méprisable — Hitler le lui avait enseigné —, dégénérée, sans ressources, sans courage. Et surtout : marxiste. Or, pas plus qu'une hyène ne lâche une charogne, un pays marxiste ne renonce à trahir sa parole. Qu'en l'occurrence son père français l'avait trahi en l'abandonnant, comme il avait trahi Charlotte. Qu'il ne lui devait donc rien malgré le sang. Qu'il se sentait par ce sang souillé jusqu'aux moelles, taré de corps et de pensée. Qu'il était prêt à combattre la France farouchement. Ce bonheur lui fut refusé.

A la fin de 1941, il fut rapatrié avec une jambe en moins et une médaille en plus. Il avait fallu des circonstances de faveur pour qu'un non-combattant comme lui pût donner de la sorte six livres de chair à la Mère Patrie. Cela ne l'empêcha point d'épouser l'année suivante une fille de la campagne, sa marraine de guerre depuis 1939. Elle lui envoyait des chaussettes, du sucre, des écharpes. L'amour leur était venu par la poste. Une ou deux rencontres avaient couronné leur idylle. Ursula, habitante du Taunus, lui était restée fidèle comme le marin tempétueux.

Peter Vetter participa à ces noces émouvantes. Puis il reprit sa tâche de gazier, jusqu'au jour où il fut écrabouillé sous les bombes en même temps que son usine.

10

Réjouissez-vous, filles de Mayence : les Français sont revenus. Comment avez-vous pu vivre, manger, dormir, rêver quinze ans et demi sans eux ? Ils ont perdu leurs uniformes bleu ciel, sont devenus caca d'oie, comme les Américains, comme les Anglais, mais ils restent bien les Welches de jadis, avec leur rire aux dents et leurs plaisanteries *gauloises* (en français dans le texte). Et malgré tout, leur timidité. Car ils appartiennent comme nous au camp des vaincus, tandis qu'ils se croient des vainqueurs. Ce qui est sacrément difficile à porter. Alors, après les bravades des premiers mois, ils cherchent à ne pas se faire remarquer. Très peu de parades, très peu de fanfares, excepté les jours sacramentels, Huit-Mai, Quatorze-Juillet, Onze-Novembre. Onze-Novembre surtout, juste le jour où commencent les préparatifs de notre Carnaval ! Le reste du temps, ils se promènent en vêtements civils, on ne les reconnaîtrait pas dans la rue sans leurs cheveux courts. L'escarcelle peu garnie, ils lèchent longuement nos vitrines et n'achètent quasi rien, excepté des cartes postales, dont ils demandent le prix très maladroitement, la débitante leur répond en français.

Ce ne sont plus nos ennemis, nos occupants, mais nos alliés, nos défenseurs contre l'horrible communisme. Ils brandissent bravement leurs petits fusils-clairons au nez de l'ours soviétique, et lui crient en se dressant sur leurs ergots :

« Fritz est devenu mon pote ! Pas touche, Ivan Ivanovitch ! Sinon, t'auras affaire à moi ! »

L'ours soviétique rigole de toutes ses moustaches et fait semblant d'avoir peur, hou ! le méchant petit Frantsouski ! Mais il se tient quand même tranquille derrière l'Oder-Neisse, affûtant seulement la pointe de ses fusées nucléaires pour le cas où... Aussi la République fédérale allemande ne veut-elle à aucun prix se séparer de ses troupes d'occupation. Après tout, avec cette jolie combine du Marché commun européen, ne sommes-nous pas membres d'une même famille ?

Mayence se francise de plus en plus. La bonne société fréquente l'Institut français, roule Renault ou Citroën, mange à la lyonnaise, va voir les films de Claude Chabrol, les magasins les plus chers se parent d'une enseigne parisienne : *La Boutique, Madame et Monsieur, Petit Marché, Modes La Fayette, Choserie, Petite Fleur.* Le vieux Friseur s'est carrément mué en *Coiffeur*. Sur les rives du Rhin comme sur celles de la Seine, les étudiants contestent, manifestent, barbouillent les murs. Mais ici les graffiti ont la vie plus courte, parce que nous avons des Turcs pour les blanchir. Il en reste un sur le socle de Schiller : *Freiheit für Alle*. Liberté pour tous. Cela rappelle furieusement *Liberté, Égalité, Fraternité. Elf.* Malgré cette fraternisation, Josef Vetter rumine toujours sa vieille rancune.

Un soir, il rend visite à sa mère, dans la maison inodore de Mombach. Il a bu un peu trop de décilitres.

« Mais pourquoi, interroge-t-il au débotté, pourquoi m'as-tu fait avec un Welche ? »

Et elle, froidement : « Je t'ai fait toute seule. Et tu m'as causé tant de douleurs que j'en ai dévoré la moitié de mon oreiller. »

Il secoue la tête, rageusement. Rien ne peut le convaincre ; rien ne le console de n'être allemand qu'à moitié, même si c'est la moitié à laquelle il a prélevé six livres pour l'Allemagne. Il s'affaisse sur la table, pose la tête sur ses bras, se met à sangloter. Lotte ne s'approche point, cette honte l'humilie profondément, elle laisse couler sans intervenir ces larmes mêlées de vin. Après un moment, Josef s'endort dans cette position incommode.

J'étais en âge, moi, Willy, maintenant, de tout comprendre.

A l'Université, je menais des études de langues, avec prédominance du français.

Ce Carnaval-là débuta comme les autres. Le quartier des musiciens où nous demeurions préparait un ensemble sur le thème de la musique. Dans un hangar des douanes mis gracieusement à notre disposition, garçons et filles s'affairaient à modeler en carton-pâte de gigantesques instruments, violoncelles, tubas, cors de chasse, ophicléides, habités par un porteur, qu'on verrait défiler dans Mayence le Lundi des Roses. Mon frère Jakob et moi parmi les autres. Enthousiasme, rires, chansons, coups de marteau sur les doigts, jurons, filles chatouillées, baisers volés, *helau ! helau !* Notre père Josef nous avait prêté son concours, ajustant certaines charpentes dans son atelier de bricoleur au sous-sol de l'immeuble. L'âme du Carnaval semblait enfin pénétrer la sienne, jamais il ne nous était apparu si peu morose. Les filles l'appelaient Seppl comme s'il eût été un garçon de notre âge, il acceptait ce diminutif en riant et répliquait par la pareille. Après tout, cinquante ans, ce n'est pas...

Mon rôle consisterait à animer un violoncelle, à lui prêter mes jambes, mes yeux arrivant à la hauteur des ouïes. Il convenait donc que le contenant fût en proportion du contenu ; Lisa n'en finissait pas, dans la petite pièce encombrée, de prendre mes mensurations ; ses mains, reliées par un mètre-ruban, couraient sur ma personne, plus longtemps me semblait-il qu'il n'était nécessaire. Je dois avouer que j'y prenais plaisir quoiqu'elle ne fût pas très jolie de tête avec son visage en étrave de navire ; mais ses cheveux, ses yeux, son corps étaient irréprochables. La pénombre d'ailleurs l'embellissait.

« Voudrais-tu, demanda-t-elle, me confier tes lunettes ? Je crains de... »

Le brouillard velouté de la myopie nous enveloppa. Elle remesura ma tête, mes épaules, c'était tout à fait anthropométrique. Quand elle ne put décemment prolonger l'affaire davantage, elle repêcha les lunettes sur un meuble. Avant de me les rendre, par jeu, elle dit :

« Je parie que tu ne me vois pas.

— À peine.

— Et maintenant ? fit-elle en se rapprochant.

— Guère mieux.

— Et maintenant ?... »

Nos nez se touchaient, ses yeux glauques s'ouvraient devant les miens comme une mer, j'y voyais frissonner des paillettes d'or. Sans répondre, je la serrai contre moi, ma main caressa la rondeur de son crâne à travers les cheveux, ses lèvres chaudes et frémissantes s'écartèrent, en quelques secondes je connus toutes les délices du Paradis.

Jakob et moi sortîmes du hangar douanier un peu avant une heure du matin ; nous nous dirigeâmes vers la Mozartstrasse à la clarté d'une lune ronde et jaune comme la face de Mao Tsé-toung. Notre père Josef était parti depuis un moment sans vouloir nous attendre, avec sa jambe de bois qui faisait cloc-cloc sur les pavés artificiels. Mon frère fredonnait une chanson américaine, moi je marchais comme dans un rêve, un peu le sommeil, un peu l'éblouissant baiser de Lisa. Elle m'avait avoué ensuite qu'elle ne m'aimait pas, que je ne devais point me faire d'illusions, mais il ne faut pas laisser ensemble un garçon et une fille dans une même petite pièce, c'est comme mettre le feu et l'étoupe sous le même boisseau, le diable vient et souffle. Et patati, et patata. Elle faisait des études de philo et paraissait rudement dégourdie.

Tout à coup je vis une ombre précise contre un mur blanc, une lame me perça le cœur. Je criai :

« Jakob, Jakob ! Vite, vite, courons !

— Où ça ?

— Vite ! Je te dis : vite ! Plus vite ! »

Nous galopons sous la lune chinoise dans les rues désertes, moi devant, lui derrière. Hors d'haleine, nous voici devant notre maison, nous dégringolons l'escalier qui descend aux caves, une lumière filtre de l'atelier de bricolage...

« Mais... mais...

— Aide-moi ! Ouf !... »

Il était temps. J'embrasse le corps par les deux jambes, une de chair, une de bois, je le soulève de toutes mes forces pendant que mon frère desserre le nœud coulant. Nous étendons le pendu sur le ciment parsemé de copeaux. Jakob lui pince le nez, lui fait le bouche à bouche. Il souffle de toutes ses forces, la poitrine se gonfle comme une cornemuse, puis s'affaisse. Je remplace Jakob, c'est mon tour de coller ma bouche à celle de l'accidenté, gluante de la salive de mon prédécesseur, qui recommande :

« Garde-la bien ouverte avec le pouce de l'autre main. »

Voilà, mon père, que je te rends la vie que tu m'as donnée. Du moins, je m'y efforce. Il est rare qu'on devienne le père de son père. Mais tu auras deux pères, puisque tu as deux fils. Tu n'as jamais été pour nous très caressant, ce n'était pas ton genre. On m'a rapporté cependant que tu te penchais sur nos berceaux et que tu frôlais d'un doigt notre front. Si bien que ta caresse n'avait pas plus de poids qu'une mouche. N'importe. Il y a des amours bavards et des amours qui se taisent. Mais quelle folie subite la veille du Carnaval ? Tu avais vraiment l'intention de nous gâcher les fêtes ! Nous faire ça à nous, tes fils uniques ! Enfin, uniques chacun en son genre. Jakob sera un jour torero en Espagne, un torero allemand, ça ne s'est jamais vu, ça se verra, il nous couvrira de gloire et de pesetas. Moi, Willy, je deviendrai professeur de langues, d'abord dans un *Gymnasium*, ensuite à l'université de Mayence ; Paris me conférera le titre de *doctor honoris causa*. Et j'écrirai des poèmes qui répandront mon nom, ton nom, notre nom sur la surface de la planète. Ne savais-tu pas ces choses ? N'avais-tu pas envie de les voir ? Pourquoi donc as-tu voulu nous quitter avant le terme ? Est-ce vraiment... j'ai peine à le croire... est-ce vraiment cette ascendance française qui t'empêchait de vivre, parce qu'elle contrariait tous tes désirs profonds ? Peut-on être si mal dans une peau de demi-Welche ? Si tu en réchappes, il faudra que je tire ces choses au clair. Que tu t'expliques. S'il le faut, j'irai chercher le responsable de tes jours même au bout de la terre, je te le ramènerai par la peau du cou afin qu'il te présente des excuses. Qu'il implore à genoux ton pardon. Et celui d'*Oma* Lotti. Par la peau du cou. Je suis curieux d'ailleurs, très curieux de voir la tête qu'il peut avoir. Je te le promets, *Vati*. Alors fais un effort de ton côté. Vois : je n'ai plus d'haleine, c'est tout juste si je peux encore respirer pour mon propre usage. Reviens à la vie, paye-nous de nos peines. Je t'en supplie, *Vati*, ouvre les yeux. C'est ton fils Willy et ton fils Jakob qui te le demandent.

Josef entendit la double supplication : un moment plus tard, à regret, il ouvrit les yeux.

DEUXIÈME PARTIE

1

Saint-Flour n'est pas ce que je croyais. Saint-Flour n'est pas ce qu'on pense en Allemagne. Saint-Flour n'est pas ce qu'on imagine dans le reste de l'Europe, au seul bruit de son nom : une ville en fleur comme Florence ou Floridia, protégée par un saint couronné de roses. Il n'y a pas de fleurs à Saint-Flour, ni aux fenêtres, ni sur les places, ni sur ses flancs. L'Auvergnat, d'ailleurs — et spécialement le Sanflorain — a peu souci de se fleurir. Les tombes de ses morts sont dépouillées comme sa table. Son jardin — s'il en a un — est minuscule, son potager considérable. Les façades de ses maisons sont uniformément grises : couleur de la pierre dont elles sont construites. A moins qu'elles ne soient noires. L'absence du bois y est remarquable. Aucune ville n'est plus pétrée que Saint-Flour.

C'est qu'en fait il s'agit d'une citadelle. Édifiée sur un plateau de laves refroidies au-dessus de pentes abruptes, entourée de ses remparts construits sur des orgues basaltiques inéchelables qui sont leurs racines naturelles, elle possède tout ce qu'il faut pour résister à un long siège : des portes étroites, des réserves de vivres et de chansons, plusieurs fontaines, des églises pour prier, des caves pour se réfugier et pour boire, un cimetière pour dormir. Plusieurs fois, en effet, Saint-Flour fut assiégé par ses ennemis, Sarrasins, Anglois, François, protestants, Barbares et autres mauvais sujets qui tous s'y brisèrent les dents. De sorte, affirment les habitants, qu'ils firent leur histoire plus haute encore que leur géographie.

Le Bon Dieu lui-même s'y réfugia en des temps de péril. Il résidait au milieu de la Grand-Place et appelait les timorés à la résistance en faisant *hou-hou* chaque fois que le vent pénétrait dans sa chair de bronze par une blessure béante qu'il portait au flanc gauche. Comme une corne de brume. Ce Bon Dieu-là a disparu, remplacé par le monument aux Morts des deux guerres. Dans toutes les villes, toutes les bourgades que j'ai traversées pour venir jusqu'en Auvergne, j'ai rencontré des monuments aux Morts héroïques, surmontés d'un fantassin bleu figé en plein élan, tandis qu'il se prépare à jeter sa grenade dégoupillée ou à embrocher le Boche de sa baïonnette. A moins qu'une Victoire ailée ne le couronne de palmes. A moins qu'il ne soit remplacé par un coq gaulois dressé sur ses ergots. Ce morceau principal est généralement entouré d'une garniture de mortiers, de canons à patins, d'obus désamorcés, enlevés à l'ennemi. Rien de tout cela à Saint-Flour. Le poilu traîne son fusil par le canon comme une canne à pêche, les genoux fléchis, la lèvre pendante, l'air harassé, la bande molletière hésitante. C'est un héros fourbu. Il en a marre, mais marre des mobilisations, des revanches et de la gloire. Il ne cherche pas à élever davantage l'histoire de sa ville. Pour moi qui ai hérité le pacifisme de ma grand-mère Charlotte, je considère que ce monument au soldat fourbu est l'honneur de Saint-Flour. Quant au Bon Dieu de bronze, il a regagné le Paradis des statues. On l'a vaguement remplacé par un Beau Dieu de bois, noir comme la nuit, crucifié à l'intérieur de la cathédrale. Un peu piqué des vers, il résiste aux siècles et aux adorations. Son nombril — c'est du plus bel effet — a la forme d'un oisillon, ailes ouvertes.

« *Tu es donc descendu de ton socle ?*

— *Content que tu me reconnaisses. Je te reconnais aussi.*

— *Ne me dis pas que tu te prénommes Wolfgang.*

— *Moi, Wolfgang ? Tu m'as mal regardé ! Je me prénomme Jean-Marie. Toi, c'est Guillaume ?*

— *Wilhelm. Appelle-moi Willy, si tu veux bien.*

— *Tu es le petit-neveu d'Ernest. Vous vous ressemblez.*

— *Ernest ?... Ah ! tu veux dire Ernst ? Le jeune frère d'*Oma *Lotti ?*

— *Vous avez une généalogie compliquée.*

— *Pas tellement. Ce qui complique, c'est les deux langages. Tu as donc connu mon jeune grand-oncle ?*

— *Nous nous sommes faits prisonniers l'un l'autre, à tour de rôle. Selon l'avance ou le recul de nos bataillons. Nous étions dans le même trou.*

— Oma *Lotti m'a raconté cette affaire.*

— *Comment va ton grand-oncle Ernest ?*

— *Il va très bien. Il repose au cimetière de Kaub.*

— *Comment va l'Allemagne ?*

— *Elle va très bien. Elle mange beaucoup de choucroute et boit beaucoup de bière.*

— *Comment va la paix entre l'Allemagne et la France ?*

— *Elle va très bien aussi. Nous ne sommes plus des ennemis héréditaires, mais les meilleurs amis du monde. A vrai dire, nous vivons même, en politique,* comme cul et chemise *(en français, dans le texte).*

— Voilà une chose bien agréable à entendre. Le monde vit donc en paix ?

— Pas précisément. Mais la guerre est ailleurs : en Asie, en Afrique, aux Amériques. La vieille Europe n'a plus que des soucis d'argent.

— Il ne faut pas mépriser l'argent.

— Je le méprise d'autant moins que j'en ai très peu. As-tu vu comment je voyage ? L'espèce de bagnole dans laquelle je me transporte ?

— Oh ! moi, les voyages !... S'il n'avait tenu qu'à moi, jamais je n'aurais quitté mon lopin. Et j'ai dû voyager plus que mon compte, dans mes godillots cloutés. J'étais de mon vivant arracheur de gentiane, pour faire de la liqueur. On m'a obligé d'aller mourir très loin. Mais la mort non plus n'est pas ce que l'on croit.

— Qu'est-ce donc que la mort ?

— Un grand silence immobile et blanc. Comme un désert de neige. Des formes noires y errent sans bruit. C'est ennuyeux comme toute grandeur.

— Une question : as-tu connu mon grand-père, le lieutenant Henri Belmont ?

— Aucun de mes lieutenants n'a porté un nom pareil.

— Un homme de taille médiocre, sans moustache.

— Voilà un signalement précis !

— Il joue du violon. Il parle allemand, russe et italien.

— Jamais rencontré. Il est sanflorain ?

— Je le crois.

— Jamais connu... Jamais connu... »

Comme il n'avait plus grand-chose à me dire et moi rien d'autre à lui demander, nous nous sommes considérés longtemps à la muette. Ensuite, il m'a appris le chibri. *C'est un jeu que pratiquent les arracheurs de gentiane auvergnats, deux par deux, pour agrémenter leur solitude. Il n'exige aucun accessoire. Les deux joueurs se mettent face à face et lancent devant eux, en criant* Chibri !, *leurs mains droites ouvertes ou fermées, ou bien seulement l'index et le médius écartés de cette même main. Le poing figure un caillou, la main ouverte une feuille, les doigts les deux branches d'une paire de ciseaux. La feuille a raison du caillou en l'enveloppant, le caillou des ciseaux en les ébréchant, les ciseaux de la feuille en la découpant. Il en résulte qu'à chaque lancé l'un des deux motifs l'emporte sur l'autre et donne un point à son auteur :*

« Chibri ! Pour moi !... Chibri ! Pour toi !... »

Chaque partie se joue en vingt points.

Nous avons fait ensemble trois parties. Le soldat fourbu a perdu la première, moi la seconde et aussi la belle.

Autre erreur de pensée : Saint-Flour n'est pas, comme je le croyais, entouré d'une colonie de volcans ni de volcanetons. Du moins ceux-ci n'ont-ils pas la forme champignonnesque que j'imaginais. La lave s'étend ici en nappes épaisses ouvertes par le sabre des torrents, éventrées par la pioche de l'homme ; en de nombreuses carrières, les couches perdent leurs entrailles basaltiques. L'horizon est plat de tous côtés. Sur une de ces nappes, Saint-Flour-le-Haut a rassemblé ses maisons, ses tours, ses clochers, à l'intérieur d'une enceinte en forme d'olive. Cependant que Saint-Flour-le-Bas éparpille les siennes sur les deux rives de l'Ander, un torrent impétueux à la saison des eaux fortes. Un troisième Saint-Flour escalade les pentes avoisinantes, jalonné de collèges, de stades, d'abattoirs, de modestes industries : Les vivants et les morts y disposent de spacieux campings.

Rien n'est dépouillé comme un cimetière sanflorain. Pas d'ornements, couronnes, stèles, cippes, portraits, épitaphes, fleurs artificielles, brimborions funéraires. Les défunts sont disposés dans de vastes rectangles nus, entourés d'un quadruple muret ; on y accède en montant cinq marches. Tu dirais des parterres bêchés et ratissés, prêts aux semailles ; mais le jardinier est mort lui-même, il n'y répandra ni pensées ni violettes, le terrain lisse ne montre d'autres traces que celles d'un râteau. Pas un mélèze, un sapin, un if où puisse se suspendre la moindre pipistrelle. Seuls parlent en silence les noms des occupants, gravés au chevet de chaque sépulture. Rien qui recommande le défunt couché au souvenir des vivants, à l'indulgence du Ciel : *Il fut le meilleur père... le meilleur fils... le meilleur époux... le meilleur patron, ses ouvriers reconnaissants*. Non. C'est l'égalité absolue, sauf par la superficie des parcelles, proportionnée au nombre des ayants droit. La plus vaste reçoit les religieuses de Saint-Joseph. Ça et là, cependant, quelques exceptions à la règle, surprenantes au milieu de tant d'humilité : des dalles de luxe, des médailles reproduites, un mausolée : *Dormez en paix, notre amour vous veille*.

J'ai cherché la tombe de mes ancêtres illégitimes. Beaucoup de *Vigier*, de *Rispal*, de *Prat*, d'*Andrieux*. Une famille *Deuxliards* typiquement auvergnate, on ne doit jamais ici, même dans l'au-delà, laisser soupçonner le montant de sa fortune ; mentir en chiffres n'est pas pécher, dit un proverbe sanflorain. Au détour d'une allée, enfin, une famille *Belmont*. Toute pareille aux autres. Le cœur m'a bondi dans la poitrine. J'ai lu des prénoms inconnus : *Ici reposent dans la paix du Seigneur Belmont Antoine, Belmont Joseph, Belmont Adélaïde née Couturier, Belmont Jeanne, Belmont Élise née Andral*... Mais plus loin, dans la partie nouvelle, voici d'autres

Belmont : un *Étienne*, un *Géraud*, une *Mariette*. Nulle part de *Belmont Henri*, de *Belmont Ernestine*. Quel est de ces deux parterres celui qui me revient ? Sur lequel dois-je verser mes pleurs germano-auvergnats ? Et que conclure de ces absences ?

Silence dans les rangs. Seul me vient au loin le chuchotement de l'Ander ou de son affluent, le ruisseau des Cramades.

Je voyage en Volkswagen. Une Coccinelle rouge âgée de quatorze ans, rafistolée, pneus rechapés, phares d'occasion. Même le moteur est d'emprunt : je lui ai collé sous le capot un moulin de Celta 4. Elle est comme moi : franco-allemande. Entre mes pieds, le plancher présente une petite lucarne grâce à laquelle, quand je conduis, je vois filer la route ; mais je la dissimule sous un paillasson de caoutchouc afin de ne pas en être distrait. Les coussins arrière sont rongés et laissent parfois jaillir leurs ressorts, que je comprime sous une couverture. Ils doivent cet état à la fréquentation de notre chien *Ciribiribim* (mais il se fait appeler plus communément *Cirib)*. Il s'agit d'un bâtard ramassé dans la rue peu après le décès de Grüni. Un chien remplace avantageusement un caméléon : il parle, il s'excuse, il rit, il chante, il pleure, tandis que l'autre insecte demeure perpétuellement muet. J'ai laissé Cirib, malgré ses supplications, à Mayence, aux bons soins de notre famille.

« Je ne pèse pas bien lourd, nom d'un chien !

— Tu me gêneras dans mes mouvements.

— Pas du tout ! J'attendrai avec patience dans la voiture ton retour.

— Tu n'as pas de passeport, les *gendarmes* ne te permettront pas de franchir leur frontière.

— Je me cacherai sous les sièges.

— Tu ne comprends d'ailleurs pas le langage des Français.

— Tu me traduiras.

— Et la nourriture ?

— Je me nourrirai tout seul, avec les débris que je trouverai. Un chien, c'est comme une poule...

— Sauf que ça ne pond pas d'œufs.

— Je t'en prie. Épargne-moi ce genre de raillerie, je n'y ai pas le cœur. »

Mon départ avait eu lieu avant le jour, mais au premier ronflement du moteur, Cirib avait bondi de sa tanière, s'était roulé à mes pieds. J'étais resté intraitable. Tandis que je filais vers Darmstadt, en me retournant, je l'avais aperçu à travers la lunette courant derrière ma Coccinelle, avec ses vieilles pattes qui partaient dans tous les sens. Pour le distancer, j'avais accéléré à mort, j'y étais parvenu. Oh ! ce n'était pas la première fois qu'il me jouait cette sorte de tour ; habituellement, je finissais par m'arrêter, par le prendre à mon bord. L'amour excessif devient insupportable.

Lorsque Flour, le saint fondateur, décida d'installer sur ce plateau sa résidence, il fut arrêté par un rocher patibulaire qui barrait sa route. Que fit-il ? Il l'écarta de la paume comme on pousse un rideau, le rocher s'ouvrit et lui livra passage. On montre encore au touriste avide de tout croire l'empreinte de cette main restée dans le rocher.

Quoiqu'on n'ait plus besoin de magie pour y monter, la route qui accède à Saint-Flour-le-Haut n'est pas cependant des plus avenantes. L'ascension en est rude, à cause de la pente, des tournants en épingle à cheveux, des orgues volcaniques qui forment toujours une impressionnante muraille. Sans compter les obstacles apparemment fortuits suscités — n'en doutons point — par la volonté du saint protecteur. Quand j'ose la première fois y engager ma Coccinelle, j'ai l'occasion précisément d'en rencontrer un des plus ingénieux. Nous nous trouvons, elle et moi, pris dans un bouchon dont je ne connaîtrai la cause qu'en fin de parcours. C'est le plein été et une file de visiteurs désirent comme nous atteindre ce haut lieu. Quel caillot empêche donc notre circulation ? Une simple charrette, merveilleusement anachronique, tirée par une mule, montée par un Auvergnat aux cheveux gris, venu de son village régler à Saint-Flour certaine affaire qu'il a. Or la mule s'est arrêtée juste à l'entrée de la courbe, elle interdit la moitié montante, les voitures étrangères n'osent franchir la ligne pleine parce que le règlement le prohibe. D'où le bouchon. Et que fait la mule pendant ce temps ? Elle est en train de pisser. Tranquillement, malgré les coups de klaxon. Le vieil Auvergnat se retourne :

« Prenez patience, *miladious !* Faut ce qu'il faut ! Et si vous étiez à sa place ? »

Ceux qui sont en bas, au fond de la file, passent la tête à la portière, interrogent :

« Qu'est-ce qui se passe, là-haut ? Un accident ? »

Les automobilistes qui descendent lancent au passage des précisions encourageantes :

« Elle n'en a plus pour longtemps... Ça touche à sa fin... »

En effet, bientôt tout se termine. La mule se remet en marche, franchit le tournant, les voitures repartent. C'est dans ces circonstances que je suis arrivé à Saint-Flour-le-Haut.

Tout de suite, je me précipite au bureau de poste, qui partage avec la Caisse d'Épargne l'édifice le plus remarquable de la ville. J'ai la joie d'y trouver en attente une lettre à mon nom, qui me donne d'heureuses nouvelles de ma famille et de Cirib : après m'avoir longtemps poursuivi sur la route de Darmstadt, il a regagné notre Mozartstrasse, hors d'haleine mais vivant.

Rue de la Rollandie, numéro 19. Telle est l'adresse qui m'a été communiquée par grand-mère Lotti.

« Tu ne l'as écrite nulle part ? dis-je. Dans quelque cahier, aide-mémoire, calepin ?

— Pas nécessaire. Ma mémoire n'a pas encore besoin qu'on l'aide. »

Je n'ai pas eu de peine à trouver ladite rue, domaine des anciens peigneurs de chanvre. Étroite, rudement pavée, rudement construite, elle part de la place d'Armes, reçoit des affluents, prend de la déclivité, s'achève sous la porte du Thuile, jadis entrée d'honneur de la cité médiévale ; des rois, des princes, des ducs sont passés sous sa voûte. Les maisons sont belles dans la nudité de leurs pierres grises, avec leurs fenêtres à meneaux, leurs portes en accolades. Dans les linteaux, des nombres gravés : 333, 334, 335..., restes d'une antique numérotation qui partait de la cathédrale et enfilait tous les logis de la ville, sans souci de rue, de voie ni de charrière. Au 19, habite un médecin, le Dr Dantil, qui accepte de me recevoir et m'explique :

« J'ai acheté cette maison il y a trois ans à un garagiste de Chaudes-Aigues nommé Pagès, qui ne l'habitait pas. D'où la tenait-il ? Je l'ignore. »

En le quittant, je caresse les moellons d'appareil, je les flaire comme pour y humer l'odeur du passé obscur dont je suis issu. En face, j'interroge un antiquaire, établi dans une ancienne salle d'auberge : a-t-il souvenir d'une famille Belmont qui demeurait au numéro 19 avant la guerre ? Non, aucun. Il m'oriente vers le doyen des habitants de la rue, un vieillard chevrotant, percepteur retraité, qui m'avoue :

« J'ai connu tous les contribuables de Saint-Flour. Impôt sur le revenu, impôt foncier, cote mobilière, patente, taxes exceptionnelles, centimes provisoires. Et je me rappelle assez bien ces Belmont dont vous m'entretenez. Il devait y avoir une fille et un garçon.

— C'est ça ! C'est bien ça !

— La fille portait une épaule plus haute que l'autre. Elle a dû mourir à l'hospice, peu de temps après la guerre. Quant au garçon...

— Henri ! C'est lui précisément qui m'intéresse.

— ... je ne sais ce qu'il est devenu.

— Il était professeur d'allemand.

— Ça ne me dit rien du tout. Où avait-il appris cette langue étrangère ?

— Ici, chez les Pères curés.

— Les Pères curés ? Vous voulez dire au Petit Séminaire ?

— Probablement.

— L'école a changé de nom. C'est à présent l'Institution de la Présentation. »

Je reconnais les fers de lance de la grille comme si je les avais vus toute mon enfance. Comme si j'avais moi-même en ces lieux essuyé les assauts du diable multiforme. Comme si j'y avais subi l'épreuve de la papillote — la plus innocente. Je reconnais les toitures escarpées couvertes d'ardoises, celle du milieu plus haute que les deux autres, formant donjon, percées d'œils-de-bœuf et de lucarnes. Dans la cour ombragée de platanes, des enfants se promènent et grouillent vaguement plutôt qu'ils ne jouent. J'aperçois par un portail ouvert la cour postérieure où l'élève Rossignol fut mis au pilori pour avoir détenu une image obscène de la Liberté. Sous le préau, une Vierge Marie, toute blanche, écrase le serpent de son pied nu. Les loges à cochons sont abandonnées. L'esplanade finit brusquement sur le glacis naturel du plateau. Le regard s'envole au loin vers une chapelle solitaire sur un piton, vers les vastes étendues de l'horizon qu'on nomme ici des *planèzes*.

Le directeur en soutane et rabat bleu — il ne semble guère se soucier des suggestions du concile *Vatican II* — me reçoit dans son bureau. Visage rond et jovial, poignée de main chaleureuse. Je lui explique que je me suis mis sur la trace de mon grand-père paternel et auvergnat, Henri Belmont... comme ci et comme ça... que j'aimerais bien savoir ce qu'il est devenu. (Je n'ajoute pas que j'ai l'intention de le ramener par la peau du cou jusqu'à Mayence, République fédérale allemande, sur les lieux de son forfait, afin qu'il se jette aux pieds de son fils Josef, lui demande pardon en pleurant et se frappant la poitrine.)

« En quelle année fut-il élève de notre établissement ? »

Je le précise autant que je peux. « C'est très vieux, dit-il. Heureusement, nous gardons nos archives bien en ordre depuis 1844, date de notre fondation. »

Il disparaît, revient après un moment avec des registres entoilés, fleuris d'étiquettes rouges : *Petit Séminaire de Saint-Flour. Année scolaire 1890-91... Année scolaire 1891-92...* Il ne faut pas longtemps pour qu'il le trouve :

« Eh bien ! Le voilà !... *Belmont Henri Emmanuel, né le 26 juillet 1880. Fils de Belmont Étienne, peigneur de chanvre, et de Bonnafoux Anne, sans profession, domiciliés en la ville, 19 rue de la Rollandie.* »

C'est bien lui ! Heinrich, mon grand-père contumax ! Le brigand ! Le malfaiteur ! Je le tiens !... Mais en même temps, je ne sais ce qui me prend, voici que j'étouffe, que je ne vois plus clair, je suis obligé de m'asseoir, les larmes embuent mes carreaux, me dégoulinent sur les joues. Habituellement, je ne pleure jamais. A la mort de mon caméléon Grüni, je n'ai pas versé une larme. Sauf quand je reçois le vent dans la figure, comme le jour où une pierre volante a cassé mon pare-brise : je suis arrivé chez moi ruisselant.

« Allons, allons, remettez-vous, m'encourage le prêtre, me tapotant la clavicule avec amitié. Je comprends votre émotion. »

Je m'essuie, je me mouche. Nous suivons l'élève Belmont de registre en registre, de classe en classe, de marche en marche dans son ascension jusqu'à la rhétorique, puis la philosophie. Partout les notes, les appréciations des professeurs sont éblouissantes. *Élève très doué. Élève promis au plus bel avenir. Prix d'allemand. Prix d'anglais. Prix de géographie. Prix d'histoire. Prix de musique. Prix d'excellence.*

« Un aigle ! s'écrie le directeur émerveillé. Il n'y manque que la gymnastique. Sa voie était toute tracée : il aurait dû entrer au Grand Séminaire, devenir prêtre, finir évêque ou cardinal. Mais quand je vous considère, je comprends qu'il a suivi un autre chemin. Dieu le destinait à d'autres missions. »

Je baisse la tête, me sentant coupable. Puis je demande :

« Après cette école, mon Père, où pensez-vous qu'il soit allé ?

— A Clermont, pardi. Puisqu'il s'est laïcisé tout de suite, puisqu'il est devenu professeur d'État, il a bien fallu qu'il s'engage dans des études supérieures. Vous retrouverez sa trace là-bas, j'en suis sûr, à la faculté des langues. A moins qu'il n'ait choisi Toulouse. Ou Paris. Mais Clermont est plus proche, donc plus vraisemblable. Vous verrez bien. »

Nous nous serrons la main de nouveau. Il me souhaite : « Bonne chasse. »

Comme nous allons nous quitter, je me retourne : « Vous avez dit que mon aïeul était né le 26 juillet 1880 ?

— Non, c'est vous qui me l'avez appris.

— Mais quel âge a-t-il donc à présent ?

— Nous sommes en 1970. Faites la soustraction.

— Huit ôté de dix-sept, je pose neuf et je retiens un. Quatre-vingt-dix ans ! Mon grand-père a quatre-vingt-dix ans ! »

Et lui, un petit rire blanc sur son rabat bleu : « C'est ce qu'affirment les chiffres. »

Je sors de l'entretien le cœur brouillé. Ainsi donc, j'ai eu pour grand-père une sorte de génie ? Un possible futur évêque ? Bourré d'histoire, de géographie, de littérature, d'allemand et de mille autres choses, il apparut comme une sorte d'archange bleu horizon à la petite Charlotte, conductrice de tramway en 1919, sur la ligne numéro 8. Le génie devait lui sortir de la tête ainsi que l'eau d'une pomme d'arrosoir. Chaque fois qu'il ouvrait la bouche, des paroles magiques s'envolaient, formant des ronds lumineux comme les auréoles de Saturne. Comment n'eût-elle pas été ravie ? Il la prit par la main et l'emmena sur le mont Tonnerre en lui récitant des poèmes allemands ou français, avec la complicité des dieux gaulois et germaniques, Otan, Taranis et toute la tribu. Mon père Josef et puis moi naquîmes de ces amours olympiennes. Ce qui explique que je roule dans une Coccinelle déglinguée comme il n'est pas permis, rafistolée avec des fils de fer et des pneus rechapés. *Helau ! Helau !* Carnaval des carnavals !

Dois-je à présent m'obstiner dans cette poursuite ? Quand je te retrouverai, admirable *Opa* Heinrich nonagénaire, baiserai-je d'abord tes pieds ou t'empoignerai-je tout de suite par la peau du cou ?

Mais quelles chances puis-je encore espérer de te ramener à Mayence mort ou vif après cinquante hivers, cinquante étés, après cinq mille occasions de périr, après une Seconde Guerre mondiale ?

Et Simonette ? Avait-elle un peu plus, un peu moins que ton âge ? Que subsiste-t-il d'elle et de son escarpolette ?

Je cherche la rue du Thuile Haut. Aucun panonceau notarial aux façades. Personne ne se souvient d'avoir jamais connu un notaire par ici.

« Il y avait aussi un jardinet avec une balançoire.

— Derrière cette ligne de maisons. Remontez jusqu'à la rue des Planchettes. Vous le verrez d'en haut. »

J'obéis à la consigne, je regravis la pente jusqu'à la porte du Thuile. En effet, au-dessous de moi, voici un terrain sauvage, plein d'orties, d'arbustes, de buissons. Pas trace d'escarpolette. Est-ce bien d'ici que tu surveillais la demoiselle à la balançoire ? T'es-tu accoudé à ce muret ? Dissimulé derrière ces pierres pour la voir sans être vu ?

Simonette à présent est une arrière-grand-mère, pourvue d'innombrables arrière-neveux ; assis autour de ses pieds en couronne comme des satellites, ils attendent ce qui peut tomber d'elle : bonbons, pièces de monnaie, conseils, cerises, contes du vieux temps. Elle se soucie d'Henri Belmont, son camarade d'enfance, comme de sa première culotte à dentelles. J'ai renoncé à poursuivre sa piste.

Avant de la quitter, j'ai musardé par la ville de mes ancêtres inconnus, mêlé à la foule touristique. L'ancienne foi des Pères auvergnats — qui tourmenta si fort Henri lorsqu'il était enfant — semble s'être bien diluée. Le Grand Séminaire, m'a-t-on dit, éprouve beaucoup de peine à recruter et parle de fermer ses portes. Plusieurs églises, nous annoncent des écriteaux, sont *DÉSAFFECTÉES*. Je pense qu'il faut entendre que, manquant de l'AFFECTION de leurs fidèles, elles sont employées à autre chose qu'au service de Dieu. L'une d'elles, la collégiale Notre-Dame, sert de marché couvert ; le samedi matin, on y vend des poires et des poireaux. Une poissonnerie occupe la base de son clocher. On a même trouvé le moyen de loger à son chevet une pissotière à deux places, bien visible, bien découverte entre les contreforts.

Comme j'avais soif, je suis entré dans un bar où j'ai commandé une bière. Près de moi, deux Sanflorains consommaient debout, au même comptoir. L'un un café, l'autre un Pastis 51. Liqueur rosâtre qui se boit additionnée d'eau ; cela produit un mélange trouble dont les Français raffolent.

« Tu en es à ton combientième ? a demandé l'amateur de café.

— A mon combientième de quoi ?

— De Pastis.

— A mon douzième de la journée.

— Félicitations. Tu les supportes bien.

— J'ai aucun mérite. C'est ma seule nourriture. J'en ai bien encore une dizaine à avaler avant ce soir.

— Moi, ça me tuerait.

— Oh ! toi ! toi ! toi !... Toi, tu n'as aucune santé ! »

J'en ai conclu que les Français s'entretiennent la santé par le Pastis 51, de même que les Allemands par les chopes de bière. Du coup, j'ai mieux compris la présence de l'insolite pissotière au chevet de la collégiale Notre-Dame.

« L'avantage de la religion catholique sur la protestante, écrit mon voisin Henri Heine, c'est que ses églises, à cause de leur ancienneté, de l'épaisseur de leurs murs, sont beaucoup plus fraîches en été, plus chaudes en hiver. » Je suis donc entré me mettre un moment à l'ombre dans la cathédrale gothique. Envahie de barbares venus contempler par obligation ses voûtes, ses vitraux, ses colonnes. Et moi, envahi d'interrogations. Beau Dieu noir de Saint-Flour, dois-je continuer cette chasse à l'homme ? A quel gibier me conduira-t-elle ? Accomplira-t-elle mes intentions ?

Longtemps, je me suis meurtri sur les agenouilloirs de bois.

En me relevant, j'ai vu dans le transept un lutrin porteur d'une bible grande ouverte. M'étant approché, j'ai lu les dernières lignes, comme une réponse obscure : *Voici que je vais vous envoyer Élie le prophète, avant que n'arrive mon Jour, grand et redoutable. Il ramènera le cœur des pères vers leurs fils, de peur que je ne vienne frapper le pays d'anathème.* (Malachie.)

La ville basse, le Faubourg, est habitée par des tanneurs, des marchands de grain et de vins en gros : l'odeur des peaux s'y mêle à celle de la vinasse. A la porte d'un charcutier, relevé cet écriteau manuscrit : *Je suis à mon appartement. En cas de besoins, frappez à la porte du garage qui transmettra.*

Je ne connais pas encore toutes les nuances de la langue gauloise, mais il me semble que *besoin* au singulier n'a pas le même sens que *besoins* au pluriel.

Me voici prêt à reprendre ma besace, mes gros souliers, mon bâton de pèlerin. C'est-à-dire ma Coccinelle rafistolée. Dernière démarche : les provisions de bouche. Dans la boulangerie où j'entre acheter une *baguette*, mon ignorance du parler local me joue un tour plaisant. Sur le comptoir, sont alignées des meringues poudrées de chocolat. Ma pâtisserie de prédilection ! Or la meringue de Mayence se fait appeler *ein Baiser.* Terme d'origine évidemment française. Autre souvenir du temps des sans-culottes : les *Mädchen* de la chanson régalaient sans doute leurs occupants napoléoniens de meringuettes dont le modelé évoquait celui de leurs lèvres réunies. Ma baguette à la main, les yeux pleins de gourmandise, je me tourne vers la boulangère — une personne d'âge et de volume — pour dire :

« Je voudrais également un baiser. »

Elle me considère d'abord avec surprise ; ensuite, plutôt flattée, elle me tend sa joue qu'elle fluxionne légèrement pour faciliter la pose. Puis-je refuser ? Comprenant ma méprise, je pose quand même dessus *ein Kuss* respectueux, je paye le prix de mon pain, et nous nous séparons à jamais, contents l'un de l'autre.

Voici comment je suis reparti de Saint-Flour, emportant pour viatique un fromage, un saucisson, une baguette, un litre de vin rouge et un baiser auvergnats.

2

Au petit matin, la planèze fume comme une soupe, le soleil levé bien avant nous pompe la rosée. Visiblement, ma Volkswagen est heureuse que nous ayons repris le chemin du Nord, celui qui la ramène vers les vignobles du Rheingau, vers les filles aux cheveux d'or, vers le Rhin glauque et fabuleux. Je la caresse du pied et de la main, elle ronronne, se trémousse, là, là, n'en fais pas trop, ma vieille, ne force pas ton talent.

Nous évitons les routes à bornes rouges, les nationales battues, nous fiant plutôt aux voies mal bornées, serpentines, amicales, écologiques, celles qui n'hésitent pas à contourner une touffe de genêts, à respecter un orme têtard, à faire halte devant un Christ de pierre dont le lichen habille la nudité. Elles nous emmènent à travers bois et pâtures, villages aux maisons trapues, massives comme des forteresses, troupeaux de vaches acajou qui nous regardent effarées, car elles voient rarement des coccinelles aussi grosses. Des paysans coiffés de casquettes à oreilles (mais les oreilles ne sont baissées qu'à la saison froide, en août elles servent de parure) conduisent des machines agricoles qui sèment derrière elles des bottes de foin cubiques comme les chèvres leurs crottes circulaires. Des filles nous saluent du bras. Un garde champêtre nous présente les armes avec son parapluie. La route est jonchée de hérissons écrabouillés et chaque roue qui passe les achève.

Alors que tout allait au mieux, soudain ma Coccinelle se met à fumer de tous ses naseaux. Je m'arrête, je soulève le capot avec inquiétude, une bouffée de vapeur me saute au visage. En examinant le chemin parcouru, je m'aperçois que nous avons laissé une traînée humide sur le bitume. Il ne me faut pas longtemps pour comprendre que mon radiateur de Celta 4 est à présent vide. Serai-je donc toujours trahi par le côté paternel ? Percé par la rouille, il a perdu le sang de ses veines. Or je ne possède pour tout liquide qu'un litre de vin rouge. J'hésite à le sacrifier. Par bonheur, j'aperçois un village sur la droite. Ma voiture roulera bien jusqu'à cette oasis où je pourrai l'abreuver.

Nous avançons lentement sur une sorte de sente muletière. Elle descend vers une gorge, atteint quatre maisons misérables dont deux au moins semblent inhabitées. Me voilà au fin fond de l'Auvergne rurale. C'est-à-dire au bout du monde. Au-delà, il n'existe que des espaces désertiques, des montagnes lunaires, et l'œil de Dieu dans le ciel impitoyable. Le bout du monde. La Coccinelle cahote sur les bosses et les ravines. Je comprends que d'ailleurs la route ne va pas plus loin, qu'elle finit ici en cul-de-sac. Le bout du monde absolu.

Or voici : un vieux paysan sort d'une de ces masures, se plante devant sa porte, jambes écartées, mais dans les poches, me regarde venir à lui. Dans la posture qu'il doit prendre à la foire pour jauger une vache des yeux, deviner ses qualités et ses vices.

« *Ist Sie Deutsch ?* Vous êtes allemand ? me lance-t-il.

— Oui.

— Vous venez de Mayence ? J'ai vu un *M* au commencement de votre numéro. *Mainz*.

— En effet.

— Mayence, je connais. J'ai vécu deux ans à Kastel. »

Si je n'étais assis à mon volant, je tomberais sur le derrière. Le bout du monde est habité par un Mayençais ! Suffoqué, je m'extrais de ma voiture, je demande :

« Vous ne seriez pas aussi, par hasard, Henri Belmont ?

— Moi ? Pas du tout. Je suis Pierre Vidalenc. Pourquoi ça ?

— C'est que je cherche quelqu'un qui s'appelle Henri Belmont. Vous ne l'avez pas connu ? Jamais rencontré ?

— Jamais.

— Et vous étiez à Kastel ?

— En garnison. A la caserne Joffre, *in der Witz.*

— La rue existe toujours. Plus la caserne.

— Pas étonnant, avec tout ce qu'il y a eu. »

Je regarde Pierre Vidalenc, sa bonne figure ridée, sa moustache blanche. Je dis :

« Heureux de vous serrer la main. *Sprechen Sie Deutsch ?*

— Oh ! non ! J'ai oublié. Il me reste juste quelques mots : *Was kostet dies ?... Kellner, die Rechnung, bitte... Ich liebe dich...*

— Ah ! ah ! fais-je en secouant un index plein de sous-entendus. »

Nous rions ensemble. Après quoi, je narre mes ennuis, la trahison du radiateur, la grande soif de la Coccinelle.

« Votre radiateur, dit l'homme, faudra le faire réparer dans quelque garage. Mais en attendant, je peux vous dépanner. »

Il rentre dans sa ferme, ressort avec un bol plein d'une poudre jaunâtre.

« Ça, c'est du son. C'est bon pour les ânes, ça les engraisse. Pas mauvais pour les hommes non plus. Nous en avons mangé beaucoup pendant l'Occupation, dans le pain, mélangé à la farine.

— Ah ! l'Occupation ! Vous en avez gardé un vilain souvenir ?

— Pas très bon.

— Mais vous nous avez occupés d'abord, pendant douze ans !

— C'est vrai. Nous nous sommes occupés les uns les autres. Bah ! ça fait passer le temps. Ça occupe ! »

Très drôle. Nous rions de toutes nos dents. Puis il retourne au son :

« J'en mets un peu dans votre radiateur... Laissez-moi faire. J'ai souvent employé ce truc en Rhénanie, je conduisais un camion Berliet. »

Il introduit sa poudre dans le goulot. Une large dose. Vu ?... Maintenant, il va chercher un arrosoir, verse l'eau dans le même trou ; le radiateur fait pipi par le fond ; mais peu à peu la fuite diminue, se réduit à un fil, à quelques gouttes, à rien du tout.

« Votre radiateur est guéri. Provisoirement du moins, conclut

Vidalenc. Vous pouvez rouler des kilomètres et des kilomètres. Jusqu'à ce que vous ayez le temps d'aller chez le garagiste. A présent, nous deux, on va aller s'abreuver aussi. »

Cinq personnes habitent ce hameau, dont trois impotentes. Aucune femme, aucun enfant.

« Il paraît, dit Vidalenc, que la Chine possède un milliard d'habitants. Là-bas, dans la rue, les gens se marchent sur les pieds. Ils feraient pas mal de venir ici quelques-uns, nous aurions de la place pour les recevoir. »

Tout en parlant, il m'emmène vers son chez-lui. Nous entrons dans une cuisine bonne à tous usages, avec sa cheminée à crémaillère, une table de bois blanc marquée de plus de ronds de bouteilles qu'il n'y a d'étoiles dans les cieux, deux bancs sans dossier, un fauteuil d'osier où l'on peut dormir, occupé par un chat qui détale à mon approche, hérissé de terreur. Dans un coin, sur des sacs, un animal de l'espèce canine dort en rond, la truffe sous la queue, c'est à peine s'il lève une paupière.

« Ma chienne Félicie. Elle est tellement vieille qu'elle n'a plus la force de bouger.

— Moi, dis-je, j'ai un chien qui s'appelle Cirib. Il voulait me suivre, mais je l'ai laissé en Allemagne. Il m'attend avec impatience.

— Comme le chien d'Ulysse.

— Vous connaissez Ulysse ?

— A l'école, l'instituteur nous en a parlé. Heureux qui comme Ulysse a fait un beau voyage. C'est ce que je vous souhaite. »

Il tire d'un placard une bouteille demi-pleine, deux verres, une tourte brune comme le pain d'épice, un morceau de cantal en forme de coin.

« Vous mangerez bien une bouchée ?... J'ai pas tellement de visites. En même temps, on parlera de Mainz. De la Lorelei, ha, ha, ha !... Servez-vous. »

Et nous mangeons, et nous parlons, et nous trinquons à la santé de Mainz, à la santé de l'Allemagne, à la santé de l'Auvergne, nous voilà amis comme cochons, tout est pardonné, Poincaré, Clemenceau, Hitler, car nous sommes innocents l'un et l'autre tel l'agneau qui vient de naître. A notre santé aussi, *Prosit*, à bas le nazisme, à bas le capitalisme, à bas le nationalisme, à bas l'arthritisme. Et que le diable patafiole ceux qui ne sont pas de notre avis.

Il me fait visiter son cheptel : quatre vaches qui nous tournent le derrière, enchaînées à leurs mangeoires. A notre entrée, elles interrompent leur rumination.

« Marchez doucement », me recommande-t-il.

Il s'adresse à ses bêtes en patois, pour leur dire : y a du monde qui vient vous voir, un ami de Mayence en Allemagne, ne vous inquiétez point, c'est pas pour une autre Occupation, faites comme si nous n'étions pas là.

Et à moi : « Il ne faut jamais les surprendre. Sinon, elles risquent de s'offusquer, de devenir méchantes. J'ai eu autrefois un jeune valet — une douzaine d'années — à qui j'avais fait la même recommandation. Un matin, il l'a oubliée, il a laissé tomber une fourche derrière une des vaches. Elle te lui a envoyé un coup de sabot qui l'a cueilli juste dans le ventre. Si bien que le pauvrichon en est mort. J'ai vendu la bête aussitôt au boucher. »

Nous avons une pensée émue pour le pauvrichon. Précautionneusement, à bout de bras, je flatte les quatre croupes rousses.

« Voyez-vous, personne n'aime qu'on le brusque, conclut Pierre Vidalenc. Souvenez-vous-en, quand vous viendrez nous occuper une autre fois. »

Et de rire.

Avant que je ne le quitte, il me donne un morceau de fromage roulé dans une feuille de papier journal, me disant comme s'il s'excusait :

« J'ai vu, monsieur, quand nous avons cassé la croûte ensemble, que vous aviez l'air de bien l'apprécier. Cela me donne une bonne opinion de vous. Celui qui aime le fromage du Cantal ne peut pas être un homme mauvais. Alors j'ai pensé que vous seriez content d'en emporter une tranchette. »

Ce n'est pas tout : il me donne encore un sachet de son et un bidon d'eau, pour le cas où le radiateur ne respecterait pas nos conventions. Mais il les respectera si bien qu'à mon arrivée à Clermont-Ferrand il n'aura perdu qu'un verre de liquide. Je renverrai la réparation à plus tard, pour motif d'économie, et j'irai planter ma tente aux environs de la ville, au camping de Ceyrat, sous les marronniers. On y voit un grand bassin en forme de baleine où doivent camper des poissons rouges.

Saint-Flour est une ville rurale : il suffit d'y allonger le cou pour voir des vaches paître les horizons, sans parler des jours de foire où elles broutent les places publiques. Les habitants, d'humeur joyeuse, rougeauds de mains et de figure, ont l'air de paysans endimanchés ; ils s'expriment volontiers en auvergnat, d'une voix qui porte loin, et l'évêque prêche avec un accent rocailleux qui sent bon la tuile de schiste. Pas de cinéma, peu de cafés, une Caisse d'Épargne fréquentée assidûment, une gare où ne descend jamais personne : elle possède tous les caractères d'un gros village. Plutôt pauvre. Et chacun s'en trouve bien.

Clermont-Ferrand, c'est une autre Auvergne : charbonneuse, caoutchouteuse, coutelière, métallurgiste, électrique, pharmaceutique, tabagique. En un mot : industrielle. Plutôt riche. Et chacun s'en trouve mal. Personne ne gagne assez. Ce ne sont que conflits entre patrons et ouvriers, grèves, lock-out, menaces, défilés, revendications, contestations, vociférations. Les élèves des Facultés participent tant qu'ils peuvent au remue-ménage, appuyés par leurs maîtres. Quand j'y débarque, la ville se remet à peine des désordres sociologiques de mai 68 : les murs sont encore barbouillés de slogans superposés et contradictoires comme des palimpsestes, les rues jonchées de tracts, manifestes, prospectus. Un automne de feuilles imprimées. Les étudiants ont les cheveux teints en rouge comme des Hurons, les étudiantes découvrent leurs cuisses jusqu'à la racine, à moins qu'à l'inverse elles ne cachent leurs chevilles. Malgré sa situation géographique, Clermont-Ferrand n'est pas la capitale du juste milieu.

J'ai fait la connaissance d'une de ces demoiselles long-vêtues, surnommée Trois-Pommes. A cause de sa courte taille, malgré ses efforts pour se coiffer et se chausser en hauteur. Elle teint ses cheveux afin de sembler plus végétale encore, on dirait des feuilles de carotte. C'est assez dire qu'elle professe des idées écologistes. Elle m'a promené à travers sa ville, m'a présenté à Blaise Pascal, à Vercingétorix, au pape Urbain II. J'ai souligné le peu de ressemblance physique que je trouvais entre ces trois Clermontois de bronze.

« C'est que, m'a-t-elle expliqué, il existe deux sortes d'Auvergnats : les petits bruns et les grands blonds. Les premiers appartiennent à la race ibéro-ligure ; parents des Espagnols et des Corses, ils ont les yeux noirs, les sourcils épais, le front assez bas, les mâchoires puissantes et des opinions conservatrices ; ils habitent la montagne. Les seconds sont des Celtes ; ils ont les yeux clairs, les jambes longues, un peu torses comme les cavaliers, le front précocement chauve, le teint pâle et des opinions progressistes ; ils habitent la plaine et les plateaux. Naturellement, on peut rencontrer des individus qui font exception à la règle.

— Et toi, ai-je demandé à Trois-Pommes aux cheveux verts, à laquelle de ces deux races auvergnates appartiens-tu ?

— Moi, originaire de la plaine, j'appartiens à celle des grands blonds aux yeux clairs. Si je t'apparais différente, c'est un effet de mon maquillage. »

Surprenante Auvergne qui n'est pas ce qu'elle semble, ce qu'on dit, ce qu'on croit.

Grâce à Trois-Pommes, j'ai pu me rendre au bâtiment de l'Université, avenue Carnot, présentement bloqué par une manifestation estudiantine.

« Revenez demain, y a rien de prévu », me conseille un agent de police qui assiste calmement au spectacle.

Il existe une connivence évidente entre l'ordre et le désordre. Policiers et trublions se donnent rendez-vous tel jour, à telle heure, en tel endroit. Faute de quoi, il n'y aurait pas de public possible. C'est comme une partie de football. Les neuf dixièmes de la cité jouissent en permanence d'une tranquillité absolue ; le dixième qui reste est au contraire fort occupé. Les manifestants de l'Auvergne caoutchouteuse sont en outre d'une espèce modérée, leurs violences s'en prennent toujours aux choses, becs de gaz, poubelles, palissades, pissotières, jamais aux personnes. Il s'ensuit un renouvellement du matériel usagé dont tout le monde, en définitive, se félicite. Certains témoins de bonne foi m'ont assuré qu'ils avaient assisté à de discrets colloques entre meneurs et commissaires de police, dont il n'était pas difficile de deviner la teneur : « Voyez donc boulevard Gergovia, il y a là des bancs publics très vermoulus qui feront bien votre affaire. »

Je reviens donc le lendemain. En effet, le passage est libre. Le secrétariat des Facultés se trouve au second étage. Quatre têtes surprises et un peu hostiles se tournent vers moi. Elles me rappellent les quatre vaches de Pierre Vidalenc. Je leur parle sur la pointe des pieds, afin d'éviter toute ruade. Avec ménagement, j'expose le sens de mon enquête, un certain Henri Belmont, né en 1880 à Saint-Flour, Cantal, a pu être étudiant d'allemand au début du siècle dans cette université, je serais très reconnaissant si l'on voulait bien avoir la bonté, l'obligeance, l'amabilité... Trois têtes se détournent, la quatrième répond sèchement :

« Mettez tout ça par écrit. On va faire des recherches. Repassez dans trois jours. »

Dormir seul sous une tente est agréable par temps clair. Tu ne perds aucun des mille bruits de la nuit, qu'arrête le filtre des toitures. Froissements, grignotements, chuchotements, soupirs du vent, froufrou des feuilles. Hululement de la chouette. Crécelle des grillons. Couinement d'un mulot assassiné. Vibration lointaine des étoiles. Pompe de ton cœur. Tic-tic de ta montre.

Mais dormir sous l'orage dans les mêmes conditions est chose impossible. Tu n'as qu'une pensée : pourvu que le vent ne nous emporte pas ! Le tonnerre craque comme si le ciel se fendait, la pluie tambourine, la toile tient bon, mais suinte par ses coutures, une goutte te tombe régulièrement sur l'œil gauche, tu te tournes un peu afin que le reste de la figure en profite. Tu t'enfonces dans ton sac de couchage, comme lorsque tu étais petit garçon sous la couette d'*Oma* Charlotte, elle te racontait une histoire épouvantable, tu affirmais bravement :

« Moi, a pas peur !... Moi, a pas peur ! »

Qui va te croire, pauvre Willy Vetter ? Quand on est démuni de tout, il reste la prière. Tu pries le Seigneur très en colère contre l'Auvergne caoutchouteuse : Seigneur, épargnez-moi, je ne suis pas d'ici. Seigneur, épargnez-moi, je ne suis pas auvergnat. Seigneur, épargnez-moi, je ne suis que de passage. A quoi ma mort vous avancerait-elle ? Il me reste tant de choses à faire : à retrouver mon grand-père Heinrich, à enseigner la langue française, à aimer, à vivre. Seigneur, si je dois mourir, imaginez les dépenses qui en résulteront pour mon père et ma mère, ils vivent pauvrement à Mayence (où vous avez de très belles églises, reconstruites de frais), et devront faire transporter ma dépouille là-bas, toute mouillée, ce qui coûte les yeux de la tête. Je prie également les saints et les saintes du Paradis, une chance que je sois catholique, on obtient plus facilement, en général, par recommandation que par supplication. Saint Guillaume, mon patron, sainte Ursule, saint Joseph, sainte Charlotte. Et même saint Flour qui, d'une seule main, écarta des rochers. La nuit passe ainsi dans les angoisses et les oraisons.

Au petit matin l'orage s'éloigne et je peux m'assoupir. Quand je me réveille, que je mets le nez dehors, je trouve ma tente embourbée. Mais le ciel est encore trouble comme du Pastis 51. J'entends les arbres s'égoutter, les herbes s'étirer, les poissons rouges du bassin respirer à fleur d'eau l'air rafraîchi.

On me dit : « Monsieur le Secrétaire général va vous recevoir en personne. »

C'est très impressionnant. Je m'attends à comparaître devant un général en grand uniforme, tapissé de médailles, derrière un bureau aux tiroirs remplis de secrets. En fait, c'est un homme ordinaire, de modestes dimensions, cravaté, aimable, l'air plutôt timide. Il désigne tout de suite une chaise :

« Ainsi, commence-t-il d'une voix hésitante, vous êtes sur la piste d'un certain Belmont Henri, né à Saint-Flour, Cantal, le 26 juillet 1880 ? C'est bien cela ?

— Un de mes ancêtres.

— Eh bien ! j'ai le plaisir de vous dire que nous l'avons retrouvé. Inscrit à la faculté des lettres de Clermont pendant les années 1898, 1899, 1900 et 1901. Il quitte la Faculté avec le grade de licencié d'allemand. Il nous revient en 1904, année où il obtient le diplôme d'études supérieures, après soutenance d'un mémoire intitulé

Studien zur Geschichte des deutschen Kulturkampfes. Est-ce que je prononce bien ?

— Parfaitement. »

Le petit secrétaire sourit, heureux qu'on reconnaisse son instruction, il aurait pu lui aussi occuper une chaire d'enseignement. Il toussote. Il continue :

« Il est donc reçu avec la mention *très honorable*. Après cela, Henri Belmont disparaît de nos registres. Peut-être retrouverez-vous sa trace au Rectorat, 3, avenue Vercingétorix.

— Vercingétorix, je connais. Votre Siegfried.

— Les bureaux du Rectorat et de la Chancellerie occupent justement les locaux que fréquenta votre ancêtre de 1898 à 1904. Après diverses migrations, la Faculté est venue s'établir là où nous sommes, avenue Carnot. Mais en fouillant nos archives, j'ai fait — un peu par hasard — une découverte surprenante. Écoutez bien ceci ! »

Il lève un index exclamatif, ses yeux brillent derrière ses lunettes au plaisir de la révélation :

« J'ai déniché, dans les années 24-26, un autre Henri Belmont, étudiant d'italien. Étudiant attardé, puisqu'il avait alors entre quarante-quatre et quarante-six ans. Ce sont des choses qui arrivent.

— C'est certainement le même. Il collectionnait les langues étrangères.

— Possible, puisqu'ils sont nés le même jour et au même endroit. Mais le point le plus étonnant est que le second se fait appeler, non pas Henri Belmont, mais *Henri Belmont-Chaput*. Il a ajouté *Chaput* à son patronyme.

— *Chaput ?* Comment cela s'écrit-il ?

— *C, h, a, p, u, t*. On prononce *Chapu*.

— Voilà qui est étrange en effet. Pourquoi mon ancêtre aurait-il changé de nom ?

— Pas exactement changé : il le rallonge. La pratique a été courante, naguère, dans une certaine bourgeoisie. Au nom de leur père, des maris collaient celui de leur femme. Principalement quand celle-ci avait des origines cossues. C'était un moyen de renforcer l'alliance de deux fortunes. A défaut d'obtenir la particule nobiliaire, on se constituait une noblesse d'argent.

— Ainsi, mon ancêtre Belmont aurait épousé une demoiselle Chaput ?

— Telle est la première explication qui me vient à l'esprit. Mais il peut y en avoir une seconde. L'étudiant attardé a noté de sa main, sur un certain formulaire d'inscription... voyez vous-même, ici... à la rubrique *Profession du postulant*, cette réponse : *Professeur au lycée de Moulins, Allier, et homme de lettres*. Cela nous apprend deux choses. Primo, qu'il possédait déjà un emploi stable, son pain quotidien assuré. Secundo, qu'il cultivait l'écriture. Or — suivez bien mon raisonnement — les écrivains publient rarement sous leur nom véritable. Ils usent à l'ordinaire d'un pseudonyme. Supposez donc qu'Henri Belmont ait choisi *Chaput* comme nom de plume. Ayant acquis par lui une certaine notoriété, il peut juger utile, un jour, d'amalgamer ses deux appellations et de signer *Belmont-Chaput* afin que ses deux gloires, celle d'écrivain et celle d'enseignant, s'épaulent l'une l'autre. On a vu cela chez le poète Viélé-Griffin. Et aussi, d'une certaine façon, chez Fabre d'Églantine, qui était connu comme acteur et qui fleurit son premier nom avec l'églantine d'or obtenue aux jeux poétiques de Toulouse. »

Et moi, éberlué de ce que j'apprends : « Existe-t-il un écrivain célèbre nommé Chaput, ou Belmont-Chaput ? »

Le secrétaire sourit, se renverse un peu sur son fauteuil, joint les deux paumes :

« Voyez-vous, monsieur, la célébrité est pareille aux cercles que produit une pierre en tombant dans l'eau. On peut être célèbre dans sa rue, dans son quartier, dans sa ville, dans son département, dans sa province, dans son pays, dans le monde entier. Il y a des cercles d'eau qui n'atteignent pas le milieu de l'étang ; et il y en a d'autres qui vont jusqu'aux rives.

— Personnellement, avez-vous entendu parler de... du célèbre Belmont-Chaput ?

— Personnellement, jamais. Il vous faudra chercher. Montez donc à la Bibliothèque universitaire, boulevard Lafayette. Vous fouillerez le catalogue des auteurs. Je vous ai recopié toutes ces données. »

Il me tend une feuille recouverte d'une belle écriture.

Les bâtiments du Rectorat ont l'apparence d'un cloître : promenoir à colonnes, cour quadrangulaire. Il n'y manque que les chapiteaux et, au milieu, qu'un puits ou qu'une source. J'y vois très bien des moines laïcs déambuler d'un air profond, agitant des questions scientifiques du côté gauche littéraires du côté droit. J'y vois très bien Henri Belmont, licenciable, devisant en allemand avec ses professeurs ou ses collègues sur les problèmes du *Kulturkampf.* Le génie lui jaillit toujours des tempes. Les autres font cercle autour de lui, l'écoutent avec béatitude, il a des trouvailles de pensée admirables, on l'applaudit. Il a frôlé ces pierres de la main, contemplé ces voûtes, piétiné ce carrelage, traversé cette cour, franchi cette grille.

Je me renseigne aux environs, je consulte les vieillards et les vieillardes, j'interroge les ombres : avez-vous connu jadis un étudiant nommé comme ci et comme ça ? Comment vivait-on ici avant Quatorze ? Devant le Rectorat, une sorte d'obélisque se dresse au-dessus d'une fontaine sèche. En 1904, elle coulait par toutes ses bouches. On dit même qu'elle dispensait la meilleure eau de la ville, des femmes nombreuses venaient y remplir leurs cruches. Mais les étudiants préféraient s'abreuver au bistrot d'en face, chez le père Guillemet surnommé *le Couic*. A force de les entendre parler philosophie, chimie, physique, il avait le sentiment d'être devenu un savant lui-même. Il se tenait au courant des derniers travaux, des dernières recherches et donnait volontiers son avis là-dessus. Lorsque sévissaient les examens de fin d'année, il demandait à voir les textes des épreuves ; les licenciables lui en confiaient un exemplaire qu'il déchiffrait en remuant les lèvres : *Rôle des axiomes et des postulats dans les sciences mathématiques... Peut-on concilier les diverses théories de la lumière depuis la* vis luminosa *jusqu'à la théorie ondulatoire ?* ... Et lui, effilant ses moustaches entre pouce et index :

« Ça n'est pas facile, foutre de foutre ! »

On l'avait surnommé *le Couic* parce que, s'il faisait sans rechigner crédit aux futurs professeurs, docteurs, ingénieurs, il tenait à les informer que sa confiance n'était pas sans limites :

« Jeune homme, vous me devez déjà trois francs. C'est trop. Si lundi prochain vous ne m'avez pas apporté au moins quarante sous, couic ! je vous ferme tous mes robinets ! »

Menace redoutable. Henri Belmont vint-il s'abreuver chez ce Guillemet ? Souffrit-il de la soif et reçut-il le couic, la sommation sans frais ? Souffrit-il de la faim ? Comment sa mère, la veuve du peigneur de chanvre, réussissait-elle à payer ses études ? Peut-être, pour se nourrir, donnait-il des leçons d'allemand, d'anglais, d'histoire, de géographie, de français ou de musique, matières où il avait *excellé* au Petit Séminaire sanflorain ? Ou peut-être frottait-il des parquets, cassait-il du bois, portait-il du charbon ?

Les bureaux du Rectorat me confirment l'appartenance d'Henri Belmont, dit Henri Belmont-Chaput, au personnel enseignant du lycée Banville de Moulins, de 1912 à 1944. Date à laquelle il disparaît des rôles. Probablement « admis à faire valoir ses droits à la retraite » : à soixante-quatre ans, vieux travailleur de l'esprit, on a bien mérité de goûter aux délices du port. Je poursuivrai donc mes recherches au chef-lieu du Bourbonnais. Province ainsi nommée, m'explique Trois-Pommes aux cheveux verts, parce que tous les habitants y ont le nez courbe.

En attendant, nous montons ensemble à la B.U. J'aime le silence studieux des bibliothèques publiques, seulement troublé par les pages qu'on tourne dans l'odeur lentement mûrie du vieux papier, du vieux cuir, de la vieille colle. Au fond de la salle, un bibliothécaire à tête de faune, barbichu, cornu, le regard fixe, le pied fendu, si immobile qu'il a l'air de plâtre, fait mine de surveiller les dictionnaires. En réalité, il pense, et ne fait rien d'autre. A quoi pense-t-il ? A quoi pense un bibliothécaire à barbiche de faune dans sa surveillance pétrifiée ? A des îles d'or où les alizés balancent des palmes sur les corps nus de filles convulsées ? A des cimes neigeuses d'où suintent des cascades ? Au facteur qui sonnera demain à sa porte et dira en clignant de l'œil : « Une lettre pour vous, monsieur Dolci. Et elle sent bon ! » ? De temps en temps, un lecteur s'adresse à lui pour quelque information. Alors il émerge de sa rêverie, tu constates avec stupeur que la barbiche bouge et que ce plâtre est vivant.

Au catalogue des auteurs, j'ai trouvé de nombreux articles d'Henri Belmont-Chaput, généralement publiés dans une revue moulinoise, *Visages du Centre*, devenue plus tard *Visages du Nivernais et du Centre*, aux côtés d'écrivains renommés : Charles Péguy, Guillaume Apollinaire, Charles-Louis Philippe, Jules Renard, Émile Guillaumin. La plupart traitent de l'Allemagne, de sa culture, de sa politique, de son économie, de ses us et coutumes. D'autres sont consacrés à la province bourbonnaise. Exemple, cet *Essai de répertoire des ex-libris anciens et modernes intéressant le Bourbonnais*. Des traductions aussi : d'Uhland, de Rudolph Encken, de Goethe, d'Ulrich von Beckerath, du philosophe italien Benedetto Croce. Enfin, un étonnant opuscule imprimé en 1943 sur les presses du *Progrès de l'Allier* : *Moulins und das Bourbonnais, ein Rückblick für deutsche Wehrmachtbesucher. Vorwort von Hauptmann Dr Hugo Reicher*[1]. Ainsi, en 1943, mon ancêtre a voulu présenter son pays aux touristes allemands qui naviguaient sur l'Allier en uniforme gris campagne ! La couverture est ornée d'une jolie tête féminine, coiffée du chapeau local retroussé par-derrière et retroussé par-devant, qu'on dit dans la région « à double bonjour ». Une sorte, peut-être, de Lorelei bourbonnaise.

Sous le nom d'Henri Chaput — le catalogue ne s'est pas aperçu qu'il s'agissait d'un seul et même auteur — je trouve un recueil poétique, *Pauca paucis*, publié chez Fougerolles en 1913, où je remarque spécialement cette *Prose pour le jour des Morts*.

Du fond de mon enfance,
du fond de ce puits
qu'était la rue étroite aux murs verdis,

1. Regard sur le passé de Moulins et du Bourbonnais, à l'usage des visiteurs allemands de la Wehrmacht. Préface du capitaine Dr Hugo Reicher.

au pavé de cailloux ronds où nulle herbe ne poussait,
longtemps j'ai entendu monter la voix,
la voix lente et criarde de l'annonciatrice
disant le nom, l'âge, le jour et l'heure.

Rue de la Rollandie, une sombre veuve, la Tonine, annonçait de porte en porte, de fenêtre en fenêtre, les derniers décès et les enterrements qui allaient suivre. Elle faisait peur aux enfants et servait de Croquemitaine : « Prends garde à toi ! Si tu n'es pas sage, je te fais emporter par la Tonine ! » De cette façon, elle gagnait sa vie, messagère de la Mort. Quand elle mourut elle-même, il n'y eut personne pour annoncer sa fin, elle n'avait pas songé à se préparer une remplaçante, elle dut s'en aller au cimetière presque sans accompagnement, ce qui est en Auvergne le plus grand déshonneur : celui des suicidés et des guillotinés. Trois semaines de temps, la Mort se trouva sans voix, personne ne voulait succéder à la Tonine. La femme du sacristain finit par se dévouer, sur l'intervention personnelle de Mgr l'Évêque.

Et le surlendemain — dans mon enfance —
je voyais sur la place défiler le cortège
où, derrière la croix,
le prêtre et le cercueil,
marchaient les femmes aux longs châles noirs
dont les pans triangulaires
pendaient comme des ailes
brisées.

En ce temps-là, on allait au champ de la Paix sans corbillard ni charreton d'aucune sorte, sur les épaules de quatre ou de six porteurs, la charge leur tordait le cou, ils devaient marcher très exactement du même pas, sinon la caisse se trouvait prise de balancements. Chose étrange, derrière le défunt, les femmes avaient une sorte de priorité, parce qu'elles étaient plus faciles aux larmes et aux gémissements, dans leur vaste châle de dentelle, réservé à ces circonstances, dont la pointe leur battait la croupe. Les hommes venaient ensuite, tête nue, le chapeau entre les mains, silencieux, mais ceux de la queue ne se gênaient point pour grommeler de leurs affaires, de leur commerce, du cours des grains ou du temps qui se préparait.

J'ai vu, dans mon enfance,
j'ai vu des morts sans comprendre.
Mais des jours sont venus
où, derrière des mortes qui m'étaient chères,
à mon tour j'ai marché.
Ces jours-là, j'ai senti,

dans ma gorge et jusqu'au fond de mes entrailles,
le goût salé,
le goût amer des larmes
refoulées.

Rien n'est plus salutaire que les larmes sur le chagrin, elles lessivent le cœur, disait la receveuse Johanna. Encore faut-il savoir pourquoi tu pleures. Les petits enfants ne comprennent pas que cette boîte jaune, bien propre, bien luisante, contient la mère ou la grand-mère qu'ils ont vue dormir la veille sur son lit, les mains jointes et le front froid. Aussi n'ont-ils pas réellement envie de pleurer. S'ils essayent de le faire, c'est par contagion, pour imiter les grandes personnes, parce qu'on ruisselle autour d'eux. L'incompréhensible chagrin demeure enfermé dans leur cœur, y développe des racines à la croissance sourde, telle une plante vénéneuse, ciguë, belladone ou mandragore.

Et ce goût m'est resté longtemps mêlé
à je ne sais quelle âcre odeur
de pourriture,
comme si, dans mon cœur,
le souvenir des mortes était les mortes mêmes,
se décomposant lentement,
et comme si mon cœur était la fosse
où je vis descendre les mortes
sur qui tombèrent
les pelletées de terre brune.

Il est bien vrai que le souvenir se décompose et pourrit, *Oma* Lotti s'écriait parfois avec désespoir : « Il y a cinquante ans que mon jeune frère Ernst et moi-même nous sommes quittés, et son visage s'efface de ma mémoire, je ne le reconnaîtrais plus à présent si je le rencontrais dans la rue, je n'entends plus sa voix que je croyais cependant enregistrée à jamais dans mon âme, c'est une seconde mort pour ceux que nous avons aimés et perdus, et quand moi-même je me préparerai à vider ces lieux, ils ne seront plus à mon chevet pour m'aider à franchir le pas, ou s'ils viennent je les prendrai pour des anges, peut-être même aurai-je oublié jusqu'à leur nom, Seigneur Dieu, gardez-moi le souvenir. »

Et ce bruit-là, il m'est resté
longtemps aussi
dans mon oreille et dans ma tempe,
où le sang, parfois encore,
bat à coups sourds comme le choc
des pelletées de terre sur le bois.

Et moi j'entends à travers ces mots, écrits avant Quatorze, battre le cœur d'Heinrich, de celui qui fut mon grand-père sans le savoir. L'homme qui a éprouvé ces émotions, composé cette *Prose pour le jour des Morts*, est pareil à celui qui apprécie le fromage du Cantal : il ne peut être foncièrement mauvais.

Goût des larmes, odeur et bruit
de la terre sur les mortes,
voici que les emporte
l'intarissable flot jailli des profondeurs
de l'univers,
le fleuve dont le lit ne s'ensable jamais
et dont l'onde s'étale
entre les deux rives du temps,
entre hier et demain,
la Vie, éternelle présence.

Dieu soit loué ! Les morts n'ont chaque année qu'un jour de fête, les vivants en ont trois cent soixante-quatre. Dieu soit loué ! Le cœur d'Henri Belmont bat toujours. Je retrouverai *Opa* Heinrich plus ridé qu'une figue sèche, je dirai, me voici, Willy, le fils de Josef, né de votre amour pour la petite Charlotte qui conduisait le tram, qui ne vous a pas oublié au-delà des guerres, et du temps, et de son mari gazier et patriote ; qui vous bénit et vous maudit chaque soir et guette votre arrivée en regardant le fleuve brumeux sur lequel vous avez tant navigué. Comment un amour si long, si increvable est-il possible ? Alors, ouvrez-moi les bras et recevez-moi sur votre poitrine auvergnate.

Et dans mon cœur le souvenir des mortes
est maintenant comme les fleurs
qui là-bas poussent sur leurs tombes.

C'est signé : Henri Chaput. *Pauca paucis*. Quelques vers pour quelques lecteurs. Il ne se faisait guère d'illusions sur le destin de son livre. La gloire atteint rarement les modestes. Henri Belmont-Chaput doit vivre à présent dans sa retraite moulinoise, aux abords de la ville ducale, ignoré de beaucoup, connu de très peu, apprécié de ses anciens élèves, des fleurs de son jardin, de ses chats, des oiseaux de passage à qui il jette du mil. De très loin en très loin, il publie à ses frais quelque recueil poétique qu'il distribue à ses voisins, à ses amis, à des confrères qui lui rendent la pareille en lui donnant leur propre production. De nos jours, les poètes sont semblables aux Esquimaux qui se lèchent les uns les autres pour se rafraîchir et se désaltérer.

Quand il est repu de poésie, il s'adonne au jardinage. Et quand le jardinage le fatigue, il tire de son étui son violon, l'accorde au moyen d'un diapason de bronze toujours accessible sur le manteau de la cheminée ; du pouce, il fait vibrer les cordes ; puis il le cale sous son menton. Avant de quitter Mayence, aux derniers jours de 1920, il a acheté dans une vieille boutique à musique de la Johannistrasse une quantité d'anciennes partitions marquées d'annotations à la plume d'oie et d'empreintes digitales. Le boutiquier les lui a vendues volontiers et pour pas cher :

« Mieux vaut que vous en profitiez, monsieur, même si vous êtes français. Pour le moment, les Mayençais n'ont pas le cœur à la musique, et je suis trop âgé pour attendre qu'il leur revienne. Que la musique rapproche à jamais nos deux peuples. Que Mozart donne la main à Rameau, Beethoven à Berlioz, Wagner à Bizet. Je sais que ces feuilles tombent entre de bonnes mains. »

Certaines sont manuscrites. Il y en a bien un kilo en tout. Cinquante ans plus tard, devenu vieux à son tour, Henri Belmont les étale sur son pupitre et les joue pour son propre bonheur, les yeux fermés, avec les gestes de l'amour.

3

Je me suis installé au camping-plage, ombragé de saules, l'Allier coule à mes pieds, en trois pas je puis sauter dedans ; je vois au loin les clochers, les beffrois de la ville se découper sur un ciel impressionniste. Le pont de Régemortes franchit la rivière en treize enjambées, mais les arches centrales paraissent plus claires : celles qui, en 1940, sautèrent à l'approche de nos troupes. Nul ne m'en garde rancune, des voisins de tente me crient *Guten Tag*, ma pauvreté visible fait pardonner le *D* de ma bagnole, le gardien du camp m'indique où je peux trouver à bon compte des œufs frais : j'ai l'habitude, s'il est permis, d'en gober un chaque matin, j'émiette ensuite la coquille, je la répands sur l'herbe autour de moi pour en engraisser la terre. Un usage que je tiens de ma mère Ursula, fille de paysans.

A l'entrée du pont, une petite pyramide rappelle que la célèbre « ligne de démarcation », qui séparait la France libre de la France occupée, passait par ici. Une barrière traversait la route comme celle des passages à niveau. Gardée en permanence par un peloton de soldats *feldgrau*, gris campagne. Toute personne désireuse de la franchir devait montrer patte blanche, c'est-à-dire un *Ausweis*, c'est-à-dire un laissez-passer. Le rêve nazi était de dresser un mur infranchissable entre les deux France. Mais il va de soi que seuls les gens en règle se présentaient à la barrière ; les irréguliers, les clandestins trouvaient, avec la complicité de « passeurs » locaux, gratuits ou professionnels, connaissant chaque arbre, chaque pierre, chaque gué, cent autres points de transit, sans montrer rien à personne. Le mur de démarcation était un mur de gruyère.

Me voici donc à pied d'œuvre. Dans quelques heures, je retrouverai mon grand-père français, nous serons dans les bras l'un de l'autre, car il ne pourra me repousser, il sera bien obligé de me croire par les témoignages que je lui fournirai de ma filiation. A moins que déjà il ne soit en train de *sucer les pissenlits par la racine* (en français dans le texte). Auquel cas, mes recherches ne seront pas finies : j'interrogerai ceux qui l'ont connu, sa famille légale, sa descendance, ses amis, ses anciens élèves, afin de savoir au juste ce qu'il valait, je le reconstruirai comme un temple en ruine.

Avant d'affronter ces grandes émotions, je fais un peu la connaissance de la ville où il choisit de vivre. J'ai lu dans de vieux papiers qu'un de mes compatriotes, nommé Theodor Fontane (descendant de huguenots émigrés), prisonnier de guerre en 1870, fut logé ici dans la tour dite la Malcoiffée, à cause d'une toiture trop réduite pour sa tête. Il a raconté dans ses mémoires : *En arrivant, je croyais trouver à Moulins des meuniers tout blancs, et je n'y ai trouvé que des séminaristes tout noirs*. Pour moi, je n'ai vu ni les uns ni les autres, mais des gens tout à fait ordinaires, sauf que peut-être ils sont plus modestes, plus silencieux que les Sanflorains, moins agités que les Clermontois. Il paraît que sur la porte de Paris, celle qui permettait jadis d'entrer dans la ville en venant du nord, étaient peintes trois lettres majuscules. Trois *G* interprétés ainsi : *Gueux, Glorieux, Gourmands*. Les bourgeois changent comme les bourgs. Dans ce chef-lieu administratif, judiciaire et religieux qui faillit être capitale de la France, aux maisons imposantes, il m'a paru difficile de trouver la moindre gueuserie. On n'y aime point d'ailleurs la pauvreté, signe de probable bêtise ; on y va jusqu'à se moquer des pauvres : « Çuilà-là, il est tellement gueux qu'il en peut plus pisser. » La gloire y a également perdu beaucoup de son caquet et de ses poses. J'ai débarqué un vendredi, jour de marché, me suis promené au milieu des choux, des artichauts, des volailles, des lapins. Les Moulinoises faisaient leurs emplettes, débattaient les prix, mais d'un ton si discret que j'entendais crier les hirondelles. Pour ce qui est de la gourmandise, elles montrent la même réserve, on ne mange rien à Moulins qu'on ne puisse manger à Mayence, les palets d'or de ses pâtisseries n'étant autre chose que des *Mandelplätzchen* enrobés de chocolat praliné. On est porté toutefois sur la volaille, les ménagères achètent les poulets par paires, elles soufflent entre les plumes pour apercevoir la chair qui doit être blanche, légèrement veinée.

J'ai erré par la ville, sur la pointe des pieds afin de ne déranger âme qui vive, ni les chats assoupis sur le rebord des fenêtres, ni les érudits assoupis sur leur bureau, je les devinais à travers les vitres plongés dans l'examen de grimoires, à la recherche des derniers mystères historiques encore irrésolus. Henri Belmont-Chaput était peut-être l'un d'eux.

Les seuls Moulinois qui fassent du bruit sont la famille Jacquemart qui tape les heures au sommet du beffroi ; encore se sont-ils réparti la tâche : le père sonne du marteau les heures avec sa femme Jacquette ; leurs enfants Jacquelin et Jacqueline se chargent des quarts et des demies. Au-dessous, sur la petite place, beaucoup de badauds, le nez en l'air, attendent le déclenchement du mécanisme, sans se soucier des embarras circulatoires qu'ils provoquent.

Ayant jeté un coup d'œil à ces pierres, à ces bronzes — car on juge les habitants d'une ville d'après leurs maisons et leurs monuments —, je suis allé à la poste, rue Berthelot, où je me suis emparé d'un annuaire téléphonique. A la lettre *B*, pas un seul *Belmont*. A la lettre *C*, un seul *Chaput*, prénommé *Catherine*. Aucun *Belmont-Chaput* nulle part. Se peut-il qu'un professeur en activité, doublé d'un écrivain de renom, soit dépourvu de téléphone en 1970 ? A moins qu'il ne réside hors de la ville. A moins qu'il ne soit inscrit sur la liste rouge, la liste secrète. A moins que...

Alors, je marche sur le lycée Banville, que je trouve rue de Paris. Dans dix minutes je saurai.

C'est fait : je sais.

Je repars vers le camping dans ma Coccinelle déglinguée, j'ai l'intention d'écraser quelqu'un. Rue de l'Horloge, je fonce au milieu des badauds qui ouvrent le bec vers Jacquemart, ils s'écartent au dernier moment et m'injurient :

« Ça va pas, la tête ?... Sale Boche !... Fumier de Fridolin !... »

Comme l'ancien langage est vite revenu ! Si je ne suis pas lapidé, c'est que par là aucun caillou ne traîne. *Je cours à travers cette ville stupide, cette ville que je hais, confite dans son passé ducal, orgueilleuse de son bourbonnisme, de ses connétables, de ses écrivains à particule, de ses évêques, de ses magistrats, de ses dindes, de sa pompe aux grattons. Je me jette dans le brouillard, sans respecter feux rouges ni sens interdits, les roquets m'aboient, les femmes me huent, les gosses me crachent après. L'un d'eux se jette sous mes roues (on ne peut dire le contraire, il m'a vu venir de loin, il ne s'est pas écarté d'une ligne, c'est donc bien qu'il avait des intentions délibérées, on peut se suicider à tout âge, monsieur l'Agent, les statistiques prouvent qu'un grand nombre de nourrissons avalent la tétine de leur biberon pour en finir avec la vie ; mais çuilà-là, c'était dans le seul but de me causer des désagréments !). Je dis donc bien : se jette sous mes roues. Sa tête fait cloc ! en explosant, il reste sur le bitume une dégoûtante gelée de groseille. Rien ne m'arrête. Un policier veut me barrer la route, les bras en croix ; je lui entre dans le bide, ça lui apprendra à se prendre pour le Christ ; son képi passe au travers de mon pare-brise émietté, vient me coiffer exactement. Je ne crains plus rien : j'ai un képi sur le crâne ! Les Français respectent qui le drapeau tricolore, qui le rugby, qui le* Pastis 51, *mais tous respectent le képi. Les foules s'ouvrent devant moi, je cherche des yeux un quinquagénaire, un salaud de Moulinois qui a vécu septembre 44 et qui mène à présent des jours heureux, plein de satisfaction et de pâté aux pommes de terre. J'en remarque un superbe, bardé de décorations, un peu chauve, un peu ventru, la mâchoire lourde, l'œil impérieux, je le pulvérise, ses membres épars voltigent autour de lui, aussitôt ramassés et emportés par des chiens dévorants, ce n'est pas tous les jours qu'ils sont à pareille noce.*

Cela ne me contente point. Je me précipite à la mairie, j'entre dans le bureau de M. le Maire sans me faire annoncer. Et c'est lui que je saisis par la peau du cou :

« Prenez, ordonné-je, ce qu'il faut pour écrire et pour peindre. Au monument aux Morts tout de suite ! »

A cause de mon képi, il ne m'oppose aucune résistance. Nous voici courant vers ledit édifice, dans un petit jardin public, proche de la gare. Ce n'est qu'une motte de pierre blanche, de laquelle une Victoire, ailes ouvertes, essaie de s'envoler. A ses pieds, une veuve en larmes et en crêpe. LA VILLE DE MOULINS À SES GLORIEUX ENFANTS.

« Mais, dis-je avec surprise, où sont les noms de ces glorieux enfants ? D'ordinaire, leur bataillon figure, gravé sur marbre, en bonne place, afin qu'on en garde le souvenir.

— C'est que... répond-il avec embarras, la gravure, le marbre sont hors de prix. Avec la liste interminable que nous avions ! Alors, par économie, on a préféré pour eux l'anonymat.

— Cette liste existe bien quelque part, tout de même !

— Oui, à la mairie, dans nos archives.

— Bon. On y retourne. »

Nous revoici dans les rues, moi le tenant toujours par la peau du cou, une troupe de Moulinois nous suit, réjouis ou épouvantés, selon leurs opinions politiques. Le premier secrétaire se précipite à notre devant.

« Sortez la liste de nos morts glorieux, ordonne le maire. Ceux des deux guerres. »

Il la sort, on l'étend sur une table, dans le grand hall. Et moi :
« Regardez à l'année 1944 si vous trouvez le nom de mon grand-père, Henri Belmont-Chaput.
— Mais, essaie-t-il d'ergoter, je connais ce nom-là, ce n'était pas un soldat glorieux. Il n'est pas tombé pour la France... »
Je l'interromps en hurlant : « QU'EST-CE QUE VOUS EN SAVEZ ?... J'ordonne, je commande, j'exige que vous ajoutiez son nom au-dessous des autres ! »
En présence de tous les Moulinois accourus, salauds ou innocents, le maire se plie à mes injonctions, trempe un porte-plume dans l'encre municipale et commence à former des lettres :
HENRI BELM...
« N'oubliez pas le trait d'union ! »
Jour de colère. Ma colère réduira en cendres cette population misérable, sous les yeux de David et de la Sibylle et de tous les saints du Paradis. Que les coupables soient jugés devant le trône du Seigneur. Jour de larmes impures, colère bénie. Je veux venger l'agneau que vous avez égorgé, hommes exécrables et puants, Moulinois, Bourbonnais au nez moins courbe que l'esprit.
Le maire appose les dernières touches, la foule applaudit pour laisser croire à sa blancheur, je suis le châtiment de Dieu.

Contrairement au dirlo de l'Institution de la Présentation sanfloraine, le proviseur de Banville était un faux jovial. Il vous assenait avec le plus éclatant sourire : « Monsieur, votre grand-père a été une basse crapule. » Les élèves du lycée l'avaient surnommé la Vache-qui-Rit. Pas un soupçon de ménagement à mon égard, la chose jugée lui suffisait, il faisait sienne en tout la vérité officielle. Où est le doute, Monsieur le Proviseur ? Où est le doute cartésien ? Je suis sûr que vous vous trompez, je le sens dans mes moelles germano-françaises, il y a eu erreur judiciaire par précipitation, par passion, par intérêt politique, parce qu'il fallait sur-le-champ un bouc expiatoire. La poigne de la Justice s'est abattue sur le plus faible, le plus commode ; il lui fallait quelqu'un à se mettre sous la dent, faute de grives elle a mangé un merle.

M. Vache-qui-Rit m'avait reçu debout à sa porte, mais ensuite il avait repris place derrière le bureau provisoral encombré de dossiers, d'un téléphone noir, d'un presse-papiers en verre contenant la tour Eiffel, de trois pipes dans un pot, fourneau en l'air (la pièce sentait le tabac éteint et quelque peu la sacristie), d'un encrier en bronze dont le couvercle était surmonté d'une miniature représentant l'aurige de Delphes. Image où sans doute il se voyait lui-même conduisant, imperturbable, le char de Banville ? Cadeau d'adieu de son personnel quand il avait quitté son poste précédent,

Gannat, pour venir s'installer à Moulins avec promotion ? Hommage reconnaissant ? Allusion aussi à sa spécialité latino-hellénique ? Il avait entrepris depuis longtemps une thèse de doctorat qu'il n'arrivait pas à mener à son terme sur *La tyrannie dans les colonies grecques de la mer Égée*. La tyrannie était son fort.

« Je suis ici depuis cinq ans seulement, m'expliqua-t-il, et le cas de M. Belmont-Chaput remonte à vieux, comme disent les Bourbonnais. Cependant, il ne m'a pas échappé. Il y a des choses qui transpirent à travers les murs, à travers les archives, à travers les souvenirs. Parfois, les plus anciens professeurs prononcent encore son nom. Quelques-uns de ses élèves aussi. De toute manière, le scandale fut si grand à Moulins que, forcément, vingt-six ans après, il a laissé une trace dans beaucoup de mémoires. »

Et toujours ce sourire de glace, ce sourire répugnant.

« Bref, monsieur, votre grand-père a été une basse crapule. »

J'en ai d'abord le souffle coupé. Je sens le rouge incendier mon front, envahir mes joues, pénétrer par le col de ma chemise. Lorsque je parviens à dominer ma honte, j'interroge :

« Est-ce qu'il a... volé ?

— Non.

— Est-ce qu'il a tué ?

— Sûrement pas de ses mains. Toutefois, indirectement... »

Sourire.

« Comment ça, indirectement ?

— Son action, son exemple ont pu provoquer la mort de beaucoup d'hommes.

— Mais quelle action ?

— M. Belmont-Chaput a trahi.

— Trahi quoi ? Trahi qui ?

— Son pays. La France. C'était le plus fieffé des collaborateurs. Après jugement, il a été passé par les armes en septembre 44, par la Résistance.

— Passé par les armes ?

— Fusillé. »

Il continue de débiter ses calomnies, m'inonde de détails que je n'entends plus. Je regarde l'aurige de Delphes. Pas un pli de sa tunique n'est dérangé par le vent de la course. Derrière le proviseur, une fenêtre ouverte permet d'apercevoir la cour, et au-delà, une chapelle ; et au-delà, le ciel bleu horizon. A la fin de son discours, M. Vache-qui-Rit me tend une feuille, je retombe sur terre.

« Voici les noms et adresses de plusieurs personnes qui vous préciseront, si vous le désirez, comment les événements se sont produits. »

Il se lève, il sourit de ses trente-deux fausses dents.

L'Allier traverse l'Auvergne-Bourbonnais comme le Rhin la Hesse-Palatinat. Jadis il fut navigué, malgré ses méandres, ses étranglements, ses tourbillons, ses îles, ses rochers, ses sorcières aquatiques. Les gabarres à fond plat, les bateaux à aubes ont disparu. Il ne reste que des barques de pêcheurs et des canots insubmersibles. Îlots et îlettes sont couverts de végétation, on les appelle ici des *veurdiaux*, les amoureux vont y dissimuler leurs ébats.

M. Babel habite les Champins, une extension de la ville ducale tout près de la rivière où il va remplir ses arrosoirs. Son jardin déborde de poireaux, de salades, de dahlias. Je l'y trouve en panama et tablier bleu. Il me parle derrière sa grille, puis, quand je lui ai présenté ma recommandation provisorale, me fait entrer sous sa tonnelle, me serre la main.

« Je fais une enquête, dis-je sans préciser à présent ma filiation, sur quelqu'un que vous avez connu, je crois : M. Henri Belmont-Chaput. »

Son regard se refroidit.

« Une enquête ? Dans quel but ? »

Je lui sers un mensonge longuement mijoté que j'emploierai souvent par la suite : « Je suis un journaliste suisse. Je prépare une Histoire de l'occupation allemande en France de 40 à 44. J'y raconterai le rôle joué par certains diplomates de mon pays...

— Exact. J'ai rencontré votre ministre Walter Stucki, à la légation suisse de Vichy.

— Or au cours de mes recherches, je suis tombé sur ce... ce Belmont-Chaput, et je voudrais savoir ce que vous en pensez.

— Asseyez-vous, monsieur. Vous prendrez bien un rafraîchissement avec moi ?... Une orangeade ?... Une bière ?... Un verre de vin ?

— Une bière, s'il vous plaît. »

Il s'éloigne, revient sans chapeau, avec deux verres sur un plateau, deux bouteilles qu'il décapsule. La bière mousse à petit bruit. Nous trinquons, nous buvons, il pousse un ha de plaisir et suce sa moustache blanche. M. Robert Babel est l'homme le plus affable du monde. Ses petits-enfants doivent l'adorer quand il raconte des histoires bourbonnaises. Il me parle du temps qu'il fait ; des espérances qu'il met encore, cette fin de l'été, en ses tomates, en ses haricots. Enfin, un silence s'établit. Je me garde de le troubler.

« Vous voulez donc savoir ce que je pense de Belmont-Chaput ? C'est tout simple. Ce fut un traître. Et dès que Moulins a retrouvé la liberté, lui a obtenu ce qu'il méritait : douze balles dans la peau. Enfin, douze... y en avait peut-être que six. Mais la quantité était suffisante. C'est moi qui ai ordonné son exécution. Moulins a été libéré le 6 septembre ; le 7, il est passé à la casserole. »

J'ai tiré un calepin de ma poche, je gribouille des notes pour dissimuler mon émotion. Je garde les yeux baissés pour qu'il n'y lise pas mon horreur. J'ai devant moi l'assassin de mon grand-père. Un brave jardinier, vivante réclame des graines Vilmorin.

« Enfin..., se reprend-il, mon ordre n'était pas valable spécialement à son endroit. Il y avait une liste de plusieurs noms.

— Ils furent jugés ?

— Leur trahison était si notoire, si ignominieuse que la cause était entendue d'avance. Tout jugement était donc inutile.

— Quel genre de trahison avait pratiqué ce... Belmont-Chaput ?

— La collaboration sous toutes ses formes. Au vu et au su de l'entière population moulinoise. Il fréquentait assidûment la Kommandantur, qui se trouvait rue Voltaire, dans un bel hôtel qu'occupe aujourd'hui l'Assistance publique. Il présidait aussi je ne sais plus quel machin de propagande nazie, dissimulé sous des intentions culturelles, je crois que ça s'appelait l'Institut Goethe. Il essayait par là de gagner les Moulinois à la cause de la collaboration pétaino-nazie. Il les invitait à l'Université populaire, rue Diderot, leur présentait à sa façon la grande Allemagne, ses beautés, sa littérature, sa musique, son histoire, ses avantages. Il faisait également des conférences à ses amis de cœur sur le Bourbonnais ou l'Auvergne, dans leur Cercle, boulevard Ledru-Rollin, qu'occupe à présent la Direction des P.T.T. Il les recevait même chez lui. Quelle honte ! Sa fille avait des intérêts dans une librairie allemande, qui se tenait au fond de la rue d'Allier, remplie de leurs brochures, de leurs bouquins, de leurs journaux. De plus, ayant, semble-t-il, le cul incandescent, elle se faisait sauter par tous les officiers boches que ça intéressait. Pour tout vous dire, je ne sais si c'était par reconnaissance bordelière ou par considération fasciste, quand un de ces officiers rencontrait Belmont-Chaput dans la rue, il lui faisait le salut militaire ! Quelle ignominie !

— Chez nous, en Suisse, les militaires ne saluent pas leurs connaissances civiles autrement.

— Si l'un de ces officiers était envoyé sur un autre front, Belmont-Chaput participait à la petite beuverie qui arrosait son départ.

— Toujours ?

— Souvent. Il avait écrit en allemand à leur usage un petit guide touristique, *Moulins und das Bourbonnais*, préfacé par un des leurs, afin de faciliter leur pénétration dans notre province, lui qui n'en était pas même natif. Comme ça, ces messieurs savaient quels châteaux ils devaient visiter, quelles œuvres d'art on y trouvait, sur lesquelles mettre la patte pour les expédier ensuite à Hermann

Goering, le plus grand collectionneur du Troisième Reich. Que vous faut-il de plus ?

— Avait-il dénoncé des Juifs, des francs-maçons, des résistants ?

— J'en suis persuadé. Comment ne l'aurait-il pas fait, puisque son cœur battait exclusivement pour l'Allemagne ? »

Et moi, en bon Suisse neutre et impartial :

« C'était une chose à établir, en l'appuyant sur des documents écrits, des témoignages. »

Mais M. Babel : « Pfutt ! »

Il fait claquer ses doigts en l'air et dit pfutt ! pour signifier le peu d'importance qu'il attache à ces formalités. Puis il en remet :

« Voici la meilleure, je crois. Un capitaine autrichien logeait chez lui en permanence.

— En permanence ? Il y prenait ses repas ?

— Les repas, non, sans doute. Mais le lit, à coup sûr. Le lit garni, hi, hi, hi ! »

M. Robert Babel rit de bon cœur, son rire part de la gorge, inonde son visage, gagne le corps, secoue le ventre sous le tablier bleu. Faut dire qu'elle est bien bonne : le lit garni, hi hi hi ! Il y a des gens qui ont le rire en *ha*, d'autres en *ho*, d'autres en *hi*, exceptionnellement en *hu*. Ces voyelles ne sont pas indifférentes. Le *ha* indique une nature forte, violente, parfois satanique. Le *ho* convient aux bons gros innocents qui s'esclaffent de tout cœur, à pleine panse, dans une saine gaieté. Le rire en *hi* est celui des malicieux, des pisse-vinaigre, des consciences accommodantes. Le *hu* est une rareté, encore mal étudiée par les physiognomonistes, je le crois celui des artistes, des poètes, des esprits raffinés. M. Babel est pourvu d'un rire en *hi*, effilé, pointu comme un fer de lance.

Quand il croit avoir vidé tout son sac, il y farfouille encore, en extrait quelque autre circonstance aggravante :

« Le capitaine en question était, me semble-t-il, le responsable des *Ausweis*, dont les services fonctionnaient à la Caisse d'Épargne. Si bien que lorsqu'une personne désirait franchir la ligne sans irrégularité, elle s'adressait à M. Belmont-Chaput, sachant que par son entremise elle obtiendrait satisfaction. Naturellement, il ne manquait pas de monnayer le service rendu.

— On a des témoignages sur ce point ?

— Pardi !

— Il devait être bien méprisé de ses compatriotes.

— Vous allez voir à quel point. Un calembour circulait sur son nom. A cause de ses origines auvergnates. Vous êtes suisse, monsieur, et vous ignorez peut-être que les Auvergnats ont une particularité de langue : ils sont dans l'impossibilité absolue de prononcer les *s*. Ils ne disent pas *Saint-Flour*, mais *Chaint-Flour*. Pas *besace*, mais *bejache*. Cela provient sans doute de leur patois.

— En vérité ? Je suis allé moi-même à Saint-Flour, je n'ai pas remarqué ce détail. Dans un restaurant, j'ai commandé un jour une saucisse, et le garçon a répété exactement : une saucisse, une !

— Peut-être était-ce un immigré. Ou bien souffrait-il d'un défaut de prononciation : il zézayait, hi, hi, hi !... Je reviens à ce calembour qui circulait alors. Chaque fois qu'un Moulinois, qu'un patriote évoquait l'individu en question, il disait : Belmont-Chaput ? Cha pue... cha pue le Boche. Hi, hi, hi ! »

Avec conscience, je gribouille sur mon calepin : *Chaput, cha pue le Boche*. Il ne faut négliger aucune pierre, si je veux reconstruire grand-père Henri dans son authenticité.

« A la vôtre, monsieur ! » dit Robert Babel.

Nous trinquons encore avec nos flacons de bière à demi vides. Dans le jardin, des abeilles butinent les roses. L'Allier forme devant nous une belle courbe bleue. Une paix merveilleuse règne sur le Bourbonnais.

« Je reviens, dis-je, à cette exécution sans jugement, qui me trouble un peu. N'aurait-on pu attendre quelques jours, le garder à l'ombre, préparer un procès selon les règles qui ont cours dans les démocraties ? Pourquoi une telle impatience ? »

L'œil de Robert Babel, qui était bistre, se fait franchement noir.

« Vous êtes jeune, monsieur, et suisse. Vous ne vous rendez pas très bien compte de l'atmosphère dans laquelle vivait Moulins en septembre 1944. Depuis quatre ans et quatre-vingts jours, nous étouffions sous la botte allemande. Depuis quatre ans et quatre-vingts jours, la bannière à croix gammée flottait au sommet de notre beffroi. Depuis quatre ans et quatre-vingts jours, nos libertés étaient supprimées, nos ventres affamés, nos patriotes emprisonnés, suppliciés, déportés, exterminés. Depuis quatre ans et quatre-vingts jours, nos compatriotes israélites étaient pourchassés comme des chiens galeux, expédiés vers les camps de la mort. Et voici que le 6 juin, les armées alliées débarquent en Normandie, au prix de très lourds sacrifices. Les Forces françaises de l'intérieur, Francs-Tireurs et Partisans, décrètent l'insurrection générale contre l'occupant. Celui-ci, voyant la partie perdue, au lieu de rentrer chez lui, redouble de férocité. Le 5 septembre, veille de notre libération, des combats dans le quartier de la Madeleine provoquent un massacre. D'autres patriotes sont fusillés contre le mur de l'évêché. Et à tous ces gens qui réchappent de l'oppression, de l'humiliation, de la torture, de la famine, de la propagande, de la mort, qui ont eu des parents, des amis assassinés, vous demandez de la patience ? Vous prétendez les retenir s'ils se jettent sur les bourreaux et les complices de leurs bourreaux pour les réduire en pièces ? Il faut comprendre, monsieur, il faut comprendre la nature humaine. Est-ce qu'en Suisse les hommes ne sont pas faits comme ici ?

— Mais justement, puisque la démocratie, la liberté, la légalité étaient revenues, n'eût-il pas été préférable, afin d'échapper à toute critique... ? »

La démocratie, pfutt !... La légalité, pfutt !... Les critiques, pfutt !...

Jean Violles, à Bellenaves, est une autre sorte d'homme. Il habite une ancienne ferme superbement restaurée. Cour herbue. Maison pleine de livres, de cuivres, de meubles rustiques, comme il convient à un gentilhomme campagnard.

« En fait, je suis architecte, et aussi sociologue, politologue à mes moments gagnés. Bavard n'importe quand. Si je parle de moi, je suis intarissable. Fils d'un garçon de course à *l'Humanité*, quand ce journal était encore socialiste. Mon père Benoît (dit Marius, parce qu'il n'aimait pas son prénom officiel) apportait une poignée de dépêches à son patron, le matin du 31 juillet 1914. Lorsqu'il entre dans le Café du Croissant, il y trouve un énorme remue-ménage, Jaurès assassiné et un compagnon de celui-ci, le vétérinaire Pierre Renaudel, en train d'éponger le sang du martyr, de le recueillir dans un flacon comme le sang de saint Janvier. Plus tard, Renaudel enregistrera un disque où il racontera le drame et fera parler mon père, en témoin. Il vendra ce disque dans les réunions et meetings au profit du parti socialiste. Quant à Benoît Violles, dit Marius, il deviendra directeur du service de presse du B.I.T. à Genève.

— Le B.I.T. ?

— Le Bureau International du Travail. Comme Suisse, vous devez connaître.

— Je connais.

— Voilà mes origines. Elles sont auvergnates, puisque mon père, Benoît-Marius, était natif de Chapdes-Beaufort, en plein Puy-de-Dôme.

— Vous êtes donc auvergnat également ?

— Dans cette région frontalière, voyez-vous, on ne sait jamais très exactement ce que l'on est. Les deux provinces se recouvrent et s'interpénètrent comme la confiture sur le pain. On croit être « bougnat » et l'on est « bourbonnichon ». A moins que ce ne soit l'inverse. Tel fut aussi le cas de Pierre Laval. Vous avez entendu parler, en Suisse, de Pierre Laval ?

— Parbleu ! L'ancien Premier ministre de Pétain.

— Tout le monde le tient pour un Auvergnat. *Le Canard enchaîné* l'appelait *Bougnaparte*, et le faijait ch'echprimer comme cha. Or il était Bourbonnais — son accent même, ses *R* liquides en témoignaient — né natif de Châteldon, qui est une enclave bourbonnichonne dans le Puy-de-Dôme. Il y existait même autrefois une « porte d'Auvergne », preuve que ce bourg n'en est point. Mais Laval ne cherchait aucunement à discréditer cette légende : Ça fait tellement plaisir aux journalistes de me croire auverrgnat, auverrgnat de carricaturre, naturrellement, bien crrasseux, avarre, rrustrre et mal-parrlant ! Ça arrange tellement ceux qui dessinent ma bouille dans les feuilles satirriques, que je les laisse crroirre. En les démentant, je leurr ferrais trrop de peine, et je flanquerrais parr terrre les trrois quarrts de leurr arrgumentation. »

— Vous êtes donc Bourbonnais ?

— Disons que je possède les deux provincialités, de même que Pierre Laval et que votre Belmont-Chaput. »

Nous y voilà. Je laisse filer un long silence, comme chaque fois qu'on aborde mon vrai sujet. Puis je demande doucement :

« Vous l'avez bien connu ?

— J'ai été son élève au lycée Banville, de la troisième à la philo. Un élève d'ailleurs très médiocre.

— Comment était-il ?

— De taille moyenne. Il dut porter un certain temps une redingote noire et un pantalon clair, ce qui le fit surnommer Pingouin. Sobriquet qu'il conserva tout au long de sa carrière. Chaque prof avait le sien, hérité des générations précédentes, si bien qu'on en perdait quelquefois la signification. Protégé l'hiver par une peau de bique sombre, du soleil l'été par un chapeau de paille blanc. Il les prenait à dates fixes, la première à la Toussaint, le second au premier mai. Sans regarder le ciel, parce que le temps de lever la tête peut-être lui manquait. Il avait tant de chats à fouetter ! Tant d'activités ! Son visage était buriné par les veilles. Il affirmait ne dormir que quatre heures par nuit. « Voyez, disait-il, la durée que je gagne sur un dormeur qui en exige huit ! J'en ai établi le compte : cela fait environ soixante jours par an. Après soixante années de ce régime, j'aurai vécu dix ans de plus que lui. » Il débitait ce calcul le plus sérieusement du monde. Car c'était un homme toujours sérieux, toujours affairé. D'abord, il nous enseignait l'allemand, la littérature et la civilisation allemandes. Il apportait des disques, nous faisait entendre Wagner, Mozart, Schubert. Nous savions tous chanter la *Lorelei*. Ensuite, il écrivait des livres, des articles, des poèmes ; il prononçait des conférences. Il correspondait avec les plus beaux esprits de son temps. Charles Péguy l'avait tutoyé, Charles-Louis Philippe l'appelait « Mon cher Vieux ». Et puis, il pratiquait lui-même à domicile la musique, jouait du violon, tandis que sa femme touchait du piano, sa fille du violoncelle. Il avait écrit une nouvelle traduction de *Werther* et nous en lisait des passages ;

elle fut ensuite publiée à Paris. Bref, nous le considérions comme un génie. Ses paroles tombaient sur nous de tellement haut qu'on aurait dit des pierres au fond d'un puits vide.

— Faisait-il de la propagande politique en faveur de telle ou telle idéologie ?

— Aucune. Sa seule propagande était en faveur de la paix. Il nous montrait un texte qu'il avait signé jadis aux côtés de Maurice Maeterlinck notamment et intitulé *Appel pour une paix perpétuelle*. Il y préconisait la création d'un *Institut franco-allemand de la Réconciliation*. Une idée de poètes, sans doute. Ou de croque-morts : la paix perpétuelle !

— Était-il estimé de ses collègues ?

— Plutôt jalousé. Aussi, durant les récréations, se promenait-il le plus souvent seul, à pas mesurés, sous la marquise du lycée. Sauf les jours de pluie, à cause de la verrière trouée par où l'eau dégoulinait. Nous nous écartions de lui comme d'un autobus. Ou bien nous le considérions de loin, en mangeant le croissant ou le poudingue que nous avait vendu Gagnol, le concierge. Mais à l'heure de la rentrée, il nous précédait dans sa classe et se tenait debout et raide sur l'estrade, vêtu de sa blouse grise d'herboriste. La salle était fleurie de proverbes écrits de sa main : *Eile mit Weile* (Hâte-toi lentement) ; *Hunger ist der beste Koch* (La faim est le meilleur des cuisiniers) ; *Jeder Anfang ist schwer* (Tout commencement est difficile)... Voyez : ils sont restés en ma mémoire indocile. Ils produisent beaucoup d'effet quand je les place dans une conversation. Il nous appelait *Messieurs* et nous disait *vous*, ce qui nous valorisait terriblement. Sa voix était un peu sourde et rêveuse... »

Jean Violles me parle pendant des heures, j'en ai la gorge aussi sèche que lui. Heureusement, il y a le rosé de Saint-Pourçain. Je remplis de notes mon aide-mémoire. Autour de nous, la maison fait un silence atterré, à cause de ces histoires d'assassinats : celui de Jean Jaurès, celui de mon grand-père.

« Il y en a eu bien d'autres. Des centaines de milliers. Tout le monde y a mis la main : les nazis, les milicos, la police pétainiste, les maquisards, les libérateurs, les fascistes, les antifascistes, les hommes de droite, les hommes de gauche, les purs, les impurs... »

Heureusement, il y a le rosé de Saint-Pourçain...

Quand il a tout dit, nous nous serrons la main, et Jean Violles conclut :

« Je vous raccompagne jusqu'à votre Marie-Vole.

— Marie-Vole ?

— C'est ainsi que nous appelons la coccinelle en Bourbonnais.

Lorsqu'une de ces bestioles se pose sur le doigt d'un enfant, il lui souffle sous les ailes en chantant :

Marie-Vole, vole ! vole ! vole !
Marie vole jusqu'au Bon Dieu !

4

Le 1er octobre 1921, après sept ans d'absence, Henri Belmont franchit le porche majestueux du lycée Théodore-de-Banville avec une émotion dissimulée sous sa cravate. Le censeur accourut à son devant, lui serra les deux mains :

« Bienvenu, mon cher collègue ! Je vous ai rendu votre ancienne classe : celle que vous occupiez avant Quatorze. La première à droite, au rez-de-chaussée sur la cour d'honneur. D'accord ?

— C'était bien elle.

— Malheureusement, je n'ai pu vous rendre vos anciens effectifs. Depuis la guerre, les parents de nos élèves ne veulent plus entendre parler de tout ce qui touche à la Bochie, comme ils disent. Vous en aurez seulement en troisième une douzaine.

— Nous travaillerons comme cinquante », promit-il.

Encore somnolents à cette heure matinale, les potaches de la cour se taisaient ou se frottaient les genoux. Belmont se retrouva seul dans la salle à présent trop grande, occupée par les longues tables à six places. (Un enfant serait comme autrefois chargé, au moyen d'une bouteille à bec verseur, de remplir les six encriers de porcelaine avec l'encre fournie par l'intendance.) Les seuls ornements en étaient la double ligne de porte-manteaux, un buste de plâtre représentant Johann Wolfgang Goethe couronné de lauriers, et une carte de l'Empire allemand imprimée en 1905, où les nouvelles frontières avaient été tracées au crayon rouge. Dans une armoire, se trouvaient enfermés un petit nombre d'ouvrages classiques dont il assurerait la circulation parmi les grands, et que ceux-ci lui rendraient au bout d'une semaine, généralement sans les avoir lus.

Il se revit dix ans plus tôt, arrivant de Rodez, ville ensoleillée où même les cloches ont l'accent du Midi, dans ce Moulins tendre et brumeux, tout en nuances, précautionneux envers le bruit, le désordre et les rhumes. Les pensionnaires ne devaient jamais paraître en ville sans uniforme. L'uniforme, affirmait le prospectus maison, *est un drapeau qu'il faut respecter et qu'on doit être fier de porter.* Il comprenait des accessoires contre le froid et l'humide, notamment *un caban de drap bleu avec capuchon mobile, une redingote à forte doublure, une écharpe longue d'un mètre.* L'intendant, le médecin attaché à l'établissement veillaient à ce que la nourriture fût *saine, abondante et agréable.* L'hygiène nécessaire et suffisante était assurée par des *bains de pieds donnés régulièrement à l'intérieur du lycée.* Des bains entiers étaient en outre conférés aux élèves *au moins cinq fois par an ou sur prescription médicale.*

Il revenait au dernier professeur nommé de prononcer le discours d'usage précédant la solennelle distribution des prix, devant un aréopage composé des professeurs en robe noire, du préfet en tenue de parade, du maire et du député en écharpe, devant les élèves et leurs familles. Belmont se revit en toge et épitoge sur la tribune également emmaillotée de tricolore. Son sujet : *La vie scolaire et universitaire en Allemagne.* Sa péroraison : ... *Chers élèves, il faut être un citoyen de sa patrie d'abord, et ensuite de l'humanité. Le poète italien Dante Alighieri disait de même :* Je me sens citoyen du monde comme le poisson est citoyen des eaux... *Soyons prêts à servir l'une et l'autre avec la même foi, le même courage, de tout notre corps, de toute notre intelligence. A contribuer au triomphe général des sublimes principes que nous ont légués nos glorieux ancêtres de 1789, afin d'aller encore plus loin qu'ils ne l'ont rêvé : jusqu'à la République universelle !*

Plan-rataplan-plan-plan !

Ses cinquante-deux mois de guerre, ses vingt-cinq mois d'occupation n'avaient refroidi en rien l'admiration qu'il portait à l'Allemagne depuis ses premiers *der, die, das* à Saint-Flour. Au contraire. Cinq cents millions d'hommes avaient dû coaliser leurs forces et leurs ressources pour avoir raison d'une centaine. Cinq contre un. De ce conflit inégal, la France sortait saignée à blanc, ruinée, mangée de dettes, battue d'avance à la prochaine revanche, s'il y en avait une. Les mères allemandes travaillaient déjà à pleines entrailles à fournir les contingents nécessaires. Lors de ces années rhénanes, Belmont avait découvert avec émerveillement une génération nouvelle d'écrivains, inspirés par la guerre et la défaite : Josef Magnus Wehner, Frank Wedekind, Ernst Glaeser, Alfred Döblin, Oswald Spengler, Bertolt Brecht. Son admiration allait de même aux peintres nouveaux du Groupe Novembre de Berlin, aux architectes du Bauhaus à Weimar. Au musicien Ernst Krenek, fondateur de l'opéra juif. Maintenant qu'entre l'Allemagne et la France tous les comptes étaient réglés, les vainqueurs allaient pouvoir tirer des vaincus de grandes et belles leçons d'énergie, d'intelligence, de vitalité. Le retour de l'Alsace-Lorraine était une greffe de sang germain sur la vieille souche gauloise quasi épuisée. Il ne manquait plus, pour sceller cette heureuse union, qu'une paix perpétuelle. Lui, Henri Belmont-Chaput, travaillait de toutes ses forces à l'établir. Sa qualité d'officier interprète lui avait épargné de participer directement aux combats, on l'employait à l'interrogatoire des prisonniers, à la lecture des documents saisis ; pendant l'occupation, il participait à tous les contacts avec les autorités locales. Il ressortait de la guerre les mains pures, donc tout désigné pour cette sainte entreprise.

Quand roula le tambour du concierge, les douze élèves germanistes s'alignèrent devant sa classe, entrèrent à son signal, s'introduisirent dans les bancs à six places. Ils regardaient avec curiosité leur nouveau prof, mi-civil, mi-soldat. L'usage était chez les anciens mobilisés d'user leur vieille vareuse, leur vieille culotte bleu horizon, préalablement privées de leurs galons, chevrons et autres sardines. Ils y trouvaient un avantage d'économie, et un avantage moral : elles rappelaient aux pékins et fils de pékins qu'ils étaient des réchappés de la plus grande guerre de tous les temps, de la plus glorieuse. « Si vous en reconnaissez un dans la rue, avait recommandé Clemenceau, saluez-le avec respect, allez l'embrasser ou lui serrer la main. » Au sortir des tranchées, ces profs espéraient par leur costume mixte se garder au lycée des critiques et des chahuts. Le concierge, ancien poilu lui-même, les honorait du salut militaire.

Son troupeau fut en place. S'adressant alors à ces douze visages tournés vers lui comme des tournesols vers le soleil, il avala son émotion et dit :

« *Guten Tag, meine Herren !* Bonjour, messieurs. Si vous le voulez bien, faisons connaissance. Je m'appelle... »

Il prit un bâton de craie carrée, le cassa. Eux virent soudain sa large échine sous la blouse grise, sa nuque forte, tondue très haut comme la portaient tous les soldats. Il commença d'écrire au tableau noir avec son morceau de craie :

Henri Belmont...

Arrivé à cette dernière lettre, il hésita, se demandant s'il devait s'arrêter là, ou continuer. Depuis longtemps, il avait l'intention de souder ensemble son patronyme et son pseudonyme. L'occasion se présentait pour la première fois. Il ajouta délibérément :

...- Chaput.

Ensuite il recula de deux pas, comme un peintre examine de loin la toile qu'il termine, et fut satisfait de l'ensemble de sa signature.

« Notez, je vous prie, à la première page d'un cahier neuf :

Lycée Théodore-de-Banville
Cahier de grammaire allemande
Professeur : M. Henri Belmont-Chaput.

Point final. »

Il marcha dans l'allée centrale tandis qu'ils s'exécutaient. Les plumes sergent-major puisaient l'encre officielle, s'appliquaient à tracer en belle écriture les pleins et les déliés.

« Voilà qui est fait. A présent, avant d'aller plus loin, je voudrais que chacun de vous prenne une demi-feuille de papier blanc, comme pour une interrogation écrite, que vous découpez dans un cahier brouillon... Là... Parfait. Que vous la teniez verticalement... dans ce sens... Et que vous répondiez sincèrement à la question suivante : *Pourquoi commencez-vous l'étude de la langue allemande, plutôt que celle d'une autre langue étrangère ?* J'insiste : sincèrement. Sinon, l'épreuve n'aurait aucun sens. Inutile de signer votre texte, ni d'inscrire votre nom dans un coin. Ainsi, votre anonymat sera préservé. Je vous laisse cinq minutes pour donner vos raisons. »

Crissements multiples des sergent-major. Regards obliques vers la feuille du voisin, par habitude. Embarras de certains, qui semblaient n'avoir jamais réfléchi à la chose et levaient le nez vers le Goethe blanc. Par la fenêtre entrouverte arrivait le bourdon des classes voisines. Le prof continuait son va-et-vient, le plancher gémissait sous ses souliers à tige, tandis qu'il surveillait dans son poing la montre tirée de son gousset. Le temps écoulé, il s'aperçut que plusieurs feuilles restaient vierges.

« Je vous laisse deux minutes de supplément, pour que vous me donniez tous au moins une raison, qu'elle vous paraisse bonne ou vous paraisse mauvaise. »

A la fin, il releva les demi-feuilles, remonta sur l'estrade, s'assit derrière sa table de bois nu, blanchi à l'eau de Javel avant chaque rentrée afin d'y lessiver les graffiti injurieux que certains galapiats trouvaient le moyen d'y écrire en cachette.

« Et maintenant, dépouillons ensemble les résultats, et voyons ce qu'ils valent. »

Il commença : *Parce que mes parents ont choisi pour moi cette langue*. Cette même réponse s'y trouvait quatre fois sous des rédactions diverses. « Il faudrait donc, commenta Belmont, que j'interroge vos parents ! »

Parce que c'est la langue de nos ennemis ; il est bon de bien la connaître afin de déjouer leurs ruses et de les écraser une autre fois s'ils nous déclarent encore la guerre. « C'est vrai, reconnut-il. La langue de nos ennemis. C'était vrai du moins jusqu'à hier. J'espère que demain ce ne sera plus vrai. Que les nations européennes deviendront toutes des amies pour construire quelque chose d'immense et de généreux. »

Parce que les Allemands sont nos voisins, qu'on aura certainement l'occasion de faire du commerce avec eux et qu'il vaut mieux savoir parler leur langage si l'on ne veut pas se faire rouler. « Ce n'est pas faux, admit-il en souriant. L'Allemagne a des ressources minières et industrielles considérables, elle nous vend ses produits comme elle achète les nôtres. »

Parce que ma mère est d'origine alsacienne et qu'elle pourra m'aider dans mes exercices. « Attention ! recommanda-t-il. Il y a plusieurs sortes de parlers alsaciens, mais un seul allemand officiel, compris dans toute l'Allemagne, l'Autriche, la Suisse alémanique, dit *Hoch Deutsch*, haut allemand. »

Parce que j'ai l'intention de visiter un jour l'Allemagne avec mes parents qui possèdent une automobile à pétrole. Si je parle allemand, je leur servirai d'interprète. « Je vous souhaite d'en être capable. »

Parce qu'il y a peu d'élèves en allemand, ce qui doit me permettre de faire des progrès plus rapides qu'en anglais, où ils sont trente ou quarante par classe. « Excellente raison de commodité ! »

Parce que mon père est opticien et qu'il reçoit tous ses verres d'Iéna, en Allemagne. Si je veux prendre sa suite un jour, j'aurai intérêt à savoir lire les prospectus allemands. « Heureux homme qui exercera le même métier que Spinoza ! Ce philosophe gagnait sa vie en polissant des verres de lunettes, ce qui lui permit de construire en même temps son système philosophique. Je vous souhaite de devenir un grand philosophe. »

Le onzième avait écrit *Parce que l'allemand me semble une langue...* Mais il s'était arrêté là et avait biffé les mots tracés.

Le douzième avait rendu feuille blanche.

Rien que de médiocres raisons, par conséquent. Ou le vide absolu. Henri Belmont-Chaput rassembla les interros, en tapota la tranche sur son bureau comme on fait d'un jeu de cartes. Dieu du Ciel ! Quelle longue route ils auraient à faire ensemble, lui devant, les halant, ahanant, eux derrière, remorqués, passifs, lourds, concrets, matérialistes. Comment les amener, non seulement à goûter la sacro-sainte triade Kant-Goethe-Schiller, mais à découvrir les trésors ignorés ? Comment leur faire aimer les poètes, les romanciers, les peintres, les musiciens, les hommes de science allemands, à eux qui ne parlaient encore, entre copains, en famille, que des Boches et de la Bochie ? Qui ne connaissaient de l'Allemagne que ses armées, ses invasions, ses destructions ?

Quelle longue route encore jusqu'à la République universelle !

« Et maintenant, commença-t-il bravement, dites-moi les mots d'allemand que vous connaissez déjà.

— Mais... nous n'en connaissons aucun.

— Oh ! que si ! Vous allez voir. Mais sans doute ne savez-vous pas qu'ils sont allemands. Exemple : *frichti*. Vous connaissez *frichti ?*

— Ben oui... Le *frichti*, c'est le fricot. Le repas cuisiné par la mère de famille.

— Exact. Eh bien, *frichti* est une déformation de l'allemand *Frühstück*, qui signifie exactement "morceau qu'on mange de bonne heure", c'est-à-dire "petit déjeuner".

— Alors, les Allemands consomment du frichti tous les matins ?

— A peu près, à peu près. Un autre mot, s'il vous plaît ?

— ...

— Je vous propose celui-ci : *ersatz*. Qui peut me dire ce qu'est un ersatz ?... »

Après l'*ersatz* défilèrent une foule de termes d'origine germanique : l'*estoc*, le *lansquenet*, la *schlague*, le *schlamm*, la *schlitte*, le *zinc*... Sans oublier la *chope* et sa petite sœur la *chopine*.

5

Une lettre lui parvint d'Allemagne. Envoyée par le Dr Otto Gott de Nuremberg, sous une enveloppe tapissée de timbres, verso et recto.

Cher Collègue et Ami,

D'abord, êtes-vous toujours de ce monde ? Huit ans après votre dernière missive, il m'est permis d'en douter. J'adresse celle-ci au lycée Théodore-de-Banville à Moulins, comme on jette une bouteille à la mer, en priant le Ciel qu'elle ne me revienne pas. Tant de jeunes hommes sont morts, des deux côtés, pendant ces années maudites ! Espérons que leur sang n'aura pas été versé comme l'eau d'une fontaine, qu'il abreuvera cette petite plante à laquelle croient un certain nombre de survivants, malgré, encore, sa fragilité : l'amitié franco-allemande.

Je suis du nombre. La guerre ne m'a pris qu'un bras (par chance, c'est le gauche) : elle m'a laissé la vie. A peine remis de ma blessure, j'ai repris mes conférences de littérature française dans ma faculté. Et aussi mes travaux personnels sur Charles-Louis Philippe, notre cher et grand ami commun. Après Bubu de Montparnasse, *j'ai traduit — avec votre aide, je ne l'oublie point — son roman* Marie Donadieu, *qui doit paraître le printemps prochain aux éditions* Neugierde Verlag *de Francfort. A sa sortie, je ne manquerai pas de vous en expédier un exemplaire d'hommage et de reconnaissance. En même temps, je poursuis ma grande étude sur* Das Bourbonnais, ein kleines Land, eine grosse Vergangenheit, *pour laquelle j'aurai encore besoin de vos lumières, pourvu que Dieu vous ait conservé.*

Imaginez donc avec quelle fébrile impatience j'attends de vos nouvelles.

Votre admirateur et fidèle ami

Otto Gott.

Dans les mois qui suivirent, d'autres lettres l'atteignirent : du Dr Franz Preuss de Berlin ; du peintre et poète Kurt Schwitters de Hanovre ; du professeur Alfred Weber de Heidelberg. Lui-même en envoya plusieurs qui lui revinrent avec la mention *Nous croyons savoir le destinataire décédé*.

Il se prit ainsi à renouer d'anciens liens rompus par la guerre. Non seulement avec des gens de plume, mais avec des amateurs de timbres-poste dispersés à travers l'Europe. Car il limitait ses collections aux pays européens. Ils avaient coutume d'échanger des pièces rares et des informations sur les émissions passées, présentes et à venir. C'est ainsi que grâce à un correspondant albanais, il put compléter la remarquable série de timbres fiscaux dits *à comète*, avec ou sans surcharge, émise à Shkoder (Scutari) l'année 1919 en cinq nuances : brun, vert, rouge, bleu, violet ; comètes à queue droite et comètes à queue recourbée. Quand il eut ses quarante-quatre timbres, différents et parents à la fois, bien alignés sur leur page comme une noce de famille, il sentit son cœur se dilater d'une joie incompréhensible à ceux que n'a jamais honorés d'aucune grâce la déesse Philatélie. Il était abonné au mensuel *l'Écho de la timbrologie*. De lui, ses collègues banvillards disaient ironiquement :

« Le plus timbré de ses collections n'est pas celui qu'il pense. »

Il logeait rue des Potiers chez Mme Chevalier, une veuve de guerre pourvue d'une fillette prénommée Jocelyne. La chambre de Belmont jouissait d'une entrée indépendante, ce qui était censé garantir la vertu de la jeune veuve. Celle-ci d'ailleurs avait un vieil amoureux — qu'elle appelait son « oncle » — et qui subvenait à ses besoins ; elle ne semblait pas désireuse d'aventures sentimentales ou purement épidermiques.

« Vous jouez du violon ? avait-elle demandé en le voyant emménager son étui.

— De temps en temps.

— Bien ?

— Passablement.

— On peut entendre ? »

Il lui fit une démonstration. Elle parut si enthousiaste qu'elle le pria de jouer la fenêtre ouverte, quand la température s'y prêtait. Cela ne pourrait que conférer du prestige à sa maison. Outre le professeur-musicien, elle nourrissait deux autres pensionnaires en table d'hôte : un employé du Crédit Lyonnais et une jeune postière ; mais ils avaient ailleurs leur résidence.

Il emménagea de même trois caissettes longues d'une coudée, mais qui paraissaient bien lourdes. La veuve Chevalier les vit franchir sa porte avec inquiétude.

« Qu'est-ce que c'est que ça ?

— Mes collections.

— Collections de quoi ?

— Regardez ! »

Il souleva les couvercles. Ses yeux étonnés virent paraître des fragments de roches, des bouts de ferraille, des rouleaux de ficelle, des vaisselles brisées, des porcelaines intactes, des ivoires africains, des statuettes chinoises, un peson à ressort auvergnat, deux poupées japonaises, un moulin à poivre, un moulin à prières, des colliers esquimaux, une sarbacane, une tirelire écossaise, des pièces de monnaie en divers métaux, des bobines, des mocassins indiens, des pinceaux à écrire, des gobelets, un gobe-mouches empaillé, des chevilles en bois d'un usage mal défini, une cheville ouvrière, un grand nombre de chevilles poétiques.

« Mon Dieu ! dit-elle, effarée, mais désireuse de rester polie. Quel... quel bataclan !

— Un jour, promit-il, je vous en montrerai le détail. »

Il rabattit jalousement les couvercles.

A ses heures — non de loisir, il ne s'en permettait point — mais de détente, Belmont-Chaput aimait fréquenter la petite Jocelyne qu'il faisait lire dans son livre de *Morceaux choisis*, à qui il narrait des souvenirs de sa propre enfance, des histoires auvergnates ou littéraires.

« Tu t'appelles Jocelyne, dit-il. Sais-tu qui était Jocelyn ?

— Non. »

Il commença de lui raconter le poème de ce jeune homme et de son amour infortunée. Il joua sur son violon la *Berceuse* de Benjamin Godard.

« Tu sais ce que c'est qu'un amour, n'est-ce pas ?

— Bien sûr. C'est ce qui rend heureux ou malheureux.

— Comment cela ?

— Heureux quand on aime et qu'on est aimé. Malheureux quand on aime et qu'on ne l'est pas. Ou bien qu'on n'aime personne.

— Tu as l'air rudement informée, malgré ton jeune âge ! Quel âge as-tu donc ?

— Huit ans. Oui, je sais beaucoup de choses.

— Comment les as-tu apprises ?

— Je les devine. Mais il en reste aussi que je ne sais pas encore. »

Un autre jour qu'ils se trouvaient en tête à tête, pendant que Mme Chevalier rendait visite à son vieil oncle, l'enfant s'était mise à fureter dans un tiroir. Elle en tirait les objets les plus divers, qu'elle expliquait à mesure :

« Ça, c'est un dé, ça protège l'index quand on coud... ça, c'est une loupe, c'est pour voir gros les choses petites... ça, c'est une étoile de mer, elle brille au fond de la mer, mais ici elle est morte, elle brille plus... »

En prenant un autre, elle hésita sur son usage :

« Ça, c'est un... un chapelet.

— A quoi ça sert ?

— Ça sert aux chrétiens.

— A quoi faire ?

— A réciter des prières, pour ne pas se tromper dans les paragraphes. A parler à Dieu qui est aux cieux.

— Est-ce que tu es chrétienne ?

— Moi ?... Non. J'ai des amies qui sont chrétiennes. Elles vont à l'église, au catéchisme. Moi, j'ai pas le temps d'être chrétienne.

— Pas le temps ? Pourquoi donc ? »

Et elle, avec ce gros soupir que poussent les enfants quand les adultes les insupportent :

« Je ne sais pas si tu te rends compte !... D'abord, je vais en classe tous les jours, sauf le jeudi et le dimanche. Mais le jeudi, je suis des cours de danse chez Mlle Paturel. Quand je serai grande, je veux être danseuse. Bien. Le dimanche, je vais à la campagne, pour boire du lait de chèvre et voir mes grands-parents. En plus *(elle compta sur ses petits doigts)*, le lundi soir, je vais à la musique pour apprendre le solfège. Le mardi soir, je reçois ma copine Lalie. Le mercredi, ouf !...

— Tu es vraiment très, très occupée.

— Alors, pour être chrétienne, j'ai vraiment pas une minute. »

« Et Charlotte ? » se dit-il. Lotti ? Lotti Faust ? Sa charmante Mayençaise, sa folle traminette ? Ses amours d'occupation ?

De temps en temps, le souvenir de la jeune Allemande lui revenait. Sa promesse de retourner la voir et de l'épouser. Mais chaque fois il se donnait la même excuse que Jocelyne qui n'avait pas le temps d'être chrétienne : je n'ai pas le temps de repenser à Charlotte : mes cours, mes corrections, mes travaux personnels, mes timbres, mes antiquités, mon violon, ma correspondance, ouf !...

C'était tout simple.

Il ne se sentait doué ni pour l'amour, ni pour le mariage, ni pour la paternité. Quand par hasard il entendait sa conscience aboyer discrètement sous son gilet, il lui lançait comme un os quelque bonne raison : j'avais vingt ans de plus qu'elle, je n'allais pas encombrer sa jeunesse d'un proche vieillard ; je pourrais du moins lui écrire pour lui donner des nouvelles de ma santé, lui en demander de la sienne, mais ce serait entretenir ses illusions, mieux vaut trancher dans le vif ; belle et vaillante comme était cette fille, elle trouvera sans peine preneur : un mari d'un âge plus approprié, qui sera bien aise d'en faire la mère de sa progéniture ; nous n'avons eu que la primeur de nos amours, l'usure de la légalité, puis de l'habitude, puis de la routine nous a été épargnée, c'est bien mieux ainsi ; que serait devenue la Lorelei si elle avait convolé en de bourgeoises noces ?

Il apprenait du moins à ses classes le chant des mariniers, qu'elles appréciaient d'autant mieux que Moulins avait une vieille tradition batelière :

Ich weiss nicht, was soll es bedeuten,
Dass ich so traurig bin ?...

Et chaque fois qu'ils l'entonnaient ensemble, son cœur fondait de romantisme sans tendresse, comme il y a de la mayonnaise sans huile. Il se revoyait en bleu horizon sur le bateau-mouche, au pied du rocher, se mêlant au chœur des Mayençais protestataires, éberlués, admiratifs, applaudissants. Tandis qu'à l'écart, les larmes aux yeux, Lotti buvait ces accents romantiques et les prenait pour son compte. Certes, elle était le plus doux souvenir de ses années rhénanes. Mais il n'allait pas consacrer le reste de ses jours à filer la quenouille aux pieds d'une traminette. Il avait de plus grandes choses à faire.

Parmi les premières urgences, celle-ci : défendre le souvenir de son ami Charles-Louis Philippe, exalter son talent, répandre son œuvre. Faire admettre à Moulins et aux Bourbonnais, pas encore bien convaincus, qu'ils avaient engendré en lui un grand écrivain. Que Théodore de Banville n'était pas, dans ce domaine, leur seule gloire.

Ils s'étaient connus de façon épistolaire lorsque Belmont enseignait encore au lycée de Rodez. Ayant ouvert par hasard un exemplaire usagé de *Bubu* chez un bouquiniste, l'ayant feuilleté, il était tombé tout de suite amoureux de ce style pittoresque, jeune, plein de surprises. *Il marchait. Des prostituées pirouettaient à des coins de rue, avec de pauvres jupes et des yeux questionneurs : il ne les regardait même pas. Il marchait comme marche l'espérance.*

Quelque jeune femme à la taille serrée marchait devant lui, alors il ralentissait le pas pour mieux la voir. Voici qu'elle lui adressait un sourire. Alors il allongeait le pas pour mieux la fuir et parce qu'une autre femme à la taille serrée... Il marchait comme marche l'espérance, de femme en femme. Il ne voulait pas des unes parce qu'elles étaient trop faciles. Il n'osait pas parler aux autres parce qu'elles n'avaient pas l'air faciles. Il marchait comme marche l'espérance, de femme en femme, jusqu'à ce qu'il n'y ait plus d'espérance. Amoureux de ces personnages qui sortaient tout crus du peuple, avec leur langage, leur tendresse, leur dureté. Tout cela, il l'avait écrit à l'auteur aux bons soins de l'éditeur. Une correspondance régulière s'était ensuivie qui les avait conduits jusqu'à l'amitié, jusqu'au tutoiement réciproque. Bien que son aîné de cinq ans, Charles-Louis appelait Henri « Mon cher Vieux ». Au cours des grandes vacances de 1907, une rencontre avait été arrangée à Cérilly, chez le sabotier, son père. Le voyage en train omnibus de Saint-Flour à Urçay avait été rempli d'arrêts interminables, de changements, d'attentes, de retards, de buffets froids. Aller au Saskatchewan, s'était-il dit, ne doit pas être plus terrible. D'Urçay, une patache l'avait baratté pendant deux heures jusqu'à Cérilly. Il y avait lié conversation avec son vis-à-vis, un notable du canton (cela se remarquait à son chapeau de peluche, à sa cravate, à sa chaîne de montre), à qui il avait demandé s'il connaissait Charles-Louis Philippe.

« Vous voulez dire le fils du sabotier ?

— C'est bien cela.

— Tout le monde le connaît pour ce qu'il vaut. Un pas-grand-chose qu'habite Paris. Bien sûr, il a de l'instruction et de l'orthographe. Mais faudrait pas quand même qu'il vienne se présenter pour être du conseil municipal : il irait se ramasser comme un vieux chien malade.

— Savez-vous ce qu'il fait à Paris ?

— Je pourrais point y dire au juste. Mais sûrement rien de bon. »

Un autre voyageur était intervenu : « Paraît qu'il occupe un emploi à la mairie de Paris. Et quel emploi ? A ce qu'on m'a dit : inspecteur des becs de gaz ! Je vous demande un peu ! Les becs de gaz ont-y besoin d'être inspectés par un fonctionnaire municipal ? J'ai des doutances qu'on doit y passer du bon temps, dans les bureaux parisiens ! »

Chez les Philippe, au contraire, tout le monde fit fête à ce jeune agrégé, fils d'un peigneur de chanvre auvergnat, et le reçut comme un prince. Il dormit au grenier, dans le lit de secours réservé aux amis, dont la paillasse bruissait sous son dos comme un champ de maïs. Ce fut leur seule entrevue. Charles-Louis mourut deux ans plus tard, trois jours avant la Noël de 1909, sans avoir réussi à conquérir les couteliers, les marchands de bois, les cafetiers de son village. En revanche, un grand nombre de Parisiens et même de Moulinois assistèrent à ses obsèques.

« C'est drôle qu'on vienne de si loin pour enterrer çuilà-là. A Cérilly, y a personne qu'en cause. On saurait s'ment pas son nom s'y avait pas les sabots de son vieux ! »

Belmont-Chaput revoyait ce visage disparu, qui avait quelque ressemblance avec celui de Péguy, par la vivacité du regard, le lorgnon, les moustaches (mais avec des crocs acérés), la barbichette (mais Péguy laissa croître ensuite la sienne démesurément, elle lui coulait sur la poitrine comme un pot de miel). Elle dissimulait une profonde cicatrice à la joue gauche. Charles-Louis avait eu, dans son enfance, de graves ennuis maxillaires. « Petit, mais costaud », se définissait-il lui-même, avec une cambrure qui lui conférait un faux air d'arrogance. Au contraire, il aimait rire comme un bossu, mais tout à coup se taisait pour avouer : « J'aime davantage encore la tristesse. » Comme s'il avait d'avance voulu éprouver des regrets de lui-même, que peu partageraient. Lorsque, en 1913, Belmont avait fondé une revue trimestrielle intitulée *Visages du Centre*, il y avait présenté longuement l'auteur de *Marie Donadieu*, de *la Mère et l'Enfant*, de *Croquignole*, de *Charles Blanchard*, et publié quelques pages inédites de l'écrivain bourbonnais mort à trente-cinq ans d'une méchante typhoïde. *Non point moissonné*, en avait écrit Paul Claudel, *mais arraché en plein fruit*. « Je veux, se dit Belmont-Chaput, faire pour lui quelque chose de concret qui frappera l'ensemble des Moulinois. »

Il écrivit au maire de Moulins une lettre longue et documentée où il proposait qu'une rue de la ville portât son nom.

Seconde urgence : ressusciter ces *Visages du Centre* qui avaient péri par la guerre comme tant d'autres créatures fragiles. Fallait-il leur donner plus d'ouverture en les nommant, par exemple, *Visages du Centre et du Nivernais* ? Ou *Visages du Centre et du Berry* ? Il examina une carte de la France, localisa le centre géométrique à peu près sur la ville de Saint-Amand-Montrond, Cher. Autour de ce point, il s'aperçut qu'il pouvait placer, comme les rayons d'une roue, une bonne quinzaine de départements. Peut-être vingt. Si un écrivain de la Côte-d'Or ou de la Vienne lui proposait un papier pour ses *Visages du Centre*, allait-il le lui refuser ? Il se frotta les mains en riant tout bas : « Gardons, pour le moment, se dit-il, *Visages du Centre*. Je veux que ma revue, comme l'univers de Pascal, ait son centre partout et sa circonférence nulle part. »

Il se mit donc à préparer le premier numéro d'après-guerre, qu'il sous-titrerait *Cahier de la Résurrection*. Il écrivit à ses compagnons d'avant Quatorze : Maurice Mignon, Hugues Lapaire, Maurice Le Blond, Valery Larbaud, Émile Guillaumin, Daniel

Halévy, Joseph Désaymard, Henri Hisquin, Georges Bodard, Jean-Baptiste Girod, pour solliciter des articles. Il retrouva la liste des anciens abonnés, lança des bulletins de souscription annonçant la bonne nouvelle :

> *La revue* VISAGES DU CENTRE
> *va reparaître sous une autre forme.*
> ALLELUIA *!*
> *Préparez-vous à recevoir*
> *son* Cahier de la Résurrection.
> *Abonnez-vous en écrivant à*
> *M. Henri Belmont-Chaput... etc.*

6

A la pension Chevalier, ça n'avait pas traîné : une manigance s'était nouée entre la postière et l'employé du Crédit Lyonnais. Nonobstant les efforts qu'ils faisaient pour la dissimuler, la chose se remarquait comme la pleine lune. Leurs mains se cherchaient, se frôlaient, leurs regards se mêlaient, ils mangeaient leur fromage avec une tendresse infinie ; en permanence, on sentait autour d'eux un volettement de sourires comme des moucherons sur les fruits mûrs. Seule Jocelyne semblait ne s'apercevoir de rien, malgré sa grande connaissance des choses humaines. Henri, lui, considérait ces indices avec un œil froid.

La veuve Chevalier le prit un jour à part :

« Pourquoi ne vous mariez-vous pas, monsieur Belmont-Chaput ? Sans doute n'est-il pas encore trop tard. Du moins, il est grand temps.

— L'état d'homme marié est-il donc l'accomplissement de l'homme, comme le papillon est l'accomplissement de la chenille, madame Chevalier ?

— Peut-être.

— En vérité, pourquoi me marierais-je ? Votre cuisine est excellente, ma chambre très confortable. Que me faut-il de plus ?

— Oh ! monsieur Belmont-Chaput ! Que vous faut-il de plus ! Vous sentez-vous vraiment complet en compagnie de vos bouquins, de vos timbres, de vos collections ?

— Je ne vois pas ce qui me manque.

— Allons donc !

— Je vous assure.

— Ignorez-vous les plaisirs de l'amour ? »

Il se sentit les joues un peu chaudes, reconnut y avoir goûté, avec beaucoup d'agrément ; mais l'âge venant...

« Quel âge ! Quel âge ! La quarantaine débutante ! Que d'années de bonheur il vous reste encore, si vous savez les cueillir !

— Mais je suis heureux !

— Vous n'allez tout de même pas comparer !... D'ailleurs, le mariage, l'épouse, les enfants ne vous éloigneraient pas de vos études.

— Oh ! que si !

— Vous êtes donc, monsieur Belmont-Chaput, comme les curés qui refusent le mariage pour mieux se consacrer à leur mission !

— Et vous, madame Chevalier, vous jouez donc aussi à la *gourlaude* ? A la marieuse ?

— Pourquoi pas, si c'est pour votre bien ? Car vous m'êtes très sympathique. Je connais une personne...

— Nous en reparlerons, madame Chevalier. Nous en reparlerons. »

On en reparla.

Mme Chevalier commença par cette proposition :

« Que diriez-vous, monsieur Belmont-Chaput, d'un petit concert que j'organiserais chez une amie à moi, elle-même musicienne, excellente pianiste ? Nous inviterions un petit nombre de personnes choisies dans la bonne société moulinoise. Qu'en pensez-vous ?

— Ma foi, madame... Ma foi...

— Vous n'êtes pas opposé ?

— Je ne suis ni opposé ni favorable. Il faut voir. Il faut réfléchir. Quelques répétitions seraient sans doute nécessaires.

— Autant que vous voudriez. Mon amie habite un bel appartement rue de la Flèche, avec sa mère, veuve comme moi, mais beaucoup plus âgée. Elles vivent modestement des titres que leur a laissés en héritage son pharmacien de mari, et d'un immeuble de rapport sur le boulevard de Courtais. »

Elle entra tellement dans les détails concernant la fortune et l'infortune de ces dames que Belmont comprit très vite d'où soufflait le vent. Mais la musique est une chose, le mariage en est une autre. Pourquoi refuser un concert avec public acquis d'avance ? D'autant plus qu'il y aurait à boire et à manger ! Et la bonne société moulinoise ! Fichtre !... Après le délai de convenance, il donna son accord.

Les présentations furent faites. Élysa Perdrier n'était plus demoiselle à ses premiers printemps, elle commençait à perdre fleur. Grassouillette, visiblement gourmande, elle avait conservé toutefois un joli teint, des yeux luisants, des dents blanches, bien formées, malgré deux canines quelque peu proéminentes qui lui donnaient à chaque sourire un air de vouloir mordre. Au total, une fille membrue, d'origine campagnarde, mais qui avait acquis les raffinements de la ville. Sa mère, plus sèche, très droite dans son corset, portait les cheveux teints, les lèvres peintes, les joues poudrées, l'air pas disposé du tout à céder le terrain sans combattre aux assauts du temps.

Après le thé et les palets d'or de rigueur, Mlle Perdrier accepta de s'asseoir au piano, exécuta très agréablement la *Sonate Fantaisie*, dite du *Clair de Lune, Adagio, Allegretto, Presto*, tandis qu'Henri lui tournait les pages. Puis ce fut son tour à lui. *Méditation de Thaïs, Variations* sur le *Carnaval de Venise*, accompagnées par Élysa au pied levé. Effets immanquables. Ils s'applaudirent les uns les autres.

« Vous êtes vraiment créés, minauda la *gourlaude*, pour faire de la musique ensemble. Accord parfait ! »

On trouva qu'elle allait un peu vite en besogne, personne ne sourit. Puis les dames Perdrier s'adressèrent au violoniste, lui posèrent maintes questions sur ses origines, ses études, sa vie et ses miracles. Elles s'extasièrent spécialement sur ses talents linguistiques.

« Vraiment ? Vous êtes en mesure de lire votre journal en huit langues différentes ?

— Cela m'arrive rarement, répliqua-t-il avec humour.

— Lesquelles donc ? »

Il compta sur ses doigts : français, allemand, anglais, russe, italien, espagnol, portugais, néerlandais. Ce furent des ah ! des oh ! Sur-le-champ, on vérifia son affirmation, en lui demandant de traduire : *Je t'aime à la folie* dans ces divers parlers. Chacune de ces dames rit follement à l'idée d'entendre prononcer à son intention ces syllabes hétéroclites. Mais imaginez un peu, ma chère, un Portugais qui... ! Un Néerlandais que... ! Un Russe dont... !

Vint la préparation du concert. Choix du programme. Répétitions. Liste des invités. Pendant un mois, Élysa et Henri se virent tous les jours. Les yeux de la demoiselle se faisaient de plus en plus tendres ; les absences de la pharmacienne, au cours de ces visites, de plus en plus prolongées. Mais lui, comme on dit à Saint-Flour, touchait son âne, allait son petit train placide, ne voyait, n'entendait que ce qu'il voulait.

En fait d'amour, j'ai reçu mon compte. Les femmes — animalia diabolica, minime divina, *ces créatures du Diable, non de Dieu, affirme Tertullien — m'ont toujours fait commettre des sottises. Voire des folies. Depuis Simonette, la fille du notaire, pour qui j'ai failli devenir moine, jusqu'à Lotti Faust que j'ai promenée à travers la Rhénanie, dans les restaurants, dans les théâtres, dans les églises, dans les cimetières, au grand scandale de deux religions, de trois administrations, de la morale des trams, de l'armée et des ardoisières. Tout ce passé dont est chargée ma mémoire, je l'évite comme la peste. Je n'ai pas besoin de souvenirs d'amour. Je fréquente l'appartement Perdrier uniquement pour des raisons musicales. Aimable, certes, empressé, toujours les mains pleines de fleurs ou de chocolats (Mme Chevalier ne manque pas de me rappeler chaque fois : « N'oubliez pas, monsieur Belmont-Chaput, d'apporter un petit quelque chose à ces dames. Ne serait-ce que pour les payer de leurs gâteaux ! »), mais sans plus. Si la répétition m'oblige à me tenir tout près des cheveux, de la nuque, des épaules de l'accompagnatrice, si je dois de gré ou de force humer leurs fragrances, je me chantonne intérieurement :*

Vous ne m'aurez pas, Lysette, ma mie,
Je vois votre jeu, vous ne m'aurez pas !

et je me tiens à distance par le cœur.

Quatre semaines plus tard, ce fut le grand après-midi. En présence de la Préfète, de la Notairesse, de la Mairesse, d'une Doctoresse et de plusieurs représentants du sexe à barbe. L'œuvre choisie était le *Concerto pour violon* de Beethoven, dans lequel le piano tenait la place de l'orchestre. *Allegro, Larghetto, Rondo.* Les doigts potelés d'Élysa dansaient sur le clavier comme des souris folles. Henri, un peu courbé vers son pupitre, un peu lourd, jouait avec un sérieux de bûcheron, sans un de ces gestes gratuits, de ces balancements du tronc, de ces secouements de la crinière (il en eût été bien empêché, le pauvre, avec ses cheveux courts et plutôt rares !) qui font l'éclat des virtuoses de profession. Telle quelle, l'exécution produisit un grand effet sur le public : il l'applaudit à se rompre les pattes. Il y eut bien quelques ratés, mais personne ne s'en aperçut, si ce n'est les exécutants eux-mêmes. À ces bravos, Élysa se leva de son tabouret à vis, toute rose, et dans un grand élan spontané se jeta au cou du soliste, le baisa sur les deux joues. Quelques secondes, il eut contre lui toute sa douceur, toutes ses frisettes, toute sa morbidesse, et ne put s'empêcher d'en ressentir un certain trouble. Il ne faut pas mettre sous le même boisseau l'étoupe et le feu, sinon le diable vient et souffle.

Le concert terminé, ses pensées s'orientèrent vers d'autres horizons. L'hiver qui suivit, il rendit aux dames Perdrier des visites régulières, mais espacées, et toujours stériles.

Sous prétexte de rencontrer son amie, Mme Chevalier, Élysa vient sonner à sa porte.

« Je passais... commence-t-elle en rougissant, un peu haletante.

— Tu as bien fait d'entrer, ma chérie. Mais je suis seule. Nous boirons notre thé entre quatre-z-yeux.

— *Il*... n'est pas là ?

— Non. Pas encore rentré. »

Or voici : tout par un coup, Élysa fond en larmes.

« Allons, allons... mon enfant, ma sœur... pourquoi ce gros chagrin ? Est-ce à cause de M. Belmont-Chaput ? »

Et l'autre, en sanglots : « Oui, bien sûr... Mais pas seulement... Ne sais-tu pas ? Ne sais-tu pas ?

— Quoi donc, ma jolie ?

— Oh ! ne te moque pas de moi, en plus ! Je ne suis pas jolie.

— Mais si, tu l'es !

— La preuve...

— Quelle preuve ?... Tu parles toujours de ce monsieur ?... C'est que lui ne voit rien ! Myope comme une taupe ! Il n'a d'yeux que pour ses timbres, pour ses bouquins, pour ses aquarelles. Car il s'est mis aussi à la peinture. L'ouvrage lui manquait, sans doute. Mais un jour, ses yeux se dessilleront, j'en suis certaine.

— Le pire... le pire... c'est que demain... Ne sais-tu vraiment pas ?

— Que dois-je savoir ?

— Demain, j'aurai quarante ans ! QUARANTE ! Entends-tu ? Je serai une quadragénaire !

— Je suis passée par là, ma belle. Je sais comment cela fait.

— Oh ! toi, ce n'est pas la même chose. Tu as vécu. Tu as eu un mari. Tu as une fille. Tu as... ton oncle. Moi, je n'ai rien ! Rien que mes quarante années qui me pèsent sur l'estomac comme quarante bornes kilométriques ! Un jour que tu m'appelais « Ma vieille », j'ai protesté, j'ai refusé, je ne me trouvais pas vieille. Mais à présent tu peux ! Vas-y ! Appelle-moi « Ma vieille » tant que tu voudras ! Tu en as le droit !

— Ne dis plus de sottises. Tu es jolie, douce de pelage, fine et gourmande comme une chatte blanche. Je ne te vois pas une ride !

— C'est que tu es myope également ! »

Il y eut beaucoup de larmes versées. Mais que faire ? Comment ouvrir les yeux à ceux qui refusent de voir ? Mme Chevalier conseilla le recours à Notre-Dame.

Élysa Perdrier fit le détour par la cathédrale et vint s'agenouiller aux pieds de la Vierge noire, qui la regarda de ses yeux blancs. On ne sait ce qu'elles se dirent dans l'odorante pénombre. Toujours est-il qu'Élysa se releva, se re-signa et repartit un peu consolée.

La neige tomba sur Moulins, la ville se fit plus silencieuse encore, les chevaux marchaient à pas feutrés, les habitants restaient au chaud sous leurs tuiles.

Or, un matin que Mme Chevalier préparait Jocelyne pour l'école, elle entendit des coups sourds cognés dans la cloison qui les séparait du professeur. Comme la chose se répétait, elle passa dans le couloir, cria derrière la porte :

« Est-ce vous qui tapez, monsieur Belmont-Chaput ? »

A quoi répondit une voix faible : « Oui... c'est moi. Je suis malade.

— Mon Dieu ! Qu'avez-vous donc ?

— Je ne sais pas. Un mal de tête terrible. Et une fièvre de cheval. Pourriez-vous... par Jocelyne... faire porter un mot d'excuse à mon censeur ?... Et appeler un médecin ?

— Tout de suite, monsieur Belmont-Chaput ! Tout de suite ! »

Tandis que la fillette s'éloigne, son billet serré dans le poing, la mère court jusqu'à la rue des Six-Frères où demeure son médecin habituel, le Dr Toureau.

« Il est en visite. Il passera chez vous sitôt rentré », promet la bonne.

« Il est en visite, transmet-elle à travers la porte. Il passera sitôt rentré. Avez-vous besoin de quelque chose ? »

Il accepte de boire une tisane de tilleul. C'est la première fois qu'elle revient dans la chambre de son pensionnaire depuis son installation. Une montagne de livres, de revues, de papiers s'est construite sur la table-bureau, dont quelques-uns s'envolent à son passage. Les autres meubles sont couverts de pacotille, il y en a sous le lit, sous l'armoire, sous les couvercles des fameuses caisses. Quant au malade, horriblement rouge, larmoyant des yeux et du nez, il frissonne si fort sous les couvertures que tout le lit a des convulsions.

« Grand merci-i-i-i », chevrote-t-il.

Elle l'aide à boire, lui cale le dos d'un oreiller, lui tient la tasse, puis le rallonge, le couvre jusqu'au menton, lui apporte des bouillottes. Peu à peu, ses dents cessent de jouer des castagnettes. Elle attend près de lui l'arrivée du docteur.

« Mon Dieu, gémit-il. Mon Dieu... qu'est-ce que j'ai donc attrapé-é-é-é ?... »

Voici enfin le Dr Toureau, jovial comme ils sont tous, spécialement au chevet des mourants. Dès la porte, il établit son diagnostic :

« Du diable, s'écrie-t-il, si je n'ai pas là une rougeole carabinée ! »

Il se penche, découvre le malade, tandis que Mme Chevalier regarde pudiquement par la fenêtre la rue enneigée.

« Ouvrez la bouche... Tirez la langue... C'est bien ce que je disais : vous avez de l'énanthème jusque dans les trous de nez !

— De l'énanthè-è-ème ! bêle Henri terrorisé.

— Des boutons. Je confirme : une rougeole. Dix jours de lit. Quinze jours de chambre. Nourriture légère. Boissons abondantes. Compresses chaudes trempées dans une infusion de prêle. D'accord ?

— Quinze jours ?... Et mes élèves ?

— Ils se passeront de vous. Je vais vous faire un certificat.

— Et ma revue ?

— Quelle revue ?

— *Visages du Centre* ? ... Elle doit sortir dans trois semaines !

— Vous la préparerez de votre chambre, en vous tenant bien au chaud.

— L'abonnement... est de vingt francs, docteur.

— Ah ! farceur ! Je vous vois venir !

— Une rougeole ? répète Mme Chevalier avec étonnement. Mais c'est une maladie infantile !

— Vous le voyez : les adultes n'en sont pas à l'abri. L'ennui, c'est pour Jocelyne, à cause de la contagion. Elle risque de l'attraper, par votre intermédiaire.

— Il ne manquerait plus que ça !

— Ça fait douze francs.

— N'oubliez pas, rappelle l'agonisant, l'abonnement, docteur.

— C'est vrai. Combien m'aviez-vous dit ?

— Vingt francs, pour quatre numéros annuels.

— Vous êtes bien auvergnat, vous ! Je viens pour vous soigner, et c'est moi qui casque ! »

Il met quand même la main à sa poche, y puise une poignée de pièces et de billets — ce geste qu'ont les médecins, les maquignons, tous les gagne-gros, d'engranger l'argent comme du foin, sans prendre le temps de compter —, pose la différence, huit francs, sur la table de nuit.

« Au revoir, monsieur. Au revoir, madame. Soignez-le bien.

— Je ne sais pas si je vais le soigner, docteur ! A cause de la contagion. Pensez que j'ai ma fille. Et mes autres pensionnaires.

— Eh bien ! laissez-le mourir. Cela vous fera une bonne réputation.

— Ne croyez-vous pas que... l'hôpital...

— Vous voulez le transporter à l'hôpital avec le froid qu'il fait ? Il va attraper la crève en route !

— Hi-i-i-i ! » fait le malade en reclaquant des dents.

Quand le médecin est parti, Mme Chevalier retourne vers le lit :

« Vous voyez ce qui arrive, monsieur Belmont-Chaput, lorsqu'on attrape du mal et qu'on n'a personne pour vous soigner !

— Hi-i-i-i !

— Ah ! si vous étiez marié, ce serait autre chose ! Vous auriez une infirmière à domicile. Un ange gardien, qui vous comblerait de prévenances, de tisanes, de compresses, de baisers sur le front. Vous veillerait nuit et jour, sans craindre aucunement la contagion. Au contraire. C'est un bonheur que de partager le mal d'une personne aimée, comme d'en partager le bien. Réfléchissez-y sous vos couvertures, monsieur Belmont-Chaput !

— Oui-i-i-i, j'y réfléchirai-ai-ai-ai... »

Ce fut pendant ces heures de fièvre et de rougeole que le professeur prit une décision : il épouserait Élysa Perdrier. Autant elle qu'une autre.

On rit assez parmi les profs banvillards : Pingouin a la rougeole ! Il n'y a qu'à lui qu'une pareille chose peut arriver ! Pourquoi pas l'appendicite, les oreillons ou l'acné juvénile ? Sacré Pingouin ! Toujours cette manie de ne rien faire comme tout le monde !

Durant son absence, malgré le culte qu'ils lui vouaient, ses élèves privés d'allemand ne s'en portaient pas plus mal. Avant le terme de sa guérison, il se permit de leur écrire, par l'intermédiaire de M. le Censeur des études :

Chers élèves, en attendant que j'aie le plaisir de vous retrouver, je vous prie de me traduire le poème de Goethe Der Sänger *que vous prendrez dans votre grammaire* Otto et Nicolas, *à la page 325. L'ensemble des copies sera remis lundi prochain à M. le Censeur, qui me les fera parvenir. Toutes mes amitiés. A bientôt.*

Henri Belmont-Chaput.

Alors là, il allait trop loin ! Car la chose se répandit parmi le corps professoral. Une telle conscience de métier, un tel amour de la discipline enseignée confondirent ses collègues. Est-ce que par hasard Pingouin prétendait leur donner des leçons à tous ? Profitant des lois de 1884, 1901 et 1920, une « Association de professeurs », qui n'était rien d'autre qu'une cellule syndicale déguisée, venait de se former dans l'établissement. Elle se réunit pour débattre de l'affaire Belmont-Chaput.

« Trouver le biais, affirma son secrétaire, de donner des devoirs et de les corriger au cours d'une absence pour raison de santé, appuyée par un certificat en bonne et due forme, constitue une offense à nos droits professionnels. Car lorsqu'un professeur est malade, il a pour droit et pour devoir de se reposer entièrement. Ce zèle est donc inadmissible.

— Ce qui est une initiative individuelle, parfaitement intempestive, risque de devenir aux yeux de l'administration une obligation de service. Demain, les professeurs en congé de maladie seront tenus de corriger des copies pendant leur absence !

— Sans parler des risques que cela fait courir à nos élèves ! Car enfin, quand elles auront séjourné chez le malade, longuement tripotées par ses mains morbilleuses, les copies corrigées, chargées de germes infectieux, peuvent contaminer nos enfants. De proche en proche, la rougeole peut gagner de la sorte tout le lycée Banville. Du lycée, elle se répandra dans la ville, provoquera une véritable épidémie. On meurt peu de la rougeole, c'est entendu. Mais on en meurt tout de même quelquefois. Principalement chez les vieillards. Ainsi, le susnommé Belmont-Chaput pourrait avoir plusieurs morts sur la conscience ! Je compte pour rien Moulins pestiféré, l'économie suspendue, l'hôpital débordé. Bref : la fin du monde ! »

Au terme du débat, une motion fut portée au censeur des études afin qu'il s'opposât énergiquement aux desseins pernicieux du professeur d'allemand. Henri Belmont-Chaput n'eut donc pas le bonheur de corriger les versions françaises du poème *Der Sänger* sur son lit de souffrance. Il occupa ses loisirs à préparer le prochain numéro des *Visages du Centre* et à établir les fondements de son futur mariage, avec l'aide de Dieu. *J'ai mal usé de ma santé, et vous m'en avez justement puni : ne souffrez pas que j'use mal de votre punition. Et puisque la corruption de ma nature est telle qu'elle me rend vos faveurs pernicieuses, faites, ô mon Dieu ! que votre grâce toute-puissante me rende vos châtiments salutaires*[1].

Élysa Perdrier accourut chez son amie, toute palpitante, le souffle presque coupé.

« Oh ! ma chérie !... Oh ! ma chérie !

— Assieds-toi. Remets-toi. Qu'est-ce qui se passe ?

— Ça y est ! Ça y est enfin !

— Quoi donc ?

— Il m'a demandé ma main ! »

Déluge de larmes bienheureuses.

« A quarante ans passés...

— Mais qui s'en douterait, ma chérie ? Ne dénonce pas toujours ton âge !

— ... à l'âge où les vieilles filles n'ont plus qu'à élever des chats, s'entendre dire : “Mademoiselle, je vous aime depuis longtemps.

1. Blaise Pascal. *Prière pour demander à Dieu le bon usage des maladies.*

Voulez-vous être ma femme ?" par un homme qui remplit vos rêves depuis des années, n'est-ce pas un prodige ?

— Il s'agit bien, n'est-ce pas, de M. Belmont-Chaput ? interroge Mme Chevalier, prise soudain d'une crainte.

— Mais oui ! Naturellement ! De qui veux-tu... ? Ne crois-tu pas qu'il puisse remplir les rêves d'une femme ?

— Si fait. C'est encore un bel homme. Il a gardé des yeux remarquables. Des dents... un sourire... Et toujours quelque poète à la bouche, comme d'autres un brin de paille. Tantôt Apollinaire, Péguy, Verlaine. Tantôt Rilke, Heine... Ah ! tu ne vas pas t'ennuyer en sa compagnie ! Partagés entre la poésie, la musique, l'aquarelle ! Je me demande même où vous trouverez un peu de temps à consacrer à l'amour ! »

Elles rient et pleurent ensemble. Puis Élysa Perdrier, soudain toute rouge :

« A ce propos... il faudra, toi qui as beaucoup d'expérience, que tu m'apprennes certaines choses. Tu comprends, ma mère est trop vieille, trop austère pour que je la consulte. Alors, s'il te plaît, instruis-moi. Que faut-il faire ? Que faut-il ne pas faire pour bien réussir sa nuit de noces ? Le reste viendra par surcroît.

— Voyons, ma chérie, tu n'as plus quinze printemps !

— Mais si, je les ai encore, moralement, malgré l'état civil ! Je ne sais rien ! Rien du tout ! Tu as bien quelques conseils à me donner !

— Écoute. Un seul : abandonne-toi à ton inspiration... à ton élan... à ton amour.

— Mon inspiration ?... C'est bien vague... Tu as bien quelque secret ? Je t'en prie, Amélie, livre-le-moi ! Sois plus précise ! »

Tout attendrie, Mme Chevalier regarda cette petite fille quadragénaire qui tendait vers elle ses mains jointes. Elle sourit :

« Mon enfant, ma sœur... Tu veux des précisions ?... Je crois avoir trouvé. Tu es pianiste, n'est-ce pas ? Excellente pianiste ?

— On le dit.

— Eh bien ! Voilà : tu joueras du piano.

— Du piano ?

— Je suis sûre que tu le feras en parfaite virtuose. Et maintenant, à vous deux, toutes mes félicitations. »

Au lycée, les profs banvillards en firent leurs gorges chaudes. Après sa rougeole juvénile, voilà-t-il pas que Belmont-Chaput faisait maintenant une fièvre d'amour ? Le secrétaire de l'Association professorale résuma dans ce bon mot la moquerie qui courait :

« Notre Pingouin épouse une perdriole ! Quel genre d'œufs vont-ils nous pondre ? »

Car la pianiste était bien connue aussi à Moulins : pour son talent, sa place éminente dans la bonne société, ses frisettes et son grand âge.

Comme l'appartement des Perdrioles était un peu petit pour recevoir une vraie noce, le mariage se fit à la campagne chez Arsène Perdrier, le frère aîné d'Élysa, qui tenait près de Chevagnes une locaterie d'élevage. Quatre-vingts bœufs blancs paissaient pour lui l'herbe un peu grise. Là s'étend la Sologne bourbonnaise, avec son ciel triste, ses chemins sinueux, ses étangs, ses saules têtards, ses hérons méditatifs, ses landes vouées aux genêts, aux bruyères, ses bois de chênes. Les fermes y montrent des pans de bois ; mais les plus riches ont les murs parés de briques disposées en chevrons. Arsène Perdrier habitait une maison de maître d'où il avait l'œil sur la ferme, exploitée par un métayer. Elle se prêtait admirablement à l'accueil, dans ses longs bâtiments opposés, séparés par une vaste cour. Le second frère, Maurice, plus vieux encore, était venu avec sa famille de Paris où il exerçait la profession de médecin. De Saint-Flour descendirent par le train la mère et la sœur d'Henri, avec quelques cousins de raccroc. Les Bourbonnais s'accordèrent à trouver aux deux Auvergnates un air bien honnête, c'est-à-dire quelque peu stupide ; elles offrirent à la mariée des dentelles sorties de leurs mains et un pendentif d'Aurillac en forme de colombe, appelé « saint-esprit ».

« Je le gardais pour mes propres noces, dit la pauvre Ernestine. Mais à présent, l'âge en est passé, le Bon Dieu, je le vois bien, veut me garder pour lui seul. Alors, je vous le donne. Et qu'il vous porte bonheur ! »

Élysa le refusa, puis l'accepta, les larmes aux yeux, en embrassant sa belle-sœur.

Mme Chevalier, qui habitait sur place, n'eut guère à se déplacer. En tout, pas plus d'une cinquantaine de personnes en comptant le métayer et ses quatre gars ou gates.

Ce fut d'abord une cérémonie bien émouvante. Le cortège se dirigea vers l'église de Chevagnes qui, avec sa vaste toiture couverte de petites tuiles rouges, ressemblait aussi à une ferme, agrandie d'un clocher. Une église républicaine, à en croire, sur la façade, une inscription au pinceau : *Liberté, Égalité, Fraternité*. La future, au bras de son frère aîné, prit garde en entrant de bien poser le pied droit sur la marche du seuil. Ensuite, au cours de la messe, à peine le célébrant eut-il prononcé les paroles : *Évangile selon saint Jean...*, que la voilà debout avant le fiancé. Lui, qui n'était pas au courant de ces usages, se laissa prendre de court, ce qui suscita bien des sourires parmi les Bourbonnichons. Ces précautions avaient pour but de sauvegarder l'autorité de l'épouse dans son ménage ; mais, toujours prises, elles n'ont pas toujours les effets voulus, si l'on en croit les statistiques.

Le curé, lui-même ancien de Quatorze, souligna le plaisir qu'il avait de marier un compagnon d'armes :

« Malheureusement, je n'ai pas souvent l'occasion de célébrer ce genre de noces. A présent, nos campagnes ne sont plus peuplées que de veuves, d'enfants, de filles condamnées au célibat. Les fiancés qu'elles pouvaient légitimement espérer sont restés là-haut, dans la terre picarde ou champenoise, qui colle si fort aux godillots. C'est pourquoi je prie Dieu pour qu'Il répande en abondance sur vous, Henri et Élysa, ses bénédictions économisées ; pour qu'Il vous garde ensemble jusqu'à la fin de vos jours ; pour qu'Il donne à notre Patrie une Paix un million et cinq cent mille fois déjà payée. »

Il faisait allusion aux Morts glorieux. On se moucha beaucoup dans l'église. Tu te serais cru à un enterrement.

Mais ensuite la gaieté revint, grâce aux fils du métayer et aux bouteilles qu'ils transportaient. On promena la mariée à travers le bourg ; les gars, munis de gobelets, offraient à boire aux passants de rencontre qui remerciaient en criant :

« Vive la mariée, l'est ben fringante !... Vive le marié, l'est ben fringant ! »

Après avoir bu, ils secouaient le gobelet pour que la dernière goutte plût, ce qui était une politesse envers les suivants.

La matinée se termina vers deux heures. Avant qu'on se mît à table, comme Élysa était malgré ses quarante automnes bien sonnés la plus jeune des enfants Perdrier, elle dut accepter le rite du double incendie. La règle voulait qu'on brûlât, dans ces circonstances, le chapeau du beau-père et les culottes de la belle-mère. Cela portait une signification évidente : ne comptez plus sur nous pour la procréation, par conséquent pour de nouvelles noces ; purifiez donc le temple par le feu. Ce qui compliquait la chose, c'est que le beau-père était défunt, bonnes gens. On trouva quand même un chapeau de feutre retraité qui le représenta. Il restait à convaincre la veuve Perdrier de sacrifier ses culottes, réclamées par toute la noce sur l'air des lampions. Mais la pharmacienne, femme de ressources, avait prévu la chose : elle tira de son cabas l'accessoire nécessaire, qui s'avéra être un objet bien étonnant : il ressemblait plutôt à une paire de ballons dirigeables dégonflés ; ornés au surplus de rubans, de nœuds, de dentelles, tout en plissés et en cachettes, ce qui suscita rires et applaudissements :

« Ben, le pharmacien, ce brave homme, il devait pas s'ennuyer à farfouiller là-dedans !... Mais fallait qu'il s'y prenne passablement à l'avance !... »

Culottes et chapeau furent déposés au centre de la cour, sur un petit monceau de genêt sec, on y foutit le feu et ils brûlèrent comme Jeanne d'Arc en produisant beaucoup de fumée. Cependant qu'autour du bûcher une ronde chantait :

Qu'est-c'que j'f'rons sans mes brailles ?
Gémissait la bell'-mère.
— On t'en fera un' paire
Avec deux brins de paille.

Vint ensuite le repas, pris dans une grange, sur des tréteaux, au milieu des guirlandes qui pendouillaient de tous côtés. Douze services différents se succédèrent, depuis le pâté aux pommes de terre d'inauguration, en passant par les rôtis, les ragoûts, la carpe farcie, les haricots flageolets, le macaroni en salade et la salade verte, les fromages, jusqu'aux desserts innombrables : la pompe aux grattons, avec plus de tétines qu'un ventre de truie, le pâté à la citrouille, le *piquenchâgne* aux poires, le *milla* aux cerises de conserve, la crème renversée, et les fruits de saison, et le café, et l'eau-de-vie à volonté. Chacun en prit plus qu'il ne pouvait en supporter. Et si quelqu'un partit quand même avec la faim, c'est qu'il l'avait bien voulu.

Le repas de midi se prolongea tellement qu'il rattrapa celui du soir. Mais dans l'intervalle, pour faire descendre toutes ces nourritures, des danseries avaient lieu dans une autre grange, au son d'une musette et d'un accordéon. On dansait des bourrées, des valses, des scottishes, des polkas ordinaires et des polkas *bichouses*. C'est-à-dire au milieu desquelles se produisait un intermède : les musiciens interrompaient le rythme sur trois notes prolongées indéfiniment, et tout le temps que duraient ces points d'orgue, les danseurs *bichaient* leur cavalière, l'embrassaient sur les joues à bouche que veux tu ; après quoi la cadence repartait et l'on se remettait à gambiller.

Les choses allèrent ainsi toute la nuit suivante, avec un va-et-vient continu entre les deux granges. De temps en temps, un convive s'affaissait sur la table et s'endormait au milieu de la vaisselle, la tête sur les bras. A moins qu'il n'abandonnât carrément le champ de bataille et ne s'en allât brancholant, titubant, se retenant aux meubles, tandis que derrière lui les autres se disaient avec admiration :

« Ben, on peut dire qu'il est pas tout seul !... On peut le dire ! »

D'autres encore, de faible nature, allaient discrètement dégobiller à l'étable, sur la litière des vaches. Ils revenaient rassérénés, s'essuyant les babines de leurs grands mouchoirs à carreaux.

A l'aube, il y eut pour les survivants du café noir et des tisanes. Cependant que des jeunes, dans un pot de chambre neuf, préparaient la *trempée* avec du vin, du sucre et du chocolat. Elle devait représenter de la manière la plus réaliste ce qu'on dépose d'ordinaire dans ces vases. L'heure était venue d'aller surprendre au nid les tourtereaux. Il fallut quelques recherches ; mais enfin on les découvrit dans la chambre la plus haute, la plus modeste de la maison, réservée autrefois au mendiant de passage, jonchée pour la circonstance de branches et de fleurs. Ils étaient aussi ridicules, aussi touchants que possible, ces jeunes mariés quadragénaires, lui dans sa chemise de nuit à lisérés rouges, l'air hagard d'un hibou qui voit le soleil ; elle, avec ses longs cheveux roux défaits sur les épaules — qu'elle avait belles et rondes, chacun put s'en rendre compte tout son saoul. Une pivoine dénouée, sous ses regards avides. Alors les gars commencèrent leur chanson effrontée, tandis que deux leur présentaient le pot de chambre :

On m'a donnée-z-en mariage
A un mari très vieux, très vieux.

Les couplets scandaient la consommation de la *trempée*.

Le premier soir de ma nocette,
On nous fit coucher tous les deux.

Après chacun, à tour de rôle, avec la même cuillère, les mariés puisaient dans le pot.

Il se mit à me faire un conte
De ses parents les plus heureux.

Une cuillerée pour papa, une cuillerée pour maman.

Lorsque l'histoire fut finie,
L'alouette chantait le jour.

Le fond est le meilleur : défense d'en laisser !

Ah ! Levez-vous, ma mie jolie.
Il est grand jour, habillez-vous.

Ce furent des noces mémorables si l'on veut. Car en définitive, elles n'apportèrent rien d'imprévu. En ce temps-là, dans les campagnes bourbonnaises, toutes les noces se ressemblaient, elles obéissaient au même rituel.

Ils trouvèrent en location une modeste maison de deux étages boulevard du Champbonnet, dans la partie basse de la ville, à quelques pas de l'Allier que remontaient les mouettes. Cousines de celles qu'il avait naguère entendues ricaner sur le Rhin, parce qu'elles l'occupaient depuis des milliers de siècles et que lui n'y était qu'un oiseau de passage. Ancien quartier des mariniers qui entassaient là leurs planches et leurs merrains. Plus anciennement encore, champ de culture d'un certain Bonnet : il y faisait pousser les choux et les haricots qui ont besoin d'un sol humide. Aucun commerçant n'étant établi dans la rue, elle était une des plus silencieuses de cette capitale du silence.

Henri y transporta lui-même ses livres, ses malles, ses collections sur une charrette à bras empruntée au marchand de charbon de la place Achille-Roche. Mme Perdrier céda le piano, le lit, l'armoire et mainte autre pièce de mobilier. On acheta ce qui manquait. Après quoi, on étala dans le salon les divers cadeaux de mariage. Et l'on invita quelques amis à venir admirer cette exposition. Mme Chevalier fut la première visiteuse. Elle tâta les dentelles sanfloraines, la coutellerie de Thiers, les plats de Gien, les assiettes de Nevers, les nappes de Roanne.

« Mon Dieu ! s'écria-t-elle, en joignant les mains. Quel bonheur de se marier ! Cela permet de renouveler la vaisselle. »

Puis elle en vint aux confidences : « Es-tu heureuse, ma chérie ?

— Très heureuse. Et je n'oublierai jamais que c'est à toi que je dois mon bonheur.

— Pourvou que ça doure ! Mais il n'y a pas de raison... Vous aurez au moins toujours un domaine dans lequel vous vous accorderez : celui de la musique.

— Nous en aurons bien d'autres.

— J'en suis certaine. »

Puis, se penchant vers son amie, lui chuchotant presque à l'oreille :

« J'espère que M. Belmont-Chaput n'est pas seulement... un pur intellectuel ? »

Avant de répliquer, Élysa observa bien le visage de son amie, le pétillement de ses yeux, ce sourire spécial — un peu étiré, un peu retenu, la lèvre inférieure saillante, toute en suggestions grivoises — qu'elle n'employait que pour évoquer les mystères charnels et qu'elle avait baptisé en elle-même son « sourire galant ». Elle sourit à son tour :

« Rassure-toi. C'est un homme complet. »

Mais l'autre demeurait sur sa faim ; elle attendit des précisions qui ne vinrent pas. Elle dut insister :

« Me permets-tu de te poser une question intime ?

— Pose-la toujours. J'y répondrai si je peux.

— Dis-moi. Je... tu... il... comment dire ?... Le... la... »

Puis elle attrapa le mot, elle le brandit triomphalement :

« L'inauguration ! C'est cela : l'inauguration ?

— Eh bien ! quoi ! l'inauguration ?

— S'est-elle bien déroulée ? »

Élysa secoua la tête doucement : « Justement, tu vois, je suis dans l'impossibilité de te répondre.
— Pourquoi cela ?
— Parce que je ne dispose d'aucun point de comparaison. »

7

Henri Belmont-Chaput était un dormeur rapide : cinq heures lui suffisaient pour faire le même chemin que d'autres n'achèvent qu'en huit ou dix. Couché à minuit, il se levait en toutes saisons à 5 heures, se rinçait la bouche d'une tasse de café, seul dans la cuisine en compagnie du réveil. Un réveil à timbre de bicyclette (dont il utilisait rarement la sonnerie), qui mastiquait avec bruit chaque seconde de ses fortes mandibules. A Saint-Flour, quand sa mère devait prendre pour ses affaires la diligence de Murat, elle priait la veille sa patronne, sainte Anne, de la réveiller au moment opportun :

« Sainte Anne, je vous en prie ! A 5 heures, 5 h 1/4. Pas plus tard ! Si vous vous oubliez, ensuite je ne serai pas prête. »

Mais sainte Anne ne s'oubliait jamais, à 5 heures pétantes elle descendait du Paradis, tirait sa filleule par les pieds, et la mère Belmont n'avait plus qu'à se lever, qu'à remercier, qu'à enfiler ses cotillons. Elle avait laissé à son fils cet héritage de pouvoir se réveiller sans effort, à l'heure voulue.

Le café englouti, il lavait ses paupières de la cire nocturne, et descendait, léger comme l'oiseau de saint Luc, à l'étage inférieur où se trouvait son bureau. Il y saluait globalement ses amis les plus chers, épinglés aux murs et au revers de la porte : Schiller, cravaté de dentelle, les cheveux abandonnés sur ses épaules ; Goethe à soixante ans, à l'époque des *Affinités électives*, avec ce visage marmoréen où tout est immense, le front, le nez, les yeux, le regard ; Dante, le nez coupant, le menton en fer de pioche, les joues caves, au sortir de son poème qui vingt ans l'a fait maigrir ; la barbiche, les moustaches pleurardes de Tourgueniev ; des musiciens : Mozart, Mozart et puis Mozart, à dix ans, à dix-huit, à vingt-cinq ; Beethoven sur son lit de mort ; Berlioz dans les courants d'air ; Onslow avec sa joue percée ; des peintres, des sculpteurs, des architectes. Mais son bureau était avant tout le royaume du papier : des livres qui tapissaient les murs ; des calepins qui remplissaient les tiroirs ; des lettres, des dossiers, des manuscrits entassés dans l'armoire ; des feuilles volantes amoncelées sur sa table, retenues par des pierres ; des paperasses foulées dans les corbeilles. A cette heure-là, qui coïncidait avec l'aube en été, mais la précédait de loin en hiver, la pièce était ouatée de silence, il entendait le glouglou du café bu qui descendait dans ses tuyauteries personnelles, le crissement de sa plume, le craquement des meubles, le chuchotis dans la corbeille des feuilles froissées qui s'étiraient. Un insecte nocturne butait contre sa vitre éclairée. S'apercevant à sa lumière qu'ils avaient du retard, les employés du P.L.M., qui se rendaient à la gare pour la rentrée de 5 heures, pressaient le pas. Par des voies hertziennes, la pensée cheminait de sa tête jusqu'à la pointe de son stylographe sans que rien y fît obstacle.

Il avait entrepris une traduction nouvelle des Souffrances du jeune Werther. Deux raisons l'y poussaient. D'abord, le vieillissement des traductions françaises déjà existantes ; il désirait les épousseter. Ensuite, il reconnaissait entre le héros de Goethe et lui-même des similitudes assez remarquables. Tous deux avaient aimé une certaine Charlotte d'un amour passionné (estimait-il), mais impossible. La Charlotte du jeune Werther était prisonnière d'abord d'un engagement antérieur, ensuite de ses liens familiaux. La Lotti d'Heinrich était séparée de lui par des barrières non moins infranchissables : celles des préjugés. Celle de deux nationalismes également chatouilleux. (Qu'aurait dit tout Saint-Flour s'il y avait ramené une fiancée de Bochie, qui ne parlait pas même dix mots de français ? Qu'auraient murmuré tout Kaub, tout Mayence à des épousailles avec l'occupant exécré ?) Celle de deux religions ennemies. (Et une protestante, encore ! Dans un pays où *huguenot* est une injure de première grandeur !) Celle de la fortune. (Un professeur de *Gymnasium* ! Si encore il enseignait dans une Faculté !) Celle enfin de l'âge. (Vingt ans d'écart ! On n'épouse pas un vieux, à moins que d'être une traînée, pour l'argent, pour la situation sociale, pour le pouvoir !) A cette impossibilité, le héros allemand avait trouvé la solution de la mort libre. Lui, Heinrich, choisissait la solution bourgeoise. De même que Lotte s'était éloignée irrémédiablement du jeune Werther en épousant Albert, le bailli, de même il épousait Élysa Perdrier. Il espérait de tout son cœur que Lotti Faust n'avait pas mis un comble à cette symétrie en choisissant un suicide werthérien. Oh ! il en était sûr. On ne se suicide pas pour un vieux. On se met seulement, de loin, à le détester. Salaud d'Heinrich.

Aux premières heures de sa journée, il entrait donc dans la compagnie de Werther et de sa malheureuse passion. Il relisait les pages écrites la veille ; les corrigeait avec minutie ; pourchassait les répétitions, les allitérations, les équivoques ; allait toujours, sans commettre la moindre infidélité, au plus simple, au plus clair. La langue de Werther, que les critiques d'alors avaient traitée de « bourgeoise », était à vrai dire en avance sur son temps par sa sécheresse. Encore fallait-il rendre ce modernisme sensible aux modernes. « Écrire comme ferait Goethe s'il vivait en 1925. » Son stylographe, dont il avait fait le plein d'encre noire (les encres de couleur lui étaient insupportables), courait sur ses feuilles de format 22 x 17, vierges de lignes ou de carreaux, blanches comme neige, qu'il achetait à la librairie-papeterie Place, rue d'Allier ; elle devait les commander spécialement à son intention, car il en était le seul consommateur moulinois. « Je n'aime pas suivre des rails. »

Cette besogne le retenait jusqu'à environ 7 heures. A ce moment, il se levait, se frottait les mains devant les pages noircies, allait procéder à sa toilette dans une salle de bains qu'occupait pour moitié une baignoire en fer galvanisé. La maison était celle d'un intellectuel. Cela se voyait, cela s'entendait, cela se sentait. Aux tableaux, aux tapis, aux meubles. Aux livres et revues qui traînaient partout. Eau, gaz, électricité, savoir à tous les étages. On pouvait s'y instruire même dans la pièce la plus intime. Belmont-Chaput en avait orné les murs de quatre cartes en couleurs du plus bel effet. L'une évoquait l'Allemagne, telle que l'avait réduite, découpée le traité de Versailles, avec ce faciès de loup, la gueule ouverte, prêt à dévorer l'agneau tchécoslovaque. La seconde était une carte du *Bourbonnois*, imprimée à Amsterdam par Guillaume et Jean Blaeme (Jaligny s'y appelait *Daligny*, Ébreuil s'y nommait *Brulles*, les cours d'eau dessinaient d'étranges courbes serpentines, Bourbon-l'Archambault s'y trouvait même prisonnier d'un anneau de rivière qui le transformait en île). La troisième représentait la France avec toutes ses villes, grosses ou petites, pareilles aux yeux du beurre sur la soupe. La dernière reproduisait le plan de Turgot montrant en vue cavalière la ville de Paris de façon si concrète, si exacte qu'on se croyait passant de ses rues. Avec ses monuments de nos jours démolis, dont il ne reste que le nom : la porte Saint-Honoré à laquelle on accédait par un pont montant ; la Bastille, ses cours profondes comme des puits ; la statue équestre de Louis XIV au centre de la place Vendôme ; le couvent des Petits-Augustins (construit par la reine Margot : elle avait fait vœu, au cours de sa longue captivité auvergnate, de dresser un temple à Jacob si elle retournait un jour à Paris ; elle tint parole, écrivit des hymnes audit Jacob, qu'elle faisait chanter jour et nuit par des moines augustins se relayant, mais elle les chassa, après les avoir supportés cinq ans, parce qu'ils chantaient faux) ; le Café du Palais-Royal où Lesage, Voltaire, Diderot, Marmontel, Chamfort allaient jouer aux échecs (l'échiquier se louait à l'heure, mais il en coûtait plus cher la nuit tombée à cause des deux chandelles dont on l'encadrait). Ainsi, dans ce triste lieu, Henri vivait souvent des heures passionnantes, voyageant à travers l'Allemagne, la France, le Bourbonnais ou le

Paris du roi Louis XVI. Si bien qu'Élysa cognait parfois à la porte et demandait :

« Est-ce que vous vous êtes endormi ?

— Pas du tout. Au contraire. »

A 7 h 30, il déjeunait de soupe mitonnée, comme font tous les Sanflorains authentiques. A 7 h 45, il passait dans la chambre, baisait sur le front Mme Belmont-Chaput endormie, au... revoir, soupirait-elle dans son sommeil. Et il partait pour son lycée en suivant le plus court chemin ; se faufilait place d'Allier entre les paniers, les bidons de lait des jardinières et des *bounhoummes* ; saluait le monument ailé aux Morts de 70 ; contournait la fontaine et son insignifiante colonne à cannelures qui attendait vainement la statue promise : n'importe quel homme connu, maire, préfet, évêque, pourquoi pas le Connétable ? Remontait la rue homonyme dont les boutiques commençaient à peine d'ouvrir leurs volets. Rue de l'Horloge, il adressait quelques mots d'amitié aux automates :

« Quel temps fait-il là-haut ?... Alors, madame Jacquemart, toujours en situation intéressante ? C'est pour quand, l'éclosion ? »

Par le même regard, il observait la girouette afin d'en déduire la direction du vent et des probabilités météorologiques. Il empruntait la rue de Paris, bordée d'arcades ou de maisons vénérables. Les flèches de la cathédrale de grès rose lui rappelaient les tours grises de sa sœur sanfloraine, qu'il préférait à celles-ci, non seulement parce qu'il avait été baptisé sous leur protection, mais parce qu'elles reflètent l'âme austère de l'Auvergne. Plus loin, il jetait un coup d'œil, sur sa gauche, à la chapelle du duc de Montmorency ; atteignait enfin le porche majestueux de son lycée, gardé par Cicéron, Descartes et une allégorie confuse mêlée de drapeaux, de compas, de couronnes, de cornues, de mots latins : *Scientia Hominis Ornamentum et Solatium*. De la rue, les ouvriers admiraient la cour d'honneur et son promenoir, la grande cour et ses platanes, enviaient les potaches de fréquenter un si noble établissement.

Son emploi du temps de professeur agrégé ne lui imposait que quinze heures de présence hebdomadaire au lycée. Ce qui lui permettait de travailler des journées entières dans son bureau. Il devait y corriger les exercices de ses élèves, y préparer ses cours, ce qu'il faisait avec le plus grand scrupule, lisant et annotant les textes à étudier, les commentaires à servir, et même les traits d'esprit à décocher. « Dans ce métier, on est toujours un débutant. Il ne faut rien laisser à l'improvisation. » Il pensait aux visages de ses potaches, prévoyait leurs réactions, destinait à tel ou tel la question simple ou la subtile. Ces enfants remplissaient ses pensées beaucoup plus que ses parents lointains, que ses amis morts, que ses relations vivantes. Beaucoup plus que Mme Belmont-Chaput. Parlant d'elle en public, il ne l'appelait jamais autrement :

« Madame Belmont-Chaput... » Comme si c'eût été une étrangère homonyme. Moins par goût du solennel et du bourgeois que pour se rappeler à lui-même chaque jour — sans doute inconsciemment — qu'elle ne devait point prendre barre sur tous les autres, parents, amis, connaissances, relations utiles ; qu'elle était entrée dans sa vie, non par amour, mais par un effet de la rougeole ; toutefois, dans l'intimité, il l'interpellait couramment par ses initiales :

« Comment allez-vous ce matin, madame Bécé ?... Madame Bécé, pourriez-vous me donner une chemise propre ?... »

Elle acceptait volontiers le *vous* qui confère de la distinction ; moins bien les initiales :

« Pourquoi ne m'appelez-vous pas Élysa, tout simplement ?

— Pardonnez-moi : je ne sais pas me servir des prénoms. Ils me blessent la langue. »

« Mais non, salaud d'Heinrich. Tu disais très bien autrefois Lotti, mon amour. Lotti, mon âme. Lotti, mes charbons. Ce qu'il y a d'ennuyeux, avec toi, c'est que tu mélanges constamment le vrai et le non-vrai, comme l'huile et le vinaigre ; pour peu que tu secoues, on n'y distingue plus rien. Non point qu'il y ait volontaire tromperie dans cette habitude ; mais plutôt parce que ta pensée t'échappe, s'envole et va où il lui plaît.

— Poète ! C'est que je suis poète ! Donc, menteur.

— La belle excuse ! Le jour où tu décampas de Kastel avec un jour d'avance sur ta promesse, fut-ce par poésie ? Et tes lettres jamais écrites ? Et le retour jamais tenu ?

— Pas eu le temps. Je ne sais si tu te rends compte des obligations infinies qui m'incombent !

— Le poète est-il comme le cheval qui court et lutte contre le vent, mais jamais ne regarde en arrière ? Que dire de ton amour simulé envers Mme Bécé !

— Il y fallait bien un minimum de politesse. Nous étions las de nos deux solitudes. Grâce à cet arrangement, nous en voici débarrassés l'un par l'autre.

— Tu es uniquement un homme de cervelle. Ton cœur est dur comme un parpaing.

— Les grands mots ! Les grands mots ! »

La preuve de la tendreté de son cœur : ses élèves le tourmentaient. « Comment leur faire comprendre, se demandait-il hors de leur présence, que les peuples allemands (car il y en a plusieurs) nourrissent une espérance commune : détruire les effets de Versailles, recouvrer les provinces et la dignité perdues, supprimer l'odieux couloir de Dantzig ? Que si nous ne savons pas gagner leur confiance, leur intérêt, leur amitié, il faudra un jour de nouveau affronter leur haine ? Que nous devons aussi, par précaution, augmenter nos forces, resserrer nos alliances, respecter nos traités ? Que la Paix est le plus précieux des biens ? Qu'avec elle tous les espoirs sont permis ? Que la guerre est le recours normal des capitalistes, des nationalistes, des bolcheviques, des fascistes ? Comment leur enseigner Benjamin Franklin : *Il n'y a jamais eu de bonne guerre ni de mauvaise paix* ? Et Jean Jaurès : *Le capitalisme porte en lui la guerre comme la nuée porte l'orage* ? Car si je ne me fais pas entendre, si je ne leur ouvre ni les yeux ni le cœur, ils paieront mon insuffisance sur les champs de bataille. »

Il les voyait en bleu horizon à leur tour, percés par les baïonnettes, hachés par les mitrailleuses, écrabouillés par les obus. Ces soldats-enfants remplissaient ses nuits de cauchemars.

Pas vrai qu'il avait le cœur sec.

Il pensait à ses frères morts : un million et demi avaient donné leur peau pour défendre le sol sacré de la Patrie. Pour défendre aussi les houillères du Nord et du Centre, les coteaux vineux de la Champagne et de la Bourgogne, les terres à blé de Picardie et de Beauce, les betteraves de la Limagne, les moutons du Poitou, les usines d'armement du Creusot et de Saint-Étienne. Un million et demi, s'il fallait les disposer sur une route nationale en rangs par dix, de façon qu'ils occupassent toute la largeur de la chaussée, cela ferait un défilé long de soixante-quinze kilomètres : ils mettraient, au pas cadencé, en rangs par dix, quinze heures à défiler. Sans compter les blessés, les gazés, ceux qui crevaient encore tous les jours des suites du conflit. Parmi ce million et demi, combien d'ouvriers, de manœuvres agricoles, de Jean-sans-terre, de pêcheurs sans barque, de salariés sans maison, de gueux et d'archigueux ? Un million, peut-être. Il voyait luire au fond de ses nuits ce million de regards. Parmi eux, celui de Claude Mazal, fantassin au 92e.

Ils s'étaient rencontrés dans le même train de permissionnaires, en 1917, qui d'Arvant, par Neussargues, monte vers Saint-Flour, sans trop se presser. Lui, lieutenant, l'autre deuxième classe, mais décoré, la médaille militaire ballait sur sa poitrine. Malgré ses deux sardines, Henri avait exigé entre eux, le temps du voyage, le tutoiement, puisqu'ils étaient de la même paroisse.

« Pas tout à fait, dit Mazal. Moi, je suis de Coren, où ce qu'y a une eau qui guérit. Quand on arrivera en gare, j'aurai encore une bonne heure de marche. Et ça monte ! A moins que mon chauffeur, il soye venu m'attendre ! »

Il riait de toutes ses dents, au milieu de sa barbe grise. Au bout d'un moment, il dit :

« On va casser la croûte. J'ai ce qu'y faut. »

Et il sort de sa musette un énorme morceau de lard et une demi-boule de pain militaire. Il coupe une tranche de pain, une tranche de lard, pose la seconde sur la première, la réduit en petits taillons, la retenant du pouce.

« Sers-toi, mon yeutenant, fait-il, pisque tu veux qu'on se tutoye. »

Henri fait de même, c'est la bonne façon de manger le lard froid en dehors de la table. Rien n'est à jeter, pas même la couenne.

« Il doit être bon, dit Mazal : je l'ai volé.

— Volé ? fait Henri en restant la bouche ouverte.

— Enfin, volé... je l'ai seulement pris dans l'oule où ce qu'il était en train de cuire. Sans rien dire à personne. Voilà tout.

— Quelle oule ?

— Celle du paysan qui m'a transporté dans sa charrette. Oh ! loin... par là-bas... en Picardie. Avant-hier. Comme je marchais sur la route pour aller prendre ma correspondance, il m'a ramassé. On s'est arrêtés plus loin dans sa ferme. La gare était encore à deux kilomètres, mais il m'a dit : “Tu finiras à pinces, poilu. Ça sera toujours un bout de chemin que je t'aurai évité.” Y a quand même du brave monde. “Et pis, qu'il a fait, entre donc boire un canon.” Je l'ai suivi dans sa cuisine. Une ferme pleine de volailles, grasses à crever. Pendant qu'il allait chercher une bouteille à la cave, j'ai soulevé le couvercle de l'oule qu'était en train de bouillir sur le feu, et qui sentait bon. J'ai piqué dedans avec une fourchette, j'y ai pêché ce morceau de lard. Quand le civil est revenu, nous avons trinqué. Ensuite, je suis reparti avec le vin dans mon ventre et le lard dans ma musette. »

Il en rigole comme un crocodile ; il répète :

« Pas étonnant qu'il soit bon.

— T'es un beau salaud, dit Heinrich, qui s'y connaît.

— Moi ?

— Voler le lard de son bienfaiteur, c'est une belle saloperie.

— Mon bienfaiteur ? Quel bienfaiteur ?

— Le paysan picard.

— Bienfaiteur parce qu'il m'a un peu trimballé et payé un canon ?

— Il aurait pu te laisser par terre.

— C'est de la morale, que tu me fais, ou bien du catéchisme ?

— Prends-le comme tu veux.

— Ben, laisse-moi te dire une chose : tout yeutenant que t'es, ta morale, tu peux te la foutre où je pense. Et pour le catéchisme, tu repasseras. Alors, comme ça, j'ai volé mon bienfaiteur ? Écoute un peu, mon yeutenant. Moi, je suis valet de charrue. Ouvrier agricole à Coren. J'ai rien d'autre à moi que ma putain de peau. Et lui, le civil picard, il a ses terres, sa ferme, sa volaille. Et moi, je risque ma putain de peau tous les jours pour défendre sa terre à lui, sa ferme à lui, sa volaille à lui, pendant qu'il est à l'abri des marmites. Si demain je me la fais trouer, ma putain de peau, lui, il aura toujours ses terres intactes. Et si on lui démolit sa maison, après la guerre, il touchera des dommages. Et à moi, qui c'est qui me la remboursera, ma putain de peau ? »

Mazal. Il s'appelait Mazal Claude. Son nom figure à présent sur la plaque de marbre commémorative de Coren, aux côtés de six autres glorieux Morts, à une heure de marche de Saint-Flour.

Voilà pourquoi il faut à tout prix que s'instaure entre la France et l'Allemagne une paix perpétuelle, comme l'a rêvée Maurice Maeterlinck. Il faut croire aux rêves de paix. Les rêves seuls peuvent nous sauver.

8

Il lui vint un autre goût : celui des ex-libris.

Ce sentiment naquit en lui soudain, le jour où, fouillant dans sa bibliothèque, il s'aperçut qu'un certain nombre de volumes auxquels il tenait avaient disparu des rayons. Non pas qu'on les eût volés par façon de larcin subtilement fait, mais parce que des emprunteurs avaient omis de les lui rendre. Désireux de purifier sa propre conscience, il fit lui-même le compte de ceux qui ne lui appartenaient point et s'empressa de les restituer. Mais comment donc récupérer les disparus ? Afin de limiter du moins ses pertes à venir, il décida de se composer un ex-libris.

Cette expression latine, comme chacun sait, veut dire : *Ce livre appartient à la bibliothèque de...* Suit un nom, ou des initiales, ou le blason du propriétaire, accompagné quelquefois de sa devise, en français, en latin, en prose, en vers. On ne saurait prendre plus jolie précaution contre les retours oubliés. Par la même occasion, on étale sa noblesse, sa culture, sa gloire, son talent, ses pensées. Les amateurs d'ex-libris confient généralement à un dessinateur professionnel le soin de représenter tout cela avec art. Ollivault, Moreau le Jeune, Choffard, François Boucher, Augustin de Saint-Aubin, Gavarni, Manet, Robida, Willette, Giraldon ont excellé dans ce genre mineur. Le dessin est ensuite gravé sur cuivre, ce qui permet un tirage à plusieurs milliers d'exemplaires. Les premiers ex-libris français, au XVIIe siècle, étaient des feuilles volantes de grand format qu'on glissait entre les pages. Plus tard, elles se réduisirent à des vignettes que l'on collait sur la face interne de la couverture.

Belmont-Chaput se mit d'abord à inventorier les ex-libris de sa province d'adoption, à les dessiner lui-même à la plume sur ses feuilles de format 22 x 17. Il en dénicha de fort drôles, comme ce quatrain signé Philippe Chamble :

Maudits soient les amis qui, par désinvolture,
Conservent les bouquins qu'ils vous ont empruntés.
J'ai perdu tous les miens, en pareille aventure ;
Il ne me reste plus que ceux qu'on m'a prêtés.

Et de fort sérieux, illustrés de lions affrontés, de chimères cornues, de biches cabrées, soutenus par des amours, des guirlandes, des acanthes. Avec l'inévitable devise sur philactère : *Quantulum omnium gustare. In secundis, voluptas ; in adversis, perfugium. Si vis dicendi peritus fieri pauca multum lege. L'ami des livres est un ami des dieux. Ne désespérer de rien. Je veux, donc je peux. Spes. Allen.* Toutes les grandes familles bourbonniennes avaient sacrifié à cet usage. Mais aussi les nobles bourbonnais de plus modeste envergure. Et après eux les bourgeois bourbonnichons, professeurs, avocats, médecins, notaires, quincailliers, marchands de parapluies, marchands d'allumettes, dévorés par la soif de paraître :

Bourbonnichon,
Dos de velours,
Ventre de son.

Enflammé par de si glorieux modèles, Henri Belmont-Chaput voulut avoir son propre ex-libris. Autant pour protéger ses bouquins que pour répandre son nom. Il s'inventa d'abord une devise : *Ut unda cita fluit vita.* (La vie s'écoule comme l'onde rapide.) Il prit ensuite une feuille vierge, y dessina des flots d'où sortait — appelant au secours — le bras d'un naufragé ; à l'arrière-plan, une belle colline coiffée d'un chapeau formait une sorte de rébus où l'on pouvait reconnaître le *Belmont* de son patronyme et le *Chaput* du pseudonyme, qu'il prétendait dérivé de *caput*, tête. Après vingt essais au crayon, il refit la vignette à l'encre de Chine et s'en fut trouver le graveur Charpentier, de la rue de Bourgogne. Lorsqu'il eut en main ses tirages, il passa beaucoup de temps à les fixer à la colle de farine sur ses volumes les plus précieux.

Certains jours, il déclarait à sa femme :

« Madame Bécé, j'ai envie de me rafraîchir les méninges. »

Elle préparait un pique-nique, lui sa boîte de couleurs, son chevalet. Et les voilà partis à bicyclette sur la route de Montilly qui longe l'Allier. Ou vers les bois environnants, des Vesvres, de Leyde, de Pommai, de Chapeau. Henri mettait dans ses aquarelles une patience de pêcheur à la ligne. Mais lui pêchait le ciel de son pinceau, la coupole d'un chêne, le clocher d'une lointaine église, le facteur sur une route. Pendant ce temps, un peu à l'écart sur son pliant, Mme Bécé tricotait. De temps en temps, elle se levait, venait regarder par-dessus son épaule, s'extasiait sur la ressemblance du pont, de la falaise, des reflets de l'eau. Car Henri usait de la même fidélité en traduisant la nature qu'à traduire le *Werther* de Goethe, s'interdisant toute interprétation personnelle de la lumière, des formes, des couleurs.

« Ne trouvez-vous pas que mon bleu est un peu trop foncé ? Il me semble que l'horizon... là-bas... est plus cendreux. »

Elle encourageait son exactitude :

« Je déteste les infidèles, les surréalistes, les fauves, les abstraits. Comme si la nature ne montrait pas dans ses œuvres suffisamment d'imagination et qu'il fallût lui en ajouter ! »

Parfois un paysan sortait du bois, bourbonnichon en diable dans ses sabots, sa veste de velours. Il considérait avec un étonnement hostile ces deux bourgeois de Moulins qui piétinaient son herbe, leurs bécanes appuyées sans sa permission au fût d'un de ses arbres. Visiblement, il attendait, les mains dans les poches, les jambes écartées, qu'on lui présentât des excuses. Henri comprenait son désir et parlait le premier. En Auvergne, il avait fréquenté la paysannerie et savait comment s'y prendre avec elle :

« Beau mois de juin, n'est-ce pas ?

— ...

— Ça promet une fameuse récolte de foin, cette année.

— ...

— Vous tenez beaucoup de vaches ? »

Sur ce point, le *bounhoumme* se sentait en obligation de répondre :

« Une vingtaine, par-là, sans compter les veaux.

— Vous êtes natif de Montilly ?

— Ben non. Ch'ons de Tyoune. Ch'ons venu par ici suite à mon mariage.

— Vous avez des enfants ?

— Deux gars et une gate... »

Et ainsi de suite. Ces propos oiseux n'étaient rien d'autre que des manières d'excuses. Amadoué, le paysan s'approchait de l'aquarelliste, comparait son chêne à lui et sa reproduction :

« Ben vous, on peut dire que vous savez y faire. Et qu'est-ce que c'est-y donc que cette sorte de peinture que vous vous servez ? »

Henri fournissait les détails techniques. Au terme du dialogue, satisfait des égards qu'on lui avait témoignés, flatté que son chêne eût servi de modèle, un peu mécontent néanmoins contre lui-même de n'avoir servi aucune remontrance au Moulinois, de n'avoir point souligné ses titres sur l'herbe et la terre foulées, l'homme se renfonçait dans l'épaisseur de ses arbres, avec le pas lent et assuré du propriétaire légitime. Henri retrempait son pinceau dans ses godets.

Au cours de cette conversation, Élysa n'avait pas pipé mot ; elle savait que les paysans n'aiment guère que les femmes ouvrent la bouche quand on ne leur demande rien. A midi, à l'ombre dudit chêne, elle étalait une nappe, disposait ses assiettes, ses verres, ses carafes. Et c'était une façon de *Déjeuner sur l'herbe* à deux, très impressionniste, mais sans aucune indécence. Ils buvaient du vin de Saint-Pourçain qu'elle ne dédaignait pas, son défunt père, le pharmacien, lui en ayant toujours vanté les vertus roboratives. Henri, lui, le buvait par goût, mais très modérément. Elle l'y encourageait quelquefois :

« Pourquoi buvez-vous si peu, Henri ?

— Je bois à ma soif.

— Oh ! j'aimerais... une seule fois... vous voir ivre. Non pas ivre mort, mais en gaieté : la belle ivresse, celle qui fait chanter, danser, commettre des folies. Pourquoi, Henri, êtes-vous toujours aussi raisonnable ?

— Raisonnable, moi ?... Dois-je prendre cela pour une insulte ?

— Un tout petit reproche, seulement. Vous est-il jamais arrivé de vous enivrer ? »

Et lui, après réflexion : « Oui. Plusieurs fois. En Allemagne. Quand j'occupais la Rhénanie. Les vins rhénans faisaient partie des réparations de guerre.

— Seul ?

— On ne s'enivre pas seul, à moins que d'être suisse. Il y faut toujours de la compagnie.

— De la compagnie féminine ?

— Peut-être.

— Racontez.

— Non, non. C'est oublié. Ça ne compte plus. C'est sans importance. Des filles à soldats. Vous voyez que je n'étais guère raisonnable, à l'époque.

— Vous vous êtes rattrapé par la suite. Mais, depuis votre retour à Moulins, n'avez-vous jamais connu... l'ivresse ?

— Non. Je n'en ai pas souvenir. Pas eu l'occasion.

— L'ivresse d'aucune sorte ?

— Que voulez-vous me faire dire, madame Bécé ? »

Une façon d'ivresse prise en commun leur venait du moins de la musique. Le boulevard du Champbonnet résonnait de leurs duos à la belle saison, et les passants volontiers s'attardaient sur les trottoirs, le nez levé vers leurs fenêtres ouvertes. Henri, la joue posée sur son instrument, avait alors l'impression d'être rameur dans une barque, de flotter sur un océan sonore aux voix multiples, tantôt profondes, tantôt légères, qui le portait, le berçait, le secouait. Le piano de Mme Belmont-Chaput fournissait naturellement de la houle à cette mer. Ils n'entraient pas en musique dans leurs nippes quotidiennes, en pantoufles, en robe de chambre. Mais, de même que le prêtre endosse ses vêtements sacerdotaux afin de célébrer sa messe du matin dans l'église vide, en la seule présence des chaises et de Dieu, de même ils s'habillaient comme pour une soirée mondaine, elle en robe du soir, lui dans sa meilleure « garniture d'habit » (pour employer l'expression bourbonnaise), afin de recevoir dans leur salon l'esprit de Mozart ou d'Alessandro Scarlatti. Ils n'avaient pourtant d'autre public qu'eux-mêmes. Et les auditeurs occasionnels du boulevard. Quelquefois en montaient des applaudissements.

Jamais mieux qu'à ces moments-là ils ne se sentaient faits l'un pour l'autre. Comme la mer pour le bateau ; comme aussi l'aile pour le vent ; comme la biche pour le bois. Quand ils avaient mené leur exécution avec bonheur, ils s'étreignaient, se remerciaient, se congratulaient avec ivresse. Élysa pleurait de joie sur l'épaule d'Henri.

On a les ivresses qu'on peut.

Il faut des années pour façonner à sa guise l'intérieur d'une maison. Pour donner une âme à cet univers d'objets inanimés. En vérité, on n'en finit jamais. Peu à peu, la leur prenait forme, couleurs, odeurs. Au rez-de-chaussée, le bureau du Maître, plein de livres et de paperasses, sentait le vieux cuir, les vieilles chaussettes, les vieux rideaux. Attenantes, deux pièces occupées par ses collections minéralogiques, philatéliques, géographiques, historiques, pleines de portulans, de schistes bitumineux, de porcelaines chinoises, d'insectes momifiés, odoraient le formol. A l'étage noble, la cuisine, la salle à manger, le salon à jouer, à causer, à fumer. Au second étage, trois chambres de grandeurs diverses : celle *des parents* ; celle *des enfants* ; celle *des amis* : parfumées d'encaustique, de menthe, de citronnelle.

« Ce serait bien, dit un jour Henri, si nous pouvions réellement avoir des enfants. Nous leur apprendrions aussi la musique. Ainsi, nous pourrions jouer en trio, en quatuor. »

Alors, ce fut un déluge de larmes. « C'est ma faute, gémissait Mme Bécé, je suis trop vieille ! Oh ! pourquoi ne nous sommes-nous pas rencontrés plus tôt ? » Elle pensait aussi : « Pourquoi a-t-il mis deux ans à se décider ? » Triste destin des filles d'Ève : alors que la vache, la chèvre, la lapine, la jument restent fécondes jusqu'à un âge avancé, la femme devient stérile dès le milieu de sa vie.

Il manquait cela aux activités d'Henri Belmont-Chaput : faire sauter un marmot sur ses genoux ; lui apprendre à parler, à dessiner, à marcher, à pédaler ; lui enseigner les premières chansons, les premières lettres, les premiers chiffres ; lui raconter au coin du feu des histoires épouvantables. Celle de la Mère-à-Bras qui demeure au fond du puits et qui fait une voix si grosse quand le seau y descend, parce qu'elle n'aime pas qu'on la dérange. Celle des deux frères avares qui, embarqués avec un chargement de raves, traversaient l'Allier et se noyèrent l'un après l'autre pour repêcher une rave tombée dedans. Il lui manquait des nuits blanches au chevet d'un petit malade ; des heures d'inquiétude les jours de ses compositions trimestrielles, de ses examens, de son bac, de son concours d'entrée. Il lui manquait aussi un ou plusieurs héritiers à qui léguer ses collections, ses livres, son violon, ses manuscrits, sa renommée. Plus que tout autre, un homme de lettres a le tort de mourir. Car il meurt deux fois : dans sa chair et dans son œuvre. La chair se dissout, l'œuvre s'épuise, disparaît, tombe dans l'oubli. Tant d'écrivains vivants jouent des coudes, des dents et des pieds pour arracher leur part — si modestes que soient leurs mérites — de notoriété, et par conséquent de droits d'auteur. Les trois quarts des académiciens « immortels », par exemple, ont depuis bien longtemps disparu des catalogues. Qui se rappelle encore Bacher de Méziriac, Arbaud de Porchères, John Lemoinne, Écouchard-Lebrun, Henri de Bornier, Gabriel d'Haussonville, Gaston Boissier, Paul Hervieu et vingt autres de même lignée ? Henri Belmont-Chaput ne prétendait à aucune académie ni académiette ; mais il se sentait dans le corps une douzaine d'autres ouvrages qui ne demandaient qu'à naître. Qui, lui disparu, leur assurerait quelque survie ? Or nul n'est mieux placé pour cela qu'un fils, qu'une fille. Nul n'est aussi plus intéressé à la chose, comme héritier des droits.

Lui-même méditait de fonder tôt ou tard une association *Les amis de Charles-Louis Philippe*, dont la présidence serait confiée à quelque gloire locale, Émile Guillaumin, Valery Larbaud ou Jacques Chevalier, et dont il occuperait l'absorbante et ingrate fonction de secrétaire. Mais y aurait-il de même un jour une association *Les amis d'Henri Belmont-Chaput*, animée par son fils, par sa fille, chargée de protéger son nom et ses écrits ?

Ou bien devait-il se résigner à ce que personne, après comme avant lui, ne s'appelât Belmont-Chaput ? Le musée, la bibliothèque de Moulins seraient-ils donc ses légataires spirituels ?

Il se mit à fréquenter les jardins publics, les cours avec leurs beaux platanes dont les branches rapprochées formaient des ogives. Là fréquentaient les militaires, les bonnes d'enfants, les mères de famille, les gamins aux billes et aux cerceaux. Du banc où il restait assis, un livre ouvert sur les genoux pour se donner une contenance, il regardait leurs jeux, leurs chamailleries, leurs chagrins. Parfois l'un d'eux, apitoyé sans doute par sa solitude, venait lui tendre un bonbon demi-fondu, bien gluant, collé à ses doigts. Il l'acceptait avec reconnaissance, entrait en conversation :

« Comment t'appelles-tu ?... Quel âge as-tu ?... Où habites-tu ?... »

Il recevait des réponses mâchonnées et, à son tour, d'autres questions :

« Est-ce que t'aimes les chats ?... Qu'est-ce que tu lis ?... T'as pas cinq sous ?

— Oh ! que si ! »

Il cherchait dans son porte-monnaie une pièce percée, l'autre se sauvait sans dire merci, courait acheter un rouleau de sucre noir.

Bref, M. Henri Belmont-Chaput se rendit compte d'une chose terrible : que de plus en plus il souffrait du mal d'enfant.

*Elle entra toute radieuse, vêtue de flamme, couronnée d'olivier, tandis que des anges lançaient sur elle une pluie de fleurs. Exactement comme Béatrice au XXX*e *chant du Purgatoire :*

Così dentro una nuvola di fiori
Che dalle mani angeliche saliva
E ricadeva giù dentro e fuori,
Sovra candido vel cinta d'oliva,
Donna m'apparve, sotto verde manto,
Vestita di color di fiamma viva.

« Je sais, dit-elle, que tu m'attends depuis bien des années. Alors, me voici qui viens. Accepte-moi pour fille, s'il te plaît.

— Comment t'appelles-tu ? dit-il.

— Hélène.

— Pourquoi pas Béatrice ?

— Parce qu'on m'a baptisée ainsi. Hélène, tu n'aimes pas ?

— Si, si. Beaucoup. Quel âge as-tu ?

— Neuf ans et demi.

— Les enfants ont toujours un demi qui traîne à la queue de leur âge. Où habites-tu ?

— Nulle part. J'habiterai chez toi si tu m'acceptes. A propos de queue, aimes-tu les chats ?

— Je n'ai rien contre.

— Alors, tu m'acceptes, oui-z-ou non ? »

Il lui ouvrit les bras, tremblant de la tête aux pieds et dans chaque goutte de son sang. Et il s'aperçut qu'il l'aimait en effet depuis des années sans l'avoir jamais vue.

Men che dramma
Di sangue m'è rimasta che non tremi ;
Conosco i segni dell'antica fiamma.

« Et maintenant, dit-elle, as-tu cinq sous ? Allons acheter du chewing-gum. »

Les jours passaient sans apporter de changement. Excepté que chaque automne blanchissait un peu plus leurs deux cimes. Mme Bécé avait beau se teindre, les racines de ses cheveux la trahissaient. A chaque déception mensuelle, elle pleurait tout son saoul.

Après en avoir débattu, ils se résignèrent enfin à leur stérilité et rédigèrent une demande d'adoption. Ils précisèrent : sexe féminin. Age minimum : neuf ans.

9

Ils célébrèrent encore trois Noëls, trois Jours de l'An, trois Jours de Pâques, trois Quatorze-Juillet, trois Toussaints. En décembre, le facteur apportait un assortiment de calendriers illustrés, parmi lesquels Mme Belmont-Chaput choisissait régulièrement un enfant et son chien, un enfant sur les genoux de son grand-père, une cour de récréation pleine d'enfants. De temps en temps, ils passaient au bureau de l'Assistance publique.

« Rien encore, répondait la préposée. Rien qui vous convienne. Il faut attendre. »

Ils attendaient.

L'hiver de 1928 fut très froid. Henri cueillit une bronchite qui le tint six semaines en chambre. Il en profita pour corriger les épreuves de son ouvrage sur la philosophie de Benedetto Croce, qui devait paraître au printemps suivant. Le médecin lui permit de reprendre ses cours à Banville, avec cet avertissement :

« J'ai remarqué, monsieur Belmont-Chaput, que vous sortez dans la rue très peu couvert, sans paletot et tête nue.

— En effet. Je ne prends garde ni au froid ni à la pluie. Je me contente de marcher plus vite.

— Il faut vous habiller chaudement. Sinon, gare à vos bronches ! »

Il fit le tour des magasins et tomba amoureux d'une peau de

bique en véritable poil des Pyrénées, accompagnée d'une casquette de même matériau, qui lui conférèrent une silhouette légèrement préhistorique. N'importe : l'une et l'autre firent désormais partie de ses habitudes vestimentaires. Lorsqu'il arpentait dans cette tenue la cour du lycée, inévitablement il suscitait derrière lui, parmi les potaches, des chevrotements répétés : *Mêêêê... Mêêêê...*, comme s'il eût traversé un troupeau de chèvres.

Vint l'année 29 qui devait bouleverser tant de choses à travers le monde. Elle bouleversa leur vie.

L'Assistance publique occupait, rue Voltaire, un bel hôtel pourvu de cour et de jardin, mais la petite salle de réception y ressemblait à celle d'un dentiste, avec son guéridon couvert de revues périmées. Assis au bord de leurs chaises, échangeant des regards muets, la gorge serrée, les mains crispées, ils y attendirent une bonne heure, avec le sentiment que cette longue patience était une dernière épreuve exigée par la procédure. Dans un cabas, à ses pieds, Élysa avait apporté des cadeaux. De temps en temps, une employée paraissait une feuille à la main, posait une question subsidiaire, en fait pour vérifier qu'ils n'avaient pas pris la poudre d'escampette. Enfin, parut M. le Directeur en personne, grand, chauve, décoré, solennel :

« Madame, monsieur, nous allons vous présenter une jeune fille qui correspond à vos souhaits. Elle a dix ans. Elle se nomme Irène.

— Irène ? fit avec étonnement M. Belmont-Chaput qui croyait à ses rêves.

— Oui, Irène. Vous n'aimez pas ?

— Si, si. Beaucoup. (J'aurai mal entendu.)

— C'est une enfant abandonnée à sa naissance, et depuis jamais revendiquée. Elle a été élevée à la campagne, dans différentes familles du département. Nous les mutons tous les deux ans, afin qu'il n'y ait pas accoutumance. Si elle vous plaît, vous la garderez six mois pour une période probatoire. Comprenez bien, madame et monsieur, que malgré la terminologie officielle, il n'y a pas adoptants et adoptés. En fait, l'adoption doit être réciproque. Les parents acceptent l'enfant, l'enfant accepte les parents. Au terme de ces six mois, en cas de réussite, l'adoption sera officialisée par le tribunal civil. »

Élysa et Henri approuvaient de la tête chaque mot, chaque virgule.

« Et maintenant, voici Irène. »

Lorsque l'enfant paraît... Une porte s'ouvrit, laissant passer une fillette vêtue d'une robe rouge, en compagnie d'une infirmière visiteuse, il n'y manquait que les anges et leur pluie de roses.

Belle, vigoureuse, les cheveux noirs, le visage coloré d'une petite campagnarde. Or elle tenait entre ses bras un chaton tigré qui enfonçait le museau dans le creux de son coude pour ne pas assister à ces barguignages. Ils se regardèrent les uns les autres, Élysa sourit la première, Henri l'imita, puis ce fut l'infirmière visiteuse, puis M. le Directeur. Seuls l'animal et l'enfant n'en virent pas la nécessité ; mais ils ne se montraient point hostiles. Les Belmont-Chaput firent trois pas en avant : ils craignaient qu'un geste de trop ne les mît en fuite. Élysa alors ouvre son cabas, en sort une poupée qu'elle tend :

« C'est pour toi, Irène.

— Hé ! Je peux pas la prendre : je tiens Gligli. »

Elle avait l'accent, l'*R* roulé des campagnes bourbonnichonnes.

« Eh bien ! proposa Élysa. Prête-le-moi un moment. Comme ça, tu auras les mains libres. »

Irène y consentit, avec toutefois ces recommandations :

« Attention, il est peureux. Et puis, il craint la gueurliche. »

Les adultes éclatèrent de rire. La *gueurliche* : les chatouilles !

« Je n'ai pas, dit Élysa, l'intention de le gueurlicher ! »

La bestiole changea de mains, un peu crispée, les pattes tendues.

« Vous le voyez, ajouta M. le Directeur, vous devez adopter le chat en même temps que sa petite propriétaire. C'est une condition *sine qua non*.

— Avec joie, dirent les adoptants.

— Je viendrai vous voir de temps en temps, dit l'infirmière visiteuse. Pour m'assurer que tout se déroule bien. »

Ils quittèrent la maison tous les cinq, les parents, Irène, le chaton, la poupée, un peu empêtrés les uns des autres. La ville les accueillit bien, avec ses arbres embourgeonnés ; ses boutiques pleines de victuailles, de chaussures, de vêtements, de jouets ; ses passants courtois qui leur cédaient le trottoir, comprenant qu'ils étaient inséparables.

« Désires-tu quelque chose, Irène ? »

Elle réfléchit, non, elle ne désirait rien. Ils l'emmenèrent quand même dans un salon-pâtisserie, lui firent boire du chocolat, manger un chou à la crème. Le chat eut sa part de croûte.

« Il s'appelle Gligli, répéta Irène.

— Gligli ? Pourquoi ça ?

— Parce qu'il est *glis*. »

Toujours l'*R* liquide de la province : on y confond facilement l'apprêt et la plaie, un nègre et un aigle.

« Moi, je m'appelle Élysa, dit Élysa.

— Et moi, Henri, dit Henri. Henri Belmont-Chaput.

— Hou la la ! dit Irène. C'est un nom compliqué !

— De toute façon, tu nous appelleras papa et maman. Tu veux bien ?

— J'essayerai. »

Tout à coup, elle se mit à pleurer, les larmes tombaient dans sa tasse. Élysa, affolée, la prit dans ses bras, baisa ses cheveux :

« Qu'est-ce qu'il y a, ma chérie ?

— Je pense à maman Nine.

— Maman Nine ?

— Oui, maman Nine ! répéta-t-elle en tapant du pied, irritée de leur incompréhension.

— C'est sans doute la dernière dame qui s'est occupée de toi ?... Où habite-t-elle ?

— Aux Beugnants, pardi !

— Les Beugnants ?... Où est-ce, les Beugnants ?

— Les Beugnants... c'est aux Beugnants !

— Nous nous renseignerons. Mais sois tranquille : nous irons voir ensemble tata Nine.

— Pas tata Nine : maman Nine. Quand, on ira la voir ?

— Bientôt... Bientôt... Je te le promets. »

Consolée, elle accepta de manger un second chou à la crème.

Le chaton, lui, s'habitua tout de suite à son nouveau domicile. Il fallut seulement lui apprendre à ne pas pisser systématiquement dans les pantoufles, à utiliser pour ce faire sa caisse de sciure. Irène eut sa chambre personnelle, en communication avec celle des parents. Élysa lui présenta chaque pièce, chaque recoin, chaque objet de la maison. L'enfant s'intéressa tout de suite au piano, appuya un doigt sur les touches, s'émerveilla de produire — sans avoir jamais appris — des notes aussi belles. A tour de rôle, en son honneur, Élysa et Henri lui firent de la musique.

« Si tu te plais avec nous, promit le père, toi aussi, un jour, tu sauras jouer d'un instrument. Et nous jouerons ensemble ! »

Aux Beugnants, le seul objet qui produisît des sons était la grelottière de Moricaud, le cheval. Et l'horloge.

Une chose à laquelle la fillette n'arrivait pas à s'habituer : le manque de feu visible dans l'appartement.

« Fait froid ici ! déclarait-elle soudain. Pourquoi vous chauffez pas ?

— Mais si, nous chauffons !... Tiens ! Touche les radiateurs. Sens-tu comme ils sont chauds ?... Et regarde le thermomètre : il indique 19. »

Aucun raisonnement ne la convainquait. « Y a pas de feu ! Y a pas de cheminée ! Il fait froid ! » On dut la descendre au sous-sol, lui montrer la chaudière pleine de charbons rouges. Elle remonta mal rassurée. Le soir, dans leur lit, les adoptants échangeaient des réflexions :

« Transformer une petite campagnarde en petite citadine : tel est notre problème.

— Oh ! nous y arriverons ! Avec beaucoup de patience et beaucoup d'amour.

— Peut-être devrions-nous faire construire une cheminée de salon, où elle verrait brûler des bûches ?

— Avec une crémaillère et des marmites, sans doute ?... Non. Il faut qu'elle s'accoutume à nous, de même que nous nous accoutumons à elle. »

Chaque soir, Élysa écrivait dans un cahier les progrès de l'adoption réciproque. *Aujourd'hui, pour la première fois, Irène a réussi à me tutoyer, à ne plus m'appeler Madame... Aujourd'hui, elle m'a rendu le baiser que je lui donnais... Aujourd'hui, elle m'a enfin appelée Maman... Ce soir, je lui ai pris la main pour qu'elle s'endorme...*

Henri passe moins d'heures enfermé dans son bureau en compagnie de Goethe, de Dante, de Croce ; il prend le temps de raconter à sa fille la Mère-à-Bras au fond du puits, les deux avares qui traversent l'Allier.

Après quelques jours de vacances extraordinaires, Irène doit aussi fréquenter l'école. M. Belmont-Chaput, qui professe lui-même dans l'enseignement public, suggère l'école communale. Mais Mme Bécé souligne les avantages des écoles religieuses :

« Moins d'élèves. Des maîtres plus dévoués...

— Ho ! ho !

— Sûr que si ! Puisqu'ils obéissent à une vocation ! Un milieu moins populaire. Je n'ai rien contre le peuple ; mais il s'exprime grossièrement, il sent mauvais, il a des poux.

— C'est vite généraliser ! Et que diront mes collègues de Banville ?

— J'en connais plus d'un qui envoie ses enfants chez les frères ou chez les sœurs. D'ailleurs, n'avez-vous pas fréquenté vous-même un Petit Séminaire ?

— C'était avant que je...

— C'est dit. Nous l'inscrirons à Sainte-Thérèse. »

Ainsi fut fait. Irène n'était pas une ignorante. Aux Beugnants (mais elle allait à l'école à Saint-Plaisir, à quatre kilomètres de là, qu'il fallait faire à pied chaque matin et chaque soir, en emportant sa soupe et ses œufs de midi), elle avait appris à lire, à écrire, à compter, à chanter, à dessiner. Elle connaissait le subjonctif, Henri IV et la règle de trois. Il ne restait qu'à compléter par l'enseignement religieux (encore récitait-elle les trois prières apprises de maman Nine) et quelques autres bricoles. Notamment le bon vocabulaire de Paris. Au contact de ses adoptants, elle abandonna la *gueurliche* et les *cancaneries*. Elle renonça au *giraumont* pour la citrouille ; à la *pirouette* pour la toupie ; à la *trasse* en faveur de la haie ; à l'*éclaire-cul* pour le ver luisant.

Lise lui enseigna le solfège et elle se montra fort douée. *Irène avale ses notes comme des cerises. Une telle facilité me déconcerte. Mais d'où vient donc cette enfant inconnue ? Fille de quels artistes ? Fruit de quels ravages ?...*

Ils tinrent leur promesse. Confiant à Gligli la garde de la maison, ils rendirent visite à maman Nine un jeudi, après s'être annoncés par lettre. Comme ils ne possédaient ni chariot ni automobile, ils firent le voyage à trois sur deux bécanes. Ce qui n'était pas grande prouesse : trente kilomètres de chemin généralement plat, par Saint-Menoux, Bourbon, Franchesse. Quitte à pousser dans les côtes les deux machines par les cornes. Assise à l'écuyère sur le porte-bagages (Mme Bécé n'ayant pas autorisé par décence le califourchon), Irène étreignait le buste de son père possible, et appuyait sa tête contre son échine sonore. Lui pédalait de toute son âme, pénétré par la douceur de cet embrassement. A chaque instant, il demandait, tournant la tête d'un quart :

« Es-tu bien assise ?... Ne sens-tu pas trop le vent ?... Est-ce que je ne vais pas trop vite ? »

Deux heures et demie de manivelles tout de même, en comptant les pauses. En arrivant à la métairie des Beugnants, sur sa colline, ils trouvèrent maman Nine à l'entrée de la cour qui levait les bras au ciel et s'écriait :

« Mes poves zenfants ! Mes poves zenfants ! »

Irène descendit de sa monture, courut se jeter sur sa poitrine, tandis que les adoptants regardaient la scène avec un petit pincement au cœur. Il vint deux autres oisons, un gars et une gate, qui étaient pareillement des assistés. Ils baisèrent Irène sur ses joues rouges, puis firent le tour de sa personne comme d'un monument, l'examinant de la tête aux pieds et s'écriant :

« Comme te v'là fringante ! »

Tout ce monde entra dans la salle, où se tenait près de la cheminée une vieille occupée à dire son chapelet et à jeter des bûchettes au feu. Elle interrompit ces besognes pour les regarder en face et leur tirer la langue. Une langue qu'elle avait ronde et rouge comme une saucisse.

« Faites pas attention à la grand-mère, dit maman Nine ; elle jarjote. »

M. et Mme Belmont-Chaput comprirent par là qu'elle n'avait plus sa tête à elle. Quelles étranges prières devait-elle adresser à Dieu ? En quelle sorte de langage ? Mais Dieu ne manquait sûrement pas de bien les entendre, car Dieu est polyglotte.

« Restez pas sur vos pieds. Asseyez-vous donc. »

Ils prirent place sur les bancs de chêne, brunis par des générations de culottes. Et maman Nine, s'adressant à Irène :

« A présent, raconte-moi tout. Je veux tout savouère. T'es-t-y contente de tes nouveaux parents ? »

Un œil sur elle, un œil sur eux, la fillette parla de sa vie à Moulins, de sa chambre, de son école religieuse, du solfège, de ses plaisirs. Les deux petits assistés écoutaient tout ce débit la bouche et les yeux ronds, admirant les mots inconnus, tout en fouillant leurs narines de l'index. La métayère levait souvent vers le plafond ses mains jointes, et répétait, toute jubilante :

« Mes poves zenfants ! Mes poves zenfants ! »

Et pour finir, joyeusement, sans la moindre trace d'amertume dans sa voix :

« Je vois ben que te regrettes point la maison de maman Nine. Ma fouè, c'est ben naturel. Vaut mieux le Paradis que le Purgatouère, pas vrai ? Je suis ben contente pour touè, ma fille, que te sois si ben tombée. »

Elle s'interrompit pour regarder par la porte :

« Tiens, v'là mon homme qu'arrive. » Le métayer parut en effet, son chapeau tenu d'une main sur son estomac, avec son crâne chauve et blanc tel un œuf.

« C'est donc notre Irène qu'alle est revenue ? »

Elle l'embrassa à son tour sur ses joues hirsutes, puis recommença ses chapitres : l'école religieuse, le solfège et tout le saint-frusquin. Il approuvait du front, s'éjouissait à voix haute : « J'ons toujours su que t'étais intelligente, ma gamine, et que te ferais quèque chose un jour. Te t'rappelles-t-y quand j' te portions à pillaraud ? »

Il voulait dire : quand je te portais sur mon échine, comme le chiffonnier porte son sac, tes petits bras autour de mon cou ? Ils rirent ensemble.

Vint le moment de se retourner vers la table sur laquelle maman Nine (« Mon vrai petit nom est Antonine ») avait disposé sept assiettes, la grand-mère prenant à part, sur les genoux, sa nourriture de jarjaude. Dans l'immense poêle, l'omelette commença de bronzer sur les deux faces. Puis elle fut renversée, et pliée en deux tel un livre qu'on referme.

« Tirez donc ! » conseilla le métayer.

Et chacun tira de la fourchette, selon son appétit ou sa gourmandise. Il y en eut pour tout le monde, l'on porta sa part à la grand-mère ; celle-ci exigea avec mauvaise humeur que l'on découpât son pain en tout petits taillons :

« Te sais ben que je peux pus le gnaquer ! »

Ensuite, il y eut du fromage d'Auvergne, et de la gelée de mûre qui noircit les dents. Enfin, maman Nine se tourna vers Irène :

« Je t'ai fait des beugnons, pasque je sais que t'adore ça. Mais c'est à vous, madame, de tirer la première. »

Elle posa au milieu de la table le plat sur lequel les *beugnons* montaient en pyramide, encore tièdes, dorés, poudrés de sucre. « Hmmm ! » firent les trois assistés. Mme Belmont-Chaput donna donc le signal, tendit le bras, saisit entre deux doigts le beugnon du dessus. Les autres bras suivirent. Chaque convive se bourra de beugnons, excepté la grand-mère qui n'avait pas fini de gnaquer son omelette. Et les adultes burent encore le café, servi dans des verres à pied.

« Je vois, conclut honnêtement Mme Bécé, qu'ici notre Irène n'a pas dû être malheureuse non plus.

— Savez-vous, madame, que j'ai élevé en tout pas moins de vingt-quatre petits assistés ? Sans parler de nos gamins à nous, pas vrai, Léon ? Beaucoup nous écrivent encore et viennent nous voir de temps en temps... »

Les congratulations durèrent une bonne heure. Au bout de laquelle les Moulinois prirent congé. Irène embrassa les deux métayers, son frère et sa sœur d'assistance. Élysa constata avec soulagement qu'elle ne versait pas une larme.

« Revenez quand vous voudrez ! » cria de loin maman Nine, tandis qu'ils s'éloignaient sur leurs deux bicyclettes. Irène dit au revoir du bras gauche.

Au bord de la nuit, ils retrouvèrent leur appartement, boulevard du Champbonnet.

Pendant leur absence, Gligli avait pissé partout pour se venger de sa solitude.

10

Dans la maison de ses adoptants, Irène s'habituait à tout. Aux pièces qu'elle connut bientôt les yeux fermés ; on ne lui en interdisait aucune, ni de jour ni de nuit. A l'escalier dont la sixième marche gémissait invariablement sous son poids. Aux meubles, aux moulures, aux arrondis, aux piquants. Aux défectuosités : celles des chaises qui boitaient, des commutateurs qui ne tournaient que dans un sens, des serrures qui ne recevaient leurs clés qu'avec certaines coquetteries. Aux tics des choses. Avant de sonner les heures, les quarts et les demies, la grande horloge du salon raclait ses entrailles métalliques, cela ressemblait à un avertissement, prenez garde, je vais sonner. De même, avant de tousser, des vieillards se ramonent longuement les bronches. Elle s'habituait à la chaleur obscure des radiateurs, à leurs gargouillis, à leurs craquements quand ils refroidissaient. Même le Saint des Saints, le bureau du Maître lui était permis pourvu qu'elle grattât à la porte d'un index léger, je n'aime pas les arrivées par surprise, elles me font sauter le cœur, avait précisé Henri. Il la recevait bien, la laissait ouvrir et fermer ses livres, l'installait dans un coin avec, sur les genoux, un album de botanique rempli de fleurs si exactement représentées, si vraies qu'il n'y manquait que le parfum.

Elle s'habituait surtout à ses père et mère. La chose était aisée : ils la comblaient de caresses et de gâteries. Ces mois probatoires furent six mois de délices. Le souvenir de maman Nine et du métayer hirsute s'effaça très vite. Ce passé de pauvres ne faisait pas le poids en face d'un si riche présent. De loin en loin, sans crier gare, paraissaient le coiffe bleue et la serviette de l'infirmière visiteuse. Celle-ci interrogeait chacun isolément, comme fait la police avec les malfaiteurs d'une bande.

« Te manque-t-il quelque chose ? » demandait-elle à Irène.

La fillette cherchait longtemps, se creusait la tête, finissait par lâcher :

« Oui. Un porte-plume en os, avec une lentille, où l'on voit la Sainte Vierge en fermant un œil.

— C'est tout ?

— Je crois que c'est tout. »

De leur côté, M. et Mme Belmont-Chaput ne tarissaient pas d'éloges sur le compte de cette enfant qui semblait posséder toutes les vertus : belle sans mièvrerie, tendre sans affectation, intelligente sans excès, gourmande avec humour. Ainsi le matin où elle se fit secouer par le Maître pour avoir renversé de l'encre sur ses papiers ; elle courut ensuite se réfugier dans la cuisine, près de sa mère :

« Est-ce que je pourrais, maman, s'il vous plaît, avoir maintenant un morceau de chocolat ?... C'est pour l'émotion. »

Bref, entre eux trois, tout allait pour le mieux. Les six mois écoulés, ils comparurent devant le juge de paix en présence du directeur de l'Assistance publique, et l'acte d'adoption fut enregistré officiellement. Elle devint Mlle Irène Belmont-Chaput, avec toutes les conséquences de droit et de fait que cela impliquait : leur seule héritière, leur bâton de vieillesse.

Dans sa chambre du second étage, elle avait son armoire-bibliothèque qu'elle s'employait à remplir selon ses goûts, ses économies et les suggestions de ses parents. Pour bien marquer que ces ouvrages étaient sa propriété et les protéger des emprunts abusifs, Henri lui composa un ex-libris personnel. Auréolé de son nom complet, il était illustré d'une colombe portant un rameau d'olivier dans son bec, parce que son prénom vient du mot grec *Eirênê* qui signifie *Paix*. Il en grava lui-même le négatif dans un tampon de hêtre, longuement ciselé au couteau, qui permit une empreinte à l'encre de Chine plus commode que les vignettes à coller.

« Si j'avais dû te choisir moi-même un prénom, affirma-t-il, je n'en aurais pas voulu d'autre. »

Ce fut pour lui un bonheur supplémentaire que de loger la Paix dans sa maison, vivante, parlante, chantante, dansante. Incarnée en la personne de sa fille bien-aimée.

Éduqué par les bons Pères de Saint-Flour, appartenant à une famille pieuse, mais pour qui les rites comptaient moins que les sentiments fondamentaux, charité et humilité, Henri avait toujours gardé au fond de l'âme un sédiment religieux. Quelles qu'eussent été ses erreurs de jeunesse. Depuis longtemps confessées, lavées par les sacrements, expiées par la pénitence, presque oubliées. Si par hasard elles lui revenaient en mémoire, elles lui semblaient appartenir à un autre homme, aussi étrangères à sa vie présente que si elles eussent été une pure création romanesque ou poétique, pareilles aux amours d'Elvire et de Lamartine. Cela avait-il réellement existé ?

Chaque dimanche, sauf empêchement majeur, les trois Belmont-Chaput assistaient donc à la messe chantée dans l'église du Sacré-Cœur, la plus proche de leur domicile. Henri en aimait, sur l'autel, le Christ douloureux, entouré de trois auréoles en forme de trèfle, au-dessus de l'inscription latine *HIC ADEST*, de l'alpha et de l'oméga. *Toi qui es vraiment présent en ce tabernacle et dans celui de nos cœurs, Seigneur, commencement et fin de tout, protège-nous du mal de l'esprit. Accorde une longue paix à ce malheureux pays recru de guerres. Qu'il vive en bonne harmonie avec ses voisins, notamment l'Allemagne, notre ennemie d'hier, qui peut devenir notre amie pour toujours. Que nos volontés conjuguées débordent fraternellement sur l'Europe entière. Seigneur, donne à l'Europe l'amitié et la paix.*

Il en venait ensuite à des vœux plus personnels : *Protège ma femme et ma fille. Conduis celle-ci sur le droit chemin. Accorde-lui une situation décente qui lui permette de gagner honnêtement son pain.*

De loin en loin, il lui arrivait même de chuchoter intérieurement, tandis que, pour faire silence, son cœur presque s'arrêtait : *Protège aussi, Seigneur, enfin... la vie de qui tu sais. Pardonne-nous nos péchés comme nous pardonnons à ceux qui nous offensent.* Il n'osait prononcer le nom de Charlotte Faust, mais Dieu le devinait dans ses pensées.

Il se montrait généreux au moment de la quête et ne manquait pas, au sortir de l'église, lorsqu'ils passaient devant le mendiant de service accroupi sous le porche, de confier un billet de cinq francs (cela représentait le prix d'un kilo de pain, d'une saucisse et d'une chopine) à Irène, avec cette recommandation :

« Mets-le dans sa casquette. Qui donne aux pauvres prête à Dieu. »

Ainsi lui enseignait-il la charité chrétienne par l'action. Le misérable grommelait un remerciement, levait vers elle un regard dénué de toute reconnaissance, parce qu'elle était jeune, belle, bien vêtue, riche, et qu'il ne lui en coûtait pas plus de laisser tomber ce bout de papier que de dire *amen*.

Après quoi, ils allaient à la pâtisserie. Élysa appréciait spécialement les millefeuilles. Irène choisissait des choux. Henri se contentait d'une meringue au chocolat.

Lorsqu'elle atteignit sa douzième année, il déclara :

« Il est temps qu'Irène apprenne à jouer d'un instrument de musique. Et je crois que le violoncelle lui conviendra particulièrement. Qu'en dites-vous ?

— C'est bien gros, pour une petite fille ! objecta Mme Bécé.

— Petite fille ! Petite fille ! Vous la voyez toujours petite, ma chère amie ! En fait, elle est à présent d'une belle taille et paraît treize ou quatorze ans plutôt que douze. Sa croissance touche à son terme. C'est le moment adéquat pour apprendre le toucher des cordes.

— Pourquoi pas l'alto ?

— Parce que le violoncelle fera avec votre piano et mon violon un trio idéal pour interpréter par exemple François Couperin, ou Rameau, les menuets de Mozart, de Boccherini, de Georges Onslow, et vingt autres musiques de chambre. Cependant que l'alto... »

Interrogée aussi sur la chose, Irène parut flattée qu'on lui attribuât une machine de ce volume, de cette importance.

« Est-ce que je pourrai la transporter ? s'enquit-elle seulement. Est-ce que ce ne sera pas trop lourd ?

— Le violoncelle, répondit le Maître avec esprit, est un instrument assez volumineux en effet, mais léger, parce que creux, et composé de bois minces et secs. A ne pas confondre avec le grand pot à saindoux ! »

Rassurée, elle envisagea sans déplaisir l'idée de se promener par les rues en serrant contre elle l'engin dans son enveloppe, un peu comme un danseur serre sa cavalière contre lui, le bras autour de sa ceinture. Les yeux des passants ne pourraient se retenir de se tourner vers elle avec surprise, avec admiration.

« La voix du violoncelle, poursuivit Henri afin de bien la convaincre, est celle qui ressemble le mieux à la voix humaine masculine. C'est un instrument chanteur. Il sait être gracieux, langoureux, puissant, pathétique, religieux, voluptueux.

— Oh ! fit Mme Bécé, choquée du dernier adjectif.

— Que veut dire voluptueux ? demanda la fillette.

— Heu... est voluptueux ce que... ce qui plaît aux sens. (Nous en avons cinq, n'est-ce pas ?) Au surplus, il m'a été dit que la musique du violoncelle est la seule que les chats acceptent sans difficulté. Nous en ferons l'expérience sur Gligli. »

Celui-ci, châtré depuis sa plus tendre enfance, était devenu un gros matou plein de graisse et plein de poils, indifférent à tout ce qui n'était pas son bien-être. Il passait son temps à boire, à manger, à dormir sans rêves. Par habitude, Irène continuait de le caresser, de le baiser entre les oreilles, de lui raconter ses secrets, dont il n'avait rien à foutre, autant les raconter à un trou de taupe. Mais certains bruits le tiraient de sa torpeur ; les crissements de pelle, les grincements de gonds, les couinements de fourchette dans une assiette l'horripilaient ; il se dressait alors sur son tapis, l'échine hérissée, la queue enflée, et feulait comme un tigre du Bengale, les crocs découverts, toutes griffes dehors. Il ne faisait pas bon l'approcher dans cette disposition. En outre, les contrariétés lui flanquaient de l'eczéma. Mieux valait donc introduire dans la demeure un instrument qui convînt à ses nerfs.

Un soir, Henri revint avec un violoncelle d'emprunt. Il le déshabilla devant la famille réunie, frotta l'archet sur un pain de colophane.

« Pour l'accorder, expliqua-t-il d'abord, on part de la corde la moins grave qui donne naturellement le *la* inférieur. »

Restait à se procurer le *la* inférieur officiel, hors de portée du diapason ordinaire. Élysa pouvait le jouer sur son piano. Mais les violoncellistes, les bassistes, les contrebassistes, les héliconistes, les saxophonistes de la ville avaient coutume de se fier à la cloche principale du carillon de Saint-Pierre, laquelle produisait un *la* inférieur d'excellente qualité. Aussi, à chaque *Angelus*, les musiciens environnants ouvraient-ils leurs fenêtres afin de le recevoir et d'en faire profiter qui leurs cordes, qui leur embouchure. La note se propageait ensuite de proche en proche, se communiquait aux octaves supérieures et aux inférieures, aux quartiers éloignés, aux Bataillots, à Nomazy, à Yzeure. Certains gagne-petit, d'origine généralement auvergnate, la recueillaient sur le *sol* grave de leur violon et la proposaient dans les rues pour quelques centimes à ceux qui avaient manqué le son de la cloche :

« Qui veut le *la* inférieur ? Demandez le *la* de Saint-Pierre ! »

C'était une référence qu'aucun mélomane moulinois ne songeait à discuter.

Ce soir-là, provisoirement, Henri accorda le violoncelle d'emprunt sur le *la* domestique, entretenu de jour en jour comme faisaient de leur feu les paysans d'autrefois.

« Et maintenant, voyons les effets du violoncelle sur Gligli. »

Assis sur sa chaise, l'instrument debout devant lui sur son pied personnel, M. Belmont-Chaput en tira des sons graves et harmonieux auxquels sa main gauche de violoniste imprimait un agréable vibrato. Le chat, endormi, n'eut à ce concert qu'une réaction imperceptible : ses moustaches frémirent. Signe qu'il avait bien reçu le message. Henri scia quelques notes nouvelles. Irène se pencha sur l'animal.

« Il ronronne ! » s'écria-t-elle triomphalement.

La cause fut entendue : Gligli agréait le violoncelle.

Tous les soirs, l'École de musique retentissait de joyeux éclats, dont l'averse cacophonique se répandait sur la rue Diderot et ses alentours. Irène y fut inscrite au cours de M. Virion, un vieil homme à la blanche crinière, voûté par soixante ans de violoncelle, en sorte que lorsqu'il marchait il semblait plongé dans une courbette permanente. La plus grande joie qu'on pût lui faire était de lui amener un nouvel élève.

« Ah ! mon enfant ! s'écria-t-il, enthousiaste, se frottant les mains. Quelle excellente besogne nous allons faire ensemble ! Je vous communiquerai, j'en suis sûr, ma passion pour cette merveille d'instrument. A votre tour, vous la transmettrez à d'autres, à vos enfants un jour. Figurez-vous que vous êtes le 174e violoncelliste que j'aurai formé ! Des élèves dont la musique aura été le bonheur, le refuge, la consolation. Le jour lointain où j'eus le chagrin d'accompagner ma mère à sa dernière demeure, en rentrant chez moi, j'embrassai mon instrument et nous jouâmes toute la nuit suivante ! (Il employait le passé simple au lieu du composé, et prononçait réellement jouâmes, vécûmes, sautâmes.) Voyez, mon enfant, le don que je vais vous faire, à vous qui êtes le 174e à le recevoir ! Ainsi, mon passage sur terre n'aura pas été inutile. Je suis certain que lorsque je monterai Là-Haut *(il désigna le plafond)*, si j'en suis digne, j'y trouverai le Père éternel lui-même en train d'exécuter un solo de Boccherini. »

Là-dessus, il rit dans sa barbiche, puis se précipite sur son archet dont il était séparé depuis un quart d'heure, un quart d'heure difficilement supportable, se lance dans une improvisation étourdissante qui coupe court aux propos superflus.

Ils sont trois débutants comme elle au même cours, dont Sylvestre, le fils du second adjoint, marchand de charbon dans le privé. La première année, l'École de musique fournit l'instrument, moyennant une modique redevance. A partir de la seconde, si l'élève persévère, il doit acheter, ou emprunter ailleurs.

Voici donc que se répète une période probatoire. Il y a projet d'adoption entre le violoncelle et Mlle Irène Belmont-Chaput.

Leurs premiers rapports sont discordants. Néanmoins, Gligli ne tressaille pas aux miaulements de l'archet, les trouvant congrus à sa propre nature. Inspirée par M. Virion, encouragée par ses deux parents, Irène s'obstine. Les cordes laissent au bout de ses doigts une impression douloureuse, comme si elle les avait mis au feu. Mais peu à peu l'épiderme durcit, la qualité des sons s'améliore.

Dès la fin de la seconde année, elle est en mesure d'exécuter passablement le *Clair de lune de Werther.*

Tout allait si bien ! Pourquoi fallut-il cet accident ?

Irène possédait maintenant un beau violoncelle neuf, fabriqué à Mirecourt par Mathieu Robin, maître luthier, dont la signature était discrètement imprimée au fond de la caisse. Agée de quinze ans, elle se plaisait à batifoler avec lui au milieu de ses condisciples, le faisait toupiller sur sa pique, l'embrassait par la taille, l'entraînait dans quelques pas de tango. M. Virion s'offusquait un peu de ces familiarités. Mais la gaieté de ses élèves avait raison de ses froncements de sourcils ; il finissait même par entrer dans la fête, exécutait seul un de ces airs dansants dont fourmille la littérature violoncellique, un rigodon, un saltarello, une séguedille.

« Vous êtes très doué, Maître ! le complimentaient ces jeunes gens. Pourquoi donc nous faites-vous jouer toujours des airs lugubres ?

— Lugubres ? Vous exagérez ! Élégiaques, tout au plus.

— Pourquoi ne pas jouer... du jazz ?

— Du jazz ! Au violoncelle !

— C'est la musique de notre temps, Maître. Croyez-vous que le violoncelle soit incapable de la traduire ?

— Je ne dis pas cela. L'incompétence revient à moi, pas à lui.

— Alors, permettez-nous de monter un groupe de violoncellistes de jazz.

— Ai-je le pouvoir de l'empêcher ? Mais je crains que vous n'y perdiez la main, hélas. Le vibrato... »

Ah ! le sacro-saint vibrato !

Irène demanda de son côté aux parents la permission de participer aux sessions de jazz, qui devaient se tenir dans la même salle de musique, après le cours du Maître.

« Oh ! elles ne dureront guère : une demi-heure au plus.

— D'accord, dirent les Bécé, qui ne lui refusaient pas grand-chose.

— Je viendrai donc te chercher une demi-heure plus tard, conclut le père.

— Pourquoi toujours venir ? Je connais le chemin !

— Pour t'accompagner.

— Je n'ai besoin d'accompagnement qu'au piano.

— Quoi ! Tu prétends rentrer seule au milieu de la nuit ?

— Moulins n'est pas un coupe-gorge.

— Il pourrait bien être un étrangle-fille ! Pas question, m'amie.

— Eh bien ! Je me ferai accompagner par un de mes copains.

— Quel copain ?

— Tantôt l'un, tantôt l'autre.

— Cela me paraît presque aussi dangereux.

— Oh ! oh ! oh ! Que voulez-vous dire ? Que je ne suis pas capable de me défendre ? Que je suis une gourgandine ?

— Gourgandine ! Où as-tu appris ce mot-là ?

— Dans le dictionnaire... »

Bref : ils cédèrent encore.

Les cours de M. Virion avaient lieu de huit à neuf. En ajoutant une demi-heure de *jam session*, on obtenait 21 h 30. Cinq minutes pour plier bagage, quinze autres pour atteindre le boulevard du Champbonnet : à 21 h 50, Irène devait arriver devant leur porte. C'est à peu près ce qui se produisit dans les premiers temps. Mais ensuite vinrent les retards, de plus en plus considérables.

« Heureusement, soupirait Élysa, qu'elle n'a ses cours de violoncelle qu'une fois par semaine, le jeudi ! »

Après 22 heures, elle suait d'angoisse, tandis que, dans son bureau, M. Belmont-Chaput s'efforçait d'écrire quand même.

« Que voulez-vous, servait Irène, la musique moderne nous passionne tellement qu'on ne voit pas le temps filer. D'ailleurs, en cette saison, à 10 heures il fait encore presque clair. »

La saison des nuits plus longues ne changea rien à ses habitudes. Elle finit même par rentrer après 23 heures.

« Ma montre s'était arrêtée ! » expliqua-t-elle.

Ce qui signifiait que toutes les montres de la classe de violoncelle avaient pareillement fait faillite. « J'ai compris, se dit le père. Jeudi prochain, j'irai participer à la session de jazz. » Il part à la demie de

22 heures, dans sa peau de bique, à travers les rues dépeuplées. Il arrive à la bouche de la rue Diderot, constate qu'aucune lumière ne brille aux fenêtres de l'École de musique, qu'aucune note, pas la moindre croche ne s'en échappe. Le voilà désemparé au milieu de la ville où seul quelque chat rôde encore. Mon Dieu, faites qu'aucun mal ne soit arrivé à cette enfant. Mon Dieu, vous me l'avez donnée, ne me la reprenez pas si vite. Il a envie de courir à la gendarmerie, d'alerter la police. A cette heure-ci, les gendarmes, les policiers dorment bien *enquetouflés* sous leurs couvertures, excepté les gardiens de nuit qui tapent une belote en mangeant du camembert. Ils refuseront de se déranger, de s'intéresser à son cas, demanderont froidement :

« Un assassinat ? Vous avez-t-y le cadavre ?

— Peut-être un enlèvement !

— Vous avez-t-y reçu une demande de rançon ? »

A force de zigzaguer, il arrive sur le pont de la Madeleine, s'accoude au parapet. L'Allier brille faiblement sous les étoiles. On y verrait sans peine flotter le corps d'une noyée. Il contemple toute cette eau qui passe et s'éloigne, comme le temps. Or voici qu'une barque se détache de l'île centrale, chargée de quatre personnes. Comment quatre personnes peuvent-elles naviguer à cette heure, dans une barque aussi petite ? Elles atteignent la rive, sautent à terre, remontent avec peine l'escarpement. Elles enfilent la rue Régemortes. Il s'aperçoit qu'en réalité le groupe est formé de deux personnes seulement, et de deux paquets. Un rire de fille l'éclaire. Pas deux paquets : deux violoncelles. Il s'élance, va les rattraper ; mais eux se retournent, détalent devant lui. Il court vite, parce qu'il n'est pas encombré. Eux ont les ailes de la peur. Mais il trébuche, flac ! se répand sur un trottoir. Quand il se relève, ils ont disparu, on entend au loin leur cavalcade. Il rentre chez lui en boitillant.

Irène vient juste d'arriver, il la trouve encore toute haletante. Alors débute la grande scène du IV :

« Misérable enfant !... Déshonneur de la famille !... Voilà donc les séances de jazz auxquelles tu participais ?... Savez-vous, madame Bécé, d'où je l'ai vue sortir en galante compagnie ?... Des veurdiaux, où tous deux se dissimulaient avec leurs violoncelles !

— Des veurdiaux ! Seigneur Jésus ! Des veurdiaux ! Avec le froid qu'il fait !

— Pardi ! Ils se tenaient chaud l'un l'autre !

— Et que faisiez-vous aux veurdiaux, s'il te plaît ?

— Madame Bécé, ne posez pas de question stupide... Demandez-lui plutôt le nom de l'infâme suborneur !

— Je le dirai pas ! » clame tout net la jeune violoncelliste, en faisant une faute de français.

Alors, Henri Belmont-Chaput juge qu'il est de son devoir de

souffleter l'insoumise, en bon père de famille. D'en esquisser du moins le geste.

« Vous n'avez pas le droit de me frapper ! crie-t-elle. Vous n'êtes pas mon père véritable ! »

Il reçoit ces mots comme un coup de poignard dans le cœur.

« Oh ! Henri ! gémit Mme Bécé. Ne croyez-vous pas que vous êtes allé un peu loin ? »

Le bras lui en tombe. Irène comprend qu'elle est à demi pardonnée, et se réfugie dans les larmes.

Mais il lui sera désormais interdit de participer aux sessions de jazz violoncellique. Elle devra regagner le boulevard du Champbonnet immédiatement après le cours de M. Virion.

11

Henri n'était pas retourné en Allemagne (sur les lieux de son crime) depuis sa fuite de Mayence. Il n'avait avec elle que des relations épistolaires, livresques, journalistiques. En décembre 1935, un jeune Allemand se présente au lycée Banville, muni d'une autorisation de l'inspecteur d'académie. Il a le nez rouge, un peu suintant, soit par nature, soit parce qu'il gèle dehors à moins quatre. Dans la salle des professeurs, il étale un assortiment de calendriers, d'agendas pour l'année à venir, de cartes postales illustrées.

« Je suis un Juif allemand, explique-t-il...

— Je l'aurais juré ! chuchote M. Carolin, professeur de lettres, qui nourrit des opinions antisémites et prétend reconnaître l'odeur juive à vingt pas.

— ... Ma famille a été persécutée par le régime national-socialiste. J'ai pu m'enfuir avec ma femme, et j'essaye de vivre en vendant ma pacotille. »

Là-dessus, il tire de sa poche une étoile jaune à six branches, portant le mot *JUDE*, et se l'épingle sur la poitrine. On fait cercle autour de lui, M. Belmont-Chaput l'entretient en allemand : il vient de Hanovre, où ils tenaient une boutique de dentelles. Les nazis collèrent des affiches sur la vitrine : *Allemands, n'achetez rien aux Juifs ! Hitler vous défend contre l'atroce propagande youpine. Achetez seulement aux vraies boutiques allemandes.*

« Un S.A. en sentinelle devant notre porte empêchait toute clientèle d'entrer. Ensuite, des voyous brisèrent la glace à coups de pierres et se mirent à piller, sous l'œil indulgent du S.A. Un jour que mon père voulut s'opposer à ce pillage, il fut roué de coups et laissé pour mort. A peine était-il remis qu'on vint l'arrêter sous l'accusation de propagande judéo-communiste... »

Belmont-Chaput emmène chez lui le jeune proscrit.

« Madame Bécé, dit-il, vous mettrez une assiette de plus, nous avons un invité allemand. »

Au cours du repas, il dirige la conversation, moins sur la situation économico-politique de l'Allemagne présente, que sur son invité lui-même :

« Quel genre d'études avez-vous faites ?... Quels sont vos auteurs favoris ?... Croyez-vous que la littérature ait encore une place dans l'Allemagne hitlérienne ?... Quels sont les écrivains du moment ?... Que sont devenus les anciens, Thomas Mann, Bertolt Brecht, Anna Seghers ?... N'avez-vous jamais été tenté par l'écriture ?... »

Henri est aux anges : depuis quinze ans, il n'a pu ou voulu revoir l'Allemagne ; or voici que l'Allemagne vient à lui. En l'honneur de leur hôte, ils jouent le soir en trio des *lieder* de Schumann et de Schubert. On se couche très tard, depuis bien longtemps il n'y a eu si grande fête chez les Bécé. M. Samuel Katz dort dans la chambre d'amis. Il repart le lendemain matin, très ému, la goutte au nez, laissant une provision de calendriers, d'agendas et de cartes postales.

Et avec lui s'en retourne l'Allemagne.

Les rêves assoupis se rallument dans le cœur du pédagogue. *Il n'est pas possible que nous restions éternellement séparés. Un jour, sac au dos, je partirai comme j'ai fait en 1902, lors de mon premier voyage. Je marcherai le long des routes bordées de pruniers, de cerisiers, de pommiers, de poiriers dont les fruits sont à qui les ramasse. Pour dormir, je demanderai l'hospitalité dans les fermes et je paierai mon hébergement en cassant du bois. Ou en apprenant* Il pleut bergère *à la petite fille de la maison. A défaut de toit, je coucherai sous les arbres, au bord d'un lac, puisque ce sera l'été. Et je me lèverai à la première odeur du jour pour voir et entendre la campagne s'éveiller, les abeilles butiner les houblons, les alouettes jaillir des champs d'orge.*

En 1936, sur l'invite pressante de son vieil ami, le Dr Franz Preuss de Berlin, il se décida. La France était alors, sous les auspices du Front populaire, la proie d'une immense révolution, joyeuse et pacifique, même si les patrons la qualifiaient de « bordel organisé ». Les usines, les trains, les administrations, le bâtiment, les pompes funèbres étaient en grève. Les mourants s'arrêtaient de mourir pour chanter *Y a d'la joie*. Ceux qui y tenaient absolument étaient entreposés dans les chambres froides de boucherie, en attendant le dégrèvement des croque-morts. Les travailleurs français réclamaient les congés payés.

« Des vacances pour tout le monde, c'est honteux ! proclamaient leurs maîtres. Cela nous amènera la catastrophe ! »

Au milieu de ce beau désordre, Belmont-Chaput partit seul, sac au dos comme prévu. Les trains se trouvant le plus souvent en panne, il atteignit Strasbourg en camion-stop, en cheval-stop, et même en péniche-stop. A partir de là, en revanche, il fut pris en charge par la merveilleuse discipline allemande, plus efficace encore depuis l'avènement d'Adolf Hitler. En fait, déjà lassé par ses vagabondages dans la campagne française, il emprunta simplement le *Schnellzug*, le rapide jusqu'à Berlin, où il demeura trois semaines.

« Eh bien ? demanda sa femme quand il fut de retour.

— Eh bien ! Nous sommes perdus.

— Comment cela, perdus ?

— Pendant que nous chômons, que nous dansons la java, que nous chantons, que nos ouvriers font trempette dans la Méditerranée, les Allemands travaillent d'arrache-pied, jour et nuit, et préparent la guerre. J'ai vu défiler leurs bataillons au pas de l'oie, le bras levé, en tenue de combat, la grenade à la ceinture. La population entière est déjà mobilisée, hommes, femmes, enfants. J'ai vu des bambins de cinq ans faire le salut fasciste dans les bras de leur père. Pendant que nous défilons sous des banderoles. Nous sommes perdus, vous dis-je. Foutus.

— Ah ! la maudite C.G.T. ! Le maudit Front populaire ! » s'écria Madame, qui ne portait pas son cœur à gauche.

Et lui, par un subit revirement qui l'embrouilla, elle, dans ses opinions :

« Remarquez bien, ma chère, que je ne donne pas tort, *en principe*, à nos ouvriers. Il me paraît tout à fait normal — *en théorie*, dis-je ! — qu'ils réclament un peu moins de travail, un peu plus de repos, et quelques jours de vacances annuelles, eux qui n'en ont jamais eu. Le pain, la paix, la liberté forment une très belle devise. Je ne peux donc que les approuver de vouloir la paix et de chanter matines tels les compagnons de frère Jean des Entommeures. Un jour on dira : ils avaient raison. Seulement voilà : ils ont raison trop tôt. Les brigands sont sous les murs du monastère. Ah ! si nous avions un frère Jean ! C'est pourquoi je vous répète : nous sommes foutus.

— Mais voyons, dit Mme Bécé, nous ne sommes pas seuls ! Nous avons des alliés !

— Oh ! les alliés... Les hitlériens, d'ailleurs, en ont aussi.

— Nos soldats combattront, tout de même ! Le fantassin français est le meilleur du monde !

— On dit ça. On écrit ça. On croit ça. Avec quelles armes ? J'ai vu les leurs, et leur volonté de s'en servir : dans leurs yeux brûlait une flamme guerrière. Pour eux, ils ont en outre le nombre, puisqu'on compte deux Germains pour un Gaulois. »

Suivit un long silence consterné. Élysa fit l'effort d'en sortir :

« Alors, nous allons tous mourir ?

— Peut-être pas.

— Tous tomber en esclavage ?

— Plus sûrement.

— Sans rien faire pour l'éviter ?

— Il est trop tard, et nous sommes trop petits. Que nous tentions de faire ou non, nous n'y échapperons point. »

L'automne suivant, M. Belmont-Chaput donna une conférence à l'Université populaire sur le sujet : *Ce que j'ai vu en Allemagne*. Plusieurs centaines de Moulinois y assistèrent, y compris quelques-uns de ses anciens élèves qui voulaient voir si Pingouin avait perdu sa langue. En dépit de son aversion pour la dictature hitlérienne, son amitié pour le pays de Goethe restait si forte qu'il ne put se retenir de faire d'abord une description favorable de la société allemande, des Jeux olympiques, de leur remarquable organisation, des spectacles grandioses auxquels il avait assisté, des villes d'une propreté méticuleuse (les trottoirs balayés et lavés chaque matin, pas un seul papier errant, pas une crotte de chien), des gares... des cabinets publics... des routes...

« Une chose m'a beaucoup frappé, mesdames et messieurs : l'importance donnée à l'automobile. Bientôt, chaque famille allemande, bourgeoise, paysanne, ouvrière, pourra disposer d'un véhicule à moteur, conçu pour un large public, donc peu coûteux. La Voiture du Peuple ! *Volkswagen !* Pour la payer, il suffira de verser cinq marks par semaine. Des routes spéciales seront ouvertes pour elle : les travaux sont déjà très avancés. Et moi, mesdames et messieurs, qui enseigne dans un lycée depuis vingt-six ans, je roule toujours à bicyclette ! »

Manifestations diverses : le public ne sut exactement s'il devait applaudir, rire ou ricaner.

Le dernier quart de la conférence, comme le dernier mouvement d'une sonate, eut toutefois un autre tempo. L'orateur y secoua les grelots de la terreur brune pour décrire les parades incessantes, la préparation des corps et des esprits à une effroyable aventure dans laquelle seraient englouties les nations faibles et jouisseuses :

« Réagissons, mes chers compatriotes ! Armons-nous ! Unissons-nous ! Renonçons provisoirement à nos privilèges émollients ! Formons des alliances indestructibles avec les pays que menace la même bête ! Faute de quoi, nous serons tous mangés !

— Aux petits oignons ! cria au fond de la salle la voix d'un contradicteur. Mangés aux petits oignons ! »

Les rires se mêlèrent aux grommellements. « Ils ne me croient pas ! » se dit Belmont-Chaput avec désespoir.

Cependant Irène grandissait, devenait savante comme un apothicaire, sauvage comme une chèvre, belle comme la nuit. Les sœurs de Sainte-Thérèse ne tarissaient pas d'éloges sur son intelligence et ses progrès, se montraient plus réservées sur sa conduite : *accepte difficilement la discipline communautaire, sourit aux observations qu'on lui fait, se montre parfois même insolente ; doit changer d'attitude si elle veut rester parmi nous.*

Mme Bécé essayait de comprendre :

« Pourquoi ? Pourquoi ?

— Parce que je ne crois pas en Dieu. Et ces dames le sentent — même si je ne le proclame point à voix haute — et me prennent en grippe.

— Mais comment peux-tu, ma chérie, ne pas croire en Dieu à ton âge ? Nous t'avons fait faire ta première communion, nous allons ensemble à la messe chaque dimanche...

— Il ne suffit pas d'entrer à l'église pour croire ! C'est comme si vous pensiez qu'en fréquentant notre mairie on doit devenir radical-socialiste !

— Dieu ne t'a-t-il pas comblée de tous les dons ?

— Je n'ai pas trop à me plaindre. Encore que...

— Encore que quoi ?

— ... que je sois une enfant abandonnée.

— Tu ne l'es plus, il me semble !

— C'est vrai, vous m'avez recueillie, je porte votre nom. Mais ce n'est pas tout à fait la même chose. Toujours je me répète ce reproche : tu n'as pas su te faire aimer de ta vraie mère.

— Ta vraie mère, c'est moi. Et je t'aime.

— Sans doute, sans doute.

— Ça ne m'explique pas bien pourquoi tu ne crois pas en Dieu.

— Oh ! j'ai beaucoup d'autres raisons ! Toutes les horreurs que Dieu permet : en Espagne, en Allemagne, en Abyssinie, en France. Des enfants torturés, des prêtres assassinés, des peuples affamés...

— Le Christ aussi fut torturé, abreuvé de vinaigre, assassiné.

— Ce monde est mal fichu. Si Dieu en est le seul responsable (lui qui peut tout), je ne lui fais pas mes compliments.

— Qu'est-ce qui est mal fichu ?

— Ces catastrophes naturelles, tornades, éruptions, raz de marée. Ces épidémies. Ces monstres de naissance, ces nains, ces bossus, ces frères siamois, ces enfants bleus, condamnés à souffrir dès leur premier jour.

— Ils en seront payés au Paradis.

— Et ce n'est pas tout.

— Quoi encore ?

— Les bonnes sœurs nous apprennent cette promesse de Dieu : *Demandez, et l'on vous donnera.* J'y ai cru longtemps. Mais en faisant mes comptes, je me suis aperçue que lorsque je demandais à Dieu quelque grâce, huit fois sur dix elle m'était refusée, et j'obtenais même parfois le contraire.

— Par exemple ?

— Par exemple : il suffit que je dise « Seigneur, faites que demain le temps soit beau » pour que, le lendemain, huit fois sur dix, il pleuve à verse. »

Élysa s'efforça d'éclater de rire : « Songes-tu aux milliers de personnes qui ont demandé la pluie pour ce même jour ? Aux paysans, aux jardiniers, aux marchands d'imperméables ? Comment veux-tu que Dieu satisfasse tout le monde à la fois ?

— Oh ! j'ai demandé des choses bien plus importantes et qui ne pouvaient contrarier personne. Résultat : zéro.

— Quelles choses ?

— Je n'ai pas à les dire. C'est un secret. »

Elles se tenaient debout, face à face, telles des adversaires, Irène le front bas, la lèvre boudeuse, le regard fuyant comme une poire qu'on cueille ; la mère souriant avec effort, mais le menton frémissant, prête à éclater en sanglots. Elle tendit les bras, attira sa fille contre elle, baisa ses cheveux sombres. Elle réussit à ravaler ses larmes, à parler encore :

« Vois-tu, ma chérie, la connaissance de Dieu vient du cœur plus que de l'esprit. Dans toutes les raisons que tu me donnes pour le nier, moi je trouve des preuves de son existence. Il n'est pas possible, me dis-je, que tous ces malheureux qui endurent un martyre sur la terre n'aient pas un jour une consolation céleste. Il n'est pas possible que tous ces méchants qui triomphent ne soient pas ensuite punis éternellement. Quant aux demandes que tu formules... qu'il fasse beau, que tu aies une bonne note en allemand, que tu réussisses ton épreuve de violoncelle, que sais-je ?... comme si Dieu était un simple magicien : je t'accorde trois vœux... cela manque de sérieux. Tu es aussi comme le petit enfant qui réclame du sucre, du chocolat, des bonbons pour l'émotion ou pour d'autres motifs, ce genre de friandises qui gâtent les dents. Dieu sait mieux que toi ce qui te convient. Voilà pourquoi il juge bon de ne pas satisfaire à toutes tes demandes. »

Irène secouait la tête.

Il y eut aussi ces bonnes âmes, ces amies qui leur voulaient du bien.

« Savez-vous, susurra l'une à l'oreille de Mme Belmont-Chaput un jour de marché, savez-vous que mon mari a vu hier soir votre Irène en compagnie de Sylvestre Virlogeux, le fils au marchand de charbon ? Sur un banc du cours Anatole-France, et bien près l'un de l'autre, sapristi ! Vous feriez bien d'y avoir l'œil, ma chère. On ne sait jamais ce qu'il en peut naître. Et quand je dis naître !... »

Gloussement d'hilarité.

« Il paraît, chuchota une seconde, que votre Irène et Sylvestre Virlogeux sont des inséparables ? On ne voit jamais l'un sans l'autre ! Ma foi, si c'est pour le bon motif... »

Interrogée délicatement là-dessus, Irène leur éclata de rire au nez :

« Virlogeux ? Je n'en ai rien à faire. C'est un bon copain, voilà tout.

— On vous a vus très près l'un de l'autre.

— Qu'est-ce que ça prouve ? C'était pour nous réchauffer. »

Le plus grave, c'est que les amies qui leur voulaient du bien prononcèrent par la suite les noms d'autres séducteurs : Joseph Place, le fils au libraire ; Francis Jaillé, le fils à l'imprimeur ; Edmond Barillet, le fils au limonadier. Et pas tous violoncellistes ! Les deux parents s'interrogeaient sur l'ascendance naturelle d'Irène, son hérédité, et se disaient avec douleur : « Cette fille a de mauvais instincts. »

« Un de ces jours, prédit même Henri, avec une grossièreté bien auvergnate *(comment pouvait-on sourire de choses aussi graves ?)*, un de ces soirs, elle va nous ramener un Jésus en sucre ! »

Ils s'entretinrent tous deux de cette triste éventualité, cherchèrent des moyens pour la prévenir. Mais en définitive, ils aboutirent à la conclusion que toute précaution serait inutile.

« Ah ! si elle croyait en Dieu et ses commandements ! soupira Élysa.

— Moi, j'y crois bien. Et... et...

— Et quoi ? »

Il s'arrêta, interdit, bafouilla : « Je... je ne sais plus ce que je voulais dire.

— Vous vouliez dire que cela ne vous empêche pas de commettre certains péchés, sans doute ?

— Oui, oui, c'est ce que je voulais dire.

— Pas le péché de la chair, tout de même ! A moins que dans votre jeunesse... »

Et lui, rouge comme un écureuil : « Oh ! ma jeunesse... ma jeunesse... à Saint-Flour... elle a été bien timide.

— Vous ne vous êtes pas marié vierge, cependant ? Il m'a semblé que... comment dire ?... que vous ne manquiez pas d'une certaine expérience...

— Changeons de sujet, voulez-vous ? »

En janvier 1937, à la suite d'une grosse insolence, Irène fut renvoyée de Sainte-Thérèse. On l'inscrivit au lycée de jeunes filles où n'était jamais ressentie ni discutée l'existence de Dieu. En juillet de cette même année, elle y obtint brillamment la première partie de son baccalauréat.

1938 fit pleuvoir d'autres succès sur leur maison. La municipalité moulinoise se décida enfin à prendre en considération la suggestion présentée, des années auparavant, par Henri de donner à l'une de ses rues le nom de Charles-Louis Philippe. Et par une attention exquise, ce fut le boulevard du Champbonnet qui le reçut. L'inauguration de la plaque nouvelle se fit en présence des plus hautes personnalités administratives et littéraires. Henri eut désormais le bonheur, chaque fois qu'il écrivait à l'un de ses nombreux correspondants de France ou de l'étranger, d'appliquer au dos de l'enveloppe le timbre de l'expéditeur : *M. Henri Belmont-Chaput, 16 bis, boulevard Charles-Louis-Philippe, Moulins (Allier).*

Quelques semaines plus tard, une seconde plaque fut apposée, à l'initiative des « Amis de Charles-Louis Philippe », sur la façade de l'école de Cérilly, afin que celle-ci portât aux yeux des générations futures le nom du fils du sabotier. Émile Guillaumin, président de l'association, quitta ses sabots et son tablier bleu, se noua une cravate autour du cou, et vint prononcer sous la pluie un beau discours devant des écrivains accourus de Paris et d'autres provinces. Henri Belmont-Chaput, inspirateur de l'opération, se contenta de lui tenir un parapluie sur la tête.

A la fin de sa terminale, Irène obtint le bac de philosophie avec la mention *bien*. Il avait été collégialement décidé qu'elle irait à la faculté de Clermont préparer une licence d'allemand. Elle logerait dans un foyer privé pour jeunes filles, tenu rue d'Ambert par les demoiselles Montmorin.

Lorsqu'ils l'eurent déposée avec armes et bagages, embrassée, bénie, mouillée de leurs larmes, ils reprirent le train de Moulins dans une immense tristesse.

« Voilà, dit le père. Notre alouette s'est envolée. Que Dieu la protège des faucons.

— Nous nous retrouvons comme avant, dit moins poétiquement la mère. Quand nous ne l'avions pas encore.

— C'est vrai. Notre vie se partage en trois époques : avant elle, pendant elle, après elle. La troisième sera sans doute la plus longue.

— Tu as raison. »

Ils se trompaient tous les deux.

12

Il entreprit un long voyage : une traduction nouvelle de *la Divine Comédie*. Comme ç'avait été le cas pour *les Souffrances du jeune Werther*, aucune des traductions déjà existantes ne le satisfaisait.

« Les unes, expliqua-t-il à sa femme, sont écrites en une prose consciencieuse, mais qui sacrifie tout à fait le vêtement de la pensée dantesque : la *terza rima*, avec son mètre hendécasyllabique, la position obligatoire de ses accents, ses allitérations volontaires. Exemple : *esta selva selvaggia*. Cette sorte de besogne transforme un air de danse bien rythmé, une gavotte, en un long récitatif geignard, sans cadence ni vertu. Bref : elle mastique le texte originel de ses grosses mandibules et ne rend, comme dit Horace, que les membres écartelés du poète, *disjecti membra poetae*.

— Je crois savoir, dit Mme Bécé, qu'il existe des traductions en vers français.

— Et même en alexandrins ! Ce n'est pas mieux car, primo, elles transforment ladite gavotte en pavane ; secundo, voulant conserver la rime, le traducteur s'oblige à des contorsions, des suppressions, des rallonges qui trahissent le modèle.

— *Traduttore, traditore*.

— Exactement.

— Comment se présente donc votre solution ?

— D'abord, je conserve la *terza rima*, notre « tercet ». Ensuite, j'emploie le décasyllabe français qui correspond tout juste à l'*endecasillabo* italien. Je respecte scrupuleusement les allitérations. Quant aux rimes, je les accepte lorsqu'elles se présentent sans effort ; mais je ne les poursuis pas à tout prix. Écoutez le résultat. »

Il se lève, peint sur son visage une extrême solennité, prend dans sa main gauche le petit *Dante* sur lequel il bûche, imprimé à Lyon le XXV avril MDLI ; dans la main droite les feuilles noircies de sa propre écriture ; et, tournant la tête alternativement vers l'un et l'autre texte, il débite comme le célébrant son Évangile :

Nel mezzo del camin di nostra vita,
Mi ritrovai per una selva oscura,
Che la diritta via era smarrita.

Au milieu du chemin de notre vie,
Je me trouvai dans une sylve obscure,
Car je venais de perdre la voie sûre.

Et quanto a dir qual era è cosa dura,
Esta selva selvaggia et aspra et forte,
Che nel pensier rinnova la paura...

Dire combien cette forte forêt
Était sauvage et âpre est chose amère,
Son souvenir me remplit de terreur.

Tanto è amara che poco è più morte...

Même la mort ne l'est pas davantage...

Tout en déclamant, il souligne par un léger balancement du buste la cadence des vers. Élysa écoute avec extase ce dialogue bilingue entre deux grands hommes, osant à peine respirer. Il raconte, au sortir de la forêt, les rencontres successives du Florentin : une panthère à la robe tachetée ; un lion plein d'une faim rageuse ; une louve horrible en sa maigreur ; le compagnon enfin qui sera son sauveur et son guide :

Tu se' lo mio maestro e il mio autore :
Tu se' solo colui da cui io tolsi
Lo bello stile che m'ha fatto onore.

Virgile, toi, mon maître, mon auteur,
Tu es celui de qui j'ai emprunté
Le beau style qui m'a valu honneur.

Il arrive enfin au bout du premier chant :

Et moi à lui : « Poète, je t'implore,
Au nom du Dieu que tu n'as pas connu,
Pour que je puisse échapper à ces peines,

De me mener en ces lieux que tu dis
Où je verrai la porte de saint Pierre... »
Il se mit en route, et je le suivis.

Belmont-Chaput sourit avec satisfaction, sûr des applaudissements, qui ne faillirent point. Et elle à lui, quand elle put reprendre son souffle :

« Combien de temps, Maître, pensez-vous qu'il vous faudra pour achever ce travail ?

— D'après mes calculs : cinq années.

— Cela vous mènera donc jusqu'à 1944.

— Si Dieu me prête vie. »

Dès lors, il s'enticha si fort de l'entreprise qu'il ne vit plus le temps passer. La marche des saisons le laissait indifférent. Il ne jurait plus que par Dante, Virgile et Béatrice. S'il lui arrivait de recevoir un visiteur, il lui rebattait les oreilles de sa traduction, lui en exposait les principes, lui récitait des passages, toujours dans la même pose sacerdotale et ridicule. Au lycée Banville, ses collègues lui demandaient, avec une ironie à laquelle il demeurait insensible :

« Comment se porte Dante ce matin ? »

Et lui à eux, saisissant l'occasion : « Avez-vous une minute ? J'aimerais vous lire mes derniers tercets. Vous me diriez ce que vous en pensez. »

Le moins indulgent de tous était son collègue d'italien, corse de naissance, Casanova de patronyme, qui pinailla d'abord âprement sur les épithètes, les virgules, les points d'exclamation, humilié qu'il osât marcher sur ses plates-bandes ; mais qui très vite lui tourna le dos, fâché à mort.

« Gare à la vendetta ! ricanait la corporation. Un de ces jours, nous allons trouver notre Pingouin refroidi et plumé au coin d'un bois ! »

A la faculté de Clermont, Irène achevait sa première année de licence. Elle revint aussi avec honneur, sans le Jésus en sucre redouté.

Plongé dans l'*Enfer* jusqu'aux cheveux, Belmont-Chaput ne jetait aux titres des journaux qu'un regard distrait. Il fallut que Mme Bécé le tirât par les basques afin de l'informer qu'une guerre européenne se préparait, qu'elle allait éclater à brève échéance.

« Une guerre européenne ?... Entre qui et qui ?

— Entre la France et l'Angleterre d'une part, l'Allemagne et l'Italie de l'autre. L'Espagne hésite.

— Ah ! oui ! Hitler. Le national-socialisme. Je les avais oubliés, ceux-là.

— Réveillez-vous, mon ami !

— Bah ! Je ne suis plus mobilisable. Et nous n'avons, grâce au Ciel, qu'une fille. J'ai fait de mon mieux pour défendre la paix, pour avertir mes compatriotes du danger hitlérien. Maintenant, j'aspire à la retraite. Pour le reste... à la grâce de Dieu !

— Je vais tout de même, par prudence, faire quelques provisions de sucre, d'huile, de riz, de café, de chocolat. Ma mère a toujours regretté, au cours de la dernière guerre, de n'avoir pas pris à temps cette précaution. »

Et lui, soudain furieux : « Je vous le défends absolument ! Supposez que tout le monde suive votre exemple ! Imaginez-vous l'affolement des ménagères, la queue devant chaque magasin ? En huit jours, le pays serait réduit à la disette, contraint de procéder à des importations alimentaires massives, alors que des besoins plus vitaux le sollicitent. Et la hausse des prix qui en résulterait ! Ce serait un acte de trahison envers la Patrie !

— De trahison ! Quel grand mot pour quelques kilos de sucre !

— Pendant la Révolution, les accapareurs étaient passibles de la guillotine !

— Vous iriez peut-être jusqu'à me dénoncer ? »

Elle fit tout de même des provisions, mais par petites doses, de sorte qu'il ne s'aperçut de rien.

Vint la guerre prévue. Tous les hommes mobilisables rejoignirent leur caserne. Le quartier Villars débordait de chevaux et de cavaliers. Les Moulinois peignirent leurs vitres en bleu et les bardèrent de sparadrap. La ville éteignit ses quinquets.

Vint ensuite l'immense débandade. L'arrivée des Belges à pleins camions. Puis celle des Sénégalais, eux sur des brancards, plus ou moins bousillés, à réparer si possible à l'Hôpital Mixte. Ou bien à enterrer au cimetière qui se trouvait en face. L'arrivée des « déserteurs » : l'appellation désignait indifféremment de pauvres bougres en débandade, abrutis par les bombes, qui avaient perdu leurs armes et leur régiment ; des officiers en voiture, avec bagages et bonnes amies ; des camions chargés de civils, de militaires, de machines à écrire. Ils ne faisaient que passer, ils allaient plus loin, se regrouper, se mettre au frais, attendre des ordres. Beaucoup de Moulinois suivaient leur exemple et s'éparpillaient dans les campagnes. Les écoles avaient renvoyé leurs élèves, prêtes à accueillir n'importe qui, vainqueurs ou vaincus. Les Belmont-Chaput, qui ne disposaient d'aucun refuge, restèrent à leur domicile. Irène était rentrée de Clermont juste les jours précédents.

Enfin voici les Boches. Le vocabulaire s'est enrichi depuis 1918, on dit aussi les Fritz, les Frizous, les Frisés, les Fridolins, les Chleus. On dira plus tard les Doryphores, à cause de leur couleur. Les mots vengent l'impuissance des armes. C'est d'abord, le 17 juin, un avion qui remonte l'Allier en mitraillant ce qui se présente. D'avance, le maire déclare Moulins « ville ouverte », le publie dans la presse, le fait placarder aux entrées. Il n'y aura pas de véritables combats. Le général réplique :

« C'est un ordre qui n'engage que vous et vos gardes champêtres. »

Le pont de Régemortes a été miné par le Génie : il sautera, dit-on, au moment opportun, quand les Allemands passeront dessus. En fait, il saute longtemps avant, le 18 à 14 h 10. Vers 16 heures, deux motocyclettes vertes, pétaradant comme douze, remontent la rue de Decize. Une femme crie à une fenêtre, sans bien savoir à qui :

« Sauvez-vous tous ! Ils arrivent ! »

Les motards se promènent en ville sans rencontrer de résistance. Ils se rendent compte que Régemortes a sauté, mais qu'il existe un pont de rechange, le ferroviaire, à trois cents mètres en amont ; les Franzouses n'ont pas pensé que des camions, des autochenilles peuvent rouler sur des rails de chemin de fer, ha, ha, ha ! C'est par là en effet que transitera le gros de la troupe, précédé d'un bombardement de représailles sur la Madeleine.

Vers 18 heures, un messager vient chercher M. Belmont-Chaput :

« Le maire vous demande. Tout de suite. »

Ils courent à la mairie. Pingouin est reçu par le maire ceinturé de tricolore, qui s'adresse à lui avec le plus grand respect :

« Monsieur le Professeur, vous connaissez parfaitement la langue allemande. Je suis sûr que vous pourrez rendre de grands services à nos concitoyens en vous faisant leur interprète. Et d'abord, persuadez bien nos envahisseurs, quand ils se présenteront, que Moulins est déclarée ville ouverte. Comme Paris. Y a pas de raison de faire mieux que la capitale. Nous aussi, on a des maisons historiques, de beaux monuments. Je vous demande de rester à mes côtés. »

Ensemble, assis sur le bout de leurs fesses, ils se rongent les poings. Le sol tremble au passage des camions et des tanks. De temps en temps, un coup de feu isolé, comme un pétard de 14 juillet.

Et puis, un galop, des cris sur la place de l'Hôtel-de-Ville. La porte s'ouvre brusquement et paraissent deux officiers superbes, gantés malgré la chaleur, des lunettes noires sur leur casquette : deux anges de l'Apocalypse. Le maire se lève dans son écharpe, son truchement l'imite. Les officiers saluent de la main et des talons, prononcent des noms incompréhensibles.

« Je suis le maire de Moulins, qui est déclarée ville ouverte, dit une voix tremblante. Veuillez traduire, monsieur le Professeur. »

Belmont-Chaput s'exécute. L'un des deux officiers sourit, répond en bon français :

« J'avais bien compris. Je prends acte de votre déclaration. J'espère que les Moulinais... les Mouliniens... comment dites-vous ?

— Les Moulinois.

— ... j'espère que les Moulinois suivront vos consignes. Dans leur propre intérêt. A bientôt. »

Les deux anges s'évanouissent. Les deux Moulinois restent éberlués.

Dans les heures qui suivent, les envahisseurs occupent les bâtiments publics, la Caisse d'Épargne, les hôtels, l'École normale d'instituteurs, la poste. A tout hasard, les postières se sont faites belles pour les recevoir : elles se sont peint les lèvres et les ongles. Ils les renvoient chez elles. Chaque chose en son temps. Le chef d'état-major s'installe rue Voltaire, dans l'hôtel de l'Assistance publique. L'armistice signé, les troupes seront en fait peu nombreuses : l'effectif d'un bataillon. Plus une quinzaine de feld-gendarmes, logés au 10 de la rue de Bourgogne, avec, sur la poitrine, leur curieuse plaque de cuivre en forme de croissant horizontal. Une bannière rouge à croix gammée flotte à la tour de l'Horloge.

A partir du 22, Moulins devient ville frontière entre les deux zones. La ligne de démarcation traverse Régemortes à sa sortie, gardée par un peloton de feld-gendarmes. Le quartier de la Madeleine est *libre*, le reste de la ville est *occupé*. Les habitants de la rive droite, où l'herbe pousse sous surveillance, se plaisent à contempler la rive gauche, où elle croît librement. On ne franchit le pont que si l'on a un bon motif, une autorisation en règle, un *Ausweis*. Ainsi font les magistrats moulinois lorsqu'ils vont chaque mercredi rendre la justice à la Madeleine ; leur robe et leur bonnet, plus fortunés, y restent suspendus en permanence tandis qu'eux-mêmes reviennent le soir se remettre en esclavage.

Il n'est pas facile d'obtenir ledit laissez-passer, parce que les militaires qui le délivrent, aux ordres d'un commandant, installés dans les bureaux de la Caisse d'Épargne, se font plus bêtes qu'ils ne sont, ils ne comprennent rien aux explications bourbonnichonnes, se contentent de répéter :

« Vous, faire demande écrite. Expliquer. Écrire. »

Et si l'on insiste, ils ont de tels regards qu'on n'insiste plus. Les postulants qui s'expriment dans la langue d'Adolf sont écoutés avec plus d'attention et de faveur. Aussi l'aide des germanophones moulinois est-elle très sollicitée. Il n'est pas de semaine et guère de jours que quelqu'un ne vienne sonner à la porte d'Henri Belmont-Chaput. Il accompagne lui-même le requérant au service des *Ausweis*. A moins qu'il n'y envoie sa fille Irène, dont la grâce produit toujours des miracles.

« Comment vous remercier, monsieur le Professeur, vous et votre charmante fille ? s'écrie le bénéficiaire. Comment vous marquer ma reconnaissance ? »

Et lui de sourire : « Vous me la marquerez après la guerre. »

L'homme lui serre les mains et s'en va, le couvrant de bénédictions.

Toute la ligne est, en principe, objet de la même surveillance. Mais elle s'étend sur quinze cents kilomètres : il est impossible aux occupants de la patrouiller en permanence sur toute sa longueur. Seules les routes qui la traversent sont bien gardées. Or, de même qu'un méridien, la ligne se joue des chemins tracés ; elle survole les rivières, s'enfonce invisible dans les forêts, escalade les collines. Il n'est pas difficile aux frontaliers de la franchir discrètement, la nuit, seuls ou accompagnés. Ainsi naît une profession nouvelle : celle de « passeur ». Certains la pratiquent par dévouement humanitaire et patriotique, d'autres par intérêt. En compensation, la feldgendarmerie redouble de vigilance aux points surveillés. A Régemortes, les *Ausweis* ne suffisent pas toujours à lever la barrière. Les Allemands fouillent les voitures, les bagages, les personnes, en quête d'armes, de courrier clandestin, de propagande hostile. Un jour, dans une charrette tirée par un âne, se présente un ecclésiastique. « Oh ! oh ! se disent les feld-gendarmes. Voilà-t-il pas un déguisement bien propre à dissimuler quelque chose ? Ces Franzouses nous imaginent plus naïfs que nous ne sommes ! » Et ils ordonnent au prêtre de descendre.

« Mais j'ai mon *Ausweis* ! fait l'autre en bon allemand, exhibant la précieuse carte.

— Cela ne suffit pas, monsieur l'Abbé. On va vous fouiller un peu.

— Vous m'avez mal regardé. Je suis Mgr Augustin Gonon, évêque de Moulins. Oserez-vous porter la main sur un ministre de Dieu ?

— Dans ce cas, c'est différent. Vous allez nous faire la faveur de vous déshabiller, Monseigneur.

— Me déshabiller ?... Complètement ?

— Jusqu'aux caleçons. Ainsi, nos mains ne vous toucheront pas et ne commettront aucun sacrilège. »

Les douaniers-gendarmes se plaisent même, quelquefois, à faire déshabiller des dames. Avec l'aide de leurs auxiliaires féminines, surnommées les « souris grises », qui ont leur trou rue du Progrès.

Jours d'humiliations et d'humilité. Le préfet lui-même, en casquette et grand uniforme, allant rendre visite à ses administrés de la Madeleine, traverse le pont à bicyclette, son *Ausweis* entre les dents.

Un coursier gris campagne vint tirer la sonnette du professeur : une convocation rédigée en allemand l'invitait à se présenter le lendemain à 16 heures au bureau du *Major* Walter Maas, ancienne Caisse d'Épargne, place de l'Hôtel-de-Ville. « Qu'ai-je pu faire de suspect ? » se demanda-t-il avec inquiétude. Il prit son habit noir, comme pour se rendre à un enterrement, sa cravate à système, son parapluie qui lui donnait un air éminemment inoffensif, et se présenta audit bureau, qu'il connaissait bien, celui des *Ausweis*. Lorsqu'il fut introduit, le *Major* le reçut à sa porte, tête nue, lui tendit une main immensément ouverte, dans laquelle il déposa mollement la sienne.

« Très, très heureux de vous connaître, monsieur le Professeur ! *Sehr, sehr glücklich !* »

Il mélangeait le français et l'allemand, roulant les *R* dans les deux langues. Après quelques banalités, il sourit, découvrant plusieurs dents aurifiées :

« Savez-vous que vous étiez déjà chez moi ? »

Et comme l'autre ouvrait des yeux de hibou, il prit sur son bureau un petit volume qu'Henri reconnut tout de suite : *les Souffrances du jeune Werther*. Ils causèrent ensemble. Difficultés de la traduction. Connaissance et méconnaissance de la culture allemande en France. Et réciproquement. Que peut-on faire pour changer cela ? Projets en cours.

« Vous vous intéressez aussi à *la Divine Comédie* ? Ah ! l'Allemagne, la France et l'Italie, quel beau triangle ! Comme ceux dont Dante rêvait... La musique aussi ?... Savez-vous que je suis un bon joueur de flûte ? Comme Hans de la légende. Si vous le désirez, un de ces jours, je me promène par la ville en flûtant, et j'entraîne derrière moi tous les rats de Moulins, les rats juifs, les rats communistes, les rats francs-maçons, et je les fais noyer dans la rivière !

— Hi, hi, hi ! fit Belmont-Chaput.

— J'aimerais continuer avec vous cette intéressante conversation, monsieur le Professeur. Venez donc prendre le thé chez nous, dimanche prochain, avec votre épouse et votre charmante fille Irène que j'ai déjà eu le plaisir de rencontrer au service. Nous vivons à l'Hôtel de Paris. Vous montrerez cette carte à la sentinelle. »

C'est ainsi qu'Henri fit la connaissance du *Major* Walter Maas, responsable du service des *Ausweis*. Un soudard en apparence cassant et braillard, originaire de la Pologne germanisée, mais qui étrangement s'humanisait sitôt qu'il enlevait sa casquette, comme si elle eût été un organe d'addition, une prothèse cérébrale en mesure d'inspirer uniquement des coups de gueule. Walter devenait même d'une douceur mirifique lorsqu'il se trouvait en présence de sa femme Hélène. Or celle-ci, mieux que française, était d'origine bourbonnaise ; et sans doute cette parenté par alliance avait-elle fait choisir le commandant Maas pour ce poste moulinois.

Belmont-Chaput rapporta chez lui le surprenant carton.

« Je ne sais pas, objecta Élysa, s'il est bien digne d'accepter cette invitation. Car elle nous vient de nos ennemis.

— De nos vainqueurs, que nous le voulions ou non. Quand j'occupais leur Rhénanie, beaucoup d'Allemands nous faisaient bon visage. J'eus d'excellentes relations avec certains.

— Avec certaines ?

— Avec certaines aussi. Nous nous efforcions d'établir entre nous un climat de confiance et d'amitié. Si cette politique avait été poursuivie dans nos hautes *sephères*, comme dit le concierge de mon lycée, nous n'en serions pas là. L'ennemi d'hier nous rend la pareille et me tend la main : pourquoi la refuserais-je ? En bons termes avec l'officier qui accorde les *Ausweis*, je pourrai rendre bien des services aux Moulinois.

— L'ennemi d'hier est encore celui d'aujourd'hui. La guerre n'est pas terminée. »

Il haussa les épaules, fit appel à son réalisme de femme, lui démontra qu'après avoir absorbé l'Autriche et la Tchécoslovaquie, avalé la Pologne comme une saucisse, battu nos armées à plate couture, obtenu l'alliance de l'U.R.S.S, l'Allemagne s'avérait invincible ; dans un an, l'Angleterre serait à genoux.

« Et puis, vainqueurs ou vaincus, ne vaut-il pas mieux restaurer de bonnes relations entre nos deux peuples ? Ne sommes-nous pas condamnés à vivre en voisinage pacifique ? Irons-nous toujours de revanche en revanche à travers les générations ? Grâce au Ciel, la paix dure toujours plus longtemps que les guerres. Et elle aussi mérite d'être préparée ! »

Il garda dans son cœur, par modestie littéraire, un dernier argument : « Quoi ! Voici un homme qui nous arrive de l'Allemagne orientale et qui me met sous les yeux un exemplaire des *Souffrances du jeune Werther, traduction et notes d'Henri Belmont-Chaput*. Combien de Moulinois possèdent ce même ouvrage dans leur bibliothèque ? Et je dirais à ce lecteur allemand, à cet admirateur : Monsieur, allez vous faire voir ? »

L'invite fut donc acceptée. Le dimanche suivant, les trois Bécé parurent en grand tralala devant l'Hôtel de Paris gardé par une sentinelle, mitraillette au poing. La carte du *Major* leur ouvrit la porte. Ils passèrent dans le hall sous le regard farouche d'Adolf Hitler suspendu au mur, gravirent l'escalier tapissé, jusqu'à la suite de trois pièces qu'occupaient M. et Mme Maas au premier étage. Ce furent des exclamations, des cris de joie, comme chez des cousins qui se retrouvent après une longue séparation. Hélène Maas expliqua :

« Bien que née à Paris, je suis d'ascendance bourbonnaise. Mon grand-père tenait une quincaillerie à Saint-Pourçain-sur-Sioule.

— Ah ! Saint-Pourçain et son petit rosé ! dit Henri d'un air gourmand.

— Œil pour œil, Saint-Pourçain ! dit Walter en éclatant de rire.

— Hi, hi, hi ! firent les trois Bécé.

— J'ai fait, poursuivit Hélène, mes études de germaniste à la Sorbonne, ce qui m'a conduite à connaître en Poméranie mon futur époux que voilà. Mais j'ai toujours été heureuse de revenir en Bourbonnais, au pays de mes vacances enfantines.

— Et maintenant, dit Mme Belmont-Chaput, vous y voici fixée pour un bon bout de temps ?

— Qui sait ? »

L'on papota. L'on grignota des palets d'or en buvant du champagne. Hélène fit part d'un projet qui lui tenait à cœur : organiser des cours d'allemand destinés aux adultes, afin de faciliter la compréhension mutuelle.

« J'ai poursuivi jadis le même but à Mayence, dit Henri, en collaborant à une publication bilingue, la *Revue rhénane*. Ici, l'Université populaire vous accueillera à bras ouverts.

— Moi aussi j'ai une idée, ajouta le *Major*. Elle va dans le même sens. Pourquoi ne pas installer à Moulins une section du Goethe Institut ? Vous connaissez n'est-ce pas ?

— Assurément. C'est une association déjà ancienne, chargée de défendre la culture allemande à travers le monde, comme fait l'Alliance française pour la culture française, la Dante Alighieri pour l'italienne.

— Vous seriez d'accord, insista Maas, pour une section du Goethe Institut à Moulins ?

— Tout à fait.

— Bravo, mon cher ! Dans ces conditions, j'ai l'honneur de vous informer que je vous en nomme président.

— Hi, hi, hi ! fit Belmont-Chaput.

— Ce n'est pas une plaisanterie. Je vous élis président du Goethe Institut de Moulins. Séance tenante. Car nul n'est plus compétent que vous pour occuper ce poste de responsabilité. Songeriez-vous à le refuser ?

— Non... non... bien sûr.

— La cause est entendue. Vous recevrez l'acte dès la semaine prochaine, avec tout ce qu'il faut de cachets et de signatures officiels. Ensuite, mon cher Président, nous établirons ensemble un programme d'activités. »

Ils trinquèrent, et le champagne pétilla à la prospérité de la future institution culturelle. Quand ils eurent reposé leurs coupes :

« Et ce n'est pas tout, dit le *Major*.

— Mon Dieu ! » fit Mme Bécé, une main sur la poitrine, suffoquée par tant de projets. Chacun se tourna vers elle, attendant qu'elle précisât ses sentiments ; mais elle se tut, s'efforçant de sourire.

« Ma femme a quelquefois des palpitations, expliqua son mari.

— Bientôt, dit Walter Maas, reprenant le fil de son discours, bientôt nous installerons également une *Frontbuchhandlung*. Une librairie allemande afin de présenter nos revues, nos journaux, notre littérature national-socialiste. Je vais chercher un local approprié dans le centre de la ville. Le gérant — ou la gérante — aura besoin d'un ou deux employés rémunérés connaissant bien notre langue. Auriez-vous, mon cher Président, quelqu'un, quelqu'une à nous proposer ?

— Ma foi... il faudra que je réfléchisse... que je cherche.

— Ne cherchez plus, monsieur le Président. Je pense que vous avez trouvé !

— Vraiment ?... Trouvé ? »

Maas se tourna vers Irène, lui prit la main, la baisa avec galanterie.

« Elle ?

— Moi ?

— Irène ?

— Pourquoi pas ?

— Hi, hi, hi !

— Acceptez-vous, mademoiselle Irène Belmont-Chaput, l'emploi que je vous propose ? Nous fixerons ensemble vos appointements... »

Avec le *Major* Walter Maas, les choses allaient très vite.

Tout cela fut annoncé à la ville par des articles dans *le Progrès de l'Allier*, par des affiches à l'entrée de l'Université populaire. Les cours de langue allemande attirèrent deux douzaines d'amateurs.

Il faut dire qu'au début, les occupants savaient se faire accepter. Ce fut l'époque où les consignes leur enjoignaient de se montrer corrects. *Richtig !* Leur période bleue. Ils se promenaient par paires, par trios à travers la cité, faisaient des achats dans les magasins, payaient en marks échangeables dans les banques au cours de cinq francs pour un mark. Certains commerçants prirent l'habitude d'étiqueter leurs prix dans les deux monnaies. Le grand plaisir des soldats gris campagne était de manger du beurre. Ce beurre dont l'Allemagne s'était privée des années pour avoir des canons. Et maintenant, grâce à leurs canons, ils se procuraient le beurre dans les fermes bourbonnaises, dans les crémeries moulinoises. On les voyait s'asseoir sur les bancs publics, sortir de leur poche une boîte de fer pleine de beurre et un couteau ; ils passaient leur lame sur le contenu et dévotement, avec ou sans pain, se beurraient les boyaux.

Voulant goûter pareillement à toutes les récompenses du guerrier, ils fréquentaient les deux bordels, situés à l'angle de la rue de la Fraternité (la bien-nommée) et de la rue des Pêcheurs (qui par coquille s'orthographiait sur les plaques avec un accent circonflexe), dont les pensionnaires ne manquaient pas d'ouvrage. Ils en ressortaient en reboutonnant leur braguette, hilares de voir en si bon chemin la fraternisation franco-allemande. Mais plusieurs de ces dames leur collèrent patriotiquement de belles chaudes-pisses bleu, blanc, rouge. Si bien que les autorités compétentes décrétèrent la fermeture de ces maisons closes.

Peu à peu cependant, les marchandises se raréfièrent, les magasins se vidèrent de leurs produits, les bordels de leurs pensionnaires, et les occupés n'assistèrent plus à de tels scandales, à de tels débordements.

L'hiver suivant, ce fut l'Allier qui déborda, menaçant les maisons riveraines. A Avermes, réfugiée sur une toiture, une famille se trouva prisonnière des eaux. Des soldats allemands la sauvèrent en utilisant un de ces canots pneumatiques qui leur avaient servi à franchir les fleuves et les rivières de France au cours de l'invasion. D'autres se substituèrent aux pompiers défaillants, retenus outre-Rhin, et combattirent plusieurs incendies à leur place.

Henri Belmont-Chaput prononçait en allemand des conférences au Cercle des officiers, boulevard Ledru-Rollin, sur le Bourbonnais touristique, économique et culturel. Autres occasions pour lui de glorifier son bien-aimé Charles-Louis Philippe.

« Vous devriez, lui suggéra le *Major*, réunir vos conférences, qui sont tout à fait remarquables, en un petit volume destiné à nos troupes présentes et à venir. Nous le vendrions dans notre *Frontbuchhandlung*. »

Chatouillé par ces compliments, heureux de voir paraître un nouveau titre sous son nom en un temps où l'édition était si rare et si difficile, Belmont-Chaput se mit à l'ouvrage.

La librairie allemande, installée rue d'Allier, exposait les œuvres d'écrivains gagnés au national-socialisme, ou du moins annexés par le régime, avec ou contre leur agrément. Ceux de Ludwig Sheemann, Hans Friedrich Bluck, Herbert Böhme, Gerhart Hauptmann, Hans Fallada, Hans Carossa, Ernst Jünger. Et bien sûr de l'inévitable Nietzsche, déformé, dévié, mutilé. Quelques rares Français participaient à cet honneur : Gobineau, Drieu la Rochelle, Abel Bonnard, Lucien Rebatet, Paul Riche. On y trouvait toutes les revues allemandes et *Je suis partout* qui n'avait de français que la langue employée, où Robert Brasillach écrivait : *Nous sommes quelques Français de raison à avoir couché avec l'Allemagne, et ce souvenir nous en restera doux.*

Outre cette littérature, la boutique exposait la propagande nazie sous forme d'affiches, de timbres, de slogans, de photographies. On y voyait Hitler et sa courte moustache en chevalier teutonique ; Hitler saluant le maréchal Hindenburg ; Hitler en compagnie du Kronprinz ; Hitler pérorant au Reichstag ; Hitler au milieu de son équipe, le bras levé ; Hitler à Paris, penché sur le tombeau de Napoléon. La *Hitlerjugend* y jouait du tambour ; des ouvrières y fabriquaient des obus ; de jeunes travailleurs, bustes nus, y fortifiaient leurs corps et leurs âmes ; des vieillards attendrissants encadraient un portrait du Führer : « Pour nous, il a encore vaincu. » Un horrible Juif, une main tendue pleine d'or, brandissait un knout de l'autre.

Irène évoluait au milieu de cette marchandise comme le canard sur une mare de purin, sans y sentir de souillure à ses ailes. Elle voyait rarement la gérante, une « souris grise » bien moulée dans son uniforme, proéminente où il fallait, occupée à d'autres tâches ou d'autres plaisirs :

« Je vous fais entièrement confiance, petite sœur », lui avait-elle déclaré une fois pour toutes.

Mlle Belmont-Chaput ne se sentait d'ailleurs pas accablée de travail, la clientèle étant rarissime : quelques officiers qui semblaient venir pour sa conversation plus que pour sa littérature ; quelques vieux Moulinois qui fouinaient partout et ressortaient sans desserrer ni les dents ni les cordons de leur bourse. Henri lui-même ne paraissait guère. Quand il venait, c'était pour demander :

« Alors, vends-tu quelque chose ?

— Ce matin, un numéro de *Je suis partout.* »

Il s'en retournait un peu découragé. « Ce n'est pas ici que je débiterai mon volume allemand sur le Bourbonnais. Il me faudrait une vente quasi forcée, une pile déposée, par exemple, au Cercle des officiers, avec séances de dédicace. » Pour être plus sûr de son écoulement, il sollicita du *Major* une préface.

« Moi, non, répondit Walter Maas. Je ne sais pas travailler de la plume. Mais je vous trouverai quelqu'un. »

Trois jours plus tard, accompagné d'un soldat porteur de deux valises, un officier se présente au 16 bis du boulevard Charles-Louis-Philippe. Henri le reçoit avec étonnement.

« Je suis, dit le militaire en français, le capitaine Hugo Reicher. Voici un bon de réquisition pour une chambre.

— Un bon de réquisition ? Chez moi ? » s'écrie le professeur indigné.

En Allemagne, autrefois, il a bénéficié lui-même d'une chambre réquisitionnée. Mais pas chez un ami de la France !

« C'est le *Major* Walter Maas qui m'envoie. Afin que nous travaillions ensemble. Dans le civil, je suis docteur ès lettres, professeur à l'université de Vienne. Il m'a parlé d'une certaine préface...

— Ah ! s'il s'agit de la préface ! Soyez le bienvenu, Capitaine-Docteur. »

C'est ainsi que, de nouveau, se trouva occupée la chambre d'amis.

Reicher était un bel homme, de manières raffinées, instruit sur toutes sortes de choses ; malgré la gêne que sa présence apportait, il fut accueilli favorablement par les trois Bécé. Henri lui confia son manuscrit sur le Bourbonnais ; Hugo promit de rédiger une introduction, mais il n'y employa pas un empressement extrême.

« Où en est ma préface ? demandait souvent le maître des lieux.

— Elle avance, elle avance. »

On lui offrit des concerts en solo, en duo, en trio, qu'il applaudit et commenta avec une grande élégance. Henri évoqua *la Divine Comédie* et lut des passages de sa traduction inachevée. Grâce à son intermédiaire, le ménage ne manquait d'aucun produit alimentaire essentiel. Irène préparait à son intention des tartes aux pruneaux ou aux poires cuites qu'il consommait avec des délicatesses de chatte, en s'écriant :

« Exquis ! Tout à fait exquis ! »

La seule grossièreté qu'on lui connût était les adjectifs qui lui montaient à la bouche si par hasard il évoquait les « sales Juifs », les « cochons de Juifs », les « Juifs merdeux ». On évitait le sujet. Mais un soir que M. et Mme Bécé venaient de se coucher, Henri fut pris soudain d'une quinte de rire qu'il étouffa sous les couvertures.

« Qu'y a-t-il donc, mon ami ?

— Je me dis qu'en ce moment même le Capitaine-Docteur est en train de ronfler dans un lit où il a eu pour prédécesseur ce Juif que nous avons hébergé une nuit, vous en souvenez-vous ? M. Samuel Katz. Il nous laissa une provision de calendriers.

— Chut ! Chut ! Taisez-vous donc ! S'il vous entendait, jamais il ne nous le pardonnerait ! »

En fait, l'élégant Capitaine-Docteur ne ronflait pas toutes les nuits entre les draps du Juif. La chambre d'amis était trop proche de la chambre d'Irène pour qu'il ne profitât point d'une situation aussi avantageuse.

Après deux mois d'attente, la préface fut enfin rédigée. Henri Belmont-Chaput porta l'ensemble du manuscrit au journal *le*

Progrès de l'Allier qui l'imprima de toute urgence. « Il faut battre le fer tant qu'il est chaud. »

A l'Hôtel de Paris où il avait maintenant ses grandes et ses petites entrées, Henri offrit le premier exemplaire au *Major* Walter Maas, qui en lut le titre avec emphase : *Moulins und das Bourbonnais, ein Rückblick für deutsche Wehrmachtbesucher. Vorwort von Hauptmann Dr Hugo Reicher.* Puis, lui serrant les deux mains :

« Magnifique ! Mille mercis, mon cher Président ! Voici un oiseau, je vous le promets, qui va voler loin ! Jusqu'à Berlin ! Pouvez-vous m'en confier une dizaine d'exemplaires ? »

Au Cercle des officiers, comme il le désirait, l'on procéda au lancement de la brochure. Chaque invité eut à cœur d'acheter son exemplaire que l'auteur dédicaça en allemand, rouge d'orgueil, tremblant d'émotion. *Au Capitaine X..., avec l'espoir qu'il aimera le Bourbonnais autant que moi-même. Au Commandant Y..., en souvenir de son séjour en Bourbonnais, que je souhaite fructueux. Au Lieutenant Z..., avec mes vœux d'heureux séjour en Bourbonnais...*

Le destinataire remerciait, payait, promettait de se consacrer au tourisme en Bourbonnais dès qu'il en aurait les loisirs. Jamais Henri Belmont-Chaput n'avait recueilli autant d'applaudissements.

Les choses se gâtèrent. Après le débarquement des Alliés en Afrique du Nord, les Allemands — qui avaient envahi l'ex-zone libre, si bien que le barrage de Régemortes n'avait plus grand sens — se montraient de moins en moins corrects. Les maquis se multipliaient dans la région, infestaient la Montagne bourbonnaise, la forêt de Tronçais, celle de Moladier. La Gestapo perquisitionnait, arrêtait à tort ou à raison, remplissait de ses victimes la tour de la Malcoiffée, avant de les expédier en Allemagne sans billet de retour.

Le professeur Belmont-Chaput poursuivait ses diverses activités comme si de rien n'était. Aussi imperturbable que l'eau qui coulait sous les ponts. Il enseignait *der, die, das* aux élèves du lycée Banville, Moulins et le Bourbonnais aux touristes en uniforme gris campagne, collectionnait des timbres-poste, traduisait poétiquement *la Divine Comédie*. Il n'écoutait pas la radio anglaise pour la raison fort simple qu'il n'existait aucun poste récepteur à son domicile. Il n'entendait que d'une oreille distraite les avertissements de ses collègues, éternellement jaloux de ses succès. Pas plus d'ailleurs que les proclamations exaltées de M. Carolin qui bouffait du Juif et du franc-maçon à chaque repas. Si l'on venait sonner à sa porte, il ouvrait avec toute la confiance des âmes pures ; c'était généralement un solliciteur qui le priait d'intervenir auprès des autorités pour régler telle ou telle affaire. Il s'efforçait de lui obtenir satisfaction.

Il comptait seulement les années qui le séparaient d'une retraite bien méritée et qu'il devait prendre en 1945. La musique lui apportait le délassement. N'ayant pas grand héritage à lui transmettre, il se félicitait d'avoir fait apprendre le violoncelle à sa fille : pouvait-il lui faire un legs plus beau et plus durable ?

Un jour, feuilletant de vieilles partitions achetées jadis à Mayence, il tomba sur le *Quatuor en ré majeur* de Mozart. Une œuvre peu connue. Il lisait la musique imprimée aussi bien que son journal et se prit soudain de passion pour ces quatre mouvements : *Allegro, Scherzo, Adagio, Rondo*. On les déchiffra en commun chez les Bécé, Henri fredonnant la mélodie, Irène le contrepoint, Élysa la basse.

« C'est très joli, conclurent ces dames. Mais nous ne pouvons l'exécuter : c'est un quatuor et nous ne sommes que trois instruments. » Et Madame souligna l'indication initiale : *Con flauto obbligato*. Avec flûte obligée.

« Il nous faut y renoncer, conclut Irène, ou bien trouver une flûte.

— Elle est trouvée ! s'écria soudain le Maître.

— Qui donc ?

— Le *Major* Walter Maas. Ne nous a-t-il pas proposé un jour de faire de la musique avec nous ?

— Oh ! fit Élysa. Vous n'allez tout de même pas introduire cet Allemand chez nous ? Cela ferait jaser !

— Pourquoi pas ? Il nous a bien introduits chez lui ! Quel mal y a-t-il à faire de la musique avec un étranger ? Est-ce que la musique n'adoucit plus les mœurs ? Quand il sera prêt, nous pourrons même offrir notre concert aux gens de Moulins dans quelque salle bien choisie. Cette œuvre sera pour la plupart d'entre eux, j'en suis sûr, une révélation. »

Et c'est ainsi que les Moulinois purent voir, pendant des semaines, le *Major* Walter Maas entrer chez les Belmont-Chaput ; entendre par les fenêtres ouvertes s'échapper les notes du *Quatuor en ré majeur* de Mozart (un autre Boche !) : *Avec flûte obligée*.

« Que c'est beau ! » s'écriait Henri après chaque exécution, les larmes aux yeux.

13

Jean Talon habite sur le cours Anatole-France, dont les beaux arbres ombragent la façade de sa petite maison. Cet ancien postier met sa coquetterie à paraître plus vieux que son âge (sans doute pour entendre protester) et se dit « vieillard cacochyme », alors qu'il n'a pas atteint la septantaine et trottine en pantoufles autour de moi d'un pas guilleret. Son bureau-bibliothèque déborde d'histoire, de linguistique, d'archéologie.

« J'aurais dû me marier, soupire-t-il. Il paraît que les hommes mariés jouissent d'une meilleure santé et de plus de longévité que les célibataires. Hélas, je n'en ai pas eu le temps.

— Pas eu le temps ?

— Nous avons été pris de court, ma chère Juliette et moi. Chaque matin, je me disais, faudra bien que tu régularises un de ces jours. Et puis voilà : elle est partie sans que je fasse les démarches. Car n'allez pas croire, monsieur, vous qui êtes suisse, que j'ai toujours consommé en solitaire. Nous étions deux sous le même toit : moi, Roméo, et elle, ma Juliette. (En réalité, je m'appelle Jean. Mais je dis « Roméo » pour la poésie.)

— Vous avez donc vécu en concubinage ?

— C'est le terme légal. En Bourbonnais, on dit plus joliment *couplés*. Nous étions *couplés*, elle et moi, et formions un joli couple, je vous assure. Un couple d'amoureux pendant trente-cinq ans. Les gens nous regardaient avec envie marcher en nous tenant la main. Aujourd'hui, je n'ignore pas que le concubinage est chose banale. Du moins en France. Je ne sais pas dans votre pays.

— En Suisse également. »

Soudain, il se lève, se cambre avec orgueil : « Monsieur, nous avons été des précurseurs ! »

Je demande par politesse : « Des enfants ?

— Non, aucun. Dans ce domaine aussi nous étions des précurseurs. C'est Juliette elle-même qui avait voulu notre stérilité. Née d'un ménage très désuni, où la querelle était pain quotidien, elle avait suggéré : Restons ensemble, mon cher Jean, tant que nous nous aimerons. Et si un jour nous cessons de nous aimer, chacun partira de son côté, sans vacarme. Je suis sûr que nous avons dû notre long bonheur à cette situation particulière. Car chacun de nous surveillait sa propre conduite, ses gestes, ses paroles, en un mot son amour. Comme on éduque un rosier afin qu'il produise des roses en toutes saisons. (Je dis ça également pour la poésie ; mais l'image est imparfaite, parce que les rosiers ne fleurissent pas en hiver. Tandis que notre amour, lui, fleurissait.)

— Cela n'explique pas tellement l'absence des enfants.

— Juliette aimait garder son indépendance. Elle possédait un emploi au sanatorium de Tronget. Moi, je travaillais à la poste de Montbeugny. Nous nous rencontrions dans cette maison-ci, achetée en association, à mi-chemin. Mais comment avoir des enfants et les élever quand le père et la mère sont séparés par quarante kilomètres à vol d'oiseau et ne se voient qu'à leurs jours de congé ? A défaut, elle se montrait fort maternelle envers moi et disait en me caressant les cheveux (en ce temps-là, excusez-moi, j'avais des cheveux et des dents) : Je ne me plains pas, j'ai un grand enfant. Il est nécessaire, monsieur, que vous sachiez qui était ma Juliette. Vous comprendrez pourquoi dans un moment.

— A propos de M. Belmont-Chaput ?

— Oui, à son propos. Malgré notre situation, elle allait à la messe, sachant bien que nous vivions ensemble dans une fidélité, une tendresse, un respect l'un pour l'autre qu'on rencontre bien rarement chez des couples légitimes. Ce fut aussi une patriote exemplaire. Au Tronget, elle soignait clandestinement des blessés du maquis. Elle se fit passeuse bénévole dans la forêt de Gros Bois que traversait la ligne de démarcation. Une besogne nocturne et dangereuse, qui l'obligea souvent à se dissimuler dans les fossés pleins de grenouilles avec les hommes et les femmes qu'elle conduisait. Voilà ce que fut ma Juliette, monsieur. Et maintenant, elle m'a quitté, moi qui avais encore tant besoin d'elle ! (Il s'essuie les yeux, il se mouche.) Je vais la voir tous les jours au cimetière où elle m'attend. »

Pour ravaler son émotion, il boit un peu du saint-pourçain blanc qu'il nous a versé. Nous observons une minute de silence. Après quoi, je toussote, je le ramène à mon sujet :

« Vous connaissiez M. Belmont-Chaput ?

— Oui, nous avions eu affaire à lui. C'était une personne d'une grande obligeance. Grâce aux relations qu'il entretenait avec les autorités occupantes, il rendit de nombreux services aux Moulinois. Juliette le rencontrait aussi à l'église du Sacré-Cœur qu'il fréquentait régulièrement avec sa dame et sa demoiselle. Elles se tendaient de l'eau bénite l'une à l'autre. (Moi, je ne suis pas trop pieux, à cause d'un rhumatisme que j'ai dans le genou gauche et qui m'empêche de m'agenouiller.) Juliette le tenait en haute considération. Mais, voyez-vous, c'était un homme de pensée, qui n'avait pas le sens des réalités quotidiennes. Tout absorbé par ses problèmes culturels, la tête dans les nuages, il ne voyait pas où il posait les pieds, et ne s'en souciait aucunement. C'est ce qui l'a conduit à sa perte.

— Est-ce que vous connaissez les circonstances ?

— A Moulins, il était tenu par beaucoup pour le roi des collaborateurs. Donc pour le roi des traîtres. Ses amis lui conseillaient : Laissez tomber vos échanges franco-allemands, mon vieux, sinon ça finira mal pour vous. Lui se contentait de hausser les épaules : je ne fais aucun mal, je rends service quand j'en ai l'occasion, je travaille pour la paix et pour l'Europe, je suis un précurseur. Lui aussi ! Mais il est souvent très dangereux d'être un précurseur. A ses côtés, il y avait ce grand gueulard de Carolin, son ancien élève, un bagouland, comme on dit ici, qui ne jurait que par Hitler. Si bien que les gens les mettaient dans le même sac. En 44, Belmont-Chaput aurait pourtant dû comprendre. Après le débarquement en Normandie, le bataillon assez pépère qui nous occupait fut remplacé par des parachutistes excités qui arrivaient de Monte Cassino, en Italie, où ils en avaient bavé de dures. Alors, ils avaient la détente facile. Un jour, ils ont tiré sur des travailleurs indochinois à Yzeure, comme ça, pour le simple plaisir de faire un carton. Une autre fois, ils ont tué M. et Mme Contoux qui habitaient près de la voie ferrée, parce qu'ils avaient pris pour un attentat « terroriste » l'explosion d'un pétard de service posé sur les rails. Faut dire qu'ils vivaient dans une insécurité perpétuelle. En juillet, il y a eu un combat à la Madeleine, au cours duquel les maquisards ont enlevé plusieurs miliciens pétainistes et tout le corps de garde allemand qui surveillait Régemortes. Les cheminots sabotaient les voies ferrées à qui mieux mieux, immobilisaient les locomotives, incendiaient les wagons, provoquaient des télescopages. Fin août, attaqués de toutes parts, les Allemands ont compris que leur guerre était perdue, et ils ont négocié leur départ, voire leur reddition, par l'intermédiaire de votre compatriote, M. Sucki, ambassadeur de Suisse à Vichy. Ils ont libéré plusieurs centaines de prisonniers retenus à la Malcoiffée, mais en ont embarqué aussi un certain nombre pour l'Allemagne, dont très peu sont revenus. D'autres combats ont éclaté dans le faubourg de la Madeleine et à Yzeure, avec beaucoup de fusillés. Mais enfin, le 6 septembre, nos libérateurs sont entrés dans Moulins.

— Vous avez vu cela ?

— Oui. J'ai assisté à l'immense enthousiasme des libérés. A leurs colères aussi. Il faut comprendre. Les femmes tondues, les arrestations, les jugements rapides. La librairie allemande a été saccagée, sa littérature transportée place d'Allier où l'on en a fait un beau feu de joie. Derrière la vitrine, on a collé une banderole avec cette inscription : *Moulins est libéré après quatre ans et quatre-vingts jours sous la botte allemande*. Plus une photo de Charles de Gaulle. Tout le monde était dans la rue. On a confectionné un mannequin représentant Hitler, qu'on a promené au bout d'une perche, entouré de fusils pointés contre son ventre. Et un bourreau velu, coiffé d'un turban, lui a tranché la tête sur un billot, d'un coup de hache, tandis que son aide répandait de l'encre rouge pour figurer le sang.

— Et Belmont-Chaput ?

— Son sort à lui s'est réglé le lendemain. Je l'ai vu emmené par deux libérateurs.

— Quel genre de libérateurs ?

— Deux jeunes maquisards, un blond et un brun, le calot sur l'oreille. Armés de fusils antiques, des lebels de la Première Guerre. Lui portait sous le bras gauche une boîte en carton, probablement boîte à chaussures. De la main droite, il se tenait la mâchoire, comme si on la lui avait fracassée. Le groupe est passé devant le Sacré-Cœur, a suivi la rue Régemortes, a enfilé le pont. Ensuite, ils ont échappé à ma vue...

Moi, je te vois cet après-midi du 7 septembre. On est venu sonner à ta porte. Tu as ouvert en toute sérénité. Tu aurais pu fuir. Ta présence prouvait, pensais-tu, ton innocence.

« Vous êtes bien le nommé Henri Belmont-Chaput ? demande celui qui porte des galons sur la manche.

— Moi-même.

— On vient t'arrêter, au nom de la République. »

Tout de suite on te tutoie. Tu te crois un suspect de 1793, et ne peux t'empêcher de sourire.

« Qu'ai-je fait de mal ?

— On te l'expliquera.

— Me permettez-vous de prendre quelques affaires ?

— T'as besoin de rien.

— Seulement un manuscrit auquel je travaille. Une traduction nouvelle de la Divine Comédie. *Cela me permettra d'occuper mes loisirs, si j'en ai. »*

L'autre hausse les épaules, ce qui est une manière d'acquiescement.

C'est ainsi que tu es parti avec ta boîte à chaussures au bout du bras en direction de la Malcoiffée. En cours de route, tu as commencé d'expliquer aux gars l'intérêt de ta nouvelle traduction, la médiocrité des traductions antérieures, la poésie que tu veux y mettre...

« Ta gueule ! »

Alors vous marchez muettement vers la prison, à travers la ville qui exulte. Mais en passant devant la mairie libérée (la place est jaune de militaires, blanche de civils en bras de chemise), on te pousse vers un groupe d'officiers maquisards.

« Mon commandant, voici le nommé Henri Belmont-Chaput », dit un des deux accompagnateurs.

L'officier paré de quatre galons fait un geste de la main, en direction de l'Allier. Les gardiens semblent en comprendre la signification.

« Que me reprochez-vous ? crie Belmont-Chaput.

— Ta gueule, on te dit !

— Je voudrais bien quand même savoir... »

Un coup de crosse t'arrive dans la mâchoire et te coupe toute envie de t'exprimer davantage. Demi-tour. Vous redescendez par la rue d'Allier, la place d'Allier, la foule te crache au visage et crie à mort. Voici l'église du Sacré-Cœur où tu aimais te recueillir, devant l'alpha et l'oméga. Vous traversez le pont de Régemortes, tournez à droite en direction de Montilly. Tu tiens ta mâchoire qui te fait un mal affreux. Tu penses autant que tu peux à ta douleur, et à rien d'autre. « Pendant longtemps, te dis-tu, je ne pourrai avaler que de la bouillie et des liquides. » Tu serres ta Divine Comédie *contre ta poitrine : à l'intérieur de la boîte, il y a aussi du papier blanc, et le volume original imprimé à Lyon le XXV avril MDLI. Vous marchez le long de la rivière, atteignez le site appelé Beaurivage, où s'épanouissent deux mûriers bourdonnants de guêpes, souvenirs de la sériciculture qui fut tentée jadis en Bourbonnais. Un trio pareil au vôtre semble vous y attendre, composé de deux autres maquisards et d'un civil, que tu n'as jamais vu précédemment. Tu aimerais l'interroger, savoir sous quelle accusation il est ici. « Lui est jeune, te dis-tu, et je suis vieux ! Nous allons mourir ensemble, mais j'ai moins à me plaindre que lui. Je suis comme un veau qu'on mène à l'abattoir. Je ne comprends rien à ce monde stupide. »*

« A présent, dit Jean Talon, il est enterré au cimetière, le long de la route de Paris. Vous trouverez facilement sa tombe en demandant au concierge des morts. Alors vous verrez dessus une plaque de marbre portant ces mots gravés : *LUI AUSSI AURA LA VIE ÉTERNELLE*. C'est Juliette, ma bien-aimée Juliette qui en fut l'auteur. »

Il s'essuie encore les yeux et boit un autre petit coup de vin blanc.

Je suis donc entré dans le grand cimetière de Moulins, rempli de tombes glorieuses, d'illustres occupants dont j'ignore les noms et les mérites. Pour moi, le gardien a ouvert son grand registre, nous avons cherché ensemble à l'année 1944, au mois de septembre.

Muni des indications nécessaires, je me suis mis en quête du carré *F D*, de la tombe *270*.

C'est fait. Voilà. Après un long, long voyage, une longue, longue enquête, j'ai retrouvé mon grand-père Heinrich. Il est là-dessous. Aucun doute, tout concorde : nom, prénom, date de naissance et de décès. Mon grand-père deux fois perdu : par sa faute d'abord ; par celle des autres ensuite. La plaque de Juliette n'y figure pas : quelque main malveillante l'aura enlevée. Qui donc est assez prétentieux ici-bas pour prédire la Vie Éternelle ?

Henri Belmont-Chaput, né auvergnat, ne dort pas seul en terre bourbonnaise : sa femme Élysa lui tient compagnie. La bonne Élysa un peu ridicule avec son volume et ses palpitations, mais dont les doigts merveilleux dansaient sur le piano comme des souris folles. Leurs âmes chantent à présent en duo les louanges de Dieu qui afflige ceux qu'il aime.

« Vous êtes, dis-je à Mme Laforêt, la dernière personne que je consulte à propos d'un certain Henri Belmont-Chaput dont j'ai entrepris d'écrire l'histoire.

— Je comprends cela, me répond-elle aimablement, puisque mon défunt mari, avocat de son vivant, fut chargé de défendre sa mémoire lorsque sa veuve, après la guerre, entreprit un procès en réhabilitation. Il obtint gain de cause, son client fut lavé de tout reproche, et Mme Belmont-Chaput reçut de l'État français à titre d'indemnité la somme de *un franc*. Il s'agissait du franc de l'époque qui ne vaut plus aujourd'hui qu'un centime. Les juges considérèrent sans doute que l'honneur d'un homme injustement fusillé n'a pas de prix et que leur franc-centime était une compensation symbolique, mais suffisante. Élysa Belmont-Chaput exprima sa reconnaissance à son défenseur en lui faisant cadeau d'une très belle médaille extraite des collections de son mari, frappée sur ordre des avocats de Moulins au début du XIXe siècle. »

Elle me la montre. L'avers porte le profil de Montesquieu, entouré de cette légende : *Vir Probus Dicendi Peritus*. L'honnêteté est la meilleure des éloquences. Une devise remplit le revers : *Sub Lege Libertas*. La loi assure la liberté. Excellents principes.

Excellent franc-centime purificateur. Mme Veuve Belmont-Chaput alla le toucher des mains du percepteur, le plaça au centre d'un cadre avec le texte du jugement et les suspendit dans son salon. Puis elle mourut, ayant accompli sa tâche.

Irène, emprisonnée quelques jours en 1944, est allée vivre on ne sait où, aussi loin qu'elle a pu. M. Carolin, le collègue germaniste d'Henri, hitlérophile, antisémite convaincu, a été condamné par un jugement en bonne et due forme à cinq années d'indignité nationale. L'indignité est un mal dont on relève.

Les mûriers de Beaurivage ont été abattus pour élargir la route. Le numéro 16 bis du boulevard Charles-Louis-Philippe a été démoli ; on a construit à la place un immeuble de copropriétés. Autant de témoins gênants qui ont disparu.

25 septembre 1970. La presse annonce le décès d'Erich Maria Remarque. Nom véritable d'Erich Maria Kramer. *A l'ouest rien de nouveau* ? Pour moi, si. Mais je me fous d'Erich Maria Remarque. Je remonte dans ma Coccinelle déglinguée, avec son radiateur bourré de son. Je ne ramènerai point par la peau du cou le grand-père que j'étais venu chercher en France. Que vais-je dire maintenant à Josef Vetter, mon père légitime, demi-chair, demi-bois, demi-Boche, demi-Welche comme ma voiture ? Quelle sorte d'Heinrich vais-je rapporter à grand-mère Lotti ? Dois-je le servir tout cru, tel que je l'ai découvert et reconstruit, tel un puzzle, élément par élément ? Ou dois-je au contraire l'assaisonner, le cuisinier, le ressusciter ; annoncer sa prochaine visite, aussitôt qu'il sera guéri de la sciatique qui le paralyse ?

Non, impossible. L'imagination me manquerait. Ce grand-père d'opérette ne tiendrait pas debout. A tout prendre, je préfère le laisser lui-même, avec son manque de mémoire, ses naïvetés, sa cruelle inconscience, son pacifisme intempestif, ses vanités, sa pitié hypocrite.

« Fusillé ? dira mon père. Fusillé par les siens ? Il n'a eu que ce qu'il méritait. J'en suis plutôt soulagé.

— Salaud d'Heinrich ! confirmera grand-mère. Il se sera montré salaud jusqu'au bout ! »

Puis elle ira pleurer seule dans sa maison de Mombach.

Œuvres de Jean Anglade

ROMANS

Le Chien du Seigneur, Plon, Julliard, 1952.
Les Mauvais Pauvres, Plon, Julliard, 1954.
Les Convoités, Gallimard, 1955.
L'Immeuble Taub, Gallimard, 1956.
Le Fils de Tiberio Pulci, Laffont, 1959 ou *La Combinazione,* Julliard.
Le Péché d'écarlate, Laffont, Julliard, 1960.
La Foi et la Montagne, Laffont, 1961.
La Garance, Laffont, 1963.
Des chiens vivants, Julliard, 1967.
Une pomme oubliée, Julliard, 1969.
Le Point de suspension, Gallimard, 1970.
Un front de marbre ou *Les Mains au dos,* Julliard, 1970.
Le Voleur de coloquintes, Julliard, 1972.
Un temps pour lancer des pierres, Julliard, 1974.
Le Tilleul du soir, Julliard, 1975.
Le Tour du doigt, Julliard, 1977.
La Saga des Pitelet :
— *Les Ventres jaunes,* Julliard, 1979.
— *La Bonne Rosée,* Julliard, 1980.
— *Les Permissions de mai,* Julliard, 1981.
Le Pays oublié, Hachette, 1982.
La Noël aux prunes, Julliard, 1983.
Les Bons Dieux, Julliard, 1984.
Avec flûte obligée, Julliard, 1986.
La Dame aux ronces, Presses de la Cité, 1989.
Juste avant l'aube (avec Georges Arnaud), Presses de la Cité, 1989.
Un parrain de cendre, Presses de la Cité, 1991.
Le Jardin de Mercure, Presses de la Cité, 1992.
L'impossible Pendu de Toulouse, Fleuve Noir, 1992.
Y a pas d'bon Dieu, Presses de la Cité, 1993.
La Soupe à la fourchette, Presses de la Cité, 1994.

BIOGRAPHIES

Sidoine Apollinaire, Volcans, Horvath.
Hervé Bazin, Gallimard.
Pascal l'insoumis, Librairie académique Perrin.
Les Montgolfier, Librairie académique Perrin.
Qui t'a fait prince ? Laffont.

HISTOIRE

La Vie quotidienne dans le Massif central au XIXe siècle, Hachette.
La Vie quotidienne des immigrés en France, Hachette.
La Vie quotidienne contemporaine en Italie, Hachette.
Histoire de l'Auvergne, Hachette.
Les Grandes Heures de l'Auvergne, Librairie académique Perrin.

ESSAIS

Les Greffeurs d'orties, La Palatine.
Grands Mystiques, Pierre Waleffe.
Solarama Auvergne, Solar.

ALBUMS

L'Auvergne que j'aime, Sun.
Drailles et burons d'Aubrac, Le Chêne.
L'Auvergne et le Massif central d'hier et de demain, Éd. Universitaires.
Clermont-Ferrand fille du feu, Xavier Lejeune.
Les Auvergnats, Nathan, La Martinière.
Auvergne, Nathan.
Mémoires d'Auvergne, De Borée.
L'Auvergne vue du ciel, De Borée.

DIVERTISSEMENTS

Riez pour nous, Robert Morel.
Célébration de la chèvre, Robert Morel.
Cent clés pour comprendre le feu, Robert Morel.
Les Zigzags de Zacharie, Créer.
Les Singes de l'Europe, Julliard.
Jean Anglade raconte... Le Cercle d'Or.
Fables omnibus, Julliard.
Mes montagnes brûlées, ACE.
L'Auvergnat et son histoire, BD, Horvath.
Confidences auvergnates, Christian de Bartillat.

TRADUCTIONS DE L'ITALIEN

Le Prince, de Machiavel, Le Livre de Poche.
Le Décaméron, de Boccace, Le Livre de Poche.
Les Fioretti de saint François d'Assise, Le Livre de Poche.

POÉSIE

Chant de guerre et de paix, Le Sol clair.

THÉÂTRE

Le Cousin des Îles, d'après *Les Bons Dieux.* Scénario en trois temps.
Le Clarinette, d'après *Un front de marbre.*
Quand bise vente.

FILMS

Une pomme oubliée, réalisation de Jean-Paul Carrère.
Les Mains au dos, d'après *Un front de marbre,* réalisation de Patricia Valeix.

CASSETTE

Contes et légendes d'Auvergne, Nathan.

AUX PRESSES DE LA CITÉ

Jean Anglade

La soupe à la fourchette

En 1943, pour des raisons purement alimentaires, des enfants marseillais sont envoyés dans les campagnes auvergnates. La petite Zénaïde arrive près de Murat (Cantal), au Cayrol, chez les Rouffiat. Les hommes de la ferme sont prisonniers en Allemagne, excepté le grand-père Léonce et Jeff, un ouvrier agricole irlandais — qui est peut-être Samuel Beckett. Zéna et le petit Adrien deviennent très vite frère et sœur. Elle lui apprend comment il faut prier Dieu en fermant l'œil gauche, c'est plus efficace. Il lui enseigne comment il faut manger le fromage dans les bonnes règles. Par de savants calculs, ils arrivent à déterminer le poids de leurs âmes : 29 grammes pour l'une, 35 grammes pour l'autre. En juillet-août 1944, les voilà pris dans la furieuse bataille du Mont-Mouchet. Nez à nez des enfants avec un avion allemand et ce qu'il en résulte. Amourettes, délices et orgues volcaniques.
Puis la vie les sépare. En revenant de la guerre d'Algérie, Adrien la recherche à Marseille...
Un roman de pureté et de fraîcheur au milieu des tourmentes de l'Histoire.

Cet ouvrage a été composé
par Nord Compo, Villeneuve-d'Ascq, Nord
et achevé d'imprimer
par Maury-Eurolivres S.A.
45300 Manchecourt
pour Omnibus
12, avenue d'Italie - 75013 Paris

DANS LA MÊME COLLECTION

Jean Anglade

Gens d'Auvergne

Une pomme oubliée • Le Tilleul du soir • Le Tour du doigt • Les Ventres jaunes • La Bonne Rosée • Les Permissions de mai • Les Bons Dieux

Comment on peut vivre encore quand on est la seule habitante d'un village déserté (*Une pomme oubliée, Le Tilleul du soir*). Comment, revenus mutilés et décorés du Chemin des Dames, de jeunes élèves instituteurs peuvent être traités en enfants dans leur École Normale, jusqu'à ce qu'ils aient l'intelligence de jeter leur directeur dans le bassin aux poissons rouges (*Le Tour du doigt*). Comment les habitants de Thiers vivaient du couteau, par le couteau, pour le couteau (*Les Ventres jaunes, La Bonne Rosée, Les Permissions de mai*). Comment il exista dans nos campagnes, dès le IXe siècle, des communautés agricoles qui annonçaient les kolkhozes et les kibboutzim (*Les Bons Dieux*)...
Voilà ce que raconte Jean Anglade. Il est sans conteste à ce jour l'écrivain vivant le plus typique et le plus fécond d'Auvergne. Roman après roman, il nous conduit à la découverte de la patrie natale d'Alexandre Vialatte et d'Henri Pourrat.
En fait, le régionalisme d'Anglade, comme celui de Maupassant, de Giono, de Pagnol, est universel :
« Ma vraie région, se plaît-il à dire, ce n'est pas l'Auvergne, c'est l'homme. »